KB109210

中國古典의 精髓

金言寶典

修學人 李 寅 鎬 編譯

신세림출판사

序文

世界의 古代文明은 메소포타미아와 이집트에서 일어나 인더스 강 유역으로 波及되었으나 中國은 동떨어진 위치 때문에 외부의 문화적 刺戟이나 影響을 받음이 없이 人類共同의 遺産인 藝術 · 思想 · 哲學 · 倫理 · 道德 및 政治 등 모든 분야에서 일찍부터 독창적인 문화를 형성하여 발전시켜 나아갔으며, 그 중에서 文字에 의한 記錄文化도 歷史의 시작과 더불어 눈부신 發展을 이룩하였다.

中國 最初의 國家 出現을 暗示하는 傳說상의 三皇의 시대가 끝나고, 이어서 登極한 傳說상의 黃帝의 시대에 그의 臣下 蒼頡이 새의 발자국에서 着想하여 文字를 만든 후 金文 · 大篆 · 小篆(篆書) · 隷書 · 楷書 · 行書 · 草書의 順으로 書體를 發展시켰고, 文字의 表記方法도 甲骨文 · 金石文 다시 竹簡 · 木簡 · 帛書의 使用으로 發展 이를 契機로 하여 個人의 많은 著作活動이 可能하게 되었으며, 더욱이 秦나라의 天下統一 後에는 文字의 統一, 敎育의 普及과 文具의 發達에 힘입어 著作活動이 더욱 活潑化하기 始作하여 이미 學問을 꽃 피웠고, 後漢의 蔡倫이 世界 最初로 製紙術을 發明한 後에는 文筆活動이 普遍化되어 中國文化 發展이 劃期的인 原動力이 된 것이다.

中國이 이와 같이 文字와 文具의 發達에 힘입어 著作活動이 앞서 發達함에 따라 古書 · 古典의 種類 · 內容 · 形態의 多樣함과 數量의 많음은 大千世界의 萬物과 같고, 봄날의 百花가 奇異함과 妖色함을 뽐내며 온갖 色相과 形態를 나타내는 것에 譬喩할 수 있는 바, 이것은 곧 中國의 廣大한 領土와 많은 人口, 膨大한 經濟力과 先進的 科學 技術의 發達, 高度의 統治思想과 政治制度, 여기에 新石器時代부터 生成된 長久한 文化 · 歷史 優雅한 藝術, 人生에 基盤한 道德과 倫理, 深奧한 哲學과 思想 등이 相互融合하여 相乘作用을 한 때문으로 풀이할 수 있을 것이다.

어떻든 中國 歷史 事蹟의 縮小版이고, 中國 民族文化의 燦爛하고 아름다운 珠玉인 이들 古書와 古典은 그 先賢들의 智慧의 結晶體로서 몇 百 年 몇 千 年 歲月의 흐름을 견디면서 歷史를 넘는 不變의 眞理를 凝縮시키고 있어 가히 人間學의 寶物倉庫라 할 수 있으며, 특히 이들 典籍 속에는 짧은 말 속에 깊은 敎訓을 담고 있는 金言(格言), 俗談과 萬古에 빛을 발하는 名言들이 수없이 많이 記錄되고 있어 價値를 더하고 있다. 사람의 心理나 機微를 簡潔하게 表現하는 金言 俗談은 一般庶民의 生活을 舞臺로한 일일의 苦樂 體驗 喜怒哀樂의 感情이 긴 歲月을 통해 生成된 智慧와 깨달음의 言語이며, 또한 名言은 學問과 技藝에 뛰어난 人生을 達觀한 達人 賢者와 各各의 分野에서 傑出한 人物들의 體驗과 平常時의 精進에서 생겨난 英知 的確한 깊은 洞察力에 떠받쳐 튼튼해진 眞理의 言語라고 할 수 있다.

이러한 金言과 名言문은 비록 中國의 歷史라는 範圍와 背景에서 만들어진 文化的 産物이지만 그 言語에 內包된 深奧한 意味는 우리들 個人의 創意力과 批判力을 涵養케 함으로써 個人에게는 곧 處世의 智慧를 提供하며, 家庭과 社會에 대해서는 澎湃하고 있는 物質萬能主義 利己主義와 人間輕視風潮 等 非人間的인 倫理 행태를 自淨하여 人間상을 回復하고 倫理 道德的인 價値를 實踐하여 健全한 家庭과 社會의 價値體系를 確立하는 知識을 提供해 주며, 政治的으로는 不正腐敗 墮落 背信 陰謀의 온갖 頹廢的 政治風土를 醇化 改善하는 叡智를 提供하게 될 것으로 期待하기에 足하다.

또 不遠 美國의 經濟規模를 凌駕할 可能性이 있는 中國을 비롯 아시아 四龍과 이를 뒤쫓는 泰國 말레이시아 등 東南亞國家들이 漢字文化圈이거나 華僑經濟圈이고 여기에 日本도 漢字를 使用하고 있어 漢字를 쓰고 있는 人口가 英語圈 人口와 가의 맞먹는 狀況 下에 있고, 아시아 經濟圈 形成과 世界經濟의 글로벌화가 進展될 것으로 보이고 있어 이들 나라와의 交流와 交易을 위해서라도 中國을 알고 그 典籍 속에 蓄積되어 있는 知識을 배워야 하는 것은 現代를 슬기롭게 살아가야 할 우리로서는 피할 수 없고 또 피해서는 안 될 重要한 일로 생각되는 것이다.

이에 編譯者는 일찍이 20代에 職場生活을 始作하면서부터 愚公移山의 心志로, 모래알 속에서 한알 한알 金을 주어담는 精誠으로 塵合泰山을 具顯하는 心情으로 이솝의 거북이 산에 오르는 그런 執念으로 政治 · 經濟 · 社會 · 文藝 · 敎育 · 言論 · 自然 · 軍事 · 倫理 · 道德 · 家庭 · 生活 等 文化 全般에 걸친 內容을 斷章取義하여 人生의 指針 · 座右銘 · 處世訓이 되게 하며, 여기에서 生活의 智慧를 얻고 知識을 쌓아 社會的 政治的 龜鑑을 삼게 하는데 目的을 두고 이 책을 펴게 된 것이다. 다만, 本書가 資料의 制約, 編譯者의 知識이 淺薄함, 時間의 制限 때문에 그 울대한 古書古典을 慾心대로 一目瞭然하게 一貫性 있게 均衡 있게 網羅하여 收容하지 못한 것이 못내 아쉬운 점이고, 이에 따라 讀者 諸賢의 慾求를 充足시키지 못할 것으로 생각되지만 重要部分의 相當量을 包含시켰다고 自慰하면서 不足하고 不完全한 것은 此後 氣力이 다할 때까지 補完篇을 통해 追加補完해 나갈 것을 다짐한다.

끝으로, 類例가 드물게 莫大하고 어려운 이 冊의 組版 印刷와 製本에 犧牲的으로 臨하여 주신 신세림出版社의 李惠淑사장님을 비롯한 職員 여러분과 本書의 內容을 一覽하고 欣快히 推薦해 주신 前 農林水産部次官을 歷任하신 李炳淅님, 平時에 本書의 內容과 構成에 助言과 激勵를 아끼지 않으신 尊敬해 마지않는 鄭種珪 故鄕 先輩님, 그리고 本書의 製作에 여러모로 寄與해 주신 서울法大 一部 同硯 여러분에게 衷心으로 謝意를 表하는 바이다.

2013. 牙山 書齋에서 編著者 拜

推薦辭

나는 청소년기에 'The Use of Life'(인생에 쓰임)이란 책을 옆에 두고 자주 읽었다. 서양의 삶의 지침이 될 명언들을 묶은 잠언집이었다. 이중에서 아직도 크게 기억되는 것 몇가지가 있다. 희랍의 의성인 Hippocrates의 'Life is short, art is long, opportunity fleeting, judgement difficult, experiment uncertain'(인생은 짧고, 예술은 길다. 기회는 놓치기 쉽고, 판단은 어려우며, 실험은 불확실하다)가 하나이다.

기회는 항상 있는 것이 아니므로 호기를 포착하기 위한 노력을 게을리해서는 안된다는 것을 명심해 왔다. 나는 법관생활을 오래하여 오면서 시시비비를 가리기 어려운 상황에 당면할 때가 많았는데 나의 무능을 탓하다가도 판단이 어려운 것은 인간사의 숙명이라고 생각하며 견뎌나갔다. 다른 하나는 로마초기의 스토아학파의 철학자 Seneca는 그의 '인생론'에서 현명한 사람은 모든 것을 잘못 해석하지 않는다고 갈파하였는데, 그의 명언에 따라 세상사는 선해하는 것이 좋고 오해는 되도록 피하여야 한다고 생각해왔다. 아직 기억되는 또 다른 하나는 프랑스의 유명한 철학자 Descart는 주어진 일이면 가능한 한도에서 신속히 처리하는 것을 필생의 신조로 하였다는 것인데, 나는 이대로 따르고자 하였으나 천성이 게을러 잘되지 않을 때면 이를 생각하며 자기반성의 채찍질을 하였다.

서양은 기술이고 동양은 정신이라고 알아오던 터에, 동양에는 이보다 훨씬 깊은 삶의 예지를 담은 명언집이 있으리라 기대하여 왔는데, 마침 대학동기동창인 이인호 선생이 중국고전의 진수인 명언집전을 완성하였다는 소식을 들었다. 내가 동기 동창임에도 불구하고 그를 '선생'이라고 말하는 이유가 있다. 이인호 선생은 고향인 함양에서 유년시절에 그 곳 서당에서 한문수학을 오래하다가 뒤늦게 신식교육을 받기 위해 정규 초등학교에 입학, 중고등학교를 마치고 서울대 법대에 진학한 사연 때문에 대학의 다른 동기생보다는 연장이어서 동기생 간에 '이인호군'이라고 부를 수 없었다. 그러한 형편의 이선생은 대학졸업 후 국가안보관계의 부서에서 중추적 활약을 하다가 공직은퇴를 하고는, 드디어 잠재적인 한문실력을 발휘하며 각고의 노력 끝에 중국고전에 도전, 급기야는 무려 1,000여 페이지에 달하는 방대한 분량의 금언과 명언들을 수집 · 정리하여 집대성하기에 이르렀다. 다른 동기생으로는 힘이 미칠 수 없는 장한 일로서 축하하여 마지않는다. 이 책을 보면,

첫째로 그 자료수집에 압도당한다. 위로는 중국의 요순시대의 현인들과 춘추전국시대의 공맹노장자를 포함한 제자백가의 교훈, 사마천의 사기와 반고의 한서속의 명언들, 사마광의 자치통감이나 진수의 삼국지속의 명언문, 중국 역대왕조의 역사서속의 영웅 · 명가가 말한 지혜와 사상들을 수집 망라코자 하였다. 중국은 역사도 깊고 땅도 넓으며 사람도 많은 동양문명의 중심지이기 때문에 그 만큼 우리의 심금을 울리는 명언들이 풍부할 것이므로 편역자는 그 진수만을 추리고 또 추리는 취사선택의 노력을 하였다.

둘째로 금언자료를 박물관진열식의 산만한 나열이 아니라, 체계적으로 정리 · 편집하였다. 제1편 사람, 제2편 인륜도덕 및 인품, 제3편 교육 · 문화 · 예술 및 언론, 제4편 경제생활 및 사회생활, 제5편 자연현상과 인간관계, 제6편 정치를 이어가며 편제에 알맞게 정리하여 나갔다. 단순한 번역문이 아닌 창작물이라 할 것이다. 중국의 명언집으로는 홍자성 「채근담」을 빼놓을 수 없다. 그러나 이인호 선생의 이 책은 양적으로 능가하는 분량이며 선현의 명언들을 짧게 함축시킨 다른 특징이 있다.

셋째로, 명언을 본 모습 그대로, 비록 매우 난삽한 문구라 하여도 밝혀 놓으며, 그 뜻을 깊은 이해와 해박한 지식으로 잘 번역하였다. 그 다음에 「고딕」 체로 내용을 더 간단히 요약하며 진의파악에 도움되게 하였다. 마지막으로 그 명언의 주체인 인물과 나온 소스인 출전 서적을 작은 글씨로 밝히고, 한편으로 발췌한 첫 부분이 전체문장 중 어느 부분인지를 ○○○,

○○○으로 표시하여, 어떠한 맥락에서 그러한 명문이 나왔는지도 음미할 수 있도록 하였다. 거두절미의 명문발취가 아니다.

어려운 한자가 많고 지금은 쓰지 아니하는 고색창연한 글 때문에 이 책을 처음 접하기에는 힘이 들 것이다. 이는 고전의 특징이기도 하다. 원래 '양약은 쓰다'는 말이 있으니, 견디면서 읽어 나가면 중국의 전통문화의 진수를 체득할 수 있게 될 것이고, 그리하여 인생을 지혜롭게 사는 길, 세속적 탐욕을 멀리하며 noblesse oblige로 가는 길, 나아가 治國平天下의 길로 인도될 것이라 믿는다.

요사이 연초가 되면 국가지도자가 4자성어로 그 해의 통치철학을 밝히는 경향인데, 그 소스는 이 책과 같은 고전집이다.

중국이 바야흐로 빛을 감추면서 력(힘)을 키운 뒤(韜光養晦), 대국으로 굴기해 나가는 G2 시대이므로, 이와 같은 중국 고전 명언집의 가치는 지대 할 수밖에 없다.

돌이켜 중국이 잠자는 사자인 시대라 할 수 있었던 20세기초에 유명한 북경대학의 철학교수 임어당은 그의 「삶의 중요성」 등의 저서에서 서양문명과 중국문명을 비교하며 생활의 지혜는 어느 한 쪽에 편향하지 않는 양문명의 균형속에서 찾아야 함을 밝혀 읽는 사람에게 감동을 준바 있다.

이제 잠자다가 일어선 사자인 새 중국의 시대라면 중국의 과거의 역사와 문화, 교훈, 진리, 철학 등의 진수를 짤막짤막하게 담은 본서의 출간은 시의에 적절하다 할 것으로 다 함께 읽어 보자고 추천하는 바이다. 시대적 추세를 고려하지 아니하여도 옆에 두면 삶의 큰 보약이며 수신이 될 것이다.

호랑이가 죽으면 가죽을 남긴다고 한다. 수학인 이인호 선생은 이 책으로 이승에서 큰 족적을 남겼다. 발간의 날을 미처 맞지 못한 채 떠나간 애석함이 있으나 살아 좋은 일했다고 자부하면서 삼가 저승에서 편히 쉬기를 빈다.

2013년 9월 20일

대학동기생, 전감사원장 이 시 윤

推薦辭

참으로 반가운 冊이 하나 나오게 되었다. 정말로 기다리던 冊이다. 무슨 冊이냐 하면 漢文冊이다. 아주 貴한 冊이다.

어째서 貴한 冊이냐 하면, 冊房에 가면 漢文冊은 잘 보이지도 않고, 큰 冊房書店에나 가야 한 구석에 조금 몇 가지가 있을까 말까하는 모습이다. 우리는 그 동안 西歐文明에 이끌려 살아왔기 때문이다. 英語世界에 精神을 팔고 살아온 것이다. 그러나 지금은 아니다. 東洋 아니, 우리의 것이 世界化의 물결에 앞장서고 있는 때로 접어들고 있는 것이다. 言語文字生活도 우리의 것이 世界의 것으로 되어가고 있다는 것이다.

한글과 漢文, 우리는 두 가지 글자를 가지고 있다. 하나는 소리글자요, 하나는 뜻글자이다. 소리글자는 배우기가 쉽고 뜻글자는 좀 어렵다. 그 때에 따라서 便利한 대로 쓰면서 살아온, 참으로 슬기로운 民族이다. 적은 말로써 깊은 뜻을 나타내기엔 漢文만한 글이 없다. 그래서 옛부터 聖賢들은 漢字말을 가지고 教訓的인 말씀을 많이 하였다. 아니 그 聖賢들이 남긴 冊은 어느 것이고 다 오늘날 우리에게는 教訓아님이 없는 것이겠다. 다 生活의 智慧요 人生의 羅針盤이다. 漢文冊의 重要性은 贅言을 不許하는 것이다.

저 高麗때 나온 "明心寶鑑"이란 冊이 있다. 여러 古典가운데에서 우리의 마음을 맑힐 만한 名句들을 가려서 뽑아 만든 좋은 冊으로 数百年 읽혀 내려오는 漢文教科書이다. 그런데, 그 明心寶鑑보다도 더 많은 古典속에서 더 많은 名言名句를 뽑아내어 仔細한 解說까지 덧붙여 놓았으니 아주 좋은 冊이다. 우리가 남에게 知識人인 척하려면 반드시 工夫하고 읽어야할 만한 冊이다. 즉, 至人達士가 되려면 우선 읽어야 할 冊이다. 至人達士가 가는 지름길이 되는

冊이란 말이다. 아니 平凡한 사람이라도 알아두면 좋을 만한 內容들이요, 또 우리의 日常生活에 아주 必要한 말들이 많다.

누구나가 읽어야 할 冊이요, 우리나라 사람만이 아니요 世界사람들이 다 읽어야 정말 정말 좋은, 그리고 必要한 內容을 가진 冊이다. 金言의 寶庫요 名言의 銀行이다. 우리가 살아가면서 꺼내 읽고 또 써먹으면서 活用해야 꼭 必要하고도 重要한 冊이다. 두고두고 百年千年 써야 할 冊이다.

이러한 冊은 漢文을 接한 사람은 누구나 慾心을 내어 만들어보고 싶은 것인데 워낙 엄두를 낼 수 없는 厖大한 作業이 된다. 그런데 이 冊의 編著者 李公께서는 누구도 해내지 못하던 일을 果敢히 八十老軀를 이끌고 脫稿하다가 氣盡하여 他界하시니 哀惜한 가운데 敎意를 表하며, 이번에 그 家族의 힘으로 이 "金言寶典"이 世上에 나오게 된 것은 千萬多幸이요 世人之福인 것이다.

檀記四千三百四十六年 中秋節

東天書塾院長 崔 權 興

推薦辭

먼저 故人이 된 이인호 학형의 명복을 빌면서 그가 편역(編譯)한 금언보전의 목차를 살펴보았다. 조선 인조 때 강원감사를 지낸 인재(訒齋) 최현(崔晛)은 친구인 승지(承旨) 경정(儆亭) 이민성(李民宬)을 추도(追悼)하는 글에서 "하늘이 큰 재목이 필요하여 먼저 대려 갔다"고 하였다. 잡목에 불과한 제가 감히 동량지재(棟梁之材)였던 이인호 학형이 힘써 편찬한 책에 관하여 말하는 것은 부적절하다 싶어 거듭 사양하였으나 법대 동기생인 전 농림부차관 이병석 학형의 간곡한 권유를 이기지 못하여 응락하고 말았다. 아마도 권유한 이유는 이인호 학형과 제가 모두 시골 출신으로 초등학교 입학전부터 한자(漢字)를 배웠고 한자 투성이인 역사서적을 읽어 문학박사가 되어 한국법제연구원과 고전번역원에서 몇 년간 고법전을 번역하고 강설(講說)한 외형(外形)만 보고 그런 것 같았지만 사실은 한자(漢字) 해득능력(解得能力)이 이인호 학형에게 비하여 현저히 부족할 뿐만 아니라 시문(詩文)이나 경서(經書)를 널리 섭렵(涉獵)하지 못한 제가 추천사를 쓰겠다고 응락한 점, 매우 송구스럽게 생각하는 바이다.

약 30년전 당시 근90세였던 전서울대학교 대학원장 고 이희승(故 李熙昇)선생님께서 한탄하시는 말씀을 들은 적이 있다. 그 어른께서는 당대 최고의 국어학자로서 말씀하시기를 "내가 왜정시대 조선어학회 사건으로 3년간 감옥살이를 한적이 있다. 한글(당시는 조선어라 하였음)을 지키려고 왜놈들의 핍박을 받았으며 누구 보다도 한글에 대한 애착이 깊은데 한자병용(漢字併用)을 주장하는 것은 우리말의 75%이상이 한자어(漢字語)에서 나왔기 때문이다. 만약 한글 전용을 고집한다면 후일 학생들에게 영어단어 외우듯이 우리의 낱말 만여개를 기계적으로 외우게 해야 하고 그렇게 외운 사람들은 뜻도 모르고 우리 말을 쓰게 되니 큰 혼란이 올 것이다. 어릴 때 실용 한자 약 2000자만 가르치면 훨씬 빠른 속도로 우리 말을 익히게 되는데 왜 내 말을 듣지 않는지 모르겠다."고 하셨다. 그 어른의 말씀 그대로 지금 바야흐로 우리 말의 혼란시대에 접어들어 식자(識者) 간에 반성(反省)의 소리가 나오고 있다. 설상가상

(雪上加霜)으로 두음법칙(頭音法則)이란 것을 만들어 남의 성씨를 이(李) 유(柳) 임(林)… 등으로 멋대로 바꾸어 표기(表記)함으로서, 리(李)씨 류(柳씨) 림(林)씨…와 이(異)씨 유(劉,俞)씨 임(任)씨… 등 전혀 다른 성씨와의 구별이 없어졌다. 두음법칙을 인정하지 않는 북쪽 사람과 대화하거나 앞으로 통일이 되었을 때를 위해서도 한글전용의 폐단은 클 것으로 보인다. 물론 북쪽에서도 한글 전용을 내세우고 있지만 그 것은 김일성이 비록 중국 만주에서 테어나 자랐으나 중학교 1학년 중퇴자라서 중국말은 할 줄 알아도 한자(漢字)를 제대로 배울 기회가 없었기 때문에 부득이 한글전용을 할 수 밖에 없었다는 설이 있다. 그러나 조선왕조실록을 비롯한 북에서 출간된 여러 가지 번역서를 보면 상당히 잘된 것이 많아서 결코 한자(漢字)를 폐지한 것이 아니고 많은 사람들에게 잘 가르치고 있었음을 확인할 수 있다.

흔히들 한자(漢字) 내지 한문화(漢文化)를 중국사람들 만의 것이라고 생각하는데 사실은 그렇지 않다. 후대(後代)에 꾸며낸 전설로서는 황제(黃帝)때 창힐(蒼頡)이 새의 발자국을 보고 처음으로 한자(漢字)를 만들었다고 하나 중국의 역사시대는 하은주(夏殷周) 즉 삼대(三代)에서 비롯되었고 문자는 은(殷)나라의 갑골문자(甲骨文字)에서 비롯되었으며 은인(殷人)은 동이족(東夷族)이라는 것이 중국 학계의 공통된 인식이다. 또한 중국의 지배세력은 한당송명(漢唐宋明)때 처럼 한족(漢族)인 때에도 있었으나 이른바 오호(五胡) 16국시대와 남북조시대의 북조(北朝), 요금원청(遼金元淸)등 우리와 혈통이 비슷한 북방계 몽골리안들이 통치(統治)한 경우가 많았으며, 특히 금나라와 청나라는 나말여초(羅末麗初) 우리 한반도에서 넘어간 김씨(金氏)들의 후손이라는 것을 선학(先學)들이 여러 사료(史料)에 입각하여 논증(論證)한바 있다. 더구나 정통한족(正統漢族)으로 생각해 왔던 당나라 황실도 모계(母系)가 서북 소수민족인 선비족(鮮卑族)이었고,[1] 그에 앞선 수나라 역시 고구려인과 혼인관계가 많았던 선비족(鮮卑族)의 나라였음은 다 아는 사실이다. 그리하여 우리를 포함한 북방민족들은 모두 한족(漢族)과 더불어 한문화(漢文化)를 공유(共有)하고 있었으며 우리 조상들이 남기신 많은 공적(公的) 사적(私的)인 문서와 글들은 거의 한자로 되어 있고 난해한 고전(古典)을 인용하고 있어서 남송 이인호형의 고전 편역서(古典 編譯書)인 금언보전(金言寶典)이 좋은 길잡이가 되리라 믿는다.

필자가 지난 20여년간 10여 차례 중국을 왕래하면서 중국 학자들과 필문필답(筆問筆答)으

---

1) 趙克堯외 1名《唐太宗傳》1989, 北京 인민출판사

로 대화하면서 뼈 있는 한마디를 한 것을 여기 소개하고자 한다. “강희자전(康熙字典)에 나타나 있는 중국의 한자어 발음기호(反切)를 보면 현재 우리나라의 한자 발음과 거의 같은데 당신네 나라에서 말을 바꾸어 백화체(白話體) 운운(云云)하다 보니 이렇게 서로 말이 통하지 않게 되었다. 제발 옛날로 돌아가서 고문어체(古文語體) 그대로 말하도록 노력 하자.”라 하니, 중국학자들이 수긍(首肯)하면서도 “…”로 묵묵부답(黙黙不答)이었다. 끝으로 지적(指摘)할 것은 지난날 우리가 어린이나 젊은이들에게 한자(漢字)를 제대로 가르치지 않았으므로써 나타난 현재 우리말의 황폐화(荒廢化) 현상으로, 각종 방송을 들으면 한심(寒心)한 수준이다. 예컨대, 지하철 3호선의 안내 방송 중 무악(毋岳)재역 처럼 짧게 발음해야 할 것은 길게 발음하고 구-파발(舊-擺撥)처럼 길게 발음해야 할 것은 짧게 발음하여 혼선을 일으키게 하는가 하면 남의 성씨와 이름 글자의 길고 짧은 발음을 제멋대로 뒤섞어 하는가 싶더니 급기야(及其也) 한 나라의 대통령 이름 글자인 근(槿)을 거의 모든 방송매체에서 길게 발음하지 않고 짧게 발음하면서 우리 말 우리 글이 세계 최고요 과학적이라고 자랑하고 있으니 혹시 외국인들이 “제나라 국가원수의 이름 하나 제대로 발음하지 못하면서 무슨 자랑이냐!” 할 것 같아서 자괴감(自愧感)을 금할 수 없다.[2)]

금언보전(金言寶典)의 내용을 제가 깊이 살펴 보지 못하였으나 그 목차를 통해서 추정(推定)해 보면 사람의 삶과 그 환경, 가족과 친족 혼인관계, 심성(心性)과 감성(感性), 능력과 지혜, 자세와 품행, 길흉화복, 인륜과 도덕 등 동양철학 전반에 걸쳐 언급(言及)되어 있고, 윤리와 도덕, 그리고 인간의 품성에 관한 전통사회의 우리 조상(祖上)들의 인식과 호흡을 같이 하여 역사적인 인물과의 대화를 가능하게 하는 보전(寶典)이 되리라 확신하는 바이다. 그 사람은 비록 먼저 떠났으나 우리 친구들은 모두 그가 남긴 글을 통하여 끊임없이 그와 대화(對話)할 수 있을 것이다.

대학 동기 문학박사 이 종 일 씀

(전 대검찰청 사무국장, 전 한국법제연구원 선임연구위원 겸 한국고전번역원 부설 국역연수원 古法典講說 擔當)

---

2) 槿은 무궁화라는 뜻으로 우리나라를 象徵하는 槿花之域(무궁화 꽃동산)의 첫 글자이며 上聲이므로 반드시 길게 발음해야 한다. 따라서 '근혜'를 '근-혜'로 바로 읽도록 방송인들에게 당부해야 한다.

目次

第二編 人倫道德 및 人品

第三編 敎育·文化·藝術 및 言論

第四編 經濟生活 및 社會生活

第五編 自然現象과 人間關係

第六編 政治

第一編

사람

Ⅰ. 사람의 資質·生活 및 環境

Ⅱ. 家族·家庭 및 그 構成員

Ⅲ. 心性·感情 및 性質

Ⅳ. 才智 및 經驗

Ⅴ. 態度·姿勢·品行

Ⅵ. 吉凶禍福

第一編 사람

Ⅰ. 사람의 資質·生活 및 環境

1. 身體

가. 容貌·印象·肉體·感覺.

丹脣外朗, 皓齒內鮮. 明眸善睞, 輔靨承權.
호 모 래 엽

붉은 입술은 (얼굴)밖에서 빛나고, 흰 이는 (입)안에서 선명하다. 밝은 눈동자는 주위를 잘 돌아보고 얼굴의 볼 위의 보조개는 광대뼈의 아래쪽으로 이어져 있어 아름답다. 얼굴의 모든 면에서 빼어난 아름다움을 가진 여인을 형용. (朗 : 맑게 환하다. 비치다. 밝게 빛나다. 皓 : 희다. / 빛나다. 眸 : 눈동자. 睞 : 곁눈질하다. 곁눈으로 보다. / 주위를 돌아보다. 輔靨承權 : 얼굴의 볼 위의 보조개가 광대뼈 아래쪽으로 이어져 있어 아름답다. 보조개가 이마 위에 있으면 추하지만, 광대뼈의 아래 쪽에 있는 얼굴의 볼 위에 있기 때문에 아름답다는 것이다. ※ 이것은 아래의 淮南子 說林訓 내용을 참조한 것이다. 輔는 酺와 상통하여 뺨 · 볼을 뜻한다. 靨은 보조개. 權은 顴과 상통하여 관골. 광대뼈.) → **丹脣皓齒. 明眸皓齒.**

〔**三國 魏 曹植·洛神賦**〕○○○○, ○○○○, ○○○○, ○○○○. 〔**杜甫·哀江頭詩**〕明眸皓齒今何在, 血汚遊魂歸不得, 淸渭東流劍閣深, 去住彼此無消息, 人生有情淚沾臆, 江水江花豈終極, 黃昏胡騎塵滿城, 欲往城南望城北. 〔**淮南子·說林訓**〕靨酺在頰則好, 在顙則醜.

東門外有一人焉, 其長九尺有六寸, 河目隆顙, 其頭似堯, 其頸似皐繇, 其肩似子產. 然自腰以下, 不及禹者三寸, 纍然如喪家之狗.
상 고 요 누

동문밖의 어떤 사람이 그 키가 아홉자와 여섯치이고 움푹 들어간 눈과 불쑥 나온 이마에다가 그 머리는 堯임금과 같았고, 그 목은 堯와 舜을 섬긴 현상(賢相)인 皐繇와 같았으며 그 어깨는 鄭나라 현상인 子產과 같았다. 그러나 허리에서 그 아래로는 禹임금에게 세 치를 미치지 못하고, 어릿어릿하는 모양은 상가의 개와 같았다. 훤칠한 키에 눈·이마·머리·목·어깨 등의 인상이 어진 재상의 인상임을 형용하고 있으나 다만 그 행색은 매우 초라함을 형용. (由) 孔子가 魯나라를 떠나 10여년간 여러 나라를 돌며 이상을 실현해 보려고 鄭나라에 가서 제자를 기다리고 있을 때 鄭나라 사람이 子貢에게 위와 같이 말한 것이다. 子貢으로부터 위의 말을 전해들은 孔子는 기뻐하면서도 탄식하여 말하기를 "외관은 하찮은 것이고, 상가의 개라고 한 것은 과연 그러하다. 과연 그러하다."라고 하였다. (有一人 : 어떤 사람. 九尺有六寸 : 아홉자와 여섯치. 河目 : 눈이 움푹 들어가고 눈꺼풀이 편편한 모양. 隆顙 : 불쑥 나온 이마. 纍然 : 몸이 수척하고 몹시 지친 모양. 허약하고 매우 피곤해 하는 모양.) → **喪家之狗.**

〔**史記·孔子世家**〕孔子適鄭, 與弟子相失, 孔子郭東門. 鄭人或謂子貢曰, 東門有人, 其顙似堯, 其項類皐繇, 其肩類子産, 然自腰以下不及禹三寸, 纍纍若喪家之狗. 〔**孔子家語·困誓**〕孔子適鄭, 與弟子相失, 獨立東郭門外, 或人謂子貢曰, ○○○○○○○, ○○○○○○○, ○○○○, ○○○○, ○○○○○, ○○○○○. ○○○○○, ○○○○○○, ○○○○○○○. 子貢以告, 孔子欣然而歎曰, 形狀末也, 如喪家之狗, 然乎哉. 然乎哉.

非六郎似蓮花, 蓮花似六郎.

六郎이 연꽃을 닮지 아니하고, 연꽃이 六郎을 닮다. (喻) 남자의 용모가 매우 아름답다. (由) 唐의 則天武后(則天皇后)때 六郎 張昌宗은 얼굴이 길고 용모가 아름다워 則天武后의 총애를 받게 되자, 이 때의 재상인 楊再思가 이를 칭찬하여 六郎이 연꽃을 닮은 것이 아니라 연꽃이 六郎을 닮았다고 아첨하여 말한 고사. → **蓮花似六郎.**

〔**舊唐書·楊再思傳**〕昌宗以姿貌見寵幸, 再思又諛之曰, 人言六郎似蓮花, 再思以爲蓮花似六郎, 非六郎似蓮花也. 其傾巧取媚也如此. 〔**唐書·張易之傳**〕武后時, 其弟昌宗得侍, 兄弟皆幸, 出入禁中, 貴靈天下, 號易之爲五郎, 昌宗六郎.

仙姿玉質, 肌香體輕.
기

선녀와 같은 아름다운 자태, 옥과 같은 맑은 재질에 살결은 향기가 나고 몸매는 가볍다. 기품이 높고 재질이 뛰어난 미인을 형용. (仙姿玉質 : 기품이 높은 미인을 형용하여 이르는 말.) → **仙姿玉質.**

〔**古今詩話**〕元載寵姬薛瑤英能詩書, 善歌舞, ○○○○, ○○○○, 雖旋波·移光·飛燕·綠珠, 不能過之.

心之在體, 君之位也. 九竅之有職, 官之分也.
규

마음은 인체에 있어서 임금의 지위와 같은 것이고, 사람 몸에 있는 아홉 개의 구멍이 각기 기능을 지키는 것은 모든 관리가 각기 직분을 맡은 것과 같다. 신체를 관료조직에 비유하여 마음이 신체의 모든 조직을 지배하는 것을 설명한 것. (九竅 : 사람 몸에 있는 아홉 개의 구멍. 곧 눈·코·귀·입·요도·항문을 이른다. = 九穴. ※ 七竅 : 얼굴에 있는 일곱 구멍.)

〔**管子·心術上**〕○○○○, ○○○○. ○○○○○, ○○○○. 耳目者, 視聽之官也. 心而無與於視聽之事, 則官得守其分矣.

有仙風道骨, 可與神遊八極之表.

신선의 풍모와 도인의 골상을 가진 사람이 신과 더불어 팔방의 밖에서 노닐다. (仙風道骨 : 범속을 초월한 뛰어나게 고아한 풍채를 가진 사람. 八極 : 팔방 밖의 극히 먼 곳. 팔방의 멀고 넓은 범위. 온 세상.

전 세계 = 八荒. 八垠. 八表. 八垓. 八紘. 表 : 끝.) → **仙風道骨.**

〔**李白·大鵬賦序**〕餘昔於江陵, 見天台司馬子微, 謂餘有 ○○○○○, ○○○○○○○○. 〔**牡丹亭 場悵眺**〕雖然乞相寒儒, 郤是仙風道骨.

人有七尺之形不如面, 面不如眼.

사람이 가지고 있는 일곱 자의 몸이 그 얼굴보다 못하고, 얼굴은 눈보다 못하다. 사람의 상(相)을 보는 데는 몸 전체보다도 얼굴을 보아야 하고 얼굴 중에서도 눈을 보아야 한다는 뜻. (形 : 몸. 육체.)

〔**北史·皇甫玉傳**〕又時有御史賈子儒, 亦能相人, 崔暹嘗將子儒私視文襄. 子儒曰, ○○○○○○○○○, ○○○○○, 大將軍臉薄眄速, 非帝王相也, 意如言.

一顧傾人城, 再顧傾人國.

한번 돌아보면 성이 기울어지고, 다시 돌아보면 나라가 기울어진다. 한 여자의 미모에 임금의 마음이 이끌려 한 성 또는 한 나라를 망치게 된다는 말. 여자의 미모가 뛰어나서 족히 온 나라 사람을 미혹시킬 만한 절세의 미인을 형용. / 어떤 사람·어떤 일이 족히 온 도시나 전국에 소동을 일으키게 함을 형용. (由) 漢 武帝 때 음악을 맡은 협률도위(協律都尉) 李延年의 누이동생이 절세의 미인이었다. 어느 날 궁중연회에서 李延年이 그의 누이동생의 미모를 수식(修飾)한 위 내용의 노래를 불러서, 漢 武帝가 그 여인을 불러들여 보니 과연 미모와 재능을 겸비한 절세미인이기 때문에 한 눈에 매혹되어 부인을 삼아 총애하니 그가 李夫人이었다. 李夫人이 젊어서 죽으니 武帝는 그를 추모하여 눈물과 한숨으로 지냈다고 한다. → **傾國之色. 傾城傾國.**

〔**漢書·外戚孝武李夫人傳**〕北方有佳人, 絶世而獨立, ○○○○○, ○○○○○, 寧知傾城與傾國, 佳人難再得. 〔**花間集薛昭蘊浣溪沙**〕傾國傾城恨有餘, 幾多紅淚泣姑蘇.

一手逆曳(예)牛尾, 行百餘步, 賊衆驚, 遂不敢取牛而走.

한 손으로 쇠꼬리를 거꾸로 끌고 백여 걸음을 가니, 도적의 무리가 놀라서 마침내 감히 소를 끌고 달아나지 못하다. 힘이 매우 센 것을 형용. (曳 : 끌다. 끌어당기다.)

〔**三國志·魏志·許褚傳**〕褚禦寇汝南, 僞與賊和, 以牛與賊易食, 賊來取牛, 牛輒還, 褚乃出陳前, ○○○○○○, ○○○○, ○○○, ○○○○○○○.

自家有病自家知.

자기가 병이 있는 것은 자기가 안다. (喻) 자기의 일은 자기 마음 속으로 알고 있다. (自家 : 자기) ≒ **自身有病自心知. 自家之事自家知.**

〔**明 范受益·尋親記**〕心病還將心藥醫, ○○○○○○○. 〔**明 無名氏·濟顚語錄**〕自家之事自家知, 若使旁人知得此, 定被他人說是非. 〔**明 陳洪謨·治世餘聞**〕自身有病自心知, 身病還將心自醫. 心若病時身亦病, 心生元時病生時.

鴟目虎吻, 豺狼之聲也.

치 문 시 랑

용모가 올빼미의 눈과 범의 아가리와 같고 승냥이와 이리의 소리를 낸다. 잔인하고 탐욕스러운 흉악한 용모를 형용하는 말. 前漢말 漢의 哀帝를 폐하고 平帝를 독살한 뒤 스스로 假帝라 일컬으며 국호를 新이라 하였던 王莽의 모습을 형용한 것. (鴟 : 올빼미. / 소리개. / 수리부엉이. 吻 : 입술. 뾰족하게 내민 동물의 부리.) → **鴟目虎吻.**

〔**漢書·王莽傳**〕莽所謂, ○○○○, ○○○○○. 故能食人, 亦當爲人所食.

太山之高, 背而弗見. 秋毫之末, 視之可察.

太山이 높지만 등져서는 볼 수 없고, 가을에 새로 돋아난 짐승의 가는 털 끝도 똑똑히 보면 관찰할 수 있다. 시선을 돌리면 매우 큰 물건도 볼 수 없고, 시선을 집중하면 극히 적은 것도 살펴서 알 수 있다는 뜻. (太山 : 높고 큰 산. ※ 泰山과 거의 같이 쓴다. 背 : 등지다. 등 뒤에 두다. 秋毫之末 : 짐승이 털갈이를 하여 가을철에 새로 돋아난 가는 털의 끝. 극히 미세한 것의 비유. 視 : 똑똑히 보다. / 자세히 살피다. 察 : 관찰하다. 살펴서 알다.)

〔**淮南子·說林訓**〕矢之於十步, 貫兕甲, 及其極, 不能入魯縞. ○○○○, ○○○○. ○○○○, ○○○○. ※〔**孟子·梁惠王上**〕明足以察秋毫之末, 而不見輿薪. < 朱注 > 秋毫之末, 毛至秋而末銳, 小而難見也.

皓齒蛾眉, 伐性之斧. 甘脆肥膿, 腐腸之藥.

아 취 농

흰 이빨과 누에나방의 눈썹처럼 가늘게 굽은 눈썹을 가진 아름다운 여인은 생명을 끊는 도끼이고, 달고 연하고 살찐 맛있는 고기는 창자를 썩히는 약이다. 요염한 미녀와 맛있는 음식은 몸을 해치는 것들임을 지적한 것. (皓 : 흰색. 蛾眉 : 누에나방의 눈썹처럼 길고 아름다운 여자의 눈썹. 伐 : 베다. 性 : 생명. 脆 : 연하다. 膿 : 살찌다.) **蛾眉皓齒, 皓齒蛾眉.**

〔**漢 枚乘·七發**〕○○○○, 命曰, ○○○○. ○○○○, 命曰, ○○○○. 〔**漢 司馬相如·美人賦**〕有一女子, 雲發豊艶, 蛾眉皓齒, 顏盛色茂. 〔**明 梁辰魚 浣紗記**〕蛾眉皓齒, 伐性之斧. 爲今之計, 須選美女, 進上吳王. ……動被荒淫之志, 奸邪進用, 忠信見疑.

나. 壽命·生死·老衰

高堂明鏡悲白髮, 朝如靑絲暮成雪.

높은 집의 거울 앞에서 흰 머리를 슬퍼한다. 아침에 푸른 실 같던 검은 머리가 저녁에 흰 눈이 되어버린 것을. 사람의 일생을 아침의 검은 머리와 저녁의 흰 머리로 대비하여 금방 늙어버렸음을 잘 표현한 것. (高堂 : 높은 집. 훌륭한 집. 靑絲 : 푸른 실. 검은 머리카락의 비유.) → **靑絲暮雪.**

〔 **李白·將進酒詩** 〕 君不見, 黃河之水天上來, 奔流到海不復回. 君不見, ○○○○○○○, ○○○○○○○.

光陰似箭, 日月如梭.

전 준

시간의 흐름은 화살과 같고, 세월의 지나감은 북과 같다. 세월이 매우 빨리 흘러감을 형용. (光陰 : 시간./ 세월. 日月 : 해와 달. / 세월. 광음. 梭 : 베 짤 때 쓰는 북.) = **時光似箭, 日月如流.**

〔 **宋 蘇軾·行香子·秋興詞** 〕 秋來庭下, 光陰如箭, 似無言有意傷儂. 〔 **警世通言** 〕 崔寧, ……在潭州位. 時光似箭, 日月如梭, 也有▢年之上. 〔 **醒世恒言** 〕 時光似箭, 日月如流, 倏忽便過五年.

光陰如箭, 似無言有意傷儂.

농

시간의 흐름은 화살과 같아서 말이 없으면서도 어떤 뜻이 나를 해치는 것과 같다. 빨리 흘러가는 세월이 무언중에 나를 해친다는 것으로 세월이 빨리 흘러 나를 늙게 했음을 한탄하는 말. (傷 : 해치다. 상처를 입히다. 儂 : 나.) → **光陰如箭.**

〔 **宋 蘇軾·行香子·秋興詞** 〕 秋來庭下, ○○○○, ○○○○○○○. 〔 **唐 韋莊·關河道中** 〕 但見時光流似箭. 〔 **宋 趙德麟·侯鯖錄** 〕 績烏日也, 往來如梭之績. 〔 **李益·遊子吟** 〕 君看白日馳, 何異弦上箭. 〔 **警世通言** 〕 光陰似箭, 不覺一年.

龜者, 寧其死爲留骨而貴乎. 寧其生而曳尾於塗中乎.

예

(이 신성한) 거북은 차라리 죽어 등딱지를 남겨서 (사람들이 숭앙하는) 귀한 존재가 되기를 원했겠는가? 그렇지 않으면 살아서 진흙 속에서 꼬리를 끌고 가기를 원했겠는가? 莊子는 楚나라 왕이 그를 중용코자 사자(使者)로 보낸 대부 두 사람에게 "楚나라 왕은 죽은지 3천년이나 된 신성한 거북을 천으로 싸서 상자 속에 넣어 묘당 위에 놓아 두었다."고 하면서 위와 같이 이 거북이 죽은 뒤의 영광을 원했겠는가, 아니면 구차스러운 삶을 원했겠는가의 질문을 한 결과 대부도 살기를 원했을 것이라는 답변을 한 것이다. (喩) 사람은 죽어서 귀한 대접을 받는 것보다 천하더라도 살기를 원한다. / 벼슬하여 작록에 속박받기 보다는 비천하더라도 필부로서 편안히 살기를 원한다. (曳 : 끌다.) ≒ **與其死爲留骨而貴. 寧其生而曳尾於塗中.**

〔莊子·秋水〕莊子持竿不顧, 曰, 吾聞楚有神龜, 死已三千歲矣, 王巾笥而藏之廟堂之上. 此○○, ○○○○○○○○○, ○○○○○○○○○○○. 二大夫曰, 寧生而曳尾塗中.

騏驥盛壯之時, 一日而馳千里, 至其衰也, 駑馬先之.
기 기 치 노

준마가 젊고 의기가 왕성할 때는 하루에 천리를 달리지만 노쇠하여지면 느린 말이 그를 앞서간다. (喩) 무용을 떨친 호걸·유능한 사람도 노쇠하여지면 그 활동이 범인·무능한 사람보다 못하다. → **騏驥之衰, 駑馬先之.**

〔**戰國策·燕策三**〕田光曰, 臣聞○○○○○○, ○○○○○○, ○○○○, ○○○○. 〔**戰國策·齊策五**〕語曰, 騏驥之衰也, 駑馬先之. 孟賁之倦也, 女子勝之.

寄蜉蝣於天地, 渺滄海之一粟.
부 유 묘

하루살이 목숨을 천지에 맡기고, 넓고 푸른 바다 위의 한 알의 좁쌀로 표류하다. 사람의 목숨은 하루살이 같이 지극히 짧고, 그 존재 또한 바다 위의 한 알의 좁쌀같이 미미함을 비유하는 말. (寄 : 맡기다. 의지하다. 위임하다. / 붙여 살다. 남에게 기대다. 임시로 얹혀살다. 蜉蝣 : 하루살이. 渺 : 표류하다. 떠돌다. 유랑하다.) → **滄海之粟.**

〔**蘇軾·前赤壁賦**〕駕一葉之扁舟, 擧匏樽以相屬, ○○○○○○, ○○○○○○, 哀吾生之須臾, 羨長江之無窮. 〔**沫若詩詞選**〕九牛一毛何以異, 滄海一粟微乎微.

盧生於邯鄲, 生於寐中, 聚崔氏女, 擧進士, 登甲科, 官節度使等, 掌大政十年, 崇盛無比. 欲伸而寤, 初主人蒸黃粱爲饌, 尙未熟也.
한 단 매 오 증 량

(唐나라 玄宗의 開元 19년에) 盧生이라는 소년은 邯鄲의 여관에서 잠자는 속에서 살아나서 淸河 崔氏의 딸에게 장가들고, 진사(進士)로 등용되고, 갑과(甲科)에 합격하여 절도사(節度使) 등의 여러 가지 벼슬살이를 하여 정치를 10년이나 장악함으로써 (그 지위의) 높고 성함이 견줄 수 없었다. (벼슬을 마치고) 기지개를 켜고 잠을 깨니 처음의 주인이 매조를 익혀서 음식을 만들고 있었으나 아직 익지도 않았다. (喩) 인생의 영욕과 성쇠가 꿈과 같이 헛되고 덧없다. (欲伸 : 하품을 하거나 기지개를 켜다.) → **邯鄲之夢. 黃粱一炊之夢. 南柯一夢. 盧生之夢. 一枕黃粱.**

〔**唐 李泌·枕中記**〕開元十九年, 道者呂翁於邯鄲邸舍中値少年盧生, 自嘆其困, 翁操囊中枕授之曰, 枕此, 當令子榮適如意. 生於寐中, 娶淸河崔氏女, 擧進士, 登甲科, 官河西隴右節度使, 尋拜中書侍郎同中書門下平章事, 掌大政十年, 封趙國公, 三十餘年出入中外, 崇盛無比, 老乞骸骨, 不許, 卒於官. 欲伸而寤, 初主人蒸黃粱爲饌, 時尙未熟也. 呂翁笑謂曰, 人世之事, 亦猶是矣. 生曰, 此先生所以窒吾欲也, 敢不受教. 再拜從而去. 〔**唐 沈旣濟·枕中記**〕(李泌枕中記의 내용과 대동소이.)

老將知而耄及之.
모

늙어서 매우 총명해지려고 했지만 도리어 정신의 혼미함이 이미 찾아와버렸다. 사람이 늙어서 기억력을 살리려고하자 바로 망령 기가 들어 정신이 흐릿해졌음을 이르는 말. (知 : 지혜있는. 총명한. = 智. 耄 : 머리가 어지러움. 정신이 혼미함. 及 : 이르다. 도달하다.)

〔 **春秋左氏傳·昭公元年** 〕(趙孟)對曰, 老夫罪戾是懼, 焉能恤遠. 吾儕偷食, 朝不謀夕, 何其長也. 劉子歸以語王曰, 諺所謂○○○○○○○○者, 其趙孟之謂乎.

能尊生者, 雖貴富不以養傷身, 雖貧賤不以利累形.

생명을 소중하게 여길 줄 아는 사람은 비록 존귀하고 부유해도 이익 때문에 몸을 상처나게 하지 않으며, 비록 빈곤하고 비천해도 이익 때문에 몸을 괴롭히지 않는다. 사람의 생명을 진실로 귀하게 여기는 자는 이록(利祿)을 도외시하고 신체의 안존(安存)에 힘쓴다는 말. (能 : …할 줄 알다. 養 : 먹여 살리는 것. / 이익. 累形 : 몸을 괴롭히다. 몸을 피로하게 하다.)

〔 **孟子·梁惠王下** 〕吾聞之也, 君子不以其所以養人者害人, 二三子何患乎無君. 〔 **莊子·讓王** 〕夫大王亶父, 可謂能尊生矣. ○○○○, ○○○○○○○○○, ○○○○○○○○○. 今世之人居高官尊爵者, 皆重失之, 見利輕亡其身, 豈不惑哉. 〔 **呂氏春秋·審爲** 〕能尊生, 雖貴富不以養傷身, 雖貧賤不以利累形. 〔 **淮南子·道應訓** 〕能保生, 雖貴富不以養傷身, 雖貧賤不以利累形.

萬里風波一葉舟.

만리나 되는 거센 풍랑 위에 한 조각배가 뜨다. (喩) 미미한 인생이 거친 세파에 부닺쳐 어려움을 극복하며 살아가다.

〔 **李商隱·無聞詩** 〕○○○○○○○. 〔 **王安石·姑胥郭詩** 〕一葉歸舟暮雨灣. 〔 **蘇軾·前赤壁賦** 〕駕一葉之片舟, 擧匏樽而相屬, 寄蜉蝣於天地, 渺滄海之一粟.

萬人祖送歸北邙, 不如懸鶉(순)百結獨坐負朝陽.

매우 많은 사람이 전송하는 속에 北邙山의 무덤으로 돌아가는 것은 백 번 기운 누더기 옷을 입고 홀로 앉아 아침 햇살 등지고 있는 것만 못하다. 죽어서 대접 잘 받는 것보다 아무 대접 못받아도 살아있는 것이 낫다는 뜻. (萬人 : 썩 많은 사람. / 모든 사람. 祖送 : 길 떠나는 사람을 전송하다. 北邙 : 北邙山으로 사람이 죽어서 가는 무덤이 많은 곳. 懸鶉 : 낡고 해진 옷. 너덜너덜한 누더기 옷. 옷이 해져 너덜너덜한 것이 마치 메추리를 매달아 놓은 것과 같다는 뜻.) → **懸鶉百結. 鶉衣百結. 百結鶉衣.**

〔 **蘇軾·薄薄酒詩** 〕薄薄酒勝茶湯, 粗粗布勝無裳, 醜妻惡妻勝空房, 五更待漏靴滿霜, 不如三伏日高睡足北窓凉, 珠襦玉匣, ○○○○○○○, ○○○○○○○○○○○○, 生前富貴死後文章, 百年瞬息萬世忙, 夷齊盜跖俱亡羊, 不如眼前一醉是非憂樂都相忘. ※〔 **荀子·大略** 〕子夏貧, 衣若懸鶉. ※〔 **百行間李娃傳** 〕裘有百結, 襤褸如懸鶉.

未歸三尺土, 難保百年身. 已歸三尺土, 難保百年墳.

이

석자의 흙속으로 돌아가지 아니하여도 백 년의 몸을 보전하기 어렵고, 이미 석자의 흙속으로 돌아가도 백 년 동안 무덤을 보전하기 어렵다. 사람이 죽지는 아니하더라도 아무 재난이나 우환 없이 오래 살기가 어려우며, 죽어서도 그 분묘를 오래 보존하기조차 여렵다는 뜻. (歸三尺土 : 석자의 흙속으로 돌아가다. 곧 사람이 죽어서 흙속에 묻히다.)

〔 **明 高明·琵琶記** 〕 老員外, 老安人, 自古道, ○○○○○, ○○○○○. ○○○○○, ○○○○○. 〔 **明 天然痴叟·石點頭** 〕 自古道, 未歸三尺土, 難保百年身. 百年之內, 飢寒夭折, 也不可知.

百年三萬六天日, 光陰止有瞬息之間.

사람의 일생 100년이 3만 6,000일로, 그 세월이 순식간에 끝난다. 인생 100년이 눈 깜짝할 사이에 사라진다는 뜻.

〔 **明 無名氏·冲模子** 〕 常言道, ○○○○○○○, ○○○○○○○○○. 萬事猶如一夢.

百歲光陰如過客.

100년의 세월이 지나가는 나그네와 같다. 사람의 일생이 매우 빨리 지나감을 이르는 것.

〔 **筆生花** 〕 ○○○○○○○, 莫留此, 一生憾恨負椿萱.

不意雙珠, 近出老蚌, 甚珍貴之.

방

뜻하지 않게도 쌍구슬이 요사이 늙은 방합(蚌蛤)에서 나왔으니 매우 진귀한 일이다. (喻) 사람이 만년에 좋은 아들을 낳다. 평범한 늙은이가 뛰어나게 훌륭한 아들을 낳다. / 부자가 모두 좋은 평판을 받다. (蚌 : 방합과에 속하는 조개.) → **老蚌生珠. 老蚌出明珠. 明珠出老蚌.**

〔 **漢·孔融·與葦端書** 〕 前日元將來, 淵才亮茂, 雅度弘毅, 偉世之器也. 昨日仲將又來, 懿性貞實, 文敏篤誠, 保家之主也. ○○○○, ○○○○, ○○○○. 〔 **三輔決錄** 〕 葦康字元將, 弟誕字仲將. 孔融與其父書曰, 前日元將來, 淵材亮茂, 雅度宏毅, 偉世之器也. 昨日仲將來, 文敏篤誠, 保家之主也. 不意雙珠, 近出老蚌. 〔 **唐 李百藥·北齊書·陸印傳** 〕 刑劭謂其父曰, 吾以卿老蚌, 遂出明珠. 〔 **宋 蘇軾·虎兒詩** 〕 舊聞老蚌生明珠, 未省老兎生於菟. 〔 **書言故事** 〕 言人父子俱美, 曰, 老蚌生珠. 〔 **元 無名氏·千祥記** 〕 老蚌生珠喜倍常, 從今有子繼書香. 〔 **明 宋濂·元史** 〕 嘗謂子彰曰, 吾以卿老蜯(蚌), 遂出明珠.

死者不可復生, 而刑者不可復續.

부

죽은 사람은 다시 살릴 수 없고, 형을 받아 절단된 신체는 다시 접속할 수 없다. 漢나라 때는 다리나 발을 절단하는 형벌이 있어 이와 같이 不可復續이란 말이 있는 것.

〔**史記·倉公列傳**〕於是少女緹縈傷父之言, 乃隨父西. 上書曰, ……. 妾切痛 ○○○○○○, ○○○○○○○, 雖欲改過自新, 其道莫由, 終不可得. 〔**戰國策·趙策四**〕雖然, 而有一焉, 百里之地不可得, 而死者不可復生也, 則主必爲天下笑矣.

常身不離鞍, 髀肉皆消. 今不復騎, 髀裏肉生. 日月若馳, 老將至, 功業不建, 是以悲耳.

언제나 말을 타고 다녀서 넓적다리의 살이 다 빠졌으나 지금은 다시 말을 타지 않아서 넓적다리에 살이 생겨났다. 세월은 말의 질주함과 같아서 노년이 다가오려고 하는데 공업을 세우지 못하였으니 이것이 슬플 뿐이다. 안일하게 지내고 있어 공명을 이룰 기회가 없음을 한탄한 것. (補) 쉰 살이 가까워진 劉備가 荊州의 劉表 밑에 있으면서 자신의 넓적다리에 살이 많이 찐 것을 보고 위와 같이 한탄했다. (身不離鞍 : 몸에 말의 안장이 떨어지지 아니하다. 곧 항상 말을 타다.) → **髀肉復生. 髀肉之嘆.**

〔**三國志·蜀志·先主傳**〕< 裵松之注 > (引九州春秋)曰, 備住荊州數年, 嘗與表坐, 起至厠, 見髀裏肉生, 慨然流涕. 還坐, 表怪問備. 備曰, 吾○○○○○○, ○○○○. ○○○○, ○○○○. ○○○○, ○○○, ○○○○, ○○○○.

生寄也, 死歸也.

사람의 삶은 이 세상에 몸을 맡겨서 사는 것이고, 죽음은 곧 집으로 돌아가는 것이다. 삶은 여행지에서 잠시 머물러 있는 것으로 보고, 죽음은 안식처인 집으로 돌아가는 것으로 본 것이다. 생과 사를 예사로 여긴다는 뜻. 태도가 소탈하고 만사에 구애됨이 없는 활달한 인생관을 형용하는데 쓴다. (寄 : 임시로 얹혀서 살다. 남에게 기대다. 의지하다. 위탁하다. 붙여 살다.) → **生寄死歸.**

〔**淮南子·精神訓**〕禹南省, 方濟於江, 黃龍負舟. 舟中之人, 五色無主. 禹乃熙笑而稱曰, 我受命於天, 竭力而勞萬民, ○○○, ○○○, 何足以滑和, 視龍猶蝘蜓. 〔**魏文帝·樂府**〕人生如寄耳. 〔**唐 姚思廉·梁書·徐勉傳**〕生寄死歸, 著于通論, 是以深識之士, 悠爾忘懷. 〔**語林**〕謝大博與支道林書曰, 人生如寄耳, 終日戚戚遲君一來, 以晤言銷之.

生無可與語, 死以靑蠅爲弔客.

살아서 함께 말할 만한 사람이 없어, 죽어서 쉬파리가 조문객이 되다. 죽어서 아무도 조상하는 사람이 없는 것을 형용. (靑蠅 : 쉬파리.)

〔**三國志·吳志·虞翻傳**〕< 裵松之注 > (引虞翻別傳) 翻放棄南方, 云, 自恨疏節, 骨體不媚, 犯上獲罪, 當長沒海隅, ○○○○○, ○○○○○○○○, 使天下一人知己者, 足以不恨.

生死有命, 修短素定.

사람의 삶과 죽음은 하늘로부터 받은 명운이 있어, 그 길고 짧음이 본래 정해져 있는 것이다.(修 : 길다. 素 : 본시. 본래.)

〔**抱朴子·對俗**〕○○○○, ○○○○, 非彼藥物所能損益.

生存華屋處, 零落歸山丘.
영

생전에는 화려한 집에서 살지만, 죽으면 결국 거친 산 언덕으로 돌아간다. 호화·사치생활을 과도하게 추구하지 말 것을 권고하는 말.(處 : 살다. 零落 : 시들어 떨어짐. 사람이 죽는 일.) → **生存華屋, 零落山丘.**

〔**三國 魏 曹植·箜篌引**〕○○○○○, ○○○○○. 先民誰不死, 知命復何憂. 〔**金 元好問·小令**〕古今幾度, 生存華屋, 零落山丘.

歲月如流, 半生何幾.

세월이 흐르는 물과 같은데 반평생을 어찌 그대로 끝내랴!(幾 : 다하다. 끝나다.) → **歲月如流.**

〔**徐陵·與楊僕射書**〕○○○○, ○○○○. 〔**元 無名氏·東窗事犯**〕果然道長江後浪催前浪, 今日立起新君換舊君, 歲月如奔.

殺生者不死, 生生者不生.
쇄

사는 것을 줄이려고 하는 자는 죽지 않고, 사는 것을 살리려고 하는 자는 살지 못한다. 생명을 유지하기 위해 애쓰는 자는 오히려 일찍 죽고, 살려고 하는 욕망을 줄이는 자는 장수한다는 뜻.(殺 : 덜다. 줄이다. 절단하다. 잘라내다.)

〔**莊子·大宗師**〕○○○○○, ○○○○○. 其爲物, 無不將也, 無不迎也, 無不毁也, 無不成也.

脩短隨化, 終期於盡.

(수명의) 길과 짧음은 자연의 조화의 원리에 따르다가 마침내 죽음을 만난다. 사람이 각기 장수하고 단명한 명운을 갖고 태어나 자연의 조화에 순응하다가 마침내 죽음을 맞이한다는 말.(脩 : 길다. = 修≒長. 化 : 조화. 자연계의 생멸, 변전의 원리 또는 자연의 만물을 기르고 자라게 하는 힘. 期 : 만나다. 盡 : 죽다. 죽음.)

〔**晉 王羲之·蘭亭集序**〕況○○○○, ○○○○, 古人云, 死生亦大矣, 豈不痛哉.

樹木至歸根, 而後知華萼枝葉之徒榮. 人事至蓋棺, 而後知子女玉帛之無益.

악

나무는 뿌리로 돌아간 뒤에라야 꽃과 가지와 잎이 헛되이 무성했음을 알게 되고, 사람의 일은 관뚜껑을 덮은 뒤에라야 자손과 재물이 쓸 데 없음을 알게 된다. (華萼 : 꽃과 꽃받침. 玉帛 : 주옥과 비단. 재물.)

〔 **菜根譚·後七十八** 〕 ○○○○○, ○○○○○○○○○○○. ○○○○○, ○○○○○○○○○○○.

身病則萎, 若華零落. 死命來至, 如水湍驟.

단 취

몸이 병들면 쇠약해지는 것은 꽃이 시들어 떨어지는 것과 같고, 죽음의 운명이 찾아오는 것은 물이 여울에서 빨라지는 것과 같다. (萎 : 시들다. 시들어 마르다. / 쇠약하다. /병들다. 병들어 죽다. 華 : 꽃. =花. 零落 : 초목이 시들어 떨어지다. 사물이 쇠퇴하다. / 죽는 일. 命 : 운. 운명. 천명. 조물주의 뜻. / 도. 자연의 법칙. 湍 : 급류. 여울./ 물살이 세다. 소용돌이 치다. 驟 : 말이 빨리 가다. / 빠르다. 신속하다.)

〔 **法句經·華香品** 〕 ○○○○, ○○○○, ○○○○, ○○○○.

如南山之壽, 不騫不崩.

건

終南山의 장생(長生) 함과 같이 이지러지지도 아니하고 무너지지도 아니하기를……. 周나라 명산인 終南山의 영원한 모습과 같이 장수하기를 비는 말. / 終南山이 영구히 무너지지 아니하듯이 사업이 장구하기를 비는 말. (南山之壽 : 陝西省 長安의 남쪽에 있는 終南山과 같이 오래 사는 수명. 壽 : 장생함. 장명함. 騫 : 이지러지다. / 허약해지다.) → **南山之壽. 南山同壽. 壽比南山.**

〔 **詩經·小雅·天保** 〕 如月之恒, 如日之升, ○○○○○, ○○○○, 如松栢之茂, 無不爾或承. 〔 **南史·齊豫章文獻王嶷傳** 〕 嶷謂上曰, 古來言願陛下壽比南山, 或稱萬歲, 此殆近貌言. 如臣所懷, 實願陛下極壽百年亦足矣.

如河駛流, 往而不返. 人命如是, 逝者不還.

사

(물은) 하천을 따라서 빨리 흘러가버리고, 한번 가면 되돌아오지 못한다. 사람의 목숨도 이와 같아서 죽은 사람은 되돌아오지 못한다. 죽은 사람은 결코 살아나지 못한다는 말. (如 : …을 좇다. …을 따르다. 駛 : 빠르다. 신속하다. 逝者 : 떠나간 사람. / 죽은 사람.)

〔 **法句經·無常品** 〕 ○○○○, ○○○○, ○○○○, ○○○○.

年年歲歲花相似, 歲歲年年人不同.

연 년

해마다 해마다 피는 꽃은 서로 같은데, 해마다 해마다 나타나는 사람은 같지 않구나. 풍물은 옛 것과 같은데 사람의 일은 변화가 많다는 뜻. ※ 대구(對句)는 인생의 깊은 무상감을 아주 멋지게 표현한 것이어서, 작자의 장인인 宋之問이 그 구절을 탐하여 자기에게 넘겨 주기를 간청하였으나 거절당하자, 之問은 사위가 30세도 되기 전에 사람을 시켜 흙을 담은 푸대로 쳐 죽였다는 설이 전해진다.

〔 **劉廷芝·代悲白頭翁詩** 〕 今年花落顔色改, 明年花開復誰在, 已見松柏摧爲薪, 更聞桑田變成海, 古人無復洛城東, 今人還對落花風, ○○○○○○○, ○○○○○○○. 〔 **唐 書絢·劉賓客嘉話錄** 〕 劉希夷語曰, ○○○○○○○, ○○○○○○○. 其舅宋之問苦愛此兩句懇乞, 許而不與.

吾生也有涯, 而知也無涯. 以有涯隨無涯, 殆已.

애

우리의 삶은 유한하고 그 알아야 할 지식은 무한한데, 유한한 것(일생)으로 무한한 것(지식)을 추구하면 지치기만 할 뿐이다. 사람이 자신의 수명을 안락하게 하기 위해서는 지혜를 추구, 과신하지 말아야 함을 이르는 말. (無涯 : 한이 없다. 무한하다. 끝이 없다. 隨 : 추구하다. 탐구하다. 殆 : 지치다. 정신이 피로해지다.)

〔 **莊子·養生主** 〕 ○○○○○, ○○○○○. ○○○○○○, ○○. 已而爲知者, 殆而已矣.

五十不造屋, 六十不制衣.

사람의 나이 쉰 살에 새 집을 지어서는 안되고, 나이 예순 살에는 새 옷을 만들어서는 안된다. 사람이 50, 60세가 지나면 새집 · 새옷을 누리기에는 세월이 그리 많지 않음을 가리키는 것. (不 : …하지 말라. …해서는 안된다. 금지의 뜻을 나타낸다.)

〔 **宋 李之彦·東谷所見** 〕 ○○○○○, ○○○○○. 縱饒得受用, 能有幾多時. 〔 **淸 曾廷枚·古諺閑譚** 〕 諺云, ○○○○○, 六十不種樹, ○○○○○.

聊乘化以歸盡, 樂夫天命復奚疑.

요 부 해

그럭저럭 자연의 조화에 순응하다가 죽음으로 돌아갈 것이니, 이제는 이 하늘이 준 수명을 즐길 뿐 다시 무엇을 두려워하랴 ! (聊 : 잠시. 잠간. / 그럭저럭. 조금. 乘 : 이용하다. 순응하다. 化 : 자연계의 생멸, 변천의 원리 곧 조화./ 변화. 盡 : 죽는 것. 夫 : 그. 저. 이. 奚 : 어찌. / 어느. 무엇. 疑 : 두려워하다.)

〔 **陶潛·歸去來辭** 〕 登東皐以舒嘯, 臨淸流而賦詩. ○○○○○○, ○○○○○○○.

月過十五光明少, 人到中年萬事休.

달은 15일을 지나면 밝은 빛이 적어지고, 사람이 중년에 이르면 만사가 그만이다. 사람이 40~50세의 중년이 되면 큰 일을 할 수 없다는 뜻. (中年 : 청년과 노인의 중간 나이 40~50세 전후. 休 : 그만두다. 끝나다. 그치다. 정지하다.) → **人到中年萬事休.**

〔 **小孫屠** 〕 家道蕭疏未足憂, 且隨緣分度春秋. ○○○○○○○, ○○○○○○○. 〔 **元 王和卿·雙調** 〕 月過十五光明少, 月殘花落. 〔 **古今小說** 〕 老也, 月過中秋光明少.

有千歲之食, 而無百歲之壽.

천년토록 먹을 양식이 있으나 백년을 살 수명이 없다. 많은 재물을 가지고 있지만 이것을 쓸 수 있는 수명이 너무 짧음을 형용한 것. (食 : 양식. 곡물의 총칭.)

〔 **管子·覇形** 〕 桓公曰, 寡人○○○○○, ○○○○○○, 今有疾病, 姑樂乎.

以無爲首, 以生爲脊, 以死爲尻.

척 고

(인간은) 무(無)를 머리로 삼고, 생(生)을 등으로 삼으며, 죽음을 꽁무니로 삼는다. 사람은 무에서 출발하여 삶을 거쳐서 죽음으로 끝낸다는 뜻. 곧 출생·생존·사망이 일체(一體)라는 의미. (尻 : 꽁무니. 궁둥이. / 뒤. 맨 끝.)

〔 **莊子·大宗師** 〕 子祀·子輿·子犁·子來四人相與語, 曰, 孰能○○○○, ○○○○, ○○○○, 孰知生死存亡之一體者, 吾與之友矣.

以肉投餒虎, 何功之有哉.

뇌

몸을 굶주린 호랑이에게 던져서 무슨 보람이 있겠는가? 아무 가치없는 죽음을 이르는 말. (肉 : 몸. 육체. 餒 : 굶주리다. ≒ 餧. 功 : 공력. 일의 보람.) → **肉委餓虎.**

〔 **史記·信陵君列傳** 〕 無他端而欲赴秦軍, 譬若○○○○○, ○○○○○. 〔 **史記·張耳 陳餘列傳** 〕 今必俱死如以肉委餓虎何益.

人固有一死, 死或重於泰山, 或輕於鴻毛.

사람은 원래 한 번의 죽음이 있기 마련인데, 어떤 사람의 죽음은 그 가치가 태산보다 무겁고, 어떤 사람의 죽음은 그 가치가 기러기털보다 가볍다. 사람은 결국 죽을 수 밖에 없는데 그 죽음이 매우 가치가 있는 경우가 있고, 반대로 아무 가치가 없는 무의미한 경우도 있어 가치있는 죽음이 되도록 힘쓰기를 권하는 의미. (固 : 원래. 본디. 或 : 어떤 사람. 어떤 이.) → **或重於泰山, 或輕於鴻毛.**

〔 **司馬遷·報任安書** 〕 ○○○○○, ○○○○○○, ○○○○○, 用之所趣異也. 〔 **燕丹子** 〕 今軻常侍君子之側, 聞烈士之節, 死有重於泰山, 有輕於鴻毛者, 但問用之所在耳. 〔 **晉 傅玄·口銘** 〕 丈夫重義如泰山, 輕利如鴻毛, 可謂仁義也. 〔 **明 主鼎·玉鏡臺記** 〕 自古道, 死有輕于鴻毛, 我姑媳二人只要心中无鬼, 萬死不辭.

人年五十不爲夭.
(요)

사람의 나이 50 세면 일찍 죽는 것이 아니다. 오래 산 것이 아니지만 그렇게 일찍 죽는 것도 아니라는 말. (夭 : 요절하다. 일찍 죽다. 나이 30이 안되어 죽다.)

〔**諸葛亮集**〕附劉備遺詔, 人五十不稱夭, 年已六十有餘, 何以復恨.

人生無根蔕, 飄如陌上塵.
(체 표 맥)

인생은 뿌리나 꼭지가 없어서, 길 위의 티끌과 같이 떠돌아 다닌다. 사람은 고착시킬 수 있는 토대가 없어 항시 유랑하는 무상한 존재라는 뜻. (根蔕 : 초목의 뿌리와 열매의 꼭지. / 사물의 토대. 근거. 기초. 陌 : 길. 거리.)

〔**陶潛·雜詩**〕○○○○○, ○○○○○. 分散逐風轉, 此已非常身.

人生若浮雲朝露.

인생이란 뜬 구름이나 아침 이슬과 같다. 사람이 세상에서 살아가는 것은 생명과 변화가 무쌍한 뜬 구름이나 해가 돋기만 해도 곧 사라져 없어지는 아침 이슬과도 같이 매우 짧고 덧없음을 이르는 것. → **人生如朝露. 人生譬朝露.**

〔**周書·蕭大圜傳**〕嗟乎. ○○○○○○○, 寧俟長繩繫景實不願之, 執燭夜遊, 驚其迅邁. 〔**漢書·蘇武傳**〕子卿婦年少, 聞已更嫁矣. 獨有女弟二人, 兩女一男, 今復十餘年, 存亡不可知. 人生如朝露, 何久自苦如此. 〔**晉 潘岳·內顧詩**〕獨悲安所慕, 人生若朝露. 〔**明 趙弼·覺壽居士傳**〕日月如跳丸, 人生如朝露, 生死事大, 無常迅速. 〔**十八史略·近古·晉 六朝篇**〕李陵謂武曰, 人生如朝露, 何自苦如此. 勸武降終不肯. 〔**清 沈德潛·古詩源·樂府歌辭·薤露**〕薤上露, 何易晞. 露晞明朝更復落, 人死一去何時歸. 〔**古詩源·秦嘉·留郡贈婦詩**〕人生譬朝露, 居世多屯蹇.

人生如夢, 一樽還酹江月.
(준 뢰)

인생은 꿈과 같은 것(덧 없는 것)이니, 한 통의 술을 다시 강 위의 달에 부으리라. (樽 : 술통. 還은 : 다시. 酹 : 술을 붓다.) → **人生如夢.**

〔**宋 蘇軾·念奴嬌·赤壁懷古**〕我早生華髮, ○○○○, ○○○○○○. 〔**明 陳與郊·櫻桃夢**〕人生皆夢也. 自王侯將相以至府吏胥徒, 夢中人也.

人生如風燈石火, 不飮將何爲.

인생은 바람 앞의 등불, 돌에서 튀는 불똥과 같은 것이니, 술을 마시지 않고 무엇을 하려고 하는가? 인생은 매우 빠르고 짧아서 내일을 기약할 수 없으니 술이나 마시자는 뜻. → **人生如風燈石**

火.

〔**遼史·耶律和尙傳**〕和尙雅有美行, 數以財恤親, 友人皆愛重, 然嗜酒不事事, 以故不獲柄用. 或以爲言, 答曰, 吾非不知, 顧○○○○○○○, ○○○○○. 晩年沈湎尤甚, 人稱爲酒仙云.

人生如戱, 聚散無常.
취

인생은 연극과 같아서 모이고 흩어지는 것이 정하여진 것이 없다. (戱 : 놀이. 장난. 연극.) → **人生如戱.**

〔**綴白裘序**〕古人云, ○○○○, ○○○○. ……堪嘆擧世營營, 終其身纏銷于其間, 豈不怪哉.

人生瀛海內, 忽如鳥過目.
영

인생이란 큰 바다 안에서 홀연히 새가 눈 앞을 스쳐 지나가는 것과 같다. 인생의 덧없음을 이르는 말. (瀛 : 큰 바다.) → **人生如鳥過目.**

〔**張景錫·雜詩**〕○○○○○, ○○○○○.

人生一世, 草生一春.

사람은 한 세대를 살고, 풀은 한 봄철을 산다. 사람의 일생은 초목의 한 봄철과 같아서 그렇게 오래 살 수 없다는 말. 인생이 짧음을 한탄하는데 쓰인다. → **人生如草生一春.**

〔**淸 翟灝·通俗編**〕蜀有○○○○, ○○○○之語.

人生天地之間, 若白駒之過郤, 忽然而已.
구 극 이

사람이 세상에서 사는 것은 흰색의 준마가 틈 사이를 지나가는 것과 같이 갑자기 끝나고 만다. 사람의 일생이 순식간에 끝나버리는 것을 형용. (白駒 : 흰색의 준마. 郤 : 틈 사이. ≒ 隙. 已 : 끝나다. 그치다.) → **人生如白駒過隙. 光陰如白駒過隙. 白駒過隙.**

〔**莊子·知北遊**〕○○○○○○, ○○○○○○○, ○○○○. 注然勃然, 莫不出焉. 油然漻然, 莫不入焉. 〔**史記·留侯世家**〕人生一世間, 如白駒過隙. 〔**史記·魏豹彭越列傳**〕人生一世間, 如白駒過隙耳. 〔**宋 胡繼宗·書言拒事大全**〕謂人生易老, 如白駒過隙. 〔**元 馬致遠·薦福碑**〕憑兄弟一片功名心更速, 豈不聞人生如白駒過隙. 〔**金瓶梅**〕白駒過隙, 日月如梭, 才見梅開腊底, 又早天氣回陽. 〔**三國演義**〕人生如白駒過隙, 似此遷延歲月, 何日恢復中原乎.

人生七十古來稀.
희

사람이 일흔 살을 사는 것은 옛날부터 드문 일이다. 옛날에는 일흔 살을 살기가 어려워 이런 말이 나온 것으로 나이 많고 건강함을 칭찬하는데 쓰인다.

〔**杜甫·曲江詩**〕朝回日日典春衣, 每日江頭盡醉歸. 酒債尋常行處有, ○○○○○○○. 〔**宋 文瑩·玉壺清話**〕諺謂, 人生百歲, 七十者稀. 〔**清 王應奎·柳南隨筆**〕七十古來稀, 我年近大耋, 稀而又稀.

人生忽如寄, 壽無金石固.

사람의 일생은 홀연히 세상에 잠시 얹혀사는 것이며, 그 목숨은 금석과 같이 단단한 것이 아니다. (寄 : 임시로 얹혀 살다.) → **人生如寄. 人生如寓.**

〔**三國 魏 文帝(曹丕)·善哉行**〕人生如寄, 多憂何爲. 〔**三國 魏 曹植·浮萍篇**〕日月不恒處, 人生忽若寓. 〔**曹植·仙人篇**〕俯觀五嶽間, 人生如寄居. 〔**北史·韓鳳傳**〕人生如寄, 唯當行樂, 何用愁爲. 〔**南朝 梁蕭統·文選·古詩十九首**〕○○○○○, ○○○○○.

人有明珠, 莫不貴重. 若以彈雀, 豈非可惜.

사람이 아름다운 구슬을 가지고 있다면 이것이 귀중하게 여기지 않을 수 없다. 만약 이것을 참새를 쏘는데 썼다면 어찌 아깝지 않겠는가? (喩) 금·은·비단 등의 귀중품이나 금전을 취하기 위하여 가장 귀중한 생명을 희생시키는 것은 부당하다. / 작은 것을 탐하다가 큰 것을 손해보다. 얻는 것보다 잃은 것이 더 많다. → **明珠彈雀. 隨珠彈雀.**

〔**莊子·讓王**〕今且有人于此, 以隨侯之珠, 投千仞之雀, 世必笑之. 是何也. 則其所用者重, 而所要者輕也. 〔**漢 揚雄·大玄·唐**〕明珠彈于飛肉, 其得不復. 測曰, 明珠彈肉, 費不當也. 〔**梁 蕭繹·金樓子·立言下**〕黃金滿笥, 不以投龜, 明珠徑寸, 豈勞彈雀. 〔**貞觀政要·論貪鄙**〕太宗謂侍臣曰, ○○○○, ○○○○. ○○○○, ○○○○. 〔**東周列國志**〕犬彘何須辱劍芒, 隨珠彈雀總堪傷.

人有三死而非命也者, 自取之也. 居處不理, 飮食不節, 勞過者, 病共殺之. 居下而好干上, 嗜欲不厭, 求索不止者, 刑共殺之.

사람에게는 세 가지의 죽음이 있는데 그들이 천명을 다하지 못하는 것은 스스로 택한 것이다. 곧 몸가짐을 바르게하지 못하거나 음식을 절제하지 못하거나 과로를 하면 질병이 함께하여 그를 죽인다. 아랫 사람으로 있으면서 웃 사람을 범하기를 좋아하거나 향락을 탐하는 것에 만족할 줄을 모르거나 요구하는 것을 그칠 줄 모르면 형벌이 함께하여 그를 죽인다. (또 적은 수로 많은 수를 대적하거나 약한 자가 강한 자를 모욕하거나 성을 내면서 그 힘을 헤아리지 않으면 군대가 함께하여 그를 죽인다.) (居處 : 일정하게 자리를 잡고 살거나 묵는 일. / 몸가짐. 嗜欲 : 향락을 탐내는 것. 이목구비 등의 욕망. 求索 : 철저히 찾아 구함. 요구함.)

〔**韓詩外傳·卷一**〕孔子曰, 然. ○○○○○○○○○○, ○○○○. ○○○○, ○○○○, ○○○, ○○○○. ○○○○○○, ○○○○, ○○○○○, ○○○○. 少以敵衆, 弱以侮强, 忿不量力者, 兵共殺之. 故有三死而非命者, 自取之也. 〔**孔子家語·五儀解**〕(韓詩外傳 내용과 동일.) 〔**說苑·雜言**〕孔子曰, 然. 人有三死而非命也者, 人自取之. 未寢處不時, 飮食不節, 佚勞過度者, 疾共殺之. 居下位而上忤其君, 嗜欲不厭, 而求不止者, 刑共殺之, 少以犯衆, 弱以侮强, 忿怒不量力者, 兵共殺之. 〔**文子·符言**〕老子曰, 人有三死, 非命亡焉. 飮食不節, 簡賤其身, 病共殺之, 樂得無已, 好求不止, 刑共殺之, 以寡犯衆, 以弱陵

强, 兵共殺之. 〔**說苑·談叢**〕民有五死, 聖人能去其三, 不能除其二. 飢渴死者, 可去也, 凍寒死者, 可去也, 罹五兵死者, 可去也. 壽命死者, 不可去也, 癰疽死者, 不可去也. 飢渴死者, 中不充也, 凍寒死者, 外勝中也, 罹五兵死者, 德不忠也. 壽命死者, 歲數終也, 癰疽死者, 血氣窮也. 故曰, 中不正, 外淫作. 外淫作者多怨怪, 多怨怪者疾病生, 故淸淨無爲, 血氣乃平.

人在世間, 譬如乘泥船渡河.
비 니

사람이 세상에 살아가는 것은, 비유하면 진흙으로 만든 배를 타고 강을 건너가는 것과 같다. 사람의 세상살이는 매우 어렵고 위험하다는 뜻. → **人生如乘泥船渡河.**

〔**三慧經**〕○○○○, ○○○○○○○.

人在世間, 日失一日, 牽牛羊以詣屠所, 每進一步, 而去死轉近.
견 예

사람이 이 세상에 살면서 날마다 하루 시간을 잃어버리는 것은, 마치 소나 양이 끌려서 도살장으로 가는 것과 같아서, 한 발자욱 앞으로 걸어갈 때마다 점점 죽음 앞에 가까이 옮겨가고 있는 것이다. (世間 : 세상. 詣 : 나아가다. 이르다.)

〔**抱朴子·勤求**〕里語有之, ○○○○, ○○○○, ○○○○○○○, ○○○○, ○○○○○.

人之死, 猶火之滅也.

사람의 죽음은 불이 꺼진 것과 같다. 사람이 죽은 뒤에는 모든 것이 다시 존재하지 못하게 된다는 뜻.

〔**論衡·論死**〕○○○, ○○○○○. 火滅而耀不照, 人死而知不惠, 二者宜同一實, 論者猶謂死有知, 惑也.

人之生也, 與憂俱生, 壽者惛惛, 久憂不死.

사람은 태어나면서부터 근심이 함께 자라나며, 그래서 장수하는 사람은 늘 정신이 흐리멍텅하고 수명이 길 수록 근심도 더 오래 간다. 사람의 삶은 괴로운 것이고, 빨리 죽는 것이 오히려 안식하는 길임을 시사하는 말. (惛惛 : 어리석은 모양. 정신이 흐리멍텅한 모양. 머리가 어지러운 모양. 死 : 그치다. 그만 두다./ 사라지다. 없어지다.)

〔**莊子·至樂**〕○○○○, ○○○○, ○○○○, ○○○○, 何之苦也. 其爲形也亦遠矣.

日薄西山, 氣息奄奄, 人命危淺, 朝不慮夕.
박

해가 서산에 가까워지니 숨이 차서 끊어질 듯하고, 사람의 목숨이 위태롭고 짧아 아침에도 저녁에 어찌될지 알 수 없다. 나이가 많아 숨이 차고 언제 죽을지 알 수 없음을 형용. / 썩은 물건이 없어지려 함을 형용. (日薄西山 : 해가 서산에 가까워지다. 늙어서 죽을 때가 가까워짐을 비유. 薄은 가까이 가다. 접근하다. 접촉하다. 박두하다. 임박하다. / 이르다. 도달하다. 奄奄 : 숨이 차서 곧 끊어질 듯한 모양. 생기가 없는 모양. 목숨이 곧 끊어려함을 형용. 淺 : 시간이 짧다. 朝不夕慮 : 아침에 저녁 일을 예측하지 못하다. 목숨이 단석에 달려있음을 비유.) = **日薄西山. 朝不夕慮. → 日薄西山. 西山日落. 日落西山.**

〔**李密·陳情表**〕但以劉○○○○, ○○○○, ○○○○, ○○○○. 〔**宋史·趙晉傳**〕臣已日薄西山, 餘光無幾, 酬恩報國, 正在斯時. 〔**揚雄·反離騷**〕臨汨羅而自隕兮, 恐日薄於西山. 〔**海錄碎事·道釋養生**〕閑存三氣, 研諸妙精, 故能迴日薄之年, 反爲童嬰月.

一歲平分春日少, 百年通計老時多.

일년을 고르게 나누면 봄날이 적고, 백년을 통틀어 계산하면 늙은 때가 많다. 사람의 생애에 즐거운 기간이 적음을 이르는 말.

〔**白居易·春晩詠懷贈皇甫朗詩**〕○○○○○○○, ○○○○○○○.

一失人身, 萬劫不復.(복)

사람이 일단 그 몸을 잃으면 만세가 되어도 되돌릴 수 없다. 사람이 죽으면 영원히 되살아날 수 없다는 말. / 사람이 죽은 뒤에는 어떤 동물로 변하며, 다시 사람으로 회복하기 어렵다는 말. (萬劫 : 영원한 세월. 무한한 시기. 劫은 오랜 세월. 불교에서 하늘과 땅이 한 번 개벽할 때부터 다음 개벽할 때까지의 동안을 이른다.)

〔**景德傳燈錄**〕莫將等閑, 空過時光. ○○○○, ○○○○.

自靜其心延壽命, 無求於物長精神.

마음을 스스로 청결하게 하면 수명을 늘이게 되고, 재물을 추구하지 않으면 정신을 드높이게 된다. 수명을 늘이기 위해서는 마음을 깨끗이 해야 하고, 정신을 드높이기 위해서는 재물에 대한 욕심을 버려야 한다는 말. (靜 : 깨끗이 하다. 청결하게 하다. 長 : 늘이다. 높이다. 증가시키다. 신장시키다.)

〔**白樂天·不出門詩**〕○○○○○○○, ○○○○○○○. 能使便是眞修道, 何必降魔調伏身.

在生一日, 勝死千年. 好死不如惡活.

살아있는 하루가 죽어있는 천년보다 낫고, 훌륭하게 죽는 것이 비참하게라도 살아가는 것보다 못하다. 사람이 어떻게 해서라도 목숨을 부지하는 것이 죽는 것에 비하여 좋다는 것을 지적하는 말. (勝 : 낫다.) → **好死不如癩活着.**

〔**清 吹竽先生·落金扇傳**〕自古道, ○○○○, ○○○○. 又說道, ○○○○○○. 〔**通俗編**〕好死不如惡活.

精神者, 天之分, 骨骸者, 地之分.

해

정신이란 것은 하늘이 맡을 몫이고, 뼈라는 것은 땅이 맡을 몫이다. 사람이 죽으면 정신은 하늘로 올라가고 뼈는 땅으로 들어가는 것을 뜻한다. (分 : 나누어 맡은 것. 몫. 骨骸 : 몸을 구성하고 있는 온갖 뼈. 해골.)

〔**列子·天端**〕○○○, ○○○, ○○○, ○○○. 屬天淸而散, 屬地濁而聚. 精神離形, 各歸其眞. 故謂之鬼. 鬼, 歸也, 歸其眞宅. 黃帝曰, 精神入其門, 骨骸反其根, 我尙何存.

鳥之將死, 其鳴也哀. 人之將死, 其言也善.

새가 죽으려고 할 때에는 울음소리가 구슬퍼지고, 사람이 죽으려고 할 때에는 그 말이 착해진다. 사람이 임종에 이르러서는 악인이라도 제 본성으로 돌아오기 때문에 착한 말을 하게 된다는 뜻.

〔**論語·泰伯**〕曾子言曰, ○○○○, ○○○○. ○○○○, ○○○○. 〔**新序·雜事一**〕曾子曰, ○○○○, ○○○○, ○○○○, ○○○○. 言反其本性, 共王之謂也. 〔**說苑·修文**〕曾子曰, 鳥之將死, 必有悲聲, 君子集大辟, 必有順辭. 〔**後漢書·周擧傳**〕人之將死, 其言也善. 臣從事中郎周擧, 淸亮忠正, 可重任也.

左右擄天下圖, 右手刎咽喉, 愚夫不爲也.

문 인 후

왼손으로 온세상의 도면을 붙잡고, 오른손으로는 목을 자르는 것, 어리석은 사람도 그런 짓을 하지 않는다. 생명은 공명이나 이익·녹봉에 비하여 귀중함을 형용하는 말. (擄 : 붙잡다. 刎 : 목을 베다. 목을 자르다.)

〔**三國志·彭羕傳**〕分子之厚, 誰復過此. 羕一朝狂悖, 自求葅醢, 爲不忠不義之鬼乎. 先民有言, ○○○○○○, ○○○○○, ○○○○○. 況仆頗別菽麥者哉.

知成之必敗, 則求成之心, 不必太堅. 知生之必死, 則保生之道, 不必過勞.

성공한 것은 반드시 실패하게 된다는 것을 알면 곧 성공하려는 마음을 추구하는 데에 지나치게 고집할 필요는 없고, 삶이란 반드시 죽게 된다는 것을 알면 곧 삶의 정당한 수단을 유지하는 데에 지나치게 애쓸 필요가 없다. 이루어진 것은 반드시 깨뜨려지고, 살면 언젠가는 꼭 죽게 된다는 자연의 이법을 알게되면 부귀를 악착같이 탐하지 않고 또 오래 살려고 지나치게 애쓰지 않을 것임을 함축. (求 : 추구하다. / 힘쓰다. 堅 : 고수하다. 굳게 지키다. 고집하다. 保 : 유지하다. 보존하다. 道 : 정당한 경로. 절차. 수단. 방법. / 사리.)

〔**菜根譚·後六十二**〕○○○○○, ○○○○○, ○○○○. ○○○○○, ○○○○○, ○○○○.

疾在肓之上膏之下, 攻之不可. 達之不及, 藥不至焉, 不可爲也.
황 고

병이 흉부 횡경막의 위와 심장의 아래에 들어있으면 고치기 어렵다. (침을) 찔러도 닿지 못하고 약도 그곳에는 이르지 못하여 고칠 수가 없다. (喩) 사람의 병이 몸의 가장 깊은 곳까지 들어가 중태에 빠져있어 완쾌할 가능성이 전혀 없다. / 사태가 이미 구제할 수 없는 막바지에 이르다. / 사물의 병폐가 고치기 어려운 상태에 있다. 사람의 나쁜 습벽이 고질처럼 굳어지다. (膏肓 : 심장의 아랫 부분과 횡경막의 윗 부분으로 이곳에 병이 들면 고치기 여렵다고 한다. 攻 : 병을 다스리다. 병을 고치다. 達 : 뚫다. 爲 : 병을 고치다.) → **病人膏肓**.

〔 **春秋左氏傳·成公十年** 〕 未至, 公夢, 疾爲二豎子曰, 彼良醫也, 懼傷我. 焉逃之. 其一曰, 居肓之上膏之下, 若我何. 醫至, 曰, ○不可爲也. ○○○○○○○, ○○○○. ○○○○, ○○○○, ○○○○. 〔 **鏡花緣** 〕 賤妾之恙, 雖得女兒取參略延殘喘, 奈病人膏肓, 不啻風中之燭.

處世若大夢, 胡爲勞其生.

이 세상에 산다는 것이 큰 꿈을 꾸고 있는 것 같은데, 어찌 그 삶을 수고로이하랴 ! (胡 : 어찌.)

〔 **李太白·春日醉起言志** 〕 ○○○○○, ○○○○○, 所以終日醉, 頹然卧前楹.

天上浮雲如白衣, 斯須變幻成蒼狗.

하늘의 뜬 구름이 흰 옷 모양으로 되었다가 잠시 변하여 푸른 개 모양으로 되다. (喩) 인생과 세상의 일은 구름처럼 변화 무쌍하다. (斯須 : 잠시. 잠깐.) → **白雲蒼狗**.

〔 **唐 杜甫·可歎詩** 〕 ○○○○○○○, ○○○○○○○. 古往今來共一時, 人生萬事無不有. 〔 **清 姚鼐·慧居寺** 〕 白雲蒼狗塵寰感, 也到空林釋子家.

天上天下, 唯我獨尊.

(佛) 천지 사이에 내 자신이 가장 존귀하다. 곧 세상에서 내 몸이 가장 귀하다는 말. / 천하에 자기만큼 잘난 사람이 없다고 뽐내는 말로 쓰이기도 한다. 釋迦牟尼가 태어났을 때 스스로 한 말. = **天下天上惟吾獨存. 天上地下惟我獨存.**

〔 **傳燈錄·釋迦牟尼** 〕 古尊才生下, 乃一手指天, 一手指地, 周行七步, 目顧四方曰, ○○○○, ○○○○. 〔 **大莊嚴經·轉法輪品** 〕 遍觀四方, 手指上下, 作如是語此卽是我最後生身, ○○○○, ○○○○. 〔 **長阿含經·大本經** 〕 一當其生時, 從右脅出, 專念不亂. 從右脅出墮地, 行五步, 無人扶持, 遍觀四方擧手而言, ○○○○, ○○○○.

天地萬物父母, 人萬物之靈.

천지는 만물의 부모이고, 사람은 만물의 신령(영장)이다. 천지는 만물을 창조, 생육시키는 근원이기 때문에 부모라고 하는 것이고, 사람은 만물 중에서 가장 총명한 동물이므로 영장이라고 한다는 뜻.

〔**書經·周書·泰誓上**〕惟○○○○○○, 惟○○○○○, 亶總明, 作元后, 元后作民父母. 〔**明 沈鯨·雙珠記**〕鳥飛反鄕, 狐死首丘, 在物皆然. 況人爲萬物之靈, 豈無故土之思.

出萬死而遇一生.

만 번이나 죽음에 나갔다가 한 번 삶을 만나다. (喩) 거의 죽을 고비의 위험한 지경에 이르렀다가 구사일생으로 겨우 목숨을 부지하다.

〔**貞觀政要·君道**〕太宗曰, 玄齡昔從我定天下, 備嘗艱苦, ○○○○○○○.

太華之下, 白骨狼藉.

신선이 사는 太華山의 밑에는 백골이 어지러이 흩어져 있다. 곧 신선이 사는 太華山의 밑에는 이 산에 올라 장생불로하는 방법을 탐구하려던 자의 뼈가 어지러이 널려있다는 말. 신선이 되는 도를 구하여 얻는 것이 쉽지 않다는 뜻.

〔**晉 葛洪·抱朴子·登涉**〕凡爲道合藥及避亂隱居者, 莫不入山, 然不知入山法者, 多遇禍害. 故諺有之曰, ○○○○, ○○○○.

花開花謝年年有, 人老何曾再少年.

꽃이 피고 그 꽃이 지는 것은 해마다 있는 일인데, 사람이 늙으면 언제 소년 때로 바뀐 적이 있었는가? 사람이 한번 늙으면 다시 젊어질 수 없음을 개탄하는 말. (謝 : 시들다. 떨어지다. 何曾 : 언제 …한 적이 있었는가? 再 : 거듭오다. 다시 오다. 반복하다. / 바꾸다. 고치다.)

〔**錢德蒼·綴白裘·繡襦記·教歌**〕八十公公是老年, 手扳花樹淚漣漣, ○○○○○○○, ○○○○○○○.

荒裔愚人, 相聚偷生, 若魚游釜中, 喘息須臾間耳.
예 투 천 유

거칠은 변방의 어리석은 사람들이 서로 모여 욕되게라도 살기를 탐하지만 이는 마치 물고기가 가마솥 속에서 노는 것과 같아서 숨을 헐떡거릴 것이 순식간일 뿐이다. 사람들이 구차스럽게 살아남으려고 하지만 죽을 날이 얼마 남지 않았음을 이르는 말. 막다른 골목에 이른 이 시각에 위험이 발생하고 있어 오래갈 수 없음을 이르는 것. (荒裔 : 멀리 떨어진 국토의 끝. 황량한 변방. 偷生 : 목숨을 아껴 구차하게 살아남다. 죽어야할 때 죽지 않고 욕되게라도 살기를 탐하다. 喘息 : 숨이 차서 헐떡거리다. 須臾間 : 잠깐 사이. 잠시 사이. 순식간.) → **魚遊釜中. 魚遊沸鼎. 釜中之魚. 釜底游魚.**

〔**後漢書·張綱傳**〕嬰聞, 泣下, 曰, 荒裔愚人, 不能自通朝廷, 不堪侵枉, 遂復 相聚偷生, 若魚游釜中, 喘息須臾間耳. 〔**南朝 梁 丘遲·與陳伯之書**〕況僞孽昏狡, 自相夷戮, ……而將軍魚游于沸鼎之中, 燕巢于飛幕之上, 不亦惑乎. 〔**唐 李商隱·行次昭應縣道上送戶部李郎中充昭義攻討**〕魚游沸鼎知無日, 鳥覆危巢豈待風. 〔**資治通鑑**〕廣陵賊張嬰曰, 相聚偸生, 若魚游釜中, 知其不可久. 〔**東周列國志**〕句踐爲人機險, 今爲釜中之魚, 命制庖人.

花謝尙有重開日, 人老終無再少年.

꽃은 지면 오히려 거듭하여 피는 날이 있지만, 사람은 늙으면 끝내 다시 소년이 되는 일이 없다. 소년시대를 아껴야 함을 가리키는 것.

〔**小孫屠**〕(生白) 莫負媚景艶陽天, (淨)拚却西郊使萬錢. (末) ○○○○○○○, ○○○○○○○. 〔**元 岳伯川·鐵拐李**〕花開重開日, 人無再少年. 休道黃金貴, 安樂最値錢.

黃河之水天上來, 奔流到海不復回.

(復: 복)

黃河의 물이 높고 높은 천상으로부터 내려와서 기운차게 흘러 바다에 이르면 떠났던 곳으로 되돌아가지 못한다. (喩) 사람이 나서 활동하다가 늙어지면 다시 젊어지지 못한다. (復 : 돌아오다. 처음 있던 곳으로 돌아오다. 回 : 돌아오다. 돌아가다. 처음 떠났던 곳으로 돌아오다.)

〔**李白·將進酒**〕君不見, ○○○○○○○, ○○○○○○○.

다. 相逢과 離別

大海浮萍, 也有相逢之日.

큰 바다 위에 떠다니는 부평초도 서로 만나는 날이 있다. (喩) 사람은 언제나 만날 날이 있다.

〔**警世通言**〕常言, ○○○○, ○○○○○○. 或者天可憐, 有近處人家拾得, 撫養在彼, 母子相會. 〔**京本通俗小說**〕倘若天公有眼, 此人必脫虎口. 大海浮萍, 或有相逢之日.

飛鳥暮集高樹, 同林共宿, 伺明早, 起各自飛去.

(伺: 사)

나는 새는 해질 무렵에 큰 나무에 모여들어 같은 숲에서 함께 자면서 새벽을 엿보다가 일어나서 각기 날아가버린다. (喩) 사람이 어떤 연분이 있으면 다시 만나고 그것이 없으면 곧 헤어진다. (伺 : 엿보다. 明 : 새벽. 早 : 새벽. 이른 아침.)

〔**唐 釋道世·法苑珠林**〕有人耕田, 被蛇螫殺, 或詣其家, 以語其婦, 婦說喩言, 譬如 ○○○○○○, ○○○○, ○○○, ○○○○○. 行求飮食, 有緣更合, 無緣卽離. 我等夫婦, 亦復如是.

鳳凰臺上鳳凰遊, 鳳去臺空江自流.

봉황대 위에 봉황이 놀더니, 봉황이 떠나가고 누대가 빈채 강물만 저절로 흘러간다. 찾아갔던 그 사람이 이미 떠나가고 그가 놀던 누각만 허전하게 남아있음을 뜻한다. 개탄하며 실망하는 모양을 형용. → **鳳去臺空. 鳳去樓空.**

〔**李白·登金陵鳳凰臺 詩**〕○○○○○○○, ○○○○○○○. 吳宮花草埋幽徑, 晉代衣冠成古丘. 三山半落靑天外, 二水中分白鷺洲. 總爲浮雲能蔽日, 長安不見使人愁.

世皆無常, 會者定離.

세상 일이 다 무상하며, 만나면 반드시 헤어진다. (定 : 반드시. 꼭.) → **會者定離.**

〔**遺敎經**〕○○○○, ○○○○. 〔**法華經**〕愛別離苦, 是故會者定離. 〔**白樂天·詩**〕合者離之始, 樂兮憂所伏.

有緣千里能相會, 無緣對面不相逢.

연분이 있는 사람은 천리를 떨어져 있어도 서로 만나고, 연분이 없는 사람은 얼굴을 대하고 있어도 서로 만나지 아니한다.

〔**張協狀元**〕(淨)好對夫妻只是窮, 媒人盡在不言中. (生)○○○○○○○, ○○○○○○○. 〔**明 高明·琵琶記**〕我有緣結發曾相共, 難道是無緣對面不相逢.

一葉浮萍歸大海, 人生何處不相逢.

한 잎의 부평초도 큰 바다로 돌아가는데, 인생이 어느 곳에서인들 만나지 아니하랴 ! 사람은 어느 때인가는 서로 만날 수 있는 기회가 있다는 뜻. → **人生何處不相逢.**

〔**丁冠·詩**〕○○○○○○○, ○○○○○○○. 〔**通俗編**〕好者相語曰, 若見雷州寇司所, 人生何處不相逢. 〔**西遊記**〕常言道, 一葉浮萍歸大海, 爲人何處不相逢.

2. 生活

가. 食生活·生活態度·表情·苦樂

家産不過十金, 乏無儋石之儲, 晏如也.

담 저

집안의 재산이 십 금에 불과하고, 가난하여 얼마되지 않은 분량의 저축도 없지만 마음은 편안하고 여유있다. (乏 : 가난하다. 儋石 : 얼마되지 않은 분량. 儋은 두 항아리. 石은 한 항아리. 晏如 : 편안하여 마음에 여유있는 모양.)

〔 **漢書·揚雄傳** 〕 ○○○○○○, ○○○○○○, ○○○.

家有敝帚, 享之千金.

폐 추

집안에 가지고 있는 몽당비가 천금의 가치를 누리다. 몽당비를 매우 귀중한 물건으로 여긴다는 말. (喻) 자기가 가지고 있는 물건이 좋지 않은 데도 도리어 매우 진귀한 것으로 여기다. / 흠이 있는 데도 흠으로 여기지 않고 오히려 이를 장점으로 생각하다. (敝帚 : 몽당비. 끝이 망가져 떨어져 나간 빗자루. = 弊帚.) → **弊帚千金. 敝帚自珍. 千金敝帚.**

〔 **三國 魏 曹丕·典論·論文** 〕 夫人善於自見, 而文非一體, 鮮能備善, 是以各以所長, 相輕所短. 里語曰, ○○○○, ○○○○. 此不自見之患也. 〔 **東漢 劉珍·東觀漢記·光武帝紀** 〕 一旦放火縱兵, 聞之可爲酸鼻. ○○○○, ○○○○. 〔 **宋 陸遊·秋思** 〕 遺簪見取終安用, 弊帚雖微亦自珍.

强梁者不得其死. 好勝者必遇其敵.

거칠고 사나운 사람은 때때로 그 천수(天壽)를 다할 수 없고, 이기기를 좋아하는 사람은 반드시 강한 적수를 만나게 된다. 사람은 약하고 부드러운 듯이 살아야 함을 시사. (强梁 : 기력이 세다. / 난폭하다. 거칠고 사납다. 不得其死 : 늙어서 수명이 다하여 죽는 그런 죽음을 얻지 못하다. 곧 천수를 다하지 못하고 횡사한다는 뜻.)

〔 **老子·第四十二章** 〕 强梁者不得其死, 吾將以爲教父. 〔 **孔子家語·觀周** 〕 誠能愼之, 福之根也, 口是何傷, 禍之門也. ○○○○○○○, ○○○○○○○.

儉美德也, 過則爲慳吝, 爲鄙嗇, 反傷雅道.

간 린 비 색

검약은 미덕이지만 지나치면 인색해지고 비루해져서 도리어 올바른 길을 해친다. (慳吝 : 인색하다. 鄙嗇 : 천박하고 인색하다. 비루하다. 雅 : 바르다.)

〔 **菜根譚·二百一** 〕 ○○○○, ○○○○○, ○○○, ○○○○. 讓懿行也, 過則爲足恭, 爲曲謹, 多出機心.

煢煢孑立, 形影相弔.
경 혈

의지할 곳 없이 외로이 떨어져 서 있어 몸과 그림자가 서로 위로하다. 의지할 곳 없이 홀로 외로이 지내는 모양. (煢煢 : 외롭고 의지할 곳이 없다. 孑立 : 외로이 떨어져 서다. 弔 : 위문하다. 위로하다.)

〔**晉 李密·陳情表**〕外無朞功强近之親, 內無應門五尺之童. ○○○○, ○○○○.

高山峻原, 不生草木. 松柏之地, 其土不肥.

높은 산과 험한 둔덕에는 추목이 자라지 못하고, 소나무 잣나무가 자라는 땅은 그 흙이 비옥하지 못하다. (喩) 호화·사치는 그 주변 관련자에게 해를 끼친다.

〔**國語·晉語九**〕(士茁)對曰, ……. 志有之曰, ○○○○, ○○○○. ○○○○, ○○○○.

苦日難熬, 歡時易過.
오

고통스런 날은 참기 어렵고, 즐거운 때는 지내기가 쉽다. (熬 : 견디다. 참다.)

〔**古今小說**〕(蔣興哥)專在樓上與渾家成雙捉對, 朝慕取樂, ……. 自古○○○○, ○○○○. 暑往寒來, 早已孝服完滿.

瑰貨多藏, 則不招怨而怨至矣. 器盈志驕, 不招禍而禍來矣.
괴

진귀한 물품을 많이 간직하면 원한을 부르지 않아도 원한이 저절로 이르고, 재능이 많은 사람이 교만한 뜻을 가지면 재앙을 부르지 않아도 재앙이 저절로 찾아온다. (瑰貨 : 진귀한 물건. 瑰는 붉은 옥. / 진귀하다. 器 : 재능. 능력. 인재. / 도량. 盈 : 그득하다. 충만하다. 차서 넘치다. / 원만하다. 志 : 뜻을 두다. 마음 속에 기억해 두다.)

〔**抱朴子·廣譬**〕抱朴子曰, 準的陳, 則流鏑赴焉. 美名起, 則謗讟攻焉. ○○○○, ○○○○○○○○. ○○○○. ○○○○○○○○.

今朝有酒今朝醉, 明日愁來明日愁.

오늘 술이 있으면 오늘 취하고, 내일 근심이 있으면 내일 근심한다. (喩) 위선 하고싶은 것을 다하고 목전의 환락을 누리다. / 오늘 일은 오늘 생각하고 내일 일은 내일 생각한다. 그럭 저럭 되는대로 살아가다. / 다만 안전의 일만 생각하고 장기적인 계획을 하지 않는다. = **今朝有酒今朝醉, 莫管明日是與非.** → **今夕有酒今夕醉. 今宵有酒今宵醉.**

〔**唐 羅隱·自遣詩**〕得卽高歌失卽休, 多愁多恨亦悠悠, ○○○○○○○, ○○○○○○○. 〔**元 施君美·幽閨記**〕和俑共飮三杯, 今朝有酒今朝醉. 〔**大宋宣和遺事**〕前翠曾說道, 今朝有酒今朝醉, 明日愁來明日當.〔權審·絶句詩〕得卽高歌失卽休, 多悲多恨謾悠悠, 今宵有酒今宵醉, 明日愁來明日愁.

飢來喫飯, 困來則眠.
끽

배가 고프면 밥을 먹고, 몸이 피곤하면 잠을 잔다. 저절로 일어나는 욕망에 따라 자연스럽게 생활함을 이르는 말. (喫 : 밥을 먹다. 물을 마시다. 담배를 피우다.) = **饑來喫飯, 倦來眠.**

〔**王守仁·答人問道詩**〕饑來喫飯, 倦來眠, 唯此修行玄更玄.〔**傳燈錄**〕○○○○, ○○○○.

麒麟得食, 日行千里. 鳳凰得食, 飛騰四海.

기린이 먹이를 얻으면 날마다 천리를 갈 수 있고, 봉황이 먹이를 얻으면 사해를 날아오를 수 있다. (喻) 일하는 사람이 배불리 먹어야만 비로소 큰 일을 해낼 수 있다.

〔**敦煌變文集·伍子胥變文**〕子胥答曰, 但求船渡, 何敢望餐. 魚人答曰, 吾聞○○○○, ○○○○. ○○○○, ○○○○.

短褐穿結, 簞瓢屢空, 晏如也.
갈 천 표 누

짧은 베잠방이 해어진 곳을 꿰매 입고, 도시락과 표주박이 자주 비어있어도 마음이 편안하여 여유가 있다. 사람의 생활이 매우 빈곤하여 항상 입을 것·먹을 것이 없어도 마음만은 편안하여 여유가 있음을 형용. (穿結 : 해어진 옷을 꿰매다.)

〔**陶淵明·五柳先生傳**〕先生, 不知何許人, 亦不詳其姓字, 宅邊有五柳樹, 因以爲號焉. ……. 家貧, 不能常得親, 知其如此, ……, 環堵蕭然, 不蔽風日, ○○○○, ○○○○, ○○○.

冬不可以廢葛, 夏不可以廢裘.
구

겨울철이라도 여름에 입는 거친 옷인 갈포옷을 없애서는 안되고, 여름철이라도 겨울에 입는 가죽으로 만든 갖옷을 없애서는 안된다. (喻) 모든 일은 미리 방비를 잘 해두어야 한다.

〔**淸 顧炎武·天下郡國利病書**〕夏有修墻之役, 冬則偏頭防河, 皆所不廢. 諺曰, ○○○○○○, ○○○○○○. 蓋言預也.

木奴千, 無凶年.

감귤나무 천 그루가 있으면 흉년이 없다. 감귤나무를 많이 가지고 있으면 그 감귤을 오곡과 교역할 수 있어서 흉년이 들어도 두려워할 것이 없다는 말. (木奴 : 감귤.)

〔**齊民要術·序**〕○○○, ○○○. 李衡于武陵龍陽泛洲上作宅, 種柑橘千樹. 臨卒勅兒曰, 吾州裏有千頭木奴, 不責汝衣食, 歲上一匹絹, 亦可足用矣.〔**宋 趙德麟·侯鯖錄**〕諺曰, ○○○, ○○○. 蓋言果實可以市易五穀.

飯疏食, 飮水, 曲肱而枕之, 樂亦在其中矣.
사 굉

거친 밥을 먹고, 물을 마시며, 팔뚝을 굽혀 벼개로 삼아 베고 누워도, 즐거움이 또한 그 가운데 있다. 잘못 먹고 살아도 도(道)에 살면 그 안에서 즐거움을 얻을 수 있다는 안빈락도(安貧樂道)의 사상을 표현한 것. (疏食 : 거친 밥. 曲肱 : 팔뚝을 굽히다. 팔을 구부리다. 枕 : 벼개로 삼아 베다.) → **曲肱而枕之. 曲肱之樂. 曲肱而枕. 曲肱之曲.**

〔 **論語·述而** 〕 子曰, ○○○, ○○, ○○○○○, ○○○○○○. 不義而富且貴, 於我如浮雲. 〔 **明 馮惟敏·中呂粉蝶兒** 〕 歸來飯飽黃昏後, 曲肱而枕, 鼓腹而游.

服絺綌之凉者, 不苦盛暑之鬱燠, 襲狐貉之暖者, 不憂至寒之凄愴.
치 격 오 학 처 창

서늘한 갈포의 홑옷을 입은 사람은 삼복더위의 찌는 듯한 무더위를 괴로워하지 아니하고, 따뜻한 여우와 담비의 갖옷을 입은 사람은 지극한 추위의 혹독한 추움을 근심하지 아니한다. 일의 수단이나 연장을 가지고 있는 자는 대비하기 쉽다는 뜻. (絺綌 : 갈포로 만든 홑옷. 絺는 고운 갈포. 綌은 거친 갈포. 盛暑 : 한더위. 삼복 더위. 鬱燠 : 무더움. 찌는 듯한 무더위. = 鬱懊. 鬱은 무덥다. 燠는 덥다. 襲 : 옷을 입다. / 옷을 껴입다. 貉 : 담비. 凄愴 : 매우 추움. 혹독한 추위. 凄는 춥다. 愴은 차다. 차갑다.)

〔 **王褒·聖主得賢臣頌** 〕 ○○○○○○, ○○○○○○○, ○○○○○○, ○○○○○○○. 何則, 有其具者易其備.

不耕而食, 不蠶而衣.
부 잠

농사를 짓지 아니하고도 밥을 먹고, 베를 짜지 아니하고도 옷을 입다. 일을 하지 않고도 편안한 생활을 함을 비유하는 말. (耕 : 밭 갈다. 논밭을 갈다. 쟁기로 땅을 갈아 씨를 뿌리다. 농사짓는 일에 힘을 다하다. 蠶 : 누에 치다. 양잠을 하다.)

〔 **西漢 桓寬·鹽鐵論·相刺** 〕 今儒者釋耒耜而學不驗之語, 曠日彌久, 而無益於治. 往來浮游, ○○○○, ○○○○, 巧僞良民, 以奪農妨政, 此亦當世之所患也.

事窮勢蹙之人, 當原其初心. 功成行滿之士, 要觀其末路.
축

일이 막히어 형세가 오그라든 사람은 일을 시작할 때의 그 마음을 추구해야 하며, 공이 이루어져 하는 일이 달성된 사람은 그 노후를 살펴보아야 한다. (蹙 : 오그라들다. 막히다. 궁지에 빠지다. 原은 찾다. 근본을 추구하다. 근본을 조사하고 연구하다. 滿 : 성취하다. / 달성하다. 도달하다. 觀 : 살펴보다. 末路 : 가던 길의 마지막. / 일생의 끝날 무렵. 생애의 최후. 만년./ 일의 망해가는 막바지.)

〔**菜根譚·三十**〕○○○○○○, ○○○○○. ○○○○○○, ○○○○○.

奢則不孫, 儉則固. 與其不孫也, 寧固.

사치하면 겸손하지 못하고, 검소하면 고루해지는데, 겸손하지 못한 것보다는 차라리 고루한 것이 낫다. 사치하는 것과 검소한 것은 다 중도를 잃은 것이지만, 사치하는 것이 해가 더 크다는 뜻. (孫 : 겸손. 공손. / 공손하다. 겸손하다. = 遜固 : 고루하다. 견문이 좁아서 완고하다. 與其…, …寧可 : …하기 보다는 차라리 …하는 것이 낫다.)

〔**論語·述而**〕子曰, ○○○○, ○○○, ○○○○○, ○○. 〔**顔氏家訓·治家**〕孔子曰, ○○○○, ○○○, ○○○○○, ○○.

爽口之味, 皆爛腸腐骨之藥, 五分便無殃. 快心之事, 悉敗身喪德之媒, 五分便無悔.

상 난 실

입에 맞는 음식의 맛은 모두 창자를 문드러지게 하고 뼈를 썩게하는 약이니, 그 반이면 곧 재앙이 없다. 마음을 유쾌하게 하는 일은 다 몸을 망치고 덕을 잃게 하는 매개체이니 그 반이면 곧 후회가 없다. 좋은 음식은 과식하여 몸을 다치기 쉽고, 유쾌한 일은 몰입하게 되어 패가망신하기 쉬우므로 그 반 쯤에서 그치라는 뜻. (爽口 : 맛이 시원하다. 맛이 좋다. 입에 맞다. 爛 : 문드러지다. 헐다. 悉 : 다. 모두.)

〔**菜根譚·百四**〕○○○○, ○○○○○○○, ○○○○○. ○○○○, ○○○○○○○, ○○○○○.

桑椹人能久服, 可以延年益壽.

심

오디를 오래 먹으면 나이를 늘여서 수명을 더할 수 있다. (椹 : 버섯. 오디. 服 : 약을 먹다. 延年益壽 : 수명을 연장하여 오래 살다.) → **延年益壽**.

〔**漢書·李尋傳**〕宜急改元易號, 迺得延年益壽皇子生, 災異臭矣. 〔**文選·宋玉·高唐賦**〕九竅通鬱, 精神察滯, 延年益壽, 千萬歲. 〔**鏡花緣**〕○○○○○○, ○○○○○○. 班鳩食之, 則昏迷不醒.

生年不滿百, 常懷千年憂.

사람이 살 수 있는 나이 백 년을 다 채우지 못하는데, 항상 천 년 뒤에 올 걱정을 품는다. 사람의 목숨이 유한한 데도 항상 먼 장래 일을 걱정한다는 뜻. = **人生不滿百, 常懷千年憂**.

〔**文選·古詩**〕○○○○○, ○○○○○. 晝短苦夜長, 何不秉燭遊. 〔**樂府·西門行**〕人生不滿百, 常懷千年憂. 晝短苦夜長, 何不秉燭遊. 〔三國 **魏·曹植·游仙詩**〕人生不滿百, 戚戚小歡娛, 意欲奮六翮, 排霧凌紫虛.

松樹千年終是朽, 槿花一日自爲榮.
후

소나무는 천년을 살아도 마침내 썩어버리고, 무궁화꽃은 하루를 피어도 스스로 영화를 누린다. 사람이 보람없이 오래 사는 것에 집착하지 말 것이며, 주어진 삶을 도리에 맞게 충실하게 할 것을 주문하는 말.

〔**白樂天·放言詩**〕泰山不要欺豪末, 顔子無心羡老彭. ○○○○○○○, ○○○○○○○. 何須戀世常憂死, 亦莫嫌身漫厭生. 生去死來都是幻, 幻人哀樂繫何情.

誰謂荼苦, 其甘如薺.
도 제

누가 씀바귀를 쓰다고 했는가? (내 처지에서는) 그 단맛이 냉이와 같거늘. 씀바귀가 실제로 쓰기는 해도, 세상 일에는 그것보다 더 쓰디쓴 일이 너무도 많다는 뜻. (荼 : 씀바귀. 薺 : 냉이.)

〔**詩經·邶風·谷風**〕○○○○, ○○○○. 宴爾新昏, 如兄如弟.

食貴於玉, 薪貴於桂.

음식은 구슬보다 비싸고, 땔나무는 계수나무보다 비싸다. 생활 필수품이 비싸 생활하기가 곤난함을 형용. (貴 : 비싸다.) → **米珠薪桂. 食玉炊桂.**

〔**戰國策·楚策三**〕楚國之○○○○, ○○○○, 謁者難得見如鬼, 王難得見如天帝. 今令臣(蘇秦)食玉欲桂, 因鬼見帝. 〔**通俗編·草木·米珠薪桂**〕今語易玉爲珠, 又本蘇詩, 尺薪如桂米如珠句.

食不二味, 居不中席, 室不崇壇, 器不彤鏤.
동 루

식사에 맛있는 두 가지 찬을 취하지 않고, 거처하는 곳에 까는 자리를 겹으로 펴지 않으며, 처소를 높은 단으로 하지 않고, 기물은 아름답게 장식하지 않았다. 생활이 검약함을 형용. (彤鏤 : 장식하는 것. 彤은 붉게 칠하다. 鏤는 아로새기다.)

〔**春秋左氏傳·哀公元年**〕昔, 闔閭○○○○, ○○○○, ○○○○, ○○○○, 宮室不觀, 舟車不飾, …….

安貧樂賤, 與世無營.

빈곤함을 편안히 여기고, 비천함을 즐기면서 세상과 더불어 일을 꾀하지 아니하다. 빈천한 생활을 편안히 여기고, 이미 정한 노선·신조를 고수함을 형용. 원래는 고대 사대부·유가가 제창한 입신 처세의 태도를 가리켰으나 현재는 사업에 충실하고 부귀영화를 추구하지 않으면서 분수에 매우 만족하는 정신을 칭송하는데 쓰인다. (安 : 마음에 편안히 여기다. 만족해하다. 營 : 꾀하다. 모색하다. 처리하다. 행하다.) → **安貧樂道. 樂道安貧. 安貧守道.**

〔**論語·雍也**〕子曰, 賢哉回也. 一簞食一瓢飮, 在陋巷, 人不堪其憂, 回也不改其樂, 賢哉回也. 〔**後漢書·蔡邕傳·釋誨**〕○○○○, ○○○○. 〔**後漢書·韋彪傳**〕安貧樂道, 恬于進趣, 三輔諸儒莫不仰慕之.

養病如養虎, 虎大就傷人.

병을 (치료하지 않고) 기르는 것은 호랑이를 기르면 호랑이가 커서 사람을 해치는 것과 같은 것이다. 병을 치료하지 않고 악화되는 것을 방치해 두면 위험한 결과에 이르게 됨을 형용.

〔**淸 無名氏·龍圖耳錄**〕有病早來醫治, 莫要耽延. 俗言, ○○○○○, ○○○○○.

量腹而食, 度(탁)身而衣.

배의 양을 헤아려서 알맞게 먹고, 몸의 크기를 헤아려서 알맞게 입다. 분수에 맞추어 알맞게 생활해야 한다는 말.

〔**墨子·魯問**〕子墨子謂公尙過曰, ……, ○○○○, ○○○○, 自比於群臣, 奚能以封爲哉.

良田萬頃, 日食二升, 大廈(하)千間, 夜卧八尺.

좋은 밭이 만 경이 있어도 하루에 (양식) 두 되만 있으면 넉넉하게 먹으며, 큰 집이 (크기가) 천 칸이라도 밤에 한 사람이 밤에 누워 자는 곳은 여덟 자면 넉넉하다. 사람이 먹고 사는 것에 필요한 것은 매우 적고 작아서, 쉽게 배불리 먹고 몸을 의지하여 살 수 있음을 가리키는 것. (頃 : 밭의 계산 단위로 100畝의 넓이. 大廈 : 규모가 큰 집.)

〔**宋 陳錄·善誘文**〕(引趙淸獻語)○○○○, ○○○○, ○○○○, ○○○○.

魚得水逝, 而相忘乎水. 鳥乘風飛, 而不知有風.

물고기는 물을 얻어 헤엄치지만 물을 잊어버리고, 새는 바람을 타서 날지만 바람이 있음을 알지 못한다. (喩) 사람이 세상에 살면서 일상적인 세속의 일을 잊고 유유자적하다. / 모든 것은 다 믿고 의지하는 곳이 있다. (逝 : 가다. 흘러가다.) → **魚乘水, 鳥乘風.**

〔**菜根譚·後六十八**〕○○○○, ○○○○○. ○○○○, ○○○○○, 識此, 可以超物累, 可以樂天機. ※〔**說苑·建本**〕魚乘於水, 鳥乘於風. 草木乘於時. 〔**莊子·大宗師**〕孔子曰, ……. 故曰, 魚相忘乎江湖, 人相忘乎道術.

漁釣於一壑(학), 則萬物不奸其樂, 栖遲(서)於一丘, 則天下不易(역)其樂.

개천에서 낚시하면 만물이 그 즐거움을 어지럽히지 못하고, 동산에서 자유롭게 살면 천하도 그 즐거움을 바꾸지 못한다. 세속을 떠나서 산수와 풍류를 즐기면서 살면 세상에서 이보다 더한 즐거움이 없다는 말. / 한 언덕과 한 골짜기라도 만족하면 즐겁게 지낼 수 있다는 뜻. (漁釣 : 낚시질하다. 壑 : 골짜기. / 도랑. 개천. 奸 : 어지럽히다. 교란하다. 栖遲 : 관직 따위에 매이지 않고 자유롭게 사는 일. 유유한 심경으로 놀며 지내다. = 棲遲. 丘 : 언덕. 동산.) = **釣於一壑, 棲於一丘. 一丘一壑. 一邱一壑.**

〔**漢書·敍傳**〕班嗣曰, ○○○○○, ○○○○○○○, ○○○○○, ○○○○○○○. 〔**世說新語·品藻**〕明帝問謝鯤, 君自謂何如庾亮. 答曰, 端委廟堂, 使百官準則, 臣不如亮, 一丘一壑, 自謂過之. 〔**晉書·謝鯤傳**〕明帝在東宮問曰, 論者以君方庾亮, 自謂何如. 答曰, 端委廟堂, 使百僚準則, 鯤不如亮,一邱一壑, 自謂過之. 〔**太平御覽**〕(引 苻子) 黃帝將適昆虞之丘, 中路逢容成子, 乘翠華之蓋, 建日月之旗, 驂紫虬, 御雙馬, 黃帝命方明避路, 謂容成子曰, 吾將釣于一壑, 棲于一丘. 〔**文海披抄**〕容成子曰, 栖於一丘, 釣於一壑. 〔**淸 黃宗義·明州香山寺志序**〕遠游志願, 何可必遂, 不如一丘一壑, 光景絶可憐愛耳.

寧去累世宅, 不去鱟魚額.

차라리 조상 대대로 살던 집을 버릴지언정 전어머리는 버리지 않겠다. 전어머리가 지극히 맛이 좋음을 형용. (累世 : 여러 세대. 대대. 額 : 이마로, 생선은 머리에 해당.)

〔**漢 趙岐·三輔決錄**〕鱟魚肥, 炙甚美. 諺曰, ○○○○○, ○○○○○.

五味入口, 不欲偏多. 故酸多傷脾, 苦多傷肺, 辛多傷肝, 醎(함)多則傷心, 甘多則傷腎.

다섯가지 (음식의) 맛 오미(五味)이 입에 들어가는데 있어서 어느 하나가 지나치게 많은 것을 탐해서는 안되는 것이니, 신 맛이 많으면 비장을 해치고, 쓴 맛이 많으면 폐를 해치며, 매운 맛이 많으면 간을 해치고, 짠 맛이 많으면 심장을 해치고, 단 맛이 많으면 신장을 해친다. 다섯가지 맛의 음식을 고루 먹어야 건강해짐을 시사하는 말. (五味 : 신맛. 쓴맛. 매운맛. 짠맛. 단맛. 欲 : 탐하다. 醎 : 짜다. 鹹의 속자.)

〔**抱朴子·極言**〕○○○○, ○○○○, ○○○○○, ○○○○, ○○○○, ○○○○○, ○○○○○. 此五行自然之理也.

願得歸, 晩食以當肉, 安步以當車, 無罪以當貴, 淸淨貞正以自虞(우).

시골로 돌아가서 때를 어겨 늦게 먹는 것을 고기반찬으로 삼고, 천천히 걷는 것을 수레 타는 것으로 삼으며, 죄 짓지 아니하는 것을 고귀한 것으로 삼으면서 조용하고 올바르게하여 스스로 편안히 지내기를 원한다. (補) 齊나라의 宣王이 處士인 顔 斶을 불러, 그에게 최고의 대우를 해줄 것을 조건으로 자신과 교제해줄 것을 요청했으나 그는 위와 같은 심경을 토로하고 정중하게 거절한 후 귀향하였다. (淸淨 : 조촐하고 고요하다. 욕심이 없고 안정하다. 貞正 : 지조가 굳고 바르다. 虞 : 편안하다. 안정하다.) → **安步以當車. 緩步當車.**

〔**戰國策·齊策四**〕○○○, ○○○○○, ○○○○○, ○○○○○, ○○○○○○○,

由儉入奢易, 由奢入儉難.
이

절검을 좇으면서 사치에 이르는 것은 쉬워도, 사치를 좇으면서 절검에 이르는 것은 어렵다. 절검하는 사람이 사치하기는 쉬워도 사치하는 사람이 절검하기는 어렵다는 뜻. (由 : 따르다. 좇다. ≒ 從. 入 : 이르다. 밖으로 부터 안에 이르다.)

〔**宋 遠釆·袁氏世範**〕日入之數, 多于己出, 此所以常餘. ……有不之悟者, 何以支梧. 古人謂○○○○○, ○○○○○, 蓋謂此耳. 〔**司馬光訓儉示康**〕吾今日之俸, 雖擧家錦衣玉食, 何患不能. 顧人之常情, ○○○○○, ○○○○○. 吾今日之俸, 豈能常存.

衣不重帛, 食不兼肉.
백

비단옷을 겹쳐 입지 않으며, 한 끼에 두 가지의 고기를 겹쳐 먹지 않는다. 절검하는 생활을 함을 이른다. (帛 : 비단. 견직물.) → **衣不兼綵. 衣不重采. 衣不二采.** → **食不重肉. 食不二味. 食不重味. 食不加肉. 食不兼味.**

〔**春秋左氏傳·哀公元年**〕昔闔廬食不二味, 居不重席. 〔**尹文子·大道上**〕昔晉國苦奢, 文公以儉矯之, 乃衣不重帛, 食不兼肉. 無幾時, 人皆大布之衣, 脫粟之飯. 〔**史記·晏子列傳**〕嬰以節儉行重于齊, 旣相齊, 食不重肉, 妾不衣帛. 〔**晉書·劉超傳**〕衣不重帛, 家無儋石之儲.

梨百損一益, 楙百益一損.
무

배는 백 가지 손해에 한 가지 이익이 있고, 모과는 백 가지 이익에 한 가지 손해가 있다. 배는 해로운 것이 많고, 모과는 이로운 것이 많다는 말. (楙 : 모과.)

〔**埤雅**〕諺曰, ○○○○○, ○○○○○. 投人之道, 宜有以宜之.

以約失之者, 鮮矣.

검약함으로써 실수를 범하는 것은 드물다. 자신을 잘 절제하고 단속하면 잘못을 저지르는 일이 없다는 뜻. (約 : 물질적인 검약과 더불어 정신적인 단속을 하다. / 낭비를 하지 않고 언행을 삼가다. 失 : 잘못을 저지르다. 실수를 하다.)

〔**論語·里仁**〕子曰, ○○○○○, ○○.

以鳥養養鳥者, 宜栖之深林, 遊之壇陸, 浮之江湖, 食之鰌·鰷, 隨行列而止, 委蛇而處.
추 조 행 이

새가 잘 자라도록 새를 기르려면, 마땅히 깊은 숲 속에 깃들게 하고, 뜰과 언덕에 놀게 하며, 강이나 호수에 떠다니게 하고, 미꾸라지와 피라미를 먹게 하며, 줄지은 떼를 따라다니다가 서기도 하고 느긋하게 쉬도록 하여야 한다. 새는 자연환경 속에서 자유로이 활동하고 자연스럽게 자라도록 하는 것이 잘 기르는 방법이라는 말. 사람도 자연스런 성장을 이루게 하고 그 자연적인 성정에 맞게 가르치고 처세해야 함을 시사하는 말. (以鳥養 : 새가 잘 자라도록 하다. 養 : 기르다. 자라게 하다. 壇 : 뜰. 陸 : 큰 언덕. / 높고 평평한 산꼭대기. 鰌 : 미꾸라지. =鰍. 鯈 : 피라미. = 儵. 行列 : 줄지어 섬. 委蛇 : 느긋한 모양. 천연스러운 모양. 침착한 모양.)

〔 **莊子·至樂** 〕 夫○○○○○○, ○○○○○, ○○○○, ○○○○, ○○○. ○, ○○○○○, ○○○○.

耳後風生, 鼻頭出火.

귀 뒤에 바람이 일고, 콧구멍에서 불을 뿜다. 굶주렸다가 더할나위 없이 맛있게 음식을 먹는 것을 형용하는 것.

〔 **梁書·曹景宗傳** 〕 景宗謂所親曰, 我昔鄉里騎快馬如龍, 與年少輩數十騎, 拓弓弦作霹靂聲, 箭如餓鴟叫平澤中, 逐麞數助射之, 渴飮其血, 饑食其肉, 甜如甘露漿, 覺○○○○, ○○○○, 此樂使人忘死, 不知老之將至.

人平不語, 水平不流.

사람은 편안하면 말을 하지 아니하고, 물은 (땅이) 평평하면 흐르지 아니한다. 같은 수면이 평평하면 흘러내려가지 않는 것과 같이 사람의 마음이 만족을 느끼어 평온하면 곧 아무 말을 하지 않는다는 말.

〔 **通俗編·言笑** 〕 五燈會元, 守卓云, ○○○○, ○○○○. 按卽韓公云不得其平則鳴之意. 〔 **韓愈·送孟東野序** 〕 大凡物不得其平則鳴.

人必將象箸(저)玉杯, 則必食旄(모)象豹胎. 必衣錦衣九重, 必住於廣室高臺.

사람이 꼭 상아 젓가락과 옥그릇을 쓴다면 그는 곧 그것으로 긴 털을 가진 소 모우(旄牛)와 코끼리와 표범의 유태(幼胎) 같은 것(귀한 고기)을 먹으며, 반드시 겹겹이 싸인 깊은 곳에서 비단옷을 입으며, 반드시 높은 누대 위에 지은 넓은 집에서 살아가려 한다. 상아 젓가락과 옥그릇을 쓰는 사람은 콩국과 같은 거친 음식을 먹을 수 없고, 짧은 베잠방이 같은 조잡한 베옷을 입을 수 없고, 따로 지붕을 인 초라한 초가에서 살 수 없듯이 한 가지 사치용품을 쓰면 의·식·주의 모든 면에 걸쳐 사치생활을 하는 것이 불가피함을 설명. (將 : 쓰다. 사용하다. 旄 : 긴 털을 가진 소. 旄牛. 九重 : 아홉겹. 겹겹이 싸임. / 궁궐. 궁중.) → **高臺廣室**.

〔 **韓非子·喩老** 〕 昔者, 紂爲象箸, 而箕子怖. 以爲象箸必不可於土鉶, 必將犀玉之杯, 象箸玉杯, 必不羹於菽藿, 則必旄象豹胎. 旄象豹胎, 必不衣短褐而食於茅屋之下, 則必錦衣九重, 廣室高臺. 〔 **淮南子·說**

林訓上〕紂爲象箸而箕子怖, 以爲象箸必不盛羹於土鉶, 則必犀玉之杯, 玉杯象箸必不盛菽藿, 則必旄象豹胎, 旄象豹胎, 必不衣短褐而舍茅茨之下, 則必錦衣九重, 高臺廣室也. 〔**史記·宋微子世家**〕紂始爲象箸, 箕子歎曰, 彼爲象箸, 必爲玉杯.

一更思, 二更想, 三更夢.

잠자리에 들어 일경에는 무슨 생각을 하고, 이경에는 생각에 잠기다가 삼경에는 꿈을 꾼다. 마음 속으로 생각하는 것이 매우 빨리 환상과 같이 변화하여 꿈을 꾸게 됨을 형용. 꿈은 허황되고 불신한 것임을 가리키는 것. (更 : 하룻밤을 5등분한 그 하나의 시간 단위로서 일경은 초저녁, 삼경은 한밤중에 해당된다.)

〔**張協狀元**〕自古道, ○○○, ○○○, ○○○○. 大凡情性不拘, 夢幼非實, 大抵死生有命, 富貴在天, 何苦憂慮.

一年之計在于春, 一日之計在于寅, 一生之計在于勤, 一家之計在于和.

1년의 계획은 봄에 달려있고, 하루의 계획은 새벽에 달려있으며, 일생의 계획은 부지런함에 달려있고, 한 집안의 계획은 화목함에 달려 있다. 모든 일은 만약에 대비하기 위하여 미리 계획을 세워야 한다는 뜻. (寅 : 3시부터 5시까지의 새벽.)

〔**南朝 梁 蕭繹·纂要**〕一年之計在于春, 一日之計在于晨. 〔**明 無名氏·白兎記**〕一年之計在于春, 一生之計在于勤, 一日之計在于寅, 春若不耕, 秋收無望. 寅若不起, 日無所辦. 少若不勤, 老無所歸. 〔**明 姚舜牧·藥言**〕諺云, 一日之計在于寅, 一年之計在于春, 一生之計在于勤. 〔**明 鄺璠·便民圖纂**〕○○○○○○○, ○○○○○○○○, ○○○○○○○○, ○○○○○○○○. 欲成家, 置兩犁, 欲破家, 置兩妻. 〔**明 許國軒·白蛇記**〕一年之計在于春, 一日之計在于寅 〔**明 徐光啓·農政全集**〕冬作旣興, 早起早眠, 春間最爲要緊. 古語云, 一年之計在春, 一日之計在寅. 〔**明 丘浚·投筆記**〕春不種則秋無收, 夏不耨則冬無望. 〔**通俗編**〕一日之計在于晨, 一年之計在于春.

一簞食(사), 一瓢飮, 在陋巷, 人不堪(감)其憂, 回也不改其樂.

한 도시락 밥을 먹고, 한 표주박의 물을 마시면서 좁고 지저분한 시골에 사는 것. 남들은 그런 괴로움을 견뎌내지 못하는 데도, 顔回는 그 (도를 향한) 즐거움을 바꾸지 아니하였다. 보통 사람들은 시골에서 빈천한 생활을 하는 것을 고통으로 여기지만 孔子의 제자인 顔回는 안빈낙도 (安貧樂道)를 즐기는 마음을 견지하였다는 뜻. (簞 : 도시락. 食 : 밥. 瓢 : 표주박. 陋巷 : 좁고 지저분한 거리. 빈천한 사람들이 사는 협소한 골목. 憂 : 고통. 괴로움.) → **一簞食一瓢飮. 一簞飯一瓢水. 簞食瓢飮. 簞瓢.**

〔**論語·雍也**〕子曰, 賢哉回也. ○○○, ○○○, ○○○, ○○○○○, ○○○○○○. 賢哉回也. 〔**漢書·貨殖傳**〕顔淵簞食瓢飮, 在於陋巷. 〔**漢 班固·答賓戲**〕顔潛樂於簞瓢, 孔終篇於西狩.

日食萬錢, 猶曰無下箸處.
저

하루에 거금인 만 전어치를 먹으면서도 오히려 젓가락으로 찍을 것이 없다고 말한다. (喩) 몹시 호화, 사치스럽고 낭비하는 생활을 하면서도 불만을 토로하다. (猶 : 오히려.)

〔 **晉書·何曾傳** 〕 然性豪奢, 務有華侈, 帷帳車服, 窮極綺麗, 廚膳滋味, 過於王者. 每燕見, 不食太官所設, 帝輒命取其食. 蒸餅上不拆作十字不食. ○○○○, ○○○○○○○. 其子何劭亦有父風, 食必盡四方珍異, 一日之供, 以錢二萬爲限. 〔 **晉書·任愷傳** 〕 愷旣失職, 乃縱酒躭樂, 極滋味以自奉養. 初, 何劭以公子奢侈, 每食必盡四方珍饌, 愷乃踰之, 一食萬錢, 猶云無可下筯處.

子有令聞, 而美其室, 非所望也.

자네는 좋은 평판이 있는데 집을 아름답게 하였으니, 이것은 바라는 바가 아니다. 평판이 좋은 사람의 집이 호화로워 남이 공경할 대상이 안된다는 뜻. 宋나라의 向戌이 孟獻子(仲孫蔑)를 방문하여 이와 같이 나무랐던 것. (令聞 : 훌륭한 소문. 좋은 평판. 美 : 아름답게 하다.)

〔 **春秋左氏傳·襄公十五年** 〕 十五年春, 宋向戌來聘, 且尋盟, 見孟獻子, 尤其室曰, ○○○○, ○○○○, ○○○○.

壯九重於內, 所居不過容膝. 羅八珍於前, 所食不過適口.
슬

궁궐 내부를 크게 넓혀 놓아도 사람이 살 자리는 겨우 무릎을 펼만한 비좁은 곳에 지나지 않고, 여덟 가지의 진기한 요리를 앞에 펼쳐놓아도 사람이 먹는 것은 겨우 입을 만족시키는데 불과하다. 집을 넓고 호화롭게 지어도 사람이 실제 이용하는 곳은 아주 좁은 공간에 불과하며, 맛있는 음식이 아무리 많아도 겨우 한 사람의 배를 채우는데 불과하다는 말. (壯 : 넓히다. 크게 넓히다. 九重 : 궁중. 궁성. 궁궐. 容 : 받아들이다. 그릇 안에 넣다. 포용하다. 여기서는 펴다. 羅 : 진열하다. 벌여놓다. 늘어놓다. 珍 : 맛좋은 음식. 진기한 요리. 珍味. 過 : 알맞다. 알맞게 하다. / 만족시키다. 만족해 하다.)

〔 **張蘊古·大寶箴** 〕 ○○○○○, ○○○○○○○, 彼昏不知, 瑤其臺而瓊其室. ○○○○○, ○○○○○○○, 唯狂罔念, 丘其糟而池其酒.

借車者馳之, 借衣者被之.

수레를 빌린 사람이 그것을 타고 달리며, 옷을 빌린 사람이 그것을 입고 지낸다. 수레나 옷을 빌린 사람은 자기 것이 아니므로 빌린 것을 아낌없이 쓴다는 말.

〔 **戰國策·趙策一** 〕 趙王封孟嘗君以武城. 孟嘗君擇舍人以爲武城吏, 而遣之曰, 鄙語豈不曰, ○○○○○, ○○○○○哉.

體痛者, 口不能不呼, 心悅者, 顏不能不笑.

몸이 아픈 사람은 입으로 그 아픔을 소리지르지 않을 수 없고, 마음이 기쁜 사람은 얼굴에 웃음기를 띠지 않을 수 없다. (笑 : 빙그레 웃다. 미소짓다. 기쁘고 즐거운 표정을 짓다.)

〔**鄧析子·無厚**〕○○○, ○○○○○, ○○○, ○○○○○.

澤雉十步一啄, 百步一飮, 不蘄畜乎樊中.

탁 기 축 번

진펄에 사는 꿩은 열 발짝 걸어서 한 번 먹이를 쪼아 먹고, 백 발짝 걸어서 한 번 물을 마시면서도, 새장 안에서 길러지기를 바라지 않는다. 사람이 어렵고 구차한 생활을 해도 자유스러움을 누리는 것을 좋아하며, 호화로운 생활을 해도 부자유스러우면 이를 거부한다는 뜻. (蘄 : 구하다. 빌어서 원하다. ≒ 祈. 樊 : 새장. / 울타리.)

〔**莊子·養生主**〕○○○○○○, ○○○○, ○○○○○○. 神雖王不善也.

飄飄乎如遺世獨立, 羽化而登仙.

표

두둥실 가벼이 떠올라 마치 세상을 버리고 홀로 선채 날개가 돋히어 신선이 되어 오르는 것 같다. 세간의 일을 아주 잊고 온갖 속박에서 풀려나 자유의 몸이 되어 유유자적한 생활을 함을 형용. (飄飄乎 : 바람에 펄럭이는 모양. 두둥실 가벼이 떠오르는 모양. 羽化 : 번데기가 날개있는 벌레로 바뀌다. 여기서는 사람에게 날개가 돋힌다는 뜻.)

〔**蘇軾·前赤壁賦**〕壬戌之秋, 七月旣望, 蘇子與客泛舟遊於赤壁之下, 淸風徐來, 水波不興. 擧酒屬客, 誦明月之詩, 歌窈窕之章, 少焉, 月出於東山之上, 徘徊於鬪牛之間, 白露橫江, 水光接天. 縱一葦之所如, 凌萬頃之茫然, 浩浩乎如憑虛御風而不知其所止, ○○○○○○○○, ○○○○○. 於是, 飮酒甚樂, 扣舷而歌之.

行路難, 不在水不在山, 只在人情反覆間.

사람이 길을 가기가 어려운 것은, 물에 있는 것이 아니고, 산에 있는 것도 아니고, 다만 인정이 뒤집히는 그 사이에 있다. 인심이 뒤바뀌는데에 사람 살기 어려운 이유가 있음을 이르는 말. (只 : 다만.)

〔**白樂天·大路行**〕君不見, 左納言右納史, 朝承恩暮賜死. ○○○, ○○○○○○, ○○○○○○○.

나. 行樂·嗜好·酒色·雜技

渴時一點如甘露, 醉後添杯不如無.

목이 마를 때 한 방울의 물은 단 이슬과 같고, 취한 뒤에 더하는 술잔은 없는 것만 같지 못하다. (點 : 액체의 한방울.)

〔**淸平山堂話本·楊溫攔路虎傳**〕求人須求大丈夫, 救人須救急時無. ○○○○○○○, ○○○○○○○.

棋逢敵手難藏行.

바둑에서 맞수를 만나면 숨겨서 뻗을 수 없다. (喩) 힘이 센 맞수를 만나면 대응할 방법이 없다. (行 : 바둑알로 뻗다.)

〔**資治通鑑·魏明帝景初二年**〕< 胡三省注 > 司馬懿與諸葛亮相守閉壁, 若無能爲者, 及討公孫淵, 智計橫出, 鄙語有云, ○○○○○○○, 其是之謂乎.

其益如毫, 其損如刀.

그 이익은 가는 털과 같고, 그 손해는 칼과 같다. 음주는 그 장점은 매우 적고 해로움이 매우 큼을 지적하는 말.

〔**魏書·高允傳**〕酒之爲狀, 變惑情性, …… 諺亦有云, ○○○○, ○○○○. 言所益者止于一味之益, 不亦寡乎. 言所損者夭年亂志, 夭亂之損, 不亦夥乎.

毒智者, 莫甚於酒, 留事者, 莫甚於樂, 毁廉者, 莫甚於色.

지혜를 해치는 것으로는 술보다 더 중대한 것이 없고, 일을 지체시키는 것으로는 (성·색의) 즐김보다 중대한 것이 없으며, 청렴을 망가뜨리는 것으로는 여색보다 더 중대한 것이 없다. (毒 : 해치다. 甚 : 심하다. 심각하다. 중대하다. 엄중하다. 준엄하다. 留 : 지체시키다. 樂 : 가무·여색·개 사육·승마를 즐기는 것을 뜻한다. 고대의 부유계층은 이 聲·色·犬·馬의 부패하고 음탕한 물욕을 탐하여 즐겼다 한다.)

〔**說苑·談叢**〕○○○, ○○○○, ○○○, ○○○○, ○○○, ○○○○, 摧剛者, 反己於弱.

莫思身外無窮事, 且盡生前有限杯(배).

내 몸 이외의 끝이 없는 일을 생각하지 말고, 죽기 전에 한도가 있는 술잔을 다 비우리라. 이미 늙었으니 이제부터는 분수에 넘치는 끝없는 이상을 쫓지말고, 죽기 전에 한정된 술이나 더 마시고자 한다는 뜻. (且盡 : 우선 다 없애다. 우선 다 비우다.)

〔**杜甫·漫興詩**〕二月已破三月來, 漸老逢春能幾回, ○○○○○○○, ○○○○○○○.

美色令人目盲, 美聲令人耳聾, 美味令人口爽, 馳騁田獵令人發狂.

치 빙

아름다운 색깔은 사람의 눈을 멀게 하고, 아름다운 소리는 사람의 귀를 먹게 하고, 아름다운 맛은 사람의 입을 상하게 하고, 말을 타고 달리면서 사냥하는 것은 사람을 발광하게 한다. 미색·미성·미미와 치빙전렵은 사람의 이목구비와 마음을 망치게 하는 것이므로 오직 예를 위해서만 보고 듣고 말하고 움직이는 마음의 자세를 가져야 그 이목구비의 완성을 이룩하게 된다는 것. (爽 : 다치다. 상하다. / 망하다.)

〔**老子·第十二章**〕五色令人目盲, 五音令人耳聾. 五味令人口爽, 馳騁畋獵, 令人心發狂. 難得之貨, 令人行妨. 〔**文子·九守**〕故其出彌遠者其知彌少, 以言精神不可使外淫也. 故五色亂目, 使目不明, 五音亂耳, 使耳不聰. 〔**三國志·潘濬陸凱傳**〕臣聞五音令人耳不總, 五色令人目不明. 此無益於政, 有損於事者也. 〔**明 梁辰魚·浣紗記**〕臣啓主公, 臣聞五色令人目眩, 故妙舞清歌, 害人之媒, 蛾眉皓齒, 伐性之斧. 〔**王陽明·傳習錄·卷上**〕先生曰, ○○○○○○, ○○○○○○, ○○○○○○, ○○○○○○○○.

三日不飮酒, 覺形神不相親.

사흘 동안 연속하여 술을 마시지 않으면 육체와 정신이 (분리되어) 서로 친근해지지 못하는 것과 같이 느낀다. 술 마시는 것을 매우 좋아함을 형용.

〔**世說新語·任誕**〕王佛大歎說, ○○○○○, ○○○○○○.

石灰布袋, 到處留迹.

석회를 넣어두는 포목으로 만든 자루는 곳곳에 흔적을 남긴다. (喻) 곳곳에 흔적을 남기다. / 여색을 좋아하면 그 후유증을 남기게 된다.

〔**醒世恒言**〕若是不擇美惡, 以多爲勝, 如俗語所云, ○○○○, ○○○○, 其色何在, 但可謂之好淫而已.

水之性欲淸, 沙石濊之. 人之性欲平, 嗜欲害之.

예 기

물의 성질은 맑아지기를 바라는 것이나 모래와 돌이 이것을 더럽게 하고, 사람의 성질은 평안하기를 바라는 것이나 향락을 탐하는 마음이 이것을 해친다. (濊 : 흐리다. 흐리게 하다. 더럽히다. = 穢. 嗜欲 : 향락을 탐함. 이목구비등 감각기관의 욕망.)

〔**文子·道原**〕○○○○○, ○○○○. ○○○○○, ○○○○. 唯聖人能遺物反己. 〔**淮南子·俶眞訓**〕水之性眞淸, 而土汨之. 人性安靜, 而嗜欲亂之. 〔**淮南子·齊俗訓**〕日月欲明, 浮雲蓋之. 河水欲淸, 沙石濊之. 人性欲平, 嗜欲害之. 惟聖人能遺物而反己. 〔**孔叢子**〕水之性淸, 而土壤汨之. 人之性安, 而嗜欲亂之. ※〔**呂氏春秋·本生**〕夫水之性淸, 土者抇之, 故不得淸. 人之性壽, 物者抇之, 故不得壽.

詩爲酒友, 酒是色媒.

시는 술의 친구이고, 술은 여자의 중매이다. 시를 읊는 것과 술을 마시는 것은 항상 같은 시간에 행해지고 술을 마시는 것과 정욕이 일어나는 것은 서로 연결되어 있다는 뜻.

〔**隋唐演義**〕自古道, ○○○○, ○○○○. 淸閑無事, 詩賦之餘, 不過酒杯中快活, 被窩裏歡娛.

兩斧伐孤樹, 未有不顚仆者.

부 부

두 개의 도끼로 한 그루의 나무를 자르면 넘어지지 않는 것이 없다. (喩) 술과 여자를 탐닉하면 수명이 짧아지지 않을 수 없다. (顚仆 : 넘어지다. 넘어뜨리다.) → **雙斧伐孤樹. 兩斧伐孤樹.**

〔**元史**〕惟麴蘖是耽, 妃嬪是好, 是猶雙斧伐孤樹, 未有不顚仆者. 〔**商輅·續綱目**〕元阿沙不花, 見武宗容色日瘁, 乘閒進曰, 陛下人珍之味不知御, 萬金之身不知愛, 而惟麴蘖是耽, 妃嬪是好, 是猶○○○○○, ○○○○○○.

宴安酖毒, 不可懷也.

짐

편히 놀고 즐기는 것은 짐새의 독과 같은 것이니 그것을 마음에 품어서는 안된다. 일하지 않고 향락을 일삼는 것은 독을 마시는 것과 같은 것이므로 그런 생각을 가져서는 안된다는 말. (宴安 : 편안히 놀고 즐기다. 안일을 추구하다. 향락을 즐기다. 酖毒 : 짐새의 깃으로 만든 술로서 마시면 즉사하는 독주이다.)

〔**春秋左氏傳·閔公元年**〕管敬仲言於齊侯曰, 戎狄豺狼, 不可厭也, 諸夏親暱 不可棄也, ○○○○, ○○○○.

鹽食肴之將, 酒百藥之長.

효

소금은 생선, 육류 등 음식물의 장수이고, 술은 백약의 우두머리이다. (肴 : 술안주.)

〔**漢書·食貨志**〕夫○○○○○, ○○○○○, 嘉會之好, 鐵田農之本. ……酒者天之美祿, 帝王所頤養天下, 享祀祈福, 扶衰養疾. 百豫禮之會, 非酒不行.

圍棊有十訣, 不得貪勝, 入界宜緩, 攻彼顧我, 棄子爭先, 捨小就大, 逢危須棄, 愼勿欲速, 動須相應, 彼强自保, 我弱取和.

바둑을 두는데 있어서는 열 가지의 비결이 있다. 그 내용은 이길 것을 지나치게 탐하지 아니하는 것, 상대방의 경계에 들어갈 때는 느슨하게 둘 것, 상대방을 공격할 때는 내것을 잘 둘러 볼 것, 바둑알을 버리더라도 선을 다투어 잡을 것, 작은 집을 버리고 큰 집을 취할 것, 위험에 봉착할 때는 모름지기 버릴 것, 신중히 하며 빨리 두려고 하지 말 것, 움직일 때는 모름지기 상대방에 응하여 둘 것, 상대방이 강하면 스스로 집을 지키도록 할 것, 그리고 내가 약하면 상대방과의 화평을 취할 것 등이다. (※ 바둑에는 또 여덟 가지 세(八勢)가 있다. 교룡이 구슬을 가지고 놀 듯이, 고운 빛깔의 봉황이 몸을 뒤집 듯이, 나비가 뜰을 에워싸듯이, 물고기가 돌로 된 굴로 돌아오듯이, 늙은 송골매가 토끼를 잡듯이, 검은 용이 구슬을 품듯이, 사나운 호랑이가 숲 속을 달아나듯이, 떼지은 갈가마귀가 봉황을 잡듯이 바둑세를 펼친다는 것이다.

〔 **大藏法數** 〕 ○○○○○, ○○○○, ○○○○, ○○○○, ○○○○, ○○○○, ○○○○, ○○○○, ○○○○, ○○○○, ○○○○. 〔 **大藏法數** 〕 蛟龍翫珠, 彩鳳翻身, 胡蝶遶園, 魚歸石洞, 老鶻打兎, 驪龍抱珠, 猛虎奔林, 群鴉打鳳.

日暮男女同席, 履舃交錯, 杯盤狼籍, 堂上燭滅, 羅襦襟解, 微聞薌澤, 能飮一石.

석

해가 넘어간 후 남녀가 자리를 같이하여 신발이 서로 뒤섞이고, 술잔과 접시 등이 어지럽게 흩어지며, 당 위의 촛불을 끄고, 얇은 비단 속옷 옷깃이 풀어지며, 곡식냄새·기름냄새가 희미하게 풍겨오는 가운데에서는 능히 1섬은 마신다. (由) 齊의 威王 때 楚의 침공을 받음에 따라 淳于髡이 사자가 되어 趙에 구원군을 청해 10만명을 빌려주기로 하자 楚의 군대가 철수해 버렸다. 威王이 크게 기뻐하여 주연을 베풀고 淳于髡에게 어느 정도의 술을 마시면 취하느냐고 물은데 대해 그는 한 말도 못마실 경우, 두 말도 못마실 경우, 여섯 말쯤 마실 경우, 여덟 말을 마실 경우를 나누어 설명하고 마지막으로 1 섬을 마실 경우를 위와 같이 설명한 것이다. (履 : 신. 신의 총칭. 舃 : 신. ※ 바닥을 여러 겹으로 붙인 신. ※ 바닥을 홑 겹으로 붙인 신은 履라 한다. 狼藉 : 흩어져 어지러운 모양. 羅襦 : 얇은 비단으로 만든 속옷. 襟 : 옷깃. 薌 : 곡식 냄새. 澤 : 기름.) → **杯盤狼籍.**

〔 **史記·滑稽列傳** 〕 日暮酒闌, 合尊促坐, 男女同席, 履舃交錯, 杯盤狼藉, 堂上燭滅, 主人留髡而送客, 羅襦襟解, 微聞薌澤, 當此之時, 髡心最歡, 能飮一石. 〔 **蘇軾·前赤壁賦** 〕 客喜而笑, 洗盞更酌, 肴核旣盡, 杯盤狼藉. 〔 **杜甫·詩** 〕 勅廚倍常羞, 杯盤旣狼藉.

一椀喉吻潤, 兩椀破孤悶, 七椀喫下得也, 唯覺兩腋習習生淸風.

완 후 문 민 끽

(차) 한 잔을 마시면 목구멍과 입술에 윤기가 나고, 두 잔을 마시면 외로움과 답답한 마음을 풀어주며, 일곱 잔을 내리 마시면 양쪽 겨드랑이에서 청풍이 살살 일어남을 느낀다. 보내온 차가 매우 좋음을 칭찬하여 이르는 말. (椀 : 주발. 喉 : 목구멍. 吻 : 입술. 悶 : 마음이 답답하다. 울적하다. 習習 : 바람이 부드럽게 솔솔 부는 모양.)

〔 **唐 盧仝·走筆謝孟諫議寄新茶詩** 〕 ○○○○○, ○○○○○, 三椀搜枯腸, 唯有文字五千卷, 四椀發輕汗, 平生不平事, 盡向毛孔散, 五椀肌骨淸, 六椀通仙靈, ○○○○○○, ○○○○○○○○○.

樗蒲者, 牧猪奴戲耳.

저 포 저 희

도박은 돼지를 치는 종 같은 자나 할 놀이이다. 이것은 선비나 군자가 할 일이 아님을 이르는 말. (樗蒲 : 옛날 도박의 한 가지. 猪 : 돼지. 戱 : 놀이.)

〔**晉書·陶侃傳**〕諸參佐或以譚戱發事者, 乃命取其酒器蒲博之具, 悉投之于江, 吏將則加鞭朴曰, ○○○, ○○○○○.

座上若有一點紅, 斗筲之器盛千鍾, 座上若無油木梳(소), 烹(팽)龍炮鳳總成虛.

(연회를 베푸는) 자리에 단 한 사람의 여자가 있으면 그릇이 작고 보잘 것 없는 변변치 못한 사람도 일천의 술잔을 채우고, 자리에 기름에 결은 나무빗으로 머리를 빗는 여자가 없으면 대전혜에 쓰는 백마와 장끼로 만든 맛있는 음식과 좋은 안주가 있어도 다 텅텅 비어버리게 된다. (一點紅 : 여러 남자들 속에 끼어있는 단 한 사람의 여자. = 紅一點. 斗筲之器 : 한 말 들이 말과 한 말 두되들이 죽기의 그릇으로, 변변치 못한 사람, 좀스런 사람의 비유. 鍾 : 술병으로, 술잔으로도 쓰인다. 油木梳 : 기름에 결은 나무 빗으로, 여자를 지칭. 烹龍炮鳳 : 삶은 용과 구운 봉황으로, 대전례에 쓰는 백마와 장끼의 요리. 성대한 요리. 맛있는 음식과 좋은 안주를 뜻한다. 總 : 다. 모두.) → **斗筲之器**. → **紅一點**.

〔**元 戴善夫·風光好**〕俗語云, ○○○○○○○, ○○○○○○○, ○○○○○○○. 弱蘭與學遞一杯.

酒不醉人, 人自醉. 色不迷人, 人自迷.

술이 사람을 취하게 하는 것이 아니라 사람이 스스로 취하는 것이고, 여색이 사람을 매혹시키는 것이 아니라 사람이 스스로 매혹되는 것이다. 주색이 다 사람을 매혹시키는 것이 아니고, 사람이 그 주색을 그리워한다는 뜻. (迷 : 매혹시키다. 반하다.)

〔**初刻拍案驚奇**〕爭奈 ○○○○, ○○○. ○○○○, ○○○. 才有歡愛之事, 便有迷變之人, 才有迷變之人, 便有坑陷之事. 〔**淸 天花才子·快心編**〕諺云, 酒不醉人, 色不迷人, 由人自爲迷醉耳. 斯言誠是也, 于色何咎焉.

酒食向人, 終無惡意.

술을 사람에게 마시게 하는 것은 결국은 나쁜 뜻이 없는 것이다. 술을 접대하는 것은 좋은 뜻에서 나온 것이라는 뜻. (向 : …에. …에게.)

〔**敦煌變文集·茶酒論**〕自古至今, 茶賤酒貴. …… ○○○○, ○○○○, 有酒有令, 仁義禮智.

酒入舌出, 舌出者言失, 言失者身棄.

술이 입에 들어가면 혀가 나오고, 혀가 나오면 말에 실수가 있으며, 말에 실수가 있으면 그 몸을 버리게 된다. (失 : 잘못하다. 그르치다. 실수하다.)

〔**韓詩外傳·卷十**〕管仲曰, 臣聞之, 酒入口者, 舌出, 舌出者, 棄身. 與其棄身, 不寧棄酒乎. 〔**說苑·敬愼**〕管仲對曰, 臣聞○○○○, ○○○○○, ○○○○○. 臣計棄身不如棄酒.

酒者天之美祿, 百禮之會非酒不行.

술이란 것은 하늘이 내려준 후한 봉록으로, 온갖 예식에 술이 없으면 잘 진행되지 않는다. (美祿 : 후한 봉록. 아름다운 봉록. / 술의 딴 이름. 百禮之會 : 온갖 예식.)

〔**漢書·食貨志**〕酒者天之美祿, 帝王所以頤養天下, 享祀祈福, 扶衰養疾, 百禮之會非酒不行.

泉石膏肓, 煙霞痼疾.
고황 하고

샘과 돌의 경치를 즐기는 것이 고치기 어려운 병폐가 되고, 또한 연기와 노을의 경치를 즐기는 것이 고치기 어려운 병폐가 되다. 산수의 경치를 즐기는 것이 정도에 지나쳐서 고칠 수 없는 습벽이 되어버린 것을 이르는 말. 산수를 덮어놓고 좋아한다는 말. (泉石 : 샘과 돌. 곧 산수의 경치. 膏肓 : 명치. 사물의 고치기 어려운 병폐. 습벽. 煙霞 : 연기와 노을. 곧 산수의 경치. 痼疾 : 고치기 어려운 병. 오래 굳어진 습관.)

〔**唐書·田遊巖傳**〕高宗幸嵩山, ……謂曰, 先生養道山中, 比得佳否. 游巖曰, 臣所謂○○○○, ○○○○者也. 〔**世說新語·言語**〕田游巖隱箕山, 高宗幸嵩山, 親至其門, 遊岩野服出拜, 儀止謹樸, 帝問, 先生比佳否, 遊嚴對曰, 臣所謂○○○○, ○○○○. 〔**宋 胡仔·苕溪漁隱叢話**〕(引後湖集) 餘頃年登山臨水, 未嘗不讀王摩詰詩, 因知此老胸次, 定有泉石膏肓.

天若不愛酒, 酒星不在天. 地若不愛酒, 地應無酒泉.

만일 하늘이 술을 좋아하지 않았다면 주성(酒星)이 하늘에 있지 않았을 것이고, 만일 땅이 술을 좋아하지 않았다면 땅에 응당 주천(酒泉)이 없었을 것이다. 시선 李白은 하늘도 땅도 이미 술을 좋아하고 있어 사람이 술을 좋아하는 것은 하늘에 부끄러워할 것이 없다고, 시의 구절을 이어가고 있다. = **天有酒星, 地有酒泉.**

〔**李白·獨酌詩**〕○○○○○, ○○○○○. ○○○○○, ○○○○○. 天地既愛酒, 愛酒不愧天. …. 三盃通大道, 一斗合自然. 〔**明 方汝浩·禪眞逸史**〕酒乃先賢所造. 天有酒星, 地有酒聖, 人有酒星, 雖仲尼亦道惟酒無量, 但不及亂耳. 〔**清 煙霞散人·斬鬼傳**〕吾聞, 天有酒星, 地有酒泉, 人有酒祿. 當日帝堯千鍾, 孔子百瓢. 聖人何嘗不飮酒.

醉來卧空山, 天地卽衾枕.
취 와 금

술에 취해서 빈 산에 누으니, 하늘과 땅이 곧 이불과 벼개가 된다.

〔**李白·友人會宿**〕滌蕩千古愁, 留連百壺飮, 良宵宜且談, 皓月未能寢, ○○○○○, ○○○○○

醉翁之意, 不在酒, 在乎山水之間也.

술에 취한 늙은이의 뜻은 술에 있는 것이 아니고, 산수지간에 있다. 곧 술 취한 늙은이 歐陽修의 뜻은 술을 즐겨 마시는데 있지 않고, 산수 자연의 아름다운 경치를 즐기는 것에 있다는 말. (喩) 본심은 이것에 있지 않고, 다른 곳에 있다. 저의와 기도가 따로 있다. (醉翁 : 歐陽修의 별명.)

〔**宋 歐陽修·醉翁亭記**〕○○○○, ○○○, ○○○○○○○. 山水之樂得之心, 而寓之酒也.

何可一日無此君邪(야).

어찌 하루라도 그대(대나무)를 갖지 않을 수 있으랴 ! 하루도 그것이 없어서는 안된다는 뜻. (此君 : 대나무의 딴 이름. 王徽之가 대를 가리켜 此君이라고 부른 고사. 후에는 술을 가리켰다. 邪 : 어조사)

〔**晉書·王徽之傳**〕嘗寄屋空的宅中, 使令種竹. 或問其故, 徽之但嘯咏, 指竹曰, ○○○○○○○○.

香美脆(취)味, 厚酒肥肉, 甘口而病形. 曼理皓(호)齒, 說(열)情而損精.

향기롭고 맛있고 연한 음식과 진한 술·살찐 고기는 입을 만족스럽게 하지만 몸을 병들게 한다. 고운 살결과 흰 이빨을 가진 미인은 사람의 감정을 즐겁게 하지만 정력을 손상시킨다. 무슨 일이든지 지나치지 않고, 도에 넘치지 않으면 해가 안된다는 의미를 함축. (脆 : 무르다. 부드럽다. 甘 : 달다. 맛이 좋다. / 만족스럽다. 形 : 몸. 曼理皓齒 : 고운 살결과 흰 이. 미인의 형용.) → **曼理皓齒**.

〔**韓非子·揚搉**〕夫○○○○, ○○○○, ○○○○○. ○○○○, ○○○○○. 故去甚去泰, 身乃無害.

奕(혁)者, 爭先競後, 較雌雄於著(착)子, 俄而局盡子收, 雌雄安在.

바둑 두는 사람은 앞과 뒤를 다투어 바둑돌로 자웅을 겨루지만, 이윽고 판이 끝나 바둑돌이 거두어지면 이기고 지는 것이 어디에 있으랴 ! 사람이 살아감에 있어 속세의 승패, 시비 득실이 아무 소용이 없는 부질없는 짓이라는 뜻. (奕 : 바둑. 較 : 겨루다. 경쟁하다. 著 : 바둑을 두다. 子 : 바둑돌. 俄而 : 이윽고. 갑자기. 雌雄 : 우열 · 승패 등의 비유.)

〔**菜根譚·後百**〕優人, 傅粉調硃, 效妍醜於毫端, 俄而歌殘場罷, 妍醜何存. ○○, ○○○○, ○○○○○○, ○○○○○○, ○○○○.

好船者溺, 好騎者墮, 君子各以所好爲禍.

배타기를 좋아하는 자는 물에 빠져 죽고, 말타기를 좋아하는 자는 말에서 떨어져 죽고, 군자는 각기 그가 좋아하는 것이 화가 된다. 자기의 학식·기술·기능의 뛰어남에 의지함으로 인하여 화를 부르는 것을 소홀히 하는 것을 지적하고 자기의 좋아하는 것에 대하여 경계하여야 함을 이르는 말. → **善游者溺, 善騎者墮.**

〔 **文子·符言** 〕 善游者溺, 善騎者墮. 各以所好, 反自爲禍. 〔 **淮南子·原道訓** 〕 夫善游者溺, 善騎者墮. 各以所好, 反自爲禍. 是故好事者, 未嘗不中, 爭利者, 未嘗不窮也. 〔 **越絶書** 〕 ○○○○, ○○○○, ○○○○○○○○. 〔 **吳越春秋·夫差內傳** 〕 (公孫聖)乃仰天嘆曰, 臣聞好善者必溺, 好戰者必亡.

歡娛嫌夜短, 寂寞恨更長.
혐 적막 갱

환락을 할 때는 밤의 시간이 짧은 것을 싫어하고, 쓸쓸할 때는 다시 밤의 시간이 긴 것을 원망스러워 한다. (歡娛 : 환락. 기쁘고 즐거워하는 것.)

〔 **文選·張茂先·情詩** 〕 居歡惕夜促, 在戚怨宵長. 〔 **小孫屠** 〕 今生得遂我心願, 快樂少人知. 〔 **水滸傳** 〕 自古道, ○○○○○, ○○○○○.

3. 生活 環境

가. 時間·歲月·世代

大禹聖人, 乃惜寸陰, 至於衆人, 當惜分陰.

성인인 夏나라의 禹임금은 한 치의 짧은 시간을 아껴썼으니, 하물며 범인에 이르러서는 마땅히 그 10분의 1인 한 푼의 매우 짧은 시간도 아껴써야 한다. (大 : 미칭. 寸陰 : 한 치의 광음으로, 짧은 시간. 分陰 : 한 푼의 광음으로, 寸陰의 10분의 1되는 아주 짧은 시간을 이른다.)

〔 **三國 魏 曹丕·典論·論文** 〕 古人賤尺璧而重寸陰, 懼乎時之過已. 〔 **晉書·陶侃傳** 〕 侃曰, ○○○○, ○○○○, ○○○○, ○○○○. 豈可逸遊荒醉, 生無益於時, 死無聞於後, 是自棄也. 〔 **明 周亮江·尺牘新鈔·王佐·南牖日箋·與門人程楚石** 〕 古人惜陰一刻千金. 〔 **明 吳炳·畫中人** 〕 古人惜寸陰, 我輩惜分陰. 一經勤教子, 勝積滿贏金.

度一日, 如過十年.
도

하루를 지내는 것이 10년을 지내는 것과 같이 길다. 날자가 매우 잘 지나가지 않음을 형용. (度 : 시간이 흘러가다. 세월이 가다.)

〔 **魏書·符健傳** 〕 勛舊親戚, 殺害略近, 王公在者, 以疾告歸, 得○○○, ○○○○. 〔 **舊五代史·張希崇傳** 〕 生不見其所親, 死爲窮荒之鬼, 南望山川, 度日如歲. 〔 **淸平堂話本·楊溫攔路虎傳** 〕 度日如年, 飮食無味, 懨懨成病.

白日莫閑過, 靑春不再來.

대낮을 한가하게 보내지 말 것이니, 청춘은 다시 오지 않는다. 활동할 수 있는 시간·시기를 헛되이 보내지 말고 청춘을 소중히 여겨 활동할 것을 강조하는 말. (白日 : 대낮. 한낮. 백주. 밝은 날. = 白晝. 白天.)

〔**唐 林寬·少年行**〕柳煙侵御道, 門映夾城開, ○○○○○, ○○○○○.

不貴尺之璧, 以貴寸之陰. 時難得而易失.

한 자나 되는 큰 덩어리의 구슬을 귀하게 여기지 말고, 한 치 밖에 안되는 짧은 시간을 귀하게 여기라. 시간은 얻기는 어려우나 잃기는 쉽기 때문이다. ≒ **尺璧非寶, 寸陰是競.**

〔**文子·道原**〕聖人○○○○○, ○○○○○, ○○○○○○. 故聖人隨時而擧事, 因資而立功. 〔**文子·上德**〕入水而憎濡, 懷臭而求芳, 雖善者不能爲工. 冬冰可折, 夏木可結. 時難得而易失. 〔**邵雍**〕時難得而易失, 心雖悔而何追. 〔**淮南子·原道訓**〕夫日回而月周, 時與人游. 故聖人不貴尺之璧, 而重寸之陰. 時難得而易失也. 〔**三國 魏·曹丕·典論·論文**〕古人賤尺璧而重寸陰, 懼乎時之過已. 〔**南朝 梁 周興嗣·千字文**〕尺璧非寶, 寸陰是競. 資父事君, 曰嚴與敬. 〔**梁 蕭繹·金樓子**〕馳光不留, 逝川倏忽. 尺璧非寶, 寸陰可惜. 〔**帝王世紀**〕禹有聖德, 堯命以爲司空, 繼鯀治水, 乃勞身涉勤, 不重徑尺之璧, 而愛日之寸陰.

山靜似太古, 日長如小年.

깊은 산속의 조용함이 먼 옛날과 같고, 하루시간의 길이가 짧은 해를 지나는 것과 같다. (小年 : 짧은 해. 음력 12월이 29일인 해.)

〔**宋 羅大經·鶴林玉露**〕唐子西詩云, ○○○○○, ○○○○○. ……味子西此句, 可謂妙絶.

誰謂古今殊, 異代可同調.

누가 옛날과 지금이 다르다고 말했는가? 시대는 달라도 가락이 한 가지인 것을. 예나 지금이나 인간 세상의 일이란 다를 바가 없음을 이른다. / 두 사람이 비록 고금의 다른 시대에 살았지만 문장 · 덕행은 피차간에 서로 맞는 것을 말한다. / 시대는 달라도 뜻이 맞는 친한 벗이 될 수 있음을 이른다. (同調 : 가락·음률이 같다. 같은 가락. / 남의 주의·주장 등을 찬성하여 행동을 같이 하다. / 같은 취미와 기호. / 뜻이 맞는 친한 벗.) → **異代同調.**

〔**宋 謝靈運·七里瀨詩**〕目覩嚴子瀨, 想屬任公釣, ○○○○○, ○○○○○.

蟋蟀鳴, 瀨婦驚.
실 솔

귀뚜라미가 우니 게으른 여자가 놀라다. 가을에 귀뚜라미 소리가 나니 아직 겨울옷을 만들지 않은 게으른 여자가 깜짝 놀라다. 추운 겨울이 다가오려함을 형용. (蟋蟀 : 귀뚜라미.)

〔**漢 崔寔·四民月令**〕布穀鳴, 收小蒜, 桃華盛, 農人俟時而種. 農語曰, 蜻蛉鳴, 衣裘成, ○○○, ○○○.

一代不如一代也.

한 세대는 다른 한 세대보다 못하다. 원래는 작은 게가 큰 게보다 못함을 가리켰다. 뒤에 후대가 전대보다 못함을 형용. / 한 개가 다른 한 개에 비하여 더 나쁜 것을 가리킨다.

〔**宋 王君玉·國老談苑**〕陶谷以翰林學士奉使吳越, 忠懿王宴之, 因食蝤蛑, 詢其名類. 忠懿命自蝤蛑至蟛胡, 凡羅列十餘種以進. 谷視之, 笑謂忠懿曰, 此謂○○○○○○○.

日月逝矣, 歲不我與.
서

날과 달은 한 번 지나가서 다시 돌아오지 아니하고, 세월은 우리들을 기다려 주지 아니한다. 세월이 빨라 인생이 늙기 쉬움을 가리키는 말. / 세월은 부질없이 흐르고, 일은 뜻대로 되지 않음을 한탄하는 말. (日月 : 날과 달. 하루와 한 달. / 시간. 세월. 광음. / 시절. 시기. 시대. 逝 : 떠나가다. 지나가다. 흐르다. 없어지다. 소실되어 보이지 아니하다. 我與 : 나를 기다리다. 與我의 도치.)

〔**論語·陽貨**〕(陽貨曰)○○○○, ○○○○. 孔子曰, 諾, 吾壯仕矣. 〔**明 鄭國軒·白蛇記**〕歲不我延, 嗚呼, 老矣.

一寸光陰一寸金, 寸金難買寸光陰.

한 치의 시간은 한 치의 금이지만, 한 치의 금으로는 한 치의 시간을 살 수 없다. 시간이 돈보다 중요하다는 뜻.

〔**淮南子·原道訓**〕故聖人不貴尺之璧, 而重寸之陰. 時難得而易失也. 〔**吳越春秋·句踐入臣外傳**〕君子爭寸陰而棄珠玉. 〔**唐 王貞白·白鹿洞**〕讀書不覺已春深, 一寸光陰一寸金. 〔**明 羅懋登·西洋記**〕可嘆○○○○○○○, ○○○○○○○.

天怒不旋日, 人怒不旋踵.
선 종

하늘이 노해도 하루 해를 돌리지 못하며, 사람이 성을 내도 발뒤꿈치를 돌리지도 못하는 순간일 뿐이다. 하늘이 노하여도 하루에 지나지 않으며, 사람이 노해도 발뒤꿈치도 돌리지 못할 만큼의 아주 짧은 순간에 끝나버린다는 뜻. (旋日 : 하루 해를 돌리다. 하루를 경과하다. 빨리 지나간다는 뜻. 旋踵 : 발뒤꿈치를 돌리다. 발길을 돌리다. 잠깐 사이에 끝나는 것을 뜻한다.)

〔**論衡·雷虛**〕○○○○○, ○○○○○. 人有陰過, 或時有用冬, 未必專用夏也. 以冬過誤, 不輒擊殺, 遠至於夏, 非不旋日之意也. 〔**宋 王安石·和吳沖卿雪詩**〕紛畢始滿眼, 消釋不旋踵.

天地者, 萬物之逆旅(려), 光陰者, 百代之過客.

천지라고 하는 것은 만물의 나그네 집이고, 세월이라는 것은 백대의 지나가는 손님이다. 하늘과 땅은 그 사이에 만물이 나타났다가는 사라지곤 하기 때문에 마치 나그네를 맞고 보내는 여인숙과 같은 것이며, 사람이 살아가는 세월이라는 것도 영겁의 시간 속을 잠시 지나가는 나그네와 같은 것이라는 뜻. 사람은 천지간에 극히 짧은 시간에 머물렀다가 가버리는 나그네와 같은 존재라는 의미. (天地 : 하늘과 땅. / 세상. 逆旅 : 나그네를 맞이하는 곳. 여관. 여사. 逆은 맞이하다. 光陰 : 시간. 세월.) → **逆旅過客**.

〔**莊子·繕性**〕物之儻來, 寄者也. 寄之, 其來不可圉, 其去不可止. 〔**莊子·知北遊**〕悲夫, 世人直謂物逆旅耳. 〔**文選·古詩**〕人生天地間, 忽如遠行客. < 李善注 > 韓詩外傳云, 二親之壽, 忽知過客. 〔**李白·擬古詩**〕生者爲過客, 死者爲歸人, 天地一逆旅, 同悲萬古塵. 〔**李白·春夜宴桃李園序**〕夫○○○, ○○○○○, ○○○, ○○○○○, 而浮生若夢, 爲歡幾何.

春宵(소)一刻値千金.

봄 밤의 잠깐의 시간도 천 금의 값이 있다. 봄 밤의 시간은 매우 귀중하고 아름답다는 뜻. / 남녀의 즐거운 시간이 매우 귀중하다는 말. (宵 : 밤.)

〔**蘇軾·春夜詩**〕○○○○○○○, 花有淸香月有陰, 歌管樓臺聲細細, 鞦韆院落夜沈沈. 〔**西廂記**〕再休提春宵一刻千金價, 準備著寒窗更守十年寡.

風不鳴條, 雨不破塊, 五日一風, 十日一雨.

바람이 나뭇가지를 울리지 못할 정도로 살랑살랑 불고, 비가 흙덩어리를 부수지 못할 만큼 순하게 내리며, 5일에 하루만 바람이 불고, 10일에 하루씩 비가 내린다. 우순풍조(雨順風潮)로 기후가 알맞아 풍년이 드는 것을 형용. 천하가 태평한 상태를 형용하는 말. (條 : 나뭇가지. 塊 : 흙덩어리.) → **五風十雨**.

〔**漢 王充·論衡·是應**〕儒者論太平端應, 皆言氣物卓異, ……, ○○○○, ○○○○, ○○○○, ○○○○. 其盛茂者, 致黃龍, 騏驎鳳凰. 〔**王炎·豊年謠**〕五風十雨天時好, 又見西郊稻秫肥.

彼一時, 此一時也.

그것도 한 때이고, 이것도 한 때이다. 그 때는 그 때이고, 이 때는 이 때라는 말. 시대가 달라져 상황이 바뀜을 표시. 각각 때에 따라서 행한 일이며 조금도 서로 모순이 없다는 말. 과거와 현재의 정황이 같지 않아서 서로 비교할 수 없다는 뜻. 같지 않은 정황을 동일시할 수 없다는 말.

〔**孟子·公孫丑下**〕(孟子)曰, ○○○, ○○○○. 五百年必有王者興, 其間必有名世者. 〔**漢書·東方朔傳**〕彼一時也, 此一時也, 豈可同哉.

나. 故鄕·텃세·風俗과 習慣

江北諱犬不諱人, 江南諱人不諱犬.

강북에서는 개를 싫어하고, 사람을 싫어하지 않으며, 강남에서는 사람을 싫어하고 개를 싫어하지 않는다. 揚子江 이북 지역에서는 어미개가 새끼를 낳는 것을 싫어하고, 사람이 자식을 낳는 것을 좋아하며, 이 강의 남쪽 지역에서는 사람이 자식을 낳는 것을 싫어하고, 어미개가 새끼를 낳는 것을 좋아하는 것을 이른다. 풍속과 금기사항에 고정적인 표준이 없고 지역에 따라 다름을 의미한다. (江北 : 揚子江 이북 지역. 諱 : 꺼리다. 싫어하다. 기피하다.)

〔**論衡·四諱**〕江北乳子不出房室, 知其無惡也. 至於犬乳, 置之室外, 此復惑也. ○○○○○○○, ○○○○○○○, 謠俗防惡, 各不同也.

羈鳥戀舊林, 池魚思故淵.

(羈: 기)

새장 안의 새는 옛 숲을 그리워하고, 연못의 물고기는 옛 물을 생각한다. (喩) 사람은 인위적인 속박을 벗어나 자유로워지기를 바란다. / 나그네가 고향을 그리워하다.

〔**陶潛·歸田園居詩**〕○○○○○, ○○○○○. 開荒南野際, 守拙歸園田.

大鳥獸, 則失亡其群匹, 越月踰時, 則必反鉛, 過故鄕, 則必徘徊焉, 鳴號焉, 躑躅焉, 踟躕焉, 然後能去之也.

(鉛: 연, 躑躅: 척촉, 踟躕: 지주)

큰 새나 짐승들이 만약 그 같은패를 잃으면 한 달이나 한 때를 지나고 나서는 곧 반드시 떠났던 자리로 되돌아와서 물 따라 내려가고 고향을 지나가면 꼭 배회하고, 울부짖고, 제자리걸음을 하고, 머뭇거리고 한 뒤에 비로소 그곳을 떠나간다. 동물은 반드시 같은 무리와 고향을 사랑한다는 뜻. / 사람이 고향과 부모의 죽음에 대하여 품는 슬픈 마음은 결코 잊을 수 없음을 시사하는 말. (則 : 만약 …이라면. 失亡 : 亡失로, 잃어버리다. 群匹 : 한패. 짝. 동아리. 踰 : 넘기다. 넘다. 지나가다. 거쳐가다. 鉛 : 따르다. 따라내려가다. = 鉛 ≒ 沿. 鳴號 : 울부짖다. 躑躅 : 제자리걸음을 하다. 머뭇거리는 모양. 踟躕 : 주저하다. 머뭇거리다.)

〔**荀子·禮論**〕今夫○○○, ○○○○○○, ○○○○, ○○○○, ○○○, ○○○○○, ○○○, ○○○, ○○○, ○○○○○○.

武陵人捕魚緣溪行, 忽逢桃花林夾岸. 數百步中芳華鮮美. 復前行有林, 林盡水源得一山. 復行數十步, 土地平曠, 屋舍儼然.

晉나라 孝武帝(太元)때 武陵사람이 고기를 잡으려고 시내를 더위잡아 올라가다가 홀연히 언덕을 끼고 펼쳐진 복숭아꽃 숲을 만났다. 수백 보나 되는 넓은 곳에 (잡목이 없고) 향기로운 꽃이 아름다웠다. 다시 앞으로 나아가니 숲이 있고 물의 근원이 다하는 곳에 있는 이 숲은 산을 접하였다. (이 산에 작은 굴이 있어) 다시 수십보를 들어가니 (앞이 널찍하게 확 트이며) 땅이 평평하고 집들이 가지런히 서 있었다. (거기에 사는 사람들은 바깥 세상의 변천과 세월의 지남을 모르고 살고 있었다 한다.) 武陵桃源을 이야기한 것으로, 이는 이 세상과 따로 떨어진 별천지·이상향을 뜻한다. (華 : 花. 儼然 : 정연하다. 가지런하다.) → **武陵桃源.**

〔 **陶淵明·桃花源記** 〕 晉太元中, 武陵人, 捕魚緣溪行, 忘路之遠近, 忽逢桃花林夾岸. 數百步中無雜樹, 芳華鮮美, 萬英繽紛. 漁人甚異之. 復前行欲窮其林, 林盡水源得一山. 山有小口, 髣髴若有光, 便捨船從口入, 初極狹, 纔通人. 復行數十步, 豁然開朗, 土地平曠, 屋舍儼然, 有良田美地桑竹之屬. 阡陌交通, 鷄犬相聞, 其中往來種作. 男女衣著, 悉如外人, 黃髮垂髫, 怡然自樂. 見漁人大驚, 問所從來, 具答之, 便邀還家, 爲設酒, 殺雞作食.

少成若天性, 習慣如自然.

어릴 때 길러서 이루어진 것(품덕)은 선천적으로 이루어진 것과 같고, 습관은 자연과 같은 것이다. 어릴 때는 뜻을 하나로 모을 수 있으면서도 잊어버리지 아니하므로 이 때에 이루어진 성질이나 습관은 자연적으로 형성된 것과 다름없다는 말. (少成 : 어려서 길러진 품덕.) = **少存若天性, 習慣如自然.**

〔 **大戴禮·保傳** 〕 孔子曰, 少成若性, 習慣之爲常. 〔 **漢 賈誼·新書·保傅** 〕 孔子曰, 少成若天性, 習慣如自然. 是殷周之所以長有道也. 〔 **漢書·賈誼傳** 〕 必先有習, 乃得爲之. …… 孔子曰, ○○○○○, ○○○○○. 〔 **孔子家語·弟子解** 〕 孔子答孟武伯曰, 少成則若性也, 習慣若自然也. 〔 **顔氏家訓·教子** 〕 孔子曰, ○○○○○, ○○○○○, 是也. 〔 **淸 張伯行·養正類編** 〕 孩提之時, 倘或不肖, 則其父兄必變色而訓之. 語曰, 少存若天性, 習慣如自然.

樹高千丈, 葉落歸根.

나무의 높이가 천 장이나 되어도 그 잎사귀는 떨어져서 결국 뿌리로 돌아간다. (喩) 사람이 오랫동안 타향·외국에 살아도 늙어지면 결국 고향으로 돌아온다. 고향이야 말로 사람이 죽어 뼈를 묻을 곳이라는 뜻. / 사물은 반드시 근본으로 돌아간다. (丈 : 길이의 단위. 1丈 : 10尺.) = **樹高萬丈, 落葉歸根.**

〔 **傳燈錄** 〕 ○○○○, ○○○○. 〔 **石點頭·第六卷** 〕 那吳公佐葉落歸根, 思還廣濟. 〔 **陸游·詩** 〕 雲間忘出岫, 落葉喜歸根. 〔 **淸 李寶嘉·官場現形記** 〕 張國柱竝不隱瞞, 意說明自己是先君棄妾所生. ○○○○, ○○○○.

安土重遷, 黎民之性.
여

고향땅에 편히 살면서 다른 곳으로 이사하는 것을 함부로 원하지 않는 것이 서민들의 성향이다. 보통사람들은 고향을 매우 사랑하고 그리워함을 형용. (安 : 편히 살다. 土 : 고향을 기리킨다. ≒ 鄕土. 重 : 삼가다. 조심하다. 어렵게 생각하다. 매우 중요하게 여기다. 黎民 : 모든 백성. 서민.) → **安土重遷.**

〔**漢書·元帝記**〕詔曰, ○○○○, ○○○○. 骨肉相附, 人情所願也.

陸人居陸, 水人居水.

육지상의 사람은 육지에 사는 습관이 있고, 수상 또는 선상의 사람은 수반(물가) 또는 수상에 사는 습관이 있다.

〔**國語·越語上**〕員聞之, ○○○○, ○○○○. 夫上黨之國, 我攻而勝之, 吾不能居其地, 不能乘其車. 夫越國, 吾攻而勝之, 吾能居其地, 吾能乘其舟. 此其利也.

因見秋風起, 乃思吳中菰菜, 蓴羹, 鱸魚膾.
고 순갱 노 회

가을바람이 일어나는 것을 보고서 곧 吳中의 줄나물, 순채국과 농어회를 그리워하다. (喩) 고향을 그리워하여 벼슬을 그만두고 돌아오다. (由) 晉나라 張翰은 고향의 명산인 줄나물, 순채국과 농어회를 그리워하여 가을바람이 불자 "인생은 알맞은 뜻을 이루는 것을 귀하게 여기지만 왜 수천리 먼 곳에서 벼슬살이를 하여 작위의 영예를 누려야 하는가?"라고 말하고 벼슬을 그만둔 후 귀향했다. (吳中 : 春秋時代 吳나라의 수도.) → **蓴羹鱸膾.**

〔**晉書·張翰傳**〕○○○○○, ○○○○○○○, ○○, ○○○, 曰, 人生貴得適志, 何爲羈宦數千里, 以要名爵乎. 遂命駕以歸.

鳥飛返鄕, 兎走歸窟, 狐死首丘.

새는 날아서 고향으로 되돌아가고, 토끼는 달아나서 굴로 돌아오며, 여우는 죽어서 언덕쪽으로 머리를 둔다. (喩) 사람은 고향에 대한 정이 깊어서 고향으로 돌아와 죽으면 고향에 장사지낸다. 근본을 잊지 아니하다. **狐死首丘.**

〔**禮記·檀弓上**〕古之人有言曰, 狐死正首丘, 仁也. 〔**楚辭·九章**〕鳥飛返故鄕兮, 狐死必首丘. 信非吾罪而棄逐何日夜而忘之. 〔**淮南子·說林訓**〕○○○○, ○○○○, ○○○○. 〔**後漢書·班超傳**〕臣聞太公封齊, 五世葬周, 狐死首丘, 代馬依風, ……小臣豈能無依風首丘之思哉. 〔**雪鴻軒尺牘答餘甯州**〕曷若亡於故土, 猶不失爲歸正首邱.

縱龍入海, 放虎歸山.

용을 풀어주면 바다로 들어가고, 호랑이를 놓아주면 산으로 돌아간다. (喩) 나쁜 사람을 풀어주면 그의 힘을 저축하고 발휘할 곳으로 간다. / 적을 놓아주면 화근을 남기게 된다.

〔**封神演義**〕放姬昌歸國, ……誠所謂○○○○, ○○○○, 必生後悔.

千里不同風, 百里不同俗.

천리 떨어진 곳에는 풍습이 같지 않고, 백리 떨어진 곳에는 습속이 같지 않다. 각 지방의 풍속과 습관이 다름을 형용. = **百里不同風. 千里不同俗.**

〔**晏子春秋·問上**〕晏子對曰, ……, 古者, 百里而異習, 千里而殊俗. 故明王修道, 一民同俗. 〔**論衡·雷虛**〕夫千里不同風, 百里不共雷. 易曰, 震驚百里. 〔**風俗通·序**〕百里不同風, 千里不同俗, 啓異政, 入殊服. 〔**明 陳繼儒·白石樵眞稿**〕○○○○○, ○○○○○. 史無臚載者, 載之自應劭風俗通始.

千歲厭世, 去而上僊. 乘彼白雲, 至於帝鄕.

(厭: 염, 僊: 선)

천년의 수명을 누리다가 세상이 싫증이 나면 이곳을 떠나 (죽어서) 신선이 되어 저 흰 구름을 타고 상제가 살고 있는 이상향에 오른다. 漢代이후에 성행한 불로장생의 신선에 대한 관념의 일단을 나태낸 것으로, 신선이 되는 과정을 설명한 것. (上僊 : 신선이 되다. 僊 : 仙의 본자로, 신선. 帝鄕 : 天帝가 살고있는 이상향. 上天.)

〔**莊子·天地**〕封人曰, ……. 夫聖人鶉居而鷇食, 鳥行而無彰. 天下有道, 則與物皆昌. 天下無道, 則修德就閒. ○○○○, ○○○○, ○○○○, ○○○○. 三患莫至, 身常無殃. 則何辱之有. 〔**十八史略·上古·唐虞夏殷篇**〕天下有道, 與物皆昌. 天下無道, 修德就閑, ○○○○, ○○○○, ○○○○, ○○○○, 何辱之有.

親不親, 故鄕人, 美不美, 鄕中水.

친하고 친하지 않고 간에 고향 사람이며, 아름답고 아름답지 않고 간에 고향 속의 물이다. 고향 사람과 고향의 물을 모두 친절하게, 아름답게 느끼는 것을 이른다.

〔**元 無名氏·凍蘇秦**〕親不親, 是鄕黨. 若今番到擧揚, 將萬言書見帝王. 〔**金瓶梅詞話**〕常言, ○○○, ○○○, ○○○, ○○○. 雖然不是我兄弟, 也是我女婿人家.

胡馬依北風, 越鳥巢南枝.

북방 오랑캐 땅의 호마는 북풍을 따르고, 남방 越나라의 새는 나무의 남쪽으로 뻗은 가지에 깃들인다. (喩) 사람은 누구나 다 타고난 고향을 그리워한다. (依 : 따르다. 좇다.) = **代馬不思越, 越禽不戀燕.**

〔**古詩十九首**〕行行重行行, 與君生別離, 相去萬餘里, 各在天一涯, 道路阻且長, 會面安可知, ○○○○○, ○○○○○. < 李善注 > 韓詩外傳曰, 詩云, 代馬依北風, 飛鳥棲故巢. 皆不忘本之謂也. < 李周翰注 > 胡馬出於北, 越鳥來於南. 依望北風, 巢宿南枝, 皆思舊國. 〔**鹽鐵論·未通**〕文學曰, 樹木數徙則倭, 蟲獸徙居則懷. 故代馬依北風 飛鳥翔故巢, 莫不哀其生. 〔**吳越春秋·闔閭內傳**〕胡馬望北風而立, 越燕向日而熙. 〔**潛夫論·實邊**〕少能還者, 代馬望北, 狐死首丘, 〔**李白·古風詩**〕代馬不思越, 越禽不戀燕, 情誠有所習, 土風固其然. 〔**醒世恒言**〕但聞越鳥南棲, 狐死首丘, 萬里親戚墳墓, 俱在南朝, 早暮思想, 食不甘味.

4. 사람의 病弊·優劣·評價

擧秀才, 不知書, 察孝廉, 父別居.

수재를 천거하니 글을 알지 못하고, 효성스럽고 청렴한 자를 살펴보니 아버지가 별거한다. 곧 수재를 풍자하고 효행과 청렴의 명과 실이 부합되지 못하다는 말. (喩) 실질이 없고 쓸 데 없이 헛된 명성만 있을 뿐이다. (孝廉 : 효성스럽고 청렴한 사람. 漢代의 관리의 특별임용의 한가지로 군수가 관내의 효렴한 사람을 중앙정부에 천거하여 임용.)

〔**晉 葛洪·抱朴子·審擧**〕語曰, ○○○, ○○○, ○○○, ○○○, 寒素淸白濁如泥, 高第良將怯如雞.

金玉其外, 敗絮其中.

겉은 금과 옥과 같지만 속은 헌 솜이 들어있다. (喩) 겉모양은 화려하나 그 속은 보잘 것 없다. / 사람이 외모는 좋으나 실질이 나쁘다. (敗絮 : 헌 솜. 또는 헌 솜옷. 쓸모없게 된 솜.)

〔**明 劉基·賣柑者言**〕觀其坐高堂, 騎大馬, 醉醇醴而飫肥鮮者, 孰不巍巍乎可畏, 赫赫乎可象也, 又何往而不○○○○, ○○○○也哉.

論人之道, 貴則觀其所擧, 富則觀其所施, 窮則觀其所不受, 賤則觀其所不爲, 貧則觀其所不取.

사람의 바탕을 밝히는데 있어서는 귀한 사람이면 그가 등용한 사람을 보고, 부유한 사람이면 그가 베푼 것을 보고, 궁한 사람이면 그가 받지아니한 것을 보고, 천한 사람이면 그가 행하지 않는 것을 보며, 빈한 사람이면 그가 취하지 않은 것을 보면 된다. 사람의 처한 입장에 상응한 소행을 했는가를 보고, 그 사람의 됨됨이를 평가할 수 있다는 말. (論 : 말하여 밝히다. 사리를 밝히다. 사리를 분별하다. 道 : 근원. 바탕.)

〔**鶡冠子·道端**〕富者觀其所與, 足以知仁, 貴者觀其所擧, 足以知忠, 觀其大袢, 長不讓少, 貴不讓賤, 足以知禮達. 觀其所不行, 足以知義, 受官任知, 觀其去就. 足以知智. 迫之不懼, 足以知勇, 口利辭巧, 足以

知辯, 使之不隱, 足以知信, 貧者觀其所不取, 足以知廉, 賤者觀其所不爲, 足以知賢, 測深觀天, 足以知聖. 〔**文子·上義**〕(淮南子氾論訓 내용과 동일.) 〔**呂氏春秋·論人**〕凡論人, 通則觀其所禮, 貴則觀其所進, 富則觀其所養, 聽則觀其所行, 止則觀其所好, 習則觀其所言, 窮則觀其所不受, 賤則觀其所不爲. 〔**韓詩外傳·卷三**〕臣(李克)對曰, ……, 居則視其所親, 富則視其所與, 達則視其所擧, 窮則視其所不爲, 貧則視其所不取. 五者以定矣, 何待克哉. 〔**淮南子·氾論訓**〕○○○○, ○○○○○○, ○○○○○○, ○○○○○○○, ○○○○○○○, ○○○○○○○. 〔**史記·魏世家**〕克對曰, 君不察故也, 居視其所親, 富視其所與, 達視其所擧, 窮視其所不爲, 貧視其所不取. 五者足以定之矣, 何待克哉. 〔**說苑·臣術**〕克對曰, 君不察故也, 可知矣, 貴視其所擧, 富視其所與, 貧視其所不取, 窮視其所不爲, 由此觀之, 可知矣. 〔**十八史略**〕克曰, 居視其所親, 富視其所與, 達視其所擧, 窮視其所不爲, 貧視其所不取, 五者足以定之矣,

明月之珠, 不能無纇(뢰).

어두운 밤에도 빛을 내는 구슬에도 결함이 없을 수 없다. (喩) 훌륭한 사람에게도 단점이 있고 좋은 사물에도 하자·결함이 있다. (纇 : 흠. 상처.)

〔**秦 李斯·諫逐客書**〕垂明月之珠, 服太阿之劍. 〔**淮南子·氾論訓**〕○○○○, ○○○○. 然而天下寶之者何也. 其小惡, 不足妨大美也. < 漢 高誘 注 > 夜光之珠, 有似明月, 故曰明月.

明有所不見, 聰有所不聞.

눈이 밝은 사람도 보지 못하는 것이 있고, 귀가 밝은 사람도 듣지 못하는 것이 있다. 총명한 사람도 결함과 착오가 있음을 피할 수 없다는 말. (明 : 눈이 밝다. 시력이 좋다. 聰 : 귀가 밝다. 청력이 좋다.)

〔**史記·龜策列傳**〕是故 ○○○○○, ○○○○○. 人雖賢, 不能左畫方, 右畫圓, 日月之明, 而時蔽之於浮雲.

嫫母有所美, 西施有所醜.

黃帝의 넷째 비인 추녀 嫫母에게도 예쁜 데가 있고, 춘추시대 越나라의 미인 西施에게도 미운 데가 있다. (喩) 어리석은 사람에게도 장점이 있고 현명한 사람에게도 단점이 있다. (嫫母 : 黃帝의 넷째 비의 이름. 그는 행실이 바르고 곧았으나 추부였으므로 추녀를 이르는 말이 되었다. 西施 : 춘추시대 越나라 미인. 지조가 굳거나 바르지 않았다. 越왕 句踐이 會稽에서 패한 뒤 范蠡가 미인계로서 西施를 吳왕 夫差에게 바친 결과 그는 西施의 미모에 매료되어 정사를 돌보지 않으므로, 句踐이 그 틈을 타서 침공하여 멸망시켰다.)

〔**淮南子·說山訓**〕桀有得事, 堯有遺道. ○○○○○, ○○○○○. 故亡國之法, 有可隨者, 治國之俗, 有可非者.

毛嬙麗姬, 人之所美也, 魚見之深入, 鳥見之高飛, 麋鹿見之決驟.
장 미 취

越王의 미희인 毛嬙이나 晉나라 獻公의 부인인 麗姬를 두고 사람들은 미인이라 하지만, 물고기는 그들을 보면 물 속에 깊이 숨어버리고, 새는 그들을 보면 하늘 높이 날아오르며, 사슴은 그들을 보면 재빨리 달아나버린다. 이 세상에는 절대의 미인, 추녀가 없고 그 시각이 상대적이라는 뜻. (麋鹿 : 고라니와 사슴. 決驟 : 빨리 달아나다.)

〔 **莊子·齊物論** 〕 ○○○○, ○○○○○, ○○○○○, ○○○○○, ○○○○○○.

目中有花, 則視萬物皆妄見也. 心中有物, 則處萬物皆妄意也.

사람의 눈 속에 현기증으로 생긴 환상의 꽃이 있으면 만물을 보아도 다 그릇되게 보이고, 마음 속에 어떤 사물 곧 편견을 가지고 있으면 만물을 대함에 있어서도 다 그릇되게 생각하게 된다. (花 : 현기증으로 눈 속에 생기는 어른거리는 환상. 妄 : 헛되다. 그릇되다. 터무니없다. 心中有物 : 마음 속에 어떤 편견을 가지고 있다는 뜻. 意 : 생각하다.)

〔 **呻吟語·第一章** 〕 ○○○○, ○○○○○○○○○. 耳中有聲, 則聽萬物皆妄聞也. ○○○○, ○○○○○○○○.

不可同日而語.

같은 날 함께 말할 수 없다. 성질·지위·정황 등이 차이가 너무 커서 양자가 서로 이야기할 수 없다는 뜻. 두 사람 사이에 학식·능력·권위 등의 정도와 전후 우열에 너무 차이가 커서 같이 논의할 수 없음을 형용. → **不可同年而語. 不可同日而語.**

〔 **史記·遊俠列傳** 〕 與季次, 原憲比權量力, 效功於當世, 不可同日而論矣. 〔 **戰國策·趙策二** 〕 夫破人之與破於人也, 臣人之與臣於人也, 豈可同日而言之哉. 〔 **漢 賈誼·新書·過秦上** 〕 試使山東之國與陳涉度長絜大, 比權量力, 則不可同年而語矣. 〔 **漢書·息夫躬傳** 〕 臣與祿異議, 未可同日而語也. 〔 **南宋 洪邁·容齋三筆·國家府庫** 〕 今之事力, 與昔者 ○○○○○○.

不以一眚掩大德.
생

한 번의 조그마한 잘못을 가지고 큰 덕행(혹은 공적)을 가리려고 해서는 안된다. 대국적인 견지에서 공과를 분명하게 평가해야 함을 이르는 말. (眚 : 잘못. 허물.)

〔 **春秋左氏傳·僖公三十三年** 〕 秦伯素服郊次, 鄕師而哭曰, 孤違蹇叔以辱二三子, 孤之罪也. 不替孟明, 曰, 孤之過也. 大夫何罪. 且吾 ○○○○○○○.

死諸葛走生仲達.

죽은 蜀漢의 승상인 諸葛亮이 살아있는 魏의 仲達(名 : 司馬懿)을 달아나게 하다. 諸葛亮의 큰 지혜와 큰 용기가 사후에도 위엄·권위가 있음을 칭찬하는 말. (喩) 죽은 사람이 살아있는 사람보다 낫다. (由) 三國時代 蜀漢의 현신 諸葛亮이 五丈原의 진중에서 죽어 이를 비밀에 붙인 채 그의 군대를 후퇴시키기 시작할 때 魏의 仲達이 추격해오자 蜀漢의 군대가 도리어 반격을 가하니 仲達은 諸葛亮이 지휘하는 줄 알고 두려워하여 도망친 데서 유래. (走 : 달아나게 하다. 좇아버리다.)

〔 **三國志·蜀志·諸葛亮傳** 〕(注引漢晉春秋) 揚儀等整軍而出, 百姓奔告宣王, 宣王追焉. 姜維令儀反旗鳴鼓, 若將向宣王者, 宣王乃退, 不敢逼. 于是儀結陣而去, 入谷然後發喪. 宣王之退也, 百姓爲之諺曰, 死諸葛嚇走生仲達. 或以告宣王, 宣王曰, 吾能料生, 不便料死也. 〔 **通鑑·綱目** 〕百姓爲之諺曰, ○○○○○○○. 懿笑曰, 吾能料生, 不能料死故也. 〔 **十八史略·秦漢篇** 〕百姓爲之諺曰, ○○○○○○○. 懿笑曰, 吾能料生, 不能料死. 〔 **蒙求·亮遺巾幗** 〕宣王(司馬懿)之退, 百姓諺曰, ○○○○○○○. 或以告王, 王曰, 吾能料生, 不便料死也.

上品之人, 不教而善, 中品之人, 教而後善, 下品之人, 教亦不善.

상급에 속하는 사람은 가르치지 않아도 선량하고, 중급에 속하는 사람은 가르친 뒤에 선량해지고, 하급에 속하는 사람은 가르쳐도 또한 선량해지지 못하다. (善 : 언행이 바르고 어질다. 선량하다. 훌륭하다.)

〔 **小學·嘉言** 〕康節邵先生誡子孫曰, ○○○○, ○○○○, ○○○○, ○○○○, ○○○○, ○○○○.

相形不如論心, 論心不如擇術.

사람의 용모를 보는 것은 그 사람의 마음을 헤아려보는 것보다 못하고, 사람의 마음을 헤아려보는 것은 그 사람의 도술을 선택하는 것보다 못하다. 사람의 용모로 길흉화복을 점치는 것은 사람의 마음을 보아서 그것을 헤아리는 것보다 못하고, 사람의 마음으로 길흉화복을 헤아리는 것은 사람의 도술을 보아서 그것을 가리는 것보다 못하다는 뜻. (相 : 상을 보다. 길흉화복을 점치다. 形 : 형체. 용모. 모습. 論 : 사람의 재능을 헤아리다. 術 : 재주. 학문기예. / 도술 곧 도덕과 학술.)

〔 **荀子·非相** 〕古者, 有姑布子卿, 今之世梁有唐擧, 相人之形狀顔色, 而知其吉凶妖祥, 世俗稱之. 古之人無有也, 學者不道也. 故○○○○○○, ○○○○○○.

巢父·許由, 讓於天下, 市道小人, 爭一錢之利.

고대 中國의 고사(高士)인 巢父와 許由는 (堯임금이 천하를 물려주려 했으나) 다 그 천하를 사양했다. 그러나 시장 안의 소인들은 일 전의 작은 이익을 가지고 다툰다. (市道 : 시장 안길. / 시장 안의 사람들.)

〔 **顔氏家訓·慕賢** 〕古人云, ○○·○○, ○○○○, ○○○○, ○○○○. 亦已懸矣. 〔 **御覽·八三六** 〕(引曹植 樂府歌) 巢·許蔑四海, 商賈爭一錢. 〔 **晉書·華譚傳** 〕或問譚曰, 諺言人之相去, 如九牛毛, 寧有此理乎. 譚對曰, 昔許由·巢父 讓天下之貴, 市道小人, 爭半錢之利. 此之相去, 何啻九牛毛也. 聞者稱善.

視其所以, 觀其所由, 察其所安, 人焉廋哉.

그 사람이 행하는 일을 보고, 그 사람이 이 일을 행한 동기를 자세히 보며, 그 사람이 그 결과를 편안하게 여기고 있는가를 더 자세히 살펴보면, 사람들이 어찌 (자신의 본성을) 숨길 수 있겠는가 ? 사람의 행위의 지나온 내력·동기와 그 마음의 만족하는 바를 관찰하면 그 사람의 본성을 잘 파악할 수 있다는 뜻. (所以 : 행하는 일. ≒ 所爲者. 所由 : 행동을 한 동기. 이제까지 한 일의 내력. ≒ 所從來者. 所安 : 마음으로 즐거워하는 것. 결과를 만족하는 것 ≒ 心之所樂者. 焉 : 어찌. 廋 : 숨기다.)

〔**論語·爲政**〕子曰, ○○○○, ○○○○, ○○○○, ○○○○. 人焉廋哉

審其所好惡, 則其長短可知也, 觀其交遊, 則其賢不肖可察也.

그 사람이 좋아하는 것과 싫어하는 것을 살펴보면 그 사람의 장점과 단점을 알 수 있고, 그 사람이 교제하는 상대를 잘보면 그 사람이 현명한지 못난는지를 살펴서 알 수 있다. 사람의 좋아하는 것과 싫어하는 것. 장단점. 지혜, 능력 등을 파악, 관직에의 등용여부를 판단하는 자료로 할 수 있다는 말. (察 : 살펴서 알다.)

〔**管子·權修**〕人情不二, 故民情可得而御也. ○○○○○, ○○○○○○○, ○○○○, ○○○○○○○○.

甚美必有甚惡.

몹시 좋은 것에는 반드시 몹시 나쁜 것이 있다. 지나치게 아름다운 사람에게는 반드시 지나치게 나쁜 것이 있게 마련이므로 조심해야 함을 이르는 말. (由) 楚나라 공자(公子) 靈의 아내인 절세미인 夏姬가 세 남편, 한 군주, 한 아들의 죽는 꼴을 보았고, 또 한 나라와 두 정승의 가문을 망하게 한 것을 두고 이르는 말.

〔 **春秋左氏傳·昭公二十八年** 〕(叔向)其母曰, 子靈之妻, 殺三夫一君一子, 而亡一國兩卿矣, 可無懲乎. 吾聞之, ○○○○○○, …….

楊布, 衣素衣而出, 天雨, 解素衣, 衣緇衣而反, 其狗不知而吠之, 楊布怒, 將擊之.

(전국시대 중엽의 사상가로 이기주의자였던 楊朱의 동생인) 楊布는 흰 옷을 입고 외출했다가 마침 비가 내려 흰 옷을 벗고 검은 옷을 입은 후 돌아왔는데, 그 집의 개가 그런 줄을 모르고 주인에게 짖어대니 楊布는 화가 나서 그 개를 때리려고 하였다. (楊布之狗 : 겉모습이 변한 것을 보고 속까지 변했다고 그릇 판단하는 사람의 비유로 쓰인다.) → **楊布之狗**.

〔**韓非子·說林下**〕楊朱之弟○○, ○○○○○, ○○, ○○○, ○○○○○, ○○○○○○○, ○○○, ○○○. 楊朱曰, 子毋擊, 子亦猶是. 曩者使之女狗白而往, 黑而來, 子豈能毋怪哉.

於人也, 聽其言而觀其行.

남에 대하여 그가 하는 말을 들어보고, 그의 행실을 살펴본다. 한 사람을 판단함에 있어서는 그가 무엇을 말하는가를 들어보고, 또한 그가 무엇을 행하는가를 관찰하여야 함을 기리키는 말.

〔**論語·公冶長**〕子曰, 始吾於人也, 聽其言而信其行, 今吾○○○, ○○○○○○○, 於予與改是.

驢非驢, 馬非馬.
여　려

당나귀가 당나귀 같지 않고, 말이 말 같지 않다. 노새(騾)를 지칭한 것. (喻) 이것도 아니고 저것도 아니다. 비슷하면서도 비슷하지 않다. 사람이 사람답지 않다.

〔**漢書·西域傳**〕外國胡人皆曰, ○○○, ○○○, ……所謂騾也.

欲勝人者必先自勝, 欲論人者必先自論, 欲知人者必先自知.

남을 이기고자 하는 자는 먼저 자기 자신을 이길 것이며, 남을 논평하고자 하는 자는 먼저 자기 자신을 논평해볼 것이며, 남을 알고자 하는 자는 먼저 자기 자신을 알아야 한다.

〔**呂氏春秋·先己**〕故 ○○○○○○○○○, ○○○○○○○○○, ○○○○○○○○○.

欲知其子, 視其友, 欲知其君, 視其所使.

그 아들을 알고자 하면 그 벗들을 살펴보고, 그 임금을 알고자 하면 그 신하를 살펴보라. 가장 가까이 접하고 인물의 됨됨이를 통해서만이 그 사람의 진면목을 사실대로 평가할 수 있다는 말.
(視 : 자세히 살피다. 조사하여 보다. 所使는 부리고 있는 사람.)

〔**荀子·性惡**〕傳曰, 不知其子視其友, 不知其君視其左右. 靡而已矣, 靡而已矣. 〔**韓詩外傳·卷八**〕曰, 欲知其子, 視其母, 欲知其君, 視其所使. 中山君不賢, 惡能得賢. 〔**史記·田叔列傳**〕不知其君, 視其所使, 不知其子, 視其所友. 〔**戰國策·趙策二**〕(武靈)王曰, 選子莫若父, 論臣莫若君. 君, 寡人也. 〔**說苑·奉使**〕故(文侯)曰, 欲知其子, 視其友, 欲知其君, 視其所使. 〔**說苑·雜言**〕孔子曰, 不知其子, 視其所友, 不知其君, 視其所使. 〔**孔子家語·六本**〕不知其子視其父, 不知其人視其友, 不知其君視其所使, 不知其地視其草木. 〔**意林**〕(引 趨子) 欲知其人, 視其朋友.

維南有箕, 不可以簸揚, 維北有斗, 不可以挹酒漿.
파　읍

남쪽에 키같은 기성(箕星)이 있으나 곡식을 까불러 겨를 날리지 못하고, 북쪽에 국자같은 두성(斗星)이 있으나 술이나 국을 뜰 수가 없다. (喻) 다만 헛된 이름만 있을 뿐 쓰기에 알맞은 물건이 아니다. / 일 개인이 겉은 있고 속은 없어 유명무실하다. / 이름 뿐이고 백성의 생활에는 아무런 도움이 되지 못한다. (簸揚 : 키질을 하여 겨를 날리다. 곡식을 까불러 겨를 날리다. 簸는 까부르다.

掘 : 떠내다.)

〔**詩經·小雅·大東**〕○○○○, ○○○○○. ○○○○, ○○○○○○. 〔**北史·刑邵傳**〕今國子雖有學官之名, 而無敎授之實, 何異兎絲燕麥, 南箕北斗哉.

以道望人難, 以人望人易.
이

도를 가지고 사람을 보는 것은 어렵고, 사람을 가지고 사람을 보는 것은 쉽다. 한 사람을 평가하는데 있어서는 이상적인 표준에 근거해서는 안되고 사회 실제에 근거해야 됨을 가리키는 말. (望 : 바라보다. 보다. 엿보다.)

〔**宋 李季可·松窗百說**〕求君子而君子不可得, 遠小人而小人莫能去, 然則如之何. 古人有言曰, ○○○○○, ○○○○○. 則二者常可處矣. 至于治天下, 未離此道.

以小人之心, 度君子之腹.
탁

소인의 마음을 가지고 군자의 마음을 헤아리다. 도덕적 품성이 좋지 않은 사람의 비열한 심리를 가지고 덕행이 고상한 사람의 공명정대한 마음을 추측한다는 뜻. (腹 : 마음. 충심.)

〔**春秋左氏傳·昭公二十八年**〕乃饋之畢, 願以小人之腹, 爲君子之心, 屬厭而已. 〔**南朝 宋 劉義慶·世說新語·雅量**〕可謂以小人之慮, 度君子之心. 〔**醒世恒言·錢秀才錯占鳳凰儔**〕誰知顔俊○○○○○, ○○○○○, 以際便是仇人相見, 分外眼睁.

以五十步笑百步.

50보를 간 사람이 100보를 간 사람을 비웃다. (喩) 피차간 다소의 차이는 있으나 크게 보면 본질상의 차이가 없다. (由) 梁나라 惠王이 孟子에게 이웃나라의 백성은 줄지 않고 자기 나라 백성이 늘지 않는데 대하여 물은 즉 孟子는 "왕께서는 전쟁을 좋아하시니 청컨대 싸움을 비유하겠습니다. 둥둥 북이 울려 병사들이 칼을 잡았으나 (불리해지면) 갑옷을 버리고 병사를 이끌고 도망을 가되 혹은 100보를 가서 그치고 혹은 50보를 가서 그칩니다. 50보를 간 사람이 100보를 간 사람을 비웃는다면 어떻게 되겠습니까?"라고 말했다. (이에 대하여 왕은) "불가합니다. (50보를 간 사람도) 바로 100보를 가지 않았을 뿐 이것도 또한 도망을 간 것입니다"라고 말했다. → **五十步百步**.

〔**孟子·梁惠王上**〕孟子對曰, 王好戰, 請以戰喩. 塡然鼓之, 兵刃旣接, 棄甲曳兵而走, 或百步而後止, 或五十步以後止. ○○○○○○○, 則何如, 曰,不可. 直不百步耳, 是亦走也.

人固未易知, 知人亦未易.
이

사람은 본디 (남을) 알기가 쉽지 않고, 이미 알고있는 사람도 또한 (잘 알기가) 쉽지 않다. 진정으로 일개인을 이해하고 정확하게 예측하는 것이 매우 어렵다는 말. (固 : 본디. 본래.)

〔**史記·范雎蔡澤列傳**〕曰, 虞卿何如人哉. 時侯嬴在旁, 曰, ○○○○○, ○○○○○也. 〔**明 徐應秋·玉芝堂談薈**〕人不易知, 當局易迷. 〔**淸 名教中人·好逑傳**〕人不易知, 知人不易. 侯孝氣骨昂昂, 以之守邊, 乃萬里長城也, 一時將帥, 恐無其比.

人莫知其子之惡, 莫知其苗之碩.

사람은 자식의 나쁜 점을 알지 못하고, 또 그가 심은 곡식의 묘목이 크는 것을 알지 못한다. 사람은 편애, 편혐(偏嫌)하기 쉽다는 비유. 사정(私情)에 흘러 자기의 것을 잘못 평가하고 있는 것을 지적한 말. (碩 : 크다.)

〔**大學·傳八**〕故好而知其惡, 惡而知其美者, 天下鮮矣. 故諺有之曰, ○○○○○○○, ○○○○○○.

人病, 舍其田而蕓(운)人之田, 所求於人者重, 而所以自任者輕.

사람의 병폐는 자기 밭은 버려두고서 남의 밭을 김매는데 있는 것이니, 이는 남에게 요구하는 것은 엄중하게 하고서 자기가 맡은 것은 소홀하게 다루기 때문이다. (舍 : 버리다. = 捨. 蕓 : 김을 매다.)

〔**孟子·盡心下**〕○○, ○○○○○○○○, ○○○○○○, ○○○○○○○.

人不可貌(모)相, 海水不可斗量.

사람은 외모로 판단해서는 안되며, 바닷물은 용기인 말로 되어서는 안된다. 사람은 외모만을 근거로 하여 그의 내면까지 함께 판단해서는 안된다는 말. 다만 사람의 능력을 측정할 수 없는 외모만을 가지고 평가할 수 없음을 강조하는 말. (相 : 사물의 외관을 평가하다. 판단하다.) = **人不可貌相, 海不可斗量.** → **人不可貌相.** → **海水不可斗量.**

〔**元 無名氏·小尉遲**〕老將軍, 古語有云, 凡○○○○○, ○○○○○○. 〔**隋唐演義**〕自古道, 凡人不可貌相, 况文人才子, 更非凡人可比, 一發難限量他. 〔**西遊記**〕陛下, ○○○○○, ○○○○○○. 若愛豊姿者, 如何捉得妖賊也.

人有長短, 氣有盛衰.

사람에게는 단점과 장점이 있고, 기세에는 흥성과 쇠퇴가 있다.

〔**吳子·勵士**〕(吳)起對曰, ○○○○, ○○○○, 君試發無功者五萬人, 臣請率以當之.

人有亡鈇者, 意其鄰之子. 視其行步·顔色·言語, 竊鈇也. 俄而抇其谷而得其鈇. 他日復見其鄰之子, 無似竊鈇者.

(鈇: 부, 抇: 골)

어떤 사람이 도끼를 잃고 그 이웃집 아이를 의심하였다. 그 (아이의) 행보·안색·언어를 보아 도끼를 훔친 것 같았다. 홀연 그 골짜기를 파다가 그 도끼를 찾았다. 다른 날 그 이웃집 아이를 다시 보니, (동작·태도 등에 있어서) 도끼를 훔친 자 같지 않았다. (喩) 사람이 어떤 일에 집착하게 되면 곧 어떤 일이나 사람에게도 편견을 가지고 대하게 된다. 선입관은 판단의 정곡을 잃게 한다. (鈇 : 도끼. 意 : 의심하다. / 추측하다. 俄 : 갑자기. 홀연. 抇 : 구덩이를 파다. ≒ 掘)

〔 **列子·說符** 〕 人有亡鈇者, 意其鄰之子. 視其行步, 竊鈇也. 顔色, 竊鈇也. 言語, 竊鈇也. 動作態度, 無爲而不竊鈇也. 俄而抇其谷而得其鈇. 他日復見其鄰之子, 動作態度無似竊鈇也. 〔 **呂氏春秋·去尤** 〕 人有亡鈇者, 意其鄰之者, 視其行步竊鈇也, 顔色竊鈇也, 言語竊鈇也, 動作態度無爲而不竊鈇也. 抇其谷而得其鈇, 他日復見其鄰之子, 動作態度無似竊鈇者.

人之其所親愛而辟焉, 之其所賤惡而辟焉.

(辟: 벽, 惡: 오)

사람은 그가 사랑하는 사람에게 편견을 가지며, 그가 업신여기고 미워하는 사람에게 편견을 갖는다. 보통사람은 사랑하는 사람·미워하는 사람 등을 대할 때 감정이 널리 살필줄을 모르고 내키는대로 한쪽으로 치우쳐 공정함을 잃게 된다는 뜻. (所親愛 : 사랑하는 바. 사랑하는 것. 사랑하는 사람. 辟 : 한편을 들다. 역성들다. 한편을 두둔하다. 마음이 한쪽으로 치우쳐 공정하지 못하다. = 僻. 偏.)

〔 **大學·傳八** 〕 所謂齊其家在脩其身者, ○○○○○○○○○○, ○○○○○○○○○, 之其所畏敬而辟焉, 之其所哀矜而辟焉, 之其所敖惰而辟焉. 故好而知其惡, 惡而知其美者, 天下鮮矣.

人之相去, 如九牛毛.

사람들 간의 차이는 아홉 마리 소의 털과 같다. 사람과 사람 사이의 차이는 다른 아홉 마리의 소 몸뚱이에 난 털 색깔이 같지 않은 것과 같다는 말로, 곧 큰 차이가 난다는 뜻. 許由와 巢父는 堯임금의 천하 통치권의 양여를 사양한데 반해 시정의 소인들은 반전(半錢 : 일전의 반)의 아주 작은 이익을 다투는 것을 두고 이른 것. (相去 : 거리. 차이. / 차이가 나다. ≒ 相差. ※ 去는 장소 · 시간적으로 …과 떨어져 있다.)

〔 **晉書·華譚傳** 〕 或問譚曰, 諺言○○○○, ○○○○, 寧有此理乎. 譚對曰, 昔許由. 巢父讓天下之貴, 市道小人爭半錢之利, 此之相去, 何啻九牛毛也.

人之患, 在好爲人師.

사람들의 폐단은 남의 스승이 되기를 좋아하는 데에 있다. 사람들의 폐단은 변변치 않은 지식을 가지고 남의 앞에 나서서 아는 체하기를 좋아하는데 있음을 이르는 것.

〔孟子·離婁上〕孟子曰, ○○○, ○○○○○.

人之患, 偏傷之也. 見其可欲也, 則不慮其可惡也. 見其可利也, 則不顧其害也者.

사람의 폐단은 한 쪽을 편견하여 그를 해치는데 있다. 그가 하고자 하는 것을 만나면 곧 그 재환(災患)을 헤아려보지 아니하고, 그 유리한 것을 만나면 그 유해한 것을 돌보지 아니한다. (欲 : 하고자 하다. 탐내다. 좋아하다. 惡 : 재앙과 우환. 顧 : 사방을 둘러보다. 응시하다. 돌보다.)

〔荀子·不苟〕凡○○○, ○○○○. ○○○○○, ○○○○○○○. ○○○○○, ○○○○○○○. 是以動則必陷, 爲則必辱, 是偏傷之患也.

人之患, 蔽(폐)於一曲, 而闇於大理.

사람의 폐단은 어느 한 부분에 가려서 큰 도리에 어둡다는 데 있다. 사람의 폐단은 편벽된 견해에 가려 있어서 사물을 바르게 볼 수 없는 데에 있다는 말. (一曲 : 일부분. 闇 : 어둡다.)

〔荀子·解蔽〕凡○○○, ○○○○, ○○○○○. 治則復經, 兩疑則惑矣. 天下無二道, 聖人無兩心.

自其異者視之, 肝膽楚越也, 自其同者視也, 萬物皆一也.

(우주 만물은) 만약 그들의 상이(相異)한 방향(측면)으로부터 보면 본래 일신(一身)인 간과 담도 揚子江 중류에 있던 楚나라와 그 하류에 있던 越나라가 서로 떨어져 있는 것과 같이 그렇게 멀고, 그들을 같은 방향으로부터 보면 만물은 모두 일체(一體)이다. 모든 사물은 보는 방향·각도·처지·가치관에 따라서 현저히 달라진다는 뜻.

〔莊子·德充符〕仲尼曰, ○○○○○○, ○○○○○, ○○○○○○, ○○○○○.

自井中視星, 所視不過數星, 自丘上以視, 則見其始多出.

우물 안에서 별을 쳐다보면 눈에 보이는 것은 몇 개의 별에 불과하지만, 언덕 위에서 쳐다보면 별이 비로소 많이 나오는 것을 볼 수 있다. (喩) 사심에 사로잡히면 그 견해가 심히 좁으나 공적인 마음을 가지면 아는 것이 많고 넓다. → **井中視星. 井中觀天.**

〔尸子·廣澤〕○○○○○, ○○○○○○, ○○○○○, ○○○○○○. ……. 私心井中也, 公心丘上也. 〔韓愈·原道〕坐井而觀天, 曰天小者, 非天小也. 〔清 陳澧·東塾讀書記·諸子書〕自丘上以視, 則見其始出, 又見其入, 非明益也, 勢使然也. 夫私心, 井中也. 公心, 丘上也.

張公帽掇(철)在李公頭上.

張公의 모자가 李公의 머리위에 쓰이다. 張公의 모자를 李公이 쓰고 있다는 말. (喩) 명성과 실제가 부합하지 않고 유명무실하다. / 대상 또는 사실을 잘못 알다. 이것을 오인하여 저것을 하다. (掇 : 두 손으로 받쳐들다. / 쥐다. 잡다.) ≒ **張道士冠, 李道士戴. → 張冠李戴.**

〔**明 田藝蘅·留青日札·張公帽賦**〕諺云, ○○○○○○○○○○. 有人作賦云, 物各有主, 貌貴相宜, 竊張公之帽也, 假李老而戴之. 〔**明 黃粹吾·續西厢升仙記**〕張道士冠, 李道士戴. 言己物而被他人奪之.

釣者之恭, 非爲魚賜也. 餌鼠以蟲, 非愛之也.

고기를 낚는 사람이 (몸을 구부리고) 공경하는 것 같은 모양을 하는 것은 고기에게 먹이를 주려고 하는 것이 아니며, (쥐를 잡는 사람이) 쥐에게 벌레를 미끼로 주는 것은 쥐를 사랑하기 때문이 아니다. (喻) 사람은 겉으로 나타내는 사실·행실과 그의 속으로 품고있는 마음·성질이 다를 수 있어 이 두 가지를 함께 평가해야 한다.

〔**墨子·魯問**〕子墨子曰, ……. ○○○○, ○○○○○. ○○○○, ○○○○. 吾願主君之合其志功而觀焉.

衆盲各以手觸一象. 觸其牙者言, 如蘿菔(복)根. 觸其耳者言, 如箕. 觸其脚者言, 如臼(구). 觸其脊者言, 如牀. 觸其腹者言, 如甕(옹).

많은 장님들이 각각 한 마리의 코끼리를 손으로 만져보았다. 이빨을 만져본 자는 (코끼리 모양이) 무뿌리와 같다고 말하였고, 귀를 만져본 자는 곡식을 까부는 키와 같다고 말하였고, 다리를 만져본 자는 절구와 같다고 말하였고, 등을 만져본 자는 평상와 같다고 말하였고, 배를 만져본 자는 항아리와 같다고 말하였다. (꼬리를 만져본 자는 새끼줄과 같다고 말하였다.) (喻) 사람이 단지 어떤 한 부분만 알 뿐이고 전모를 이해하지 못하다. / 사물을 자기 주관과 좁은 소견으로 그릇 판단하다. → **群盲評象. 盲人摸象.**

〔**大般涅槃經·三十二**〕有王告大臣, 汝牽一象來示盲者. 衆盲各以手觸, 大王即喚衆盲各各問言, 汝見象耶. 衆盲各言, 我已得見. 王言, 象類何物. 觸其牙者言, 象形如蘿菔根. 觸其耳者言, 如箕. 觸其脚者言, 如臼. 觸其脊者言, 如牀. 觸其腹者言, 如甕. 觸其尾者言, 如繩.

衆人重利, 廉士重名, 賢士尚志, 聖人貴精.

보통 사람들은 이익을 소중히 여기고, 청렴한 사람은 명예를 소중히 여기며, 현명한 사람은 지절(志節)을 숭상하고, 성인은 곧 정신적 진수를 귀중하게 여긴다. (衆人 : 보통 사람. 범인. 범속한 사람. / 뭇 사람. 精 : 정수. 근본. 진수. 사물의 핵심. 생명의 근원. 만물을 생성하는 음양의 기.) → **衆人重利.**

〔**莊子·刻意**〕野言有之曰, ○○○○, ○○○○, ○○○○, ○○○○.

知臣莫如君, 知子莫如父.

신하를 아는 것은 임금만한 사람이 없고, 아들을 아는 것은 아버지만한 사람이 없다. 임금이 신하를 가장 잘 알고, 아버지가 아들을 제일 잘 안다는 뜻. ↔ **知父莫如子**. → **知臣莫若君**. **擇子莫如父**, **擇臣莫如君**.

〔**春秋左氏傳·僖公七年**〕子文聞其死也, 曰, 古人有言曰, 知臣莫若君. 弗可改也已. 〔**春秋左氏傳·昭公十一年**〕王問於申無宇曰, 棄疾在蔡, 何如. 對曰, 擇子莫如父, 擇臣莫如君. 〔**國語·晉語**〕人有言曰, 擇臣莫若君, 擇子莫若父. 〔**管子·大匡**〕鮑叔曰, 先人有言, 曰, 知子莫若父, 知臣莫若君, 〔**韓非子·十過**〕管仲曰, 臣老矣, 不可問也. 雖然臣聞之, ○○○○○, ○○○○○, 君其試以心決之. 〔**晉書·符堅載記**〕丞相臨終, 托卿以十具牛爲田, 不聞爲卿求位. 知者莫如父, 何斯言之征也. 〔**貞觀政要·論擇官**〕特進魏徵上疏曰, 臣聞, 知臣莫若君, 知子莫若父. 父不能知其子, 則無以睦一家. 〔**元 秦簡夫·東堂老**〕我死之後, 不肖子必敗吾家. ……. 便好道知子莫過父, 信有之也. 〔**明 周公魯·翻西廂**〕自古道, 知子者莫若父, 知女者莫若母.

只重衣衫, 不重人.

(衫: 삼)

오직 의복을 중하게 여기고, 사람됨을 중시하지 않는다. 사람이 권세나 재물에 빌붙는 성향이 있음을 지적한 말. 인품보다는 의복에 의하여 그 사람을 판단하는 것을 탄식하는 말. (衣衫 : 홑옷) → **祇重衣衫, 不重人.**

〔**通俗編**〕近來世俗多顚倒, 祇重衣衫, 不重人. 〔**五燈會元**〕近來世俗多顚倒, ○○○○○○○.

疾風知勁草, 世亂識忠臣.

(勁: 경)

세찬 바람이 불어봐야 억센 풀을 알아낼 수 있고, 세상이 어지러워진 다음에야 충성스럽고 절개있는 신하가 누구인가를 판별해 낼 수 있다. (喩) 몹시 고생스럽고 위급한 상황에 처해진 후에야 비로소 사람의 품격 · 능력이 나타난다. 역경에 처해봐야 그 사람의 진가를 알게 된다. (勁 : 굳세다. 억세다.) = **疾風知勁草, 板蕩識誠臣.**

〔**後漢書·王覇傳**〕光武謂覇曰, 潁川從我者皆逝, 而子獨留. 努力. 疾風知勁草. 〔**後漢書·盧植傳**〕風霜以別草木之性, 危亂而見貞良之臣. 〔**唐 李世民·賜蕭瑀·詩**〕疾風知勁草, 板蕩識誠臣. 勇夫安識義, 知者必懷仁. 〔**隋書·楊素傳**〕古人有言曰, 疾風知勁草, 世亂有誠臣. 公得之矣. 〔**唐書·蕭瑀傳**〕帝(太宗)賜詩曰, 疾風知勁草, 板蕩識誠臣. 〔**宋書·顧凱之·傳定命論**〕疾風知勁草, 嚴霜識貞木. 〔**明 羅懋登·西洋記**〕○○○○○, ○○○○○. 〔**綴白裘·鐵冠圖**〕疾風知勁草, 板蕩見忠臣.

尺有所短, 寸有所長.

한 자가 짧을 때가 있고, 한 치가 긴 때가 있다. 한 자로 모자라다고 느끼면 그 한 자가 짧다고 할 것이고, 한 치로도 족하면 그 한 치가 길다고 할 것이라는 뜻. (喩) 사람과 사물의 장점과 단점은 그 기준이나 척도에 따라 상대적으로 평가되어 그 가치가 달라진다. / 사물은 각기 장점이 있고 단점이 있다. → **尺短寸長.**

〔**史記·白起 王翦列傳**〕太史公曰, 鄙語云, ○○○○, ○○○○. 〔**楚辭·卜居**〕詹尹乃釋策而謝曰, 夫○○○○, ○○○○, 物有所不足, 智有所不明. 數有所不逮, 神有所不通, 用君之心, 行君之意, 龜策誠不能知事. 〔**新序·雜事五**〕閭丘邛曰, 不然. 夫○○○○, ○○○○.

尺之木必有節目, 寸之玉必有瑕瓋.

하 적

높이 한 자의 작은 나무에도 반드시 둥근 옹이(마디)가 있고, 한 치의 작은 옥에도 반드시 얼룩무늬가 있다. (喩) 사람이나 사물은 진선진미(盡善盡美)하기가 어렵고 조그만한 것이라도 흠이 있다. (瑕瓋 : 결점. 허물.) → **寸之玉必有瑕瓋.**

〔**呂氏春秋·擧難**〕○○○○○○○, ○○○○○○○, 先王之物之不可全也. 故澤務而貴貴取一也.

兎角龜毛, 亦但有名而無實.

귀

토끼의 뿔과 거북이의 털은 다만 소문만 있을 뿐 그 실체가 없다. (喩) 세상에 도저히 있을 수 없고 믿을 수도 없다. (名 : 널리 알려진 평판이나 소문) → **有名無實.**

〔**楞嚴經·知道論**〕佛告阿難, 世間虛空, 水陸飛行, 諸所物象, 名爲一切, 汝不著者, 爲在爲無, 無則同於. 龜毛兎角, 又如○○○○, ○○○○○○○.

土牛木馬, 雖情存牛馬之名, 而心忘牛馬之實.

흙으로 빚은 소와 나무로 만든 말은 비록 소와 말의 이름을 분명하게 가지고 있으나, 소와 말의 실체를 내심으로 망각하게 한다. (喩) 그 이름은 있으나 실체가 없다. 겉은 훌륭하나 실제로 쓸데가 없다. / 가문이 좋을 뿐 아무 재능이 없다. (情 : 분명히. 명백히. 實 : 내용. 실속. / 바탕. 본질. 실질. 실체.) → **土牛木馬.**

〔**關尹子·八籌**〕知物之僞者, 不必去物, 譬如見○○○○, ○○○○○○○, ○○○○○○○. 〔**周書**〕蘇綽嘲有門資而無才具者, 曰猶土牛木馬徒有形似而不爲用, 不可以涉道也.

瑕不揜瑜, 瑜不揜瑕.

하 엄 유

옥의 티는 아름다운 옥을 가리지 못하고, 아름다운 옥은 옥의 티를 가리지 못한다. (喩) 결점은 장점을 가리지 못하고, 장점은 결점을 가리지 못한다. / 일부분의 흠이 전체를 해치지 못한다. / 사람이 지니고 있는 선과 악·미덕과 과실의 두 가지 마음을 숨기지 않고 다 드러내 보이다. (揜 : 가리다.)

〔**禮記·聘義**〕○○○○, ○○○○, 忠也. < 注 > 瑕, 玉之病也. 瑜, 中間美者. 〔**孔子家語·問玉**〕瑕不掩瑜, 瑜不掩瑕, 忠也. 孚尹旁達, 信也. 氣如白虹, 天也. 精神見于山川, 地也. 珪璋特達, 德也.

解凍而耕, 暴背而耨, 無積粟之實, 此無實而有其名者也.

추위가 풀려 따뜻해지면 땅을 갈고, 등을 햇볕에 쬐면서 김을 매나, (가을걷이가 적어) 벼의 알을 모아둘 것이 없으니, 이것이 알맹이가 없고 그 이름만 있는 것이다. (喻) 이름·명의·명분만 훌륭하고 알맹이·실제·실질·내용이 비어있다. → **有名無實.**

〔**六韜·文韜**〕七害者, 一曰, ……. 二曰, 有名無實, 出入異言, 掩善揚惡, 進退僞巧, 王者謹勿與謀. 〔**莊子·則陽**〕有名有實, 是物之居. 無名無實, 在物之虛. 〔**國語·晉語八**〕宣子曰, 吾有卿之名, 而無其實. 〔**戰國策·秦策四**〕有其實而無其名者, 商人是也, 無把銚推耨之勢, 而有積粟之實, 此有其實而無其名者也, 無其實而有其名者, 農夫是也, ○○○○, ○○○○, ○○○○○, ○○○○○○○○○○. 〔**漢書·黃霸傳**〕澆淳散樸, 竝行僞貌, 有名無實. 〔**三國志·吳志·趙達傳**〕但有名無實, 其精微若是.

畫餅不可充飢.

그린 떡으로는 굶주린 배를 채울 수 없다. (喻) 이름 뿐이고 실속이 없다. 유명무실하여 어떤 작용이나 영향력을 불러 일으키지 못하다. / 상상이나 공상으로 스스로를 위로하다. ↔ **畫餠充饑.**

〔**三國志·魏志·盧毓傳**〕選擧莫取有名, 名如畫地作餠, 不可啖也. 〔**史通**〕鏤冰爲壁, 不可用也. 畫地爲餠, 不可食也. 〔**景德傳燈錄**〕師遂歸堂遍檢所集諸方語句, 無一句可將酬對, 乃自嘆曰, ○○○○○○. 于是盡焚之.

Ⅱ. 家族·家庭 및 그 構成員

1. 祖上·後孫·親戚 및 家庭

家無讀書子, 官從何處來.

집안에 책 읽는 사람이 없으니 벼슬아치는 어디에서 올 것인가? 집안에 독서하는 사람이 없어 공직자가 될 사람이 없음을 안타까워하는 말. (子 : 사람.)

〔**警世通言**〕讀書破萬卷, 下筆如有神, 秀才將何爲本. ○○○○○, ○○○○○. 今後須宜勤學, 不可將光陰錯過.

家有萬貫, 不如出個硬漢.

집안에 일만 개의 돈꿰미가 있어도 그것은 한 사람의 강직 불굴의 사나이가 나오는 것만 못하다. 집안에 강직 불의 사나이가 있는 것이 가장 귀중한 것임을 형용. (貫 : 엽전 천 개를 줄로 꿰어 놓은 돈꿰미. 硬漢 : 강직하여 남에게 굽힐 줄 모르는 사나이. = 硬骨漢.)

〔**淸 錢大聽·恒言錄**〕俗言, ……. ○○○○, ○○○○○○. 萬頃良田, 不如四兩薄福.

敎婦初來, 敎兒嬰孩.

여자는 처음 시집올 때 가르치고, 아이는 갓난애일 때 가르치라.

〔**顔氏家訓·敎子**〕孔子云, 少成若天性, 習慣性自然是也. 俗諺曰, ○○○○, ○○○○. 誠哉斯語. 〔**明 龐尙鵬·龐氏家訓**〕婦初入門, 當先諭而禁抑之. 敎子嬰孩, 敎婦初來. 言當防之于早也.

萬兩黃金未爲貴, 一家安樂値錢多.

만 량의 황금이 귀한 것이 될 수 없고, 한 집안의 안락이 돈이 많은 값어치가 있다. 가정의 화목과 안락이 가장 귀중한 것임을 가리키는 말.

〔**明 高明 琵琶記**〕但願歲歲年年人長在, 父母共夫妻相勸酬. …… ○○○○○○○, ○○○○○○○.

名門右族, 莫不由祖先忠孝勤儉, 以成立之, 莫不由子孫頑率(솔)奢傲, 以覆墜之.

명문 귀족들은 조상의 충효와 근검으로 말미암아 (그 일가를) 이루어 세우지 않을수가 없고,

자손들의 경만(輕慢. 깔봄)하고 경솔하고 사치하고 거만함으로 말미암아 몰락하지 않을 수가 없다. 명문 귀족은 조상의 충효·근검으로 필연적으로 훌륭한 집안을 이루어 세우게 되나, 그 자손들은 경만·경솔·사치·거만 등으로 인해 필연적으로 몰락하게 됨을 이르는 것. (右族 : 귀족. 頑 : 경시하다. 깔보다. = 輕漫. 輕侮. 率 : 경솔하다. 신중하지 않다. 覆墜 : 엎어지고 떨어지다. 곧 몰락하다.)

〔 **小學·嘉言** 〕 餘(柳玭)見○○○○, ○○○○○○○○○○, ○○○○. ○○○○○○○○○○, ○○○○. 成立之難如昇天, 覆墜之易燎毛.

門內之治 恩揜義, 門外之治 義斷恩.

엄

집안의 일을 처리하는 데 있어서는 친정(親情)이 의리를 가리어 덮고, 집 밖의 일을 처리하는 데 있어서는 의리가 친정을 버린다. 가족 내의 상사(喪事)를 다루는 데는 혈연의 애정이 의리를 우선하고, 가족 외의 상사를 다루는 데는 의리가 혈연의 애정을 압도한다는 뜻. 부모의 상에는 3년 동안 벼슬에 나가지 않는 것이 애정이 의리보다 우선하는 경우이고, 임금이 복을 입었을 때는 사친(私親)을 위해 복을 입지 않는 것이 의리가 애정을 압도하는 예이다. (門內 : 문안. 집안. 가족 내의 혈통관계가 있음을 가리킨다. 治 : 나라·사회·집안의 일을 보살펴 통제, 관리하다. 恩 : 친정. 親情. / 애정. 門外 : 문밖. 혈통에 연원한 사회관계가 없음을 가리킨다. 斷 : 단념하다. 상대하지 아니하고 버리다.)

〔 **禮記·喪服四制** 〕 其恩厚者其服重, 故爲父斬衰三年, 以恩制者也. ○○○○○○○, ○○○○○○○.

父子篤, 兄弟睦, 夫婦和, 家之肥也.

부자간에 돈독하고, 형제간에 화목하며, 부부간에 화합하면 그것은 그 집안의 밑걸음이 되는 것이다. 이 세 가지 요소는 가정이 건강함을 의미하는 것. (肥 : 걸음. 비료. / 살찜. 근육이 강대해짐. 몸이 건강해짐을 가리킨다.)

〔 **禮記·禮運** 〕 四體旣正, 膚革充盈, 人之肥也. ○○○, ○○○, ○○○, ○○○○. 大臣法, 小臣廉, 官職相序, 君臣相正, 國之肥也.

非我族類, 其心必異.

나와 같은 혈통의 사람이 아니면 그의 마음은 반드시 다르다. 같은 종족이 아니면 사랑하지 않는다는 뜻.

〔 **春秋左氏傳·成公四年** 〕 史佚之志有之曰, ○○○○, ○○○○. 楚雖大, 非吾族也, 其肯字我乎. 〔 **明清嘯生·喜逢春** 〕 相公, 此酒未可輕用. 常言, 匪我俗類, 其心必異.

四馬不和, 取道不長, 父子不和, 其世破亡, 兄弟不和, 不能久同, 夫妻不和, 家室大凶.

한 수레를 끄는 네 마리의 말이 불화하면 길을 갈 수 없고, 부자(父子)가 불화하면 그 세대가 깨져 망하며, 형제가 불화하면 오랫동안 함께 살 수 없고, 부부가 불화하면 그 집에 큰 흉조가 든다. (長 : 나아가다. 전진하다.)

〔 **說苑·敬愼** 〕 是故 ○○○○, ○○○○, ○○○○, ○○○○, ○○○○, ○○○○, ○○○○, ○○○○.

世祿之家, 鮮克由禮, 以蕩陵德, 實悖天道.

대대로 녹을 받는 집안은 예를 행하는 일이 적고, 방탕하여 덕을 업신여김으로써 마침내 천도를 어끄러뜨린다. (克 : 이루어내다. 由 : 행하다. 陵 : 깔보다. 가벼이 보다. 업신여기다.)

〔 **書經·周書·畢命** 〕 我聞曰, ○○○○, ○○○○, ○○○○, ○○○○, 敝化奢麗, 萬世同流.

數典而忘其祖.

수

옛날의 예제(禮制)와 역사를 기록한 전적(典籍)을 추적하여 조사하면서 그 선조가 한 일을 잊고 있다. 국가의 옛날의 예제·역사·발자취 등의 자료를 조사, 정리하는 사람이 자신의 조상의 유업이나 역사·연원을 모르고 있다는 말. 사물의 근본을 망각하고 있다는 비유. 자기 나라의 역사를 잊어버리거나 모르는 것을 풍자하는 말. (數 : 헤아리다. 추적하여 조사하다. 典 : 전고. 전적. 옛날의 예제와 역사를 기록한 전적.) → **數典忘祖**.

〔 **春秋左氏傳·昭公十五年** 〕 且昔, 而高祖孫伯黶司晉之典籍, 以大爲政, 故曰, 籍氏. 及辛有之二子董之, 晉於是乎有董史. 女司典之後也, 何故忘之. 籍談不能對. 賓出, 王曰, 籍父其無後乎. ○○○○○○.

外無朞功强近之親, 內無應門五尺之童.

밖으로는 기복(朞服)이나 공복(功服)을 입을 아주 가까운 일가도 없고, 안으로는 손님이 찾아왔을 때 문에서 응대할 오척(五尺)의 아이도 없다. (喩) 혈혈단신에 노복도 없이 외로이 지내다. (朞服 : 1년의 상복으로 조부모, 백숙부, 형제 등을 위하여 입는 복. 功服 : 大功·小功이 있는데 大功은 백숙부 및 형제를 위하여 입는 9월복이고 小功은 재종형제나 외조부모를 위하여 입는 5월복. 强近之親 : 아주 가까운 일가.)

〔 **李密·陳情表** 〕 門衰祚薄, 晩有兒息, ○○○○○○○○○, ○○○○○○○○○.

唯女子與小人, 爲難養也, 近之則不孫, 遠之則怨.

집안의 첩과 노복은 다루기가 어려운 것이니, 그들을 가까이하면 무례하게 굴고, 멀리하면 원망을 한다. 군자가 이들을 상대함에는 자애하는 마음과 근엄한 태도로 임해야 함을 시사. (惟 : 발어사로 뜻이 없다. ≒ 惟. 維. 女子 : 첩. 小人 : 사동. 노복. 하인. 養 : 양육하다. / 다루다. 대응하다. 대처하다. 不孫 : 불손하다. 무례하다. = 不遜.)

〔 **論語·陽貨** 〕 子曰, ○○○○○○, ○○○○, ○○○○○, ○○○○.

六親不和, 有慈孝. 國家昏亂, 有忠臣.

부·자·형·제·부·부의 육친이 서로 화목하지 못하게 된 후에 애정이 깊은 효자가 생기고, 나라가 어지러워진 후에 충신이 생겨난다. 인류 지친(至親)간의 윤리관계에 문제가 생긴 뒤에야 비로소 사리에 밝은 어진 사람들이 나타나서 일체의 윤리관과 제도를 고치고 단속하는 마음을 갖게 되며, 나라가 혼란, 존망의 위기에 봉착했을 때에 비로소 약간의 충간지사(忠諫之士)가 나와 다 쓰러져가는 정세를 되돌리려 함을 함축한 것. (六親 : 부·자·형·제·부·부. 慈 : 자애롭다. 인자하다. 애정이 깊다. / 웃 어른을 잘 섬기고 공경하다. / 온화하고 선량하다. 昏亂 : 어지럽다. 혼란하다.)

〔 **老子·第十八章** 〕 大道廢, 有仁義, 智慧出, 有大僞. ○○○○, ○○○. ○○○○, ○○○. 〔 **史記·魏豹彭越列傳** 〕 周市曰, 天下昏亂, 忠臣乃見. 〔 **史記·伯夷列傳** 〕 歲寒, 然後知松柏之後凋. 擧世混濁, 淸士乃見. 〔 **唐書·崔圓傳** 〕 崔圓字有裕, 貝州武城人, ……, 初聞亂刺國忠意, 乃治城浚隍, 列館宇, 儲什具, 帝次何池, 圓疏具, 陳蜀土腴穀羨儲供易辦, 帝省書泣下曰, 世亂識忠臣, 卽日拜中書侍郎. 〔 **資治通鑑·梁武帝中大通六年** 〕 將軍辭父母, 捐妻子而來, 世亂識忠臣, 豈虛言也. 〔 **隋唐演義** 〕 由來世亂見忠臣, 矢志掃妖氣.

宗廟致敬, 不忘親. 修身愼行, 恐辱先也.

종묘에 제사지낼 때에 경의를 표현하는 것은 친족의 은덕을 잊지 않음을 나타내는 것이고, 품덕을 수양하고 언행을 삼가는 것은 잘못을 범하여 조상의 명예를 욕되게 하는 것을 두려워하기 때문이다. (親 : 친족. 친척. 육친.)

〔 **孝經·感應** 〕 雖天子, 必有尊也, 言有父也. 必有先也, 言有兄也. ○○○○, ○○○○. ○○○○, ○○○○. 宗廟致敬, 鬼神著矣.

狐向窟嗥不祥.
호

여우가 동굴을 향하여 울부짖는 것은 상서롭지 않은 일이다. (喩) 같은 무리가 서로 싸우면 그 결과는 슬픈 뿐이다. (嗥 : 짐승이 으르렁거리다. 울부짖다.)

〔 **新唐書·哥舒翰傳** 〕 翰素與安祿山, 安思順不平, 帝每欲和解之 ……. 祿山謂翰曰, 我父胡, 母突厥, 公父突厥, 母胡. 族類本同, 安得不親愛. 翰曰, 諺言○○○○○○, 以忘本也. 兄旣見愛, 敢不盡心.

2. 父母·子息 및 兄弟

가. 父母·子息

生男如狼, 猶恐其尫, 生女如鼠, 猶恐其虎.
왕

새로 낳은 사내아이가 굳센 이리와 같아도 오히려 허약할 까를 두려워하고, 새로 낳은 계집아이가 약삭바른 쥐와 같아도 오히려 사나울 까를 드려워한다. 사내아이는 강한 것을 귀히 여기고, 계집아이는 순한 것을 중하게 여긴다는 뜻. (猶 : 오히려. 尫 : 허약하다. 虎 : 사납다.)

〔**後漢書·曹世叔妻傳**〕陰陽殊性, 男女異行. 陽以剛爲德, 陰以柔爲用, 男以疆爲貴, 女以弱爲美. 故鄙諺有云, ○○○○, ○○○○, ○○○○, ○○○○. 〔**班昭·女誡**〕○○○○, ○○○○, ○○○○, ○○○○. 〔**內訓·夫婦**〕鄙諺有云, ○○○○, ○○○○, ○○○○, ○○○○.

生女勿悲酸, 生男勿喜歡.

계집아이를 낳았다고 하여 슬퍼하지 말고, 사내아이를 낳았다고 하여 기뻐하지 말라. 지금 세상은 남자나 여자나 똑똑하고 뛰어나기만 하면 한가지라는 뜻. (酸 : 슬퍼하다. 아파하다.)

〔**唐 陳鴻·長恨歌傳**〕○○○○○, ○○○○○. 又曰, 男不封侯, 女作妃, 君看女郤爲門楣, 其天下心羨慕如此. 〔**白居易·長恨歌**〕遂令天下父母心, 不重生男重生女. 〔**宋 樂史·太眞外傳**〕楊家轉橫出入禁門不問, 京師長吏爲之側目. 故當時謠曰, ○○○○○, ○○○○○.

生子不生男, 緩急非有益.

자식을 낳으면서 남자아이를 낳지 못하니, 위급한 때에 도움이 되지 못한다. 남자 아이가 없으면 위급할 때 도와주는 사람이 없다는 뜻. 딸이 많고 아들이 없음을 이르는 말. (緩急非益 : 위급한 경우에 도움이 되지 않는다. 딸이 많고 아들이 없음을 이르는 말. 緩急은 절박함. 위급함.) → **緩急非益.**

〔**漢書·刑法志**〕齊太倉令淳于公有罪當刑, 詔獄逮繫長安. 淳于公無男, 有五女, 當刑會逮, 罵其女曰, ○○○○○, ○○○○○, 〔**明 楊之炯·玉杵記**〕養兒代老年, 積穀防凶歲. 生女不生男, 緩急非有益. 〔**書言故事**〕多女無男曰緩急非益, 漢太倉令淳于意, 無子有五女, 有罪當刑, 罵曰, 生女不生男, 緩急非益. 其幼女緹縈, 上書願沒入爲官婢, 以贖父罪, 文帝憐之, 遂除肉刑.

成家之子, 惜糞如金, 敗家之子, 揮金如糞.
분

집안을 일으킬 아이는 농사에 쓸 똥을 금과 같이 아끼고, 집을 망칠 아이는 돈을 똥과 같이 더럽게 쓴다. 장래성이 있는 아이는 절약하지만, 장래성이 없는 아이는 낭비함을 형용. (揮 : 뿌리다. 흩뿌리다. 재산 따위를 낭비하다.)

〔**明 沈采·還帶記**〕豈不聞○○○○, ○○○○, ○○○○, ○○○○.

手中十指有長短, 截(절)之痛惜皆相似.

손의 열 손가락이 길고 짧은 것이 있으나 그것이 끊기면 몹시 애석하게 여기는 것은 다 서로 비슷하다. (喩) 한 부모가 둔 여러 자녀에 대한 애정이 다소간 다르기는 하지만 자녀가 재앙을 당했을 때의 부모의 심적인 고통은 다 같다. / 각각의 사람의 상황이 같지 않으나 다만 선배·상급자 등이 관련있는 사람들을 몹시 사랑하고 불쌍히 여기고 하는 것은 다 차이가 없다. (截 : 자르다. 끊기다. 절단하다. 痛惜 : 몹시 애석하다. / 몹시 애석하게 여기다. 몹시 가슴 아파하다.)

〔**唐 劉商·胡笳十八拍**〕莫以胡兒可羞恥, 恩情亦各言其子. ○○○○○○○, ○○○○○○○. 〔**明 朗瑛·七修續稿**〕今世所道俗語, 皆詩也. 如, 十指有長短, 痛惜皆相似. 〔**通俗編·身體**〕劉商, 擬胡笳十八拍, ○○○○○○○, ○○○○○○○.

水火相憎, 鐫(혜)在其間, 五味以和. 骨肉相愛, 讒(참)賊間之, 而父子相危.

물과 불은 서로 미워하나 솥이 그 사이에 있으면 다섯 가지 맛을 조절해내고, 골육지친은 서로 사랑하지만 참언하는 적도가 헐뜯으면 부자간에도 서로 위태로워진다. (喩) 세상 일이란 서로 미워하지만 어울릴 수도 있고, 서로 사랑하지만 위태로워질 수도 있다. (鐫 : 솥. 작은 솥. 남비. 五味 : 신맛·쓴맛·매운맛·단맛·짠맛의 다섯 가지 맛. 여러 가지 맛. 和 : 맛을 조절하다. 骨肉 : 부자·형제와 같이 서로 같은 피를 나눈 지근한 친족. 육친. = 骨肉之親. 讒 : 참언하다. / 중상하다./ 거짓말하다. 間 : 사이. / 비방하다. 헐뜯다.)

〔**淮南子·說林訓**〕○○○○, ○○○○, ○○○○. ○○○○, ○○○○, ○○○○○.

豺(시)虎猶不食子.

승냥이와 호랑이조차 그 새끼는 잡아먹지 않는다. (喩) 악독한 사람도 그 자녀를 해치지 않는다. (猶 : …조차. …까지도.)

〔**清 魯銓等·寧國府志**〕多男之家, 亦復相習爲之. 赤子入井, 雖秦越視之猶有怵惕惻隱之心, 忍自推其子使之入井乎. 語云, ○○○○○○.

信知生男惡(오), 反是生女好.

남자아이 낳는 것을 싫어하고, 도리어 여자아이 낳는 것을 좋아함을 정말로 안다. 아들은 전장에 나가 죽어서 초야에 묻히지만 딸은 이웃에 시집 보내어 때때로 볼 수 있으므로 딸을 좋아한다는 뜻. (信 : 진실로. 정말로. 惡 : 싫어하다. 기피하다.)

〔**杜甫·兵庫行**〕○○○○○○○○○○○, 生女猶得嫁比鄰, 生男埋沒隨百草, 君不見靑海頭, 古來白骨無人收.

兒孫自有兒孫福, 莫爲兒孫作馬牛.

자식들과 손자들은 제 복을 제가 갖고 태어나니, 부모들은 자식·손자들을 위해 말이나 소처럼 일할 것은 없다.

〔**宋詩·紀事·詩**〕汲汲光陰似水流, 隨時得過便須休, ○○○○○○○, ○○○○○○○. 〔**宋 徐守信·虛靜冲和先生徐神翁語錄**〕汲汲光陰似水流, 隨時得過便須休, 兒孫自有兒孫計, 莫與兒孫作馬牛. 〔**宋 羅大徑·鶴林玉露**〕枉費心機空計較, 兒孫自有兒孫福. 〔**元 關漢卿·蝴蝶夢**〕楔子, 月過十五光明少, 人到中年萬事休. 兒孫自由兒孫福, 莫與兒孫作遠憂.

餓虎不食子, 人無骨肉恩.

굶주린 호랑이도 그 새끼를 잡아먹지 않으나, 사람은 도리어 혈육간에 사랑함이 없다. 사람이 인정과 의리가 없음을 지적하는 말. (恩 : 애정. 사랑함. 친밀한 정의.)

〔**唐 聶夷中·過比於墓詩**〕○○○○○, ○○○○○.

若一接近匪人, 是淸淨田中, 下一不淨種子, 便終身難植嘉禾(가화).

만일 (자녀가) 한번 나쁜 사람과 가까이 사귄다면 이것은 마치 깨끗한 논밭에 좋지 않은 씨 곧 잡초의 씨를 뿌려서 평생토록 좋은 곡식을 심기가 어려운 것과 같은 것이다. 자녀가 한번 친구를 잘못 사귀면 영원히 버려 쓸모없는 인간이 되므로 친구와의 사귐에 신중을 기해야 된다는 뜻. (接近 : 가까이 사귀다. 匪人 : 행위가 바르지 못한 사람. 악인. 下種 : 씨를 뿌리다. 嘉禾 : 열매가 많이 붙은 큰 벼 이삭. 벼의 미칭. / 좋은 곡식.)

〔**菜根譚·三十九**〕敎弟子, 如養閨女, 最要嚴出入, 謹交遊, ○○○○○○, ○○○○○. ○○○○○○, ○○○○○○○.

養子方知父慈.

제 자식을 길러보고서야 비로소 아버지의 자식에 대한 사랑을 알게 된다. (慈 : 부모의 자식에 대한 사랑.) = **養子方知父母恩.**

〔**傳燈錄**〕○○○○○○. 〔**明 高明·琵琶記**〕念慈烏亦能返哺. ……, 常言養子, ○○○○○○.

養子不敎父之過, 訓尊不嚴師之惰.

자식을 키우기만 하고 가르치지 않는 것은 아버지의 잘못이고, 제자를 가르치고 이끌면서 엄하지 못하는 것은 스승의 게으른 탓이다.

〔**司馬光·勸學文**〕○○○○○○○, ○○○○○○○. 父教師嚴兩無外, 學問無成子之罪. 〔**宋 王應麟·三字經**〕養不教父之過, 教不嚴師之惰. 〔**張協狀元**〕養子不教父子過, 有書不學子之愚. 一朝名字挂金榜, 此身端若無價珠.

嚴家無悍虜, 而慈母有敗子.
한

엄격한 가정에는 사나운 노비가 없고, 인자한 어머니 밑에 집안을 망치는 자식이 있다. (喩) 위엄있는 행위가 죄악을 막고, 도리어 관후한 행동이 패란(悖亂)을 발생시킨다. (悍 : 사납다.)

〔**韓非子·顯學**〕夫○○○○○, ○○○○○○. 吾以此知威勢之可以禁暴, 而德厚之不足以止亂也. 〔**史記·李斯列傳**〕韓子曰, 慈母有敗子而嚴家無格虜者何也. 則能罰之加焉必也.

凱風自南, 吹彼棘心.
개 극

온화한 바람이 남쪽으로 부터 가시나무의 연한 줄기에 불다. (喩) 어머니의 따뜻한 사랑이 거칠은 자식을 잘 보살펴 기르다. (凱風 : 온화한 바람. 남풍. 棘 : 가시나무. / 멧대추나무. 心 : 나무줄기. 가운데의 연한 줄기.)

〔**詩經·邶風·凱風**〕○○○○, ○○○○, 棘心夭夭, 母氏劬勞.

孤犢觸乳, 驕子罵母.
독 매

홀로 사는 송아지가 어미소의 젖을 떠받고, 교만한 아들이 어머니를 욕한다. (喩) 의지할 곳 없는 고독한 사람이 구원을 청하고, 길들여지지 않은 아이가 버릇없이 굴다. (觸 : 떠받다. 부딪치다. 충돌하다. 罵 : 욕하다.)

〔**後漢書·譬覽傳**〕(注引謝承 後漢書) (羊)元深改悔, 到母床下, 謝罪曰, 元少孤, 爲母所驕. 諺曰, ○○○○, ○○○○. 乞今自改.

崑山出玉, 麗水生金.

崑崙山에서 옥이 나고, 麗水에서 금이 나온다. (喩) 훌륭한 가정에서 뒤어난 인물이 나온다.

〔**湘山野錄**〕晏獻公撰章懿太后神道碑, 破題云五嶽峥嶸, 四溟浩渺, ○○○○, ○○○○, 蓋言誕育聖躬, 實繫懿后. 〔**梁 周興詞·千字文**〕金生麗水, 玉出崑岡.

厥父母勤勞稼穡, 厥子乃不知稼穡之艱難.
가 색 간

그 부모는 곡식을 심고 곡식을 거두는 농사 일을 부지런히 하는대, 그 아들은 그러나 농사의 고생을 알지 못한다. 편히 자란 자식들은 부모의 수고로움을 모르고 안일과 향락에 흐른다는 말. (厥 : 그. 稼穡 : 곡식을 심고 곡식을 거두는 것. 농사. 乃 : 반대로. 그러나. / 뜻밖에도. 의외로. 艱難 : 고생.)

〔**書經·周書·無逸**〕相小人. ○○○○○○○, ○○○○○○○○○○. 乃逸乃諺旣誕. 〔**明 淩濛初·二刻拍案驚奇**〕最是富豪子弟, 不知稼穡艱難.

龜故生龜, 龍故生龍.
귀

거북은 반드시 거북을 낳고, 용은 반드시 용을 낳는다. 어떠한 사람이나 동물은 그와 똑 같은 사람이나 동물의 후대를 낳는다는 비유. 혈통론을 선양하는데 쓰인다. 가정환경이 사람에게 영향을 미침을 가리킨다. (故 : 반드시. ≒ 固.) = **龍生龍. 鳳生鳳. 龍生龍子. 鳳生鳳兒.**

〔**漢 王充·論衡·講瑞**〕鳳凰·麒麟, 生有種類, 若龜·龍有種類矣. ○○○○, ○○○○, 形式大小, 不異於前者也. 〔**五燈會元**〕(十六) 龍生龍, 鳳生鳳. 老鼠養兒訟屋棟. 達磨大師不會禪, 厲魏游梁干打哄. (十四)問, 師昌誰家曲, 宗鳳嗣阿誰. 師曰, 龍生龍子, 鳳生鳳兒. 〔**明 孟稱舜·貞文記**〕龍生龍, 鳳生鳳,老鼠生兒扒屋棟. 〔**通俗編**〕龍生龍, 鳳生鳳.

其父折薪, 其子弗克負荷.

그 아비가 땔나무를 쪼개어 놓아도 그 자식은 그것을 짊어지고 가지 아니한다. (喻) 아버지가 자식들을 위해 사업을 이루어 놓아도 자식은 그 사업을 계승하지 못하다. (折薪 : 땔나무를 쪼개다. 克 : 이루어내다. 해내다.)

〔**春秋左氏傳·昭公七年**〕子産曰, 古人有言, 曰, ○○○○, ○○○○○○○.

起煙於寒灰之上, 生華於已枯之木.
이

차가운 재 위에서 연기가 피어나고, 마른 나무에 꽃이 피어나다. (喻) 뜻밖의 행운이 찾아오다. / 망한 집에서 훌륭한 인물이 나다. / 늙은 사람이 손자를 얻다. / 일단 죽은 사람이 다시 살아나다. → **枯木生華. 枯樹華開. 枯樹生花. 枯楊生華. 枯木發榮.** ≒ **枯楊生稊. 枯樹逢春.**

〔**周易·澤風大過**〕九二, 枯楊生稊, 老婦得其女妻. 九五, 枯楊生華, 老婦得其士夫, 無咎無譽. 〔**曹子建集·七啓幷序**〕鏡機子曰, 夫辯言之艶, 能使窮澤生流, 枯木發榮, 庶感靈而激神, 況近在乎人情. 〔**三國志·魏志·劉廙傳**〕○○○○○○○, ○○○○○○○, 〔**續博物志**〕昔有人好道, 而不知求道之方, 惟朝夕拜跪, 向枯樹, 輒云乞長生. 如此二十八年不倦, 枯樹一旦忽生華, 華又有汁甜如蜜, 有人敎令食之, 遂取此華及汁竝食之, 食訖卽仙. 〔**五燈會元**〕寄語甬東賢太守, 難敎枯木再生花. 〔**通俗編·草木**〕(五燈會元 내용과 같음.) 〔**漢書·五行志**〕京房易傳曰, 枯楊生稊, 枯木復生, 人君亡子. 〔**宋 釋道原·景德傳燈錄**〕唐州大乘山和尙問, 枯樹逢春時如何. 師曰, 世間希有. 〔**元 劉時中·端正好 曲**〕衆飢民共仰, 似枯木逢春, 萌芽再長. 〔**元 無名氏·凍蘇秦 曲**〕恰便似旱苗才得雨, 枯樹恰逢春.

棄千金之璧, 負赤子而趨.

(한 사나이가) 천금의 가치가 있는 구슬을 버리고, 아기를 업고 달아나다. 구슬은 이익으로 맺어진 것으로 위급한 때는 서로 버릴 수 있지만, 아기는 천륜(天倫)으로 맺어진 것이므로 위급한 때에는 서로 거두어 주기 때문이다.

〔**莊子·山木**〕子桑雽曰, 子獨不聞假人之亡與. 林回○○○○○, ○○○○○. 或曰, ……. ○○○○○, ○○○○○, 何也. 林回曰, 彼以利合, 此以天屬也.

藍田生玉, 眞不虛也.

藍田에서 미옥이 나는 것은 정말로 헛된 것이 아니다. (喩) 명문에서 현명한 자제가 나는 것은 사실이다. 훌륭한 집안에서 훌륭한 자식이 태어나는 것은 거짓이 아니다. (藍田 : 中國 陝西省 동남쪽에 있는 명산.) → **藍田生玉**.

〔**三國志·吳志·諸葛恪傳**〕(注引江表傳) 恪少有才名, 發藻岐嶷, 辯論應機, 莫與爲對, 孫權見而奇之, 謂瑾曰, ○○○○, ○○○○. 〔**書言故事**〕稱譽父子曰, 藍田生玉.

螟蛉有子, 蜾蠃負之.

명령 과라

배추벌레에 새끼가 생기니, 나나니벌이 그것을 등에 지고 가서 기른다. (喩) 타성에서 양자를 받아들이다. (螟蛉 : 해충으로 푸른 나방·나비의 애벌레이며, 뽕잎·면화잎·채소 등을 먹는다. 배추벌레. / 타성에서 받아들인 양자. = 螟蛉之子. 나나니벌은 항상 배추벌레를 물어다가 그 몸 속에 알을 낳고 그 알이 부화된 후에는 그 배추벌레를 먹이로 쓰는데, 옛날 사람들은 나나니벌이 알을 낳지 못하여 배추벌레를 물고 가서 제 새끼로 삼아 먹여 기르는 것으로 오인했다고 전해진다. 그래서 양자라는 의미로 쓰이게 되었다. 蜾蠃 : 나난이벌. 負 : 짐 따위를 지다. 업다. 메다.) → **螟蛉之子**.

〔**詩經·小雅·小宛**〕中原有菽, 庶民采之, ○○○○, ○○○○. 教誨爾子, 式穀似之.

未有咫角驂駒而能服重致遠者也.

지 참구

겨우 뿔이 난 망아지는 무거운 짐을 메고 멀리 갈 수 없다. (喩) 어린 아이가 중대한 일을 해낼 수 없다. (咫 : 周대 길이의 단위로 8치. 짧은 길이의 비유. 驂 : 말. 駒 : 망아지. 服 : 몸에 달아매다. 메다.)

〔**新書·雜事五**〕宣王曰, ○○○○○○○○○○○○○○○○○. 由此觀之, 夫士亦華髮墮顚而後可用耳.

父母唯其疾之憂.

부모된 자는 오직 그 자식이 병들까를 근심한다. 부모가 자식을 사랑하는 마음은 이르지 않는 데가 없으며 특히 자식이 병들까를 항상 걱정하는 것을 이르는 말. (其 : 여기서는 자녀를 가리킨다.)

〔**論語·爲政**〕孟武伯問孝, 子曰, ○○○○○○○○.

父父, 子子, 兄兄, 弟弟, 夫夫, 婦婦, 而家道正, 正家而天下定矣.

아버지된 자는 아버지의 도리를 다하고, 자식된 자는 자식의 도리를 다하며, 형된 자는 형의 도리를 다하고, 아우된 자는 아우의 도리를 다하며, 지아비된 자는 지아비의 도리를 다하고, 지어미된 자는 지어미의 도리를 다하면 가도가 바르게 된다. 가정이 바르게 되면 온 세상이 안정된다. (父父 : 아버지된 자는 아버지의 도리를 다하다. ※ 나머지 子子, 兄兄 등의 경우도 같은 요령으로 해석.)

〔 **周易·風火·家人** 〕家人, 利女貞. 彖曰, ……. ○○, ○○, ○○, ○○, ○○, ○○, ○○○○, ○○○○○○○. 〔 **論語·顔淵** 〕齊景公問政於孔子. 孔子對曰, 君君, 臣臣, 父父, 子子. 公曰, 善哉. 信如君不君, 臣不臣, 父不父, 子不子, 雖有粟, 吾得而食諸. 〔 **漢 孔安國·古文孝經序** 〕君雖不君, 臣不可以不臣, 父雖不父, 子不可以不子.

父不慈則子不孝, 兄不友則弟不恭, 夫不義則婦不順矣.

아버지가 자애롭지 아니하면 아들이 효도하지 아니하고, 형이 우애롭지 아니하면 동생이 받들지 아니하고, 남편이 의롭지 아니하면 아내가 순종하지 아니한다. 웃 사람이 잘 해야 아랫 사람도 잘 한다는 말.

〔 **禮記·禮運** 〕何謂人義. 父慈, 子孝, 兄良, 弟悌, 夫義, 婦聽, 長惠, 幼順, 君仁, 臣忠. 十者謂之人義. 〔 **孔子家語·禮運** 〕(禮記·禮運 내용과 동일.) 〔 **顔氏家訓·治家** 〕○○○○○○○, ○○○○○○○, ○○○○○○○○,

婦事舅姑, 如事父母.

(舅: 구)

부인은 시부모를 섬기기를 친부모 섬기는 것과 같이 하여야 한다. (舅姑 : 시아버지와 시어머니 곧 시부모.)

〔 **禮記·內則** 〕○○○○, ○○○○. 鷄初鳴, 咸盥漱, 櫛縰, 笄總, …….

父爲子隱, 子爲父隱, 直在其中矣.

아버지가 아들을 위하여 사실을 숨겨주고, 아들이 아버지를 위하여 사실을 숨겨주니, 그 속에 올바른 도리가 내포되어 있다. 범행이 있을 때 그것을 고발하는 것이 도리이나 부자간에는 이것을 서로 숨겨주는 것이 천리(天理)이며, 인정상으로 보아 오히려 올바른 도리라는 뜻. (直 : 올바른 도리. 바른 행위.)

〔 **論語·子路** 〕葉公語孔子曰, 吾黨有直躬者, 其父攘羊而子證之. 孔子曰, 吾黨之直者異於是, ○○○○, ○○○○, ○○○○○.

婦者家之所由盛衰也. 苟慕一時之富貴而娶之, 彼挾其富貴, 鮮有不輕其夫而傲其舅姑.
오 구고

며느리란 것은 집안이 융성하고 쇠퇴하는 계기가 되는 것으로, 가령 한 때의 부귀를 탐내어 (부자 집 딸에게) 장가든다면 그 (며느리)는 그 (친정의) 부귀를 믿고 뽐내어 그 남편을 깔보고 그 시부모를 업신여기지 않는 일이 드물다. (由 : 말미암다. 원인이나 계기로 되다. 관계되다. 苟 : 가령. 만일. 慕 : 바라다. 원하다. / 탐하다. 挾 : 믿고 의지하다. 믿고 뽐내다. 輕 : 깔보다. 업신여기다. 傲 : 업신여기다. 깔보다. 舅姑 : 시아버지와 시어머니. / 장인과 장모.)

〔 **小學·廣明倫** 〕 司馬溫公曰, ○○○○○○○○○○, ○○○○○○○○○○○, ○○○○○, ○○○○○○○○○○○, 養成驕妬之性. 異日爲患, 庸有極乎.

父子之道, 天性也.

부자 사이의 도리는 하늘이 내려준 사람의 본성이다. 부자는 다 선천적으로 친근감, 품성과 성질을 가지고 있다는 뜻. (性 : 이치. 사리. / 사람의 본성. / 사물 특유의 본질.)

〔 **孝經·聖治** 〕 ○○○○, ○○○. 君臣之義. 〔 **後漢書·公孫瓚傳** 〕 父子天性, 不言而動. 〔 **元 石君寶·曲江池** 〕 吾聞 父子之情, 出自天性. 子雖不孝, 爲父者未嘗失其顧復之恩, 父雖不慈, 爲子者豈敢廢 其晨昏之禮. 〔 **說唐** 〕 父子乃天性至親, 今陛下反聽讒言, 有傷天性.

父子之嚴, 不可以狎. 骨肉之愛, 不可以簡. 簡則慈孝不接, 狎則怠慢生焉.

아버지와 아들 사이는 엄숙함이 있어야 하고 친근하다고 버릇없이 굴어서는 안되며, 피를 같이 나눈 혈륙 사이는 서로 경애하여야 하고 교만하게 굴어서는 안된다. 교만하면 아버지의 애정과 아들의 효도의 관계가 이어지지 않으며, 지나칠 정도로 버릇없이 굴면 소홀히 하는 마음이 생기기 때문이다. (狎 : 친근하여 버릇없이 굴다. 가볍게 여겨 모욕하다. 업신여기다. 骨肉 : 부모·형제와 같이 서로 피를 나눈 사이. 혈육. 혈통. 簡 : 오만하다. 거만하게 굴다. 교만을 떨다. 怠慢 : 소홀히 하다. 등한히 하다.)

〔 **顔氏家訓·教子** 〕 ○○○○, ○○○○, ○○○○, ○○○○. ○○○○○○○, ○○○○○○○.

夫妻者, 非骨肉之恩也, 愛則親, 不愛則疏. 語曰, 其母好者, 其子抱. 然則其爲之反也, 其母惡者, 其子釋.
오

대개 아내라는 것은 피를 나눈 골육지친의 애정이 없는 것이어서 (지아비가) 사랑해주면 친근해지지만, 사랑하지 않으면 소원해진다. 옛말에 이르기를 "그 어머니가 좋아지면 그 아들도 그의 품에 끌어안는다"고 하였다. 그런 즉 이것을 반대로 보면 그 어머니가 미움을 받으면 그 아들도 사랑을 받지 못하게 되어 버려진다는 것이다. 아버지의 어머니에 대한 애증(愛憎)이 그에 대한 호오(好惡)에 달려있음을 이르는 말. / 본문에서는 임금(人主, 主 또는 君)의 아내(后妃, 夫人)와 아들(太子)에 대한 신임과 애증관계를 설명한 것. (夫 : 발어사로, 대개. 대략. / 아마. / 이의 뜻. 恩 : 친정. 애정. 은애.)

〔 **韓非子·備內** 〕 爲人主而大信其妻, 則姦臣得乘於妻, 以成其私, ……. 夫以妻之近與子之親, 而猶不可信, 則其餘無可信者矣. 且萬乘之主, 千乘之君, 后妃·夫人·適子爲太子者, 或有欲其君之蚤死者. 何以然 ○○○, ○○○○○○, ○○○, ○○○○. ○○, ○○○○, ○○○. ○○○○○○○○, ○○○○, ○○○.

不痴不聾, 不成姑公.
치 롱

(며느리에 대해) 바보가 되지 않거나 귀머거리가 되지 않으면 좋은 시어머니가 될 수 없다. (喩) 시어머니는 아들 며느리의 일에 너무 간섭하지 않는 것이 좋다. / 한 사소한 일에 대하여 머저리인 체하지 않으면 큰 인물로 여겨지지 않는다. (痴 : 바보. = 癡. 聾 : 귀머거리.) = **不癡不聾, 不爲家翁. 不痴不聾, 不作家翁. 不痴不聾, 不作大家翁. 不痴不聾, 不爲姑翁.**

〔 **愼子·君人** 〕 不聰不明不能王, 不瞽不聾不能公. 〔 **東漢 劉熙·釋名·釋首飾** 〕 瑱下俚語, 不瘖不聾, 不成姑公. 〔 **北史·長孫平傳** 〕 時有人告大都督邴紹非毁朝廷爲憒憒者, 上怒, 將斬之. 平進諫曰, 諺云, 不痴不聾, 不作大家翁, 此言雖小, 可以喻大. 邴紹之言, 不應聞奏. 〔 **南史·庾仲文傳** 〕 孔萬祀居左局, 言仲父貴要異他尙書. 又云 ○○○○, ○○○○. 敢作此言, 亦爲異也. 〔 **唐 趙璘·因話錄** 〕 曖罵公主, ……尙文拘曖, 自詣朝堂待罪. 上召而慰之曰, 諺云, 不痴不聾, 不作阿家阿翁. 小兒女子閨幃之言, 大臣安用聽. 〔 **資治通鑑·唐紀·代宗大曆二年** 〕 上曰, 鄙諺有之, 不痴不聾, 不作家翁.

父兮生我, 母兮鞠我, 拊我畜我, 長我育我, 欲報之德, 昊天罔極.
국 부 호

아버지 날 낳으시고, 어머니 날 기르시며, 어루만져 주시고 먹여주시며, 자라게 해주시고 길러 주셨으니, 이 큰 은혜 갚으려해도 하늘이 끝이 없음과 같다. 부모님이 나를 낳아 기르느라고 매우 고생하였음을 이르는 말. (鞠 : 기르다. 拊 : 어루만지다. 쓰다듬다.) → **父母劬勞, 昊天罔極.**

〔 **詩經·小雅·蓼莪** 〕 蓼蓼者莪, 匪莪伊蒿, 哀哀父母, 生我劬勞, ……, ○○○○, ○○○○, ○○○○, ○○○○, 顧我復我, 出入腹我. ○○○○, ○○○○. < 朱熹集傳 > 言父母之恩如此, 欲報之以德, 而其恩之大, 如天無窮, 不知所以爲報也.

非此母不能生此子.

이런 어머니가 아니면 이런 아들을 낳을 수 없다. 모자(母子)의 성격이 서로 닮은 것을 가리키는 말. ≒ **非其父不生其子.**

〔 **史記·酷吏列傳** 〕 (張) 湯母曰, 湯爲天子大臣, 被汚惡言而死, 何厚葬乎. 載以牛車, 有棺無槨. 天子聞之曰, ○○○○○○○○. 〔 **蘇軾·艾子雜說** 〕 齊有富人, 家累千金. 其二子甚愚, 其父又不教之. ……艾子曰, 非其父不生其子.

燕子銜泥空費力, 毛乾大時各自飛.
함

제비는 진흙을 물어다가 집을 짓는데에 부질없이 힘을 쓰나, 그 새끼의 털이 마르고 커지면 각기 저절로 날아가버린다. (喻) 부모가 자녀를 기르는데에 힘을 헛되이 소비하지만, 그 아이들이 성장하면 각기 전도를 향해 바삐 달려간다. (銜 : 입에 물다. 머금다.)

〔**明 鄭之珍·目蓮救母**〕 ○○○○○○○, ○○○○○○○. 奉勸世間人子聽, 及時行孝養親闈.

有人民而後有夫婦, 有夫婦而後有父子, 有父子而後有兄弟. 一家之親, 此三而已矣.

사람이 있게 된 연후에 부부가 있고, 부부가 있게 된 연후에 부자가 있으며, 부자가 있게 된 연후에 형제가 있게 된 것이다. 한 집안의 친족관계는 이 세가지일 뿐이다.

〔**周易·序卦傳**〕 有天地然後有萬物. 有萬物然後有男女. 有男女然後有夫婦. 有夫婦然後有父子. 〔**顔氏家訓·兄弟**〕 夫○○○○○○○○○, ○○○○○○○○○, ○○○○○○○○○. ○○○○, ○○○○○. 〔**後漢書·荀淑傳**〕 有夫婦然後有父子.

二親之壽, 忽如過隙. 樹木欲茂, 霜露不使. 賢者欲養, 二親不待.
극

양친의 수명은 틈 사이로 지나가는 것과 같이 다하여버린다. 나무가 무성하고자 하나 서리와 이슬이 이를 행하지 못하게 하며, 어진이가 (양친을) 봉양하고자 하나 양친이 기다려주지 않는다. (忽 : 다하다. 망하다. 使 : 행하다.) = **風樹之嘆. 樹欲靜而風不止. 子欲養而親不待.**

〔**韓詩外傳·卷一**〕 二親之壽, 忽如過隙. 樹木欲茂, 霜露不凋使. 賢者欲成其名, 二親不待, 不擇官而仕. 〔**韓詩外傳·卷七**〕 往而不可還者親也, 至而不可加者年也. 是故孝子欲養而親不待也, 木欲直而時不使也. 〔**韓詩外傳·卷九**〕 樹欲靜而風不止, 子欲養而親不待也. 往而不可追者, 年也, 去而不可得見者, 親也. 〔**說苑·建本**〕 ○○○○, ○○○○, ○○○○, ○○○○, ○○○○, ○○○○. 故曰, 家貧親老不擇祿而使也. 〔**孔子家語·致思**〕 子路見於孔子曰, 負重涉遠, 不擇地而休, 家貧親老, 不擇祿而仕. 昔者, 由也事二親之時, 常食藜藿之實, 爲親負米百里之外. 親歿之後, 南遊於楚, 從車百乘, 積粟萬鍾, 累茵而坐, 列鼎而食, 願欲食藜藿, 爲親負米, 不可復得也. 枯魚銜索, 幾何不蠹. 二親之壽, 忽若過隙. 孔子曰, 由也事親, 可謂生事盡力, 死事盡思者也.

人皆養子望聰明, 我被聰明誤一生.

사람들은 다 자식을 길러 총명하기를 바라나, 나는 총명함을 입어서 일생을 그르쳤다. 사람들은 자식들이 총명하기를 바라나 총명하다고 하여 다 잘 살게 되는 것은 아님을 이르는 것. (被 : 당하다. 피동사로 쓰인 것. 誤 : 실수하다. 잘못하다. 그르치게 하다.)

〔**蘇軾·洗兒戲詩**〕 ○○○○○○○, ○○○○○○○.

任重道遠者, 不擇地而息. 家貧親老者, 不擇官而仕.

등에 무거운 짐을 지고 먼 길을 가는 사람은 땅을 고르지 말고 쉬어야 하고, 집안이 가난하고 어버이가 늙은 사람은 벼슬자리가 마땅한 것을 고르지 말고 벼슬길에 나아가야 한다. (任重道遠 : 등에 진 짐은 무겁고 갈 길은 멀다. 큰 일을 맡아 책임이 무겁고 해야할 일이 많다는 뜻.) → **任重道遠. 負重道遠. 負重涉遠.**

〔**韓詩外傳·卷一**〕曾子重其身而輕其祿. ……. ○○○○○, ○○○○○. ○○○○○, ○○○○○. 〔**說苑·建本**〕子路曰, 負重道遠者, 不擇地而休. 家貧親老者, 不擇祿而仕. 〔**孔子家語·致思**〕子路見於孔子曰, 負重涉遠, 不擇地而休, 家貧親老, 不擇祿而仕. ※〔**論語·泰伯**〕曾子曰, 士不可以不弘毅, 任重而道遠.

子以母貴, 母以子貴.

아들은 어머니로 인하여 귀하게 되고, 어머니는 아들로 인하여 귀하게 된다. (以 : …로 인하여. …때문에.)

〔**春秋公羊傳·隱公元年**〕桓幼而貴, 隱長而卑. …… 桓何以貴. 母貴也. 母貴則子何以貴. ○○○○, ○○○○.

子孝雙親樂, 家和萬事成.

아들이 효도하면 양친이 즐겁고, 가정이 화목하면 온갖 일이 다 잘 이루어진다.

〔**元 柯丹邱·荊釵記**〕自愧再婚姚氏, 幸喜此女能侍父母. 正是, ○○○○○, ○○○○○.

將門必有將, 相門必有相.

장수의 집안에는 반드시 장수가 나오고, 재상의 집안에는 반드시 재상이 나온다. 훌륭한 집안에 훌륭한 자손이 나온다는 뜻. = **相門有相. 將門有將.**

〔**史記·孟嘗君列傳**〕文聞○○○○○, ○○○○○. 今君后宮蹈綺縠而士不得裋褐, …… 文窃怪之. 〔**史記·田叔列傳**〕吾聞之, 將門之下, 必有將類. 〔**三國志·陳思王植傳**〕旣時有擧賢之名, 而無得賢之實, 必各援其類而進矣. 諺曰, 相門有相. 將門有將. 〔**梁書·王晴傳**〕晴爲左僕射, 子訓年十六, 召見文德殿, 應對爽徹, 上目送久之, 顧謂朱弇曰, 可謂相門有相矣. 〔**南史·王鎭惡傳**〕宋武帝伐廣固, 鎭惡時爲天門郡臨澧令.人或薦之武帝, 召與語, 異焉, 因留宿. 旦謂諸將曰, 鎭惡, 王猛孫, 所謂將門有將. 〔**南史·王訓傳**〕上目送之久, 謂朱異曰, 可謂相門有相.

丈夫生而願爲之有室, 女子生而願爲之有家.

남자가 태어나서 자라면 (부모는 곧) 그를 위하여 좋은 아내를 얻게 되기를 바라고, 여자가 태어나서 자라면 그를 위하여 좋은 남편을 얻게 되기를 바란다. (丈夫 : 장부. 남자. 사나이. ※ 남자의 미칭. 生 : 태어나다. 나서 자라다. 생장 발육하다. 有 : 생기다. 나타나다. / 취득하다. / 보유하다. 室 : 아내. 家 : 남편.)

〔 **孟子·滕文公下** 〕(孟子) 曰, ○○○○○○○○○○, ○○○○○○○○○○. 父母之心, 人皆有之.

才不才, 亦各言其子也.

재능이 있거나 또는 재능이 없거나 간에, 역시 사람들은 다 자기의 아들에 관해 말한다. 자식의 재능의 유무에 관계없이 부모는 누구나 자식을 사랑하고 편들게 마련이라는 뜻.

〔 **論語·先進** 〕 顔淵死, 顔路請子之車以爲之椁. 子曰, ○○○, ○○○○○○. 鯉也死, 有棺而無椁.

曹操見楊彪問曰, 公何瘦之甚. 對曰, 猶懷老牛舐犢之愛.

표 수 지 독

曹操가 楊彪를 보고 "공은 왜 이렇게 수척함이 심한가?"라고 물은 즉 (楊彪가) 대하여 말하기를 "오직 늙은 소가 새끼 송아지를 핥아주는 것 같은 자식 사랑만을 품고 있을 뿐입니다."라고 하였다. 曹操는 楊修가 자신의 마음을 너무나 속속들이 꿰뚫어 아는 것을 두려워하여 그를 살해하였는데 그가 곧 楊彪의 아들이다. (舐犢之愛 : 어미소가 송아지를 핥아주는 사랑으로 부모가 자녀를 매우 사랑한다는 겸칭.) → **舐犢之愛. 舐犢情深.**

〔 **後漢書·楊彪傳** 〕 (楊彪)子修爲曹操所殺. 操見彪問曰, 公何瘦之甚. 對曰, 愧無日磾先見之明, 猶懷老牛舐犢之愛. 操爲之改容. 〔 **敦煌變文集·秋胡變文** 〕 牛懷舐犢之情, 母子寧不眷戀. 〔 **宋史·敦儒傳** 〕 敦儒老懷舐犢情深而畏避竄逐. 〔 **明 王廷訥·天書記** 〕 舐犢情深憶遠深, 前程事未知奇偶. 〔 **清 李綠園·岐路燈** 〕 老牛舐犢, 情所難禁.

芝蘭玉樹生庭堦.

계

지초 · 난초와 아름다운 나무가 뜰의 섬돌에 나서 자라다. (喩) 한 집안에서 훌륭한 자제가 많이 배출되다. (芝蘭玉樹 : 지초 · 난초와 아름다운 나무로, 선량하거나 또는 뛰어나고 고결한 풍채를 가진 자제의 비유. 堦 : 섬돌. = 階.) → **芝蘭玉樹.**

〔 **晉書·謝安傳** 〕 玄少爲叔父安所器重. 安嘗戒約子姪, 因曰, 子弟亦何預人事, 而正欲使其佳, 諸人莫有言者, 玄(謝玄)答曰, 譬如芝蘭玉樹, 欲使其生於庭堦耳.

至親莫如父子, 至愛莫如夫妻

지극히 가까운 것은 부자 사이만한 것이 없고, 지극히 사랑하는 것은 부부 사이만한 것이 없다. 친근한 사람 중에서 형제보다 더 친근한 사람은 없고, 사랑하는 사람 중에서 부부보다 더 사랑하는 사람은 없다는 뜻. 누구보다도 부자가 가장 친근하고, 누구보다도 부부가 가장 사랑한다는 말.

〔**漢書·高帝紀**〕人之至親, 莫親于父子, 故父有天下傳歸于子, 子有天下尊歸于父, 此人道之極也. 〔**明 梁辰魚·浣紗記**〕嘗聞○○○○○○, ○○○○○○. 〔**東周列國志**〕至愛莫如夫妻, 能保無觀望之意乎.

責善, 朋友之道也. 父子責善, 賊恩之大者.

정도로써 서로 꾸짖는 것은 친구가 함께 살아가는 도리이며, 아버지와 아들이 정도로써 서로 꾸짖는 것은 천성의 은혜를 가장 크게 상해하는 것이다. 부자간에 서로 꾸짖다가 서로 의견이 맞지 않으면 천성의 은혜를 해치게 되므로 이를 행해서는 안된다는 뜻. (責 : 책하다. 책망하다. 꾸짖다. 나무라다. 賊 : 해치다. 상하게 하다.)

〔**孟子·離婁下**〕夫章子, 子父責善而不相遇也. ○○, ○○○○○, ○○○○, ○○○○○.

妻子具而孝衰於親, 嗜欲得而信衰於友, 爵祿盈而忠衰於君.

처자식을 갖게 되면 부모에 대하여 효도하는 마음이 약해지고, 관작과 봉록이 가득해지면 임금에 대하여 충성하는 마음이 약해진다. (衰 : 쇠하다. 약해지다. 기운이 없어지다. / 줄다. 감퇴하다. / 적어지다. 盈 : 가득차다. / 족하다. 충분하다. / 뜻대로 되다. / 많다.)

〔**荀子·性惡**〕堯問於舜曰, 人情何如. 舜對曰, ……. ○○○○○○○○○, ○○○○○○○○○, ○○○○○○○○.

偏憐之子不保業, 難得之婦不主家.

련

치우친 사랑을 받은 아들은 가업을 유지할 수 없고, 얻기 어려운 (진귀한) 부인은 집안의 일을 주관할 수 없다. 응석받이로 키운 아이는 가업을 유지 못하고, 미모의 여자는 집안 일을 주관하지 못한다는 말. (憐 : 사랑. 難得 : 얻기 어렵다. 구하기 힘들다. 진귀하다.)

〔**遼史·皇子表**〕太后曰, 我與太祖愛汝異于諸子. 諺曰, ○○○○○○○, ○○○○○○○. 我非不欲立汝, 汝自不能矣.

寒門生貴子, 白屋出公卿.

가난한 집안에서 귀한 자식이 나고, 천한 집에서 고위 고관이 나오다. 빈한한 집안에서 걸출한 인재들이 나온 것을 이르는 것. (寒門 : 가난한 집안. 白屋 : 천한 사람이 사는 집. 천한 사람 또는 서민. 公卿 : 三公九卿의 고위 관직.) → **白屋出公卿. 白户出公卿. 宰相出寒門.**

〔**元 王實甫·破窯記**〕朝爲田舍郎暮登天子堂, 可不道寒門生將相. 〔**明 無名氏·白兎記**〕自古道, 草廬隱帝王, 白屋出公卿. …… 趁此漢未發達之時, 將女兒配爲夫婦, 後來光耀李家莊. 〔**明 戚繼光·練兵紀實**〕諺曰, 朱門生餓殍, 白屋出公卿. 〔**明 荀鴨·鴛鴦棒**〕自古道, 朱門生餓莩, 白屋出朝郎. 〔**明 王錂·彩樓記**〕眼下雖然落魄, 日後豈無登達之期, 又道是, 朱門生餓殍, 宰相出寒門. 〔**清 吳淩·飛龍全傳**〕

又道, 寒門産貴子, 白戶出公卿. 〔**清 無名氏·小五義**〕天下各省, 隱匿英雄壯士過多. 古云, ○○○○○, ○○○○○.

一尺布, 尙可縫. 一斗粟, 尙可舂(용). 兄弟二人 不相容.

한 자의 베는 이어 기워서 옷을 만들 수 있고, 한 말의 곡식은 같이 방아를 찧어 양식으로 할 수 있으나, 형제 두 사람은 서로 용납하지 않는다. (喩) 형제간에 이해가 상충하면 서로 용납하지 못한다. (舂은 절구질하다. 방아찧다.) (由) 漢 文帝의 동생 淮南王 長이 모반을 꾀하던 것이 발각되어 蜀에서 귀양살이를 하다가 굶어 죽으니, 세상 사람들은 이 형제가 베나 좁쌀이라도 나누어 가져야 함에도 불구하고 형 文帝는 천하를 영유하고도 동생에게 나누어 주지를 않아 형제가 서로 용납하지 않았음을 비난한 고사. → **一尺布尙可縫.** → **一斗粟尙可舂. 尺布斗粟.**

〔**史記·淮南衡山列傳**〕淮南厲王長者, 高祖少子也. ……. (孝文帝)六年, 令男子但等七十人與棘蒲侯柴武太子奇謀, 以輂車四十乘反谿谷口, 令人使閩越·匈奴. 事覺, 治之, 使使召淮南王. ……. 臣倉等昧死言, ……. 臣請處蜀郡嚴道邛郵, ……. 人生一世間, 安能邑邑如此, 乃不食死. ……. 孝文十二年, 民有作歌歌淮南厲王 曰, ○○○, ○○○. ○○○, ○○○. ○○○○○○○○. 〔**世說新語·方正**〕武子曰, 尺布斗粟之謠, 常陛下恥之.

煮(자)豆持作羹(갱), 漉(녹)豉(시)以爲汁(즙), 萁在釜下然, 豆在釜中泣, 本自同根生, 相煎何太急.

콩을 삶아서 (콩)국을 끓이고, 메주를 (체로) 걸러서 (콩)즙을 만든다. 콩깍지가 가마솥 밑에서 불타니 콩이 솥안에서 울고 있다. 줄기는 같은 뿌리로부터 생겨난 것인데 어찌하여 이렇게 급박하게 지져대는가? (由) 曹操의 큰 아들인 魏나라 文帝 曹丕가 시문에 뛰어난 그의 동생인 東阿王 曹植(나이 10여세)을 심히 미워하여 기회만 오면 가해하려고 하다가 드디어 그에게 일곱 걸음을 걷는 동안에 시 한 수를 지을 것을 명하고, 못하면 대법(大法. 중요한 법률·헌법)을 시행하려고 하였다. 이에 曹植이 위와 같은 시를 지으니 文帝 曹丕가 이를 보고 심히 부끄러워 하였다. (煮 : 삶다. 익히다. 羹 : 국. 漉 : 거르다. 여과시키다. 豉 : 메주·된장 따위. 本 : 수목의 줄기. 自 : …로부터 是로 되어있는 책도 있다. 煎 : 달이다. 졸이다. 지지다. 相煎太急 : 지위가 같고 관계가 밀접한 사람을 괴롭힘의 비유.) → **七步之詩. 七步中作時.**

〔**曹植·七步詩**〕○○○○○, ○○○○○, ○○○○○, ○○○○○, ○○○○○, ○○○○○. 〔**世說新語·文學**〕文帝嘗令東阿王七步中作詩, 不成者行大法, 應聲便爲詩曰, 煮豆持作羹, 漉菽以爲汁. 萁在釜下燃, 豆在釜中泣. 本是同根生, 相煎何太急. 帝深有慚色. 〔**漢魏六朝百三名家集·陳思王集**〕(引漫叟詩話) 煮豆燃豆萁, 豆在釜中泣, 本是同根生, 相煎何太急.

自爲粥(죽)而燎其須.

스스로 죽을 쑤다가 수염을 태우다. 형제간의 우애가 두터움을 이르는 말. (由) 唐의 李勣이 누이의 병구완을 위해 손수 죽을 쑤다가 수염을 태운 고사. (須 : 수염. = 鬚.)

〔 **新唐書·李勣傳** 〕 性友愛, 其姊病, 嘗 ○○○○○○○. 姊戒止, 答曰, 姊多疾而勣且老, 雖欲數進粥, 尙幾何.

蔦與女蘿, 施于松柏.
조　　라

담쟁이덩굴과 겨우살이가 소나무·잣나무에 널리 퍼져 살다. (喩) 형제나 친척이 서로 친밀하게 지내다. / 천한 사람이 귀한 사람에게 의존하여 지내다. (蔦蘿施喬松 : 담쟁이덩굴과 겨우살이가 큰 소나무에 엉겨 뻗는다. 형제나 친척이 서로 친밀하게 지냄의 비유. 女蘿는 소나무 겨우살이. = 松蘿. 施는 번식하다. 널리 퍼져 살다.) = **蔦蘿施喬松**.

〔 **詩經·小雅·頍弁** 〕 豈伊異人, 兄弟匪他. ○○○○, ○○○○. <集傳> 言蔦蘿施千木上, 以比兄弟親戚纏綿依附之意.

至親莫如兄弟.

친근한 사람 중에서 형제보다 더 친근한 사람은 없다. 형제가 누구보다도 가장 친근한 사이라는 뜻.

〔 **東周列國志** 〕 常言道, 平公亦疑羊舌氏兄弟三人皆在其數, 問千樂王鮒曰, 叔虎之謀, 赤與盻實與聞否. 樂王鮒心愧叔問, 乃應曰, ○○○○○○, 豈有不知.

此令兄弟, 綽綽有裕, 不令兄弟, 交相爲瘉.
작　　　　　　　　　　　유

훌륭한 형제들은 느긋하게 마음에 여유가 있으나, 착하지 못한 형제들은 번갈아 서로 헐뜯기만 한다. (令 : 아름답다. 훌륭하다. 綽綽有裕 : 느긋하여 마음에 여유가 있다. 交 : 교대로 번갈아. 瘉 : 헐뜯다.) → **綽綽有餘裕**. **綽綽有裕**. **綽綽有餘**.

〔 **詩經·小雅·角弓** 〕 ○○○○, ○○○○. ○○○○, ○○○○. 〔 **孟子·公孫丑下** 〕 曰吾聞之也, 有官守者不得其職則去, 有言責者不得其言則去, 我無官守, 我無言責也, 則吾進退豈不綽綽然有餘裕哉.

天下難得者兄弟, 易求者田地.

세상에서 얻기 어려운 것은 형제이고, 구하기 쉬운 것은 농토이다. 형제는 인력이나 금전으로 얻어지는 것이 아니므로 서로 의가 좋아야 함을 표현한 것.

〔 **北齊書·循吏傳** 〕 蘇瓊字珍之, 遷南清河太守, 有百姓乙普明, 兄弟爭田積年不斷, 各相援據, 乃至百人. 瓊召諭之曰, ○○○○○○○, ○○○○○. 假令得地失兄弟, 心如何, 因而下淚, 衆人莫不灑泣, 普明兄弟叩頭, 乞外更思, 分異十年, 遂還同住.

兄弟不睦, 則子姪不愛, 子姪不愛, 則群從疏薄.

형제가 화목하지 못하면 곧 아들과 조카가 서로 사랑하지 아니하고, 아들과 조카가 사랑하지 아니하면 많은 종형제들이 서로 멀리한다. (從 : 친종형제. 내외종. 이종 등 친인척 사이의 관계를 나타내는 말. 疏薄 : 꺼려하다. 멀리하다.)

〔**顔氏家訓·兄弟**〕○○○○, ○○○○○, ○○○○, ○○○○○. 群從疏薄, 則僮僕爲讎敵矣.

兄弟如手足, 夫妻如衣服.

형제는 손·발과 같고, 부부는 옷과 같다. 형제는 손·발과 같이 몸에서 떨러질 수 없는 것이지만, 부부란 벗어버리면 몸에서 떨어져 나가는 옷과 같이 헤어질 수 있는 사이란 뜻.

〔**敦煌變文集·新編小兒難孔子**〕○○○○○, ○○○○○.

兄弟鬩于牆, 外禦其侮.

혁 장

형제가 담장안에서는 서로 싸워도 밖으로부터 가해오는 모욕은 함께 막는다. 형제가 작은 문제를 가지고 다투기는 하여도 우애는 있다는 뜻. (鬩 : 싸우다. 다투다. 侮 : 침해하여 욕보임. 侵陵. / 침범하여 업신여김. 侵侮.)

〔**詩經·小雅·常棣**〕凡今之人, 莫如兄弟. ……, 兄弟鬩于牆, 外禦其務, 每有良朋, 烝也無戎. 〔**春秋左氏傳·僖公二十四年**〕○○○○○, ○○○○. 如是則兄弟雖有小忿, 不廢懿親. 〔**國語·周語中**〕周文公之詩曰, ○○○○○, ○○○○.

3. 男女間 婚姻·離婚·再婚

嫁女必須勝吾家者. 娶婦必須不若吾家者.

취

딸을 시집보내는 데는 (재산·명망 따위가) 반드시 내집보다 나아야 하며, 며느리를 얻어들이는 데는 꼭 내집보다 못하여야 한다. 그래야만 시집간 딸은 그 시집 사람들을 공경하고 조심하여 섬길 것이며, 들어온 며느리는 며느리다운 도리를 다하여 내집안 사람들을 섬기게 된다는 것. (勝 : 낫다. 뛰어나다. 훌륭하다. 娶婦 : 며느리를 얻다. 若 : 같다. = 如. 似.)

〔**小學·嘉言**〕安定胡先生曰, ○○○○○○○○, 勝吾家, 則女之事人, 必欽必戒. ○○○○○○○○○, 不若吾家, 則婦之事舅姑, 必執婦道. 〔**安定胡先生遺訓**〕○○○○○○○○. ○○○○○○○○○. 或問其故, 曰, 嫁勝吾家, 則事舅姑, 必執婦道

嫁得鷄逐鷄飛, 嫁得狗逐狗走.

시집간 닭은 수탉이 날아가는 곳을 뒤쫓아 날아가고, 시집간 개는 수캐가 달리는 곳을 뒤쫓아 간다. 여자가 어떤 사람에게 시집가면 곧 그 사람을 평생 따라야 됨을 형용. = **嫁鷄隨鷄, 嫁狗隨狗.**

〔**宋 歐陽修·代鳩婦言詩**〕人言嫁鷄逐鷄飛, 安知嫁鳩被鳩逐. 〔**宋 莊季裕·鷄肋編**〕杜少陵新婚別云, 鷄狗亦得將. 世謂諺云, ○○○○○○, ○○○○○○之語也. 〔**宋 陸佃·埤雅**〕婦人外成于夫, 榮悴隨焉, 所以一心呼. 語曰, 嫁鷄與之飛, 嫁狗與之走.

枯楊生稊, 枯木復生.

(稊: 제, 復: 부)

시들은 버들에 싹이 트고 시들은 나무가 다시 살아나다. (喩) 노인이 젊은 여자에게 장가들어 생기가 살아나다. / 늙은 여자가 장년의 남편을 얻다. (稊 : 싹. 움.)

〔**周易·澤風大過**〕九二, 楊檨生稊, 老夫得其女妻. 〔**漢書·五行志**〕京房易傳曰, ○○○○, ○○○○, 人君亡子.

孤陰則不生, 獨陽則不長. 故天地配以陰陽, 男以女爲室, 女以男爲家.

음이 고립되어 있으면 새 생명을 창조하지 못하고, 양이 독립하여 있으면 만물을 기르지 못한다. 그러므로 천지는 음과 양을 짝지어주어서 남자는 여자를 아내로 삼고, 여자는 남자를 남편으로 삼는다. (室 : 禮記 曲禮上에는 三十日壯, 有室이라고 하여 30세를 壯이라고 칭하고, 이 때 아내를 맞아들인다고 하였다. 그러므로 室은 곧 아내로 남편인 家의 대칭이다. 家 : 고대에 여자는 출가하여 남편 – 家에 도착한 뒤에야 비로소 일생의 귀착점이 된다. 후세에 室家는 부부의 대칭이 되었다.) → **孤陰不生. 獨陽不生.**

〔**春秋穀梁傳**〕獨陰不生, 獨陽不生, 獨天不生, 三合然後生. 〔**幼學瓊林·夫婦**〕○○○○○, ○○○○○. ○○○○○○○○, ○○○○○, ○○○○○.

穀則異室, 死則同穴.

살아서는 딴 집에서 지내도, 죽어서는 한 구덩이에 묻히다. 사랑을 이루지 못한 남녀가 죽어서는 같은 무덤에 묻히기를 원함을 이르는 말. (穀 : 살다. 생존하다. = 生. 活. 穴 : 무덤. 묘. 墓穴.)

〔**詩經·王風·大車**〕○○○○, ○○○○, 謂予不信, 有如皦日. 〔**詩經·邶風·擊鼓**〕死生契闊, 與子成說, 執子之手, 與子偕老.

豈其食魚, 必河之鯉. 豈其取妻, 必宋之子.

(鯉: 리)

고기를 먹는 데 있어 어찌 꼭 黃河의 잉어라야만 할까? 장가를 드는 데 있어 어찌 꼭 宋나라 子씨네 딸이어야만 할까? 식사하는데는 일반적인 식품이면 족하고, 혼인상대로는 보통가정의 정절한 규수면 족하다는 뜻. (宋之子 : 宋나라의 귀족인 子씨 성. 여기서는 귀족의 아름다운 딸을 이르는 것.)

〔**詩經·陳風·衡門**〕○○○○, ○○○○. ○○○○, ○○○○.

落花難上枝, 破鏡不重照.

떨어진 꽃은 가지에 다시 붙기 어렵고, 깨어진 거울은 거듭하여 물건을 비추지 못한다. (喩) 부부관계 따위가 일단 깨져버리면 다시 원상대로 되돌리기 어렵다. 이미 그릇된 일은 다시 수습할 수 없다. (上 : 어떤 부품 따위를 물건에 달다. 꽂다. 부착하다.) → **破鏡不重照. 破鏡不再照.** ↔ **破鏡重圓.**

〔**傳燈錄**〕○○○○○, ○○○○○. 〔**洞山語**〕破鏡不重照, 落花難上枝.

落花不語空辭樹, 流水無心自入池.

낙화는 말없이 덧없이 나무를 떠나가고, 유수는 무심하게도 저절로 연못에 흘러 들어간다. 같이 이야기할 만한 사람이 없게된 남녀의 상사의 그리운 심정을 읊은 싯구. (辭 : 헤어지다. 이별하다. 떠나다. 따로 떨어지다.)

〔**白樂天·過元家履信宅詩**〕鷄犬喪家分散後, 林園失主寂寥詩, ○○○○○○○, ○○○○○○○, 風蕩醮船初破漏, 雨淋歌閣欲傾欹, 前庭後院傷心事, 唯是春風秋月知.

男女居室, 人之大倫.

남녀가 한 방에 같이 거처하는 것은 사람의 큰 도리이다. 남녀가 부부를 이루어 성가(成家)하는 것은 인륜의 대도임을 가리키는 말.

〔**孟子·萬章上**〕告則不得娶. ○○○○, ○○○○也. 〔**淸 孔尙任·桃花扇**〕從來男女室家, 人之大倫. 離合悲歡, 情有所鍾, 先生如何管得.

內無怨女, 外無曠夫.
광

규방 안에서는 남자를 찾지 못하는 것을 원망하는 여자가 없고, 집 밖에서는 처자를 찾지 못해 외로이 사는 남자가 없다. 사회가 안정되어 사람들이 모두 배우자를 찾아 적시에 혼인함을 형용. (怨女 : 남편이 없는 것을 원망하는 여자. 과부를 이르는 말. = 無夫之女. 曠夫 : 아내가 없어 외로이 사는 남자. 젊은 홀아비를 이른다.) = **無妻之男.**

〔**孟子·梁惠王下**〕當是時也, ○○○○, ○○○○. 〔**韓非子·外儲說右下**〕桓公曰, 善. 令于宮中, 女子未嘗御, 出嫁之 ……則○○○○, ○○○○.

唐韋固, 遇異人倚囊坐向月下檢書. 答曰, 天下之婚爾. 因問囊中赤繩子, 云此以繫(낭)夫妻之足, 雖仇家異域, 繩一繫之, 終不可易.

唐나라의 한 총각인 韋固는 자루에 의지하여 달 밑을 향해 앉아서 책을 뒤적거리는 선인을 만났다. (그래서 韋固가 물으니) 그가 대답하기를 세상 사람들의 혼사에 관한 것일 뿐이라고 하였다. 그래서 자루 속에 있는 붉은 끈에 대하여 물은 즉 "이것(붉은 끈)으로 부부될 사람의 다리를 매어놓는 것이다. 비록 원수라도 다른 나라에 있어도 이 끈으로 한번 매어두면 끝내 바꿀 수가 없다."고 말하였다. (異人 : 선인. 신인 따위. 月下老人 : 부부의 인연을 맺어주는 명계의 노인. 혼인을 주관하는 신선·중매인을 이른다. 赤繩繫足 : 불은 줄로 남녀의 발목을 묶다. 그러면 비록 원수집안 사이라도 혼인이 이루어진다는 것.) → **月下老人. 赤繩繫足. 氷下老人. 繫足.**

〔 **唐 李復言·續幽怪錄** 〕 ○○○, 少未娶, 旅次宋城, ○○○○○○○○○○○○. 固問, ○○, ○○○○○. ○○○○○○○○, ○○○○○○○○○, ○○○○○○, ○○○○○, ○○○○○. 君妻乃此店北賣菜陳嫗女爾. 後十四年, 參相州軍事, 刺史王泰妻以女, 年十六七, 女曰, 妾郡守之猶子也, 父卒于宋城任, 時方襁褓, 乳母鬻蔬以給朝夕, 宋城宰聞之, 名其店曰定婚店. 〔 **晉書·藝術傳** 〕 索紞字叔徹, 善術數占候令狐策夢立冰上, 與冰下人語. 紞曰, 冰上爲陽, 冰下爲陰, 陰陽事也. 君, 在冰上, 與冰下人語, 爲陽語陰, 媒介事也. 君當爲人作媒, 冰泮而婚成, 會太守田豹, 因策爲子求張公徵女, 仲春而成婚焉.

不待父母之命, 媒妁(작)之言, 鑽(찬)穴隙(극)相窺(규), 踰(유)牆相從, 則父母國人皆賤之.

(미혼의 남녀가) 부모의 명령과 중매장이의 말을 가다리지 않고, 담장의 구멍을 뚫고 서로 엿보며 담을 넘어 서로 따라 다니면 부모와 나라사람들이 다 천하게 여긴다. 혼인은 중매에 의하여 부모가 결정해야함을 기리키는 것. (媒妁 : 중매장이. 鑽隙踰牆 : 틈을 파고 담장을 넘다. 남녀가 남의 눈을 피하여 만나는 것을 이른다.) → **鑽隙踰牆. 踰牆鑽隙.**

〔 **孟子·滕文公下** 〕 丈夫生而願爲之有室, 女子生而願爲之有家. 父母之心, 人皆有之. ○○○○○○, ○○○○, ○○○○○, ○○○○, ○○○○○○○○○.

夫婦人倫之始.

부부는 모든 사람의 근원이다. 부부가 있어야 사람이 태어날 수 있음을 이르는 것. (人倫 : 모든 사람. 인류. / 사람으로서 지켜야 할 도리, 대도, 인도, 오륜, 오상, 상리. 始 : 근본. 근원.) = **夫婦人倫之本. 夫婦人倫之首.** ≒ **婚禮萬世之始也.**

〔 **後漢書·荀淑傳** 〕 ○○○○○○, 王化之端. 〔 **明 鄭之珍·目蓮救母·議婚辭婚** 〕 自古道, 夫婦人倫之本, 有夫婦然後有父子. 〔 **淸 天花藏主人·麟兒報** 〕 夫婦乃人倫之首, 名分所關, 無不以先事者爲妻爲正, 後事者爲妾爲偏. 〔 **淸 鏡湖逸叟·雪月梅傳** 〕 夫婦爲人倫之始, 原不可苟, 如今正當娶一房爲嫡. 〔 **禮記·郊特牲** 〕 天地合而後萬物興焉. 夫婚禮, 萬世之始也. 〔 **小學·明倫** 〕 禮記曰, 夫昏禮, 萬世之始也.

聘則爲妻, 奔則爲妾.
빙

예를 갖추어 여자를 맞이하면 아내가 되고, 정식으로 혼인하지 않고 같이 살면 첩이 된다. (聘 : 예를 갖추어 부르다. 奔 : 같이 살다. 곧 정식으로 혼인하지 않은 남녀가 부부관계를 맺고 살다. = 同棲.)

〔 **禮記·內則** 〕 二十而嫁, 有故, 二十三年而嫁, ○○○○, ○○○○.

三百六十病, 唯有相思苦.

360일 내내 앓는 병에는 오직 서로 연모하여 앓는 고통이 있을 뿐이다. 각종 질병 중에 가장 오래 앓고 가장 고통스러운 것이 상사병이라는 뜻. (相思 : 남녀가 서로 사모하다. 연모하다.)

〔 **醒世恒言** 〕 作別冷如水, 動念熱如火, ○○○○○, ○○○○○.

三十而娶, 二十而嫁.

남자는 설흔 살에 장가들고, 여자는 스무 살에 시집간다.

〔 **宋 陸佃·埤雅** 〕 始于季秋, 終于終春者, 婚姻之時也. ○○○○, ○○○○, 男女之時也.

女有五不取, 逆家子·亂家子·世有刑人·世有惡疾·喪父長子.

여자가 (혼인의 대상으로) 취하지 않는 것 다섯 가지가 있으니, 곧 세상을 어지럽힌 집안의 아들·인륜을 어지럽힌 집안의 아들·이어 내려오는 가계에 죄인이 있는 사람·가계에 몹쓸 병이 있는 사람 및 아버지를 여읜 집의 맏아들이 그것이다. (取 : 골라서 갖다. 逆 : 변란. 반란. 조란. / 반역하다. 배반하다. 세상을 어지럽히다. 亂家 : 인륜을 어지럽힌 집안. 도리에 어긋나는 짓을 한 집안. 世 : 대. 이어 내려오는 가계.)

〔 **大戴禮·本命** 〕 ○○○○○, ○○○不取, ○○○不取, ○○○○不取, ○○○○不取, ○○○○不取. 〔 **小學·明倫** 〕 孔子曰, ……, ○○○○○, ○○○不取, ○○○不取, ○○○○不取, ○○○○不取, ○○○○不取.

窈窕淑女, 君子好逑.
요 조 구

품위 있고 얌전한 숙녀는 귀족청년의 좋은 배필이다. (逑 : 짝. 배우자.) → **窈窕淑女**.

〔 **詩經·周南·關雎** 〕 關關雎鳩, 在河之洲, ○○○○, ○○○○. 〔 **漢書·杜欽傳** 〕 必鄉擧求窈窕, 不問華色. 〔 **楚辭·懷沙** 〕 眴兮窈窕, 孔靜幽墨.

維鵲有巢, 維鳩居之.
작　구

까치가 나무 위에 보금자리를 지으니, 뻐꾸기가 날아와 거기에 산다. 이 뻐꾸기는 자기의 둥우리를 짓지 않고 까치가 둥우리를 지어 새끼를 기르고 난 후 떠나면 곧 그 둥우리를 차지하여 산다는 말이 전해 내려온다. (喩) 신부가 시집와서 신랑이 마련해놓은 집에 들어와 살다. / 남의 성과를 가로채다. 남의 지위·집·토지 등을 강점하다. (維 : 발어사. 鳩 : 비둘기. 그 종류가 극히 많고 형상·대소·색채 등이 다르지만 비둘기 – 鳩鳥라고 통칭 한다. 위 구의 鳩에 대하여 毛傳과 臺灣의 학자 滕志賢 등은 鳲鳩 – 布穀鳥 곧 뻐꾸기로 보는데 반해, 詩緝의 嚴粲, 通譯의 馬瑞辰과 釋義의 屈萬里는 鴝鵒 – 鸜鵒 – 俗稱 八哥 곧 구관조라고 주장하여 여기서는 전자를 따랐다.) → **鵲巢鳩居, 鵲巢鳩占, 鳩占鵲巢.**

〔**詩經·召南·鵲巢**〕○○○○, ○○○○. 之子于歸, 百兩御之. 維鵲有巢, 維鳩方之. 之子于歸, 百兩將之.

議婚姻, 勿苟慕其富貴.

혼인을 의논할 때는 진실로 상대방의 재산이나 지위를 바라지 말라. 사위될 사람과 며느리될 사람의 천성과 행실과 집안의 법도가 어떠한가를 먼저 살펴야 한다는 뜻. (慕 : 바라다. 원하다.)

〔**小學·嘉言**〕司馬溫公曰, 凡○○○, 當先察其婿與婦之性行, 及家法何如, ○○○○○○.

人生莫作婦人身, 百年苦樂由他人.

사람으로 태어나서 남의 부인이 되지마라. 일생 백년의 고락이 남에게 달렸도다. 여자의 일생의 고생스럽고 즐겁고 하는 것이 남편에 의해 정해짐을 이르는 것.

〔**唐 白居易·太行路詩**〕爲君薰衣裳, 君聞蘭麝不馨香. 爲君盛容飾, 君看金翠無顏色. 行路難, 難重陳. ○○○○○○○, ○○○○○○○. 〔**明 沈鯨·易鞋記**〕自古道, 人生莫作婦人身, 百般苦樂由他人.

一世破婚, 三世窮.

한 세대에서 파혼을 하면 그 세 세대에 걸쳐서 빈궁하다. 사람의 혼인을 파괴한 사람은 후대에까지 장기간 빈궁하게 지낸다는 뜻. (一世 : 한 세대로 30년을 기준으로 한다.)

〔**明 劉宗周·人譜類記**〕夫婚姻者, 合十一姓以衍宗祧, 關係最重. 乃或因私仇宿怨, 而妄詆其男女, 追論其家世, 禰將結而一語中停, 疊方合而片言成隙, 豈不犯鬼神之怒乎. 又有嫌貧悔盟, 恃强離婚者, 尤于天理有害. 倘有習恂情曲斷, 使之分離, 所供成案, 卽作離書, 皆大損陰騭也. 諺云, ○○○○, ○○○. 蓋有意破毁, 最是慘毒之行, 宜受此惡報者.

一夜夫妻, 百夜恩.

하루 밤에 맺은 부부간에도 백날 밤의 사랑이 있다. 일단 부부관계를 맺으면 무한한 은애의 감정이 있다는 뜻. (恩 : 사랑함.)

〔 **元 石君寶·秋胡戲妻** 〕 却正是○○○○, ○○○. 破題兒勞他夢魂. 〔 **卿齋志異·張鴻漸** 〕 諺云, 一日夫妻, 百日恩義. 後日歸念卿時, 亦猶今日之念彼也.

一與之醮(초), 終身不改.

한번 초례 지내는 것을 함께하면 평생토록 (남편을) 바꾸지 아니한다. 여자가 한번 시집가면 평생토록 개가하지 않음을 이르는 말. (與 : 함께하다. 醮 : 초례. 옛날 혼인할 때 술을 써서 신에게 제사지내는 예의 또는 그런 예의를 행하다. / 시집가다.) = **一與之許, 終身不改. 一與之齊, 終身不改.**

〔 **明 王廷訥·彩舟記** 〕 古人說, ○○○○, ○○○○. 江郎果然溺死, 孩兒當以身殉之. 〔 **明 玩花主人·粧樓記** 〕 夫之不幸, 實妾之不幸也. 一與之許, 終身不改. 我豈肯背盟悖理. 〔 **清 邱心如·筆生花** 〕 古者賢女一與之齊, 終身不改.

一日不見, 如三秋兮(혜).

하루만 보지 못해도 3년을 떨어져 있는 것과 같이 느껴진다. 헤어진 후 사모하는 마음이 깊음을 이르는 것. 사랑하는 사람에 대한 그리움이 간절하여 헤어진지 얼마 안되었는데도 오래된 것 같이 느끼고 시간이 빨리 지나가기를 초조하게 간절히 기다림을 뜻하는 말. = **一日三秋. 一刻如三秋.**

〔 **詩經·王風·采葛** 〕 彼采葛兮, ○○○○, ○○○○, 彼采蕭兮, 一日不見, 如三秋兮, 彼采艾兮, 一日不見, 如三歲兮. < 孔穎達疏 > 年有四時, 時皆三月, 三秋謂九月也. < 朱熹注 > 言思念之深, 未久而似久也. 〔 **梁朝何遜爲衡山侯與婦書** 〕 路邇人遐, 音塵寂絶, 一日三秋, 不足爲喩. 〔 **李白·江夏行詩** 〕 只言期一載, 誰謂歷三秋. 〔 **清 谷姓少婦·梵門綺語錄** 〕 或數日不見金, 則采蕭一日如隔三秋也.

一晝一夜成一日, 一男一女成一室.

한 낮과 한 밤이 하루가 되고, 한 남자와 한 가족이 된다. 남녀가 서로 결합해서 같은 집에서 사는 부부가 되는 것을 형용. (一室 : 한 가족. 일가. 한집에서 사는 식구. = 一家.)

〔 **風俗通·逸文** 〕 傳云, ○○○○○○○, ○○○○○○○.

臨邛(공)富人卓王孫 召令與有貴客. 相如彊往一坐, 酒酣(감)爲鼓一再行. 新寡卓文君竊從戶窺之, 心悅而好之, 夜亡奔相如.

漢나라 때 臨邛의 부자 卓王孫은 縣令 王吉과 어떤 빈객들을 초청하였다. 司馬相如는 억지로 와서 한 자리를 차지하여 술을 마시며 즐긴 후 한번 연주하고 또 한번 연주했다. 이 때 새로 과부가 된 (卓王孫의 딸) 卓文君이 몰래 문틈으로 그를 엿보다가 마음으로 기뻐하고 그를 좋아하게 되어 밤에 相如와 함께 도망쳐 달렸다. (그리하여 相如의 아내가 되었다.) (彊 : 억지로 시키다. 酣 : 마시며 즐기다. 鼓 : 타다. 연주하다. 竊 : 몰래. 亡 : 도망치다. 奔 : 달리다.)

〔 **史記·司馬相如列傳** 〕 臨邛中多富人, 而卓王孫家僮八百人, 程鄭亦數百人. 二人乃相謂曰, 令有貴客爲具召之, 幷召令. 令旣至, 卓氏客以百數. ……. 相如不得已彊往一坐盡傾. 酒酣, 臨邛令前奏琴曰, 竊聞長卿好之, 願以自娛. 相如辭謝, 爲鼓一再行. 是時卓王孫有女文君新寡, 好音. ……. 及卓氏弄琴, 文君竊從戶窺之, 心悅而好之, 恐不得當也. 旣罷, 相如乃使人重賜文君侍者通殷勤. 文君夜亡奔相如. 相如乃與馳歸成都.

自古孀娥愛少年.

상 아

옛날부터 달 속에 산다는 미녀인 孀娥(姮娥)는 소년을 사랑했다. (喩) 옛날부터 미모의 여자는 나이 적은 남자를 좋아했다.

〔 **宋 吳枋·宜齋野乘** 〕 時人莫訝登科早, 自是孀娥愛少年. 〔 **封神演義** 〕 自古佳人愛少年, 何況妲己乃一妖魅乎.

在天願作比翼鳥, 在地願爲連理枝.

하늘에서는 암컷·수컷의 날개를 이어서 날아가는 비익조(比翼鳥)가 되고, 땅에서는 두 나무의 가지가 한데 붙어서 자라는 연리지(連理枝)가 되기를 원한다. 부부·남녀간의 애정이 매우 깊어지기를 원하는 말. (比翼鳥 : 암컷과 수컷의 눈과 날개가 하나씩 이어져서 짝을 짓지 않으면 날지 못한다는 상상의 새. 부부의 애정이 썩 깊음을 비유하는 말. 連理枝 : 한 나무의 가지가 다른 나무의 가지와 맞붙어서 결이 서로 통하여 자라나는 나뭇가지. 부부의 애정이 매우 깊은 것을 비유한 것.) → **比翼鳥. 連理枝. 比翼連理. 比翼齊飛. 比翼雙飛.**

〔 **白居易·長限歌** 〕 ○○○○○○○, ○○○○○○○, 天長地久有時盡, 此限綿綿舞絶期. 〔 **爾雅·釋地** 〕 南方有比翼鳥焉, 不比不飛, 其名謂之鶼鶼. < 注 > 似鳧青赤色, 一目一翼, 相得乃飛. 〔 **山海經** 〕 崇吾之山, 有鳥焉, 其狀如鳧, 而一翼一目, 相得乃飛, 名曰蠻蠻. 〔 **博物誌** 〕 比翼鳥, 一青一赤, 在參嵎山. 〔 **唐 孟效·感興詩** 〕 昔爲連理枝, 今爲斷絃聲. 〔 **晉書·元帝記** 〕 一角之獸, 連理之木, 以爲休徵者, 蓋有百數. 〔 **後漢書·孝安帝記** 〕 元初三年, 東平陸上言木連理. 〔 **後漢書·蔡邕傳** 〕 邕性篤孝, 母常滯病三年, 邕自非寒暑節變, 未嘗解襟滯, 不寢寐者十旬. 母卒, 廬于冢側, 動靜以禮, 有兎馴擾, 其室傍又木生連理, 遠近奇之, 多往觀焉.

情人眼裏有西施.

사랑하는 사람의 눈에는 미인인 西施가 나타난다. (喩) 감정에 지배당하면 상대방이 아름답지 아니한 곳이 없음을 느끼게 된다. 사랑하는 사람의 눈에는 아무리 박색이라도 미인으로 보인다. = 情人眼裏有西施. (情人 : 서로 서로 사랑하는 사이에서 상대방을 이르는 말. 애인.)

〔 **復齋漫錄** 〕 ○○○○○○○, 鄙語也, 山谷取以爲詩, 其答益公春思云, 草芽多奇士, 蓬蓽有秀色, 西施逐人眼, 稱心斯爲得. 〔 **南宋 胡仔·苕溪漁隱叢話** 〕 諺云, ○○○○○○○. 〔 **淸 曹雪芹·紅樓夢** 〕 一則是天緣, 二來是情人腿裏出西施.

陳徐德言娶公主, 陳衰, 兩人乃破鏡各執其半. 陳亡, 德言至京, 見有蒼頭賣半鏡, 出半鏡合之. 素知之, 召德言還公主.

(南朝 최후의 황제인 陳나라 叔寶 때의 太子舍人인) 徐德言은 임금의 누이인 樂昌공주에게 장가들었는데, 陳나라가 쇠하여지자 두 사람은 거울을 깨뜨려 그 반쪽씩을 가졌다. 陳나라가 망하자 (樂昌공주는 隋나라 건국 제일의 공신인 越國公 楊素의 별관으로 보내져 그의 마음을 사로잡았으나 남편이 그리워 약속대로 후년 정월 보름날에 사람을 長安의 시장에 보내어 반쪽거울을 팔게 하였더니) 德言이 長安으로 올라와서 하인이 반쪽 거울을 팔려고 하는 것을 보고 반쪽 거울을 옮겨가서 이를 맞추어 보니 완전히 맞는 것이었다. 이러한 내력을 알게 된 楊素는 德言을 불러서 그에게 공주를 돌려주었다. (喩) 헤어진 부부가 다시 만나 화합을 이루다. (蒼頭 : 푸른 수건을 쓴 병졸. 하인.) → **破鏡重圓**.

〔**唐 孟棨·本事詩**〕陳太子舍人徐德言娶後主妹樂昌公主, 陳衰, 德言謂主曰, 以君之才容, 國破必入權豪家, 斯永絶矣. 倘情緣未斷, 尙冀相見, 宜有以信之. 乃破鏡各執其半, 約他年正月望日賣於都市. 陳亡, 公主爲楊素所得, 寵嬖殊厚. 德言依期至京, 見有蒼頭賣半鏡, 出半鏡合之, 題破鏡詩一絶曰, 鏡與人俱去, 鏡歸人不歸, 無復嫦娥影, 空留明月輝. 公主得詩, 悲泣不食, 素知之, 召德言以主還之, 與公主及德言共飮, 令公主爲詩, 詩曰, 今日何遷次, 新官對舊官, 笑啼俱不敢, 方驗作人難. 後偕歸江南終老. 〔**北宋李昉·太平廣記·氣義**〕(내용은 같으나 풀어서 설명.)

妾心藕(우)中絲, 雖斷猶牽連.

첩의 마음은 연뿌리 속의 실이 비록(뿌리가) 끊겨도 이어져 있는 것과 같다. (喩) 남녀의 애정은 끊으려고 해도 잘 끊어지지 않는다. 이혼을 당한 아내가 아직 남편에게 미련을 가지다. (藕斷絲連 : 연뿌리는 끊겨도 그 실뿌리로 이어져 있다. 牽連 : 죽 이어져 있다.) → **藕斷絲連**. **藕斷絲不斷**.

〔**唐 孟郊·去歸詩**〕○○○○○, ○○○○○. 〔**金瓶梅詞話**〕恩深如海, 情重似山. 佳期非偶, 離別最難. 常言道, 藕斷絲不斷.

楚懷王嘗遊於高唐, 晝寢, 夢見一婦人, 願薦枕席, 王因幸之, 去而辭曰, 妾巫山之女也, 旦爲朝雲, 慕爲行雨.

楚나라 懷王이 일찍이 高唐에 놀러갔다가 낮잠을 자면서 꿈에 한 부인을 만났는데, 그가 잠자리에 시중들 것을 원하여 왕은 그를 사랑하였다. 그리고 떠나면서 "첩은 巫山에 사는 여자로 아침에는 朝雲이 되고 저녁에는 行雨가 된다."고 말했다. (補) 楚나라 懷王은 이와 같이 꿈에 巫山의 신녀와 사랑을 한 후 하도 신기하여 들은대로 巫山을 바라보니 과연 朝雲이 산기슭에 휘감겨 매우 아름다워서 왕은 그 곳에 묘를 세워 朝雲廟라 하였다. (薦枕 : 잠자리에서 시중들다. 남녀간 인연을 맺음을 이른다. 幸 : 왕이 사랑하다.) → **巫山之夢**. **雲雨之情**.

〔**宋玉·高唐賦**〕昔者先王嘗游高唐, 怠而晝寢, 夢見一婦人, 曰, 妾巫山之女也, 爲高唐之客, 聞君游高唐, 願薦枕席, 王因幸之, 去而辭曰, 妾在巫山之陽, 高丘之岨, 旦爲朝雲, 暮爲行雨, 朝朝暮暮, 陽臺之下, 旦朝視之如言, 故爲立廟, 號曰朝雲. 〔**襄陽耆舊傳**〕赤帝女姚姬, 未行而卒, 葬於巫山之陽, 故曰巫山之女, 楚懷王嘗遊於高唐, 晝寢, 夢見與神遇, 自稱是巫山之女, 王因幸之, 遂爲置觀於巫山之南, 號爲朝雲. 〔**劉廷芝·公子行**〕爲雲爲雨楚懷王.

取妻 不取同姓.

남자가 여자에게 장가갈 때는 같은 성을 가진 사람을 얻지 않는다.

〔**春秋左氏傳·僖公二十三年**〕男女同姓, 其姓不蕃. 〔**春秋穀梁傳**〕孟子者何也, 昭公夫人也, 其不言夫人何也, 諱取同姓也. 〔**禮記·曲禮上**〕○○○○○○. 故買妾不知其姓, 則卜之. 〔**禮記·大傳**〕六世, 親屬竭矣. 其庶性別於上, 而戚單於下, 昏姻可以通乎. 繫之以姓而弗別, 綴之以食而弗殊, 雖百世而昏姻不通者, 周道然也. < 孔疏 > 殷人五世以後, 可以通婚, 周道然者, 言周異於殷也.

太公取水, 一盆傾于地, 令婦收水, 惟得其泥, 曰, 若能離更(갱)合覆水定難收.

太公 呂尙이 물을 떠가지고 와서 한동이를 땅에 쏟아 붓고 그 부인으로 하여금 거두어 담도록 했으나 오직 진흙만을 주워담자, 말하기를 "그대가 헤어졌다가 다시 합하고자하는 것 같으나, 엎지른 물은 결코 주워담기 어렵다."고 하였다. (喩) 한번 헤어진 부부는 다시 돌이켜 화합하지 못한다. / 한번 저지른 일은 다시 수습할 수 없다. 한번 끝난 일은 되풀이되지 못한다. / 노친 기회는 다시 얻기 어렵다. (由) 太公 呂尙이 젊어서 馬씨에게 장가들었다. 그가 독서만 하고 생활을 돌보지 않아 馬씨는 떠나가버렸다. 그후 呂尙이 齊의 諸侯로 봉해지자 馬씨가 찾아와 재결합을 청했으나 위와 같이하여 거절당하였다. → **覆水不返盆. 覆水難(또는 不)收.**

〔**拾遺記**〕太公初娶馬氏, 讀書不事産, 馬求去. 太公封齊, 馬求再合. ○○○○, ○○○○○, ○○○○, 太公○, ○○○○○, ○○○○○. < 鶡冠者 注 > 太公旣封齊侯, 道遇前妻, 再拜求合, 公取盆水, 覆地令收之, 惟得少泥, 公曰, 誰言離更合, 覆水定難收. 〔**後漢書·光武帝本記**〕反水不收, 後悔無及. 〔**後漢書·何進傳**〕國家之事亦何容易. 覆水不可收, 宜深思之. 〔**李白·妾薄命 詩**〕雨落不上天, 覆水難再收

婚姻配合, 預定于生前.

혼인으로 짝지어 부부가 되게하는 것은 생전에 미리 정해진 것이다. 남녀가 혼인하는 것은 전생에 이미 결정되어 있는 것임을 이른다. → **姻緣本是前生定.**

〔**明 陸江樓·玉釵記**〕恩情應似海, 枕上盟言在. …… 自古道, ○○○○, ○○○○○. 〔**明 楊柔勝·玉環記**〕姻緣本是前生定, 曾向蟠桃會裏來. 不負前盟, 特送新人過門. 〔**明 無名氏·香山記**〕姻緣本是前生前, 五百年前結合來.

婚禮者, 將合二姓之好, 上以事宗廟, 而下以繼後世也.

혼례라는 것은 장차 두 성이 의좋게 만나서, 위로는 종묘를 섬기고, 아래로는 후세를 이어가려는 것이다. (昏 : 혼인하다. = 婚. 者 : …라는 것.)

〔**禮記·昏義**〕○○○, ○○○○○○○, ○○○○○, ○○○○○○○, 故君子重之.

婚娶而論財, 夷虜之道也.

혼인을 하면서 처갓집 재산을 말하는 것은 이(夷)와 노(虜) 같은 오랑캐가 하는 일이다. 남자나 여자나 공히 상대편의 덕성을 보고 선택해야 하는 것이며 따라서 재물의 다소를 가지고 말하는 것은 야만인이나 하는 짓이라는 뜻. (夷虜 : 中國의 방에 살고있는 종족의 총칭.)

〔**元 王寶甫·破窯記**〕爾以貧富而棄骨肉, 婚嫁而論財禮, 乃夷虜之道也. 古者男女之俗, 各擇德焉, 不以其財爲禮. 〔**小學·嘉言**〕文中子曰, ○○○○○, ○○○○○. 君子不入其鄕, 古者男女之族, 各擇德焉, 不以財爲禮.

4. 夫婦·男子와 女子

加粉則思其心之鮮, 傅脂則思其心之和.

(얼굴에) 분을 바를 때는 그 마음을 청신하게 가질 것을 생각하고, 입술연지를 바를 때는 그 마음을 온화하게 가질 것을 생각하라. 화장을 할 때는 얼굴을 예쁘게 할 뿐 아니라 마음도 청신하게 가져야 함을 이르는 말. (傅 : 붙이다. / 바르다.)

〔**後漢 蔡邕·女誡**〕○○○○○○○○, ○○○○○○○○.

佳人不同體, 美人不同面, 而皆說(열)於目.

고운 여인은 몸매가 같지 않고, 아름다운 여인은 얼굴이 같지 않으나, 모두 사람들의 눈을 즐겁게 해준다. (說 : 기쁘다. 기뻐하다. 즐거워하다. = 悅.)

〔**淮南子·說林訓**〕○○○○○, ○○○○○, ○○○○○. 梨橘棗栗不同味, 而皆調於口.

古者婦人姙子, 寢不側, 坐不邊, 立不蹕, 不食邪味. 割不正不食, 席不正不坐, 目不視於邪色, 耳不聽於淫聲.

옛날에는 부인이 아이를 배면 잠잘 때에 그의 몸을 기울게 하지 않았으며, 앉을 때에 그의 몸을 한쪽에 치우치게 하지 않았으며, 설 때에 한쪽 발에만 치우쳐 의지하지 않았으며, 야릇한 맛이 나는 음식은 먹지 않았다. 고기를 썬 것이 반듯하지 않으면 먹지 않았으며, 좌석이 반듯하지 않으면 앉지 않았으며, 눈으로는 요사스런 빛깔을 보지 않았으며, 귀로는 음탕한 음악을 듣지 않았다. (蹕 : 한발로 서다. 邪 : 야릇하다. 요사스럽다. 바르지 못하다.)

〔**列女傳·周室三母**〕君子謂, 太任爲能胎教. ○○○○○○, ○○○, ○○○, ○○○, ○○○○. ○○○○○, ○○○○○, ○○○○○○, ○○○○○○. …….如此, 則生子形容端正, 才德必過人矣. 故姙子之時, 必愼所感. 〔**小學·立教**〕(列女傳 · 周室三母의 내용과 동일.)

汩水淖泥, 破家妬妻.

물을 흐리게 하는 것은 진흙 때문이고, 집안을 망치게 하는 것은 질투가 심한 처 때문이다. (汩 : 어지럽히다. 혼탁하게 하다. 淖 : 진흙. 泥도 진흙.)

〔**明 仁教皇后·內訓·事君章**〕毋擅寵而怙恩, 毋致干政而撓法. 擅寵則驕, 怙寵則妬. 干政則乖, 撓法則敵. 諺云, ○○○○, ○○○○.

懶婦思正月, 饞婦思寒食.

게으른 부인은 한가롭고 일이 없는 정월을 그리워 하고, 음식을 탐하는 부인은 음식이 많은 한식절(寒食節)을 그리워한다. (思 : 생각하다. 마음에 두다. 그리워하다. / 바라다. 희망하다. 기대하다. 饞 : 음식을 탐하다.)

〔**宋 陳元靚·歲時廣記**〕(引 歲時廣記) 京人元日皆忌針綫之工, 故諺有○○○○○, ○○○○○之語.

落花有意隨流水, 流水無情戀落花.

낙화는 마음이 있어 유수를 따르고, 유수는 정이 없이 낙화를 그리워한다. (喩) 일방은 마음이 있고, 일방은 정이 없다. 남녀간에 짝사랑을 하다. (落花는 남자에게 비유되고 流水는 여자에게 비유되기도 한다.) = **落花有意, 流水無情.**

〔**五燈會元**〕見見之時, 是非是見. 見猶離見, 見不能及. 落華有意隨流水, 有水無情戀落華. 〔**元 柯丹邱·荊釵記**〕(淨) 性執心迷見識差, (生) 婚姻不就且回家. (淨) ○○○○○○○,○○○○○○○. 〔**醒世恒言**〕以此落花有意, 流水無情. 〔**明 無名氏·破窯記**〕一言旣出, 駟馬難追, 似落花有意隨流水.

男不言內, 女不言外.

남자는 집안 일을 말하지 않고, 여자는 바깥 일을 말하지 않는다. 남녀간에 구분이 분명하여 그 상대방이 하는 일에 대하여서는 관여하지 말아야 됨을 이르는 것.

〔**禮記·內則**〕○○○○, ○○○○. 非祭非喪, 不相授器.

綠葉成陰子滿枝.

푸른 잎이 무성하게 되어 그늘이 져서 금방 열매가 가지에 가득히 열리다. (喩) 여자가 자라서 출가하여 자녀를 많이 낳아 거느리다. (子 : 씨. 열매. 과실.) → **綠葉成陰**.

〔**宋 計有功·唐詩紀事**〕杜牧佐宣城幕, 遊湖州, 刺史張水嬉, 令牧間行閱奇麗, 得垂髫者, 十餘歲, 眞國色也, 期以十年納之. 後十四年, 牧始刺湖州, 其人已嫁人生二子矣. 乃悵而爲詩曰, 自是尋春去較遲, 不須惆悵怨芳時, 狂風吹盡深紅色, ○○○○○○○.

萬綠叢中紅一點.

만 가지 푸르름의 떨기 가운데 오직 한 점의 붉은 꽃이 있다. (喩) 많은 평범한 것 가운데 하나의 뛰어난 것이 있다. / 많은 남자 가운데 한 여자가 있다. ＝ **濃綠萬枝紅一點**.

〔**王安石·石榴詩**〕○○○○○○○, 動人春色不須多. 〔**宋 胡仔·苕溪漁隱叢話**〕豚齋閑覽云, 唐人詩, 濃綠萬枝紅一點, 動人春色不須多. 〔**王直方詩話**〕荊公作內相時, 翰苑中有石榴一叢, 枝葉甚茂, 但只發一花, 故刑公題此詩. 〔**書言故事·花木類**〕王荊公石榴詩, ○○○○○○○, 動人春色不須多.

慢藏誨盜, 冶容誨淫.
회 야

물건을 거두어 저장하는 데에 게으름을 피우는 것은 그것을 도둑질하도록 유도하는것이고, 여자가 그 용모를 지나치게 단장하는 것은 남자의 음심을 유인하는 것이다. (喩) 재앙은 자초함에 연유하는 것이다. (慢 : 게으르다. 게으름을 피우다. 藏 : 물건을 저장하다. 거두어 저장하다. 誨 : 가르치다. 유도해주다. 유인하다. 冶 : 꾸미다. 장식하다. 곱게 단장하다.) → **慢藏誨盜**. → **冶容誨淫**.

〔**周易·繫辭上**〕上慢下暴, 盜思伐之矣. ○○○○, ○○○○. 〔**舊五代史·晉書·桑維翰傳**〕卽今主帥赴闕, 軍府無人, 臣竊思慢藏誨盜之言, 恐非勇夫重閉之意, 願回深慮, 免起奸謀.

薄薄酒勝茶湯, 粗粗布勝無裳, 醜妻惡妾勝空房.
조 추

술기가 적은 맛없는 술은 차와 끓인 물보다 낫고, 거친 베옷이라도 치마를 안입는 것보다 낫고, 못생긴 처나 악한 첩이라도 빈방에서 홀로 자는 것보다 낫다. → **醜妻惡妾勝空房**.

〔**蘇軾·薄薄酒詩**〕○○○○○○, ○○○○○○, ○○○○○○○, 五更待漏靴滿霜. 〔**東坡居士集**〕膠西趙明叔家貧, 好飯常云, 薄薄酒勝茶湯, 醜醜婦勝空房. 其言雖俚而近乎達.

鳳凰于飛, 和鳴鏘鏘.
장

봉(웅)과 황(자)의 한 쌍이 나란히 날아가며 서로 화합하여 장장하게 울다. (喻) 부부가 서로 사랑하고 화목하고 친하다. (由) 陳大夫 懿氏가 딸을 출가시키려고 하면서 점을 치니 위와 같은 점사가 나왔다. 이후 이는 남의 혼인을 축하하는 말로 쓰이게 되었다. (鏘鏘 : 봉황의 우는 소리. 금속·옥 따위가 부딪히는 소리 또는 타악기 따위의 소리.)

〔**春秋左氏傳·莊公二十二年**〕初, 懿氏卜妻敬仲, 其妻占之, 曰, 吉, 是謂 ○○○○, ○○○○. 有嬀之後, 將育于姜, 五世其昌, 竝于正卿. 八世之後, 莫之與京. <杜預注> 雄曰鳳, 雌曰凰. 雄雌俱飛, 相和而鳴鏘鏘然也, 猶敬仲夫妻相隨適齊有聲譽.

夫貴於朝, 妻榮於室.

남편이 조정에서 존귀한 신분이 되면 그 부인이 집에서 영화를 누리게 된다. → **夫貴妻榮. 夫榮妻貴.**

〔**北齊 魏收·魏書·宗室傳**〕詔曰, ○○○○, ○○○○, 婦女無定, 升從其夫, 三藩既啓, 王封妃名, 亦宜同等. 〔**元 無名氏·擧案齊眉**〕雖不曾夫貴妻榮, 我只知是男尊女卑. 〔**清 夏敬渠·野叟曝言**〕三女明婚鸞諧鳳合, 一人暗卜夫貴妻榮.

婦死腹悲, 唯身知之.

부인이 죽으면 마음 속으로 매우 슬퍼하지만 오직 자신만이 그 슬픔을 알고 있을 뿐이다. (喻) 사상 등 불행한 일을 당하면 비록 매우 비통해하지만 표면상으로 노출을 하지 못한다. (腹悲 : 마음으로 슬퍼하다.)

〔**風俗通·衍禮**〕且鳥獸之微, 尙有回翔之思, 啁噍之痛, 何有死傷之感, 終始永絶, 而曾無惻容. 當肉崩傷. 外自矜飭, 此爲矯情, 僞之至也. 俚語, ○○○○, ○○○○.

婦有長舌, 維厲之階, 亂匪降自天, 生自婦人.
강

여자가 말을 많이 하는 것은 다만 화를 일으킬 실마리가 될 뿐이다. 난리는 하늘에서 내려오는 것이 아니고, 부인으로부터 생겨난다. 周나라 幽王의 총애를 받은 그의 비(妃)인 褒姒가 犬戎의 침입이라는 재앙을 불러들여 幽王을 죽게하고 周나라를 동천(東遷)케 했음을 풍자한 내용이다. (長舌 : 말이 많다. = 多言. 多辯. 厲 : 화. 재앙. 階 : 실마리. 빌미. 근원. 亂 : 재앙. 재변. 변란. 난리. 匪 : 아니다. ≒ 非. 不.)

〔**詩經·大雅·瞻卬**〕哲夫成城, 哲婦傾城, 懿厥哲婦, 爲梟爲鴟, ○○○○, ○○○○. ○○○○○, ○○○○. 匪教匪誨, 時維婦寺.

婦有七去, 不順父母去, 無子去, 淫去, 妬去, 有惡疾去, 多言去, 竊盜去.
투

여자에게는 일곱 가지의 내쫓을 수 있는 이유가 있으니, 시부모에게 순종하지 않으면 내쫓고, 자식을 낳지 못하면 내쫓으며, 음란하면 내쫓고, 질투하면 내쫓으며, 몹쓸 병이 있으면 내쫓고, 수다스러우면 내쫓으며, 도둑질하면 내쫓는다. 구시대에 여자에게 이와 같은 일곱 가지의 잘못이나 나쁜 행실이 있으면 즉각 이혼당하였던 당시의 사회제도의 하나를 설명한 것. (去 : 내몰다. 내쫓다.) → **婦有七去. 七去之惡. 七出之條.**

〔**大戴禮·本命**〕○○○○, ○○○○○, ○○○, ○○, ○○, ○○○○, ○○○, ○○○. 有三不去, 有所取無所歸不去, 與更三年喪不去, 前貧賤後富貴不去. 〔**孔子家語·本命解**〕婦有七出三不去. 七出者, 不順父母出者, 無子者, 淫僻者, 嫉妒者, 惡疾者, 多口舌者, 竊盜者. 〔**小學·明倫**〕孔子曰, ……, ○○○○, ○○○○○, ○○○, ○○, ○○, ○○○○, ○○○, ○○○.

婦人, 有三從之道, 在家從父, 適人從夫, 夫死從子.

여자에게는 세 가지의 순종하는 도(三從之道)가 있으니, 어려서 집에 있을 때는 아버지에게 순종하고, 남편에게 시집간 후에는 남편에게 순종하고, 남편이 죽으면 아들에게 따라야 한다. → **三從之道.**

〔**禮記·郊特牲**〕婦人從人者也, 幼從父兄, 嫁從夫, 夫死從子. 〔**列女傳·母儀傳·鄒孟軻母**〕詩曰, 無非無儀, 惟酒食是議, 以言婦人無擅制之義, 而有三從之道也, 故年少則從乎父母, 出嫁則從乎夫, 夫死則從乎子, 禮也. 〔**孔子家語·本命**〕女子者, ……, 是故無專制之義, 而有三從之道, 幼從父兄, 既嫁從夫, 夫死從子. 言無再醮之端. 〔**儀禮·喪服**〕婦人有三從之義, 無專用之道, 故未嫁從父, 既嫁從夫, 夫死從子. 〔**故事成語考**〕何謂三從, 從父, 從夫, 從子. 〔**小學·明倫**〕孔子曰, ○○伏於人也. 是故無專制之義, ○○○○○, ○○○○, ○○○○, ○○○○, 無所聽自遂也.

婦人貞吉, 終一而終也.

부인이 절개를 바르게 지켜서 좋다고 하는 것은 한 남자를 따라서 일생을 끝마치는 데에 있다. 여자는 일부종사(一夫從事)하는 것이 행복한 것임을 가리키는 것.

〔**周易·雷風恒**〕象曰, ○○○○, ○○○○○. 〔**明 談修·呵凍漫筆**〕傳云, 婦人從一而終. 又云, 烈女不更二夫. 古訓照然可信也.

婦人之性, 率寵子壻而虐兒婦. 至有諺云, 落索阿姑餐.
솔 총 삭

부인의 성품은 대체로 사위를 사랑하고 며느리를 학대한다. (그래서) 속담에 까지 "시어머니의 식사가 쓸쓸하다."고 이르고 있다. 여자가 사위를 사랑하고 며느리를 학대하기 때문에 그 며느리의 앙갚음으로 시어머니에게 불효·학대를 함을 가리키는 말. (率 : 대개. 대강. 대체로. 子壻는 사위. 兒婦 : 며느리. 至有 : …에 이르기까지. = 至於落索 : 쓸쓸하다. 冷落蕭索의 약어. 阿姑 : 시어머니. = 阿家.) → **落索阿姑餐.**

〔**顔氏家訓·治家**〕婦人之性, 率寵子壻而虐兒婦. ……然則女之行留, 皆得罪於其家者, 母實爲之. 至有諺云, 落索阿姑餐. 此其相報也. 家之常弊, 可不戒哉.

不求同日生, 只願同日死.

같은 날에 출생한 것을 바라지 아니하고, 다만 같은 날에 죽을 것을 원한다. 피차의 정이 깊고 무거워 같이 살고 같이 죽기를 약속함을 가리키는 말.

〔**元 關漢卿·單刀會**〕俺弟兄三人在桃園中結義, 宰白馬祭天, 宰烏牛祭地, ○○○○○, ○○○○○.
〔**三國演義**〕不求同年同月同日生, 但願同年同月同日死.

牝鷄之晨, 惟家之索.
빈 신 삭

암탉이 울어 새벽을 알리면 잡안이 망한다. (喩) 여자가 정사를 주관하거나 관여하면 그 나라의 운수가 쇠패하게 된다. / 여자가 집안의 가사의 주도권을 잡고 남자를 압도하면 그 집이 망한다. (由) 紂王이 부인의 말만 듣고 조상의 제사를 돌보지 않을 뿐만 아니라 伯夷·叔齊까지도 버리고 온갖 횡포를 자행하니, 나라가 망하게 될 것이라는 뜻에서 武王이 전해오는 옛말을 인용한 것. (晨 : 새벽을 알리다. 索 : 다하다. 끝장나다.)

〔**書經·周書·牧誓**〕王曰, 古人有言曰, 牝鷄無晨, ○○○○, ○○○○, 今商王受, 惟婦言是用. 〔**新唐書·長孫皇后傳**〕或及天下事. 辭曰, 牝鷄司晨, 家之窮也, 可乎. 〔**宋 蘇軾·東坡志林**〕○○○○, ○○○○. 而況可使攝主而臨天下乎.

貧賤之交不可忘, 糟糠之妻不下堂.

빈천했을 때 사귄 친구는 잊어서는 안되고, 술지게미와 쌀겨를 먹으며 고생을 한 아내는 내당에서 쫓아내서는 안된다. (由) 後漢의 光武帝의 천하통일 후 그의 수하에는 현인·재사들이 수두룩하였다. 임금이 당시 미망인이 된 임금의 누나인 湖陽공주가 그 중에 누구에게 뜻을 두고 있는지를 은근히 살피자 공주는 "大司空 宋弘公"의 위엄있는 용모와 덕있는 인품은 여러 신하들이 이에 미치지 못한다"고 말해 그에게 뜻을 두고 있음을 알아차렸다. 그리하여 임금은 병풍 뒤에 공주를 앉혀놓고 宋弘을 불러 잠시 국정에 관한 이야기를 끝내고 나서 "흔히 귀해지면 친구를 바꾸고, 부유해지면 아내를 바꾸는 것이 인지상정이 아닌가?"하고 말한 즉 宋弘은 위와 같이 처와 이혼하는 것은 불가하다는 요지의 말을 하였다. (下堂 : 안채에서 내보내다. 내당에서 물리치다. 곧 아내와 이혼하다. 아내와 인연을 끊다. 下는 버리다. 내치다. 내버리다. 쫓아내다. 추방하다. 물리치다. 堂은 내당. 몸채. 안채. 원채. 곧 정실.) → **貧賤之交不可忘.** → **糟糠之妻不下堂.**

〔**後漢書·宋弘傳**〕建武二年, 代王梁爲大司空. ……時帝姊湖陽公主新寡, 帝與共論朝臣, 微觀其意. 主

曰, 宋公威容德器, 群臣莫及. 帝曰, 方且圖之. 後弘被引見, 帝令主坐屛風後, 因謂弘曰, 諺語, 貴易交, 富易妻. 人情乎. 弘曰, 臣聞○○○○○○○, ○○○○○○○. 〔**資治通鑑·東漢紀·世祖光武皇帝上**〕(宋)弘曰, 臣聞, ○○○○, ○○○, ○○○○, ○○○. 〔 **南齊書·劉悛傳**〕上數嘆曰, ○○○○○○○, ○○○○○○○. 〔**元 柯丹邱·荊釵記**〕糟糠之妻不下堂, 貧賤之交不可忘. 小生不敢違例. 〔 **十八史略·近古·晉·六朝篇**〕(내용 생략) 〔**蒙求·宋弘不諧**〕(後漢 宋)弘曰, 臣聞○○○○○○○, ○○○○○○○.

三姑六婆, 不可容他進門.

여러 가지 천한 작업에 종사하는 부녀자인 세 가지 부녀와 여섯 가지 노파 (三姑六婆)는 그들이 남의 집에 들어가는 것이 용납되지 않는다. (三姑 : 여승인 尼姑. 여자 도사인 道姑. 여자점장이인 卦姑. 六婆 : 인신매매를 하는 여인인 牙婆. 매파인 媒婆. 여자 무당인 師婆. 기생 어미인 虔婆. 병을 치료하는 여인 藥婆. 산파인 穩婆. 다 천한 직업에 종사하는 부녀자이다.)

〔**元 陶宗儀·南村輟耕錄**〕三姑者, 尼姑·道姑·卦姑也. 六婆者, 牙婆. 媒婆, 師婆. 虔婆. 藥婆穩婆也. 蓋與三刑六害同也, 人家有一于此而不致奸盜者, 幾希矣. 若能謹而遠之, 如避蛇蝎, 庶乎淨宅之法. 〔**明 餘翅·量江記**〕難怪古人說, ○○○○, ○○○○○○○. 〔**明 周淸源·西湖二集**〕三姑六婆, 不可進門. 〔**淸 申涵先·荊園小語**〕三姑六婆, 勿令進門. 古人嚴戒之矣. 〔**淸 隨緣居士·林蘭**〕用術鎭壓人者列人十六惡, 蓋罪在不赦也. 古人三姑六婆, 不令入門, 亦有此意.

生則同衾, 死則同穴.

살아서는 같은 이불을 덮고, 죽어서는 같은 묘에 묻힌다. 부부간의 은애가 생사 간에 같이 함을 형용. → **生同衾, 死同穴.**

〔**元 無名氏·貨郞擔**〕○○○○, ○○○○, 在黃泉底下, 做一對永遠夫妻. 〔**淸平山堂話本**〕我旣委身于你, 樂則同樂, 憂則同憂, 生同衾, 死同穴.

聲妓, 晩景從良, 一世之胭(연)花無碍(애). 貞婦, 白頭失守, 半生之淸苦俱非.

기생도 늙으막에 혼인하여 남편을 따르면 한 세상의 화류계의 생활은 거리낄 것이 없고, 정절을 지키던 부인도 머리가 희어져서 정조를 잃으면 반평생의 절조가 모두 그릇된다. 사람의 가치가 늙으막에 달려있음을 이르는 것. (晩景 : 저녁 경치. / 늙으막. 만년의 형편. 良 : 良人 즉 남편. 胭花 : 분. 곧 화류계의 음탕한 생활. 碍 : 거리끼다. 방해하다. 礙의 속자. 守 : 정조. 지조. 절개. 淸苦 : 淸操苦節의 준말로 괴롭게 지켜온 깨끗한 절조.)

〔**菜根譚·九十二**〕○○, ○○○○, ○○○○○○○. ○○, ○○○○, ○○○○○○○.

習習谷風, 維風及雨.

부드러운 동풍이 불더니, 이 바람이 급기야 비까지 몰아오다. (喩) 사랑을 듬뿍 주던 남편이 어느 날 갑자기 변심하여 냉대하다. (習習 : 부드러운 모양. 온화한 모양. 谷風 : 동풍. 춘풍. 곡식을 일히는 바람. 維 : 이.)

〔**詩經·小雅·谷風**〕○○○○, ○○○○. 將恐將懼, 維予與女. 將安將樂, 女轉棄予.

良人者, 所仰望而終身也.

남편이란 우러러 보면서 평생을 지내야할 사람이다. 남편이란 인간으로서 존경할 만한 존재가 되어야 함을 이르는 말. (良人 : 남편.)

〔**孟子·離婁下**〕其妻歸告其妾曰, ○○○, ○○○○○○○, 今若此, 與其妾, 訕其良人而相泣於中庭.

梁鴻每歸, 妻爲具食, 不敢於鴻前仰視, 擧案齊眉.

後漢의 梁鴻이 돌아올 때마다 그의 아내 孟光은 식사를 다 갖추어서 梁鴻의 앞에서 그를 감히 우러러 보지도 못하고 밥상을 눈썹 높이만큼 들어 올렸다. 아내가 남편을 극진히 공경하는 것을 표현. (案 : 소반. 밥상.) → **擧案齊眉.**

〔**後漢書·梁鴻傳**〕妻曰, 常聞夫子欲隱居避患, ……, 乃共入覇陵山中, ……遂至吳, 依大家皐伯通, 居廡下, 爲人賃臼, 每歸, 妻爲具食, 不聽於鴻前仰視, 擧案齊眉. 〔**後漢書·逸民傳**〕梁鴻字伯鸞, 扶風平陵人也, 家貧而尙節介. 同縣孟氏有女, 肥醜而黑, 力擧石臼, 擇對不嫁, 曰欲得賢如梁伯鸞者, 鴻聞而聘之, 字之曰德曜, 名孟光, 至吳爲人賃舂, 每歸, 妻爲具食, 不敢於鴻前仰視, 擧案齊眉.

女有四行, 婦德·婦容·婦言·婦功也.

여자는 마땅히 지켜야 할 네 가지 도리가 있으니, 부녀자의 덕행·부녀자의 몸가짐·부녀자의 언사 및 부녀자의 일이 그것이다. 그 도리는 정숙자성(貞淑自省)의 덕행·청결무구(淸潔無垢)의 몸가짐·언사정미(言辭正美)의 말솜씨 및 방적조리(紡績調理)의 일을 이르는 것이다. 옛날에는 출가하기 전에 이러한 교육을 받았다. (行 : 마땅히 행해야 할 도리. 容 : 몸가짐. 言 : 언사. 말솜씨. 功 : 하는 일. 직무. 곧 바느질·길쌈·조리·빨래 등을 이른다.)

〔**周公旦·周禮**〕婦德·婦容·婦言·婦功. 〔**禮記·昏義**〕是以古者婦人先嫁三月, ……, 祖廟旣毁, 敎于宗室, 敎以婦德·婦言·婦容·婦功. 〔**詩經·國風·周南·葛覃**〕言告師氏, 言告言歸. < 毛傳 > 師, 女師也. 古者女師, 敎以婦德·婦言·婦容·婦功. 婦德·婦言·婦容·婦功卽爲四德.

女子無才便是德.

여자가 재능이 없는 것이 곧 좋은 덕행이 될 수 있다. 옛날사회에서 부녀자의 덕행의 표준을 정하는데 있어서 여자가 온순하고 무능한 것을 덕으로 삼았음을 이르는 것. = **女子無才便是福.**

〔**明 張岱·公祭祁夫人文**〕眉公曰, 丈夫有德便是才, ○○○○○○○. 此語殊爲未確.

女子有行, 遠父母兄弟.

여자가 타향으로 시집을 가면 친정의 부모·형제와 멀어지게 되어 있다. (有行 : 떠나가다. 헤어지다. 벗어나다. 여기서는 시집가다.)

〔**詩經·邶風·泉水**〕出宿于泲, 飮餞于禰. ○○○○, ○○○○○. 問我諸姑, 遂及伯姊. 〔**詩經·鄘風·蝃蝀**〕蝃蝀在東, 莫之敢指. ○○○○, ○○○○○. 朝隮于西, 崇朝其雨. ○○○○, ○○○○○. 〔**詩經·衛風·竹竿**〕泉源在左, 淇水在右. ○○○○, ○○○○○.

女正位乎內, 男正位乎外.

여자는 집안에서 바르게 자리잡고, 남자는 사회에서 바르게 자리잡아야 한다. 아버지와 아들, 형과 아우, 남편과 아내가 모두 제자리를 지킬 때 비로소 가도(家道)가 바르게 되고 따라서 천하도 안정된다는 말. (位 : 자리잡다. 위치하다.)

〔**周易·風火家人**〕彖曰, 家人 ○○○○○, ○○○○○, 男女正, 天地之大義也.

寧治十男子, 莫治一婦人. 寧治十婦人, 莫治一小兒.

차라리 열 남자를 다룰지언정 한 여자를 다룰 수 없으며, 차라리 열 여자를 다룰지언정 한 어린이를 다룰 수 없다. 남자의 병은 여자에 비하여 다스리기 쉽고, 여자의 병은 어린이에 비하여 다스리기 쉽다는 말.

〔**明 張介賓·景岳全書**〕小兒之病, 古人謂之啞科, 以其言語不能通, 病情不易測. 故曰, ○○○○○, ○○○○○. ○○○○○, ○○○○○.

有智婦人, 勝于男子.

지혜로운 부인은 남자보다 낫다.

〔**東周列國志**〕子不聞○○○○, ○○○○乎. 武王有亂臣十人, 邑姜與焉. 何爲不可謀也. 〔**警世通言**〕有志婦人, 勝如男子. 〔**樂府·隴西行**〕健婦持門戶, 亦勝一丈夫.

自古佳人多命薄, 閉門春盡楊花落.

예로 부터 아름다운 여인 운명 박함이 많다네, 문을 닫고 봄이 다하면 버들꽃도 떨어지네. 아름다운 여인은 기구한 운명을 타고 나서 팔자가 사나운 경우가 많다는 말. → **佳人薄命.**

〔**蘇軾·佳人薄命詩**〕離頰凝酥髮抹漆, 眼光入廉珠的皪, 故將白練作仙衣, 不許紅膏汙天質, 吳音嬌軟帶兒癡, 無限閒愁總未知, ○○○○○○○, ○○○○○○○. 〔**初刻拍案驚奇**〕君言差矣, 紅顔薄命, 自古如此, 豈獨妾一人.

躓馬破車, 惡妻破家.
지　　거

비틀거려 넘어지는 말은 수레를 부수고, 성질이 악한 여자는 집안을 망쳐버린다. (躓 : 비틀거려 넘어지다.)

〔**易緯**〕古語, 一夫兩心, 拔刺不深. ○○○○, ○○○○.

采葑采菲, 無以下體.
비

순무우와 무우를 뽑아낼 때 그 밑둥만을 취하는 것은 아니겠지? 무우의 잎과 줄기 곧 무우청을 버리지 않았을 것을 기대하고 한 말. (喩) 아내가 늙어 미모가 사라져 싫증이 난다고 해서 옛날의 고생한 일이나 훌륭한 부덕을 망각하고 재취해서는 안된다. (采 : 따다. 뜯다. 캐내다. 채취하다. 採의 옛글자. 葑 : 순무우. 菲 : 무우. 無以下體 : 식물 뿌리의 밑둥을 취한 것은 아니겠지. ※반어법으로 쓰인 구이다.)

〔**詩經·邶風·谷風**〕○○○○, ○○○○, 德音莫違, 及爾同死.

妻賢夫禍少, 子孝父心寬.

아내가 어질면 그 남편의 화가 적어지고, 아들이 효성스로우면 그 아버지의 마음이 너그러워진다. 아내의 덕망이 높고 재지가 있으면 그 남편에게는 재앙이 적어지고, 아들이 효도를 하면 그 아버지의 도량이 커진다는 뜻.

〔**宋 汪洙·神童詩**〕國正天心順, 官淸民自安, ○○○○○, ○○○○○. 〔**名賢集**〕○○○○○, ○○○○○. 〔**通俗編**〕家有賢妻, 丈夫不遭橫事. 〔**元 李壽卿·伍員吹簫**〕家有賢妻, 男兒不遭橫事.

天下之理, 夫者倡婦者隨, 牡者馳牝者逐, 雄者鳴雌者應.
모　　빈

세상의 이치는 남편이 부르면 아내가 따르고, 짐승의 수놈이 달리면 암놈이 좇고, 새의 수컷이 지저기면 암놈이 응하게 되어있는 것이다. (倡 : 외치다. ≒ 唱. 夫倡婦隨 : 옛날 가정의 화합의 도리. 牡牝 : 짐승의 수컷과 암컷.) → **夫倡婦隨. 夫唱婦隨. 男唱女隨.**

〔**周 尹喜·關尹子·三極**〕○○○○, ○○○○○○, ○○○○○○, ○○○○○○. 是以聖人制言行, 而賢人拘之. 〔**孔叢子**〕陽動而陰應, 男倡而女隨之義也. 〔**元 無名氏·擧案齊眉**〕常言道是夫唱婦隨, ……與梁鴻旣爲妻, 也波相宜.

哲夫成城, 哲婦傾城.

지혜로운 남자는 성을 쌓아 나라를 지키나, 지혜로운 여자는 성 곧 나라를 기울게 한다. (哲 : 총명하다. 지혜롭다.)

〔**詩經·大雅·瞻卬**〕○○○○, ○○○○, 懿厥哲婦, 爲梟爲鴟, 婦女長舌, 維厲之階. 〔**晏子春秋·諫上**〕○○○○, ○○○○. 今君不思成城之求, 而爲傾城之務, 國之亡至矣.

促織鳴, 懶婦驚.

귀뚜라미가 우니, 게으른 여자가 놀라다. 귀뚜라미가 울 때는 겨울옷을 급히 만들어야 함을 형용하는 말. (促織 : 날이 차가와지니 빨리 베를 짜라고 재촉하여 우는 벌레 곧 귀뚜라미를 이르는 말.)

〔**宋 陸佃·埤雅**〕蟋蟀 …… 一名促織. 語曰, ○○○, ○○○.

兎者明月之精, 視月而孕(잉).

토끼는 밝은 달의 혼이므로 달을 주시하면 새끼를 밴다. (喩) 여자가 남편이 없는 데도 아이를 배다. (精 : 혼.)

〔**宋 陸佃·埤雅**〕兎口有缺, 吐而生子, 故謂之兎, 兎, 吐也. 舊說, ○○○○○○,○○○○. 〔**明 茅㮄·新刻增集紀驗田家五行**〕談叢, 中秋無月則兎不孕, 蚌不胎, 蕎麥不實. 兎望月而孕, 蚌望月而胎, 蕎麥得月而秀.

表壯不如裏壯.

겉 든든한 것이 속 든든한 것보다 못하다. 가정 겉 체면보다는 집안에 현명한 처자가 있는 것이 더 낫다는 것을 많이 기리킨다.

〔**元 羅貫中·風雲會**〕常言道, ○○○○○○, 妻若賢夫免災殃.

Ⅲ. 心性·感情 및 性質

1. 心性 – 마음·慮思·疑心

鑑明者塵垢不能薶, 神清者嗜欲弗能亂.
구 왜 기

거울이 맑으면 먼지와 때도 이것을 더럽힐 수 없고, 사람의 마음이 맑으면 향락을 탐하는 마음도 이것을 어지럽힐 수 없다. 맑은 거울은 모든 것을 환하게 비추어 주듯이 사람의 맑은 마음은 올바른 도리를 얻는다는 뜻. (者 : …하면. ※ 순접의 조사. 塵垢 : 먼지와 때. 薶 : 더럽히다. 神 : 마음. 사람의 본바탕. 嗜欲 : 향락을 탐하는 마음. 이목구비 등 감각기관의 욕망. 亂 : 어지럽히다. 현혹시키다.)

〔**淮南子·俶眞訓**〕○○○○○○○○, ○○○○○○○○. 精神已越於外, 而事復返之, 是失之於本, 而求之於末也. ※〔**莊子·德充符**〕鑑明則 塵垢不止, 止則不明也.

見怪不怪, 其怪自壞.

괴이한 사물을 보고 기이하게 여기지 아니하면 그 괴이한 사물은 저절로 사라진다. (怪 : 괴물. 괴이한 사물. / 행동·마음·형체가 기이하다. 괴이하다. 기이하게 여기다. 괴이한 것으로 생각하다. 壞 : 상하다. 허물어지다. 망가지다.)

〔**宋 洪邁·夷堅三志**〕姜拂然曰, 畜生之言, 何足爲信, 我已數月來知之矣. ○○○○, ○○○○.

敬勝怠者, 吉, 怠勝敬者, 滅.

절제하는 마음이 게으른 마음을 이기면 길하고, 게으른 마음이 절제하는 마음을 이기면 멸망하게 된다. (敬 : 마음을 절제하다. 조심하다.)

〔**小學·敬身**〕丹書曰, ○○○○, ○, ○○○○,○. 義勝欲者, 從, 欲勝義者, 凶.

過屠門而大嚼.
도 작

고기 파는 상점을 지나가면서 (공연히) 입을 크게 벌려 고기를 먹는 모양을 하다. (喩) 공상을 현실로 여기고 스스로 위로하다. 좋아하는 것을 실현하지는 못해도 그것을 상상하는 것 만으로도 즐거워하다. (屠門 : 고기를 파는 상점. 大嚼 : 입을 크게 벌려 씹다. 입을 키게 벌려 고기를 먹는 모양을 함을 가리킨다.) → **屠門大嚼**.

〔**漢 桓譚·新論·琴道**〕人聞長安樂, 則出門西向而笑, 知肉味美, 則對屠門而大嚼. 〔**三國 魏·曹植·與吳李重書**〕○○○○○○, 雖不得肉, 貴且快意.

觀物有疑, 中心不定, 則外物不清. 吾慮不清, 則未可定然否也.

사물을 관찰함에 의심이 있어 심중을 정하지 못하면 외물에 대하여 깨끗하지 못하고, 내 생각이 깨끗하지 못하면 사물의 옳고 그름을 정할 수가 없다. 사물을 관찰함에 의심이 있어 마음을 바로 잡지 못하면 명리·부귀 등 온갖 사물에 대하여 탐욕하게 되고, 내 생각이 공명정대하지 못하면 옳고 그름을 바로잡지 못한다는 말. (中心 : 심중. 마음. 定 : 정하다. / 바로잡다. 外物 : 명리·부귀 따위의 제 심신 이외의 온갖 사물. 淸 : 깨끗하다. / 사념이 없다. 탐욕이 없다. 然否 : 그러함과 그러하지 아니함. 옳음과 그름.)

〔 **荀子·解蔽** 〕 凡○○○○, ○○○○, ○○○○○, ○○○○, ○○○○○○○○. 冥冥而行者, 見寢石, 以爲伏虎也, 見植林, 以爲後人也.

矯枉過正, 則巧僞滋生.
교 왕

마음이 굽은 것을 바로잡으려다가 그 바로잡음을 지나쳐버리면 사람을 속이는 일이 더욱 많이 생겨난다. (喩) 잘못을 바로잡으려다가 합당한 한도를 벗어나면 도리어 잘못하는 일이 증가한다. (枉 : 마음이 굽다. 도리에 어긋나다. 正 : 바로잡음. 巧僞 : 교묘하게 사람을 속임. 滋生 : 더욱 생겨나다. 증가하다. 번식하다.) → **矯枉過正. 矯枉過直. 枉直必過.**

〔 **越絶書** 〕 子之復仇, 臣之討賊, 至誠感天, 矯枉過直, 乳狗哺虎不計禍福. 〔 **漢書·諸侯王表** 〕 漢興之初, 海內新定, 同姓寡少, 懲戒亡秦孤立之敗, 于是剖裂疆土, ……而藩國大者夸州兼郡, 連城數十, 宮室百官同制京師, 可謂矯枉過其正矣. 〔 **漢書·王莽傳** 〕 矯枉者過其正. 〔 **後漢書·仲長統傳** 〕 逮至清世, 則復入於矯枉過正之檢. 〔 **魏志·** 〕 ○○○○, ○○○○○○○○.

苟得其養, 無物不長. 苟失其養, 無物不消.

만일 (적당한) 배양을 받을 수 있다면 생장하지 않는 물건이 없고, 만일 (적당한) 배양을 잃어버린다면 없어지지 않을 물건이 없다. 산에 있는 나무와 같이 사람의 마음도 기를 수록 크게 자라난다는 뜻을 함축하고 있다. (物 : 천지 사이에 있는 온갖 물건. 만물. / 일.)

〔 **孟子·告子上** 〕 故○○○○, ○○○○, ○○○○, ○○○○. 孔子曰, 操則存, 舍則亡. 出入無時, 莫之其鄕, 惟心之謂與.

蚯蚓內無筋骨之強, 外舞爪牙之利, 然下飮黃泉, 上墾晞土.
구 인 조 희

지렁이는 몸 속에 근육과 뼈의 강함도 없고, 몸 밖에 손톱이나 이빨의 날카로움도 없으나, 밑으로는 지하의 샘물을 마시고, 위로는 마른 땅을 갈아낸다. (喩) 능력이 적은 사람도 마음을 한 군데로 집중하여 쓰면 큰 일을 이루어낼 수 있다. (蚯蚓 : 지렁이. 黃泉 : 지하의 샘. 晞土 : 마른 땅.)

〔**荀子·勸學**〕 螾舞爪牙之利, 筋骨之強, 上食埃土, 下飮黃泉, 用心一也. 蟹六跪而二螯, 非蛇蟺之穴, 無可寄托者, 用心躁也. 〔**淮南子·說山訓**〕 螾舞筋骨之強, 爪牙之利, 上食晞堁, 下飮黃泉, 用心一也. 〔**說苑·雜言**〕 夫○○○○○○○○, ○○○○○○, ○○○○○, ○○○○. 何也. 用心一也.

口者心之門戶也, 心者神之主也.

입이란 것은 마음의 문이고, 마음이란 것은 정신의 주인이다.

〔**戰國時代 王詡(鬼谷先生)·鬼谷子**〕 ○○○○○○○, ○○○○○○.

窮不可遣, 而遣此窮愁, 心常居安樂窩中.

와

빈궁을 내쫓을 수는 없으나 이 빈궁으로 인하여 생긴 근심·걱정을 내쫓으면 마음은 항상 안락한 집 속에서 산다. 가난을 벗어나지 못하더라도 그 가난을 근심하는 마음을 없애버리면 곧 그의 마음이 안락하게 된다는 뜻. (遣 : 내쫓다. 쫓아버리다. 窮愁 : 빈궁으로 인하여 생긴 근심·걱정. 窩 : 움집. 굴.)

〔**菜根譚·後二十八**〕 熱不必除, 而除此熱惱, 身常在淸涼臺上, ○○○○, ○○○○, ○○○○○○○.

權, 然後知輕重. 度, 然後知長短. 物皆然, 心爲甚.

탁

저울에 단 연후에야 그 가볍고 무거움을 알게 되고, 헤아려 본 연후에야 그 길고 짧음을 알게 되나니, 사물이 다 그러하거니와 마음은 유독 심하다. 모든 사물은 자나 저울로 그 길이와 무게를 알게 되며 그 중에서도 사람의 마음씨는 헤아려보지 않고는 결코 알 수가 없다는 뜻. (權 : 저울질하다. 저울로 무게를 달다. 度 : 헤아리다. 자로써 광협·장단을 재다.)

〔**孟子·梁惠王上**〕 (孟子) 曰, ……. ○, ○○○, ○○○○○○, ○, ○○○○○, ○○○, ○○○. 王請度之.

機動的, 弓影疑爲蛇蝎, 寢石視爲伏虎, 此中渾是殺氣.

갈 혼

기틀이 흔들리면 활의 그림자도 뱀과 전갈로 의심하고, 가로 누워있는 바위도 엎드린 호랑이로 보이는 것이니, 이런 가운데서는 모두가 살벌한 기운뿐이다. 마음이 들뜨면 모든 것이 의심스러워 살벌하게 된다는 말. (機 : 기틀. 일의 가장 중요한 고동. 的 : 조사. 蝎 : 전갈. 渾 : 모두.)

〔**菜根譚·後四十八**〕 ○○○, ○○○○○○, ○○○○○○, ○○○○○○. 念息的, 石虎可作海鷗, 蛙聲可當鼓吹, 觸處俱見眞機.

其心難知, 喜怒難中也.

"사람의 마음을 알기가 매우 어렵다"고 하는 것은 기뻐하고 성냄은 맞히기가 어렵다는 것이다. 남의 마음을 짐작하여 맞히기가 어렵다는 말.

〔 **韓非子·用人** 〕 盲者處平而不過深谿, 愚者守静而不陷險危. 如此則上下之恩結矣. 古之人曰, ○○○○, ○○○○○, 故以表示目, 以鼓語耳, 以法敎心.

其人雖已歿, 千載有餘情.

이 몰

그 사람(荊軻)은 비록 이미 죽었지만, 천년이 지난 오늘에도 잊을 수 없는 마음을 가지게 한다. (由) 이 詠荊軻는 秦始皇에게 망한 燕의 태자 丹의 요청을 받고 秦始皇을 죽이고자 자객으로 떠났으나 실패하고 처참하게 죽임을 당한 荊軻의 용맹을 시로 읊은 것. (餘情 : 잊을 수 없는 생각. 마음.)

〔 **陶潜·詠荊軻** 〕 惜哉劍術疎, 奇功遂不成, ○○○○○, ○○○○○.

饑則付, 飽則颺, 燠則趨, 寒則棄, 人情通患也.

양 욱

배고프면 붙고, 배부르면 떠나며, 따뜻하면 달려오고, 추우면 버리는 것은 인정의 공통된 병폐이다. 빈부·귀천에 따라 사람을 대하는 태도가 다른 것이 큰 병폐라는 뜻. (颺 : 날아가다. 떠나가다. 燠 : 따뜻하다. 趨 : 달려오다. 모여들다.)

〔 **史記·汲鄭列傳** 〕 翟公乃大署其門曰, 一死一生, 乃知交情, 一貧一富, 乃知交態, 一貴一賤, 交情乃見. 汲, 鄭亦云, 悲夫. 〔 **三國志·魏志** 〕 呂布使陳登見曹操, 求爲徐州牧, 不得. 布怒, 登喻之曰, 登見曹公, 言待將軍, 如養虎, 當飽其肉, 否則噬人. 公曰不然, 譬如養鷹饑則附人, 飽則颺去. 〔 **菜根譚·百四十三** 〕 ○○○, ○○○, ○○○, ○○○, ○○○○○.

樂廣嘗有親客. 他前在坐, 蒙賜酒, 方欲飮, 見杯中有蛇, 意甚惡之, 既飮而疾, 不愈. 廣復置酒於前處, 客曰, 所見如初, 豁然意解, 頓愈.

사 활

晉나라 때 河南尹으로 재직하던 樂廣은 일찌기 친한 손님이 있었다. 그 손님은 전에 술자리에서 술을 받게 되었는데 바로 마시려고 하면서 술 잔 속에 뱀이 있는 것을 보고 마음이 심히 불길하였다. (억지로) 마시고 나서 병이 들어 (온갖 치료를 했으나) 낫지 않았다. 그래서 樂廣은 전에 술을 마셨던 바로 그 자리에서 다시 주연을 베풀고 (그 손님에게 술 잔 속에 다시 뱀이 있는 것이 보이는가 안보이는가라고 물으니) 손님은 처음과 같이 보였다고 말한 후 마음이 활짝 풀려 (놀라서 난 그 병이) 곧 바로 나아버렸다. (蒙 : 받다. 惡 : 불길하다. 豁然 : 의심이 깨끗이 풀리는 모양. 頓 : 갑자기. 杯弓蛇影 : 환각으로 의심·근심과 두려움에 사로잡히는 것을 뜻한다.) → **杯弓蛇影.**

〔 **晉書·樂廣傳** 〕 樂廣, 字彦輔, 遷河南尹. 嘗有親客, 久闊不復來, 廣問其故, 答曰, 前在坐, 蒙賜酒, 方欲飮, 見杯中有蛇, 意甚惡之, 既飮而疾. 於是河南廳事壁上有角弓, 漆畫作蛇, 廣意杯中蛇即角影也. 復置酒於前處, 謂客曰, 杯中復有所見不. 答曰, 所見如初. 廣乃告其所以, 客豁然意解, 沈痾頓愈. 〔 **應劭·風俗通·怪神** 〕 (主簿 杜宣의 이야기로 杯弓蛇影의 내용은 樂廣傳의 것과 대동소이.)

勞心者治人, 勞力者治於人.

마음을 쓰는 사람은 남을 다스리고, 힘을 쓰는 사람은 남에게 다스려진다. (喻) 정신적인 노동을 하는 사람은 육체적인 노동을 하는 사람을 다스린다. 육체노동을 하는 백성은 벼슬아치의 지배를 받는다.

〔**孟子·縢文公上**〕故曰, 或勞心, 或勞力. ○○○○○, ○○○○○○. 治於人者食人, 治人者食於人, 天下之通義也.

大將軍光從驂乘, 上內嚴憚之, 若有芒刺在背.

참 망 자

(漢나라) 대장군 霍光이 (高祖의 묘당을 참배하러가는 宣帝의 호위자인) 참승(驂乘)으로서 말을 타고 따라가게 되니, 임금인 宣帝는 등에 지고 있는 까끄라기와 가시와 같이 마음속으로 그를 두려워하여 꺼렸다. 宣帝가 대장군 霍光을 매우 두려워하여 불안해하고 마음이 편치 않았음을 형용. (驂乘 : 귀인을 모시고 그 곁에 타거나 그런 사람. 옛날 수레에 탈 때 어자는 가운데 앉고, 그 왼쪽에 귀인에, 오른 쪽에 호위자가 탔는데 그 호위자를 이른다. 內 : 마음 속으로. 嚴憚 : 두려워하여 꺼리다. 芒刺在背 : 까끄라기와 가시를 등에 지다. 두려워하는 일이 있어 마음이 편안하지 않음을 비유.) → **芒刺在背**.

〔**漢書·霍光傳**〕宣帝始立, 謁見高廟, ○○○○○○○, ○○○○○, ○○○○○○. 後車騎將軍張安世代光驂乘, 天子從容肆體, 甚安近焉. 〔**唐書·崔日用傳**〕謂人曰, 吾生平所事, 皆適時制變, 不專始謀, 然每一反, 思若芒刺在背.

路遥知馬力, 日久見人心.

길을 걸어봐야 말의 힘의 세고 약함을 알 수 있고, 세월이 오래 지나야 인심의 좋고 나쁨을 볼 수 있다. 사람은 함께 지내보아야 그 사람의 마음을 알 수 있다는 말. = **路遥知馬力, 事久見人心**.

〔**宋 陳元靚·事林廣記**〕路遥知馬力, 事久見人心. 〔**通俗編**〕○○○○○, ○○○○○.

忙處不亂性, 須閑處心神養得清.

바쁜 때에 본성을 어지럽히지 않으려면 모름지기 한가한 때에 정신을 맑게 길러야 한다. 한가한 때에 마음을 맑게 수양해두어야 다급할 때 본성을 잃지 않을 수 있다는 말. (忙 : 바쁘다. 겨를이 없다. 處 : 머물러 있다. 자리잡고 있다.)

〔**春秋左氏傳·襄公十一年**〕書曰, 居安思危, 思則有備, 有備無患. 敢以此規. 〔**菜根譚·後二十六**〕○○○○○, ○○○○○○○○○. 死時不動心, 須生時事物看得破.

猛戰易伏, 人心難降. 谿壑易塡, 人心難滿.

이 항 계 학 이 전

사나운 짐승은 굴복시키기 쉬우나 사람의 마음은 항복시키기 어렵고, 골짜기는 메우기 쉬우나 사람의 마음은 채우기 어렵다. (谿壑 : 골짜기. 계곡. 塡 : 메우다. 채우다.)

〔**菜根譚·後六十五**〕眼看西晉之荊榛, 猶矜白刃. 身屬北之狐兎, 尙惜黃金. 語云, ○○○○, ○○○○, ○○○○, ○○○○. 信哉.

眸子不能掩其惡. 胸中正則眸子瞭焉, 胸中不正則眸子眊焉.

모 엄 료 모

눈동자는 그의 악한 마음을 가릴 수 없는 것이니, 마음 속이 올바르면 눈동자가 맑고, 마음 속이 바르지 못하면 눈동자가 흐리다. 눈빛으로써 사람의 선과 악을 발견할 수 있다는 뜻. 사람이 올바른 마음을 가졌느냐, 또는 바르지 못한 마음을 가졌느냐 하는 것이 눈동자에 나타난다는 말. (胸中 : 마음. 생각. 瞭 : 밝고 맑다. 눈동자가 또렷하다. 眊 : 눈이 흐리다.)

〔**孟子·離婁上**〕孟子曰, 存乎人者, 莫良於眸子, ○○○○○○○, ○○○○○○○○○, ○○○○○○○○○. 聽其言也, 觀其眸子, 人焉廋哉.

目不能兩視而明, 耳不能兩聽而聰.

눈은 두 가지 물건을 동시에 볼 수 없기 때문에 분명하게 볼 수 있고, 귀는 두 가지 소리를 동시에 들을 수 없기 때문에 맑게 들을 수 있다. (喩) 마음을 하나에 집중하여 전념하지 않으면 성공할 수 없다.

〔**荀子·勸學**〕行衢道者不至, 事兩君者不容. ○○○○○○○, ○○○○○○○.

目好色, 耳好聲, 口好味, 心好利.

눈은 아름다운 색을 좋아하고, 귀는 아름다운 소리를 좋아하고, 입은 맛좋은 음식을 좋아하고, 마음은 이익을 좋아한다. 이러한 것들은 다 인간의 본성에서 나오는 것임을 지적한 것.

〔**荀子·性惡**〕若夫○○○, ○○○, ○○○, ○○○, 骨體膚理好愉佚, 是皆生於人之情性者也.

無愧於口, 不若無愧於身, 無愧於身, 不若無愧於心.

입에 부끄러움이 없는 것이 몸에 부끄러움이 없는 것만 못하고, 몸에 부끄러움이 없는 것이 마음에 부끄러움이 없는 것만 못하다.

〔**宋 邵雍·皇極經世書**〕○○○○, ○○○○○○○, ○○○○, ○○○○○○○.

亡而爲有, 虛而爲盈, 約而爲泰, 難乎有恒矣.
무

(지식이) 없으면서 있는 체하고, 속이 비어있으면서 가득찬 체하며, (가진 것이) 적으면서도 넉넉한 체하면 변하지 않는 도덕심(항심. 恒心)을 갖기 어렵다. 보통사람은 당연히 항심(恒心) 곧 변하지 않는 도덕심을 가진 연후에야 비로소 성인의 경지에 이를 수 있는 조건을 갖추게 되는 것이며, 항심이 없으면 무당이나 의원도 될 수 없다는 것이다. (亡 : 없다. = 無. 爲 : …체하다. 約 : 적다. 곤궁하다. 泰 : 넉넉하다. 사치하다. 有恒 : 항심을 가지다. 변하지 아니하는 도덕심을 항상 품다. 생각이 두 가지가 아니고, 언행이 한결같이 이어지다.)

〔 **論語·述而** 〕 子曰, 善人, 吾不得而見之矣. 得見有恒者, 斯可矣. ○○○○, ○○○○, ○○○○, ○○○○○. ※〔 **論語·子路** 〕 子曰, 南人有言曰, 人而無恒, 不可以作巫醫, 善夫.

無翼而飛者聲也, 無根而固者情也, 無方而富者生也.

날개가 없는 데도 먼 곳까지 날아가는 것은 말소리이고, 뿌리가 없는 데도 단단한 것은 감정이며, 처소가 없는 데도 풍성한 것은 생명이다. 날개 없는 말의 신속한 전파성, 뿌리 없는 감정의 견고성과 처소 없는 생명의 풍부성 등을 비유법으로 재치있게 표현한 것. (方 : 처소.)

〔 **管子·戒** 〕 管仲復於桓公曰, ○○○○○○○, ○○○○○○○, ○○○○○○○.

未同而言, 觀其色, 赧赧然.
난

(의지와 지향이) 남과 같지 않는 데도 (도리어 그 남에게 아부하여) 말할 때는 그 얼굴 빛을 보면 (마음 속으로 부끄러워하여) 얼굴이 붉어진다. 의지와 지향이 다르면서도 그 사람의 비위를 맞추기 위해 영합하는 말을 하면 곧 그의 표정에 나타남을 이른다. (未同而言 : 의지와 지향이 같지 않은 데도 억지로 남에게 아부하는 것을 가리킨다. 赧赧然 : 부끄러워 얼굴을 붉히는 모양.)

〔 **孟子·滕文公下** 〕 子路曰, ○○○○, ○○○, ○○○. 非由之所知也, 由是觀之, 則君子之所養, 可知已矣.

鵓鳩樹上鳴, 意在麻子地.
발 구

비둘기가 나무 위에서 울고 있으나 그 뜻은 삼씨를 심은 땅에 가있다. (喻) 표면으로는 이러이러한 말을 하고 있으나 심중으로는 전혀 다른 것을 도모하다. (鵓 : 집비둘기. 鳩 : 비둘기. 麻子 : 삼씨.)

〔 **太平廣記** 〕 茵怒而言曰, 寧老有尺刀, 二客不得喧競, 但且飲酒. ……. 寅曰, 鄙諺云, ○○○○○, ○○○○○. 俱大笑.

凡事留人情, 後來好相見.

모든 일을 함에 있어 인정을 남기면 뒤에 가서 서로 좋게 만난다. 사람에게 인정스럽게 대하면 다음에 함께 잘 지낼 수 있음을 이르는 것.

〔**淸 李玉·一捧雪**〕(末) 且暫押出, 侯覆奏旨下定奪, ……(付淨) 凡事留人情, 後來好相會. 〔**明 沈璟·雙魚記**〕物離鄕則貴, 人離鄕則賤. ○○○○○, ○○○○○.

浮雲世態紛紛變, 秋草人心日日疏.

뜬 구름 같은 세상 형편이 갈피를 잡을 수 없어 어수선하게 변하고, 가을 풀 같은 인심은 나날이 소원해진다. 세상 형편이 천변만화하고 인정이 날로 희박해짐을 형용. (紛紛 : 갈피를 잡을 수 없어 어수선한 모양.)

〔**元 關漢卿 魯齋郎**〕我從今萬事不關心, 還戀甚枕衾歡娛. 不見○○○○○○○, ○○ ○○○○○.

不潔在面, 人皆恥之. 不潔在心, 人不肯媿.

긍 괴

얼굴에 있어서의 깨끗하지 못함을 사람들은 다 부끄러워하지만, 마음에 있어서의 깨끗하지 못함을 사람들은 다 부끄러워하지 않는다. (肯 : 곧잘 ……하다. 媿 ≒ 愧. 부끄러워하다.)

〔**劉子·新論**〕○○○○, ○○○○, ○○○○, ○○○○. 以面露外, 而心伏內, 故善飾其情, 潛姦隱智, 終身不可得而見也.

佛變化無量, 三昧力, 不可思議.

부처님의 변화는 헤아릴 수가 없고, 마음을 오로지 하나로 집중한 그 힘도 상상조차 할 수 없다. (三昧 : 잡념이 없이 오직 한 가지 일에만 정신력을 집중하는 일심 불란의 경지.)

〔**唐 釋道世·法苑珠林**〕○○○○○, ○○○, ○○○○. 〔**維摩經·不思議品**〕諸佛菩薩有解脫, 名不可思議.

飛鳥依人, 自加憐愛.

새가 사람을 따르면 (사람도) 저절로 그것을 가엾이 여기며 사랑하는 마음이 더해진다. (喩) 상대방이 나를 좋아하여 따르면 나도 그를 좋아하는 마음이 생긴다. (依 : 따르다. 좇다. 순종하다. 憐愛 : 가엾이 여기며 사랑하다.)

〔**舊唐書·長孫無忌傳**〕太宗目無忌曰, 褚遂良學問稍長, 性亦堅正, 旣寫忠誠, 甚親附於朕, 譬如○○○○, ○○○○.

師心自用, 則不能克己, 不能聽言.

자기가 생각하는 일은 다 옳다고 여겨 그대로만 하면 자기자신을 이겨낼 수 없고, 또 남의 말을 들을 수가 없다. (師心自用 : 자기의 마음을 스승으로 삼아 스스로 그것을 쓰다. 자기가 생각하는 일은 다 옳다고 여겨 남의 말에 귀를 기울이지 않고 그대로만 한다는 뜻. 독선적이어서 다른 사람의 말을 도외시하고 제멋대로 행동함을 가리킨다.) → **師心自用. 師心自任.**

〔**宋 陸九淵·陸象山語錄**〕○○○○, ○○○○○, ○○○○.

山僧與他同床打睡, 且要各自做夢.

산사의 스님과 다른 사람이 같은 잠자리에서 잠을 자면서도 각기 다른 꿈을 꾸게 되다. (喻) 부부가 같이 살면서도 애정의 결합이 없어 생각을 달리하다. 부부 간에 허울 만의 화합이 있을 뿐 마음으로는 불화하다. / 두 사람이 함께 있거나 같은 일을 하면서도 속셈이 서로 다르다. (且 : 어조사. 要 : 하게되다.) → **同床異夢. 同床各夢. 貌合神離.**

〔**五燈會元**〕○○○○○○○○○, ○○○○○○. 〔**宋 陳亮·與朱元晦秘書**〕然猶說長說短, 說人說我, 未能盡暢抱膝之意也. 同牀各做夢, 周公且不能學得, 何必一一說到孔明哉. 〔**姚雪垠·李自成**〕彼等烏合之衆, 同床異夢, 一戰即潰.

生相憐, 死相捐.
(연)

사람이 살아있을 때는 서로 동정하나, 죽으면 서로 버린다. 살아있을 때는 상대방이 걱정하지 않고 편히 지내도록 서로 도와주나 죽으면 쓸 데 없는 허례를 하지말고 서로 버려야 한다는 주장. (憐 : 불쌍히 여기다. 동정하다. 捐 : 버리다.)

〔**列子·楊朱**〕楊朱曰, 古語有之, ○○○, ○○○. 此語至矣.

雖無千尺線, 萬里繫人心.

비록 천자 길이의 줄도 없지만 만 리나 떨어져있는 사람의 마음을 이어준다. 멀리 떨어져있는 사람을 매우 걱정함을 형용. = **雖無千丈線, 萬里繫人心. 雖無百丈線, 千里繫人心.**

〔**元 武漢臣·生金閣**〕楔子, 離別苦難禁, 平安望寄音. ○○○○○, ○○○○○. 〔**明 袁于令·西樓記**〕修盡書, 差人往京國探眞耗. ……雖無百丈線, 千里繫人心.

水不波則自定, 鑑不翳則自明. 故心無可清, 去其混之者而清自現.
(예)

물은 물결이 일지 않으면 곧 저절로 평정하게 되고, 거울은 티끌이 덮어 가리지 않으면 곧 저절로 밝고 깨끗해진다. 곧 사람의 속마음은 그 깨끗함을 힘써 추구할 것도 없이 다만 혼탁한 사념(邪念)을 배제하기만 하면 그 밝고 깨끗함이 저절로 나타난다. (波 : 물결이 일다. 파도가 일어나다. / 움직이다. 상하로 요동하다. 鑑 : 거울. 翳 : 먼지로 가리다. 덮다. / 막다. 거절하다. 混之者 : 혼탁한 것. ※ 혼탁한 사념으로 해석.)

〔 **菜根譚·百五十一** 〕 ○○○○○○, ○○○○○○, ○○○○○, ○○○○○○○○○. 樂不必尋, 去其苦之者而樂自存.

水千流萬派, 始於一源. 木千枝萬葉, 出於一本.

물의 천 갈래 · 만 갈래의 흐름은 하나의 수원에서 시작되고, 나무의 천 가지 · 만 개의 잎은 하나의 뿌리에서 뻗어나간 것이다. (喩) 사람의 각양각색의 응대는 하나의 마음에서 나오는 것이다. (派 : 물 갈래. 강물이 갈려서 흘러 내리는 가닥.) → **千流萬派.** ≒ **千波萬波.** → **千枝萬葉.**

〔 **呻吟語·第十章** 〕 ○○○○○, ○○○○, ○○○○○, ○○○○. 人千酬萬應, 發於一心.

視強則目不明, 聽甚則耳不聰, 思慮過度則智識亂.

눈으로 바라보는 것이 지나치면 눈이 밝지 못하게 되고, 귀로 사리를 듣는 것이 심하면 귀가 밝지 못하게 되며, 깊이 생각하는 것도 정도가 지나치면 지식이 곧 혼란스럽게 된다. (視 : 눈으로 바라보는 것. 強 : 무리하게 하다. / 지나치다. 넘치다. 聽 : 귀로 사리를 듣는 것. 聰 : 밝다. 잘 듣다.)

〔 **韓非子·解老** 〕 ○○○○○○, ○○○○○○, ○○○○○○○○○. 目不明, 則不能決黑白之分, 耳不聽, 則不能別清濁之聲, 知識亂, 則不能審得失之地.

視躁(조)而足高, 心在他矣.

보는 눈이 재빠르고 발걸음이 높아 마음이 다른 것에 가 있는 것 같다. 마음이 불안한 상태에 있음을 형용. (躁 : 빠르다.)

〔 **春秋左氏傳·襄公三十年** 〕 單公子愆其爲靈王御士, ……, 入以告王, 且曰, 必殺之, 不慼而願大, ○○○○○, ○○○○. 不殺, 必有害.

新沐者必彈冠, 新浴者必振衣.

새로 머리를 씻은 사람은 반드시 손으로 관(위에 있는 먼지)을 퉁겨서 털고, 새로 몸을 씻은 사람은 반드시 옷(겉에 묻은 진흙)을 흔들어 턴다. (喩) 사람의 감정은 그 몸이 새로이 깨끗해지면 몸에 더러운 외물(外物)이 묻는 것을 원치 않는다. / 결백해진 몸과 마음을 가진 사람은 세상 일에 휩싸여 그 더러운 먼지를 뒤집어쓰는 것을 싫어한다. (沐 : 머리를 감다. 彈 : 손가락으로 튀기다. 손가락을 퉁기다. 가볍게 털다. 浴 : 물로 몸을 씻다. 振 : 흔들다. 옷을 털다.)

〔**荀子·不苟**〕新浴者振其衣, 新沐者彈其冠, 人之情也. 〔**史記·屈原 賈生列傳**〕屈原曰, 吾聞之, ○○○○○○, ○○○○○○, 安能以身之察察, 受物之汶汶者乎. 〔**韓詩外傳·卷一**〕○○○○○○, ○○○○○○. 莫能以己之皭皭, 容人之混汚然. 〔**楚辭·漁文**〕屈原曰, 吾聞之, ○○○○○○, ○○○○○○, 安能以身之察察, 受物之汶汶者乎. 〔**新序·節士**〕屈原曰, ……. 吾獨聞之, 新浴者必振衣, 新沐者必彈冠. 又惡能以其泠泠, 更事世之嘿嘿者哉. 吾寧投淵而死. 〔**設苑·談叢**〕初沐者必拭冠, 新浴者必振衣.

信人者, 人未必盡誠, 己(기)則獨誠矣, 疑人者, 人未必皆詐, 己(기)則先詐矣.

남을 믿는 것은 남이 다 반드시 진실하지 않더라도 자기는 곧 홀로 진실하기 때문이고, 남을 의심하는 것은 남이 다 반드시 속이지는 않더라도 자기가 곧 먼저 속이기 때문이다. 남을 믿는 것은 자기의 진실함을 나타내는 것이고 남을 의심하는 것은 자기가 속인다는 것을 나타낸다는 뜻. (盡 : 죄다. 다. 誠 : 진실함. 진심.)

〔**菜根譚·百六十二**〕○○○, ○○○○○, ○○○○○, ○○○, ○○○○○, ○○○○○.

身在江海之上, 心居乎魏闕(위궐)之下.

몸은 강이나 바닷가에 있지만, 마음은 궁전 근처에 머문다. 몸은 세속을 떠나 있으면서도 마음은 궁중의 영화로움을 잊지 못한다는 말. (魏闕 : 군주가 기거하는 궁전의 정문. 조정.)

〔**莊子·讓王**〕中山公子牟謂瞻子曰, ○○○○○○, ○○○○○○○, 奈何. 瞻子曰, 重生, 重生則利輕. 〔**文心雕龍·神思**〕古人云, 形在江海之上, 心存魏闕之下. 神思之謂也.

身在曹營, 心在漢室.

몸은 魏나라 曹操의 진영에 있어도 마음은 漢나라의 조정에 있다. (喻) 몸은 어떤 한 곳에 있어도, 마음은 다른 곳에 있다. (由) 關羽가 曹操에게 붙잡혀 그의 진영에 있으면서 후한 대접을 받았으나 도리어 劉備를 생각하다가 드디어 여섯 장수를 참하고 五關을 지나 劉備에게로 되돌아온 데서 나온 말.

〔**明 羅貫中·三國演義**〕關羽和劉備失散後, 關羽被曹操留在營中, 恩禮非常, 但關羽却系念劉備, 後得知劉備所在, 遂掛印封金, 過五關斬六將, 終于回到劉備身邊. 人稱關羽是○○○○○○○○.

心去意難留, 留着是冤仇(원구).

마음이 떠나가버리면 뜻이 남아있기가 어렵고, 남아있는 것은 원한 뿐이다.

〔**玉台新咏·王僧孺爲姬人自傷**〕斷弦猶可續, 心去最難留. 〔**焚光救母**〕孩光, ○○○○○, ○○○○○. 〔**封神演義**〕常言道, 心去意難留, 勉強終非是好結果.

心苟無瑕, 何恤乎無家.
하 휼

마음에 진실로 허물이 없다면 어찌 집이 없는 것을 걱정하랴! 마음 속에 남을 대할 면목이 없는 일이 없다면 포부를 펼칠 곳이 없음을 걱정할 것이 없다는 뜻. (瑕 : 허물. 잘못. 恤 : 근심하다. 걱정하다.)

〔**春秋左氏傳·閔公元年**〕不如逃之. 無使罪至, 爲吳大伯, 不亦可乎. 猶有令名, 與其及也. 且諺曰, ○○○○, ○○○○○. 天若祚大子, 其無晉乎.

心大則百物皆通, 心小則百物皆病.

마음이 크면 온갖 일이 다 통하고, 마음이 작으면 온갖 일이 다 병이 된다. (百 : 매우 많은 수의. 온갖. 物 : 천지 사이에 있는 모든 물건. 만물. / 일.)

〔**近思錄·爲學類**〕橫渠先生曰, ○○○○○○○, ○○○○○○○.

心忙不擇路, 事急且相隨.

마음 속이 조급해지면 어떤 길을 갈 것인가를 선택하지 못하고, 일이 긴급할 때는 (동행인이 아닌데도) 서로 따라간다. (忙 : 조급하다. 마음이 조급해지다.)

〔**明 張鳳翼·灌園記**〕○○○○○, ○○○○○. 相公, 已是太史莊上, 不免竟入.

心不在焉, 視而不見, 聽而不聞, 食而不知其味.

사람이 어떤 일에 마음을 집중하지 못하고 다른 것을 따로 생각한다면 눈으로 보아도 보이지 아니하고, 귀로 들어도 들리지 아니하며, 음식을 먹어도 그 맛을 알지 못한다. 몸을 닦는 것이 그 마음을 바르게 하는데 목적이 있음을 서술한 것. (心不在焉 : 마음이 여기 있지 않다. 정신을 딴 데 팔다. 곧 사람이 마음을 집중·전념하지 못하고 여러 가지 생각을 함을 이르는 것.)

〔**大學·傳七**〕○○○○, ○○○○, ○○○○, ○○○○○○. 此謂修身在正其心. 〔**莊子·知北游**〕終日視之而不見, 聽之而不聞, 搏之而不得也.

心不可不虛, 虛則義理來居. 心不可不實, 實則物欲不入.

마음은 비워두지 않으면 안되는 것이니, 비어 있으면 곧 사람의 옳은 도리가 들어와서 살고, 마음은 채워두지 않으면 안되는 것이니, 채워두면 곧 물질에 대한 욕심이 들어오지 못한다. (義理 : 사람으로서 지켜야 할 도리. 바른 도리. / 정의와 진리. 實 : 채우다.)

〔**菜根譚·七十五**〕○○○○○, ○○○○○○○, ○○○○○, ○○○○○○○.

心不負人, 面無慚色.
참

마음으로 남을 저버리지 않았으면 얼굴에 부끄러워하는 빛이 없다. 남에게 미안한 일을 하지 않았으면 부끄러움을 느끼지 않게 됨을 가리키는 말. (負 : 저버리다.)

〔**五燈會元**〕曰, 豈無方便. 師曰, ○○○○, ○○○○.

心誠求之, 雖不中, 不遠矣.

마음으로 진실로 구하면 비록 딱 맞지는 않을지라도 그리 멀지는 않을 것이다. 사람이 마음 속에 어떤 생각을 확실히 갖고 이를 성실히 추구해나가면 꼭 생각 그대로 적중하지는 못한다 하더라도 그 생각으로부터 멀리 벗어나는 일은 없을 것이라는 말.

〔**大學·傳九**〕康誥曰, 如保赤子. ○○○○, ○○○, ○○○. 未有學養子而後嫁者也.

心有一毫欺人, 一事欺人, 一語欺人, 人雖不知, 即未發覺之盜也.
호 기

마음이 조금이라도 남을 속이는 일이 있고, 한 가지 일로라도 남을 속이고, 한 마디의 말로라도 남을 속인다면, 사람이 그것을 깨닫지 못했다 하더라도 그것은 곧 발각되지 않은 도둑인 것이다. (一毫 : 한 개의 가는 털. 극히 작은 정도. 조금.)

〔**明 呂坤·呻吟語·第一章**〕盜只是欺人, 此○○○○○○, ○○○○, ○○○○, ○○○○, ○○○○○○○.

心者形之君也, 而神明之主也. 出令而無所受令. 自禁也, 自使也, 自奪也, 自取也, 自行也, 自止也.

마음은 육체의 군주이고, 정신의 주재자이다. (스스로 사지와 각 기관에게) 명령을 발하되 (그 기관으로부터) 명령을 받는 일이 없다. 스스로 금하고, 스스로 부리고, 스스로 빼앗고, 스스로 취하고, 스스로 행하고, 스스로 그친다. (神明 : 사람의 정신. 지능. 主 : 주인. / 주재자.)

〔**荀子·解蔽**〕○○○○○○, ○○○○○○. ○○○○○○. ○○○, ○○○, ○○○, ○○○, ○○○, ○○○. 故口可劫而使墨云, 形可劫而使詘申, 心不可劫而使易意. 是之則受, 非之則辭.

心者形之主也, 而神者心之寶也. 形勞而不休則蹶, 精用而不已則竭.
궐 갈

마음은 몸의 주인이고, 혼은 마음의 보배이다. 몸이 고달픈데도 쉬지 아니하면 넘어지고, 혼을 쓰기를 그치지 아니하면 다 없어져버린다. (神 : 혼. 蹶 : 넘어지다. 精 : 혼. 竭 : 소모되어 다 없어지다.)

〔 淮南子·精神訓 〕 ○○○○○○, ○○○○○○○, ○○○○○○○, ○○○○○○○, 是故聖人貴而尊之, 不敢越也.

心者後裔之根, 未有根不植, 而枝葉榮茂者.

예 식

마음이란 것은 후손의 뿌리이니, 뿌리를 심지 않고서 가지와 잎이 무성한 것은 없다. (喻) 마음이 곧아야 후손이 길이 번성한다.

〔 菜根譚·百五十九 〕 ○○ ○○○○, ○○○○○, ○○○○○○.

心之憂危, 若蹈虎尾, 涉于春冰.

도

마음 속의 근심함과 두려워함이 호랑이 꼬리를 밟는 듯하고, 봄철 얼음 위를 건너는 듯하다. 매우 위태로워 마음이 조마조마함을 형용. (危 : 위태로워하다. / 두려워하다. 불안해하다.)

〔 書經·周書·君牙 〕 惟予小子, 嗣守文武成康遺緒, 亦惟先王之臣, 克左右亂四方, ○○○○, ○○○○, ○○○○. 〔 周易·天澤履·彖辭 〕 六三, 眇能視, 跛能履. 履虎尾咥人.

心體光明, 暗室中有青天, 念頭暗昧, 白日下生厲鬼.

마음씨가 밝은 사람은 설령 암흑의 방안에 있어도 가슴 속에는 만 리의 맑게 개인 하늘이 있고, 생각이 음침한 사람은 설령 대낮의 속에 있어도 그 의심이 암귀를 생기게 한다. 한 사람의 마음씨가 밝으면 곧 각종 유혹을 막고 사악을 이겨낼 수 있어 어떤 정황하에서도 그의 신념을 지키고 정직한 인품을 유지할 수 있으나 반면 마음씨가 어둡고 사념이 몸에 달라붙으면 곧 이것 저것 다 의심하게 되어 온종일 전전긍긍하게 됨을 이른다. (心體 : 마음씨와 사상을 가리킨다. 고인들은 마음을 사상의 본체로 여겨 이와 같이 칭했다. 念頭 : 생각. 마음. 의사. 暗昧 : 음침하고 은밀하다. 어둑침침하다. / 우매하다. 어리석다. 厲鬼 : 암귀. 악귀. 역병을 퍼뜨리는 귀신.)

〔 菜根譚·六十五 〕 ○○○○, ○○○○○○, ○○○○, ○○○○○○.

心虛則性現, 不息心而求見性, 如撥波覓月.

견 발 멱

마음이 비면 곧 본성이 나타나는 것이니, 마음을 쉬게하지 않고 본성을 보기를 바라는 것은 마치 물결을 휘저어 놓고 (그 물 속에서) 달을 찾는 것과 같다. 마음이 세속의 모든 명리에서 벗어나 무상무념(無想無念)의 상태에 이르면 본성은 절로 나타난다. 명리를 추구하면서 본성을 보려는 것은 물결을 휘저어 놓고 달의 모습을 보려는 것과 같이 전혀 불가능하다는 뜻. (求 : 얻기를 바라다. 撥 : 배를 젓다. / 휘저어 뒤섞다. 覔 : 찾다. 구하다. = 覓.)

〔 菜根譚·百七十一 〕 ○○○○○, ○○○○○○○, ○○○○○. 意浄則心清, 不了意而求明心, 如索鏡增塵. ※〔 大學·經 / 〕 欲修其身者, 先正其心. 欲正其心者, 先誠其意.

我心匪鑒, 不可以茹.
여

내 마음은 거울이 아니어서 다 용납할 수 없다. 내 마음은 거울이 아니므로 선과 악을 완전히 구분하여 포용할 수 없다는 뜻. 곧 나는 선한 것은 따르되 악한 것을 따를 수 없다는 말. (茹 : 받아들이다. 용납하다. / 헤아리다. 추측하다. 평가하다.)

〔**詩經·邶風·柏舟**〕○○○○, ○○○○. 亦有兄弟, 不可以據. 薄言往愬, 逢彼之怒.

我心匪石, 不可轉也, 我心匪席, 不可卷也.

내 마음은 돌이 아니어서 굴릴 수가 없고, 내 마음은 돗자리가 아니어서 말아둘 수도 없다. (喩) 마음은 확고부동하여 잘 변할 수 없는 것. 마음이란 쉽게 굴리거나 걷어치울 수 있는 것이 아니다. (匪 : 아니다.)

〔**詩經·邶風·柏舟**〕○○○○, ○○○○,○○○○, ○○○○. 〔**韓詩外傳·卷一**〕詩曰, ○○○○, ○○○○,○○○○, ○○○○, 言不失己也. 〔**說苑·立節**〕詩曰, ○○○○, ○○○○,○○○○, ○○○○. 〔**新序·節士**〕詩曰, ○○○○, ○○○○,○○○○, ○○○○, 蘇武之謂也.

安禪不必須山水, 滅却心頭火自涼.

편히 좌선하는 데는 좋은 산수를 꼭 필요로 하는 것이 아니며, 마음을 없애버리면 불도 저절로 서늘해진다. 사물에 대한 모든 느낌이 마음 가짐에 달려 있다는 뜻. (須 : 필요로 하다. 心頭 : 마음.)

〔**唐 杜筍鶴·詩**〕○○○○○○○, ○○○○○○○.

哀莫大於心死, 而人死亦次之.

(인간에게는) 마음이 죽는 것보다 더 큰 슬픔이 없으며, 신체가 죽는 것은 그 다음의 일이다. 사람의 의지가 극도로 소침하거나 진취적 기개가 완전히 상실된 것이 죽는 것 이상으로 중요한 것임을 강조한 말.

〔**莊子·田子方**〕仲尼曰, 惡. 可不察與. 夫○○○○○○, ○○○○○○. 〔**清 嘯盧·軒亭血傳奇**〕自古道, 哀莫大于心死, 痛莫大于國亡.

兩心不可以得一人, 一心可以得百人.

두 마음을 갖는 사람은 한 사람도 얻을 수 없으나, 한 마음을 갖는 사람은 백 사람도 얻을 수 있다. (喩) 불순한 마음을 가진 사람은 한 사람과도 사귀지 못하나 한결같은 진심을 가지고 있는 사람은 많은 사람과 교제할 수 있다.

〔**淮南子·繆稱訓**〕虛而能滿, 淡而有味, 被褐懷王者. 故○○○○○○○○, ○○○○○○○.

延促由於一念, 寬窄係之寸心.
착

길고 짧은 것은 한 생각에 기인하며, 넓고 좁음은 한 치의 작은 마음에 달려 있다. 시간의 길고 짧음이 생각하기에 달려 있고, 공간의 넓고 좁음도 마음 먹기에 달려 있다는 말. 시간의 길고 짧음, 공간의 넓고 좁음이 생각하기에 달려 있어, 생각하기에 따라서는 긴 것이 짧아지고 좁은 것이 넓게도 보일 수 있다는 것. (延促 : 노랫소리의 장단. 시간의 길고 짧음. 寬窄 : 공간의 넓고 좁음. 係 : 걸리다. 관계되다.)

〔**菜根譚·後十九**〕○○, ○○○○, ○○, ○○○○. 故, 機閑者, 一日, 遙於千古, 意廣者, 斗室, 寬若兩間.

熱竈一把, 冷竈一把.
조

뜨거운 부뚜막 한 번 붙잡고, 차거운 부뚜막 한 번 붙잡다. (喻) 비꼬고, 빈정대는 말을 하다. / 좋게 생각하기도 하고, 나쁘게 생각하기도 한다. 때로는 친절했다가도 때로는 냉담하다. / 희망을 갖기도 하고 실망하기도 한다. 인정이 쉽게 바뀜을 이르는 말. (竈 : 부엌. / 부뚜막. 把 : 붙잡다. 움켜쥐다. / 지키다. 접근하다.)

〔**明 顧起元·客座贅語**〕南部閭巷中常諺往往有粗俚而可味者 …… 曰, ○○○○, ○○○○. 〔**明 馮夢龍·古今譚概**〕端簡公出令佐灑, 各用唐時一句, 附以方言, 上下相屬. …… 一士夫云, 施砍松柴帶葉燒, ○○○○, ○○○○.

外面似菩薩, 內心如夜叉.
차

외면은 보살과 같으나 내심은 야차와 같다. (喻) 외면은 자비로와 보이나 속마음은 매우 사납다. (夜叉 : 염라국에서 죄인을 가책하는 옥졸로 용모가 추악하고 성질이 사나운 것을 상징.)

〔**華嚴經**〕所有三千界男子, 諸煩惱合集一人女人之業障, 女人地獄使能斷佛種子, ○○○○○, ○○○○○.

有心無相, 相逐心生, 有相無心, 相隨心滅.
축

사람의 마음은 형태가 없으나 서로 쫓으면 마음이 생기고, 형태는 마음이 없으니 서로 따라도 마음은 없어진다. 사람의 속 마음이 외모에 비하여 더욱 중요함을 가리키는 말. (相 : 모양. 형태. 외모. 용모. 逐 : 뒤쫓아가다. / 따르다. 추종하다.)

〔**宋 吳處厚·青箱雜記**〕諺曰, ○○○○, ○○○○, ○○○○, ○○○○. 此言人以心相爲上也.

乳彘觸虎, 乳狗不遠遊, 不忘其親也.
체

젖을 먹이는 어미돼지는 (새끼돼지를 보호하기 위해서) 호랑이와 맞부딪치고, 젖을 먹이는 어미개는 (기르는 강아지가) 멀리 나타나지 못하도록 하는데 이것은 모두 그의 친속을 잊어서는 안되는 대상을 잊는 것은 짐승 만도 못함을 형용하려는 것. (乳彘 : 젖을 먹이는 어미돼지. 새끼를 기르는 돼지. 觸 : 부딪치다. 떠받다. 충돌하다. 遊 : 이리저리 다니다. 이동하다.)

〔 **荀子·榮辱** 〕 ○○○○○, ○○○○○. 人也, 憂忘其身, 內忘其親, 上忘其君, 則是人也, 而曾狗彘之不若也.

有恒産者有恒心, 無恒産者無恒心, 苟無恒心, 放辟邪侈無不爲已.
벽 이

생활할 수 있는 일정한 재산이 있는 사람은 항상 지니고 있는 변하지 않는 도의심이 있지만, 일정한 재산이 없는 사람은 변하지 않는 도의심이 없으니, 진실로 이와 같은 변하지 않는 도의심이 없으면, 방탕 · 편벽 · 사악 · 사치를 하지 않음이 없을 것이다. (苟 : 진실로. 已 : …할 따름이다.)

〔 **孟子·滕文公上** 〕 孟子曰, ……, 民之爲道也, ○○○○○○○, ○○○○○○○, ○○○○, ○○○○○○○○.

疑病者, 未有事至時, 先有疑端在心.

의심의 병이 있는 사람은 일이 닥쳐오기도 전에 먼저 의심의 실마리가 마음 속에 생긴다.

〔 **近思錄·警戒類** 〕 伊川先生曰, ○○○, ○○○○○, ○○○○○○. 周羅事者, 先有周事之端, 在心皆病也.

人莫鑑於流水, 而鑑於止水.

사람은 흐르는 물에 자기의 그림자를 비출 수 없고, 멈추어있는 물에 비출 수 있다. 멈추어있는 물만이 물건의 모습을 보여줄 수 있듯이, 멈추어있는 고요한 마음만이 모든 행동의 근거가 될 수 있다는 뜻.

〔 **莊子·德充符** 〕 仲尼曰, ○○○○○○, ○○○○○, 唯止能止衆止. 〔 **淮南子·俶眞訓** 〕 人莫鑑於流沫, 而鑑於止水者, 以其靜也. 〔 **淮南子·說山訓** 〕 人莫鑑於流沫雨, 而鑑於澄水者, 以其休止不蕩也.

人未有過簷滴而不疾走, 踐泥塗而不揭足者.
첨

처마 끝에서 떨어지는 낙수를 지나칠 때 빠른 걸음으로 걷지 않거나 진창길을 걸을 때에 발을 높이 쳐들지 않고 걷는 사람은 없다. 사람이 그 옷이나 신발 등은 소중히 여기나 그의 신체는 소중히 여기지 않는다는 뜻. (簷滴 : 처마 끝에서 떨어지는 물방울. 낙수물. 泥塗 : 진흙탕. / 질퍽질퍽한 길. 진창길. 揭 : 높이 들다. 걷어올리다.)

〔**呻吟語·第十章**〕○○○○○○○○○○○, ○○○○○○○○○. 此直愛衣履耳, 七尺之軀, 顧不如一履哉.

人心不正, 作事不能成.

사람의 마음이 올바르지 못하면 하는 일이 이루어질 수 없다.

〔**元 關漢卿·陳母教子**〕爲人者要治國齊家, 修身正心. ○○○○, ○○○○○矣.

人心譬如槃(반)水, 正錯(조)而勿動, 則湛(침)濁在下, 而清明在上, 則足以見鬚(수)眉而察理矣.

사람의 마음은 비유하면, 대야에 담긴 물을 똑 바로 두고 움직이지 아니하면 곧 앙금은 밑에 가라 앉고, 맑고 깨끗한 것이 위에 있어서 수염과 눈썹을 잘 볼 수 있고 살결도 잘 살필 수 있는 것과 같은 것이다. 사욕을 버린 사람의 마음은 맑고 깨끗하여 사물의 시비와 선악을 비추어 볼 수 있음을 물에 비유하여 설명한 것. (槃 : 쟁반. 소반. 대야. = 盤. 錯 : 두다. 措의 借字. 湛濁 : 가라앉아 있는 더러운 것. 진흙. 앙금. 鬚 : 수염. 理 : 살결.)

〔**荀子·解蔽**〕○○○○○○, ○○○○○, ○○○○○, ○○○○○, ○○○○○○○○○○○. 微風過之, 湛濁動乎下, 清明亂於上, 則不可以得大形之正也. 心亦如是矣.

人心惟危, 道心惟微, 惟精惟一, 允執厥中.

사람의 마음은 위태롭고 도덕의식에서 우러나오는 마음은 미묘하므로 오직 마음이 순수하고 한결같아야 진실로 그 중정을 잡게 된다. 사람의 마음은 사사롭기 쉬어서 물욕에 사로잡히기 쉬우므로 위태로운 것이고, 도덕의식에서 우러나오는 마음은 어둡기 쉬어서 놓으면 없어지므로 미묘한 것이니, 따라서 그 마음을 순수하고 한결같이 해야만 그 중용의 도를 잡을 수 있게 된다는 뜻. (允執厥中 : 진실로 그 中正을 잡는다는 것으로 진실로 중용을 취한다는 뜻.) → **允執厥中**.

〔**書經·虞書·大禹謨**〕○○○○, ○○○○, ○○○○, ○○○○. 無稽之言勿聽, 弗詢之謀勿庸. 〔**中庸章句序**〕其見於經則允執厥中者, 堯之所以授舜也. ○○○○, ○○○○, ○○○○, ○○○○者, 舜之所以授禹也.

人心一眞, 便霜可飛, 城可隕(운), 金石可貫.

사람의 마음이 하나같이 진실하면 곧 서리를 내릴 수도 있고, 성을 무너뜨릴 수도 있으며, 쇠와 돌을 뚫을 수도 있다. 사람의 진심에서 나온 일념은 천지신명도 감동시킬 만큼 놀라운 힘을 가지고 있어 어떤 어려운 일도 해낼 수 있음을 이르는 것. (眞 : 진실하다. 성실하다. 便 : 곧. 隕 : 무너뜨리다. 쓰러뜨리다.) → **金石可貫. ≒ 精誠所加. (또는 至) 金石爲開. 精神一到, 何事不成.**

〔 **荀子·勸學** 〕 鍥而不舍, 金石可鏤. 〔 **韓詩外傳·卷六** 〕 昔者, 楚熊渠子夜行, 見寢石以爲伏虎, 彎弓而射之, 沒金飮羽. 下視, 知其石也. 因復射之, 矢躍無迹. 熊渠見具誠心, 而金石爲之開. 〔 **論衡·感虛** 〕 精誠所加, 金石爲虧. 蓋誠無堅, 則亦無遠矣. 〔 **後漢書·廣陵思王荊傳** 〕 上以求天下事必擧, 下以雪除沈沒之恥, 報死母之仇. 精誠所加, 金石爲開. 〔 **朱子語錄** 〕 朱熹曰, 陽氣發處, 金石亦透, 精神一到, 何事不成. 〔 **菜根譚·百一** 〕 ○○○○, ○○○○, ○○○, ○○○○. 若僞妄之人, 形骸徒具, 眞宰已亡. 對人則面目可憎, 獨居則形影自媿.

人心作主不定, 正如一箇翻車, 流轉動搖, 無須臾停, 所感萬端.

(거 또는 차)

사람의 마음 속에 주견이 정립되어 있지 아니한 것은 바로 한 개의 수차가 빙빙 돌면서 움직이는 것과 같아서 잠시도 멈추지 않고 생각하는 바가 만갈래로 일게 된다. 사람이 확고한 주견을 가지고 있어야 어떤 어지러운 일도 생기지 않는다는 뜻. (主 : 주인. / 주견. 줏대. / 주체. / 근본. 翻車 : 물을 대는 수차. / 물레방아. 搖 : 뒤흔들다. 흔들리다. / 움직이다. 須臾 : 잠시. 잠깐. 感 : 마음에 느끼다. / 생각하다. 萬端 : 가지가지. 갖가지. 여러 측면. 만갈래.)

〔 **近思錄·存養類** 〕 明道先生曰, ○○○○○○, ○○○○○○, ○○○○, ○○○○, ○○○○.

人心之不同也, 如其面焉.

사람들의 마음이 서로 같지 않은 것은, 마치 그 얼굴이 같지 않은 것과 같다. 사람의 용모가 각기 서로 같지 않은 것과 같이 사람의 마음이 다르고 헤아리기도 어려움을 가리킨다.

〔 **春秋左氏傳·襄公三十一年** 〕 子產曰, ○○○○○○, ○○○○, 吾豈敢謂子面如吾面乎. 〔 **近思錄·道體類** 〕 伊川先生曰, ……, 人心不同如面, 只是私心. 〔 **風俗通·十反** 〕 孟献高宇以美室, 原憲蓬門而株楹. 傳曰, 人心不同, 有如其面.

人心險於山川, 難於知天.

사람의 마음이란 산천보다도 험하고, 하늘을 알기보다도 어려운 것이다. 사람의 마음은 천태만상으로 그것을 안다는 것은 매우 어렵다는 말.

〔 **莊子·列禦寇** 〕 孔子曰, 凡○○○○○○, ○○○○. 天猶有春秋冬夏旦暮之期, 人者厚貌深情.

人藏其心, 不可測度也.

탁

사람은 그 마음(심리와 감정)을 깊이 감추고 있어서 재고 헤아릴 수 없다. 사람의 마음을 짐작하기 어려움을 형용. (測度 : 재고 헤아리다. 마음 속으로 추측하다.)

〔 **禮記·禮運** 〕 ○○○○, ○○○○. 美惡皆在心, 不見其色也. 〔 **史記·淮陰侯列傳** 〕 …… 此二人相與,天下至雖也. 然而卒相禽(擒)者, 何也. 患多于欲, 而人心難測也. 〔**東周列國志**〕人心不可測也. 吾爲先往, 探其設享之狀, 然後隨行.

人情莫親於父母, 莫樂於夫婦.

사람의 정은 부모보다 더 친애하는 것이 없고, 부부보다 더 즐거운 것이 없다.

〔**漢書·賈捐之傳**〕人情莫親父母, 莫樂夫婦. 〔**東周列國志**〕人情莫親于父母,. 其父母且忍之, 又何有于君.

人知糞其田, 莫知糞其心.

분

사람은 그 밭에 거름을 주어 가꿀 줄은 알면서 자기 마음에 거름을 주어 가꿀 줄은 모른다. 사람이 많이 듣고 널리 배워서 심성을 함양하지 않음을 지적한 말. (糞 : 걸음을 주다.)

〔**說苑·建本**〕孟子曰, ○○○○○, ○○○○○. 糞田莫過利苗得粟, 糞心易行而得其所欲. 〔**說苑·談叢**〕人知糞田, 莫知糞心, 端身正行, 全以至今.

人之情, 欲壽而惡夭, 欲安而惡危, 欲榮而惡辱, 欲逸而惡勞.

사람의 감정은 오래 살기를 바라고 일찍 죽는 것을 싫어하며, 편안하기를 바라고, 위태로운 것을 싫어하며, 영광된 일을 바라고, 욕된 일을 싫어하며, 안일하기를 바라며, 수고로운 것을 싫어한다.

〔**呂氏春秋·適音**〕○○○, ○○○○○, ○○○○○, ○○○○○, ○○○○○, 四欲得, 四惡除, 則心適矣.

一年二年, 與佛齊肩, 三年四年, 佛在一邊.

견

1년 2년이면 부처님과 어깨를 나란히 하나, 3년 4년이면 부처님이 한쪽에 있다. 곧 염불하는 사람이 1~2년이면 부처님과 친근하게 어울리나, 3~4년이 되면 부처님을 버린다. (喻) 사람의 심지나 감정을 오래 유지하기 어렵다.

〔**明 李夢陽·答周子書**〕一旦走千里之使, 聲應而乞求之. 僕以是知足下立獨而往之勇也. 以是而的古, 何古之不的矣. 諺有之曰, ○○○○, ○○○○, ○○○○, ○○○○. 言志之難也.

一死一生, 乃知交情, 一貧一富, 乃知交態, 一貴一賤, 交情乃見.

한 번 죽었다가 한 번 태어나니 사귀는 정을 알게 되고, 한 번 가난했다가 한 번 부유해지니 사귀는 태도를 알게 되며, 한 번 귀해졌다가 한 번 천해지니 사귀는 정이 곧 드러난다. (由) 漢나라 翟公이 정위(廷尉)란 벼슬에 있을 때는 그의 집 대문 앞에 면회를 요청하는 자가 가득했으나, 그가 벼슬을 그만두니 찾는 사람이라곤 없어 대문에 새그물을 쳐 새를 잡을 정도로 한가했다가,

그가 다시 정위에 복직되자 사람들이 다시 모여들어 그의 대문에 위 제목과 같이 써서 붙여 놓았다. ≒ **門前雀羅張. 門外可設雀羅.**

〔**史記·汲鄭列傳**〕太史公曰, 夫以汲, 鄭之賢, 有勢則賓客十倍, 無勢則否, 況衆人乎. 下邽翟公有言, 始翟公爲廷尉, 賓客闐門. 及廢, 門外可設雀羅. 翟公復爲廷尉, 賓客欲往. 翟公乃大署其門曰, ○○○○, ○○○○, ○○○○, ○○○○, ○○○○, ○○○○. 汲, 鄭亦云, 悲夫. 〔**說苑·談叢**〕○○○○, ○○○○, ○○○○, ○○○○, ○○○○, ○○○○. 一浮一沒, 交情乃出. 〔**白樂天·寓意 詩**〕賓客亦已散, 門前雀羅張. 〔**宋 羅大徑·鶴林玉露**〕一貴一賤, 交情乃見. …… 蓋炎而附, 寒而棄, 從古然矣.

一葉蔽目, 不見泰山. 兩豆塞耳, 不聞雷霆.
폐 뇌 정

한 개의 잎으로 눈을 가리면 태산도 볼 수 없고, 두 개의 콩으로 귀를 막으면 우레소리도 들리지 않는다. (喩) 매우 사소한 사물에 가리워지면 이로 인하여 사물의 전국면·전체·주류 및 본질을 보지 못하게 된다. / 마음이 물욕에 가리면 도리를 분별할 수 없다. / 조그만한 것이 큰 지장을 초래한다. / 위정자가 사람 장막에 둘러쌓이고 측근의 말에 귀가 쏠리게 되면 실질적인 민심을 파악할 수 없게 된다.

〔**鶡冠者·天訓**〕夫耳之主聽, 目之主明, ○○○○, ○○○○, ○○○○, ○○○○.

一人之心, 千萬人之心也.

한 사람의 마음은 천만인의 마음이다. 백성 한 사람의 심정을 알면 만 사람의 마음도 미루어 알 수 있다는 뜻. 사람의 마음은 다 같다는 말.

〔**荀子·不苟**〕千人萬人之情, 一人之情也. 天地始者, 今日是也. 百王之道, 侯王是也. 〔**杜牧之·阿房宮賦**〕○○○○, ○○○○○○, 秦愛紛奢, 人亦念其家, 奈何取之, 盡錙銖, 用之如泥沙.

霽日青天, 倏變爲迅雷震電, 疾風怒雨, 倏變爲朗月晴空.
제 숙

맑게 개인 날 푸른 하늘도 갑자기 맹렬한 우레와 두려운 번개로 변하고, 사나운 바람과 성낸 비도 갑자기 밝은 달 맑은 하늘로 변한다. (喩) 사람의 마음이 갑자기 격앙, 흥분했다가도 금방 깨끗한 상태로 되돌아 오다. (霽日 : 맑은 날. 倏 : 갑자기. 문득. 倏의 속자.)

〔**老子·第二十三章**〕希言 自然. 飄風不終朝, 驟雨不終日. 〔**列子·說符**〕襄子曰, 夫江河之大也不過三日. 飄風暴雨不終朝, 日中不須臾. 〔**菜根譚·百二十四**〕○○○○, ○○○○○○○, ○○○○, ○○○○○○○, 氣機何常. …….

操則存, 舍則亡, 出入無時, 莫知其鄉, 惟心之謂與.

잡으면 남아있고, 버리면 없어지며, 때도 없이 출입하지만 그 행방을 모르는 것은 오직 사람의 마음을 두고 이르는 것이다. (舍 : 버리다. = 捨. 鄉 : 행방. 방향. 향하다. ≒ 嚮. 向. 與 : 助詞.)

〔 **孟子·告子上** 〕 孔子曰, ○○○, ○○○, ○○○○, ○○○○, ○○○○○.

紂有臣億萬人, 亦有億萬之心. 武王有臣三千而一心.

殷나라 紂王은 신하가 억만명이었으나 또한 억만의 마음을 가졌고, 周나라 武王은 신하가 삼천명이었으나 그 마음은 하나였다. 덕과 의가 없는 지도자의 신하는 약하고, 그것이 있는 지도자의 신하는 한 마음으로 뭉쳐 강함을 이르는 것. 수가 많은 것이 중요한 것이 아니고 단결된 마음이 강한 것임을 형용.

〔 **書經·周書·泰誓上** 〕 同力度德, 同德度義, 受(紂王)有臣億萬, 惟億萬心, 予(武王)有臣三千, 惟一心. 〔 **管子·法禁** 〕 泰誓曰, ○○○○○○, ○○○○○○, ○○○○○○○○○. 故紂以億萬之心亡, 武王以一心存. 〔 **歐陽修·朋黨論** 〕 紂有臣億萬, 有億萬心, 周有臣三千, 惟一心.

中心藏之, 何日忘之.

(사랑하는 마음을) 마음 속에 품고 있으니, 어찌 하루인들 이것을 잊으랴 ! 마음 속에 감추어 두고 항상 생각하는 사람이나 일은 영원히 잊을 수 없다는 말.

〔 **詩經·小雅·濕桑** 〕 心乎愛矣, 遐不謂矣. ○○○○○○○○.

只求同年同日死, 不求同年同日生.

다만 같은 해 같은 날에 죽기를 바라고, 같은 해 같은 날에 태어나기를 바라지 않는다. 정이 매우 깊고 두터워서 함께 살고 죽기를 맹서함을 형용.

〔 **清 無名氏·定國志** 〕 朕若先亡卿殉朕, 卿如先亡聯同盟. ○○○○○○○, ○○○○○○○.

地無三尺土, 人無十日思.

땅은 석 자 두께의 흙이 없고, 사람은 열흘 동안 생각하는 일이 없다. 인정이 냉담하고 은애와 의리가 오래 지속되지 않음을 형용하는 말.

〔 **宋 莊季裕·鷄助編** 〕 諺云, ○○○○○, ○○○○○. 此語通二浙皆云.

志毋(무)虛邪, 行必正直. 遊居有常, 必就有德.

마음에 거짓됨과 사악함이 없으면 품행이 반듯이 정직하며, 외출하거나 집에 있을 때 법도가 있으면 반드시 재덕(才德)이 있는 사람을 가까이하게 된다. (志 : 생각. 마음. 견해. 遊 : 나돌아 다니다. 외출하다. 常 : 상규. 상칙. 불변의 법도. 도리. 就 : 가까이하다. 접근하다.)

〔 **管子·弟子職** 〕 温柔孝悌, 毋驕恃力. ○○○○, ○○○○, ○○○○, ○○○○.

眞人之心, 如珠在淵, 衆人之心, 如泡在水.

참된 도를 터득한 사람의 마음은 깊은 연못 속에 있는 구슬과 같고, 평범한 보통 사람의 마음은 물 속에 있는 거품과 같다. (喩) 진정으로 덕과 재능이 있는 사람은 고귀한 심지를 간직하고 있으나 보통 사람은 경박한 심지를 드러낸다.

〔**宋 蘇軾·東坡志林**〕○○○○, ○○○○, ○○○○, ○○○○. 此善譬喩者. 〔**仇池筆記**〕眞人之心, 如珠在淵, 衆人之心, 若瓢在水.

察秋毫之末者, 不見泰山之形, 調五音之和者, 不聞雷霆(정)之聲.

가을에 가늘어진 털의 끝을 살펴보는 자는 높은 산의 모양을 보지 못하고, 궁·상·각·치·우(宮·商·角·徵·羽)의 다섯 음률의 어울림을 조절하는 자는 격렬한 천둥소리를 듣지 못한다. (喩) 어떤 미세한 일을 지나치게 중시하여 관찰하면 주위의 다른 것에 대하여 조금도 느끼지 못하게 된다.

〔**列子·說符**〕曰, 人皆在焉, 子攫人之金何. 對曰, 取金之時, 不見人, 徒見金. < 晉 張湛 注 > 嗜欲之亂人心, 如此之甚也. 故古人有言, ○○○○○○, ○○○○○○, ○○○○○○, ○○○○○○.

千人同心, 則得千人力, 萬人異心, 則無一人之用.

천 사람이 마음을 같이하면 천 사람의 힘을 얻으나, 만 사람이 마음을 달리하면 한 사람의 쓰임새도 없다. 마음을 같이하는 단합이 중요함을 강조하는 말. (用 : 용도. 쓰임새. / 작용. 역할. / 기능.)

〔**淮南子·兵略訓**〕紂之卒百萬, 而有百萬之心, 武王之卒, 三千人皆專而一. 故○○○○, ○○○○○, ○○○○, ○○○○○○.

天地不可一日無和氣, 人心不可一日無喜神.

천지에는 하루라도 온화한 기상이 없어서는 안되고, 사람의 마음에는 하루도 유쾌한 심정이 없어서는 안된다. 사람은 늘 온화하고 상서로운 기상과 유쾌한 심정을 가지고 살아가야 한다는 뜻. (和氣 : 화목한 감정. 화락한 마음. 온화한 기상. ※ 온화하고 상서로운 기상을 가리킨다. 喜神 : 경사를 주관하는 신. ※ 이것은 유쾌한 심정을 가리킨다.)

〔**菜根譚·六**〕疾風怒雨, 禽鳥戚戚, 霽日光風, 草木欣欣, 可見○○○○○○○○○, ○○, ○○○○○○○.

鐵心石腸延壽藥.

철같은 심장과 돌같은 창자는 목숨을 연장해주는 약이다. 철석과 같은 굳은 마음은 목숨을 연장해준다는 뜻. (鐵心石腸 : 철같은 심장과 돌같은 창자로, 잘 움직이지 않는 굳은 마음을 의미.) → **鐵心石腸. 鐵石心腸.**

〔 **三國志·魏志·武帝紀注** 〕 領長史王必忠能爲勤事, 心如鐵石. 〔 **隋書·循吏傳** 〕 敬肅少以貞介知名, 煬帝嗣位, 遷穎川郡丞, 帝令司隸大夫薛道衡, 爲天下群官之狀, 道衡狀稱, 肅曰, 心如鐵石, 老而彌篤. 〔 **唐書·唐臨傳** 〕 帝問故, 答曰, 唐卿唐囚不寃, 所以絶意帝歎曰, 爲獄者固當若是, 乃自述其考曰, 形如死灰, 心若鐵石. 〔 **唐 皮日休·桃花賦序** 〕 餘嘗慕宋廣平之爲相貞姿勁質, 剛態毅狀, 疑其鐵腸石心, 不解吐婉媚辭. 然睹其文而有梅花賦, 清便富豔, 得南朝徐庾體, 殊不類其爲人也. 〔 **蘇軾·與李公澤書** 〕 僕本以鐵心石腸待公. 〔 **復齊漫錄** 〕 (晁) 无咎云, 人疑宋開府鐵心石腸, 乃爲梅花賦, 清腴艶發殆不類其爲人. (陳) 无己清適, 雖鐵石心腸, 不至于開府, 而此詞清腴艶發, 過于梅花賦矣. 〔 **噲囈集** 〕 沈樞謫筠州, 携二鬟去, 數年歸嫁, 皆處子, 潘方壽以詩寄曰, ○○○○○○○不風流處卻風流.

聽其言也, 觀其眸子, 人焉廋哉.
(眸: 모, 廋: 수)

그 사람의 말을 듣고 그 사람의 눈동자를 관찰하면 그 사람이 어떻게 (자신을) 숨기겠는가? 말은 거짓으로 할 수 있지만 눈동자는 사람의 사악함과 올바름을 그대로 나타내므로 속일 수 없음을 이르는 말. (廋 : 숨기다.)

〔 **孟子·離婁上** 〕 孟子曰, 存乎人者, 莫良於眸子. 眸子不能掩其惡. 胸中正, 則眸子瞭焉. 胸不正, 則眸子眊焉. ○○○○, ○○○○, ○○○○.

體合於心, 心合於氣, 氣合於神, 神合於無.

신체는 심장에 결합되고, 심장은 정기에 결합되며, 정기는 정신에 결합되고, 정신은 무(無)에 결합된다. 사람은 그 신체를 무의 세계에 결합시킬 때 보통감각을 초월한 지각을 지니게 된다는 것.

〔 **列子·仲尼** 〕 亢倉子曰, 我○○○○, ○○○○, ○○○○, ○○○○. 其有介然之有, 唯然之音, 雖遠在八荒之外, 近在眉睫之內, 來干我者, 我必知之.

寸心潔白, 可以昭垂百代清芬.
(芬: 분)

아주 적은 결백한 마음은 향기로운 명성을 백대의 후세에 전할 수 있다. 결백함은 좋은 명성을 후대에 남기게 된다는 뜻. (昭垂 : 분명하게 제시하다. 명예·공적 등을 후세에 전하다. 清芬 : 맑고 깨끗한 향기. 향기로운 명성.)

〔 **菜根譚·百八十** 〕 一念慈祥, 可以醞釀兩間和氣. ○○○○, ○○○○○○○○○. ※〔 **元 王冕·墨梅 詩** 〕 不要人誇顏色好, 只留清氣滿乾坤. 〔 **文天祥·詩** 〕 人生自古誰無死, 留取丹心照汗青.

寢不安席, 食不甘味.

잠을 자려고 해도 자리가 편안하지 않고, 음식을 먹으려고 해도 맛있는 음식이 맛이 없다. 마음

속에 늘 걱정이 많아 침식이 편치 못함을 이르는 말. = **寢食不安, 寢不安食不甘, 臥不安席食不甘味, 體不安席食不甘味, 食不甘味臥不便席.**

〔**戰國策·齊策五**〕秦王恐之, ○○○○, ○○○○. 〔**戰國策·秦策三**〕秦王以爲不然, 以告蒙傲曰, 今也寡人一城圍, 食不甘味, 卧不便席. 今應侯亡之而言不憂, 此其情何也. 〔**越絶書·越絶請糴內傳**〕寢不安席, 食不求飾. 〔**漢書·郊祀志**〕食不甘味, 寢不安席. 〔**三國 魏·曹植·求自試表**〕今臣居外, 非不厚也, 而寢不安席, 食不遑味者, 伏以二方未克爲念. 〔**白樂天·初授拾遺獻書**〕臣所以授官以來, 僅將十日, 食不知味, 寢不遑安, 唯思粉身, 以答殊寵.

偸生鬼子常畏人.

투

인생의 즐거움을 탐내는 귀신은 항상 살아있는 사람을 만나는 것을 두려워한다. 어떤 사물에 대하여 좋아하면서도 두려워하는 모순된 심리를 형용하는 말. (偸 : 탐내다. 일시적인 안락을 탐내다. 안일을 꾀하다.)

〔**聊齋志異·綠衣女**〕生曰, 卿何疑懼之深. 笑曰, 諺云, ○○○○○○○. 妾之謂矣.

破山中賊易, 破心中賊難.

이

산 속의 도적은 격파하기 쉬워도, 마음 속의 도적 곧 사욕은 깨뜨리기 어렵다.

〔**明 王陽明·陽明全書·與楊仕德薛尙謙書**〕即日已抵龍南, 明日入巢, 四路兵皆已如期竝進, 賊有必破之勢, 某向在橫水, 嘗寄書仕德云, ○○○○○, ○○○○○. 區區翦除鼠竊, 何足爲異, 若諸賢婦蕩心復之寇, 以牧廓清平定之功, 此誠大丈夫不世之偉續, 數日來, 諒已得必勝之策, 捷奏有期矣, 何喜如之.

飽暖思淫欲, 飢寒發善心.

사람이 배 부르고 몸이 따뜻하면 음탕한 욕심을 부릴 것을 생각하고, 배 고프고 추우면 착한 마음이 일어난다. 생활이 유족하면 도리에 어긋나는 음탕한 짓을 할 것을 생각하게 되고, 반대로 생활이 빈한하면 오히려 남을 돕는 착한 마음이 생기게 된다는 뜻. ≒ **飽暖思淫欲, 飢寒起盜心.**

〔**宋 陳元靚·事林廣記**〕○○○○○, ○○○○○. 〔**二刻拍案驚奇**〕自古道, 飽暖思淫欲, 王祿手頭饒裕, 又見財物易得, 便思量淫蕩起來.

項莊拔劍舞, 其意常在沛公也.

項羽의 부하 項莊이 칼을 뽑아 춤을 추면서도 그 속 마음은 항상 沛公 劉邦(살해하는데)에 두다. (喩) 말이나 행동이 표면상 제시하는 명목과는 달리 실제로는 기회를 잡아 암암리에 살인할 것을 생각하다. 말이나 행동의 참된 의도가 위협이나 공격을 하는데 두고 있으나 겉으로는 그렇게 보이지 않도록 위장하다. (由) 項羽가 鴻門에서 劉邦을 초청, 연회를 베풀고 范增이 項羽의 종제자이자 부하인 項莊으로 하여금 검무를 추게 하였고, 項莊은 기회를 노려 劉邦을 살해할 준비를 했으나 項羽의 계부인 項伯이 이런 계획을 張良에게 알리자 張良도 함께 춤을 추어 몸으로 써 劉邦을 가리어 위기를 모면하게 했다.

〔**史記·項羽本紀**〕范增數目項王, 擧所佩玉玦以示之者三, 項王黙然不應. 范增起, 出召項莊. 謂曰, 君王爲人不忍, 若入前爲壽, 壽畢, 請以劍舞, 因擊沛公於坐, 殺之. 不者, 若屬皆且爲所虜. 莊則入爲壽, 壽畢, 曰, 君王與沛公飮, 軍中無以爲樂, 請以劍舞. 項王曰, 諾項莊拔劍起舞, 項伯亦拔劍起舞, 常以身翼蔽沛公, 莊不得擊. 於是張良至軍門, 見樊噲曰, 今日之事何如. 良曰, 甚急. 今者○○○○○, ○○○○○○○. 噲曰, 此迫矣, 臣請入, 與之同命. 噲卽帶劍擁盾入軍門. 交戟之衛士欲止不內, 樊噲側其盾以撞, 衛士卜地, 噲遂入.

海枯終見底, 人死不知心.

바다는 마르면 마침내 그 바닥을 드러내 보이나, 사람은 죽어도 그 마음을 알지 못한다.

〔**唐 杜荀鶴·感寓詩**〕大海波濤淺, 小人方寸深. ○○○○○, ○○○○○. 〔**封神演義**〕自古人心難測, 面從背違. 知外而不知內, 知內而不知心, 正所謂○○○○○, ○○○○○.

虛則知實之情, 靜則知動之正.

마음 속의 잡념을 버리고 그것을 비우면 곧 말의 진실과 허위를 알 수 있고, 자신이 욕심이 없고 안정되면 곧 행동의 선악을 알 수 있다. 군주가 마음에 선입견을 갖지 않으면 곧 신하의 말의 진실과 허위를 구분할 수 있고, 그가 청정하고 욕심이 없으면 신하의 행동의 옳고 그름을 알아낼 수 있다는 뜻. (情 : 진실. 성실. 正 : 정직.)

〔**韓非子·主道**〕○○○○○○, ○○○○○○. 有言者自爲名, 有事者自爲形.

形枉(왕)則影曲, 形直則影正. 然則枉直隨形, 而不在影.

형체가 굽으면 그 그림자가 굽고, 형체가 곧으면 그 그림자도 바르다. 그러한 즉 굽고 곧은 것은 형체를 따른 것이며, 그림자에 달려 있는 것은 아니다. (喩) 매우 친하고 정이 두터워 서로 떨어지지 아니하고 따르다. 물건이나 일의 관계가 밀접하여 떨어지지 아니하다. / 원인과 결과가 어긋나지 않고 반드시 일치한다. → **形枉影曲. 形影相隨. 形影相同. 形影不離. 如影隨形.**

〔**列子·說符**〕列子顧而觀影, ○○○○○, ○○○○○, ○○○○○○○○○○, 屈申任物而不在我. 此之謂持後而處先. 〔**莊子·在宥**〕大人之教, 若形之於影, 聲之於響. 〔**呂氏春秋·首時**〕聖人之見時, 若步之與影不可離. 〔**法句經**〕福樂角逐, 如影隨形. 〔**元曲·馮玉蘭**〕善惡報應, 如影隨形. 〔**清 紀昀·閱微草堂筆記**〕青縣農家少婦, 性輕佻, 隨其夫操作, 形影不離. 〔**康有爲·大同書·甲部**〕其即得聠婚, 連枝比翼, 情意旣洽, 歡愛無窮, 形影不離, 以爲天長地久矣.

和氣致祥, 乖(괴)氣致戾(려).

화락한 마음은 상서로움을 불러들이고, 괴이한 기운은 재앙을 불러들인다. 분규를 조정할 때

쌍방의 말을 달래는데 쓰이는 말. (乖氣 : 사리에 어그러진 기운. 戾 : 화. 재앙. 나쁜 일.)

〔**漢書·劉向傳**〕○○○○, ○○○○, 祥多者其國安, 戾衆者其國危, 天地之常經, 古今之通義也. 〔**清淮陽百一居士·壺天錄**〕○○○○, ○○○○, 處外固然也, 即法世何莫不然.

和氣平心發出來, 如春風拂弱柳, 細雨潤新苗.

화락한 기운과 차분한 마음이 드러나는 것은 마치 봄바람이 휘늘어진 버들을 스쳐 지나가고 가랑비가 새싹을 적시는 것과 같다. 화평한 마음이 드러나면 사람들의 마음이 편안해지고 감정이 상통해짐을 이른다. (和氣 : 화락한 기운. 온화한 마음. 平心 : 차분한 마음. 공평한 마음. 發 : 드러내다. 出來 : 동사 뒤에 쓰여서 은폐된 것에서 노출되는 것을 나타낸다. 拂 : 스쳐지나다. 潤 : 물에 적시다.)

〔**呻吟語·第一章**〕○○○○○○○, ○○○○○○, ○○○○○. 何等舒泰, 何等感通.

繪花者不能繪其馨, 繪人者不能繪其情.

꽃을 그리는 사람은 그 향기를 그릴 수 없고, 사람을 그리는 사람도 그 심정을 그릴 수는 없다. (喻) 언어나 문자도 그 도를 표현하기에는 부족하다.

〔**鶴林玉露**〕繪雪者, 不能繪其情, 繪月者, 不能繪其明, ○○○, ○○○○○, 繪泉者, 不能繪其聲, ○○○, ○○○○○, 然則言語文字固不足以盡道也.

胸中柴棘三斗許.
시 극

가슴 속에 잡초와 가시가 서 말쯤 들어있다. (喻) 남의 마음을 상하게 하는 비꼬는 말을 잘하다. (柴 : 왜소한 잡목. 許 : 가량. 정도. 쯤.)

〔**世說新語·輕詆**〕深公云, 人謂庾元規名士, ○○○○○○○.

2. 心志 –意志·抱負·精神·氣質·志操

蓋屋不密, 天雨則漏. 意不惟行, 淫泆爲穿.
개 누 일 천

덮은 지붕이 조밀하지 않으면, 하늘에서 비가 올 때 새어들고, 뜻이 다만 훌륭하지 않으면 음탕한 마음이 뚫고 들어온다. (屋 : 집. / 지붕. 惟 : 다만. 단지. 오로지. 오직. 行 : 뛰어나다. 훌륭하다. 淫泆 : 음탕하다. 음란하다. 방탕하다. 穿 : 구멍을 뚫다.)

〔**法句經·雙要品**〕○○○○, ○○○○, ○○○○, ○○○○.

鍥而舍之, 朽木不折, 鍥而不舍, 金石可鏤.
계 후 루

(작은 칼로) 새기다가 그대로 버려두면 썩은 나무도 자를 수 없고, 새기고 또 새기면 금석도 뚫을 수 있다. (喩) 오로지 한 가지에만 마음을 쓰고 끈기를 가지고 지속한다면 어떠한 곤란한 일을 맡아도 모두 성공을 이룩할 수 있다. (鍥 : 새기다. 조각하다. 舍 : 놓아두다. 버려두다. 不舍 : 버려두지 아니하다. 곧 …을 계속한다는 뜻. 鏤 : 새기다. 아로새기다.)

〔 **荀子·勸學** 〕 ○○○○, ○○○○, ○○○○, ○○○○.

廣出臘, 見草中石, 以爲虎而射之, 中石沒鏃, 視之石也. 因復更射之, 終不能復入石矣.
엽 촉 부 갱

(前漢 武帝 때 北平 太守로, 匈奴와의 70여차의 싸움에서 큰 공을 세운) 李廣將軍이 (어느 때) 사냥하러 나갔다가 풀 속에 있는 돌을 보고 호랑이로 여겨 그것에 활을 쏘았더니 돌에 명중하였으나 화살촉이 (깊이 박혀) 없어져 가까이 가 보니 돌이었다. (그래서 그가 활을 뽑아) 다시 몇 번을 쏘았으나 끝내 다시 돌에 박히지 않았다. 이와 같이 활을 쏘아 돌을 뚫은 사례는 네 가지인데 그 첫째는 위의 李廣將軍의 사례이고, 둘째는 楚나라의 熊渠子가 밤에 돌을 호랑이로 잘못 알고 쏘은 화살이 돌에 박힌 사례이며 셋째는 楚나라의 大夫이자 궁술의 명인인 養由基가 외뿔소(兕)를 향하여 쏘은 화살이 돌에 박힌 사례가 있고 넷째로는 北周의 李遠이 토끼 사냥 때 쏘은 화살이 돌에 박힌 것이 그것이다. (喩) 어떤 일에 지극한 정성을 들이거나 정신을 집중하면 어떤 어려움도 극복하여 끝내 이루어낸다. (中石 : 작은 바위. 中石沒鏃 : 작은 바위에 화살촉이 들어가다로 활을 매우 잘 쏘고 그 집중력이 강함을 뜻한다.) → **中石沒鏃.** → **精誠所至, 金石爲開. 精誠所加, 金石爲虧. 陽氣發處, 金石可透.**

〔 **史記·李將軍列傳** 〕 ○○○, ○○○○, ○○○○○○, ○○○○, ○○○○, ○○○○○, ○○○○○○○. 〔 **漢書·李廣傳** 〕 廣出臘, 見草中石, 以爲虎而射之, 中石沒矢. 視之, 石也. 他日射之, 終不能復入矣. 〔 **西京雜記·金石感偏** 〕 李廣與兄弟共獵於冥山之北, 見卧虎焉, 射之, 一矢即斃. 断其髑髏以爲枕. 示服猛也. 鑄銅象其形爲溲器, 示厭辱之也. 他日, 復獵於冥山之陽, 又見卧虎, 射之, 沒矢飲羽. 進而視之. 乃石也, 其形類虎, 退而更射, 鏃破簳折而石不傷. ……. 子雲曰, 至誠則金石爲開. 〔 **事物紀原·虎枕** 〕 李廣與兄遊獵於冥山之北, 見猛虎, 一矢斃, 断其頭爲枕, 示服也. ……. 子雲曰, 至誠則金石爲開. 〔 **韓詩外傳·卷六** 〕 昔者, 楚熊渠子夜行, 見寢石以爲伏虎, 彎弓而射之, 沒金飲羽. 下視, 知其爲石, 石爲之開, 而況人乎. 〔 **新書·雜事四** 〕 勇士一呼, 三軍皆辟, 士之誠也. 昔者, 楚熊渠子夜行, 見寢石以爲伏虎, 關弓射之, 滅矢飲羽. 下視, 知石也, 却復射之, 矢摧無迹. 〔 **論衡·儒增** 〕 儒書言, 楚熊渠子出見寢石, 以爲伏虎, 將弓射之, 矢沒其衛. 〔 **藝文類聚·六** 〕 韓詩外傳曰, 雄渠子夜行, 見寢石, 以爲伏虎, 彎弓而射之, 沒金飲羽. 下視, 知其石也. 因復射之, 矢摧無迹. 〔 **搜神記·熊渠子射石** 〕 楚熊渠子夜行, 見寢石, 以爲伏虎, 彎弓射之, 沒金鎩羽. 下視, 知其石也, 因復射之, 矢摧無跡, 漢世復有李廣, 爲右北平太守, 射虎得石, 亦如之. 〔 **藝文類聚·十四** 〕 雄渠子夜行, 見寢石, 以爲伏虎, 彎弓而射之, 沒金飲羽. 下視, 知其石也. 因復射之, 矢摧無迹. 〔 **博物志·卷八** 〕 楚熊渠子夜行, 射寢石以爲伏虎, 矢爲沒羽. 〔 **呂覧·精通** 〕 養由基射虎中石, 矢乃飲羽, 誠乎虎也. 〔 **呂氏春秋·精通** 〕 養由基射兕中石, 矢乃飲羽, 誠乎兕也. 〔 **周書·李遠傳** 〕

嘗校獵于莎柵, 見石於叢薄中, 以爲伏兎, 射之而中, 鏃入寸餘. 就而視之, 乃石爾. 〔**論衡·儒增**〕儒書言, 楚熊渠子出見寢石, 以爲伏虎, 將弓射之, 矢沒其衛. 或曰, 養由基見寢石, 以爲兕也, 射之, 矢飮羽. 或言李廣. 便是熊渠·養由基·李廣主名不審, 無害也. 〔**論衡·感虛**〕此欲言堯以精誠射之, 精誠所加, 金石爲虧. 蓋誠無堅, 則亦無遠矣. 〔**後漢書·廣陵思王訓傳 詐作郭況書**〕上以求天下事必擧, 下以雪除沈沒之恥, 報死毋之仇. 精誠所至, 金石爲開.

口乃心之門, 守口不密, 洩盡眞機. 意乃心之足, 防意不嚴, 走盡邪蹊.
설 사 혜

입은 곧 마음의 문이니, 입을 지키는 것을 면밀히 하지 않으면 진정한 기밀이 다 새어나가고, 의지는 곧 마음의 발이니, 의지를 막는 것을 엄밀히 하지 않으면 비뚫어진 길로 달아나버린다. (密 : 정밀하다. 면밀하다. 치밀하다. 洩 : 새다. 빠지다. = 泄. 盡 : 전주. 모두. 다. 嚴 : 빈틈없다. 엄밀하다. 邪蹊 : 옳지 못한 길. 비뚫어진 길.)

〔**菜根譚·二百二十**〕○○○○○, ○○○○, ○○○○, ○○○○○, ○○○○, ○○○○.

騎虎之勢, 可得下乎.

호랑이 등을 탄 형세에서 내릴 수 있으랴! 호랑이를 타고서 감히 내리지 못한다는 말. (喩) 일이 시작되고 나서 우연히 어려움을 만났으나 중도에 중지하지 못하고 진퇴양난에 빠지다. = **騎虎者勢不得下. 騎虎不敢下. 騎虎難下.** → **騎虎之勢, 勢成騎虎.**

〔**隋書·獨孤皇后傳**〕當周宣帝崩, 高祖入居禁中, 總百撥. 后使人謂高祖曰, 大事已然, 騎虎之勢, 不得下, 勉之. 〔**宋·何法盛·晉中興書**〕今之事勢, 義無旋踵, ○○○○, ○○○○. 〔**晉書·溫嶠傳**〕今之事勢, 義無旋踵, 騎猛獸安可中下哉. 〔**新五代史·郭崇韜傳**〕俚語曰, 騎虎者勢不得下. 今公權位已隆, 而下多怨嫉, 一失其勢, 能自安乎.

男兒死爾, 不可爲不義屈.

남아는 죽을지언정 불의에 굽혀서는 안된다. → **男兒終不屈.**

〔**宋 謝枋得·初到建寧賦詩**〕雪中松柏愈青青, 扶植綱常在此行, 天下久無龔勝潔, 人間何獨伯夷清, 義高便覺生堪捨, 禮重方知死甚輕, 南八男兒終不屈, 皇天上帝眼分明. 〔**韓愈·帳中升傳後序**〕城陷, 賊以刃脅降巡, 巡不屈, 卽牽去, 將斬之. 又降霽雲, 雲未應, 巡呼雲曰, 南八 ○○○○, ○○○, ○○○. 雲笑曰, 欲將以有爲也, 公有言, 雲散不死, 即不屈.

男兒要當死於邊野, 以馬革裹屍還葬.
과 장

남아는 마땅히 변경의 들에서 죽어 말가죽으로 시체가 싸여져서 돌아와 장사지내게 해야 한다. (喩) 남아가 목숨 걸고 적을 치다가 살아서 돌아가지 않겠다는 결의를 갖다. 군인이 싸움터에서 전사할 것을 두려워하지 않는 기개를 갖다. (裹 : 보자기 같은 것으로 싸다.) → **馬革裹死. 裹屍馬革.**

〔**後漢書·馬援傳**〕援請擊匈奴曰, ○○○○○○○, ○○○○○○○耳, 何能卧床上, 在兒女子手中邪. 〔**宋 陸遊·隴頭水 詩**〕我語壯士勉自強, 男兒墮地志四方, 裹屍馬革固其常, 豈若婦女不下堂.

男兒自有冲天志.

충

남아는 하늘을 찌를 듯한 뜻을 스스로 가져야 한다. 남아는 원대한 목표를 가져야 한다는 뜻. (自 : 자연히. 당연히. 응당. / 따로. 달리. 별도로. 특별히. 有 : 가지고 있다. 소유하다. 冲 : 날아오르다. 솟구치다. 치솟다. = 沖.)

〔**五燈會元**〕丈夫自有冲天志, 莫向如來行處來. 〔**元 鄭德輝·王粲登樓**〕○○○○○○○, 不信書生一世貧.

老驥伏櫪, 志在千里. 烈士暮年, 壯心不已.

기 복 력 이

늙은 천리마가 (쓰이지 못하여) 마굿간에 엎드려 있으나 그 뜻은 천리의 먼 길을 달리는데 있고, 열사는 노쇠한 나이이긴 하지만 그 장대한 뜻은 그침이 없다. (喻) 영걸은 늙어서도 여전히 웅장한 이상과 포부를 가지고 있다. (櫪 : 말구유. / 마굿간. 暮年 : 늙은 나이. 노쇠한 나이. 노년. 만년. 壯心 : 웅대한 뜻. 원대한 포부. 장대한 뜻. = 壯志. 已 : 그치다.) → **老驥伏櫪, 志在千里.**

〔**東漢·曹操·魏武帝集·步出夏門行**〕神龜雖壽, 猶有竟時. 騰蛇成霧, 終爲土灰. ○○○○, ○○○○, ○○○○, ○○○○. 盈縮之期, 不獨在天. 養怡之福, 可以永年. 幸甚至哉, 歌以詠志. 〔**陸遊·聞虜亂有感**〕羞爲老驥伏櫪悲, 寧作枯魚過河泣. 〔**世說新語·豪爽**〕王處仲每酒後, 輒詠, ○○○○, ○○○○, ○○○○, ○○○○. 以如意打唾壺, 壺口盡缺. 〔**宋書·樂志·曹操碣石**〕○○○○, ○○○○. ○○○○, ○○○○.

大膽天下去得, 小心寸步難行.

담력이 큰 사람은 세상의 곳곳에 갈 수 있지만, 조심성이 많은 사람은 몇 걸음도 나다니기 어렵다. (去得 : 갈 수 있다.)

〔**警世通言**〕○○○○○○, ○○○○○○. 俺趙某一生見義必爲萬夫不懼.

陶潛爲彭澤令, 郡遣督郵至, 吏曰應束帶見之, 潛歎曰, 吾不能爲五斗米折腰, 拳拳事鄕里小人, 解印去縣.

陶淵明이 彭澤의 장이 되었을 때 (군에서 보낸 지방행정 감찰책임자인) 督郵가 찾아오자 현의 관리들은 예복으로써 그를 만나야 한다고 말했다. (그러나) 陶淵明은 탄식하면서 말하기를 "나는 다섯 말의 쌀 때문에 허리를 굽혀서 시골 동네의 소인을 정성스러이 섬길 수 없다"고 하고, 관인을 풀어놓고 그 직을 떠나버렸다. (그 후 그는 고향으로 돌아가 歸去來辭를 지었다.) 박한 봉급을 벌기 위하여 저자세로 소인배를 섬기며 봉사할 수 없음을 나타낸 말. 기골이 있는 사람은 굽신거리며 관리를 섬기지 않는다는 말. (束帶 : 옷을 여미는 띠. 곧 예복을 이르는 말. 拳拳 : 공손한 모양. 정중한 모양.) → **不爲五斗米折腰. 五斗米折腰.**

〔 **晉書·陶潛傳** 〕 (陶潛) 爲彭澤令, 郡遣督郵至, 吏曰應束帶見之, 潛歎曰, 吾不能爲五斗米折腰, 拳拳事鄕里小人, 即日解印綬去職, 乃賦歸去來辭. 〔 **十八史略·近古·晉 六朝篇** 〕 潛字淵明, 潯陽人, 陶侃之曾孫也. 少有高趣, 嘗爲彭澤令. 八十日, 郡督郵至, 吏曰, 應束帶見之, 潛歎曰, 我豈能爲五斗米折腰向鄕里小兒. 即日解印綬去職, 賦歸去來辭. 著五柳先生傳.

得志猫兒雄似虎, 敗翎鸚鵡不如鷄.

묘 령 앵 무

뜻을 이룬 고양이새끼는 호랑이처럼 씩씩하고, 깃이 떨어진 앵무새는 닭보다 못하다. (喩) 뜻을 이룬 사람은 의기양양하고 실패한 사람은 의기소침하다. (雄 : 씩씩하다. 용감하다. 敗 : 해지다. 떨어지다. 翎 : 새의 깃.)

〔 **明 馮夢龍·古今譚概** 〕 俗語云, ○○○○○○○, ○○○○○○○. 〔 **清 西周生·醒世姻緣傳** 〕 得志犬猫強似虎, 失時鸞鳳不如鷄.

萬物紛錯, 皆從意生.

착

만물이 뒤섞여 어지러운 것은 다 사람의 의지로부터 생겨난다. 사람의 의지는 사물을 천변만화하게 할 수 있다는 말. (紛錯 : 뒤섞여 어지러움. 뒤섞임.)

〔 **列子·說符** 〕 < 成注 > 意所偏惑, 則随念想而轉易, 及其甚者, 則白黒等色, 方圓頭形, 豈外物之變, 故語有之曰, ○○○○, ○○○○.

埋骨何期墳墓地, 人間到處有青山.

(사람이 죽어서) 뼈가 묻히는데 어찌 고향의 땅 만을 구하랴! 인간 세상 가는 곳 어디에나 푸른 산이 있는 것을. 사람이 죽어서 고향 땅에만 묻힐 필요가 없고, 이 세상 어디에나 묻힐 장소가 있으므로 타향에 나가 큰 뜻을 이루기 위해 마음껏 활동할 것을 촉구하는 뜻을 함축. (期 : 기다리다. 기대하다. / 구하다. 요구하다. / 정하다. 약속하다. 墳墓地 : 조상의 묘가 있는 곳. 곧 고향. 人間 : 인간 세상. 속세. / 사람이 사는 사회. 到處 : 이르는 곳. 가는 곳곳.) → **人間到處有青山. 處有青山骨可埋.**

〔 **蘇軾·詩** 〕 ○○○○○○○, ○○○○○○○. 〔 **釋月性·題壁詩** 〕 男兒立志出鄕關, 學若不成死不還, 埋骨豈惟墳墓地, 人間到處有青山. 〔 **顧英·自贊詩** 〕 儒衣僧帽道人鞋, 到處青山骨可埋. 還憶少年豪俠興, 五陵裘馬洛陽街.

目察秋毫之末者, 不能見泰山. 耳聽清濁之調者, 不聞雷霆之聲.

호 정

가을철에 털갈이를 하여 새로 돋아나는 짐승의 가는 털의 끝을 눈으로 보는 자는 泰山을 볼 수 없고, 청음과 탁음의 조화까지 귀로 들을 수 있는 자는 격렬한 천둥소리를 듣지 못한다. (喩) 미세한 것에 뜻을 두고 추구하는 자는 거대한 것을 모르고 놓친다. (秋毫 : 가을철에 털갈이를 하여 새로 돋아나는 짐승의 가는 털. 미세함을 이르는 것. 雷霆 : 세찬 천둥소리. 격렬한 천둥.)

〔 **淮南子·俶眞訓** 〕 夫目察秋毫之末, 耳不聞雷霆之聲. 耳調玉石之聲. 目不見太山之高. 〔 **說苑·雜言** 〕 ○○○○○○, ○○○○○, ○○○○○○○○, ○○○○○○○, 何也. 惟其意有所移也.

不到黃河心不死.

黃河에 이르지 않고는 단념하지 아니하다. (喻) 결심한 것을 끝까지 행하다. / 막다른 골목, 절박한 위기에 이르지 않고서는 한번 먹은 마음을 버리지 않는다. (心不死 : 절망하지 않다. 단념하지 않다.) → **不見棺材不下淚. 不見喪不掉淚.**

〔 **淸 壯者·掃帚迷** 〕 弗到黃河心不死. 到了黃河死不及, 世之將錯就錯者, 每愛爲口實.

赴湯蹈火, 視死如生.

부 도

끓는 물에 들어가고 타는 불을 밟으며, 죽는 것을 사는 것과 같이 여기다. (喻) 물 불을 가리지 않는 등 어렵고 위험한 것을 피하지 아니하다. 어떠한 괴로움이나 고생도 사양하지 아니하고 죽음도 두려워하지 아니하며 맡은 일을 해나가다. (赴 : 들어가다. 蹈 : 밟다. 발로 디디다.) → **赴湯蹈火. 赴湯投火. 蹈湯赴火. 湯赴湯火.**

〔 **漢書·晁錯傳** 〕 蒙矢石, ○○○○, ○○○○. 〔 **漢 桓譚·新論·辯樂** 〕 楚越之俗, 好勇則有赴湯蹈火之歌. 〔 **三國 魏嵇康·嵇中散集** 〕 長而見羈, 則狂顧頓纓, 赴湯蹈火. 〔 **北宋 李昉 等·太平廣記** 〕 (引靈應傳) 蹈赴湯火, 旁雪不平, 乃寶之志也.

不以三公易其介.

역

세 정승의 벼슬로써도 그 지조를 바꾸지 못한다. 아무리 큰 벼슬을 준다고 해도 이를 거절하고 그 지조를 지킨다는 뜻. (三公 : 세 정승으로 周나라 때는 太師, 太傅, 太保를, 漢나라 때는 大司徒, 大司馬, 大司空을 이른 것으로, 높은 벼슬을 뜻한다. 介 : 절개. 지조.)

〔 **孟子·盡心上** 〕 孟子曰, 柳下惠○○○○○○○.

事業文章, 随身銷毁. 而精神萬古如新. 功名富貴逐世轉移, 而氣節千載一日.

소 훼

사업과 문장은 몸을 따라 소멸되지만 정신은 만고에 새로운 것이며, 공명과 부귀는 시대를 따라 변천되지만 기개와 절조는 천년이 하루와 같다. 사업과 학문, 부귀와 공명은 그 사람, 그 시대와 함께 사라지지만, 훌륭한 정신과 굳은 절개는 영원하다는 뜻. (文章 : 주어와 술어를 갖추어 생각·느낌·사상을 나타낸 글. / 예악·법규제도·교육 등 한 나라의 문화를 이루던 것. 지금의 이른 바 전통문화와 같은 것. 銷毁 : 없어지다. 소멸되다. / 녹여 없애다. 萬古 : 한없는 오랜 세월. 영구. 世 : 시대. 시기. 轉移 : 옮기다. / 변화하다. 변천하다. 氣節 : 기개와 절개. 의기와 절조. 千載 : 천년.)

〔**菜根譚·百四十八**〕○○○○, ○○○○, ○○○ ○○○○, ○○○, ○○○○ ○○○○, ○○○ ○○○○. 君子, 信不當以彼易此也. ※〔**司馬遷·報任安書**〕古者富貴而名磨滅, 不可勝記, 唯倜儻非常之人稱焉.

三軍可奪帥(수)也, 匹(필)夫不可奪志也.

삼군(三軍)에서 그 장수를 빼앗을 수는 있어도, 한 보통의 사나이에게서 그 뜻을 빼앗을 수는 없다. 삼군(三軍)이 많은 무리로 이루어져 있어도 마음이 하나가 되지 않으면 그들의 장수를 포로로 할 수가 있는 반면, 한 보통의 사람이란 비록 미미하지만 진실로 그 뜻을 지키려 한다면 강제로 그의 뜻을 바꿀 수 없다는 뜻. (一軍 : 12,500명으로, 周나라 제도로는 천자는 6군, 대제후는 3군을 거느렸다. 奪 : 빼앗다. 匹夫 : 서민의 남자. 신분이 낮은 남자. 志 : 뜻. / 포부. 장래의 의향.)

〔**論語·子罕**〕子曰, ○○○○○○, ○○○○○○○.

石可破也, 而不可奪堅, 丹可磨也, 而不可奪赤.

돌은 깨뜨릴 수는 있으나 그 단단함을 빼앗을 수는 없고, 붉은 모래는 잘게 갈 수는 있으나 그 붉은 색을 빼앗을 수는 없다. (喻) 호걸이나 선비는 아무리 짓밟아도 그로부터 의로움을 빼앗을 수는 없다.

〔**呂氏春秋·誠廉**〕○○○○, ○○○○○, ○○○○, ○○○○○. 堅與赤性之有也, 性也者所受於天也.

昔有傅(부)先生者, 少好道, 入焦山石室中, 以木鑽(찬)五尺厚之石盤. 積四十七年, 石穿, 遂得神丹, 乃升太清.

옛날에 한 傅先生이 어려서 도를 좋아하여 焦山의 석실에 들어가서 (7년만에) 나무로 5자 두께의 석반을 뚫었다. 47년 동안 돌을 뚫어 드디어 신단을 얻어 곧 하늘로 올라갔다. 의지가 굳으면 돌도 뚫을 수 있다는 말. (喻) 의지가 굳으면 어떤 어려움도 이겨내어 끝내는 성공할 수 있다. (太清 : 하늘) → **心堅石穿**.

〔**宋 王楙·野客叢書**〕世言心堅石也穿. 梅眞語, 昔有傅先生者, 少好道, 入焦山石室中, 積七年. 而太極老人諧之, 與之木鑽, 使穿一石盤, 厚五尺許, 云, 穿此石當得道. 其人乃晝夜穿之, 積四十七年, 石穿, 遂得神丹, 乃升太清. 〔**宋 陸九淵·象山先生全集**〕俗諺云, 心堅石 穿. 旣是一個人, 如何不打疊敎靈利. 〔**宋 江鄰幾·雜志**〕(引 封特卿 離別難詩) 佛許衆生願, 心堅石也穿.

小水常流, 則能穿石.

적은 물이라도 항상 흐르면 곧 돌을 뚫을 수 있다. 역량이 적더라도 일을 조금씩이나마 중단하지 않고 계속하면 반드시 성과를 거둘 수 있다는 말.

〔**通俗編·地理**〕汝等常勤精進, 譬如○○○○, ○○○○.

餓死事極小, 失節事極大.

굶어서 죽는 것은 일이 극히 작은 것이고, 절조를 잃어버리는 것은 일이 극히 큰 것이다. 절조를 잃는 것이 극히 중대한 것임을 형용.

〔**宋 程頤 伊川語錄**〕又問或有孤孀貧窮無托, 可再嫁否. 曰, 只是後世怕寒餓死, 故有是說, 然○○○○○, ○○○○○.

如龍得水, 似虎靠(고)山.

용이 물을 얻는 것 같고, 범이 산을 타는 것 같다. 기세가 발랄함을 형용. / 곤경을 벗어나 자유의 천지로 돌아감을 형용. ≒ **龍投大海, 虎奔高山.** → **龍歸大海.** (靠 : 기대다. 의지하다.)

〔**宋 圜悟·碧巖錄**〕○○○○, ○○○○.

寧爲鷄口, 無爲牛後.

차라리 닭의 부리가 될지언정 소의 꼬리는 되지 아니한다. (喻) 차라리 작은 것의 우두머리로 있을지언정, 큰 것의 말단에 처하지 않겠다. 차라리 작은 곳에서 스스로 주인 노릇을 할지언정, 큰 곳에서 남의 지배를 받기를 원하지 아니한다. 차라리 작은 일을 하거나 하급 관리가 되어 독립하여 자주적으로 일하면서 영을 선포할지언정, 큰 일을 하거나 높은 관리가 될지라도 남의 통제를 받거나 지휘를 받는 것은 결코 하지 않는다. (由) 東周의 蘇秦은 燕·趙와 합종(合縱)의 맹약을 맺게 한 다음 韓의 宣惠王을 찾아가 견고한 토지, 뛰어난 무기, 용감한 병사에 현명한 대왕을 가진 韓나라가 秦을 섬기는 것은 천하의 웃음꺼리가 되며 또한 秦은 토지의 할양을 요구하고 다음 해에는 더 많은 토지를 요구해 원망을 사고 결국에는 재앙을 불러들이는 결과가 된다는 요지의 말을 하면서 "차라리 닭의 부리가 될지언정 소의 꼬리는 되지말라는 속담이 있다고 듣고 있습니다. 지금 서면(西面)을 하고서 팔짱을 끼면서도 신하로서 秦을 섬기는 것은 어찌 소의 꼬리가 되는 것과 다르겠습니까?"라고 설득, 합종의 맹약을 얻는데 성공했다. = **寧爲鷄口, 不爲牛後.**

〔**史記·蘇秦列傳**〕臣聞鄙諺曰, ○○○○, ○○○○. 今西面 交臂而臣事秦, 何異於牛後乎. 〔**戰國策·韓策一**〕夫以有盡之地, 而逆無巳之求, 此所謂市怨而買禍者也, 不戰而地巳削矣. 臣聞鄙語曰, ○○○○, ○○○○. 今大王西面, 交臂而臣事秦, 何以異於牛後乎. 〔**顏氏家訓·書証**〕太史公記曰, ○○○○, ○○○○. 〔**張守節·史記正義**〕鷄口雖小, 猶進食. 牛後雖大, 乃出糞也. 〔**明 張鳳翼·紅拂記**〕大丈夫寧爲鷄口, 毋爲牛後. 〔**東周列國志**〕俗諺云, 寧爲鷄口, 勿爲牛後. 以大王之賢, 挾強韓之兵. 而有牛後之名, 臣竊羞之.

寧爲蘭摧玉折, 不作蕭敷艾榮.

최 소 부 예

차라리 향기로운 난초가 꺾이고 아름다운 구슬이 부서질지언정, 맑은 대쑥이 무성하고 쑥이 성하게 하지는 않겠다. 군자·재사·미인이 희생되는 한이 있더라도 소인들의 발호를 막겠다는 뜻. / 차라리 세속에 물들이지 않고 자신의 순결을 지키다가 죽을지언정, 비천한 소인으로서 부귀영화를 실컷 누리는 것을 원하지 않는다는 비유. (蘭摧玉折 : 난초가 꺾여지고 옥이 부서진다. 현인이나 미인 등의 요절을 비유. / 사람의 불행한 요절을 애도하는데 쓴다. 蕭 : 맑은 대쑥. 敷 : 초목이 무성하다. 艾 : 쑥. 榮 : 성하다. 싱싱하게 우거지다.) → **蘭摧玉折.**

〔 **世說新語·言語** 〕 毛伯成旣負其才氣, 嘗稱○○○○○○, ○○○○○○. 〔 **隋書·列女傳** 〕 覩夫今之静女, 各励松筠之操, 甘于玉折蘭摧.

寧爲玉碎, 不爲瓦全.

차라리 옥이 되어 부서질지언정 기와로 온전하게 남아있지 아니할 것이다. (喩) 공명을 세우거나 절의를 지키기 위하여 목숨을 버릴지언정, 아무 보람없이 구명도생하지 아니하다. 정의를 위하여 차라리 목숨을 버릴지언정, 결코 지조를 잃어서 구치스럽게 살기를 원하지 않는다. = **寧可玉碎, 不能瓦全.**

〔 **北齊書·元景安傳** 〕 景皓云, 豈得棄本宗, 逐他姓. 大丈夫○○○○, ○○○○. 〔 **明 趙弼·宋進士表鏞忠義傳** 〕 寧爲珠碎, 不爲瓦全 此身可殺, 此膝不可屈也.

吾言足用矣, 舍吾言革思者, 是猶舍穫而攈粟也.

확 군

내 이론이 족히 쓸만한 것인데도 내 주장을 버리고 떨어져 있는 낱알(이삭)을 줍는 것과 같다. 墨子가 자신의 주장이 진리임에도 불구하고 이에 귀를 귀울이지 않고 어리석은 주장에 동조하고 있다고 설명한 것. (言 : 이론. 학설. 주장. 舍穫而攈粟 : 고생은 많으나 수익은 적다는 비유. / 옳은 말을 등한시하고 어리석은 논리에 귀를 기울인다는 비유. 攈 : 줍다. 취하다. 粟 : 낟알.)

〔 **墨子·貴義** 〕 子墨子曰, ○○○○○, ○○○○○○○, ○○○○○○○○○.

王侯將相, 寧有種乎.

왕·제후·장수·재상이 어찌 따로 씨가 있으랴 ! (喩) 모든 사람은 자기의 재능·노력·천운·시운 여하에 따라 임금·제후·장수·재상도 될 수 있다. (由) 젊어서 머슴살이할 때 동료들에게 "만약 부귀하게 되거든 서로 잊지 말자"고 말했다가 비웃음을 받자 "제비나 참새가 어찌 기러기·고니의 뜻을 알 수 있으리오?" (燕雀安知鴻鵠之志哉)라고 탄식했던 陳勝이 秦나라를 치고자 吳廣과 함께 군사를 일으킬 때 한 말. (寧 : 어찌. 어찌하여.) = **王侯將相, 本無種. 王侯將相, 元無種.**

〔**史記·陳涉世家**〕陳勝佐之, 竝殺兩尉. 召令徒屬曰, 公等遇雨, 皆已失期, 失期當斬. 藉弟令毋斬, 而戍死者固十六七. 且壯士不死卽已, 死卽擧大名耳, ○○○○, ○○○○. 徒屬皆曰, 敬受命. 乃詐稱公子扶蘇·項燕, 從民欲也. 〔**通鑑·後秦紀·二世皇帝**〕且壯士, 不死則已, 死則擧大名耳, ○○○○, ○○○○. 衆皆從之. 〔**十八史略·近古·晉·六朝篇**〕勝廣爲屯長, ……, 乃召徒屬曰, ……, 壯士不死則已, 死則擧大名, ○○○○, ○○○○. 衆皆從之. 〔**宋 汪洙·神童詩**〕朝爲田舍郎, 墓登天子堂. 將相本無種, 男兒當自強. 〔**古今小說**〕將相本無種, 帝王自有眞. 〔**元 鄭德輝·王粲登樓**〕三尺龍泉七尺身, 可堪低首困紅塵. 王侯將相元無種, 半屬天公半屬人.

雄氣堂堂貫斗牛.

웅대한 기세는 당당히 북두성(北斗星)과 견우성(牽牛星)을 꿰뚫을 만하다. 기상이 뛰어나고 지기와 기백이 성함을 이른 것. (堂堂 : 용기가 있는 모양. 지기와 기백이 성한 모양.)

〔**宋 岳飛·題青泥市寺壁 詩**〕○○○○○○○, 誓將眞節報君讐. 斬除頑惡還車駕, 不問登壇萬戶侯.

有百折不撓, 臨大節而不可奪之風.

백번을 꺾어도 결코 굽히지 아니하고, 생사존망에 관한 대 사건이 임해도 그 기세를 빼앗을 수 없다. 사람의 의지가 강해서 온갖 좌절을 겪어도, 외부의 압력을 받아도 끝내 좌절, 굴복하지 않고 이겨나감을 이르는 말. (大節 : 나라의 큰 사변. / 생사존망에 관한 큰 사건. 風 : 기세. 세력.) → **百折不屈. 百折不回.**

〔**東漢·蔡邕·蔡中郎集·橋太尉碑**〕其性莊, 疾華尚朴, ○○○○○, ○○○○○○○○○○.

有志不在年高, 無志空活百歲.

의지가 있는 것은 나이가 많은 것에 달려있는 것이 아니며, 의지가 없으면 백세를 헛되이 살게 된다. (空 : 부질없이. 헛되이.)

〔**清 無名氏·龍圖耳錄**〕眞是○○○○○○, ○○○○○○. 〔**封神演義**〕樵子撫掌大笑不止, 對子牙点頭嘆曰, 有智不在年高, 無謀空言百歲.

有志者, 事竟成.

해내려는 굳은 의지가 있으면 그 일은 끝내 이루어진다. 기개가 있고 끈기가 있으면 하는 일이 최후에는 반드시 성공하게 된다는 뜻. (竟 : 마침내. 끝내. 드디어.) → **有志竟成. 有志事成.**

〔**後漢書·耿弇傳**〕(漢光武) 帝謂弇曰, 昔韓信破歷下以開基, 今將軍攻祝阿以發迹, 此皆齊之西界, 功足相方, 將軍前在南陽, 建此大策, 常以爲落落難合, ○○○, ○○○也. 〔**清 魏秀仁·花月痕**〕有志事成, 不成兩月, 便有水勇三千人.

意如馬, 心如猿.

생각은 말과 같고, 마음은 원숭이와 같다. 곧 생각은 질주하는 야생마처럼 치닫고, 마음은 지껄여대는 원숭이처럼 설레인다. (喻) 정욕에 사로잡혀 번뇌가 성하고 마음 속이 조금도 진정되지 않다. / 생각과 마음이 번잡하고 어지럽다.

〔**南唐書·元宗子從善**〕昔予之壯也, ○○○, ○○○. 〔**趙州錄遺表**〕心猿罷跳, 意馬休馳. 〔**慈恩寺三藏傳九**〕制情猿之逸躁, 縶意馬之奔馳. 〔**梵網經**〕心馬馳, 惡道放逸, 回禁制. 〔**心地觀經**〕心如猿猴, 遊五欲樹, 不暫住故. 〔**安樂集**〕諸凡夫, 心如野馬, 識劇猿猴, 馳騁六塵, 何曾停息.

人貧志短, 馬瘦(수)毛長.

사람이 가난하면 그 원대한 뜻이 작아지고, 말이 여위면 털이 길어진다. 사람이 곤경에 빠졌을 때 용기와 의지가 모자람을 가리키는 말. (瘦 : 여위다. 마르다.)

〔**五燈會元**〕問, 祖意教意, 是同是別. 師曰, ○○○○, ○○○○. 〔**朝野僉載**〕○○○○, ○○○○.

人生貴得適志, 何能羈(기)官數千里, 以要名爵(작)乎.

인생은 자신의 의지를 좇아가는 것이 귀한 것인데, 어찌 수천리 먼 곳에서 벼슬살이하는데 얽매여 명예나 관작을 구하여야 하는가? 사람이 벼슬살이하는 것보다 자신의 뜻에 맞는 생활을 하는 것이 중요하다는 뜻. (適 : 좇다. / 맞추다. 能 : …하여야 한다. 羈 : 얽어매다. 잡아매다. 羈의 속자. 要 : 구하다. / 원하다.)

〔**晉書·張翰傳**〕翰因見秋風起, 乃思吳中菰菜, 蒓羹, 鱸魚膾, 曰, ○○○○○○, ○○○○○○○, ○○○○○.

人生不能得行於胸懷, 雖壽百歲, 猶爲夭(요)也.

사람이 평생 그 포부를 실행할 수 없다면 비록 백 살을 살아도 일찍 죽는 것과 같다. (胸懷 : 가슴에 품은 생각. 포부. 회포. 夭 : 일찍 죽다. 나이 젊어서 죽다.)

〔**宋書·殷琰傳**〕○○○○○○○○○, ○○○○○○○○.

人而無恒, 不可以作巫(무)醫.

사람으로서 꾸준한 마음이 없으면 무당이나 의원이 될 수 없다. 사람이 꾸준한 마음이 없으면 무당이 되어도 귀신과 사귈 수 없고, 의원이 되어도 병을 고칠 수 없듯이 아무 것도 이룩할 수 없다는 말. / 언제나 변하지 않는 마음이 없는 사람은 다만 재앙이 있을 뿐이고 복된 일이 있을 수 없다는 뜻. (恒 : 항심. 곧 변함없는 꾸준한 마음. 늘 지니고 있는 변하지 않는 마음. 항상 품고있어 변하지 않는 도덕심.)

〔**論語·子路**〕子曰, 南人有言曰, ○○○○, ○○○○○○, 善夫. 〔**禮記·緇衣**〕子曰, 南人有言曰, 人而無恒, 不可以爲卜筮, 古之遺言與.

一日一錢, 千日一天. 繩鋸木断, 水滴石穿.

승 거

하루에 1전을 모으면 1000일에 1000전이 모이고, 톱질을 계속하면 나무를 자르게 되며, 항상 떨어지는 물방울은 돌을 뚫는다. (喩) 작은 능력·힘이라도 끊임없이 오랫동안 공을 쌓아가면 큰 일을 성취할 수 있다. / 작은 해도 그치지 않으면 끝내 큰 우환이 된다. (繩 : 계속하다. 잇다. 鋸 : 톱. 톱질.) → **繩鋸木断**. → **水滴石穿**. **滴水穿石**.

〔**漢書·枚乘傳**〕泰山之溜穿石, 單極之綆断幹. 水非石之鑽, 索非木之鋸, 漸靡使之然也. 〔**鶴林玉露**〕張乖崖爲崇陽令, 一吏自庫中出, 視其鬢傍巾下有一錢, 詰之, 乃庫中錢也, 乖崖命杖之. 吏勃然曰, 一錢何足道, 乃杖我耶. 爾能杖我, 不能斬我也. 乖崖援筆判曰, ○○○○, ○○○○, ○○○○, ○○○○. 自仗劍下堦斬其首, 申臺府自劾. 崇陽人至今傳之. 〔**明 鄭之珍·目蓮救母**〕君子嗟嘆, 莫非挑擔辛苦, 行路艱難. …… 繩鋸木可断, 水滴猶穿. 不愁行不到, 只在用心堅.

子無二父, 臣無二君.

아들에게는 두 아버지가 없고, 신하에게는 두 임금이 없다. 지조는 두 개가 없음을 시사하는 말.

〔**東周列國志**〕(突乎) 乃大書○○○○, ○○○○八字. 懷公大怒曰, 汝不懼耶. ……命斬于市曹.

晝有所思, 夜夢其事.

낮에 어떤 생각한 것이 있으면 밤에 그 일을 꿈꾼다. 낮에 어떤 일을 골똘히 생각하면 그것이 뒤따라서 밤에 끔으로 나타난다는 뜻.

〔**漢 王符·潛夫論·夢列**〕○○○○, ○○○○. 乍吉乍凶, 善惡不信者, 謂之想. 〔**列子·周穆王**〕晝想夜夢, 神形所遇. < 成玄英 注 > 此想未覺時有情慮之事, 非世間常語 晝日想有此事, 而後随而夢也.

只可意會, 而不可言傳.

다만 마음 속으로만 이해할 수 있을 뿐이고, 말로 표현할 수가 없다. 일이 심오하거나 함축성이 있거나 애매하거나 하여 그 뜻을 깨닫기는 하지만 말로써 다 표현하기는 어렵다는 뜻. (會 : 이해하다. 깨닫다.)

〔**莊子·天道**〕意有所随, 意有所随者, 不可以言傳也. 〔**明 天然痴叟·石点頭**〕惟心會而不可言傳, 可通神而不可語達. 今人多云, 可意會而不可言傳. 〔**明 王世懋·藝圃擷餘**〕使事之妙, 而有而若無, 實而若虛, 可意悟不可言傳. 〔**清 劉大櫆·論文偶記**〕凡行文多寡長短, 柳楊高下, 無一定之律, 而有一定之妙, ○○○○, ○○○○○○○.

芝蘭生於深林, 不以無人而不芳.

지초와 난초는 깊은 숲 속에서 자라지만 사람이 없다고 하여 향기를 발산아니하지는 않는다. (喩) 군자는 어떤 역경에 처해도 절조를 바꾸지 아니한다.

〔 **文子·上德** 〕 蘭芷不爲莫服而不芳, 舟浮江海不爲莫乘而沈, 君子行道不爲莫知而止. 〔 **荀子·宥坐** 〕 芷蘭生於深林, 非以無人而不芳. 君子之學, 非爲通也, 爲窮而不困, 憂而意不衰也, 知禍福終始而心不惑也. 〔 **韓詩外傳·卷七** 〕 蘭茝生於茂林之中, 深山之間, 人莫見之故不芬. 夫學者, 非爲通也, 爲窮而不困, 憂而志不衰, 先知禍福之始, 而心無惑焉. 〔 **淮南子·說山訓** 〕 蘭生幽谷, 不爲莫服而不芳. 舟在江海, 不爲莫乘而不浮, 君子行義, 不爲莫知而止沐. 〔 **說苑·雜言** 〕 芝蘭生於深林, 非爲無人而不香. 故學者, 非爲通也, 爲窮而不困也, 聖人之深念, 獨知獨見. 〔 **孔子家語·在厄** 〕 ○○○○○○, ○○○○○○○. 君子修道立德, 不謂窮困而改節.

志行萬里者, 不中道而輟足. 圖四海者, 非懷細以害大.

불 철 회

만리를 가려는 데 뜻을 둔 사람은 길가는 도중에 발을 멈추지 아니하고, 천하를 손에 넣으려는 자는 작은 일을 마음에 품고서 (그 때문에) 큰 일을 해치지 않는다. (志 : 뜻을 두다. 輟 : 그치다. 하던 일을 멈추다. 圖 : 꾀하여 손에 넣다. 四海 : 사방의 바다 안. 곧 온 세상. 천하.)

〔 **三國志·吳志·陸遜傳** 〕 ○○○○○, ○○○○○○, ○○○○ ○○○○○○.

此人, 尫纖懦弱 手不能彎弓持矛, 其胸中所懷, 乃踰於甲兵.

왕 섬 나 만 흉 유

이 사람은 여위고 나약하여 손으로 활을 당기고 창을 잡을 수는 없지만, 그의 가슴 속에 품고있는 것은 갑옷입은 군사보다 더 낫다. 견고한 의지는 무장한 병사보다 더 낫다는 뜻. (尫 : 여위다. 약하다. = 尪. 纖 : 작다. 잘다. 彎 : 당기다. 踰 : 이기다. 낫다.)

〔 **魏書·崔浩傳** 〕 召新降高車渠帥數百人, 賜酒食於前. 世祖指浩以示之曰, 汝曹視 ○○, ○○○○, ○○○○○○○, ○○○○○, ○○○○○.

千鈞之弩, 不爲鼷鼠發機.

노 혜

천균(千鈞)이나 되는 큰 쇠뇌는 새앙쥐를 잡기 위하여 쏘지는 않는다. (喩) 큰 뜻을 가진 자는 사소한 일은 안중에 두지 않는다. (弩 : 쇠뇌. ※ 어떤 장치에 의하여, 화살이나 돌을 잇달아 쏠수 있게 된 활. 鼷鼠 : 새앙쥐.)

〔 **三國志·魏志** 〕 杜襲曰, ○○○○, ○○○○○○, 萬石之鍾不以尺挺起音, 區區許攸何足勞神武. 太祖曰, 善.

天下無難事, 只怕有心人.
파

세상에는 어려운 일이 없다. 다만 뜻있는 사람이 (있는가가) 걱정이 될 뿐이다. 뜻있는 사람의 결심이 있기만 하면 곧 극복하지 못할 곤란한 일이 없음을 표시. 변함없는 마음이 있으면 어떤 일도 해결할 수 있다는 말. (怕 : 두려워하다. / 근심하다. 염려하다. 걱정이 되다. 有心人 : 뜻있는 사람. 포부가 큰 사람.) = **世上無難事, 只怕有心人. 世上無難事, 只要心不專. 世上無難事, 只要肯登攀.**

〔**宋 秦觀·淮海集**〕嘗聞天下無易事, 非其人則難于登天. 天下無難事, 得其人則易于反掌. 〔**明 王驥德·韓夫人題江記·花陰私祝**〕○○○○○, ○○○○○. 〔**明 吳承恩·西游記**〕祖師爺道, 世上無難事, 只怕有心人.

海闊從魚躍, 天空任鳥飛.
활

바다는 넓어서 고기가 뛰어놀도록 놓아두고, 하늘은 높고 멀어서 새들이 날아다니도록 내버려 둔다. 바다와 하늘이 아득히 멀고 광활하기 끝이 없음을 표현. 마음·가슴 속이 아무런 거리낌도 없이 탁 트임을 형용. 기상(氣象)이 넓고 멀고, 마음이 활달함을 형용. / 기개와 포부가 있는 사람이 널리 활동하고 발전할 천지를 가지고 있다는 비유. 인생의 길이 무한히 광활해서 도처에서 막힘이 없이 통하여 몸을 잘 보존함의 비유. / 의논을 함에 있어 조리없이 함부로 말하여 본제에서 멀리 벗어나다는 비유. 언어·문장·생각 등이 자유롭게 전개되어 중심이 없다는 비유. (闊 : 멀다. / 넓다. / 트이다. 從 : 하도록 하다. 놓아주다. 방임하다. 空 : 가없다. 넓다. 광활하다. 任 : 그냥 내버려 두다. 마음대로 하게하다.) → **海闊從魚躍, 海闊天空.**

〔**古今詩話**〕唐代僧玄覽詩云, ○○○○○, ○○○○○. 〔**宋 阮閱·詩話總龜**〕(引 古今詩話) 唐代僧玄覧詩云, 大海從魚躍, 天空任鳥飛. 〔**淸 趙翼·陔餘叢考·成語**〕○○○○○, ○○○○○.

弈之爲數小數也, 不專心致志, 則不得也.
혁

바둑의 수는 작은 기술이지만 그것도 마음을 오로지하고 뜻을 다하지 않으면 잘 배울 수 없다. (喩) 딴 생각없이 정신을 한 곳에 집중시켜야 뜻을 이룰 수 있다. (數 : 수. 기술. 기예. 專心致志 : 딴 생각없이 오로지 그 일에만 마음을 쓰다. 그 일에 전심전력하다. 온 마음을 다 기울이다.) → **專心致志. 專心一志. 專心一致. 專心致意.**

〔**孟子·告子上**〕今夫○○○○○○○○, ○○○○○, ○○○○. < 朱注 > 弈, 圍棋也. 數, 技也. 致, 極也.

虎豹駒有食牛之氣.
구

호랑이와 표범은 새끼라도 소를 잡아먹을 기개를 가지고 있다. (喩) 영재는 어려도 특별한 재능과 기개를 가지고 있다. (駒 : 짐승의 새끼.)

〔 **太平御覧·獸·虎** 〕尸子曰, 虎豹駒, 雖未成文, 已有食牛之氣.

弘而不毅則難立, 毅而不弘則無以居之.

의

마음이 넓되 굳세지 않으면 자립하기 어렵고, 굳세되 넓지 않으면 (도, 벼슬 등의) 자리를 잡을 수가 없다. 선비의 마음, 의지가 넓고 굳세지 않으면 처세하기 어려움을 이르는 말. (弘 : 마음이 넓다. / 크다. 毅 : 의지 등이 굳세다. 강하다. / 힘차고 튼튼하다. 居 : 차지하다. 자리잡다. 자리에 앉다.)

〔 **論語·泰伯** 〕曾子曰, 士不可以不弘毅, 任重而道遠. 〔 **近思錄·爲學類** 〕○○○○○○○, ○○○○○○○○○.

浩然之氣, 其爲氣也, 至大至剛, 以直養而無害, 則塞于天地之間, 配義與道, 集義所生者.

호연지기라는 것은 그 기운이 지극히 크고 지극히 굳센 것으로, 올바르게 길러서 손상을 주지 않도록 하면 곧 하늘과 땅 사이에 가득 차게 되며, (또 그것은) 정의와 짝하고 천리(天理)와 함께하는 것이며, 정의를 오랫동안 집적함으로 인하여 (내심으로부터) 생겨난 것이다. 호연지기란 하늘과 땅 사이에 가득차있는 지극히 크고 굳센 원기 곧 정의와 천리에 뿌리를 박고 공명정대하여 조금도 부끄러울 바 없는 도덕적 용기를 이르는 것이다. (浩然 : 널리 퍼져있는 정대한 기운. 塞 : 차다. 충만하다.) → **浩然之氣. 浩然正氣. 浩然長存. 浩然四塞.**

〔 **孟子·公孫丑上** 〕敢問, 夫子惡乎長. 曰, 我知言, 我善養吾 浩然之氣. 敢問, 何謂浩然之氣. 曰, 難言也. 其爲氣也, 至大至剛, 以直養而無害, 則塞於天地之間. 其爲氣也, 配義與道, 無是餒也. 是集義所生者. 非義襲而取之也. 〔 **班固·答賓戲** 〕仲尼抗 浮雲之志, 孟軻養浩然之氣. 〔 **蘇軾·詩** 〕夫子雖窮氣浩然輕簑短笠傲江天. 〔 **文天祥·正氣歌** 〕天地有正氣, 雜然賦流形, ……, 於人曰浩然.

3. 感情 -喜·怒·哀·憂·懼·愛·惡·怨

季孫之憂, 不在顓臾, 而在蕭墻之内也.

전 유 소 장

춘추시대 魯나라 대부(大夫)인 季孫氏의 근심은 작은 국신(國臣)의 나라인 顓臾에 있는 것이 아니라, 바로 집의 담장 안에 있다. 재난이 외부에 있지 않고 내부에서 발생하는 것을 가리킨다. (顓臾 : 魯나라의 작은 보호국. 蕭墻 : 병풍. 門屛. 임금과 신하가 회견하는 곳에 설치하는 가리개로 집안, 내부를 의미.) → **禍在蕭墻之内. 蕭墻之變. 蕭墻之憂. 蕭墻之患. 蕭墻之禍.**

〔 **論語·季氏** 〕今由與求也相夫子, 遠 人不服而不能來也, 邦分崩離析而不能守也, 而謀動干戈於邦内, 吾恐. ○○○○, ○○○○, ○○○○○○○. 〔 **韓非子·用人** 〕不謹蕭墻之患, 而固金城於遠境.

堅與苻融見王師之部陣齊整, 將士精銳, 又八空山上草木皆類人形. 顧謂融曰, 此亦勍敵也.

(東晋의 孝武帝 때 謝石·謝玄의 군대에 쫓기던) 前秦의 苻堅과 苻融이 (성에 올라 왕의 군대를 바라보니) 왕의 군대는 부대의 배치가 정돈되어 있고, 장병이 날쌔고 용맹스러움을 보았다. (또 八空山을 북쪽으로 바라보니) 八空山 위의 초목이 다 사람의 모습을 닮아 있었다. 그래서 苻融을 돌아보고서는 "이것은 역시 강한 적이다"라고 말했다. (결국 苻堅은 이 싸움에서 크게 패해 前秦의 제국이 붕괴되었다.) (喩) 적을 두려워함이 지나치면 온 산의 초목도 다 적군으로 보이다. 극도로 두려워하고 놀라다. (部陣 : 부대의 배치. 대오. 勍 : 강하다.)

〔**晉書·苻堅載記**〕堅與苻融登城而望王師, 見部陣齊整, 將士精銳. 又北望八空山上草木皆類人形, 顧謂融曰, 此亦勍(勁)敵也. 何謂少乎. 憮然有懼色.

苦心中 常得悅心之趣, 得意時 便生失意之悲.

(생활상의) 어려움에 처하여 있을 때에 늘 마음을 기쁘게 하는 감정을 얻게 되고, 뜻을 이루었을 때에 바로 희망을 잃는 슬픔이 생겨난다. 간난곤고(艱難困苦)의 역경 속에 있을 때에 항상 진심에서 우러나오는 기쁨이 있을 수 있고, 뜻한 바를 이루었을 때에 바로 실망의 슬픈 씨앗을 삼게된다는 의미로 이는 孟子의 必先苦其心志라는 말과 의미가 비슷하다. (苦心 : 생활상의 어려움. 고통. 생활이 곤궁한 상황에 있음을 가리킨다. 常 : 자주. 때때로. 늘. 언제나. 항상. 趣 : 쾌락의 특별한 감정. 기분. 뜻. 便 : 곧. 즉시. 바로.)

〔**菜根譚·五十八**〕○○○○○○○○○, ○○○○○○○○. ※〔**孟子·告子下**〕故天將降大任於是人也, 必先苦其心志, 勞其筋骨, 餓其體膚, 空乏其身, 行拂亂其所爲.

苦海無邊, 回頭是岸.

(佛) 인간 세계의 괴로움은 그 끝이 없으나, 개심하면 번뇌가 없는 경지에 이른다. 고통과 고생이 대해와 같이 가이 없고 끝이 없으나, 불법에 귀의하여 진정으로 각성하면 곧 고해 속으로부터 탈출하여 번뇌없는 경지에 이른다는 뜻. 악을 행한 사람이 일단 각성하여 선을 행하면 구원을 얻을 수 있다는 뜻으로, 불교인이 사람들에게 개과하도록 권하는 상용어이다. (苦海 : 괴로움이 많은 인간 세계를 바다에 견주어 이르는 말. 고통스런 환경. 回頭 : 머리를 돌이키다. / 뉘우치다. 개심하다. 각성하여 잘못을 고치다. 岸 : 피안을 뜻한다. 곧 번뇌를 해탈한 경지. 이르고자 하는 동경하는 경지. ※ 생사를 바다에 비유하여 번뇌의 이승을 此岸, 열반의 정토를 彼岸이라 한다.) → **苦海無邊. 苦海無涯. 苦海無際.** → **回頭是岸. 回頭即岸.**

〔**朱子語類·孟子**〕適見道人題壁云, ○○○○, ○○○○. 〔**宋 陸遊·大聖樂·詞**〕苦海無邊, 愛河無底, 流浪看成白漏船. 〔**金 長筌子·百寶粧·詞**〕苦海無涯, 生滅甚時徹. 〔**清 青心才人·金雲翹**〕苦道無邊, 回頭是岸. 只消自解自脫, 何須問道于盲. 〔**明 王稚登·全德記**〕宦海茫茫無盡期, 回頭是岸要知機.

〔**明 唐順之·松陽知縣胡君墓志銘**〕回頭即岸矣, 何晩之虧.

杞國有人, 憂天地崩墜, 身亡所寄, 廢寢食者.
기　　　　　붕추　　무

杞나라에 사는 어떤 사람이 하늘과 땅이 무너져내려 몸을 의지할 곳이 없을 것을 걱정하여, 자고 먹는 것을 그만두었다. (喩) 불필요하거나 터무니없는 근심을 하다. 쓸 데없는 걱정을 하다. = **杞人之憂, 杞人憂天.**

〔**列子·天端**〕○○○○, ○○○○○, ○○○○, ○○○○. 〔**唐 李白·梁甫吟**〕杞國無事憂天傾. 〔**幼學瓊林·天文**〕心多過慮, 何異杞人憂天. 事不量力, 不殊夸父追日.

怒於室者色於市.

집에서 성낸 사람이 저자에 가서 화를 낸다. 아무 관계가 없는 사람에게 마구잡이로 화풀이를 하는 것 곧 노여움을 딴 사람에게 옮기는 것을 이른다. (色 : 발끈하여 화를 내다.)

〔**春秋左氏傳·昭公十九年**〕諺所謂室於怒市於色者, 楚之謂矣. 〔**戰國策·韓策二**〕語曰, ○○○○○○○. 今公叔怨齊, 無奈何也, 必周君而深怨我矣. 〔**宋 袁采·袁氏世范**〕古人謂怒于室者色于市. 方其有怒, 與他人言, 必不卑遜. 他人不知所自, 安得不怪.

怒者常情, 笑子不可則也.

사람이 성을 내는 것은 일상의 마음이지만, 웃는 것은 그 속마음을 헤아리기 어렵다. (常情 : 일상의 마음. 보통의 인정.)

〔**唐書·魚朝恩傳**〕會釋菜, 執易升坐, 百官咸在, 言鼎有覆餗象, 以侵宰相, 王縉怒, 元載怡然, 朝恩曰, ○○○○. ○○○○○○. 〔**通俗編**〕怒者常情, 笑子不可測.

樂處樂, 非眞樂, 苦中樂得來, 纔見心體之眞機.
재

환락 중에 체험하게 된 쾌락은 진정한 쾌락이 아니며, 괴로움 속에서 가질 수 있는 쾌락이 비로소 마음의 깊은 곳에서 나오는 진정한 쾌락임을 알게 된다. 높은 지위에서 부유하고 안일한 생활을 한 사람은 삶의 진정한 의미를 알 수 없으며, 고통스러운 노동을 하고 꾸준한 분투를 하여 성공을 거둔 사람이라야 비로소 생활의 참뜻과 인생의 환락을 알게 됨을 시사하는 것. (纔 : 겨우. 비로소. 見 : 마음에 터득하다. 알다. 心體 : 마음의 본체. 사상감정. ※ 여기서는 속마음의 깊은 곳으로 해석. 機 : 사물의 관건. 진수. 중추. 근원. 키포인트. ※ 여기서는 쾌락의 진수를 가리킨다.)

〔**菜根譚·八十八**〕靜中靜, 非眞靜, 動處靜得來, 纔是性天之眞境. ○○○, ○○○, ○○ ○○○, ○○○○○○○. ※〔**南朝 梁王籍·入若耶溪 詩**〕蟬噪林逾靜, 鳥鳴山更幽.

獨坐窮山, 放虎自衛.

외진 산에 홀로 앉아서 호랑이를 풀어놓고서 스스로 지키려하다. (喩) 적을 풀어놓아서 화를 자초하다. 후환을 스스로 남기다. (窮山 : 외지고 먼 산. 후미진 산. 구석진 산. 궁벽한 산.) = **獨坐窮山, 引虎自衛.** → **放虎自衛.** ≒ **養虎遺患.**

〔 **晉 常璩·華陽國志·公孫述劉二牧志** 〕 劉主(劉備)至巴郡. 巴郡嚴顔拊心嘆曰, 此所謂○○○○, ○○○○者也. 〔 **明 羅貫中·三國演義** 〕 却說嚴顔在巴郡, 聞劉璋差法正請玄徳入川, 拊心嘆曰, 此所謂獨坐窮山, 引虎自衛者也.

無憂而戚, 憂必及之. 無慶而歡, 樂必随之.

근심이 없는데도 슬퍼하면 근심이 반드시 (그 몸에) 찾아오고, 경사스러운 일이 없는데도 기뻐하면 즐거움이 반드시 따라온다. (戚 : 슬퍼하다.)

〔 **三國 魏 曹植·相論** 〕 語云, ○○○○, ○○○○, ○○○○, ○○○○. 此心有先動, 而神有先知, 則色有先見也.

墨子兼愛, 摩頂放踵 利天下, 爲之.

전국시대 魯나라의 사상가인 墨子(이름 黑翟)는 겸애주의(兼愛主義)를 취하여, 정수리가 갈려 발꿈치에 이르러도 천하를 이롭게 하는 것이라면 이를 행하였다. 墨子의 극단적인 이타주의(利他主義) 곧 친·불친을 가리지 않고 모든 사람을 차별없이 사랑하고 이롭게 하자는 그의 윤리설을 형용한 것. (摩 : 갈다. 갈리다. 放 : 이르다. 다다르다. 踵 : 발꿈치.)

〔 **孟子·盡心上** 〕 孟子曰, 楊子取爲我, 拔一毛而利天下, 不爲也. ○○○○, ○○○○ ○○○, ○○. 〔 **墨子·兼愛中** 〕 子墨子言, 視人之國若視其國, 視人之家若視其家, 視人之身若視其身. 〔 **莊子·天道** 〕 孔子曰, 中心物愷, 兼愛無私, 此仁義之情也.

聞風聲鶴唳, 皆以爲王師已至.

(唳: 려, 已: 이)

바람소리와 학의 울음소리만 들어도 다 왕이 거느린 군대가 이미 온 것으로 생각하다. (喩) 겁을 먹은 사람이 하찮은 일이나 조그마한 소리에도 놀라 허둥대며 어쩔줄 모른다. (由) 東晋 때 前秦의 왕 符堅이 100만이라고 일컬어지는 무리를 이끌고 晉나라를 치기 위하여 淝水에 진을 쳐 놓았으나 晉나라 謝玄 등은 정병 8000을 이끌고 秦 군대가 강을 건널 때 이를 무찔렀다. 이에 秦나라 군대는 대패하여 후퇴하면서 바람소리와 학의 울음소리만 들어도 다 晉王이 거느린 군대가 이미 (처들어) 온 것으로 생각하여 풀밭을 걷고 노숙을 하다가 배고픔과 추위가 겹쳐 죽은 자가 10에 7~8이나 되었다. → **風聲鶴唳.**

〔 **晉書·謝玄傳** 〕 東晋時, 秦主符見率衆號稱百萬, 列陣淝水, 謝玄等率精兵八千渡水擊之. 秦兵大敗, ○

○○○○, ○○○○○○○○, 草行露宿, 重以饑凍, 死者十七八. (본문을 요약한 것임) 〔 **晉書·符見載記** 〕 堅與融登城而望, 堅部陣齊整將士精銳, 又北望八公山, 草木皆類人形, 顧謂融曰, 此亦勃敵也, 憮然有懼色, 列陣逼肥水, 融略陣, 馬倒被殺, 軍隊大敗. 堅爲流矢所中, 單騎遁還聞風聲鶴唳, 皆謂晉師之至.

不知手之舞之, 足之蹈之也.
도

손으로 춤추고, 발로 뛰는 것도 모르다. 사람이 매우 기쁠 때 그 즐거움이 넘쳐 수족이 춤추고 움직이는 것을 스스로 깨닫지 못함을 형용. 기쁨이 극점에 이를 때의 정상을 형용. (蹈 : 뛰다. 춤추다.) = **不知足之蹈之. 手之舞之, 手舞足蹈.**

〔 **詩經·大序** 〕 永(咏)歌之不足, ○○○○○○○, ○○○○○○. 〔 **孟子·離婁上** 〕 樂之實, 樂斯二者, 樂則生矣, 生則惡可已也. 惡可已, 則不知足之蹈之, 手之舞之. 〔 **禮記·樂記** 〕 歌者, 上如抗, 下如隊, 曲如折, 止如槀木, 倨中矩, 句中鉤, 纍纍乎端如貫珠. 故歌之爲言也. 長言之也. 說之, 故言之. 言之不足, 故長言之. 長言之不足, 故嗟嘆之. 嗟嘆之不足, 故○○○○○○○, ○○○○○○.

傷弓之鳥驚曲木.

한번 화살을 맞아 다친 새는 (활과 비슷한) 굽은 나무를 보고도 놀란다. (喩) 이전에 재난을 당한 적이 있는 사람은 하찮은 일에도 의심하고 두려워한다. 전에 있던 일에 질려서 뒤의 일을 몹시 경계한다. ≒ **傷弓之鳥, 落於虛發.** → **傷弓之鳥. 驚弓之鳥.**

〔 **戰國策·楚策四** 〕 雁從東方來, 更羸以虛發而下之. ……. (更羸)對(魏王)曰, 其飛徐而鳴悲. 飛徐者, 故瘡痛也. 鳴悲者, 久失群也. 故瘡未息, 而驚心未至也, 聞弦音引而高飛, 故瘡隕也. 〔 **唐書·傳奕傳** 〕 陛下撥亂反正, 而官民律令, 一用隋舊目, 懲沸羹者吹冷虀, ○○○○○○○○, 况天下久苦隋暴, 安得不新其耳目哉. 〔 **晉書·苻生載記** 〕 傷弓之鳥, 落於虛發. 〔 **晉書·王鑒傳** 〕 黷武之衆易動, 驚弓之鳥難安.

乘興而來, 盡興而返.

(일시적으로) 흥이 나사 왔다가 흥이 다하여 되돌아가다. (由) 서성(書聖)으로 불려지며 특히 초서는 고금 제일로 치는 晉나라의 王羲之가 설야에 배를 타고 戴逵를 찾아갔다가 문간에서 돌아서매, 누가 물으니 이와 같이 "흥이 나서 왔다가 흥이 다하여 되돌아 간다"고 대답했다는 고사. (乘 : 틈타다. 기회를 타다. 기회를 이용하다. / 좇아가다. 따라잡다.) = **乘興而來, 敗興而返. 乘興而來, 沒興而返. 乘興而來, 掃興而返.**

〔 **晉書·王羲之傳** 〕 嘗居山陰, 夜雪初霽. …… 忽憶戴逵. 逵時在剡, 便夜乘小舟詣之, 經宿方至, 造門不前而返. 人問其故, 徽之曰, ○○○○, ○○○○, 何必見安道邪.

愛其人者, 兼屋上之烏. 憎其人者, 惡其餘胥.
오 서

어떤 사람을 사랑하는 자는 그 집 지붕 위에 앉은 까마귀까지도 아울러 사랑하고, 어떤 사람을 미워하는 자는 다른 아전(하급관리)까지도 싫어한다. (喩) 한 사람을 사랑하거나 미워할 때는 그와 관련이 있는 사람 또는 사물까지도 좋아하거나 미워한다. (兼 : 겸하다. 아우르다. / 겹치다. 餘胥 : 그 나머지의 하급관리들. / 울타리.) → **愛及屋烏. 愛屋及烏.**

〔 **西漢 伏勝·尚書大傳·大戰** 〕 太公曰, 臣聞之也, 愛人者兼其屋上之烏, 不愛人者及其胥餘, 何如. 〔 **韓詩外傳·卷三** 〕 太公曰, 愛其人, 及屋上烏, 惡其人者, 憎其胥餘. 咸劉厥敵, 靡使有餘. 〔 **說苑·貴德** 〕 武王克殷, 召太公而問曰, 將奈其士衆何. 太公對曰, 臣聞○○○○, ○○○○○, ○○○○, ○○○○.

吳牛見月而喘.

천

몹시 더운 中國 남쪽의 吳나라 물소는 (더위를 두려워하여) 밤에 뜨는 달을 보고도 (해인줄 잘못 알고) 할떡거린다. (喻) 사람이 간이 작아 일을 만나서 미리 겁부터 먹고 허둥거린다. 유사한 사물을 보고 당황하며 지나치게 두려워하다. / 불분명한 실제상황을 다만 표면을 근거로 하여 판단함으로써 착오를 일으키다. (吳牛 : 吳나라 소. 揚子江과 淮水 사이에 살고 있는 물소를 이른다. 이 남쪽 땅은 너무 더워서 이곳에 사는 물소는 뜨거운 열을 두려워하여 달을 보고도 해로 의심하여 헐떡거린다는 것. 喘 : 헐떡거리다.) → **吳牛喘月.**

〔 **世說新語·言語** 〕 滿奮畏風, 在晉武帝坐, 北窓作琉璃屛, 實密似疎, 奮有難色. 帝笑之, 奮答曰, 臣猶○○○○○○. 〔 **唐 李白·丁督護歌** 〕 吳牛喘月時, 拖船一何苦. 〔 **太平御覽** 〕 (引 風俗通) 吳牛望見月則喘, 彼之苦於日, 見月怖喘矣. 〔 **書言故事** 〕 有所畏, 日豈非吳牛喘月乎.

憂來無方, 人莫之知.

근심이란 정해진 방향이 없이 찾아오므로 사람은 그것을 알 수가 없다. 근심은 언제 어디서 올지 모름을 이르는 말.

〔 **魏 曹丕(文帝)·善哉行** 〕 ○○○○, ○○○○.

憂患生於所忽, 禍起於細微.

우환은 일을 소홀히 하는 데서 생겨나고, 화는 자질구레한 데서 일어난다. 사람이 몸을 닦고 행실을 올바르게 해야 할 이유를 설명한 것. (細微 : 가늘고 작다.)

〔 **韓詩外傳·卷九** 〕 修身不可不愼也. 嗜慾侈則行虧, 讒毀行則害成. 患生於忿怒, 禍起於纖微, 汙辱難湔灑, 敗失復追. 〔 **說苑·敬愼** 〕 修身正行, 不可以不愼. 嗜欲使行虧, 讒諛亂正心, 衆口使意回, ○○○○○, ○○○○○. 〔 **後漢書·馮衍傳** 〕 蓋聞明者見於無形, 智者慮於未萌, 況其昭晳者乎. 凡患生於所忽, 禍發於細微, 敗不可悔, 時不可失.

怨生於不報, 禍生於多福, 安危存於自處, 愼終如始, 乃能長久.

원망은 은혜를 보답하지 않는 데서 생기고, 재앙은 복이 많은 데서 생기며, 안전과 위험은 스스로 대처하는 데에 달려있는 것이니, 일의 종말에 이르러서도 언행을 조심스럽게 가지면 곧 장구할 수 있다. (處 : 다루다. 처리하다. 대처하다.) → **愼終如始. 愼終于始.**

〔**說苑·敬愼**〕○○○○○, ○○○○○, ○○○○○○, 不困在於蚤予, 存亡在於得人, ○○○○, ○○○○. ※〔**書經·商書·太甲下**〕無輕民事, 惟難, 無安厥位, 惟危, 愼終于始.

怨此三人, 入於骨髓.

이 세 사람을 원망함이 골수에 까지 들어있다. (喩) 원한이 골수에 사무치다. 원한이 깊어 잊을 수 없다. → **怨入骨髓. 恨入骨髓.**

〔**史記·秦本紀**〕文公夫人, 秦女也, 爲秦三囚將請曰, 謬公之○○○○○○○○, 願令此三人歸, 令我君得自快烹之. 〔**漢書·吳王傳**〕或不洗沐十餘年, 怨入骨髓. 〔**吳越春秋·夫差內傳**〕越王再拜曰, ……. 孤之怨吳, 深於骨髓.

怨廢親, 怒廢禮.

원망할 때는 친한 사람도 내버리고, 성낼 때는 예의도 내버린다. 원망할 때는 친한 사람도 고려하지 아니하고, 성낼 때는 예의도 고려하지 어니한다는 뜻. (親 : 친인 곧 친한 사람. 직계 친속 또는 배우자. 가까운 친척. 廢 : 폐기하다. 포기하다. 그만두다. 내버리다. 빼버리다.)

〔**警世通言**〕自古道, ○○○, ○○○. 那田氏怒中之言, 不顧體面, 向莊生面上一啐.

六極, 日, 凶短折, 疾, 憂, 貧, 惡, 弱.

여섯 가지의 몹시 마음 아픈 극악한 일은 곧 제 명에 못죽고 요절하는 것, 질병을 앓는 것, 근심하는 것, 가난한 것, 모질고 사나운 것과 몸이 쇠약한 것을 이른다. (極 : 몹시 마음 아파할 극악한 일. 흉사. 凶短折 : 제 명에 못죽고 중도에 일찍 죽는 것. 凶 : 7.8세의 이 갈 때 죽는 것. 短 : 갓을 쓰는 20세 이전에 죽는 것. 折 : 혼인 전에 죽는 것.)

〔**書經·周書·洪範**〕六極, 一日凶短折, 二日疾, 三日憂, 四日貧, 五日惡, 六日弱.

以直報怨, 以德報德.

공정함으로써 원한을 갚고 은덕으로써 은덕을 갚아야 한다. 은인에게는 은혜로 보답해야 하지만, 원수에게도 올바른 도리를 보여주어야 함을 이른 말. (直 : 사사로움이 없음. 공정함. 한결같이 지극히 공정하고 사사로움이 없음. 시비를 밝혀 치우치지 아니함. 德 : 은혜. 은덕.)

〔**論語·憲問**〕或曰, 以德報怨何如. 子曰, 何以報德, ○○○○, ○○○○. 〔**老子·第六十三章**〕大小 多少, 報怨以德.

人莫蹪於山而蹪於垤, 是故人皆輕小害易微事以多悔, 患至而後憂之.
퇴 질 이

사람은 산에 걸려서 넘어지지는 않고, 개밋둑에 걸려서 넘어진다. 그러므로 사람은 다 작은 해를 경시하고 자질구레한 일을 소홀히 해서 많은 후회를 하며, 걱정꺼리가 생긴 다음에야 그것을 걱정한다. (蹪 : 넘어지다. 헛디디거나 …에 걸려서 넘어지다. 垤 : 개밋둑. / 작은 언덕. 輕 : 가벼이하다. 깔보다. 업신여기다. 易 : 소홀히 하다. 경시하다.) = **不躓於山而躓於垤. 不蹶於山而蹶於垤. 不蹪於山而蹪於垤.**

〔 **呂氏春秋·愼小** 〕 晉人適攻衛, 戎州人因與石圃殺莊公立公子起, 此小物不審也. 人之情不蹶於山, 而蹶於垤. 〔 **韓非子·六反** 〕 先賢有諺曰, 不躓於山, 而躓於垤. 山者大, 故人愼之. 垤微小, 故人易之也. 〔 **淮南子·人間訓** 〕 堯戒曰, 戰戰慄慄, 日愼一日. ○○○○○○○○○○, ○○○○○○○○○○○○○○, ○○○○○○.

人生有不見日月 不免襁褓者, 吾旣已行年九十矣, 是三樂也.
강 보

어떤 사람은 태어나서 해와 달도 보지 못하고 포대기에 쌓이는 처지를 면하지 못하고 죽는데, 나는 이미 먹은 나이가 90이니 이것이 세 번째 즐거움이다. 列子가 말한 세 가지 즐거움은 첫째로 만물 중에 가장 존귀한 사람으로 태어난 것이고, 둘째는 남자는 높고 여자는 낮은 사회에서 남자로 태어난 것이며, 셋째가 위와 같이 요절하지 않고 오래 살고있는 것을 들고 있는 것. (不免襁褓 : 포대기를 면하지 못하다. 곧포대기에 쌓인 시절에 죽다. 자라지 못하고 요절하다. 行年 : 세상을 살아온 햇수. 먹은 나이. 향년.) → **人生有不見日月.**

〔 **列子·天瑞** 〕 孔子問曰, 先生所以樂, 何也. (列子) 對曰, 吾樂甚多. 天生萬物, 唯人爲貴, 而吾得爲人, 是一樂也. 男女之別, 男存女卑, 故以男爲貴, 吾旣得爲男矣, 是二樂也. ○○○○○○○○, ○○○○○, ○○○○○○○○, ○○○○.

人知飢寒爲憂, 不知不飢不寒之憂爲更甚.
기 갱

사람들은 배 고프고 추운 것이 근심인 줄은 알지만 주리지 않고 춥지 않은(사람의) 근심이 더욱 더 심한 것인 줄은 모른다. 가난한 사람들의 생활이 걱정인 것은 알지만, 높은 지위에 있는 사람이 남의 모함으로, 자신의 직무 판단 착오로 지위를 잃을 걱정을 하는 것과 부자가 불의의 사고·재난으로 재물을 잃을 걱정을 하는 것이 얼마나 큰 잘못인 줄 모른다는 뜻.

〔 **菜根譚·六十六** 〕 人知名位爲樂, 不知無名無位之樂爲最眞. ○○○○○○, ○○○○○○○○○○○.
※〔 **陶淵明·歸田園居一** 〕 誤落塵網中, 一去三十年, 羈鳥戀舊林, 池魚思故淵.

一簞食一豆羹, 得之則生, 弗得則死, 嘑爾而與之, 行道之人弗受.
사 갱 불 호 이

한 그릇의 밥과 한 그릇의 국을 얻으면 살아나고 얻지 못하면 곧 죽는다고 하더라도, 혀를 차며 꾸짖으면서 이것을 주면 길 가는 사람도 받지 않는다. 남의 무례한 행동, 불선(不善)의 행위를 매우 싫어하는 수오지심(羞惡之心)을 나타내는 말. (一簞食一豆羹 : 한 대도시락의 밥과 한 나무그릇의 국. 변변하지 못한 소량의 음식물. 弗은 아니하다. 못하다. = 不. 嘑爾 : 남을 호통치는 모양. 성을 내어 거칠게 말하는 모양.) → **一簞食一豆羹. 簞食豆羹.**

〔 **孟子·告子上** 〕 ○○○○○○, ○○○○, ○○○○, ○○○○○, ○○○○○○. 蹴爾而與之, 乞人不屑也. 〔 **孟子·盡心下** 〕 孟子曰, 好名之人, 能讓千乘之國, 苟非其人, 簞食豆羹見於色. < 朱熹注 > 好名之人, 矯情干譽, 是以能讓千乘之國, 然若本非能輕富貴之人, 則於得失之小者, 反不覺其眞情之發見矣.

一田夫曾被虎傷. 有人說虎傷人, 衆莫不驚(경), 獨田夫色動異於衆.

한 농부가 일찍이 호랑이에게 몸을 다친 적이 있는데 어떤 사람이 호랑이가 사람을 해친다는 말을 하자 여러 사람들은 놀라기만 했으나 유독 농부는 많은 사람들보다 (얼굴)색이 다르게 변하였다. (喩) 평소에 두려워하고 있는 일에 대한 말이 나오면 긴장하게 된다. / 참으로 아는 것과 상식적으로 아는 것은 다르다. (田夫 : 농부.)

〔 **二程全書·遺書二上** 〕 眞知與嘗知異, 嘗見○○○○○○○, ○○○○○○, ○○○○, ○○○○○○○○.

子生而母危, 鏹(강)積而盜窺, 何喜非憂也.

자식이 태어날 때는 어머니에게 생명의 위험이 있고, 돈꺼미가 쌓이면 도둑의 엿봄을 불러 일으키기가 쉬운 것이니 어떤 기쁜 일인들 걱정이 없을 것인가? 어떤 사물이든지 다 이중성을 가지고 있고 무상하게 변전할 수 있어 화와 복, 슬픔과 기쁨, 좋은 것과 나쁜 것, 이로움과 폐해는 일정한 조건하에서 서로 전화하여 좋은 일은 나쁜 결과를, 나쁜 일은 좋은 결과를 끌어낼 수 있음을 이른 것. (鏹 : 돈꿰미에 꿰어놓은 돈. 돈꾸러미.)

〔 **菜根譚·後百二十** 〕 ○○○○○, ○○○○○, ○○○○○. 貧可以節用, 病可以保身, 何憂非喜也. 故達人當順逆一視, 而欣戚兩忘. ※〔 **淮南子·人間訓** 〕 近塞上之人, 有善術者. 馬無故亡而入胡. ……. 居數月, 其馬將胡馬而歸. ……. 故福之爲禍, 禍之爲福, 化不可極, 深不可測也.

重足而立, 側目而視.

두 발을 모아 서서 곁눈질하여 보다. 두 발을 모아서 섰으나 감히 발을 옮길 수 없고, 곁눈질하여 볼 뿐 감히 바로볼 수 없다는 뜻. 곧 매우 두려워하는 모양을 형용. → **重足測目.**

〔 **史記·汲鄭列傳** 〕 湯辯常在文深小苛, 黯伉厲守高, 不能屈, 忿發罵曰, 天下謂刀筆吏, 不可以爲公卿, 果然. 必湯也, 令天下○○○○, ○○○○矣. 〔 **漢書·汲黯傳** 〕 令天下重足而立, 仄目而視.

懲沸羹(비갱)者吹冷虀(제).

뜨거운 국물을 마시다가 혼난(덴) 사람은 냉채도 불어서 먹는다. (喩) 한 번 혼난 사람은 그와 비슷한 경우를 당하면 공연히 무서워한다. 두려워하고 경계함이 너무 지나치다. (懲 : 혼이 나다. / 상처를 입히다. 虀 : 파·부추·생강 따위를 잘게 다져 버무린 야채. / 소금·설탕·간장·술 따위 또는 된장에 절인 채소. / 살코기를 잘게 썰어 날로 먹는 육회. = 齏.) = **懲沸羹者吹冷虀. → 懲羹吹齏. 懲湯吹冷水.**

〔 **楚辭·九章·惜誦** 〕 懲於羹者而吹虀兮, 何不變此志也. 〔 **唐書·傅奕傳** 〕 陛下撥亂反正, 而官民律令, 一用隋舊目, ○○○○○○○, 傷弓之鳥驚曲木, 況天下久苦隋暴, 安得不新其耳目哉. 〔 **陸遊秋興詩** 〕 懲羹吹虀豈其非, 亡羊補牢理所宜.

天下兼相愛則治, 交相惡則亂.

오

온 천하가 모두 아울러 사랑하면 잘 다스려지고 서로 미워하면 어지러워진다. 이것이 墨子의 겸애사상(兼愛思想)의 바탕이다. (兼相愛 : 모든 사람이 서로 평등하게 사랑하다. 交 : 서로 번갈아.)

〔 **墨子·兼愛上** 〕 ○○○○○○○, ○○○○○. 故子墨子曰, 不可以不勸愛人者, 此也.

護家之狗, 盜賊所惡.

오

가택을 보호하는 개는 도둑이 미워하는 것이다. (喩) 일심으로 상전(또는 임금)을 위하는 사람은 나쁜 사람(또는 불순한 사람)의 시기와 증오를 받게 된다.

〔 **宋史·趙范傳** 〕 賊見范爲備, 則必忌而得以肆其奸. …… 諺曰, ○○○○, ○○○○. 故盜賊見護家之狗, 必將指斥于主人, 使先去之, 然後肆穿逾之奸而無所忌.

歡樂極兮哀情多.

기쁨과 즐거움이 극에 이르면 슬픈 정이 많아진다. 사람의 행복은 덧없고, 순간적이고 영원한 것이 아님을 비유.

〔 **漢武帝·文選·秋風辭** 〕 秋風起兮白雲飛, 草木黃落兮雁南歸, 蘭有秀兮菊有芳, 懷佳人兮不能忘, 汎樓船兮濟汾河, 橫中流兮揚素波, 簫鼓鳴兮發棹歌, ○○○○○○○, 小壯幾時兮奈老何.

喜怒哀樂之未發, 謂之中. 發而皆中節, 謂之和.

기뻐하고 노하고 슬퍼하고 즐거워하는 감정이 (마음 속에 없어서) 아직 나타나지 않고 있는 것을 중(中)이라고 하고, 그러한 감정이 나타나서 다 절도에 맞는 것을 화(和)라고 이른다는 말. (發 : 나타나다. 드러나다. / 일어나다.)

〔 **中庸·第一章** 〕 ○○○○○○○, ○○○, ○○○○○, ○○○. 中也者, 天下之大本, 和也者, 天下의 達道也.

4. 欲望 –慾心·欲望·貪心·滿足

耕田欲雨刈欲晴.
예

밭을 갈 때는 비가 오기를 바라고 익은 곡식을 벨 때는 날씨가 개기를 바란다. (喩) 사정에 따라 바라는 바가 각각 다르다. (刈 : 풀이나 곡식 따위를 베다.)

〔**蘇軾·詩**〕○○○○○○○, 去得順風來者怨.

高飛之鳥, 死於美食, 深泉之魚, 死於芳餌.
이

하늘 높이 날아다니는 새는 맛있는 먹이 때문에 죽고 깊은 샘물 속에 있는 물고기는 향기로운 미끼 때문에 죽는다. (喩) 사람이 재물 또는 좋아하는 것을 추구하다가 그 목숨을 잃는다.

〔**吳越春秋·勾踐陰謀外傳**〕大夫種曰, 臣聞○○○○, ○○○○, ○○○○, ○○○○. 今欲伐吳, 必前求其所好, 参其所願, 然後能得其實.

求飽而懶營饌, 欲暖而惰裁衣.
나 찬 타

배불리 먹을 것을 얻기를 바라면서 음식 만드는 것을 게을리하고, 몸을 따뜻하게 하기를 바라면서 옷짓는 것을 게을리하다. (喩) 무엇을 하고자 하면서도 그것을 이루기 위한 노력을 게을리하다. / 많은 것을 알고자 하는 사람이 사물을 널리 보고서도 책 읽는 것을 좋아하지 않다. (求 : 얻기를 바라다. 飽 : 배불리 먹다. 營 : 짓다. 만들다. 饌 : 음식. 裁 : 마름질하다. 옷을 짓다.)

〔**顔氏家訓·勉學**〕世人不問愚智, 皆欲識人之多, 見事之廣, 而不肯讀書, 是猶○○○○○○, ○○○○○○也.

群蟻之附腥羶, 聚蛾之投爝火.
의 성 전 아 작

개미 떼가 비린내와 노린내나는 것에 달라붙고, 모여든 나방들이 횃불에 뛰어든다. (喩) 뭇 사람들이 조그마한 벼슬과 적은 이익을 추구하는데 혈안이 되다. 권세에 빌붙어 영리를 추구하고자 비열한 행동을 하다. / 취미가 서로 같아 의기투합한 나쁜 사람들이 어떤 추악하고 더러운 물건을 좋아하다. (腥羶 : 물고기의 비린내와 양고기의 노린내. 비린내와 노린내 나는 것. 爝火 : 횃불.) → **群蟻附羶.** ≒ **如蟻附羶. 如蟻赴羶. 如蟻慕羶. 如蟻附膻. 如蟻慕膻.**

〔**莊子·徐无鬼**〕羊肉不慕蟻, 蟻慕羊肉, 羊肉羶也. 舜有羶行, 百姓悅之, 故三徙成都. 〔**盧坦與李渤書**〕今之人奔分寸之祿, 走絲毫之利, 如○○○○○○, ○○○○○○, 取不爲醜, 貪不避死. 〔**康有爲·上清帝第五書**〕唾手可得, 俯拾即是, 如蟻慕膻, 聞風并至.

今市新宅, 須一年繕全. 人生朝暮不可保, 又豈能久居. 巢林一枝, 聊自足爾, 安事豊屋哉.

선 소 요

지금 곧 시가에서 집을 새롭게 고치는 데는 반드시 1년 동안 수리하여 완전히 하여야 한다. 인생이란 아침에 저녁 일도 보장할 수 없는 것인데 다시 어찌 오래 살아갈 수 있으랴 ! 숲 속의 나뭇가지 하나에 둥지를 틀 수 있으면 애오라지 그것으로 스스로 만족할 뿐인데 어찌 큰 집을 경영하랴 ! 宋나라 眞宗 초기의 재상인 李沆이 살고 있는 집의 벽과 담장이 허물어져, 가족들이 새 집을 지을 것을 권한데 대하여 이와 같이 말한 것. (今 : 지금. 곧. 바로. 新은 새롭게 하다. 새롭게 고치다. 須는 모름지기. 반드시. 朝暮不可保 : 아침에 저녁 일을 보장할 수 없다. 巢林一枝 : 새는 숲 속에 깃들이는 둥우리를 틀어도 한 가지에 한할 뿐이다. 작은 집에서도 만족하게 삶을 비유. 聊 : 애오라지. 安 : 어찌. 어떻게. 事 : 다스리다. 경영하다. 豊屋 : 큰 집.) → **朝暮不保. 朝不保夕. 朝不慮夕. 朝不謀夕. 不保朝夕.** → **巢林一枝.**

〔 **宋史·李沆傳** 〕 家人勸治居第, 未嘗答. 第維因語次及之. 沆曰, 人生朝暮不可保, 又豈能久居. 巢林一枝, 聊自足耳, 安事豊屋哉. 〔 **宋名臣言行錄·李沆·談苑** 〕 家人勸治居第, 未嘗答. 維因語次及之. 沆曰, ……. ○○○○, ○○○○○, ○○○○○○○○, ○○○○○, ○○○○, ○○○○, ○○○○○.

今之人修其天爵, 以要人爵. 旣得人爵, 而棄其天爵, 則惑之甚者也, 終亦必亡而已矣.

요새 사람들은 천연적인 벼슬을 수양하고 (그런 뒤에는) 인위적인 벼슬을 구하려 하는데, 인위적인 벼슬을 이미 얻어서 차지하고나면 천연적인 벼슬을 버리니, (그런 사람은) 미혹됨이 심한 자여서 끝내는 역시 망해버릴 뿐이다. 요새 사람들은 인·의·충·신을 잘 갖추고 선의 행함을 즐기면서 미덕을 싫증내지 아니하는 천연적인 벼슬을 수양하고, (그런 뒤에는) 공경·대부 같은 인위적인 벼슬을 찾아나서며, 벼슬을 차지하고나면 천연적인 벼슬을 버리는데, (그런 사람은) 무엇에 홀려서 제 정신을 못차리는 자이니, 결국 벼슬을 잃고 망하게 된다는 말. (天爵 : 사람이 갖추어야 할 자연의 미덕. 곧 인·의·충·신을 잘 갖추고 선의 행함을 즐기면서 미덕을 싫증내지 아니하는 것을 이른다. 人爵 : 사람이 정한 영예. 곧 공경·대부 같은 사람이 주는 작위. 求 : 구하다. 필요한 것을 찾다. 얻기를 바라다. 惑 : 미혹하다. 무엇에 홀려서 제 정신을 못차리다. / 정신이 헷갈려서 갈팡질팡하다.)

〔 **孟子·告子上** 〕 孟子曰, 有天爵者, 有人爵者, 仁義忠信樂善不倦, 此天爵也. 公卿大夫, 此人爵也. ……. ○○○, ○○○○, ○○○○, ○○○○, ○○○○○, ○○○○○, ○○○○○○○.

夔憐蚿, 蚿憐蛇, 蛇憐風.

기 련 현

외발 달린 짐승인 기는 발이 매우 많은 노래기를 그리워하고, 노래기는 발이 없는 뱀을 그리워하고, 뱀은 아무 모습도 없이 지나가는 바람을 그리워한다. (喩) 사람은 자신의 천분(天分)에 만족하지 않고, 자신에게 없는 것, 할 수 없는 것을 부러워한다. (夔 : 외발 짐승. 고대 전설에 나오는

다리가 하나이며 용과 비슷한 동물의 일종. 憐 : 어여삐 여기다. / 좋아하다. 아끼다. / 그리워하다.)

〔**莊子·秋水**〕○○○, ○○○, ○○○, 風憐目, 目憐心.

大海若知足, 百川水倒流.

큰 바다가 만약 만족할 줄 안다면 모든 강의 물이 거꾸로 흐르게 될 것이다. (喩) 사람은 영원히 만족할 줄 모른다.

〔**五燈會元**〕曰, 如何是向上事. 師曰, ○○○○○, ○○○○○.

慕之者猶宵虫之赴明燭.

소 부

그것을 탐하는 것은 밤벌레가 밝은 촛불에 뛰어드는 것과 같다. (喩) 그 사물을 부러워하거나 탐내는 것은 몸을 망치는 결과가 된다. (慕 : 부러워하다. 탐하다. 宵 : 밤.) → **宵虫赴明燭.**

〔**抱朴子·疾謬**〕○○○○○○○○○○, 學之者猶輕毛之應飆風.

無勇者, 非先懾也, 難至而失其守也. 貪婪者, 非先欲也, 見利而忘其害也.

섭 람

용기가 없는 자는 처음부터 두려워하지는 않고 어려운 일이 닥칠 때 그 절조를 잃어버린다. 욕심이 많은 자는 처음부터 욕심을 부리지는 않고 이익될 일을 볼 때 그 해악을 잊어버린다. (懾 : 두려워하다. 무서워하다. 守 : 절조. 정조. 지조. / 직무. 직책. 임무. 貪婪 : 욕심이 많다. 탐욕스럽다.)

〔**淮南子·繆稱訓**〕○○○, ○○○○, ○○○○○○○, ○○○, ○○○○, ○○○○○○○. 虞公見重棘之璧, 而不知虢禍之及己也. 故至道之人, 不可遏奪也.

物一不爲少, 百不爲多.

물건이 하나라도 적다고 여기지 않고, 백이라도 많다고 여기지 않는다. 물건이 적어도 적음을 불만스럽게 생각하지 않고, 많아도 많음을 싫어하지 않음을 가리키는 말.

〔**觀燈百咏序**〕夫○○○○, ○○○○○, 多而不工, 不如其已.

獼猴入井取月, 枝折一齊死.

미 후

나무 위에 있던 큰 원숭이들이 우물에 비친 달을 잡으려고 하다가 나뭇가지가 부러져 다 함께 빠져 죽다. (喩) 사람이 부질없는 욕심에 사로 잡혀 마음이 동해도 좋은 결과가 없다. 사람이 신분의 정도를 생각하지 않고 행동 하다가는 도리어 화를 당한다. 바보가 일을 해도 헛되이 노력만

하고 공이 없다.

〔**僧祗律**〕佛告諸比丘, 過去世時, 波羅奈城有五百獼猴, 樹下有井, 井中有月, 共執樹枝, 首尾相接, 入井取月, 枝折一齊死.

伯封, 實有豕心, 貪婪無厭, 忿纇無期, 謂之封豕.

(시 람 뢰)

(舜임금 때의 악사장이었던 夔가 玄妻를 아내로 맞이하여 낳은) 伯封은 실제로 탐욕스런 돼지와 같은 마음이 있어서, 탐욕 부리기에 끝이 없고, 성내며 무례한 짓을 함이 한도가 없으므로 그를 탐욕하는 악인에 비유되는 큰 돼지라고 하였다. (豕心 : 돼지처럼 욕심이 많고 부끄러움이 없는 마음. 貪婪 : 탐욕함. 욕심을 부림. 無厭 : 싫증냄이 없다. 싫어함이 없다. 곧 끝이 없다. 忿 : 성냄. 화냄. / 원망함. 纇 : 어그러짐. 사리에 어긋남. / 비뚫어짐. 期 : 기한. 한정. / 정도. 한도. 封豕 : 큰 돼지. 탐욕하는 악인의 비유.) → **貪婪無厭. 貪得無厭. 貪欲無厭. 貪心無厭. 貪心不足. 忿纇無期.**

〔**春秋左氏傳·昭公二十八年**〕昔, 有仍氏生女, 黰黑而甚美, 光可以鑑, 名曰,玄妻. 樂正后夔取之, 生○○, ○○○○, ○○○○, ○○○○, ○○○○, 有窮后羿滅之, 夔是以不祀. 〔**春秋左氏傳·襄公三十一年**〕晉君將失政, 若不樹焉, 使早備魯, 旣而, 政在大夫, 韓子懦弱, 大夫多貪, 求欲無厭. 〔**呂氏春秋·務本**〕今處官則荒亂, 臨財則貪得, 列近則持諫, 將衆則罷怯. 〔**唐 韓愈·昌黎先生集·進學解**〕貪多務得, 細大不捐. 〔**明 東魯古狂生·醉醒後**〕總是小器易盈, 貪得無厭, 有此横死. 〔**清 錢泳·履園叢話·景賢**〕借納貢名, 貪婪無厭, 官民苦之.

服藥求神仙, 多爲藥所誤.

약을 먹어서 신선이 될 것을 바라고 있으나, 적지 않이 이런 약에 의하여 잘못을 남기게 된다. (喻) 좋은 물건 또는 좋은 일에는 흠 또는 나쁜 일이 따르게 마련이다. (多 : 적지 않게. 爲……所……는 ……에 의하여 ……가 되다.)

〔**舊唐書·憲宗記**〕○○○○○, ○○○○○, 誠哉是言也. 〔**二刻拍案驚奇**〕古人有言, ○○○○○, ○○○○○.

不自滿者受益, 不自是者博聞.

스스로 만족하지 못하는 자가 이익을 얻게되고, 스스로 옳은 사람이라고 여기지 않는 자가 사물을 널리 잘 알게 된다. 현실에 만족하는 자는 이익을 추구하는 일을 하지 아니하며, 자신을 옳은 사람이라고 여기는 자는 지식의 증대를 위한 노력을 하지 않는다는 뜻. (自滿 : 스스로 충분하다고 만족해하다. 자기 만족하다. 自是 : 자기가 옳다고 여기다. 博聞 : 사물을 널리 잘 알다.)

〔**宋 林逋·省心錄**〕○○○○○○, ○○○○○○. 吉凶悔吝, 非天然, 無有不由己者.

不役耳目, 百度惟貞.

귀와 눈에게 부림을 당하지 않으면 모든 법도가 올바로 된다. 귀와 눈이 유혹에 빠져 욕망에 현혹되어 옳게 보지 못하고 바르게 듣지 못하면 백가지 법도가 흔들리고 만다는 듯. (役耳目 : 본능적인 즐거움에 부림을 당하다.)

〔**書經·周書·旒獒**〕○○○○, ○○○○.

傷其身者, 不在外物, 皆有嗜欲, 以成其禍.

자신의 몸을 해치는 것은 명리, 부귀 등 외부적 사물에 있지 아니하고, 모두 향락을 탐하는 마음이 그 재앙으로 변한 탓이다. 사람은 이·목·구·비를 만족시키는 향락의 욕망 때문에 몸을 망치게 된다는 뜻. (外物 : 명리 · 부귀 따위와 같은 제 심신 이외의 온갖 사물. 嗜欲 : 즐기고 좋아하는 마음. 향락을 탐내는 것. 이·목·구·비 등의 욕망.)

〔**貞觀政要·君道**〕貞觀初, 太宗謂侍臣曰, ……. 朕每思之, ○○, ○○○○.

非無安居也, 我無安心也. 非無足財也, 我無足心也.

결코 안정된 거처가 없는 것이 아니고, 내가 나 자신의 안정을 추구하는 마음이 없는 것이며, 결코 충분한 재물이 없는 것이 아니고, 내가 나 자신의 재물을 스스로 넉넉하게 여기는 마음이 없는 것이다. (安 : 편안하다. 안정하다. / 편안하게 하다. 안정시키다. 足 : 만족하다. / 만족하게 여기다. 스스로 넉넉하게 여기다.)

〔**墨子·親士**〕吾聞之, 曰, ○○○○○, ○○○○○, ○○○○○, ○○○○○. 是故君子自難而易彼, 衆人自易而難彼.

比上不足, 比下有餘.

상층에 비해서는 부족하나 하층에 비해서는 여유가 있다. 현 상황에 대하여 만족하고, 더 많이 탐욕하는 마음이 없음을 표시. 이미 성취한 것에 만족하고 더 크게 성취할 웅대한 이상과 포부를 쟁취한 마음이 결핍되어 있음을 가리키는데 쓰인다. → **上方(比)不足, 下比有餘.**

〔**漢 趙岐·三輔決錄**〕杜伯直, 崔子玉以工書稱于前, 趙襲與羅暉亦以能草, 頗自矜夸. 伯英與朱賜書曰, 上比崔杜不足, 下比羅趙有餘. 〔**晉 張華·鶴鷯賦**〕將以上方(比)不足而下比有餘.

私視使目盲, 私聽使耳聾, 私慮使心狂.

사사로운 욕망을 가지고 사물을 보는 것은 눈을 멀게하고, 사사로운 욕망을 가지고 말을 듣는 것은 귀를 먹게하고, 사사로운 욕망을 가지고 생각하는 것은 마음을 미치게 한다. 사욕을 가지고 사물을 보면 사물의 시비를 바르게 볼 수 없고, 사욕을 가지고 남의 말을 들으면 그 말의 옳고 그름을 분별할 수 없고, 사욕을 가지고 일을 생각하면 마음이 흐트러져 올바른 판단을 할 수 없다는 말. (私 : 사사로운 욕망.)

〔 **呂氏春秋·序意** 〕 夫○○○○○, ○○○○○, ○○○○○. 三者皆私設精, 則智無由公.

聖希天, 賢希聖, 士希賢.

성인은 하나님이 되기를 바라고, 현인은 성인이 되기를 바라며, 선비는 현인이 되기를 바란다. 누구나 배움에 힘쓰는 정도에 따라 사현·성천(士·賢·聖·天)의 순으로 그것이 이루어질 것을 바라는 것. (希 : 바라다. 원하다.)

〔 **近思錄·爲學類** 〕 濂溪先生曰, ○○○, ○○○, ○○○, 伊尹顏淵大賢也.

世之逐利者, 早朝晏退, 焦脣乾嗌(익), 日夜思之, 猶未之能得. 今得之而務疾逃之. 介子推之離俗遠矣.

세상에서 이익을 추구하는 자는 이른 아침부터 늦은 퇴거시까지 입술이 타고 목구멍이 마르도록 밤낮으로 (이익을 얻으려고) 생각하지만 여전히 그것을 능히 얻지 못한다. (반 면) 바로 그것을 얻고서도 그것을 버리고 재빨리 도망가기에 힘썼으니 곧 晉나라의 介子推는 세속을 떠나 멀리 가버렸다. 사람의 욕심이 매우 심하게 다른 것을 형용. (晏 : 늦다. 늦게. 嗌 : 목구멍. 猶 : 아직. 여전히. 介子推, 일명 介之推는 晉나라 文公의 망명 때 종자로 그를 정성껏 도우다가 文公이 나라로 돌아와 군자가 된 후 포상하려 했으나 이를 거절하고 그의 곁을 떠나 介山에 숨어 살았다. 文公이 뒤늦게 뉘우치고 현상을 걸어 놓고 찾았으나 찾지 못해 그를 나오게 하기 위해 산에 불을 지르니, 그는 불에 타죽었다.) → **焦脣乾嗌**. = **焦脣乾肺**.

〔 **呂氏春秋·介立** 〕 人心之不同, 豈不甚哉. 今○○○○○, ○○○○, ○○○○, ○○○○, ○○○○○, ○○○○○○○○.

囚人夢赦(사), 渴人夢漿(장).

죄수는 죄과를 용서받는 것을 꿈꾸고, 목마른 사람은 음료를 꾼꾼다. (喩) 무엇을 갈망하면 곧 꿈에 갈망하는 것이 나타난다. (漿 : 마실 것. 음료.)

〔 **古今小說** 〕 古人有云, ○○○○, ○○○○. 此是吾光念念在心, 故有此夢警耳.

守一隅而遺萬方, 取一物而棄其餘, 則所得者鮮, 而所治者淺矣.

땅의 한 모퉁이를 지키다가 사방의 모든 나라를 잃어버리고, 하나의 물건을 취하다가 그 나머지 것을 다 버린다면 그것은 곧 얻는 것은 적고 처리하는 것은 미숙한 것이다. 일부분에 구애되어 대국을 잃는 것을 지적한 것. (一隅 : 한 구석. 한 모퉁이. 遺 : 잃다. / 버리다. 萬方 : 많은 나라. 사방의 모든 나라. 만국. 鮮 : 적다. 治 : 다스리다. 관리하다. 처리하다. 淺 : 천박하다. 미숙하다. 부족하다.)

〔**淮南子·泰族訓**〕夫○○○○○○○, ○○○○○○○, ○○○○○, ○○○○○○.

順理則裕, 從欲惟危.

도리를 따르면 여유가 있고, 욕심을 좇으면 위태롭다.

〔**程伊川·動箴**〕○○○○, ○○○○, 造次克念, 戰兢自持. 〔**小學·嘉言**〕曰, 哲人知幾, 誠之於思, 志士勵行. 守之於爲. ○○○○, ○○○○,

蠅營狗苟. 驅去復還.
부

쉬파리가 쉴새없이 왔다갔다하고 개가 꼬리치며 굽신거려서, 이를 쫓아버리지만 다시 돌아온다. (喩) 권세에 빌붙어서 이익을 꾀하려고 빈번히 도처에 왕래하면서 매우 비열하고 파렴치한 방법으로 굽신거리며 아첨하여 이를 쫓아버리지만 곧 되돌아온다. / 공명·명예·출세·이득을 얻기 위하여 수치를 모른채 수단 방법을 가리지 않고 끈질기게 노력하다. (營 : 쉴새 없이 왔다갔다하다. 苟 : 아첨하다. 굽신거리다. 驅 : 쫓다. 몰아내다. 去 : …버리다. / 내쫓다.) → **蠅營狗苟. 狗苟蠅營.**

〔**唐 昌黎先生集·送窮文**〕朝悔其行, 暮已復然, ○○○○, ○○○○. 〔**剪燈新話**〕蠅營狗苟, 羊狠狼貪.

養心莫善於寡欲, 其爲人也寡欲, 雖有不存焉者, 寡矣.

사람의 심성을 수양하는 데는 욕심을 적게 하는 것보다 더 좋은 것은 없다. 한 사람의 욕심이 적으면 그 본심을 보존하지 못하는 수가 있어도 그것은 매우 적을 것이다. 심성을 수양하는 도는 욕심을 적게 하는데 있음을 형용. (寡欲 : 욕심을 적게하다. / 욕심이 적다. 爲人 : 사람됨. 인품. 타고난 성질. 不存 : 그 본심을 보존하지 못하다. 그 본심을 잃다.)

〔**孟子·盡心下**〕孟子曰, ○○○○○○○, ○○○○○○, ○○○○○○, ○○. 其爲人也多欲, 雖有存焉者, 寡矣.

楊子取爲我, 拔一毛而利天下, 不爲也.

楊子는 자기만을 위하는 태도를 가졌으니, 머리털 한 개를 뽑아서 천하를 이롭게 한다해도 이를 하지 않았다. 戰國時代의 사상가인 楊子 곧 楊朱가 극단적인 이기주의자임을 나타내는 말로, 사람이 극단적으로 인색하고 이기적인 것을 풍자하는데 쓰인다. (取 : 대책을 시우다. 태도를 가지다.) = **拔一毛而利天下, 不爲也. 去體之一毛, 以濟一世, 不應.** → **一毛不拔.**

〔**孟子·盡心上**〕孟子曰, ○○○○○, ○○○○○○○, ○○○. 〔**列子·楊朱**〕禽子問楊朱曰, 去子體之一毛, 以濟一世, 汝爲之乎. 楊子曰, 世固非一毛所濟. 禽子曰, 假濟, 爲之乎, 楊子弗應.

魚藏於泉, 猶恐其不深, 復窟穴於其下. 然而爲人所獲者, 皆由貪餌故也.

부 굴

물고기는 물 속에 숨어 있으며, 아직도 그 물이 깊지 않은 것을 두려워하여 다시 그 밑바닥에 있는 굴 속에 살고 있으나, 그래도 사람에게 잡히게 되는 것은, 모두 먹이를 탐내어 먹기 때문이다. (喩) 사람이 성공하기 위하여 노력하고 조심하지만, 이욕에 눈이 어두워 실패하고 만다. (猶 : 그 위에 더. 그래도 더욱. 아직. 여전히.)

〔**貞觀政要·論貪鄙**〕 太宗爲侍臣曰, 古人云, 鳥棲於林, 猶恐其不高, 復巢於木末. ○○○○, ○○○○○, ○○○○○○. ○○○○○○○, ○○○○○○.

言私其豵, 獻豣于公.

종 헌 견

작은 돼지는 개인이 갖고, 큰 돼지는 다 나라에 바친다. 사람은 각기 이기심이 있으나 공익을 앞세우는 것이 중요하다는 뜻. (言 : 이에. ※ 조사. 豵 : 한 살난 멧돼지. 작은 짐승을 가리킨다. 豣 : 세 살난 멧돼지. 큰 짐승을 가리킨다. 公 : 공가. 국가나 공공기관·단체를 가리킨다.)

〔**詩經·豳風·七月**〕 二之日其同, 載纘武功, ○○○○, ○○○○.

如不知足, 則失所欲.

만일 만족할 줄을 알지 못하면 그 하고자 하는 것을 잃게 된다. 사람이 만족할 줄 모르면 끝없이 욕심을 부리어 그 목적을 달성할 수 없다는 말. (如 : 만일. 만약.)

〔**三國志·王昶傳**〕 語曰, ○○○○, ○○○○. 故知足之足常足矣.

如飛蛾之赴火, 豈焚身之可吝.

아 부 린

날아다니는 나방이 불에 달려드는 것과 같이 어찌 몸을 불태워서 욕심을 부리려할 수 있는가? (喩) 탐욕 때문에 스스로 죽음의 길을 찾아 멸망을 스스로 취하는 것이 안타깝다. (蛾 : 나방. 赴 : 나아가다. 달려가다. 吝 : 인색하다. / 탐하다. 욕심을 부리다. / 원망하다.) → **飛蛾赴火. 飛蛾投火. 飛蛾撲火. 燈蛾撲火. 飛蛾撲燈. 燈蛾赴火.**

〔**唐 姚思廉·梁書·到漑傳**〕 研磨墨以騰文, 筆飛毫以書信, ○○○○○○, ○○○○ ○○. 〔**水滸志**〕 燈蛾赴火, 惹焰燒身.

輿(여)人成輿, 則欲人之富貴. 匠人成棺(관), 則欲人之夭(요)死也.

수레를 만드는 사람은 수레를 만들고나면 사람들이 부귀해지기를 바라고, 목수가 관을 만들고나면 곧 사람이 젊어서 죽기를 바란다. 사람은 남의 사정에 관계없이 자기의 욕심을 채우는 것을 우선적으로 생각한다는 말. (輿人 : 수레 곧 차량을 만드는 사람. 夭死 : 요절. 젊어서 죽는 것.)

〔**韓非子·備內**〕……, 故○○○○, ○○○○○○, ○○○○, ○○○○○○○. 非輿人仁而匠人之賊也. 人不貴, 則輿不售. 人不死, 則棺不買. 情非憎人也, 利在人之死也.

捐(연)金於山, 沈珠於淵.

금을 산에 버리고, 구슬을 못에 가라앉히다. (喩) 재물을 가벼이 보고 부귀를 탐하지 않는다. (捐 : 버리다.) → **捐金沈珠.** ↔ **藏金於山. 藏珠於淵.**

〔**班固·東都賦**〕○○○○, ○○○○.

寧我負人, 毋(무)人負我.

차라리 내가 남을 버릴지언정 남이 나를 버리게 할 수는 없다. 남이 나를 버리면 내버려두지 않는다는 뜻으로 이기심이 절정에 이르는 잔인한 처세의 태도를 가리키는 말. (負 : 저버리다.) → **寧教我負天下人, 休教天下人負我.**

〔**三國志·魏志·武帝記**〕太祖乃變易姓名, 間行東歸. 裴松之注引孫盛殺記曰, 太祖聞其食器聲, 以爲圖己, 遂夜殺之. 旣而悽愴曰, ○○○○, ○○○○, 遂行. 〔**三國演義**〕曹操誤殺呂伯奢全家之後, 毫無愧悔之意, 反聲稱, 寧教我負天下人, 休教天下人負我. 〔**明 姚子翼·上春林**〕我商成惡計如狼虎, …… 寧使我負天下人, 莫使天下人負我.

腰纏(전)十萬貫, 騎鶴上揚州.

허리에 십만관의 돈을 차고 학을 타고서 揚州 刺史에 오르다. 많은 재물을 얻고 학을 타고 하늘에 오르며 좋은 벼슬을 하는 세 가지 욕심을 다 채우다. (喩) 모든 세속적인 욕망을 다 채우고자 탐하다. 욕심이 너무 많다. (纏 : 묶어 차다. 上 : 오르다. 揚州 刺史 : 당시 관리들이 가장 선호하던 관직.)

〔**宋 葛占方·韻語陽秋**〕俗言, ○○○○○, ○○○○○. 言揚州天下之樂國. 〔**宋 王楙·野客叢書**〕○○○○○, ○○○○○. 天下美事, 安有兼得之理. 〔**蘇軾·於潛僧綠筠軒 詩**〕可使食無肉, 不可居無竹. 無肉令人瘦, 無竹令人俗. 人瘦尚可肥, 士俗不可醫. 傍人笑此言, 似高還似痴. 若對此君仍大爵, 世間那有揚州鶴. < 自注 > 昔有客, 言志, 或願爲, 揚州刺史 或願多財貨, 或願騎鶴上升. 其一人曰, ○○○○○, ○○○○○. 蓋欲兼三人者之所欲也. 〔**元 陶宗儀·說郛**〕(載 商藝小說) 有客相從, 各言所志, 或願爲揚州刺史或願多資財, 或願騎鶴上升, 其一人曰, ○○○○○, ○○○○○. 欲兼三者.

欲其中者, 波沸寒潭, 山林不見其寂. 虛其中者, 涼生酷暑, 朝市不知其喧.

비 적 훤

마음에 욕심이 차 있으면 찬 연못에 물결이 끓어 오르듯하여 산림 속에서도 그 고요함을 알지 못하며, 마음에 공허함이 차 있으면 무더위 속에 서늘한 기운이 생기듯하여 저자 가운데서도 그 시끄러움을 알지 못한다. 욕심이 가득 차면 고요함 속에서 그 고요함을 느끼지 못하며 욕심이 없으면 시끄러움 속에서도 그 시끄러움을 느끼지 못한다는 뜻. (中 : 마음. 내심. 者 : ……면. ※ 순접의 조사. 沸 : 물이 끓다. 見 : 알다. 변별하다. 터득하다. 朝市 : 아침에 여는 저자. 喧 : 왁자지껄하게 떠드는 시끄러운 소리.)

〔**菜根譚·後五十二**〕○○○○, ○○○○, ○○○○○○, ○○○○, ○○○○, ○○○○○○.

欲速則不達, 見小利則大事不成.

일(정사)을 빨리 이루려고 하면 그 임무를 달성할 수 없고, 눈 앞의 작은 이익을 보면 곧 큰 일을 이룰 수 없다. 일을 빨리 이루려고 하면 너무 서두르게 되기 때문에 도리어 목표를 달성할 수 없게 되고, 눈 앞의 작은 이익을 노리면 작은 것을 얻는 대신에 큰 것을 잃게 된다는 뜻. (欲速 : 일을 빨리 이루려고 하다. 일을 빨리 이루기를 바라다. 見小利 : 눈 앞의 작은 이익을 보다.) → **欲速不達**. ≒ **貪小失大**.

〔**論語·子路**〕子夏爲莒父宰, 問政, 子曰, 無欲速, 無見小利, ○○○○○, ○○○○○○○○.

欲而不知止, 失其所以欲. 有而不知足, 失其所以有.

욕심을 부리면서 절제할 줄 모르면, 곧 가지려고 생각하고 있는 물건을 잃어버릴 수 있고, 가지고 있으면서 그것에 만족할 줄 모르면, 곧 이미 가지고 있는 물건까지도 잃어버릴 수 있다. 사람은 절제, 만족할 줄 알고, 끝없이 욕심을 부리는 것을 지양해야 함을 강조한 말. (欲而不知止 : 욕심을 부리는 것을 그칠 줄 모르다. 곧 끝없이 욕심을 부리는 것을 이른다.) = **貪得無厭**.

〔**史記·范雎蔡澤列傳**〕應侯曰, 善, 吾聞○○○○○, ○○○○○, ○○○○○, ○○○○○. 先生幸教, 雎敬受命.

愚人貪財, 如蛾赴火.

아 부

어리석은 사람이 재물을 탐하는 것은 나방이 불에 날아드는 것과 같다. (喻) 어리석은 사람이 재물을 탐하면 결국 몸을 망치게 된다. (蛾 : 나방. 또는 밤에 나는 곤충의 총칭. 赴 : 들어가다. / 달려가다.)

〔**宋 祝穆·事文類聚**〕○○○○, ○○○○.

痿人不忘起, 盲者不忘視.
위

앉은 뱅이는 언제나 일어서서 걷기를 바라고, 눈먼 사람은 늘 (어두운 세상에서 벗어나) 햇빛을 보기를 바란다. 사정이 절실함을 형용. (痿 : 신체 근육이 위축되어 반신불수가 된 병. 앉은 뱅이. / 저리다. 마비되다. 절름거리다. 발이 마비되어 걸을 수 없다. 起 : 일어서다. / 본래의 장소를 떠나다. 이동하다. 忘 : 잊다. 망각하다. / 소홀히 하다. 경시하다.) → **痿人不忘起**.

〔 **史記·韓信盧綰列傳** 〕 韓王信報曰, ……. 僕之思歸, 如○○○○○, ○○○○○也, 勢不可耳.

有穰田者, 操一豚蹄, 酒一盂, 祝曰, 甌窶滿篝, 汚邪滿車, 五穀蕃熟, 穰穰滿家.
양 제 우 구루 구 오사

곡식이 잘 되도록 비는 어떤 사람이 (한 손에) 한 개의 돼지발굽, (다른 한 손에) 술 한 사발을 잡고서 신에게 고하여 이르기를 "고지의 좁은 땅에서 나는 곡식이 광주리에 가득차고 움푹 파진 낮은 땅에서 나는 곡식이 수레에 가득차며 오곡이 무성하고 잘 여물어서 집안에 가득차기를…"이라고 하였다. (喩) 적은 것을 들여서 너무 많은 것을 바라다. / 가지고 있는 것은 좁은데 얻고자 하는 것은 과분하다. (穰田 : 곡식이 잘 익도록 빌다. 곡식이 잘 영글어 풍년 들기를 바라는 일. 操 : 잡다. 쥐다. 蹄 : 발굽. 盂 : 사발. 甌窶 : 고지의 좁은 땅. 篝 : 대 그릇. 광주리. 汚邪 : 움푹 파인 낮은 땅. 蕃熟 : 곡식 따위가 무성하고 잘 여묾. 穰穰 : 곡물이 풍요로운 모양. 곡물이 잘 결실한 모양.)

〔 **史記·滑稽列傳** 〕 (淳于) 髡曰, 今者臣從東方來, 見道傍○○○○, ○○○○, ○○○, ○○, ○○○○, ○○○○, ○○○○, ○○○○. 臣見其所持者狹, 而所欲者奢, 故笑之.

鬻棺者, 欲民之疾病也. 畜粟者, 欲歲之荒饑也.
육

관(棺)을 파는 사람은 사람들이 병들어 죽기를 바라고, 곡식을 많이 비축하고 있는 사람은 흉년이 들어 굶주리기를 바란다. (喩) 세상 사람들은 다 자기 본위로 생각한다. / 자기의 이익을 얻기 위하여 남이 잘못되는 것도 무릅쓰고 바라다. (鬻 : 팔다. 값을 받고 물건을 주다. 畜 : 쌓다. 비축하다. 荒饑 : 흉년이 들어 굶주리다.)

〔 **淮南子·說林訓** 〕 失火而遇雨. 失火則不幸, 遇雨則幸也. 故禍中有福也. ○○○, ○○○○○○, ○○○, ○○○○○. 〔 **漢書·刑法志** 〕 諺曰, 鬻棺者, 欲歲歲疫. 非憎人欲殺之, 利在於人死也. 今治獄吏欲陷害人, 亦猶此矣. 〔 **貞觀政要·論刑法** 〕 大宗謂侍臣曰, ……. 故人云, 鬻棺者, 欲歲之疫. 非疾於人, 利棺售故耳.

以一豚祭, 而求百福於鬼神.

한 마리의 돼지로 제사를 지내면서 귀신에게 백 가지의 복을 빈다. (喩) 남에게 적은 것을 베풀고 그 사람에게 많은 것을 바라다.

〔**墨子·魯問**〕魯祝○○○○, ○○○○○○○. 子墨子聞之曰, 是不可. 今施人薄, 而望人厚, 則人唯恐其賜於己也.

以貪小利, 失其大利也.

작은 이익을 탐하다가 (도리어) 큰 이득을 잃는다. (喩) 재물·이익에 집착하다가 양심을 잃는다. / 오랜 집권을 꾀하다가 민심을 잃어 결국 정권을 잃어버리다. = **貪於小利, 以失大利. 顧小利, 則大利之殘也. 見小利, 則大事不成. 貪小利, 失大利. 小貪大失. 貪小失大.**

〔**論語·子路**〕子曰, 無欲速, 無見小利, 欲速則不達, 見小利則大事不成. 〔**呂氏春秋·權勳**〕荀息伐虢, 克之, 還反伐虞, 又克之. 荀息操璧牽馬而報, 獻公喜曰, 璧則猶是也, 馬齒亦薄長矣. 故曰, 小利大利之殘也. / (達子) 與燕人戰, 大敗, 達子死. 齊王走莒. 燕人逐北入國, 相與爭金於美唐甚多. 此貪於小利以失大利者也. 〔**韓非子·十過**〕十過, 一曰, 行小忠, 則大忠之賊也. 二曰, 顧小利, 則大利之殘也. ……. 故虞公之兵殆而地削者何也. 愛小利而不慮其害. 故曰, 顧小利, 則大利之殘也. 〔**漢劉書·新論·貪愛**〕秦欲伐蜀, 路嶮不通, 乃斲石爲牛, 多以金置牛後, 號牛糞之. 蜀侯使五丁力士, 塹山塡谷, 以迎石牛, 秦人帥師隨後滅其國. ○○○○, ○○○○○.

人心難滿, 溪壑難塡.

학 전

사람의 마음은 가득 채우기가 어렵고, 계곡은 메우기가 어렵다. 사람은 그 만족을 느끼는 것이 매우 어려움을 이르는 말. (溪壑 : 시내가 흐르는 골짜기. 계곡. 塡 : 메우다. 채우다.)

〔**五燈會元**〕向上更有事也無. 師曰, ○○○○, ○○○○

人若不知足, 旣平隴, 復望蜀.

롱 부

사람은 만족할 줄을 잘 몰라서 이미 隴을 평정하고 다시 蜀을 (얻기를) 바란다. (喩) 사람의 욕심이 한이 없다. (由) 後漢의 세조 光武帝가 제위에 올라 洛陽에 도읍을 정했을 무렵 국내에는 여러 영웅들이 지역 별로 할거하고 있었다. 이에 光武帝는 위선 長安의 劉盆子의 항복을 받고 이어 睢陽의 劉永, 盧江의 李憲, 臨淄의 張步 등을 순차로 토벌하였고, 한 때 光武帝와 손을 잡았던 隴西의 隗囂가 모반하므로 岑彭 등 여러 장수를 보내 그를 쳐서 隴西의 땅을 평정하니 이제 남은 것은 蜀의 公孫述 뿐이었다. 이 때 光武帝는 위와 같이 다시 蜀을 얻기를 바라는 말을 한 것이다. (苦 : 잘. 매우.) = **得隴望蜀.**

〔**後漢書·岑彭傳**〕敕彭書曰, 兩城若下, 便可將兵南擊蜀虜. ○○○○○, ○○○○○○. 〔**李白·古風之二三**〕物若不知足, 得隴又望蜀. 〔**十八史略·近古·晉 六朝篇**〕十二年公孫述亡. 述茂陵人, 自更始時, 據蜀稱帝, 國號成. 上旣平隴曰, 人若不自足, 旣得隴, 復望蜀. 〔**明 謝讜·四喜記**〕下官蒙聖恩賜宮娥匹配, 無任欣幸. 人若不知足, 得隴復望蜀.

人有欲則無剛, 剛則不屈於慾.

사람이 물욕이 있으면 군세지 못하며, 군세면 물욕에 굴복하지 않는다. 사람이 지나친 욕심을 가지면 비굴해질 수 있으므로 욕심을 경계해야 한다는 뜻.

〔**近思錄·警戒類**〕伊川先生曰, ○○○○○○, ○○○○○○.

人只一念貪私, 便銷(소)剛爲柔, 塞智爲昏, 變恩爲慘, 染潔爲汚, 壞了一生人品.

사람이 단 한번이라도 사사로운 욕망을 추구하는 생각을 하면 곧 굳센 기력이 녹아 유약해지고, 지혜가 막혀 어리석게 되며, 은혜로운 마음이 변하여 가혹해지고, 깨끗한 마음이 물들어 더러워져서 한평생의 인품을 망가뜨리고 만다. 사람이 사리사욕을 추구하게 되면 결국 그의 인생 자체를 망치게 됨을 이르는 말. (貪私 : 사사로운 욕망을 추구하다. 사욕을 갈망하다. 銷剛 : 강한 기력을 녹이다. 昏 : 어리석다. 미련하다. 慘 : 혹하다. 무자비하다. 壞 : 나쁘게 하다. 망치다.)

〔**菜根譚·七十八**〕○○○○○○, ○○○○○, ○○○○, ○○○○, ○○○○, ○○○○○○. 故 古人, 以不貪爲寶, 所以度越一世.

一口不能著(착)兩匙(시).

한 입에 두 개의 숟가락을 붙일 수 없다. 한꺼번에 많이 먹으면 삭일 수 없다는 뜻. (喩) 너무 욕심을 부리면 소화를 시키지 못한다. (著 : 붙이다. 덧붙이다.)

〔**宋 范成大·丙午新正書懷**〕口不兩匙休足穀, 身能幾屐莫言錢. < 原注 > 吳諺云, ○○○○○○○.

林中不賣薪, 湖上不鬻(육)魚.

숲 속에서는 땔나무를 팔지 아니하고, 호수 근처에서는 고기를 팔지 아니한다. (喩) 물자가 풍족하면 사람들은 아무런 욕심을 내지 않는다. / 물건이 많이 있는 곳에서는 같은 물건을 파는 어리석은 행동을 하지 않는다.

〔**淮南子·齊俗訓**〕扣門求水, 莫弗與者, 所饒足也. ○○○○○, ○○○○○. 所有餘也. 故豊則欲省, 求澹則爭止.

作甲者, 欲其堅, 恐人傷. 作箭者, 欲其銳, 恐人不傷.

갑옷을 만드는 자는 그것이 견고하기를 바라고 그것을 입는 사람이 다칠 것을 두려워한다. 화살을 만드는 자는 그것이 예리하기를 바라고 그 화살을 맞은 사람이 다치지 않을 것을 두려워한다. (喻) 사람은 각각의 역할이 있어 그가 하는 일의 목적이 잘 이루어지기를 바란다. / 재판을 주관하는 자는 사람에게 형벌을 가함으로써 자신의 영달과 명예를 얻으려고 한다.

〔**貞觀政要·論刑法**〕 太宗謂大理卿孫伏伽曰, 夫○○○, ○○○, ○○○, ○○○, ○○○, ○○○○.

財色之於人, 譬如小兒貪刀刃之密甜, 不足一食之美, 且有截舌之患也.

(甜: 첨, 截: 절)

재물과 여색은 사람에게 있어서 마치 어린 아이가 칼날에 붙어있는 꿀의 달콤한 맛을 탐하지만, 이것은 한 끼니의 맛있는 음식에도 족하고 또 혀를 잘릴 걱정이 있는 것과 같다. 재물과 여색은 달콤한 것 같아 추구하지만 욕구를 충족시켜주지 못하고 도리어 재앙을 부를 수 있음을 경계하여 이르는 말. (刀刃 : 칼날. 甜 : 달다. 맛있다. 截 : 끊다. 절단하다.)

〔**佛說·四十二章經**〕 ○○○○○, ○○○○○○○○○○○, ○○○○○○, ○○○○○○○○.

齊宣王就見孟子曰, 前日願見而不可得, 不識可以繼此而得見乎. 対曰, 不敢請耳, 固所願也.

齊나라 宣王이 (신하의 직분을 사임한) 孟子를 만나보고 말하기를 "전날에 만나기를 원했으나 그럴 수 없었는데, 이 뒤로 계속하여 만날 수 있을지 모르겠습니다."라고 하였다. (孟子는) 이에 대하여 "감히 (그리해 줄 것을) 청하지는 못하지만 진실로 바라는 바입니다."라고 말하였다. (不敢請耳, 固所願 : 내가 진정으로 원하고 있던 것을 그 상대방이 먼저 제의했을 때 감사하게 수락하면서 쓰는 말. 耳 : 어조사. 固 : 진실로.) → **不敢請耳, 固所願.**

〔**孟子·公孫丑下**〕 孟子致爲臣而歸, 王就見孟子曰, 前日願見而不可得, 得侍同朝, 甚喜. 今又棄寡人而歸. 不識可以繼此而得見乎. 對曰, 不敢請耳, 固所願也.

糟糠不飽者, 不務粱肉. 短褐不完者, 不待文繡.

술지게미·쌀겨의 거친 음식마저도 배불리 먹지 못하는 자는 좋은 쌀과 고기로 만든 맛난 음식·좋은 안주를 바랄 수 없고, 짧은 베잠방이마저도 제대로 갖추지 못한 사람은 그린 무늬·수놓은 무늬의 좋은 옷을 필요로 하지 않는다. 생활이 지극히 빈곤한 자는 좋은 의식생활을 바랄 여유가 없음을 형용. / 어떤 사람·조직을 이끌기 위해서는 그것이 처한 상황에 맞는 대응이 필요함을 시사하는 말. (務 : 힘을 쏟다. 전심치력하다. / 구하다. 추구하다. 바라다. 待 : 기다리다. / 바라다. 기대를 걸다. / 필요로 하다.) → **糟糠不飽. 糟糠不厭.**

〔**荀子·大略**〕 古人賢人, 賤爲布衣, 貧爲匹夫. 食則饘粥不足, 衣則豎褐不完. 然而非禮不進, 非義不愛. < 楊注 > 豎褐, 僮豎之褐, 亦短褐也. 〔**韓非子·五蠹**〕 ○○○○○, ○○○○, ○○○○○, ○○○○. 夫治世之事, 急者不得, 緩者非所務也. 〔**史記·伯夷列傳**〕 且七十子之徒, 仲尼獨薦顏淵爲好學. 然回也屢空, 糟糠不厭. 〔**史記·孟嘗君列傳**〕 僕妾餘粱肉, 而士不厭糟糠. 〔**漢書·貨殖傳**〕 富者木土被文錦, 犬馬餘肉粟, 而貧者短褐不完, 舍菽飮水.

縱欲之病可醫, 而執理之病難醫.

제멋대로 욕심을 부리는 병은 치료할 수 있으나, (자신의) 이론에 집착하는 병은 치료하기 어렵다. 자신의 견해를 고집하고 스스로 옳다고 여기는 병은 고칠 수 없어 인식상의 큰 재난을 가져올 수 있음을 시사하는 것. (縱欲 : 제멋대로 욕심을 부리다. 執理: 이론에 집탁하다. 곧 자신의 견해를 고집하고 스스로 그것이 옳다고 여기는 것을 이른다.)

〔**菜根譚·百九十**〕○○○○○○, ○○○○○○○. 事物之障可除, 而義理之障難除. ※〔**荀子·解蔽**〕凡人之患, 蔽於一曲而暗於大理.

罪莫大於可欲, 禍莫大於不知足, 咎莫大於欲得.

구

죄는 욕심을 부리는 것보다 큰 것이 없고, 화는 만족할 줄 모르는 것보다 큰 것이 없으며, 허물은 이득을 얻으려고 하는 것보다 큰 것이 없다. 욕심을 부리지 말고 만족할 줄 알면 죄도, 화도, 허물도 없다는 뜻. (欲 : 욕심부리다. 탐내다.)

〔**老子·第四十六章**〕○○○○○○, ○○○○○○○, ○○○○○○, 故知足之足, 常足.

只見錐頭利, 不見鑿頭方.

착

다만 송곳 끝이 뾰족한 것을 볼 뿐이고, 끌의 끝이 네모진 것을 보지 못하다. (喩) 다만 작은 이익을 탐하고, 큰 위해를 고려하지 못하다. (鑿 : 끌. 정. 方 : 네모지다. 모나다. / 사변형. 육면체.)

〔**五燈會元**〕雖然如是, ○○○○○, ○○○○○, 若是金山即不然.

知足不辱, 知止不殆, 可以長久.

(마음으로) 만족하게 여길 줄 알면 (밖으로 부터의) 모욕을 받지 않을 수 있고, (행위상으로) 알맞게 억제할 줄 알면, 곧 뜻 밖의 위험이 생기지 않을 수 있어, 몸을 잘 보전하여 오래 살 수 있게 된다. 마음으로 만족하게 여길 줄 알고, 행위상으로 알맞게 억제할 줄 알면 오래 살 수 있다는 말. (知足 : 만족하게 여길 줄 알다. 심리상으로 절제할 줄 안다는 뜻. 知止 : 억제할 줄 알다. 행위상으로 절제할 줄 안다는 뜻.)

〔**老子·第四十四章**〕○○○○, ○○○○, ○○○○. 〔**漢書·疏廣傳**〕知足不辱, 知止不殆, 功遂身退, 天之道也. 〔**三國志·魏志·王昶傳**〕語曰, 如不知足, 則失所欲, 故知足之足常足矣.

知足, 然後富從之, 德宜君人, 然後貴從之. 故貴爵而賤德者, 雖爲天子, 不尊矣. 貪物而不知止者, 雖有天下, 不富矣.

만족하게 여길 줄 안 후에야 부유함이 따르고, 덕이 마땅히 군자다워진 후에야 존귀함이 따른다. 그러므로 작위를 귀하게 여기고 덕을 천하게 여기는 자는 비록 천자라 해도 높은 것이 아니며, 물질을 탐하면서 그 탐함을 억제할 줄 알지 못하는 자는 비록 천하를 가지고 있다해도 부유한 것이 아니다.

〔**韓詩外傳·卷五**〕○○, ○○○○○, ○○○○, ○○○○○, ○○○○○○○, ○○○○, ○○○, ○○○○○○○, ○○○○, ○○○.

知足者不以利自累(루)也, 審自得者失之而不懼(구), 行修(수)於內者無位而不怍(작).

만족하게 여길 줄 아는 사람은 이익 때문에 스스로 (몸을) 손상시키지 않고, 스스로 만족함을 깨달은 사람은 잃는 것이 있어도 두려워하지 않으며, 마음을 수양한 사람은 세속의 지위가 없어도 부끄러워하지 않는다. (累 : 상해하다. 손상시키다./ 피로하게 하다. 審 : 자세히 알다. 自得 : 스스로 만족하다. 득의하다. 內 : 마음. 마음 속. 생각. 怍 : 부끄러워하다.)

〔**莊子·讓王**〕孔子愀然變容曰, 善哉回之意. 丘聞之, ○○○○○○○○○, ○○○○○○○○○, ○○○○○○○○○○,

清泉綠卉(훼), 何物不可飲啄(탁), 而鴟(치)鴞(효)偏嗜腐鼠.

깨끗한 샘물과 푸른 초목의 어느 것인들 마시고 쪼아 배를 채우지 못하랴만 올빼미는 하필 썩은 쥐를 좋아하는가? (喩) 지혜가 많아 이해득실을 잘 구분하는 사람이 사욕에 눈이 어두워져서 어리석은 잘못을 저질러 자신의 몸을 망치다. (卉 : 초목의 총칭. 鴟鴞 : 올빼미. 간악한 사람의 비유. 偏 : 기어코. 일부러. 꼭. 굳이. 하필. 嗜 : 특히 좋아하다. 애호하다. 즐기다.)

〔**菜根譚·後七十一**〕晴空朗月, 何天不可翱翔, 而飛蛾獨投夜燭, ○○○○, ○○○○○○, ○○○○○○○, 噫, 世之不爲飛蛾鴟鴞者, 幾何人哉.

鷦(초)鷯(료)巢於深林, 不過一枝. 偃(언)鼠飲河, 不過滿腹.

뱁새가 깊은 숲 속에 둥지를 틀지만 한 나뭇가지에 지나지 아니하며, 두더지가 큰 강물을 마시지만 작은 배를 채우는데 지나지 않는다. (喩) 아주 미미하고 초라한 집에서 하찮은 음식을 먹으면서도 만족하게 살다. 매우 작은 성취에도 스스로 만족하다. 사람은 각기 나름대로 만족하게 생각하는 것이 있다. 사람은 자기 분수를 따라 만족할 줄 알아야 한다. (鷦鷯 : 뱁새. 偃鼠 : 두더지.)
→ **巢林一枝.**

〔**呂氏春秋·求人**〕許由辭曰, ……, 啁噍巢於林不過一枝, 偃鼠飲於河, 不過滿腹. 歸己君乎. 惡用天下. 〔**莊子·逍遙遊**〕許由曰, 子治天下, 天下旣已治也. 而我猶代子, 吾將爲名乎. ……, ○○○○○○, ○○○○, ○○○○, ○○○○, 歸休乎君. 予無所用天下爲. 〔**漢 蔡邕·讓高陽侯印綬符策表**〕鷦鷯巢林, 不過一枝, 偃鼠飲河, 不過滿腹, 小人之情, 求足而已. 〔**宋史·李沆傳**〕人生朝暮不可保, 又豈能久居. 巢林

一枝, 聊自足耳, 安事豊屋哉. 〔**宋名臣言行錄·李沆·談苑**〕(宋史 李沆傳의 내용과 동일.)

逐獸者, 目不見太山. 嗜慾在外, 則明所蔽矣.

짐승을 쫓는 자는 눈으로 태산을 볼 수 없다. 그것은 사냥을 기호하는 마음이 다른 곳에 있으면 그 명석함이 가리워지기 때문이다. (喩) 보는 사람이 이익에 눈이 어두우면 큰 해가 눈 앞에 있는 것도 알지 못한다.

〔**淮南子·說林訓**〕以瓦鉒者全, 以金鉒者跋, 以玉鉒者發. 是故所重者在外, 則内爲之掘. ○○○, ○○○○○, ○○○○, ○○○○○.

取金之時, 不見人, 徒見金.

금을 가지고 갈 적에는 사람은 보이지 않고 한갓 금만이 보인다. (喩) 물욕에 마음이 사로잡히면 사람의 도리(仁·義·禮·智·信)도 저버리고 친척도 친지도 도외시한다. / 사람이 어떤 일에 집착할 때는 그것만을 생각하고 다른 것은 생각하지 못한다.

〔**列子·說符**〕吏捕得之, 問曰, 人皆在焉, 子攫人之金何. 對曰, ○○○○, ○○○○○○.

治鼠穴而壞里閭, 若玉之有瑕, 置之而全, 去之而虧.
려 하 휴

쥐구멍을 처리하려고 하다가 마을 입구에 시워둔 이문을 망가뜨리는 것은 마치 흠집이 있는 구슬을 그대로 두면 온전할 것인 데도, 그것(흠집)을 없애려 하다가 (도리어 그 구슬을) 훼손해 버리는 것과 같다. 소를 위하여 대를 희생하는 것은 어리석다는 비유. / 작은 흠집을 없애려고 하다가 전체를 망가뜨리는 것은 어리석다는 비유. (里閭 : 마을 입구에 세운 문. 이문. 虧 : 이지러지다. / 부수다. 훼손하다.)

〔**淮南子·說林訓**〕治鼠穴而壞里閭, 潰小皰而發痤疽, 若珠之有纇, 玉之有瑕, 置之而全, 去之而虧.

度長短者, 不失毫釐, 量多少者, 不失圭撮, 權輕重者, 不失黍累.
탁 리 촬 서 루

길고 짧은 것을 헤아리는 자는 아주 작은 분량도 잃지 않으려 하며, 가볍고 무거운 것을 저울질하는 자는 매우 조그마한 것도 잃지 않으려고 한다. (毫釐 : 극히 적은 분량. 毫 : 무게·길이의 단위. 釐 : 기준 단위의 100분의 1. 圭撮 : 극히 적은 양. 圭는 1升의 10만분의 1. 撮 : 1升의 1만분의 1. 黍累 : 극소의 중량. 黍 : 累의 10분의 1. 累 : 銖의 10분의 1.)

〔**漢書·律歷志**〕○○○○, ○○○○, ○○○○, ○○○○, ○○○○, ○○○○.

貪得者, 分金恨不得玉, 封公怨不受侯, 權豪自甘乞丐.
개

이득을 탐내는 사람은 금을 나누어 주면 옥을 얻지 못하는 것을 한하고, 공작(公爵)을 봉해 주면 제후(諸侯)를 받지 못하는 것을 원망하나니, 그런 자는 권세있는 귀인이 되어도 거지노릇하는 것을 스스로 달게 여긴다. 만족할 줄 모르는 사람은 그 욕심이 끝이 없음을 형용. (乞丐 : 거지.)

〔 **菜根譚·後三十** 〕 ○○○, ○○○○○○, ○○○○○○, ○○○○○○. 知足者, 藜羹旨於膏粱, 布袍煖於狐貉, 編民不讓王公.

貪夫徇財, 烈士徇名, 夸者死權, 衆庶憑生.

순 과 빙

탐욕하는 자는 재물을 위하여 목숨을 잃고, 열사는 이름을 위하여 목숨을 잃으며, 아첨하는 자는 권세를 위하여 죽으니 모든 백성은 생명을 믿을 뿐이다. (徇 : 따라서 죽다. …위하여 죽다. 夸 : 아첨하다. 굽신거리다. 憑 : 믿다. 신빙하다.)

〔 **莊子·駢拇** 〕 小人則以身殉利, 士則以身殉名, 大夫則以身殉家, 聖人則以身殉天下. ……. 天下盡殉也. 彼其所殉仁義也, 則俗謂之君子, 其所殉貨財也, 則俗謂之小人. 其殉一也, 則有君子焉, 有小人焉. 〔 **莊子·盜跖** 〕 滿苟得曰, ……吾日與子訟於無約. 曰, 小人殉財, 君子殉名. 其所以變其情, 易其性, 則異矣. (原 賈生列傳의 내용과 동일.) 〔 **史記·伯夷列傳** 〕 賈子曰, ○○○○, ○○○○, ○○○○, ○○○○, 〔 **史記·屈原賈生列傳** 〕 小知者私兮, 賊彼貴我. 通人大觀兮, 物無不可. 貪夫殉財兮, 烈士殉名, 夸者死權兮, 品庶馮生. 〔 **漢 賈誼·服鳥鳥賦** 〕 ※ 史記·屈原賈生列傳의 내용과 동일. 〔 **唐 李商隱·太倉箴** 〕 貪夫徇財, 有死無二, 御黠馬銜, 不得不利. 〔 **梁啓超·無慾與多慾** 〕 貪夫徇財, 烈士徇名, 哲人徇道, 其趨向不同, 則其慾念之所主亦自不同耳.

貪慾生憂, 貪慾生畏. 解無貪慾, 何憂何畏.

탐욕은 근심을 생기게 하고, 탐욕은 두려움을 생기게 한다. 깨달아서 탐욕을 없애면 무엇을 근심하고 무엇을 두려워 하랴!

〔 **法句經·好喜品** 〕 ○○○○, ○○○○, ○○○○, ○○○○.

貪他一粒粟, 失却半年糧. 貪他一杯酒, 失却滿船魚.

남의 한 알의 조를 탐내다가 반년의 양식을 잃고, 남의 한 잔의 술을 탐내다가 배에 가득한 고기를 잃는다. (喩) 적은 것 때문에 큰 것을 잃다.

〔 **五燈會元** 〕 曰, 如何是向上路. 師曰, 黑漫漫地. 僧便喝. 師曰, ○○○○○, ○○○○○. 僧回首曰, 遠聞不如近見. 師曰, ○○○○○, ○○○○○.

跛者不忘履, 盲者不忘視.

파 리

절뚝이는 신발을 잊지 못하고, 봉사는 보는 것을 잊지 못한다. 곧 절뚝이는 걷는 것을 바라고 봉사는 세상을 볼 수 있게 되기를 바란다는 것. (喩) 어떤 한 관건이 되는 일, 원한에 사무친 일을 늘 생각하며 잊지 못하다.

〔**說苑·談叢**〕踒人日夜願一起, 盲人不忘視. 〔**吳越春秋·句踐歸國外傳**〕九年正月, 越王召五大夫而告之曰, ……. 今寡人念吳, 猶躄者不忘走, 盲者不忘視. 〔**聊齋志異·巧孃**〕飲次, 巧孃戱問. 寺人亦動心佳麗否. 生曰, ○○○○○, ○○○○○.

芭蕉以實死, 竹蘆實亦然. 駏驉坐妊死, 士以貪自喪.

파초 로 거허

파초는 열매를 맺기 때문에 죽고, 대나무와 갈대도 또한 열매를 맺어서 그렇게 되며, 숫말과 암나귀의 트기인 버새는 새끼를 배면 앉아서 죽고, 선비는 재물을 탐하면 저절로 죽게 된다. (蘆 : 갈대. 駏驉 : 암나귀와 수말을 교배시켜 난 트기 말인 버새. ※ 노새는 수나귀와 암말 사이에 난 트기 말. 喪 : 죽다.)

〔**法句經·利養品**〕○○○○○, ○○○○○, ○○○○○, ○○○○○.

5. 性質 −性稟·性向·精誠·誠實·讓步·眞僞

可與同患, 難與處安.

고난을 함께하는 것은 가하나, 안락함을 함께하기는 어렵다. 배은 망덕하고 냉혹 무정함을 형용. = **可同患, 難處安. 可與共患難, 不可與共樂.** ↔ **可與共安樂, 亦可與共患難.**

〔**史記·越王句踐世家**〕范蠡遂去, 自齊遺大夫種書曰, ……. 越王爲人長頸鳥喙, 可與共患難, 不可與共樂. ……. 還反國, 范蠡以爲大名之下. 且句踐爲人○○○○, ○○○○, ……. ↔ 〔**明 梁辰魚·浣紗記**〕常言道可與共安樂, 亦可與共患難. 當初主公歡喜, 伯嚭也歡喜. 如今主公煩惱, 伯嚭也煩惱.

見卵而求時夜, 見彈而求鴞炙.

효 자

달걀을 보고 곧(그것이 닭으로 태어나서) 새벽에 울어 밤의 시각을 알려 줄 것을 바라고, 활에 메워 쏘는 돌을 보고 곧 올빼미 구이를 먹게 되기를 바라다. (喩) 계산이 지나치게 앞서다. 일이 지나치게 성급하게 이루어지기를 바라다. 일을 지나치게 서두르다. 매우 경솔한 판단이나 속단을 하다. 말이 지나치게 앞서다. (時夜 : 닭이 울어 밤의 시각을 알리는 일. / 닭의 딴 이름. 彈 : 활에 메워 쏘는 돌. 鴞 : 부엉이, 올빼미, 솔개 등 올빼미과 새의 총칭.) → **見卵求時夜.** → **見彈求鴞炙. 見彈求鴞.**

〔**莊子·齊物論**〕長梧子曰, ……. 且女亦大早計, ○○○○○○, ○○○○○○. 〔**淮南子·說山訓**〕見彈而求鴞炙, 卵而求晨夜, 見麖而求成布, 雖其理哉, 亦不病暮. 〔**淸 顧炎武·答原一公肅兩甥書**〕因罠覓菟, 見彈求鴞.

徑路窄處, 留一步與人行.
착

작은 길과 좁은 곳에서는 한 걸음 멈추어서 다른 사람으로 하여금 먼저 가게 하라. 남에게 양보하는 것이 세상을 살아가는 가장 안락한 방법의 하나임을 이른 것. (徑路 : 작은 길. 지름길. 窄 : 좁다. 與人行 : 남을 먼저 가게 하다. ※ 與 : … 하도록 시키다. … 하게 하다.)

〔 **菜根譚·十三** 〕 ○○○○, ○○○, ○○○. 滋味濃的, 減三分 讓人嗜. 此是涉世一極安樂法.

耕者讓畔, 行者讓路.
반

밭 가는 사람이 밭 경계의 땅을 상대방에게 양보하여 주고, 길 가는 사람이 남이 먼저 지나가도록 길을 터 양보하여 주다. 예양(禮讓)의 정신이 사회의 한 습속으로 형성됨을 형용. (畔 : 밭 경계.) → **耕者讓畔. 耕夫讓畔, 耕者讓路.** → **行者讓路.** ≒ **訟者讓田.**

〔 **史記·五帝本紀** 〕 舜耕歷山, 歷山之人皆讓畔. 漁雷澤, 雷澤上人皆讓居. 〔 **論衡·是應** 〕 男女異路, 市無二價, ○○○○, ○○○○. 〔 **孔子家語·好生** 〕 虞芮兩國爭田而訟, 連年不決, 乃相謂曰, 西伯仁也, 盍往質之. 入其境則○○○○, ○○○○. 〔 **何遜·七召** 〕 樵者目金而知恥, 耕夫讓畔以成仁. 〔 **元 劉唐卿·降桑椹** 〕 ○○○○, ○○○○. 長者爲兄, 次者爲弟.

飢則附人, 飽則高揚.

배고프면 남에게 빌붙고, 배부르면 곧 높이 위로 오른다. 어려울 때는 남에게 의지하지만 일단 뜻을 이루면 곧 거만을 떨고 남을 무시하여 상대하지도 않음을 형용. (揚 : 위로 어르다.)

〔 **唐 方玄齡 等·晉書·慕容垂載記** 〕 且垂猶鷹也, ○○○○, ○○○○, 愚風塵之會, 必有陵宵之志.

大奸似忠, 大詐似信.

가장 사악한 사람은 (겉으로는) 충실한 사람과 비슷하고, 가장 잘 속이는 사람은 진실한 사람과 비슷하다. 사악한 사람일수록 그 속마음을 숨기고 충실한 사람과 같이 행동하며, 남을 잘 속이는 사람일수록 그것을 잘 감추고 진실한 사람으로 가장한다는 뜻. (大 : 지극히. 더할 수 없이. 가장. 매우. 아주. 奸 : 간악하다. 사악하다. 간사하다. 似 : 같다. / 비슷하다. 흉내내다. 본따다. 忠 : 성의를 다하여 힘쓰다. 충실하다. 같이 보인다.)

〔 **老子·第四十五章** 〕 大直若屈, 大巧若拙, 大辯若訥. (위 내용의 類似語) 〔 **晏子春秋·重而異者** 〕 夫藏大不誠于中者, 必謹小誠于外. 〔 **抱朴子·祛惑** 〕 白石似玉, 奸佞似賢. 賢者愈自隱蔽, 有而如無, 奸人愈自炫沽, 虛而類實. 非至明者, 何以分之. 〔 **宋史·呂晦傳** 〕 大姦似忠, 大詐似信. 〔 **明 無名氏·楊家府演義** 〕 帝又謂八王曰, 王欽若欺罔如此. 朕竟弗知何也. 八王曰, ○○○○, ○○○○, 設使聖上知之, 非奸臣矣.

大車無輗, 小車無軏, 其何以行之哉.
거 예 월

짐 실어나르는 달구지에 소 멍에를 거는 끌채 끝의 횡목(橫木; 가로지른 나무)이 없거나, 말이 끄는 수레에 끌채 끝의 상곡(上曲 ; 위로 굽은 것.)이 없다면 그것이 어떻게 앞으로 나아갈 수 있겠는가? 소·말과 연결하는 관건의 장치인 끌채 끝의 횡목·상곡이 없으면 수레를 끌고 갈 수 없는 것과 같이 사람에게 진실성이 없으면 재능이 있어도 그 사람됨을 알 수 없어 아무 쓸 모가 없다는 의미. (大車 : 소가 끄는 짐 실어나르는 수레. 달구지. 小車 : 말이 끄는 수레. 싸움하는 수레. 사람 타는 수레가 이것이다. 輗 : 끌채 끝의 가로지른 나무로, 여기에 소의 멍에를 묶는다. 軏 : 끌채 끝의 위로 굽은 것으로, 가로 댄 나무에 걸어서 말에 메운다.)

〔 **論語·爲政** 〕子曰, 人而無信, 不知其可也. ○○○○, ○○○○, ○○○○○○○. 〔 **新序節士** 〕信之於人, 重矣, 猶輿之輗軏也. 故孔子曰, ○○○○, ○○○○, ○○○○○○○. 此之謂也.

冬氷可折, 夏木可結.

겨울의 얼음은 부러질 수 있고, 여름의 나무는 구부러질 수 있다. 부드러운 물도 겨울에 얼면 딱딱하여져서 잘 부러지고, 또 딱딱한 나무가 여름에는 부드러워져서 구부러진다는 뜻. (喩) 사물이나 사람의 본성이 때에 따라 달라진다. / 사물이 그 때를 얻으면 처리하기 쉬우나 그 때를 얻기가 어렵다. (結 : 굽다. 구부러지다.) → **冬氷可折**.

〔 **文子·上德** 〕○○○○, ○○○○, 時難得而易失.

登山耐側路, 踏雪耐危橋.

산에 오를 때는 경사가 있는 옆길로 가는 것을 감내해야 되고, 눈이 덮인 길을 걸어갈 때는 위험한 다리를 지나가는 것을 감내해내야 된다. (喩) 일을 참을성있고 착실히 하면 곧 험한 경지를 벗어나서 목적을 달성할 수 있다.

〔 **明 席文輿·蓄德錄** 〕語云, ○○○○○, ○○○○○. 耐字最有意味. 如傾險之人情, 坎坷之世道, 若不得一耐字撐持過去, 幾何不墮入榛莽坑塹哉.

泛駕之馬, 可就驅馳, 只一優遊不振, 便終身無個進步.
봉

수레를 뒤엎는 사나운 말도 (길들이면) 몰고 다닐 수 있는 것이다. 사람이 다만 한결같이 우유부단하여 분기하지 않는다면 평생토록 조금의 발달·향상도 없다. (泛駕之馬 : 수레를 뒤엎는 사나운 말. 재능은 있지만 예절의 법제의 제약을 받지 않는 인물의 비유. 驅馳 : 말을 몰아 빨리 달리다. 優遊 : 주견이 없어 결단성이 없다. 우유부단하다. 振 : 분기하다. 기운을 내어 힘차게 일어서다. 進步 : 점차 발달·향상하다.) → **泛駕之馬**.

〔**菜根譚·七十七**〕○○○○, ○○○○, 躍冶之金, 終歸型範, ○○○○○○, ○○○○○○○. ※〔**漢書·武帝紀**〕夫泛駕之馬, 跅弛之士, 亦在御之而巳.

思之思之, 鬼神通之.

생각하고 또 생각하면 마침내 귀신이 이를 알게 해준다. (喻) 한 가지 일에 밤낮으로 온 정성을 쏟아 골똘하게 생각하면 마침내 그 일을 깨닫게 된다. (通 : 전하다. 알려주다.)

〔**管子·心術下**〕思之不得, 鬼神教之. 〔**管子·内業**〕思之思之, 又重思之, 思之而不通, 鬼神將通之.

性相近也, 習相遠也.

사람의 본성은 (본래) 서로 비슷하나, 각자의 습관이 (같지 않으므로 말미암아) 서로 격차가 난다. 사람의 본성은 본래 좋고 나쁜 차이가 있으되 근본적으로는 그다지 차이 나지 않는 것이지만, 다만 선에 습관이 되면 선해지고 악에 습관이 되면 악해지게 되므로 서로의 격차가 나게 된다는 것. (性 : 사람의 본성으로, 기질을 포괄하여 말하는 것. 近 : 비슷하다. 근사하다. 닮다. 遠 : 격차가 많다.)

〔**論語·陽貨**〕子曰, ○○○○, ○○○○.

性猶杞柳也, 義猶桮棬也. 以人性爲仁義, 猶以杞柳爲桮棬.

기 배 권

사람의 본성은 갯버들과 같고, 의는 나무로 만든 그릇과 같은 것이니, 사람의 본성으로 인의를 행하게 하는 것은 갯버들을 가지고 나무그릇을 만드는 것과 같다. 사람의 본성은 본래 인의가 없어서 후천적, 인위적으로 잘못을 바로잡아야 인의도덕이 이루어진다는 것을 비유적으로 설명한 것으로, 이는 곧 荀子의 성악설과 상통하는 주장이다. (杞柳 : 갯버들. 이 버들 가지를 결여 상자·그릇 따위를 만든다. 桮棬 : 나무를 구부려서 만든 그릇. 또는 엷은 판자를 구부려서 만든 술잔.)

〔**孟子·告子上**〕告子曰, ○○○○○, ○○○○○, ○○○○○○, ○○○○○○○.

誠有誠, 乃合於情, 精有精, 乃通於天.

성실하고 또 성실한 것은 인정에 들어맞고, 정성스럽고 또 정성스러운 것은 하늘에 통한다. 사람의 지극한 정성에는 신도 감동하여 도와주어서 그 뜻한 바가 이루어진다는 뜻. (有 : 또.) → **至誠感天. 至誠如神.**

〔**書經·虞書·大禹謨**〕帝初于歷山, 往于田, 日號泣于旻天于父母, ……, 瞽亦允若, 至誠感神, 矧玆有苗. 〔**中庸·第二十四章**〕至誠之道, 可以前知, ……, 禍福將至, 善必先知之, 不善必先知之, 故至誠如神. 〔**呂氏春秋·具備**〕慈母之愛諭焉, 誠也. 故○○○, ○○○, ○○○, ○○○○. 乃通於天, 水木石之性, 皆可動也. 又況於有血氣者乎.

性猶湍水也, 決諸東方則東流, 決諸西方則西流.
단 저

사람의 본성은 여울물이 동쪽으로 터놓으면 동쪽으로 흐르고, 서쪽으로 터놓으면 서쪽으로 흐르는 것과 같다. 사람의 본성은 선과 불선의 구분이 안되어 있어 후천적으로 바로잡느냐의 여부에 따라 그것이 좌우된다는 뜻. (湍水 : 소용돌이 치며 급하게 흐르는 물. 맴도는 급류. 決 : 물을 터놓다. 물을 이끌어 내다. 諸 : …에서.)

〔 **孟子·告子上** 〕 告子曰, ○○○○○. ○○○○○○○○, ○○○○○○○○. 人性之無分於善不善也, 猶水之無分於東西也.

性燥心粗者, 一事無成, 心和氣平者, 百福自集.

성질이 조급하고 마음이 거친 사람은 한 가지 일도 이루지 못하나, 마음이 부드럽고 기질이 평온한 사람에게는 백 가지 복이 저절로 모인다. 성정이 조급하고 세심하지 못한 사람은 어떠한 일도 이룰 수 없으나, 성정이 화평하고 정서가 평온한 사람은 가지고 있는 모든 행복이 다 그의 신변으로 모여든다는 뜻. → **性燥無成. 和平集福. 心氣和平, 百福自集.**

〔 **菜根譚·二百九** 〕 ○○○○○. ○○○○, ○○○○○, ○○○○. ※ 〔 **大學·經一** 〕 知止而后有定, 定而后能静, 静而后能安, 安而后能慮, 慮而后能得. 〔 **世說新語·忿狷** 〕 王藍田性急, 嘗食雞子, 以筋刺之, 不得, 便大怒, 擧以擲地. 雞子於地圓轉未止, 仍下地以屐齒蹍之, 又不得, 瞋甚. 復於地取內口中, 齧破即吐之.

小水不容大舟.

적은 냇물은 큰 배를 담지 못한다. (喩) 조건에 한계가 있어 큰 재능을 가진 사람을 받아들이지 못하다. (容 : 담다. 수용하다. 용납하다. 감싸다. 포용하다. 관용하다.)

〔 **晉書·恒謙傳** 〕 ○○○○○○, 若縱才力足以濟事, 亦不假君爲鱗翼.

十室之邑, 必有忠信.

집이 10호쯤 되는 작은 마을에도 반드시 충실과 신실을 중히 여기는 사람이 있다. (喩) 도처에 걸출한 사람이 있다. (邑 : 사람이 모여 사는 고을. 마을. 작은 시골 마을. 忠信 : 충실과 신실을 중히 여기는 사람. / 성실하고 거짓이 없는 믿음직한 사람.)

〔 **論語·公冶長** 〕 子曰, ○○○○. ○○○○. 如丘者焉, 不如丘之好學也. 〔 **說苑·談叢** 〕 十步之澤, 必有香草, 十室之邑, 必有忠士. 〔 **警世通言** 〕 豈不聞○○○○. ○○○○.

養性者, 善行不可離口, 善藥不可離手.

좋은 본성을 기르는 사람은 착한 행실을 하는 것이 입에서 떠나서는 안되고, 좋은 약은 손에서 떠나서는 안된다.

〔**唐書·孟詵傳**〕居常語人曰, ○○○. ○○○○○○. ○○○○○○, 當時傳其當.

量粟而舂, 數米而炊.
속 용 취

곡식을 되로 되어서 방아를 찧고 쌀알을 세어서 밥을 짓다. 사람이 인색하거나 생활이 곤궁함을 형용. 자질구레한 일을 지나치게 따지고 정신을 기울인 나머지 큰 일을 이루지 못함을 비유하는 것. / 업무의 처리에 도량이 좁은 것을 비유. 작은 것은 처리할 수 있으나 큰 것은 다스릴 수 없음을 비유. 가정은 다스릴 수 있으나 나라는 다스릴 수 없음을 비유. (粟 : 곡식. 오곡의 총칭. 舂 : 방아 찧다.) → **量粟而舂, 數米而炊. 秤薪而爨.**

〔**莊子·庚桑楚**〕簡髮而櫛, 數米而炊. 竊竊乎. < 唐 成玄英疏 > 格量米數, 炊以供餐, 利益蓋微, 爲損更甚. 〔**淮南子·詮言訓**〕蓼菜成行, 瓶甌有堤, ○○○○. ○○○○, 可以治家, 而不可以治國. 〔**淮南子·泰族訓**〕蓼菜成行, 甂甌有宔, 秤薪而爨., 數米而炊, 可以治小, 而未可以治大也.

有襄公玆父者, 欲覇諸侯, 與楚戰, 公子目夷請及其未陳擊之, 公曰, 君子不困人於隘, 遂爲楚所敗.
부 애

宋나라 襄公인 玆父가 우두머리 諸侯가 되고자 楚나라와 싸울 때, 공자인 目夷가 적이 진을 치기 전에 공격할 것을 청하였으나 玆父는 “군자는 궁지에 빠져있는 사람을 곤하게 하지 않는다”고 말하고 (기다리다가) 드디어 楚나라에 패하게 되다. 이를 宋襄之仁이라 한다. (喻) 쓸 데 없는 인정을 베푸는 어리석음. 한갓 착하기만 하고 수단·권도가 없이 부질없는 동정을 베풀다. 시의에 맞지 않게 인의를 강구하다. 인의를 추구하면서도 우둔한 결과에 이르다. → **宋襄之仁. / 君子不困人於隘.**

〔**春秋左氏傳·僖公二十二年**〕宋公及楚人戰於泓. 宋人旣成列, 楚人未旣濟. 司馬曰, 彼衆我寡, 及其未旣濟也, 請擊之. 公曰, 不可. ……旣陳而後擊之, 宋師敗績, 公傷股, 門官殲焉. 國人皆咎公. 公曰, 君子不重傷, 不禽二毛. 古之爲軍也, 不以阻隘也. 寡人雖亡國之餘, 不鼓不成列. 子魚曰, 君未知戰. 〔**淮南子·道應訓**〕趙簡子死, 未葬, 中牟入齊, 已葬五日, 襄子起兵攻, 圍之未合, 而城自壞者十丈, 襄子擊金而退之, 軍吏諫曰, 君誅中牟之罪, 而城自壞, 是天助我, 何故居之, 襄子曰, 吾聞之叔向曰, 君子不乘人於利, 不迫人於險. 使之治城, 城治而後攻之. 中牟聞其義, 乃請降. 〔**新序·雜事四**〕昔者, 趙之中牟叛, 趙襄子率師伐之, 圍未合而城自壞者十堵, 襄子擊金而退, 士軍吏曰, 君誅中牟之罪, 而城自壞, 是天助也, 君曷爲去之. 襄子曰, 吾聞之於叔向曰, 君子不乘人於利, 不迫人於險. 使之城而後攻. 中牟聞其義, 乃請降. 〔**十八史略·上古·春秋戰國篇**〕宋子姓, 商紂庶兄微子啓之所封也. 後世至春, ○○○○○○, ○○○○, ○○○, ○○○○○○○○○○○○, ○○○○○○○○○○, ○○○○○. 世笑以爲宋襄之人.

人生而靜, 天之性也. 感於物而動, 性之欲也.

사람이 태어나서 원래 온화한 것은 사람의 타고난 본성이다. (사람의 마음이) 외부 환경의 자극에 감응하여 활동하는 것은 인성 중에 존재하는 욕구 때문이다. (靜 : 평온하다. 온화하다. 침착하다. 物 : 천지 사이에 존재하는 만물. / 자기와 상대되는 개념으로서의 환경.)

〔**禮記·樂記**〕○○○○, ○○○○, ○○○○○, ○○○○, 物至知知, 然後好惡形焉. 〔**文子·道原**〕人生而靜, 天之性也, 感物而動, 性之欲也, 物至而應, 智之動也.

人有大惑而不能自知者, 舍有而思無也, 舍易而求難也.

사람은 큰 미혹됨이 있어 이를 스스로 알 수가 없어, 있는 것을 버리고 없는 것을 생각하며, 쉬운 것을 버리고 어려운 것을 구한다. (大惑 : 마음이 크게 헷갈려 헤맴. 者 : 조사. 舍 = 捨.)

〔**徐幹·中論**〕○○○○○○○○○○○, ○○○○○○, ○○○○○○.

人有六情, 目慾視好色, 耳欲聽宮商, 鼻欲嗅(후)芬香, 口欲嗜甘旨, 其身體四肢欲安而不作, 衣欲被文繡而輕暖.

사람에게는 여섯 가지의 본성이 있다. 눈으로는 아름다운 빛깔을 보고 싶어하고, 귀로는 좋은 음악을 듣고 싶어하고, 코로는 향기로운 냄새를 맡고 싶어하고, 입으로는 맛있는 음식을 즐기고 싶어한다. 신체와 사지는 편안하고 일하지 않기를 바라고, 옷은 그린 무늬 수놓은 무늬에다 가볍고 따뜻한 것을 입고 싶어한다. (好色 : 아름다운 빛깔. 宮商 : 음악의 다섯 가지 기본 음 가운데 첫째음과 둘째음으로, 여기서는 음악을 의미. 芬香 : 좋은 냄새. 甘旨 : 맛있는 음식. 文 : 그린 무늬. 繡 : 수놓은 무늬.)

〔**韓詩外傳·卷五**〕○○○○, ○○○○○, ○○○○○, ○○○○○, ○○○○○, ○○○○○, ○○○○○, ○○○○○○○○○. 此六者, 民之六情也.

人性之善也, 猶水之就下也. 人無有不善, 水無有不下.

인성의 선함은 물이 아래로 흘러내려가는 것과 같으니, 사람은 불선한 것이 없으며, 물은 아래로 흘러내려가지 않는 것이 없다. 사람의 본성은 본래 선한 것이나 물욕 때문에 불의가 생기게 된다는 孟子의 성선설(性善說)의 일부를 설명한 것으로, 이는 荀子의 성악설(性惡說), 揚子의 선악혼지설(善惡混之說)과 대조되는 학설이다.

〔**孟子·告子上**〕告子曰, 性猶湍水也, 決諸東方則東流, 決諸西方則西流, 人性之無分於善不善也, 猶水之無分於東西也. 孟子曰, 水信無分於東西, 無分於上下乎. ○○○○○, ○○○○○, ○○○○○, ○○○○○.

人之性惡, 其善者僞也. 今人之性, 生而有好利焉, 順是, 故爭奪生而辭讓亡焉.
무

사람의 본성은 악(惡)이며 그것이 선(善)하다고 하는 것은 의식적으로 꾸민 것이다. 오늘날 사람들의 본성은 태어나면서부터 이(利)를 좋아하고 이것을 좇기 때문에 다투고 빼앗는 일이 생기며 사양함이 없는 것이다. 荀子의 성악설(性惡說)의 일부 내용이다. (僞 : 작위·의식적으로 꾸며서 하는 행위. 천성적인 것이 아니고 사람이 만들어낸 것. 順 : 좇다. 따르다. 달라붙다. 亡 : 없다. = 無.)

〔 **荀子·性惡** 〕 ○○○○, ○○○○○, ○○○○, ○○○○○, ○○○○○○○○○○○. 生而有疾惡焉, 順是, 故殘賊生而忠信亡焉. 生而有耳目之欲, 有好聲色焉, 順是, 故亂生而禮義文理亡焉.

人之性也善惡混, 修其善則爲善人, 修其惡則爲惡人.

사람의 본성에는 선과 악이 섞여 있어서, 선을 닦으면 선인이 되고, 악을 닦으면 악인이 된다. 孟子는 성선설, 荀子는 성악설을 주장하고 있으나 揚子는 위와 같이 선과 악이 혼재하고 있다는 절충적 입장을 취하고 있다.

〔 **揚子·法言·修身** 〕 ○○○○○○○, ○○○○○○○, ○○○○○○○. 氣也者所以適善惡之馬也與.

一爭兩醜, 一讓兩有.
추

한번 다투면 두 사람 다 추하게 되고, 한번 양보하면 두 사람 다 넉넉하게 된다. 서로 다투면 양방이 다 영예롭지 못하고, 서로 양보하면 양방이 다 이익이 있다는 말. (有 : 많다. 많이 있다. 넉넉하다.)

〔 **明 呂德勝·小光語** 〕 ○○○○, ○○○○. 虞芮之困田, 亡父之白金.

將叛者其辭慙, 中心疑者其辭枝.
참

남을 배반하려고 하는 사람의 언사(言辭)는 반드시 부끄러워 불안해지고, 마음 속에 의심이 있는 사람은 그의 언사가 반드시 산란하고 번잡해진다. 진실·신의의 상도(常道)를 거스르려고 하는 자는 그 말이 떳떳하지 못하고 마음 속에 의혹을 품고 있는 자는 그 말이 전일치 못하다는 뜻. (叛 : 배반하다. 배반하여 버리고 가다. 모반하다. 慙 : 부끄럽다. / 부끄러워하다. 부끄럽게 여기다. = 慚. 中心 : 마음 속. 속마음. = 心中. 枝 : 갈라지다. 분리되다. / 산란하고 번잡하다. 散亂枝蔓.)

〔 **周易·繫辭下** 〕 ○○○, ○○○, ○○○○, ○○○. 吉人之辭寡, 躁人之辭多, 誣善之人其辭遊, 失其守者 其辭屈.

燥性者火熾, 遇物則焚. 寡恩者氷淸, 逢物必殺.
치

성미가 조급한 자는 사나운 불길 같아서 물건을 만나면 곧 태워버리고, 인정스러운 마음이 적은 사람은 얼음 같이 차거워서 물건을 만나면 반드시 제거해버린다. 한 개인의 사업 가능여부와 성공은 다방면의 인소(因素)에 의해서 결정되며, 그 중에서 개성적 인소는 경시해서는 안되는 것으로서, 곧 성정이 경박한 사람은 차분하고 침착한 감정이 없어 사소한 일에도 화를 잘 내고 일을 경솔히 처리하여 일을 오래 지속하기가 어려우며, 또한 인색하고 냉혹한 사람은 냉혹하여 남에게 신임과 우의를 맺기 어렵고 양호한 인간교제관계가 결핍되어 있어, 이런 유의 성정을 가진 사람은 다 남과 합작하여 같은 알을 하기 어려움을 지적한 말. (火熾 : 불길이 세다. 왕성하다. 치열하다. / 사나운 불길. 恩 : 은혜. / 친밀한 마음. 친근한 마음. 인정스런 마음. 따뜻한 마음과 의리. 氷淸 : 얼음 같이 맑고 깨끗하다. / 냉혹하다. 인정미가 조금도 없다.)

〔**菜根譚·六十九**〕○○○○○, ○○○○, ○○○○○, ○○○○. 俱難建功業而延福祉.

終身讓路, 不枉百步, 終身讓畔, 不失一段.
왕

한 평생 동안 길을 베켜주어도 백 걸음밖에 헛된 것이 없으며, 한 평생 동안 남에게 밭고랑을 양보해도 한 구간 밖에 잃지 않는다. 한 평생 남에게 양보하여도 그 손해가 거의 없다는 뜻. / 겸양·양보의 덕으로 처세하면 잃는 것은 적고 결국 얻는 것이 많다는 말. (枉 : 헛되다. 쓸데없다. 가치가 없다. 畔 : 논이나 밭의 두렁. / 강·호수·도로 등의 가장자리. 一段 : 한 구간.)

〔**新唐書·朱敬則傳**〕敬則兄仁軌, 字德容, 隱居養親. 嘗誨子弟曰, ○○○○, ○○○○, ○○○○, ○○○○. 〔**明 呂坤·呻吟語**〕古人云, …… 終身讓畔, 不失一段. 〔**淸 張英·聰訓齋語**〕古人有言, 終身讓路, 不失尺寸. 老氏以讓爲寶. 〔**小學·嘉言**〕孝友先生 朱仁軌隱居養親. 嘗誨子弟曰, ○○○○, ○○○○, ○○○○, ○○○○.

中人之性, 如水之在器, 方圓不常.

범인의 성품은 물이 그릇에 담겨 있는 것과 같아서 모나고 둥글고 한 것이 일정치 않다. (喩) 범인의 성품은 상대하는 사람에 따라 때로는 모나게 때로는 원만하게 변한다.

〔**宋史·化基傳**〕蓋○○○○, ○○○○○, ○○○○. 顧用之者如何耳.

至誠而不動者, 未之有也, 不誠, 未有能動者也.

지극히 진실하고서 남을 감동시키지 못한 자는 아직 없었고, 진실하지 못하면서 남을 감동시킨 자도 아직 없었다. 진실한 마음이 없으면 사람을 움직일 수 없다는 뜻. (動 : 감동시키다.)

〔**大學·傳六**〕此謂誠於中形於外. 故君子必愼其獨也. 〔**莊子·漁父**〕客曰, 眞者精誠之至也. 不精不誠,不能動人. 〔**孟子·離婁上**〕誠者天之道也, 思誠者人之道也. ○○○○○○, ○○○○, ○○, ○○○○○○. 〔**近思錄·存養類**〕伊川先生曰, 不能動人, 只是誠不至, 於事厭倦, 皆是無誠處.

直而不能枉(왕), 不可與大任, 方而不能圜(원), 不可與長存.

(사람의 마음이) 곧기만 하고 굽힐 수 없으면 그에게 큰 임무를 줄 수 없고, 모가 나고 둥글지 못하면 오래 존속할 수 없다. 성질이 원만해야 큰 일을 오래 할 수 있다는 뜻. (枉 : 굽다. 굽히다. 圜 = 圓으로 둥글다.)

〔**說苑·談叢**〕中不方, 名不章. 外不圜, 禍之門. ○○○○○, ○○○○○, ○○○○○, ○○○○○.

千里送鵝毛, 禮輕情意重.

(지극히 거리가 먼) 천리 밖에서 (지극히 가벼운) 기러기털을 보내니, 예물로는 값이 적은 것이나, 그 정과 뜻은 매우 두텁다. 보내온 선물은 비록 대수롭지 않은 것이나, 그 정성은 매우 크다는 뜻. (禮 : 예물. 선물. 輕 : 무게 · 비중 따위가 가볍다. / 값이 적다. 값이 없다. 重 : 정도가 심하다. 정의가 두텁다.) → **千里送鵝毛. 千里鵝毛.**

〔**北宋 歐陽修·梅聖兪寄銀杏**〕鵝毛贈千里, 所重以其人. 〔**北宋 蘇軾·楊州以土物寄少遊·詩**〕且同千里寄鵝毛, 何用孜孜飫麋鹿. 〔**北宋 黃庭堅·長句謝陳適用惠送吳南雄所贈紙詩**〕千里鵝毛意不輕, 瘴衣腥膩北歸客. 〔**刑俊臣 詩**〕物輕人意重, 千里送鵝毛.

天地祐之, 日爲再中, 天雨粟, 烏白頭, 馬生角, 廚門木象生肉足.

천지가 도와서 해가 다시 중천에 나타나고, 하늘에서 곡식비가 내리고, 까마귀의 머리가 희어지고, 말에 뿔이 생겨나고, 부엌 문의 나무 코끼리에 근육으로 된 발이 생겨나다. (喩) 정성은 능히 하늘과 땅을 감동시킨다. / 있을 수 없는, 불가능한 일이 일어나다. (由) 燕나라 태자 丹을 秦나라 왕이 억류하고 약속하여 말하기를 "해를 다시 중천에 뜨게하고, 하늘에서 곡식비가 내리고, 까마귀로 하여금 머리를 희게하고, 말에 뿔이 생겨나고, 부엌 문의 나무 코끼리에 근육으로 된 발이 생겨나면 곧 돌려보내 주겠다."고 하였다. 이 때를 당해서 위와 같이 곧 천지가 도와서 이 같은 일이 다 일어나자 秦나라 왕은 신성스럽게 여겨 丹을 돌려보내 주었다. → **烏白頭. 馬生角. 烏白馬角. 烏頭馬角.**

〔**燕丹子**〕燕太子丹質於秦, 秦王遇之無禮, 不得意, 欲歸. 秦王不聽, 謬言曰, 令烏白頭, 馬生角, 乃可. 丹仰天嘆焉, 即爲之烏頭白, 馬生角. 秦王不得已而遣之. 〔**史記·刺客列傳**〕太史公曰, 世言荊軻, 其稱太子丹之命, 天雨粟, 馬生角也. < 贊注 > 索隱曰, 丹求歸, 秦王曰, 烏頭白, 馬生角, 乃許耳. 〔**漢 王充·論衡·感虛**〕燕太子丹朝於秦, 不得去, 從秦王求歸. 秦王執留之, 與之誓曰, 使日再中, 天雨粟, 令烏白頭, 馬生角, 廚門木象生肉足, 乃得歸. 當此之時, ○○○○, ○○○○, ○○○, ○○○, ○○○, ○○○○○○○. 秦王以爲聖, 乃歸之. 〔**三國 魏 曹植·精微篇**〕子丹西質秦, 烏白馬角生. 〔**南朝 宋 鮑照·代白紵舞歌詞**〕潔城洗志期暮年, 烏白馬角寧足言.

快牛爲犢子, 多能破車.

재빠른 소가 송아지일 때는 적지 않게 (제가 끄는) 수레를 망가뜨린다. 성질이 거센 송아지는 이따금 말썽을 부리지만 자라서는 반드시 장쾌한 소가 된다는 뜻을 함축. 장래 큰 일을 하려는 젊은이는 스스로 경계해야 함을 비유하여 이르는 말. (快 : 빨리 달리다. 재빠르다. 爲 : …이다. 犢子 : 송아지. 多 : 적지 않게.) → **快犢 破車.**

〔**晉書·石季龍載記**〕(季龍) 性殘忍, 好馳獵, 遊蕩無度, 尤善彈, 數彈人, 軍中以爲毒患. 勒白王, 將殺之. 王曰, ○○○○○○, ○○○○, 汝當小忍之.

太剛則折, 太柔則卷.

너무 단단하면 부러지고, 너무 부드러우면 말린다. 사람이 지나치게 강직하고 고집스러우면 손해를 보고, 지나치게 유연하고 순종하면 굴욕을 당한다는 뜻. / 강직에 치우치면 좌절하고, 유약에 치우치면 휘말린다는 말. (卷 : 말다. 감다. 걷다. / 휩쓸다. 휘말다.) → **太剛則折.**

〔**列子·黃帝**〕老聃曰, 兵彊則滅, 木彊則折. 〔**老子·第七十六章**〕堅強者, 死之徒, 柔弱者, 生之徒. 是以兵強則不勝, 木強則兵. 強大處下, 柔弱處上. 〔**文子·道原**〕兵強則滅, 木強則折, 革強而裂, 齒堅於舌而先斃. 〔**淮南子·氾論訓**〕○○○○, ○○○○. 聖人正在剛柔之間, 乃得道之本. 〔**淮南子·原道訓**〕兵強則滅, 木強則折, 革固則裂, 齒堅於舌而先之敝. 〔**東周列國志**〕諺云, 太剛則折.

泰山不辭土壤, 故能成其大. 河海不擇細流, 故能就其深.

泰山은 흙을 (받아들이는 것을) 사양하지 않으므로 그렇게 큰 것을 이룰 수 있고, 바다는 개울물을 (받아들이는 것을) 가리지 않으므로 그렇게 깊은 것을 이룰 수 있다. (喩) 훌륭한 사람은 남의 어려운 일을 거절하지 않고 과감히 처리하며 남에게 마음으로 거스르지 않고 순응함으로 인하여 결국 세상 사람들의 지도자가 된다. 남을 포용하는 너그러움·아량이 크면 많은 동조자를 얻을 수 있다. / 매우 미세한 사물이라도 부단하게 누적되면 곧 거대한 작용을 할 수 있다. → **泰山不辭土壤, 河海不擇細流.**

〔**管子·形勢**〕海不辭水, 故能成其大. 山不辭土石, 故能成其高. 明主不厭人, 故能成其衆. 士不厭學, 故能成其聖. 〔**墨子·親士**〕江河不惡小谷之滿已也, 故能大. 聖人者事無辭也, 物無違也, 故能爲天下器. 〔**韓非子·大體**〕太山不立好惡, 故能成其高. 江海不擇小助, 故能成其富. 故大人寄形於天地, 而萬物備, 措心於山海, 而國家富. 〔**李斯·上秦王逐客書**〕○○○○○○, ○○○○○, ○○○○○○, ○○○○○. 〔**韓詩外傳·卷三**〕夫太山不讓礫石, 江海不擇小流, 所以成其大也. 〔**淮南子·泰族訓**〕海不讓水潦以成其大, 山不讓土石以成其高. 〔**史記·李斯列傳**〕○○○○○○, ○○○○○, ○○○○○○, ○○○○○. 〔**說苑·尊賢**〕夫太山不辭壤石, 江海不逆小流, 所以成大也. 〔**說苑·君道**〕若夫江海無不受, 故長爲百川之主. 〔**十八史略·春秋戰國篇·秦始皇**〕泰山不讓土壤, 故大. 河海不擇細流, 故深.

好人之所惡, 惡人之所好, 是謂拂人之性, 菑必逮夫身.
오

남이 싫어하는 것을 좋아하고 남이 좋아하는 것을 싫어하는 것, 이것을 사람의 본성을 거스르는 것이라고 이르는 것이니, (이런 자에게는) 재앙이 그 몸에 반드시 미치게 된다. (拂 : 거스르다. 어기다. 위배되다. 위반하다. 菑 : 재앙. = 災. 逮 : 미치다. 이르다.)

〔**大學·傳十**〕 ○○○○○, ○○○○○, ○○○○○○, ○○○○○.

Ⅳ. 才智 및 經驗

1. 能力·才能·才幹

假金只用眞金鍍, 若是眞金不鍍金.
도

가짜의 금속은 진짜의 금으로써 도금을 하며, 이처럼 진짜의 금은 도금을 하지 않는다. (喩) 본질이 좋지 않는 것이 표면만 꾸미고, 진정한 것은 꾸미지 않는다. / 무능한 사람이 능력있는 것처럼 행동하나 참으로 유능한 사람은 겉치레를 하지 않는다. (假金 : 가짜의 금속. 황금이 아닌 금속. 只는 어조사. 用 : 쓰다. / …으로써. = 以. 若是 : 이와 같이. 이처럼.) → **眞金不鍍. 眞金不鍍金.**

〔**唐 李紳·答章孝標詩**〕 ○○○○○○○, ○○○○○○○. 十載長安得一第, 何須空腹用高心.

甘井先竭, 招木先伐.

물맛이 좋은 우물이 먼저 마르고, 위로 곧게 뻗은 큰 나무가 먼저 베어진다. (喩) 뛰어난 인물은 그 뛰어난 재능때문에 그 성함을 유지하지 못하고 일찍 제거당한다. 재능이 있는 사람이 먼저 해를 입는다. (招 : 위로 처들다. 위로 뻗다. 높이 오르다. 높다. = 撟. 灼 : 굽다. 사르다. 暴는 햇볕에 말리다.) → **直木先伐. 甘井先竭.**

〔**墨子·親士**〕 今有五錐, 此其銛, 銛者必先挫. 有五刀, 此其錯, 錯者必先靡. 是以甘井近竭, 招木近伐. 靈龜近灼, 神蛇近暴. 〔**莊子·山木**〕 直木先伐. 甘井先竭. 子其意者食知以驚愚, 修身以明汙. 〔**文子·符言**〕 其文好者皮必剝, 其角美者身必殺. 甘泉必竭, 直木必伐, 華榮之言後爲愆, 石有玉傷其山, 黔首之患固在言前. ……. 羽翼美者傷其骸骨, 枝葉茂者害其根荄, 能兩美者天下無之. ……. 再實之木其根必傷, 多藏之家其後必殃. 〔**逸周書**〕 肥豕必烹, 甘泉必竭. 直木必伐.

見橐駝謂馬腫背
탁 타 종

낙타를 보고 등에 혹이 난 말이라고 이르다. (喩) 스스로 옳다고 여기는 논법을 써서 본 적이 없는 사물을 해석하다. (橐駝 : 낙타의 딴 이름. 腫 : 혹.)

〔**後漢 牟融·牟子**〕 少所見, 多所怪, 睹橐駝, 謂馬腫背. 〔**聊齋志異·序**〕 諺有之云, ○○○○○○○. 此言雖小, 可以喩大矣.

經之以天, 緯之以地. 經緯不爽, 文之象也.

하늘의 육기(六氣)를 씨줄로 삼고 땅의 오행(五行)을 날줄로 삼아 천하를 다스리고 조금도 착오가 없도록 하는 것이 문덕의 표상이다. 하늘과 땅의 자연적 순환원리에 따라 착오없이 세상을 다스려 나가는 것이 문치의 덕의 표상임을 이르는 것. (經天緯地 : 하늘을 상하의 씨줄로 삼고 땅을 좌우의 날줄로 삼다. 천하를 다스린다는 뜻. 천하를 경영하고 어지러운 세상을 바로잡아 정상을 회복한다는 의미. / 사람의 재능과 기백이 극히 뛰어나서 천하를 다스리고 바로잡을 만하다는 비유. 인(人)·사(事)·물(物)이 중요하여 세상을 유지하고 어지럽지 않게 하는데 족함을 비유. 經은 베 짤 때의 씨줄. / 다스리다. 관리하다. 爽 : 어긋나다. 잘못하다. 어기다. 위배되다.) → **經天緯地. 天經地緯. 經緯天地.**

〔**國語·周語下**〕天六地五, 數之常也. ○○○○, ○○○○, ○○○○, ○○○○. 〔**北周 庾信·擬連珠**〕經天緯地之才, 拔山超海之力. 〔**周書·靜帝紀**〕朕祇承洪業, 二載於玆, 籍祖考之休, 憑宰輔之力, 經天緯地, 四海晏如. 〔**明 羅貫中·三國演義**〕亮字孔明, 道號卧龍先生. 有經天緯地之才, 出鬼入神之計, 眞當世之奇才, 非可小觀.

果瓜失地則不榮, 魚龍失水則不神.

과

참외가 땅을 잃으면 무성할 수가 없고, 고기나 용이 물을 잃으면 신비로울 수가 없다. (喩) 재능있는 사람이 뜻을 펼 수 있는 조건을 잃으면 어떤 성과도 내지 못한다. (果瓜 : 참외. = 甛瓜. 香瓜. 蜜瓜./ 과일과 참외. 榮 : 무성하다. 神 : 신비롭다. 비범하다. 불가사의하다.)

〔**宋 蘇軾·江瑤珠傳**〕太史公曰, 里語有云, ○○○○○○○, ○○○○○○○. 物固且然, 人亦有之.

巧婦難爲無米之炊.

부공(婦功)에 재주가 있는 여자도 쌀이 없으면 밥을 지을 수 없다. (喩) 재능있는 사람이라도 일정한 물질적 조건을 구비하지 않으면 일을 이룩하기가 매우 어렵다. (巧婦 : 바느질 · 길쌈 등 부인들의 일감 곧 부공에 재주가 있는 여자.)

〔**宋 陸游·志學庵筆記**〕晏景初尙書請僧住院, 僧辭以窮陋不可爲. 景初曰, 高才固易耳. 僧曰, 巧婦安能作無面湯餠乎.

巧者不過習者之門.

재주있는 사람은 숙달된 사람의 집 앞을 지나가지 않는다. 전문가의 면전에서 뽐낼 수 없음을 가리키는 말. (習 : 숙달하다. / 익다.)

〔**漢 桓潭·新論·道賦**〕能觀千劍而曉劍. 諺曰, 伏習象神, ○○○○○○○○.

狡兎有三窟, 僅得免其死耳.

교활한 토끼가 세 개의 굴을 가지고 있어 겨우 그 죽음을 면하게 되다. (喩) 몸을 의탁한 곳이 세 곳이나 되지만 근근히 생명을 유지하다. 사람이 교묘하고 빈틈없는 방책을 써서 몸을 지키고 재난을 피하다. (狡 : 교활하다. 간사하다. 僅 : 겨우. 가까스로.) → **狡兎猶藏三窟. 狡兎三窟. 狡兎三穴.**

〔**戰國策·齊策四**〕馮諼曰, ○○○○○, ○○○○○○. 今君有一窟, 未得高枕而卧也. 請爲君復鑿二窟. 〔**宋史·錢若水傳**〕嘗草賜趙保忠詔, 有云, 不斬繼遷, 開狡兎之三穴, 潛疑光嗣, 持首鼠之兩端. 〔**三國演義**〕備一身寄客, 未嘗不傷感而嘆息. 常思鷦鷯尙存一枝, 狡兎猶藏三窟, 何況人乎.

具曰予聖, 誰知烏之雌雄.
여 오 자

모두 자기가 성인이라고 말하니 누가 까마귀의 암컷과 수컷을 알 것인가? 모든 사람이 자기행위가 다 옳다고 주장을 하고 잘난 체해도 그 옳고 그름을 가릴 사람이 없다는 뜻. (具 : 함께. 다. 모두. 전부. ≒ 俱. 予 : 나.)

〔**詩經·小雅·正月**〕召彼故老, 訊之占夢, ○○○○, ○○○○○○. 〔**十八史略·上古·春秋戰國篇**〕詩曰, ○○○○, ○○○○○○.

群豺可以窘虎.
시 군

무리 지은 승냥이들은 호랑이를 궁지에 빠뜨릴 수 있다. (喩) 많은 사람들은 재능 있는 사람을 대적할 수 있다. (豺 : 승냥이. 늑대. 窘 : 난처하게 하다. 궁지에 빠뜨리다. 곤난하게 하다.)

〔**淸 李泛·九江府志**〕豺亦以殺爲性者, 俗云, ○○○○○○也.

其子之賢不肖, 皆天也, 非人之所能爲也.

그들의 아들이 재지가 있고 덕행이 뛰어난 사람인가 아니면 못난 사람인가 하는 것은 다 하늘의 뜻에 의한 것이고, 사람의 힘으로 행해서 이룰 수 있는 것이 아니다. 사람의 힘으로 이룰 수 없는 것이 우연히 이루어지는 것이 하늘의 뜻이라는 것으로, 사람의 잘나고 못나고 하는 것은 바로 이 하늘의 뜻이라는 뜻 곧 자연에 의해서 결정된다는 의미.

〔**孟子·萬章上**〕○○○○○○, ○○○, ○○○○○○○○. 莫之爲而爲者天也, 莫之致而至者命也.

驥之齒至矣, 服鹽車而上太行.
기 염 거

준마가 나이를 먹었는 데도 소금 실어나르는 수레를 끌고 太行山에 오르게 하다. (喩) 현명한 선비가 지위를 얻지 못해 그의 재능을 펼치지 못하다. 유능한 인재가 일 자리를 얻지 못해 천한 일에 종사하다. (齒至 : 나이를 먹다. 服 : 수레를 끌게 하다. 마소에게 멍에를 메우다. 鹽車 : 소금을 실어나르는 수레. 太行 : 太行山. 지금의 中國의 山西·河北·河南의 경내에 위치.) → **驥服鹽車.**

〔**戰國策·楚策四**〕汗明曰, 君亦聞驥乎. 夫○○○○○, ○○○○○○○. 蹄申膝折尾湛胕潰, 漉汁灑地, 白汗交流, 中阪遷延, 負轅不能上.

難將一人手, 掩得天下目.

한 사람의 손으로 천하인의 이목을 가리기는 어렵다. (喩) 한 사람이 권모술수를 써서 천하 사람들을 기만하기 어렵다. / 한 사람이 자기 생각대로 일을 처리하는 것은 많은 사람의 견식의 우월함에 미치지 못한다. / 자기의 죄과를 여러 사람에게 속일 수는 없다. (將 : …으로써.)

〔 **唐 曹鄴·讀李斯傳 詩** 〕 一車致三轂, 本道行地速, 不知駕馭難, 擧足成顚覆, 欺暗尙不然, 欺明當自戮, ○○○○○, ○○○○○, 不見三尺墳, 雲陽草空綠. 〔 **明 羅懋登·西洋記** 〕 今日選擇出征, 事務重大, ○○○○○, ○○○○○.

勞大者祿厚, 才高者爵尊.

공로가 큰 사람에게는 후한 봉록을 주고, 재능이 높은 사람에게는 존귀한 작위를 준다. (勞 : 공로. 공훈.)

〔 **東周列國志** 〕 臣聞 明主立政, 有功者賞, 有能者言, ○○○○○, ○○○○○. 故無能者不敢濫職, 而有能亦不得遺棄.

虜自賣裘而不售, 士自譽辯而不信.

노 구 수

비천한 하인이 비싼 갖옷을 스스로 판다면 아무에게도 팔려나가지 않으며, 선비가 자기의 변설을 스스로 자랑해도 아무도 믿어주지 않는다. (喩) 재능이 드러나지 않으면 사람들에게 신임을 받지 못한다. (虜 : 종. 하인. 하등인. 노예. 裘 : 갖옷. 가죽옷 또는 털가죽옷. 售 : 팔다. 팔아넘기다. 팔리다. 팔려나가다.)

〔 **韓非子·說林下** 〕 以管仲之聖, 而待鮑叔之助, 此鄙諺所謂, ○○○○○○○, ○○○○○○○者也.

能善小, 斯能善大.

작은 일을 잘 할 줄 아는 사람은 마침내 큰 일도 잘 할 수 있다. (斯 : 곧. 이에.)

〔 **詩經·大雅·下武** 〕 媚玆一人, 應侯順德. 〔 **淮南子·繆稱訓** 〕 詩云, 媚玆一人, 應侯愼德. 愼德大矣, 一人小矣. ○○○, ○○○○矣. ※ 詩經은 應侯順德으로, 淮南子는 應侯愼德으로 되어 있다.

能者勞而府怨, 何如拙者逸而全眞.

유능한 사람은 애써 일하고도 원망을 모아들이니, 이것이 어찌 무능한 사람이 한가로우면서도 천성을 보전함만 같으랴! 유능한 자는 도리어 원망을 사서, 졸렬하되 본성을 보전하는 자만 못하다는 뜻. (府 : 모으다. 불러 모으다. 모이다. 모아들이다. 全 : 온전히 하다. 眞 : 본성. 자연의 성. 천성.)

〔 **菜根譚·五十五** 〕 奢者富而不足, 何如儉者貧而有餘. ○○○○○○, ○○○○○○○○.

能走者奪其翼, 善飛者減其指, 有角者無上齒, 豊後者無前足.

달리기에 능한 짐승에게는 날개를 빼앗았고, 날기를 잘 하는 짐승에게는 그 발가락을 줄였다. 뿔이 있는 짐승에게는 웃 이빨이 없고, (몸) 뒤가 살찐 짐승에게는 앞발이 없다. (喩) 하늘은 한 사람에게 두 가지의 좋은 능력이나 조건을 다 주지 않는다. 하늘은 공평하여 어느 하나만을 특별히 사랑하는 일이 없다. / 일이 진선진미하기 어렵다. ≒ **與其角者去其齒, 與其翼者去兩其足.** → **角者無齒.**

〔**呂氏春秋·博志**〕凡有角者無上齒, 果實繁者木必痺, 用智褊者無遂功, 天之數也. 〔**大戴記·易本命**〕四足者無羽翼, 戴角者無上齒. 〔**漢書·董仲舒傳**〕夫天亦有所分予, 予之齒者去其角, 傅其翼者兩其足, 是所受大者不得取小也. < 師古注 >謂牛無上齒則有角, 其餘無角者則有上齒. 〔**顔氏家訓·省事**〕○○○○○○, ○○○○○○○, ○○○○○○○, ○○○○○○○. 蓋天道不使物有兼焉也. 古人云, 多爲少善, 不如執一. 鼫鼠五能, 不成伎術. 〔**明 邵璨·香囊記**〕自古道, 與其角者去其齒, 與其翼者去兩其足. 人生在世, 事無十全. 自家膏粱之子, 百事稱心, 只有一件 挂念, 喪偶三十餘年.

大才必有大用, 自然之道.

큰 재능이 있는 사람에게 반드시 큰 쓰임이 있는 것은 자연의 이치이다. 재능이 뛰어난 사람이 큰 역할을 하는 것은 당연함을 가리키는 말.

〔**金瓶梅詞話**〕老總兵榮擢, 恭喜. ○○○○○○, ○○○○. 吾輩亦有光矣.

大直若屈, 大巧若拙, 大辯若訥(눌).

매우 곧은 것은 굽은 듯이 보이고, 뛰어난 솜씨는 서툴은 듯이 보이고, 매우 잘하는 말은 말을 더듬는 듯이 보인다. 아주 곧은 사람은 곧은 체하지 않기 때문에 굽은 것 같이 보이고, 크게 재주 있는 사람은 스스로 자랑하지 않기 때문에 재주없는 것 같이 보이고, 매우 말잘하는 사람은 말을 함부로 하지 않기 때문에 언변이 없는 것 같이 보인다는 뜻. (大 : 크게. 아주. 완전히. 매우. 몹시. 대단히.)

〔**老子·第四十五章**〕大成若缺, 其用不敝, 大盈若沖, 其用無窮. ○○○○, ○○○○, ○○○○. 〔**史記·劉敬叔孫通列傳**〕叔孫通希也度務, ……, 卒爲漢家儒宗. 大直若詘, 道固委蛇, 蓋謂是乎. 〔**蘇軾·賀歐陽少師致仕啓**〕大勇若怯, 大智如愚. 〔**韓詩外傳**〕大辯若訥, 大巧若拙. 〔**晉書·慕容超載記**〕大辯若訥, 聖人美人. 〔**明 東魯古狂生·醉醒石**〕大智若愚, 大巧若拙, 也不爲世所輕, 也不爲世所忌. 〔**明 李贄 焚書·李中溪先生告文**〕衆川合流, 務欲以成其大, ……, 是故大智若愚焉耳.

螣(등)蛇無足以飛, 梧鼠五技而窮.

(운무를 일으켜 그 속에 몸을 감추고 날아다닌다고 하는) 등사(螣蛇, 일명 飛蛇)라는 뱀은 발이 없어도 하늘을 날아다니나, 날다람쥐는 날고 나무타고 헤엄치고 구멍파고 달리는 다섯가지

재주를 가졌어도 자주 곤경에 빠진다. (喻) 마음 가짐을 오로지하는 사람은 반드시 성공하나, 기능이 많으면서도 정통하지 못하면 일을 이루지 못하여 곤경에 빠진다. 여러 가지 일을 얕게 닦기보다는 한 가지를 깊이있게 함이 좋다. (螣蛇 : 구름과 안개를 일으켜 그 속에서 논다는 용 종류에 속하는 상상의 동물. 梧鼠 : 날다람쥐로, 다섯가지 재주를 가졌으나 고생한다는 것. 그것은 ① 잘 날지만 집을 다 지나가지 못하고, ② 나무를 잘 기어오르지만 나무를 다 타지는 못하며, ③ 헤엄을 잘 치지만 골짜기를 다 건널 수 없고, ④ 구멍을 잘 파지만 제몸을 기리지 못하며, ⑤ 잘 달리지만 사람에 앞설 수 없다는 것 등이다.) → **梧鼠技窮.**

〔**荀子·勸學**〕目不能兩視而明, 耳不能兩聽而聰. ○○○○○○, ○○○○○○.

明月之珠, 夜光之璧, 以闇投人於道路.

어두운 밤에도 반짝이는 명월주(明月珠)와 야광벽(夜光璧)을 길 위에 있는 사람의 면전에 남모르게 던지다. (喻) 아무리 귀중한 것이라도 돌연히 사람 앞에 내놓으면 괴상하게 여긴다. / 귀중한 물건이 그것을 감별하지 못하는 사람의 수중에 떨어지다. / 재능과 덕행이 있는 사람이 지기를 만나지 못하여 중용되지 못하거나 기로에 빠지다. 인재가 불우하여 아랫 자리에서 굴욕적으로 살아가거나 매몰되다. 좋은 사람이 간사한 패거리에 들어가다. (闇 : 남모르게. 비밀리에, 은밀하게. / 어둡다. 어둡게 하다.) → **明珠闇投. 明珠投暗.**

〔**史記·魯仲連鄒陽列傳**〕臣(鄒陽)聞○○○○, ○○○○, ○○○○○○○, 人無不按劍相眄者. 何則. 無因而至前也. 〔**李白·留別賈舍人至**〕遠客謝主人, 明珠難暗投. 〔**明 羅貫中·三國演義**〕統曰, 五欲投曹操去也. 肅曰, 此明珠闇投矣.

毋持布鼓過雷門.

포고를 잡고 雷門을 지나가지 말라. 소리가 적은 베로 만든 북을 잡고 온 洛陽에 들릴 만한 큰 북이 있는 雷門을 지나가지 말라는 것. (喻) 적은 능력·기량을 가진 사람이 기능인·달인에게 뽐냈다가는 웃음꺼리가 된다. 전문가·숙련가 앞에서 재능·기량·수완을 뽐냈다가는 망신만 당한다. 孔子앞에서 문자 쓴다는 말과 같은 의미. (持 : 가지다. 쥐다. 잡다. 布鼓 : 베를 발라서 만든 북으로 소리가 나지 않거나 아주 작다. 雷門 : 지금의 浙江省 紹興에 있던 옛 會稽의 성문으로, 여기에는 큰 북이 있어 두드리면 그 소리가 온 洛陽에 다 들렸다고 한다.) = **布鼓無過雷門.** → **布鼓雷門.** ≒ **班門弄斧.**

〔**東漢·班固·漢書·王尊傳**〕○○○○○○○. < 唐 顔師古 注 > 雷門, 會稽城門也, 有大鼓, 越擊此鼓, 聲聞洛陽. ……. 布鼓, 謂以布爲鼓, 故無聲. 〔**唐 李商隱·爲擧人獻韓郎中琮啓**〕捧爝火以干日御, 動已光銷. 抱布鼓以詣雷門, 忽然聲寢. 〔**元 吳昌齡·東坡夢**〕小官在吾兄弟跟前, 念滿庭芳一闋, 却似持布鼓而過雷門, 豈不慚愧.

巫咸雖善祝, 不能自祓(불)也. 秦醫雖善除, 不能自彈也.

신령한 무당인 巫咸은 비록 기도를 잘 하였지만 자신의 재앙을 없애버리지는 못하였고, 전국시대의 명의인 扁鵲이 비록 병을 잘 치료했어도 석침으로 자신의 농혈(膿血; 고름 피)을 뽑아내지 못했다. (喩) 유능한 사람도 제 일은 잘 처리하지 못한다. 걸출한 인물도 자신을 위험으로부터 응급 구제할 수 없어 남의 도움을 기다린다. (巫咸 : 고대 전설상의 神巫의 이름으로 黃帝 때의 사람, 唐堯 때의 사람, 殷 中宗 때의 사람이라는 설이 있다. 祝 : 빌다. 기도하다. 신에게 고하여 복을 구하다. 祓 : 재앙을 없애고 복을 기원하는 의식. / 푸닥거리하다. 재액이나 불길한 일을 제거하다. 秦醫 : 전국시대의 명의인 扁鵲으로 여기는 학자가 있다. 除 : 다스리다. 고치다. 치료하다. 彈 : 석침으로 농창을 찔러 터뜨려서 농혈이 나오도록 하다.)

〔**韓非子·說林下**〕故諺曰, ○○○○○, ○○○○○. ○○○○○, ○○○○○. 以管仲之聖, 而待鮑叔之助.

蚉負山, 商蚷馳河.
문　　　거 치

모기가 산을 등에 짊어지고, 노래기가 黃河를 건너가다. (喩) 능력이 미치지 못하는 사람이 중책을 짊어지다. / 능력이 모자라 중임을 감당해내지 못하다. (商蚷 : 노래기. = 馬蚿. 馳 : 달리다. /가다. 향하다. 지나가다.)

〔**莊子·秋水**〕且夫知不知是非之竟, 而猶欲觀於莊子之言, 是猶使 ○○○, ○○○○也, 必不勝任矣.
〔**莊子·應帝王**〕接輿曰, 是欺德也. 其於治天下也, 猶涉海鑿河而使蚊負山也.

博牛之蝱, 不可破蟣蝨.
맹　　　기 슬

(손으로 소의 등을 쳐서) (쉬파리 만한 크기의) 소 등에를 잡을 수는 있으나, (3,3mm도 안 되는 아주 작은) 서캐와 이를 없앨 수가 없다. (喩) 뜻을 큰 것에 두고, 작은 것에 두지 않다. / 재능은 각각 구별이 있어서, 능히 큰 일을 할 수 있다고 하여 반드시 작은 일까지 할 수 있는 것은 아니다. (博 : 손으로 치다. 때리다. / 잡다. 덮치다. 蝱 : 등에로, 파리와 비슷한 곤충이며 밭과 들의 잡초속에 살면서 꽃의 꿀이나 사람 또는 짐승의 피를 빨아먹고 산다. 破 : 부수다. 망가뜨리다./ 없애다. 제거하다. = 虻. 蟣 : 이의 알인 서캐. 蝨 : 이로, 포유동물의 피부나 옷에 기생, 번식하며 흡혈하는 곤충. 크기는 2.3~3.3mm정도. = 虱. 半風子. 蝨甫.) → **博牛之虻**.

〔**史記·項羽本紀**〕宋義曰, 不然. 夫○○○○, ○○○○○○. 今秦攻趙, 戰勝則兵罷, 我承其敝, 不勝則我引兵鼓行而西, 必擧秦矣. 〔**唐 張說·張燕公集·故洛陽尉贈朝散大夫馬府君神道碑**〕王者之師將德, 是以討叛惟武, 携遠在寬, 博牛之虻. 不可破虱, 未擒伏念, 何逞累囚. 〔**宋 羅願·爾雅翼**〕虻有數種, ……古語, 博牛之虻, 不可以破虱. 言才有分, 能大者不必能細也.

芳蘭生門, 不得不鋤.
서

향기로운 난초도 출입하는 문에 나면 부득이 뽑아버려야 한다. (喩) 재능이 있는 훌륭한 사람이라도 그 행위가 규범을 무시하고 남에게 방해가 될 때에는 용서할 수 없다. (鋤 : 없애다. 제거하다.)

〔三國志·蜀志·周群傳〕張裕亦曉占候, 而天才過群, ……先主常銜其不遜, ……將誅之. 諸葛亮表請其罪, 先主答曰, ○○○○, ○○○○.

白頭花鈿滿面, 不若徐妃半粧.

전

백발의 늙은이가 머리 장식품을 온 얼굴에 가득 채워 치장했어도, 그것은 南朝 梁나라 元帝의 아름다운 徐妃가 얼굴 화장을 반만 한 것보다 못하다, (喩) 재능이 출중한 사람이 그 재능을 약간만 나타내어도, 이것은 보통 사람의 그것보다 월등히 낫다. (白頭 : 허옇게 센 머리의 노인. 백발의 노령. =白首. 花鈿 : 부인의 머리 장식픔. 금·은·보석 등으로 만든 비녀 등 꽃무늬 장식. 徐妃 : 南朝 梁나라 元帝의 미녀 비.)

〔唐 朱揆·釵小志〕諺曰, ○○○○○○, ○○○○○○.

服牛乘馬, 量其力能.

소를 부리고 말을 타려면 그 힘을 헤아려 보아야 한다. 어떤 일을 하는 데는 그 능력에 근거하여야 한다는 비유. (服 : 쓰다. 사용하다. 力能 : 힘. 능력. 재능.)

〔齊民要術〕○○○○, ○○○○. 寒溫飮飼, 適其天性, 如不肥充繁息者, 未之有也.

柤梨橘柚, 果蓏之屬, 實熟則剝, 剝則辱, 大枝折, 小枝泄.

사 귤 유 라 박 예

풀명자·배·귤·유자 등의 과실이 열리는 종류의 수목은 과실이 익으면 곧 타격을 당하고 타격을 당하면 꺾여지게 되니, 그래서 큰 가지는 부러지고, 작은 가지는 비틀려 훼손된다. 곧 좋은 과실이 열리는 나무는 결국 여러가지 피해를 보게 된다는 말. (喩) 유능한 사람이 그 능력 때문에 오히려 괴로움·피해를 당하다. (柤 : 풀명자, 또는 그 나무. 배와 비슷하며 그 맛이 달고 조금 시다. =樝. 楂. 果蓏 : 나무 열매와 풀의 열매. 곧 열매의 총칭. 또 나무에 있는 것을 果, 땅·덩굴에 있는 것을 蓏라고 한다. 또한 껍데기와 씨가 있는 것을 果, 그것이 없는 것을 蓏라고 하기도 한다. 剝 : 치다. 두드리다. 타격하다. 辱 : 꺾이다. 衄의 假借字. 泄 : 끌어당기다. 抴의 假借字로 본다. ※ 본문 小枝泄에서 작은 가지가 끌어당겨짐으로써 그 가지가 비틀려 훼손되는 것으로 해석한 것.)

〔莊子·人間世〕夫 ○○○○, ○○○○, ○○○○, ○○○, ○○○, ○○○. 此以其能苦其生者也.

獅子咬人, 狂狗逐塊.

교

사자는 사람을 물고, 미친 개는 흙덩이를 쫓는다. (喩) 재능있는 사람은 진짜와 가짜를 분별할 수 있으나, 우둔한 사람은 정신이 얼떨떨하다.

〔宋 陸九淵·陸象山語錄〕俗諺云, ……○○○○, ○○○○. 以土打獅子, 便往來咬人, 若打狗, 狗狂, 只去理會土. 聖賢急于教人, 故以情, 以性, 以心, 以才說與人, 如何泥得.

散木也, 以爲舟則沉, 以爲棺槨則速腐, 以爲器則速毁, 以爲門戶則液樠, 以爲柱則蠹.
만 두

쓸모없는 나무는 배를 만들면 가라앉고, 관을 만들면 빨리 썩어버리며, 그릇을 만들면 빨리 훼손되고, 문을 만들면 나무진이 흐르며, 기둥을 만들면 좀이 쓴다. 쓸모없는 나무는 이와같이 아무데도 쓰일 데가 없기 때문에 오히려 버틸 수 있음을 설명하려는 것. 쓸모없는 사람이 오히려 천수를 누릴 수 있음을 비유. (散木 : 쓸모없는 나무. 沉 : 가라앉다. = 沈 ≒ 湛. 棺槨 : 관. 널. 관 주위를 다시 싸는 관이 槨이다. 덧널. 門戶 : 문. 외 짝으로 된 것을 戶. 두 짝으로 된 것을 門이라 한다. 液 : 진. 진액. 유동체의 총칭. 樠 : 소나무·잣나무 등의 줄기에서 분비되는 끈끈한 액체. / 나무의 진이 흘러내리다. 蠹 : 좀.)

〔**莊子·人間世**〕曰, 已矣, 勿言之矣. ○○○, ○○○○○, ○○○○○○○○, ○○○○○○○, ○○○○○○○, ○○○○○. 是不材之木也, 無所可用, 故能若是之壽.

山木自寇也, 膏火自煎也. 桂可食, 故伐之. 漆可用, 故割之.
구 고 전 칠

산에서 자라는 나무는 (도끼자루로 만들어지므로) 자신을 벌채당하게 되고, 기름을 태워서 밝히는 불은 (불씨를 끌어 타기 때문에) 본신을 지짐당하게 된다. 계수는 먹을 수 있어 벌채를 당하게 되고 칠나무는 그 즙액을 쓸 수 있어 베어지게 된다. (喩) 사람이 유능하거나 쓸모가 있기 때문에 오히려 재앙을 당한다. (寇 : 나무를 베다. 베어지다. 벌채되다. 煎 : 지지다. 졸이다. 달이다. 桂 : 계수. 계피. 漆 : 칠나무. 칠. 割 : 베다.) → **山木自寇.** → **膏火自煎. 膏燭以明自煎. 膏以明自銷.**

〔**莊子·人間世**〕○○○○○, ○○○○○. ○○○, ○○○. ○○○, ○○○. 人皆知有用之用, 而莫知無用之用也. 〔**莊子·山木**〕莊子曰, 此木以不材得終其天年. 〔**文子·上德**〕老子曰, 鳴鐸以聲自毁, 膏燭以明自煎, 虎豹之文來射, 猨狖之捷來格. 〔**阮籍·詠懷詩**〕膏火自煎熬, 多財爲患害.

山生金反自刻, 木生蠹反自食, 人生事反自賊.
두

산은 금을 산출하지만 도리어 자신을 깎이고, 나무는 좀벌레가 생기게 하여 도리어 그것에 스스로 파먹히게 되며, 사람은 일을 만들어내고 그 일 때문에 스스로 해침을 당한다. (喩) 모든 일은 자기자신에게 원인이 있다. (生 : 내다. 산출하다. 나오다. /생기다. 만들다. 刻 : 벗기다. 깎다. 賊 : 해치다. 상하게 하다. 손해를 입히다.)

〔**淮南子·說林訓**〕○○○○○○, ○○○○○○, ○○○○○○. 巧冶不能鑄木, 工匠不能斲金者, 形性然也.

上常從容與信言諸將能不. 信曰, 陛下不過能將十萬, 臣多多而益善耳. 陛下不能將兵, 而善將將. 此乃信之所以爲陛下禽也.

漢나라 임금은 일찍이 韓信과 더불어 모든 장수들의 재능의 있음과 없음에 관하여 이야기하였다. (漢나라 임금인 자신과 韓信이 각각 어느 정도의 병력을 거느릴 역량이 있느냐고 물은데 대하여) 韓信이 말하기를 "폐하께서는 겨우 10만을 거느릴 수 있는데 지나지 않습니다. 신은 많으면 많을 수록 좋습니다. 폐하께서는 군사를 거느릴 수는 없지만, 장수를 잘 통솔하십니다. 이것이 저 信이 폐하께 잡히게 된 이유입니다." 라고 하였다. (이어서 韓信은 폐하의 능력이 이른 바 하늘이 주신 능력이지 인간의 능력이 아니라고 말하였다.) (常 : 일찌기. 從容 : 조용히 부드럽게 말하는 모양. 能不 : 재능의 있음과 없음. 多多益善 : 원래는 군대를 통솔하는 능력이 많을 수록 좋다는 의미. 후에 욕심이 끝이 없음을 풍자하는 말로도 쓰인다. 禽 : 사로잡다.) → **多多益善**.

〔 **史記·淮陰侯列傳** 〕 上常從容與信言諸將能不, 各有差. 上問曰, 如我能將幾何. 信曰, 陛下不過能將十萬. 上曰, 於君何如. 曰, 臣多多而益善耳. 上笑曰, 多多益善, 何爲爲我禽. 信曰, 陛下不能將兵, 而善將將, 此乃信之所以爲陛下禽也. 且陛下所謂天授, 非人力也. 〔 **十八史略·近古·晉·六朝篇** 〕 (상기 내용과 대동소이.)

象有齒, 以焚其身.

분

코끼리는 진귀한 상아가 있음으로 인하여 그 몸이 쓰러지게 된다. (喻) 사람이 좋은 보물, 재물 또는 재능을 갖는 것은 큰 재앙을 부르거나 만날 수 있다. (焚 : 넘어지다. 쓰러지다. 자빠지다. / 죽다. 쓰러져 죽다. 말라 죽다.) → **象以齒焚身**. **象齒焚身**.

〔 **春秋左氏傳·襄公二十四年** 〕 子實生我, 而謂子, 浚我以生乎. ○○○, ○○○○, 賄也. 〔 **春秋左氏傳·桓公十年** 〕 旣而悔之曰, 周諺有之, 匹夫無罪, 懷璧其罪. 吾焉用此, 其以賈害也. 〔 **漢 王符·潛夫論·遏利** 〕 象以齒焚身, 蚌以珠剖體. 匹夫無辜, 懷璧其罪.

善游者死於梁池, 善騎者死於中野.

헤엄 잘 치는 사람은 둑을 쌓아 만든 연못에 빠져죽고, 말 잘 타는 사람은 황야의 가운데에 떨어져 죽는다. (喻) 재주 많은 사람이 그 재주를 믿고 자만하다가 그 재주 때문에 해를 자초하게 된다. / 나라가 망함에 있어서는 그 강점이 원인이 될 수 있다. (梁池 : 물속에 물을 가두어 놓기 위해 강이나 계곡을 가로질러 막는 둑. 이런 梁池는 결코 위험한 곳이 아닌데도, 헤엄 잘 치는 자는 꼭 그 속에서 죽는다.) → **善游者溺**. → **善騎者墜**.

〔 **管子·樞言** 〕 凡國之亡也, 以其長者也, 人之自失也, 以其所長者也. 故○○○○○○○, ○○○○○○○. 〔 **文子·符言** 〕 善游者溺, 善騎者墮. 各以所好, 反自爲禍. 〔 **淮南子·原道訓** 〕 夫善游者溺, 善騎者墮. 各以其所好, 反自爲禍. 是故好事者未嘗不中, 爭利者未嘗不窮也.

世必有非常之人, 然後生非常之事. 有非常之事, 然後立非常之功.

한 시대에는 반드시 먼저 비범한 사람이 있은 연후에 비로소 비범한 일을 만들어 낼 수 있고, 비범한 일이 있은 연후에 비로소 비범한 공을 세울 수 있다. 비범한 사람이 비범한 공을 세우기

마련이라는 뜻. (非常 : 비상한. 대단한. 특별한. 뛰어난. 비범한.)

〔 **史記·司馬相如列傳** 〕 蓋○○○○○○○, ○○○○○○○, ○○○○○, ○○○○○○○. 非常者, 固常人之所異也.

歲寒然後, 知松柏之後彫也.

조

날씨가 추워진 뒤에야 소나무와 잣나무가 뒤늦게 시드는 것을 알 수 있다. (喩) 어려운 일, 시련에 부딪쳐 봐야 그 사람의 재능·품격·진가를 평가할 수 있게 된다. 세상이 어지러워진 때를 겪어 봐야 성인·충신·열사·군자를 식별할 수 있다. (後彫 : 뒤늦게 시들어 떨어지다. 彫는 시들다. ≒ 凋.) → **歲寒知松柏. 歲寒松柏. 松柏後凋.**

〔 **論語·子罕** 〕 子曰, ○○○○, ○○○○○○○. 〔 **莊子·讓王** 〕 天寒旣至, 霜雪旣降, 吾是以知松柏之茂也. 〔 **荀子·大略** 〕 歲不寒, 無以知松柏. 事不難, 無以知君子無日不在是. 〔 **淮南子·俶眞訓** 〕 夫大寒至, 霜雪降, 然後知松柏之茂也. 據難履危, 利害陳于前, 然後知聖人之不失道也. 〔 **東漢·王符·潛夫論·交際** 〕 故○○○○, ○○○○○○○. 世隘然後, 知其人之篤固也. 〔 **日知錄·廉恥** 〕 然而松柏後凋於歲寒, 雞鳴不已於風雨. 〔 **明 周淸源·西湖二集** 〕 從來國家, 有成有敗, 有興有亡, 一定之理, 全要忠臣義士竭力扶持. 古語道, 歲寒知松柏, 國亂識忠臣. 〔 **淸 章學誠·文史通義** 〕 歲寒知松柏之後雕, 然則欲表松柏之貞, 必明霜雪之厲, 理勢之必然也.

雖才懷隋·和, 行若由·夷, 終不可以爲榮.

비록 재능이 천하의 보배인 隋侯의 구슬(珠)과 卞和의 구슬(璧)의 귀중함을 품고 있고, 그 행실이 堯임금의 천자의 위를 사절한 許由와 周나라 孤竹君의 천자 양위를 거절한 伯夷의 청렴결백함과 같아도 끝내 영화롭게 될 수는 없다. 인재가 뛰어나고 행실이 청렴결백해도 번성할 수 없음을 이르는 말. (隋 : 隋和之珠. 隋侯가 뱀을 살려준 보답으로 뱀으로부터 얻었다는 보주. 和 : 和氏之璧. 由는 許由. 堯임금이 천하를 물려주려 했으나 거절하고 箕山에 들어가 은거하였고, 그 뒤 九州의 장을 삼으려 하자 그 말을 듣고 潁水 물가에서 귀를 씻었다 한다. 夷 : 伯夷. 周나라 孤竹君의 큰 아들. 그는 아버지가 동생 叔齊에게 선위할 뜻이 있음을 알고 아버지가 죽은 후 나라를 사양하고 달아나니 叔齊 또한 형인 伯夷에게 나라를 사양하고 달아났다.) → **隋和之材.**

〔 **司馬遷·報任安書** 〕 若僕大質已虧缺矣, ○○○○·○, ○○○·○, ○○○○○○, 適足以見笑而自點耳.

雖鞭之長, 不及馬腹.

비록 채찍이 길어도 말의 배에는 닿지 않는다. (喩) 사람의 역량이 더 커져도 미치지 못하는 곳이 있다. / 한 나라가 아무리 힘이 강해도 다른 나라를 치기에 부족한 점이 있다. = **長鞭不及馬腹. 鞭長莫及.**

〔 **春秋左氏傳·宣公十五年** 〕 宋人使樂嬰齊告急于晉. 伯宗曰, 不可. 古人有言, 曰, ○○○○, ○○○○.

天方授楚, 未可與爭. 雖晉之彊, 能違天乎. 〔**宋史·李宗勉傳**〕荊襄殘破, 淮西正當南北之交, 嵩之當置司淮西, 則脈絡相連, 可以應援, 邈在鄂渚, 豈無鞭不及腹之慮. 〔**元史·歸陽傳**〕古人有言, 鞭雖長, 不及馬腹. 使郡縣果設, 有事不救, 則狐來附之義, 救之, 則罷中國而事外夷, 所謂穫虛名而受實禍也. 〔**故事成語考**〕有勢莫能爲, 曰, ○○○○, ○○○○.

叔度之器, 汪汪若千頃陂, 澄之不淸, 淸之不濁, 不可量也.

파 징

後漢 黃叔度(본명:黃憲)의 재능은 너무 넓고 깊어서, 마치 천 경이나 되는 넓은 못이 그 물을 맑게 하려고 해도 맑아지지 아니하고, 다른 물을 대어도 흐려지지 않는 것과 같아서 헤아릴 수가 없다. 재능이 헤아릴 수 없을 만큼 넓고 깊음을 형용. (器 : 도량. 재능. 汪汪 : 물이 넓고 깊은 모양. 도량이 넓음의 비유. 頃 : 밭 넓이의 단위로 100묘. 陂 : 못. 연못. 澄 : 맑게 하다. 불순물을 가라앉히다. 撓 : 물을 대다.) → **澄之不淸, 撓之不濁.**

〔**十八史略·中古·秦漢篇**〕太原郭泰, 過閬不宿, 從憲累日, 曰, 奉高之器, 譬之汎濫, 雖淸而易挹, 叔度, 汪汪若千頃陂, 澄之不淸, 撓之不濁, 不可量也.

良馬, 見鞭影而行.

좋은 말은 채찍의 그늘을 보고 움직인다. 재간이 있는 사람은 남이 그를 독촉할 필요가 없도록 스스로 재치있게 처신하거나 일을 처리함을 의미.

〔**宋 道源·景德傳燈錄**〕外道禮拜云, 善哉. 世尊大慈大悲, 開我迷雲, 令我得入. 外道去已, 阿難問佛云, 外道以何所證, 而言得入. 佛云, 如世間○○, ○○○○○. 〔**明 周亮工·尺牘新鈔**〕禪者箭鋒石火邊事, 良馬見鞭影而馳, 得其意而已矣.

良材不終朽于岩下, 良劍不終閉于匣中.

후 갑

좋은 재목은 바위 밑에 내내 썩힐 수 없고, 좋은 검은 궤 속에 내내 숨겨 둘 수 없다. (喻) 재능이 있는 사람은 내내 매몰해 둘 수 없다. (終 : 마침내. 드디어. 종국에는. / 끝까지. 내내. 처음부터 끝까지. 閉 : 닫다. / 감추다. 숨기다. 가리다. 匣 : 갑궤. 작은 상자.)

〔**東周列國志**〕夫 ○○○○○○○○, ○○○○○○○○. 日月如流, 光陰不再, 某等先生之教, 亦欲乘時建功, 圖個名揚後世耳.

力勝其任, 則擧者不重. 能勝其事, 則爲者不難.

힘이 그 짐을 이기면 손에 드는 것이 무겁지 않고, 능력이 그 일을 이길 수 있으면 하는 일이 어렵지 않다. 개인의 힘이 그가 맡은 일을 감당할 수 있으면 그 일을 수행하는 것이 힘들지 않으며, 개인의 능력이 그 일을 충분히 해낼 수 있으면 그 일을 수행하는 것이 어렵지 않다는 뜻. (勝 : 이기다. / 낫다. 우월하다.)

〔**文子·自然**〕有一功者處一位, 有一能者服一事. ○○○○, ○○○○○. ○○○○, ○○○○○.

力足以擧千均, 而不足以擧一羽, 諺曰便重不便輕之類是也.

힘이 천 균이나 되는 무거운 것은 충분히 들어올리나 깃 하나의 극히 가벼운 것을 충분히 들어올리지 못하니, 속담에서 무거운 것에는 익숙하나 가벼운 것에는 익숙하지 못하다는 따위가 이것을 이르는 것이다. (喩) 중임은 감당할 수 있으나 도리어 경미한 일을 하지 못하다. (足 : 충분히. 넉넉히. 족히. / 족하다. 넉넉하다. 便 : 손에 익다. 익숙하다.)

〔**宋 洪邁·容齋續筆**〕又有用書語兩句而證以俗諺者, 如 …… 吾○○○○○○, ○○○○○○○, ○○○○○○○○○○○.

羿蠭門者, 天下之善射也, 不能以撥弓曲矢中.

예 봉

夏나라의 諸侯인 羿와 夏나라의 蠭門은 천하의 명사수였지만 휜 활과 구부러진 화살로는 아무것도 맞히지 못했다. (喩) 교화를 잘 시키는 덕망이 높은 사람도 그 대상이 저열한 사람이면 감화시킬 수 없다. / 능력이 뛰어난 사람도 다른 여건이 갖추어지지 않으면 그 능력을 발휘할 수 없다. (羿 : 夏나라의 諸侯이자 궁술의 명인. 蠭門 : 夏나라의 궁술의 명인으로 逢蒙을 이르며 逢門子라고도 한다. 撥 : 휘어져서 바르지 아니하다. 휜 것이 반대쪽으로 다시 휘다. 中 : 맞다. 맞히다.)

〔**荀子·正論**〕○○○○, ○○○○○○, ○○○○○○○○, 王良造父者, 天下之善馭者也, 不能以辟馬毁輿致遠. 〔**說苑·指武**〕文王不能使不附之民, 先軫不能戰不教之卒, 造父王良不能以敝車不作之馬, 趨疾而致遠, 羿逢蒙不能以枉矢弱弓, 射遠中微.

猿獼猴錯木據水, 則不若魚鼈. 騏驥歷險乘危, 則不如狐狸.

원 미 후 별 기 기 호 리

나무에 잘 오르는 원숭이도 나무를 벗어나 물 속에 들어가 있으면 물고기보다 못하고, 명마인 기기도 험준하고 위태로운 곳을 지나가면 여우나 살쾡이만 못하다. (喩) 사람은 장점을 살려주지 않고 서투른 일을 시키면 그 능력을 발휘할 수 없다. (猿侯·猿猴 : 다 원숭이의 일종. 錯 : 버리다. 내버리다./ 떠나다. 벗어나다. 據 : 처하다. 의지하다. 살다. 歷險乘危 : 지세가 험한 곳을 지나가고 위태로운 곳을 오르다로, 위험한 땅을 밟고 지나간다는 말.)

〔**戰國策·齊策三**〕○○○○○○○, ○○○○○. ○○○○○○○, ○○○○○. 曹沫之奮三尺之劍, 一軍不能當. 使曹沫釋其三尺之劍, 而操銚鎒, 與農夫居壠畝之中, 則不若農夫.

有術則制人, 無術則制於人.

재주가 있으면 남을 다스릴 수 있으나, 재주가 없으면 남에게 다스림을 받는다. (制 : 다스리다. 術은 : 재주. 학문. 기예.)

〔 **淮南子·主術訓** 〕 法律度量者, 人主之所以執下. 釋之而不用, 是猶無轡銜而馳也, 群臣百姓, 反弄其上. 是故○○○○○, ○○○○○○.

離婁見秋毫之末, 不能以明目易人. 烏獲擧千鈞之重, 不能以多力易人.

루 역 균

(밝은 눈을 가진 中國 고대 黃帝 때의 전설상의 인물인) 離婁는 가을철에 새로 돋아난 가는 털의 끝도 볼 수 있었지만 그 밝은 눈을 다른 사람의 것과 바꿀 수 없었으며, (秦나라 武王 때 벼슬했던 힘센 용사인) 烏獲은 천균(千鈞. 三萬斤)의 무게를 들 수 있었지만 그 많은 힘을 다른 사람과 바꿀 수 없었다. (喩) 성현이나 일반이 가진 타고난 성품이나 훌륭한 재능·능력을 남에게 옮겨 줄 수 없다.

〔 **商君書·弱民** 〕 今○○○○○○○○, ○○○○○○○○. ○○○○○○○○, ○○○○○○○○. 聖人在體性也, 不能以相易也.

人各有能, 有不能.

사람은 각기 잘 할 수 있는 것이 있고, 잘 할 수 없는 것이 있다. 사람의 능력에 차이가 있어 잘하는 것과 잘 못하는 것이 있다는 말.

〔 **春秋左氏傳·定公五年** 〕 (由于)對曰, 固辭不能, 子使餘也, ○○○○, ○○○也, ……. 〔 **春秋左氏傳·成公五年** 〕 趙嬰曰, 我在, 欒氏不作. 我亡, 吾二昆其憂哉. 且○○○○, ○○○, 舍我何害.

人皆可以爲堯舜.

사람은 다 堯임금·舜임금이 될 수 있다. 사람은 누구나 堯임금·舜임금과 같은 현명한 군주나 큰 인물이 될 수 있다는 말.

〔 **孟子·告子下** 〕 曹交問曰, ○○○○○○○, 有諸. 孟子曰, 然.

人皆知有用之用, 而莫知無用之用也.

사람은 쓸모가 있는 것의 용도는 다 알고 있지만, 쓸모가 없는 것의 용도는 알지 못한다. 세속적인 안목으로 보아 아무 쓸모가 없을 것 같은 것이 도리어 진정한 도움을 주는 경우가 있음을 모르는 것을 지적. (無用之用 : 얼른 보아 아무 소용도 없을 것 같은 것이 도리어 크게 소용됨을 이르는 것.) → **無用之用.**

〔 **莊子·人間世** 〕 山木自寇, 膏火自煎也. 桂可食, 故伐之, 漆可用, 故割之. ○○○○○○○, ○○○○○○○○.

人之有德慧術知者, 恒存乎疢疾.
진

사람 중에 덕행·지혜·학술과 재지가 있는 자는 항상 환난 속에서 살아간다. (疢疾 : 열병. 환난. 재난. 우환.)

〔**孟子·盡心上**〕孟子曰, ○○○○○○○○○, ○○○○○. 獨孤臣孼子, 其操心也危, 其慮患也深, 故達.

一木不能止大厦之崩.

한 개의 나무로써는 큰 집의 무너짐을 멈추게 할 수 없다. (喩) 한 사람의 역량으로는 국가·조직체 등의 붕괴 추세를 구제하기 어렵다.

〔**南史·袁粲傳**〕本知○○○○○○○○○, 但以名義至此耳.

一人之謀, 不敵兩人之智.

한 사람의 꾀는 두 사람의 지혜와 겨루지 못한다. (敵 : 맞서다. 겨루다.) = **一人不過二人智. 一人智不如兩人議. 一人之智, 不如衆人之愚.**

〔**漢 任奕·任子**〕一人之智, 不如衆人之愚. 〔**清 汪輝祖·佐治藥言**〕職分兩項, 而宅門以外, 官止一人. 諺云, ○○○○, ○○○○○○. 〔**通俗編**〕任子, 一人之智, 不如衆人之愚.

積財千萬, 不如薄伎在身.
기

재물 천만금을 가지고 있는 것이 작은 재주를 가지고 있는 것만 못하다. 기예를 배우는 것이 매우 중요함을 표시하는데 쓰이는 것으로, 그 이유는 재물을 천만금을 쌓았더라도 그것을 다 써버릴 때가 있으나, 몸에 기예가 있으면 거기에 의지하여 살 길을 찾을 때는 곧 이익을 얻는 것이 끝이 없기 때문이다. (伎 : 기예. 기능. 재주. 수완. ≒ 技.) = **積財千萬, 不如薄藝隋身.**

〔**顔氏家訓·勉學**〕無人庇陰, 自當求諸身爾. 諺曰, ○○○○, ○○○○○○. 伎之易習而可貴者, 無過讀書也.

舟覆乃見善游, 馬奔乃見良御.
복 현 분

배가 뒤집히면 곧 헤엄 잘 치는 것이 드러나고, 말을 세차게 달리게 하면 말을 잘 모는 것이 드러난다. (喩) 긴박한 상황이 벌어졌을 때 그 사람의 능력을 알 수 있다.

〔**淮南子·說林訓**〕○○○○○○, ○○○○○○. 嚼而無味者, 弗能內於喉, 視而無形者, 不能思於心.

珠玉在瓦礫間.
력

구슬이 기와와 자갈 속에 섞여 있다. (喩) 여러 범인들 속에 영재가 섞여 있다. (礫 : 자갈. 조약돌.)

〔**晉書·王衍傳**〕衍雋秀有令望, 希心玄遠未嘗語利, 王敦過江常稱之曰, 夷甫處衆中, 如○○○○○○.

陳元方子長文, 有英才, 與季方子孝先, 各論其父功德, 爭之不能決, 咨於太丘. 太丘曰, 元方難爲兄, 季方難爲弟.

漢나라 때 (梁上君子 故事의 장본이기도 한 陳寔의 큰 아들인) 元方 (이름:陳紀)의 아들 長文 (이름:陳群)은 영특한 재주가 있었는데, 어느 날 둘째 아들인 季方 (이름:陳諶)의 아들 孝先 (이름:陳忠)과 더불어 각기 그 아버지의 공덕을 토론하고 이를 다투었으나 해결할 수가 없어서 그들의 할아버지인 太丘 (이름:陳寔)에게 묻기로 하였다. 이에 太丘가 말하기를 "元方은 형되기가 어렵고, 季方은 아우 되기가 어렵다."고 하였다. 곧 형제의 재주와 덕이 서로 같아서 누구를 형이라 하고 누구를 아우라고 분별하기가 어렵다는 말. 두 사람이나 두 사물의 차이가 적어 우열을 구별하기 어렵다는 비유. (補) 太丘의 縣令을 지낸 陳寔은 덕망과 학식이 매우 높아 만인의 사표가 되었으며, 그의 큰 아들 元方 (陳紀)는 魏 文帝하에서 司空을, 둘째 아들 季方 (陳諶)은 宰相을 지낸 명사로, 당시 사람들은 이 삼부자를 三君子라고 하였다. (丘 : 묻다. / 자문하다. 상의하다. 의논하다.) = **難兄難弟. 難爲兄難爲弟.**

〔**世說新語·德行**〕○○○○○○, ○○○, ○○○○○○, ○○○○○○, ○○○○○, ○○○○. ○○○, ○○○○○, ○○○○○.

天道, 無私就也, 無私去也. 能者有餘, 拙者不足.

천지 자연의 도리는 사사로이 나아가는 것도 없고, 사사로이 떠나는 것도 없다. 능력이 있는 사람은 여유가 있고, 어리석은 사람은 넉넉하지 못하다. 여기에서는 능력에 따라서 여유가 있고 부족함이 있다고 하는 개인별 능력주의를 제창하고 있으나 老子에서는 남는 자에게서 덜어내어 부족한 자를 채워준다고 하는 균등주의를 주장, 큰 차이를 나타내고 있는 것이 특징이다.

〔**文子·精誠**〕夫天道無私就也, 無私去也. ○○○○, ○○○○. 順之者利, 逆之者凶. 〔**老子·第七十七章**〕天之道, 損有餘而補不足. 人之道, 則不然, 損不足而以奉有餘.

天下才共一石, 曹子建獨得八斗, 我得一斗, 自古及今共用一斗.

천하의 재주가 모두 1섬이라면 (魏 文帝인 曹丕의 아들로, 시문에 뛰어나 曹子建集 10권을 지은) 子建 曹植은 홀로 8말을 가졌고, (南朝 宋의 시인으로 산수문학의 풍조를 수립하여 陶淵明

과 병칭되는) 나 謝靈運이 1말을 가졌으며, 옛날부터 지금에 이르기까지 모두 1말을 썼다. 曹植의 재주가 비범하고 특출했으며 謝靈運의 재주도 많았음을 형용하는 말. (一石 : 한 섬. 十斗. 共 : 모두. 전부.) → **才高八斗. 子建八斗. 八斗之才. 八斗才高.**

〔**唐 李商隱·可嘆詩**〕宓妃愁坐芝田館, 用盡陳王八斗才. (陳王, 陳思王, 曹植的封號.) 〔**唐 徐夤·獻內翰楊侍郎詩**〕欲言溫署三緘口, 閑賦宮詞八斗才. 〔**宋 徐子光·蒙口集注**〕(注引謝靈運)云, 天下才共有一石, 子建獨得八斗, 我得一斗, 自古及今同用一斗. 〔**宋 無名氏·釋帝談**〕記南朝宋謝靈運說天下共有才一石, 曹植獨占八斗, 他自己得一斗, 天下共分一斗. 〔**南史·謝靈運傳**〕○○○○○○, ○○○○○○○, ○○○○, ○○○○○○○○○.

青山不碍白雲飛.
(碍: 애)

청산은 흰 구름이 날아가는 것을 막지 못한다. (喩) 누구도 재능있는 사람의 자유로운 발전을 가로막지 못한다. (碍 : 가로막다. 저지하다. = 石疑.)

〔**五燈會元**〕曰, 如何出得. 師曰, ○○○○○○○.

墜岸三仞, 人之所大難也, 而猿猱飮焉.
(墜: 추, 猱: 노)

세 길이나 되는 물가의 낭떠러지 언덕은 사람에게는 매우 다루기 어렵게 하는 곳이지만, 원숭이에게는 도리어 이곳이 뛰어내려 물을 마시는 곳이다. (喩) 만물은 각기 능력의 장단점을 가지고 있어, 그 장점을 이용하는 것이 유능한 것이다. (墜岸 : 낭떠러지의 물가 언덕. 곧 물가의 낭떠러지 언덕. 仞 : 옛날 길이의 단위. 周代에서는 8자, 漢代에서는 7자에 해당. 猿 : 원숭이. 猱 : 긴 팔 원숭이. 焉 : 여기에서. 이곳에서.)

〔**管子·形勢**〕○○○○, ○○○○○○○, ○○○○○. 故曰, 伐矜好專, 擧事之禍也.

出於其類, 拔於其萃.

평범한 같은 무리에서 빼어나고, 사람의 무리 속에서 뛰어나다. 사람의 재능과 덕성이 평범한 무리 속에서 빼어나게 뛰어남을 이르는 말. 여기서는 사람이 있은 이래로 孔子보다 더 훌륭한 사람이 없었음을 설명하려는 것. (出 : 뛰어나다. 빼어나다. 우수하다. 拔 : 빼어나다. 뛰어나게 우수하다. 특출하다. 萃 : 사람이나 사물의 무리.) → **出類拔萃.**

〔**孟子·公孫丑上**〕聖人之於民, 亦類也, ○○○○, ○○○○, 自生民以來, 未有盛於孔子也. 〔**明 羅貫中·三國演義**〕文有相如之賦, 武有伏波之才, 醫有仲景之能 ……出乎其類, 拔乎其萃者, 不可勝記. 〔**清 西周生·醒世姻緣傳**〕不爲習俗所移, 不爲貧窮所詘, 出乎其類, 拔乎其萃.

翠以羽自殘, 龜以智自害, 丹以含色磨肌.
(翠: 취, 肌: 기)

물총새는 (아름다운) 날개 때문에 스스로 해침을 당하고, 거북이는 슬기로운 것 때문에 스스로 해로움을 당하며, 단석(丹石)은 (붉은) 색깔을 띠고 있어서 그 본체가 갈려지게 된다. (喩) 재주·꾀·아름다움을 가지고 있는 사람이 그것 때문에 재앙을 당한다. (殘 : 해치다. 含 : 머금다. 포함하다. 띠다. 肌 : 살. 몸. 본체.)

〔**劉子·新論**〕○○○○○, ○○○○○, ○○○○○○, 石以抱能碎質.

鐸以聲自毁, 膏燭以明自鑠, 虎豹之文來射.

탁　　　　　　　　　삭

큰 방울은 소리를 내기 때문에 저절로 부서지고, 촛불은 불을 밝히기 때문에 저절로 녹아없어지며, 호랑이나 표범은 아름다운 무늬가 활의 발사를 불러온다. (喩) 아름다운 용모·특출한 재능·많은 재물 또는 높은 지위가 있는 사람이 그것 때문에 재앙을 불러들이게 된다. (鐸 : 큰 방울. 膏燭은 등불. 촛불. 鑠 : 녹다. 녹이다. 來는 부르다. 오게하다. 초래하다.)

〔**莊子·應帝王**〕老聃曰, ……, 且也虎豹之文來田, 蝯狙之便執斄之狗來藉, 如是者可比明王乎. 〔**韓非子·喩老**〕(晉)文公受客皮而歎曰, 此以皮之美自爲罪. 〔**淮南子·繆稱訓**〕○○○○○, ○○○○○○, ○○○○○○, 猨狖之捷來措. 故子路以勇死, 萇宏以智困. 〔**文子·上德**〕老子曰, 鳴鐸以聲自毁, 膏燭以明自煎, 虎豹之文來射, 猨狖之捷來格. 故勇武以强梁死, 辯士以智能困. 〔**明 楊愼·古今諺**〕古諺古語, ……鳴鐸以聲自穴, 膏以明自鑠, 虎豹之文來射, 猨狖之捷來擱. 〔**漢書·龔勝傳**〕嗟乎. 薰以香自燒, 膏以明自銷. 龔生競夭天年, 非吾徒也.

平生莫恨無知己, 英雄自古識英雄.

평생 참다운 친구가 없는 것을 한탄하지 말 것이니, 자고로 영웅이 영웅을 아는 법이다. 재능이나 기개있는 사람들이 서로 알아보고 아끼게 되는 것을 형용.

〔**綴白裘·倒精忠**〕○○○○○○○, ○○○○○○○. 〔**清 名教中人·好逑傳**〕二人相見, 英雄識英雄, 彼此愛慕備至.

庖人雖不治庖, 尸祝不越樽俎而代之矣.

포　　　　　　　　시　　　　준 조

(제사를 지냄에 있어) 요리사가 설사 요리를 하지 않는다고 해도 신주(神主)인 시동(尸童)이나 시동과 제주(祭主)를 중개하는 축(祝)이 술잔과 안주를 차려놓은 상을 넘어가서 요리사를 대신할 수는 없다. 제사를 진행하는데 일익을 담당하는 시동과 축이 각기 맡은 일을 해야 하며, 그 일을 벗어나서 제물을 만드는 요리사의 일을 맡아 할 수 없다는 말. (喩) 사람은 자신의 직무를 벗어나 다른 사람이 맡은 일을 대신할 수는 없다. (庖人 : 요리사 = 庖丁. / 주대의 관명. = 庖正. 庖 : 부엌. 尸 : 시동. 옛날 제사 지낼 때 죽은 사람을 대신하여 제사를 받는 사람. 곧 신주. 祝 : 제주와 시동을 중개하는 사람. 신을 섬기는 일을 하며 신에게 말을 전하는 사람. 樽俎 : 술잔과 안주를 차려놓는 상.) → **越俎代庖.**

〔**莊子·逍遙遊**〕許由曰, ……. 予無所用天下爲. ○○○○○○, ○○○○○○○○○○.

彼人也, 予人也, 彼能是而我乃不能是.

그도 사람이고 나도 사람인데, 그는 이것을 할 수 있으나 나는 할 수 없네. 내가 그에게 미치지 못함을 자책하는 말.

〔**韓愈·原毁**〕古之君子, 其責己也, 重以周, 其待人也, 輕以約, 重以周. 故不怠, 輕以約. 故人樂爲先, 聞古之人, 有舜者, 其爲人也, 仁義人也. 求其所以爲舜者, 策於己曰, ○○○, ○○○, ○○○○○○○○○.

驊騮騄驥, 天下之俊馬也, 使之與貍鼬試於釜竈之間, 其疾未必能過貍鼬也.

화류 녹기 / 이유 / 조

화류(驊騮)와 녹기(騄驥)는 천하의 준마이나 삵괭이 족제비와 함께 이를 시켜서 솥과 부뚜막 사이에서 (달리기를) 시험해본다면 그 빠르기는 반드시 삵괭이 족제비를 지나칠 수 없다. (喩) 재능이 특출한 사람도 여건이 나쁜 상황에서는 그 능력이 평범한 사람에게도 미치지 못한다. (驊騮 : 준마의 이름. 周 武王이 천하를 주유할 때 탔다는 팔준마의 하나. 騄驥 : 騄駬 또는 騄耳로 준마의 이름. 周 穆王의 팔준마의 하나. 鼬 : 족제비.)

〔**淮南子·主術訓**〕夫華騮綠耳,一日而至千里, 然其使之搏兎, 不如豺狼, 伎能殊也. 鴟夜撮蚤蚊, 察分秋毫, 晝日顚越, 不能見邱山, 形性詭也. 〔**新序·雜事五**〕閭丘邛曰, 不然. 夫尺有所短, 寸有所長, ○○○○, ○○○○○○, ○○○○○○○○○○○, ○○○○○○○○○. 黃鵠白鶴, 一擧千里, 使之與燕服翼試之堂廡之下, 廬室之間, 其便未必能過燕服翼也.

懷其寶, 而迷其邦, 可謂仁乎.

그런 보배를 품고서 그 나라를 헤매다니는 것을 어찌 어질다고 말할 수 있겠는가? 도덕적 재능을 가지고 있으면서 나라의 혼란을 그대로 내버려 두고, 이를 구하지 않는것을 어질다고 말할 수 없다는 뜻. 魯나라 大夫 陽貨가 孔子에게 벼슬을 시키려고 한 말. → **懷寶迷邦.**

〔**論語·陽貨**〕謂孔子曰, 來, 予與爾言, 曰, ○○○, ○○○○, ○○○○. 曰, 不可. 〔**韓詩外傳·卷一**〕曾子重其身而輕其祿. 懷其寶而迷其國者, 不可與語仁. 窘其身而約其親者, 不可與語孝. 〔**陳書·後主本紀**〕豈以食玉欲桂, 無因自達, 將懷寶迷邦, 感思獨善. 〔**明 無名氏·三顧茅廬記**〕先生, 吾聞懷寶迷邦, 謂之不仁也. 以先生才德之名, 望當此國步艱難之日, 而抱道自娛, 養高自重, 仁人君子之用心, 固如是乎. 〔**明 蒲俊卿·雲臺記**〕嘗聞玉在荊山, 非卞和不能曉, 驥伏柄槽, 非伯樂而不能知. 正所謂懷寶迷邦, 不求其價.

2. 智慧·知識·識見·聰明

駕輕車, 就熟路.
가　　거

경쾌한 수레를 타고, 낯익은 길을 달리다. (喩) 일에 관하여 익숙해 있어서 일하기가 매우 쉽다. (駕 : 타다. 就 : 길을 가다.) → **駕輕就熟. 輕車熟路.**

〔**唐 韓愈·送石處士序**〕論人高下, 事後當成敗, 若河決下流而東注, 若駟馬, ○○○, ○○○, 而王良·造父爲之先後也.

瞽者無以與乎文章之觀, 聾者無以與乎鍾鼓之聲, 夫知亦有之.

소경은 여러 가지 색깔의 아름다운 무늬를 알 방도가 없고, 귀머거리는 종과 북의 아름다운 음악을 알 방도가 없다. 대저 지혜에 있어서도 또한 이러한 소경과 귀머거리가 있다. (無以 : …할 수가 없다. …할 도리 또한 방도·방법이 없다. 與 : 참가하다. 참여하다. 참여하여 내용을 알다. 文章 : 여러 가지 색깔의 무늬. 文은 청과 적의 무늬. 章은 백과 흑의 무늬. 觀 : 모양. 모습. 경색. 풍경.)

〔**莊子·逍遙遊**〕連叔曰, 然. ○○○○○○○○○○○, ○○○○○○○○○○○. 豈唯形骸有聾盲哉. ○○○○○. 〔**莊子·大宗師**〕許由曰, 不然. 夫盲者無以與乎眉目顔色之好, 瞽者無以與乎青黃黼黻之觀.

巧匠目意中繩, 然必先以規矩爲度. 上智捷擧中事, 必以先王之法爲比.
장　승　구　첩

솜씨가 뛰어난 목수는 눈으로 추측하여 먹줄에 맞출 수 있지만, 반드시 먼저 원을 그리는데 쓰는 걸음쇠와 네모꼴을 그리는데 쓰는 곱자를 표준으로 삼으며, 뛰어난 지혜가 있는 사람은 재빨리 움직여도 일의 추세에 맞출 수 있지만, 반드시 선왕들의 법도를 규례(規例)로 삼는다. (意 : 헤아리다. 추측하다. 規 : 원을 그리는 제구인 걸음쇠. 矩 : 방형을 그리는데 쓰는 곱자. 規矩準繩 : 목수의 연장인 걸음쇠·곱자·수준기·먹줄로 사물의 준칙. 행위의 표준. 생활에 지켜야할 법도를 의미. 上智 : 보통사람보다 뛰어난 지혜가 있는 사람. 捷 : 빠르게.) → **規矩準繩.**

〔**孟子·離婁上**〕聖人旣竭目力焉, 繼之以規矩準繩, 以爲方員平直, 不可勝用也. 〔**韓非子·有度**〕故曰, ○○○○○○, ○○○○○○○○, ○○○○○○, ○○○○○○○○. 〔**淮南子·說林訓**〕非規矩不能定方圓, 非準繩不能正曲直. 用規矩準繩者, 亦有規矩準繩焉. 〔**事物紀原**〕尸子曰, 古者倕(馬倕)爲規矩準繩使天下倣.

螳螂之怒, 其臂以當車轍.
당 랑　비　거철

사마귀가 성을 내어 그 앞발을 쳐들어 굴러오는 수레의 바퀴를 막으려 하다. (喩) 약소한 자신의 역량도 모르고 어리석게도 강적과 대적하려고 하다. (臂 : 팔. 앞발.) = **螳螂當車. 螳螂當車轍.**

〔**莊子·天地**〕若夫子之言, 於帝王之德, 猶 ○○○○, ○○○○○○. 則必不勝任矣. 〔**莊子·人間世**〕蘧伯玉曰, ……, 汝不知夫螳螂乎. 怒其臂以當車轍, 不知其不勝任也. 〔**韓詩外傳·卷八**〕齊莊公出獵, 有螳螂擧足將搏其輪. 問其御曰, 此何虫也. 御曰, 此是螳螂也. 其爲虫, 知進而不知退, 不量力而輕就敵. 莊公曰, 以爲人, 心爲天下勇士矣. 於是 廻車避之. 而勇士歸之. 〔**淮南子·人間訓**〕齊莊公出獵, 有一蟲擧足將搏其輪. 問其御曰, 此何蟲也. 對曰, 此所謂螳螂者也. 其爲蟲也, 知進而不知卻, 不量力而輕敵. 莊公曰, 此爲人而, 必爲天下勇武矣, 廻車而避之. 〔**張衡·魏都賦**〕弱卒鎖甲, 無異螳螂之衛. 〔**駱賓王·文**〕擇螳螂之力, 拒轍當車. 〔**陳琳·檄豫州**〕欲以螳螂之斧禦隆車之隧.

忘足, 屨之適也. 忘要, 帶之適也. 知忘是非, 心之適也.

구

발을 기억하지 못하게 해주는 그런 신이 발에 편안한 것이고, 허리를 기억하지 못하게 해주는 그런 허리띠가 허리에 편안한 것이며, 사물의 옳고 그름을 잊어버릴 줄 아는 그런 마음이 살기에 편안한 것이다. 사람의 처세에 있어 사물의 시비·선악을 의식하지 않아야 마음의 편안함을 이루어 원만해질 수 있음을 이르는 말. (忘 : 잊어버리다. 기억하지 못하다. / 소홀히 하다. / 내버리다. 포기하다. / 잃어버리다. 분실하다. 屨 : 신. 짚신 · 미투리·가죽신 등의 신. ≒ 履. 適 : 맞다. 알맞다. 좋다. 어울리다. / 편안하다. 마음이 상쾌하다. 기분이 좋다. 要 : 허리 ≒ 腰.)

〔**莊子·達生**〕○○, ○○○○. ○○, ○○○○. ○○○○, ○○○○. 不內變, 不外從事, 會之適也.

孟嘗君得釋於秦昭王, 卽馳去, 變姓名, 夜半至函谷關. 關法鷄鳴方出客, 客有能爲鷄鳴者, 鷄盡鳴, 遂發傳出.

(齊나라 宣王의 서제인) 孟嘗君은 秦나라 昭王으로부터 석방되자 곧 빨리 달아나서 성명을 바꾸고 한밤중에 (秦나라 동쪽 국경의 관문인) 函谷關에 이르렀다. 관문을 지키는 규정에는 닭이 울어야 비로소 문을 열어 길손이 나가게 되어 있었다. 식각 중에 닭의 울음소리를 잘 내는 자가 있어 (그가 울음소리를 내자) 모든 닭이 일제히 따라울자 (관병이 관문을 열어주어) 드디어 통행증을 내보이고 빠져나갔다. (그래서 孟嘗君은 무사히 돌아왔다.) (由) 齊나라 宣王의 서제인 孟嘗君은 薛에 봉해져 수천 명의 식객을 거느렸고 제후들에게도 널리 알려졌다. 秦나라 昭王은 孟嘗君이 현명하다는 말을 듣고, 먼저 인질을 齊나라에 보내어, 孟嘗君을 만나기를 구했다가 그가 이르자 곧 그를 가두고 죽이려고 했다. 이에 孟嘗君은 사람을 昭王의 애희에게 보내어 그의 석방을 요청토록 하니, 애희는 孟嘗君이 가진 흰 여우털로 만든 갖옷인 호백구(狐白裘)를 얻고 싶다고 말했다. 그러나 그는 가지고 있던 호백구를 이미 昭王에게 바쳤고 다른 것이 없었다. 孟嘗君의 식객 중에 물건을 잘 훔치는 자가 있어 그가 秦나라 보물창고에 들어가 호백구를 훔쳐내어 애희에게 바치니, 애희가 왕에게 말을 하여 그가 석방된 것이다. 그가 석방된 후 위와 같이 닭의 울음소리를 조작하여 函谷關을 빠져나갔고, 孟嘗君의 석방을 후회한 秦나라의 추격대가 뒤늦게 달려왔으나 허탕을 친 것. (馳去 : 빨리 달려 피하다. 發傳 : 통행증을 제시하다. 부절을 내보이다. 傳은 부절. 증명.) → **鷄鳴狗盜. 函谷鷄鳴.**

〔**史記·孟嘗君列傳**〕(내용 생략.) 〔**漢書·遊俠傳**〕皆借王公之勢, 竟爲遊俠, 鷄鳴狗盜, 莫不賓禮.
〔**十八史略·上古·春秋戰國篇·齊**〕宣王卒, 湣王立. 靖郭君田嬰者, 宣王之庶弟也. 封於薛, 有子曰文, 食客數千人, 名聲聞於諸侯, 號爲孟嘗君. 秦昭王聞其賢, 乃先納質於齊, 以求見, 至則止囚欲殺之. 孟嘗君使人抵昭王幸姬求解, 姬曰, 願得君狐白裘. 蓋孟嘗君以獻昭王, 無他裘矣. 客有能爲狗盜者, 入秦藏中, 取裘以獻姬, 姬爲言得釋. 卽馳去, 變姓名, 夜半至函谷關. 關法, 鷄鳴方出客, 恐惠王後悔追之. 客有能爲鷄鳴者, 鷄盡鳴. 遂發傳出, 食頃, 追者果至, 而不及.

明鏡不疲於屢照, 淸流不憚於惠風.
누 탄

거울은 여러번 비추어도 피로해하지 않으며, 맑은 물은 봄바람을 꺼려하지 아니한다. (喩) 풍부한 지식은 써도 손상됨이 없고 논의를 꺼려하지 않는다. (惠風 : 봄바람.)

〔**世說新語·言語**〕袁(이름 : 喬)曰, 何嘗見明鏡疲於屢照, 淸流憚於惠風.

明者見於無形, 智者慮於未萌.
맹

명석한 사람은 형체가 없는 것을 볼 수 있고, 지혜로운 사람은 아직 싹이 트기 전에 걱정한다. 명석한 사람은 사고가 이루어지기 전에 그 실마리를 찾을 수 있고, 지혜로운 사람은 사건이 싹트는 단계에서 이미 고려를 한다는 말.

〔**史記·司馬相如列傳**〕蓋明者遠見於未萌而 智者避危於無形, 禍固多藏於隱微而發於人之所忽者也.
〔**說苑·談叢**〕明者視於冥冥, 謀於未形, 聰者聽於無聲, 慮者戒於未成. 〔**後漢書·班超傳**〕明者睹未萌, 況已著邪. 〔**後漢書·馮衍傳**〕蓋聞○○○○○○, ○○○○○○, 況其昭哲者乎.

迷而知返, 得道未遠.

길을 헤매는 사람이 제때에 되돌아올 것을 알면 바른 길을 찾을 시간이 멀지 않은 것이다. (喩) 자기의 과오·착오를 발견하면 곧 올바른 것으로 바꿀 것을 알게 된다. (得道 : 바른 길을 찾다.) → **迷而知返. 迷途知返.** ≒ **迷途不遠.**

〔**魏書·高謙之傳**〕琴瑟不韻, 知音改弦更張, 騑驂未調, 善御轡成組, 諺云, ○○○○, ○○○○. 此言雖小, 可以喩大. 〔**晉 陶淵明·歸去來辭**〕實迷途其未遠, 覺今是而昨非. 〔**南朝 梁 丘遲·與陳伯之書**〕夫迷途知反, 往哲是與. 不遠而復, 先典攸高.

反聽之謂聰, 內視之謂明.

자신의 견해와는 다른 의견을 듣는 것을 "귀가 밝다." (聰)고 이르고, 끊임없이 자기 자신을 반성하는 것을 "눈이 밝다." (明)고 이른다. "총명하다"는 것은 다른 의견을 잘 들어 그 사실을 자세히 알고 부단하게 자기 반성을 하여 재지가 있는 것을 이른다는 말. (反聽 : 서로 반대되는 것을 듣다. 곧 자기의 견해와는 다른 의견을 듣다. 內視 : 자신의 내부를 본다. 반성하고 스스로 살피다. 자기 자신을 반성하다.)

〔**史記·商君列傳**〕商君曰, 子不說吾治秦與. 趙良曰, ○○○○○, ○○○○○, 自勝之謂彊.

不逆詐, 不億不信, 抑亦先覺者是賢乎.

남이 나를 속일 것이라고 미리 짐작하지 않으며, 남이 나를 믿지 않을 것이라고 억측하지 않으면서도, 그러나 일이 일어날 것을 미리 깨닫는 자야말로 현명한 것이다. (逆 : 짐작하다. 예상하다. 예측하다. 추측하다. 億 : 억측하다. 헤아리다. 추측하다. = 臆. 抑 : 그러면서도.)

〔**論語·憲問**〕子曰, ○○○, ○○○○, ○○○○○○○○○.

譬如厚石風不能移, 智者意重, 毁譽不傾.

비유컨대 무거운 돌이 바람에도 옮겨질 수 없는 것과 같이 지혜로운 사람은 뜻이 깊어서 헐뜯음이나 칭찬함에 기울어지지 않는다. 지혜로운 사람은 그 뜻이 매우 깊어서 외부의 작용에 의하여 동요되지 않음을 이르는 말. (重 : 깊다.)

〔**法句經·明哲品**〕○○○○, ○○○○, ○○○○, ○○○○.

上智不處危以僥幸, 中智能因危以爲功, 下愚安于危以自亡.

가장 지혜로운 사람은 위험에 처하여 행운을 바라지 아니하며, 중간쯤 지혜로운 사람은 위험을 계기로 삼아 공적을 만들며, 가장 어리석은 사람은 위험에 안주하여 스스로 망한다. (僥 : 구하다. 원하다. 바라다. 행운이나 이를 구하고 바라다. 因 : 원인이나 계기로 되다. 爲 : 만들다.)

〔**後漢書·吳漢傳**〕○○○○○○○○○, ○○○○○○○○○, ○○○○○○○○○.

色者必盡乎老之前, 知謀無異乎幼之時.

(고운) 얼굴 빛은 반드시 늙기 전의 것이 다 없어지나, 지모는 어릴 때의 것이 달라지지 않는다. 지모는 어릴 때 닦아 놓은 것이 사라지지 않고 나아가 닦을 수록 더욱 발전, 정교해짐을 시사하는 말. (色 : 얼굴 빛. 異 : 달리하다. 다르다.)

〔**說苑·建本**〕虞君問盆成子曰, ……, ○○○○○○○○○, ○○○○○○○○○.

生而知之者, 上也, 學而知之者, 次也, 困而學之, 又其次也, 困而不學, 民斯爲下也.

태어나면서 부터 아는 것이 상등의 자질 있는 사람이고, 학습을 한 뒤에 아는 것이 다음의 자질 있는 사람이며, 괴로움을 겪으면서 어렵게 배우는 것이 또 그 다음의 자질 있는 사람이고, 괴로움을 겪으면서도 의연 배우지 못하는 것, 이런 사람은 최하등이다. 천부의 자질이 같지 않으므로 사람이 배움에 힘쓰도록 격려하는 것이 귀함을 이르는 것. (困 : 괴로움을 겪다.) → **生而知之. 學而知之.**

〔**論語·季氏**〕孔子曰, ○○○○○, ○○. ○○○○○, ○○. ○○○○, ○○○○. ○○○○, ○○○○○. 〔**中庸·第二十章**〕或生而知之. 或學而知之, 或困而知之, 及其知之一也. 〔**顔氏家訓·勉學**〕且又聞之, 生而知之者上, 學而知之者次, 所以學者, 欲其多知明達耳.

小馬非大馬之類也, 小知非大知之類也.

작은 말은 큰 말과 같은 무리가 아니며, 작은 슬기는 큰 슬기와 같은 무리가 아니다. 작은 말은 길에 나아가 천리를 갈 수 없으므로 큰 말과 같은 무리가 아니며, 작은 슬기를 가진 사람은 나라를 다스리고 백성을 기를 수 없으므로 큰 슬기를 가진 사람과 같은 무리가 아니라는 뜻. 작은 지혜는 열을 듣고 그 하나를 아는 정도의 것인데 반해 큰 지혜는 한 모퉁이를 보고 세 모퉁이를 아는 것이므로 작은 지혜는 큰 지혜가 될 수 없다는 뜻으로 해석된다.

〔**呂氏春秋·別類**〕小方大方之類也, 小馬大馬之類也, 小智非大智之類也. 〔**淮南子·說山訓**〕大家攻小家, 則爲暴, 大國介小國, 則爲賢. ○○○○○○○○, ○○○○○○○○. ※ 呂氏春秋는 小馬大馬之類也라고 한 반면, 淮南子는 小馬非大馬之類라고 기록.

巢居知風, 穴處知雨.

나무 위에 집을 지어 사는 새들은 바람이 불 것을 미리 알고, 땅 속에 구멍을 파서 사는 짐승들은 비가 올 것을 미리 안다. (喩) 어떤 환경에서 늘 지내고 있는 생물은 발생하려고 하는 어떤 일을 미리 알 수 있다. (巢居 : 사처럼 나무위에 집을 짓고 사는 삶. 穴處 : 동굴 속에 사는 일.)

〔**漢書·冀奉傳**〕臣奉竊學齊詩, 聞五際之要, 十月之交篇, 知日蝕地震之效昭然可明, 猶○○○○, ○○○○, 亦不足多, 適所習耳. 〔**南朝·齊劉晝·劉子·類感**〕巢居知風, 穴處識雨. 風雨方至, 而鳥蟲應之.

小知 不可使謀事, 小忠不可使主法.

얕은 지식이 있는 자에게 일을 계획하게 해서는 안되며, 작은 충성이 있는 자에게 법을 주관하도록 해서는 안된다. (主 : 책임지다. 주관하다.)

〔**韓非子·飾邪**〕有賞不足以勸, 有刑不足以禁, 則國雖大必危. 故曰, ○○○○○○○, ○○○○○○○.

小知不及大知, 小年不及大年.

얕은 지식을 가진 사람은 뛰어난 지식을 가진 사람에게 미치지 못하고, 명이 짧은 사람은 명이 긴 사람에게 미치지 못한다. (小 : 적다. 얕다. 짧다. ＝ 少. 不及 : 어떤 경지에 미치지 못하다. 大 : 많다. 뛰어나다. 길다. ＝ 多.)

〔莊子·逍遙遊〕○○○○○○, ○○○○○○. 奚以知其然也. 〔淮南子·道應訓〕莊子曰, 小年不及大年, 小知不及大知.

雖有名馬, 祇辱於奴隷人之手, 騈死於槽櫪之間, 不以千里稱也.
지 변 조 력 칭

비록 명마가 있다 하더라도 다만 노예의 손에 수치를 당하다가 마굿간에서 머리를 나란히 하여 죽으면, 천리마로 불리지 못한다. (喩) 비록 현능한 영재가 있다 하더라도 그를 알아주는 사람이 없으면 그 뜻을 펴지 못하고 범인에 묻혀 사라지게 된다. (辱 : 욕보이다. 수치를 당하게 하다. 祇 : 다만. 騈死 : 머리를 나란히 하여 죽다. 다른 것과 함께 죽다. 槽 : 여물 통. 櫪 : 마판.)

〔韓愈·雜說〕世有伯樂, 然後有天里馬, 千里馬常有, 而伯樂不常有, 故, ○○○○, ○○○○○○○○○, ○○○○○○○, ○○○○○○.

是是非非謂之智, 非是是非謂之愚.

옳은 것을 옳다 하고, 그른 것을 그르다고 하는 것은 지혜로움을 이르는 것이고, 옳은 것을 그르다고 하고 그른 것을 옳다고 하는 것은 어리석음을 이르는 것이다.

〔荀子·修身〕○○○○○○○, ○○○○○○○, 傷良曰讒, 害良曰賊, ……, 是謂是非謂非曰直.

識弊端而絶之, 非知者不能, 疾弊風而挽之, 非勇者不能.

폐해의 단서를 식별하여 그것을 끊어버리는 것은 지혜있는 자가 아니면 할 수 없고, 폐습을 증오하여 이것을 만회하는 것은 용기있는 자가 아니면 할 수 없다. (識 : 식별하다. 인식하다. 弊端 : 폐해의 근원. 폐해의 단서. 폐단. 疾 : 미워하다. 증오하다. 弊風 : 나쁜 관습. 폐습. 좋지 못한 풍습. 挽 : 돌이키다. 처음 상태로 되돌리다. 만회하다. / 고수하다.)

〔呻吟語·第九章〕○○○○○○, ○○○○○, ○○○○○○, ○○○○○.

梧桐一葉落, 天下盡皆秋.

오동나무의 한 개의 잎이 떨어지니, 온 세상은 이미 다 가을이 끝났다. (喩) 어떤 종류의 현상을 보고 그것의 발전추세를 추측하여 알다.

〔淸 無名氏·子弟書〕○○○○○, ○○○○○. 曠夫途間當增恨, 怨女閨中也應愁.

遇病而後, 思强之爲寶, 處亂而後思平之爲福, 非蚤智也.
조

병이 든 뒤에야 몸의 튼튼함이 보배인 것을 생각하고, 어지러움에 처한 뒤에라야 평온함이 복이 되는 것을 생각하는 것은 앞선 지혜는 아니다. 나빠지고 어지러워질 것을 미리 알고 예방하는 것이 더 현명한 사람이라는 뜻. (遇病 : 병을 만나다. 병이 들다. 强 : 몸이 강함. 힘있고 튼튼함. 平 : 평온함. 안정됨. 평안함. 蚤 : 빠르다. 앞서다. ≒ 早.)

〔**菜根譚·後九十九**〕○○○○, ○○○○○, ○○○○, ○○○○○. 倖福而先知其爲禍之本, 貪生而先知其爲死之因, 其卓見乎.

愚者闇於成事, 智者明於未萌.

맹

어리석은 자는 이루어놓은 일에 대해서도 어렴풋이 알고, 지혜로운 사람은 일이 일어나기 전에도 잘 알고 있다. (闇 : 어렴풋하다. 사리에 밝지 못하다. 明 : 사리에 밝다. 未萌 : 변고나 어떤 일이 일어나기 전.)

〔**商君書·更法**〕且夫有高人之行者, 固見負於世, 有獨知之者, 必見毁於民. 語曰, ○○○○○○, ○○○○○○. 〔**戰國策·趙策二**〕肥義曰, 臣聞之, ……. ○○○○○○, ○○○○○○. 〔**史記·趙世家**〕愚者闇成事, 智者覩未形. 〔**史記·商君列傳**〕衛鞅曰, ……. 愚者闇於成事, 智者見於未萌. 〔**新序·善謀一**〕公孫鞅曰, ……. 語曰, 愚者暗成事, 知者見未萌.

唯上知與下遇, 不移.

오직 지극히 지혜로운 사람과 가장 어리석은 사람은 기질이 변하지 않는다. 보통사람은 그가 처한 교육환경에 따라서 그 기질이 변하지만, 나면서부터 아는 지극히 지혜로운 사람과 지식이 몽매한 가장 어리석은 사람은 아무리해도 그들의 기질가 소신을 변동시킬 수 없다는 뜻. (移 : 옮기다. 이동하다./ 변하다. 변동하다.)

〔**論語·陽貨**〕子曰, ○○○○○○, ○○. 〔**顔氏家訓·敎子**〕上智不敎而成, 下愚雖敎無益, 中庸之人不敎不知也.

鷹立如睡, 虎行似病, 正是他攫人噬之手段處.

응 확 서

매는 졸고 있는 것 같이 서있고, 범은 병이 든 것 같이 걸으니, 바로 이것은 이것들이 사람을 움켜잡고 물어 뜯는 수단이다. 사람도 큰 일을 해내려면 자기의 총명한 지혜와 뛰어난 재능을 함부로 드러내지 말아야 한다는 뜻. (攫 : 붙잡다. 움켜쥐다. 噬 : 씹다. 깨물다. 물어뜯다.)

〔**菜根譚·二百**〕○○○○, ○○○○, ○○○○○○○○○○. 故君子要聰明不露, 才華不逞, 纔有肩鴻任鉅的力量.

人者, 爪牙不足以供守衛, 肌膚不足以自捍禦, 趨走不足以逃利害.

조 기 한 추

사람이란 그 발톱과 이빨은 자기 몸의 보위에 이바지하기에 부족하고, 살과 살갗은 외적을 스스로 방어하기에 부족하며, 뜀박질은 재해에서 벗어나기에 부족하다. 사람은 신체적 조건이 불완전하여 반드시 외물에 의지하여 삶을 보호할 수밖에 없으므로 힘을 천하게 여기고, 지혜를 중히 여기게 된다는 뜻. (供 : 이바지하다. 제공하다. 肌膚 : 살과 살갗. 근육과 피부. 피육. 捍禦 : 막다. 방어하다. 趨走 : 빨리 달림. 뜀박질. 逃 : 도망시키다. / 벗어나다. 면하다. 利害 : 이익과 손해. / 재해. ≒ 厲害. ※ 臺灣師範大學.)

〔 **列子·楊朱** 〕 楊朱曰, ……, ○○, ○○○○○○○○, ○○○○○○○○, ○○○○○○○○, 無毛羽以禦寒暑.

一事不知, 以爲深恥(치).

어떤 한 사물에 대하여 알지 못하는 것이 있는 것을 매우 큰 수치로 여기다. (深恥 : 깊은 수치. 매우 큰 수치.) → **一事不知, 一物不知, 以爲深恥.**

〔 **漢 揚子·法言·君子** 〕 聖人之於天下, 恥一物不知. 仙人之於天下, 恥一日之不生. 〔 **南史·陶弘景傳** 〕 讀書萬餘卷, ○○○○, ○○○○.

只見波瀾起, 不測洞庭深.

다만 파도가 일어나는 것을 볼 뿐이고, 洞庭湖의 물 깊이가 깊은 것을 알지 못하다. (喩) 다만 표면의 현상만을 볼 뿐이고, 그 속의 오묘한 이치를 알지 못하다. (洞庭 : 洞庭湖를 뜻하는 것으로, 中國 湖南省 북부에 있는 中國에서 제일 큰 호수.)

〔 **五燈會元** 〕 師曰, 闍黎豈不是荊南人. 曰, 是. 師曰, ○○○○○, ○○○○○.

智過萬人者謂之英, 千人者謂之俊, 百人者謂之豪, 十人者謂之傑.

지략이 만 사람보다 뛰어난 것을 영(英)이라고 하고, 천 사람보다 나은 것을 준(俊)이라고 하며, 백 사람보다 나은 것을 호(豪)라고 하고, 열 사람보다 나은 것을 걸(傑)이라고 한다.

〔 **淮南子·泰族訓** 〕 擧天下之高, 以爲三公. 一國之高, 以爲九卿. 一縣之高, 以爲二十七大夫. 一鄕之高, 以爲八十一元士. 故○○○○○○○○, ○○○○○○, ○○○○○○, ○○○○○○.

知其然而不知其所以然.

그러한 것을 알지만, 그렇게 된 까닭을 알지 못하다. 사물을 인식하거나 지식을 학습한 정도가 천박(淺薄)하여 다만 표면상의 사실만을 알 뿐, 사물의 본질이나 그 생성의 원인을 숙지하지 못함을 표현. (所以然 : 그렇게 된 까닭.) → **不知其所以然.**

〔 **梁啓超·論小說與群治之關係** 〕 人之恒情, 于其所懷抱之想象, 所經閱之境界, 往往有行之不知, 習矣不察者. 無論爲哀爲樂, 爲怨爲怒, 爲戀爲駭, 爲憂爲慚, 常若○○○○○○○○○○.

知其愚者, 非大愚也, 知其惑者, 非大惑也.

자신이 어리석은 것을 아는 자는 그다지 크게 어리석은 것은 아니고, 자신이 미혹된 것을 아는 자는 그다지 크게 미혹된 것은 아니다. (惑 : 미혹하다. 현혹되다. 정신이 헷갈려 헤매다. 무엇에 홀려 정신을 못차리다.)

〔 **莊子·天地** 〕 ○○○○, ○○○○, ○○○○, ○○○○. 大惑者, 終身不解, 大愚者, 終身不靈.

知己者不怨人, 知命者不怨天.

자기 자신을 아는 자는 남을 원망하지 아니하고, 자신의 운명을 아는 자는 하늘을 원망하지 아니한다. → **不怨天, 不尤人.**

〔 **論語·憲問** 〕 子曰, 不怨天, 不尤人, 下學而上達, 知我者其天乎. 〔 **淮南子·繆稱訓** 〕 ○○○○○○, ○○○○○○. 福由己發, 禍有己生.

知道者必達於理, 達於理者必明於權.

도를 알고있는 자는 반드시 사물의 이치에 통달하여야하고, 사리에 통달한 자는 반드시 임기응변의 방편을 자세히 알아야 한다. (道 : 도. 학술·종교의 사상 체계. 일정불변의 사리·규율. 理 : 사물의 도리. 조리. 사리. 이치. 明 : 이해하다. 분명히 알다. 자세히 알다. 통달하다. 權 : 임기응변. 임기응변의 방편.)

〔 **莊子·秋水** 〕 北海若曰, ○○○○○○○, ○○○○○○○○, 明於權者不以物害己.

智謀之士所見略同.

지혜와 계략이 많은 사람들의 생각은 대개 같다. 특출한 인물의 견해가 거의 차이가 없다는 뜻. 의견이 서로 같은 쌍방을 찬미하는데 쓰이는 말. (略 : 대강. 대략.) = **英雄所見略同.**

〔 **三國志·蜀志·龐統傳** 〕 < 裵松之注 > (引 江表傳) 天下○○○○○○○○耳.

知遠而不知近.

먼 것은 잘 알고, 가까운 것은 모른다. (喻) 남의 일·옛날 일은 잘 알면서, 자기 일·요새 일어난 일은 알지 못한다. / 나라를 존속시키는 길은 알고 있지만 자신을 파멸시키는 까닭은 알지 못하다.

〔 **淮南子·說山訓** 〕 大夫種知所以强越, 而不知所以存身. 萇弘知周之所存, 而不知身所以亡. ○○○○○○.

知人者智, 自知者明.

사람을 알아보는 자는 지혜로운 것이고, 자신을 아는 자는 현명한 것이다. 사람의 장단점과 선악을 자세히 아는 자는 지혜로운 것이고, 자신의 천부적 지능과 본성을 인식하고 있는 자는 현명하다고 할 수 있다는 뜻.

〔**老子·第三十三章**〕○○○○, ○○○○. 勝人者有力, 自勝者强, 知足者富, 强行者有志. 〔**貞觀政要·論擇官**〕魏徵曰, ○○○○, ○○○○. 知人旣以爲難, 自知誠亦不易.

知者, 覩木不瘁, 則悟美玉之在山. 覿岸不枯, 則覺明珠之沈淵.

도 췌 적 침

지혜로운 사람은 나무가 병들지 아니한 것을 보고 아름다운 구슬이 그 산에 있는 것을 알고, 강기슭이 마르지 않는 것을 보고 아름다운 진주가 깊은 큰 못에 숨어져있는 것을 깨닫는다. (喩) 지혜가 많은 사람은 조그마한 조짐·기미를 보고서 그 이면에 숨겨져 있는 내용·전체의 상황을 안다. (覩 : 보다./ 분별하다. = 睹. 瘁 : 병들다. 야위다. 覿 : 보다./ 만나다. 沈 : 물 속에 가라앉다. 잠기다./ 숨다. 숨기다.)

〔**抱朴子·清鑒**〕○○, ○○○○, ○○○○○○○○. ○○○○, ○○○○○○○○. 彗星出, 則知鱣魚之方死. 日月蝕, 則識騏驎之共鬪.

知者無不知也, 當務之爲急.

지혜로운 사람은 알지 못하는 것이 없으며, 마땅히 힘써야 할 것을 급선무로 삼는다. 모든 것을 알고 있는 지혜로운 사람은 일의 본말과 경중과 처리의 선후를 구분할 수 있어 힘써야 할 것을 우선적으로 신속히 처리한다는 뜻. (知 : 비혜롭다. 총명하다. =智. 急 : 급무. 긴급한 일. 중요 사무. 큰 일.)

〔**孟子·盡心上**〕孟子曰, ○○○○○○, ○○○○○. 仁者無不愛也, 急親賢之爲務. 堯舜之知, 而不徧物急先務也. 堯舜之仁, 不徧愛人急親賢也.

智者不倍時而棄利, 勇士不怯死而滅名, 忠臣不先身而後君.

지혜로운 자는 시세를 등져서 이로움을 버리는 일이 없고, 용감한 사람은 죽는 것을 겁내어 그 명성을 훼손시키는 일이 없으며, 충신은 자신을 먼저 돌보고 임금을 뒤에 보살피는 일이 없다. (倍 : 등지다. 배반하다. ≒ 背. 怯 : 겁내다. 무서워하다. 滅 : 소멸시키다. 없애버리다. 훼손하다. 先 : 앞에 두다. 먼저 고려하다. 後 : 뒤로 돌리다. 뒤로 미루다. 뒤에 생각하다.)

〔**戰國策·齊策六**〕吾聞之, ○○○○○○○○, ○○○○○○○, ○○○○○○○○. 今公行一朝之忿, 不顧燕王之無臣, 非忠也. 殺身亡聊城, 而威不信於齊, 非勇也. 功廢名滅, 後世無稱, 非知也.

智者不爲非其事, 廉者不求非其有. 是以害遠而名彰也.

지혜로운 자는 그가 해야할 일이 아닌 것은 하지 않고, 청렴한 자는 그가 가질 것이 아닌 것은 구하지 않는다. 그래서 해로움은 멀어지고 이름이 드러나게 된다.

〔**韓詩外傳·卷一**〕非道而行之, 雖勞不至. 非其有而求之, 雖强不得. 故○○○○○○○, ○○○○○○○, ○○○○○○○○○. 〔**說苑·雜言**〕故非其道而行之, 雖勞不至. 非其有而求之, 雖强不得. 智者不爲非其事, 廉者不求非其有, 是以害遠而名彰也.

智者作法, 而愚者制焉. 賢者更禮, 而不肖者枸焉.
경

지혜로운 사람이 법을 만들고, 어리석은 사람이 이 법에 복종당하며, 현명한 사람은 예도를 고치고, 못난 사람은 이 예도에 구속된다. (制 : 좇다. 따르다. 복종하다.)

〔**商君書·更法**〕○○○○, ○○○○○○. ○○○○, ○○○○○○. 〔**戰國策·趙策二**〕(武靈)王曰, ……. 知者作教而愚者制焉. 賢者議俗, 不肖者拘焉.

知者之擧事也, 滿則慮嗛, 平則慮險, 安則慮危.
겸

슬기로운 자는 일을 행함에 있어 풍족하면 부족해질 것을 걱정하고, 평안하면 위험해질 것을 걱정한다. 슬기로운 자는 언제나 무슨 일에나 사전에 만전의 대비를 하므로 잘못되는 수가 없다는 뜻. (擧 : 행하다. 滿 : 넉넉하다. 풍족하다. 嗛 : 모자라다. 매우 적다. 平則慮險, 安則慮危 : 平安則慮危險으로, 평안하면 위험해질 것을 걱정한다.)

〔**荀子·仲尼**〕○○○○○○, ○○○○, ○○○○, ○○○○, 曲重其豫, 猶恐及其禍. 是以百擧而不陷也. 〔**說苑·權謀**〕夫○○○○○○, ○○○○, ○○○○, ○○○○, 曲則慮直, 由衆其豫, 惟恐不及, 是以百擧而不陷也.

知者之於人也, 未嘗求知而後能知也. 觀容貌, 察氣志, 定取舍, 而人情畢矣.
모

지혜로운 사람은 다른 사람에게 아는 것을 묻고 난 다음에 잘 알 수 있는 것이 결코 아니다. 용모를 자세히 보고 그 기색과 의지를 살펴보고 나서 취할 것과 버릴 것을 정리하여 바로 잡으면 그 사람의 참마음이 잡히게 된다. (未嘗 : 결코 … 아니다. 觀容貌, 察氣志 : 외모와 내심을 관찰하다. 겉과 속을 다 살펴보다. 定 : 정리하여 바로잡다. 畢 : 그물을 쳐서 잡다.)

〔**呂氏春秋·重言**〕凡耳之聞以聲也, 今不聞其聲, 而以其容與臂, 是東郭牙不以耳聽而聞也. 〔**韓詩外傳·卷四**〕東郭先生曰, 目者心之符也, 言者行之指也. 夫○○○○○○, ○○○○○○○○○, ○○○, ○○○, ○○○, ○○○○○. 〔**說苑·權謀**〕君子曰, 凡耳之聞以聲也. 今不聞其聲而以其容與臂, 是東郭垂不以耳聽而聞也.

智者千慮, 必有一失, 愚者千慮, 必有一得.

지혜로운 사람이 천 번을 생각해도 한 번 잃을 수가 있고, 어리석은 사람이 천 번을 생각하면 한 번 얻을 때가 있다. 현명한 사람도 실수할 수가 있고, 어리석은 사람도 현명한 판단을 할 수 있다는 말. → **愚者千慮, 必有一得.**

〔**史記·淮陰侯列傳**〕廣武君曰, 臣聞, ○○○○, ○○○○. ○○○○, ○○○○. 故曰, 狂夫之言, 聖人擇焉. 顧恐臣計未必足用, 願效愚忠. 〔**唐 林蘊·上宰相元衡弘靖書**〕苟有妖孽, 某安敢不隳裂肝膽爲相公之復心乎. 愚者千慮, 或有一得. 伏願相公少賜采擇焉. 〔**晏子春秋·雜下**〕晏子曰, 嬰聞之, 聖人千慮, 必有一失. 愚人千慮, 必有一得. 意者, 管仲之失, 而嬰之得者邪. 〔**本草綱目**〕出處旣遂, 形質又別, 陶, 蘇乃混注之, 蓋千慮一失也. 〔**宋 李至·對皇太子問政箋**〕然則 愚者千慮, 必有一得.

智之如目也, 能見百步之外, 而不能自見其睫.
첩

사람의 지혜는 마치 눈과 같아서, 능히 백걸음 밖의 것을 볼 수는 있어도, 스스로 자기의 눈썹은 볼 수 없다. (喩) 사람은 남의 선악은 눈에 잘 뜨이나 자신의 선악을 잘 알아차리지 못한다.

〔**韓非子·喩老**〕莊子曰, 臣患○○○○○, ○○○○○○, ○○○○○○○. 〔**史記·越王句踐世家**〕齊使者曰, ……. 吾不貴其用智之如目, 見豪毛而不見其睫也. 今王知晉之失計, 而不自知越之過, 是目論也. 〔**王安石·再用前韻寄蔡天啓**〕遠求而近遺, 如目不見睫.

知天之所爲, 知人之所爲者, 至矣.

하늘의 작용을 알고, 사람의 작용을 아는 것은 곧 (지혜가) 극점에 이르는 것이다. 하늘의 작용을 안다는 것은 곧 우주만물이 완전히 자연적으로 생성, 운행되는 원리를 아는 것을 이르며, 사람의 작용을 안다는 것은 그가 알고 있는 지식으로써 알지 못하고 있는 지식을 길러서 자신의 천수를 다하게 함을 이르는 것으로, 이것은 지혜가 극치에 이르는 것이라고 莊子는 설명하고 있다. (所爲 : 한 행위나 일. 소행. 소작. 작용. 至 : 지극하다. 극에 이르다. / 극히 높다. 극히 훌륭하다. 가장 깊고 두텁다.)

〔**莊子·大宗師**〕○○○○○, ○○○○○○, ○○. 知天之所爲者, 天而生也. 知人之所爲者, 以其知之所知, 以養其知之所不知, 終其天年而不中道夭者, 是知之盛也.

淺不足與測深, 愚不足與謀知, 坎井之鼃, 不可與語東海之樂.
감 화

천박한 사람과는 함께 심원한 것을 헤아릴 수 없고, 어리석은 사람과는 함께 지혜로운 일을 꾀할 수 없으며, 우물안 개구리와는 동해의 즐거움을 이야기 할 수 없다. 견식이 짧고 얕은 사람과는 심오한 도리에 대하여 같이 담론할 수 없음을 형용. (鼃 : 개구리. ＝ 鼁. 蛙.)

〔**荀子·正論**〕語曰, ○○○○○○, ○○○○○○, ○○○○, ○○○○○○○○○. 此之謂也.

聽者聽於無聲, 明者見於未形.

귀가 밝은 사람은 나지 않는 소리도 들을 수 있고, 눈이 밝은 사람은 없는 형체도 볼 수 있다. 귀가 밝은 사람은 소리가 나기 이전에 이미 소리를 예측하고, 눈이 밝은 사람은 사물이 나타나기 전에 예견한다는 것으로, 곧 총명한 사람은 사물의 발전적 추세를 예견할 수 있다는 뜻. (聽 : 귀가 밝다.)

〔**史記·淮南衡山列傳**〕臣聞 ○○○○○○, ○○○○○○, 故聖人萬擧萬全. 昔文王一動而功顯於千世, 列爲三代, 此所謂因天心以動作者也, 故海內不期而隨.

擇任而往知也, 知死不辟(피)勇也.

자신에게 알맞은 소임을 고르고 나아가는 것은 지혜이고, 죽는 것을 알면서도 피하지 않는 것은 용맹이다. (擇任 : 임무를 고르다. 골라서 일을 맡기다.)

〔**春秋左氏傳·昭公二十年**〕奔死免父, 孝也, 度功而行, 仁也, ○○○○○○, ○○○○○○.

險在前也, 見險而能止, 知矣哉.

위험한 것이 앞에 있으니, 위험한 것을 보고 멈출 수 있는 것이 지혜로운 것이다. 앞에 가로놓여 있는 위험한 것에 도전하지 말고 은인자중(隱忍自重)하여 위험에 빠지지 않도록 하는 것이 현명하다는 뜻.

〔**周易·水山蹇**〕彖曰, 蹇, 難也. ○○○○, ○○○○○, ○○○.

和其光, 同其塵(진).

그 빛을 몰래 감추고 세속에 섞이다. 사람의 처세에 있어서 자기의 재지·덕행과 위엄을 드러내지 않고 세속과는 다른 태도를 갖지 아니하며 많은 사람과 함께 섞이어서 하나가 됨을 형용하는 것으로, 이것은 도가(道家)가 최상의 것으로 여기는 인생의 경지임을 말한다. / 사람의 영광과 더러운 먼지를 동일시 한다는 뜻. (和 : 조화시키다. 여기서는 감추다. 塵 : 먼지. 티끌. / 속세. 인간세상.) → **和光同塵. 混同塵俗.**

〔**老子·第四章**〕道沖而用之, 或不盈. 淵兮似萬物之宗. 挫其銳, 解其紛, ○○○, ○○○, 湛兮似常存. 〔**老子·第五十六章**〕知者不言, 言者不知. 塞其兌, 閉其門, 挫其銳, 解其紛. ○○○, ○○○, 是謂玄同. 〔**晉 司馬彪·續漢書**〕平原王君公以明道深曉陰陽, 懷德滅行, 和光同塵, 不爲皎皎之操. 〔**後漢書·張奐傳**〕我前後仕進, 十要銀艾, 不能和光同塵, 爲讒邪所忌.

回也聞一以知十, 賜也聞一以知二.

孔子의 제자인 顔回는 하나를 들으면 열을 알고, 같은 제자인 子貢은 하나를 들으면 둘을 안다. 아성(亞聖)으로 일컬어지는 顔回는 한 개의 도리를 들으면 곧 열 개의 유사한 도리를 미루어 알 수 있고, 子貢은 한 개의 도리를 들으면 다만 두 개의 유사한 도리를 미루어 알 수 있다는 것으로, 顔回나 子貢 모두 두뇌가 매우 명석하나 顔回가 월등히 총명함을 이른다. (回 : 顔回로, 孔門十

哲의 으뜸으로 꼽히는 사람. 덕행이 뛰어나 아성으로 불렸으나 32세에 죽었다. 賜 : 이름이고 성은 端木, 자가 子貢인 孔子의 제자. 聞一知十 : 사리를 잘 터득하는 사람은 하나를 듣고도 매우 많은 것을 안다는 것을 형용. 사람이 매우 총명하여 처음을 듣고 끝까지 다 안다는 뜻.) → **聞一知十**.

〔**論語·公冶長**〕子謂子貢曰, 女與回也孰愈. 對曰, 賜也何敢望回. ○○○○○○○, ○○○○○○○.

晞驥之馬, 亦驥之乘也. 晞顏之人, 亦顏之徒也.
희

천리마를 그리워하는 말은 역시 천리마에 속하는 말이고, 아성(亞聖)인 顏回를 그리워하는 사람은 역시 顏回와 같은 무리이다. (喩) 현자(賢者)를 사모하는 사람은 또한 현자의 한 사람이다. (晞 : 그리워하다. 仰慕하다. 乘 : 수레 한 대를 끄는 네 마리의 말.)

〔**揚子·法言·學行**〕○○○○, ○○○○○. ○○○○, ○○○○○.

3. 見聞·經驗 및 龜鑑

가. 見聞·經驗

埳井之鼃謂東海之鼈曰, 吾擅一壑之水而跨跱埳井之樂, 亦至矣. 鼈告之海曰, 夫千里之遠, 千仞之高, 不足以擧其大·其深.
감 와 별 천 학 과 치

우물 속에 사는 개구리가 동해의 자라에게 말하기를 “나는 한 구렁의 물을 마음대로 차지하여 타넘어 가고 멈춰서고 하니 우물의 즐거움이 역시 최고야”라고 하였다. 그러자 자라는 바다에 관하여 말하기를 “대저(바다는) 멀기가 천리나 되고 깊이가 천 인이나 되어 그 크기와 깊이를 들어서 말하기 부족하다”고 하였다. (喩)견문이 좁고 식견이 얕다. 역량이 미약하다. (埳 : 구덩이. 지면의 움푹 패인 곳. =坎. 鼃 : 개구리. = 鼃. 蛙. 鼈 : 자라. 擅 : 마음대로 하다. 하고 싶은 대로 하다. 壑 : 골짜기. / 구렁. 개천. 도랑. 跨 : 타넘어가다. 跱 : 멈춰서다. 至 : 극에 이르다. 高 : 높이. 여기서는 바다이므로 깊이로 해석. 擧 : 낱낱이 들다. 사실을 들어 말하다.) → **坎井之蛙. 井底之蛙.**

〔**莊子·秋水**〕公子牟隱机大息, 仰天而笑曰, 子獨不聞夫埳井之鼃乎. 謂東海之鼈曰, ……. 還虷·蟹與科斗, 莫吾能若也. 且夫擅一壑之水, 而跨跱埳井之樂, 此亦至矣. ……. 東海之鼈, ……. 於是逡巡而卻, 告之海曰, 夫千里之遠, 不足以擧其大. 千仞之高, 不足以極其深. 禹之時, 十年九潦, 而水弗爲加益. 湯之時, 八年七旱, 而崖不爲加損. 夫不爲頃久推移, ……. 此亦東海之大樂也.

薑桂之性, 到老愈辣.
강 랄

생강과 계피의 성질은 오래될 수록 더욱 매워지는 것이다. (喩) 연로한 사람은 경험이 풍부하여 일을 처리하는 것이 노련하다. / 사람이 늙을수록 더욱 강직해지다. (辣 : 맵다.)

〔**宋史·晏敦復傳**〕檜使所親諭敦復曰, 公能曲徒, 兩地旦夕可至. 敦復曰, 吾終不爲身計誤國家, 况吾○○○○, ○○○○, 請勿言. 檜卒不能屈.

居卑而後, 知登高之爲危, 處晦而後, 知向明之太露.

회

낮은 데 살아본 뒤에라야 높은 데 올라가는 것이 위험한 줄 알게 되고, 어두운 데 있어 본 뒤에라야 밝은 곳으로 나아가는 것이 너무 드러나는 것을 알게 된다. 입장을 바꾸어 놓고 볼 때 그 상대방의 처지를 더욱 분명하게 이해하게 된다는 뜻. / 높고 뚜렷한 위치에 있을 수록 낮고 어두웠을 때를 생각해야 함을 깨우치는 말. (晦 : 어둠. 밤. / 그믐.)

〔**菜根譚·三十二**〕○○○○, ○○○○○○. ○○○○, ○○○○○○. 守靜而後, 知好動之過勞. 養默而後, 知多言之爲躁. ※〔**蘇軾·題東林壁詩**〕橫看成嶺側成峰, 遠近高低各不同, 不識廬山眞面目, 只緣身在此山中.

見亡知存, 見霜知氷.

망

없어지는 것을 보고서 남아있는 것을 알고, 내리는 서리를 보고서 얼음이 얼 것을 안다. (喩) 미세하거나 초보적인 현상·기미를 보고 그로부터 야기될 현상·길흉화복의 추세를 예측해내다.

〔**周易·坤爲地**〕初六, 履霜堅氷至. 象曰, 履霜堅氷, 陰始凝也, 馴致其道, 至堅氷也. 〔**說苑·談叢**〕○○○○, ○○○○.

見盈丈之尾, 則知非咫尺之軀.

그 꼬리가 열 자 남짓 되는 것을 보고, 그 동물은 작은 몸뚱이가 아님을 안다. (喩) 대개 그 물건의 일부분을 보고 전부의 크기를 추측해낸다. (盈丈 : 1장 남직. 곧 10자 남짓. 盈은 가득 차다. 그득하다. / 가득차 넘치다. 咫尺 : 매우 가까운 거리. 周代에는 8寸. 짧은 거리의 비유. /조금. 약간. 근소. 적은 분량의 비유. 軀 : 체구. 몸뚱이.)

〔**抱朴子·詰鮑**〕○○○○○, ○○○○○○○, 覩尋刃之牙, 則知非膚寸之口.

見一葉落, 而知歲之將暮. 睹甁中之氷, 而知天下之寒.

도

하나의 잎이 떨어지는 것을 보고 그 해가 저물려고 하는가를 알게되고, 병 속에 얼음이 어는 것을 보고 세상(기온)이 추워지는 것을 안다. (喩) 사물의 미세한 현상들로 부터 그 발전추세와 결과를 미루어 알 수 있다. 작은 징조·단서를 가지고 큰 일을 알아내다. 가까운데 있는 것으로써 먼데 있는 것을 알아내다. 일부분으로 전부를 안다. (將 : 막 ……하려고 하다. 睹 : 자세히 보다.) → **見一葉落, 知天下秋.**

〔 **呂氏春秋·察今** 〕 審堂下之陰, 而知日月之行, 陰陽之變. 見瓶水之氷, 而知天下之寒, 魚鼈之藏也. 〔 **淮南子·說山訓** 〕 嘗一臠肉, 知一鑊之味, 懸羽與炭, 而知燥溼之氣, 以小明大. ○○○○, ○○○○○○, ○○○○○. ○○○○○○. 以近論遠. 〔 **北史·崔浩傳** 〕 夫見瓶水之凍, 知天下之寒, 嘗肉一臠 識鑊中之味. 〔 **宋 胡子·苕溪漁隱叢話** 〕 (引唐子西文錄) 唐人有詩云, 山僧不解數甲子, 一葉落知天下之秋. 〔 **李子卿·秋蟲賦** 〕 一葉落兮天下之秋. 〔 **莘嚴演義鈔** 〕 約相類者, 如覩一葉落, 知天下秋, 見一花開知天下春. 〔 **元 劉因·早秋詩** 〕 昨朝一葉見秋生, 今日千巖萬壑淸.

見虎之尾, 而知大於貍(리). 見象之牙, 而知其大於牛也.

호랑이 꼬리를 보고 그것이 삵괭이보다 큰 것을 알 수 있고, 상아를 보고 그것이 소보다 큰 것을 알 수 있다. (喩) 물건의 한 부분을 보고 전체를 미루어 알 수 있다. 눈에 보이는 것만으로도 아직 나타나지 않은 부분을 미루어 짐작할 수 있다.

〔 **淮南子·說林訓** 〕 見象牙乃知其大於牛. 見虎尾乃知其大於貍. 一節見而節知也. 〔 **說苑·尊賢** 〕 ○○○○, ○○○○○○. ○○○○, ○○○○○○○. 見一節則百節知. 由此觀之, 以所見可占未發, 覩小節固足以知大節矣. 〔 **劉子·新論** 〕 視象之牙, 知其大于豕也. 見貍之尾, 知其小於豹也. 故覩一可以知百, 觀此可以明彼.

經一事, 長一智.

한 가지 일을 경험하면 곧 한 가지 지식이 자라난다. 경험은 지혜를 낳는다는 뜻. 한 가지 일을 경험하지 않으면 그 일에 대한 지식을 늘일 수 없다는 말. = **不經一事, 不長一智. 不因一事, 不長一智.**

〔 **五代史平話·漢史** 〕 人有常言, 遭一蹶者得一便, 經一事者長一智. 〔 **宋 悟明·聯燈會要·道顔禪師** 〕 老趙州十八以上便解破家散宅, 徒爲戲論, 雖然如是, 不因一事, 不長一智. 〔 **淸 曹雪芹·紅樓夢** 〕 俗語說, 不經一事, 不長一智.

古之人謀 黃髮番番(파), 則無所過.

옛날 사람들은 (일이 있을 때는 다) 백발의 노인에게 어려운 것을 물었는데, 그렇게 한 즉 착오가 없었다. 경륜이 많은 사람이 일을 잘 처리함을 이른다. (謀 : 일을 의논하다. 상의하다. / 꾀하여 구하다. / 일을 계획함에 있어 어려운 것을 묻다. 黃髮番番 : 백발의 노인. 노인의 머리가 희었다가 다시 노랗게 된 것을 이렇게 이른다. 番番는 머리털이 하얗게 센 모양. = 皤皤. 過 : 착오. 과실. 실수. 실패. 잘못.)

〔 **史記·秦本紀** 〕 乃誓於軍曰, 嗟士卒. 聽無譁. 餘誓告汝, ○○○○, ○○○○, ○○○○.

管仲·隰(습)朋從桓公伐狐竹, 春往冬反, 迷惑失道. 管仲曰, 老馬之智可用也. 乃放老馬而隋之, 遂得道.

齊나라 管仲과 隰朋은 桓公을 따라 狐竹을 정벌하였는데, 봄에 떠나가서 겨울에 돌아오게 되어 정신이 헷갈려 헤매다가 길을 잃어버렸다. 이에 管仲이 "늙은 말의 지혜는 활용할 만하다."고 말하였다. 곧 늙은 말을 풀어주고 그 뒤를 따라가서 마침내 길을 찾게 되었다. 어떤 일에 대하여 숙지하거나 경험을 많이 쌓은 사람은 그것을 이용, 일을 선도하여 쉽게 성사시키거나 처세에 활용할 수 있음을 함축하는 글. (迷惑 : 정신이 헷갈려 헤매다.) → **老馬之智可用. 老馬之智. 老馬識道. 識途老馬.**

〔**韓非子·說林上**〕○○·○○○○○○○○, ○○○○, ○○○○. ○○○, ○○○○○○○. ○○○○○○○, ○○○. 行山中無水, 隰朋曰, 蟻冬居山之陽, 夏居山之陰. 蟻壤一寸, 而仭有水. 乃掘地, 遂得水.

口說不如身逢, 耳聞不如眼見.

입으로 말하는 것은 몸으로 만나는 것보다 못하고, 귀로 듣는 것은 눈으로 보는 것만 못하다. 듣는 것은 친히 눈으로 보거나 친히 몸으로 경험한 것보다 확실하지 못하다는 뜻.

〔**唐 辛替否·諫造金仙玉眞二觀疏**〕臣嘗以爲古之用度不時, 爵賞不當, 破家亡國者, ○○○○○○, ○○○○○○. 〔**資治通鑑·唐睿宗景雲二年**〕口說不如身逢, 耳聞不如目睹. 臣請以臣下所目睹者言之.

南人不夢駝(타), 北人不夢象.

남쪽에 사는 사람은 낙타를 꿈꾸지 못하고, 북쪽에 사는 사람은 코끼리를 꿈꾸지 못한다. (喻) 본 적이 없는 사물은 꿈꾸어 볼 수도 없다.

〔**張協狀元**〕○○○○○, ○○○○○. 若論夜間底夢, 皆從自己心生. 〔**明 葉子奇·草木子·鈎玄篇**〕諺云, ○○○○○, ○○○○○.

百聞不如一見.

백 번 듣는 것이 한 번 보는 것만 못하다. (喻) 친히 한 번 보는 것이 많은 사람들의 말을 듣는 것보다 낫다. (喻) 일을 하는 데는 실지로 현장 또는 관계되는 것을 보고 확인하는 것이 중요하다. (由) 漢 武帝 때 匈奴族을 토벌한 공로로 거기장군(車騎將軍)이 된 趙充國은 나이 70이 넘어 羌의 침략을 받은 宣帝의 부름을 받고 羌을 토벌하는데 어떤 계교가 있느냐고 물은데 대하여 "백 번 듣는 것이 한 번 보는 것만 못합니다. 군사에 관한 일은 실지로 보지 않고 멀리서 계략을 세울 수는 없습니다. 신은 원컨대 金城에 달려가서 도면으로 방략을 올리겠습니다."고 말하고 현지를 살핀 후 屯田策을 건의, 실현하여 羌을 진압하였다. ＝千聞不如一見. ※ 耳聞之不如目見之 참조.

〔**漢書·趙充國傳**〕充國曰, ○○○○○○. 兵難隃度, 臣願馳至金城, 圖上方略. 〔**陳書·蕭摩阿傳**〕(侯)安都謂摩訶曰, 卿驍勇有名, 千聞不如一見. 〔**淸 唐甄·潛書·審知**〕古人曰, ○○○○○○.

北人不識梅, 南人不識雪.

북쪽에 사는 사람은 매화나무를 알지 못하고, 남쪽에 사는 사람은 눈을 알지 못한다. (喻) 사람이 본 적이 없는 물건을 끝내 알지 못한다.

〔**宋 陳善·捫虱新話**〕○○○○○, ○○○○○. 〔**宋 陸佃·埤雅**〕世人或不能辨, 言梅, 吉爲一物, 此則北人不識梅也.

不在其位, 不謀其政.

그 지위에 있지 아니하면 그 직위상의 정사를 계획하지 않아야 한다. 그런 직무를 담당한 사실이 없으면 그런 방면의 일에 참여하거나 계획해서는 안됨을 기리키는 말. / 직위를 무시하고 남의 권한을 침범하는 것은 질서를 문란케 하는 일이라는 뜻. ↔ **既在其位, 必謀其政.**

〔**論語·泰伯**〕子曰, ○○○○, ○○○○. 〔**明 無名氏·臨潼鬪寶**〕○○○○, ○○○○. 既在其位, 必謀其政. 既爲盟主, ……敢有筵前喧嘩者, 此劍斬之勿論.

不在被中眠, 安知被無邊.

이불 속에서 잠을 자보지 않았다면 어찌 이불의 가장자리가 없는 것을 알 수 있으랴! (喻) 몸소 그 경우에 임해보지 않으면 그 정황을 잘 이해할 수 없다. (被 : 이불. 安 : 어찌. 邊 : 끝. 가. 가장자리.)

〔**宋 王楙·野客叢書**〕今鄙俗語曰, ○○○○○, ○○○○○. 而盧仝詩曰, 不予衾之眠, 信予衾之穿.

不觀高崖, 何以知顚墜之患. 不臨深淵, 何以知沒溺之患.

애 전 추 닉

높은 낭떠러지를 보지 않고서 어찌 굴러 떨어지는 고통을 알며, 깊은 못에 가지 않고서 어찌 물에 빠져 갈아앉는 고통을 알 수 있으랴! 세상 일은 눈으로 직접 보거나 경험을 해보지 않고서는 그 고통을 모른다는 뜻. (患 : 고통. 고난. 沒溺 : 물에 빠져 가라앉다.)

〔**說苑·雜言**〕孔子曰, 不觀於高岸, 何以知顚墜之患, 不臨於深淵, 何以知沒溺之患. 不觀於海上, 何以知風波之患. 〔**孔子家語·困誓**〕孔子曰, ○○○○, ○○○○○○○○. ○○○○, ○○○○○○○○. 不觀巨海, 何以知風波之患.

不遇盤根錯節, 何以別利器乎.

반

서로 휘감긴 나무뿌리와 뒤엉킨 나무마디를 만나지 않는다면, 어찌 칼날의 날카로움을 구별할 수 있으랴! (喻) 어렵고 큰 시련을 경험하지 않으면 덕과 재능의 출중함을 드러내보일 수 없다. / 사람이 처리하기 어려운 복잡한 사건 또는 역경에 처하여 그것을 해결할 수 있는 기회를 가져야 그 능력이 평가될 수 있다. (由) 後漢 安帝 때 외척으로서의 권세를 마음대로 휘둘렀던 大將軍 鄧騭의 凉州 포기정책에 반대해 그의 미움을 사고있던 朗中인 虞詡는 때마침 수천명의 폭도가 일어나 맹위를 떨치던 朝歌縣의 장관으로 임명되자 웃으면서 "뜻은 편안함을 구하지 않고, 일은 어려움을 피하지 않는 것이 신하된 사람의 직분이다. 헝크러진 나무뿌리와 휘감긴 나무마디를 만나지 않는다면 어찌 칼날의 날카로움을 구별할 수 있으랴 !"라고 말하고 임지에 부임한 후 폭도들을 평정했다. (盤根錯節 : 서로 둘둘 휘감긴 나무뿌리와 뒤엉킨 나무 가지의 마디로, 일이 모순되고 복잡하여 처리하기가 어려움을 비유.) → **盤(槃)根錯節. 錯節盤根.**

〔**後漢書·虞詡傳**〕後朝歌賊寧季等數千人攻殺長吏, 屯聚連年, 州郡不能禁, 乃以詡爲朝歌長. 故舊皆弔詡曰, 得朝歌何衰. 詡笑曰, 志不求易, 事不避難, 臣之職也. ○○○○○○, ○○○○○○○. 〔**十八史略·近古·晉·六朝篇**〕故皆弔之. 詡曰, 不遇槃根錯節, 無以別利器.

三折肱(굉)而成良醫.

남의 팔뚝을 세 번 부러뜨리고 나서 비로소 훌륭한 의사가 된다. (喩) 경험을 쌓은 뒤에야 비로소 노련하게 된다. = **九折臂而成醫.**

〔**春秋左氏傳·定公十三年**〕二子將伐公, 齊高彊曰, 三折肱, 知爲良醫. 唯伐君爲不可, 民弗與也. 〔**楚辭·九章·惜痛**〕九折臂而成醫兮, 語至令以知其信然. 〔**三國 魏 曹丕·黃初五年令**〕唐堯至仁, 不能容無益之子, 湯武至聖, 不能養無益之臣, 九折臂, 知爲良醫. 吾知所以待下矣. 〔**說苑·雜言**〕孔子曰, ……. ○○○○○○○. 〔**孔叢子·嘉言**〕夫 三折肱爲良醫, 梁丘子遇虺毒而獲瘳. 〔**明徐光啓·農政全書**〕三折臂始爲良醫. ……. 世事略皆如此, 安可不存意哉.

嘗一臠(련)肉, 知一鑊(확)之味. 懸羽與炭, 而知燥(조)溼(습)之氣.

한 점의 저민 고기를 맛보고 한 가마솥의 (고기) 맛을 알며, 깃털과 숯을 매달아 놓고서 건조한 것과 습한 것의 대기(습도)를 알아낸다. (喩) 개별 · 일부분에 근거하여 전체를 미루어 안다. (臠肉 : 저민 고기. 鑊 : 가마솥. 溼 : 습기. = 濕.)

〔**淮南子·說山訓**〕○○○○, ○○○○○. ○○○○, ○○○○○○. 以小明大. 見一葉落, 而知歲之將暮. 覩甁中之冰, 而知天下之寒. 以近論遠. 〔**淮南子·說林訓**〕嘗一臠肉, 知一鑊之味. 懸羽與炭, 而知燥濕之氣. 以小見大, 以近喩. 〔**淮南子·天文訓**〕燥故炭輕, 溼故炭重. 〔**宋 李光·與胡邦衡書**〕三經新解雖未遍讀, 然嘗鼎一臠, 窺豹一斑, 亦足見其大略矣. 〔**五代 王定保·唐摭言**〕嘗一臠之肉, 可知一鼎之味.

涉世淺, 點染亦淺, 歷事深, 機械亦深.

세상 일을 겪은 것이 오래되지 아니하면 (악에) 물들여짐이 또한 오래되지 아니하고, 일을 경험한 것이 오래되면 교묘한 꾀도 또한 정미해진다. 세상살이의 경험이 적은 사람은 그만큼 악에 물든 것도 적으며, 경력을 많이 쌓은 사람은 간계도 많아지게 마련이라는 뜻. (涉 : 겪다. 경과하다. 點染 : 물들임. 더럽혀짐. 歷 : 경험하다. 겪다. 深 : 시간이 깊다. 오래되다./ 정미하다. 機械 : 교묘한 꾀. 거짓. 음모.)

〔**菜根譚·二**〕○○○, ○○○○, ○○○, ○○○○, 故君子與其練達, 不若朴魯, 與其曲謹, 不若疎狂.

巢居知風, 穴處知雨.

나무 위에 집을 지어 사는 새는 바람 부는 것을 미리 알고, 땅 속에 구멍을 뚫어 살아가는 짐승은 비 오는 것을 미리 안다. (喩) 항상 어떤 환경에 살아도 장차 발생할 어떤 일에 대하여 미리 알 수 있다.

〔**漢書·翼奉傳**〕臣奉竊學齊詩, 聞五際之要, 十月之交篇, 知日蝕地震之效昭然可明, 猶○○○○, ○○○○, 亦不足多, 適所習耳. 〔**南朝 齊 劉晝·劉子·類感**〕巢居知風, 穴處知雨. 風雨方至, 而鳥蟲應之.

少所見, 多所怪.

본 것이 적으면 기이한 것이 많다. 견식이 적은 사람은 경험하지 않은 일을 만나 괴이하게 느끼는 경우가 많은 것을 가리킨다.

〔**弘明集**〕(引 漢 牟融理惑論) 諺云, ○○○, ○○○, 睹駱駝, 言馬腫背.

若不一叩洪鍾, 伐雷鼓, 則不識其音響也.

고

만약 큰 종을 한번 쳐보았을 뿐 우뢰같은 소리가 나는 북을 두드려보지 않았다면 그 종과 북의 음향의 큼을 알지 못했을 것이다. 소인이 거스르는 말을 하지 않았다면 대인(大人)의 대의를 알지 못했을 것임을 비유적으로 말한 것. (叩 : 두드리다. 치다. 洪鍾 : 큰 종. 伐 : 두드리다. 치다. 雷鼓 : 육면 또는 팔면으로 된 큰 북. 예 사람들이 천신에게 제사 지낼 때 썼다.)

〔**世說新語·言語**〕(南郡龐) 士元曰, 僕生出邊垂, 寡見大義, ○○○○○○, ○○○, ○○○○○○○.

甕裏醯雞, 安有廣見.

옹 혜

항아리 속의 초파리가 어찌 세상의 넓은 것을 볼 수 있을 것인가? 식견이 짧고 안목이 얕은 사람이 세상 형편을 잘 모른다는 뜻. (醯雞 : 술·초·간장 등에 잘 덤벼드는 초파리.) → **甕裏醯雞. 醯雞甕裏天**.

〔**莊子·田子方**〕孔子見老聃, ……, 孔子出, 以告顔回曰, 丘之於道也, 其猶醯雞與. 微夫子之發吾覆也, 吾不知天地之大全也. 〔**黃庭堅·演雅詩**〕老蛙胎中珠是賊, 醯雞甕裏天幾大. 〔**幼學故事瓊林·鳥獸**〕怡堂燕雀, 不知後災. ○○○○, ○○○○. 馬牛襟裾, 罵人不識禮儀.

蓼蟲不知苦, 氷蠶不知寒, 火鼠不知熱.

요

(몹시 매운 여뀌를 먹고 사는) 요충은 그 매운 맛을 모르고, (산 속의 눈 속에서 자란다고 하

는) 빙잠은 추위를 모르며, (남쪽의 깊은 산중에 산다는 상상의 동물인) 화서는 뜨거운 것을 모른다. (喩) 어떤 특이한 환경에 이미 적응한 생물은 그런 환경을 의식하지 못한다. / 사람이 무엇을 좋아하게 되면 그것을 고생스러워하지 않는다. (蓼蟲 : 그 맛이 매운 여뀌를 먹고 사는 벌레. 여뀌는 마리풀과에 속하는 1년초 식물로 그 종류가 많으며 고인들은 이것을 조미료로 썼다. ※ 위 본문 첫 구에서 "매운 것을 먹고 사는 요충이 쓴 맛을 모른다."고 해석하는 것은 의미상으로 또는 전후 문맥의 구조상으로 성립될 수 없으므로 苦자를 辛자의 의미로 해석하였다. 蓼는 매운 맛. 蓼味辛辣. / 曹植 藉田賦云, 好辛者植乎蓼. / 戴侗氏謂, 蓼辛菜也. 氷蠶 : 산중의 얼음과 눈 속에서 산다고 하는 누에의 일종. 火鼠 : 남쪽의 깊은 산 속에 산다는 상상 상의 동물.)

〔**孔叢子·蓼蟲賦**〕是蟲幼長斯蓼, 不以爲辛. 〔**白居易·自詠詩**〕何異食蓼蟲, 不知苦是苦. 〔**左思·魏都賦**〕蓼蟲忘辛. 〔**法苑珠林**〕蓼蟲習苦, 桂蠹喜甘, 魏文子曰, 蓼蟲在蓼則生, 在芥則死, 非蓼仁而芥賊也, 本可不失. 〔**王粲·七哀詩**〕蓼蟲不知辛. 〔**蘇軾·詩**〕氷蠶不知寒, 火鼠不知暑. 〔**鶴林玉露**〕○○○○○, ○○○○○, ○○○○○, 蝍蛆不知臭.

欲觀千歲, 則數今日. 欲知億萬, 則審一二.

천년의 옛 일을 관찰하고자 하면 오늘을 헤아리고, 억만의 수를 알고자 하면 하나, 둘의 수에서 살펴 나가야 한다. (喩) 가까운 것으로써 먼 것을 알고, 희미한 것으로써 밝은 것을 안다.

〔**荀子·非相**〕故曰, ○○○○, ○○○○. ○○○○, ○○○○. 欲知上世, 則審周道. 欲知周道, 則審其人所貴君子. 故曰, 以近知遠, 以一知萬, 以微知明, 此之謂也. 〔**鶡冠子**〕欲知來者察往, 欲知古者察今.

欲伐國, 而與白面書生謀之, 事何由濟.

나라를 치려고 하면서 나이 적어 경험이 적은 서생들과 그것을 계획한다면 그 일이 어찌 이루어지겠는가? 경험이 적어 사리를 모르는 젊은 서생과 중대한 일을 같이 계획하면 성공할 수 없다는 뜻. (由) 元嘉 26년 北魏가 대군을 일으켜 宋을 공격했고 宋나라도 北魏를 토벌하기 위해 군대를 일으키려 하자 그 태자의 校尉 沈慶之가 귀족들을 꾸짖으며 文帝에게 "밭 일은 종에게 물어보고 베 짜는 일은 하녀에게 물어보아야 합니다. 지금 폐하께서는 적국을 칠려고 하면서 나이 적어 경험이 적은 서생들과 그것을 계획한다면 그 일이 어찌 이루어지겠습니까?"라고 말했다. (由 : 행하다. 濟 : 이루다.) → **白面書生**.

〔**宋書·沈慶之傳**〕陛下今○○○, ○○○○○○○○○, ○○○○. 〔**晉書·高陽王隆傳**〕溫詳之徒, 皆白面書生.

宇棟之內, 燕雀不知天地之高. 坎井之鼃, 不知江海之大.

와

집 처마와 서까래 안에 있는 제비와 참새는 천지의 높을 것을 알지 못하고, 우물 속에 있는 개구리는 바다의 큰 것을 알지 못한다. (喩) 견문이 적고 어리석은 사람은 세상의 광대함을 모른다. (宇 : 집의 처마. 棟 : 서까래.)

〔 **鹽鐵論·復古** 〕 大夫曰, ○○○○, ○○○○○○○○. ○○○○, ○○○○○○. 窮夫否婦, 不知國家之慮, 負荷之商, 不知猗頓之富.

以管窺天, 以蠡測海, 以莛撞鍾.
규 려 정 당

대롱구멍으로 하늘을 엿보고, 표주박으로 바닷물을 떠서 재고, 풀줄기로 종을 치다. (喩) 견문·식견이 좁고 얕아서 문제를 매우 단편적으로 보다. / 일부분을 관찰한 소견으로 큰 일 또는 전모를 추측하다. (窺 : 엿보다. 蠡 : 표주박. 莛 : 초목의 줄기.) ※ 坐井而觀天 참조. → **以管窺天. 以蠡測海. 管中窺豹, 時見一斑. 管中窺豹, 但取一斑. 管中窺豹, 可取一斑. 管窺蠡測. 用管闚天.**

〔 **莊子·秋水** 〕 是直用管闚天, 用錐指地也, 不亦小乎. 〔 **史記·扁鵲倉公列傳** 〕 扁鵲仰天歎曰, 夫子之爲方也, 若以管窺天, 以郄視文. 〔 **漢書·東方朔傳** 〕 語曰, ○○○○, ○○○○, ○○○○, 豈能通其條貫, 考其文理, 發其音聲哉. 〔 **晉書·王獻之傳** 〕 (獻之)年數歲, 嘗觀門生樗蒲, 曰, 南風不競. 門生輩曰, 郎亦以管窺天, 以蠡測海. 〔 **唐 韋莊·又玄集序** 〕 頷下采珠, 難求十斛, 管中窺豹, 但取一斑. 〔 **宋 李光·與胡邦衡書** 〕 三經新解未能遍讀, 然嘗鼎一臠·窺豹一斑, 亦足見其大略矣. 〔 **陸遊·江亭詩** 〕 濠上觀魚非至樂, 管中窺豹豈全斑. 〔 **五燈會元** 〕 不是心, 不是佛, 不是物, 古人恁麼道. 譬如管中窺豹, 但見一斑. 〔 **清 李伯元·南亭筆記** 〕 管中窺豹, 可見一斑.

耳聞之不如目見之, 目見之不如足踐之, 足踐之不如手辨之.
판

귀로 듣는 것은 눈으로 보는 것만 못하고, 눈으로 보는 것은 발로 밟아보는 것만 못하며, 발로 밟아보는 것은 손으로 직접 판별해 보는 것만 못하다. 일을 하는 데는 직접 보는 것이, 직접 수족으로 느껴보는 것이 낫다는 뜻. / 인재를 발견, 천거함에 있어서는 소문만 듣는 것보다 직접 만나 인물을 직접 평가해 보는 것이 낫다는 말. (辨 : 판별하다.) ※ 百聞不如一見 참조. ≒ **視景不如察形. 聽景不如看景. 傳聞不如親見. 耳聞之不如目見. 聞名不如見面. 遠聞不如近見.**

〔 **荀子·儒效** 〕 不聞不若聞之, 聞之不若見之, 見之不若知之, 知之不若行之. 學至於行之而止矣. 〔 **說苑·政理** 〕 夫○○○○○○○○, ○○○○○○○○, ○○○○○○○○○. 〔 **魏書·崔浩傳** 〕 李順等曰, 耳聞不如目見, 吾曹目見, 何可共辨. 浩曰, 汝曹謂我不目見, 便可欺也. 〔 **舊唐書·辛替否傳** 〕 臣嘗以爲古之用度不時, 爵賞不當, 國破家亡者, 口說不如身逢, 耳聞不如眼見. 〔 **後漢書·馬援傳** 〕 臣愚以爲傳聞不如親見, 視景不如察形. 今欲形之于生馬, 則骨法難備具, 又不可傳之于後. 〔 **北史·列女傳** 〕 母曰, 吾聞聞名不如見面. 〔 **水滸傳** 〕 說道, 聞名不如見面, 見面勝似聞名. 〔 **五燈會元** 〕 僧回首曰, 遠聞不如近見.

以書爲御者, 不盡於馬之情. 以古制今者, 不達於事之變.

책으로 얻은 지식만으로 말을 부리는 자는 말의 성정을 알기에는 미진함이 있고, 옛날에 일만을 참작하여 현재를 다스리는 자는 사물의 변화에 능숙하지 못하다. (喩) 어떤 일에 대하여 실지로 경험을 쌓지 않으면 그 일 처리에 능수능란하지 못하다.

〔 **戰國策·趙策二** 〕 諺曰, ○○○○○, ○○○○○○. ○○○○○, ○○○○○○. 故循法之功, 不足以高世, 法古之學, 不足以制今.

以所不睹不信人, 若蟬之不知雪.
도 선

보지 못했다고 해서 사람을 믿지 못하는 것은 여름에만 사는 매미가 겨울에 내리는 눈을 알지 못하는 것과 같다. 자기가 친히 눈으로 보지 못했다고 해서 남의 설명을 믿지 못하는 것은 여름·가을에만 사는 매미가 눈과 같은 물건이 세상에 있음을 알지 못하는 것과 같이 가소로운 일이라는 뜻. (睹 : 보다.)

〔 **鹽鐵論·相刺** 〕 持規而非矩, 執準而非繩, 通一孔, 曉一理, 而不知權衡. ○○○○○○○, ○○○○○○.

子不夜行, 安知道上有夜行人.

자네가 밤나들이를 하지 아니하였는데 어찌 밤나들이하는 사람이 있는가를 알겠는가? (喩) 몸소 체험·실천한 사실이 없으면 그 속사정을 알 수 없다. (子 : 자네. 당신. 安 : 어찌.)

〔 **晉 葛洪·神仙傳** 〕 抱朴子曰, 洪聞諺書有之曰, ○○○○, ○○○○○○○○. 今不得仙者, 亦安知天下山林間不有樂道得仙者.

井鼃不可以語於海者, 拘於虛也. 夏蟲不可以語氷者, 篤語時也.
와

우물 속의 개구리에게 바다의 광대함에 대하여 설명할 수 없는 것은 그 개구리의 사는 곳이 한정되어 있기 때문이며, 여름 철의 벌레에게 얼음의 한랭(寒冷)함에 대하여 설명할 수 없는 것은 그 벌레가 시간의 속박을 받기 때문이다. (喩) 견식이 천박한 자는 배움의 제한을 받기 때문에 그에게 도를 이야기해 줄 수 없다. (語 : 말하다. 설명하다. 이야기하다. 알리다. 拘 : 한정하다. 제한하다. 얽매이다. 虛 : 빈 공간. / 살다. 거주하다. 篤 : 굳다. ≒ 固 / 구속하다. 속박하다. ≒ 拘束.)

〔 **莊子·秋水** 〕 北海若曰, ○○○○○○○○○, ○○○○. ○○○○○○○○, ○○○○. 曲士不可以語於道者, 束於教也. 〔 **淮南子·原道訓** 〕 夫井魚不可與語大, 拘於隘也. 夏蟲不可與語寒, 篤於時也. 曲士不可與語至道, 拘於俗, 束於教也. 〔 **晉書·四夷傳** 〕 自羲皇以來, 符命玄象昭言著見, 而卿等面墻, 何其鄙也. 語曰, 夏蟲不知凍氷, 良不虛也.

朝菌不知晦朔, 蟪蛄不知春秋.
회 혜 고

아침에 나서 저녁에 시들어버리는 조균은 (낮에만 살기 때문에) 밤과 새벽을 알지 못하며, 쓰르라미는 (여름 동안에만 살기 때문에) 봄과 가을을 알지 못한다. (喩) 생명이 짧은 것은 긴 세월이 있음을 알지 못한다. / 사람의 수명이 극히 짧고 덧없다. / 얕은 지혜는 깊은 지혜를 알지 못한다. (朝菌 : 아침에 돋아났다가 저녁에 시드는 버섯. 영지./ 하루살이. 晦 : 밤. 어둠. 朔은 새벽. 아침. 蟪蛄 : 쓰르라미.)

〔 **莊子·逍遙遊** 〕 小知不及大知, 小年不及大年. 奚以知其然也. ○○○○○○, ○○○○○○. 〔 **淮南子**

·道應訓〕莊子曰, 小年不及大年, 小知不及大知. ○○○○○○, ○○○○○○. 此言明之有所不見也.

坐井而觀天曰天小者, 非天小也.

우물에 앉아서 하늘을 보고 하늘이 작은 것이라고 말하나 하늘이 작은 것이 아니다. (喩) 사람의 식견과 안목이 좁고 고루하여 사물의 실체를 정확하게 알지 못해 사실과 다른 주장을 하다. ※ 以管窺天 참조. → **井中觀天. 井中觀星. 井中視星.** ≒ **牖中窺日.**

〔**尸子·廣澤**〕自井中視星, 所視不過數星, 自丘上以視, 則見其始多出. 私心, 井中也, 公心, 丘上也. 〔**韓愈·原道**〕老子之小仁義非毁之也, 其見者小也, ○○○○○○○○○○,○○○○. 彼以煦煦爲仁, 孑孑爲義, 其小之也則宜. 〔**世說新語·文學**〕自中人以還, 北人看書, 如顯處視月. 南人學問, 如牖中窺日.

侏儒見一節, 而長短可知.

(侏: 주)

난장이는 뼈 한 마디만 보면 그 키의 크고 작음을 알 수 있다. (喩) 한 점을 풀어서 곧 전체의 정황을 미루어 알다. (侏儒 : 난장이. 長短 : 길고 짧음. 여기서는 신장을 이르는 것이므로 크고 작음을 뜻한 것.)

〔**漢 桓潭·新論·道賦**〕諺曰, ○○○○○, ○○○○○, 孔子言擧一隅足以三隅反.

草蟲食草, 豈知重味之甘. 蚯蚓啼洼, 不解汪洋之海.

(蚯蚓啼洼: 구인제와, 汪: 왕)

풀벌레는 풀을 먹는 것이니 어찌 맛좋은 음식의 깊은 맛을 알 수 있으랴! 지렁이는 웅덩이에서 우는 것이니 바다의 넓고 넓음을 이해하지 못한다. (喩) 식견이 얕고 마음에 큰 뜻을 품지 않다. (重味 : 깊은 맛. 甘 : 맛좋은 음식. 洼 : 웅덩이. 汪洋 : 바다의 넓고 넓은 모양.)

〔**元 關漢卿·陳母敎子**〕俗言有幾句比幷尊舅, 豈不聞○○○○, ○○○○○○. ○○○○, ○○○○○○.

蜀中山高霧重, 見日時少, 每至日出, 則群犬疑而吠之也.

蜀의 땅은 산이 높고 안개가 짙게 끼어 있어 해를 볼 수 있는 때가 적어서 매번 해가 뜨면 곧 많은 개들이 의심을 하여 짖어댄다. (喩) 견식이 좁은 사람이 성현의 언행에 대하여 의심을 가지고 비난, 공격하다. 견문이 적은 사람은 비범한 사람의 행동이나 낯선 것을 보고 신기해 보여 의구심을 갖는다.

〔**韓愈·與韋中立論師道書**〕○○○○○○, ○○○○, ○○○○, ○○○○○○○○. 〔**唐 柳宗元·答韋中立論師道書**〕屈子賦曰, 邑犬群吠, 吠所怪也. 僕往聞庸, 蜀之南, 恒雨少日, 日出則犬吠. 〔**寒檠膚見**〕蜀之犬吠日, 越之犬吠雪. 〔**故事成語考**〕蜀犬吠日, 比人所見甚稀. 〔**楊萬里·荔枝歌**〕粵犬吠雪非差事, 粵人語氷夏蟲似. (粵은 越)

閉門造車, 出門合轍.
거 철

문을 닫아 걸고 수레를 만들었는데도 문을 나서보니 도로의 바퀴자국에 잘 맞다. (喩) 정확한 방법·경험에 따라 일을 함으로써 만족할 만한 효과를 거두다. / 현실을 고려하지 않고 제 주관대로 해도 어떤 일의 방법이나 결과가 뜻밖에 일치하다./ 법을 굳이 지키려고 하지 않으나 그 행실이 저절로 법에 맞다.

〔**朱熹·中庸或問·三**〕古語所謂 ○○○○, ○○○○, 蓋言其法之同. 〔**景德傳燈錄**〕問, ○○○○, ○○○○, 如何是閉門造車. 師曰, 造車卽不問.

나. 龜鑑

鑑於水者, 見面之容, 鑑於人者, 知吉與凶.

물에 비추어보면 얼굴의 모습을 볼 수 있고, 사람의 경험에 비추어보면 길함과 흉함을 알 수 있다.

〔**史記·范雎蔡澤列傳**〕君之功極矣, ……, 如是而不退, 則商君·白公·吳起·大夫種是也. 吾聞之, ○○○○, ○○○○, ○○○○, ○○○○. 書曰成功之下, 不可久處. 四子之禍, 君何居焉.

明鏡所以照形也, 往古所以知今也.

밝은 거울은 자신의 형상을 상세히 관찰하는데 쓰이는 것이며, 옛날(의 역사)은 현재를 알아내는데 쓰이는 것이다. 지나간 역사를 살펴보고 그것을 귀감으로 삼으면 현재의 일을 알 수 있어 잘 대처해 나갈 수 있음을 이르는 말. (以 : 쓰다. 활용하다. 照 : 비추다. 대조하여 보다. 관찰하여 주시하다. 往古 : 옛날. 옛날의 일.)

〔**大戴禮記·保傅**〕明鏡者, 所以察形也. 往古者, 所以知今也. 〔**賈誼·新書·胎教**〕明鏡所以察形也, 往古者所以知今也. 〔**韓詩外傳·卷七**〕夫明鏡者, 所以照形也, 往古者所以知今也. 〔**說苑·尊賢**〕○○○○○○○, ○○○○○○○, 夫知惡往古之所以危亡, 而不務襲迹於其所以安昌, 則未有異乎却走而求逮前人也. 〔**孔子家語·觀周**〕夫明鏡者, 所以察形, 往古者所以知今. 〔**三國志·吳志·孫奮傳**〕里語曰, 明鏡所以明形, 古事所以知今. 〔**藝文類聚**〕夫○○○○○○○, ○○○○○○○. 鄙語曰, 不知爲吏, 視已成事, 前車覆, 後車誡.

審知今則可知古, 知古則可知後.

지금을 자세하게 알면, 옛날을 알 수 있고, 옛날을 알면 후세를 알 수 있다.

〔**呂氏春秋·長見**〕○○○○○○○, ○○○○○○. 古今前後一也. 故聖人上知千歲, 下知千歲也.

溫故而知新, 可以爲師矣.

예 것을 익히고(그것을 미루어서) 새 것을 알면 남의 스승이 될 수 있다. 이전에 배운 바 있는 지식을 복습해서 새로운 도리를 몸으로 잘 깨달아내면 곧 사람들의 스승이 될 수 있다는 뜻. (溫 : 배운 것을 익히다. 복습하다. 故 : 옛 것. 옛 날의 일. / 옛 날에 들은 바 지식. 新 : 새 것. 새로이 얻은 바. 새로운 도리를 가리킨다.)

〔**論語·爲政**〕子曰, ○○○○○, ○○○○○. 〔**中庸·第二十七章**〕溫故而知新, 敦厚以崇禮.

殷鑒不遠, 在夏后之世.

殷나라 紂王이 반성의 거울로 삼은 것은 먼데 있지 않고, 바로 전대인 夏나라 桀王이 포악한 정치를 하다가 멸망한 사실을 보는데 있다. (喩) 귀감이 될만한 교훈은 먼 데 있지 않고 가까운 데 있다. 남의 실패를 보고 자기의 경계로 삼다. (由) 夏의 17대 桀王은 원래 지와 용을 겸비하였으나 有施氏의 나라를 정벌하였을 때 공물로 받은 말희(妺嬉)라는 염녀(艶女)에게 빠져 온갖 사치와 음락을 계속하는 바람에 국력은 피폐하고 백성의 원망이 높았다. 이에 夏왕조에 복속하고 있던 殷(商)의 湯王이 하늘의 명이라 하여 혁명을 일으켜 그를 시조로 하는 殷을 세웠으나 600년 후 18대 째의 紂王에 이르러 망하였다. 紂王도 출중한 지와 용을 지녔으나 有蘇氏의 나라를 정벌하였을 때 공물로 보내온 妲己라는 독부에 빠져 주지육림 속에서 세월을 보냈고 간하는 신하는 포락지형(炮烙之刑)에 처하였다. 이때 삼공 중 西伯이 위와 같은 내용을 간하였으나 음락에서 헤어나지 못하다가 周의 武王에게 멸망당하였다. → **殷鑒不遠.**

〔**詩經·大雅·蕩**〕人亦有言, 顚沛之揭, 枝葉未有害, 本實先撥, ○○○○, ○○○○○. 〔**胡銓·上高宗封事**〕一旦豺狼改慮, 捽而縛之父子爲虜, 商鑒不遠, 而倫又欲陛下效之. 〔**書經·泰誓中**〕厥鑒惟不遠, 在彼夏王.

疑今者察之古, 不知來者視之往.

지금의 것에 의심이 나면 옛 것을 살피고, 돌아올 일을 알지 못하면 지나간 일을 찾아 볼 것이다. 현재에 대하여 의혹하는 것이 있으면 역사를 자세히 살펴보는 것이 좋다는 말. (視 : 자세히 살펴보다. 구체적으로 관찰하다.)

〔**管子·形勢**〕○○○○○○, ○○○○○○○. 萬事之生也, 異趣而同歸, 古今一也.

以銅爲鑑, 可整衣冠, 以古爲鑑, 可知興替, 以人爲鑑, 可明得失.

구리거울로 (사람을) 비추어보면 그 의관을 기지런히 할 수 있고, 옛 것으로써 비추어보면 고금의 국가의 흥륭과 쇠퇴에 관한 것을 알 수 있으며, 다른 사람의 행실로써 비추어보면 그 장점과 단점을 밝힐 수 있다. (鑑 : 비추어보다. ≒ 鏡.)

〔**唐書·魏徵傳**〕魏徵去世以後, 唐太宗臨朝歎息說, ○○○○, ○○○○, ○○○○, ○○○○, ○○○○, ○○○○. 朕嘗保此三鑑, 內防己過, 今魏徵逝, 一鑑亡矣. 〔**十八史略·唐宋時代**〕(唐) 太宗曰, 以銅爲鏡, 可正衣冠, 以古爲鏡, 可見興替, 以人爲鏡, 可知得失. 〔**貞觀政要·任賢**〕太宗嘗謂侍臣曰, 夫以銅爲鏡, 可以正衣冠. 以古爲鏡, 可以知興替. 以人爲鏡, 可以明得失. 朕常保此三鏡以防己過.

人無於水監, 當於民監.

사람은 자신을 물에 비추어 보지 말고, 백성들에게 비추어 보아야 한다. 물에 비추어 보는 것은 자신의 외면 만을 보는 데에 그치는 것이므로 별다른 의미가 없는 것이며, 백성들에게 비추어 보는 것은 자신의 강약점과 능력·평판이 드러나게 되어 귀감으로 삼을 수 있음을 이르는 것. (監 : 거울에 비추어보다. 비추다. / 거울 삼다. = 鑑.)

〔**書經·周書·酒誥**〕古人有言曰, ○○○○, ○○○○, 今惟殷墜厥命, 我其可不大監, 撫于時.

前車之覆, 後車之誡.

(車: 거)

앞 수레가 넘어진 것은 뒷 수레의 훈계가 된다. 곧 수레가 넘어진 것을 보면 뒷 수레는 그것을 교훈으로 삼아 조심해야 한다는 말. (喩) 앞 수레의 실수·실패나 잘못은 뒷 사람들에게는 거울이나 교훈이 된다. (由) 글짓는 수재로 漢나라 文帝 때 20세에 최연소 博士가 된 賈誼가 승진·좌천후 文帝의 막내아들인 梁나라 懷王의 太溥으로 임명되었을 때 匈奴族의 잦은 변경 침범, 淮南王과 濟北王의 모반 등으로 천하가 시끄러워 자주 상소하였는데 그 내용에 "속담에 이르기를 관리로서 (직무를) 익히지 못한 때에는 이미 지난 일을 살펴보라 하였고 또 앞 수레가 넘어진 것은 뒷 수레의 훈계가 된다고 하였습니다."라고 하였다. = **前車之覆, 後車之鑑. 覆車之誡, 前車可鑑.**

〔**荀子·成相**〕前車已覆, 後未知更, 何覺時. 〔**賈誼·新書·保傅**〕鄙諺曰, 不習爲吏, 而視已事. 又曰, 前車覆而 後車戒. 〔**韓詩外傳·卷五**〕或曰, 前車覆, 而後車不誡, 是以後車覆也. 故夏之所以亡者, 而殷爲之. 殷之所以亡者, 而周爲之. 〔**說苑·善說**〕公乘不仁曰, 周書曰, 前車覆後車誡, 蓋言其危. 〔**塩鐵論·結和**〕前車覆, 後車誡, 殷鑑不遠. 〔**漢書·賈誼傳**〕鄙諺曰, 不習爲吏, 視已成事, 又曰, 前車覆後車誡, 夫三代之所以長久者, 其已事可知也. 〔**吳越春秋·句踐歸國外傳**〕大夫種曰, 前車已覆, 後車必誡, 願王深察. 〔**潘岳·西征賦**〕追覆車而不寤. < 李善注 > 晏子春秋曰, ○○○○, ○○○○.

前事之不忘, 後事之師也.

지난 일을 잊지 않으면 그것은 훗일의 본보기가 된다. 지난 일의 경험과 교훈을 기억해두면 뒤에 일을 하는데 본보기와 거울이 된다는 뜻. (師 : 본보기. 모범. 남의 모범이 될 사람.) = **前車之驗, 後事之師.**

〔史記·秦始皇本紀〕野諺曰, ○○○○○, ○○○○○. 是以君子爲國, 觀之上古, 驗之當世, 參之人事, 察盛衰之理, 審權勢之宜, 去就有序, 變化有時, 故曠日長久而社稷安矣. 〔賈誼·新書·過秦下〕鄙諺曰, ○○○○○, ○○○○○. 〔戰國策·趙策一〕臣觀成事, 聞往古, 天下之美同, 臣主之權均之能美, 未之有也. ○○○○○, ○○○○○.

前人失脚, 後人把滑.
활

앞 사람이 발을 헛디디니, 뒷 사람이 미끄러지지 않게 한다. (喩) 앞 사람이 잘못한 것을 뒷 사람이 경계로 삼다. (把 : 지키다. 把滑 : 미끄러지지 않다.)

〔明 葉盛·水東日記〕仁廟素苦足疾, 中官翼之, 猶或時失足. 漢顧趙曰, ○○○○, ○○○○.

前人躓, 後人戒.
질

앞 사람이 (물건에) 걸려서 넘어지면 이것은 뒷 사람의 훈계가 된다. (喩) 앞 사람의 실패는 뒷 사람의 교훈이 된다. (躓 : 물건에 걸려서 넘어지다.)

〔宋 張居正·進帝鑑圖說述語〕右惡可爲戒者三十六事, 自古人君覆亡之轍, 大略不出乎此矣. 諺曰, ○○○, ○○○.

4. 愚昧·無能

黔驢龐然大物, 無異能, 虎稍近益狎, 不勝怒, 蹄之.
검 려 방 초 압 제

黔 땅에 살던 나귀는 매우 큰 동물이나 별다른 재주가 없었는데, 호랑이가 조금 가까이 가서 조금씩 희롱하니 성을 이기지 못하면서도 발길질만 할 뿐이었다. (喩) 한 가지의 작은 재능을 이미 다 써버리고 끝내 허약한 본바탕을 드러내기에 이르다. / 자기 기량이 졸렬함을 몰라서 욕을 보다. (由) 黔 땅에는 본디 나귀가 없었는데, 어떤 일 벌리기 좋아하는 사람이 싣고 와서 산 밑에 놓아먹이니 범이 이를 보고 그 몸집이 큰데 크게 놀라 주저하다가 조금 가까이 가서 희롱했으나 나귀가 뒷발질 만하는 것을 보고 나귀에게 별 재주가 없음을 알아차리고 이를 잡아먹었다는 고사. (龐然大物 : 대단히 거대한 물건. 겉으로는 대단히 거대하게 보이지만 내실이 없는 것을 가리킨다. 稍 : 조금. 狎 : 희롱하다. 怒 : 화. 성. 노기. 蹄 : 뒷발질하다.) → **黔驢之技**. **黔驢技窮**.

〔唐 柳宗元·三戒·黔之驢〕黔無驢, 有好事者船載以入. 至則無可用, 放之山下. 虎見之, 龐然大物也, 以爲神. 蔽林間窺之, 稍出近之, 慭慭然莫相知. 他日, 驢一鳴, 虎大駭遠遁, 以爲且噬己也, 甚恐. 然往來視之, 覺無異能者. 益習其聲, 又近出其後, 終不敢搏. 稍近益狎, 蕩倚衝冒, 驢不勝怒, 蹄之. 虎因喜, 計之曰, 技止此耳, 因跳踉大㘎, 斷其喉, 盡其肉, 乃去.

決江河之源, 而障之以手也.

揚子江과 黃河의 발원지를 터놓고서, 그 물이 흐르지 못하도록 손으로 막으려 하다. (喻) 시류나 큰 일의 진행을 막으려고 애를 써도 아무런 보람이 없다. 무모하고 부질없는 짓을 하다. (決 : 막아놓은 물을 터뜨리다. 障 : 가로막다.)

〔**淮南子·精神訓**〕今夫儒者不本其所以欲, 而禁其所欲, 不原其所以樂, 而閉其所樂, 是猶○○○○○, ○○○○○○.

係風捕景, 終不可得.

영

바람을 잡아매고, 그림자를 붙잡는 것은 끝내 될 수 없는 것이다. (喻) 허망하고 실이 없는 말이나 행동을 하다. 도저히 가망이 없는 어리석은 짓을 하다. (係 : 묶다. 잡아매다. 景 : 그림자. = 影. 得 : 다 되다.) → **繫風捕影. 係風捕影.**

〔**漢書·郊祀志下**〕堅冰淖溺, 化色五倉之術者, …… 皆姦人惑衆, 挾左道, 懷詐僞, 以欺罔世主. 聽其言洋洋滿耳, 若將可遇, 求之盪盪如○○○○, ○○○○. 〔**鏡化緣**〕又有一等唆訟之人, 哄騙愚民, 勾引興訟, 捕風捉影, 設計鋪謀.

巧者勞而知者憂, 無能者無所求, 飽食而遨遊.

오

재주가 있는 자는 힘들여 일하고, 지혜가 있는 자는 마음으로 근심하는데, 무능한 자는 구하려 하는 것도 없이 배불리 먹고 기분내키는 대로 돌아다니며 논다. (巧 : 재주가 있다. 기능이 있다. 두뇌 회전이 빠르다. 요령이 있다. 遨遊 : 돌아다니며 놀다. 유유히 놀다. 멋대로 놀다. = 敖遊.)

〔**莊子·列御寇**〕○○○○○○○, ○○○○○○, ○○○○○. 汎若不繫之舟, 虛而遨遊者也.

攪長河爲酥酪, 變大地作黃金, 譬長衫袖短.

교 소락 삼 수

긴 강을 휘저어 섞어서 식료품 소락을 만들고, 대지를 바꾸어 황금을 만드는 것은 장삼(長衫)이 소매가 짧은 것과 비유되는 것이다. (喻) 어떤 일을 하려고 구상해도 그 역량이 부족하다. (攪 : 뒤섞다. 휘젓다. 酥酪 : 소·양의 젖을 가공하여 만든 식료품. 치즈. 長衫 : 검은 베로 길이가 길고 소매를 넓게 지은 두루마기 모양의 긴 웃옷.) → **長衫袖短.**

〔**五燈會元**〕僧問, 攪長河爲酥酪, 變大地作黃金時如何. 師曰, 譬長衫袖短.

今天下無事, 爾輩挽兩石弓, 不如識一丁字.

이 만

이제 천하가 무사한데 너희들이 두 개의 석궁을 잡아당기는 것은 쉬운 글자인 정(丁)자 하나를 깨닫는 것보다 못하다. 힘들여 일하는 것이 글을 익히는 것보다 못하다는 말. (不識一丁字 : 사람이 글자를 전혀 모른다는 말.) → **不識一丁. 目不識丁. 一字無識. 眼不識丁.**

〔 **舊唐書·張弘靖傳** 〕 ○○○○○, ○○○○○○, ○○○○○○, 軍中銜之. 〔 **北宋 道原·景德傳燈錄** 〕 能大師不識一字, 有何所長. 〔 **野客叢談** 〕今文人多用不識一丁字.

驥一日而千里, 駑馬十駕, 則亦及之矣.
기 노

천리마는 하루에 천리를 달린다고 하지만, 느린 말도 열흘 동안 쉬지 않고 가면 이를 능히 따를 수 있다. (喩) 재능이 없는 사람도 열심히 노력하면 현인(賢人)과 같이 성공할 수 있다. (十駕 : 말이 수레를 달고 열흘을 달리는 일.) → **駑馬十駕.**

〔 **荀子·修身** 〕 夫 ○○○○○○, ○○○○, ○○○○○, 〔 **淮南子·齊俗訓** 〕 夫騏驥千里, 一日而通, 駑馬十舍, 旬亦至之. 由是觀之, 人材不足專恃, 而道術可公行也.

魯賢士公明儀, 對牛彈琴, 弄淸角之操, 牛食如故.

魯나라 현사인 公明儀가 소에게 거문고를 타면서 淸角의 곡조를 타주었으나 소는 여전히 풀만 뜯었다. (喩) 어리석은 사람에게 깊은 도리를 이야기해주어도 알아듣지 못하다. / 상대방에게 어울리지 않는 말을 해주다. (弄 : 곡조를 타다. 操 : 곡조. 如故 : 전과 같이. 여전히.) = **對牛彈琴.**

〔 **祖庭事苑** 〕 ○○○○○○, ○○○○. ○○○○○, ○○○○. 非牛不聞, 不合耳也. 轉爲蚊虻之鳴, 乳犢之聲, 乃掉尾蹀蹄, 奮耳而聽, 合意故也. 〔 **南朝 梁 僧祐(東漢牟融?)·弘明集** 〕 昔公明儀爲牛彈淸角之操, 伏食如故. 非牛不聞, 不合其耳矣. 〔**莊子·齊物論** 〕 < 晉 郭象注 > 是猶對牛鼓簧耳, 彼竟不明. 故己之道術終於昧然也. 〔 **宋 周密·齊東野語** 〕 會奉日有米局之變, 京尹吳益區處失當, 于是左史李珏自經筵直前論之, 吳遂逐出. 時好事者爲之語曰, 對牛馬而誦經.

短綆不可以汲深, 器小不可以盛大.
경

짧은 두레박줄로는 깊은 우물물을 길을 수 없고, 그릇이 작은 것에는 큰 것을 담을 수 없다. (喩) 재능이 적은 사람은 어렵고도 중대한 일을 수행할 수 없다. / 학식이 얕은 사람은 깊은 도리를 알 수 없다. (盛 : 담다. 그릇에 채우다.) = **綆短者不可以汲深. → 短綆汲深. 綆短汲深.**

〔 **莊子·至樂** 〕 (孔子)曰, 褚小者不可以懷大, 綆短者, 不可以汲深. 〔 **荀子·榮辱** 〕 短綆不可以深井之泉, 知不幾者不可與及聖人之言. 〔 **淮南子·說林訓** 〕 ○○○○○○○, ○○○○○○○, 非其任也. 〔 **說苑·政理** 〕 (管仲) 對曰, 夫短綆不可以汲深井, 知鮮不可以與聖人之言. 〔 **唐 顔魯公·于祿字書序** 〕 綆短汲深, 誠未達于涯涘. 岐多路惑, 庶有歸適從. 〔 **唐 最挺之·大智禪師碑銘** 〕 顧才不稱物, 短綆汲深.

陶犬無守夜之警, 瓦鷄無司晨之益.
신

질그릇으로 만든 개는 밤을 지키는 경비를 할 수 없고, 질그릇으로 만든 닭은 새벽을 알려주는 이익이 없다. 외모만 훌륭하고 실속이 없어 아무 필요도 없는 사람을 비웃어 하는 말. 형태만 있고 무용한 물건을 비유. → **陶犬瓦鷄. 土鷄瓦犬.**

〔**南朝 梁 蕭繹·金樓子·立言上**〕夫○○○○○○○○, ○○○○○○○○. 塗車不能代勞, 木馬不中馳逐.

毛羽未成, 不可以高蜚.

작은 새의 깃털이 아직 다 자라지 않아서 높이 날 수 없다. (喻) 재능·기량·실력이 부족하여 큰 일을 성취할 수 없다. (蜚 : 날다. ≒ 飛.)

〔**史記·蘇秦列傳**〕秦王曰, ○○○○, ○○○○, 文理未明, 不可以并兼. 〔**戰國策·秦策一**〕秦王曰, 寡人聞之, 毛羽不豊滿者不可以高飛, 文章不成者不可以誅罰, 道德不厚者不可以使民, 政教不順者不可以煩大臣. 〔**東周列國志**〕孤聞毛羽不成, 不能高飛. 先生所言, 孤有志未逮, 更俟數年, 兵力稍足, 然後議之.

無慧, 不能辨菽麥.

지혜가 없어 콩과 보리를 구별하지 못하다. 어리석고 못난 사람을 이르는 말. 상식이 모자라는 사람을 가리킨다. (慧 : 총명함. 지혜. 슬기. 菽 : 콩.) → **不辨菽麥. 菽麥不辨.**

〔**春秋左氏傳·成公十八年**〕周子有兄而○○, ○○○○○, 故不可立. 〔**論語·微子**〕丈人曰, 四體不勤, 五穀不分, 孰爲夫子. 〔**三國志·蜀志·彭羕傳**〕況僕頗別菽麥者哉.

蚊虻終日經營, 不能越階序, 附驥尾則涉千里. 攀鴻翮則翔四海.

맹 반 핵 상

모기와 등에가 온 종일 일해도 계단을 넘을 수 없지만, 준마의 꼬리에 달라붙으면 천리를 돌아다니고, 기러기 날개에 매달리면 새해(四海)를 날 수 있다. (喻) 소인·무능한 자가 준재·걸사의 뒤에 빌붙어 영달을 누리게 되다. / 후배가 선배의 덕으로 그 이름을 날리다. (經營 : 계획·조직·규모를 정하고 기초를 세워 일을 해나가다. 階序 : 계단. 涉 : 거닐다. 걸어서 돌아다니다. 이르다. / 건너다. 물위를 걷다. 攀 : 매달리다. 달라붙다. / 붙잡고 오르다. 翮 : 깃촉. ※ 깃의 아래쪽에 있는 강경한 축. 翔 : 날다. 빙빙 돌며 날다. 높이 날다.) → **附驥攀鴻. 附人驥尾.** ≒ **蒼蠅附驥尾. 蒼蠅附驥.**

〔**史記·伯夷列傳**〕伯夷·叔齊雖賢, 得夫子而名益彰. 顔淵雖篤學, 附驥尾而行益顯. < 司馬貞索隱 > 蒼蠅附驥尾而致千里, 以譬顔回因孔子而名彰也. 〔**王褒·四子講德論**〕夫○○○○○○, ○○○○○, ○○○○○○○, ○○○○○○○.

未能操刀而使割.

아직 칼을 다룰 수 없는 데도 (물건을) 베게 하다. (喻) 소양이 없는 사람에게 어려운 일을 시켜 폐해·부작용이 생기다. / 사심이 많은 사람에게 권력을 맡기다.

〔**春秋左氏傳·襄公三十一年**〕子産曰, ……. 今吾子愛人, 則以政, 猶○○○○○○○也. 其傷實多.

微事不通, 麤事不能者必勞. 大事不得, 小事不爲者必貧.
추

미세한 일에 통하지 못하고 거친 일도 할 수 없으면 반드시 고달프고, 큰 일을 이루지 못하고 작은 일도 해내지 못하면 반드시 가난하게 된다. (麤 : 거칠다. 得 : 이루다.)

〔**晏子春秋·重而異者**〕晏子遵循對曰, 臣聞之, ○○○○, ○○○○○○○. ○○○○, ○○○○○○○. 大者不能致人, 小者不能至人之門者必困, 此臣之所以仕也. 〔**說苑·奉使**〕晏子逡巡而對曰, 臣聞之, 精事不通, 麄事不能者必勞. 大事不得, 小事不爲者必貧. 大者不能致人, 小者不能至人之門者必困.

腐木不可以爲柱, 卑人不可以爲主.

썩은 나무는 기둥으로 쓸 수 없고, 신분이나 마음이 비천한 사람은 주인으로 삼을 수 없다. (喩) 어리석은 사람은 조직체의 요직에 앉혀서 큰 역할을 하도록 해서는 안된다.

〔**漢書·劉輔傳**〕今乃觸情縱欲, 傾於卑賤之女, 欲以母天下, 不畏於天, 不媿於人, 惑莫大焉. 俚語曰, ○○○○○○○, ○○○○○○○.

不分靑紅皂白.
조

청·홍·흑·백을 구별하지 못하다. (喩) 시비와 곡직(曲直)을 똑똑히 밝히지 못하다. 사건의 내막을 분간하지 못해 곧 결정해버리다. (皂 : 흑색.)

〔**詩經·大雅·桑柔**〕匪言不能, 胡斯畏忌. < 漢 鄭玄箋 > 胡之言何也, 賢者見此事之是非, 非不能分別皂白言之于王也. 〔**淸平山堂話本**〕不問靑紅與皂白, 一迷將奴胡厮鬧.

不善操舟, 而惡河之曲也.
오

배를 잘 조종하지 못하는 자는 강의 굽이를 싫어한다. (喩) 자기가 재능이 없으면 도리어 객관적인 조건의 차이에 대해 불평한다.

〔**宋 周密·癸辛雜識**〕餘所書似學柳不成, 學歐又不成, 不自知其拙, 往往歸過筆墨, 諺所謂 ○○○○, ○○○○○○.

蚍蜉撼大樹, 可笑不自量.

왕개미가 큰 나무를 흔들려고 하니 가소롭기 짝이 없다. (喩) 견식이 적고 비루한 사람이 자기보다 훌륭한 사람을 함부로 비평하는 것은 어이없는 일이다. (蚍蜉 : 왕개미. 撼 : 흔들다. 움직이다.)
→ **蚍蜉撼大樹. 蚍蜉撼樹.**

〔**韓愈·調張籍詩**〕不知群兒愚, 那用故謗傷, ○○○○○, ○○○○○. 〔**淸 魏子安·花月痕**〕蚍蜉撼樹學究高談, 花月留痕稗官獻技.

使堯度舜則可, 使桀度堯, 是猶以升量石也.

성군인 堯임금으로 하여금 성군인 舜임금을 평하게 하는 것은 좋으나, 폭군인 桀王으로 하여금 堯임금을 평하게 하는 것은 작은 기구인 되를 가지고 큰 기구인 섬 곡식을 되는 것과 같다. (喩) 학문·기술에 대한 지식·식견이 얕고 좁은 사람이 그 수준이 매우 높고 깊은 사람을 평가하는 것은 어리석다. 천박하고 어리석은 소인의 능력으로써 군자의 깊은 뜻을 헤아리는 것은 어렵다. (度 : 헤아리다. 계산하다. 공협·장단을 재다. 평하다. 石 : 중량의 단위로 섬. 10말.) → **以升量石**.

〔**淮南子·繆稱訓**〕己未必得賢, 而求與己同者, 而欲得賢, 亦不幾矣. ○○○○○○, ○○○○, ○○○○○○○.

四體不勤, 五穀不分.

팔·다리의 사지(四肢)를 움직여 부지런히 일하지 않고, 중요한 다섯가지의 곡식을 분별하지도 못한다. 실지로 노동을 하지 않고 놀고 먹는데다가 곡물을 분별하지도 못하는 세상의 물정에 어두운 어리석음까지 갖고 있는 아주 몹쓸 사람을 형용하는 말. (五穀不分 : 쌀·보리·조·콩·기장의 다섯 가지 곡물을 분별하지 못하다. 菽麥과 통하는 말.)

〔**論語·微子**〕丈人曰, ○○○○, ○○○○, 孰爲夫子. 植其杖而藝.

是口尙乳臭, 不能當吾韓信.

이(사람)는 입에서 도리어 젖 비린내가 나니, 우리 韓信을 당해낼 수 없을 것이다. (喩) 사람이 무지무능하거나 나이가 어리거나 유치하여 다른 사람을 당해내지 못하다. 나이 많은 사람이 경험이 부족한 젊은 사람으로 인정될 정도로 그 행실이 매우 유치하다. (尙 : 오히려. 도리어.) → **口尙乳臭. 乳臭未乾. 乳臭未除. 口黃未退.**

〔**漢書·高帝紀**〕漢王以韓信爲左丞相, 與曹參 · 灌嬰俱擊魏. (酈)食其還, 漢王問, 魏大將誰也. 對曰, 柏直. 王曰, ○○○○○, ○○○○○○.

欲滅迹, 而走雪中, 拯溺者, 而欲無濡.

발자취를 없애려고 하면서 눈 위를 달리고, 물에 빠진 자를 구조하면서 물에 젖지 않으려고 하다. (喩) 가장 똑똑한 체하는 사람이 가장 바보스러운 짓을 하다. 하는 일이 하고자 하는 일과 상반되다. (拯 : 건지다. 구조하다. 濡 : 젖다. 물이 묻다.)

〔**淮南子·說山訓**〕○○○, ○○○○, ○○○, ○○○○. 是非所行而行所非.

愚而好自用, 賤而好自專. 如此者, 烖及其身者也.
재

어리석은 사람은 자기의 능력을 홀로 믿고 일을 고집대로 처리하기를 좋아하고, 비천한 사람은 스스로 생각한 견해대로 행동하기를 좋아하는데, 이러한 사람들은 다 재앙이 그 몸에 미친다. 사람은 다 자기의 능력이나 처지를 생각하여 그 분수에 알맞게 행동할 것을 주문하는 말. (自用 : 자기의 능력을 홀로 믿고 일을 처리하다. 자기의 재능을 과시하고 만사를 제 고집대로 처리함을 이른다. 自專 : 스스로 생각한 견해대로 행동하다. 자신의 뜻대로 하는 것. 灾 : 재앙 = 災.)

〔**中庸·第二十八章**〕子曰, ○○○○○, ○○○○○. 生乎今之世, 反古之道. ○○○, ○○○○○○.

愚者之定物, 以疑決疑, 決心不當.

어리석은 자가 일을 정함에 있어 마음 속에 의심을 품고 다른 의심스러운 것을 풀려고 하면 그 마음을 정한 것은 결코 맞지 않는다. 사물을 판단하는 데는 의심이나 편견을 마음이 흐려있어서는 안된다는 말. (物 : 일.)

〔**荀子·解蔽**〕瞽者仰視而不見星, 人不以定有無, 用精惑也. 有人焉, 以此時定物, 則世之愚者也. 彼○○○○○, ○○○○, ○○○○.

愚者, 處重擅權, 則好專事而妬賢能, 志驕盈而輕舊怨. 是以位尊則必危, 任重則必廢, 擅寵則必辱.
천 투 총

어리석은 자가 중요한 자리를 차지하여 권세를 독단적으로 행사하게 되면 곧 일을 마음대로 하기 좋아하고 어질고 유능한 이를 시기하며, 마음에 교만함이 가득차 묵은 원한이 있는 자를 (들추어) 업신여긴다. 그래서 그들이 지위가 높아지면 반드시 위태롭게 되고, 중직을 맡으면 반드시 그만두게 되며, 영예를 차지하면 반드시 모욕을 받게 된다. (擅 : 멋대로 하고싶은 대로 하다. 독단적으로 행하다. 寵 : 영화. 영예.)

〔**荀子·仲尼**〕孔子曰, ……. 愚者反是. 處重擅權, 則好專事而妬賢能, 抑有功而擠有罪, 志驕盈而輕舊怨. ……. 是以爲尊則必危, 任重則必廢, 擅寵則必辱, 可立而待也, 可炊而僥也. 〔**說苑·雜言**〕孔子曰, ……. 愚者反是, 夫處重擅寵, 專事妬賢, 愚者之情也. 志驕傲而輕舊怨. 是以尊位則必危, 任重則必崩, 擅寵則必辱, 〔**孔子家語·六本**〕孔子曰, ……. 夫處重擅寵, 專事妬賢, 愚者之情也, 位高則危, 任重則崩, 可立而待.

委肉當餓虎之蹊也.
혜

굶주리고 있는 호랑이가 다니는 산길에 몸을 내버려 두다. (喻) 화가 미칠 것이 뻔하다. 무익한 죽음을 당하게 되다. (委 : 맡기다. / 버리다. 내버리다. 肉 : 육신. 몸. 蹊 : 좁은길. 지름길.) → **委肉虎蹊.**

〔 **史記·刺客列傳** 〕 夫以秦王之暴而積怒於燕, 足爲寒心, 又況聞樊將軍之所在乎. 是謂 ○○○○○○○○, 禍必不振矣. 〔 **戰國策·燕策三** 〕 太傅鞫武諫曰, 不可. 夫秦王之暴, 而積怨於燕, 足爲寒心, 又況聞樊將軍之所在乎. 是以○○○○○○○○, 禍必不振矣.

肉重千斤, 智無銖兩.
수

사람의 살 무게가 천 근이면, 그 지혜는 근소한 중량도 없다. (喩) 살이 많이 찐 사람은 어리석고 무지하다. (銖兩 : 얼마 안되는 중량. 근소함, 경미함의 비유. 銖는 1兩의 24분의 1.)

〔 **五燈會元** 〕 曰, 龜毛兎角豈是有邪. 師曰, ○○○○, ○○○○.

以百金與摶黍, 以示兒子, 兒子必取摶黍矣.
박 서

백금의 돈과 수수경단을 함께 놓고 아이에게 보이면, 그 아이는 반드시 수수경단을 취할 것이다. (喩) 어리석은 자는 가치의 대소를 분간하지 못한다. / 현인은 화씨의 구슬(和氏之璧)과 도덕의 지당한 학설 중에 반드시 후자를 취한다. (摶黍 : 수수경단.)

〔 **呂氏春秋·異寶** 〕 今○○○○○○○, ○○○○, ○○○○○○○○. 以龢氏之璧與百金, 以示鄙人, 鄙人必取百金矣. 以龢氏之璧與道德之至言, 以示賢者, 賢者必取至言矣.

以鉛爲刀, 只可一割, 不可再用.

납으로 만든 칼은 다만 한번 물건을 자를 수 있을 뿐 다시 쓸 수 없다. (喩) 소인은 한번은 착한 일을 할 수 있으나 두 번은 계속해서 할 수 없다. / 재능이 박약한 자는 단 한번은 쓸 수 있다. 자신의 미약함을 겸손하게 이르는 말. → **鉛刀一割.**

〔 **後漢書·班超傳** 〕 超上疏請兵曰, 昔魏絳列國大夫, 尙能和輯諸戎, 況臣奉大漢之威, 而無鉛刀一割之用乎. 〔 **晉書** 〕 譙王丞答王敦曰, 鉛刀豈無一割之用. 〔 **班固·答賓戲** 〕 當此之時, 搦朽摩鈍, 鉛刀皆能壹斷, 是故魯連飛一矢而蹶千金, 虞卿以顧眄而捐相印也. 〔 **晉 左思·咏史詩** 〕 長嘯激淸風, 志若無東吳. 鉛刀貴一割, 夢想騁良圖. < 注 > ○○○○, ○○○○, ○○○○. 〔 **貞觀政要·論誠信** 〕 小人非無小善, 君子非無小過. 君子小過, 蓋白璧之微瑕, 小人小善, 乃鉛刀之一割. 鉛刀之一割, 良工之所不重, 一善不足以掩衆惡也.

人不通古今, 馬牛而襟裾.
거

사람이 과거와 현재에 통달하지 못하면 말과 소에 옷을 입힌 것이다. 사람이 과거와 현재의 사물에 통달하지 못하면 짐승과 조금도 다를 바 없는 하잘 것 없는 존재에 불과하다는 뜻. 학식이 없는 사람 또는 예의를 모르는 사람을 꾸짖는 말. (襟裾 : 옷을 입다. 襟은 상의의 가슴 앞 부분의 옷자락. 裾는 상의의 뒷 부분의 옷자락.) → **馬牛襟裾.**

〔 **唐 韓愈·符讀書城南詩** 〕 潢潦無根源, 朝滿夕已除. ○○○○○, ○○○○○. 行身陷不義, 況望多名譽. 〔三字經〕犬守夜, 鷄司晨. 苟不學, 曷爲人. < 李光明 莊本注 > 人生在世, 若是苟且度日, 而不畏力學以榮其親, 雖鷄犬之不如矣. 何以爲人哉. 諺云, ○○○○○, ○○○○○. 誠哉是言也. 〔**清 程允升·幼學故事瓊林**〕馬牛襟裾, 罵人不識禮儀.

人有好忘者, 徙宅而忘其妻.

사람 중에 잘 잊어버리는 자가 있었는데, 그는 집을 옮기면서 그의 처마저 잊어버렸다. 심한 건망증이 있는 사람을 비유. / 의리를 분간하지 못하는 어리석은 사람을 비유. (好 : 잘. 徙 : 옮기다. 이사하다. 이동하다.) → **徙宅而忘其妻. 徙宅忘妻.**

〔**孔子家語·賢君**〕哀公問於孔子曰, 寡人聞忘之甚者, 徙宅而忘其妻, 有諸. 孔子對曰, 此猶未甚者也, 甚者, 乃忘其身. 〔**資治通鑑**〕謂孔子曰, ○○○○○, ○○○○○○. 孔子曰, 又有甚者, 桀紂乃忘其身, 亦猶是也. 〔**十八史略·近古·唐宋篇**〕魏徵曰, 昔魯哀公謂孔子曰, ○○○○○, ○○○○○○. 孔子曰, 又有甚者, 桀紂乃忘其身, 亦猶是也.

立直木而求其影之枉也. 立枉木而求影之直也.

곧은 나무를 세워놓고 구부러진 그림자를 얻기를 바라고, 구부러진 나무를 세워놓고 곧은 그림자를 얻기를 바라다. 될 수가 없는 일인 데도 되기를 바란다는 비유. 나쁜 행동을 하고서도 좋은 결과를 구하는 것은 불가능하다는 비유. 한 가지도 잘 못하면서 백 가지를 잘 하려고 하는 것은 불가능하다는 비유.

〔**荀子·王覇**〕旣能當一, 又務正百. 是過也, 過猶不及也. 辟之是猶○○○○○○○○○○. 不能當一, 又務正百. 是悖者也, 辟之是猶○○○○○○○○○.

立尺表以度(탁)天, 直寸指以測淵.

그림자를 재는 한 자의 해시계 기둥을 세워서 하늘의 높이를 재고, 한 치의 손가락을 곧게 펴서 깊은 연못의 깊이를 재다. (喩) 불가능한 일 또는 어리석은 일을 하다. (表 : 해의 그림자를 재는 기구. 곧 해시계의 기둥.) → **立表度天.** → **直指測淵.**

〔**孔叢子·答問**〕子○○○○○○, ○○○○○○.

作無益之能, 納無補之說, 以夏進爐, 以冬奏扇.

이로움이 없는 재간을 부리고, 아무 도움이 되지 않는 의견을 내놓는 것은 여름에 화로를 바치고, 겨울에 부채를 가져오는 것이다. 이로움이 없는 재간이나 보탬이 되지 않는 의견은 여름철의 화로나 겨울철의 부채와 같이 맞지 아니하여 아무 쓸모가 없다는 비유./ 물건이나 하는 일이 시의에 맞지 아니하거나 재물을 불리는 일에 맞지 아니한다는 비유. (納 : 내다./ 받다. 받아들이다./ 거두다. 수취하다. 補 : 이익. 소용. 도움. 보탬. 說 : 의견. 進 : 올리다. 바치다. 드리다. 奏 : 바치다. 올리다.

드리다.) → **夏爐冬扇. 冬扇夏爐.** ≒ **冬箑夏裘.**

〔**淮南子·精神訓**〕知冬日之箑, 夏日之裘, 無用於己, 則萬物之變爲塵埃矣. 〔**王充·論衡·逢遇**〕○○○○○, ○○○○○. ○○○○, ○○○○, 爲所不欲得之事, 獻所不欲聞之語, 其不遇禍, 幸矣, 何福祐之有乎.

雀翼不能伏(부)鵠卵.

작은 참새의 날개로는 큰 고니 알을 품을 수 없다. (喩) 능력이 작은 것이 큰 일을 해낼 수 없다. (伏卵 : 알을 품다.)

〔**明 唐順之·送第上人度海謁觀音大士序**〕諺曰, ○○○○○○○. 吾不薄, 不能熾吾儒以梔第之行而回其轅于孔氏也.

狙(저)公賦芧(서)曰, 朝三而暮四. 衆狙皆怒. 曰, 然則朝四而暮三. 衆狙皆悅.

원숭이를 기르는 사람이 도토리를 나누어 주려고 하면서 "아침에는 세 개 저녁에는 네 개씩 주겠다."고 말하니 뭇 원숭이들이 다 화를 내었으나 "그러면 아침에는 네 개, 저녁에는 세 개씩 주겠다."고 말하자 뭇 원숭이들이 다 기뻐하였다. (喩) 명분과 실상이 같은 데도 그것을 잘 모르고 어리석게도 눈 앞의 다과(多寡)만 생각하여 기쁨과 성냄을 나타내다. / 간사한 꾀로 남을 농락하다. 능력이 있는 것이 없는 것을 농락하다. 목적과 수법을 바꾸어서 남을 속이다. (狙公 : 원숭이를 기르는 사람. 賦 : 나누어주다. 芧 : 도토리.) → **朝三暮四.**

〔**莊子·齊物論**〕○○○○○, ○○○○○. ○○○○. ○, ○○○○○○○. ○○○○. 名實未虧而喜怒爲用, 亦因是也. 〔**列子·黃帝**〕宋有狙公者, 愛狙. 養之成群, 能解狙之意. 狙亦得公之心. ……, 先誑之曰, 與若芧, 朝三而暮四, 足乎. 衆狙皆起而怒. 俄而曰, 與若芧, 朝四而暮三, 足乎. 衆狙皆伏而喜.

咀(저)漏脯以充饑, 酣(감)鴆(짐)酒以止渴.

썩은 고기를 먹어서 허기를 채우고, 독술인 짐주를 마시어서 목마름을 멈추다. (喩) 눈 앞의 일만 알고 후환을 생각하지 않는다. (咀 : 씹다. 씹어서 맛을 보다. 漏脯 : 빗물이 떨어져 썩은 마른 고기. 酣 : 즐기다. 술을 마시며 즐기다.) → **鴆酒止渴.**

〔**抱朴子·嘉遯**〕○○○○○○, ○○○○○○.

齊宣王使人吹竽(우), 必三百人. 南郭處士請爲王吹竽, 宣王說(열)之. 宣王死, 湣(민)王立, 好一一聽之, 處士逃.

齊나라 宣王은 사람으로 하여금 피리를 불게 함에 있어서 반드시 300명이 되도록 하였다. 성곽

남쪽에 사는 한 처사가 임금을 위하여 피리를 불겠다고 하자 이를 기뻐하였다. 그 뒤 宣王이 죽고 湣王이 왕위에 올라 하나씩 연주하는 것을 좋아하자 그 처사는 (엉터리인 것이 탄로날 것을 두려워하여) 달아나버렸다. (喩) 재능이 없는 사람이 자리를 차지하였으나 결국은 그 자리를 지키지 못하다. (竽 : 피리의 일종.)

〔**韓非子·內儲說上**〕○○○○○○○, ○○○○. ○○○○○○○○○○, ○○○○. 廩食以數百人. ○○○, ○○○, ○○○○○, ○○○. 一曰, 韓昭侯曰, 吹竽者衆, 吾無以知其善者. 田嚴對曰, 一一而聽之.

終身戴天, 不知天之高也. 終身踐地, 不知地之厚也.

대

한 평생 하늘을 이고 살지만 하늘이 얼마나 높은지를 알지 못하며, 한 평생 땅을 밟고 살지만 땅이 얼마나 두터운지를 알지 못한다. 齊나라 景公의 孔子에 관한 물음에 대하여 子貢이 孔子의 위대함을 이와 같이 하늘과 땅에 비유하여 말한 것. 도를 알지 못하거나 무지몽매함을 형용. 또 일을 제멋대로 하거나 극히 경망스러움을 형용. → **不知天高地厚.**

〔**韓詩外傳·卷八**〕子貢曰, 臣○○○○, ○○○○○○○. ○○○○, ○○○○○○○. 若臣之事仲尼, 譬猶渴操壺杓, 就江海而飮之, 腹滿而去, 又安知江海之深乎. 〔**淸 憂患餘生·鄰女語**〕居民渾渾噩噩, 不識不知, …… 不知天高地厚.

知其一, 未知其二.

하나만 알고 둘은 모른다. (猶) 조금은 알고 있으나, 많은 것을 모른다. / 표면의 일은 아나, 이면의 일이나 이치를 모른다. / 사물의 한 방면은 알아도, 다른 방면은 모른다. = **知其一, 未知其二. 識其一, 不知其二.** → **知一不知二.**

〔**詩經·小雅·小旻**〕人知其一, 莫知其它. 〔**史記·高祖本紀**〕高祖曰, 公○○○, ○○○○. 〔**莊子·天地**〕孔子曰, 彼假修渾沌氏之術者也. 識其一, 不知其二. 治其內而不治其外. 〔**漢 劉向·說苑·臣術**〕汝徒知一, 不知其二. 〔**漢 楊雄·長楊賦**〕若客所謂知其一 未睹其二, 見其外不識其內也. 〔**十八史略·近古·晉·六朝篇**〕上曰, 公○○○, ○○○○. 〔**晉書·羊祜傳**〕祜女未夫勸祜有所營置, 令有歸戴者, 豈不美乎, 祜黙然不應. 退告諸子曰, 此可謂知其一不知其二.

指南爲北, 自謂不惑, 指東爲西, 自謂不蒙.

남쪽을 가리키고 북쪽이라고 하면서 스스로는 헷갈려 헤매지 않는다고 말하고, 동쪽을 가리키고 서쪽이라고 하면서 스스로는 사리에 어둡지 않다고 말한다. 정신이 어리벙벙한 사람이 왕왕 어리석지 않다고 주장함을 이르는 말. (惑 : 정신이 헷갈려 헤매다. 사리에 어두워 미혹하다. 무엇에 홀려서 정신을 못차리다. 蒙 : 얼떨떨해지다. 멍해지다. 사리에 어둡다. 정신을 잃다.)

〔**梁 釋僧祐·弘明錄**〕釋慧通駁顧道士夷夏論曰, 諺曰, ○○○○, ○○○○, ○○○○, ○○○○.

知二五而未知十.

둘 다섯은 알면서 열은 모른다. 어떤 한 측면은 알면서 종합 분석적인 것은 모른다는 것을 형용.

〔**史記·越王句踐世家**〕且王之所求者, 鬪晉·楚也. 晉·楚不鬪, 越兵不起. 是○○○○○○○也. 〔**南朝梁·劉孝標·辨命論**〕同知三者, 定乎造化, 榮辱之境, 獨曰由人, 是知二五而未識于十.

鷙鳥累百, 不如一鶚.
지　루　　　　　악

사나운 새 여러 백 마리도 한 마리의 물수리를 당해내지 못한다. (喩) 무능한 사람이 아무리 많이 모여 있어도 유능한 한 사람만 못하다. (鷙鳥 : 몹시 사나운 새. 매·수리 따위의 맹금. 累 : 여러번. 몇 번. 누차. 여러. 鶚 : 물수리.)

〔**漢書·鄒陽傳**〕臣聞○○○○, ○○○○. 〔**後漢書·禰衡傳**〕禰衡始冠, 而融(孔融)四十, 遂與爲交友, 上書薦之. 有云, ○○○○, ○○○○.

楚人有涉江者, 其劍自舟中墜於水, 遽契其舟. 舟止, 從其所契者入水求之. 舟已行矣, 而劍不行.

楚나라 사람이 (배를 타고) 강을 건너가다가 가지고 있던 칼이 배안에서 물 속으로 떨어지자, 재빨리 그 배에 새겨(표시를 해) 두었다. 배가 (강가에) 서자 그는 그 새겨놓은 곳을 좇아 물에 뛰어들어 칼을 찾으려 했으나 배는 이미 지나가 버렸고 칼은 가지 못해 그대로 떨어져 있었다. (喩) 미련해서 세상 물정에 어두워 구습만 지키고 사태의 변화를 무시하는 어리석은 행동을 하다. 고집스럽고 융통성이 없어 변통을 부릴 줄 모르다. (遽 : 재빨리. 契 : 새기다.) → **刻舟求劍. 刻舷求劍. 契舟求劍.**

〔**呂氏春秋·察今**〕楚人有涉江者, 其劍自舟中墜於水, 遽契其舟. 曰, 是吾劍之所從墜. 舟止, 從其所契者入水求之. 舟已行矣, 而劍不行, 求劍若此, 不亦惑乎.

超之氣力, 不能從心.

넘치는 기력이 그 마음을 따르지 못하다. 마음속으로는 하고 싶지만 역량·능력이 부족하여 원하는 대로, 생각한 대로 할 수 없음을 이르는 말.

〔**後漢書·班超傳**〕如有卒暴, ○○○○, ○○○○. 便爲上損國家累世之功, 下棄忠臣竭力之用, 誠可痛也.

寸進尺退, 卒無所成.

한 치를 나아가고 한 자를 물러서니 결국 이룬 것이 없다. (喩) 진보는 적고 퇴보는 많아 결국 퇴보하다. / 얻는 것은 적고 잃는 것이 오히려 많다. → **進一寸退一尺. 寸進尺退.**

〔**老子·第六十九章**〕用兵有言, 吾不敢爲主而爲客, 不敢進寸而退尺. 是謂行無行. 〔**韓愈·上兵部李侍郎書**〕○○○○, ○○○○.

土性勝水, 掬壤不可以塞河. 金性勝木, 寸刃不可以殘林.
국 색

흙은 물을 이기나 한줌의 흙으로는 강을 막을 수 없고, 금은 나무를 이기나 한 치의 칼날로는 숲을 없앨 수 없다. (喩) 재능이 부족하면 효력을 나타낼 수 없다. (掬壤 : 한 웅큼의 흙. 掬은 두 손으로 움켜쥐다. /손바닥./ 한 웅큼에 해당하는 용량. 殘 : 멸하다. 괴멸시키다. 없애다.)

〔**唐 趙蕤·長短經·運命**〕○○○○, ○○○○○○○○. ○○○○, ○○○○○○○○. 傳曰, 小惠未孚, 神勿福也. 此言善少不足以感物也.

痛定之人, 思當痛之時, 不知何能自處也.

아픔이 진정된 사람은 아픔을 당하여 있을 때를 생각하면서도 어떻게 스스로 알아서 처리했는지를 알지 못한다. (喩) 고통을 경험한 사람이 과거의 그 고통을 잊어버리다. 과거의 일이 어떠했는지를 알지 못하다. (定 : 안정되다. 진정되다. 가라앉다.)

〔**唐 韓愈·與李翺書**〕如 ○○○○, ○○○○○, ○○○○○○○○.

悖者之患, 固以不悖者爲悖.

흐리멍텅한 사람의 결점은 본래 흐리멍텅하지 않은 사람을 흐리멍텅하다고 여기는데 있다. 명석한 사람을 어리석은 사람으로 보는 것이 어리석은 사람의 결점이라는 뜻. (悖 : 어리석다. 흐리멍텅하다. 무엇에 홀려서 제 정신을 못차리다. 판단력을 잃다. / 사리·도리·정리에 어긋나다. 患 : 행위상의 질병. 곧 결점. 결함. 약점. 以 …爲는 …을 …으로 여기다.)

〔**戰國策·魏策一**〕秦果日以强, 魏日以削. 此非公叔之悖也, 惠王之悖也. ○○○○, ○○○○○○○.

抛却眞金, 拾瓦礫.
포 력

도리어 진짜 금은 내버리고, 기와와 자갈을 줍다. (喩) 좋은 것, 나쁜 것을 식별하는 능력이 없다.

〔**五燈會元**〕問, 如何是學人自己本分事. 師曰, ○○○○, ○○○作麼.

Ⅴ. 態度·姿勢·品行

1. 올바른 態度·姿勢·品行

刻鵠不成尙類鶩者也.
곡 무

고니를 새기려다가 잘못되더라도 또한 오리와는 비슷하게 된다. (喩)비슷한 인물 또는 업무를 모방하려하면 비록 진짜와 같지는 않아도 서로 거의 비슷하다. / 훌륭한 사람을 본받아 배우면 그 사람만큼은 못할지라도 또한 착한 사람이 된다.(尙 : 오히려. / 아직. 또한. 더욱이. 類 : 닮다. 비슷하다. 鶩 : 오리.) = 畫鵠不成尙類鶩者也. → 刻鵠類鶩.

〔**後漢書·馬援傳**〕載其告誡兄子嚴敦書, 龍伯高敦厚周愼, 口無擇言, 謙約節儉, 廉公有威, 吾愛之重之, 願汝曹效之. 杜季良豪俠好義, 憂人之憂, 樂人之樂, 淸濁無所失, 父喪致客, 數郡畢至, 吾愛之重之, 不願汝曹效也, 效伯高不得, 猶爲謹敕之士, 所謂 ○○○○○○○○○○. 〔**明 李夢陽·空同集**〕夫五言者不祖漢則祖魏, 固也, 乃其下者卽當效陸謝矣, 所謂畫鵠不成尙類鶩者也.

各人自掃門前雪, 莫管他家瓦上霜.

각각의 사람은 스스로 문앞의 눈을 쓸 것이고, 남의 집 기와 위의 서리를 관여하지 말라. (喩) 각각의 사람은 자기의 일을 하고, 남의 일에 간섭하지 않는다. / 자기 일에만 신경을 쓰고 남의 일에는 무관심한 태도를 보이다.(各人 : 갖자. 각기. 각각.)

〔**宋 陳元靚·事林廣記**〕處己警語, …… 各家自取門前雪, 莫管他人屋上霜. 〔**元 高文秀 襄陽會**〕○○○○○○○, ○○○○○○○. 〔**明 高明·琵琶記**〕相公, 夫妻何事苦相妨, 莫把閑愁積寸腸. 難道 ○○○○○○○, ○○○○○○○. 〔**金甁梅詞話**〕各人自掃擔前雪, 莫管他家屋上霜.

蓋世功勞, 當不得一個矜字, 彌天罪過, 當不得一個悔字.
미

세상을 뒤덮을 만한 큰 공로도 자랑 긍(矜)자 하나를 당하지 못하고, 하늘에 가득찰 만한 큰 죄도 뉘우칠 회(悔)자 하나를 당하지 못한다. 아무리 큰 공로라도 자랑하면 없어지고, 아무리 큰 죄라도 참회하면 사라짐을 이르는 말.(蓋世 : 온 세상을 덮다. 온 세상을 압도할 만하다는 뜻. 史記·項羽本紀의 力拔山氣蓋世 참조. 不得 : ……할 수 없다. 彌天 : 하늘에 가득 차다. 하늘을 가득 매우다.)

〔**菜根譚·十八**〕○○○○, ○○○○○○○, ○○○○, ○○○○○○○.

居處恭, 執事敬, 與人忠. 雖之夷狄, 不可棄也.
적

일상 기거함에는 공손해야 하고, 일을 집행함에는 경신(敬愼)해야 하며, 사람을 상대함에는 정성스러워야 한다. 이것들은 비록 오랑캐인 이적의 나라에 가더라도 버릴 수 없는 것이다. (居處 : 일상 기거함을 이른다. 執事 : 일을 집행하다. 夷狄 : 중국 동쪽과 북쪽에 있는 오랑캐의 나라.)

〔**論語·子路**〕樊遲問仁, 子曰, ○○○, ○○○, ○○○. ○○○○, ○○○○.

擊人得擊, 行怨得怨, 罵人得罵, 施怒得怒.

남을 공격하면 (남의) 공격을 받고, (남에게) 원망을 하면 (남의) 원망을 받으며, 남을 꾸짖으면 (남의) 꾸짖음을 받고, (남에게) 성을 내면 (남의) 성냄을 받는다. 사람이 함부로 남에게 나쁜 행위를 하면 나쁜 행위 그대로 되돌려 받게 된다는 뜻. (得은 받다. 施怒는 성을 내다. 화를 내다.)

〔**法句經·惡行品**〕○○○○, ○○○○, ○○○○, ○○○○. 世人無聞, 不知正法, 生此壽少, 何宜爲惡.

見賢思齊焉, 見不賢而內自省也.

어진 사람을 보면 행실이 그와 같아지기를 생각하고, 어질지 못한 사람을 보면 안으로 스스로 반성해 보아야 한다. 선한 사람을 보면 이를 본받아 그와 같이 되도록 노력하고, 악한 사람을 보면 자신을 반성하여 그렇게 되지 않도록 노력해야 한다는 뜻. (思齊 : 같게 되기를 생각하다. 여기서는 어진 사람과 같아지기를 생각한다는 의미. 齊는 서로 같게 하다. 內自省 : 마음속으로 스스로 반성하다. 곧 자기는 악하게 되는 것을 두려워하라는 뜻.)

〔**論語·里仁**〕子曰, ○○○○○, ○○○○○○○○○. 〔**說苑·雜言**〕孔子曰, 見賢思齊焉, 見不賢而內自省.

誡無垢(구), 思無辱.

경계하면 더러움이 없고, 깊이 생각하면 욕됨이 없다. 경계하여 처신하면 부패하는 일이 없고, 깊이 사려하여 실행하면 치욕스런 일이 일어나지 않는다는 뜻. (垢 : 때. 먼지. 티끌. 더러운 물질. / 때묻다. 더럽다. 더럽히다.)

〔**說苑·敬愼**〕存亡禍福, 其要在身, ……. 諺曰, ○○○, ○○○. 夫不誡不思, 而以存身全國者亦難矣.

曲意而使人喜, 不若直躬而使人忌. 無善而致人譽, 不若無惡而致人毁.

자기의 뜻을 굽혀 남을 기쁘게 해주는 것은 곧게 행하여 남의 미움을 받느니만 못하고, 좋은 일을 하지도 않고 남의 칭찬을 받는 것은 나쁜 일을 하지도 않고 남의 헐뜯음을 받느니만 못하다. 남의 환심을 사기 위하여 일부러 뜻을 굽히기 보다는 곧은 행실을 하여 미움을 사는 것이 낫고, 선행없이 칭찬받는 것 보다는 악행없이 억울하게 비방받는 것이 낫다는 말. (忌 : 싫어하다. / 미워하다. 直躬 : 곧게 행하다. 곧은 행실을 하다. 躬은 몸소 행하다. / 楚의 直躬이란 자가 그 아비가 양을 훔친 것을 관에 고하여 스스로 증인이 되었다는 고사에서, 지나치게 정직함은 도리어 정도에 어긋나는 것을 뜻한다.)

〔**採根譚·百十二**〕○○○○○○, ○○○○○○○○. ○○○○○○, ○○○○○○○○. ※〔**荀子·榮辱**〕與人善言, 暖於布帛. 傷人之言, 深於矛戟

孔子家兒不識罵(매), 曾子家兒不識鬪(투).

孔子 집안의 아이는 욕하는 것을 알지 못하고, 曾子 집안의 아이는 싸우는 것을 알지 못한다. (喩) 도리를 아는 집안의 아이들은 남과 서로 욕하거나 서로 싸우지 아니한다.

〔**明 周亮工·牘新鈔·紀青·樺冠子**〕奔車之上無仲尼, 覆車之下無伯夷, 性之者也. ○○○○○○○, ○○○○○○○, 習之者也. 〔**明 袁衷等·庭幃雜錄**〕傳稱, 孔子家兒不知罵, 曾子家兒不知怒, 生而善教也.

恭則遠於患, 敬則人愛之, 忠則和於衆, 信則人任之.

공손하게 하면 화환(禍患)을 멀리할 수 있고, 공경하면 남들이 그를 아낄 것이며, 성의를 다하여 힘쓰면 많은 사람들과 화목하게 지내고, 진실하면 남들이 그를 신임할 것이다. 사람이 자기를 보전하고 남의 존중을 받게 하는데 대하여 孔子가 恭敬忠信의 네 가지를 들어 설명한 것. (恭 : 공손하다. 정중하다. 예의바르다. 敬 : 공경하다. 공경하고 삼가다. 忠 : 성의를 다하여 힘쓰다. / 마음이 참되고 지조가 곧다. 信 : 성실하다. 진실하다. 任 : 믿다. 신임하다. 신뢰하다.)

〔**孔子家語·賢君**〕顔淵將西遊於宋, 問於孔子曰, 何以爲身. 子曰, 恭敬忠信而已. 勤則四者, 可以政國, 豈特一身者哉. 〔**說苑·敬愼**〕顔回將西遊, 問於孔子曰, 何以爲身. 孔子曰, 恭敬忠信, 可以爲身. 恭則免於衆, 敬則人愛之, 忠則人與之, 信則人恃之. 人所愛, 人所與, 人所恃, 必免於患矣, 可以臨國家, 何況於身乎.

過者, 大賢所不免. 然不害其卒爲大賢者, 爲其能改也.

잘못은 뛰어나게 현명한 사람도 면할 수 없는 것이지만, 그러나 그가 결국 뛰어나게 현명한 사람이 되는 것에 방해됨이 없는 것은 그가 (자기의) 잘못을 고칠 수 있기 때문이다. 현명한 사람은 잘못을 곧 깨닫고 고치기 때문에 훌륭하다는 것. (卒 : 마침내. 드디어. 기어이.)

〔**清 陳宏謀·五種遺規**〕○○, ○○○○○, ○○○○○○○○○, ○○○○○.

弓矢和調, 以後求其中焉. 馬慤愿(각 원)順, 然後求其良材焉. 人必忠信重厚, 然後求其知能焉.

활과 화살은 부드럽게 조절하고 난 다음에야 과녁에 적중하기를 바랄 수 있고, 말은 조심성이 많고 온순하게 한 다음에야 좋은 재질이 되기를 바랄 수 있으며, 사람은 반드시 태도가 진심으로 신실하고 정중 독실하게 된 다음에야 지식과 재능있는 자가 되기를 바랄 수 있다. (求 : 얻기를 바라다. 愨愿 : 조심성이 많다. 순진하다.)

〔 **荀子·哀公** 〕 弓調而後求勁焉, 馬服而後求良焉, 士信愨而後求知能焉. 〔 **韓詩外傳** 〕 弓調然後求勁焉, 馬服然後求良焉, 士信愨而後求知焉. 〔 **說苑·尊賢** 〕 夫○○○○, ○○○○○○. ○○○○, ○○○○○○○. ○○○○○○, ○○○○○○○. 今人有不忠信重厚而多知能, 如此人者, 譬猶豺狼與, 不可以身近也. 〔 **孔子家語·五儀解** 〕 弓調而後求勁焉, 馬服而後求良焉, 士信愨而後求智能者焉.

貴其所以貴者貴.

남이 존중하는 것을 존중하는 사람은 바로 남의 존중함을 받는다. 남을 존중해 주는 사람은 남의 존중을 받는다는 뜻. (貴 : 귀하게 여기다. 소중하게 여기다. 중시하다. 존중하다.)

〔 **戰國策·韓策一** 〕 (蘇代) 對曰, 願有腹於公. 諺曰, ○○○○○○○. 今王之愛習公也, 不如公孫郝, 其知能公也, 不如甘茂

記過忘善, 睚眦必報.

애 자

남의 잘못은 기억하고 남의 선행은 잊어버리면서도 사소한 원한이라도 반드시 갚는다. (睚眦 : 화난 눈초리로, 사소한 원한을 뜻한다.)

〔 **後漢書·公孫瓚傳** 〕 瓚 恃才力, 不恤百姓, 州里善士, 名在其右者, 必以法害之.

己所不欲, 勿施於人.

내가 하고자하지 않는 것을 남에게 시키지 말라. 자기가 원하지 않는 일이나 좋아하지 않는 물건을 남에게 억지로 시키거나 주어서는 안된다는 말.

〔 **管子·版法解** 〕 度恕者, 度之於己也. 己之所不安, 勿施於人. 〔 **論語·衛靈公** 〕 子貢問曰, 有一言而可以終身行之者乎, 子曰, 其恕乎, ○○○○, ○○○○. 〔 **論語·顏淵** 〕 仲弓問仁, 子曰, 出門如見大賓, 使民如承大祭. ○○○○, ○○○○. 在邦無怨, 在家無怨. 〔 **中庸·第十三章** 〕 忠恕違道不遠, 施諸己而不願, 亦勿施於人. 〔 **尸子·恕** 〕恕者, 以身爲度者也. 己所不欲, 毋加諸人.

記人之功, 忘人之過.

남의 공은 기억해두고, 남의 잘못은 잊어버리다. 남의 장점과 큰 공로는 잘 기억해두고 남의 단점과 적은 과실은 곧 잊어버려야 함을 이르는 말. (記 : 기억하다. 외다./ 기록하다. 적다.)

〔 **漢書·陳湯傳** 〕 ○○○○, ○○○○, …… 夫犬馬有勞於人, 尙加帷蓋之報, 況國之功臣者哉. 〔 **漢書·王嘉傳** 〕 孝宣皇帝賞罰信明, 施與有節, 記人之功, 忽於小過, 以致治平. 〔 **中說** 〕 記人之善而忘其過溫大雅能之.

企者不立, 跨者不行. 自見者不明, 自是者不彰.
과 현

발끝을 높이 돋우어서는 서서 있을 수 없고, 큰 걸음을 뻗어서는 오래 갈 수 없다. 스스로 나타내보이려고 하면 오히려 밝히지 못하고, 스스로 옳다고 여기면 오히려 드러내지 못한다. 발돋움하거나 큰 걸음으로 걷는 것은 그 걸음이 지나쳐서 자연스러움을 어기는 것이므로 높이 멀리 나아갈 수가 없는 것이며, 또 스스로 나타내려고 하는 것(自見), 스스로 옳다고 여기는 것(自是)은 자신을 뽐내고 강자와 싸워 이기기를 좋아하는 것의 표현으로서, 이것은 老子의 무위자연사상(無爲自然思想)에 입각한 퇴장은묵(退藏隱默; 물러나 숨기고 숨어서 침묵함)의 도에 어긋나므로 결국에는 밝히지 못하고(不明), 드러내지 못하는 것(不彰)임을 이르는 것. (企 : 발돋움하다. 발끝을 높이 돋우다. ≒ 跂. 跨 : 큰 걸음으로 걷다.)

〔 **老子·第二十四章** 〕 ○○○○, ○○○○. ○○○○○, ○○○○○. 自伐者無功, 自矜者不長.

冷眼觀人, 冷耳聽語, 冷情當感, 冷心思理.

냉철한 눈으로 사람을 보고, 냉철한 귀로 말을 들으며, 냉철한 정으로 느낌을 당해내고, 냉철한 마음으로 도리를 생각할 것이다. 사람은 언제나 남의 행위를 편견없이 냉철하게 보고 들으며 나의 행위를 냉철한 마음과 정으로 생각하고 독단이 없이 대처해야 함을 의미. (當 : 당하다. 대하다. 理 : 도리. 이치. 사리.)

〔 **菜根譚·二百六** 〕 ○○○○, ○○○○, ○○○○, ○○○○. ※〔 **論語·爲政** 〕 視其所以, 觀其所由, 察其所安.

膽欲大而心欲小, 智欲圓而行欲方.

(사람은) 담력은 커야하고 마음가짐은 작아야 하며, 지혜는 원만해야 하고 행실은 방정해야한다. ≒ **心欲小而志欲大, 智欲員而行欲方.** → **智欲圓而行欲方. 膽大心小, 智圓行方.**

〔 **淮南子·主術訓** 〕 凡人之論, 心欲小而志欲大, 智欲圓而行欲方. …… 智欲員者, 環復轉運, 終始無端, 旁流四達, 淵泉而不竭, 萬物竝興, 莫不響應也. 行欲方者, 直立而不撓, 素白而不汚, 窮不易操, 通不肆志. 〔 **舊唐書·孫思邈傳** 〕 孫思邈曰, ○○○○○○○, ○○○○○○○. 詩曰, 如臨深淵, 如履薄氷, 謂小心也. 赳赳武夫, 公侯干城, 謂大膽也. 〔 **太平廣記·醫一** 〕 唐孫思邈謂盧照鄰曰, ○○○○○○○, ○○○○○○○. 照鄰曰, 何也, 曰, 心爲五臟之君, 君以恭順爲主. 故欲小, 膽爲五臟之將, 將以果決爲務. 故欲大, 智者動象天. 故欲圓, 仁者靜, 象地. 故欲方. 〔 **近思錄·爲學類** 〕 孫思邈曰, ○○○○○○○, ○○○○○○○, 可以爲法矣. 〔 **小學·嘉言** 〕 孫思邈曰, ○○○○○○○, ○○○○○○○.

當先嚴其身也, 威嚴不先行於己, 則人怨而不服.

사람은 마땅히 먼저 자기의 몸을 엄하게 해야 하는 것이니, 위엄이 자기부터 먼저 행하여지지 않으면 남들이 원망하고 복종하지 않을 것이다. 집안을 다스리는 데는 자기 몸의 단정함과 위엄이 있어야 한다는 말.

〔**近思錄·家道類**〕夫子又復戒云, ○○○○○○, ○○○○○○○, ○○○○○○.

待善人宜寬, 待惡人宜嚴, 待庸衆之人, 當寬嚴互存.

선량한 사람을 대함에는 관대해야 하고, 악한 사람을 대함에는 엄격해야 하며, 보통 사람을 대함에는 마땅히 관대함과 엄격함을 아울러 지녀야 한다. (待 : 사람을 상대하다. 대우하다. / 접대하다. 庸 : 평범하다. 보통이다. 일상적이다. 범용하다.)

〔**菜根潭·五十**〕處治世宜方, 處亂世宜圓, 處叔季之世, 當方圓竝用. ○○○○○, ○○○○○, ○○○○○, ○○○○○.

到處逢人說項斯.

가는 곳마다 사람을 만나 項斯의 재주를 칭찬하다. 남의 선행이나 일의 좋은 점을 칭찬하는데 쓴다. / 사람으로서 명성을 떨치거나 또는 남을 대신하여 통사정하는데 열중함을 가리키는 말로 쓰인다. (由) 唐나라의 國子祭酒(國子學의 우두머리)인 시인 楊敬之가 후생인 項斯의 사람됨과 재주를 항상 사랑하여 만나는 사람마다 그를 칭찬한 데서 생긴 말. → **逢人說項**. **逢人說項斯**. **爲人說項**.

〔**全唐詩話**〕項斯, 字子遷. 始未爲聞人, 因以卷謁楊敬之. 楊苦愛之, 贈詩云, 幾度見詩詩盡好, 及覽標格過於詩, 平生不解藏人善. ○○○○○○○, 未幾詩達長安, 明年擢上第. 〔**楊敬之·贈項斯詩**〕幾度見詩詩盡好, 及覽標格過於詩, 平生不解藏人善. ○○○○○○○. 〔**唐 李綽·尚書故實**〕唐代詩人楊敬之特別愛才, 得知項斯頗有詩才. 贈詩云, 平生不解藏人善. ○○○○○○○. 〔**清 薛雪·一瓢詩話**〕或心知, 或親串, 必將其聲價逢人說項, 極口揄揚.

獨行不愧影, 獨寢不愧衾.

홀로 갈 때 그 그림자에 대하여 부끄럽지 않고, 혼자 잘 때 그 이불에 대해서도 부끄럽지 아니하다. 남이 보지 않는 곳에서도 품위를 떨어뜨리는 행위를 하지 아니함을 이르는 것.

〔**宋史·蔡元定傳**〕貽書訓諸子曰, ○○○○○, ○○○○○, 勿以吾得罪故遂懈.

孟之反不伐, 奔而殿, 將入門, 策其焉, 曰, 非敢後也, 馬不進也.

(魯나라의 大夫인) 孟之反(이름: 側)은 (자기의 공적)을 자랑하지 않았다. 그는 (齊나라와의 싸움에 패하여) 달아나면서 군대의 맨 뒤에서 엄호하여 철수시키고나서는 성문에 들어가려고 할 때 그 말을 채찍질하며 말하기를 "감히 (적을 막으려고) 뒤에 처진 것이 아니고 말이 빨리 달리지 못했기 때문이다"라고 하였다. 孟之反이 공을 세웠으면서도 그 공을 내세우지 않는 본받을

만한 자세를 설명한 것. (伐 : 뽐내다. 자랑하다. 奔 : 도망쳐 달아나다. 패주하다. 殿 : 전쟁에 패하여 돌아올 때 군대의 뒤에서 엄호하여 철수시키는 것. 이렇게 뒤를 맡는 것을 공으로 삼았다. 策 : 채찍질하다. 非敢後也, 馬不進也 : 엉뚱한 핑계를 대어 공적을 감추는 것을 뜻한다.) → **非敢後也, 馬不進也.**

〔**春秋左氏傳·哀公十一年**〕孟之側後入以爲殿, 抽矢策其馬曰, 馬不進也. 〔**論語·雍也**〕子曰, ○○○○○, ○○○, ○○○, ○○○, ○, ○○○○, ○○○○.

目之所好不可從也, 耳之所樂不可順也, 鼻之所喜不可任也, 口之所嗜不可隋也. 心之所欲不可恣也.

눈이 좋아하는 것을 좇아서는 안되고, 귀가 즐거워하는 것을 따라서는 안되며, 코가 기뻐하는 것을 그대로 맡겨두어서는 안되고, 입이 즐기는 것을 따라서는 안되며, 마음이 하고자 하는 것을 제멋대로 하게 해서는 안된다. 이목구비의 감각기관과 마음이 좋아하고자 하는 것을 그대로 좇게 되면 화가 몸에 미치게 됨을 경계하여 이른 것. (恣 : 마음 내키는대로 하다.)

〔**管子·五輔**〕淫聲諂耳, 淫觀諂目, 耳目之所好, 諂心. 心之所好, 傷民. 民傷而身不危者, 未之嘗聞也. 〔**抱朴子·酒誡**〕抱朴子曰, ○○○○○○○○○, ○○○○○○○○○, ○○○○○○○○○, ○○○○○○○○, ○○○○○○○○○. 故惑目者必逸容鮮藻也, 惑耳者必姸音淫聲也, 惑鼻者必茝蕙芬馥也, 惑口者必珍羞嘉旨也, 惑心者必勢利功名也. 五者畢惑則惑承之禍爲身 患者不亦信哉.

無過亂人之門.

미친 사람의 집 앞은 지나가지 말 것이다. 시비의 여지를 피해야 함을 가리키는 것. 삼가지 않으면 언젠가는 화가 미칠 수 있음을 경계하는 말. / 국가가 장차 발생할 동란을 미리 피해야 함을 가리키는 것. (亂人 : 마음이 어지러운 사람. 미친 사람.) → **無過亂門.** ≒ **危邦不入, 亂邦不居.**

〔**春秋左氏傳·昭公十九年**〕諺曰, 無過亂門, 民有亂兵, 猶憚過之, 而況敢知天之所亂. 〔**論語·泰伯**〕子曰, ……. 危邦不入, 亂邦不居. 天下有道則見, 無道則隱. 〔**國語·周語下**〕人有言曰, ○○○○○○. ……. 夫見亂而不惕, 所殘必多, 其飾彌章.

毋以己之長而形人之短, 毋因己之拙而忌人之能.
무 기

자기의 장점을 가지고 남의 단점을 드러내지 말 것이며, 자기의 서투름 때문에 남의 유능함을 미워하지 말 것이다. (以 : 생각하다. 形 : 나타내다. 드러내 보이다. 因 : … 때문에. …으로 인하여. 忌 : 미워하다.)

〔**菜根譚·百二十**〕毋偏信而爲奸所欺, 毋自任而爲氣所使, ○○○○○○○○○○○, ○○○○○○○○○○○.

毋側聽, 毋噭應, 毋淫視, 毋怠荒, 遊毋倨, 立毋跛, 坐毋箕, 寢毋伏.
무 교 파

(남의 사적인 비밀을) 엿듣지 말 것이며, (남의 부름에 대하여) 음성을 거칠고 급하게 하여 대답하지 말 것이며, (남을) 곁눈으로 보지 말 것이며, 게으름 피워 일을 내팽개치지 말 것이며, 길을 갈 때에는 거드름피우지 말 것이며, 설 때에는 한 발을 절뚝거리지 말 것이며, 앉을 때에는 두 다리를 키처럼 뻗지 말 것이며, 잘 때에는 (침상 위에서) 엎드리지 말 것이다. 사람이 일상생활의 예절을 갖춘 태도를 가짐에 있어 경계하고 지양해야 할 내용을 말한 것. (側聽 : 남의 사적인 비밀등을 엿듣다. 噭應 : 거칠고 급한 말소리로 대답하다. 噭 : 부르짖다. 외치다. 말소리가 거칠고 급하다. 淫視 : 곁눈으로 보다. 怠荒 : 게으름 피우면서 일을하지 않다. 게으름 피우며 방치하다. / 의기 소침하다. 遊 : 길을 가다. 걷다. 倨 : 오만하다. 거드름피우다. 跛 : 절뚝거리다. 절며 걷다. 한 발을 바르지 않게 기울이다. 箕 : 두 다리를 키처럼 쭉 뻗다.)

〔**禮記·曲禮上**〕○○○, ○○○, ○○○, ○○○, ○○○, ○○○, ○○○, ○○○.

聞事莫說, 問事不知, 閑事莫管, 無事早歸.

들은 일을 말하지 말고, 물어본 일을 알리지 말며, 쓸데없는 일에 간섭하지 말고, 일이 없으면 빨리 돌아가라. 쓸데없는 일에 대하여 듣지도말고, 묻지도 말고 편안하게 생활하는 것이 좋음을 가리키는 것. (閑 : 관계가 없다. 쓸데없다. 管 : 간섭하다. 관여하다. 참여하다.)

〔**宋 胡仔·苕溪漁隱叢話**〕世間俚語, 往往極有理者, 如○○○○, ○○○○, ○○○○, ○○○○. 若能踐此言, 豈有不省事乎. 〔**通俗編**〕○○○○, ○○○○, ○○○○, ○○○○.

勿輕小事, 小隙沈舟. 勿輕小物, 小蟲毒身. 勿輕小人, 小人賊國.
극

작은 일이라고 업신여기지 말라. 작은 틈이 배를 가라앉힌다. 작은 물건이라고 업신 여기지 말라. 작은 벌레가 몸을 해친다. 소인이라고 업신여기지 말라. 소인이 나라를 해친다. (喻) 작은 일을 깔보아 게을리하면 큰 재앙이 온다. (輕 : 깔보다. 업신여기다. 毒 : 해치다. 괴롭히다. 賊 : 해치다.)

〔**周 尹喜·關尹子**〕○○○○, ○○○○. ○○○○, ○○○○. ○○○○, ○○○○.

反己者, 觸事皆成藥石. 尤人者, 動念卽是戈矛.
과

자기를 반성하는 사람은 부딪치는 일마다 다 약이 되고, 남을 탓하는 사람은 생각할 때마다 바로 창이 된다. 자기를 반성할 수 있는 사람은 어떠한 일에 부딪치더라도 모두 유익한 경험과 교훈이 될 수 있고, 하늘을 원망하고 남을 탓하는 사람은 마음을 쓸 때마다 다 창과 같이 자신의 상해를 야기시킨다는 뜻. (反己 : 자기를 반성하다. 자신을 돌이켜보다. 觸 : 접촉하다. 접하다. 부딪히다. 藥石 : 약제와 돌침. 다 약품, 약물이다. 尤人 : 남을 탓하다. 남을 원망하다. 動念 : 생각. 마음이나 의사를 움직이다. 또는 그것을 쓰다. 불러일으키다. 戈予 : 끝이 뾰족하고 한쪽 옆에만 날이 덧붙은 창과 자루가 긴 창. 창 종류의 통칭. = 矛戈.)

〔**菜根譚·百四十七**〕○○○, ○○○○○○○, ○○○, ○○○○○○○. 一以闢衆善之路, 一以濬諸惡之源, 相去霄壤矣. ※〔**周易·風雷益·象**〕君子以見善則遷, 有過則改. 〔**論語·里仁**〕見賢思齊焉, 見不賢而內自省也.

伏久者飛必高, 開先者謝獨早.

오래 엎드려 있는 것은 반드시 높이 날고, 먼저 핀 것은 홀로 빨리 떨어진다. 사람이 경거망동을 삼가고 오랫동안 수양을 하여 덕을 쌓으면 실수나 과오에서 벗어날 수 있다는 뜻. (開 : 꽃이 피다. 謝 : 꽃이 떨어지다.)

〔**菜根譚·後七十七**〕○○○○○○, ○○○○○○. 知此, 可以免蹭蹬之憂, 可以消躁急之念.

逢橋須下馬, 過渡莫爭船.

다리를 만나면 모름지기 말에서 내리고, 나루터를 갈 때에는 배에 오르려고 다투지 말라. 여행길에서는 모름지기 곳곳에서 위험한 일을 피하기 위해 조심해야 함을 기리키는 것. (過 : 가다. 지나가다. 渡 : 나루터. 도선장.)

〔**宋 趙德麟·侯鯖錄**〕宗弟鵬擧言, 見一驛壁上有詩云, ○○○○○, ○○○○○.

奔車(거)之上無仲尼, 覆舟之下無伯夷.

빨리 달리는 수레 위에는 알지 못하는 것이 없는 총명예지(聰明睿智)의 孔子는 없고, 뒤집힌 배 밑에는 청렴계백(淸廉潔白)한 伯夷는 없다. 정황이 긴박하고 위태로운 곳에는 지혜있는 사람, 염결한 사람이 가지 않음을 형용.

〔**韓非子·安危**〕小人少而君子多, 故祖稷常立, 國家久安. ○○○○○○○, ○○○○○○○. 故號令者, 國之舟車也, 安則智兼生, 危則爭鄙起.

不可乘喜而輕諾, 不可因醉而生嗔(진), 不可乘快而多事, 不可因倦而鮮終.

기쁨에 들떠 가벼이 승낙해서는 안되고, 술 취한 것 때문에 성내어서는 안되며, 유쾌함에 들떠 많은 일을 벌여서는 안되고, 싫증나는 것 때문에 일을 잘 끝내지 못하여서는 안된다. (乘喜 : 기쁨을 타다. 곧 기쁨에 들뜨다. 因 : ……으로. 인하여. ……때문에. …… 한 까닭으로. 生嗔 : 성을 내다. 鮮終 : 좋은 끝맺음이 드물다. 일을 잘 끝내지 못하다.)

〔**菜根譚·二百十六**〕○○○○○○○, ○○○○○○○, ○○○○○○○, ○○○○○○○.

不矜細行, 終累大德.

자질구레한 행동이라도 스스로 삼가지 아니하면 결국에는 큰 덕에 누를 끼치게 된다. 작은 실수로 어렵게 쌓은 공이 무너질 수 있음을 지적한 것. (矜 : 스스로 삼가다.)

〔**書經·周書·旅獒**〕嗚呼, 夙夜罔或不勤, ○○○○, ○○○○. 爲山九仞, 巧虧一簣.

不說人短, 不伐己長.
기

남의 단점을 말하지 말고, 자기의 장점을 자랑하지 아니할 것이다. (伐 : 자랑하다. 矜의 뜻.)

〔**北齊書·陸卭傳**〕○○○○, ○○○○. 〔**崔瑗·座右銘**〕無道人之短, 無說己之長.

不遷怒, 不貳過.

(자신의) 노여움을 남에게 옮기지 아니하며, 잘못을 다시 저지르지 않는다. 자신의 심중의 분노를 그와 관계없는 사람에게 발산하지 아니하며, 전에 범한 것과 똑 같은 과오를 다시 범하지 않는다는 것으로, 이는 이성으로 감정을 제재하여 행동할 줄 아는 고도로 수양된 인물의 행실을 이르는 것. (貳 : 되풀이하다. 거듭하다. 다시 하다.)

〔**論語·雍也**〕哀公問, 弟子孰爲好學. 孔子對曰, 有顏回者好學, ○○○, ○○○, 不幸短命死矣.

不患人之不己知, 患不知人也.

남이 나를 알아주지 않음을 걱정하지 말고, 내가남을 알지 못하는 것을 걱정해야 한다. 남이 나의 재능, 학문과 덕성을 알아주지 못할까봐 걱정하지 말고, 내가 남의 재능, 학문과 덕성을 알아주지 못할까를 걱정해야 한다는 말. (不己知 : 不知己의 도치구.)

〔**管子·小稱**〕管子曰, 身不善之患, 毋患人莫己知. 〔**論語·學而**〕子曰, ○○○○○○○, ○○○○○. 〔**論語·憲問**〕子曰, 不患人之不己知, 患其不能也. 〔**論語·里仁**〕子曰, 不患無位, 患所以立, 不患莫己知, 求爲可知也.

非其道, 則一簞食, 不可受於人.

정도가 아니면 한 도시락의 밥이라도 남한테 받아서는 안된다. 정당한 것이 아니면 작은 물건이라도 받아서는 안된다는 말. (一簞食 : 한 도시락의 밥. 한 그릇의 밥. 소량의 음식.)

〔**孟子·滕文公下**〕孟子曰, ○○○, ○○○○, ○○○○○. 如其道, 則舜受堯之天下, 不以爲泰. 子以爲泰乎.

山之高峻處無木, 而溪谷迴環則草木叢生.

산이 높고 험준한 곳에는 나무가 없으나 골짜기가 구불구불 감돌면 곧 초목이 무더기로 자란다. (喩) 사람이 행실이 너무 고고하고 마음이 과격하면 사람들이 따르지 않아 고립무원한 처지에 빠지며, 그 행실이 원만하면 사람들이 그 주위에 모여든다. (迴環 : 구불구불 감돌다. 빙빙 돌다. 叢生 : 풀이나 나무가 떼지어 자라다. 무더기로 나다.)

〔 **國語·晉語九** 〕 高山峻原, 不生草木. 松柏之地, 其土不肥. 〔 **說苑·談叢** 〕 高山之巓無美木, 大樹之下無美草. 〔 **菜根譚·百九十六** 〕 ○○○○○○○, ○○○○○○○○○○. 水之湍急處無魚, 而淵潭停蓄則魚鱉聚集.

常將有日思無日, 莫待無時思有時.

(재물이) 있는 날에는 언제나 없어질 날을 생각해야 하며, (재물이) 없어진 때에야 비로소 있던 때를 생각하려고 해서는 안된다. 재물이 풍부할 때는 재물이 모자랄 때가 있을 수 있음을 항시 생각하여야 하고, 모자랄 때에 이르러 비로소 후회하게 되어서는 안된다는 말. 항시 조심하여 저축, 근검절약해야 하며 절도없이 돈을 써서는 안됨을 강조하는 말. (將 : 막 …하려고 하다. 마땅히 …하여야 한다. 待 : 막 …하려고 하다.) = **寧當有日籌無日, 莫待無時思有時.**

〔 **淸 李汝珍·鏡花緣** 〕 ○○○○○○○, ○○○○○○○. 如此剴切勸諭, 奢侈之風, 自可漸息.

相在爾室, 尙不愧於屋漏.

그대가 홀로 방안에 있는 것을 보고 있으니, 방 어두운 구석에서도 부끄럽게 하지 않기를 바란다. 한 사람이 방안에 있을 뿐 다른 사람이 없더라도 마음에 부끄러운 일을 하지 않기를 원함을 이른다. 마음이 결백하고 언행이 공정 웅대하여 숨겨진 곳에서도 나쁜 일을 하지 않기를 원함을 뜻한다. (相 : 보다. 爾는 너. 그대. ※ 상대방을 부르는 말. 尙 : 바라다. 원하다. 바라건대. 屋漏 : 방안의 서쪽 어둡고 구석진곳. 사람이 잘 보이지 않는 구석진 곳. 방안의 서북 귀퉁이에서 中霤의 신에게 제사지낸다.)

→ **一愧屋漏** ≒ **不欺暗室.**

〔 **詩經·大雅·抑** 〕 視爾友君子, 輯柔爾顔, 不遐有愆, ○○○○, ○○○○○○. 無日不顯, 莫予云覯. 〔 **中庸·第三十三章** 〕 君子之所不及者, 其唯人之所不見乎. 詩云, ○○○○, ○○○○○○. 故君子不動而敬, 不言而信. < 孔穎達疏 > 無人之處, 尙不愧之, 况有人之處, 不愧之可知也. 言君子無問有人無人, 恒能畏懼也. 〔 **近思錄·存養類** 〕 伊川先生曰, 不愧屋漏, 則心安而體舒. 〔 **宋 張載·西銘** 〕 不愧屋漏爲無忝, 存心養性爲匪懈.

上行之, 下效之也.

웃 사람이 행하면 아랫 사람이 그대로 본받는다. = **上行下效. 上爲下效. 上敎下效.**

〔**周禮·天官**〕以八詔治王馭萬民蔬, ○○○, ○○○○. 〔**漢 班固·白虎通·三教**〕教者效也. 上爲之, 下效之. 〔**舊唐書·賈曾傳**〕上行下效, 淫俗將成. 敗國亂人, 實由玆起. 〔**唐 玄宗·鶺鴒頌**〕上之所教, 下之所效. 〔**意林**〕(引崔寔 政論) 上行下效, 然謂之教.

生有益於人, 死不害於人.

살아서는 사람들에게 이익이 되게 해야 하고, 죽어서는 사람들에게 해가 되지 않게 해야 한다.

〔**禮記·檀弓上**〕(成)子高曰, 吾聞之也, ○○○○○, ○○○○○. 吾縱生無益於人, 吾可以死害於人乎哉.

誠者, 自成也, 而道, 自道也. 誠者, 物之終始, 不誠, 無物. 是故君子誠之爲貴.

진실함이라는 것은 인격을 스스로 완성하는 요건이고, 도리는 마땅히 가야할 길을 스스로 인도하는 것이다. 진실함이라는 것은 만물 만사의 시종(始終) 본말(本末)이므로 진실하지 아니하면 곧 만물이 없어지게 된다. 이런 까닭으로 군자는 진실되게 하는 것을 귀하게 여긴다. 진실함은 천지 자연의 도이고 근본이며 만물의 시종이므로 이것이 없다면 만사가 존재하지 않게 되며, 따라서 덕을 닦은 군자들은 진실되게 하는 것을 사람의 가장 귀한 가치로 여긴다는 뜻. (誠 : 거짓이 없는 진실. 성실. 정성. / 참된 마음. 진심. 순수한 마음. 공평무사한 마음. 道 : 도리. 이치. / 이끌다. 인도하다. 마땅히 가야할 길을 인도하다. 길을 따라가다.)

〔**中庸·第二十五章**〕○○, ○○○, ○○, ○○○. ○○, ○○○○, ○○, ○○. ○○○○○○○○○.

誠者, 天之道也. 誠之者, 人之道也. 誠者, 不勉而中, 不思而得, 從容中道. 誠之者, 擇善而固執之者也.

진실함이라는 것은 천지자연의 도리이고, 진실되게 한다는 것은 사람이 지켜야 할 도리이다. 진실함이라는 것은 힘쓰지 아니하여도 알맞게 하고, 생각하지 아니하여도 저절로 알며, 자연스럽게 도에 맞는다. 진실되게 한다는 것은 선을 잘 선택하여 그것을 단단히 잡아 지키는 것이다. (誠之 : 진실되게 함. 진실하나 망녕됨이 없지 아니하여 이것을 없게 하고자 하는 것을 이르니, 사람이 지켜야 할 도리이다. 不思而得 : 생각하지 아니하여도 저절로 알다. 태어나면서 저절로 아는 것을 이른다. 生而知之. 從容中道 : 마음을 쓰지 않고도 자연스럽게 도에 합치하다. 固執 : 굳게 쥐어서 지키다. 단단히 잡아 지키다.)

〔**中庸·第二十章**〕○○, ○○○○. ○○○, ○○○○. ○○, ○○○○, ○○○○, ○○○○, 聖人也. ○○○, ○○○○○○○○.

素富貴, 行乎富貴. 素貧賤, 行乎貧賤. 素夷狄, 行乎夷狄. 素患難, 行乎患難.

부귀한 처지에 있으면 부귀한 사람이 해야 할 일을 하고, 빈천한 처지에 있으면 빈천한 사람이 해야 할 일을 하고, 오랑캐의 환경에 처해 있으면 오랑캐가 해야 할 일을 하고, 재난의 상황에 처해 있으면 재난을 당했을 때 해야 할 일을 해야 한다. 신분·지위·처지가 다른 사람들은 각기 그 생활·처지·예의에 맞추어 행동해야 함을 가리키는 말. (素 : 현재 …한 처지에 있다. 현재의 …한 형편에 따르다. 분수를 따르다.)

〔 **中庸·第十四章** 〕 君子素其位而行, 不願乎其外. ○○○, ○○○○. ○○○, ○○○○. ○○○, ○○○○. ○○○, ○○○○. 君子無入而不自得焉.

乘人之車者載人之患, 衣人之衣者懷人之憂, 食人之食者死人之事.

남의 수레를 탄 사람은 남의 걱정을 (자기의 몸에) 실어야 하고, 남의 옷을 입은 사람은 남의 걱정을 품어야 하며, 남의 밥을 먹은 사람은 남의 일에 죽을 힘을 다해야 한다. 남의 수레를 타는 사람은 곧 남의 재앙을 분담하기 위하여 준비하여야 하며, 남의 옷을 입는 사람은 곧 남의 걱정에 관심을 가져야 하며, 남의 밥을 먹는 사람은 곧 남을 위하여 언제나 사력(死力)을 다할 준비를 하여야 한다는 뜻. 남의 은혜를 입은 사람은 그 사람의 어려움을 돕는데 진력해야 함을 이른다. (死 : 사력을 다하다. 목숨을 돌보지 않고 진력하여 일하다. 목숨 바쳐 일하다.)

〔 **史記·淮陰侯列傳** 〕 韓信曰, 漢王遇我甚厚, 載我以其車,衣我以其衣, 食我以其食. 吾聞之, ○○○○○○○○○, ○○○○○○○○○, ○○○○○○○○○, 吾豈可以鄕利倍義乎.

施人毋責其報, 責其報倂所舍之心俱非矣.

남을 도와줄 때는 남이 보답할 것을 바라지 말 것이니, 만일 그 보답을 바란다면 그것은 남을 도와주려고 하던 처음에 먹은 마음마저도 다 거짓이 된다. (施 : 주다. 도와주다. 은혜 따위를 베풀다. 희사하다. 責 : 요구하다. 희망하다. 바라다. 倂 : … 마저도. 舍는 희사하다. 기부하다. 보시하다. 俱 : 모두. 다. 전부. 非 : 거짓. 진실이 아니다. 무근불실하다.)

〔 **菜根譚·八十九** 〕 舍己毋處其疑, 處其疑卽所舍之志多愧矣. ○○○○○○, ○○○○○○○○○○○○.

施人勿念, 受施勿忘.

남에게 은혜를 베풀었거든 이를 생각하지 말 것이며, 남의 은혜를 받았다면 이를 잊어버리지 말 것이다.

〔 **梁 蕭繹·金樓子** 〕 崔子玉座銘曰, 無道人之短, 無說己之長. 施恩愼勿念, 受恩愼勿忘. 〔 **宋 袁采·袁氏世範** 〕 古人言, ○○○○, ○○○○. 誠爲難事. 〔 **淸 朱柏廬·朱子家訓** 〕 施惠無念, 受恩莫念. 凡事當留餘地, 得意不宜再往. 〔 **崔瑗·座右銘** 〕 施人愼勿念, 受施愼勿忘. < 李善 注 > 戰國策唐睢謂信陵君曰, 人之有德於我, 不可忘也, 吾之有德於人, 不可不忘也.

信釣於城下, 有一漂母見信饑, 飯信數十日. 信喜曰, 吾必有以重報母. (及韓信幫助劉邦取得天下, 封楚王.) 信至國, 召所從食漂母, 賜千金.

(下鄕縣 南昌의 정장집에서 얻어먹다가 떠나온) 韓信은 성 밑에서 낚시질하며 지내는데, (여러 빨래하는 부인 가운데) 어떤 한 부인이 韓信이 배고파하는 것을 보고 韓信에게 수십일간 밥을 먹여주었다. 韓信은 이를 기뻐하여 후일에 꼭 후한 사례를 하겠다고 부인에게 말했다. (그 후 韓信이 劉邦을 도와 천하를 얻게 되어 楚王에 봉해졌다.) 그리하여 韓信이 楚나라에 들어가서 전에 밥을 먹여주었던 빨래하던 부인을 불러서 천 금을 주었다. (母 : 부인으로 해석. 從 : 하다. 일하다.) → **漂母進食.**

〔**史記·淮陰侯列傳**〕信釣於城下, 諸母漂, 有一母見信饑, 飯信, 竟漂數十日. 信喜, 謂漂母曰, 吾必有以重報母, 母,怒曰, 大丈夫不能自食, 吾哀王孫而進食, 豈望報乎. (及韓信幫助劉邦取得天下, 封楚王.) 信至國, 召所從食漂母, 賜千金.

深則厲, 淺則揭.
려 게

깊은 물을 만나면 (옷은 필연적으로 젖게 되어 있으므로) 아예 옷을 입고 물을 건너 가고, 물이 얕으면 (옷 젖는 것을 피하기 위하여) 옷을 걷어올리고 건너간다. (喩) 사람의 행동은 시세에 따라 또는 지역의 구체적인 실정에 따라 그에 알맞은 계책을 세워 처리해야 하며, 상규(常規)에 얽매여서는 안된다. (厲 : 옷을 입고 걸어서 물을 건너다. 不脫衣渡水. ※어떤 학자는 "옷을 벗고 물을 건너다"로 해석하고, 어떤 사전은 "허리까지 옷을 걷어 올리고 물을 건너다."로 기록되어 있으나 잘못이라고 생각된다. 揭 : 옷을 걷어 올리다.) → **深厲淺揭.**

〔**詩經·邶風·匏有苦葉**〕匏有苦葉, 濟有深涉, ○○○, ○○○, < 毛傳 > 以衣涉水爲厲. 〔**爾雅·釋水**〕濟有深涉, ○○○, ○○○. 揭者揭衣也, 以衣涉水爲厲. 繇膝以下爲揭, 繇膝以上爲涉, 繇帶以上爲厲, 潛行爲泳. 〔**論語·憲問**〕鄙哉, 硜硜乎. 莫己知也, 斯已而已矣, ○○○, ○○○. 〔**後漢書·張衡傳**〕深厲淺揭. 隨時爲義. 〔**清 李綠園·岐路燈**〕坐在河灘, 早已脫鞋解袜, 準備深厲淺揭, 好不歡欣踊躍.

十目所視, 十手所指, 其嚴乎.

열 사람의 눈이 지켜보는 것이고, 열 사람의 손이 손가락질하는 것이니 얼마나 두려워해야 할 것인가? (喩) 한 개인의 언행에 대하여 많은 사람이 주시·관찰·비판하고 있어 숨길 수도 없고, 속일 수도 없고, 옹호할 수도 없고, 그들의 감독과 책망을 면할 수가 없으므로 일거수 일투족에 근신하고 두려워해야 한다. 곁에서 감시하는 사람이 매우 많아서 일을 함에 있어 어떤 비밀이든 또 선이든 악이든 모두 그들의 감시와 비평을 피할 수 없고, 또 자신의 과오를 강변할 방법이 없다. (目 : 열 사람의 눈. 뭇 사람의 관찰. 嚴 : 두려워하다. 두려워하며 삼가다.) → **十目所指. 十目十指.**

〔**大學·傳六**〕曾子曰, ○○○○, ○○○○, ○○○. 〔**宋 陳亮 謝胡參政啓**〕苟有一迹之可疑, 豈逃十目之所指.

惡木之陰, 不可暫息. 盜泉之水, 無容誤飮.

나쁜 나무의 그늘 밑에서는 (몸이 더러워 지므로) 잠시도 쉬어서는 안되고, 도천(盜泉)의 물은 (도둑질하는 마음이 생기므로) 잘못하여 마시는 것도 용납하지 않는다. (喩) 청렴결백한 지조를 갖다. / 좋지못한 사람에게는 바랄 것이 아무것도 없다.

〔**唐 令狐德棻·周書·寇儁傳**〕. 性又廉恕, 不以財利爲心, 家人曾賣物與人, 而剩得絹五匹, 儁於後知之, 乃曰, ○○○○, ○○○○. ○○○○, ○○○○. 得財失行, 吾所不取, 遂訪主還之, 其雅志如此.

愛人不親, 反其仁. 治人不治, 反其智. 禮人不答, 反其敬.

내가 남을 아껴주어도 친근해지지 않으면 자신의 인덕에 결함이 있는가를 반성해 보고, 내가 남을 관리하는 데도 남이 내 관리를 받아들이지 않으면 자신의 지능에 결함이 있는가를 반성하고, 내가 남을 예로써 대접하는 데도 예로 화답해오지 않으면 자신의 공경함에 결함이 있는가를 반성해야 한다. 사람을 대하는 자신의 태도에 만족스런 결과가 나타나지 않으면 위선 자신의 인덕(仁), 지능(智)과 공경함(敬)에 결함이 있는가의 여부를 깊이 반성해 보아야 한다는 뜻.

〔**孟子·離婁上**〕 孟子曰, ○○○○, ○○○. ○○○○, ○○○. ○○○○, ○○○.

如傾險之人情, 坎坷(감가)之世道, 若不得一耐字, 撑(탱)指過去, 幾何不墮(타)入榛莽(진망)坎塹(참)哉.

마치 세상 사람의 심정이 바르지 않고 험악하며, 사람의 일생의 길이 평탄하지 않고 울퉁불퉁하여 다니기 힘드는 것과 비슷한데, 만약 "견딜 내(耐)자" 하나로 이것을 지탱하여 나가지 못한다면 몇 사람이나 황야의 깊은 골짜기에 나는 더부룩한 초목과 구덩이의 위험에 빠져 들어가지 않을 수 있으랴! 험악한 세상살이에서 참고 견디어나가는 것이 매우 어려움을 일깨우는 말. (如 : 마치 …과 같다. …과 비슷하다. 傾險 : 바르지 않고 험악하다. 마음이 비뚫어지고 험난함을 이른다. 人情 : 세상 사람의 심정. 사람이 본디 가지고 있는 온갖 감정. 坎坷 : 평탄하지 않고 울퉁불퉁하다. 험난하다. = 坎坷. 世道 : 사람의 일생의 길. ※ 世 : 세상 사람. /세인. 撑指 : 지탱하다. 버티다. 유지하다. 過去 : 지나가다. 거쳐 지나가다. 幾何 : 얼마. 몇. 10이하의 적은 수효를 막연하게 이르는 것. 여기서는 몇 사람. 墮入 : 빠져 들어가다. 榛莽 : 더부룩하게 난 초목. 坎塹 : 구덩이. 참호.)

〔**菜根譚·百八十二**〕 ○○○○○○, ○○○○○, ○○○○○○, ○○○○, ○○○○○○○○○○.
※〔**孟子·告子下**〕 必先苦其心志, 勞其筋骨, 餓其體膚, 空乏其身, 行拂亂其所爲, 所以動心忍性, 增益其所不能.

與其有譽於前, 孰若無毁於其後, 與其有樂於身, 孰若無憂於其心.

앞에서 칭찬을 받는 것이 어찌 뒤에서 비방당함이 없는 것과 같을 수 있으며, 그 몸에 즐거움이 있는 것이 어찌 그 마음에 걱정이 없는 것과 같으랴! 앞에서 칭찬을 받는 것보다 뒤에서 비방당함이 없는 것이 낫고, 몸에 즐거움이 있는 것보다는 그 마음에 근심이 없는 것이 낫다는 뜻. (與 : 반어를 나타내는 조사. 孰若 : 어찌 …… 와 같으랴. 두 가지 일을 비교하여 물어볼 때 쓰는 말.)

〔**韓愈·送李愿歸盤谷序**〕○○○○○○, ○○○○○○○, ○○○○○○, ○○○○○○○.

與人方便, 自己方便.

남에게 편리함을 주면 자기도 편리하게 된다. 남을 도와주는 사람은 남의 도움을 얻게 됨을 가리키는 말. 인정(人情)은 베풀면 돌아온다는 비유. (與 : 주다. 베풀다. 보내다. / …에게. 方便 : 편리함. / 편리하다. 남에게 이롭다. 편의를 꾀하다.) = **與人方便, 與己方便.**

〔**元 施惠·幽閨記·皇華悲遇**〕自古道 ○○○○, ○○○○.

力能勝貧, 謹能勝禍.

부지런히 일하는 것은 빈곤을 이길 수 있고, 삼가는 것은 화를 이길 수 있다. 근로는 빈곤에서 벗어나게 할 수 있고, 근신은 화를 면하게 할 수 있다는 뜻. (力 : 부지런히 일하다.)

〔**論衡·命祿**〕天命難知, 人不耐審, 雖有厚命, 猶不自信, 故必求之也. 如自知, 雖逃富避貴, 終不得離. 故曰, 力勝貧, 愼勝禍. 勉力勤事以致富, 砥才明操以取貴, 廢時失務, 欲望富貴, 不可得也. 〔**齊民要術·序**〕語曰, ○○○○, ○○○○. 蓋言勤力可以不貧, 謹身可以避禍.

寧人負我, 毋我負人.

차라리 남이 나를 저버릴지언정 나는 남을 저버리지 않는다. 나는 결코 남의 신의를 배반하는 일이 없음을 이르는 것. (負 : 저버리다.) → **寧人負我, 毋人負我.**

〔**明 葉子奇·草木子·雜俎**〕諺云, 寧人負我, 推而大之, 忠恕之事也. 毋我負人, 守而固之, 知命之事也, 忠厚之道也. 寧我負人毋人負我者反是.

寧向直中取, 不向曲中求.

차라리 곧은 것 가운데에서 취할지언정, 굽은 것 가운데에서 구하지는 않겠다. 차라리 정당하게 추치하는 것을 원할지언정, 결코 비굴하게 구하지는 않겠다는 말. (向 : …로 부터. …에서.)

〔**明 鄭之珍·目蓮救母**〕承教承教. 但古人論求財者曰, ○○○○○, ○○○○○. 〔**封神演義**〕豈可曲中而取魚乎. 非丈夫之所爲也. 吾寧在直中取, 不向曲中求, 不爲錦鱗設, 只釣王與侯.

敖不可長, 欲不可從, 志不可滿, 樂不可極.

오만한 태도는 자라나게 해서는 안되고, 개인의 욕망은 제멋대로 하게 해서는 안되며, 사람의 포부는 짧고 얕은 것에 스스로 만족해서는 안되고, 향락은 절제하는 바가 없어서는 안된다. 사람이 자기를 절제하는데 귀함이 있음을 이른 것. (敖 : 오만함. 거만한 마음이나 태도. 從 : 내버려두다. 방임하다. 제멋대로 하다. = 縱. 志 : 의향. 포부. 極 : 극단. 무절제를 뜻한다.)

〔**禮記·曲禮上**〕○○○○, ○○○○, ○○○○, ○○○○. 〔**晉書·東海王越傳**〕臨禍忘憂, 逞心縱欲, 曾不知樂不可極, 盈難久持. 〔**貞觀政要·論刑法**〕欲不可縱, 縱欲成災. 〔**元 楊梓·豫讓呑炭**〕志不可滿, 欲不可縱, 趙君逃走, 必有防備. 若苦苦相侵, 恐非善道, 不可不可.

欲人勿惡(오), 必先自美, 欲人勿疑, 必先自信.

남이 싫어하지 않도록 하려면 반드시 먼저 스스로 좋다고 여기도록 하여야 하고, 남이 의심을 하지 않도록 하려면 반드시 먼저 스스로 믿도록 하여야 한다. (勿 : 아니다. 않다. = 不. 自美 : 스스로 자기가 아름답다고 믿다. 自信 : 무슨 일을 해내겠다고 스스로를 믿다.)

〔**東周列國志**〕○○○○, ○○○○, ○○○○, ○○○○. 先君之立, 未膺王命. 若乘主婚之機, 請命于周, 以榮名被之九泉, 則一恥免矣. 君夫人在齊, 宜以禮迎之, 以成主公之孝, 則二恥免矣.

欲人之愛己(기)也, 必先愛人, 欲人之從己也, 必先從人.

사람이 자신을 아끼도록 하려면 반드시 먼저 남을 아껴주고, 남이 자신을 따르게 하고자 하면, 반드시 먼저 남을 따라야 한다.

〔**國語·晉語四**〕禮志有之曰, 將請於人, 必先有入焉. ○○○○○○○, ○○○○, ○○○○○○○, ○○○○. 無德於人, 而求用於人, 罪也.

遇方卽方, 遇圓卽圓.

모난 것을 만나면 모난 것으로 따르고, 둥근 것을 만나면 둥근 것을 따르다. (喻) 기회를 보아가며 일하다. 정세를 살펴가며 일을 진행시키다. (卽 : 따르다. 뒤를 좇다.)

〔**五燈會元**〕問, 得坐披衣, 向後如何施設, 師曰, ○○○○, ○○○○.

憂人之憂, 樂人之樂.

남의 걱정을 걱정하고, 남의 즐거움을 즐거워하다. 남의 걱정할 일을 위하여 걱정하고, 남의 즐거운 일을 위하여 즐거워한다는 말.

〔中說·事君·阮逸注〕當世士進, 無不屬其門者, 昉接引之. 常言, ○○○○, ○○○○.

禹·稷·顏回同道, 易地則皆然.

夏禹·后稷과 顏回는 그 도가 서로 같았으니 그 처지를 바꾸어도 다 그러했을 것이다. 夏禹·后稷과 顏回는 그 처세의 원칙이 다 같아서 그들의 처한 지위가 서로 바뀐다고 하여도 다 그때의 자기의 지위를 좇아서 행사했을 것이라는 뜻. 백성을 구휼하는데 심혈을 기울이던 夏禹와 后稷도 난세에 궁한 처지로 바뀌었으면 도를 즐겼을 것이고, 안빈낙도하던 顏回가 堯임금·舜임금을 받드는 평세(平世)의 관료의 책임을 맡았다면 백성을 구휼하는데 노력했을 것이라는 의미. (禹 : 堯·舜의 관료로서 홍수를 다스리는데 주력하여 세 번이나 그 문앞을 지나면서도 들어가지 않았고, 물에 빠진 자를 자신의 탓으로 여겨 구제에 힘써 온 공을 세웠다. 후에 舜임금의 선양을 받아 夏나라를 세웠다. 夏禹 또는 夏后氏라고도 칭했다. 稷 : 舜임금 밑에서 백성들에게 농사짓는 법을 가르쳤고, 굶주리는 자를 자신의 탓으로 여겨 구휼에 나섰다. 周 민족의 조상이며 武王의 15대 조상. 顏回 : 孔門十哲의 으뜸으로 꼽히는 사람으로 안빈낙도하고 덕행이 뛰어나 亞聖으로 불렸으나 32세로 죽었다.)

〔孟子·離婁下〕禹·稷當平世, 三過其門而不入, 孔子賢之. 顏子當亂世, 居於陋巷, 一簞食, 一瓢飮, 人不堪其憂, 顏子不改其樂, 孔子賢之. 孟子曰, 禹·稷, 顏回同道, 禹思天下 有溺者, 由己溺之也. 稷思天下有飢者, 由己飢之也, 是以如是其急也. 禹·稷·顏子, 易地則皆然. ……. 孟子曰, 曾子·子思同道. 曾子, 師也, 父兄也. 子思,臣也, 微也. 曾子·子思易地則皆然.

遇沉沉不語之士, 且莫輸心. 見悻悻自好之人, 應須防口.

행

어두운 표정을 지으면서 말하지 않는 사람을 만나면 또한 정성을 다하지 말 것이며, 발끈 성을 내며 스스로 잘난 체하는 사람을 보면 모름지기 입을 막아버려야 한다. 음침하고 냉담·준엄한 사람을 만나면 성의를 가지고 그와 교제해서는 안되며, 고집이 세고 자기를 대단하게 여기는 사람을 만나면 말하는 것을 삼가야 한다는 뜻. (沉沉 : 표정이 어두운 모양. 침울한 모양. 음침한 모양. 不語 : 말하지 않다. 냉담하고 준엄함을 뜻한다. 무정함을 의미. 且 : 당분간. 輸心 : 정성을 다하다. 속마음을 털어놓다. 자기의 심사를 표명하다. 悻悻 : 발끈 성내어 원망하는 모양. 오만한 모양. 고집이 세고 오만한 모양. 自好 : 자중하다. 자신이 옳다고 여기다. 防口 : 입을 막다. 말을 조심하고 근신하여 입으로 나오는 화를 막음을 뜻한다.)

〔菜根譚·百二十二〕○○○○○○○, ○○○○. ○○○○○○○, ○○○○. ※〔論語·衛靈公〕子曰, 不與言, 而不與之言, 失人. 不可與言, 而與之言, 失言. 知者不失人, 亦不失言.

冤仇莫結, 勢力難憑.

원

다른 사람과 원수를 맺어서는 안되며, 세력에 의지해서는 안된다. (冤仇 : 원수. 원한. 莫 : …하지 말라. / …해서는 안된다. 難 : 어렵다. 곤란하다. 해서는 안됨을 뜻한다. 憑 : 의지하다.)

〔**明 陸江樓·玉釵記**〕自古道, ○○○○, ○○○○. …… 常恐衆心猜忌, 何不磨棱過去, 顧乃失興回來.

魏武子有嬖妾, 疾病則命顆曰, 必以爲殉, 然及卒, 顆嫁之. 顆及輔氏之役, 見老人結草以亢杜回, 杜回躓而顚, 故獲之.

(폐: 嬖, 과: 顆, 질: 躓, 전: 顚)

(春秋시대 晉나라의) 魏武子는 애첩이 있었는데, 병이 나자 곧 (그의 아들인) 顆에게 명하여 말하기를 "(애첩이) 나를 따라 죽도록 하라"고 하였다. 그러나 아버지가 죽고나서 顆는 곧 그를 개가시켰다. 顆가 輔氏에서 싸우게 되었을 때 그는 노인이 풀을 엮어서 (秦나라) 杜回를 저지하는 것을 보았다. 과연 杜回는 풀에 걸려 넘어지므로 그를 사로잡아버렸다. (그 밤에 꿈을 꾸니 노인이 이르기를 "나는 그대가 재가시킨 여자의 아버지이다. 그대가 선친의 명령을 잘 처리하였기에 그것을 보답한 것이다."라고 하였다.) (喩) 죽어서도 그 은혜를 잊지 않고 갚다. (嬖妾 : 아양을 부려 굄을 받는 첩. 殉 : 죽은 이를 따라 죽다. 役 : 싸움. 전쟁. 亢 : 막다. 맞서다. 저항하다. 저지하다. 대적하다. = 抗. 躓而顚 : …에 걸려 넘어지다.) → **結草報恩. 魏顆結草.** ≒ **結草銜環 黃雀銜環.**

〔**春秋左氏傳·宣公十五年**〕魏武子有嬖妾, 無子. 武子疾, 命顆曰, 必嫁是. 疾病則曰, 必以爲殉. 及卒, 顆嫁之, 曰, 疾病則亂, 吾從其治也. 及輔之役, 顆見老人結草以亢杜回, 杜回躓而顚. 故獲之. 夜夢之, 曰, 餘而所嫁婦人之父也. 爾用先人之治命, 餘是以報. 〔**南朝 宋 范曄·後漢書·楊震傳**〕(李賢注 引續齊諧記) 東漢 楊寶九歲時, 於華陰山見一黃雀鴟梟所搏, 墜於樹下, 而爲螻蟻所困. 寶取回飼之, 乃毛羽恢復, 乃飛去. 夜夢黃衣童子, 銜白環四枚再拜曰, 我西王母使者. 君仁愛救拯, 實感成濟, 令君子孫潔白, 位等三事, 當如此環. 〔**晉 李密·陳情表**〕臣生當隕首, 死當結草.

威宜自嚴而寬, 先寬後嚴者, 人怨其酷.

(혹: 酷)

위엄은 마땅히 처음에 엄격하게 하다가 너그러워져야 하는 것이니, 먼저 너그럽게 하다가 나중에 엄격해지면 사람들은 그 가혹함을 원망한다. (威 : 위엄. 自 : 사물의 시초. 근원. 기원. 처음. 酷 : 가혹함. 잔혹함. 냉혹함.)

〔**菜根譚·百七十**〕恩宜自淡而濃, 先濃後談者, 人忘其惠. ○○○○○○, ○○○○○, ○○○○.

危者使平, 易者使傾.

(이: 易)

일을 두려워하는 것은 사람을 편안하게 하고, 일을 깔보는 것은 사람을 쓰러지게 한다. 사람이 일을 두려워하여 경계하면 평안을 얻게 되고, 편안히 살면서 소홀히 하면 사람을 파멸하게 한다는 뜻. ※ 周易의 괘효사(卦爻辭)에는 이와 같이 두려워하여 경계하다. (危)의 뜻이 많이 포함되고 있다. (危 : 무서워하다. 두려워하다. 使 : 사역 동사. 易 : 편히 살면서 일을 게을리하다. 소홀하게 여기다. 깔보다. 傾 : 기울어지다. 쓰러지다. 넘어지다.)

〔**周易·繫辭下**〕是故其辭危. ○○○○, ○○○○, 其道甚大, 百物不廢. 懼以終始, 其要无咎. 此之謂易之道也.

謂天蓋高, 不敢不局. 謂地蓋厚, 不敢不蹐.
척

지금 사람들은 허리를 굽혀서 걷지 않을 수 없는데, 하늘에 대하여 "너는 어찌 더 높아질 수 없는가"라고 말한다. 지금 사람들은 살금살금 걸어가지 않을 수 없는데, 땅에 대하여 "너는 어찌 더 두터워질 수 없는가"라고 말한다. 머리가 하늘에 닿을까 두려워 허리를 굽혀서 걷는데 하늘은 더 높아지지 않고, 땅이 꺼질까 염려하여 살금살금 걷는데 땅은 두터워지지 않는다는 뜻. (喩) 천지가 너무 좁아서 몸을 편히 의탁할 곳이 없다. / 세상이 몹시 두려워 몸을 움츠리고 몸둘 바를 모른다. (蓋 : 어찌 …하지 아니하느냐. 何不. 盍과 통용하며 반문을 표시한다. 局 : 허리를 굽히다. 웅크리다. 구부리다. ≒ 跼. 蹐 : 살금살금 걷다. 발소리 나지 않게 가만가만 걷다. 작은 걸음으로 걷다.) → **局天蹐地. 跼天蹐地.**

〔**詩經·小雅·正月**〕 ○○○○, ○○○○,○○○○, ○○○○, 維號斯言, 有倫有脊, 哀今之人, 胡爲虺蜴. 〔**晉 陸機·謝平原內史表**〕 跼天蹐地若無所容. 〔**三國志·吳志·步騭傳**〕 是以使民跼天蹐地, 誰不戰慄. ※〔**道德指歸論**〕 上知天高, 下地知厚.

恩仇不可太明, 明則人起携貳之志.

은혜와 원한은 지나치게 밝히지 말 것이니, 이를 밝히면 사람들이 서로 딴 마음을 품을 생각을 일으킨다. 은혜를 꼭 갚으려 하고 원한도 꼭 갚으려 한다면 사람들은 사이가 멀어져 떨어져 나가게 된다는 말. (携 : 사이가 벌어지다. 떨어지다. / 떼어놓다. / 휴대하다. 지니다. 貳 : 두 마음. 딴 마음. / 두 가지 마음을 품다. 변절하다. 배반하다.) → **携貳之志.**

〔**菜根譚·百三十六**〕 功過不容少混, 混則人懷惰之心. ○○○○○○, ○○○○○○○○.

應天以實, 不以文.

성실로써 하늘에 응하고 잘못이 아닌 양 꾸미지 아니하다. 하늘에 대하여 성실하여야 하며, 진지하지 못하거나 잘못을 덮어 숨겨서는 안됨을 가리킨다. (實 : 정성스러움. 성실. 文 : 잘못을 잘못이 아닌 양 꾸미다.)

〔**唐 趙蕤·長短經·運命**〕 語曰, ○○○○, ○○○. 言上天不以僞動也. 易曰, 善不積, 不足以成名.

爾敬我一尺, 我敬爾一丈.

당신이 나를 한 자만큼 공경하면, 나는 당신을 그 열 배인 한 장(丈)만큼 공경할 것이다. 곧 나를 공경하면 그 상대방은 훨씬 많은 존경을 받게 된다는 뜻.

〔**通俗編**〕 今俚語 ○○○○○, ○○○○○, 本此.

以責人之心責己, 恕己之心恕人, 不患不到聖賢地位也.

남을 꾸짖는 마음으로 자신을 꾸짖고, 자신을 용서하는 마음으로 남을 용서하면 성현의 지위에 이르지 못할까를 걱정할 것이 없다. 자신은 엄하게 책하고 남은 관대하게 대하라는 뜻.

〔**論語·衛靈公**〕子曰, 躬自厚, 而薄責於人, 則遠怨矣. 〔**唐 韓愈·原毁**〕古之君子, 其責己也重以周, 其待人也輕以約. 〔**宋名臣言行錄·後集**〕(范純仁) 戒子弟曰, 人雖至愚, 責人則明, 雖有聰明, 恕己則昏. 爾曹, 但常○○○○○○○, ○○○○○○, ○○○○○○○○○. 〔**宋 范公偁·過庭錄**〕爾曹但○○○○○○○, ○○○○○○, ○○○○○○○○○. 〔**小學·嘉言**〕范忠宣公戒子弟曰, 人雖至愚, 責人則明, 雖有聰明, 恕己則昏. 爾曹, 但常○○○○○○○, ○○○○○○, ○○○○○○○○○.

益者三樂(요), 樂(요)節禮樂(악), 樂(요)道人之善, 樂(요)多賢友.

사람에게 이익을 주는 것에 세 가지의 좋아하는 일이 있으니, 그것은 모든 행동이 예와 악에 알맞게 행하여짐을 좋아하고, 남의 장점을 칭찬하여 말하는 것을 좋아하며, 어진 덕행이 있는 벗들과 사귀는 것을 좋아하는 것이다. (樂 : 좋아하다. / 좋아하는 일. 愛好之事. 마음으로 좋아하는것. 기호. 節禮樂 : 모든 행동이 예와 악에 알맞게 행하여지다. 中國 고대에서는 예로써 세상의 질서를 바로잡고, 악으로써 인심을 바로잡는다고 하여 사회교육과 국가통치에 이를 중요시하였다.)

〔**論語·季氏**〕孔子曰, ○○○○, 損者三樂. ○○○○, ○○○○○, ○○○○, 益矣. 樂驕樂, 樂佚遊, 樂宴樂, 損矣.

人能克己身無患, 事不欺心睡自安.

사람이 자기를 절제할 수 있으면 몸에 재앙을 만나지 않고, 일을 함에 있어서 마음을 속이지 아니하면 잠 자는 것이 저절로 편안하다.

〔**元 馬致遠·岳陽樓**〕想 ○○○○○○○, ○○○○○○○. 便百年能得幾時閑.

人非草木, 豈不知泰山之恩.

사람이 초목이 아닌데 어찌 태산과 같은 은혜를 모르랴 ! 사람으로서 큰 은혜를 꼭 갚겠다는 뜻을 표시.

〔**張協狀元**〕張協人非土木, 必有報謝之期. 〔**水滸傳**〕○○○○, ○○○○○○○, 提携之力, 感激不盡. 〔**清平山堂話本**〕人非草木禽獸, 小姐放心.

人生在勤, 勤則不匱(궤).

사람의 삶은 부지런함에 달려있는 것이니, 부지런하면 모자람이 없다 사람은 부지런히 일하는 것을 귀하게 여기며, 그렇게 하면 생활하는데 부족함이 없다는 뜻. (匱 : 부족하다. 다하여 없어지다.)

〔 **後漢書·張衡傳** 〕 昔有文王, 自求多福. 人生在勤 不索何獲. 〔 **齊民要術·序** 〕 ○○○○, ○○○○. …… 故 李悝爲魏文侯作盡地利之敎, 國以富强.

人誰無過, 過而能改, 善莫大焉.

사람으로서 어느 누가 잘못함이 없겠는가? 잘못을 하고 그것을 고칠 수가 있다면 훌륭함이 이보다 더 큰 것이 없다. 잘못을 저지르고 곧 반성하여 그것을 고치면 잘못이 없는 것과 같이 될 수도 있다는 뜻. = **人非聖賢, 孰能無過.**

〔 **春秋左氏傳·宣公二年** 〕 (士季) 稽首而對曰, ○○○○, ○○○○, ○○○○. 〔 **韓詩外傳·卷三** 〕 孔子曰, ……. 過而改之, 是不過也. 〔 **說苑·君道** 〕 (君子) 曰, ……. 夫過而改之, 是猶不過也. 〔 **孔子集語·政理** 〕 (韓詩外傳 · 卷三 내용과 동일.) 〔 **明 徐元·八義記** 〕 人皆有過, 改之爲貴.

人有不爲也, 而後可以有爲.

사람은 하지 않는 것이 있은 뒤에야 할 일이 있게 된다. 사람은 해서는 안될 일, 불인·불의(不仁·不義)한 일, 염치없는 일을 안할 수 있는 지능·용기를 갖춘 다음에야 비로소 큰 일·훌륭한 일을 해낼 수 있게 된다는 뜻. / 사람은 청렴한 것을 귀하게 여기고 수치스러운 것을 천하게 여기는 바탕을 다진 다음이라야 비로소 의로운 것을 행하는 일을 신장시킬 수 있다는 뜻. (不爲 : 하지 않는 일. 해서는 안될 일. 不仁 · 不義 · 沒廉恥 한 일.) = **人有所不爲, 然後可以有爲.**

〔 **孟子·離婁下** 〕 孟子曰, ○○○○○, ○○○○○○. <趙注> 言貴廉賤恥, 乃有不爲. 不爲非義, 義乃可申. 〔 **宋 方勺·泊宅編** 〕 人有所不爲, 然後可以有爲. 凡物亦然.

人有唾(타)面, 潔之乃已. 潔之是違其怒, 正使其自乾耳.

남이 (내) 얼굴에 침을 뱉으면 그것을 닦아서 깨끗하게 한다. (그러나) 얼굴을 닦는 것, 그것은 그 (침 뱉는 사람)의 노여움을 거스르는 것이니, 바로 그것이 저절로 마르도록 해야 한다. 바로 침을 닦는 것은 다시 소극적 저항의 뜻을 나타내는 것이므로 저절로 마르도록 해야 한다는 말. (喩) 모욕을 받아도 극도로 인내하고 추호의 반항도 아니하다. 욕됨을 참고 남을 용납하는 아량을 갖다. (唾 : 침./ 침을 뱉다. 潔 : 몸을 닦다. 깨끗이 하다. 乃已 : 어조사. 違 : 어기다. 위반하다. 거스르다. / 피하다. 怒 : 성. 화. 노여움. 노기. 使 : …으로 하여금. …하게하다 . 사역동사. 耳 : 어조사.) → **唾面自乾.**

〔 **戰國策·趙策四** 〕 太后明謂左右, 有復言令長安君爲質者, 老婦必唾其面. 〔 **新唐書·婁師德傳** 〕 師德字宗仁, 有德量, 能容人. 其弟守代州, 辭之官, 師德敎之耐事, 弟曰, ○○○○, ○○○○, 師德曰, 未也. ○○○○○○, ○○○○○○. 〔 **唐 劉肅·大唐新語·容恕** 〕 弟曰, 人有唾面, 拭之而已. 師德曰, 未也, 拭之是違其怒, 正使自乾耳.

人之生也直, 罔之生也幸而免.

사람이 살아가는데는 정직해야 하는 것이니, 그것(정직함)이 없이 살아가는 것은 다만 요행수로 처벌(또는 재앙)을 면하고 있을 뿐이다. 사람이 정직하지 못하면 결국은 재앙을 면치 못함을 시사하는 말. (罔之 : 그것이 없다. 곧 정직함이 없다. 정직하지 못하다는 뜻. 罔은 없다. 아니다. ≒ 無. 亡. 不.)

〔 **論語·雍也** 〕 子曰, ○○○○○, ○○○○○○○○.

人之有德於我也, 不可忘也, 吾有德於人也, 不可不忘也.

남이 나에게 은혜를 베푼 것이 있으면 그것을 잊어버려서는 안되고, 내가 남에게 은혜를 베푼 것이 있으면 잊어버리지 않아서는 안된다. (德 : 은혜를 베풀다.)

〔 **戰國策·魏策四** 〕 唐且謂信陵君曰, ………. 人之憎我也, 不可不知也, 吾憎人也, 不可得而知也. ○○○○○○, ○○○○, ○○○○○○○, ○○○○○. 〔 **菜根譚·五十一** 〕 我有功於人, 不可念, 而過則不可不念. 人有恩於我, 不可忘, 而怨則不可不忘.

忍之一事, 衆妙之門.

한 가지 일을 참는 것은 여러 가지 묘책의 요처이다. 참는 일이 모든 일을 성취하는데 가장 소중하다는 뜻. (門 : 요소. 요처. 비결.)

〔 **呂本中·官箴** 〕 ○○○○, ○○○○, 當官處事, 尤是先務, 若能淸愼勤之外, 更行一忍, 何事不辨. 〔 **宋元通鑑** 〕 宋富弼訓子弟曰, ○○○○, ○○○○, 若淸儉之外, 更加一忍字, 何事不辨.

一人奮死可以對十.

한 사람이 분발하여 목숨을 내걸면 열 사람을 상대할 수 있다. (喩) 사람이 어떤 일에 사력을 다하여 추진하면 매우 큰 힘을 발휘, 큰 성과를 거둘 수 있다. (奮 : 기운을 내다. 떨쳐 일어나다. 분발하다. 死 : 목숨을 내걸다. 목숨을 아까와하지 아니하다.)

〔 **韓非子·初見秦** 〕 夫 ○○○○○○○○, 十可以對百, 百可以對千, 千可以對萬, 萬可以剋天下矣. 〔 **白虎通·三軍** 〕 傳曰, 一人必死, 十人不能當. 百人必死, 千人不能當. 千人必死, 萬人不能當. 萬人不能當, 橫行天下.

一人善射, 百夫決拾(습).

한 사람이 활을 잘 쏘면, 여러 사람이 깍지와 팔찌 등 사구(射具)를 갖추어 놓는다. (喩) 한 사람이 어떤 재능이 있거나 어떤 종류의 훌륭한 일을 하면 다른 사람이 모두 따라서 본 받는다. (百

: 여러. 다수의. 決 : 활시위를 당길 때 엄지손가락에 끼우는 가죽으로 된 깍지. 拾 : 활 주는 팔의 소매를 걷어 매는 팔찌.)

〔**國語·吳語**〕大夫種乃獻謀曰, 夫吳之與越, 惟天所授, 王其無庸戰. 夫申胥·華登簡服吳國之士於甲兵, 而未嘗有所挫也. 夫 ○○○○, ○○○○, 勝未可成也.

一人唱而萬人和.

한 사람이 큰 소리로 외치니, 만 사람이 이에 응하여 소리를 낸다. (喻) 한 사람이 솔선수범하니 매우 많은 사람들이 이에 호응해 오다. 귀한 사람이 많은 사람들의 지지를 획득하다. (唱 : 노래하다. / 큰 소리로 외치다. 和 : 소리를 합하다. 응하여 소리를 내다.)

〔**鶡冠者·天則**〕○○○○○○○, 如體之從心, 此政之期也. 〔**淮南子·說林訓**〕善擧事者, 若乘舟而悲歌, 一人唱而千人和.

臨財毋荀得, 臨難毋苟免, 很毋求勝, 分毋求多.

(毋: 무, 很: 흔)

재물에 임해서는 전당하지 못한 방법으로 획득해서는 안되고, 위난에 직면해서는 구차스럽게 모면해서는 안되고, 객기에 의한 다툼에서는 이기려고 애써서는 안되고, 재물을 분배함에 있어서는 과도한 욕심으로 많이 차지하려고 해서는 안된다. (毋 : …하지 말라. …해서는 안된다. 苟得 : 속여서 제것으로 만들다. 정당하지 못한 방법으로 얻다. 很 : 쟁송. 다툼./ 다투다.)

〔**禮記·曲禮上**〕○○○○○, ○○○○○, ○○○○, ○○○○. 疑事毋質,直而勿有.

立身, 以孝悌爲基, 以恭黙爲本, 以畏怯爲務, 以勤儉爲法.

한 몸을 출세하도록 하는 데는, 부모에게 효도하고 형제간에 우애하는 것을 토대로 삼아야 하고, 공손하고 조용히 하는 것을 근본으로 삼아야 하며, 두려워하고 겁내는 것을 직분으로 삼아야 하고, 부지런하고 검약하는 것을 도리로 삼아야 한다.

〔**唐書·柳玭傳**〕○○, ○○○○○, ○○○○○, ○○○○○, ○○○○○.

立愛自親始, 立敬自長始.

사랑하는 마음을 확립하는 데는 (모시고 있는) 어버이로 부터 시작하여야 하고, 존경하는 마음을 확립하는 데는 (경의를 품어야 할) 연장자로부터 시작하여야 한다. 어버이 사랑하는 마음은 사람들이 서로 화목하게 지내는 것을 가르쳐주고 어버이 정을 소중히 여겨야 하는 것을 알게 해주며, 또 어른(연장자)을 존경하는 마음은 사람들이 서로 화순하게 지내는 것을 가르쳐주고 나아가 어른의 명령에 복종하는 것을 알게 해주므로 이와 같이 말한 것. (立 : 세우다. 수립하다. 확립하다. 愛 : 사랑하는 마음. 敬 : 존경하는 마음.)

〔**書經·商書·伊訓**〕今王嗣厥德, 罔不在初, 立愛惟親, 立敬惟長, 始于家邦, 終于四海. 〔**禮記·祭義**〕孔子曰, 立愛自親始, 教民睦也, 立敬自長始. 教民順也.

自老視少, 可以消奔馳角逐之心, 自瘁視榮, 可以絶粉華靡麗之念.

분 치 축 췌 미

늙은이의 처지에서 젊은이를 보면 바삐 달려서 서로 승부를 다루는 마음을 없앨 수 있고, 고달픈 처지에서 영달하는 것을 보면 화려해지고 호사하려고 하는 생각을 끊어버릴 수 있다. (自 : …으로부터. …의 입장에서. 奔馳 : 명리를 좇아 바삐 달리다. 瘁 : 병들다. / 고달프다. 紛華 : 빛나고 화려하다. 번잡하고 화려하다. 靡麗 : 호사하다. 화려하다.)

〔**菜根譚·後五十七**〕○○○○, ○○○○○○○○○○, ○○○○, ○○○○○○○○○○.

自反而不縮, 雖褐寬博, 吾不惴焉. 自反而縮, 雖天萬人, 吾往矣.

췌

나 스스로 한 번 반성해 보아서 올바르지 못한 일이라면 상대가 설사 조악한 의복을 입은 빈한한 사람일지라도 내가 두려워하지 않을 수 있겠는가? 스스로 반성하여 올바른 것이면 비록 천만의 많은 사람(강적)이 앞에 있어도 나는 끝까지 그들과 대적할 것이다. (縮 : 바르다. 옳다. 떳떳하다. 이치가 닿다. ≒ 直. 義. 褐寬博 : 거친 베옷과 헐렁하고 큰 의복. 곧 조잡하고 나쁜 옷. 빈한한 사람이 입는 옷. 또한 그런 옷을 입은 사람. 惴 : 두려워하다. 往 : 가서 그들과 대적하다. ※ 朱注의 往, 往而敵之也에 따른 것.)

〔**孟子·公孫丑上**〕昔者曾子謂子襄曰, ……. ○○○○○, ○○○○, ○○○○. ○○○○, ○○○○, ○○○.

自愛人後人愛, 自敬然後人敬.

사람은 제 몸을 스스로 소중히 여겨야 비로소 남들이 그를 소중히 여겨주고, 제 몸을 스스로 공경해야 비로소 남들이 그를 공경해 준다. 사람은 자중자애해야 비로소 남들의 존경과 추대를 널리 받게 됨을 이르는 말. (自愛 : 스스로 제 몸을 소중히 여기다. 자중하다. 자애하다.)

〔**漢 揚雄·法言·君子**〕人必其自愛也, 然後人愛諸. 人必其自敬也, 然後人敬諸. 自愛仁之至也. 自敬禮之至也. 未有不自敬愛而人愛敬之者也.

自尊自重, 自輕自賤.

스스로 제 몸을 존중하면 저절로 소중하게 되고, 스스로 제 몸을 경멸하면 저절로 천하게 된다.

〔**明 姚舜牧·藥言**〕語云, ……, ○○○○, ○○○○. 成立暴棄自我, 尊貴輕賤自我, 愼擇而處之.

子呼我牛也, 而謂之牛, 呼我馬也, 而謂之馬.

그대가 나를 소라고 부른다면 나는 나를 소라고 이를 것이고, 나를 말이라고 부른다면 나는 나를 말이라고 이를 것이다. 남들이 나를 뭐라고 하여도 그것에 관계치 않고 범사를 자연에 맡겨둔다는 뜻. 남이 나를 이해하지 못하면 마음대로 나를 호칭하게 하고 나는 인연을 따라서 호응할 뿐 조금도 상관하지 아니함을 가리키는 것으로, 이것은 도가(道家)의 일종의 소극적 처세태도를 말하는 것. / 사람의 명칭 또는 별명이 사람들에게 호칭으로 익숙해지면 남이 말하는대로 응답한다는 비유. → **呼牛應牛. 呼馬應馬. 呼牛呼馬.**

〔**莊子·天道**〕昔者 ○○○○○, ○○○○, ○○○○, ○○○○, 苟有其實, 人與之名, 而弗受, 再受其殃. 〔**宋 謝枋得·卻聘書**〕(이 句를 인용하여) 莊子曰, 呼我爲馬者, 應之以爲馬, 呼我爲牛者, 應之以爲牛. 世之人有呼我爲宋之逋播臣者, 亦可, 呼我爲大元遊隋民者亦可, 呼我爲宋頑民者亦可, 呼我爲大元之逸民者亦可.

在上位不陵下, 在下位不援上.

높은 지위에 있는 사람이 낮은 지위에 있는 사람을 깔보지 아니하고, 낮은 지위에 있는 사람이 높은 지위에 있는 사람을 잡아 기어오르지 아니하다. 웃 사람은 아랫 사람을 잘 보살피고, 아랫 사람은 웃 사람에게 아부하여 출세하려고 하지 아니함을 이른다. (陵 : 깔보다. 업신여기다. 괴롭히다. = 凌. 援 : 잡아당기다. 끌어당기다. / …에 의하여 기어오르다. 권세가나 부유자에게 아부하여 출세하거나 부를 추구하다.)

〔**中庸·第十四章**〕○○○○○○, ○○○○○○. 正己而不求於人, 則無怨.

戰戰兢兢, 如臨深淵, 如履薄冰.

두려워하여 조심하기를 깊은 못에 나아가듯 하고, 엷은 얼음판을 밟고 가듯이 하다. 어려운 일을 당할 때일 수록 몸을 매우 삼가고 조심해야 함을 이르는 말. (戰戰兢兢 : 무서워서 몸을 벌벌 떨며 조심하는 모양. 臨 : 그 자리에 나아가다.) → **戰戰兢兢. 戰戰慄慄.** → **臨深履薄. 履薄臨深. 如臨深淵. 如履薄冰. 如履春冰. 如履淵冰.**

〔**詩經·小雅·小旻**〕不敢暴虎, 不敢馮河, 人知其一, 莫知其他. ○○○○, ○○○○, ○○○○. 〔**詩經·小雅·小宛**〕溫溫恭人, 如集于木, 惴惴小心, 如臨于谷, 戰戰兢兢, 如履薄冰. 〔**淮南子·人間訓**〕堯戒曰, 戰戰慄慄, 日愼一日. 人莫蹪於山而蹪於垤. 〔**漢書·宣帝紀**〕或擅興繇役, 飾廚傳稱過使客越職踰法, 以取名譽, 譬猶踐薄冰以待白日, 豈不殆哉. 〔**舊唐書·孫思邈傳**〕如臨深淵, 如履薄冰. 謂小心也. 〔**後漢書·楊終傳**〕豈可不臨深履薄. 以爲至戒. 〔**晉 潘岳·西征賦**〕心戰懼以兢悚, 如臨深而履薄. 〔**唐 劉禹錫·讓同平章事表**〕退事塵忝, 如履春冰.

執一者至貴也, 至貴者無敵.

한 가지 일에만 전념하는 사람은 지극히 귀하며, 그런 지극히 귀한 사람에게는 대적할 사람이 없다. (執一 : 하나를 잡다. 한 가지 일에 전념하다. 한 가지 일만을 고수하고 거기에 집착하다. 敵 : 겨루다. 적대하다. 대적하다.)

〔 **呂氏春秋·爲欲** 〕 聖王執一, 四夷皆至者, 其此之謂也. ○○○○○○, ○○○○○. 聖王託於無敵, 故民命敵焉.

處世不必邀功, 無過便是功. 與人不求感德, 無怨便是德.

세상에서 살아감에 있어서는 반드시 성공만을 구하지 말 것이니, 과실이 없는 것이 바로 성공이며, 남에게 줌에 있어서는 그 은덕에 감격해주기를 바라지 말 것이니, 원망이 없는 것이 바로 은덕이다. (邀 : 구하다. 요구하다. 便是 : 곧. 바로.)

〔 **菜根譚·二十八** 〕 ○○○○○○, ○○○○○. ○○○○○○, ○○○○○.

處治世宜方, 處亂世宜圓, 處叔季之世當方圓竝用.

태평한 세상에서 살아가는 데는 (몸가짐이) 방정해야 하고, 어지러운 세상에서 살아가는 데는 원만해야 하며, 망해가는 세상에서 살아가는 데는 방정함과 원만함을 함께 써야 한다. (處 : 살다. 살아가다. 治世 : 잘 다스려진 세상. 태평한 세상. 叔季之世는 정치·도덕·풍속 등이 쇠퇴하여 망해가는 세상. 말세. ※ 叔世·季世도 다 말세를 뜻한다.)

〔 **菜根譚·五十** 〕 ○○○○○, ○○○○○, ○○○○○○○○○○○. 待善人宜寬, 待惡人宜嚴, 待庸衆之人當寬嚴互存. ※〔 **論語·公冶長** 〕 邦有道則知, 邦無道則愚. 其知可及也, 其愚不可及也.

天下有道, 以道殉身. 天下無道, 以身殉道.

천하에 정도가 행하여질 때는 그 도를 위하여 몸을 바치고, 천하에 정도가 행하여지지 않을 때는 몸을 위하여 도를 바친다. 천하에 인의의 도가 행하여지면 몸을 드러내어 그 도를 실행하는데 힘쓰고, 천하가 무도하면 은퇴하여 도를 따른다는 뜻. (以道殉身 : 도를 위하여 몸을 바치다. 殉은 …에 몸을 바치다. / 따르다. ≒ 從.)

〔 **孟子·盡心上** 〕 ○○○○, ○○○○. ○○○○, ○○○○. 未聞以道殉乎人者也.

寵利毋居人前, 德業毋落人後. 受享毋踰分外, 修爲毋減分中.

영예와 이익에 있어서는 (그것을 차지하려고) 남의 앞에 머무르지 말며, 덕행과 학문에 있어서는 (더욱 향상시키기 위하여) 남의 뒤로 낙오시키지 말라. (남의 것을) 얻고 누리는 것은 분수 밖으로 넘지 말고, (나 자신을) 수양하고 실천하는 것은 분수 안으로 줄이지 말라. 영예와 이익을 누리고 받는 데는 욕심을 부리지 말고, 분수를 지켜야 하며, 학문과 덕행을 닦고 실행하는 데는 앞장서고 힘을 기울여야 한다는 뜻. (寵 : 영예. 영광. 居 : 차지하다. 자리잡다. 머무르다. 業 : 학문. 기예.)

〔**菜根譚·十六**〕○○○○○○, ○○○○○○, ○○○○○○, ○○○○○○.

趨時則吉, 違衆則危.

시대의 흐름을 따르면 길하고, 많은 사람의 뜻을 거역하면 위험하다. (趨時 : 시대의 흐름을 따르다. 시세에 순응하다. 세상의 되어가는 형편을 좇다.)

〔**明 陸江樓·玉釵記**〕(外) 我性禀堅剛, 心懷忠赤, 豈固執利搖奪. (占) 自古道, ○○○○, ○○○○.

忠貞以功爲主, 飮酒以樂爲主, 處喪以哀爲主, 事親以適爲主.

충성과 절의는 공로를 제일로 삼고, 술을 마시는 것은 쾌락을 제일로 삼으며, 상을 치르는 데는 슬픔을 제일로 삼고, 어버이를 섬기는데 있어서는 마음을 기쁘게 해드리는 것을 제일로 삼아야 한다. (忠貞 : 충성과 절조. / 마음이 참되고 곧음. 爲主 : 제일로 삼다. 주로 하다. 適 : 기뻐하다. / 기분이 좋다. 상쾌하다.)

〔**莊子·漁父**〕○○○○○○, ○○○○○○, ○○○○○○, ○○○○○○, 功成之美, 無一其跡矣.

取法于上, 僅得其中, 取法于中, 不免其下.

상등의 것을 모범으로 삼아야 겨우 그 중간을 얻을 수 있고, 중간을 모범으로 삼으면 하등을 면치 못한다. 학문을 하거나 사업을 함에 있어 높은 표준을 세우고 그것을 엄하게 추구하여야만 좋은 성적을 얻거나 높은 수준에 이르며, 중간을 표준으로 삼으면 그 수준이 낮을 수 밖에 없다는 뜻. (法 : 규정. 준칙. / 모범. 본보기. 준칙. 표준.) = **取法乎上, 僅得其中.** → **取法乎上.**

〔**唐 李世民(太宗)·帝範**〕○○○○, ○○○○, ○○○○, ○○○○. 〔**淸 李沂·秋聲閣詩話**〕取法乎上, 僅得其中, 取法乎下, 將何得之.

呑刀刮腸, 飮灰洗胃.

칼을 삼키어 창자를 잘라내고, 회수(灰水)를 마시어 위를 씻어내다. (喩) 자신의 잘못된 마음을 깨끗이 고쳐 스스로 새 사람이 되다. 악한 마음을 고쳐 착한 사람이 되다. 방향을 완전히 바꾸다. → **呑刀刮腸.** → **飮灰洗胃.**

〔**南史·荀伯玉傳·載**〕南齊竺景秀對人說, 若許某自新, 必○○○○, ○○○○.

投我以木瓜, 報之以瓊琚.

모과 경거

나에게 모과를 선물하면, 이에 아름다운 패옥으로 갚는다. (喩) 사소한 선물에 훌륭한 답례를 하다. / 내가 은덕을 베푸니, 남도 이를 본보기로 삼다. 한 쪽이 물건을 주니, 다른 한 쪽이 물건으로 보답하여 피차 간에 주고 받다. (瓊琚 : 아름다운 패옥.) = **投桃投處, 也報瓊桃. 投我以桃, 報之以李.** → **投桃報李, 報李投桃.**

〔**詩經·衛風·木瓜**〕○○○○○, ○○○○○. 投我以木桃, 報之以瓊瑤. 投我以木李, 報之以瓊玖. 〔**詩經·大雅·抑**〕不僭不賊, 鮮不爲則, 投我以桃, 報之以李. 〔**明 王濟·玉環記**〕妾聞, 投之以木瓜, 報之以瓊瑤, 旣蒙溫侯先把鳳頭簪爲聘, 奴家豈無所答, 就把玉連環爲贈. 〔**康有爲·大同書**〕辛部, 夫投桃報李, 缺債償錢, 此爲公理之至, 無可逃于天地之間也.

平生不作皺眉事, 世上應切齒人.

추

평생에 눈썹을 찡그릴 일을 하지 않으면 세상에 이를 가는 사람이 없다. (喩) 남이 눈썹을 찌푸릴 나쁜 일을 하지 않으면 남의 원한을 사지 않게 된다. (皺 : 찌푸리다. 찡그리다. 應 : 마땅히.) = **平生不作虧心事, 世上應無切齒人.**

〔**宋 吳曾·能改齋漫錄·逸文**〕邵堯夫居洛四十年, 安貧樂道, 自云未嘗皺眉. 故詩云, ○○○○○○○, ○○○○○○○. 〔**警世通言**〕自此周廷章無行之名, 播于吳江, 爲衣冠所不齒. 正是平生不作虧心事, 世上應無切齒人.

行年五十而知四十九年非.

나이 50세가 되어서야 49년 동안의 잘못을 알게 되다. (喩) 뒤늦게야 비로소 과거의 모든 잘못을 깨닫다. 올해에야 비로소 작년의 잘못을 깨닫다. 지금의 생각이 옳고 이전에 생각했던 것이 잘못이었음을 깨닫다. (行年 : 세상을 살아온 햇수.) ≒ **覺今是而昨非.**

〔**論語·憲問**〕蘧伯玉使人於孔子, ……. (使人) 對曰, 夫子欲寡其過而未能也. 使者出. 子曰, 使乎. 使乎. < 朱注 > 按莊周稱伯玉 ○○○○○○○○○○○○, 又曰, 伯玉行年六十而六十化, 蓋其進德之功, 老而不倦. 〔**莊子·則陽**〕蘧伯玉行年六十而六十化. 未嘗不始於是之, 而卒詘之以非也. 未知今之所謂是之非五十九非也. 〔**莊子·寓言**〕莊子謂惠子曰, 孔子行年六十而六十化. 始時所是, 卒以非之. 未知今之所謂是之非五十九非也. 〔**淮南子·原道訓**〕蘧伯玉年五十, 而有四十九年非. 〔**宋史·太宗記**〕太宗召見趙普謂曰, 朕不待五十, 已知四十九年非矣.

行者比於鳥, 上畏鷹鸇, 下畏網羅.

응 전

사람의 행동은 새에 비유된다. (새는) 위로는 매나 새매를 두려워하고, 아래로는 그물을 두려워한다. 사람의 주변에는 모함하는 사람이 많아 언제 재앙이 닥칠지 모르는 것이므로 모든 행동에 항상 근신해야 함을 이르는 말. (比 : 비유하다. 鸇 : 새매. 網羅 : 그물. 網은 물고기 잡는 그물. 羅는 새 잡는 그물.)

〔**說苑·敬愼**〕(成)回對曰, 臣聞之, ○○○○○, ○○○○, ○○○○. 夫人爲善者少, 爲讒者多, 若身不死, 安知禍罪不施.

賢賢易色, 事父母能竭其力, 事君能致其身, 與朋友交, 言而有信.
역

현인을 존경함에 있어서는 여색을 좋아하는 마음과 바꾸어서 (존경)하고, 부모를 봉양함에 있어서는 그 마음과 힘을 다할 줄 알며, 임금을 섬김에 있어서는 직무를 다하여 몸을 바칠 줄 알고, 친구와 사귐에 있어 그 하는 말에 신실함이 있어야 한다. 사람이 마땅히 배워 익혀야 할 현인의 존경함(賢賢)·부모의 봉양함(事父母)·임금의 섬김(事君)·벗과의 사귐(交朋友)의 도리를 이른 것이다. (賢賢易色 : 현인을 존경하려는 마음을 여색 좋아하는 마음과 바꾸어서 존경한다로 해석한다. 보통 사람이 현인을 사랑하는 마음은 그가 여색을 좋아하는 마음만 같지 못하므로 여색을 좋아하는 그런 마음으로써 현인을 존경하면 진정으로 존경할 수 있게 된다는 의미. 能 : …할 줄 알다. …할 힘이 있다. / …해야한다.)

〔 **論語·學而** 〕 子夏曰, ○○○○, ○○○○○○○, ○○○○○○, ○○○○, ○○○○, 雖曰未學, 吾必謂之學矣. 〔 **漢書·李尋傳** 〕 李尋云, 少微處士爲比爲輔, 故次帝廷女宮在後, 聖人承天, 賢賢易色, 輕略取法於此. < 顔注 > 賢賢尊上, 賢人易色, 輕略於色不貴之也.

惑者知返, 迷道不遠.

길을 헤매는 사람이 (제때에 머리를 돌려) 되돌아올 것을 알게 되면 헤매는 길은 멀지 않다. (喻) 잘못을 저지른 사람이 시정할 것을 알게 되면 곧 과오를 저지르지 않는다. (惑 : 정신이 헷갈려 갈팡질팡하다. 길을 헤매다.)

〔 **吳越春秋·句踐入臣外傳** 〕 臣聞桀登高自知危, 然不知所以自安也. 前據白刃自知死, 而不知所以自存也. ○○○○. ○○○○. 願大王察之.

侯自我得之, 自我捐之, 無所恨.

(나의) 작위는 나 스스로 쟁취한 것이니, 나 스스로 그것을 버리는 것은 한될 것이 없다. 자업자득(自業自得)하는 것은 유감이 없고 남을 탓할 것도 없다는 뜻. (侯 : 옛날 5등급 작위의 두 번째인 후작. 제후. / 고관대작. 捐 : 버리다. 바치다. 포기하다. 희생하다.)

〔 **史記·魏其武安侯列傳** 〕 魏其銳身爲救灌夫. 夫人諫魏其曰, 灌將軍得罪丞相, 與太后家忤, 寧可救邪. 魏其侯曰, ○○○○○, ○○○○, ○○○.

2. 그릇된 態度·姿勢·品行

各以所長, 相輕所短.

각자가 자기의 강점을 가지고 남의 단점을 서로 깔본다. 사람이 거만하고 일방적인 태도를 가지고 사람이나 일을 상대하는 것을 형용. (相 : 서로.)

〔**魏 曹丕·典論·論文**〕夫人善于自見, 而文非一體, 鮮能備善, 是以○○○○, ○○○○.

擧其一不計其十.

그 한 가지는 들어 말하면서 그 열 가지는 헤아리지 아니한다. (喩) 다른 사람의 한 가지 결점은 들어 말하면서 그의 많은 선행은 들어 칭찬하지 아니한다.

〔**韓愈·原毁**〕○○○○○○○, 究其舊不圖其新, 恐恐然惟懼其人之有開也.

過猶不及, 有餘猶不足.

지나친 것은 미치지 못한 것과 같고, 여유가 있는 것은 족하지 못한 것과 같다. 지혜로운 사람·어진 사람은 하지 않아도 될 일을 하여 지나치거나 여유가 있게 되고, 어리석은 사람·못난 사람은 꼭 해야 할 일을 하지 못해 미치지 못하거나 부족하게 되는데 이는 다 중도를 잃은 것이어서 도가 행해지지 못하고 밝아지지 못하는 원인이 된다는 점에서 다 같은 것으로 중용이 가장 귀중함을 이르는 말. 일을 함에 있어 표준에 맞지 않고, 초과하지 않으면 부족함을 형용하는데 쓰인다. (猶 : 같다.) → **過猶不及.**

〔**論語·先進**〕子貢問, 師與商也孰賢. 子曰, 師也過, 商也不及. 曰, 然則師愈與. 子曰, 過猶不及. 〔**論語·子路**〕子曰, 不得中行而與之, 必也狂狷乎. 狂者進取, 狷者有所不爲也. 〔**中庸·第四章**〕子曰, 道之不行也, 我知之矣, 知(智)者過之, 愚者不及也. 道之不明也, 我知之矣, 賢者過之, 不肖者不及也. 〔**新書·容經**〕孔子聞之, 曰, 由也, 何以遺亡也. 故○○○○, ○○○○○也.

過而不改是謂過矣.

잘못을 저지르고도 고치려고 하지 않는 것이 진짜 잘못이라고 이르는 것이다. 자기의 과오를 자각하고서도 스스로 이를 시정하지 않는다면 이것이야 말로 돌이킬 수 없는 진정한 과오가 된다는 것.

〔**論語·衛靈公**〕子曰, ○○○○○○○○.

瓜田不納履, 李下不整冠.

오이 밭에서 몸을 굽혀 신발을 고쳐 신지 아니하고, 오얏나무 밑에서 손을 들어 갓을 바로 잡지 아니한다. 남의 혐의·의심·오해를 받을 만한 일은 아예 하지 말라는 말. = **瓜田李下. 瓜田之履. 瓜田之嫌, 瓜李之嫌.**

〔**漢 劉向 列女傳·辯通傳·齊威虞姬**〕虞姬對曰, ……. 經瓜田不躡履, 過李園不正冠, 妾不避此, 罪一也. 〔**舊唐書·柳公權傳**〕瓜李之嫌, 何以戶曉. 〔**文選·古樂府·君子行**〕君子防未然, 不處嫌疑間, ○○○○○, ○○○○○. 〔**元 秦簡夫·東堂老**〕老兄家緣饒富. ○○○○○, ○○○○○. 請兄另托高賢, 小弟告回. 〔**明 洪文科·語窺今古**〕瓜李之嫌, 自昔譬之. ……. 瓜田不納履, 固也. 芋蔗菱芡之田, 又可納履乎.

官怠於宦成, 病加於少愈, 禍生於懈惰, 孝衰於妻子.
환 유 해타

벼슬아치는 관직에서의 성취함 때문에 태만해지고, 병은 부족한 치유 때문에 심해지며, 재앙은 게으름 때문에 생겨나고, 효도는 처자 때문에 약해진다. (喩) 일은 순조로울 때 소홀히 함으로 인하여 번잡하게 된다. (於 : …로 말미암아. …로 인하여. … 때문에. … 데에서. ※ 원인·이유·근거를 표시하는 介詞로 쓰였다. 宦成 : 벼슬하여 입신 출세함. 관직에서의 성취함. 少 : 모자라다. 부족하다. 愈 : 병이 낫다. = 癒. 衰 : 약해지다. 쇠약해지다./ 작아지다. 적어지다. / 줄다.)

〔**管子·樞言**〕其事親也, 妻子具, 則孝衰矣. 其事君也, 有好業, 家室富足, 則行衰矣. 爵祿滿, 則忠衰矣. 唯賢者不然. 〔**文子·符言**〕宦敗於官茂, 孝衰於妻子, 患生於憂解, 病甚於且癒. 故愼如始, 則無敗事. 〔**周 鄧析·鄧析子·轉辭**〕患生於官成, 病始於少瘳. 〔**韓詩外傳·卷八**〕官怠於宦成, 病加於少愈, 禍生於懈惰, 孝衰於妻子. 察此四者, 愼終如始. 〔**說苑·敬愼**〕曾子曰, ……. ○○○○○, ○○○○○, ○○○○○, ○○○○○. 察此四者, 愼終如始. 〔**成夢井·襄景公自警文**〕孝衰於妻子, 官怠於宦成. 病加於少愈, 禍生於驕盈·淸心·寡欲·怡神·養性·忍快·恥愎.

巧詐不如拙誠.
사 졸

지혜로우면서도 남을 속이는 것은 우둔하지만 성실한 것보다 못하다. 재주가 있으면서 남을 속이는 것은 재주가 없으면서 성실한 것보다 못하다는 말. (巧 : 총명하다. 제혜롭다. 슬기롭다./ 기예가 정묘하다. 拙 : 어리석다. 우둔하다. 옹졸하다.) = **巧僞不如拙誠.** ≒ **智而用私, 不如愚而用公.**

〔**韓非子·說林上**〕故曰, ○○○○○○. 樂羊以有功見疑, 秦西巴以有罪益信. 〔**說苑·談叢**〕智而用私, 不如愚而用公. 故曰, 巧僞不如拙誠.

求人不如求己.

남에게 구하는 것은 자기에게 구하는 것보다 못하다. 남의 도움을 청하는 것은 자기 자신에게 의지하는 것보다 못하다는 말.

〔 **宋 張端義·貴耳集** 〕 見觀音像手持數珠, 問曰, 何用. 僧浄輝對曰, 念觀世音菩薩. 問, 自念則甚. 對曰, ○○○○○○○.

群居終日, 言不及義, 好行小慧, 難矣哉.

떼를 지어 하루 종일 함께 있으면서 한 마디의 올바른 말도 하지 않은 채 한 갖 공정하지 못한 지혜를 휘두르기를 좋아한다면 (그런 사람은 진정) 어렵게 될 것이다. 하루 종일 한 마디의 올바른 말도 하지 않는다면 방자하고 간사·사치의 마음이 불어나게 되고, 공정하지 못한 지혜를 휘두르기를 좋아한다면 위험한 짓을 하고 요행을 바라는 품성이 성숙하여져서 장차 재앙이 있을 수 있음을 이르는 말. (群居 : 떼를 지어 있다. 모여 살다. 言不及義 : 하는 말이 의리에 미치지 못하다. 한 마디의 올바른 말도 하지 않는다는 뜻. 小慧 : 조그마한 슬기. 자기 한 사람의 좁은 생각. 공정하지 못한 지혜. ≒ 私智)

〔 **論語·衛靈公** 〕 子曰, ○○○○, ○○○○, ○○○○, ○○○.

今人有過不喜人規, 如護疾而忌醫, 寧滅其身而無悟也.

요새 사람들은 허물이 있어도 남이 바로잡아주는 것을 좋아하지 아니하니, 이는 마치 질병을 보호하고 치료하는 것을 싫어하여, 그래서 그 몸을 망치면서도 이를 깨닫지 못하는 것과 같은 것이다. 남이 지적해주는 나의 잘못을 바로 잡는 것을 싫어하면 결국 자신을 망치게 되는데도 이를 깨닫지 못하고 있다는 뜻. (規 : 바로잡다. / 간하다. 醫 : 치료하다. 寧 : 이에. 그래서.)

〔 **近思錄·警戒類** 〕 濂溪先生曰, ……, ○○○○○○○○, ○○○○○○, ○○○○○○○○, 噫.

今者項莊拔劍舞, 其意常在沛公也.

지금 (項羽의 숙부인) 項莊이 검을 뽑아 춤추는 것은 그 뜻이 늘 沛公 劉邦을 노리는 데 두고 있다. (喩) 말이나 행동을 상대방을 위하는체 부드럽게 하나 속으로는 상대방을 위협하거나 공격하려하다. (由) 項羽와 劉邦이 鴻門의 연회에서 만났을 때 項羽를 모신 范增이 劉邦을 죽이려고 項羽을 시켜 칼춤을 추다가 기회를 보아 그를 찌르도록 했다. 그러자 劉備의 신하 項伯도 검을 뽑고 일어나 춤을 추어 늘 몸으로 劉邦을 감싸 項莊이 그를 공격할 수 없었다. 이때 劉邦의 모사 張良이 군문에 가서 樊噲를 만나 사태가 매우 급박하다고 하면서 위와 같이 말하여 劉邦을 구출하게 되었다.

〔 **史記·項羽本紀** 〕 范增數目項王, 擧所佩玉玦以示之者三. 項王黙然不應. 范增起, 出召項莊. 謂曰, 君王爲人不忍. 若入前爲壽, 壽畢, 請以劍舞, 因擊沛公於坐, 殺之. 不者, 若屬皆且爲所虜. 莊則入爲壽, 壽畢, 曰, 君王與沛公飮, 軍中無以爲樂. 請以劍舞. 項王曰, 諾. 項莊拔劍起舞, 項伯亦拔劍起舞, 常以身翼蔽沛公, 莊不得擊. 於是張良至軍門, 見樊噲. 樊噲曰, 今日之事何如, 良曰, 甚急. ○○○○○○○, ○○○○○○○.

內懷虎狼之心, 外執美詞之說.

사람이 자기 마음속으로는 범이나 이리와 같은 사납고 무자비한 마음을 품고 있으면서도 남에게는 도리어 (듣기 좋은) 우아하고 아름다운 언사를 하다. 속으로는 남을 해치려는 마음을 갖고 있으면서도 겉으로는 듣기 좋고 달콤한 말을 꾸며댐을 이르는 것. 口有蜜, 腹有劍과 같은 뜻. (虎狼之心 : 범이나 이리와 같은 사납고 무자비한 마음. 執 : 잡다. 쥐다./ 마음을 일정하게 갖다. 美詞之說 : 우아하고 아름다운 문구의 말.) → **虎狼之心**.

〔 **吳越春秋·句踐入臣外傳** 〕 明日, 伍子胥入諫曰, ……. 臣聞 ○○○○○○, ○○○○○○, 但爲外情以存其身, 豺不可謂廉, 狼不可謂親. 〔 **說苑·正諫** 〕 謁者入曰, ……. 今秦, 四塞之國也, 有虎狼之心, 恐其有木梗之患.

圓官在亂世, 覓富在荒年.

멱

난세에 벼슬아치가 될 것을 꾀하여 얻고, 흉년에 재물을 구하여 긁어모으다. 난세를 이용하여 입신 출세하고, 흉년에 편승하여 재물을 긁어모아 부자가 되는 것을 이르는 말. (圓 : 꾀하여 얻다. 覓 : 구하여 찾다. 荒年 : 흉년.)

〔 **南朝 陳 徐陵·在吏部尙書答諸求官人書** 〕 世諺, ○○○○○, ○○○○○. 梁孝元帝承侯景之凶荒. 王太尉接荊州之禍敗.

得魚而忘筌, 得兎而忘蹄.

제

물고기를 잡고 나서는 그 고기잡는 통발을 잊어버리고, 토끼를 잡고 나서는 그 토끼잡는 올가미를 잊어버리다. (喩) 목적에 도달한 이후에는 곧 성공에 도움을 준 원인과 사물을 잊어버리다. / 목적을 이미 달성해버리고 나서는 곧 원래 의지했던 수단과 사물을 다시 필요로 하지 않는다. / 남의 은혜를 받고 곧 그 은혜를 갚는 것을 잊어버리다. / 학문을 이루고 나서는 책이 필요없게 되다. 언어에 암시되어 있는 취지·도리·정의(情意)를 이해하고 나면 언어는 이미 소용없게 되어 잊어버린다. (筌 : 통발. 대를 엮어 만든 물고기를 잡는 도구. / 향초라는 설도 있다. 蹄 : 올가미. 올무. 토끼를 잡는 도구.) → **得魚忘筌**. → **得兎忘蹄**.

〔 **莊子·外物** 〕 荃者所以在魚, ○○○○○, 蹄者所以在兎, ○○○○○. 言者所以在意, 得意而忘言. 吾安得夫忘言之人而與之言哉.

莫瞞天地莫瞞心, 心不瞞人禍不侵.

천지를 속이지 말고 마음도 속이지 말 것이니, 마음이 남을 속이지 아니하면 재앙이 침입하지 않는다.

〔小孫屠〕○○○○○○○, ○○○○○○○. …… 孫必貴屈死郊中. 此人平日孝心可重, 今日有此之難. 上帝勅旨, 差下小聖, 降數點甘兩, 其蘇醒此人. 〔元 無名氏·冤家債主〕常言道, 莫瞞天地莫瞞人, 莫作瞞心與禍鄰.

慢遊是好, 傲虐是作, 罔晝夜頟頟, 罔水行舟.
오 학 액

마음대로 돌아다니면서 놀기를 좋아하며, 오만하고 포학한 짓을 행하여 밤낮 없이 이를 그치지 않으며, 물이 없는데도 배를 띄우려 하다. 스스로는 무절제한 생활을 하면서도 남에게는 오만하고 포학하고 무뢰한 행동을 자행하는 것을 형용한 것으로, 이는 성군인 堯임금의 아들 丹朱의 행실을 두고 이른 것. (慢遊 : 여러 곳을 마음 내키는 대로 돌아다니며 노는 것. 傲虐 : 교만을 부리며 남을 학대하는 것. 罔 : 없다. 頟頟은 나쁜 일을 그치지 않고 계속하는 모양.)

〔書經·虞書·益稷〕禹(임금)曰, ……. 無若丹朱傲. 惟○○○○, ○○○○, ○○○○○, ○○○○, 朋淫于家, 用殄厥世.

盲人騎瞎馬, 夜半臨深池.
할

소경이 외눈박이 말을 타고 밤중에 깊은 못가에 가다. (喩) 모험을 하다. 매우 위험한 무모한 행동을 하다. 어지럽게 마구 충돌하여 매우 위험한 지경에 처하다. = **盲人瞎馬, 夜半深池.** → **盲人瞎馬.**

〔世說新語·排調〕桓(南郡)曰, 矛頭淅米劍頭炊. 殷(荊州)曰, 百歲老翁攀枯枝. 顧(愷之)曰, 井上轆轤卧嬰兒, 殷有一參軍在坐, 云, ○○○○○, ○○○○○. 殷曰, 咄咄逼人, 仲堪(殷荊州)眇目故也.

明槍易躲, 暗箭難防.
이 타

명료하게 드러나는 창은 피하기 쉽지만, 보이지 아니하는 화살은 막아내기가 어렵다. 밝은 곳에서 날아오는 창은 피할 수 있지만, 몰래 쏘는 화살은 막아내기가 어렵다는 뜻. (喩) 공개적인 공격은 대응하기 쉬우나 비밀리에 진행하는 습격·모함·계략이나 중상 등은 방비하기가 어렵다. (明 : 나타나다. 명료하게 드러나다. 躲 : 비키다. 피하다. 暗 : 보이지 아니하다. 숨어있다.) = **明槍容易躲, 暗箭最難防. 明槍好躲, 暗箭難防. 明槍好擋, 暗箭難防.** → **明槍暗箭. 暗箭難防. 暗箭傷人.**

〔明 無名氏·書鳳翔古玉環記〕敎他明槍容易躲, 暗箭最難防. 〔見聞後錄〕客問劉貢父曰, 某人有隱過否. 中司將鳴鼓而攻之. 貢父曰, 中司自可鳴兒, 老夫難爲暗箭子.

目失鏡, 則無以正鬚眉. 身失道, 則無以知迷惑.
수

눈이 거울을 잃으면 수염과 눈썹을 단정하게 할 방법이 없고, 몸이 정도(正道)를 잃으면 그 행실의 미혹됨을 알 방법이 없다. 사람의 지혜로써는 스스로를 아는데 부족하고 정도로써 자기를 바르게 하는 것이므로 그 정도를 잃으면 그 행실의 옳고 그름을 알 수 없다는 것. (正 : 단정하게 하다. 바르게 하다. 바로잡다. 鬚眉 : 수염과 눈썹./ 남자를 지칭.)

〔**韓非子·觀行**〕古之人, 目短於自見, 故以鏡觀面. 智短於自知, 故以道正己. ……. ○○○, ○○○○○○. ○○○, ○○○○○○.

繆公之怨此三人, 入於骨髓.
무

秦나라 繆公의 이 세 사람에 대한 원한이 골수에 들어가 박히다. (此三人 : 晉나라에 포로로 잡힌 秦나라 將領 세 사람을 이른다. 怨入骨髓 : 원한이 골수에 사무치다. 결코 잊을 수 없는 깊은 원한을 비유하는 말.) → **怨入骨髓.**

〔**史記·秦本紀**〕(晉) 文公夫人 秦女也, 爲秦三囚將請曰, ○○○○○○○○, ○○○○. 願令此三人歸, 令我君得自快烹之. 晉君許之, 歸秦三將. 〔**漢書吳王傳**〕或不洗沐十餘年, 怨入骨髓. 〔**宣和遺事·後集**〕東南之民, 怨入骨髓, 食其肉而寢其皮矣.

無面從, 退有後言.

면전에서는 복종하고 물러가서는 뒷말을 해서는 안된다. 앞에서는 말을 듣는 체 아첨하고, 물러가서는 비방하는, 표리가 다른 행동을 취하지 말라는 뜻. (無 : …하지 말라. / …해서는 안된다.)

〔**書經·虞書·益稷**〕帝曰, 臣作朕股肱耳目, ……. 予違汝弼, 汝○○○, ○○○○, 欽四隣.

毋貽盲者鏡, 毋予躄者履.
무 이 여 벽

장님에게 거울을 주지 말고, 앉은뱅이에게 신발을 주지 말 것이다. 소용 없는 짓을 하지 말라는 말. 슬픔만을 더하게 할 뿐, 필요한 것이 아니어서 아무 쓸모가 없음을 이르는 말. (毋 : …하지 말라. ※ 금지사. 貽 : 주다. 증여하다. 予 : 주다. ≒ 與. 躄 : 앉은뱅이. 절뚝발이.)

〔**淮南子·說林訓**〕○○○○○, ○○○○○, 毋賞越人章甫, 非其用也.

聞道百, 以爲莫己若者.

사물의 이치에 관해 백 번쯤 들어서 알고나서는 자기와 같은 사람이 없다고 생각한다. 사물의 이치를 약간 아는 것을 가지고 남보다 훨씬 많이 아는 것처럼 뽐내는 것을 비웃는말. (聞 : 들어서 알다. 道 : 사물의 이치. / 도리. 以爲 : …로 여기다. …라고 생각하다.)

〔**莊子·秋水**〕河伯始旋其面目, 望洋向若而歎曰, 野語有之曰, ○○○, ○○○, ○○○. 我之謂也.

聞也者, 色取仁而行違, 居之不疑, 在邦必聞, 在家必聞.

이른바 명망있는 사람이란 겉으로 나타나는 얼굴색은 인덕을 좋아하는 것 같지만 행실은 도리어 이것을 어기면서도 자기는 스스로 인자한 사람임을 자처하고 두려워하는 바가 없으니, 이런 사람은 나라 안에서는 반드시(속임수로) 명성을 얻고 경대부 집안에서도 (속임수로) 명성을 얻는 것이다. 명성있는 사람이 표면상으로는 인덕을 애호하는 것 같이 하지만 그 행실은 인덕을 어기고 자신을 어진 사람임을 자처하면서도 인덕을 베푸는데 힘쓰지 않고 오로지 명성만을 추구하는 것이므로 이런 명성은 속임수로 얻는데 불과하다는 것. (聞 : 명망. 명성. 명예./ 명성이 있다. 명성이 널리 소문나다. 유명하다. 色 : 안색. 표정. 仁 : 어진 마음. 인덕. 덕이 높은 사람. / 어질다. 인자하다. 자애롭다. 居 : 어떤 처지에 처하다. 자처하다. 疑 : 두려워하다.)

〔 **論語·顔淵** 〕 未達也者, 質直而好義, 察言而觀色, 慮以下人, 在邦必達, 在家必達. ○○○, ○○○○○○, ○○○○, ○○○○, ○○○○.

范氏之亡也, 百姓有得鐘者, 欲負而走, 則鐘大不可負. 以椎(추)毁之, 鐘況然有音. 恐人聞之而奪己也, 遽揜(엄)其耳.

晉나라의 경(卿)인 范武子의 후예인 范氏가 멸망한 뒤에 백성 중에 范氏의 종을 얻은 자가 있어 그것을 등에 짊어지고 달아나려 했으나 종이 커서 짊어질 수 없었다. 그래서 몽둥이로 그것을 부수어버리려고 하니, 종이 쾅하는 소리를 내어 사람들이 그 소리를 듣고 그것을 빼앗길 것을 두려워하여 황급히 자기의 귀를 막았다. (喩) 어리석은 사람이 약은 술수를 써서 남을 속이려고 하나, 속는 사람이 없고 자기자신만을 속이다. (椎 : 망치. 방망이. 몽둥이. 況然 : 소리의 형용. 揜 : 가리다. = 掩. 己 : ≒ 其. 어조사. 遽 : 황급히. 서둘러. 갑자기. 재빠르게.) → **掩耳盜鈴**. **掩耳盜鍾**. **掩耳偸鈴**.

〔 **呂氏春秋·自知** 〕 ○○○○○, ○○○○○○, ○○○○, ○○○○○○. ○○○○, ○○○○○. ○○○○○○○○, ○○○○. 〔 **能改齋漫錄** 〕 諺有掩耳偸鈴, 非鈴也, 鍾也, 亦有所本. 〔 **元曲選·無名氏·擧案齊眉** 〕 却元來是晏平仲善與人交, 難道他掩耳盜鈴, 則待要見世生苗. 〔 **通俗編** 〕 掩耳偸鈴.

俛(부)首帖(첩)耳, 搖尾而乞憐(련).

머리를 수그리고 귀를 늘어뜨려 엎드리고, 꼬리를 흔들어 동정을 구걸하다. 사람이 비천, 가련하여 남의 어떤 말이나 계획도 모두 듣고 받아들이며, 비굴하게 아양을 떨어 그의 환심과 동정을 받으려는 추태를 형용. 남에게 부탁할 것이 있어 몸을 낮추고 무릎을 굽히어 순종하고 명령에 따르며, 남에게 아첨하여 애처롭고 가엽게 여기는 마음을 유발하려고 함을 형용. (俛 : 숙이다. 구부리다. = 俯. 帖 : 드리우다. 늘어뜨리다. 憐 : 불쌍히 여김. 가엽게 여김.) → **俛首帖耳**. **垂首帖耳**. **俯首帖耳**. **帖耳俯首**. → **搖尾乞憐**. **搖頭擺尾**.

〔 **司馬遷·報任安書** 〕 猛虎在深山, 百獸震恐, 及在檻穽, 搖尾求食. 〔 **韓愈·應科目時與人書** 〕 若○○○○, ○○○○○○者, 非我之志也. 〔 **元 陶宗儀·輟耕錄** 〕 稍遇貶抑, 遽若喪家之狗, 垂首帖耳, 搖尾乞憐, 惟恐人不我恤. 〔 **淸 浦松齡·聊齋志異·馬介甫** 〕 萬石不言, 惟伏首帖耳而泣.

不正而合, 未有久而不離者也.

올바르지 못한 것과 어울린 것은 오랫동안 떠나가지 아니하고 버티는 것은 아직은 없다. 올바르지 못한 것과 어울린 것은 빨리 떨어져 나가버린다는 뜻. 그 반대로 해석하면, 정도로써 어울리면 처음에 있던 간격과 대립을 점차 해소하여 화해·화합하게 됨을 말한다. (合 : 어울리다. 사이가 좋게 되다. / 아우르다. 함께하다. 한데 합치다. 離 : 떠나가다. 헤어지다. 갈라지다. 떨어지다.)

〔**近思錄·出處類**〕○○○○, ○○○○○○○○. 合以正道, 自無終睽之理.

父之讎, 弗與共戴天, 兄弟之讎, 不反兵, 交遊之讎, 不同國.
대

아버지의 원수는 하늘을 함께 이고 살지 않으며, 형제의 원수는 무기로써 살상하는 것을 바꾸지 않으며, 친하게 사귀는 친구의 원수는 나라를 같이하지 않는다. 아버지의 원수는 죽여버리고, 형제의 원수는 언제나 병기를 갖고 있다가 해쳐버리며, 친한 친구의 원수는 같은 나라에서 살지 않는다는 뜻. 원한이 지극히 깊어서 같이 살아가지 않음을 이르는 말. (不共戴天 : 원한이 깊어 같은 하늘 아래에서 더불어 살 수 없음을 이른다. 不反兵 : 무기를 가지고 원수를 갚는 것을 바꾸지 아니한다. 곧 몸에 항상 휴대하고 있는 무기를 사용하여 원수를 보는 즉시 살상함을 이른다.) → **不共戴天之讎. 不俱戴天之讎. 不共戴天. 不俱戴天. 不同戴天. 不共之仇.**

〔**禮記·曲禮上**〕○○○, ○○○○○, ○○○○, ○○○, ○○○○, ○○○. 〔**禮記·檀弓上**〕子夏問於孔子曰, 居父母之仇, 如之何. 夫子曰, 寢苫枕干, 不仕, 弗與共天下也. 遇諸市朝, 不反兵而鬪. 曰, 請問, 居昆弟之仇, 如之何. 曰, 仕不與共國. 銜君命而使, 雖遇之不鬪. 曰, 請問, 居從父昆弟之仇, 如之何. 曰, 不爲魁. 主人能, 則執兵而培其後. 〔**宋史·胡銓傳**〕臣備員樞屬, 義不與(秦)檜等共戴天. 〔**宋代李心傳·建炎以來繫年要錄**〕建炎元年六月庚申, 三數年間, 軍政益修, 甲軍咸備, 然後大擧以討之, 報不共戴天之仇, 雪振古所無之恥. 〔**東周列國志**〕戮及先生, 此不共之仇也. 〔**明 羅貫中·三國演義**〕殺吾之仇, 不共戴天. 欲朕罷兵, 除死方休.

夫差志復讎, 朝夕卧薪中, 呼曰, 忘越人之殺而父邪. 越王句踐, 乃苦身焦思, 置膽於坐, 坐卧卽仰膽, 飮食亦嘗膽也.

(越나라를 치다가 부상을 당하여 죽은) 吳나라 왕 闔閭의 뒤를 이어 왕이 된 아들 夫差는 복수할 마음을 품고 조석으로 섶 속에 누워있으면서, "越나라 사람이 죽인 아버지를 잊어버렸는가?" 라고 말했다. (夫差에게 잡혀 굴욕적인 항복을 하고 풀려난) 越王 句踐은 곧 (자신의) 몸을 괴롭히고 속을 태우다가 쓸개를 앉는 자리에 걸어두고는 앉거나 누우면 곧 쓸개를 쳐다보았고, 음식을 먹을 때도 역시 쓸개를 맛보았다. (喩) 원수를 갚으려고 온갖 괴로움을 참으면서 기다리다. (焦思 : 마음을 졸이다. 속을 태우다. 仰 : 쳐다보다.) → **會稽之恥, 卧薪嘗膽. 臥薪嘗膽.**

〔**史記·越王句踐世家**〕吳旣赦越, 越王句踐反國, 乃苦身焦思, 置膽於坐, 坐卧卽仰膽,飮食亦嘗膽也. 曰, 女忘會稽之恥邪. 〔**吳越春秋·句踐歸國外傳**〕越王念復吳讎, 非一旦也. ……. 愁心苦志, 懸膽於戶, 出入嘗之, 不絶於口. 〔**宋 蘇軾·擬孫權答曹操書**〕僕受遣以來, 卧薪嘗膽. 〔**十八史略·上古·春秋戰國篇**〕夫差志復讎, 朝夕卧薪中, 出入使人呼曰, 夫差而忘越人之殺而父邪.

不敢暴虎, 不敢馮河.
포 빙

함부로 호랑이를 맨손으로 때려잡지 못하며, 함부로 黃河를 걸어서 건너가지 못한다. 세상 일을 쉽게 보고 함부로 덤벼서는 안됨을 이르는 말. 혈기에 찬 용기에 흘러 무모한 모험을 해서는 안된다는 뜻. (敢 : 주제넘게. 함부로. 暴 : 맨손으로 치거나 때리다. 잡다. 馮 : 걸어서 물을 건너다. ≒ 淜. 河 : 黃河.) → **暴虎馮河.**

〔**詩經·小雅·小旻**〕○○○○, ○○○○, 人知其一, 莫知其他. 〔**論語·述而**〕子曰, 暴虎馮河, 死而無悔者, 吾不與也. 必也臨事而懼, 好謀而成者也.

非其道而行之, 雖勞不至. 非其有而求之, 雖强不得.

길이 아닌데도 가려고 하면 비록 수고를 해도 이르지 못하며, 가질 것이 아닌데도 이것을 구하려고 하면 비록 억지로 해도 얻지 못한다. 할 일이 아니면 억지로 추진하지 않는다는 뜻. (强 : 억지로 하다. 강제로 하다. 무리하게 하다.)

〔**說苑·雜言**〕故○○○○○○, ○○○○. ○○○○○○, ○○○○.

非理之財莫取, 非理之事莫爲.

도리에 맞지 않은 재물은 취하지 말고, 도리에 맞지 않은 일은 하지 말라. 정당하지 못한 재물은 취하지 말고, 정당하지 못한 일은 하지 말라는 뜻. (理 : 도리./올바르다.) = **非理不爲. 非財不取.**

〔**古今小說**〕○○○○○○, ○○○○○○. 明有刑法相繫, 暗有鬼神相隨. 〔**水滸傳**〕非理不爲, 非財不取, 如何能有, 血光之災.

事修而謗興, 德高而毁來.

방

일이 잘 정리되면 비방하는 말이 일어나고, 덕망이 높아지면 헐뜯는 소리가 닥쳐온다. 세상 인심은 남이 훌륭하게 되는 것을 시샘하며, 출세하고 뛰어난 사람을 헐뜯어서 이를 기쁨으로 여긴다는 뜻. (修 : 다듬어 정리하다. 다루어 처리하다. 謗 : 헐뜯다. 비방하다.)

〔**韓愈·原毁**〕不若是, 强者必說於言, 懦者必說於色矣. 是故 ○○○○○, ○○○○○.

射幸數跌, 不如審發.

삭 질

요행을 노려 쏘은 화살은 자주 그르치는 것이니, 그것은 잘 겨누어서 쏘는 것보다 못하다. 마음속으로 요행을 노려서 하는 일은 자주 실패하게 되며, 이것은 그 과정을 자세히 고려하여 행동하는 것보다 못하다는 뜻. (射幸數跌 : 요행을 노려 쏘은 화살은 빈번히 차질을 일으킨다. 사행심으로 하는 일은 성취하기 어렵다는 비유. 審發 : 잘 겨누어 쏘다.) → **射幸數跌.**

〔**三國志·蜀志·譙周傳**〕諺曰, ○○○○, ○○○○. 是故智者不爲小利移目, 不爲意似改步. 時可而後動, 數合而後擧. 故湯武之師不再戰而克, 誠重民勞而度時審也.

殺人之父, 人亦殺其父. 殺人之兄, 人亦殺其兄. 然則非自殺之也, 一閒耳.
한

(어떤 사람이) 남의 아버지를 죽이면 남도 또한 그(사람)의 아버지를 죽일 것이고, 남의 형을 죽이면 남도 또한 그(사람)의 형을 죽일 것이다. 그런 즉 (그 사람) 스스로 그들(그 사람의 아버지와 형)들을 죽인 것이 아닐지라도 (사실상 죽인 것과) 그 차이가 그리 멀지 아니하다. 인(仁)을 행하여 용서하면 재앙의 발단을 멀리하게되나 사람을 해쳐서 난폭하게 하면 죄의 재앙을 부르게 됨을 이른 것. (一閒 : 한 간. 극히 가까움. 근소한 차이의 비유.)

〔 **孟子·盡心下** 〕 孟子曰, 吾今而後知殺人親之重也. ○○○○, ○○○○○. ○○○○, ○○○○○. ○○○○○○○, ○○○.

相罵無好言, 相打無好拳.
매

쌍방이 서로 욕할 때는 듣기에 좋은 말이 오갈 수 없고, 서로 때릴 때는 아프지 않게 하는 좋은 주먹이 없다. (罵 : 욕하다. / 꾸짖다. 따지다. 打 : 때리다. 치다. 두드리다. / 공격하다. 싸우다.)

〔 **五燈會元** 〕 山僧入拔舌獄去也. …… ○○○○○, ○○○○○.

善毛嗇西施之美, 無益吾面. 用脂澤粉黛, 則倍其初.
장 대

(春秋시대 越나라 임금의 애첩이자) 미인인 毛嗇과 (춘추시대 越나라의) 미인인 西施의 아름다움은 아무리 좋다해도 내 얼굴에 도움되는 것이 없다. (차라리) 연지 · 머릿기름 · 향분이나 눈썹화장용 먹을 써서 화장을 하면 원래의 아름다움에 비하여 배가 더한다. 위 내용은 선왕들이 담롱하는 인의(仁義)가 나라 다스리는 데에 아무런 도움이 되지 않으며 그 보다는 통치자가 법도를 밝히고 상벌을 잘 실행하는 것이 낫음을 여인의 화장에 비유하여 설명한 것. 일반적으로는 공연히 남에게 의지하거나 부러워하지 말고 스스로의 힘과 지혜를 다하는 것이 현명함을 비유. (善 : 좋아하다. / 옳게 여기다. 毛嗇 : 춘추시대 越나라의 미인이자 越王의 애첩. 毛牆으로도 쓰며 莊子는 毛嬙으로 썼다. 西施 : 춘추시대 毛嗇과 병칭되는 越나라 미인. 越王 句踐이 미인계로 吳王 夫差에게 이 미인을 바쳤다. 脂 : 연지. 澤 : 화장용의 기름으로, 머릿기름을 이른다. 粉 : 분. 향분. 黛 : 옛날 눈썹을 그리는 화장품.)

〔 **韓非子·顯學** 〕 ○○○·○○○○, ○○○○. ○○○○○, ○○○○. 言先王之仁義, 無益於治. 明吾法度, 必吾賞罰者, 亦國之脂澤粉黛也.

憸人著意避禍, 天卽就着意中, 奪其魄.
섬 착

마음이 간사하여 아첨하는 사람은 재앙을 피하는데 마음을 쓰니, 하늘은 곧 마음 쓰는대로 나아가 그의 넋을 빼앗아버린다. 결국 간사한 사람에게는 하늘이 화를 내린다는 뜻. (憸人 : 마음이

간사하여 아첨하는 사람.)

〔 **菜根譚·九十一** 〕 貞士, 無心徼福, 天卽就無心處, 牖其衷, ○○○○○○, ○○○○○○, ○○○. …….

葉公好龍, 屋室雕文以寫龍. 天龍聞而下之, 葉公見之, 棄而還走, 失其魂魄.

섭

楚나라의 葉公이 용을 좋아하여 집안에 용을 그려 무늬를 새겨놓자, 하늘의 용이 이 소문을 듣고 내려오니, 葉公이 이 용을 보고 버리고 재빨리 달아나며 그만 정신을 잃어버렸다. (喩) 입으로는 좋아한다고 하면서 실지로는 좋아하지 않을 뿐 아니라 심지어 그것을 두려워한다. / 겉으로는 잘 알고있는 듯하나 실제는 아무것도 모른다. → **葉公好龍.**

〔 **新序·雜事五** 〕 葉公子高好龍, 鉤以寫龍, 鑿以寫龍, 屋室雕文以寫龍. 於是龍聞而下之, 窺頭於牖, 施尾於堂. 葉公見之, 棄而還走, 失其魂魄, 五色無主. 是葉公非好龍也, 好夫似龍而非龍者也. 〔 **後漢書·崔駰傳** 〕 公愛班固而忽崔駰, 此葉公之好龍也. 〔 **藝文類聚** 〕 子張見魯哀公, 不禮焉, 去曰, 君之好士也, 有似葉公子高之好龍. 雕文畫之, 於是天龍聞而示之, 窺頭於牖, 拖尾於堂. 葉公見之, 失其魂魄, 五色無主, 是葉公非好龍也, 好夫似龍非龍者也. 今君非好士也. 好夫似士者.

疏不間親, 新不加舊.

친분이 먼 사람은 친분이 가까운 사람을 이간시키지 못하며, 새로 안 사람은 옛날부터 안 사람을 업신여기지 못한다. (疏 : 친분이 먼 사람. 관계가 먼 사람. 먼 친척. 間 : 이간시키다. 불화하게 하다. 新 : 새로 안 사람. 加 : 깔보다. 가벼이보다. 업신여기다.) → **疏不間親.**

〔 **韓詩外傳·卷三** 〕 李克對(魏文侯)曰, 卑不謀尊, 疏不間親, 臣外居者也, 不敢當命. 〔 **三國志·蜀志·劉封傳** 〕 古人有言, ○○○○, ○○○○. 此謂上明下直, 讒慝不行也. 〔 **東周列國志** 〕 臣聞疏不間親, 遠不可近. 臣豈敢以羈旅之身, 居吳國謀臣之上乎. 〔 **通俗編** 〕 卑不謀尊, 疏不間親. 〔 **明 羅貫中·三國演義** 〕 布若嫁女于主公, 必殺劉備, 此乃疏不間親之計也.

所好則鑽皮生其毛羽, 所惡則洗垢求其瘢痕.

찬 오 반흔

사람을 좋아하면 살갗을 뚫어서 (그의) 털과 깃을 길러줄 것 같이하고, 사람을 미워하면 (그의) 때를 씻어내어 그 흉터까지 찾으려 한다. (喩) 좋아하는 사람에게는 정성을 다하여 감싸주고, 미워하는 사람은 억지로 과거의 잘못까지 들추어내어 흠집을 내다. / 사람에 대한 친소(親疏), 호오(好惡) 등에 따라 상벌의 시행, 형벌의 적용이 크게 다르다. → **洗垢瘢痕. 洗垢求瘢. 洗垢索瘢. 吹毛求疵. 吹毛求瘢. 吹毛求瑕. 吹毛索疵. 吹毛取瑕.**

〔 **韓非子·大禮** 〕 不吹毛而求小疵, 不洗垢而察難知. 〔 **唐書·魏徵傳** 〕 惡則洗垢索瘢. 〔 **後漢書·趙壹傳** 〕 ○○○○○○○○○, ○○○○○○○○○. 〔 **貞觀政要·論刑法** 〕 特進魏徵上疏曰, ……. 今之賞罰, 未必盡然. 或申屈在乎好惡, 或輕重由乎喜怒. ……. ○○○○○○○○○, ○○○○○○○○○.

損者三樂, 樂驕樂, 樂佚遊, 樂宴樂.

요 요 락 요 요 락

남에게 손해를 입히는 나쁜 도락에는 세 가지가 있으니, 그것은 교만함의 즐거움을 좋아하고, 한가하게 빈둥거림을 좋아하며, 주색 탐닉의 즐거움을 좋아하는 것이다. 곧 사치·교만·방자함을 즐거움으로 삼는것, 한가하고 자유롭게 빈둥거리는 것, 주색에 빠져 방탕한 생활을 하는 것을 즐기는 것, 이 세 가지가 남에게 해를 끼치는 나쁜 도락이라는 뜻. (樂 : 좋아하다. 즐기다. 애호하다. / 애호하는 일. 취미. 기호. 도락. 驕樂 : 교만의 즐거움. 사치·교만·방종을 즐거움으로 삼는 것. 佚遊 : 마음 편안히 즐겁게 놂. 한가하게 빈둥거리며 절제하지 못함. 宴樂 : 주연의 즐거움. 주색에 빠져 방탕한 생활을 즐김.)

〔**論語·季氏**〕孔子 曰, 益者三樂, ○○○○. 樂節禮樂, 樂道人之善, 樂多賢友, 益矣. ○○○, ○○○, ○○○. 損矣.

樹曲木者, 惡得直景.

오 영

굽은 나무를 심고서 어찌 곧은 그림자를 얻을 수 있으랴! 행실이 올바르지 못하고 공경스럽지 못하면 후세에 호평을 받을 수 없음을 비유한 것. (惡 : 어찌. 景 : 그림자. = 影.)

〔**說苑·君道**〕陳靈公行僻而言失, 泄治曰, ……, ○○○○, ○○○○. 人君不直其行, 不敬其言者, 未有能保帝王之號, 垂顯令之名者也.

受欺之害, 身害也, 欺人之害, 心害也. 哀莫大於心死, 而身死次之.

속임을 당했을 때의 해로움은 (내) 몸이 해를 입는 것이지만, 남을 속였을 때의 해로움은 (내) 마음이 해를 입는 것이다. 마음이 죽어버리는 것보다 더 큰 슬픔은 없고, 몸이 죽는 것은 그 다음이다. 남을 속이면 내 마음이 해를 입어 죽게 되며 그것은 곧 몸이 죽는 것보다 더 슬픈 일이라는 말. (受 : …을 당하다.)

〔**宋呂祖謙·東萊博議**〕○○○○, ○○○, ○○○○, ○○○. ○○○○○○○, ○○○○○.

受人之恩, 雖深不報, 怨則淺亦報之. 聞人之惡, 雖隱不疑, 善則顯亦疑之.

남의 은혜를 받은 것이 있으면 비록 그것이 매우 커도 갚으려고 하지 않으며, 남에게 원한이 있으면 설령 그것이 매우 작아도 반드시 방도를 찾아 보복하려고 한다. 남이 저지른 나쁜 일을 들으면 비록 명확하지 않아도 믿어 의심치 아니하고, 남이 행한 좋은 일은 가령 그것이 명확하고 잘못이 없어도 또한 마음에 의심을 갖는다. 은혜는 커도 갚지 않으나 원한은 작아도 갚으며, 남의 악행은 믿어버리지만 선행은 의심한다는 말. (深 : 깊다. 두텁다. 심하다. 중하다. 크다. 淺 : 얕다. 낮다. 약하다. 가볍다. 적다. 隱 : 희미하다. 분명하지 않다. 명확하지 않다. 顯 : 뚜렷하다. 분명하다. 명확하다.)

〔 **菜根譚·百九十四** 〕 ○○○○, ○○○○, ○○○○○○. ○○○○, ○○○○, ○○○○○○. 此刻之極, 薄之尤也, 宜切戒之. 〔 **五燈會元** 〕 知恩者少, 負恩者多. ※〔 **論語·憲問** 〕 或曰, 以德報怨, 何如. 子曰, 何以報德. 以直報怨, 以德報德.

施薄報薄, 施厚報厚, 有施無報, 何異禽獸.

은혜를 박하게(작게) 베풀면 박하게 보답하고, 후하게(크게) 베풀면 후하게 보답하게 되는 것이니, 만일 은혜를 베풀었는데도 보답하는 것이 없다면 무엇이 짐승과 다르겠는가?

〔 **東周列國志** 〕 至是, 聞穆公伐晉, 三百餘人, 皆舍命趨至韓原, 前來助戰, 恰遇穆公被圍, 一齊奪勇救出. 眞個是, 種瓜得瓜, 種豆得豆. ○○○○, ○○○○, ○○○○, ○○○○.

食其肉, 而寢處其皮.

그의 고기를 먹고, 그의 껍질을 침구로 삼을 것이다. 원수에 대한 원한이 극도로 사무침을 형용./ 인류의 원시 생활을 기리킨다. → **食肉寢皮. 寢皮食肉.**

〔 **春秋左氏傳·襄公二十一年** 〕 (莊)公曰, 子爲晉君也. (州綽)對曰, 臣爲隸新. 然二子者, 譬於禽獸, 臣○○○, ○○○○○矣. 〔 **宣和遺事·後集** 〕 東南之民, 怨入骨髓, 食其肉而寢其皮矣.

若以水濟水, 誰能食之. 若琴瑟之專壹, 誰能聽之.

금 슬

만약 물로써 물을 조제한다면 누가 그것을 마실 수 있을 것이며, 만약 거문고와 큰 거문고의 소리를 한결 같고 변화가 없이 켠다면 누가 그것을 들을 것인가? (喩) 부화뇌동만 하고 새로운 내용이 없다. (濟 : 조제하다. 맛을 맞추다. 琴 : 거문고. 5현, 7현, 13현의 현악기. 瑟 : 큰 거문고. 길이 8자 1치 50현. 25현으로 고쳐 쓴다. 專壹 : 한결 같고 변화가 없다.) → **以水濟水.**

〔 **春秋左氏傳·昭公二十年** 〕 君所謂可, 據亦曰可. 君所謂否, 據亦曰否. ○○○○○, ○○○○, ○○○○○○, ○○○○. 〔 **唐 劉知幾·史通·書志** 〕 夫前志已錄, 而後志仍書, 篇目如舊, 頻頻互出, 何異水濟水, 誰能飮之者乎.

若人壽百歲, 邪僞無有智, 不如生一日一心學正智.

만일 사람이 백 살을 살면서 성품의 사악함 · 거짓됨에 어떤 지혜마저 없다면 그것은 단 하루를 살면서 한 마음으로 올바른 지혜를 배우는 것만 못하다. (壽 : 나이. 수명. / 오래 살다. 邪 : 간사하다. / 사악하다. 僞 : 속이다. / 거짓되다. 有 : 어떤. ※ 명시되지 않은 사람·날짜·사물 들을 형용한 어조사로 某와 같은 용법으로 쓰인다.)

〔**法句經·述千品**〕○○○○○, ○○○○○, ○○○○○○○○○○.

語無爲以求名, 言無欲以求利, 此僞人也.

아무 것도 하지 않는다고 말하면서도 명예를 구하고, 욕심이 없다고 말하면서도 이익을 구하는 것은 사람을 속이는 것이다. 사람을 속이는 자를 가까이해서는 안됨을 경계하는 말.(僞 : 속이다.)

〔**六韜·文韜**〕三曰, 朴其身躬, 惡其衣服, ○○○○○○, ○○○○○○, ○○○○, 王者謹勿近.

言語道斷, 心行所滅.

말문이 막혀버리고, 마음의 길이 없어지다. 원래 불교에서 쓰던 용어로 "그 진리가 심오하여 언어로써 표현할 방법이 없고, 그런 생각조차 할 수 없는 것"을 가리켰다. 뒤에 그 뜻이 바뀌어 "사리에 너무 어긋나서 교담이나 담판의 방법으로 문제를 해결할 수 없고, 그런 마음도 갖지 못함"을 기리키는데 쓴다.(心行 : 마음의 길. 마음으로 행해야 할 의리.) → **言語道斷**.

〔**瓔珞經**〕○○○○, ○○○○.

與其媚於奧, 寧媚於竈(조).

안방 서남 모퉁이의 신에게 아첨하기 보다는 차라리 부엌신에게 아첨하라. (喩) 신분·지위가 있는 사람을 부질없이 받들어 모시는 것보다는 지위는 낮아도 실권이 있는 사람을 받들어 모시는 것이 낫다. / 임금에게 잘 보이기 보다는 권신에게 아부하는 것이 실속을 차리는데 유리하다.(媚 : 아첨하다. 奧 : 안방에서 가장 깊숙한 서남쪽 모퉁이. 옛날 五祠에 제사지낼 때는 여기에서도 제사지냈고 이곳은 항상 높은 곳이었으나 제사의 주가 되는 곳은 아니었다. 竈 : 부엌. 부엌을 맡은 신. 五祀의 하나로 여름에 제사 지내던 곳으로, 이것이 비록 낮고 천하나 힘써 행하던 행사.)

〔**論語·八佾**〕王孫賈問曰, ○○○○○, ○○○○. 何謂也. 子曰, 不然, 獲罪於天, 無所禱也.

慮害人, 人亦必慮害之. 慮危人, 人亦必慮危之.

남을 해치려고 생각하면 남도 또한 그를 반드시 해치려고 생각할 것이고, 남을 위태롭게 하려고 생각하면 남도 또한 그를 반드시 위태롭게 하려고 생각할 것이다.(慮 : 생각하다. / 꾀하다.)

〔**呂氏春秋·順說**〕(田贊)對(荊王)曰, ……. 苟○○○, ○○○○○○. 苟○○○, ○○○○○○. 〔**新書·雜事五**〕(田贊)對(荊王)曰, 苟○○○, ○○○○○○. 苟○○○, ○○○○○○. 〔**東周列國志**〕吾聞慢人者人亦慢之. 君先慢我, 乃不自責而責我耶.

年(연)四十而見(견)惡(오)焉, 其終也已(이).

나이 40세가 되고서도 남의 미움을 받으면 그 일생이 끝장난 것이다. 덕·인격이 완성될 시기인 40세가 되어서 까지 남의 혐오를 받는 것은 인생의 끝장을 뜻하는 것이므로 그 전에 덕을 닦을 것을 권하는 말. (見惡 : 미움을 받다. 남에게 미움을 받아 남이 싫어하게 됨을 기리킨다.)

〔**論語·陽貨**〕子曰, ○○○○○○○, ○○○○.

噎而穿井也, 死而求醫也.
열

목이 메고나서 샘을 파고, 죽음에 임해서 의사를 구하다. (喻) 평시에는 안일을 꾀하다가 일이 눈 앞에 닥치고 나서야 바로소 그 처리방책을 생각하다. (噎은 목메다. 목이 막히다.) → **噎而穿井. 臨渴掘井. 渴而穿井.**

〔**墨子·孔孟**〕今子曰, 國治則爲禮樂, 亂則治之. 是譬猶○○○○○, ○○○○○. 〔**黃帝·內徑·素問·四氣調神大論**〕夫病已成而後樂之, 亂已成而後治也. 譬猶渴而穿井, 鬪而鑄兵, 不亦逸乎. 〔**清 朱用純·治家格言**〕宜未雨而綢繆, 毋臨渴而掘井.

豫讓漆身爲厲, 滅鬚去眉, 自刑而變其容, 爲乞人而住乞, 其妻不識. 又呑炭爲啞, 變其音.
려 수

(韓·魏·趙의 公卿들에게 주살된 晉나라의 知伯을 섬기던) 豫讓은 (원수를 갚기 위해) 몸에 옻칠을 하여 문둥병자로 만들고, 수염을 없애고 눈썹을 제거하며, 자상(自傷)을 하여 그 용모를 바꾸고, 거지가 되어 구걸을 하니, 그의 처도 알아보지 못하였다. 그는 또 숯가루를 삼켜 벙어리가 되어 그 말소리를 바꾸었다. (喻) 원수를 갚기 위해 온갖 수단과 방법을 다 동원하다. (厲 : 문둥병. ≒ 癩. 鬚 : 수염. 啞 : 벙어리.) → **漆身呑炭. 漆身爲厲.**

〔**淮南子·主術訓**〕豫讓欲報趙襄子, 漆身爲厲, 呑炭變音, 擿齒易貌. 〔**史記·刺客列傳**〕豫讓漆身爲厲, 呑炭爲啞, 使形狀不可知, 行乞於市, 其妻不識也. 〔**戰國策·秦策三**〕范雎曰, 漆身而爲厲, 被髮而爲狂, 不足以爲臣恥. 〔**戰國策·趙策一**〕豫讓又漆身爲厲, 滅鬚去眉, 自刑而變其容, 爲乞人而住乞, 其妻不識, 曰, 狀貌不似吾夫, 其音何類吾夫之甚也. 又呑炭爲啞, 變其音. 〔**說苑·復恩**〕智伯之臣豫讓者怒, 以其精氣能使襄子動心, 乃漆身變形, 呑炭更聲.

五百年前是一家.

오백년 전에는 다 한 집안이다. 구사회에서 성이 같은 사람이 일가관계를 끌어들여서 권세있는 자에게 아부하기 위하여 쓰는 일종의 상투어.

〔**元 鄭延玉·忍字記**〕楔子, 可不道一般樹上無有兩般花, ○○○○○○○.

玩人喪德, 玩物喪志.
완

사람을 희롱하면 덕을 잃고 물건을 희롱하면 뜻을 잃게 된다. 사람을 희롱하면 교만하여 공경심이 없어져 자기의 심덕을 잃을 것이며, 물건을 즐겨 희롱하면 지나친 욕심이 생겨 자기의 뜻을 잃게 된다는 뜻. → **玩物喪志.**

〔**書經·周書·旅獒**〕○○○○, ○○○○, 志以道寧, 言以道接. 不作無益害有益, 功乃成, 不貴異物賤用物, 民乃足.

枉己者, 未有能直人者也.

자기 몸을 굽히는 사람이 남을 바로잡을 수 있는 것은 아직 없다. 자기가 지키던 도를 버리고 부정을 일삼는 자가 남의 잘못을 고쳐줄 수는 없다는 뜻. (枉己 : 자기를 굽히다. 어떤 목적을 달성시키기 위해 자기의 올바른 것 곧 도·절개를 굽히고 들어가는 것. 直 : 곧게 하다. 바르게 펴다. 바로잡다.) → **枉己正人.**

〔**孟子·滕文公下**〕如枉道而從彼, 何也. 且子過矣. ○○○, ○○○○○○○. 〔**孟子·萬章下**〕吾未聞枉己而正人者也, 況辱己以正天下者乎.

欲加之罪, 其無辭乎.

어떤 사람에게 죄를 더하여 주려고 생각한다면 어찌 (덮어 씌울) 구실이 없으랴 ! 한 사람을 모함하는 것은 그다지 어렵지 않음을 기리키는 말. (加 : 더하다. 더 보태어 많게 하다. 늘리다. 불리다. 본래 없던 것을 붙이다. 其 : 어찌. 설마 …하겠는가? 반문을 나타낸다. ≒ 豈. 辭 : 구실.) = **欲加之罪, 何患無詞.**

〔**春秋左氏傳·僖公十年**〕將殺里克, 公使謂之曰, 微子則不及此. 雖然, 子殺二君與一丈夫. 爲子君者, 不亦難乎. 對曰, 不有廢也. 君何以興. ○○○○, ○○○○.

欲爲千金之裘, 而與狐謀其皮.

천 금의 가죽옷을 만들고 싶어서 여우에게 그 가죽을 얻으려고 상의하다. (喩) 이해관계가 상반되는 자와 의논하는 것은 결코 이룰 수 없다. / 나쁜 사람에게 그 이익을 버리도록 설득하는 것은 불가능하다.

〔**太平御覽·符子**〕周人欲具少牢之珍, 而與羊謀其羞, 言未卒, 羊相乎藏於深林之中, ○○○○○○, ○○○○○○, 言未卒, 狐相率逃於重丘之下.

怨人不如怨己, 求諸人, 不如求諸己.

(己: 기, 諸: 저)

남을 원망하는 것은 자기자신을 원망하는 것보다 못하고, 일의 원인을 남에게서 구하는 것은 자기 자신에게서 구하는 것보다 못하다. 일이 잘못될 경우 남을 원망하지 말고 그 원인을 자신에게 구할 것을 강조하는 말.

〔**論語·衛靈公**〕子曰, 君子求諸己, 小人求諸人. 〔**文子·上德**〕故怨人不如自怨, 勉求諸人, 不如求諸己. 〔宋 張端義·貴耳集〕(宋)孝宗幸天竺, 至靈隱, 有輝僧相隨. 見飛來峰, 問輝曰, 旣是飛來, 如何不飛去. 對曰, 一動不如一靜. 又見觀音像手持念珠. 問曰, 何用. 曰, 要念觀音菩薩. 問, 自念則甚. 曰, 求人不如求己. 〔**通俗編**〕○○○○○○, ○○○○○○○○○.

有過是一過, 不肯認過, 又是一過.

잘못을 저지르면 그것이 하나의 잘못이 되지만, 그 잘못을 인정하지 않으면 또 다시 하나의 잘못을 저지르는 것이 된다.

〔**呻吟語·第四章**〕○○○○○, ○○○○, ○○○○. 一認則兩過都無, 一不認兩過不免.

幼而不孫弟, 長而無述焉, 老而不死, 是爲賊.

어려서 공손하지 못하고, 장성해서 칭찬하여 말할 만한 것이 없으며, 늙어서도 죽지 않는 것, 이것이 바로 사람을 해치는 적이다. 한 사람이 어릴 때 사람들을 겸손하게 상대하고 어른을 존경할 줄을 알지 못했고, 장성해서는 사람들의 칭찬을 받을 만한 어떠한 일도 한 사실이 없으며, 그가 많은 나이가 되도록 죽지 않는다면 그것은 진실로 윤리와 풍속을 망가뜨리는 악인이라는 뜻. (孫弟 : 공손하다. = 遜悌. 遜弟. 述 : 칭찬하여 말하다. 의견을 진술하다. 賊 : 사람을 해치는 것.)

〔**論語·憲問**〕原壤夷俟, 子曰, ○○○○○, ○○○○○, ○○○○, ○○○, 以杖叩其脛.

柔則茹之, 剛則吐之.

(茹: 여)

부드러운 것이면 먹고, 단단한 것이면 토해낸다. (喩) 약한 자를 업신여기고 강한 자를 두려워하다. (茹 : 먹다.) → **柔茹剛吐. 吐剛茹柔. 茹柔吐剛.** ≒ **欺善怕惡. 欺軟怕硬, 怕硬欺軟, 欺弱怕强. 欺弱避强. 畏强凌弱.**

〔**詩經·大雅·烝民**〕人亦有言, ○○○○, ○○○○. 唯中山甫, 柔亦不茹, 剛亦不吐. 不侮矜寡, 不畏彊禦. 〔**春秋左氏傳·定公四年**〕違强凌弱, 非勇也. 〔**三國志·魏志·崔毛徐何邢鮑司馬傳贊**〕毛玠淸公素履, 司馬芝忠亮不傾, 庶乎不吐剛茹柔.

有直情而徑行者, 戎狄之道也.

(戎狄: 융 적)

성정을 꾸미지 아니하고 마음대로 행동하는 것은 야만인인 西戎과 北狄의 도이다. 예의를 지키거나 절제를 하는 일이 없이 자기의 마음이 내키는대로 행동하는 것은 야만인이나 행하는 야만적인, 올바르지 못한 도라는 뜻. (有 : 어조사. 直情徑行 : 감정이 지배하는 바에 따라서 행동하다. 마음 내키는 대로 행하다. 예의절제 같은 것은 돌보지 아니하고 생각하는 바 그대로 행하다. 戎狄 : 오랑캐. 中國의 서쪽과 북쪽에 살던 이민족을 漢族이 일컫던 말. 西戎과 北狄.) → **直情徑行. 徑情直行. 徑情直遂.**

〔**禮記·檀弓下**〕子遊曰, 禮有微情者, 有以故興物者. ○○○○○○○○, ○○○○○. 禮道則不然.

恩甚則怨生, 愛多則憎至.

사람에게 은혜를 베푸는 것이 정도에 지나치면 오히려 원망을 받게 되고, 총애를 받는 것이 많으면 사람들의 미움을 받는다. (甚 : 심하다. 정도에 지나치다.)

〔 亢倉子·用道 〕 ○○○○○, ○○○○○.

衣臣虜之衣, 食犬彘之食, 囚首喪面而談詩書.

로 체 수

포로가 입는 옷을 입고, 개·돼지가 먹는 먹이를 먹으며, 죄수 같은 머리에 상중(喪中)인 사람의 얼굴로 詩經·書經을 담론하다. 비천한 생활을 하면서 용모도 꾸미지 않은 사람이 고매한 담론을 함을 형용. 이것은 宋나라 蘇洵이 王安石의 행실을 헐뜯은 것으로, 王安石이 고의로 위와 같은 행동을 하고 있다고 말한 것. (臣 : 남성 노예./ 포로. 虜는 포로./ 종. 犬彘 : 개와 돼지. 천한 사람의 비유. 囚首喪面 : 죄수 같은 머리와 상중에 있는 사람의 얼굴. 머리를 빗지 아니하고 얼굴을 씻지 아니한 모습 곧 용모를 꾸미지 아니함의 형용.) → **囚首喪面**.

〔 漢書·王莽傳 〕 莽侍疾, 親嘗藥, 亂首垢面. 〔 宋 蘇洵·辨奸論 〕 ○○○○○, ○○○○○, ○○○○○○○○, 此豈其情也哉.

訑訑之聲音顏色, 距人於千里之外. 士止於千里之外, 則讒諂面諛之人至矣.

이 참 첨 유

스스로 총명하다고 여겨 오만하고 자족하는 말소리와 얼굴빛을 가진 자가 사람들을 천리 밖에서 막아버린다. 그래서 학덕있는 훌륭한 선비들이 천리 밖에서 머무르게 되면 곧 훌륭한 인물을 참소하고 권력자에게 아첨하며 면전에서 알랑거리는 사람들이 몰려온다. 스스로 지혜롭다고 여겨 오만하게 구는 사람이 선비들의 진출을 막기 때문에 참소하고 아첨하는 무리들만 사회에 가득차게 되어 나라가 잘 다스려지기를 바랄 수 없음을 시사. (訑訑 : 스스로 지혜롭다고 여겨 남의 좋은 말을 받아들이지 아니하는 모양. 자만하여 만족하는 모양. 距 : 막다. 막아서 그치게 하다. 저지하다. 억제하다. ≒ 岠. 止. 讒諂 : 거짓을 꾸며 사람을 모함하고 권세가의 비위를 맞추어 아첨하다. 面諛 : 얼굴을 맞대고 아첨하다.)

〔 孟子·告子下 〕 ○○○○○○○○, ○○○○○○○○. ○○○○○○○○, ○○○○○○○○○○, 與讒諂面諛之人居, 國欲治可得乎.

以夏進爐, 以冬奏扇.

여름 철에 화로를 보내드리고, 겨울 철에 부채를 바쳐 올리다. (喩) 재능·언론·행동·일·이익·물건 등이 시의에 맞지 않아 사용하는데 적절하지 못하거나 아무 쓸모없이 되다. (以 : …때에. 進 : 보내다. 드리다. 올리다. 奏 : 바치다. 올리다. 현상하다.) → **夏爐冬扇. 冬扇夏爐. ≒ 冬箑夏裘.**

〔 **論衡·逢遇** 〕 作無益之能, 納無補之說, ○○○○, ○○○○, 爲所不欲得之事, 獻所不欲聞之語, 其不遇禍, 幸矣, 何福祐之有乎. 〔 **淮南子·精神訓** 〕 知冬日之箑, 夏日之裘, 無用於己.

溺愛者不明, 貪得者無厭, 是則偏之爲害而家之所以不齊也.

자녀를 지나치게 사랑하는 자는 사리에 밝지 못하게 되고, 재물을 지나치게 탐하는 자는 영원히 만족할 줄 모른다. 이렇게 되면 곧 그 치우침이 해가 되어 집안이 가지런해지지 못하는 까닭이 된다. 자녀를 지나치게 사랑하는 것과 재물을 지나치게 욕심내는 것은 결국 집안을 다스리지 못하는 이유가 된다는 것.(溺愛 : 사랑에 빠지다. 자녀를 지나치게 사랑하다. 明 : 사리에 밝다. 貪得 : 재물을 과도히 욕심내다. 厭 : 싫증이 나다./ 만족하다. 所以 : 까닭.) → **貪得無厭.**

〔 **大學·傳八** 〕 諺有之, 曰, 人莫知其子之惡, 莫知其苗之碩. < 諺語 > 諺俗語也. ○○○○○, ○○○○○, ○○○○○○, ○○○○○○○○.

一家失熛, 百家皆燒. 讒夫陰謀, 百姓暴骸.

표 감 폭 해

한 집의 실화(失火)로 백 채의 집이 다 타버리고, 참소하는 사람의 남모르게 꾸미는 계략 때문에 온 백성들이 그들의 시신을 비바람을 맞히게 된다. (喩) 한 사람의 잘못 또는 악행으로 인하여 관련되는 많은 사람들이 피해를 보게 되다. (熛 : 불똥. 불똥이 튀다. 讒夫 : 참소하는 사람. 교묘한 말로 남을 모함하는 사람. = 讒人. 暴骸 : 시신을 노천에 그냥 두어 비바람을 맞히다. 시체를 거두어주는 사람이 없다. 暴은 쬐다. 햇볕에 말리다. / 비바람을 맞히다. 骸는 뼈. 해골. 뼈만 남은 시신.)

〔 **淮南子·說林訓** 〕 山雲蒸, 柱礎潤, 伏苓掘, 兎絲死. ○○○○, ○○○○. ○○○○, ○○○○.

一個半斤, 一個八兩.

한 개는 반 근이고, 다른 한 개는 여덟 량이다. 피차가 한가지이다. 헐뜯거나 비방하는 의미로 많이 쓰인다.

〔 **五燈會元** 〕 據此三個漢子見解, 若上衲僧秤子上稱, 一個重八兩, 一個重半斤, 一一不値半分錢.

一犬吠形, 百犬吠聲.

폐

한 마리의 개가 무엇을 보고 짖으면 백 마리의 개가 까닭도 모르고 그 소리를 따라서 짖는다. (喩) 진위도 가리지 않은 채 사람의 말만 듣고 부화뇌동하다. / 한 사람이 거짓으로 한 말이 널리 퍼져서 사실인 것처럼 전해지다. 본래 어떤 일이 없어도 전하는 사람이 많으면 그 일이 있는 것처럼 바뀌어진다. 한 사람이 무언가 그럴듯하게 말하면 다른 많은 사람들이 덩달아 그것을 사실인 것처럼 소문낸다. = **一犬吠影, 百犬吠聲. 一犬吠形, 群犬吠聲.**

〔**王符·潛夫論·賢難**〕諺曰, ○○○○, ○○○○. 世之疾此固久矣哉. 〔**晉書·傅咸傳**〕一犬吠形, 群犬吠聲. 〔**明 李夢陽·奉邃庵先生書**〕欲效孟博之爲, 不意世莫我知. 百犬吠聲, 千人傳虛.

一面談當世之事, 捫蝨而言, 旁若無人.

문 슬

한편으로는 이 시대의 세상 일을 이야기하면서도 이(蝨)를 잡으며 말하는 것이 그 곁에 아무도 없는 것 같이하다. 고상한 주제를 가지고 담론하면서도 그 상대자의 위상이나 주변 사람들을 개의치 않고 버릇없이 함부로 행동함을 형용. 제 세상인 듯이 거만한 태도를 보임을 형용. (由) 晉나라의 王猛이 大司馬에까지 오른 당시의 권력자 桓溫을 만나 당대의 일을 이야기하면서도 이를 잡으며 그 곁에 아무도 없는 것 같이 거리낌 없이 말한 고사. (捫 : 붙잡다. 잡다. 蝨 : 사람을 무는 이.) → **旁若無人. 傍若無人.**

〔**史記·刺客列傳**〕荊軻旣至燕, 愛燕之狗屠及善擊筑者高漸離. 荊軻嗜酒, 日與狗屠及高漸離飮於燕市, 酒酣以往, 高漸離擊筑, 荊軻和而歌於市中, 相樂也. 已而相泣, 旁若無人者. 〔**後漢書·延篤傳**〕漸離擊筑, 旁若無人. 〔**晉書·符堅載記**〕王猛字景略, 隱於華陰山. 桓溫入關, 王猛被褐而謁之, ○○○○○○, ○○○○, ○○○○. 〔**晉書·王澄傳**〕探鵲轂弄之, 神氣蕭然, 傍若無人. 〔**晉書·謝尙傳**〕尙便著衣幘而舞, 旁若無人. 〔**明 袁宏道·徐文長傳**〕文長乃葛衣烏巾, 長揖就坐, 縱談天下事, 旁若無人.

一失足 成千古限, 再回頭是百年人.

한 번 다리를 헛디디면 천년 동안의 한이 되고, 다시 뒤돌아보면 백년 동안 사람을 바로잡는다. 한 번 잘못을 저지르면 종신토록 괴로우며, 설사 회개하더라도 이미 때는 늦다는 의미. (是 : 바로잡다. 바르게 하다.) → **失足千古限.**

〔**禮記·表記**〕子曰, 君子不失足於人, 不失色於人, 不失口於人. 〔**明 楊儀·明良記**〕唐解元寅旣廢棄, 詩云, 一失脚千古笑, 再回頭是百年人. 〔**隨唐演義**〕諺云, ○○○○○○○, ○○○○○○○.

一日結成冤, 千日解不徹.

하루 원한을 맺으면 천 날이 되어도 풀어서 제거할 수 없다. 일단 원한을 맺으면 장기간 이를 제거하지 못한다는 뜻. (徹 : 제거하다.)

〔**醒世恒言**〕勸君莫結冤, 冤深難解結, ○○○○○, ○○○○○.

一之謂甚, 豈可再乎.

한 번 하는 것도 정도에 지나친 것으로 생각하고 있는데 어찌 거듭할 수 있겠는가? 실수는 되풀이하여 저지르지 않음을 가리킨다. / 일을 알맞게 하고 그치는 것을 이른다. (謂 : 여기다. 생각하다. 인정하다. 甚 : 심하다. 과분하다. 정도에 지나치다. 再 : 두 번 하다. 거듭하다.)

〔**春秋左氏傳·僖公五年**〕晉不可啓, 寇不可玩. ○○○○, ○○○○. 〔**古今小說**〕春孃回衙, 將李英之事對司戶說了. 司戶笑道, 一之爲甚, 豈可再乎.

一着錯, 滿盤輸.

(바둑알) 한 번 두는 것을 잘못하면 판 전체를 지게 된다. (喻) 한 가지 일을 삼가지 않아 잘못하면 전 국면에 결정적으로 나쁜 영향을 미친다. (着 : 바둑돌을 놓다. 바둑을 두다. 盤 : 판. 바둑판. 여기서는 棋盤을 의미하며 棋자가 생략된 것. 輸 : 승부전에서 지다. 패배하다. /도박에서 돈을 잃다.)

〔**淸 汪輝祖·學治臆說**〕到官之日, 勢不能自潔, 輾轉惑溺, 不至敗壞名節不止. 諺曰, ○○○, ○○○. 發軔之初, 何可不愼.

林中多疾風, 富貴多諛言.

숲 속에는 질풍이 많이 불고, 부하고 귀한 사람 면전에는 아첨하는 말들이 많다.

〔**鹽鐵論·國疾**〕愕愕者福也, 諓諓者賤也. ○○○○○, ○○○○○. 萬里之朝, 日聞唯唯, 而後聞諸生之諤諤, 此乃公卿之良藥鍼石.

藉寇兵而齎盜糧.

떼도둑에게 병기를 빌려주고 작은 도둑에게는 양식을 보내주다. (喻) 적을 도와주어 자기가 자기를 해치는 일을 하다. (藉 : 빌다. 꾸다. 齎 : 물건을 보내주다.)

〔**秦 李斯·諫逐客書**〕今乃棄黔首以資敵國, 卻賓客以業諸侯, 使天下之士退而不敢西向, 裹足不入秦, 此所謂○○○○○○○者也. 〔**戰國策·秦策三**〕(范)睢曰, ……. 所以然者, 以其伐楚而肥韓, 魏也. 此所謂藉賊兵而齎盜食者也.

自暴者不可與有言也, 自棄者不可與有爲也.

스스로 자신을 해치는 자는 함께 도리를 말할 수 없고, 스스로 자신을 버리는 자는 함께 행동할 수 없다. 예의를 행하지 않고 인의(仁義)를 실현하지 않는 사람과는 상대할 수 없다는 뜻. / 마음에 불만이 있어 짐짓 몸가짐이나 행동을 마구 되는대로 하는 자와는 상대할 수 없다는 말. (自暴者 : 자신을 스스로 해치는 사람. 孟子는 예의를 비방하는 자라고 했다. 有言 : 훌륭한 말을 하다. 도리를 담론하다. 自棄者 : 자신을 스스로 포기하는 사람. 孟子는 인에 처하면서 의를 실천하지 못하는 자라고 정의했다. 有爲 : 일을 행하다.) → **自暴自棄.**

〔**孟子·離婁上**〕孟子曰, ○○○○○○○○○, ○○○○○○○○○, 言非禮義, 謂之自暴也, 吾身不能居仁由義, 謂之自棄也. 〔**近思錄·爲學類**〕明道先生曰, 懈意一生, 便是自棄自暴.

作舍道傍, 三年不成.

길 가에 집을 지으면 (지나는 사람마다 참견을 하여) 3년이 걸려도 집을 이루지 못한다. (喻) 무슨 일을 하는데 있어 많은 의견을 절충하려고 한 결과 의견이 분분하여 일을 하기 어렵다. 간섭하는 사람이 많으면 일을 이룰 수 없다. = **作舍道邊. 三年不成. 築室道旁, 三年不成.** → **作舍道傍. 作舍道邊.**

〔 **詩經·小雅·小旻** 〕 如彼築室於道謀, 是用不潰於成. < 鄭玄箋 > 如當路築室, 得人而與之謀所爲, 路人之意不同, 故不得遂成也. < 朱熹注 > 古語曰, 作舍道邊, 三年不成. 蓋出於此. 〔 **後漢書·曹褒傳** 〕 (肅宗)帝曰, 諺言○○○○, ○○○○. 會禮之家, 名爲聚訟, 互生疑異, 筆不得下, 昔堯作大章, 一夔足矣. 〔 **晉書·符堅載記** 〕 所謂築室于道, 沮計萬端, 吾當內斷于心矣. 〔 **明 沈鯨·雙珠記** 〕 築室道旁, 三年不成. 全未全未, 我且告別.

羝羊觸藩, 羸其角.

저 번 이

수양이 울타리를 들이받아 그 뿔이 휘감기다. (喻) 힘만 믿고 저돌적인 행동을 하는 사람은 진퇴양난의 지경에 빠지기 쉽다. (羝羊 : 수양. 양의 수컷. 觸 : 뿔로 들이받다. 떠받다. / 부딪히다. 藩 : 울타리. = 蘺. 羸 : 휘감기다. 뒤얽히다./ 뒤집다.) → **羝羊觸藩.**

〔 **周易·雷天大壯** 〕 九三, 小人用壯, 君子用罔, 貞厲. ○○○○, ○○○. ……. 上六, 羝羊觸藩, 不能退, 不能遂. 〔 **七國春秋平話** 〕 石丙大驚, 好似羝羊觸藩, 進退無門, 陷在齊陣, 不能得出. 〔 **二刻拍案驚奇** 〕 欲待不走時, 又別無生路. …… 正所謂, 羝羊觸藩, 進退兩難.

鳥棲林麓易, 人出是非難.

이

새는 숲의 기슭에 깃들이기가 쉽고, 사람은 시비에서 빠져나오기가 어렵다. 사람은 시비의 다툼에서 벗어나기가 매우 어려움을 형용.

〔 **五燈會元** 〕 曰, 不會, 乞師再指. 師曰, ○○○○○, ○○○○○.

佐饔者嘗焉, 佐鬪者傷焉.

옹

음식 조리하는 것을 도와주는 자는 맛있는 음식을 맛보나, 싸움하는 것을 도와주는 자는 자기의 몸을 다친다. (喻) 남이 좋은 일을 하는 것을 도와주는 사람은 이익을 얻으나, 나쁜 일을 하는 것을 도와주는 사람은 해를 입는다. (饔 : 조리하다. 嘗 : 맛보다.)

〔 **國語·周語下** 〕 人有言曰, ……. 又曰, ○○○○○, ○○○○○. ……. 王將防鬪川以飾宮, 是飾亂而佐鬪也, 其無乃章禍且遇傷乎.

知利不知害, 知進不知退, 故果身死而衆敗.

이로움의 일면만 알고 해로움의 일면을 모르며, 앞으로 나아갈 줄은 알고 뒤로 물러설 줄을 모르니, 그러므로 그 결과 자신은 죽고 부하의 무리도 실패하게 된다. (由) 전국시대 秦나라 孝公을 도와 商君에까지 봉해진 衛나라 商鞅(본명은 公孫鞅)은 권모술수를 써서 개혁하는 정책을 폈으나 폐해를 고려치 않아 秦나라를 위험에 빠뜨렸고, 秦나라 始皇 때의 명장인 蒙恬은 匈奴를 정벌하고 만리장성을 쌓았으나 전진만을 생각하여 秦나라의 정권을 멸망케 하였으며 그 결과로 사사되거나 부하들을 실패하게 하였다. (果 : 결과.)

〔**鹽鐵論·非鞅**〕 商鞅以權數危秦國, 蒙恬以得千里亡秦社稷. 此二子者, ○○○○○, ○○○○○, ○○○○○○○.

知恩不報非爲人.

남이 자기에게 은혜를 베푼 것을 알고서도 이를 보답하지 않는 것은 사람의 됨됨이를 그르치는 것이다. 보은을 하지 않는 것은 진정한 사람으로 볼 수 없다는 뜻. (爲人 : 사람의 됨됨이.)

〔**元 無名氏·爭報恩**〕 便好道蒙人點水之恩, 尙有仰泉之報. ○○○○○○○也. 〔**明 無名氏·趙氏孤兒**〕 這恩德長在心. 知恩不報非君子, 與犬無異.

嫉先創己, 然後創人. 擊人得擊, 是不得除.

남을 미워하면 먼저 자기자신을 상처내고, 그런 뒤에 남을 상처낸다. 남을 공격하면 공격을 받는 것이니 이것은 면할 수가 없다. 남을 미워하고, 남을 때리면 상대방보다 먼저 피해를 입는 것은 피할 수 없는 일이라는 뜻. (嫉 : 시기하다. 시새움하다. / 미워하다. 싫어하다. 創 : 상처를 입히다. 괴롭히다. 擊 : 치다. 두드리다. 때리다. / 공격하다. 不得 : …할 수 없다. 除 : 없애다. / 면하다. 면제하다.)

〔**法句經·利養品**〕 ○○○○, ○○○○. ○○○○, ○○○○.

讒夫毁士, 如寸雲蔽日, 不久自明, 媚子阿人, 似隙風侵肌, 不覺其損.

참 훼 폐 미 극 기

참소하는 사람과 헐뜯는 사람은 (그런 말이) 조각구름이 해를 가린 것 같아서 오래지 않아서 저절로 드러나고, 아양 떠는 사람과 아첨하는 사람은 (그런 행실이) 틈으로 들어오는 바람이 살갗을 파고드는 것 같아서 그 손해를 깨닫지 못한다. 쌍방을 부추겨서 시비를 일으키는 사람과 악담을 퍼부어 중상하는 사람은 그런 행실이 금방 저절로 밝혀지므로 그다지 경계할 것이 못되나, 알랑거려서 남의 비위를 맞추는 사람과 아부하여 상대방에게 굴종하는 사람은 그런 행실이 부지불식간에 손상을 줄 수 있어 경계해야 됨을 이른다. (讒夫 : 참소하는 사람. 거짓을 꾸며 남을 모함하는 사람. 쌍방을 부추겨서 시비를 일으키는 사람. 毁士 : 헐뜯는 사람. 악담을 퍼부어 중상하는 사람. 寸雲 : 한 치의 구름. 작은 구름. 조각구름. 明 : 나타나다. 명료하게 드러나다. 媚子 : 아양을 떠는 사람. 알랑거려서 비위를 맞추는 사람. 阿人 : 아첨하는 사람. 아부하여 굴종하는 사람. 侵肌 : 살에 파고들다. 피부에 스며들다.)

〔**菜根譚·百九十五**〕○○○○, ○○○○○, ○○○○, ○○○○, ○○○○○, ○○○○.

萋兮斐兮, 成是貝錦.
처 비 패 금

무늬가 얼룩덜룩 다채롭고 아름답다. 조개무늬의 이 아름다운 비단이 만들어졌네. 여공이 여러 가지 색실을 엇바꿔 아름다운 비단을 짜내듯이, 사람이 남의 사소한 잘못을 모아서 큰 죄처럼 꾸미어 남을 모함, 참소함을 비유하여 이르는 말. (萋斐 : 무늬가 다채롭고 아름다운 모양. 貝錦 : 조개무늬의 아름다운 비단. 여공이 여러 가지 색실을 엇바꿔 아름다운 비단을 짜듯이 남의 사소한 잘못을 모아서 큰 죄처럼 꾸미어 남을 모함함을 비유.) → **萋斐貝錦**

〔**詩經·小雅·巷伯**〕○○○○, ○○○○. 彼譖人者, 亦已大甚.

賤妨貴, 少陵長, 遠間親, 新間舊, 小加大, 淫破義, 所謂六逆也.

신분이 천한 자가 귀인을 훼방놓고, 젊은 사람이 연장자를 능멸하며, 소원한 자가 근친자를 이간시키고, 신출내기가 고참자를 이간시키며, 신분이 낮은 자가 높은 자를 깔보고, 방종한 자가 의로운 자를 깨뜨리는 것이 이른바 상리에서 벗어나는 것 여섯 가지이다. (妨 : 방해하다. 훼방놓다. 加 : 깔보다. 가벼이보다. 침해하여 욕보이다. 淫 : 방종하다. 방탕하다. 음란하다. 간사하다. 도리에 어긋나다. 逆 : 상리에서 벗어나다.)

〔**春秋左氏傳·隱公三年**〕且父○○○, ○○○, ○○○, ○○○, ○○○, ○○○, ○○○○○.

楚有舍人, 請畫地爲蛇, 先成者飮酒, 一人蛇先成, 畫蛇曰, 吾能爲之足, 未成. 一人之蛇成, 曰, 蛇固無足, 子安能爲之足, 遂飮其酒.

楚나라의 어떤 (제사지내는 사람의 측근인) 사인은 (그들이) 땅에 뱀을 그리기를 청하고 먼저 그린 사람이 술을 마시기로 하였다. 그 한 사람이 뱀을 먼저 그리고 나서 또 뱀을 그리면서 "나는 뱀의 다리도 그릴 수 있다"고 말했으나 다 이루지 못했다. (그 사이에) 다른 한 사람이 뱀을 다 그리고 나서 "뱀은 본래 다리가 없는데, 자네는 어째서 뱀의 다리를 덧붙여 주려고 하는가?"라고 말하면서 드디어 그 술을 마셔버렸다. (喩) 재주를 피우려다가 이외의 사태가 생겨 일을 망쳐버리다. 쓸데 없는 짓을 덧붙여 하다가 도리어 실패하다. / 군더더기. 무용지물. 소용없는 일. (祠者 : 제사지내는 사람. 舍人 : 전국시대의 좌우 친근한 사람의 통칭.) → **畫蛇添足. 蛇足.**

〔**戰國策·齊策二**〕楚有祠者, 賜其舍人卮酒. 舍人相謂曰, 數人飮之不足, 一人飮之有餘, 請畫地爲蛇, 先成者飮酒. 一人蛇先成, 引酒且飮之, 乃左手持卮, 右手畫蛇, 曰, 吾能爲之足, 未成, 一人之蛇成, 奪其卮曰, 蛇固無足, 子安能爲之足. 遂飮其酒, 爲蛇足者, 終亡其酒.

楚人沐猴而冠耳.
후

楚나라 사람은 원숭이로서 관을 썼을 뿐이다. (喻) 楚나라 사람은 부질없이 당당한 외모와 지위를 가졌을 뿐 재능이 없다. 한 갖 사람의 형체만 갖추었을 뿐 유명무실하다. 사람이 비록 고귀한 지위를 차지하고 있으나 외관만 쓸 데없이 장식했을 뿐이고 비천한 본질은 여전히 벗어나지 못했다. 포악한 사람이 겉을 번지르르하게 꾸미다. (由) 楚나라의 項羽가 秦나라의 수도 咸陽을 불태워버리고 劉邦을 추방하여 부귀를 누리게 된 후 금의환향해야 된다고 말했을 때 어느 세자(說者 : 유세하는 사람.)가 위와 같이 그런 의관을 할 사람이 못된다고 비꼬아 말했다는 고사. (沐猴而冠 : 원숭이가 사람의 관을 쓰다. 원숭이가 설령 사람의 모자를 썼다할지라도 끝내 인간사를 처리할 수 없음을 이르는 것.) → **沐猴而冠.**

〔 **史記·項羽本紀** 〕 項王見秦宮室皆以燒殘破, 又心懷思欲東歸, 曰, 富貴不歸故鄕, 如衣繡夜行, 誰知之者. 說者曰, 人言○○○○○○○, 果然. 項王聞之, 烹說者. 〔 **漢書** 〕 以爲漢廷公卿列侯, 皆如沐猴而冠. 〔 **十八史略·近古·晉六朝篇** 〕 韓生退曰, 人言楚人沐猴而冠. 〔 **清 全祖望·孫武子論** 〕 當吳人之大擧也, 楚人來拒者, 爲子常, 斯其人如沐猴而冠, 而又罷于奔命之餘, 以遇長勝之師, 兵未交而膽已落.

取彼譖人, 投畀豺虎, 豺虎不食, 投畀有北.
참 비 시

저 참해하는 자들을 잡아다가 승냥이나 호랑이에게 던져주고, 승냥이나 호랑이가 이를 먹지 않으면 춥고 풀도 나지 않는 북녘 땅에 던져버리리라. 어떤 사람의 원한이 사무쳐 참해한 자에게 해를 끼침을 형용. (畀 : 주다. 有北 : 한랭하고 불모의 땅이 있는 북녘 땅.)

〔 **詩經·小雅·巷伯** 〕 彼譖人者, 誰適與謀. ○○○○, ○○○○, ○○○○, ○○○○. 有北不受, 投畀有昊. 〔 **後漢書·馬援傳** 〕 取彼讒人, 投畀豺虎. 豺虎不食, 投畀有北. 有北不受, 投畀有昊. 此言欲令上天而平其惡.

枕戈待旦, 志梟逆虜.
효

창을 베개로 삼아 아침을 기다려서 배반한 오랑캐의 목을 베어 매다는데 뜻을 두고 있다. 배반한 자를 죽이려고 밤에 잠을 자지 않음을 나타내는 말. (梟 : 목을 베어 매달다.)

〔 **晉書·劉琨傳** 〕 與范陽祖逖爲友, 聞逖被用, 與親故書曰, 吾○○○○, ○○○○, 常恐祖生先吾著鞭. 其意氣相期如此.

太公釣魚, 願者上鉤.
구

周나라 초기의 姜太公이 바늘이 없는 곧은 낚시로 고기를 낚는데도 스스로 원하는 것(고기)은 그 낚시바늘에 걸린다. (喻) 스스로 원하여 남의 속임수(올가미)에 걸려들다. / 상대방에 기꺼이 원하여 손실을 받다. (上鉤 : 낚시바늘에 오르다. 곧 낚시바늘에 걸리다.) = **姜太公釣魚, 願者上鉤.**

〔元 無名氏·武王伐紂平話〕姜尙因命守時, 直鉤釣謂水之魚, 不用香餌之食, 離水面三尺, 尙自言曰, 負命者上鉤來. 〔淸 孔尙任·桃花扇〕這有何妨, ○○○○, ○○○○.

破癰潰痤者, 得車一乘, 舐痔者, 得車五乘.
옹 궤 좌 지 치

목·등에 나는 등창과 살이 헌 뾰루지를 절개하여 고름을 짜낸 사람은 수레 한 량을 받고, 치질을 혀끝으로 핥아 고름을 뽑아낸 사람은 수레 다섯 량을 받다. (喩) 천한 일일 수록 더 많은 보수를 받다. / 아첨하는 무리가 권세있고 지위높은 사람에게 아부하여 비천한 행위를 하다. 소인이 웃 사람에게 아부하기 위하여 더럽고 천한 일을 아무런 부끄러움 없이 행하다. (破 : 살을 째다. 절개하다. 癰 : 목·등에 나는 악성 종기인 등창, 악창. 색이 붉고 고름이 나온다. = 癰. 潰 : 살이 헐다. 痤 : 뾰족하게 생긴 작은 부스럼인 뾰루지. 得 : 얻다. 받다. 舐 : 혀끝으로 핥다. 痔는 치질.) → **吮癰舐痔**. **吮癰噬痔**

〔**論語·陽貨**〕子曰, ……… . 其未得之也, 患得之, 旣得之, 患失之, 苟患失之, 無所不至矣. < 朱注 > 小則吮癰舐痔, 大則弑父與君, 皆生於患失而已. 〔**莊子·列禦寇**〕莊子曰, 秦王有病召醫. ○○○○○, ○○○○, ○○○, ○○○○, 所治愈下, 得車愈多. 子豈治其痔邪, 何得車之多也. 子行矣. 〔**漢書·鄧通傳**〕文帝嘗病癰, 鄧通常爲上嗽吮之.

蝙蝠不自見, 笑他梁上燕.
편 복 부

박쥐가 스스로를 보지 못하고, 들보 위에 있는 제비를 비웃는다. (喩) 자기의 못남은 모르고, 남의 추함을 비웃는다. 자기의 결점은 알지 못하고 남의 단점을 비웃다.

〔**唐 無名氏·王泉子**〕裴勛容貌幺麼, 而性尤率易, 與父垣會飮, 垣令飛盞, 每屬其人輒自言狀. 垣付勛曰, 失坐人饒舌, 破車饒楔, 裴勛十分. 勛飮訖, 而覆其盞曰, ○○○○○. ○○○○○, 十一郞十分. 垣第十一也.

平原君使人於春申君, 欲夸楚, 爲玳瑁簪, 刀劍室飾以珠玉. 春申君上客, 皆躡珠履以見之, 趙使大慙.
잠 섭 참

趙나라의 平原君(公子勝)은 楚나라 春申君(黃歇)에게 사신을 보낼 때 楚나라에 자랑하고자 하여 귀중한 대모의 비녀를 꽂고 칼집을 구슬로 장식하였다. 이에 그 사신을 모실 春申君의 상객은 모두 구슬 신을 신고서 그를 대면하니 趙나라 사신이 크게 부끄러워 하였다. 얕은 수법의 수식으로 자기를 과시하려다가 단수 높은 수법을 가진 자에게 망신을 당한 것을 형용. (夸 : 자랑하다. 과시하다. ≒ 誇. 玳瑁 : 열대 지방의 바다거북의 한 가지로, 그 등껍데기의 빛깔의 변화가 많아 아주 귀중하게 여기는 물건. 簪 : 비녀. 上客 : 지위가 높은 손님. 躡 : 밟다. 신을 신다. 慙 : 부끄러워 하다. 부끄럽게 여기다. = 慚.)

〔**十八史略·春秋戰國篇·楚**〕春申君食客三千餘人. ○○○○○○○○○, ○○○, ○○○○, ○○○○○○○. ○○○○○, ○○○○○○○, ○○○○. 趙人荀卿至楚, 春申君以爲蘭陵令.

含血噴人, 先汚其口.

피를 머금어서 남에게 뿌리려고 하면 먼저 자신의 입을 더럽힌다. (喻) 아무 근거없는 사실을 날조하여 남을 함정에 빠뜨리려고 하면 먼저 자신의 순수한 심정을 해치게 된다. 남에게 억울한 누명을 씌워서 그의 명예를 더럽히려고 하면 먼저 자신의 양심을 저버리게 된다. → **含血噴人. 血口噴人.**

〔**宋 僧曉瑩·羅湖野錄**〕崇覺空嘗頌野狐話曰, ○○○○,○○○○, 百丈野狐, 失頭狂走.〔**通俗編·交際**〕(위 내용과 동일)〔**宋惟白·建中靖國續燈錄**〕若也談禪說要, 大似含血噀人.

懸牛首于門, 而賣馬肉于內也.

점두에는 쇠머리를 걸어놓고 안에서는 말고기를 팔다. (喻) 좋은 물건을 내어놓고 실은 나쁜 물건을 팔다. / 겉은 그럴듯하게 내세우나 속은 음흉한 딴 생각을 가지다. / 말은 어질게 하나 행동은 방종하고 흉폭하다. 선을 가장하여 악을 행하다. = **懸羊頭賣狗肉. 羊頭狗肉.**

〔**晏子春秋·雜下**〕晏子對曰, 君使服之于內, 而禁之于外, 猶○○○○○, ○○○○○○○. 公何以不使內勿服, 則外莫敢爲也.〔**說苑·政理**〕(晏子)對曰, 君之服之於內, 而禁之於外, 猶懸牛首於門, 而求買馬肉也.〔**漢書·光武紀**〕懸羊頭賣馬脯, 盜跖行, 孔子語.〔**後漢書·百官志**〕(注引 決錄注) 懸牛頭, 賣馬脯, 盜跖行, 孔子語.〔**五燈會元**〕有般名利之徒, 爲人天師, 懸羊肉, 賣狗肉.〔**恒言錄**〕懸羊頭, 賣狗肉.

脅肩諂笑, 病於夏畦.

협 휴

어깨를 으쓱거리며 아첨하여 웃는 것은 여름철에 밭일하는 것보다 더 힘들다. 남의 비위를 맞추려고 아양을 떠는 것은 매우 힘들다는 말. 권세에 아첨하는 무리들을 희롱하는 말. (脅肩 : 어깨를 올리다. 어깨를 으쓱거리다. 사람이 남을 공경하기 위하여 머리를 숙이면 곧 양 어깨가 반드시 위로 추켜짐을 이르는 것. 諂笑 : 아첨하기 위하여 마음에도 없이 억지로 웃다. 病 : 수고롭다. 괴롭다. 힘들다. 畦 : 구역을 나누어 씨를 심다. 밭을 갈다.) → **脅肩諂笑.** ≒ **脅肩低眉.**

〔**孟子·滕文公下**〕曾子曰, ○○○○, ○○○○, 子路曰, 未同而言, 觀其色, 赧赧然, 非由之所知也, 由是觀之, 則君子之所養, 可知已矣.

挾氷求溫, 抱炭希涼.

얼음을 끼고서 따뜻함을 구하고, 숯불을 가지고 있으면서 시원함을 바라다. (喻) 행하는 일과 원하는 일이 상반되다. (希 : 바라다. 기대하거나 원하다.)

〔**三國志·魏志·高柔傳**〕<注> 孫盛曰, 信不足焉, 而祈物之必附, 猜生於我而望彼之必懷, 何異○○○○, ○○○○哉.

好面譽人者, 亦好背而毁之.

얼굴을 맞대고 사람을 칭찬하기를 좋아하는 사람은 역시 등 뒤에서 사람을 헐뜯는 것도 좋아한다. 孔子가 中國 고대의 도둑 두목인 盜跖에게 "제후가 될 수 있는 세 가지 덕목(生而長大 美好無雙, 知維天地 能辯諸物, 勇悍果敢 聚衆率兵)을 갖추고 있다."고 극구 칭찬한데 대해 盜跖이 이와 같이 孔子의 칭찬을 불신하는 듯한 말을 한 것. (面 : 얼굴을 맞대다. 면대하다. 직접 만나다.) → **面譽背毁. ≒ 面從後言. 面從腹背. 面從心違.**

〔**莊子·盜跖**〕孔子曰, 丘聞之, 凡天下有三德, 生而長大 美好無雙, ……. 知維天地, 能辯諸物, ……. 勇悍果敢, 聚衆率兵, ……. 盜跖大怒曰,……. 丘雖不吾譽, 吾獨不自知邪. 且吾聞之, ○○○○○, ○○○○○○. 〔**書經·虞書·益稷**〕予違汝弼, 汝無面從, 退有後言, 欽四隣. 〔**西晉 陳壽 三國志·蜀志·蔣琬傳**〕人心不同, 各從其面, 面從後言, 古人之所戒也.

好名之人, 能讓千乘之國, 苟非其人, 簞食豆羹見於色.

(食: 사, 羹: 갱, 見: 현)

명예를 좋아하는 사람은 천승(千乘)의 병거(兵車)를 가진 큰 나라(왕국)도 능히 양보를 하나 만일 (명예를 좋아하는) 그런 사람이 아니라면 한 그릇의 밥과 한 그릇의 국에도 그 기색을 나타낸다. 명예를 추구하는 사람은 사소한 이해관계에도 얼굴빛을 붉힌다는 뜻. (名 : 명예. 명성. 簞食豆羹 : 한 도시락의 밥과 한 그릇의 국. 변변치 못한 소량의 음식물. 見 : 現과 통한다.) → **簞食豆羹.**

〔**孟子·盡心下**〕○○○○, ○○○○○○, ○○○○, ○○○○○○○.

好稱人惡, 人亦道其惡, 好憎人者, 亦爲人所憎.

(稱: 칭)

남의 나쁜 행실을 말하기를 좋아하면 남도 또한 그 사람의 나쁜 행실을 이를 것이고, 남을 미워하기를 좋아하면 역시 남도 그를 미워하게 된다. 사람은 대개 상대방의 자신에 대한 태도에 상응하는 태도를 취한다는 뜻. (稱 : 일컫다. 말하다. 道 : 이르다. 말하다. 惡 : 나쁜 행실. 도덕적으로 나쁘고 바르지 아니한 일.)

〔**說苑·談叢**〕○○○○, ○○○○○, ○○○○, ○○○○○.

和大怨, 必有餘怨, 安可以爲善.

큰 원한을 푼다고 하더라도 반드시 남은 원한이 마음속에 감추어져 있을 것이니, 어찌 그것을 좋은 일이라고 여길 것인가? 여기에서 말하는 큰 원한은 세금을 독촉하여 거두어들이는 공직자의 자세에서 생겨난 것을 뜻하는 것으로, 이에 따라 한 번 원한이 맺히면 아무리 친절을 베푸어 주어도 끝내 풀기는 어려운 것이어서 이것을 선정이라고 할 수 없다는 의미. (和 : 서로 다투는 일을 풀다. 善 : 좋다. 훌륭하다.)

〔 **老子·第七十九章** 〕 ○○○, ○○○○, ○○○○○. 是以聖人執左契, 而不責於人. 有德司契, 無德司徹.

畫人物難, 畫鬼魅易.
매 이

인물을 그리는 것은 어렵고, 도깨비를 그리는 것은 쉽다. (喻) 거짓된 것을 하기는 쉽고, 진실을 행하기는 어렵다.

〔 **韓非子·外儲說左上** 〕 客有爲齊王畫者, 齊王問曰, 畫孰最難者. 曰, 犬馬最難. 孰易者. 曰, 鬼魅最易. 夫犬馬, 人所知也, 旦暮罄於前, 不可不類之, 故難. 鬼魅, 無形者, 不罄於前, 故易之也. 〔 **淸 阮葵生·茶餘客話** 〕 昔人謂, ○○○○, ○○○○. 諸儒皆畫鬼魅者也.

淮陰屠中少年, 有侮信者, 因衆辱之, 曰, 若雖長大好帶釰, 中情怯耳. 能死刺我, 不能出我胯下. 信熱親之, 俛出胯下蒲伏.
도 과 부

淮陰 땅 도살장 주변에 사는 소년에 韓信을 업신여기는 자가 있었다. 그는 무리에 의지하여 韓信을 욕하면서 말하기를 "네가 비록 키가 크고 몸이 뚱뚱하며 칼 차기를 좋아하나, 속 마음은 겁쟁이일 뿐이다. 나를 죽일 수 있다면 찌르고, 그럴 수 없다면 내 사타구니 밑으로 빠져나가라"라고 하였다. 韓信이 몸 달아서 가까이하고 몸을 구푸려서 사타구니 밑으로 기어서 빠져나갔다. (한 시장 사람들이 다 韓信이 겁쟁이라고 비웃었다.) 漢 高祖의 명신하가 된 韓信이 본래 겁쟁이어서가 아니라 시장의 무뢰배와의 불필요한 다툼을 피하기 위해 이와 같은 굴욕적인 행동을 한 것. (因 : …에 의지하다. / …을 이용하다. 若 : 너. 釰 : 칼. = 刀. 中情 : 속에서 우러나는 참된 마음. 熱 : 몸 달다. 흥분하다. 親 : 가까이하다. 俛 :구푸리다. 蒲伏 : 배를 땅에 붙이고 기다. = 匍匐.) → **俛出胯下.**

〔 **十八史略·中古·秦漢篇** 〕○○○○○○, ○○○○, ○○○○, ○, ○○○○○○○, ○○○○. ○○○○, ○○○○○○, ○○○○, ○○○○○○. 一市人, 皆笑信怯.

3. 行動 一般

擧世混濁, 何不隨其流而 揚其波.

온 세상이 혼탁한데 어찌 그 흐름을 따라서 그 물결을 일으키지 않으랴 ! 세상이 혼탁하므로 시세를 따라 세상 사람과 행동을 같이 할 수 밖에 없다는 뜻. (擧世 : 온 세상. 세상 사람 모두. 隨流揚波 : 물의 흐름을 따라서 물결을 일으키다. 사람의 언행에 확고한 주견정견신념이 없이 시대조류에 좌우된다는 비유, 남의 장단에 춤을 춘다는 비유.) → **隨流揚波. 隨波逐流. 隨波逐浪. 隨波漂流.**

〔 **史記·屈原賈生列傳** 〕 漁父曰, 夫聖人者, 不凝滯於物 而能與世推移. ○○○○, ○○○○○○○○○. 〔 **南朝 梁 吳均·續齊諧記** 〕 昔周公卜洛邑, 固流水以泛酒. 故逸詩云, 羽觴隨波流. 〔 **白居易·浪淘沙詩** 〕

隨波逐浪到天涯, 遷客生還有幾家. 〔**宋 孫奕·鄕原**〕 所謂鄕原, 卽推原人之情意, 隨波逐流, 佞僞馳騁, 苟合求媚於世. 〔**宋 釋普濟·五燈會元**〕 看風使舵, 正是隨波逐流. 〔**南宋 朱熹·朱子全書·歷代一·晋**〕 石林說王導只是隨波逐流底人, 謝安却較有建立, 也煞有心于中原.

功莫美於去惡而爲善, 罪莫大於去善而爲惡.

공을 이루는 것은 나쁜 일을 없애고 착한 일을 행하는 것보다 더 좋은 것은 없고, 죄를 짓는 것은 좋은 일을 없애고 나쁜 일을 행하는 것보다 더 큰 것은 없다. (美 : 좋다. 去 : 없애다. 제거하다.)

〔**漢 賈誼·新書·脩政語上**〕 顓頊曰, ○○○○○○○○○, ○○○○○○○○○, 故非吾善善而已也, 善緣善也. 非惡惡而已也, 惡緣惡也.

權門私竇(두), 不可著(착)脚, 一著則點汚終身.

권세있는 집안과 사리를 추구하는 소굴에는 발을 들여놓지 말 것이니, 한번 발을 들여 놓으면 곧 평생토록 더러운 낙인이 찍히게 된다. (私竇 : 사리를 추구하는 소굴. 竇는 구멍. 땅굴. 동굴. 著脚 : 발을 붙이다. 발을 들여놓다. 點汚 : 더러움에 물들다. 오점을 남기다. 더러운 낙인이 찍힘을 이른다.)

〔**菜根譚·百十一**〕 公平正論, 不可犯手, 一犯, 則貽羞萬世. ○○○○, ○○○○, ○○, ○○○○○.

規小節者不能成榮名, 惡(오)小恥者不能立大功.

사소한 일에 구애되는 사람은 빛나는 명성을 이룩할 수 없고, 작은 부끄러움을 싫어하는 사람은 큰 공을 세울 수 없다. (規 : 한정하다. 구애되다. 小節 : 사소한 일. 대수롭지 않은 일. / 자질구레한 예절. 榮名 : 영광스러운 명성. 찬란한 명성.)

〔**史記·魯仲連 鄒陽列傳**〕 魯連乃爲書, 約之矢以射城中, 遺燕將. 書曰, ……. 且吾聞之, ○○○○○○○○○, ○○○○○○○○○.

其施厚者其報美, 其怨大者其禍深. 薄施而厚望, 畜怨而無患者, 古今未之有也.

사람에게 은혜를 베푼 것이 많으면 그 사람에 대한 보답이 좋고, 사람에게 원망한 것이 크면 그 원망 대상자가 받는 재앙도 깊다. 사람들은 적게 베풀고 많이 보답해 주기를 바라지만, 원망을 쌓아놓으면 그 재앙을 받지 않는 일은 고금에 아직 없었다. (厚 : 두텁다. 두껍다. 무겁다. 많다. 깊다. 크다. 美 : 좋다. 훌륭하다. 深 : 깊다./ 심하다. 무겁다. 후하다.)

〔**淮南子·繆稱訓**〕 ○○○○○○○, ○○○○○○○, ○○○○○, ○○○○○○, ○○○○○○.

其進銳者, 其退速.

앞으로 나아가는 것이 재빠른 자는 뒤로 물러서는 것도 빠르다. 한 가지 일에 빨리 나아가는 자는 거기에 심혈을 기울이는 것이 너무 지나쳐서 그 기력이 쇠진하기 쉬우므로 물러서는 것도 빠르게 된다는 것. 학문의 탐구·일의 처리·교우관계 등에 있어서 그 진행을 빨리하는 자는 후퇴하는 것도 빠르다는 말. (銳 : 재빠르다. 민속하다.) → **進銳退速**.

〔**孟子·盡心上**〕孟子曰, 於不可已而已者, 無所不已. 於所厚者薄, 無所不薄也. ○○○○. ○○○. 〔**論衡**〕其進銳者, 退速.

馬不打不奔, 人不激不發.

말은 때리지 않으면 달리지 아니하고, 사람은 충동하지 않으면 일어나지 않는다. 사람은 외부에서 격동시켜야 비로소 분발하는 것을 가리키는 말. (奔 : 빨리 달리다. 激 : 감정을 자극하다. 충동하다. 촉발시키다. 發 : 일어나다. 일으키다. 출발하다. 행동을 취하다.)

〔**元 無名氏·漁樵記**〕氷不搦不寒, 木不鑽不透, ○○○○○, ○○○○○.

撫我則后, 虐我則讎.

나를 어루만져주면 곧 그는 임금이고, 나를 학대하면 곧 그는 원수이다. 내 입장이 되어 잘 보살펴 주는 사람은 곧 우러러 받들게 되고, 위압 등으로 나를 학대하는 사람은 곧 원수와 같이 미워하게 된다는 의미. (撫 : 어루만지다. 위로하다. / 사랑하다. 后 : 임금. 군주. 천자. 제후./ 왕비. 후비.)

〔**書經·周書·泰誓下**〕古人有言曰, ○○○○, ○○○○. 獨夫受洪惟作威, 乃汝世讎.

武安怒曰, 與長孺共一老禿翁, 何爲首鼠兩端.

독

漢나라 孝景王 때의 武安侯(田蚡의 封號)가 성내어 말하기를 "(내가) 長孺(어사대부 韓安國의 자) 그대와 함께 한 늙은 대머리 노인을 공동으로 대응하기로 했는데 그대는 왜 그렇게 애매모호하게 구멍에서 머리만 내밀고 좌우 양쪽을 엿보는 쥐와 같이 하는가?"라고 하였다. 힘 없는 노인을 상대로 태도를 애매모호하게 하여 이것도 겁내고 저것도 두려워하며 결단을 내리지 못함을 나타내는 말. (共 : 공동으로 대응하다. 공동으로 대처하다. 함께 맞서다. 禿翁 : 대머리 노인. 首鼠兩端 : 쥐가 구멍을 나올 때 머리를 내밀고 좌우 양쪽을 살펴보며 우물쭈물하다. 어느 쪽으로도 마음을 결정하지 못하고 머뭇거리며 주저, 관망함을 비유. 태도가 분명하지 않고 우유부단하여 우물쭈물함을 비유. / 어느 쪽에도 붙지 않고 양다리를 걸침을 비유.) → **首鼠兩端. 首施兩端.**

〔**史記·魏其·武安侯列傳**〕武安(名 田蚡) 已罷朝, 出止車門, 召韓御史大夫載, 怒曰, 與長孺共一老禿翁, 何爲首鼠兩端.

聞所聞而來, 見所見而去.

소문을 듣고서야 비로소 오고, 보려고 생각하는 것을 보고나서 간다. 오고 가는 것이 다 목적이 있음을 기리키는 말.

〔**淸 曾廷枚·古諺閑譚**〕 籍通引古諺古語, …… ○○○○○, ○○○○○.

發乎情, 止乎禮儀.

(사람의 행위는) 감정에서 일어나서 예의에서 멈춘다. 사람의 행위는 원래 감정의 지배를 받으나 예의의 제약을 받음을 가리키는 것.

〔**毛詩詁訓傳**〕 變風○○○, ○○○○. 發乎情, 民之性也, 止乎禮儀, 先王之澤也. 〔**警世通言**〕 十娘放開雨手, 冷笑一聲道, 爲郎君畫此計者, 此人乃大英雄也. 郎君千金之資, 旣得恢復, 而妾歸他姓, 又不致爲行李之累, 發乎情, 止乎禮, 誠兩便之策也.

不曰如之何, 如之何者, 吾末如之何也已矣.

(만약 한 사람이 사전에) "이 일을 어떻게 해야 할까, 어떻게 할까"라고 말하지 않는다면 나(孔子)도 그 사람에 대하여 어떻게 해야 할 수가 없을 뿐이다. 본인이 심사숙고하고 잘 살펴서 분발, 노력하지 않으면 다른 어떤 사람도 도와줄 수 없음을 이르는 말. (如之何, 如之何 : 어떻게 할까, 어떻게 할까라고 되풀이 하는 것. 일을 심사숙고하고 잘 살펴서 처리하는 것을 말한다. 末 : 없다. 아니다. 않다.)

〔**論語·衛靈公**〕 子曰, ○○○○○, ○○○○, ○○○○○○○○○.

山中有直樹, 世上無直人.

산 속에는 곧은 나무가 있으나, 세상에는 정직한 사람이 없음을 형용.

〔**明 鄭之珍·目蓮救母**〕 古人論求財者寧向直中取, 不可曲中求. …… 豈不聞, ○○○○○, ○○○○○.

上不正, 下參差.

참 치

웃 사람이 올바르지 못하면 아랫 사람도 난잡하다. 상급자·선배가 좋지 않으면 곧 하급자·후배도 곧 따라서 나쁜 짓을 배운다는 뜻. 사람을 거느리는 데는 반드시 솔선수범하여 남의 모범(본보기)이 되는 것이 필요함을 강조하는 말. (參差 : 가지런하지 못하다. 난잡하다. 뒤섞인 모양. 參은 세 개가 섞인 것, 差는 두 개가 섞인 것을 뜻한다.) = **上梁不正下梁歪**. → **上梁不正**.

〔**晉 楊泉·物理論**〕 語曰, ○○○, ○○○者, 所以欺其民也.

上有好者, 下必有甚焉者.

웃 사람이 좋아하는 것이 있으면 아랫 사람은 반드시 그보다 더 좋아하게 된다. 좋아하는 어떤 사물이 있으면 곧 반드시 타에 비하여 이것을 더 심하게 좋아하게 된다는 말. (上 : 웃 사람. 상사. 상급자. 下 : 아랫 사람. 부하. 하급자. 甚焉者 : 그 보다 심한 것. ※ 그 정도가 깊다는 뜻.) =**上好則下必甚. 上好之, 下必趣之.**

〔**孟子·滕文公上**〕○○○○, ○○○○○○矣, 君子之德風也, 小人之德草也, 草尙之風心偃, 是在世子. 〔**後漢書·黨錮傳**〕夫上好則下必甚, 矯枉故直必過, 其理然矣. 〔**晉 傅玄·傅子·戒言**〕故上好之, 下必趣之. 趣之不已, 雖死不避也.

西施病心而矉其里, 其里之醜人見而美之, 歸亦捧心而矉其里. 其里之富人見之, 堅閉門而不出.

(빈)

趙나라 미인 西施가 가슴앓이를 하여 그 마을에서 얼굴을 찌푸렸다. 그때 그 마을 추녀들은 이것을 보고 아름답다고 여겨 집에 돌아와 두손으로 가슴을 누르고 미간을 찡그리니, 그 마을의 부자들은 이것을 보고 문을 굳게 닫고 나오지 아니했다. (喩) 시비·선악의 판단없이 맹목적으로 남의 것을 모방한 결과 바람직한 것과는 정반대가 되다. 남의 좋지 않은 것을 모방했다가 오히려 그 추한 것이 더 증가하다. / 같은 행위라도 그것을 행하는 경우에 따라 가치의 차이가 생긴다. (病心 : 가슴병을 앓다. 矉 : 찡그리다. 얼굴을 찌푸리다. = 顰. 其里 : 그 마을. 다만 矉其里의 其里는 衍文이라는 馬敍倫의 설도 있다. 捧心 : 손이나 손가락으로 가슴을 누르다.) → **捧心效西子. 東施效顰.**

〔**莊子·天運**〕○○○○○○○○, ○○○○○○○○○, ○○○○○○○○. ○○○○○○○, ○○○○○○. 貧人見之, 挈妻子而去之走. 〔**韻語陽秋**〕黃魯直詩云, 世有捧心學, 取笑如東施. 本平寰宇記載西施事云, 施其姓也, 是時有東施家西施家.

聲無小而不聞, 行無隱而不形.

소리는 작다고 해서 들리지 않는 것이 아니고, 행실은 숨기려고 해도 그 행적이 드러나지 않는 것이 아니다. 기색을 드러내지 않은 일도 반드시 노출이 된다는 뜻. (無隱而不形 : 아무리 은폐하려고 해도 그 형적이 드러나지 않는 것이 없다.)

〔**荀子·勸學**〕昔者瓠巴鼓瑟, 而流魚出聽. 伯牙鼓琴, 而六馬仰秣. 故○○○○○○, ○○○○○○. 〔**說苑·談叢**〕聲無細而不聞, 行無隱而不明. 〔**晉書·符堅載記**〕堅嘆曰, 其向蒼蠅乎. 聲狀非常, 吾固惡之. 諺曰, 欲人不知, 莫若勿爲. 聲無細而弗聞, 事未形而必彰者, 其此之謂也.

城中好高髻, 四方高一尺, 城中好廣眉, 四方且半額, 城中好大袖, 四方全匹帛.

(髻: 계, 帛: 백)

성 안에서 높은 상투를 좋아하면 주변 일대에서는 상투가 한 자 길이로 높아지고, 성 안에서 넓은 눈썹을 좋아하면 주변 일대에서는 반으로 줄어든 이마를 가진 사람이 많으며, 성 안에서 큰 소매를 좋아하면 주변 일대에서는 한 필의 비단으로 만든 소매를 다 갖춘다. (喻) 웃 사람이 하는 것을 아랫 사람이 본받는 것이 더욱 강렬해진다. (城中 : 지금의 도심지를 이르는 말. 髻 : 상투. 且 : 많은 모양. 全 : 갖추다. 다 갖추어지다.)

〔**後漢書·馬援傳**〕 長安語曰, ○○○○○, ○○○○○, ○○○○○, ○○○○○, ○○○○○, ○○○○○. 斯言如戱, 有切事實.

世能祖祖, 鮮能下下. 祖祖爲親, 下下爲君.

세상 사람들은 조상을 우러러 받들기는 하여도 아랫 사람을 아랫 사람으로 대우하는 것은 드물다. 조상을 우러러 받드는 자는 한 친족을 다스릴 수 있고, 아랫 사람을 아랫 사람으로 대우하는 사람은 임금이 될 수 있다. (世 : 세상 사람. 祖祖 : 조상을 우러러 받들다. 선조를 선조로 받들다. 下下 : 아랫 사람을 아랫 사람으로 대우하다. 爲親 : 친족을 다스리다. 爲君 : 임금이 되다.)

〔**三略·上略**〕 ○○○○, ○○○○. ○○○○, ○○○○.

世人聞此皆掉頭, 有如東風射馬耳.

(掉: 도)

세상 사람들이 이를 듣고도 다 머리를 흔들며 동풍이 말의 귓전을 재빨리 스쳐가는 것과 같이 하다. 세상 사람들이 남의 비평·의견·말을 조금도 귀담아 듣지 않고 무관심하게 흘려버림을 이르는 말. (由) 성품이 고결하고 훌륭한 인물이 세상에 받아들여지지 않는 것을 한탄하는 李白의 시 答王十二寒夜獨酌有懷에서 "지금 세상은 투계의 재주가 있는 사람이 천자의 귀여움을 받고, 만적의 침입에 적은 공을 세운 인간이 충신인양 날뛰는 판"이라고 하면서 그러한 위인의 흉내를 낼 수 없는 그대와 나는 북창에 기대어 시부나 지을 수 밖에 없는데 그러나 어떤 걸작이 만들어지든, 그것이 만언(萬言)에 이르는 것이라도 세상에서는 한 그릇 물의 가치도 없고, 또 위와 같이 세상 사람들은 아무 관심을 갖지 않을 것이라고 한탄한 내용. (掉頭 : 머리를 흔들다. 어떤 일을 부정하는 모양을 이르는 말. 如 : …과 같이 하다. 射 : 쏘는 화살처럼 나가다. 뒤쫓아가다. 재빨리 나아가다.) → **馬耳東風**.

〔**李白·答王十二寒夜獨酌有懷詩**〕 吟詩作賦窗裏, 萬言不直一杯水, ○○○○○○○, ○○○○○○○. 〔**蘇軾·和何長官六言詩**〕 青山自是絶世, 無人誰與爲容, 說向市朝公子, 何殊馬耳東風. 〔**陸遊·詩**〕 萬事從渠馬耳風.

小不忍. 則亂大謀.

작은 것을 참지 못하면 큰 계책을 어지럽힌다. 참을성이 없어 하찮고 자질구레한 일을 참지 못하면 큰 일을 성취시킬 수 없다는 말.

〔**論語·衛靈公**〕巧言亂德, ○○○, ○○○○. 〔**三國演義**〕○○○, ○○○○. 父親若與他不睦, 必誤國家大事.

視, 上於面則敖(오), 下於帶則憂, 傾則姦.

시선이 남의 얼굴보다 올라가면 오만하고, 허리띠보다 내려가면 근심스러우며, 곁눈질하면 간사한 것이다. 사람을 볼 때 시선이 상대방의 얼굴보다 높으면 곧 오만함을 나타내고, 시선이 상대방의 허리띠보다 낮으면 곧 우울함을 나타내며, 만일 사람을 곁눈질하여 보면 곧 간사함을 나타낸다는 말.

〔**禮記·曲禮下**〕天子視, 不上於袷, 不下於帶. 國君, 綏視. 大夫, 衡視. 士, 視五步. 凡○, ○○○○○, ○○○○○, ○○○.

失晨之鷄, 思補更(갱)鳴.

새벽을 알리는 일을 그르친 닭이 고치어 다시 울 것을 생각하다. (喩) 공을 이루려면 잘못을 고쳐야 한다.

〔**曹操·選擧令**〕諺曰, ○○○○, ○○○○. 昔季闔在白馬, 有受金奴婢之罪, 棄而弗問. 後以爲濟北相, 以其能故.

於不可已(이)而已者, 無所不已, 於所厚者薄, 無所不薄也.

그만 두어서는 안될 일에서 그만두는 사람은 그만두지 않을 일이 없고, 후하게 대하여야 할 사람에게 박하게 대한다면 박하게 대하지 않을 사람이 없다. 도리상 그만 두어서는 안될 일에서조차 그만 두는 사람은 아무리 필요한 일이라도 하지 않으며, 베풀어야 할 데에 인정을 베풀지 않는다는 말. (已 : 그치다. 그만두다. ≒ 止. 不可已 : 不可止니 하지 않을 수 없음을 이른다. 無所不已 : 그만두지 않는 것이 없다.)

〔**孟子·盡心上**〕孟子曰, ○○○○○○○, ○○○○. ○○○○○, ○○○○○. 其進銳者, 其退速.

畏首畏尾, 身其餘幾.

머리가 어찌될까 두려워하고 꼬리가 어찌될까 두려워한다면, 몸 전체중 걱정되지 않는 나머지가 얼마나 될까? (喩) 사전에 너무 신중히 생각하여 무서워서 앞으로 나아가지 못하다. 조심하는 정도가 지나쳐서 아무 일도 할 수 없다. 의심하고 근심하는 것이 지나치게 많고 겁이 많아 논쟁이 일어나는 것을 두려워하다. → **畏首畏尾**.

〔**春秋左氏傳·文公十七年**〕古人有言, 曰, ○○○○, ○○○○. 又曰, 鹿死不擇音. 〔**淮南子·說林訓**〕畏首畏尾, 身凡有幾. < 高誘注 > 畏始畏終, 中身不畏, 凡有幾何. 言常畏也.

牛蹏之涔, 不能生鱣鮪. 蜂房不容鵠卵, 小形不足以包大體也.
제 잠 전유 곡

소 발자국에 고인 물에는 철갑상어나 다랑어가 살 수 없고, 벌 집은 고니의 알을 받아들이지 못한다. 그것은 작은 형체는 큰 형체를 포용하기에 부족하기 때문이다. 작은 것은 큰 것을 포용하지 못한다는 말. (蹏 : 발굽. = 蹄. 涔 : 고인물.) → **蜂房不容鵠卵.**

〔**淮南子·氾論訓**〕○○○○, ○○○○○. ○○○○○○, ○○○○○○○○○. 夫人之情莫不所短, 誠其大略是也. 〔**淮南子·俶眞訓**〕牛蹏之涔, 無尺之鯉, 塊阜之山, 無丈之材. 所以然者何也. 皆其營宇狹小, 而不能容巨大也.

越人視秦人肥瘠.
척

越나라 사람이 멀리 떨어진 秦나라 사람의 살찌고 여위고 하는 것을 바라보다. (喩) 먼 거리여서 아무 관계가 없고 관심도 없다. 사람이나 일에 대하여 냉담하게도 전혀 관심을 갖지 않다. (瘠 : 여위다. 파리하다.) → **越人視秦.**

〔**韓愈·爭臣論**〕視政之得失, 若○○○○○○○○, 忽焉不加喜戚於其心.

揉曲木者不累日, 銷金石者不累月.
유 소

굽은 나무를 휘어서 바로 잡는 사람은 며칠을 유지하지 못하고, 금석을 녹이는 사람은 몇 달을 유지하지 못한다. (喩) 사람을 억지로 자기에게 순종시키거나 혹은 훌륭한 사물을 함부로 손해나게 하는 사람은 오래 유지할 수 없다. (揉木 : 나무를 휘어잡다. 累 : 쌓다. 포개다. / 겹치다. 연속하다. 중첩하다./ 묶다. 동여매다./ 늘다. 늘리다. ※ 여기서는 유지하다로 해석. 銷 : 금속을 녹이다. 金石 : 쇠와 돌. 금속류와 옥석류. 매우 굳고 단단한 것의 비유.)

〔**漢書·公孫弘傳.**〕臣聞 ○○○○○○○, ○○○○○○○. 夫人之于利害好惡, 豈比禽獸木石之類哉.

有不虞之譽, 有求全之毁.
우 훼

생각하지도 않은데도 칭찬을 받는 수도 있고, 추구하려다가 비방을 받는 일도 있다. 행실이 칭찬을 받기에 부족한 데도 우연히 칭찬을 받는 것을 불우지예(不虞之譽)라고 하고, 비방을 면하려고 추구하다가 오히려 비방을 받는 것을 구전지훼(求全之毁)라고 하는데, 이 칭찬과 비방은 다 진실된 것이 아닐 수 있으므로 이에 대하여 기뻐하거나 근심할 것이 없다는 것. (虞 : 헤아리다. 예상하다. 求全 : 완전을 추구하다.) → **不虞之譽. 求全之毁.**

〔**孟子·離婁上**〕孟子曰, ○○○○○, ○○○○○. < 朱注 > 呂氏曰, 行不足以致譽而偶得譽, 是謂不虞之譽. 求免於毁而反致毁, 是謂求全之毁. 言毁譽之言, 未必皆實, 修己者不可以是遽爲憂喜.

柔亦不茹(여), 剛亦不吐.

부드러운 것을 먹지 아니하고, 딱딱한 것을 뱉지도 않는다. (喻) 연약한 자라고 하여 업신여기지도, 속이지도 않으며, 강한 자라고 하여 두려워하지도, 피하지도 않는다. 선한 자를 속이지 않으며 악한 자를 두려워하지도 않는다. (茹 : 먹다./ 받아들이다.) ↔ **柔則茹之, 剛則吐之. 柔茹剛吐. 茹柔吐剛.**

〔 **詩經·大雅·烝民** 〕 人亦有言, 柔則茹之, 剛則吐之. 維仲山甫, ○○○○, ○○○○, 不侮矜寡, 不畏彊禦. <朱熹 · 集傳 > 不茹柔, 故不侮矜寡. 不吐剛, 故不畏彊禦.

有而不施, 窮無與也.

(재물이) 있는데도 남에게 은덕을 베풀지 않으면 궁해졌을 때 (남들이 나에게) 도와주는 일이 없다. 서로 주는 것이 없으면 서로 친근해질 수 없다는 말.

〔 **荀子·法行** 〕 孔子曰, 君子有三思, 而不可不思也. 少而不學, 長無能也, 老而不教, 死無思也, ○○○○, ○○○○. 是故君子 ……, 有思窮, 則施也.

易樂者必多哀, 輕施者必好奪.

즐거워하기 쉬운 사람은 슬퍼하는 일이 많고, 베푸는 것을 가벼이하는 사람은 빼앗기기도 쉽다. (好 : …하기 쉽다.)

〔 **隋 王通·文中子** 〕 ○○○○○○, ○○○○○○.

爾(이)爲爾, 我爲我, 雖袒裼裸裎(단석나정)於我側, 爾焉能浼(매)我哉.

너는 너이고 나는 나인데, 네가 비록 내 곁에서 웃옷을 벗어 어깨를 드러내고 발가벗어 온몸을 드러내어 서있은들, 네가 어찌 나를 더럽힐 수 있으랴 ! 상대방이 어떤 무례한 행위를 해도 내가 관여할 바 아니며, 그것이 나에게 어떤 영향도 미칠 수 없다는 뜻. (爲 : …이다. 袒裼裸裎 : 웃옷을 벗어 어깨를 드러내고 발가벗어 온몸을 드러내다. 무례한 행위를 함을 비유. 焉 : 어찌. 浼 : 더럽히다. 명예 등이 손상되다.) → **袒裼裸裎.**

〔 **孟子·公孫丑上** 〕 孟子曰, ……. 故曰, ○○○, ○○○, ○○○○○○○○, ○○○○○○. 〔 **孟子·萬章下** 〕 ○○○, ○○○, ○○○○○○○○, ○○○○○○.

人不知, 鬼不覺.

사람은 알지 못하고 귀신도 느끼지 못하다. 행동 · 태도 등이 은밀하여 아무도 조금도 알아차리지 못하고 있음을 형용. = **神不知, 鬼不覺.**

〔**墨子·耕柱**〕巫馬子謂子墨子曰, 子之爲義也, 人不見而耶, 鬼不見而富, 而子爲之, 有狂疾. 〔**通俗編·神鬼**〕墨子 耕作篇, 巫馬子謂, 墨子之爲義也, 人不見而貴, 鬼不見而富. 元人爭報恩, 冤家債主等曲, 俱有○○○○○○語. 〔**警世通言**〕驀地到曹家, 神不知, 鬼不覺, 完全親事.

人恒過, 然後能改. 困於心, 衡(橫)於慮, 而後作.

사람은 항상 잘못을 저지르고 난 다음에야 비로소 바로잡고, 마음이 괴로움을 겪고 생각이 가로막혀 답답해진 다음에야 분발한다. (過 : 과오를 범하다. 잘못하여 법을 어기다. 困於心, 衡於慮 = 困心衡慮 : 마음이 괴로움을 겪고 생각이 가로막히다. 마음으로 괴로워하고 가슴이 답답하다. 衡은 가로 눕다. 가로막히다 ≒ 橫.) → **困心衡慮.**

〔**孟子·告子下**〕○○○, ○○○○. ○○○, ○○○○, ○○○. 徵於色, 發於聲而後喩.

一飯之德必償, 睚眦之怨必報.

애 자

한 끼니 식사를 준 은덕도 반드시 갚으며, 눈을 흘겨보는 정도의 원한도 반드시 갚는다. 아주 작은 은덕이나 원한을 반드시 갚는다는 말. (睚眦 : 눈을 흘겨보다. 눈을 부라리다.)

〔**史記·范雎蔡澤列傳**〕范雎於是散家財物, 盡以報所嘗困危者. ○○○○○○, ○○○○○○. 〔**十八史略·上古·春秋戰國篇**〕○○○○○○, ○○○○○○. 〔**明 黃粹吾·續西廂升仙記**〕睚眦, 以怒目視人也. 語曰, 一飯之德必報, 睚眦之怨必酬. 〔**淸 朱朝在·五代榮**〕常言道, 纖介之仇必報, 一般之德必酬. 小子素無相識, 蒙大相公周全救濟, 鏤骨難忘.

知慮者, 禍福之門戶也. 動靜者, 利害之樞機也.

(사람의) 지능과 사려는 화와 복이 드나드는 문이고, (사람의) 행동거지는 이와 해를 가져오는 요체이다. 사람의 지적인 능력이나 그 활동은 그 정도에 따라 재앙과 복록이 결정되고, 사람의 행동은 옳고 그름에 따라 이로움과 해로움이 결정됨을 이르는 말. (知 : 지능. 지식. 지각. 지혜. 慮 : 사려. 門戶 : 대문과 지게문./ 입구. 動靜 : 움직이는 일과 가만히 있는 일. 동태. 행동거지. 樞機 : 문지도리와 쇠뇌의 발사장치로 사물의 관건. 사물의 요긴한 곳. 중추가 되는 기관.)

〔**淮南子·人間訓**〕○○○, ○○○○○○. ○○○, ○○○○○○. 百事之變化, 國家之治亂, 待而後成.

疾雷不及掩耳, 迅雷不及瞑目.

엄 명

재빠른 천둥에는 귀를 가릴 겨를이 없고, 빠른 번개에 눈을 감을 사이가 없다. (喩) 행동이 너무 빨라서 사람이 미처 막아내지 못하다. / 동작이나 사건이 돌발적으로 일어나서 미처 대응할 겨를이 없다. → **迅雷不及掩耳.**

〔**六韜·龍韜**〕智者從之而不失, 巧者一決而不猶豫, 是以○○○○○○, ○○○○○○. 赴之若驚, 用之若狂, 當之者破, 近之者亡, 孰能禦之. 〔**淮南子·兵略訓**〕疾雷不及塞耳, 疾霆不暇掩目. 〔**晉書·石勒載記**〕迅雷不及掩耳. 〔**新唐書·李靖傳**〕震霆不及塞聰. 〔**事類全書**〕宋景文公, 修唐史, 好以艱深辭文淺易說, 歐公思以有諷之, 一日大書其壁曰, 宵寐匪貞札闥洪休, 宋見之曰, 非夜夢不祥, 題門大吉呼, 何必求異如此, 歐公曰, 李靖傳云, 震雷無暇掩聰, 亦是類也, 宋公慙退, 今有所謂震霆不及掩耳, 係再改.

此事如擊石火, 似閃電光.
섬

이 일은 부딪쳐서 일어나는 돌의 불과 같고, 번쩍거리는 번갯불과 같다. 동작의 속도가 극히 빠른 것을 비유. 시간이 순식간에 흘러감을 형용. (閃 : 번쩍이다.) → **石火電光. 電光石火.**

〔**五燈會元·保福從展禪師**〕○○○○○○, ○○○○. 〔**蝴蝶夢傳奇**〕似電光石火, 一靈頃刻歸黃壤. 〔**釋道原·景德傳燈錄**〕僧問, 如何是佛法大意. …… 師曰, 電光石火, 已經塵劫.

天下有三門, 由於情欲, 入自禽門, 由於禮義, 入自人門, 由於獨智, 入自聖門.

세상에는 세 개의 문이 있으니, 정욕을 따르면 짐승의 문으로 저절로 들어가고, 예의를 따르면 사람의 문으로 저절로 들어가며, 독자적인 지혜를 따르면 성인의 길로 나아가는 문으로 들어간다. (由 : 따르다. 행하다.)

〔**揚子法言·修身**〕○○○○○, ○○○○, ○○○○, ○○○○, ○○○○, ○○○○, ○○○○.

泰山崩於前, 而色不變.

泰山이 눈 앞에서 무너져도 얼굴빛이 조금도 변하지 아니하다. (喩) 담력이 매우 크다.

〔**蘇洵·心術**〕爲將之道, 當先治心, ○○○○○, ○○○○, 麋鹿興於左, 而目不瞬, 然後可以制利害, 可以待敵.

暴腮龍門. 垂耳轅下.
폭 시

고기가 용문에 아가미를 드러내고, 귀를 수레 밑에 드리우다. 고기가 용문에 뛰어오르면 용이 되나 뛰어오르지 못해 용문 밑에서 귀를 늘어뜨리고 순종할 것을 표시하는 모양을 형용한 것. (喩) 좌절·곤궁에 처하다. 눈 앞의 안일만을 탐내며 되는대로 살아가다. / 시험에 응했다가 낙제하다. / 사업을 위해 분투하다. (暴 : 햇볕에 쬐다. 나타내다. 腮 : 아가미. = 顋.) → **暴腮龍門.**

〔**太平御覽·鱗介龍**〕(辛氏)三秦記曰, 河津, 一名龍門, 巨靈跡猶存, 去長安九百里, 水懸船而行, 旁有山, 水陸不通, 龜魚之屬, 莫能上, 江海大魚, 集龍門下數千, 不得上, 上卽爲龍, 不上者魚. 故云, 暴腮龍門. 垂耳轅下. 〔**宋 陸佃·埤雅**〕河津, 一名龍門, 兩旁有山, 魚莫能上, 大魚薄集龍門, 上則爲龍, 不得上輒暴腮水次. 故曰, ○○○○, ○○○○. 善爲魚者, 不求爲龍, 望禹門輒逝.

許敬宗曰, 卿自難記, 若遇何(遜)·劉(孝綽)·沈(約)·謝(眺), 暗中摸索, 著亦可識.

唐나라 (高宗의 왕후 王氏를 폐하고 則天武后를 옹립하는데 중심역할을 하고, 후에 宰相이 된) 許敬宗이 말하기를 "그대를 스스로 기억하기는 어렵지만, 만약 (南朝 梁나라 武帝 때 문학의 황금시대를 이룩한) 何遜·劉孝綽이나 (武帝가 전 왕조 齊나라 공자였을 때의 문학 그룹의 친구였던) 沈約·謝眺를 만났다면 어둠속에서 손으로 더듬어 찾더라도 또한 분명히 알아낼 수 있었을 것"이라고 하였다. ※ 문장 중 何遜의 何대신 曹植을 뜻하는 曹로 기록한 책도 있다. (卿 : 남을 높이어 부르는 말. 暗中摸索 : 어둠속에서 손으로 더듬어 찾는다는 말로 확실히 알지 못한 것을 어림으로 짐작하여 구하는 것. / 옛 사람의 글귀를 뜻도 모르면서 인용하는 것의 비유어로도 쓰인다.) → **暗中摸索**.

〔**唐 劉餗·隋唐嘉話**〕許敬宗性輕傲, 見人多忘之. 或謂其不聰. 曰, 卿自難記, 若遇何(遜)·劉(孝綽)·沈(約)·謝(眺), 暗中摸索著, 亦可識之. 〔**元好問·詩**〕眼處心生句自神, 暗中摸索總非眞. 〔**朱子全書**〕若在今日, 則已不得其法, 又不曉其詞, 而暗中摸索, 妄起和意.

狐埋之而狐搰(골)之, 是以無成功.

여우는 먹이를 일단 묻었다가 그 여우가 다시 파본다. 그 때문에 일을 이루지 못한다. (喩) 지나치게 의심이 많아서 일을 성공하지 못하다. (搰 : 파다.) → **狐埋狐搰**.

〔**國語·吳語**〕夫諺曰, ○○○○○○○, ○○○○○. 今天王旣封殖越國, 以明聞於天下, 而又刈亡之, 是天王之無成勞也.

4. 善行 및 惡行

見善不從, 反隨惡心, 求福不正, 反樂邪婬(음).

착한 것을 보고도 따르지 않으면, 도리어 악한 마음을 따르게 되며, 복을 구하면서도 올바르지 아니하면, 도리어 사악하고 음탕함을 즐기게 된다. (婬 : 음탕하다. = 淫.)

〔**法句經·惡行品**〕○○○○, ○○○○, ○○○○, ○○○○.

見善如不及, 見不善如探湯.

착한 일을 보면 미치지 못할 것 같이하고, 악한 일을 보면 끓는 물을 손으로 잡는 것 같이하라. 착한 일을 보면 무엇을 뒤쫓는 것과 같이 쫓아갈 수 없게 될 것을 두려워하고, 악한 일을 보면 끓는 물을 손으로 잡는 것과 같이 두려워해야 한다는 말. 선은 행하기에 힘쓰고, 악은 멀리하는데 힘쓰라는 것. (探 : 손으로 잡다. 어루만지다. 가지다.)

〔**論語·季氏**〕 孔子曰, ○○○○○, ○○○○○○○, 吾見其人矣, 吾聞其語矣.

鷄鳴而起, 孶孶爲善者, 舜之徒也. 鷄鳴而起, 孶孶爲利者, 蹠(척)之徒也.

닭이 울면 곧 일어나서 부지런히 착한 일을 행하는 것은 성군인 舜임금을 좇는 사람들이고, 닭이 울면 곧 일어나서 부지런히 이익을 추구하는데 힘쓰는 것은 도둑의 우두머리인 盜蹠의 무리이다. 舜성군인 임금과 큰 두둑인 盜蹠의 구별은 선과 이익의 차이에 불과함을 논한 것. (孶孶 : 부지런히 힘써 일하는 모양. 盜蹠 : 中國의 고대에 많은 도당을 거느리고 천하를 횡행하여 강도와 약탈을 자행한 큰 도둑. = 盜跖.)

〔**孟子·盡心上**〕 ○○○○, ○○○○○, ○○○○. ○○○○, ○○○○○, ○○○○. 欲知舜與蹠之分, 無他, 利與善之閒也.

曲木惡(오)直繩, 重罰惡明證.

구부러진 나무는 곧은 먹줄을 싫어하고, 무거운 벌을 받은 자는 명백한 증거를 싫어한다. 그릇된 것은 올바른 것을 싫어한다는 뜻.

〔**漢 王符·潛夫論·考績**〕 聖漢踐祚, 載祀四八, 而猶未者, 教不假而功不考, 賞罰稽而赦贖數也. 諺曰, ○○○○○, ○○○○○. 此群臣所以樂總猥而惡考功也.

其惡(오)惡(악)不嚴者, 必有惡(악)於己者也, 其好善不函(함)者, 必無善於己者也.

악을 미워하는 데 엄하지 않은 사람은 자기에게 반드시 악함이 있는 사람이고, 선을 좋아하는 데 너그럽지 않은 사람은 반드시 자기에게 선함이 없는 사람이다. (函 : 너그럽다. 관대하다.)

〔**呻吟語·第四章**〕 ○○○○○○○, ○○○○○○○○, ○○○○○○○, ○○○○○○○○.

吉人爲善, 惟日不足, 凶人爲不善, 亦惟日不足.

훌륭한 사람은 선을 행하는데 날이 부족하고, 나쁜 사람은 좋지 않은 일을 행하는데 또한 날이 부족하다. (吉人 : 좋은 사람. 착한 사람. 훌륭한 사람. 凶人 : 나쁜 사람. 악한 사람.)

〔**書經·周書·泰誓中**〕 我聞, ○○○○, ○○○○, ○○○○○, ○○○○○.

登山, 不以艱難而止. 積善, 不以窮否而怨.
간 비

산에 오르는데 있어 고생스럽다고 하여 그만두어서는 안되며, 선을 쌓아가는데 있어서는 내가 가난하고 천하다고 하여 남을 원망해서는 안된다. (艱難 : 고생. = 艱苦. 否 : 천하다. 거칠다. 지혜롭지 못하다. ≒ 鄙.)

〔**抱朴子·廣譬**〕○○, ○○○○○○. ○○, ○○○○○○.

勿以惡小而爲之, 勿以善小而不爲.

악이 작다고 하여 이를 하지 말며, 선이 작다고 하여 하지 아니하지 말라. 악은 작아도 하지 말고, 선은 작아도 하라는 말.

〔**三國志·蜀志·先主傳**〕(注引諸葛亮集) 審能如此, 吾復何憂. 勉之, 勉之. ○○○○○○○, ○○○○○○○. 惟賢惟德, 能服於人.〔**小學·嘉言**〕漢昭烈將終, 勅後主曰, ○○○○○○○, ○○○○○○○.

不善之人, 未必本惡, 習以性成, 遂至於此, 梁上君子是矣.

선하지 아니한 사람도 반드시 그 본바탕이 나쁜 것은 아니고, 그러한 습성이 새로운 성격을 이루어 결국은 이와 같은 악에 이르게 된 것으로, 지금 대들보 위에 있는 저 군자도 바로 이와 같이 된 사람이다. (由) 後漢 말기의 어느 해 흉년이 들어 사람들이 양식이 부족하여 괴로움을 당하고 있을 때 太丘縣의 장관인 陳寔의 집에 도둑이 들어와 대들보 위에 숨었는데, 陳寔은 이를 알아차리고 아들과 손자를 불러들인 다음 그들에게 이와 같이 훈계한 것. (本 : 바탕. 梁上君子 : 대들보 위에 있는 군자로, 도둑을 가리킨다.) → **梁上君子**.

〔**漢書·陳寔傳**〕陳寔, 字仲弓, 少作縣吏, 爲都亭刺佐. 有志好學, 坐立誦讀, 縣令奇之, 聽受業太學. 後除太丘長, 修德淸靜, 百姓以安, 時歲荒, 有盜夜入其室, 止於梁上. 寔陰見之, 呼命子孫, 正色訓之曰, 夫人不可不自勉, ○○○○, ○○○○, ○○○○, ○○○○, ○○○○○○. 盜大驚, 自投於地, 稽顙歸罪. 寔曰, 視君相貌, 不似惡人, 當由貧困. 令遺絹二匹, 自是一縣無復盜竊.

不以一惡忘衆善.

한 가지의 악한 점이 있다고 해서 다른 많은 좋은 점을 저버려서는 안된다. (忘 : 마음에 새겨두지 아니하고 저버리다.)

〔**唐太宗·帝範**〕○○○○○○○.

祥者福之先者也, 見祥而爲不善, 則福不至, 妖者禍之先者也, 見妖而爲善, 則禍不至.

길한 일의 징조는 복을 앞장서서 이끄는 것이니, 길한 일의 징조를 보고서도 선을 행하지 아니하면 복이 이르지 아니한다. 괴이한 일의 조짐은 재앙을 앞장서서 이끄는 것이니, 괴이한 일의 조짐을 보고서 선을 행하면 재앙은 이르지 아니한다. (祥 : 길조. 곧 좋은 일이 있을 징조. 운좋은 일의 징조. 길한 일의 징조. 先 : 앞장서서 가다. / 앞장서서 이끌다. 선행하다. 妖 : 괴이한 일의 조짐. 요망한 일의 징조. 재앙의 조짐.)

〔**呂氏春秋·制樂**〕湯退卜者曰, 吾聞, ○○○○○○○, ○○○○○○, ○○○○. ○○○○○○○, ○○○○○, ○○○○. 〔**韓詩外傳·卷三**〕伊尹曰, 臣聞妖者禍之先, 祥者福之先, 見妖而爲善, 則禍不至, 見祥而爲不善, 則福不臻. 〔**說苑·君道**〕毁太戊時, ……. 卜者曰, 吾聞之, 祥者福之先者也, 見祥而爲不善, 則福不生. 殃者禍之先者也, 見殃而能爲善, 則禍不至. 〔**史記·殷本紀**〕帝太戊立, 伊陟爲相. 亳有祥桑穀共生於朝, 一暮大拱. 帝太戊懼, 問伊陟. 伊陟曰, 臣聞不勝德, 帝之政其有闕與. 帝其修德. 太戊從之, 而祥桑枯死而去. 〔**論衡·感類**〕太戊之時, 桑穀生朝, 七日大拱, 太戊思政, 桑穀消亡. 〔**漢書·郊祀志**〕後八世, 帝太戊有桑穀生於廷, 一暮大拱, 懼. 伊陟曰, 祆不勝德. 太戊修德, 桑穀死. 〔**漢書·五行志下**〕伊陟相太戊, 亳有祥桑穀共生, 傳曰俱生乎朝, 七日而大拱, 伊陟以修德, 而木枯. 〔**孔子家語·五儀解**〕(위 史記殷本紀 이하 제 내용과 유사하다.)

善不積, 不足以成名. 惡不積, 不足以滅身.

선행을 많이 쌓지 않으면 명성을 떨칠 수 없고, 악행도 많이 쌓이지 않으면 몸을 망치게 되지는 않는다. (成名 : 이름을 이루다. 곧 이름나다. 유명해지다. 명성을 떨치다. 不足 : …하기에 모자라다. …할 수 없다. …하게 되지 않는다.)

〔**周易·繫辭下**〕○○○, ○○○○○. ○○○, ○○○○○.小人以小善爲無益, 而不爲也. 以小惡爲無傷, 而弗去也. 故惡積而不可掩, 罪大而不可解.

善不可失, 惡不可長

선행은 놓쳐서는 안되고, 악행은 자라게 해서는 안된다.

〔**春秋左氏傳·隱公六年**〕君子曰, ○○○○, ○○○○. 其陳桓公之謂乎. 長惡不悛, 從自及也. 雖欲救之, 其將能乎. 〔**三國志·吳志·潘濬陸凱傳**〕(注引 江表傳) 臣聞惡不可積, 過不可長. 積惡長過, 表亂之源也. 是以古人懼不聞非, 故設進善之旌, 立敢諫之鼓.

善不可謂小而無益, 不善不可謂小而無傷.

선행은 그것이 작다고 하여 유익한 것이 없다고 말할 수 없고, 악행은 그것이 작다고 하여 유해한 것이 없다고 말할 수 없다. 선행은 작아도 유익하고, 악행은 작아도 유해하다는 말. (傷 : 해롭다.)

〔**新書·審微**〕○○○○○○○○, ○○○○○○○○○. 非以小善爲一足以利天下, 小不善爲一足以亂國家也. 〔**新書·連語**〕臣竊聞之曰, ○○○○○○○○, ○○○○○○○○○.

善惡到頭終有報, 只爭來早與來遲.

선악은 결국은 갚음으로 끝나는 것으로, 다만 그 다툼은 그것 (갚음)이 빨리 오느냐, 늦게 오느냐 하는 것일 뿐이다. 선악행에는 반드시 갚음이 있다는 뜻. (到頭 : 결국. 마침내. 報 : 갚음. 보답. 도움. 은혜. 원한 등을 상대편에게서 받은 만큼 알맞은 행동으로 돌려주는 것. 與 : …과. 및.)

〔**宋 兪成·螢雪叢說**〕○○○○○○○, ○○○○○○○, 此古詩也. 〔**明 鄭若庸·玉玦記**〕善惡到頭終有報, 皇天上帝眼分明. 〔**通俗編**〕善惡若無報, 乾坤必有私, 此古語也, ○○○○○○○, ○○○○○○○. 〔**事林黃記·人事 및 存心警悟**〕善有善報, 惡有惡報, 善惡無報, 時節未到.

善惡若無報, 乾坤必有私.

만약 선행과 악행에 상응한 갚음이 없으면 하늘은 반드시 사심을 품는다.

〔**宋 兪成·螢雪叢說**〕○○○○○, ○○○○○, 此古語也. 〔**西遊記**〕人心生一念, 天地盡皆知. ○○○○○, ○○○○○.

善惡之報, 若影隨形.

착한 일이나 악한 일에 대한 갚음은 마치 그림자가 실체를 따라다니는 것과 같다. 선악에 대한 응보는 반드시, 그리고 빨리 있게 마련이라는 뜻. (形 : 형체. 실체. 본체. / 몸. 육체.)

〔**舊唐書·張士衡傳**〕○○○○, ○○○○, 此是儒書之言, 豈徒佛經所說.

善盈而後福, 惡盈而後禍.

착한 일을 가득 채우고 나면 복이 오고, 악한 일을 가득 채우면 화가 온다. 착한 일을 많이 행하면 복을 받게 되고, 악한 일을 많이 하면 재앙이 찾아온다는 말. (善 : 착한 일. 좋은 일. 선행. 盈 : 가득 차다. / 꽉 채우다. 가득하게 하다.)

〔**東周列國志**〕趙叔帶曰, 若國家有變, 當在何時. 伯陽父屈指道, 不出十年之內. 叔帶曰, 何以知之. 伯陽父曰, ○○○○○, ○○○○○. 十者, 數之盈也.

善有善報, 惡有惡報.

(사람이) 좋은 일을 하면 좋은 보답을 받고, 나쁜 일을 하면 나쁜 보답을 받는다. 좋은 일이나 나쁜 일은 각기 그에 상응한 응보를 받는 것을 가리킨다. = **積善逢善, 積惡逢惡.**

〔**法苑珠林·六道諸天·報謝**〕故經曰, 行善得善報, 行惡得惡報. 〔**事林廣記·人事**〕○○○○, ○○○○, 善惡無報, 時節未到. 〔**清平山堂話本**〕善有善報. 蓮女卽是無眼婆婆後身, 子母一門俱得成其正果.

〔**金瓶梅詞話**〕○○○○, ○○○○, 天網恢恢, 疏而不漏. 〔**元 施惠·幽閨記**〕(生) 古語, 積善逢善. (小生) 常言知恩報恩. 〔**古今小說**〕積善逢善, 積惡逢惡. 仔細思量, 天地不錯.

善人能受盡言, 謂其聞而能改之也.

(진정으로) 선량한 사람이라야 비로소 남의 기탄없는 비평도 잘 받아들일 수 있는데, 이것은 그 비평을 듣고 그것을 잘 개선할 수 있는 것을 이른다. (善人 : 선량한 사람. 자애로운 사람. 盡言 : 말을 다하다. / 기탄없이 하는 말. 생각한 바를 아무 거리낌 없이 십분 비평, 충고하는 말.)

〔**國語·周語下**〕立於淫亂之國, 而好盡言, 以招人過, 怨之本也. 惟善人能受盡言, 齊其有乎. 〔**韓愈·爭臣論**〕國武子不能得善人, 而好盡言於亂國, 是以見殺, 傳曰, 惟 ○○○○○○, ○○○○○○○○.

善人在患, 弗救不祥. 惡人在位, 不去亦不祥.

착한 사람이 고난에 처해 있을 때 그를 구해주지 않으면 상서롭지 못하고, 악한 사람이 높은 자리에 있을 때 그를 제거하지 않으면 또한 상서롭지 못하다.

〔**國語·晉語八**〕文子曰, 有人不難以死安利其國, 可無愛乎. ……吾聞之曰, ○○○○, ○○○○. ○○○○, ○○○○○. 必免叔孫. 〔**後漢書·王龔傳**〕今將軍內倚至尊, 外典國權, 言重信著, 指撝無違, 宜加表救, 濟王公之艱難. 語曰, 善人在患, 飢不及餐, 斯其時也.

善進, 則不善無由入矣, 不善進, 則善無由入矣.

착한 것이 나아가면 착하지 못한 것이 들어갈 수가 없고, 착하지 못한 것이 나아가면 착한 것이 들어갈 수가 없다. (喩) 훌륭한 사람이 조정에 나아가면 훌륭하지 못한 사람은 조정에 들어갈 길이 없고, 훌륭하지 못한 사람이 조정에 나아가 자리를 차지하고 있으면 훌륭한 이는 조정에 들어갈 방법이 없다. / 옳은 말이 들어가면 옳지 못한 말이 비집고 들어갈 틈이 없고, 옳지 못한 말이 들어가버리면 옳은 말이 먹혀들지 않는다. (無由 : …할 길이 없다. …할 도리가 없다.)

〔**晏子春秋·問上**〕孔子聞之曰, 此言也信矣. ○○, ○○○○○○○, ○○○, ○○○○○○. 〔**說苑·政理**〕孔子聞之曰, 此言也信矣. 善言進, 則不善無由入矣, 不善言進, 則善無由入矣.

誠惡惡, 知刑之本, 誠善善, 知敬之本.

오 악

진실로 악을 미워하는 것은 형벌의 근본을 아는 것이고, 진실로 선을 좋아하는 것은 공경의 근본을 아는 것이다. (誠 : 진실로. 진정으로. 앞의 善 : 좋아하다.)

〔**韓詩外傳·卷四**〕傳曰, ○○○, ○○○○, ○○○, ○○○○. 惟誠感神, 達乎民心. 知刑敬之本, 則不怒而威, 不言而信. 誠德之主也.

惡之來也, 己則取之.
기

악이 닥쳐오는 것은 그 자신이 골라서 취한 것이다. 언짢은 일을 당하는 것은 남의 탓이 아니고 나의 잘못에 연유하는 것이라는 뜻.

〔**春秋左氏傳·宣公十三年**〕君子曰, ○○○○, ○○○○, 其先穀之謂乎.

若火之燎于原, 不可嚮邇, 其猶可撲滅,
료 향 이

벌판을 태우는 불은 (그 기세가 맹렬하여) 가까이 다가갈 수 없을것 같지만, 그래도 불을 두드려 끌 수 있다. (喩) 악이 부서운 기세로 퍼지지만 이를 없앨 수 있다. / 백성을 선동하여 소란을 일으키는 세력이 두렵기는 하지만 이를 제거할 수 있다. (火之燎于原 : 맹렬한 세력으로 타번지는 불로, 맹렬한 기세로 번지는 것을 비유. = 燎原之火. 燎는 불타다. 嚮邇 : 가까이 가다. 다가가다. 猶 : 그래도. 그럼에도 불구하고. 撲滅 : 불을 두드려서 끄다.) → **燎原之火.**

〔**書經·商書·盤庚上**〕汝曷弗告朕, 而胥動以浮言, 恐沈于衆.○○○○○○, ○○○○,○○○○○. 則惟汝衆自作弗靖, 非予有咎. 〔**春秋左氏傳·隱公六年**〕尙書曰, 惡之易也, 如火之燎于原, 不可嚮邇, 其猶可撲滅.〔**春秋左氏傳·莊公十四年**〕君子曰, 商書所謂惡之易, 如火之燎于原, 不可嚮邇, 其猶可撲滅者.

颺下屠刀, 立地成佛
양 도

(佛)(손에 쥐고 있는) 도살하는 칼을 내버리면 당장 부처가 된다. 살생업자(屠夫)와 같이 매우 많은 살생을 한 나쁜 사람도 회개를 결심하여 도살하는 칼을 내버리면 즉시 좋은 사람으로 바뀔 수 있다는 뜻. 원래 불교에서 개악종선(改惡從善)할 것을 사람들에게 권하는 말. (颺下 : 집어던지다. 내버리다. 立地 : 즉시. 당장.) → **颺下屠刀. 放下屠刀.**

〔**宋 普濟·五燈會元**〕廣額正是個殺人不貶眼底漢, ○○○○, ○○○○. 〔**朱子語類·論語·雍也**〕佛家所謂放下屠刀, 立地成佛, 若有過能不貳, 直是難.

玉在山而草木潤, 淵生珠而崖不枯.
애

구슬이 산에 있으면 초목이 윤기가 나보이고, 연못에 진주가 잠겨있으면 물가의 언덕이 마르지 아니한다. (喩) 선행을 하면 결국 그 명성이 드러난다. 훌륭한 사람은 아무리 숨겨도 그 훌륭한 행적이 드러나게 된다. (崖 : 기슭. 물기슭. ≒ 涯.)

〔**荀子·勸學**〕昔者, 瓠巴鼓瑟, 而流魚出聽, 伯牙鼓琴, 而六馬仰秣. 故 ……, 行無隱而不形. ○○○○○○○, ○○○○○○○. 爲善不積邪, 安有不聞者乎. 〔**大戴禮**〕玉居山而木潤. 〔**淮南子·說山訓**〕瓠巴鼓瑟而淫魚出聽, 伯牙鼓琴而駟馬仰秣, 介子歌龍蛇而文君垂泣. 故○○○○○○○, ○○○○○○○.

熊羆眼直, 惡人橫目.

(羆: 비)

곰과 큰 곰은 눈으로 똑 바로 (노려)보고, 악한 사람은 성난 눈초리로 흘겨본다. 나쁜 사람은 다 곰과 같이 사람을 두렵게 하는 눈을 가졌다는 뜻. (羆 : 큰 곰. 곰과 비슷하나 몸집이 더 크다. 眼 : 눈 ./ 보다. 直 : 바르게 보다./ 똑 바로. 橫目 : 노한 눈초리로 흘겨보다.)

〔**宋 陸佃·埤雅**〕羆如熊, 黃白頭, …… 能立, 遇人則擘而攫之. 俗云, ○○○○, ○○○○.

爲不善遍於物不自知者, 無天禍必有人害.

만물에 대하여 두루 옳지 못한 일을 하고도 이를 스스로 알지 못하는 자는 하늘의 재앙을 받지 않더라도 반드시 사람이 이를 해칠 것이다. (遍 : 두루. 널리.)

〔**說苑·正諫**〕飽叔曰, ……. 凡○○○○○○○○○○○, ○○○○○○○. 天處甚高, 其聽甚下. 除君過言, 天且聞之.

爲善, 不見其益, 如草裡東瓜, 自應暗長.

(瓜: 과)

착한 일을 하는데는 그 이익됨이 보이지 않으나, 이것은 마치 풀 속의 동아와 같아서 스스로 모르는 사이에 자라난다. (東瓜 : 박과에 속하는 1년생 넝쿨 풀에 딸린 수박과 비슷한 동아. = 冬瓜. 暗 : 몰래. 남모르게. 은밀하게.)

〔**菜根譚·百六十四**〕○○, ○○○○, ○○○○○, ○○○○. 爲惡, 不見其損, 如庭前春雪, 當必潛消.

爲善則流芳百世, 爲惡則遺臭萬年.

선행을 하면 명예로운 이름을 백 대에 전하여 남기고, 악행을 하면 더러운 이름을 만 년이나 후세에 남긴다. (流 : 전하여 남기다. 芳 : 향기. 명성. 世 : 30년. 遺는 후세에 전하다. 남기다. 臭 : 나쁜 냄새. 더러운 냄새. 악명.) → **流芳百世. 遺臭萬年. 流芳千古. 流芳上世. 留芳萬古.** → **遺臭萬載.**

〔**宋 劉義慶·世說新語·尤悔**〕桓公卧語曰, 作此寂寂, 將爲文, 景所笑. 旣而屈起坐曰, 旣不能流芳後世, 亦不足復遺臭萬載邪. 〔**晉書·桓溫傳**〕溫移鎭姑孰會哀帝崩以雄武專朝, 窺覦非望, 或卧對親僚曰, 爲爾寂寂, 將爲文景所笑, 衆莫敢對, 旣而撫枕起曰, 旣不能流芳後世, 不足復遺臭萬載邪. 〔**十八史略·近古·晉六朝篇**〕晉桓溫, 陰蓄不臣之志, 嘗憮枕歎曰, 男子不能流芳百世, 亦當遺臭萬年. 〔**元 無名氏·昊天塔·孟良盜骨**〕父親, 俺不能勾靑史標名, 留芳萬古. 空懷着一腔怨氣, 何時分解也. 〔**故事成語考**〕○○○○○○○, ○○○○○○○. 〔**明 羅貫中·三國演義**〕將軍若扶漢室, 乃忠臣也. 靑史傳名, 流芳百世. 〔**淸 李汝珍·鏡花緣**〕人活百世, 終有一死. 當其時, 與其忍恥貪生, 遺臭萬年. 何如含笑就死, 留芳百世.

以血洗血, 汚益甚爾.
이

피로써 피를 씻으면 그 더러움이 더해질 뿐이다. (喩) 나쁜 일을 감추기 위해 다시 나쁜 일을 하면 더욱 나빠질 뿐이다./ 사람을 죽이면 그 원수를 갚기 위하여 다시 살인하게 된다. (爾 = 耳. …뿐이다.)

〔**唐書·源休傳**〕可汗(回紇王)使謂休曰, 汝國已殺突董等, 吾又殺汝, 猶○○○○, ○○○○.

人非堯舜, 誰能盡善.

일반 사람들은 堯임금·舜임금과 같은 성현(聖賢)이 아닌데, 누가 착함을 다할 수 있으랴 ! 사람이 남을 올바르게 대해도 잘못을 저지르게 될 수 있음을 이르는 말.

〔**唐 李白·與韓荊州書**〕所以不歸他人而願委身國士, 儻急難有用, 敢效微軀. 且○○○○, ○○○○.

人爲善, 不自譽而人譽之. 爲惡, 不自毁而人毁之.
부

사람이 선을 행하면 스스로 칭찬하지 않아도 남들이 이것을 칭찬하고, 악을 행하면 스스로 헐뜯지 않아도 남들이 이를 헐뜯는다.

〔**蘇軾·擬進士對御試策**〕凡○○○, ○○○○○○○. ○○, ○○○○○○○.

逸則淫, 淫則忘善, 忘善則惡心生.

안일하면 방탕해지고, 방탕하면 선(善)을 잊어버리고, 선을 잊어버리면 곧 악한 마음이 생겨난다. 사람이 편안하게 지내면 곧 나쁜 짓을 저지르게 된다는 뜻. (逸 : 안일하다. 안락하다. 편안하다. 淫 : 음란하다. 음탕하다. 방종하다.)

〔**國語·魯語下**〕其(公父文伯)母歎曰, ……. 夫民勞則思, 思則善心生, ○○○, ○○○○, ○○○○○○.

作善, 降之百祥, 作不善, 降之百殃.
강 강

착한 일을 하면 온갖 복을 내리고, 착하지 않은 일을 하면 온갖 재앙을 내린다.

〔**書經·商書·伊訓**〕惟上帝不常, ○○, ○○○○, ○○○, ○○○○, 爾惟德罔小, 萬邦惟慶. 〔**宋 吳自枚·夢粱錄**〕杭城富室, ……. 數中有好善積德者, 多是恤孤念苦, 敬老憐貧. ……. 俗諺云, 作善者降百祥, 天神佑之, 作惡者降千災, 鬼神禍之. 天之報善罰惡捷于影響, 世人當以此爲鑑也.

章甫薦屨, 漸不可久兮.
구 혜

머리에 쓰는 장보관(章甫冠)이 신발에 깔려있어 차츰 오래 있을 수 없게 되다. 선과 악이 전도되어 있어 세상이 오래가지 못함을 비유하는 말. 상도에 어그러지게 상하·차례를 바꾸어 시행하여 그 상황이 오래가지 못함을 비유. (章甫 : 章甫冠을 이르는 것. 殷나라 이래 써 온 관의 하나로 孔子가 이것을 씀으로써 후세에 유자들이 쓰는 관이 되었다. 薦 : 깔다. 屨 : 신. 짚신·미투리·가죽신 등의 신발. ≒ 履. 久 : 오래 머물다.) → **章甫薦屨. 章甫薦履.**

〔**漢 賈誼·弔屈原賦**〕騰駕罷牛, 驂蹇驢兮, 驥垂兩耳, 服鹽車兮. ○○○○, ○○○○. 嗟苦先生, 獨離此咎兮.

積善之家, 必有餘慶. 積惡之家, 必有餘殃.(앙)

선행을 많이 쌓아가는 집에는 경사가 자신에게 뿐만 아니라 자손에게 까지 미치게 되고, 악행을 쌓아가는 집에는 재앙이 자신과 자손에게 미치게 된다.

〔**周易·坤爲地**〕積善之家, 必有餘慶, 積不善之家, 必有餘殃. 〔**說苑·談叢**〕○○○○, ○○○○. ○○○○, ○○○○. 〔**唐 李翰·鳳閣王侍郎傳論贊普書**〕所謂積善之家, 必有餘慶, 盛德必有百世之祀者也. 〔**梁元帝·黃門侍郎劉孝綽墓志銘**〕或魏或秦, 積善餘慶, 時惟俊民. 〔**明 餘繼登·曲故紀聞**〕吾何德. 所以致今日者, 上由祖宗積善垂慶, 〔**清 戴全德·西調小曲**〕不忠不孝, 不仁不義詩人嫌. 自古道, 積善之家, 多餘慶, 行惡之人有餘殃.

從善如登, 從惡如崩.

선을 좇아서 흥하게 하는 것은 (어렵기가) 산을 오르는 것과 같고, 악을 좇아서 망하게 하는 것은 (빠르기가) 산이 무너지는 것과 같다. 선은 행하기 어렵고, 악은 빨리 물든다는 말. 좋은 것은 배우기 어렵고, 나쁜 것은 쉽다는 뜻. (崩 : 산·언덕 따위가 무너지다.)

〔**國語·周語下**〕自幽王而天奪之明, 使迷亂棄德, 而卽慆淫, 以亡其百姓, 其壞之也久矣. ……. 諺曰, ○○○○, ○○○○. 〔**明 無名氏·金貂記**〕善惡要分明, 從善如登, 古云, 從惡果如崩. 〔**明 李夢陽·空同子·事勢**〕凡勢進而上則難. 語曰, 從善如登是也.

眞僞顚倒, 玉石混淆.(효)

참됨과 거짓됨이 거꾸로 되고, 옥과 돌이 한데 뒤섞여 분간할 수 없게 되다. (喻) 진실과 허위 또는 진짜와 가짜가 뒤바뀌고, 현명한 사람과 어리석은 사람 또는 착한 사람과 악한 사람 또는 좋은 것과 나쁜 것이 구별이 없이 한데 섞이어 있다. (顚倒 : 뒤집어지다. / 거꾸로 되다. 混淆 : 뒤섞여 분간할 수 없게 되다.) → **眞僞相錯.** → **玉石同匱. 玉石雜揉.** ≒ **玉石俱焚.**

〔**楚辭·七諫·謬諫**〕玉與石其同匱兮, 貫魚眼與珠璣. 〔**論衡·累害**〕玉石雜揉, 賢士之行, 善惡相包. 〔**孔叢子**〕眞僞相錯, 則正士結舌. 〔**抱朴子·尙博**〕○○○○, ○○○○. 同廣樂於桑閒, 鈞龍章於卉服. 〔**唐 令狐德棻·周書·蘇綽傳**〕夫良玉未剖, 與瓦石相類, 名驥未馳, 與駑馬相雜.

出乎爾者, 反乎爾者也.
이

너로부터 나온 것은 반드시 너에게로 되돌아 간다. (喻) 네가 남에게 어떤 식으로 대하면 남도 너에게 똑 같은 식으로 보답한다. / 한 가지의 나쁜 일이 너의 몸으로부터 나오면, 그 해가 네 몸으로 되돌아온다. 선행에는 선보가, 악행에는 악보가 돌아간다. 곧 선보·악보·경사·재앙에는 모두 사람이 초치하는 것이다. / 사람의 언행의 앞뒤가 서로 모순되고 반복 무상하여 헤아릴 수가 없다. (乎 : …부터. …에서. 원인·이유·근거를 표시한다. / …에. …로. …까지. 동작의 귀착점을 표시. 反 : 되돌아 가다. = 返) → **出爾反爾.**

〔 **孟子·梁惠王下** 〕 曾子曰, 戒之戒之, ○○○○, ○○○○○. 夫民今而後得反之也. 〔 **荀子·大略** 〕 凡物有乘而來, 乘其出者, 是其反者也.

廢一善, 則衆善衰, 賞一惡, 則衆惡歸.

한 선을 폐기하면 많은 선이 쇠약해지고, 한 악을 상주면 많은 악이 몰려온다. 착하고 유능한 사람을 부당하게 제거하면 그 영향으로 착한 사람들이 함께 물러나고, 반대로 한 악한 사람을 등용하면 많은 악한 무리들이 모여든다는 말. (廢 : 그만두다. 없애다. 버리다. 폐기하다. 衰 : 약해지다. 쇠약해지다. 歸 : 돌아오다. / 모이다. 몰려들다. 집중하다.)

〔 **上略·下略** 〕 ○○○, ○○○○, ○○○, ○○○○. 善者得其祐, 惡者受其誅, 則國安而衆善至.

鮑魚蘭芷, 不同篋而藏. 堯舜桀紂, 不同國而治.
지 협

비린내나는 건어물과 향초인 난초·지초는 같은 상자에 넣어서 보관하지 아니하며, 성왕인 堯임금·舜임금과 폭군인 桀王·紂王은 같은 나라에서 백성을 다스릴 수 없다. (喻) 선인과 악인은 같은 환경에서 생활하게 할 수 없다. (芷 : 지초. = 芝. 篋 : 상자.)

〔 **韓詩外傳·卷九** 〕 (顔淵) 對曰, 鮑魚不與蘭茝同笥而藏, 桀紂不與堯舜同時而治. 〔 **說苑·指武** 〕 顔淵曰, 回聞○○○○, ○○○○○, ○○○○, ○○○○○. 〔 **說苑·談叢** 〕 冠履不同藏, 賢不肖不同位. 〔 **孔子家語·致思** 〕 (顔淵) 對曰, 回聞薰蕕不同器而藏, 堯舜不共國而治, 以其類異也. 〔 **劉峻·辨命論** 〕 薰蕕不同器, 梟鸞不接翼. 〔 **醒世恒言** 〕 薰蕕不共器, 堯桀好相形. 〔 **東周列國志** 〕 却說曹共公爲人, 專好游嬉, 不理朝政 …… 見晉公子帶領一班豪傑到來, 正是薰蕕不同器了.

行善獲福, 行惡得殃.

좋은 일을 하면 복운을 얻고, 나쁜 일을 하면 재앙을 얻게 된다. (獲 : 얻다. 손에 넣다. / 얻어지다. 잡히다.)

〔 **論語·福虛** 〕 行善福至, 爲惡禍來. 〔 **敦煌變文集·韓明賦** 〕 奪庶人之妻, 枉殺賢良, 未至三年, 宋國滅亡. 梁泊父子, 配在邊疆. ○○○○, ○○○○. 〔 **元 孟漢卿·魔合羅** 〕 托靑天暗表, 望靈神早報. 行善得善, 行惡得惡.

好事不出門, 惡事行千里.

좋은 일은 많이 하여도 세상에 잘 알려지지 않으나, 나쁜 일은 단번에 천리 밖의 먼 곳까지 알려진다. = **好事不出門, 惡事傳千里. 好事不出門, 懷事行千里.**

〔**傳燈錄**〕僧問紹宗, 如何是西來意. 紹宗曰, ○○○○○, ○○○○○. 〔**北宋 孫光憲·北夢瑣言**〕諺所謂 ○○○○○, ○○○○○, 士君子得不戒之乎. 〔**宋 釋普齊·五燈會元**〕僧問, 如何是西來意. 師曰, 好事不出門, 惡事傳千里.

獲罪於天, 無所禱也.

(하는 일이 도리에 어긋나서) 하늘로 부터 죄를 얻으면 빌 곳이 없다. 사람이 마땅히 지켜야할 도리를 어기는 일을 잘못 저질렀다면 어떤 곳에 가서 빌어도 아무 소용이 없다는 뜻. (獲罪 : 죄를 얻다. 죄인이 되다.)

〔**論語·八佾**〕王孫賈問曰, 與其媚於奧, 寧媚於竈, 何謂也. 子曰, 不然, ○○○○, ○○○○.

Ⅵ. 吉凶禍福

1. 幸運·幸福과 不幸·災難

嘉招欲覆盃中渌, 麗唱仍添錦上花.
록 잉

좋은 초대를 받아 술잔 속의 술을 거듭하기를 좋아하니, 아름다운 노래소리가 비단 위에 꽃을 거듭 더한 것 같다. (喻) 아름다운 것 위에 다시 아름다운 것을 더하다. 좋은 일에 또 좋은 일이 더하다. (嘉 : 훌륭하다. 좋다. 嘉招 : 좋은 초대로, 남의 초청을 높여서 이르는 말. 欲 : 좋아하다. 覆 : 되풀이하다. 거듭하다. 渌 : 술이름. 거른 술. 仍 : 거듭. 그 위에.) → **錦上添花.**

〔**王安石·卽事詩**〕河流南苑岸西斜, 風有晶光露有華, 門柳故人陶令宅, 井桐前日總持家, ○○○○○○○, ○○○○○○○, 便作武陵樽俎客, 川源應未少紅霞. 〔**黃庭堅·豫草文集·了了庵頌**〕又要涪翁作頌, 且圖錦上添花.

功之成, 非成於成之日, 蓋必有所由起. 禍之作, 不作於作之日, 亦必有所由兆.

공이 이루어짐에 있어서는 이루어지는 그 날에 바로 이루어지는 것이 아니고, 다 반드시 일으킴을 움틔우는 것이 있기 마련이고, 화가 만들어짐에 있어서는 만들어지는 그날에 바로 만들어지는 것이 아니고, 또한 반드시 조짐을 움틔우는 것이 있기 마련이다. 공이나 화는 다 그 원인이 발생, 오랜 세월을 거쳐 생성되어 이루어진다는 뜻. (由 : 움트다. 蓋 : 모두.)

〔**蘇洵·管仲論**〕○○○, ○○○○○○, ○○○○○○. ○○○, ○○○○○○, ○○○○○○.

驕奢之災, 禍非一致.

교만과 사치로 조성된 재난은 그 화가 서로 같지 않다.

〔**唐 李亢·獨異志**〕二客相與謀曰, 虞氏富樂久矣, 我不侵犯, 何爲辱我. 乃聚衆滅其家. 諺曰, ○○○○, ○○○○.

寇發心腹, 害起肘腋.
주

도둑은 격의없이 가까이 지내는 사람 속에서 나타나고, 해는 매우 가까운 팔꿈치와 겨드랑이에서 일어난다. 재앙은 가까운 곳 또는 내부에서 발생한다는 뜻. (心腹 : 심장과 배로, 격의없이 가까이 지내는 사람. 肘腋 : 팔꿈치와 겨드랑이로, 지극히 가까운 곳.)

〔**晉書·江統傳**〕此所以爲害深重累年不定者, 雖由御者之無方, 將非其才, 亦豈不以○○○○, ○○○○, 病篤難療, 瘡火遲愈之故哉.

窮達有命, 吉凶由人.

곤궁과 현달은 다 명운에 의하여 결정되고, 행복과 재앙은 사람에게 달려 있다.

〔**漢書·敘傳**〕○○○○, ○○○○, 嬰母知廢, 陵母知興. 〔**唐 馮道·天道·詩**〕窮達皆由命, 何勞發嘆聲. 〔**宋 陸遊·老學庵筆記**〕窮通命也. 〔**清 娥川主人·世無匹**〕縱有兒孫, 窮通亦自由命.

近塞上之人, 馬無故亡而入胡. 居數月, 其馬將胡駿馬而歸. 其子好騎, 墮而折其髀. 胡人大入塞, 而戰, 死者十九, 父子相保.

(塞: 새, 墮: 타, 髀: 비)

中國의 변방에 근접하여 살던 어떤 사람이 기르던 말이 (어느날) 아무 이유도 없이 도망하여 胡 땅으로 옮겨가버렸다. (그래서 사람들은 모두 그를 위문하였다.) 몇 달이 지나고 나서 그 말은 胡 땅의 준마들을 거느리고 돌아왔다. (그래서 사람들은 모두 그를 축하해 주었다.) 그 아들이 말타기를 즐기다가 떨어져서 넓적다리를 부러뜨렸다. (그 후 1년이 지나서) 胡 땅 사람들이 변방으로 대거 침입함에 따라 (변방의 젊은이들은 활을 들고) 대항하여 싸웠으나 열에 아홉명이 죽었다. (그러나 이 사람은 절름발이가 된 까닭으로) 그 부자(父子)는 살아남았다. (喻) 인생의 길흉화복은 예측할 수 없다. 잠시 손실·재앙을 받아도 그것이 도리어 이익·복이 되고 또 그 반대인 경우도 있다. (塞 : 변경. 변방. 국경지대. 故 : 원인. 이유. 까닭. 亡 : 도망가다. 달아나다. 入 : 들다. / 옮겨가다. / 침입하다. 胡 : 옛날 북방과 서방의 이민족들을 일컫던 말. 새외민족의 범칭. 將 : 거느리다. 데리다. 墮 : 떨어지다. 髀 : 넓적다리. 넓적다리 뼈. 대퇴골.) → **人間之事. 塞翁之馬. 塞翁之馬. 塞翁失馬猶爲福.**

〔**淮南子·人間訓**〕近塞上之人, 有善術者. 馬無故亡而入胡. 人皆弔之. 其父曰, 此何遽不爲福乎. 居數月, 其馬將胡駿馬而歸. 人皆賀之. 其父曰, 此何遽不能爲禍乎. 家富良馬. 其子好騎, 墮而折其髀. 人皆弔之. 其父曰, 此何遽不爲福乎. 居一年, 胡人大入塞. 丁壯者控弦而戰, 塞上之人, 死者十九, 此獨以跛之故, 父子相保. 〔**南宋 陸遊·劍南詩稿·長安道**〕士師分鹿眞是夢, 塞翁失馬猶爲福.

吉者凶之門, 福者禍之根.

길함이란 것은 흉함에 출입하는 대문이고, 복이란 것은 화의 뿌리이다. 길흉화복은 서로 의지하고 있고 서로 전화할 수 있음을 가리키는 것.

〔**吳越春秋·句踐入臣外傳**〕於是大夫種, 范蠡曰, ……. 夫○○○○○, ○○○○○. 今大王雖在危困之際, 孰知其非暢達之兆哉.

老龜煮不爛, 移禍于枯桑.
귀 자

늙은 거북은 삶아도 잘 익지 않아서 불길이 센 마른 뽕나무를 때게 되어 그것이 화를 입게 되다. (喩) 어떤 일이 해결되지 않음으로 인하여 죄없는 제삼자가 해를 받게 되다.

〔**宋 劉敬叔·異苑**〕吳孫權時, 永康有人入山遇一大龜 ……載出, 欲上吳王. ……權命煮之, 焚柴百車, 語猶如故. 諸葛恪曰, 燃以老桑方熟. 獻之人仍說龜樹共語. 權登使伐取煮龜立爛. 〔**警世通言**〕○○○○○, ○○○○○.

緜緜不絶, 縵縵奈何. 毫毛不拔, 將成斧柯.
면 만

(초목이) 끊임없이 끊어지지 아니하고 생장하여 널리 번져만 가니 이것을 어찌할 것인가? 솜털의 작은 새싹을 뽑아버리지 않았으니 장차 도끼자루가 되겠구나. (喩) 화근은 보잘 것 없고 미약할 때 제거하지 않으면 너무 커져서 큰 화가 된다. 화는 미약할 때 없애버려야 한다는 말. (緜緜 : 오래 계속되어 끊어지지 않는 모양. 끊임없이 계속되는 모양. = 綿綿. 縵縵 : 길게 펴져가는 모양. 장구하고 날로 무성해지는 모양. = 蔓蔓. 蔓延. 毫毛 : 솜털. 극히 작은 것의 비유. 초목의 싹틈의 비유.) ※ 啖啖不滅 참조.

〔**戰國策·魏策一**〕周書曰, ○○○○, ○○○○. ○○○○, ○○○○. 前慮不定, 後有大患, 將奈之何.
〔**逸周書·和寤解**〕緜不絶, 蔓蔓若何, 毫毛不掇, 將成斧柯.

伐木不自其本, 必復生, 塞水不自其源, 必復流. 滅禍不自其基, 必復亂.
부 색

나무를 베는데 있어 그 뿌리로 부터 하지 않으면 반드시 (새싹이) 살아나고, 물을 막는데 있어 그 근원으로 부터 하지 않으면 반드시 다시 흐르며, 화를 없애는데 있어 그 기원으로 부터 하지 않으면 반드시 다시 어지러워진다. (自 : …부터하다. 말미암아.)

〔**國語·晉語一**〕○○○○○○, ○○○. ○○○○○○, ○○○. ○○○○○○, ○○○. 今君滅其父而畜其子, 禍之基也.

福莫長於無禍.

복은 재앙이 없는 것보다 더 좋은 것이 없다. 사람의 행복은 아무런 재앙없이 편히 사는 것이 최상이라는 뜻. (長 : 높다. / 아름답다. / 뛰어나다. 우수하다. 여기서는 좋다. 낫다. 於 : …보다. 더.)

〔**荀子·勸學**〕詩曰, 嗟爾君子, 無恒安息. 靖共爾位, 好是正直. 神之聽之, 介爾景福. 神莫大於化道, ○○○○○○. 〔**詩經·小雅·小明**〕(上文과 동일.)

福無雙至, 禍不單行.

복은 겹쳐서 오지 않고, 재앙은 홀로 오지 않는다. 행운이나 불행한 일이 모두 단독으로 오지 않고 행운은 불행을, 불행은 행운을 수반함을 이르는 말. = **福無雙至, 禍不單行. 福無雙至, 禍必重來.**

〔**說苑·權謀**〕屈宜咎曰, ……. 往年秦拔宜陽, 明年大旱民飢, 不以此時恤民之急也, 而顧反益奢. 此所謂福不重至, 禍必重來者也. 高門成, 昭侯卒, 竟不出此門. 俗言○○○○, ○○○○. 卽本此語. 〔**傳燈錄**〕禍不單行. 福無雙至. 〔**五燈會元**〕公曰, 禍不單行, 環作噓噓聲. 〔**明 高則誠·琵琶記·糟糠自厭**〕福無雙至猶難信, 禍不單行卻是眞.

福不可徼(요), 養喜神, 以爲召福之本而已.

복은 애써 구할 수 없는 것이니, 기뻐하는 표정을 길러 그것을 복을 불러들이는 근본으로 삼을 뿐이다. 복은 애써 구한다고 하여 취할 수 있는 것이 아니므로 착하고 즐거운 표정을 기르는데 힘써야 함을 이르는 것. (徼 : 구하다. 바라다. 요구하다. / 취하다. 탐내어 취하다. 喜神 : 길상의 마음. 여기서는 유쾌한 표정을 가리킨다.)

〔**菜根譚·七十**〕○○○○, ○○○, ○○○○○○○○○. 禍不可避, 去殺機, 以爲遠禍之方而已.

福不盈眥(제), 禍溢於世.

복은 눈언저리에도 차지 않고, 화는 새상에 넘쳐난다. 복은 분량이 적고, 재앙은 분량이 많아 널리 오래 퍼진다는 뜻. (眥 : 눈가. 눈언저리.)

〔**漢 班固·答賓戱**〕○○○○, ○○○○.

福生於微, 禍生於忽, 日夜恐懼, 唯恐不(부)卒.

복은 아주 사소한 데서 생겨나고, 화는 일을 소홀히하는 데서 생겨나는 것이니, 밤낮으로 두려워하고, 오로지 생을 제대로 마치지 못할까를 두려워하라. (微 : 작다. 아주 사소하다. 卒 : 늙어서 죽다.)

〔**說苑·談叢**〕○○○○, ○○○○, ○○○○, ○○○○.

福生於淸儉, 憂生於多欲, 禍生於多貪, 過生於輕慢, 罪生於不仁.

복은 청렴하고 검소한 데서 생기고, 걱정은 많은 욕심을 갖는 데서 생기며, 화는 많이 탐하는 데서 생기고, 잘못은 가벼이 보아 업신여기는 데서 생기며, 죄는 어질지 못한 데서 생긴다.

〔**韓詩外傳·卷五**〕福生於無爲, 而患生於多欲. 〔**淮南子·繆稱訓**〕福生於無爲, 患生於多慾. 害生於不備, 穢生於弗耨. 〔**說苑·敬愼**〕故福生於隱約, 而禍生於得意, 此得失之效也.

福生有基, 禍生有胎.

복은 어떤 토대에서 생겨나고, 화는 어떤 싹에서 생겨난다. 복과 화가 생기는 것은 모두 근원이 있음을 가리키는 것. (有 : 어떤. 명시하지 않은 사물을 의미. 某와 비슷한 의미. 胎 : 사물의 싹. 근원.)

〔**說苑·正諫**〕○○○○, ○○○○, 納其基, 絶其胎, 禍何從來哉. 〔**漢書·賈鄒枚路傳**〕○○○○, ○○○○. 納其基, 絶其胎, 禍何自來. 〔**晉 傅玄·口銘**〕福生有兆, 禍來有端. 情莫多妄, 口莫多言. 勿謂何有, 積怨致咎. 〔**枚乘·諫吳王書**〕○○○○, ○○○○. 納其基, 絶其胎, 禍何自來.

覆巢之下, 復有完卵乎.

복 소

엎어진 새둥지 밑에 온전한 새알이 다시 있으랴! 새둥지가 쓰러지면 새알도 따라서 깨어짐을 이르는 말. (喩) 근본이 망하면 지엽도 따라서 망한다. 전체가 재앙을 만나면 개체가 온전하지 못하다. / 멸문의 화를 당하면 요행으로 살아남는 사람이 없다. (由) 後漢 末 曹操가 孔融을 잡아들일 때 孔融은 사자에게 그의 어린 두 아들을 살려주기를 바랐으나 아홉 살된 아들은 오히려 "아버님께서는 엎어진 새둥지 밑에 온전한 새알이 있는 것을 일찍이 본적이 있습니까?"라고 하면서 함께 잡혀갔다는 이야기. = **覆巢之下, 無完卵.** → **覆巢無完卵. 覆巢毁卵. 覆巢破卵. 覆巢傾卵.**

〔**史記·孔子世家**〕丘聞之也, 刳胎殺夭, 則麒麟不至郊, 竭澤涸漁, 則蛟龍不合陰陽, 覆巢毁卵, 則鳳凰不翔. 〔**戰國策·趙策四**〕臣聞之, 有覆巢毁卵, 而鳳凰不翔. 刳胎焚夭, 而麒麟不至. 〔**三國志·吳志·陸凱傳**〕有覆巢破卵之憂. 〔**陸賈·新語·輔政**〕秦以刑罰爲巢, 故有覆巢破卵之患. 〔**世說新語·言語**〕孔融被收, 中外惶怖. 時, 融兒大者九歲, 小者八歲, 二兒故琢釘戲, 了無遽容. 融謂使者曰, 冀罪止於身, 二兒可得全不. 兒徐進曰, 大人, 豈見○○○○, ○○○○○. 尋亦收至.

福者乃善之積也, 禍者乃惡之積也.

행복이란 것은 곧 선행이 쌓여서 오는 것이고, 재앙이란 것은 곧 악행이 쌓여서 되는 것이다.

〔**元 李文蔚·圯橋進履**〕想爲人者, 善惡由心造也. ○○○○○○○○, ○○○○○○○○.

福者禍之門也, 是者非之尊也, 治者亂之先也.

복이란 것은 화가 출입하는 문이고, 옳다는 것은 그른 것의 어른이며, 잘 다스림이란 것은 혼란스러움의 선두이다. 화와 복, 시와 비, 치와 난은 다 뒤바뀔 수 있다는 뜻. (尊 : 높은 사람. 임금. 부형 등을 이르는 말. ※ 說苑疏證에 尊은 導의 잘못이라고 기록하고 있으나 여기서는 어른으로 해석.)

〔**說苑·談叢**〕○○○○○○, ○○○○○○, ○○○○○○. 事無終始而患不及者, 未之聞也.

福者禍之先也, 利者害之始也.

복이란 것은 화의 선두이고, 이익이란 것은 위해의 근원이다. (先 : 앞장. 선두. 始 : 근원. 근본.)

〔**吳越春秋·句踐入臣外傳**〕吉者凶之門, 福者禍之根. 〔**宋 崔敦禮·芻言中**〕○○○○○○, ○○○○○○. ……君子不要福, 故無禍矣, 不求利, 故無害矣. 〔**明 錢琦·錢公良測語**〕人不求福, 斯無禍, 人不求利, 斯無害. 故曰, 福爲禍先, 利爲害本.

非分之福, 無故之獲, 非造物之釣餌, 卽人世之機阱.

정

자기가 마땅히 가져야 할 복이 아닌데도 아무런 이유없이 얻어진 것은 하늘이 고의로 마련한 낚시의 미끼가 아니면, 반드시 사람이 배치한 계략의 함정일 것이다. 사람이 자기의 분수에 맞는 생활을 하지 않고 명리와 언어 태도를 위하여 애쓰다가 남이 사전에 설치해 놓은 올가미에 걸려들면 그만두려해도 그만둘 수 없어 철저히 실패함을 시사하는 말. (分之福 : 타고난 복. 분수에 맞는 복. 자기 신분에 알맞은 복. 故 : 까닭. 이유. 獲 : 얻어진 것. 잡힌 것. 손에 넣은 것. 造物 : 하늘. 대자연. 만물을 창조하는 신력. 機阱 : 계략의 함정. 책략의 함정. 올가미.)

〔**菜根譚·後百二十七**〕○○○○, ○○○○, ○○○○○○, ○○○○○○. 此處, 著眼不高, 鮮不墮彼術中矣.

事起乎所忽, 禍生乎無妄.

망

일은 소홀히 하는 데서 일어나고, 재앙은 뜻하지 않는 데에서 생긴다. (無妄 : 뜻 밖에 일어나는 일. 상상 밖의 일.)

〔**張蘊古·大寶箴**〕恐懼之心日弛, 邪僻之情轉放, 豈知○○○○○, ○○○○○.

些小不補, 直至尺五.

사

조금 작은 일이라도 이를 보수하지 아니하면 (그 폐해가) 곧바로 극히 가까운 곳에 이르게 된다. (喩) 작은 결함이라도 주의하지 않고 방치해두면 바로 큰 재앙을 빚어내게 된다. (些 : 약간. 조금. 확정적이 아닌 적은 수량. 小 : 작은 일. 小事. 補 : 보수하다. 때우다. / 보충하다. 채우다. 直 : 곧장. 바로. 곧바로. 尺五 : 一尺五寸의 준말로 거리가 극히 가까움을 이르는 것.)

〔**明 李夢陽·河南省城修五門碑**〕嘉靖元年, 太監呂公來鎭兹土, 登城躡樓, 俯仰者久之, 乃慨然而嘆曰, 諺有之曰, ○○○○, ○○○○, 是城也.

獅子身中蟲, 自食獅子肉, 非餘外蟲.

(佛) 사자의 몸 속에 있는 벌레가 스스로 사자고기를 먹는 것이고, 그 외의 몸 밖의 벌레에 의

한 것이 아니다. (喩) 불교의 신도가 스스로 불법을 파괴하는 것이고, 다른 도의 하늘의 악귀가 파괴하는 것이 아니다. / 자기와 편이 같은 동지를 해치다. 은혜를 받은 사람이 은혜를 베푼 사람을 해치다. 조직내부의 사람이 그 조직을 해치다. (餘 : 그 외의.) → **獅子身中蟲**.

〔 **梵網經** 〕 如○○○○○, ○○○○○, ○○○○, 如是佛者自破佛法, 非外道天魔能破壞. 〔 **仁王經** 〕 師子身中蟲, 自食師子肉.

削草不除根, 萌芽依舊發.

풀을 깎으면서 그 뿌리를 뽑아 없애지 않으면 새 싹이 예전과 같이 돋아난다. (喩) 해악을 철저히 제거하지 않으면 후환을 남겨둘 수 있다. (依舊 : 예전대로 하다. 여전하다.) = **剗草不除根, 萌芽春再發**.

〔 **明 徐元·八義記** 〕 ○○○○○, ○○○○○. 叫張百戶分付張千·李萬·韓厥·李海, 好生把守前朝後宰門.

爽口食多終作疾, 快心事過必爲殃.

입을 상쾌하게 하는 식사를 많이하면 끝내 병을 일으키고, 마음을 즐겁게 하는 일이 지나치면 반드시 재앙이 된다.

〔 **宋 陳錄·善誘文** 〕 爽口味多終作疾, 快心事過必爲殃. 〔 **金瓶梅詞話** 〕 ○○○○○○○, ○○○○○○○. 與其病後能求藥, 不若病前能自防. 〔 **醒世恒言** 〕 爽口食多應損胃, 快心事過必爲殃. 〔 **本草綱目** 〕 爽口食多終作疾, 眞格言哉.

生變於肘(주)腋(액)之下.

팔꿈치와 겨드랑이 밑에서 변고가 생기다. (喩) 자신의 가까운 곳 또는 내부에서 재앙이 발생하다. (肘腋 : 팔꿈치와 겨드랑이로 지극히 가까운 곳을 의미.)

〔 **三國志·法正傳** 〕 北畏曹公之强, 東憚孫權之逼, 近則懼孫夫人○○○○○○○.

蟬(선)高居悲鳴飮露, 不知螳螂(당랑)在其後也. 螳螂委身曲附, 欲取蟬, 而不知黃雀在其傍也.

매미가 (나무에) 높이 붙어서 슬피 울며 이슬을 마시고 있으나, 그를 노리고 있는 사마귀가 그 뒤에 있는 것을 알지 못한다. 그 사마귀는 몸을 굽히고 구부려 붙어서 매미를 잡으려고 하지만 (그를 잡아먹을) 참새가 그 곁에 있는 것을 알지 못한다. (喩) 안목이 좁아 눈 앞의 이로움만을 좇다가 해로움을 살피지 아니하여 재앙을 입다. → **螳螂捕蟬, 黃雀在後. 螳螂啄蟬**.

〔 **莊子·山木** 〕 莊周遊乎雕陵之樊, ……覩一蟬, 方得美陰, 而忘其身. 螳螂執翳而搏之, 見得而忘其形.

異鵲從而利之, 見利而忘其眞. 〔**韓詩外傳·卷十**〕臣園中有楡, 其上有蟬, 蟬方奮翼悲鳴, 欲飮淸露, 不知螳螂之在後, 曲其頸, 欲攫而食之也. 螳螂方欲食蟬, 不知黃雀在後, 擧其頸, 欲啄而食之也. 〔**戰國策·楚策四**〕莊辛對(楚襄王)曰, ……. 蜻蛉其小者也, 黃雀因是以. 俯噣白粒, 仰棲茂樹, 鼓翅奮翼, 自以爲無患, 與人無爭也. 不知夫公子王孫, 左挾彈, 右攝丸, 將加己乎十仞之上, 以其類爲招. 晝遊乎茂樹, 夕調乎酸鹹, 倏忽之間, 墜於公子之手. 〔**說苑·正諫**〕吳王欲伐荊, 告其左右曰, 敢有諫者, 死. 舍人有小孺子者, ……對曰, 園中有樹, 其上有蟬, ○○○○○○○, ○○○○○○○○. ○○○○○○, ○○○, ○○○○○○○○○. 黃雀延頸, 欲逐螳螂, 而不知彈丸在其下也. 〔**吳越春秋·夫差內傳**〕夫秋蟬登高樹, 飮淸露, 隨風撝撓, 長吟悲鳴, 自以爲安. 不知螳螂超枝緣條, 曳腰聳踞而稷其形. 夫螳螂翕心而進, 志在有利. 不知黃雀盈綠林, 徘徊枝陰, 蹝蹠微進, 欲啄螳螂. 夫黃雀但知伺螳螂之有味, 不知臣挾彈危擲, 蹭蹬飛丸而集其背.(※蹝蹠 : 고금의 字典을 조사해보아도 이 두 글자가 보이지 않는다. 따라서 楊愼이 지은 俗言에 의거하여 踸踔로 간주한다.)〔**藝文類聚·六十**〕韓詩外傳曰, ……(이하 韓詩外傳 卷十 내용과 동일.)

船到江心補漏遲.

배가 강 한복판에 이르러서야 물 새는 것을 더디게 보수한다. (喩) 사후에야 비로소 구제하려 하다. 재난을 구하기에는 이미 때는 늦었다.

〔**元 關漢卿·元曲救風塵**〕恁時節, ○○○○○○○, 煩惱怨他誰, 要前思免勞後悔.

善釣者, 出魚乎十仞之下, 餌香也. 善弋(과)者, 下鳥乎百仞之上, 良弓也.

고기를 잘 낚는 사람이 열 길이나 되는 깊은 못에서 고기를 잡아내는 것은 미끼가 향기롭기 때문이고, 창을 잘 쓰는 사람이 백 길이나 되는 높은 하늘에서 새를 잡아내리는 것은 활이 좋기 때문이다. (喩) 사람이 좋은 미끼에 걸려들어 곤경에 빠지게 되다.

〔**呂覽(呂氏春秋·功名)**〕○○○, ○○○○○○○, ○○○. ○○○, ○○○○○○○, ○○○.

善制事者, 轉禍爲福, 因敗爲功.

일을 잘 처리하는 사람은 재앙을 전환하여 복을 만들고, 실패를 근거로 삼아 성공을 만든다. 받은 재앙이 도리어 복이 된다는 뜻. → **轉禍爲福. 因敗爲功. 因禍爲福. 因禍得福.**

〔**老子·五十八章**〕禍兮福之所倚, 福兮禍之所伏. 〔**莊子·則陽**〕安危相易, 福禍相生. 〔**淮南子·人間訓**〕(내용 생략. 塞翁之馬 관계.)〔**漢 賈誼·新書·退讓**〕梁·楚之○, 由宋就始. 語曰, 轉敗而爲功, 因禍而爲福. ……此之謂乎. 〔**史記·蘇秦列傳**〕蘇秦曰, 臣聞古之○○○○, ○○○○, ○○○○. ……. 智者擧事, 因禍爲福, 轉敗爲功, 齊紫, 敗素也, 而賈十倍. 〔**史記·管晏列傳**〕管仲旣任政相齊, 其爲政也, 善因禍而爲福, 轉敗而爲功. 〔**新序·雜事四**〕語曰, 轉敗而爲功, 因禍而爲福. 老子曰, 報怨以德, 此之謂也. 〔**戰國策·燕策一**〕聖人之制事也, 轉禍而爲福, 因敗而爲功. ……. 此皆轉禍而爲福, 因敗而爲功者也. ……. 所謂轉禍爲福, 因敗成功者也. 〔**戰國策·齊策三**〕齊人聞之曰, 孟嘗君可語善爲事矣, 轉禍爲功. 〔**漢書·李尋傳**〕側則博問, 轉禍爲福. 〔**後漢書·馮衍傳**〕聖人轉禍而爲福, 智士因敗而爲功.

城門失火, 殃及池魚.

성문에 불이 나서 성 밖의 연못의 물을 끌어다가 불 끄는데 다 써버렸기 때문에 그 재앙이 연못의 물고기에 미쳐 물고기가 다 말라 죽다. (喩) 남의 일로 뜻 밖의 화를 입다. 이유없이 말려들어 손해를 입다. (由) 宋나라 성문에 불이 번져 이를 끄기 위하여 성 밖의 못에 담긴 물을 썼기 때문에 못의 고기가 말라 죽었다는 우화. 일설에는 池魚라는 사람이 宋나라 성문 가까이 살다가 성문에 난 불 때문에 타 죽었다는 것. → **殃及池魚. 池魚之殃. 池魚之禍.**

〔**呂氏春秋·必己**〕宗桓司馬有寶珠, 抵罪出亡. 王使人問珠之所在, 曰, 投之池中. 於是竭池而求之, 無得, 魚死焉. 此言禍福之相及也. 〔**淮南子·說山訓**〕楚王亡其猿, 而林木爲之殘. 宋君亡其珠, 池中之魚爲之殫. 〔**北齊 杜弼·檄梁文**〕但恐楚國亡猿, 禍延林木, ○○○○, ○○○○, 橫使江·淮士子, 荊·揚人物, 死亡矢石之下, 夭折霧露之中. 〔**漢 應劭·風俗通·佚文**〕城門失火, 殃及池中魚. 俗說池仲魚, 人姓字, 居近城, 城門失火, 延及其家, 仲魚燒死. 〔**太平御覽**〕(引 風俗通) 舊說池仲魚, 人姓字也, 居宋城門, 城門失火, 延及其家, 仲魚燒死. 又云, 宋城門失火, 因汲取池中水, 以沃灌之, 池中空竭, 魚悉露死. 〔**太平廣紀·水族四**〕城門失火, 禍及池魚, 舊說池仲魚, 人姓字也, 居宋城門, 失火, 延及其家, 仲魚燒死.

世有無妄之福, 又有無妄之禍.
망

세상에는 뜻 밖에 얻는 행복이 있고, 또한 뜻 밖에 당하는 재앙도 있다. 행복과 재앙은 예기치 않는 시기에 도래할 수 있음을 이르는 것. (無妄 : 예측할 수 없는. 의외의.) → **無妄之福.** → **無妄之禍. 無妄之災. 无妄之禍.**

〔**戰國策·楚策四**〕朱英謂春申君曰, ○○○○○○, ○○○○○○. 今君處無妄之世, 以事無妄之主, 安不有無妄之人乎. 〔**周易·無妄**〕六三, 無妄之災. 或繫之牛, 行人之得, 邑人之災. 〔**清 紀昀·閱微草堂筆記**〕湯君可謂无妄之災, 幸其心无愧怍, 故倉卒間, 敢與詰辯, 僅裂一卷耳.

神福仁, 而禍淫.

신은 어진 사람에게는 복을 내리고, 사악한 사람에게는 재앙을 내린다. (神 : 복을 받게 하다. 淫 : 사악하다, 또는 그런 사람. / 사악 부정한.)

〔**春秋左氏傳·成公五年**〕(士) 貞伯曰, 不識也, 旣而告其人曰, ○○○, ○○○, 淫而無罰, 福也.

十圍之木, 始生而蘖, 足可搔而絶, 手可擢而抓.
얼 소 탁 조

열 아름이나 되는 큰 나무도 처음에 나서 움틀 때는 발로 긁어서 끊을 수도 있고, 손으로 뽑아서 움켜쥘 수도 있다. (喩) 화는 처음 생겨나려고 할 때에 없애버리는 것이 퍽 쉽다. (圍 : 아름. 두 팔을 벌려 두른 둘레의 길이. 蘖 : 움. 싹. 搔 : 손톱 따위로 긁다. 擢 : 뽑다. 抓 : 집다. 움켜쥐다.)

〔**枚乘·諫吳王書**〕○○○○, ○○○○, ○○○○○, ○○○○○.

安臥揚帆, 不見石灘, 靠天多幸, 白日入阱.
탄 고 정

편히 누워서 돛을 올리면 돌이 많은 위험한 여울을 볼 수 없고, 행운이 많아지기를 하늘에 맡기면 밝은 해가 함정으로 들어가버린다. (喻) 안락을 탐내거나 요행을 바라면 환경의 조건이 매우 좋은 것을 활용해도 위험을 발생시키기가 쉽다. (靠天 : 하늘에 맡기다. 운명에 맡기다. 阱 : 함정. 허방다리. ≒ 穽.)

〔**明 徐禎稷·恥言**〕患芽血而莫之省也, 乘于所快乎. 難發而莫之收也, 中于所狃乎. 諺曰, ○○○○, ○○○○, ○○○○, ○○○○.

安危相易, 禍福相生.
역

안전과 위험은 서로 바뀌고, 화와 복이 서로 같이 생성된다. 평안, 복운과 위험, 재화는 서로 전화(轉化)한다는 뜻. (相生 : 五行의 운행에 있어서 상생하는 관계 곧 木은 火를, 火는 土를, 土는 金을, 金은 水를, 水는 木을 낳는 일.)

〔**莊子·則陽**〕大公調曰, ……. ○○○○, ○○○○, 緩急相摩, 聚散以成.

養稂莠者傷禾稼, 惠奸宄者賊良人.
낭 유 귀

무릇 잡초인 강아지풀을 기르면 곡식을 해치고, 나쁜 사람에게 은혜를 베풀면 좋은 사람을 해친다. (稂莠 : 곡식 사이에 고루 나서 곡식을 해치는 강아지풀. 가라지. 禾稼 : 곡식. 곡류. 奸宄 : 나쁜 사람. 賊 : 해치다.)

〔**舊唐書·太宗紀**〕凡赦宥之恩, 唯及不軌之輩. ……古語曰, 凡○○○○○○○, ○○○○○○○. 故朕有天下以來, 不甚放赦. 〔**貞觀政要·論赦令**〕智者不肯爲惡, 愚人好犯憲章. 凡赦宥之恩, 惟及不軌之輩, 古語曰, …… 凡○○○○○○○, ○○○○○○○.

涓流雖寡, 浸成江河, 爝火雖微, 卒能燎野.
연 작

물의 흐름은 비록 적더라도 스며들어서 강이나 바다를 이루고, 횃불도 미미하지만 마침내 넓은 들을 태울 수 있다. 일이 미세할지라도 큰 문제로 확대될 우려가 있으므로 이를 소홀히 해서는 안 됨을 이르는 것. (涓流 : 세류. 爝火 : 횃불.)

〔**後漢書·周紆傳**〕○○○○, ○○○○, ○○○○, ○○○○. 履霜有漸, 可不懲羊.

燄燄不滅, 炎炎若何. 涓涓不壅, 終爲江河.
염 연 옹

지금 막 붙어 세지않은 불꽃을 끄지 않으면 활활 타오르는 불을 어찌 할 것인가? 졸졸 흐르는 물을 막지 않으면 끝내 강이나 바다가 되는 것을. (喻) 화난은 초기에 방지해야 후환이 없다. (燄燄 : 불이 막 붙어 화력이 아직 세지 않은 모양. 炎炎 : 뜨거운 기운이 강한 모양. 涓涓 : 작은 물이 졸졸 흐르는 모양. 壅 : 막다.) ※ 綿綿不絕 참조.

〔**六韜·文韜**〕涓涓不塞, 將爲江河. 熒熒不救, 炎炎奈何. 兩葉不去, 將用斧柯. 〔**說苑·敬慎**〕熒熒不滅, 炎炎奈何. 涓涓不壅, 將成江河. 緜緜不絶, 將成網羅. 青青不伐, 將尋斧柯. 〔**孔子家語·觀周**〕○○○○, ○○○○. ○○○○, ○○○○, 綿綿不絶, 或成網羅, 毫末不紮, 將尋斧柯.

譽不虛出, 而患不獨生, 福不擇家, 禍不索人.

영예는 헛되이 나오는 것이 아니고, 우환은 홀로 생기는 것이 아니다. 복은 누구의 집을 선택하지 아니하고, 재앙은 어떤 사람을 찾지 아니한다. 영예나 우환, 복이나 재앙은 누구에게도 올 수 있다는 뜻. (虛 : 부질없이. 공연히. 헛되이. / 근거없이. 터무니없이. 獨 : 단독으로. 혼자서. 홀로. 索 : 찾다. 힘써 찾다. 탐색하다.)

〔**管子·禁藏**〕故適身行義, 儉約恭約, 其唯無福, 禍亦不來矣. 驕傲侈泰, 離度絶理, 其唯無禍, 福亦不至矣. …….故曰, ○○○○, ○○○○○, ○○○○, ○○○○, 此之謂也.

五福, 壽·富·貴·安樂·子孫衆多.

사람의 다섯 가지 복은 수명이 길고, 부유하고, 존귀하고, 안락하고, 자손이 많은 것을 이른다. 오복(五福)은 그 기준이 달라서 서경(書經)에서는 장수함(壽)·부유함(富)·건강하고 편안함(康寧)·도덕을 좋아하는 것(攸好德) 및 천명을 다하고 죽는 것(考終命)을 들고 있는데, 어떻든 다섯 가지 복 중에서 장수함을 첫째로 꼽는다.

〔**書經·周書·洪範**〕五福, 一曰壽, 二曰富, 三曰康寧, 四曰攸好德, 五曰考終命. 〔**漢 桓譚·新論·道賦**〕○○, ○·○·○·○○·○○○○. 〔**明 汪廷訥·三祝記**〕老伯有此仁德, 願他多福多壽多男子. 〔**盛明雜劇·同甲會**〕孩兒窃聞人間五福, 惟壽爲先. 今二親同偕暮景, 孩兒又各青年, 農事告成, 樂事當擧願與雙親上壽一盃. 〔**明 沈璟·埋劍記**〕下官, 金吾衛將軍李蒙是也. …… 天上四時春是首, 人間五福壽爲先.

妖孽(얼)見福, 其惡未熟, 至其惡熟, 自受罪虐.

괴이하고 불길한 징조가 복과 마주하고 있는 것은 그 죄악이 아직 성숙하지 않았기 때문이며, 그 죄악이 성숙함에 이르면 저절로 그 죄악과 재앙을 받게 된다. 재앙의 징조는 현실로 나타나서 저절로 죄의 재앙을 받게 됨을 이른다. (妖孽 : 괴이하고 불길한 일 또는 징조. 재앙의 징조. 요악한 귀신의 재앙. 見 : 마주치다. 만나다. 虐 : 재앙. 재해.)

〔**法句經·惡行品**〕○○○○, ○○○○, ○○○○, ○○○○.

龍不見雙, 芝生無二, 甘露一降(강).

용은 쌍을 이루어 출현하지 않고, 영지는 두 포기가 동시에 자라나지 않으며, 단이슬은 단지 한 방울만 내린다. 모든 상서로운 조짐(길조)이 거듭 이르는 일이 드문 것을 비유하는 표현. (芝 : 지초로 길조로 보는 신초의 이름. 혹은 버섯의 일종인 영지. 甘露 : 천하가 태평하면 내리는 단이슬.)

〔 **論衡·恢國** 〕 前世○○○○, ○○○○, ○○○○, 而今八龍竝出, 十一芝累生, 甘露流五縣, 德惠盛熾, 故瑞繁夥也.

爲虺弗摧, 爲蛇將若何.

(虺: 훼)

작은 독사가 막 자라고 있을 때 죽이지 않는다면 다 자란 큰 뱀을 장차 어떻게 하려고 하는가? (喩) 작은 악을 제거하지 않으면 그것이 커져서 처리하기가 매우 어렵게 된다. (爲 : 만약 …한다면. / 변하다. 바뀌다. 虺 : 작은 뱀. 어린 뱀. ※ 고서상의 학설에 나오는 일종의 작은 독사. 摧 : 꺾다. 부러뜨리다. / 멸하다. 없애다. 멸망시키다. 소멸시키다.)

〔 **國語·吳語** 〕 吳王夫差乃告諸大夫曰, 孤將有大志於齊, 吾將許越成, 而無拂吾慮. ……. 申胥諫曰, ……. 及吾猶可以戰也, ○○○○, ○○○○○.

有福之人, 千方百計不能害他, 無福之人, 遇溝壑也喪性命.

(壑: 학)

복이 있는 사람은 가지가지의 계책으로도 남을 해칠 수 없으나, 복이 없는 사람은 산골짜기를 만나도 생명을 잃게 된다. (喩) 사람의 명운은 바꿀 방법이 없다. (千方百計 : 가지가지의 꾀. 溝壑 : 물이 흐르는 산 골짜기. 계곡. 喪 : 잃다. 상실하다. 性命 : 생명.)

〔 **封神演義** 〕 大王可記得在紅沙陣內, 也是百日, 自然無事. 古云, ○○○○, ○○○○○○○○, ○○○○, ○○○○○○○.

肉自生蟲, 而還自食也, 木自生蠹, 而還自刻也, 人自興妖, 而還自賊也.

(蠹: 두)

살은 스스로 벌레를 키워 또 스스로 (살을) 먹게하고, 나무는 스스로 좀벌레를 키워 또 스스로 갉아먹게 하며, 사람은 스스로 재앙의 조짐을 일으켜서 또 스스로 해치게 한다. (還 : 또. 더. / 다시. 재차. 刻 : 벗기다. 깎다. 여기서는 갉아먹다. 파먹다. 妖 : 요괴. / 재앙의 조짐. 재해의 징조.) → **肉自生蟲. 木自生蠹.**

〔 **說苑·辨物** 〕 (師曠) 對曰, 憂夫○○○○, ○○○○○, ○○○○, ○○○○○, ○○○○, ○○○○○.
〔 **漢 桓潭·新論·譴非** 〕 今匈奴負於王翁, 王翁就往侵削憂之. 故使事至於斯, 豈所謂肉自生蟲而人自生禍者邪.

衣缺不補則日以甚, 防漏不塞則日以滋.
색

옷이 해진 곳을 깁지 않으면 날로 더 심하게 해지고, 둑이 새는 것을 막지 않으면 날로 더 커진다. (喩) 취약점을 보완하지 않으면 문제점이 더욱 확대된다. (缺 : 이지러지다. 망가지다. 防 : 둑. 제방. 滋 : 붇다. 커지다.)

〔 **桓寬·塩鐵論·申韓** 〕 御史曰, ○○○○○○○○, ○○○○○○○○. 大河之始決於瓠子也, 涓涓爾, 及其卒, 氾濫爲中國害.

宜未雨而綢繆, 毋臨渴而掘井.
주 무 무

(올빼미는) 마땅히 장마비가 오기 전에 둥지를 얽어매야 하고, (사람은) 목이 마르고 나서 샘을 파서는 안된다. 모든 일은 미리 꼼꼼하고 자세하게 준비하여 싹트는 재앙을 미리 막아야 한다는 뜻. (綢繆 : 새 둥지를 얽어매다로, 미리 준비하다의 비유. 綢는 얽다.) → **未雨綢繆**.

〔 **詩經·豳風·鴟鴞** 〕 迨天之未陰雨, 徹彼桑土, 綢繆牖戶. 〔 **朱用純·治家格言** 〕 ○○○○○○, ○○○○○○. 〔 **清 朱柏廬·朱子家訓** 〕 一粥一飯, 當思來之不易, 半絲半縷, 恒念物力維艱, ○○○○○○, ○○○○○○. 自奉必須儉約, 宴客切勿留連.

利爲害本, 而福爲禍先, 唯不求利者爲無害, 不求福者爲無禍.

이로움이란 것은 해로움의 근본이고, 복은 화의 선두이니, 오직 이로움을 구하지 않아야 해로움이 없고, 복을 구하지 않아야 화가 없다. (先 : 앞장. 선두. / 조상. 선조.)

〔 **文子·符言** 〕 故譽見卽毁隨之, 善見卽惡從之. 利爲害始, 福爲禍先, 不求利卽無害, 不求福卽無禍. 身以全爲常富貴其寄也. 〔 **韓詩外傳·卷一** 〕 夫 ○○○○, ○○○○○, ○○○○○○○○○, ○○○○○○○. 〔 **淮南子·詮言訓** 〕 名興則道行, 道行則人無位矣. 故譽生則毁隨之, 善見則怨從之, 利則爲害始, 福則爲禍先. 唯不求利者, 爲無害, 唯不求福者, 爲無禍.

人有旦夕禍福, 天有不測風雲.

사람에게는 아침 저녁으로 일어날 화와 복이 있고, 하늘에는 예측할 수 없는 풍운이 있다. (喩) 의외의 재앙이 있다. (旦夕 : 아침 저녁으로. 늘. 언제나.)

〔 **三國演義** 〕 孔明曰, 連日不晤君顔, 何期貴體不安. 瑜曰, ○○○○○○, 豈能自保. 孔明笑曰, ○○○○○○, 人又豈能料乎. 〔 **清 蘁峰慕眞山人·青樓夢** 〕 人有旦夕禍福, 豈能料定.

人有三不幸, 少年登高科, 席父兄之勢爲美官, 有高才能文章.

사람에게는 세 가지의 불행이 있으니, 젊어서 과거에 급제하여 출세하는 것이 첫째이고, 부모의 힘에 의지하여 높은 벼슬아치가 되는 것이 둘째이고, 재능이 많아 문장에 능한 것이 그 셋째이다. (席 : 의뢰하다. 믿고 의지하다. …을 이용하다. 美 : 훌륭하다.)

〔 **小學·嘉言** 〕 伊川先生言, ○○○○○, ○○○○○, 一不幸, ○○○○○○○○○, 二不幸, ○○○○○○, 三不幸也.

人之饑所以不食烏喙者, 以爲雖偸充腹, 而與死同患也.

훼 투

사람이 배가 고파도 독약인 부자(附子)를 먹지 않는 까닭은 비록 그것을 먹어서 구차스럽게 배를 채울 수 있겠지만, 도리어 죽음의 재앙을 초래할 것이라고 여기기 때문이다. 아무리 어려운 일에 봉착해도 자기를 해치는 일을 하지 말라는 뜻. (烏喙 : 烏頭의 딴 이름으로 이는 약으로 쓰이면서도 극약이기도 한 附子를 말한다. 偸 : 구차하게.)

〔 **戰國策·燕策一** 〕 (蘇秦)對曰, ○○○○○○○○○○○, ○○○○○○○, ○○○○○○○.

人處疾則貴醫, 有禍則畏鬼.

사람이 병이 들면 의사를 귀하게 여기고, 재앙이 있으면 귀신을 두려워한다. (喩) 사람이 괴로운 일을 당하면 의지할 대상을 찾는다.

〔 **韓非子·解老** 〕 ○○○○○○, ○○○○○. 聖人在上, 則民少欲. 民少欲, 則血氣治而擧動理. 血氣治而擧動理, 則少禍害.

一苦一樂相磨練, 練極而成福者, 其福始久.

한 때의 괴로움과 한 때의 즐거움을 다 같이 겪으면서 몸과 마음을 연마하고, 그런 단련이 절정에 이르고 난 다음에 복을 이루어야 그 복이 비로소 오래간다. (磨練 : 몸과 마음을 연마하다. 단련하다. 갈고 닦다. 힘써 배우고 닦다. 極 : 절정에 이르다. 맨 끝에 닿다. 다하다.)

〔 **菜根譚·七十四** 〕 ○○○○○○○○, ○○○○○○○, ○○○○. 一疑一信相參勘, 勘極而成知者, 其知是眞. ※〔 **孟子·告子下** 〕 天將降大任於是人也, 必先告其心志, 勞其筋骨, 餓其體膚, 空乏其身, 行拂亂其所爲.

一福能消百禍, 一正能消百邪.

한 가지의 복운은 백 가지의 재앙을 제거할 수 있고, 한 가지의 올바름은 백 가지의 사악함을 제거할 수 있다. (消 : 없애다. 제거하다. 몰아내다.)

〔 **淸 吳浚·飛龍傳** 〕 聖天子有百靈護佑, 大將軍八百威風, ○○○○○○, ○○○○○○. 依臣下之見, 殿下可備祭禮祀之, 或者仗殿下威福, 保全一郡生靈, 也未可定.

一夫銜恨, 六月飛霜, 匹婦含冤, 三年不雨.
함

한 남자가 원한을 품으면 유월에 서리가 내리고, 한 사람의 부인이 원한을 품으면 3년 동안 비가 내리지 않는다. (喩) 사람이 원한을 품으면 그 대상자가 피살되거나 형을 받아 죽게 되며, 하늘도 바람·서리·비·눈으로 분노의 흔적을 표현한다. (銜 : 마음에 품다. 匹婦 : 보통사람의 부인) → **六月飛霜**. ≒ **五月飛霜**.

〔**南朝 梁 蕭統·文選·江淹·詣建平王上書**〕昔者賤臣叩心, 飛霜擊于燕地, < 李善注 > (引淮南子) 鄒衍盡忠于燕惠王, 惠王信譖而系之, 鄒子仰天而哭, 正夏而天爲之降霜. 〔**唐 張說·獄箴**〕匹夫結憤, 六月飛霜. 〔**漢書·于定國傳**〕東海有孝婦, 少寡, 亡子, 養姑甚謹. ……姑自經死. 姑女告吏, 婦殺我母. 吏捕孝婦, ……太守竟論殺孝婦. 郡中枯旱三年. 〔**明 無名氏·西漢演義·項羽違約僭王號**〕昔魯公殺一無罪宮女, 遂致九年旱澇. 景公怒殺宮妃, 台傾三里, 只因無罪殺人, 化爲飛蝗, 殘食五穀. 故古人云, ○○○○, ○○○○, ○○○○, ○○○○. 今愁雲黑雨, 因是無罪殺了子嬰, 以致上天垂象. 〔**清 賈鳧西·木皮散人鼓詞**〕請問那忠臣抱痛, 六月飛霜 ……不是昭彰麼.

日月暈圍於外, 其賊在內. 備其所憎, 禍在所愛.
훈

해와 달의 빛 테두리인 무리는 비록 그 외면을 둘러싸고 있지만 그 무리를 조성하는 화근은 그 내부에 존재하고 있다. 대체로 그가 미워하는 사람을 방비하지만 재앙은 도리어 사랑하는 사람에게 몸담고 있는 법이다. 통치자는 정적이나 미운 사람을 경계하여 방비하지만, 그가 죽으면 권력을 잡게 될 가족·왕족들이 더 위험한 존재임을 말한 것. (暈 : 무리. 곧 해와 달의 주위에 때때로 보이는 백색의 둥근 테. 빛 테두리. 備 : 방비하다. 대비하다. 所憎 : 所憎者의 준 말로 미워하는 것. 또는 미워하는 사람.)

〔**戰國策·趙策四**〕(客曰) ……. 日月暉於外, 其賊在於內. 謹備其所憎, 而禍在於所愛. 〔**韓非子·備內**〕○○○○○○, ○○○○. ○○○○, ○○○○. 是故明主不擧不參之事, 不食非常之食.

存亡禍福, 皆在己而已.
기

존망과 화복은 모두 자기 자신에게 달려있을 따름이다. 존망과 화복은 다 자기가 초래한다는 말.

〔**說苑·敬愼**〕孔子曰, ○○○○, ○○○○○, 天災地妖, 亦不能殺也. 〔**孔子家語·五儀解**〕孔子對曰, 存亡禍福, 皆己而已, 天災地妖, 不能加也.

肘腋之患, 發不及覺.

팔꿈치와 겨드랑이의 재난이 일어난 것을 느끼지 못하다. (喩) 자기의 주변이나 내부에서 재난이 일어났는데도, 일어나기 전에 알지 못하다. (肘腋 : 팔꿈치와 겨드랑이로 매우 가까운 곳을 지칭.)

〔**封神演義**〕○○○○, ○○○○, 豈得以草率之刑治之.

知備遠難, 而忘近患.

먼 환난에 대비할 것은 알면서, 가까운 우환에 대처할 것은 잊는다.

〔**淮南子·人間訓**〕夫烏鵲先識歲之多風也, 去高木而巢扶枝. 大人過之則探鷇, 嬰兒過之則挑其卵. ○○○○, ○○○○. 故秦之設備也, 烏鵲之智也.

病在腠(주)理, 湯熨(울)之所及也, 在肌(기)膚, 鍼(침)石之所及也, 在胃腸, 大劑之所及也, 在骨髓, 司命之所無奈何也.

병이 피부에 있을 때는 더운 물 찜질로 고칠 수 있고, 살과 살갗에 있을 때는 침과 돌침으로 고칠 수 있으며, 위장에 있을 때는 큰 약제로 고칠 수도 있으나, 골수에 있으면 사람의 생명을 주관하는 신도 어찌할 수가 없다. (喻) 일의 화복도 초기단계에서 바로잡지 않으면 그 진전된 단계에서는 누구도 어찌할 수 없게 된다. (腠理 : 살결. 피부. 湯熨 : 더운 물 찜질. 肌膚 : 살과 살갗. 살. 피부. 石 : 돌침. 司命 : 사람의 생명을 주관하는 신.)

〔**韓非子·喻老**〕桓侯故使人問之. 扁鵲曰, 病在腠理, 湯熨之所及也, 在肌膚, 鍼石之所及也, 在胃腸, 火齊之所及也, 在骨髓, 司命之所屬, 無奈何也. 今在骨髓, 臣是以無請也. 〔**史記·扁鵲倉公列傳**〕桓侯使人問其故, 扁鵲曰, 疾之居腠理也, 湯熨之所及也, 在血脈, 鍼石之所及也, 其在腸胃, 酒醪之所及也, 其在骨髓, 雖司命無奈之何. 今在骨髓, 臣是以無請也. 〔**新序·雜事二**〕扁鵲曰, ○○○○, ○○○○○○, ○○○, ○○○○○○, ○○○, ○○○○○○, ○○○, ○○○○○○○○○.

察見淵魚者不祥, 智料隱匿(닉)者有殃.

연못 속의 물고기를 살피어 잘 아는 사람은 상서롭지 못하고, 사물을 숨긴 것을 지혜로써 헤아려 아는 사람은 재앙을 만날 수 있다. (喻) 임금이 신하의 숨기는 일을 너무 자세히 아는 것은 변이 생기는 근본이 된다. 남의 숨겨진 개인적인 일, 자질구레한 것을 너무 자세히 알거나 이를 들추어 내면 오히려 화를 당할 수 있다. → **察見淵魚**.

〔**列子·說符**〕文子曰, 周諺有言, ○○○○○○○, ○○○○○○○. 〔**韓非子·說林上**〕隰子曰, 古者有諺曰, 知淵中之魚者不祥. 〔**史記·吳王濞列傳**〕且夫 察見淵中魚不祥. 今王始詐病, 及覺, 見責急, 愈益閉, 恐上誅之, 計乃無聊. 〔**唐 司馬貞·索隱**〕此語見 韓子及文子. 韋昭曰, 知臣下陰私, 使憂患生變爲不祥, 故當赦宥使自新也.

斬(참)草不除根, 萌(맹)芽依舊發.

풀을 베고 그 뿌리를 뽑지 않으면 새싹이 여전히 돋아난다. (喻) 해를 철저히 제거하지 않으면 후환을 남겨놓을 수 있다. / 걱정·병폐·재앙이 될 일은 그 화근을 뿌리채 뽑지 않으면 안된다. (萌 : 싹. 依舊 : 옛대로 하다. / 여전하다. 예전대로다.) = **斬草不除根, 逢春芽又生. 斬草留根, 逢春再發.**

〔**春秋左氏傳·隱公六年**〕周任有言曰, 爲國家者, 見惡如農夫之務去草焉, 芟夷蘊崇之, 絶其本根, 勿使能殖, 則善者信矣. 〔**東周列國志**〕斬草留根, 逢春再發. 〔**醒世恒言**〕○○○○○, ○○○○○. 〔**通俗編**〕○○○○○, ○○○○○.

尺蚓穿堤, 能漂一邑. 寸煙泄穴, 致灰千室.

인 천 설

작은 지렁이가 둑에 구멍을 뚫어서 한 마을을 물에 잠기게 할 수 있고, 작은 담배불이 구멍을 빠져나와서 천 채의 집을 잿더미로 만든다. (喩) 큰 재화는 조그마한 곳에서부터 시작된다. 작은 실수가 큰 재난을 일으킨다. (尺寸 : 한 자, 한 치로 얼마 안되는 것을 가리킨다. 穿 : 구멍을 뚫다. 파다. 꿰뚫다. 漂 : 물·액체 위에 뜨다. / 띄우다. 뜨게하다. 여기서는 물에 잠기게 하다로 해석. 泄 : 액체나 기체가 새다. 빠지다. 새틈이나 구멍으로 흘러나오다. 致 : 만들다.) → **尺蚓穿堤**. ※ **千丈之堤** 참조.

〔**新論·愼隙**〕○○○○, ○○○○, ○○○○, ○○○○.

天有不測風雲, 人有旦夕禍福.

하늘에는 예측할 수 없는 바람과 구름이 있고, 사람에게는 아침 저녁으로 일어날 화와 복이 있다. 사람에게는 잠깐동안에 또는 돌연히 재앙이 발생할 수 있다는 말. 사람의 일은 예측하기 어렵다는 뜻. = **天有不測風雨, 人有朝夕禍福**.

〔**張協狀元**〕○○○○○○, ○○○○○○.

天作孽猶可違, 自作孽不可逭.

얼 환

하늘이 내리는 재앙은 오히려 피할 수 있고, 자신이 지은 재앙은 벗어날 수가 없다. 자신의 잘못으로 조성된 재앙은 피할 방법이 없다는 것. (孽 : 재난. 재앙. 猶 : 오히려. 아직도. 여전히. 違 : 피하다. 逭 : 벗어나다. 면하다. 회피하다.)

〔**書經·商書·太甲中**〕○○○○○○, ○○○○○○. 〔**孟子·公孫丑上**〕太甲曰, 天作孽猶可違, 自作孽不可活, 此之謂也. 〔**說苑·敬愼**〕太甲曰, ○○○○○○, ○○○○○○. 〔**明 戚繼光·練兵紀實**〕作善降之百祥, 作不善降之百殃. ……語曰, 自作孽, 不可活. 〔**明 吳元泰·東游記**〕此畜富貴如此, 何不知足, 奪此玉版何用. 今日國破人亡, 果是自作孽, 不可活也.

千丈之隄, 以螻蟻之穴潰. 百尺之室, 以突隙之熛焚.

누 궤 극 표

천 길이나 되는 방죽의 둑도 땅강아지와 개미의 구멍 때문에 무너지고, 백 자나 되는 높은 집도 굴뚝 틈에서 나오는 작은 불똥 때문에 불타버린다. (喩) 작은 일을 소홀히 하고 이를 삼가지 않으면 큰 화를 키워서 입을 수 있다. / 작은 힘으로 큰 일을 이루다. (隄 : 둑. 제방. = 堤. 螻 : 땅강아지. 潰 : 무너지다. 방죽이 터지다. 突隙 : 굴뚝의 갈라진 틈. 熛 : 불똥. / 불똥이 튀다. 불타다.) → **隄潰蟻穴** ※ 尺蚓穿堤 참조.

〔**韓非子·喩老**〕天下之難事, 必作於易, 天下之事. 必作於細. ……. ○○○○, ○○○○○○. ○○○○, ○○○○○○. 〔**淮南子·人間訓**〕千丈之隄, 以螻螘之穴漏, 百尋之屋, 以突隙之煙焚. 〔**說苑·談叢**〕江河大潰從蟻穴, 山以小陁而大崩. 〔**楊雄·幽州牧箴**〕隄潰蟻穴, 器漏鍼芒. 〔**應璩·雜詩**〕細微可不愼, 隄潰自蟻穴. 〔**抱朴子·百里**〕夫百尋之室焚於分寸之飇, 千丈之陂, 潰於一蟻之穴. 何可不深防乎.

天下之患, 在於土崩, 不在瓦解.

세상의 걱정꺼리는 (집의 토대인) 흙이 무너지는 데에 있는 것이며, (지붕의) 기왓장이 깨어지는 데에 있는 것이 아니다. (喩) 어떤 사물의 대세가 근원적으로 무너져 수습할 수 없는 상태가 되는 것이 문제이며, 그 지엽적인 것이 일부 허물어지는 것은 별 문제가 되지 않는다. → **土崩瓦解. 瓦解土崩.**

〔**鬼谷子·抵巇**〕土崩瓦解, 而相伐射. 〔**淮南子·泰族訓**〕(紂)士億有餘萬, 然皆倒矢而射, 傍戟而戰. 武王左操黃鉞, 右執白旄以麾之, 則瓦解而走, 遂土崩而下. 〔**史記·秦始皇本紀**〕秦之積衰, 天下土崩瓦解. 〔**漢書·徐樂傳**〕臣聞○○○○, ○○○○, ○○○○, 則是以全部破敗爲土崩, 部分離散爲瓦解了.

楚國亡猿, 禍延林木.

楚나라 왕이 기르던 원숭이를 잃자 이를 찾기 위해 도망간 숲에 불을 질러 그 화가 숲의 나무에까지 파급되었다. (喩) 재앙이 엉뚱한 다른 것에 미치다. (延 : 파급되다. 미치다.) ※ 城門失火참조.

〔**北齊 杜弼·檄梁文**〕但恐○○○○, ○○○○, 城門失火, 殃及池魚.

秋早寒, 則冬必煖矣, 春多雨, 則夏必旱矣.

가을에 일찍 추우면 겨울에는 반드시 따뜻하고, 봄에 많은 비가 내리면 여름에는 반드시 가물다. (喩) 사람이 좋은 것을 한꺼번에 이루거나 다 가질 수 없다.

〔**呂氏春秋·情欲**〕○○○, ○○○○○, ○○○, ○○○○○, 天地不能兩, 而況於人類乎.

抽薪止沸, 剪草除根.
비

솥 밑에서 타는 땔 나무를 꺼내어 솥 속의 물의 끓음을 저지하고, 풀을 벨 때 그 뿌리마저도 제거하여 다시 자라나는 것을 아주 없애버리다. (喩) 일을 처리함에 있어 그 근본을 좇아서 문제를 해결하다. 문제를 해결하여 주요 모순을 잘라내다. (抽 : 꺼내다. 빼내다. 뽑다. 沸 : 끓는 물. 끓인 물. / 물이 끓다. 물을 끓이다.) → **抽薪止沸. 釜底抽薪** → **剪草除根. 斬草除根.**

〔**漢 董卓·上何進書**〕聞之揚湯止沸, 不如去火抽薪. 〔**北齊 魏收·爲侯景叛移梁朝文**〕若○○○○, ○○○○, 壺首囊頭, 叉手械足, 返國奸于司敗, 歸侵地于玄武, ……其長世何. 〔**呂氏春秋·數盡**〕夫以湯止沸, 沸愈不止, 去其火, 則止矣. 〔**明 兪汝楫·禮部志稿**〕諺云, 揚湯止沸, 不如釜底抽薪. 〔**春秋左氏傳·隱公六年**〕爲國家者, 見惡, 如農夫之務去草焉, 芟夷 蘊崇之, 絶其本根, 勿使能殖.

打蛇不死, 自遺其害.

뱀을 쳐서 죽게 아니하면 스스로 그 해를 남기는 것이다. (喩) 해를 철저하게 제거하지 않으면 걱정꺼리가 남게 된다.

〔**醒世恒言**〕衆和尙不見楊元禮, ……跌脚嘆道, ○○○○, ○○○○. 事已如此, 無可奈何.

擇福莫若重, 擇禍莫若輕.

복을 고르는 데는 무거운 것에 견줄 만한 것이 없고, 화를 고르는 데는 가벼운 것에 견줄 만한 것이 없다. 두 가지 복이 있으면 곧 그 중에서 무거운 것을 취하고, 두 가지의 화가 있으면 그 중에서 가벼운 것을 가려서 취하라는 말. 재화를 당하여 그 때를 피할 수 없다면 부득불 손실의 가벼운 것을 선택하여 그 정도를 경감해야 한다는 뜻. (若 : 미치다. 이르다. 따라가다. 따라잡다. 견주다. 비교되다.) → **擇禍從輕.**

〔**國語·晉語六**〕范文子曰, ○○○○○, ○○○○○, 福無所用輕, 禍無所用重.

抱薪救火, 薪不盡, 火不滅.

땔감을 끌어안고 불을 끄려고 하면 땔감이 다 타버리지 않는 한 그 불이 꺼지지 않는다. (喩) 재해를 없애버리는 방법이 맞지 않아 오히려 재해를 크게 하다. 일을 처리함에 있어 그 방법을 알지 못해 그 해를 제거하려다가 오히려 그 기세를 조장하다. / 일부러 돕는다는 것이 오히려 방해가 되다. → **抱薪救火. 負薪救火. 抱薪趨火.**

〔**韓非子·有度**〕其國亂弱矣, 又皆釋國法而私其外, 則是負薪而救火也, 亂弱甚矣. 〔**淮南子·主術訓**〕上多求則下交爭, 不直之於本, 而事之於末, 譬猶揚堁而弭塵, 抱薪以救火也. 〔**史記·魏世家**〕蘇代謂魏王曰, ……. 今王使欲地者制璽 使欲璽者制地, 魏氏地不盡則不知已. 且夫以地事秦, 譬猶○○○○, ○○○, ○○○. 〔**戰國策·魏策三**〕孫臣謂魏王曰, ……. 且夫姦臣固皆欲以地事秦. 以地事秦, 譬猶抱薪而救火也. 薪不盡, 則火不止. 今王之地盡, 而秦之求無窮, 是薪火之說也. 〔**漢書·董仲舒傳**〕如以湯止沸, 抱薪救火, 愈甚亡益也. 〔**北宋 王安石·上運使孫司諫書**〕常恐天下之勢積而不已, 以至于此, 雖力挑之, 已若無奈何, 又從而爲之辭, 其與抱薪救火何異.

抱火厝之積薪之下, 而寢其上.

조

불을 안아 쌓아놓은 땔나무 밑에 놓아두고 그 위에서 잠을 자다. 당장은 불이 피어오르지 않아 얼마 동안은 안심하나 불원 피어오르면 큰 피해를 입게 됨을 시사. (喩) 목전의 편안함만 꾀하고 뒤에 일어날 재앙을 생각하지 아니하다. / 지극히 위험한 재해가 아직 표면에 나타나지 않고 잠복해 있다. (厝 : 놓아두다. ≒ 措.) ≒ **坐積薪而待燒.** → **厝火積薪. 抱火積薪. 積薪厝火.**

〔漢書·賈誼傳〕賈誼曰, 夫○○○○○○○○○, ○○○○, 火未及然. 因謂之安, 偸安者也. 方今之勢(勢), 何以異此. 〔賈誼·新書·數寧〕夫抱火措之積薪之下, 而寢其上, 火未及燃, 因謂之安, 偸安者也. 〔漢 趙壹·刺世疾邪賦〕安危亡於旦夕, 肆嗜欲於目前, 奚異涉海之失柂(柁), 坐積薪而待燃.

賀者在門, 吊者在途, 吊者在門, 賀者在途.

행운을 축하하는 사람이 집안에 있을 무렵 죽은 자를 조상하는 사람이 길을 걸어가고 있으며, 죽은 자를 조상하는 사람이 집안에 있을 무렵 행운을 축하하는 사람이 길을 걸어가고 있다. (喻) 길흉화복이 서로 엇갈려 일어나다. 곧 행운있는 사람이나 일(事)이 불행한 사람이나 일로 바뀔 수 있고, 반대로 불행한 사람이나 일이 행운있는 사람이나 일로 바뀔 수 있다. = **慶者在堂, 弔者在閭. 吊者在門, 賀者在閭.**

〔荀子·大略〕下卿進曰, 敬戒無怠. 慶者在堂, 弔者在閭. 禍與福鄰, 莫知其門. 〔蘇軾·遷居臨皐亭詩〕未見可弗賀. < 王注 > 董仲舒曰, 弔者在門, 賀者在閭, 言憂則恐懼, 恐懼則福至, 賀者在門, 弔者在閭, 言受福則驕奢, 驕奢則禍至. 〔明 錢琦·錢公良測語〕語云, ○○○○, ○○○○, ○○○○, ○○○○. 士大夫可以深長思矣.

漢有天下太半, 而諸侯皆附之. 楚兵罷(피)食盡, 此天亡楚之時也. 今釋弗擊, 此所謂養虎自遺患也.

漢나라는 천하의 대부분을 차지하고 있고 諸侯들도 모두 漢나라에 가까이하고 있을 뿐 아니라 楚나라 병사들이 피로하고 양식도 떨어졌다. 이것은 하늘이 楚나라를 멸망시키려고 하는 때이다. 지금 이를 놓아두고 공격하지 않는 것은 이른 바 호랑이새끼를 키워서 후환을 남기는 것이다. (由) 漢·楚가 鴻溝에서 천하를 양분하는 협정을 맞은 후 漢王이 서쪽으로 돌아가려고 하자 張良과 陳平이 이와 같이 말하면서 즉시 공격할 것을 권유하여 漢王이 이를 받아들였다. (罷 : 고달프다. ≒ 疲. 不如 : ……하는 것이 낫다. 養虎自遺患 = 養虎遺患 : 화근을 길러서 근심을 산다. 적에게 관용을 베풀어 후환을 스스로 남겨놓는다는 비유.) → **養虎遺患. 養虎貽患.** ≒ **養癰遺患.**

〔史記·項羽本紀〕漢欲西歸, 張良·陳平說曰, ○○○○○○, ○○○○○○. ○○○○○, ○○○○○○○. 不如因其機而遂取之. ○○○○, ○○○○○○○○○○. 〔馮衍·與婦弟任武達書〕養癰長疽, 自生禍殃. 〔易林〕養虎畜狼, 還自賊傷.

幸離其害, 眞如脫網就淵.

실로 물고기가 그물을 벗어나 깊은 못으로 들어가는 것과 같이, 다행스럽게도 그 재난을 벗어나다. (害 : 재해. 재난. 脫網就淵 : 다행히 재난을 면하여 기뻐함을 비유하는 말.) → **脫網就淵.**

〔故事成語考〕○○○○, ○○○○○○.

或繫之牛, 行人之得, 邑人之災.

어떤 사람이 (성읍에) 소를 매어 두었는데, 길 가던 사람이 그것을 끌고 가버리니, (아무 죄없는) 마을 사람이 (도둑 혐의의 억울한 누명을 쓰는) 뜻 밖의 재앙을 받게 되다. (喩) 아무 이해관계 없는 사람이 뜻 밖의 재난을 당하다. (或 : 어떤 사람. 繫 : 매달다. 묶다. 邑人 : 마을 사람.) → **无妄之災. 無妄之災. 无妄之禍.**

〔**周易·天雷无妄**〕六三, 无妄之災, ○○○○, ○○○○, ○○○○. 象曰, 行人得牛, 邑人災也..

洪川之方割, 豈一簣之所堙.
궤 인

불어서 넘쳐 흐르는 강물이 이제 막 재앙을 일으키는데 한 삼태기의 흙으로 어찌 틀어막을 수 있으랴 ! (洪 : 물이 불어 넘쳐 흐르다. 割 : 해치다. 손상시키다. 堙 : 틀어막다.)

〔**陸機·弔蔡邕文**〕彼○○○○○, ○○○○○○. 故尼父之慧訓, 智必愚而後賢.

禍福無門, 唯人所召.

화와 복은 들어오는 문이 따로 없고, 오직 사람이 불러들이는 것이다. 개인의 주관적인 노력이 운명의 좋고 나쁨을 결정함을 형용. / 재물과 이익을 탐하면 함정에 빠져 헤어나오지 못함을 이르는 것.

〔**春秋左氏傳·襄公二十三年**〕閔子馬見之曰, 子無然, ○○○○, ○○○○, 爲人子者患不孝, 不患無所, 敬共父命. 〔**孟子·公孫丑上**〕今國家閒暇, 及是時, 般樂怠敖, 是自求禍也, 禍福無不自己求之者. 〔**漢 陳琳·檄吳將校部曲文**〕蓋○○○○, ○○○○. 夫見機而作, 不處凶危. 〔**舊唐書·河間王孝恭傳**〕○○○○, ○○○○. 自顧無負于物, 諸公何見憂之深. 〔**唐 魏徵·十漸不克終疏**〕臣聞, ○○○○, ○○○○. 人無舋焉, 妖不妄作. 〔**貞觀政要·論貪鄙**〕太宗謂侍臣曰, ……. 古人云, ○○○○, ○○○○. 然陷其身者, 皆爲貪冒財利.

禍福非從地中出, 非從天上來, 己自生之.

화와 복은 땅 속에서 나오는 것도 아니고, 하늘로부터 내려오는 것도 아니며, 자기가 스스로 만들어내는 것이다. (從 : …으로부터.)

〔**說苑·談叢**〕○○○○○○○, ○○○○○, ○○○○.

禍不妄至, 福不徒來.

화는 함부로 이르지 아니하고, 복은 공연히 오지 아니한다. 불행은 근거도 없이 오는 것이 아니고, 행복은 아무런 까닭도 없이 오는 것이 아니라는 뜻. (妄 : 망녕되이. 함부로. 멋대로. 마구. 徒 : 공연히. 헛되이. 쓸데없이.)

〔**史記·龜策列傳**〕元王曰, 不然. 寡人聞之, 諫者福也, 諛者賊也. 人主聽諛, 是愚惑也. 雖然○○○○, ○○○○.

禍不入愼家之門.

재앙은 언행을 삼가는 사람의 집 안에는 들어가지 않는다.

〔**唐 王勃·平臺秘略論**〕有鍾卒行, 用心於不爭之場, 杜漸防微, 投迹於知機之地. 昔之善持滿者, 用此者也. 諺曰, ○○○○○○○. 前代有以之興矣.

禍生於欲得, 福生於自禁.

화는 무엇을 얻고자 하는 데에서 생기고, 복은 스스로 억제하는 데에서 생긴다.(禁 : 금하다. / 삼가다. / 견디다. 이겨내다. / 누르다. 억제하다.)

〔**說苑·談叢**〕○○○○○, ○○○○○.

禍與福同門, 利與害爲鄰, 非神聖人, 莫之能分.

화와 복은 같은 문으로 드나들고, 이로움과 해로움은 서로 이웃하여 있어서 신령스럽고 거룩한 사람이 아니면 이것들을 나눌 수 없다. 화와 복의 이로움과 해로움은 서로 의존하여 존재하고 있어 언제든지 서로 바뀔 수 있는 것으로, 아무도 이를 구분할 수 없다는 뜻.

〔**老子·第五十八章**〕禍兮福之所倚, 福兮禍之所伏. 孰知其極. 其無正. 〔**荀子·大略**〕慶者在堂, 吊者在閭. 禍與福鄰, 莫知其門. 〔**說苑·敬愼**〕人爲善者, 天報以福, 人爲不善者, 天報以禍也. 故曰, 禍兮福所倚, 福兮禍所伏. 戒之愼之, 君子不務. 〔**賈誼·鵩鳥賦**〕禍兮福所倚. 福兮禍所伏, 憂喜聚門兮, 吉凶同域. 〔**淮南子·人間訓**〕○○○○○, ○○○○○, ○○○○, ○○○○. 〔**吳越春秋·夫差內傳**〕越王句踐再拜稽首, 曰, 孤聞禍與福爲鄰, 今大夫之弔, 孤之福矣. 〔**文中子·微明**〕夫禍之至也, 人自生之, 福之來也, 人自成之. 禍與福同門, 利與害同鄰. 是故智慮者, 禍福之門戶也. 〔**宋 陳亮·問答**〕禍福倚伏于無窮, 雖聖智不得而防也. 〔**東周列國志**〕孤聞禍與福爲鄰. 〔**淸 朱䧳·翡翠園**〕禍與福所倚, 誠爲天相吉人也.

禍由惡作, 福自德生.

재화는 자신이 바르지 아니한 일을 하는 것으로부터 일어나고, 복운은 남에게 은혜를 베푸는 것으로부터 생겨난다.(由 : …으로부터. …에서. 作 : 일어나다. 德 : 은혜를 베푸는 일.)

〔**史記·孝文本紀**〕十三年夏, 上(文帝)曰, 蓋聞天道禍自怨起而福繇德興. 百官之非, 宜由朕躬. 今秘祝之官移過於下, 以彰吾之不德, 朕甚不敢. 〔**封神演義**〕○○○○, ○○○○. 從此改過, 切不可爲.

禍因惡積, 福緣善慶.

화는 악행을 쌓아가는 데에 기인하고, 복은 선행을 치하하는 데에 연유한다. 재화는 나쁜 일을 많이 하는 데서 조성되고, 복운은 좋은 일을 많이 하는 데서 데리고 온다는 뜻. (因 : 의거하다. 근거로 하다. 기인하다. 緣 : 의거하다. 의하다. 연유하다. 말미암다. 慶 : 축하하다. 경사를 치하하다. / 상을 주다.)

〔**南朝 梁 周興嗣·千字文**〕空谷傳聲, 虛堂習聽, ○○○○, ○○○○. 〔**淸 無名氏·定國志**〕禍惡積天加怒, 微臣無力去提兵.

患及身, 然後憂之. 六驥追之, 弗能及也.

재난이 몸에 미치고 난 후에는 이를 걱정하여 여섯 마리의 준마로 그 뒤를 쫓아가도 미칠 수 없다. 재난이 난 다음에는 몸을 삼가해도 아무 소용이 없으므로 이를 미연에 방지해야 한다는 뜻.

〔**淮南子·人間訓**〕無功而大利者, 後將爲害. 譬猶緣高木而望四方也. 雖愉樂哉, 然而疾風至, 未嘗不恐也. ○○○, ○○○○, ○○○○, ○○○○.

2. 貧富 貴賤

家居徒四壁立.

사는 집이 다만 네 개의 벽만 서 있을 뿐이다. 매우 가난하여 가진 것이 아무 것도 없음을 형용. (家居 : 집·주거. 徒 : 다만·겨우.)

〔**史記·司馬相如列傳**〕相如之臨邛, 從車騎雍容閑雅甚都. 及飮卓氏弄琴, 文君竊從戶窺之, 心悅而好之, 恐不得當也. 旣罷, 相如乃使人重賜文君侍者, 通殷勤. 文君夜亡, 奔相如. 相如乃與馳歸成都, ○○○○○○.

家富則疏族聚, 家貧則兄弟離.

집안이 부유해지면 소원하게 지내던 친척들이 모여들고, 집안이 가난해지면 형제들도 멀리 떠나간다. 인정은 야박한 것이어서 부귀를 좋아하고 빈천을 싫어한다는 뜻.

〔**戰國 趙 周愼到·愼子**〕○○○○○○, ○○○○○○, 非不相愛, 利不足相容也. 〔**戰國 無名氏·鶡冠子**〕家富則疏族聚, 居貧兄弟離. 〔**晉 慕湘·續晉陽秋**〕殷浩雖廢黜, 夷神委命, 雅詠不輟, 外甥韓生始隨至徙所, 周年還都, 浩送至水側, 乃詠曹顔遠詩曰, ○○○○○○, ○○○○○○, 因泣下, 其悲見于外者, 惟此一事而已. 〔**梁 蕭統 文選·曹顔遠·感舊詩**〕富貴他人合, 貧賤親戚離. 廉藺門易軌, 田竇相奪移.〔五燈會元〕問, 牛頭未見四祖時如何. 師曰, 富貴多賓客. 曰, 見後如何. 師曰, 貧窮絶往還.

見貧休笑富休誇, 誰是長貧久富家.
과

사람이 빈궁한 것을 보고 비웃지 말 것이며, 부유한 것을 보고 자랑하지 말 것이니, 누가 장구한 빈자이며, 장구한 부자로 있을 것인가?(休 : …하지말다. 금지나 말리는 뜻을 나타낸다. 誇 : 자랑하다. 허풍치다. 자만하다. / 칭찬하다.)

〔元 王實甫·破窯記〕我輩今日之貧, 豈知他日不富. 爾等今日之富, 安知他日不貧乎. 古語有云, ○○○○○○○, ○○○○○○○.

季子不禮於其嫂, 買臣見棄於其妻.

(전국시대의 책사로 6국의 재상이 된) 蘇秦은 (젊었을 때 빈궁해서) 그의 형수로부터 예로써 하는 대접을 받지 못했고, (어려서 가난하여 땔감을 팔아가면서 공부하여 會稽의 太守가 된) 漢나라 朱買臣도 그의 아내로부터 버림을 받았다. 두 사람 다 젊을 때는 가난하여 업신여김을 받았으나 수학에 전진하여 입신 출세했음을 의미.(季子 : 蘇秦의 자. 禮 : 경의를 표하다. 예로써 대하다. 見 : …당하다.)

〔歐陽永叔·晝錦堂記〕○○○○○○○, ○○○○○○○.

攻玉以石, 治金以鹽, 濯錦以魚, 浣布以灰.
탁

돌로써 옥을 갈고, 소금물로 금을 다루고, 물고기 부레로 비단을 씻고, 재로써 베를 빨다. 천한 물건·나쁜 물건을 써서 귀한 물건·좋은 물건을 가공한다는 비유. / 사람의 자질에는 각기 장단점이 있어 용인하는 데는 그 단점을 버리고 장점을 써야함을 시사.(攻 : 다듬다. 가공하다. 治 : 용도나 목적에 맞도록 다루어 처리하다. 여기서는 금을 다루어 처리하는 것이므로 담금질하다. 제련하다로 해석. 魚 : 고기. 여기서는 물고기의 공기 주머니인 부레. 魚鰾. 浣 : 씻다. 빨다.) → **攻玉以石**. → **濯錦以魚**.

〔詩經·小雅·鶴鳴〕他山之石, 可以攻玉.〔後漢書·王符傳〕夫明君之詔也若聲, 忠臣之和也如響, 長短大小, 淸濁疾徐, 必相應也. 且攻玉以石, 洗金以鹽, 濯錦以魚, 浣布以灰. 夫物固有以賤理貴, 以醜化好者矣. 智者棄短, 取長以致其功. < 注 >今之金工, 發金色者, 皆淬之於鹽水焉.〔潛夫論·實貢〕夫高論而相欺, 不若忠論而誠實, 且○○○○, ○○○○, ○○○○, ○○○○. 夫物固有以賤治貴, 治醜治好者矣.〔天中記〕女王國貢魚油錦, 紋綵尤異, 人水不濡濕, 云有魚油故也.〔儀禮·卽夕禮〕< 注 > 功布, 灰治之布也.

官不與勢期, 而勢自至. 勢不與富期, 而富自至. 富不與貴期, 而貴自至. 貴不與驕期, 而驕自至. 驕不與罪期, 而罪自至.

벼슬은 세도와 아무런 기약을 하지 않는 데도 세도가 스스로 찾아오고, 세도는 부유함과 아무런 기약을 하지 않는 데도 부유함이 스스로 찾아오며, 부유함은 귀함과 아무런 기약을 하지 않는 데도 귀함이 스스로 찾아오고, 귀함은 교만과 아무런 기약을 하지 않는 데도 교만은 스스로 찾아오며, 교만은 죄와 아무런 기약을 하지 않는 데도 죄가 스스로 찾아온다. 벼슬·세도·부유함·귀함·교만·죄·죽음의 순으로 차츰 빠져들 수 있음을 이르는 말. (與 : …과.)

〔**戰國策·趙策三**〕(公子牟) 曰, ……, 夫貴不與富期, 而富至. 富不與梁肉期, 而梁肉至. 梁肉不與驕奢期, 而驕奢至. 驕奢不與死亡期, 而死亡至. 〔**說苑·敬愼**〕魏公子牟曰, ……, 君知官不與勢期, 而勢自至乎. 勢不與富期, 而富自至乎. 富不與貴期, 而貴自至乎. 貴不與驕期, 而驕自至乎. 驕不與罪期, 而罪自至乎. 〔**說苑·談叢**〕貴不與驕期, 驕自來. 驕不與亡期, 亡自至.

貴極賤之兆, 賤極貴之徵.

존귀함이 극점에 이르면 비천함으로 변할 조짐이 있고, 비천함이 극점에 이르면 존귀함으로 변할 징후가 있다. 존귀함과 귀천함은 항상 바뀔 수 있음을 이르는 것.

〔**淸 彭靚娟·四雲亭全傳**〕公子 ……隨卽寫出幾句俗語, …… ○○○○○, ○○○○○. 人棄我則取, 人爭我不爭.

貴易(이)交, 富易妻.

존귀한 신분이면 벗을 사귀기가 쉽고, 부유하면 장가들기가 쉽다. 세력있고 돈있는 사람은 벗 사귀고 장가들기 쉽다는 뜻.

〔**後漢書·宋弘傳**〕帝令主(帝姊湖陽公主)坐屛風後, 因謂弘曰, 諺言○○○, ○○○, 人情乎. 弘曰, 臣聞貧賤之交不可忘, 糟糠之妻不下堂. 帝顧謂主曰, 事不諧矣.

貴而下賤, 則衆弗惡(오)也. 富能分貧, 則窮士弗惡也. 智而教愚, 則童蒙者弗惡也.

신분이 귀한 사람이면서도 천한 사람에게 몸을 낮추면 많은 사람들이 미워하지 않고, 부유한 사람이면서도 빈한한 사람에게 나누어줄 수 있으면 빈궁한 선비들이 그를 미워하지 않으며, 지혜로운 사람이면서도 어리석은 사람을 가르쳐주면 무지한 사람들이 그를 미워하지 않는다. (童蒙 : 어린이. / 무지함.)

〔**韓詩外傳·卷八**〕李克曰, 可. 臣聞○○○○, ○○○○○. ○○○○, ○○○○○○. ○○○○, ○○○○○○○.

金玉滿堂, 莫之能守. 富貴而驕, 自遺其咎(구).

황금과 구슬이 집안에 가득차도 항상 그것을 온전히 지킬 수가 없고, 부유하고 존귀해도 교만하면 스스로 그 재앙을 불러들인다. (遺 : 남기다. 남겨주다. / 주다. 여기서는 초치하다로 해석. 咎 : 과실. 허물. 죄. / 재앙. 흉사.)

〔**老子·第九章**〕持而盈之, 不如其已. 揣而銳之, 不可長保. ○○○○, ○○○○, ○○○○, ○○○○. 功成身退, 天之道. 〔**元 馬致遠·黃粱夢**〕楔子, 不義之財, 小要貪圖. 豈不聞金玉滿堂, 未之能守, 富貴而驕, 自遺其咎.

金玉崇而寇盜至, 名位高而憂責集.

황금과 구슬이 모이면 도적이 들고, 사람의 명성과 지위가 높아지면 걱정과 책임이 모여든다. 좋은 일에는 반드시 궂은 일이 따르게 마련이라는 뜻. (崇 : 모이다. / 모으다. 채우다. 높게하다. 쌓아올리다. / 소중하게 여기다. 集 : 모이다. / 이르다. 도착하다.)

〔**抱朴子·博喩**〕抱朴子曰, ……. 鱣鯉積而玄淵涸, 麋鹿聚而繁林焚, ○○○○○○○, ○○○○○○○.

內翰昔日富貴, 一場春夢.

한림학사(翰林學士)의 지난 날의 부귀가 한 바탕의 허망한 봄꿈일 뿐이었구나. 蘇軾이 표주박 하나만 메고 한가롭게 교외를 거닐고 있을 때 일흔이 넘은 한 노파가 그의 모습을 보고 말한 것. (內翰 : 宋나라 때 문필을 맡아 參議·諫諍을 하던 翰林院의 學士. 一場春夢 : 세상 일의 변화가 무상하여 과거의 영화·부귀·애정이 한 바탕의 헛된 꿈과 같이 사라져 없어진다는 뜻. 인간 세상의 덧없음을 비유하는 말. → **一場春夢**.

〔**唐 張泌·寄人詩**〕倚柱尋思倍惆悵, 一場春夢不分明. 〔**宋 趙令畤·侯鯖錄**〕東坡老人在昌化, 嘗負大瓢, 行歌於田間. 有老婦女七十, 謂坡云, ○○○○○○, ○○○○. 坡然之. 里人呼此媼爲春夢婆.

盜不過五女之門.

도둑도 딸 다섯을 가진 집의 문에는 들어가지 아니한다. 딸 다섯을 시집보내는 데 많은 비용이 들어갈 집은 필연 가난해지므로 도둑도 들어가지 않는다는 뜻. (過 : 들르다. 이르다.) = **盜不入五女之門**.

〔**後漢書·陳蕃傳**〕鄙諺曰, ○○○○○○○, 以女貧家也. 今後宮之女, 豈不貧國乎. 〔**顔氏家訓·治家**〕陳蕃曰, ○○○○○○○. 女之爲累, 亦以深矣. 〔**清 姚元之·竹葉亭雜記**〕俗說强盜不入五女之門. 漢光祿勛陳蕃諫桓帝曰, 鄙諺言 ○○○○○○○, 以女貧家也. 俗說由來久矣.

陶朱猗頓之富.
의

춘추시대 楚나라 사람인 范蠡와 魯나라 사람인 猗頓의 부유함. 재산이 매우 많은 큰 부호를 의미한다. (由) 越王 句踐을 도와 吳王을 물리친 上將軍 范蠡는 句踐의 인품이 어려움을 함께 넘길 수는 있으나 즐거움은 함께 할 수 없다고 생각하고 高鳥盡良弓藏, 狡兎死走狗烹이란 말을 남기고 齊나라로 탈출하여 鴟夷子皮라고 이름을 고쳐 축재에 힘쓴 결과 잠깐 동안에 그의 재산이 수

천만금이 되었다. 그는 여기에서 재상으로 임명되었으나 "집에서는 천금의 부를 낳고, 벼슬에서 재상이 된다는 것은 사람으로서는 극치이다. 오래 높은 이름을 받는 것은 불길한 일이다."라고 말하고 재산을 사람들에게 나누어주고 슬며시 陶로 집을 옮겨 朱公으로 이름을 바꾼후 19년 동안 세 차례나 천금의 재산을 만들어 두 번은 그 재산을 가난한 사람들에게 나누어 주었다. 한편 魯나라 猗頓은 소금과 목축을 하여 재산을 일으켜서 임금과 부를 같이할 정도로 큰 부자가 되었다.

〔**賈誼·過秦論**〕非有仲尼墨翟之賢, 陶走猗頓之富. 〔**史記·貨殖列傳**〕范蠡旣雪會稽之恥, ……, 乃乘扁舟浮於江湖, 變名易性, 適齊爲鴟夷子皮, 之陶爲朱公. 朱公以爲陶天下之中, 諸侯四通, 貨物所交易也. ……. 十九年之中 三致天金, ……. 故言富者, 皆稱陶朱公. ……. 猗頓用鹽鹽起. 而邯鄲郭縱以鐵冶成業, 與王者埒富. 〔**十八史略·上古·春秋戰國篇**〕范蠡裝其輕寶珠玉, ……. 浮海出齊, 變姓名, 自謂鴟夷子皮. 父子治産, 至數千萬. 齊人聞其賢, 以爲相, 蠡喟然曰, 居家致千金, 居官致卿相, 此布衣之極也. ……, 自謂陶朱公, 貲累鉅萬. 魯人猗頓往問術焉, 蠡曰畜五牸. 乃大畜牛羊於猗氏, 十年間, 貲擬王公, 故天下言富者, 稱陶朱猗頓.

冬暖而兒號寒, 年登而妻啼飢.
제

겨울이 따뜻해도 아이는 추워서 울부짖고, 풍년이 들어도 아내는 배고파서 운다. 가난한 사람들의 추위에 떨고 굶주리는 비참한 생활을 형용. (號 : 부르짖다. 큰 소리 내어 울다. 年登 : 곡식이 잘 여물다. 풍작이 되다. 年은 오곡이 잘 익다. / 잘 익은 오곡. / 농사의 수확. 登은 오곡이 잘 익다. 啼 : 눈물을 흘리며 소리내어 울다. 울부짖다.)

〔**韓愈·進學解**〕○○○○○○, ○○○○○○. 頭童齒豁, 竟死何裨. 不知慮此, 而反敎人爲.

馬騎上等馬, 牛用中等牛, 人使下等人.

말은 멀리 달릴 수 있는 상등마를 타고, 소는 성질이 좋은 중등우를 쓰며, 사람은 잘 순종하는 하등인 곧 우둔한 사람을 부린다. 부귀한 사람이 갖고 싶은 바를 지적한 것으로, 부리는 사람이 자신보다 총명하면 오히려 자신이 그 사람에게 부림을 당하게 됨을 시사.

〔**元 陶宗儀·輟耕錄**〕諺云, ○○○○○, ○○○○○, ○○○○○. 馬上等能致遠, 牛中等良善, 人下等易馴. 若其總明過我, 則我反爲所使矣.

放得功名富貴之心下, 便可脫凡.

공명과 부귀에 얽매인 마음을 풀어버려야 바로 범속을 벗어날 수 있다. 부귀와 공명은 다 바라는 것이지만 그 노예가 되면 속물이 되어버리고 만다는 뜻. (放 : 풀어놓다. 방출하다. 내치다. 쫓아내다. 便 : 곧. 즉시. 바로.)

〔**菜根譚·三十三**〕○○○○○○○○○○, ○○○○. 放得道德人義之心下, 纔可入聖.

本富爲上, 末富次之, 姦富最下.

농업으로 이룩한 부(富)가 상등에 속하고, 상공업으로 이룩한 부가 그 다음에 속하며, 정당치 못한 수단을 써서 이룩한 부가 제일 하등에 속한다. (本 : 농업. 末 : 상공업. 姦 : 범하다. 저지르다. 정당하지 못한 수단을 쓰다. / 훔치다. 도둑질하다. 교활하다.)

〔**史記·貨殖列傳**〕今治生不待危身取給, 則賢人勉焉. 是故 ○○○○, ○○○○○, ○○○○.

富貴驕人固不善, 學問驕人, 害亦不細.

부귀한 사람이 남에게 거만하게 구는 것은 진실로 훌륭하지 못한 것이고, 학문한 사람이 남에게 거만하게 구는 것도 그 해가 또한 적지 않은 것이다. (驕 : 거만하게 굴다. 細 : 작다. 미소하다.)

〔**近思錄·警戒類**〕明道先生曰, ○○○○○○○, ○○○○, ○○○○. 〔**陳書·魯悉達傳**〕悉達仗氣任俠, 不以富貴驕人. 〔**清 陳烺潛·梅喜緣**〕常言, 富貴把人驕, 世態炎涼反見嘲.

富貴名譽, 若以權力得者, 如甁鉢中花, 其根不植, 其萎可立而待矣.

(鉢: 발)

부귀와 명예가 만약 권력으로써 얻어진 것이라면 그것은 병이나 사발 속의 꽃과 같아서 그 뿌리가 심어진 것이 아니므로 그것이 시드는 것은 서서 기다리면 될 것이다. 권력으로 얻은 부귀영화는 매우 쉽게 사라져버린다는 뜻. (鉢 : 스님이 사용하는 식기인 바리때. 여기서는 주발, 공기, 사발 등의 그릇을 가리킨다. 萎 : 시들다. 쇠하다.)

〔**菜根譚·五十九**〕○○○○, 自道德來者, 如山林中花, 自是舒徐繁衍. 自功業來者, 如盆檻中花, 使有遷徙興廢. ○○○○○○, ○○○○○, ○○○○, ○○○○○○○.

富貴不歸故鄕, 如衣繡夜行.

부귀하게 되어 고향에 돌아가지 않는다면 이는 비단옷을 입고 밤길을 가는 것과 같다. 훌륭하게 되어도 이를 알리지 않으면 누구도 알아주는 사람이 없다는 뜻. → 錦衣夜行.

〔**史記·項羽本紀**〕項王見秦宮室皆以燒殘破, 又心懷思欲東歸, 曰, ○○○○○○, ○○○○○, 誰知之者. 〔**前漢書·朱買臣傳**〕上謂曰, ○○○○○○, ○○○○○, 今子何如. 〔**漢書·項籍傳**〕(項羽) 懷思東歸, 曰, 富貴不歸故鄕, 如衣錦夜行. 〔**資治通鑑·漢紀·太祖高皇帝上**〕(項)羽 ……, 曰, ○○○○○○, ○○○○○, 誰知之者. 〔**十八史略·近古·晉六朝篇**〕(項)羽見秦殘破, 且思東歸曰, ○○○○○○, ○○○○○耳. 〔**清 朱朝佐·御雪豹**〕古人云, 富貴不歸故鄕, 如有錦衣夜行. ……如今年已半百, 位極一品, …… 也完却功名之苦也.

富貴若有神助, 貧賤若有鬼禍.

부귀는 신령의 도움이 있는 것과 같고, 빈천은 귀신의 화해(禍害)가 있는 것과 같다. 신령의 도움이 없이는 부귀할 수 없고, 귀신의 화해가 없이는 빈천하지 않음을 이르는 것.

〔**論衡·命祿**〕故命貴, 從賤地自達, 命賤, 從富位自危. 故夫○○○○○○, ○○○○○○.

富貴之於我, 如秋風之過耳.

부유함과 존귀함은 나에게 있어서는 가을바람이 귀를 스쳐 지나가는 것과 같은 것이다. 부유함과 존귀함은 내가 관심을 둘 일이 아닌, 관계없는 일이라는 뜻. (秋風過耳 : 냉담하게 조금도 마음을 쓰지 않음을 이른다.) → **秋風過耳.**

〔**吳越春秋·吳王壽夢傳**〕十七年, 餘祭卒, 餘昧立. 四年, 卒. 欲授位季札, 季札讓, 逃去, 曰, 吾不受位, 明矣. 昔前君有命, 已附子臧之義, 潔身淸行, 仰高履尙, 惟仁是處, ○○○○○, ○○○○○○. 遂逃歸延陵. 〔**齊書·廬陵王子卿傳**〕吾日翼汝美, 勿得敕, 如風過耳, 使吾失氣, 孫子軍爭. 其疾如風, 其徐如林. 〔**明 沈德符·野獲編**〕張應聲曰, 秋風正貫先生耳. 兩人拊掌, 幾墜馬. 蓋楚人例稱干魚頭, 中州人例稱偸驢賊, 俗語有秋風灌驢耳也.

富不如貧, 貴不如賤.

부유한 것은 빈한한 것보다 못하고, 존귀한 것은 비천한 것보다 못하다. 부귀한 것보다 빈천해도 편안하고 안락한 것이 낫다는 말.

〔**論衡·命祿**〕太史公曰, 富貴不違貧賤, 貧賤不違富貴. 是謂從富貴爲貧賤, 從貧賤爲富貴也. 〔**後漢書·向長傳**〕喟然歎曰, 吾已知○○○○, ○○○○, 但未知死何如生耳. 〔**明 袁中道·題崔受之冊**〕富不如貧, 向平雖悟, 予猶迷也.

富不學奢而奢, 貧不學儉而儉.

부자는 사치를 배우지 않아도 사치를 하고, 빈자는 검소함을 배우지 않아도 검소하다.

〔**漢 任弈·任子**〕諺云, ○○○○○○, ○○○○○○. 人情皆能, 惟聖人能節之. 〔**舊唐書·馬周傳**〕里語曰, 貧不學儉, 富不學奢. 言自然也. 〔**唐 馬周·請崇節儉及制諸王疏**〕語曰, 貧不學儉, 富不學侈, 言自然也.

富與貴是人之所欲也, 不以其道得之, 不處也. 貧與賤是人之所惡也, 不以其道得之, 不去也.

부귀는 사람들이 원하는 것이지만, 정당한 방법으로 얻은 것이 아니라면 군자는 이를 누리지 아니하려하고, 빈천은 사람들이 싫어하는 것이지만, 정당한 방법으로 얻은 것이 아니라도 군자는 이를 버리지 아니하려 한다. 군자는 인(仁)을 거스리지 아니하며, 부귀나 빈천 때문에 인을 버리지 아니함을 이르는 말. (不以其道得之 : 정당한 방법으로 얻은 것이 아니다. 마땅히 얻어서는 안될 것을 얻는다는 말. 處 : 머무르다. 멈추다. 자리잡다. 누리다로 해석. 去 : 버리다. 돌보지 아니하다.)

〔**論語·里仁**〕子曰, ○○○○○○○○○, ○○○○○○, ○○○. ○○○○○○○○○, ○○○○○○, ○○○. 〔**抱朴子·辨問**〕富與貴是人之所欲也, 而昔己有禪之以帝王之位而不用, 委之以四海之富而不願, ……蓋不可勝數耳. 〔**明 吳炳·畫中人**〕富貴人皆欲, 其如不可求.

富而能富人者, 欲貧而不可得也, 貴而能貴人者, 欲賤而不可得也.

부유하면서 능히 남을 부유하게 해주는 자는 가난해지고자 해도 이를 이룰 수 없고, 귀하면서 능히 남도 귀하게 해주는 자는 천하게 되고자 해도 이를 이룰 수 없다. 부귀하면서 남을 부귀하게 해주는 자는 복을 받아 부귀한 신분이 유지된다는 뜻. (得 : 이루다. 이루어지다.)

〔**論語·雍也**〕夫仁者, 己欲立而立人, 己欲達而達人. 〔**說苑·雜言**〕孔子曰, 夫○○○○○○, ○○○○○○○, ○○○○○○, ○○○○○○○, 達而能達人者, 欲窮而不可得也. 〔**孔子家語·六本**〕是故以富而能富人者, 欲貧不可得也. 以貴而能貴人者, 欲賤不可得也. 以達而能達人者, 欲窮不可得也.

富而不驕者鮮, 驕而不亡者未之有.

부유하면서도 교만하지 않는 자는 드물고, 교만하면서도 망하지 않는 자는 아직 있지를 않았다. 부자는 거의 다 교만하고 결국은 망해버린다는 말. (未之有 : 아직 있지를 않았다. 아직까지는 없었다.)

〔**春秋左氏傳·定公十三年**〕○○○○○○, 吾唯子之見. ○○○○○○○○也, 戍必與焉.

富者田連阡陌(맥), 貧者無立錐之地.

부자는 가지고 있는 밭이 남북으로 난 밭길과 동서로 난 밭길이 이어져 있으나, 빈자는 송곳 한 개를 세울 만한 땅도 없다. 부자는 광대한 땅을 가지고 있으나, 빈자는 한 점의 땅도 없다. 곧 빈부의 격차가 너무 심한 것을 형용. (阡陌 : 두렁길. 밭길. 阡은 남북으로 난 밭길. 陌은 동서로 난 밭길. = 仟佰. 無立錐之地 : 빈궁함이 극에 이르렀다는 뜻.) ≒ **上無片瓦, 下無揷針之地.** → **立錐之地. 置錐之地.**

〔**莊子·盜跖**〕堯舜有天下, 子孫無置錐之地. 〔**荀子·非十二子**〕無置錐之地, 而王公不能與之爭名. 〔**呂氏春秋**〕無欲者視有天下也, 與無立錐之地同. 〔**史記·滑稽列傳**〕(孫叔敖)今死, 其子無立錐之地, 貧困負薪以自飮食. 〔**漢書·食貨志**〕至秦不然, 用商鞅之法, 改帝王之制, 除井田, 民得買賣, ○○○○○○,○○○○○○○. 〔**漢書·枚乘傳**〕舜無立錐之地而有天下. 〔**唐書·五行志**〕咸通時童謠曰, 頭無瓦片, 地有殘灰. 〔**傳燈錄**〕去年無立錐之地, 今年錐也無.

富在知足, 貴在求退.

부유함은 만족할 줄 아는데 있고, 존귀함은 물러날 것을 청하는데 있다. 부유함이란 재화(財貨)의 다과에 있는 것이 아니고 현재 가지고 있는 것에 만족할 줄 아는 마음에 달려 있고, 존귀함이란 그 지위가 높은데 있는 것이 아니고 그 자리에서 깨끗이 물러날 마음을 갖고 있느냐의 여부에 달려있다는 뜻.

〔**說苑·談叢**〕○○○○, ○○○○.

不困在於早慮, 不窮在於早豫.

곤란해지지 않게 하는 것은 미리 계획하는데 있고, 궁색해지지 않게 하는 것은 미리 예측하는데 있다. (早 : 이른. 앞선. / 일찍이. 벌써. 이미. 오래 전에. 慮 : 계략. 계획.)

〔**說苑·談叢**〕○○○○○, ○○○○○. 〔**鄧析子·轉辭**〕不用在早圖, 不窮在早稼.

不汲汲于富貴, 不戚戚于貧賤.

부귀해지는 데에 급급하지 아니하고, 빈천해지는 데에도 걱정하지 아니하다. 빈부 귀천에 전혀 괘념하지 않는다는 뜻. (汲汲 : 어떤 일에 골돌히 마음을 쓰는 모양. 戚戚 : 근심하고 두려워하는 모양.)

〔**班固·漢書·揚雄傳上**〕(揚雄)○○○○○○, ○○○○○○. 不修廉隅以徼名當世.

貧窮則父母不子, 富貴則親戚畏懼.

한 사람이 빈궁해지면 곧 부모도 그를 자식으로 여기지 않으나, 부귀해지면 곧 친척도 그를 두려워 한다. 사람이 세상을 살아감에 있어서 권세·지위·부귀를 소홀히 할 수 없음을 이르는 말. (不子 : 지식으로 여기지 아니하다. 여기에서는 그를 자식으로 인정하지 아니하다. 不認化是兒子.)

〔**戰國策·秦策一**〕蘇秦曰, 嗟乎. ○○○○○○○, ○○○○○○○. 人生世上, 勢位富厚, 蓋可以忽乎哉.

貧而無諂(첨), 富而無驕, 未若貧而樂, 富而好禮者也.

빈곤하면서도 아첨하지 않고 부유하면서도 교만하지 않은 사람은 빈곤하면서도 도를 즐기고 부유하면서도 예를 좋아하는 사람만 못하다. 아첨하지 않고 교만하지 않으면 생활정도에 알맞은 품행을 지켜나갈 수 있는 것으로, 그것보다는 안빈낙도하고 예를 잘 행하는 것이 더 중요함을 이른 것. (諂 : 아첨. 곧 자신을 비하하는 언어·태도로써 남을 받드는 것. 貧而樂 : 貧而樂道에서 道를 생략한 것으로, 가난한 생활 속에서도 평안한 마음으로 도를 즐긴다는 말.) = **安貧樂道.**

〔**論語·學而**〕子貢曰, ○○○○, ○○○○, 何如. 子曰, 可也, ○○○○○, ○○○○○○○. 〔**論語·憲問**〕貧而無怨難, 富而無驕易. 〔**元 無名氏·冤家債主**〕若依着先王典故, 貧而無諂, 富而無驕.

貧而如富, 其知足而無欲也. 賤而如貴, 其讓而有禮也. 無勇而威, 其恭敬而不失於人也.

가난하면서도 부유한 듯이 하는 것은 만족할 줄 알고 욕심이 없기 때문이고, 천하면서도 존귀한 듯이 하는 것은 겸양하고 예를 갖추고 있기 때문이며, 용기는 없으면서도 위엄이 있는 것은 공손하고 예의 발라서 다른 사람들에게 (태도를)그르치려고 하지 않기 때문이다.

〔**韓詩外傳·卷十**〕孔子曰, ……. 夫○○○○, ○○○○○○○. ○○○○, ○○○○○○. ○○○○, ○○○○○○○○○○. 終身無患難, 其擇言而出之也. 〔**孔子家語·交道**〕(상기 내용과 동일.)

貧者一燈, 長者萬燈.

가난한 사람의 한 개의 등에 부자의 만개의 등. 가난한 사람이 등 하나를 절에 바치는 정성은 재산 많은 사람이 등 만 개를 바치는 정성 못지 않게 귀하고 공덕이 있다는 뜻.

〔**賢愚經·貧女難陀品**〕便行乞匃, 以俟微供. 竟日不休, 唯得一錢. 持詣油家, 欲用買油. 油家問曰, 一錢買油, 少無所逮, 用作何等. 難陀以所懷語之. 油主憐愍, 增倍與油. 得己歡喜, 足作一燈. 擔向精舍, 奉上世尊, 置於佛前衆燈之中. 〔**阿闍也王受決經**〕貧女一燈, 長者萬燈.

奢者富不足, 儉者貧有餘, 奢者心常貧, 儉者心常富.

사치스러운 자는 부유해도 만족하지 아니하고, 검소한 자는 가난한 가운데서도 여유가 있다. 사치스러운 자는 마음이 항상 가난하고 검소한 자는 마음이 항상 부유하다.

〔**愼到 愼子·外篇**〕○○○○○, ○○○○○. ○○○○○, ○○○○○. 〔**譚子化書·儉化**〕奢者富不足, 儉者貧有餘, 奢者心嘗貧, 儉者心嘗富.

三斗之稷, 不足於士, 而君鴈鶩(목)有餘粟. 果園梨栗, 後宮婦人以相提擲(척), 士曾不得一嘗.

선비에게는 서 말의 기장도 부족한데 지위 높은 사람이 기르는 기러기와 집오리에게는 곡식이 남아돈다. 과수원의 배와 밤은 후궁의 여인네들이 서로 손에 들고 (놀이삼아) 던지는데 선비들은 일찍이 그것 하나 먹어보지 못하고 있다. 고관대작을 지낸 사람들의 생활은 지나치게 호화로운 반면 선비들의 생활은 매우 빈한함을 형용. (君 : 임금. 군주. / 왕실에 복속하는 제후. / 채지를 받은 경대부. / 지위 높은 사람.)

〔**韓詩外傳·卷七**〕陳饒曰, 三斗之稷, 不足於士, 而君鴈鶩有餘粟, 是君之一過也. 果園梨栗, 後宮婦人以相提擲, 士曾不得一嘗, 是君之二過也. 綾紈綺縠, 靡麗於堂, 從風而弊, 士曾不得以爲緣, 是君之三過也. 〔**戰國策·齊策四**〕田需對曰, 士三食不得饜, 而君鵝鶩有餘食, 下宮糅羅紈, 曳騎縠, 而士不得而爲緣. 且財者君之所輕, 死者士之所重, 君不肯以所輕與士, 而責士以所重事君, 非士易得而難用也. 〔**新序·雜事二**〕大夫有進者曰, 亦有君之不能養士, 安有士之不足養者, 凶年饑歲, 士糟粕不厭, 而君之犬馬, 有餘穀粟, 隆冬烈寒, 士短褐不完, 四體不蔽, 而君之臺觀, 褌巾兼錦繡, 隨風飄飄而弊. 〔**說苑·尊賢**〕饒對曰, 非士大夫之難用也, 是君不能用也. 宗衛曰, 不能用士大夫何若. 田饒對曰, 廚中有臭肉, 則門下無死士. 今夫三升之稷不足於士, 而君鴈鶩有餘粟, 紈素綺繡靡麗, 堂楯從風雨弊, 而士曾不得以緣衣, 果園利栗, 後宮婦人摭而相擿, 而士曾不得一嘗.

生前富貴草頭露.

살아있는 동안의 부귀는 풀잎의 끝에 맺힌 이슬과 같다. 인생의 부귀는 오래갈 수 없다는 말.

〔**蘇軾·詩**〕○○○○○○○, 身後風流陌上花. 〔**唐 杜甫·送孔雀父謝病歸遊江東兼呈李白詩**〕自是君身有仙骨, 世人那得知其故. 惜君只欲苦死留, 富貴何如草頭露.

善人富謂之賞, 淫人富謂之殃.

착한 사람이 부유한 것은 하늘이 상을 내렸다고 하는 것이고, 무도한 사람이 부유한 것은 재앙을 준 것이라고 하는 것이다. 열심히 일해서 부를 누리는 것은 하늘이 주는 상이나, 못된 짓을 하여 재산을 모은 경우에는 천벌과 같은 재앙을 부르게 된다는 말. (淫人 : 무도한 사람. 도리에 어긋나는 짓을 한 사람.)

〔**春秋左氏傳·襄公二十八年**〕穆子曰, ○○○○○○, ○○○○○○, 天其殃之也, 其將聚而殲旃矣.

勢不若德尊, 財不若義高.

권세는 덕의 존엄함만 같지 못하고, 재물은 의의 고상함만 같지 못하다. 권력·재력으로 부귀를 누리고 있는 사람이 존엄한 덕성·고상한 의기를 가진 빈천한 사람보다 훌륭하지 못함을 이르는 것.

〔**淮南子·脩務訓**〕(魏)文侯曰, 段干木不趨勢利, 懷君子之道, 隱處窮巷, 聲施千里. 寡人敢勿軾乎. 段干木光於德, 寡人光於勢. 段干木富於義, 寡人富於財. ○○○○○, ○○○○○. 干木雖以己易, 寡人不爲. 〔**蒙求·干木富義**〕(淮南子·脩務訓 내용과 동일.)

勢爲天子, 未必貴也, 窮爲匹夫, 未必賤也. 貴賤之分, 在行之美惡.(오)

권세가 천자의 그것과 같아도 반드시 존귀한 것이 아니며, 곤궁함이 지체낮은 필부의 그것과 같아도 반드시 비천한 것은 아니다. 사람의 존귀함과 비천함은 그의 행실의 훌륭함과 나쁨에 따라서 구분된다. (勢爲天子 : 권세가 천자의 구것에 속한다. 권세가 천자의 권세와 같이 막강하다는 뜻. 爲는

…이다. …이 되다. …으로 바뀌다. …에 속하다. 여기서는 …와 같다로 해석.)

〔**莊子·盜跖**〕子張曰, ……. ○○○○, ○○○○, ○○○○, ○○○○. ○○○○, ○○○○○.

小富由命, 大富由天.

작은 부자는 운명에 달려있고, 큰 부자는 하늘에 달려있다. 부귀는 다 천명에 의하여 결정됨을 이른다. (由 : …에 기인된다. 관계되다. 달려있다.) = **大富由天, 小富由勤.**

〔**宋尙宮·女論語**〕大富由命, 小富由勤. 〔**元婁元禮·田家五行**〕人有勤惰, 地有肥磽, …… 諺云, 大富由天, 小富由勤, 正此謂也. 〔**明 鄺璠·便民圖纂**〕大富由命, 小富由天. 〔**小孫屠**〕孩兒告孃, 休得憂怨. 人言○○○○, ○○○○.

淳于棼夢到槐安國, 娶公主, 爲南柯太守, 榮華富貴, 顯極一時. 後與敵交戰而敗, 被國王疑忌而歸. 醒則猶在槐下.

唐나라 德宗 때 淮南군의 副長을 지낸 바 있는 淳于棼은 (廣陵의 자기 집 남쪽에 있는 오래된 느티나무 밑에서 잠이 들어) 槐安國에 가는 꿈을 꾸었는데, 거기에서 그 나라 공주에게 장가들고 南柯의 太守가 되어 부귀영화로 한동안 영달함을 다했다. 그 뒤에 적국과 교전하다가 패하여 국왕에게 의심받고 꺼리는 바가 되어 돌아왔다. (꿈에서) 깨고보니 태연히 느티나무 밑에 있었다. 南柯一夢의 내용을 설명한 것. (喩) 부귀와 권세는 한 때의 헛된 꿈과 같은 것이다. → **南柯一夢.**

〔**唐 李公佐·南柯太守傳**〕(내용은 미상.) 〔**異聞集**〕淳于棼家居廣陵, 宅南有古槐樹, 棼醉卧其下, 夢二使者曰, 槐安國王奉邀. 棼隨使入穴中, 見榜曰, 大槐安國. 其王曰, 吾南柯郡政事不理, 屈卿爲守理之. 棼至郡凡二十載, 使送歸, 遂覺. 因尋古槐下穴, 洞然明朗, 可容一榻, 有一大蟻, 乃王也. 又尋一穴, 直上南柯, 卽棼所守之郡也. 〔**唐 李公佐·南柯太守傳**〕(위 내용 기술.)

藜口莧腸者, 多氷淸玉潔, 袞衣玉食者, 甘婢膝奴顔.

여 한장 곤 슬

명아주국을 먹고 비름나물을 먹는 일반백성들(惡衣惡食者)는 대체로 그 인품이 얼음처럼 청순 투명하고 옥 같이 결백 무하(無瑕)의 정서를 가지고 있으나, 곤룡포의 좋은 옷을 입고 맛있는 음식을 먹는 권세있고 존귀한 자(好衣好食者)는 대부분 노비가 취하는 비굴한 용모나 태도와 같이 굽실거리고 아첨하는 것을 달게 여긴다. (藜 : 명아주. 莧 : 비름나물. 氷淸玉潔 : 얼음처럼 맑고 옥처럼 깨끗하다. 맑고 깨끗한 덕행을 이르는 말. = 氷淸玉粹. 袞衣 : 천자와 上公이 입던 용을 수놓은 예복. 고관이 입는 옷이라는 뜻도 된다. 곤룡포. 玉食 : 맛있는 음식. 甘 : 달게 여기다.)

〔**菜根譚·十一**〕○○○○○, ○○○○○, ○○○○○, ○○○○○. 蓋志以澹泊明, 而節從肥甘喪也.
※〔**論語·里仁**〕士志於道, 而恥惡衣惡食者, 未足與議也.

寧可淸貧自樂, 不作濁富多憂.

차라리 청빈한 가운데 스스로 즐거워할지언정 부정한 방법으로 부를 얻고 걱정을 많이하게 만들지 말라. 더러운 부유함이 깨끗한 빈한함보다 못함을 가리키는 말. (濁富 : 부정한 방법으로 얻은 부.)

〔**五燈會元**〕問, 如何是招慶家風. 師曰, ○○○○○○, ○○○○○○.

榮位勢利, 譬如寄客, 旣非常物, 其去不可得留也.

영화·지위·권력 또는 금력은 한 때 머무르는 손님과 같아서 이미 늘 가질 수 있는 물건이 아니며, 한번 가버리면 다시 얻어서 머무르게 할 수는 없다.

〔**抱朴子·自敍**〕○○○○, ○○○○, ○○○○, ○○○○○○○.

榮華於順旨, 枯槁於逆違.

초목이 무성하게 자라 꽃이 피는 것은 (하늘의) 뜻을 따르는데 있고, 줄기가 마르는 것은 그것을 거스르고 어기는데 있다. 하늘의 뜻에 순종하면 부귀 영화를 누릴 수 있으나 위배하면 재앙을 만날 수 있다는 뜻. (榮 : 초목이 무성하다. 무럭무럭 자라다. 華 : 꽃. / 꽃이 피다. 於 : 하다. ≒ 爲. / …이다. ≒ 是. / …있다. ≒ 有. ※ 於 : 부사이나 여기서는 동사적 용법으로 쓰였다. 孟子 離婁篇의 寇退則返, 殆於不可의 於의 용법 참조. 旨 : 뜻. 속마음. / 의리. 枯槁 : 초목이 마르다.)

〔**晉書·石崇傳**〕自統枉劾以來, 臣兄弟不聽一言稍自申理. 戢舌鉗口, 惟須刑書. 古人稱, ○○○○○, ○○○○○. 誠哉斯言, 于今信矣.

榮華花上露, 富貴草頭霜.

영화는 꽃 위의 이슬이고, 부귀는 풀잎 끝의 서리이다. 부귀 영화가 다 일시적인 것을 가리키는 말. (草頭는 풀잎의 끝.)

〔**淸 戴全德·西調小曲**〕樂天知命, 守分安命, ○○○○○, ○○○○○, 代數到, 難消禳.

欲求生富貴, 須下死工夫.

일생이 부유하고 현귀하게 되기를 구하려면 모름지기 수단을 강구하는데 목숨을 내걸고 있어야 한다. 비상한 노력을 하지 않으면 부귀하게 될 수 없다는 말. (下 : 머무르다. 死 : 목숨을 내걸다. 工夫 : 수단을 강구하다.)

〔**元 無名氏·白兎記**〕群雄拒敵如逢俺, 敎他個個不生還. ……, ○○○○○, ○○○○○. 〔**水滸傳**〕自古道, 欲求生快活, 須下苦工夫.

以富爲是者, 不能讓祿. 以顯爲是者, 不能讓名.

부유함을 좋은 것으로 여기는 자는 녹위를 양보하지 않으며, 영달함을 좋은 것으로 여기는 자는 명성을 양보하지 않는다. 부유함과 영달함을 탐하는 사람은 이것을 얻을 것을 추구하고 얻으면 잃을까를 두려워한다는 뜻. (顯 : 영달하다.)

〔**莊子·天運**〕老子曰, ……. ○○○○○, ○○○○. ○○○○○, ○○○○, 親權者不能與人柄.

人有盜而富者, 富者未必盜. 有廉而貧者, 貧者未必廉.

사람 중에는 도둑질을 하여 재물을 넉넉하게 한 자도 있으나 부자라고 하여 반드시 도둑질하는 것은 아니며, 염치가 있어 가난하게 된 자도 있으나 반드시 염치가 있는 것은 아니다. 외양은 비슷하나 실상은 전혀 다른 경우가 많다는 뜻. (富 : 재화를 넉넉하게 하다. 부유하게 하다. / 재화의 풍유함.)

〔**淮南子·說林訓**〕○○○○○○, ○○○○○. ○○○○○, ○○○○○.

一家飽暖千家怨.

한 사람의 집이 부유하여 배불리 먹고 따뜻하게 입으면 천 사람의 집이 이를 시기하여 원망한다.

〔**明 葉子奇·草木子**〕(引 元代福建廉訪使密蘭沙詩) ○○○○○○○, 半世功名百世愆.

一日不作, 百日不食.

하루 일하지 아니하면 백일을 먹지 못한다. 생활이 곤란함을 형용.

〔**史記·趙世家**〕十六年肅侯遊大陵, 出於鹿門, 大戊午扣馬曰, 耕事方急, ○○○○, ○○○○. 肅侯下車謝. 〔**說苑·建本**〕(咎季) 對曰, 一日不稼, 百日不食. 〔**宋 王楙·野客叢書**〕今鄙俗語謂 ……, 一日不作, 一日不食.

入吾室者, 但有清風, 對我飮者, 唯當明月.

나의 방에 들어가면 다만 청풍이 있을 뿐이고, 나를 대하여 술을 마시게 해주는 것은 오직 명월이다. 독거(獨居)하여 청한(淸閑)을 즐김을 이르는 것.

〔**南史·謝譓傳**〕不忘交接, 門無雜賓, 有時獨醉曰, ○○○○, ○○○○, ○○○○, ○○○○.

朱門酒肉臭, 路有凍死骨.

부귀한 사람의 화려한 저택에는 술과 고기 썩는 냄새가 나고, 길가에는 얼어죽은 사람의 유해가 나딩군다. 부유층의 사치스런 생활과 빈민층의 굶주리고 얼어죽는 참상을 형용한 것. (朱門 : 붉은 색칠을 한 대문. 지위 높은 벼슬아치의 화려한 저택 · 부유한 사람의 저택을 이른다. 臭 : 구리다. 나쁜 냄새가 나다. 骨 : 백골. 유골. 해골.)

〔 **杜甫·自京赴奉先縣咏懷五百字 詩** 〕 ○○○○○, ○○○○○. 榮枯咫尺異, 惆悵難再述.

曾子居衛, 縕袍無表, 顔色腫噲(괄), 手足胼(변)胝(지). 三日不擧火, 十年不製衣. 正冠而纓(영)絶, 捉衿而肘(주)見, 納履而踵(종)決.

曾子는 衛나라에 살면서 헌 솜옷에 거죽이 없을 정도였고, 얼굴의 살결이 거칠어져 있었으며, 손발에 못이 박혀있었다. 사흘이나 밥솥에 불을 때지 못하였고, 10년동안 새옷을 짓지 못했다. 관을 바로 쓰려고 하면 헐은 갓끈이 끊어졌고, 옷깃을 잡으면 팔꿈치가 드러났으며, 신을 신으려고 하면 신발 뒤꿈치가 떨어져 나갔다, 몹시 가난함을 형용하는 말. (縕袍 : 헌 솜옷. 腫噲 : 살결이 거칠어지다. 피부가 트다. 胼胝 : 손발이 트다. / 손발에 생긴 못. 굳은 살. 胼은 손이 튼 것. 胝은 발이 튼 것. 衿 : 옷깃. 肘 : 팔꿈치. 納履 : 신을 신다. 踵 : 발꿈치. 決 : 도려내다. 떨어지다.)

〔 **莊子·讓王** 〕 ○○○○, ○○○○, ○○○○, ○○○○. ○○○○○, ○○○○○. ○○○○○, ○○○○○, ○○○○○.

甑(증)中生塵(진), 釜中生魚.

(오랫동안 불을 때지 못하여) 시루 속에는 먼지가 일어나고, 솥 속에는 물고기가 살고 있다. 집안이 오랫동안 밥을 짓지 못할 정도로 매우 가난함을 형용. (釜中生魚 : 극히 빈한함을 비유.) → **釜中生魚. 釜底遊魚.**

〔 **後漢書·范冉傳** 〕 冉, 字史雲, 陳留外黃人也, ……, 議者欲以爲侍御史, 因循身逃命於梁沛之閒, 徒行敝服, 賣卜於市. 遭黨之禁錮, 遂推鹿車, 載妻子, 捃拾自資, 或寓息客廬, 或依宿樹蔭, 如此十餘年, 乃結草室而居焉. 所止單陋, 有時糧粒盡, 窮居自若, 言貌無改, 閭里歌之曰, ○○○○范史雲, ○○○○范萊蕪.

處貧賤易, 耐富貴難. 安勞苦易, 安閑散難. 忍痛易, 忍痒(양)難.

빈천한 삶을 살아가는 것은 쉬우나 부귀한 삶을 지탱하기는 어려우며, 수고로운 삶을 마음 편히 여기기는 쉬우나 한산한 삶을 마음 편히 여기기는 어려우며, 아픈 것을 참기는 쉬우나 가려운 것을 참기는 어렵다. 빈궁한 생활은 참고 견딜 수 있으나 부귀한 생활을 하면서 그에 따른 절도

있는 품행을 유지하기는 어려움을 형용. (處 : 살다. 거처하다. 생활하다. 다른 사람과 함께 지내다. 耐 : 참다. 견디다. 버티다. 지탱하다. 安 : 마음에 편히 여기다. 만족해하다. / 즐기다. 좋아하다. 痒은 : 가려움. = 癢.)

〔**宋 何薳·春渚紀聞**〕俚俗語有可取者, ○○○○, ○○○○, ○○○○, ○○○○. ○○○, ○○○, 人能安閑散, 耐富貴, 忍痒, 眞有道之士也. 〔**明 李卓吾·李氏焚書**〕世俗俚語, 亦有可取之處, 處貧賤易, 處富貴難.

千金之子, 坐不垂堂, 百金之子, 不騎衡.

천금이나 되는 많은 돈을 가지고 있는 부자집의 아들은 집의 가장자리에 앉지 아니하며, 백금을 가지고 있는 집의 아들도 이층집의 난간에 기대지 않는다. 부잣집 자식들은 위험한 곳에 접근해서는 안됨을 알고있다는 뜻. (垂堂 : 집의 가장자리. 곧 사람이 다칠 수 있는 처마 밑이나 마루 끝을 이른다. 垂는 끝. 가. 가장자리. / 물건이 위에서 아래로 떨어지다. 堂은 집의 몸채. 안채. 정실. 騎 : 의지하다. 기대다. 衡 : 이층 위의 난간.) → **家累千金, 坐不垂堂.**

〔**史記·袁盎鼂錯列傳**〕盎曰, 臣聞, ○○○○, ○○○○, ○○○○, ○○○. 聖主不乘危而徼幸. 〔**史記·司馬相如列傳**〕蓋明者遠見於未萌而智者避危於無形, 禍固多藏於隱微而發於人之所忽者也. 故鄙諺曰, 家累千金, 坐不垂堂. 此言雖小, 可以喻大. 〔**史記·貨殖列傳**〕人富而仁義附焉. ……. 諺曰, 千金之子, 不死於市. 此非空言也. 〔**晉書·苻堅載記**〕臣聞, 千金之子坐不垂堂, 萬乘之主行不履危. 〔**明 史槃·鶼釵記**〕千金之子坐不垂堂, 六尺之軀立須知命. 况馳馬試劍, 非君子所爲, 以後不要如此.

哺乳太多, 則必掣縱而生癎. 貴富太盛, 則必驕佚而生過.

(掣 철, 癎 간)

젖을 너무 많이 먹이면 반드시 아이로 하여금 경련을 일으켜서 간질병을 일으키게 하고, 존귀하고 부유함이 너무 넘치면 반드시 교만하고 안일해져서 잘못을 저지르게 한다. (掣縱 : 끌어당기고 늘어지게 하고자 하다. 근육이 씰룩거리고 경련을 일으킴을 가리킨다. 癎 : 간질병. 경기. 盛 : 그 정도가 심하다. 넘치다. 많다.)

〔**潛夫論·忠貴**〕○○○○, ○○○○○○○, ○○○○, ○○○○○○○. 是故媚子以賊其軀者, 非一門也. 驕臣用滅其家者, 非一世也.

飽人不知餓人飢.

배부른 사람은 굶주리는 사람의 배고픔을 알지 못한다. (喩) 넉넉한 생활을 하고 있는 사람은 재물을 절박하게 필요로 하고 있는 사람의 고충을 이해하지 못한다. (飽 : 배부르다. 餓 : 배고프다. 굶주리다. 飢 : 배고프다. 굶주리다.) = **自飽不知人飢.**

〔**晏子春秋·諫上**〕嬰聞, 古之賢君, 飽而知人之飢, 溫而知人之寒, 逸而知人之勞. 今君不知也. 〔**藝文類聚·天部·雪**〕晏子曰, 古之賢君, 飽而知人之饑, 溫而知人寒. 〔**通俗編·飲食**〕自飽不知人飢.

寒者不貪尺玉, 而思短褐, 飢者不願千金, 而美一餐.
갈 찬

가난한 사람은 한 자나 되는 구슬을 탐하지 않고 짧은 베옷을 그리워하며, 배고픈 사람은 많은 돈 천금을 원하지 않고 한 끼니의 음식을 좋아한다. (喻) 곤궁한 사람은 큰 이익을 얻을 것을 생각하지 않고 다만 목전의 절박한 필수품을 먼저 만족하게 갖기를 원한다. (美 : 만족하다. 좋아하다. 즐기다.) = **寒者利裋褐, 饑者甘糟糠.**

〔**新書·過秦中**〕寒者利裋褐, 饑者甘糟糠, 天下囂囂. 〔**三國 魏·曹植·望恩表**〕臣聞, ○○○○○○, ○○○○, ○○○○○○, ○○○○. 夫千金尺玉至貴, 而不若一餐, 短褐者, 物有所急也.

或時載酒用鹿車, 則言車行酒, 騎行炙.
거

어떤 때는 술을 실어나르는 데에 사슴수레를 이용하니, 이것은 곧 "수레가 술을 나르고 말이 구은 고기를 나른다"고 말하는 것이다. 부귀한 사람이 많은 음식을 마련하여 놀러가는 것을 형용.

〔**論衡·語增**〕○○○○○○○, ○○○○○, ○○○. 或時十數夜, 則言其百二十. 或時醉不知問日數, 則言其亡甲子.

鴻鵠保河海之中. 厭心而移徙之小澤, 則必有矰丸之憂.
증

큰 기러기와 고니는 강과 바다의 속을 (삶의 터로) 지킨다. 그러나 마음으로 싫증을 느껴 작은 못으로 이사를 가면 반드시 주살 알에 맞을 근심이 있게 된다. (喻) 신분이 존귀한 사람이 일반 서민들의 터전에 가면 신변의 위협을 받게 된다. (矰 : 주살. 오늬에 줄을 매어 쏘는 화살. 곧 새를 잡는 줄이 달린 화살. 丸 : 알. 작고 둥굴게 생긴 물건. 새를 잡을 때 새총 따위로 쏘는 작은 구슬) → **矰丸之憂. 丸矰丸憂.**

〔**新序·雜事二**〕漁者曰, 鴻鵠保河海之中, 厭而移徙之小澤, 則必有丸矰之憂. 黿鼉保深淵, 厭而出之淺渚, 則必有羅網釣射之憂. 〔**貞觀政要·論忠義**〕漁者曰, ○○○○○○○, ○○○○○○○○, ○○○○○○○. 黿鼉保深泉. 厭心而出之淺渚, 則必有羅網釣射之憂. 今君逐獸碭, 入至此.

侯門一入深如海.

귀인의 집에 한번 들어가는 것이 바다와 같이 멀다. 존귀한 사람의 집은 출입을 삼엄하게 통제하고 있어 일반인의 출입이 용이하지 않다는 뜻. (侯門 : 존귀한 사람의 집. 深 : 깊다. 상하의 거리가 매우 멀다. / 어렵다.)

〔**唐 崔郊·贈去碑詩**〕○○○○○○○, 從此蕭郎是路人. 〔**五燈會元**〕客路如天遠, 侯門似海深.

3. 機會·運數·運命과 困境

家貧則思良妻, 國亂則思良相.

집이 가난해지면 어진 아내를 생각하게 되고, 나라가 어지러우면 현명한 재상을 생각하게 된다. 사람이 어려운 지경에 이르면 어진 관리자 또는 남의 도움을 바라게 된다는 의미. (思 : 생각하다. / 마음에 두다. 그리워하다. / 바라다. 희망하다.)

〔 **史記·魏世家** 〕 魏文侯謂李克曰, 先生嘗教寡人曰, ○○○○○○, ○○○○○○. 今所置非成則璜, 二子何如. 〔 **十八史略·上古·春秋戰國篇·魏** 〕 文侯謂李克曰, 先生嘗教寡人, 家貧思良妻, 國亂思良相. 〔 **齊民要術·序** 〕 然則家猶國, 國猶家. 是以家貧思良妻, 國亂思良相.

强自取柱, 柔自取束.

(질이) 강한 것(나무)은 그 스스로 다른 물건의 기둥으로 가려 택하도록 한 것이고, 부드러운 것은 그 스스로 나뭇다발로 가려 택하도록 한 것이다. (喩) 잘 되고 잘못 되는 것은 다 제 탓이다. / 각자의 자질·재능에 따라 그 운명이 결정된다. (取 : 골라 갖다. 가려서 택하다. 가려서 쓰다. = 選取. 柱 : 기둥. 집의 중압을 지지하는 곧은 나무. / 버팀목. 물건의 작용을 지탱하는 그 모양이 곧은 나무.)

〔 **荀子·勸學** 〕 ○○○○, ○○○○. 邪穢在身, 怨之所構.

居逆境中, 周身皆鍼砭藥石, 砥節礪行而不覺.
펌 지 려

역경 속에 처해 있으면 그것이 온 몸에 다 침과 약재가 되어 절개를 연마해 주고 행실을 연마해 주는 데도 그것을 느끼지 못한다. (喩) 역경은 괴로운 것이지만 그것은 그의 절조와 행실을 올바르게 닦아 주어 모르는 가운데 온전한 인격체를 이룩해 준다. (居 : 일정한 곳에 머물러 살거나 지내다. 일정한 처지에 처하여 있다. 周身 : 온 몸. 전신. = 渾身. 鍼砭 : 쇠침과 돌침. 또는 침술. / 남을 훈계하여 잘못을 바로 잡음. 藥石 : 약과 돌침. / 약재의 총칭 또는 치료의 뜻. / 교훈이 되는 말. 砥 : 고운 숫돌. / 갈다. 연마하다. 礪 : 거친 숫돌. / 갈다. 연마하다.)

〔 **菜根譚·九十九** 〕 ○○○○, ○○○○○○○○, ○○○○○○○. 處順境內, 眼前, 盡兵刃戈矛, 銷膏靡骨而不知. ※〔 **司馬遷·報任安書** 〕 古者富貴而名磨滅, 不可勝記, 唯倜儻非常之人稱焉. 蓋文王拘而演周易. 仲尼厄而作春秋. 屈原放逐, 乃賦離騷. 左丘失明, 厥有國語. 孫子臏腳, 兵法修列. 不韋遷蜀, 世傳呂覽. 韓非囚秦, 說難·孤憤. 詩三百篇, 大底賢聖發憤之所爲作也.

枯木逢春, 萌芽再長.
맹

마른 나무가 봄을 만나 새싹이 다시 자라나다. (喩) 곤경에 처한 사람이나 사물이 좋은 기회를 얻어서 곧 살 길이나 살 기회를 얻다. / 늙은 사람이 생기를 되찾거나 자손을 얻다. = **枯木生花.**

枯樹生華. 枯木發榮.

〔**周易·澤風大過**〕九五, 枯楊生華, 老婦得其夫, 無咎無譽. 〔**曹植·七啓**〕鏡機子曰, 辯言之艶, 使窮澤生流, 枯木發榮. 〔**三國志·魏志·劉廙傳**〕起煙於寒灰之上, 生華於己枯之本. 〔**景德傳燈錄**〕問, 枯木逢春時如何. 師曰, 世間稀有. 〔**五燈會元**〕寄語甬東賢太守, 難教枯木再生花. 〔**元 劉時中·端正好·曲**〕衆飢民共仰, 似○○○○, ○○○○.

苦盡甘來, 否極還泰.

고난이 다하면 좋은 일이 찾아오고, 악운이 한계에 이르면 행운으로 돌아온다. (否 : 주역에서 사물이 꽉 막힌 상으로 손해를 보는 것. 악운을 의미. 泰 : 만사형통하고 평안함을 누리는 상으로 좋은 운. 행운을 의미.)

〔**明 方汝浩·禪眞逸史**〕自古說, ○○○○, ○○○○. 泰兄長不須煩惱, 目前有一場大富貴, 若要取時, 反掌之間. 〔**明 蘇復之·金印記**〕貧遭富欺, 不道富有貧日, 貧有富時, 苦盡甜來, 泰生否極, 只道常如是.

困獸猶鬪, 況人乎.

쫓기며 궁지에 몰린 짐승은 (상대가 아무리 커도) 오히려 마지막 힘을 다하여 싸우는데 하물며 사람에 있어서야 (말할 나위가 있으랴)! (困獸猶鬪 : 몹시 시달림을 당하면 극력 저항한다는 비유. / 약자라도 궁지에 몰리면 강자에게 완강하게 대항한다는 비유. / 절망적인 실패에 빠진 자가 체념하지 않고 버티기에 온갖 힘을 다한다는 비유.) → **困獸猶鬪. ≒ 窮鼠齧猫.**

〔**春秋左氏傳·定公四年**〕夫槩王曰, ○○○○, ○○○. 若知不免而致死, 必敗我. 〔**春秋左氏傳·宣公十二年**〕困獸猶鬪, 況國相乎. 〔**宋史·太祖紀**〕設若困鬪, 則李煜一門, 不可加害. 〔**東周列國志**〕困獸猶能鬪, ……秦軍恥敗, 而三師俱好勇, 其志不勝不已.

其勠(륙)力以備賊, 幸無外難, 而內自相擊, 是避坑落井也.

다 함께 협력하여 적에 대비함으로써 다행히도 외환이 없었으나 내부에서는 달리 서로 공격하니, 이것은 구덩이에 빠지는 것을 피하고서 우물에 떨어지는 격인 것이다. (喩) 한 가지 어려움을 피하고나니 또 다른 어려움이 닥치다. (勠力 : 서로 힘을 합하다. 협력하다. 外難 : 밖에서 오는 어려운 일. 외환. 自 : 따로. 달리. 별도로. 특별히.) → **避坑落井. 避坎落井. 避穽入坑.**

〔**晉書·褚翜傳**〕今宜 ○○○○○○, ○○○○, ○○○○○, ○○○○○○. 〔**易林·觀之**〕避坎落井, 憂患日生.

救飢者以圓寸之珠, 不如與之橡菽(숙). 貽(이)溺者以方尺之玉, 不如與之短綆(경).

굶주린 사람을 한 치나 되는 둥근 진주를 가지고 구하려는 것은 도토리나 콩을 주는 것만 못하고, 물에 빠진 사람에게 한 자나 되는 네모난 구슬을 주려는 것은 짧은 두레박줄을 주는 것만 못하다. (喩) 곤경에 처한 사람에게는 필요로 하지 않는 값비싼 물건보다는 값이 싸더라도 당장 필요한 물건을 주는 것이 낫다. (貽 : 주다. 綆 : 두레박줄.)

〔 **劉書·劉子·隨時** 〕 ○○○○○○○○, ○○○○○○. ○○○○○○○○, ○○○○○○.

彀弩射市, 薄命先死.

구 노 박

쇠뇌를 잡아당겨서 저자를 향하여 쏘으면 박명한 사람이 먼저 맞아서 죽는다. (喩) 누구라도 명운이 나쁜 사람이 먼저 재앙을 만난다. (彀 : 활을 쏘기 위하여 잡아당기다. 弩 : 쇠뇌.)

〔 **野客叢書** 〕 古人諺語 ……○○○○, ○○○○. ……今人有薄命先穿之說, 知此語久矣.

久蟄龍, 靑天飛霹靂.

칩

오래 숨어지내던 용이 맑은 하늘에 벼락을 떨어뜨리다. (喩) 갑자기 사건·타격·불행한 일·바람직스럽지 못한 일이 생기다. → **靑天霹靂.**

〔 **陸遊·九月四日鷄未鳴起作詩** 〕 放翁病過秋, 忽起作醉墨, 正如○○○, ○○○○○, 雖云墮怪奇, 要勝常憫默, 一朝此翁死, 千金求不得.

窮猿奔林, 豈暇擇木.

곤궁에 처한 원숭이가 숲으로 달아나면서, 어찌 나무를 선택할 겨를이 있으랴! (喩) 사람이 궁지에 몰리면 머무를 곳을 선택할 여지가 없다. / 가난할 때는 가리지 않고 아무 벼슬이나 한다. (奔 : 달아나다. 도망쳐 내닫다. 暇 : 겨를. 틈. 짬. 여가.) → **窮猿奔林. 窮猿投林.**

〔 **世說新語·言語** 〕 李弘度常歎不被遇, 殷揚州知其家貧, 問, 君能屈志百里不. 李答曰, 北門之歎, 久已上聞. ○○○○, ○○○○. 遂授剡縣. 〔 **唐 房玄齡 等·晉書·李充傳** 〕 殷揚州謂李充曰, 君能屈志百里否. 答曰, ○○○○, ○○○○, 遂就剡陽令.

窮鳥入懷, 仁人所憫. 況死士歸我, 當棄之乎.

(새매에게 쫓기어) 궁지에 몰린 새가 사람의 품안에 들어와도 어진 사람은 가엾게 여긴다. 하물며 용감하여 죽음을 두려워하지 않는 사람이 나에게 몸을 의탁해왔는데 이를 버리는 것이 마땅하다는 것인가? 궁지에 빠진 사람이 남의 구원의 손길을 바라면 이를 구원해주어야 한다는 뜻. (懷 : 품. 품안. 가슴. 憫 : 불쌍히 여기다. 가엾게 생각하다. 死士 : 죽음을 각오한 선비. 목숨을 내어놓은 사람. 용감하여 죽음을 두려워하지 않는 사람. 歸 : 몸을 의탁하다. / 맡기다. 위임하다.) → **窮鳥入懷.**

〔 **三國志·魏志·邴原傳** 〕 政窘急, 往投原. 〈 裵松之注 〉 (引魏氏春秋) 政投原曰, 窮鳥入懷. 原曰, 安知斯懷之可入邪. 〔 **顔氏家訓·省事** 〕 王子晉云, ……. 凡損於物, 皆無與焉. 然而○○○○, ○○○○. ○○

○○○, ○○○○.

窮且益堅, 不墜青雲之志.

궁하면 더욱 강하여 져서 입신 출세하려는 뜻을 잃지 않는다. (墜 : 잃다. 망실하다. 靑雲之志 : 입신 출세하려는 뜻. 공을 세우고자 하는 마음.) → **靑雲之志.**

〔**王勃·滕王閣序**〕老當益壯, 寧知白首之心, ○○○○, ○○○○○○○. ※〔**唐 張九齡·照鏡見白髮 詩**〕宿昔靑雲志, 蹉跎白髮年. 誰知明鏡裏, 形影自相憐.

窮通各有命, 不繫才不才.

사람이 곤궁함과 형통함이 모두 그 사람에게 딸린 운명이며, 재주가 있고 없는 것에 매달린 것이 아니다.

〔**白居易·論友詩**〕○○○○○, ○○○○○, 推此自裕裕, 不必待安排.

禽獸得困極, 能抵觸, 傾覆人車.

한 마리의 짐승도 그 고초가 절정에 이르면 사람의 수레를 떠받아 뒤엎어버릴 수 있다. (喻) 사람이 몹시 시달림을 당하면 극력 저항한다. 약자도 곤경에 처하여 결사적이 되면 큰 힘을 발휘할 수 있다. (得困 : 고생·고난·고초를 받다. 고초를 당하다. 시달림을 당하다. 抵觸 : 부딪히다. 충돌하다. 떠받다.) → **禽困覆車.** ≒ **困獸猶鬪.**

〔**戰國策·韓策一**〕韓公仲謂向壽曰, 禽困覆車. 辱公仲, 公仲收國復事秦, 自以爲必可以封. 〔**史記·樗里子甘茂列傳**〕韓公仲使蘇代謂向壽曰, 禽困覆車. 〈 裵駰集解 〉 譬○○○○○, 猶○○○, ○○○○.

機不可失, 時不再來.

기회는 놓쳐서는 안되는 것이니, 정해진 그 때는 다시 돌아오지 않는다. 한번 기회를 놓치면 그 기회는 또 다시 잡을 수 없다는 것. (機 : 때. 시기. 기회. 時 : 기회. 알맞은 때. / 정해진 시간.) ≒ **機會一失, 不可再得.**

〔**舊五代史·晉書·安重榮傳**〕安重榮上石敬瑭表, 須知○○○○, ○○○○. 〔**南朝 梁 沈約·宋書·蔡興傳**〕此萬世一時, 機不可失. 〔**明 徐元·三元記**〕狀元乃天祿石渠之貴客, 小姐是瑤臺閬苑之神仙. 自古道, 機會一失, 不可再得.

飢者甘食, 渴者甘飮.

굶주린 사람은 맛있게 먹고, 목마른 사람은 맛있게 마신다. 곧 굶주림과 목마름이 심한 사람은 음식의 맛을 가릴 여지가 없어 배불리기 위해 아무 것이나 잘 먹는다는 뜻. (喻) 급박한 상황에 처한 사람, 곤경에 처한 사람은 좋은 것, 나쁜 것을 가릴 여유가 없이 되는대로 받아들이고 처리한다. / 물욕에 어두운 사람은 부정을 마구 저지른다. / 곤경에 처한 사람에게는 위로하거나 구제해주기가 쉽다. (甘 : 맛이 좋다. 단 맛이 있다.)

〔 **孟子·盡心上** 〕 孟子曰, ○○○○, ○○○○, 是未得飮食之正也, 飢渴害之也, 豈惟口腹有飢渴之害, 人心亦皆有害. 〔 **孟子·公孫丑上** 〕 民之憔悴於虐政, 未有甚於此時者也. 飢者易爲食, 渴者易爲飮. 〔 **三國 魏 曹植·轉封東阿王謝表** 〕 若陛下念臣入從五年之勤, 少見佐助, 此枯木生華, 白骨更肉, 非臣之敗也. 飢者易食, 寒者易衣, 臣之謂矣. 〔 **五燈會元** 〕 丹霞天然禪師訪龐居士, 至門首相見, 師乃曰, 居士在否. 士曰, 飢不澤食.

落陷穽(정), 不一引手救, 反擠(제)之, 又下石焉.

사람이 함정에 떨어져 빠졌는데도 손을 끌어당겨 구해주지 않고, 오히려 밀어서 떨어뜨리고 또한 돌을 던지다. (喻) 위급한 재난에 빠져있는 사람을 구해주기는 커녕 오히려 해를 가하다. (擠 : 밀다. 밀치다.) → **落穽下石. 落井下石. 落井投石. 投井下石. 投石下井. 下井投石.**

〔 **韓愈·昌黎集·柳子厚墓誌銘** 〕 今夫平居里巷相慕悅, ……. 一旦臨小利害, 僅如毛髮比, 反眼若不相識, ○○○, ○○○○○, ○○○, ○○○○ 者, 皆是也.

狼跋其胡, 載疐(치)其尾.

늙은 이리가 앞으로 가려하니 턱 밑의 처진 살 호(胡)를 밟게 되고, 뒤로 물러나려하니 그 꼬리에 걸려 넘어진다. (喻) 이렇게도 저렇게도 하기 어려운 난경에 빠지다. (跋 : 밟다. 胡 : 턱 밑에 늘어진 살. 載 : 곧. 疐 = 疐 걸려 넘어지다.)

〔 **詩經·豳風·狼跋** 〕 ○○○○, ○○○○. 公孫碩膚, 赤舃几几. 〔 **毛傳** 〕 老狼有胡, 進則躐其胡, 退則跲其尾, 進退有難. 〔 **韓愈·進學解** 〕 跋前疐後, 動輒得咎.

當此之際, 所謂千載一時, 不可逢之嘉會.

이런 때를 만난 것은 이른바 천년이 지나야 비로소 오는 한 시각으로, 잘 만날 수 없는 좋은 만남이다. 이런 기회를 만나는 것은 극히 어려움을 이르는 말. (際 : 때. 시기. 즈음. 무렵. 載 : 해. 일년.) → **千載一遇. 千載一會. 千載難逢.**

〔 **後漢書·竇融傳** 〕 王者迭興, 千載一會. 〔 **東漢·班固 等 東觀漢記·耿況傳** 〕 太史官曰, 耿況·彭寵, 俱遭際會, 順時乘風, 列爲藩輔, 忠孝之策, 千載一遇也. 〔 **袁宏·三國名臣序贊** 〕 未遇伯樂, 則千載無一驥. ……夫萬歲一期, 有生之通塗, 千載一遇, 賢聖之嘉會. 〔 **唐 韓愈·潮洲刺史謝上表** 〕 ○○○○, ○○○○○○, ○○○○○○. 〔 **晉書·慕容雲載記** 〕 公自高氏名家, 何能爲他養子. 機運難邀, 千歲一時, 公焉得辭也. 〔 **王羲之·與會稽王書** 〕 千載一時之運. 〔 **邯鄲淳答贈 詩** 〕 聖主受命, 千載一遇

大難不死, 必有後福.

큰 어려움을 만나고도 죽지 않으면 장래에 반드시 좋은 운이 트인다.

〔元 關漢卿·裴度還帶〕皆是先生陰德太重, 救我一家性命, 因此遇大難不死, 必有後程, 准定發迹也.〔古今小說〕大難不死, 必有後祿.〔清 李漁·比目魚〕自古道, ○○○○, ○○○○.〔清 天花才子·快心〕大難不死, 決有後福.

道傍牛蹄中有鮒魚謂周曰, 今吾命在盆甕之中耳, 乃爲我見楚王, 決江淮以漑我, 汝則求我枯魚之肆矣.

길 가 소 발자국 속에 있는 붕어가 莊周(莊子)에게 말하기를 "지금 내 생명은 동이와 옹기 속에 있소. 그런데도 (그대가) 나를 위해 楚王을 만나 江水와 淮水의 물을 끌어다가 나에게 물을 대어준다니 그대는 그 때 나를 마른 생선가게에서 찾으시오"라고 했다. (喻) 몹시 위급하거나 곤궁한 처지에 놓인 사람을 구제하는 것도 때를 놓치면 아무 소용이 없다. (由) 莊子(이름 周)가 생활이 심히 곤궁하여 監河侯에게 곡식을 빌리러 갔다가 며칠 후에 300금을 융통해 주겠다고 하므로 위와 같이 涸轍鮒魚의 다급한 사정을 예로 들어서 며칠 후에 도와주는 것은 아무 소용이 없음을 은유법으로 설명한 것. → **涸轍鮒魚.**

〔**莊子·外物**〕莊周家貧, 故往貸粟於監河侯. 監河侯.曰, 諾, 我將得邑金, 將貸子三百金, 可乎. 莊周忿然作色曰, 周昨來, 有中道而呼者. 周顧視車轍中有鮒魚焉. 周問之曰, 鮒魚來, 子何爲者邪. 對曰, 我東海之波臣也. 君豈有斗升之水而活我哉.周曰, 諾. 我且南遊吳越之王, 激西江之水而迎子, 可乎. 鮒魚忿然作色曰, 吾失我常與, 我無所處. 吾得斗升之水然活耳, 君乃言此, 曾不如早索我於枯魚之肆.〔**說苑·善說**〕周曰, 見道傍牛蹄中有鮒魚焉, ……, 鮒魚曰, 今吾命在盆甕之中耳, 乃爲我見楚王, 決江淮以漑我, 汝則求我枯魚之肆矣.

冬日之閉凍也不固, 則春夏之長草木也不茂.

겨울철 빙설에 의한 대지의 동결(凍結)이 단단하지 않으면 그해 봄·여름 양계절에 초목의 생장이 무성하지 못하다. (喻) 사람이 간난신고를 경험하지 않으면 후일에 번영이나 큰 영광이 없다. (閉凍 : 얼음과 눈이 대지를 동결시키는 것을 가리킨다.)

〔**韓非子·解老**〕周公曰, ○○○○○ ○○○, ○○○○○○○○○○○. 天地不能常侈·常費, 而況於人乎.

得時無怠, 時不再來.

기회를 얻으면 태만해서는 안되는 것이니, 그런 기회가 지나가버리면 다시 돌아오지 않는다.

〔**國語·越語下**〕臣聞之, ○○○○, ○○○○, 天予不取, 反爲之災. 贏縮轉化, 後將悔之.〔**漢 黃憲·天祿閣外史**〕農勤于朝, 女勤于宵, 宵心顧杼, 朝必望雨. 言得時無怠也.

莫非命也, 順受其正. 是故, 知命者不立乎巖牆之下.
장

(사람의 길흉화복은) 천명이 아닌 것이 하나도 없으니 그 올바른 천명을 순히 받아들일 것이다. 그러므로 천명을 알고있는 자는 높고 위험한 담장 밑에 서지 않는다. 사람은 정당한 도리를 다하고 죽는 올바른 천명(正命)을 순히 받아들여야 하므로 비정명(非正命)에 의하여 죽을 위험이 있는 처신을 하지 않는다는 말. (莫非命 : 사람의 길흉화복이 천명이 아닌 것이 없다는 말. 命 : 하늘의 뜻. 천명. 受其正 : 受其正命이란 말로, 곧 정당한 도리를 다하고 맞이하는 죽음을 받아들인다는 말. 巖牆 : 높고 위험한 담. 곧 무너지려고 하는 험한 담.)

〔 **孟子·盡心下** 〕 孟子曰, ○○○○, ○○○○. ○○, ○○○○○○○○○○. 盡其道而死者, 正命也. 桎梏死者, 非正命也.

萬事分已定, 浮生空自忙.
이

만 가지 일의 운명이 이미 결정되어 있는데 덧없는 인생이 부질없이 스스로 분주하다. (分 : 운명. 인연. 已 : 이미. 浮生 : 덧없는 인생. 空 : 부질없이.)

〔 **元 無名氏·看錢奴** 〕 耕牛無宿草, 倉鼠有餘糧. ○○○○○, ○○○○○. 〔 **元 無名氏·白兎記** 〕 少女配少郎, 門戶兩相當. 百事分已定, 浮生空自忙.

萬人逐兎, 一人獲之.

많은 사람이 토끼를 몰지만 한 사람이 그것을 잡는다. (喻) 주인없는 물건을 차지하기 위하여 많은 사람이 쫓지만 결국 자연적으로 정해진 운명이 있는 자가 이를 차지하게 된다.

〔 **後漢書·袁紹傳** 〕 世稱, ○○○○, ○○○○, 貧者悉止, 分定故也. 且年均以賢, 德均則卜, 古之制也.

謀事在人, 成事在天.

일의 계획은 사람이 하지만 그 일의 성패는 하늘에 달려 있다. 일종의 숙명론적 관점을 말한 것. ≒ **盡人力聽天命.**

〔 **明 羅貫中·三國演義** 〕 孔明嘆曰, ○○○○, ○○○○, 不可强也. 〔 **惲代英·致子强弟書** 〕 要之不求近功, 不安小就, 以苦心, 以實力求以自力求學. ○○○○, ○○○○, 不成不足爲患.

眇能視, 跛能履, 履虎尾, 咥人, 凶.
묘 파 절

애꾸눈이 물건을 잘 보려고 하고, 절름발이가 길을 잘 가려고 하며, 호랑이 꼬리를 밟으며 가다가 물리는 것은 흉하다. 스스로의 역량이 없으면서도 일을 맹목적으로 실행하면 곧 반드시 불행함에 이르게 됨을 말한다. 힘이 부족한 사람이 억지로 일을 하면 마침내 화를 자초함을 뜻한다. (眇 : 애꾸눈. 能 : 잘하다. 능하다. / 능히. 跛 : 절름발이. 履 : 밟다. 걷다. 밟으며 가다. 咥 : 물다. 씹다. 깨물다.) → **眇視跛履.**

〔**周易·天澤履**〕六三, ○○○, ○○○, ○○○, ○○, ○. 武人爲于大君. 象曰, 眇能視, 不足以有明也. 跛能履, 不足以與行也. 咥人之凶, 位不當也. 武人爲于大君. 志剛也.

百尺竿頭, 更進一步.
갱

백 자나 되는 긴 장대의 끝에서 다시 한걸음 더 나아가다. 지극히 어려운 가운데서도 더 한층 노력한다는 비유. 사람이 이미 이룩한 기초 위에서 계속 노력하고 부단히 전진할 것을 격려하는 뜻. / (佛) 도의 수양이 지극히 높은 경지에 이르렀으나 자만하지 말고 계속 노력하여 더욱 전진할 것을 구하는 말. → **百尺竿頭.**

〔**宋 釋道原·景德傳 燈錄·招賢大師偈**〕百尺竿頭須進步, 十方世界是全身. 〔**五燈會元**〕有則向百尺竿頭, 進取一步. 〔**秉燭談**〕招賢大師示一偈曰, 百尺竿頭不動身, 雖然得入未爲眞. 百尺竿頭須進步, 十方世界是全身.

蝮蠚手則斬手, 蠚足則斬足.
복 학

독사가 손을 물어 독을 쏘면 손을 짜르고, 발을 물어 독을 쏘면 발을 짤라버린다. 사람이 위험을 당하면 조그마한 팔이나 다리를 짤라버림으로써 큰 몸통을 온전히 보전함을 이른다. 일을 과단성있게 처리하여 작은 것 때문에 큰 것을 잃게 하지 아니함을 비유. (蝮 : 살무사. 회갈색을 띤 독사의 하나. 蠚 : 독침으로 쏘다.) ≒ **蝮蛇螫手, 壯士解其腕.**

〔**漢書·田儋傳**〕齊王曰, ○○○○○○, ○○○○○. 〔**三國志·魏志·陳泰傳**〕將軍以烏合之卒, 繼敗軍之後, 將士氣失, 隴右傾蕩. 古人有言, 蝮蛇螫手, 壯士解其腕. ……. 今隴右之害, 過于蝮蛇, 狄邊之地, 非徒不守之謂.

逢山開路, 遇水疊橋.
첩

산을 만나면 길을 트고, 물을 만나면 다리를 놓는다. (喻) 행군하는 길 위의 천신만고의 어려움을 배제하고 용감히 앞으로 나아가다. 전진하는 길 위의 겹겹의 곤난을 극복하고 부단히 전진하다. (疊 : 쌓다. 겹쳐서 쌓다. 탑조하다.) → **遇水疊橋. 遇水搭橋. 遇水塡橋.**

〔**元 關漢卿·哭存孝**〕三千鴉兵爲先鋒, ○○○○, ○○○○. 〔**明 吳承恩·西遊記**〕貧僧有兩個徒弟, 善能○○○○, ○○○○.

伏鷄之搏狸, 乳犬之犯虎.
부

알을 품고 있는 닭은 삵괭이를 치고, 새끼를 밴 어미개는 호랑이를 공격한다. (喻) 연약한 자가 자식 사랑 때문에 강한 면모를 보이다. 사랑하는 것·사람을 비호하기 위하여 약자는 모든 것을 고려하지 않고 강자에 맞서 싸움을 벌인다. (伏 : 부화시키기 위하여 새가 알을 품다. 알을 까다. 搏 : 치다. 때리다. 싸우다. 乳犬 : 새끼를 밴 개. = 乳狗. 犯 : 치다. 공격하다. 해치다. 대들다. 반항하다.) → **伏鷄搏狸.** → **乳犬犯虎. 乳狗搏人. 乳狗噬虎.**

〔**吳子·序章**〕若以備進戰退守, 而不求能用者, 譬猶○○○○○, ○○○○○, 雖有鬪心, 隨之死矣. 〔**淮南子·說林訓**〕乳狗之噬虎也, 伏鷄之搏狸也, 恩之所加, 不量其力.

死不再生, 窮鼠齧貍.
설 리

죽으면 다시 살아날 수 없으니, 쫓기어 궁지에 몰린 쥐는 도리어 삵괭이를 물어 뜯는다. (喻) 약한 자라도 궁지에 빠지면 도리어 강한 자를 해칠 수 있다. 사람이 더 이상 갈 곳이 없는 궁지에 빠지거나 극단적인 핍박을 받으면 비록 대적할 상대가 안되는 것을 알면서도 생명을 걸고 반격을 가한다. (齧 : 개물다. 물어뜯다. 씹다.) → **窮鼠齧猫.**

〔**漢 桓寬·鹽鐵論·詔聖**〕○○○○, ○○○○. 匹夫奔萬乘, 舍人折弓, 陳勝·吳廣是也.

死生有命, 富貴在天.

사람이 죽고 사는 것은 운명에 달려있고, 부유하고 존귀하게 되는것은 천명에 달려있다. 사람이 죽고 사는 것은 운명으로 정해져 있고, 부유하고 존귀함은 하늘이 마련해 놓고 있어 이것들은 결코 사람의 뜻에 따라 좌우할 수 없다는 뜻.

〔**論語·顔淵**〕子夏曰, 商聞之矣, ○○○○, ○○○○. 〔**世說新語·賢媛**〕(班婕妤)辭曰, 妾聞○○○○, ○○○○. 修善尙不蒙福, 爲邪欲以何望. 〔**元 柯丹邱·荊釵記**〕○○○○, ○○○○, 不須憂慮, 淚漣漣. 〈刑疏〉言人死生長短, 則有所稟之命, 財富位貴, 別在天之所予. 〔**施公案**〕生死有命, 富貴在天, 卽使佛爺待民子天恩浩蕩, 民子無命, 要皇恩也是徒然.

相逢狹路間, 道隘不容車.
애 거

좁은 길 안에서 서로 만나니, 길이 좁아 수레를 용납하지 못한다. 길이 좁아 비킬 자리가 없음을 이른다. (喻) 원수가 서로 만나니, 서로 용서하기 어렵다. 원수 또는 만나기를 원치 않는 사람이 피할 수 없는 곳에서 서로 만나니, 피차간 충돌을 피할 수 없다. (隘 : 땅이 좁다. 협소하다. / 험하다. 容 : 용납하다. 용인하다. 관대하다.) → **狹路相逢.** ≒ **寃家路窄.**

〔**古樂府·相逢行**〕○○○○○, ○○○○○. 〔**傳燈錄**〕僧問水陸, 狹路相逢時如何. 水陸以胸拓一拓. 〔**景德傳燈錄·溜州水陸和尙**〕有僧問, 如何是學人用心處. ……師便喝. 問, 狹路相逢時如何. 師便攔胸托一托.

上不至天, 下不至地.

위로 하늘에 가지 못하고, 아래로 땅에 가지도 못하다. 양쪽 다 갈 곳이 없음을 형용. (至 : 이르다. 도달하다. / 가다. 가닿다.) = **上不着天, 下不着地. 上不屬天, 下不著地.**

〔**韓非子·解老**〕人無羽毛, 不衣則不犯寒. 上不屬天, 而下不著地, 以腸胃爲根本, 不食則不能活. 〔**三國志·蜀志·諸葛亮傳**〕今日○○○○, ○○○○, 言出子口, 入於吾耳, 可以言未.

上人著百尺樓上, 儋梯將去.
착 담

사람을 백 척이나 되는 높은 누각 위에 오르게 하고는 메고 있는 사다리를 없애 버리려고 하다. (喩) 사람을 유인하여 나쁜 일을 하게 하고는 그 퇴로를 차단해버리다. 사람을 유인하여 그 퇴로를 끊고 그 사람으로 하여금 궁지에 몰리게 하다. (著 : 하게 하다. 하도록 하다. ※ 명령의 조동사. 儋 : 메다. 짊어지다. = 擔. 梯 : 사다리. 去 : 버리다. 제거하다.) ≒ **共上高樓, 令人去梯.** → **上樓去梯. 登樓去梯. 上樹拔梯. 上樓儋梯.**

〔**世說新語·黜免**〕毁中軍廢後, 恨簡文曰, ○○○○○○○, ○○○○. 〔**唐 徐堅·初學記**〕(引 郭子) 毁中軍廢後, 恨簡文曰, 上人著百丈樓上, 擔梯將去. 〔**三國志·蜀志·諸葛亮傳**〕劉表長子琦, 亦深器亮. 表受後妻之言, 愛少子琮, 不悅於琦. 琦每欲與亮謀自安之術, 亮輒拒塞, 未與處畫. 琦乃將亮遊觀後園, 共上高樓, 飮宴之間, 令人去梯, 因謂亮曰, 今日上不至天, 下不至地, 言出子口, 入於吾耳, 可以言未. 〔**宋 釋曉瑩·羅湖野錄**〕莫送人上樹, 拔卻梯也.

上天無路, 入地無門.

하늘로 올라가려고 해도 길이 없고, 땅으로 들어가려고 해도 문이 없다. (喩) 궁지에 몰려 있는데 도망갈 길이 없다. 사람이 곤경에 처하다. = **前進無路, 後退無門.**

〔**宋 釋普濟·五燈會元**〕進前卽觸途成滯, 退後卽噎氣塡胸, 直得○○○○, ○○○○.

獸窮則齧, 鳥窮則啄, 人窮則詐.
탁

짐승이 궁지에 몰리면 상대를 물고, 새가 궁지에 몰리면 쪼고, 사람이 궁지에 몰리면 사람을 속인다. 사람이 그 환경이 급박하게 되면 교활하게 되고 또는 반항할 수 있음을 형용.

〔**文子·下德**〕峻法嚴刑, 不能禁其奸. 獸窮則觸, 鳥窮則啄, 人窮則詐, 此之謂也. 〔**荀子·哀公**〕顔子對曰, 臣聞之, 鳥窮則啄, 獸窮則攫, 人窮則詐. 自古及今, 未有窮其下而能無危者也. 〔**韓詩外傳·卷二**〕顔淵曰, ○○○○, ○○○○, ○○○○, 自古及今, 窮其下能不危者, 未之有也. 〔**淮南子·齊俗訓**〕故諺曰, 鳥窮則噣, 獸窮則觸, 人窮則詐, 此之謂也. 〔**新序·雜事五**〕顔淵曰, 獸窮則觸, 鳥窮則啄, 人窮則詐. 自古及今, 有窮其下能不危者, 未之有也. 〔**孔子家語·顔回**〕顔回曰, 臣聞之, 鳥窮則啄, 獸窮則攫, 人窮則詐, 馬窮則佚. 自古及今, 未有窮其下而能無危者也.

雖有重戾, 必宜隱忍, 此所謂擲鼠忌器.
려

비록 도리에 몹시 어긋나는 것이 있더라도 반드시 어려운 일을 참고 견디어내야 하는 것이니, 이것이 이른 바 "물건을 던져 쥐를 잡고 싶어도 주변의 그릇이 깨질 것을 걱정하여 꺼리는 것"이다. (重戾 : 도리에 몹시 어긋나다. / 큰 악. 대역부도. 隱忍 : 고생스러운 일을 참고 견디어 밖에 나타내지 않다. 擲鼠忌器 : 물건을 던져 쥐를 잡고자 하나 근처의 기물이 손괴될 것을 두려워하여 이를 꺼리다. 일을 함에 있어 다소 망설이면서 제3자를 상해하거나 노여움을 살 것을 걱정함을 비유. 악을 제거할 때 꺼리는 것이 있어 일을 철저히 하지 못함을 비유.) → **擲鼠忌器. 投鼠忌器. 投書恐器.**

〔**漢書·賈誼傳**〕里諺曰, 欲投鼠而忌器. 此善喩也. 鼠近於器, 尙憚不投, 恐傷其器, 况於貴臣之近主乎. 〔**後漢書·孔融傳**〕竊聞領荊州牧劉表桀逆放恣, 所爲不軌, ……. 愚謂雖有重戾. 必宜隱忍, 賈誼雖謂擲鼠忌器, 蓋謂此也. 〔**北齊書·樊遜傳**〕至如投鼠忌器之說, 蓋是常談, 文德懷遠之言, 豈識權道. 〔**明 孫高亮·于謙全傳**〕諸君豈不聞投鼠當忌器. 且勝未足雪恥, 萬一窮追不勝, 所損實多. 〔**東周列國志**〕投鼠者當忌其器. 司馬雖惡, 實主公寵幸之臣, 此事決不可行.

雖有智慧, 不如乘勢. 雖有鎡基, 不如待時.
자

비록 지혜가 있어도 그것은 유리한 시기를 잡는 것보다 못하고, 비록 큰 호미를 가지고 있다고 해도 그것은 땅을 갈아 파종하는 시절을 기다리는 것보다 못하다. 큰 일을 처리하거나 공을 세우는 데는 유리한 기회를 잡는 것이 가장 중요하다는 뜻. (乘 : 조건 · 시간 · 기회를 이용하다. / 순응하다. 勢 : 기회. 시기. 짬. 鎡基 : 큰 호미. 괭이. 時 : 땅을 파서 파종하는 시기를 이른다.)

〔**孟子·公孫丑上**〕齊人有言曰, ○○○○, ○○○○. ○○○○, ○○○○. 今時則易然也. 〔**漢書·樊酈滕灌傳靳周傳**〕語曰, 雖有鎡基, 不如逢時, 信矣. 噲樊 · 夏侯嬰 · 灌嬰之徒, 方其鼓刀僕御販繒之時, 豈自知附驥之尾, 靳功帝籍, 慶流子孫哉.

時來風送滕王閣, 運去雷轟薦福碑.
굉

때가 되어 찾아온 바람이 滕王閣으로 보내어져 불고, 운이 떠나간 벼락이 薦福碑에 떨어지다. (喩) 시운이 찾아올 때는 만족한 마음이 배가 되는 반면, 시운이 떠나갈 때는 유달리 재수없는 일을 당한다. (滕王閣 : 唐나라 高祖 李淵의 아들 滕王 李元嬰이 洪州 都督으로 있을 때 세운 일좌각. 雷轟 : 벼락이 떨어지다. 薦福碑 : 宋나라의 궁한 서생 張鎬가 유랑하던 饒州의 薦福寺에 있는 비석.)

〔**警世通言**〕○○○○○○○, ○○○○○○○. 德稱兩處投人不着. 〔**明 羅懋登·西洋記**〕自古道, 時來風送滕王閣, 運去金鍾撒碎聲.

燕之巢于幕上.

제비가 장막 위에 집을 짓다. (喩) 대단히 위험한 처지에 놓이다.

〔 **春秋左氏傳·襄公二十九年** 〕 夫子獲罪於君以在此. 懼猶不足, 而又何樂. 夫子之在此也, 猶○○○○○○. 君又在殯, 而可以樂乎.

療飢於附子, 止渴於鴆毒, 未入腸胃, 已絶咽喉.
요 짐 인 후

극약이 되기도 하는 부자를 써서 배고픔을 면하려 하고, 짐새의 깃을 담가서 우려낸 독주를 써서 갈증을 멈추게 하려고 하면, 그것이 창자와 위로 들어가지 못하고 이미 목구멍이 끊어진다. (喩) 눈 앞의 일을 당장 해결하려고 하여 우환있는 큰 일을 결행하면 멸망을 자초하게 된다. (療飢 : 배고픔을 면하다. 공복을 채우다. 시장기를 면할 정도로 조금 먹다. 附子 : 성탄꽃과에 속하는 바곳·烏頭의 뿌리로, 사람을 덥게하고 양기를 돕는 힘이 많아 체온이 부족한 데 원인이 있는 모든 병에 효험이 있으나, 극약이므로 맞지 않으면 해가 된다.)

〔 **後漢書·霍諝傳** 〕 豈有觸冒死禍, 以解細微, 譬猶○○○○○, ○○○○○, ○○○○,○○○○, 豈可爲哉.

雨後始知山色翠, 事難方見丈夫心.

비온 뒤에야 비로소 산 색이 비취색인 것을 알고, 일이 어려워야 바야흐로 대장부의 마음을 알 수 있다. (喩) 한번 간난의 과정을 거쳐야 비로소 한 사람의 특수한 재능을 식별할 수 있다.

〔 **五燈會元** 〕 慧贇禪師上堂, 橫按拄杖曰, ……○○○○○○○, ○○○○○○○.

運到時來, 鐵樹花開.

운이 이를 때가 오면 소철에도 꽃이 핀다. 운이 올 때가 되면 가망이 적은 일도 일어나 운을 돕는다는 뜻. (鐵樹 : 소철로 그 꽃이 피는 것은 매우 드문 일. 실현될 가망이 매우 적은 일의 비유.)

〔 **東周列國志** 〕 自古道, ○○○○, ○○○○. 天生下公子重耳, 有晉君之分, 有名的伯主, 自然生出機會.
〔 **淸 黃小配·廿載繁華夢** 〕 自古道, ○○○○, ○○○○.

運去黃金失色, 時來鐵也生光.

운이 가버리면 황금이 빛을 잃고, 좋은 때가 오면 무쇠도 빛을 발한다. (喩) 시운이 가버리면 유능한 사람도 계획을 펼칠 수 없고, 시운이 오면 무능한 사람도 하는 일이 다 순조롭게 진행된다.

〔 **元 鄭廷玉·金鳳釵** 〕 便做到運拙時乖, 時來呵鐵也爭光, 運去後黃金失色. 〔 **警世通言** 〕 ○○○○○○, ○○○○○○.

人方爲刀俎, 我爲魚肉.
조

남은 바야흐로 식칼과 도마가 되고, 나는 도마 위에 생선이 되다. (喩) 남은 생살(生殺)의 대권을 장악하고 나는 죽임을 당하는 입장에 처하다. 사람이 남의 마음대로 좌지우지되고 유린당하는 지경에 처하다. (俎 : 도마.)

〔**史記·項羽本紀**〕樊噲曰, 大行不顧細謹, 大禮不辭小讓. 如今○○○○○, ○○○○, 何辭爲.

人衆者勝天, 天定亦能破人.

사람이 많으면 하늘을 이길 수 있지만, 다만 하늘이 정하면 또한 사람을 망가뜨릴 수 있다. 사람의 수가 많아 세력이 성할 때는 그 흉포함이 일시 하늘을 이길 수는 있으나 결국은 하늘이 그 흉악함을 굴복시켜 강포(强暴) 사람을 무찔러 이기게 됨을 이르는 것. 악인이 난세에 일시 득세할 수도 있으나 천운이 순환하여 하늘이 본래의 힘을 발휘하게 되면 마침내 악인을 멸망시킨다는 뜻. = **人定勝天, 天定勝人** ※ **天定能勝人, 人定亦能勝天**.

〔**史記·伍子胥列傳**〕申包胥亡於山中, 使人謂子胥曰, ……. 吾聞之, ○○○○○, ○○○○○○. 今子故平王之臣, 親北面而事之, 今至於僇死人, 此豈其無天道之極乎.

一樹花, 自有拂簾幌, 墜於茵席之上, 自有關籬墻, 落於溷糞之中.

염 황 인 이 장 혼 분

한 나무에 핀 꽃이 발과 휘장을 저절로 스쳐 지나가서 방석 위에 떨어지는가 하면, 울타리를 저절로 통과하여 변소의 똥 속에 떨어지기도 한다. (喩) 사람은 처음부터 원인 결과의 약속이 있는 것이 아니고 우연한 기회에 때를 잘 만나는 수도 있고, 그렇지 못한 경우도 있다. 인생은 각기 다른 운명에 부딪힌다. (拂 : 스쳐 지나가다. 簾幌 : 발과 휘장. 茵席 : 방석. 요. / 자리. 깔개. 關 : 지나가다. 경유하다. 경과하다. 통과하다. 籬墻 : 울타리. / 담장. ※ 墻 = 牆. 溷 : 뒷간. 변소.) → **墜茵落溷**.

〔**南史·范縝傳**〕(竟陵王)子良問曰, 君不信因果, 何得富貴貧賤. 縝答曰, 人生如樹花同發, 隨風而墮, 自有拂簾幌墜於茵席之上, 自有關籬墻, 落於溷糞之中. 墜茵席者, 殿下是也, 落溷糞者, 下官是也.

一眼之龜値浮木孔.

한 눈을 가진 거북이 우연히 뜬 나무의 구멍을 잡다. (喩) 어려운 상황하에서 매우 만나기 어려운 요행을 만나다. (値 : …을 만나다. / 잡다. 쥐다.) → **盲龜値浮木**. **盲龜遇木**.

〔**阿含經**〕佛告諸比丘, 譬如大海中有一盲龜. 壽無量劫, 百年一過出頭, 浮有一木, 正有一孔, 漂流海浪, 隨流東西. 盲龜百年一出, 得遇此孔, 至海東, 浮木或至海西, 圍繞亦爾, 雖復差違, 或復相得. 凡夫漂流五趣之海, 還復人身, 甚難於此. 〔**法華經**〕佛難得値, 如優曇波羅華, 又如○○○○○○○○.

一飮一啄, 繫之于分.

탁

(새가) 한번 마시고 한번 쪼아먹는 적은 음식도 다 그의 타고난 운수에 매달려 있다. (喩) 사람의 모든 일이 운명에 관련되어 있다. / 사람이 자기 분수 이외의 것을 탐내지 않고 이미 정해진 분수를 지키다. 곧 정해진 운명에 안주하다. (一飮一啄 : 얼마 안되는 음식을 이른다. 繫 : 걸다. 매달다. / 얽매이다. / 관련되다. 연관성을 갖다.) → **一飮一啄**.

〔**莊子·養生主**〕澤雉十步一啄, 百步一飯, 不蘄畜乎樊中. 神雖王不善也. 〔**五代 范資·玉堂閑話**〕諺云, ○○○○, ○○○○. 斯言雖小, 亦不徒然. 〔**景德傳燈錄**〕吾此間無道可修, 無法可證. 一飮一啄, 各自有分. 〔**醒世恒言**〕自古道, 一飮一啄, 莫非前定. 〔**太平廣記·貧婦**〕(引玉堂閑話) 諺云, ○○○○, ○○○○.

臨崖立馬收繮晩, 船到江心補漏遲.
애 강

낭떠러지에 당도하여 말을 세우니 그 말고삐를 잡아 몰기에는 너무 늦었고, 배가 강 한복판에 이르렀으니 물 새는 구멍을 막기에는 너무 늦었다. (喩) 일이 잘못되거나 위급한 상황에 처했지만 이미 때가 늦어 구제할 방법이 없다. (收 : 잡다. 달아나지 못하게 붙들다. 繮 : 말고삐. 江心 : 강 한가운데. 漏 : 구멍. 틈.) → **船到江心補漏遲. 江心補漏.**

〔**元 關漢卿·救風塵**〕恁時節, 船到江心補漏遲, 煩惱怨他誰事, 要前思免勞後悔. 〔**醒世恒言**〕過遷漸漸自怨自艾, 懊悔不佚. 正是, ○○○○○○○, ○○○○○○○. 〔**明 西冷長·珍珠記**〕狀元乃是智者, …… 自斟量, 臨崖勒馬收繮晩.

入寶山, 空手歸.

보물산에 들어가서 빈손으로 돌아오다. (喩) 절호의 기회를 만나고서도 그 기회를 헛되이 보내 버리다. 매우 큰 이익을 얻을 수 있었으나 조금의 이익도 얻지 못하다.

〔**正法念經**〕閻羅王, 爲人說偈曰, 汝得身不修道, 如○○○, ○○○. 〔**五雜俎**〕謝肇淛云, 餘在燕都, 四度燈市, 日以遊戲, 欲覓一古書古畫, 竟不可得, 眞入寶山, 而空手郤回, 良以自笑也. 〔**元 揚顯之·酷寒亭**〕正是當權若不行方便, 如○○○, ○○○.

前門拒虎, 後門進狼.

앞문에서 호랑이를 막아내고 나니, 뒷문으로 이리가 들어오다. (喩) 한 적을 강하게 항거하고 나니, 다른 적이 빈 틈을 타서 또 들어오다. / 한 쪽의 재난을 지금 막 퇴치하자 다른 한 쪽의 재난이 또 닥치다. 재앙이 그칠 새 없이 닥쳐 방지하기가 어렵다. 한 쪽에 정신을 쏟으면 다른 쪽에서 뜻밖의 일이 일어나다. (拒 : 막다. 막아내다. 방어하다.) = **前門去虎, 後門進狼.** → **前虎後狼. 前狼後虎. 拒虎進狼. 拒虎引狼.**

〔**元 趙雪航·評史**〕漢和帝盡收竇憲黨强臣, 一朝芟滅殆盡, 可謂剛明雄斷, 不愧孝昭之烈矣. 惟可惜者, 當時袁安任隗, 居三公之位, 帝不與之謀, 乃與鄭衆議之, 竇氏雖除, 而寺人之權, 從玆盛矣. 諺曰, ○○○○, ○○○○, 此之謂與. 〔**梁啓超·羅蘭夫人傳**〕豈意一波未平, 一波又起, ○○○○, ○○○○, 在上之大敵已斃, 而在下之大敵, 羽翼正成. 〔**明 周清源·西湖二集**〕(楊完者)生殺予奪, 一意自專. 丞相無可爲計, 只得聽之而已. 正是, 前門方拒虎, 後戶又進狼. 〔**故事成語考**〕禍去禍又至, 曰, ○○○○, ○○○○.

知命者不怨天, 知己者不尤人.

천명을 아는 사람은 하늘을 탓하지 않고, 자기 자신을 아는 사람은 남을 탓하지 않는다. 자신의 능력이나 운명을 알고 있는 사람은 하는 일이 이루어지지 않거나 불의의 재앙이 닥쳐도 세상이나 다른 사람에 대하여 아무런 원망을 하지 않고 받아들인다는 뜻. (尤 : 탓하다.) → **不怨天, 不尤人.**

〔**論語·憲問**〕子曰, 莫我知也夫. 子貢曰, 何爲其莫知子也. 子曰, 不怨天, 不尤人, 下學而上達, 知我者其天乎. 〔**荀子·榮辱**〕挂於患而欲謹, 則無益矣. 自知者不怨人, 知命者不怨天. 怨人者窮, 怨天者無志. 〔**說苑·談叢**〕○○○○○○, ○○○○○○.

千鈞得船則浮, 錙銖失船則沈.

균 치 수

천균(千鈞)이나 되는 무거운 물건도 배에 실으면 물 위에 뜨나, 극히 작은 분량의 가벼운 물건도 배에서 떠나면 곧 가라앉는다. (喩) 어려운 일도 좋은 기회를 타면 무난히 이룰 수 있으나, 그 기회를 놓치면 실패한다. 우둔한 사람도 세를 얻으면 천하를 제어할 수 있으나 현명한 사람도 세를 잃으면 적은 사람도 다스리지 못한다. (錙銖 : 아주 가벼운 무게의 단위로 가벼운 것을 표현.)

〔**韓非子·功名**〕○○○○○○, ○○○○○○. 非千鈞輕錙銖重也, 有勢與無勢也. 故短之臨高也以位, 不肖之制賢也以勢.

千金之珠, 必在九重之淵而驪龍頷下, 能得珠者, 必遭其睡也.

이 함

천 금이나 되는 값비싼 진주는 반드시 깊고 깊은 연못 속에, 그것도 검은 용의 턱 밑에 있어, 그 진주를 얻으려면 반드시 그 용이 잠자는 기회를 만나야 한다. (喩) 이중 삼중의 모험을 하고, 거기에 행운마저 작용해주지 않으면 공명이나 큰 이익을 얻을 수 없다. (驪 : 검다. 頷 : 아래 턱.) → **驪龍之珠.**

〔**莊子·列禦寇**〕莊子曰, 河上有家貧恃緯蕭而食者. 其子沒於淵, 得千金之珠. 其父謂其子曰, 取石來鍛之. 夫 ○○○○, ○○○○○○○○○○○○, 子○○○○, ○○○○○. 使驪龍而寤, 子尙奚微之有哉. 〔**止觀**〕明月神珠, 在九重之淵內驪龍頷下.

天定能勝人, 人定亦能勝天.

하늘이 정한 것은 사람을 이길 수 있지만, 사람이 정한 것도 또한 하늘을 이길 수 있다. 자연이 결정한 것은 사람이 어찌할 수 없지만, 사람도 그 의지 · 지혜와 역량으로 자연을 이길 수도 있다는 뜻. 사람의 팔자는 어찌할 수 없으나, 사람이 결연하게 분투하면 그 운명을 극복할 수 있다는 말. (天定 : 하늘이 정한 것. 운명. 팔자.) ※ **人衆者勝天, 天定亦能破人.**

〔**歸潛志**〕○○○○○, ○○○○○○. 〔**蘇軾·用前韻再和孫志擧詩**〕人定者勝天, 天定亦勝人. 〔**宋 劉過·襄陽歌**〕土風沉渾士奇傑, 烏烏酒後歌聲發. 歌曰人定兮勝天, 半壁久無胡日月. 〔**明 王達·筆疇**〕古人有言曰, 天定亦能勝人, 人定亦能勝天. 雖然自古爲惡, 未有不報之理, 不歸其身, 必歸其子孫. 〔**清 呂熊·女仙外史**〕是故天定可以勝人, 謂一時之戰敗, 人定可以勝天, 乃百世之綱常.

天之曆數在汝躬, 汝終陟元后.

하늘의 돌아가는 운수가 그대의 몸에 있어 그대는 마침내 임금의 자리에 오를 것이다. 禹가 임금의 자리에 오르는 것이 피할 수 없는 운명임을 舜임금이 강조한 내용. (曆數 : 천체와 계절의 운행. 곧 세시의 순서. / 운명. 운수. 陟 : 오르다. / 얻다. 받다. 元后 : 임금. 천자. 대군.)

〔 **書經·虞書·大禹謨** 〕 (舜)帝曰, 來. 禹洚水儆予, 成允成功, ……. 惟汝不矜, 天下莫與汝爭能, 惟汝不伐, 天下莫與汝爭功, 予懋乃德, 嘉乃丕績, ○○○○○○○, ○○○○○.

楚使人聘孔子. 陳蔡大夫謀曰, 孔子用於楚, 則陳蔡用事大夫危矣. 於是乃相與發徒役圍孔子於野. 不得行絶糧, 從病者莫能興.

강대국 楚나라는 (孔子가 제후국인 陳과 蔡의 사이에 있다는 말을 듣고) 사자를 보내어 孔子를 초빙하였다. 그 陳과 蔡의 大夫들이 모의하여 말하기를 "孔子가 楚에 중용된다면 陳·蔡의 정권을 전단하는 大夫들은 위태롭게 될 것이다."라고 하였다. 이에 곧 그들은 서로 결탁하여 노역하는 인부들을 보내어 陳·蔡 사이의 들판에서 孔子를 포위하였다. (그래서 孔子 일행은) 나아갈 수 없었고 가지고 있던 양식도 떨어졌고, 수행원들은 지쳐서 일어설 수도 없었다. (用 : 중용되다. 被重用. 用事 : 감정에 따라 일을 행하다. / 권력을 장악하다. 요로에 있으면서 전권을 전단하다. 相與 : 서로. 함께. 發 : 보내다. 徒役 : 인부. 부역에 나온 인부. 病 : 지치다. / 주리다. 飢困. / 드러눕다. 興 : 일어나다. 서다.) → **陳蔡之厄.**

〔 **史記·孔子世家** 〕 孔子遷于蔡三歲, 吳伐陳. 楚救陳, 軍于城父. 聞孔子在陳·蔡之間, 楚使人聘孔子. 孔子將往拜禮, 陳·蔡大夫謀曰, 孔子賢者, 所刺譏皆中諸侯之疾. 今者久留陳·蔡之間, 諸大夫所設行皆非仲尼之意. 今楚, 大國也, 來聘孔子. 孔子用於楚, 則陳·蔡用事大夫危矣. 於是乃相與發徒役圍孔子於野. 不得行, 絶糧. 從者病, 莫能興, 孔子講誦弦歌不衰. 〔 **論語·衛靈公** 〕 在陳絶糧, 從者病莫能興. < 河晏注 > 孔子去衛之陳, 會吳伐陳, 陳亂, 故之. 〔 **孟子·盡心下** 〕 君子之戹於陳. 蔡之間, 無上下之交也.

平時不燒香, 臨時抱佛脚.

평시에는 불공을 드리지 않다가 급할 때는 부처 다리에 매달린다. (喩) 평시에는 대비하지 않다가 발등에 불이 떨어지고 난 뒤에야 비로소 급하게 대처하다. (時 : 위급한 때. 중대한 때.) = **平時不燒香, 急時抱佛脚. 急來抱佛脚, 閑時不燒香.**

〔 **北宋 劉攽·中山詩話** 〕 王丞相嗜諧謔. 一日, 論沙門道, 因曰, 投老欲依僧. 客遽對曰, 急則抱佛脚. 王曰, 投老欲依僧是古詩一句. 客亦曰, 急則抱佛脚是俗諺全語. 〔 **明 沈璟·一種情傳奇·香兆** 〕 外, 如今事已急矣, 且燒起香來, 看神仙有何判斷. 老旦, 有理, 這樣叫閑時不燒香, 急來抱佛脚.

陷之死地而後生, 置之亡地而後存.

죽음의 땅에 빠뜨려진 다음에야 살아남고, 패망할 땅에 버려진 다음에야 살아남는다. (喩) 꼼짝 못할 어려운 처지에 놓여 죽음을 무릅쓰는 고생을 한 끝에 살길을 얻다. / 사람이 궁지에 빠지면 오히려 그 어려움을 극복하게 된다. (由) 漢나라 장수 韓信이 井陘口 싸움에서 물을 등지고 결사의 각오로써 적군에 대진하는 이른바 배수의 진(背水之陣)의 전법으로 趙나라 군대를 대파한 후, 다른 여러 장수들이 "배수의 진은 산의 언덕을 오른쪽으로 등지고 강물을 앞의 왼쪽으로 삼는다. (右倍山陵, 前左水澤)는 것은 병법에 맞지 않는다"고 여기고 승리한 원인을 물은 즉 韓信은 "병법에는 죽음의 땅에 빠뜨려진 다음에야 살아남고, 패망할 땅에 버려진 다음에야 살아남는다고 하지 않겠는가?"라고 말했다.

〔**孫子·九地**〕投之亡地然後存, 陷之死地然後生. 〔**史記·淮陰侯列傳**〕信曰, 此在兵法, 顧諸君不察耳. 兵法不曰, ○○○○○○○, ○○○○○○○. ……其勢非置之死地, 使人人自爲戰, 今予之生地, 皆走, 寧尙可得而用之乎. 諸將皆服, 曰, 善. 非臣所及也. 〔**唐 李延壽 北史·僭僞附庸傳**〕軍士去家二千里, 後有黃河之難, 所謂置之死地而後生. 〔**後漢書·銚期傳**〕時銅馬數千萬衆人, 淸陽博平期與諸將迎擊之, 連戰不利, 乃更背水而戰, 所殺傷甚多, 會光武救至, 遂大破之. 〔**十八史略·近古·晉 六朝篇**〕信曰, 兵法不曰, ○○○○○○○, ○○○○○○○. 諸將皆服.

項王軍壁垓下, 兵少食盡. 漢軍及諸侯兵圍之數重. 夜聞漢軍四面皆楚歌. 項王乃大驚, 曰, 漢皆已得楚乎. 是何楚人之多也.

이

項王은 垓下를 벽삼아 진을 쳤으나 병력이 적고 군량도 다 떨어졌다. 漢나라 군대와 諸侯의 군대는 垓下를 여러 겹으로 포위했다. 밤에 漢나라 군대의 네 방면에서 다 楚나라 노랫 소리가 들려왔다. 이에 項王이 크게 놀라 말하기를 "漢나라는 이미 다 楚나라를 손에 넣었구나. 어째서 이렇게 楚나라 사람이 많은 것인가?"라고 하였다. (사방에서 고향을 그리워하게 하는 구슬픈 楚나라 병사들의 노랫소리를 들은 項王은 궁지에 몰린 자신을 실감하게 되었다.) (軍 : 진을 치다. 四面楚歌 : 네방향에서 모두 적군인 楚나라 군대의 노랫소리가 들려오다. 사면이 모두 적에게 둘러싸여 고립무원의 곤경에 빠지다의 비유) → **四面楚歌.**

〔**史記·項王本紀**〕○○○○○○, ○○○○. ○○○○○○○○○○. ○○○○○○○○○. ○○○○○, ○, ○○○○○○. ○○○○○○○. 項王則夜起, 飮帳中.

花落花開自有時.

꽃이 지고 꽃이 피는 것은 당연히 때가 있는 것이다. (喩) 시운이 좋고 나쁜 것은 정해진 운수가 좌우한다.

〔**五燈會元**〕爭如獨坐明窗下, ○○○○○○○. 〔**明 楊柔勝·玉環記**〕花謝花開各有時.

4. 地位·名譽·名聲

建功立業者, 多虛圓之士. 僨事失機者, 必執拗之人.
분 요

큰 공적을 세운 자는 대부분 겸허·원만하고 임기응변하는 사람이며, 그렇게 사업을 망치고 앉아서 좋은 기회를 놓치는 자는 반드시 고집이 센 사람이다. (建功立業 : 建立功業 곧 공훈과 업적을 세워 일으키다. 위대한 공적을 세우다. 虛圓 : 겸허하고 원만하다. 僨事 : 사업을 망치다. 일을 망가뜨리다. 執拗 : 고집이 세다. / 집요하다.)

〔**菜根譚·百九十七**〕○○○○○, ○○○○○, ○○○○○, ○○○○○.

鼓鍾於宮, 聲聞於外.

궁궐 안에서 종을 치니, 그 소리는 궁 밖에까지 들린다. (喻) 일은 숨길 수 없어 결국 밖으로 전파되다./ 명성이 밖에 자자하다.

〔**詩經·小雅·白華**〕○○○○, ○○○○. 念子懆懆, 視我邁邁. 〔**明 天然痴叟·石點頭**〕常言鍾在寺裏, 聲在外邊.

魯先大夫藏文仲, 其身歿矣, 其言立於後世, 此之謂死而不朽.
후

魯나라의 전 大夫였던 (재지와 덕행이 있는) 藏文仲은 이미 죽었어도 그 말이 후세에 전해지고 있으니 이것이 "죽어도 썩지 아니함"을 이르는 것이다. (立 : 전해지다. 死而不朽 : 사람이 죽으면 몸은 없어지지만 그가 남긴 사업이나 학문·예술 또는 그의 훌륭한 명성·정신 만은 길이 후세에 남음을 이르는 말.) → **死而不朽**.

〔**春秋左氏傳·襄公二十四年**〕穆叔如晉, 范宣子逆之, 向焉曰, 古人有言, 曰, 死而不朽. 何謂也. 〔**春秋左氏傳·僖公三十三年**〕寡君之以爲戮, 死且不朽. 〔**國語·晉語八**〕(叔孫穆子) 對曰, ○○○○○○○, ○○○○, ○○○○○○○, ○○○○○○○○.

濃夭不及淡久, 早秀不如晚成也.

(나뭇 잎의 빛깔이) 짙으면서도 일찍 꺾여버리는 것은 연하면서도 오래가는 것에 미치지 못하며, 일찍 이삭이 패는 것은 늦게 알이 익는 것만 못하다. 사람이 일찍 두각을 나타냈다가 곧 시들어 버리는 것 보다 늦게 뜻을 이루어 오래 명성을 누리는 것이 낫다는 뜻. (濃 : 농도가 진하다. 빛이 짙다. 정도가 깊다. 농밀하다. 夭 : 일찍 죽다. / 꺾이다. 절단되다. 淡 : 묽다. 빛이 연하다. 담박하다. 秀 : 이삭이 패다. 成 : 성숙하다. 익다.)

〔**菜根譚·二百二十四**〕桃李雖艶, 何如松蒼柏翠之堅貞, 梨杏雖甘, 何如橙黃橘綠之馨冽. 信乎. ○○○

○○○, ○○○○○○○○.

雷聲浩大, 雨點全無.

우뢰소리가 매우 크나 빗방울이 전혀 내리지 않는다. (喩) 실력이 없으면서도 허세만 부리다. 헛되이 명성과 위세를 부리다. (浩大 : 기세. 규모가 대단히 크다. 아주 넓고 크다.) = **雷聲甚大, 雨點全無. 雷聲大, 雨點小.**

〔**五燈會元**〕慧曰, 汝但揣摩看. 師竟以爲不然. 經旬, 因記海印禪師, 拈曰, ○○○○, ○○○○. 〔**宋 釋道原·景德傳燈錄**〕問, 從上宗來, 如何履踐. 師曰, 雷聲甚大, 雨點全無.

盜名不如盜貨.

명예를 도둑질하는 것은 재물을 도둑질하는 도둑보다 못하다. 실질이 없이 명예를 얻으려는 사람은 물건을 훔치는 도둑보다 더 나쁘다는 뜻.

〔**荀子·不苟**〕是姦人將以盜名於晻世者也, 險莫大焉. 故曰, ○○○○○○. 田仲·史鰌不如盜也.

沔彼流水, 朝宗于海.
면

세 차게 치솟는 저 강물이 마침내 대해로 흘러 들어가다. (喩) 천하의 제후들이 천자에게로 귀복하다. 인망을 얻으면 유능한 사람들이 저절로 모여든다. (沔 : 물이 넘칠 듯 넘실넘실 흐르는 모양. 물이 용솟음치는 모양. 朝宗 : 물줄기가 큰 물에 흘러 들어가다. / 강물이 바다로 흘러 들어가는 것에 비유되어, 옛날 中國에서 제후가 천자를 배알하거나 귀복하는 것을 의미. 朝는 물줄기가 큰 물에 흘러 들어가다. 宗도 큰 물이 바다로 흘러가다.)

〔**詩經·小雅·沔水**〕○○○○, ○○○○. 鴥彼飛隼, 載飛載止.

名不徒生, 而譽不自長, 功成名遂.

명성은 까닭없이 생기는 것이 아니고, 영예는 저절로 자라나는 것이 아니며, 오직 공을 세워야 이름을 날리게 된다. 명예는 실상과 일치하는 것(名符其實)임을 나타내는 말. (徒 : 공연히. 까닭없이. 헛되이. 부질없이. 功成名遂 : 훌륭한 공업을 이루고서 명성을 크게 떨치다.) → **功成名遂.**

〔**墨子·修身**〕○○○○, ○○○○○, ○○○○, 名譽不可虛假, 反之身者也.

名實者, 聖人之所不能勝也.

명예와 실리라는 것은 성인도 그 유혹을 이길 수 없는 것이다. 곧 성군(聖君)인 堯임금·禹임금도 명예와 실리를 얻기 위해 싸움을 했듯이 성인도 이를 외면, 극복할 수 없음을 이르는 것.

(名實 : 명예와 실리)

〔 **莊子·人間世** 〕 昔者堯攻叢枝·胥敖, 禹攻有扈, 國爲虛厲, 身爲刑戮, 其用兵不止, 其求實無已. 是皆求名實者也, 而獨不聞之乎. ○○○, ○○○○○○○○○, 而況若乎.

鳳銜金榜出門來, 平地一聲雷.
함

임금의 사신인 칙사가 과거 급제자의 방을 갖고 문 밖으로 나오니 평지에 천둥소리가 일어난다. 과거 급제자의 명단이 발표되니 그 명성이 크게 떨치고 사람들이 온통 기쁨으로 들썩거린다는 뜻. (鳳銜 : 鳳凰銜書의 준 말로 봉황이 문서를 준다는 말. 칙사가 칙서를 가지고 있음을 비유. 金榜 : 과거에 급제한 사람의 이름을 게시한 방. 平地一聲雷 : 평지에 천둥소리가 나다로, 명성이 돌연히 크게 떨치다, 기쁜 일이 있다, 또는 돌연히 중대한 변동이 일어난다는 비유.) → **平地一聲雷.**

〔 **五代 韋莊·喜遷鶯** 〕 ○○○○○○○, ○○○○○. 〔 **宋 汪洙·神童詩** 〕 禹門三尺浪, 平地一聲雷. 〔 **元 馬致遠·薦福碑** 〕 都則爲那平地一聲雷, 今日對文武兩班齊.

釜鼓滿則人概之, 人滿則天概之.

말(斗)에 (곡식이) 가득차면 사람이 이것을 평미레질하여 정량 이외에 더한 것을 덜어버리고, 사람이 가득차면 하늘이 이것을 평미레질하여 깎아내린다. 사람이 그의 역량·능력·분복 이상으로 부유·존귀하여 교만해지면 하늘이 이를 깎아내린다는 뜻. (釜鼓 : 옛날 곡식을 되는데 쓰던 말의 이름. 概 : 평미레질하다. 평평하게 하다.)

〔 **管子·樞言** 〕 愛惡重閉必固. ○○○○○○○, ○○○○○○. 故先王不滿也. 〔 **宋 宋祁·宋景文公筆記** 〕 古語曰, 斛滿人概之, 人滿神概之. 聖人其善概歟. 大奢概以中, 溢欲概以道, 寢慢概以威, 由是治身, 由是化人.

四十五十而無聞焉, 斯亦不足畏也已.

사십세·오십세가 되어서도 명망(名望)이 없다면 그 또한 공경하고 두려워하기에는 부족하다. 적어도 이 나이쯤 되면 인생에서 무엇인가를 이루어 남들이 공경하고 두려워하는 존재가 되어 있어야 함을 지적한 말. (聞 : 명망. 세상에 알려진 이름.)

〔 **論語·子罕** 〕 子曰, 後生可畏, 焉知來者之不如今也, ○○○○○○○○, ○○○○○○○.

使我有身後名, 不如卽時一桮酒.
배

설령 내가 죽은 뒤에 명성이 있게 될지라도 그것은 현재의 한 잔의 술보다 못하다. (喩) 나중의 큰 명성보다 단장의 적은 이익이 더 낫다. / 달인이 이름 남기는 것을 가볍게 보다. (使 : 가령. 설령. 만약. 만일. 桮 : 술잔. = 杯. 盃.)

〔**世說新語·任誕**〕張季鷹縱任不拘, 時人號爲江東步兵. 或謂之曰, 卿乃可縱適一時, 獨不爲身後名邪. 答曰, ○○○○○○, ○○○○○○○. 〔**晉書·張翰傳**〕鷹縱任不拘, 時人號爲江東步兵. 或謂之曰, 卿縱適一時, 獨不爲身後名耶. 答曰, 使我有身後名不如卽事一杯酒.

選擧莫取有名, 名如畫地作餠, 不可啖也.
화 담

사람을 골라뽑아 천거함에 있어서는 명성이 높은 것을 취하지 말 것이니, 명성이란 땅바닥에 그려놓은 떡을 먹어서는 안되는 것과 같은 것이다. 사람을 골라 씀에 있어서는 유명무실한 명성만을 중시해서는 안된다는 말. (選擧 : 많은 사람 중에서 우수하고 훌륭한 사람을 골라내어 천거하는 일. / 오늘날은 거수 또는 투표방식으로 대표자를 선출하는 것. 啖 : 먹다. 먹이다. / 탐내다. 욕심부리다.) → **畫餠充飢. 畫地作餠.**

〔**三國志·魏志·盧毓傳**〕盧毓爲吏部尙書, 文帝使毓自選代. 曰, 得如卿者乃可, 前此諸葛誕鄭颺等馳名譽, 有四窻八達之口, 帝疾之, ○○○○○○, ○○○○○○, ○○○○. 〔**史通**〕鏤氷爲壁, 不可用也. 畫地爲餠不可食也. 〔**景德傳燈錄**〕師遂歸堂遍檢所集諸方語句, 無一句可將酬對, 乃自嘆曰, 畫餠不可充飢. 于是盡焚之.

陽春之曲, 和者必寡, 盛名之下, 其實難副.

(전국시대 楚나라의) 양춘의 곡(陽春之曲)이 고상하고 훌륭하여 화창(和唱)할 수 있는 사람이 적고, 명성이 지극히 커서 그 실제 정황이 명성과 완전 일치하기는 매우 어려웠다. 명성만큼 실덕이 따르지 못한다는 의미. → **其曲彌高. 其彌和寡. 曲高和寡. 盛名難副.**

〔**後漢書·黃瓊傳**〕常聞語曰, 嶢嶢者易缺, 皦皦者易汚. ○○○○, ○○○○, ○○○○, ○○○○.

雖無飛, 飛必冲天, 雖無鳴, 鳴必驚人.

다만 날지 않으면 그만이지만 한번 날면 반드시 하늘로 솟구쳐 올라갈 것이고, 울지 않으면 그만이지만 한번 울면 세상 사람들을 놀라게 한다. 평시에는 재주나 기예를 드러내지 않고 있다가 돌연히 일을 행하면 큰 명성을 떨쳐 세상 사람들을 깜짝 놀라게 한다는 말. (雖 : 오직. 단지. 다만. ≒ 唯. 無 : 아니하다. = 不. 冲 : 날아오르다. 위로 솟구치다.)

〔**韓非子·喩老**〕(楚莊)王曰, 三年不翅, 將以長羽翼. 不飛不鳴, 將以觀民則. ○○○, ○○○○, ○○○, ○○○○. 子釋之, 不穀知之矣. 〔**呂氏春秋**〕是鳥雖無飛, 飛將冲天, 雖無鳴, 鳴將駭人.

十年窓下無人問, 一擧成名天下知.

십 년 동안 창 밑에서 부지런히 독서할 때는 안부 묻는 사람 하나 없었는데, 단 한번에 명예를 얻어 명성이 높아지니 세상 사람들이 다 알아준다. 독서인이 장기간 시서(詩書)를 열심히 공부할 때는 이름이 세상에 알려지지 않았으나, 어느 날 공명(功名) 시험에 합격하니 곧 이름이 온 세상에 드날려졌음을 가리킨다. (十年窓下 : 오랫동안 독서에 부지런히 힘씀을 형용. 一擧 : 단 한번에. 成名 : 명예를 얻어 명성이 높아지다.)

〔**金 劉邦·歸潛志**〕南渡後疆土狹隘, 止河南. 陝西, 故仕進調官, 皆不得遽. 入仕或守十餘載, 號重復累, 往往歸耕或教小學養生. 故當時有云, 古人謂○○○○○○○, ○○○○○○○, 今日一擧成名天下知, 十年窗下無人問也. 〔**張協狀元**〕我見應須自買歸, 登科且免淚珠垂. ○○○○○○○, ○○○○○○○. 〔**元 關漢卿·調風月**〕每朝席上宴佳賓, 抵多少十年窗下無人問. 〔**通俗編**〕今進士不得入仕, 則一擧成名天下知, 十年窓下無人問.

完名美節, 不宜獨任, 分些(사)與人, 可以遠害全身.

완전한 명예와 훌륭한 절개는 혼자만 차지해서는 안되는 것이며, 조금이라도 나누어 남에게 주면 해를 멀리하여 몸을 보전할 수 있게 된다. (任 : 맡다. 지키다. 유지하다. 차지하다. 些 : 조금. 약간.)

〔**菜根譚·十九**〕○○○○, ○○○○, ○○○○, ○○○○○○○, 辱行汚名, 不宜全推, 引些歸己, 可以韜光養德.

王濬夜夢懸三刀於卧屋梁上, 須臾又益一刀, 爲益州刺史.

晉나라의 王濬은 밤에 넘어진 집의 들보 위에 세 개의 칼을 걸어놓고 또 눈 깜짝할 사이에 한 개의 칼을 더 보탠 꿈을 꾸었다가 바로 益州刺史가 되었다. 三刀之夢은 영전 또는 출세할 길몽을 이른다. (由) 晉나라 王濬이 위와 같은 꿈을 꾸고 마음에 꺼리고 있을 때 主簿 李毅가 축하하면서 三刀는 州자(옛날에는 州를 刕자로 씀)이니 益州의 지방장관이 되리라 했더니 과연 다음날 益州刺史에 임명되었다는 고사.

〔**晉書·王濬傳**〕濬夜夢懸三刀於卧屋梁上, 須臾又益一刀, 濬驚覺, 意甚惡之, 主簿李毅再拜賀曰, 三字爲州字, 又益一者, 明府其臨益州乎, 乃賊張弘殺益州刺史皇甫晏, 果遷濬爲益州刺史.

龍門水險不通, 魚鼈之屬不得上. 江海大魚薄集龍門下數千, 得上則爲龍也.

黃河 상류의 협곡인 龍門에는 물길이 험하여 지나갈 수 없어 고기나 자라의 무리가 오를 수가 없었다. 그래서 강과 바다의 큰 고기들이 龍門의 밑에 멈추어 모인 것이 수천이나 되었다. 그 위에 오르면 곧 용이 되는 것이다. (喩) 모든 난관을 돌파하여 입신 출세의 가도에 오르다. 미천한 사람이 큰 뜻을 이루어 크게 영달하다. (薄 : 멎다. 멈추다.) → **龍門得上則爲龍. 登龍門.**

〔**後漢書·李膺傳**〕膺以聲名自高, 士有被其容接者, 名爲登龍門. < 注 > 三秦紀曰, ○○○○○○, ○○○○○○○, ○○○○○○○○○○○○, ○○○○○○○. 〔**李白·與韓荊州書**〕使海內豪俊, 奔走而歸之. 一登龍門, 則聲譽(價)十倍. 所以龍蟠鳳逸之士, 皆欲收名定價於君侯. 〔**太平廣記·卷四六六**〕(引 三秦紀) 龍門之下, 每歲季春有黃鯉魚, 自海及諸川爭來赴之. 一歲中, 登龍門者不過七十二. 初登龍門, 卽雲雨隨之, 天火自後燒其尾, 乃化爲龍矣. 〔**蓮社高賢傳**〕法師慧持遠公母弟也, 至成都俾縣, 居龍淵寺, 大弘佛寺, 升其堂者, 號登龍門.

雲無心而出岫, 鳥倦飛而知還.

수

구름은 아무런 생각이 없어도 산봉우리에서 나오고, 새는 날아다니다가 지치면 보금자리로 돌아올 것을 안다. (喩) 사람의 출세, 퇴거가 자연을 좇아 이루어지다. (岫 : 산봉우리. 산꼭대기.)

〔 **陶潛·歸去來辭** 〕 策扶老以流憩, 時矯首而遐觀, ○○○○○○, ○○○○○○.

飮宴之樂多, 不是個好人家. 聲華之習勝, 不是個好士子.

술잔치를 낙으로 삼는 것이 과다하면 훌륭한 집안이 아니며, 세상에 드날릴 명성과 분수 넘치는 사치를 좋아하는 습성이 지나치면 단정한 지식인이 아니다. (飮宴 : 술잔치. 주연. 연회. 多 : 과다하다. / 중하게 여기다. 人家 : 집안. 가문. 가정. 聲華 : 명성과 사치. ※ 음탕한 음악과 화려한 복식으로 해석하는 자도 있으나 華에는 복식이라는 뜻이 없어 잘못 풀이한 것으로 보인다. 勝 : 지나치다. 넘치다. 士子 : 선비. 지식인. 독서인.)

〔 **菜根譚·二百三** 〕 ○○○○○, ○○○○○○. ○○○○○, ○○○○○○. 名位之念重, 不是個好臣子. ※〔 **論語·學而** 〕 君子食無求飽, 居無求安, 敏於事而愼於言, 就有道而正焉, 可謂好學也已矣. 〔 **論語·里仁** 〕 士志於道而恥惡衣惡食者, 未足與議也.

人無千日好, 花無百日紅.

사람은 천날이 하루같이 다 좋을 수 없고, 꽃은 백날동안 한결같이 붉을 수 없다. (喩) 만사에 성쇠가 있다. / 부귀영화가 오래가지 못한다. / 호경기는 오래 계속되지 않는다. / 우정이 오래 지속될 수 없다. ≒ **人有千年譽. 花無十日紅.** → **花無百日紅. 花無十日紅. 花無幾日紅.**

〔 **元 楊文奎·兒女團圓** 〕 ○○○○○, ○○○○○, 早時不算計, 過後一場空. 〔 **通俗編** 〕 擧諺語云, ○○○○○, ○○○○○, 〔 **警世通言** 〕 人無千日好, 花無幾日紅. 〔 **淸 文康·兒女英雄傳** 〕 人情忌滿 …… ○○○○○, ○○○○○. ※〔 **元 無名氏·碧桃花** 〕 人有千年譽, 花無十日紅. 自家不修種, 還去怨天公.

一將功成萬骨枯.

한 장수의 공을 이루는 데는 만 사람의 병사가 죽어 그 뼈가 마르게 된다. (喩) 장군이나 고관, 부호의 뒤에는 고생하고 희생되는 사람이 많이 있다.

〔 **唐 曹松·己亥歲詩** 〕 澤國江山入戰圖, 生民何計樂樵蘇, 憑君莫話封侯事, ○○○○○○○. 〔 **東周列國志** 〕 勸君莫羡封侯事, 一將功成萬命亡. 〔 **古今小說** 〕 殺生報主意何如. 解道功成萬骨枯.

立身成敗, 在於所染. 蘭茝鮑魚, 與之俱化也.

채

출세함의 성공과 실패는 감화되는 바에 달려있다. 향초인 난초·구리때와 악취나는 절인 물고기를 같이 두면 모두 화하여버린다. 사람의 출세는 배워 익히는 것에 좌우되며 그가 접촉하는 인물·환경에도 영향을 받으므로 깊이 생각해야 된다는 말. (立身 : 사회에 나아가서 자기의 지위를 확고하게 세워 출세하다. 染 : 물들다. 젖다. 스며들다. 감화되다. 전념하다. 茝 : 향초인 구리때, 미나리과의 다년생 풀.)

〔 **貞觀政要·論愼終** 〕(魏徵) 上疏諫曰, ……. ○○○○, ○○○○, ○○○○, ○○○○○. 愼不乎所習, 不可不思.

將治大者不治細, 成大功者不成小.

큰 일을 다스리려고 하는 사람은 자질구레한 것을 다스리지 않고, 큰 공을 이루는 사람은 작은 것을 이루지 않는다. (將 : …을 하려고 하다.)

〔 **列子·楊朱** 〕(楊朱) 對曰, ……. 黃鍾大呂不可從煩奏之舞. 何則其音疏也. ○○○○○○○, ○○○○○○○, 此之謂矣.

諸葛亮出山後, 初掌兵權, 用奇計在博望坡, 大破曹操兵.

(漢末 南陽에서 劉備의 三顧草廬에 의해 君師가 된) 諸葛亮은 산을 나와서 처음으로 병권을 장악, 博望坡에서 기발한 계책을 써서 曹操의 군대를 대파하였다. 이것을 初出茅廬第一功이라 한다. (喩) 한 개인이 처음으로 사회에 진출하여 일을 잘 처리하다. → **初出茅廬第一功.**

〔 **三國演義** 〕○○○○○○, ○○○○, ○○○○○○○○, ○○○○○. 引詩曰, 博望相持用火攻, 指揮如意談笑中. 直須驚破曹公膽, 初出茅廬第一功.

持而滿之, 乃其殆也. 名滿天下, 不若其已也. 名進而身退, 天之道也.

이

높은 지위를 지속하면 매우 위태로워진다. 명성이 천하에 가득 차는 것은 그만두는 것보다 못하고, 명성이 오르면 몸은 물러나는 것이 자연의 도리이다. (持而滿 : 持滿으로, 가득차서 넘치지 않을 정도로 유지하다. 곧 높은 지위를 지속하다. 성하게 가득찬 지위에 처하다. 已 : 그만두다. 중지하다. 進 : 오르다.) → **名進身退.**

〔 **管子·白心** 〕○○○○, ○○○○, ○○○○, ○○○○○, ○○○○○, ○○○○.

質的張而弓矢至焉, 林木茂而斧斤至焉.

과녁이 늘어서면 화살들이 날아오고, 나무숲이 무성해지면 도끼가 이르게 된다. (喩) 사람의 지위가 높거나 명성이 크거나 재산이 많거나 언행을 삼가지 않으면 재앙을 초치할 수 있다. (質 : 옛 사람들이 활을 쏠 때 사용하던 과녁, 표적. 的 : 과녁 정중앙의 목표, 곧 정곡. 正鵠.)

〔 **文子·上德** 〕 質的張而弓矢射集, 林木茂而斧斤入. 〔 **荀子·勸學** 〕 是故 ○○○○○○○○, ○○○○○○○, 樹成蔭而衆鳥息焉, 醯酸而蜹聚焉. 〔 **淮南子·說林訓** 〕 質的張而弓矢集, 林木茂而斧斤入. 非或召之, 形勢所致者也.

青雲有路終須到, 金榜無名誓不歸.

푸른 구름은 길이 있어 끝내는 반드시 다다르지만, 과거의 합격자 명단을 알리는 금방에는 이름이 없어 그 맹세는 되돌아오지 않았다. 공명을 추구하는 것이 자신만만했으나 목적을 달성하지 못했고 맹세도 되돌리지 못했음을 형용. (青雲 : 높은 지위의 비유. 金榜 : 과거시대 최고의 시험인 殿試에 합격한 자의 명단을 공포하는 공문서)

〔 **元 無名氏·凍蘇秦·楔子** 〕 三寸舌爲安國劍, 五言詩作上天梯, ○○○○○○○, ○○○○○○○. 〔 **明 葉憲祖·金鎖記** 〕 青雲有路終須到, 金榜無名誓不歸. 〔 **明 許恒·二奇緣** 〕 青雲有路自能通, 必登首榜.

出自幽谷, 遷于喬木.

새가 깊은 골짜기에서 자라서 날아와 높은 나무로 옮겨 앉다. (喩) 사람이 시골에서 자라나 수도로 옮겨와서 크게 출세하다. / 관직의 지위가 올라가다. / 학덕이 향상되다.

〔 **詩經·小雅·伐木** 〕 伐木丁丁, 鳥鳴嚶嚶, ○○○○, ○○○○. 〔 **孟子·滕文公上** 〕 吾聞出於幽谷, 遷於喬木者, 未聞下喬木而入於幽谷者. 〔 **晉 桓溫·表** 〕 幽谷無遷喬之望.

豹死留皮, 人死留名.

호랑이는 죽어서 가죽을 남기고, 사람은 죽어서 이름을 남긴다. 사람은 명예로운 이름을 길이 남길 수 있고(流芳百世), 더러운 이름을 영원히 남길 수도 있다. (遺臭萬年) = **豹死留皮, 雁過留聲. 豹死皮, 人死名.**

〔 **北宋 歐陽修 新五代史·王彦章傳** 〕 彦章武人不知書, 常爲俚語謂人曰, ○○○○, ○○○○, 其於忠義, 蓋天性也.

寒暑有往來, 功名安可留.

추위와 더위도 가고 옴이 있는데, 공명이 어찌 머무를 수 있으랴 ! 공명은 한 사람에게 계속 머무르지 않고 흘러 다른 사람에게 간다는 뜻.

〔 **古詩源·江淹 効阮公詩** 〕 ○○○○○, ○○○○○.

翰音登于天, 何可長也.

나는 새의 울음소리가 하늘에 도달하지만 (이런 거짓된 진실의 소리가) 어찌 오래 지속될 수 있겠는가? 거짓된 진실로써 명성을 구하는 것은 결코 오래 갈 수 없음을 의미. (翰音登于天 : 새의 울음소리가 하늘에 이른다는 것으로 이것은 거짓된 진실로써 명성을 구하는 것을 상징한다.)

〔**周易·風澤中孚**〕上九, 翰音登于天, 貞凶. 象曰, ○○○○○, ○○○○.

亢龍有悔, 此言上而不能下, 信而不能詘(굴), 往而不能自返者也.

끝까지 올라간 용이 뉘우칠 날이 있다고 하는 것은, 오르기만 하고 내릴 줄을 모르며, 펴기만 하고 굽힐 줄을 모르며, 나아가기만 하고 스스로 되돌아올 줄 모르는 것을 이른다. (喻) 지위가 높고 권력이 강한 존귀한 사람은 삼가고 겁내는 것이 없어 민심을 잃기 쉬우므로 오래가지 못하고 실패할 우려가 있다. (亢龍 : 막바지까지 높이 올라간 용. 최고의 지위와 권력을 누리고 있는 사람의 비유. 信 : 펴다. ≒ 伸) → **亢龍有悔**.

〔**周易·乾爲天**〕象曰, …….亢龍有悔, 盈不可久也. < 孔穎達疏 > 上九, 亢陽之至, 大而極盛, 故曰亢龍.此自然現象, 以人事言之, 似聖人有龍德, 上居天位, 久而亢極. 物極則反, 故有悔也. 〔**史記·范雎蔡澤列傳**〕易曰, ○○○○, ○○○○○○○○, ○○○○○, ○○○○○○○○○,

行善不以爲名, 而名從之. 名不與利期, 而利歸之.

사람이 좋은 일을 실행하면 그것이 유명해지려는 것이 아니라도 도리어 명성이 따라오고, 명성은 본래 이익과 아무런 관계가 없는 것인데도 이익은 그것에로 돌아온다. 사람이 좋은 일을 하면 명예가 저절로 따라오고 또 이익도 저절로 돌아온다는 말. (不以爲名 : 유명해지려는 것이 아니다. 名不與利期 : 명성은 이익과 아무런 약속을 하지 않았다. 곧 명성은 이익과 아무 관계가 없다.)

〔**列子·說符**〕楊朱曰, ○○○○○○, ○○○○, ○○○○○, ○○○○, 利不與爭期, 而爭及之. 故君子必愼爲善. 〔**莊子·養生主**〕爲善無近名, 爲惡無近刑, 緣督以爲經, 可以保身, 可以全生, 可以養親, 可以盡年.

響不辭聲, 鑑不辭形.

메아리는 어떤 소리도 마다하지 않으며, 거울은 어떤 형체도 마다하지 않는다. 곧 메아리는 어떤 소리에도 다 일어나고, 거울은 모든 형체를 다 비춘다는 말. 공을 세우면 명예는 자연히 따르기 마련이라는 뜻. (辭 : 사절하다. 거절하다. 사양하다. 싫어하다. 피하다. 마다하다.)

〔**說苑·雜言**〕曾子曰, ○○○○, ○○○○, 君子正一, 而萬物皆成, 夫行非爲影也, 而影隨之, 呼非爲響也, 而響和之. 故君子功先成, 而名隨之.

或求名而不得, 或欲蓋而名章, 懲不義也.

어떤 사람은 세상에 명성을 드러내고자 해도 그것을 얻지 못하고, 어떤 사람은 죄악을 덮어 두려고 하나 그 이름이 세상에 밝게 드러나는데, 이것은 그의 의롭지 못한 것을 징벌하려는 것이다. (喩) 의로운 행실을 하는 사람은 절로 명성을 얻게 된다. (章 : 밝게 드러내다. = 彰.)

〔**春秋左氏傳·昭公三十一年**〕○○○○○○, ○○○○○○, ○○○○. 〔**宋 王應麟·困學紀聞**〕或欲蓋而名章, 如趙盾僞出奔, 崔杼殺太史, 將以蓋弑君之惡, 而其惡益著焉.

5. 成功과 失敗

江東子弟多才俊, 卷土重來未可知.

項羽의 고향인 江東의 자제들에는 재주가 뛰어난 사람이 많았지만, 흙먼지를 날리며 다시 돌아올지는 알 수가 없다. 재주 뛰어난 많은 江東의 자제들이 실패한 세력을 되찾아 다시 돌아오는 것을 기대할 수 없다는 뜻. (由) 項羽는 垓下에서 劉邦과 마지막 싸움을 하다가 패전, 쫓기어 烏江으로 도망쳐 왔다. 烏江의 정장(亭長)이 그를 배로 건너다 주겠다고 하자 項羽는 "옛날에 나는 江東의 젊은이들 8천 명과 강을 건너 서쪽으로 갔었는데, 지금 나에게는 함께 돌아갈 수 있는 한 사람의 병사도 없네. 내가 무슨 면목으로 江東에 있는 부형을 뵐 수 있겠는가?"라고 거절, 漢나라 군대와 도보로 싸운 뒤 스스로 목숨을 끊었다. (卷土重來 : 흙먼지를 날리며 다시 돌아오다. 한번 패한 자가 세력을 되찾아 다시 쳐들어옴을 뜻한다. / 어떤 일에 실패한 뒤에 힘을 돌이켜 다시 그 일에 착수함을 의미.) → **卷土重來. 捲土重來.**

〔**杜牧·題烏江亭詩**〕勝敗兵家事不期, 包羞忍恥是男兒. ○○○○○○○, ○○○○○○○.

工人數(삭)變業, 則失其功. 作者數搖徙, 則亡其功.

기술자가 그 직업을 자주 바꾸면 일의 업적을 잃게 되고, 농사짓는 사람이 이사를 자주 하면 그 일의 업적을 잃어버린다. 무슨 직업이라도 한 가지 일에 전념하지 않으면 성공하기 어렵다는 뜻. / 법령을 자주 바꾸면 백성들이 괴로움을 겪게 됨을 시사하는 말. (數 : 자주. 빈번히. 搖徙 : 움직여 옮기다. 곧 이사하다. 亡 : 잃다.)

〔**韓非子·解老**〕○○○○○, ○○○○. ○○○○○, ○○○○. 一人之作, 日亡半日, 十日則亡五人之功矣.

功者難成而易(이)敗, 時者難得而易(이)失也.

일이란 것은 이루기는 어렵고 실패하기는 쉬우며, 기화라는 것은 얻기는 어렵고 잃기는 쉽다. (功 : 일. 직무. 時 : 시기. 시의. / 기회.)

〔**史記·淮陰侯列傳**〕 知者決之斷也, 疑者事之害也, 審豪氂之小計, 遺天下之大數, 智誠知之, 決弗敢行者, 百事之禍也. …… 夫 ○○○○○○○, ○○○○○○○○. 時乎時, 不再來. 〔**資治通鑑·漢紀·太祖高皇帝上**〕 蒯徹復說曰, 夫 ○○○○○○○, ○○○○○○○○. 時乎時乎, 不再來.

蹞(규)步而不休, 跛(파)鼈(별)千里. 累土而不輟(철), 丘山崇成.

반 걸음으로 걸어도 쉬지 않으면 절룩거리는 자라도 천리의 먼 길을 갈 수 있고, 흙을 쌓더라도 멈추지 않고 쌓아가면 언덕이나 산을 이룩할 수 있다. (喻) 쉬지 않고 노력하면 우둔한 사람도 성공할 수 있다. (蹞步 : 반 걸음. 반 걸음을 내딛다. ＝ 跬步. 跛鼈 : 절름발이 자라. 輟 : 그치다. 하던 일을 멈추다. 崇 : 마침내. 끝내. 終의 借字)

〔**荀子·修身**〕 ……, 故 ○○○○○, ○○○○. ○○○○○, ○○○○. 〔**淮南子·說林訓**〕 跬步不休, 跛鼈千里, 累積不輟, 可成丘阜.

騏驥一躍, 不能十步. 駑(노)馬十駕(가), 功在不舍.

준마라도 한번 뛰어 열 걸음을 갈 수 없고, 둔마라도 열흘 수레를 끌면 공이 버려지지 않는다. 둔하더라도 꾸준히 하면 명석한 사람과 같은 성공을 할 수 있다는 말. (十駕 : 말이 수레를 끌고 열흘 달리는 것.)

〔**荀子·勸學**〕 ○○○○, ○○○○. ○○○○, ○○○○.

木之折也, 必道蠹(두). 牆之壞也, 必道隙.

나무가 부러지는 것은 반드시 좀이 있기 때문이고, 담이 허물어지는 것은 반드시 틈이 있기 때문이다. 일이 실패하는 것은 내면적인 요인이 조성되거나 외부적인 요인이 작용하기 때문이라는 뜻. (道 : 말미암아. ≒ 由於 때문이다.)

〔**韓非子·亡徵**〕 ○○○○, ○○○. ○○○○, ○○○. 然木雖蠹, 無疾風不折. 牆雖隙, 無大雨不壞.

事者難成易敗, 名者難立易廢.

사업이란 것은 성공하기는 어렵고 실패하기는 쉬우며, 명성이란 것은 이루어지기는 어렵고 떨어지기는 쉽다. (立 : 뜻 따위를 세우다. / 이루어지다.)

〔**文子·微明**〕○○○○○○, ○○○○○○. 凡人皆輕小害, 易微事, 以至于大患.

先人有奪人之心, 後人有待其衰.

상대 사람보다 먼저 행동하면 상대 사람의 마음을 빼앗게 되고, 상대 사람보다 늦게 행동하면 그 세력이 쇠퇴함을 기다리게 된다. 선수를 써서 상대방의 기세를 꺾으면 이기고, 뒤늦게 행동하면 망하게 됨을 이르는 것.

〔**春秋左氏傳·宣公十二年**〕軍志曰, 先人有奪人之心, 薄之也. 〔**春秋左氏傳·昭公二十一年**〕軍志有之, ○○○○○○○, ○○○○○○, 盍及其勞, 且未定也, 伐諸. 〔**春秋左氏傳·文公七年**〕宣子曰, ……, 先人有奪人之心, 軍之善謀也, 逐寇如追逃, 軍之善政也. 〔**晉書·乞伏國仁載記**〕明年, 南安秘宜及諸羌虜來擊國仁, 四面而至. 國仁謂諸將曰, 先人有奪人之心, 不可坐待其至.

成功之下, 不可久處.

공업을 이룬 곳에서는 오래 머물러 있을 수 없다. 공을 이루는 과정에서 남의 원한을 사거나 미움을 받아 화를 입을 수 있음을 이르는 것.

〔**史記·范雎蔡澤列傳**〕(逸) 書曰, ○○○○, ○○○○. 四子之禍, 君何居焉.

成則爲王, 敗則爲賊.

성공하면 왕이 되고, 실패하면 역적이 된다. (喻) 오로지 성패에 따라서 영웅인가 아닌가가 결정된다. / 성공하면 칭찬의 대상이 되고, 성공하지 못하면 피공격의 대상이 된다. = **成則爲王, 敗則爲寇. 成則爲王, 敗則爲虜. 成則君王, 敗則逆賊. 成者爲王, 敗者爲寇. 成則公侯, 敗則賊子. 成者爲首, 不成者爲尾.**

〔**莊子·盜跖**〕故書曰, 孰惡孰美. 成者爲首, 不成者爲尾. 〔**元 紀君祥·趙氏孤兒**〕我成則爲王, 敗則爲虜, 事已至此, 惟求早死而已. 〔**明 羅貫中·馮夢龍·平妖傳**〕單槍獨馬領三軍, ○○○○, ○○○○. 〔**紅樓夢**〕成則公侯, 敗則賊子. 〔**明 李夢陽·空同集·事勢**〕成則王, 敗則虜, 幸乎. 抑道乎.

水不激不能破舟, 矢不激不能飮羽.

물이 세차지 아니하면 배를 부술 수 없고, 화살이 세차지 아니하면 새를 맞칠 수 없다. (喻) 사람이 분발하지 않으면 성과를 낼 수 없다. (激 : 세차다. 거세다. 격렬하다. 飮 : 화살·탄환을 몸에 맞다.)

〔**後漢書·馮衍傳**〕(李注引馮衍致陰就書) 方今天下安定, 四海咸服, 蒙恩更生之臣, 無所效其死力. …… 鄙語曰, ○○○○○○○, ○○○○○○○.

舜人也. 我亦人也. 舜爲法於天下, 可傳於後世, 我由未免爲鄕人也.

虞나라 舜임금은 사람이고 나도 또한 사람이다. 그러나 舜임금은 천하인의 귀감이 되어서 그 덕택이 후세에 전해 내려오고 있으나 나는 아직도 한 평상인을 면치 못하고 있다. 사람은 다 舜임금을 본받아야 함을 강조한 말. (法 : 모범. 본보기. 귀감. 표준. 由 : 아직도. 여전히. 또한. 鄕人 : 한 마을에 사는 평범한 사람. / 덕이 없는 사람. 속인.)

〔**孟子·離婁下**〕君子有終身之憂, 無一朝之患也. 乃若所憂, 則有之. ○○○, ○○○○. ○○○○○○○, ○○○○○, ○○○○○○○○○.

晏子爲齊相, 其御之妻請去. 夫問其故, 妻曰, 晏子志念深矣, 常有以自下者, 子爲人僕御, 意自以爲足. 後夫自抑損, 爲大夫.

晏子가 齊나라 재상이 되었을 때 그의 마차를 부리는 자의 아내가 이혼할 것을 청하였다. 남편이 그 이유를 물은 즉 아내가 말하기를 "晏子는 의지와 사려가 깊으면서도 항상 스스로 겸손히 하는 것이 있으나, 당신은 남의 마부노릇을 하면서도 마음 속으로 스스로 만족하게 여기고 있다." 고 하였다. (이래서 이혼을 청하게 되었다고 하였다.) 그후부터 남편은 스스로 거만한 마음을 억제하여 (드디어) 대부가 되었다. (去 : 떠나가다. 自下 : 스스로 자기를 낮추다. 抑損 : 거만한 마음을 억제하다.) → **晏子之御.**

〔**史記·管晏列傳**〕晏子爲齊相, 出, 其御之妻從門間而闚其夫. 其夫爲相御, 擁大蓋, 策駟馬, 意氣揚揚, 甚自得也. 旣而歸, 其妻請去. 夫問其故. 妻曰, 晏子長不滿六尺, 身相齊國, 名顯諸侯. 今者妾觀其出, 志念深矣, 常有以自下者. 今子長八尺, 乃爲人僕御, 然子之意自以爲足, 妾是以求去也. 其後夫自抑損. 晏子怪而問之, 御以實對. 晏子薦以爲大夫.

炎帝之少女, 女娃(왜)遊於東海, 溺而不返, 故爲精衛, 常銜西山之木石, 以堙(인)於東海.

상고시대 炎帝의 딸 女娃가 동해(東海)에서 놀다가 물에 빠져 죽어 돌아가지 못하고 精衛라는 새가 되었는데 그 새는 항상 서산(西山)의 나무와 돌을 물어다가 東海를 메우려 했다. (喩) 목적을 달성하기 위해 온갖 어려움을 무릅쓰고 분투노력하다. / 깊고 깊은 원한을 반드시 복수하려고 하다. / 사람이 무모한 일을 꾀하여 헛되이 수고하다. (精衛 : 고대 신화 속의 새 이름으로 誓鳥·冤禽·志鳥·帝女雀이라고도 한다. 堙 : 막다. 묻다.) → **精衛塡海. 精衛啣石.**

〔**山海經·北山經**〕發鳩之山, 其上多柘木, 有鳥焉. 其狀如烏, 文首, 白喙, 赤足, 名曰精衛. 其鳴自詨. 是○○○○○, 名曰女娃. ○○○○○○, ○○○○, ○○○○, ○○○○○○○○, ○○○○○. 〔**陶潛·讀山海經**〕精衛銜微木, 將以塡滄海. 〔**元 陶宗儀·輟耕錄·貞烈**〕皇天如有知, 定作血面請, 願魂化精衛, 塡海使成嶺.

愚公率(솔)子孫, 叩(고)石墾壤, 箕畚(분)運於渤海之尾, 曰, 子子孫孫無窮匱(궤)也, 而山不加增, 何苦而不平. 帝感其誠, 移二山.

북산(北山)의 愚公이 자손을 거느리고 (산을 옮기고자) 돌을 깨고 흙을 파서 삼태기로 渤海의 끝으로 운반하면서 말하기를 “자자손손이 무궁하게 힘을 다할 것이니 그러면 산은 더 불어날 수는 없으므로 어떤 애를 쓰면 평평해지지 않으랴 !”라고 하였다. 이에 천제가 그 정성에 감동, 아들에게 명하여 두 산을 옮겨놓게 하였다. (喩) 어떤 곤란도 두려워하지 않고 굳센 의지로 밀고 나가면 성공한다. 하려고 마음만 먹으면 못해낼 일이 없다. (叩 : 두드리다. 箕畚 : 흙을 담는 대나무 그릇인 삼태기. 匱 : 다하다. 다하여 없어지다.) → **愚公移山.**

〔 **列子·湯問** 〕 太形王屋二山, ……, 本在冀州之南, 河南之北. 北山愚公者, 年且九十, 面山而居. 聚室而謀曰, 吾與汝畢力平險. ……. 其妻獻疑. ……. 遂率子孫荷擔者三夫, 叩石墾壤, 箕畚運於渤海之尾. ……. 河曲智叟, 笑而止之. ……. 北山愚公長息曰, 汝心之固, 固不可徹, 曾不若孀妻弱子. 雖我之死, 有子存焉. 子又生孫, 孫又生子, 子又有子, 子又有孫, 子子孫孫, 無窮匱也. 而山不加增, 何苦而不平. 河曲智叟, ……. 告之於帝. 帝感其誠, 命夸蛾氏二子, 負二山, 一厝朔東, 一厝雍南.

李白少讀書, 未成, 棄去. 道逢老嫗磨杵(저), 白問其故, 曰, 作鍼. 白感其言, 遂卒業.

盛唐 때의 대시인인 李白은 어려서 책을 읽었으나 아직 학업을 성취하지 못한채 그만두고 갔다. 길에서 만난 노파가 쇠공이를 갈고 있어 李白이 그 까닭을 물으니 침을 만든다고 말하였다. 李白은 그 말에 감동을 받아 드디어 학업을 끝마쳤다. (喩) 아무리 어려운 일도 신념을 가지고 노력해나가면 반드시 이룰 수 있다. 끈기있게 노력하면 무슨 일이든지 이룬다. (杵 : 공이.) → **鐵杵磨成針. 磨杵作鍼.**

〔 **潛確類書** 〕 ○○○○○, ○○, ○○. ○○○○○○○, ○○○○, ○, ○○. ○○○○, ○○○. 〔 **明 曹學佺·蜀中廣記** 〕 志云, (彭山) 縣東北二十五里, 有磨鍼溪, 在象耳山下. 相傳李白讀書山中, 學未成棄去, 適過是溪, 逢老嫗方磨鐵杵, 問何爲, 曰, 欲磨作鍼耳. 白感其言, 遂還卒業.

尺蠖(확)之屈, 以求信也. 龍蛇之蟄(칩), 以存身也.

자벌레가 몸을 구부리는 것은 다음에 몸을 뻗어 전진할 것을 바라기 때문이고, 용이나 뱀이 굴에 잠복하는 것은 그 몸을 잘 보전하기 위함이다. (喩) 먼저 굴욕을 참았다가 후에 비로소 그 포부를 펼칠 수 있게 되다. 다른 날의 성공을 위하여 잠시 굴욕을 참고 견디다. 몸을 굽히어 남에게 복종하는 사람이 어느 날 끝내 발전을 하게 되다. (尺蠖 : 일종의 곤충인 자벌레. 기어갈 때 몸을 굽히고 펴는 것이 마치 자로 물건을 재는 것 같은 모양이다. 信 : 펴다. 뻗다. ≒ 伸. 蟄 : 숨다. 틀어박혀 나오지 아니하다.) → **尺蠖之屈. 尺蠖屈伸.**

〔 **周易·繫辭下** 〕 ○○○○, ○○○○. ○○○○, ○○○○. 精義入神, 以致用也. 〔 **明 王濟·連環記** 〕 屈節事之, 無以爲諂. 尺蠖之屈, 以求伸也.

川壅則潰, 月盈則匡, 善敗由己, 吉凶何嘗.
옹 궤 광

냇물이 막히면 터지고, 달도 차서 둥글어지면 이지러지며, 성공과 실패는 자신의 행동에 달려 있으니 길흉을 어찌 경험해보랴! (喩) 자신만만해하는 사람은 필연적으로 실패나 재화를 불러들인다. (壅 : 막히다. 潰 : 방죽이 터지다. 匡 : 이지러지다. 嘗 : 맛보다. / 경험하다. 체험하다. / 시험하다.)

〔 **唐 任公叔·登姑蘇臺賦** 〕 悉人之力以爲美觀, 厚人之澤以爲侈靡, 斯則累卵于九層. 夫何見夫三百里. 俚語有之曰, ○○○○, ○○○○. ○○○○, ○○○○.

川澤納汚, 山藪藏疾, 瑾瑜匿瑕.
수

개울이나 연못은 더러운 물건을 받아들이고, 산이나 큰 늪은 해충을 가지고 있으며, 아름다운 옥도 흠을 숨겨놓고 있다. (喩) 큰 사업에 성공한 사람이나 나라는 작은 굴욕을 참고 견딘다. / 성공할 사람은 남의 작은 잘못을 감싸주는 아량을 갖고 널리 포용한다. / 현인·군자에게도 허물이 없을 수 없으니, 그 허물을 덮어준다. (藪 : 큰 늪. 못. 풀이 많은 호수. 疾 : 독물. 해충. 瑾瑜 : 아름다운 옥.) → **瑾瑜匿瑕.**

〔 **春秋左氏傳·宣公十五年** 〕 諺曰, 高下在心, ○○○○, ○○○○, ○○○○, 國君含垢, 天之道也. 〔 **隋書·長孫平傳** 〕 平進諫曰, 川澤納汚, 所以成其深, 山岳藏疾, 所以就其大. 臣不勝至願, 願陛下宏山海之量, 茂寬裕之德.

春不耕, 秋無望.

봄에 논밭을 갈아 농사짓지 않으면 가을에 아무 것도 바랄 것이 없다. (喩) 현재 노력하는 것이 없으면 장래에 성과를 거둘 수 없다.

〔 **五燈會元** 〕 良田萬頃, …… ○○○, ○○○. 〔 **元 無名氏·白兎記** 〕 春若不耕, 秋無所望. 寅若不起. 日無所辦.

泰山之溜穿石, 引繩久之, 乃以挈木.
류 천 승 설

泰山 위에서 떨어지는 물방울은 돌을 뚫고, 가는 끈을 오랫동안 끌어당기면 나무가 끊어진다. 꾸준히 노력하면 마침내 성공한다는 뜻. (溜 : 떨어지는 물방울. 穿 : 구멍을 뚫다. 繩 : 끈. 노끈. 줄. 挈 : 끊다. 자르다. 절단하다. / 끊어지다.) → **水滴石穿. 滴水穿石.** → **繩鋸木斷.**

〔 **說苑·正諫** 〕 ○○○○○○, ○○○○. ○○○○, 水非石之鑽, 繩非木之鋸也, 而漸靡使之然. 〔 **漢書·枚乘傳** 〕 泰山之溜穿石, 單極之綆斷幹, 水非石之鑽, 索非木之鋸, 漸靡使之然也. 〔 **宋 羅大徑·鶴林玉露·一錢斬吏** 〕 張乖崖爲崇陽令, 一吏自庫中出, 視其鬢傍巾下有一錢, 詰之, 乃庫中錢也, 乖崖命杖之. 吏勃然曰, 一錢何足道, 乃杖我耶. 爾能杖我, 不能斬我也. 乖崖援筆判曰, 一日一錢, 千日一千. 繩鋸木斷, 水滴石穿. 自仗劍下堦斬其首, 申臺府自劾. 崇陽人至今傳之.

敗後或反成功, 故拂心處莫便放手.

실패한 후에 더러는 도리어 성공하나니, 그러므로 일이 마음대로 안된다고 하여 곧 손을 떼지 말 것이다. 좌절을 당한 뒤 이따금 도리어 성공을 획득할 수 있기 때문에 뜻대로 안될 때에도 바로 손을 놓지 말라는 것. (敗 : 일이 실패하다. 일을 이루지 못하다. / 일을 망치다. 或 : 혹시. 간혹. 이따금. 어쩌다가 더러. 拂心 : 뜻에 어긋나다. 뜻에 위배되다. 뜻대로 안되다. 便 : 곧. 즉시. 바로. 放手 : 손을 놓다. 손을 빼다. 손을 떼다.)

〔 **菜根譚·十** 〕 恩裡由來生害, 故快意時須早回頭. ○○○○○○, ○○○○○○○○. ※〔 **周易·雷火風** 〕 彖, 日中則昃, 月盈則食, 天地盈虛, 與時消息, 而況於人乎.

項王笑曰, 天之亡我, 我何渡爲. 且籍與江東子弟八千人, 渡江而西, 今無一人還. 縱江東父兄憐而王我, 我何面目見之.

項王(項羽)이 웃으면서 말하기를 "하늘이 나를 망하게 했는데 내가 무엇 때문에 강을 건너랴! 또 籍 내가 江東의 자제 8,000명과 함께 강을 건너 서쪽으로 갔으나 지금은 (다 죽고) 한 사람도 돌아오지 못했다. 설령 江東의 자제의 부형이 나를 불쌍히 여겨 왕으로 삼는다 해도 내가 무슨 면목으로 그들을 만나보겠는가?"라고 하였다. (由) 垓下의 싸움에서 漢나라 군사에게 처절한 패배를 한 項羽는 800여기로 포위망을 간신히 뚫고 나왔으나 얼마후에는 28기만이 남는 신세가 되어 烏江을 건너 처음으로 군사를 일으킨 江東으로 가려하였다. 그때 烏江의 정장(亭長)이 배 한 척을 대어 놓고 여기는 이 배밖에 없어 漢軍이 오더라도 강을 건널 수 없다고 하면서 배를 타고 江東으로 갈 것을 권하자 위와 같이 말하고 이를 거절한 후 끝내 스스로 목을 베어 죽었다. (籍 : 項羽의 본명. 縱 : 설령. 가령.) → **有何面目見江東.**

〔 **史記·項羽本紀** 〕 於是項羽乃欲東渡烏江. 烏江亭長檥船待. 謂項王曰, 江東雖小, 地方千里, 衆數十萬人, 亦足王也. 願大王急渡. ……. ○○○○, ○○○○, ○○○○. ○○○○○○○○○○○, ○○○○, ○○○○○. ○○○○○○○○○○, ○○○○○○. 〔 **明 無名氏·義妖傳演義** 〕 俺欲報仇反受辱, 有何面目見江東.

第二編

人倫道德 및 人品

Ⅰ. 人倫道德

Ⅱ. 人品

第二編 人倫道德 및 人品

Ⅰ. 人倫道德

1. 道理

堅强者, 死之徒, 柔弱者, 生之徒. 是以兵强則不勝, 木强則兵. 强大處下, 柔弱處上.

굳고 강한 것은 죽음의 무리이고, 부드럽고 약한 것은 삶의 무리이다. 그래서 군대가 강하면 적을 이기지 못하고, 나무가 강하면 베어진다. 이것으로써 강하고 큰 것은 아래 쪽에 있게 되고, 부드럽고 약한 것이 위 쪽에 있게 되는 것을 알 수 있다. 따라서 언제나 부드럽고 약하게 처신할 것을 권하며, 강하고 굳은 것을 경계하라는 뜻. (兵 : 나무를 자르다, 베다.)

〔 **老子· 第七十六章** 〕 人之生也柔弱, 其死也堅强. 萬物草木之生也柔脆, 其死也枯槁. 故○○○, ○○○, ○○○, ○○○. ○○○○○○○○, ○○○○. ○○○○, ○○○○. 〔 **文子·道原** 〕 老子曰, ……. 故兵强卽滅, 木强卽折, 革强而裂, 齒堅於舌而先斃. 故柔弱者生之幹也, 堅强者死之徒. 先唱者窮之路. 後動者達之原. 〔 **淮南子·原道訓** 〕 兵强則滅, 木强則折, 革固則裂, 齒堅於舌而先之敝. 是故柔弱者, 生之幹也, 而堅强者, 死之徒也. 〔 **列子·黃帝** 〕 老聃曰, 兵彊則滅, 木彊則折. 柔弱者生之徒, 堅彊者死之徒.

國有亡(무)主, 世无(무)亡(무)道. 人有窮而理無不通.

나라에는 임금이 없을 수 있지만, 세상에는 도리가 없을 수 없다. 사람이 어려움을 겪을 때 도리가 순조롭게 진행되지 않을 수 없기 때문이다. (亡 : 없다. 無와 통용. 无 : 없다. = 無. 窮 : 어려움을 겪다. 고생하다. 理 : 도리. 사리. 조리. 이치. 通 : 두루 통하다. 막힘이 없이 통하다. 거침없이 통하다. 사리가 순조롭게 진행되다. 형편이 좋아지다.)

〔 **文子·下德** 〕 老子曰, 人之言曰, ○○○○, ○○○○ . ○○○○○○○○. 故無爲者, 道之宗也, 得道之宗, 竝應無窮.

儻(당)所謂天道, 是耶(야)非耶.

만약 무슨 하늘의 도라는 것이 있다고 말한다면 그것은 (대관절) 옳은 것인가? (그렇지 않으면) 그른 것인가? 착한 일을 하면 착한 갚음을 받고, 악한 일을 하면 악한 갚음을 받는 것이 하늘의 도리이나 실제로 반드시 그렇게 되지 않는 사실 때문에 하늘을 원망하는 말. (由) 伯夷 叔齊는 인(仁)을 좇아 살았지만 굶어서 죽었고, 顔淵도 孔子가 그렇게 아끼고 사랑하는 선비였지만 굶어서 죽은 반면, 춘추시대의 큰 도적인 盜跖(盜蹠)은 많은 졸개를 거느리며 갖은 나쁜 짓을 해도 장수(長壽)를 한 것 등을 보고, 司馬遷은 史記에서 이와 같이 "하늘의 도는 옳은가? 그른가?"라고 통탄한 것. (儻 : 만일 … 이라면, 혹시 … 이라면, = 倘. 是也 非也 : 옳은 것인가? 그른 것인가? 옳고 그름을 제대로 판단하지 못함을 이르는 말.)

〔 **史記·伯夷列傳** 〕 或曰, 天道無親, 常與善人. 若伯夷·叔齊, 可謂善人者非邪. 積仁絜行如此而餓死. 且七十子之徒, 仲尼獨薦顔淵爲好學. 然回也屢空, 糟糠不厭, 而卒蚤夭. 天之報施善人, 其何如哉. 盜蹠日殺不辜, 肝人之肉, 暴戾恣睢, 聚黨數千人, 橫行天下, 竟以壽終. 是遵何德哉. ……. 餘甚惑焉, ○○○○○, ○○○○.

大道甚夷, 而民好徑.

큰 길이 지극히 평탄한 데도 사람들은 바르지 못한 작은 길을 가는 것을 좋아한다. 사람이 지켜야 할 도덕의 길은 본래 평이하여 지켜나가기가 쉬운데, 일반 사람들의 심리는 바르지 못한 나쁜 짓 하기를 좋아한다는 비유. 무위자연(無爲自然)의 큰 길은 일생을 그르칠 걱정이 없는 평탄한 일이건만 세상 사람들은 사리사욕에 눈이 어두워 이 탄탄대로를 벗어나 인위적인 험난한 좁은 길로 들어서기를 좋아한다는 비유. (大道 : 큰 길. 실제로는 사람이 지켜야 할 도덕을 가리킨다. / 무위자연의 큰 길도 의미한다. 夷: 평탄하다. 평평하다. 徑: 지름길. 작은 길. 좁은 길. 바르지 못한 길. 나쁜 길을 뜻한다.)

〔 **老子·第五十三章** 〕 使我介然有知, 行於大道, 惟施是畏. ○○○○, ○○○○.

大方無隅, 大器晩成, 大音希聲, 大象無形.

가장 큰 네모꼴(方形)은 모서리가 없고, 가장 큰 그릇은 이루어짐이 없으며, 가장 큰 소리는 들을 수 없고, 가장 큰 형상은 드러내 보이는 형체가 없다. 도는 그 작용이 무한하여 만물을 생성하게 하고 존재하게 하는 위대한 힘을 지니고 있으며, 숨겨져 있는 그 각양각색의 형태도 사실의 반대되는 현상인 듯이 드러내기도 하여 위와 같이 대방(大方) 대기(大器) 대음(大音) 대상(大象)이 본연 그대로의 모습을 나타내지 않기도 한다는 주장. (大器晩成 : 일반적으로 큰 그릇은 늦게 이루어진다로 해석, 크게 될 인물은 오랜 공적을 쌓아 늦게 이루어진다는 비유로 쓰이고 있으나 ①大方과 無隅, 大音과 希聲, 大象과 無形의 뜻이 각각 상반되고, ②晩은 免의 차자(俗字)로 보아 免成=無成이 되어, 여기에서 大器는 無成이 된다고 해석해야 될 것이다.) → **大器晩成.**

〔 **老子·第四十一章** 〕 明道若昧 進道若退 夷道若纇 上德若谷, 大白若辱, 廣德若不足, 建德若偸, 質德若渝, ○○○○, ○○○○, ○○○○, ○○○○, 道隱無名. 〔 **呂氏春秋·樂成** 〕 大智不形, 大器晩成, 大音希聲. 〔 **論衡·狀留** 〕 大器晩成 寶貨難售. 〔 **三國志·魏志·崔琰傳** 〕 琰從弟林, 少無名望, 雖姻族猶多輕之, 而琰常曰, 此所謂大器晩成者也, 終必遠至. 後林至昇輔. 〔 **後漢書·馬援傳** 〕 辭況欲就 邊郡田牧, 況曰, 汝大才晩成, 良工不示人以樸, 且從所好.

道高益安, 勢高益危.

사람은 도덕의 수양이 높을수록 (그 생명이) 더욱 안전해지고, 권세가 높을수록 (그 생명이) 더욱 위험해진다. (勢 : 권세와 지위.)

〔 **史記·日者列傳** 〕 居三日, 宋忠見賈誼於殿門外, 乃相引屛語相謂自歎曰, ○○○○, ○○○○. 居赫赫之勢, 失身且有日矣.

道高一尺, 魔高一丈.

도가 한 자 높아지면 마도 한 장 높아진다. (佛) 수행하는 사람이 외부의 유혹을 경계할 것을 경고하는 것. (喩) 좋지 않은 것이 좋은 것을 압도할 정도로 크다. / 어느 정도 성과를 거두니 더욱 큰 곤란이 닥치다. / 정의로운 세력이 비록 강화되었지만 사악한 세력이 더욱 그것을 능가하다. / 한 물건이 다른 한 물건에 비하여 더 강하다. ↔ **魔高一尺, 道高一丈.**

〔 **西遊記** 〕 ○○○○, ○○○○, 性亂情昏錯認家. 〔 **初刻拍案驚奇** 〕 ○○○○, ○○○○. 冤業隨身, 終須還賬. 〔 **清 黃周星·人天樂** 〕 (外) 常言道, 道高十尺魔千丈, (末)識破何曾值一錢. 〔 **清 壯者·掃帚迷** 〕 昔人云, 道高一尺, 魔高十丈. 吾請易之曰, 官高一級, 愚高十級.

道理貫心肝, 忠義塡(전)骨髓.

사람이 지켜야 할 올바른 도리가 심장과 간장을 꿰뚫고, 충성과 절의가 뼛속을 가득 채운다. (塡 : 메우다. 채우다. 가득 차다.)

〔 **蘇軾·與李公擇書** 〕 吾儕雖老且窮, 而○○○○○, ○○○○○, 直須談笑於死生之際.

道不同, 不相爲謀.

도가 같지 않으면 서로 일을 도모하지 못한다. 사람들 각자의 이상(理想)이나 주장이 서로 같지 않으면 목적이 같은 문제를 함께 논의하거나 일을 도모하기가 어렵다는 뜻.(道 : 각자가 견지하고 있는 도술과 덕업. / 각자의 의지와 품행. 謀 : 상의하다, 협의하다. / 계획하다, 도모하다 꾀하다.)

〔 **論語·衛靈公** 〕 子曰, ○○○, ○○○○. 〔 **史記·老子韓非列傳** 〕 世之學老子者, 則絀儒學, 儒學亦絀老子. ○○○, ○○○○, 豈謂是耶.

道不遠人, 人之爲道而遠人, 不可以爲道.

(중용의) 도는 사람으로부터 멀리 떨어질 수 없는 것이니, 만약 어떤 사람이 (중용의) 도를 행하면서 사람을 멀리한다면 그것은 곧 도를 행한다고 말할 수 없다. 도는 사람의 성에 따르는 것(率性之爲道)이기 때문에 사람들의 주변으로부터 멀리 떨어져 있을 수 없는 것이며, 다만, 사람들의 모든 행동 속에 숨겨져 있어 이를 발견하지 못할 뿐이라는 뜻. (遠 : 멀리하다. 거리를 두다. 가까이하지 아니하다. / 멀리 떨어지다.)

〔中庸·第十三章〕子曰, ○○○○, ○○○○○○○○, ○○○○○.

道也者, 不可須臾離也, 可離非道.

도(道)란 것은 잠시도 사람으로부터 떨어질 수 없는 것이니, 떨어질 수 있다면 그것은 도가 아니다. 사람이 천부(天賦)의 성(性)에 따라 생활하는 가운데 자연히 형성된, 마땅히 행하여야 할 사리 곧 각종 규범이 도이며, 따라서 이 도는 모두 성의 작용으로 마음에 갖추어져 있어 이것이 없는 사람이 있을 수 없고, 그러하지 않은 때가 없으므로 잠시도 사람으로부터 떨어질 수 없다는 것. (須臾 : 잠시. 잠간.)

〔**中庸·第一章**〕天命之謂性, 率性之謂道, 脩道之爲敎. ○○○, ○○○○○○, ○○○○. 〔**中庸·第十三章**〕子曰, 道不遠人, 人之爲道而遠人, 不可以爲道.

道在爾, 而求諸遠. 事在易, 而求諸難.
저 저

천하를 다스리는 도리는 본래 가까운 곳에 있는 것인데, 굳이 먼 곳에서 이를 찾으며, 천하를 다스리는 일은 본래 매우 쉬운 것인데, 굳이 어려운 곳에서 찾는다. 자기의 부모와 남의 어른은 매우 가까이 있고, 그들을 친애하고 존경하는 것은 매우 쉬운 일인 데도 이것을 버리고 멀고 어려운 일을 구하려 함을 이르는 말. (爾 : 가깝다. = 邇.)

〔**孟子·離婁上**〕孟子曰, ○○○, ○○○○. ○○○, ○○○○. 人人親其親·長其長, 而天下平. ※〔**中庸·第十三章**〕子曰, 道不遠人, 人之爲道而遠人, 不可以爲道. 〔**鶴林玉露·悟通詩**〕盡日尋春不見春, 芒鞵踏遍隴頭雲, 歸來笑撚梅花嗅, 春在枝頭已十分.

道之大元, 出於天, 天不變, 道亦不變.

도의 큰 근원은 하늘에서 나오니, 하늘이 변하지 않으면 이 도(道)도 또한 변하지 않는다. (元 : 근본. 근원. / 시초.)

〔**前漢 董仲舒·對策**〕○○○○, ○○○, ○○○, ○○○○.

蹈破鐵鞋, 無覓處.
도 혜 멱

걸어서 쇠로 만든 신을 망가뜨렸으나 (도가) 있는 곳을 찾지 못하다. 튼튼한 신이 떨어지도록 각처를 돌아다녔으나 결국은 어디에서도 도를 찾지 못했다는 말. (蹈 : 가다. 걷다. 鞋 : 신 짚신. 覓: 찾다. 구하여 찾다.)

〔**蓬萊鼓吹·附錄**〕夏元鼎詩云, ○○○○, ○○○, 得來全不費工夫.

得道者多助, 失道者寡助. 寡助之至, 親戚畔之, 多助之至, 天下順之.

정도(正道)를 얻은 자에게는 반드시 도와주는 사람이 많고, 정도를 잃은 자에게는 반드시 도와주는 사람이 적다. 도와주는 사람이 적은 것이 극점에 이르면 친척들도 모두 그를 배반해버리고, 도와주는 사람이 많은 것이 극점에 이르면 온 세상 사람들이 다 그에게 귀순한다. 통치자가 천하를 얻는 것은 모두 민심을 얻는 것뿐임을 이른다. (至 : 지극하다. 극에 이르다. 畔 : 배반하다. 어기다. 順 : 순종하다. 복종하다. 귀순하다.)

〔 **孟子·公孫丑下** 〕 ○○○○○, ○○○○○. ○○○○, ○○○○, ○○○○, ○○○○.

得而失之, 定而復傾.

(복)

(모든 사물은) 얻으면 잃게 마련이고, (누구의 것으로) 정해지면 다시 기울게 마련이다. 도가 아닌 것은 이루어지는 것이 공허하게 됨을 이르는 말. (定 : 정하다. 결정하다.)

〔 **說苑·談叢** 〕 道微而明, 淡而有功, 非道而得, 非時而生, 是謂妄成, ○○○○, ○○○○.

滿招損, 謙受益, 時乃天道.

자만(自滿)은 손실을 불러오게 하고, 겸손은 이익을 받게 하는 것이 천지자연의 도리이다. 지나치게 자만하는 자는 반드시 실패를 가져오게 하고, 겸양하는 사람은 반드시 이익을 얻게 되는 것이 천지자연의 법칙이라는 뜻. (滿 : 자만. 교만. 거만. 時 : 이. 이것. 此, 是와 같은 뜻 = **虛受益, 滿招損.** → **滿損謙益.**)

〔 **書經·虞書·大禹謨** 〕 三旬苗民逆命, 益贊于禹曰, 惟德動天, 無遠弗屆, ○○○, ○○○, ○○○○.
〔 **宋 歐陽脩·五代史·伶官傳·序** 〕 滿招損, 謙受益. 憂勞可以興國, 逸豫可以亡身, 自然之理也.

目短於自見, 故以鏡觀面. 智短於自知, 故以道正己.

눈은 자신(自身)을 보기에 부족하므로 거울을 써서 자신의 얼굴을 비추어 보며, 지력(智力)은 자신을 이해하기에 부족하므로 도술(道術)로써 자기의 행위를 바로잡아간다. (短 : 부족하다. 모자라다. 결핍되다. 좋지 않다. 自 : 자기 자신. 본인. 智 : 지혜. 슬기. 지력. *사리를 깨달아 아는 능력.)

〔 **韓非子·觀行** 〕 古之人, ○○○○○, ○○○○○, ○○○○○, ○○○○○. 鏡無見疵之罪, 道無明過之惡.

無, 名天地之始. 有, 名萬物之母.

무(無)는 천지 형성의 본시(本始)를 지칭하는 것이고, 유(有)는 만물 창생의 근원을 지칭하는 것이다. 무와 유는 모두 우주의 본원 즉 천지 만물을 창생하는 원리 또는 원동력인 도(道)를 가리키는 것으로, 도 중에서 볼 수 없고, 들을 수 없고, 잡을 수 없고, 또한 구체적 사물이 아닌 것이 무(無)이고, 형상이 있고, 물질이 있고, 정기가 있고, 또 천지만물을 생산할 수 있는 것이 유(有)이며, 따라서 무는 도의 본체이고, 유는 도의 작용임을 가리킨다. 노자(老子)는 천하 만물은 유에서 생겨나고, 이 유는 무에서 생겨난다고 보기 때문에 본문과 같이 해석되는 것이다. (名 : 이름하다. 지칭하다. 표현하다. 형용하다 ※ 동사로 사용되었다. 毋 : 근원. 근본.)

〔 **老子·第一章** 〕 道可道, 非常道. 名可名, 非常名. ○, ○○○○○. ○, ○○○○○. ……. 此兩者, 同出而異名, 同謂之玄. 〔 **老子·第十四章** 〕 視之不見名曰夷, 聽之不聞名曰希, 搏之不得名曰微. 〔 **老子·第二十一章** 〕 ……, 其中有象, ……, 其中有物, ……, 其中有精, ……. 〔 **老子·第四十章** 〕 天下萬物生於有, 有生於無.

不塞不流, 不止不行.
색

(甲을) 막지 아니하면 (乙이) 전파되지 못하고, (甲을) 정지시키지 아니하면 (乙이) 행하여지지 못한다. 불교·도교의 이단을 배척, 저지하지 아니하면 공맹의 도(孔孟之道 : 儒教)가 널리 보급, 전파될 수 없다는 뜻. 옛 것·진부한 것을 타파하지 아니하면 새로운 것(도리·지식·예술 따위)이 구축될 수 없음을 비유. 사물의 상대성과 상반성의 도리를 나타낸 글귀이다. (塞 : 막다. 막히다. 流 : 전하다. 퍼뜨리다. / 퍼지다. 전파되다. 止 : 저지하다. 멈추게 하다. 정지시키다. 억제하다. 금지하다. 行 : 행하다. 실행하다. / 행하여지다. 쓰여지다.)

〔 **韓愈·原道** 〕 由周公而上, 上而爲君, 故其事行. 由周公而下, 下而爲臣, 故其說長. 然則如之何而可也. 曰, ○○○○, ○○○○.

上天之載, 無聲無臭.

하늘이 하는 일은 소리도 없고 냄새도 없다. 하늘이 사계절을 운행하여 만물을 생성시킬 때는 소리도 없고, 냄새도 없어 사람에게 감지되고 인식되기 어려움을 뜻한다. (上天之載 : 하늘이 하는 일. 곧 사시를 운행하여 온갖 물건을 생성하는 것을 이른다. 載는 일. 無聲無臭 : 천도는 사람에게 감지 인식되기 어려움을 가리킨다. / 은거하여 흔적도 없이 사라져 버리고, 드러내지 아니하는 것. / 명성이 없는 보람 없는 존재를 의미. → **無聲無臭**.)

〔 **詩經·大雅·文王** 〕 ○○○○, ○○○○, 儀刑文王, 萬邦作孚. 〔 **中庸·第三十三章** 〕 詩曰, 德輶如毛, 毛猶有倫. ○○○○, ○○○○至矣.

性不可易, 命不可變, 時不可止, 道不可壅.
역

사람이 태어날 때부터 타고난 천성은 바꿀 수 없으며, 초인간적 위력에 의하여 조성 지배되는 운명은 변경될 수 없으며, 과거·현재·미래에 걸쳐 무한하게 연속적으로 유전하여 사물을 변화시켜 가는 세월의 흐름은 멈추게 할 수 없으며, 이것들의 근원인 대도(大道)의 작용은 결코 막을 수 없다. (壅 : 막다. 통하지 못하게 하다.)

〔 **莊子·天運** 〕 ○○○○, ○○○○, ○○○○, ○○○○. 苟得於道, 無自而不可. 失焉者, 無自而可.

順行正道, 勿隨邪業, 行往臥安, 世世無患.

올바른 길을 따라 가고 사악한 일에 따르지 않는다면, 길을 가도 집에 누워 있어도 편안하고, 대대로 근심이 없다. 정당한 도리를 순조롭게 실행하고 사악한 일을 수행하지 않는다면 어디서 무엇을 해도 마음이 편안하고 대대로 걱정할 것이 없다는 뜻.(世世 : 대대로. 여러 대에 걸쳐.)

〔 **法句經·世俗品** 〕 ○○○○, ○○○○, ○○○○, ○○○○.

身不行道, 不行於妻子. 使人不以道, 不能行於妻子.

자기 자신이 정도를 행하지 않으면 처자에게 정도를 행하게 할 수 없으며, 정도에 맞게 남을 부리지 않으면 명령이 처자에게도 실행될 수 없다. 남을 통솔하기 위해서는 자신이 남의 선두가 되어 몸소 실행하는 것이 중요함을 이르는 것.

〔 **孟子·盡心下** 〕 孟子曰, ○○○○, ○○○○○. ○○○○○, ○○○○○○.

仰之彌高, 鑽之彌堅, 瞻之在前, 忽焉在後.
미 찬

(夫子의 도는 높고 깊어서) 우러러보면 볼수록 더욱 높아지고, 뚫으면 뚫을수록 더욱 단단해지며, 금방 면전에 나타난 것 같이 보았는데 홀연 후면에 가 있다. 顔淵이 스승인 孔子의 도가 너무 넓고 크고 정밀하고 깊은 것을 찬탄하여 이른 말. (彌 : 더욱 더. 한층 더. 鑽 : 뚫다. 뚫고 들어가다. 瞻 : 보다. 쳐다보다, 우러러보다.)

〔 **論語·子罕** 〕 顔淵喟然歎曰, ○○○○, ○○○○, ○○○○, ○○○○. 夫子循循然善誘人, 博我以文, 約我以禮.

惡紫之奪朱也, 惡鄭聲之亂雅樂也, 惡利口之覆邦家者.
오 오 오

간색(間色)인 자주색이 정색(正色)인 붉은 색을 뺏는 것을 미워하고, 음탕한 정(鄭)나라의 음악이 정통의 바른 음악인 아악(雅樂)을 어지럽히는 것을 미워하며, 말재간을 부려 나라를 뒤엎는 것을 미워한다. 세상에는 올바르면서 이기는 경우가 적은 반면 부정하면서 이기는 경우가 많아 孔子가 이와 같이 정도가 아닌 것들을 미워하고 배척한 것. (紫: 자주색으로, 간색이다. 朱 : 붉은 색으로, 정색. 고인들은 紅 黃 靑 黑 白을 정색으로 삼았고, 나머지 색을 간색 또는 잡색으로 여겼다. 鄭聲 : 鄭나라 음악으로, 음탕하고 사치스러운 음악으로 여겼다. 雅樂 : 정통의 음악. 正樂. 利口: 말주변이 있다, 입재간이 좋다, 달변이다. 覆: 뒤집어 엎다. 전복시키다. / 기울어져 패망하다. 邦家 : 나라. 국가.)

〔**論語·陽貨**〕子曰, ○○○○○○, ○○○○○○○○○, ○○○○○○○○○.

妖由人興也, 人無釁焉, 妖不自作. 人棄常, 則妖興.

요 흔

요망한 일은 사람에 말미암아 일어나는 것으로, 사람에게 죄과가 없으면 요망한 일은 저절로 일어나지는 않는다. 사람이 사람으로서 지켜야 할 도리를 버리면 곧 요망한 일이 일어나는 것이다. (妖 : 요망한 일, 괴이한 일. / 사람을 해치는 것을 만족하게 여기는 이상한 물체. 釁 : 죄. 죄과. / 허물. 과실. 결점. 作 : 일어나다. 常 : 사람으로서 행해야 할 불변의 도. 지켜야 할 법도.)

〔**春秋左氏傳·莊公十四年**〕(申繻)對曰, 人之所忌, 其氣炎以取之. ○○○○○, ○○○○, ○○○○. ○○○, ○○○.

有道以御之, 身雖無能也, 必使能者爲己用也, 無道而御之. 彼雖多能, 猶將無益於存亡矣.

도로써 사람을 부리면 자신은 비록 능력이 없더라도 능력 있는 자로 하여금 자기를 위해 일하도록 할 수 있으나, 도로써 부리지 못하면 그가 비록 능력이 많더라도 역시 이것이 나라의 존망에 아무런 도움이 되지 못한다. (御 : 부리다. /거느리다. 用 : 일하다. 猶 : 역시. 將 : 이것.)

〔**韓詩外傳 卷二**〕故○○○○○, ○○○○○, ○○○○○○○○○, ○○○○○. ○○○○, ○○○○○○○○. 〔**淮南子·詮言訓**〕故得道以御者, 身雖無能, 必使能者爲己用. 不得其道, 伎藝雖多, 未有益也.

流水之爲物也, 不盈科不行. 君子之志於道也, 不成章不達.

흐르는 물의 물질로서의 성질은 웅덩이를 채우지 않으면 흘러 나아가지 않는 것이다. 군자가 도를 구하는 데 뜻을 세우고서 그 문채가 외부에 드러날 정도로 축적시키지 못하면 결코 성인의 대도(大道)를 통달할 수 없다. 물이 낮은 곳에 있는 웅덩이를 하나하나 다 채우고 난 뒤에 마침내 대해에 도달할 수 있듯이, 성인의 도는 크고 근본이 있어서 이것을 배우려고 하는 자는 반드시 점진적으로 쌓아 두터이 하여서 그 문채가 외부에 드러나게 된 다음에야 이에 도달할 수 있음을 이른 것이다. (爲物 : 물질의 됨됨이, 곧 물질의 성질을 이른다. *爲人은 사람의 됨됨이, 곧 사람의 품성, 타고난 성질을 말한다. 盈 : 가득 차다. 가득 차 넘치다. 科 : 웅덩이. 구멍. 成章 : 훌륭한 일이나 화려한 문채를 이룩하다. 곧 비단을 짤 때 무늬를 하나하나 만들어 오랜 시간에 걸쳐서 아름다운 무늬를 완성해 나가듯이, 쌓이는 것이 두터워져서 훌륭한 일이나 화려한 문채가 외부에 드러날 정도가 되는 것을 이른다. 〈集注〉成章, 所積者厚而文章外見也. 章은 의복에 수 놓은 무늬. 문채. / 成事成文을 이른다.)

〔**孟子·盡心上**〕○○○○○○, ○○○○○. ○○○○○○○○, ○○○○○.

以道制欲, 則樂以不亂. 以欲忘道, 則惑而不樂.

인의(仁義)의 도로써 사람의 욕구를 억제하면 곧 즐거우면서 혼란에 이르지 않으나, 방종한 사람의 욕망 때문에 인의의 도를 망각하면 곧 미혹에 빠지고 진정으로 즐거울 수가 없다.

〔**禮記·樂記**〕君子樂得其道, 小人樂得其欲. ○○○○, ○○○○○. ○○○○, ○○○○○.

易與天地準, 故能彌綸天地之道. 仰以觀於天文, 俯以察於地理, 是故知幽明之故. 原始反終, 故知死生之說.

주역(周易)의 원리와 천지의 원리는 같으며, 이로 인하여 (주역은) 천지간의 일체의 도리를 두루 포괄한다. (주역의 원리를 써서) 하늘의 일월성신(日月星辰)의 천체 현상을 고개 들어 관찰하고, 땅위의 산천 원야(山川原野)의 이치를 몸을 구부려 고찰해 보면 곧 주야의 유암(幽暗)과 광명(光明)의 원인을 알 수 있게 되며, 만물의 발단을 규명하고 아울러 그 종말을 유추하여 탐구해 보면 곧 만물의 사멸과 생성의 도리를 이해할 수 있게 된다. 이것은 주역의 원리가 광대하고 그 원리의 장점을 통달하게 됨을 말한 것. (準 : 같다. 고르다. 동일시 하다. 故 : 그러므로. 까닭에. 이로 인하여. 그래서. 곧. / 원인. 연고. 彌 : 두루. 널리. / 일괄하여. 통틀어. 綸 : 통괄하다. 포괄하다. 감아 싸다. 幽明 : 어두움과 밝음. 原 : 찾다. 추구하다. 연구하다. 탐구하다. 反 : 유추하여 추구하다. = 反求. 說 : 도. 도리.) → **仰觀俯察**.

〔**周易·繫辭上**〕○○○○○, ○○○○○○○○. ○○○○○○, ○○○○○○, ○○○○○○○. ○○○○, ○○○○○○.

人莫不飮食也, 鮮能地味也.

사람은 다 음식을 먹고 마시지 않는 자가 없으나, 진정으로 그 맛을 아는 이는 드물다. 사람은 도(道)로부터 떠날 수가 없는 것인데도 스스로 잘 살피지 아니하기 때문에 지나치거나 미치지 못하는 폐단이 생기게 되는 것임을 지적한 것.

〔**中庸·第四章**〕○○○○○○, ○○○○○. < 註 > 道不可離, 人自不察, 是以有過不及之弊.

人之在道, 若魚之在水, 得水而生, 失水而死.

사람이 도를 마음에 품고 있는 것은 고기가 항상 물에 있어서 그것이 물을 얻으면 살고, 물을 잃으면 죽는 것과 같다. 사람과 도와의 관계는 물고기와 물의 관계와 꼭 같아서 사람이 도의를 떠나서는 살아갈 수 없으므로, 항상 이를 두려워하고 떠나지 않도록 해야 함을 시사한 것. (在 : 일정한 곳을 차지하고 있다. 일정한 위치에 자리하고 있다. 두다. 마음에 품다.)

〔**三略·下略**〕失○○○○, ○○○○○, ○○○○, ○○○○. 故君子常懼, 而不敢失道.

一月普現一切水, 一切水月一月攝.
체 체

하나의 달은 모든 물에 다 나타나고, 모든 물에 비친 달그림자에 하나의 달이 흡수된다. (喻) 도는 모든 사물에 두루 통한다. (普現 : 널리 나타나다, 빠짐없이 출현하다. 水月 : 물이 비치는 달 그림자. 攝 : 흡수하다, 빨아들이다, 끌어당기다.)

〔 **證道歌** 〕 一性圓通一切性, 一法徧含一切法. ○○○○○○○, ○○○○○○○.

朝聞道, 夕死可矣.

아침에 도를 알아들으면 저녁에 죽어도 괜찮다. 곧, 아침에 사람들이 사물의 당연한 도리를 들으면 저녁에 죽어도 만족함을 느낀다는 것. 진리를 열열히 사랑하고 갈망함을 형용. 사람들의 입지(立志) 향학(向學)을 면려하고 스스로 새로워지도록 하는데 많이 쓰인다. → **朝聞夕死. 朝聞夕沒.**

〔 **論語·里仁** 〕 子曰, ○○○, ○○○○. 〔 **班固·漢書·夏候勝傳** 〕 勝, 覇旣久係, 覇欲從勝受經, 勝辭以罪死. 覇曰, ○○○, ○○○○. 勝賢其言, 遂授之. 〔 **淸 吳任臣·十國春秋·跋** 〕 重文藝, 輕生死, 書淫結習, 固衆人所爲憫笑者. 朝聞夕死, 後之同好者幸鑑予衷焉.

直道而事人, 焉往而不三黜. 枉道而事人, 何必去父母之邦.
출 왕

정직한 병법으로써만 웃 사람을 섬긴다면 어디에 간들 여러 번 쫓겨나지 않을 수 있겠는가? 정도를 왜곡하여 웃 사람을 섬긴다면 왜 조국을 떠나야 할 것인가? 임금에게 직언하여 올바르게 받드는 신하는 여러 번 쫓겨나지 않을 수 없고, 반대로 정도를 왜곡하고 아첨하여 임금을 불의로 받드는 신하는 쫓겨나지 않는다는 뜻. (道 : 방법. 술책. 焉 : 어찌 / 어디에. 黜 : 쫓아내다. 쫓겨나다. 枉道 : 정도를 굽히고 남에게 아첨하다. 도리를 왜곡하다.)

〔 **論語·微子** 〕 柳下惠爲士師, 三黜. 人曰, 子未可以去乎. 曰, ○○○○○, ○○○○○○. ○○○○○, ○○○○○○○.

天道無親, 常與善人.

하늘의 도는 특히 친한 사람이 없고, 언제나 선한 사람과 함께 한다. 하늘의 도는 공평하여 사사로운 정에 기울어짐이 없이 오직 덕행을 하는 선한 사람에게만 도움을 준다는 뜻.(與 : 함께하다.)

〔 **書經·商書·太甲下** 〕 惟天無親, 克敬惟親, 民罔常懷, 懷于有人. 〔 **書經·周書·蔡仲之命** 〕 皇天無親, 惟德是輔, 民心無常, 惟惠之懷. 〔 **春秋左氏傳·僖公五年** 〕 周書曰, 皇天無親, 惟德是輔. 〔 **國語·晉語** 〕 吾聞之, 天道無親, 唯德是授. 吾庸知天之不授晉且以勸楚乎, 君與二三臣其戒之. 〔 **老子·第七十九章** 〕 有德可契, 有德司徹, ○○○○, ○○○○. 〔 **賈誼·新書·春秋** 〕 令尹避席, 再拜而賀曰, 臣聞皇天無親,惟德是輔. 王有仁德, 天之所奉也. 病不爲傷. 〔**新序·雜事四**〕令尹避席再拜而賀曰, 臣聞, 天道無親, 唯德是輔. 君有仁德, 天之所奉也, 病不爲傷. 〔**論衡·福虛**〕令尹避席再拜而賀曰, 臣聞天道無親, 唯德是輔. 王有仁德, 天之所奉也, 病不爲傷. 〔**三國志·高堂隆傳**〕夫皇天無親, 惟德是輔. 民詠德政, 則延期過厲. 〔**元 關漢卿·裴席還帶**〕皇天無私, 有德是輔. 〔**明 李夢陽·空同集**〕古人有言曰, 天道無親, 有善是善, 不于厥身, 于其子孫.

天道福善禍淫.

천지 자연의 도리는 선한 것(사람·행동)에는 복을 내리고, 사악한 것에는 재화를 내리는 것이다. (天道 : 천지 자연의 도리 또는 법칙. 福 : 복을 내리다. 禍 : 재화를 내리다. 淫 : 사악.) → **福善禍淫.**

〔**書經·商書·湯誥**〕○○○○○○, 降災于夏, 以彰厥罪. 〔**唐 劉知幾·史通·雜說上**〕班固稱項羽賊義帝, 自取滅亡. 如固斯言, 則深信夫天怨神怒, 福善禍淫者矣.

天道不諂, 不貳其命.

(諂: 첨)

천지자연의 법칙은 누구에게나 결코 아첨하지 아니하며, 그 천명을 바꾸지 아니한다. (諂 : 아첨하다. 알랑거리다. 교태부리다. / 사특하다. 부정한 짓을 하다. 貳 : 변하다. 바뀌다. 변화하다.)

〔**春秋左氏傳·昭公二十六年**〕齊有彗星, 齊侯使禳之. 晏子曰, 無益也. 祇取誣焉. ○○○○, ○○○○, 若之何禳之. 〔**春秋左氏傳·哀公十七年**〕子高曰, 天命不諂.

天道三十年一變.

하늘의 도는 30년에 한 번 변한다. 세상사·풍속·교화·국운·정권 등은 30년마다 하늘의 뜻에 따라서 한 번 바뀐다는 뜻.

〔**周禮考工記**〕三十年爲一世, 則其所因必有革. 革之要, 不失中而已. < 註 >世必有革, 革不必世也. 〔**三國演義**〕○○○○○○○, 豈得常爲鼎峙乎. 吾欲伐吳.

天道盈而不溢, 盛而不驕, 勞而不矜其功.

(溢: 일, 驕: 교, 矜: 긍)

하늘의 도는 가득 차도 넘치지 아니하고, 기가 왕성해도 교만하지 아니하며, 힘써 일하고서도 그 공을 자랑하지 않는다.

〔**國語·越語下**〕(范蠡)對曰, ……. ○○○○○○, ○○○○, ○○○○○○.

天道遠, 人道邇.

하늘의 도는 멀고, 사람의 도는 가깝다. 사람의 일은 자연의 도리에 비하여 빠르고 뚜렷하며, 행선작악(行善作惡)에 대한 응보를 매우 빨리 느끼고 볼 수 있음을 가리키는 말.

〔**明 鄭瑶·便民圖纂**〕(引 省心法言) ○○○, ○○○. 順人情, 合天理. 〔**清 錢惟喬·鸚鵡謀**〕天道遠, 人事邇, 所分不過善惡兩端, 隨人自取.

天道有常, 不爲堯存, 不爲桀亡.

걸

하늘의 도에는 사람으로서 행해야 할 불변의 법도가 있는 것이니, 이것은 성군인 堯임금 때문에 존재하게 된 것이 아니며, 포악무도한 桀왕 때문에 없어지는 것도 아니다. (常 : 사람으로도 행해야 할 불변의 도.)

〔**荀子·天論**〕天行無常, 不爲堯存, 不爲桀亡. 〔**說苑·談叢**〕○○○○, ○○○○, ○○○○.

天道之數, 至則反, 盛則衰. 人心之變, 有餘則驕, 驕則緩怠.

속

자연의 법칙의 급격한 변화란 만물은 극에 달하면 반드시 처음으로 돌아가고, 왕성함이 지나치면 쇠망하는 것이다. 인심의 급격한 변화란 부유해져 여유가 생기면 교만해지고, 교만하면 곧 마음이 풀려 게을러진다는 것이다. 패업을 위기에 빠지게 하는 원인이 될 수 있는 자연의 법칙과 인심의 급격한 변화 내용을 설명한 것. (天道之數, 人心之變 : 자연법칙의 급속한 변화, 인심의 급속한 변화를 의미한다. *天道之數의 '數'과 人心之變의 '變'이 互文이 되어 곧 天道之變數, 人心之變數으로 의미를 보완, 해석한 것. *瓦文이란 두 개의 문장이나 글귀에 있어서 한 쪽으로 말하는 것과 다른 쪽으로 말하는 것이 서로 상통하여 뜻을 상호 보완하여 전체의 문의를 완전하게 통하도록 하는 작문법. 數은 신속함. 급속함. 速과 통용한다.)

〔**管子·重令**〕與危亡爲鄰矣. 天道之數, 人心之變. ○○○○, ○○○, ○○○. ○○○○, ○○○○, ○○○○.

天道虧盈而益謙, 地道變盈而流謙, 人道惡盈而好謙.

휴 오

하늘의 법칙은 가득 찬 것을 줄여서 겸허한 것에 더하여 주는 것이고, 땅의 법칙은 가득 찬 것을 변경하여 겸허한 것에로 유전(流轉)시키는 것이며, 인류의 법칙은 가득 찬 것을 미워하고 겸허한 것을 좋아하는 것이다. 천지자연과 사람의 법칙은 다 넘치도록 풍부한 사람을 싫어하여 풍부한 것을 덜어서 겸허한 사람에게 더하여 줌을 이르는 말. (虧 : 훼손하다. 파손하다. 부수다. / 줄이다, 감소시키다. 盈 : 풍만함. 충만함. 가득 차서 넘침. 益 : 더하다. 늘이다. 증가하다. 流 : 전하다. 유전하다. 널리 퍼뜨리다. 전파하다.)

〔**周易·地山謙**〕彖曰, …. ○○○○○○○, ○○○○○○○, 鬼神害盈而福謙, ○○○○○○○. 〔**韓詩外傳·卷三**〕夫○○○○○○○, ○○○○○○○, 鬼神害盈而福謙, ○○○○○○○. 〔**說苑·敬慎**〕夫天道毁滿而益謙, 地道變滿而流謙. 鬼神害滿而福謙, 人道惡滿而好謙. 〔**明 徐禎稷·恥言**〕人有言, 天道妬名而疾盈. 非妬名也, 妬夫好名者, 非疾盈也, 疾夫怙盈者. 〔**清 金埴·不下帶編**〕大抵, 天道惡盈, 銀屏金屋, 何如裙布釵荊.

天命之謂性, 率性之謂道, 修道之謂教.

하늘이 준 것을 성(性)이라고 하고, 그 성에 따르는 것을 도(道)라고 하며, 그 도를 닦는 것을 교(敎)라고 한다. 하늘이 부여한 사람의 본성을 성이라고 하고, 그 본성에 따라서 살아가는 과정에서 형성된 마땅히 행하여야 할 각종 표준을 도라고 이르며, 이와 같은 각종 표준의 대책을 익히고 밝히는 것을 교라고 한다는 것으로, 이것은 중용(中庸) 전체를 꿰뚫고 있는 사상이다. (天命 : 하늘이 준 것. 하늘의 뜻. 본성. 率性 : 타고난 본성에 따르는 것.)

〔**中庸·第一章**〕 ○○○○○, ○○○○○, ○○○○○. 道也者, 不可須臾離也, 可離, 非道也.

天設其高, 而日月成明, 地設其厚, 而山陵成名, 上設其道, 而百事得序.

하늘이 지극히 높게 하여 두었기 때문에 해와 달이 밝게 빛날 수 있고, 땅이 지극히 두텁게 하여 두었기 때문에 산과 언덕이 이름을 지을 수 있으며, 웃 사람이 올바른 도를 만들어 놓았기 때문에 모든 일이 차례를 얻게 되었다. 하늘이 높기 때문에 밝을 수 있고, 땅이 두텁기 때문에 그 이름을 얻게 되었으며, 웃 사람이 올바른 도를 만들어 놓았기 때문에 질서가 생겼다는 말. (設 : 만들다. 두다. 설치하다. 배치하다. 세우다. 마련하다. 其 : 유달리. 지극히.)

〔**韓詩外傳·卷五**〕 ○○○○, ○○○○○, ○○○○, ○○○○○, ○○○○, ○○○○○.

天地鬼神之道, 皆惡(오)滿盈, 謙虛沖損, 可以免害.

천지창조의 신의 도리는 다 충만한 것을 혐오하는 것이니, (이런 사람은) 겸허하고 공손하게 제 몸을 낮추어야 비로소 위해를 모면할 수 있다. (天地 : 세상. 천지. 자연. 鬼神 : 천지 창조의 신. 조화 현묘의 이치. 滿盈 : 충만함. 가득 차서 넘치다. 沖損 : 겸손하게 제 몸을 낮추다. 마음에 아무 생각 없이 겸손하다.)

〔**周易·地山謙**〕 彖傳曰, ……. 天道虧盈而益謙, 地道變盈而流謙, 鬼神害盈而福謙, 人道惡盈而好謙. 〔**韓詩外傳·卷三**〕 天道虧盈而益謙, 地道變盈而流謙, 鬼神害盈而福謙, 人道惡盈而好謙. 〔**說苑·敬慎**〕 夫天道毁滿而益謙, 地道變滿而流謙, 鬼神害滿而福謙, 人道惡滿而好謙. 〔**顔氏家訓·止足**〕 ○○○○○○, ○○○○, ○○○○, ○○○○. 人生衣趣以覆寒露, 食趣以塞飢乏耳.

天之道, 損有餘而補不足. 人之道, 則不然, 損不足以奉有餘.

하늘의 도는 여유 있는 것을 덜어내어서 모자라는 것에 보태어 주는 것이다. 그러나 사람의 불변의 도는 그렇지가 않고 오히려 모자라는 것을 덜어내어 여유 있는 것에 공급해 주는 것이다. 하늘의 도 곧 천지자연의 도(天道)는 무위(無爲)이고, 무사(無私)이고, 공평(公平)이니, 이와 같이 천지 만물을 공평하게 운행하는 반면, 사람의 도는 이와는 달라서 욕심 있는 사람이 이익을 추구하기 때문에 가난한 자는 더욱 가난하게 되는 불공평한 일이 생긴다는 주장. (損 : 덜다. 有餘 : 여유가 있다. 補 : 더하다. 보태다. 人之道 : 사람의 일정불변의 사리와 규율. 奉 : 바치다. 공급하다. 급여하다.)

〔 **老子·第七十七章** 〕 ○○○, ○○○○○○○. ○○○, ○○○, ○○○○○○○. 孰能有餘以奉天下. 唯有道者.

天之所助, 則雖小必大. 天之所違, 則雖成必敗.

하늘이 도와주는 것은 비록 약소(弱小)한 것이라도 반드시 강대(强大)한 것으로 변할 수 있고, 하늘이 싫어하는 것은 비록 성공한 것이라도 반드시 실패로 전화될 수 있다. (違 : 피하다. 멀리하다. 회피하다. / 원망하다. 원한을 품다. 증오하다. 싫어하다.)

〔 **管子·形勢** 〕 其功順天者天助之, 其功逆天者天違之. ○○○○, ○○○○○. ○○○○, ○○○○○.

天地之道, 博也, 厚也, 高也, 明也, 悠也, 久也.

천지의 도리는 넓고(廣博), 두텁고(深厚), 높고(高大), 밝고(光明), 아주 멀고(悠遠), 오래간다(永遠). 하늘은 투명한 대기들이 많이 모여 이루어진 것이지만 그것은 영원무궁한 것이어서 해와 달과 별을 매달고 있고, 만물을 뒤덮고 있으며, 땅은 한 줌의 흙이 많이 모여 이루어진 것이지만 그것은 넓고 두터운 것이어서 산과 만물을 끄떡없이 싣고 있고, 강물과 바닷물을 언제나 받아들이고 있어 하늘과 땅의 특성을 이와 같이 넓고 두텁고, 높고, 밝고, 멀고, 오래가는 것으로 설명한 것이다. (悠: 거리가 멀다. 시간이 오래 되다. 久 : 오래다. 시간이 길다.)

〔 **中庸·第二十六章** 〕 ○○○○, ○○, ○○, ○○, ○○, ○○, ○○.

天下國家可均也, 爵祿可辭也, 白刃可蹈也, 中庸不可能也.

천하에 국가는 (비록 커도) 고르게 다스릴 수 있고, 관작과 봉록은 (비록 귀한 것이지만) 사양할 수 있으며, 시퍼런 칼날은 (비록 날카로워도) 밟을 수 있으나, 다만 중용의 도는 달성할 수가 없다. 국가를 고르게 다스릴 수 있는 지(智), 관작과 봉록을 사양할 수 있는 인(仁)과 시퍼런 칼날 위를 밟을 수 있는 용(勇)이 모두 지극히 어려운 것이지만 자질이 있고 수행을 잘 하면 이룰 수 있으나 다만 중용(中庸)은 인의(仁義)에 숙습정통(熟習精通)하고 추호의 사심도 없어야 미칠 수 있는 것이므로 쉽게 이룰 수 없다는 말.

〔 **中庸·第九章** 〕 ○○○○○○○, ○○○○○, ○○○○○, ○○○○○○.

天下之達道五, 曰, 君臣也, 父子也, 夫婦也, 昆弟也, 朋友之交也.

천하의 모든 사람이 고금을 막론하고 공동으로 이행해야 할 윤리가 다섯 개가 있으니, 그것은 군신·부자·부부·형제·친구의 교제를 이르는 것이다.(天下之達道 : 온 세상 사람들이 예나 이제나 다 함께 이행해야 할 윤리. 昆 : 형. 交 : 교제. 교왕.)

〔 **中庸·第二十章** 〕 ○○○○○○, 所以行之者三. ○, ○○○, ○○○, ○○○, ○○○, ○○○○○, 五者, 天下之達道也. 知·仁·勇, 三者, 天下之達德也. 所以行之者一也.

天下之理, 恩或化讎, 讎或化恩.

이 세상의 도리에는 은인이 혹은 원수가 되는 수도 있고, 원수가 혹은 은인이 되는 수도 있다.

〔 **周 尹喜·關尹子** 〕 ○○○○, ○○○○, ○○○○, 是以聖人居常慮變.

春生夏長, 秋收冬藏, 此天道之大經也.

봄에 싹이 터서 여름에 자라면 가을에 거두어서 겨울에 갈무리하는데 이것은 천체의 운행의 큰 법칙이다. 일 년 사계절에 농사지어 갈무리하는 것이 천지자연의 도리임을 가리키는 것. (天道 : 천지자연의 도리. / 천체의 운행. 大經 : 큰 이치. 큰 법칙. 큰 원칙. 큰 상도.)

〔 **漢書·司馬遷傳** 〕 ○○○○, ○○○○, ○○○○○○○○. ……. 故曰, 四時之大順不可失也.

致中和, 天地位焉, 萬物育焉.

중화에 도달하면 천지가 제자리를 잡으며, 만물이 잘 생육된다. 천하 사물의 자연 본성인 중(中)과 천하 사물이 함께 지켜야 할 대도인 화(和)의 상태에 완전히 도달하게 되면 천지는 곧 바른 자리에 안전하게 있을 수 있으며, 따라서 만물은 순조롭게 생장할 수 있다는 뜻.

〔 **中庸·第一章** 〕 喜怒哀樂之未發, 謂之中. 發而皆中節, 謂之和. 中也者天下之大本也. 和也者天下之達道也. ○○○, ○○○○, ○○○○.

親親·尊尊·長長. 男女之有別, 人道之大者也.

양친을 친애하고, 조부모·증조부모·고조부모를 존경하고, 웃어른을 숭상하며, 또 남자와 여자의 분별이 있게 하는 것은 사람이 지켜야 할 근본 원칙이다. (親 : 어버이 곧 양친을 가리킨다. / 친애하다. 사랑하다. 尊 : 높은 사람. 존경하는 사람. 여기서는 조부모 증조부모 고조부모를 가리킨다. / 존경하다. 長 : 어른, 나이 많은 사람. / 존중하다. 숭상하다.)

〔 **禮記·喪服小記** 〕 ○○·○○·○○, ○○○○○, ○○○○○○.

貪婬致老, 瞋恚致病, 愚癡致死, 除三得道.

(婬: 음, 瞋: 진, 恚: 에, 癡: 치)

음탕함을 탐함은 늙음을 끌어들이고, 분노함은 병을 끌어들이고, 어리석음은 죽음을 끌어들이는 것이니, 이 세 가지를 제거해야 도를 얻을 수 있다. (婬 : 음탕하다. = 淫. 致 : 이르게 하다. 끌어들이다. 瞋恚 : 성내다. 분노하다. 癡 : 어리석다. 미련하다.)

〔**法句經·道行品**〕○○○○, ○○○○, ○○○○, ○○○○.

形而上者謂之道, 形而下者謂之器.

구체적인 형태를 벗어난 추상물을 도(道)라 이르고, 일정한 형태를 나타내고 있는 물질 상태를 기(器)라 이른다. 구체적인 형태를 갖추고 있는 사람의 육체가 기이고, 그 육체 속에 머물고 있는 성이 도인 것이다. 주역에서는 괘(卦)와 효(爻)가 유형물인 기를 나타내고, 이 기속에서 변화의 이법(周理 또는 道理)을 구사하는 것이 도이며, 따라서 도와 기는 서로 떨어져 존재할 수 없는 본디 하나인 것이다.(形而上 : 구체적인 형태를 벗어난 추상물. 형식 모양을 초월한, 형태를 보고 인식할 수 없는 정신적인 영역. 무형물. 形而下 : 일정한 형태를 나타내고 있는 물질상태. 겉모양으로 알아낼 수 있는 유형적인 사물.)

〔**周易·繫辭上**〕是故 ○○○○○○○, ○○○○○○○, 化而裁之謂之變, 推而行之謂之通, 擧而錯之天下之民謂之事業.

惠迪吉, 從逆凶, 惟影響.

적

사람이 지켜야 할 바른 도리를 따르면 길하고, 그런 불변의 도리를 어긴 사람을 좇으면 흉한 것이니, 그것은 물체에 따르는 그림자와 소리에 따르는 울림과 같다. 사람의 도리를 행하느냐 거역하느냐에 따라 길흉이 찾아오는 것은 피할 수 없다는 뜻. (惠 : 좇다. 도리를 따르다. 순종하다. 迪 : 도. 사람이 반드시 지켜야 할 도리. 도덕. 정도. 逆 : 사람이 지켜야 할, 때와 곳에 따라 변하지 않는 도리를 어기고 행한 사람. ≒ 反道者. 影響 : 물체에 따르는 그림자와 소리에 따르는 울림. 한 사물의 작용이 다른 사물에 미치는 현상을 이르는 말. / 모든 일에 언제나 붙어 다닌다는 의미.)

〔**書經·虞書·大禹謨**〕禹曰, ○○○, ○○○, ○○○. 益曰吁, 戒哉.

慧智守道勝, 終不爲放逸, 不貪致歡喜, 從是得道樂.

총명한 지혜로 도(道)의 우월함을 지키면 마침내 방일하게 되지 않으며, 재물을 탐하지 않으면 기쁨을 이루어, 이에 따라 도의 즐거움을 얻게 된다. (慧 : 총명하다. 슬기롭다. 勝 : 우월하다. 훌륭하다.)

〔**法句經·放逸品**〕○○○○○, ○○○○○, ○○○○○, ○○○○○.

2. 德行

雞有五德. 首戴冠者, 文也. 足搏距者, 武也. 敵在前敢鬪者, 勇也. 得食相告, 仁也. 守夜不失時, 信也.

대 박 거

닭은 다섯 가지 덕을 가지고 있다. 닭이 머리에 볏(鷄冠)을 쓰고 있는 것은 문(文)이고, 발에 뒷 발톱을 가지고 있는 것은 무(武)이고, 적이 앞에 있을 때 과단성있게 싸우는 것은 용(勇)이고, 먹이를 얻었을 때 서로 알리는 것은 인(仁)이고, 밤을 지키면서 때를 놓치지 않고 우는 것은 신(信)이다. (五德 : 다섯 가지 덕으로, 여러 가지가 있다. ①장군이 지켜야 할 덕은 智·仁·勇·信·嚴이고, ②유교의 덕은 溫·良·恭·儉·讓의 다섯 가지이다. ③莊子는 도둑의 덕으로 聖·勇·義·智·仁의 다섯 가지를 들었고, ④본문에서 보는 것과 같이 燕나라 재상 田饒는 文·武·勇·仁·信의 다섯 가지를 五德으로 꼽았다. 冠 : 갓. 관. / 닭의 볏. = 鷄冠. 博 : 가지다. 취하다. 距 : 닭의 뒷 발톱. 敢 : 과단성있게. 결연히.)

〔 **韓詩外傳·卷二** 〕 哀公曰, 何謂也. (田饒)曰, 君獨不見夫雞乎. 首戴冠者, 文也. 足搏距者, 武也. 敵在前敢鬪者, 勇也. 得食相告, 仁也. 守夜不失時, 信也. 〔 **新序·雜事五** 〕 田饒曰, 君獨不見夫雞乎. 頭戴冠者, 文也. 足搏距者, 武也. 敵在前敢鬪者, 勇也. 見食相呼, 仁也. 守夜不失時, 信也. 〔 **藝文類聚** 〕 (田饒)曰, 君不見夫雞乎. 首戴冠者, 文也. 足搏距者, 武也. 敵在前敢鬪者, 勇也. 得食相呼者, 仁也. 守夜不失時者, 信也.

謹德須謹於至微之事, 施恩務施於不報之人.

덕행을 지켜나감에 있어서는 모름지기 매우 작은 일로부터 그것을 잘 지키고, 은혜를 베풂에 있어서는 갚지 못할 사람에게 힘써 베풀 것이다. 지극히 작은 일부터 그 덕행을 잘 지키고, 되갚지 못할 사람에게 더 큰 은혜를 베풀라는 뜻. (謹 : 신중히 하다. 조심하다. / 준수하다. 지키다. = 遵守. / 엄격하게 하다.)

〔 **菜根譚·百五十六** 〕 ○○○○○○○○○○, ○○○○○○○○○○.

其曲彌高, 其和彌寡.

미

그 곡의 격조가 높을수록 함께 응하여 따라 부르는 것은 더욱 적다. (喻) 덕과 재능이 많을수록 일반인들에게 이해되는 것은 쉽지 않다. (彌 : 더욱. 점점. 더욱 더. 한층 더. 和 : 응하여 소리를 내다.)

〔 **戰國 宋玉·對楚王問** 〕 其爲陽春白雪, 國中屬而和者不過數十人. 引商刻羽, 雜以流徵, 國中屬而和者不過數人而已. 是以○○○○, ○○○○. ……. 士亦有之, 夫聖人瑰意琦行, 超然獨處, 世俗之民, 又安知臣之所爲哉.

驥不稱其力, 稱其德也.

천리마는 그 힘을 칭찬하는 것이 아니라, 그 덕성의 온순함을 칭찬하는 것이다. 사람에게 힘이나 재주만 있고 인덕이 없다면 그것은 숭상할 만한 것이 되지 못함을 이르는 말. (驥 : 천리마. 준마. 현명하고 재능이 뛰어난 사람.)

〔 **論語·憲問** 〕 ○○○○○, ○○○○.

大德之人, 必得其位 · 其祿 · 其名 · 其壽.

큰 덕을 행하는 사람은 반드시 그 지위와 봉록과 명성과 수명을 얻는다. 성대한 덕행을 실천하는 사람은 반드시 가장 존귀한 지위를 얻고, 가장 많은 봉록을 받으며, 가장 높은 명성을 얻고, 가장 장수하는 수명을 얻는다는 뜻.

〔 **中庸·第十七章** 〕 大德, 必得其位, 必得其祿, 必得其名, 必得其壽.

多男子則多懼, 富則多事, 壽則多辱. 是三者, 非所以養德也.

남자아이가 많으면 (형제끼리 싸우게 되어) 두려움이 많아지고, 부유하면 (그것을 지키기 위해) 번거로운 일이 많아지며, 오래 살면 이 세상의 욕된 일을 많이 당하게 되므로 이 세 가지는 덕을 기르지 못하는 까닭이 된다.

〔 **莊子·天地** 〕 封人曰, 壽·富·多男子, 人之所欲也, 女獨不欲, 何邪. 堯曰, ○○○○○○, ○○○○, ○○○○. ○○○, ○○○○○○○, 故辭. 〔 **十八史略** 〕 多男子則多懼, 富則多事, 壽則多辱.

大學之道, 在明明德, 在親民, 在止於至善.

대인의 학문인 대학의 도는 밝은 덕을 밝힘에 있고, 백성을 친함에 있으며, 지극한 선에 머무르게 함에 있다. 명명덕(明明德), 친민(親民), 지어지선(止於至善)은 학문의 세 가지 기본목표 곧 삼강령(三綱領)을 말하는 것으로, 이것은 곧 자신의 타고난 신령스럽고 맑은 덕성을 밝히고, 민중들과 친하여 그들로 하여금 재주와 덕망을 날로 새롭게 하며, 이러한 명명덕(明明德)과 친민(親民)을 사람 사람으로 하여금 최고의 선의 경계에 도달하게 함(止於至善)에 대학을 익히는 도리가 있다는 뜻.

〔 **大學·經一** 〕 ○○○○, ○○○○, ○○○, ○○○○○.

德高者歸, 言高者違.

덕이 높은 사람에게는 (많은 사람들이) 몰려들고, 말소리 높은 사람에게는 (사람들이) 떠나간다. 덕행이 고상한 사람은 많은 사람의 추대를 받게 되고, 말이 훌륭한 사람은 다른 사람들이 싫어하여 소원하게 된다는 뜻. (歸 : 쏠리다. 몰려들다. 편이 되다. 違 : 떠나다. 벗어나다. / 비키다. 피하다. / 따르지 않다.)

〔**明 徐禎稷·恥言**〕○○○○, ○○○○, ……, 故士崇其德訥其言, 豊其才而鋤其色, 勵其節而平其氣, 故能成天下之大美.

德不孤, 必有鄰.

덕은 외롭지 않고 반드시 이웃이 있다. 덕성이 있는 사람은 고립되지 않고 반드시 뜻이 같고 도가 맞는 사람이 그와 친하게 지내게 되어 있어 사는 것이 이웃과 같음을 이른다. (鄰 : 이웃. 같은 부류. 반려. 친근한 사이. / 가까이 하다. 접근하다.)

〔**論語·里仁**〕○○○, ○○○. 〔**周易·坤爲地**〕文言曰, 君子敬以直內, 義以方外, 敬義立而德不孤.

德成而敎尊, 敎尊而官正, 官正而國治.

덕이 이루어지면 가르침이 존중되고, 가르침이 존중되면 관이 올바르게 되며, 관이 올바르면 나라가 잘 다스려진다. (군자가 되려고 하면 가장 중요한 것이 품덕을 수양하는 것으로) 군자의 품덕이 이미 배양에 성공했다면 교육자는 곧 존중을 받게 되고, 그 교사가 존중을 받으면 모든 관리들이 정도의 길에 오르게 되며, 모든 관리들이 정도를 견지할 수 있으면 그 나라는 곧 좋은 통치에 이르게 됨을 뜻한다.

〔**禮記·文王世子**〕君子曰德, ○○○○○, ○○○○○, ○○○○○. 君之謂也.

德隨量進, 量由識長.

덕은 역량을 따라 나아가고, 역량은 식견으로 말미암아 자라난다. 사람은 식견을 넓혀야 역량을 키울 수 있고 역량이 넓어야 덕도 크게 된다는 뜻. (量 : 역량. 기량. 일을 해낼 수 있는 재량.)

〔**菜根譚·百四十五**〕○○○○, ○○○○, 故, 欲厚其德, 不可不弘其量. 欲弘其量, 不可不大其識.

德有所長而形有所忘, 人不忘其所忘而忘其所不忘.

덕행이 있는 사람에게 뛰어난 점이 있다면 신체상의 결함은 곧 잊혀지게 된다는 것이다. 그런데 사람들은 응당 잊어버려야 할 신체는 잊지 아니하고, 응당 잊어서는 안될 덕성을 잊어버린다. 莊子는 이와 같이 사람들이 신체상의 결함은 잊지 아니하고, 덕성을 잊어버리는 것, 이것을 진정한 망각으로 정의한 것이다. (德 : 현자. 賢者, 곧 덕행이 있는 사람. 所長 : 뛰어난 점. 장점. 形 : 형체. / 신체.)

〔莊子·德充符〕○○○○○○○○○○, ○○○○○○○○○○○○○, 此謂誠忘.

德輶如毛, 民鮮克擧之.

유

덕은 털처럼 가볍지만, 사람들 중에는 이것을 들어올릴 수 있는 이가 드물다. 누구나 덕을 행할 수가 있으나 이를 실제로 행한 사람은 흔하지 않다는 말. (輶 : 가볍다. 民 : 사람. 뭇 사람. 克 : 이루어내다. 해내다. 擧 : 들다.)

〔詩經·大雅·烝民〕人亦有言, ○○○○○, ○○○○○.

德日新, 萬邦惟懷, 志自滿, 九族乃離.

(왕의) 덕이 날로 새로워지면 온 나라가 품에 안길 것이고, 그 마음으로 스스로 훌륭하다고 생각하면 아홉 대(代)에 걸친 모든 친족이 멀리 떨어져 나간다. 덕이 있는 임금에게는 모든 나라의 백성들이 모여들게 되지만, 자신을 훌륭하다고 만족해하는 임금에게는 가장 친근한 친족까지도 떨어져 흩어진다는 말. (志 : 뜻. 의지. 소망. 목표. / 마음. 본심. 自滿 : 스스로 자기를 훌륭하다고 생각하다. 스스로 충분하다고 만족해하다. 자기 만족하다. 九族 : 위로 고조부부터 아래로 현손에 이르기까지 아홉 세대에 걸친 모든 친족.)

〔書經·商書·仲虺之誥〕○○○, ○○○○, ○○○, ○○○○. 王懋昭大德, 建中于民.

德者, 本也, 財者, 末也. 外本內末, 爭民施奪.

품덕이란 근본적인 것이고, 재화란 지엽적인 것이다. (임금이) 품덕의 수양을 경시하고 재화의 취렴을 중시하는 것은 백성을 상대로 재물 싸움을 벌여 재물을 겁탈하는 것을 행하는 것이다. (外本內末 : 임금이 품덕을 가벼이 여겨 그것을 소원하게 하고, 재물을 귀하게 여겨 그것을 중시하는 것. 外는 멀리하다. 경시하다. 소원하게 하다. 內는 귀하게 여기다. 중시하다. / 친근하게 하다. 爭民施奪 : 백성과 더불어 이익을 다투어서 그 겁탈을 행하다.)

〔大學·傳十〕○○, ○○, ○○, ○○. ○○○○, ○○○○. 是故財聚則民散, 財散則民聚.

德者, 事業之基, 未有基不固而棟宇堅久者.

덕이란 것은 사업의 토대이니, 토대가 단단하지 않고서도 그 집이 견고하게 오래 간 일은 없다. (棟宇 : 집의 마룻대와 추녀 끝으로, 집을 뜻한다.)

〔菜根譚·百五十八〕○○, ○○○○, ○○○○○○○○○○○○. 〔春秋左氏傳·襄公二十四年〕太上有立德, 其次有立功, 其次有立言.

德之流行, 速於置·郵而傳命.

(지도자의) 덕행이 널리 옮아 퍼져 행하여지는 것이 역참의 수레나 역마로 명령을 전달하는 것보다 더 빠르다. 어진 정사를 베풀어 백성을 감화시키는 속도가 매우 빠름을 이르는 말. (流 : 옮겨가다. 옮아퍼지다. 置 : 역참, 곧 역말을 갈아 타는 곳. / 역참의 수레나 말. 郵 : 고대에 거마를 배치해 두어 숙식을 제공하고 다른 역참으로 공무 문서를 전달하는 데 이용한 곳. / 파발마.)

〔 **孟子·公孫丑上** 〕 孔子曰, ○○○○, ○○○·○○○○. 當今之時, 萬乘之國行仁政, 民之悅之, 猶解倒懸也.

德蕩乎名, 知出乎爭.

덕은 좋은 명성 때문에 손상되고, 지혜는 승리의 다툼 때문에 파생된다. 순수한 덕은 세속의 헛된 명성 때문에 손상되고, 천박한 지혜는 인간의 추악한 승리를 위한 다툼 때문에 파생된다는 의미. (蕩 : 손상시키다. 훼손하다. 무너뜨리다. 부수다. 망치다. 知 : 지혜. = 智.)

〔 **莊子·人間世** 〕 且若亦知夫德之所蕩, 而知之所爲出乎哉. ○○○○, ○○○○. 名也者, 相札也. 知也者, 爭之器也.

德行寬裕者, 守之以恭. 土地廣大者, 守之以儉. 祿位尊盛者, 守之以卑. 人衆兵彊者, 守之以畏. 聰明睿(예)智者, 守之以愚.

덕행이 풍부한 자는 공손함으로 지키고, 토지가 광대한 자는 검약함으로 지키고, 녹봉과 지위가 높고 흥성한 자는 자신을 비하함으로 지키고, 사람이 많고 군대가 강한 자는 두려워함으로 지키고, 총명과 예지가 있는 자는 우둔함으로 이를 지킨다. 가득차면 손실을 자초하게 되므로 미리 덜어내어 도를 지키도록 하는 내용을 열거한 것. (寬裕 : 여유롭다. 넉넉하다. 풍부하다. 睿智 : 뛰어나게 총명한 지혜.)

〔 **荀子·宥坐** 〕 孔子曰, 聰明聖知, 守之以愚. 功被天下, 守之以讓. 勇力撫世, 守之以怯. 富有四海, 守之以謙. 此所謂挹而損之之道也. 〔 **文子·九守** 〕 聰明睿智, 守以愚, 多聞博辯, 守以儉, 武力勇毅, 守以畏, 富貴廣大, 守以狹, 德施天下, 守以讓. 此五者, 先王所以守天下也. 〔 **韓詩外傳·卷三** 〕 孔子曰, ○○○○○, ○○○○. ○○○○○, ○○○○. ○○○○○, ○○○○. ○○○○○, ○○○○, ○○○○○, ○○○○. 博聞强記者, 守之以淺. 夫是之謂抑而損之. 〔 **淮南子·道應訓** 〕 淸明睿智, 守之以愚, 多聞博辯, 守之以陋, 武力毅勇, 守之以畏, 富貴廣大, 守之以儉, 德施天下, 守之以讓. 此五者, 先王所以守天下而不失也, 反此五者, 未嘗不危也. 〔 **說苑·敬愼** 〕 孔子曰, 高而能下, 滿而能虛, 富而能儉, 貴而能卑, 智而能愚, 勇而能怯, 辯而能訥, 博而能淺, 明而能闇. 是謂損而不極, 能行此道, 唯至德者及之. 〔 **孔子家語·三恕** 〕 子曰, 聰明睿智, 守之以愚, 功被天下, 守之以讓, 勇力振世, 守之以怯, 富有四海, 守之以謙, 此所謂損之又損之之道也. 〔 **孔子集語·事譜上** 〕 子路進曰, 敢問持滿有道乎. 子曰, 聰明叡智, 守之以愚, 功被天下, 守之以讓, 勇力振世, 守之以怯, 富有四海, 守之以謙. 此所謂損之又損之之道也.

桃李不言, 下自成蹊.

혜

복숭아나무나 오얏나무는 (아름다운 꽃과 맛있는 열매가 열리므로) 말하지 않아도 (사람들이 서로 다투어 모여들어) 그 나무 밑에는 저절로 지름길이 생겨난다. (喩) 덕행이 있는 사람은 아무 말도 하지 않아도 자연히 사람을 심복시키어 사람들이 따른다. (蹊 : 지름길. 좁은 길.) = **桃李無言, 下自成蹊.**

〔**史記·李將軍列傳**〕太史公曰, 傳曰, 其身正, 不令而行, 其身不正, 雖令不從. 其李將軍之謂也. 餘睹李將軍 悛悛如鄙人, 口不能道辭. 及死之日, 天下知與不知, 皆爲盡哀. 彼其忠實心誠信於士大夫也. 諺曰, ○○○○, ○○○○. 此言雖小, 可以喩大也. 〔**唐書·李乂傳**〕進吏部侍郎, 與宋璟同典選事, 請謁不行, 時人語曰, 李下無蹊徑. 〔**晉 潘岳·太宰魯武公誄**〕桃李不言, 下自成行. 德之休明, 沒能彌彰. 〔**宋 辛棄疾·一剪梅**〕多情小鳥不順啼, 桃李無言, 下自成蹊.

免人之死, 解人之難, 救人之患, 濟人之急者, 德也.

남의 죽음을 면하게 해주고, 남의 어려움을 풀어주며, 남의 근심을 구해주고 남의 급함을 구제해주는 것이 덕이다. (免 : 면하다. 면제하다. 제거하다./어떤 일에서 벗어나다. 어떤 일을 당하지 않게 하다.)

〔**六韜·文韜**〕文王曰, ……, ○○○○, ○○○○, ○○○○, ○○○○○, ○○. 德之所在, 天下歸之.

鳴鶴在陰, 其子和之.

우는 학이 그늘에 있으니, 그 새끼가 이에 응하여 소리를 낸다. 학이 산의 그늘진 곳에서 울어 멀리 전해지니 그 같은 무리도 정성스러운 마음으로 이에 호응한다는 것. 정성스런 마음으로 교제하면 서로 소통하게 됨을 이른다. / 음덕이 있으면 남을 위해 애쓴 것에 대한 보답을 받아 기쁨을 함께 할 수 있다는 것. (陰 : 산의 그늘진 곳. 其子 : 그 새끼, 동류를 가리킨다. 和 : 호응하다. 응하여 소리를 내다. 따라 부르다.)

〔**周易·風澤中孚**〕九二, ○○○○, ○○○○. 我有好爵, 吾與爾靡之.

富潤屋, 德潤身, 心廣體胖.

부유함은 집을 윤택하게하고, 미덕은 자기의 몸을 윤택하게 하니, 그러면 속마음이 안정되어 몸이 자연히 편안해진다. (富 : 재산, 재물. 부유함. 潤 : 꾸미다. 장식하다. / 윤택하게 하다. 윤이 나게 하다. 心廣體胖 : 마음이 넓어지니, 곧 몸도 살이 찐다. 마음에 조금도 부끄러운 일이 없어 너그러워지면 몸도 그지없고 편안하고 조용해진다는 뜻. 胖은 편안하다. / 살찌다.) → **心廣體胖.**

〔**大學·傳六**〕○○○, ○○○, ○○○○. 故君子必誠其意.

不責人小過, 不發人陰私, 不念人舊惡. 三者可以養德, 亦可以遠害.

남의 작은 허물을 꾸짖지 말고, 남의 사사로운 비밀을 들추어내지 말며, 남의 지난 날의 잘못을 생각하지 말 것이니, 이 세 가지는 가히 덕을 기르고 또한 해를 멀리할 수 있는 것이다. (發 : 들추다. 드러내다. 陰私 : 사사로운 비밀. 남에게 은밀하게 숨기는 일.)

〔**論語·公治長**〕伯夷叔齊不念舊惡, 怨是用希. 〔**菜根譚·百五**〕○○○○○, ○○○○○, ○○○○○. ○○○○○○, ○○○○○.

山銳則不高, 水徑則不深, 行磏者德不厚.

렴

산이 가파르면 높을 수 없고, 물길이 좁으면 깊을 수 없으며, 행실이 너무 결백하기만 한 자 (또는 너무 특이한 자)는 덕이 후할 수 없다. (補) 鮑焦가 낡은 옷을 입고 살갗을 드러낸 채 삼태기를 끌고 나물을 뜯으러 나갔다가 길에서 子貢을 만나, 그로부터 "지금 그대는 임금을 더럽다고 하면서 그 땅을 밟고, 세상을 그르다고 하면서도 그 나물을 뜯고 있으니, 그것이 누구의 소유이겠느냐?"는 말을 듣고, 鮑焦는 "내가 듣기로는 ……, 현자는 부끄러움을 쉽게 느끼고 죽음을 가볍게 여긴다."고 하고는 나물을 버리고 바로선 채 洛水가에서 말라 죽고 말았다. 이에 대하여 군자는 위와 같이 평하고, "뜻이 천지와 비기려는 자는 그 사람됨이 복되지 못하다."고 하였다. (銳 : 뾰족하다. 가파르다. 徑 : 좁다. 磏 : 결백하다. 청렴하고 공정함을 스스로 지키다. ≒ 廉.)

〔**韓詩外傳·卷一**〕君子聞之, 曰, 廉夫, 剛哉. 夫○○○○○, ○○○○○, ○○○○○○, 志與天地擬者, 其爲人不祥. 〔**新序·節士**〕君子聞之曰, 廉夫剛哉. 夫山銳則不高, 水狹則不深, 行特者, 其德不厚, 志與天地疑者, 其爲人不祥. 鮑子可謂不祥矣. 其節度深淺, 適至而止矣.

三綱者, 君爲臣綱, 父爲子綱, 夫爲婦綱. 五倫者, 父子有親, 君臣有義, 夫婦有別, 長幼有序, 朋友有信.

유교 도덕의 세 가지 주체(主體)는 임금은 신하의 주체가 되고, 아버지는 아들의 주체가 되고, 지아비는 지어미의 주체가 되는 것이다. 유교 도덕의 다섯 가지 도리는 부자 사이에는 친애함이 있어야 하고, 군신 사이에는 의리가 있어야 하고, 부부 사이에는 분별이 있어야 하고, 장자와 연소자 사이에는 서열이 있어야 하고, 벗들 사이에는 신의가 있어야 한다는 것이다. (綱은 벼리. 근본. 추요. 요점. 주체. 대강. 대본. 倫 : 인륜. 윤리. 도리.) → **三綱五倫. 三綱五常.**

〔**孟子·滕文公上**〕聖人有憂之, 使契爲司徒, 教以人倫, 父子有親, 君臣有義, 夫婦有別, 長幼有序, 朋友有信. 〔**白虎通·三綱六紀**〕三綱者, 何謂也. 謂君臣, 父子, 夫婦也. …… 故禮緯含文嘉. 曰, 君爲臣綱, 父爲子綱, 夫爲妻綱. 〔**白虎通·情性**〕五性者何. 謂仁·義·禮·智·信也. < 原注 > 五性, 舊作五常.

三德, 曰正直·剛克·柔克.

세 가지 덕은 바르고 곧은 것, 강함으로 이기는 것, 그리고 부드러움으로 이기는 것이다. 평상에는 정직으로 대하고, 쉽게 복종하지 않을 때는 강직하게 대하고, 온순하게 잘 따를 때는 부드럽게 대하는 것을 이르는 말.

〔**書經·周書·洪範**〕六, 三德, 一曰正直, 二曰剛克, 三曰柔克. 平康正直, 彊不友剛克, 燮友柔克, 沈潛剛克, 高明柔克.

生有七尺之形, 死唯一棺之土. 唯立德揚名, 可以不朽.

살아서는 일곱 자나 되는 큰 몸으로 있지만 죽어서는 한 관의 흙이 될 뿐이니, 오직 덕을 쌓고 이름을 드높이면 영원히 전하여질 수 있다. (唯 : ……일 뿐이다. 다만. 오직. 立德 : 덕을 쌓다. 不朽 : 썩어 없어지지 않다. 곧 영원히 전하여지다.)

〔**三國志·魏志**〕○○○○○○, ○○○○○○. ○○○○○, ○○○○.

先事後得, 非崇德與. 攻其惡, 無攻人之惡, 非修慝(특)與.

일을 먼저 하고 이득을 뒤로 돌리는 것이 덕을 높이는 것이 아니겠는가? 자신의 잘못은 다스리고, 남의 잘못은 다스리지 않는 것이 사악함을 바로잡는 것이 아니겠는가? 옳은 일에는 이득을 바람이 없이 앞장서 실천하는 것이 덕을 높이는 길이며, 남의 잘못보다 자신의 잘못을 시정하는 것이 마음의 사악함을 고치는 길이라는 뜻. (後 : 뒤로 돌리다. 與 : 助辭. 攻 : 다스리다. 남의 잘못을 지적하다. 惡 : 잘못. 바르지 아니한 일. 修慝 : 사악함을 바로잡다.)

〔**論語·顔淵**〕子曰, 善哉 問. ○○○○, ○○○○. ○○○, ○○○○○, ○○○○. 一朝之忿, 忘其身以及其親, 非惑與.

聲同則處異而相應, 德合則未見而相親.

성조(聲調)가 서로 같으면 있는 곳이 달라도 서로 호응하고, 덕이 일치하면 보지 않아도 서로 친해진다. → **同聲相應**. = **同氣相求**.

〔**周易·乾爲天**〕文言曰, 子曰, 同聲相應, 同氣相求, 水流濕, 火就燥, 雲從龍, 風從虎. 〔**莊子·漁父**〕客(漁父)曰, 同類相從, 同聲相應, 固天之理也. 〔**賈誼·新書·胎教**〕故○○○○○○○○, ○○○○○○○○. 賢者立於本朝, 而天下之士, 相率而趨之. 〔**說苑·尊賢**〕故○○○○○○○○, ○○○○○○○○. 賢者立於本朝, 則天下之豪, 相率而趨之矣.

樹德務滋, 除惡務本.

미덕(美德)을 배양함에 있어서는 그것이 성장시키는데 힘써야 하고, 재난을 제거함에 있어서는 그 뿌리(를 뽑는데)에 힘써야 한다. 좋은 품덕을 기르는 데에 더욱 많은 힘을 써야 하고, 재난을 제거하는 데에 단호하고 철저하게 힘써야 함을 이른다. (樹 : 심다. 기르다. 재배하다. 배양하다. 滋 : 자라다. 성장하다. 전성하다. 늘어나다.) = **樹德莫如滋, 去疾莫如盡.** → **樹德務滋.**

〔**書經·周書·泰誓下**〕○○○○, ○○○○, 肆予小子, 誕以爾衆士, 殄殲乃讎 ……. 〔**春秋左氏傳·哀公元年**〕臣聞之, 樹德莫如滋, 去疾莫如盡. 〔**戰國策·秦策三**〕書云, 樹德莫如滋, 除害莫如盡.

授有德, 則國安, 務五穀, 則食足.

덕이 있는 사람에게 권력을 주면 나라가 안정되고, 오곡의 생산에 힘쓰면 백성의 양식이 풍족하게 된다. 덕이 있는 사람에게 정권을 맡기어 관장하게 하면 곧 나라가 안정되고, 오곡을 씨뿌리고 심는 데에 힘을 다하면 곧 양식이 풍족하게 된다는 말. (五穀 : 쌀, 보리, 콩, 조, 기장.)

〔**管子·牧民**〕故○○○, ○○○, ○○○, ○○○. 養桑麻, 育六畜, 則民富. 令順民心, 則威令行.

有德者必有言, 有言者不必有德. 仁者必有勇, 勇者不必有仁.

덕행이 높은 사람은 반드시 훌륭한 말을 하지만 이런 훌륭한 말을 한다고 하여 반드시 덕행이 높은 것이 아니다. 인덕이 있는 사람은 반드시 용기를 가지고 있지만 용감한 사람이라고 하여 반드시 인덕을 가지고 있는 것이 아니다. (有言 : 훌륭한 말. 세상을 잘 다스리고 뜻을 격려하는 표현이 멋진 말. 淑世勵志之文辭.)

〔**論語·憲問**〕子曰, ○○○○○○, ○○○○○○○. ○○○○○, ○○○○○○.

有陰德者, 必有陽報, 有隱行者, 必有昭名.

남몰래 덕을 쌓는 사람에게는 반드시 분명한 좋은 보답이 있고, 남이 모르는 좋은 행실을 한 사람에게는 반드시 빛나는 명성이 있다. 남 모르게 덕행·선행을 쌓으면 반드시 보답·명성이 뒤따르게 됨을 이르는 말.(有 : 구 앞의 有자는 명시되지 않은 사람·날짜·사물 등을 나타내거나 형용하는 어조사. 某와 비슷. 어떤의 뜻. 陰德 : 남에게 알려지지 아니한 숨은 덕행. 남몰래 쌓은 은덕. 陽報 : 분명히 나타나는 보답. 눈에 보이는 확실한 보답. 隱行 : 남이 모르는 선행. 昭名 : 드러난 명성. 빛나는 명성.)

〔**淮南子·人間訓**〕山致其高而雲雨起焉, 水致其深而蛟龍生焉, 君子致其道而福祿歸焉, 夫○○○○, ○○○○, ○○○○, ○○○○. 〔**列女傳·仁智傳·孫叔敖母**〕其母曰, 汝不死矣. 夫有陰德者, 陽報之. 德勝不祥, 仁除百禍, 天之處高而聽卑. 〔**蒙求·叔敖陰德**〕列女傳曰, 有陰德者, 陽報之. 德勝不祥, 仁除百禍, 天之處高聽卑.

作德心逸日休, 作僞心勞日拙.

덕을 행하면 마음이 편안하여 날로 훌륭해지고, 거짓을 행하면 마음이 피로해져 날로 졸렬해진다. 거짓을 행하면 갖은 잔꾀를 다 부려도 날이 갈수록 더욱 더 궁지에 빠짐을 이르는 것. (休 : 아름답다. 좋다. 훌륭하다. / 아름답게 하다. 예쁘게 되다. 훌륭하게 되다. 勞 : 피곤해지다. 지치다. 고달프다. 시달리다. 拙 : 어리석게 되다. 굴욕을 당하다. / 졸렬하다.) → **心勞日拙.**

〔**書經·周書·周官**〕恭儉惟德, 無載爾僞, ○○○○○○, ○○○○○○.

潛德博學之報, 不在其身, 必在其子孫.

세상에 일려지지 않은 덕행이나 넓은 학문에 대한 보답은 그 자신에게 있지 않으면 반드시 그 자손에게 있게 될 것이다. (潛德 : 세상에 알려지지 않은 미덕. 숨어있는 아름다운 소행.)

〔**明 袁中道·壽同年吳全父尊人隱居序**〕凡○○○○○○, ○○○○, ○○○○○.

種樹畜長, 不見其益, 有時而大. 積德脩行, 不知其善, 有時而用.

심어놓은 나무는 자라남이 쌓이면 그 불어나는 것이 보이지 아니하여도 세월의 흐름으로 커지고, 덕을 쌓고 행실을 닦으면 그 훌륭함이 보이지 아니하여도 세월의 흐름에 따라 쓰임이 있기 마련이다. (畜 : 쌓이다. 모이다. 益 : 불어나다. 늘다. 時 : 세월. 나달의 흐름. 脩 : 닦다. ≒ 修.)

〔**說苑·正諫**〕磨礱砥礪, 不見其損, 有時而盡, ○○○○, ○○○○, ○○○○. ○○○○, ○○○○, ○○○○.

周於利者, 凶年不能殺, 周於德者, 邪世不能亂.

욕심을 부리는 데에 빈틈이 없는 자는 흉년이 들어도 그를 굶겨 죽일 수 없고, 은혜를 베푸는 데에 철저한 사람은 사악한 세상이 되어도 그의 마음을 혼란에 빠뜨릴 수 없다. (周 : 주도하다. 철저하다. 빈틈없다. 꼼꼼하다. 利 : 탐함. 욕심을 부림. 德 : 은혜를 베풂. 邪 : 사악하다.)

〔**孟子·盡心下**〕孟子曰, ○○○○, ○○○○○, ○○○○, ○○○○○.

中庸之爲德也, 其至矣乎.

모자람이나 남음이 없는 중용의 미덕은 극치의 것이다. 중용은 인간생활에 있어서 가장 공정무사하고 모든 덕목의 완전한 결정체임을 이르는 것. (中 : 치우치지 아니하다. 과불급이 없다. 庸 : 일정하여 변하지 아니하다. / 항상. 至 : 절정. 극치. 극도. 최고도. / 극히 높다. 극히 좋다. 극히 훌륭하다. 극히 아름답다.)

〔**論語·雍也**〕子曰, ○○○○○○, ○○○○. 民鮮久矣.

衆人之用其心也, 愛者憎之始也, 德者怨之本也.

일반인의 심리의 작용은 사랑은 미움의 시작이고, 덕은 원망의 근원이라는 것이다. 일반인은 사랑이 더하면 미움이 생기고, 덕이 없어지면 원망이 생긴다고 생각하고 있다는 뜻. 다만 현인은 그렇지 않다는 뜻을 내포. (用其心 : 생각. 속셈. 저의. 심리작용. 始 : 발단. 개시 시작. 本 : 근원. 기초.)

〔**管子·樞言**〕子曰, ○○○○○○○, ○○○○○○, ○○○○○○. …… 爵祿滿, 則忠衰矣. 唯賢者不然.

枝無忘其根, 德無忘其報.

나뭇가지는 그 뿌리를 잊지 않고, 덕있는 사람은 그 은혜를 갚는 것을 잊지 않는다.

〔**說苑·談叢**〕○○○○○, ○○○○○. 見利必念害身.

忠德之正也, 信德之固也, 卑讓德之基也.

충실함은 덕의 정도이고, 믿음직스러움은 덕의 견고함이며, 몸을 낮추고 겸양함은 덕의 기초이다. 이웃나라와의 우호선린관계를 유지하기 위한 대 외교관 접촉자세인 충·신·비·양의 도(忠·信·卑讓之道)를 설명한 것.

〔**春秋左氏傳·文公元年**〕凡君卽位, 卿出竝聘, 踐脩舊好, 要結外援, 好事鄰國, 以衛社稷, 忠信非讓之道. ○○○○○, ○○○○○, ○○○○○○.

河以委蛇(이)故能遠, 山以陵遲故能高.

강은 구불구불하기 때문에 멀 수 있고, 산은 구릉이 차츰차츰 낮아지기 때문에 능히 높아질 수 있다. (喩) 덕은 순후하기 때문에 빼어날 수 있다. (委蛇 : 구불구불 구부러진 모양. 陵遲 : 구릉이 차츰 낮아지다.)

〔**文子·上仁**〕河以逶迤故能遠, 山以陵遲故能高. 道以優游故能化. 〔**淮南子·泰族訓**〕河以逶蛇故能遠, 山以能遲故能高, 陰陽無爲故能和, 道以優游故能化. 〔**說苑·談叢**〕○○○○○○○, ○○○○○○○, 道以優游故能化, 德以純厚故能豪.

孝, 德之始也, 悌, 德之序也. 信, 德之厚也. 忠, 德之正也.

효도는 도덕의 기초이고, 화목은 도덕의 순서이며, 신뢰는 도덕의 두께이고, 충직은 도덕의 목표이다. 孔子의 사덕(四德)을 이른다. (始 : 근원. 근본. / 기초. 悌 : 화목. 공경. 正 : 과녁. 목표.)

〔**孔子家語·弟子行**〕孔子曰, ○, ○○○○. ○, ○○○○. ○, ○○○○. ○, ○○○○. 參, 中夫四德者也. 以此稱之.

3. 禮儀

經禮三百, 曲禮三千, 其致一也.

일상적인 예의가 삼백 가지이고, 세목의 예의 범절이 삼천 가지이나 그 목적은 하나이다. 일상적인 예의와 세목의 예의범절의 종목이 매우 많으나 그 목표는 성경(誠敬) 하나에 일치함을 이르는 말. 예의는 각 종류의 다른 표현방식이 있으나 그 본질은 같다는 뜻. (經禮 : 冠·婚·喪·祭·朝覲·會同 등 일상적인 예의. 통상적인 예의. 曲禮 : 揖·讓·升·降 등 세목의 예의. 자질구레한 의식 또는 행사에 관한 예의. 致 : 목적. 취지. 의지. 의도.) = **禮儀三百, 威儀三千.**

〔**中庸·第二十七章**〕優優大哉. 禮儀三百, 威儀三千. < 朱註 > 禮儀, 經禮也. 威儀, 曲禮也. 此言道之入於至小而無間也. 〔**禮記·禮運**〕禮有大有小, 有顯有微, 大者不可損, 小者不可益, 顯者不可揜, 微者不可大也. 故○○○○, ○○○○, ○○○○. 未有入室而不由戶者.

壞國·喪家·亡人 必先去其禮.

나라를 무너뜨리고, 집안을 잃게 하고, 사람을 망하게 한 것은 반드시 그들이 먼저 예의를 없애버렸기 때문이다. 국가가 무너져 혼란해지고, 개인이 망하게 되는 것은 다 반드시 그들이 이전에 응당 있어야 할 당연한 예의를 없애버렸기 때문이라는 것으로, 예의가 국가·사회·가정·개인의 질서를 유지시키는 근간임을 시사하는 것.

〔**禮記 禮運**〕○○·○○·○○, ○○○○○. 故禮之於人也, 猶酒之有蘗也. 君子以厚, 小人以薄.

君仁臣忠, 父慈子孝, 兄愛弟敬, 夫和妻柔, 姑慈婦聽, 禮之至也.

임금은 어질고 신하는 충성스러우며, 아버지는 인자하고 아들은 효도하며, 형은 우애하고 동생은 존경하며, 남편은 화애롭고 부인은 유순하며, 시어머니는 인자하고 며느리는 순종하는 것이 예의의 최고의 표준이다. (聽 : 따르다. 순종하다. 至 : 지극. 극치. 최고의 표준.)

〔**春秋左氏傳·昭公二十六年**〕與天地竝, 君令臣恭, 父慈子孝, 兄愛弟敬, 夫和妻柔, 姑慈婦聽, 禮也. 〔**漢 賈誼 新書·禮**〕○○○○, ○○○○, ○○○○, ○○○○, ○○○○, ○○○○. 君仁則不厲, 臣忠則不貳, 父慈則教, 子孝則協, 兄愛則友, 弟敬則順, 夫和則義, 妻柔則正, 姑慈則從, 婦聽則婉, 禮之質也.

禽獸以力爲政, 彊者犯弱, 故日易主.

역

금수는 힘으로 정벌하므로 강한 자가 약한 자를 범한다. 그러므로 날마다 우두머리가 바뀌게 된다. (喻)사람은 예의를 존중하여 질서가 유지되므로 예의를 없애버리면 짐승의 세계와 다를 것이 없게 된다. (爲 : 다스리다. 政 : 바루다. 옳지 못한 것을 바로잡다. / 치다. 정벌하다. 犯 : 범하다. 치다. 공격하다.)

〔**晏子春秋·諫上**〕晏子蹴然改容曰, ……, ○○○○○○, ○○○○, ○○○○, 今君去禮, 則是禽獸也. 今君去禮, 則禽獸也. 群臣以力爲政, 彊者犯弱, 而日易主, 君將安立矣.

吉也者, 目不觀非禮之色, 耳不聽非禮之聲, 口不道非禮之言, 足不踐非禮之地.

(사람이) 훌륭하다고 하는 것은 눈으로 예절에 어긋난 광경을 보지 아니하고, 귀로 예절에 어긋난 소리를 듣지 아니하며, 입으로 예절에 어긋난 말을 하지 아니하고, 발로 예절에 어긋난 땅을 밟지 아니하는 것이다. (吉 : 아름답다. 착하다. 훌륭하다. 也者 : ……라고 하는 것은. ……인 것은. 色 : 현상. 상태. 광경. 경관. 모양. 모습. 道 : 말하다.)

〔**小學·嘉言**〕康節邵先生誡子孫曰, ……. ○○○, ○○○○○○○○, ○○○○○○○○, ○○○○○○○○, ○○○○○○○○, 人非善不交, 物非義不取, 親賢如就芝蘭, 避惡如畏蛇蠍.

男女不雜坐. 不同椸枷, 不同巾櫛.

이 가 즐

남녀는 서로 섞여서 앉지 않으며, 옷걸이를 같이 쓰지 않으며, 수건과 빗을 함께 쓰지 않는다. (椸枷 : 옷걸이. 櫛 : 빗.)

〔**禮記·曲禮上**〕○○○○○. ○○○○, ○○○○, 不親授. 〔**小學·明倫**〕男女不同椸枷, 不敢縣於夫之楎椸, 不敢藏於夫之篋笥, 不敢共湢浴.

男女七歲不同席, 不共食.

남녀는 일곱 살이 되면 같은 자리에 앉지 말 것이며, 함께 식사를 하지 말 것이다. (不 : 하지 말라. 금지의 뜻을 나타낸다.) → **男女不同席. 男女七歲不同席.**

〔**禮記·內則**〕六年, 教之數與方名. 七年, 男女不同席, 不共食. 八年, 出入門戶及卽席飮食, 必後長者, 始教之讓. 〔**兒女英雄傳**〕我孝服在身, 不便宴會, 再者, 男女不同席. 就此失陪, 再圖後會.

男拜, 尙左手. 女拜, 尙右手.

남자는 절할 때 왼쪽 손을 위로 하고, 여자는 절할 때 오른쪽 손을 위로 한다. (尙 : 높이다. / 더하다. 보태다.)

〔**禮記·內則**〕凡, ○○, ○○○. ……凡 ○○, ○○○. 〔**禮記·奔喪**〕聞遠兄弟之喪, ……拜賓則尙左手.

男子不死於婦人之手, 婦人不死於男子之手.

남자는 부인의 손에서 죽지 않고, 부인은 남자의 손에서 죽지 않는다. 군자는 죽음을 중히 여겨 남녀유별을 분명히 하여 죽는 것을 이르는 말.

〔**禮記·喪大記**〕疾病, 外內皆埽. 君·大夫徹縣, 士去琴瑟. 寢東首於北牖下. 廢牀, 徹褻衣, 加新衣, 體一人. 男女改服. 屬纊以俟絶氣. ○○○○○○○○○, ○○○○○○○○○.

多行無禮, 必自及也.

남에게 무례한 짓을 많이 하면 반드시 자신도 무례한 대우를 받게 된다.

〔**春秋左氏傳·襄公四年**〕君子曰, 志所謂○○○○, ○○○○, 其是之謂乎.

大行不顧細謹, 大禮不辭小讓.

큰 일(大事)을 함에 있어서는 너무 사소한 사항을 고려해서는 안되고 큰 예식(大禮)을 행함에 있어서는 사소한 질책을 피해서는 안된다. 큰 일을 하는 사람은 반드시 자질구레한 일에 구애되어 이를 두려워해서는 안되고, 큰 예식을 치르는 사람은 작은 책망을 받는 것을 싫어하여 주저해서는 안됨을 이르는 말. (大行 : 큰 일을 하다. / 큰 덕행. 훌륭한 행위. 顧 : 고려하다. 생각하다. 돌보다. 돌이켜보다. 細謹 : 작은 일. 자질구레한 사항. 작은 의식. 大禮 : 관·혼·상·제 같은 한 평생 동안에 있는 가장 중요한 예식. / 조정의 중대한 의식 및 군신 사이의 커다란 예. 辭 : 사양하다. 마다하다. 피하다. 싫어하다. 讓 : 욕하다. 꾸짖다. 매도하다. 질책하다. 견책하다. / 과실.)

〔**史記·李斯列傳**〕(趙)高曰, 臣聞……. 夫大行不小謹, 盛德不辭讓, 鄕曲各有宜而百官不同功. 〔**史記·項羽本紀**〕沛公曰, 今者出, 未辭也, 爲之奈何. 樊噲曰, ○○○○○○, ○○○○○○. 如今人方爲刀俎, 我爲魚肉, 何辭爲. 〔**唐 趙蕤·長短經·懼誡**〕夫大行不細謹, 大德不辭讓. …… 顧小而忘大, 後必有害, 狐疑猶豫, 後必有悔.

黷于祭祀, 時謂弗欽, 禮煩則亂, 事神則難.

독 흠

제사를 더럽히는 것, 이것이 신을 공경하지 않는 것이라고 이르는 것이다. 제례가 번잡하고 까다로우면 혼란해지고, 이렇게 신을 섬기면 어려워진다. 제사는 신을 공경하는 마음으로 정중하게 지내되 그 절차가 너무 번잡하고 까다롭게 해서는 안됨을 이르는 말. (黷 : 욕되게 하다. 더럽히다. / 경거망동하다. 時 : 이. 이것. 여기. = 是. 欽 : 공경하다. 존경하다. 煩 : 번거롭다. 번잡하고 까다롭다.)

〔**書經·商書·說命中**〕惟(傅)說命總百官. 乃進于王曰, ……. ○○○○, ○○○○, ○○○○, ○○○○. 王曰, 旨哉, 說. 乃言惟服. 乃不良于言, 予罔聞于行.

東鄰殺牛, 不如西鄰之禴祭.

약

동쪽 이웃집에서 소를 잡아 성대한 제사를 지내는 것은 서쪽 이웃집에서 검소한 박제(薄祭)를 지내는 것보다 못하다. 동쪽 殷나라의 폭군 紂임금이 소를 잡아 성대하지만 정성이 없이 난잡하게 지내는 제사보다 서쪽 周나라의 성군 文王이 소박하지만 정성스럽게 지내는 여름제사가 낫다는 뜻. 제사는 예가 중요한 것이지 제물의 적음이 중요한 것이 아니며, 실질이 귀한 것이지 화려함이 귀한 것이 아니라는 뜻. 성대한 제사도 덕과 공경이 없는 사람이 지내면 복을 못받고 간소한 제사도 덕이 있는 사람이 지내면 천신이 감응하여 복을 내려준다는 뜻. (東鄰 : 殷나라 紂王을 가리킨다. 西鄰 : 周나라 文王을 가리킨다. 禴 : 소박하게 지내는 여름 제사.)

〔 **周易·水火旣濟** 〕 九五: ○○○○, ○○○○○○○, 實受其福. < 象 >曰, 東鄰殺牛, 不如西鄰之時也. 實受其福, 吉大來也. 〔 **說苑·反質** 〕 易稱東鄰殺牛, 不如西鄰不禴祭. 蓋重禮不貴牲也, 敬實而不貴華. 〔 **鹽鐵論·孝養** 〕 易曰, 東鄰殺牛, 不如西鄰之禴祭也. 故富貴而無禮, 不如貧賤之孝悌.

萬物本乎天, 人本乎祖, 此所以配上帝也.

만물은 하늘을 근원으로 하고, 사람은 조상을 근원으로 하는 것이니, 이것이 조물주에게 배향하는 까닭이다. (配 : 배향하다. 제사지내다. 上帝 : 조물주.)

〔 **禮記·郊特牲** 〕 ○○○○○, ○○○○, ○○○○○○○. 郊之祭也, 大報本反始也.

無節於內者, 觀物弗之察矣, 欲察物而不由禮, 弗之得矣.

마음 깊은 곳에 법도가 없으면 사물을 보아도 진정으로 인식할 수 없고, 사물을 관찰하려고 하면서 예를 근거로 하지 아니하면 사람들로 부터 신임을 얻을 수 없다. (節 : 절도. 법도. 준칙. 內 : 마음 깊은 곳. 察 : 알다. 살펴서 알다. / 살피다. 관찰하다. 由 : …에 의거하다. …을 근거로 하다.)

〔 **禮記·禮器** 〕 君子曰, ○○○○○, ○○○○○○. ○○○○○○○, ○○○○. 故作事不以禮, 弗之敬矣.

文王之祭也, 事死者如事生, 思死者如不欲生, 忌日必哀, 稱諱(휘)如見親.

周나라 文王이 제사 지낼 때에는 죽은 분 섬기기를 산 사람 섬기는 것 같이 했고, 죽은 분을 생각함에 이르러서는 (현재의 자신이) 너무 슬퍼서 죽고자 하는 생각만하는 것 같이 했고, 돌아가신 날에는 반드시 슬퍼했고, 죽은 분의 이름을 부를 때는 직접 부모를 만나는 것 같이 했다. 제사는 지극한 정성을 다하여 지냈음을 말한 것. (如不欲生 : 살고 싶어 하지 않은 것과 같이하다. 너무 슬퍼서 죽고자 하는 생각만 하는 것 같이 함을 가리킨다. 諱 : 죽은 사람의 생전의 이름.)

〔 **禮記·祭義** 〕 ○○○○○, ○○○○○○, ○○○○○○○, ○○○○, ○○○○○. 祝之忠也, 如見親之所愛, 如欲色然, 其文王與.

未能事人, 焉能事鬼.

살아있는 사람이 웃 어른을 받들어 섬기지 못하면 어떻게 귀신을 잘 섬기겠는가? 정성과 공경심으로 살아있는 사람을 섬길 수 있는 자가 아니면 제사를 잘 받드는 자격이 없다는 뜻. (焉 : 어찌, 어떻게.)

〔**論語·先進**〕季路問事鬼神. 子曰, ○○○○, ○○○○. 敢問死. 曰, 未知生, 焉知死. 〔**宋書·顔延之傳**〕諶之取義熙元年除身, 以延之兼侍中. 邑吏送札, 延之醉, 投札于地曰, 顔延之未能事生, 焉能事死.

父母之喪, 三日不怠, 三月不解, 期悲哀, 三年憂.

부모의 상을 당하면 상주는 사흘 동안 지극히 애통해 함에 태만하지 않고, 석 달 동안 추모제식을 게을리하지 않으며, 1주기 동안 항상 슬퍼하고, 3년 동안 근심한다. 부모의 상을 당하면 막 세상을 떠나는 사흘 동안은 큰 소리로 곡하는 것을 그치지 않으면서 물·간장도 입에 넣지 않으며, 주검을 관에 넣어 일정한 곳에 인치(殯)해 놓는 석 달 동안에는 아침과 저녁에 올리는 추모 제식(朝奠·夕奠)을 조금도 소홀하지 않으며, 주년이 되는 1년 동안에는 아침과 저녁에 곡을 함(朝哭·夕哭)에 항상 슬프고 애달픈 감정을 품으며, 3년 동안은 항상 초췌하고 걱정스런 모습을 나타내는 것을 뜻한다. (三日 : 육친이 별세하기 시작한 때를 가리킨다. 三月 : 친상시 장사지내기 전에 시신을 관에 넣어 집안의 일정한 곳에 안치해두는 기간을 가리킨다. 解 : 게으름을 피우다. 나태하다. 期는 상중에 있는 1년을 가리킨다. 三年 : 상복을 입는 3년을 가리킨다.)

〔**禮記·雜記下**〕孔子曰, 小連·大連善居喪, 三日不怠, 三月不解, 期悲哀, 三年憂. 東夷之子也. 〔**禮記·檀弓上**〕子思曰, 喪三日而殯, ……. 三月而葬, ……. 喪三年而爲極, 亡則弗之忘矣. 〔**孔子家語·曲禮子夏問**〕孔子曰, ○○○○, ○○○○, ○○○○, ○○○, ○○○. 東夷之子, 達於禮者也.

不通禮義之旨, 至於君不君, 臣不臣, 父不父, 子不子.

예를 행하고 의를 실행하는 주요원칙을 모르면 임금은 임금답지 못하고, 신하는 신하답지 못하며, 아버지는 아버지답지 못하고, 아들은 아들답지 못하게 된다. 예와 의의 내용을 모르고 실행하지 않는다면 국가의 통치의 최고기관이나 참모, 사회의 기본적 구성요원이 각기 그 신분에 따른 기능과 역할을 잘 수행하지 못하게 됨을 이르는 것. (通 : 알다. 잘 알다. 통달하다. 旨 : 뜻. 의도. 취지. 원칙. 내용. 의의. 至는 이르다. ……한 결과에 이르다. ……하게 되다.)

〔**史記·太史公自序**〕夫 ○○○○○○, ○○○○○, ○○○, ○○○, ○○○. 夫君不君則犯, 臣不臣則誅, 父不父則無道, 子不子則不孝.

不學禮, 無以立.

예를 배워 알지 못하면 (사회에서) 입신할 수가 없다. 예를 배워야 품행과 절조를 자세히 깨달을 수 있고, 이에 따라 덕성이 확고부동해져서 입신할 수 있게 됨을 이르는 것.

〔**論語·季氏**〕他日, 又獨立, 鯉趨而過庭. 曰, 學禮乎. 對曰, 未也. ○○○, ○○○, 鯉退而學禮.

非禮勿視, 勿聽, 勿言, 勿動.

예에 맞지 아니하는 것은 보지 말고, 듣지도 말고, 말하지도 말고, 행하지 말라. 예에 맞지 아니하는 일은 보지 말고, 예에 맞지 아니하는 말은 듣지 말고, 예에 맞지 아니하는 말은 말하지 말고, 예에 맞지 아니하는 일은 행하지 말라는 것으로, 사람의 행동거지가 모두 예의에 부합해야 함을 강조한 것.

〔 **論語·顔淵** 〕 顔淵曰, 請問其目. 子曰, 非禮勿視, 非禮勿聽, 非禮勿言, 非禮勿動. 〔 **韓詩外傳·卷十** 〕 孔子曰, 非禮勿視, 非禮勿聽.

山有木, 工則度之, 賓有禮, 主則擇之.

탁

산에 나무가 있으면 목공이 (그 크고 작은 것을) 헤아려 쓸 바를 결정하고, 손님이 예의를 잘 알고 있으면 주인이 (그를 초빙하여 등용할 것인가를) 선택하여 정한다. 재능과 덕이 있는 사람에 대하여 중용하여 줌을 가리킨다. (度 : 추측하다. 미루어 짐작하다. 헤아리다. 따지어 가늠하다.)

〔 **春秋左氏傳·隱公十一年** 〕 公使羽父請於薛侯曰, 君與勝君, 辱在寡人. 周諺有之, 曰, ○○○, ○○○○, ○○○, ○○○○.

相鼠有皮, 人而無儀. 人而無儀, 不死何爲.

쥐도 가죽이 있는 것을 보는데, 사람이 오히려 예절이 없다. 사람으로서 예절이 없다면 죽지 않고 할 것이 무엇인가? 예의가 없는 사람은 아무 데도 쓸모가 없다는 말. (相 : 보다 = 視. 儀 : 예절. 예식과 의절.)

〔 **詩經·鄘風·相鼠** 〕 ○○○○, ○○○○. ○○○○, ○○○○.

上若無禮, 無以使其下, 下若無禮, 無以事其上.

웃 사람에게 예의가 없으면 그 아랫 사람을 부릴 수 없고, 아랫 사람에게 예의가 없으면 그 웃 사람을 섬길 수 없다.

〔 **晏子春秋·重而異者** 〕 晏子對曰, ……. ○○○○, ○○○○○, ○○○○, ○○○○○. 夫麋鹿維無禮, 故父子同麀. 人之所以貴于禽獸者, 以有禮也. 嬰聞之, 人君無禮, 無以臨邦, 大夫無禮, 官吏不恭. 父子無禮, 其家必凶. 兄弟無禮, 不能久同. 〔 **晏子春秋·諫上** 〕 晏子對曰, ……. ○○○○, ○○○○○, ○○○○, ○○○○○. 夫麋鹿維無禮, 故父子同麀. 人之所以貴於禽獸者, 以有禮也. 〔 **韓詩外傳·卷九** 〕 晏子曰, ……. 故自天子無禮, 則無以守社稷. 諸侯無禮, 則無以守其國. 爲人上無禮, 則無以使其下. 爲人下無禮, 則無以事其上. 大夫無禮, 則無以治其家. 兄弟無禮, 則不同居. 人而無禮, 不若遄死. 〔 **新序·刺奢** 〕 晏子對曰, ……. ○○○○, ○○○○○, ○○○○, ○○○○○. 夫麋鹿有無禮, 故父子同麀. 人之所以貴於禽獸者, 以有禮也.

喪祭之禮廢, 則臣子之恩薄, 而倍死·忘生者衆矣.

상례(喪禮)·제례(祭禮)를 없애면 가신과 자식의 (임금·부모에 대한) 은의(恩義)가 희박해져서 죽은 자를 배신하고 살아있는 사람을 잊어버리는 사람이 매우 많다. (倍 : 등지다. 배반하다. = 偝.)

〔 **禮記·經解** 〕 昏姻之禮廢, 則夫婦之道苦, 而淫辟之罪多矣. 鄕飮酒之禮廢, 則長幼之序失, 而爭鬪之獄繁矣. ○○○○○, ○○○○○○, ○○○·○○○○○. 〔 **大戴禮記·禮察** 〕 聘射之禮廢, 則諸侯之行惡, 而盈溢之敗起矣. 喪祭之禮廢, 則臣子之恩薄, 而倍死亡生之禮衆矣. 〔 **韓詩外傳·卷三** 〕 傳曰, 喪祭之禮廢, 則臣子之恩薄, 臣子之恩薄, 則背死亡生者衆.

徐行後長者, 謂之弟. 疾行先長者, 謂之不弟.

(나이 어린 사람이 가족·친척 중의) 손윗 사람의 뒤에서 천천히 따라가는 것을 "손윗 사람을 공경한다"고 이르고, 손윗 사람을 앞서서 재빨리 나아가는 것을 "손윗 사람을 공경하지 않는다"고 이른다. 천천히 걸어서 연장자를 뒤따라가는 것은 누구나 쉽게 할 수 있는 연장자를 존경하는 효제의 도인 데도 사람들이 이를 외면함을 지적한 것. (弟 : 가족·친척 중의 손윗 사람을 공경하다. = 悌.)

〔 **孟子·告子下** 〕 (孟子)曰, ……. ○○○○○, ○○○. ○○○○○, ○○○○. 夫徐行者, 豈人所不能哉. 所不爲也.

嫂叔不通問, 諸母不漱(수)裳.

형제의 아내(형수·제수)와 남편의 형제(아주버니) 간에는 일부러 왕래하여 안부를 묻지 아니하며, (자식이 있는) 서모에게는 아랫도리에 입는 옷을 빨게 하지 아니한다. (嫂叔 : 형·제의 아내와 남편의 형·제, 通問 : 서로 왕래하여 안부를 묻다. 서로 사례의 인사를 하다. 서신 왕래를 하다. 諸母 : 자식이 있는 아버지의 첩. 서모를 가리킨다. 漱 : 빨래하다. 裳 : 치마. 아랫도리에 입는 옷.)

〔 **禮記·曲禮上** 〕 男女不雜坐. 不同椸·枷, 不同巾. 櫛, 不親授. ○○○○○, ○○○○○. 〔 **漢樂府·君子行** 〕 君子防未然, 不處嫌疑間……. 嫂叔不親授, 長幼不比肩.

脩身踐言, 謂之善行. 行修言道, 禮之質也.

몸을 닦고 그 말을 잘 실천하는 것, 그것을 선량한 행실이라고 이른다. 이 선량한 행실을 닦고 말이 도에 맞는 것이 예의 본질이다. 성현(聖賢)의 가르침에 따라 몸을 수양하고, 말한 것을 실천하여 언행을 일치시키는 것이 선량한 행실이라고 말하는 것이며, 이 선량한 행실이 더 닦여져서 규범(規範)에 부합되고, 말이 인의(仁義)의 도에 부합하는 것이 곧 예의의 본질이라는 뜻. (脩 : 몸을 닦다. 수양하다. 학문 견식 등을 함양하다. 도덕 품행 등을 기르다. = 修 / 덕을 쌓다. 공덕을 베풀다. 踐 : 실천하다. 言道 : 말이 인의의 도에 부합하다.)

〔 **禮記·曲禮上** 〕 禮, 不踰節, 不侵侮, 不好狎. ○○○○, ○○○○. ○○○○, ○○○○.

嫂溺不援, 是豺狼也.

수 닉　　　　시 랑

(남녀간에 접촉하지 않는 것이 상례지만) 형수가 물에 빠져 위급한 경우에는 시아주버니가 그를 구하지 않는 것은 잔인한 승냥이나 이리와 다를 것이 없다. 위급할 때는 스스로 임기응변의 권도를 쓰지 않으면 상례(常禮)도 도리어 인도(人道)에 어긋난다는 뜻.

〔 **孟子·離婁上** 〕(淳于髡)曰, 嫂溺, 則援之以手乎. (孟子)曰, ○○○○, ○○○○. 男女授受不親, 禮也. 嫂溺援之以手者, 權也.

神不歆非類, 民不祀非族.

흠

신은 같은 부류가 아닌 사람의 제사 음식을 기쁘게 받지 않으며, 사람은 같은 종족이 아닌 신에게 제사지내지 않는다. 신은 제사지낼 사람이 아닌 사람의 제사를 받지 않으며, 사람은 자기들과는 다른 종족의 신에게 제사지내지 않는다는 의미. (歆 : 신이나 조상의 혼령이 제사음식을 기쁘게 받다. 類 : 종류. 동류. 같은 부류. 무리. 民 : 사람. 민간. 서민. 인류. 族 : 종족. 일족. 동류.)

〔 **春秋左氏傳·僖公十年** 〕(狐突)對曰, 臣聞之, ○○○○○, ○○○○○. 君祀無乃殄乎. 且民何罪, 失刑乏祀. 君其圖之.

臣勇多則弑其君, 子力多則弑其長, 然而不敢者, 維禮之謂也.

시

신하가 용기만 많으면 그 임금을 시해할 수 있고, 아들이 힘만 많으면 그 어른(아버지)을 죽일 수 있으나, 감히 그렇게 하지 못하는 것은 오직 예라는 것이 있기 때문이다. 예가 사회질서를 유지하는 수단임을 이르는 것. (謂 : 취지. 목적. 이유.)

〔 **論語·泰伯** 〕子曰, 恭而無禮則勞, 愼而無禮則葸, 勇而無禮則亂, 直而無禮則絞. 〔 **晏子春秋·諫下** 〕晏子對曰, 君子無禮, 是庶人也, 庶人無禮, 是禽獸也. 夫○○○○○○○, ○○○○○○○, ○○○○○, ○○○○○. 〔 **說苑·修文** 〕(晏子對曰 以下, 前文과 同一.)

鸚鵡能言, 不離飛鳥. 猩猩能言, 不離禽獸.

앵 무　　　　성　　　　금 수

앵무새가 말을 할 수 있어도 날짐승을 벗어나지 못하며, 성성이가 능히 말을 해도 짐승을 벗어나지 못한다. (喩)사람에게 예의가 없으면 금수와 다름이 없다. / 말만 할 뿐 행동이 따르지 못하다. / 사물을 보는데 있어서는 겉 모양보다는 실질을 보아야 한다. (離 : 벗어나다. 피하다. / 틀리다. 차이나다. 猩猩 : 유인원에 속하는 짐승으로 사람의 말을 흉내낸다고 한다.)

〔 **禮記·曲禮上** 〕○○○○, ○○○○. ○○○○, ○○○○. 今人而無禮, 雖能言, 不亦禽獸之心乎. 〔 **宋 羅願·爾雅翼** 〕猩猩, 小而好啼. ……. 今人謂之野人, 然而不知禮. 故曰, 猩猩能言, 不離禽獸. 〔 **明 孟舜臣·貞文記** 〕猩猩能言, 不離走獸, 鸚鵡能言, 不離飛鳥. 彼龍爲四靈之長, 可以成佛, 似我鸚鵡, 亦可成佛麽. 〔 **清 鄭瑜·鸚鵡洲** 〕正所謂鸚鵡能言, 不離禽獸. 古今大事, 豈汝輩所知.

讓禮一寸, 得禮一尺.

예의 한 치를 양보하면 예의 한 자를 돌려 받는다. 약간의 예양(禮讓)을 하면 많은 양의 예양의 갚음을 받는다는 뜻.

〔**魏 曹操·讓禮令**〕里諺曰, ○○○○, ○○○○, 斯合經之要矣. 〔**宋 王楙·野客叢書**〕今鄙俗語 ……. 謂讓一寸, 饒一尺. 則曹氏令曰, ○○○○, ○○○○.

年長以倍, 則父事之. 十年以長, 則兄事之. 五年以長, 則肩隨之.

나이가 자기보다 배가 되면 그를 아버지와 같이 섬기고, 나이가 열 살이 더 많으면 그를 형과 같이 섬기고, 나이가 다섯 살이 더 많으면 그의 어깨를 따라 뒤처져 걷는다. 사람의 나이 10년을 한 마디로 삼아 구분하고 이 구분에 의한 차등에 따라 공순의 등차를 두는 것을 밝힌 것. (父事之 : 아버지를 섬기는 것같이 그를 섬기다. 事之如事父의 如事를 생략하고 도치한 것. 長 : 나이가 많다. 肩隨 : 연장자에 대한 예로서, 동행할 때 어깨를 나란히 하면서 조금 뒤처져 걷는 것.)

〔**小學·明倫**〕○○○○, ○○○○. ○○○○, ○○○○. ○○○○, ○○○○.

年豊廉讓多, 歲薄禮節少.

풍년이 들면 자연히 염치와 양보의 미덕이 많아지고, 흉년이 되면 예의범절이 적어진다. (薄 : 메마르다. 흉년이 들다.)

〔**古詩源·梁武帝·藉田**〕耕藉乘月映, 遺滯指秋杪. ○○○○○, ○○○○○.

禮, 不踰節, 不侵侮, 不好狎.

유 압

예의는 절도를 넘어서면 안되고, 남을 침범하여 업신여겨서는 안되며, 친근하여 버릇없이 구는 것을 좋아해서는 안된다. 예의란 자신에게 있어서는 그 행위가 상궤를 벗어나서는 안되고, 남에 대해서는 침범하여 모욕해서는 안될 뿐 아니라 과분하게 친근하여 버릇없이 굴어도 안된다는 뜻, (踰 : 넘다. 넘기다. 벗어나다. 節 : 절도. 분수 / 규칙. 제도. 법도. 준칙 / 예절. 직분. 狎 : 친근하여 버릇없이 굴다. / 가볍게 여겨 모욕하다.)

〔**禮記·曲禮上**〕禮, 不妄說人, 不辭費. ○, ○○○, ○○○, ○○○.

禮, 事生, 飾歡也. 送死, 飾哀也. 祭祀, 飾敬也.

예라는 것은, 살아있는 사람을 섬기는 데는 기쁘도록 꾸며야 하고, 죽은 사람을 장송하는 데는 슬프도록 꾸며야 하며, 제사를 지내는 데는 공경하도록 꾸며야 하는 것이다. (飾 : 꾸미다, 장식하

다, 단장하다, 수식하다. 歡 : 기뻐하다. 즐거워하다. / 기쁘게 하다.)

〔**荀子·禮論**〕凡○, ○○, ○○○. ○○, ○○○. ○○, ○○○. 師旅, 飾威也. 是百王之所同, 古今之所一也, 未有知其所由來者也.

禮尙往來. 往而不來, 非禮也. 來而不往, 亦非禮也.

예라는 것은 오고 가는 것을 숭상하는 것으로, 가기만 하고 오지 않는 것은 예가 아니며, 오기만 하고 가지 않는 것도 또한 예가 아니다. 예는 주고 받는 교제의 상호관계를 가장 중시하는 것으로서, 남에게 은혜를 베풀고 그 보답을 받지 못하는 것은 예에 맞지 아니하며, 사람이 은혜를 받고 남에게 보답함이 없으면 그것도 또한 예에 맞지 않는다는 뜻. 남이 나를 예로써 대우하면 나도 마땅히 예로써 보답해야 한다는 것. (尙 : 숭상하다. 往來 : 가고 오고 하다. / 주고 받다, 교환하다. / 교제하다, 사귀다.)

〔**禮記·曲禮上**〕太上貴德, 其次務施報. ○○○○. ○○○○, ○○○. ○○○○, ○○○○.

禮始於謹夫婦, 爲宮室辨內外, 男子居外, 女子居內.

예는 부부사이를 근엄하게 하는 데서 발단하는 것이니, 이에 따라 궁실을 지어서 외당과 내실을 구별하여 남자는 외당에서 활동하게 하고, 여자는 내실에서 일하게 하였다.(謹 : 삼가다. 조심하다. / 엄하게 하다. 근엄하게 하다. / 금지하다. 辨 : 분별하다. 분간하다. 판별하다.)

〔**禮記·內則**〕○○○○○○, ○○○○○○, ○○○○, ○○○○.

禮身之幹也, 敬身之基也.

예의는 몸을 지키는 근간이고, 공손함은 몸을 지키는 토대이다. 사람이 예의있는 행실과 공손한 태도를 갖지 않으면 몸을 부지하는 근간과 토대를 잃어 몸을 망치게 됨을 이르는 말. (基 : 기초. 근원. 토대. 敬 : 존경. 공경. 공손함. 마음으로 공경하고 공손한 행실을 함.)

〔**春秋左氏傳·成公十三年**〕孟獻子曰, 郤子其亡乎. ○○○○○, ○○○○○, 郤氏無其. …….

禮, 與其奢也, 寧儉. 喪, 與其易也, 寧戚.

예의는 지나치게 사치하기보다는 차라리 검소하게 하는 것이 좋으며, 상례(喪禮)는 형식적으로 잘 치르기보다는 차라리 마음으로 슬퍼 하는 것이 좋다. 예의는 분수에 넘치도록 사치스럽게 하지 말고 내실을 갖추어 검소하게 해야 하며, 상례는 형식적으로 번듯하게 치르기보다는 진심으로 슬퍼해야 한다는 뜻. (與……, 寧……. : ……하기보다는, ……차라리 ……하는 것이 낫다. 與其……, 寧可……. 與其……, 毋寧……. 또는 與其……, 不如……. 의 형태로 쓰이며, 뜻은 같다. 易 : 다스리다. 치르다. 戚 : 슬퍼하다.)

〔**論語·八佾**〕林放問禮之本. 子曰, 大哉問. ○, ○○○○, ○○. ○, ○○○○, ○○. 〔**宋 陳敷·農書**〕儉, 德之共也, 侈, 惡之大也. 語曰, 禮與其奢也寧儉.

禮有三本, 天地者生之本也, 先祖者類之本也, 君師者治之本也.

예에는 세 가지 근본이 있으니, 천지는 생명의 근본이고, 선조는 종족의 근본이고, 군주는 천하 통치의 근본이다. (君師 : 군주. *師는 長으로 임금을 가리킨다. 荀子 正論의 海內之民莫不願得以爲君師나 荀子 王制의 上無君師, 下無父子의 君師도 다 이 禮論 편의 君師와 같은 의미로 해석된다.)

〔**荀子·禮論**〕○○○○, ○○○○○○○○. ○○○○○○○○, ○○○○○○○○. 〔**荀子·王制**〕天地者, 生之始也. 禮義者, 治之始也. 君子者, 禮義之始也.

禮有以疎忽而誤, 亦有以敬畏而誤者.

예의는 소홀히 하는 것이 도리에 어긋나는 수가 있고, 또한 너무 공경하고 두려워하는 것이 도리에 어긋나는 수도 있다. 사람을 상대함에 있어서 소홀히 해도, 너무 정중히 해도 안 되며, 그 중간을 취해야 됨을 이르는 것. (誤 : 도리에 어긋나다, 그릇치다.)

〔**呻吟語·第一章**〕物有以慢藏而失, 亦有以謹藏而失者, ○○○○○○○○, ○○○○○○○○○, 故用心在有無之間.

禮義之始, 在於正容體, 齊顔色, 順辭令.

예의의 첫걸음은 신체를 바르게 하고, 얼굴빛을 단정하게 하며, 응대하는 말을 조리 있게 하는 데에 있다. 예의가 실행될 수 있는 전제는 사람의 신체가 건전하게 발육되어 있고, 자기의 정서를 제어할 수 있으며, 언어를 정확하게 구사할 수 있어야 하는 것에 있음을 이른다. (正容體 : 신체가 어른으로 발육되어 신체와 정신이 건전함을 가리킨다. 齊顔色 : 기쁨과 노여움의 표정과 태도를 자기 스스로 제어할 수 있음을 가리킨다. 順辭令 : 말솜씨로 각종 의사를 정확하게 표현할 수 있음을 가리킨다.)

〔**禮記·冠義**〕凡人之所以爲人者, 禮義也. ○○○○, ○○○○○, ○○○, ○○○. 容體正, 顔色齊, 辭令順, 而后禮義備, 以正君臣, 親父子, 和長幼.

禮, 天之經也, 地之義也, 民之行也.

예라는 것은 하늘의 상도(常道)이고, 땅의 법도(法道)이며, 사람의 도리(道理)이다. 예라는 것은 사람이 지켜야 할 불역(不易) 불변(不變)의 하늘의 도리이고, 올바른 땅의 법칙이며, 일상 행해야 할 사람의 도리라는 말. (經 : 상도 곧 불역 불변의 도리. / 상법 곧 일정불변의 법칙. 義 : 법칙, 법도. 사람이 행해야 할 덕. / 올바른 도리, 마땅한 도리 또는 행위. 行 : 도 곧 사람이 행해야 할 도리를 칭한다. / 행위 곧 행동, 동작을 칭한다. 행실 : 사람이 실제로 행하여 드러난 행동.)

〔**春秋左氏傳·昭公二十五年**〕(大叔)對曰, 吉也聞諸先大夫子產. 曰, 夫○, ○○○○, ○○○○, ○○○○. 天地之經, 而民實則之.

爲人子者, 居不主奧, 坐不中席, 行不中道, 立不中門.

자식된 사람은 그 거처로 (방안의 가장 깊숙한 곳에 있는) 웃어른의 자리를 차지하지 않으며, 앉을 때에는 한 가운데 자리를 잡지 않으며, 걸어갈 때에는 길의 중앙 통로를 가지 않으며, 설 때에는 문 입구의 가운데에 서지 않는다. (主 : 우두머리, 웃어른. 奧 : 방안에서 가장 깊숙한 서남쪽 모퉁이로 옛날 신을 제사지내던 장소이며, 방안의 상좌이므로 웃어른이 이 자리를 썼다.)

〔**禮記·曲禮上**〕○○○○, ○○○○, ○○○○, ○○○○, ○○○○, 食饗不爲槩, 祭祀不爲尸.

禮, 在人也, 如竹箭之筠(균)也, 如松柏之有心也, 二者居天下之大端矣, 故貫四時而不改柯易(역)葉.

예는 사람에 있어서 큰 대나무·작은 대나무의 곧고 굳은 푸른 껍질과 같고, 소나무 · 잣나무의 가지 가운데의 연한 심과 같다. 균과 심, 이 두 가지는 세상에 있는 초목의 중요한 근본의 자리를 차지하고 있으며, 이에 따라서 사철을 꿰뚫을 수 있고, 나무줄기를 갈거나 나뭇잎을 바꾸지 아니한다. 예는 사람이 행실을 함에 있어 근간의 위치를 차지하고 있어 어느 때나 적용되며, 또 그 세부 내용을 변경하지 않는다는 뜻. (箭 : 작은 대나무인 이대, 설대. ≒ 小竹. 줄기가 가늘고, 마디가 작으며, 질이 강인해서 화살대로 많이 썼다. 筠 : 대나무의 가장 여문 부분인 곧고 굳은 푸른 껍질. 心 : 나무줄기 가운데의 연한 줄기. 居 : 일정한 자리를 차지하고 있다. 자리잡다. 大端 : 일의 가장 중요한 근본. 일의 핵심이나 관건. 柯 : 나뭇가지.)

〔**禮記·禮器**〕禮器, 是故大備. 大備盛德也. ……, 措則正, 施則行. 其(禮)在人也, 如竹·箭之有筠也, 如松·柏之有心也, 二者居天下之大端矣, 故貫四時而不改柯易葉.

義路也, 禮門也. 惟君子能由是路, 出入是門也.

의(義)는 흡사 걸어다니는 길과 같고, 예(禮)는 출입하는 문과 같다. 군자는 오직 이 길을 지나가야 하고 이 문을 출입해야 한다. 의와 예는 군자가 반드시 실행해야 할 덕목이라는 뜻. (能 : 응당 ……해야 한다. 由 : 경과하다. 지나가다. 통과하다. / 쓰다.)

〔**孟子·萬章下**〕欲見賢人而不以其道, 猶欲其入而閉之門也. 夫○○○, ○○○. ○○○○○○○, ○○○○○.

二親旣歿, 兄弟相顧, 當如形之與影, 聲之與響.

양친이 이미 별세하여 형제가 서로 불쌍히 여겨 보살피는 데는 육체가 그림자와 함께 있는 것과 같이, 말소리가 그 울림과 함께 있는 것과 같이 대해야 한다. 양친이 돌아가신 뒤 형제가 돌이켜 볼 때는 양친이 살아계시는 것과 같이 서로 보살펴 주어야 한다는 뜻. (歿 : 죽다. 顧 : 불쌍히 여겨 돕다. 돌보다. 보살피다. 염려하다. 고려하다.)

〔**顔氏家訓·兄弟**〕○○○○, ○○○○, ○○○○○○, ○○○○. 愛先人之遺體, 惜己身之分氣, 非兄弟何念哉.

人君無禮, 無以臨邦. 大夫無禮, 官吏不恭. 父子無禮, 其家必凶. 兄弟無禮, 不能久同.

임금이 예가 없으면 나라를 다스릴 수 없고, 높은 벼슬자리에 있는 대부가 예가 없으면 벼슬아치가 공손하지 않으며, 부자 사이에 예가 없으면 그 집은 반드시 흉하게 되고, 형제 사이에 예가 없으면 오랫동안 함께 살 수 없다. (臨 : 다스리다. 통치하다. 관리하다. 邦 : 나라. 국가.)

〔**晏子春秋·重而異者**〕嬰聞之, ○○○○, ○○○○. ○○○○, ○○○○. ○○○○, ○○○○. ○○○○, ○○○○. 詩曰, 人而無禮, 胡不遄死. 故禮不可去也.

隣有喪, 舂(용)不相. 里有殯(빈), 不巷歌. 適墓不歌, 哭日不歌.

이웃집에 초상이 있으면 방아 찧으면서 콧노래를 부르지 않으며, 마을에 출상이 있으면 거리에서 노래를 부르지 않는다. 묘지에 가서도 노래 부르지 않으며, 조상(弔喪)하는 날에 노래를 불러서는 안 된다. 초상이 있으면 매장을 끝낼 때까지 그 마을에서는 누구나 어디서나 언제나 노래를 불러서는 안 됨을 이르는 말. (相 : 흥얼거리다. 콧노래를 부르다. 방아 찧는 노래를 부르다. 장단 맞추어 절굿공이 소리를 내다. <注> 相 : 謂送杵聲. 殯 : 파묻히다, 매장되다. 巷 : 거리. / 마을. 동네. 適 : 가다.)

〔**禮記·曲禮上**〕望柩不歌, 入臨不翔, 當食不歎. ○○○, ○○○. ○○○, ○○○. ○○○○, ○○○○.

入竟而問禁, 入國而問俗, 入門而問諱.

한 지역의 경계를 넘어 들어갈 때는 다 그들의 금기(禁忌)가 무엇인가를 문의하여야 하고, 한 나라에 들어갈 때에는 다 그들의 풍속을 분명하게 물어야 하며, 한 가정에 들어갈 때는 다 그들에게 어떤 꺼리는 것이 있는가를 먼저 물어야 한다. 남의 가정이나 지역이나 나라에 들어갈 때는 반드시 그들이 꺼리는 것, 금기시하는 것, 풍속 등을 물어 파악해서 그에 따라야 함을 강조한 것. (竟 : 경계. 국경. = 境. 禁 : 금기. 터부. 기피함. 諱 : 꺼리는 것. 싫어하는 것. 피하는 것.) → **入境問俗**.

〔**禮記·曲禮上**〕○○○○○, ○○○○○, ○○○○○. 〔**孟子·梁惠王下**〕臣始至於境, 問國之大禁, 然後敢入. <朱注> 禮入國而問禁. 〔**淮南子·齊俗訓**〕入其國者, 從其俗, 入其家者, 避其諱. 〔**宋 蘇軾·密州謝上表**〕入境問俗, 又復過所期.

子生三年, 然後免於父母之懷. 故制喪三年, 所以報父母之恩也.

자식은 태어나서 3년이 된 후에야 부모의 품을 벗어나게 된다. 그 때문에 상을 3년으로 정한 것이니, 이는 부모의 은혜에 보답하도록 하려는 이유에서다. (制 : 정하다, 제정하다. 所以 : 까닭, 이유.)

〔**論語·陽貨**〕子曰, 予之不仁也. 子生三年, 然後免於父母之懷. 夫三年之喪, 天下之通喪也. 〔**中庸·第十八章**〕期之喪, 達乎大夫. 三年之喪, 達乎天子. 父母之喪, 無貴賤一也. 〔**禮記·三年問**〕孔子曰, 子生三年, 然後免於父母之懷. 夫三年之喪, 天下之達喪也. 〔**說苑·修文**〕○○○○○, ○○○○○○○○○. ○○○○○, ○○○○○○○○○.

將求於人, 則先下之, 禮之善物也.

남에게 도움을 청하려고 하면 먼저 자기를 낮추고 상대방을 높이는 것이 예의상 좋은 것이다. (下 : 자기를 낮추고 상대방을 높이다.)

〔**春秋左氏傳·昭公二十五年**〕○○○○, ○○○○, ○○○○○. 〔**清 吳淩·飛龍全傳**〕凡是禮下于人, 人亦必然致敬.

將上堂, 聲必揚. 戶外有二屨(구), 言聞則入, 言不聞則不入.

곧 사람의 내당(內堂)에 오르려고 할 때는 반드시 큰 소리를 내어 진입의 가부를 물어보아야 한다. 문밖에 두 켤레의 신이 있는 것을 보면 (곧 이미 안에 사람이 있는 것을 알고) 주인이 부르는 소리가 들리면 바로 들어가고, 만일 주인이 부르는 소리가 들리지 않으면 들어가서는 안 된다. (堂 : 집. 방. 대청. 내당. 揚 : 널리 알리다. 드러내다. 밝히다. 나타내다. 알려지다. 屨 : 옛날 삼·칡·가죽 등으로 만든 미투리. 가죽신 등의 신발.)

〔**禮記·曲禮上**〕將適舍, 求毋固. ○○○, ○○○. ○○○○○, ○○○○, ○○○○○○○.

將入門, 問孰(숙)存. 將上堂, 聲必揚. 將入戶, 視必下.

남의 집의 문에 들어가려고 할 때는 집안에 누가 있는가를 물어야 하고, 내당에 올라가려고 할 때는 먼저 말소리가 알려지도록 해야 하며, 방문에 들어가려고 할 때는 반드시 눈을 아래 쪽으로 향하도록 해야 한다. 집안에 누가 있는지를 묻는 것(問孰存)은 존경을 표시하려는 것이고, 말소리가 알려지도록 하는 것(聲必揚)은 예고를 나타내려는 것이며, 눈을 아래쪽으로 행하라(視必下)는 것은 실수하는 것을 면하게 하려는 것이다. (孰 : 누구. 어느 사람. / 어느. 어느 것. 무엇. ≒ 何.)

〔**韓詩外傳·卷九**〕孟子曰, 我親見之. 母曰, ……. ○○○, ○○○. ○○○, ○○○. ○○○, ○○○. 不俺人不備也. 〔**列女傳·母儀·鄒孟軻母**〕於是孟母召孟子而謂之曰, 夫禮, 將入門, 問孰存. 所以致敬也. 將上堂, 聲必揚. 所以戒人也. 將入戶, 視必下. 恐見人過也. 今子不察於禮, 而責禮於人, 不亦遠乎.

長者賜, 少者·賤者不敢辭.

연장자가 어떤 물건을 주면 연소자나 비천한 자는 함부로 (손님과 같이) 받기를 사양해서는 안 된다.

〔**禮記·曲禮上**〕○○○, ○○·○○○○○. 〔**元 王實甫·西廂記**〕(夫人云) 將酒來, 先生滿飮此杯. (末云)長者賜, 少者不敢辭.

在天者莫明於日月, 在地者莫明於水火, 在物者莫明於珠玉, 在人者莫明於禮義.

하늘에 있는 것 중에서는 해와 달보다 밝은 것이 없고, 땅에 있는 것 중에서는 물과 불보다 밝은 것이 없고, 물건 중에서는 진주와 옥보다 밝은 것이 없고, 인간 사회에서는 예의와 의리보다 밝은 것이 없다.

〔**荀子·天論**〕○○○○○○○○, ○○○○○○○○, ○○○○○○○○, ○○○○○○○○. 故日月不高, 則光暉不赫, 水火不積, 則暉潤不博. 珠玉不睹乎外, 則王公不以爲寶, 禮義不加於國家, 則功名不白. 〔**韓詩外傳·卷一**〕傳曰, 在天者, 莫明乎日月, 在地者, 莫明於水火, 在人者, 莫明乎禮義. 故日月不高, 則所照不遠, 水火不積, 則光炎不博, 禮義不加乎國家, 則功名不白.

適墓不登壟(롱), 助葬必執紼(불), 臨喪不笑.

묘지에 가면 관을 묻어놓은 무덤의 봉분에 올라가서는 안 되고, 장례를 도와줄 때는 반드시 상여줄을 잡아 끌어야 하며, 초상집에 가서는 얼굴에 웃는 모습을 띠어서는 안 된다. (壟 : 분묘. 무덤의 봉분. / 흙언덕. 紼 : 수레를 끄는 줄. 여기서는 상여를 끄는 줄.)

〔**禮記·曲禮上**〕○○○○○, ○○○○○, ○○○○. 望柩不歌, 入臨不翔, 當食不歎.

祭如在, 祭神如神在.

조상을 제사지낼 때에는 조상이 와 계신 것 같이 하고, 신을 제사지낼 때에는 신이 있는 것 같이 한다. 조상을 제사지냄에 있어서는 조상이 친히 와 계시는 것 같이 생각하고, 마치 살아있는 분을 섬기는 것과 같이 공경과 정성을 다하여 제례를 올려야 함을 이른 것. (祭 : 선조에게 제사를 지내는 것. 祭神 : 다른 신에게 제사 지내는 것.)

〔**論語·八佾**〕○○○, ○○○○○. 子曰, 吾不與祭, 如不祭.

祭之日, 入室, 僾(애)然必有見乎其位, 周還(선)出戶, 肅然必有聞乎其容聲, 出戶而聽, 愾(개)然必有聞乎其嘆息之聲.

(사흘간의 제계를 마치고) 제사 지내는 날에 사당에 들어간 뒤에는 어렴풋한 것이 꼭 신주가 놓여있는 위치에서 생전의 육친을 보는 것 같이 하고, 제사 용품을 올리고 나서 한 바퀴 돌아와 문을 나설 때는 표정의 엄숙하고 경건함이 꼭 육친의 거동 언행의 음성을 듣는 것 같이 하고, 문을 나서서 살펴 볼 때는 쓸쓸하기가 꼭 육친의 탄식하는 소리를 듣는 것과 같이 하여야 한다. 제사 지내는 날에 조상을 목격한 것 같이, 그의 음성을 듣는 것 같이, 그리고 그의 탄식하는 소리를 듣는 것 같이 느꼈다면 효자로서의 재계를 했다고 할 만한 함을 이른 것. (僾然: 어렴풋이 보이는 모양. 位 : 신주가 놓여 있는 곳. 周還 : 한 바퀴 돌아서 제자리에 오다. 걸어서 한 바퀴 돌고 薦俎酌獻之禮를 행하는 것을 말한다. = 周旋. 肅然 : 엄숙하고 경건한 모양. 容聲 : 거동 언행의 음성. 聽 : 살피다. 엿보다. 愾然 :감정이 북바치는 모양. 탄식하는 모양.)

〔**禮記·祭義**〕○○○, ○○, ○○○○○○○○○, ○○○○, ○○○○○○○○○○, ○○○○, ○○○○○○○○○○○. 〔**說苑·修文**〕祭之日, 將入戶, 僾然若有見乎其容, 盤旋出戶, 喟然若有聞乎歎息之聲, 先人之色, 不絶於目, ……. 是則孝子之齋也.

遭重喪, 若相知者, 同在城邑, 三日不弔則絶之. 除喪, 雖相遇則避之.

거듭된 친상을 당했을 때 서로 잘 아는 친구가 같은 성읍에 살면서 초상난 지 사흘안에 조문하지 않는다면 그 사람과는 교제를 단절한다. 탈상한 뒤 길에서 서로 만나더라도 그를 피하고 부르지 아니한다. (重喪 : 탈상 전에 다시 친상을 당하는 것.)

〔**顏氏家訓·風操**〕江南凡○○○, ○○○○, ○○○○, ○○○○○○○. ○○, ○○○○○○, 怨其不己憫也.

尊客之前不叱(질)狗. 讓食不唾(타).

존귀한 손님의 면전에서는 개도 꾸짖어서는 안 되며, 주인이 정성스럽게 음식을 줄 때는 결코 입속의 침을 내뱉어서는 안 된다. 존귀한 사람에 대하여 짜증을 내는 것 같은 인상을 주는 말을 삼가고, 주인의 호의를 무시하는 것 같은 말을 삼가라는 뜻. (讓 : 주다. 넘겨 주다. ≒ 與. / 사양하다. 거절하다. 唾 : 침을 뱉다.)

〔**禮記·曲禮上**〕侍坐於所尊敬, 毋餘席. …. 食至起, 上客起. 燭不見跋. ○○○○○○○. ○○○○. 〔**小學·明倫**〕○○○○○○○. ○○○○. 侍坐於君子. 君子缺伸, 撰杖屨, 視日蚤莫, 侍坐者請出矣.

倉廩(름)實, 則知禮節. 衣食足, 則知榮辱.

곡물창고가 가득 차면 예절을 알고, 입고 먹는 것이 넉넉하면 영광과 치욕을 안다. 나라가 부유해지면 백성들이 곧 예절을 잘 실행할 줄 알게 되고, 배불리 먹고 따뜻이 입은 뒤에는 사람들이 비로소 영광된 일과 치욕적인 일을 가려서 행할 줄 알게 된다는 뜻. (倉廩 : 곡물 창고. 實 : 충실하다. 충만하다. 꽉 차다. 가득 차다.) → **倉廩實而知禮節.** ≒ **禮義生於富足.**

〔**管子·牧民**〕 國多財, 則遠者來. 地辟擧, 則民留處. ○○○, ○○○○. ○○○, ○○○○. 上服度, 則六親固. 四維張, 則君令行. 〔**淮南子·齊俗訓**〕民裕餘卽讓, 不足則爭. 讓則禮義生, 爭則暴亂起. 〔**史記·貨殖列傳**〕倉廩實而知禮節, 衣食足而知榮辱. 禮生於有而廢於無. 〔**說苑·建本**〕河間獻王曰, 管子稱, 倉廩實, 知禮節, 衣食足, 知榮辱. 〔**說苑·談叢**〕衣食足, 知榮辱, 倉廩實, 知禮節. 〔**論衡·問孔**〕問, 使治國無食, 民餓. 棄禮義, 禮義棄, 信安所立. 傳曰, 倉廩實, 知禮節. 衣食足, 知榮辱. 〔**漢書·食貨志**〕衣食足知榮辱, 廉讓生而爭訟息. 〔**潛夫論·愛日**〕孔子稱庶則富之, 旣富則敎之. 是故禮義生於富足, 盜竊起於貧窮, 富足生於寬暇, 貧窮起於無日. 〔**淸 呂熊·女仙外史**〕古語云, 衣食足而後禮儀興, 禮儀興而後敎化行, 天下乃王. 迫于肌肤, 欲民之無奸僞不可得也, 奚暇治夫禮義哉.

天子無禮, 無以守社稷(직). 爲人上無禮, 則無以使其下. 爲人下無禮, 則無以事其上. 兄弟無禮, 則不同居. 人而無禮, 不若遄(천)死.

천자가 예의가 없으면 국가를 지킬 수 없고, 웃 사람이 예의가 없으면 아랫 사람을 부릴 수 없고, 아랫 사람이 예의가 없으면 웃 사람을 섬길 수 없고, 형제가 예의가 없으면 함께 살 수가 없다. 그래서 사람으로서 예의가 없으면 빨리 죽는 것이 낫다. (社稷 : 토지신과 곡신 / 국가. 不若 : …만 못하다. …하는 편이 낫다. 遄死 : 빨리 죽다.)

〔**晏子春秋·諫上**〕景公飮酒酣, 曰, 今日願與諸大夫爲樂飮, 請無爲禮. 晏子蹴然改容, 曰, 君之言過矣. 群臣固欲君之無禮也, 力多足以勝其長, 勇多足以弑其君, 而禮不使也. 禽獸以力爲政, 彊者犯弱, 故日易主, 今君去禮, 則是禽獸也. 群臣以力爲政, 彊者犯弱, 而日易主, 君將安立矣. 凡人之所以貴于禽獸者, 以有禮也. 故詩曰, 人而無禮, 胡不遄死, 禮不可無也. 〔**晏子春秋·重而異者**〕嬰聞之, 人君無禮, 無以臨邦, 大夫無禮, 官吏不恭, 父子無禮, 其家必凶, 兄弟無禮, 不能久同. 詩曰, 人而無禮, 胡不遄死. 故禮不可去也. 〔**韓詩外傳·卷九**〕故自○○○○, ○○○○○. 諸侯無禮, 則無以守國家. ○○○○○, ○○○○○○. ○○○○○, ○○○○○○. 大夫無禮, 則無以治其家. ○○○○, ○○○○. ○○○○, ○○○○. 〔**新序·刺奢**〕晏子對曰, ……. 上若無禮, 無以使其下, 下若無禮, 無以使其上. 夫麋鹿唯無禮, 故父子同麀. 人之所以貴於禽獸者, 以有禮也. 詩曰, 人而無禮, 胡不遄死, 故禮不可去也.

椎(추)牛而祭墓, 不如雞豚逮(체)親存也.

소를 잡아 제사지내는 것은 닭이나 돼지를 잡아 어버이가 살아 계실 때 드리는 것보다 못하다. 소를 잡아 부모의 제사를 성대하게 지내는 것보다 생전에 닭고기나 돼지고기로 따뜻하게 봉양하는 것이 훨씬 낫다는 말. (椎 : 죽이다. 몽둥이로 쳐서 죽이다. 잡다. 逮 : 미치다. 이르다. 다다르다. 와닿다. 보내다. 여기서는 드리다로 해석. 存 : 생존하다.)

〔**韓詩外傳·卷七**〕曾子曰, 往而不可還者, 親也. 至而不可加者, 年也. 是故孝子欲養而親不待也, 木欲直而時不使也. 是故○○○○○, ○○○○○○○○. 〔**藝文類聚·二十**〕韓詩外傳 曰, 曾子曰, 往而不可還者, 親也. 故孝欲養而親不待. 是故椎牛而葬, 不如雞豚逮親存也.

致齊(재)於內, 散齊於外. 齊之日, 思其居處, 思其笑語, 思其志意, 思其所樂, 思其所嗜.

제사 전 사흘 동안에 재계를 해야 할 것은, 속마음으로는 제사지낼 분을 전심으로 생각하여야 하고, 행동 상으로는 대외교제와 오락 방사(房事) 등 활동을 단절해야 하는 것이다. 재계하는 날에는 돌아가신 분이 생전에 기거하던 곳을 마음속으로 생각하고, 그분이 웃고 이야기하던 모습을 생각하며, 그분의 생전의 의지와 의향을 생각하고, 그분의 생전의 즐거워하던 일을 생각하며, 그리고 그분의 생전의 구미 기호를 생각해야 한다. 제사지내기 전 사흘의 재계기간에는 위선 자신의 심신을 깨끗이 하고 부정(不淨)한 일을 멀리 하면서, 제사지낼 대상의 생전의 모습과 그 활동을 경건한 마음으로 그리워해야 함을 이른 것. (致齊於內 : 내적인 정신을 다스리고, 제사의 대상을 생각함을 가리킨다. 齊는 재계하다. 곧 심신을 깨끗이 하고 부정한 활동을 멀리 하다. = 齋. 散齊於外 : 대외교제와 오락, 방사 등 활동을 단절함을 가리킨다.)

〔 **禮記·祭義** 〕 ○○○○, ○○○○. ○○○, ○○○○, ○○○○, ○○○○, ○○○○, ○○○○. 齊三日, 乃見其所爲齊者.

親老, 出不易方, 復不過時.
역 복

양친이 연로했을 때 그 아들은 외출하여 갈 곳을 마음대로 바꾸어서는 안 되며, 돌아올 때 정해 놓은 시간을 초과해서는 안 된다. 자식이 부모를 섬기는 예의의 한 가지 예를 든 것. (復: 처음 있던 곳으로 돌아오다.)

〔 **禮記·玉藻** 〕 父命呼, 唯而不諾, 手執業則投之, 食在口則吐之, 走而不趨. ○○, ○○○○, ○○○○.

親者毋失其爲親也, 故者毋失其爲故也.

친한 사람에게는 그 옛날의 친함을 잃지 않도록 할 것이며, 오랜 친구에게는 그 옛날의 일을 잃지 않도록 할 것이다. 친한 사람에게는 친한 사람에게 응당 다해야 할 예절을 잃어버려서는 안 되며, 오랜 친구에게는 오랜 친구에게 응당 해야 할 예의를 잃어버려서는 안 됨을 이르는 말. (故 : 오래된. / 오래된 일. 옛날의 일.)

〔 **禮記·檀弓下** 〕 夫子曰, 丘聞之, ○○○○○○○○○, ○○○○○○○○○.

厚其生而薄其死, 是敬其有知而慢其無知也, 是姦人之道而倍叛之心也.

살아있는 동안 후하게 대접하다가 죽었다고 하여 박하게 대접하는 것은 지각이 있다고 하여 정중히 하고 지각이 없다고 하여 업신여기는 것이니, 이는 간악한 인간이 취하는 길이고 배반하는 심리인 것이다. (敬 : 정중히 하다. 예의가 바르다. 慢 : 업신여기다. 倍 : 등지다. 배반하다. ≒ 背. 偝.)

〔 **荀子·禮論** 〕 君子敬始而愼終, 終始如一, 是君子之道, 禮義之交也. 夫○○○○○○○, ○○○○○○○○○○○, ○○○○○○○○○○○○.

4. 忠 孝

가. 忠誠

居朝廷則憂其民, 處江湖則憂其君.

조정에서 관직을 차지하고 있을 때는 그 백성들을 걱정하고, 물러나서 시골에 살고 있을 때는 그 임금을 걱정하다. 어디서나 어느 때나 나라를 걱정하고 백성을 걱정함을 가리키는 말. (江湖 : 강과 호수. / 시골. 조정에 대하여 이르는 말.)

〔 **明 李卓吾·孔明爲后主寫申韓管子六韜** 〕 ○○○○○○○, ○○○○○○○, 不知天下果有兩頭馬乎否也. 〔 **清 盛際時·臙脂雪** 〕 古人有云, 居廟堂之高則憂其民, 居江湖之遠則憂其國.

見無禮於其君者, 誅之如鷹鸇(전)之逐鳥雀也.

임금에게 무례한 자를 보면 매나 새매가 작은 새를 쫓는 것과 같이 그를 죽인다. 임금에게 도리에 벗어나는 짓을 하는 자는 가차 없이 죽임을 당한다는 말. (無禮 : 예의에 벗어나다. 도리에 어긋나는 짓을 하다. 鷹 : 매. 송골매. / 매과에 딸린 맹조의 총칭. 鸇 : 새매. 鳥雀 : 참새 따위의 작은 새의 총칭.)

〔 **春秋左氏傳·文公十八年** 〕 曰, 見有禮於其君者, 事之如孝子之養父母也, ○○○○○○○, ○○○○○○○○○○.

公家之利, 知無不爲, 忠也, 送往事居, 耦(우)俱無猜(시), 貞也.

왕실에 이익이 되는 일을 행할 줄 아는 것이 충성스런 마음이고, 죽은 사람(임금)을 장사지내고 살아있는 사람을 섬기는 것 이 두 가지 다 함께 싫어하지 않는 것이 지조의 굳은 마음이다. 나라를 이롭게 하는 일을 실천하는 것이 충성이고, 전후의 나라 지도자를 다 함께 정성으로 모시는 것이 지조라는 뜻. (公家 : 조정 또는 왕실. 無不爲 : 하지 않음이 없다. 곧 행함을 이르는 것. 送往 : 죽은 사람을 장사지내다. 居 : 살아있는 사람. 耦 : 둘 다 . 양쪽 다. 俱 : 함께. 모두. 猜 : 몹시 싫어하다. / 원망하다. 貞 : 지조가 굳다. 의지와 덕행을 굳게 지키어나감을 가리킨다. / 곧다. 여자가 한 남자를 좇고 그 절개를 지키어 끝마침을 이른다. / 성실하다. 정성스러움을 칭한다.)

〔 **春秋左氏傳·僖公九年** 〕 (獻)公曰, 何謂忠貞. (荀息)對曰, ○○○○, ○○○○, ○○, ○○○○, ○○○○, ○○.

拱(공)木不生危, 松柏不生埤(비).

아름드리 큰 나무는 가파른 데에서 생장하지 못하고, 푸른 소나무와 잣나무는 땅이 낮고 습한 곳에서는 살지 못한다. (喩)충신은 나라가 위기에 빠질 때는 삶을 온전히 하지 못한다. (拱 : 아름드리. 두 팔을 벌려 껴안을 정도로 매우 큰 둘레. / 두 팔로 껴안다. 危 : 아슬아슬하게 높다. 가파르다. / 가파른 곳. 埤 : 땅이 낮고 습한 곳. 卑濕處.)

〔 **春秋左氏傳·襄公二十九年** 〕 鄭行人子羽曰, 是謂不宜, 必代之昌. 松柏之下其草不殖. 〔 **國語·晋語八** 〕 (醫)和聞之曰, 直不輔曲, 明不規闇, ○○○○○, ○○○○○.

交接廣而信衰於友, 爵祿厚而忠衰於君.

교제하는 대상이 광범위하면 벗에 대한 신의가 쇠약해지고, 작위와 봉록이 후하면 임금에 대한 충성심이 쇠약해진다. (交接 : 교제하다. 사귀다. 衰 : 약해지다. 쇠약해지다.)

〔 **唐 趙蕤·長短經·是非** 〕 語曰, ○○○○○○○○○, ○○○○○○○○○. ……. 韓宣王謂摎留曰, 吾兩欲用公仲公叔, 其可乎. 對曰, 不可, 晋用六卿而國分, 簡公用田成闞而簡公弑.

求忠臣必於孝子之門.

충신은 반드시 효자의 가문에서 구하여야 한다. 충성과 효행은 맥이 이어져 있어 효행을 하는 사람은 충성할 줄 알게 되어 있으므로 이와 같이 말한 것. (求 : 구하다. 필요한 것을 찾다. 얻기를 바라다.)

〔 **後漢書·韋彪傳** 〕 孔子曰, 事親孝. 故忠可移於君, 是以○○○○○○○○○. 〔 **晉 孫綽·喩道論** 〕 見危授命, 誓不顧親, 皆名注史筆, 事標教首. 記注者豈復以不孝爲罪. 故諺曰, ○○○○○○○○○. 〔 **十八史略·中古·秦漢篇** 〕 韋彪議曰, 國以簡賢爲務, 賢以孝行爲首, ○○○○○○○○○. 上然之.

鞠躬盡瘁, 死而後已.

국 궁 췌 이

(나라를 위하여 심신을 다 바쳐) 애써 노력하고, 병이 들도록 노고를 다하며 죽은 뒤에야 이를 그만두다. 평생토록 몸과 마음을 다 바쳐 나라에 이바지함을 형용. (鞠躬 : 애써 노력하다. 盡瘁 : 몸이 여위도록 힘을 다하여 애쓰다. 已 : 그치다. 그만두다.) → **鞠躬盡瘁.**

〔 **諸葛亮·後出師表** 〕 凡事如是, 難可逆見. 臣○○○○, ○○○○, 至於成敗利鈍, 非臣之明所能逆覩也.

生當隕首, 死當結草.

운

살아서는 목을 떨어뜨릴 것이고, 죽어서는 마땅히 풀을 맺을 것이다. 살아서는 목숨이 떨어지더라도 충성을 다하고, 죽어서는 풀을 맺어 은혜를 갚겠다는 말. (隕 : 떨어뜨리다. 떨어지다. = 殞. 結草 : 죽은 뒤에라도 은혜에 보답하다. 結草報恩에서 나온 말.)

〔 **李密·陳情表** 〕 卒保餘年, 臣○○○○, ○○○○, 臣不勝犬馬怖懼之情, 謹拜表以聞.

食君之祿, 須要忠君之事.

임금의 녹을 먹는 자는 반드시 임금의 일에 충성을 다해야 한다. (喻) 상급자나 남의 좋은 대우를 받는 사람은 그를 위하여 진력하여야 한다. (須要 : 반드시 ……하여야 한다. ……할 필요가 있다.)

〔**元 無名氏·賺蒯通**〕小官雖不才, ○○○○, ○○○○○○, ……. 倘有疏失, 如之奈何. 〔**明 玩花主人·粧樓記**〕食君之祿, 當盡君事. 閣下爲國爲民, 下官亦當隨公聽令帳下.

良鳥戀舊林, 良臣懷故主.

좋은 새는 자라던 옛 숲을 그리워하고, 좋은 신하는 옛날 모시던 임금을 마음 속에 품는다. 현량한 신하는 과거에 보좌하던 임금을 그리워함을 가리키는 말. (懷 : 어떤 생각을 마음속에 가지다.)

〔**東周列國志**〕吾聞 ○○○○○, ○○○○○. 魏王雖不能用足下, 然父母之邦, 足下安得無情.

踊躍之懷, 瞻望反側, 不勝犬馬戀主之情.

(踊: 용, 瞻: 첨)

심정이 절박한 상황에 있어 고개를 들어 멀리 바라보며, 잠자리에 누어도 옆으로 뒤척거리면서 개나 말이 그 주인을 그리워하는 그런 감정을 이겨내지 못하다. (喻) 신하나 백성들의 군주를 생각하고 그리워하는 마음이 간절하다. (踊躍 : 뛰어 일어나 기세 좋게 나아가다. 여기서는 심정이 급박하여 안달하는 것을 뜻한다. 懷 : 심회. 심정. 품은 생각. 瞻望 : 멀리 바라보다. 反側 : 자면서 뒤척거리다. 누어서도 불안한 모양. 犬馬戀主 : 개나 말이 그 주인을 그리워하여 떠나지 못하다. 신하의 군주에 대한 감정을 비유.) → **犬馬戀主** ≒ **犬馬之心**.

〔**三國 魏 曹植·上責躬詩表**〕○○○○, ○○○○, ○○○○○○○○○, 謹拜表, 幷獻詩二首.

以孝事君則忠, 以敬事長則順.

효도로써 임금을 섬기는 것이 곧 충성이고, 공경하는 마음으로써 웃 사람을 섬기는 것이 곧 순종이다. (長 : 웃 사람. 天子. 諸侯. 卿大夫를 가리키는 말.)

〔**孝經·士**〕○○○○○○, ○○○○○○. 忠順不失, 以事其上, 而後能保其祿位, 而守其祭祀. 蓋士之孝也. 〔**小學·明倫**〕○○○○○○, ○○○○○○. 忠順不失, 以事其上, 然後能守其祭祀.

人生自古誰無死, 留取丹心照汗靑.

(照: 조, 汗: 한)

인생이 자고로 누가 죽지 않을 수가 있었던가? 충성된 마음을 이 세상에 남겨두어 역사에 비추고자 한다. 굳은 충성심을 표현한 시 구절. (留取 : 머무르게 하다. 붙들어두다. 남겨둔다는 뜻. 丹心 : 정성어린 마음. 성심. 진심. 충성심. 汗靑 : 문서. 서적. 저서. 역사서. / 역사. 청사.)

〔**南宋 文天祥·過零丁洋 詩**〕辛苦遭逢起一經, 干戈落落四周星. 山河破碎風漂絮, 身世飄搖雨打萍. 皇恐灘邊說皇恐, 零丁洋裏嘆零丁. ○○○○○○○, ○○○○○○○. 〔**十八史略·近古·唐宋篇**〕天祥書所過零丁洋詩與之. 其末有云 ○○○○○○○, ○○○○○○○.

天之所覆, 地之所載, 人之所覆, 莫大乎忠.
부

하늘이 만물을 덮어 싸는 것, 땅이 이를 받아 싣는 것, 사람이 행하는 것에서 충성보다 더 큰 것은 없다. 하늘과 땅과 사람이 행하는 것 중에서 나라에 충성하는 것이 가장 중요한 덕목임을 강조한 표현이다. (天之所覆 : 하늘이 만물을 덮어 싸는 것. 地之所載 : 땅이 만물을 싣는 것. 覆 : 행하는 바. 행동.) → **天之所覆, 地之所載. 天覆地載. 覆載.**

〔**忠經·天地神明**〕昔在至理, 上下一德, 以徵天休, 忠之道也. ○○○○, ○○○○, ○○○○, ○○○○. *〔**中庸·第三十一章**〕……, 人力所通, 天之所覆, 地之所載, 日月所照, …….

一馬不鞁兩鞍, 雙輪不輾四轍.
피 안 전 철

한 마리의 말에 두 개의 안장을 얹을 수 없고, 두 개의 바퀴가 네 개의 노선을 굴러갈 수 없다. (喩) 신하가 두 임금을 섬기지 아니하고, 여자가 두 남자에게 시집가지 아니한다. / 한 사람이 한꺼번에 두 가지 일을 하지 못한다. 忠臣不事二君, 烈女不更二夫와 같은 뜻. (鞁 : 마구를 말 위에 메우다. 轍 : 수레바퀴자국. 노선. 진로.) → **一馬不跨兩鞍.**

〔**敦煌變文集·秋胡變文**〕一馬不背兩鞍, 單牛豈有雙車并駕. 〔**元 岳伯川·鐵拐李**〕我○○○○○, ○○○○○○, 守着福童孩兒, 直到老死也不嫁人. 〔**元 無名氏·白兎記**〕一馬一鞍, 再嫁旁人論. 夫去投軍, 誰敢爲謀證. 〔**元史·列女傳**〕吾聞一馬不被兩鞍, 吾夫旣死, 與之同棺其穴可也. 〔**元 王逢·梧溪集**〕人勸之再適, 則自誓曰, 馬不被二鞍, 況人乎.

殿下有命, 臣固赴湯蹈火, 所不辭也.
도

전하가 명령만 내리시면 신은 진실로 끓는 물이나 타는 불속에라도 뛰어들어 갈 것을 사양하지 않을 것이다. 통치자의 명령에 대해서는 어렵고 위험한 것을 두려워하지 않고 실행할 것을 맹세하는 말. (赴湯蹈火 : 끓는 물에 나아가고 타는 불에 들어가다. 어떤 괴로움도 사양하지 아니함을 이르는 말.) → **赴湯蹈火.**

〔**新論·辯樂**〕楚越之俗, 好勇則有赴湯蹈火之歌. 〔**漢書·晁錯傳**〕蒙矢石, 赴湯蹈火, 視死如生. 〔**清 夏敬渠·野臾曝言·百九回**〕殿下請起, ○○○○, ○○○○○○○, ○○○○.

秦檜初命何鑄鞫之, 飛裂裳以背示鑄, 有盡忠報國四大字, 深入膚理.
회 도

(南宋의 高宗 때 사리사욕을 취하면서 金나라와의 화해를 주장한 간신) 秦檜는 처음 何鑄에게 명하여 (그의 모함으로 잡아들인 岳飛장군을) 국문케 하니, 岳飛는 그의 옷을 찢어 등을 何鑄에

게 보였는데, 거기에는 "충성을 다하여 나라에 보답한다"는 네 개의 큰 글자가 살결 속에 깊이 새겨져 있었다. (裳 : 中國人이 낮에 입던 옷. 膚理 : 살결.) → **盡忠報國.**

〔 **北史·顔之儀傳** 〕公等備受朝恩, 當盡忠報國. 〔 **宋史·岳飛傳** 〕(秦)檜遣使捕飛父子, 證張憲事. 初命何鑄鞠之, 飛裂裳以背示鑄, 有盡忠報國四大字, 深入膚理. ……. 於是飛以衆證, 坐死, 時年三十九. 〔 **宋史·何鑄傳** 〕秦檜力主和議, 大將岳飛有戰功, 金人所深忌. 檜惡其異己, 欲除之, 脅飛故將王貴上變, 逮飛繫大理獄, 先命鑄鞠之, 鑄引飛至庭, 詰其反狀, 飛袒而示之背, 背有舊涅盡忠報國四大字, 深入膚理.

跖之狗吠堯, 非貴跖而賤堯也.

고대 中國의 도적의 두목인 盜跖의 개는 성군(聖君)인 堯임금을 보고 짖었는데, 그것은 도척이 귀하고 요임금이 천하기 때문이 아니다. (喩) 좋고 나쁜 것을 가리지 않고 자기의 주인에게만 맹목적으로 충성을 다하다. / 악인과 한 편이 되어 현인을 시기하다. → **桀之犬可使吠堯. 桀犬吠堯. 跖犬吠堯.**

〔 **史記·淮陰侯列傳** 〕跖之狗吠堯, 堯非不仁, 狗固吠其主. 〔 **戰國策·齊策六** 〕貂勃曰, ○○○○○, ○○○○○○○, 狗固吠其非主也. 〔 **漢書·鄒陽傳獄中上書** 〕今人主誠能去驕傲之心, 懷可報之意, 則桀之犬可使吠堯而跖之客可使刺由. 〔 **五燈會元** 〕問, 如何是臨濟下事. 師曰, 桀犬吠堯. 〔 **元 鄭德輝·老君堂** 〕豈不聞桀犬吠堯, 非堯不仁, 皆各認其主.

忠君者不有其家.

임금에게 충성하는 신하는 그 집을 가지지 않는다. 충성스런 신하는 자신의 가정을 고려하지 않는다는 말. (有 : 갖다.)

〔 **東周列國志** 〕臣聞○○○○○○○. 君未嘗人味, 臣故殺子以適君之口.

忠臣不私, 私臣不忠.

충절을 다하여 임금을 섬기는 신하는 공적인 것을 자기 소유로 삼지 아니하고, 사리를 꾀하는 신하는 충성을 다하지 아니한다. (私 : 사사로이 하다. 사리를 꾀하다. 공적인 것을 자기 소유로 삼다. / 남 몰래 주다. 남 몰래 뇌물을 주다.)

〔 **通鑑節要·東漢記·世祖光武皇帝下** 〕(睢陽令任)延對曰, 臣聞○○○○, ○○○○, 履正奉公, 臣子之節, 上下雷同非陛下之福.

忠臣不事二君, 貞女不更二夫.
경

충신은 두 임금을 섬기지 아니하고, 정숙한 부인은 두 번째 지아비로 바꾸지 아니한다. 충성스럽고 의리있는 신하는 두 세대의 임금을 섬기지 아니하고, 정조와 절개가 굳은 부녀자는 두 번째의 남자에게 (다시) 시집가지 아니한다는 말. (更 : 갈다. 교환하다. 바꾸다. 교체하다.) = **忠臣不事二**

主, 烈女不更二夫. 忠臣不事二君, 烈女不嫁二夫.

〔**史記·田單列傳**〕燕人曰, 子不聽, 吾引三軍而屠畫邑. 王歜曰, ○○○○○○, ○○○○○○. 齊王不聽吾諫, 故退而耕於野. 〔**說苑·立節**〕王歜曰, ○○○○○○, ○○○○○○. 齊王不聽吾諫, 故退而耕於野. 〔**王節·婦女範捷錄**〕忠臣不事兩國, 烈女不更二夫. 故與之醮, 終身不移. 〔**明 高明·琵琶記**〕自古道, 忠臣不事二君, 烈女不嫁二夫.

忠臣不怕死, 怕死不忠臣.
파

충신은 죽음을 두려워하지 아니하며, 죽음을 두려워하는 것은 충신이 아니다. 충성으로 보국하는 신하는 희생을 두려워하지 않는다는 말. (怕 : 두려워하다.)

〔**元 楊梓·豫讓呑炭**〕折末尸骸橫百段, 熱血汚黃塵. ○○○○○, ○○○○○. 〔**東周列國志**〕莊王嘆曰, 忠臣不懼死, 子之謂矣.

忠臣雖在畎畝, 猶不忘君.
견 묘

충신은 그 몸이 전원에 있더라도 (조정에 있을 때와 같이) 역시 섬기던 그 임금을 잊지 못한다. 충신은 언제나 어디서나 그 마음이 변치 않음을 이르는 것. (畎畝 : 밭의 고랑과 이랑. 시골. 전원. 猶 : 지금도 역시.)

〔**漢書·劉向傳**〕○○○○○○, ○○○○, 惓惓之義也.

忠也者, 一其心之謂矣. 爲國之本, 何莫由忠.

충성이란 것은 그 마음을 하나로 합치는 것을 이르는 것이니, 나라를 다스리는 근본은 무엇이이 충성에 말미암지 않는 것이 있는가? 임금과 신하 사이를 견고히 하여 나라를 평안하게 다스리는 근본은 마음을 통일하는 충성에 말미암지 않는 것이 아무것도 없다는 뜻. (一 : 같이하다. 통일하다. 맞추다. 합치다. 爲 : 다스리다. 由 : ……말미암다. ……에 기인되다. 인연하다.)

〔**忠經·天地神明**〕○○○, ○○○○○○, ○○○○, ○○○○. 忠能固君臣, 安社稷, 感天地, 動神明, 而況於人手.

나. 孝道·孝行

老萊子孝奉二親. 行年七十, 作嬰兒戲, 身著五色斑斕之衣, 弄雛於親側, 欲親之喜.
래 영 희 착 반 란 농 추

춘추시대 말기 楚나라의 은사인 老萊子는 양친을 효도로 보양하였다. 그는 먹은 나이 70에 어린 아이의 놀이를 만들어 몸에는 오색의 알록달록한 무늬 있는 옷을 입고, 부모 곁에서 병아리를 가지고 놀기도 하여 부모의 마음을 기쁘게 하려고 하였다. (行年 : 세상을 살아온 햇수. 먹은 나이. 戱 : 놀이. 장난. 斑斕 : 얼룩지고 아름답다. 무늬가 있고 화려하다.)

〔**高士傳·老萊子**〕老萊子孝養親, 年七十, 父母猶存, 身著五色褊衣, 爲嬰兒戲, 欲親之喜. 〔**小學·稽古**〕○○○○○○○. ○○○○, ○○○○, ○○○○○○○○, 嘗取水上堂, 詐跌仆臥地, 爲小兒啼, ○○○○○, ○○○○.

老吾老(로), 以及人之老, 幼吾幼, 以及人之幼, 天下可運於掌.

내 부모를 공경하여 받들고 그 마음을 남의 부모까지 미치게 하며, 내 어린 아이를 사랑하고 그 마음을 남의 어린 아이까지 미치게 한다면 천하는 손바닥 위에서 움직일 수 있다. 먼저 우리들 자신의 부모를 높이어 받들고, 다시 그 범위를 넓혀 남의 부모를 똑 같이 높이어 받들며, 또한 먼저 우리들 자신의 언린 아이를 사랑하고 다시 그 범위를 넓혀 남의 어린 아이를 똑 같이 사랑한다면, 천하를 마음대로 지배할 수 있는 것은 가볍고 정교한 물건을 손바닥에 놓고 이를 움직이는 꼭 같이 쉬운 일이라는 뜻. (老 : 노인. / 공경하여 받들다. 노인을 섬기는 방법으로 그를 섬기다. 幼 : 어린아이. / 사랑하다. 어린이를 애호하는 마음으로 그를 사랑하다. 運於掌 : 손바닥 위에서 물건을 굴리다. 손바닥 안에서 움직이다. 마음대로 할 수 있음을 이르는 말. 일이 극히 쉬움을 비유.)

〔**孟子·梁惠王上**〕○○○, ○○○○○, ○○○, ○○○○○, ○○○○○○○. 詩云, 刑于寡妻, 至于兄弟, 以御于家邦, 言擧斯心, 加諸彼而已. 〔**詩經·大雅·思齊**〕神罔時恫, 刑于寡妻, 至于兄弟, 以御于家邦. 〔**明史·彭時傳**〕朝臣父母七十與誥敕, 百姓八十給冠帶, 是老吾老以及人之老也.

孟宗冬節入林得筍.

효성이 지극한 吳나라의 孟宗은 겨울에 대숲에 들어가서 어머니가 좋아하는 죽순을 얻다. 효성이 지극하여 하늘도 감동했음을 형용한 글. (由) 左臺御史였던 孟宗은 효도를 했는데, 어머니가 죽순을 좋아하다가 돌아가시자 겨울철에 대숲에 들어가 슬피 우니 죽순이 솟아나서 이를 가져다가 어머니에게 바쳤다 한다. / 이 죽순을 가져다가 어머니의 제사를 지내는데 썼다는 기록도 있다.

〔**三國志·吳志**〕左臺御史孟宗有孝道, 母性嗜筍, 乃母亡, 冬節宗入林哀泣, 而筍生, 得以供祭祀. 〔**晋張方賢·楚國先賢傳**〕(孟)宗母嗜筍. 冬節將至時筍尙未生. 宗入竹林哀歎, 而筍爲之出, 得以供母. 皆以爲至孝所感. 仕孫皓至司空.(※ 위 三國志 내용과는 상이.) 〔**蒙求·孟宗寄鮓**〕楚國先賢傳曰, (孟)宗母嗜筍. 冬節將至, 時筍尙未生. 宗入竹林哀歎. 以筍爲之出, 得以供母. 皆以爲至孝所感.

靡(미)瞻(첨)匪父, 靡依匪母.

아버지를 우러러보지 않는 사람이 없고, 어머니를 그리워하지 않는 사람이 없다. 사람들은 다 아버지를 우러러보고, 어머니를 그리워함을 이른다. 부모로부터 버림을 받은 고독한 자식이 부모를 그리워하는 애절한 심정을 표현한 것. (靡 : 없다. = 無. 아니다. = 非. 瞻 : 우러러보다. ≒ 仰視.

匪 : 아니다. = 非. 依 : 사모하다. 애타게 그리다. 앙모하다. 그리워하다. 사랑하다.)

〔**詩經·小雅·小辨**〕維桑與梓, 必恭敬止. ○○○○, ○○○○. 不屬于毛, 不罹于裏. 天之生我, 我辰安在.

奉先思孝, 接下思恭.

선조를 받들 때는 효도를 다할 것을 생각하고, 아랫 사람을 대할 때는 겸손함을 생각해야 한다. (恭 : 근실하고 정직하다. 예의 바르고 정중하다. 방정하다. 겸손하다.)

〔**書經·商書·太甲中**〕○○○○, ○○○○, 視遠惟明, 聽德惟聰, 朕承王之休, 無斁.

父·母雖沒, 將爲善, 思貽(이)父·母令名, 必果. 將爲不善, 思貽父·母羞辱, 必不果.

부모가 별세했더라도 그 아들이 착한 일을 하려고 할 때에는 그것이 부모에게 좋은 평판으로 돌아갈 것을 생각하고 반드시 실행해야 하며, 착하지 못한 일을 하려고 할 때에는 부모에게 부끄러움과 욕됨이 돌아갈 것을 생각하여 반드시 실행하지 말 것이다. (貽 : 끼치다. 돌아가게 하다. 令名 : 높은 명성. 좋은 평판. 영예. 果 : 이루다. 실행하다. 결행하다.)

〔**禮記·內則**〕○·○○○, ○○○, ○○○·○○○, ○○. ○○○○, ○○○·○○○, ○○○.

父母怒之, 不作於意, 不見(현)於色, 深受其罪, 使可哀憐(련)上也. 作於意, 見於色, 下也.

부모가 노하였을 때는 사사로운 마음을 드러내지 말고, 얼굴빛에 나타내지 않으며, (부모를 노하게 한) 그 잘못을 마음으로 깊이 받아들이고, (부모로 하여금) 가엽게 여기도록 하는 것이 최상이며, 사사로운 마음을 드러내고 얼굴빛에 나타내는 것이 최하의 행동이다. (作 : 어떤 모양을 나타내다. 드러내다. ……한 태도를 취하다. 於 : ……을. 목적격 조사의 구실을 한다. 意 : 속마음. 생각. 의사. / 사사로운 마음. 哀憐 : 애처롭고 가엾게 여기다.)

〔**說苑·建本**〕(伯兪) 對曰, …. 故曰○○○○, ○○○○, ○○○○, ○○○○, ○○○○○○. 父母怒之, 不作於意, 不見於色, 其次也. 父母怒之, ○○○, ○○○, ○○. 〔**小學·稽古**〕故曰, ○○○○, ○○○○, ○○○○, ○○○○, ○○○○○○. 父母怒之, 不作於意, 不見於色, 其次也. 父母怒之, ○○○, ○○○, ○○.

父母愛之, 喜而弗忘. 父母惡(오)之, 懼而無怨. 父母有過, 諫而不逆.

부모가 자기를 사랑하면 기뻐하며 잊지 말 것이고, 부모가 자기를 미워하면 두려워하면서 원망하지 말 것이며, 부모가 허물이 있으면 간하되 거역하지 말 것이다.

〔**孟子·萬章上**〕萬章曰, 父母愛之, 喜而不忘. 父母惡之, 勞而不怨. 然則舜怨乎. 〔**小學·明倫**〕曾子曰,

○○○○, ○○○○. ○○○○, ○○○○. ○○○○, ○○○○.

父母威嚴而有慈, 則子女畏愼而生孝矣.

부모가 (자녀를 가르침에 있어서) 위엄이 있어야 할 뿐 아니라 또한 자애(慈愛)도 있어야 하는 것이니, 그러면 자녀는 경외(敬畏)하고 신중하게 행동할 뿐 아니라 (느끼지 못하는 가운데) 효심이 생기게 된다. (畏愼 : 경외 신행하다. ≒ 敬畏愼行. 곧 공경하고 두려워하며 신중하게 행동하다.)

〔**顔氏家訓·敎子**〕○○○○○○○, ○○○○○○○○○.

父母有過, 下氣怡色, 柔聲以諫, 諫若不入, 起敬起孝, 說則復諫.

이 열 부

부모가 허물이 있으면 자식은 마음을 진정시키고 얼굴빛을 즐겁게 하며 말소리를 부드럽게 하여 간할 것이며, 간하여도 만일 받아들이지 않으면 자기의 효경하는 마음을 한 층 더 일으켜서 부모가 기뻐할 때 다시 간할 것이다. (下氣 : 흥분을 가라앉히다. 마음 · 기분을 진정시키다. 怡色 : 얼굴빛을 즐겁게 하다. 說 : 즐겁다. 기쁘다. = 悅.)

〔**禮記·內則**〕○○○○, ○○○○, ○○○○, ○○○○, ○○○○, ○○○○.

父母有疾, 冠者不櫛, 行不翔, 言不惰, 琴瑟不御, 笑不至矧, 怒不至詈.

즐 상 신 리

부모가 병을 앓을 때는 이미 관례를 올린 아들은 머리를 빗어서는 안 되며, 길을 갈 때 양 어깨를 활짝 펴고 걸어서는 안 되며, 말은 함부로 농담으로 해서는 안 되며, 거문고 큰 거문고는 연주해서는 안 되며, 웃을 때 입을 크게 벌려 잇몸을 드러내서는 안 되며, 노여울 때 남을 빗대어 욕하여 소란을 피워서는 안 된다. 부모가 병을 앓을 때 그 자녀의 언행에 마땅히 주의해야 할 것을 나열한 것. (櫛 : 머리를 빗다. 빗질하다. 翔 : 양 어깨를 활짝 펴고 걷다. 惰 : 불경스럽다. 함부로 농담하다. / 천하고 바르지 아니한 말씨. 御 : 부리다. 조종하다. 제어하다. 다스리다. *악기는 연주한다는 의미. 至矧 : 잇몸을 드러내다. 詈 : 꾸짖다. 매도하다. 책망하며 호되게 욕하다. 남을 빗대어 욕하다.)

〔**禮記·曲禮上**〕○○○○, ○○○○, ○○○, ○○○, ○○○○, 食肉不至變味, 飮酒不至變貌, ○○○○, ○○○○. 疾止復故.

父母有疾, 雖不可爲, 無不下藥之理.

부모가 병이 들었다면 비록 도움이 될 수 없다하더라도 약을 써서 다스리지 않으면 안 된다. 부모의 병이 위중하여 살 가망이 전혀 없어도 약을 쓰지 않고 그대로 보고 있는 것은 도리에 어긋난다는 뜻. (爲 : 돕다. 下 : 쓰다. 사용하다. / 보내다. 理 : 다스리다.)

〔**宋史·文天祥傳**〕元丞相悖羅怒曰, 爾立三王竟成何功. 天祥曰, 立君以存宗社, 存一日, 則盡臣子一日之責, 何功之有. 曰, 旣知其不可, 何必爲. 天祥曰, ○○○○, ○○○○, ○○○○○○, 盡吾心焉, 不可救則天命也, 今日天祥至此, 有死而已, 何必多言.

父母在, 不遠遊, 遊必有方.

부모가 생존해 있을 때는 자식은 집을 떠나 멀리 가면 안 되며, 만일 부득이 멀리 떠나가야 할 경우에는 반드시 일정한 행방이 있어야 한다. 자식이 집을 나갈 때는 행선지를 정해 두는 것이 부모의 근심을 더는 효행의 한 방법임을 이른 것. (遊 : 길을 떠나다. 밖으로 나가 여행하다. 方 : 행선지. 행방. 방향. / 지방. 곳.)

〔**論語·里仁**〕子曰, ○○○, ○○○, ○○○○. 〔**小學·明倫**〕孔子曰, ○○○, ○○○, ○○○○.

父母在, 不稱老, 言孝不言慈.

부모가 살아있으면 자신(자식)이 늙었다고 이르지 말 것이며, 다만 부모에 대한 효경만 말하고, 그의 자식에 대한 사랑은 말하지 말 것이다. 자식된 자는 부모에게는 후하게 하고 그의 자식에게는 박하게 하는 것이 도리이기 때문이다.

〔**禮記·坊記**〕子云, ○○○, ○○○, ○○○○○, 閨門之內, 戲而不歎. 君子以此坊民, 民猶薄於孝而厚於慈.

父母全而生之, 子全而歸之, 可謂孝矣. 不虧(휴)其體, 不辱其身, 可謂全矣.

부모가 자식을 온전하게 하여 낳았으니 자식도 마땅히 자신을 온전히 하여 부모에게 돌려 보내 주어야 하며, 그렇게 하는 것을 가이 효도라고 말한다. 그의 몸을 망가뜨리지 아니하고 그의 명성을 욕되게 하지 아니하는 것을 가이 자기의 몸을 온전히 한 것이라고 이른다. (全 : 온전하다. 완전하다. / 온전함. 虧 : 부서지다. 무너지다. 망가지다.)

〔**禮記·祭義**〕曾子聞諸夫子曰, 天之所生, 地之所養, 無人爲大. ○○○○○○, ○○○○○, ○○○○. ○○○○, ○○○○, ○○○○. 故君子頃步而弗敢忘父母.

父母之年, 不可不知也, 一則以喜, 一則以懼.

부모의 나이는 알지 않으면 안 되는 것이니, 그것은 한편으로는 기쁘고 한편으로는 두렵다. 부모의 나이는 장수하고 있는 것이 기쁘고, 노쇠하는 것이 두려워 저절로 정성으로 모시려는 마음이 생김을 나타내는 말. → **一則以喜, 一則以懼.**

〔**論語·里仁**〕子曰, ○○○○, ○○○○○, ○○○○. ○○○○.

父·母之所愛亦愛之, 父·母之所敬亦敬之.

부모가 사랑하는 것은 자기도 역시 사랑하고, 부모가 존경하는 것은 자기도 역시 존경한다. 효자는 그의 몸이 다할 때까지 노부모를 봉양하는 것이기 때문에 그 부모의 생각과 그 행하는 바에 좇아 행하는 것이 자연스러운 효행이며 사랑이라는 뜻.

〔**禮記·內則**〕曾子曰, …. 是故○·○○○○○○○, ○·○○○○○○○, 至於犬馬盡然, 而況於人乎.

父母之讎, 不同戴天. 兄弟之讎, 不同國. 九族之讎, 不同鄕黨.

대

부모의 원수는 하늘을 같이 이고 살지 아니하고, 형제의 원수는 나라를 같이하여 살지 아니하고, 구족(九族)의 원수는 고향마을 같이하여 살지 아니한다. 보모의 원수는 같은 세상에 살지 못하고, 형제의 원수는 같은 나라에 살지 못하며, 구족의 원수는 같은 마을에 살지 못한다는 뜻. (鄕黨 : 마을. 향리. 2,500호를 鄕, 500호를 黨이라 이른다.) → **父母之讎, 不共戴天. 不共戴天之讎. 不俱戴天.**

〔**春秋公羊傳·注**〕禮, ○○○○, ○○○○. ○○○○, ○○○. ○○○○, ○○○○. 朋友之讎, 不同市朝.〔**禮記·曲禮上**〕父之讎, 弗與共戴天. 兄弟之讎 不反兵. 交遊之讎 不同國.〔**吳越春秋·王僚使公子光傳**〕子胥曰, 吾聞父母之讎, 不與戴天履地. 兄弟之讎, 不與同域接壤. 朋友之讎, 不與鄰鄕共里.〔**宋史·胡銓傳**〕臣備員樞屬, 義不與(秦)檜等共戴天.〔**宋 李心傳·建炎以來繫年要錄**〕三數年間, 軍政益修, 甲軍咸備, 然後大擧以討之, 報不共戴天之仇, 雪振古所之恥.〔**晉書·列女傳**〕吾聞父讎不同天, 母讎不同地.〔**明 何良俊·四友齋叢書**〕古稱, 父母之讎, 不共戴天, 兄弟之讎, 不同國. 辱及其兄, 則己之深讎也.

父母之恩, 猶天地也. 故爲人子者, 生則致敬, 死則殯葬.

빈

부모가 나를 낳아서 길러준 은혜는 하늘과 땅과 같이 대단히 큰 것이므로, 남의 자식된 자는 부모가 살아계시면 끝까지 공경을 다하고, 돌아가시면 정성을 다하여 장사지내야 하는 것이다. (致 : 끝까지 다하다. 지극히 하다. 殯葬 : 출관, 매장하다. 곧 장사지내다.)

〔**東周列國志**〕臣等聞○○○○, ○○○○. ○○○○○, ○○○○, ○○○○. 未聞父死不殮, 而爭富貴者.

父慈子孝, 兄友弟恭, 本之本也.

아버지는 (자녀를) 자애하고, 아들은 (부모에게) 효도하며, 형은 (동생을) 우애하고, 동생은 (형을) 공경하는 것, 이것이 (가정의 도와 예의의) 근본 중의 근본이다. (慈 : 부모가 자녀를 사랑하다. 友 : 형제를 사랑하다.)

〔**春秋左氏傳·昭公二十六年**〕與天地竝, 君令臣恭, 父慈子孝, 兄愛弟敬, 夫和妻柔, 姑慈婦聽, 禮也.〔**禮記·禮運**〕何謂人義. 父慈·子孝·兄良·弟弟·夫義·婦聽·長惠·幼順·君仁·臣忠, 十者謂之人義.

〔**戰國策·秦策三**〕蔡澤曰, 主聖臣賢, 天下之福也. 君明臣忠, 國之福也. 父慈子孝, 夫信婦貞, 家之福也. 〔**顔氏家訓·治家**〕父不慈則子不孝, 兄不友則弟不恭, 夫不義則婦不順矣. 〔**淸 蔣伊·孝友堂家訓**〕居家之道, ……. ○○○○, ○○○○, ○○○○. 〔**淸 無名氏·明珠緣**〕父慈則子孝. 乞陛下不必浮詞遮飾, 惟祈眞愛滂流, 臣民均仰.

不敬宗廟, 則民乃上校. 不恭祖舊, 則孝悌不備.

조상의 신주를 모시는 종묘를 경숭(敬崇)하지 아니하면 백성들이 (존비와 상하의 구분을 알지 못하여) 곧 웃 사람에게 반항하여 난을 일으킬 수 있고, 종친과 노인을 존중하지 아니하면 부모에게 효도하고 웃 사람을 공경하는 기풍이 완비될 수 없다. (校 : 비교하다. 교량하다. 견주어보다. / 항거하다. 저항하다. 恭 : 섬기다. 받들다. 존경하다. 祖 : 조상. 선조. 할아버지 항렬의 친족. 舊 : 옛 친구. / 노인. 孝 : 부모에게 효도하다. 부모 · 종친을 잘 섬기고 공경함을 가리킨다. 悌 : 어린 사람이 어른을 잘 공경하다. 형 · 선배에게 순종하고 노인을 우애함을 가리킨다.)

〔**管子·牧民**〕○○○○, ○○○○○. ○○○○, ○○○○○. 四維不張, 國乃滅亡.

不愛其親, 而愛他人者, 謂之悖德, 不敬其親, 而敬他人者, 謂之悖禮.

(자식된 자가) 자기 부모를 사랑하지 않으면서 남의 부모를 사랑하는 것을 "도덕에 어그러진 행실"이라고 이른다. 자기 부모를 존경하지 않으면서 남의 부모를 존경하는 것을 "예법에 어그러진 행실"이라고 이른다. (悖 : 어그러지다. 어긋나다. 위배되다. 도리 · 사리 · 기준에서 벗어나다.)

〔**孝經·聖治**〕父子之道, 天性也, 君臣之義也. ……. 故○○○○, ○○○○○, ○○○○. ○○○○, ○○○○○. ○○○○. 〔**世說新語·言語**〕慈明曰, ……, 公旦, 文王之子, 不論堯舜之德, 而頌文武者, 親親之義也. 春秋之義, 內其國而外諸夏, 且不愛其親而愛他人者, 不爲悖德乎.

不孝有三, 阿意曲從, 陷親不義. 家貧親老, 不爲祿仕. 不娶無子, 絶先祖祀. 三者之中, 無後爲大.

불효에는 세 가지가 있으니, 자기의 뜻을 굽히고 남의 의견을 따름으로써 어버이를 불의에 빠뜨리는 것, 집안이 가난하고 어버이가 늙었는데도 벼슬하지 않는 것, 그리고 장가를 들지 않아 자식이 없어 선조의 제사를 끊는 것 등으로, 이 세 가지 가운데 자식이 없는 것을 가장 큰 것으로 여긴다. (阿 : 굽히다. 구부리다. 曲從 : 자기의 뜻을 굽히고 굴종하다. 도리를 남에게 따르다.)

〔**孟子·離婁上**〕不孝有三, 無後爲大. < 趙注 > 趙氏曰, 於禮有不孝子三事, 謂阿意曲從, 陷親不義一也. 家貧親老, 不爲祿仕二也. 不娶無子, 絶先祖祀三也. 三者之中, 無後爲大. 〔**明 無名氏·和戒記**〕自古道, 不孝有三, 無後爲大. 缺少正官, 衆卿如何處置.

不孝者五, 惰其四肢. 博弈(혁), 好飯酒. 好貨財, 私妻子. 後耳目之欲, 以爲父母戮(륙). 好勇鬪很(흔), 以危父母.

(세상에서 말하는) 불효하는 것에는 다섯 가지가 있다. (그 첫째는), 자기의 수족으로 노동하는 것을 게을리하여 부모의 봉양을 돌보지 아니하는 것. (그 둘째는) 도박 바둑만을 알고 음주를 좋아하여 부모의 봉양을 돌보지 아니하는 것. (그 셋째는) 재물과 금전을 좋아하고 자신의 처자를 편애하여 부모의 봉양을 돌보지 아니하는 것. (그 넷째는) 이목의 욕심인 가무 · 여색의 만족을 추구하는 데만 몰두하여 부모의 모욕을 조성하는 것. (그 다섯째는) 용맹하여 늘 남과의 싸움과 쟁송을 좋아하여 부모를 위해하는 것 등이다. (博弈 : 쌍륙과 바둑에 의한 도박. 貨財 : 재물과 금전. = 貨物錢財. 財貨. 私 : 편애하다. 戮: 모욕. 치욕. 鬪很 : 남과 싸워서 도리에 벗어난 짓을 함. 很은 악독 잔인하다. 狠과 통용.)

〔**孟子·離婁下**〕孟子曰, 世俗所謂不孝者五. 惰其四肢, 不顧父母之養, 一不孝也. 博弈, 好飮酒, 不顧父母之養, 二不孝也. 好財貨, 私妻子, 不顧父母之養, 三不孝也. 從耳目之欲, 以爲父母戮, 四不孝也. 好勇鬪很, 以危父母, 五不孝也.

事死如事生, 事亡(망)如事存, 孝之至也.

이미 죽은 존친을 받들어 섬기는 것을 그가 살아있는 것과 같이 받들어 섬기고, 지난 세대의 조상들을 받들어 섬기는 것을 그들이 생활하고 있는 것과 같이 받들어 섬기는 것이 진실로 효도의 극치이다. 장례와 제사를 정중히 하는 것이 효도의 근본임을 강조하는 말.

〔**中庸·第十九章**〕踐其位行其禮, 奏其樂. 敬其所尊, 愛其所親. ○○○○○, ○○○○○, ○○○○.

事親者, 居上不驕, 爲下不亂, 在醜(추)不爭.

어버이를 섬기는 자는 남의 웃 자리에 있어도 교만하지 않고, 남의 아랫 사람이 되어도 어지럽게 하지 않으며, 같은 무리 속에 있어도 서로 다투지 아니한다. 남의 웃 자리에 있는 사람이 교만하면 망하고, 남의 아랫 사람이 일을 어지럽히면 형벌을 받게 되며, 같은 무리에 속하는 사람이 동료들과 다투면 무기로써 살상하는 일이 생기게 되나니, 이 세 가지는 다 자신을 패망하게 하여 마침내 부모에게 씻을 수 없는 큰 불효를 저지르게 됨을 이르는 말. (醜 : 동류. 같은 무리. 같은 무리에 속하는 사람.)

〔**小學·明倫**〕○○○, ○○○○, ○○○○, ○○○○. 居上而 驕則亡, 爲下而亂則刑, 在醜而爭則兵. 三者不除, 雖日用三牲之養, 猶爲不孝也.

三年無改於父之道, 可謂孝矣.

(아버지가 돌아가신 뒤) 3년 동안 아버지가 행한 집안일을 바꾸지 않으면 가이 효도라고 이를

만하다. 효자는 상중에 있는 3년 동안은 아버지가 살아계시는 것과 똑 같이 슬퍼하며 사모하여 아버지가 하시던 일을 고치지 아니함을 이르는 말. (道 : 행한 일. 여기서는 집안일을 가리킨다. 도라고 한 것은 아버지를 존중하는 말.)

〔 **論語·學而** 〕 子曰, 父在觀其志, 父沒觀其行. ○○○○○○○○, ○○○○. 〔 **論語·里仁** 〕 子曰, ○○○○○○○○, ○○○○.

暑卽扇床枕, 寒卽以身溫席.

날씨가 더우면 (부모의) 침상의 베개를 부채질하고, 추우면 자신의 몸으로써 잠자리를 따뜻하게 하다. 효행이 극진함을 이르는 말. (由) 漢나라 군 오관(五官)의 아전으로 있던 黃香은 집이 가난했지만 이와 같이 부모에 대한 효도를 극진히 했다는 고사.

〔 **漢 班固·東觀漢記** 〕 黃香父況, 擧孝廉, 爲郡五官掾, 貧無奴僕. 香躬執勤苦, 盡心供養. 冬天被袴, 而親極滋味. ○○○○○, ○○○○○○○.

小杖則受, 大杖則逃.

(부모가 매로 때릴 때는) 작은 채찍으로 약하게 때리면 맞고, 큰 채찍으로 세게 때리면 일시 도망가서 피한다. 큰 채찍으로 때릴 때 피하지 않고 맞아서 중상을 입게 되면 오히려 부모의 근심을 사서 불효하게 되며, 또 이로 인하여 부자지간의 정의가 깨뜨려지게 된다는 점에서 도망가서 예방하는 것이 낫다는 뜻. (杖 : 나무 지팡이. / 몽둥이. 막대기. 곤장. 여기서는 채찍.)

〔 **韓詩外傳·卷八** 〕 夫子告門人, 參來. 汝不聞. 昔者, 舜爲人子乎. 小箠則待笞, 大杖則逃. 〔 **說苑·建本** 〕 孔子曰, 汝聞瞽叟有子名曰舜, 舜之事父也, 索而使之, 未嘗不在側, 求而殺之, 未嘗可得. 小箠則待, 大箠則走, 以逃暴怒也. 今子委身以待暴怒, 立體而不去, 殺身以陷父, 不義不孝, 執是大乎. 〔 **孔子家語·六本** 〕 子曰, ……. 小棰則待過, 大杖則逃走, 故瞽瞍不犯不父之罪, 而舜不失蒸蒸之孝. 〔 **晉 皇甫謐·帝王世紀** 〕 父頑母嚚, 咸欲殺舜, 受能和諧, 大杖則避, 小杖則受, 年二十始以孝聞. 〔 **後漢書·崔寔傳** 〕 (崔烈) 問其子鈞曰, 吾居三公, 於議者何如. 鈞曰, 論者嫌其銅臭. 烈怒, 擧杖擊之. 鈞狼狽而走. 烈罵曰, 死卒, 父撾而走, 孝乎. 鈞曰, 舜之事父, 小杖則受, 大杖則逃, 非不孝也. 〔 **後漢書·隗囂傳** 〕 昔虞舜事父, 大杖則走, 小杖則受.

誰言寸草心, 報得三春暉.

누가 한 치밖에 안 되는 미약한 풀의 마음이 따뜻한 봄볕의 은혜를 갚을 수 있다고 말하겠는가? 자녀의 작은 풀포기와 같은 미약한 효심이 자모의 봄볕과 같은 위대한 은정을 결코 보답할 수 없다는 뜻. 자식이 효심을 다하여도 부모의 은혜에 보답하기 어렵다는 비유. (寸草心 : 한 치 밖에 안 되는 작은 풀의 마음. 자녀의 효심이 작은 풀과 같이 미약함을 비유. 三春暉 : 따뜻한 봄볕. 자모의 자녀에 대한 은정이 봄날의 햇볕과 같이 위대함을 비유. 三春은 음력 봄의 3개월 즉 맹춘·중춘·계춘을 이른다. / 음력 3월.)

〔**唐 孟郊·遊子吟**〕 慈母手中線, 遊子身上衣. 臨行密密縫, 意恐遲遲歸. ○○○○○, ○○○○○.

樹欲靜而風不止, 子欲養而親不待.

부 부

나무는 조용히 지내고자 하나 바람이 그치지 않고 불어 움직이게 하고, 자식이 어버이를 봉양하고자 하나 기다리지 못하고 이미 돌아가셔서 봉양할 수 가 없다. 뒤늦게 부모를 봉양할 생각을 하나 이미 부모가 돌아가셔서 봉양할 수 없음을 뉘우치고 한탄하는 말. / 현재는 사물의 변화 발전이 사람의 의지에 따라서 이루어지지 못함을 비유하는 데에도 쓰인다. → **樹欲靜而風不止. 樹欲靜而風不停. 風樹之歎.**

〔**韓詩外傳·卷九**〕 孔子辟車與之言, 曰, 子非有喪, 何哭之悲也. 皐魚曰, 吾失之三矣. 少而好學周游諸侯, 以歿吾親, 失之一也. 高尙吾志, 簡吾事, 不事庸君, 而晩事無成, 失之二也. 與友厚而中絶之, 失之三也. 夫○○○○○○○, ○○○○○○○也, 往而不可追者年也, 去而不可得見者親也. 〔**說苑·敬愼**〕 樹欲靜乎風不定, 子欲養乎親不待. 〔**孔子家語·致思**〕 夫樹欲靜而風不停, 子欲養而親不待. 〔**明 高明·琵琶記**〕 樹欲靜而風不止, 子欲養而親不在. 〔**淸 申居鄖·西岩贅語**〕 子欲養而親不在, 時時念此一語, 消多少不孝之心. 〔**小學·嘉言**〕 今而得厚祿, 欲以養親, 親不在矣.

孰不爲事, 事親事之本也. 孰不爲守, 守身守之本也.

누가 웃 사람을 섬기지 아니하겠는가? 부모를 섬기는 것이 곧 웃 사람을 섬기는 근본이다. 누가 정도를 지키지 아니하겠는가? 자신을 지키는 것이 곧 정도를 지키는 근본이다. 섬겨야 할 부모·임금·스승·상관·선배 등 여러 대상 중에서 부모를 섬기는 것이 가장 중요하며, 사람이 지켜야 할 자신의 건강·학문·명예·재물 등 여러 대상 중에서 자신을 지키는 것이 가장 중요하다는 뜻. / 부모를 효도로 섬기면 충성을 군주에게 옮길 수 있고 순종함을 웃 사람에게 옮길 수 있어 섬김의 근본이 된다는 것이고, 자신을 잘 지키어 마음을 올바르게 하면 집안이 가지런해지고, 나라가 잘 다스려져 천하가 평안해질 것이므로 지킴의 근본이 된다는 것. (孰 : 누구. 무엇. 事 : 섬기다.)

〔**孟子·離婁上**〕 孟子曰, 事孰爲大. 事親爲大. 守孰爲大. 守身爲大, ……. ○○○○, ○○○○○○. ○○○○, ○○○○○○.

夙興夜寐, 毋忝爾所生.

숙 매 첨

아침 일찍 일어나고 밤늦게 잠들며 부지런히 일한다면 너를 낳아 기른 부모님을 욕되게 할 리는 없다. (夙興夜寐 : 아침 일찍 일어나고 밤늦게 자다. 부지런히 일함을 뜻한다. 밤낮으로 정무에 힘씀을 이른다. 興은 일어나다. 忝 : 욕되게 하다. 더럽히다. 창피를 주다. 爾所生 : 所生爾의 도치. 너를 낳은 바, 곧 너를 낳아 기른 부모님.) → **夙興夜寐. 晨興夜寐.**

〔**詩經·小雅·小宛**〕 題彼脊令, 載飛載鳴. 我日斯邁 而月斯征. ○○○○, ○○○○○. 〔**淸 蒲松齡·聊齋志異·紅玉**〕 今家道新創, 非夙興夜寐不可.

身體髮膚, 受之父母, 不敢毁傷, 孝之始也. 立身行道, 揚名於後世, 以顯父母, 孝之終也.

사람의 몸둥이·사지·모발과 피부는 다 부모로부터 이어 받은 것이니, 마땅히 근신 애호하여 훼손, 손상시키지 않는 것이 효도의 시작이며, 입신 출세하여 공훈을 세우고 정도를 실행하여 그 명성을 후세에 현양하여 부모를 빛나게 하는 것이 효도를 실행하는 최종의 목적이다. (毁損 : 훼손하고 손상시키다. 顯 : 빛나게 하다. 영광스럽게 하다. / 훌륭하게 보이다.)

〔**孝經·開宗明義**〕復坐. 吾語女. ○○○○, ○○○○, ○○○○, ○○○○. ○○○○, ○○○○○, ○○○○, ○○○○. 夫孝始於事親, 中於事君, 終於立身. 〔**小學·明倫**〕孔子謂曾子曰, ○○○○, ○○○○, ○○○○, ○○○○. ○○○○, ○○○○○, ○○○○, ○○○○.

失其身而能事其親者, 吾未之聞也.

자기 몸을 올바로 지키지 못하고 나쁜 일을 한 자가 그 부모를 잘 섬긴 사람을 나는 아직 들어본 적이 없다. 자기 몸을 잘 지키지 못하고 불의에 빠지면 그것은 자신에게 상처를 입히고 부모를 욕되게 하는 것이므로 아무리 봉양을 잘해도 효도라고 할 수는 없다는 것. (失其身 : 자기 몸을 잃다. 자기 몸을 올바로 지키지 못하고 불의에 빠지게 한다는 뜻.)

〔**孟子·離婁上**〕不失其身而能事其親者, 吾聞之矣. ○○○○○○○○○○, ○○○○○.

惡言不出於口, 忿言不及於身. 不辱其身, 不羞其親, 可謂孝矣.

남을 해치는 말은 입 밖에 내지 않고, 화내는 말이 자신에게 되돌아오지 않게 하며, 자신을 욕되게 하지 않고, 부모를 부끄럽게 하지 않으면 효라고 이를 만하다. 남을 화나게 하는 악담을 하지 않고, 남이 자신을 욕하지 않도록 하며, 남이 자신을 욕되게 하지 않고, 부모가 모욕을 받지 않도록 한다면 이것은 효도한다고 말할 만하다는 의미. (惡言 : 나쁜 말. 남을 해치는 말. 악담. 忿言 : 성내는 말. 원망하는 말.)

〔**禮記·祭義**〕壹出言而不敢忘父母, 是故○○○○○○, ○○○○○○, ○○○○, ○○○○, ○○○○. 〔**鄧析子**〕一聲而非, 駟馬勿追, 一言而急, 駟馬不及. 故惡言不出於口, 苟語不留耳. 〔**漢 桓寬 鹽鐵論·毁學**〕言思可道, 行思可樂. 惡言不出于口, 邪行不及于己.

愛親者, 不敢惡於人, 敬親者, 不敢慢於人.

(惡: 오)

자기 어버이를 사랑하는 자는 함부로 남을 미워하지 아니하고, 자기 어버이를 공경하는 자는 함부로 남을 업신여기지 아니한다. (敢: 감히 / 주제넘게. 함부로. 慢 : 업신여기다.)

〔**孝經·天子**〕子曰, ○○○, ○○○○○, ○○○, ○○○○○. 愛敬盡於事親, 而德教加於百姓, 刑於四海. 蓋天子之孝也. 〔**小學·明倫**〕○○○, ○○○○○, ○○○, ○○○○○.

五刑之屬三千, 而罪莫大於不孝.

다섯 가지 형벌에 속하는 범죄에 관한 규정이 3,000가지인데 그 중에서 불효의 죄보다 더 중한 것은 없다. 모든 범죄 중에서 불효가 가장 중한 범죄라는 것. (五刑 : 周대의 五刑은 이마에 먹물로 글자를 새겨 넣는 墨刑－在臉上刺字 1000가지, 코를 베어내는 劓刑－割鼻 1000가지, 종지뼈를 잘라내는 剕刑－砍脚 500가지, 남자는 성기를 제거하고 여자는 감방에 유폐시키는 宮刑－男子去勢 女子幽閉 300가지 및 사형을 시키는 大辟－砍頭 200가지 등 모두 3,000가지 이다.)

〔 **書經·周書·呂刑** 〕五刑之屬三千, 上下比罪, 無僭亂辭, 勿用不行. 〔 **孝經·五刑** 〕子曰, ○○○○○○, ○○○○○○○. 要君子無上, 非聖人者無法, 非孝子無親, 此大亂之道也. 〔 **小學·明倫** 〕孔子曰, ○○○○○○, ○○○○○○○.

王祥性孝, 母嘗(상)欲生魚, 時天寒冰凍, 祥解衣, 將剖(부)冰求之, 冰忽(홀)自解, 雙鯉(쌍리)躍出, 持之而歸.

晉나라의 王祥은 천성이 효성스러웠다. 그의 어머니(계모)가 일찌기 산고기를 (먹기를) 바랐는데, 그 때는 날씨가 차가워 얼음이 얼어 있어 王祥이 옷을 벗고 나서 막 얼음을 깨어서 물고기를 잡으려고 하였더니 얼음이 저절로 깨어지면서 잉어 두 마리가 뛰어나와서 그것을 가지고 돌아왔다. (喻) 효성이 지극하면 천지신명도 그 효도를 도와준다. → **雙鯉魚出. 雙鯉躍出.**

〔 **後漢書·列女傳** 〕姜詩事母至孝, 妻奉順尤篤. 母好飲江水, 嗜魚鱠. 舍側忽有涌泉, 味如江水, 每旦輒出雙鯉魚, 以供母船. 〔 **晉書·王祥傳** 〕繼母朱氏, 常欲生魚, 祥解衣將剖冰求之, 冰忽自解, 雙鯉躍出. 〔 **小學·善行** 〕王祥性孝. 蚤喪親, 繼母朱氏不慈, 數譖之. 由是失愛於父, 每事掃除牛下, 祥愈恭勤, 父母有疾, 衣不解帶, 湯藥必親嘗, 母嘗欲生魚. 時天寒冰凍, 祥解衣, 將剖冰求之. 冰忽自解, 雙鯉躍出, 持之而歸.

爲人子者, 聽於無聲, 視於無形.

남의 자식된 사람은 소리 없는 것을 들어야 하고, 형체 없는 것을 보아야 한다. 자식은 살아 있는 부모가 말소리를 입 밖에 내기 전에, 또 지시하여 부리기 전에 몸으로써 부모의 원하는 것을 알아차려야 한다는 뜻. (於 : ……을 . ……를. 목적격 조사의 구실을 한다.)

〔 **禮記·曲禮上** 〕○○○○, ……. ○○○○, ○○○○. 不登高, 不臨深, 不苟訾, 不苟笑.

爲人子者, 出必告, 反必面.

남의 자식된 사람은 문을 나설 때에는 반드시 갈 장소를 부모에게 보고하여야 하며, 집에 돌아오면 반드시 부모를 직접 만나야 한다. (告 : 보고하다. 상신하다. 신청하다. 청원하다. 反 : 돌아오다. 되돌아 오다. = 返. 面 : 얼굴을 맞대다. 대면하다. 직접 만나다.)

〔**禮記·曲禮上**〕夫○○○○, ○○○, ○○○, 所遊必有常, 所習必有業, 恒言不稱老.

爲人子之禮, 冬溫而夏凊, 昏定而晨省.
정

남의 자식된 자의 예절은 부모를 겨울에 따듯하게 하고, 여름에는 서늘하게 해주며, 저녁에는 침구를 펴서 부모가 편히 자도록 하고, 새벽에는 문안을 드리는 것이다. 자녀가 부모를 미세한 데까지 이르지 않는 곳이 없이 잘 받들어 모시는 것을 듯한다. (凊 : 서늘하다. 定 : 준비하다. 침구를 침상에 펴서 편안히 자도록 함을 가리킨다. 省 : 안부를 묻다. 문안드리다.) → **冬溫夏凊**. **冬暖夏凉**. → **昏定晨省**. **晨昏定省**.

〔**禮記·曲禮上**〕凡○○○○○, ○○○○○, ○○○○○, 在醜夷不爭. <鄭玄注>安定其床衽也, 省問其安否何如. 〔**三俠五義·十一回**〕惟有在老母跟前, 晨昏定省, 克盡孝道. 〔**明 施耐庵·水滸傳**〕因老父生育之恩難報, ……. 去家中搬取老父上山, 昏定晨省, 以盡孝敬.

由也事二親之時, 常食藜藿之實, 爲親負米百里之外.
여 곽

孔子의 제자인 仲由(字 : 子路)가 양친을 섬겨 모실 때 (가난하여) 늘 명아주 잎과 콩 잎 속 등의 변변치 않은 음식을 먹으면서 부모를 위해 백리 밖 먼 길에 가서 쌀을 얻어 짊어지고 왔었다. 子路가 집이 가난한 가운데서도 어버이를 극진하게 봉양했음을 표현한 것. (藜藿 : 명아주 잎과 콩 잎. 다 연할 때 먹을 수 있는 반찬 재료. 가난한 사람이 먹는 변변치 않은 반찬을 이른다. 實 : 속.) → **子路負米**.

〔**說苑·建本**〕子路曰, ……. 昔者由事二親之時, 常食藜藿之實而爲親負米百里之外. 〔**孔子家語·致思**〕子路見於孔子曰, ……. 昔者, ○○○○○○○, ○○○○○○, ○○○○○○○○. 親歿之後, 南遊於楚, 從車百乘, 積粟萬種, 累茵而坐, 列鼎而食, 願欲食藜藿, 爲親負米, 不可復得也. 〔**蒙求·子路負米**〕(孔子家語 致思 내용과 동일.)

蓼蓼者莪, 匪莪伊蒿.

길고 크게 자란 것이 연한 미나리인가? 연한 미나리가 아니고 쇤 미나리이다. 부모님들이 어린 자식을 길러 주어 지금은 어른이 되었으나 쓸모없이 되어버린 것에 비유한 것. (蓼蓼 : 길고 크게 자란 모양. 풀이 큰 모양. 莪蒿 : 미나리의 옛 이름. 莪와 蒿는 뿌리가 하나인 식물로, 그 줄기가 연한 것을 莪라 하고 먹을 수 있으며, 그 쇤 것을 蒿라 하고 먹지 못한다. *이 莪蒿를 다북쑥, 지칭개, 미나리물쑥 또는 새발쑥으로, 그 해석이 다양하나 마나리, 一水芹菜로 본다. 伊 : 발어사.)

〔**詩經·小雅·蓼莪**〕○○○○, ○○○○, 哀哀父母, 生我劬勞.

陸績年六歲, 袁術餐之以橘, 績懷三枚, 欲歸遺母.

(東漢말의 대학자이며 24효자 중의 한 사람인) 陸績이 나이 여섯 살 때 (九江에 살고 있는 袁

術을 찾아 만나니) 袁術은 귤을 내어놓고 먹도록 하였다. 이에 陸績은 귤 세 개를 (몰래) 몸에 품고서, 돌아가 어머니에게 드리려고 하였다. 자식의 부모에 대한 효성이 지극함을 형용하는 내용. (由) 陸績은 이와 같이 귤 세 개를 품고 집으로 돌아가려고 인사를 드리다가 귤을 땅에 떨어뜨렸다. 이에 袁術이 "陸郞아, 너는 손님으로 와서 슬그머니 귤을 품어가려고 하는가?"라고 말하니, 陸績은 조용히 말하기를 "돌아가서 어머니에게 드리려고 하였습니다."라고 하였다. (餐 : 먹다. 枚 : 매. 장. 개. ※ 주로 형체가 작고 둥글납작한 물건을 세는 양사로 個와 용법이 비슷하다. 遺 : 주다.) → **懷橘墮地.**

〔 **三國志·吳志·陸績傳** 〕 東漢末, 陸績年六歲, 見袁術於九江, 袁餐之以橘, 績懷三枚. 及辭拜橘墮地, 袁曰, 陸郞作賓客而懷橘乎. 績從容曰, 欲歸遺母. 術大奇之.

人生百行, 孝弟爲先.

인생의 백 가지 행실에서 부모에 대한 효도와 형제간의 화목이 가장 중요한 것이다. (先 : 가장 중요한 것. 제일 중요한 일.) → **百行孝爲先.**

〔 **元 劉唐卿·降桑椹** 〕 百行由來孝爲先, 人心盡孝理當然. 〔 **醒世恒言** 〕 古人云, ○○○○, ○○○○. ……. 願賜臣假, 暫歸鄕里. 〔 **明 鄭之珍·目蓮救母** 〕 人生百行孝爲先, 力孝須知不可格天. 〔 **明 無名氏·牧羊記** 〕 人生百事孝爲先, 王事多艱當努力. 〔 **清 邱心如·筆生花** 〕 後來說, 人間百善孝爲先. 〔 **清 陳烺潛·梅喜緣** 〕 嘆人心之懜懜, …… 百善孝爲先.

人立身者, 以忠孝爲本.

사람이 사회에서의 지반을 확립하는데 있어서는 다 나라에 충성을 다하고 부모에게 효도를 다하는 것을 근본으로 삼는다.

〔 **元 李文蔚·圯橋進履** 〕 忠孝者降其福祿, 罪逆者降其禍災. 凡○○○○, ○○○○○.

人之行, 莫大於孝, 孝莫大於嚴父.

사람의 행실 중에서 효도보다 더 중대한 것은 없고, 효도는 아버지를 존경하는 것보다 더 중요한 것이 없다. (嚴 : 존경하다. 존경하고 어려워하다. 범하기 어렵다.)

〔 **孝經·聖治** 〕 子曰, 天地之性, 人爲貴. ○○○, ○○○○, ○○○○○○, 嚴父莫大於配天, 則周公其人也.

弟子入則孝, 出則弟.

젊은이는 집안에 들어오면 부모에게 효도하고, 집밖에 나가서는 어른을 공경해야 한다. 사람이 덕을 근본으로 삼아야 함을 밝힌 것이다. (弟子 : 동생과 아들. / 나이 어린 사람. 뒤에 난 후배 곧 젊은이. 청년을 가리키며, 여기서는 문하생이나 제자를 가리키는 것이 아니다. 弟는 공손하다. 어린 사람이 형 또는 어른을 공경하다. / 형제간에 화목하다. = 悌.)

〔**論語·學而**〕子曰, ○○, ○○○, ○○○, 謹而信, 汎愛衆, 而親仁. 行有餘力, 則以學文.

啜菽飮水, 盡其歡, 斯之謂孝.

철

콩죽을 먹고 맑은 물을 마시더라도 다만 양친으로 하여금 즐거움을 다하게 할 수 있다면 이것을 효도를 한다고 이를 수 있다. 매우 가난한 생활을 해도 부모를 기쁘게 하는데 온 정성을 기울인다면 효자라는 뜻. (啜菽飮水 : 콩죽을 먹고 물을 마시다. 매우 가난한 생활을 하면서도 부모에게 효도를 극진히 함을 뜻한다. 啜은 마시다. 유동음식을 먹다. 菽은 콩. 대두. 콩 종류의 총칭.) → **啜菽飮水. 菽水之歡.**

〔**禮記·檀弓下**〕孔子曰, ○○○○, ○○○, ○○○○, 斂首足形, 還葬而無椁, 稱其財, 斯之謂禮. 〔**荀子·天論**〕君子啜菽飮水, 非愚也. 是節然也. 〔**鹽鐵論**〕啜菽飮水, 足以致其敬.

楚有直躬, 其父竊羊而謁之吏. 令尹曰, 殺之.

궁 절 알

楚나라 直躬이라는 사람은 그의 아버지가 양을 훔치자 관리에게 고해바쳤다. 이에 대하여 재상은 그를 죽이라고 하였다. 불법을 자행한 아버지를 자식이 고발하는 것은 비록 임금에 대하여는 정직한 행실로 여겨지지만, 아버지에게는 불효가 됨을 이르는 것. (謁 : 알리다. 고하다. 보고하다.) → **直躬證父. *直躬之信.**

〔**論語·子路**〕葉公語孔子曰, 吾黨有直躬者, 其父攘羊而子證之. 孔子曰, 吾黨之直者異於是, 父爲子隱, 子爲父隱, 直在其中矣. 〔**莊子·盜跖**〕直躬證父, 尾行溺死, 信之患也. 〔**呂氏春秋·當務**〕楚有直躬者, 其父竊羊, 而謁之上. 〔**韓非子·五蠹**〕○○○○, ○○○○○○○○. ○○○, ○○. 以爲直於君而曲於父, 報而罪之. 〔**淮南子·氾論訓**〕直躬其父攘羊而子證之.

孝, 德之本也, 敎之所由生也.

효도는 모든 덕행의 근본이고, 일체의 교화가 생겨나는 근원이다. 사람의 행실 중에서 효도보다 중대한 것이 없기 때문에 그 근본이라는 것이고, 사람을 가르쳐서 감화시키는 교화는 효행보다 더 좋은 것이 없어 그 근원이라는 뜻이다. (所由 : ……인 까닭. 기인하는 곳. 이유. 원인. 근원. 生 : 발생하다. 생기다. 출현하다.)

〔**孝經·開宗明義**〕子曰, 夫○, ○○○○, ○○○○○○. *〔**論語·學而**〕有子曰, …. 孝弟也者, 其爲仁之本與.

孝順還生孝順子, 忤逆還生忤逆兒.

오

효도하는 사람은 역시 효도하는 아들을 낳고, 불효하는 사람은 역시 불효하는 아이를 낳는다. 아들은 다 부모를 닮는다는 뜻. (孝順 : 효도하다. 부모의 마음에 들도록 잘 받들다. 효성스럽고 공손하다. 또는 그런 사람. 還 : 또. 다시. 재차. 역시. 忤逆 : 거역하다. 불효하다.)

〔**明 高明·琵琶記**〕○○○○○○○, ○○○○○○○. 〔**清 無名氏·定國志**〕孝順還生孝順子, 蒼天報應, 不差分.

孝始於事親, 中於事君, 終於立身.

효도를 실행하는 것은 양친을 섬기는 데에서 시작하여, 임금을 섬기는 것으로 채우고, 출세하여 도를 행하는 것으로 끝내는 것이다. (中 : 차다. 채우다. 갖추다. ≒ 充.)

〔**禮記·祭義**〕曾子曰, 身也者 父母之遺體也. 行父母之遺體, 敢不敬乎. 居處不莊, 非孝也. 事君不忠, 非孝也. 涖官不敬, 非孝也. ……. 五者不遂, 烖及於親, 敢不敬乎. 〔**孝經·開宗明義**〕曾子避席曰, 參不敏, 何足以知之. 子曰, ……. 夫○○○○○, ○○○○, ○○○○. 〔**文中子**〕楊元感問孝子, 曰, 始於事親, 終於立身, 問忠, 孝立則忠遂矣. 〔**小學·明倫**〕孔子謂曾子曰, ……. 夫○○○○○, ○○○○, ○○○○.

孝烏長, 則反哺其母.

포

효성스런 까마귀는 자라면 (늙은) 그 어미까마귀에게 머금고 있는 먹이를 돌려준다. (喩)자식이 부모의 은혜에 보답하다. (反 : 돌려주다. 갚다. 哺 : 입에 머금고 있는 음식물.) → **烏有反哺之義. 反哺之鳥. 反哺之孝. 慈烏反哺. 孝烏反哺.**

〔**魏 曺植·令禽惡鳥論**〕昔會朝議者, 有人問曰, 寧有聞梟食其母乎. 有答之者曰, 嘗聞烏反哺, 未聞梟食母也. 聞者慚, 唱不善也. 〔**後魏 崔鴻·十六國春秋**〕晏平三年有白烏赤足來翔. 李雄以問范長生, 長生曰, 烏有反哺之義, 必有遠人感惠而來者, 果關中流民相繼請降. 〔**晉 張華注·禽經**〕慈烏反哺, 白脰不祥. 〔**事文類聚**〕禽經張華注, 慈烏曰, ○○○, ○○○○○. 〔**西晉 成公綏·烏賦**〕雛旣壯而能飛兮, 乃銜食而反哺. 〔**小爾雅釋鳥**〕純黑而哺者謂之烏, 小而腹下白, 不反哺者, 謂之鴉. 〔**世諺叢談**〕烏者猶有反哺, 況人而無孝心. 〔**明 李時珍·本草綱目**〕小而純黑小嘴反哺者, 慈烏也. 似慈烏而大嘴, 腹下白, 不慈烏者, 鴉烏也.

孝爲百行之首.

효도는 모든 행실의 으뜸이다. 효도는 모든 품행 중에서 가장 중요하다는 것. = **孝百行之本. 孝百行之冠. 孝百行先.**

〔**三國志·魏志·王昶傳**〕昶家誡曰, 夫孝敬仁義, 百行之首, 而立身之本也. 〔**後漢書·江革傳**〕孝, 百行之冠. 〔**顔氏家訓·勉學**〕○○○○○○, 猶須學以脩飾之, 況餘事乎.

孝有三, 大孝尊親, 其次弗辱, 其下能養.

효도에는 세 가지가 있으니, 가장 큰 효는 부모를 높이는 것이고, 그 다음은 욕되게 하지 않는 것이고, 그 아래는 잘 봉양하는 것이다. 효도에는 세 가지 종류가 있는데, 대효(大孝)는 부모로 하여금 많은 사람의 존경을 받게 하는 것이고, 중효(中孝)는 부모로 하여금 자기 때문에 모욕을 받는 일이 없도록 하는 것이며, 소효(小孝)는 자기가 보모를 잘 봉양하는 것이라는 뜻. (尊親 :

자기가 출세하여 도를 행하고 큰 공과 큰 덕을 이룩하여 사람들로 하여금 이 때문에 부모를 칭송하고 존경하게 하는 것을 가리킨다.)

〔**禮記·祭義**〕○○○, ○○○○, ○○○○, ○○○○.

孝者善繼人之志, 善述人之事者也.

효도라는 것은 선조의 소망을 잘 계승하고, 선조의 사업적 덕행을 잘 좇아서 완성하는 것이다. (人 : 선조. 조상을 뜻한다. 志 : 뜻. 의지. 의향. / 희망. 소망. 바람. 포부. 述 : 잇다. 좇다. 선인의 뒤를 따르다. 옛것을 좇아서 완성하다.)

〔**中庸·第十九章**〕夫○○○○○○○, ○○○○○○○.

孝子揚父之美, 不揚父之惡.

효자는 아버지의 훌륭한 점을 남에게 드러내어 밝히는 반면 아버지의 추악한 일은 드러내지 않는다. (揚 : 드러내다. 나타내다. 널리 알리다. 드러내어 밝히다. 美 : 훌륭한 점. 좋은 일. 착한 것. 惡 : 악한 점. 추악한 일. 모질고 사나운 것.)

〔**春秋穀梁傳**〕春秋貴義而不貴惠, 信道而不信邪. ○○○○○○, ○○○○○.

孝子之事親也, 居則致其敬, 養則致其樂, 疾則致其憂, 喪則致其哀, 祭則致其嚴.

효자가 부모를 섬김에 있어서는 평상시에는 공경하는 마음을 다하여 보살피고, 봉양할 때는 화락한 마음을 다하여 돌보며, 부모가 병이 났을 때는 걱정하는 마음을 다하여 뒷바라지하고, 부모가 돌아가셨을 때는 애통하는 마음을 다하여 뒷일을 처리하며, 제사지낼 때는 엄숙한 마음을 다하여 추모한다. 이상 다섯 가지를 다 해내야 비로소 부모를 섬기는 책임을 다하였다고 할 수 있다는 것. (致 : 끝까지 다하다. 지극히 하다.)

〔**禮記·祭統**〕孝子之事親也, 有三道焉, 生則養. 沒則喪, 喪畢則祭. 養則觀其順也, 喪則觀其哀也, 祭則觀其敬而時也. 盡此三道者, 孝子之行也. 〔**孝經·紀孝行**〕子曰, ○○○○○○, ○○○○○, ○○○○○, ○○○○○, ○○○○○, ○○○○○. 五者備矣, 然後能事親. 〔**小學·明倫**〕(위 내용과 동일.)

孝子之養老也, 樂其心, 不違其志, 樂其耳目, 安其寢處, 以其飮食忠養之.

효자가 연로한 부모를 성의를 다하여 봉양하려면, 부모로 하여금 마음속이 즐겁도록 하여야 하고, 그들의 뜻에 순응하여 어긋나지 않도록 하여야 하며, 그들의 이목이 유쾌함을 느끼도록 하여야 하고, 그들의 기거생활이 안정되고 쾌적하도록 하여야 하며, 음식 분야에 있어서는 (종신토록) 정성을 다하여 봉양하여야 한다. (忠 : 정성을 다하여 진력하다. 성의를 다하여 힘쓰다.)

〔**禮記·內則**〕曾子曰, ○○○○○○, ○○○, ○○○○, ○○○○, ○○○○, ○○○○○○○○孝子之身終. 〔**小學·明倫**〕曾子曰, ○○○○○○, ○○○, ○○○○, ○○○○, ○○○○, ○○○○○○○○.

5. 仁義

가. 仁義

求仁得仁, 求義得義.

인덕을 구하면 끝내 인덕을 얻게 되고, 의리를 구하면 끝내 의리를 얻게 된다. 사람이 지켜야 할 올바른 도리를 추구하면 결국은 이루어진다는 뜻. 한 사람의 소행이 그가 원하는 대로 이루어짐을 비유한다. (義 : 도리. 의리. 정의.)

〔**論語·述而**〕(子貢)入曰, 伯夷·叔齊何人也. 曰, 古之賢人也. 曰, 怨乎. 曰, 求仁而得仁, 又何怨. 〔**元辛文房·唐才子傳**〕先生…… 不戚戚于貧賤, 不遑遑于富貴, ○○○○, ○○○○, 謚之以康, 不亦宜乎.

未有上好仁, 而下不好義者也.

웃 사람이 인(仁)을 좋아하는 데도 아랫사람이 의(義)를 좋아하지 않는 일은 아직 없다. 지위가 높은 사람이 인덕으로써 사랑을 베풀면 지위가 낮은 사람은 의리로써 높은 사람을 섬기게 됨을 이르는 것.

〔**大學·傳十**〕○○○○○, ○○○○○○○○. 未有好義, 其事不終者也. 未有府庫財非其財者也.

未有仁而遺其親者也. 未有義而後其君子也.

인자하다고 말하면서 그의 양친을 버린 자는 지금까지는 없었고, 의리를 지키면서 그의 임금을 버리고 전혀 돌보지 않은 자는 지금까지 없었다. 인자한 사람이 그의 어버이를 사랑하고, 의로운 사람이 그의 임금을 우선적으로 섬기게 되어있다는 뜻. (未有 : 아직까지는 없었다. 遺 : 버리다. 後 : 뒤로 돌리다. 뒤로 미루다. 외면하다. 버리고 돌보지 않다.)

〔**孟子·梁惠王上**〕(孟子)曰, ……. ○○○○○○○○○○. ○○○○○○○○○○. 王亦曰仁義而已矣, 何必曰利.

溫良者, 仁之本也. 愼敬者, 仁之地也. 寬裕者, 仁之作也. 遜接者, 仁之能也. 禮節者, 仁之貌也. 言談者, 仁之文也.

성질이 온화 선량한 것은 인(仁)의 근본이고, 근신 공경하는 것은 인의 토양이며, 관용 유족한 것은 인의 동작이고, 남을 겸손하게 대하는 것은 인의 형상(形狀)이며, 예의를 구별하여 시행하는 것은 인의 외모이고, 언론 담론을 하는 것은 인의 문채이다. 인의 개념을 다각도로 설명, 선비의 품성을 말하려는 것. (能 : 형상. 形狀. 態와 통용한다.)

〔 **孔子家語·儒行解** 〕 夫○○○, ○○○○. ○○○, ○○○○. ○○○, ○○○○. ○○○, ○○○○. ○○○, ○○○○. ○○○, ○○○○, 歌樂者, 仁之和也. 分散者, 仁之施也.

仁, 人之安宅也. 義, 人之正路也. 曠安宅而弗居, 舍正路而不由.

인(仁)은 사람의 가장 안전한 집이고, 의(義)는 사람의 가장 바르고 큰 길이다. 그러나 현재의 사람들은 안전한 집을 비워두고 살지 아니하며, 바르고 큰 길을 버리고서 그곳을 지나가지 아니한다. 인과 의의 도는 본래 가지고 있는 것인데 사람들이 스스로 이것을 막고 단절하고 있음을 지적하는 말. (曠 : 비우다. 공허하게 하다. 舍 : 버리다. = 捨. 由 : 지나가다. 걸어가다. 통과하다. 경유하다.)

〔 **孟子·離婁上** 〕 孟子曰, …. ○, ○○○○○. ○, ○○○○○. ○○○○○○, ○○○○○○, 哀哉. 〔 **孟子·公孫丑上** 〕 夫仁天之尊爵也, 人之安宅也, 莫之禦而不仁, 是不智也. 〔 **孟子·告子上** 〕 孟子曰, 仁人心也, 義人路也. 舍其路而不由, 放其心而不知求, 哀哉.

仁者不以盛衰改節, 義者不以存亡易(역)心.

어진 사람은 성하고 쇠하는데 따라 절개를 바꾸지 아니하고, 의로운 사람은 살아남고 망하는데 따라 마음을 바꾸지 아니한다. (改 : 다른 것으로 바꾸다.)

〔 **小學·善行** 〕 (曹爽從弟文叔妻, 譙郡夏侯文寧之女) 令女曰, 聞○○○○○○○○○, ○○○○○○○○○.

仁者, 人也, 親親爲大. 義者, 宜也, 尊賢爲大.

인(仁)이라는 것은 사람의 품성의 표현이니 그 중에서 자기의 친인을 사랑하는 것을 가장 중요한 것으로 여기며, 의(義)라는 것은 합당한 행위이니 그 중에서 현인을 존중하는 것을 가장 중요한 것으로 여긴다. (人 : 인품. 사람의 품성. 사람됨. 親 : 친애하다. 사랑하다. / 親人, 곧 직계 친속 또는 배우자. 가까운 친척. 육친. 爲 : ……으로 여기다. …으로 삼다. 宜 : 합당한 행위.)

〔 **中庸·第二十章** 〕 子曰, ……. ○○, ○○, ○○○○. ○○, ○○, ○○○○, 親親之殺, 尊賢之等, 禮所生也.

仁之實, 事親是也. 義之實, 從兄是也. 智之實, 知斯二者弗去是也.

인덕의 본질은 양친을 (효심으로) 섬기는 것이고, 의리의 본질은 형을 (공경하여) 순종하는 것이며, 지혜의 본질은 이와 같은 두 가지 사실(仁之實과 義之實)을 알고서 이를 버리지 아니하는 것이다. 인의의 근본은 효제(孝悌)를 잘 지키는 데에 있음을 이르는 것. (實 : 속. / 바탕. 본질. 내용.)

〔 **孟子·離婁上** 〕 孟子曰, ○○○, ○○○○. ○○○, ○○○○. ○○○, ○○○○○○○○. 禮之實, 節文斯二者是也.

林深則鳥棲, 水廣則魚游, 仁義積則物自歸之.

수풀이 무성하면 새가 서식하고, 개울의 흐름이 크면 많은 고기가 놀며, 사람이 인의(仁義)·도덕(道德)의 행적을 쌓으면 천하의 사람들이 저절로 따르게 된다. (物: 사람. 歸 : 한곳으로 모이다. 쏠리다. / 귀순하다. …을 따르다. 달라붙다. 몸을 의탁하다.)

〔 **貞觀政要·論仁義** 〕 貞觀十二年, 太宗謂侍臣曰, ○○○○○, ○○○○○, ○○○○○○○○.

賊仁者, 謂之賊. 賊義者, 謂之殘.

인애를 해치는 자를 예의 도덕의 적이라고 이르고, 도의(道義)를 해치는 자를 잔인한 자라고 이른다. 인애를 해치는 자는 흉포하고 매우 잔학해서 천지자연의 도리를 끊어버리므로 예의 도덕의 적이라고 말하고, 도의를 해치는 자는 정사(正邪)를 바꾸고 어수선하게 하여 사람이 지켜야 할 떳떳한 도리를 망치게 하므로 잔인한 자라고 말한다는 뜻. (賊 : 해치다. / 예의를 해치고 도덕을 위태롭게 하고 법률 기강을 파괴하는 자. 殘 : 흉악한 자. 잔인한 자.)

〔 **孟子·梁惠王下** 〕 (孟子)曰, ○○○, ○○○. ○○○, ○○○. 殘賊之人, 謂之一夫. 聞誅一夫紂矣, 未聞弑君也. < 朱注 >害仁者, 凶暴淫虐, 滅絶天理, 故謂之賊. 害義者, 顚倒錯亂, 傷敗彛倫, 故謂之殘.

錢財如糞土, 仁義重于山.

재물을 더러운 흙과 같이 하고, 인의(仁義)는 산보다 귀중히 한다. (如 : 같게 하다. ……과 같이 하다.)

〔 **敦煌變文集·燕子賦** 〕 緣爭破壞窠, 徒特費精神. ○○○○○, ○○○○○.

나. 仁

剛毅木訥, 近仁.

의지가 강직하고, 행위가 과감하고, 성질이 질박하고, 말씨가 느리고 둔한 것, 이런 네 가지 품덕을 갖추면 어진 사람에 가깝다. (毅 : 과감하다. 딱 잘라 일을 처리하다. 木 : 꾸밈이 없다. 질박하다. ≒樸. 訥 : 말을 더듬다. 말이 굼뜨다. 말이 둔하다.)

〔**論語·子路**〕子曰, ○○○○, ○○.

開門而揖盜, 未可以爲仁也.

읍

문을 열어서 도둑에게 읍례를 하는 것은 인자함이 될 수 없다. 나쁜 사람을 끌어들여 스스로 재앙을 불러들이는 것은 어진 행실이 아니라는 뜻. (揖 : 공수한 손을 얼굴 앞으로 들고 허리를 앞으로 공손히 구부렸다가 펴면서 손을 내리는 인사법의 하나로, 읍례하다. 읍하다.)

〔**三國志·吳志·孫權傳**〕(建安)五年, 策薨, 以事授權, 權哭未及息, 策長史張昭謂權曰, 孝廉, 此寧哭時邪. ……. 況今姦宄競逐, 豺狼滿道, 乃欲哀親戚, 顧禮制, 是猶○○○○○, ○○○○○○. 〔**東周列國志·第三回**〕申公借兵失策, 開門揖盜, 使其焚燒宮闕, 戮及先王, 此不共之仇也.

恭則不侮, 寬則得衆, 信則人任焉, 敏則有功, 惠則足以使人.

남을 공손하게 대하면 모욕을 당하지 않고, 남에게 너그럽게 대하면 뭇사람들의 지지를 얻게 되며, 남에게 신의가 있으면 남들이 그를 신임하게 되고, 일을 민첩하게 하면 공을 세우기가 쉬우며, 남에게 은혜를 베풀면 능히 사람을 부릴 수 있다. 공손함(恭) 관대함(寬) 신실함(信) 민첩함(敏) 은혜의 베풂(惠)의 다섯 가지 덕을 갖추어야 인자(仁者)라고 할 수 있으며, 그로써 지도자의 자격을 갖추게 됨을 의미하는 것.

〔**論語·陽貨**〕子張問仁於孔子. 孔子曰, 能行五者於天下, 爲仁矣. 請問之. 曰, 恭·寬·信·敏·惠, ○○○○, ○○○○, ○○○○○, ○○○○, ○○○○○○.

苟志於仁矣, 無惡也.

사람이 진심으로 인에 뜻을 두면 나쁜 일은 하지 않는다. 사람이 포부를 가지고 인을 행하도록 격려하는 내용. (苟 : 진실로. 진심으로. 志 : 뜻을 세우다. 無惡 : 나쁜 일을 하지 않다.)

〔**論語·里仁**〕子曰, ○○○○○, ○○○.

克己復禮爲仁. 一日克己復禮, 天下歸仁焉.
복

자기의 욕망을 억제하고 예절을 실천하는 것이 인(仁)이다. 진실로 어느 하루 동안이라도 이와 같이 자기의 욕망을 억제하고 예절을 실천할 수 있다면 세상 사람들이 모두 그 인으로 돌아갈 것이다. (克己 : 자기의 사욕을 억제하다. 克은 이기다. / 극복하다. 억제하다. 復禮 : 예절로 돌아가다. 예의를 지키다. 예절을 실천하다.)

〔 **論語·顔淵** 〕 顔淵問仁. 子曰, ○○○○○○, ○○○○○○, ○○○○○. 爲人由己, 而由人乎哉.

禽獸猶知近父母, 不忘其親也. 人而忘其身, 內忘其親, 上忘其君, 是不若禽獸之仁也.

금수도 오히려 부모를 가까운 것으로 알고 그 어버이를 잊지 않는데, 하물며 사람으로서 자기 몸을 잊고, 안으로 그 어버이를 잊으며, 위로는 임금을 잊는 것은 이것은 금수의 인(仁)만도 못한 것이다. (猶 : 오히려. 역시.)

〔 **荀子·榮辱** 〕 人也, 憂忘其身, 內忘其親, 上忘其君, 則是人也, 而曾狗彘之不若也. 〔 **說苑·貴德** 〕 今○○○○○○○, ○○○○○. ○○○○○, ○○○○, ○○○○, ○○○○○○○○○.

當仁不讓於師.

어진 일을 할 임무를 맡았다면 스승에 대해서 까지도 양보해서는 안 된다. 스승은 사회적 위상이 높으므로 일상의 거동을 함에는 그에게 양보를 해주어야 하지만, 인덕을 실행하는 일에는 스승에게 양보하여 먼저 하게 하고 자신은 그 뒤에 행해서는 안 된다는 뜻. (當 : …의 일을 맡다. 임무 책임을 지다. 직무를 담당하다. / 주관하다. 관리하다. 감당하다.)

〔 **論語·衛靈公** 〕 子曰, ○○○○○○.

富貴者送人以財, 仁人者送人以言.

부귀한 사람은 (헤어짐에 임하여) 남에게 재물을 주고, 어진 사람은 남에게 몇 마디의 말을 해준다.

〔 **荀子·非相** 〕 贈人以言, 重於金石珠玉. 觀人以言, 美於黼黻文章. 聽人以言, 樂於鐘鼓琴瑟. 〔 **史記·孔子世家** 〕 辭去, 而老子送之曰, 吾聞○○○○○○○○, ○○○○○○○.

不仁者不可以久處約, 不可以長處樂.

어질지 못한 사람은 빈곤한 환경 속에서 오랫동안 지낼 수 없고, 안락한 환경 속에서도 오랫동안 지낼 수 없다. 인덕이 없는 사람은 그 본심을 잘 잃어버리기 때문에 빈곤한 처지에 오래 있게 되면 반드시 도리에 어긋난 일을 행하고, 편안한 처지에 오래 있으면 반드시 분수에 지나친 일을 하게 된다는 뜻. (約 :빈곤함. 곤궁함.)

〔 **論語·里仁** 〕 子曰, ○○○○○○○○○○, ○○○○○○. 仁者安仁, 知者利仁.

不仁者, 安其危而利其菑, 樂其所以亡者.
재

인덕(仁德)이 없는 사람은 막 부닥치고 있는 위험을 안전한 것으로 여기고, 다가오고 있는 재앙을 이로운 것으로 여기며, 이러한 것들이 그를 패망하게 하는 일이 되는 것을 기뻐한다. 인덕이 없는 사람은 목전에 다가오고 있는 위험과 재앙을 알지 못하여 결국 자신의 몸과 집안과 나라를 패망하게 하는 비극을 저질러 놓고서도 그것을 깨닫지 못하고 도리어 그것을 기뻐함을 이르는 것. (安 : 마음에 편안히 여기다. 만족해하다. 利 : 이로운 것으로 여기다. 이로운 것으로 착각함을 이른다. 菑 : 재앙. = 災.)

〔 **孟子·離婁上** 〕 孟子曰, ○○○, 可與言哉. ○○○○○○○○, ○○○○○○. 不仁而可與言, 則何亡國敗家之有.

五穀者, 種之美者也. 苟爲不熟, 不如荑稗.
제 패

오곡이란 것은 모든 씨앗 중에서 가장 좋은 것들이지만 만일 그것이 여물지 못하면 돌피나 피보다 못하다. (喩) 일을 성공시키지 못하면 하지 않은 것보다 못하다. / 인(仁)을 실행함에 있어서는 날로 새롭게 하고 또 새롭게 하여 충분히 발전하여 무르익도록 해야 한다. (苟 : 만약. 만일. 荑稗 : 돌피와 피. 다 잡초 중에서 곡식과 비슷하고, 그 열매는 기장 알과 같이 작지만 사람이 먹을 수 있고 가축의 사료로 쓴다.)

〔 **孟子·告子上** 〕 孟子曰, ○○○, ○○○○○. ○○○○, ○○○○. 夫仁亦在乎熟之而已矣.

惡死亡而樂不仁, 是猶惡醉而强酒.
오 오

(지금 사람들이) 죽기를 싫어하면서도 자애롭지 못한 일을 하기를 좋아하는 것은 곧 한편으로는 술에 취하는 것을 싫어하면서도 다른 한편으로는 억지로 술을 마시는 것과 같다. 사람이 악행하기를 좋아하면 그 신분·지위에 상응한 우환이 반드시 몸에 미치게 되어 있는데, 요새 사람들은 악행을 즐겨 행하면서도 모순되게도 그에 따라 초래될 우환을 받아들이기를 거부함을 이르는 것. (强酒 : 억지로 술을 마시다. 强飮酒의 飮자가 생략된 듯하다.)

〔 **孟子·離婁上** 〕 孟子曰, ……. 天子不仁, 不保四海. ……. 士庶人不仁, 不保四體. 今○○○○○○○○, ○○○○○○○○.

爲富, 不仁矣. 爲仁, 不富矣.

부유한 사람이 되려면 어질 수가 없고, 어진 사람이 되려면 부유할 수가 없다. 재부를 영위 유지하려면 천리에 어긋나는 가혹한 일을 많이 해야 되고, 안자하게 살려면 베풀기를 좋아해야 하므로 이것들은 병행함이 용납되지 않는다는 뜻. (富 : 부자. / 부유하다. 仁 : 어진 사람. / 어질다.)

〔**孟子·滕文公上**〕陽虎曰, ○○, ○○○. ○○, ○○○.

唯仁者, 能好人, 能惡(오)人.

오직 어진 사람만이 착한 사람을 좋아할 수 있고, 착하지 못한 사람을 미워할 수 있다. 덕을 갖추고 있는 어진 사람은 사심(私心)이 없어 사람의 좋고 나쁜 것을 자세히 알 수 있다는 뜻.

〔**論語·里仁**〕子曰, ○○○, ○○○, ○○○. 〔**大學·傳十**〕唯仁人, 爲能愛人, 能惡人.

以短痛去長痛.

단시간의 고통으로써 장기간의 고통을 없애버리다. (喻)한 번의 싸움이나 한 명령으로써 불의한 사람을 죽임으로써 인(仁)을 이루다. ≒ **殺身成仁.**

〔**淸 唐甄·潛書·仁師**〕蜀人諺曰, 長痛不如短痛. 久痛不定, 長痛也. 一戰之殺, 一令之誅, 短痛也. ○○○○○○, 是之謂殺以成仁.

人皆有不忍人之心. 以不忍人之心, 行不忍人之政, 治天下可運之掌上.

사람은 모두 차마 남을 해치지 못하는 마음을 가지고 있다. 이와 같은 차마 남을 해치지 못하는 마음으로써 남을 차마 해치지 못하는 어진 정사를 시행하면 세상을 다스리는 것은 그것을 손바닥 위에 올려놓고 가볍게 움직이는 것과 같다. 지도자가 사람을 해치지 못하는 어진 정사를 베풀면 세상을 다스리는 것은 매우 쉬운 일이라는 뜻. (不忍人之心 : 사람을 차마 해치지 못하는 마음. 남에게 해로운 일을 차마 하지 못하는 마음. *이것은 사단(四端)의 하나인 인(仁)의 단서가 되는 것이다. 運 : 움직이다. / 운행하다.)

〔**孟子·公孫丑上**〕孟子曰, ○○○○○○○○○, 先王有不忍人之心, 斯有不忍人之政矣. ○○○○○○, ○○○○○○, ○○○○○○○○○. 〔**孟子·盡心下**〕孟子曰, 人皆有所忍, 達之於其所忍, 仁也. 人皆有所不爲, 達之於其所爲, 義也.

仁人在上, 爲下所仰, 猶子弟之衛父兄, 若手足之扞(한)頭目.

어진 사람이 윗자리에 있으면 아랫 사람으로서 경모해야 할 것은, 자식이 아비를 방비하는 것과 같이 해야 하고, 졸개가 그 두목을 막아 주는 것과 같이 해야 하는 것이다. 어진 사람을 비상히 숭앙하여 혼신의 힘을 기울여 보살펴야 함을 이르는 것. (仰 : 우러러 사모하다. 존경하는 마음을 갖다. 경모하다. 扞 : 막다. 막아지다.)

〔 **漢書·刑法志** 〕 ○○○○, ○○○○, ○○○○○○○, ○○○○○○○.

仁人之得飴, 以養疾侍老也. 跖與企足得飴, 以開閉取楗也.

이 시 척

어진 사람은 엿을 얻으면 노인의 병을 고치어 모시는 데 쓰고, (춘추시대의 큰 도적인) 盜跖이나 (이 盜跖과 더불어 역사상의 대 도적인) 企足은 엿을 얻으면 이것으로 잠긴 문빗장을 소리 없이 열고 닫는데 쓴다. (喻) 같은 물건이라도 사람에 따라서 선악에의 쓰임을 달리 한다. (楗 : 문빗장. ≒ 鍵.)

〔 **呂氏春秋·異用** 〕 ○○○○○, ○○○○○○, ○○○○○○, ○○○○○○. 〔 **淮南子·說林訓** 〕 柳下惠見飴曰, 可以養老. 盜跖見飴曰, 可以黏牡. 見物同而用之異.

仁者, 其言也訒.

인

인덕이 있는 사람은 할 말을 참고 함부로 말하지 아니한다. 인덕을 실천하는 사람은 그 말을 근신하기 위하여 말을 참고 있거나 경솔한 다언(多言)을 하지 않음을 이른다. (訒 : 참다. / 할 말을 참고 아니하다. 과묵하여 함부로 말하지 아니하다.)

〔 **論語·顔淵** 〕 司馬牛問仁. 子曰, ○○, ○○○○.

仁者, 己欲立而立人, 己欲達而達人.

이른바 인(仁)이라는 것은 자신이 입신하기를 바라면 또한 남도 입신하게 되기를 바라고, 나 자신이 현귀하기를 바라면 또한 남도 현귀하게 되기를 바라는 것이다. 인덕(仁德)이 있는 사람의 마음은 오로지 천지자연의 이치 (法則)에 자리하고 있는 것이어서 남을 자기와 일체(一體)인 것으로 생각하므로, 나 자신이 입신하기를 바라면 남도 입신하게 되기를 바라고, 나 자신이 현귀하기를 바라면 남도 현귀하게 되기를 바란다는 의미. (立 : 서다. / 입신하다, 곧 입신출세하다. / 사회에 있어서의 자기의 지반을 확립하다. 達 : 현귀하다, 곧 지위가 높고 귀하다. 출세하여 고위 고관에 오르다.)

〔 **論語·雍也** 〕 夫○○, ○○○○○○, ○○○○○○. 能近取譬, 可謂仁之方也已.

仁者先難而後獲, 可謂仁矣.

인덕이 있는 사람은 어려운 일을 만나면 곧 그것을 하는데 다투어 앞장서고, 사리(私利)를 얻을 수 있는 일을 만나면 곧 사람들의 뒤로 물러나 있으니, 이것이 곧 인덕이 있는 것으로 말할 수 있다. (先難後獲: 어려운 일에는 남보다 앞장서서 행하고, 이익을 얻는 일에는 남의 뒤로 물러나는 것. / 먼저 힘들여 수고하는 일을 해야 뒤에 수확을 하게 된다는 것으로, 가만히 앉아 있어서는 그 성취를 누릴 수 없음을 형용.) → **先難後獲**.

〔 **論語·雍也** 〕 樊遲問知. 子曰, 務民之義, 敬鬼神而遠之, 可謂知矣. 問仁. 曰, ○○○○○○○, ○○○○.

仁者雖怨不忘親, 雖怒不棄禮.

어진 사람은 비록 원망스러운 일이 있어도 친족을 잊지 아니하며, 비록 분노하는 일이 있어도 예의를 버리지 아니한다.

〔 **東周列國志** 〕 吾聞 ○○○○○○○, ○○○○○. 若晉侯遂死于秦, 吾亦與有罪矣.

仁者, 義之本也, 順之體也, 得之者尊.

인자한 마음이라는 것은 의로움의 본질이고 도리를 좇는 일의 본체이니, 이 인자한 마음을 얻을 수 있는 자는 곧 존엄함을 얻을 수 있다. (仁 : 어진 마음. 인자한 마음. = 仁心. 順 : 도리를 좇는 일. 도리에 따르는 일.)

〔 **禮記·禮運** 〕 義者, 藝之分, 仁之節也. 協於藝, 講於仁, 得之者强. ○○, ○○○○, ○○○○, ○○○○.

仁者以財發身, 不仁者以身發財.

어진 사람은 재물을 써서 몸을 일으키고, 어질지 못한 사람은 몸을 써서 재물을 일으킨다. 인덕이 있는 군왕은 재물을 풀어서 백성들로 하여금 풍부하고 넉넉하게 하여 그로써 자신의 명성을 발양시키고, 인덕이 없는 군왕은 개인의 명성을 희생시켜 자기의 재부(財富)를 증가시킨다는 말. (發 : 일어나다. / 일으키다. ≒ 起.)

〔 **大學·傳十** 〕 ○○○○○○, ○○○○○○○. <朱注>仁者散財以得民, 不仁者亡身以殖貨.

仁者必敬其人, 敬其人有道, 遇賢者則愛親而敬之. 遇不肖者則畏疏而敬之.

인자(仁者)는 반드시 남을 공경한다. 남을 공경하는 데는 방법이 있으니, 곧 현자를 만나면 그를 친애하면서 공경하고, 불초한 자를 만나면 그를 두려워하고 멀리 하면서 공경하는 것이다. (仁者 : 어진 사람. 덕이 높은 사람. 인자한 사람. 賢者 : 어진 사람. 현명한 사람. 재치와 덕행이 뛰어난 사람. 성인의 다음 가는 사람. 不肖者 : 못난 사람.)

〔 **荀子·臣道** 〕 仁者必敬人. 凡人, 非賢, 則案不肖也. 人賢而不敬, 則是禽獸也. 人不肖而不敬, 則是狎虎也. 禽獸則亂, 狎虎則危, 災及其身矣. 〔 **韓詩外傳·卷六** 〕 ○○○○○○. ○○○○○, ○○○○○○○

○○. ○○○○○○○○○○.

仁, 天之尊爵也, 人之安宅也.

인(仁)은 하늘이 인류에게 내려준 가장 존귀한 작위이며, 인류가 가장 편안하게 살 수 있는 집이다. 인이란 것은 천지가 만물을 생성시키는 마음으로 가장 먼저 얻게 한 것이고, 하늘이 준 인의예지(仁義禮智)의 네 가지 선의 근본을 합쳐서 총괄하고, 그 으뜸을 차지한 것이며, 이를 실천하면 사람들이 열복해 오고 충심으로 존경한다는 뜻에서 하늘이 준 가장 존귀한 작위라고 한 것이며, 또한 인은 사람이 전체의 덕의 본심(꾸밈없는 본래의 성실한 마음)으로 삼아야 하는 것으로, 그 속에는 천지자연의 편안함이 있고 사람의 욕심에 빠지는 위태로움이 없으니, 사람이 항상 마땅히 그 속에 있어야 하고, 또 잠시라도 떨어져서는 안 되는 것이므로 평안하게 살 수 있는 집이라고 하는 것이다.

〔**孟子·公孫丑上**〕孔子曰, 里仁爲美, 擇不處仁, 焉得智. 夫○, ○○○○○, ○○○○○. 莫之禦而不仁, 是不智也. < 朱注 >仁義禮智, 皆天所與之良貴, 而仁者天地生物之心, 得之最先, 而兼統四者, 所謂元者善之長也, 故曰尊爵. (仁)在仁則爲本心全體之德, 有天理自然之安, 無人欲陷溺之危, 人當常在其中, 而不可須臾離者也, 故曰安宅.

子釣而不綱, 弋不射宿.
익 석

孔子는 낚싯대를 써서 고기를 낚기는 하여도 그물로 고기를 잡지 아니하였으며, 실을 이은 주살로 새를 쏘기는 하였지만 밤에 자고 있는 새를 쏘아 잡지 아니하였다. 孔子가 물고기나 새를 함부로 잡지 아니한 것과 같이 생물에 대해서도 인자한 마음을 가졌음을 표현한 것. (綱 : 그물을 치다. / 그물. = 網. 弋 : 주살. 오늬에 매어 쓰는 화살. 射 : 쏘다. 맞히다.)

〔**論語·述而**〕○○○○○, ○○○○.

志士仁人, 無求生以害仁, 有殺生以成仁.

인도(仁道)에 뜻을 두고 있는 사람과 인덕(仁德)을 갖추고 있는 사람은 자신의 삶을 추구하기 위해서 인덕을 해치는 일이 없고, 그 몸을 죽여서 인덕을 성취하는 일은 있다. 자기 몸을 희생하여 숭고한 이상과 정의를 이룩하는데 힘쓰는 것을 이르는 말. (志士 : 인도에 뜻을 두고 있는 사람. 기개가 높고 포부가 큰 사람. 국가사회를 위해 마음을 바치는 사람. 仁人 : 어진 사람. 인덕을 갖추고 있는 사람.) → **殺身成仁**.

〔**論語·衛靈公**〕子曰, ○○○○, ○○○○○○○, ○○○○○○. 〔**淸 唐甄·潛書·仁師**〕一戰之殺, 一令之誅, 短痛也. 以短痛去長痛, 是之謂殺以成仁.

彼陷溺其民, 王往而征之, 夫誰與王敵. 故曰, 仁者無敵.
함 닉

그네들(적국의 군인들)이 그 백성들을 구덩이에 떨어뜨리고 물에 빠뜨리는 것과 같이 하여 잔인하게 죽일 때 왕(梁惠王 지칭)이 파병을 하여 그들을 정벌해버린다면 누가 왕과 대적할 수 있겠는가? 그래서 고인들은 어진 사람(임금)은 천하에서 대적할 사람이 없다고 말한 것이다. 인정(仁政)을 베푸는 통치자에게는 천하의 적이 없음을 이르는 말. (彼 : 그네들. 저들. *자기 외의 나에게 상대가 되는 자를 가리키는 대명사. 여기서는 秦·楚·齊 등 梁惠王이 복수하려는 상대국의 국군들을 가리킨다. 陷溺其民 : 백성들을 구덩이에 떨어뜨리고 물에 빠뜨리는 것과 같이 학대하거나 괴롭히거나 잔인하게 죽이다.) → **仁者無敵.**

〔 **孟子·梁惠王上** 〕 孟子對曰, …. ○○○○○, ○○○○○, ○○○○○. ○○, ○○○○. 王請勿疑.

厚者不毁人以自益也, 仁者不危人以要名.
훼

마음이 너그러운 사람은 남을 헐뜯어서 자신을 위한 이익을 꾀하려고 하지 아니하며, 인덕이 있는 사람은 남을 헤쳐서 명성을 추구하지 아니한다. (厚 : 두텁다. / 너그럽다. 관대하다. 危 : 위험에 빠뜨리다. 해치다. 要名 : 명예·명성을 추구하다. 이름나기를 바라다.)

〔 **戰國策·燕策三** 〕 燕王以書且謝焉曰, ……. 諺曰, ○○○○○○○○○, ○○○○○○○○. 〔 **新序·雜事三** 〕 惠王乃使人遣樂毅書曰, ……. 語曰, 厚者不損人以自益, 仁者不危軀以要名. 故覆人之邪者, 厚之行也, 救人之過者, 仁之道也.

다. 義

感慨殺身者易, 從容就義者難.

일시적으로 분개함을 느껴서 목숨을 버리는 것은 쉬우나, 할일없이 유유히 지내며 의를 위해 몸을 희생하기는 어렵다. 의로운 일에 살신(殺身)하기가 어려움을 나타낸 말. (感慨 : 분개함을 느끼다. / 마음 속 깊이 느끼어 탄식하다. 從容 : 하릴 없이 유유히 지내다. / 자연스럽고 태연한 모양. 就義 : 의를 위하여 몸을 희생하다.) ≒ **慷慨赴死易, 從容就義難.**

〔 **朱子語類** 〕 問如何從容就義. 朱子曰, 從容謂徐徐, 但義理不精, 則思之再三. 或汩於利害卻悔了, 此所以爲難. 〔 **近思錄·政事類** 〕 伊川先生曰, ○○○○○○, ○○○○○○. 〔 **宋 謝枋得·卻聘書** 〕 司馬子長有言, 人莫不有一死, 或重於泰山, 或輕于鴻毛, 先民廣其說曰, 慷慨赴死易, 從容就義難.

見利思義, 見危授命.

이로운 것을 보면 의로움을 생각하고, 나라의 위태로움을 보면 목숨을 바친다. 이익이 될 일을 보면 그것이 의리에 합당한가를 생각하고, 국가·최고지도자·부모에게 위급한 일이 닥치면 목숨을 바쳐 구한다는 말. → **見危致命. 臨危授命.** ↔ **見利忘義.**

〔 **論語·憲問** 〕(孔子)曰, 今之成人者, 何必然. ○○○○, ○○○○, 久要不忘平生之言, 亦可以爲成人矣. 〔 **論語·子張** 〕士見危致命, 見得思義, 祭思敬, 喪思哀, 其可已矣. 〔 **唐 趙蕤·長短經** 〕損益殊涂, 質文異政, 或尙權以經緯, 或敦道以鎭俗. …… 語曰, 士見危授命. 〔 **章炳麟·敢死論跋語** 〕無名譽之死, 尙優爲之, 況復見危授命, 爲擧世所尊崇耶. 〔 **清 錢泳·履園叢話·名利** 〕論語曰,君子去仁, 惡乎成名. 可見仁之與名, 原是相輔而行, 見利思義, 以義爲利. ↔〔 **漢書·樊酈滕灌靳周傳** 〕當孝之時, 天下以酈寄爲賣友. 夫賣友者, 謂見利而忘義也.

見義不爲, 無勇也.

의로운 일을 보고도 행하지 않는 것은 용기가 없는 것이다. 사람이 마땅히 해야 할 일(도리)를 마주치고도 이를 하지 않는 것은 곧 용기가 없는 탓이라는 뜻. (見 : 보다. / 만나다. 마주치다. / 알다.)

〔 **論語·爲政** 〕子曰, 非鬼而祭之, 諂也. ○○○○, ○○○. 〔 **史記·管晏列傳** 〕方晏子伏莊公尸哭之, 成禮然後去, 豈所謂○○○○, ○○○者邪. ↔〔 **元 劉唐卿·降桑椹** 〕見義當爲眞男子, 則是我正直無私大丈夫.

多私者不義, 揚言者寡信.

사사로운 욕망이 많은 자는 의롭지 못하고, 큰 소리 치는 사람은 실행하는 데에 대한 믿음이 적다. (私 : 사사로운 욕망. 揚言 : 큰 소리 치다. 말을 과장함을 이른다.)

〔 **唐 李善·文選·逸周書(汲冢周書)** 〕○○○○○, ○○○○○.

多行不義, 必自斃(폐).

의롭지 못한 일을 많이 행하면 반드시 스스로 망하게 된다. (斃 : 죽다. 넘어져서 죽다. / 망하다. 멸망하다.)

〔 **春秋左氏傳·隱公元年** 〕公曰, ○○○○, ○○○, 子姑待之. 〔 **清 徐震·樂田演義** 〕莫若俟其多行不義, 勢必自斃, 然後再作圖謀, 未爲晩也.

不義而彊, 其斃必速.

의롭지 못하면서 강하면 그것이 망하는 것은 반드시 빠르다. 힘이 강해서 약한 자를 밀어내고 자리를 차지하는 것은 불의한 것이므로 멀지 않아서 망하고 만다는 뜻.

〔 **春秋左氏傳·昭公元年** 〕(叔問)對曰, 彊以克弱, 而安之, 彊不義也. ○○○○, ○○○○.

非其義也, 餓不苟食, 死不苟生.

의로움이 아니면 차라리 굶어도 구차스럽게 먹을 것을 구하지 않으며, 차라리 죽어도 구차스럽게 살아남으려 하지 않는다. (苟 : 구차스럽게. 구차하게.)

〔**商君書·劃策**〕所謂義者, 爲人臣忠, 爲人子孝, 少長有禮, 男女有別. ○○○○, ○○○○, ○○○○.

生, 亦我所欲也. 義, 亦我所欲也. 二者不可得兼, 舍生而取義者也.

삶도 또한 내(孟子)가 원하는 것이고, 의로움(正道)도 또한 내가 원하는 것이지만, 이 두 가지를 함께 얻을 수 없다면 삶을 버리고 의로움을 취할 것이다. 孟子 자신은 삶을 원하지만 삶에 비하여 의로움을 더욱 소중한 것으로 여기고 있어 의로움을 위해서는 생명을 쉽게 버릴 수도 있음을 말하는 것. (義 : 대의. 의로움. 정도. 올바른 도리. 舍 : 버리다. = 捨.) → **捨生取義.**

〔**孟子·告子上**〕孟子曰, 魚我所欲也, 熊掌亦我所欲也, 二者不可得兼, 舍魚而取熊掌者也. ○, ○○○○○. ○, ○○○○○. ○○○○○○○, ○○○○○○○. 生亦我所欲. 所欲有甚於生者, 故不爲苟得也.

與人同憂同樂, 同好同惡者義也.

(惡: 오)

남과 더불어 함께 근심하고, 함께 즐거워하며, 함께 좋아하고, 함께 미워하는 것이 의(義)이다.

〔**六韜·文韜**〕文王曰, ……, ○○○○○○, ○○○○○○○, 義之所在, 天下赴之.

爲義而不能, 必無排其道. 譬若匠人之斲而不能, 無排其繩.

(斲: 착)

의로운 일을 행하다가 할 수 없더라도 반드시 그 올바른 도리를 위배해서는 안 되는 것이니, 비유하면 마치 목수가 나무를 깎다가 잘 안 된다고 하여 그 먹줄 치는 것을 배제할 수는 없는 것과 같다. 의로움을 행하는 것은 사람이 어기어서는 안 되는 윤리의 절대적인 기준임을 강조하는 것. (排 : 위배하다. 위반하다. / 배제하다. 물리치다. 배척하다. 斲 : 깎다. 패다. 찍다.)

〔**墨子·貴義**〕子墨子謂二三子曰, ○○○○○, ○○○○○. ○○○○○○○○○○, ○○○○.

義動君子, 利動小人.

의로움은 군자를 움직이고, 이로움은 소인을 움직인다. 정의로운 일은 군자를 끌어당기고, 이익을 탐내게 하는 일은 소인을 끌어당긴다는 뜻.

〔**漢 董仲舒·詣丞相公孫弘記室書**〕義動君子, 利動貪人. 如匈奴者, 非可以仁義說也, 獨可說以厚利.
〔**列女傳·貞順傳·息君夫人**〕○○○○, ○○○○, 息君夫人不爲利動矣.

義勝欲則昌, 欲勝義則亡. 敬勝怠則吉, 怠勝敬則滅.

의로움이 욕심을 이기면 창성하고, 욕심이 의로움을 이기면 망한다. 공경함이 나태함을 이기면 길하고, 나태함이 공경함을 이기면 멸망하게 된다.

〔**六韜·文韜**〕太公曰, …….故 ○○○○○, ○○○○○. ○○○○○, ○○○○○.

義人者, 固將慶其喜, 而弔其憂.

의로운 사람은 반드시 남의 경사를 축하해주려고 하고, 남의 우환을 위문해 주려고 한다. (將 : …하려고 하다. 慶 : 축하하다. 경하하다. 기뻐하다. 固 : 반드시. 喜 : 기쁨. 기쁜 일. 경사. 憂 : 근심. 걱정. 우환. 재난.)

〔**說苑·正諫**〕子服景伯曰, 夫○○○, ○○○○○, ○○○○, 況畏而聘焉者乎.

義者百事之始也, 萬利之本也, 中智之所不及也.

의로움이란 것은 온갖 일의 시작이고, 모든 이로움의 근원으로, 보통사람의 지혜로는 이에 미치지 못하는 것이다.

〔**呂氏春秋·無義**〕先王之於論也極之矣. 故○○○○○○○, ○○○○○, ○○○○○○○. 不及則不知, 不知趨利, 趨利固不可必也.

義者, 利之足也. 貪者, 怨之本也.

의로움은 복리의 근원이고, 탐욕은 원한의 근본이다. 의로운 행동을 하면 물심양면의 이익을 얻게 되고, 부질없이 욕심을 부리는 행동을 하면 남의 원한을 사게 된다는 뜻. (足 : 뿌리. 근원. 근본.)

〔**國語·晉語二**〕里克曰, 不可. 克聞之, 夫○○, ○○○○. ○○, ○○○○. 廢義則利不立, 厚貪則怨生.

義者軒冕(헌면)在前, 非義弗乘, 斧鉞(부월)於後, 義死不避.

의로운 선비는 초헌과 면류관으로 상징되는 관직이 바로 앞에 있어도 의가 아니면 오르지 아니하며, 작은 도끼와 큰 도끼의 형구가 바로 뒤에 있어도 옳은 일에는 죽음을 피하지 아니한다. (軒冕 : 초헌과 면류관으로, 높은 벼슬을 이르는 말.)

〔**說苑·立節**〕祛衣將入鼎曰, 基聞之, ○○○○○○, ○○○○, ○○○○, ○○○○. 〔**新序·義勇**〕中牟之邑人也. 曰, 義死, 不避斧鉞之罪, 義窮, 不受軒冕之服. 無義而生, 不仁而富, ……, 田卑曰, 不可也, 一人擧而萬夫俛首, 智者不爲也, 賞一人以慚萬夫, 義者不取也.

一人則一義, 二人則 二義, 十人則十義.

한 사람에게는 한 가지의 도리가 있고, 두 사람에게는 두 가지의 도리가 있으며, 열 사람에게는 곧 열 가지의 도리가 있다. 사람은 모두 각기 다른 도리를 가지고 있다는 뜻. 옛날 백성이 처음으로 생겨난 후 아직 행정과 정령이 없었을 때 이와 같이 사람들은 각기 다른 도리를 가지고 있어 서로 남의 도리를 비난, 부정함으로써 천하가 큰 혼란에 빠지게 되었다고 묵자(墨子)가 진단하였음을 말한 것. (義 : 도리. 이치. 길. / 법도 . 법칙. / 뜻. 의미.)

〔**墨子·尙同上**〕子墨子言曰, 古者民始生, 未有刑政之時, 蓋其語人異義. 是以○○○○○, ○○○○○, ○○○○○, 其人玆衆, 其所謂義者亦玆衆.

致義, 則上下不悖逆矣. 致讓, 以去爭也.

의(義)가 실현되면 상하 간 도리에 어긋나거나 이를 거역하는 짓을 하지 아니하고, 겸양이 실현되면 상호간에 다투는 일이 없어진다. 윤리 규범의 확립에 노력하면 상하질서가 전도되어 혼란해지는 일이 없으며, 겸양의 정신의 발양에 노력하면 사람들 상호간의 논쟁이 없어진다는 뜻. (致 : 실현하다. 달성하다. 이루다. 義: 윤리적 법도. 사람이 행해야 할 덕. / 도리. 悖 : 도리에 어긋나다. 위배되다. 逆 : 거스르다. 거역하다. 讓 : 사양. 양보. 겸양. 去 : 어떤 현상이 사라져 없어지다. 소멸하다.)

〔**禮記·祭義**〕致鬼神, 以尊上也. 致物用, 以立民紀也. ○○, ○○○○○○○. ○○, ○○○○.

行一不義, 殺一不辜(고), 而得天下, 皆不爲也.

한 가지라도 의롭지 못한 일을 저지르고, 한 사람이라도 죄 없는 사람을 죽여서 천하를 얻는다 해도 이런 일은 다 하지 않는다. (不辜 : 죄 없는 사람.)

〔**孟子·公孫丑上**〕(孟子)曰, 有. 得百里之地而君之, 皆能以朝諸侯, 有天下. ○○○○, ○○○○, ○○○○, ○○○○. 是則同.

6. 複合文

鯀(곤)則殛(극)死, 禹乃嗣(사)興, 天乃錫禹洪範九疇(주), 彝(이)倫攸(유)敍.

禹의 아버지인 鯤이 죽임을 당하고 아들인 禹가 그의 사업을 계승하여 크게 일으키니, 하늘이 곧 禹에게 치국안민(治國安民)의 큰 규범 아홉 가지를 내려 주었으며, 이에 따라 사람이 지켜야 할 도리가 즉시 차례대로 행하여졌다. 堯임금으로부터 숭백(崇伯)으로 봉하여진 鯤은 물의 주위를 둘러싸는 위도법(圍堵法) 또는 도색법(堵塞法)으로 치수를 하려고 했으나 이것은 물의 성질에 반하는 것이어서 실패하여 죽임을 당했고, 아들인 禹가 이 사업을 이어 받아 왕성하게 하니, 이에 하늘이 감응하여 禹에게 치국안민의 큰 규범을 내려 임금의 기반을 확고하게 다져 주었으며, 이에 따라 인륜이 차례대로 행하여졌다는 것. (殛 : 죽이다. 주살하다. 嗣 : 뒤를 잇다. 계승하다. 興 : 일으키다. 흥성하게 하다. 錫 : 주다. 하사하다. = 賜. 洪範 : 천지의 대법. 천하의 대법. 치국안민의 큰 규범. 九疇 : 箕子가 周의 武王의 물음에 답한 천하를 다스리는 대법 아홉 가지. 彝倫 : 사람이 지켜야 할 떳떳한 도리. 영구히 변하지 아니하는 도. 攸 : 빠르다. 빨리가는 모양. / 즉. 곧. 서는 차례. 순서. / 차례대로 행하다. 차례가 정하여지다.) → **洪範九疇.**

〔**書經·周書·洪範**〕箕子乃言曰, 我聞在昔, ……. ○○○○, ○○○○, ○○○○○○○○○, ○○○○.

道高龍虎伏, 德重鬼神驚.

도의심이 고결한 사람은 용과 범도 굴복, 제압시킬 수 있고, 덕성이 중후한 사람은 귀신마저도 놀라게 한다. 도와 덕이 고결, 중후한 사람은 강대하고 비범한 세력도 제압할 수 있음을 뜻한다. (伏 : 굴복하다. 항복하다. 복종하다.) → **降龍伏虎.**

〔**西遊記**〕想東土取經者, 乃上邦聖僧. 這和尙道高龍虎伏, 德重鬼神欽, 必有降妖之術. 〔**明 無名氏·魚籃記**〕○○○○○, ○○○○○. 吾乃非別, 當山提點是也.

尾生與女子期於梁下, 女子不來,水至不去, 抱梁柱而死.

魯나라의 尾生은 한 여자와 다리 밑에서 만나기로 약속 하였는데, 시간이 지나도록 여자는 오지 않았고, (때마침 큰 비가 내려) 큰물이 들이닥쳐도 떠나지 않고 있다가 마침내 다리 기둥을 안은 채 물에 빠져 죽었다. (喩) 약속을 굳게 지키어 죽음에 이르러도 변하지 아니하다. 조그마한 약속 · 신의를 우직하게 굳게 지키다. / 지나치게 정직하고 어리석고 융통성이 없다. (尾生 : 魯나라 사람. 일작에는 微生 또는 尾生高로 되어 있고, 戰國策에는 尾生高로 되어 있다. 期 : 만나다. 기다리다. 梁 : 다리. 교량./ 징검다리.) → **尾生之信.**

〔**莊子·盜跖**〕○○○○○○○○○, ○○○○, ○○○○, ○○○○○. 〔**史記·蘇秦列傳**〕信如尾生, 與女子期於梁下, 女子不來, 水至不去, 抱柱而死. 〔**戰國策·燕策一**〕蘇秦曰, ……. 信如尾生, 期而不來, 抱梁柱而死. ……. (蘇代)對曰, ……. 信如尾生高, 則不過不欺人耳. 〔**鄒陽·獄中上梁王書**〕蘇秦不信於天下, 而爲燕尾生. 〔**北宋 程顥 程頤·二程全書·心性**〕雖有尾生之信, 曾子之孝, 吾不貴也.

博愛之謂仁, 行而宜之之謂義, 由是而之焉之謂道, 足乎己無待於外之謂德.

사람을 널리 사랑하는 것을 인(仁)이라고 말하고, 사랑을 실행하여 이것을 이치·도리에 맞게 하는 것을 의(義)라고 말하며, 이것(인과 의)을 좇아서 그곳으로 가는 것을 도(道)라고 말하고,

자기를 뜻한 대로 이루어 다는 곳에 더 갖출 것이 없는 것을 덕(德)이라고 말한다. (宜之 : 그것을 이치나 도리에 맞게 하다. 之는 위에 나온 인을 가리킨다. / 가다. 由是而之焉 : 이것을 좇아서 가다. 是는 위에 나온 인과 의를 가리킨다. 之는 가다. 焉은 조사. 足乎己無待於外 : 자기를 뜻한 대로 이루어 다른 곳에 갖출 것이 없다. 자신이 인의의 도를 실행하여 인품으로써 남을 경복시키는 명망을 갖추었음을 이른다. 足은 이루다. 완성하다. 待는 갖추다. 미리 준비하다. 대비하다. 外는 딴 데. 다른 곳. / 마음에 대하여 언행·용모 등을 이르는 말.)

〔**韓愈·原道**〕○○○○○, ○○○○○○○○, ○○○○○○○○○, ○○○○○○○○○○○○.

百發失一, 不足謂善射. 千里跬步不至, 不足謂善御.

규

화살 백발을 쏘아 한 번이라도 실패하면 활의 명수라고 말하기에는 부족하고, 천리에 반걸음만 이르지 못해도 마차를 잘 부리는 명인이라고 말하기에는 부족하다. 인륜의 법식을 통달하지 못하고 인의가 하나로 관통하지 않으면 훌륭한 배움을 이룩했다고 말하기에는 부족하다는 말을 유도하기 위한 글귀. 과거에 바른 행실을 했다고 해도 한번 지조를 잃으면 지금까지의 값진 삶은 허사가 된다는 비유. (跬步 : 반걸음. = 半步. 跬步.)

〔**荀子·勸學**〕○○○○, ○○○○○. ○○○○○○○, ○○○○○. 倫類不通, 仁義不一, 不足謂善學.

不知人間有羞恥事.

사람이 수치스러운 일을 하고 있는가를 모른다. 사람이 비천하고 부끄러운 마음이 없는 것이 극에 이르렀음을 형용.

〔**宋 歐陽脩·與高司諫書**〕足下猶能以面目見士大夫, 出入朝中稱諫官, 是足下不復知人間有羞恥事爾.

不强不達, 不勞無功, 不忠無親, 不信無復, 不恭失禮, 愼此五者而已.

복

힘쓰지 아니하면 사리에 통달할 수 없고, 힘써 일하지 아니하면 공업(功業)을 이룰 수 없으며, 정성을 다하지 아니하면 사이좋게 지낼 수 없고, 자신이 믿음을 주지 아니하면 남도 실천하지 아니하며, 공손하지 아니하면 예절을 잃어버리게 되는 것이니, 삼가야 할 것이 이 다섯 가지일 뿐이다. (强 : 힘쓰다. 노력하다. = 彊. 達 : 통달하다. 현달하다. 忠 : 정성을 다하다. 성의를 다하다. 親 : 가까이 신임하다. 信 : 믿다. 신용하다. / 믿음. 신용. / 실행하다. 실천하다. = 踐. 復 : 거듭하다. 되풀이하다. 반복하다. / 실천하다. 이행하다. 論語學而 : 信近於義不可復也. <朱註> 復, 踐言也.)

〔**說苑·雜言**〕仲尼曰, 不强不遠, 不勞無功, 不忠無親, 不信無復, 不恭無禮, 愼此五者, 可以長久矣.
〔**孔子家語·子路初見**〕孔子曰, ○○○○, ○○○○, ○○○○, ○○○○, ○○○○, ○○○○○○.
〔**論語·學而**〕信近於義, 言可復也. <朱注> 信, 約信也. 復, 踐言也.

不仁之至忽其親, 不忠之至倍其君, 不信之至欺其友.

불인(不仁) 중 가장 극단적인 것은 그의 어버이를 소홀히 하는 것이고, 불충(不忠) 중 가장 극단적인 것은 그의 임금을 배반하는 것이며, 불신(不信) 중 가장 극단적인 것은 그의 친구를 속이는 것이다. 어버이를 소홀히 대접하는 것이 가장 어질지 못한 것이고, 임금을 배신하는 것이 가장 충성스럽지 못한 것이며, 친구를 기만하는 것이 가장 진실하지 못한 것이라는 뜻. (至 : 지극한 것. 극단적인 것. 심한 것. 倍: 등지다. 배반하다. = 偝.)

〔**韓詩外傳·卷一**〕傳曰, ○○○○○○○, ○○○○○○○, ○○○○○○○. 此三者, 聖王之所殺而不赦也.

非其義也, 非其道也, 祿之以天下, 弗顧也, 繫馬千駟, 弗視也.

그(堯舜의) 도리에 맞지 아니하고 그(堯舜의) 정도에 맞지 아니하면 곧 그에게 천하를 봉록으로 준다고 하여도 그는 그것을 버리고 돌아보지 아니하였으며, 말 4000필을 어디에 매어 놓고 그에게 주어도 쳐다보지도 아니하였다. 의리와 정도가 아니면 한 오라기의 실도 남에게 주거나 받지도 않았다는 殷나라 湯王 때의 재상 伊尹의 청렴함을 두고 한 孟子의 말. (駟 : 駟馬. 한 수레에 메우는 네 마리의 말. 따라서 千駟라고 하면 4000필의 말이다.)

〔 **孟子·萬章上** 〕孟子曰, ……. 伊尹耕於有莘之野, 而樂堯舜之道焉. ○○○○, ○○○○, ○○○○○, ○○○, ○○○○, ○○○. 非其義也, 非其道也, 一介不以與人, 一介不以取諸人.

事其親者, 不擇地而安之, 孝之至也. 事其君者, 不擇事而安之, 忠之盛也.

자식이 어버이를 섬김에 있어서는 어떤 처지에 있는가에 상관없이 양친을 조용하고 편안하게 해드려야 하는 것이니, 이것이 효도의 극점이며, 임금을 섬김에 있어서는 사정이나 어떤 위험이 있음에 관계없이 목숨을 바쳐서라도 임금을 안전하게 해드려야 하는 것이니, 이것이 충성의 절정이다. (不擇地: 처지를 가리지 아니하다. 처해있는 형편에 관계하지 아니하다. 盛 : 절정. 극. 극치를 칭하는 것.)

〔 **莊子·人間世** 〕仲尼曰, 天下有大戒二, 其一命也, 其一義也. ……. 是以夫○○○○, ○○○○○○, ○○○○. 夫○○○○, ○○○○○○, ○○○○.

信信, 信也, 疑疑, 亦信也. 貴賢, 仁也, 賤不肖, 亦仁也.

믿을 만한 것을 믿는 것이 신(信)이고, 의심할 만한 것을 의심하는 것도 또한 신(信)이며, 어진 이를 존귀하게 여기는 것이 인(仁)이고, 못난 자를 비천하게 여기는 것도 또한 인(仁)이다.

〔 **荀子·非十二子** 〕○○, ○○, ○○, ○○○. ○○, ○○, ○○○, ○○○. 言而當, 知也, 默而當, 亦知也.

故知默猶知言也.

樂, 所以脩內也. 禮, 所以脩外也. 禮樂交錯於中, 發形於外.
악 수 착

음악은 안(內)을 닦기 위한 것이고, 예의는 밖(外)을 닦기 위한 것이다. 예의와 음악이 속(中)에서 뒤얽히면 반드시 밖으로 드러낸다. 음악은 내재한 정신의 수양을 감화시키는 것이고, 예의는 행동거지의 규범을 배양하는 것으로, 예의와 음악의 수양이 마음에서 뒤얽히면 반드시 외재한 형체의 행위로 표현된다는 뜻. (脩內 : 안을 닦다. 곧 사특한 기운을 없애고 그 내심의 수양을 증진하는 것을 가리킨다. 脩外 : 밖을 닦다. 공손하고 삼가는 법을 도야하고 온화 우아한 모습을 배양함을 가리킨다. 交錯 : 뒤얽히다. 서로 뒤섞여 엇갈리다.)

〔**禮記·文王世子**〕凡三王教世子, 必以禮樂. ○, ○○○○○. ○, ○○○○○. ○○○○○○○, ○○○○, 是故其成也懌, 恭敬而溫文.

樂者爲同, 同則相親, 樂勝則流. 禮者爲異, 異則相敬, 禮勝則離.

음악이라는 것은 화합하려는 것으로, 화합하면 서로 사이좋게 지내게 되지만, 그러나 음악이 그 정도가 지나치면 (거기에 빠져서) 절제를 잃게 된다. 예의라는 것은 구별하려는 것으로, 구별하면 서로 존경하게 되지만, 그러나 예의가 그 정도가 지나치면 (분열되어) 뿔뿔이 헤어지게 된다. (同 : 화합하다. 親 : 친하다. 사랑하다. 사이좋게 지내다. / 화목하다. 勝 : 지나치다. 과분하다. 넘치다. 流 : 빠지다. 절제를 잃다. 제멋대로 행동하다. 異 : 구별하다. 가르다. 離 : 뿔뿔이 헤어지다. 지리멸렬하다. 분열하다.)

〔**禮記·樂記**〕樂者爲同, 禮者爲異. 同則相親, 異則相敬. 樂勝則流, 禮勝則離. 合情飾貌者, 禮·樂之事也.

言道德仁義者, 不入于楊, 則入于墨, 不入于老, 則入于佛.

도덕과 인의를 논하는 자는 楊朱에게 빠지지 아니하면 墨翟에게 빠지고, 老子에게 빠지지 아니하면 불교에 빠진다. 도덕과 인의를 논하는 자들이 인(仁)을 근본으로 하는 정치·도덕의 실천을 내용으로 한 정통의 유학(儒學)을 추구하지 않고, 楊朱의 위아주의(爲我主義), 墨翟의 겸애주의(兼愛主義), 老子의 대도무위사상(大道無爲思想) 또는 불교의 자비사상(慈悲思想) 등 이른바 별파의 이단사설(異端邪說)에 쉽게 현혹되고 있음을 비판하는 것. (言 : 말하다./ 논하다. 담론하다. 토론하다. 入 : 빠지다. 지나치게 정신이 쏠려 헤어나지 못하다.)

〔**韓愈·原道**〕其○○○○○○, ○○○○, ○○○○, ○○○○, ○○○○, 入于彼則必出于此.

禮義廉恥不立, 人君無以自守也.

예의와 염치의 신념이 확립되어 있지 않으면 임금도 그 신분을 잘 보호 유지 할 수 없다. (禮 :

예절. 義 : 사람이 지켜야 할 도리. 人君 : 임금 = 人主. 守 : 막다. 방어하다. 수비하다. / 보호하다. 보호하고 유지하다. 어떤 상태를 그대로 유지하다.)

〔**管子·立政九敗解**〕然則 ○○○○○○, ○○○○○○○. 故曰, 全生之說勝, 則廉恥心不立.

勇而不避難, 仁者不窮約, 智者不失時, 義者不絶世.

용감한 사람은 어려운 일을 피하지 않으며, 어진 사람은 남들이 빈곤함에 머무르도록 하지 않으며, 지혜로운 사람은 그 시기를 놓치지 않으며, 의리가 있는 사람은 남의 혈통을 끊지 않는 법이다. (仁者不窮約 : 어진 사람은 남들이 빈곤함에 머무르도록 하지 않는다. 窮은 머무르다. 살다. / 자리잡다. =止. 約은 빈곤. 고생. 臺灣의 三民書局이 발행한 孔子家語 屈節解의 羊春秋 注譯에는 "어진 사람은 빈곤한 사람을 침릉하지 않는다"고 되어 있고, 같은 書局 발행의 史記 仲尼弟子列傳의 韓兆琦 注譯에는 "어진 정사를 베푸는 자는 다른 나라와의 맹약을 파기하지 않는다"고 되어 있다. 世系 : 대대로 내려온 혈통.)

〔**史記·仲尼弟子列傳**〕夫勇者不避難, 仁者不窮約, 智者不失時, 王者不絶世, 以立其義. 〔**吳越春秋·夫差內傳**〕子貢曰, ……. 且畏小越而惡强齊, 不勇也. 見小利而忘大害, 不智也. 臣聞仁人不因居以廣其德, 智者不棄時以擧其功, 王者不絶世以立其義. 〔**孔子家語·屈節解**〕子貢曰, ……. ○○○○○, ○○○○○, ○○○○○, ○○○○○.

有德者或無文, 有文者或無德.

덕행이 있는 사람은 때때로 문재(文才)가 부족하고, 문재가 있는 사람은 때때로 덕행(德行)이 결여되어 있다.

〔**元 辛文房·唐才子傳**〕人云, ○○○○○○, ○○○○○○. 文德兼備, 古今所難.

留以利而倍其君, 非仁也. 劫以刃而失其志者, 非勇也.

재물로써 만류한다고 하여 그의 임금을 배반하는 것은 인(仁)이 아니며, 칼날로 협박한다고 하여 그의 의지를 잃는 것은 용기(勇氣)가 아니다. (補) 춘추시대 齊나라의 군주 莊公을 시해한 대부 崔杼가 재상인 晏子에게 "자신에게 동조해주지 않는다면 죽여버리겠다"고 협박했으나 晏子는 위와 같이 말하고 "곧은 칼로 찌르고 굽은 칼로 벤다 해도 내 뜻은 그릇될 수 없다"고 하면서 그의 뜻을 거절하니, 崔杼는 할 수 없이 그를 놓아주었다. (留 : 머무르게 하다. 만류하다. 利 : 이익. 이로움. 물질적인 수입. 재물. 재화. 倍 : 등지다. 배반하다. ≒ 偝. 劫 : 위협하다. 협박하다.)

〔**晏子春秋·雜上**〕晏子曰, 劫吾以刃而失其志, 非勇也. 回吾以利而倍其君, 非義也. 崔子, 子獨不爲夫詩乎. 〔**韓詩外傳·卷二**〕晏子曰, 吾聞○○○○○○○, ○○○. ○○○○○○○○, ○○○. 〔**新序·義勇**〕晏子曰, 嬰聞回以利而背其君者, 非仁也. 劫以刃而失其志者, 非勇也.

以義制事, 以禮制心.

올바른 도리로써 일을 관리하고 예의로써 마음을 다스리다. 임금이 나라를 통치하는 방법을 제시한 것으로, 일은 올바른 도리, 사람의 마음은 예의를 통하여 바로잡아 나가야 함을 이른 것. (制 : 관리하다. 다스리다. 통괄하다.)

〔**書經·商書·仲虺之誥**〕○○○○, ○○○○, 垂裕後昆.

人倫明於上, 小民親於下.

인륜이 상위의 군자로 부터 드러내어 밝혀지면 백성들은 하층으로 부터 서로 친하게 된다. 나라를 통치하는 임금(또는 벼슬이 높은 자)이 사람의 도리인 인륜을 숭상하면 백성들은 자연히 서로 친하고 사랑하게 된다는 의미. (人倫 : 사람으로서의 도리. / 군신·부자·부부 등의 존비의 차례. 明 : 분명히 나타내다. 드러내다. 밝히다. 명시하다. 공시하다. / 높이다. 숭상하다. 존중하다. 上 : 임금. / 벼슬이 높은 사람. 小民 : 백성. 서민.)

〔 **孟子·滕文公上** 〕設爲庠序學校以敎之. ……. 皆所以明人倫也. ○○○○○, ○○○○○. 有王者起, 必來取法, 是爲王者師也.

人不可以 無恥, 無恥之恥, 無恥矣.

사람은 부끄러워하는 마음이 없어서는 안 되는 것이니, 부끄러워하는 마음이 없는 것을 부끄러워할 줄 안다면 치욕스런 일이 없을 것이다. 부끄러워하는 마음이 없는 것을 부끄럽게 여기는 사람은 항상 부끄러운 행실을 삼가며 선행만을 한다는 의미. (無恥 : 부끄러워하는 마음이 없다. / 부끄러운 일이 없다. 치욕스런 일이 없다. 無恥之恥 : 부끄러워하는 마음이 없는 것을 부끄러워하다. 恥無恥의 도치.)

〔 **孟子·盡心上** 〕孟子曰, ○○○○○○, ○○○○, ○○○.

仁不輕絶, 智不輕怨.

어진 사람은 다른 사람과의 교제를 끊는 것을 가벼이 하지 않으며, 지혜로운 사람은 다른 사람을 원망하는 것을 가벼이 하지 않는다.

〔**戰國策·燕策三**〕語曰, ○○○○, ○○○○. 君之於先生也, 世之所明知也, 寡人望有非, 則君掩蓋之, 不虞君之明罪之也. 〔**新序·雜事**〕諺曰, 仁不輕絶, 知不簡功. 簡功棄大者仇也, 輕絶厚利者怨也.

仁不怨君, 智不重困, 勇不逃死.

(不: 부)

어진 사람은 임금을 원망하지 않으며, 지혜로운 사람은 괴로움을 거듭되게 하지 않으며, 용감

한 사람은 죽음을 피하지 않는다. (重 : 겹치다. 거듭되다. 逃 : 피하다. 회피하다.)

〔 **國語·晉語二** 〕 申生曰, ……. 內困于父母, 外困于諸候, 是重困也. 棄君去罪, 是逃死也. 吾聞之, ○○○○, ○○○○, ○○○○.

仁者不以欲傷生, 知者不以利害義.

어진 사람은 욕심 때문에 그 삶에 상처를 입히지 않으며, 지혜로운 사람은 이익 때문에 의리를 해치지 않는다. (傷 : 해치다. 상처를 입히다. 상하게 하다.)

〔 **淮南子·人間訓** 〕 ○○○○○○○, ○○○○○○○. 聖人之思脩, 愚人之思叕.

仁宅也, 義路也, 禮服也, 知燭也, 信符也.

인덕은 집이고, 의리는 길이며, 예의는 옷이고, 지혜는 촛불이며, 신의는 부절이다. 인덕은 (군자가) 살아가는 집과 같은 것이고, 의리는 좇아가는 길과 같은 것이며, 예의는 몸을 바르게 하는 옷과 같은 것이고, 지혜는 사방을 밝혀주는 등불과 같은 것이며, 신의는 손에 잡고 있는 부절과 같다는 것으로, 군자가 마땅히 지켜야 할 다섯 가지 도리(五常)인 인·의·예·지·신을 설명한 것.

〔 **揚子法言·修身** 〕 或問仁義禮知信之用, 曰, ○○○, ○○○, ○○○, ○○○, ○○○. 處宅, 由路, 正服, 明燭, 執符. 君子不動, 動斯得矣.

臨事而屢斷, 勇也. 見利而讓, 義也.

일에 부닥쳐 언제나 과단성 있게 처리하는 것은 용기이고, 이익을 만나서 양보하는 것은 의로움이다. (臨 : 어떤 일에 부닥치다. 직면하다. 조우하다. 屢 : 자주. 종종. 번번이. 언제나. 여러 번. 누차. 見 : 마주치다. 만나다.)

〔 **禮記·樂記** 〕 ○○○○○, ○○, ○○○○, ○○. 有勇有義, 非歌孰能保此.

臨患不忘國, 忠也, 思難不越官, 信也, 圖國忘死, 貞也, 謀主三者, 義也.

(나라 또는 자신의) 환화(患禍)를 당하여 나라를 잊지 않는 것이 충성이고, 재난을 생각하면서 그 벼슬자리를 떠나지 않는 것이 신의이며, 나라의 일을 계획하면서 자신의 죽음도 잊는 것은 정절이고, 이 세 가지를 근본으로 추구하는 것은 의리이다. (越 : 떠나다. / 버리다. 官 : 벼슬자리. 圖 : 계획하다. 도모하다. 대책과 방법을 세우다. 謀 : 꾀하여 구하다. 추구하다. 主 : 근본.)

〔 **春秋左氏傳·昭公元年** 〕 趙孟聞之曰, ○○○○○, ○○, ○○○○○, ○○, ○○○○, ○○, ○○○○, ○○.

慈不主兵, 義不主財.

인자한 사람은 군대를 주관하지 아니하고, 의로운 사람은 재물을 주관하지 아니한다. 인자한 사람은 군대를 중히 여기지 아니하고, 의로운 사람은 재물을 중히 여기지 아니한다는 뜻. (主 : 주관하다. 관리하다. 주재하다. / 중시하다. 소중하게 생각하다.)

〔**宋 陳亮·喩夏卿墓志銘**〕世俗之言曰, ○○○○, ○○○○. 其說遂以行. 而閭巷之奸夫猾子借是以成其家. 〔**警世通言**〕自古說, 慈不掌兵, 義不掌財.

至道不可過也, 至義不可易(역)也.

최고의 도는 어길 수 없고, 최고의 의는 바꿀 수 없다. 도는 따를 수밖에 없고, 의는 행해질 수밖에 없음을 이르는 것. (至 : 최고. 또는 최대. 過 : 위배하다. 잘못하여 법을 어기다.)

〔**新書·脩政語上**〕帝顓頊曰, ○○○○○○, ○○○○○○. 是故以後者復迹也.

智者使人知己, 仁者使人愛己.

지자는 남들이 자기를 알도록 하고, 인자는 남들이 자기를 아껴 주도록 한다.

〔**孔子家語·三恕**〕子路見於孔子, 孔子曰, 智者若何, 仁者若何. 子路對曰, ○○○○○○, ○○○○○○. 子曰, 可謂士矣. 子路出, 子貢入, 問亦如之. 子貢對曰, 智者知人, 仁者愛人. 子曰, 可謂士矣. 子貢出, 顔回入, 問亦如之. 對曰, 智者自知, 仁者自愛. 子曰, 可謂士君子矣.

知者樂(요)水, 仁者樂山. 知者動, 仁者靜.

지혜 있는 사람은 물을 좋아하고, 인자한 사람은 산을 좋아한다. 지혜 있는 사람은 동적이고 인자한 사람은 정적이다. 지혜로운 사람은 사리에 통달하고 두루 유통하여 막힘이 없어서 흐름의 변화가 많은 물을 좋아하고, 따라서 항상 용감히 나아가 일하는데 힘쓰며, 인자한 사람은 의리에 익숙해있고 태도가 정중·침착하여 그 옮김이 없는 산을 좋아하고, 그래서 사려와 욕심을 적게 한다는 의미. (樂 : 좋아하다.) → **樂山樂水**.

〔**論語·雍也**〕子曰, ○○○○, ○○○○. ○○○, ○○○. 知者樂, 仁者壽.

執德不弘, 信道不篤, 焉能爲有, 焉能爲亡(무).

덕을 지키는 것이 넓지 못하고, 도를 믿는 것이 독실하지 못하면, 어찌 (덕과 도가) 있다고 할 수 있으며, 어찌 없다고 할 수 있으랴 ! 덕이 널리 실천되지 못하여 고립되거나 도에 대한 신념이 독실하지 못하여 폐해진다면 이런 덕이나 도는 어느 것이 중요하다거나 경미하다고 할 것이 못되고 있으나마나하다는 말. (執 : 지키다. 보존하다. 꼭 가지고 놓지 아니하다. 焉 : 어찌. 어떻게. 亡 : 없다. ≒ 無.)

〔 **論語·子張** 〕 子張曰, ○○○○, ○○○○, ○○○○, ○○○○.

天敍有典, 勅我五典, 五惇哉.

칙 돈

하늘이 정한 질서에는 사람이 지켜야 할 불변의 도리인 인륜이 있어 수시로 우리들의 다섯 가지 인륜의 본성을 바로 잡아 주었고, 이 다섯 가지 인륜이 풍성해지게 되었다. 세상은 仁·義·禮·智·信의 다섯 가지 윤리를 내려 그것을 바로 잡았고, 또한 그것이 풍성하게 되어 질서를 유지하게 되었다는 뜻. (敍 : 질서. 조리. 차례. 勅 : 경계하다. 훈계하다. 타이르다. 바르다. 바로잡다. = 勅. 五典 : 사람이 지켜야 할 불변·불역의 다섯 가지의 도리. 인륜으로 여러 설이 있는데, 그 첫째는 父義·母慈·兄友·弟恭·子孝를 이르는 것이고, 둘째는 父子간 親愛·君臣간 義理·夫婦간 分別·長幼간 次序·朋友간 信義가 있어야 함을 이름이며, 셋째는 仁·義·禮·智·信을 이른다는 설 등이다. = 五常. 惇 : 두텁다. 푸짐하다. 풍성하다. 후하다.)

〔 **書經·虞書·皐陶謨** 〕 皐陶曰, ……. ○○○○, ○○○○, ○○○. 天秩有禮, 自我五禮有庸哉, 同寅協恭, 和衷哉.

忠無不報, 信不見疑.

충성스런 사람은 보답을 받지 않는 일이 없고, 진실한 사람은 의심을 받는 일이 없다. (見 : 마주치다. 만나다. 당하다.)

〔 **漢 鄒陽·獄中上書** 〕 臣聞○○○○, ○○○○, 臣常以爲然, 徒虛語耳.

惻隱之心, 仁之端也. 羞惡之心, 義之端也. 辭讓之心, 禮之端也. 是非之心, 智之端也.

남의 상통(傷痛)을 가엾이 여기는 마음은 인(仁)의 단서이고, 사람의 불선(不善)을 부끄러워하고 미워하는 마음은 의(義)의 단서이며, 자기에게 돌아올 이로운 일을 사절하고 남에게 양보하는 마음은 예(禮)의 단서이고, 착한 일을 옳다고 하고 그른 것을 그르다고 분별할 줄 아는 마음은 지(智)의 단서이다. 사람은 누구나 본래 남을 괴롭게 하거나 남이 불행해지는 것을 차마 하지 못하는 마음(不忍人之心), 곧 측은(惻隱 : 同情·哀悼)·수오(羞惡 : 羞恥·憎惡)·사양(辭讓 : 辭絕·讓) 및 시비(是非 : 是非 · 分別)의 마음을 가지고 있으며, 초목의 씨앗에서 처음으로 돋아난 새싹이 생장하여 곡식이 되는 것과 똑 같이, 위 네 가지의 단서(또는 새싹 – 四端)는 인·의·예·지(仁·義·禮·智)의 네 가지 덕(四德)으로 나타나고 생장 발전하여 정치를 비롯한 모든 인간활동의 올바른 바탕을 이루게 된다는 것으로, 이와같은 사단(四端)에 토대를 둔 사덕(四德)은 孟子의 도덕관인 성선설(性善說)의 기반이 되어 있다. (端: 초목의 씨앗에서 처음 돋아난 싹의 앞머리. 식물이 갓 생겨날 때 돋아난 새싹·새순. = 耑. / 일·행동·현상 등의 시초·첫머리·실마리·단서·발단. = 緖.)

〔 **孟子·公孫丑上** 〕 ○○○○, ○○○○. ○○○○, ○○○○. ○○○○, ○○○○. ○○○○, ○○○○. 人之有是四端也, 猶其有四體也. 〔 **孟子·告子上** 〕 惻隱之心, 仁也. 羞惡之心, 義也. 恭敬之心, 禮也. 是非之心, 智也.

好仁不好學, 其蔽也愚. 好知不好學, 則蕩. 好信不好學, 則賊. 好直不好學, 則絞. 好勇不好學, 則亂. 好剛不好學, 則狂.

인(仁)을 좋아하면서도 배우는 것을 좋아하지 않으면 그 폐해는 어리석어지는 것(愚)이고, 지혜를 좋아하면서도 배우는 것을 좋아하지 않으면 (그 폐해는) 곧 방탕하게 되는 것(蕩)이며, 신의를 좋아하면서도 배우는 것을 좋아하지 않으면 (그 폐해는) 곧 남을 해치게 되는 것(賊)이고, 정직을 좋아하면서도 배우는 것을 좋아하지 않으면 (그 폐해는) 곧 성급해지는 것(絞)이며, 용맹을 좋아하면서도 배우는 것을 좋아하지 않으면 (그 폐해는) 곧 재난을 빚어내게 되는 것(亂)이고, 강한 것을 좋아하면서도 배우는 것을 좋아하지 않으면 그 폐해는 곧 몹시 조급, 경솔해지는 것(狂)이다. 사람에게 인(仁)·지(智)·신(信)·직(直)·용(勇)·강(剛) 등 여섯 가지 덕(德)이 있지만 배우는 것을 좋아하지 않으면 우(愚)·탕(蕩)·적(賊)·교(絞)·난(亂)·광(狂) 등 여섯 가지 폐해(弊害)가 있게 된다는 것으로 이를 육언(六言) 육폐(六蔽)라고 이른다. (蕩 : 방탕하다. 信 : 믿음. 신의. 성신. 진실. 성실. 賊 : 사람을 해치다. 사람을 상해하다. 손해를 입히다. 絞 : 도량이 좁고 성급하다. 매우 급하게 닥치다. 亂 : 화. 재난을 빚어내다. 난잡하다. 狂 : 몹시 방자하고 오만하다. / 조급하고 경솔하다.) = **六言六蔽.**

〔 **論語·陽貨** 〕 子曰, 由也, 女聞六言六蔽矣乎. 對曰, 未也. 居. 吾語女. 好仁不好學, 其蔽也愚. 好知不好學, 其蔽也蕩. 好信不好學, 其蔽也賊. 好直不好學, 其蔽也絞. 好勇不好學, 其蔽也亂. 好剛不好學, 其蔽也狂.

好學近乎知, 力行近乎仁, 知恥近乎勇.

학문을 연구하는 것을 좋아하는 것은 지(知)에 가깝고, 선을 행하는 데에 노력하는 것은 인(仁)에 가깝고, 부끄러움을 아는 것은 용(勇)에 가깝다. 사회생활을 안정시키는 다섯 가지 보편적인 도(道)인 오륜(五倫)을 행함에 있어 갖추어야 할 세 가지 덕(德)이 있으니 이것이 곧 지(知 = 智)·인(仁)·용(勇)을 말하는 것으로, 이와 같이 다섯 가지 도(五道)에 바탕을 둔 세 가지 덕(三德)을 알면 몸을 수행하는 길을 알게 되고, 그렇게 되면 사람 다스리는 길을 알게 되며, 나아가서는 천하와 국가를 다스리는 길을 알게 됨을 이르려는 것.

〔 **中庸·第二十章** 〕 子曰, ○○○○○, ○○○○○, ○○○○○. 知斯三者, 則知所以修身. 知所以修身, 則知所以治人. 知所以治人, 則知所以治天下國家矣.

孝於父母, 信於交友, 十步之澤, 必有香草, 十室之邑, 必有忠士.

부모에게 효도하고 사귄 벗에게 믿음이 있으면 열 걸음 밖에 안 되는 작은 연못에도 반드시 향초가 자라며, 열 집 밖에 안 되는 작은 고을에도 반드시 진실한 사람이 난다. 도의에 충실한 사람이 사는 곳은 작아도 진실한 사람이 있게 마련이라는 뜻.

〔**論語·公治長**〕十室之邑, 必有忠信如丘者焉, 不如丘之好學也. 〔**說苑·談叢**〕○○○○, ○○○○, ○○○○, ○○○○, ○○○○, ○○○○. 〔**警世通言**〕豈不聞十室之邑, 必有忠信.

Ⅱ. 人品

1. 君子

可言也不可行, 君子弗言也. 可行也不可言, 君子弗行也.

만일 말을 잘 할 수 있지만 그것을 실행할 수 없다면, 군자는 말을 하지 아니하고, 비록 실행할 수 있더라도 정정당당하게 말할 수 없는 것이라면 군자는 실행하지 아니한다.

〔**禮記·緇衣**〕子曰, ……. 故大人不倡游言. ○○○○○○, ○○○○○, ○○○○○○, ○○○○○.

可以託六尺之孤, 可以寄百里之命, 臨大節而不可奪也, 君子人也.

키 6자의 어린 임금을 위탁할 만하고, 사방 100리 나라의 정령(政令)을 기탁할 만하며, 생사존망의 대사건에 임하여 그 지조를 빼앗기지 않는다면 (그런 사람은) 군자다운 사람이다. (어떤 사람에게) 15세도 안되는 어린 임금의 중임(重任)을 보좌할 것을 위탁할 만하고, 100리 대국(제후국)의 정사를 기탁(섭정)할 만하며, 국가의 생사존망의 중요한 고비를 맞아 그 지조를 바꾸지 않는다면 그런 사람이 군자다운 사람이라는 뜻. (託 : 위탁하다. 의탁하다. 기탁하다. 맡기다. 六尺之孤 : 키 6자의 고아. 15세 이하의 어린 임금을 이른다. 寄 : 위탁하다. 기탁하다. 위임하다. 맡기다. 百里之命 : 100리 안의 영토에 내리는 명령. 대국에 내리는 정령. 곧 국정을 이른다. 大節 : 큰 일의 핵심, 관건. / 생사존망에 관한 대사건. 국가의 존망이나 개인의 생사에 관한 중요한 고비.)

〔**論語·泰伯**〕曾子曰, 可以託六尺之孤, 可以寄百里之命, 臨大節而不可奪也. 君子人與. 君子人也. < 朱注 > 其才可以輔幼君, 攝國政, 其節至於死生之際, 而不可奪, 可謂君子矣.

故舊無大故, 則不棄也, 無求備於一人.

(군자는) 오래된 신하와 오래 사귄 친우에게 범죄와 같은 중대한 과실이 없으면 그들을 버려서는 안되며, 한 사람에게 완전무결하여 나무랄 데가 없기를 바라서는 안된다. (大故 : 죄악. 반역 등 중대한 사고. 故는 전임자. 여기서는 늙은 신하. 오래된 신하. 老臣. / 과실. 잘못. 사고. 備 : 구비하다. 재덕 등을 다 갖추다. / 완전하여 나무랄 데가 없다.)

〔**論語·微子**〕周公謂魯公曰, 君子不施其親, 不使大臣怨乎不以, ○○○○○, ○○○○, ○○○○○○.

古之人, 得志澤加於民, 不得志修身見(현)於世. 窮則獨善其身, 達則兼善天下.

옛날 사람은 뜻을 이루면 은택을 백성들에게 베풀었고, 뜻을 이루지 못하면 자신을 수양해서 세상에 드러내었다. 곤궁해지면 곧 홀로 자신을 수양하고, 입신 출세하면 곧 세상 사람들을 함께 감화시켜 나갔다. (加 : 베풀다. 베풀어 미치게 하다. 達 : 입신 출세하여 뜻을 이루다. 관직에 나아가 높은 지위에 오르다. 兼善 : 자기 만이 아니라 다른 사람도 감화시켜 착하게 하다.)

〔 **孟子·盡心上** 〕 ○○○, ○○○○○○, ○○○○○○○○○, ○○○○○○, ○○○○○○.

國有道則仕, 國無道則隱.

나라에 도가 있으면 벼슬하고, 나라에 도가 없으면 숨어서 지낸다. 군자는 나라의 정치가 올바로 행하여지면 벼슬길에 나아가고, 나라의 정사가 그릇되게 행하여지면 숨어서 지낸다는 말.

〔 **論語·泰伯** 〕 危邦不入, 亂邦不居, 天下有道則見, 無道則隱. 〔 **中庸·第二十七章** 〕 居上不驕, 爲下不容, 國有道, 其言足以興, 國無道, 其默足以容. 〔 **大戴禮·衛將軍文子** 〕 國家有道, 其言足以生, 國家無道, 其默足以容, 蓋桐提伯伯華之行也. 〔 **史記·范雎蔡澤列傳** 〕 進退盈縮, 與時變化, 聖人之常道也. 故○○○○○, ○○○○○.

君子居常嗜好, 不可太濃豔, 亦不宜太枯寂.

기 염 적

군자는 평상시에 (즐기고 좋아하는) 도락을 너무 짙고 화려하게 즐겨서는 안되며, 또한 쓸쓸함이 극에 이르도록 해서도 안된다. 군자는 일상생활이 지나치게 호화롭고 사치스러워서는 안되며 그렇다고 하여 너무 단조롭고 무미해서도 안된다는 뜻. (居常 : 평상. 여느 때. 일상생활을 뜻한다. 嗜好 : 기호. 음식물·사물을 즐기고 좋아함. 도락. 濃豔 : 짙고 화려하다. 화사하다. 아름답다. 호화 사치로움을 뜻한다. 枯寂 : 메마르고 쓸쓸하다. 적막함이 극점에 이르다. 생활이 단조롭고 흥취가 없음을 형용.

〔 **菜根譚·四十一** 〕 念頭濃者, 自待厚, 待人亦厚, 處處皆濃. 念頭淡者, 自待薄, 待人亦薄, 事事皆淡. 故○○○○○○, ○○○○○, ○○○○○○. ※〔 **莊子·山本** 〕 君子之交淡若水, 小人之交甘若醴. 君子淡以親, 小人甘以絶.

君子, 居安宜操一心以慮患, 處變當堅百忍以圖成.

군자는 편안하게 지낼 때 한결같은 마음을 가지고 (닥쳐올) 재난을 걱정해야 하며, 재변에 처리함에 있어서는 마땅히 온갖 어려움을 참는 마음을 다져서 기어코 성공을 도모해야 한다. (宜 : 마땅히 ……하여야 한다. 操 : 잡다. 쥐다. 가지다. / 다루다. 조작하다. 조종하다. 一心 : 한결같은 마음. 變 : 재변. 재난. 변사. / 화란. 사변. 병변. 兵變. / 죽음과 상사. 當 : 당연히 …하여야 한다. 堅 : 굳게 하다. 단단히 하다. 다지다. 百忍 : 온갖 어려움을 참고 견딤.)

〔 **菜根譚·百十七** 〕 衰颯的景象, 就在盛滿中, 發生的機緘, 卽在零落內. 故○○, ○○○○○○○○○, ○○○○○○○○○.

君子去仁, 惡乎成名.
오

군자가 인덕(仁德)을 버린다면 어찌 군자의 명성을 이루었다고 하겠는가? 군자가 부귀를 탐하고 빈천을 싫어한다면 이것은 인덕을 버리는 것이니, 이런 사람을 군자라고 칭할 수는 없다는 뜻. (成名 : 이름을 이루다. 명성을 이루다. 유명해지다. 명예를 얻어 명성이 높다.)

〔 **論語·里仁** 〕 ○○○○, ○○○○. 君子無終食之間違仁, 造次必於是, 顚沛必於是.

君子居必擇鄕, 遊必就士.

군자는 집에서 지내는 데는 반드시 좋은 마을을 선택해야 하고, 교류함에는 덕있는 선비와 가까이하여야 한다. 군자는 이사를 함에 있어 좋은 이웃집 동료와 덕망·재능있는 선비를 택하여 교제한다는 말. (居 : 집에서 지내다. 遊 : 사귀다. 교제하다. 교유하다. 就 : 가까이하다. 곁에 다가서다. 접근하다.)

〔 **荀子·勸學** 〕 ○○○○○○, ○○○○, 所以防邪僻而近中正也. 〔 **說苑·雜言** 〕 吾聞君子居必擇處, 遊必擇士. 居必擇處, 所以求士也, 遊必擇士, 所以修道也. 〔 **晏子春秋·雜上** 〕 嬰聞之, 居必擇隣, 游必就士. 擇居所以求士, 求士所以辟患也. 〔 **孔子家語·六本** 〕 晏子送之曰, 吾聞之, ……. 夫君子居必擇處, 遊必擇方, 仕必擇君.

君子見幾而作, 不俟終日.
사

군자는 세밀한 징조를 잘 알게되면 곧 행동을 취하며 결코 하루 종일 기다리지 않는다. 군자는 선견지명(先見之明)이 있어서 어떤 형태가 나타나려 하는 초기의 희미한 상태를 보고서도 바로 대비하는 일을 시작하며, 유리한 시기를 보면 곧 때를 놓치지 않고 결단하여 실행에 옮기는 것을 이른다. (作 : 일어나다. 해동을 취하다. 俟 : 기다리다.) → **見幾而作. 見幾而行. 見幾行事.**

〔 **周易·繫辭下** 〕 子曰, 知幾其神乎. 君子上交不諂, 下交不瀆, 其知幾乎. 幾者, 動之微, 吉之先見者也. ○○○○○○, ○○○○. 〔 **漢 蔡邕·陳留太守胡碩碑** 〕 爰自登朝, 進退以方, 見幾而作, 如鴻之翔. 〔 **抱朴子·明本** 〕 昔之達人, 杜漸防微色斯, 而逝夜不待旦. 覩幾而作, 不俟終日. 〔 **唐 趙蕤·長短經·詭信** 〕 代有詭詐反爲忠信者也, 抑亦通變適時, 所謂見幾而作, 不俟終日也. < 唐 孔穎達疏 > 言君子旣見事之幾微, 則須動作而應之, 不得待終其日, 言赴幾之速也. 〔 **元 關漢卿·謝天香** 〕 ○○○○○○, ○○○○.

君子見難而不避, 惟天命是從.

군자는 재난을 만나도 이를 피해나가지 않으며 오직 하늘이 명하는 바에 따른다.

〔 **封神演義** 〕 古語有云, ○○○○○○○, ○○○○○. ……. 從今二卿切不可逆理悖倫, 遺譏萬世, 豈仁人君子所言也.

君子敬而無失, 與人恭而有禮, 四海之內, 皆兄弟也.

군자가 일에 대하여 신중히 하고 잘못함이 없으며, 사람에 대하여는 공경하고 예의가 있으면 천하의 사람들이 모두 형제가 될 것이다. (敬 : 삼가다. 마음을 절제하다. 신중하다. 四海之內, 皆兄弟 : 세상 사람들이 모두 형제와 같다는 뜻.) → **四海之內, 皆兄弟.**

〔**論語·顔淵**〕子夏曰, 商聞之矣, 死生有命, 富貴在天, ○○○○○○, ○○○○○○, ○○○○, ○○○○, 君子何患乎無兄弟也.

君子敬以直內, 義以方外.

군자는 공경함으로써 그 마음을 정직하게 하고, 정도에 따름으로써 그 행위를 방정하게 한다. 군자는 덕을 본받아 공경함으로써 자기의 심지를 자중하여 바로잡고, 정당함으로써 외적인 행위를 적절히 하여 규범을 맞추어야 함을 이르는 것. (直內 : 속 마음을 바르고 곧게 하다. 義 : 올바르다. 정도에 따르다. 정의에 합당하다. 方外 : 행위를 방정하게 하다. 사물의 처리를 바르게 하다.)

〔**周易·坤爲地**〕文言傳曰, 直其正也, 方其義也. ○○○○○○, ○○○○, 敬義立而德不孤.

君子廣思而博聽, 進退循法, 動作合度.

군자는 그 사상의 폭이 넓어서 각 방면의 의견을 청취할 수 있고, 그의 진퇴와 동작은 모두 법도에 부합한다. (思 : 사상. 의식. / 생각. 견해. 마음. 循法 : 법률에 따르다. 법을 좇다. 合度 : 법도에 맞다. 법도에 부합하다.)

〔**陸賈·新語·思務**〕○○○○○○○, ○○○○, ○○○○, 見聞欲衆, 而采擇欲謹, 學問欲博, 而行己欲敦.

君子, 國有道, 不變塞焉, 國無道, 至死不變.

군자는 나라에 도가 있을 때는 곤궁했을 때의 의지를 바꾸지 아니하고, 나라에 도가 없을 때에는 죽음에 이르더라도 평생의 지조를 바꾸지 아니한다. 군자는 나라에 도가 행하여지든, 행하여지지 않든 간에 언제나 변함없는 자세·지조를 가지고 있다는 뜻. (塞 : 영달하지 못함. 영달하지 못했을 때에 지키던 것. 곧 곤궁했을 때 가졌던 품행·의지·절조·지조 등을 의미. < 朱注 > 塞, 不達. 未達之所守.)

〔**中庸·第十章**〕故○○和而不流, 強哉矯. 中立而不倚, 強哉矯. ○○○, ○○○○, 強哉矯. ○○○, ○○○○, 強哉矯. 〔**論語·衛靈公**〕子曰, 直哉史魚. 邦有道, 如矢. 邦無道, 如矢.

君子貴人而賤己, 先人而後己, 則民作讓.

군자는 남을 귀하게 여기고 자기 몸을 천하게 여기며, 남을 먼저하고 자기 몸을 뒤에 하는데,

그렇게 하면 백성들은 양보하는 마음을 나타내게 된다. 군자가 언제나 남을 칭찬하고 자신을 비평하며, 일을 함에 있어 남을 먼저 고려하고 자신을 뒤에 고려하면, 백성들로 하여금 겸양의 기풍을 일어나게 한다는 뜻.

〔**禮記·坊記**〕子云, ○○○○○○○, ○○○○○, ○○○○. 故稱人之君曰君, 自稱其君曰, 寡君.

君子矜而不爭, 群而不黨.

군자는 엄숙하면서도 남과 다투지 아니하며, 사람들과 같이 어울리면서도 편당을 만들지 아니한다. 군자는 정중함을 스스로 지키면서 사람들과 논쟁을 일으키지 아니하며, 사람들과 잘 어울려서 공존하고 도당을 만들어 사리를 도모하지 아니한다는 말. (矜 : 엄숙하다. / 신중히 하다. 조심하다. 정중하다. 爭 : 다투다. 논쟁하다. 경쟁하다. 群而不黨 : 많은 사람들과 어울려 가까이 지내지만 도당을 이루어 사리를 도모하지 아니하다.) → **群而不黨.**

〔**論語·衛靈公**〕子曰, ○○○○○○, ○○○○.

君子道者三, 仁者不憂, 知者不惑, 勇者不懼.

군자에게는 세 가지의 불변의 규율이 있으니, 그것은 어진 덕이 있는 자는 근심하지 아니하고, 지혜가 있는 자는 의혹하지 아니하며, 용감한 사람은 두려워하지 아니하는 것이다.

〔**論語·憲問**〕子曰, ○○○○○, 我無能焉. ○○○○, ○○○○, ○○○○. 〔**論語·子罕**〕子曰, 知者不惑, 仁者不憂, 勇者不懼.

君子獨立不慚于影, 獨寢不慚于魂.

참

군자는 홀로 서 있을 때라도 그림자에 부끄럽지 않게 (행실을) 하며, 홀로 잘 때에도 그 혼백에게 까지 부끄럽지 않게 (행실을) 한다. 군자는 언제나 어디서나 부끄러운 행동을 하지 않는다는 말.

〔**晏子春秋·不合經術者**〕(晏)嬰聞之, ○○○○○○○○, ○○○○○○○. 〔**孔叢子·詰墨·注**〕晏子曰, 三君皆欲其國安, 是以嬰得順也. 聞君子獨立不慙於影, 今孔子伐樹削迹, 不自以爲辱. 〔**劉子·新論**〕蘧瑗不以昏行變節, 顔回不以夜浴改容, 獨立不慚影, 獨寢不愧衾.

君子篤於義而薄於利, 敏於事而愼於言.

군자는 의로움을 두터이하고 이익되는 것을 가벼이하며 일을 재빠르게 하고 말은 조심스럽게 한다. (篤 : 도탑다. 두텁다. 인정이 많다. / 도타이하다. 두터이하다. 정성스럽게 대하다. 후대하다.)

〔**陸賈·新語·本行**〕果於力而寡於義者, 兵之所圖也. 故○○○○○○○○○, ○○○○○○○, 所□□廣功德也. 故曰, 不義而富且貴, 於我如浮雲. 〔**論語·里仁**〕君子欲訥於言, 而敏於行.

君子篤於親, 則民興於仁. 故舊不遺, 則民不偸.

군자가 친족을 후하게 대하면 곧 백성들도 인애의 기풍을 일으키고, 옛날에 사귀던 친구를 버리지 않으면 곧 민간의 풍속이 (돈후해져서) 야박해지지 않는다. (君子 : 상위. 상위에 있는 사람을 이른다. 遺 : 내어버리다. 유기하다. 偸 : 인정이 없다. 각박하다. 야박하다.)

〔 **論語·泰伯** 〕 ○○○○○, ○○○○○, ○○○○, ○○○○.

君子, 動而世爲天下道, 行而世爲天下法, 言而世爲天下則.

칙

군자는 그의 거동이 대대로 천하의 상도(常道)가 되는 것이니, 그 행위는 대대로 천하의 규범이 되고, 언사는 대대로 천하의 준칙이 된다. 덕을 완전히 닦은 천하를 통치하는 왕자는 그의 언행이 영원한 정도 곧 따라야 할 법도· 지켜야할 준칙이 된다는 뜻.

〔 **中庸·第二十九章** 〕 是故 ○○, ○○○○○○○○, ○○○○○○○○, ○○○○○○○○, 遠之則有望, 近之則不厭.

君子動則思禮, 行則思義, 不爲利回, 不爲義疚.

구

군자는 몸을 움직이면 곧 예의를 생각하고, 무슨 일을 행하면 의리를 생각하며, 이익을 위하여 어긋나지 않고, 의리를 위하여 괴로워하지 않는다. (爲 : ……을 하기 위하여. 목적을 표시. / …… 때문에. …까닭으로. 원인을 표시. 回는 어긋나다. 어그러지다. ≒ 違. / 어기다. 疚 : 마음이 괴롭다. 언짢다. 꺼림칙하다. 근심스럽다. / 마음 속으로 괴로워하다. 양심에 가책을 느끼다.)

〔 **春秋左氏傳·昭公三十一年** 〕 君子曰, 名之不可不愼也如是. 夫有所有名而不如其已, 以地叛, 雖賤必書地, 以名其人, 終爲不義, 弗可滅已. 是故○○○○○○, ○○○○, ○○○○, ○○○○.

君子莫大乎與人爲善.

군자의 미덕은 남의 선을 행하도록 도와주는 것보다 더 큰 것이 없다. (莫大乎 : ……보다 더 큰 것이 없다. 與 : 돕다. 원조하다. 지원하다.)

〔 **孟子·公丑上** 〕 取諸人以爲善, 是與人爲善者也. 故○○○○○○○○○○.

君子謀道不謀食. 耕也, 餒在其中矣. 學也, 祿在其中矣.

뇌

군자는 도를 추구하고 개인의 먹고 사는 일을 추구하지 않는다. 농사를 짓더라도 (어떤 때는 흉년이 들어) 굶주림을 면하기 어려울 수 있으나, 학문을 익히는 것은 (성취함이 있으면) 봉록이 자연히 얻어질 수 있게 된다. 군자가 학문을 하는 것은 도를 추구하는 데 뜻을 두고 있는 것이며, 빈천을 우려하여 봉록이니 양식을 얻으려는 것이 아님을 이르는 말. (謀 : 꾀하다. 도모하다. 바라다. / 꾀하여 구하다. 추구하다. 강구하다. 耕 : 논밭을 갈다. 농사짓다. 농사에 힘쓰다. 餒 : 굶주림. 기아.)

〔 **論語·衛靈公** 〕 子曰, ○○○○○○○. ○○, ○○○○○. ○○, ○○○○○. 君子憂道, 不憂貧. 〔 **元 金仁杰·追韓信** 〕 謀道不謀食, 居無安, 食無飽.

君子務本, 本立而道生.

군자는 일의 근본에 전심전력하며, 근본이 세워지면 이것으로 말미암아 인도(仁道)가 생겨난다. 부모를 잘 섬기는 효도(孝)와 형·연장자를 잘 섬기는 공경(弟＝悌)이 바로 인(仁)을 행하는 근본이니, 이것에 전심전력하면 효·제에 바탕한 마땅히 행해야 할 자연의 이치가 생겨난다는 뜻. (務 : 힘쓰다. 전심전력하다. 道 : 도리상 그렇게 되어야 할 자연의 이치. 일정 불변의 사리·규율. 정당한 길·방법.)

〔 **論語·學而** 〕 ○○○○, ○○○○○. 孝弟也者, 其爲仁之本與.

君子無所不用其極.

군자는 그 모든 힘을 쓰지 아니하지 아니한다. 군자는 언제나 무슨 일이나 최선을 다함을 이르는 것. / 덕과 지위를 가진 사람은 혁신적인 일을 하는데 온 마음과 온 힘을 다함을 이른다. (無所不用 : 쓰지 않는 데가 없다. 곧 두루 다 쓴다. 極 : 모든 힘. 힘의 한계. 최선의 경지.) → **無所不用.**

〔 **大學·傳二** 〕 詩曰, 周雖舊邦, 其命維新. 是故, ○○○○○○○○.

君子無以貌取人.

군자는 외모를 가지고 사람을 쓰지 않는다. 군자는 외모에 근거하여 사람의 재능을 판단하여 등용하지 않는다는 뜻.

〔 **抱朴子·刺驕** 〕 願夫在位○○○○○○○○, 勉勖謙損, 以永天秩耳.

君子無易(이)由言, 耳屬于垣(원).

군자는 말을 함에 있어서 쉽게 여기지 아니한다. 그것은 담에도 귀가 붙어 있기 때문이다. (易 : 소홀히 여기다. 쉽게 여기다. 가볍게 보다. 由 : ……에 있어. ≒ 於. 屬 : 붙다. ≒ 附. 垣 : 울타리. 벽. 담.)

〔 **詩經·小雅·小辨** 〕 莫高匪山, 莫浚匪泉, ○○○○○○, ○○○○.

君子博學於文, 約之以禮, 亦可以弗畔(반)矣夫.

군자가 성현의 전적(典籍)을 폭넓게 배워 익히고, 다시 예절로써 자기의 행위를 단속한다면 또한 가이 정도를 어기는 것은 아닐 것이다.(文 : 전적. / 서적. 約 : 자기의 몸가짐을 단속하다. 제약하다. 구속하다. 얽매다. 弗畔 : 배반하지 않다. 어기지 않다. 弗夫 : 구말의 어조사. 감탄을 나타낸다.)

〔**論語·雍也**〕子曰, ○○○○○○, ○○○○, ○○○○○○○○.

君子病無能焉, 不病人之不己知也.

기

군자는 자신의 능력이 없는 것을 걱정하고, 남이 자신을 알아주지 않는 것을 걱정하지 않는다.(病 : 걱정하다. 괴로워하다.)

〔**論語·衛靈公**〕子曰, ○○○○○○, ○○○○○○○○○.

君子不動而敬, 不言而信.

군자는 거동을 하지 않아도 공경하고 말하지 않아도 믿어준다. 군자는 남이 보든 안보든 언행을 조심하기 때문에 항상 존경과 신임을 받는다는 말.

〔**中庸·第三十三章**〕詩云, 相在爾室, 尚不愧于屋漏, 故○○○○○○, ○○○○.

君子不重則不威, 學則不固.

군자는(언행이) 정중하지 아니하면 위엄이 없는 것이니, 그러면 그 배움도 견고하지 못하다. 군자는 언행이 정중하므로 위엄이 있고, 따라서 그 학문도 튼튼하다는 의미.(重 : 언행이 장중하다. 정중하다. 固 : 견고하다. 튼튼하다.)

〔**論語·學而**〕子曰, ○○○○○○○, ○○○○. 主忠信, 無友不如己者, 過則勿憚改.

君子不可以不修身. 思修身, 不可以不事親. 思事親, 不可以不知人. 思知人, 不可以不知天.

군자는 자기 몸을 닦지 않을 수 없는 것이니, 자기 몸을 닦으려고 생각하면 어버이를 잘 섬기지 않으면 안되고, 어버이를 잘 섬기려고 생각하면 인성을 알지 않으면 안되고, 인성을 알려고 생각하면 자연의 이치를 알지 않으면 안된다.(人 : 사람됨. 인품. 사람의 품성. 인성.)

〔**中庸·第二十章**〕○○○○○○○○. ○○○, ○○○○○○. ○○○, ○○○○○○. ○○○, ○○○○○○.

君子不鏡於水而鏡於人. 鏡於水, 見面之容, 鏡於人, 則知吉與凶.

군자는 물에 비추어 보지 않고 사람에 비추어 본다. 물에 비추어 보면 얼굴의 모습을 볼 뿐이지만, 사람에 비추어 보면 곧 길흉까지 다알게 된다. 일의 추진에는 역사인물을 귀감으로 삼아야

함을 이른다. (鏡 : 비추어 보다. 거울. 귀감으로 삼다. 참조하다.)

〔**書經·周書·酒誥**〕古人有言曰, 人無於水監, 當於民監. 今惟殷墜厥命, 我其可不大監撫于時. 〔**墨子·非攻中**〕是故墨子言曰, 古者有語曰, ○○○○○○○○○○. ○○○, ○○○○, ○○○, ○○○○○.

君子不欺暗室.

군자는 암실 속에서도 속이지 않는다. 군자는 어둠 속에서도 나쁜 일을 하지 않으며, 마음 속까지도 속이지 않는다는 뜻.

〔**敦煌變文集·廬山遠公話**〕○○○○○○, 蓋俗事之常談. 〔**宋 何坦·西疇老人常言**〕○○○○○○, 處平地者, 顧可肆乎.

君子不賞而民勸, 不怒而民威於鈇鉞.

부 월

군자가 상을 주지 않아도 백성들이 분발 노력하며, 성을 내지 않아도 백성들이 형벌을 받는 것보다 더 두려워한다. 군자는 군중을 감화시킬 수 있기 때문에 상을 주거나 강압을 해서 덕을 펴려고 애쓰지 않아도 백성들이 스스로 분발 노력하여 교화하게 된다는 뜻. (勸 : 분발 노력하다. 威 : 두려워하다. 鈇鉞 : 작은 도끼와 큰 도끼. 제후나 대장이 생살권을 갖는다는 표징으로 천자에게서 받는 것. 정벌, 형륙 등의 뜻으로 쓰인다.)

〔**中庸·第三十三章**〕詩曰, 奏假無言, 時靡有爭. 是故○○○○○○○, ○○○○○○○○.

君子不羞學, 不羞問. 問訊者知之本, 念慮者知之道也.

수

군자는 배우는 것을 부끄러워하지 않으며, 묻는 것도 부끄러워하지 않는다. 그것은 캐어묻는 것은 지식의 근본이며, 생각하고 헤아려보는 것은 지식의 방편이기 때문이다. (問訊 : 캐어묻다. 念 : 생각하다. 慮 : 이리 저리 헤아려보다.)

〔**說苑·談叢**〕○○○○○, ○○○. ○○○○○○, ○○○○○○○.

君子不崇仁義, 不尊賢臣, 未必亡也. 然一旦有非常之變, 仰天而歎, 庶幾焉天其救之, 不亦難乎.

군자가 인의(仁義)를 숭상하지 않고 어진 신하를 존경하지 않는다고 해서 (나라가) 반드시 망하는 것은 아니다. 그러나 (나라에) 일단 비상의 변고가 일어난다면 하늘을 우러러 보고 탄식하면서 하늘이 그것을 구해주기를 바란들 역시 어렵지 아니하겠는가? (一旦 : 일단. 어느 때. 갑자기. 庶幾 : 바라다. 희망하다.)

〔**韓詩外傳·卷二**〕高牆豐上激下, 未必崩也, 降雨興, 流潦至, 則崩必先矣. 草木根荄淺, 未必撅也, 飄風興, 暴雨墜, 則撅必先矣. 君子居是邦也, 不崇仁義, 尊其賢臣, 以理萬物, 未必亡也. 一旦有非常之變, 諸

侯交爭, 人趨車馳, 迫然禍至, 乃始愁憂, 乾喉焦唇仰天而嘆, 庶幾乎望其安也, 不亦晚乎. 〔**說苑·建本**〕豐牆墝下, 未必崩也, 流行潦至, 壞必先矣. 樹木淺, 根垓不深, 未必橛也, 飄風起, 暴雨至, 拔必先矣. 君子居於是國, 不崇仁義, 不尊賢臣, 未必亡也. 然一旦有非常之變, 車馳人走, 指而禍至, 乃始乾喉燋脣, 仰天而歎, 庶幾焉天其救之, 不亦難乎. 孔子曰, 不愼其前, 而悔其後, 雖悔無及矣. 〔**孔子家語·論人**〕(韓詩外傳·卷二 내용과 동일.)

君子不乘人於利, 不困人於隘.
애

군자는 이로움을 얻게 될 사람을 이용하지 않으며, 궁지에 빠져있는 사람을 곤란하게 하지도 않는다. 군자는 남의 이로움을 얻는 기회를 틈타 이익을 구하지 않으며, 남의 불행을 이용해 위험에 몰아넣지도 않는다는 뜻. (乘 : 어떤 조건·시기·기회 등을 이용하다. 隘 : 궁지에 빠지다.)

〔**韓詩外傳·卷六**〕襄子曰, 吾聞之於叔向曰, 君子不乘於利, 不厄人於險. 使其城, 然後攻之. 〔**淮南子·道應訓**〕襄子曰, 吾聞之於叔向曰, 君子不乘人於利, 不迫人於險. 使之治城, 城治而後攻之. 〔**新序·雜事四**〕襄子曰, 吾聞之於叔向曰, 君子不乘人於利, 不迫人於險. 使之城而後攻. 〔**十八史略·上古·春秋戰國篇**〕(宋 襄)公曰, 君子不困人於隘.

君子不以愧食, 不以辱得.
괴

군자는 먹는 것을 부끄럽게 여기지 않으나, 그것을 욕되게 얻으려고 하지도 않는다. (愧 : 부끄러워하다.)

〔**說苑·談叢**〕○○○○○○, ○○○○.

君子不以私害公.

군자는 개인의 사사로운 이익 때문에 공적인 일을 해하지 않는다. → **以私害公.**

〔**韓詩外傳·卷一**〕其僕曰, 子懼, 何不反也. 曰, 懼, 吾事也. 死君, 吾公也. 吾聞○○○○○○○. 遂死之.

君子不以言擧人, 不以人廢言.

군자는 말솜씨 때문에 그 사람을 등용하지 아니하며, 사람의 됨됨이 때문에 그의 말을 버리지 아니한다. 군자는 한 개인의 말솜씨가 좋은 것 때문에 그를 등용하여 쓰지 아니하며, 한 개인의 행위가 나쁜 것 때문에 그가 한 말을 버리지 않는다는 말. (以 : … 때문에. …으로 인하여. 擧 : 추천하다. 등용하다. 廢 : 버리다. 없애다. 폐기하다.) → **以言擧人.** → **以人廢言.**

〔**論語·衛靈公**〕子曰, ○○○○○○○, ○○○○○. 〔**北史·文苑傳序**〕所謂能言者未必能行, 蓋亦君子不以人廢言也.

君子不蔽人之美, 不言人之惡.
폐 악

군자는 남의 훌륭한 점을 엄폐(掩蔽)하지 아니하며, 남의 결점을 말하지 아니한다. (美 : 훌륭한 점. 장점. 우수한 점. 惡 : 결점. 단점. 부족한 점.)

〔**韓非子·內儲說上**〕江乙爲魏王使荊, 謂荊王曰, 臣入王之境, 聞王之國俗, 曰, ○○○○○○○, ○○○○○. 誠有之乎.

君子比德於玉焉, 溫潤而澤, 仁也. 縝密以栗, 智也. 廉而不劌, 義也. 垂之如隊, 禮也. 瑜不揜瑕, 忠也. 孚尹旁達, 信也.
진 귀 추 엄

군자는 그 덕이 옥에 비유된다. 따뜻하면서도 윤기가 나는 것은 인(仁)이고, 치밀하여 견고한 것은 지(智)이며, 모서리가 있는 데도 상처 입히지 않는 것은 의(義)이고, 드리워서 떨어질 것 같은 것은 예(禮)이며, 옥의 광채가 옥의 흠을 숨겨두지 않는 것은 충(忠)이고, 옥의 천연색이 각 측면으로부터 나와서 조금도 가리지 않는 것은 신(信)이다. 옥의 여러 가지 속성을 인·지·의·예·충·신 등 군자의 덕성에 비유하여 설명한 것. 본문에서는 이 외에 악(樂)·천(天)·지(地)·덕(德)·도(道)의 덕성도 함께 설명하고 있다. (縝密 : 치밀하다. 栗 : 단단하다. 견실하다. 廉 : 모서리. 劌 : 상처입히다. 瑜 : 옥의 광채. 隊 : 떨어지다. = 墜. 揜 : 가리다. 가리어 덮다. 孚尹 : 옥색이 반짝반짝 빛나고 투명한 모양. 옥의 천연색. 旁達 : 두루 통하다. 각 측면으로부터 표출하여 조금도 가리지 않다.)

〔**禮記·聘義**〕子貢問於孔子曰, 敢問君子貴玉而賤碈者何也. ……. 孔子曰, ……. 夫昔者○○○○○○○, ○○○○, ○○. ○○○○, ○○. ○○○○, ○○. ○○○○, ○○. 叩之, 其聲淸越以長, 其長詘然, 樂也. 瑕不揜瑜, ○○○○, ○○. ○○○○, ○○. 氣如白虹, 天也. 精神見于山川, 地也. 圭·璋特達, 德也. 天下莫不貴者, 道也. 〔**荀子·法行**〕夫玉者, 君子比德焉. 溫潤而澤, 仁也. 栗而理, 知也. 堅剛而不屈, 義也. 廉而不劌, 行也. 折而不撓, 勇也. 〔**孔子家語·問玉**〕(禮記·聘義 내용과 같음.)

君子死而冠不免.

군자는 죽어도 관을 벗지 않는다. 군자는 의관 또는 의젓한 자세를 중요시한다는 뜻. (免 : 모자, 옷 등을 벗다.)

〔**史記·仲尼弟子列傳**〕於是子路欲燔臺, 蕢聵懼, 乃下石乞壺黶攻子路, 擊斷子路之纓. 子路曰, ○○○○○○○. 遂結纓而死.

君子三揖而進, 一辭而退.
읍

군자가 (손님이 될 때는) 세 번 읍하고 (사양한 다음에) 문에 들어가고, 한 번 사양하고서 집에서 물러나온다. 군자가 벼슬길에 나가는 데는 신중히 하고 물러나는 데는 간이하게 함을 이르는 말. (三揖 : 세 번 읍례를 하다. 상대방에게 공경의 뜻을 나타내는 예의 한 가지.) → **三揖一辭.**

〔**禮記·表記**〕子曰, 事君 難進而易退, 則位有序. 易進而難退, 則亂也. 故○○○○○○, ○○○○, 以遠亂也.

君子上交不諂, 下交不瀆.

첨 독

군자는 웃 어른과의 교제에 있어서 결코 아첨하지 아니하며, 아랫 사람과의 교제에 있어 결코 업신여기지 아니한다. 아첨과 업신여김은 화를 만들어내는 원인이 되기 때문이다. (諂 : 아첨하다. 알랑거리다. 瀆 : 업신여기다. 깔보다.)

〔**周易·繫辭下**〕子曰, 知幾其神乎. ○○○○○○, ○○○○, 其知幾乎.

君子生則敬養, 死則敬享, 思終身弗辱也.

군자는 부모가 생존해 있으면 공손하게 봉양하고, 돌아가시면 경건하게 제사를 지내며, 종신토록 (부모님의 명성이) 욕되지 않도록 할 것을 생각한다. (敬 : 경건하게. 공손하게. 정중하게. 예의 바르게. 享 : 제사를 지내다.)

〔**禮記·祭義**〕○○○○○○, ○○○○, ○○○○○○.

君子先行其言, 而後從之.

군자는 말보다 먼저 실행하고, 그런 뒤에 그 말을 뒤따라 한다. 군자는 실행하기 이전에는 먼저 말하지 아니하고 실행한 뒤에 뒤좇아 말을 한다는 뜻. → **先行後言**.

〔**論語·爲政**〕子貢問○○, 子曰, ○○○○, ○○○○.

君子成人之美, 不成人之惡.

악

군자는 남의 훌륭한 점을 이루게 해주고, 남의 부족한 점을 이루어지지 못하게 한다. 군자는 마음씨가 어질고 너그러워서 남이 잘 되기를 바라고 잘못되는 것을 막으려고 함을 이르는 것. (成 : 성사시키다. 도와서 일이 이루어지도록 하다. 일 따위가 완성되도록 하다.) = **君子成人之善, 不成人之惡**. → **成人之美**.

〔**論語·顔淵**〕○○○○○○, ○○○○○. 小人反是. 〔**說苑·君道**〕哀公曰, 美哉. 吾聞 ○○○○○○, ○○○○○. 微孔子, 吾焉聞斯言也哉. 〔**孔子家語·五儀解**〕公曰, 微哉. 夫君子成人之善, 不成人之惡. 微吾子言焉, 吾弗之聞也. 〔**三國志·曹眞傳**〕大司馬有叔問撫孤之仁, 篤晏平久要之分. 君子成人之美, 聽分眞邑賜遵, 贊子爵關內侯, 各百戶.

君子所貴乎道者三, 動容貌, 斯遠暴(포)慢, 正顔色, 斯近信矣, 出辭氣, 斯遠鄙(비)倍矣.

군자가 (사람을 대하는 태도에 있어) 중요시하는 도리는 세 가지가 있으니, 그 용모를 예의에 따라 바꾸면 남의 포악함과 방자함을 멀리할 수 있다는 것과, 얼굴빛을 단정하게 하면 곧 남을 믿기 쉽게 한다는 것과, 언사와 어기를 걸맞게 하면 남의 야비하고 도리에 어긋나는 말을 멀리할 수 있다는 것이다. (動 : 움직이다. / 바꾸다. 변하다. 暴慢 : 포악하고 방자하다. 난폭하다. 거만하다. 辭氣 : 언사와 어기. 언어와 성조. 鄙倍 : 마음이 야비하고 도리에 어긋나다. 鄙俗背理. 倍는 背.)

〔**論語·泰伯**〕○○○○○○○○, ○○○, ○○○○, ○○○, ○○○○, ○○○, ○○○○○, 籩豆之事, 則有司存.

君子素其位而行, 不願乎其外.

군자는 현재의 그 지위에 따라서 행하고, 그 지위 밖의 것을 원하지 않는다. 군자는 현재 처해 있는 자신의 지위와 처지에 따라서 마땅히 해야할 것을 행하고, 그 직분에서 벗어나는 일을 탐하고 동경하지 않음을 이르는 것. (素 : 현재. < 朱注 > 素, 猶見在也. /평소. 位 : 직위. 지위. 신분. 관직의 등급.)

〔**中庸·第十四章**〕○○○○○○○, ○○○○○.

君子雖窮, 不處亡國之勢, 雖貧, 不受亂君之祿.

군자는 비록 궁해도 망하는 나라의 형세에 자리를 잡지 아니하며, 비록 가난해도 무도한 임금의 봉록을 받지 아니한다. (處 : 자리잡다. 자리를 차지하다. 亂君 : 무도한 임금.)

〔**說苑·談叢**〕○○○○, ○○○○○○○, ○○, ○○○○○○○. 〔**說苑·雜言**〕故雖窮不處亡國之勢, 雖貧不受汙君之祿.

君子修己以敬, 而以安人, 而安百姓.

군자는 자신을 수양하여 예의 바르게 하고, 그리고 남을 편안하게 하고 나아가서 백성들을 편안하게 하여야 하는 것이다. 군자는 자신을 수양하여 먼저 자신부터 예의 바른 자세를 갖도록 한 다음 남들을 편안하게 하고 나아가서 백성들을 편안하게 하여야 한다는 뜻. (敬 : 정중하다. 공손하다. 공경하다. 예의 바르다.)

〔**論語·憲問**〕子路問君子, 子曰, 修己以敬. 曰, 如斯而已乎. 曰, 修己以安人. 曰, 如斯而已乎. 曰, 修己以安百姓, 堯舜其猶病諸. 〔**莊子·人間世**〕古之至人, 先存諸己, 而後存諸人. 所存於己者未定, 何暇至於暴人之所行.

君子修禮以立志, 則貪欲之心不來, 君子思禮以修身, 則怠惰慢易之節不至.

태 타 / 이

군자가 예를 닦아 뜻을 세우면 탐욕하는 마음이 찾아오지 아니하고, 군자가 예를 생각하여 몸을 수양하면 게으름과 깔봄의 습성이 이르지 아니한다. (怠惰 : 몹시 게으름. 慢易 : 만만히 보아 없신여김. 여지없이 깔봄. 節 : 관습. 습성.)

〔**說苑·修文**〕曾子曰, ……, ○○○○○○○, ○○○○○○○, ○○○○○○○, ○○○○○○○○○, 君子修禮以仁義, 則忿爭暴亂之辭遠.

君子崇人之德, 揚人之美, 非諂諛也. 正義直指, 擧人之過, 非毁疵也.

첨 유 / 훼 / 자

군자가 남의 덕성을 숭상하고 남의 훌륭한 점을 칭송하는 것은 아첨하는 것이 아니며, 공정하게 의론하고 정직하게 지적, 비판하여 남의 과오를 들어서 말하는 것은 비방하는 것이 아니다. (崇 : 존중하다. 우러러 공경하다. 숭배하다. 숭상하다. / 중시하다. 소중하게 여기다. 揚 : 칭찬하다. 칭송하다. / 널리 알리다. 전파하다. 諂諛 : 아첨하다. 아부하다. 義 : 의론하다. 議를 빌려 쓴 글자. 指 : 지적하여 비판하다. 擧 : 낱낱이 들다. 사실을 들어서 말하다. 毁疵 : 헐뜯다. 비방하다. 중상하다. 疵는 비방하다. ≒ 訾.)

〔**荀子·不苟**〕○○○○○○, ○○○○, ○○○○. ○○○○, ○○○○, ○○○○. 言己之光美, 擬於舜禹, 參於天地, 非夸誕也. 與時屈伸, 柔從若蒲葦, 非攝怯也. 剛強猛毅, 靡所不信, 非驕暴也. 以義應變, 知當曲直故也. 〔**韓詩外傳·卷六**〕君子崇人之德, 揚人之美, 非道諛也. 正言直行, 指人之過, 非毁疵也. 詘柔順從 剛強猛毅, 與物周流, 道德不外.

君子時詘則詘, 時伸則伸.

굴

군자는 몸을 굽혀야 할 때는 굽히고, 몸을 펴야 할 때는 편다. 군자는 언제나 당연한 도리를 따라 스스로 굽혀야 할 때는 주저없이 굴복하고, 또 몸을 펼 때가 오면 거침없이 소신을 펴나간다는 뜻. (詘 : 굽히다.)

〔**荀子·仲尼**〕小事長, 賤事貴, 不肖事賢, 是天下之通義也. ……. 故○○○○○○, ○○○○,

君子食無求飽, 居無求安, 敏於事而愼於言.

군자는 음식을 배부르게 먹기를 바라지 않고, 거처가 편안하기를 바라지 않으며, 일을 할 적에는 민첩하게 하고 말을 할 적에는 근신한다. 군자는 의·식·주 생활에 괘념치 아니하고 행실은 민첩·신중히 한다는 것. (求 : 바라다. 희망하다. 飽 : 배부르다. 실컷 먹다. / 배불리. 실컷.)

〔**論語·學而**〕○○○○○○, ○○○○, ○○○○○○○○, 就有道而正焉. 可謂好學也已.

君子愼小物, 而無大敗也.

군자는 작은 일에 대하여도 신중히 함으로써 큰 실패를 아니할 수 있다. (愼 : 삼가다. 조심하다. 신중히 하다. 物 : 일. 事. / 사물. 사리의 내용. 실질.)

〔 **春秋繁露·循天之道** 〕 忿恤憂恨者, 生之傷也, 和說勸善者, 生之養也. ○○○○○, ○○○○○, 行中正, 聲嚮榮, 氣意和平, 居處虞樂, 可謂養生矣.

君子, 信而後勞其民, 未信則以爲厲己也.

려

(임금의 자리에 있는) 군자는 먼저 (백성들의) 신임을 얻은 뒤에 그 백성을 부려야 하나니, 신임을 얻지 않고 부리면 (임금이) 자신들을 학대하는 것으로 여긴다. (군자 : 임금의 자리에 있는 사람을 이르는 것. 厲 : 괴롭히다. 못살게. 굴다. 학대하다.)

〔 **論語·子張** 〕 子夏曰, ○○, ○○○○○○, ○○○○○○○○. 信而後諫, 未信則以爲謗己也.

君子安其身而後動, 易其心而後語, 定其交而後求.

군자는 먼저 자신을 안정시킨 연후에 비로소 행동하고, 먼저 그 내심을 온화하게 한 연후에 비로소 말을 하며, 먼저 교왕(交往)의 관계를 확정한 연후에 비로소 도움을 청한다. (易 : 온화하다. 부드럽다. / 편안하다. 평온하다. 定其交 : 서로 교왕하는 관계를 확정하다.)

〔 **周易·繫辭下** 〕 子曰, ○○○○○○○○, ○○○○○○, ○○○○○○, 君子修此三者, 故全也.

君子安而不忘危, 存而不忘亡, 治而不忘亂.

군자는 편안하게 살아도 위태오워질 것을 잊지 않고, 현재는 생존해도 멸망할 것을 잊지 않으며, 잘 다스러져 평화로워도 어지러워질 것을 잊지 않는다. 군자는 늘 두려워하고 경계하며 반성하고 삼가기 때문에 몸은 편안하고 가정이나 국가가 안정되어 잘 보존됨을 이르는 말.

〔 **周易·繫辭下** 〕 子曰, 危者, 安其位者也, 亡者, 保其存者也, 亂者, 有其治者也. 是故, ○○○○○○○, ○○○○○, ○○○○○. 是以身安而國家可保也.

君子愛口, 孔雀愛羽, 虎豹愛爪.

조

군자는 입을 아끼고, 공작새는 깃털을 아끼며, 호랑이와 표범은 발톱을 아낀다. 사람은 자신의 몸을 도와 주는 것을 소중히 한다는 뜻. (愛 : 아끼다. 소중히 하다.)

〔 **說苑·雜言** 〕 夫○○○○, ○○○○, ○○○○, 此皆所以治身法也.

君子養心, 莫善於誠, 致誠則無他事矣, 唯仁之爲守, 義之爲行.

군자가 심성을 수양하는 데는 진실한 마음보다 더 좋은 것이 없으며, 이 진실한 마음을 집중하려면 다른 일에 종사하지 말고 오로지 인(仁)을 지켜야 하고, 의(義)를 행해야 한다. (誠 : 정성. 진실한 마음. 공평무사한 마음. 진심. 참마음. 성실. 眞實無妄. 致 : 다하다. 끝까지 다하다. 지극히 하다. 전념하다. 집중하다. / 이르다. 도달하다. / 실현하다. 달성하다.)

〔 **荀子·不苟** 〕 ○○○○, ○○○○, ○○○○○○○○, ○○○○○, ○○○○. 誠心守仁則形. 形則神, 神則能化矣.

君子語大, 天下莫能載焉, 語小, 天下莫能破焉.

군자의 도는 큰 것을 말하면 (너무 커서) 천하도 이를 능히 실을 수 없고, 작은 것을 말하면 (너무 작아서) 천하도 이를 쪼갤 수 없다. 군자의 도 곧 중용의 도는 위로는 하늘로부터 아래로는 땅 속에 이르기까지 세상 만물의 섭리를 포괄하고 있어 너무 넓고 크기 때문에 천하도 이것을 실을 수가 없다고 하는 것이고, 또한 이 도는 그와는 반대로 세상의 가장 작은 사물 속에도 깃들어 있어 무엇보다 미세하므로 천하도 이른 깨뜨릴 수 없다고 이른 것이다. (破 : 찢다. 파손하다. 부수다. 망가뜨리다. 깨다. / 가르다. 쪼개다.)

〔 **中庸·第十二章** 〕 君子之道, 費而隱. 夫婦之愚, 可以與知焉, 及其至也, 雖聖人亦有所不知焉. 夫婦之不肖, 可以能行焉, 及其至也, 雖聖人亦有所不能焉. 天地之大也, 人猶有所憾. 故○○○○, ○○○○○○, ○○, ○○○○○○.

君子憂我之弱, 而不憂敵之強.

군자는 나 자신의 약점을 걱정하고, 적의 강점을 걱정하지 아니한다. 상대방이 강한 것보다는 나 자신을 더 강하게 하는 것이 상대방을 제압하는 첩경이라는 뜻.

〔 **宋 呂祖謙·東萊博議** 〕 ○○○○○○, ○○○○○○.

君子有九思, 視思明, 聽思聰, 色思温, 貌思恭, 言思忠, 事思敬, 疑思問, 忿思難, 見得思義.

군자는 아홉가지 마음을 써서 생각할 것이 있으니, 곧 사물을 볼 때는 명백히 볼 것을 생각하고, 소리를 들을 때는 총명하게 들을 것을 생각하고, 얼굴빛은 온화하게 할 것을 생각하고, 용모는 공손하게 할 것을 생각하고, 말은 충실하게 할 것을 생각하고, 일하는 것은 정중하게 할 것을 생각하고, 의심나는 것은 물어볼 것을 생각하고, 분노는 사후에 있을 재앙을 생각하고, 이득을 보면 의로운 것인가를 생각해야 한다. 군자가 마땅히 주의력을 집중하여 생각해야 할 예의에 맞는 아홉 가지의 사항을 설명한 것. (忠 : 충실하다. 성실하다. 敬 : 정중하다. 공손하다. 忿 : 분노함. 難 :

재앙. 고통.)

〔 **論語·季氏** 〕 孔子曰, ○○○○○, ○○○, ○○○, ○○○, ○○○, ○○○, ○○○, ○○○, ○○○, ○○○○.

君子有大道, 必忠信以得之, 驕泰以失之.

군자는 (나라를 다스림에 있어서) 중대한 원칙이 있으니, 그것은 곧 성실과 신의를 다하여 실행하면 반드시 민중을 얻게 된다는 것이고, 교만하면 반드시 민중을 잃게 된다는 것이다. (大道 : 사람이 지켜애 할 큰 도리. 올바른 방법. 중대한 원칙. ※ 朱注 ; 居其位而修己治人之術. 必 : 단호하게 집행하다. 堅決執行. 驕泰 : 교만함. 건방짐. / 자만함. 泰는 교만. 거만.)

〔 **大學·傳十** 〕 好人之所惡, 惡人之所好, 是謂拂人之性, 菑(災)必逮夫身. 是故 ○○○○○, ○○○○○○, ○○○○○.

君子有德此有人, 有人此有土, 有土此有財, 有財此有用.

군자가 덕이 있으면 곧 인민이 생겨나고, 인민이 생기면 곧 토지가 생겨나고, 토지가 생기면 곧 재물이 생겨나고, 재물이 생기면 곧 그 용도가 생겨난다. 군자에게 명덕(明德)이 있으면 인민·토지·재물 등을 차례로 얻어 나라를 얻거나 부강하게 하는 지도자가 됨을 이르는 것. (有 : 있다. / 생기다. 나타나다. 발생, 출현을 나타낸다. 此 : ……하면 곧 ……된다. ※ 則과 같이 承接相連의 連詞로 쓰인 것.)

〔 **大學傳十** 〕 是故○○先愼乎德, ○○○○○, ○○○○○, ○○○○○, ○○○○○.

君子有三戒, 少之時, 戒之在色. 及其壯也, 戒之在鬪. 及其老也, 戒之在得.

군자는 세 가지 경계해야 할 것이 있으니, 곧 젊을 때는 (혈기가 정해지지 않았으므로) 경계할 것은 여색에 있고, 장성해서는 (혈기가 한창 강하므로) 경계할 것은 싸움을 하는데 있고, 늙어서는 (혈기가 이미 쇠하였으므로) 경계할 것은 탐득하는데 있다. 군자가 어려서부터 늙을 때까지 마땅히 경계해야 할 세 가지 일을 말한 것. (得 : 탐득하다. 욕심을 부리다.)

〔 **論語·季氏** 〕 孔子曰, 君子有三戒, 少之時, 血氣未定, 戒之在色. 及其壯也, 血氣方剛, 戒之在鬪, 及其老也, 血氣旣衰, 戒之在得.

君子有三樂(락), 父母俱存, 兄弟無故, 不愧於天, 俯(부)不怍(조)於人, 得天下英才, 而教育之.

군자에게는 세 가지 즐거움이 있으니, 부모가 함께 살아 계시고 형제가 모두 무고한 것, 우러러 하늘에 부끄럽지 않고 굽어보아 사람들에게 부끄럽지 않은 것, 천하의 영재를 얻어 이들을 교육하는 것 등이다. → **俯仰無愧. 不愧不怍.**

〔**孟子·盡心上**〕○○○○○, 而王天下不與存焉. ○○○○, ○○○○, 一樂也. ○○○○○, ○○○○○, 二樂也. ○○○○○, ○○○○○, 三樂也. 君子有三樂, 而王天下不與存焉.

君子有三樂. 有親可畏, 有君可事, 有子可遺, 此一樂也. 有親可諫, 有君可去, 有子可怒, 此二樂也. 有君可喩, 有友可助, 此三樂也.

군자에게는 세가지의 즐거움이 있다. 두려워할 어버이가 있고, 섬길 임금이 있고, 남길 자식이 있는 것이 첫 번째 즐거움이다. 간할 어버이가 있고, 버리고 떠날 수 있는 임금이 있고, 꾸짖을 자식이 있는 것이 두 번째 즐거움이다. 깨우쳐줄 임금이 있고, 도와줄 수 있는 벗이 있는 것이 세 번째 즐거움이다. (怒 : 꾸짖다. 나무라다. 喩 : 깨우쳐주다.)

〔**韓詩外傳·卷九**〕曾子曰, 君子有三費, 飮食不在其中, ○○○○○, 鍾磬琴瑟不在其中. 子夏曰, 敢問三樂. 曾子曰, ○○○○, ○○○○, ○○○○, ○○○○. ○○○○, ○○○○, ○○○○, ○○○○. ○○○○, ○○○○, ○○○○.

君子有三變, 望之儼然, 卽之也温, 聽其言也厲.
엄 려

군자의 용모와 몸가짐에는 세 가지의 부동(不同)의 변함이 있으니, 멀리서 그를 바라보면 용모가 장엄 정중(莊重)하고, 그의 뒤를 근접하여 보면 온화하며, 그의 말을 들으면 말씨가 엄숙한 것이 그것이다. 程子가 말하기를 "다른 사람은 장중하면 온화하지 못하고, 온화하면 엄하지 못한데, 오직 孔子만이 온전히 갖추었다"고 한 점에 비추어볼 때 위 문장은 孔子를 두고 한 것 같은 말로 생각된다. (儼然 : 엄숙하고 위엄이 있다. / 단정 정중한 모양. 정연한 모양. 용모의 장엄하고 정중함을 이른다. 卽 : 접근하다. 접촉하다. 가까이하다. 温 : 온화하다. 온순하다. 厲 : 엄하다. 엄격하다. 엄숙하다. 준엄하다.)

〔**論語·子張**〕子夏曰, ○○○○○, ○○○○, ○○○○, ○○○○○.

君子有三畏, 畏天命, 畏大人, 畏聖人之言.

군자에게는 세 가지의 두려워해야 할 것이 있으니, 그것은 곧 하늘이 부여한 올바른 도리를 두려워하고, 높은 지위에 있는 사람을 두려워하고, 성인의 말을 두려워해야 한다는 것이다. (天命 : 하늘이 부여한 올바른 도리. / 하늘의 뜻. / 타고난 운명. / 자연의 법칙. 大人 : 높은 관직에 있는 벼슬아치.)

〔**論語·季氏**〕孔子曰, ○○○○○, ○○○, ○○○, ○○○○○. 小人不知天命而不畏也, 狎大人, 侮聖人之言.

君子有三患. 未之聞, 患弗得聞也. 既聞之, 患弗得學也. 既學之, 患弗能行也.

군자에게는 (학문을 함에 있어) 세 가지의 근심이 있다. 아직 들은 적이 없는 학문에 대하여 그것을 들을 기회가 없었던 것을 근심하고, 이미 들었던 학문에 대하여 진정으로 이해하지 못했던 것을 근심하고, 이미 이해한 학문에 대하여 실행하지 못할 것을 근심한다는 것이다.

〔**禮記·雜記下**〕○○○○○. ○○○, ○○○○○. ○○○, ○○○○○. ○○○, ○○○○○○. 〔**說苑·談叢**〕君子博學, 患其不習, 既習之, 患其不能行之, 既能行之, 患其不能以讓也. 〔**孔子家語·好生**〕孔子曰, 君子有三患. 未之聞, 患弗得聞. 既得聞之, 患弗得學. 既學之, 患弗能行.

君子有終身之憂, 無一朝之患也.

군자는 평생토록 하는 큰 근심을 하는 일은 있어도, 하루 아침에 우발적으로 겪는 작은 걱정을 하는 일은 없다. 군자는 일생을 통한 큰 근심은 할지언정 일상생활에 얽매인 작은 걱정은 하지 않는다는 뜻.

〔**孟子·離婁下**〕是故 ○○○○○○○, ○○○○○○. 乃若所憂則有之, 舜人也, 我亦人也, 舜爲法於天下, 可傳於後世, 我由未免爲鄕人也. 是則可憂也. 〔**說苑·談叢**〕君子有終身之憂, 而無一朝之患.

君子衣服中, 容貌得, 則民之目悅矣. 言語遜, 應對給, 則民之耳悅矣. 就仁去不仁, 則民之心悅矣.

군자가 의복을 알맞게 입고 그 용모가 잘 어울리면 곧 백성들의 눈이 즐거워질 것이고, 그의 말솜씨가 공손하고 응대가 풍족하면 백성들의 귀가 즐거워질 것이며, 그가 인자함을 가까이하고 인자하지 못함을 버리면 곧 백성들의 마음이 즐거워질 것이다. (中 : 맞다. 알맞다. 여기서는 옷이 몸에 맞다. 得 : 좋다. 어울리다. 마음에 들다. 給 : 족하다. 풍족하다. 충분하다. 갖추어지다. 就 : 가까이하다. 접근하다. 去 : 버리다. 덜다. / 내몰다.)

〔**韓詩外傳·卷一**〕傳曰, 衣服容貌者, 所以說目也. 應對言語者, 所以說耳也. 好惡去就者, 所以說心也. 故○○○○○, ○○○, ○○○○○○. ○○○, ○○○, ○○○○○○. ○○○○○, ○○○○○○. 所以說心也. 〔**春秋繁露·五行對**〕衣服容貌者, 所以說目也. 聲音應對者, 所以說耳也. 好惡去就者, 所以說心也. 故君子衣服中而容貌恭, 則目說矣. 言理應對遜, 則耳說矣. 好仁厚而惡淺薄, 就善人而遠鄙, 則心說矣. 〔**說苑·修文**〕衣服容貌者, 所以悅目也. 聲音應對者, 所以悅耳也. 嗜慾好惡者, 所以悅心也. 君子衣服中, 容貌得, 則民之目悅矣. 言語順, 應對給, 則民之耳悅矣. 就仁去不仁, 則民之心悅矣.

君子義以爲質, 禮以行之, 孫以出之, 信以成之.

군자가 남을 위하여 일에 대응하는 데는 의를 바탕으로 삼고서, 예절을 써서 그것을 실천하고, 겸손한 언어를 써서 표현해내며, 신실한 태도를 써서 그것을 완성한다. 군자의 도는 사람이 행해야 할 당연한 도리(義)를 원칙(바탕·근본·골간)으로 삼고서, 그 실천에는 예절을 쓰고, 표현에는 겸손한 언어를 쓰며, 그 완성에는 신실한 태도를 써야 함을 이른 것. (孫 : 겸손함. = 遜.)

〔**論語·衛靈公**〕子曰, ○○○○○○, ○○○○, ○○○○, ○○○○, 君子哉.

君子以見善則遷, 有過則改.

군자는 선한 것을 보면 옮기고, 허물이 있으면 고친다. 군자는 다른 사람의 선행을 보면 재발리 그것을 배워 행하며, 자신에게 과실이 있으면 후회하여 즉시 고친다는 의미.

〔**周易·風雷益**〕象曰, 風雷益. ○○○○○○○, ○○○○.

君子以文會友, 以友輔仁.

군자는 글로써 벗과 사귀고, 벗으로써 인(仁)의 배양을 도와준다. 군자가 시·서·예·악(詩·書·禮·樂)의 학문을 통해서 벗과의 교제를 넓히고, 벗을 통해서 친한 사이를 돕게하여 덕을 날로 크게 배양한다는 의미. (文 : 글. / 문장. / 학문이나 예술. 시·서·예·악을 가리킨다. 會友 : 벗으로 사귀다. 교제하다. 輔仁 : 인의 배양을 돕다. 벗을 사귀어 인으로 함께 나아감을 이른다.) → **以文會友**.

〔**論語·顔淵**〕曾子曰, ○○○○○○, ○○○○. 〔**明 柯丹邱·荊釵記**〕(生)明日本府堂試, 我等各把本經講習一篇. (淨末)君子講學, 以文會友, 有何不可.

君子易事而難說也. 說之不以道, 不說也.

이 열

군자는 섬기기는 쉬워도 기쁘게하기는 어려우니, 정도로써 그를 기쁘게하지 아니하면 기뻐하지 않는다. 군자는 공정하고 어질어서 그를 섬기기는 쉬워도, 도를 실현하는 성과도 없이 그를 맹목적으로 기쁘게할 수는 없다는 뜻.

〔**論語·子路**〕子曰, ○○○○○○○○○. ○○○○○, ○○○. 及其使人也, 器之. 〔**韓詩外傳·卷二**〕君子易和而難狎也, 易懼而不可劫也.

君子以遏惡揚善, 順天休命.

알

군자는 사악함을 저지하고 선량함을 발양(發揚)시켜서 하늘의 아름다운 사명에 순응한다. (遏 : 막다. 저지하다. 금지하다. 못하게 하다. 揚 : 높이 들다. 위로 올리다. 떨쳐 일으키다.발양하다. / 칭찬하다. 칭송하다. 찬양하다. 休 : 아름답다. 좋다. 훌륭하다.) → **遏惡揚善. 隱惡揚善.** ≒ **勸善懲惡.**

〔**周易·火天大有**〕象曰, 火在天上大有. ○○○○○○○, ○○○○. < 孔穎達疏 > 遏匿其惡, 褒揚其善.

君子以行過乎恭, 喪過乎哀, 用過乎儉.

군자는 그 행실이 지나칠 만큼 공손하고, 상사에는 지나칠 만큼 슬퍼하고, 씀씀이는 지나칠 만큼 검소하다. (以 : 그. ※ 지시대명사. 過乎恭 : 공손함에서 넘치다. 곧 넘칠 정도로 공손하다. 지나칠 만큼 공손하다. 過는 지나치다. 넘치다. 초과하다.)

〔**周易·雷山小過**〕象曰, 山上有雷小過. ○○○○○○○, ○○○○, ○○○○.

君子以虛受人.

군자는 자기의 마음을 비워서 사람을 받아들인다. 군자는 욕심이나 사심을 버려 마음을 비움으로써 남의 마음을 받아들인다는 것. (受 : 받다. 받아들이다. 용납하다. 포용하다.)

〔**周易·澤山咸**〕象曰, 山上有澤咸. ○○○○○○.

君子一言以爲知, 一言以爲不知, 言不可不愼也.

군자는 한 마디 말로써 지혜롭게 되고, 한 마디 말로써 지혜롭지 못하게도 되니, 말을 근신하지 않을 수 없다. 군자는 한 마디의 말 때문에 총명함을 표현하게 되고, 한 마디의 말 때문에 총명하지 못함을 표현하게 되니 말을 조심스럽게 해야 된다는 것.

〔**論語·子張**〕子貢曰, ○○○○○○○, ○○○○○○, ○○○○○○.

君子一言, 快馬一鞭(편).

군자의 말 한 마디와 잘 달리는 말에 가하는 채찍질 한번. 군자는 한번 말하면 꼭 실행하고, 좋은 말은 채찍질 한번 때리면 달린다는 것. 장부일언중천금(丈夫一言重千金)과 같은 뜻. = **君子一言, 好馬一鞭. 好漢一言, 快馬一鞭.**

〔**明 鄭之珍·目蓮救母**〕自古道, 君子一言永爲定. 〔**金瓶梅詞話**〕○○○○, ○○○○. 人而無信, 不知其可也. 〔**五燈會元**〕快馬一鞭, 快人一言, 有事何不出頭來, 無事各自珍重.

君子絶交無惡言, 去臣無惡聲.

군자는 교제를 끊어도 나쁜 말을 하지 않으며, (임금이) 신하를 내쫓아도 나쁜 소리를 하지 않는다. (去 : 내몰다. 내쫓다.)

〔**史記·樂毅列傳**〕臣(樂毅)聞, 古之君子, 交絶不出惡聲, 忠臣去國, 不絜其名. 臣雖不佞, 數奉教於君子矣. 〔**戰國策·燕策二**〕臣(樂毅)聞, 古之君子, 交絶不出惡聲, 忠臣之去也, 不潔其名. 臣雖不佞, 數奉教於君子矣. 〔**新序·雜事三**〕臣(樂毅)聞, 君子絶交無惡言, 去臣無惡聲. 〔**新序·雜事三**〕臣(樂毅)聞, ○

○○○○○○, ○○○○○. 〔 **北宋 司馬光·資治通鑑·漢記** 〕 劉表以書諫譚曰, 君子違難不適讎國, 交絶不出惡聲.

君子尊賢而容衆, 嘉善而矜不能.

군자는 현인(賢人)을 존경하고, 대중을 너그럽고 후하게 대하며, 선량한 사람을 좋아하고, 무능한 사람을 불쌍히 여긴다. 군자의 원만한 인간관계의 형성을 위한 방도를 이른 것. (容 : 용납하다. / 용인하다. / 너그럽고 후하게 대하다. 寬厚待人. 嘉 : 좋아하다. 애호하다. 호감을 갖다. / 칭찬하다. 찬양하다. 찬미하다. 矜 : 불쌍히 여기다. 가엾게 여기다.)

〔 **論語·子張** 〕 ○○○○○○○, ○○○○○○, 我之大賢與, 於人, 何所不容, 我之不賢與, 人將拒我, 如之何其拒人也.

君子, 主忠信, 無友不如己者, 過則勿憚改.

군자는 성실과 신의를 중시하고, 자기보다 못한 사람을 벗삼지 말 것이며, 과실이 있으면 고치는 것을 두려워하고 망설이지 말아야 할 것이다. 군자는 성실과 신의를 중시하여 그것을 행실의 근본으로 삼고, 학문·경험·의지·기개 등이 자신보다 나은 훌륭한 사람과 교제하며, 자신의 잘못은 주저없이 고칠 것을 주문하는 말. (主 : 높이다. 존중하다. 중시하다. ……을 위주로 하다. / 근본. 忠信 : 성실과 신의. 충직과 진실. 성실함. 진실함. 憚改 : 고치는 것을 두려워하다. 고치는 것을 꺼리다. 고치기를 싫어하다.) → **過則勿憚改.**

〔 **論語·學而** 〕 子曰, 君子不重則不威, 學則不固. 主忠信, 無友不如己者, 過則勿憚改. 〔 **論語·子罕** 〕 子曰, 主忠信, 毋友不如己者, 過則勿憚改.

君子之居恒當戶, 寢恒東首.

군자의 거처는 항상 밝은 문쪽으로 향하고 잠잘 때는 항상 동쪽으로 머리를 향한다. (當 : ……을 향하다. 戶 : 출입문. 관문. ※ 옛날 한 짝으로 된 것을 戶, 두쪽으로 된 것을 門이라 했다. 首 : ……로 향하다. 머리를 향하다.)

〔 **禮記·玉藻** 〕 ○○○○○○○, ○○○○. 若有疾風·迅雷·甚雨, 則必變, 雖夜必興, 衣服冠而坐.

君子之過也, 如日月之食焉. 過也人皆見之, 更也人皆仰之.

군자의 과실은 일식 월식과 같아서, 과실이 있으면 사람들이 볼 수가 있고, 이것을 고쳤을 때는 사람들이 모두 그를 우러러 본다. 군자는 잘못이 있더라도 한 때 그 빛을 잃을 뿐이고, 불원 그 본 바탕인 덕이 다시 빛나게 됨을 이른 것.

〔 **晉書·劉頌傳** 〕 使奏劾相接, 狀似盡公, 而撓法不亮, 固已在其中矣. 非徒無益於政體, 清議乃由此而益傷. 古人有言曰, 君子之過, 如日之蝕焉.

君子之交, 生前如水, 死後如醴(예).

군자의 교제는 살아있을 때는 물과 같으나, 죽은 뒤에는 단술과 같다. 군자지간에는 살아있을 때는 감정이 매우 담백하나 죽은 뒤에는 매우 깊고 두터워짐을 형용. / 깊고 두터운 우정이 표면에 노출되지 않음을 가리킨 것.

〔**明 龔未齋·與許葭村**〕生前如水, 死後如醴, 君子之交如此.

君子之道, 辟(비)如行遠必自邇(이), 辟如登高必自卑.

군자의 도는 비유컨대 멀리 가려면 반드시 가까이서 부터 시작해야 함과 같고, 또 비유컨대 높은 데를 오르려면 반드시 낮은 데서 부터 시작해야 함과 같다. (喻) 일을 하는데 있어서는 반드시 작은 것에서 시작하여 큰 것에 이르고, 가까운 것에서 시작하여 먼 것에 이르고, 쉬운 것에서 시작하여 어려운 것에 이르도록 순서에 따라 조금씩 점진적으로 추진해야 한다. / 군자의 도는 일상생활 가운데서 시작하여 단계적으로 나아가는 것으로 비약이 용납되지 않는다. (辟 : 비유하다. = 譬. 邇 : 가깝다.)

〔**中庸·第十五章**〕○○○○, ○○○○○○○○, ○○○○○○○○.

君子之道, 造端乎夫婦, 及其至也, 察乎天地.

군자의 도는 평범한 부부로부터 시작하는 것이며, 그 지극함에 이르러서는 천지에 드러난다. 군자의 도 곧 중용의 도는 보통사람들의 부부의 도리·일상생활 속에서 발단하여 행하여지지만 그 극단의 시점에 이르러서는 우주의 생성과 변화 등 천지간 일체의 사리에 뚜렷하게 드러나지 않는 것이 없다는 뜻. (造端 : 발단하다. 시작하다. 察 : 드러나다. 밝게 드러나다. ≒ 昭著. 〈朱注〉 察著也.)

〔**中庸·第十二章**〕○○○○, ○○○○○, ○○○○, ○○○○.

君子之道也, 貧則見(현)廉, 富則見義, 生則見愛, 死則見哀.

군자가 인품을 관리하는 방법에는 빈궁할 때는 청렴함을 나타내고, 부귀할 때는 의로움을 나타내며, 살아있는 사람에 대하여는 애정을 나타내고, 죽은 사람에게는 슬픔을 나타내는 것이다. (見 : 나타나다. 나타내 보이다. 표현하다. ≒ 現.)

〔**墨子·修身**〕○○○○○, ○○○○, ○○○○, ○○○○, ○○○○, 四行者不可虛假, 反之身者也.

君子之聞道, 入之於耳, 藏之於心, 察之以仁, 守之以信, 行之以義, 出之以遜. 故人無不虛心而聽也.

군자가 도를 들어서 앎에 있어서는 귀담아 들어서 마음 속에 쌓아 두어서, 인(仁)으로 살피고 믿음으로 지키며 의로움으로 실천하고 겸손으로 나타낸다. 그러므로 어느 것이나 마음을 비우고 듣지 않는 것이 없다. (入之於耳 : 귀 속에 넣다. 곧 귀담아 듣다. 出 : 나타나다.)

〔**荀子·勸學**〕君子之學也, 入乎耳, 箸乎心, 布乎四體, 形乎動靜, 端而言, 蝡而動, 一可以爲法則. 小人之學也, 入乎耳, 出乎口. 口耳之間則四寸耳, 曷足以美七尺之軀哉. 古之學者爲己, 今之學者爲人. 君子之學也以美其身, 小人之學也以爲禽犢. 〔**韓詩外傳·卷九**〕傳曰, ○○○○○, ○○○○, ○○○○, ○○○○, ○○○○, ○○○○, ○○○○. ○○○○○○○○○○. 〔**說苑·談叢**〕君子之學也, 入於耳, 藏於心, 行之以身.

君子之事君也, 進不失忠, 退不失行.

군자가 임금을 섬기는데 있어서는 조정에 나아가서는 충절을 잃지 말 것이며, 물러나서는 올바른 품행을 잃지 말 것이다.

〔**晏子春秋·問下**〕○○○○○○, ○○○○, ○○○○.

君子之所謂孝者, 先意承志, 諭父母於道.

군자의 이른바 효도라는 것은 부모가 의견을 표시하기 전에 그 심지를 헤아려 먼저 일을 처리하고, 또한 부모로 하여금 옳은 도를 깨우치도록 하는 것이다. (先意承志 : 부모가 의견을 표시하기 전에 그 심지를 이해하고 부모가 하고자 하는 그 뜻을 이어받다. 부모의 뜻을 미리 헤아리고 그 비위를 맞추어서 환심을 얻다. 諭 : 이해하다. 깨닫다.) → **先意承志**.

〔**禮記·祭義**〕曾子曰, 是何言與. 是何言與. ○○○○○○○○, ○○○○, ○○○○○, 參直養者也, 安能爲孝乎. 〔**韓非子·八姦**〕此人主未命而唯唯, 未使而諾諾, 先意承旨, 觀貌察色, 以先主心者也. 〔**三國志·吳志·賀邵傳**〕是以正士摧方而庸臣苟媚, 先意承指, 各希時趣.

君子之於禽獸也, 見其生, 不忍見其死, 聞其聲, 不忍食其肉.

군자는 짐승에 대해서 그것이 살아있는 것을 보고서는 그것이 죽는 것을 차마 보지 못하며, 그 (죽는) 소리를 듣고는 그 고기를 차마 먹지 못한다. 동양철학에서 인간의 마음 속에 선천적으로 구비되어있는 인·의·예·지(仁·義·禮·智)의 네 가지 도덕중 인(仁)의 단서인 측은지심(隱惻之心)의 한 예를 지적, 설명한 것.

〔**孟子·梁惠王上**〕○○○○○○○, ○○○, ○○○○○, ○○○, ○○○○○. 是以君子遠庖廚也. 〔**元 姚守中·粉蝶兒套**〕却不道聞其聲不忍食其肉.

君子之容舒遲. 足容重, 手容恭, 目容端, 口容止, 聲容靜, 頭容直, 氣容肅, 立容德, 色容莊.

군자의 몸가짐은 우아하고 여유있어야 한다. 발의 동작은 뜸직하게 하고, 손의 동작은 공손하게 하며, 눈빛은 앞을 바로 보고, 두 입술의 모습은 가볍게 다물며, 목소리의 상태는 조용하게 하고, 머리의 모습은 똑 바르게 하며, 기개의 상태는 엄숙하게 하고, 서있는 모습은 덕성스럽게 하며, 얼국 빛은 정중하게 하여야 한다. (容 : 몸가짐. 일상생활의 동작. / 모양. 모습. 용모. 표정. 기색. 상태. ※ 여기서는 다양하게 해석하였다. 舒遲 : 몸가짐이 고상 · 우아하고 여유가 있다. 한가하고 단아하다. 느긋하다. 重 : 침착하다. 중후하다. 점잖다. 뜸직하다. 端 : 단정하다. 바르다. 비뚤어지지 아니하다. 肅 : 엄숙하다. 莊 : 장중하다. 정중하다.)

〔 **禮記·玉藻** 〕 ○○○○○○, 見所尊者齊遬, ○○○, ○○○, ○○○, ○○○, ○○○, ○○○, ○○○, ○○○, ○○○, 坐如尸, 燕居告温温.

君子之才華, 玉韞珠藏, 不可使人易知.

군자의 뛰어난 재능은 미옥(美玉)과 진주(珍珠)가 깊이 감추어져 노출되지 않은 것과 같아서 여 사람들이 쉽게 알지 못하도록 해야 한다. 난세에서 군자의 뛰어난 재능은 보석처럼 깊이 간직해 두고 함부로 드러내어서는 안된다는 말. (才華 : 밖에 나타난 재능. 빛나는 재주. 뛰어난 재능. 玉韞珠藏 : 미옥이 바위 속에 깊이 감추어져 있고, 진주가 바다 속에 감추어져 있다. 韞은 깊이 감추다. 깊이 간직하여 두다.)

〔 **菜根譚·三** 〕 君子之心事, 天青日白, 不可使人不知. ○○○○○, ○○○○, ○○○○○○. ※ 〔 **論語·泰伯** 〕 天下有道則見, 無道則隱.

君子知之爲知之, 不知爲不知, 言之要也. 能之爲能之, 不能爲不能, 行之要也. 言要則知, 行要則仁.

군자는 아는 것은 안다고 하고, 모르는 것은 모른다고 하니, 이것이 말의 요체이고, 할 수 있는 것은 할 수 있다고 하고 할 수 없는 것은 할 수 없다고 하니, 이것이 행실의 요체이다. 요체만 말하면 지혜로워지고, 요체만 실행하면 어질게 된다.

〔 **論語·爲政** 〕 子曰, 由, 誨女知之乎. 知之爲知之, 不知爲不知是知也. 〔 **荀子·子道** 〕 孔子曰, 由志之, 吾語汝. 愼於言者不華, 愼於行者不伐, 色知而有能者, 小人也. 故君子知之曰知之, 不知曰不知, 言之要也, 能之曰能之, 不能曰不能, 行之至也. 言要則知, 行至則仁, 旣知且仁, 夫惡有不足矣哉. 〔 **韓詩外傳·卷三** 〕 夫愼於言者不譁, 愼於行者不伐, 色知而有長者, 小人也. 故○○○○○○○, ○○○○○, ○○○○. ○○○○○, ○○○○○. ○○○○, ○○○○, ○○○○. 〔 **說苑·雜言** 〕 孔子曰, 由, 記之, 吾語若. 賁於言者, 華也, 奮於行者, 伐也. 夫色知而有能者, 小人也. 故君子知之爲知之, 不知爲不知, 言之要也. 能之爲能, 不能爲不能, 行之至也, 言要則知, 行要則仁, 旣知且仁, 夫有何加矣哉. 由, 詩曰, 湯降不遲, 聖敬日躋, 此之謂也. 〔 **孔子家語·三恕** 〕 子曰, 由志之, 吾告汝. 奮於言者華, 奮於行者伐, 夫色智而有能者, 小人也. 故君子知之曰智, 言之要也, 不能曰不能, 行之至也, 言要則智, 行至則仁, 旣仁且智, 惡不足哉. 〔**孔子集語·五性**〕孔子曰, 由志之, 吾語汝. 愼於言者不譁, 愼於行者不伐, 色知而有長者, 小人也. 故○○○○○○○, ○○○○○, ○○○○. ○○○○○, ○○○○○. ○○○○, ○○○○, ○○○○, 旣知且仁, 又何加哉.

君子之行, 靜以脩身, 儉以養德.

군자의 행동은 침착함으로써 몸을 수양하고, 검소함으로써 덕성을 길러야 하는 것이다. (靜 : 편안하고 고요함. 침착함.)

〔**小學·嘉言·廣立教**〕諸葛武侯 戒子書曰, ○○○○, ○○○○, ○○○○. 非澹泊, 無以明志, 非寧靜無以致遠.

君子疾沒世而名不稱焉.

군자는 죽은 뒤에 그 이름이 기리어지지 않을 것을 걱정한다. 군자는 평시 학문과 덕행을 쌓을 뿐으로, 그 명성이 알려지는 것을 구하지 않으나 그 덕행이 이루어진 후 자연히 사람들이 존경하게 되어 죽은 뒤에 명성이 떨쳐지기를 바란다는 뜻. (疾: 근심하다. 걱정하다. 稱 : 칭찬하다. 기리다.)

〔**論語·衛靈公**〕子曰, ○○○○○○○○○○.

君子處患難而不憂, 當宴遊而惕慮, 遇權豪而不懼, 對惸獨而驚心.

(惕: 척, 惸: 경)

군자는 환난에 처해도 걱정하지 않고, 즐거운 놀이를 당해서는 조심하면서 걱정하고, 권세가와 부호를 만나도 조금도 두려워하지 않으나 의지할 곳 없는 사람을 상대해서는 마음이 흔들린다. 군자는 몹시 어려운 고생을 하고 있을 때도 걱정하지 아니하고, 연회를 베풀어 즐겁게 놀고있을 때는 조심하면서 걱정하며, 권세를 부리는 사람을 만나도 조금도 두려워하지 아니하나, 다만 고독하고 의탁할 데 없는 사람을 만나면 매우 자연스럽게 가엾이 여겨 동정하는 마음이 생긴다는 뜻. (宴遊 : 연회를 베풀어 즐겁게 놀다. 惕慮 : 조심하며 걱정하다. / 두려워하며 걱정하다. 權豪 : 권세를 부리는 사람. 惸獨 : 형제가 없는 사람과 늙어서 자식이 없는 사람, 곧 고독하고 의지할 데 없는 사람. 驚 : 중대한 사건·소식 따위가 사람의 마음을 뒤흔들다. ※ 여기서는 동정하는 마음을 일으키다로 해석.)

〔**菜根譚·二百二十三**〕○○○○○○○○, ○○○○○○, ○○○○○○, ○○○○○○.

君子恥其言而過其行.

군자는 그의 말이 그의 행위를 지나치는 것을 부끄러워 한다. 군자는 말이 실천보다 앞서는 것을 부끄러워 한다는 것으로, 말보다 실천을 중요시함을 이른다.

〔 **論語·憲問** 〕 子曰, ○○○○○○○○○○. 〔 **論語·里仁** 〕 子曰, 古者言之不出, 恥躬之不逮也.

君子避三端, 避文士之筆端, 避武士之鋒端, 避辯士之舌端.

군자는 세 가지 끝을 피해야 하는 것이니, 그것은 곧 문사의 붓끝을 피하고, 무사의 칼끝을 피하고, 변사의 혀끝을 피하는 것이다. (鋒 : 칼날 또는 창.)

〔 **韓詩外傳·卷七** 〕 鳥之美羽勾喙者, 鳥畏之, 魚之侈口垂腴者, 魚畏之, 人利口贍辭者, 人畏之, 是以○○○○○, ○○○○○○○, ○○○○○○○, ○○○○○○○.

君子惠而不費, 勞而不怨, 欲而不貪, 泰而不驕, 威而不猛.

(높은 자리에 있는) 군자는 민중에게 은혜를 베풀면서도 낭비하지 아니하고, 민중에게 노역을 시키지만 이를 원망하지 아니하도록하며, 마음에 향락의 욕망을 가졌으면서도 탐하지 아니하고, 마음이 편안히 하되 교만하지 아니하며, 위엄을 가졌으면서도 사납지 아니하도록 한다. 위정자가 갖추어야 할 다섯 가지 미덕(九美)을 이르는 것. (泰 : 사치하다. / 교만하다. / 편안하다. 猛 : 사납다.)

〔 **論語·堯曰** 〕 子張曰, 何謂五美. 子曰, ○○○○○○○, ○○○○, ○○○○, ○○○○, ○○○○. 〔 **鹽鐵論·褒賢** 〕 君子時然後言, 義然後取, 不以道得之不居也. 滿而不溢, 泰而不驕.

君子禍至不懼, 福至不喜.

군자는 재앙이 닥쳐도 두려워하지 않고, 복이 찾아와도 기뻐하지 아니한다. 군자는 재앙이나 복에 대하여 초연함을 이르는 것.

〔 **孔子家語·始誅** 〕 仲由(子路)問曰, 由聞○○○○○○○, ○○○○. 今夫子得位而喜, 何也.

今之君子, 進人若將加諸膝, 退人若將墜諸淵.
(諸: 저, 墜: 추)

지금의 군자는 사람을 벼슬아치로 임명할 때는 무릎 위에 올려놓을 것 같이 하지만, 사람을 물리칠 때는 연못에 떨어뜨릴 것 같이 한다. (喻) 공직자로 임명할 때는 정성을 드려 후대를 하지만, 퇴출시킬 때는 매정하게 물리친다. / 사람에 대한 태도의 변덕이 심하고, 좋아하고 미워함이 무상하다. 사랑하고 미워함을 기분에 따라 결정함으로써 그 행동이 예에 벗어나다. (諸 : …에.) → **加膝墜淵.**

〔 **禮記·檀弓下** 〕 子思曰, 古之君子, 進人以禮, 退人以禮, 故有舊君反服之禮也, ○○○○, ○○○○○○○, ○○○○○○○. 〔 **唐 杜牧·張直方授左驍衛將軍制** 〕 加膝墜泉, 予常自愼. 〔 **貞觀政要·論禮樂** 〕 子思曰, 古之君子, 進人以禮, 退人以禮. 故有爲舊君反服之禮也. 今之君子, 進人若將加諸膝, 退人若將墜諸泉.

蘭生幽谷, 不爲莫服而不芳. 舟在江海, 不爲莫乘而不浮.
유

난초는 깊은 골짜기에서 피어나지만, 사람의 몸에 패용하지 않는다고 하여 향기를 풍기지 않는 일은 없고, 배가 강이나 바다에 있으면서 타는 사람이 없다고 하여 뜨지 않는 법이 없다. (喻) 군자가 도의를 행함에 있어 남이 몰라준다고 하여 그만두지 않는다. (服 : 패용하다. 패복하다. 가슴이나 어깨에 달다. 허리나 손목에 차다. ≒ 佩用. 佩服. / 허리띠에 달던 장식품.)

〔**韓詩外傳·卷七**〕夫蘭茝生於茂林之中, 深山之間, 不爲人莫見之故不芬. 夫學者非爲通也, 爲窮而不困, 憂而志不衰, 先知禍福之始, 而心無惑. 〔**淮南子·說山訓**〕○○○○, ○○○○○○○. ○○○○, ○○○○○○○. 君子行義, 不爲莫知而止休.

內省不疚, 夫何憂何懼.
구　　구

안으로 반성하여 부끄러워할 것이 없으면 대체 무엇을 근심하고 무엇을 두려워하랴! 군자가 평일의 행실을 반성하여 보아 부끄러워할 것이 없으면 근심하고 두려워할 것이 아무 것도 없다는 말. (疚 : 꺼림칙하다. 양심의 가책을 느껴 부끄러워하다.)

〔**論語·顔淵**〕司馬牛問君子. 子曰, 君子不憂不懼. 曰, 不憂不懼, 斯謂之君子矣乎. 子曰, ○○○○, ○○○○○. 〔**中庸·第三十三章**〕君子內省不疚, 無惡於志.

得寵思辱, 居安慮危.

총애를 받아 영화를 누리고 있을 때 장차 치욕스런 일을 당할까를 미리 생각해야 하며, 편안한 처지에 있을 때 장차 위험한 상황을 맞을까를 미리 생각해 두어야 한다. 세상 일은 변화무쌍하여 어느 때에 위험이 도래할지 모르는 것이므로 미리 예상하여 대비하는 동시 항시 몸가짐을 삼가고 조심해야 함을 이르는 말. (寵 : 총애. 특별히 귀엽게 여겨 사랑함. / 영예. 영광. 辱 : 치욕. 수치. / 욕보이다. 수치를 당하게 하다. 居 : 자리잡다. 일정한 자리를 차지하고 있다.) → **居寵思危. 居安思危. 于安思危.**

〔**書經·周書·周官**〕居寵思危, 罔不惟畏. 弗畏, 入畏. 〔**春秋左氏傳·襄公十一年**〕書曰, 居安思危, 思則有備, 有備無患. 〔**唐 魏徵·諫太宗十思疏**〕不念居安思危. 戒貪以儉, 德不處其厚, 情不勝其欲, 斯亦伐根以求木茂, 塞源而欲流長者也. 〔**元 無名氏·白兎記**〕古人有言, ○○○○, ○○○○. 劉智遠自贅岳府, ……. 竟不知恩妻李三孃信息如何.

莫見乎隱, 莫顯乎微, 故君子愼其獨也.
현　　　　미

숨겨둔 것보다 더 잘 드러나는 것이 없고, 미세한 것보다 더 잘 나타나는 것이 없다. 그러므로 군자는 홀로 있을 때도 행실을 삼가는 것이다. 숨기는 일일수록 더 드러나고 작은 것일수록 더 뚜렷해지므로 혼자 있을 때도 행동에 신중을 기해야 함을 이르는 것. → **愼其獨.** (見 : 드러나다. 나타나다. 나타내 보이다. 나타내다. 莫乙乎甲 : 甲보다 더 乙한 것이 없다. 隱 : 숨기다. 가리다. 감추다. / 숨다. 가

리우다. 微 : 작다. 자질구레하다. 미세하다.)

〔 **中庸·第一章** 〕君子戒愼乎其所不睹, 恐懼乎其所不聞. ○○○○, ○○○○, ○○○○○○○. ※〔 **大學傳六** 〕所謂誠其意者, 毋自欺也, 如惡惡臭, 如好好色, 此之謂自謙, 故君子必愼其獨也. ……. 此謂誠於中, 形於外. 故君子必愼其獨也.

明哲保身, 急流勇退.

세태나 사리에 밝은 사람은 (이치에 좇아 일을 처리하여) 자기 몸을 잘 보전하고, 급한 흐름이 있을 때는 (재앙을 피하기 위하여) 용감하게 물러난다. → **明哲保身.**

〔 **詩經·大雅·丞民** 〕旣明且哲,以保其身. 夙夜匪解, 以事一人. 〔 **柳宗元·書箕子廟碑陰** 〕是用保其明哲, 與之俯仰. 〔 **蘇軾·贈善相程傑** 〕火色上騰雖有數, 急流勇退豈無人. 〔 **宋名臣言行錄** 〕一僧謂錢錢若水曰, 公急流中勇退人也. 〔 **戴復古·詩** 〕日暮倒行非我事, 急流勇退有何難. 〔 **明 陸弼·酒家傭傳奇** 〕讒陷得志, 忠直難容. 自古道, ○○○○, ○○○○. 〔 **盛明雜劇** 〕願主公急流勇退, 明哲保身, 仙路非遥, 或者還有相見之日.

美玉蘊於碔砆, 凡人見之怢焉, 良工砥之, 然後知其和寶也.

(蘊 온, 碔 무, 砆 부, 怢 돌, 砥 지)

아름다운 옥이 돌 속에 감추어져 있으면 범인은 이를 보고도 소홀히 하고, 양공이 이 돌을 갈아 본 뒤에 그 조화로운 보배를 알게 된다. (喩) 군자가 여러 범인 가운데 섞여 있으면 범인은 이를 알아낼 수 없고 훌륭한 사람이 그를 시험해 본 뒤에 그 훌륭함을 판별하게 된다. (蘊 : 품다. 내포하다. 포함하다. 간직하다. 감추다. 매장하다. 碔砆 : 붉은 바탕에 흰 무늬가 있는 아름다운 돌. 怢 : 잊다. 잊어버리다. 망각하다. / 소홀히 하다. 부주의하다. 등한하다. 경시하다. 砥 : 갈다.)

〔 **王褒·四子講德論** 〕○○○○○○, ○○○○○, ○○○○, ○○○○○○○.

博學之, 審問之, 愼思之, 明辯之, 篤行之.

(성실히 함을 이루는 데 힘쓰기 위하여서는) 널리 배우고, 자세하게 질문하며, 신중하게 생각하고, 명백하게 분별하며, 성실히 실행해야 한다. 배우고, 묻고, 생각하고, 분별하는 것은 지(知)에 관한 것이고, 독실히 행하는 것은 인(仁)에 관한 것으로, 이 다섯 가지를 고루 갖추어야 성실히 하는 군자가 될 수 있는 것을 뜻한다.

〔 **中庸·第二十章** 〕○○○, ○○○, ○○○, ○○○, ○○○. 有弗學, 學之弗能弗措也. 有弗問, 問之弗知弗措也. 有弗思, 思之弗得弗措也. 有弗辨, 辨之弗明措也. 有弗行, 行之弗篤弗措也.

百工居肆以成其事, 君子學以致其道.

각종의 직업을 가진 사람들은 각종의 물건을 제작하는 공장이 있어서 그 물건의 제작을 완성하고, 군자는 학습에 종사하여 일체의 도리를 실현해낸다. 사람이 배움을 통해서만 도리를 실현할 수 있음을 말한 것. (工 : 노동자. 직업인. 장인. 기술자. 肆 : 관영공장. 수공업작업장 및 점포. 致 : 집중하다. 다하다. / 실현하다. 달성하다. 이루다. / 끝까지 다하다. 지극히 하다. 극에 이르다.)

〔**論語·子張**〕子夏曰, ○○○○○○○○○, ○○○○○○○○.

繁禮君子, 不厭忠信. 戰陣之間, 不厭詐僞.

예절을 중시하는 군자는 항상 자기의 솔직함과 성실함에 만족하지 아니하며, 전쟁에서 대진하고 있을 때는 적을 속이는 것도 꺼리지 아니한다. 예절을 중시하는 군자는 항상 자기의 솔직함과 성실함이 부족하다고 느끼고 이를 추구하려고 애쓰며, 또 전장에서 양군이 대진하고 있을 때는 부단하게 거짓으로써 속이려고 함을 이른다. (繁禮 : 예절을 많이 하다. 예절을 추구하다. 예절을 중시하다. 厭 : 물리다. 싫증내다. 꺼리다. 싫어지다. / 마음에 차다. 만족하다. 忠信 : 충서과 신의. / 솔직함과 성실함. / 진심을 다하고 거짓이 없음. 詐僞 : 남을 속이는 일. 거짓.) → **兵不厭詐. 兵不厭權.**

〔**韓非子·難一**〕晉文公將與楚人戰, 召舅問之, 曰, 吾將與楚人戰, 彼衆我寡, 爲之奈何. 舅犯對曰, 臣聞之, ○○○○, ○○○○. ○○○○, ○○○○, 君其詐之而已矣. 〔**後漢書·虞詡傳**〕今其衆新盛, 難與爭鋒, 兵不厭權, 愿寬假轡策, 勿令有所拘閡而已. 〔**北齊書·司馬子如傳**〕事貴應機, 兵不厭權, 天下恟恟, 唯強是視. 于此際會, 不可以弱示人.

不知命, 無以爲君子.

사람이 자연의 이법을 알지 못하면 군자가 될 수 없다. 인생의 만사에는 모두 자연의 이법 곧 사생·화복·영욕 등의 운수가 정해져 있어 이에 통달하지 못하면 군자가 될 수 없다는 뜻. (命 : 천명. 자연의 이법. 사생·화복·영욕 등의 운수.)

〔**論語·堯曰**〕子曰, ○○○, ○○○○○, 不知禮, 無以立也, 不知言, 無以知人也.

士君子貧不能濟物者, 遇人急難處出一言解救之, 亦是無量功德.

지식이 많은 신사가 가난하여 설령 물건으로써 남을 도와줄 수 없을지라도 혹시 남의 위급할 때를 만나 한 마디의 말로써 그를 곤경에서 구출할 수 있게 된다면 이것 또한 헤아릴 수 없는 공덕이 된다. (士君子 : 학문이 있고 덕행이 높은 사람. 옛날 상류사회의 신사. 지식인. 군자. 急難 : 위급한 재난. 解救 : 구제하다. 구출하다.)

〔**菜根譚·百四十二**〕士君子, 貧不能濟物者, 遇人痴迷處, 出一言提醒之, ○○○○○○○○○○, ○○○○○○○○○○○○, ○○○○○○.

射有似乎君子, 失諸正鵠, 反求諸其身.
(諸: 저, 鵠: 곡, 諸: 저)

활쏘기는 군자의 자세와 같은 점이 있으니, (활을 쏘아) 과녁의 중심을 놓치면 곧 그 원인을 자신에게서 찾는다. 군자가 도를 행함에 있어 그 중심점을 놓치면 나 스스로를 책해야 됨을 이르는 것. (正鵠 : 과녁의 중심점. / 사물의 요점. 급소. 正은 과녁. 가죽으로 만든 과녁판에 그려 놓은 표적의 가운데.) → **反求諸己.**

〔**中庸·第十四章**〕子曰, ○○○○○○, ○○○○, ○○○○○. 〔**論語·衛靈公**〕子曰, 君子求諸己, 小人求諸人. 〔**孟子·公孫丑上**〕仁者如射, 射者正己而後發, 發而不中, 不怨勝己者, 反求諸己而矣. 〔**孟子·離婁上**〕行有不得者, 皆反求諸己. 其身正而天下歸之.

山不在高, 有僊(선)則名, 水不在深, 有龍則靈.

산은 높다고 해서 명산이 되는 것이 아니고, 그곳에 신선이 있으면 명산이 되는 것이며, 물은 깊다고 해서 영한 것이 아니고, 그곳에 용이 있으면 곧 신령스러운 것이 되는 것이다. (喩) 누추한 곳이라도 덕이 있는 군자가 있으면 그곳은 유명한 곳이다. (僊 : 신선. = 仙.)

〔**劉禹錫·陋室銘**〕○○○○, ○○○○, ○○○○, ○○○○, 斯是陋室, 惟吾德馨. 〔**實語教**〕山高故不貴, 以有樹爲貴.

山致其高而雲起焉, 水致其深而蛟龍生焉.

산은 그 높이가 극에 이르러야만 구름이 일어나고, 물은 그 깊이가 극에 이르러야만 교룡이 생겨난다. 군자는 그 도가 극에 이르고 난 뒤에 그 복록이 돌아오게 됨을 비유하는 말. (致 : 끝까지 다하다. 극에 이르다. 절정에 이르다. 힘이나 마음을 다하다. 生 : 생기다.)

〔**淮南子·人間訓**〕○○○○○○○○, ○○○○○○○○○, 君子致其道而福祿歸焉. 〔**說苑·貴德**〕山致其高, 雲雨起焉, 水致其深, 蛟龍生焉. 君子致其道, 而福祿歸焉. ※〔**荀子·勸學**〕積土成山, 風雨起焉. 積水成淵, 蛟龍生焉. 積善成德, 而神明自得, 聖心備焉.

世之君子, 使之爲一犬一彘(체)之宰, 不能則辭之, 使爲一國之相, 不能而爲之.

세상의 군자들은 그로 하여금 한 마리의 개나 돼지를 잡도록 하면 할 수 없다고 하여 곧 그것을 사절하나 그로 하여금 한 나라의 재상이 되도록 하면 그런 재능이 없으면서도 그것을 하려고 한다. 재상이 되려는 자가 재능이 없으면서도 한갓 자리를 차지하려는 욕심을 가지고 있음을 비평하는 말. (彘 : 돼지. 宰 : 가축을 잡다. 도살하다. 辭 : 사절하다. 거절하다. 사양하다.)

〔**墨子·貴義**〕子墨子曰, ○○○○, ○○○○○○○○○, ○○○○○, ○○○○○○, ○○○○○. 豈不悖哉.

水避礙則通于海. 君子避碍則通于理.

물은 장애물을 피해 흐르면 바다에 이르고, 군자는 장애물을 피해서 행하면 이치에 통달하게 된다. (碍 : 장애. 장애물. 훼방. 通 : 통하다. 닿다. 이르다. / 알다. 통달하다.)

〔**揚子法言·君子**〕君子之行, 獨無碍乎, 如何直往也. ○○○○○○○, ○○○○○○○.

愛蓮之出於淤泥, 而不染, 濯清漣, 而不妖.

어 니 탁 련 요

귀여운 연꽃은 진흙에서 나와서 자라도 때묻지 아니하고, 맑은 잔물결에 씻기어도 요염하지 아니하다. (喻) 군자는 더러운 환경 속에 있어도 악에 물들지 아니하고, 속은 티없이 맑고 깨끗하면서도 겉을 꾸미지 아니한다. / 더러운 속세에 나와서 순진함을 지니다. (淤泥 : 진흙. 染: 물들다. 더럽혀지다. 때묻다. 漣: 잔잔한 물결. 妖: 아리땁다. / 요염하다. 아름답다.)

〔**宋 周敦頤·愛蓮說**〕予獨○○○○○○○, ○○○, ○○○, ○○○, 中通外直, ……. 〔**敦煌變文集·維摩詰經講經文**〕隨緣化物, 愛處俗塵, 如蓮不染於淤泥, 似桂無侵於霜雪.

良賈深藏若虛, 君子盛德容貌若愚.

고

훌륭한 상인은 자기의 상품을 깊숙한 곳에 갈무리해 두고 가게에는 그것이 없는 것처럼 하며, 군자는 덕행이 왕성하지만 그 용모는 우둔한 것 같이 한다. (喻) 진실로 재능있는 실용의 학문을 한 사람이 그 날카로운 기세를 드러내지 아니하고 감추다. (良賈 : 경영을 잘 하는 큰 상인. 賈 : 장사. 가게를 가지고 하는 장사. 深藏若虛 : 깊이 감추어 있는 것 같지 않다. 그 재보를 사람이 보지 못하도록 감춘다는 말. 容貌若愚 : 그 용모를 겸손하게 하여 어리석은 사람과 같이 하다.) → **深藏若虛**.

〔**老子·第四十五章**〕大成若缺, ……, 大巧若拙. 〔**莊子·寓言**〕大白若虛, 盛德若不足. 〔**史記·老子韓非列傳**〕老子曰, ……, 吾聞之, ○○○○○○, ○○○○○○○○. 〔**大戴禮記·曾子制言**〕良賈深藏如虛, 君子有聖德如無. 〔**嵇康·高士傳**〕良賈深藏, 外形若虛. 君子盛德容貌若不足. 〔**十八史略·上古·春秋戰國篇**〕孔子問焉, 老子告之曰, ○○○○○○, ○○○○○○○○.

言有召禍也, 行有招辱也, 故君子愼其所立乎.

입으로 하는 말은 화를 부르는 수가 있고, 행실은 모욕을 초래하는 수가 있으므로 군자는 그 처세를 조심해야 할 것이다. (召 : 부르다. 가져오게 하다. 所立 : 서 있는 바. / 한 몸을 훌륭하게 세움. 지켜야 할 덕을 갖춤. 처세함.)

〔**荀子·勸學**〕故○○○○○, ○○○○○, ○○○○○○○○.

言必慮其所終, 而行必稽其所敝, 則民謹於言, 而愼於行.

계

말은 반드시 끝나는 바를 고려해야 하고, 행실은 반드시 폐되는 바를 헤아려야 하는 것이니, 그러면 백성들이 말을 삼가고 행동을 조심하게 된다. 군자는 말은 그것이 끝나고 난 다음의 최후의 결과를 미리 고려해서 하고, 행실은 그것이 가져올 수 있는 폐단을 미리 헤아려서 행하면 백성들이 그 언행에 조심하지 않을 수 없다는 뜻. (所終 : 끝나는 바. 곧 종결된 최후의 결과. 稽 : 상고하다. 고려하다. 헤아리다. 따지다. 敝 : 弊와 통하여 폐단이라는 뜻.)

〔**禮記·緇衣**〕子曰, 君子道人以言, 而禁人以行, 故○○○○○○, ○○○○○○○, ○○○○○, ○○○○.

言行, 君子之樞(추)機. 樞機之發, 榮辱之主也.

말과 행실은 군자의 중추기능으로, 이 중추기능이 발동되는 것은 영예와 치욕을 가져오는 근본이 되는 것이다. 언행은 군자가 되는 자격의 관건이며 이 관건이 영욕을 결정하는 요소임을 이르는 것. (樞機 : 중추가 되는 기관. 사물의 관건. 사물의 요긴한 곳. 樞 : 문지도리. 機 : 문지방.)

〔**周易·繫辭上**〕○○, ○○○○○. ○○○○, ○○○○○. 言行, 君子之所以動天地也, 可不愼乎. 〔**說苑·君道**〕言行, 君子之樞機. 樞機之發, 榮辱之主. 〔**說苑·談叢**〕夫言行者, 君子之樞機. 樞機之發, 榮辱之本也. 〔**元 辛文房·唐才子傳**〕不矜細行, 終累大德. 豈不聞言行君子之樞機. 榮辱之主耶. 古人不恥能治而無位, 恥有位而不能治也.

徼(요)幸者, 伐性之斧也. 嗜(기)欲者, 逐(축)禍之馬也. 謾(만)誕(탄)者, 趨禍之路也.

뜻하지 않게 얻은 행복은 천성을 상처나게 하는 도끼이고, 향락을 탐하는 마음은 재앙을 뒤쫓아가는 말이며, 언행의 황당무계함은 재앙을 향하여 내달리는 길이다. 요행을 버리고, 재앙을 예방하며 (비방받는 것을 막아서) 명성을 높이는 것이 군자가 행해야 할 도리임을 이른 것. (徼幸 : 뜻하지 않게 얻은 행복. 伐性之斧 : 천성을 상처나게 하는 도끼. 만물이 제각기 가지고 있는 천부의 성질을 끊어버리는 도끼. 嗜欲 : 향락을 탐내는 마음. 즐기고 좋아하는 마음. 趨 : 달리다. 빨리 가다. 내달리다. 향하여 가다. / 좇다. 謾誕 : 거짓이 많아 믿음성이 없다. 거짓으로 남을 현혹하게 하다. 언행이 황당무계하다. = 謾誕.)

〔**韓詩外傳·卷九**〕○○○, ○○○○○. ○○○, ○○○○○. ○○○, ○○○○○, 毁於人者, 困窮之舍也. 是故君子不徼幸, 節嗜欲, 務忠信, 無毁於一人, 則名聲尙尊, 稱爲君子. 〔**說苑·敬愼**〕夫徼幸者, 伐性之斧也. 嗜欲者, 逐禍之馬也. 謾諛者, 窮辱之舍也, 取虛於人者, 趨禍之路也.

遇君則修臣下之義, 出鄕則修長幼之義, 遇長老則修弟子之義, 遇等夷則修朋友之義, 遇少而賤者則修告道寬裕之義.

임금을 만나면 신하로서의 의를 갖추고, 고향을 떠나면 연장자·연소자의 의를 갖추며, 학덕이 높은 사람을 만나면 제자로서의 의를 갖추고, 동배를 만나면 벗으로서의 의를 갖추며, 나이 젊고 천한 자를 만나면 도를 일러주고 너그러움을 베푸는 의를 갖추라. (修 : 갖추다. 베풀다. 長老 : 나이 많은 사람. 학덕이 높은 사람의 존칭. 等夷 : 동배. 寬裕 : 너그러움.)

〔**韓詩外傳·卷六**〕○○○○○○○○, ○○○○○○○○, ○○○○○○○○○, ○○○○○○○○○, ○○○○○○○○○○○○○. 故無不愛也, 無不敬也, 無與人爭也.

有君子之道四焉. 其行己也恭, 其事上也敬, 其養民也惠, 其使民也義.

그 군자에게 사람으로서의 도리에 맞는 네 가지의 행위가 있었다. 그는 사람을 대하는 태도가 매우 겸손하였고, 그가 임금을 섬기는 데에는 매우 정성스러운 마음으로 공경하였으며, 그가 백성들을 부양하는 데에는 은혜를 베풀었고, 그가 백성들을 사역시키는 데에는 정도를 잘 따랐다. 어진 정치로 鄭나라를 부강하게 만든 大夫인 子產(名 ; 公孫僑)의 자세에 대하여 孔子가 평가한 말. (行己 : 세상을 살아감에 있어서의 몸가짐. 처신. 恭 : 공손하다. 겸손하다. 敬 : 공경하다. / 마음을 절제하다. 존중하다. 惠 : 은혜를 베풀다. / 사랑하다. 義 : 바르다. 정도를 따르다. 적절히 하다.)

〔**論語·公冶長**〕子謂子產曰, ○○○○○○○. ○○○○○, ○○○○○, ○○○○○,○○○○○.

以能問於不能, 以多問於寡, 有若無, 實若虛, 犯而不校.

자기가 능력이 있는 데도 재능이 그에 비하여 낮은 사람에게 가르침을 청하고, 견문이 많은 사람이 그에 비하여 견문이 적은 사람에게 가르침을 청한다. 학문이 있는 사람이 학문이 없는 것 같이 하고, 지식이 충실한 사람이 아무 것도 없는 것 같이 하며, 남에게 침범을 당하여도 논쟁을 하지 않는다. 인격이 완비된 군자의 품행을 이르는 말. (校 : 따지다. 논쟁하다.)

〔**論語·泰伯**〕曾子曰, ○○○○○○, ○○○○○, ○○○, ○○○, ○○○○, 昔者吾友嘗從事於斯矣.

二人同心, 其利斷金. 同心之言, 其臭如蘭.

취

(군자) 두 사람이 마음을 같이하면 그 날카로움이 쇠붙이를 잘라낼 수 있고, 그 같은 마음에 따른 말은 난과 같은 향기를 풍긴다. 덕이 큰 군자들의 합치된 마음은 매우 날카로워 큰 힘을 발휘할 수 있고 그 덕이 멀리까지 미친다는 뜻. / 두 사람이 같은 마음으로 협력하면 어떤 일이라도 순리대로 이룩할 수 있음을 의미. (臭 : 냄새. / 향기. 좋은 냄새. / 나쁜 냄새. 역한 냄새.) → **二人同心, 其利斷金. 二人同心.**

〔**周易·繫辭上**〕君子之道, 或出或處, 或黙或語. ○○○○, ○○○○. ○○○○, ○○○○. 〔**明 薛應旗·薛方山紀述**〕二人同心, 其利斷金. 朋友之聚, 所以樂也. 〔**明 王濟連環記**〕三人同心, 其利斷金. 若有負盟, 天必誅之.

以狐父之戈, 钃牛矢也.

보 과 촉

狐父라는 지방에서 나는 유명한 창으로 더러운 쇠똥을 자르다. (喻) 귀중한 것을 더러운데 쓰다. / 군자가 소인과 서로 해쳐 자신을 잊고 안으로 육친을 잊으며 위로 임금을 잊음을 걱정하게 되다. 귀중한 신분을 가진 사람이 해로운, 불명예스런, 위험한 행동을 하다. (戈 : 창. 钃 : 호미. / 끊다. 깎다. 패다. 자르다. 矢 : 똥.)

〔**荀子·榮辱**〕以君子與小人相賊害也, 憂以忘其身, 内以忘其親, 上以忘其君, 豈不過甚矣哉. 是人也, 所謂○○○○○, ○○○○.

人不知而不慍, 不亦君子乎.

온

남이 나를 알아주지 않더라도 노여워하지 않는다면 또한 군자가 아니겠는가? 남들이 나의 재능과 학문을 인정해주지 않더라도 성내지 않고 태연자약하게 사는 사람이 군자라는 뜻. (慍 : 노여워하다. 원망하다.)

〔**論語·學而**〕○○○○○○, ○○○○○.

人之過誤宜恕, 而在己則不可恕.

남의 과오는 마땅히 용서하여야 하나 그 잘못이 나에게 있으면 용서해서는 안된다. 군자는 자신의 행실을 엄격히 관리하여야 하며 모든 책임을 자신이 져야 한다는 것.

〔**論語·衛靈公**〕子曰, 君子求諸己, 小人求諸人. 〔**菜根譚·百六十八**〕○○○○○○, ○○○○○○○. 己之困辱當忍, 而在人則不可忍.

一物之不知者, 固君子之所恥也.

한 가지 일도 제대로 알지 못하는 것은 진실로 군자의 수치이다.

〔**陔餘叢考**〕晉書, 陶淵明謂范隆曰, ○○○○○○, ○○○○○○○.

一出而不可反者言也, 一見而不可掩者行也. 故君子言必可行也, 然後言之, 行必可言也, 然後行之.

엄

(입에서) 한번 나오면 돌이킬 수 없는 것이 말이고, 한번 (밖으로) 나타내면 감출 수 없는 것이 행실이다. 그러므로 군자의 말은 반드시 실행할 수 있는 것이어야 하며 그 연후에야 비로소 그것을 말하고, 군자의 행실은 반드시 도리상으로 말할 수 있는 것이어야 하며 그 연후에야 비로소 그것을 행한다.

〔**漢 賈誼·新書·大政上**〕夫○○○○○○○○○, ○○○○○○○○○. 故夫言與行者, 知愚之表也, 賢不肖之別也. ……. ○○○○○○○○, ○○○○, ○○○○○, ○○○○.

井泥不食, 舊井无禽.

니

우물물이 더러워 먹을 수가 없게 되니, 옛 우물에 새도 날아오지 않는다. (喻) 사람이 바른 마음을 갖지 않고 올바른 행동을 하지 않으면 차츰 세상에서 버림을 받는다. / 군자의 백성을 부양하는 정책이 잘못되어 있으면 백성들은 그 임금을 버리고 떠나간다. (泥 : 썩고 더러운 흙./ 흐리다.

더럽혀지고 썩다.)

〔**周易·水風井**〕初六, ○○○○, ○○○○.

衆口禍福之門. 是以君子省衆而動, 監戒而謀, 謀度而行, 故無不濟.

많은 사람의 입은 화와 복으로 들어가는 문이다. 그래서 군자는 대중을 살펴서 거동하고, 계율을 거울삼아 책략을 세우며, 법도를 헤아려서 행동하여야 한다. 그러면 이루지 못할 것이 없다. (謀 : 책략을 세우다. 또는 헤아리다. 濟 : 이루다.)

〔**國語·晉語三**〕郭偃曰, 善哉. 夫○○○○○○, ○○○○○○○○, ○○○○, ○○○○, ○○○○.

地之穢者多生物, 水之淸者常無魚. 故君子當存含垢納汚之量.

예 · 구 오

더러운 땅에는 초목이 많이 자라나지만, 맑은 물에는 항상 고기가 없다. 따라서 군자는 마땅히 때묻고 더러운 것을 용납하는 아량을 지녀야 한다. (穢 : 더럽다. 含垢納汚 : 때묻은 것을 받아들이고 더러운 것을 용납하다.) → **含垢納汚. 含垢藏疾, 藏汚納垢.**

〔**春秋左氏傳·宣公十五年**〕諺曰, 高下在心, 川澤納汚, 山藪藏疾, 瑾瑜匿瑕, 國君含垢. 〔**三國志·魏志·公孫淵傳**〕< 裴松之注 > (引魏略) 逆賊孫權, 遭遇亂階, 因其先人劫略州郡, 遂成群凶, 自擅江表, 含垢藏疾. 〔**菜根譚·七十六**〕○○○○○○○, ○○○○○○○. ○○○○○○○○○○○, 不可持好潔獨行之操.

質勝文則野, 文勝質則史, 文質彬彬然後君子.

빈

사람의 본성이 외관을 억누르면 질박해지고, 외관이 본성을 억누르면 믿음성이 적다. 따라서 외관과 본성이 알맞게 조화를 이루도록 한 뒤에야 군자가 된다. 사람의 성정이 본성에 치우쳐서 외관을 억누르면 성실하지만 의식(儀式)을 알지 못하게 되고, 반대로 외관에 치우쳐서 본성을 억누르면 의식은 알지만 성실함이 없게 되므로, 예의를 배우는 사람은 이 두 가지를 적당히 배합시켜 조화를 이루도록 해야 비로소 군자가 될 수 있음을 뜻한다. (質 : 본성. 본바탕. 勝 : 넘치다. 낫다. 억누르다. 文 : 표면. 외관. 겉모양. 野 : 촌스럽다. 꾸밈새가 없다. 질박하다. 史 : 성실하지 못하다. 진실성이 없다. 彬彬 : 글의 수식과 내용이 서로 알맞게 갖추어져 있는 모양.) → **文質彬彬.**

〔**論語·雍也**〕子曰, ○○○○○, ○○○○○, ○○○○○○○○. 〔**三國 魏 何晏·論語集解**〕(引包咸注) 彬彬, 文質相半之貌. < 宋 朱熹·論語集注 > 彬彬, 猶班班, 物相雜而適均之貌.

天不爲人之惡寒也輟冬, 地不爲人之惡遼遠也輟廣.

오

하늘은 사람이 추위를 싫어한다고 하여 겨울을 멈추게 하지 아니하며, 땅은 사람이 아득히 먼 길을 싫어한다고 하여 그 광대함을 멈추게 하지는 아니한다. 군자는 소인이 시끄럽게 떠들어댄다고 하여 바른 행위를 그만두지 아니한다는 것을 유도한 말. (輟 : 그치다. 하던 일을 멈추다.)

〔**荀子·天論**〕○○○○○○○○○○○, ○○○○○○○○○○○○, 君子不爲小人之匈匈也輟行.

狐裘雖敝, 不可補以黃狗之皮.
호 구 폐

여우가죽 옷은 비록 헤어지더라도 질이 낮은 노란 개가죽으로 기울 수 없다. (喩) 군자가 쇠약해졌다고 해서 소인으로 대신할 수 없다. 군자와 소인은 섞일 수 없다. ↔ **狗尾續貂.**

〔**史記·田敬仲完世家**〕淳于髡曰, ○○○○, ○○○○○○○○○. 騶忌子曰, 謹受令, 請謹擇君子, 毋雜小人其閒.

和以處衆, 寬以接下, 恕以待人, 君子人也.

온화함으로 사람들을 상대하고, 너그러움으로 아랫 사람을 대접하며, 용서하는 마음으로 남을 대우하니, 이것이 군자다운 사람이다. 군자의 덕목으로 온화함·너그러움·용서하는 마음의 세 가지를 곱고 있는 것. (處 : 함께 지내다. 사귀다. 상대하다. 接 : 가까이하다. 교제하다. / 대접하다. 대우하다. 待 : 대하다. 대접하다. 대우하다.)

〔**宋 林逋·省心錄**〕○○○○, ○○○○, ○○○○, ○○○○.

2. 聖人·賢人·훌륭한 人物

鑑明則塵垢不止, 止則不明也.
구

거울이 맑으면 티끌과 먼지가 앉을 수 없고, 더러움이 묻으면 거울은 이미 맑지 않은 것이다. (喩) 어진 사람은 잘못을 저지르지 않으며, 잘못을 저질렀다면 그는 어진 사람이 아니다.

〔**莊子·德充符**〕(申徒嘉) 聞之曰, ○○○○○○○○, ○○○○○, 久與賢人處, 則無過.

桂林之一枝, 崑山之片玉.
곤

中國 桂林의 한 나무가지와 崑山의 한 조각의 구슬. (喩) 재능과 학문이 같은 무리보다 걸출하고 빼어나다. (由) 晉나라 郤詵이 賢良科에 급제하고 나서 이에 만족하지 않고 "계림일지, 곤산편옥(桂林一枝, 崑山片玉)과 같이 치국, 경의(經義)에 관한 황제의 시험에서 천하 제일이 되겠다"고 말한 데서 연유. → **桂林一枝. 崑山片玉.**

〔**晉書·郤詵傳**〕郤詵字廣基, 濟陰單父人, 博學多才, 泰始中擧賢良對策上第拜議郎, 累遷雍州刺史, 武帝於東堂會送, 問詵曰, 卿自以爲何如. 詵對曰, 臣擧賢良對策, 爲天下第一猶○○○○○, ○○○○○.

帝笑, 侍中奏免詵官, 帝曰, 吾與之戲耳, 不足怪也. 詵在任威嚴明斷, 甚得四方聲譽.

高山之巓無美木, 傷於多陽也. 大樹之下無美草, 傷於多陰也.
전

높은 산의 꼭대기에 좋은 나무가 없는 것은 많은 양기에 상하기 때문이고, 큰 나무 밑에 좋은 풀이 없는 것은 많은 음기에 상하기 때문이다. (喩) 높은 지위에 있는 사람은 비난을 받기 쉬워 그 훌륭한 명성을 유지하기 어렵다. / 몹시 나쁜 짓을 하는 세력이 있으면 백성들이 곤궁하게 지낸다. (巓 : 산꼭대기. 산의 정상. 美는 좋다. 훌륭하다.)

〔**說苑·談叢**〕○○○○○○○, ○○○○○. ○○○○○○○, ○○○○○. 〔**鹽鐵論·輕重**〕水有猵獺而池魚勞, 國有強禦而齊民消, 故茂林之下無豐草, 大塊之間無美苗.

孔席不暇暖, 而墨突不得黔.
검

孔子는 그 방안의 자리가 따뜻해질 겨를이 없었고, 墨子도 그 집의 굴뚝이 검어질 사이가 없었다. 성인과 현인이 천하의 이(利)를 도모하고 만민의 해(害)를 제거하기 위하여 분주하게 돌아다니느라고 한 곳에 오래 머무를 여유가 없었음을 뜻한다. (暇 : 겨를. 틈. 突 : 굴뚝. 黔 : 그을다. 검어지다.) ≒ **孔子無黔突, 墨子無煖席.**

〔**淮南子·脩務訓**〕若以布衣徒步之人觀之, 則伊尹負鼎而干湯, 呂望鼓刀而入周, 百里奚轉鬻, 管仲束縛, 孔子無黔突, 墨子無煖席. 是以聖人不高山, 不廣河, 蒙恥辱以干世主, 非以貪祿慕位, 欲事天下之利, 而除萬民之害. 〔**新論**〕仲尼栖栖突不暇黔, 墨翟遑遑席不及煖. 〔**班固·答賓戲**〕聖哲之治, 棲棲皇皇, 孔席不煖, 墨突不黔. 〔**杜甫·詩**〕賢有不黔突, 聖有不煖席. 〔**韓愈·爭臣論**〕禹過家門不入, ○○○○○, ○○○○○○, 彼二聖一賢者, 豈不知自安逸之爲樂哉.

觀於海者, 難爲水, 遊於聖人之門者, 難爲言.

바다에 가 본 사람은 물 이야기하기를 어려워하고, 성인의 문하에 들어가 공부한 사람은 말하기를 어려워한다. 큰 바다를 본 적 있는 사람은 어떠한 강의 흐름도 다 바다와 비교하기 어려움을 느끼게 되고, 모두 성인의 문하생으로 유학한 사람은 어떠한 의론도 모두 성인의 말과 비교하기 어려운 것을 느끼게 된다는 말. 성인의 도는 크고 뿌리가 있어서 이것을 배우는 자는 서서히 나아가야만 그 경지에 도달할 수 있음을 이르는 말. (遊 : 취학하다. 유학하다. 물어서 배우다.)

〔**孟子·盡心上**〕孟子曰, 孔子登東山而小魯, 登太山而天下, 故○○○○, ○○○, ○○○○○○○, ○○○.

狂夫之言, 聖人擇焉.

미친 사람이 하는 말이라도 성인은 선택하여 청취한다. 설령 방탕하여 구속 받지 않는 사람이 지껄이는 허튼 소리라도 성인들은 그 중에서 자기에게 유용한 것을 끄집어내어 활용한다는 의미.

〔**史記·淮陰侯列傳**〕廣武君曰, ……. ○○○○, ○○○○. 顧恐臣計未必足用, 願效愚忠. 〔**說苑·談叢**〕○○○○, ○○○○. 〔**明 李夢陽·空同集**〕夫狂夫之言, 聖人取焉, 足下誠幸而不棄, 請間伏謁侍更一深論, 僕至願至願. 〔**明 錢琦·錢公良測語**〕狂夫之言, 明主擇焉. 今則不然, 言者不狂, 聽者不明.

國旣破亡, 吾不能存. 今又劫之以兵爲君將, 是助桀爲暴(포)也.

나라(齊나라 지칭)가 이미 패망해서 나(현자인 王蠋 지칭)도 생명을 보전할 수 없는데, 지금 또 너의들이 무력으로써 나를 위협하여 너의들의 장수로 삼으려는 것, 그것은 나로 하여금 폭군인 桀王을 도와 잔악한 짓을 하게 하려는 것이 아닌가? (劫 : 협박하다. 위협하다. 助桀爲暴 : 桀왕을 도와 잔악한 짓을 하다. 폭군과 같은 패가 되어 악을 저지름의 비유.) → **助桀爲暴. 助桀爲虐. 助桀爲惡. 助紂爲虐. 助天爲虐.**

〔**國語·越語下**〕无助天爲虐, 助天爲虐者不詳. 〔**孟子·滕文公下**〕周公相武王, 誅紂, 伐奄三年討其君. < 朱熹注 > 奄, 東方之國, 助紂爲虐者也. 〔**史記·留侯世家**〕沛公入秦宮, 宮室·帷帳·狗馬·重寶·婦女以千數, 意欲留居之. 樊噲諫沛公出舍, 沛公不聽. 良曰, 夫秦爲無道, 故沛公得至此. 夫爲天下除殘賊, 宜縞素爲資. 今始入秦, 卽安其樂, 此所謂助桀爲虐. 〔**史記·田單列傳**〕王蠋曰, ……. 忠臣不事二君, 貞女不更二夫. 齊王不聽吾諫, 故退而耕於野. ○○○○, ○○○○. ○○○○○○○○○○, ○○○○○○. 〔**宋 胡繼宗·書言故事**〕相黨爲惡, 曰助桀爲虐.

貴珠出乎賤蚌(방), 美玉出乎醜(추)璞(박).

귀한 진주는 천한 조개에서 나오고, 아름다운 구슬은 더러운 옥돌에서 나온다. (喩) 훌륭한 인물이 미천한 집안에서 나오다. 하잘 것 없는 데서 훌륭한 물건이 나오다. (蚌 : 방합. 방합과에 속하는 민물 조개. 璞 : 옥의 원석. 다듬지 않은 옥.)

〔**抱朴子·博喩**〕抱朴子曰, 銳鋒産乎鈍石, 明火熾乎闇木, ○○○○○○, ○○○○○○.

金剛倒地一堆(퇴)泥(니).

부처를 보호하는 신장(神將)인 금강불(金剛佛)도 땅에 넘어지면 그 위에 진흙이 쌓인다. (喩) 매우 위풍당당한 사람도 일단 쓰러지면 다시 일어날 수 없다. (堆 : 높게 쌓이다.)

〔**五燈會元**〕更有一般令我笑, ○○○○○○○.

騏(기)驥之衰也, 駑馬先之. 孟賁之倦也, 女子勝之.

준마도 늙어 쇠약해지면 둔한 말이 그것보다 앞서 가고, 고대의 대역사(大力士)인 孟賁이 피곤하면 여자가 그를 이긴다. (喩) 영웅도 늙으면 힘을 쓰지 못하고 보통사람보다 무력해진다. (騏驥 : 하루에 천리를 달린다는 명마. 준마.)

〔**戰國策·齊策五**〕語曰, ○○○○○, ○○○○, ○○○○○, ○○○○. 夫駑馬·女子, 筋骨力勁, 非賢

於騏驥·孟賁也, 何則. 後起之籍也.

論至德者, 不和於俗. 成大功者, 不謀於衆.

최고의 덕을 담론하는 자는 세속과 화합하지 못하며, 큰 공을 성취하는 자는 민중과 의논하지 않는다. 최상의 덕을 가진 자나 큰 공을 성취한 자는 민중의 비난·비판·원한을 간과하고 독자적으로 소신있게 결행함을 시사.

〔**商君書·更法**〕郭偃之法曰, ○○○○, ○○○○. ○○○○, ○○○○. 〔**史記·商君列傳**〕衛鞅曰, 疑行無名, 疑事無功, ……. ○○○○, ○○○○. ○○○○, ○○○○. 〔**戰國策·趙策二**〕肥義曰, 臣聞之, 疑事無功, 疑行無名. ……. 夫○○○○, ○○○○. ○○○○, ○○○○. 〔**新序·善謀一**〕郭偃之法曰, ○○○○, ○○○○. ○○○○, ○○○○.

大上有立德, 其次有立功, 其次有立言.

(사람의) 가장 훌륭한 점은 덕을 닦아 세인을 교화하는데 있고, 그 다음은 나라에 대한 공훈을 세우는데 있고, 그 다음은 후세에 경계가 될 만한 좋은 말을 하는데 있다. (大上 : 최상. 극상. 立德 : 덕을 세우다. 덕을 닦아 세인을 교화시키다. 立功 : 공훈을 세우다. 立言 : 후세에 경계가 될 만한 훌륭한 말을 하다.)

〔**春秋左氏傳·襄公二十四年**〕穆叔曰, ……, ○○○○○, ○○○○○, ○○○○○, 雖久不發, 此之謂不朽.

道遠知驥, 世僞知賢.

갈 길이 멀어야 비로소 준마의 힘을 알고, 세상이 잘못되어야 현인의 절조를 알게 된다. 길이 멀어야 준마로서의 힘을 알 수 있게 되고 세상 형편이 잘못되어 위태롭게 될 때에야 비로소 현인의 충량견정(忠良堅貞)한 절조를 알 수 있게 된다는 뜻. (道遠知驥 : 路遥知馬力과 같은 표현. 僞 : 잘못되다. 그릇되게 바뀌다.)

〔**魏 曹植·矯志詩**〕○○○○, ○○○○. 覆之壽之, 順天之矩.

馬氏五常, 白眉最良.

(삼국시대 蜀나라의 대신인) 馬良의 훌륭한 아들 다섯 사람 중에서 흰 눈썹을 가진 아들이 가장 훌륭했다. 馬良 부자의 재능이 출중했음을 칭찬한 말. (五常 : 훌륭한 형제 다섯 사람. 蜀의 馬良의 다섯 형제는 모두 평판이 좋았고, 자는 모두 常字를 썼기 때문에 모두 馬氏五常이라 한다.)

〔**三國志·馬良傳**〕馬良字季常, 襄陽宜城人也. 兄弟五人, 并有才名. 鄉里爲之諺曰, ○○○○, ○○○○. 良眉中有白毛, 故以稱之.

猛虎在深山, 百獸震恐, 乃在檻穽之中, 搖尾而求食.
함 정

맹호가 깊은 산 속에 있으면 모든 짐승들이 떨면서 두려워하나 곧 함정 속에 빠져있으면 꼬리를 흔들면서 먹을 것을 구하려 한다. (喩) 영웅호걸이 적소를 얻으면 많은 사람이 우러러 보고 추종하나, 위기에 몰리면 사람들에게 비굴한 자세를 취한다. (檻穽 : 함정. 짐승을 잡기 위하여 파놓은 구덩이.) → 搖尾求食. 搖尾乞憐.

〔 **司馬遷·報任安書** 〕 ○○○○○, ○○○○, ○○○○○○○, ○○○○○, 積威約之漸也. 〔 **韓愈·應科目時與人書** 〕 若俛首帖耳, 搖尾而乞憐者, 非我之志也.

聞韶, 三月不知肉味.
소

(孔子가 齊나라에서) 舜임금 때의 아름다운 악곡인 소(韶)를 듣느라고 몇 달 동안 고기를 먹으면서도 그 맛을 몰랐다. 마음이 한 곳에 쏠려 다른 것을 잊는 것을 뜻한다. / 정성이 지극하고 감동함이 깊음을 말한다. (韶 : 舜임금 때의 악곡 이름. 三月 : 몇 달. 三은 허수이다.) → **三月不知肉味.**

〔 **論語·述而** 〕 子在齊○○, ○○○○○○○, 曰, 不圖爲樂之至於斯也. < 朱熹集注 > 不知肉味, 蓋心一於是而不及乎他也.

絆良驥之足, 而責以千里之任.
반

좋은 천리마의 발을 묶어놓고 천리를 갈 책임을 지우다. (喩) 현자(賢者)를 구속하거나 제약을 가해 놓고 무거운 책임을 지우다. (絆 : 얽매이다. 비끄러매다.)

〔 **吳質·答東阿王書** 〕 今處此而求大功, 猶○○○○○, ○○○○○○○.

百星之明, 不如一月之光.

많은 별의 밝기가 달 하나의 밝음에 미치지 못한다. (喩) 백 사람의 평범한 사람의 덕과 재능이 뛰어난 한 사람의 큰 영향력에 미치지 못한다. / 사물의 우열은 품질에 달려있으며 그 수량에 좌우되는 것이 아니다. = **百星不如一月.**

〔 **文子·上德** 〕 ○○○○, ○○○○○○. 十牖順畢開, 不如一戶之明. 〔 **淮南子·說林訓** 〕 陶人棄索, 車人掇之, 屠者棄銷, 而鍛者拾之, 所緩急異也. ○○○○, ○○○○○○. 十牖者開, 不如一戶之明.

鳳入深林被雀欺.

봉황새가 깊은 숲 속에 들어가면 참새에게 업신여김을 당한다. (喩) 강자가 불리한 환경에 처하여 그의 재간을 발휘할 방법이 없다. (被 : ……에게 ……당하다. 피동형 문구에서 동작·작용의 주동자를 표시. 欺 : 업신여기다. 깔보다. 괴롭히다.)

〔**明 蘇復之·金印記**〕常言道, ○○○○○○○. 干戈裏蚤見文星, 千載一時冠世書生英雄俊士.

鳳鳥上擊于九千里, 絶浮雲, 負蒼天, 翶翔乎窈冥之上. 夫糞田之鴳, 豈能與之斷天地之高哉.

봉새는 구천 리를 치고 올라 뜬 구름을 가르고 창공을 인채 그윽하고 오묘한 위를 높이 날 수 있다. 그러니 더러운 밭에 사는 메추라기가 어찌 그와 더불어 천지의 높음을 판단할 수 있는가? 범인은 범속을 초월하여 있는 성인의 사상과 행동을 도저히 이해할 수 없다는 비유. (絕 : 끊다. 자르다. 분리하다. 翶翔 : 높이 나는 모양. 窈冥 : 그윽하고 오묘한 모양. 鴳 : 메추라기. 斷 : 판가름하다. 판단을 내리다.)

〔**宋玉·對楚王問(文選)**〕故鳥有鳳而魚有鯤, 鳳皇上擊于九千里, 絶雲霓, 負蒼天, 翶翔乎杳冥之上. 夫蕃籬之鴳, 豈能與之料天地之高哉. 鯤魚朝發崑崙之墟, 暴鬐於碣石, 暮宿於孟諸. 夫尺澤之鯢, 豈能與之量江海之大哉. 故非獨鳥有鳳而魚有鯤也, 士亦有之. 夫聖人瑰意琦行, 超然獨處, 世俗之民, 又安知臣之所爲哉. 〔**新序·雜事一**〕宋玉對曰, ……, ○○○○○○○○, ○○○, ○○○, ○○○○○○○. ○○○○○, ○○ ○○○○○○○○. 鯨鯤魚朝發崑崙之墟, 暴鬐於碣石, 暮宿於孟諸. 夫尺澤之鯢, 豈能與之量江海之大哉. ……. 夫聖人瑰意奇行, 超然獨處, 世俗之民, 又安知臣之所爲哉.

鳳凰非梧桐而不棲.

봉황새는 오동나무가 아니면 깃들이지 않는다. 현인은 사람이나, 일이나, 문건에 대하여 선택하여 쓰는 바가 있음을 가리키는 말.

〔**宋 陳翥·桐譜**〕或者謂, ○○○○○○○○. 且衆木森森, 胡有不可棲者, 豈獨桐乎. 答曰, 夫鳳凰仁端之禽也, 不止強惡之木. 梧桐, 葉軟之木也. 皮理細膩而脆, 枝幹扶疏而軟. 故○○○○○○○○也.

鳳凰芝草, 賢愚皆以爲美瑞, 靑天白日, 奴隸亦知其淸明.

봉황과 지초는 현명한 사람이나 어리석은 사람이 다 아름답고 상서로운 것으로 여기며, 푸른 하늘 밝은 해는 노예도 또한 그 맑고 밝음을 안다. (由) 韓愈가 東都에서 친구 崔郡과 헤어져 임지로 돌아가고, 친구도 또한 宣城으로 부임한 후 그 친구가 빨리 북쪽으로 돌아와 달라고 간청하는 편지에 쓴 내용의 일부로, 韓愈는 여기에서 친구 崔群을 鳳凰 芝草와 靑天白日로 비유, 그 인품이 매우 맑고 밝으며 이를 만인이 인정하는 것으로 평가, 은유하고 있다.

〔**韓愈·與崔群書**〕○○○○, ○○○○○○○, ○○○○, ○○○○○○○. 譬之食物. 至於遐方異味, 則有嗜者, 有不嗜者. 至於稻也·粱也·膾也·炙也, 豈聞有不嗜者哉. 〔**朱子文集**〕答魏元履云, 武侯爲漢復讎之心, 如白日靑天, 人人得而見之, 薛文淸曰, 大丈夫心事, 當如白日靑天, 使人得而見之可也.

北斗以南一人而已.
이

북두칠성의 남쪽에서는 오직 한 사람 뿐이다. 온 세상에서 가장 출중한 인물임을 형용하는 말.

〔**唐書·狄仁傑傳**〕授并州法曹參軍, 同府參軍鄭崇質, 母老且疾, 當使絶域, 仁傑謂長史藺仁基請代行. 仁基曰, 狄公之賢, ○○○○○○○○.

不曰堅乎, 磨而不磷. 不曰白乎. 涅而不緇.
린 날 치

단단한 것은 아무리 갈아도 얇아지지 않는 다고 말하지 않았던가? 깨끗한 것은 아무리 검은 물을 들여도 검어지지 않는 다고 말하지 않았던가? 지극히 단단한 것은 아무리 갈아도 얇아지지 않으며, 지극히 결백한 것은 아무리 검은 물을 들여도 물들지 않는다는 말. (喻) 인품과 덕성이 고상한 사람은 아무리 나쁜 환경의 영향을 받아도 마음의 중심이 쉽게 변하는 일이 없다. (磷 : 돌이 닳아서 얇아지다. 涅 : 검은 물을 들이다.) → **磨而不磷.** → **涅而不緇. 涅而不渝.** ≒ **泥而不滓.**

〔**論語·陽貨**〕子曰, 然, 有是言也. ○○○○, ○○○○, ○○○○, ○○○○. 吾豈匏瓜也哉, 焉能繫而不食. 〔**清 紀昀·閱微草堂筆記**〕夫磨而不磷, 涅而不淄(= 緇), 惟聖人能之.

不出戶, 知天下, 不窺牖, 見天道.
규 유

대문을 나오지 않아도 천하의 사리를 알고, 창 밖을 내다 보지 않아도 자연의 법칙을 이해할 수 있다. 만사는 법칙이 있고, 만물은 이치가 있는 이 만사·문물의 지도적 원리는 우리들의 마음을 통하여 이해될 수 있는 것으로, 곧 우리들이 내면을 관찰하여 자기반성을 하고, 사욕을 버린다면 이 원리는 자연히 이해되어 천하가 비록 커도 대문을 나섬이 없이 천하의 사리를 알 수 있고, 창 밖을 봄이 없이도 자연의 법칙을 분명히 이해할 수 있다는 뜻. (窺 : 엿보다. 살펴보다. 牖 : 창문.)

〔**老子·第四十七章**〕○○○, ○○○, ○○○, ○○○. 其出彌遠, 其知彌少. 是以聖人不行而知, 不見而名, 無爲而成. 〔**韓詩外傳·卷三**〕昔者, 不出戶而知天下, 不窺牖而 見天道, 非目能視乎千里之前, 非耳能聞乎千里之外, 以己之情量之也. 己惡饑寒焉, 則知天下之欲衣食也. 己惡勞苦焉, 則知天下之欲安佚也. 己惡衰乏焉, 則知天下之欲富足也. 〔**淮南子·道應訓**〕老子曰, 不出戶而知天下, 不窺牖以見天道, 其出彌遠, 其知彌少, 此之謂也.

蛇擧首尺, 而脩短可知也. 象見其牙, 而大小可論也.

뱀은 그 머리를 한 자만 들어보면 그 길고 짧음을 알 수 있고, 코끼리는 그 이빨을 보면 그 크고 작음을 분간할 수 있다. (喻) 한 가지 또 한 부분을 보고 전체를 안다. / 성인은 사람의 한 가지 행위만 보고 현·우(賢·愚)의 차이를 판별해낸다. (脩短 : 길고 짧음. 장단. 論 : 분간하다.)

〔**淮南子·氾論訓**〕小人之疑君子者, 唯聖人能見微以知明. 故○○○○, ○○○○○○, ○○○○, ○○○○○○.

四聖者, 生無一日之歡, 死有萬世之名.

舜임금, 禹임금, 周公과 孔子의 네 성인은 살아서는 하루의 기쁨도 없었지만, 죽어서는 만세토록 명성을 남기고 있다. 사람이 생시에 국사를 근심하여 한시도 마음이 편함이 없었지만 사후에는 천추에 명성이 자자하게 전해짐을 시사하는 말. (中國의 四聖者는 여러 주장이 있다. ① 伏羲氏·文王·周公·孔子의 네 성인. ② 顓頊·帝嚳·帝堯·帝舜의 네 임금. ③ 堯·舜·禹·湯의 네 임금. ④ 伏羲·黃帝·帝嚳·禹의 네 임금. 列子는 舜·禹·周公·孔子의 네 성인을 든다.)

〔 **列子·楊朱** 〕 楊朱曰, 天下之美歸之舜·禹·周·孔, 天下之惡歸之桀·紂. ……. 凡彼○○○, ○○○○○○, ○○○○○○. 名者, 固非實之所取也.

善者之動也, 神出而鬼行, 星燿而玄運, 進退詘伸, 不見朕埜.

(燿: 요, 詘: 굴, 埜: 은)

훌륭한 사람의 행동은 신출 귀몰하는 것이 별이 빛나면서 하늘이 운행되는 것 같고, 진퇴와 굴신을 함에 그 형적을 드러내지 아니한다. 자유자재로 출몰하여 헤아릴 수 없이 변화시킴을 이른다. (玄 : 하늘. 詘伸 : 몸·뜻의 굽힘과 폄. 늘이고 줄이다. 屈伸. 詘信. 伸縮. 朕 : 형적. 埜 : 형상. 모양. 垠의 옛 글자.) → **神出鬼行. 神出鬼沒.**

〔 **淮南子·兵略訓** 〕 ○○○○○, ○○○○○, ○○○○○, ○○○○, ○○○○. 〔 **諸葛亮·陰符經註** 〕 八卦之象, 申而用之. 六十甲子, 轉以用之, 神出鬼入, 萬明一矣. 〔 **唐戲場·語** 〕 兩頭三面, 神出鬼沒.

聖人見出以知入, 觀往以知來.

성인은 나가는 것을 보고서 반드시 들어올 것을 알고, 나간 것을 살펴서 반드시 올 것을 알아낸다. 성인은 앞일을 먼저 아는 능력이 있어 과거의 역사를 고찰, 장래의 발생 가능한 변화를 미루어 안다는 뜻.

〔 **列子·說符** 〕 ○○○○○○○, ○○○○○. 此其所以先知之理也. 〔 **論語·學而** 〕 子曰, 賜也, 始可與言特已矣, 告諸往而知來者. 〔 **淮南子·** 〕 聖人察其所以往, 則知所以來者.

聖人不死, 大道不止.

성인의 정신은 사라지지 아니하고, 성현(聖人과 賢人)의 도는 끝나지 아니한다. (死 : 사라지다. 없어지다. 소실하다. 止 : 멈추다 멈추어서다. 끝나다. 그치다.)

〔 **鄧析子·轉辭** 〕 夫川竭而谷虛, 丘夷而淵實. 聖人以死, 大盜不起, 天下平而故也. 聖人不死, 大盜不止. 何以知其然. 爲之斗斛而量之, 則幷斗斛而竊之.

聖人不以一己治天下, 而以天下治天下.
기

성인은 자기 한 사람 만으로 천하를 다스리지 않고, 천하로써 천하를 다스린다. 성인은 자신 한 사람의 독단적 결정에 의하여 온 세상 사람들을 다스리지 않고 세상 사람들과 함께 세상 사람들을 다스린다는 뜻. (以 : ……으로써. ……을 가지고. / ……과 더불어. ……과 함께. ……과 같이.)

〔**關尹子·三極**〕 ○○○○○○○○○, ○○○○○○○, 天下歸功于聖人.

聖人非不好利也, 利在於利萬人. 非不好富也, 富在於富天下.

성인도 이로움을 좋아하지 않는 것이 아니나, 그 이로움이란 만인을 이롭게 하는 데에 있는 것이며, 부유함을 좋아하지 않는 것이 아니나, 다만 그 부유함이란 세상 사람들을 부유하게 하는 데에 있는 것이다.

〔**白樂天·策林**〕 ○○○○○○○, ○○○○○○. ○○○○○, ○○○○○○.

聖人用人, 猶匠之用木, 取其所長, 棄其所短. 故杞梓連抱, 而有數尺之朽, 良工不棄.
기 재 후

성인이 사람을 쓰는 것은 목수가 나무를 쓰는 것과 같아서 우수한 것을 취하고, 모자라는 것을 버린다. 그러므로 좋은 재목인 멀구슬나무와 가래나무가 여러 아람드리나 되는 큰 것은 몇 자의 썩은 것이 있어도 뛰어난 목수는 이를 버리지 않는다. (喩) 지덕이 뛰어나고 원만한 사람은 훌륭한 품성과 자질이 있는 사람이라면 약간의 단점이 있어도 채용하여 활용한다. (匠 : 장인. 기술자. 목수. 杞 : 구기자나무. / 먹구슬나무. 梓 : 가래나무. 連抱 : 여러 아람드리. 工 : 장인. 여기서는 목수로 해석.)

〔**十八史略·上古·春秋戰國篇**〕 子思曰, ○○○○, ○○○○○, ○○○○, ○○○○. ○○○○○, ○○○○○○, ○○○○, 今君處戰國之世, 而以二卵, 棄干城之將, 此不可使聞於隣國也.

聖人爲而不恃, 功成而不處, 其不欲見賢.
시 현

성인은 온 세상을 위하여 일하면서도 그 유능함을 스스로 믿지 아니하고, 공업을 이룩하면서도 그 공을 스스로 마음에 품지 아니한다. 그것은 (그들이 사사로움도 욕심도 없이 자연에 순응하면서) 자기의 재지를 나타내기를 원하지 않기 때문이다. (爲 : 일하다. 恃 : 믿다. 의지하다. 기대다. 處 : 마음을 두다. 마음에 생각을 품다. 見 : 나타내다. 賢 : 현명하다. 유능하다. 재지와 덕행이 있다.)

〔**老子·第七十七章**〕 天之道, 損有餘而補不足, 人之道, 則不然, 損不足以奉有餘. 孰能有餘以奉天下, 唯有道者. 是以○○○○○○, ○○○○○, ○○○○○.

聖人爲政, 賞不避仇讎, 誅不擇骨肉.
주

성인이 정치를 함에 있어서 (공로자에게 주는) 상을 원수에게 주는 것도 피하지 아니하며, (악행자에게 가하는) 죽임을 육친에게 가하는 것도 가리지 아니한다. 성인은 사심을 버리고 공정무사하게 상벌을 시행하는 표현.

〔**漢書·東方朔傳**〕臣聞○○○○, ○○○○○, ○○○○○. 〔**唐 釋道宣·高僧傳**〕古人黨理而不黨親, 不自我先, 不自我後, 雖親有罪必罰, 雖怨有功必賞.

聖人一視而同仁, 篤近而擧遠.

성인은 모든 사람을 하나같이 보고 평등하게 사랑하며, 가까운 사람에게는 독실하게 대우하고 먼 사람도 들어 천거한다. (同仁 : 친소의 차별없이 평등하게 사랑하다.) → **一視而同仁. 一視同仁.**

〔**韓愈·原人**〕人者夷狄禽獸之主也, 主而暴之, 不得其爲主之道矣. 是故○○○○○○○, ○○○○○.

聖人者道之極也. 故學者, 固學爲聖人也, 非特學爲無方之民也.

성인은 도의 절정이다. 따라서 학문을 하는 자가 배움을 견고히하면 성인이 되고, 배움을 특이하게하지 않으면 도를 행할 줄 모르는 백성이 되고 마는 것이다. 배움을 견고히하고 뛰어나게 하면 도의 절정인 성인이 될 수 있다는 뜻. (無方之民 : 도를 행할 줄 모르는 백성.)

〔**荀子·禮論**〕天者高之極也, 地者下之極也, 無窮者廣之極也, ○○○○○○○. ○○○, ○○○○○○, ○○○○○○○○○○.

聖人之道, 優優大哉. 禮儀三百, 威儀三千, 待其人而後行. 故曰, 苟不至德, 至道不凝焉.

성인의 도리는 풍족하고 광대하다. 큰 예절이 300여 가지, 자질구레한 예절이 3000여 가지가 있어 그러한 재덕이 있는 인물이 나타나기를 기다린 다음에야 비로소 이를 실행할 수 있는 것이다. 그러므로 만일 지극히 높은 덕행을 지닌 사람이 아니면 성인의 그 지대(至大) 지고(至高)한 도리는 이루어질 수 없다고 말하는 것이다. 성인은 여러 가지 예절의 실천을 통해서 이루어지는 것으로, 곧 지극한 재덕이 있는 인물이 모든 예절을 따라야 지대, 지극한 성인의 도가 이루어짐을 이르는 것. (優優 : 충분하여 여유가 있는 뜻. 禮儀 : 큰 예절. 예의 대강. 經禮. 威儀 : 자질구레한 예절. 예의 세칙. 曲禮. 苟 : 만약 ……이라면. 凝 : 모이다. 이루다. 이루어지다.)

〔**中庸·第二十七章**〕大哉. 聖人之道. 洋洋乎, 發育萬物, 峻極於天. 優優大哉. 禮儀三百, 威儀三千, 待其人而後行. 故曰, 苟不至德, 至道不凝焉.

聖人之言似於水火.

성인의 말은 물이나 불과 같다. 성인의 말은 의미가 깊고 멀고 밝고 장엄함을 이르는 것.

〔**揚子法言·問道**〕○○○○○○○○. 或問水火. 曰, 水測之而益深, 窮之而益遠. 火用之而彌明, 宿之而彌壯.

聖人被褐懷玉.
갈

성인은 겉에는 거친 베옷을 입고 있지만 그 옷 속에 구슬을 품고 있다. (喻) 현능한 선비가 뛰어난 재능을 깊이 깊이 감추고 밖으로 드러나지 않다. 성인이 학문과 덕망이 높으나 이를 겉으로 드러내지 않고 출세하기를 원하지도 않는다. / 사람이 빈곤한 처지에 있으면서도 타고난 재능을 가지고 견실한 학문을 하다. (被 : 옷을 입다. 褐 : 비천한 사람이 입는 거친 모포의 옷.) → **被褐懷玉. 披褐懷玉.**

〔**老子·第七十章**〕知我者希, 則我貴矣. 是以○○○○○○. 〔**漢 趙壹·刺世疾邪賦**〕勢家多所宜, 咳唾自成珠. 披褐懷金玉, 蘭蕙化爲芻. 〔**後漢書·趙壹傳**〕披褐懷金玉, 蘭蕙化爲芻. 〔**東漢 曹操·求賢令**〕今天下得無有被褐懷玉, 而釣于渭濱者乎. 〔**唐 房玄齡等·晉書·庾峻傳**〕山林之士, 被褐懷玉, 太上棲于丘園, 高節出于衆庶

識時務者在俊傑, 此間自有伏龍鳳雛, 諸葛孔明龐士元.
추 방

그 시대의 시급한 당면 업무를 알아내는 것은 재주와 지혜가 뛰어난 준걸에게 있다. 이 (준걸) 사이에 엎드린 용과 봉의 새끼가 있었으니 그들이 바로 諸葛亮과 龐統이다. (時務 : 시대의 중대한 상황. 객관적 형세. 시급한 당면 업무. 시대의 요구. 俊傑 : 재주와 지혜가 뛰어난 인물. 준수하고 걸출한 인물. 自有 : 본래 …이 있다. 伏龍鳳雛 : 장차 승천할 용과 군조의 어른으로 비약할 봉의 새끼이며 숨어있는 큰 인물을 비유하는 말. 여기서는 諸葛孔明과 龐士元을 가리킨다.) → **伏龍鳳雛.**

〔**三國志·蜀志·諸葛亮傳**〕< 注 > (引襄陽記) 儒生俗士, 豈識時務. 識時務者, 在乎俊傑. 〔**三國演義**〕自古道, 識時務者爲俊傑. 今將軍所統漢上九郡, 皆已屬他人矣. 〔**十八史略·中古·秦漢六朝篇**〕(司馬)徽曰, ○○○○○○○, ○○○○○○○○, ○○○○○○○.

臣終身戴天, 不知天之高也, 終身踐地, 不知地之厚也. 若臣之事仲尼, 譬猶渴操壺杓, 就江海而飮之, 腹滿而去, 安知江海之深乎.
대 호 작

나(子貢)는 평생토록 하늘을 이고 살지만 하늘의 높이를 알지 못하고, 평생토록 땅을 밟고 살지만 땅의 두터움을 알지 못한다. 내가 孔子를 섬기는 것은 비유하면 목이 마를 때 병이나 구기를 들고 바다에 가서 물을 마시고 배가 부르면 떠나가는 것과 같으니, 어찌 그 바다의 깊이를 알 수 있을 것인가? 孔子의 제자 子貢이 孔子의 인품·성스러움에 대하여 그 높이·두터움·깊이가 끝

이 없음을 설명한 것. (若 : 조사. 壺 : 음료를 넣는 병. 杓 : 술 따위를 푸는 구기.)

〔 **韓詩外傳·卷八** 〕 子貢曰, ○○○○○, ○○○○○○, ○○○○, ○○○○○○. ○○○○○○, ○○○○○○, ○○○○○○, ○○○○, 又○○○○○○○. 〔 **說苑·善說** 〕 齊景公謂子貢曰, 子誰師. 曰, 臣師仲尼. 公曰, 仲尼賢乎. 對曰, 賢. 公曰, 其賢何若. 對曰, 不知也. 公曰, 子知其賢而不知其奚若, 可乎. 對曰, 今謂天高, 無少長愚智皆知高, 高幾何. 皆曰不知也, 是以知仲尼之賢而不知其奚若. 〔 **說苑·善說** 〕 趙簡子問子貢曰, 孔子爲人何如. 子貢對曰, 賜不能識也. 簡子不說曰, 夫子事孔子數十年, 終業而去之, 寡人問子, 子曰不能識, 何也. 子貢曰, 賜譬渴者之飲江海, 知足而已, 孔子猶江海也, 賜則奚足以識之. 簡子曰, 善哉. 子貢之言也.

身賢者賢也, 能進賢者亦賢也.

자신이 어진 자는 물론 어진 분이고, 능히 어진 자를 추천한 자 역시 어진 분이다. 어진 자를 판별할 수 있는 능력을 가진 자도 또한 어진 사람이라는 뜻. (身 : 나 자신. 進 : 추천하다. 인재를 천거하다.)

〔 **說苑·臣術** 〕 (田)子方曰, 吾聞○○○○○, ○○○○○○○. 子之五擧者盡賢, 子勉之矣, 子終其次也.

深山大澤, 實生龍蛇.

깊은 산과 큰 못에 실로 용과 뱀이 난다. (猶) 범상하지 않은 곳에서 범상하지 않은 인물이 생긴다.

〔 **春秋左氏傳·襄公二十一年** 〕 其母曰, ○○○○, ○○○○, 彼美, 餘懼其生龍蛇以禍女.

十步之內, 必有芳草.

열 걸음 안에 반드시 향기로운 풀이 있다. (喩) 도처에 훌륭한 인물이 있다. / 가까운 곳에 반드시 좋은 사람이 있다. = **十步之澤, 必有芳草.**

〔 **說苑·談叢** 〕 十步之澤, 必有香草, 十室之邑, 必有忠士. 〔 **漢 王符·潛夫論·實貢** 〕 夫十步之間, 必有茂草, 十室之邑, 必有俊士. 〔 **隋書·煬帝紀** 〕 方今宇宙平一, 文軌攸同, ○○○○○○○○, 四海之中豈無奇秀.

十有五而志于學, 三十而立, 四十而不惑, 五十而知天命, 六十而耳順, 七十而從心所欲不踰矩.
유 구

(나 : 孔子는) 열다섯 살에 학문에 뜻을 두었고, 설흔 살에 자립하였으며, 마흔 살에는 (모든 사리에) 의혹하는 것이 없었고, 쉰 살에는 자연의 이법을 알았으며, 예순 살에는 (만물의 이치에 통달하여) 듣는 대로 모두 이치를 따르게 되었고, 일흔 살에는 내가 하고자 하는 그 마음에 따라서 해도 법도에 벗어나지 않았다. 이것은 孔子가 학문을 시작하고 도덕을 쌓아 성취해가기

는 과정을 연령대별로 구분하여 서술한 것이며, 이에 따라 15 세를 志學 또는 志于學, 30 세를 而立, 40 세를 不惑, 50 세를 知天命, 60 세를 耳順, 70 세를 從心으로 지칭하게 되었다. (而立 : 자립하다. 일으켜 세운 것을 확고히 지키다. 굳게 지켜 움직이지 아니하다. 不惑 : 모든 사리에 통달하여 의혹하지 아니하다. 知天命 : 자연의 이치와 법칙을 알다. 耳順 : 만물의 이치에 통달하여 듣는 대로 모두 그 이치에 따르다. 남의 말을 듣는 대로 곧 진짜와 가짜. 옳은 것과 그른 것을 분간하게 되다. 踰矩 : 법도를 넘다. 곧 법규를 위반하다.)

〔 **論語·爲政** 〕 子曰, 吾○○○○○○○, ○○○○, ○○○○○, ○○○○○○, ○○○○○, ○○○○○○○○○○○.

我欲仁, 斯仁至矣.

내가 어질고자 하면 곧 어짊이 이르게 된다. 어짊은 가까이 있어 어질고자 하는 의지만 있으면 곧 순간에 찾아온다는 말. (斯 : 곧.)

〔 **論語·述而** 〕 子曰, 仁遠乎哉. ○○○, ○○○○.

藥籠(롱)中物, 何可一日無也.

약 그릇 속에 들어있는 약이 어찌 하루라도 없어서야 되겠는가? (喩) 문하에 확보해 둔 필요한 인재는 하루라도 없어서는 안된다. / 회유해서 제 편으로 만든 인물이 있어야 한다. (籠 : 대그릇.)
→ **藥籠中物.**

〔 **唐書·狄仁傑傳** 〕 元行沖謂狄仁傑曰, 凡爲家者, 必有儲蓄, 脯醢以適口, 參逑以功疾, 行沖請備藥物之末. 仁傑笑曰, 吾○○○○, ○○○○○○. 〔 **新唐書·儒學下·元行沖傳** 〕 嘗謂仁傑曰, 下之事上, 譬富家儲積以自資也, 脯臘膎胰, 以供滋膳, 參朮芝桂, 以防疾疢. 門下充旨味者多矣, 願以小人備一藥石, 可乎. 仁傑笑曰, 君正吾藥籠中物, 不可一日無也.

良玉度(도)尺, 雖有十仞之土, 不能掩其光. 良珠度寸, 雖有百仞之水, 不能掩其瑩(영).

좋은 옥이 크기가 한 자 쯤이면 열 길의 흙 속에 있어도 그 빛을 가릴 수 없고, 좋은 진주가 크기가 한 치 쯤이면 백 길의 물 속에 있어도 그 밝은 옥빛을 가릴 수 없다. (喩) 물건·인물의 선미(善美)한 것은 작고 깊이 감추어져 있어도 결국 세상에 드러나 높은 평가를 받게 된다. (度 : 치수의 크기. 仞 : 일곱 자 혹은 여덟 자로 한 길의 길이. 瑩 : 옥의 빛. 옥빛의 밝은 모양.)

〔 **韓詩外傳·卷四** 〕 顔淵蹙然變色曰, ○○○○, ○○○○○○, ○○○○○. ○○○○, ○○○○○○, ○○○○○. 〔 **高士傳** 〕 客有候孔子者, 顔淵問曰, 客, 何人也. 孔子曰, 宵兮法兮, 吾不測也. 夫良玉徑尺, 雖有十仞之土, 不能掩其光. 明珠徑寸, 雖有圛丈之石, 不能戢其曜, 苟縕矣, 自厚容止可知矣. 〔 **藝文類聚** 〕 韓詩外傳曰, 良玉度尺, 雖有十仞之土, 不能掩其光, 良珠度寸, 雖有百仞之水, 不能掩其輝. 〔 **孔子集語·論人** 〕 (韓詩外傳·卷四 내용과 동일.)

御之不善, 驥不自至千里也.
기

말을 잘 몰지 못하면 천리마는 스스로 천리에 이를 수 없다. (喩) 어진 사람이 있어도 그를 무례하게 대우하면 스스로 충성을 다하지 않는다.

〔**呂氏春秋·本味**〕雖有賢者, 而無禮以接之, 賢奚由盡忠, 猶○○○○, ○○○○○○○. 〔**說苑·尊賢**〕雖有賢者, 而無以接之, 賢者奚由盡忠哉, 驥不自至千里者, 待伯樂而後至也.

唯聖人能無外患又無內憂, 詎非聖人, 不有外患, 必有內憂.
거

오직 성인이라야 비로소 외환을 없게 할 수 있고 또 내우도 없게 할 수 있다. 만약 성인이 아니라면 외환이 있게 하지 아니하면 반드시 내우를 있게 한다. (詎 : 만약 ……이라면.)

〔**春秋左氏傳·成公十六年**〕維聖人能內外無患, 自非聖人, 外寧必有內憂. 盍釋楚以爲外懼乎. 〔**國語·晉語六**〕○○○○○○○○○○○, ○○○○, ○○○○, ○○○○. 〔**晉書·**　〕山濤告人曰, 自非聖人, 外寧必有內憂, 釋吳爲外懼, 豈非算乎.

力拔山兮氣蓋世, 時不利兮騅不逝.
추　서

힘은 산이라도 뽑고, 기백은 세상을 덮을 만한데, 때를 잘못 만나니 騅(말 이름)마저도 가지 않는구나. 영웅이 힘이 세고 그 기개도 지극히 뛰어나게 강하나 때를 잘못 만나 힘을 발휘하지 못하여 곤경에 처하게 된 것을 탄식하는 시의 일부. (由) 垓下에서 사방을 몇 겹이나 포위하고 있는 漢나라 군사 쪽에서 楚나라의 사면초가(四面楚歌)가 들려오자 項王은 깜짝 놀라 궁지에 몰린 것을 실감하고 밤중에 일어나 장막 속에서 술을 마시기 시작, 울먹이는 목소리로 애조띤 노래를 부르고 그 자리에서 力拔山兮氣蓋世, 時不利兮騅不逝, 騅不逝兮可奈何, 虞兮虞兮奈若何. 라는 즉흥시 한 수를 지어서 읊었다. → **力拔山氣蓋世.**

〔**史記·項羽本紀**〕項王軍壁垓下, 兵少食盡, 漢軍及諸侯兵圍之數重. 夜聞漢軍四面皆楚歌, 項王乃大驚曰, 漢皆已得楚乎. 是何楚人之多也. 項王則夜起, 飮帳中. 有美人名虞, 常幸從. 駿馬名騅, 常騎之. 於是項王乃悲歌忼慨, 自爲詩曰, ○○○○○○○, ○○○○○○○. 騅不逝兮可奈何, 虞兮虞兮奈若何.

淵竭池漉, 則蛟龍不游. 巢傾卵拾, 則鳳凰不集.
록　교　소

깊은 못이 마르고 연못이 마르면 교룡이 놀지 아니하고, 새의 집이 기울어지고 새알을 집어가 버리면 봉황새는 모이지 아니한다. (喩) 도가 행해지지 않는 나라에 현인들은 벼슬하지 아니한다. (漉 : 물이 마르다.)

〔**抱朴子·明本**〕夫○○○○, ○○○○○. ○○○○, ○○○○○. 〔**抱朴子·逸民**〕夫傾庶鳥之巢則靈鳳不集, 漉魚鼈之池則神虬遐逝.

五百歲而聖人出, 天道之常.

오백년마다 성인(聖人)이 이 세상에 나온 것은 천도(天道)의 법칙이다. 堯임금, 舜임금으로부터 오백년 뒤에 湯王이 나왔고, 그 오백년 뒤에 文王이 나왔고, 또 그 뒤 오백년이 되어 孔子가 나온 것을 두고 이른 것. (常 : 법칙. 법도.)

〔 **孟子·盡心下** 〕 孟子曰, 由堯·舜至於湯, 五百有餘歲, 若禹 · 皐陶則見而知之, 若湯則聞而知之. < 集注 > 趙氏曰, ○○○○○○○, ○○○○. 然亦有遲速, 不能正五百年. 故言有餘也. < 趙注 > 言五百歲聖人一出, 天道之常也. 〔 **史記·太史公自序** 〕 太史公曰, 先人有言, 自周公卒五百歲而有孔子. 孔子卒後至於今五百歲. 〔 **唐書·員半千傳** 〕 義方常曰, 五百歲一賢者生, 子宜當之, 因改今名, 凡擧入科, 皆中.

玉與石其同匱兮, 貫魚眼與珠璣.

궤 기

옥과 돌이 상자에 같이 있으며, 물고기 눈깔과 둥근 구슬 모난 구슬이 함께 꿰어있다. (喩) 현인과 악인이 함께 섞여 산다. 좋은 것과 니쁜 것이 뒤섞여 있다. → **玉石同匱.**

〔 **楚辭·七諫** 〕 ○○○○○○○, ○○○○○○○, 駑駿雜而不分兮, 服罷牛而驂驥.

阮籍等七人, 常集于竹林之下, 肆意酣暢. 故世謂竹林七賢.

완 감 창

晉나라 때 陳留의 阮籍·譙國의 嵇康·河內의 山濤·沛國의 劉伶·陳留의 阮咸·河內의 向秀 및 琅邪의 王戎 등 7인은 늘 죽림에 모여 뜻을 멋대로 하여 술을 마시며 태평스러이 지냈다. 그래서 세상은 이들을 竹林七賢이라고 한다. (肆 : 마음대로 하다. 酣暢 : 술에 취하여 태평스러운 기분이 늘다.) → **竹林七賢.**

〔 **世說新語·任誕** 〕 陳留阮籍·譙國嵇康·河內山濤, 三人年皆相比, 康年少亞之. 預此契者, 沛國劉伶·陳留阮咸·河內向秀·琅邪王戎. 七人常集于竹林之下, 肆意酣暢. 故世謂竹林七賢. 〔 **水經** 〕 竹林高處, 在河南輝縣, 西南六十里. 晉嵇康·阮籍·山濤·向秀·劉伶·阮咸·王戎等遊之. 世號竹林七賢.

嶢嶢者易缺, 皦皦者易汚.

요 이 교

험하고 높은 산은 깎이기 쉽고, 희고 맑은 것(물건)은 더러워지기 쉽다. (喩) 고결한 의지와 품행을 가지고 있는 사람은 모함을 받기 쉽다. (嶢嶢 : 산이 높고 험한 모양. 缺 : 이지러지다. 망가지다. 皦皦 : 희고 맑은 모양.)

〔 **後漢書·黃瓊傳** 〕 常聞語曰, ○○○○○, ○○○○○. 陽春之曲, 和者必寡, 盛名之下, 其實難副.

龍蟠於泥, 蚖其肆矣.

반 니 원 사

용이 미처 하늘로 오르지 못하고 연못의 진흙 속에 몸을 서리고 있으니, 도롱뇽이 제멋대로 날

뛴다. (喩) 성인이 속세에 살고 있으니, 속인들이 함부로 그를 멸시한다. (蟠 : 서리다. 몸을 감고 엎드려 있다. 蚖 : 도롱뇽. 도롱뇽과에 속하는 양서류인 영원. 蠑蚖. 도롱뇽류의 총칭. 肆 : 제멋대로 하다.)

〔**揚子法言·問神**〕○○○○, ○○○○. 蚖哉, 蚖哉. 惡覩龍之志也與.

龍不離海, 虎不離山.

용은 바다를 벗어나지 않고, 호랑이는 산을 벗어나지 않는다. (喩) 고귀한 사람은 거주지를 떠나가지 않는다.

〔**明 羅貫中·殘唐五代史演義**〕○○○○, ○○○○. 陛下安居大位, 豈可遠離乎.

牛驥同一皂, 鷄棲鳳凰食.

조

소와 준마가 한 구유에 살고, 닭집에 봉황이 살며 함께 모이를 먹다. (喩) 충신이 천한 죄인들과 같은 대우를 받고 함께 살다. / 군자가 미천한 지위에 복무하다. (皂 : 皁로, 구유.)

〔**南宋·文天祥·正氣歌**〕○○○○○, ○○○○○. 〔**鄒陽·獄中上梁王書**〕使不羈之士與牛驥同皂.

有高人之行者, 固見非於世, 有獨知之慮者, 必見敖於民.

어떤 고상한 사람의 행실도 본래 세상 사람들에게 책망을 당하며, 어떤 독창적인 지혜가 있는 사람의 계책도 사람들에게 비방을 당한다. 한 고상한 사람의 품행이 뭇사람보다 뛰어나면 틀림없이 일반인의 공격을 만나게 되며, 한 사람의 견해가 특별히 독창적이면 필연적으로 일반인의 비방을 받게 된다는 의미. (有 : 어떤. ※ 명시되지 않은 사람·날짜·사물 등을 나타낸다. 高人 : 뜻이 높고 지조가 굳은 사람. 품행이 고상한 사람. = 高士. 固 : 본래. 본디. 원래. 見 : 당하다. 獨知 : 남이 알지 못하는 것을 아는 사람. 독창적인 지식을 가진 자. 敖 : 비방. 비난. = 謷.)

〔**史記·商君列傳**〕衛鞅曰, 疑行無名, 疑事無功. 且夫○○○○○○, ○○○○○, ○○○○○○, ○○○○○. 愚者闇於成事, 知者見於未萌. 〔**後漢書·馮衍傳**〕有高人之行, 負非於世, 有獨見之慮, 見贅於人. 故信庸庸之論, 破金石之策, 襲當世之操, 失高明之德.

檃栝之旁多枉木, 良醫之門多疾人.

은 괄

뒤틀린 활을 바로잡는 도지개 곁에는 굽은 나무가 많고, 의술이 뛰어난 의원 집에는 병든 사람이 많다. (喩) 어진 사람의 집에는 기르침을 받으려는 사람이 많이 모인다. (檃栝 : 뒤틀린 것을 바로잡는 틀 곧 도지개를 이른다.) → **良醫之門多疾人**.

〔**漢 伏勝·尚書大傳·略說**〕子貢曰, 夫○○○○○○○, ○○○○○○○, 砥礪之旁多頑鈍. 〔**荀子·法行**〕子貢曰, 且良醫之門多病人, 檃栝之側多枉木, 是以雜也. 〔**說苑·雜言**〕子貢曰, 檃括之旁多枉木, 良醫之門多疾人. 砥礪之旁多頑鈍. 夫子修道以俟天下, 來者不止, 是以雜也.

日月有所不照, 聖人有所不知.

해와 달은 비추지 못하는 것(때와 장소)이 있고, 성인도 알지 못하는 것이 있다. 총명한 사람도 힘이 미치지 못하는 곳이 있음을 이르는 것.

〔**抱朴子·辨問**〕人各有意, 安可求此以同彼乎. ……. ○○○○○○, ○○○○○○. 〔**後漢書·袁紹傳**〕誠恐陛下日月之明, 有所不照, 四聰之聽, 有所不聞.

前無古人, 後無來者.

이전에도 이만한 옛 사람이 없었고, 앞으로도 이만한 후진이 없다. 조예나 성취가 매우 높아서 그와 비교할 만한 사람이 이전에도 없었고 이후에도 없음을 형용. ≒ **空前絶後.**

〔**唐 陳子昂·登幽州臺歌**〕前不見古人, 後不見來者. 〔**唐 孟棨·本事詩·嘲戲**〕宋武帝嘗吟謝莊月賦, 稱嘆良久, 謂顔延之曰, 希逸此作, 可謂前不見古人, 後不見來者, 昔陳王何足尙耶. 〔**宋 劉攽·貢父詩話**〕惠喜堆墨書, 深自矜負, 號○○○○, ○○○○. 〔**宋 湯君載·畫鑑**〕花鳥一科, 唐之邊鸞, 宋之徐黃, 爲古今規式, 所謂○○○○, ○○○○是也. 〔**明 陳繼儒·園史·序**〕居恒著述甚富, 前無故人.

周茂叔, 人品甚高, 胸中灑落, 如光風霽月.
쇄 제

北宋의 대유학자인 周茂叔(이름 周敦頤)은 인품이 매우 고상하고 가슴 속의 깨끗하고 시원하기가 비 갠 뒤의 맑은 바람·밝은 달과 같았다. 시인이자 초서에도 능하여 일가를 이룬 黃庭堅이 宋學의 비조(鼻祖)로 불리며 程顥·程頤 형제의 스승이기도 한 周敦頤(자 茂叔)의 인품에 대하여 위와 같이 光風霽月에 비유해 평가한 것. (胸中 : 가슴 속. 마음. 灑落 : 깨끗하고 시원하다. 기분이 상쾌하고 시원하다. 光風 : 비 갠 뒤의 맑은 바람. 霽月 : 비 갠 뒤의 밝은 달.) → **光風霽月.**

〔**宋史·周敦頤傳**〕(黃)庭堅稱, 其人品甚高, 胸中灑落, 如光風霽月. 〔**宋 黃庭堅·豫章集·濂溪詩序**〕春陵○○○, ○○○○, ○○○○, ○○○○○. 〔**十八史略·近古·唐宋篇**〕黃庭堅稱, 其人品甚高, 胸中灑落, 如光風霽月.

衆星朗朗, 不如晧月之明.
호

많은 별들이 밝아도 그것은 밝은 달보다 밝지 못하다. (喩) 보통 사람이 상당히 많아도 한 걸출한 사람의 작용·영향·역할을 감당해내지 못한다. (朗朗 : 밝은 모양. 晧 : 희다. 밝다.)

〔**敦煌變文集·新編小兒難孔子**〕三窗六螢不如一戶之明光, ○○○○, ○○○○○○. 〔**小兒論**〕三窗六牖不如一戶之光, 衆星朗朗不如孤月獨明.

至聖之士, 必見進退之利, 屈伸之用者也.

지극히 슬기로운 선비는 반드시 진퇴의 이로움과 굴신의 용처를 잘 알고 있다. 지극히 슬기로운 선비는 이로운 점이 있을 때는 즉시 행동거지를 취하고, 유용한 쓰임새가 있을 때는 이에 맞추어 몸·의지 따위를 굽히거나 편다는 뜻. (聖 : 슬기롭다. 밝다. 見 : 알다. 알게 되다. 마음에 터득하다.)

〔**說苑·雜言**〕(孔子)曰, ……. 夫所謂○○○○, ○○○○○○, ○○○○○○.

知者不惑, 仁者不憂, 勇者不懼.

구

지혜가 있는 사람은 사리에 밝아 미혹되지 아니하고, 인덕이 있는 사람은 천명을 알고 있어 우환이 없으며, 용기가 있는 사람은 과감하여 두려워하지 않는다. 군자가 갖추어야 할 지(知)·인(仁)·용(勇)의 세 가지 덕목을 가리키는 말.

〔**論語·子罕**〕子曰, ○○○○, ○○○○, ○○○○.

鷙鳥之不群兮, 自前世而固然.

지

맹금은 무리짓지 않으니, 이것은 전세로 부터 진실로 그러하였다. (喩) 충정한 사람은 옛날부터 세속의 자질구레한 일에 관여하거나 평범한 사람과 어울리지 않는다. (鷙鳥 : 사나운 새로, 맹금과 같다. 충정한 사람의 비유.) → **鷙鳥不群. 鷙鳥不雙.**

〔**屈原·離騷**〕○○○○○○, ○○○○○○, 何方圜之能周兮, 夫孰異道而相安.

此人人之水鏡也, 見之若披雲霧覩青天.

도

이 사람은 사람의 거울이며, 그를 보면 구름과 안개를 걷어내고 맑은 하늘을 보는 것과 같다. 晉나라 衛伯玉이 尚書令이던 樂廣의 인품의 출중함을 형용한 말. (披雲霧覩青天 : 운무를 걷고 청천을 보다로 장애물을 걷어내고 사물의 진면목을 본다는 비유.) → **披雲霧覩青天.**

〔**世說新語·賞譽上**〕(衛伯玉)曰, 此人, 人之水鏡也, 見之若披雲霧覩青天. 〔**晉書·樂廣傳**〕衛瓘見而奇之曰, 此人, 人之水鏡, 見之瑩然, 若披雲霧而睹青天. 〔**元 無名氏·博望燒屯**〕今日得見尊顔, 如撥雲霧睹青天. 〔**三國演義**〕超頓首謝曰, 今遇明主, 如撥雲霧見青天.

千羊之皮, 不如一狐之腋. 千人之諾諾, 不如一士之諤諤.

호 액 낙낙 악

천 마리 양의 가죽이 한 마리 여우 겨드랑이 밑 가죽보다 못하고, 천 사람이 오로지 남의 말을 거스르지 않고 순종만하는 것이 한 선비가 시비, 선악을 직언하는 것보다 못하다. 어리석은 사람이 아무리 많아도 한 사람의 현자(賢者)를 따르지 못한다는 뜻. (諾諾 : 오로지 남의 말에 순종하는 모양. 남의 말을 좇아 거스르지 않는 모양. 諤諤 : 시비, 선악을 직언하는 모양.) → **千人之諾諾, 不如一士之諤諤.**

〔**韓詩外傳·卷七**〕千羊之皮, 不若一狐之腋, 衆人之唯唯, 不若直士之諤諤. 〔**史記·商君列傳**〕趙良曰,

○○○○, ○○○○○○○. ○○○○○, ○○○○○○○○. 武王諤諤以昌, 殷紂墨墨以亡. 〔**史記·趙世家**〕(趙)簡子曰, 大夫無罪. 吾聞千羊之皮, 不如一狐之腋. 諸大夫朝, 徒聞唯唯, 不聞周舍之鄂鄂, 是以憂也. 〔**新序·雜事一**〕簡子曰, ……. 昔者, 吾友周舍有言曰, 百羊之皮, 不如一狐之腋. 衆人之唯唯, 不如周舍之諤諤. 昔紂昏昏而亡, 武王諤諤而昌. 〔**貞觀政要·納諫**〕太宗歎曰, ……. 顧謂房玄齡曰, ……. 且衆人唯唯, 不如一士之諤諤. 可賜絹五百匹. 〔**十八史略·上古·春秋戰國篇**〕簡子每聽朝不悅曰, 千羊之皮, 不如一狐之腋. 諸大夫朝, 徒聞唯唯, 不聞周舍之鄂鄂也.

天地不可留, 故動化, 故從新. 是故得天者, 高而不崩, 得人者, 卑而不可勝.

천지간의 신진대사는 머물러 있을 수 없으므로 항상 운동하고 변화하며 밤낮으로 새로운 것을 좇는다. 그런 까닭으로 천지 자연의 도리를 깨달은 자는 지위가 높아도 무너지지 아니하고, 민심을 얻은 자는 낮은 곳에 있어도 싸워 이길 수 없다. 성인이나 임금이 자연의 도리를 터득하는 것을 중요시하는 이유를 설명한 것. (得 : 지식능 얻다. 깨닫다. 알다. 天 : 하늘. / 자연의 이법. 천지 자연의 도리.)

〔**管子·侈靡**〕○○○○○, ○○○, ○○○. ○○○○○, ○○○○, ○○○, ○○○○○, 是故聖人重之, 人君重之.

天下無害菑(재), 雖有聖人, 無所施其才, 上下和同, 雖有賢者, 無所立功.

천하에 재해가 없으면 성인이 있어도 그 재능을 쓸 곳이 없고, 상하가 화목해 있으면 어진 사람이 있어도 공을 세울 곳이 없다. (害菑 : 재앙으로 인한 피해. 재해. = 災害. 施 : 베풀다. / 행하다. 시행하다. / 쓰다. 사용하다.)

〔**史記·滑稽列傳**〕傳曰, ○○○○○, ○○○○, ○○○○○, ○○○○, ○○○○, ○○○○, 故曰, 時異則事異.

天下之無道也久矣, 天將以夫子爲木鐸(탁).

천하가 혼란한지 이미 오래 되어서, 하늘은 장차 너의들의 선생을 세상 사람들을 깨우치는 목탁으로 삼아 세인들에게 기르침을 내리도록 할 것이다. 하늘은 孔子를 천하의 지도자로 삼으려고 하고 있다는 말. (無道 : 도리에 어그러지다. 도리에 벗어나 어지러워지다. / 세상에 도덕이 행해지지 아니하다. 夫子 : 스승에 대한 경칭. 孔子를 가리킨다. 木鐸 : 金口木舌의 방울. 고대에 정령을 시행할 때 이 목탁을 쳐서 백성들을 깨우쳤다. / 세상 사람을 깨우쳐 지도하는 사람.)

〔**論語·八佾**〕(儀封人)出曰, 二三者, 何患於喪乎. ○○○○○○○○, ○○○○○○○○.

哲婦不嫁破亡之家, 名賢不官滅絶之國.

지혜로운 여자는 망쳐버린 집에 시집가지 않으며, 이름난 현인은 멸하여 없어지려는 나라에서 벼슬하지 아니한다. (破 : 망치다. 亡 : 망치다.)

〔**東周列國志**〕寡人聞○○○○○○○○, ○○○○○○○○. 今句踐無道, 國已將亡, 子君臣竝爲奴僕, 羈囚一室, 豈不鄙乎.

清風興, 群陰伏, 日月出, 爝火熄.
작 식

맑은 바람이 일어나니 짙은 습기가 사라지고, 해와 달이 뜨니 횃불이 꺼진다. (喻) 걸출한 인물이 출현하니 사악한 사물이 곧 사라지고 사람들이 광명과 행복을 얻게되다.

〔**明 楊愼·丹鉛總錄**〕百年之間, 竝起爭雄. 山川亦絶, 風景不通. 語曰, ○○○, ○○○, ○○○, ○○○. 故眞人作, 天下同.

置猿於柙中, 則與豚同.

원숭이를 우리 속에 가두어 놓으면 돼지와 같이 된다. (喻) 현명한 자도 속박하거나 형세가 불리하게 되면 능력을 발휘하지 못해 어리석은 자와 같이 된다. (柙 : 우리. 짐승을 가두어 두는 시설.)

〔**韓非子·說林下**〕惠子曰, ○○○○○, ○○○○. 故勢不便, 非所以逞能也. 〔**淮南子·俶眞訓**〕身蹈于濁世之中, 而責道之不行也, 是猶兩絆騏驥, 而求其致千里也. 置猿檻中, 則與豚同, 非不巧捷也, 無所肆其能也.

呑舟之魚, 不游枝流, 鴻鵠高飛, 不集汚池.
탄 곡 오

배를 삼킬만한 큰 물고기는 작은 냇물에서 헤엄치지 아니하며, 기러기와 고니는 높이 날면서 더러운 못에 내려앉지 아니한다. (喻) 인격이 고매하고 인품이 훌륭한 출중한 인물은 작은 고을이나 더러운 곳에는 살지 않고, 큰 곳 깨끗한 곳에서 의연한 자세로 고고히 지낸다. 현인·군자는 어리석은 군신들이 모인 어지러운 조정에 출사하지 않는다. / 협소한 지방에는 영웅·호걸이 없다. (枝流 : 원줄기에서 갈려 나온 작은 냇물. = 支流. 汚池 : 물웅덩이. 물이 괸 못. 汚는 물이 괸 곳. = 洿.) = **尋常之溝, 無呑舟之魚. 尋常之汚瀆兮, 豈容呑舟之魚.**

〔**列子·楊朱**〕臣(楊朱)聞之, ○○○○, ○○○○, ○○○○, ○○○○. 何則, 其極遠也. 〔**賈誼·吊屈原賦**〕彼尋常之汚瀆兮, 豈容呑舟之魚, 橫江湖之鱣鯨兮, 固將制於螻蟻. 〔**韓詩外傳·卷六**〕孟子曰, 不用賢, 削固有也. 呑舟之魚不居潛澤, 度量之士不居汙世. 〔**說苑·政理**〕呑舟之魚, 不游淵, 鴻鵠高飛不就汙池. 何則. 其志極遠也.

泰山其頹乎, 梁木其壞乎.
퇴 괴

泰山이 무너져 내리고, 대들보가 부서져 주저앉다. (喩) 국가, 사회 또는 가정의 최고지도자가 죽어 이것이 망하다. / 성현이나 덕성이 높고 명망이 큰 사람이 죽다. 애도사(哀悼辭)로 쓰이는 말. = **泰山頹. 梁木折. 泰山梁木. 泰山其頹. 木壞山頹.** → **梁木其壞.** → **哲人其萎.**

〔**禮記·檀弓上**〕孔子蚤作, 負手曳杖, 消搖於門, 歌曰, ○○○○○, ○○○○○, 哲人其萎乎. 旣歌而入, 當戶而坐. 子貢聞之曰, 泰山其頹, 則吾將安仰. 梁木其壞, 哲人其萎, 則吾將安放. 夫子殆將病也. 〔**淸袁枚·小倉山房尺牘**〕今年聞委化之信, 凡在士林, 靡不異聲同嘆, …… 有如木壞山頹.

鶴鳴于九皐, 聲聞于野.
고

학이 먼 언덕에서 우니 그 소리가 온 들판에 퍼진다. 현자(賢者)는 초야에 묻혀 세상을 등지고 숨어 있어도, 그 언덕이 자연히 멀리까지 알려지게 마련이라는 비유. (九 : 高의 뜻. 皐 : 물가의 언덕.)

〔**詩經·小雅·鶴鳴**〕○○○○○, ○○○○, 魚潛在淵, 或在于渚.

賢士之處世也, 譬若錐之處囊中, 其末立見.
추 현

어진 선비가 세상을 살아가는 것은, 비유하면 송곳이 주머니 안에 들어있어서 그 뾰쪽한 끝이 밖으로 나오는 것과 같다. (喩) 재주와 지혜가 뛰어난 사람은 오랫동안 많은 사람들 속에 섞여 숨어있어도 그 두각이 나타나 그 재능을 발휘할 수 있게 된다. 재능이 있는 사람은 잠시 굴복하나 결국 두각이 나타나게 된다. (立 : 나타나다. 見 : 나타나다. = 現.) → **囊中之錐.**

〔**史記·平原君列傳**〕平原君曰, 夫○○○○○○○, ○○○○○○○○, ○○○○. 今先生處勝之門下三年於此矣, 左右未有所稱誦, 勝未有所聞, 是先生無所有也. 〔**十八史略·上古·春秋戰國篇**〕毛遂自薦, 平原君曰, 士處世, 若錐處囊中, 其末立見. 今先生處門下三年, 未有聞.

賢者順理而安行, 智者知幾而固守.

어진 사람은 도리를 따라서 편히 행하고, 지혜로운 사람은 일의 기미를 미리 알아서 굳게 지킨다.

〔**近思錄·出處類**〕伊川先生曰, 不正而合, 未有久而不離者也. 合以正道, 自無終睽之理, 故○○○○○○○, ○○○○○○○.

賢者, 愛而知其惡, 憎而知其善.

현명한 사람은 자기를 사랑하는 사람에 대해서도 그 단점을 알며, 자기를 미워하는 사람에 대하여도 그 장점을 안다. 현명한 사람은 자기에게 어떤 감정을 가지고 있는 사람에 대하여도 그 장점을 알고 있어 그 판단의 기준이 감정에 좌우되지 않는다는 말. (惡 : 착오. 단점. 善 : 장점.)

〔**禮記·曲禮上**〕○○狎而敬之, 畏而愛之, ○○○○○, ○○○○○. 積而能散, 安安而能遷.

賢者重進而軽退, 廉者易愧而軽死.
이 괴

어진 자는 벼슬길에 나아가는 것을 중히 여기고, 물러나는 것을 가볍게 여기며, 청렴한 자는 부끄러움을 쉽게 느끼고, 죽음을 가볍게 여긴다.

〔**韓詩外傳·卷一**〕鮑焦曰, 於戲. 吾聞, ○○○○○○○, ○○○○○○○. 於是棄其蔬, 而立槁於洛水之上. 〔**新序·節士**〕鮑焦曰, 嗚乎. 吾聞, 賢者重進而輕退, 廉者易醜而輕死. 乃弃其蔬而立, 槁死於洛水之上.

賢者之爲人臣也, 其君不賢, 有伊尹之志, 則可放, 無伊尹之志, 則簒也.
찬

현자가 신하가 되고 그 임금이 어질지 못할 때 천하를 공정히 하는 것을 뜻으로 삼아 일호의 사욕도 부리지 않는 殷나라의 어진 재상 伊尹의 충성심이 있으면 (그 임금을) 추방할 수 있으나, 그러한 伊尹의 충성심이 없으면 찬탈하는 것이다. 公孫丑가 현신으로서 어리석은 임금을 폐립하는 것이 가한가에 대하여 물은 즉 孟子는 위와 같이 공정무사한 충성스러운 마음이 있으면 가능하다고 대답한 것. (伊尹之志 : 殷나라 현신인 伊尹의 뜻으로, 곧 천하를 공정히 하는 것을 뜻으로 삼아 일호의 사욕이 없는 것을 이른다. 伊尹과 같은 충성심을 뜻한다. 簒 : 빼앗다. 불법으로 지위나 권력을 탈취하다. / 신하가 임금의 자리를 찬달하다.) → **伊尹之志.**

〔**孟子·盡心上**〕公孫丑曰, 伊尹曰, 予不狎于不順, 放太甲於桐, 民大悅. 太甲賢, 又反之, 民大悅. 賢者之爲人臣也, 其君不賢, 則固可放與. 孟子曰, 有伊尹之志則可, 無伊尹之志則簒也.

賢材者, 處厚祿, 任大官, 功大者, 有尊爵, 受重賞.

뛰어난 재능이 있는 자는 후한 봉록을 차지하고 고급의 관직을 담임하며, 큰 공을 세운 자는 존귀한 벼슬자리를 얻고 큰 상을 받는다.

〔**韓非子·八姦**〕明主之爲官職爵祿也, 所以進賢材, 勸有功也. 故曰, ○○○, ○○○, ○○○, ○○○, ○○○, ○○○.

嵇紹, 昻昻然, 若野鶴之在群鷄.
혜 묘

晉나라 嵇紹는 그 높이 빼어난 모습이 마치 들에 사는 학이 많은 닭 가운데 서 있는 것 같았다. 嵇紹의 빼어남이 많은 사람 가운데에서 특출했음을 형용. (補) 竹林七賢의 한 사람인 嵇康의 아들 嵇紹가 武帝에 의해 秘書丞에 임명되어 洛陽에 왔을 때 어떤 사람이 竹林七賢의 한 사람인 王戎에게 嵇紹를 본 인상에 대하여 한 이야기. (昂昂然 : 높이 빼어나다. 자신에 넘쳐있는 모양. 群鷄一鶴 : 여럿 가운데서 홀로 특출함의 비유.) → **群鷄一鶴.**

〔**晉書·嵇紹傳**〕或謂王戎曰, 昨於稠人中, 始見○○, ○○○, ○○○○○○○. 〔**宋 劉義慶·世說新語·容止**〕有人語王戎曰, 嵇延祖卓卓如野鷄之在鷄群. 〔**九雲夢**〕昂昂如鳳出鷄群.

虎生三子, 必有一彪.

표

호랑이가 새끼 세 마리를 낳으면 그 가운데는 반드시 한 마리의 칡범이 있다. (喩) 한 어머니가 낳은 여러 아들 가운데에는 반드시 하나의 뛰어난 아들이 있다. (彪 : 전설 속의 일종의 출중한 작은 호랑이로 그 무늬가 아름다워 칡범이라 한다.)

〔**宋 周密·癸辛雜識·續集**〕諺云, ○○○○, ○○○○. 彪最獷惡, 能食虎子也. 〔**明 李時珍·本草綱目**〕虎生三子, 一爲豹, 則豹有變者, 寇氏未知爾.

虎子麟兒, 必不容易出胎.

호랑이 새끼와 기린 새끼는 반드시 쉽게 태어나지 않는다. 고귀한 사람 집의 아이나 비범한 인물은 쉽게 태어나지 않는다는 비유.

〔**隋唐演義**〕雄信道, ……迄今十一月尚未産下, 故此弟憂疑在心. 叔寶道, 弟聞自古 ○○○○, ○○○○○○. 況吉人天相, 自然瓜熟蒂落, 何須過慮.

和氏之璧, 不飾以五采. 隋侯之珠, 不飾以銀黃.

벽

楚나라 사람 和氏가 캐낸 아름다운 구슬은 그 질이 좋아 다섯 빛깔로 꾸미지 않으며, 隋나라 제후가 가졌던 아름다운 구슬도 본래 아름다워서 금은으로 꾸미지 않는다. (喩) 바탕이 훌륭한 사람은 일부러 꾸미거나 쓸 데없는 위엄을 갖추지 않아도 세상 사람들이 다 그를 존경하게 된다. (五采 : 청·황·적·백·흑의 다섯 가지 색깔. 銀黃 : 은과 금.)

〔**韓非子·解老**〕○○○○, ○○○○○, ○○○○, ○○○○○. 其質至美, 物不足以飾之.

黃金累千, 不如一賢.

황금이 여러 천냥이라도 한 사람의 어진이만 못하다. 많은 재물도 덕행있고 재능있는 한 사람보다 못하다는 말.

〔**晉 楊泉·物理論**〕在金石曰堅, 在草木曰緊, 在人曰賢. 謂之比肩, 賢人爲德, 體自然也. 故語曰, ○○○○, ○○○○.

3. 大人·大丈夫·大夫·선비(士·儒)·士大夫

奸雄相稱, 障蔽主明, 毁譽竝興, 壅塞主聽, 各阿所私, 令主失忠.

칭 폐 훼예 옹

간사한 영웅들은 서로 칭찬하여 임금의 영명함을 가리고, 헐뜯음과 칭찬함을 같이 발동하여 임금의 총민함을 막으며, 각각 자기에게 이로운 사람에게 아부하여 임금으로 하여금 충성된 신하를 잃게 한다. (障蔽 : 막다. 가리다. 興 : 일으키다 ≒ 起. / 발동하다. 개시하다. ≒ 發動. / 추진하다. 덮어서 숨기다. 壅塞 : 틀어막다. 所私 : 자기에게 이로운 사람. 암암리에 뇌물을 준 사람. 사통하는 사람.)

〔 **三略·上略** 〕 軍讖曰, ○○○○, ○○○○, ○○○○, ○○○○, ○○○○, ○○○○.

居天下之廣居, 立天下之正位, 行天下之大道, 得志與民由之, 不得志獨行其道.

(대장부는) 천하의 넓은 집(인 : 仁)에 살고, 천하의 바른 자리(예 : 禮)에 서며, 천하의 큰 도(의 : 義)를 행해서 그 뜻을 이루면 백성들과 함께 그것을 행하고, 뜻을 이루지 못하면 홀로 그 도를 행한다. 이 세상에서 가장 광대한 주택인 인도(仁道)에 항상 마음을 두어 살아가고, 이 세상에서 가장 정대한 자리인 예법(禮法)에 자기 지반을 확립하며, 이 세상에서 가장 넓고 큰 길인 의리(義理)를 행사하여 그 소망을 실현하면 백성들과 함께 그 뜻을 실천하고, 그렇지 못하면 독자적으로 그의 강도를 실행하는 사람이 바로 대장부라는 뜻. (廣居 : 넓은 집. 仁을 말한다. 正位 : 바른 자리. 禮를 뜻한다. 大道 : 큰 도. 義를 뜻한다. 由 : 행하다.)

〔 **孟子·滕文公下** 〕 孟子曰, ……. ○○○○○○, ○○○○○○, ○○○○○○, ○○○○○○, ○○○○○○○, 富貴不能淫, 貧賤不能移, 威武不能屈, 此之謂大丈夫. < 朱注 > 廣居, 仁也. 正位, 禮也. 大道, 義也. 〔 **孟子·離婁上** 〕 仁, 人之 安宅也. 義, 人之正路也. 〔 **論語·泰伯** 〕 子曰, 興於詩, 立於禮, 成於樂.

古之士不枉義以從死, 不易言以求生.

왕

옛날의 선비는 의를 굽히지 아니하여 그 때문에 죽음을 좇았으며, 자신이 한 말을 바꾸어서 그것으로써 삶을 구하지 아니하였다. 옛날의 선비는 죽음을 좇을지언정 의를 굽히는 일이 없었으며, 살기 위해서 자신이 한 말을 결코 바꾸지 아니하였다는 의미. (枉 : 굽히다. 以 : ……으로써. / …… 때문에. ……까닭에. ……으로 인하여.)

〔 **說苑·立節** 〕 (周宣) 王怒曰, 易而言則生, 不易而言則死. 左儒對曰, 臣聞○○○○○○○○○, ○○○○○○, 故臣能明君之過, 以死杜伯之無罪. 王殺杜伯, 左儒死之.

丘山積卑而爲高, 江河合水而爲大, 大人合并而爲公.

언덕과 산은 낮고 작은 것이 모이고 쌓여서 높고 큰 것으로 되고, 강과 하천은 매우 많은 작은 물이 합쳐서 큰 물이 되며, 대인(大人)은 팔방을 병합하여 임금이 된다. (喩) 각기 다 작은 것들이 모이고 합쳐서 큰 하나가 된다. (合并 : 합하여 하나가 되다. 합병하다. 병합하다. = 合倂. 并合. 倂合. 公 : 임금. 천자. 주군. 제후.)

〔 **莊子·則陽** 〕 ○○○○○○○, ○○○○○○○, ○○○○○○○.

弓調然後求勁(경)焉, 馬服然後求良焉, 士信愨(각)然後求知焉. 士不信焉, 又多知, 譬之豺狼(시랑), 其難以身近也.

활은 잘 조절된 연후에야 강함을 바랄 수 있고, 말은 멍에를 메운 연후에야 우수함을 바랄 수 있으며, 선비는 신실하고 성실한 연후에야 지식을 바랄 수 있다. 선비가 신실하지 못하고 지식만 많으면 비유하면 승냥이 이리와 같아서 몸에 가까이 하기가 어려운 것이다. (愨 : 성실하다. 단정하다. / 삼가다. 행동을 조심하다.)

〔 **荀子·哀公** 〕 魯哀公問於孔子曰, 請問取人. 孔子對曰, 無取健, 無取詌, 無取口啍. 健, 貪也. 詌, 亂也. 口啍, 誕也. 故弓調而後求勁焉, 馬服而後求良焉, 士信愨而後求知焉. 士不信愨有多知能, 譬之其豺狼也, 不可以身爾也. 〔 **韓詩外傳·卷四** 〕 哀公問取人. 孔子曰, ……. 故○○○○○○○, ○○○○○○○, ○○○○○○○○. ○○○○, ○○○, ○○○○, ○○○○○○. 〔 **說苑·尊賢** 〕 夫弓矢和調而後求其中焉, 馬愨愿順, 然後求其良材焉, 人必忠信重厚, 然後求其知能焉. 今人有不忠信重厚而多知能, 如此人者, 譬猶豹狼與, 不可以身近也. 〔 **孔子家語·五儀解** 〕 哀公問於孔子曰, 請問取人之法. 孔子對曰, 事任於官, 無取捷捷, 無取鉗鉗, 無取啍啍. 捷捷, 貪也, 鉗鉗, 亂也. 啍啍, 誕也. 弓調而後求勁焉, 馬服而後求良焉, 士必愨而後求智能者焉. 不愨而多能, 譬之豺狼不可邇. 〔 **孔子家語·論人** 〕 (韓詩外傳·卷四 내용과 동일.)

今世士大夫, 但不讀書, 卽稱武夫兒, 乃飯囊(낭)酒甕(옹)也.

요새 세상의 사대부들은 한결같이 책을 읽지 않으니 바로 무인이라고 칭하고 있어도 곧 밥 주머니와 술 독일 뿐이다. 요새 사대부들은 아무 하는 일 없이 술과 음식만 먹어치우는 쓸 모 없는 사람이라는 뜻. (酒袋飯囊 : 술 푸대와 밥 주머니. 술과 음식을 잘 먹기만 하고 아무 일도 하지 않는 쓸 모 없는 사람의 비유.) → **酒袋飯囊. 肉帒飯囊. 酒囊飯袋. 飯坑酒囊. 飯囊酒甕. 衣架飯囊.**

〔 **王充·論衡·別通** 〕 人生稟五常之性, 好道樂學, 故辯於物. 今則不然, 飽食快飮, 慮深求臥, 腹爲飯坑, 腹爲酒囊, 是則物也. 〔 **抱朴子彈禰** 〕 呼孔融爲大兒, 呼楊修爲小兒, 荀或猶强可與語, 過此以往, 皆木梗泥偶, 似人而無人氣, 皆酒甕飯囊耳. 〔 **顔氏家訓·誡兵** 〕 ○○○○○, ○○○○, ○○○○○, ○○○○○○. 〔 **陸遊·煎茶戲作詩** 〕 飯囊酒甕紛紛是, 誰賞蒙山紫筍香. 〔 **宋 陶岳·荊湘近故事** 〕 馬氏奢僭, 諸王子僕從烜赫, 文武之道未嘗留意, 時謂之酒囊飯袋. 〔 **元曲誤入桃源** 〕 空一帶江山, 江山如畫, 止不過飯囊, 飯囊衣架塞滿長安, 亂似麻.

澹泊之士, 必爲濃豔者所疑. 檢飾之人, 多爲放肆者所忌.
담 농염 식 사

마음이 담담하고 욕심이 없는 사람은 반드시 화사하리만큼 아름다운 사람에게 의심을 받으며, 자신을 점검하여 바로잡는 사람은 다분히 방자한 사람에게 시기를 당한다. 성품이 평안하고 욕심이 적은 사람은 반드시 공명과 이록(利祿)에 몰두하고 있는 자의 의심을 받게 되고, 행위가 신중하고 근신하는 사람은 극히 경망스럽고 방종한 사람에게 질투를 받는다는 뜻. (澹泊 : 마음이 담담하고 물욕이 없다. 마음이 평안하고 욕심이 없다. 공명·이익·관록 따위를 탐내는 마음이 없음을 이른다. 濃豔 : 화사하리만큼 아름답다. 태도나 행동이 아주 요염하다. 여기서는 공명과 이록에 몰두함을 가리킨다. = 濃艶. 檢飾 : 자신을 점검하고 바로 잡다. 행실을 근신하고 조심함을 이른다. ≒ 檢飭. <注> 飾謂刷治潔淸之也. 放肆 : 방자하다. 극히 경망스럽다. 제멋대로 하다.)

〔**菜根譚·九十八**〕○○○○, ○○○○○○○○. ○○○○, ○○○○○○○○.

大人者, 不失其赤子之心者也.

덕이 높은 사람은 곧 갓난애의 순진하고 거짓이 없는 그런 마음을 잃지 않고 있다. 덕이 높은 군자는 물욕에 유혹되지 아니하여 어린애와 같은 순수하고 거짓이 없는 그런 본연의 마음을 온전히 하고 있음을 이른다. (赤子 : 영아. 갓난애. ※ 갓난애의 출생 때 색깔이 붉어 赤子라 한다.)

〔**孟子·離婁下**〕孟子曰, ○○○, ○○○○○○○○○○. < 朱注 > 大人之心, 通達萬變, 赤子之心, 則純一無僞而已. 然大人之所以爲大人, 正以其不爲物誘, 而有以全其純一無僞之本然.

大人者, 與天地合其德, 與日月合其明.

덕이 높은 사람이란 것은 그 덕이 천지의 사랑과 맞먹고, 그 밝음이 해와 달의 밝음과 맞먹는다. 큰 덕이 있는 군자란 그의 공덕이 "하늘이 덮고 땅이 실어 만물을 기르는 큰 사랑"(天覆地載)과 같고, 그의 밝음은 해와 달이 온 세상을 두루 비침과 같다는 의미. (合 : 맞다. 어울리다. 부합되다. 일치하다. / 상당하다. 맞먹다.)

〔**周易·乾爲天**〕文言曰, (九五) 夫○○○, ○○○○○○, ○○○○○○, 與四時合其序, 與鬼神合其吉凶. 〔**淮南子·泰族訓**〕大人者, 與天地合德, 日月合明, 鬼神合靈, 與四時合神.

大丈夫當雄飛, 安能雌伏.

대장부는 마땅히 큰 세력을 떨쳐야 하는 것이지, 어찌 남에게 굴복하여 복종만 하랴 ! 대장부는 마땅히 활개치면서 천하를 경영할 것이고, 아녀자처럼 집안에 틀어박혀 일생을 헛되이 보낼 것이 아니라는 뜻. (雄飛 : 기운차고 용기있게 활동하다. 사람이 큰 세력을 떨치다. 雌伏 : 남에게 굴복하여 좇다. 남에게 복종하다.)

〔後漢書·趙興傳〕趙溫字子柔, 蜀郡成都人, 初爲京兆郡丞, 歎曰, ○○○○○○, ○○○○. 遂棄官去, 歲饑散家糧振窮餓, 所活萬餘人, 獻帝西遷遂爲三公.

大丈夫當容人, 毋爲人所容.

대장부는 마땅히 남을 용납해야 하고, 남의 용납을 받아서는 안된다.

〔明 許相卿·許雲邨貽謀〕能忍事乃濟, 有德容乃大. 古言, ○○○○○○, ○○○○○○.

大丈夫不能流芳百世, 亦當遺臭萬年.

대장부가 꽃다운 이름을 능히 오래 전하지 못하면 또한 더러운 이름을 영원히 남기게 된다. 사람된 자는 모름지기 무엇인가를 만들어 그 명예로운 이름을 후세에 길이 남겨야 함을 가리키는 말. → **流芳百世, 流芳上世, 流芳千古, 留芳萬古. 流芳後世.** → **遺臭萬年. 遺臭萬載. 遺臭萬世.**

〔世說新語·尤悔〕桓公臥語曰, 作此寂寂, 將爲文, 景所笑. 旣而屈起坐曰, 旣不能流芳百世, 亦不足復遺臭萬載邪. 〔晉書·桓溫傳〕以雄武專朝, 窺覦非望, 或臥對親僚曰, 爲爾寂寂, 將爲文景所笑. 衆莫敢對. 旣而撫枕起曰, 旣不能流芳百世, 不足復遺臭萬載耶. 嘗行經敦墓, 望之曰, 可人, 可人, 其心跡如是. 〔宋史·范如圭傳·遺秦檜書〕公不喪心病狂, 奈何爲此, 必遺臭萬世矣. 〔元 無名氏·昊天塔孟良盜骨〕父親, 俺不能勾青史標名, 留芳萬古, 空懷着一腔怨氣, 何時分解也. 〔明 李開先·林冲寶劍記〕○○○○○○○○○, ○○○○○○. 〔三國演義〕將軍若扶漢室, 乃忠臣也, 青史傳名, 流芳百世. 〔清 李汝珍·鏡花緣〕人活百歲, 終有一死. 當其時與其忍恥貪生, 遺臭萬年. 何如含笑就死, 留芳百世.

大丈夫相時而動.

대장부는 때를 잘 살펴보고 나서 움직인다. 대장부는 그 시기와 형세를 잘 관찰하고 난 다음 그에 상응한 행동을 취한다는 뜻. (相 : 자세히 보다. 관찰하다.)

〔春秋左氏傳·隱公十一年〕君子謂, 鄭莊公, 於時乎有禮. ……, 度德而處之, 量力而行之, 相時而動, 無累後人, 可謂知禮矣.

大丈夫膝(슬)下有黃金.

대장부의 무릎 밑에 황금이 있다. 남자가 사람에게 가볍게 무릎을 꿇고 간청하지 않음을 가리키는 말.

〔五燈會元〕○○○○○○○○, 爭肯禮拜.

大丈夫處世, 當掃除天下, 安事一室乎.

대장부가 이 세상에 살아감에 있어서는 마땅히 온 세상을 평정해야 하는 것이지, 어찌 한 집안

에 사는 식구만을 관리하랴 ! (掃除天下 : 온 세상을 평정하다.)

〔 **後漢書·陳蕃傳** 〕 陳蕃, 字仲擧, 汝南平輿人, 年十五. 嘗閒處一室, 而庭宇蕪穢, 父友薛勤來候之, 謂蕃曰, 孺子何不洒掃以待賓客. 蕃曰, ○○○○○, ○○○○○, ○○○○○. 勤知其有淸世志, 甚奇之.

道塗不爭險易之利, 冬夏不爭陰陽之和, 愛其死以有待也, 養其身以有爲也.

(선비는) 길을 가는 도중에는 길의 험하고 (평탄해서) 걷기 쉬움의 잇점을 다투지 아니하며, 겨울과 여름을 만나 서늘하고 따뜻함의 편함을 다투지 아니하며, 자신의 생명을 아껴서 공헌할 수 있는 기회를 기다리며, 자신의 신체를 잘 보양하여 좋은 성과가 있도록 한다. 선비가 항시 처신을 엄격히 하여 이후 세상에서 있을 큰 일을 준비함을 이르는 말.

〔 **禮記·儒行** 〕 儒有居處齊難, 其坐起恭敬, 言必先信, 行必中正, ○○○○○○○○○, ○○○○○○○○○, ○○○○○○○○, ○○○○○○○○, 其備豫有如此者.

盛德之士, 亂世所疏也, 正直之行, 邪枉所憎也.

덕이 높고 훌륭한 선비는 난세에는 소원당하고, 옳고 바른 행실은 사악하고 비뚤어진 자의 미움을 받는다. (盛德 : 높고 훌륭한 덕. 邪枉 : 사악하고 비뚤어지다. 마음이 비뚤어지다. = 邪曲.)

〔 **說苑·尊賢** 〕 (趙)簡主曰, 子不知也. 夫○○○○, ○○○○○, ○○○○, ○○○○○.

富貴不能淫, 貧賤不能移, 威武不能屈, 此之謂大丈夫.

재부와 존귀함도 그의 마음을 방탕하게 하지 못하며, 빈궁과 비천도 그의 절조를 바꾸지 못하며, 권세와 무력도 그의 의기를 굴복하지 못하는 것, 이것을 대장부라고 말한다. 어떤 상황이나 위압에도 굴하지 않는 확고한 마음과 절조와 의기를 가지고 있는 자가 대장부라는 뜻. (淫 : 그 마음을 방탕하게 하다. 移 : 그 절조를 바꾸다. 屈 : 그 의기를 굽히다.)

〔 **孟子·滕文公下** 〕 不得志, 獨行其道. ○○○○○, ○○○○○, ○○○○○, ○○○○○○. 〔 **淸 張潮·虞初新志·武風子傳** 〕 或曰, 其有道者歟. 不然, 何富貴不淫, 威武不屈耶.

卑賤貧窮, 非士之恥也. 夫士之所恥者, 天下擧忠而士不與焉, 擧信而士不與焉, 擧廉而士不與焉.

비천함과 빈궁함은 선비의 수치가 아니다. 대저 선비의 수치는 천하가 충성을 거론할 때 선비가 참여하지 않는 것, 믿음을 거론할 때 선비가 참여하지 않는 것, 청렴을 거론할 때 선비가 참여하지 않는 것 등이다. (擧 : 사실을 들어서 말하다. 與 : 참여하다.)

〔 **韓詩外傳·卷一** 〕 由是觀之, 卑賤貧窮, 非士之恥也. 天下擧忠而士不與焉, 擧信而士不與焉, 擧廉而士不與焉. 三者存乎身, 名傳於世, 與日月竝而息. 〔**說苑·立節**〕○○○○, ○○○○○. ○○○○○○○, ○○○○○○○○○○, ○○○○○○○○, ○○○○○○○○, 三者在乎身, 名傳於後世, 與日月竝而不息

士皆知有恥, 則國家永無恥矣. 士不知恥, 爲國之大恥.

선비들이 모두 부끄러움을 안다면 나라에는 영원토록 부끄러움이 없을 것이다. 선비들이 부끄러움을 모른다면 이는 나라의 큰 부끄러움이 된다.

〔**淸 龔自珍·明良論**〕○○○○○, ○○○○○○○○, ○○○○, ○○○○○.

士君子, 處權門要路, 操履要嚴明, 心氣要和易.

선비가 권세 있는 요직에 앉으면 지조와 행실이 엄정 공명해야 하고, 마음 가짐은 온화 평이해야 한다. (操履 : 지조와 행실. 품행.)

〔**菜根譚·百七十七**〕○○○, ○○○○○, ○○○○○, ○○○○○, 毋少隨而近腥羶之黨, 亦毋過激而犯蜂蠆之毒.

士窮不失義, 達不離道.

선비는 아무리 궁해도 의(義)를 잃지 않으며, 아무리 영달해도 도(道)를 벗어나지 않는다. 선비는 빈궁하여도 의를 잃지 않아서 선성(善性)을 지키는 것이고, 또한 영달하여도 도를 떠나지 않아서 백성이 실망하지 않게 됨을 이르려는 것.

〔**孟子·盡心上**〕(孟子)曰, 尊德樂義, 則可以囂囂矣. ○○○○○, ○○○○. 窮不失義, 故士得己焉, 達不離道, 故民不失望焉.

士大夫, 居鄕不可崖岸太高, 要使人易見, 以敦舊好.

사대부가 은퇴하여 향리에 살 때는 (물가의 낭떠러지가 너무 높아서 올라가지 못하듯이) 성정이 너무 오만하여 남과 어울리지 못해서는 안되고, 남들이 쉽게 만나 옛 친구들과의 옛 정을 돈독히 할 수 있도록 해야 한다. (崖岸太高: 물가의 낭떠러지가 너무 높다. 곧 너무 높아서 올라가지 못함을 뜻한다. 성정이 너무 오만하여 남들이 쉽게 접근하지 못함을 비유. 見 : 만나다. 마주치다.)

〔**菜根譚·二百十三**〕○○○, 居官, 不可竿牘無節, 要使人難見, 以杜倖端, ○○○○○○○○○, ○○○○○, ○○○○.

士當先天下之憂而憂, 後天下之樂而樂也.

선비는 먼저 세상의 걱정꺼리를 걱정하고, 그 뒤에 세상의 즐거워할 일을 즐거워한다. 훌륭한 사람은 세상의 걱정꺼리와 즐거운 일을 자기의 걱정꺼리와 즐거운 일로 삼되, 먼저 세상 걱정꺼리를 걱정한다는 뜻.

〔宋名臣言行錄·范仲淹·碑〕公少有大節. 其於富貴貧賤, 毁譽歡戚, 不一動其心. 而慨然有志於天下. 常自誦曰, ○○○○○○○○○, ○○○○○○○○○. 〔范仲淹·岳陽樓記〕其必曰, 先天下之憂而憂, 後天下之樂而樂歟, 噫, 斯人吾誰與歸. 〔小學·善行〕(范文正公)嘗自誦曰, ○○○○○○○○○, ○○○○○○○○.

士大夫, 捐親戚棄土壤, 從大王於矢石之間, 固望攀龍鱗附鳳翼, 以成其所志耳.

연 척 기 반 인 익

사대부가 친척을 버리고 농사짓는 땅을 버리고 전쟁터에서 대왕을 좇는 것은 진실로 용의 비늘을 붙잡고 봉의 날개에 달라붙어서 그 뜻을 이루기를 바라기 때문이다. 제왕·성인 또는 훌륭한 인물을 붙좇고 의지함을 비유하는 말. (捐 : 버리다. 矢石之間 : 옛날 전쟁 무기로 쓰던 화살과 돌이 떨어지는 곳. 곧 전쟁터. 攀龍鱗附鳳翼 : 제왕·성인 또는 훌륭한 인물에 의지하고 붙좇음을 비유하는 말.) → **攀龍鱗附鳳翼. 攀龍附鳳. 攀龍附翼. 攀龍托鳳. 攀龍附驥. 攀鱗附翼.**

〔揚子法言·淵騫〕攀龍鱗附鳳翼, 巽以揚之, 勃勃乎其不可及也. 〔漢書·叙傳下〕舞陽鼓刀, 滕公廐騶, 潁陰商販, 曲周庸夫, 攀龍附鳳, 竝乘天衢. 〔後漢書·耿純傳〕○○○, ○○○○○○, ○○○○○○○○, ○○○○○○○○○, ○○○○○○. 〔世說新語·排調〕猶以文采可觀, 意思詳敍, 攀龍附鳳, 竝登天府. 〔魏略〕孫權與浩周書曰, 昔君念之, 以爲可上連綴宗室若夏侯氏, ……使獲攀龍附驥, 永自固定, 其爲分惠, 豈有量哉. 〔杜甫·詩〕攀龍附鳳勢莫當, 夫下盡化爲侯王. 〔唐 温大雅·大唐創業起居注·李淵報李密書〕欣戴大弟, 攀鱗附翼. 〔十八史略·中古·秦漢篇〕耿純曰, ○○○, ○○○○○○, ○○○○○○○○, ○○○○○○○○○, ○○○○○○.

士得一知己, 可以無憾.

선비가 자기의 진심과 진가를 알아주는 친구 한 사람을 얻으면 원한이 없다. 참다운 친구를 얻기가 어려움을 이르는 것. (知己 : 자기의 진심과 진가를 알아주는 친구. 憾 : 원한을 품다.)

〔明 龔未齊·答揚松波〕○○○○○, ○○○○, 則君子和其榮, 更當何以. 〔清 許湄·與周刺史〕弟聞得一知己, 可以無恨. 〔清 夏敬渠·野叟曝言〕古人云, 得一知己, 雖死不憾. 〔清 蔣大銓·臨川夢〕人生所貴相知者此心耳. 古人云, 得一知己, 死不可恨.

士不可以不弘毅, 任重而道遠.

의

(학문을 닦는) 선비는 마음이 넓고 뜻이 굳세지 않으면 안되는 것이니, 그것은 담당한 책임이 무거울 뿐 아니라 그가 가야 할 길이 멀기 때문이다. 마음이 넓고 뜻이 굳세야 된다는 것은 마음이 넓고 크지 않으면 무거움을 이길 수 없고, 뜻이 굳세지 않으면 먼 것을 이룰 수 없음을 이른다. (弘毅 : 마음이 넓고 뜻이 굳세다. = 弘大剛毅.) → **任重道遠.**

〔論語·泰伯〕曾子曰, ○○○○○○○, ○○○○○. 仁以爲己任, 不亦重乎. 死而後已, 不亦遠乎.

士雖聰明聖智, 自守以愚. 功被天下, 自守以讓. 勇力距世, 自守以怯. 富有天下, 自守以廉.

선비는 비록 총명하고 슬기로운 지혜를 가졌더라도 스스로는 어리석음으로써 지키고, 그 공이 천하를 덮을지라도 스스로는 양보로써 지키며, 날쌔고 굳센 힘이 세상과 겨루만 하더라도 스스로는 겁약함으로써 지키고, 부유함이 천하에 넘치더라도 스스로는 검소함으로써 지킨다. (聖 : 슬기롭다. 距 : 겨루다. 대항하다. ≒ 拒. 廉 : 청렴하다. 결백하다. / 검소하다.)

〔**荀子·宥坐**〕孔子曰, 聰明聖智, 守之以愚. 功被天下, 守之以讓. 勇力撫世, 守之以怯. 富有四海, 守之以謙. 此所謂挹而損之之道也. 〔**荀子·非十二子**〕兼服天下之心, 高上尊貴不以驕人, 聰明聖智不以窮人, 齊給速通不爭先人, 剛毅勇敢不以傷人. 〔**文子·九守**〕老子曰, …… . 是故聰明廣知以愚, 多聞博辯守以儉, 武力勇毅守以畏, 富貴廣大守以俠, 德施天下守以讓. 此五者先王所以守天下也. 〔**韓詩外傳·卷三**〕孔子曰, 德行寬裕者, 守之以恭. 土地廣大者, 守之以儉. 祿位尊盛者, 守之以卑. 人衆兵強者, 守之以畏. 聰明睿智者, 守之以愚, 博聞強記者, 守之以淺. 夫是之謂抑而損之. 〔**淮南子·道應訓**〕(위 내용과 대동소이.) 〔**說苑·敬愼**〕故○○○○○○○, ○○○○. ○○○○, ○○○○. ○○○○, ○○○○. ○○○○, ○○○○. 此所謂高而不危, 滿而不溢者也. 〔**孔子家語·三恕**〕(위 내용과 대동소이.)

士欲立義行道, 毋(무)論難易(이)而後能行之, 立身著(저)名, 無顧利害而後能成之.

선비가 의(義)를 세우고 도(道)를 행하고자 하면 어렵고 쉬움을 따지지 않기로 한 다음에야 이를 행할 수 있고, 출세하여 이름을 드러냄에 있어서는 이로움과 해로움을 고려하지 않기로 한 다음에야 이를 성취할 수 있다. (論 : 따지다. 평가하다. 결정하다. / 문제시하다. 문제삼다. 後 : 뒤. 어떤 일이 끝난 다음. 시간상 · 순서상의 다음이나 나중. 立身著名 : 출세하여 세상에 이름을 드러내다. ＝ 立身揚名. 顧 : 고려하다. 생각하다. 마음에 두다.) → **立身著名. 立身揚名.**

〔**韓詩外傳·卷二**〕夫士欲立身行道, 無顧難易, 然後能行之, 欲行義徇名, 無顧利害, 然後能行之. 〔**說苑·立節**〕故夫○○○○○○○, ○○○○○○○○○○, ○○○○, ○○○○○○○○○○. 詩曰, 彼其之子, 碩大且篤.

士爲知己(기)者死, 女爲說(열)己者容.

선비는 자기를 알아주는 자를 위하여 목숨을 바치고, 여자는 자기를 기쁘게 해주는 자를 위하여 화장을 한다. (知己 : 자기의 진심과 진가를 잘 알아주는 참다운 친구. 說 : 기뻐하다. 기쁘게 하다. ≒ 悅. 容 : 치장하다. 몸을 꾸미다.) → **士爲知己者死.**

〔**史記·刺客列傳**〕豫讓遁逃山中. 曰, 嗟乎, ○○○○○○, ○○○○○○. 〔**漢 司馬遷·報任安書**〕蓋鍾子期死, 伯牙終身不復鼓琴. 何則. 士爲知己者用, 女爲說己者容. 〔**戰國策·趙策一**〕豫讓遁逃山中. 曰, 嗟乎, ○○○○○○, ○○○○○○, 吾其報知氏之讎矣. 〔**說苑·復恩**〕管仲曰, …… . 生我者父母, 知我者鮑子也. 士爲知己者死, 而況爲之哀乎. 〔**三國 蜀諸葛亮·便宜十六策**〕故○○○○○○, ○○○○○○, 馬爲策己者馳, 神爲通己者明. 〔**明 黃粹吾·續西廂升仙記**〕士爲知己用, 女爲悅己容, 誰人不愛陽台夢. 〔**明 葉憲祖·易水寒**〕荊卿, 常言女爲悅己容, 士爲知己死. 卽當往見, 幸勿多辭. 〔**明 周亮工·與錢仲馭**〕獨隻愛此古董, 靡挲之不置, 所謂一人知己, 死不恨矣.

士有一定之論(륜), 女有不易(역)之行.

선비는 변하지 않는 일정한 도리를 가지고 있으며, 여자는 바꿀 수 없는 행실이 있다. 선비는 덕이 있는 동지를 가지고 있어 그 우의가 변하지 않고 계속되므로 그들 사이에 변하지 않는 도리가 있게 되며, 절개가 굳은 여자는 마음이 한결같고 두 마음이 없어 비록 남편이 죽어도 다시 시집가지 않으므로 바꿀 수 없는 행실이 있다는 것. (論 : 조리. 상리. 도리. 윤리. / 무리. 부류. 同類. 同輩. ≒ 倫.)

〔**淮南子·原道訓**〕夫性命者, 與形俱出其宗, 形備而性命成, 性命成而好憎生矣. 故○○○○○○, ○○○○○○, 規矩不能方圓, 鉤繩不能曲直.

士而懷居, 不足以爲士矣.

선비가 편안히 살기만을 생각한다면 선비가 되기에는 부족하다. 한 학문을 닦는 선비가 살면서 편안하고 향락하기를 탐낸다면 곧 학문을 닦는 사람으로는 걸맞지 아니하다는 말. (懷居 : 편안하게 살기를 생각하다. 곧 살면서 편안하고 향락하기를 탐내다.)

〔**論語·憲問**〕子曰, ○○○○, ○○○○○○.

士之所以能立天下事者, 以其有志而已(이). 然非才則無以濟其志, 非術則無以輔其才.

선비가 세상의 큰 일을 이룰 수 있는 까닭은 그만한 뜻을 지녔다는데 있다. 그러한 즉 그런 재주가 없으면 그 뜻을 이룰 수 없고, 학술이 없으면 그런 재주를 도와주지 못한다. 사람이 큰 일을 이룩하기 위해서는 의지와 재능과 학술이 겸비하여 있어야 한다는 뜻. (立 : 이루어지다. 濟 : 이루다. 성취하다. 術 : 학술. 수단. 방법. 輔 : 돕다. 보조하다. 보좌하다.)

〔**朱熹·朱子語類**〕○○○○○○○○○○○, ○○○○○○. ○○○○○○○○○○, ○○○○○○○○○.
〔**王陽明·訓俗遺規**〕志不立, 天下無可成之事.

士志於道, 而恥惡衣惡食者, 未足與議也.

선비가 도(道)에 뜻을 두고서도 나쁜 옷과 나쁜 음식을 부끄럽게 여긴다면 그와 더불어 도를 논할 수 없다. 덕행 도예(道藝)를 갖추어 출사하려는 자가 진리를 추구하는데 전심하면서도 사소한 의식문제를 탓한다면 이런 용열한 자는 이미 진리를 토론할 가치가 없다는 것. (士 : 덕행 도예를 갖추어 출사하려는 자를 가리킨다.)

〔**論語·里仁**〕○○○○, ○○○○○○○○, ○○○○○.

所貴於天下之士者, 爲人排患·釋難·解紛亂而無所取也. 卽有所取者, 是商賈之人也.

고

(사람들이) 천하의 선비를 귀하게 여기는 것은 그들이 사람을 위하여 우환을 물리쳐주고 어려움을 처리해주며 분란을 해결해주고도 그 대가를 취하지 않는 점에 있다. 만약 그 대가를 취하는 것이 있다면 이것은 장사를 하는 사람일 뿐이다. (卽 : 만약. 가령.)

〔**戰國策·趙策三**〕魯連笑曰, ○○○○○○○○○, ○○○○·○○·○○○○○○○○○. ○○○○○, ○○○○○○. 仲連不忍爲也.

雖窮, 不處亡國之位, 雖貧, 不食亂邦之粟.

비록 궁해도 망하려는 나라의 벼슬을 받지 않으며, 비록 빈한해도 어지러운 나라의 녹은 먹지 않는다. 난세에 대처해나가는 선비의 지조를 말한 것.

〔**三略·下略**〕○○, ○○○○○○○, ○○, ○○○○○○○. 〔**說苑·雜言**〕雖窮, 不處亡國之勢, 雖貧, 不受汙君之祿.

謁而得位, 道士不居也. 爭而得財, 廉士不受也.

알

청하여 얻을 벼슬자리라면 도의를 체득한 사람은 (그 자리를) 차지하지 아니하며, 다투어서 얻을 재물이라면 탐욕하지 않는 사람은 (그 재물을) 받지 아니한다. 군자는 구차하게 자리를 구걸하여 벼슬을 하지 아니하고, 깨끗한 재물이 아니면 갖지 아니한다는 말. (謁 : 청하다. 구하다. 居 : 자리를 차지하다.)

〔**新序·節士**〕介子推曰, 推聞君子之道, ○○○○, ○○○○○. ○○○○, ○○○○○. 〔**說苑·復恩**〕舟之僑曰, 請而得其賞, 廉者不受也. 言盡而名至, 仁者不爲也.

良農不爲水旱不耕, 良賈不爲折閱不市, 士君子不爲貧窮怠乎道.

한 고 열

훌륭한 농부는 큰 물이나 가뭄에도 농삿짓는 일을 그만두지 아니하고, 훌륭한 상인은 가끔 손해를 본다고 해서 장사하는 것을 그만두지 아니하며, 사군자는 빈궁하다고 하여 도의 실천을 태만히 하지 아니한다. (折閱 : 손해를 보고 물건을 파는 것.)

〔**荀子·修身**〕○○○○○○○○○, ○○○○○○○○○, ○○○○○○○○○○○.

女冶容而淫, 士背道而辜.

야 고

여자가 지나치게 용모를 단장하면 음란하게 되고, 선비가 도를 등지면 죄를 받게 된다. (冶容 : 용모를 단장하다. 예쁘게 용모를 가다듬다. 辜 : 죄를 받다.)

〔**蔡邕·釋誨**〕○○○○○, ○○○○○, 人毁其滿, 神疾其邪.

琰從弟林, 少無名望. 雖姻族猶多輕之, 而琰常曰, 此所謂大器晚成者也. 後林至鼎輔.

(魏나라 장군으로 武帝인 曹操의 신임이 두터웠던) 崔琰의 종제인 崔林은 젊어서 명망이 없었다. 비록 인척들도 그를 아주 업신여겼으나 琰은 항상 이르기를 "그는 이른 바 큰 그릇이 오래 걸려 늦게 만들어지는 그런 유의 사람이다"라고 하였다. 후에 林은 三公에 오르게 되었다. (大器晚成 : 크게 될 인물은 오랜 공적을 쌓아 늦게 이루어진다는 비유로 쓰였다. ※ 老子第四十一章의 大器晚成은 다른 구절인 大方無隅, 大音希聲, 大象無形과의 연관성을 고려, 큰 그릇은 이루어지지 않는 것으로 해석한 바 있다. 鼎輔 : 삼공을 이른다. 대신.) → **大器晚成.**

〔**三國志·魏志·崔琰傳**〕○○○○, ○○○○. ○○○○○○○, ○○○○, ○○○○○○○○○. 終必遠至, ○○○○○.

傭自賣裘而不售, 士自譽辨而不信.

품팔이가 갖옷을 스스로 팔면 팔리지 않고, 선비가 자신이 한 말을 스스로 칭찬하면 남이 이를 믿어주지 않는다. (喩) 재능이 아직 드러나지 않았을 때는 남이 아는 것을 인정해주지 않는다. (傭 : 품팔이하는 사람. 售 : 팔다. 辨 : 말하다. 이야기하다. ≒ 辯.)

〔**太平御覽**〕韓子曰, ……. 諺所謂○○○○○○○, ○○○○○○○者也.

雄鷄自斷其尾, 自憚其犧也.

수탉이 그 꼬리를 스스로 자르니, 그것은 제물로 희생되는 것을 두려워하기 때문이다. 어진 선비가 화를 피하여 스스로 천한 곳에 숨어지냄을 비유하여 이르는 말. (憚 : 꺼리다. 싫어하다. 미워하다. / 두려워하다. 畏懼.)

〔**春秋左氏傳·昭公二十二年**〕賓孟適郊, 見雄鷄自斷其尾, 問之侍者, 曰, 自憚其犧也.

儒有可親而不可劫, 可近而不可迫, 可殺而不可辱.

선비는 친할 수는 있어도 위협할 수는 없으며, 가까이할 수는 있어도 핍박할 수는 없으며, 죽일 수는 있어도 욕되게할 수는 없다. 선비가 강직하여 굴하지 않는 유자(儒者)의 여섯 가지 품성을 이른 것. (儒 : 선비. 유자. 곧 孔子의 사상과 학문을 닦은 사람. 孔子 · 孟子의 학문을 닦은 사람. 劫 : 위협하다. 힘으로써 억지로 빼앗다. 迫 : 핍박하다. 강제하다.) → **可殺而 不可辱. 可殺不可辱.**

〔 **禮記·儒行** 〕 儒有可親而不可劫也, 可近而不可迫也, 可殺而不可辱也. 〔 **孔子家語·儒行解** 〕 ○○○○○○○○, ○○○○○○, ○○○○○○. 〔 **宋 侯延慶·退齋筆錄** 〕 章惇曰, 如此, 卽不若殺之. 上曰, 何故. 曰, 士可殺, 不可奪. 〔 **醒世恒言** 〕 士可殺而不可辱, 我盧柟堂堂漢子, 何惜一死. 〔 **晩淸文學叢妙·華偉生** 〕 卽此我便隨汝前往, 但我英雄旨趣, 可殺不可辱.

儒有不隕穫於貧賤, 不充詘於富貴.

운 굴

유자(儒者)중 많은 사람들은 빈천한 것 때문에 그의 포부를 상실하지 아니하며, 부귀한 것 때문에 득의만만(得意滿滿)하여 절제를 잃는 일이 없다. (隕穫 : 포부가 상실된 바 있음을 가리킨다. 充詘 : 뜻이 이루어져 득의만만하여 절제를 잃는 것. 너무 기뻐 절도를 잃는 모양.)

〔 **禮記·儒行** 〕 ○○○○○○○○○, ○○○○○○, 不慁君王, 不累長上, 不閔有司, 故曰儒.

儒有一畝之宮, 環堵之至, 篳門圭窬, 蓬戶甕牖. 易衣而出, 并日而食.

묘 도 필 유 옹 역

선비 가운데 약간의 사람은 살고 있는 택지의 넓이가 1묘(畝)에다가 집의 네 벽이각 1방장(方丈)이었고, 가시나무로 엮어 만든 사립문에 위가 뾰쪽하고 밑이 네 모진 규형(圭形)의 측문을 만들었으며, 쑥대로 인 지붕에 깨진 옹기 주둥이로 만든 창문을 가졌다. (평일에 집에 있을 때는 짧고 편안한 복장을 하고 있다가) 정장으로 갈아 입고서 문을 나서고 평일 집에서는 하루에 두 끼니 혹은 한 끼니를 먹었다. 선비의 의·식·주 생활이 극히 청빈하여 허술하고 초라함을 형용. (畝 : 길이와 폭이 각 10보의 넓이. 周대에서는 8자, 秦대에 서는 6자. 淸조의 건축용자는 5자를 각기 1步로 삼았다. 宮 : 담. 담장. ≒ 牆垣. / 일반 백성이 거처하는 집. 秦漢이후에는 이 뜻으로 쓰이지 않는다. 環堵 : 둘레의 길이 40자. / 동서남북 각 / 方丈. 環은 주위. 둘레. 堵는 40자. / 方丈이라는 설도 있다. 篳門 : 가시나무나 대나무로 엮어만든 문. 圭窬 : 모양이 옥규와 같이 위는 뾰족하고 밑은 네모진 측문. 蓬戶 : 쑥대로 지붕을 인 집. 甕牖 : 옹기 주둥이와 같은 모양의 초라한 창. 또는 옹기 주둥이를 깨뜨려 만든 창. 易衣而出 : 문을 나설 때에야 비로소 정장으로 갈아 입었고, 평시에 집에 있을 때는 짧고 편안한 복장을 함을 가리킨다. 并日而食 : 날을 합해서 식사를 하다. 하루에 다만 두 끼니 혹은 한 끼니를 먹는 것을 가리킨다.) → **篳門圭窬. 篳門閨竇.** → **蓬戶甕牖.**

〔 **禮記·儒行** 〕○○○○○○, ○○○○. ○○○○, ○○○○. ○○○○, ○○○○. 上答之 不敢以疑, 上不答, 不敢以諂. 其仕有如此者. 〔 **春秋左氏傳·襄公十年** 〕 篳門閨竇之人, 而皆陵其上, 其難爲上矣. 〔 **蘇軾·論積缺狀** 〕 雖有白圭猗頓, 亦化爲篳門圭竇矣. 〔 **故事成語考** 〕 篳門圭竇, 係貧士之居.

邑名勝母, 曾子不入, 水名盜泉, 孔子不飮.

동네 이름이 "어머니를 이긴다"는 뜻의 勝母 땅에 曾子는 들어가지 않았고, 물 이름이 "도둑샘"이라는 뜻의 盜泉 땅의 물을 孔子는 마시지 않았다. (喩) 훌륭한 사람들은 고통을 받더라도 의롭지 못한 일·떳떳하지 못한 행위를 하지 않는다.

〔**淮南子·說山訓**〕曾子立孝, 不過勝母之閭, 墨子非樂, 不入朝歌之邑, 曾子立廉, 不飮盜泉. 〔**史記·鄒陽列傳**〕縣名勝母, 而曾子不入, 邑號朝歌, 而墨子回車. 〔**新序·雜事**〕里名勝母, 而曾子不入, 邑號朝歌, 而墨子回車. 〔**說苑·談叢**〕○○○○, ○○○○, ○○○○, ○○○○. 醜其聲也. 〔**鹽鐵論·晁錯**〕孔子不飮盜泉之流, 曾子不入, 勝母之閭. 〔**後漢書·樂羊子妻傳**〕羊子嘗行路, 得遺金一餠, 還以與妻. 妻曰, 妾聞志士不飮盜泉之水, 廉子不受嗟來之食, 況拾遺求利, 以汚其行乎. 〔**陸機·猛虎行詩**〕渴不飮盜泉水, 熱不息惡木陰, 惡木豈不枝, 志士多苦心.

邑號朝歌, 墨子回車.

동리 이름이 "아침에 노래 부른다"는 뜻의 朝歌 땅에 墨子는 들어가지 않고 수레를 돌려 되돌아갔다. 墨子 등은 명칭이 추한 것에 접촉을 삼갈 정도로 그 행실을 온전히 했다는 뜻.

〔**淮南子·說山訓**〕曾子立孝, 不過勝母之閭, 墨子非樂, 不入朝歌之邑, 曾子立廉, 不飮盜泉. 〔**史記·鄒陽列傳**〕鄒陽從獄中上書曰, 臣聞盛飾入朝者, 不以利汚義, 砥厲名號者, 不以欲傷行, 故懸名勝母, 而曾子不入, ○○○○, ○○○○. 〔**新序·雜事**三〕里名勝母, 而曾子不入, ○○○○, ○○○○. 〔**新序·節士**〕縣名爲勝母, 曾子不入, ○○○○, ○○○○. 故孔子席不正不坐, 割不正不食, 不飮盜泉之水, 積正也.

仁人者, 正其誼, 不謀其利, 明其道, 不計其功.

어진 사람은 옳은 것을 바로 잡고, 이익을 꾀하지 않으며, 사람의 도리를 밝히고, 공 세우는 것을 꾀하지 않는다. (誼 : 옳은 것. 사람이 옳다고 생각하는 것. 漢나라 때는 義자를 썼다. / 도리.)

〔**漢書·董仲舒傳**〕夫○○○, ○○○, ○○○○, ○○○, ○○○○. 是以仲尼之門, 五尺之童, 羞稱五覇, 爲其先詐力而後仁義也.

丈夫蓋棺, 事方定.

대장부는 관의 뚜껑을 덮고 나서 그 사람이 한 일이 비로소 결정된다. 사람이 죽은 다음에 그 사람의 옳고 그름, 공적과 과오, 재능 등에 대한 평가가 내려지는 것을 이르는 말. (方 : 비로소.)
= 蓋棺事定, 蓋棺論定.

〔**魏書·鄭羲傳**〕蓋棺定謚, 先典成式. 〔**晉書·劉毅傳**〕○○○○, ○○○. 〔**韓愈·同冠峽詩**〕行矣且無然, 蓋棺事乃了. 〔**杜甫·君不見簡蘇徯詩**〕丈夫蓋棺事始定. 君今幸未成老翁, 何恨憔悴在山中, 深山窮谷不可處. 〔**警世通言**〕又道, 蓋棺論始定, 不可以一時之譽, 斷其爲君子, 不可以一時之謗, 定其爲小人. 〔**明 馮惟敏·要孩兒套**〕深埋遠葬塵緣斷. 自古道, 蓋棺事定, 入土爲安.

丈夫非無淚(루), 不灑(쇄)離別間.

대장부라고 해서 눈물이 없는 것이 아니며, 다만 이별과 같은 사소한 일에는 눈물을 흘리지 아니할 뿐이다. (灑 : 물을 뿌리다.)

〔 **陸龜蒙·離別詩** 〕 ○○○○○, ○○○○○, 仗劍對樽酒, 恥爲游子顔, 蝮蛇一螫手, 壯士疾解腕, 所思在功名, 對別何足歎.

丈夫爲志, 窮當益堅, 老當益壯.

대장부가 뜻을 세우면 (그 뜻은) 곤궁할 수록 더욱 굳어지고, 늙을 수록 더욱 왕성해진다. → **窮當益堅. 窮乃益堅. 窮且益堅.** → **老當益壯.**

〔 **後漢書·馬援傳** 〕 馬援字文淵, 扶風茂陵人. 小有大志, 嘗謂賓客曰, ○○○○, ○○○○, ○○○○. 〔 **唐 王勃·滕王閣序** 〕 老當益壯, 寧知白首之心, 窮且益堅, 不墜青雲之志. 〔 **通鑑節要·東漢紀** 〕 (馬援) 嘗謂賓客曰, ○○○○, ○○○○, ○○○○.

丈夫重義如泰山, 輕利如鴻毛, 可謂仁義也.

대장부가 인의(仁義)를 泰山과 같이 중시하고, 명리(名利)를 기러기털과 같이 경시한다면 가이 어질고 의롭다고 이를 만하다. → **重於泰山.** → **輕於鴻毛.**

〔 **晉 傅玄·口銘** 〕 ○○○○○○○, ○○○○○, ○○○○○. ※〔 **漢 司馬遷·報任安書** 〕 人固有一死, 死或重於泰山, 或輕於鴻毛, 用之所趣異也.

丈夫志四海, 萬里猶比鄰.

대장부가 온 세상에 뜻을 두면 만리나 되는 먼 곳도 이웃처럼 가깝다. 남자가 원대한 포부를 갖고 세상 일을 지향하면 지역적 제한을 받지 않고 널리 활동할 수 있다는 뜻. (比 : 가깝다.) → **大丈夫志在四方. 大丈夫四海爲家.**

〔 **魏 曹植·贈白馬王彪詩** 〕 心悲動我神, 棄置莫復陳, ○○○○○, ○○○○○. 〔 **明 天然痴叟·石點頭** 〕 大丈夫四海爲家, 何必故土. 〔 **鳌峰慕眞山人·青樓夢** 〕 大丈夫志在四方, 路見不平, 宜乎拔刀相助. 〔 **清 朱素雲·玉連環** 〕 大丈夫志四方, 五胡四海盡家鄉. 〔 **清 杜綱·娛目醒心編** 〕 丈夫志在四方, 大事正多, 温柔鄉何足貪戀.

造父(보), 天下之善御者矣, 無車馬, 則無所見其能. 羿(예), 天下之善射者矣, 無弓矢, 則無所見其巧.

周 穆王 때의 造父는 천하의 말 잘 모는 사람이었지만 수레와 말이 없었다면 그 능력을 보일 길이 없었을 것이고, 夏나라 때의 羿는 천하의 활 잘 쏘는 사람이었지만 활과 화살이 없었다면 그 기교를 보일 길이 없었을 것이다. 학문이 뛰어난 선비는 천하를 하나로 잘 조절할 자이지만 백 리의 땅이라도 없으면 그 공을 나타낼 길이 없음을 유인, 비유하는 말. (大儒 : 뛰어난 유학자. / 학문이 깊은 선비.)

〔 **荀子·儒效** 〕 ○○, ○○○○○○○, ○○○, ○○○○○○. ○, ○○○○○○○, ○○○, ○○○○○

○. 大儒者, 善調一天下者也, 無百里之地, 則無所見其功. 〔**韓詩外傳·卷五**〕○○, ○○○○○○○, ○○○, ○○○○○○. ○, ○○○○○○○, ○○○, ○○○○○○. 彼大儒者, 調一天下者也, 無百里之地, 則無所見其功.

知士無思慮之變, 則不樂, 辯士無談說之序, 則不樂.

지모(智謀)있는 선비는 그 사려를 할 어떤 변화가 없으면 즐거워하지 아니하고, 논담을 잘 하는 선비는 자신의 변설을 할 실마리가 없으면 즐러워하지 아니한다. 특별한 재능을 가진 사람은 그 재능을 쓸 기회를 갖기를 원한다는 뜻. (知士 : 지모가 있는 사람. 도리에 밝은 사람. 序 : 단서. 실마리.)

〔**莊子·徐無鬼**〕○○○○○○○, ○○○, ○○○○○○○, ○○○, 察士無淩誶之事, 則不樂.

志士不忘在溝壑, 勇士不忘喪其元.

학

지사(志士)는 (자신의 시신이) 도랑에 버려질 것을 잊지 아니하며, 용사(勇士)는 자신의 머리를 잃을 것을 잊지 아니한다. 기개가 있는 사람은 곤궁함을 굳게 지켜 죽으면 관곽(棺槨)이 없어 시신이 밭도랑에 버려지더라도 한하지 않을 것을 항상 생각하며, 용기있는 사람은 생명을 가벼이 여겨 나라를 위해 싸우다가 머리를 잃더라도 돌아보지 않을 것을 항상 생각하고 있다는 말. (志 : 지기. 의기. 기개. 심지. 溝 : 도랑. 밭도랑. 壑 : 개천. 도랑. / 골짜기. 元 : 목. 머리.) → **不忘溝壑.**

〔**孟子·滕文公下**〕孟子曰, 昔齊景公田, 招虞人以旌, 不至, 將殺之. ○○○○○○○, ○○○○○○○, 孔子奚取焉. 取非其招不往也. 〔**孟子·萬章下**〕昔齊景公田, 招虞人以旌, 不至, 將殺之. ○○○○○○○, ○○○○○○○, 孔子奚取焉. 取非其招不往也. 〔**韓詩外傳·卷二**〕巫馬期……, 曰, 吾嘗聞之夫子, 勇士不忘喪其元, 志士仁人不忘在溝壑, 〔**孔子集語·論人**〕(韓詩外傳·卷二 내용과 동일.) 〔**宋 羅大經·鶴林玉露**〕後山曰, 汝豈不知我不著他衣裳耶. 却去之, 止衣一裘, 竟感寒疾而死. 嗚乎, 二子可謂志士不忘在溝壑.

志士仁人, 無求生以害仁, 有殺身以成仁.

인도(仁道)에 뜻을 두고 있는 선비와 인덕(仁德)을 갖추고 있는 사람은 생명을 구하기 위하여 인덕을 해치지 아니하고, 오히려 생명을 희생하여 인덕을 이루게 해준다. 지사와 인인은 자신의 삶을 구차하게 영위하지 않고 인덕을 이룩하는데 힘쓴다는 말. (殺身成仁 : 인과 의를 위하여 생명을 희생하는 것. 孟子의 捨生取義와 같은 뜻.) → **殺身成仁.** ≒ **捨生取義.**

〔**論語·衛靈公**〕子曰, ○○○○, ○○○○○○○, ○○○○○○○. 〔**列女傳·節義傳·京師節女**〕論語曰, 君子殺身以成仁, 無求生以害仁. 此之謂也. 頌曰, ……. 殺身成仁, 義冠天下. 〔**唐 趙蕤·長短經·是非**〕損益殊途, 質文異政, 或尚權以經緯, 或敦道以鎭俗. 語曰, ……. 君子有殺身以成仁, 無求生以害人. 〔**明 王世貞·鳴鳳記**〕貪生害義, 卽非烈丈夫, 殺身成仁, 才是奇男子.

智術之士, 必遠見而明察. 能法之士, 必強毅(의)而勁(경)直.

나라를 다스리는 방법을 잘 아는 벼슬아치는 반드시 멀리 보고 밝게 살피며, 법률에 능통한 벼슬아치는 반드시 의지가 굳세고 의젓하고 성질이 예리하고 바르다. 나라를 다스리는 방법을 잘 아는 벼슬아치는 권력을 남용하는 자들의 숨겨진 사실을 잘 밝혀내며, 법률에 능통한 벼슬아치는 불법한 자들의 간사한 행동을 바로잡을 수 있다는 뜻.

〔**韓非子·孤憤**〕○○○○, ○○○○○○. 不明察, 不能燭私. ○○○○, ○○○○○○. 不勁直, 不能矯姦.

處濁世而顯榮兮, 非餘(여)心之所樂(락). 與其無義而有名兮, 寧窮處而守高.

혼탁한 세상에 살면서 지위가 높고 귀하게 되는 것은 내 마음으로 즐거워할 것이 아니다. 의롭지 못한 상태에서 이름을 세상에 날리기보다는 차라리 곤궁하게 살면서 고상함을 지키는 것이낫다. 벼슬할 세상과 물러갈 때를 가릴줄 아는 고결한 선비의 자세를 나타낸 말.

〔**宋玉·九辯**〕○○○○○○○, ○○○○○○, ○○○○○○○○, ○○○○○○. 食不媮而爲飽兮, 衣不苟而爲温. ※〔**楚辭·漁父**〕歌曰, 滄浪之水淸兮, 可以濯吾纓, 滄浪之水濁兮, 可以濯吾足.

天下無道, 仁士不處厚焉.

천하에 올바른 도가 행하여지지 않을 때는 덕을 갖춘 사람은 높은 자리에 앉아 많은 봉록을 받는 일은 하지 않는다. (處厚 : 높은 자리에 앉아 많은 봉록을 받는다는 뜻. 處尊位受厚祿의 준말.)

〔**墨子·耕柱**〕高石子曰, ……. 昔者, 夫子有言曰, ○○○○, ○○○○○○. 今衛君無道, 而貪其祿爵, 則是我爲苟啗人長也.

天下有大勇者, 卒然加之而不驚, 無故加之而不怒. 此其所挾持者甚大而其志甚遠也.

이 세상에서 큰 용기있는 사람은 갑자기 업신여김을 당하여도 놀라지 아니하고, 까닭없이 업신여김을 당하여도 노하지 아니한다. 이것은 그가 마음에 품고있는 것이 매우 크고 그의 뜻이 매우 심오하기 때문이다. (卒然 : 별안간. 갑자기. 加 : 업신여기다. 헐뜯다. 無故 : 까닭없이. 挾持 : 마음에 품다. 遠 : 깊다. 심오하다.)

〔**宋 蘇軾·留侯論**〕○○○○○○, ○○○○○○○, ○○○○○○○, ○○○○○○○○○○○○○○.

太山不可丈尺也, 江海不可斗斛(곡)也.

태산은 자로 잴 수 없고, 바닷물은 말로 되질할 수 없다. 지극히 높은 태산을 아주 작은 계산단위인 장·척(丈·尺)으로는 그 높이를 계측해낼 수 없고, 지극히 많은 강해의 수량을 작은 계산단위인 두·곡(斗·斛)으로 계량할 수 없다는 말. 곧 지극히 큰 것과 지극히 많은 것은 계량할 수 없다는 것. / 대인(大人)은 그 덕성, 총명함, 존엄성, 신의가 지대하고 지다하여 계량할 수 없음을 함축. (丈尺 : 자로 재다./ 1장과 1척. ※ 丈은 길이의 단위로 10척. / 재다. 측량하다. 斗斛 : 되질하다. / 1두와 1곡. ※ 斛은 되질하다. / 용량의 단위로 10두.)

〔 **淮南子·泰族訓** 〕 夫天地之施化也, 嘔之而生, 吹之而落. 豈此契契哉. 故凡可度者小也, 可數者少也. 至大非度之所能及也, 至衆非數之所能領也, 故九州不可頃畝也, 八極不可道里也, ○○○○○○○, ○○○○○○○. 故大人者, 與天地合德, 與日月合明, 與鬼神合靈, 與四時合信.

彼, 丈夫也, 我, 丈夫也, 吾何畏彼哉.

그들 (성현)이 장부이고 나도 장부이니, 내가 어찌 그들을 두려워하랴 ! 나도 사람으로서의 본성은 성현들의 그것과 비슷하여 노력의 여하에 따라 훌륭하게 될 수 있으므로 내가 성현들을 두려워할 아무런 이유가 없음을 이르는 것. → **彼丈夫. 我丈夫. 彼我丈夫.**

〔 **孟子·滕文公上** 〕 成覸謂齊景公曰, ○, ○○○, ○, ○○○, ○○○○○. 舜何人也. 予何人也. 有爲者亦若是.

琥珀不取腐芥, 磁石不受曲鍼.

호 박 개 침

호박은 (먼지를 흡수하지만) 썩은 먼지는 흡수하지 않으며, 자석은 곡침을 받아들이지 않는다. (喩) 청렴결백한 사람은 부정한 물건을 취하지 않는다.

〔 **三國志·吳志·虞翻傳** 〕 翻曰, ○○○○○○, ○○○○○○.

好直之士, 家不處亂國, 身不見汚君.

곧은 말을 좋아하는 선비는 집은 어지러운 나라에 자리잡지 않고, 몸으로는 옳지 못한 일을 하는 임금을 만나지 않는다. (處 : 자리잡다. 汚君 : 더럽혀진 임금. 옳지 못한 일을 하는 군자.)

〔 **呂氏春秋·貴直** 〕 能意見齊宣王, 宣王曰, 寡人聞子好直, 有之乎. 對曰, 意惡能直, 意聞○○○○, ○○○○○, ○○○○○.

4. 君子·大人과 小人의 對比

狂夫之樂, 智者哀焉. 愚者所笑, 賢者察焉.

미친 사람이 즐겁다고 느끼는 일은 지혜있는 자는 이것을 비애로 여기고, 어리석은 사람은 비웃는 것이 되니, 현명한 사람은 잘 살펴야 할 것이다. 같은 사물에 대하여 피차간에 그 견해·감정이 상반됨을 이르는 것.

〔**商君書·更法**〕孝公曰, 善. 吾聞窮巷多怪, 曲學多辯, 愚者笑之, 智者哀焉, 狂夫樂之, 賢者喪焉. 〔**史記·趙世家**〕(武靈)王曰, …… ○○○○, ○○○○, ○○○○, ○○○○.

君子居易以俟命, 小人行險以徼幸.

이 사 요

군자는 평안하게 살면서 천명을 기다리고, 소인은 위험한 일을 행하고 그로써 요행을 바란다. 군자는 평이한 자리에서 마음놓고 살면서 천명이 도래하기를 기다리나, 소인은 망녕되이 모험을 하고서 분에 없는 수확을 거두기를 바란다는 뜻. (居易 : 평안하게 살다. 소박한 자리에서 일하다. 俟 : 기다리다. 徼幸 : 요행. 분수에 없는 행운.)

〔**中庸·第十四章**〕故, ○○○○○○○, ○○○○○○○.

君子見人之厄則矜之, 小人見人之厄則幸之.

액 긍

군자는 남의 재난을 보면 이를 불쌍히 여기고, 소인은 남의 재난을 보면 도리어 좋아한다. (矜 : 불쌍히 여기다. 가엾게 여기다. 幸 : 좋아하다. 즐기다.)

〔**春秋公羊傳**〕吾聞之○○○○○○○○○○, ○○○○○○○○○○. 〔**東周列國志**〕君子矜人之厄, 小人利人之厄. 元帥乃君子, 非小人, 元是以不敢匿情.

君子固窮, 小人窮斯濫矣.

람

군자는 곤궁한 때를 굳게 지켜가지만, 소인은 곤궁할 때는 곧 (본분을 지키지 못하고) 예의·법도에 벗어나는 짓을 한다. (固 : 굳게 지키다. 견고하다. 堅守. 濫 : 함부로 하다. 예의와 법도에 벗어나다. / 혼란하게 하다.)

〔**論語·衛靈公**〕子路慍見曰, 君子亦有窮乎. 子曰, ○○○○, ○○○○○○.

君子求諸己, 小人求諸人.

저 기

군자는 자신에게서 찾고 소인은 남에게서 찾는다. 군자는 일이 이루어지지 않을 때 그 행동의 책임을 자신에게서 찾고, 소인은 그 원인과 책임을 외부적 여건에 돌려 남을 탓한다는 말. 君子責己, 小人責人. / 지위를 가진 군자는 반드시 자신이 먼저 선행(善行)을 가질 것을 추구하고 그런 후에 비로소 남이 착한 일(善事)을 요구하나 소인은 이와는 반대라는 뜻. (求 : 구하다. 찾다. 요구하다. / 나무라다. 책망하다. 꾸짖다. 諸 : ……에서. ……에게서. ……으로부터. 之於. 之乎의 합음.)

〔 **論語·衛靈公** 〕 子曰, ○○○○○, ○○○○○. 〔 **大學·傳九** 〕 君子有諸己, 而後求諸人, 無諸己, 而後非諸人.

君子其未得也則樂其意, 旣已得之, 又樂其治. 小人者, 其未得也, 則憂不得, 旣已得之, 又恐失之.

군자는 아직 자리를 얻지 못했으면 그 얻으려는 뜻을 즐거워하고, 또 이미 자리를 얻었으면 그것을 관리하는 것을 즐거워하나, 소인은 아직 자리를 얻지 못했으면 얻지 못하게 될 것을 걱정하고 이미 자리를 얻었으면 또 그것을 잃어버릴 것을 두려워한다. 군자는 평생토록 즐거워하고 하루도 걱정하는 날이 없으며, 소인은 평생토록 걱정하고 하루도 즐거워하는 날이 없다는 비유.

〔 **荀子·子道** 〕 子路問於孔子曰, 君子亦有憂乎. 孔子曰, ○○○○○○○○○○, ○○○○, ○○○○. 是以有終身之樂, 無一日之憂. ○○○, ○○○○, ○○○○, ○○○○, ○○○○. 是以有終身之憂, 無一日之樂也. 〔 **說苑·雜言** 〕 孔子曰, 無也. 君子之脩其行未得, 則樂其意. 已得, 又樂其知. 是以有終身之樂, 無一日之憂. 小人則不然, 其未知得, 則憂不得, 旣已得之, 又恐失之. 是以有終身之憂, 無一日之樂也. 〔 **孔子家語·在厄** 〕 子曰, ……, 小人則不然, 其未得也, 患弗得之, 旣得之, 又恐失之. 是以有終身之憂, 無一日之樂也.

君子難進易退, 小人反是.

군자는 어렵게 벼슬길에 나아가고 쉽게 물러나며, 소인은 이와는 반대이다. 군자는 권력에 집착하지 않으나 소인은 이에 집착함이 강하고 지위와 군력을 잡으면 그것을 내려놓으려고 하지 않는다는 뜻.

〔 **宋名臣言行錄·司馬光·元城語錄** 〕 先生(司馬光) 曰, 介甫誤矣. ○○○○○○, ○○○○. 若小人得路, 豈可去也. 必成讐敵.

君子劳心, 小人劳力.

군자는 마음으로 애쓰고, 소인은 힘으로 수고한다. 위정자는 백성을 다스리는데 정신적으로 애를 쓰고, 백성은 살아가는데 육체적으로 수고한다. 인격의 유무, 지위의 고하에 따라 힘쓰는 바가 다름을 지적한 것.

〔 **春秋左氏傳·襄公九年** 〕 知武子曰, ……, ○○○○, ○○○○, 先王之制也.

君子道其常, 而小人計其功.

군자는 사람이 지켜야 할 불변의 도리를 행하나, 소인은 일시적인 성과만을 계산하고 있다. (道 : 행하다. 常 : 불역·불변의 도. 사람이 지켜야 할 도리. = 常道. 功 : 성과. 효과. 업적.)

〔**荀子·天論**〕天有常道矣, 地有常數, 君子有常體. ○○○○○, ○○○○○○. 〔**明 朱國禎 涌幢小品**〕君子道其常, 此論理耳. 若論時勢, 當道其變.

君子務知大者遠者, 小人務知小者近者.

군자는 큰 일과 먼 앞날의 일을 알려고 하는데 힘쓰고, 소인은 작은 일과 목전의 일을 알려고 하는데 힘쓴다.

〔**春秋左氏傳·襄公三十一年**〕子皮曰, 善哉. 虎不敏. 吾聞, ○○○○○○○○, ○○○○○○○○. 我小人也.

君子不可小知, 而可大受也. 小人不可大受, 而可小知也.

군자는 사소한 지식이 필요한 일에는 적합하지 아니하나, 중대한 임무를 담당하는 일에는 적합하며, 소인은 중대한 임무를 담당하는 일에는 적합하지 아니하나 사소한 지식이 필요한 일에는 적합하다. 군자는 자질구레한 일에 잇어서는 남들의 인정을 받는다고 할 수는 없으나, 중대한 임무를 감당할 수 있으며, 소인은 중대한 임무를 감당할 수 없으나 자질구레한 일에 있어서는 남들의 인정을 받을 만하다는 의미. (可 : 적합하다. 적당하다. 알맞다. / 능히 감당하다. 해내다. 小知 : 사소한 지식이 필요한 일. 한 가지 일에 능한 것이 사람들에게 잘 알려짐을 가리킨다. 大受 : 중대한 임무를 맡는 일. 큰 일을 담당함.)

〔**論語·衛靈公**〕子曰, ○○○○○○, ○○○○○, ○○○○○○, ○○○○○.

君子上達, 小人下達.

군자는 위로 통달하고, 소인은 아래로 통달한다. 군자는 천리(天理)를 따르므로 날로 높고 밝은 훌륭한 곳으로 나아가고, 소인은 사욕을 추구하므로 날로 더러운 아랫 쪽으로 좇아간다는 뜻.

〔**論語·憲問**〕子曰, ○○○○, ○○○○. <朱注> 君子, 循天理, 故日進乎高明. 小人, 徇人欲, 故日究乎汚下.

君子食于道, 小人食于力.

군자는 도로써 생활을 하고, 소인은 힘으로써 먹고 산다. (食 : 생활하다.)

〔**通俗編**〕○○○○○, ○○○○○, 禮禮器, 食力無數.

君子, 與君子, 以同道爲朋, 小人, 與小人, 以同利爲朋.

군자와 군자는 도를 함께 함으로써 벗이 되고, 소인과 소인은 이익을 함께 함으로써 벗이 된다. 군자는 다 도를 추구하고, 소인은 이익을 추구한다는 말.

〔**宋 歐陽修·朋黨論**〕臣聞 朋黨之說, 自古有之, 惟幸人君, 辨其君子小人而已. 大凡○○,○○○, ○○○○○, ○○,○○○, ○○○○○. 此自然之理也.

君子役物, 小人役於物.

군자는 외물(外物)을 마음대로 부리나, 소인은 외물에 부림을 당한다. 도덕적인 수양을 쌓은 사람은 두려워할 것이 없어 부귀와 같은 외물을 처리할 수 있으나, 그렇지 않은 사람은 물질에 행혹되어 수고를 아끼지 않고 노력한다는 뜻. (物 : 천지 사이에 살고 있는 온갖 물건. 물질. / 사물·사리의 내용과 실질. / 여기서는 외물로, 제 심신 이외의 온갖 사물·명리·부귀 따위를 가리킨다.)

〔**荀子·修身**〕志意修則驕富貴, 道義重則輕王公. 內省而外物輕矣. 傳曰, ○○○○, ○○○○○, 此之謂矣.

君子喩於義, 小人喩於利.

군자는 의리를 잘 알고 있으나, 소인은 이익을 잘 알고 있다. 군자는 수양이 되어있어 이익을 뒤로 미루고 의리를 추구하지만, 소인은 수양이 안되어 이익을 앞세우고 의리를 돌보지 않는다는 뜻. (喩 : 잘 알다. 이해하다. 정통하다. 깨닫다. 밝게 알다.)

〔**論語·里仁**〕子曰, ○○○○○, ○○○○○.

君子有勇而無義爲亂, 小人有勇而無義爲盜.

군자가 용기만 있고 의로움이 없으면 난을 일으키고, 소인이 용기가 있고 의로움이 없으면 도적질을 한다. 용기에는 정의감이 밑받침되어야 하며, 그렇지 못한 용기는 난동이나 강도 등을 자행하게 됨을 이르는 것.

〔**論語·陽貨**〕子路曰, 君子尙勇乎. 子曰, 君子義以爲上, ○○○○○○○, ○○, ○○○○○○○, ○○.

君子周而不比, 小人比而不周.

군자는 사람들을 상대함에 보편적이고 한 무리에 편들지 아니하며, 소인은 한 무리에 편들고 사람들을 보편적으로 상대하지 못한다. 군자는 사람들을 예외없이 친근하게 상대하고 무리를 지어 사리사욕을 꾀하지 아니하며, 소인은 무리를 지어 사리사욕을 꾀하고 사람들을 예외없이 친근하게 상대하지 못함을 이르는 말. (周 : 보편적이다. 전반적이다. 일정수의 대상에 공통하여 예외가 없이 대하다. 比 : 편들다. 한 당파에 치우치다. ※ 작당하여 사리사욕을 꾀함을 이른다.) → **周而不比.**

〔 **論語·爲政** 〕 ○○○○○○, ○○○○○○.

君子中庸, 小人反中庸.

군자의 행위는 중용의 도리를 따르고, 소인의 행위는 중용의 도리를 위반한다. 군자는 항상 한쪽으로 치우치지 않아서 지나치거나 모자람이 없는 상태를 지키나, 소인은 그와 반대라는 말. (中庸 : 어느 한쪽으로 치우치지 않고 따라서 지나치거나 모자람이 없는 바른 상태를 의미.)

〔 **中庸·第二章** 〕 仲尼曰, ○○○○, ○○○○○.

君子贈人以言, 庶人贈人以財.

군자는 남에게 좋은 말을 해주고, 보통 사람은 남에게 재물을 준다.

〔 **荀子·大略** 〕 曾子行, 晏子從於郊. 曰, 嬰聞之, ○○○○○○, ○○○○○○. 嬰貧無財, 請假於君子, 贈吾子以言.

君子之交, 淡若水, 小人之交, 甘若醴(례).

군자의 교제는 담박하기가 물과 같고, 소인의 교제는 달기가 단술과 같다. 군자의 교제는 담박한 물과 같아서 영구히 변하지 아니하나, 소인의 교제는 이로움으로써 결합된 것이므로 잘 변하는 단술과 같이 오래갈 수 없다는 비유. 소인의 교제는 더욱 친밀해지고, 소인의 교제는 잘 끊어진다는 뜻. (醴 : 단술.)

〔 **禮記·表記** 〕 君子之接如水, 小人之接如醴. 君子淡以成, 小人甘以壞. 〔 **莊子·山本** 〕 ○○○○ ○○○, ○○○○ ○○○. 君子淡以親, 小人甘以絶, 彼無故以合者, 則無故以难. 〔 **元 費唐臣·貶黃州** 〕 我止望周人之急緊如金, 君子之交淡如水. 〔 **明 釋正岩·與陳平遠居士書** 〕 冷之爲物, 至于澹宜. 凡見澹人如水投氷, 不求合自合, 故于居士獨有願與之心焉. 古人云, 君子之交, 澹如水. 近代鮮矣. 〔 **明 王達·筆疇** 〕 晏平仲善與人交而敬之者, 不過以義相合爾. 君子之交淡如水, 小人之交濃如醴. 水雖淡久而味長, 醴雖濃久而怨起, 吾聞之古人云.

君子之德風, 小人之德草, 草上之風必偃(언).

군자의 덕은 바람이고 소인의 덕은 풀이니, 풀 위에 바람이 불면 풀은 반드시 쓰러진다. 국가의 지도자는 스스로 몸을 바르게 하여 인(仁)을 실행하므로 백성들은 자연스럽게 인덕을 받아 감화되고 선으로 돌아간다는 비유. (偃 : 쓰러진다. 자빠지다.)

〔**論語·顔淵**〕孔子對曰, 子爲政, 焉用殺. 子欲善, 而民善矣. ○○○○ ○, ○○○○, ○, ○○○○○○.
〔**說苑·政理**〕孔子曰, ……, 君子之德風也, 小人之德草也, 草上之風必偃.

君子之道, 闇然而日章, 小人之道, 的然而日亡.
암

군자의 도는 겉은 어둑어둑하되 속은 날로 밝아지고, 소인의 도는 뚜렷하되 날로 없어지는 것이다. 군자의 사람으로서의 갖추어야 할 도는 그 아름다움이 속에 있어서 드러나지는 않으나 날자가 오래되면 하루하루 매우 뚜렷해지며, 소인의 사람으로서의 갖추어야 할 도는 그 표면이 매우 선명하나 내재미(內在美)가 없어서 날자가 오래되면 하루하루 없어져버린다는뜻. (闇然 : 어두워 보이지 아니하는 모양. 깊숙하고 어두운 모양. 章 : 밝다. 밝히다. ≒ 彰. / 뚜렷하다. 的然 : 분명한 모양.)

→ 闇然而日章.

〔**中庸·第三十三章**〕詩曰, 衣錦尙絅, 惡其文之著也. 故, ○○○○, ○○○○○, ○○○○ ○○○○○. …….

君子之愛人也以德, 細人之愛人也以姑息.

군자가 사람들을 사랑하는 데에는 덕을 쓰고, 소인이 사람들을 사랑하는 데에는 임시방편의 수단을 쓴다. 군자가 사람들을 사랑하는 데에는 사람들 각 자의 좋은 품성을 도와서 일을 이루도록 해주는 데 힘쓰고, 견식이 적은 소인이 사람들을 사랑하는 데에는 단지 사람이 일시의 안일을 구하며 되는 대로 살아가도록 해주는데 힘씀을 이르는 것. (以 : 쓰다. 사용하다. 운용하다. 細人 : 소인. 견식이 짧고 얕고 지위가 낮은 사람. 姑息 : 일시의 안일을 구함. 임시방편을 구함. 눈 앞의 안일만 탐내며 되는 대로 살아감.)

〔**禮記·檀弓上**〕曾子曰, 爾之愛我也, 不如彼. ○○○○○○○○○, ○○○○○○○○○○. 〔**三國志·荀彧傳**〕董超等謂太祖宜進爵國公 …… 彧以爲太祖本興義兵以匡朝寧國, 秉忠貞之誠, 守退讓之實, 君子愛人以德, 不宜如此.

君子之言, 寡而實, 小人之言, 多而虛.

군자의 말은 적더라도 실속이 있고, 소인의 말은 많아도 속이 비어있다.

〔**說苑·談叢**〕○○○○, ○○○, ○○○○, ○○○.

君子坦蕩蕩, 小人長戚戚.
탄 탕 척

군자는 마음이 편하여 아무런 거리낌이 없으나, 소인은 오래도록 근심하고 괴로워 한다. 군자는 자연의 이치에 입각하여 일을 하므로 사람들과 다투는 일이 없어 마음 속이 비어있고 따라서 마음이 차분하고 편안하며 자유자재한 상태에 있다. 반면 소인은 사욕을 취할 마음을 품고 있어 계략을 써서라도 어떤 이권을 쟁취하려고 생각하므로 종일 마음을 놓지 못하고 늘 걱정하고 괴로워한다는 뜻. (坦 : 편하다. 蕩蕩 : 광대한 모양. 마음에 거리낌이 없는 모양. 마음이 느긋한 모양. 戚戚 : 근심하고 괴로워하는 모양. 근심하고 두려워하는 모양.)

〔**論語·述而**〕子曰, ○○○○○, ○○○○○. 〔**五燈會元**〕問, 入山不畏乎, 當路却防人時如何. 師曰, 君子坦蕩蕩.

君子泰而不驕, 小人驕而不泰.

군자는 마음이 편안하고 교만하지 아니하며, 소인은 교만하고 마음이 편안하지 못하다. 군자는 천리(天理)를 따르기 때문에 언제나 마음이 무사태평하고 부귀해져도 교만방자해지지 아니하나, 소인은 욕심을 마음대로 부리기 때문에 교만 방자하고 마음이 태평하지 못하다는 의미. (泰 : 마음이 편안하다. 무사태평하다. 마음이 편안하고 조용하다. 편안하고 자유롭다.)

〔**論語·子路**〕子曰, ○○○○○○, ○○○○○○.

君子學道則愛人, 小人學道則易使也.

(높은 지위에 있는) 군자가 (예악의) 도를 배우면 사람을 사랑하고, 서민이 (예악의) 도를 배우면 부려먹기가 쉽다. 예악의 도를 배운 서민은 지위 높은 사람의 명령에 복종시키기에 용이함을 이른다. (使 : 명령을 받다. / 사역을 당하다. 사람이 부려지다. ※ 사람의 명령에 복종함을 이른다.)

〔**論語·陽貨**〕子遊對曰, 昔者偃也聞諸夫子曰, ○○○○○○○, ○○○○○○○○. < 朱注 > 君子小人, 以位言之. ……. 故武城雖小, 亦必教以禮樂.

君子行德, 以全其身, 小人行貪, 以亡其身.

군자는 덕을 행함으로써 그 몸을 온전히 하고, 소인은 탐욕을 행함으로써 그 몸을 망친다.

〔**說苑·談叢**〕○○○○, ○○○○, ○○○○, ○○○○.

君子和而不同, 小人同而不和.

군자는 사람들과 화친하되 뇌동하지 않고 소인은 사람들에게 뇌동하되 화합하지 않는다. 군자는 사람들과의 의견에 조화를 이루고 일시적으로 미봉하여 찬동하는 것을 원하지 아니하나, 소인은 자기의 뜻을 굽혀 다른 사람들의 의견에 따르고 중정화평(中正和平)을 이룰 수 없음을 이르는 것. 군자는 의리를 숭상하므로 대인관계에 있어 잘 조화를 이루고 부화뇌동함이 없이 주견에 따라 행동하나, 소인은 이득을 추구하므로 이득에 따라 부화뇌동하나, 여러 사람과 잘 어울리지 못한다는 뜻. (和 : 화친하다. 사람들의 의견에 조화를 이루다. 맹목적으로 부화하지 않고 의견·이의를 적절히 조화하다. 성격·언어·행동이 도리에 맞다. 同 : 뇌동하다. 아첨하는 마음이 있다. 사람들의 뜻에 굴종하다. 맹목적으로 남의 의견에 부화뇌동하다. → **和而不同**.

〔 **論語·子路** 〕 子曰, ○○○○○○, ○○○○○○. 〔 **中庸·第十章** 〕 故君子和而不流, 強哉矯, 中立而不倚, 強哉矯, …….

無君子莫治野人, 無野人莫養君子.

군자가 없으면 시골사람을 다스릴 수 없고, 시골사람이 없으면 군자를 봉양할 수 없다. 공무를 집행하는 관리가 없으면 농사를 지으며 세금을 내는 농민을 관리할 수 없고, 이런 농민이 없으면 관리를 공양할 수 없음을 이르는 말. (野人 : 순박한 사람. 시골사람. / 야인. 평민. 서민. 일반백성. / 미개인. 야만인.)

〔 **孟子·滕文公上** 〕 夫滕, 壤地褊小. 將爲君子焉, 將爲野人焉. ○○○○○○○, ○○○○○○○. 〔 **意林** 〕 (引 魏子) 天生君子所以治小人, 天生小人所以奉君子. 無君子則無以畜小人, 無小人則無以養君子.

不可以一時之譽, 断其爲君子, 不可以一時之謗, 断其爲小人.

한 때의 칭찬을 가지고 그의 군자됨을 판가름해서는 안되며, 한 때의 헐뜯음을 가지고 그의 소인됨을 판가름해서는 안된다. 일시적으로 들리는 칭찬과 헐뜯음을 가지고 어떤 사람의 좋고 나쁨을 단정해서는 안되는 것을 가리킨다.

〔 **京本通俗小說** 〕 古人說, ……蓋棺論始定. ○○○○○○○, ○○○○○, ○○○○○○○, ○○○○○.

小人用壯, 君子用罔.

망

소인은 강한 힘을 남용하지만 군자는 그것을 남용하는 일이 없다. 소인은 강한 힘을 남용하여 반드시 곤경에 빠져들게 되지만 군자는 그런 일이 없음을 이르는 말. (壯 : 혈기가 매우 강함. 나이가 적고 힘이 강함. 강한 힘. 用罔 : 罔用과 같으며 곧 강한 강한 힘을 쓰지 않는다. 罔 : 없다. = 無.)

〔 **周易·雷天大壯** 〕 九三, ○○○○, ○○○○, 貞厲. 羝羊觸藩, 羸其角. 象曰, 小人用壯, 君子用罔, 君子用罔也.

小人溺於水, 君子溺於口, 大人溺於民.

익

소인은 물에 빠지고, 군자는 말씨름에 빠지고 대인은 백성에게 빠진다. 일반사람들은 물을 좋아하다가 곧 물에 빠져죽기가 쉽고, 사대부는 고담활론(高談闊論)을 좋아하다가 말씨름에 빠져들기 쉽고, 큰 덕을 갖춘 군주나 제후는 민간의 풍조에 영합하는 것을 좋아하다가 곧 민간에서 유행하는 조류에 빠져들기 쉽다는 뜻. (溺 : 물에 빠지다. 어려움에 빠지다. 口 : 말씨름.)

〔 **禮記·緇衣** 〕 子曰, ○○○○○, ○○○○○, ○○○○○, 皆在其所褻也, 未水近於人而溺人, 德易狎而難親也, 易以溺人. 口費而煩, 易出難悔, 易以溺人. 夫民閉於人而有鄙心, 可敬不可慢, 易以溺人. 故君子不可以不愼也.

小人則以身殉利, 士則以身殉名, 大夫則以身殉家, 聖人則以身殉天下.

소인은 자신을 위하여 그 목숨을 버려 이익을 추구하고, 선비는 자신을 위하여 그 목숨을 버려 명성을 추구하며, 대부는 자신을 위하여 그 목숨을 버려 가문을 추구하고, 성인은 자신을 위하여 그 목숨을 버려 천하를 추구한다. (以身 : 자신을 위하여. 나를 위하여. 殉 : …에 몸을 바치다. …에 목숨을 바치다. 몸을 버려 구하다. 목숨을 바쳐 추구하다. 利 : 이익. 재물. 재화. / 이롭게 하다. 이익을 얻다. 家 : 집안. 가문. 일족. 친척. 여기서는 경대부가 추구하는 채읍. 식읍. 채지를 함을 뜻한다.)

〔 **莊子·騈拇** 〕 ○○○○○○○, ○○○○○○, ○○○○○○○, ○○○○○○○○. 故此數子者, 事業不同, 名聲異號, 其於傷性以身爲殉.

燕雀安知鴻鵠之志哉.

곡

제비나 참새같은 작은 새가 기러기나 고니같은 큰 새의 뜻을 어찌 알 수 있으랴! (喩) 소인, 또는 못난 사람은 대인, 군자의 큰 뜻을 알지 못한다. (由) 젊어서 남의 집 머슴이 되어 농사를 짓던 陳涉(陳勝)은 어느 날 일을 멈추고 밭 두둑에 올라 오랫동안 탄식하고 "만약 부귀하게 되더라도 서로 잊지 말자"고 하니, 같은 동료 머슴들이 "너는 고용되어 남의 농사짓고 있는데 어찌 부귀해진단 말인가?"라고 하자, 陳涉은 크게 탄식하면서 "아! 제비나 참새같은 작은 새가 기러기나 고니같은 큰 새의 뜻을 어찌 알겠는가!"라고 말했다. 이윽고 秦나라 始皇帝가 죽고 2세의 세상이 되자 그는 吳廣과 함께 반란을 일으켜 秦나라를 함락하여 국호를 張楚로 하는 나라를 세웠다. (安 : 어찌.)

〔 **史記·陳涉世家** 〕 陳涉少時, 嘗與人傭耕, 輟耕之壟上, 帳恨久之 曰, 苟富貴, 無相忘. 傭者笑而應曰, 若爲傭耕, 何富貴也, 陳涉太息曰, 嗟呼, ○○○○○○○○○. 〔 **晉書** 〕 王濬恢廓有大志, 嘗起宅, 開前路, 廣四十步, 或謂之曰, 何太過, 曰, 吾欲使容長戟幡旗, 衆咸笑之, 濬曰, 陳勝有言○○○○○○○○○. 〔 **十八史略·近古·晉 六朝篇** 〕 ○○○○○○○○○. 〔 **明 黃小配·洪秀全演義** 〕 乃向其鄉人說道, 我今將爲狀元, 不久便作開國元勛矣. 何以賀我. 鄉人益非之. 劉贊辰嘆道, 此所謂燕雀不知鴻鵠志也.

從其大體爲大人, 從其小體爲小人.

그 마음을 따르면 대인이 되고, 그 이목(耳目)을 따르면 소인이 된다. 사람의 마음 곧 인의(仁義)를 추구하는 사람은 대인이 되고, 사람의 이목구비 같은 감각기관의 욕망만 좇아서 행동하면 소인이 된다는 말. (大體 : 마음. 小體 : 이목구비류.)

〔 **孟子·告子上** 〕 公都子問曰, 鈞是人也, 或爲大人, 或爲小人何也, 孟子曰, ○○○○○○○, ○○○○○○○, ○○○○○○○○.

體有貴賤, 有小大. 養其小者爲小人, 養其大者爲大人.

몸에는 귀한 것과 천한 것이 있고, 작은 것과 큰 것이 있다. 그 작은 것을 기르는 자는 소인이 되고, 그 큰 것을 기르는 자는 대인이 된다. 몸의 천하고 작은 부분인 구복(口腹) 곧 음식을 걱정하는 사람은 소인이 되고 귀하고 큰 부분인 심지(心志) 곧 마음을 기르는 자는 대인이 된다는 뜻.

〔 **孟子·告子上** 〕 ○○○○, ○○○. 無以小害大, 無以賤害貴. ○○○○○○○, ○○○○○○○. < 朱注 > 賤而小者, 口腹也, 貴而大者, 心志也.

忠義之人, 雖死猶生, 作奸之徒, 雖生猶死.

충직하고 의리있는 사람은 죽어도 살아있는 것과 같고, 간사한 짓을 하는 무리는 살아있어도 죽은 것과 같다. 충직하고 의리있는 사람은 죽어도 그 정신이 여전히 남아있고, 간사한 짓을 하는 무리는 살아있어도 아무 가치가 없다는 뜻.

〔 **清 鈞格·磨塵鑑** 〕 萬歲, 豈不聞○○○○, ○○○○, ○○○○, ○○○○. 況二人童子有仁心, 所以眞不死.

黃口從大爵者不得, 大爵從黃口者可得.
작

어린 새가 큰 새를 따라다니면 잡히지 아니하나, 큰 새가 어린 새를 따라가면 잡힐 수 있다. 사람이 남을 좇아서 행하는 데 따라 화 또는 복이 되므로 군자는 그 행하는 바를 삼가야 되는 것임을 비유. (黃口 : 조란 부리. / 참새류의 갓난 새. 어린 새. 작은 새. ※ 새 새끼의 부리가 노란 데서 이르는 말. 爵 : 참새. = 雀.)

〔 **說苑·敬身** 〕 羅者對曰, ○○○○○○○○, ○○○○○○○○. 孔子顧謂弟子曰, 君子愼所從, 不得其人, 則有羅網之患. ※ 〔 **孔子家語·六本** 〕 羅者曰, 大雀善驚而難得, 黃口者貪食而易得. 黃口從大雀則不得, 大雀從黃口亦不得. 孔子謂弟子曰, 善驚以遠害, 利食而忘患, 自其心矣, 而獨以所從爲禍福, 故君子愼其所從.

5. 小人·俗人·盜賊

孤陋寡聞之人妄自誇大, 曰夜郎自大.
루

세상 물정에 어둡고 견문이 적은 사람이 함부로 잘난 체하고 자만하여 뽐내는 것을 “夜郎이 잘난 체한다”고 말한다. (由) 漢代 서남오랑캐 가운데 가장 우세했던 夜郎의 후(侯)가 漢의 광대함을 모르고 漢나라 사신에게 “한과 夜郎이 어디가 더 크냐?”고 물었다는 고사. (孤陋는 견문이 적어 세상 물정에 어둡고 고집이 센 것. 夜郎自大는 夜郎이 잘난 체하다로 세상 물정 모르는 어리석은 사람 또는 그런 사람이 망녕되이 스스로를 높여 잘난 체함을 비유하여 이르는 말.) → **夜郎自大**.

〔**漢書·西南夷傳**〕滇王與漢使者言曰, 漢孰與我大. 及夜郎侯亦然. 以道不通, 故各以爲一州之王, 不知漢宏大. 今謂○○○○○○○○○○, ○○○○○.

驥之材, 而馬伐之, 驥必罷矣.

피

천리마가 재간이 있어도 백 마리의 보통말이 공격하면 그 천리마는 반드시 피로해진다. (喩) 어리석은 무리들이 한 현인(賢人)을 공격하면 그 현인이 좌절당한다. 여러 신하가 한 현신(賢臣)을 공격하면 제거당한다. (罷 : 고달프다. ≒ 疲.)

〔**管子·覇言**〕夫輕重彊弱之形, 諸侯合則彊, 孤則弱. ○○○, ○○○○○, ○○○○. 彊最一代, 而天下共之, 國必弱矣.

盜亦有道, 妄意室中之藏, 聖也. 入先, 勇也. 出後, 義也. 知可否, 知也. 不均, 仁也.

도둑에게도 역시 도가 있으니, 어떤 집의 소장물(所藏物)을 제멋대로 추측하는 것은 성(聖), 도둑질하러 먼저 들어가는 것은 용(勇), 도둑질하고 맨 나중에 나오는 것은 의(義), 훔칠 물건의 가부를 알아내는 것은 지(智), 훔친 물건을 고루 나누는 것은 인(仁)이다. 이 다섯 가지의 도를 갖추면 큰 도둑이 될 수 있다는 주장. (妄 : 함부로. 멋대로. 되는 대로. 意 : 헤아리다. 추측하다. 藏 : 소장물. 저장물.)

〔**莊子·胠篋**〕跖之徒, 問於跖曰, ○○○○乎. 跖曰, 何適而無有道邪. 夫○○○○○○, ○○, ○○, ○○, ○○, ○○○, ○○. ○○○○, ○○. 五者不備, 而能成大盜者, 天下未之有也. 〔**呂氏春秋·當務**〕跖之徒問於跖曰, 盜有道乎. 跖曰, 奚啻其有道也. 夫妄意關內中藏聖也, 入先勇也, 出後義也, 知時智也, 分均仁也. 不通此五者而能成大盜者, 天下無有. 〔**抱朴子**〕莊周云, 盜有聖人之道五焉. 妄意而知人之藏者明也. 先入而不疑者勇也. 後出而不懼者義也. 知可否之宜者知也. 分財均同者仁也. 不得此道而成天下大盜者, 未之有也. 〔**宋 張端義·貴義集**〕盜亦有道, 黃巢后爲緇徒, 曾住大刹, 禪道叢林推重.

盜雖小人, 智過君子.

도둑이 비록 인격이 낮은 사람이지만 지혜는 도리어 군자를 앞서는 수도 있다.

〔**宋 費袞·梁溪漫志**〕俚語謂, ○○○○, ○○○○. 此語固可鄙矣, 然盜之奸詐, 實有出人意表者, 可誅也.

莫邪爲鈍兮, 鉛刀爲銛.

야 섬

명검인 莫邪는 둔하다고 생각하고, 무딘 칼은 날카롭다고 생각하다. (喩) 흑백이 전도되어 소인이 득세하고 현인이 굴욕을 받다. / 사람이 어리석어 현명한 사람을 어리석은 사람으로, 어리석은 사람을 현명한 사람으로 여기다. (莫邪 : 전설 속의 여자 이름으로, 일찍이 그의 남편 干將과 더불어

楚나라 왕을 위하여 검의 자웅 두 자루를 만들었다. 후에 간장 莫邪는 날카로운 명검의 이름이 되었다. 銛 : 예리하다.) → **莫邪鈍, 鉛刀銛.**

〔**漢 賈誼·弔屈原賦**〕謂隨夷溷兮, 謂跖蹻廉, ○○○○○, ○○○○.

小兒輩, 厭家雞, 愛野雉.

염　　　　치

소인배는 집닭을 싫어하고, 들꿩을 좋아한다. (喻) 소인배는 집안에 있는 좋은 것을 버리고, 밖에 있는 나쁜 것을 탐낸다. / 자기 것은 달갑게 여기지 않고, 남의 것을 귀하게 여긴다. / 소인배는 좋은 필적을 버리고 나쁜 필적을 따른다. / 소인배는 정처(正妻)를 싫어하고, 첩을 좋아한다. / 소인배는 고유의 것을 버리고, 외래의 것을 좋아한다. → **厭家雞, 愛野雉.**

〔**晉 何法盛·晉中興書**〕庾翼書, 少時與右軍齊名. 右軍後進, 庾猶不分. 在荊州與都下人書云, ○○○, ○○○, ○○○, 皆學逸少書. 須吾還, 當比之. 〔**蘇軾·書王子敬帖詩**〕家雞野鶩同登俎, 春蚓秋蛇總入奩.

小人以小善爲无益而弗爲也, 以小惡无傷而弗去也.

소인은 작은 선이 이익이 되는 것이 없다고 여겨 이를 행하지 아니하며, 작은 악이 해치는 것이 없다고 여겨 이를 없애지 않는다.

〔**周易·繫辭下**〕○○○○○○○○○○○○○, ○○○○○○○○○○, 故惡積而不可揜, 罪大而不可解.

小人之過也必文.

소인이 과실이 있으면 반드시 (과실이 아닌 것 같이) 꾸미려 한다. 소인은 자신의 잘못을 고치는 것을 꺼리고 그의 양심을 속이는 것을 두려워하지 않아 그 잘못이 더욱 커지는 것. (文 : 잘못이 아닌 양 꾸미다. 겨점, 실수 등을 덮어서 가리다. 숨기다.)

〔**論語·子張**〕子夏曰, ○○○○○○○. 〔**東周列國志**〕臣聞小人知其過, 謝之以文, 君子知其過, 謝之以質.

小人之性, 專務苟且.

소인의 습성은 오로지 일시적으로 미봉하는데에만 힘쓰는 것이다. 소인은 그럭 저럭 되는 대로 하는 습성을 가지고 있다는 말. (苟且 : 일시적으로 미봉하다.)

〔**宋 呂居仁·官箴**〕前輩常言, ○○○○, ○○○○. 明日有事, 今日得休且休.

小人之譽人, 友爲損.

소인이 남을 칭찬하는것은 도리어 헐뜯음이 된다. 소인이 칭찬하는 것은 곧 헐뜯음과 같다는

말. (損 : 헐뜯다. 비난하다.)

〔 **淮南子·說山訓** 〕 ○○○○○, ○○○. < 高注 > 其母以爲力挾, 以此譽人, 孰如毀之. 故諺曰, 問誰毁之, 小人譽之. 此之謂也. 損, 毁也.

小人之學也, 入乎耳, 出乎口.

소인의 학문의 탐구는 (학문이) 귀의 들음으로 들어오면 바로 입의 말함으로 내어보내는 것이다. 학문이란 귀의 들음을 통해서 몸에 들어오면 이것을 마음에 쌓아서 온몸에 퍼지게 하고 그로써 일상의 거동 속에 나타내야 하는 것인데, 소인은 학문을 피상적으로 받아서 몸과 마음으로 이해, 소화시키는 과정도 없이 즉시 토해버리는 천박함을 나타냄을 이른 것.

〔 **荀子·勸學** 〕 君子之學也, 入乎耳, 箸乎心, 布乎四體, 形乎動靜. 端而言, 蝡而動, 一可以爲法則. ○○○○○, ○○○, ○○○. 口耳之間則四寸耳, 曷足以美七尺之軀哉.

小人貧斯約, 富斯驕, 約斯盜, 驕斯亂.

소인은 가난하면 궁색해지고, 부유하면 교만해진다. 궁색하면 도둑질하게 되고, 교만하면 질서를 어지럽힌다. 소인이 빈궁하면 궁색함에 빠지게 되고, 부유하면 오만불손함으로 바뀌게 되며, 궁색하면 도둑질을 향하여 달려가고, 오만불손하면 난리를 일으켜 윗 사람에게 반항함을 이르는 것. (斯 : 곧. 이에. 約 : 곤궁하다. 군색하다. 궁색하다. 난처하다. 구차하다.)

〔 **禮記·坊記** 〕 子云, ○○○○○, ○○○, ○○○, ○○○.

小人閒居爲不善, 無所不至. 見君子, 而后厭(암)然揜(엄)其不善而著(저)其善.

소인이 혼자 살 때는 나쁜 짓을 독차지하고 그런(나쁜) 짓을 하지 않는 것이 없지만, 군자를 만나면 곧 그의 나쁜 짓을 슬슬 피하며 가리어 덮고, 그의 좋은 일을 드러낸다. (閒居 : 한가이 있다. / 혼자 살다. 독거하다. 평시를 가리킨다. 無所不至 : 이르지 않는 곳이 없다. 어디에나 다 미친다. ※ 여기서는 나쁜 짓을 안하는 것이 없고 안하는 곳이 없다는 뜻. 厭然 : 숨기는 모양. / 요리 조리 슬슬 피하는 모양. 揜 : 가리다. 가리어 덮다. 著 : 나타내다. 드러나게 하다.)

〔 **大學·傳六** 〕 ○○○○○○○, ○○○○, ○○○, ○○○○○○○○○○○○○.

小人懷璧, 不可以越鄕.

소인이 구슬을 몸에 지니면, (반드시 악인의 습격을 받을 것이므로) 마을을 넘어서 밖에 나가서는 안된다. 자기의 위상에 상응하지 못하는 지나치게 훌륭한 것을 가져서는 안되는 것을 지적하는 말.

〔**春秋左氏傳·襄公十五年**〕稽首而告曰, ○○○○, ○○○○○, 納此以請死也.

俗眼不識神仙.

속인의 눈매로는 신선을 식별해 내지 못한다. (喩) 보통 사람은 특별히 훌륭한 인물을 식별할 수 없다.

〔**唐 薛用弱·集異記**〕胃齡等因話其事, 諸伶竟拜曰, ○○○○○○. 乞隆清重, 附就筵席. 〔**清 朱素仙·玉連環傳**〕二舅夏侯姑夫 ……或者俗眼不識英雄.

随厮養之役者, 失萬乘之權, 守儋石之禄者, 闕卿相之位.

시 담 저

땔나무하고 말먹이는 일을 맡은 자는 일만 대의 병거를 거느릴 권세를 갖는 천자의 자격을 놓치는 것이고, 얼마되지 않는 녹봉만을 지키고 있는 자는 임금을 돕고 정치를 행하는 재상(宰相)의 지위를 누리지 못한다. 남의 심부름만 하는 하인은 천자가 될 자격이 없고, 하찮은 녹봉에 매달려 있는 하급관리는 높은 지위에 오를 자격이 없다는 뜻. (随 : 맡기다. 厮養 : 나무를 하고 말을 먹이는 하인. 천한 사람. 失 : 찾지 못하다. 擔 : 두 항아리의 분량. 石 : 한 항아리의 분량. 擔石 : 얼마 되지 않은 적은 분량의 곡식. 闕 : 다하다. 다 없어지다.)

〔**史記·淮陰侯列傳**〕後數日, 蒯通復說曰, ……. 夫○○○○○○, ○○○○○, ○○○ ○○○, ○○○○○. 故知者決之断也, 疑者事之害也, …….

蠅成市于朝, 蚊成市于暮.

승 문

파리는 아침에 떼를 지어 모이고, 모기는 저녁에 떼를 지어 모인다. (喩) 소인배들이 때에 맞추어 득실거리다. (成市 : 저자를 이루다. / 사람이나 물건이 많이 모이다.)

〔**韓愈·雜詩**〕朝蠅不須驅, 暮蚊不可拍, 蠅蚊滿八區, 可盡與相格. 〔**埤雅廣要**〕○○○○○, ○○○○○.

若苗之有莠, 若粟之有秕.

유 속 비

벼의 묘 속에 있는 강아지풀과 같고, 곡식알 속에 있는 쭉정이와 같다. 유용하고 좋은 물건 속에 섞여있는 쓸 데 없고 나쁜 물건이라는 뜻. / 선인들 틈에 끼여 있는 악인과 같은 존재라는 의미. (莠 : 강아지풀. 가라지풀. 秕 : 쭉정이.)

〔**書經·商書·仲虺之誥**〕肇我邦于在夏, ○○○○○, ○○○○○, 小大戰戰, 罔不懼于非辜.

燕雀不生鳳, 狐兎不乳馬.

제비나 참새는 봉황을 낳지 못하고, 여우나 토끼는 말을 낳지 못한다. (喩) 범인은 영웅을 낳지

못한다. 불초한 사람에게는 어진 지식이 나오기 어렵다. (乳 : 生의 뜻.)

〔 **漢 魏伯陽·周易参同契** 〕 ○○○○○, ○○○○○,

瓴甋夸璵璠, 魚目笑明月.

영 적 여 번

기와가 보옥(寶玉)에게 뽐내고, 물고기 눈알이 보석을 비웃는다. (喻) 불초한 사람이 현인을 비웃다. / 하찮은 것을 좋다고 하고 좋은 것을 비웃다. (瓴甋 : 기아. 땅에 까는 바닥기와. 璵璠 : 春秋時代 魯나라의 보옥. 明月 : 明月之珠의 약어로 어두운 밤에도 빛을 내는 보석.)

〔 **張協·詩** 〕 ○○○○○, ○○○○○

有盜夜入陳寔之室, 止於梁上. 寔陰見, 呼命子孫, 訓之曰, 夫人不可不自勉, 不善之人未必本惡, 習以性成, 遂至於此, 梁上君子者是矣.

식

어떤 도둑이 (後漢 말 太丘縣監을 지낸) 陳寔의 집에 들어가 대들보 위에 (몰래) 머물러 있었다. 陳寔은 은밀하게 이것을 보고 자손들을 불러들여 이들을 훈계하여 말하기를 "대저 사람은 스스로 부지런히 일하지 않으면 안된다. 착하지 못한 사람도 반드시 본래 악한 것이 아니고, 버릇이 성질이 되어 마침내 이와 같은 악에 이르게 된다. 대들보 위에 있는 군자가 바로 그런 것이다"라고 하였다. (그 도둑이 크게 놀라 스스로 땅으로 뛰어내려와 이마를 조아리고 죄를 스스로 인정, 복죄하였다.) → **梁上君子**.

〔 **後漢書·陳寔傳** 〕 陳寔, 字仲弓, 少作縣吏, 爲都亭刺佐. 有志好學, 坐立誦讀. 縣令奇之, 聽受業太學, 後除太丘長, 修德清静, 百姓以安. 時勢荒民倹, 有盜夜入其室, 止於梁上, 寔陰見, 乃起自整拂, 呼命子孫, 正色訓之曰, 夫人不可不自勉, 不善之人, 未必本惡, 習以性成, 遂至於此, 梁上君子者是矣. 盜大驚, 自投於地, 稽顙歸罪.

有人 舍其文軒, 而欲窃敝轝, 舍其錦繡, 而欲窃短褐, 舍其梁肉, 而欲窃糠糟, 此必爲窃疾矣.

헌 여 수 갈

어떤 사람이 그의 무늬새겨진 좋은 수레를 버려두고 남의 다 낡은 수레를 훔치려고 하고, 그 수놓은 비단옷을 버려두고 남의 짧은 베잠방이를 훔치려 하며, 그 곡식과 고기를 버려두고 남의 겨와 지게미를 훔치려하는 것, 이것은 반드시 도둑질 하는 버릇이 든 사람이다. (喻) 楚나라 公輸班이 성을 공격하는 운제(雲梯)라는 기계를 만들어 宋을 치려한다는 소문을 들은 宋나라 대부 墨子(墨翟)는 公輸班을 만나 치지 말 것을 설득한데 이어 楚의 왕을 만나 위와 같이 말하고 사방 오천리의 땅에 많은 갖가지 물자를 가지고 있는 楚나라가 사방 오백리의 땅에 아무 자원도 없는 楚나라를 치려는 것은 위의 비유와 다를 것이 없다고 하면서 설득하엿으나 뜻을 굽히지 않자 다시 운제가 성 공격에 실효성이 없음을 실증한 뒤에 공격 의지를 포기하도록 하였다. (文 : 무늬.

/ 채색. 빛깔. 軒 : 수레. ※ 지붕이 있고 앞쪽이 비교적 높은 옛날 수레의 한 가지. 轝는 가마. 손으로 들거나 어깨에 메는 가마. / 수레. ※ 수레의 총칭. = 輿. 錦繡 : 비단에 놓은 수. / 아름다운 옷. 梁肉 : 좋은 쌀과 좋은 고기. 부귀한 사람의 음식. 疾 : 버릇. 성벽.)

〔**墨子·公輸**〕子墨子見王, 曰, 今有人於此, 舍其文軒, 鄰有敝轝, 而欲竊之, 舍其錦繡, 鄰有短褐, 而欲竊之, 舍其梁肉, 鄰有糠糟, 而欲竊之, 此爲何若人. 王曰, 必爲竊疾矣. 子墨子曰, 荊之地 方五千里, 宋之地 方五百里, 此猶文軒之敝轝也. 荊有雲夢, 犀兕麋鹿滿之, 江漢之魚鱉黿鼉 爲天下富. 宋所謂無雉兎狐貍者也, 此猶梁肉之與糠糟也.…… . 臣以三事之攻宋也, 爲與此同類, 臣見大王之必傷義而不得. 王曰, 善哉.

賊無厲底中道回.

려

도둑은 안에 있는 사람이 힘써주지 않으면 중도에서 되돌아온다. 도둑이 도둑질 할 때 내응이 없으면 곧 중도에서 되돌아온다는 뜻. (厲 : 힘쓰다. 격려하다. 底 : 속. 안.)

〔**唐 顔師古·匡謬正俗**〕諺云, ○○○○○○○. 謂內應尊引爲厲底.

井底之蛙, 妄自尊大.

와

우물안 개구리가 함부로 저만 잘난 체하고 남을 업수이 여기다. (喩) 견식이 좁은 사람이 맹목적으로 잘난체하다. (妄自尊大 : 함부로 저만 잘난 체하고 남을 경시하다.) → **井底之蛙.**

〔**後漢書·馬援傳**〕公孫述稱帝於蜀, 囂使援往見之. 援…… 謂囂曰, 子陽井底蛙耳, 而妄自尊大, 不如專意東方.

竈突炎上, 棟宇將焚, 燕雀顔色不變, 不知禍之將及己也.

조

굴뚝에 불꽃이 올라 집이 막 타려고 하나 제비와 참새는 안색이 변하지 않으니, 이는 그 화가 자신에게 미치려고 하는 것을 모르는 탓일 뿐이다. (喩) 소인은 위험한 지경에 처해 있으면서도 화가 자기에게 미치려고 하는 것을 깨닫지 못한다. (竈突 : 굴뚝. 棟宇는 집의 마룻대와 추녀 끝으로 집을 통틀어 이르는 말.)

〔**孔叢子·論勢**〕燕雀處屋, 子母相哺, 呴呴焉其相樂也, 自以爲安矣. ○○○○, ○○○○, ○○○○○○, ○○○○○○○○.

鳥雀於佛頭上放糞.

새들이 부처 머리 위에 똥을 누다. (喩) 아주 좋은 물건 위에 안좋은 물건을 첨가하다. / 무지한 소인이 유덕한 군자를 건드려도 군자는 조금도 괘이치 않고 내버려 두다. / 사람을 깔보고 모독하다. / 훌륭한 저서에 졸렬한 서문을 붙이다. → **佛頭着糞. 佛頭上放糞.**

〔**景德傳燈錄·湖南如會禪師**〕崔 (郡) 相公入寺, 見○○○○○○○○○, 乃問師曰, 鳥雀還有佛性也無. 〔**元劉壎序書**〕歐陽公作五代史, 或作序記其前. 王荊公見之曰, 佛頭上豈可著糞.

此人不可無一, 不可有二.

이런 사람은 하나도 없을 수는 없으나 둘이 있어서는 안된다. 이 사람 하나로 족하며 다시 더 있어서는 안되는 인물을 지칭.

〔**齊書·張融傳**〕太祖素奇愛融爲太尉, 時時與融款接, 見融常笑曰, ○○○○○○, ○○○○.

小器易盈, 先取沈頓. 醒寤之後, 不識所言.

둔 성 오

(주량이) 작은 사람은 가득차기가 쉬워서 (남보다) 먼저 기력이 빠져 피곤해지며, (따라서) 잠에서 깨어난 뒤에는 (취했을 때 한) 말도 알지 못한다. (小器易盈 : 작은 그릇은 가득 차기가 쉽다. 주량이 작은 사람은 취하기 쉽다는 비유. / 기량이 좁고 적은 사람은 조금만 뜻을 이루어도 곧 스스로 만족하며 또 교만해진다는 비유. 통상 소인이 득지한 것을 비웃는데 쓰인다. 沈頓 : 몹시 피곤하다. 견딜 수 없을 정도로 피곤하다. / 기력이 빠져 녹초가 되다. 醒寤 : 잠에서 깨다.) → **小器易盈. 器小易盈.**

〔**三國 魏 吳質·在元城與魏太子箋**〕前蒙延納, 侍宴終日 ……○○○○, ○○○○, ○○○○, ○○○○. 〔**宋 吳曾·能改齋漫錄**〕群推官沿檄抵邑, 能飮啖, 與公同會, 以諺語戲公曰, 小器易盈眞縣尉. 〔**明 東魯古狂生·醉醒後**〕總是小器易盈, 貪得無厭, 有此橫死.

教育·文化·藝術 및 言論

第三編 敎育·文化·藝術 및 言論

Ⅰ. 敎學(가르침과 배움)

家有千金之玉而不知, 猶之貧也, 良工治之, 則富弇(엄)一國.

집안에 천금의 옥이 있다 해도 그것을 알지 못하면 가난한 것과 똑 같으나, 재주가 있는 장인에게 그 옥을 다듬게 하면 곧 그 부유함이 한 나라를 덮어씌울 만하게 된다. 사람이 귀하게 되어도 아는 것이 없으면 천한 것과 같으나 성인이 이를 알리면 곧 세상에서 가장 귀하게 될 수 있음을 비유한 것. (弇 : 덮다. 덮어 씌우다.)

〔**尸子·散見諸書文彙輯**〕○○○○○○○○○○, ○○○○, ○○○○, ○○○○○. 身有至貴而不知, 猶之賤也, 聖人告之, 則貴最天下.

劒雖利, 不厲(려)不斷, 材雖美, 不學不高, 雖有旨酒嘉殽(효), 不嘗, 不知其旨. 雖有善道, 不學, 不達其功.

칼이 아무리 날카로워도 갈지 않으면 물건을 자르지 못하며, 사람의 재능이 훌륭해도 배우지 않으면 존귀해 질 수 없다. 비록 맛이 좋은 술과 훌륭한 안주가 있더라도 이를 먹어보지 않으면 그 맛을 알 수 없고, 비록 훌륭한 도가 있어도 이를 배우지 않으면 그 성과를 이룰 수 없다. (厲 : 날카롭게 하기 위하여 갈다. 材 : 사람의 재능·재질. 美 : 좋다. 훌륭하다. 高 : 신분이 높다. 존귀하다. 旨 : 맛이 좋다. / 맛. 맛있는 음식. 嘉殽 : 맛 좋은 안주. = 嘉肴. 嘗 : 음식을 맛보다. 먹어보다. 功 : 성과. 효과.)

〔**禮記·學記**〕雖有嘉肴, 弗食, 不知其旨也. 雖有至道, 弗學, 不知其善也. 是故學然後知不足, 敎然後知困. 知不足, 然後能自反也. 知困, 然後能自强也. 〔**韓詩外傳·卷**三〕○○○, ○○○○. ○○○, ○○○○. ○○○○○○, ○○, ○○○○. ○○○○, ○○, ○○○○, 故學然後知不足, 敎然後知不究.

犬守夜, 鷄司晨(신), 苟不學, 曷(갈)爲人.

개는 밤을 지키고, 닭은 새벽을 알리는 일을 맡아보고 있는데, 가령 사람이 배우지 않는다고 하면 어떻게 훌륭한 사람이 될 것인가? (犬守夜, 鷄司晨 : 개는 밤의 도둑을 지키고, 닭은 새벽을 알리는 일을 맡아보다. 사람은 각기 직책을 맡아 일한다는 비유. 사람은 모두 각자의 장점을 가지고 있다는 비유. 苟 : 가

령. 만약. 만일. 曷 : 어찌. 어찌하여. / 언제. 人 : 훌륭한 사람. 뛰어난 사람.)

〔**宋 王應麟·三字經**〕○○○, ○○○, ○○○, ○○○. 〔**兒女英雄傳**〕犬守夜, 鷄司晨, 豈不是信.

結童入學, 白首空歸.

머리를 땋은 아이로 학교에 들어갔으나, 지금은 흰 머리로 헛되이 돌아왔다. 나이가 들어 머리가 희어지도록 평생 노력한 학문과 사업에 조금도 이룬 것이 없음을 이르는 말. (結童 : 머리를 땋은 아이. 白首空歸 : 흰 머리, 또는 텅 빈 머리로 헛되이 돌아오다. 늙음에 이르러도 학문을 이루지 못함을 비유하는 말.) → **白首空歸.**

〔**後漢書·獻帝紀**〕詔曰 : 孔子嘆學之不講, 不講則所識日忘. 今耆儒年踰六十, 去離本土, 營求糧資, 不得專業, ○○○○, ○○○○, 長委農野, 永絶榮望, 朕甚愍焉.

穀千駑, 不如養一驥.

곡 노 려

천 마리의 둔한 말을 기르는 것이 한 마리의 준마를 기르는 것보다 못하다. (喩) 드러나지만 쓸모없는 매우 많은 사람을 기르는 것보다는 보통이지만 유용한 한 사람 또는 몇 사람을 기르는 것이 낫다. (穀 : 기르다. 駑 : 걸음이 둔한 말. = 駑馬. 驥 : 준마. 천리마.)

〔**三國 魏 曹植·黃初五年令**〕諺曰, ○○○, ○○○○○. 又曰, 穀駑養虎, 大無益也.

教亦多術矣, 予不屑之教誨也者, 是亦教誨之而已矣.

설 회

사람을 가르치는 데에도 많은 방법이 있으니, 내(孟子)가 사람을 가르치는 것을 탐탁치 않게 여기는 것, 이것도 또한 가르치는 것일 뿐이다. 사람을 가르치는 것을 탐탁치 않게 여겨 그것을 경시하고 거부함으로써 그 사람을 분기하게 하여 스스로 깨닫게 하는 가르침을 이르는 것. (術 : 수단. 방법. 책략. 不屑 : 탐탁치 않게 여기다. 대수롭지 않게 생각하다. …할 만한 가치가 없다고 여기다. 教誨 : 가르침. 깨우침. 타이름.) → **不屑之教誨. 不屑教晦.**

〔**孟子·告子下**〕孟子曰, ○○○○○, ○○○○○○○○○, ○○○○○○○○○.

求教于愚人, 是問道于盲.

어리석은 사람에게 가르침을 구하는 것은 소경에게 길을 묻는 것이다. 아무 것도 모르는 사람에게 글을 가르쳐 달라고 하는 것이 잘못이라는 뜻. 겸사로 쓰이는 말. → **求教於盲. 問道於盲.**

〔**南宋 陳亮·戊申再上孝宗皇帝書**〕而書生便以爲長淮不易守者, 是亦問道于盲之類耳. 〔**韓愈·答陳生書**〕足下求速化之術, 不於其人, 乃以訪愈, 是所謂借聽於聾, 求道於盲. 〔**故事成語考**〕○○○○○, ○○○○○. 〔**清 顧炎武·與友人論學書**〕比往來南北, 頗承友朋推一日之長, 問道於盲.

君子必教子以正, 子以爲其教未出於正, 則是好相夷也, 是惡矣. 古者易子而教之.

군자는 자기 아들을 정도로써 가르치려고 하지만, 아들이 그 가르침을 정도에서 나온 것이 아니라고 여기게 된다면 곧 이것은 부자간에 서로 인정과 의리를 상하게 하고 보기 흉하게 하는 것이다. 그래서 옛날에는 아들을 서로 바꾸어서 가르쳤다. 아버지가 아들을 직접 가르치려고 하면 자칫 부자간의 인정과 의리를 상하게 되며, 아들을 서로 바꾸어 가르치면 부자간의 정리(情理)를 온전히 하고 가르침을 그르치지 아니할 수 있음을 지적한 것. (夷 : 해치다. 상처를 입히다. / 마음이 괴롭고 언짢다.) → **易子而教.**

〔 **孟子·離婁上** 〕 孟子曰, 勢不行也. 教者必以正, 以正不行, 繼之以怒, 繼之以怒, 則反夷矣. 夫子教我以正, 夫子未出於正也, 則是父子相夷也. 父子相夷, 則惡矣. 古者易子以教之. < 朱注 > 易子以教, 所以全父子之恩, 而亦不失其爲教. ※ 위 절은 夫子教我以正…을 수정한 것이므로 出與인 〔 孟子·離婁上 〕은 이미 八力되어 있음.

肯學之人如禾稻, 不學之人如蒿草.

도 호

배움을 즐기는 사람은 벼와 같고, 배우지 않는 사람은 쑥과 같다. 배움을 좋아하는 사람은 쓸 데가 있고, 배움을 좋아하지 않는 사람은 아무 쓸 데가 없음을 형용. (肯 : 즐기다. 수긍하다. / 옳이 여기다. 禾稻 : 벼. 蒿草 : 쑥.)

〔 **元 喬夢符·金錢記** 〕 ○○○○○○○, ○○○○○○○, 懶學之人不足稱, 勤學之人國之寶.

對牛馬而誦經.

송

소와 말에 대하여 경전(經典)을 말하여 주다. 어리석은 사람에게는 아무리 가르쳐도 알아듣지 못하여 소용없다는 말. 사리에 어두운 사람에게 도리를 설명해 준다는 말. 소귀에 경 읽기라는 속담과 같은 말. = **牛耳讀經. 牛耳誦經.**

〔 **宋 周密·齊東野語** 〕 會奉日有米局之變, 京尹吳益區處失當, 于是左史李珏自經筵直前論之, 吳遂逐出. 時好事者爲之語曰, ○○○○○○.

馬雖有逸足, 而不閑輿, 則不爲良駿. 人雖有美質, 而不習道, 則不爲君子.

한 여 준

말이 비록 걸음걸이가 빨라도 수레를 끄는데 익숙해지지 못하면 좋은 준마가 될 수 없고, 사람이 비록 좋은 바탕을 가지고 있어도 도를 익히지 않으면 군자가 될 수 없다. (逸足 : 발이 빠르다. / 대단히 빠른 발걸음. 閑 : 익히다. 익숙해지다. 駿 : 준마.)

〔 **三國 魏 徐幹·治家篇** 〕 ○○○○○, ○○○○, ○○○○○. ○○○○○, ○○○○, ○○○○○.

勿謂今日不學而有來日, 勿謂今年不學而有來年. 日月逝(서)矣.

오늘 배우지 않으면서 내일이 있다고 말하지 말며, 금년에 배우지 않으면서 내년이 있다고 말하지 말라. 세월은 흘러갈 뿐이다. 오늘 공부하지 않으면 내일, 내년이 보장되지 않는다는 뜻. (逝 : 흘러가다. 지나가다.)

〔 **朱文公·勸學文** 〕 ○○○○○○○○○○○, ○○○○○○○○○○○, ○○○○. 歲不我延嗚呼老矣. 是誰之愆.

百川學海, 而至于海, 丘陵學山, 而不至于山.

온갖 냇물은 바다를 배우며 흘러서 마침내 바다로 들어가나, 구릉은 산을 배우고도 산에 이르지 못한다. (喩) 사람이 도(道)를 끊임없이 배우면 마침내 도를 얻기에 이르나, 사람답지 못한 자는 배워도 결국 도를 얻지 못한다.

〔 **揚子法言·學行** 〕 君子貴遷善, 遷善者聖人之徒與, ○○○○, ○○○○, ○○○○, ○○○○○. 是故惡夫畫也.

夫子步亦步, 夫子趨(추)亦趨, 夫子馳(치)亦馳.

선생님이 (마차에 올라) 보통걸음으로 가면 나도 보통걸음으로 가고, 선생님이 빠른걸음으로 가면 나도 빠른걸음으로 가고, 선생님이 달리면 나도 달릴 것이다. (喩) 선생님이 가르치는 대로 따라 배우고 익히다. / 사사건건 남을 따라 하거나 맹목적으로 추종하다. / 남을 일일이 본받거나 뒤쫓아 따르므로 영원히 낙후한다. (馳 : 달리다.)

〔 **莊子·田子方** 〕 顔淵問於仲尼曰, ○○○○○, ○○○○○, ○○○○○. 夫子奔逸絶塵, 而瞠若乎後矣. 夫子曰, 回, 何謂邪. 曰, 夫子步亦步也, 夫子言亦言也, 夫子趨亦趨也, 夫子辯亦辯也, 夫子馳亦馳也, 夫子言道, 回亦言道也. 〔 **淸 洪亮吉·北江詩話** 〕 惟吾鄕邵山人長衡, 初所作詩, 旣描摩盛唐, 苦無獨到. 及一入宋商邱幕府, 則又亦步亦趨, 不能守其故我也.

不知則問, 不能則學, 雖能必讓, 然後爲德.

모르는 것이 있으면 누구에게든 물어보고, 스스로 할 수 없는 것이 있으면 남에게 배우며, 설령 잘 할 수 있는 것이라도 꼭 남에게 양보할 줄 안다면 그런 뒤에야 비로소 덕을 갖춘 사람이 되는 것이다.

〔 **荀子·非十二子** 〕 兼服天下之心, 高上尊貴不以驕人, 總明聖智不以窮人, 齊給速通不爭先人, 剛毅勇敢不以傷人. ○○○○, ○○○○, ○○○○, ○○○○.

不憤不啓, 不悱不發, 擧一隅不以三隅反, 則不復也.
비 우 복

(배우는 사람을 가르침에 있어) 마음속으로 이해하지 못하는 것을 괴로워하지 아니하면 깨닫게 해주지 아니하며, 말로 표현하려고 애태우지 아니하면 그 말을 이끌어주지 아니하며, 한 모서리를 들어서 말하였는 데도 나머지 세 모서리를 유추하여 알아내지 못한다면 되풀이하여 가르치지 아니한다. 배우는 자가 모르는 것을 스스로 알려고 노력하고, 아는 것을 표현하려고 애쓰며, 한 부분을 알려주면 전체를 추리하여 알아내는 자에게만 가르쳐 준다는 뜻으로, 이는 사상·지능을 스스로 깨우치도록 하는 계발을 중시하는 孔子의 교육방법을 알려주는 내용이다. (憤 : 마음이 답답하고 괴롭다. 마음 속으로 이해하려고 해도 되지 않아 괴로워하는 것. 啓 : 가르치다. 알려주어 깨닫게 하다. 悱 : 마음 속으로는 알고 있으나 말로 표현하지 못하여 애태우다. 發은 밝히다. 발명하도록 해주다. 隅 : 모서리. 모난 귀퉁이. 反 : 추측하다. 추론하다. 유추하다. 復 : 거듭하다. 반복하다. 되풀이하다.) → **一隅三反. 擧一反三.**

〔 **論語·述而** 〕 子曰, ○○○○, ○○○○, ○○○○○○○○○, ○○○○.

不學而好思, 雖知不廣矣, 學而慢其身, 雖學不尊矣.

배우지 않고 생각하는 것만을 좋아하면 아는 것이 있어도 넓지 못하며, 배우면서도 자신의 몸을 업신여기면 배워도 존귀해지지 못한다.

〔 **韓詩外傳·卷六** 〕 子曰, ○○○○○, ○○○○○, ○○○○○, ○○○○○. 不以誠立, 雖立不久矣, 誠未著而好言, 雖言不信矣. 〔 **孔子集語·勸學** 〕 (韓詩外傳·卷六 내용과 동일) ※ 〔 **論語·爲政** 〕 子曰, 學而不思則罔, 思而不學則殆.

非其地, 樹之不生. 非其意, 教之不成.

그 작물이 생장하기에 적합하지 아니한 땅에서는 씨를 심어도 자라지 아니하며, 그가 심혈을 기울여 배우려고 하지 아니하는 마음을 가지고 있으면 스승이 가르치는 데 아무리 노력해도 그는 배우지 못한다. 배울 뜻이 없는 자에게는 무슨 수단을 써도 가르칠 수 없다는 말. (非其地 : 그 작물이 생장하기에 적합하지 아니한 땅. 非其意 : 심혈을 기울여 배우려고 하지 아니하는 마음.)

〔 **史記·日者列傳** 〕 留長孺以相彘立名, 滎陽褚氏以相牛立名. 能以伎能立名者甚多, 皆有高世絶人之風, 何可勝言, 故曰, ○○○, ○○○○, ○○○, ○○○○. 夫家之教子孫, 當視其所以好, 好含苟生活之道, 因而成之. 〔 **說苑·雜言** 〕 仲尼曰, 非其地而樹之, 不生也, 非其人而語之, 不聽. 〔 **孔子家語·六本** 〕 非其地樹之, 弗生, 得其人, 如聚砂而雨之. 非其人, 如會聾而鼓之.

仕而優則學, 學而優則仕.

벼슬하면서 여력이 있으면 학문을 하고, 학문을 하고서 여력이 있으면 벼슬을 한다. 학문과 벼슬은 하는 일은 다르지만 서로 보완해 주는 일을 하는 것이니, 곧 벼슬을 하면서 학문을 한다면 벼슬하는 데에 도움을 주는 것이 더욱 클 것이고, 학문을 하면서 벼슬을 한다면 그 학문을 실험하는 폭이 더욱 넓어질 것이라는 뜻. (仕 : 벼슬하다. 벼슬살이 하다. / 벼슬. 優 : 여유가 있다. 여력이 있다. 넉넉하다.)

〔**論語·子張**〕子夏曰, ○○○○○, ○○○○○.

善待問者如撞鐘, 叩之以小者則小鳴, 叩之以大者則大鳴, 待其從容, 然後盡其聲.

당 고

물음을 잘 기다리는 사람은 마치 종을 치는 데 있어 작은 것으로 두드리면 작게 울고 큰 것으로 두드리면 크게 울면서 그것이 조용해지기를 기다린 연후에 그 소리를 다하는 것과 같이 한다. 스승의 문제 제기에 잘 답하는 사람은 여유를 갖고서 도리의 이치를 다 깨달은 다음에 질문의 수준·정도에 알맞게 대답함을 이르는 것. (撞 : 치다. 두드리다. 叩 : 두드리다. 때리다. 從容 : 안온하게 조화하다. 태도가 조용하다. 침착하다.)

〔**禮記·學記**〕○○○○○○○○, ○○○○○○○○○, ○○○○○○○○○, ○○○○, ○○○○○.

善爲文者, 富於萬篇, 貧於一字.

글을 잘 짓는 사람은 만편을 넉넉히 짓지만 때에 따라서는 글 한 자가 모자랄 수도 있다. (富 : 넉넉하다. 貧 : 적다. 모자라다. 결핍되다.)

〔**文心雕龍·練字**〕○○○○, ○○○○, ○○○○, 一字非少, 相避爲難也.

成王有過, 則撻伯禽.

달

(周나라의 나이 어린) 成王이 잘못을 저지르자, (그를 도와 섭정을 한 숙부 周公은 그의 아들인) 伯禽에게 매질을 하다. 어린 成王이 이를 보고 들어서 배우게 하는 간접적인 교육방법을 쓴 것을 이르는 것. (成王 : 武王의 아들이며 周公의 조카. 撻 : 매질하다.)

〔**禮記·文王世子**〕成王幼, 不能涖阼. 周公相, 踐阼而治. 抗世子法於伯禽, ……. ○○○○, ○○○○, 所以示成王世子之道也.

少年易老學難成, 一寸光陰不可輕.

소년이 나이를 먹어 늙어지기는 쉬우나 학문을 성취하기는 어려운 것이니, 짧은 시간도 가벼이 하지 말 것이다. 젊을 때 시간을 아껴 열심히 공부하라는 뜻. (一寸 : 얼마 안되는 짧은 것. 光陰 : 세월. 시간.) ≒ **成年不重來, 一日難再晨.**

〔**陶潛·雜詩**〕人生無根蔕, 飄如陌上塵, 分散逐風轉, 此已非常身, 落地爲兄弟, 何必骨肉親, 得歡當作樂, 斗酒聚比鄰, 盛年不重來, 一日難再晨, 及時當勉勵, 歲月不待人. 〔**朱喜·偶成 詩**〕○○○○○○○, ○○○○○○○, 未覺池塘春草夢, 階前梧葉已秋聲. 〔**朱喜·勸學文**〕勿謂今日不學而有來日, 勿謂今年不學而有來年, 日月逝矣, 歲不我延, 嗚呼老矣, 是誰之愆.

小時了了, 大未必佳.
요 료

어릴 때 영리해도 자라서 반드시 훌륭하게 되는 것은 아니다. 후천적인 교육과 양육이 중요함을 강조하는 것. (了了 : 영리하다. 현명하다. 슬기롭다. 佳 : 좋다. 훌륭하다. / 아름답다.)

〔**世說新語·言語**〕太中大夫陳煒後至, 人以其語語之. 煒曰, ○○○○, ○○○○. 文擧曰, 想君小時必當了了, 煒大踧踖.

所養者非所用, 所用者非所養, 此所以亂也.

도를 닦고 덕을 기른 사람은 쓸 곳이 없고, 이미 쓰인 사람은 수양이 되지 않았으니, 이것이 나라가 어지러워 지는 까닭이다. 쓸모있는 유능한 인재의 양성이 나라의 발전을 위해 중요함을 강조하는 말. (養 : 도를 닦고 덕을 기르는 일. 마음과 몸을 단련하고 품성·지덕을 닦는 일, 또는 그런 사람. = 修養. 인격·품성 따위를 연마함. = 陶冶.)

〔**韓非子·顯學**〕國平則用儒俠, 難至則用介士, ○○○○○○, ○○○○○○, ○○○.○○

少壯不努力, 老大徒傷悲.

젊어서 노력하지 않으면 늙어서 헛되이 통탄하고 슬퍼하게 된다. 젊은 사람이 시간을 다투어 학습하는 데 노력하도록 고무, 격려하는 데 쓰는 말. (老大 : 나이를 먹다. 노년이 되다. 연로하다. 徒 : 헛되이. 공연히. 쓸 데 없이.)

〔**梁 沈約·長行歌**〕靑靑園中葵, 朝露待日晞, 陽春布德澤, 萬物生光輝, 常恐秋節至, 焜黃華葉衰, 百川東到海, 何時復西歸, ○○○○○, ○○○○○. 〔**明 張岱·課兒讀諟**〕○○○○○, ○○○○○, 平日弗用功, 自到臨期悔.

壽陵餘子之學行於邯鄲與. 未得國能, 又失其故行矣, 直匍匐而歸耳.
포 복

燕나라 壽陵에 사는 한 젊은이가 趙나라 수도인 邯鄲에서 걸음걸이를 배웠는데 그 나라의 걸음걸이에 능해지지도 못한 채 또 그 옛날 걸음걸이마저 잊어버려서 바로 기어서 고향으로 돌아왔다. (喩) 제 분수를 잊어버리고 남을 흉내내다가 이거 저것 다 잃고 바보노릇을 하다. (餘子 : 나이 어린 사람. 젊은이. 與 : 조사.) → **邯鄲學步. 邯鄲之步.**

〔**莊子·秋水**〕且子獨不聞夫 ○○○○○○○○○○○. ○○○○. ○○○○○○, ○○○○○○.

時秋積雨霽, 新凉入郊墟, 燈火稍可親, 簡篇可卷舒.
제 허 초

때가 가을이라 장마가 개이고, 새로운 북쪽 바람이 들판과 언덕에 불어온다. 등불을 차츰 가까이할 만하고, 책을 뒤적일 만하다. (積雨 : 장마. 霽 : 날이 개다. / 날씨가 온화하다. 凉 : 북풍. 郊墟 : 들판과 언덕. 시골. 稍 : 조금. 점점. 차츰. 簡篇 : 책. 卷舒 : 말고 펴다.) → **燈火可親**.

〔**韓愈·符讀書城南詩**〕○○○○○, ○○○○○, ○○○○○, ○○○○○, 豈不旦夕念, 爲爾惜居諸.

蜃性含水, 待月光而水垂. 木性懷火, 待燧動而焰發.
신 수 염

대합인 무명조개는 천성적으로 물을 머금고 있어도 달빛을 기다려서 물을 드리우고, 나무는 천성적으로 불을 품고 있어도 부싯돌이 움직이는 것을 기다려서 불꽃을 피운다. (喩) 사람은 널리 배워서 학문을 이룬 다음에 훌륭하게 된다. (蜃 : 무명조개. 燧 : 부싯돌. 焰 : 불꽃.)

〔**貞觀政要·崇儒學**〕太宗謂中書令岑文本曰, 夫人雖稟定性, 必須博學以成其道. 亦猶○○○○, ○○○○○○, ○○○○, ○○○○○○○. 人性含靈, 待學成而爲美.

愛而不敎, 禽犢之愛也.
독

사랑하면서 가르치지 않는 것은 새와 송아지의 사랑일 뿐이다. 부하나 후배에 대하여 다만 사랑만 하고 가르치지 않는 것은 동물적 자애에 불과하다는 뜻. (犢 : 송아지.)

〔**明 戚繼光·練兵紀實**〕敎士卒, 士卒愛矣, 與我同死生而不辭矣. 苟不加敎習之, 亦是以卒予敵耳. 語云, ○○○○, ○○○○○.

愛子, 敎之以義方, 弗納於邪.

아들을 사랑하는데 있어서는 의로운 길을 가르쳐 주어 사악한 것을 끌어들이지 않도록 하여야 한다. (義方 : 의에 적합한 일. 올바른 길. 정도. 納 : 받아들이다. / 받아 넣다. 邪 : 사악함. 간사함.)

〔**春秋左氏傳·隱公三年**〕石碏諫曰, 臣聞, ○○, ○○○○○, ○○○○. 驕奢淫泆, 所自邪也.

若夫立志不高, 則其學皆常人之事.

만약 사나이가 세운 뜻이 높지 않으면 그 학문이 다 보통사람의 일과 같이 된다. 사나이의 목표를 높이 세울 것을 촉구하는 말.

〔**小學·嘉言**〕○○○○○○, ○○○○○○○○○.

兩家各生子, 提孩巧相如, 三十骨骼成, 乃一龍一猪.
격 저

두 집에서 각기 아들을 낳으니, 두세 살된 어린애 때는 재주가 서로 같으나, 서른 살에 뼈대가 이루어질 때는 하나는 용이 되고 하나는 돼지가 된다. (喩) 사람이 어릴 때는 서로 같으나 학문의 근태(勤怠)여하에 따라 뚜렷한 현우(賢愚)의 차이가 생긴다. (提孩 : 두세 살된 어린애. 骼 : 뼈. 뼈대.)

〔 **韓愈·符讀書城南詩** 〕 ○○○○○, ○○○○○. 少長聚嬉戲, 不殊同隊魚. 年至十二三, 頭角稍相疏. 二十漸乖張, 淸構暎汙渠. ○○○○○, ○○○○○. 飛黃騰達去, 不能顧蟾蜍. 一爲馬前卒, 鞭背生蟲蛆, 一爲公與相, 潭潭府中居. 問之何因爾, 學與不學歟.

業精于勤, 荒于嬉. 行成于思, 毁于隨.

학문은 부지런히 힘쓰는 데에서 더욱 정밀해지고, 놀이하며 즐기는 데서 망치게 되며, 일은 사려하는 데에서 성공하게 되고 방임하는 데에서 망가진다. (業 : 학문. 기예. 荒 : 황폐해지다. 嬉 : 즐겁게놀다. 놀이하며 즐기다. 장난하다. 行 : 행하다. 일하다. / 일. 毁 : 망치다. 망하게 하다. 隨 : 방임. / 간섭하지 않고 내버려 두다.) → **業精於勤.**

〔 **韓愈·進學解** 〕 國子先生, 晨入太學, 招諸生, 立館下, 誨之曰, ○○○○, ○○○. ○○○○, ○○○. 方今聖賢, 相逢治具畢張, 拔去兇事, 登崇俊良.

玉不琢, 不成器. 人不學, 不知道.
탁

옥은 다듬지 않으면 그릇이 되지 못하고, 사람은 배우지 않으면 도를 알지 못한다. 뛰어난 재능을 가진 사람도 학문을 닦고 수양을 쌓아가지 않으면 쓸모없는 사람이 되는 것을 이르는 것.

〔 **禮記·學記** 〕 ○○○, ○○○, ○○○, ○○○. 是故古之王者, 建國君民, 敎學爲先. 〔 **韓詩外傳卷二** 〕 玉不琢, 不成器. 人不學, 不成行. 〔 **韓詩外傳卷八** 〕 雖有良玉, 不刻鏤, 則不成器. 雖有美質, 不學, 則不成君子. 〔 **漢 班固·白虎通·辟雍** 〕 故學以治性, 慮以變情, 故○○○, ○○○, ○○○, ○○○. 〔 **貞觀政要·崇儒學** 〕 文本曰, ……. 禮云○○○, ○○○, ○○○, ○○○. 所以古人勤於學問, 謂之懿德. 〔 **宋 王應麟·三字經** 〕 玉不琢, 不成器. 人不學, 不知義.

玉雖有美質, 在於石間, 不値良工琢磨, 與瓦礫不別. 若遇良工, 卽爲萬代之寶.
력

옥이라는 것은 아무리 훌륭한 바탕을 지니고 있어도 돌 속에 섞여 있어 양공에 의해 다듬어지지 않는다면 기왓장이나 자갈과 구별할 수 없으나, 만약 양공을 만나 다듬어진다면 곧 만대에 이르는 보물이 된다. (喩) 총명한 두뇌를 가진 사람이 학문을 닦지 않으면 평범한 사람과 구별되지 않으나, 좋은 스승을 만나 학문을 닦으면 역사를 빛내는 훌륭한 인물이 된다. (琢磨 : 옥을 다듬고

갈다. 학문·도덕을 닦는 일의 비유. 瓦礫 : 기와와 자갈. 쓸모없는 물건의 비유.)

〔 **貞觀政要·政體** 〕(太宗)顧謂(魏)徵曰, ○○○○○, ○○○○, ○○○○○○, ○○○○○. ○○○○, ○○○○○○.

玩其磧礫而不窺玉淵者, 未知驪龍之所蟠也.

완 적력 규 이 반

얕은 냇가에 있는 자갈을 가지고 놀아서 옥이 있는 깊은 못을 보지 못한 자는 깊은 못에 사는 목아래 보주(寶珠)를 가지고 있다는 전설상의 흑룡이 도사리고 있음을 알지 못한다. (喻) 평이한 것을 익히면 사물의 심오한 비밀을 탐구할 수 없다. / 시골 사람과는 도회지 일을 같이 논의할 수 없다. (玩 : 장난치다. 磧礫 : 물가에 있는 자갈. 窺 : 엿보다. 보다. 蟠 : 서리다. 도사리다.)

〔 **文選·左思·吳都賦** 〕○○○○○○○○○○, ○○○○○○○○. < 劉良注 > 玩, 習也. 磧礫, 淺水而有石者. 玉淵, 淵深而有玉也. 公子所習淺近, 如此水之淺近也, 不知我國如玉淵之深焉.

欲窮千里目, 更上一層樓.

갱

천 리를 다 보고자 하면 누각을 한 층 더 올라가라. (喻) 더 훌륭한 경지에 도달하려고 하면 반드시 한 걸음 더 향상시키는 노력을 다시 해야 한다. (目 : 보다. 눈여겨 보다.)

〔 **唐 王之渙·登鸛鵲樓 詩** 〕白日依山盡, 黃河入海流. ○○○○○, ○○○○○.

越劍性利, 非礱礪而不銛, 人性譞慧, 非積學而不成.

농려 섬 현

越나라에서 만든 칼은 날이 날카롭지만 숫돌에 갈지 않으면 예리하지 못하며, 사람이 그 천성이 영리하고 지혜로와도 학문을 닦지 않으면 뜻을 성취하지 못한다. (礱 : 숫돌에 갈다. 礪 : 숫돌에 갈다. 銛 : 날이 예리하다. 날카롭다. 譞 : 영리하다. 슬기롭다. 지혜롭다. 慧 : 슬기롭다. 총명하다.)

〔 **劉勰·新論** 〕○○○○, ○○○○○○, ○○○○, ○○○○○○.

謂學不暇者, 雖暇亦不能學矣.

가

배우는 여가가 없다고 말하는 사람은 비록 여가가 나더라도 역시 배우지 아니한다. 배울 뜻이 없는 사람은 여러 가지 핑계를 대고 결국 배우지 아니한다는 뜻.

〔 **淮南子·說山訓** 〕夫欲其母之死者, 雖死亦不能悲哭矣. ○○○○○, ○○○○○○○. < 高注 > 言有事務不暇學, 如此曹之人, 雖閒暇無務, 亦不能學也.

有田不耕倉廩虛, 有書不敎子孫愚.

름

밭이 있어도 농사를 짓지 않으면 곳간은 비고, 책이 있어도 가르치지 않으면 자손은 어리석게 된다.

〔**白樂天·勸學文**〕○○○○○○○○, ○○○○○○○○, 倉廩虛兮歲月乏, 子孫愚兮禮義疎.

以能問於不能, 以多問於寡.

자기가 재능이 있으면서도 오히려 재능이 자기보다 못한 사람에게 기르침을 청하며, 자기가 견문이 많으면서도 오히려 견문이 자기보다 못한 사람에게 가르침을 청하다. 수치스러움을 무릅쓰고 자신보다 못한 사람에게 묻는데 쓰이는 말.

〔**論語·泰伯**〕曾子曰, ○○○○○○, ○○○○○, 有若無, 實若虛, 犯而不校. 昔者吾友嘗從事於斯矣.
〔**淸 劉開·問說**〕不如己者, 問焉以求一得, 所謂○○○○○○, ○○○○○.

人生識字憂患始, 姓名粗記可以休.

조

인생은 글을 배워 알게됨으로써 갖가지 걱정이 시작되는 것이니, 성명만 조잡하게 쓸 수 있으면 가이 그것으로써 훌륭한 것이다. 글자를 배우고 학문을 하면 사물의 도리를 알게 되어 도리어 고생을 많이 하게 되므로 성명만 엉성하게 쓸 수 있으면 더 배우지 않는 것이 좋다는 말. (粗 : 거칠다. 엉성하다. 조잡하다. 休 : 좋다. 훌륭하다.) → **識字憂患. 識字憂患始.**

〔**蘇軾·石蒼舒醉墨堂詩**〕○○○○○○○, ○○○○○○○, 何用草書誇神速, 開卷惝怳令人愁, 我嘗好之每自笑, 君有此病何年瘳.

人而不爲周南·召南, 其猶正牆面而立也與.

사람이 만일 (詩經의) 周南·召南의 시를 배운 적이 없다면 그것은 곧 담장을 마주 대하고 서 있는 것과 같은 것이다. 자기 몸을 수양하고 가정을 다스리는 인격 수양의 기본도덕을 내용으로 하는 시경의 주남(周南) 소남(召南) 편을 배우지 못하면 나라를 다스리고 천하를 평정하는 정치를 실행하는데 조금도 나아갈 수 없음을 이르는 말. (爲 : 배우다. 周南·召南 : 시경 국풍(國風)의 첫 머리의 두 편명으로, 그 내용은 다 자기의 몸을 수양하고 가정을 다스리는 인격 수양의 기본도덕에 관한 것이다. 正牆面而立 : 담장을 마주 대하여 서다로, 지극히 가까운 곳에 있으면서도 한 물건도 보이는 것이 없다. 또는 한 걸음도 나아갈 수 없다. 또는 무식하여 도리에 어둡다는 비유로 쓰인다. 也與 : 어조사.) → **牆面而立.**

〔**書經·周書·周官**〕蓄疑敗謀, 怠忽荒政, 不學牆面,莅事惟煩, < 孔安國注 > 怠惰忽略, 必亂其政. 人而不學, 其猶正牆面而立. 〔**論語·陽貨**〕子謂伯魚曰, …….○○○○○○·○○, ○○○○○○○○○○. < 朱注 > 爲, 猶學也, 周南·召南, 詩首篇名, 所言 皆修身齊家之事. 正牆面而立, 言卽其至近之地, 而一物無所見, 一步不可行.

人一能之, 己百之, 人十能之, 己千之.

기

남이 한번 배워서 할 수 있으면 나는 백번을 배워서 하고, 남이 열번을 배워서 할 수 있는 것이면 나는 천번을 배워서 한다. 자질이나 능력이 모자라는 사람이 학문을 이룩하기 위해서는 남보다 많은 노력을 해야 한다는 뜻. / 약자가 부지런히 익히고 많은 일을 하면 강자로 바뀔 수 있다는 뜻. (己 : 자기. 자신. 나.) → **人一己百.**

〔 **中庸·第二十章** 〕有弗學, 學之, 弗能, 弗措也, ……, ○○○○, ○○○, ○○○○, ○○○, 果能此道矣, 雖愚必明, 雖柔必强. 〔 **宋 何坦·西疇老人常言** 〕爲學日益, 須以人形己, 自課其功, 然後有所激于中, 而勇果奮發, 不能自已也. 人一己百, 雖柔必勝.

人之有道也, 飽食煖衣, 逸居而無教, 則近於禽獸.

사람이 모두 가지고 있는 습성은 배불리 먹고 따뜻한 옷을 입으며 편안하게 사는 것이지만 그러면서도 예의에 관한 가르침이 없다면 그것은 곧 짐승에 가까워지는 것이다. 이 때문에 성인이 나서서 인륜을 가르치도록 하게 되었음을 설명하려는 것. (人之有道也 : 사람이 다 가지고 있는 불변의 사상 곧 사람이 타고난 천성을 그대로 지키려는 습성인 秉彝之性을 가지고 있음을 말한다. 禽獸 : 짐승. 禽은 날짐승. 獸는 길짐승.)

〔 **孟子·滕文公上** 〕后稷教民稼穡, 樹藝五穀, 五穀熟而人民育. ○○○○○, ○○○○, ○○○○○, ○○○○○. 聖人有憂之, 使契爲司徒, 教以人倫. 〔 **小學·立教** 〕孟子曰, ○○○○○, ○○○○, ○○○○○, ○○○○○.

人好學, 雖死若存, 不學者, 雖存, 謂之行尸走肉耳.

(尸: 시)

사람이 배우는 것을 좋아하면 비록 죽어도 살아있는 것과 같고, 배우지 아니하는 자는 비록 살아있어도 걸어다니는 시체·달리는 살덩어리일 뿐이라고 말하고 있다. (喻) 배우지 않은 사람은 사람의 형태만 갖추고 있을 뿐 범속하고 무능하여 아무 쓸모가 없다. 무식한 사람이 생기가 없고 흐리멍텅하여 아무 하는 일이 없이 세월만 보내다. → **行尸走肉.**

〔 **晉 王嘉·拾遺記·後漢** 〕(任末) 臨終誡曰, 夫○○○, ○○○○, ○○○, ○○, ○○○○○○○.

一年之計, 莫如樹穀. 十年之計, 莫如樹木. 終身之計, 莫如樹人.

일 년의 계책으로는 곡식을 심는 것이 낫고, 십 년의 계책으로는 나무를 심는 것이 낫고, 편생의 계책으로는 사람을 심는 것이 낫다. (喻) 장기계획으로는 사회에 여러 가지 이익을 줄 현량한 인재를 양성하는 것이 가장 중요하다. / 인재를 배양하는 것이 어려워 장구한 계획이 있어야 한다. (莫如 : …하는 것과 같은 것이 없다. …하는 것이 낫다.) = **一年樹穀, 十年樹木, 百年樹人.**

〔 **管子·權修** 〕○○○○, ○○○○, ○○○○, ○○○○, ○○○○, ○○○○. 一樹一穫者穀也, 一樹十穫者木也, 一樹百穫者人也. 〔 **齊民要術·序** 〕積以歲月, 皆得其用. 向之笑者, 咸求假焉. 此種殖之不可已巳也. 諺曰, 一年之計, 莫如種穀, 十年之計, 莫如樹木, 此之謂也. 〔 **明 李夢陽·康長公墓碑** 〕先民有言, 期年樹穀, 百年樹德. 〔 **清 尹會一·政學錄** 〕關一人之功名小, 關天下之人心大. ……. 語云, 十年樹木. 百年樹人. 殆謂是與. 〔 **清 鄭觀應·盛世危言** 〕古所謂一年之計樹穀, 十年之計樹木者, 非虛言也.

一樹一穫者穀也, 一樹十穫者木也, 一樹百穫者人也.
확

하나를 심어 하나를 거두는 것은 곡식이고, 하나를 심어 열을 거두는 것은 나무이고, 하나를 심어 백을 거두는 것은 사람이다. 가장 많고 큰 수확을 거두는 것은 역시 인재의 양성임을 설명한 것. ≒ **一年之計, 莫如樹穀, 十年之計, 莫如樹木, 終身之計, 莫如樹人.**

〔**管子·權修**〕一年之計, 莫如樹穀. 十年之計, 莫如樹木. 終身之計, 莫如樹人. ○○○○○○○, ○○○○○○○, ○○○○○○○.

一齊人傅之, 衆楚人咻之, 雖日撻而求其齊也, 不可得矣.
부 휴

한 齊나라 사람이 그를 가르치는데 여러 楚나라 사람들이 楚나라 말로 떠들어댄다면 비록 날마다 매를 때려서 齊나라 말을 할 것을 요구하더라도 될 수 없다. (喻) 학습의 환경이 좋고 방해가 없어야 학습의 큰 효과를 거둘 수 있다. / 소수인이 일을 하려고 해도 다수인이 이를 교란시키면 그 성과를 거둘 수 없다. (傅 : 가르치다. 咻 : 떠들썩하다. 齊 : 齊나라. / 齊나라 말을 하다.)

〔**孟子·滕文公下**〕孟子謂戴不勝曰, 子欲子之王之善與. 我明告子. 有楚大夫於此, 欲其子之齊語也. 則使齊人傅諸. 曰, 使齊人傅之. 曰, ○○○○○, ○○○○○, ○○○○○○○○○, ○○○○.

入學鼓篋, 孫其業也. 夏·楚二物, 收其威也.
협

(대학) 입학 때 쓰는 북과 책 상자는 생도를 학업에 따르게 하려는 것이고, 개오동나무와 가시나무의 두 가지 회초리는 스승이 그 위엄을 잡으려는 것이다. 입학한 처음에 북을 두드려 생도를 경계시키고 책 상자를 풀어 책을 꺼내는 것은 생도를 학업에 잘 따르게 하려는 것이고, 개오동나무와 가시나무로 만든 회초리는 스승이 위엄을 확립하려는 것. (鼓篋 : 북을 쳐서 생도를 경계시키고 상자를 풀어 책을 꺼내다. 학교에서 공부를 시작하는 것을 의미. 孫 : 겸손하다. / 따르다. 순종하다. = 遜. 夏 : 개오동나무로, 옛날 교육을 위하여 체벌하는 나무 막대기로 썼다. = 榎. 檟. 楚 : 가시나무. 가시가 있는 잡목으로, 회초리로 썼다. 收 : 잡다. 손으로 붙들다. 차지하여 가지다.)

〔**禮記·學記**〕○○○○, ○○○○, ○○○○, ○○○○. 未卜禘不視學, 游其志也.

田者擇種而種之, 豊年必得粟. 士擇人而樹之, 豊年必得祿矣.
속

밭 가는 자가 종자를 가려서 이것을 심으면 풍년에는 반드시 곡식을 거두고, 선비가 사람을 가려 심으면 풍년에는 반드시 녹을 받게 된다. (田 : 밭 갈다. 전지를 경작하다.)

〔**說苑·雜言**〕君子樹人, 農夫樹田, ○○○○○○○, ○○○○○. ○○○○○○, ○○○○○○. ○○.

終日不食, 終夜不寢以思. 無益, 不如學也.
침

종일토록 먹지 않고 밤새도록 잠을 자지 않고 골돌히 생각했는데, 유익함이 없었고 배우는 것만 같지 못했다. 침식을 소홀히 하면서 생각에 몰두하여도 필경 허공에 뜬 억측 뿐이고 실제로 보이는 것이 없으므로 심기만 낭비한 결과가 되지만 옛 사람들이 이루어 놓은 법도에 따라 마음을 써서 배우면 자연히 아루어지는 것이 있어 유익하다는 뜻.

〔**論語·衛靈公**〕子曰, 吾嘗○○○○, ○○○○○○, ○○, ○○○○.

走者之速也, 而過二里止, 步者之遲也, 而百里不止.

뛰는 자가 빠르지만 2리를 지나고 나서는 걸음을 멈추고, 걷는 자는 느리기는 해도 100리를 가고도 그치지 않는다. (喻) 단기간에 빨리 하는 것보다 장기간에 천천히 하는 것이 더 큰 성과를 거둔다. / 같은 재주로도 오랫동안 쉬지 않고 공부하는 것이 더 큰 학문을 이룩할 수 있다.

〔**說苑·建本**〕夫○○○○○, ○○○○○, ○○○○○, ○○○○○. 今甯越之材而久不止, 其爲諸侯師, 豈不宜哉. 〔**呂氏春秋·博志**〕甯越曰, 請以十五歲, 人將休, 吾將不敢休, 人將臥, 吾將不敢臥. 十五歲而周威公師之.

中人之性, 在所習焉. 習善而爲善, 習惡而爲惡也.

보통 사람의 성질은 그의 습관에 의하여 결정된다. 곧 선한 것에 습관이 된 사람은 그 성질이 선하게 되고, 악한 것에 습관이 된 사람은 그 성질이 악하게 된다. (中人 : 현우·빈부·강약이 중간쯤 되는 사람. 중등 인물. 보통 사람. 평상인.)

〔 **論衡·本性** 〕周人世碩, 以爲人性有善有惡, 擧人之善性, 養而致之則善長. 惡性, 養而致之則惡長. ……. 孔子曰, 性相近也, 習相遠也. 夫○○○○, ○○○○. ○○○○○, ○○○○○○. 至於極善極惡, 非復在習.

天生人而使其耳可以聞, 不學, 其聞則不若聾. 使其心可以智, 不學, 其智則不若狂.
롱

하늘이 사람을 낳아 그 귀로 소리를 들을 수 있게 해놓았지만, 배우지 않으면 그 들음은 귀머거리만도 못하게 된다. 또 그 마음으로 지혜로울 수 있도록 해놓았지만 배우지 않으면 그 지혜로움은 미치광이만도 못하게 된다. 사람이 배워야 옳게 들을 수 있고, 지혜로워질 수 있다는 말.

〔**荀子·大略**〕不學, 不成. 堯學於君疇, 舜學於務成昭, 禹學於西王國. 〔**呂氏春秋·尊師**〕且天生人也, 而使其耳可以聞, 不學. 其聞則不若聾, 使其目可以見, 不學, 其見不若盲, 使其口可以言, 不學, 其言不若爽, 使其心可以知, 不學, 其知則不若狂. 故凡學, 非能益也, 達天性也. 〔**韓詩外傳·卷五**〕子夏曰, 臣聞, 黃帝學乎大墳, 顓頊學乎祿圖, 帝嚳學乎赤松子, 堯學乎務成子附, 舜學乎尹壽, 禹學乎西王國, 湯學乎貸子相, 文王學乎錫疇子斯, 武王學乎太公, 周公學乎虢叔, 仲尼學乎老聃. 此十一聖人, 未遭此師, 則功業不能著於天下, 名號不能傳乎後世者也. 〔**新序·雜事五**〕且夫○○○○○○○○○○○, ○○, ○○○○○○. 使其目可以見, 不學, 其見則, 不若盲. 使其口可以言, 不學, 其言則不若喑, ○○○○○○, ○○, ○○○○○○. 〔**貞觀政要·論尊師傳**〕黃帝學太顚, 顓頊學錄圖, 堯學尹壽, 舜學務成昭, 禹學西王國, 湯學威子伯, 文王學子期, 武王學虢叔, 前代聖王未遭此師, 則功業不著乎天下, 名譽不傳乎載籍. 況朕接百王之末, 智不同聖人, 其無師傳, 安可以臨兆民者哉.

初學時, 心猿意馬, 拴縛不定.

(拴縛: 전 박)

사람이 처음으로 배우려고 할 때는 마음은 원숭이 성질처럼 조급하게 움직이고, 뜻은 말의 성질처럼 바삐 뛰어서 이것을 잡아매어두는 것이 확실하지 않다. 학문을 시작할 때는 마음이 한 곳에 집중, 진정되지 않고 들떠있다는 말. (心猿意馬 : 사람의 심신의 안정되지 않음이 원숭이·말을 규제하기 어려움과 같다는 뜻. 사람의 심지가 단단하지 못하고 수시로 바뀐다는 뜻도 있다. 拴 : 매다. 묶다. 縛도 매다. 묶다.) → **心猿意馬**.

〔**唐 許渾·丁卯集·題杜居士 詩**〕機盡心猿伏, 神閑意馬行. 〔**唐敦煌變文維摩詰經菩薩品**〕卓定深沈莫測量, 心猿意馬罷顚狂. 〔**傳習錄**〕○○○, ○○○○, ○○○○ , 其所思慮, 多是人欲一邊, 故且敎之靜坐息思慮. 〔**趙州錄**〕心猿罷跳, 意馬休馳.

春樹桃李, 夏得陰其下, 秋得食其實. 春樹蒺藜, 夏不可採其葉, 秋得其刺焉.

(蒺藜: 질 려, 刺: 자)

봄에 봉숭아나무와 오얏나무를 심으면 여름에는 그 밑에서 그늘을 얻고, 가을에는 과실을 따 먹을 수 있다. 봄에 납가새를 심으면 여름에 그 잎을 따 먹을 수도 없고, 가을에는 그 가시만 얻을 뿐이다. (喩) 훌륭한 사람을 기르면 유익하게 활용할 수 있으나 나쁜 사람을 기르면 폐해만 남기게 한다. 현명한 사람을 기르면 은혜를 갚고 덕을 베풀게 할 수 있으나 불초한 사람을 기르면 쓸 모가 없다. (蒺藜 : 납가새. 풀의 한 가지로 가시가 있고, 뿌리와 열매는 약재로 쓴다.)

〔**韓詩外傳·卷七**〕簡主曰, ……, 夫○○○○, ○○○○○, ○○○○○. ○○○○, ○○○○○○, ○○○○○. 〔**韓非子·外儲說左下**〕陽虎去齊走趙, 簡主問曰, 吾聞子善樹人. 虎曰, 臣居魯, 樹三人, 皆爲令尹, 及虎抵罪於魯, 皆搜索於虎也. 臣居齊薦三人, 一人得近王, 一人爲縣令, 一人爲候吏, 及臣得罪, 近王者不見臣, 縣令者迎臣執縛, 候吏者追臣至境上, 不及而止. 虎不善樹人. 主俛而笑曰, 夫樹柤梨橘柚者, 食之則甘, 樹枳棘者, 成而刺人, 故君子愼所樹. 〔**說苑·復恩**〕陽虎得罪於衛, 北見簡子曰, 自今以來, 不復樹人矣. 簡子曰, 何哉. 陽虎對曰, 夫堂上之人, 臣所樹者過半矣, 朝廷之吏, 臣所立者亦過半矣, 邊境之士, 臣所立者亦過半矣. 今夫堂上之人, 親却臣於君, 朝廷之吏, 親危臣於衆, 邊境之士, 親却臣於兵. 簡子曰, 唯賢者爲能報恩, 不肖子不能. 夫樹桃李者, 夏得休息, 秋得食焉. 樹蒺藜者, 夏不得休息, 秋得其刺焉. 今子之所樹者, 蒺藜也, 自今以來, 擇人而樹, 毋已樹而擇之. 〔**藝文類聚**〕(韓詩外傳·卷七 내용과 동일.)

必恃自直之箭, 百世無矢. 恃自圜之木, 千世無輪矣.
시 전 환

반드시 저절로 곧아진 화살에 의지해야 한다면 3천년이 되어도 화살을 얻을 수 없고, 저절로 둥글게 된 나무에 의지해야 한다면 3만년이 되어도 수레바퀴를 얻을 수 없다. (喻) 가르치지 않고서는 아무리 많은 나이를 먹어도 저절로 지덕을 갖추게 되는 사람은 없다. (恃 : 믿다. 의지하다. 世 : 30년. 圜 : 둥글다.)

〔**韓非子·顯學**〕夫○○○○○○, ○○○○. ○○○○○, ○○○○○. 自直之箭, 自圜之木, 百世無有一, 然而世皆乘車射禽者, 何也. 隱栝之道用也.

學乃身之寶, 儒爲席上珍.

배움은 곧 몸의 보배이고, 선비는 유가의 보물이다. (儒 : 선비. 공자의 사상과 학문을 닦는 사람. 席上 : 유가를 이른다.)

〔**宋 王洙·神童詩**〕○○○○○, ○○○○○, 君看爲宰相, 必用讀書人. 〔**元 無名氏·梧桐葉**〕小登科接着大登科, 播榮名喧滿皇朝. 始知學乃身之寶.

學書如泝急流, 用盡氣力, 不離舊處.
소

글을 배우는 것은 급류를 거슬러 오르는 것과 같아서, 그 기력을 다 써버리면, 예전에 머물던 곳에서 떨어져 나와 나아갈 수 없다. (喻) 학문을 하는데는 꾸준히 계속해야 하며 그렇지 않으면 조금도 진보하지 않는다. (泝 : 거슬러 올라가다.)

〔**蘇軾·文**〕蘇軾曰, ○○○○○○, ○○○○. ○○○○.

學如不及, 猶恐失之.

배움을 구하는 데는 아무리 해도 미치지 못할 것 같이 하고, 이미 배웠으면 그것을 잊어버릴 것을 두려워하라. 배우는 사람이 날로 쉴 사이 없이 매진할 것을 독려하는 말.

〔**論語·泰伯**〕○○○○. ○○○○.

學然後知不足, 敎然後知困, 知不足然後能自反也, 知困然後能自强也.

배운 연후에야 비로소 자기의 부족함을 알고, 남을 가르쳐 본 연후에야 (자기 지식의) 곤궁함을 알며, 자기의 부족함을 안 연후에야 능히 스스로 반성하고, 자신의 곤궁함을 안 연후에야 능히 스스로 힘쓴다. 배우는 것과 가르치는 것이 함께 성장, 발전해나감을 이르는 말. (强 : 힘쓰다.)

〔**禮記·學記**〕是故○○○○○○, ○○○○○, ○○○○○○○○○○, ○○○○○○○○○. 故曰, 教學相長也.

學而不思則罔, 思而不學則殆.

글을 배우기만 하고 사고를 하지 않으면 갈피를 잡지 못해 얻는 것이 없고, 사고에만 의지할 뿐 글을 배우지 아니하면 일에 익숙하지 않아서 불안해 한다. 학습과 사고가 다 같이 중요함을 뜻한다. (罔 : 헷갈리다. 갈피를 잡지 못하다. 시비를 가리지 못하다. / 없다. 殆 : 의아스럽게 여기다. / 불안해 하다. 두려워하다.)

〔**論語·爲政**〕子曰, ○○○○○○, ○○○○○○.

學而不已, 闔棺乃止.

합 관

배움은 언제까지나 그치지 않아야 하며, 관의 뚜껑이 닫히면 곧 그친다. 사람은 죽을 때까지 배워야 한다는 뜻. (已 : 그치다. 그만두다. 闔 : 문을 닫다.)

〔**韓詩外傳·卷八**〕孔子曰, 闔棺兮乃止播耳, 不知其時之易遷兮, 此之謂君子所休也. 故○○○○, ○○○○.

學者如登山, 動而益高, 如寤寐焉, 久而愈足.

오 매

배움이라는 것은 산을 오르는 것과 같아서 움직이면 더욱 높아지고, 잠에서 깨어나거나 잠을 자는 것과 같아서 오래되면 더욱 충족해진다. 학문을 할수록 그 깊이가 쌓인다는 뜻.

〔**徐幹·中論**〕故 ○○○○○, ○○○○, ○○○○, ○○○○.

學者猶種樹也, 春玩其華, 秋登其實. 講論文章, 春華也, 修身利行, 秋實也.

완

배움이란 것은 나무를 심어 봄에 그 꽃을 감상하고, 가을에 그 열매를 얻는 것과 같다. 배워서 문장을 강해(講解) 토론하는 것은 봄철에 피어있는 꽃과 같고, 수신을 한 후에 그 행실을 많은 사람에게 이익이 되게 하는 것은 가을철에 익은 열매와 같다. (玩 : 구경하다. 감상하다. 완상하다. 華 : 꽃. ≒ 花. 登 : 곡물이 여물다. 결실하다. / 얻다. ≒ 得. 수확하다. 講論 : 강해, 토론하다. 사물의 이치를 풀어 밝히고 토론하다. 利行 : 행실을 남에게 이롭게 하다.)

〔**顔氏家訓·勉學**〕夫 ○○○○○○, ○○○○, ○○○○. ○○○○, ○○○, ○○○○, ○○○.

學者處不化不聽之勢, 而以自行, 欲名之顯(현), 身之安也, 是懷腐而欲香也, 是入水而惡(오)濡(유)也.

배우는 사람이 감화되지도 않고 (스승의) 말에 따르지도 않는 자세를 취하면서도 스스로 실행해서 이름을 드러내고 몸이 편안해지기를 바라는 것은 썩은 것을 품에 안고 향기나기를 바라고 또 물에 들어가면서 물에 젖는 것을 싫어하는 것과 같다. (化 : 감화하다. 감화시키다. 聽 : 남의 의견 권고 따위를 듣다. 따르다. 복종하다. 濡 : 물에 젖다. 적시다.)

〔 **呂氏春秋·勸學** 〕 ○○○○○○○○○, ○○○○, ○○○○, ○○○○, ○○○○○○○, ○○○○○○○.

好學深思, 心知其意.

즐겨 배우고 깊이 생각하면 마음 속으로 그 속 뜻을 이해하게 된다. 학습, 연구과정에 있어서 깊이 생각함(深思)의 중요성을 강조하는 말.

〔 **史記·五帝本紀** 〕 書缺有間矣, 其軼乃時時見於他說. 非○○○○, ○○○○, 固難爲淺見寡聞道也.
〔 **淸 袁枚·隋園詩話補遺** 〕 蓋詩境甚寬, 詩情甚活 總在乎○○○○, ○○○○.

Ⅱ. 스승·學者·學問

可以與人終日不倦者, 其唯學焉. 其先祖不足稱也, 其族姓不足道也, 終而有大名以顯聞四方, 豈非學之效也.

남과 함께 온 종일 싫증내지 아니할 수 있는 것은 오직 배우는 것 뿐이다. 그 선조가 칭찬받기에 부족하다고 일러도, 또 그 씨족이 말할 만한 것이 못된다고 말해도 마침내 어떤 큰 이름이 사방에 똑똑히 들리는 것은 어찌 학문을 한 효과가 아니겠는가? 여러 모로 부족한 사람이 사방에 그 이름을 드날릴 수 있는 것은 오직 학문 뿐임을 강조한 말. (顯聞 : 똑똑히 들리다. 환히 들리다.)

〔 **韓詩外傳·卷六** 〕 孔子曰, 可與言終日而不倦者, 其惟學乎. 其身體不足觀也, 勇力不足憚也, 族姓不足稱也, 宗祖不足道也, 而可以聞於四方, 而昭於諸侯者, 其惟學乎. 〔 **說苑·建本** 〕 孔子曰, 可以與人終日而不倦者, 其惟學乎. 其身體不足觀也, 其勇力不足憚也, 其先祖不足稱也, 其族姓不足道也. 然而可以聞四方而昭於諸侯者, 其惟學乎. 〔 **孔子家語·致思** 〕 孔子謂伯魚曰, 鯉乎. 吾聞, 可以與人終日不倦者, 其惟學焉. 其容體不足觀也, 其勇力不足憚也, 其先祖不足稱也, 其族姓不足道也, 終而有大名以顯聞四方, 流聲後裔者, 豈非學之效也. 故君子不可以不學. 〔 **孔子集語·觀學** 〕 (韓詩外傳卷六 내용과 동일.)

經師易遇, 人師難遭.
이

경서(經書)를 가르치는 스승을 만나는 것은 쉬우나 인도(人道)의 뜻을 풀어 가르칠만한 스승을 만나기는 어렵다. 단순히 경학(經學)의 자의(字義)만을 전수해주는 선생을 만나기는 쉬우나, 지식을 전수하고 사람의 품덕을 가르치는 선생을 만나기는 어렵다는 뜻. (經師 : 경서를 가르치는 스승. / 정신교육은 하지 아니하고 다만 글자의 뜻을 가르칠 뿐인 스승. 人師 : 품행과 학문이 모두 우수하여 사람들의 사표가 될 수 있는 사람. / 지식을 전수하고 또한 사람의 품덕을 가르치는 스승.) → **經師易遇**.

〔 **東晋 袁宏·後漢紀·靈帝紀上** 〕 童子魏昭求入其房, 供給灑掃. 郭泰曰, 年少當精義書, 曷爲來近我乎. 昭曰, 蓋聞 ○○○○, ○○○○. 〔 **資治通鑑·漢紀·桓帝延熹七年** 〕 ○○○○, ○○○○, 願在左右, 供給灑掃. < 胡三省 注 > 經師, 謂專門名家教授有師法者, 人師謂謹身修行足以範俗者.

古之學者爲己, 以補不足也. 今之學者爲人, 但能說之也.

옛날 학자들은 자기를 위하여 학습하였고 그 부족한 것을 보완하였다. 오늘날의 학자들은 남을 위하여 학습하고 다만 그것을 남에게 말로만 할 뿐이다. 옛날 사람들이 학문을 탐구한 것은 자기의 학문과 도덕을 충실히 하기 위함이었고 이 방면의 부족한 것을 보완해 나갔으나, 오늘날의 사람들이 학문을 탐구하면 강습받은 학문과 도덕을 몸소 실천하지 않고 부질없이 헛된 말만 하면서 남에게 알려지기를 추구할 뿐임을 이르는 것. (爲己 : 자기를 위하여 하다. 곧 자신 수양을 위해 배우고 실천함을 이른다. ※ 程子는 도를 자기 몸에 얻으려고 하는 것이라고 하였고, 孔安國은 실천하는 것이라고 해석하였다. 爲人 : 남을 위하여 하다. 곧 남에게 알려지고 인정받고자 하는 것을 이른다. ※ 程子는 남에게 인정받고자 하는 것이라고 하였고 孔安國은 한갖 말만 하는 것이라고 해석하였다.)

〔**論語·憲問**〕子曰, 古之學者爲己, 今之學者爲人. < 朱注 > 程子曰, 爲己, 欲得之於己也, 爲人, 欲見知於人也. < 集解 > 孔安國曰, 爲己, 履而行之, 爲人, 徒能言. 〔**顔氏家訓·勉學**〕○○○○○○, ○○○○○. ○○○○○○, ○○○○○. 古之學者爲人, 行道以利世也. 今之學者爲己, 修身以求進也. 〔**王楙·野客叢書**〕范曄後漢論(桓榮傳)曰, 古之學者爲己, 今之學者爲人. 爲人者, 憑譽以顯物, 爲己者, 因心以會道.

廣博以窮理, 猶順風而託焉, 體不勞而致遠矣.

사물의 이치를 깊이 연구하여 학식을 해박하게 하면 순풍에 (몸을) 맡기는 것과 같아서 몸으로 힘을 들이지 않아도 먼 곳에 이를 수 있다. (廣博 : 학문 등이 넓다. 학식이 해박하다. 窮 : 궁구하다. 깊이 연구하다.)

〔**抱朴子·勖學**〕○○○○○, ○○○○○○, ○○○○○○○.

教人者, 養其善心而惡自消. 治民者, 導之敬讓而爭自息.

남을 가르치는 사람은 그의 착한 마음을 길러주기만 하면 악은 스스로 사라지며, 백성을 다스리는 사람은 남을 공경하고 사양하는 마음을 이끌어주기만 하면 다툼이 저절로 없어진다.

〔**近思錄·治體類**〕明道先生曰, ○○○, ○○○○○○○○, ○○○, ○○○○○○○○.

教學者如扶醉人, 扶得東來西又倒.

학문을 가르친다는 것은 술에 취한 사람이 동쪽에 기대다가 서쪽으로 또 넘어지는 것을 부축해주는 것과 같다. 인재를 기르고 가르치는 것의 어려움을 이르는 것. (扶東倒西 : 동쪽에 기대었다가 서쪽으로 넘어지다. 쇠락하여 자립할 수 없음을 형용. 자기의 주견이 없어 남의 뜻에 따라 옮겨감을 비유. 扶는 떠받치다. 붙들다. 부축하다. 기대다. 의지하다.) → **扶東倒西. 東扶西倒.**

〔**朱子語類**〕○○○○○○○, ○○○○○○○. 〔**宋 楊萬里·過南蕩 詩**〕笑殺槿籬能耐事, 東扶西倒野酴醾.

窮巷多怪, 曲學多辯.

궁벽한 마을에는 괴이한 일이 많고, 학문을 왜곡함에는 말을 많이 한다. 학문·진리를 비뚤어지게 하기 위해 많은 구실을 붙여 변명하려 한다는 뜻. (巷 : 마을. 동네.)

〔**商君書·更法**〕孝公曰, 善. 吾聞, ○○○○, ○○○○. 愚者之笑, 智者哀焉, 狂夫之樂, 賢者憂焉. 〔**新序·善謀**〕孝公曰, 善. 吾聞, 窮鄕多怪, 曲學多辯. 愚者之笑, 知者哀焉, 狂夫之樂, 賢者憂焉.

騏驥雖疾, 不遇伯樂, 不致千里. 干將雖利, 非人力不能自斷焉.
기 기

하루 천리를 달리는 준마가 비록 빠르지만, (周나라 때 말을 잘 감별하는) 伯樂을 만나지 못했으면 천리나 되는 곳에 이를 수 없었고, 유명한 칼인 干將이 비록 날카로와도 사람의 힘이 없으면 스스로 무엇을 짜를 수가 없다. (喻) 사람이 비록 뛰어난 재능을 가지고 있어도 훌륭한 스승에게 배우지 않으면 성(聖)을 이룰 수 없다. (疾 : 빠르다. 致 : 이르다. 도달하다.)

〔**說苑·建本**〕○○○○, ○○○○, ○○○○. ○○○○, ○○○○○○○○. ……, 人才雖高, 不務學問, 不能致聖.

記問之學, 不足以爲人師.

옛글을 외워서 배우는 자의 물음을 기다리는 정도의 학문을 가지고는 남의 스승이 되기에 부족하다. 배운 것이 천박(淺薄)하여 독자적인 견해에 이를 수 없고 아무 응용능력도 없는 학문으로써는 스승이 될 수 없음을 이르는 말. (記問之學 : 다만 고서를 외워 남의 질문에 응답하는 정도의 학문. 쓸데없이 고서를 외우기만 할 뿐 아무런 깨달음과 활용능력이 없는 무용의 학문.) → **記問之學**.

〔**禮記·學記**〕○○○○, ○○○○○○. 必也其聽語乎. 力不能問, 然後語之. 語之而不知, 雖舍之可也.

其爲人也, 發憤忘食, 樂而忘食, 不知老之將至云爾.

그의 사람됨은 (공부나 일에) 분발하기 시작하면 끼니를 잊어버리고, (도를 행하여) 즐거워지기 시작해도 끼니를 잊어버리며, 심지어 늙음이 닥쳐오려고 하는 것 마저도 알지 못한다. 학문·일·도의 실행 등에 매우 열중하는 성격임을 나타낸다. 孔子의 사람됨을 스스로 말한 것. (爲人 : 사람의 됨됨이. 타고난 성질. 發憤 : 분발하다. 근면하다. 학문·일에 열중하다. 將 : …하려고 하다. 云爾 : 어조사.) → **發憤忘食**. **發憤忘餐**.

〔**論語·述而**〕葉公問孔子於子路, 子路不對. 子曰, 女奚不曰, ○○○○, ○○○○, ○○○○, ○○○○ ○○○○. 〔**東漢·班固·王吉傳**〕訢訢焉發憤忘食, 日新厥德. < 顔師古注 > 訢, 古欣字.

男兒立志出鄕關, 學若不成死不還.

남아가 뜻을 세워 고향을 떠나가서 배움이 이루어지지 않으면 죽어도 돌아가지 않는다. 고향을 떠나면서 학문을 대성할 비장한 뜻을 밝힘을 이르는 것. (鄕關 : 고향.)

〔**釋月性·題壁詩**〕○○○○○○○, ○○○○○○○, 埋骨豈惟墳墓地, 人間到處有靑山.

達人觀物外之物, 思身後之身, 寧受一時之寂寞, 毋取萬古之淒涼.

사리에 통달한 사람은 물질생활 밖의 정신생활을 관찰하고 사후의 명성을 원한다. 그들은 차라리 일시적인 적막함을 견디어낼지언정 영원한 처량함을 취하려고 하지 않는다. 세상의 사리에 통달한 사람은 물질생활보다 정신생활을 중시하고 사후의 명성을 바라기 때문에 살아서 의(義)를 취하여 한때 적적하게 지내는 한이 있을 망정 이(利)를 취하여 영원히 쓸쓸히 지내는 것을 선택하지 않음을 이른 것. (達人 : 널리 사리에 통달한 사람. 일체의 사물을 달관한 사람. = 達道之人. 物外之物 : 물체 밖에 있는 물체. 이것은 물질생활 밖의 정신생활을 가리킨다. 身後之身 : 살아있는 육체 뒤의 몸. 몸뚱이가 죽은 뒤의 몸. 사후의 명예, 명성, 평판을 가리킨다. 寂寞 : 적막하다. 적적하다. 毋 : …하지 말라. …해서는 안 된다. / 없다. / 아니다. 하지 않는다. 凄凉 : 처량하다. 쓸쓸하다. 서글프다.) → **物外之物**. → **身後之身**.

〔 **菜根譚·一** 〕 棲守道德者, 寂寞一時. 依阿權勢者, 凄凉萬古. ○○○○○○○, ○○○○○, ○○○○○○○, ○○○○○○○. ※〔 **論語·里仁** 〕 子曰, 君子喩於義, 小人喩於利. 〔 **論語·述而** 〕 子曰, ……. 不義而富且貴, 於我如浮雲.

唐興, (韓)愈以六經之文, 爲諸儒倡. 自愈沒, 其學盛行, 學者仰之, 如泰山北斗云.

唐이 일어나고 나서 韓愈는 六經(詩·書·易·春秋·禮記·樂記)의 글을 가지고 모든 학자들의 도사(導師)가 되었다. 韓愈가 죽은 후부터 그 학문이 성행하여 학자들이 그를 泰山·北斗와 같이 우러러 보았다. (倡 : 맨 먼저 행동하기 시작하여 이끌다. 선도자. = 導.) → **泰山北斗**. **泰斗**.

〔 **唐書·韓愈傳** 〕 ○○, ○○○○○○○, ○○○○. ○○○, ○○○○, ○○○○, ○○○○○○○.

大匠不爲拙工, 改廢繩墨. 羿(예)不爲拙射, 變其彀(구)率(율).

솜씨가 좋은 훌륭한 목수는 서투른 공인을 위하여 먹줄 치는 방법을 고치거나 폐기하지 않았으며, 夏나라 궁술의 명인인 羿는 서투른 제자 궁수를 위하여 활시위를 당기는 법도를 바꾸지 아니하였다. 인의의 도는 그 기준이 절대적이어서 배워서 터득하기 어려워하는 사람에게 그 기준을 낮출 수 없다는 뜻. / 먹줄 치는 방법에 부합하는 것과 활시위 당기는 정도에 통달하는 것은 목공의 기술과 궁술의 정도를 익히는 표준인데 이에 미칠 수 없다면 평생토록 서투를 수 밖에 없는 것과 같이 학문에 있어서도 사람을 가르치는 자가 다 바꿔버릴 수 없는 표준이 있어 배우는 자의 능하지 못한 수준에 따를 수 없음을 이른 것. (大匠 : 훌륭한 장인. 솜씨 좋은 기술자. 거장. 명인. 拙 : 솜씨가 서투르다. 둔하다. 멍청하다. 繩墨 : 먹줄을 치는 것. / 먹줄을 치는 방법·규범·법도. 羿 : 夏나라 때의 有窮國의 제후로 궁술의 명인. 彀率 : 활시위를 당기는 정도·규정·규칙·표준.)

〔 **孟子·盡心上** 〕 孟子曰, ○○○○○○, ○○○○. ○○○○○, ○○○○. 君子引而不發, 躍如也. 中道而立, 能者從之.

大川滔瀁, 則虯螭群遊. 日就月將, 則德立道備.
도 양 규 리

큰 냇물에 물이 차고 넘치면 뿔 없는 용이 무리지어 노닐고, (학문이) 나날이 진보, 발전해가면 덕이 똑 바로 서고 도가 갖추어진다. (滔 : 물이 넘치다. 瀁 : 물이 넘치는 모양. 虯螭 : 뿔 없는 용.) → **日就月將**.

〔**詩經·周頌·敬之**〕維予小子, 不聰敬之, 日就月將, 學有緝熙于光明. 佛時仔肩, 示我顯德行. 〔**淮南子·脩務訓**〕自人君公卿至於庶人, 不自彊而功成者, 天下未之有也. 詩云, 日就月將, 學有緝熙于光明, 此之謂也. 〔**抱朴子·勖學**〕○○○○, ○○○○○. ○○○○, ○○○○○. 乃可以正夢乎. 〔**宋 元學案·明道學案**〕程明道嘗曰, 才說明日, 便是悠悠, 窮經進學, 須是日就月將.

苗而不秀者有矣夫, 秀而不實者有矣夫.

싹이 돋아나도 꽃을 피우지 못하는 것이 있고, 꽃이 피어도 열매를 맺지 못하는 것이있다. (喻) 자질은 있으나 성공하지 못하다. / 학문을 하면서도 완성에 이르지 못하다. / 전도가 유망한 사람이 요절하다. ※ 孔子가 제자 顔回의 요절을 애석하게 여겨 한 말이라는 설도 있다. (苗 : 모. 싹. 새싹. / 싹이 자라다. 싹을 틔우다. 秀 : 꽃이 피다. 夫 : …인저. 감탄의 뜻을 나타낸다.) → **苗而不秀**. → **秀而不實**. **華而不實**.

〔**論語·子罕**〕子曰, ○○○○○○○○, ○○○○○○○○. 〔**劉師客·文說**〕賦家之作, 文勝于情, 故華而不實. 〔**明 譚元春·周元如遺詩序**〕晉人悼友早亡, 輒引苗不秀, 秀不實爲嘆, 不知此苗長靑于天地之間, 卽時秀, 此秀不斷于朋友之心, 卽時實, 豈在蚩蚩歲月也哉.

黙而識之, 學而不厭, 誨人不倦.
지

보고 들은 것을 말함이 없이 마음 속에 기억해 두고, 배우려고 노력하면서 싫증내지 아니하며, 사람들을 가르치는데 게을리하지 아니하다. 학문하는 세 가지 기본원칙을 들어 밝힌 것. (黙識 : 말하지 않고 마음 속에 기억하다. 마음에 기록하다. 誨 : 가르치다.)

〔**論語·述而**〕子曰, ○○○○, ○○○○, ○○○○, 何有於我哉.

民生于三, 事之如一.

사람은 세 사람 곧 아버지·스승·임금에 의하여 살게 되는 것이니, 다 한결같이 섬겨야 하는 것이다. 아버지는 낳아주고, 스승은 가르치고, 임금은 먹여주기 때문에 사람이 세상에 살 수 있으므로 다 한결같이 이 세 사람을 섬겨야 한다는 뜻. (民 : 사람. 于 : …에 의하여. 如一 : 변함없이. 한결같이.)

〔**國語·晉語一**〕(共叔成) 辭曰, 成聞之, ○○○○, ○○○○. 父生之, 師敎之, 君食之. 非父不生, 非食不長, 非敎不知生之族也, 故壹事之.

博學而篤志, 切問而近思, 仁在其中矣.

널리 배우되 뜻을 독실히 하고 절실하게 묻되 가까운 것부터 생각해 나간다면 인(仁)은 그 가운데 있다. 널리 배우되 자기의 의지를 굳게 지키고, 배운 것 가운데 깨닫지 못한 것은 절실히 물어 이해하며, 자기 주변의 가까운 것으로부터 사색, 추구하면 인덕은 그 속에 있음을 이른 것. 학문과 사변으로 인덕을 추구함을 말한 것. (篤志 : 그 의지를 돈독히 지키다. 切問 : 자기가 배운 것 중에서 깨닫지 못한 것은 분명히 묻다. 近思 : 자기의 가까운 곳으로부터 사색하여 추구하다.)

〔 **論語·子張** 〕 子夏曰, ○○○○○, ○○○○○, ○○○○○.

不登高山, 不知天之高也. 不臨深谿(계), 不知地之厚也.

높은 산에 올라가보지 않고는 하늘이 높은 줄을 모르고, 깊은 골짜기에 가보지 않고는 땅이 두꺼운 것을 알지 못한다. (喩) 선대의 성왕(聖王)들이 남긴 말을 들어보지 않고는 학문의 넓고 위대함을 모른다. / 학습을 부지런히 하지 않으면 높고 깊은 지식을 얻을 수 없고 또는 원대한 뜻을 확립할 수 없다. (深谿 : 깊은 골짜기. = 深溪. 深谷. 深壑.) → **天高地厚**.

〔 **荀子·勸學** 〕 ○○○○, ○○○○○○. ○○○○, ○○○○○○. 不聞先王之遺言, 不知學問之大也.
〔 **南朝 齊 劉晝·劉子·崇學** 〕 心受典誥而五心通焉. 故不登峻嶺, 不知天之高, 不瞰深谷, 不知地之厚.
〔 **道德指歸論** 〕 上知天高, 下知地厚.

不積蹞(규)步, 無以至千里. 不積小流, 無以成江海.

반 걸음이라도 쌓이지 않으면 천리길을 가 닿을 수 없고, 작은 여울이 모이지 않으면 강이나 바다를 이룰 수 없다. 학문이나 일을 차근 차근 꾸준히 해나가야만 성공할 수 있다는 뜻. (蹞步 : 반 걸음.)

〔 **荀子·勸學** 〕 ○○○○, ○○○○○. ○○○○, ○○○○○, …….

不聞不若聞之, 聞之不若見之, 見之不若知之, 知之不若行之. 學至於行之而止矣.

듣지 않는 것은 듣는 것만 못하고, 듣는 것은 보는 것만 못하며, 보는 것은 아는 것만 못하고, 아는 것은 행하는 것만 못하니, 학문은 실행에 이르고 나서야 그만 둘 수 있는 것이다. 견문(見聞)을 통해 쌓은 지식이나 학문은 실행하는 것이 그 최종 목표임을 이른 것.

〔 **荀子·儒效** 〕 ○○○○○○, ○○○○○○, ○○○○○○, ○○○○○○. ○○○○○○○○○.

不益其厚, 而張其廣者毁. 不廣其基, 而增其高者覆.
훼 복

그 두께를 더하지 아니하고 그 넓이만 넓혀 나가면 부서지고, 그 터전을 넓히지 아니하고 그 높이만 더해 나가면 뒤집어진다. (喻) 넓고 높은 건물을 지으려면 기초가 튼튼해야 한다. / 학문을 연구하거나 어떤 일을 추진하는 데 있어서는 그 기반이 튼튼해야 그 목적을 성취할 수 있다. / 국가 통치의 근본인 인의의 기반이 튼튼하지 못하면 멸망할 수 있다. (毁 : 부서지다. 파괴되다. / 훼손하다. 망가뜨리다. 覆 : 뒤집히다. 엎어지다. 전복되다.)

〔 **淮南子·泰族訓** 〕 仁義者, 爲厚基者也. ○○○○, ○○○○○○. ○○○○, ○○○○○○. 趙政不增其德, 故滅. 智伯不行仁義, 而務廣地, 故亡. 國語曰, 不大其棟, 不能任重, 重莫若國, 棟莫若德. 〔 **國語·魯語上** 〕 吾聞之, 不厚其棟, 不能任重. 重莫如國, 棟莫如德.

師也者, 所以學爲君也. 是故擇師不可不愼也.

스승이라고 하는 것은 곧 임금이 어떻게 하여야 되는가를 학습시키는 것이다. 이 때문에 사람들은 스승을 선택함에 있어서 특별히 신중하지 않을 수 없는 것이다.

〔 **禮記·學記** 〕 君子知至學之難易, 而知其美惡, ……, 能爲長然後能爲君, 故○○○, ○○○○○○. ○○○○○○○○○○.

山徑之蹊間, 介然用之而成路. 爲間不用, 則茅塞之矣.
혜 모

(산봉우리에 있는 사람들이) 다니는 산 속의 작은 길이 한결같이 사용되면 큰 길이 되지만, 그 큰 길도 잠시만 사용되지 않으면 띠풀이 자라 막혀버린다. 학문이나 수양도 끊임없이 하지 않으면 닦을 수 없게 된다는 말. 의리의 마음은 조금도 끊어짐이 있어서는 안된다는 뜻. (山徑 : 산 봉우리. / 산의 재, 산마루의 고개. 蹊間 : 사람이 다니는 곳. 길. 介然 : 오로지. 한결같이. 단단한 모양, 굳게 지켜 변하지 않는 모양. 爲間 : 잠깐. 잠시 동안. 茅 : 띠플. 塞 : 막히다. 통하지 않게 되다.)

〔 **孟子·盡心下** 〕 孟子謂高子曰, ○○○○○, ○○○○○○○. ○○○○, ○○○○○,今茅塞子之心矣.

三人行必有我師焉. 擇其善者而從之.

세 사람이 길을 가면 그 중에는 반드시 나의 스승이 있는 것이니, 그 착한 사람을 골라서 그를 따를 것이다. 사람이 모인 곳에는 반드시 본받아 배울 만한 사람이 있으므로 그를 선택하여 배우고 따라야 함을 이르는 말.

〔 **論語·述而** 〕 子曰, ○○○, ○○○○○, ○○○○ ○○○. 其不善者而改之. 〔 **梁啓超·新民說附錄·十種德性相反相成議** 〕 豪杰之士, 其取于人者, 常以三人行必有我師爲心,其立于己者, 常以百世俟經而不惑爲鵠. 夫是之謂虛心之自信.

善敎者, 使人繼其志. 其言也, 約而達, 微而臧, 罕譬而喩, 可謂繼志矣.

(한 비)

가르치기를 잘 하는 사람이란 사람으로 하여금 그의 의지를 잘 계승하게 하는 것이다. 가르치는 자가 만일 그 말이 간략하면서도 사리에 통달하고, 함축적이면서도 옳으며, 비유는 적어도 사리를 잘 깨우쳐주게 한다면 그의 의지를 잘 계승할 수 있다고 말할 만한 것이다. (約 : 줄이다. 간단하게 하다. 간략하게 하다. / 요점을 제시하다. 微 : 함축하다. 심원하다. 유심하다. 臧 : 착하다. 좋다. 옳다. 罕譬而喩 : 비유는 적어도 잘 깨우쳐 주다. 예는 적어도 잘 알 수 있다. 간단명료하다.) → **罕譬而喩**.

〔**禮記·學記**〕善歌者, 使人繼其聲, ○○○, ○○○○○. ○○○○○○, ○○○, ○○○○, ○○○○○.

善學者, 假人之長, 以補其短.

잘 배우는 사람은 남의 장점을 빌어서 자기의 단점을 보충한다. 훌륭한 학자는 끊임없이 수양하여 마침내 훌륭한 사람이 됨을 시사하는 말.

〔**呂氏春秋·用衆**〕○○○, ○○○○, ○○○○. 故假人者, 遂有天下. 無醜不能, 無惡不知. 醜不能, 惡不知病矣.

少而好學, 如日出之陽, 壯而好學, 如日中之光, 老而好學, 如炳燭之明.

젊어서 배우기를 좋아하는 것은 해뜰 때의 햇볕과 같고, 장년에 배우기 좋아하는 것은 대낮의 햇빛과 같으며, 늙어서 배우기 좋아하는 것은 촛불의 밝음과 같다. 불이 시점에 따라 광도의 차이가 나기는 하지만 어떻든 그것이 없어 어둠 속을 헤매는 것보다는 낫듯이, 사람이 배우는 것도 이와 같다는 뜻. (炳 : 비추다. 밝히다. 켜다. / 잡다. 쥐다. 들다.)

〔**說苑·建本**〕師曠曰, ……, 臣聞之, ○○○○, ○○○○○, ○○○○, ○○○○○, ○○○○, ○○○○○. 〔**顔氏家訓·勉學**〕幼而學者, 如日出之光, 老而學者, 如秉燭夜行, 猶賢乎瞑目而無見者也.

水積成川, 則蛟龍生焉. 土積成山, 則豫樟生焉. 學積成聖, 則富貴尊顯至焉.

물이 모여 내를 이루면 곧 거기에 교룡이 살고, 흙이 쌓여 산을 이루면 곧 거기에 녹나무 같은 나무가 살게 되며, 사람은 학문을 쌓아서 지덕(知德)이 최고의 경지에 오르면 부귀와 존현이 이르게 된다. (豫樟 : 녹나무, 녹나무과에 속하는 상록교목. 聖 : 도덕·지식·수양이 최고의 경지에 오른 자. / 한 가지 기예와 한 가지 일에 정통하여 남이 따를 수 없는 자. / 무슨 일이나 통달하지 않는 것이 없는 자.) → **水積成川**. → **土積成山**. = **積小成大**.

〔說苑·建本〕人才雖高, 不務學問, 不能致聖, ○○○○, ○○○○○. ○○○○, ○○○○○. ○○○○, ○○○○○○○.

水之積也不厚, 則負大舟也無力.

물의 고인 것이 깊지 않으면 곧 거기에 의지하고 있는 큰 배가 (떠서 갈 수 있는) 힘이 없다. (喩) 학문이 깊지 않으면 남을 가르칠 수 없다. 깊은 수양이 없는 사람은 지도자가 될 수 없고, 큰 일을 맡을 수도, 맡길 수도 없다. (厚 : 수량이 많다. 풍부하다. 깊다. 負 : 의지하다. 기대다. / 등지다. 배후에 두다.)

〔莊子·逍遙遊〕且夫 ○○○○○○. ○○○○○○○. 覆杯水於坳堂之上, 則芥爲之舟, 置杯焉則膠, 水淺而舟大也.

修學好古, 實事求是.

학문을 닦음에 있어서 옛 것(일)을 좋아하는 것은 사실에 토대를 두고 진리와 진상을 탐구하기 때문이다. (實事求是 : 공론을 배격하고 실학을 존중한 淸朝의 고증학파(考證學派)가 내세운 표어로 문헌학적인 고증의 정확을 존중하는 과학적, 객관주의적인 학문의 태도를 말한다. 사실에 토대를 두고 진리와 진상을 탐구하는 것.) → **實事求是**.

〔漢書·河間獻王傳〕河間獻王, 德以孝經二年立, ○○○○, ○○○○. 從民得善書, 必爲好寫與之, 留其眞. < 顔注 > 務得事實, 每求眞是也.

純鉤·魚腸之始下型, 擊則不能斷, 刺則不能入. 及加之砥礪(지려), 摩其鋒咢(악), 則水斷龍舟, 陸剸(단서)犀甲.

명검인 순구(純鉤)와 어장(魚腸)도 주형 속에 처음 넣었을 때는 내리쳐도 끊어지지 아니하고 찔러도 들어가지 아니하지만, 숫돌을 써서 그 칼끝과 칼날을 갈면 물속에서는 용을 그린 배를 끊을 수 있고 뭍에서는 무소가죽으로 만든 갑옷을 절단할 수 있다. (喩) 사람이 학문을 갈고 닦으면 나라를 위해 유익한 일을 할 수 있다. (純鉤 : 趙王의 명령으로 歐冶가 만든 명검의 이름. 魚腸 : 吳王 闔閭가 벼슬아치를 찔렀다고 하는 보검의 이름. 型 : 주형. 鑄型. 금속의 그릇을 부어 만드는 틀. 거푸집. 刺 : 찌르다. 及加之砥礪 : 숫돌을 더함에 이르다, 곧 숫돌을 쓰게 되다. 鋒 : 칼끝. 咢 : 칼날. / 칼끝. = 鍔. 龍舟 : 용을 그린 배. 천자가 타는 배. 剸 : 베다. 짜르다. 절단하다.)

〔淮南子·脩務訓〕夫○○·○○○○○○, ○○○○○, ○○○○○. ○○○○○, ○○○○, ○○○○○, ○○○○.

若升高必自下, 若陟遐必自邇.
척 하 이

높은 곳에 올라가려면 반드시 밑에서 부터 이루어 내고, 먼 곳에 나아가려면 반드시 가까운 데서 이루어 내는 것이다. 학문, 덕행의 실천, 정사 등은 쉬운 것부터, 가까운 곳에서부터 차례를 따라 차근 차근 해나가야 한다는 뜻. (必 : 이루어 내다. / 단호하게 집행하다. 철저히 하다. 陟 : 나아가다./ 오르다. 遐 : 멀다. ≒ 遠. 邇 : 가깝다. ≒ 近.) → **陟遐必自邇**.

〔**書經·商書·太甲下**〕 ○○○○○○, ○○○○○○. 無輕民事, 惟難, 無安厥位, 惟危. 愼終于始.

楊子之隣人亡羊, 旣率其黨, 又請楊子之豎追之. 楊子問獲之, 隣人曰, 岐路之中又有岐焉, 吾不知所之, 所以反也.
솔 수 획

(극단의 이기주의·개인주의를 제창한 춘추전국시대의 사상가인) 楊朱의 이웃사람이 양을 잃어버려 이윽고 그의 무리들을 거느리고 또 楊朱의 심부름하는 아이까지 청하여 양을 뒤쫓았다. 楊朱가 양을 잡았느냐고 묻자 이웃사람이 말하기를 “갈림길 속에 또 갈림길이 있어 나는 그것이 있는 곳을 몰라 그래서 되돌아 왔소”라고 하였다. (喻) 학문에 대한 길이 다단하여 진리를 탐구하는 방법을 찾기가 어렵다. / 일에 대한 방침이 많아 결행하기가 어려워 어찌할 바를 모르다. (豎 : 더벅머리. 심부름하는 아이.) → **亡羊之嘆. 岐路之中又有岐. 岐路亡羊.**

〔**列子·說符**〕 楊子之隣人亡羊, 旣率其黨, 又請楊子之豎追之. 楊子曰, 嘻. 亡一羊, 何追者之衆. 隣人曰, 多岐路. 旣反, 問, 獲羊乎. 曰, 亡之矣. 曰, 奚亡之. 曰, 岐路之中又有岐焉, 吾不知所之, 所以反也. 楊子戚然變容, 不言者移時, 不笑者竟日.

言者諄諄, 聽者藐藐.
순 막

말하는 사람은 간절하게 가르치고 이끌려고 하나, 듣는 사람은 반대로 뜻있게 생각하지 않는다. 간절히 가르치려고 하나 건성으로 듣는다는 뜻. (諄諄 : 간절하게 타일러 가르치는 모양. 藐藐 : 가르침을 귀담아 듣지 않는 모양.)

〔**詩經·大雅·抑**〕 誨爾諄諄, 聽我藐藐. 匪用爲敎, 覆用爲虐.

如結駟列騎, 所安不過容膝, 食方丈於前, 所甘不過一肉, 以容膝之安, 一肉之味, 而殉楚國之憂, 其可乎.

만약 네 마리의 말이 끄는 수레를 늘어세우고, 기병을 늘어놓아도 그 편안함은 무릎을 둘 정도에 불과하고, 음식이 앞에 사방 열 자나 되게 차려져 있어도 그 맛남은 한 점 고기 정도에 불과하다. 무릎을 둘 평안함과 한 점 고기의 맛 때문에 楚나라의 근심을 위하여 목숨을 바친다면 그것이 옳다는 것인가? (由) 楚나라 莊王이 사신을 시켜 황금 백냥을 가지고 가서 北郭선생을 초빙코자

했으나 그의 아내가 위와 같이 말하므로 北郭선생은 초빙에 불응하고 아내와 함께 그곳을 떠났다. (如 : 만일. 結 : 늘어세우다. 列 : 늘어놓다. 方丈 : 사방 일장. 곧 사방 열자.) → **結駟列騎. 結駟連騎.**

〔**韓詩外傳·卷九**〕楚莊王使使賚金百斤, 聘北郭先生, ……, 婦人曰, ……. 今○○○○○, ○○○○○○, ○○○○○, ○○○○○○. ○○○○○, ○○○○, ○○○○○○, ○○○. 於是遂不應聘, 與婦去之. 〔**列女傳·賢明傳**〕楚於陵子終之妻也. 楚王聞於陵子終賢, 欲以爲相, 使使者持金百鎰往聘迎之. 於陵子終曰, 僕有箕帚之妾, 請入與計之. 卽入, 謂其妻曰, 楚王欲以我爲相, 遣使者持百金來. 今日爲相, 明日結駟連騎, 食方丈於前, 可乎. 妻曰, 夫子織屨以爲食, 非與物無治也. 左琴右書, 樂亦在其中矣. 夫結駟連騎, 所安不過容膝, 食方丈於前, 所甘不過一肉, 今以容膝之安, 一肉之味, 而懷楚國之憂, 其可乎. 亂世多害, 妾恐先生之不保命也. 於是子終出謝使者而不許也, 遂相與逃而爲人灌園.

禮有來學, 無往敎. 致師而學, 不能學, 往敎則不能化君也. 君所謂不能學者也, 臣所謂不能化者也.

예(禮)에는 와서 배우는 것은 있어도 가서 가르치는 법은 없다. 스승을 불러다가 배우면 학문을 이룰 수 없고, 가서 가르치면 그대를 교화시킬 수 없다. 그래서 그대는 이른 바 배우고자 하는 자가 아니고 나도 교화시키는 자라고 할 수 없다. (由) 전국시대 齊나라 재상인 孟嘗君이 閔子에게 배움을 청하기 위해 수레로 모셔오도록 했으나, 閔子가 위와 같이 말하고 거절하므로 할 수 없이 孟嘗君이 찾아가서 배움을 청하였다. (致 : 부르다. 臣 : 자기의 겸칭. 저.)

〔**韓詩外傳·卷三**〕孟嘗君請學於閔子, 使車往迎閔子. 閔子曰, ○○○○, ○○○. ○○○○, ○○○. ○○○○○○○○. ○○○○○○○○○, ○○○○○○○○○. 於是孟嘗君曰, 敬聞命矣. 明日祛衣請受業.

原泉混混, 不舍晝夜, 盈科而後進, 放乎四海.

근원이 있는 물은 용솟음쳐 나와서 밤낮을 그치지 아니하고 흘러서 웅덩이를 가득 채운 뒤에 나아가서 사해(四海)에 이르게 된다. (喩) 학문은 모든 과정을 차근 차근 밟아서 후하게 쌓아야 통달하게 된다. (混混 : 용솟음쳐 나오는 모양. 舍 : 그치다. 쉬다. 科 : 웅덩이. 구덩이. 움푹 파인 곳. = 坎. 放 : 이르다. 다다르다.) → **盈科而後進. 盈科後進.**

〔**孟子·離婁下**〕孟子曰, ○○○○, ○○○○, ○○○○○, ○○○○, 有本者是如, 是之取爾. 〔**孟子·盡心上**〕流水之爲物也, 不盈科不行, 君子之志於道也, 不成章不達.

爲宋學者, 不第攻漢儒而已也, 抑且同室操戈(과)矣.

宋대의 유교철학을 한 자는 다만 漢대의 유학자들을 공격하지 않았을 뿐이고, 또한 같은 동지끼리 서로 싸우는 것도 억제하였다. (宋學 : 宋대의 유교철학. 濂溪 周敦頤를 비롯하여 洛陽의 程顥·程頤, 關中의 張載·橫渠, 閩中의 朱熹에 와서 대성한 학문. 第 : 다만. 同室操戈 : 형제끼리, 집안 사람들끼리 또는 동족끼리 서로 창을 잡고 싸우다.) → **同室操戈.**

〔**孟子·離婁下**〕今有同室之人鬪者救之, 雖被髮纓冠而救之可也. 〔**後漢書·鄭玄傳**〕何休專治公羊傳, 鄭玄著論以難之, 何休嘆息道. 康成入我家操吾矛以伐我乎. 〔**淸 江藩 宋學淵源記·序**〕然而○○○○, ○○○○○○○○, ○○○○○○○. 爲朱子之學者攻陸子, 爲陸子之學者攻朱子. 〔**孼海花**〕現在黃族瀕危, 外憂內患, 豈可同室操戈, 自相殘殺乎.

有其父必有其子, 有其師必有其弟.

그런 아비가 있으면 반드시 그런 아들이 있고, 그런 스승이 있으면 반드시 그런 제자가 있다. 부자·사제간에는 서로 큰 영향을 주어 매우 비슷해지는 것을 기리키는 말.

〔**孔叢子·居衛**〕有此父斯有此子, 道之常也. 〔**淸 呂熊·女仙外史**〕軍師道, 可謂○○○○○○○, ○○○○○○○.

由也升堂矣, 未入於室也.

孔子의 제자인 子路는 마루에는 올랐으나 아직 방에는 들어가지 못했다. 子路가 학문·기예의 수준이 광명정대한 경지에 이르렀으나 오묘하고 정미한 경지에 이르지 못했음을 지적하는 말. (升堂入室 : 학문의 조예에는 얕고 깊은 단계적 차이가 있음을 뜻하는 말.) ↔ **升堂入室**. **登堂入室**. **穿堂入室**. ≒ **不踐跡**, **不入於失**.

〔**論語·先進**〕子曰, 由之瑟奚爲於丘之門. 門人不敬子路. 子曰, ○○○○○, ○○○○○. 〔**論語·先進**〕子張問善人之道, 子曰 不踐跡, 亦不入於室. 〔**漢書·藝文志·詩賦**〕詩人之賦麗以則, 辭人之賦麗以淫. 如孔氏門人用賦也, 則賈誼登堂, 相如入室矣. 〔**三國志·魏志·管寧傳**〕娛心黃老, 遊志六藝, 升堂入室, 究其閫奧.

遊酢楊時來見伊川, 一日先生坐而瞑目. 二子立侍不敢去, 曰, 二子猶(초)在此乎, 日暮矣, 姑就舍. 二子者退, 則門外雪深尺餘矣.

宋나라의 遊酢와 楊時는 伊川선생(程頤)을 찾아 가니 종일 선생은 앉아서 눈을 감고 있었다. 두 사람은 서서 기다리며 결연히 가지 않으니 (선생은 눈을 뜨고서는) "두 사람이 아직도 여기에 있는가? 날이 저물었으니 이제 막 집으로 떠나가라"라고 말했다. 그리하여 두 사람이 물러갈 때는 문 밖에 눈이 한 자가 넘게 두껍게 쌓여 있었다. (喩) 제자가 스승을 매우 존경하고 극진히 섬기면서 가르침을 받는다. / 스승이 매우 엄하다. (侍 : 기다리다. = 待. 敢 : 결연히. 猶 : 지금도. 역시. 아직도. 여전히. 姑 : 잠시. / 바야흐로. 이제 막. 就 : 길을 떠나다.)

〔**朱子語錄**〕遊楊二子初見伊川. 伊川瞑目而坐, 二子侍, 旣覺, 曰, 尙在此乎且休矣. 出門, 門外雪深一尺. 〔**宋名臣言行錄**〕遊酌楊時來見伊川(程頤), 一日先生坐而瞑目. 二子立侍不敢去, 久之. 先生乃顧曰, 二子猶在此乎. 日暮矣, 姑就舍. 二子者退, 則門外雪深尺餘矣. 其嚴厲如此. 〔**宋史·楊時傳**〕見程頤於洛, 時蓋年四十矣. 一日見頤, 頤偶瞑坐, 時與遊酢侍立不去. 頤旣覺, 則門外雪深一尺矣. 〔**元 謝應芳·楊龜山祠 詩**〕卓彼文靖公, 早立程門雪.

以身教者從, 以言教者訟.

몸으로써 노력하여 가르치는 사람은 남들이 그를 따르지만, 다만 말로써 가르치고 행하지 않는 사람은 남들이 그를 책망한다. (訟 : 꾸짖다. 책망한다.)

〔**後漢書·第五倫傳**〕故曰, 其身不正, 雖令不從. ○○○○○, ○○○○○.

人生, 內無賢父兄, 外無嚴師友, 而能成者, 少矣.

사람이 나서 집안에 어진 부형이 없고, 밖에 엄한 스승과 벗이 없으면서도 성공할 수 있는 사람은 적다.

〔**小學·善行**〕公(呂滎公)嘗言, ○○, ○○○○○, ○○○○○, ○○○○, ○○.

人有鷄犬放, 則知求之, 有放心, 而不知求. 學問之道無他, 求其放心而已矣.

이

사람은 어떤 닭이나 개가 달아나면 그것을 찾을 줄은 알고 있으나, 어떤 마음이 달아나면 그것을 찾아나설 줄은 모르니, 학문의 도란 다름이 아니라 달아난 그 마음을 찾는 것일 뿐이다. 사람은 지극히 경미한 물건은 찾으려고 하지만 중대한 마음은 찾을 줄을 모르는 것이 병폐이니, 학문의 도는 잃어버린 그 마음을 되찾아오는 데 있다는 뜻. (放 : 달아나다. 떠나가다. 망실하다. 求 : 필요한 것을 찾다. 얻기를 바라다. 已而矣 : …일 뿐이다.)

〔**孟子·告子上**〕孟子曰, ……. ○○○○○, ○○○○, ○○○, ○○○○. ○○○○○○, ○○○○○○○. 〔**韓詩外傳·卷四**〕孟子曰, ……. 人有雞犬放, 則知求之. 有放心, 而不知求, 其於心爲不若雞犬哉. 不知類之甚矣, 悲夫. 終亦必亡而已矣.

入吾室, 操吾戈, 以伐我乎.

나의 방에 들어와서 내 창을 움켜지고 나를 공격하다. 그 사람의 무기를 이용하여 그 사람을 공격한다는 말. (喩) 상대방의 학설·주장을 이용하여 그 상대방을 반박하다. (戈 : 창. 끝은 뾰족한데 한쪽 옆에만 날이 덧붙은 것은 戈, 양쪽에 날이 덧붙은 것은 戟이라 한다.) → **入室操戈. 操戈入室**. ※ 爲宋學者, ……, 抑且同室操戈矣 참조.

〔**後漢書·鄭玄傳**〕時任城何休好公羊 學, 遂著 公羊墨守, 左氏膏肓, 穀梁廢疾. 玄乃發 墨守, 鍼膏肓, 起廢疾, 休見而歎曰, 康成○○○, ○○○. ○○○○. 〔**宋 胡繼宗·書言故事大全·事物譬類**〕入室操戈, 以犬子之道反害夫子入室之道.

梓匠輪輿, 能與人規矩, 不能使人巧.
재 장 여 구

목수와 수레 제작 공인은 사람에게 걸음쇠·곡척 등 여러 가지 연장을 다루게 해 줄 수 있으나, 사람에게 (물건 만드는) 솜씨가 뛰어나도록 해 줄 수는 없다. 학습자는 자기 본위의 생각으로 스스로 노력해야 됨을 강조하는 말. (梓匠 : 목수. 목공. 輪輿 : 수레의 전문 제작 공인. 輪은 수레바퀴 만드는 사람. 輿는 수레의 본체 만드는 사람. 與 : 다루다. 상대하다. 規矩 : 원을 그리는 걸음쇠와 직선·방형을 그리는 곱자. 巧 : 솜씨 있다. 재치 있다. 공교하다.)

〔**孟子·盡心下**〕孟子曰, ○○○○, ○○○○○, ○○○○○. 〔**莊子·天道**〕輪扁曰, 臣也, 以臣之事觀之. 斲輪, 徐則甘而不固, 病則苦而不入. 不徐不疾, 得之於手, 而應於心. 口不能言, 有數存焉於其間. 臣不能以喩臣之子, 臣之子亦不能愛之於臣, 是以行年七十而老斲輪. 〔**明 王驥德·曲律·雜論**〕大匠能與人規矩, 不能使人巧也. 其所能者人也, 所不能者天也.

趙普有論語一部, 以半部佐太祖定天下, 以半部佐太宗致太平.

(宋나라의 재상인) 趙普는 論語 한 권을 가지고 있었는데, 그 반 권으로는 太祖를 도와 천하를 안정시키고, 나머지 반 권으로는 太宗을 도와 태평성세를 이루었다. 論語 반 권만 숙달하면 그 식견으로써 치국평천하할 수 있음을 가리키는 것. 경전의 학습이 매우 중요함을 형용. (佐 : 돕다. 보좌하다. 거들어주다.) → **半部論語治天下. 半部論語.**

〔**續資治通鑑**〕普嘗謂太宗曰, 臣有論語一部, 以半部佐太祖定天下, 以半部佐陛下致太平. 〔**宋 羅大經·鶴林玉露**〕趙普再相, 人言普山東人, 所讀止論語, …… 太宗嘗以此論問普. 普略不隱, 對曰, 臣平生所知, 誠不出此. 昔以其半輔太祖定天下, 今欲以其半輔陛下致太平.

從於先生, 不越路而與人言. 遭先生於道, 趨而進, 正立拱手.
조 공

스승을 따라 길을 갈 때에는 길을 혼자 건너가서 남과 이야기하지 않으며, 스승을 길에서 우연히 만나면 빨리 가서 면전에 바로 서서 두 손을 모아 마주 잡고 인사한다. 어린 아이가 선생님이나 웃 어른과 동행하거나 우연히 만났을 때 마땅히 따라야 할 여러 가지의 행위의 준칙·생활상의 법도를 말한 것. (從 : 따라가다. 遭 : 우연히 만나다. 趨 : 달리다. 빨리 가다. 拱手 : 두 손을 모아 잡고 인사하다. 길사에는 남자는 왼손, 여자는 오른손을 앞으로 하고, 흉사는 그 반대로 한다.)

〔**禮記·曲禮上**〕○○○○, ○○○○○○○. ○○○○○, ○○○, ○○○○. 先生與之言則對. 不與之言則趨而退.

坐破寒氈, 磨穿鐵硯.
전 연

차거운 모전(양탄자)을 앉아서 망가뜨리고, 쇠 벼루를 갈아서 구멍을 뚫다. (喩) 딴 데 마음을 쓰지 아니하고 오직 학문을 탐구하는 데만 열중하다. / 뜻을 세워 변치 아니하고 추진하다. (氈 :

모전. 털로 짠 모직물. 양탄자.) → **磨穿鐵硯.**

〔**五代史·晉臣桑維翰傳**〕初擧進士, 主司惡其姓, 以爲桑喪同音, 人有勸其不必擧進士, 可以從他求仕者, 維翰慨然, 乃著日出扶桑賦以見志. 又鑄鐵硯以示人曰, 硯弊則改而他仕, 卒以進士及第. 〔**元 范子安·竹葉舟·楔子**〕○○○○, ○○○○.

靑取之於藍(람), 而靑於藍. 氷水爲之, 而寒於水.

푸른 빛은 (남빛의) 쪽에서 뽑아내지만 남빛보다 더 푸르고, 얼음은 물이 얼어서 된 것이지만 물보다도 더 차겁다. (喩) 제자가 스승보다 더 훌륭하다. (藍 : 마디풀과에 속하는 한해 살이 풀인 쪽. 그 잎이 남빛을 물들이는 염료로 쓰인다. / 남빛. 남색.) → **靑出於藍. 而靑於藍.**

〔**荀子·勸學**〕君子曰, 學不可以已. ○○○○○, ○○○○, ○○○○, ○○○○. 〔**韓詩外傳·卷五**〕藍有靑, 而絲假之, 靑於藍. 地有黃, 而絲假之, 黃於地. 藍靑地黃, 猶可假也, 仁義之事, 不可假乎哉. 〔**淮南子·俶眞訓**〕今以涅染緇, 則黑於涅, 以藍染靑, 則靑於藍, 涅非緇也, 靑非藍也. 〔**史記·三王世家**〕傳曰, 靑采出於藍, 而質靑於藍者, 敎使然也. 〔**北齊 劉晝·劉子·崇學**〕人能務學, 鈷煉其性, 則本慧發矣. 靑出於藍而甚於藍, 染使然也.

學道當如穿井, 井愈深, 土愈難出.

학문하는 길은, 샘을 파는데 있어 샘이 더욱 깊어질 수록 그 흙을 파내는 것이 더욱 어려운 것과 똑 같다. 학문을 하는 것은 할수록 더욱 어려워짐을 이르는 말.

〔**宋 張君房·雲笈七籤**〕○○○○○, ○○○,○○○○, 不堅其心正其行, 豈得見泉源也.

學力根深方蒂(체)固, 功名水到自渠(거)成.

학문의 역량은 그 뿌리가 깊이 박히면 밑둥이 단단하고, 공명은 그 물이 흐르면 저절로 도랑이 생긴다. (喩) 학문을 깊이 닦으면 저절로 도가 이루어지고, 공명은 끊임없이 추구하면 크게 떨치게 된다. / 기초가 깊고 두터우면 견고하여 무너뜨리기 어렵다. / 때가 되면 일이 저절로 이루어진다. (蒂 : 밑둥. 뿌리. = 蔕. ≒ 柢. 渠 : 도랑. 개천.) → **根深蒂固. 根深柢固. 深根固柢. 深根固本.** → **水到渠成. 水到魚行.**

〔**老子·第五十九章**〕有國之母, 可以長久, 是謂深根固蔕, 長生久視之道. 〔**韓非子·解老**〕柢固則生長, 根深則視久. 〔**唐 李鼎祚·周易集解·四否**〕言五二包繫, 根深蔕固, 若山之堅, 若地之厚者也. 〔**晉書·劉頌傳**〕建諸侯而樹屛藩, 深根固蒂, 則延祚無窮. 〔**三國志·魏志·荀彧傳**〕或曰, 昔高祖保關中, 光武據河內, 皆深根固本, 以制天下. 進足以勝敵, 退足以堅守. 〔**宋 范成大·送劉唐卿戶曹擢第西歸 詩**〕○○○○○○○, ○○○○○○○.

學者如牛毛, 成者如麟角.

학문에 뜻을 둔 사람은 쇠털과 같이 그 수가 많으나, 학문을 이룬 사람은 기린의 뿔과 같이 드물다. 학문을 시작했다가 중도에 포기하는 사람이 많은 것을 이르는 말. 학문을 이루기가 매우 어려운 것을 형용.

〔**抱朴子·極言**〕或問曰, 古之仙人, 皆由學以得之, 將特禀異氣耶, 答曰, 彼莫不負笈隨師積其功勤, 乃得升堂以入於室, 或朝爲而夕欲其成, 或坐修而立望其效, 故爲者如牛毛, 獲者如麟角也. 〔**北史·文苑傳序**〕乃明皇御曆, 文雅大盛, ○○○○○, ○○○○○. 孔子曰, 才難, 不其然也. 〔**駱賓王·啓**〕業成麟角, 引茅茹而彈冠. 〔三國 **魏 蔣濟·萬機論**〕○○○○○, ○○○○○.

學之道, 嚴師爲難. 師嚴然後道尊, 道尊然後民知敬學.

배움의 길은 스승을 존경하는 것이 어려운 일이니, 스승이 존경을 받은 연후에야 그 가르치는 도가 존귀하게 되고, 도가 존귀해진 연후에야 백성들이 학문을 공경할 줄 알게 된다. (嚴 : 존경하고 어려워하다.)

〔**禮記·學記**〕凡○○○, ○○○○. ○○○○○○, ○○○○○○○○. 〔**韓詩外傳·卷三**〕凡○○○, ○○○○. ○○○○○○, ○○○○○○○○. 故太學之禮, 雖詔於天子, 無北面, 尊師尙道也.

學乎其上, 僅得其中.

그 상등을 배우려고 하다가 겨우 그 중등을 얻다. 지식의 함양이나 학문의 연구가 상등수준에 도달하려고 생각해도 실제는 중간수준에 도달한다는 말.

〔**明 楊愼·丹鉛總錄**〕李耆卿謂公之五代史比順宗實錄有出藍之色, 似矣. 然不知五代史本學史記, 非學韓也. 古云, ○○○○, ○○○○. …… 信其然乎.

好問則裕, 自用則小.

(사람이) 묻기를 좋아하면 넉넉해지고, 자기 생각만을 쓰면 작아진다. 사람이 부지런히 배우면서 묻기를 좋아하면 사물에 대한 배움이 넉넉해지고, 잘난체하여 제 고집대로 하면 사물에 대한 배움이 작아진다는 뜻. / 사람은 남의 좋은 의견을 받아들여 자기 것으로 소화할 때 성공할 수 있다는 말. (自用 : 자기의 재능을 과시하여 남의 말을 용납하지 않고 만사를 제 고집대로 처리하는 일.)

〔**書經·商書·仲虺之誥**〕予聞曰, 能自得師者王, 謂人莫己若者亡, ○○○○, ○○○○.

(華)歆與北海邴原·管寧, 俱遊學, 三人相善, 時人號三人爲一龍.

흠 병

魏나라의 華歆과 北海의 邴原·管寧은 함께 학문을 하였는데, 세 사람이 서로 훌륭하여 당시의 사람들이 "세 사람이 한 마리의 용이 되었다"고 일컬었다. 華歆은 용의 머리, 邴原은 용의 배, 管寧은 용의 꼬리가 되어 한 마리의 용을 만들었다는 것. (遊學 : 학문을 하다. 善 : 훌륭하다. 三人爲一龍 : 세 사람의 사귀는 우의가 깊고 두터워 한 몸과 같이 되는 것을 이르는 말.) → **三人爲一龍. 三人一龍.**

〔**三國志·魏志·華歆傳**〕(裵松之注引魏略) (○)○○○○○○·○○, ○○○, ○○○○, ○○○○○○○○. 歆爲龍頭, 原爲龍腹, 寧爲龍尾.

Ⅲ. 修身·修養·勉學

見不盡者, 天下之事. 讀不盡者, 天下之書.

보아도 끝이 없는 것이 세상 일이고, 읽어도 끝이 없는 것은 세상의 책들이다. 배우고 읽히는 것이 끝이 없음을 이르는 말.

〔**警世通言**〕○○○○, ○○○○, ○○○○, ○○○○. 參不盡者, 天下之理.

建大功於天下者, 必先修於閨(규)門之內, 垂大名於萬世者, 必先行之於纖微(섬미)之事.

세상에 큰 공을 세우고자 하는 자는 반드시 먼저 안방 안에서부터 다스리고, 만세에 큰 이름을 남기고자 하는 자는 반드시 먼저 몹시 잔 일에서 부터 실행하여야 한다. (閨門 : 가정. 안방. 纖微 : 몹시 미세하다.)

〔**陸賈·新語·愼微**〕夫○○○○○○○, ○○○○○○○○. ○○○○○○○, ○○○○○○○○○.

孔文子, 敏而好學, 不恥下問.

(衛나라 大夫였던) 孔文子는 총민하면서도 배우기를 좋아하였고, 아랫 사람에게 묻는 것을 부끄러워하지 아니하였다. 겸허한 향학정신을 가지고 있는 사람이 연세 · 학식 · 품덕 · 지위에서 자기보다 못한 사람에게 가르침을 청하는 것을 수치로 여기지 아니함을 형용. (敏 : 총민하다. 민첩하다. 총명하다. 영리하다.) → **不恥下問.**

〔**論語·公冶長**〕子貢問曰, 孔文子何以謂之文子. 子曰, 敏而好學, 不恥下問, 是以謂之文也. 〔**明 馮夢龍·淸 蔡元放·東周列國志**〕隰朋不恥下問, 居其家不忘公門.

孔子晩而喜易(역), 序彖(단)·繫·象·說卦·文言. 讀易韋編三絶.

孔子는 만년이 되어서 周易을 좋아하여 단사(彖辭) · 계사(繫辭) · 상사(象辭) · 설괘(說卦) · 문언(文言) 등 다섯 가지 역주서를 차례대로 서술하였다. 이에 따라 그는 周易을 그침없이 번복하여 읽어서 죽간을 엮은 가죽 끈이 세 번이나 끊어졌다. 孔子가 周易의 주석서(注釋書)를 만든 후 수 백 번이나 되풀이하여 읽었음을 뜻한다. (易 : 周易으로, 이것은 원래 먼 옛날부터 전해 내려온 점복서였으나 孔子의 제창을 거친 뒤 유가들에게 孔門의 경전의 하나로 간주되었다. 序 : 순서를 정하다. / 차례를 따라 죽 서술하다. 韋編 : 죽간을 엮은 가죽 끈. 책을 꿰매 놓은 가죽 끈.) → **韋編三絶.**

〔**史記·孔子世家**〕○○○○○○, ○○·○·○·○○·○○. ○○○○○○. 曰, 假我數年, 若是, 我於易

則彬彬矣. 〔**抱朴子·祛惑**〕昔有古强者, 自言孔子勸我讀易, ……, 此良書也. 丘竊好之, 韋編三絶, 鐵撾三折, 今乃大悟.

括而羽之, 鏃而礪之, 其入之不亦深乎.

(鏃: 촉)

화살 끝 활줄을 잡아당기는 곳에 깃털을 달고 화살촉을 (매우 뾰족하게) 갈아서 이것을 쏘면 더욱 깊이 박히지 아니하겠는가? (喩) 학문을 닦고 슬기를 연마하여 유능한 인재가 되다. / 한 차례 학습·복습을 끝내고 막 성과를 거두려 하다. (括 : 화살 끝. 활줄을 잡아당기는 곳. = 栝. 羽之 : 화살 위에 깃털을 치장하다. 鏃 : 화살촉. 礪 : 잘 갈다.) → **括羽鏃礪. 鏃礪括羽.**

〔**說苑·建本**〕子路曰, 南山有竹, 弗揉自直, 斬而射之, 通於犀革, 又何學爲乎. 孔子曰, ○○○○, ○○○○, ○○○○○○○. 子路拜曰, 敬受教哉. 〔**孔子家語·子路初見**〕子路曰, 南山有竹, 不柔自直, 斬而用之, 達乎犀革. 以此言之, 何學之有. 孔子曰, ○○○○, ○○○○, ○○○○○○○.

匡衡, 勤學而無燭, 隣舍有燭而不逮, 乃穿壁引其光, 以書映光而讀之.

(匡衡: 광형, 穿: 천)

(西漢의 경학가로 武帝 때 丞相을 지낸) 匡衡은 어릴 때 학문에 열중하고자 하였으나 (집안이 가난하여) 불을 밝힐 초가 없었는데, 이웃집에서는 촛불을 밝혔지만 불빛이 미치지 아니하여 곧 벽을 뚫어 빛을 끌여들여서 그 빛에 책을 비추어가며 책을 읽었다. 가난하나 부지런히 배우고 애써 독서함을 형용. (逮 : 미치다. 이르다.) → **匡衡鑿壁.**

〔**西京雜記·卷二**〕○○字稚圭, ○○○○○, ○○○○○○○, 衡○○○○○○, ○○○○○○○. ……, 主人感嘆, 資給以書, 遂成大學. 〔**漢書·匡衡傳**〕匡衡字稚圭, 東海承人也. 父世農夫, 至衡好學, 家貧, 庸作以供資用, 尤精力過絶人. 〔**太平廣記**〕匡衡, 字稚圭, 勤學而無燭. 隣人有燭而不與, 衡乃穿壁引其光, 以書暎之而讀之. 邑人大姓, 文不識, 家富多書, 衡乃爲其傭作, 而不求直, ……, 主人感歎, 資給以書, 遂成大學. 〔**蒙求**〕(西京雜記 내용 인용, 대동소이.)

苟日新, 日日新, 又日新.

만약 어느 날에 새롭게 했다면 나날이 새롭게 하고 또 날로 새롭게 할 것이다. 만약 어느 날에 그 옛날에 물든 더러움을 씻어내어 스스로 새롭게 했다면, 그 새로와진 것을 좇아서 나날이 그것을 새롭게 하고 또 이어서 날로 새롭게 하여, 조금이라도 중단함이 있어서는 안됨을 이르는 말. (苟 : 진실로. / 원컨대. 바라건대. …를 바란다. / 만약 …한다면. 만일 …이라면.)

〔**大學·傳二**〕湯之盤銘曰, ○○○, ○○○, ○○○.

救寒莫如重裘, 止謗莫如修身.

추위를 막는 데에는 겹으로 된 갖옷보다 좋은 것이 없고, 남의 비방을 그치게 하는 데에는 자기 몸을 닦는 것보다 좋은 것이 없다. (救 : 구제하다. 구출하다. / 막다. 제지하다. 裘 : 갖옷. 가죽옷. 털가죽옷. 謗 : 비방. / 비방하다. 헐뜯다.)

〔 **唐 馬總·意林** 〕(引 漢 徐幹·中論) 療暑莫如親水, ○○○○○○, ○○○○○○. 〔 **三國志·王昶傳** 〕 且聞人毁己而忿者, 惡醜聲之加人也, 人報者滋甚, 不如黙而自修己也. 諺曰, 救寒莫如重裘, 止謗莫如自修, 斯言信矣.

弓待檠, 而後能調, 劍待砥而後能利.
경 지

활은 도지개로 바로잡은 뒤에야 고르게 되고, 칼은 숫돌로 갈은 다음에야 날카롭게 된다. (喩) 사람은 수양을 쌓은 다음에야 현명하고 유능하게 된다. (檠 : 도지개. 도지개로 바로 잡다. 砥 : 숫돌로 갈다.)

〔 **淮南子·修務訓** 〕 ○○○, ○○○○, ○○○, ○○○○. 玉堅無敵, 鏤以爲獸, 首尾成形, 礛諸之功.

男子不讀經, 則有博戱之心.
희

남자가 경서(經書)를 읽지 않으면 곧 도박을 하려는 마음이 있다. 남자가 공부를 하지 않으면 마음으로는 꼭 유흥할 것을 생각하고 빈둥거리며 게으름 피우면서 정당한 직업에 종사하지 않으려는 자세를 갖게 된다는 뜻. (博戱 : 도박. 도박을 하다. 곧 하는 일 없이 빈둥거리다. 비둥거리며 게으름만 피우다. 일하지 않고 놀고 먹는다는 의미.)

〔 **論衡·正說** 〕 書, 五經之總名也. 傳曰, ○○○○○, ○○○○○○.

讀書百遍而義自見, 讀書當以三餘, 冬者歲之餘, 夜者日之餘, 陰雨者時之餘也.
현

책을 백 번 되풀이 하여 읽으면 그 뜻이 저절로 밝혀진다. 책을 읽는 데는 세 가지 여가를 관리하여야 하는 것이니, 곧 겨울은 일년 중 여가가 있는 세월이고, 밤은 하루 중 여가가 있는 때이며, 비가 오는 것은 시간 중에 여가가 있는 때이다. (遍 : 처음부터 끝까지 한 차례 하는 일. 當 : 관리하다. 陰雨 : 몹시 흐린 가운데 오는 비. / 계속 내리는 장마비.) → **讀書百遍而義自見. 書讀百遍而義自見 熟讀百遍而義自見.** → **讀書三餘.**

〔 **魏略·董遇傳** 〕 董遇字季直, 性質納好學, 人有從學者, 遇不肯教曰, 必當先讀百遍, 言讀書百遍而義自見. 從學者曰, 苦渴無日, 遇言, 當以三餘, 冬者歲之餘, 夜者日之餘, 陰雨者時之餘. 〔 **三國志·魏志·崔毛徐何刑鮑司馬傳** 〕 董遇(裵松之注引魏略) 曰, 人有從學者, 遇不肯教, 而云, 必當先讀書百遍, 言, 讀書百遍而意自見. 從學者云, 苦渴無日. 遇言, 當以三餘. 或問三餘之意, 遇言, 冬者歲之餘, 夜者日之餘, 陰雨者時之餘也. 〔 **三國志·魏志·王肅傳** 〕 (注引 魏略 董遇傳) 人有從學者, (董) 遇不肯教, 而云必當先讀百遍, 言讀書百遍而義自見. 〔 **明 張岱·琅環文集** 〕 古人云, 熟讀百遍, 其義自見. 蓋古人正于熟讀時深思其義味耳. 〔 **鏡花緣** 〕 古人云, 書讀千遍, 其義自見.

讀書有三到, 謂心到·眼到·口到.

독서하는 데는 세 가지의 집중해야 할 것이 있으니, 그것은 마음을 집중하고 눈을 집중하고 입을 집중하는 것을 이르는 것이다. 독서할 때는 마음과 눈과 입을 각각 최고로 집중하여 번복 숙독해야 비로소 그 내용을 잘 알 수 있다는 것으로, 이것은 朱子가 창도한 독서법이다. (到 : 이르다. / 빈틈없다. 주도면밀하다. / 여기서는 전일하다. 몰두하다. 열중하다. 집중하다의 뜻.) → **讀書三到**.

〔**宋 朱熹·訓學齋規·讀書寫文字**〕餘嘗謂○○○○○, ○○○·○○·○○. ……. 三到之中, 心到最緊, 心旣道矣, 眼口豈不到乎. 〔**朱熹·童蒙須知**〕餘嘗謂○○○○○, ○○○·○○·○○, 心不在此, 則眼不看子細, 心眼旣不專一, 卻只漫浪誦讀, 決不能記, 記亦不能久也. 三到之中, 心到最急, 心旣道矣, 眼口豈不到乎.

讀十遍不如寫一遍.

글을 열 번 읽는 것이 한 번 쓰는 것보다 못하다. 곧 글을 익히는 데는 쓰는 것이 읽는 것보다 훨씬 낫다는 뜻. = **一寫當十讀. 十讀不如一寫.**

〔**鶴林玉露·手寫九經**〕唐代張參爲國子司業, 手寫九經, 每言讀書不如寫書. 高宗以萬乘之尊, 萬幾之繁, 乃亦親灑宸翰, 遍寫九經, 云章爛然, 終始如一, 自古帝王所未有也. 又嘗御書漢光武紀, 賜執政徐俯曰, 卿勸朕讀光武紀, 朕思○○○○○○○○, 今以賜卿. 聖學之勤如此. 〔**太平御覽**〕桓子新論曰, 高君孟頗知律令, 嘗自伏寫書, 署郞哀其老, 欲代之, 不肯云, 我躬自寫, 乃當十遍讀.

董仲舒, 蓋三年不窺園, 其精如此.

(前漢의 대학자로 春秋繁露 82卷을 지은) 董仲舒는 3년동안 (공부하느라고 방에 들어 앉아) 그 집의 뜰도 보지 아니하였으니, 그의 정성이 이와 같았다. 공부에 매우 열중함을 형용.

〔**漢書·董仲舒傳**〕少治春秋, 孝景時爲博士, 下幃講誦, 弟子傳以久次相授業, 或莫見其面, 蓋三年不窺園, 其精如此.

登高而招, 臂(비)非加長也, 而見者遠. 順風而呼, 聲非加疾也, 而聞者彰(창).

높은 곳에 올라가서 손짓을 한다고 팔이 더 길어지는 것은 아니지만 멀리까지 볼 수 있고, 바람따라 소리 지른다고 소리가 더 커지는 것은 아니지만 분명하게 들을 수 있다. (喩) 효과를 얻으려면 물건을 이용하여야 한다. 시세에 편승하면 일을 하기가 쉽다. / 수신을 하려면 배움에 의하여야 한다. (招 : 손을 흔들다. 손짓하다. 臂 : 팔. 疾 : 강하다. 彰 : 뚜렷하다.)

〔**荀子·勸學**〕○○○○, ○○○○○, ○○○○. ○○○○, ○○○○○, ○○○○. 〔**史記·遊俠列傳**〕比如順風而乎, 聲非加疾, 其勢激也.

登太山而小天下.

中國의 泰山에 오르고 나서 천하를 작다고 여기다. 높은 곳에 사는 사람은 넓고 먼 곳을 볼 수 있어서 천하의 모든 물건을 모두 매우 보잘 것 없는 것으로 생각하게 됨을 형용. 시계(視界)가 탁 트이고 식견(識見)이 한없이 넓음을 표시. 학식이 많을 수록 소견·식견이 더욱 넓어짐을 비유. (太山 : 小 : 작다고 여기다. 가볍게 여기다. 泰山.)

〔 **孟子·盡心下** 〕 孟子曰, 孔子登東山而小魯, ○○○○○○○, 故觀於海者難爲水, 遊於聖人之門者難爲言. 〔 **明 李夢陽·六合亭碑** 〕 孔子登泰山而小天下, 志非在山也, 是故六合者天下之義也. 人之言曰, 登不高, 見不遠. 古今登泰山者多矣, 獨孔子登而小天下哉.

孟子之少也, 其舍近墓, 嬉遊爲墓間之事. 孟母乃去, 舍市傍, 其嬉戲爲賈人 衒賣之事. 復陟舍學宮之傍.

가 현

孟子가 어렸을 때 그의 집이 무덤 가까이 있어서 (그는) 무덤 속에서 하는 일을 흉내내며 장난치고 놀았다. 그래서 孟子의 어머니가 그곳을 떠나와 시장 가까이에서 살게되니 (그는) 상인으로서 물건을 선전하면서 파는 일을 흉내내며 장난치고 놀았다. 다시 집을 학교 근방으로 이사했다. (그리하여 장성할 때까지 유가의 경전인 詩·書·易·禮·樂·春秋의 六藝를 익혀 큰 유학자의 명성을 이루었다.) 현모인 孟子의 어머니가 여러번 환경을 바꾸어서 孟子를 잘 교육시킨 내용을 설명한 것. (嬉 : 놀다. 장난치다. 爲 : 흉내내다. 戲 : 놀다. 장난치다. 賈人 : 장사하는 사람. 상인. 衒賣 : 물건을 선전하며 팔다. 學宮 : 학교.) → **孟母三遷. 孟母三遷之敎.**

〔 **列女傳·母儀傳·鄒孟軻母** 〕 鄒孟軻之母也, 號孟母. 其舍近墓. 孟子之少也, 嬉遊爲墓間之事, 踴躍築埋. 孟母曰, 此非吾所以居處子也, 乃去, 舍市傍. 其嬉戲爲賈人衒賣之事. 孟母又曰, 此非吾所以居處子也, 復徙舍學宮之傍. 其嬉遊乃設俎豆, 揖讓進退. 孟母曰, 眞可以居吾子矣, 遂居之. 及孟子長, 學六藝, 卒成大儒之名. 君子謂, 孟母善於漸化. 詩云, 彼姝者子, 何以予之, 此之謂也.

孟子之少也, 旣學而歸. 孟母以刀斷其織, 曰, 子之廢學, 若吾斷斯織也. 孟子懼, 旦夕勤學不息, 遂成天下之名儒.

孟子가 어렸을 때 배움을 끝내고 돌아오니 그 어머니가 짜던 베를 칼로 짤라버리고 나서 말하기를 "네가 배움을 그만 두는 것은 내가 이 베를 짜르는 것과 같다."고 하였다. 孟子는 이를 두려워하고 아침 저녁으로 부지런히 배우는 것을 그치지 않음으로써 드디어 천하의 유명한 유학자(儒學者)가 되었다. (旣 : 끝내다. 廢 : 그만두다. 그치다.) → **孟母斷機.**

〔 **漢 劉向·列女傳·母儀傳** 〕 自孟子之少也, 旣學而歸. 孟母方織, 問曰, 學何所至矣. 孟子曰, 自若也. 母以刀斷其織, 孟子懼而問其故. 孟母曰, 子之廢學, 若吾斷斯織也. 夫君子學以立名, 問則廣知, 是以居則安寧, 動則遠害. 今而廢之, 是不免於厮役, 而無以離於禍患也, 何以異於織績而食, 中道廢而不爲, 寧能衣其夫子而長不乏糧食哉. 女則廢其所食, 男則墮於修德, 不爲竊盜, 則爲虜役矣. 孟子懼, 旦夕勤學不息, 師事子思, 遂成天下之名儒. 〔**後漢書·列女傳**〕樂羊子遠尋師學, 一年來歸, 妻乃引刀趨機而言曰, 此織一絲而累以至於寸, 累寸不已, 遂成丈匹. 今若斷斯織也, 則捐失成功, 夫子積學, 當日知所亡, 以就懿德, 中道而歸, 何異斷斯織乎. 羊子感其言, 復還終業.

無冥冥之志者, 無昭昭之明. 無惛惛之事者, 無赫赫之功.

마음 속에서 늘 정성을 쏟을 의지가 없는 자는 슬기로운 지혜가 없는 것이고, 마음을 쏟아 열중할 일이 없는 자는 훌륭한 공적이 없는 법이다. 무엇을 할 생각이 없으면 지혜가 안생기고, 하는 일이 없으면 좋은 결과가 없다는 뜻. (冥冥之志 : 늘 마음 속에서 남몰래 부지런히 힘쓰는 뜻. 남몰래 정성을 쏟을 의지. 昭昭之明 : 밝은 예지. 환하고 또렷한 영명. 惛惛之事 : 늘 마음이 팔려 열중하는 일. 赫赫之功 : 훌륭한 공적. 뛰어난 공훈.)

〔**荀子·勸學**〕○○○○○○, ○○○○○. ○○○○○○, ○○○○○.

焚膏油以繼晷, 恒兀兀以窮年.

(晷 구, 兀 올)

기름을 태워서 써 낮을 이어가며, 항상 쉬지 않고 힘써서 써 해를 다한다. 밤과 낮을 잇고 또 해가 다하도록 게으름이 없이 부지런히 글을 읽는다는 뜻. (晷 : 햇빛. 곧 낮. 兀兀 : 쉬지 않고 힘쓰는 모양.)

〔**韓愈·進學解**〕○○○○○○, ○○○○○○, 先生之業, 可謂勤矣.

不修身而求令名於世者, 猶貌甚惡而責姸影於鏡也.

(貌 모, 惡 악)

몸을 닦지 아니하고 세상에서 훌륭한 명예를 바라는 것은 얼굴 모습이 심히 추하면서도 거울에 예쁘게 비치기를 바라는 것과 같다. (求 : 얻기를 바라다. 令名 : 훌륭한 명예. 좋은 평판. 惡 : 추하다. 얼굴이 못생겨서 보기에 흉하다. 責 : 원하다. 바라다. 姸 : 예쁘다. 아름답다.)

〔**顏氏家訓·名實**〕名之與實, 猶形之與影也. 德藝周厚, 則名必善焉. 容色姝麗, 則影必美焉. 今○○○○○○○○○○, ○○○○○○○○○○○.

不學詩, 無以言. 不學禮, 無以立.

시경(詩經)을 배우지 아니하면 말을 잘 할 수 없고, 예기(禮記)를 배우지 아니하면 입신할 수 없다. 시경을 배우면 사리에 통달하여 심기가 화평하므로 말을 잘 하게 된다는 것이고, 예기를 배우면 품행과 절조에 밝아 덕성이 견고해지므로 의젓하게 자립하여 성인이 된다는 것.

〔**論語·季氏**〕陳亢問於伯魚曰, 子亦有異聞乎. 對曰, 未也. 嘗獨立, 鯉趨而過庭. 曰, 學詩乎. 對曰, 未也. 不學詩, 無以言. 鯉退而學詩. 他日, 又獨立, 鯉趨而過庭. 曰, 學禮乎. 對曰, 未也. 不學禮, 無以立. 鯉退而學禮.

貧者因書富, 富者因書貴.

빈한한 사람은 책으로 인하여 부유하게 되고, 부유한 사람은 책으로 인하여 현귀하게 된다.

〔**明 蘇復之·金印記**〕古人云, ○○○○○, ○○○○○. 詩書不誤志誠人.

士別三日, 卽更刮目相待.

갱 괄

선비가 헤어져서 사흘이 되면 곧 눈을 비비고 서로 대하여야 한다. (喩) 사람의 학식이나 포부가 짧은 기간에 향상 발전되므로 새로운 자세로 상대하여야 한다. 남의 학식이나 재주가 갑자기 늘어난 것을 경탄하여 이르는 말. (由) 三國時代 吳主인 孫權의 권유에 의하여 학문을 시작한 呂蒙은 뜻을 돈독히 하는데 게을리하지 아니하여 학자를 능가할 정도로 박식하게 되었다. 吳의 명장 魯肅이 이러한 사실을 알고, 기뻐하여 蒙의 등을 어루만지며 "나는 아우님이 다만 무략(武略) 만 알고 있을 것이라 말해왔는데 지금에 와서 보니 학식이 뛰어나고 사물에 통달해있어 이제는 吳에 있었을 때의 蒙君이 아닐세"라고 말하였다. 이에 대하여 呂蒙은 "선비가 헤어져서 사흘이 되면 곧 눈을 비비고 서로 대하여야 한다."고 말하였다. (待 : 대우하다. 접대하다. 상대하다.) = **刮目相待. 刮目相看. 刮目而視.** ≒ **吳下阿蒙.**

〔**三國志·江表傳**〕孫權謂呂蔡及蔣欽, 宜學問以自開益. 蒙始就學, 篤志不倦, 魯肅過蒙言議, 嘗欲受屈, 拊蒙背曰, 吾謂弟但有武略耳, 今者學識英博, 非復吳下阿蒙. 蒙曰, ○○○○, ○○○○○○○. 〔**三國志·呂蒙傳**〕< 南朝 宋 裵松 注 > 初, (孫)權謂蒙及蔣欽曰, 卿今竝當塗掌事, 宜學問以自開益. ……蒙始就學, 篤志不倦, 其所覽見舊儒不勝. 後魯肅上代周瑜, 過蒙言議, 常欲受屈, 肅拊蒙背曰, 吾謂大弟但有武略耳, 至於今者, 學識英博, 非復吳下阿蒙. 蒙曰, ○○○○, ○○○○○○○. 大兄今論, 何一稱穰侯乎. 〔**北史·楊愔傳**〕愔, 小字秦王, 源子恭曰, 常謂秦王不甚察慧, 今更欲刮目視之. 〔**十八史略·近古·晉·六朝篇**〕(阿)蒙曰, 士別三日, 卽當刮目相待.

徜徉於山林泉石之間, 而塵心漸息. 夷猶於詩書圖畫之內, 而俗氣潛消.

상 양

산과 숲, 샘과 바위 사이를 한가로이 거닐면 속세의 명리를 추구하는 마음이 차츰 없어지고, 시문과 그림 속에 마음이 머물러 즐기면 속세의 기운이 부지부식간에 사라진다. (徜徉 : 목적없이 어슬렁거리며 걷다. 생각에 잠기어 왔다갔다 하다. 한가로이 거닐다. 塵心 : 속세의 심리 곧 인간 세상의 명리를 추구하는 마음. 夷猶 : 머뭇거리다. 한 곳에 머물러 떠나기 싫어하다. 여유가 있어 스스로 만족하는 모양. = 夷由. 詩書 : 시경과 서경. / 시와 산문. 여기서는 시를 모아 만든 책. 潛 : 비밀히. 몰래. 살그머니. 부지부식간에.)

〔**菜根譚·後四十五**〕○○○○○○○○○, ○○○○○, ○○○○○○○○○, ○○○○○. 故君子雖不玩物喪志, 亦常借境調心.

西子蒙不潔, 則人皆掩鼻而過之.

몸 엄 비

(춘추시대 吳王 夫差가 총애한) 越나라의 미인 西施도 그 몸에 불결한 것을 뒤집어쓰고 있으면 사람들은 다 코를 가리고 지나간다. 사람들이 선을 잃는 것을 경계하고 타고난 자질보다는 후천적인 수양이 필요함을 권하는 말. (西子 : 西施. 蒙 : 덮다. 덮어쓰다. 덮어씌우다. 不潔 : 깨끗하지 아니한 것. 더러운 물건.)

〔 **孟子·離婁下** 〕 孟子曰, ○○○○○, ○○○○○○○○○. 雖有惡人, 齊戒沐浴, 則可以祀上帝.

成人不自在, 自在不成人.

인격, 교양이 있는 훌륭한 사람은 저절로 되어지는 것이 아니며, 저절로 되어지는 것은 인격, 교양이 있는 훌륭한 사람이 아니다. 사람은 반드시 고생하면서 인격을 도야하는데 힘써야 하며, 제멋대로 굴어서는 훌륭한 인물이 되지 못한다는 뜻. (成人 : 인격·교양이 구비된 훌륭한 사람. 학문·도덕을 겸비한 사람.)

〔 **鶴林玉露** 〕 (引朱熹小簡) 諺云, ○○○○○, ○○○○○. 此言雖淺, 然實切至之論, 千萬勉之.

所謂修身在正其心者, 身有所忿懥·所恐懼·所好樂·所憂患, 則不得其正.

치 요

이른바 몸을 닦는 것은 그 마음을 바르게 함에 있는 것이니, 마음에 몹시 성내는 것이나, 몹시 두려워하는 것이나, 애호하는 것이나, 근심 걱정하는 것이 있으면 그 올바른 도리를 이루어낼 수 없다. 성내는 것(忿懥), 두려워하는 것(恐懼), 애호하는 것(好樂)과 걱정하는 것(憂患) 등 네 가지는 다 마음이 작용하는 것으로, 사람이 없을 수 없는 것이나 그 하나라도 살피지 아니하면 욕심이 동해서 정이 지나쳐서(넘쳐서) 마음의 작용의 결과로 혹시 올바른 도리(공평무사)를 잃게 할 수도 있음(朱熹의 해석)을 뜻한다. (正 : 바르게 하다. / 정도. 정리. 올바른 도리. 정당한 도리. / 무사공평. 身有의 身은 心으로 해석한다. 忿懥 : 분노하다. 화를 내다. 몹시 성내다. 好樂 : 좋아하다. 애호하다. 得 : 완성하다. 다 되다. 이루다.)

〔 **大學·傳七** 〕 所謂修身在正其心者, 身有所忿懥, 則不得其正. 有所恐懼, 則不得其正. 有所好樂, 則不得其正. 有所憂患, 則不得其正.

蘇秦讀書欲睡, 引錐自刺其股, 血流至足.

자 고

(전국시대 여섯 나라를 합종하여 재상이 된 책사인) 蘇秦은 어렸을 때 책을 읽으면서 잠이 오면 송곳으로 넓적다리를 스스로 찔러 잠을 깨웠으나 피가 흘러 발에까지 이르렀다. (喻) 갖은 고행을 하면서 학문 연마에 힘쓰다. (欲 : …하려고 하다. 睡 : 자다. 앉아서 졸다. 피곤해서 눈이 감기다. 引

은 끌다. 끌어내다. 끌어당기다. 錐 : 송곳. 股 : 허벅지. 넓적다리.) → **引錐自刺. 引錐自股.**

〔**戰國策·秦策一**〕蘇秦喟然嘆曰, 妻不以我爲夫, 嫂不以我爲叔, 父母不以我爲子, 是皆秦之罪也. 乃夜發書, 陳篋數十, 得太公陰符之謀, 伏而誦之, 簡練以爲揣摩. 讀書欲睡, 引錐自刺其股, 血流至足, 曰, 安有說人主不能出其金玉錦繡, 取卿相之尊者乎. 朞年, 揣摩成, 曰, 此眞可以說當世之君矣. 〔**楚國先賢傳**〕孫敬到洛, 在在學, 折柳爲簡以寫經, 睡則懸頭于梁.

脩己而不責人, 則免於難.

내 몸을 닦되 남을 책망하지 않으면, 곧 어려운 처지는 면할 수 있다. 사람은 남을 탓하기에 앞서 자기 수양에 힘쓰라는 뜻.

〔**春秋左氏傳·閔公二年**〕(里克) 對曰, ……, 且子懼不孝, 无懼弗得立, ○○○○○○,○○○○.

修身以爲弓, 矯(교)思以爲矢, 立義以爲的, 奠(전)而後發, 發必中矣.

몸을 닦는 것을 활로 삼고, 생각을 바로잡는 것을 화살로 삼으며, 의로움을 세우는 것을 과녁으로 삼아 안정시키고 난 다음에 쏘면 쏘는대로 반드시 맞출 것이다. 사람이 해야 할 수양의 덕목과 행동규범을 궁도에 비유한 내용. (奠 : 안정시키다. 다지다.)

〔**楊子·法言·修身**〕○○○○○, ○○○○○, ○○○○○, ○○○○, ○○○○.

愼言語以養其德, 節飮食以養其體.

말을 삼가서 덕을 기르고, 음식을 절제하여서 몸을 길러야 한다.

〔**近思錄·存養類**〕伊川先生曰, ○○○○○○○, ○○○○○○○.

安居不用架高堂, 書中自有黃金屋.

거처를 편안히 함에는 훌륭한 집을 지을 것이 없으니, 글 속에 스스로 황금의 집이 있다. 책을 읽어 관리가 된 다음에는 의식주의 일상생활을 걱정하지 않아도 된다는 뜻. (架 : 얽다. 얽어 만들다. 짓다.)

〔**宋 眞宗皇帝·勸學文**〕富家不用買良田, 書中自有千鍾粟, ○○○○○○○, ○○○○○○○. 〔**張協狀元**〕書中果有黃金屋. 書中果有千鍾粟. 〔**明 高明·琵琶記**〕男兒有書須勤讀, 書中自由黃金屋, 也有千鍾粟.

吾日三省吾身, 爲人謀而不忠乎, 與朋友交而不信乎, 傳不習乎.

(孔子의 제자인 曾參 곧 曾子인) 나는 날마다 세 차례 나 자신을 성찰해 본다. 그것은 남을 위

하여 일을 꾀하면서 온 정성을 다 기울이지 않은 것이 있는가, 벗과 더불어 사귀면서 신실하지 못한 것이 있는가, 스승으로부터 전해받은 가르침을 복습하지 않은 것이 있는가, 하는 것이다. (省 : 살펴보다. 반성하다. 점검하다. 성찰하다. 깊이 생각하여 스스로 자기의 선악·시비를 뒤돌아보다. 謀 : 일을 꾀하다. 일을 도모하다. 헤아리다. 자세히 고찰하다. 忠 : 온 정성을 다 기울이다. 힘을 다하여 애쓰다. 傳 : 스승으로부터 전해 받은 가르침을 이른다. / 내가 남에게 전수할 것. 習 : 복습하다.) → **三省吾身. 吾日三省.**

〔 **論語·學而** 〕 曾子曰, ○○○○○○, ○○○○○○○, ○○○○○○○○, ○○○○. 〔 **南宋 洪邁·容齋續筆·逐貧賦** 〕 三省吾身, 謂予無愆.

吾之修書, 可謂猢猻入布袋矣. 君於仕宦, 何異鮎魚上竹竿耶.

호손 점

내가 글을 익히는 것은 원숭이가 자루 속에 들어가는 것이라고 이를 만하다. 그대가 벼슬아치가 되어 종사하는 것은 메기가 대나무줄기를 올라가는 것과 무엇이 다르랴! 내가 글을 익히는 것은 그 때문에 곤경에서 벗어날 방법이 없게 되고, 그대가 관리가 되어 근무해도 그 목적을 달성하는 것이 매우 쉽지 않음을 이르는 것. (猢猻入布袋 : 원숭이가 자루 속에 들어가다로, 야인이 관직을 얻어 구속을 받는다, 또는 비록 능력이 있어도 곤경에서 벗어나는 것이 쉽지 않다는 비유. 鮎魚上竹竿 : 메기가 대나무줄기를 타고 올라가다로, 목적을 달성하는 것이 쉽지 않다, 또는 어려움을 극복하여 목적을 달성하다의 비유.)
→ **猢猻入布袋. 猢猻入袋.** → **鮎魚上竹竿. 鮎魚上竹.**

〔 **宋 歐陽修·歸田錄** 〕 梅聖兪以詩知名, ……, 語其妻刁氏曰, ○○○○, ○○○○○○○○. 刁氏對曰, ○○○○, ○○○○○○○○. 〔 **明 馮夢龍·古今譚概** 〕 梅聖兪以詩知名三十年, 終不得一館職. 晩年預修唐書, 語其妻刁氏曰, 吾之修書, 可謂猢猻入布袋矣. ……, 大觀中, 薛肇明和上皇御制詩, 有曰, 歡聲似鳳來銜詔, 喜氣如鷄去揭竿. 韓子倉戱爲更之曰, 窘如老鼠入牛角, 難似鮎魚上竹竿. 〔 **五燈會元** 〕 曰, 恁麽則學人歸堂去也. 師曰, 猢猻入布袋.

欲明明德於天下者, 先治其國, 先齊其家, 先修其身, 先正其心, 先誠其意, 先致其知, 致知在格物.

(옛날) 세상에서 밝은 덕성을 깨닫게 하고자 하는 자는 먼저 그 나라를 다스렸고, 그에 앞서 그 집안을 가지런히 하였고, 그에 앞서 그 몸을 닦았고, 그에 앞서 그 마음을 바르게 하였고, 그에 앞서 그 뜻을 참되게 하였고, 그에 앞서 그 (사물의 이치를 판별하여 아는) 지식에 다다르게 하였으니, 그 지식에 다다르게 하는 것은 사물의 이치를 궁구하는데 있다. 格物 致知를 바탕으로 한 誠意, 正心으로써 이루어지는 修身이 바로 齊家, 治國, 平天下의 근본이 되며 그래야만 비로소 세상에서 밝은 덕성(明德)을 깨닫게 해줄 수 있다는 것으로, 이것은 大學의 도(道)의 일반적인 원리를 설명한 것. → **格物 致知 誠意 正心 修身 齊家 治國 平天下**

〔 **大學·經一** 〕 古之欲明明德於天下者, 先治其國, 欲先治其國者, 先齊其家, 欲先齊其家者, 先修其身, 欲先修其身者, 先正其心, 欲先正其心者, 先誠其意, 欲先誠其意者, 先致其知, 致知在格物. 物格以后知至, 知至以后意誠, 意誠以后心正, 心正以后身修, 身修以后家齊, 家齊以后國治, 國治以后天下平. 〔 **明 楊柔勝·玉環記** 〕 欲治其國, 先治其家. ……我一女子敎道, 如何治得外人. 〔 **明 黃粹吾·續西廂升仙記** 〕

我儒家明經登第, 齊家治國平天下.

有匪君子, 如切如磋, 如琢如磨.
차 탁

아름다운 저 군자(武公을 가리킴)는 (짐승의 뼈를 세공하는 자가) 칼이나 도끼로 깎는 것 같이, 다듬는 것 같이 하고, (구슬과 돌을 세공하는 자가) 망치나 칼로 쪼는 것 같이, 가는 것 같이 했다. 학문과 덕을 끊임없이 갈고 닦아 덕을 쌓고 학문을 이룸을 이르는 말. (匪 : 斐로 아름답고 보기 좋은 모습의 형용.) = **切磋琢磨.**

〔 **詩經·衛風·淇奧** 〕 瞻彼淇奧, 綠竹猗猗, ○○○○, ○○○○, ○○○○. 〔 **論語·學而** 〕 子貢曰, 詩云如切如磋, 如琢如磨, 其斯之謂與. 〔 **大學·傳三** 〕 ○○○○, ○○○○, ○○○○. ……, 如切如磋者, 道學也, 如琢如磨者, 自修也.

有書借人爲痴, 借人書送還爲痴.
치

책을 남에게 빌려주면 어리석게 되고, 남에게 빌린 책을 돌려보내면 또한 어리석게 된다. 책이란 남에게 빌려주어도, 빌린 것을 돌려주어도 안된다는 말. (借 : 남에게 빌려주다. / 남의 것을 빌리다. 還 : 돌려보내다. 가져온 것을 도로 보내다. 痴 : 어리석다. 미련하다. = 癡.)

〔 **唐 段成式·酉陽雜俎** 〕 據杜荊州書告貺云, 知汝頗欲念學, 今因還車致副書, 可案錄受之. 當別置一室中, 勿復以借人. 古諺云, ○○○○○○, ○○○○○○○.

遺子黃金滿籯, 不如教子一經.
영

자식에게 황금을 대바구니 가득히 남겨주는 것은 한 권의 경서(經書)를 자식에게 가르쳐 주는 것보다 못하다. (喻) 자식에게 많은 재산을 물려주는 것이 자식에게 교육을 시켜 지식을 전해 주는 것보다 못하다. (籯 : 대바구니.) = **黃金滿籯, 不如教子一經. 賜子千金, 不如教子一藝.**

〔 **漢書·韋賢傳** 〕 賢四子, 長子方山, 爲高寢令, 早終, 次子弘至東海太守, 次子舜, 留魯守墳墓, 少子玄成字小翁, 好學修父業, 尤謙遜下士, 復以明經歷位至丞相. 故鄒魯諺曰, 遺子黃金滿籯, 不如一經. 〔 **宋 陳亮·祭何茂材文** 〕 衆人所賭者, 黃金滿籯, 我獨知之, 教子一經. 〔 **明 東魯古狂生·醉醒石** 〕 所以古人說, 黃金滿籯, 不如教子一經. 貧賤無以自立, 只有讀書守分, 可以立身.

李密乘一黃牛, 掛漢書一帙角上, 行且讀.
질

(陳情表를 올려 武帝의 太子洗馬의 벼슬을 사양한 東晋의) 李密은 어렸을 때 황소를 타고서 그 쇠뿔에 한서 한 질을 걸어놓고, 타고가면서 그것을 읽었다. 부지런히 학문을 닦음을 이르는 말. → **牛角掛書.**

〔 **唐書·李密傳** 〕 密聞包愷在緱山, 往從之, 以蒲韉乘牛, 掛漢書一帙角上, 行且讀, 楊素適見于道, 躡其後, 問所讀, 曰, 項羽傳, 因與語奇之.

一日不書, 百事荒蕪(무).

하루 글을 쓰지 아니하면 모든 일이 다 황폐해진다. (荒蕪 : 잡초가 우거져 땅이 황폐하다.)

〔 **魏書·李彪傳** 〕 加以東觀中圮, 冊勛有闕, 美隨日落, 善因月稀. 故諺曰, ○○○○, ○○○○.

一進一退, 一左一右, 六驥不致.

한개는 나아가고 한 개는 물러서며, 한 개는 왼쪽으로 가고 한 개는 오른쪽으로 가면, 보조가 맞지 않아서 여섯 필의 천리마가 끄는 수레로도 끝내 나아가지 못한다. 나아갈 방향을 결정하여 온 힘을 다하여 나아가지 않으면 학문의 목적지에 도달할 수 없다는 뜻. (一進一退, 一左一右 : 하나는 나아가고 하나는 물러서며, 하나는 왼쪽으로 가고 하나는 오른쪽으로 가다.)

〔 **荀子·修身** 〕 ○○○○, ○○○○, ○○○○.

自天子以至於庶人, 壹是皆以修身爲本.

위로는 천자(天子)로부터 아래로는 서민에 이르기 까지 모두 다 같이 몸을 닦아 행실을 바르게 하는 것을 근본으로 삼아야 한다. 朱子의 이른바 8조목(八條目) 가운데 격물(格物)·치지(致知)·성의(誠意)·정심(正心)의 네 가지는 다 사람의 마음을 다스리는 술책에 관한 것이므로 수신(修身)으로 일괄할 수 있으며, 사대부의 제가(齊家)·제후의 치국(治國)·천자의 평천하(平天下)도 모두 행실을 바르게 하는 수신을 바탕으로 하고 있어 결국 신분에 관계없이 근본으로 삼아야 한다는 뜻. (壹是 : 일체. 죄다. 모두. 전부. 한결같이.)

〔 **大學·經一** 〕 ○○○○○○○○○, ○○○○○○○○○. 基本亂而末治者否矣. 其所厚者薄, 而其所薄者厚, 未之有也.

早知窮達有命, 悔不十年讀書.

사람이 살아감에 있어 빈궁하고 영달하는 데는 자연의 운명이 있다는 것을 일찍이 알았던들, 십년동안 독서한 것을 후회하지는 않았을 것이다. 사람이 빈궁하고 영달함이 인력으로 좌우되지 않고 자연의 운명이 작용한다는 것을 일찍이 알았던들, 영달을 추구하기 위하여 오랜 세월에 책을 읽은 것이 후회되지는 않았을 것이라는 뜻. → **窮達有命. 窮通有命.**

〔 **宋史·沈攸之傳** 〕 早知窮達有命, 恨不十年讀書. 〔 **南史·沈攸之傳** 〕 攸之晩好讀書, 手不釋卷, 史漢事, 多所記憶, 嘗歎曰, ○○○○○○, ○○○○○○. 〔 **班彪·王命論** 〕 窮達有命, 吉凶由人. 〔 **白居易·論友詩** 〕 窮通各有命, 不繫才不才. 推此子裕裕, 不必待安排.

朱買臣, 家貧好讀者, 擔束薪, 行且誦書. 其妻亦負戴相隨, 羞之求去, 買臣聽去. 後數歲, 爲會稽太守, 入吳界, 見其故妻, 妻自經死.

後漢때 吳나라 사람인 朱買臣은 집안이 가난하면서도 글 읽기를 좋아하여 묶은 나무를 지고가면서 글을 외웠으며, 그 아내도 또한 나무를 지고 이고 따라가곤하다가 이를 부끄럽게 여겨 이혼을 요구하니 買臣은 이혼을 받아들였다. 그 몇해 후에 買臣은 (捕卒로 시작, 中大夫가 되었다가) 會稽의 太守가 되어 吳나라 縣의 경계로 들어가다가 (청소를 하고 있는) 그의 옛날 아내를 (새남편과 함께) 만나니 그 아내는 스스로 목매어 죽고 말았다. (聽 : 받다. 받아들이다. 허락하다. 經 : 목매다.)

〔 **前 漢書·朱買臣傳** 〕 前漢朱買臣字翁子吳人. 家貧好讀書, 不治產業, 常艾薪樵, 賣以給食. 擔束薪, 行且誦書. 其妻亦負戴相隨, 羞之求去. 買臣曰, 我年五十當富貴, 今已四十餘矣. 女苦日久, 待我富貴, 報汝功. 妻恚怒曰, 如公等, 終餓死溝中耳, 何能富貴.買臣卽聽去. 後數歲, …….久之拜會稽太守, 入吳界, 見其故妻. 妻夫治道. 買臣呼令後車載其夫妻. 到太守舍, 置園中給食之, 妻自經死.

(陳)祐少好學, 家貧, 母張氏嘗翦髮易書, 使讀之, 長遂博通經史.

元나라 陳祐는 어려서 배우기를 좋아했으나 집안이 가난하매, 그의 어머니 張氏가 일찍이 머리털을 깎아 책과 바꾸어서 그로하여금 읽도록 했다. 그는 자라서 마침내 경서(經書)와 사서(史書)를 널리 통달하였다.

〔 **元史·陳祐傳** 〕 (○)○○○○, ○○, ○○○○○○○○○, ○○○, ○○○○○○.

車胤, 家貧不常得油, 夏月練囊盛數十螢火, 以照書. 孫康, 家貧燈無油, 於冬月嘗映雪讀書.

晉나라 車胤은 집안이 가난하여 항상 기름이 없어 여름철에는 누인 명주로 만든 주머니 속에 수십 마리의 깨똥벌레를 잡아 넣어 그 빛을 책에 비추어 글을 읽었고, 晉나라 孫康은 집안이 가난하여 등에 기름이 없어서 겨울철에는 일찍이 눈을 비추어서 글을 읽었다. 집안이 가난하여 갖은 고생을 하면서도 열심히 공부하여 학문을 닦는 것을 이르는 말. (練囊 : 누인 명주로 만든 주머니. 盛 : 담다. 채우다. 螢火 : 반딧불.) → **螢雪之功. 螢窗雪案. 雪窗螢火. 積雪囊螢. 集螢映雪. 囊螢照讀. 囊螢照書. 映雪讀書. 車胤聚螢. 孫康映雪.**

〔 **晉書·車胤傳** 〕 車胤字武子, 幼恭勤博覽, 家貧, 不常得油, 夏月, 以練囊, 成數十螢火, 照書讀之, 以夜繼日, 後官至尙書郞. 今人以書窓, 爲螢窓, 由此也. 〔 **晉書·孫康傳** 〕 孫康, 少淸介, 交遊不雜, 家貧, 無油, 嘗映雪讀書. 後官至御史大夫. 今人, 以書案, 爲雪案由此也. 〔 **文選·任昉·爲蕭揚州薦士表** 〕 至乃集螢映雪, 編蒲緝柳. < 李善 注 > (引 孫氏世錄) 孫康家貧, 常映雪讀書, 淸介, 交遊不雜. 〔 **元 賈仲名·蕭淑蘭** 〕 雖無汗馬眠霜苦, 曾受囊螢映雪勞. 〔 **王安石·勸學文** 〕 窓前看古書 < 注 > 螢窓雪案間, 宜勤看古昔昔聖賢之書. 〔**蒙求·車胤聚螢**〕 晉車胤字武子, 南平人. 恭勤不倦, 博覽多通. 家貧不得常油. 夏月則練囊盛數十螢火, 以照書, 以夜繼日焉. ……. 〔**蒙求·孫康映雪**〕 孫氏世錄曰, 康家貧無油, 常映雪讀書. 少小淸介, 交遊不雜. 後至御史大夫.

千千爲敵, 一夫勝之, 未若自勝, 爲戰中上.

썩 많은 사람을 적으로 삼아 한 사나이가 이기는 것은, 스스로를 이겨서 싸움하는 웃 사람이 되는 것만 같지 못하다. 많은 적과 싸워서 이기는 것보다 자기 마음 속의 적과 싸워서 이기는 것이 더 중요하다는 뜻. (千千 : 무수하다. 수가 매우 많다. / 썩 많은 수. 수천.)

〔**法句經·述千品**〕 ○○○○, ○○○○, ○○○○, ○○○○.

天下之本在國, 國之本在家, 家之本在身.

천자가 다스리는 천하의 근본은 제후의 나라에 있고, 그 나라의 근본은 경대부의 집안에 있으며, 그 집안의 근본은 그 구성원인 개인에게 있다. 천하 국가는 하나 같이 개인을 근본으로 삼고 있어 근본이 바르면 그것이 확립되나 근본이 기울어지면 쓰러지게 됨을 함축하고 있는 것으로, 이것은 유가사상(儒家思想)의 기본을 이루고 있는 수기치인사상(修己治人思想)의 기본 구조가 단적으로 표명되어 있는 내용이라고 할 수 있는 것이다.

〔**孟子·離婁上**〕 孟子曰, 人有恒言, 皆曰天下國家. ○○○○○○, ○○○○○, ○○○○○.

他山之石, 可以攻玉.

다른 산의 돌로 나의 옥을 갈 수 있다. (喻) 남의 장점을 취함으로써 자기의 결점이나 부족한 곳을 개선하다. 타인·친구의 충고와 도움은 자신의 결점·잘못을 바로 잡을 수 있다. / 모범이 되지 않는 하찮은 남의 언행도 나의 지식과 인격을 닦는데 도움이 된다. / 타국의 인재를 본국에 도움이 되게 쓸 수 있다. (攻 : 다듬다. 갈다.) = **他山之石, 可以攻錯. 他人之石, 可以爲錯.** → **他山之石. 他山攻錯. 他山之助.**

〔**詩經·小雅·鶴鳴**〕 鶴鳴于九皐, 聲聞于野, ……他人之石, 可以爲錯. 鶴鳴于九皐, 聲聞于天. ……, ○○○○, ○○○○. < 朱子集傳 > 程子曰, 玉至美也, 石之惡也. 然兩玉磨相, 不可以成器. 以石磨之, 然後成焉. 猶君子之與小人橫逆侵加, 然後動心忍性, 而道德成焉. 〔**明 陸繼儒·群碎錄**〕 他石可以攻玉, 衆壤可以蓋岱. 〔**梁啓超·節本明儒學案**〕 上卷則國初爲多, 宋人規範猶在. 中卷則皆驟聞陽明之學而駭之, 有此辨難, 愈足以發明陽明之學, 所謂○○○○, ○○○○也.

學眂(시)者, 先見輿薪, 學聽者, 先聞撞(당)鍾.

보는 것을 배우려고 하는 사람은 수레에 실린 나뭇짐을 먼저 보고, 듣는 것을 배우려고 하는 사람은 친종의 소리를 먼저 들어야 한다. 사람이 무엇을 얻으려 한다면 사람들이 하지 않는 일을 먼저 잘 알아두어야 한다는 뜻. (眎 : 보다. 視의 옛 글자. 擿 : 치다. 두드리다.)

〔**列子·仲尼**〕乃告臣曰, 人欲見其所不見, 視人所不窺, 欲得其所不得, 修人所不爲. 故○○○, ○○○○, ○○○, ○○○○.

賢不肖子才也, 爲不爲者人也. 遇不遇者時也, 死生者命也.

초

현명하고 못나고 한 것은 재질이고, 하고 안하는 것은 사람의 일이며, 때를 만나고 때를 만나지 못하는 것은 시운이고, 죽고 사는 것은 천명이다. 사람이 살아가면서 입신출세·영달하는 것은 재질, 사람의 일, 시운, 천명에 달린 것이므로 부지런히 배우고 몸을 수양하며 행동을 단정히 하여 때를 기다려야 된다는 것을 시사. (遇 : 때를 만나다. 등용되다. 時 : 운명.)

〔**荀子·宥坐**〕孔子曰, ……. 夫○○○○○○○, ○○○○○○○, ○○○○○○○, ○○○○○○. 〔**韓詩外傳·卷七**〕孔子曰, ……. 賢不肖者材也, 遇不遇者時也, 今無有時, 賢安所用哉. 〔**說苑·雜言**〕孔子曰, ……. ○○○○○○○, ○○○○○○○, ○○○○○○○, ○○○○○○. 有其才不遇其時, 雖才不用, 苟遇其時, 何難之有. 〔**孔子家語·在厄**〕子曰, ……. 夫遇不遇者時也, 賢不肖者才也, ……. 爲之者人也. 生死者命也.

Ⅳ. 文字·書册·文學

賈客夢炊臼中.

상인이 절구안에 밥 짓는 꿈을 꾸다. (喻) 아내를 잃다. (由) 唐나라 때 상인인 張膽은 꿈에 쌀 방아를 찧어 절구에 밥을 지었는데, 점치는 사람이 그의 처가 집에서 죽었다고 알려주므로, 張膽이 집에 돌아와보니 과연 처가 이미 죽어있었다. 절구에 밥을 짓는 것은 솥(釜)이 없기 때문이며 釜와 婦는 음이 상통한데서 이와 같이 풀이한 것. (賈客 : 상인. 장사꾼. 炊 : 불을 때다. 밥을 짓다. 臼 : 절구. 확.) → **炊臼之夢. 炊臼之痛. 炊臼之戚.**

〔**唐 段成式·酉陽雜俎·夢**〕江淮有王生者, 善卜, 榜言解夢. 賈客張膽將歸, 夢炊於臼中. 問王生. 生言, 君歸不見妻矣. 臼中炊, 固無釜也. 賈客至家, 妻卒已數月. 〔**書言故事**〕喪妻曰, 炊臼之夢.

郭翰暑月卧庭中, 仰視空中, 織女冉冉而下, 徐視其衣, 舞縫. 問之, 曰, 天衣本無針線爲也.

太原 사람인 郭翰이 여름날 밤 뜰에 누어 하늘을 쳐다보고 있노라니, 직녀가 사뿐이 내려오므로 그 옷을 천천히 살펴보니 꿰맨 것이 없어 물은 즉 말하기를 "하늘의 옷은 본래 바늘과 실로 만드는 것이 아니다."라고 하였다. (暑月 : 더운 여름의 계절 또는 달. 음력 6월을 일컫는다. 冉冉 : 부드럽고 약한 모양. 天衣舞縫 : 선녀가 지은 옷은 실을 써서 깁지 않아서 기운 곳이 없다. 자연스럽고 정교하여 흔적을 남기지 않는다는 비유. 일이 용이주도하여 결점이 없다는 비유. 사물이나 시문이 완전히 자연스럽게 이루어지고, 갈고 다듬거나 교묘히 꾸민 흔적이 없다는 비유.) → **天衣無縫. 天縫天衣.**

〔**前蜀 牛嶠·靈怪錄·郭翰**〕郭翰暑月卧庭中, 仰視空中, 有人冉冉而下, 曰, 吾織女也. 徐視其衣, 竝無縫. 翰問故, 曰, 天衣本非針線爲也. 〔**太平廣記**〕(상기 靈怪錄을 인용한 것으로 내용 동일.) 〔**南宋·周密·浩然齋雅談**〕對聯之佳者, ……皆天衣無縫, 妙合自然.

其爲書, 處則充棟宇, 出則汗牛馬.

있는 책이 그대로 두면 집 마룻대와 추녀 끝을 가득 채우고, 내오면 그것을 끄는 소와 말이 땀을 흘린다. 책이 매우 많음을 형용. (爲 : 있다. 棟宇 : 집의 마룻대와 추녀 끝으로, 곧 집을 이른다.) → **汗牛馬充棟宇. 汗牛充棟. 充棟汗牛. 汗牛塞屋.**

〔**唐 柳宗元·陸文通先生墓表**〕孔子作春秋, 千五百年. 以名爲傳者五家, 今用其三焉. 乘觚牘, 焦思慮以爲讀注疏說者, 百千人矣. 攻訐狠怒, 以辭氣相擊排冒沒者. ○○○, ○○○○○, ○○○○○. 或合而隱, 或乖而顯. 後之學者, 窮老盡氣, 左視右顧, 莫得其本. ……甚矣, 聖人之難知也. 〔**梁啓超·新史學中國之舊史**〕試一繙四庫之書, 其汗牛充棟, 浩如煙海者, 非史學書居十六七乎.

落筆驚風雨, 詩成泣鬼神.

붓을 들어 쓰기 시작하면 비바람을 놀라게 하고, 시가 지어지면 귀신을 울린다. 문사·시문이 자연이나 귀신을 감화시킬 정도로 매우 훌륭하고 뛰어남을 형용.

〔**杜甫·贈鄭諫議 詩**〕諫官非不達, 詩義早知名, 思飄雲物外, 律中鬼神驚. 〔**杜甫·寄李白 詩**〕昔年有狂客, 號爾謫仙人, ○○○○○, ○○○○○. 〔**本事詩高逸門**〕李太白初至京師, 賀知章聞其名, 首訪之, 白出蜀道難, 以示之, 稱歎者數四, 號爲謫仙. 又見其烏棲曲, 曰, 此詩可以泣鬼神矣, 或言是吾夜啼, 未知孰是.

讀出師表, 不哭者其人不忠, 讀陳情表, 不哭者其人不孝.

(諸葛亮이 출병할 것을 후주 劉禪에게 아뢰는 글) 출사표(出師表)를 읽고 울지 않으면 그 사람은 충신이 아니고, (할머니를 지극히 모시기 위하여 晉나라 武帝의 관직에 응하지 못하는 사연을 기록하여 올린 李密의) 진정표(陳情表)를 읽고 울지 않으면 그 사람은 효자가 아니다. 출사표는 구구절절이 충성을 맹약하는 것으로 일관되어 있고, 진정표는 어려서 부모를 잃은 李密이 할머니를 지성으로 모시는 것으로 일관되어 있어 누구나 감동을 받지 않을 수 없게 되어 있다. (喩) 인정이 간절하게 표현된 좋은 문장은 사람을 감동시킨다.

〔**明 沈孚中·綰春圖**〕○○○○, ○○○○○○○○, ○○○○, ○○○○○○○○. 吾謂讀哭絶不哭者其人不情. 〔**清 呂熊·女仙外史**〕昔人云, 讀出師表而不墮淚者其人必不忠. 夫以千古以上之人之交, 而能墮千古以下之人之淚, 非神明之有相感哉. 〔**安子順·評**〕讀孔明出師表, 而不墮淚者, 其人必不忠. 讀令伯陳情表, 而不墮淚者, 其人必不孝. 讀退之祭十二郞文, 而不墮淚者, 其人必不友.

文生於情, 情生於文.

문장은 정감에서 생겨나고, 정감은 문장에서 생겨난다. 문장과 정감이 교호작용(交互作用)을 통하여 발전한다는 뜻.

〔**晉書·孫楚傳**〕初楚除婦服, 作詩以示(王)濟, 濟曰, 知○○○○, ○○○○, 覽之悽然, 增伉儷之重.

文溫以麗, 意悲而遠, 驚心動魄.
경 백

글이 순수해서 깨끗하고, 뜻이 슬프고 깊어서 마음을 놀라게 하고 혼을 뒤흔든다. 문장 따위가 내용이 훌륭하여 심금을 울린다는 뜻. (溫 : 순수하다. 원만하다. 驚 : 놀라다. 당황하고 두려워하다. 魄 : 넋. / 몸. 형체. ※ 사람의 정신을 주관하는 것을 혼, 육체를 주관하는 것을 백이라 한다.) → **驚心動魂. 驚心動魄. 驚心落魄.**

〔**南朝梁·鍾嶸·詩品**〕古詩其體源出于國風, 陸機所擬十四首, ○○○○, ○○○○, ○○○○, 可謂幾乎一字千金.

文人相輕, 自古而然.

문인이 서로 깔보는 것은 옛날부터 그러했다. 문인은 흔히 오만하여 남을 얕보는 경향이 있음을 가리키는 말.

〔**曹丕·典論·論文**〕○○○○, ○○○○. 傳毅之於班固, 伯仲之間耳, 而固小之, 與弟超書曰, 武仲以能屬文, 爲蘭臺令史, 下筆不能自休. 夫人善於自見, 而文非一體, 善能備善, 是以各以其所長, 相輕所短. 〔**文心雕龍·知音**〕至於班固傳毅, 文在伯仲, 而嗤毅云, 下筆不能自休, 及陳思論才, 亦深排孔璋. ……. 故魏文稱, 文人相輕, 非虛談也.

文者貫道之器也.

글은 도를 깨닫게 하는 도구이다. 글과 도는 떨어질 수 없는 것으로서, 도는 형태가 없으나 글은 자취가 있어 글을 통해서 도를 밝히고 기술하므로 이와 같이 도를 깨닫는 도구라고 이르는 것이다. (貫 : 깨닫다. 잘 알게 되다. / 꿰뚫다. 일관하다. 器 : 그릇. 용기. / 용구. 도구.)

〔**李漢·昌黎文集序**〕○○○○○○○, 不深於斯道, 有至者不也. 〔**淵鑑類函文章門**〕李華崔孝公文集序曰, ○○○○○○○.

文章經國之大業, 不朽之盛事.

(朽: 후)

저작은 나라를 다스리는데 필요한 큰 사업이며, 영구히 썩지 않는 성대한 사업이다. 저작 · 저술이 매우 중요함을 강조하는 말. (文章 : 생각이나 느낌을 글로 나타낸 것. 글월. / 저작. 저술.)

〔**曹丕·典論**〕○○○○○○○, ○○○○○, 年壽有時而盡, 榮樂止於其身, 二者必至常期, 未若文章之無窮.

文籍雖滿腹, 不如一囊錢.

(囊: 낭)

서적은 설령 배에 가득 채워둔다 하더라도 그것은 한 주머니의 돈만도 못하다. 학문을 아무리 쌓았다 하더라도 그것을 실행하지 않으면 별 소용이 없다는 뜻. (文籍 : 책. 서적. 도서. / 문서. 서류. 一囊錢 : 한 주머니의 돈. 얼마 안되는 돈.)

〔**後漢書·趙壹傳**〕河淸不可俟, 人命不可延, 順風激靡草, 富貴者稱賢, ○○○○○, ○○○○○, 伊優北堂上, 抗髒倚門邊.

薄富貴而厚於書, 輕死生而重於畫.

(薄: 박)

부귀를 가벼이 하고, 책을 중시하며, 생사를 가벼이 하고, 그림을 중시하다. 부귀나 생사보다 서화(書畫)를 중요시함을 이르는 말.

〔**蘇軾·寶繪堂記**〕吾○○○○○○○○, ○○○○○○○○. 豈不顚倒錯謬, 失其本心也哉. 自是不復好. 見可喜者, 雖時復蓄之, 然爲人取去, 亦不復惜也. 譬之煙雲之過眼, 百鳥之感耳, 豈不欣然接之, 去而不復念也.

潘文爛若披錦, 無處不善. 陸文若排沙簡金, 往往見寶.

晉나라 潘岳의 문장은 찬란하기가 비단을 펼쳐놓은 것과 같아서 어느 곳도 좋지 않은 것이 없고, 吳나라 陸機의 문장은 모래를 헤쳐서 금을 고르는 것과 같아서 이따금 보물을 발견하게 된다. 潘岳의 문장은 그 문체가 매우 빛나며, 陸機의 문장은 그 가운데 때로 훌륭한 곳이 있음을 이른다. (潘 : 潘岳을 지칭한다. 晉나라 때 滎陽 사람으로 유명한 시인이자 黃門侍郎의 벼슬까지 했다. 陸 : 陸機로 吳나라 吳郡 사람이다. 승상 陸遜의 손자이며 동생 陸雲과 함께 대문장가로 활약했다. 爛 : 빛나다. 반짝이다. 披 : 펴다. 펼치다. 排 : 밀치다. 밀어젖히다. 簡 : 가리다. 선택하다.) → **爛若披錦. 爛若舒錦.** → **排沙簡金. 披沙揀金.**

〔**世說新語·文學**〕孫興公云, ○○○○○○, ○○○○. ○○○○○○○○, ○○○○. 〔**梁 鍾嶸·詩品上·晉王門郎潘岳 詩**〕謝混云, 潘詩爛若舒錦, 無處不佳, 陸(機)文如披沙簡金, 往往見寶.

佛頭上豈可着糞(분).

부처의 머리 위에 어찌 똥을 붙일 수 있는가? (喩) 아주 좋은 물건 위에 안좋은 물건을 첨가하다. / 무지한 소인이 유덕한 군자를 깔보고 모독하다. / 훌륭한 저서에 졸렬한 서문을 붙이다. → **佛頭着糞. 佛頭放糞.**

〔**北宋 道原·景德傳燈錄**〕崔相公入寺, 見鳥雀於佛頭上放糞. 〔**明 範泓·典籍便覽**〕歐陽修作五代史, 或作序冠于前. 王安石曰, ○○○○○○○. 〔**元 劉壎·序書**〕歐陽公作五代史, 或作序記其前. 王荊公見之曰, ○○○○○○○.

詞源倒流三峽水, 筆陳獨掃千人軍.

문장의 원천은 三峽의 물을 역류시킬 만하고, 붓에 의한 진술이 홀로 천명의 군대를 쓸어버릴 만하다. 시문이 매우 웅건(雄健)함을 형용. (詞 : 말. 글. 문장. 三峽은 : 揚子江 중류에 있는 세 협곡 巫峽·瞿塘峽 · 西陵峽을 이르는 것으로 그 흐름이 매우 거세다. 陳 : 말하다. 서술하다. / 진술. 설명.)

〔**杜甫·醉歌行**〕○○○○○○○, ○○○○○○○.

書不可不成誦. 或在馬上, 或中夜不寢時, 詠其文, 思其義, 所得多矣.

책이란 외지 않으면 안된다. 혹은 말 위에 앉아 있거나 혹은 밤중에 자지 않을 때 시문을 읊조리고 그 뜻을 생각하면 얻는 것이 많다.

〔 **宋名臣言行錄·司馬光·家塾記** 〕 公(司馬光) 嘗言, ○○○○○○. ○○○○, ○○○○○○, ○○○, ○○○, ○○○○.

書三寫, 魚成魯, 虛成虎.

글을 세번 옮겨쓰면 魚자가 그와 비슷한 魯자가 되고, 虛자가 그와 비슷한 虎자가 된다. 서적을 여러번 옮겨쓰면 글자가 그와 비슷한 다른 글자로 잘못 쓰는 경우가 있음을 가리키는 것. / 그릇된 것을 그릇되게 전하는 것 또는 본질을 어기고 어긋나는 것의 비유.

〔 **抱朴子·遐覽** 〕 書字人知之 猶尙寫之多誤. 故諺曰, ○○○, ○○○, ○○○. 此之謂也. 〔 **馬總·意林** 〕 (引抱朴子) 諺云, 書三寫, 魚成魯, 帝成虎. 亦如神符, 今用少驗. 〔 **宋 陸象山·與蘇宰書** 〕 陳君之請, 不過三縣, 省符之下, 計臺之奏, 遂及三郡, 版曹勘當, 則又遍于一路. 且其施行與其建請, 本旨絶相背違. 眞所謂字經三寫, 烏焉成馬. 〔 **秉燭譚** 〕 抱朴子(遐覽)云, 書寫以魚爲魯, 以帝爲虒, 後世魯魚帝虒. 〔 **增續韻府紙·韻** 〕 簡牘磨滅, 以陶爲陰, 以魯爲魚. 〔 **事物異名錄·古諺** 〕 書經三寫, 烏焉成馬. 〔 **董逌除·正謝啓** 〕 烏焉混淆, 魚·魯雜糅. 〔 **清 林柏桐·古諺箋** 〕 字三寫, 魚成魯, 帝成虎. 苟且之徒, 沿訛踵謬, 竝爲之一笑.

石韞玉而山暉, 水懷珠而川媚.

(韞 온, 暉 휘, 媚 미)

돌이 옥을 감추고 있으면 산이 빛나고, 물이 진주를 품고 있으면 냇물이 아름답다. (喩) 학덕이 있는 사람은 저절로 광채가 난다. / 글 가운데 있는 좋은 구절은 짝이 되는 구절이 없어도 빛이 난다. (韞 : 깊이 감추어 두다. 媚 : 풍치가 아름답다.)

〔 **陸機·文賦** 〕 ○○○○○○, ○○○○○○.

雖無絲竹管弦之盛, 一觴一詠, 亦足以暢敍幽情.

(觴 상, 暢 장, 敍 서)

비록 현악기와 관악기의 음악의 성대함은 없더라도 한 잔의 술을 권하면서 한 수의 시를 읊는 것은 또한 그윽한 정을 털어놓고 이야기하기에 족하다. (絲竹 : 현악기와 관악기. 거문고와 피리. 음악을 통털어 이르는 말. 管弦 : 관악기와 현악기. / 음악. 觴 : 고대의 음주하는 기물. 술잔의 총칭. / 술을 권하다. 詠 : 시가를 읊다. / 시가. 暢敍 : 흉금을 털어놓고 이야기하다. 마음껏 이야기하다. 幽情 : 마음 속 깊이 간직한 감정. 우아한 심정.) → **一觴一詠.** → **暢敍幽情.**

〔 **晉 王羲之·蘭亭集敍** 〕 ○○○○○○○○, ○○○○, ○○○○○○○.

述而不作, 信而好古.

다만 전인의 설을 전술하기만 하고, 새로운 것을 창작하지 아니하며, 고대의 문물·제도를 믿고 좋아하다. 서경(書經)·예기(禮記)를 정리하고, 시경(詩經)을 엮고, 주역(周易)을 풀이하고, 춘추(春秋)를 지은 孔子의 저술태도를 스스로 겸손하게 표현한 것. (述 : 전인의 설을 그대로 전술

하는 일. 作 : 창작하는 것. 古 : 고대의 문물 제도를 가리킨다.)

〔 **論語·述而** 〕 子曰, ○○○○, ○○○○, 竊比於我老彭.

詩三百, 一言以蔽之, 曰思無邪.
폐 사

시경 300편의 시를 한 마디의 말로 개괄하면 곧 작자의 사상이 순정하여 사악함이 없다는 것이다. 시에서 선(善)을 말한 것은 사람의 착한 마음을 감동시켜 더욱 분발하게 할 수 있고, 악(惡)을 말한 것은 사람의 방탕한 마음을 징계하여 바른 성정을 얻게 할 수 있으므로 작자의 사상에는 다 사악함이 없고 순수하고 올바르다는 것. (詩三百 : 시경의 시 300편. ※ 현재 305편이나 큰 수만 들어 말한 것. 蔽 : 개괄하다. 총괄하다. 통틀어 말하다. 思無邪 : 작자의 사상이 순정하여 사악함이 없음을 이른다.) → **思無邪.**

〔 **詩經·頌·魯頌·駉** 〕 駉駉牡馬, 在坰之野, 薄言駉者, 有駰有騢, 有驔有魚, 以車祛祛, 思無邪, 思馬斯徂.
〔 **論語·爲政** 〕 子曰, ○○○, ○○○○○, ○○○○.

詩書義之府也, 禮樂德之則也, 德義利之本也.

시경(詩經)과 서경(書經)은 의리의 말을 담아놓은 창고이고, 예절과 음악은 덕의 규범이며 덕과 의리는 국가를 이롭게 하는 근본이다. (府 : 곳집. 창고. 옛날 관청의 문서나 재물을 갈무리해 두는 곳.)

〔 **春秋左氏傳·僖公二十七年** 〕 趙衰曰, ……, ○○○○○○, ○○○○○○, ○○○○○○.

詩義無窮, 而人之才有限, 追無窮之意, 不得工也. 然不易其意而造其語, 謂之換骨法, 規模其意形容之, 謂之奪胎法.
역

시의 뜻은 무궁하지만 사람의 재능은 한계가 있어 그 무궁한 뜻을 쫓는 것은 잘할 수 없다. 그래서 (선인의 작품의) 뜻을 바꾸지 않고 말만 지어내는 것을 환골법이라고 말하고, 그 뜻을 본받아서 그것을 새로이 묘사하는 것을 탈태법이라고 말한다. (工 : 잘하다. 換骨 : 뼈대를 바꾸다. 고인의 시문을 본따서 어귀를 만드는 것. 規 : 본받다. 模 : 본받다. 形容 : 묘사하다. 奪胎 : 태를 빼앗아 제것으로 만들다. 남의 사상을 자기의 시경으로 변화시키는 것. 換骨奪胎 : 얼굴이나 몸의 모양이 딴 사람처럼 아주 좋게 달라지다. / 철저히 입장·관점을 바꾸다. / 선인이 지은 시문의 취의를 본뜨되 그 짜임새와 수법을 자작처럼 꾸미다.) → **換骨奪胎.**

〔 **南宋 釋惠洪·冷齋夜話** 〕 (黃)山谷曰, 詩義無窮, 而人之才有限, 以有限之才, 追無窮之意, 雖淵明少陵, 不得工也. 然不易其意而造其語, 謂之換骨法, 規模其意形容之, 謂之奪胎法. 〔 **宋 陳善·捫蝨新語** 〕 文章雖不要蹈襲古人一言一句, 然自有奪胎換骨等法, 所謂靈丹一粒, 點鐵成金也.

始皇令, 非博士官所職, 天下敢有藏詩書百家語者, 皆燒之. 又犯禁者四百六十餘人, 皆阬之咸陽.
갱

秦始皇이 명령하여 박사관의 직분도 아니면서 천하 사람들이 함부로 소장하고 있는 시경(詩經)·서경(書經)과 백가어(百家語)들을 다 불태워버렸고, 또 (자신이 빠지려고 죄를 서로 전가시킨 결과로) 금령을 범하게 된 사람(유생–학자) 460 여명을 수도 咸陽에서 구덩이에 묻어 죽여버렸다. (喻) 학문이나 사상을 탄압하다. (補) 당시의 승상 李斯의 입안건의에 의하여 분서(焚書)의 정책이 채택된 것으로, 그 내용에는 秦나라에 관한 기록·박사의 벼슬이 직무상 취급하는 것·의약 복서(卜筮) 농경의 책 등은 대상에서 제외하도록 되어있고, 또 불로장생을 담당했던 방사(方士)들이 큰 돈을 사기하여 도망가버리자 始皇이 격노, 어사에게 명하여 유생(학자)들을 모조리 신문하여 갱유(坑儒)를 하게 된 것이다. (阬 : 구덩이에 묻어서 죽이다.) → **焚書坑儒.**

〔 **史記·秦始皇本紀** 〕 丞相李斯曰, …….臣請史官非秦記皆燒之. 非博士官所職, 天下敢有藏詩·書百家語者, 悉詣守, 尉雜燒之. 有敢偶語詩·書者棄市. 以古非今者族. 吏見知不擧者與同罪. 令下三十日不燒, 黥爲城旦. 所不去者, 醫藥·卜筮·種樹之書. …….制曰, 可. …….始皇聞亡, 乃大怒…….於是使御史悉案問諸生, 諸生傳相告引, 乃自除犯禁者四百六十餘人, 皆阬之咸陽. 〔 **孔安國·古文尙書·序** 〕 秦始皇滅先代典籍, 焚書坑儒.

呂不韋乃使其客, 人人著所聞, 集論, 號曰呂氏春秋. 布咸陽市門, 縣千金其上, 有能增損一字者, 予千金.
저

(전국시대 말 趙나라의 거상) 呂不韋는 곧 그의 빈객을 시켜서 그 사람들이 각각 알고 있는 것을 기록하게하여 그 글을 모아서 (이십만 자를 八覽·六論·十二紀로 편성하여) 呂氏春秋라고 일렀다. 그리고 도성인 咸陽의 저자문에 펼쳐놓고 그 위에 천금의 현상을 걸러놓고는 "한 글자라도 증감할 수 있는 자가 있으면 천금을 주겠다"고 하였다. (著 : 짓다. 저술하다. / 기록하다. 문서에 싣다. 一字千金 : 한자도 증감할 수 없을 만큼 문장의 내용이 훌륭하고 귀하고 가치가 있다는 것.) → **一字千金.**

〔 **史記·呂不韋列傳** 〕 呂不韋乃使其客, 人人著所聞, 集論以爲八覽 · 六論 · 十二紀, 二十萬言. 以爲備天地萬物古今之事, 號曰呂氏春秋. 布咸陽市門, 縣千金其上, 延諸侯遊士賓客有能增損一字者予千金. 〔 **呂氏春秋·** 〕 布咸陽市門, 縣千金其上, 延諸侯遊士賓客有能增損一字者予千金. 〔 **梁 鍾嶸·詩品** 〕 陸機所擬十四首. 文溫以麗, 意悲而遠, 驚心動魄, 可謂幾乎一字千金. 〔 **晉書** 〕 不貴勇而貴忍, 此眞一字千金之兵法也. 〔 **清 錢謙益·定山堂詩集·舊序** 〕 言古詩, 則曰十九首, 亦知其驚心動魄, 一字千金者乎.

女惡華丹之亂窈窕也. 書惡淫辭之淈法度也.
오 요조 굴

여자는 화려한 빛깔을 하여 그윽하고 정숙함을 어지럽히는 것을 미워하고, 글은 진실성 없는 번드르르한 말을 하여 법도를 어지럽히는 것을 미워한다. (華丹 : 화려한 빛깔. 窈窕 : 그윽하고 정숙한 모습. 淫辭 : 음탕한 말. 진실성 없는 번드르르한 말. 淈 : 어지럽히다.)

〔揚子法言·吾子〕○○○○○○○○○, ○○○○○○○○○.

郢人有遺燕相國書者, 夜書, 火不明, 因謂持燭者曰, 擧燭云而過書. 燕相受書而說之曰, 擧燭者, 擧賢而任之.

영 열

楚나라 도읍인 郢에 사는 사람이 燕나라 재상에게 편지를 보내려고 밤에 쓰는데 불빛이 밝지 못하여 촛불을 가지고 있는 사람에게 "촛불을 들어올리라"고 말하고는 이것을 편지에 잘못 써 버렸다. 燕나라 재상은 그 편지를 받고는 기뻐하면서 "촛불을 들어올리라는 것은 (밝음을 숭상하는 것이고, 밝음을 숭상하는 것은) 현명한 사람을 등용하여 임용하라는 것"이라고 말하였다. (喩) 이치에 맞지 않는 일을 도리에 맞는 것처럼 억지로 끌어다 붙여서 말하다. (由) 郢 사람이 燕나라 재상에게 편지를 보냈는데, 잘못쓴 글자 擧燭 두자를 燕나라 재상은 擧賢으로 그 뜻을 그릇 해석하여 燕나라를 잘 다스렸다는 고사. (郢 : 춘추시대 楚나라의 국도. 遺 : 증여하다. 보내다. 相國 : 재상. 擧燭 : 촛불을 들어올리다. 등불을 높이 들다. 현자를 등용하는 뜻으로 쓴다. 說 : 기뻐하다. = 悅.) → **郢書燕說.**

〔韓非子·外儲說左上〕郢人有遺燕相國書者, 夜書, 火不明, 因謂持燭者曰, 擧燭云, 而過書擧燭. 擧燭非書意也, 燕相受書說之, 曰, 擧燭者, 尙明也, 尙明也者, 擧賢而任之. 燕相白王, 王大悅, 國以治. 治則治矣, 非書意也. 今世學者, 多似此類.

禮以節人, 樂以發和, 書以道事, 詩以達意, 易以道化, 春秋以道義.

예기(禮記)는 사람을 절제시키며, 악경(樂經)은 마음의 화평을 일으키며, 서경(書經)은 정사(政事)를 말해주며, 시경(詩經)은 사상을 표현하며, 역경(易經)은 자연의 변화를 강하며, 춘추(春秋)는 대의를 말해주는 것이다. 예기는 사람으로 하여금 그 행동을 예의있게 하며, 악경은 사람의 화평한 기운을 일으켜주며, 서경은 夏의 禹王·商의 湯王·周의 文王 등 삼왕(三王)의 옛 일을 서술한 것이며, 시경은 시인의 정서를 표현한 것이며, 역경은 천지 만물의 발전 변화의 상태를 표현하며, 춘추는 사람이 해야할 일과 해서는 안될 일을 알려주는 것이라는 의미. 육경(六經)의 각 경전의 요체를 두 글자로 표현한 것.

〔史記·太史公自序〕是故○○○○, ○○○○, ○○○○, ○○○○, ○○○○, ○○○○○.

曹娥碑背上見題作黃絹·幼婦·外孫·齏臼八字.

제 구

漢나라의 여인 曹娥의 비석 뒷면을 보니, 노란 명주실·어린 여자·출가한 딸의 자식·매운 양념을 담아 찧는 절구를 뜻하는 여덟 자가 기재되어 있었다. 그 비석에 기재되어 있는 여덟 글자는 그 비문이 유례가 없이 묘하고 좋은 문장임을 가리킨다. 곧 노란 명주실 黃絹은 실(糸)에 색(色)이 있는 것이니, 絕자가 되고, 어린 여자 幼婦는 여자(女)가 어린 것(少)이니 妙자가 되고,

출가한 딸의 자식 外孫은 딸(女)의 아들(子)이니 好자가 되고, 매운 양념을 담아 찧는 절구 韲臼는 매운 것(辛)을 담는 것(受)이니 辤 자(辭의 옛글자)가 되어, 합하면 문장이 유례없이 묘하고 좋은 것을 나타내는 絕妙好辭의 뜻이 된다는 것. (韲 : 생강·달래·부추·파 등 매운 것을 잘게 썰어 간장·초와 섞어 만든 조미료. = 齏. 臼 : 곡식·식물을 찧는 절구.) → **絕妙好辭**.

〔 **世說新語·捷悟** 〕 魏武嘗過曹娥碑下, 楊脩從. 碑背上見題作 ○○○○○○○○ 八字. 魏武謂脩曰, 解否. 答曰, 解. 魏武曰, 卿未可言, 待我思之. 行三十里, 魏武乃曰, 吾已得. 令脩別記所知. 脩曰, 黃絹, 色絲也, 於字爲絕. 幼婦, 少女也, 於字爲妙. 外孫, 女子也, 於字爲好. 齏臼, 受辛也, 於字爲辤. 所謂絕妙好辭也. 魏武亦記之, 與脩同, 乃歎曰, 我才不及卿, 乃覺三十里. 〔 **蒙求·楊脩捷對** 〕 語林曰, 脩至江南, 讀曹娥碑. 碑背有八字. 曰, 黃絹幼婦外孫齏臼. …….. 黃絹色絲, 色絲絕字. 幼婦少女, 少女妙字. 外孫女子, 女子好字. 齏臼受辛, 受辛辤字. 操曰, 一如朕意.

左思辭藻壯麗, 造齊都賦, 一年乃成. 復欲賦三都乃賦成. 張華見曰, 班張(조)之流也. 於是競相傳寫, 洛陽爲之紙貴.

齊나라의 左思는 (얼굴이 못생기고 말도 더듬었으나) 시문의 문채가 힘차고 아름다웠다. (어느 해) 齊都賦를 짓기 사작하여 1년 만에 완성하였고, 다시 三都賦를 짓고 싶어져서 (10년 동안 꾸준히 추진하여) 마침내 부(賦)를 완성하였다. (그 때 사람들은 아무도 소중함을 알지 못했으나) 시인인 張華가 이것을 보고 말하기를 "兩都賦를 지은 班固나 二京賦를 지은 張衡과 같은 부류에 든다."고 하였다. 이 때문에 사람들이 서로 다투어 (이 글을) 베껴 가게 되어 洛陽에서 종이 값이 뛰어올랐다. (喩) 가치있는 책이나 글이 일시에 많이 팔리고 사람들이 다투어 애독하다. (辭藻 : 시문의 아름다운 문채. 문장의 수식. 貴 : 비싸다.) → **洛陽紙價貴**.

〔 **晉書·文苑傳** 〕 左思字太冲, 齊國臨淄人. 貌寢口納, 而辭藻壯麗, 造齊都賦, 一年乃成. 復欲賦三都, 構思十稔, 乃賦成. 時人未知重, 張華見曰, 班張之流也. 於是競相傳寫, 洛陽爲之紙貴.

盡信書, 則不如無書.

서경에 있는 말을 완전히 믿는다면 곧 서경이 없는 것보다 못하다. 서경의 기록에는 과장된 표현이 적지 않아서 그대로 믿기 어려우며, 따라서 분별없이 그것을 믿는다면 고대의 성왕들을 오해할 소지가 많으므로 그것은 서경을 몰랐던 것만 못한 결과가 초래될 우려가 있다는 뜻. (盡 : 전부. 모두 다. 완전히.)

〔 **孟子·盡心下** 〕 ○○○, ○○○○○. 吾於武成, 取二三策而已矣. 〔 **宋 陸九淵·政之寬猛孰先論** 〕 嗚呼. 盡信書不如無書. 〔 **明 羅貫中·馮夢龍·平妖傳** 〕 古人云, ○○○, ○○○○○.

晉溫嶠始有廻文詩.

晉나라 溫嶠가 회문시(廻文詩)를 (짓기) 시작하였다. (廻文詩 : 바로, 거꾸로, 세로로, 가로로 읽어도 뜻이 성립되는 시로, 晉나라 溫嶠 -蘇伯玉의 아내 ?-가 지은 盤中詩가 그 시초가 된것으로 알려져 있다.)

→ 迴文之詩. 回文詩. 回文體.

〔**詩林廣記**〕皮日休雜體詩序曰, ○○○○○○○○.

(右順讀)

歎離薄低幔池落垂葉枝
結情粉吹錦蓮蘂條闇大
深隔豔雜披昭散逐楡柳
閨遠粧綸朝曉花絮關塞
中道紅羽風月叢轉東北

〔晉王融·迴文詩〕

(右逆讀)

北東轉叢月風羽紅道中
塞關絮花曉潮綸粧遠閨
柳楡逐散昭披雜豔隔深
大闇條蘂蓮錦吹紛情結
枝葉垂落池幔低薄離歎

晉之史記, 三豕(시)渡河, 文變之謬(류)也. 尙書大傳, 有別風淮(회)雨, 帝王世紀云, 列風涹雨, 別列淮涹, 字似潛移.

晉나라 사기에 三豕渡河가 있는데 이것은 (己亥渡河라는) 글자가 잘못되어 바뀐 것이고, 尙書大傳에 別風淮雨가 있고 帝王世紀에는 列風涹雨라고 되어있는데, 別과 列·淮와 涹이 글자가 비슷하여 모르는 사이에 바뀐 것이다. (三豕渡河 : 글자를 오독, 오용함을 이른다. 己亥渡河를 三豕渡河라고 읽었다는 고사에서 온 말. 謬 : 그릇되다. 잘못되다. / 과실. 과오. 別風淮雨 : 문자를 잘못 옮김을 이른다. 列風涹雨를 別風淮雨로 잘못 옮겨 쓴데서 유래. 潛移 : 모르는 사이에 옮겨가다. 눈에 띄지 않게 변화하다.) → **三豕渡河. 三豕涉河. 三豕金根. → 別風淮雨.**

〔**呂氏春秋·察傳**〕子夏之晉, 過衛, 有讀史記者曰, 晉師三豕涉河. 子夏曰, 非也, 是己亥也. 夫己與三相近, 豕與亥相似. 至於晉而問之, 則曰, 晉師己亥涉河也. 〔**孔子家語·七十二弟子解**〕卜商, 衛人, 無以尙之, 嘗返衛, 見讀史志者云, 晉師伐秦, 三豕渡河. 子夏曰, 非也, 己亥耳. 〔**南朝 梁 劉勰·文心雕龍·練字**〕○○○○, ○○○○, ○○○○○. ○○○○, ○○○○○, ○○○○○, ○○○○, ○○○○, ○○○○. 涹列義當而不奇, 淮別理乖而新異. 〔**蔡邕·月令問答**〕蓋書有轉誤, 三豕渡河之類也.

蒼頡(힐)作書, 而天雨粟, 鬼夜哭.

中國고대 黃帝의 신하(또는 伏羲의 신하라고도 함.)인 蒼頡이 글자(漢字)를 만들자, 하늘은 조를 내리고, 귀신이 밤에 곡을 하다. (由) 옛날 蒼頡이 글자를 만들자 하늘은 "백성이 이로 말미암아 글 배우기를 일삼으며, 농사를 게을리하여 굶주리게 될 것"이라고 비탄한 나머지 조를 내리게 하니 귀신이 밤중에 곡을 했다는 고서에서 나온 말. (蒼頡 : 中國의 옛 전설에 나오는 黃帝의 신하로 새의 발자국에서 착상하여 맨 처음으로 漢文字를 만들었다고 한다. 倉頡로도 쓰며 伏羲의 신하라는 설도 있다.)

→ 蒼頡作書. 倉頡作文字. 倉頡造書. 蒼頡制字.

〔**淮南子·本經訓**〕昔者○○○○, ○○○○, ○○○. 伯益作井而龍登高雲, 神棲崑崙. 〔**論衡·感虛**〕傳書言, 倉頡作書, 天雨粟, 鬼夜哭. 此言文章興而亂漸見, 故其妖變致天雨粟, 鬼夜哭也. 〔**許愼·說文敍**〕古者庖犧氏始作易八卦, 及神農氏結繩爲治, 庶業其繁, 飾僞萌生, 黃帝之史蒼頡, 見鳥獸蹏迒之迹, 初造書契, 百工以乂, 萬品以察. 〔**孔安國·尙書序**〕伏羲氏始畫八卦, 造書契以代結繩之政, 由是文籍生焉.

< 孔穎達·疏 > 孝經讖皆云, 三皇無文字, 又蒼頡造書, 出於世本, 蒼頡豈伏羲時乎. 〔 **法苑珠林** 〕 造書凡三人, 長曰梵, 其書右行, 次書佉盧, 其書左行, 小者蒼頡, 其書下行. 〔 **蒙求·蒼頡制字** 〕 淮南子曰, 昔○○○○, ○○○○, ○○○. 許愼曰, 蒼頡視鳥跡之造書契, 則詐僞萌生, 去本趨末, 棄耕作之業, 務錐刀之利. 天知其將餓, 故爲雨粟. 鬼恐爲文書所劾, 故夜哭也.

倉頡作書, 止戈(과)爲武. 聖人以武禁暴整亂, 止息干戈, 非以爲殘而興縱之也.

倉頡은 한문(漢文)글자를 만들면서 싸움(戈)을 그치게하는 것(止)을 겨냥하여 (止, 戈 두 글자를 합해 병기라는 의미의) 武자를 만들었다. 성인은 이 武로써 난폭함을 금지시키고 혼란함을 바로잡아 싸움을 그치게 하려고 한 것이며, 사람들을 잔학하게 만들고 방종을 일으키려 한 것이 아니었다. (戈 : 한쪽 옆에 날이 덧붙은 창. / 싸움. 전쟁. 干戈 : 방패와 창. 병기. / 싸움. 전쟁. 止息 : 멈추게하다. 그치다.) → **止戈爲武. 止戈之武.**

〔 **春秋左氏傳·宣公十二年** 〕 楚子曰, ……, 夫文, 止戈爲武. 武王克商作頌曰, 載戢干戈, 載櫜弓矢. 〔 **漢書·武五子傳** 〕 ○○○○, ○○○○. ○○○○○○○○○, ○○○○, ○○○○○○○○○. 〔 **後漢書·光武帝紀** 〕 退功臣而進文吏, 戢弓矢而散馬牛, 斯亦止戈之武焉. 〔 **唐 李百藥·北齊書·文苑傳·樊遜** 〕 然後除其苛令, 與其約法, 振旅而還, 止戈爲武.

擲(척)地作金石聲.

땅에 던지면 금석의 소리가 난다. 문사(文辭)가 아름답고 성조(聲調)가 곱고 낭낭함을 칭찬하는데 쓰인다. / 사람의 문예 방면의 재능이 뛰어남을 칭찬하는데도 쓰인다. (金石聲 : 종과 경의 악기 소리로 시문이 뛰어남을 비유하는 말.)

〔 **世說新語·文學** 〕 孫興公作天台山賦成, 以示范榮期云, 鄕試擲地, 要作金石聲. 〔 **晉書·孫綽傳** 〕 孫綽嘗作天臺山賦, 辭致甚工. 初成, 以示友人范榮期, 云, 卿試擲地, 當作金石聲也.

千部一腔(강), 千人一面.

(책) 천 부가 모두 한 가지 말투이고, 천 사람이 모두 하나의 얼굴이다. 문예의 창작이나 희곡의 표현이 공식화, 유형화되어 있음을 형용. (腔 : 말투. 어조. / 가락. 곡조.) → **千形一貌. 百喙一聲. 千夫所言如一喙.**

〔 **淸 曹雪芹·紅樓夢** 〕 至于才子佳人書, 則又開口文君. 滿篇. 子建, ○○○○, ○○○○, 且終不能不涉淫濫.

出門莫恨無人隨, 書中車馬多如簇(족).

외출을 하면서 사람이 뒤따르지 않는 것을 한하지 말 것이니, 글 속에는 수레와 말이 떼와 같이 많은 것이다. 책을 읽어 관리가 되면 많은 수레와 말이 떼를 지어 둘러싸는 것을 이르는 것. (簇 : 무더기. 떼. 무리.)

〔宋 眞宗皇帝·勸學文〕○○○○○○○, ○○○○○○○, 娶妻莫恨無良媒, 書中有女顔如玉.

娶妻莫恨無良媒, 書中有女顔如玉.

아내를 취하는데 있어 좋은 중매가 없는 것을 한하지 말 것이니, 글 속에 여인이 있어 그 얼굴이 옥과 같다. 독서를 많이하여 공명을 얻으면 아름다운 여자에게 장가들 수 있음을 이르는 것.

〔宋 眞宗皇帝·勸學文〕出門莫恨無人隨, 書中車馬多如簇. ○○○○○○○, ○○○○○○○. 〔元 王實甫·西廂記〕小生何慕金帛之色. 却不道書中有女顔如玉.

破瓜, 或解以爲月事初來如瓜破則見紅潮者, 非也, 蓋瓜縱破之成二字.

수박을 깨뜨리는 뜻의 파과(破瓜)에 대하여 어떤 사람은 수박이 깨지면 붉은 빛을 볼 수 있는 것과 같이 (여자의) 월경이 처음으로 시작되는 것으로 풀이하고 있으나 그것이 아니며 대개 과(瓜)자를 세로로 깨뜨려 풀면 (八자) 두 글자가 된다. (瓜 : 박과 식물 또는 그 과실. 여기서는 수박으로 해석. 破瓜之年이란 여자의 경우 16세를 의미하고, 남자는 64세를 뜻한다. 月事 : 월경. 紅潮 : 붉은 빛.)

〔晉 孫綽·情人碧玉歌〕碧玉破瓜時, 朗爲情顚倒, 感君不羞報, 廻身就郎抱. 〔通俗篇〕俗以女子破身爲破瓜, 非也, 瓜字破之爲二八字, 言其二八十六歲耳. 〔隨園詩話〕○○, ○○○○○○○○ ○○○○ ○○○○, ○○, ○○○○○○○○. 〔唐 呂巖·贈張涙詩〕功成當在破瓜年. 〔事文類聚〕呂洞賓, 謁張涙留詩云, 功成當在破瓜年, 涙年六十四卒.

風月無邊, 見者皆贊美, 祝枝山見之曰, 此嘲汝輩爲虫二也.

"아름다운 풍경이 끝없이 펼쳐지다"라는 글씨를 본 사람들은 모두 칭송하였으나, (明나라 학자이자 서예가인) 祝允明(枝山은 호)이 이것을 보고 말하기를 "이것은 벌레 두 마리로 되어 너의들을 조롱하는 것이다"라고 하였다. 風·月 두 글자의 가장자리를 각각 떼어버리면 虫·二의 두 글자만 남게 되므로 이와 같이 말한 것이다. (風月無邊 : 아름다운 풍경이 끝없이 펼쳐지다. / 虫二라는 수수께끼. 風月은 바람과 달. 청풍과 명월. 곧 아름다운 경치를 가리킨다. 贊美 : 찬양하다. 칭송하다. 찬미하다. 嘲 : 비웃다. 조롱하다. 희롱하다.) → **風月無邊.**

〔鉏雨亭隨筆〕唐伯虎題妓湘英家匾云, ○○○○, ○○○○○, ○○○○○○, ○○○○○○○○. 湘英問其義, 枝山曰, 風月字無邊非, 虫二乎. 湘英終以爲美, 不之易. ※〔朱熹·朱文公文集·六先生畫像贊〕風月無邊, 庭草交翠. 〔明 郭勛·雍熙樂府·醉花陰〕綺羅從風月無邊, 蓬萊境仙凡何異.

絢爛之極, 造於平淡.
현 란

눈부시게 빛나는 것이 극에 이르면 평이(平易) 단백(淡泊)하게 된다. 시문(詩文)을 짓는 데는 처음에는 자구(字句)를 몹시 꾸미나 노숙(老熟)해짐에 따라 평이하고 담박한 가경(佳境)에 들게 됨을 이른다. (絢爛 : 눈부시게 빛나다. 찬란하다. 시문이 화려하다. 平淡 : 평이 담박하다. 마음이 고요하고 담백하다. 사물이나 글이 평이하다.)

〔 **蘇軾·與姪書** 〕 凡文字, 少小時須令氣象崢嶸, 采色絢爛, 漸老漸熟, 乃造平淡, 其實不是平淡, 乃絢爛之極也.

嬉笑怒罵, 皆成文章.
희 매

기뻐서 웃고 성나서 꾸짖는 언동이 다 (아름다운) 문장이 된다. 宋나라의 문호 蘇軾이 글을 쓸 때는 하나의 격식에 구애되지 않고 마음 내키는 대로 종횡무진 써나가고, 어떤 감정을 표현하려는 것에 관계없이 다 손길 닿는 대로 문장이 되는 것을 형용. 문장을 쓰는데 있어서 격식에 구애되지 않고 생생하고 활발하게 그 뜻을 표현함을 형용. 창작력이 민첩하여 제목과 형식에 구애됨이 없이 모두 마음대로 뜻을 표현하여 글을 쓰는 것을 형용. (嬉笑怒罵 : 기뻐서 웃고 성나서 꾸짖다. 실없이 웃고 나서 꾸짖다. / 웃음과 욕설. 사람들의 여러 가지 감정.) → **嬉笑怒駡. 嘻笑怒罵.**

〔 **宋 黃庭堅·東坡先生眞贊** 〕 東坡之酒, 赤壁之笛, ○○○○, ○○○○.

Ⅴ. 文化·書藝·繪畫·音樂

犬馬, 人所知也, 旦暮罄於前, 不可不類之, 故難. 鬼魅, 無形者, 不罄於前, 故易之也.

경 매

개나 말은 누구나 다 아는 것이고 아침 저녁으로 눈 앞에 보이는 것이어서 비슷하지 않으면 안 되기 때문에 그리기 어려우나, 도깨비는 형체가 없는 것이고, 눈 앞에 보이기 때문에 그리기가 쉽다. (罄 : 보이다. 類 : 비슷하다. 닮다.) = **犬馬難, 鬼魅最易.**

〔 **韓非子·外儲說左上** 〕 客有爲齊王畫者, 齊王問曰, 畫孰最難者, 曰, 犬馬難. 孰易者, 曰, 鬼魅最易. 夫○○, ○○○○, ○○○○○, ○○○○○, ○○. ○○, ○○○, ○○○○, ○○○○. 〔 **淮南子·氾論訓** 〕 今夫圖工好畫鬼魅, 而憎圖狗馬者何也. 鬼魅不世出, 而狗馬可日見也. 〔 **漢 應劭·風俗通·序** 〕 王問, 畫孰最難, 孰最易. 曰, 犬馬最難, 鬼魅最易. 〔 **明 李日華·六硯齋二筆** 〕 昔人謂, 圖鬼魅者易奇, 寫狗馬者難巧. 然狗馬之中, 亦有出奇取異者.

僅得成書, 無丈夫之氣, 行行若縈春蚓, 字字如綰秋蛇.

영 관

겨우 글자를 쓰고나니, 사내다운 기운이 없어 글씨의 줄과 줄이 꾸불꾸불한 지렁이 같고, 글자와 글자는 둥글게 틀어감은 가을 뱀과 같다. 글씨의 획에 기운이 없고, 꼬불꼬불 뒤틀려 있는 매우 졸렬한 글씨를 비유하는 말. (縈 : 꼬불꼬불하다. 綰 : 둥글게 감다. 감아올리다.) → **春蚓秋蛇.**

〔 **晉書·王羲之傳** 〕 (蕭)子雲近世擅名江表, 然○○○○, ○○○○○, ○○○○○○,○○○○○○. 〔 **蘇軾·和流杯石上草書小詩** 〕 蜂腰鶴膝嘲希逸, 春蚓秋蛇病子雲. 〔 **蘇軾·龍尾硯歌** 〕 粗言細語都不擇, 春蚓秋蛇隨意畫.

鸞翔鳳翥衆仙下, 珊瑚碧樹交枝柯.

난 상 저 산 호 가

난새와 봉황이 많은 신선 밑으로 날아오르고, 산호의 벽옥나무가 가지를 교차시킨다. 서예의 필세가 뛰어나고 조금도 구속됨이 없음을 형용. 용필(用筆)의 뛰어난 모양을 비유. (鸞 : 난새. 봉황과 비슷한 전설상의 영조. 翔 : 날다. 높이 날다. 鳳 : 봉황의 수컷. ※ 凰 : 봉황의 암컷. 翥 : 날아오르다. 碧樹 : 벽옥나무. / 푸른 나무. 交 : 서로 엇갈리다. 교차하다. 柯 : 나무의 가지.) → **鸞翔鳳翥. 鳳翥鸞翔.**

〔 **韓愈·石鼓歌** 〕 ○○○○○○○, ○○○○○○○.

怒猊抉石, 渴驥奔泉.

예 결

성낸 사자가 돌을 파고, 목마른 천리마가 샘물을 향하여 뛰어간다. 서예가의 필세가 힘이 있고 빠름을 형용. (猊 : 사자. 狻猊. 抉 : 도려내다. / 파다. 구멍을 뚫다.) → **怒猊渴驥.**

〔 **新唐書·徐浩傳** 〕 始浩父嶠之善書, 以法授浩, 益工, 嘗書四十二幅屛, 八體皆備, 草隸尤工. 世狀其法曰, ○○○○, ○○○○云.

每畫一波, 常三過折筆.
획

획에 한번 파임을 할 때마다 항상 세 번 붓을 많이 꺾는다. 오른 쪽 아래로 내려 긋는 파임(㇏)을 할 때 단번에 내려 긋는 것이 아니고 중간에 붓을 세워서 중봉(中鋒)을 하여 다시 긋고 또 한번 이와 같이하여 하나의 파임을 완성하는 것을 이른다. 요즈음에는 파임뿐만 아니라 一자와 같이 오른 쪽으로 길게 긋는 획, 위에서 아래로 길게 내려 긋는 획 등 모든 획을 쓰는데에 이 三折法을 쓴다. (畫 : 글자의 획. 한자를 구성하는 선. 波 : 서예에 있어서는 파임. 곧 붓을 오른 쪽 아래로 내려 긋는 것. 折 : 필봉을 바꾸는 것.)

〔 **晉 王羲之·題衛夫人筆陣圖後** 〕 ○○○○, ○○○○○. 〔 **宣和書譜** 〕 釋曇林作小楷下筆有力, 但恨拘窘法度, 無飄然自得之態, 然其一波三折筆之勢, 亦自不苟. 〔 **書訣** 〕 鍾繇弟子宋翼, ○○○○, ○○○○○.

發聲盡動梁上塵.

(노래) 소리를 내면 대들보 위에 있는 먼지를 움직인다. (喩) 노래 소리가 매우 뛰어나게 훌륭하다. → **聲動梁塵**.

〔 **劉向·別錄** 〕 漢興, 魯人虞公善雅歌, ○○○○○○○.

絲不如竹, 竹不如肉.

음악에서 거문고·비파 등으로 연주하는 현악은 피리 등으로 연주하는 관악보다 못하고 이런 관악은 육성의 노래보다 못하다. (絲 : 거문고 따위의 현악기. / 현악. 竹 : 피리 등 관악기. / 관악. 肉 : 목소리. /노랫소리.)

〔 **晉書·孟嘉傳** 〕 又問, 聽妓, ○○○○, ○○○○, 何謂也. 嘉答曰, 漸近使之然. 〔 **世說言語·中篇** 〕 桓宣武(溫) 嘗問孟萬年(嘉), 聽伎○○○○, ○○○○何也. 孟答曰, 漸近自然, 一坐咨嗟.

書無百日工. 蓋悠悠之談耳, 宜白首攻之, 豈但百日乎.

서예는 백일 동안 일해서 되는 것이 아니다. 이는 느릿느릿한 것을 말하는 것으로, 흰 머리의 노인이 되어도 이를 배워야 하는 것인데, 어찌 다만 백일 만으로 가하랴 ! 서예는 장기간 연습을 지속해야 능해진다는 뜻. (工 : 만드는 일을 하는 것. 蓋 : 이. 悠悠 : 느릿느릿한 모양. 白首 : 센 머리. 노인의 머리. 攻 : 닦다. 배우다.)

〔 **唐 張彦遠·法書要錄** 〕 張伯英臨池學書, 池水盡黑, 永師登樓不下, 四十餘年. …… 以此而言非一朝一日所能盡美. 俗云, ○○○○○, ○○○○○○, ○○○○○, ○○○○○.

善書不擇紙筆, 妙在心手, 不在物也.

뛰어난 서예가는 종이와 붓의 좋고 나쁨을 가리지 않고 글을 잘 쓰는 것이니, 그 재주의 뛰어남은 마음과 솜씨에 있는 것이고 물건에 달려있는 것은 아니다. 종이와 붓을 가리지 않고 무엇이든 잡으면 다 자신의 마음대로 글씨를 쓰는 명필의 재능을 설명한 것. (妙 : 재주가 뛰어나다. 手 : 솜씨. 기량.) → **善書不擇紙筆**.

〔**唐書·卷一九八**〕 諸遂良, 嘗問虞世南曰, 吾書如何智永. 答曰, 吾聞彼一字直五萬, 君豈得此. 遂良曰, 孰與詢. 曰, 吾聞詢不擇紙筆, 皆得如志, 君豈得此. 遂良曰, 然則如何. 世南曰, 君若手和筆調, 固可貴尙. 〔**宋 陳師道·後山談叢**〕 ○○○○○○, ○○○○, ○○○○. 古之至人, 耳目更用, 惟心而已.

與可畫竹時, 見竹不見人, 豈獨不見人, 嗒(탑)然遺其身, 其身與竹化, 無窮出淸新.

北宋 때의 이름난 화가인 與可(본명 文同)가 대나무를 그릴 때에는 대나무만 보이고 사람은 보이지 않았다. 어찌 다만 사람이 보이지 않을 뿐이랴 ! 멍하게 있다가 그 자신도 잃어버렸다. 이렇게 그의 몸이 대나무와 함께 화하니 무한하게 청신함이 생겨났다. 예술 작품 창작에 있어서의 최고의 경지인 물아일치(物我一致)의 경지를 형용한 것. (獨 : 다만. 오직. 嗒然 : 자신을 잃고 멍한 상태에 있는 모양.)

〔**蘇軾·書晁補之所藏與可畫竹 詩**〕 ○○○○○, ○○○○○, ○○○○○, ○○○○○, ○○○○○, ○○○○○.

用心在心, 心正則筆正.

마음을 쓰는 것은 마음에 달려있으니, 마음이 바르면 글씨가 바르게 된다. 마음이 바르면 어떤 일도 바르게 된다는 뜻.

〔**柳公權·書法正傳**〕 唐穆宗問柳公權筆法, 對曰, ○○○○, ○○○○○.

一點失所, 若美人之病一目, 一畫(획)失節, 如壯士之折一肱(굉).

(글씨를 쓰는데 있어서) 한 점이 제 쓰일 자리에서 빠지는 것은 미인이 한 쪽 눈의 병을 앓는 것과 같고, 한 획이라도 그 절도를 잃는 것은 힘센 장사가 팔뚝이 부러진 것과 같다. 글자의 한 점 한 획이 글자 전체의 교졸(巧拙)에 영향을 준다는 뜻.

〔**王羲之·筆勢論**〕 ○○○○, ○○○○○○○, ○○○○, ○○○○○○○.

自古書契 多編以竹簡, 其用縑(겸)帛(백)者 謂之爲紙. 縑貴而簡重, 竝不便於人. 倫乃(내)造意用樹膚·麻頭及敝布·魚網以爲紙.

옛날 中國의 글자는 대쪽을 많이 엮거나 합사로 짠 비단을 활용하여 이른바 종이로 삼았다. 그러나 비단이 귀하고 대쪽이 무거워 다 이용하는 사람들에게 불편하였다. 이에 후한의 환관(宦官)인 蔡倫이 나무 껍질, 삼대 머리와 해진 피륙, 고기 그물을 활용하는 연구를 거듭하여 종이를 만들었다. (書契 : 中國 태고의 글자. 나무에 새긴 글자. 竹簡 : 글을 쓰던 대쪽. 縑帛 : 합사로 짠 비단. 造意 : 새것을 만들려고 골똘히 연구하다. 爲 : 만들다.) → **蔡倫作紙. 蔡倫造紙. 蔡倫製紙. 蔡侯紙.**

〔 **後漢書·宦者傳** 〕 蔡倫字敬仲, 加位尙方令. ○○○○○○○○○○, ○○○○○○○○○○. ○○○○○, ○○○○○. ○○○○○○○○·○○○○○·○○○○○. 元興元年奏上之, 帝善其能, 自是莫不從用焉, 故天下咸稱蔡侯紙. 〔 **蒙求·蔡倫造紙** 〕 後漢宦者蔡倫字敬中. 和帝時轉中常侍, 加尙方令. 監作秘劍及諸器機. 莫不精工堅密. 爲後世法. ○○○○○○○○○○, ○○○○○○○○○○. ○○○○○, ○○○○○. ○○○○○○○○·○○○○○·○○○○○, 奏上之. 帝善其能, 自是莫不從用. 故天下咸稱蔡侯紙.

張僧繇(요)於 金陵安樂寺, 畫四龍於壁, 不點睛(정). 每曰, 點之則飛去, 人以爲誕. 因點其一, 須臾雷電破壁, 一龍乘雲上天.

(南朝 梁나라에서 右軍將軍과 吳興의 太守 등을 역임했고 화가로서 더 알려진) 張僧繇는 金陵의 安樂寺에서 벽에 네 마리의 용을 그리고 눈동자만은 점찍어 그려넣지 않았다. 그리고는 매양 말하기를 "여기에 눈동자를 점찍어 그려넣으면 곧 날아가 버린다"고 하였다. 사람들은 이를 거짓말로 여겼다. 그래서 그 한 마리에 점찍어 그리니 별안간 천둥과 번개가 일어나 벽을 부수고, 한 마리의 용이 구름을 타고 하늘로 올라갔다. (눈동자를 점찍어 그려넣지 않은 것은 그대로 남아있었다.) (喩) 사물의 가장 요긴한 곳 또는 가장 긴한 부분을 끝내어 전체를 생동적이고 두드러지게 하다./ 문장 또는 그림의 가장 중요한 부분을 채워넣어 완성하다. (睛 : 눈동자. 誕 : 거짓말.) → **畫龍點睛.**

〔 **水衡記** 〕 ○○○○○○○○○○, ○○○○○, ○○○. ○○, ○○○○○, ○○○○. ○○○○, ○○○○○○, ○○○○○○. 不點睛者皆在.

眞生行, 行生草. 眞如立, 行如行, 草如走, 未有未能立能行而能走者也.

해서(楷書)는 행서(行書)를 만들고, 행서는 초서(草書)를 만든다. 해서는 서있는 것 같고, 행서는 걸어가는 것 같으며, 초서는 달리는 것 같은 것이니, 능히 서지도 못하면서 걸어갈 수 있고 또 달릴 수 있는 것은 없다. 해서, 행서, 초서의 기본원리를 잘 설명한 것. (眞 : 진서를 뜻하며 진서는 해서의 다른 이름. = 正書.)

〔 **宋 蘇軾·東坡志林** 〕 ○○○, ○○○, ○○○, ○○○, ○○○, ○○○○○○○○○ ○○○.

蒼頡作書, 容成造曆, 胡曹爲衣, 后稷耕稼, 儀狄作酒, 奚(해)仲爲車. 此六人者, 皆有神明之道, 聖智之迹.

黃帝의 신하(또는 伏羲의 신하라고도 함)인 蒼頡이 글자(漢字)를 만들었고, 黃帝의 신하인 容成이 일월성신의 행도를 알아 역을 지었으며, 역시 黃帝의 신하인 胡曹가 옷을 만들었고, 舜임금 때 농사일을 맡아보던 后稷이 논밭을 갈아 곡식을 심었으며, 夏나라 때의 儀狄은 술을 처음 만들었고, 夏나라 사람으로 禹임금의 신하였던 奚仲은 처음으로 수레를 만들었다. 이 여섯 사람은 다 하늘과 땅의 신령의 도가 있으며, 성인의 지혜의 흔적이 있다.

〔**淮南子·脩務訓**〕昔者○○○○, ○○○○, ○○○○, ○○○○, ○○○○, ○○○○. ○○○○, ○○○○○○, ○○○○. 故人作一事而遺後世.

韓娥東之齊, 匱(궤)糧, 過雍門, 鬻(육)歌假食. 旣去而餘音繞梁欐(려), 三日不絶.

(춘추시대 韓나라에서 노래 잘 부르기로 유명했던) 韓娥가 동쪽으로 齊나라에 갔을 때 양식이 떨어져서 雍門을 지나면서 노래를 팔아서 먹을 것을 빌었다. 그런데 그가 이미 지나가버렸는데도 그 노래의 여음이 대들보 사이를 빙긍빙글 돌면서 사흘 동안이나 끊어지지를 않았다. 노랫소리가 우아하고 아름다워서 듣는 사람에게 오랫동안 깊은 인상을 남겨주는 것을 형용. (匱 : 다하다. 다하여 없어지다. 鬻 : 팔다. 假는 빌다. 빌리다. / 빌려주다. / 바꾸다. 繞 : 감싸고 돌다. 梁 : 들보. 欐 : 들보. 마룻대. / 지주) → **餘音繞梁. 歌聲繞梁. 繞梁之音. 繞梁餘音. 繞梁三日.**

〔**列子·湯問**〕秦靑顧謂其友曰, 昔○○○○○, ○○, ○○○, ○○○○. ○○○○○○○○○, ○○○○, 左右以其人弗去. 〔**博物志**〕曹娥之齊, 鬻歌假食, 旣去餘音繞梁, 三日不絶. 〔**北宋·李昉·太平御覽**〕(引洞冥記) 王母至, 與宴, 奏春歸之樂. 謁乃聞王母歌聲, 而不見其形, 歌聲繞梁三日.

忽起作醉墨, 正如久蟄(칩)龍, 靑天飛霹靂.

갑자기 일어나 먹에 취하여 글을 쓰는 것이 바로 오래 도사리고 있는 용이 맑은 하늘에 벼락을 날리는 것과 같다. 필세(筆勢)가 약동함을 형용. (作 : 글을 쓰다. 창작하다. 醉 : 취하다. 마음을 빼앗기다. 빠지다. 墨 : 먹. / 글씨. 필적. 서화. 靑天霹靂 : 맑은 하늘에 날벼락이 내리다. 일이 돌발하여 사람을 놀라게 했으나 방비할 수 없다는 뜻의 비유. / 필세가 약동함을 형용.) → **靑天霹靂.**

〔**陸遊·九月四日雞未鳴起作詩**〕於翁病過秋, ○○○○○, ○○○○○, ○○○○○.

畫松, 能手握雙管, 一時齊下, 一爲生枝, 一爲枯幹.

소나무를 그림에 있어 능란한 손으로 두 개의 붓대를 잡고 일시에 맞추어 내려 그으면 하나는 산 가지가 되고, 다른 하나는 마른 가지가 된다. (喻) 그림이나 글씨를 빨리 잘 그리고 쓰다. / 목적을 달성하기 위해 동시에 두 가지 방법을 쓰거나 두 일을 동시에 잘 진행시키다. (管 : 붓대. 齊 : 맞추다.)

〔**宋 郭若虛·圖畫見聞志**〕唐代張璪善○○, ○○○○○, ○○○○, ○○○○. ○○○○.

畫竹必先得成竹於胸中, 執筆熟視, 乃見其所欲畫者, 振筆直遂, 以追其所見.

대나무를 그리는데 있어서는 먼저 가슴 속에 대나무의 형상을 정리하고 붓을 잡아 자세히 눈여겨 보고서는 곧 그 그리고자 하는 것을 보고나서 붓을 들어올려 곧 바로 뻗쳐서 그 본 것을 뒤쫓아간다. (成 : 정리하다. 遂 : 뻗다.)

〔**蘇軾·文與可畫篔簹谷偃竹記**〕故○○○○○○○○○○, ○○○○, ○○○○○○○, 急起從之, ○○○○, ○○○○○, 如兎起鶻落, 小縱則逝矣. 〔**明 歸有光·尙書別解序**〕意到卽筆不得留, 昔人所謂兎起鶻落時也. 〔**晁補之詩**〕與可畫竹時, 胸中有成竹.

Ⅵ. 言論

1. 言談

街談巷語, 道聽塗說者之所造也.

거리에 떠돌아다니는 소문은 길에서 얻어듣고 이를 곧 길에서 옮겨 말하는 자들이 지어낸 것이다. 거리에서 떠돌아다니는 말은 필연적으로 오류가 많고 근거가 없기 때문에 이를 그대로 전하는 것은 수양이 없고 덕을 버리는 것이 됨을 시사하는 말. (街談巷語 : 길거리에 떠돌아다니는 하찮은 소문. 道聽塗說 : 길에서 얻어듣고 이를 곧 길에서 옮겨 전하는 것. 천박한 사람은 좋은 말을 듣고도 이를 간직하지 못함을 비유.) → **街談巷語. 街談巷說. 街談巷議. 道聽塗說.**

〔**論語·陽貨**〕子曰, 道聽而塗說, 德之棄也. 〔**荀子·勸學**〕小人之學也, 入乎耳出乎口, 口耳之間, 則四寸耳, 曷足以美七尺之軀哉. < 揚注 > 今之學者爲人道聽塗說也. 〔**漢 班固·漢書·藝文志**〕小說家者流, 蓋出於稗官, ○○○○, ○○○○○○○○○○. 〔**東漢 張衡·西京賦**〕街談巷議, 彈射臧否. 〔**曹植·與楊德祖書**〕夫街談巷說, 必有可采. 擊轅之歌, 有應風雅, 匹夫之思未易輕棄也.

可與言而不與之言, 失人. 不可與言而與之言, 失言.

함께 말할 만한 데도 그와 함께 말하지 아니하면 그 사람을 놓치게 되고, 함께 말해서는 안되는 데도 그와 함께 말하면 실언이 된다. (可與言 : 함께 말할 만하다. 함께 말할 가치가 있다. 失言 : 실수로 말을 잘못하다. 해서는 안될 말을 하다.)

〔**論語·衛靈公**〕子曰, ○○○○○○○○○, ○○. ○○○○○○○○○, ○○. 知者不失人, 亦不失言.

隔墻須有耳, 窓外豈無人.

(墻: 장)

담을 사이에 둔 가까운 곳에도 반드시 귀가 있어 사람의 말을 들을 수 있는데, 창 밖에서 어찌 사람이 말을 듣지 않으랴 ! 비밀로 한 말도 누설될 수 있어 조심해야 됨을 이르는 말.

〔**管子·君臣下**〕古者有二言, 牆有耳, 伏寇在側. 牆有耳者, 微謀外泄之謂也. 伏寇在測者, 沈疑得民之道也. 〔**姚崇·口箴**〕室本無闇, 垣又有耳. 〔**元 無名氏·擧案齊眉**〕○○○○○, ○○○○○. 〔**隋唐演義**〕隔墻有耳, 爲今之計, 三十六着, 走爲上着. 〔**水滸傳**〕常言道, ○○○○○, ○○○○○.

其君一席話, 勝讀十年書.

당신과 함께 한 자리에서 교담하는 것이 10년 동안 책을 읽는 것보다 더 낫다. (一席 : 한 자리. 한 번. 勝 : 낫다. 훌륭하다.)

〔**伊川語錄**〕古人有言曰, 共君一夜話, 勝讀十年書. 若一日有所得, 何止勝讀十年書也. 〔**朱子語類**〕所謂○○○○○, ○○○○○, 若說到透徹處, 何止十年之功也.

巧言如簧, 顔之厚矣.

황

교묘하게 꾸며대는 말은 악기인 생황의 소리와 같으나, 낯가죽이 두꺼운 짓이다. 교묘하게 꾸민 거짓말이나 터무니없는 소리는 듣기에는 감동적이나 그것은 염치와 체면을 모르는 짓이라는 뜻. (巧言 : 실상이 없이 교묘하게 꾸며낸 거짓말. 번지르르하게 발라맞추는 터무니없는 소리. 笙簧. 감동적인 음악을 의미. 簧은 악기의 일종인 생황. 顔之厚 : 낯가죽이 두껍다. 염치와 체면을 모른다는 비유. = 厚顔.) → **巧言如簧. 巧舌如簧.**

〔**詩經·小雅·巧言**〕蛇蛇碩言, 出自口矣, ○○○○, ○○○○. 〔**宋 范曄·後漢書·陳蕃傳**〕夫讒人似實, 巧言如簧, 使聽之者惑, 視之者昏.

巧言令色, 鮮矣仁.

듣기 좋게 꾸미는 말과 보기 좋게 꾸미는 얼굴빛에는 어진 마음이 드물다. 듣기 좋은 말만 늘어놓고 번지르르하게 외모를 갖추어 남의 비위 맞추기에 급급하는 아첨하는 사람에게는 인간의 근본인 어진 마음을 갖고 있는 경우가 드물다는 뜻. (巧言令色 : 남의 환심을 사려고 아첨하는 교묘한 말과 보기 좋게 꾸미는 얼굴빛. 번지르르하게 발라맞추는 말과 알랑거리는 태도.) → **巧言令色. 靜言令色.**

〔**書經·虞書·皐陶謨**〕何畏乎, 巧言令色孔壬. 〔**論語·學而**〕子曰, ○○○○, ○○○. 〔**元 馬致遠·薦福碑**〕抵死待要屈脊低腰, 又不會巧言令色.

口可以食, 不可以言.

입은 밥을 먹을 수 있으나, 말을 마구 해서는 안된다. 말은 모름지기 근신해야 함을 이르는 것. (可以 : …할 수 있다. …해도 좋다.)

〔**鬼谷子·權篇**〕古人有言曰, ○○○○, ○○○○, 言者有忌諱也.

狗不以善吠爲良, 人不以善言爲賢.

폐

개는 잘 짖는다고 해서 좋은 개가 될 수 없으며, 사람은 말을 잘 한다고 해서 현인이 될 수 없다. 말을 잘 한다는 것은 높은 재능과 덕성이 있는 현인이 되는 요건이 아님을 의미.

〔**莊子·徐無鬼**〕○○○○○○○, ○○○○○○○, 而況爲大乎. 夫爲大不足以爲大, 而況爲德乎.

口是禍之門, 舌是斬(참)身刀. 閉口深藏舌, 安身處處牢(뢰).

입은 재앙을 불러들이는 문이고, 혀는 몸을 베는 칼이니, 입을 다물고 혀를 깊숙이 감추어 두면 몸을 편안히 하고 곳곳이 단단하게 된다. 말을 함부로 하면 화를 입기 쉽고, 말을 조심해서 하면 아무 탈이 없다는 뜻. (牢 : 굳다. 단단하다.) ≒ **口是傷人斧. 言是割舌刀.** → **口禍之門. 閉口藏舌. 閉口結舌. 閉口不言. 閉口不談. 緘口藏舌. 緘口結舌.**

〔 **馮道·舌詩** 〕 ○○○○○, ○○○○○. ○○○○○, ○○○○○. 〔 **鹽鐵論·刺復** 〕 是以曹丞相日飮醇酒, 倪大夫閉口不言. 〔 **班固·漢書·季尋傳** 〕 及京兆尹王章坐言誅滅, 智者結舌. 〔 **宋 釋普濟·五燈會元** 〕 問, 如何是佛. 曰, 口是禍門. ……. 問, 達磨面壁意旨如何. 師曰, 門口深藏舌. 〔 **元 岳伯川·鐵拐李** 〕 口也是禍之門, 舌是斬身刀. 〔 **敦煌變文集·捉季布傳文** 〕 唯有季布鍾離末, 始知口是禍之門. 〔 **明 馮夢龍·古今小說** 〕 ○○○○○, ○○○○○. ○○○○○, ○○○○○. 〔 **綴白裘·尋親記** 〕 (위 내용과 동일.) 〔 **明 羅貫中·三國志通俗演義** 〕 王上養軍千日, 用在一朝. 王上待臣等官僚以國士之禮, 今聞蜀兵已至, 皆緘口結舌, 是何理也.

口者言語之門, 舌者門戶之關鑰(약).

입이란 것은 말이 드나드는 문이고, 혀란 것은 출입구를 닫는 빗장과 자물쇠이다. 입에서는 선한 말도, 악한 말도 다 나올 수 있어 조심해야 됨을 이르는 것. (門戶 : 출입구. 關鑰 : 빗장과 자물쇠.) → **口者關也.**

〔 **劉子·新論** 〕 ○○○○○○, ○○○○○○○. 門戶開則言語出, 出言之善, 則千里應之, 出言之惡, 則千里違之.

禽有禽言, 獸有獸言.

새는 새의 말을 가지고 있고, 짐승은 짐승의 말을 가지고 있다. 금수지간에는 각기 표시할 의사를 소리낼 수 있고, 소식을 전달하는 소리를 낼 수 있음을 기리키는 것.

〔 **元 宮大用·七里灘** 〕 俺那七里灘好追好景致, 麋鹿銜花, 野猿獻果, 天燈自見, 鳥鵲報曉. ○○○○, ○○○○.

其言也, 如以石投水, 莫之逆也.

그 말은 물에 돌을 던지는 것과 같아서 조금도 거역하는 것이 없이 받아들여진다. (喩) 의견이나 설득하는 말이 잘 투합되어 쉽게 받아들여지다. 일을 하기가 매우 쉽다.

〔 **李康·運命論** 〕 張良受黃石之符, 誦三略之說, 以游群雄, 其言也, 如以水投石, 莫之受也, 及其遭漢祖, ○○○, ○○○○○, ○○○○.

吉人之辭寡, 躁人之辭多.
조

선량한 사람은 말이 적고, 조급한 사람은 말이 많다. 선량하고 운수 좋은 사람은 말을 가볍게 입 밖으로 내지 않으므로 말이 적되 간명하고, 성정이 조급하고 경박한 사람은 말을 함부로 하므로 말이 번다하고 난잡하다는 뜻. (吉人 : 선량한 사람. 훌륭한 사람. 운수 좋은 사람. 躁人 : 정이 조급한 사람. 침착하지 못한 경박한 사람.)

〔**周易·繫辭下**〕○○○○○, ○○○○○, 誣善之人, 其辭游, 失其守者, 其辭屈.

路上行人口似碑.

길 가는 사람의 입은 비석과 같다. 길 가는 사람은 가는 곳마다 많은 소문을 퍼뜨림을 이르는 말.

〔**通俗編·言笑**〕勸君不用鐫頑石, ○○○○○○○.

多易多敗, 多言多失.
이

쉬운 것이 많으면 실패가 많고, 말이 많으면 실수가 많다. 쉽게 한 일에는 실패가 많고, 많이 한 말에는 실수가 많다는 말.

〔**說苑·談叢**〕○○○○, ○○○○.

談天說地, 講古論今.

하늘을 이야기하고 땅을 말하며, 옛날을 따지고 지금을 논한다. 옛날부터 지금까지의 사람과 일에 대하여 끝없는 이야기를 해나감을 이른다. 이야기의 중심이 없고 목적이 없는 잡담을 해나감을 형용.

〔**明 馮夢龍·醒世恒言**〕錢青見那先生學問平常, 故意○○○○, ○○○○.

大聲不入於里耳.

훌륭한 음악은 속인의 귀에는 들어오지 않는다. (喻) 훌륭한 주장이나 언론은 세상의 많은 사람들의 마음속에 이해되지 않는다. (大聲 : 더없이 훌륭한 음악. 고상한 음악. 里耳 : 俚耳로, 속인의 귀.)

〔**莊子·天地**〕○○○○○○○, 折楊皇荂, 則嗑然而笑. 是故高言不止於衆人之心, 至言不出, 俗言勝也.

掉三寸之舌, 下齊七十餘城.
도

세 치의 혀를 휘둘러서 齊나라 70여 개의 성을 항복시키다. (喻) 능란한 변설을 하여 큰 공을 세우다. (由) 秦 말의 변론가인 酈食其(역이기)가 劉邦을 도와 세객으로서 齊나라를 설득시켜 70여 개의 성을 빼앗았음을 이른 것. (掉 : 휘두르다. 흔들다. 下 : 항복하다. / 항복시키다. 굴복시키다.) → **掉三寸舌. 三寸之舌. 三寸舌. 三寸不爛之舌.** ※ **以三寸之舌, 彊於百萬之師.**

〔 **史記·留侯世家** 〕今以三寸舌爲帝者師, 封萬戶, 位列侯, 此布衣之極, 於良足矣. 〔 **史記·淮陰侯列傳** 〕范陽辯士蒯通說(韓)信曰, …… 且酈生(食其)一士, 伏軾○○○○○, ○○○○○○. 將軍將數萬衆, 歲餘乃下趙五十餘城. 〔 **史記·平原君虞卿列傳** 〕毛(遂)先生以三寸之舌, 彊於百萬之師. 〔 **西漢 揚雄·解嘲** 〕掉三寸之舌, 建不拔之策. 〔 **三國演義** 〕(諸葛)亮借一帆風, 直至江東, 憑三寸不爛之舌, 說南北兩軍互相呑幷. 〔 **水滸傳** 〕憑三寸不爛之舌, 說他們入夥.

萬言萬中, 不如一黙.

만 마디 말이 만 번 맞아도 한번 침묵하는 것보다 못하다. (中 : 맞다. 알맞다. 마땅하다.)

〔 **明 袁衷等·庭幃雜錄** 〕所謂庸言, 乃孝弟忠信之言, 而亦謹之. 是故○○○○, ○○○○.

貌言華也, 至言實也, 苦言藥也, 甘言疾也.

겉치레 말은 꽃과 같고, 이치에 맞는 말은 열매와 같다. 듣기에 거슬리는 말은 약이 되고, 듣기 좋은 달콤한 말은 질병이 된다. 거짓말, 큰소리, 헛소리 등 겉치레 말은 꽃송이 같이 아름다우나 실속이 없고, 이치에 들어맞는 말은 과실과 같아서 속이 꽉 차있으며, 사람에게 고통을 주는 비평하는 말은 병을 다스리는 양약과 같고, 사람을 기쁘게 하는 달콤한 말은 오히려 사람을 해치는 질병이 된다는 뜻. (貌言 : 겉치레 말. 겉으로 듣기만 좋고 실속이 없는 말. / 거짓말, 큰소리, 헛소리 등. 華 : 꽃. 꽃송이. ≒ 花. 至言 : 이치에 맞는 말. / 가장 중요한 말. ＝ 至理名言.) → **貌言華. 至言實. 苦言藥. 甘言疾.**

〔 **史記·商君列傳** 〕商君曰, 語有之矣, ○○○○, ○○○○, ○○○○, ○○○○. 夫子果肯終日正言, 鞅之藥也. 〔 **淸 鴛湖煙水散人·女才子傳** 〕吾聞貌言華也, 至言實也, 甘言疾也, 苦言藥也. 今張妹以正言進姊, 姊之藥也.

無稽之言勿聽, 弗詢之謀勿庸.
계

고증되지 아니한 터무니없는 말은 듣지 말 것이며, 상의하지 아니한 계책은 쓰지 말 것이다. (無稽之言 : 검증과 경험이 없는 말. 근거없는 터무니없는 말. 詢 : 묻다. 상의하다. 자문하다. 庸 : 쓰다.)

〔 **書經·虞書·大禹謨** 〕 ○○○○○○, ○○○○○○. 〔 **荀子·正名** 〕無稽之言, 不見之行, 不聞之謀, 君子愼之.

無多言, 多言多敗. 無多事, 多事多患.

말을 많이 하지 말라. 말을 많이 하면 실패함이 많다. 일을 많이 하지 말라. 일을 많이 벌이면 근심도 많다.

〔**說苑·敬愼**〕孔子之周, 觀於太廟, 右階之前, 有金人焉, ……. ○○○, ○○○○. ○○○, ○○○○. 〔**孔子家語·觀周**〕有金人焉, 三緘其口, 而銘其背曰, 古之愼人也, 戒之哉. ○○○, ○○○○. ○○○, ○○○○. 〔**顔氏家訓·省事**〕銘金人云, ○○○, ○○○○. ○○○, ○○○○. 至哉斯戒也.

務正學以言, 舞曲學以阿世.

학문을 올바르게 하는데 힘써서 (그것에 근거를 두고) 말을 할 것이며, (그 올바른) 학문을 굽혀서 세상에 아부해서는 안된다. 사람이 입신 출세를 하기 위해서 올바른 학문을 그릇되게 활용하여 권력있는 자의 뜻을 사려고 하거나 세속적인 인기에 영합하려고 해서는 안된다는 뜻. / 여기에서는 유학(儒學) 경전(經典)의 뜻을 정확히 이해하는데 힘쓰고 그 유가적 종지(宗旨)에 근거하여 의견을 발표해야 하며, 유가 학설을 왜곡하여 통치자에게 아첨하여 받들고 세속의 비위를 맞추어서는 안됨을 이르는 것. (由) 옳다고 생각하는 것은 어떤 사람도 두려워하지 않고 말하는 사람으로서 後漢 景帝 때 학자로 일한 90세의 轅固는 武帝 즉위 후 소장인 公孫弘과 함께 다시 등용되자 그 公孫弘을 눈을 흘겨보면서 위와 같이 말한 것. → **曲學阿世**.

〔**史記·儒林列傳**〕固之徵也, 薛人公孫弘亦徵, 側目而視固. 固曰, 公孫子, ○○○○○, ○○○○○○.

問楛者勿告也, 告楛者勿問也, 說楛者勿聽也, 有爭氣者, 勿與辨也.

(楛: 고)

질이 나쁜 질문에는 대답하지 말고, 질이 나쁜 대답에는 묻지 말며, 질이 나쁜 말은 듣지 말고, 함부로 다투는 기가 있는 자와는 같이 따지지 말 것이다. 예의에 벗어나는 나쁜 일에 대한 질문에는 답변을 하지 말 것이고, 그런 설명에 대하여 질문도 하지 말며, 그런 담론을 들어도 안되고, 감정적인 다툼을 즐기는 자와는 논쟁을 해서는 안된다는 말. (楛 : 거칠다. 질이 나쁘다. 순수하지 못하다. 조잡하다. 爭氣 : 다투어 이기려고 하는 기질. 지기 싫어하는 성질.)

〔**荀子·勸學**〕○○○○○○, ○○○○○○, ○○○○○○, ○○○○, ○○○○. 故必由其道至, 然後接之, 非其道則避之. 〔**韓詩外傳·卷四**〕問者不告, 告者勿問, 有諍氣者勿與論. 必有其道至, 然後接之. 非其道, 則避之.

半句虛言, 折盡平生之福.

헛소리 반 마디 때문에 평생의 복이 꺾여 없어지다. 거짓말을 하여 타고난 행운을 놓치는 것을 이르는 것.

〔**清 馬煇·簡通錄**〕(引唐翼修人生必讀書) 先賢云, ○○○○, ○○○○○○.

白圭之玷, 尙可磨也, 斯言之玷, 不可爲也.
점

흰 구슬의 흠은 다시 갈아서 지울 수 있지만, 말의 흠은 다시 어찌할 도리가 없는 것이다. (白圭 : 희고 맑은 규옥. 玷 : 티. 흠.)

〔**詩經·大雅·抑**〕○○○○, ○○○○, ○○○○, ○○○○.

百戰百勝不如一忍, 萬言萬當不如一默.

백 번 싸워 백 번 이기는 것이 한 번 참는 것보다 못하고, 만 마디 말로 만 번 당해내는 것이 한 번 침묵을 지키는 것보다 못하다. 말과 행동을 삼가고 조심함으로써 스스로의 안전을 구하여야 함을 기리키는 말.

〔**淮南子·人間訓**〕雍季先賞, 而啓犯後存者, 其言有貴者也. 故義者天下之所賞也. 百言百當, 不如擇趨而審行也. 〔**宋 黃庭堅·贈張叔和詩**〕我有養生之四印, 君家所有更贈君. ○○○○○○○○, ○○○○○○○○.

病從口入, 禍從口出.

질병은 입으로부터 들어오고, 재앙은 입으로부터 나간다. 질병은 음식을 삼가지 못한 데서 생겨나고, 재앙은 실언(失言)·망어(妄語)에서 생겨난다는 뜻.

〔**周易·山雷頤**〕衆曰, 山下有雷, 頭. 君子以愼言語, 節飮食. < 孔穎達疏 > 先儒云, 禍從口出, 患從口入. 〔**西晉 傅玄·口銘**〕○○○○, ○○○○. 〔**報恩經**〕人生世間, 禍從口生. 〔**釋氏要覽**〕一切衆生, 禍從口生, 口舌者, 鑿身之斧也. 〔**太平御覽·人事·口**〕神以感通, 心由口宣. 福生有兆, 禍來有端. 情莫多妄, 口莫多言. 蟻孔潰河, 溜沈傾山. ○○○○, ○○○○. 存亡之機, 開闔之術. 口與心謀, 安危之源, 樞機之發, 榮辱存焉. 〔**明 李夢陽·空同集·事勢**〕凡禍從口出, 故言貴遜.

福如東海, 壽比南山.

복은 동해와 같고, 수명은 남산과 같기를, ……. 옛날 사람의 홍복과 장수를 축원하는 용어. (比 : 같다. 대등하다.)

〔**敦煌變文集·長尋四年中興殿應聖節講經文**〕尋等松椿宜閏益, 福如東海要添陪. 〔**雲笈七籤**〕若帝王求道, 壽齊三光, 千變萬化, 坐民立亡, 福如山岳, 爲人重愛, 修道之者, 白日昇天. 〔**明 柯丹邱·荊釵記·慶誕**〕齊祝贊, 願○○○○, ○○○○. 〔**明 沈受先·三元記·合歡**〕願馮君福如海淵, 願馮君壽比泰山.

逢人且說三分話, 未可全抛一片心.

사람을 만나면 3부만 이야기할 것이며, 한 조각의 마음속을 전부 내던져버려서는 안된다. 사람을 만나면 말은 조심스럽게 삼가고 마음속을 보이지 말라는 뜻. (抛 : 던지다. 버리다.)

〔**朱子語類**〕推發此心, 更無餘蘊, 便是忠處. 如今俗語云, 逢人只說三分話, 只此便是不忠. 循體事物而無所乖違, 是之謂信. 〔**警世通言**〕說話之間, 宜放婉曲. …… 正是, ○○○○○○○, ○○○○○○○.

田中之潦(료), 流入於海. 附耳之言, 聞於千里也.

밭 속에 괸 빗물도 바다에 흘러들어가고, 귀에 대고 속삭인 말이 천 리 밖에도 들려온다. 발 없는 말이 천 리 간다는 말과 같은 뜻. (潦 : 땅에나 길바닥에 괸 빗물. / 깊은 산에 괸 빗물. 附耳之言 : 귀에 대고 소곤대는 말. 귓속 말.)

〔**淮南子·說林訓**〕○○○○ ○○○○. ○○○○, ○○○○○.

不知而言, 不智. 知而不言, 不忠.

사리를 알지도 못하면서 함부로 말하는 것은 지혜롭지 못한 것이고, 사리를 알면서도 말하지 아니하는 것은 충성스럽지 못한 것이다.

〔**韓非子·初見秦**〕臣聞○○○○, ○○. ○○○○, ○○. 爲人臣不忠, 當死. 言而不當, 亦當死.

匪言勿言, 匪由勿語.

바르지 않은 말은 말해서는 안되며, 따라해서는 안될 것은 (따라한다고) 말해서는 안된다. 올바르지 못한 말과 부화뇌동하는 행동을 하지 말 것을 권하는 것. (匪 : 아니다. ≒ 非. 不./ 없다. ≒ 無. / 나쁘다. 경솔하다. 옳지 않다. 바르지 않다. 由 : 따르다. 복종하다. 부화하다. 남의 의견에 따르다.)

〔**詩經·小雅·賓之初筵**〕○○○○, ○○○○, 由醉之言, 俾出童羖, 三爵不識, 矧敢多又.

使口如鼻, 至老不失.

입을 코같이 쓰면 늙음에 이르러도 잘못하는 일이 없다. 입을 다물고 말하지 않으면 일생동안 실수하는 일이 없다는 뜻.

〔**藝文類聚**〕(引杜恕體論) 束修之業, 其上在于不言, 其次莫如寡知也. 故諺曰, ○○○○, ○○○○.

事以密成, 語以泄敗.
설

일은 숨김으로써 이루어지고, 말은 누설됨으로써 실패한다. (密 : 숨기다. 누설하지 아니하다.)

〔**韓非子·說難**〕夫○○○○, ○○○○. 未必其身泄之也. 而語及所匿之事, 如此者身危.

三人證, 龜成鱉.
별

세 사람이 증명하면 거북이 자라가 된다. 곧 세 사람이 다 거북을 자라라고 말하면 모두 참으로 거북을 자라로 여기게 된다는 말.

〔**五燈會元**〕問, 如何是室內一盞燈. 師曰, ○○○, ○○○.

書不盡言, 言不盡意.

글은 하고자 하는 말을 다 표현하지 못하고, 말은 품고 있는 생각을 다 나타내지 못한다. 글이나 말은 사상을 완전하고 정확하게 표현할 수 없음을 가리키는 것. 편지의 말미(末尾)에 표시하고자 하는 뜻이 미진함을 나태내는 상용어로 많이 쓰인다.

〔**周易·繫辭上**〕子曰, ○○○○, ○○○○, 然則聖人之意, 其不可見乎. 〔**淸 李玉·意中人**〕今生已矣, 且俟來生, 書不盡言, 夢社再拜.

善行無轍迹, 善言無瑕讁.
철 적 하 적

일을 잘 처리하는 사람은 (자연에 순응하여 행하므로) 한 점의 흔적도 남기지 아니하고, 말을 잘 하는 사람은 (침묵하거나 말을 적게 하므로) 한 점의 과실도 없다. (轍 : 수레바퀴 자국. 轍迹 : 흔적과 같다. 讁 : 과실의 뜻. = 謫. 瑕讁 : 과실.)

〔**老子·第二十七**〕○○○○○, ○○○○○, 善數不用籌策.

舌上有龍泉, 殺人不見血.

혓바닥 위에 흉기인 용천(龍泉)이 있어 사람을 죽여도 피를 보이지 않는다. 마음대로 하는 말이 남에게 중대한 재앙을 만나게 함을 기리키는 말. (龍泉 : 고대의 보검 이름으로, 흉기를 가리킨다. = 龍淵.)

〔**宋 羅大經·鶴林玉露**〕堂堂八尺軀, 三聽三寸舌, ○○○○○, ○○○○○.

說之難, 在知所說之心.
세 세

설득의 어려움은 설득되는 상대방의 마음을 알아내는데 있다. 설득은 설득당하는 상대방의 마음이 설득하는 자의 의견을 얼마나 맞추느냐의 여하에 좌우되므로 그 마음을 아는 것이 중요하다는 말. (說 : 달래다. 설득하다. 所說 : 설득당하는 자.)

〔**韓非子·說難**〕凡○○○, ○○○○○○. 可以吾說當之, 所說出於爲名高者也, 而說之以厚利, 則見下節而遇卑賤, 必棄遠矣.

世之人, 聞人過失, 便喜談而樂道之, 見人規己之過, 旣掩護之, 又痛疾之.

세상 사람들은 남의 과실을 들으면 곧 그것을 이야기하는 것을 좋아하고 또 말하는 것을 즐거워하나, 남이 자기의 잘못을 충고하는 것을 들으면 은밀히 보호하는가 하면 또 지독히 그것을 미워한다. (見 : 聞으로 해석. 規 : 충고하다. 掩護 : 가리어 보호하다. 은밀히 보호하다.)

〔**呻吟語·第十章**〕○○○, ○○○○, ○○○○○○○, ○○○○○○, ○○○○, ○○○○.

孫楚, 當欲枕石漱(수)流, 誤云漱石枕流.

(晉나라의 馮翊太守의 벼슬에 까지 오른) 孫楚는 돌을 베개로 삼고 냇물로 양치질한다고 하려 했으나 잘못하여 돌로 양치질하고 냇물을 베개로 삼는다고 이야기했다. (喩) 승벽이 몹시 강하여 억지를 부리다. (由) 孫楚가 이와 같이 잘못 말하였으나 그는 “잘못 말한 것이아니고 돌로 양치질하는 것은 이를 튼튼하게 하기 위함이고, 냇물로 베개를 삼는 것은 귀를 씻기 위함” 이라고 억지 변명을 한 고사에서 나온 말. (枕 : 베개삼아 베다. 漱 : 양치질하다.) → **漱石枕流.** ↔ **枕石漱流.**

〔**三國志·蜀志·彭羕傳**〕枕石漱流, 吟詠縕袍, 偃息於仁義之途, 恬淡於浩然之域, 高概節行, 守眞不虧.
〔**世說新語·排調**〕孫子荊年少時欲隱, 語王武子曰, 當枕石漱流, 誤曰, 漱石枕流. 王曰, 流非可枕, 石非可漱. 孫曰, 所以枕流, 欲洗其耳, 所以漱石, 欲礪其齒. 〔**唐 王勃·廣州寶莊嚴寺舍利塔碑**〕青松磵戶, 坐諧幽致, 枕石漱流者入之. 〔**晉書·孫楚傳**〕孫楚字子荊, 才藻卓節, 少時欲隱居, 謂王濟曰, 當云欲枕石漱流, 誤云漱石枕流. 濟曰, 流非可枕, 石非可漱. 楚曰, 所以枕流, 欲洗其耳, 所以漱石, 欲礪其齒.

守口如甁, 防意如城.

입을 지키는 것을 마개를 막은 병과 같이하고, 뜻을 막는 것을 튼튼한 성과 같이하다. 말과 뜻을 밝히는 것에 매우 근신하고 절제함을 형용하는 말.

〔**唐 釋道世·法苑珠林**〕藏六如龜, 防意如城. 〔**唐 道世·諸經要集·擇交部·懲過**〕 防意如城, 守口如甁. 〔**癸辛雜識**〕富鄭公有○○○○, ○○○○之語, 見梁武懺六卷, 不知本出何經. 〔**宋 朱熹·敬齋箴**〕○○○○, ○○○○. 〔**宋 晁說之·晁氏客語**〕劉器之云, 富鄭公年八十, 書座屛云, ○○○○, ○○○○.
〔**明 周亮工·尺牘新鈔**〕足下觀物如朗鑑, 而守口如履甁, 防身如履冰.

是非只爲多開口, 煩惱皆因强出頭.

시비는 다만 입을 많이 열기 때문에 생기는 것이고, 번뇌는 다 억지로 두각을 나타내려하기 때문에 생기는 것이다. 말을 많이 하기 때문에 시비가 일어나고, 억지로 이기려고 다투기 때문에 번뇌가 생기는 것을 기리킨다. (强 : 억지로. 出頭 : 두각을 나타내다. 남보다 뛰어나다.)

〔**宋 陳元靚·事林廣記·警世格言**〕○○○○○○○, ○○○○○○○.

市之無虎也明矣, 然而三人言而成虎.

저자거리에 호랑이가 없는 것은 분명하지만 세 사람이 같이 (호랑이가 나타났다고) 말을 하니 호랑이가 나타난 것으로 되어버렸다. (喻) 근거없는 말이라도 많은 사람들이 말하면 보고 듣는 사람을 사실로 믿게 만든다. (由) 龐恭이 魏나라 태자와 함께 趙나라 도읍지인 邯鄲으로 볼모로 잡혀가게 되었을 때 魏나라 임금에게 말하기를 “지금 한 사람이 저자거리에 호랑이가 나왔다고 하면 임금께서는 믿으시겠습니까?”라고 하니, 임금은 “믿지 않는다.”고 말했다. “그렇다면 두 사람이 저자거리에 호랑이가 나왔다고 말하면 임금께서는 그 말을 믿으시겠습니까?”라고 말하자, 임금은 또 “믿지 않는다.”고 말했다. “그러면 세 사람이 저자거리에 호랑이가 나왔다고 말하면 임금께서는 믿으시겠습니까?”라고 하니, 임금은 “과인은 그것을 믿겠다”고 말했다. 이에 龐恭은 위와 같이 말한 것이다. → **三人成虎.**

〔**韓非子·內儲說上**〕龐恭與太子質於邯鄲, 謂魏王曰, 今一人言市有虎, 王信之乎. 曰, 不. 二人言市有虎, 王信之乎. 曰, 不. 三人言市有虎, 王信之乎. 王曰, 寡人信之. 龐恭曰, 夫○○○○○○○, ○○○○○○○○. 〔**战國策·魏策二**〕(韓非子內儲說上 내용과 동일.) 〔**战國策·秦策三**〕聞三人成虎, 十夫揉椎, 衆口所移, 毋翼而飛. 〔**鄧析子·轉辭**〕古人有言, 衆口鑠金, 三人成虎, 不可不察也. 〔**新書·雜事二**〕(韓非子內儲說上 내용과 동일.)

食言多矣, 能無肥乎.

식언이 많았는데 어찌 살이 찌지 않을 수 있으랴 ! 거짓말을 매우 많이 함을 형용. (食言 : 한번 입 밖에 낸 말을 도로 입속에 넣다. 약속한 말을 지키지 아니하다. 거짓말을 하다. 能不 = 能無 어떻게 …하지 않을 수 있으랴. …하지 않고 있을 수 있으랴 !)

〔**春秋左氏傳·哀公二十五年**〕(哀)公曰, 是○○○○, ○○○○. 飮酒不樂, 公與大夫始有惡.

信言不美, 美言不信. 善者不辯, 辯者不善.

신의있는 말은 아름답지 않고, 아름다운 말은 신의가 없으며, 착한 사람은 말에 능하지 않고, 말에 능한 사람은 착하지 않다. 진실한 말은 듣기에 좋지 않고, 듣기 좋은 말은 진실하지 못하며,

선량한 사람은 행동으로써 그 덕을 나타내고, 말로써 그 선을 설명하지 않으며, 말로써 그 선량함을 밝히는 자는 진실로 성량하지 못하다는 뜻.

〔**老子·第八十一章**〕○○○○, ○○○○. ○○○○, ○○○○. 知者不博, 博者不知.

兒言世情惡, 平地風波起.

아이가 한 말이 세상 인심을 나쁘게 하고, 평지에 풍파를 일으킨다. (世情 : 세상의 인심. 세상의 물정. 平地風波 : 평지에 풍파가 일어나다로, 의외의 사고가 돌연히 발생한다, 또는 공연히 말썽을 일으킨다는 비유.) → **平地風波**.

〔**唐 杜荀鶴·將過湖南經馬當山廟因書三絶**〕只怕馬當山下水, 不知平地有風波. 〔**宋 蘇轍·思歸詩**〕○○○○○, ○○○○○.

言過其實, 不可大用.

말이 그 실제보다 지나치면 크게 쓰이지 못한다. 말이 실제로 갖추고 있는 능력을 지나치거나 과장되거나 실행되지 않는 것이면 그 사람은 크게 임용되지 못한다는 말. → **言過其實**.

〔**管子·　**〕言不得過實, 實不得延名. 〔**三國志·蜀志·馬良傳**〕馬謖才器過人, 好論軍計, 丞相諸葛亮深加器異, 先主臨薨, 謂亮曰, 馬謖○○○○, ○○○○. 君其察之.

言未及之而言, 謂之躁(조). 言及之而不言, 謂之隱. 未見顔色而言, 謂之瞽(고).

(상대방이) 아직 말을 끝내지 않았는 데도 서둘러 말하는 것을 조바심낸다고 이르고, 그가 말을 다 끝냈는 데도 말하지 않는 것을 실상을 숨긴다고 이르며, 상대방의 얼굴빛을 잘 보지도 않고 경솔하게 말하는 것을 눈치가 없다고 이른다. 이것은 덕망과 지위가 높은 군자를 섬김에 있어 범하기 쉬운 세가지 잘못을 지적한 것으로, 알맞은 때에 맞추어서 해야 할 말을 할 것을 사람들에게 타이르는 내용. (及 : 이르다. 도달하다. 가 닿다. 여기서는 끝내다로 풀이. 躁 : 조급, 불안정하다. 조급하게 서두르다. 성미가 조급하다. 조바심내다. 초조해하다. 隱 : 실제의 상황을 속이다. 실상을 숨기다. 瞽 : 눈이 멀다. 상대방의 말과 안색을 살펴보고 그 의중을 헤아리지 못하다. 눈치가 없다. 분별 없다. 사리에 어둡다.)

〔**論語·季氏**〕孔子曰, 侍於君子有三愆, ○○○○○○, ○○○. ○○○○○○, ○○○. ○○○○○○, ○○○.

言美則響美, 言惡則響惡.

말이 아름다우면 그 울림도 아름답고, 말이 나쁘면 그 울림도 나쁘다. 말을 삼가면 상대방도 이에 화답하여 말을 삼가게 된다는 뜻. 인격·행동이 훌륭하면 자연 명예를 얻게 되며, 그 반대인 경우도 있다는 비유. (言 : 사람이 그 뜻을 표현하기 위하여 내는 목소리로 곧 말, 언어, 언사이다.) → **言美響美**.

〔**列子·說符**〕關尹謂子列子曰, ○○○○○, ○○○○○. 身長則影長, 身短則影短.

言心聲也, 書心畫也.

말은 마음의 소리이고, 글은 마음의 그림이다. 말과 글은 사람의 감정이나 사상을 그대로 표현하는 수단이라는 뜻.

〔**揚子法言·問神**〕故○○○○, ○○○○. 聲畫形, 君子小人見矣.

言有盡而意無窮.

말은 다함이 있으나, 그 뜻은 무궁무진하다. 말이나 작문이 의미가 심장하여 음미할 가치가 많은 것을 가리킨다. = **言有盡而音意無窮**.

〔**南宋 嚴羽·滄浪詩話·詩辨**〕盛唐諸人惟在興趣, 羚羊掛角, 無迹可求. 故其妙處, 透徹玲瓏, 不可湊泊, 如空中之音, 相中之色, 水中之月, 鏡中之象, ○○○○○○○.

言者無罪, 聞者足戒.

말한 사람에게는 죄가 없고, 들은 사람은 경계로 삼을 만하다. 의견을 제시한 사람은 선의적이어서 그 의견이 부정확해도 무죄이고, 의견을 청취한 사람은 비평한 것에 결점이나 착오가 있어도 자기를 경계하는데 쓰이는 것을 가리킨다. = **言者無罪, 聞者足誡. 言之無罪, 聞之足戒.** → **言者無罪.**

〔**詩經·大序**〕上以風化下, 下以風刺上, 主文而譎諫, 言之者無罪, 聞之者足以戒, 故曰風. 〔**唐 白樂天·與元九書**〕聞五子洛汭之歌, 則知夏政荒矣. ○○○○, ○○○○. 言者聞者莫不兩盡其心焉.

言出於餘口, 入於爾耳.

말이 내 입에서 나와서 네 귀로 들어간다. (喻) 이야기하는 사람과 듣는 사람 이외는 아는 사람이 아무도 없어 비밀이 될 수 있다. (餘 : 나.)

〔**春秋左氏傳·昭公二十年**〕王曰, ○○○○○, ○○○○, 誰告建也.

言悖而出者, 亦悖而入. 貨悖而入者, 亦悖而出.

말이 도리에 어긋나게 나가면 또한 도리어 어긋나게 들어오고, 재물이 도리에 어긋나게 들어오면 또한 도리어 어긋나게 나가버린다. 정도를 벗어난 말로써 남을 대하면 그 남들도 정도를 벗어난 말로써 나를 대하며, 재물이 정도를 벗어난 수단으로 수입되면 그것이 정도를 벗어난 방식으로 흩어져 지출되어 버린다는 뜻. (悖 : 도리에 어긋나다. 거슬리다. 위배되다.) → **悖入悖出. 悖出悖入.**

〔**大學·傳十**〕財聚則民散, 財散則民聚. 是故○○○○○, ○○○○, ○○○○○, ○○○○,

外言不入於梱, 內言不出於梱.

곤

집 밖에서 한 말이 방안으로 들어오지 않게 하고, 집안에서 한 말이 밖에 나가지 않게 해야 한다. (梱 : 문지방 곧 방을 뜻한다.) = **外言不入. 內言不出.**

〔**禮記·曲禮上**〕……, ○○○○○○, ○○○○○○. 〔**禮記·內則**〕男女不通衣裳, 內言不出, 外言不入. 〔**抱朴子·疾謬**〕外言不入, 內言不出.

惟口起羞, 惟甲胄起戎.

주 융

입은 부끄러운 일을 일으키고, 갑옷과 투구는 잘못하여 전쟁을 일으킨다. (戎 : 전쟁.)

〔**書經·商書·說明中**〕○○○○, ○○○○, 惟衣裳在笥, 惟干戈省厥躬.

欲人勿知, 莫若勿爲, 欲人勿聞, 莫若勿言.

남이 알지 못하게 하려면 그 일을 하지 않는 것보다 나은 것이 없고, 남이 듣지 못하게 하려면 말을 하지 않는 것보다 나은 것이 없다. 자신의 언행 특히 나쁜 짓은 언제나 남에게 알려질 수 있음을 가리키는 말. (莫若 : … 같은 것이 없다. …하는 것이 낫다.) = **若要人不知, 除非己莫爲.**

〔**漢 枚乘·上書諫吳王**〕人性有畏其景而惡其迹者, 却背而走, 迹愈多, 景愈疾, 不知就陰而止, 景滅迹絶. 欲人勿聞, 莫若勿言, 欲人勿知, 莫若勿爲. 〔**說苑·談叢**〕○○○○, ○○○○, ○○○○, ○○○○. 〔**說苑·正諫**〕欲人勿聞, 莫若勿言, 欲人勿知, 莫若勿爲. 〔**晉書·符堅載記**〕諺曰, 欲人勿知, 莫若勿爲. 聲無細而弗聞, 事未形必彰者, 其此之謂也.

惟口出好, 興戎.

융

입은 좋은 말도 하지만 싸움을 일으키기도 한다. 말이란 잘하면 우의와 친선을 나누게 할 수 있으나, 잘못하면 불화를 낳으며 원수를 맺기도 하고 크게는 전쟁을 일으키기도 한다는 뜻. (出好 : 듣기 좋은 말을 하다. 興戎 : 전쟁을 일으키다. 戎은 싸움. 전쟁. 전투.)

〔**書經·虞書·大禹謨**〕四海困窮, 天祿永終, ○○○○, ○○, 朕言不再.

以三寸之舌, 彊於百萬之師.

세 치의 혀를 가지고 백만의 군사보다 더 나라를 강하게 하다. 언변이 처세에 매우 중요함을 이르는 말. (由) 秦나라 군대에 의하여 趙나라 수도 邯鄲이 포위당하여 위기에 놓인 나라의 운명을 타개하기 위해 趙나라 文惠王의 동생 平原君 趙勝이 수행원 20명을 이끌고 楚나라에 가서 양국이 동맹을 맺을 것을 교섭했으나 실패했다. 이 때 자천(自薦)으로 수행원의 한 사람이 된 毛遂가 楚 孝烈王을 위협과 설득으로 맹약의 결의를 이끌어내는데 성공하자, 平原君은 그에게 "내 스스로는 천하의 선비를 몰라본 적이 없다고 여겼는데 毛선생의 경우는 몰라보았던 것이오. 毛선생은 단번 楚나라에 갔을 뿐인데도 趙나라 국위를 구정대려(九鼎大呂)보다 무겁게 하였소. 세 치의 혀를 가지고 백만의 군사보다 더 나라를 강하게 하였소."라고 말하고 곧 毛遂를 상객으로 모시었다. ≒ **掉三寸之舌, 下齊七十餘城.**

〔 **史記·平原君虞卿列傳** 〕 平原君已定從而歸, 歸至於趙, 曰, 勝不敢復相士. 勝相士多者千人, 寡者百數, 自以爲不失天下之士, 今乃於毛先生而失之也. 毛先生一至楚, 而使趙重於九鼎大呂. 毛先生○○○○○, ○○○○○○. 勝不敢復相士. 遂以爲上客.

人間私語, 天聽若雷. 暗室虧(휴)心, 神目如電.

인간의 사사로운 말도 하늘이 듣는 것은 우뢰와 같고, 어두운 방 속에서 마음을 저버려도 귀신이 보는 것은 번개와 같다. 하늘은 사람들의 말을 뚜렷하게 듣고 있고, 신은 행동을 매우 분명하게 보고 있다는 뜻. (虧 : 저버리다. 해 입히다. 부서뜨리다.)

〔 **小孫屠** 〕 人間私語, 天聞若雷. 包拯便是. 奉敕命云間下, 敕判斷開封. 〔 **元 關漢卿·裵度還帶** 〕 皇天無私, 惟德是輔. ……暗室虧心, 神目如電. ……受不明物呵不合神道. 〔 **淸 馬輝·簡通錄** 〕 (引 唐 翼修·人生必讀書) 吾果能正直自凜, 而不畏神目如電乎.

人微言輕, 理自當爾.

사람이 비천하면 그 말이 경솔한 것은 그 이치가 당연한 것이다. 사람이 지위가 낮으면 하는 말도 무게가 없는 것은 당연하다는 말. (微 : 천하다. 비천하다.)

〔 **宋 蘇軾·抗州上執政書** 〕 軾已三奏其事, 至今未報, 蓋○○○○, ○○○○.

人之易(이)其言也, 無責耳矣.

사람이 말을 쉽게 하는 것은 (그 말에 대한) 문책이 없기 때문이다. 어떤 사람이 터무니없이 함부로 지껄이는 것은 그 실언에 대한 문책이나 징계가 없어 그 책임감을 가질 이유가 없기 때문임을 이르는 것. (易其言 : 말을 쉽게 해버리다. 마음내키는 대로 함부로 지껄이다. 터무니없이 말하다. 責 : 책임지우다. 꾸짖다. 책망하다. 힐문하다.)

〔 **孟子·離婁上** 〕 孟子曰, ○○○○○○, ○○○○. < 朱注 > 人之所以輕易其言者, 以其未遭失言之責故耳.

一句虛言, 折盡平生之福.

한 마디의 거짓말은 평생의 복을 꺾어서 없애버린다. 단 한마디의 거짓말이나 타당하지 못한 말도 곧 일생의 복운을 손상시킴을 이르는 것.

〔**明 姚舜牧·藥言**〕經目之事, 猶恐未眞, 聞入曖昧, 決不可出諸口. ○○○○, ○○○○○○, 此語深可省也.

一語傷人, 千刀攪腹.

한 마디의 말은 사람을 다치게 하나 천개의 칼은 사람의 배를 어지럽힐 뿐이다. 사람의 한 마디의 말은 다른 사람을 많은 칼보다 더 괴롭게 느끼도록 할 수 있음을 형용. (攪 : 어지럽히다. 교란하다. / 휘젓다. 짓이기다.)

〔**五燈會元**〕曰, 作家宗師, 今日遭遇. 師曰, ○○○○, ○○○○.

一言而非, 四馬不能追. 一言不急, 四馬不能及.

한 마디의 말이 그릇되면 네 필의 말도 뒤따를 수 없고, 한 마디의 말이 빠르지 아니하여도 네 필의 말이 이에 미칠 수 없다. 한번 한 말은 전파되는 속도가 매우 빠르며 실언은 고칠 수 없으므로 말을 삼가야 함을 이르는 말. (急 : 빠르다.) = **一言旣出, 駟馬難追.** → **駟馬難追. 駟馬勿追. 駟馬不及. 駟不及舌.**

〔**論語·顔淵**〕子貢曰, 惜乎. 夫子之說君子也, 駟不及舌. 〔**說苑·談叢**〕○○○○, ○○○○○. ○○○○, ○○○○○. 〔**說苑·談叢**〕口者關也, 舌者機也, 出言不當, 四馬不能追也. 口者關也, 舌者兵也, 出言不當, 反自傷也. 言出於己, 不可止於人, 行發於邇, 不可止於遠. 〔**燈析子·轉辭**〕一聲而非, 駟馬勿追. 一言而急, 駟馬不及. 故惡言不出口, 苟語不留耳, 此謂君子也. 〔**後晋·劉昫·舊唐書**〕(引論語云) 一言出口, 駟馬不及. 〔**歐陽修·筆說·駟不及舌說**〕俗云, 一言出口, 駟馬難追, 論語所謂駟不及舌也. 〔**元 李壽卿·伍員吹簫**〕大丈夫一言旣出, 駟馬難追, 豈有番悔之理.

一言而興邦, 一言而喪邦.

한 마디의 말로 나라를 흥하게 할 수 있고, 한 마디의 말로 나라를 망하게 할 수도 있다. (喪 : 망하다. 멸망시키다.)

〔**論語·子路**〕如知爲君之難也, 不幾乎○○○○○乎. 曰, ○○○○○, 有諸.

一言之善, 貴于千金.

훌륭한 한 마디의 말은 천금보다 귀하다. 한 마디의 좋은 말이나 사람에게 유익한 말은 많은 금전보다 더 귀중하다는 말.

〔**抱朴子·釋滯**〕世之謂○○○○, ○○○○. 然蓋亦軍國之得失, 行己之藏耳, 至于告人以長生之訣, 授之以不死之方, 非特若彼常人之善言也, 則奚徒千金而已矣.

一人傳十, 十人傳百.

한 사람이 열 사람에게 전하고, 열 사람은 백 사람에게 전한다. (喩) 질병의 전념이 매우 빠르다. / 소식이나 일이 매우 빨리 전파되다. = **一傳十, 十傳百. 一人傳兩, 兩人傳十.**

〔**宋 陶穀·淸異錄·喪葬義疾**〕人死則有蟲出, 中者, 病如前人, 非死不已. 一傳十, 十傳百, 展轉無窮, 故號義疾. 〔**宋史·選擧志**〕老儒賣文場屋, ○○○○, ○○○○, 考官不暇參稽. 〔**通俗編**〕宋史選擧志, 老儒賣文. 場屋○○○○, ○○○○, 致試文多有雷同, 合取卷, 參驗黜落. 〔**明 羅懋登·西洋記**〕○○○○, ○○○○, 百人傳千, 千人傳萬. 一鄰傳里, 一里傳黨, 一黨傳鄕, 一鄕傳國, 一國傳天下.

張九齡善談論, 每與賓客議論經旨, 滔滔不竭, 如下阪走丸也.

張九齡은 담론을 잘하여 손님과 함께 경전의 뜻을 의론할 때마다 거침없이 나오는 말의 그침이 없는 것이 마치 산골짜기 아래로 구슬이 굴러가는 것과 같았다. 말을 항상 매우 잘 함을 형용. (滔滔不竭 : 물이 끊임없이 세차게 흘러가는 모양. / 말을 거침없이 잘하는 모양. 下阪走丸 : 기세에 편승하여 일을 하면 일이 쉽게 이루어진다, 일·사태·형세가 자연의 힘에 따라 빨리 진척된다는 비유. 阪은 비탈. 고개 산골짜기 높은 언덕.) → **滔滔不竭. 滔滔不絶.** → **下阪走丸. 阪上走丸. 如丸走坂.**

〔**漢書·蒯通傳**〕邊城皆將相告曰, 范陽令先下而身富貴, 必相率而降, 猶如阪上走丸也. 〔**漢 荀悅·前漢記·卷一**〕君什莫若以黃屋朱輪以迎范陽令, 使馳騖於趙燕之郊, 則邊城皆喜, 相率而降. 此由以下阪而走丸也. 〔**五代 後周 王仁裕·開元天寶遺事·走丸之辯**〕○○○○○○, ○○○○○○○○, ○○○○, ○○○○○○, 時人服其俊辯. 〔**淸 趙翼·輓唐再可詩**〕流光下阪丸, 暮景穿縞弩.

鄭人有與曾參同名姓者, 殺人. 人告其母曰, 曾參殺人. 織自若也. 頃然一人又來告之, 有頃, 一人又來告, 其母投杼(저)下機, 踰牆而走.

(옛날 孔子의 제자 曾參이 살던 곳에) 曾參과 성명이 같은 鄭나라 사람이 있었는데, 그가 살인을 하였다. 어떤 사람이 그(孔子 제자인 曾參)의 어머니에게 "曾參이 사람을 죽였다."고 말하였으나 (그 어머니는) 베를 짜며 태연하였다. 잠시후 한 사람이 또 와서 그렇게 알렸고, 잠깐 지나서 또 한 사람이 와서 그렇게 알리니, 그 어머니는 베틀의 북을 던져버리고 베틀에서 내려와 담을 넘어서 달아났다. (喩) 거짓말도 여러 사람이 거들어하면 참말로 되어버린다. 많은 사람들이 헐뜯으면 이를 믿지 않는 사람도 자연히 믿게 된다. / 생사람에게 죄를 덮씌워서 재앙을 입히다. (杼 : 베틀의 북.) → **曾參殺人.**

〔**史記·甘茂列傳**〕昔曾參之處費, 魯人有與曾參同姓名者殺人, 人告其母曰, 曾參殺人. 其母織自若也. 頃之一人又告之曰, 曾參殺人. 其母尙織自若也. 頃又一人告之曰, 曾參殺人. 其母投杼下機, 踰牆而走.

夫以曾參之賢與其母信之也, 三人疑之, 其母懼焉. 〔**戰國策·秦策二**〕昔者, 曾子處費, 費人有與曾子同名族者而殺人, 人告曾子母曰, 曾參殺人. 曾子之母曰, 吾子不殺人. 織自若. 有頃焉, 人又曰, 曾參殺人. 其母尙織自若也. 頃之, 一人又告之曰, 曾參殺人. 其母懼, 投杼踰牆而走. 夫以曾參之賢, 與母信之也, 而三人疑之, 則慈母不能信也. 〔**新序·雜事二**〕昔者, 曾參之處, ○○○○○○○○○○○, ○○. ○○○○○, ○○○○. 其母○○○○. ○○○○○○○○○, 其母曰, 吾子不殺人. ○○, ○○○○○, ○○○○○○, ○○○○.

鳥之美羽勾啄(탁)者, 鳥畏之. 魚之侈口垂腴(유)者, 魚畏之. 人之利口贍(섬)辭者, 人畏之.

새가 고운 깃털과 굽은 부리를 갖고 있으면 다른 새들이 두려워하고, 고기가 큰 입과 늘어진 배를 가지고 있으면 다른 고기들이 두려워하고, 사람이 말잘하는 입과 풍족한 말재주를 가지고 있으면 사람들이 두려워한다. (啄 : 새의 부리. 侈 : 넓다. 크다. 腴 : 물고기의 살찌고 기름진 배. 利口 : 말을 교묘하게 잘하다. 말이 많으나 알맹이가 없다. 贍辭 : 말이 풍부하다. 변재가 풍부하다.)

〔**韓詩外傳·卷七**〕傳曰, ○○○○○○○○, ○○○. ○○○○○○○○, ○○○. ○○○○○○○○, ○○○. 是以君子避三端.

酒逢知己千鍾少, 話不投機一句多.

술은 지기(知己)를 만나면 천 잔도 적고, 말은 뜻이 맞지 않으면 한 마디도 많다. 의견이 서로 일치하는 사이에는 술 천 잔을 마시는 것도 적고, 의견이 서로 투합되지 않는 사이에는 한 마디의 말을 하는 것도 많다는 말. (鍾 : 술잔. 投機 : 의기가 투합하다. 의사가 서로 통하다.) = **酒逢知己千杯少, 話不投機半句多.**

〔**長生殿**〕○○○○○○○, ○○○○○○○. 〔**元 高則誠·琵琶記·片言勸父**〕自古道, ○○○○○○○, ○○○○○○○. 〔**明 徐𤔡·殺狗記**〕勸君不聽, 切莫再三言. ……酒逢知己千杯少, 話不投機半句多. 〔**明 湯顯祖·紫釵記**〕客賀新婚飮甘酡, 勸郞遠志莫蹉跎. 酒逢知己頻添少, 話不投機不厭多.

贈人以言, 重於金石珠玉. 觀人以言, 美於黼黻(보불)文章.

(군자가) 다른 사람에게 좋은 말을 해주는 것은 금석이나 주옥의 보물보다 더 귀중한 것이며, 다른 사람에게 좋은 말을 보여주는 것은 오색 찬란한 문채보다도 더 훌륭한 것이다. (黼黻 : 옛날 천자의 예복에 놓은 아름다운 수의 이름. 文章 : 의복에 수놓은 무늬. 문채.)

〔**荀子·非相**〕○○○○, ○○○○○○○. ○○○○, ○○○○○○○. 聽人之言, 樂於鍾鼓琴瑟. 〔**史記·孔子世家**〕辭去, 而老子送之曰, 五聞富貴者送人以財, 仁人者送人以言.

知無不言, 言無不盡.

알고있는 것은 말하지 않는 것이 없고, 말해야 할 것은 조금도 보류하는 것이 없다. 솔직하여 조금도 의견의 발표를 보류하는 것이 없음을 형용. ≒ **知無不言, 言無不行. 知無不言, 言無不用.** → **知無不言. 言無不盡.**

〔 **晉書·劉聰載記** 〕當念爲知無不言, 勿恨往日言不用也. 〔 **宋 蘇洵·嘉祐集·衡論·遠慮** 〕聖人之任腹心之臣也, 尊之如父師, 愛之如兄弟, 執手入臥內, 同起居寢食, ○○○○, ○○○○, 百人譽之不可密, 百人毁之不加疏. 〔 **宋 蘇軾·策略·第三** 〕是以知無不言, 言無不行. 〔 **元 費唐臣·貶黃州** 〕小官旣蒙知遇, 知無不言, 言無不用. 〔 **淸 李漁·閑情遇寄** 〕如此等粗淺之論, 則可謂○○○○, ○○○○者矣.

至言忤於耳而倒於心, 非賢聖莫能聽.

지극히 선한 말은 귀에 거슬리고 또 마음을 거스르는 것이어서, 현성(賢聖)한 임금이 아니면 바로 들을 수 없다. 지당한 말은 받아들이기가 어렵다는 뜻. (至言 : 지당한 말. 지극히 선한 말. 지극한 도리에 맞는 말. 忤 : 거스르다. 거역하다. 倒 : 거스르다.)

〔 **韓非子·難言** 〕故君子難言也, 且○○○○○○○○○○, ○○○○○○, 願大王熟察之也.

只有寸鐵, 便可殺人.

다만 한 치 밖에 안되는 작은 칼이 있을 뿐인데 바로 (이것으로) 사람을 죽일 수 있다. (喩) 짤막하고 날카로운 경구(警句) 하나가 사람의 마음을 찔러 감동시킨다. (寸鐵 : 작고 날카로운 쇠붙이. 또는 짧은 칼이나 작은 무기. 짤막한 경구의 비유.) → **寸鐵殺人.**

〔 **羅大徑·鶴林玉露·殺人手段** 〕宗杲論禪云, 譬如人載一車兵器, 弄了一件, 又取出一件來弄, 便不是殺人手段, 我則○○○○, ○○○○. 朱文公亦喜其說, ……, 曾子之守約寸鐵殺人者也.

知者不言, 言者不知.

아는 사람은 말하지 않고, 말하는 사람은 알지 못한다. 지식이 있는 사람은 도덕의 본체를 깊고 정밀하게 알고있어 부지런히 실행을 하므로 많은 말을 하지 않으며, 말하는 사람은 자기 자신을 뽐내려고 쉴 새 없이 시끄럽게 떠들지만 근본적으로 도를 알지 못하기 때문에 지식이 있는 것은 아니라는 뜻.

〔 **老子·第五十六章** 〕○○○○, ○○○○, 塞其兌, 閉其門, 挫其銳, 解其紛, 和其光, 同其塵, 是謂玄同. 〔 **韓非子·喩老** 〕智者不以言談敎, 而慧者不以藏書筐. 〔 **淮南子·道應訓** 〕老子曰, 天下皆之善之爲善, 斯不善也. 故○○○○, ○○○○也.

聽言則對, 誦言如醉.
송

들어서 따를 만한 말에는 곧 응대를 하고, 비방하는 말에는 취한 것 같이 하다. 들을 만한 가치가 있는 말은 상대를 해주고, 몹쓸 말은 무시해버린다는 뜻. (聽 : 남의 의견·권고 따위를 받아들이다. 따르다. 誦 : 비방하다. 원망하다.)

〔**詩經·大雅·桑柔**〕 大風有隧, 貪人敗類, ○○○○, ○○○○, 匪用其良, 覆俾我悖.

楚人有鬻楯與矛者, 譽之曰, 吾楯之堅, 物莫能陷也. 又譽其矛曰, 吾矛之利, 於物無陷也.
육 순 모 함

楚나라 사람으로 방패와 창을 파는 사람이 있어 자랑하여 말하기를 "내 방패는 매우 단단하여 어떠한 것느로도 뚫을 수 없다."고 하고, 또 그 창을 자랑하여 말하기를 "내 창은 매우 날카로워서 어떠한 것이라도 뚫리지 않는 것이 없다."고 하였다. (이에 어떤 사람이 말하기를 "그대의 창으로 그대의 방패를 찌른다면 어떻게 되겠느냐?"고 하니, 그 사람은 응답을 하지 못했다.) (喩) 말이나 행동의 앞뒤가 맞지 않다. 말의 전후가 당착되다. (鬻 : 팔다. 楯 ≒ 盾 방패. 矛 : 창. 陷 : 격파하다.) = **矛盾**.

〔**韓非子·難一**〕 ○○○○○○○○, ○○○, ○○○○, ○○○○○. ○○○○○, ○○○○, ○○○○○. 或曰, 以子之矛, 陷子之楯, 何如, 其人弗能應也. 未不可陷之楯與無不陷之矛, 不可同世而竝立. 〔**韓非子·難勢**〕 客曰, 人有鬻矛與楯者, 譽其楯之堅, 物莫能陷也. 俄而又譽其矛曰, 吾矛之利, 物無不陷也. 人應之曰, 以子之矛, 陷子之楯, 何也. 其人弗能應也. 〔**宋書·徐湛之傳**〕 首尾乖互, 自爲矛楯.

楚之狂者楚言, 齊之狂者齊言.

楚나라의 미친 사람은 楚나라 말을 하고, 齊나라의 미친 사람도 齊나라 말을 한다. 한 나라의 말은 언제나 변하지 않는다는 말. / 습관이란 작더라도 자리잡으면 더욱 깊고 단단해진다는 뜻.

〔**韓詩外傳·卷四**〕 然則○○○○○○○, ○○○○○○○, 習使然也. 夫習之於人, 微而著, 深而固, 是暢於筋骨, 貞於膠漆, 是以君子務爲學也.

痛不著身言忍之, 錢不出家言與之.

병으로 인한 고통이 자기 몸에 생기지 않으니 참으라고 말하고, 금전이 자기 집안에서 나가지 않으니 그에게 돈을 주라고 말한다. (喩) 자기 신변의 이해와 아무 관계가 없기 때문에 매우 후하게 표현하다. (著身 : 몸에 달라붙다. 몸에 생기다.)

〔**漢 王符·潛夫論·救邊**〕 邊害震如雷霆, 赫如日月, 而談者皆諱之. ……, 諺曰, ○○○○○○○, ○○○○○○○. 假使公卿子弟有被羌禍, 朝夕切急如邊民者, 則競言當誅羌矣.

幣厚言甘, 古人所畏也.

건네주는 재물이 두툼하고 말이 달콤한 것을 옛날 사람들은 두려워하였다. 많은 재물을 주고, 말을 달콤하게 하는 데에는 반드시 다른 속셈과 청탁이 있음을 이르는 것. (幣 : 예물. / 돈. 재물. 재화.)

〔 **春秋左氏傳·昭公十一年** 〕 蔡大夫曰, 王貪而無信, 唯蔡於感, 今幣重而言甘, 誘我也, 不如無往. 〔 **資治通鑑·晉紀** 〕 ○○○○, ○○○○○.

蝦蟆恒鳴, 人不聽.

하 마

두꺼비는 항상 울어대지만 사람은 그것을 들어주지 않는다. (喻) 많은 말, 쓸 데 없는 말은 시끄럽기만 하고 아무 소용이 없다.

〔 **太平 御覽·蟲豸** 〕 ○○○○, ○○○

咳唾成珠玉, 揮袂出風雲.

해 타 메

침을 뱉으면 다 아름다운 구슬이 되고, 소매를 휘두르면 바람과 구름이 일어난다. 하는 말 일언일구가 귀중한 것이며, 한번 움직이면 기세가 등등하다는 뜻. 권세가 당당하여 말이 잘 통함을 형용하는 말. (咳唾成珠 : 권세가 당당하다. / 일언일구가 다 귀중하다./ 시문의 재주가 뛰어나다는 뜻. 咳는 침을 뱉다. 揮 : 휘두르다.) → **咳唾成珠**.

〔 **莊子·秋水** 〕 蚿曰, 不然. 子不見夫唾者乎. 噴則大者如珠, 小者如霧. 雜而下者, 不可勝數. 〔 **後漢書·趙壹傳** 〕 勢家多所宜, 咳唾自成珠. 〔 **晉書·夏侯湛傳** 〕 ○○○○○, ○○○○○. 〔 **李白·妾薄命詩** 〕 咳唾落九天, 隨風生珠玉.

虛無之談, 無異春蛙秋蟬聒耳而已.

와 선 괄

공허한 말은 봄 개구리소리나 가을 매미소리가 귀가 따갑도록 시끄러울 뿐인 것과 다를 것이 없다. 공허한 말은 시끄럽기만 할 뿐 아무 소용이 없고 무기력하다는 것. (聒耳 : 귀가 따갑도록 시끄럽다.) → **春蛙秋蟬**.

〔 **物理志** 〕 ○○○○, ○○○○○○○○○○○.

虎尾不附狸身, 象牙不出鼠口.

호랑이 꼬리는 삵괭이 몸에 붙어있지 못하며, 상아는 쥐의 입에서 뻗어나오지 못한다. (喻) 나쁜 사람은 좋은 행동을 하지 못한다. 나쁜 사람의 입속에서 좋은 말이 나오지 않는다.

〔**抱朴子·淸鑑**〕駿子有呑牛之容, 鶚鷇有淩鷙之貌, 卉茂者土必沃, 魚大者水必廣. ○○○○○○, ○○○○○○. 〔**通俗篇**〕○○○○○○, ○○○○○○.

好言自口, 莠(유)言自口.

좋은 말은 (남의) 입에서 비롯하고, 나쁜 말도 (남의) 입에서 비롯한다. 사람이 하는 말의 변덕스러움이 심하고 매우 거침없이 진행됨을 가리킨다. 사람이 칭찬하고 비방하는 말을 되풀이 함을 이른다. (自 : 비롯하다. 처음 시작되다. / 출처. 처음. 莠言 : 나쁜 말. 듣기 거북한 말. 추악한 말.)

〔**詩經·小雅·正月**〕○○○○, ○○○○. 憂心愈愈, 是以有侮.

2. 言行

口無擇言, 身無擇行.

입으로는 말을 가려서 하지 아니하고, 몸으로는 그 행실을 가려서 하지 아니한다. 말이 예법에 맞고, 행위가 정도에 맞아서 더 숙고하거나 선택할 필요가 없다는 말.

〔**孝經·卿大夫**〕是故非法不言, 非道不行, ○○○○, ○○○○. 〔**漢 馬援 誡兄子嚴敦書**〕龍伯高敦厚周愼, 口無擇言, 謙約節儉, 廉公有威. 〔**北宋 刑昺·流疎**〕言行皆遵法道, 所以無可擇也.

口惠而實不至, 怨菑(재)及其身.

입으로만 은혜를 베풀고 실제가 이르지 않으면 원망과 재앙이 그 몸에 미친다. 남에게 무엇을 주기로 승낙하고서도 그 약속을 실행하지 아니하면 반드시 남의 원한을 사고 또 재앙을 받는다는 뜻. (惠 : 은혜를 베풀다. 菑 : 재앙. = 災.)

〔**禮記·表記**〕子曰, ○○○○○○, ○○○○○, 是故君子與其有諾責也, 寧有已怨. 〔**淸 紀昀·閱微草堂筆記**〕每遇機緣, 終無成就, 干祈于人, 口惠而實不至

其言之不怍(작), 則爲之也難.

그 말하는 것을 부끄러워하지 않으면 그것을 실행하기가 어렵다. 말을 함부로 하는 사람은 그 결과에 대한 책임을 잘 지지 않음을 이르는 말. (怍 : 부끄러워하다.)

〔**論語·憲問**〕子曰, ○○○○○, ○○○○○.

能行之者, 未必能言, 能言之者, 未必能行.

실천을 잘 하는 사람은 반드시 말을 잘 하는 것이 아니며, 말을 잘 하는 사람은 반드시 실천을 잘 하는 것이 아니다. 실천하는 사람은 말이 적고, 말이 많은 사람은 실천을 하지 않는다는 뜻.

〔**史記·孫子吳起列傳**〕語曰, ○○○○, ○○○○, ○○○○, ○○○○. 孫子籌策龐涓明矣, 然不能蚤救患於被刑. 吳起說武侯以形勢不如德, 然行之於楚, 以刻暴少恩亡其軀, 悲夫. 〔**元 辛文房·唐才子傳**〕, 能言者未必能行. 能行者未必能言. 觀李·杜二公, 崎嶇板蕩之際, 語語王霸, 想見風塵.

多聞闕疑, 愼言其餘, 則寡尤. 多見闕殆, 愼行其餘, 則寡悔.

남의 말을 많이 듣고서 의심나는 것을 내버려두고 그 나머지를 조심스럽게 말하면 허물이 적어지고, 남의 행위를 보고서 위태로운 것을 내버려두고 그 나머지를 조심스럽게 행하면 후회가 적어진다. 남이 말하는 것을 많이 듣고서 그 중에서 마음으로 아직 믿지 못할 것이 있다고 느끼는 것을 내버려두고 그 나머지에서 족히 자신있는 부분을 신중하게 말하면 곧 괴실이 적어지고, 남이 행하는 것을 많이 보고서 그 중에서 타당하지 않는 것으로 느끼는 것을 내버려두고 그 나머지에서 족히 자신있는 부분을 신중하게 실행하면 곧 회한이 적어짐을 이른다. (闕 : 비우다. 걸어두다. 매달아놓다. 내버려두다. 疑 : 마음으로 아직 믿지 못할 것이 있는것. 尤 : 허물. 과실. 殆 : 위험하다. 위태롭다. 마음으로 아직 편안하지 못할 것이 있는것.) → **言寡尤. 行寡悔.**

〔**論語·爲政**〕子張學干祿, 子曰, ○○○○, ○○○○, ○○○. ○○○○, ○○○○, ○○○. 言寡尤. 行寡悔, 祿在其中矣.

默無過言, 慤無過事.
각

입을 다물고 말하지 않는 자는 말을 실수하는 일이 없고, 행동을 조심하는 자는 일을 그르치는 것이 없다. (默 : 입을 다물고 말하지 아니하다. 過는 실수하다. 지나치다. 잘못하다. 그르치다. 慤 : 근신하다. 행동을 조심하다./ 성실하다. 바르다.)

〔**說苑·談叢**〕○○○○, ○○○○. 木馬不能行, 亦不費食. 騏驥日馳千里, 鞭箠不去其背.

邦有道, 危行危言. 邦無道, 危行言孫.

나라에 도(道)가 있을 때는 올바른 행동을 하고 올바른 말을 하며, 나라에 도가 없을 때는 올바른 행동을 하고 말을 공손하게 해야 한다. (危言 : 올바른 말. 정직한 말. 기탄없는 말. 단정한 말. 孫 : 겸손하다. 공손하다. 순종하다. ≒ 遜.) → **危言危行.**

〔**論語·憲問**〕子曰, ○○○, ○○○○. ○○○, ○○○○. 〔**禮記·緇衣**〕民言不危行, 而行不危言矣. 〔**史記·管晏列傳**〕其在朝, 君語及之, 卽危言. 語不及之, 卽危行. 國有道, 卽順命. 無道, 卽衡命. 〔**北宋**

程顥 程頤·二程全書·外書六〕 然則危言危行, 危行言遜, 乃孔子事也.

非所言勿言, 以避其患. 非所爲勿爲, 以避其危.

하지 말아야 할 말을 하지 않으면 그 환난을 피할 수 있고, 하지 말아야 할 행위를 행하지 않으면 그 위험을 피할 수 있다.

〔**說苑·談叢**〕 ○○○○○, ○○○○. ○○○○○, ○○○○. 非所取勿取, 以避其脆. 非所爭勿爭, 以避其聲. 〔**鄧析子·轉辭**〕 非所宜言勿言, 非所宜爲勿爲, 以避其危. 非所宜取勿取, 以避其咎. 非所宜爭勿爭, 以避其聲.

言輕則招憂, 行輕則招辜, 貌輕則招辱, 好輕則招淫.

고

말을 가벼이 하면 근심을 부르고, 행실을 가벼이 하면 죄를 부르며, 동작을 가벼이 하면 수치를 부르고, 마음으로 즐기고 좋아하는 일을 가벼이 하면 음란함을 부른다. (辜 : 허물. / 죄. 貌 : 동작. 행동거지 〈 皇疏 〉 動容謂之貌. 好 : 마음으로 즐기고 좋아하는 것.)

〔**揚子法言·修身**〕 敢問四輕, 曰, ○○○○○, ○○○○○, ○○○○○, ○○○○○.

言近而指遠者, 善言也, 守約而施博者, 善道也.

말은 알기 쉬우면서도 그 뜻이 심원한 것이 가장 좋은 말이고, 스스로는 검약함을 지키면서 은덕을 매우 넓고 크게 베푸는 것이 가장 좋은 덕행이다. 가장 좋은 말(善言)과 덕행(善道)의 내용을 말한 것으로, 이것들은 다 마음 가짐을 근원으로 삼고 있음을 알 수 있다. (近 : 가깝다./ 평이하다. 이해하기에 쉽다. 비근하다. 指 : 마음. 뜻. ≒ 恉. 約 : 검소. 검약. 절약. / 약속. 약정. 조약. 道 : 인의. 덕행./ 행하다.) = **言近指遠, 守約施博.**

〔**孟子·盡心下**〕 孟子曰, ○○○○○○, ○○○. ○○○○○○, ○○○. 君子之言也, 不下帶而道存焉.

言不顧行, 行不顧言.

말은 행실을 마음에 두지 않고, 행실은 말을 마음에 두지 않는다. 말 뿐이고 실행을 하지 않는다는 뜻. 언행이 완전히 일치하지 않는다는 말. (顧 : 돌이켜 보다. 정신을 집중하다. 생각하다. 마음에 두다.) → **言不顧行, 言行不符. 言行不一.** ↔ **言顧行, 行顧言.**

〔**孟子·盡心下**〕 (孟子)曰, 何以是嘐嘐也. ○○○○, ○○○○, 則曰. 〔**逸周書·官人**〕 言行不類, 終始相悖. ※〔**中庸·第十三章**〕 君子之道四, ……. 庸德之行, 庸言之謹. 有所不足, 不敢不勉, 有餘不敢盡. 言顧行, 行顧言, 君子胡不慥慥爾.

言前定, 則不跲(겁). 事前定, 則不困. 行前定, 則不疚(구). 道前定, 則不窮.

말이 미리 정해져 있으면 비틀거리지 아니하고, 일이 미리 정해져 있으면 곤란함이 생기지 아니하고, 행할 것이 미리 정해져 있으면 마음속으로 괴로워하지 아니하고, 사람의 올바른 수단이 미리 정해져 있으면 궁하지 아니하다. 어떤 일이라도 사전에 준비를 해두면 곧 성공할 수 있고, 반면 미리 준비를 한 것이 없으면 실패하는 것을 두고 이른 말. (定 : 정하다. 정해지다. / 준비하다. 준비되다. 跲 : 걸려 넘어지다. 비틀거리다. 좌절하다, 실패하다의 비유. 疚 : 마음 괴롭다. 근심에 싸여 고민하다. 마음으로 부끄럽게 여기다. 꺼림칙하다.)

〔**中庸·第二十章**〕凡事豫則立, 不豫則廢, ○○○,○○○. ○○○,○○○, ○○○,○○○. ○○○,○○○.

言重則有法, 行重則有德, 貌重則有威, 好重則有觀.

말씨가 중후하면 도리가 생기고, 행실이 중후하면 덕성이 생겨나고, 동작이 중후하면 위엄이 생겨나고, 기호가 중후하면 의용(儀容)이 생긴다. (重 : 무겁다. 정도가 심하다. 곧 중후하다. 有 : 생기다. 나타나다. ※ 발생, 출현을 표현. 法 : 도리. 상경. / 모범. 표준. 好 : 기호. 마음으로 즐기고 좋아하는 것. 觀 : 의용. 곧 모양. 모습. 몸가짐. 태도.)

〔**揚子法言·修身**〕或問, 何如斯謂之人. 曰, 取四重, 去四輕, 則可謂之人. 曰, 何謂四重. 曰, 重言 · 重行 · 重貌 · 重好. ○○○○○. ○○○○○, ○○○○○. ○○○○○.

言則稱於湯·文, 行則譬於狗豨(희).

말은 곧 성군인 殷(商)의 湯王이나 周의 文王보다 더한 것으로 칭하지만 행실은 개나 멧돼지와 비유할만 하다. (喩) 말은 도리에 잘 맞게 하지만 행동은 불법 · 무례하게 하다. 언행이 일치하지 않다. (稱 : 부르다. 일컫다. 칭하다. 於 : …보다 더. ※ 비교를 표시. 豨 : 큰 멧돼지. ※ 南楚에서 豬를 이 글자로 쓴다.)

〔**墨子·耕柱**〕子夏之徒問於子墨子曰, 君子有鬪乎. 子墨子曰, 君子無鬪. 子夏之徒曰, 狗豨猶有鬪, 惡有士而無鬪矣. 子墨子曰, 傷矣哉. ○○○○○ · ○, ○○○○○○, 傷矣哉.

言忠信, 行篤敬. 雖蠻貊(만 맥)之邦行矣.

말이 충실하고 신실하며, 행실이 독실하고 공손하면 비록 오랑캐의 나라라고 해도 실행할 수 있다. 충신(忠信)과 독경(篤敬)이 어디에서나 행해야 할 처세(언행)상의 보편적 덕목임을 지적한 것. (忠 : 충성스럽다. / 솔직하다. 성의를 다하다. 충실하다. 篤 : 독실하다. 돈독하다. 敬 : 공손하다. 근신하다. 예의 바르다. 蠻貊 : 南蠻北貊으로 中國 고대의 남쪽과 북쪽에 살던 다른 민족의 나라. 야만족으로 여겼다.) → **言忠信. 行篤敬. 忠信篤敬.**

〔論語·衛靈公〕子張問行. 子曰, ○○○, ○○○, ○○○○○○○. 言不忠信, 行不篤敬, 雖州里, 行乎哉.

言必信, 行必果.

언사는 반드시 신실해야 하고, 행동은 반드시 과단성있게 해야한다. 자신이 한 말은 반다시 책임을 지고, 일을 처리함에는 반드시 완수·해결해야 함을 이른다. (信 : 확실하다. 진실하다. 신실하다. 성실하다. 果 : 단호하다. 과단성 있다. 결단성 있다.)

〔論語·子路〕(子貢)曰, 敢問其次, (孔子)曰, ○○○, ○○○, 硜硜然小人哉, 抑亦可以爲次矣. 〔史記·遊俠列傳〕今游俠, 其行雖不軌於正義, 然其○○○, 基○○○, 已諾必誠, 不愛其軀, 赴士之厄困.

有一念而犯鬼神之禁, 一言而傷天地之和, 一事而釀子孫之禍者.

(釀 양)

한 가지의 생각으로 신령의 금기를 범하고, 한 마디 말로 천지의 조화를 깨뜨리며, 한 가지 일로 자손의 재앙을 빚는 수가 있다. 하나의 생각, 한 마디 말, 가지 일 때문에 패가망신하는 경우가 있어 항상 경계해야 함을 이르는 말. (釀 : 빚다. 만들어내다.)

〔菜根譚·百五十二〕○○○○○○○○○○, ○○○○○○○○○, ○○○○○○○○○○, 最宜切戒.

任之重者莫若身, 塗之畏者莫如口.

부담(책임)이 많고 무거운 것으로는 몸등이보다 더한 것이 없고, 곤란과 위험의 경험이 두려운 것으로는 구설(口舌)보다 더한 것이 없다. 그것은 모든 일이나 온갖 행실이 몸이 아니면 행해질 수 없고, 사물의 관건을 발동하고 영욕을 주도하는 것은 구설이기 때문이다. (任 : 짐./ 책임. 부담. 塗 : 길 = 道. / 경력. 경험. 내력. 口 : 입. 입김. / 말솜씨. 변설. 말다툼.)

〔管子·戒〕管仲復於桓公曰, ○○○○○○○, ○○○○○○○, 期而遠者莫如年. 以重任畏塗至遠期, 唯君子乃能矣.

經濟生活 및 社會生活

Ⅰ. 經濟 및 經濟生活

Ⅱ. 事業(일)

Ⅲ. 社會生活

第四編 經濟生活 및 社會生活

Ⅰ. 經濟 및 經濟生活

1. 生業 및 技能

–農業·商工業·生業 및 技能人·技術者·專門家·初步者

干將莫耶作劍, 采五山之鐵精, 而金鐵之精不銷淪流, 不知其由. 於是莫耶乃斷髮剪爪, 投於爐中, 金鐵乃濡, 以成劍.

吳나라 검의 명장인 干將과 그의 처 莫耶가 검을 만들고자 다섯 개 명산의 쇠의 원광석을 채취하였으나 (용광로 속의) 쇠의 원광석이 녹아 흐르지 않았으며 그 이유도 알지 못했다. 이에 莫耶가 그의 머리를 자르고 손톱을 깎아 용광로의 안에 던져넣으니, 쇠의 원석이 (비로소 용해되어) 엉겨 붙어서 검을 만들게 되었다. 명검·보검을 만드는 데는 큰 정성이 들어 감을 말한 것. (干將 : 춘추시대 吳나라의 검의 명장이고 莫耶 또는 鏌鎁는 그의 아내. 다 보검의 별칭으로도 불린다. 銷 : 금속이 녹다. 淪 : 빠지다. 가라앉다. 剪 : 베다. 자르다. = 翦. 爪 : 손톱. 淪 : 융해되다. 濡 : 젖다. 적시다. 배다. 축축해지다. / 엉겨 붙다. 착 들러 붙다. ≒ 漬.)

〔**荀子·性惡**〕桓公之葱, ……, 闔閭之干將莫耶鉅闕辟閭, 此皆古之良劍也. 〔**吳越春秋·闔閭內傳**〕請干將鑄作名劍二枚. 干將者吳人也, ……, 闔閭得而寶之, 以故使劍匠作爲二枚, 一曰干將, 二曰莫耶. 莫耶, 干將之妻也. 干將作劍, 采五山之鐵精, 六合之金英. 候天伺地, 陰陽同光, 百神臨觀, 天氣下降, 而金鐵之精不銷淪流. 於是干將不知其由. ……. 於是干將妻乃斷髮剪爪, 投於爐中. ……, 金鐵乃濡, 遂以成劍. 陽曰干將, 陰曰莫耶.

强本節用, 則人給家足之道也.

농업에 힘쓰면서 씀씀이를 절약하는 것이 곧 사람이 넉넉해지고 집안이 풍족해지는 방법이다. (强 : 힘쓰다. 노력하다. 분발하다. 本 : 농업. ※ 상업에 대하여 이르는 말. 用 : 씀씀이. 비용. / 재산 밑천. 人給家足 : 사람과 사람, 집안과 집안이 다 풍족하게 되다. 給은 너넉하다. 족하다. 풍족하다.) → **强本節用.**

〔**管子·輕重乙**〕桓公曰, 强本節用, 可以爲存乎. 管子對曰, 可以爲益愈, 而未足以爲存也. 〔**荀子·天論**〕彊本而節用, 則天不能貧. 養備而動時, 則天不能病. 〔**淮南子·人間訓**〕后稷乃教之辟地墾草, 糞土種穀, 令百姓家給人足. 〔**史記·太史公自序**〕要曰, ○○○○, ○○○○○○○○. 〔**漢書·成帝記**〕而欲望百姓儉節, 家給人足, 豈不難哉.

耕當問奴, 織當訪婢.

농사 일은 머슴에게 물어보고, 베 짜는 일은 여자 종에게 물어보아야 한다. (喩) 모든 일은 경험자·전문가에게 묻고, 상의하고, 배워야 한다. (訪 : 묻다. 문의하다.) = **耕則問田奴, 絹則問織婢.** → **耕當問奴.**

〔**宋書·沈慶之傳**〕虜據滑臺, 宋太祖欲北伐, 沈慶之固諫, 不可. 丹陽尹徐湛之, 吏部尙書江湛竝在于座, 上使湛之等難. 慶之曰, 治國譬如治家, ○○○○, ○○○○. 陛下今欲伐國, 而與白面書生輩謀之, 事何由濟. 上乃大笑. 〔**魏書·邢巒傳**〕俗語云, 耕則問田奴, 絹則問織婢. 〔**十八史略·近古·晉·六朝篇**〕宋魏連年互相侵犯, 王玄謨勸宋大擧, 沈慶之諫曰, ○○○○, ○○○○. 今欲伐國, 奈何與白面書生謀之.

耕事方急, 一日不作, 百日不食.

지금은 바로 농사 짓는 일이 급하므로 하루 일을 하지 아니하면 백 날을 먹어서는 안된다. 지금은 바로 봄농사 짓기에 바쁜 계절이므로 하루 농사일을 하지 않으면 백 날을 먹지 말라는 것. (耕 : 논·밭을 가는 일. 方 : 지금. 한창. 바야흐로./ 이제 막. 방금. 急 : 급하다. / 서두르다. 바쁘다. / 사정·형편이 지체할 겨를이 없다. 不作 : 곡물생산에 종사하지 아니하다.) → **一日不作, 百日不食.**

〔**史記·趙世家**〕肅侯遊大陵, 出於鹿門, 大戊午扣馬曰, ○○○○, ○○○○, ○○○○, 肅侯下車謝.

公輸子削竹木以爲䧿, 成而飛之, 三日不下.

춘추시대 魯나라의 장인(匠人)인 公輸子가 대나무를 깎아서 까치를 만들어 그것이 다 만들어져서 날리자 사흘이나 내려오지 않았다. 公輸子의 물건을 만드는 기술이 출중함을 단적으로 표현하는 말. (䧿 : 까치. = 鵲.)

〔**墨子·魯問**〕○○○○○○○○○, ○○○○, ○○○○. 公輸子自以爲至巧. 子墨子謂公輸子曰, 子之爲䧿也, 不如匠之爲車轄. 須臾劉三寸之木, 而任五十石之重. 〔**韓非子·外儲說左上**〕墨子爲木鳶, 三年而成, 蜚一日而敗.

巧匠施工, 不露斤斧.
부

재능이 많은 장인은 공사를 하면서 연장인 도끼를 드러내지 않는다. (喩) 재능있는 사람은 일을 함에 있어 그 예봉을 드러내지 않는다. (斤斧 : 도끼.)

〔**五燈會元**〕曰, 學人不會, 乞師指示. 師曰, ○○○○, ○○○○.

近家無瘦地, 遙田不富人.
수

집 가까이에는 메마른 땅이 없고, 집에서 멀리 떨어져있는 밭은 사람을 부유하게 하지 못한다.

(瘦 : 땅이 메마르다. 척박하다. 遙 : 멀다. 멀리 떨어지다.)

〔 **宋 陳旉·農書** 〕 要之民居去田近, 則色色利便, 易以集事. 俚諺有之曰, ○○○○○, ○○○○○. 豈不信然.

魯班門前弄大斧.

魯나라의 교장(巧匠)인 班輸의 문전에서 함부로 큰 도끼질을 하다. (喩) 자기의 실력이나 분수를 모르고 분에 넘치는 당치않은 일을 하려고 덤비다. / 전문가의 능란한 솜씨 앞에서 어설픈 재능을 과시하다. (魯班 : 춘추시대 魯나라의 교장인 班輸, 公輸子 또는 公輸를 말하는 것으로, 그는 기술이 뛰어나 목공의 시조로 받들어지는 사람.) = **魯班門前舞大斧. 魯班門前掉大斧.**

〔 **唐 柳宗元·王氏伯仲唱和詩序** 〕 操斧于班郢之門, 斯强顔耳. 〔 **蓬軒別記** 〕 采石江頭李太白墓在焉, 往時詩人題咏殆徧, 有客書一絶云, 采石江邊一杯土, 李白詩名耀千古, 來的去的寫兩行, 魯班門前掉大斧, 亦確論也. 〔 **明 梅之渙·題李白墓詩** 〕 采石江邊一堆土, 李白之名高千古, 來來往往一首詩, ○○○○○○○.

農, 天下之本, 務莫大焉.

농업은 세상 사람들이 살아가는 근본이니, 어떠한 정무(政務)라도 이것에 비하여 더 중요한 것은 없다. 사람이 살아가는데는 먹는 것이 가장 중요하다는 뜻이며, 따라서 농업을 국정의 기본으로 삼아야 함을 강조한 것. (務 : 일. 업무. 사무. 여기서는 정무를 뜻한다.)

〔 **史記·孝文本紀** 〕 正月, 上(漢孝文皇帝)曰, 農, 天下之本, 其開籍田, 朕親率經, 以給宗廟粢盛. ……. 上曰, ○, ○○○○, ○○○○. 〔 **漢書·文章紀** 〕 詔曰, 農天下之大本也, 民所恃以生也.

屠者羹藿, 爲車者步行, 陶者用缺盆, 匠人處狹廬.

갱 곽 거 려

짐승을 잡는 일을 하는 백정은 콩잎국을 끓여먹고, 수레를 만드는 자는 길을 걸어서 다니며, 질그릇을 만드는 자는 부서진 동이를 쓰고, 집을 짓는 목수는 좁은 오두막집에서 산다. (喩) 전문직에 종사하는 자가 남을 취하여서만 일하고 자기를 위하여서는 일을 하지 못한다. (屠 : 짐승을 잡다. 羹 : 국 끓이다. 藿 : 콩잎. 缺 : 그릇이 깨뜨려지다. 망가지다. 부서지다. 盆 : 동이. 廬 : 오두막집.) → **屠者羹藿. 造車者步行. 陶者用缺盆. 匠人處狹廬.**

〔 **淮南子·說林訓** 〕 ○○○○, ○○○○○, ○○○○○, ○○○○○. 爲者不必用, 用者弗肯爲. 〔 **鄒子** 〕 屠者食藿羹, 造車者步行, 鬻扇之翁手障暑, 畜妓之夫恒獨處.

百里不販樵, 千里不販糴.

초 적

백 리 밖에 땔나무를 내다팔지 않으며, 천 리 밖에서 양식을 사들이지 않는다. 먼 곳을 왕래하여 장사하지 않는다는 뜻. 장사는 수지가 맞아야 한다는 의미. (販 : 물건을 팔다. 사다. 매매하다. 장

사하다. 樵 : 땔나무. 장작. 糴 : 쌀을 사들이다.)

〔 **史記·貨殖列傳** 〕 農工商賈畜長, 固求富益貨也. 此有知盡能索耳, 終不餘力而讓財矣. 諺曰, ○○○○○, ○○○○○. 居之一歲, 種之以穀. 十歲, 樹之以木. 百歲, 來之以德.

不善爲斫(작), 血指汗顔, 巧匠旁觀, 縮手袖間.

나무를 잘 자르지 못하는 자는 손가락에 피칠을 하며 얼굴에 땀을 흘리나, 솜씨가 좋은 장인은 곁에서 보기만 하면서 손을 소매 사이에 넣어 오무린다. (斫 : 자르다. 베다. 旁觀 : 팔장을 끼고 옆에서 보고만 있다. 곧 남의 일에 대하여 개입도 조력도 하지 않는다는 뜻.) → **縮手旁觀. 袖手傍觀.**

〔 **韓愈·祭柳子厚文** 〕 ○○○○, ○○○○, ○○○○, ○○○○. 〔 **宋 蘇軾·朝辭赴定州論事狀** 〕 奕棋者勝負之形, 雖國工有所不盡, 而袖手旁觀者常盡之, 何則. 奕者有意於爭, 而旁觀無心故也. 〔 **明 方孝孺·豫讓論** 〕 袖手旁觀, 坐待成敗, 國士之報, 曾若是乎.

鋤(서)禾(화)日當午, 汗滴禾下土. 誰知盤中飧(손), 粒粒皆辛苦.

논의 김을 매는 날 한낮이 되면, 땀이 벼에 방울져 떨어져 흙으로 흘러내린다. 누가 쟁반 안에 있는 그 밥의 한 알 한 알이 다 (농부의) 고되고 괴로움으로 된 것을 알겠는가? 농사 짓는 괴로움을 아는 사람이 없다는 뜻. (鋤禾 : 논의 김을 매다. 當 : 때를 만나다. 때가 되다. 滴 : 방울져 떨어지다. 飧 : 저녁밥. / 간단한 식사. 辛苦 : 고되고 괴로움. 고생함.)

〔 **唐 李紳·憫農詩** 〕 ○○○○○, ○○○○○. ○○○○○, ○○○○○.

識珍者, 必拾濁水之明珠.

진귀한 물건을 식별할 수 있는 사람은 흐린 물에서도 아름다운 구슬을 줍는다. 특정분야에 대한 전문가는 남다른 특별한 식견을 가지고 있음을 비유하는 말.

〔 **抱朴子·備厥** 〕 ○○○, ○○○○○○○, 賞氣者, 穢藪之芳蕙.

十風五雨歲豊穰.

열흘에 한번 바람이 불고, 닷새에 한번 비가 오면 그 해에는 풍년이 든다. 바람 불고 비가 오는 것이 때와 분량이 알맞으면 곡식의 결실이 잘 되어 풍년이 든다는 뜻. (豊穰 : 결실이 잘 되다. 풍년이 들다.)

〔 **宋 陸游·村居初夏詩** 〕 鬪酒隻鷄人笑樂, ○○○○○○○. 〔 **宋 陸游·子聿至湖上待其歸詩** 〕 十風五雨歲則熟, 右餐左粥身其康. 〔 **東周列國志** 〕 十日一風, 五日一雨, 百姓耕田而食, 鑿井而飮.

若民, 則(즉)無恒産, 因無恒心. 苟無恒心, 放辟(벽)邪侈, 無不爲已(이).

만약 보통사람이 곧 떳떳이 살아갈 수 있는 생업이 없으면 그 때문에 항상 선을 지향하는 마음이 없게 된다. 진실로 항상 선을 지향하는 마음이 없으면 (그 사람은) 갖가지 방탕·편벽·사악·사치 등 하지 못할 짓이 아무것도 없다. 사람이 생활할 수 있는 수입이나 재산이 없으면 도의심을 갖기 어렵고 이에 따라 그들은 갖가지 방탕 무례하고 사벽(邪僻) 부정한 나쁜 일을 마구 저지름을 이르는 말. (恒産 : 떳떳이 살아갈 수 있는 생업. 생활할 수 있는 일정한 재산·업. 恒心 : 항상 선을 지향하는 마음. 항상 품고 있는 변하지 않는 도덕심·선심. 辟 : 편벽. 사사롭고 마음이 바르지 못하다. 편파적이고 바르지 않다. ≒ 僻. 無不爲 : …하지 아니하는 것이 없다.) → **無恒産無恒心**.

〔**孟子·梁惠王 上**〕(孟子)曰, 無恒産而有恒心者, 惟士爲能. ○○, ○○○○, ○○○○. ○○○○, ○○○○, ○○○○.

良工未出, 玉石不分.

솜씨가 뛰어난 장인이 나오지 않았다면 구슬과 돌을 분간하지 못했을 것이다. (喩) 견식이 탁월한 사람이 없으면 영재(英才)와 용재(庸才), 호인과 악인을 분별하지 못한다.

〔**五燈會元**〕○○○○, ○○○○. 巧治無人, 金沙混雜.

良商不與人爭買賣之賈(가), 而謹司時. 時賤而買, 雖貴已(이)賤矣, 時貴而賣, 雖賤已貴矣.

(상술이) 좋은 상인은 사고 파는 물건의 값에 대하여 사람들과 다투지 않고 신중하게 그 때를 살핀다. 그 때가 (물건) 값이 싸서 사들이면 비록 비싸게 주어도 이미 싼 것이고, 그 때가 (물건) 값이 비싸서 팔면 비록 싸게 주어도 이미 비싼 것이다. (賈 = 價 값. 司 : 엿보다. 살피다. ≒ 伺. 貴는 값이 비싸다. 賤 : 값이 싸다.)

〔**戰國策·趙策三**〕(希寫)曰, 不然. 夫○○○○○○○○○○○, ○○○○. ○○○○, ○○○○○, ○○○○, ○○○○○.

良冶(야)之子, 必學爲裘. 良弓之子, 必學爲箕.

우수한 철공의 아들은 (쇠 두들기는 법을 배우기 전에) 먼저 궤매는 것이 비교적 부드러운 갖옷 만드는 것을 반드시 배우고, 우수한 궁인의 아들은 (활 조절하는 법을 배우기 전에) 먼저 버드나무로 만드는 키를 제작하는 것을 배운다. (喩) 전문기술인이 되는 데에는 쉬운 것부터 배워 점진적으로 어려운 기술을 익힌다.

〔**禮記·學記**〕○○○○, ○○○○. ○○○○, ○○○○. 始駕馬者反之, 車在馬前. 君子察於此三者, 可以有志於學矣.

呂不韋者, 陽翟大賈人也. 秦安國君中男子楚爲秦質子於趙. 秦數攻趙, 趙不甚禮子楚. 呂不韋賈邯鄲, 見而憐之曰, 此奇貨可居.

呂不韋는 陽翟의 큰 상인이었다. 秦나라 (昭王의 둘째 아들로 太子가 된) 安國君의 둘째 아들인 子楚는 秦나라를 위해 趙나라의 볼모로 되었는데, 秦나라가 여러 차례 趙나라를 공격하여 趙나라는 子楚를 심히 불경하게 대하였다. 呂不韋가 趙나라의 수도인 邯鄲에 장사하러 갔다가 그를 보고 불쌍히 여기며 속으로 이르기를 "이 진귀한 물건은 차지할만하다."고 하였다. (그리하여 呂不韋는 막대한 자금과 노력을 투자하여 子楚를 秦나라 太子로 옹립하는데 성공, 莊襄王이 되게 함으로써 이때 세운 공로로 相國에 임명되었고 文信侯로 봉하여졌다. 또 呂不韋는 자기의 아이를 밴 趙姬를 子楚에게 바쳐 莊襄王의 부인이 되게하였고, 그 낳은 아이가 바로 秦始皇 政이다.) → **奇貨可居.**

〔 **史記·呂不韋列傳** 〕 呂不韋者, 陽翟大賈人也. 往來販賤賣貴, 家累千金. 秦昭王四十年, 太子死. 其四十二年, 以其次子安國君爲太子. ……. 安國君中男名子楚. 子楚母曰夏姬, 毋愛. 子楚爲秦質子於趙. 秦數攻趙, 趙不甚禮子楚. ……. 呂不韋賈邯鄲, 見而憐之, 曰, 此奇貨可居.

力田不如逢豊年, 力桑不如見國卿.

(남자가) 힘들여 농사를 짓는 것은 풍년을 만나는 것보다 못하고, (여자가) 힘들여 누에를 치는 것은 나라의 높은 벼슬을 하는 대귀인을 만나는 것보다 못하다. 사람의 힘이 자연의 힘에 미치지 못하고, 또한 나라의 힘에도 미치지 못함을 이르는 말. (田 : 밭갈다. 전지를 경작하다. 桑 : 뽕나무를 재배하여 누에를 치다. 卿 : 대부 위의 높은 벼슬자리. 지금의 장관급.)

〔 **史記·佞幸列傳** 〕 諺曰, 力田不如逢年, 善仕不如遇合, 固無虛言. 非獨女以色媚, 而士宦亦有之. 〔 **漢劉向古列女傳·節義·魯秋潔婦** 〕 見路旁婦人采桑, 秋胡子悅之, 下車謂曰, ……. 婦人采桑不輟, 秋胡子謂曰, ○○○○○○○, ○○○○○○○.

以貧求富, 農不如工, 工不如商, 刺繡文不如倚市門.

사람이 가난하여 부를 추구함에 있어서는 농업은 공업보다 못하고, 공업은 상업보다 못하며, (여자는) 수를 놓는 것이 아양으로 (남자를) 유혹하는 것보다 못하다. (刺 : 바느질하다. 倚市門 : 저자의 문에 기댄다로, 아양으로 사람을 유혹한다는 뜻.) → **倚門賣俏. 賣俏倚門.**

〔 **史記·貨殖列傳** 〕 夫用貧求富, 農不如工, 工不如商, 刺繡文不如依市門. 此言末葉, 貧者之資也. 〔 **漢書·貨列傳** 〕 諺曰, ○○○○, ○○○○, ○○○○, ○○○○○○○○. 此言末業, 貧者之資也.

人棄我取, 人取我與.

남이 버리면 나는 취하고, 남이 취하면 나는 준다. 남들이 필요로 하지 않으면 나는 사들이고, 남들이 필요로 하면 나는 다시 팔아버린다는 의미. 곧 상인이 시장 상황을 잘 파악하면서 사고 팔

시기를 노리는 것을 가리킨다. / 자기의 의지와 견해가 남과 같지 않음을 기리키는데도 쓰인다.

〔**史記·貨殖列傳**〕當魏文侯時, 李克務盡地力, 而白圭樂觀時變, 故 ○○○○, ○○○○. 〔**南宋·陳亮·孫天誠墓志銘**〕夫爭名者于朝, 爭利者于市, 而善致富者則曰, ○○○○, ○○○○.

人欲賣駿馬者, 比三旦立市, 人莫之知. 伯樂乃還而視之, 去而顧之, 一旦而馬價十倍.

어떤 사람이 준마를 팔고자 하여 연달아 사흘 아침을 시장에 서 있었으나 사람들은 그것을 알지 못하였다. (그러나) 말의 명 감정인인 周나라의 伯樂이 곧 되돌아와서 그 말을 보고 또 가면서 그것을 돌아보니 하루 아침에 말 값이 열 배가 되었다. (喩) 명군·현상에게 학문·인격·재능에 대한 인정을 받아 후한 대접을 받다. / 전문가·권위자가 인정한 사람이나 물건은 믿을 수 있다. (比 : 접하다. 잇닿다. 연달아 뒤를 잇다. 伯樂 : 周나라 사람으로 말의 유명한 감정인. 본명은 孫陽.) → **伯樂一顧, 馬價十倍. 伯樂一顧, 價增三倍. 伯樂一顧.**

〔**戰國策·燕策二**〕蘇代爲燕說齊, 未見齊王, 先說淳于髡曰, 人有賣駿馬者, 比三旦立市, 人莫之知, 往見伯樂曰, 臣有駿馬, 欲賣之, 比三旦立於市, 人莫與言, 顧子還而視之, 去而顧之, 臣請獻一朝之賈. 伯樂乃還而視之, 去而顧之, 一旦而馬價十倍. 〔**韓愈·爲人求薦書**〕昔人有鬻馬不售於市者, 知伯樂之善相也, 從而求之, 伯樂一顧, 價增三倍. 〔**韓愈·雜說**〕世有伯樂, 然後有千里馬. 千里馬常有, 而伯樂不常有. 故雖有名馬, 祗辱於奴隷人之手, 駢死於槽櫪之間, 不以千里稱也. 〔**明 蒲俊卿·雲臺記**〕嘗聞玉在荊山, 非卞和不能曉, 驥伏櫪槽, 非伯樂不能知.

人積耨耕而爲農夫, 積斲削而爲工匠, 積反貨而爲商賈.
누　착　판　고

사람이 김 매고 밭 가는 것이 오래되면 농부가 되고, 나무를 깎는 것이 오래되면 공인(工人)이 되며, 물건을 파는 것이 오래되면 장사꾼이 된다. 예의를 되풀이하며 익히면 군자가 된다는 것을 유도하려는 말. (積 : 오래되다. 오랜 세월이 지나다. 오랜 기간 누적되다. 耨 : 김매다. 斲削 : 깎다. 工匠 : 물건을 만드는 것을 업으로 하는 사람. = 工人. 反 : 팔다. ≒ 販. 商賈 : 상인. 장사꾼.)

〔**荀子·儒效**〕○○○○○○○○○, ○○○○○○○○, ○○○○○○○○. 積禮義而爲君子.

一夫不耕, 或受之飢, 一女不織, 或受之寒.

한 남자가 농사를 짓지 않으면 어떤 사람은 굶주림을 얻게 되고, 한 여자가 베를 짜지 않으면 어떤 사람은 추위를 얻게 된다. 의식에 필요한 물품을 생산하는 농업이 중요함을 이르는 것. (或 : 어떤 사람. 受 : 얻다.) = **一農不耕, 民有爲之飢者, 一女不織, 民有爲之寒者.**

〔**管子·揆度**〕農有常業, 女有常事. 一農不耕, 民有爲之飢者, 一女不織, 民有爲之寒者. 〔**管子·輕重甲**〕管子曰, 一農不耕, 民或爲之飢, 一女不織, 民或爲之寒. 〔**賈誼·新書·無蓄**〕一夫不耕, 或爲之饑, 一婦不織, 或爲之寒. 〔**吳越春秋·越王無餘外傳**〕禹曰, ……. 吾聞一男不耕, 有受其饑, 一女不桑, 有受其寒. 〔**潛夫論·浮侈**〕一夫不耕, 天下受其飢, 一婦不織, 天下受其寒. ……是則一夫耕, 百人食之, 一婦桑, 百人衣之. 以一奉百, 就能供之. 〔**漢書·食貨志**〕古之人曰, ○○○○, ○○○○, ○○○○, ○○○○. 生之有時, 而用之無度, 則物力必屈. 〔**魏書·高允傳**〕古人有言, ○○○○, ○○○○, ○○○○, ○○○○. 況數萬之衆, 其所損費, 亦以多矣. 〔**晉書·溫嶠傳**〕一夫不耕, 必有受其飢者. 今不耕之夫, 動有萬計. 〔**宋陳敷·農書**〕一夫不耕, 天下有受其飢者. 一婦不蠶, 天下有受其寒者. 〔**明 徐光啓·農政全書**〕織絍, 婦人所親之事. 傳曰, 一女不織, 民有寒者. 古謂庶士以下, 各衣其夫. 〔**清 李綠園·岐路燈**〕士庶之家, 一婦不織, 或受之寒, 本家就必有受其寒者, 幷到不得或字上去.

入山不避虎狼, 是樵夫之勇, 入水不避蛟龍, 是漁父之勇.
초

산에 들어가서 호랑이와 늑대를 피하지 않는 것은 나뭇군의 용기이고, 물에 들어가서 교룡을 피하지 않는 것은 어부의 용기이다. (喻) 각 직업에는 다 용감하고 두려움없는 사람이 있다.

〔**敦煌變文集·廬山遠公話**〕俗諺云有語, ○○○○○○, ○○○○○, ○○○○○○. ○○○○○.

智如禹湯, 不如常耕.

지혜가 구대 中國 전설 속의 명군인 禹王과 湯王과 같아도 그것은 늘 농사짓는 것보다 못하다. 어떠한 부와 지혜가 있는 사람보다도 농사짓는 사람을 특별히 중시함을 비유.

〔**漢 崔寔·農家諺**〕貸我東薔, 償我白粱. ○○○○, ○○○○. 〔**宋 陸佃·埤雅**〕諺曰, 智如禹湯, 不如更嘗. 是以樊遲請學稼.

楚有養由基者, 善射者也. 去柳葉百步而射之, 百發而百中之.

楚나라에 있는 養由基라는 자는 활을 잘 쏘는 자로, 버들잎을 백보나 떨어진 곳에 놓고 이를 쏘아 백 발에 백 번을 맞쳤다. 백 발을 쏘아서 모두 목표를 명중시켰다는 것으로 사격이 정확하며 그 기술이 출중함을 형용. (喻) 앞서 생각한 일들이 꼭꼭 들어맞다. 일을 예견함에 충분한 파악을 하다. (去 : 떨어지다. 벗어나다. 격리하다.) → **百發百中**.

〔**史記·周本紀**〕○○○○○○, ○○○○, ○○○○○○○○, ○○○○○○. 左右觀者數千人. 皆曰, 善射. 有一夫立其傍曰, 善, 可敎射矣. 〔**戰國策·西周策**〕蘇厲謂周君曰, ……. 謂白起曰, 楚有養由基者, 善射. 去柳葉者百步而射之, 百發百中. 左右皆曰, 善. 〔**論衡·儒增**〕儒書稱楚養由基善射, 射一楊葉, 百發能百中之. 是稱其巧於射也. 夫言其時射一楊葉中之, 可也. 言其百發而百中, 增之也.

淄澠之合, 易牙嘗而知之.
치 승 역

지금의 中國 山東省에 있는 淄수와 澠수가 합치는 곳에서 齊나라 桓公의 요리사인 易牙는 그 물맛을 보고 어느 강물인가를 알아냈다. (喻) 그 길에 통달한 사람은 보통사람이 알 수 없는 일도 알아낸다.

〔**列子·說符**〕孔子曰, 吳之善沒者能取之. 曰, 若以水投水何如, 孔子曰, ○○○○, ○○○○○○.

學書者紙費, 學醫者人費.

글을 배우는 자는 종이를 많이 소비하고, 의술을 배우는 자는 사람을 많이 소비한다. 어떤 종류위 기예(技藝)나 재능을 배우고 닦을 때는 그와 관계있는 대상물이 반드시 소모됨을 가리키는 말.

〔 **宋 蘇軾·墨寶堂記** 〕 毗陵人張君希元, 家世好書. 所蓄古今遺迹至多, 盡刻諸石, 築室而藏之. 屬餘爲記. 餘蜀人也. 蜀之諺曰, ○○○○○, ○○○○○. 此言雖小, 可以喩大. 〔 **明 焦竑·荊川右編序** 〕語云, 學書紙費, 學醫人費. 〔 **明 陳藎·修慝餘編** 〕語云, ……學書紙廢, 學醫人廢.

2. 財物·金錢

–財産·財物·寶物·物件·金錢

家有千金, 不如日進分文.

집에 천 금이 있어도 그것은 매일 푼돈을 거두어들이는 것보다 못하다는 말. 많은 돈을 쌓아두는 것보다 장사라도 하여 매일 벌어들이는 것이 낫다는 뜻. (進 : 거두어들이다. 접수하다. / 수입. 賦歛之財. 分文 : 푼돈. 약간의 돈. 文은 돈의 한 가지. 또는 옛날 동전을 헤아리는 화폐단위.)

〔 **淸平堂話本·風月瑞仙亭** 〕 俗語道, ○○○○, ○○○○○○, 良田千頃, 不如薄藝隨身. 我欲開一個酒肆如何.

鷄肋, 棄之如何惜, 食之無所得.

(肋: 륵)

닭의 갈비뼈는 버리자니 아까운 것 같고, 먹자니 얻는 것이 없다. (喩) 어떤 물건을 손에 넣자니 이익되는 것이 없고, 없애자니 아깝다. 가치는 적지만 버리지는 못한다. / 진퇴양난이어서 결단을 내리지 못하고 망설이다. = **食之無味, 棄之可惜.**

〔 **三國志·魏志·武帝紀** 〕 (注引 九州春秋) 時王(曹操)欲還, 出令曰, 鷄肋, 官屬不知所謂. 主薄楊修便自嚴裝, 人驚問修, 何以知之. 修曰, 夫○○, ○○○○○, ○○○○○, 以比漢中, 知王欲還也. 〔 **後漢書** 〕夫鷄肋, 食之則無所得, 棄之則如可惜. 〔 **三國演義** 〕鷄肋者, 食之無肉, 棄之有味. 〔 **蒙求·楊脩捷對** 〕(曹)操出敎, 唯曰雞肋而已. 外曹莫能曉. 脩獨曰, 夫雞肋食之則無所得, 棄之則如可惜.

崑山之下, 以玉抵鳥, 彭蠡之濱, 以魚食犬.

中國 崑山의 밑에는 옥이 많아 옥으로 새를 쫓고, 彭蠡의 물가에는 고기가 많아 고기를 개에게 먹인다. (喩) 귀한 것도 너무 흔하면 귀한 줄을 모르게 된다. (崑山 : 江蘇省 松江縣 서북에 있는 산

이름. 崑崙山. 抵 : 던지다. 던져버리다.)

〔**劉子·新論**〕○○○○, ○○○○, ○○○○, ○○○○.

觥飯不及壺飧.
광 호 손

뿔로 만든 큰 잔에 담은 밥이 항아리에 담은 밥보다 못하다. 배가 매우 고플 때 잘 차린 음식을 기다리는 것보다 거친 음식을 먹어서 주림을 면하는 것이 낫다는 말. (喩) 훌륭한 것을 희망하고 있는것이 쓸모있는 조촐한 물건을 가지고 있는 것보다 못하다. (觥飯 : 뿔로 만든 큰 잔에 담은 밥. 곧 잘 차린 음식. 성찬. 壺飧은 항아리에 담은 밥. 거친 음식.)

〔**國語·越語下**〕至於玄月, 王召范蠡而問焉, 曰, ○○○○○○. 今歲晩矣, 子將奈何.

金石類聚, 絲竹群分.

쇠로 만든 타악기와 돌·옥으로 만든 타악기의 무리는 한데 모으고, 실로 음계를 만든 현악기와 대로 음계를 만든 관악기의 무리는 나누어 놓다. 같은 종류의 물건을 함께 모아두는 것을 가리킨다. (金 : 큰 종·편종 따위와 같이 쇠로 만든 타악기. 石 : 경쇠·편경 등과 같이 돌·옥의 소리로 음계를 만든 타악기. 絲 : 금·슬·비파 따위와 같이 실로 소리를 나게 만든 현악기. 竹 : 피리·큰 피리·통소·생황 등과 같이 대나무로 만든 관악기.) → **金石絲竹**.

〔**後漢書·邊讓傳**〕繁手超於百里, 妙舞麗於陽阿. ○○○○, ○○○○.

東手來, 西手去.

동쪽 손으로 와서 서쪽 손으로 가버리다. 이곳에서 얻어서 저곳에 써버리다. 돈은 오기도 쉽지만 가기는 빠른 것을 가리키는 것.

〔**綴白裘·鮫綃記·草相**〕銀子其實會賺的, 東手接來, 西手去, 不得實惠.

無錢君子受熬煎, 有錢村漢顯英賢.
오 전

돈이 없으면 군자도 고난을 받아야 하나, 돈이 있으면 저속한 사람도 뛰어나고 슬기로운 사람으로 나타난다. (熬煎 : 볶음. 지짐. 조림. / 시달림. 쪼들림. 고생. 고난. 村漢 : 촌놈. 저속한 사람. 비열한 사람. 英賢 : 뛰어나고 슬기로움. 또는 그런 사람.)

〔**元 無名氏·來生債**〕○○○○○○○, ○○○○○○○, 父母兄弟皆不顧, 義斷恩疏只爲錢.

物之所生, 不若其所聚.

물건을 생산하는 곳이 그것을 집산하는 곳보다 못하다. 화물의 가치는 생산지가 집산지보다 높지 않다는 뜻. = **生處不如聚處.**

〔**清 翟灝·通俗編·貨財**〕(引管子) ○○○○, ○○○○○.

璧不可以禦寒, 珠未可以充飢.

구슬이 아무리 귀해도 추위를 막을 수 없고, 진주가 귀중해도 고픈 배를 채우지 못한다. 노리갯감(翫弄物)이 쓸데 없음을 이르는 말.

〔**劉子·新論**〕○○○○○○, ○○○○○○, 雖有奪日之鑑, 代月之光, 歸于無用也.

寶劍必付烈士, 奇方必須良醫.

보검은 반드시 열사에게 주어야하고, 진기한 약처방은 반드시 훌륭한 의사에게 쓰여야 한다. (喩) 좋은 물건은 구것을 필요로 하는 능력있는 사람에게 쓰여져야 비로소 효과를 발휘할 수 있다. (付 : 주다. 건네다. 方 : 약 처방. 須 : 쓰다. 필요로 하다.)

〔**元 無名氏·凍蘇秦**〕豈不聞寶劍賣與烈士, 紅粉贈與佳人. 以先生之才, 怕不進取功名, 易如拾芥. 但恐禮物微鮮, 不足供長途之費耳. 〔**明 楊顯祖·則克錄**〕太阿利器而付嬰孩之手, 未有不反以資敵而自取死耳. 諺云, ○○○○○○, ○○○○○○, 則無幾運用有法, 斯可得器之濟, 得方之敵闢.

床頭黃金盡, 壯士無顏色.

상머리에 있던 돈이 다 없어지니, 혈기 넘치는 사나이의 얼굴에 기색이 없어진다. 손에 든 돈을 모두 써서 곤궁하게 되니 호장하고 용감한 젊은이도 그 궁색함을 감당해 나가지 못함을 가리키는 말. (床頭金盡 : 상머리에 있는 돈이 다 없어지다. 가지고 있던 돈을 다 써버리다. 곤궁하게 되다. 壯士 : 젊은이. 청년. / 혈기 넘치는 용감한 사나이.) → **床頭金盡.**

〔**唐 張籍·行路難詩**〕君不見 ○○○○○, ○○○○○. 〔**清 蒲松齡·聊齋志異**〕數年, 萬金蕩然. 媼見床頭金盡, 旦夕加白眼.

壤可以爲粟, 木可以爲貨. 粟盡則有生, 貨散則有聚.

토지는 양식을 생산할 수 있고, 목재는 재화를 만들 수 있다. 양식은 다 먹어 없어지면 다시 생산할 때가 돌아오고, 재화는 다 써서 없어지면 다시 모을 기회가 돌아온다. 管仲이 외교빈객접대비의 과다 지출(국가 재정의 3분의 2)의 문제를 제기한데 대해 桓公이 재생산 가능한 곡물·재화보다 외국의 좋은 평가가 더 중요함을 강조하면서 한 말. (爲 : 만들다.)

〔**管子·中匡**〕(桓)公曰, ……. 四鄰賓客, 入者說, 出者譽, 光名滿天下. 入者不說, 出者不譽, 汚名滿天下. ○○○○○, ○○○○○. ○○○○○, ○○○○○. 君人者, 名爲之貴, 財安可有.

宋人資章甫, 而適諸(저)越, 越人斷髮文身, 無所用之.

宋나라 사람이 성인 남자가 쓰는 관인 章甫를 팔기 越위하여 나라에 갔으나, 越나라 사람들은 머리를 짧게 깎고 몸에 문신을 새겨넣는 풍습이 있어 그것을 쓸 곳이 없었다. (喻) 귀중한 것도 장소에 따라서는 쓸모없는 것으로 취급되다. (資 : 장사하다. 상품을 매매하다. 章甫 : 章甫冠으로, 中國 殷나라 이래로 써온 관의 하나. 孔子가 이것을 썼으므로 후세에 와서 儒者들이 쓰는 관이 되었다. 斷髮文身 : 머리를 짧게 깎고 몸에 문신을 하는 야만의 풍습을 기리킨다.)

〔**莊子·逍遙遊**〕○○○○○, ○○○○, ○○○○○○, ○○○○.

隋侯, 漢東之國姬姓諸侯也. 隋侯見大蛇傷斷以藥傅(부)之. 後蛇於江中銜(함)大珠以報之. 因曰隋侯之珠.

隋侯는 漢水 동쪽의 나라에 있는 姬씨 성을 가진 諸侯다. 그 隋侯는 큰 뱀이 살이 끊어지는 상처를 입고 있는 것을 보고, 약을 붙여주었다. 그 후에 뱀이 강 속에서 큰 구슬을 물고 와서 그 은혜를 갚았다. 그 때문에 隋侯의 구슬이라고 말한다. (傅 : 붙다. 부착하다. 銜 : 머금다. 입에 물다.) → **隋侯之珠. 明月之珠. 隋侯明月.**

〔**李斯·諫逐客書**〕垂明月之珠, 服太阿之劍. 〔**史記·李斯列傳**〕今陛下致昆山之玉, 有隋·和之寶, 垂明月之珠. 〔**淮南子·覽冥訓**〕隋侯之珠, 和氏之璧, 得之者富, 失之者貧. < 高誘注 >○○, ○○○○○○○○○. ○○○○○○○○○○○, ○○○○○○○○○○○. ○○○○○○. 蓋明月珠也. 〔**淮南子·氾論訓**〕夏后氏之璜, 不能無考. 明月之珠, 不能無纇. < 注 > 夜光之珠有似月光, 故曰明月. 〔**淮南子·說山訓**〕和氏之璧, 隋侯之珠, 出於山淵之精, 君子服之, 順祥以安寧, 侯王寶之, 爲天下正. 〔**班固·西都賦**〕隋侯明月, 錯落其閒, 懸藜垂棘, 夜光在焉. < 李善注 > 商誘以隋侯爲明月, 許愼以明月, 爲夜光. 班固上云, 隋侯明月, 下云夜光在焉, 夜光非明月矣, 經典不載夜光本末, 故說者參差. 〔**漢書·鄒陽傳·獄中上梁王書**〕無因而至前, 雖出隋珠和璧, 秖結怨而不見德. 〔**晉 干寶·搜神記**〕隋侯行見大蛇傷, 救而治之, 其後蛇含珠報之, 徑盈寸純白, 夜光可燭堂. 故歷世稱隋珠.

玉無翼而飛, 珠無脛(경)而行.

옥은 날개가 없어도 날아다니고, 구슬은 정강이가 없어도 걸어다닌다. 진귀한 보물은 모든 사람들이 선호하기 때문에 어디라도 재빨리 전파된다는 의미. (喻) 선전하지 않아도 일이 매우 신속하게 전파되거나 유행하다. / 상품 등이 날개 돋히듯 팔리다. / 시문 등이 일세를 풍미하다. (脛 : 정강이.) ≒ **錢無翼而飛, 無足而走.**

〔**劉勰·新論**〕○○○○○, ○○○○○. 〔**韓詩外傳·卷六**〕夫珠出於江海, 玉出於崑山, 無足以至者, 猶主君之好也. 〔**漢 孔融·論盛孝章書**〕珠玉無脛而自至者, 以人好之也, 況賢者之有足乎. 〔**魯褒·錢神論**〕錢無翼而飛, 無足而走.

人爲財死, 鳥爲食亡.
망

사람은 재물 때문에 죽고, 새는 먹이 때문에 죽는다. 오곡을 중시해야 하며 물건을 아낄 줄 모르고 함부로 써서는 안됨을 시사하는 말. (爲 : …때문에. 亡 : 죽다.)

〔**明 陳藎·修慝餘編**〕語云, ○○○○, ○○○○. 由今觀之, 人爲食亡者多矣. 不可不重五穀, 不可暴殄天物.

一蟹不如一蟹.

한 마리의 게가 다른 한 마리의 게보다 좋지 못하다. (喩) 형편이 하나 하나 갈 수록 더 나빠지다. (由) 陶穀이 吳越에 사신으로 갔을 때 忠懿王은 연회를 베풀고 그가 좋아하는 게를 꽃게에서부터 방게에 이르기까지 무릇 10여종을 나열해두었다. 이를 본 陶穀이 웃으면서 "한 마리의 게가 다른 한 마리의 게보다 좋지 못하구나."라고 말했다.

〔**宋 無名氏·聖宋掇遺**〕陶穀奉使吳越, 忠懿王宴之. 以其嗜蟹, 自蝤蛑至蟛蜞, 凡羅列十餘種. 穀笑曰, 其所謂○○○○○○也. 〔**清 阮葵生·茶餘客話**〕張眞人襲世職 ……明世宗時, 邵元節、陶典眞突起, 勢壓張眞人之上. ○○○○○○, 大都如斯.

再實之木, 其根必傷, 多藏之家, 其後必殃.

일년에 두 번 열매를 맺는 나무는 그 뿌리가 반드시 상하게 되어 있으며, 재물을 과다하게 지닌 집은 그 후대에 반드시 재앙을 만나게 된다.

〔**文子·符言**〕故 ○○○○, ○○○○, ○○○○, ○○○○. 夫大利者反爲害, 天之道也. 〔**淮南子·人間訓**〕再實之木根必傷, 掘藏之家必有殃, 以言大利而反爲害也.

錢十萬, 可通神.

돈 십만금이면 귀신과도 통할 수 있다. 돈이 많이 있으면 귀신을 부리어 무슨 일이라도 할 수 있다는 뜻. 돈의 힘이 매우 큰 것을 형용. = 錢無耳, 可使鬼. 錢可通神. 錢能通神. 錢可使鬼.

〔**唐 張固·幽閑鼓吹**〕唐代張延賞判一大獄, 臺吏嚴緝. ……. 明旦見案上留小帖曰, 錢三萬貫. 乞不問此獄. 張怒擲之. 明旦復帖云, 十萬貫. 遂止不問. 子弟間偵之, 張曰, ○○○, ○○○矣, 無不可回之事, 吾懼禍及, 不得不止. 〔**晉書·魯褒傳**〕諺曰, 錢無耳, 可使鬼. 凡今之人, 惟錢而已. 〔**清 籚峰慕眞山人·青樓夢**〕有錢便可通神, 况碧珠猶小焉者也.

鄭人買其櫝而還其珠.
독

鄭나라 사람이 (구슬을 사면서) 구슬을 넣은 상자만 사고, 그 속의 구슬은 돌려주다. (喩) 귀한 것은 천히 여기고, 천한 것은 귀히 여기다. 취하고 버리는 것이 도취되어 근본을 버리고 말단을 취하다. 형식만을 중시하여 유용한 일을 강구하지 못하다. 담론을 함에 있어 미사여구의 능변에 흘려 실용성을 도외시하다. (由) 楚나라 사람이 鄭나라에 가서 진주를 팔기 위하여 목란(木蘭)으로 만든 궤짝에 계초(桂椒) 같은 향료를 넣고, 그 겉은 갖가지 구슬을 꿰매고 붉은 구슬로 장식하여 비취를 박은 후 그 상자에 진주를 담아 사고자 하는 사람에게 내밀었더니, 鄭나라 사람은 그 구슬을 넣은 궤짝만 사고 구슬을 돌려주었다. (櫝 : 나무로 짠 궤. 함. 나무 상자.) → **買櫝還珠. 還珠買櫝.**

〔**韓非子·外儲說左上**〕楚人有賣其珠於鄭者, 爲木蘭之柜, 薰以桂椒, 綴以珠玉, 飾以玫瑰, 輯以翡翠. ○ ○○○○○○○○, 此可謂善賣櫝矣, 未可謂善鬻珠也. 〔**張養浩·讀詩有感**〕久知好瑟吹竽拙, 每笑還珠買櫝非.

中河失船, 一壺(호)千金.

강의 가운데에서 배를 놓치면 한 개의 표주박이 천금의 가치가 있다. 파선했을 때는 이것을 안고 뜰 수 있는 값싼 표주박이 천금의 가치가 있다는 말. (喩) 천하고 쓸 데없는 물건도 귀중하게 여기는 때가 있다. / 사람이나 물건의 귀천이 무상하다. (壺 : 박.)

〔**鶡冠子·學問**〕不提生於弗器, 賤生於無所用. ○○○○, ○○○○. 貴賤無常, 時使物然. 〔**淸 褚人獲·堅瓠集·首集序**〕語云, 中流失船, 一瓠千金.

楚人和氏得玉璞(박), 厲(여)王又武王, 以爲石而刖(월)其足. 文王卽位, 乃使玉人理其璞而得寶焉. 遂命曰, 和氏之璧.

楚나라 사람 卞和가 옥 원석을 얻어 (왕에게 바쳤으나) 그 厲王과 武王은 돌로 여겨 각각 卞和의 발뒤꿈치를 잘랐다. 文王이 즉위하여 곧 옥 세공인에게 그 원석을 다듬게 하여 보옥을 얻었다. 그리하여 和氏의 구슬이라고 부르도록 명하였다. (喩) 진귀한 보배나 덕망있는 인물을 식별하게 되다. (由) 춘추시대 楚나라 사람 卞和는 楚山에서 한 덩어리의 옥 원석을 발견하여 厲王에게 바쳤는데 옥 세공인에게 감정시킨 결과 돌이라고 하므로 왕을 속인 것으로 여겨 왼 발뒤꿈치를 자르는 형을 내렸다. 厲王이 죽고 아들 武王이 들어서 卞和는 또 원석을 바친 결과 또 오른 발뒤꿈치를 잘렸다. 武王이 죽고 그 아들 文王이 즉위하자 卞和는 원석을 끌어안고 산 속에서 사흘 밤낮을 통곡하니 눈물이 말라 피눈물이 쏟아졌다. 文王이 이 소식을 전해 듣고 그 까닭을 물으니, 그는 "나는 발 자르는 형을 받아 우는 것이 아니라 이 훌륭한 보옥을 돌멩이라고 하며 올곧은 선비인데도 임금을 속이는 거짓말쟁이라고 하니 이것이 억울하여 우는 것"이라고 하였다. 이 말을 들은 文王이 옥 세공인에게 그 원석을 다듬게 한 결과 보옥을 얻었으며 이 옥을 和氏의 구슬이라고 부르도록 명하였다. (璞 : 옥돌. 원석. 아직 다듬지 아니한 옥돌. 理 : 갈다. 다듬다. 刖 : 발꿈치를 자르다.) → **和氏之璧.**

〔**韓非子·和氏**〕楚人和氏得玉璞楚山中, 奉而獻之厲王. 厲王使玉人相之, 玉人曰, 石也.王以和爲誑, 而刖其左足. 及厲王薨, 武王卽位. 和又奉其璞而獻之武王. 武王使玉人相之, 又曰, 石也. 王又以和爲誑. 而刖其右足. 武王薨, 文王卽位. 和乃抱其璞而哭於楚山之下, 三日三夜, 泣盡而繼之以血. 王聞之, 使人問其故, 曰, 天下之刖者多矣, 子奚哭之悲也. 和曰, 吾非悲刖也. 悲夫寶玉而題之以石. 貞士而名之以誑, 此吾所以悲也. 王乃使玉人理其璞而得寶焉, 遂命曰, 和氏之璧. 〔**淮南子·覽冥訓**〕隋侯之珠, 和氏之璧, 得之者富, 失之者貧. 〔**淮南子·說山訓**〕和氏之璧, 隨侯之珠, 出於山淵之精, 君子服之, 順祥以安寧, 侯王寶之, 爲天下正. 〔**新序·雜事五**〕武王薨, 共王卽位, 和乃奉玉璞而哭於荊山中, 三日三夜, 泣盡, 而繼之以血. 共王聞之, 使人問之, 曰, 天下刑之者衆矣, 子獨何哭之悲也. 對曰, 寶玉而名之曰石, 貞士而戮之以謾, 此臣之所以悲也. 共王曰, 惜矣. 吾先王之聽. 難剖石而易斬人之足. 夫死者不可生, 斷者不可屬, 何聽之殊也. 乃使人理其璞而得寶焉, 故名之曰和氏之璧. 〔**明 蒲俊卿·雲臺記**〕嘗聞玉在荊山, 非卞和不能曉. 驥伏櫪槽, 非伯樂而不能知. 正所謂懷寶迷邦, 不求其價.

夏不數(삭)浴, 非愛水也, 冬不頻(빈)湯, 非愛火也. 不高臺榭, 非無土木也, 不大鍾鼎, 非無金錫也. 不沈於酒, 不貪於色, 非辟(피)醜也.

여름에 목욕을 자주 하지 않는 것은 물을 아껴서가 아니고, 겨울에 목욕을 자주 하지 않는 것은 불을 아껴서가 아니다. 고대·망루를 높이지 않는 것은 흙·나무가 없어서가 아니고, 종과 세발 솥을 크게하지 않는 것은 쇠·주석이 없어서가 아니다. 술에 빠지지 않고 색을 탐하는 것은 추한 것을 피하기 위해서가 아니다. 모든 것은 적당한 것이 좋은 것이며, 정도가 지나치면 좋지 않기 때문에 하지 않는다는 뜻. (數 : 자주. 愛는 아끼다. 頻 : 자주. 빈번히. 臺榭 : 고대와 망루. 훌륭한 건축물. 辟 : 피하다. = 避.)

〔**韓詩外傳·卷三**〕養有適, 過則不樂, 故不爲也. 是以○○○○, ○○○○, ○○○○, ○○○○. ○○○○, ○○○○○, ○○○○, ○○○○○. ○○○○, ○○○○, ○○○○, 直行情性之所安而制度, 可以爲天下法矣.

荊人不貴玉, 蛟人不貴珠.

구슬을 잘 다루던 楚나라의 卞和는 구슬을 귀하게 여기지 아니하였고, 바다 속에 산다는 蛟人도 구슬을 귀하게 여기지 아니하였다. 곧 진귀한 보물을 쉽게 얻는 사람은 그 진귀한 보물을 귀하게 여기지 아니한다는 뜻. (喩) 부귀한 사람은 부귀한 쾌락을 누리는 것을 잘 느끼지 못한다. (荊人 : 구슬을 잘 다루던 춘추시대 楚나라 사람인 卞和를 가리키는 것. 蛟人 : 바닷 속에 산다는 전설상의 사람.)

〔**張協狀元**〕自古道, ○○○○○, ○○○○○. 出乎富貴之家, 皆不知此身之樂.

3. 利得追求活動
-利得追求·利害得失·不勞所得·勞而不得

蘄行周於魯, 是猶推舟於陸也, 勞而無功, 身必有殃.
기

周나라 법도를 魯나라에서 행하려고 하는 것은 마치 육지에서 배를 밀고가는 것과 같아서, 애는 쓰되 공이 없고, 또 몸에 반드시 재앙이 있다. 옛날과 지금은 습속이 다르고 따라서 방책이 다르므로 당시의 시세에 자연스럽게 순응하는 것이 필요하다는 주장. (蘄 : 구하다. 빌어서 원하다. ≒ 祈. 勞而無功 : 애를 쓰나 효과가 없다. 노력만 할 뿐 공이 없다.) → **勞而無功**.

〔**莊子·天運**〕今○○○○○, ○○○○○○○, ○○○○, ○○○○. 〔**管子·形勢**〕與不可, 彊不能, 告不知, 謂之勞而無功. 〔**唐 劉知幾·史通·六家**〕况通史以降, 蕪累尤深. 遂使學者寧習本書, 而怠窺新綠. 且撰次無幾, 而殘缺遽多, 可謂勞而無功.

斷指以存擘, 利之中取大, 害之中取小也.

손가락을 잘라서 팔을 보존하는 것은 이로움 가운데에서 큰 것을 취하는 것이고, 해로움 가운데에서 작은 것을 취하는 것이다. 작은 것을 버려서 큰 것을 보존하는 것은 이로움을 크게하고 해로움을 작게하는 방도임을 이르는 말. (擘 : 팔뚝 = 腕.) ≒ **捨小取大**.

〔**墨子·大取**〕○○○○○, ○○○○○, ○○○○○○. 害之中取小也, 非取害也, 取利也.

天下之愚, 莫過於斯. 但貪前利, 不睹後患.
부 도

세상에서 어리석음이 이것보다 더 지나친 것은 없다. 그것은 오로지 목전의 이익을 탐하다가 훗날의 재난을 보지 못한다는 것이다. 목전의 이익을 탐하다가 훗날의 재난을 보지 못하는 것이 가장 어리석은 짓이라는 뜻. (愚 : 어리석다. 미련하다. 우둔하다. 過 : 지나치다. / 심하다. 但 : 오로지. 睹 : 보다. 분별하다.)

〔**吳越春秋·夫差內傳**〕王曰, ○○○○, ○○○○, ○○○○, ○○○○. 太子曰, 天下之愚, 復有甚者. …….

亡羊而得牛, 則莫不利失也, 斷指而免頭, 則莫不利爲也.

양을 잃고 소를 얻었다면 불리한 손해가 아니며, 손을 끊고서 머리의 끊김을 면했다면 불리한 행위가 아니다. (喻) 작은 것을 잃고 큰 것을 얻다. 손실이 적고 수확이 크다. / 작은 손실은 있었지만 그것으로써 큰 손해를 모면했으니 그것이 다행이다. → **亡羊得牛**.

〔**淮南子·說山訓**〕○○○○○, ○○○○○○, ○○○○○, ○○○○○○. 故人之情, 於利之中, 則爭

取大焉, 於害之中, 則爭取小彦. 〔**墨子·大取**〕斷指而存擘, 利之中取大, 害之中取小也, 非取害也, 取利也. ……,

放於利而行, 多怨.

이익을 좇아서 행동하면 원망이 많아진다. 일을 함에 있어 외곬으로 사리(私利)를 추구하면 다른 사람에게 손해를 끼쳐야 하므로 필연적으로 많은 원한을 초래하게 됨을 이른다. (放 : 의하다. 의거하다. 따르다. 좇다. 傍과 통한다.)

〔**論語·里仁**〕子曰, ○○○○○, ○○.

焚林而田, 得獸雖多, 而明年無復(복)也, 乾澤而漁, 得魚雖多, 而明年無復也.

숲을 다 태워서 사냥을 하면 짐승을 많이 잡을 수 있으나 이듬해에는 돌아오는 것이 없고, 못의 물을 말려서 고기를 잡으면 비록 고기를 많이 잡을 수 있으나 이듬해에는 돌아오는 것이 없다. (喩) 사술을 쓰면 비록 목전의 이익은 얻을 수 있으나 그 다음에는 보답이 없다. 적은 이익을 버릴 줄을 몰라 결국은 이익을 구하는 본원을 없애버리다. 탐심이 과분하여 큰 이익을 얻을 것 만을 생각하다. (田 : 짐승을 사양하다.) → **焚林而田. 焚林而獵.** → **乾澤而漁. 竭澤而漁. 涸澤而漁.** ≒ **殺鷄取卵.**

〔**呂氏春秋·義賞**〕雍季曰, 竭澤而漁, 豈不獲得, 而明年無魚. 焚藪而田, 豈不獲得, 而明年無獸. 詐僞之道, 雖今偸可, 後將無復, 非長術也. 〔**韓非子·難一**〕雍季對曰, 焚林而田, 偸取多數, 後必無復. 以詐遇民, 偸取一時, 後必無復. 〔**淮南子·本經訓**〕鑽燧取火, 構木爲臺, 焚林而田, 竭澤而漁, 人械不足, 畜藏有餘而萬物不繁兆. 〔**淮南子·主術訓**〕先王之法, 畋不掩群, 不取麛夭, 不涸澤而漁, 不焚林而獵. 〔**淮南子·人間訓**〕雍季對曰, 焚林而獵, 愈多得獸, 後必無獸. 以詐僞遇人, 雖愈利, 後無復. 〔**說苑·權謀**〕雍季對曰, ○○○○, ○○○○, ○○○○○○○, ○○○○, ○○○○, ○○○○○○○, 詐猶可以偸, 利而後無報.

不入虎穴 不得虎子.

호랑이 굴에 들어가지 않으면 호랑이새끼를 얻지 못한다. (喩) 모험을 하지 않으면 큰 이득·큰 결과를 얻지 못한다. 위험한 곳에 깊이 들어가지 않으면 큰 성과를 거두지 못한다. (由) 漢書를 지은 班固의 동생 班超가 36명의 장사를 이끌고 鄯善國에 사신으로 가 있을 때 후대를 받으며 지내고 있었는데 凶奴의 사신이 오자 갑자기 대우가 나빠졌다. 이에 班超는 凶奴族을 漢나라 이상으로 두려워하고 있는 鄯善國의 廣王이 자신들을 해칠 것을 두려워하여 부하 전원을 모아 놓고, "지금 凶奴의 사자가 이곳에 도착했다. 그런데 불과 며칠 사이에 이 나라 왕은 우리들을 냉대하고 있다. 만일 이 나라가 우리들을 사로잡아 凶奴의 땅으로 보내게 된다면 우리들은 해골이 되어 표범이나 이리의 먹이가 될 것"이라고 말하고, 위와 같이 말하면서 凶奴 사신의 숙사를 기습·공격을 가하였다. = **不入虎穴, 焉得虎子.**

〔**漢 班固 等·東觀漢記·班超傳**〕超悉會其吏士三十六人, 酒酣激怒曰, 不探虎子, 不得虎子. 〔**三國志·吳志·呂蒙傳**〕貧賤難可居, 脫誤有功, 富貴可致. 且不探虎穴, 安得虎子. 〔**後漢書·班超傳**〕官屬皆曰, 今在亡危之地, 死後從司馬. 超曰, ○○○○, ○○○○. 當今之計, 獨夜以火攻虜, 使彼不知我多少, 必大震怖, 可殄盡也. 〔**顔氏家訓·書證**〕所以班超云, 不探虎穴, 安得虎子. 〔**唐 李延壽·北史·李遠傳**〕不入獸穴, 不得獸子. 〔**三國演義**〕忠曰, 不入虎穴 焉得虎子.

西域賈胡得美珠, 剖身以藏之.
(賈: 고)

서역의 상인이 아름다운 진주를 얻어 몸을 갈라서 이를 감추다. (喻) 재물만을 소중히 여겨 제 몸을 망치다. (賈胡 : 서역의 상인. 외국 상인.) → **剖腹藏珠.**

〔**唐書·太宗紀**〕西域賈胡得美珠, 剖身以蔽之. 人皆知笑彼之愛珠而不愛其身也. 〔**資治通鑑·唐紀·太宗貞觀元年**〕上謂侍臣曰, 吾聞 ○○○○○○○, ○○○○○. 〔**資治通鑑綱目**〕唐太宗謂侍臣曰, 吾聞西域賈胡得美珠, 剖身以蔽之, 人皆知笑彼之愛珠而不愛其身也. 吏受賕抵法, 與帝王徇奢欲而亡國者, 何以異於胡之可笑邪.

鱣似蛇, 蠶似蠋. 人見鱣則驚駭, 見蠋則毛起. 然而婦人拾蠶, 漁人握鱣.
(鱣: 선, 蠋: 촉, 駭: 해)

두렁허리는 뱀을 닮았고, 누에는 나비 애벌레를 닮아서, 사람이 두렁허리를 보면 놀라 몸의 털이 곤두서나, 여자들은 누에를 줍고 어부들은 두렁허리를 잡는다. 사람은 이익이 있으면 더러운 것, 징그러운 것도 무시하고 용감하게 취함을 이르는 말. (鱣 : 두렁허리. 蠋 : 나비 애벌레.)

〔**韓非子·內儲說上**〕○○○, ○○○. ○○○○○○○, ○○○○○. ○○○○○○○, ○○○○. 利之所在, 則忘其所惡, 皆爲賁·諸. 〔**韓非子·說林下**〕鱣似蛇, 蠶似蠋, 人見蛇則驚駭, 見蠋則毛起. 漁者持鱣, 婦人拾蠶. 利之所在, 皆爲賁·諸. 〔**說苑·談叢**〕蠋欲類蠶, 鱓欲類虵. 人見虵蠋, 莫不身灑, 然女工修蠶, 漁者持鱓, 不惡何也, 欲得錢也. 逐魚者濡, 逐獸者趨, 非樂之也, 事之權也.

損之者, 如燈火之消脂, 莫之見也, 而忽盡矣. 益之者, 如苗禾之播殖, 莫之覺也, 而忽茂矣.
(播: 파)

손해를 보게 하는 것은 등불에 기름이 없어지는 것과 같아서 그것을 보지 아니하여도 갑자기 없어지고, 이익을 보게 하는 것은 곡식의 모종이 뿌려져 번식하는 것과 같아서 그것을 깨닫지는 못해도 갑자기 무성해진다. (苗 : 모종. 새싹. 禾 : 곡식의 모. 播殖 : 씨앗을 뿌려 번식하게 하다.)

〔**抱朴子·極言**〕夫○○○, ○○○○○○, ○○○○, ○○○○. ○○○, ○○○○○○, ○○○○, ○○○○.

宋人有耕田者, 田中有株, 兎走觸株, 折頸而死, 因釋其耒而守株, 冀復得兎. 兎不可復得.
(頸: 경, 耒: 뢰, 冀: 기, 復: 부)

宋나라에 농사를 짓는 사람이 있었으며 그 밭 가운데에 나무 그루터기가 있었다 어느 때 토끼가 달리다가 나무 그루터기에 걸려 목이 부러져 죽은 일이 있었다. 그래서 (농부는) 그 쟁기를 내버리고 나무 그루터기를 지키면서 다시 토끼를 잡기를 바랐으나 토끼를 다시 잡을 수 없었다. (喩) 좁은 경험에 구애되어 변통할 줄을 모르다. / 힘들이지 않고 얻으려고 하거나 앉아서 일의 성공을 누리려고 하는 망상을 하다. → 守株待兎. (株 : 그루. / 초목의 뿌리. / 그루터기, 곧 풀·곡식·나무 따위를 베어 낸 다음에 남은 밑둥. 釋 : 내버리다. 耒 : 쟁기. 冀 : 바라다. 하고자 하다.)

〔 **韓非子·五蠹** 〕 ○○○○○○, ○○○○, ○○○○, ○○○○, ○○○○○○○○, ○○○○. ○○○○○, 而身爲宋國笑. 〔 **梁武帝·圍棊賦** 〕 或龍化而超絶, 或神變而獨悟, 勿膠柱而調琵專守株而待兎.

失之東隅, 收之桑榆.

해가 뜨는 동쪽 구석에서 잃고, 뽕나무 · 느릅나무가 있는 서쪽에서 거두다. (喩) 시작한 때는 손실이 있어도 끝낼 때는 승리를 얻게 되다. 전일에 잃은 것을 후일에 되찾다. 비록 일시적으로 실리(失利) 하나 최후에는 성공을 얻는 것으로 끝내다. 먼저 실패하고 뒤에 승리하다. / 이 곳에서 손실을 보고 다른 곳에 보상을 받다. 이 곳에서 잃고, 저 곳에서 얻다. (東隅 : 쪽 구석. / 해 돋는 곳. 일의 시초를 의미. 桑榆 : 뽕나무와 느릅나무. / 서쪽의 해 지는 곳. 늙은 때를 비유.)

〔 **抱朴子·雜應** 〕 實欲令迷知反, ○○○○, ○○○○. 〔 **後漢書·馮異傳** 〕 (載漢光武帝劉秀 勞馮異詔) 曰, 始雖垂翅回溪, 終能奮翼澠池. 可謂 ○○○○, ○○○○.

甚愛必大費, 多藏必厚亡.

(명예를) 정도에 지나치게 좋아하면 반드시 손상되는 것이 매우 많고, (재물을) 너무 많이 쌓아두면 반드시 잃는 것도 너무 크다. 명예를 탐애함이 과도하면 생명을 희생하고 정신을 낭비함을 초래할 수 있고, 재물을 저장함이 과다하면 사람의 쟁탈을 야기하여 재앙의 근원이 될 수 있음을 이르는 말. (愛 : 귀중하게 여기다. 소중히 하다. / 좋아하다./ 아끼다. 費 : 손상하다. 훼손하다. / 손해를 끼치다. 藏 : 물건 · 재물을 간직하다. 저장하다. 厚 : 수량 등이 크다. 많다. 넉넉하다.) → **多藏厚亡.**

〔 **老子·第四十四章** 〕 名與身孰親. 身與貨孰多. 得與亡孰病. 是故○○○○○, ○○○○○. 知足不辱, 知止不殆, 可以長久. < 王弼注 > 甚愛不與物通, 多藏不與物散. 求之者多, 功之者衆, 爲物所病, 故大費厚亡也. 〔 **宋 范曄·後漢書·折像傳(方術傳上)** 〕 及國卒, 感多藏厚亡之義, 乃散金帛資産, 周施親疏.

養猫以捕鼠, 不可以無鼠, 而養不捕之猫. 畜犬以防姦, 不可以無姦, 而畜不吠之犬.

고양이를 기르는 것은 쥐를 잡으려는 것이므로, 쥐가 없으면 쥐를 잡는 고양이를 길러서는 안되며, 개를 기르는 것은 도적을 막으려는 것이므로, 도적이 없으면 짖지 못하는 개를 길러서는 안된다. 사람에게 이익을 주지 못하게 된 짐승을 먹여 기를 필요가 없다는 것. 필요가 없는 물건은 갖기 위하여 애쓸 필요가 없다는 말. (姦 : 도둑.) → **養猫捕鼠. 畜犬防姦.**

〔**蘇軾·上神宗皇帝書**〕畜犬本以防姦, 不以無姦而養不吠之犬. 〔**宋 羅大經·鶴林玉露**〕東坡云, ○○○○○, ○○○○○, ○○○○○○. ○○○○○, ○○○○○, ○○○○○○.

魚不可以無餌釣也, 獸不可以虛氣召也.

물고기는 미끼없이는 낚을 수가 없고, 짐승은 실체없이 나는 냄새 만으로 불러들일 수 없다. (喩) 밑천·노력·유인책 등을 쓰지 않으면 아무 일도 이룰 수가 없다. (虛氣 : 물체가 없이 나는 냄새. 실체없는 냄새. 召 : 부르다. 오라고 부르다.)

〔**淮南子·說山訓**〕執彈而招鳥, 揮梲而呼狗, 欲致之顧反走. 故○○○○○○○○, ○○○○○○○○.

於易水, 蚌方出曝, 而鷸啄其肉, 蚌合而拑其喙. 兩者不肯相舍, 漁者得而幷擒之.

(역 방 폭 휼 탁 겸 훼)

中國의 易水에서 조개가 이제 막 (물에서) 햇볕을 쬐러 나왔다. 도요새가 그 (조개의) 살을 쪼으니, 조개는 껍질을 닫아 (황새의) 부리를 꼭 물어버렸다. (그러면서) 양자가 다 서로 놓아주려고 하지 않으니, 어부가 이 기회를 잡아서 함께 잡아버렸다. (喩) 쌍방이 서로 싸우는 틈을 이용하여 제3자가 애를 쓰지 아니하고 이득을 가로채다. 싸운 쌍방이 모두 손상을 입고 제3자가 그 때문에 이득을 차지하다. (蚌 : 방합과에 속하는 민물조개. 鷸 : 도요새. 啄 : 부리로 먹이를 쪼다. 拑 : 입을 다물다. 喙 : 새·짐승의 부리·주둥이. 不肯 : 하려고 하지 않다. 舍 : 그치다. 쉬다. 놓다. 幷 : 함께. 擒 : 사로잡다. 붙잡다.) → **鷸蚌相爭, 漁翁得利. 鷸蚌之爭, 漁夫之利. 漁人得利, 漁翁得利. 鷸蚌相爭. 鷸蚌之爭.**

〔**戰國策·燕策二**〕趙且伐燕, 蘇代爲燕謂惠王曰, 今者臣來 過易水, 蚌方出曝, 而鷸啄其肉, 蚌合而拑其喙. 鷸曰, 今日不雨, 明日不雨, 卽有死蚌. 蚌亦謂鷸曰, 今日不出, 明日不出, 卽有死鷸. 兩者不肯相舍, 漁者得而幷禽之.

漁者走淵, 木者走山. 所急者存也.

어부는 물이 깊은 못으로 달려가고, 나뭇군은 산으로 달려가는데 그것은 사람을 안달하게 하는 것이 그곳에 있기 때문이다. 사람은 구하려고 애쓰는 물건이 있는 곳을 찾아가기 마련이라는 뜻. (淵 : 못. 소. 깊은 물웅덩이. 물이 깊이 차있는 곳. 急 : 안달하게 하다. 조급하게 하다. 애태우게 하다. / 중요한 사무. 급한 일. 큰 일.)

〔**淮南子·說林訓**〕○○○○, ○○○○, ○○○○○. 朝之市則走, 夕過市則步. 所求者亡也.

魚懸由甘餌. 勇夫死於重報.

물고기는 맛있는 미끼 때문에 낚시에 걸리고, 용감한 사나이는 후한 보상 때문에 죽게 된다.

(喩) 사람은 이(利)를 취하려다가 생명을 잃는다. = **香餌之下必有死魚.**

〔**三略·上略**〕軍讖曰, 香餌之下必有死魚, 重賞之下必有勇夫. 〔**晉書·段灼傳**〕臣聞○○○○○. ○○○○○○.

營於利者多患, 輕於諾者寡信.

재산상의 이익을 꾀하는 자는 환난이 많고, 승낙을 가벼이하는 자는 믿음이 적다.

〔**說苑·談叢**〕○○○○○○, ○○○○○○.

志曰, 枉尺而直尋, 宜若可爲也.

고서(古書. 古籍)에 이르기를 "한 자를 굽혀서 여덟 자를 곧게 편다"고 하였으니, 마땅히 그렇게 해 볼 만하다. (喩) 작은 굴욕을 참고 견디어 큰 발전·이익을 얻는 것은 할 만한 일이다. 소를 희생하고 대를 살리는 것은 좋은 일이다. 소절(小節)을 굽혀서 대도(大道)를 얻는 것은 옳은 것이다. (枉 : 굽히다. 의지·기개·주장 등을 남에게 복종시키다. 直 : 펴다. 곧게하다. 尋 : 8척. 宜 : 아마도. 대개는. / 과연. 정말.) → **枉尺直尋.**

〔**孟子·滕文公下**〕陳代曰, 不見諸侯宜若小然. 今一見之, 大則以王, 小則以覇. 且志曰, ○○○○○, ○○○○○. 孟子曰, ……. 且夫枉尺而直尋者, 以利言也. 如以利, 則枉尋直尺而利, 亦可爲與. 〔**北宋 王安石·上運使孫司諫書**〕枉尺直尋而利, 古人尙不肯爲, 安有此而可爲者乎.

鷹鷲以山爲卑, 而增巢其上, 黿鼉魚鼈以淵爲淺, 而穿穴其中, 卒其所以得者, 餌也.

(응 취 / 원 타 별)

매나 독수리는 산도 낮다고 여겨 나무 꼭대기에 늘려서 둥지를 틀고, 큰 자라·악어·고기와 작은 자라는 깊은 연못도 얕다고 여겨 그 속에 굴을 뚫어서 살고 있으나, 마침내 잡히게 되는 것은 미끼 때문이다. 생물은 가장 안전한 곳에 그 보금자리를 마련하나 결국은 미끼 때문에 잡히게 된다는 말. (喩) 사람은 몸조심을 해도 이(利)를 밝히면 몸을 망치게 된다. (巢 : 깃들이다. 보금자리를 짓다. 卒 : 마침내.)

〔**大戴禮記·曾子疾病**〕鷹鶽以山爲卑, 而曾巢其上, 魚鼈黿鼉以淵爲淺, 而蹶穴其中, 卒其所以得之者, 餌也. 〔**荀子·法行**〕曾子曰, ……, 夫魚鼈黿鼉猶以淵爲淺, 而堀其中, 鷹鳶猶以山爲卑, 而增巢其上, 及其得也, 必以餌. 〔**說苑·談叢**〕○○○○○○, ○○○○○, ○○○○○○○○, ○○○○○, ○○○○○○, ○○.

以隨侯之珠, 彈千仞之雀.

귀중한 隋侯의 진주를 가지고 천인(千仞)이나 되는 높은 곳의 새를 쏘다 (喩) 작은 것을 얻기 위하여 큰 것을 잃다. 귀중한 물건을 없애어 하찮은 물건을 얻다. 얻은 것은 적고, 잃은 것은 많다. (隨侯之珠 : 隨侯가 뱀을 살려준 보답으로 뱀에게서 얻었다는 전설상의 보주. 明月珠, 夜光珠.) = **以隋珠彈雀. 以珠彈雀. 隋珠彈雀. 明珠彈雀.**

〔**莊子·讓王**〕今且有人於此, ○○○○○, ○○○○○, 世必笑之. 是何也. 則其所用者重而所要者輕也. 〔**西京雜記·卷四**〕韓嫣好彈, 常以金爲丸. 所失者日有十餘. 長安爲之語曰, 苦饑寒, 逐金丸. 京師兒童每聞嫣出彈, 輒隋之望丸之所落, 輒拾焉. 〔**太平廣記**〕韓嫣好彈, 常以金爲丸. 一日所失者十餘. 長安爲之語曰, 苦饑寒, 逐金丸. 京師兒童每聞嫣出彈, 輒隨逐之. 望丸之所落, 而競拾取焉. 〔**故事成語考**〕隋珠彈雀, 爲得小而失多.

利之所在, 雖千仞之山, 無所不上. 深淵之下, 無所不入焉.

이익이 있는 곳은 비록 천 길이나 되는 높은 산이라도 오르지 아니하는 바가 없고, 깊은 못의 밑 바닥이라도 들어가지 아니하는 바가 없다. 이익이 있으면 어디든지 찾아간다는 뜻.

〔**管子·禁藏**〕故○○○○, ○○○○○, ○○○○. ○○○○, ○○○○○. 故善者勢利之在, 而民自美安.

人有置係蹄(제)者, 而得虎. 虎怒決蹯(번)而去.

사람이 잡아매는 덫을 놓아서 호랑이를 잡았으나, 호랑이는 화가 나서 발바닥을 도려내고 달아나 버렸다. 호랑이가 발바닥을 잘라버림으로써 잃을 뻔한 생명을 얻게 되었음을 형용. 현명한 판단으로 작은 것을 잃고 큰 것을 얻게 되었음을 비유. (係蹄者 : 올가미. 덫. 야생동물을 잡는 장치. 係는 매다. 매달다. 묶다. 決 : 도려내다. 끊다. 蹯 : 동물의 발바닥.)

〔**戰國策·趙策三**〕魏魁謂建信君曰, ○○○○○○, ○○○. ○○○○○○. 虎之情非不愛其蹯也. 然而不以環寸之蹯, 害七尺之軀者, 權也.

爭魚者濡(유), 逐獸者趨(추).

물고기를 잡으려고 다투는 사람은 물에 젖고, 짐승을 뒤쫓는 사람은 달리는 법이다. (喻) 무엇을 얻으려고 하면 반드시 잃는 것이 있다. / 이익을 얻으려고 다투는 자는 괴로움을 회피하지 않는다. (濡 : 물에 젖다. 趨 : 빨리 뛰다.) → **爭魚者濡.**

〔**列子·說符**〕孔子曰, ……, ○○○○, ○○○○, 非樂之也. 故至言去言, 至爲無爲. 夫淺知之所爭者, 末矣.

齊人有女, 二人求之. 東家子醜而富, 西家子好而貧. 父母疑不能決, 問其女, 定所欲適. 云, 欲東家食, 西家宿.

齊나라 사람이 딸을 가지고 있어 두 남자가 청혼을 했다. 동쪽에 있는 집에 사는 남자는 못생겼으나 부유했고, 서쪽에 있는 집에 사는 남자는 훌륭하나 가난했다. 그녀의 부모는 결정하지 못하고 있는 것을 의심하여 그 딸에게 시집가고 싶은 곳을 정했는가고 물었더니 말하기를 “동쪽 집에서 밥을 먹고 서쪽 집에서 잠을 자고 싶어요”라고 했다. (喩) 욕심을 부리는 사람이 두 가지 이익을 다 차지하다. 탐욕스럽기 한이 없어 오직 이익만을 꾀하다. (求 : 청하다. 얻기를 바라다. 疑 : 의심하다. 괴이하게 여기다. 適 : 시집가다. 東家食西家宿 : 상기 비유의 의미 외에 이집 저집 떠돌며 기식한다는 뜻도 있다.) → **東家食西家宿. 東家食西家息. 東食西宿.**

〔**唐 歐陽詢 等·藝文類聚**〕(引風俗通) 俗說齊人有女, 二人求之. 東家子醜而富, 西家者好而貧. 父母疑不能決, 問其女, 定所欲適. 難指斥言者, 偏袒, 令我知之. 女便兩袒. 怪問其故, 云, 欲東家食, 西家宿. 〔**宋 祝穆·事文類聚**〕齊人有女, 兩家求之, 其家語女曰, 欲東家則左袒, 欲西家則右袒. 其女兩袒, 曰, 願東家食而西家宿, 以東家富而醜, 西家貧而美也. 〔**太平御覽**〕東家食而西家息. 〔**淸 蒲松齡·聊齋志異**〕東食西宿, 廉者當不如是.

趙已亡中山, 而以餘兵與三國攻秦, 是趙一擧兩取, 於秦·中山也.

趙나라가 만약 얼마후에 中山國을 멸망시키고, 나머지 군대로써 (韓·魏·齊의) 세 나라와 함께 秦나라를 공격 한다면 이것이 바로 우리 趙나라가 단번에 秦나라와 中山國 양국의 땅을 차지하게 될 것이다. (補) 趙나라 신하인 當丁은 趙나라를 齊나라·魏나라와 연맹할 것을 구상했고, 趙나라 사람으로 秦나라 재상이 된 樓緩은 趙나라를 秦나라와 연형시킬 것을 구상했다. 이 때 趙나라 신하 司馬淺은 먼저 中山國을 고립시켜 멸망시키고 난 후 韓·魏·齊와 합종하여 秦나라를 치면 趙는 단번에 양득을 할 것이라고 주장했던 것. (已 : 이미. 벌써. / 나중에. 다음에. 조금 후에. 얼마후.) → **一擧兩得. 一擧而兩全.** ≒ **一石二鳥. 一箭雙鵰.**

〔**戰國策·趙策三**〕(司馬淺)曰, ……. 我分兵, 而孤樂中山, 中山必亡. 我已亡中山, 而餘兵與三國功秦, 是我一擧而兩取地於秦·中山也. 〔**班固 等·東觀漢紀·耿拿傳**〕吾得臨淄, 卽西安孤, 必覆亡矣. 可謂一擧兩得者也. 〔**三國志·魏志·郭淮傳**〕淮曰, 今往取化, 出賊不意, ……, 此一擧而兩全之策也. 〔**三國志·魏志·臧洪傳**〕將以安社稷, 一擧二得. 〔**晉書·束晳傳**〕賜其十年之復, 以慰重遷之情, 一擧兩得, 外實內寬, 增廣窮人之業, 以闢西郊之田, 此又農事之大益也. 〔**類書纂要**〕爲學看文字, 虛心靜看, 卽涵養究索之功, 一擧兩得. 〔**北史·長孫晟傳**〕共突厥遊獵, 有二鵰飛而爭肉, 突厥以兩箭請射取之. 晟馳往, 遇鵰相攫, 遂一箭雙貫焉.

蜘蛛雖巧不如蠶.

지 주 잠

거미가 비록 기교가 있으나 누에보다 못하다. 거미줄이 정교하게 짜여 있지만 누에의 실보다 쓸모가 없다는 것. 정교하게 만들어진 물건도 사람에게 이로움을 주지 못하는 것은 소용이 없다는 뜻. (蜘蛛 : 거미.)

〔**漢 揚雄·太玄經**〕蜘蛛之務, 不如蠶之綸. < 注 > 蜘蛛有絲, 雖其勉務, 非人所用, 不如蠶一綸之利也. 〔**宋名臣言行錄**〕(王禹偁)一日, 太守席上出詩句, 鸚鵡能言難似鳳. 坐客未有對, 文簡寫之屛間, 元之書其下, ○○○○○○○.

進寸退尺, 卒無所成.

한 치 나아가서 한 자를 물러서면 끝내 이룰 것은 아무 것도 없다. 소득이 적고 손실이 크니 손실만 커질 뿐이라는 뜻. → **進寸退尺.**

〔**老子·第六十九章**〕用兵有言, 吾不敢爲主而爲客, 不敢進寸而退尺, 是謂行無行. 〔**唐 韓愈·上兵部李侍郎書**〕○○○○, ○○○○.

天下皆知取之爲取, 而莫知與之爲取.

세상(사람들)은 다 가지려고 하면 갖게 되는 것임을 알지만, 남에게 베풀어 주거나 대가를 지불하여 주면 갖게 되는 것임을 알지 못한다. 남에게 무엇을 주면 그에 따른 쾌감을 얻을 수 있고, 경우에 따라서는 받은 사람의 보답도 받을 수 있음을 이르는 것. (天下 : 하늘 아래의 온 세상. 여기서는 세상 사람들을 뜻한다.)

〔**後漢書·桓譚傳**〕古人有言曰, ○○○○○○○○○. ○○○○○○○○. 陛下誠能輕爵重賞, 與士共之, 則何位而不至, 何說而不釋, 何向而不開, 何征而不剋.

天下熙熙, 皆爲利來, 天下壤壤, 皆爲利往.

세상 사람들이 뒤섞이어 소란한 것은 모두 다 이익을 얻기 위하여 오고 가고 있는 것이다. 위 문장은 天下熙熙壤壤, 皆爲利來往으로 압축된다. (熙熙壤壤 : 여러 사람이 시끄럽게 빈번히 왕래하는 모양. 사람들이 뒤섞이어 소란스럽게 오가는 모양.) → **熙熙壤壤. 熙熙攘攘.** 熙來壤往.

〔**史記·貨殖列傳**〕諺曰, 千金之子, 不死於市, 此非空言也. 故曰, ○○○○, ○○○○, ○○○○, ○○○○. 夫千乘之王, 萬家之侯, 百室之君, 尙猶患貧, 而況匹夫編戶之民乎. 〔**宋 羅大經·鶴林玉露**〕天下攘攘, 皆爲利往. 天下嘻嘻, 皆爲利來. 吁·可哀也哉. 〔**鹽鐵論·毁學**〕大夫曰, 司馬子言, 天下穰穰, 皆爲利往.

楚共王出獵, 而遺其弓. 左右請求之, 共王曰, 止, 楚人遺弓, 楚人得之, 又何求焉.

楚나라 共王이 사냥하러 나갔다가 활을 잃어버리니 좌우의 신하들이 이를 찾아오겠다고 청하였다. 이에 共王은 "그만 두어라. 楚나라 사람이 그것을 줏을 것이니 또 무엇하러 찾겠느냐?"고 말하였다. (喩) 개인이 손실을 보았지만 나라 안의 이익이 외부로 유출된 것이 없다. 이권이 남의 손에 떨어지지 않는다. / 사람의 마음이 너그러워서 너와 나의 구분을 없애버리다. → **楚王遺弓, 楚人得之. 楚人失(또는 亡)弓, 楚人得之. 楚弓楚得.**

〔**周 公孫龍·公孫龍子·迹府**〕王曰, 止, 楚人遺弓, 楚人得之, 又何求乎. 仲尼聞之曰, 楚王仁義而未遂也. 亦曰, 人亡弓, 人得之而已, 何必楚. 〔**呂氏春秋·貴公**〕荊人有遺弓者, 而不肯索, 曰, 荊人遺之, 荊人得之, 又何索焉. 孔子聞之曰, 去其荊而可矣. 老聃聞之曰, 去其人而可矣. 故老聃則至公矣. 〔**說苑·至公**〕○○○○○, ○○○○. ○○○○○, ○○○, ○, ○○○○, ○○○○, ○○○○. 〔**漢 孔鮒·孔叢子·公孫龍**〕是楚王之言, 楚人亡弓, 楚人得之. 君夫子探其本意, 欲以示廣, 其實狹之. 〔**孔子家語·好生**〕楚王出遊, 亡弓. 左右請求之. 王曰, 止, 楚王失弓, 楚人得之, 又何求之. 孔子聞之曰, 惜乎其不大也. 不曰人遺弓, 人得之而已, 何必楚也.

逐鹿者, 不顧兎. 決千金之貨者, 不爭銖兩之價.

수

사슴을 쫓는 사람은 토끼를 돌아보지 않고, 천금의 재물을 결단하는 사람은 몇 량의 값을 다투지 않는다. (喩) 이욕에 미혹된 사람은 도리를 잊어버린다. / 큰 이득을 쫓는 자는 작은 이득은 돌아보지 않는다. / 큰 일을 이루려는 사람은 작은 일에는 구애받지 않는다. (銖兩 : 얼마 안되는 중량. 근소함. 경미함의 비유.) → **逐鹿者不顧兎. 逐鹿之狗不顧兎.**

〔**淮南子·說林訓**〕逐獸者, 目不見太山, 嗜欲在外, 則明所蔽矣. ……. ○○○, ○○○. ○○○○○○○, ○○○○○○○. 〔**虛堂錄**〕逐鹿者不見山, 攫金者不見人. ※〔**列子·說符**〕(齊人)對曰, 取金之時, 不見人. 徒見金.

逐羶甚蚍蜉, 鬪耀同蠲蝓.

전 비부 약읍

비린내나는 고기를 뒤쫓아 모여드는 것이 왕개미가 모여드는 것보다 더 심하고, 빛을 겨루는 것이 개똥벌레가 서로 빛을 겨루는 것과 같이 한다. (喩) 사람들이 이익을 치열하게 뒤쫓고, 차지하려고 심하게 다투다. (逐 : 뒤쫓아 가다. 따라잡다. 羶 : 비린내. 비린내나는 소·양의 고기. 蚍蜉 : 왕개미. 蠲蝓 : 개똥벌레. 반딧불.)

〔**宋王禹偁·酬種放徵君詩**〕○○○○○, ○○○○○.

韓子盧逐東郭逡, 環山者三, 騰山者五, 兎極於前, 犬廢於後, 犬兎俱罷, 各死其處. 田父見之, 無勞倦之苦而擅其功.

피 천

천하에서 가장 빠른 韓子盧라는 개가 東郭逡이라는 교활한 토끼를 쫓아 산을 세 번 돌고 산을 다섯 번 오르고 하더니, 토끼는 앞에서 병들고 개는 뒤에서 앓다가 개와 토끼가 다 지쳐서 각기 그곳에서 죽었다. 농부가 이것을 보고 일하는 고달픔의 고통도 없이 그 보람을 차지하였다. (喩) 제삼자가 아무 노력없이 이익을 얻다. 어부지리(漁父之利)와 그 뜻이 상통하는 말. (韓子盧逐東郭逡 : 韓子盧라는 개가 東郭逡이라는 토끼를 쫓다. 서로 있는 힘을 다하여 싸우는 것을 비유. 環 : 돌다. 선회하다. ≒ 旋. 騰 : 오르다. 極 : 병들다. 지치다. 廢 : 앓다. ≒ 癈. 罷 : 피로하다. 疲와 通한다. 擅 : 차지하다. 점유하다.) → **韓子盧逐東郭逡. 韓盧逐逡.**

〔**戰國策·齊策三**〕淳于髡謂齊王曰, 韓子盧者, 天下之疾犬也, 東郭逡者, 海內之狡兎也. ○○○○○○○, ○○○○, ○○○○, ○○○○, ○○○○, ○○○○, ○○○○. ○○○○, ○○○○○○○○○. 〔**春秋後記**〕韓盧逐東郭逡, 騰山五, 環山三, 兎窮於前, 犬疲於後, 各死於其處. 田父見而獲之.

閑中不放過, 忙處有受用. 靜中不落空, 動處有受用.

한가한 시간을 낭비하지 않으면 바쁠 때에 이익을 얻을 수 있고, 조용한 날에 헛되이 보내지 않으면 행동할 때에 곧 유용하게 쓰일 수 있다. 사람은 한가할 때나 조용한 날이나 항상 마음을 가다듬어 낭비하지 않고 헛되이 보내지 않을 때에 자신에게 도움이 되는 결과가 온다는 뜻.(放過 : 제멋대로 시간을 보내다. 곧 시간을 낭비하다. 受用 : 재물을 얻다. ※ 이때의 用은 재산. 밑천. 비용./ 쓰임을 받다. 곧 유용하게 쓰인다는 의미. 落空 : 넋을 놓다. 보람없이 지내다. 세월을 헛되이 보내다.)

〔**菜根譚·八十五**〕○○○○○, ○○○○○. ○○○○○, ○○○○○. 暗中不欺隱, 明處有受用.

旱則資舟, 水則資車, 以待乏也.

가물 때는 배를 저장해 두고, 장마 때는 수레를 저장해 두어, 그것이 없어서 곤난할 때를 기다린다. (喩) 뜻 밖의 일에 미리 대비해 두다. / 물건이 달릴 것을 예상하여 그것을 미리 사두었다가 값이 오를 때를 기다려 큰 이익을 얻다. (資 : 저장하여 두다. 쌓다. / 준비하다. 예비하다.)

〔**國語·越語上**〕大夫種進對曰, 臣聞之賈人, 夏則資皮, 冬則資絺, ○○○○, ○○○○, ○○○○. 〔**史記·貨殖列傳**〕歲在金, 穰. 水, 毁. 木, 饑. 火,旱. 旱則資舟, 水則資車, 物之理也.

畫者謹毛而失貌, 射者儀小而遺大.

그림 그리는 자가 가는 털(그리는 것을) 너무 신중히 하면 전체의 모양을 놓치게 되고, 활 쏘는 자가 작은 것을 너무 겨누면 큰 것을 버리게 된다. (喩) 작은 일에 골몰하다가 큰 일을 놓치다. / 소절에 구애되어 대의를 잊어버리다. (謹 : 조심하다. 신중하게 하다. 失 : 잃다. 놓치다. 그르치다. 儀 : 바라보다. 조준하다. 겨누다. / 헤아리다. 遺는 : 버리다. 내버리다. 유기하다.) → **謹毛失貌**.

〔**呂氏春秋·處方**〕今夫射者儀毫而失牆, 畫者儀髮而易貌, 言審本也. 〔**淮南子·說林訓**〕○○○○○○○, ○○○○○○○.

興一利不若除一害, 生一事不若減一事.

한 가지 이익이 되는 일을 새로 일으키는 것이 한 가지 폐해를 없애는 것만 같지 못하고, 한 가지 일을 새로 만들어내는 것은 한 가지 일을 줄이는 것만 같지 못하다. → **興利不若除害**. **興利除害**. **興利除弊**. **除害興利**.

〔**元史·耶律楚材傳**〕楚材每言, ○○○○○○○○, ○○○○○○○○. 〔**十八史略·近古·唐宋篇**〕楚材每言, ○○○○○○○○, ○○○○○○○○, 平居不妄言笑, 及接士人, 溫恭之容溢于外, 莫不感其德焉. ※〔**管子·君臣下**〕爲民興利除害, 正民之德, 而民師之. 〔**北宋 王安石·答司馬諫議書**〕擧先王之政, 以興利除弊, 不爲生事.

興一利, 必有一害.

한 가지의 이로운 일을 일으키면 반드시 한 가지의 해로운 일이 생겨난다. 한 가지의 유리한 일을 처리하면 불리한 일면도 있을 수 있다는 뜻.

〔**清 阮葵生·茶餘客話**〕然則欲禁燒酒, 必先禁民飮乃可行, 能乎. 否乎. 語云, ○○○, ○○○○.

Ⅱ. 事業(일)

1. 目的·計劃 및 手段

– 目的·名分·計劃·計策·手段·方法·機會·推進者·協調者

假輿馬者, 非利足也, 而致千里. 假舟檝(즙)者, 非能水也, 而絶江河.

수레와 말을 빌려 길을 가는 것은 그것이 발걸음을 편하게 해주는 것은 아니지만 천리의 먼 길을 갈 수 있고, 배를 빌려 길을 가는 것은 그것이 수영을 잘하게 하는 것이 아니지만 바다를 건널 수 있다. (喩)일을 성취하고자 할 때는 위선 의탁하는 데가 있어야 한다. (假 : 빌리다. 차용하다. / 의지하다. 의탁하다. 利足 : 걸음걸이 하기에 편하게 하다. 舟檝 : 배와 노. 배를 의미한다. 檝은 노. = 楫. 能水는 수영을 잘하게 하다. 물에 익숙하다. 絕 : 건너다. 가로질러 건너다.)

〔**荀子·勸學**〕○○○○, ○○○○, ○○○○. ○○○○, ○○○○, ○○○○. 〔**淮南子·主術訓**〕假輿馬者, 足不勞而致千里. 乘舟檝者, 不能遊而絶江海. 〔**說苑·談叢**〕乘輿馬, 不勞致千里. 乘船楫, 不游絶江海.

渴而穿(천)井, 臨難而鑄(주)兵, 雖疾從而不及也.

목이 말라서 샘을 파고, 난리를 당하여 병기를 주조한다면 비록 날쌔게 좇아도 그 필요에 미치지 못한다. (喩) 일을 미리 준비하여 두지 않고 게으름을 피우다가 일이 임박하여 급히 서두르지만 이미 때가 늦어 이루지 못한다. 사전 준비없이 있다가 갑자기 일을 당하여 비로소 그 방법을 생각하면 이미 때를 놓치게 된다. → **渴而穿井. 臨渴而掘井 ≒ 臨難而鑄兵. 溺而後問隊. 迷而後問路. 病已成而後藥之. 亂已成而後治之.**

〔**晏子春秋·雜上**〕晏子對曰, ……. 溺者不問隊. 迷者不問路. 溺而後問隊, 迷而後問路, 譬之猶臨難而遽鑄兵, 臨噎而遽掘井, 雖速亦無及已. 〔**說苑·雜言**〕越石父曰, 不肖人, 自賢也, 愚者, 自多也. ……. 譬之猶○○○○, ○○○○○, ○○○○○○○. 〔**素問·四氣調神大論**〕病已成而後藥之, 亂已成而後治之, 譬猶渴而穿井, 鬪而鑄錐, 不亦晩乎. 〔**清 蒲松齡·聊齋志異·于去惡**〕吾輩讀書, 豈臨渴始掘井耶. 〔**朱用純·治家格言**〕宜未雨而綢繆, 毋臨渴而掘井.

擧一綱(강), 衆目張, 弛一機, 萬事隳(휴).

그물의 벼릿줄을 당기면 많은 그물눈이 펴지고, 한번의 중요한 기회를 놓치면 만가지 일이 무너져버린다. 사물의 한 주요부분을 붙잡으면 다른 모든 것이 따라서 움직이게 되며, 한번의 좋은 기회를 놓치면 다 실패하게 됨을 이르는 것. (綱 : 벼릿줄. 隳 : 무너지다. 쓸모없게 되다.) → **擧一綱而衆目張. 擧一綱而衆萬目張.**

〔**書經·商書·盤庚上**〕若網在綱, 有條而不紊. 〔**漢 鄭玄·詩譜序**〕此詩之大綱也. 擧一綱而衆萬目張, 解一卷而衆篇明. 〔**隋 王通·中說·關朗**〕○○○, ○○○, ○○○, ○○○.

見兎而顧犬, 未爲晩也. 亡羊而補牢(뢰)未爲遲也.

토끼를 발견하고 사냥개를 부르려고 뒤돌아보아도 늦은 것이 아니며, 양을 잃고 외양간을 고치는 것도 늦지는 않다. (喩) 일이 이미 잘못되어 실패하거나 손실을 당한 뒤에라도 그 차후의 대책을 세워두면 다른 재난을 막을 수 있다. (牢 : 외양간. 마소·돼지 등 가축을 기르는 우리.) → **見兎顧犬. 見兎呼狗. 見兎放犬. 見兎放鷹.** → **亡羊補牢. 亡羊固牢.**

〔**戰國策·楚策四**〕莊辛對曰, 臣聞鄙語曰, ○○○○○, ○○○○. ○○○○○, ○○○○. 〔**新序·雜事二**〕莊辛曰, ……. 庶人有稱曰, 亡羊而固牢, 未爲遲. 見兎而呼狗, 未爲晩. 〔**陸游·秋興**〕懲羹吹虀豈其非, 亡羊補牢理所宜. 〔**五燈會元**〕妙湛曰, 大敎網, 漉人天魚, 不如見兎放鷹遇獐發箭.

工欲善其事, 必先利其器.

공인이 그 일을 잘 해내려면 반드시 먼저 그 연장을 날카롭게 손질해야 한다. (喩) 사람이 일을 함에 있어서는 사전에 필요조건에 대한 치밀한 준비를 해야 한다. / 사람이 인(仁)을 행하려면 그 지역의 어진 선비들을 섬기고, 벗삼아서 자신의 덕을 길러야 한다. (利 : 날카롭게 하다.)

〔**論語·衛靈公**〕子貢問爲仁, 子曰, ○○○○○, ○○○○○, 居是邦也, 其事大夫之賢者, 友其士之仁者. 〔**齊民要術·雜說**〕欲善其事, 必利其器, 悅以使人, 人忘其勞. 且須調習器, 務令快利.

待越人之善遊者, 以救中國溺人, 越人善遊矣, 而溺者不濟矣

越나라 사람의 헤염 잘 치는 자를 기다려서 中國의 물에 빠진 사람을 구하려고 하면 越나라 사람이 아무리 헤염을 잘 치더라도 물에 빠진 사람을 구제하지는 못한다. 위급한 사람이 있어도 너무 먼 거리에 있는 사람이 와서 구제하기는 어렵다는 뜻. (喩) 하는 일이 옳아도 그 시기를 놓치면 아무 소용이 없다. → **越人之善游者不濟中國溺人.**

〔**韓非子·難勢**〕夫○○○○○○○○, ○○○○○○○, ○○○○○○, ○○○○○○○.

大厦旣焚, 不可灑(쇄)之以淚. 長河一決, 不可障之以手.

큰 집에 불이 나면 눈물을 뿌려서는 안되고, 큰 강이 둑이 터져 물이 넘쳐 흐르면 맨손으로 막으려고 해서는 안된다. (喩) 매우 큰 일을 미미한 혼자의 힘으로 해내려고 해서는 안된다. (決 : 둑이 터져 물이 넘쳐흐르다.)

〔**北周·庾信·連珠**〕○○○○, ○○○○○○. ○○○○, ○○○○○○.

猛獸將擊, 必餌毛帖伏. 鷙鳥將博, 必卑飛戢翼.

이 첩 지 박 즙

사나운 짐승이 먹이를 공격하려고 할 때는 반드시 털을 늘어뜨리고 유순하게 땅에 엎드리며, 사나운 새가 먹이를 잡으려고 할 때는 반드시 낮게 날고 날개를 접는다. 성인이 대인활동을 할 때는 반드시 어리석은 말을 하고 여러 사람과 화합한다는 뜻. / 어떤 일을 할 때는 그 기색을 보이지 않는다는 말의 비유. (擊 : 치다. 공격하다. 餌 : 弭로 간주하여 드리우다. 늘어뜨리다. 단단히 죄다. 수축하다의 뜻. ※ 徐天祜注日, 餌當作弭. 帖伏 : 침착해지다. 유순하게 복종하다. 온순하게 땅에 엎드리다. 擊 : 사납다. ※동아한한대사전은 "즙"으로 발음하나, 張三植편 대한한사전과 민중대옥편은 "집"으로 발음한다. 戢翼 : 폈던 날개를 접다. 날기를 그만두다. 戢은 거두어 움츠리다.)

〔**吳越春秋·句踐歸國外傳**〕扶同曰, ……. 臣聞擊鳥之動, 故前俯伏. ○○○○, ○○○○○, ○○○○, ○○○○○. 聖人將動, 必順辭和衆. 〔**吳越春秋·句踐入臣外傳**〕子胥曰, ……. 夫虎之卑勢, 將以有擊也. 狸之卑身, 將求所取也. 〔**六韜·武韜**〕鷙鳥將擊, 卑飛歛翼. 猛獸將博, 弭耳俯伏. 聖人將動, 必有愚色.

名不正, 則言不順, 言不順, 則事不成.

명분이 바르지 못하면 말이 조리가 서지 못하고, 하는 말이 조리가 서있지 아니하면 일이 이루어지지 않는다. (名 : 명목. 명분. 구실. 順 : 조리가 서 있다. 도리·조리·이치를 따르다. 도리에 맞다. = 順理.)

〔**論語·子路**〕○○○, ○○○○, ○○○, ○○○○, 事不成, 則禮樂不興.

謀先事則昌, 事先謀則亡.

계책이 일보다 앞서면 번창하고 일이 계책보다 앞서면 망한다. 곧 일을 시작하기 전에 계획을 미리 세우면 번창하고, 계획을 세우기 전에 일부터 하면 망한다는 뜻.

〔**說苑·談叢**〕○○○○○, ○○○○○.

凡事豫則立, 不豫則廢.

어떠한 일이라도 사전에 대비하면 성취하나, 사전에 대비하지 않으면 실패한다. 모든 일은 미리 계획이나 준비를 해두면 비로소 성공할 수 있으나 그렇지 않으면 곧 실패한다는 뜻. (豫 : 미리하다. 사전에 대비하다. 일은 먼저 준비를 해두다. 立 : 이루다. 성취하다.)

〔**中庸·第二十章**〕○○○○○, ○○○○. 言前定則不跲, 事前定則不困, 行前定則不疚, 道前定則不窮.

凡事宜三思而行.

모든 일은 마땅히 세 번 생각하고 난 다음에 행하여야 한다. 일을 행하기 전에 반복하여 신중한 고려를 해야 한다는 뜻. → **三思而後行.**

〔**論語·公冶長**〕季文子三思而後行. 子聞之曰, 再斯可矣. 〔**元 關漢卿·救風塵**〕他也合三思而行, 再思可矣. 〔**警世通言**〕此去蒲州千里之遙, 路上盜賊生發, 獨馬單身, 尙且難走, 况有小孃牽絆. ○○○○○○○. 〔**三國演義**〕瑜曰, 吾與老賊, 誓不兩立. 孔明曰, 事須三思, 免致後悔.

逢蒙善射, 不能用不調之弓, 造父(보)善御, 不能策不服之馬.

夏나라의 逢蒙이 활을 잘 쏘아도 고르지 못한 활을 쓸 수가 없고, 周나라의 造父가 말을 잘 몰아도 불복하는 말을 몰 수가 없다. 일을 하는 데는 만단의 준비를 하지 않으면 실패하기 쉽다는 뜻. (逢蒙 : 夏나라 때 활을 잘 쏘았던 인물. 逢間子. 造父 : 周나라 穆王의 행신으로 팔준마를 다룬 수레를 잘 몰았던 인물. 策馬 : 말에 채찍질하다. 말을 달리다.)

〔**劉子·新論**〕○○○○, ○○○○○○○, ○○○○, ○○○○○○○. 般倕善斷, 不能用不利之斧. 孫吳善將, 不能戰不習之卒.

弗慮胡獲, 弗爲胡成.

깊이 생각하지 않고 어떻게 얻으며, 아무 것도 하지 않고서 어떻게 이루랴 ! 치밀하게 계획하고 실천해야 얻고 이루는 것이 있다는 뜻. (弗 : 아니다. 아니하다. = 不. 胡 : 어찌. 왜. 어째서. 무엇 때문에.)

〔**書經·商書·太甲下**〕嗚呼. ○○○○, ○○○○. 一人元良, 萬邦以貞.

蛇無頭而不行, 鳥無翅(시)而不飛.

뱀은 머리가 없으면 갈 수 없고, 새는 날개가 없으면 날 수 없다. (喩) 일을 함에 있어 우두머리가 없으면 일을 이룰 수 없다.

〔**金史·斜卯愛實傳**〕好作詩詞, 語鄙俚, ……有雀無翅而不飛, 蛇無頭而不行等語. 〔**水滸傳**〕自古道, ○○○○○○, ○○○○○○.

事非權不立, 非勢不成.

모든 일은 임기응변의 방편이 없으면 성립될 수가 없고, 형세의 이점이 없으면 이룰 수 없다. (權 : 임기응변의 방편. / 책략을 쓰다. 勢 : 기세. 형세. / 기회. 시기.)

〔**戰國策·燕策一**〕蘇代對曰, ……. 且○○○○○, ○○○○. 夫使人坐受成事者, 唯訑者耳.

三十六計走爲上策.

설흔여섯 가지의 계책 즉 온갖 계책중에서 도망치는 것이 최상의 계책이다. 모든 전략과 전술을 써도 그 싸움이 불리하게 되어 곤경에 빠졌을 때는 주저하다가 시기를 놓치기 보다는 재빨리 도망가서 몸을 안전하게 하는 것이 제일 낫다는 말. 남들과의 거래·사업·교제 등에서 곤경에 몰릴 때 그 장면을 피하는 것이 상책이라는 말. = **三十六計走爲上策. 三十六策走爲上策. 三十六策走是上策. 三十六着走爲上着. 三十六計不如逃.** → **三十六計.**

〔**南齊書·王敬則傳**〕敬則倉卒東起, 朝廷震懼. 東昏侯在東宮議欲叛, 使人上屋望, 見征虜亭失火, 謂敬則至, 急裝欲走. 有告敬則者, 敬則曰, 檀公三十六策, 走是上計, 汝父子唯應急走耳. 蓋譏檀道濟避魏事也. 〔**宋 惠洪·冷齋夜話**〕淵材曰, 三十六計, 走爲上計.

先甲三日, 後甲三日.

천간(天干)의 출발점인 갑일(甲日)에서 사흘을 앞서서 일하고, 그 사흘을 뒤로 늦춘다. 장차 어떤 일의 출현의 전기(轉機)가 될 갑일 전 삼일(三日)의 상황을 고찰하고, 탐구해야 함을 가리킨다. 무슨 일이든지 주의를 깊이해서 과오를 범하지 말아야 함을 이른다. (先 : 솔선하여 이끌다. / 되도록 먼저 실행하다. / 일에 앞서서 행하다. 先事而爲. 甲 : 천간의 첫째. 날짜를 세는 처음. 차례의 첫째. 後 : 뒤로 늦추다. 미루다. 연기하다.)

〔**周易·山風蠱**〕蠱, 元亨, 利涉大川. ○○○○, ○○○○. 彖曰, ……. ○○○○, ○○○○, 終則有始, 天行也. 〔**揚子法言·先知**〕先甲一日易, 後甲一日難.

殊事而同指, 異路而同歸.

하는 일은 다르나 그 뜻은 같고, 가는 길은 다르나 닿는 곳은 같다. (喩) 방법은 다르나, 귀착하는 결과는 같다. 처음은 다르나, 종말은 같다. 거치는 길은 다르지만, 향하는 목적, 도달하는 목적지는 동일하다. (殊 : 다르다. 같지 아니하다. 指 : 마음. 뜻. 의도. 主旨.) → **殊途同歸. 殊路同歸. 殊途同致. 同歸殊塗.**

〔**周易·繫辭下**〕子曰, 天下何思何慮, 天下同歸而殊塗, 一致而百慮. 〔**淮南子·本經訓**〕五帝三王, ○○○○○, ○○○○○. 〔**史記·太史公自序**〕易大傳, 天下一致而百慮, 同歸而殊塗. 〔**抱朴子·任命**〕殊涂同歸, 其致一也. 〔**嵇康·答釋難宅無吉凶攝生論**〕此其殊塗同歸, 隨時之義也.

水行莫如用舟, 而陸行莫如用車(거).

물길을 가는 데는 배를 이용하는 것보다 더 좋은 것이 없고, 땅 위를 가는 데는 수레를 이용하는 것보다 더 좋은 것이 없다. 때와 장소가 다르면 실행하는 수단이나 방법을 달리해야 함을 이르는 말.

〔**莊子·天運**〕夫○○○○○○, ○○○○○○○. 以舟之可行於水也, 而求推之於陸, 則沒世不行尋常.

時行則行, 時止則止.

기회가 돌아오면 행하고, 기회가 그치면 멈춘다. 모름지기 기회를 보아가며 일하되 일을 진행해야 한다면 곧 진행하고, 정지해야 한다면 곧 정지함을 가리키는 말. (時 : 적당한 시기. 기회. / 세상의 형편. / 시대적 풍조. 行 : 돌아오다. 저쪽에서 이쪽으로 향하여 오다. / 행하다. 止 : 멈추다. 정지하다. 그만두다./ 그치다. 끝나다.)

〔**隋·王通·中說**〕子在河上曰, 滔滔乎, 昔吾願止焉, 而不可得也, 今吾得之止乎. 〔**宋 阮逸注**〕聖人○○○○, ○○○○.

若乃居安而不思危, 寇至可不懼哉, 此謂燕巢於幕, 魚游於鼎, 亡不俟夕矣.

사

만약 편안한 처지에 있을 때에 위난을 당할 것을 생각하여 대비해 두지 않거나, 적이 이르고 있는데도 그 두려움을 알지 못한다면 그것은, 제비가 장막 속에 둥지를 틀고, 물고기가 가마솥 속에서 노는 것처럼, 그 망함이 저녁 때를 지다리지 않게 되는 것을 이르는 것이다. (俟 : 기다리다.)
→ **居安思危.**

〔**書經·周書·周官**〕居寵思危, 罔不惟畏. 弗畏入畏. 〔**諸葛孔明集·將苑**〕○○○○○○○○, ○○○○○○, ○○○○○○, ○○○○, ○○○○○.

掩目而捕燕雀, 是自欺也.

엄

눈을 가리고 제비와 참새를 잡으려는 것은 자기 스스로를 속이는 것이다. 얕은 술수를 써서는 뜻을 이룰 수 없다는 뜻. / 나라의 큰 일을 함에 있어 속임수를 써서 그 뜻을 이룩할 수 없다는 뜻. / 자신을 속인다는 비유. → **掩目捕雀.**

〔**三國志·魏志·陳琳傳**〕易稱卽鹿無虞, 諺有掩目捕雀. 夫微物尙不可欺以得志, 況國之大事, 其可以詐立乎. 〔**後漢書·何進傳**〕陳琳曰, 諺有掩目捕雀, 微物尙不可欺以得志, 況國家大事乎. 〔**三國演義**〕俗云, ○○○○○○, ○○○○. 微物尙不可欺以得志, 況國家大事乎.

浴不必江海, 要之去垢. 馬不必麒驥, 要之善走.

구

목욕을 함에 있어서는 반드시 강이나 바다여야 할 필요는 없고 때를 씻으면 되는 것이다. 말은 반드시 철리마일 필요는 없고 잘 달리기만 하면 되는 것이다. (喩) 일을 추진 함에 있어서는 반드시 좋은 시설·장비가 필요한 것이 아니고 성능만 좋아 그 목적을 달성할 수 있는 것이면 된다. 일을 하는 데는 많은 사물을 필요로 하는 것이 아니며 꼭 필요로 하는 것을 얻는 것이 중요하다.

(不必 : 반드시 …할 필요는 없다. …할 것까지는 없다.)

〔**史記·外戚世家**〕褚先生曰, ○○○○○, ○○○○. ○○○○○, ○○○○. 士不必賢世, 要之知道. 女不必貴種, 要之貞好. 〔**唐 趙蕤·長短經·論士**〕諺曰, ○○○○○, ○○○○. ○○○○○, ○○○○. 士不必賢也, 要之知道. 女不必貴種, 要之貞好. 何以明之. 淳于髡謂齊宣王曰, ……王必待堯舜湯禹之士, 亦不好王矣.

欲致魚者, 先通水. 欲致鳥者, 先樹水.

물고기를 모으려고 하면 먼저 물을 대어야하고, 새를 모으려고 하면 나무를 먼저 심어야 한다. (喩) 일을 이루려고 하면 먼저 그 여건을 조성해야 한다. (致 : 끌어 들이다.)

〔**淮南子·說山訓**〕○○○○, ○○○. ○○○○, ○○○. 水積而魚聚, 木茂而鳥集. 好弋者先繳與矰, 好魚者先具罟與罛.

欲破曹公, 宜用火攻, 萬事具備, 只缺東風.

결

魏나라 曹操의 진영을 격파하려고 하면 마땅히 화공을 써야하는데, 만사를 골고루 갖추었으나 다만 동풍만이 결여되어 있다. (喩) 갖가지 사항이 모두 잘 준비되었으나 다만 최후의 중요조건 한 개가 결여되어 있다. (由) 삼국시대 吳나라의 무장인 周瑜가 魏나라 왕 曹操를 화공(火攻)으로 격파할 계획을 세우고 일체의 준비를 다 했으나 다만 겨울에 동풍이 불지 않아서 방화, 진공할 수 없게 되자 周瑜가 애태우다가 병으로 드러누웠다. 이에 蜀의 諸葛亮이 周瑜를 문병하러 가서 그의 발병의 원인을 꿰뚫어 알고는 위와 같은 내용의 밀서 16글자를 그에게 보냈던 것. (缺 : 모자라다. 부족하다. ※ 이 글자의 음은 "흠"이지만, 여기서는 缺의 약자로 스여서 "결"이라고 했다.) → **萬事具備, 只缺東風.**

〔**明 羅貫中·三國志通俗演義·七星壇諸葛祭風**〕孔明索紙筆, 屏退左右, 密書十六字云, ○○○○, ○○○○, ○○○○, ○○○○. 寫畢, 遞與周瑜曰, 此都督病源也.

龍無雲雨, 不能參天.

참

용은 구름과 비가 없으면 하늘 높이 날아오를 수 없다. (喩) 큰 일을 이룩하는데 있어서는 반드시 의지하는 곳이 있어야 한다. (參天 : 늘 하늘 높이 날아가다.)

〔**論衡·須頌**〕○○○○, ○○○○. 鴻筆之人, 國之雲雨也. 載國德於傳書之上, 宣昭名於萬世之後, 厥高非徒參天也.

惟事事, 乃其有備, 有備無患.

모든 일은 미리 대비를 해야 하는 것이니, 미리 대비를 해두면 어떤 환란을 당해도 걱정할 것이 없다. (事事 : 모든 일. / 일마다. / 일을 열심히 하다. 일을 하는데 전념하다.) → **有備無患.**

〔**書經·商書·說命中**〕○○○, ○○○○, ○○○○. 〔**春秋左氏傳·隱公五年**〕六月, 鄭二公子, 以制人敗燕師于北制.君子曰, 不備不虞, 不可以師. 〔**春秋左氏傳·襄公十一年**〕書曰, 居安思危. 思則有備, 有備無患.

有鳥焉, 其名爲鵬, 背若泰山, 翼若垂天之雲, 搏扶搖羊角, 而上者九萬里, 絶雲氣, 負靑天, 然後圖南, 且適南冥也.

어떤 새가 그 이름을 붕새라고 하는데, 그 새의 등은 泰山과 같이 크고, 그 날개를 펼치면 하늘의 한 조각 구름을 드리운 것 같고, 한 번 활개치면 회오리바람이 둘둘 휘감는 것 같아서 위로 솟구쳐 9만 리를 올라가서 구름을 뚫어 치솟고, 푸른 하늘을 등진 후에는 남쪽으로 갈 것을 계획하여 그 남쪽의 바다로 나아간다. 큰 포부를 가진 사람이 웅대한 사업을 계획함을 비유. (搏 : 홰치다. 날개치다. 扶搖 : 줄곧 위로 올라가다. / 아래에서 위로 몰아치는 폭풍. 羊角 : 양의 뿔과 같이 위로 올라가는 회오리바람. 絶 : 다하다. 끝나다. 최고에 오르다. 극치에 달하다. 南冥 : 남쪽에 있는 큰 바다. 남해. 圖南鵬翼 : 사람의 포부가 원대함을 비유.) → **圖南鵬翼. 圖南之翼.**

〔**莊子·逍遙遊**〕○○○, ○○○○, ○○○○, ○○○○○○, ○○○○○, ○○○○○○, ○○○, ○○○, ○○○○, ○○○○○. 〔**高啓·望海 詩**〕安得擊水遊, 圖南附鵬翼.

疑謀勿成, 百志惟熙.

의심스러운 계책을 성사시키지 말 것이니, 그러면 모든 뜻이 흥성하게 될 것이다. 마음에 의혹이 생길 때는 일을 중지해야 하며, 그러면 모든 생각이 바르고 밝아진다는 뜻. (謀 : 술책. 계책. 熙는 일어나다. 흥기하다. 흥성하다.)

〔**書經·虞書·大禹謨**〕益曰, 吁. 戒哉. 儆戒無虞, 罔失法度, 罔遊于逸, 罔淫于樂, 任賢勿貳, 去邪勿疑. ○○○○, ○○○○.

以湯止沸(비), 沸愈不止. 去其火則止矣.

끓는 물로써 끓는 것을 멈추게 하려하지만 그 끓음은 더욱 멈추지 않는다. 그 불을 없애버리면 곧 멈추게 된다. (喩) 어떤 사태를 수습하는 방법이 적절하지 않으면 그 사태를 막을 수 없으므로 그 근원적인 것을 다스려야 한다. ≒ **揚湯止沸, 不如釜底抽薪.** → **以湯止沸. 以湯沃沸. 揚湯止沸.**

〔**呂氏春秋·盡數**〕夫○○○○, ○○○○, ○○○○○○. 〔**淮南子·原道訓**〕革堅則兵利, 城成則衝生. 若以湯沃沸, 亂乃逾甚. 是故鞭噬狗, 策蹏馬而欲敎之, 雖伊尹造父不能化. 〔**史記·酷吏列傳**〕吏治若救火揚沸. 〔**漢書·禮樂志**〕法出而奸生, 令下而詐起, 一歲之獄以萬千數, 如以湯止沸, 沸愈甚而無益. 〔**漢書·枚乘傳**〕秦書吳王曰, 欲湯之滄, 一人炊之, 百人揚之, 無益也. 不如絶薪去火而已. 〔**後漢書·董卓傳**〕臣聞楊湯止沸, 莫如去薪, 潰癰雖痛, 勝于內食. 〔**三國志·魏志·董卓傳**〕卓未至, 進敗. < 裵注 > (引 典略卓上表) 臣聞揚湯止沸, 不如滅火去薪, 潰癰雖痛, 勝於養肉, 及溺乎船, 悔之無及. 〔**三國志·魏志·劉廙傳**〕揚湯止沸, 使不焦爛. 〔**三國演義**〕臣聞揚湯止沸, 不如去薪, 潰癰雖痛, 勝於養毒.

人無遠慮, 必有近憂.

사람이 장구한 계획을 세우지 아니하면 반드시 목전의 우환을 만나게 된다. 모든 일은 응당 원대한 계획을 세워야 하며, 그렇지 않고 목전의 즐거움을 추구하면 재앙이 언제든지 발생할 수 있음을 가리키는 말. 일을 처리함에는 원대한 식견으로 주밀한 고려를 하여 계획을 세우고 그것을 주도해야 함을 표시.

〔**論語·衛靈公**〕子曰, ○○○○, ○○○○. 〔**明 徐畛·殺狗記**〕常言道, 人無遠慮, 必定有近憂來至. 〔**魯迅·新秋雜識**〕這就是○○○○, ○○○○, 而君子務其大者遠者, 亦此之謂也.

因地制宜, 因時制宜.

그 지역의 실정에 맞게 적절한 대책을 세우고, 그 때의 상황에 맞게 적당한 대책을 세우다. 다른 지역·시간에 따라서 그에 상응한 대책을 강구해야함을 가리키는 말. (因 : 따르다. / 기초를 두다. 制宜 : 알맞게 만들다.) → **因地制宜**, → **因時制宜**. **隨時制宜**. **順時制宜**. ≒ **因人制宜**, **因事制宜**.

〔**淮南子·氾論訓**〕器械者, 因時變而制宜適也. 〔**漢書·韋賢傳**〕朕聞明王之御世也, 遭時爲法, 因事制宜. 〔**吳越春秋·闔閭內傳**〕闔閭曰, 善. 夫築城郭, 立倉庫, 因地制宜, 豈有天地之數以威鄰國者乎. 〔**晉書·劉頌傳**〕所遇不同, 故當因時制宜, 以盡適今. 〔**李欣·老生常談·以人爲鑒**〕方法不能千篇一律, 必須因人制宜. 〔**續范亭·南泥灣今昔**〕山間潤濕雨露多. 因地制宜講農科.

一兎走衢, 萬人逐之, 一人獲之, 貪者悉止. 分定故也.
구 실

한 마리의 토끼가 네거리로 달아나니 만 사람이 그것을 뒤쫓아가나, 한 사람이 그것을 잡아버리면 탐하던 사람들은 모두 (뒤쫓는 것을) 그친다. (누구의 것이라는) 명분이 정해졌기 때문이다. 명분 없는 물건이나 일을 얻기 위하여 모든 사람들이 경쟁을 벌이나 그것이 정해지면 곧 경쟁을 중지한다는 것. (衢 : 네거리. 悉 : 모두. 다.)

〔**商君書·定分**〕一兎走, 百人逐之, 非以兎爲可分以爲百, 由名之未定也. 〔**意林**〕(引 愼子) 一兎走, 百人追之. 〔**三國志·袁紹傳**〕(注引 九州春秋) 世稱, ○○○○, ○○○○, ○○○○, ○○○○. ○○○○.

將飛者羽伏, 將奮者足跼, 將噬人者爪縮.
국 서 조

(새가) 지금막 날려고 하면 먼저 날개를 웅크리고, 막 (날개를) 펼치려고 하면 먼저 발을 구부리며, (짐승이) 막 사람을 물려고 하면 먼저 발톱을 움츠린다. (喩) 일을 성취하려고 하면 사전에 치밀한 준비를 한다. / 나아가서 공명을 취하려고 하면 반드시 먼저 사양·양보하는 바가 있어야 한다. / 유능한 자는 그 재주를 감추고 드러내지 않는다. (者 : …하면 ※ 순접의 조사. 奮 : 펼치다. ※ 例 : 淮南子 時則訓一鳴鳩奮其羽. 跼 : 구부리다. 오그리다. 噬 : 깨물다. 물어뜯다.)

〔**淸 周象明·語林考辨**〕(引載籍通引) ○○○○○, ○○○○○, ○○○○○○, 將文者且朴.

長袖善舞, 多財善賈.

고

소매가 길면 춤을 잘 추고 돈이 많으면 장사를 잘한다. (喩) 의지할 곳이 있으면 일을 성취하기 쉽다. 권세가 있고 수완이 있는 사람이 일을 하는데 유리하다. → **長袖善舞.**

〔**韓非子·五蠹**〕鄙諺曰, ○○○○, ○○○○, 此言多資之易爲工也. 故治强易爲謀, 弱難爲計. 〔**史記·范雎蔡澤列傳·贊**〕韓子稱, ○○○○, ○○○○.

將欲歙之, 必固張之. 將欲弱之, 必固强之. 將欲奪之, 必固與之.

흡

어떤 사물을 수축시키려고 하면 반드시 먼저 그것을 확장시켜야 하고, 어떤 사물을 약화시키려고 하면 반드시 먼저 그것을 강화시켜야 하고, 어떤 사물을 탈취하려고 하면 반드시 먼저 그것을 부여하여야 한다. 사물의 발전이 극에 달하면 반드시 반전하고 세력이 강하면 반드시 약해지는 자연의 현상과 불역(不易)의 도리를 잘 운용하는 것이 모든 일을 순조롭게 하는 것임을 시사하는 것. (歙 : 줄이다. 수축시키다. 축소하다. 固 : 반드시. 꼭. 張 : 확장하다. 신장시키다. 팽창하다.) → **將欲奪之, 必固與之. 將欲取之, 必姑予之. 欲取固與. 欲取姑予.**

〔**老子·第三十六章**〕○○○○, ○○○○. ○○○○, ○○○○. 將欲廢之, 必固與之. ○○○○, ○○○○. 〔**韓非子·說林上**〕周書曰, 將欲敗之, 必姑輔之. 將欲取之, 必姑予之. 〔**韓非子·喩老**〕晉獻公將欲襲虞, 遺之以璧馬. 知伯將襲仇由, 遺之以廣車. 故曰, 將欲取之, 必固與之. 〔**史記·管仲列傳**〕故曰, 知與之爲取, 政之寶也. 〔**戰國策·魏策一**〕周書曰, 將欲敗之, 必姑輔之. 將欲取之, 必姑如之. 君不如與之, 以驕知伯. 〔**說苑·談叢**〕人皆知取之爲取也, 不知與之爲取也. 〔**晉書·慕容超載記**〕自古帝王, 爲道不同, 權譎之理, 會於功成. ……將欲取之, 必先與之.

適百里者, 宿舂糧, 適千里者, 三月聚糧.

용

백리길을 가는 사람은 하룻밤을 지낼 양식을 찧어야 하고, 천리 길을 가는 사람은 석달 먹을 양식을 모아야 한다. (喩) 사람이 살아가는 데는 미리 필요한 것을 준비해야 한다. (宿 : 하룻밤을 지내다. 숙박하다. 묵다.)

〔**莊子·逍遙遊**〕適莽蒼者, 三湌而反, 腹猶果然. ○○○○, ○○○, ○○○○, ○○○○.

鷙鳥不擊, 必俛其首. 猛獸不躍, 必匿其瓜.

지 부 닉

사나운 새는 먹이를 잡으려고 공격하지 않을 때는 반드시 머리를 숙이고 있으며, 사나운 짐승이 먹이를 잡기 위해 뛰지 않을 때는 반드시 발톱을 숨겨둔다. (喩) 능력이 있는 사람은 불필요할 때에는 그 재능을 남용하지 않고 숨기고 있다.

〔**新論**〕○○○○, ○○○○, ○○○○, ○○○○. 虎杓不外其牙, 噬犬不見其齒.

盡人事而待天命.

사람으로서 할 수 있는 일을 다한 뒤에는 천명을 기다린다. 무슨 일이나 최선의 노력을 다한 뒤 그 일의 결과·성취여부는 하늘의 의지에 의한 배분에 따른다는 뜻. (天命 : 하늘의 명령. / 하늘의 뜻. 자연의 법칙. / 타고난 운명./ 본성.) = **盡人事待天命. 修人事待天命. 盡人事聽天命.**

〔**晏子春秋·問下**〕叔向曰, 人事異矣, 待天而已矣. 〔**胡寅·讀史管見**〕○○○○○○○. 〔**初學如要·知命**〕程子曰, 人之於患難, 唯有一箇處置, 盡人謀之後, 卻須泰然處之. 有人遇一事, 則心心念念不肯捨, 畢竟何益. 若不會處置了放下, 便是無義無命也. 篤信竊謂, 學者之於患難, 只以義處置了, 而後須放下, 是盡人事而後委天命也. 學者須守處置放下之二事, 此外復何思何憂乎. 〔**淸 呂態·女仙外史**〕我輩當 ○○○○○○○, 其機兆固未顯也.

執彈而招鳥, 揮梲(탈)而呼狗.

새를 잡는 탄궁(彈弓)을 손에 들고 새를 부르고, 막대기를 휘두르면서 개를 부르다. (喩) 뜻을 이루려고 하나 그 방법이 나빠 오히려 그 반대로 되다. 목적을 달성하는데 상반되는 수단을 취하여 실패하다. (彈 : 탄알을 쏘는 활. 곧 탄궁. 彈弓. / 활에 메워 쏘는 돌 탄알. 揮 : 휘두르다. 梲 : 나무 지팡이. 나무 막대. 나무 몽둥이.)

〔**淮南子·說山訓**〕○○○○○, ○○○○○, 欲致之顧反走.

畜犬本以防姦, 不以無姦, 而養不吠之犬.

개를 기르는 것은 본래 도둑을 막으려는 것으로, 도둑이 없다면 짖지 않는 개를 기르지는 않는다. 사람은 맹목적적인 일을 하지 않는다는 비유. (姦 : 도둑. 도둑질하다.)

〔**蘇軾·上神宗皇帝書**〕○○○○○○, ○○○○, ○○○○○○.

畜池魚者, 必去猵(편)獺(달), 養禽獸者, 必去豺狼.

연못의 고기를 키우는 사람은 반드시 수달을 없애야 되고, 짐승을 기르는 사람은 반드시 승냥이와 이리를 없애야 한다. 백성을 다스리는 정치지도자가 백성을 해치는 일을 행하는 경우에는 반드시 제거해야 함을 시사하는 말. / 사람이 일을 하는데 장애가 되는 인물이나 환해(患害)를 제거해야 함을 이르는 말. (猵獺 : 수달. 물개. 豺狼 : 승냥이와 이리.)

〔**淮南子·兵略訓**〕○○○○, ○○○○, ○○○○, ○○○○. 又況治人乎.

治之其未亂, 爲之其未有也, 患至而後憂之, 則無及已.

아직 혼란하지 않은 때에 예방처리하여야 하며, 일이 아직 발생하지 않은 때 미리 다스려야 하는 것이니, 재앙이 눈 앞에 닥친 후에는 걱정하여도 손쓸 틈이 없다. (治 : 행하다. / 다스리다. 병을 고치다. 응급처치하다. 未 : 아직 …하지 않다. 亂 : 반란. 반역. 병란. 전쟁. / 재해. 재앙. / 혼란하다. 어지럽다. 혼잡하다. 무질서하다. 有 : 생기다. 나타나다. 발생·출현을 나타낸다. 無及己 : 미치지 못한다. 손쓸 틈이 없다. 시간이 맞지 않다.)

〔**戰國策·楚策一**〕臣(蘇秦)聞○○○○○, ○○○○○○, ○○○○○○, ○○○○, 故願大王早計之.

七年之病, 求三年之艾.
(애)

7년 동안 앓는 병에 3년 묵은 약쑥을 구하다. (喻) 일찍 준비해 두거나 저축해 두어야 불시의 필요에 응할 수 있다. 평시에 준비하지 않으면 급한 일이 생겨서 갑자기 구하려해도 얻지 못한다. (求三年之艾 : 3년 묵은 약쑥. 쑥을 여러 해 동안 말려 두었다가 그것으로 뜸을 뜨면 신비스런 효험이 있다고 하는데 병이 나기 전에 미리 그것을 마련해 두지 않으면 필요할 때 구하기가 어렵다.)

〔 **孟子·離婁上** 〕今之欲王者, 猶○○○○○, ○○○○○也, 苟爲不畜, 終身不得, 苟不志於人, 終身憂辱, 以陷於死亡. 〔 **明 徐光啓·兵非選練決難戰守疏** 〕或疑時方艱, 無暇選練, 臣謂正惟無暇, 故宜急圖. 所謂七年之病, 三年之艾, 苟爲不畜, 終身不得.

迨天之未陰雨, 徹彼桑土, 綢繆牖戶.
(태 … 두 … 주 무 유)

(올빼미가) 하늘의 장마비가 오기 전에 뽕나무 뿌리의 껍질을 벗겨와서 출입문을 얽어매어 놓다. (喻) 일을 함에 있어 먼저 철저한 준비를 하다. / 화가 싹트기 전에 먼저 막는 조치를 하다. (迨 : 이르다. 미치다. 陰雨 : 장마비. 徹 : 취하다. 가죽 · 껍질 따위를 벗기다. 剝取. 土 : 뿌리. 綢繆 : 얽어매다. 엮어서 매다. 묶다. 牖戶 : 들창과 지게문. 출입문.) → **未雨綢繆. 綢繆未雨. 桑土綢繆.**

〔**詩經·幽風·鴟鴞**〕○○○○○○, ○○○○, ○○○○. 今女下民, 或敢侮予.

彼一時也, 此一時也, 豈可同哉.

저것도 하나의 때이고 이것도 하나의 때인데 어찌 같을 수 있으랴 ! 지난 날도 한 때이고 지금도 또한 한 때이므로 이 같지 않은 상황을 똑 같이 취급할 수 없다는 뜻. 과거와 현재의 시대의 추세와 정황이 같지 않고 따라서 논사(論事)의 표준도 같지 않아서 이를 서로 비교할 수 없다는 의미. → **彼一時此一時.**

〔**孟子·公孫丑下**〕(孟子)曰, 彼一時, 此一時也. 五百年必有王者興, 其間必有名世者. 〔 **史記·滑稽列傳** 〕東方生(名, 朔)曰, 是固非子所能備也. ○○○○, ○○○○, ○○○○. 〔 **漢書·東方朔傳** 〕使蘇秦. 張儀與僕竝生於今之世, 曾不得掌故, 安能望常侍郎乎. 故曰時異事異. ……. 彼一時也, 此一時也, 豈可同哉. 〔**王實甫·西廂記**〕彼一時, 此一時. 佳人才思, 俺鶯鶯世間無二.

皮之不存, 毛將安傅.

가죽이 없으면 털은 어떻게 붙어 있을까? (喻) 토대가 없으면 그 위에 아무 것도 만들 수 없다. / 사물이 의존하는 기초를 잃어버리면 그것이 존재할 방법이 없다. (安 : 어찌. 어떻게. 傅 : 붙다.) = **皮之不存而毛焉附.**

〔**春秋左氏傳·僖公十四年**〕秦飢, 使乞糴於晉, 晉人弗與. 慶鄭曰, 背施無親, 幸災不仁, 貪愛不詳, 怒鄰不義. 四德皆失, 何以守國. 虢射曰, ○○○○, ○○○○,

割鷄焉用牛刀.

닭 잡는데 어찌 소 잡는 칼을 쓰랴 ! (喻) 큰 재목을 작은 데에 써서는 안된다. 작은 일을 처리하는 데에 지나치게 큰 수단을 쓰거나 큰 힘을 들여서는 안된다. / 작은 제목하에 대작을 하다. / 하찮은 일을 요란스럽게 처리하다. (焉 : 어찌.) = **殺鷄焉用牛刀.**

〔**論語·陽貨**〕子之武城, 聞弦歌之聲. 夫子莞爾而笑, 曰, ○○○○○○. 〔**明 羅貫中·三國演義**〕○○○○○○. 不勞溫侯親往. 五斬衆諸侯首級, 如探囊取物耳.

黃鵠之飛, 一擧千里, 有必飛之備也.

노란 고니가 날아서 단번에 천리를 가는 것은 나는데 있어서 미리 준비를 해두었기 때문이다. (喻) 재능있는 사람이 일단 행동을 하면 대업을 성취할 수 있는 것은 사전에 치밀한 계획을 세우기 때문이다.

〔**商君書·劃策**〕聖人知必然之理, 必然之時勢. 故爲必治之政, 戰必勇之民, 行必聽之令. 是以兵出而無敵, 令行而天下服從. ○○○○, ○○○○, ○○○○○○○. 〔**漢 劉向 新序·雜事**〕黃鵠白鶴, 一擧千里, 使之與燕服翼, 試之堂廡之下, 廬室之間, 其便未必能過燕服翼也.

黃狸黑狸, 得鼠者雄.

노란 삵괭이 검은 삵괭이 할 것없이 쥐를 잡는 것이 뛰어난 것이다. (喻) 누구인가를 논할 것없이 일을 잘 처리하는 것이 훌륭한 사람이다. (狸 : 삵괭이. 들고양이. 雄 : 뛰어나다. 훌륭하다.)

〔**聊齋志異·秀才驅怪**〕自是怪絕. 后主人宴集園中, 輒笑向客曰, 我終不忘徐生功也. 異史氏曰, ○○○○, ○○○○, 此非空言也.

2. 性質

– 可能性·必要性·難易性·獨創性·確實性·模倣性.

戴盆何以望天.
대 분

동이를 이고서 어찌 하늘을 볼 수 있으랴! 동이를 이고 하늘을 볼 수 없고 하늘을 보려면 동이를 일 수 없다는 것. (喩) 두 가지 일을 동시에 병행할 수 없다. / 행동과 목적이 서로 어긋나서 바라는 것을 결코 이룰 수 없다. → **戴盆望天**.

〔**司馬遷·報任安書**〕主上幸以先人之故, 使得奏薄伎, 出入周衛之中. 僕以爲○○○○○○, 故絶賓客之知, 亡室家之業, 日夜思竭其不肖之才力, 務一心營職, 以求親媚於主上. < 注 > 言人戴盆, 則不得望天, 望天則不得戴盆, 事不可兼施. 〔**後漢書·第五倫傳**〕論諸外戚曰, 苦身待士, 不如爲國, 戴盆望天, 事不兩施.

枚皐文章敏疾, 而時有累句, 故知疾行無善迹矣.
고

西漢시대의 부가(賦家)인 枚皐는 문장을 매우 빨리 완성했으나 때로는 결함있는 구가 있었다. 그래서 빨리 가는 것은 좋은 흔적을 남기지 못함을 알게 된 것이다. (喩) 일을 급히 서둘러 진행하면 허술하고 완전하지 못함을 면할 수 없다. 조급하게 행한 일은 좋은 결과를 낳지 못한다. (敏疾 : 재빠르다. 날쌔다. 累句 : 결함있는 구. 결점있는 구.) → **疾行無善迹**. ≒ **急行無善步**. **快行無好步**.

〔**西京雜記·卷三**〕枚皐文章敏疾, 長卿制作淹遲, 皆盡一時之譽. 而長卿首尾溫麗, 枚皐時有累句, 故知疾行無善迹矣. ※〔**唐書·朱敬則傳**〕快行無好步. 〔**通俗編**〕論衡, 快行無好步, 促柱少和聲.

無爲其所不爲, 無欲其所不欲.

자기가 하지 말아야할 것은 하지 말고, 자기가 탐내지 않아야 할 것은 탐내지 말아야 한다. 사람된 자의 도리를 이르는 것. (欲 : 바라다. 원하다. 기대하다. 탐내다. 하고 싶어하다.)

〔**孟子·盡心上**〕孟子曰, ○○○○○○, ○○○○○○, 如此而已矣.

百日砍柴一日燒.
감 시

백일간에 베어서 모은 땔나무를 하루에 불태우다. (喩) 장기간에 준비하여 일시에 써버리다. (砍 : 자르다. 베다. 柴 : 땔나무.) = **千日砍柴一日燒**.

〔**淸 董誥等 全唐文·諲妬神頌序**〕因爲滅焰之辰, 更號淸明之節 ……冬至之後, 一積一薪, 烈火焚之, 爲其易俗. 諺云, ○○○○○○○, 此之謂也. 〔**五燈會元**〕曰, 如何是學人著力處. 師曰, 千日砍柴一日燒.

比權量力, 效功於當世, 不同日而論矣.

(두 사람의) 사회에 있어서의 권위와 영향력을 비교하고, 당시 사회를 위하여 세운 공을 보아서 같은 날에 함께 논할 수 없다. 두 사람의 권위·영향력과 사회 공헌도 등 여러 면에서 그 차이가 너무 커서 함께 비교할 여지가 없다는 의미. (比權量力 : 두 사람의 사회에 있어서의 권위와 영향력을 비교하다. 效功 : 공을 세우다. 훌륭한 일을 이루다. 不同日而論 : 같은 날에 함께 논할 수 없다. 성질·지위·정황 등이 서로 차이가 심히 커 비교가 되지 않음을 이른다. 두 가지의 학식·능력·권위의 정도와 우열이 차이가 너무 커 함께 논할 수 없음을 형용.) → **不同日而論. 不可同年而語. 不可同日而語.**

〔**賈誼·過秦論上**〕試使山東之國, 與陳涉度長絜大, 比權量力, 則不可同年而語矣. 〔**史記·游俠列傳**〕誠使鄕曲之俠, 予季次 · 原憲○○○○, ○○○○○, ○○○○○○. 〔**戰國策·趙策二**〕夫破人之與破於人也, 臣人之與臣於人也, 豈可同日而言之哉. 〔**漢書·息夫躬傳**〕臣爲國家計幾先, 謀將然, 豫圖未形, 爲萬世慮. 而左將軍公孫祿欲以其犬馬齒保目所見. 臣與祿異議, 未可同日而語也. 〔**顔氏家訓·勉學**〕苦辛無益者如日蝕, 逸樂名利者如秋荼, 豈得同年而語矣. 〔**南宋 洪邁·容齊三筆**〕今之事力, 與昔者不可同年而語.

俟河之淸, 人壽幾何.

사

천 년에 한 번 맑아진다는 黃河가 맑아지기를 기다리는데, 사람의 수명은 얼마인가? (喩) 해결될 가망이 없는 일은 아무리 오래 기다려도 아무 소용이 없다. 세월이 오래 걸려서 기다리기 어려우며, 기다려도 아무 소용이 없다. / 태평성세를 기대하기 어렵다. (俟 : 기다리다. 河 : 黃河.) → **俟河之淸. 河淸難俟. 河淸無日. 百年河淸. ≒ 黃河千年一淸.**

〔**春秋左氏傳·襄公八年**〕子駟曰, 周時有之, 曰, ○○○○, ○○○○. 兆云詢多, 職競作羅. 〔**後漢書·桓帝紀**〕延熹八年夏四月, 河水淸. 九年夏四月, 河水淸. 〔**張衡·歸田賦**〕徒臨川以羨魚, 俟何淸乎未期. 〔**初學記·王子年拾遺記**〕丹邱千年一燒, 黃河千年一淸, 皆至聖之君以爲大瑞.

驢事未去, 馬事到來.

여

당나귀가 할 일이 끝나지도 않았는데 말이 할 일이 찾아오다. (喩) 한 가지 일이 끝나지도 않았는데, 다른 한 가지 일이 또 생기다.

〔**五燈會元**〕問, 如何是佛法大意. 師曰, ○○○○, ○○○○.

烏頭白, 馬生角.

까마귀 머리가 희어지고, 말 머리에 뿔이 생겨나다. 도저히 있을 수 없는 일을 이르는 것. ≒ **狗頭生角.**

〔**史記·刺客列傳**〕太史公曰, 世言荊軻, 其稱太子丹之命, 天雨粟, 馬生角也, 太過. < 注 > 索隱曰, 燕丹求歸. 秦王曰, ○○○, ○○○, 乃許耳. 丹乃仰天歎, 烏頭卽白, 馬亦生角. 〔**燕丹子**〕燕太子丹質於秦, 秦王遇之無禮, 不得意, 欲歸. 秦王不聽, 謬言曰, 今○○○, ○○○, 乃可. 丹仰天嘆焉, 卽爲之烏白頭. 馬生角. 秦不得已而遣之. 〔**通俗編**〕俗以事不可期者曰, 俟狗頭生角.

屋下架屋, 牀上施牀.

지붕 밑에 또 지붕을 만들고, 상 위에 상을 놓다. (喩) 무의미한 일을 거듭하다. / 아무런 새로움이 없이 먼저 사람의 일을 닺습하다. / 중복되고 독창적인 견해가 없다. (由) 魏가 蜀과 吳를 멸하여 천하를 통일한 후 세운 晉나라의 도읍인 洛陽의 시인 庾仲은 楊都(南京)의 아름다운 풍경과 융성함을 노래한 시 楊都賦를 지어 그 표현이 절묘하다는 평판을 들었고, 이에 사람들이 다투어 베끼어가는 바람에 종이 값이 뛰기도 하였다. 그러나 謝太傅라는 고관은 이 시를 屋下架屋이고 일일이 배운 것을 흉내내고 있어 비뚤어지고 좁음을 면할 수 없다고 평했고, 顔之推의 顔子春秋는 魏晉이래 諸子가 지은 것은 사리가 중복되어 屋下架屋, 牀上施牀과 같다고 하였다. (施 : 加.) → **屋上架屋, 屋下架屋.**

〔**世說新語·文學**〕庾仲初作楊都賦, 人人競寫, 都下紙爲之貴. 謝太傅云, 不得爾, 此是屋下架屋耳, 事事擬學而不免儉狹. 〔**顔氏家訓·序致**〕魏晉以來, 所著諸子, 理重事復, 遞相模斆, 猶○○○○, ○○○○耳. 〔**朱子全書·周子書**〕若於此着得破, 方見得此老眞得千聖以來不傳之祕, 非但架屋上之屋, 疊牀上之牀而已也. 〔**黃庭均·拙軒頌**〕頭上安頭, 屋下蓋屋, 畢竟巧者有餘, 拙者不足.

往者不可諫, 來者猶可追.

이미 지나간 일은 바로잡을 방법이 없지만 앞으로 다가올 일은 또한 추구할 수 있다. 과거의 일은 다시 추구하여 만회할 수 없지만 미래의 일은 노력으로써 개선, 구제할 수 있다는 뜻. 지나간 일은 뉘우쳐 탓해도 아무 소용이 없지만 앞으로 다가올 일은 항상 조심하여 응대하면 목적한 데에 이를 수 있다는 말. (諫 : 간하다. 직언하여 바로잡다. 제지하다. 猶 : 또한. 여전히. 역시. 더욱이. 아직.) = **往者不可追, 來者猶可補. 往事不可及, 來事可追. 已往之不諫, 來者之可追.**

〔**論語·微子**〕楚狂接輿, 歌而過孔子, 曰, 鳳兮. 鳳兮. 何德之衰. ○○○○○, ○○○○○. 〔**說苑·談叢**〕來事可追也, 往事不可及. 〔**陶淵明·歸去來辭**〕悟已往之不諫, 知來者之可追. 實迷途其未遠, 覺今是而昨非. 〔**淸 袁枚·病中謝尹相國賜食物**〕平生慣領虛恩, 大率類此, ○○○○○, ○○○○○, 愿夫子其有以補過焉.

依樣畫葫蘆耳, 何宣力之有.

호 로

호리병박을 본떠서 그렸으니, 어찌 힘을 다함이 있다고 할 것인가? (喩) 힘을 다하지 않고 아무런 창의성이 없이 남을 모방만 했을 뿐이다. 새로운 의미가 결여되고 창조적인 견해가 없다. (依樣 : 본떠서 하다. 葫蘆 : 호리병박. 宣力 : 힘을 다하다. 진력하다.) → **依樣畫葫蘆.**

〔**宋 魏泰·東軒筆錄**〕(陶)穀自以久次舊人, 意希大用…… 乃俾其黨與, 因事薦引. 以爲久在詞禁, 宣力實多. 亦以微詞上旨, 太祖笑曰, 頗聞翰林草制, 皆檢前人舊本. 改換詞語, 此乃俗所謂 ○○○○○○, ○○○○○. 穀聞之, 乃作詩書于玉堂之壁曰, ……堪笑翰林陶學士, 年年依樣畫葫蘆. 〔**續湘山野錄**〕陶尙書穀乞罷禁林, 太祖曰, 依樣葫蘆, 且作且作, 不許罷, 復不進用, 穀因題玉堂云, 堪笑翰林陶學士, 年年依樣畫葫蘆. 〔**清 孔尙任·桃花扇**〕只有一個史閣部, 頗有忠心, 被馬. 阮內里掣肘, 却也依樣葫蘆.

若以卵投石, 以指撓沸, 若赴水火, 入焉焦沒耳.

뇨 비

달걀을 돌에 던지고 손가락으로 끓는 물을 젓는 것과 같고, 물과 불에 뛰어드는 것과 같아서 들어가면 곧 불타거나 물에 빠질 뿐이다. (喩) 약한 것으로써 강한 것을 당해내려 하지만 도저히 당해낼 수 없다. / 아무리 하여도 소용이 없는 실패하는 일을 하다. (撓 : 휘젓다. 고루 섞다. 휘저어 뒤섞다./ 잡아 쥐다. 赴 : 이르다. 들어가다. 焦 : 타다. 눋다. 그을다. 沒 : 물에 빠지다. 잠기다. 가라앉다./ 사라지다. 없어지다.) → **以卵投石.** → **以指撓沸.**

〔**荀子·議兵**〕以桀詐桀, 猶巧拙有幸焉. 以桀詐堯, 譬之○○○○○, ○○○○, ○○○○, ○○○○○. 〔**淮南子·主術訓**〕使人主執正持平, 一如從繩準高下, 則群臣以邪來者, 猶以卵投石, 以火投水.

以一杯水, 救一車薪之火.

한 잔의 물로써 한 수레의 땔나무에 붙은 불을 끄려고 하다. (喩) 작은 힘으로 큰 일을 해결하려고 하나 이루지 못하다. / 쓸 모가 없는 일을 하다. / 소인은 불인(不仁)을 물리칠 수 없다. = **杯水難救車薪. 一酌不能救一車之薪.**

〔**文字·上德**〕金之勢勝木, 一刃不能殘一林. 土之勢勝水, 一掬不能塞江河. 水之勢勝火, 一酌不能救一車之薪. 〔**孟子·告子上**〕今之爲仁者, 猶○○○○, ○○○○○○也. 不熄, 則謂之水不勝火.

以火救火, 以水救水.

화재를 막으려는 데에 불을 붙여 구하려 하고, 홍수를 막으려는 데에 물을 유입시켜 구하려 하다. (喩) 잘못된 것을 바로잡으려다가 그것을 더욱 어렵게, 크게 만든다. 사태나 위세를 더욱 조장할 뿐이며 도리어 역효과를 가져오다.

〔**墨子·兼愛下**〕非人者必有以易之, 若非人而無以易之, 譬之猶以水救水也. 其說將必無可焉. 〔**莊子·人間世**〕是以○○○○, ○○○○, 名之曰益多.

張楷性好道術, 能作五里霧. 裵優亦能爲三里霧.

해

(後漢 安帝 때 학자로 侍中을 지낸 張覆의 아들) 張楷는 뛰어난 학자로 성격이 도술을 좋아하여 5리나 되는 먼 곳까지 많은 안개를 일으킬 수 있었고, 關西 사람인 裵優도 또한 3리에 걸린 안개를 일으킬 수 있었다. 여기에서 나온 五里霧中이란 말은 무슨 일에 대하여 방향이나 갈피를 잡을 수 없는 상태 또는 마음이 미혹되어 어찌할 바를 모르는 것의 비유로 쓰인다. 아리송하고 흐리

멍텅한 사물을 형용. → **五里霧中**.

〔**後漢書·張楷傳**〕張楷, 字公超, 性好道術, 能作五里霧. 時關西人裵優, 亦能爲三里霧. 自以不如楷從學之, 楷避不肯見.

(齊 宣)王之所大欲, 欲辟土地, 朝秦·楚, 莅中國, 而撫四夷也. 以若所爲, 求若所欲, 猶緣(벽)木而求魚也.

齊나라 宣王의 가장 큰 욕심은 영토를 개척하고 대국인 秦나라와 楚나라의 조회를 받아 中國의 천자로 군림하며 아울러 사방의 야만인들을 손 안에 쥐기를 바라는 것이지만, 이와 같은 (군사를 일으켜 원한을 사는) 소행으로 이러한 욕망을 실현하기를 바라는 것은 나무 위에 올라 물고기를 얻기를 바라는 것과 같다. (喩) 일을 부당하게 무리하게 이루려고 하나 불가능하다. (由) 孟子가 齊나라 宣王을 만나 그의 가장 큰 욕망이 살찌고 단 음식·가볍고 따뜻한 의복 등 다섯 가지를 예로 들어 어떤 것인가를 물었으나 다 부정하고 끝내 말을 하지 않았다. 이에 孟子는 "그렇다면 왕의 욕심을 알만하다."고 하면서 위와 같이 말한 것이다. (所大欲 : 탐욕의 큰 것, 곧 최대의 원함과 바람. 辟 : 열다. 개간하다. 개척하다. 朝 : 제후가 천자를 알현하다. 신하가 임금을 뵙다. / 조회하다. 조회를 받다. 莅 : 왕으로서 임하다. 군림하다. 군림하여 통치할 뜻이 있음을 나타낸다. 撫 : 위로하다. 위안하다. 위무하다. / 손에 쥐다. / 돌보다. 보호하다. 以若所爲 : 이와 같은 소행으로. ※ < 朱注 > 若, 如此也. 所爲, 指興兵結然之事. 緣木而求魚 : 나무에 더위 잡아 올라가서 고기를 잡으려 하다. 반드시 얻을 수 없는 것을 비유.) → **緣木求魚**.

〔**孟子·梁惠王上**〕(孟子)曰, (齊宣)王之所大欲, 可得聞與. 王笑而不言. ……. (王)曰, 否, 吾不爲是也. (孟子) 曰, 然則○○○○○, 可知已. ○○○○, ○○·○, ○○○, ○○○○○. ○○○○, ○○○○, ○○○○○○○, 〔**後漢書·劉玄傳**〕譬猶緣木求魚, 升山採珠. < 李賢注 > 求之非所, 不可得也.

天下難事, 必作於易(이). 天下大事, 必作於細.

천하의 어려운 일은 반드시 쉬운 일로부터 일어나고, 큰 일은 반드시 조그마한 일로부터 생겨난다. (作 : 일어나다. / 생기다. / 시작되다. / 만들다.)

〔**老子·第六十三章**〕圖難於其易, 爲大於其細. ○○○○, ○○○○. ○○○○, ○○○○. 是以聖人終不爲大. 故能成其大. 〔**韓非子·喻老**〕有形之類, 大必起於小. 行久之物, 族必起於少. 故曰, 天下之難事, 必作於易. 天下之大事, 必作於細. 是以欲制物者, 於其細也.

天下同歸而殊塗, 一致而百慮.

천하가 같은 곳으로 돌아가지만 가는 길이 다르고, 한 곳에 이르지만 백 가지로 생각한다. 세상 일은 같은 곳으로 귀착되나 그 목적이나 과정·방법은 각기 다르다는 뜻. 가는 길은 같지 않으나 결과는 서로 같다는 말. → **同歸殊塗**. **殊塗同歸**.

〔**周易·繫辭下**〕○○○○○○○, ○○○○○. 〔**淮南子·本經**〕五帝三王, 殊事而同指, 異路而同歸. 〔**史記·太史公自序**〕易大傳, 天下一致而百慮, 同歸而殊塗. 〔**抱朴子·任命**〕殊塗同歸, 其致一也. 〔**孼海花**〕我輩都是同志. 雖然主張各異, 救國之心, 總是殊途而同歸.

破竹, 數節之後, 皆迎刃而解, 無復著手處也.

대를 쪼갤 때는 몇 마디를 쪼갠 다음에는 다 칼날을 맞이하여 쉽게 갈라져서 다시 손을 댈 곳이 없다. (喩) 주요한 문제가 해결되면 그와 관련된 기타 문제도 쉽게 해결될 수 있다. 순리적으로 문제가 해결되다. / 세력이 매우 강대하여 대적을 물리치면 다른 세력은 차례차례로 거침없이 물리칠 수 있다. (由) 蜀漢·魏·吳의 세 나라가 솥발처럼 버티어 세력을 다투다가 먼저 蜀漢이 무너지고, 다음 魏가 쓰러져 魏의 뒤를 이은 晉과 吳 두 나라가 패권을 겨루고 있을 때 晉 武帝에 의하여 鎭南大將軍에 임명된 杜預는 중앙군을 이끌고 西陵을 격파하고 이듬 해 荊州를 점령했는데 여기에서 한 사람이 여러 가지 불리한 여건을 감안, 작전을 중지하여 다음 겨울까지 기다리자는 의견을 제시하자 杜預는 위와 같이 지금의 군세가 승세에 있어 破竹의 勢로 몰아쳐야 되며 이 시기를 놓쳐서는 안된다고 말하였다. → **迎刃而解**. → **破竹之勢**.

〔**晉書·杜預傳**〕預曰, 昔樂毅藉濟西一戰, 以幷彊齊. 今兵威己振, 譬如○○. ○○○○, ○○○○○, ○○○○○○. 〔**唐書·王晏宰傳**〕李德裕以宰乘破竹勢, 不遂取澤州, 爲有顧望計. 〔**十八史略·近古·晉六朝篇**〕預謂兵威己振, 譬如○○. ○○○○, ○○○○○, ○○○○○○.

平必陡, 往必復.

(두, 복)

평평함에는 반드시 가파름이 있고, 감에는 반드시 되돌아옴이 있다. 사람이 살아가는 것과 일을 하는 것에는 반드시 기복이 있기 마련이라는 뜻. (陡 : 험하다. 가파르다.) = **平必陂, 往必復**.

〔**東周列國志**〕○○○, ○○○. …… 吳師猶不肯退, 必欲滅鄭, 以報太子之仇.

挾太山以超北海, 語人曰, 我不能, 是誠不能也.

太山을 옆에 끼고서 北海를 뛰어넘는 것에 대하여, 남에게 나는 그것을 할 수 없다고 말한다면, 이것은 진실로 할 수 없는 것이다. 할 수 있는 것을 안하는 것이 아니고 진실로 할 수 없는 것을 형용하는 표현. (超 : 뛰어넘다. 誠 : 진실로.)

〔**孟子·梁惠王上**〕曰, ○○○○○○○, ○○○, ○○○, ○○○○○. 爲長者折枝, 語人曰, 我不能, 是不爲也, 非不能也.

效季良不得, 陷爲天下輕薄子, 所謂畫虎不成, 反類狗者也.

(後漢의 光武帝 때 越騎校尉 벼슬을 하고 그 인품이 호탕하고 의협심이 많은) 杜季良을 본받다가 그렇게 되지 못하면 천하의 경박한 인간으로 떨어질 것이니, 이것은 이른바 호랑이를 그리

다가 이루지 못하면 도리어 개와 비슷하게 된다고 하는 것과 같다. (喻) 큰 일을 하여 걸출한 인물이 되려고 하다가 목적을 이루지 못하면 도리어 웃음꺼리가 된다. 소양없는 사람이 호걸의 풍모를 모방하다가 도리어 망신을 당하다. 서투른 솜씨로 남의 언행을 흉내내려하거나 어려운 일을 하려고 해도 되지 않는다. (杜季良 : 호탕하고 의협심이 많으며 의로움을 좋아하며 남의 근심을 근심하고 남의 즐거움을 즐거워했으나 馬援은 그의 조카들이 그를 본받는 것을 원치 않았다.) → **畫虎不成, 反類狗者也. 畫虎類狗.**

〔**後漢書·馬援傳**〕○○○○○, ○○○○○○○○, ○○○○○○○, ○○○○○○. 〔**後漢書·儒林傳**〕孔僖因讀吳王夫差時事, 廢書歎曰, 若是所謂畫虎不成, 反類狗者. 〔**顔氏家訓·雜藝**〕朝野翕然, 以爲楷式, 畫虎不成, 繫所傷敗. 〔**唐 劉知幾·史通·六家**〕臨川世說, 可謂畫虎不成, 反類犬也. 〔**小學·嘉言**〕(馬援傳 내용과 동일.) 〔**清 李綠園·岐路燈**〕端福不甚聰明, 恐畫虎類犬.

效伯高不得, 猶爲謹敕之士, 所謂刻鵠不成, 尙類鶩者也.
칙 곡 목

(後漢의 光武帝 때 山都長을 지냈고 그 인품이 훌륭했던) 龍伯高를 본받다가 그렇게 되지 못하더라도 역시 조심성이 많은 선비는 될 것이니, 이것은 이른바 고니를 새기다가 이루지 못하더라도 또한 집오리와 비슷하게는 된다고 하는 것과 같다. (喻) 사람이 성인의 도를 닦고 배우면 성인이 되지 못하여도 착한 사람이 될 수 있다. 훌륭한 사람을 본받아 배우면 그 사람만큼은 못될지라도 또한 좋은 사람이 된다. / 큰 것을 얻으려다가 이루지 못하면 작은 것이라도 얻게 된다. (伯高 − 龍伯高 : 이름이 述이고 남이 본받을 만한 훌륭한 인품의 소유자였다. 馬援이 그를 평하여 인정이 도탑고 조심성이 많아 입으로 실수하는 말을 하지 않으며, 겸손 검약하고 청렴 공평하며 위엄이 있는 인물이라고 하였다. 謹敕 : 조심성이 많다. 삼가 스스로 경계하다. 類 : 비슷하다. 닮다.) → **刻鵠不成, 尙類鶩者. 刻鵠類鶩.**

〔**後漢書·馬援傳**〕○○○○○, ○○○○○○○, ○○○○○○○, ○○○○○○. 〔**小學·嘉言**〕(馬援傳 내용과 동일.) 〔**明 李夢陽·空同集**〕夫五言者不祖漢則祖魏, 固也, 乃其下者卽當效陸謝矣, 所謂畫鵠不成, 尙類鶩者也.

3. 決斷·實行 및 傍觀
−決斷·實行·處理·傍觀 및 彷徨

駕馬服牛, 令鷄司夜, 令狗守門.

말과 소에게 멍에를 메워 부리고, 닭으로 하여금 새벽을 알리는 일을 맡도록 하고, 개에게 문을 지키도록 하다. (喻) 사람에게 각각 그 능력이나 자연의 이치에 맞는 일을 맡겨서 처리하도록 하다. (駕 : 수레에 말을 메우다. / 수레를 타고 말을 부리다. 服 : 마소에게 멍에를 메워 부리다. 司夜 : 새벽녘에 날 새는 것을 맡아보는 일. 곧 첫닭 우는 일을 맡다. = 司晨.)

〔**淮南子·泰族訓**〕○○○○, ○○○○, ○○○○, 因其然也.

刻削之道, 鼻莫如大, 目莫如小. 鼻大可小, 小不可大也. 目小可大, 大不可小也.

(사람의 얼굴을) 조각하는 방법으로서는 코는 크게 하는 것이 낫고, 눈은 작게 하는 것이 낫다. 코가 큰 것은 작게 할 수 있지만, 작은 것은 크게 할 수 없다. 모든 일은 다시 바로잡을 수 있는 여지를 남겨두어 실패가 적도록 해야 한다는 뜻. (刻削 : 파고 도려내다. 새기고 깎다. 조각하다. 莫如 : …한 것이 없다. …하는 것이 낫다.)

〔**韓非子·說林下**〕桓赫曰, ○○○○, ○○○○, ○○○○. ○○○○, ○○○○○. ○○○○, ○○○○○. 擧事亦然, 爲其後可復者也, 則事寡敗矣.

居高屋之上建瓴(령)水也.

높은 지붕위에 서서 물동이에 들어있는 물을 쏟다. (喩) 유리한 지대를 차지하고 있어 유리한 정세에 처하다. 세력이 밑을 향하여 세차기 때문에 일하기가 쉽다. (高屋建瓴 : 높은 지붕위에 서서 물동이에 들어있는 물을 쏟다. 밑으로 향하는 세력이 세참을 비유. 建은 엎지르다. 쏟다. ≒ 覆. 翻. 瓴은 옆에 잡는 귀가 달려있는 물동이. 물병.) → **高屋建瓴.**

〔**史記·高祖本紀**〕秦, 形勝之國, 帶山河之險, 懸隔千里, ……. 地執便利, 其以下兵於諸侯, 譬猶○○○○○○○○○.

乞火不若取燧(수), 寄汲不若鑿(착)井.

남에게 불을 구걸하는 것은 자신이 부싯돌로 불을 얻는 것보다 못하고, 남에게 기대어 물을 깃는 것은 스스로 샘을 파는 것보다 못하다. 남의 힘을 빌려 덕을 보는 것보다는 자신의 힘으로 일을 개척해나가는 것이 낫다는 의미. (燧 : 부싯돌. / 불을 붙이다. 寄 : 의지하다. 남에게 기대다. 얹혀 살다. 맡기다. 汲 : 물을 긷다. 퍼올리다. 鑿 : 뚫다. 파다. 구멍을 내다.)

〔**淮南子·覽冥訓**〕○○○○○○, ○○○○○○.

果決人似忙, 心中常有餘閒, 因循(순)人似閒, 心中常有餘累.

결단력이 있는 사람은 바쁜 것 같이 보이지만 마음 속에는 언제나 여유가 있고, 기력이 없이 우물쭈물하는 사람은 한가한 것 같이 보이지만 마음 속에는 언제나 다른 근심이 있다. (因循 : 기력이 없이 우물쭈물하다. 餘累 : 다른 근심.)

〔**呻吟語·第六章**〕○○○○○, ○○○○○○. ○○○○○, ○○○○○○.

瓜熟蒂自落, 水到自成川.
과 체

오이가 익으면 꼭지가 저절로 떨어지고, 물이 이르면 저절로 냇물을 이룬다. (喩) 조건이나 시기가 성숙하면 일이 순조롭게 이루어진다. (蒂 : 꼭지.)

〔**宋 張君房·雲笈七籤·元氣論**〕喩瓜熟蒂落, 啐啄同時. 〔**明 袁于令·西樓記**〕○○○○○, ○○○○○.

勞心不如勞力.

마음으로 애쓰는 것은 힘으로 일하는 것보다 못하다. 정신적으로 애쓰는 것은 육체적인 노동을 하는 것보다 낫다.

〔**宋 呂居仁·官箴**〕前輩常言, 小人之性, 專務苟且, 明日有事, 今日得休且休. 當官者不可徇其私意, 忽而不治. 諺有之曰, ○○○○○○. 此實要言也.

道雖邇, 不行不至. 事雖小, 不爲不成.
이

길이 비록 가까워도 가지 않으면 도달하지 못하고, 일이 비록 작은 것이라도 하지 아니하면 이루지 못한다. → **道雖近, 不行不至.**

〔**晏子春秋·雜下**〕爲者常成, 行者常至. 〔**荀子·修身**〕○○○, ○○○○. ○○○, ○○○○. 其爲人也, 多暇日者, 其出入不遠矣. 〔**韓詩外傳·卷四**〕道雖近, 不行不至. 事雖小, 不爲不成. 每自多者, 出入不遠矣.

不善爲斫, 血指汗顔, 巧匠傍觀, 縮手袖間.
작

(도끼 따위로 나무를) 잘 찍지 못하여 손에 피를 묻히고 얼굴에 땀이 나는데, 솜씨 좋은 목수는 곁에서 보기만 하면서 소매 속에 손을 오그려 집어넣다. (喩) 어떤 일에 전혀 관여하지 않고, 물어보지도 아니하다. (斫 : 도끼 따위로 나무를 찍다. 베다. 자르다. 巧匠 : 솜씨가 썩 뛰어난 목수. 교묘한 장인. 縮 : 오그라뜨리다. 움츠리다. 오그리다.) → **袖手傍觀.**

〔**唐 韓愈·昌黎先生集·祭柳子厚文**〕○○○○, ○○○○, ○○○○, ○○○○. 〔**宋 蘇軾·朝辭赴定州論事狀**〕弈棋者勝負之形, 雖國工有所不盡, 而袖手傍觀者常盡之, 何則. 弈者有意于爭, 而旁觀無心故也. 〔**明 方孝孺·豫讓論**〕袖手旁觀, 坐待成敗, 國士之報, 曾若是乎.

日晷有限, 巧遲者不如拙速.
구

시간에 제한이 있어 솜씨있게 하려다가 늦어지는 것은 오히려 서투르더라도 빨리 해버리는 것만 못하다. 조속히 결단을 내려야 할 경우에는 서투르더라도 빨리 처리하는 것이 오히려 낫다는 뜻. (晷 : 세월. 시간. / 시기. 때. 시절./ 시각. 限 : 한도. 한계. 기한. 제한. 한정.)

〔**孫子兵法·作戰**〕兵聞拙速, 未覩巧之久也. 〔**晉書·譙王承傳**〕兵聞拙速, 不聞工遲. 〔**宋 謝枋得·文章軌範·有字集·小序**〕○○○○, ○○○○○○○.

其危如一髮引千鈞.
균

그 위험함이 머리털 하나로 천 균(鈞)의 무게를 끄는 것과 같다. (喩) 일이 매우 위급하여 조금도 용납할 수 없는 절박한 순간에 봉착하다. 매우 위급한 고비에 다다르다. (危如一髮 : 한 오리의 머리털로 천 균 무게의 물건을 끌어당긴다는 뜻으로, 당장에라도 끊어지려는 위급한 순간을 비유하여 이르는 말. 千鈞 : 三萬斤 무거운 무게 또는 그런 물건.) → **危如一髮. 危機一髮. 二以一縷之任, 繫千均之重.**

〔**韓愈·與孟簡尙書·書**〕漢氏以來, 群儒區區修補, 百孔千瘡, 隨亂隨失, ○○○○○○○○, 綿綿延延, 寢以微滅, 於是時也. 〔**枚乘·上書諫吳王**〕夫以一縷之任, 繫千均之重, 上懸之無極之高, 下垂之不測之淵, 雖甚愚之人, 猶知哀其將絶也. 〔**說苑·正諫**〕夫以一縷之任, 係千均之重, 上懸之無極之高, 下垂不測之淵. 雖甚愚之人, 且猶知哀其將絶也. 〔**漢書·枚乘傳**〕以一縷之任, 係千均之重,

斷而敢行, 鬼神避之, 後有成功.

과감하게 행하고 용감하게 책임을 지는 사람은 귀신마저도 다 그에게 길을 양보해주어, 결국 큰 공을 이룰 수 있다. 이것은 과단성으로 용감하게 결행하면 결국 성공한다는 것으로, 秦나라 秦始皇 사후 승상인 李斯와 더불어 장자인 扶蘇를 죽이고 차자 胡亥를 2세로 세운 뒤 李斯마저 죽이고 스스로 승상이 된 趙高가 신봉했던 정치적 신조를 나타낸 말이다. (斷而敢行 : 과단성으로 용감하게 결행하다. 과감하게 행하고 책임도 진다는 것을 뜻한다.)

〔**史記·李斯列傳**〕(趙)高曰, 臣聞湯·武殺其主, 天下稱義焉, 不爲不忠. ……. 故顧小而忘大, 後必有害. 狐疑猶豫, 後必有悔. ○○○○, ○○○○, ○○○○.

當局者迷, 傍觀者審.

바둑을 두고있는 자는 헤매지만 옆에서 구경하는 자는 훤히 안다. 그 일을 맡아보고 있는 사람은 갈피를 못잡고 헤매고 있으나, 곁에서 보고있는 사람은 똑똑히 알고 있다는 뜻. 정작 그 일을 하고있는 사람은 시비의 판단을 하지 못하고 있으나, 곁에 있는 제3자가 오히려 더 자세히 알고 있다는 뜻. (局 : 바둑·장기 등의 승부. 迷 : 갈피를 잡지 못하고 헤매다. 審 : 환히 알다. 밝게 알다.) = **傍觀者審, 當局者迷. 當局者迷, 傍觀者淸.**

〔**鹽鐵論·救匱**〕大夫曰, ……, 從旁議者易是, 其當局則亂. 〔**唐書·元行沖傳**〕當局稱迷, 傍觀必審, 何所爲疑而不申列. 〔**宋書·王微傳**〕○○○○, ○○○○. 〔**淸 翟灝·通俗編·政治**〕鹽鐵論, 從旁議者易是, 其當局則亂.

當斷不斷, 反受其亂.

마땅히 결단해야 할 것을 결단하지 않으면, 도리어(훗날) 어지럽힘을 받게 된다. 처리해야 할 일을 뒤로 미루어서 때와 기회를 남겨두면 언제나 후환을 얻게됨을 형용한 말.

〔**史記·春申君列傳**〕初, 春申君之說秦昭王, 及出身遣楚太子歸, 何其智之明也. 後制於李園, 旄矣. 語曰, ○○○○, ○○○○. 春申君失朱英之謂邪. 〔**漢書·霍光傳**〕昌邑群臣坐亡輔尊之誼, 陷王於惡, 光悉誅殺二百餘人, 出死, 號呼市中曰, ○○○○, ○○○○. 〔**逸周書**〕天與不取, 反受其咎, 當斷不斷, 反招其亂. 〔**經法·十六經**〕○○○○, ○○○○

大川不能促其涯(애), 以適速濟之情. 五嶽不能削其峻, 以副陟者之欲.

큰 강은 그 물언덕을 좁혀서 이를 빨리 건너고자하는 자의 사정을 맞출 수 없고, 명산인 오악은 그 험준함을 깎아내어서 이에 오르고자하는 자의 욕심에 부응할 수 없다. (喩) 큰 일을 하는 데 있어서는 거쳐야 할 과정이 있으며 그 필요한 과정을 뛰어넘거나 가로질러서 그 일을 성취할 수 없다. (促 : 좁히다. 짧게하다. 涯 : 물언덕. 適 : 맞추다. 情 : 사정. 형편. 五嶽 : 中國에서 천자가 제사를 지내던 다섯 명산으로 東嶽인 泰山, 西嶽인 華山, 南嶽인 衡山, 北嶽인 恒山, 中嶽인 嵩山을 이른다. 副 : 곁따르다. 陟 : 오르다. 나아가다.)

〔**抱朴子·廣譬**〕○○○○○○○, ○○○○○○. ○○○○○○○, ○○○○○○.

得黃金百, 不如得季布一諾.

황금 백 근을 얻는 것이 季布의 한 번 승낙을 얻는 것만 못하다. 한 번 승낙한 것은 반드시 실행하는 것이 더 없이 중요함을 이르는 말. (由) 젊어서 용감하고 한 번 승낙하면 그 약속을 지키는 楚나라 사람 季布는 劉邦과 項羽가 다투고 있을 때 楚의 대장으로 劉邦을 여러번 괴롭혀 項羽 패망후 현상금까지 걸렸으나 오히려 劉邦 밑에서 中朗 · 中朗將이 되었다. 그는 曹丘라는 능변가가 景帝의 외삼촌 竇長君의 집에 자주 출입하는 것을 알고 그에게 쓸모없는 曹丘와 교제를 끊을 것을 권했으나 曹丘가 竇長君을 찾아와 季布에게 소개장을 써 줄 것을 졸라 써주었다. 그리하여 曹丘는 季布를 찾아와 인사하고는 "楚나라 사람들에게는 得黃金百, 不如得季布一諾이라는 속담이 있는데, 어떻게 하여 지금 梁나라와 楚나라에서 그런 말을 듣게 되었는가?"라고 말했다. 그리하여 季布의 호감을 사게 되었다. → **季布一諾.**

〔**史記·季布欒布列傳**〕曹丘至, 卽揖季布曰, 楚人諺曰, ○○○○, ○○○○○○○. 足下何以得此聲於梁. 楚間哉. 〔**李白·敍舊贈江陽宰陸調 詩**〕一諾許他人, 千金雙錯刀.

登山須到頂, 入海須到底.

산을 올라갈 때는 모름지기 산 꼭대기에 가야하고, 바다에 들어갈 때는 모름지기 밑바닥에 가야 한다. (喩) 일을 할 때는 반드시 끝까지 하여야 한다.

〔**五燈會元·十七**〕○○○○○, ○○○○○. 登山不到頂, 不知宇宙之寬, 入海不到底, 不知滄溟之淺.

挽弓當挽强, 用箭當用長.

활을 당기려고 하면 마땅히 센 것을 당겨야 하고, 화살을 쏘으려고 하면 마땅히 긴 것을 써야 한다. (喻) 일을 하려고하면 남보다 특출한 일을 해야 한다. (挽 : 당기다. 끌어당기다.)

〔 **唐 杜甫·前出塞詩** 〕 ○○○○○, ○○○○○. 射人先射馬, 擒賊先擒王.

猛虎之猶豫, 不若蜂蠆之致螫. 騏驥之跼躅, 不如駑馬之安步.

채 석 국촉 노

맹호가 결정을 못하고 망설이는 것은 벌이나 전갈이 독침으로 쏘는 것만 못하고,천리마가 머뭇거리며 나아가지 못하는 것은 둔한 말이 천천히 가는 것만 못하다. 재능이 뛰어난 사람이 어떤 일에 대한 결정을 하지 못하고 주저하는 것보다 우둔한 사람이 빨리 결행하여 작은 성과를 거두는 것이 낫다는 비유. (猶豫 : 할까 말까하고 망설이다. 주저하다. 머뭇거리다. / 날짜를 미루다. 蠆 : 전갈. 致 : 실현하다. 달성하다. 螫 : 벌레 따위가 쏘다. / 독. 해독. 跼躅 : 배회하고 앞으로 나아가지 못하다. 머뭇거리며 나아가지 못하는 모양. 駑馬 : 둔한 말. 걸음이 둔한 말.)

〔 **史記·淮陰侯列傳** 〕 後數日, 蒯通復說曰, ……. 故知者 決之斷也, 疑者事之害也, 審豪氂之小計, 遺天下之大數, 智誠知之, 決弗敢行者, 百事之禍也. 故曰, ○○○○○, ○○○○○○○. ○○○○○, ○○○○○○○. 孟賁之狐疑, 不如庸夫之必至也. 〔 **說苑·談叢** 〕 猛獸狐疑, 不若蜂蠆之致毒也. 高議而不可及, 不若卑論之有功也.

物多相類而非也. 幽莠之幼也似禾, 驪牛之黃也似虎, 白骨疑象, 武夫類玉.

유 화 이

사물에는 서로 비슷하면서도 같지 않은 것이 많다. 강아지풀의 어린 것은 벼와 비슷하고, 검은 소의 누런 것(흑색·황색의 얼룩소)은 호랑이와 비슷하며, 백골은 상아로 의심하게 되고, 무부라는 아름다운 돌은 옥과 닮았다. 비슷한 것 같지만 사실은 그렇지 않은 것을 예로 들어 설명한 것. (類 : 닮다. 비슷하다. 幽莠 : 심록색의 구미초. 곧 강아지풀. 驪牛 : 검은 소. 象 : 상아. 武夫 : 붉은 바탕에 흰무늬가 있는 아름다운 돌. 옥과 비슷한 미석. = 碔砆.) → **似是而非. 似之而非. 似而非.**

〔 **莊子·山木** 〕 莊子笑曰, 周將處夫材與不材之間, 材與不材之間, 似之而非也, 故未免乎累. 〔 **孟子·盡心下** 〕 孔子曰, 惡似而非者. 惡莠, 恐其亂苗也. 惡佞, 恐其亂義也, 惡利口, 恐其亂信也. 〔 **戰國策·魏策一** 〕 夫 ○○○○○○○○, ○○○○○○○○, ○○○○○○○○, ○○○○, ○○○○. 此皆似之而非者也. 〔 **後漢書·章帝紀** 〕 夫俗吏矯飾外貌, 似是而非, 揆之人事則悅耳, 論之陰陽則傷化.

排山壓卵, 以湯沃雪.

산을 떠밀쳐서 달걀을 누르고, 끓는 물에 눈을 뿌리다. (喻) 일을 하기가 매우 쉽고 즉각 효과가 나타나다. (沃 : 물을 붓다. 대다. 뿌리다.) → **排山壓卵.** → **以湯沃雪. 以湯澆雪.**

〔**淮南子·兵略訓**〕若以水滅火, 若以湯沃雪. 何往而不遂, 何之而不用. 〔**晉書·杜有道妻嚴氏傳**〕○○○○, ○○○○. 〔**明 李贄·初譚集·夫婦**〕何, 鄧執權, 必爲玄害, 亦猶○○○○, ○○○○耳.

伐木掎矣, 析薪杝矣.
기 석 치

나무를 벨 때는 한 쪽으로 잡아당기며 자르고, 장작을 팰 때는 결을 따라서 쪼갠다. (喩) 모든 일은 원칙을 따라 순리대로 풀어야 한다. (掎 : 잡아당기다. 끌어당기다. 析 : 가르다. 쪼개다. 杝 : 나무의 결을 따라 쪼개다.)

〔**詩經·小雅·小辨**〕○○○○, ○○○○, 舍彼有罪, 予之佗矣.

蝮蛇螫手, 壯士解其腕.
복 석 완

살무사가 손을 물면 젊은이는 그 팔을 제거하여 해를 면한다. (喩) 과단성있게 일을 처리해서 작은 것 때문에 큰 것을 잃지 아니하다. 작은 것을 잃어 큰 것을 온전히 하다. (蝮蛇 : 머리가 3각형으로 된 회갈색의 독사 곧 살모사. 螫 : 독충이 독을 쏘다. ※ 이 독충에는 昆蟲, 甲蟲, 羽蟲, 鱗蟲, 裸蟲을 망라하는 것이다. 壯士 : 젊은이. 청년. 解 : 가르다. 해부하다. / 없애다. 제거하다. 제하다. 제외하다.)

〔**三國志·魏志·陳泰傳**〕將軍以烏合之卒, 繼敗軍之後, 將士失氣, 隴右傾蕩. 古人有言, ○○○○, ○○○○○. …… 今隴右之害, 過於蝮蛇, 狄邊之地, 非徒不守之謂.

奉漏甕, 沃焦釜.
옹

물이 새는 항아리를 들어 올리고 바닥이 타버린 솥에 물을 붓다. (喩) 일이 매우 긴급하여 지체할 시간이 조금도 없다. / 급히 일을 하지 않으면 공효(功效)가 없어진다. (奉 : 두 손으로 받쳐 들다. 들어 올리다. = 捧. 甕 : 독. 항아리. 沃 : 물을 붓다. 뿌리다. 焦 : 타다. 눋다.)

〔**史記·田敬仲完世家**〕周子曰, …… . 且趙之於齊·楚, 扞蔽也, 猶齒之有脣也, 脣亡則齒寒. 今日亡趙, 明日患及齊·楚. 且救趙之務, 宜若○○○○○○也.

奔流滔滔, 一瀉千里.
도

힘차고 빠른 물줄기가 세차게 넘쳐서 한번 흘러 천리에 다닫는다. (喩) 사물 처리가 거침없고 기세좋게 진행되다. / 필치·문장·구변이 자유롭고 그 기세가 기운차다. (奔流 : 세찬 흐름. 급류. 분류. / 세차게 빨리 흐르다. 滔滔 : 큰 물이 출렁이는 모양. 물이 차고 넘치는 모양. 一瀉千里 : 한번 흘러 천리에 다다르다. 瀉는 쏟다. / 물이 흐르다.) → **一瀉千里.**

〔**唐 李白·贈從弟宣州長史昭詩**〕長川豁中流, 千里瀉吳會. 〔**韓愈·貞女峽詩**〕懸流轟轟射水府, 一瀉百里飜雲濤. 〔**福惠全書**〕星馳華隰, 儼然峽裡輕舟, 片刻一瀉而千里. 〔**明 王世貞·文評**〕方希直如○○○○, ○○○○, 而瀠洄滉瀁之狀頗少. (方希直 : 方孝孺, 字希直.)

畚土之基, 雖良匠, 不能成其高.
분

한 삼태기의 흙으로 닦은 매우 좁은 터에는 비록 뛰어난 목수도 높은 집을 지을 수 없다. 일에는 할 수 있는 한도와 조건이 있다는 말. (畚 : 삼태기.)

〔 **鹽鐵論·非鞅** 〕 狐刺之鑿, 雖公輸子, 不能善其枘. ○○○○, ○○○, ○○○○○. 譬若秋蓬被霜, 遭風則零落, 雖有十子產, 如之何.

不求有功, 但求無過.

어떤 공적을 세울 것을 추구하려 하지 아니하고, 다만 잘못을 저지르지 아니할 것을 추구하려 하다. 일을 하는 것이 소극적 보수적이고, 언제나 평범한 의식상태에서 어떤 혼란이 생길 것을 두려워하는 것을 기리킨다. (求 : 구하다. 추구하다. 찾다. / 탐하다. 욕심부리다.)

〔 **清 燕谷老人·續孽海花** 〕 現在○○○○, ○○○○, 先去培養基礎才是.

非知之難, 行之難. 非行之難, 終之難.

아는 것이 어려운 것이 아니고 행하는 것이 어려우며, 행하는 것이 어려운 것이 아니고 잘 끝맺는 것이 어렵다. 일을 잘 끝내는 것이 가장 어려운 것을 이르는 말.

〔 **書經·商書·說命中** 〕 說拜稽首曰, 非知之艱, 行之惟艱. 王忱不艱, 允協于先王盛德. 〔 **貞觀政要·論慎終** 〕 語曰, ○○○○, ○○○. ○○○○, ○○○.

事變無窮, 難以逆料. 隨機應變, 不可預定.

일의 변화가 무궁하여 미리 헤아리기가 어렵고, 그 시기에 호응하여 민첩하게 일을 처리하는 일도 미리 정할 수 없다. (逆料 : 미리 헤아리다. 隨機應變 : 그때 그때의 사정과 형편을 보아 거기에 알맞게 그 자리에서 처리하다. = 臨機應變.) → **隨機應變. 臨機應變. 臨機制變. 臨時應變.**

〔 **後晋 劉昫等·舊唐書·郭孝恪傳** 〕 孝恪于青城宮進策于太宗曰, (王)世充日蹙月迫, 力盡計窮, 懸首面縛, 翹足可待, (竇)建德遠來助虐, 糧遠阻絶, 此是天喪之時, 請固武牢, 屯軍汜水, 隨機應變, 則易爲克殄. 〔 **朱子語錄** 〕 ○○○○, ○○○○. ○○○○, ○○○○. 〔 **明 羅貫中·三國演義** 〕 (孫權)乃問曰, 公平生所學, 以何爲主. (龐)統曰, 不必拘執, 隨機應變.

使烏獲疾引牛尾, 尾絶力勯, 而牛不可行逆也.
단

(천 균 곧 3만 근의 물건을 들었다고 하는 秦나라 武王을 섬긴 역사) 烏獲에게 소꼬리를 힘써 끌게 한다면 그 꼬리가 끊어지고 힘이 다 빠지더라도 소를 거꾸로 나아가게 할 수는 없다. (喻) 일을 순리대로 하지 않으면 그 성과를 거둘 수 없다. (疾 : 힘쓰다. 애쓰다. 勯 : 힘이 다하다. 힘이 다

빠지다.)

〔**呂氏春秋·重己**〕○○○○○○○, ○○○○, ○○○○○○○, 使五尺豎子, 引其棬, 而牛恣所以之順也.

獅子搏象兎, 皆用全力也.

사자가 코끼리나 토끼를 잡을 때도 온 힘을 다 쓴다. 일을 함에 있어서는 대소를 막론하고 진지하게 최선을 다하여 다루어야 하며 경솔한 태도를 취해서는 안됨을 이르는 말.

〔**淸 黃宗義·稱心志序**〕夫禹功以燕許廟堂之筆, 而沾沾于卷石之菁華, 一花之開落, 與桑經酈注, 爭長黃池, 則是師象搏兎, 皆用全力爾. 〔**淸 王士禎·分甘餘話**〕昔亡友葉 文敏評餘蜀道集詩, 無論大篇短章, 每首具二十分力量, 所謂○○○○○, ○○○○○. 餘深愧其言.

先發制人, 後發制於人.

일을 먼저 착수하면 남을 제압할 수 있으나, 남보다 뒤에 시작하면 남에게 제압당한다. 전쟁이나 일을 함에 있어 먼저 손을 쓰면 주도권을 잡아 상대방을 제압할 수 있으나, 뒤에 손을 쓰면 기선을 빼앗겨 제압당하게 된다는 뜻. = **先則制人, 後則爲人所制.** ≒ **有術則制人, 無術則制於人.**

〔**淮南子·主術訓**〕有術則制人, 無術則制於人. 〔**史記·項羽本紀**〕吾聞先卽制人, 後則爲人所制. 〔**漢書·項籍傳**〕方今江西皆反秦, 此亦天亡秦時也. ○○○○, ○○○○○. 〔**隋書·李密傳**〕先發制人, 此機不可失也. 〔**東周列國志**〕今西戎兵力方强, 與申國接壤, 主公速致書戎主, 借兵向鎬, 以救王后, ……語云, 先發制人, 機不可失.

先針而後縷, 可以成帷, 先縷而後針, 不可以成衣.

바늘이 앞서가고 실이 뒤따르면 휘장을 만들 수 있고, 실이 앞서가고 바늘이 뒤따르면 옷을 지을 수 없다. 모든 일은 선후·상하와 순리에 따라야 이루어질 수 있다는 뜻.

〔**淮南子·說山訓**〕○○○○○, ○○○○, ○○○○○, ○○○○○. 針成幕, 蔂成城. 事之成敗, 心由小生. 言由漸也. 染者, 先靑而後黑則可. 先黑而後靑則不可. …….. 萬事由此, 所先後上下, 不可不審.

成事不說, 遂事不諫, 旣往不咎(구).

이미 이루어진 일은 말하지 않으며, 끝난 일은 간하지 않으며, 이미 지나간 일은 탓하지 않는다. 힘이 미치지 못하는 일에 경솔히 나서는 것을 경계한 말. (遂事 : 이미 일을 이루다. 이미 일을 하여 멈출 수 없음을 이른다. 咎 : 책망하다. 비난하다.)

〔**論語·八佾**〕子聞之曰, ○○○○, ○○○○, ○○○○.

小孔不補, 大孔叫冤苦.
규 원

작은 구멍이 고쳐지지 않아서 큰 구멍이 억울하게 겪는 고통을 부르짖다. (喩) 작은 문제가 제때에 처리되지 않아서 큰 문제로 발전되어 이제 해결할 방법이 없게 되다. (補 : 고치다. 冤苦 : 억울한 죄로 겪는 고통. 억울하게 받는 고통.)

〔**明 張介賓·景岳全書**〕至苦失于調治, 致不能起. 則俗云○○○○, ○○○○○.

小事糊塗, 大事不糊塗.
호 도

작은 일은 우물쭈물 덮어버릴 수 있으나, 큰 일은 우물쭈물 덮어버릴 수 없다. 큰 일을 처리하는데 있어서는 결코 소홀해서는 안된다는 말. (糊塗 : 우물쭈물 하여 덮어버리다.)

〔**宋史·呂端傳**〕太宗欲相端, 或曰, 端爲人糊塗. 太宗曰, 端○○○○, ○○○○○. 決意相之. 〔**清 魏源·默觚下·治篇**〕大事不糊塗謂之才.

循流而下, 易以至. 倍風而馳, 易以遠.
이 치

물의 흐름을 따라 내려가면 쉽사리 이를 수 있고, 바람을 등지고 달리면 쉽사리 멀리 갈 수 있다. (喩) 일을 순리에 따라 행하면 쉽게 이룰 수 있다. (循 : 좇다. 따르다. 倍 : 등지다.)

〔**說苑·談叢**〕○○○○, ○○○. ○○○○, ○○○.

施爲, 宜似千鈞之弩, 輕發者無宏功.
노 굉

일을 실천하는 것은 마땅히 천 균(千鈞)이나 되는 무거운 돌로 만든 화살과 같이 해야 할 것이니, 함부로 쏘면 큰 공이 없다. 모든 일은 신중을 기해야 큰 성과를 거둘 수 있다는 뜻. (施爲 : 일을 실천하다. 千鈞 : 三萬斤의 무게. 매우 무거운 무게 또는 그러한 물건. 弩 : 쇠뇌. 석궁. 일종의 기계력을 이용하여 화살이나 돌을 잇달아 발사하는 궁. 宏 : 넓다. 크다.)

〔**菜根譚·百九十一**〕磨礪, 當如百鍊之金, 急就者, 非邃養, ○○, ○○○○○○, ○○○○○○.

矢在弦上, 不可不發.

화살이 이미 시위에 매겨져있어 쏘지 않을 수 없다. (喩) 사물은 일단 착수한 이상 중지할 수 없다. / 일이 이미 당도해서 일을 그만둘 형편이 안된다. (弦 : 활시위.)

〔**陳琳·爲袁紹檄豫州**〕< 李善注 > 琳避難冀州, 袁本初使典文章, 作此檄, 以告劉備, 言曹公失德不堪依附, 宜歸本初也. 後紹敗, 琳歸曹公, 曹公曰, 卿昔爲本初移書, 但可罪狀孤而已, 惡止其身, 何乃上及父祖邪. 琳謝罪曰, ○○○○, ○○○○, 曹公愛其才而不責之. 〔**太平御覽**〕(引魏書) 君昔爲本初作檄書,但罪孤而已, 何乃上及父, 祖乎. 琳謝曰, ○○○○, ○○○○.

夜長夢多, 恐將來有意外.

밤이 길면 꿈도 많이 꾸는 것이니, 장차 뜻밖의 일이 있을 것이 두렵다. 시간을 오래 끌면 때때로 하는 일에 불리한 변화가 일어날 수 있음을 두려워 하는 말. (意外 : 뜻 밖의 사고. 이외의 재난.) → **夜長夢多.**

〔**淸 呂留良·家書·論大火帖**〕昨橙齋得燕中信云, 薦擧事近復紛紜, ○○○○, ○○○○○○○, 奈何.

若不下水, 焉知有魚.

만약 물에 들어가지 않는다면 어찌 고기가 있는 것을 알 수 있으랴 ! (喩) 스스로 친히 실천을 하지 않으면 정황을 이해할 수 없다. (下水 : 물에 들어가다.)

〔**五燈會元**〕曰, ○○○○, ○○○○. 師曰, 莫閑言語.

若瞻前顧後, 便做不成.

첨

앞을 쳐다보고 다시 뒤를 돌아보면 도리어 일을 이루지 못한다. (喩) 지나치게 신중하여 결정을 내리지 못하고 우물쭈물하면 성공하지 못한다. (瞻前顧後 : 앞 뒤를 살피다. 사전에 매우 신중하게 생각한다는 뜻. / 반대로 앞 뒤를 너무 재어 우유부단하다는 뜻도 있다.) → **瞻前顧後. 瞻前慮後.**

〔**楚 屈原·楚辭·離騷**〕瞻前而後顧兮, 相觀民之計極. 〔**後漢書·張衡傳**〕向使能瞻前顧後, 則何陷于凶患乎. 〔**朱熹·朱子全書·爲學之方**〕○○○○○, ○○○○.

如有力者, 哀其窮, 而運轉之, 蓋一擧手一投足之勞也.

만일 힘이 있는 사람이 그 궁한 처지를 가엾게 여겨 이것을 다른 곳으로 옮겨주려고 하면, 아마 손 한번 들고 발 한번 옮겨놓는 수고를 할 뿐일 것이다. (喩) 아주 조그마한 동작으로 일을 쉽게 처리하다. / 딱한 처지에 있는 사람을 힘있는 사람이 조금만 도와준다면 일이 쉽게 이루어진다. (如 : 만약 …이라면. 運 : 옮기다. 轉 : 옮기다. 哀 : 불쌍히 여기다. 一擧手一投足 : 힘들이지 않고 쉽게 행하다. 한 사소한 동작. / 한 개인의 언행·동작.) → **一擧手一投足.**

〔**韓愈·昌黎先生集·應科目時與人書**〕天地之濱, 大江之濆, 曰有怪物焉. 蓋非常鱗凡介之品彙匹儔也. ……. ○○○○, ○○○, ○○○○, ○○○○○○○○○○.

寧要先難後易, 毋使先易後難.

무

(일을 함에 있어) 차라리 어려운 것을 먼저 실행하고, 쉬운 것을 나중에 할지언정, 쉬운 것을

먼저 하고 어려운 것을 뒤로 미루도록 해서는 안된다. (先 : 선행하다. 먼저 실행하다. / 앞서가다. 後 : 뒤로 미루다. 나중에 하다.) → **先難後易.**

〔**明 戚繼光·練兵紀實**〕○○○○○○, ○○○○○○. ……此已試之矣, 非誑吾徒也.

右手畫圓, 左手畫方, 不能兩成.

오른 손으로 원형(圓形)을 그리고 왼 손으로는 방형(方形)을 그리면 두 가지 다 이루지 못한다. (喩) 한꺼번에 두 가지 일을 할 수 없다. → **右手畫圓, 左手畫方. 一手畫圓, 一手畫方. 左畫方右畫圓.**

〔**韓非子·功名**〕故曰, 一手獨拍, 雖疾無聲. 人臣之憂, 在不得一. 故曰, ○○○○, ○○○○, ○○○○. 〔**韓非子·外儲說左下**〕子綽曰, 人莫能左畫方, 而右畫圓也. 〔**春秋繁露·天道無二**〕目不能二視, 耳不能二聽, 手不能二事. 一手畫方, 一手畫圓, 莫能成. 〔**隋書**〕劉炫左畫圓右畫方, 目視耳聽口言.

禹之治水, 水之道也.

夏나라 禹王의 치수(治水)는 막힌 물을 터서 통하게 하는 물의 성질에 따른 것이다. 일을 순리대로 처리하여 공을 이루었다는 뜻.

〔**孟子·告子下**〕白圭曰, 丹之治水也, 愈於禹. 孟子曰, 子過矣. ○○○○, ○○○○.

有爲者, 辟(비)若掘井. 掘井九軔(인)而不及泉, 猶爲棄井也.

선행 (또는 정당한 행위)을 행하는 것은 비유하면 우물을 파는 것과 같은 것이다. 우물을 9인(九仞)이나 되도록 깊이 파내려가도 샘물에 미치지 못하면 그 우물을 버리게 되는 것과 마찬가지다. (喩) 선량한 행위·정당한 행위 또는 인의를 실현하는 행위 등은 끝까지 해내지 않으면 많은 고생을 해도 아무 소용이 없게 된다. (有爲 : 이룰 능력이 있다. 유망하다. 장래성이 있다. / 선량한 행위·정당한 행위를 하다. 辟 : 견주다. 비유하다. = 譬. 軔 : 8자의 길이. = 仞. 棄 : 버리다. / 그만두다. 폐하다.)

〔**孟子·盡心上**〕孟子曰, ○○○, ○○○○, ○○○○○. ○○○○○○○○○, ○○○○○.

有以饐(열)死者, 欲禁天下之食悖(패). 有以乘舟死者, 欲禁天下之般悖.

(음식을 먹다가) 목이 메어서 죽은 사람이 있다고 해서 천하의 음식을 금지하려는 것은 도리에 어그러지는 것이며, 배를 타고 물을 건너다가 죽은 사람이 있다고 해서 천하의 큰 배 띄우는 것을 금지하려는 것은 도리에 어그러지는 것이다. (喩) 작은 장애 때문에 긴요한 일을 그만두어서는 안된다. 사소한 실패로 해야할 일을 그만 두어서는 안된다. 우발적인 일 때문에 일상적인 규칙을 고치는 것은 부당하다. (饐 : 음식을 먹다가 목이 메다. 悖 : 도리에 어그러지다. 어긋나다. 위배되

다. 船 : 큰 배.) → **因饐廢食.**

〔**呂氏春秋·蕩兵**〕夫○○○○○, ○○○○○○○. ○○○○○○, ○○○○○○○. 〔**淮南子·說林訓**〕有以飯死者, 而禁天下之食, 有以車爲敗者, 而禁天下之乘, 則悖矣. 〔**唐 陸贄·陸宣公集**〕昔人有因噎而廢食者, 又有懼溺而自沉者, 其爲矯枉防患之慮, 豈不過哉.

疑行無成, 疑事無功.

행하는 것을 의심하면 이루지 못하고 일하는 것을 의심하면 일의 보람이 없다. 실행하는 것을 망설이며 결정을 내리지 못하면 성취하는 것이 없고, 일하는 것을 주저하고 망설이면 공훈이 없다는 것. = **疑事無功, 疑行無名.**

〔**商君書·更法**〕臣聞之, ○○○○, ○○○○. 君亟定變法之慮, 殆無顧天下之議之也. 〔**史記·商君列傳**〕衛鞅曰, 疑行無名, 疑事無功. 且夫有高人之行者, 固見非於世. 〔**戰國策·趙策二**〕肥義曰, 臣聞之, 疑事無功, 疑行無名. 今王卽定負遺俗之慮, 殆無顧天下之議矣. 〔**新書·善謀一**〕公孫鞅曰, 臣聞, 疑行無名, 疑事無功.

以狼牧羊, 何能久長.

이리를 써서 양을 기르도록 하니 어찌 오래 지킬 수 있을 것인가? (喩) 나쁜 사람에게 일을 처리하게 하니 그 결과는 매우 위험한 처지에 놓이다.

〔**遼史·蕭岩壽傳**〕乙辛復入爲樞密使, 流岩壽于烏隗路, 終身拘作. 岩壽雖竄逐, 恒以社稷爲憂, 時人爲之語曰, ○○○○,○○○○. 三年, 乙辛誣岩壽與謀廢立事, 執還殺之.

以鴻毛燎(료)於爐炭之上.

기러기털을 화로의 숯불 위에 태우다. (喩) 조금도 어려운 일이 없다. 일하기가 아주 쉽다. (燎 : 불 태우다.)

〔**史記·刺客列傳**〕鞠武曰, …… 夫○○○○○○○○○○, 必無事矣. 且以鵰鷙之秦, 行怨暴之怒, 豈足道哉.

一口吸盡西江水.

한 입으로 西江의 물을 다 빨아들여 없애다. (喩) 단숨에 일을 해치우다. / 막힘없이 단숨에 문장을 지어내다.

〔**景德傳燈錄**〕待汝 ○○○○○○○, 卽向汝道.

一動不如一靜.

움직이는 것이 가만이 있는 것보다 못하다. (喩) 바꾸는 것이 원상을 유지하는 것보다 못하다. 일이 많은 것이 일이 적은 것보다 못하다. 함부로 참견하는 것보다는 차라리 조용히 있는 것이 낫다. 성공의 전망이 없는 것은 하지 않는 것이 낫다. ≒ **多一事不如少一事.**

〔**宋 張端義·貴耳集**〕(宋)孝宗幸天竺及靈隱, 有僧淨輝相隨. 見飛來峰, 問輝曰, 旣是飛來, 如何不飛去. 對曰, ○○○○○○.

日暮途遠, 故倒行而逆施之.

해는 저물었는데도 갈 길은 멀다. 그래서 차례를 바꾸어서 시행하는 것이다. (喩) 이미 나이 많아 늙었어도 할 일이 많아서 시대의 흐름에 역행하고 상도에 어그러지는 짓을 하다. / 궁지에 빠져 해결할 방책이 없어서 도리·순서가 전도되는 일을 하다. (由) 楚의 平王 때 간신인 少傅 費無忌의 참언으로 太子 建의 太傅인 伍奢와 그의 장자인 伍尙이 죽임을 당하자 차자인 伍子胥는 宋나라로 도망쳤다가 鄭나라를 거쳐 다시 吳나라로 갔다. 그 7년 후 楚의 平王이 죽고 간신인 費無忌도 피살되자 伍子胥는 吳나라 왕 闔閭를 도와 楚를 쳐 대승을 거둔 후 平王의 묘를 파 헤치고 시체에 300번의 매를 가했다. 이에 옛 친구 申包胥가 이를 지나치다고 비난하니 子胥는 위와 같이 말한 것. → **日暮途遠. 日暮途窮. 窮途末路.**

〔**吳子·治兵**〕凡馬不傷於末, 必傷於是, 不傷於飢, 必傷於飽. 日暮道遠, 必數上下. 寧勞於人, 愼無勞馬. 〔**尉繚子·兵敎下**〕日暮路遠, 還有挫氣. 〔**史記·伍子胥列傳**〕伍子胥曰, ……. 吾○○○○, 吾○○○○○○○. 〔**唐書·白居易傳**〕日暮道遠, 吾生已蹉跎. 〔**唐 杜甫·投贈哥舒開府翰二十韻**〕幾年春暮歇, 令日暮途窮.

一蚋噆膚(예 참), 不寢至旦. 半糠入目, 四方不治.

한 마리의 파리매가 피부를 물면 새벽에 이르도록 잠을 자지 못하며, 반 개의 겨가 눈에 들어가면 사방이 잘 다루어지지 못한다. (喩) 조그마한 사물이 큰 일의 추진에 차질을 가져오게 하다. (蚋 : 파리매. ※ 사람·가축의 피를 빨아먹는 곤충의 일종. = 蜹. 噆膚 : 살갗을 깨물다. 피부를 물다. 四方 : 주위. 주변 일대. 여러 곳. 治 : 안정하다. 태평하다.)

〔**戰國·無名氏·鶡冠者**〕○○○○, ○○○○. ○○○○, ○○○○.

日中必彗(혜), 操刀必割, 執斧必伐.

해가 중천에 떠있으면 반드시 햇볕에 쬐어 말려야 하고, 칼을 들면 반드시 목을 베어야 하고, 도끼를 들면 반드시 나무를 찍어야 한다. (喩) 모든 일은 시기를 놓치지 말고 여건이 조성될 때에 결행해야 하며 그렇지 않으면 도리어 역작용이 생긴다. (彗 : 햇볕에 쬐어 말리다.) → **操刀必割, 執斧必伐.**

〔 **六韜·文韜** 〕 太公曰, ……. ○○○○, ○○○○, ○○○○. 日中必彗, 是謂失時. 操刀不割, 失利之期. 執斧不伐, 賊人將來. 〔 **資治通鑑·漢紀** 〕 六年, 黃帝曰, 日中必熭, 操刀必割.

一波纔動萬波隨.
재

한 물결이 간신히 움직여도 천만 물결이 이에 따라서 일어난다. (喩) 어떤 일이 시작되면 뒤에 다른 많은 일이 매우 빨리 발전한다. (纔 : 겨우. 간신히.) = **一波動萬頃隨. 一波萬波.**

〔 **金 元好問·論詩詩** 〕 奇外無奇更出奇, ○○○○○○○. 〔 **宋 惠洪·冷齋夜話** 〕 華亭船子和尙有偈曰, 千尺詩論直下垂, ○○○○○○○. 夜靜水寒魚不食, 滿船空載月明歸.

臨淵羨魚, 不如退而結網.
선

못에 가서 물고기를 부러워하는 것은 물러가서 그물을 짜는 것만 못하다. (喩) 일을 헛되이 생각만 하고있기 보다는 처음부터 그 일에 착수하는 것이 낫다. 헛된 욕심을 부리기 보다는 그것을 실천하는 행동을 앞세우는 것이 중요하다. → **臨河而羨魚, 不如歸家而織網. 羨魚不如結網.**

〔 **文子·上德** 〕 臨河欲魚, 不若歸而織網. 〔 **淮南子·說林訓** 〕 臨河而羨魚, 不如歸家而織網. 〔 **漢書·董仲舒傳** 〕 ○○○○, ○○○○○○○. 〔 **董仲舒·天人策** 〕 古人有言曰, ○○○○, ○○○○○○○. 今臨政而願治, 七十餘歲矣, 不如退而更化. 〔 **通鑑·漢記·世宗孝武黃帝上** 〕 古人有言曰, ○○○○, ○○○○○○. 〔 **後西遊記** 〕 ○○○○, ○○○○○○○. 爲今之計, 莫若也學老大聖, 四海去求成仙道.

作事, 不宜令人厭, 亦不宜令人喜.

일을 함에는 남으로 하여금 싫어하게 하지도 말 것이며, 또한 좋아하게 하지도 말 것이다. 사업을 함에 있어서는 남에게 미움을 받아도 안되고, 남에게 지나친 호감을 사게 해서도 안되며, 중용을 취하는 것이 중요하다는 말.

〔 **菜根譚·百九十八** 〕 處世, 不宜與俗同, 亦不宜與俗異, ○○, ○○○○○, ○○○○○○○.

走不以手, 縛手, 走不能疾. 飛不以尾, 屈尾, 飛不能遠.

손으로 달리는 것이 아니지만 손을 묶으면 빨리 달릴 수 없고, 꼬리로 날아가는 것이 아니지만 꼬리를 구부리면 멀리 날아갈 수 없다. (喩) 모든 일은 여러 가지 조건이 고루 어우러져야 이루어진다.

〔 **淮南子·說山訓** 〕 ○○○○, ○○, ○○○○. ○○○○, ○○, ○○○○. 物之用者, 必待不用者. 故使之見者, 乃不見者也.

持而盈之, 不如其已. 揣而銳之, 不可長保.
이 췌

몸에 지니고 있으면서 그것을 가득 채워두면 (반드시 기울어져 넘치게 되어 있으므로) 그것은 적당한 곳에서 그만두는 만 못하다. 쇠를 두드려서 지나치게 날카롭게 하면 (반드시 부러지게 되어 있으므로) 그것이 오래 보존될 수 없다. 사람이 (부귀·영화·명예·권세 등을)지나치게 많음과 가득함을 추구하면 필연적으로 패하게 되어 있으므로 일찍이 정지하여 편안함을 추구함이 옳으며, 사람이 있는 재간을 겉으로 드러내면 반드시 좌절에 봉착하게 되므로 그것을 오래 보존할 수 없다는 뜻. (揣而銳之 : 방망이·망치 따위로 두드려서 나카롭게 하다. 재간을 겉으로 드러냄을 이른다.)

〔 **老子·第九章** 〕 ○○○○, ○○○○. ○○○○, ○○○○. 金玉滿堂, 莫之能守. 富貴而驕, 自遺其咎. 功遂身退, 天之道.

天與不取, 反受其咎. 時至不行, 反受其殃.

하늘이 주는 것을 취하지 아니하면 도리어 그 미움을 받고, 좋은 기회를 만났는데도 이루지 아니하면 도리어 그 재앙을 받는다. 하늘이 베풀어 준 것이나 하늘이 주는 좋은 기회를 취할 수 있을 때 취하지 아니하면 도리어 그 자신이 화를 받게 됨을 이르는 말. (咎 : 미움. 증오. / 과실. 허물. 죄. / 재앙.)

〔 **國語·越語下** 〕 蠡聞之, 上帝不考, 時反是守, 彊索者不祥. 得時不成, 反受其殃. ……. 臣聞之, 得時無怠, 時不再來, 天予不取, 反爲之災. 〔 **史記·越王句踐世家** 〕 范蠡曰, ……. 且夫天與不取, 反受其咎. 〔 **史記·淮陰侯列傳** 〕 蒯通曰, ……. 蓋聞○○○○, ○○○○, ○○○○, ○○○○. 願足下孰慮之. 〔 **說苑·談叢** 〕 天與不取, 反受其咎, 時至不迎, 反受其殃. 〔 **逸周書** 〕 天與不取, 反受其咎, 當斷不斷, 反招其亂.

初生之犢不懼虎.
독

방금 태어난 송아지는 호랑이를 두려워하지 않는다. (喻) 나이 적은 사람이 사회에 처음 나와서 위험을 무릅쓰고 용감하게 일을 처리하다. 알지 못하면서 어떤 위험이 닥쳐도 무서워하지 않고 의젓이 일을 하다. 하룻 강아지 범 무서운 줄 모른다는 말과 같은 뜻. = **初生之犢不畏虎. 初生之犢不怕虎. 乳犢不怕虎.**

〔 **莊子·知北遊** 〕 汝瞳焉如新生之犢, 而無求其故. 〔 **明 羅貫中·三國演義** 〕 關公回寨, 謂關平曰, 龐德刀法慣熟, 眞吾敵手. 平曰, 俗云, ○○○○○○○.

焦唇乾舌, 苦身勞力.

입술을 태우고 혀를 말리면서 몸을 괴롭히며 힘든 일을 하다. 심히 애를 태우면서 어려운 일을 해낸다는 뜻. (焦 : 태우다. 타다.) → **焦脣乾舌.**

〔**吳越春秋·夫差內傳**〕越曰再拜, 曰, ……. ○○○○, ○○○○, 上事群臣, 下養百姓. …….

偏聽生奸, 獨任成亂.

한 쪽 말만 듣고 믿는 것은 간사함을 발생시키고, 제 마음대로 결단하여 행하는 것은 혼란함을 조성한다. (偏聽 : 한 쪽 말만 듣고 신용하다. 獨任 : 의논하지 않고 제 마음대로 결단하여 행하다. 任은 멋대로 하다. 마음대로 행사하다. 자의로 행사하다.)

〔**漢 鄒陽·獄中上吳王書**〕故○○○○, ○○○○. 昔魯聽季孫之說而逐孔子, 宋信子冉之計囚墨翟. 〔**明 羅懋登·西洋記**〕○○○○, ○○○○. 古語不差.

合抱之木, 生於毫(호)末, 九層之臺, 起於累土, 千里之行, 始於足下.

아름들이 큰 나무도 털끝만한 싹으로부터 자라나고, 구층의 높은 누대도 한줌의 흙을 쌓는 데서부터 세워진 것이며, 천리길도 한 발자국을 내딛는 데서부터 시작되는 것이다. (喩) 작은 일도 쉬지 않고 차근 차근 힘써 쌓아가면 결국 큰 일을 이루어 성공하게 된다. / 모든 일은 작은 데에서 시작하여 큰 데에 이른다. (合抱 : 두 팔을 합쳐 안는 것. 한 아름의 굵기. 累土 : 흙을 쌓는 것.) = **九層之臺, 起於累土. 千里之行, 始於足下.**

〔**老子·第六十四章**〕○○○○, ○○○○, ○○○○, ○○○○, ○○○○, ○○○○. 〔**荀子·勸學**〕不積蹞步, 無以至千里, 不積小流, 無以成江海. 〔**白居易·續座右銘**〕千里始足下, 高山起微塵, 吾道亦如此, 行之貴日新. 〔**明 趙弼·兩敎辨**〕九層之臺起于累土, 千里之行始于足下, 聖人無常心, 以百姓心爲心. 〔**明 周亮工·尺牘新鈔·劉廷諫與孫北海**〕千里之行, 始于庭際, 願言好爲之.

解雜亂紛糾者不控(공)捲, 救鬪者不搏撠(극).

난잡하게 뒤엉킨 것(얽힌 실타래)은 (천천히 풀어야 하고) 주먹으로 쳐서는 안되며, 남의 싸움을 말리는 데는 (곁에서 화해하도록 권고해야 하고) 주먹이나 팔을 휘둘러 때리고 쳐서는 안된다. (喩) 일은 조심스럽게 그 실마리를 찾아 정도·조리에 따라 처리해야 한다. (雜亂 : 뒤섞여 어지럽다. 난잡하다. 紛糾 : 말썽이 많고 시끄럽다. 일이 뒤얽히다. 控捲 : 주먹으로 치다. 救鬪 : 싸움을 막다. 싸움을 제지하다. 搏 : 손으로 때리다. 치다. 撠 : 치다.)

〔**史記·孫子吳起列傳**〕孫子曰, 夫○○○○○○○○○○, ○○○○○○. 〔**唐 司馬貞·索隱**〕解雜亂紛糾者不控捲, 謂解雜亂糾紛者當善以手解之, 不可控捲以擊之. 捲, 則奉也. 救鬪者當善爲解之, 無以手助相搏擊, 則其怒益熾矣.

行百里者, 半於九十.

100리 길을 가는 데는 90리가 그 절반이다. 무슨 일이나 처음은 쉽고 끝맺기가 어렵다는 비유. 노정의 마지막이 어려우므로 잘 시작하고 중도에 그치지 않도록 하여 잘 끝내도록 격려하는 말.

〔**戰國策·秦策五**〕詩云, ○○○○, ○○○○, 此言末路之難也. 〔**宋 陸九淵·與章茂獻書**〕古語曰, 行百里者半九十, 言末路之難也. 知不至雖弗畔, 不足賴也. 〔**宋書·顔延之傳**〕行百里者半九十, 言末路之難也.

4. 成功·成果 및 失敗

竭澤而漁, 豈不獲得, 而明年無魚. 焚藪(수)而田, 豈不獲得, 而明年無獸.

연못의 물을 말려서 고기를 잡는다면 어찌 그것을 잡지 못하랴만 내년에는 잡을 고기가 없고, 초목의 덤불을 태워서 사냥을 한다면 어찌 짐승을 잡지 못하랴만 내년에는 잡을 짐승이 없다. (喩) 물건의 여지를 남겨두지 않고 모조리 취해버리면 목전의 이익을 얻을 수 있으나 장구한 이익을 얻을 수 없다. / 속임수를 쓰면 일시적인 이점은 취할 수 있으나 두 번 다시 그런 이점을 얻을 수 없다. (藪 : 초목의 덤불. 田 : 짐승을 사냥하다.) → **焚林而田. 焚藪而田. 竭澤而漁.**

〔**呂氏春秋·義賞**〕○○○○, ○○○○, ○○○○○. ○○○○, ○○○○, ○○○○○. 〔**韓非子·難一**〕文公辭舅犯, 因召雍季而問之, 曰, 我將與楚人戰, 彼衆我寡, 爲之奈何. 雍季對曰, 焚林而田, 偸取多獸, 後必無獸. 以詐遇民, 偸取一時, 後必無復. 〔**淮南子·本經訓**〕焚林而田, 竭澤而漁, 人械不足. 畜藏有餘.

薑(강)桂(계)因地而生, 不因地而辛. 女因媒而嫁, 不因媒而親.

생강과 계피는 땅 때문에 살지만 그 땅 때문에 매운 것은 아니며, 여자가 중매쟁이 때문에 시집을 가지만 그 중매쟁이 때문에 (부부가) 서로 친해지는 것은 아니다. (喩) 매개체 때문에 일이 성사되지만 그 일의 성공여부는 자신에게 달려있다.

〔**韓詩外傳·卷七**〕宋玉因其友見楚襄王, 襄王待之無以異, 乃讓其友. 友曰, 夫○○○○○○, ○○○○○, ○○○○○, ○○○○○. 子之事王未耳, 何怨於我. 〔**新序·雜事五**〕宋玉因其友見於楚襄王, 襄王待之無以異. 宋玉讓其友. 其友曰, 夫薑桂因地而生. 婦人因媒而嫁, 不因媒而親. 子之事王未耳, 何怨於我. 〔**藝文類聚**〕(韓詩外傳 卷七의 내용과 대동소이.)

輕諾(낙)必寡信, 多易(이)必多難.

어떤 일에 대한 승낙을 가벼이 하면 반드시 그것을 실행할 것에 대한 믿음이 적고, 일을 너무 많이 경시하면 반드시 너무 많은 어려움을 만나게 된다. (易 : 가볍게 보다. 가벼이 여기다. 경시하다. / 깔보다. 업신여기다. 경멸하다.)

〔**老子·第六十三章**〕夫○○○○○, ○○○○○. 是人聖人猶難之, 故終無難矣.

弄花一年, 看花十日.

1년동안 꽃을 가꾸어서 열흘동안 그 꽃을 즐기다. 꽃을 키우는 데는 많은 시간과 노력이 드나 그것을 보고 즐기는 것은 잠깐이라는 말. (喩) 많은 수고를 들였으나 공은 적다. (弄 : 일을 하다. 다루다. 처리하다. 만들다. 여기서는 가꾸다. 看 : 보다. 구경하다. 비라보다. / 관상하다. 감상하다.)

〔**宋 陸游·天彭牧丹譜**〕裁接剔治, 各有其法, 謂之弄花. 時人有○○○○, ○○○○之語.

圖未就之功, 不如保已成之業. 悔旣之失, 不如防將來之非.

이

아직 이루지 못한 일을 새로이 계획하는 것은 이미 이루어 놓은 일을 보존하는 것보다 더 못하고, 이미 저지른 실수를 후회하고 있는 것은 장차 닥쳐올지도 모를 잘못을 미리 방지하는 것보다 더 못하다. (圖 : 도모하다. 꾀하다. 계획하다. 추구하다. 就 : 이루다. 완성하다. 뜻한 바를 그대로 되게하다. 끝나다. 功 : 공훈. / 일. 직무.)

〔**菜根譚·八十**〕○○○○○, ○○○○○○○○, ○○○○, ○○○○○○○○.

導泉向澗, 則爲易下之流. 激波陵山, 必成難昇之勢.

간 이

물을 산골짜기 쪽으로 이끌면 쉽게 흘러서 내려가지만, 거센 파도가 산을 떠밀어도 반드시 올라가는 기세를 이루어 나가기는 어렵다. 모든 일은 조건과 형세가 자연의 본성에 맞아 떨어져야 이루어지며, 순리를 거역해서는 이룰 수 없다는 뜻. (澗 : 산골짜기. 陵 : 떠밀다.)

〔**劉晝·劉子·適才**〕○○○○, ○○○○○○, ○○○○, ○○○○○○.

罔曰弗克, 惟旣厥心.

해낼 수 없다고 말하지 말고 오직 그 마음을 다하여 일하라. (罔 : 해서는 안된다. ≒ 不. 無. 莫. 弗 : 不. 克 : 해내다. 이루어내다. / 능력이 있다. 旣 : 다하다. 마치다. 끝내다. 완성하다. 완수하다. 厥 : 그.)

〔**書經·周書·畢命**〕嗚呼, ○○○○, ○○○○, 罔曰民寡, 惟厥事.

無病而自灸也. 疾走料虎頭, 編虎須.

구

병이 없는데도 쑥을 태워 뜸을 뜨고, 빨리 달려서 호랑이 머리를 끌어당겨 호랑이 수염을 엮다. 쓸 데 없는 노력을 하고, 실로 무모하기 짝이 없는 행동을 한다는 비유. 공연히 말썽을 피우고, 스스로 번뇌나 고통을 찾아내는 것을 비유. 권세가를 건드리는 위험한 행동을 함을 비유. (灸 : 쑥으로 뜸질하다. 料 : 잡아 끌어당기다. 編 : 꼬다. 땋다. 얽다. 맺다. 엮다. 須 : 수염. = 鬚.) → **無病自灸.**

〔**莊子·盜跖**〕柳下季曰, 今者闕然數日不見, 車馬有行色, 得微往見跖邪. 孔子仰天而歎曰. 然. 柳下季曰, 跖得無逆女意若前乎. 孔子曰, 然丘所謂○○○○○○, ○○○○○, ○○○, 幾不免虎口哉.

無不爲者, 無不能成也. 無不欲者, 無不能得也.

무엇이든 하는 자는 능히 이루지 못하는 것이 없고, 무엇이든지 하고자 하는 자는 능히 얻지 못하는 것이 없다. (無不爲者 : 하지 않는 것이 없는 자. 곧 무엇이든 하는 자. 無不欲者 : 아니하고자 하는 것이 없는 자. 곧 무엇이든지 하고자 하는 자.)

〔**說苑·談叢**〕○○○○, ○○○○○. ○○○○, ○○○○○. 衆正之積, 福無不及也, 衆邪之積, 禍無不見也.

無將大車(거), 祇(지)自塵兮. 無思百憂, 祇自疧(기)兮.

큰 수레를 밀지 마라. (그렇게 하면) 다만 일신이 저절로 먼지로 오염될 뿐이다. 백가지 번뇌를 생각하지 마라. (그렇게 하면) 다만 저절로 고통을 가져올 뿐이다. 현인이 소인과 함께하면 여러 가지 번뇌만 따라올 뿐이고, 여러 가지 번뇌를 생각하면 고통만 가져올 뿐이라는 해석. (毛傳) / 큰 수레를 미는 것과 같이 백가지의 번뇌를 생각하는 것은 아무런 성과없이 헛수고 하는 것은 아니나 저절로 고통을 받게 된다는 뜻. (將 : 앞으로 밀다. 앞으로 보내다. 전진시키다. 祇 : 다만. 오직. 겨우. 塵 : 먼지로 오염되다./ 더럽다. 疧 : 고통.)

〔**詩經·小雅·無將大車**〕○○○○, ○○○○. ○○○○, ○○○○.

靡(미)不有初, 鮮克有終. 狐涉水, 濡其尾.

시작하는 것이 없는 것은 아니나 끝마무리를 이루어내는 것은 드물다. 여우가 물을 건너려다가 그 꼬리를 적셨을 뿐이다. (喩) 일을 시작하는 것은 쉬워도 마무리를 잘 하는 것은 어렵다. / 사람은 착한 성품을 타고 나는 것이나, 그 착한 성품을 최후까지 일관하기는 어렵다. / 어떤 한 가지 일을 이루려고 하다가 오히려 다른 한 가지의 손실만 입게 되다. (靡 : 없다. 克 : 이루어내다. 해내다. 濡 : 젖다.)

〔**周易·火水未濟**〕小狐汔濟, 濡其尾, 无攸利. 〔**詩經·大雅·蕩**〕天生蒸民, 其命匪諶, 靡不有初, 鮮克有終. 〔**春秋左氏傳·宣公二年**〕詩曰, 靡不有初, 鮮克有終. 〔**史記·春申君列傳**〕詩曰, ○○○○, ○○○○. 易曰, ○○○, ○○○. 此言始之易, 終之難也. 〔**史記正義**〕言狐惜其尾, 每涉水, 擧尾不令濕. 此至極困, 則濡之, 譬不可力之. 〔**戰國策·秦策四**〕詩云, 靡不有初, 鮮克有終. 易曰, 狐濡其尾. 此言始之易, 終之難也. 〔**新序·善謀一**〕(史記 · 春申君列傳 내용과 동일.) 〔**易林**〕小狐渡水, 汚濡其尾. 得利無幾, 與道合契. 〔**貞觀政要·論兼讓**〕魏徵曰, 古人云, 靡不有初, 鮮克有終. 〔**通俗編·正失**〕虎山棲息處, 毛鬣豈能犯陽侯, 凌濤瀨而橫厲哉. 俚語, 狐欲渡河, 無奈尾何. 舟人楫棹, 猶尚畏怖, 不敢迎上與之周旋.

不躓於山, 而躓於垤.
질　　　질

산에 걸려 넘어지는 일은 없어도 작은 언덕에 걸려 넘어지는 수는 있다. (喻) 큰 일에 실패함이 없어도 도리어 작은 일에는 실패하다. / 작은 해를 가벼이 하고 작은 일을 쉽게 여겨 많은 후회를 하다. (躓 : 물건에 걸려 넘어지다. 垤 : 작은 언덕.)

〔 **韓非子·六反** 〕 先聖有諺曰, ○○○○, ○○○○. 山者大, 故人愼之, 垤微小, 故人易之也. 〔 **淮南子·人間訓** 〕 戰戰慄慄, 日愼一日, 人莫蹪於山而蹪於垤. 故人皆輕小害, 易微事以多悔.

事有急之不白者, 寬之或自明, 毋躁急以速其忿.
무　　분

어떤 일은 서두르면 곧 더욱 명확하지 않게 되지만, 마음을 조금 느긋하게 하면 혹시라도 저절로 분명해질 수 있으니, 조급하게 굴어 그 분노를 절대로 불러 일으키지 말라. 어떤 일은 너무 서둘러 착수하면 더욱 명백하지 않게 되어 이루지 못하게 되고 오히려 정서의 불안을 초래하는 반면 마음을 느긋이하면 일이 분명해져 이룰 수 있게 됨을 이르는 것. (白 : 명백하다. 명확하다. 분명하다. / 명확하게 하다. 분명하게 하다. 寬 : 완만하다. 느슨하다. 느릿느릿하다. / 관대하다. 速 : 초래하다. 초치하다. 불러들이다. 忿 : 분함. 분노. 분개. 정서의 불안을 가리킨다.)

〔 **菜根談·百五十三** 〕 ○○○○○○○, ○○○○○, ○○○○○○○. 人有操之不從者, 縱之或自化, 毋操切以益其頑. 〔 **論語·子路** 〕 子夏爲莒父宰, 問政. 子曰, 無欲速, 無見小利. 欲速則不達, 見小利則大事不成.

先憂事者後樂事, 先樂事者後憂事.

사업을 위하여 먼저 걱정하는 사람은 뒤에 사업이 성공하여 안락하게 되고, 사업을 이룩함이 없이 먼저 안락하게 지내는 사람은 사후에 왕왕 걱정스러운 일을 당하게 된다. = **先憂事者後樂, 先傲事者後憂.**

〔 **西漢 戴德·大戴禮記** 〕 ○○○○○○○, ○○○○○○○. 昔者天子日旦思其四海之內, 治戰唯恐不能也. 〔 **說苑·談叢** 〕 先憂事者後樂, 先傲事者後憂.

善作者不必善成, 善始者不必善終.

일을 잘 한다는 것이 반드시 잘 성취시키는 것이 아니며, 일을 시작하는 것이 반드시 잘 마무리하는 것이 아니다.

〔 **史記·樂毅列傳** 〕 臣聞之, ○○○○○○○, ○○○○○○○. 昔伍子胥說聽於闔閭, 而吳王遠迹至郢. 夫差弗是也, 賜之鴟夷而浮之江.

成立之難如升天, 覆墜之易如燎毛.
복추 이 요

일을 일으켜 세우는 것은 하늘에 오르는 것과 같이 어렵고, 뒤집혀 떨어지는 것은 털을 태우는 것과 같이 쉽다. 성공하는 것은 매우 어렵지만 실패하는 것은 매우 쉽다는 뜻. (成立 : 조직·기구 따위를 설치하다. 창립하다. 결성하다. 일으켜 세우다. 覆墜 : 뒤집혀 떨어지다. 패망하다. 몰락하다. 실패하다.)

〔**明 龐尙鵬·龐氏家訓**〕古稱, 成立之難如登天, 覆墜之易如燎毛. 我祖宗旣身任其難, 爲後世計, 咨爾子孫, 毋蹈其易, 爲先人羞. 〔**淸 李綠園·岐路燈**〕所以古人留下兩句話, 成立之難如登天, 覆墜之易如燎毛, 言者痛心, 聞者自應刻骨. 〔**小學·嘉言**〕餘見名門右族, 莫不由祖先忠孝勤儉, 以成立之, 莫不由子孫頑率奢傲, ○○○○○○○, ○○○○○○○.

成也蕭何, 敗也蕭何.

성공한 것은 蕭何 때문이고, 실패한 것도 蕭何 때문이다. 漢나라 高祖 劉邦의 승상인 蕭何가 대장 韓信의 성공과 실패를 모두 조성했다는 뜻. (喻) 일의 성패가 모두 같은 한 사람 또는 사물에 의하여 조성되다. / 일을 처리한 것이 전후 모순되다.

〔**宋 洪邁·容齋續筆**〕韓信爲人告反, 呂後欲召, 恐其不就. 乃與蕭相國謀. 紿信入賀, 卽被誅. 信之爲大將軍, 實蕭何所薦, 今其死也, 又出其謀. 故俚語有○○○○, ○○○○之語. 〔**警世通言**〕登開機子, 兩脚懸空, ……剛年二十一歲. 始終一幅香羅帕, 成也蕭何敗也何.

所施之事, 半於古人, 而功倍於古人.

시행한 일은 옛 사람의 반이지만, 그 공은 옛 사람의 배다. 사소한 힘을 써서 많은 효과를 거두는 것을 이르는 말. → **事半功倍.**

〔**六韜·龍韜**〕夫先勝者, 先見弱於敵, 而後戰者也. 故士半而功倍焉. 〔**孟子·公孫丑上**〕當今之時, 萬乘之國行仁政, 民之悅之, 猶解倒懸也. 故事半古之人, 功必倍之, 惟此時爲然. < 朱注 > ○○○○, ○○○○, ○○○○○, 由時勢易, 而德行速也.

速成不堅牢, 亟走多顚躓.
뢰 극 전 질

일이 빨리 이루어진 것은 굳고 튼튼하지 못하고, 재빠르게 달리는 것은 넘어지는 경우가 많다. 일을 빨리 이루면 실패하기가 쉽다는 뜻. (堅牢 : 굳고 튼튼하다. 亟 : 재빠르다. 顚躓 : 발이 걸려 넘어지다. 실족하다.)

〔**唐書·高智周傳**〕速登者易顚. 〔**宋文鑑·范質詩**〕○○○○○, ○○○○○.

勝非其難也, 持之者其難也.

이기는 것은 어렵지 않으나 그것을 지켜 유지하는 것이 어렵다. 수성(守成)이 창업(創業)보다 어렵다는 뜻. ≒ **戰勝易, 守勝難. 戰易守難.**

〔**淮南子·道應訓**〕夫憂所以爲昌也, 而喜所以爲亡也. ○○○○○, ○○○○○○. 賢主以此持勝, 故其福及後世. 〔**吳子兵法·圖國**〕夫人有恥, 在大足以戰, 在小足以守矣. 然戰勝易, 守勝難. 故曰, 天下戰國, 五勝者禍, 四勝者弊, 三勝者覇, 二勝者王, 一勝者帝. 是以數勝得天下者稀, 以亡者衆.

愼厥初, 惟厥終, 終以不困.

그 처음을 삼가고, 그 끝맺음을 곰곰이 생각하여야 끝맺음이 곤난해지지 않게 된다. 사람이 무엇이나 처음과 끝을 잘 생각하여 처리하면 어려운 일에 빠지지 않는다는 말. (惟 : 생각하다. 사유하다. 사고하다. 사려하다. 숙고하다. 困 : 괴로움을 겪다. 시달리다. / 난처하다. 곤란하다.)

〔**書經·周書·蔡仲之命**〕○○○, ○○○, ○○○○, 不惟厥終, 終以困窮. 〔**書經·商書·仲虺之誥**〕嗚呼, 愼厥終惟其初, 殖有禮, 覆昏暴.

若業必求滿, 功必求盈者, 不生內變, 必召外憂.

만약 사업이 반드시 가득차기를 바라고 공이 반드시 채워지기를 바란다면, 그것은 안에서 변이 일어나지 않으면 필시 밖에서 우환을 부르게 될 것이다. 만약 사업이 덮어놓고 진선진미하기를 바라고, 공적이 최고봉에 이르기를 바란다면 이 때문에 내부의 변고가 발생하지 않으면 필연코 외래의 우환을 초래 될 것임을 이르는 말.

〔**菜根譚·二十**〕○○○○○, ○○○○○, ○○○○, ○○○○. ※〔**老子·第九章**〕持而盈之, 不如其已. 揣而銳之, 不可長保.

汝無自譽, 觀汝作家書.

네가 스스로 칭찬할 것이 없으면 네가 전할 가서(家書)를 지었는가를 살펴보라. (喩) 재능이 정말 있는가 없는가의 여부는 모름지기 실천한 것을 보면 알게 된다. (家書 : 그 집에 전하는 책 = 家本. / 집으로 부치는 편지 또는 집에서 온 편지. = 家信.)

〔**三國 魏 曹丕·典論·太子**〕餘蒙隆寵, 忝當上嗣, 憂惶踧踖, 上書自陳, 欲繁辭博稱, 則父子之間不文也, 欲略言直說, 則喜懼之心不達也. 里語曰, ○○○○, ○○○○○. 言其難也.

與人鬪, 不搤其亢, 拊其背, 未能全其勝也.

액 항 부

남과 싸울 때는, 그의 목을 손으로 잡아 조르고 그의 등을 치지 않으면 이기는 것을 온전히 할 수 없다. (喩) 일을 할 때는 중요한 곳을 제압해야 성공한다. (搤 : 조르다. 거머잡고 누르다. 亢 : 목구멍. 숨통. 拊 : 치다. 두드리다.) → **搤亢拊背. 搤咽拊背.**

〔**史記·劉敬叔孫通列傳**〕夫○○○, ○○○○, ○○○, ○○○○○○. 〔**楊雄·解嘲**〕搤其咽而亢其氣.

欲成大事, 必有小忍.

큰 일을 성취시키려고 하면 반드시 작은 일을 잘 참아야 한다.

〔**元 張養浩·牧民忠告**〕爲一時之忿, 使同寮之心離, 闔境之民不得治, 則其人之褊淺可知矣. 古人有言, ……○○○○, ○○○○.

龍頭飜成蛇尾.

(佛) 용의 머리가 뒤집혀서 뱀의 꼬리가 되다. (喩) 처음은 성하나 끝이 부진하다. 야단스럽게 시작하여 흐지부지 끝나다. 일의 시작은 있고 끝은 없다. = **龍頭蛇尾.** ≒ **虎頭蛇尾.**

〔**傳燈錄**〕可惜○○○○○○. 〔**宋 釋道原·景德傳燈錄·景通禪師**〕僧提起坐具, 師云, 龍頭蛇尾. 〔**景德傳燈錄·福州雪峰義存禪師**〕大小祖師, 龍頭蛇尾. 〔**五燈會元**〕雪峰存擧風幡語曰, 大小禪師, 龍頭蛇尾. 〔**元曲·李逵負荊**〕這廝敢狗行狼心, 虎頭蛇尾. 〔**碧巖集·十則**〕似則似, 是則未是, 只恐龍頭蛇尾.

運用之妙, 存乎一心.

운용의 묘는 마음 하나에 달려있다. 사람·법칙·기계를 잘 부려서 미묘한 효과를 거두는 것은 오직 마음 하나에 달려있다는 뜻. 운용을 어떻게 하느냐 하는 것은 오로지 각자의 재치있는 사고에 달려있음을 표시.

〔**唐書·岳飛傳**〕飛隸留守宗澤, 澤謂曰, 爾勇智才藝, 古良將不能過, 然好野戰, 非萬全計, 因授以陣圖. 飛曰, 陣而後戰, 兵法之常, 運用之妙, 存於一心, 澤是其言. 〔**宋史·岳飛傳**〕陣而後戰, 兵法之常. ○○○○, ○○○○.

爲山九仞, 功虧一簣.

휴 궤

구인(九仞)이나 되는 높은 산을 쌓아 올리는데 다만 한 삼태기의 흙을 쌓는 것을 게을리하여 완성을 하지 못해 그 공이 헛되이 되다. (喩) 거의 다 된 일을 마지막 마무리를 게을리하여 일 전체를 망가뜨리다. 일을 함에 있어 다만 최후의 일점을 완성하지 못하여 실패하다. 성공을 눈 앞에 두고 실패하다. (爲 : 만들다. 仞 : 높이·길이를 재는 단위로 옛날 7尺 또는 8尺에 해당.) = **九仞功虧一簣. 功虧一簣.**

〔**書經·周書·旅獒**〕不矜細行, 終累大德, ○○○○, ○○○○. < 孔傳 > 八尺曰仞, 喩向一簣. 〔**論語·子罕**〕譬如爲山, 未成一簣, 止, 吾止也. 譬如平地, 雖覆一簣, 進, 吾往也. 〔**古諺**〕立覆簣之基, 成九仞之功.

爲者常成, 行者常至.

일을 행하는 자는 언제나 성취하는 것이 있고, 길을 가는 자는 언제나 목적지에 닿게 마련이다.

〔**晏子春秋·雜下**〕晏子曰, 嬰聞之, ○○○○, ○○○○. 嬰非有異于人也. 常爲而不置, 常行而不休者, 故難及也.

爲他人作嫁衣裳.

남을 대신하여 시집갈 때 입을 의상을 만들다. (喩) 남을 위하여 힘만 다 쓸 뿐 자신은 별로 소득을 얻지 못하다. (爲 : …을 대신하여. … 때문에 …까닭으로. / 돕다.)

〔**唐 秦韜玉·貧女詩**〕若恨年年壓金線, ○○○○○○○. 〔**淸 徐靈胎·洄溪道情**〕終年碌碌, 多是○○○○○○○.

有善始者實繁, 能克終者蓋寡.

시작을 훌륭하게 하는 자는 실제로 많으나 끝을 잘 이루어낼 수 있는 자는 대개 적다. (喩) 일을 훌륭히 시작하는 자는 많으나 그것을 관철하여 성공하는 자는 적다. 처음에는 왕성하나 끝이 부진하다. 사람이 지구력·절조가 없다. (繁 : 많다. 克 : 이루어내다.) = **有始無終.**

〔**晉書·劉聰載記**〕小人有始無終, 不能如貫高之流也. 〔**魏徵·諫太宗十思疏**〕○○○○○○, ○○○○○○. 〔**揚雄·法言·孝至**〕或問德有始, 而無終與有終, 而無始也孰寧.

有二鵰(조), 飛而爭肉. 晟馳往, 遇鵰相攫(확), 遂一箭雙貫焉.

어떤 두 마리의 수리가 날면서 고기를 뺏으려고 다투고 있었다. 北周의 長孫晟이 급히 달려와서 수리를 마주쳐 잡으려고 생각, 드디어 하나의 화살로 그 두 마리를 맞쳤다. (喩) 한 가지 일을 하여 두 가지 이득을 동시에 얻다. (馳 : 달리다. 遇 : 마주치다. 相 : 생각하다. 攫 : 붙잡다. 잡아 쥐다. 貫 : 맞치다. 적중하다.) → **一箭雙鵰. 一擧兩得. 一石二鳥.**

〔**北史·長孫晟傳·載**〕北周遣長孫晟送千金公主去突厥與攝圖完婚, 攝圖愛晟, 每共遊獵, 留之竟歲. 嘗有二雕, 飛而爭肉, 因以箭兩隻與晟, 請射取之. 晟馳往, 遇雕相攫, 遂一發雙貫焉. 〔**新唐書·高駢傳**〕事朱叔明爲司馬, 有二雕竝飛, 駢曰, 我且貴, 當中之. 一發貫二雕焉. 〔**續景德傳燈錄·慧海儀禪師**〕萬人胆破沙場上, 一箭雙雕落碧空.

一人畫蛇於地, 又添足.

한 사람이 땅에 뱀을 그리고 또 거기에 발을 더하여 그리다. 뱀을 그리는데 있어 실제로는 없는 뱀다리를 첨가하여 그림으로 인하여 원 뱀모양과는 아주 다르게 되었다는 말. (喩) 재주를 피우려다가 도리어 일을 망쳐버리다. 쓸 데 없는 일을 하다가 도리어 실패하다. 일을 하는데 의외의 사태 또는 문제가 발생하다. → **畫蛇添足.**

〔**戰國策·齊策二**〕楚有祠者, 賜其舍人卮酒. 舍人相謂曰, 數人飮之不足, 一人飮之有餘. 請畫地爲蛇, 先成者飮酒. 一人蛇先成, 引酒且飮之. 乃左手持卮, 右手畫蛇曰, 吾能爲之足. 未成, 一人之蛇成, 奪其卮曰, 蛇固無足. 子安能爲之足. 遂飮其酒. 爲蛇足者, 終亡其酒. 〔**後漢書·袁紹傳**〕妄畫蛇足, 曲辭諂諂. 〔**黃庭堅·拙軒頌**〕弄巧成拙, 爲蛇添足.

一波未平, 一波又起.

한 물결이 잠자지 않았는데 다른 한 물결이 또 일어나다. (喩) 시문을 쓰는 것이 파란이 있고 기복이 있다. / 번거로운 일이 해결되지 않고 있는데 다른 하나의 번거로운 일이 또 다시 발생하다.

〔**宋 姜夔·白石道人詩說**〕波瀾開闔, 如在江湖中,一波未平, 一波已作. 〔**元 楊載·詩家法數**〕七言古詩, 忌庸俗軟腐, 須是波瀾開合, 如江海之波, ○○○○, ○○○○.

臧(장)與穀 二人相與牧羊, 臧挾筴(책)讀書, 穀博塞(새)以遊, 而俱亡其羊.

사내종과 계집종 두 사람은 함께 양을 치고 있었는데, 사내종은 죽간을 끼고 글을 읽었고, 계집종은 놀음놀이를 하다가 그 양을 다 잃어버렸다. (喩) 마음을 딴 곳에 쓰느라고 본디의 길·도리를 잃어버리거나 중요한 일을 소홀히 하다. / 두 사람의 하는 일은 다르나 그 결과는 같다. (臧 : 종. 노예. 노복. 여비에게 장가든 남자종. 穀 : 계집종. 노비. 노예에게 시집간 여자종. 筴 : 죽간. 글자를 적은 나무쪽 또는 대쪽을 엮어 책으로 삼은 것. 博塞 : 놀음. 도박.)

〔**莊子·騈拇**〕臧與穀二人相與牧羊, 而俱亡其羊. 問臧奚事, 則挾筴讀書, 問穀奚事, 則博塞以遊. 二人者事業不同, 其於亡羊均也.

政有招寇(구), 行有招恥. 弗爲而自至, 天下未有.

정벌은 적군을 부르고, 행동은 수치심을 부른다. 행하지 않았는데도 저절로 찾아오는 것은 세상에는 아무것도 없다. (政 : 정벌하다. 치다. ≒ 征. 寇 : 구적. 외적. / 적병의 지칭. / 외래침략자.)

〔**說苑·談叢**〕○○○○, ○○○○, ○○○○○, ○○○○.

甑(증)已(이)破矣, 顧之何益.

시루는 이미 깨져버렸으니 이것을 돌아본들 무슨 이익이 있으랴! (喩) 일이 이미 지나가버린 다음에는 애석해 해도 소용이 없다. 이미 그릇된 일은 뉘우쳐도 소용이 없다. = **甑已破矣, 視之何益.** → **甑已破矣.**

〔**後漢書·郭泰傳**〕(孟敏)客居太原, 荷甑墮地, 不顧而去. 林宗見而問其意, 對曰, 甑已破矣, 視之何益.〔**通鑑·漢紀**〕○○○○, ○○○○.〔**十八史略·中古·秦漢篇**〕鉅鹿孟敏, 何益墮地, 不顧而去, 泰見問之, ○○○○, ○○○○, 泰亦勸令學.

遲是疾, 疾是遲.

더딘 것은 빨리하고, 빠른 것은 더디하다. 일을 온당하게 처리하면 빨리 완성할 수 있으나, 서둘러 완성시킬 것을 추구하면 도리어 질질 끌어 시간을 놓칠 수 있음을 가리킨다.

〔**唐 無名氏·王氏見聞**〕事不可竟. 古諺云, ○○○, ○○○. 斯是有理.〔**通俗編**〕事不可竟. 古諺, ○○○, ○○○. 斯甚有理.

此鳥不飛則已(이), 一飛沖(충)天. 不鳴則已, 一鳴驚人.

이 새는 날지 않으면 그만이지만 한 번 날면 하늘로 치솟고, 울지 않으면 그만이지만 한 번 울면 사람을 놀라게 한다. (喻) 한 번 행동을 하면 큰 영향을 미친다. / 평시에 잘 나타내지도 않다가 곧 한꺼번에 사람을 놀라게 할 정도의 큰 일을 하다. (沖 : 찌르다. = 冲. 衝 대신 쓰이기도 한다.)
→ **一飛沖天. 一鳴驚人.**

〔**呂氏春秋·重言**〕是鳥雖無飛, 飛將沖天, 雖無鳴, 鳴將駭人.〔**韓非子·喩老**〕王曰, ……, 雖無飛, 飛必沖天, 雖無鳴, 鳴必驚人.〔**史記·楚世家**〕莊王曰, 三年不蜚, 蜚將沖天, 三年不鳴, 鳴將驚人. 擧退矣, 吾知之矣.〔**史記·滑稽列傳**〕淳于髡說之以隱曰, 國中有大鳥, 止王之庭, 三年不蜚, 又不鳴, 王知此鳥何也. 王曰, ○○○○○○, ○○○○. ○○○○, ○○○○.〔**新序·雜事二**〕是鳥雖無蜚, 蜚必沖天, 雖不鳴, 鳴必驚人.〔**吳越春秋·王僚使公子光傳**〕於是莊王曰, 此鳥不飛, 飛則沖天. 不鳴, 鳴則驚人.〔**十八史略·上古·春秋戰國篇**〕王曰, 三年不飛, 飛將衝天, 三年不鳴, 鳴將驚人.

千里之差, 興自毫端.

천리나 되는 큰 차이도 가는 털의 끝으로부터 일어난다. 큰 착오도 미세한 곳으로부터 시작됨을 이르는 말.

〔**後漢書·南匈奴傳**〕降及後世, 翫爲常俗, 終於呑噬神鄕, 丘墟帝宅. 嗚呼. ○○○○, ○○○○, 失得之源, 百世不磨矣.

天下不如意, 恒十居七八.

세상 일이란 뜻과 같지 않아서 (그것이) 통상 十에 七이나 八을 차지한다. 세상 일이 뜻대로 안될 때가 많음을 이르는 말. (居 : 차지하다.)

〔**晉書·羊祜傳**〕祜請伐吳, 議者多不同. 祜歎曰, ○○○○○, ○○○○○.〔**陸游·詩**〕不如意事常八九, 孰與人言無二三.

寸而度之, 至丈必差. 銖而稱之, 至石必過.
탁 수 칭

한 치(寸) 단위로 길이를 재면 한 장(丈)에 이르러서는 반드시 차이가 나고, 한 수(銖) 단위로 무게를 달면 한 섬(石)에 이르러서는 반드시 잘못이 있게 마련이다. 작은 문제를 말로만 둘러대면 지혜를 얻기 어려우나 크게 비교하면 쉽게 지혜를 얻을 수 있다는 뜻. (度 : 광협·장단을 재다. 稱은 저울질하다. 무게를 달다. 寸 : 한 자의 10분의 1. 丈 : 10자. 100치. 銖 : 1량의 24분의 1. ※ 斤은 16량. 石 : 120근. 46.080수.)

〔**文子·上仁**〕○○○○, ○○○○. ○○○○, ○○○○. 石稱丈量, 徑而寡失. 大較易爲智, 曲辯難爲慧. 〔**淮南子·泰族訓**〕○○○○, ○○○○, ○○○○, ○○○○. 石稱丈量, 徑而寡失. 〔**說苑·談叢**〕○○○○, ○○○○, ○○○○, ○○○○. 石稱丈量, 徑而寡失. 簡絲數米, 煩而不察. 故大較易爲智,曲辯難爲慧. 〔**說苑·正諫**〕銖銖而稱之, 至石必差. 寸寸而度之, 至丈必過. 石稱丈量, 徑而寡失.

行事在人, 成事在天.

일을 하는 것은 사람에게 달려 있지만, 그 일을 성취시키는 것은 하늘에 달려 있다.

〔**明 徐元·明珠記**〕婚緣姻緣, 事非偶然. ○○○○, ○○○○.

毫釐之失, 差以千里.
리

(처음에) 털끝만한 작은 것을 놓치면 (나중에) 그 어긋나는 것은 천리나 된다. (喩) 처음은 극히 작은 편차가 생기면 나중에는 엄청난 잘못이 조성된다. 털끝만큼의 작은 실수가 매우 큰 결과를 초래한다. 처음에 조그마한 잘못도 있어서는 안됨을 이르는 말. (毫 : 자·저울의 작은 눈금. / 가는 털. 작은 것의 비유. 釐 : 큰 눈금. 一釐는 十毫. 差 : 엇갈림. 어긋남.) = **毫釐千里. 失之毫釐, 差以千里. 失之毫釐, 謬以千里. 差若毫釐, 謬以千里. 毫釐之差.**

〔**禮記·經解**〕易曰, 君子愼始, 差若毫釐, 謬以千里, 此之謂也. 〔**大戴禮·保傅**〕易曰, 正其本, 萬物理. 失之毫釐, 差之千里. 故君子愼始也. 〔**史記·太史公自序**〕(易)曰, 失之毫釐, 差以千里. 〔**說苑·建本**〕易曰, 建其本而萬物理. 失之毫釐, 差以千里. 是故君子貴建本而重立始. 〔**抱朴子·疾謬**〕毫釐之失有千里之差. 〔**舊唐書·魏徵傳**〕此乃差之毫釐, 失之千里. 〔**晉書·虞預傳**〕邪黨互瞻, 異同蜂至, 一旦差跌, 衆鼓交鳴, ○○○○, ○○○○. 〔**宋 陳亮·寄陳同甫書**〕則夫毫釐之差, 謬以千里. 〔**清 喻昌·醫門法律**〕凡辨息, 不分呼出吸入以求病情, 毫釐千里. 醫之過也.

Ⅲ. 社會生活

1. 社會生活, 秩序 및 環境

-社會生活·秩序·序列·階層·雰圍氣·生活環境

坎井無黿鼉者隘也, 園中無修林者小也.
감 원타 애

작은 우물에 큰 자라와 악어가 없는 것은 땅이 좁기 때문이고, 동산에 길게 자란 수풀이 없는 것은 동산이 작기 때문이다. (喩) 작은 지역에서는 큰 인물이 나기 어렵다. / 작은 무대에서는 큰 일을 해 낼 수 없다. (坎井 : 구덩이와 같은 작은 우물. 黿鼉 : 큰 자라와 악어. 隘 : 땅이 좁다. 修木 : 키가 큰 나무. 修는 길다. 높다.)

〔**淮南子·主術訓**〕埳井無黿鼉隘也, 園中無脩木小也. 夫擧重鼎者, 力少而不能勝也. 〔**說苑·談叢**〕○○○○○○○○, ○○○○○○○○.

刳胎焚夭, 則麒麟不至. 乾澤而漁, 蛟龍不遊. 覆巢毁卵, 則鳳凰不翔.
고 요 상

태를 가르고 어린 (짐승의) 새끼를 불태우는 곳에 기린은 가지 않고, 못을 말리고서 고기잡이를 하는 곳에 비늘이 있는 교룡이 노닐지 않으며, 새 둥지를 엎어버리고 알을 깨뜨리는 곳에 봉황은 날아가지 않는다. (喩) 자기와 같은 무리를 훼상시키는 것에 깊은 애통을 느끼고 그런 장소를 멀리한다. (刳 : 가르다. 쪼개다. 夭 : 금방 낳은 날짐승·길짐승의 새끼. 覆巢毁卵 : 새 둥지를 엎어버리고 알을 깨뜨리다. 부모의 재난에 자식도 화를 당한다는 비유. 또 근본이 망하면 지엽도 따라 망한다는 비유. 翔 : 날다.) → **覆巢毁卵. 覆巢破卵.**

〔**呂氏春秋·應同**〕夫覆巢毁卵, 則鳳凰不至, 刳獸食胎, 則麒麟不來, 乾澤涸漁, 則龜龍不往. 〔**史記·孔子世家**〕丘聞之也, 刳胎殺夭, 則麒麟不至郊, 渴澤涸漁, 則蛟龍不合陰陽, 覆巢毁卵, 則鳳凰不翔. 〔**戰國策·趙策四**〕臣(諒毅)聞之, 有覆巢毁卵, 而鳳皇不翔, 刳胎焚夭, 而麒麟不至. 〔**說苑·權謀**〕故丘聞之, ○○○○, ○○○○○. ○○○○, ○○○○, ○○○○, ○○○○○. 丘聞之, 君子重傷其類者也. 〔**孔子家語·困誓**〕丘聞之, 刳胎殺夭, 則麒麟不至郊, 渴澤而漁, 則蛟龍不處其淵, 覆巢破卵, 則鳳凰不翔其邑. 〔**三國志·魏志·劉廙傳·注**〕(내용 생략.)

冠雖敝, 必加於首, 履雖新, 必關於足.

관은 해져도 머리에 써야 하고, 신발은 새것이라도 반드시 발에 신어야 한다. (喩) 상하·귀천의 질서를 바꾸어서는 안된다. (關 : 걸다. 걸리다.) → **履雖新不爲冠. 履雖鮮不加於枕. 冠履不可顚倒. 冠履不可倒易.**

〔**淮南子·道應訓**〕崇侯虎曰, ……. 冠雖敝, 必加於頭, 及未成請圖之. 〔**史記·儒林列傳**〕黃生曰, 冠雖敝必加於首, 履雖新必關於足. 何者. 上下之分也. 〔**說苑·奉使**〕使者曰, 冠雖敝, 宜加其上, 履雖新, 宜居其下. 周室雖微, 諸侯未之能易也. 〔**說苑·談叢**〕冠雖故, 必加於首, 履雖新, 必關於足. 上下有分, 不可相倍. 〔**漢書·賈誼傳**〕臣聞之, 履雖鮮不加於枕, 冠雖敝不以苴履. 〔**元 無名氏·梧桐葉**〕老夫想來, 冠至敝不可棄之于足, 履雖新不可加之于首. 此女相門之家, 納之爲妾, 此心安忍. 〔**明 羅懋登·西洋記**〕冠雖敝不置于足, 履雖鮮不加于首.

君先而臣從, 父先而子從, 兄先而弟從, 長先而少從, 男先而女從, 夫先而婦從.

군주가 앞장서고 신하가 뒤좇아가며, 아비가 앞장서고 자식이 뒤좇아가며, 형이 앞장서고 아우가 뒤좇아가며, 어른이 앞장서고 젊은이가 뒤좇아가며, 남자가 앞장서고 여자가 뒤좇아가며, 지아비가 앞장서고 지어미가 뒤좇아간다. 높은 사람이 앞장서고 낮은 사람이 뒤따르는 것은 자연스러운 질서임을 지적한 것. (先 : 앞서 가다. 앞장 서다. 이끌다. 제일 먼저 발의하다. 맨 먼저 실행하다. 일을 먼저 하다.)

〔**莊子·天道**〕○○○○○, ○○○○○, ○○○○○, ○○○○○, ○○○○○, ○○○○○. 夫尊卑先後, 天地之行也, 故聖人取象焉. ※〔**周易·繫辭上傳**〕天尊地卑, 乾坤定矣. 卑高以陳, 貴賤位矣.

大海水, 深又深, 魚龍出入任升沈.

큰 바닷물은 깊고 또 깊어서 고기와 용이 드나들어 마음대로 뜨고 가라앉는다. (喻) 활동하는 영역이 무한하게 넓어서 공헌할 능력있는 사람이 힘을 다하여 그 능력을 발휘할 수 있다. (任 : 마음대로.)

〔**五燈會元**〕曰, 如何是著身處, 師曰,○○○, ○○○. 曰, 學人不會. 師曰, ○○○○○○○.

目不忍視, 耳不忍聞.

눈으로는 차마 볼 수 없고, 귀로는 차마 들을 수 없다. 정경이 매우 처참함을 형용. = **目不忍見, 耳不忍聞. 目不忍見, 耳不勘聞.** → **目不忍睹.**

〔**清 康有爲·大同書**〕若將其坑之迹演以雜劇, 累一月描寫之, 當无人不惻動其心, 哀矜涕泗, ○○○○, ○○○○矣.

茂林之下無豐草, 大塊之間無美苗.

무성한 숲 속에는 무성한 풀이 자라지 못하고, 큰 흙덩이 사이에는 좋은 곡식이 나지 않는다. (喻) 나쁜 사회환경에서는 훌륭한 인물이 나지 않는다. (豐草 : 무성한 풀. 풍성한 풀. 美 : 좋다.)

〔**鹽鐵論·輕重**〕御史曰, 水有猵獺而池魚勞, 國有强禦而齊民消. 故○○○○○○○, ○○○○○○○.

白刃扞乎胸, 則目不見流矢, 拔戟加乎首, 則十指不辭斷.
한 극

시퍼런 칼날이 가슴 앞에 침범해오면 눈은 날아오는 화살을 볼 겨를이 없고, 뽑아든 창끝이 머리 위에 와닿으면 열 손가락이 끊어지는 것을 보살필 수가 없다. (喩) 급한 일이 일어나면 덜 급한 일은 고려할 여지가 없다. 중요한 일이 있을 때는 중요하지 않는 일은 도외시 된다. (扞 : 범하다. 침범하다. ≒ 干. 加 : 미치다. / 침노하다. 辭 : 소중히 여기다. 중시하다. 아끼다. ≒ 惜. /돌보다. 보살피다. ≒ 顧.)

〔**荀子·彊國**〕 堂上不糞, 則郊草不瞻曠蕓. ○○○○○, ○○○○○○, ○○○○○, ○○○○○○. 非不以此爲務也. 疾養緩急之有相先者也.

山雨欲來風滿樓.

산골에 있는 집에 비가 오려고 하니 그 이층다락에 먼저 바람이 가득히 불어온다. (喩) 무슨 일이든지 일이 일어나기 직전에 그 징후가 나타난다. 한 바탕의 중대한 사건이 일어나려고 하면 사전에 긴장된 분위기나 기미가 나타난다.

〔**唐 許渾·丁卯集·咸陽城東樓 詩**〕 一上高城萬里愁, 蒹葭楊柳似汀洲, 溪雲初起日沈閣, ○○○○○○○, 鳥下綠蕪秦苑夕, 蟬鳴黃葉漢宮秋, 行人莫問當年事, 故國東來渭水流.

獸死不擇音, 氣息茀然, 於是竝生心厲.
불

짐승이 죽음을 눈 앞에 두면 그 소리를 가려서 울지 못하며, 숨소리가 강해지고 그리하여 아울러 타고난 마음이 사나워진다. (喩) 상황이 급박할 때는 행동의 타당성여부를 고려할 여지가 없다. 위급한 상황하에서는 작은 일을 돌볼 틈이 없고 절도를 잃는다. / 큰 나라가 덕을 베풀지 않으면 이를 섬기는 작은 나라는 절도를 잃고 악을 쓴다. (氣息 : 호흡. 숨. 茀然 : 숨을 강하고 성하게 쉬는 모양. 於是 : 그래서. 그리하여. 生心 : 타고난 그대로의 마음. 厲 : 사납다. 거칠다.) → **獸死不擇音. 鹿死不擇音.**

〔**春秋左氏傳·文公十七年**〕 又曰, 鹿死不擇音. 小國之事大國也, 德則其人也, 不德則其鹿也. 鋌而走險, 急何能擇. 〔**莊子·人間世**〕 ○○○○○, ○○○○, ○○○○○○.

夜不閉戶, 路不拾遺.

밤에 잠을 자면서 대문을 잠그지 아니하고, 길에 잃어버린 물건을 주어가는 사람이 없다. 사회질서가 안정되고 인심이 순후하며 도덕이 잘 행하여 지는 것을 형용. = **道不拾遺, 夜不閉戶. 路不拾遺, 夜不閉戶.**

〔**禮記·禮運**〕 盜竊亂賊而不作. 故外戶而不閉. 〔**韓非子·外儲說左上**〕 子産爲政, 五年, 國無盜賊, 道不拾遺. 〔**史記·商君列傳**〕明日秦人皆趨令, 行之十年, 秦民大說, 道不拾遺, 山無盜賊, 家給人足. 〔**戰國策·秦策一**〕道不拾遺, 民不妄取, 兵革大强, 諸侯畏懼. 〔**孔子家語·相魯**〕男女行者別其塗, 道不拾遺, 男尙忠信, 女尙貞順. 〔**濟公全傳**〕自到任以來, 斷事如神, 兩袖淸風, 愛民如子, 眞正治的路不拾遺, 夜不閉戶. 〔**明 三國演義**〕雨川之民, 欣樂太平, ○○○○, ○○○○.

驢來馬來, 驢馬不同途.
여

당나귀가 오고 말이 오나, 당나귀와 말은 가는 길이 같지 않다. (喩) 각기 다른 길을 가다.

〔**五燈會元**〕問○○○○. 師曰, ○○○○○.

沿路上飢不擇食, 寒不思衣.

길바닥 위에서 배고프면 밥을 가려서 먹을 수 없고, 추워도 옷을 입을 것을 생각할 수 없다. (喩) 상황이 급박하거나 물건이 없는 여건하에서는 사물을 선택할 여지가 없다. (沿路 : 길의 양쪽. = 沿道.) → **飢不擇食. 飢者易爲食.**

〔**孟子·公孫丑上**〕飢者易爲食, 渴者易爲飮. 〔**五燈會元**〕丹霞天然禪師訪龐居士, 至門首相見, 師乃曰, 居士在否. 士曰, 飢不擇食. 〔**古今小說**〕○○○○○○○, ○○○○, 每早早起趕程, 恨不得身生兩翼.

醫得眼前瘡, 剜却心頭肉.
완

눈 앞에 난 종기를 치료해야 하는데, 가슴에 있는 살을 도려내버리다. (喩) 목전의 위급함을 잠시 구제하기 위해 일체의 후과를 고려하지 않다. (醫 : 치료하다. 剜 : 도려내다. 却 : …해버리다. 心頭 : 가슴.)

〔**唐 聶夷中·傷田家詩**〕二月賣新絲, 五月糶新穀, ○○○○○, ○○○○○.

一歲主, 百歲奴.

어떤 사람은 한 살이라도 주인이지만, 어떤 사람은 백 살이라도 종이다. 부귀한 사람의 아이는 태어나면 곧 주인이 되지만, 노복은 나이가 아무리 많아도 남의 시중을 드는 사람이라는 뜻.

〔**元 白仁甫·墻頭馬上**〕常言道, 一歲使長百歲奴. 〔**明 羅貫中·殘唐五代史演義**〕汝不聞古人云, 一歲爲君百歲奴. 汝夫雖有汗馬之勞, 受朝廷重祿, 卽朝廷之奴隸. 汝雖皇妹, 亦宮中使喚之人, 焉敢在此誇口. 〔**淸 阮葵生·茶餘客話**〕今俗諺尙有 ○○○, ○○○之語.

子於鄭國棟也, 棟折榱崩, 僑將厭焉.

그대(公子 皮)는 鄭나라의 마룻대인데, 그 마룻대가 부러지면 서까래도 무너지니 그러면 나

僑(公子 產 곧 公孫僑)도 눌려서 죽게 될 것이다. (喻) 주종관계에서 웃 사람이 망하면 아랫 사람도 그 영향을 받아 온전할 수 없다. (棟折榱崩 : 마룻대가 부러지면 서까래도 무너진다. 웃 사람이 망하면 아랫 사람도 망한다는 비유. 厭 : 눌려서 죽다. 무거운 물건에 의하여 위로부터 눌려지다. ≒ 壓.) → **棟折榱崩.**

〔 **春秋左氏傳·襄公三十一年** 〕 ○○○○○○, ○○○○, ○○○○, 敢不盡言. 〔 **清 章炳麟·與許季茀書** 〕 羈滯幽都, 我生靡樂, 而棟折榱崩, 咎不在我.

張三袴口窄, 李四帽簷長.
고 착 첨

(中國의 가장 흔한 성인) 張氏 셋째 아들의 바지 끝의 폭이 좁고, (같이 흔한) 李氏 넷째 아들 모자의 차양이 길다. 성명이나 신분이 뚜렷하지 못한 아주 평범한 사람들의 일상적인 모습을 형용하는 말. (張三李四 : 中國에서 가장 흔한 성인 張氏 셋째 아들과 李氏 넷째 아들로, 신분도 이름도 나지 않은 평범한 사람을 이르는 말. 袴 : 바지. 窄 : 좁다. 簷 : 모자의 갓 둘레. 차양.) → **張三李四.**

〔 **宋 釋道原·景德傳燈錄·道吾和尙 樂道歌** 〕 暢情樂道過殘生, 張三李四渾忘却. 〔 **傳燈錄** 〕 欲會佛法, 但問取張三李四, 欲會世法, 則參取古佛叢林. 〔 **北宋 王安石·擬寒山 詩** 〕 ○○○○○, ○○○○○, 〔 **侗庵筆記** 〕 全唐詩, 何承裕戲爲擧子對句曰, 曉來犬吠張三婦, 日暮猨啼呂四妻. 觀此則古者以呂四對張三, 後世則呂四一轉爲李四, 不後知有呂四之稱矣.

張三有錢不會使, 李四會使却無錢.

張氏 셋째 아들은 돈은 있어도 쓸 줄을 모르고, 李氏 넷째 아들은 돈 쓸 줄은 알고 있으나 돈이 없다. (喻) 돈 있는 사람은 쓸 줄을 모르고, 돈 쓸 줄 아는 사람은 돈이 없다. (會 : …할 줄 알다. 却 : 그러나. 도리어.)

〔 **明 錢希言·戲瑕** 〕 又有○○○○○○○, ○○○○○○○之諺, 疑亦是此意耳. 後世行市語有張三李四, 皆非漫然無本.

箭在弦上, 不得不發.

화살이 활줄에 매겨져 있어 쏘지 않을 수 없다. (喻) 정세가 임박하고 사정이 이미 무르익어서 일을 그만둘래야 그만둘 수 없게 되다. = **矢在弦上, 不得不發.** → **箭在弦上.**

〔 **三國 魏 陳琳·爲袁紹檄豫州** 〕 (李善注 引魏志) 琳謝罪曰, 矢在弦上, 不可不發. 曹公愛其才而不責之. 〔 **太平御覽** 〕 (引魏書) 陳琳作檄, 草成, 呈太祖. 太祖先若頭風, 是日疾發, 臥讀琳所作, 翕然而起曰, 此愈我疾病. 太祖平鄴, 謂陳琳曰, 君昔爲本初作檄書, 但罪狐而已, 何乃上及父祖乎. 琳謝曰, 矢在弦上, 不得不發. 太祖愛其才, 不咎. 〔 **三國演義** 〕 ○○○○, ○○○○耳.

蹄窪之內, 不生蛟龍. 培塿之上, 不植松柏.
제 와 부 루

우마의 발자국에 고인 물에는 교룡이 생겨나지 아니하고, 작은 언덕 위에는 소나무 · 잣나무가 자라나지 아니한다. (喩) 협소한 지방에서는 큰 인물이 나지 못한다. / 땅이 좁고 인구가 적은 나라는 국력이 보잘 것 없다. (蹄 : 동물의 발굽. 窪 : 쇠발자국에 괸물. / 웅덩이. 培塿 : 작은 언덕. 둔덕. = 部婁. 植 : 자라나다.) → **部婁無松柏.**

〔 **春秋左氏傳·襄公二十四年** 〕 大叔曰, 不然, 部婁無松柏. 〔 **劉勰·新論** 〕 ○○○○, ○○○○, ○○○○, ○○○○. 〔 **風俗通·山澤** 〕 部塿無松柏. 部者, 阜之類也. 今齊, 魯之間田中小高印, 名之爲部矣.

鳥高飛以避矰弋之害, 鼷鼠深穴乎神丘之下, 以避熏鑿之患.
증 익 혜 훈 착

새는 높이 날아서 주살에 의한 해를 피하고, 새앙쥐는 사단(社壇)에 굴을 깊이 뚫어서 연기를 피워넣거나 구멍을 뚫어서 잡히는 재난을 피한다. 동물조차도 자신의 안전을 보전하는 법을 알고 있음을 이르는 말. (矰弋 : 주살. 오늬에 줄을 매어 쏘게 되어있는 화살. 鼷鼠 : 새앙쥐. 神丘 : 사단. 사신을 제사지내기 위해 흙을 높이 쌓은 언덕. 熏 : 연기에 그을리다. 연기로 그으르다. 鑿 : 뚫다. 구멍을 파다.)

〔 **莊子·應帝王** 〕 接輿曰, ……. 且○○○○○○○○○○, ○○○○○○○○○○, ○○○○○○. 而曾二蟲之無知.

存不忘亡, 安不忘危.

생존할 때 사망하는 것을 잊지 말 것이며, 안정이 되었을 때 위태로워지는 것을 잊지 말아야 한다. → **存不忘亡. 存而不忘亡.**

〔 **周易·繫辭下傳** 〕 君子安而不忘危, 存而不忘亡, 治而不忘亂, 是以身安而國家可保也. 〔 **後漢書·列女傳** 〕 永子昱從容向少君曰, 太夫人寧復識挽鹿車不. 對曰, 先姑有言, ○○○○, ○○○○. 吾焉敢忘乎.

衆曲不容直, 衆枉不容正.

많은 사람이 구부러져 있으면 곧은 사람은 받아들여지지 않으며, 많은 사람이 비뚤어져 있으면 올바른 사람은 받아들여지지 않는다. (喩) 사악한 자들이 세력을 부리고 있는 사회에서는 청백한 선비는 발을 붙이지 못한다. (衆 : 衆人으로, 많은 사람. 여러 사람. 여러 사람. 군중. 直 : 直人으로 곧은 사람. 枉 : 굽다. 비뚤다. 바르지 못하다.)

〔 **淮南子·說山訓** 〕 ○○○○○, ○○○○○. 故人衆則食狼, 狼衆則食人.

進步處, 便思退步, 庶免觸藩之禍. 着手時, 先圖放手, 纔脫騎虎之危.

걸음을 앞으로 내디디는 곳에서 문득 물러설 것을 생각하면, 울타리에 걸리는 재앙을 거의 면할 수 있고, 손을 댈 때에 먼저 손을 뗄 것을 꾀한다면 곧 호랑이를 탈 때의 위험을 벗어날 수 있다. 앞으로 나아갈 때는 물러설 때를 예상하고, 어떤 일에 착수할 때는 그 일에서 손을 뗄 때를 예상하여 대비해두면 화를 면할 수 있다는 뜻. (觸藩 : 羝羊觸藩에서 나온 말로 양의 뿔이 울타리에 걸려 오지도 가지도 못함을 뜻한다. 纔 : 겨우. 비로소. 騎虎之危 : 호랑이를 탄 사람의 위험. 호랑이를 타고 사람이 도중에서 내리자니 잡아먹힐 위험이 있어 함부로 내릴 수도 없음을 이르는 말.) → **羝羊觸藩.**

〔**菜根譚·後二十九**〕○○○, ○○○○, ○○○○○○. ○○○, ○○○○, ○○○○○○, ※〔**周易·雷天大壯**〕上六, 羝羊觸藩, 不能退, 不能遂, …….

滄浪之水淸兮, 可以濯吾纓, 滄浪之水濁兮, 可以濯吾足.

滄浪江의 물이 맑으면 거기에 내 갓끈을 씻으면 되고, 滄浪江의 물이 흐리면 거기에 내 발을 씻으면 된다. (喻) 도가 행하여져 잘 다스려진 세상에서는 벼슬하고, 도가 없는 어지러운 세상에서는 숨어서 산다. / 선악과 귀천은 모두 자신에 연유하여 스스로 취하는 것이다. 자기가 남에게 중시되거나 경시되는 것은 그 관건이 자기에게 있다. / 사람이 세속을 초월하여 세속에 물들지 않고 자신의 순결을 지키며 살다. (滄浪 : 새파란 물빛. / 강 이름. 史記에 나오는 滄浪之水라는 설, 夏水라는 설, 漢水라는 설, 지명에서 나온 이름이란 설, 漢水의 하류라는 설. 湖南省에 있다는 설. 湖南省에서 발원하여 楊子江에 흘러드는 강이라는 설 등 여러 설이 있는데 여기서는 滄浪江으로 했다. 濯 : 씻다. 纓 : 갓끈.) **水淸則斯濯纓, 水濁則濯足. 淸斯濯纓, 濁斯濯足.**

〔**孟子·離婁上**〕有孺子歌曰, 滄浪之水淸兮, 可以濯吾纓. 滄浪之水濁兮, 可以濯我足. 孔子曰, 小子聽之. 淸斯濯纓, 濁斯濯足矣. 自取之也. 〔**楚辭·漁父**〕歌曰, ○○○○○○, ○○○○○○. ○○○○○○, ○○○○○. 遂去不復與言.

處危急者, 如木之將折未折, 切忌再加一搦.

(사정이) 위험 급박한 상황에 놓여있다는 것은 마치 나무가 곧 절단되려고 하다가 아직 절단되지 않은 때에 한점의 압력이라도 다시 가해지는 것을 절박하게 두려워하고 있는 것과 같은 것이다. 위급한 자리에 있는 사람은 그 위급한 상황이 더 악화될 것을 매우 두려워 한다는 뜻. (處 : 자리를 차지하고 있다. 자리잡고 있다. / 어떤 상황에 처하다. 切 : 다급하게. 절박하게. 급박하게. 忌 : 싫어하다. 꺼리다. / 근심하다. 두려워하다. / 경계하다. 搦 : 억누르다. 누르다. / 압력.)

〔**菜根譚·二百五**〕居盈滿者, 如水之將溢未溢, 切忌再加一滴, ○○○○, ○○○○○○○, ○○○○○○.

呑舟之魚, 蕩而失水, 制於螻蟻者. 猿猴失木, 禽於狐貉者.

누 호학

배를 삼킬만한 큰 물고기도 제멋대로 하다가 물을 벗어나면 땅강아지와 개미에게도 제압당하고, 원숭이도 나무를 벗어나면 여우나 담비에게 사로잡힌다. (喩) 큰 인물도 그 활동무대를 잃으면 하잘 것 없는 소인에게 억압당한다. / 사물은 각기 그에 알맞은 자리를 잃으면 자유롭게 활약할 수 없다. / 사람이 본분을 지키지 않으면 낭패한다. (蕩 : 제멋대로 하다. 禽 : 사로잡다. ≒ 擒.)

〔 **莊子·庚桑楚** 〕 呑舟之魚, 碭而失水, 則螻蟻能苦之. 〔 **韓詩外傳·卷八** 〕 夫呑舟之魚大矣, 蕩而失水, 則爲螻蟻所制, 失其輔也. 〔 **淮南子·主術訓** 〕 呑舟之魚, 蕩而失水, 則制於螻蟻, 離其居也. 猨狖失木而禽於狐狸, 非其處也. 〔 **史記·酷吏列傳** 〕 漢興, 破觚而爲圜, 斲雕而爲朴, 網漏於呑舟之魚, 而吏治烝烝, 不至於姦, 黎民艾安. 由是觀之, 在彼不在此. 〔 **說苑·談叢** 〕 ○○○○, ○○○○, ○○○○○, 離其居也. ○○○○, ○○○○○, 非其處也.

風急雨落, 人急客作.

바람이 급히 불면 비가 내리고, 사람의 사정이 급해지면 남에게 고용되어 일한다. (客作 : 남에게 고용되어 일하다.)

〔 **元 婁元禮·田家五行** 〕 大抵風自日內起者必善, 夜起者必毒, ……諺云, ○○○○, ○○○○.

風馬牛不相及也.

암내낸 말과 소는 서로 뒤쫓아 따르지 아니한다. (喩) 피차간에 서로 관여하지 않다. / 전혀 인연이 없고 아무 이해관계가 없다. (風 : 암내내다. 발정하다. 及 : 뒤쫓아 따르다.) = **風馬牛不接.**

〔 **春秋左氏傳·僖公四年** 〕 楚子使與師言曰, 君處北海, 寡人處南海, 維是○○○○○○○, 不虞君之涉吾地也, 何故. < 孔疏 > 服虔云, 風, 放也, 牝牡相誘謂之風. 〔 **宋 楊萬里·新喩知縣劉公墓表** 〕 士大夫僭爵賦祿, 任民之安危福禍而漠然, 塞耳關口, 視若風馬牛不相及.

函車之獸, 介而離山, 則不免于罔罟之患. 呑舟之魚, 碭而失水, 則蟻能苦之.

지 고 탕

수레를 머금을 만한 짐승도 홀로 산을 떠나면 그물에 걸려 붙잡히는 재난을 면할 수 없다. 배를 삼킬 만한 큰 물고기도 물이 넘쳐 물을 잃으면 개미가 이를 괴롭힐 수 있다. (喩) 현능한 사람도 그의 활동무대를 벗어나면 하찮은 소인들에게 괴롭힘을 당한다. (函 : 머금다. 含과 같음. 介 : 홀로. 외로이. 碭 : 넘치다.)

〔 **莊子·庚桑楚** 〕 庚桑楚曰, 小子來. 夫○○○○, ○○○○, ○○○○○○○○○. ○○○○, ○○○○, ○○○○○. 〔 **韓非子·說林下** 〕 靖郭君曰, 願爲寡人言之. 答曰, 君聞大漁乎. 網不能止. 繳不能絓也. 蕩而失水, 螻蟻得意焉. 今夫齊, 亦君之海也. 〔 **韓詩外傳·卷八** 〕 呑舟之魚大矣, 蕩而失水, 則爲螻蟻所制,

〔 **淮南子·主術訓** 〕 呑舟之魚, 蕩而失水, 則制於螻蟻, 離其居也. 猨狖失木而禽於狐狸, 非其處也. 〔 **淮南子·人間訓** 〕 賓曰, 海大魚, 網弗能止也, 釣弗能牽也. 蕩而失水, 螻蟻皆得志焉. 〔 **戰國策·齊策一** 〕 (客) 對曰, 君不聞大魚乎. 網不能止, 鉤不能牽. 蕩而失水, 則螻蟻得意焉. 〔 **新書·雜事二** 〕 客曰, 君獨不聞海大魚乎. 網弗能止, 繳不能牽. 碭而失水, 陸居則螻蟻得意焉. 〔 **說苑·談叢** 〕 呑舟之魚, 蕩而失水, 制於螻蟻者, 離其居也.

2. 對人接觸 交際

– 對人姿勢·人間關係·交友·交際·親疏·往來

去者日以疎, 來者日以親.
소

떠나가는 사람은 날로 멀어지고, 오는 사람은 날로 친해진다. 평소에 친밀한 사이라도 죽어서 이 세상을 떠나면 점점 서로의 정이 떨어져서 차츰 잊어지게 되고, 새로이 자주 만나는 사람과는 점점 정이 깊어진다는 말. / 멀리 떨어져 있는 사람과는 나날이 정도 떨어져 가고, 반대로 자주 만나는 사람과는 우정이 더욱 깊어진다는 뜻. → **去者日疏.**

〔 **文選·無名氏·古詩** 〕 ○○○○○, ○○○○○ 出郭門直視, 但見丘與墳. 古墓犁爲田, 松柏摧爲薪, 白楊多悲風, 蕭蕭愁殺人, 思還故里閭, 欲歸道無因.

鄰國相望, 鷄犬之聲相聞, 民至老死, 不相往來.

이웃 나라가 서로 바라보이고 닭 우는 소리와 개 짖는 소리가 서로 들리지만, 사람들은 늙어서 죽을 때가 되어도 서로 왕래하지 않는다. 땅이 확 트이어있어 이웃 지방이 잘 보일 정도로 이웃이 이어져 있어도 서로 내왕, 교류하지 아니함을 이르는 말. → **鷄鳴狗吠相聞. 鷄犬相聞. 鷄鳴狗吠.**

〔 **老子·第八十章** 〕 ○○○○, ○○○○○○○, ○○○○, ○○○○. 〔 **孟子·公孫丑上** 〕 齊有其地矣. 鷄鳴狗吠相聞, 而達乎四境, 而齊有其民矣. 〔 **陶潛·桃花源記** 〕 阡陌交通, 鷄犬相聞, 鷄鳴狗吠.

管仲少時常與鮑叔遊. 管仲貧困, 常欺鮑叔, 他善遇之. 管仲囚焉, 鮑叔遂進管仲. 管仲曰, 生我者父母, 知我者鮑子也.

管仲(이름은 夷吾)은 어릴 때 항상 鮑叔(자는 叔牙)과 같이 놀았다. (鮑叔은 管仲이 어질다는 것을 알았다.) 管仲은 집안이 가난하여 항상 鮑叔을 속였으나 그는 언제나 管仲을 좋게 대해주었다. (또 섬기던 齊나라 공자 糾가 죽음을 당한 후) 管仲은 옥에 갇혔으나 (공자 小白을 섬기다가 왕 桓公으로 모시게 된) 鮑叔은 마침내 갇혀있는 管仲을 추천하였다. 그리하여 管仲이 말하기를 "나를 낳아준 사람은 부모이지만 나를 참으로 알아주는 사람은 鮑叔이다."라고 하였다. (管鮑之交 : 친구 사이의 매우 다정하고 허물없는 교제. 進 : 추천하다.) → **管鮑之交.**

〔**列子·力命**〕(史記·管晏列傳 내용과 비슷함.)〔**史記·管晏列傳**〕管仲夷吾者, 潁上人也. 少時常與鮑叔牙遊, 鮑叔知其賢. 管仲貧困, 常欺鮑叔, 鮑叔終善遇之, 不以爲言. ……公子糾死, 管仲囚焉. 鮑叔遂進管仲. 管仲旣用, 任政於齊, 齊桓公以覇, 九合諸侯, 一匡天下, 管仲之謀也. 管仲曰, ……. 生我者父母, 知我者鮑子也. ……. 天下不多管仲之賢, 而多鮑叔能知人也. 〔**杜甫·貧交行 詩**〕翻手作雲覆手雨, 紛紛輕薄何須數, 君不見管鮑貧時交, 此道今人棄如土. 〔**十八史略·上古·春秋戰國篇**〕(내용 생략.)

交市人, 不如友山翁, 謁朱門, 不如親白屋.

(謁: 알)

시장의 장사꾼을 사귀는 것은 산골 늙은이와 벗하는 것보다 못하고, 권문세가(權門勢家)를 찾아 뵙는 것은 오막살이집과 사이좋게 지내는 것보다 못하다. 이익 추구에 주력하는 시정배나 거드름을 피우는 권세가를 사귀는 것 보다는 소박한 산중의 노인이나 시골 사람을 사귀는 것이 낫다는 말. (市人 : 저자에서 장사하는 사람. 시장의 장사꾼. 謁 : 신분이 높은 사람을 만나 뵙다. 朱門 : 붉은 색칠을 한 대문으로, 권문세가를 이른다. 親 : 사이좋게 지내다. 가까이하다. 白屋 : 천한 사람이 사는 집. 천한 사람. 서민.)

〔**菜根譚·百五十七**〕○○○, ○○○○○, ○○○, ○○○○○. 聽街談巷語, 不如聞樵歌牧詠, 談今人失德過擧, 不如述古人嘉言懿行.

交友須帶三分俠氣, 作人要存一點素心.

벗을 사귀는데는 모름지기 약간의 호탕한 기풍을 지녀야 하고, 올바른 사람이 되는 데는 반드시 한 점의 순수한 마음을 가져야 한다. (帶 : 지니다. 휴대하다. 가지다. 三分 : 세푼. 3할. 약간. 근소함. 俠氣 : 의협심. 대장부의 호탕한 기풍. 강한 자를 누르고 약한 자를 돕는 용맹한 마음. 作人 : 올바른 사람이 되다. 素心 : 소박한 마음. 순수한 마음. 결백한 마음.)

〔**菜根譚·十五**〕○○○○○○○○, ○○○○○○○○.

交淺而言深者愚也.

사귐이 오래지 아니한데도 깊숙한 것까지 말하는 것은 어리석은 짓이다. 사귄지 얼마 안되어 친하지 않은 사람에게 심각하고 절실한 말까지 하는 것은 어리석은 짓이라는 말. (淺 : 오래지 아니하다. 言深 : 깊이 들어가 이야기하다. 심중을 털어놓고 이야기하다. 간절한 내용을 말하다.) → **交淺言深**.

〔**戰國策·趙策四**〕客有見人於服子者, 已而請其罪. 服子曰, 公之客獨有三罪, 望我而笑, 是狎也. 談語而不稱師, 是倍也. 交淺而言深, 是亂也. 客曰, 不然. 夫望人而笑, 是和也. 言而不稱師, 是庸說也. 交淺而言深, 是忠也. 〔**後漢書·崔駰傳**〕駰聞, ○○○○○○○○. 〔**清 李綠園·歧路燈**〕但弟于太尊初任館陶時, 便是賓主, 至今又謬托久敬, 知其性情甚悉. 就不妨在世兄前, 交淺言深.

久旱逢甘雨, 他鄕見故知.
한

오랜 가뭄 끝에 단비를 만나고, 타향에서 전부터 알던 사람을 만나다. (喩) 오랫동안 괴로움을 겪다가 즐거운 일을 만나며 오랫동안 그리워하던 반가운 벗을 만나다. / 몹시 절박한 바람이 일단 원하는 대로 실현되다. ※ 위의 久旱甘雨, 他鄕遇故는 洞房華燭, 金榜掛名과 더불어 인생에 있어서의 네 가지 즐거운 일에 드는 것으로, 좋은 일이 원하는 대로 실현될 때 갖는 유쾌한 심정을 형용한 것. → **久旱逢甘雨. 久旱甘雨. 久旱甘霖.**

〔**宋 洪邁·容齋隨筆·四喜詩**〕舊傳有詩四句, 誦世人得意者云, ○○○○○, ○○○○○. 洞房華燭夜, 金榜掛名時. 〔**明 謝讜·四喜記**〕久旱逢甘雨, 人心喜不勝. 〔**明 張鳳翼·紅拂記**〕今宵久旱逢甘雨, 來日他鄕遇故知. 〔**清 夏敬渠·野叟曝言**〕周氏憐感新燕, 十分加意, 竟如久旱逢霖, 他鄕遇故, 早結下閨中師友.

屈高就下, 降尊臨卑.

고귀한 신분을 가진 사람이 몸을 굽히어 지위가 낮은 사람에게 접근하고, 존귀한 사람이 몸을 낮추어 비천한 사람에게로 나아가다. 신분, 지위가 높은 사람이 몸을 낮추어서 지위가 낮은 사람과 더불어 교제하는 것을 가리킨다. = **降尊臨卑, 屈高就下.**

〔**元 關漢卿·單刀會**〕猥勞君侯 ○○○○, ○○○○.

屈己者能處衆, 好勝者必遇敵.

자기의 사심(私心)·아욕(我欲)을 억눌러 굽히는 자는 많은 사람들을 잘 대우하며, 이기기를 좋아하는 자는 반드시 적을 만난다. (屈己者 : 사심과 아욕을 억누르는 자. 處 : 대우하다. 대하다. 접대하다. 다루다.)

〔**宋 林逋·省心錄**〕○○○○○○, ○○○○○○. 欲常勝者不爭, 欲常樂者自足.

勸人不可指其過, 須先美其長.

남에게 권고를 할 때는 그 대상자의 잘못을 지적해서는 안되고, 모름지기 먼저 그의 우수한 점을 찬미해야 한다.

〔**宋 吳曾·能改齋漫錄**〕古人有言曰, ……○○○○○○○, ○○○○○.

今之交乎人者, 炎而附, 寒而棄.

오늘날의 남에 대한 사귐은 뜨거우면 붙고 차거워지면 버리는 것이다. (喩) 요새 사람들은 권세가 있을 때는 그 사람을 잘 따르지만 권세가 없어지면 곧 내버리고 돌아보지도 않는다. 인정이 경박하다. → **炎而附, 寒而棄. 炎附寒棄.**

〔**柳宗元·宋清傳**〕五觀 ○○○○○○, ○○○, ○○○, 鮮有能類清之爲者.

己是而彼非, 不當與非爭. 彼是而己非, 不當與非平.

자기가 옳고 상대방이 그르면 상대하지 말고 다투지도 말 것이며, 상대방이 옳고 자기가 그르면 상대하지 말고 (자기가 옳다고 우겨서) 바로잡으려 하지도 말 것이다. (平 : 바로잡다.)

〔**晉 傅玄·口銘**〕大夫重義如泰山, 輕利如鴻毛, 可謂仁義也. 諺曰, ○○○○○, ○○○○○, ○○○○○. ○○○○○.

樂莫樂兮新相知, 悲莫悲兮生別離.

기뻐도 기뻐하지 못하는 것이 새로 교우관계를 갖는 것이고, 슬퍼도 슬퍼하지 못하는 것이 생이별하는 것이다. 친교를 맺는 것이 기쁨과 이별의 고통을 형용하는 말.

〔**漢 蔡邕·琴操**〕芑梁妻嘆者, 齊邑芑梁殖之妻所作也. 莊公襲莒, 殖戰而死, 妻嘆曰, 上則無父, 中則無夫, 下則無子, 外無所依, 內無所倚, 將何以立. 五節豈能更二哉, 亦死而已矣. 干是乃援琴而鼓之曰, ○○○○○○○, ○○○○○○○. 哀感皇天, 城爲之墜. 曲終, 遂自投淄水而死. 〔**元 關漢卿·金綫池**〕楔子, 且待三朝五日, 差人探望兄弟去. 古語有云, 樂莫樂兮新相知, 豈不信然.

來者勿拒, 去者勿追.

오는 사람은 막지 말고, 가는 사람은 쫓지 말 것이다. (喻) 사람이 오거나 가거나 다 그 사람의 마음에 맡겨두고, 거역하지도 쫓지도 아니하다. / 사물이 되어가는 것을 당사자의 자유의사에 맡겨두다. = **來者不拒, 去者不追. 來者莫拒, 去者莫追.**

〔**春秋公羊傳·隱公二年**〕< 何休注 > 王者不治夷狄, 錄戎者, ○○○○, ○○○○. 〔**孟子·盡心下**〕往者不追. 來者不拒. 〔**莊子·山木**〕來者勿禁, 往者勿止. 〔**蘇軾·王者不治夷狄論**〕來者不拒, 去者不追. 〔**清 吳趼人·痛史**〕正在修書之際, 忽又報說伯顏移檄各處, 招人投降, 來者不拒.

來者不善, 善者不來.

오는 사람은 착하지 않고, 착한 사람은 오지 않는다. 오는 사람은 호의를 품지 아니하며, 호의를 품은 사람은 오지 아니함을 강조.

〔**清 趙翼·陔餘叢考·成語**〕○○○○, ○○○○. 亦本老子, 善者不辯, 辯者不善句.

鸕鷀不打脚下塘.
노 자

가마우지는 제가 서식하는 연못의 물고기를 잡지 않는다. (喩) 아무리 강포(强暴)한 자라도 제 이웃에는 인심을 잃지 않으려고 한다. (鸕鷀 : 가마우지. 打 : 짐승 따위를 잡다. 脚下 : 발 밑. 근처. 부근. 塘 : 연못.)

〔 **通俗編** 〕 ○○○○○○○.

反眼若不相識.

눈을 돌리면 곧 서로 알지 못하는 사이같이 된다. (喩) 외면하고 상대를 하지 않다.

〔 **韓愈·柳子厚墓志銘** 〕 一旦臨小利害, 僅如毛發比, ○○○○○○. 〔 **聊齋志異·江城** 〕 逾歲, 擇吉迎女歸, 夫妻相得甚歡. 而女善怒, ○○○○○○.

百金買宅, 千金買鄰.

백금으로 집을 사고, 천금으로 이웃을 산다. 집을 구할 때는 좋은 이웃을 선택하는 것이 중요함을 이르는 말. / 이웃을 얻기가 매우 어려움을 뜻한다. = **百萬買宅**, **千萬買鄰**. **千貫治家**, **萬貫結鄰**. → **千萬買鄰**.

〔 **南史·呂僧珍傳** 〕 初, 宋季雅罷南康郡, 市宅居僧珍宅側. 僧珍問宅價, 曰, 一千一百萬. 怪其貴, 季雅曰, 一百萬買宅, 一千萬買鄰. 〔 **宋 辛棄疾·新居上梁文** 〕 百金買宅, 千金買鄰. 人生孰若安居之樂. 〔 **明 高明·琵琶記** 〕 自古道, 千金買鄰, 八百買舍. 老漢旣忝在鄰居, 秀才但放心前去. 〔 **如不及齋文鈔** 〕 ○○○○, ○○○○, 謂鄰之不可不擇也.

白頭如新, 傾蓋如故.

백발이 되어도 새로 알게 된 사람과 같고, 수레의 덮개를 기울여 대하고 보니 옛날부터 사귄 친숙한 벗과 같다. 늙어 머리가 세어도 새로운 사람과 같고, 잠시 만나도 옛 친구와 같다는 말. 백발이 되도록 사귀었어도 서로 마음을 알지 못하면 처음 사귄 것과 같이 교분이 두텁지 못하고, 길에서 우연히 만나 잠시 이야기해도 서로 마음이 통하면 옛 친구와 같이 친하게 된다는 뜻. (白頭 : 센 머리. 新 : 새로 안 사람. 傾蓋 : 노상에서 우연히 만나 수레의 덮개를 기울여서 잠시 이야기한다는 말로 한 번 보고 서로 친해짐을 이른다. 故 : 옛날부터 사귄 친숙한 교우.)

〔 **春秋 晉 程本·子華子** 〕 子華子反自郯, 遭孔子於塗, 傾蓋相顧, 相語終日, 甚相灌也. 〔 **韓詩外傳·卷二** 〕 傳曰, 孔子遭齊程本子於郯之間, 傾蓋而終日. 〔 **史記·鄒陽列傳** 〕 諺曰, ○○○○, ○○○○. 何則. 知與不知也. 〔 **漢 鄒陽·獄中上梁王書** 〕 ○○○○, ○○○○. 〔**孔子家語·致思**〕 孔子之郯, 遭程子於塗, 傾蓋而語, 終日甚相親. 顧謂子路曰, 取束帛以贈先生. 〔 **唐 張彦遠·法書要錄·購蘭亭序** 〕 白頭如新, 傾蓋如舊. 今後無形迹也. 〔 **宋 蘇軾·擬孫權答曹操書** 〕 故人有言 ○○○○, ○○○○. 言以身托人, 必擇所安. 〔**宋 陳亮·與應仲實**〕八年之間, 話言不接, 吉凶不相問吊, 反有白頭如新之嫌. 〔**明 李夢陽·答左使王公書**〕傾蓋如故, 白頭如新, 豈不信哉. 〔**明 西湖居士·詩賦盟**〕故人傾蓋如故, 何必曾相見.

伯牙善鼓琴, 鍾子期善聽. 曲每奏, 鍾子期輒窮其趣, 伯牙舍琴而歎曰, 子之聽夫. 志想象猶吾心也, 吾於何逃聲哉.

춘추시대의 伯牙는 거문고를 잘 타고, 鍾子期는 거문고 소리를 잘 들었다. (伯牙가) 곡을 연주할 때마다 鍾子期가 바로 그의 의향을 알아내니 伯牙는 거문고를 버리고 탄식하여 말하기를 "그대의 들음이여! 마음 속으로 상상하는 것이 내 마음과 같으니, 나는 내 음악소리를 어디로 도망시켜야 하는가?"라고 하였다. (由) 伯牙가 거문고를 탈 때, 뜻을 높은 산에 오르는데 두자, 鍾子期는 "훌륭하다. 높이 솟아오름이 태산과 같구나!"라고 말하였고, 뜻을 흐르는 물에 두자, "훌륭하다. 양양하기가 長江·黃河와 같구나!"라고 말하였다. 鍾子期는 伯牙가 생각하고 있는 것을 반드시 알아냈다. 그러다가 鍾子期가 죽자 伯牙는 거문고줄을 끊어버리고 평생 거문고를 타지 않았다. 이를 伯牙絶絃이라고 이른다. (輒 : 문득. 쉽게. 곧. 바로. 즉시. 窮 : 궁구하다. 끝까지 밝혀내다. 趣 : 취향. 의향. 취지. 夫 : 감탄의 뜻을 나타내는 조사. 舍 : 버리다. = 捨.) → **伯牙絶絃.**

〔**列子·湯問**〕伯牙善鼓琴, 鍾子期善聽. 伯牙鼓琴志在登高山, 鍾子期曰, 善哉. 峩峩兮若泰山. 志在流水. 鍾子期曰, 善哉 洋洋兮若江河. 伯牙所念, 鍾子期必得之. ……. 曲每奏, 鍾子期輒窮其趣, 伯牙舍琴而歎曰,善哉善哉, 子之聽夫. 志想象猶吾心也. 吾於何逃聲哉. 〔**荀子·勸學**〕昔者, 瓠巴鼓琴, 而流魚出聽, 伯牙鼓琴, 而六馬仰秣. 〔**呂氏春秋·本味**〕伯牙鼓琴, 鍾子期聽之, 方鼓琴而志在太山. 鍾子期曰, 善哉乎. 鼓琴巍巍乎若太山. 小選之間, 而志在流水, 鍾子期又曰, 善哉乎. 鼓琴湯湯乎若水. 鍾子期死, 伯牙破琴絶絃, 終身不復鼓琴. 〔**韓詩外傳·卷九**〕(위 내용과 비슷함.) 〔**說苑·談叢**〕鍾子期死, 而伯牙絶絃破琴, 知世莫可爲鼓也.

朋友之道四焉, 通財不在其中, 近則正之, 遠則稱之, 樂則思之, 患則死之.

벗을 사귀는 도리에는 네 가지가 있으니, 재물을 융통해주는 것은 그 속에 들어있지 않고, 가까이 있으면 바로잡아 주고, 멀리 있으면 칭찬하여 주며, 즐거우면 생각하여 주고 근심이 있으면 사력을 다하는 것 등이다. (通財 : 돈을 변통하다. 돈을 융통하다. 死 : 목숨을 내걸다. 사력을 다하다. 목숨을 아까워하지 아니하다.)

〔**漢 班固·白虎通義**〕○○○○○○, ○○○○○○, ○○○○, ○○○○, ○○○○, ○○○○.

卑不謀尊, 疏不間親.

비천한 사람은 존귀한 사람과 의논하지 않으며, 소원한 사람은 친근한 사람에게 관여하지 않는다. 지위가 낮은 사람은 지위가 높은 사람의 일에 대하여 논의하지 않으며, 관계가 소원한 사람은 관계가 친근한 사람의 일에 관여하지 않는다는 말. (謀 : 의논하다. 상의하다. 모의하다. 협의하다.

間 : 관여하다. 참여하다.) → **疏不間親.**

〔**韓詩外傳·卷三**〕魏文侯欲置相, 召李克問曰, 寡人欲置相, 非翟則魏成子. 願卜之于先生. 李克避席而辭曰, 臣聞之, ○○○○, ○○○○. 臣外居者也, 不敢當命. 〔**史記·魏世家**〕魏文侯謂李克曰, 先生嘗敎寡人曰, 家貧則思良妻, 國亂則思良相. 今所置非成則璜, 二子何如. 李克對曰, 臣聞之, 卑不謀尊, 疏不謀戚. 臣在闕之外, 不敢當命. 〔**說苑·臣術**〕李克曰, 臣聞之, 賤不謀貴, 外不謀內, 疏不謀親, 臣者疏賤, 不敢聞命. 〔**明 羅貫中·三國演義**〕布若嫁女于主公, 必殺劉備, 此乃疏不間親之計也. 〔**通俗編**〕○○○○, ○○○○

非我而當者吾師也, 是我而當者吾友也, 諂諛我者吾賊也.

첨 유

나를 그르다고 하면서 상대해주는 사람은 나의 스승이고, 나를 옳다고 하면서 상대해주는 사람은 나의 벗이고, 나에게 아첨하는 사람은 나의 적이다. 나의 잘못된 것을 지적하여 고쳐주는 사람은 나의 스승이고, 나를 인정하고 격려해 주는 사람은 나의 벗이며, 나에게 아첨하는 사람은 나의 적이라는 뜻. (當 : 마주 대하다. 상대하다. 諂諛 : 아첨하다.) ≒ **道吾善者是吾賊. 道吾惡者是吾師.**

〔**荀子·修身**〕故○○○○○○○○, ○○○○○○○○, ○○○○○○○, 故君子隆師而親友, 以致惡其賊. 〔**明 鄭之珍·目蓮救母·劉氏開葷**〕苦口皆良劑, 逆耳是公議. 噫, 豈不聞道吾惡者是吾師.

非宅是卜, 唯鄰是卜.

집이 좋은가를 점쳐서는 안되고, 오직 이웃사람이 좋은가를 점쳐야 한다. 집이 길흉을 예시하는 것이 아니고, 이웃 사람과의 화목여부가 내 길흉을 좌우할 수 있다는 뜻.

〔**春秋左氏傳·昭公三年**〕及晏子如晉, 公更其宅, 反則成矣. 旣拜, 乃毁之, 而爲里室, 皆如其舊, 則使宅人反之. 且諺曰, ○○○○, ○○○○. 二三子先卜鄰矣. 〔**晏子春秋·雜下**〕晏子對曰, 先人有言曰, 毋卜其居, 而卜其鄰舍. ……大居而逆鄰之心, 臣不願也, 請辭.

山公與嵇·阮一面, 契若金蘭.

혜 완

(晉나라 文王 때 竹林七賢의 한 사람인) 山濤는 같은 嵇康, 같은 阮籍과 일면의 연(緣)이 있을 뿐이었으나 다만 교분은 견고한 금, 향기로운 난과 같았다. (喩) 친구와의 두터운 정의가 매우 단단하고 향기롭다. (由) 戴洪正이라는 사람이 친구를 얻을 때마다 그것을 장부에 기록하고, 향을 피우고 조상에게 고하여 金蘭簿라고 이름을 붙인데서 유래하며 따라서 金蘭이란 친구의 정의가 매우 단단하고 향기로움을 뜻하게 된 것. (山公 : 山濤를 가리킨다. 嵇 : 嵇康. 阮 : 阮籍. 契 : 교분. 정분.) → **金蘭之交. 金蘭之好. 金蘭契友. 義結金蘭.**

〔**周易·繫辭**〕二人同心, 其利斷金, 同心之言, 其臭如蘭. 〔**世說新語·賢媛**〕○○○○. ○○○, ○○○○. 〔**宋文鑑·范質·詩**〕擧世重交遊, 擬結金蘭契. 〔**太平御覽**〕張溫英才瓌瑋, 拜中郎將, 聘蜀與諸葛亮結金蘭之好焉. 〔**元 鄭德輝·王粲登樓**〕當初老丞相曾與令尊老先生金蘭契友, 二人指腹爲親.

四人相視而笑, 莫逆於心, 遂相與爲友.

네 사람이 (말이 없는 가운데서도 서로 뜻이 통하여) 서로 보고 웃었고, 마음에 거스르는 일이 없더니 드디어 서로 더불어 벗으로 삼았다. 네 사람이 막역지우(莫逆之友) 곧 서로 허물없는 의기투합한 친구가 되었다는 뜻. → **莫逆之友. 莫逆之交. 莫逆於心.**

〔**莊子·大宗師**〕子祀·子輿·子犁·子來四人相與語曰, 孰能以無爲首, 以生爲脊, 以死爲尻. 孰知死生存亡之一體者, 吾與之友矣. ○○○○○○, ○○○○, ○○○○○. ……. 子桑戶·孟子反·子琴張三人相與友曰, 孰能相與於無相與, 相爲於無相爲. 孰能登天遊霧, 撓挑無極, 相忘以生, 無所終窮. 三人相視而笑, 莫逆於心. 遂相與(爲)友. 〔**北史·司馬膺之傳**〕(司馬膺之) 所與遊集, 盡一時名流, 與邢子才, 王元景等竝爲莫逆之交. 〔**李白·憶舊遊詩**〕海內賢豪靑雲客, 就中與君心莫逆.

上可與玉皇同居, 下可與乞兒共飯.

위로는 옥황상제와 같이 살고, 아래로는 걸인과 함께 밥 먹는다. 남들과 사귐에 있어서 신분의 고하에 구애받지 않음을 형용. (玉皇 : 道敎에서 옥황상제. 천제를 이르는 말. 與 : …과. …와. 乞兒 : 걸인.)

〔**宋 高文虎·蓼花洲閑錄**〕(引 滄浪野錄) 蘇子瞻泛愛天下士, 無賢不肖歡如也. 常言, 自上可以陪玉皇大帝, 下可以陪悲田院乞兒. 〔**清 無名氏·平山冷燕**〕才人遊戲, 無所不爲. 古人說, ○○○○○○○, ○○○○○○○. 此正是吾輩所爲.

上交不諂(첨), 下交不驕, 則可以有爲矣.

웃 사람과의 사귐에서 아첨하지 아니하고, 아랫 사람과의 사귐에서 교만하지 아니하면 가이 쓸모가 있다. (有爲 : 능력이 있다. 쓸모가 있다.)

〔**揚子法言·修身**〕○○○○, ○○○○, ○○○○○○. 〔**宋 晁說之·晁氏客語**〕上交不諂, 下交不瀆. …… 不獨在已當知之, 受人之諂瀆尤當知.

詳交者不失人, 而泛(범)結者多後悔.

(상대방을) 자세히 알고 사귀는 자는 그 사람을 잃지 아니하고, 대충대충 사귀는 자는 후회가 많게 된다. 사귐을 신중히 하는 자는 사람을 잃는 법이 없고, 함부로 사귀는 자는 후회할 일이 많게 마련이라는 뜻. (詳 : 자세히 알다. 자세하게 헤아리다. 자세히 밝히다. 泛 : 대충대충. 대강대강. 정신을 쓰지 않다. 정이 깊지 않다. 평범하다. 불확실하다. 結 : 사귀다. 약속을 하다.)

〔**抱朴子·交際**〕抱朴子曰, 吾聞○○○○○○, ○○○○○○○. 故囊哲先擇而後交, 不先交而後擇也.

相識滿天下, 知音能幾人.

서로 아는 사람은 천하에 가득한데 말 소리를 아는 가까운 친구는 몇 사람이나 되는가? 교제를 맺고있는 사람은 매우 많지만 절친한 친구는 매우 적다는 말.

〔**警世通言**〕○○○○○, ○○○○○. 下官碌碌風塵, 得與高賢結契, 實乃生平之萬幸.

相與於無相與, 相爲於無相爲.

서로 사귀지 않는 가운데 서로 사귀게 되고, 서로 돕지 않는 가운데 서로 돕게 되다. 어떤 언행이 없는 가운데서 자연스럽게 서로 사귀고 서로 돕는 의기투합하는 우정을 이른다. 이것은 무위로써 하지 못하는 것이 없다(無爲而無不爲)는 위의 역설을 교우(交友)에 적용한 것이다. (相與 : 서로 사귀다. 교제하다.)

〔**莊子·大宗師**〕子桑戶·孟子反·子琴張三人相與友曰, 孰能○○○○○○, ○○○○○○.

世人皆濁, 何不淈(굴)其泥(니)而揚其波. 衆人皆醉, 何不餔(포)其糟而歠(철)其釃(시).

세상 사람이 다 흐리다면 (당신은) 어째서 그 진흙탕을 뒤섞어서 그 물결을 일으키지 않았는가? 모든 사람들이 다 취해 있다면 어째서 술찌게미를 먹고서 그 술을 들이마시지 않았는가? 혼탁한 세상 사람들과 타협, 동화되지 않는 것을 힐책하는 내용이다. (淈 : 뒤섞다. 흐리게 하다. 揚波 : 물결을 일으키다. / 시세를 따라 세상 사람과 행동을 같이함. 餔 : 먹다. 歠 : 훅 들이마시다. 釃 : 진한 술.)

〔**楚辭·漁父**〕漁父曰, 聖人不凝滯於物, 而能與世推移. ○○○○, ○○○○○○○○○. ○○○○, ○○○○○○○○○. 何故深思高擧, 自令放爲. 〔**史記·屈原 賈生列傳**〕漁父曰, 夫聖人者, 不凝滯於物而能與世推移. 擧世混濁, 何不隨其流而揚其波. 衆人皆醉, 何不餔其糟而啜其醨.

所惡(오)於上, 毋(모)以使下. 所惡於下, 毋以事上.

웃 사람에게 (내가) 싫어하는 것이 있으면 그것으로써 아랫 사람을 부리지 말 것이며, 아랫 사람에게 싫어하는 것이 있으면 그것으로써 웃 사람을 섬기지 말 것이다. 웃 사람이 불합리한 태도로써 나를 대해주는 것을 내가 싫어한다면 나는 그런 태도로써 아랫 사람을 부리지 말 것이며, 아랫 사람이 불합리한 태도로써 나를 대하는 것을 내가 싫어한다면 나는 그런 태도로써 웃 사람을 섬기지 말라는 뜻. 이와 같이 자기의 마음을 미루어 남의 마음을 헤아리는 도덕상의 법도를 大學에서는 혈구지도(絜矩之道)라고 하였다. → **絜矩之道.**

〔**大學·傳十**〕○○○○, ○○○○. ○○○○, ○○○○. 所惡於前, 毋以先後. 所惡於後, 毋以從前. 所惡於右, 毋以交於左. 所惡於左, 毋以交於右. 此之謂絜矩之道.

損者三友, 友便辟, 友善柔, 友便佞, 損矣.
벽 녕

사람들에게 손해가 되는 벗 세 가지가 있으니, 남의 마음에 들도록 애쓰는 데에 익숙한 아첨하는 사람과 벗하고, 아첨하여 남을 기쁘게 하는 데 능숙하고 성신(誠信)이 적은 사람과 벗하고, 구변만 좋을 뿐 마음이 음험하고 견문의 사실이 없는 사람과 벗하는 것, 이것이 사람들에게 손해가 되는 것이다. 사람이 경계해야 할 사항을 지적한 것. (便辟 : 남의 마음에 들도록 비위를 잘 맞추는 데 익숙한 것, 또는 그런 사람. / 엄숙한 거동에 길들여져 곧지 못한 사람. 善柔 : 아첨하여 남을 기쁘게 하는 데 능숙하고 성실·신의가 적은 것, 또는 그런 사람. 便佞 : 구변만 좋을 뿐 마음이 음험하고 견문의 사실이 없는 것, 또는 그런 사람.) → **損者三友**.

〔 **論語·季氏** 〕 孔子曰, 益者三友, ○○○○, 友直, 友諒, 友多聞益矣, ○○○, ○○○, ○○○, ○○. 〔 **明 馮夢龍·馬吊牌經** 〕 語云, 益者三友, 損者三友, 此之謂也.

水至淸則無魚, 人至察則無徒.

물이 지나치게 맑으면 물고기가 없고, 사람이 너무 살피면 따르는 무리가 없다. (喩) 사람이 너무 엄격하면 접근해서 가까이하려는 사람이 없고, 지나치게 살펴보고 지나치게 책망해서도 안됨을 이르는 말.

〔 **大戴禮記·子張問入官** 〕 ○○○○○○, ○○○○○○. 冕而前旒, 所以蔽明, 黈纊充耳, 所以蔽聰. 〔 **漢書·東方朔傳·答客難** 〕 ○○○○○○, ○○○○○○. 冕而無旒, 所以蔽明, 黈纊充耳, 所以塞聰. 明有所不見, 聰有所不聞. 〔 **後漢書·班超傳** 〕 任尙代爲都護, 請敎, 超曰, 君性嚴急, 水淸無大魚, 宜蕩佚簡易. 〔 **晉書·郭璞傳** 〕 水至淸則無魚. 〔 **宋名臣言行錄·呂蒙正** 〕 蒙正曰, ○○○○○○, ○○○○○○. 〔 **明 錢琦·錢公良測語** 〕 語云, 至察無徒. 平易近民察非明也, 故人受其病平易, 則自能生明, 故可得而近之.

視人之國, 若視其國, 視人之家, 若視其家, 視人之身, 若視其身.

남의 나라를 돌보기를 자기 나라 돌보듯이 하고, 남의 집안을 돌보기를 자기 집안을 돌보듯이 하며, 남의 몸을 돌보기를 자기 몸을 돌보듯이 하라. 이것은 친·불친을 가리지 아니하고 모든 나라·집안·사람을 차별없이 사랑하고 이롭게 하자는 묵자의 윤리설 곧 겸애사상(兼愛思想)을 표현한 말. (視 : 보다. / 대하다. 대우하다. 대접하다. 다루다. / 돌보다)

〔 **墨子·兼愛中** 〕 然則兼相愛交相利之法, 將奈何哉. 子墨子言, ○○○○, ○○○○, ○○○○, ○○○○, ○○○○, ○○○○.

握手出肝膽相示.

(서로) 손을 잡고 간과 쓸개를 꺼내어 서로 보이다. (喩) 서로 속마음을 터놓고 가까이 사귀

다. 서로 상대방의 마음 속까지 이해하여 매우 친하다. → **肝膽相照. 膽肝相照. 肝膽相示. 腹心相照.**

〔**史記·淮陰侯列傳**〕臣願披腹心, 輸肝膽, 效愚計. 〔**韓愈·柳子厚墓誌**〕○○○○○○○, 指天日涕泣誓生死不相背負, 眞若可信. 〔**宋 趙令疇·侯鯖錄**〕潁州頓氏一鏡銘云, 同心相親, 照心照膽壽千春. 〔**文天祥·與陳察院文龍書**〕所恃知己肝膽相照, 臨書不憚傾倒. 〔**宋 胡大初·書簾緒論**〕令始至之日, 必延見僚寀, 厲述弊端, 悃愊無華, 肝膽相照. 〔**明 丘濬·故事成語考·朋友賓主**〕肝膽相照.斯爲腹心之友.

愛人者, 人必從而愛之. 利人者, 人必從而利之. 惡(오)人者, 人必從而惡(오)之.

남을 사랑하는 사람은 남도 반드시 그를 따라서 사랑하고, 남을 이롭게 하는 사람은 남도 반드시 그를 따라서 이롭게 하고, 남을 미워하는 사람은 남도 반드시 그를 따라서 미워한다.

〔**墨子·兼愛中**〕夫○○○, ○○○○○○. ○○○, ○○○○○○. ○○○, ○○○○○○. 害人者, 人必從而害之. 〔**孟子·離婁下**〕仁者愛人, 有禮者敬人. 愛人者, 人恒愛之, 敬人者, 人恒敬之. 〔**說苑·政理**〕孔子曰, 可. 愛人者, 則人愛之, 惡人者, 則人惡之, 知得之己者, 亦知得之人. 〔**孔子家語·賢君**〕孔子曰, 其可也. 愛人者, 則人愛之, 惡人者, 則人惡之, 知得之己者, 則知得之人. 〔**綴白裘·雙珠記·汲水**〕須念取笑求相應, 自古道, 敬人者人恒敬.

寧値十浪九虎, 莫逢痴兒一怒.

차라리 열 마리의 이리와 아홉 마리의 호랑이와 만날지언정 어리석은 사람의 한번 성냄과 만나지 않겠다. (喩)차라리 흉악하지만 도리어 협기가 있는 사람과 사귈지언정 우매 무지한 사람의 책망을 받기를 원하지 않는다. (値 : 만나다. 어떤 때를 맞이하다. 당하다. 어떤 일을 겪다.)

〔**敦煌變文集·燕子賦**〕俗語云, ○○○○○○, ○○○○○○. 如今會遭夜芥赤推, 總是者黑厠兒作祖.

與君一夕話, 勝讀十年書.

자네와 하루 저녁 이야기한 것이 십년동안 글을 읽은 것보다 낫다. 상대방과 대담한 것이 비록 시간이 짧아도 매우 유익하였음을 형용한 말. (勝 : 낫다.)

〔**淸 劉鶚·老殘游記**〕子平聽說, 肅然起敬道, ○○○○○, ○○○○○, 眞是聞所未聞.

與善人居, 如入芝蘭之室, 久而不聞其香, 亦與之化矣. 與不善人居, 如入鮑魚之肆(사), 久而不聞其臭, 亦與之化矣.

선량한 사람과 같이 사는 것은 지초·난초가 있는 방에 들어가는 것과 같아서 오래 그 향기를 맡지 아니하여도 또한 이것과 같이 되어버린다. 선량치 못한 사람과 같이 사는 것은 건어물을 파는 가게에 들어가는 것과 같아서 오래 그 비린내를 맡지 아니하여도 또한 이것과 같이 되어버린다. (喩) 사람이 어떤 환경 속에 오래 머물면 그 영향을 받아 그 환경과 같이 변화되어버린다. / 선량한 사람과 교우하면 모르는 사이에 감화하여 선량하게 되고 나쁜 사람과 사귀면 모르는 사이에 나쁜 사람이 되어버린다. (聞 : 냄새를 맡다. 鮑魚之肆 : 생선 가게. 臭 : 여기서는 나쁜 냄새. 역한 냄새.)

〔 **說苑·雜言** 〕與善人居, 如入蘭芷之室, 久而不聞其香, 則與之化矣. 與惡人居, 如入鮑魚之肆, 久而不聞其臭, 亦與之化矣. 〔 **孔子家語·六本** 〕○○○○, ○○○○○○, ○○○○○○, ○○○○○. ○○○○○. ○○○○○○, ○○○○○○, ○○○○○. 是以君子謹其所與處. 〔 **顔氏家訓·慕賢** 〕與善人居, 如入芝蘭之室,久而自芳也. 與惡人居, 如入鮑魚之肆, 久而自臭也. 〔 **明 楊柔勝·玉環記** 〕與善人交, 如入芝蘭之室, 與惡人交, 如入鮑魚之肆.

與人交者, 推其長者, 違其短者, 故能久長矣.

사람과의 사귐에 있어서는 그 장점을 추어주고, 그 단점을 피하도록 해야 하는 것이니, 그럼으로써 능히 오래갈 수 있는 것이다. (推 : 받들다. 추어주다. 違 : 피하다. 회피하다.)

〔 **說苑·雜言** 〕孔子曰, ……, ○○○○, ○○○○, ○○○○, ○○○○○, 〔 **孔子家語·致思** 〕吾聞與人交, 推其長者, 違其短者, 故能久也.

與人不可太分明, 一切善惡賢愚要包容得.

남과의 사귐에 있어서는 너무 분명해서는 안되는 것이니, 모든 선한 사람과 악한 사람, 현명한 사람과 어리석은 사람을 다 포용할 수 있어야 한다. (與 : 사귀다. 교제하다.)

〔 **菜根譚·百八十八** 〕持身不可太皎潔, 一切汚辱垢穢, 要茹納得. ○○○○○○○, ○○○○○○○○○○.

與人以實, 雖疎必密, 與人以虛, 雖戚必疎.

정성스러움으로써 남을 상대하면 비록 소원해도 반드시 친하게 되고, 거짓으로써 남을 상대하면 비록 가까워도 반드시 소원해진다. (與 : 상대하다. 사귀다. 實 : 참됨. 정성스러움. 密 : 가깝다. 친하게 지내다. 虛 : 거짓. 신실성이 없음. 戚 : 가깝다. 친하다.)

〔 **韓詩外傳·卷九** 〕○○○○, ○○○○, ○○○○, ○○○○. 夫實之與實, 如膠如漆. 虛之與虛, 如薄氷之見晝日.

禰衡始弱冠, 而孔融年四十, 遂與爲交友.

예

문필의 재주가 뛰어났던 後漢 때의 禰衡은 이제 막 20세가 되었고, 東漢 魯나라 사람으로 문장에 능했던 孔融(孔子 24世孫)은 나이 40이 되었는데도 양인은 마침내 더불어 교우가 되었다. 나이와는 상관없이 상대의 재주와 학문을 존중하여 사귀는 벗(忘年之友)이 되었다는 말. → **忘年**

之交. 忘年之友.

〔**後漢書·禰衡傳**〕(禰衡)少有才辯, …… 唯善魯國孔融及弘農楊修, 常稱曰大兒孔文擧, 小兒楊德祖, 餘子碌碌, 莫足數也. 融亦深愛其才, 衡始弱冠, 而融年四十, 遂與爲交友. 〔**唐 徐堅·初學記·人部中**〕張隱文士傳曰, 禰衡有逸才, 少與孔融交, 時衡未滿二十, 而融已五十, 敬衡才秀, 忘年殷勤. 〔**明 羅貫中·三國演義**〕于是陳泰與鄧艾結爲忘年之交.

友不挾長, 不挾貴, 不挾兄弟而友. 友也者, 友其德也, 不可以有挾也.

벗과의 사귐에 있어서는 자신의 나이 많음에 의지하지 말 것이고, 자신의 지위의 높음에 의지하지 말 것이며, 형제의 힘에 의지하지 말고 사귀어야 할 것이다. 벗과의 사귐이란 것은 다른 사람의 덕성과 사귀는 것이어서 의지하는 것이 있어서는 안된다. 벗을 사귀는 것은 사람의 덕을 존중하는 것이 중요하므로 덕 이외의 부귀·권세·힘 등에 의지해서 사귀어서는 안된다는 뜻. (挾 : 믿고 의지하다.)

〔**孟子·萬章下**〕萬章問曰, 敢問友. 孟子曰, 不挾長, 不挾貴, 不挾兄弟而友. 友也者, 友其德也, 不可以有挾也.

遇朋友交遊之失, 宜剴(개)切, 不宜優游.

교제하고 있는 친구의 잘못을 접하면 곧 적절하게 충고해야 하며, 결코 우물쭈물 넘겨서는 안된다. 다정한 벗의 잘못을 보면 간곡히 충고하여 이를 바로잡아주는 것이 마땅한 도리이며 이를 방임해 두어서는 안된다는 뜻. (遇 : 만나다. 접하다. 접촉하다. 宜 : 마땅히 …해야한다. 剴切 : 알맞고 적절하다. 사리에 합당하다. 적절하게 충고함의 뜻. 優游 : 우물쭈물하다. 망설이다. 주저하다.)

〔**菜根譚·百十三**〕處父母骨肉之變, 宜從容, 不宜激烈. ○○○○○○○, ○○○, ○○○○.

爲朋友者生, 爲朋友者死, 方是義氣豪傑.

벗을 위하여 살고 벗을 위하여 죽는 것은 바로 의로운 기개있는 호걸이다. 벗을 위하여 죽고 살며, 벗을 위하여 일체의 희생을 할 수 있는 자가 진정한 호걸이라는 뜻.

〔**清 無名氏·說唐**〕自古道, ○○○○○, ○○○○○, ○○○○○○.

有朋自遠方來, 不亦樂乎.

어떤 벗이 먼 곳에서 찾아오는 것이 또한 즐거운 일이 아니겠는가? 가까운 데 있는 친구는 물론이고, 뜻이 맞고 의기가 통하는 먼 곳에 있는 친구가 찾아오는 것이 기쁜 일이라는 뜻. (有 : 어떤. 명시되지 않은 사람·날짜·사물 등을 나타내는 용법으로 쓰인 것. 朋 : 도를 같이하는 벗을 이른다. 方 : 바야흐로. 이제 막.)

〔**論語·學而**〕學而時習之, 不亦說乎. ○○○○○○, ○○○○. 人不知而不慍, 不亦君子乎.

有諍氣者勿與論. 必由其道至, 然後接之. 非其道, 則避之.

쟁

남과 다투어 이기려고 하는 기질이 있는 자와는 함께 의논하지 말 것이다. 반드시 도리에 따라 힘쓴 후에 그를 상대하고, 도리에 맞지 않으면 피해야 한다.(諍氣 : 남과 다투어 이기려고 하는 기질. 由 : 따르다. 至 : 힘쓰다. 힘을 다하다.)

〔**韓詩外傳·卷四**〕問者不告, 告者勿問, ○○○○○○○, ○○○○○, ○○○○. ○○○, ○○○.

衣莫若新, 人莫若故.

옷은 새 것 같은 것이 없고, 사람은 오래된 것 같은 것이 없다. 옷은 새것일수록 좋고, 사람은 오래 함께 지내면서 사귄 사이일수록 좋다는 뜻. = **衣不如新, 人不如故.**

〔**書經·商書·盤庚上**〕遲任有言曰, 人惟求舊, 器非求舊, 惟新. 〔**晏子春秋·雜上**〕景公與晏子立于曲潢之上. 晏子稱曰, ○○○○, ○○○○. 公曰, 衣之新也信善矣, 人之故相知情.

以膠漆之心, 置於胡之身, 進不得相合, 退不得相忘.

아교와 옻과 같이 서로 떨어질 수 없는 마음이지만 胡·越의 오랑캐 땅에 몸을 두고 있으니, 나아가도 서로 만날 수 없고, 물러가도 서로 잊을 수 없네. 서로 떨어질 수 없는 아주 친밀한 친구 간의 마음을 형용한 것. (由) 唐나라 白樂天과 元微之는 校書郎 때의 동료로 가까이 지냈고, 制科라는 과거 준비를 함께 하고 함께 급제하여, 白樂天은 盩厔縣의 尉로, 元微之는 門下省의 左拾遺도 발령받았다. 복무중 白樂天이 중심이 되어 백성들의 분노와 고통을 담은 새로운 시체의 新樂府를 만들었다가 이것이 말썽이 되어 元微之는 河南의 尉로, 다시 通州의 司馬로 좌천되었고, 白樂天은 江州의 司馬로 좌천되어 위와 같은 편지를 써보낸 것. → **膠漆之交. 膠漆相投. 親如膠漆. 如膠如漆. 如膠投漆. 如膠似漆. 以膠投漆.**

〔**白樂天·白氏文集**〕四月 十日夜, 白樂天. 微之, 微之. 不見足下面, 已三年矣, 不得足下書, 欲二年矣. 人生幾何, 離闊如此. 況○○○○○, ○○○○○○, ○○○○○, ○○○○○. 牽攣乖隔, 各欲白首. 微之, 微之. 如何, 如何. 天實爲之, 謂之奈何. 〔**史記·范雎蔡澤列傳**〕其賢智與有道之士爲膠漆. 〔**史記·魯仲連鄒陽列傳**〕感於心, 合於行, 親於膠漆, 昆弟不能離, 豈惑於衆口哉. 〔**南朝 梁 劉峻 廣絶交論**〕心同琴瑟, 言鬱鬱於蘭茝, 道協膠漆, 志婉孌於埍篪. 〔**後漢書·雷義傳**〕鄕里爲之語曰, 膠漆自謂堅, 不與雷與陳. 〔**唐 杜甫 憶昔 詩**〕宮中聖人奏雲門, 天下朋友皆膠漆.

以權利合者, 權利盡而交疏.

권세와 이익 때문에 만난 사람은 권세와 이익이 없어지면 사귐이 소원해진다. 권세·재물에 의지하여 사귀는 사람은 일단 상대방이 권세·재물을 잃으면 그와 소원해짐을 이르는 것. (以 : … 때문에. …까닭에.) → **以利交者, 利窮則散.**

〔**史記·鄭世家**〕太史公曰, 語有之, ○○○○○, ○○○○○○, 甫假是也. 〔**漢書·張耳陳餘傳贊**〕勢利之交, 古人羞之. 〔**王通·文中子**〕以勢交者, 勢傾則絶. 以利交者 ,利窮則散. 〔**清 趙士禎·車銃議**〕諺云, 以勢交者, 勢盡則疏, 以利合者 ,利盡則散. 同類尙然, 况在異域.

以相如功大, 拜爲上卿, 廉頗不忍爲之下, 欲必辱之. 相如望見之, 引車避匿. 廉頗肉袒(단)負荊謝罪. 卒相與驩, 爲刎(문)頸(경)之交.

趙나라의 천민출신인 藺相如는 (秦나라 昭王에게 빼앗길 뻔한 和氏의 보옥을 되찾아온) 공이 커서 (惠文王이) 上卿으로 벼슬을 내리니, 장군인 廉頗는 (그보다 직위가) 낮게 된 것을 참지 못하여 반드시 그를 욕보이려고 하였다. 그리하여 藺相如는 그를 멀리 바라보면 수레를 끌어 피해 숨어버리곤 하였다. 그러나 廉頗는 (藺相如가 자신을 두려워하여 피하는 것이 아니며 두 사람이 싸우면 나라가 위태롭게 될 것을 걱정하는 것임을 알고 부끄러워하면서) 웃 옷을 벗고 가시나무 회초리를 등에 진 채 그의 잘못을 사죄하였다. 드디어 그들은 서로 더불어 기뻐하고 목을 잘라도 변하지 않는 친한 벗이 되었다. (拜 : 벼슬을 내리다. 肉袒 : 웃 옷을 벗어 상체를 드러내다. 刎頸 : 목을 베다.) → **肉袒負荊請罪.** → **刎頸之交.**

〔**史記·廉頗藺相如列傳**〕旣罷歸國, 以相如功大, 拜爲上卿, 位在廉頗之右. 廉頗曰, …… 而藺相如徒以口舌爲勞, 而位居我上, 且相如素賤人, 吾羞, 不忍爲之下. 宣言曰, 我見相如, 必辱之. 相如聞, 不肯與會. …… 已而相如出, 望見廉頗. 相如引車避匿. ……相如曰, ……今兩虎共鬪, 其勢不俱生. 吾所以爲此者, 以先國家之急而後私讎也. 廉頗聞之, 肉袒負荊, 因賓客至藺相如門謝罪. …卒相與驩, 爲刎頸之交. 〔**十八史略·上古·春秋戰國篇**〕(내용 생략.)

以利合者, 迫窮禍患害, 相棄也. 以天屬者, 迫窮禍患害, 相收也.

이익 때문에 어울린 사람은 곤궁·재난·환난·재해가 다가오면 반드시 서로 버리고, 하늘 때문에 이어진 사람은 곤궁·재난·환난·재해가 다가오면 서로 거두어 준다. 이익관계에 따른 사귐은 재앙이 닥칠 때 쉽게 무너지지만, 타고난 성질(天性)에 의하여 자연적으로 연결된 사귐은 재앙에 직면할 때 서로 구제해 준다는 뜻. (合 : 만나다. 어울리다. 결합되다. 迫 : 다가가다. 가까이 가다. 접근하다. 박두하다. 天 : 타고난 성질. = 天性. / 자연. 屬 : 잇다. / 모이다. 收 : 거두다. 떠받다. 돌보다.)

〔**莊子·山木**〕棄千金之璧, 負赤子而趨, 何也. 林回曰, 彼以利合, 此以天屬也. 夫○○○○, ○○○○○, ○○○. ○○○○, ○○○○○, ○○○. 夫相收之與相棄亦遠矣.

里仁爲美, 擇不處仁, 焉得知.

살고있는 마을에 인후한 풍속이 있는 것이야 말로 좋은 것이니, 만일 살 곳을 선택하고서 그 풍속이 인후한 곳에 살지 않는다면 어찌 밝은 지혜를 가졌다고 할 수 있겠는가? 인후한 풍속이 거처 선택의 한 중요한 조건임을 이른 것. (里仁爲美 : 마을에 인후한 풍속이 있어 좋다. ※ 어진 사람이 마을에 살고 있어 좋은 것이라고 해석하는 학자도 있다. 焉 : 어찌. 어떻게.)

〔**論語·里仁**〕○○○○, ○○○○○, ○○○. <鄭玄注> 里者, 民之所居也. 居於仁者之里, 是爲善也. <朱熹注> 里有仁厚之俗爲美.

以財事人者, 財盡而交疎. 以色事人者, 華落而愛衰.

소

재물때문에 사람을 섬기는 자는 그 재물이 다하면 그 교분도 소원해지고, 여색때문에 사람을 섬기는 자는 그 아름다움이 줄어들면 사랑도 감퇴한다. 임금을 섬기는데 있어서는 임금의 사랑을 받고 그 사랑이 해이해지지 않을 대책이 필요함을 시사하는 말. (華 : 요염함. 용모의 아름다움. 落 : 줄다. 衰 : 감퇴하다.)

〔**史記·呂不韋列傳**〕不韋因使其姊說夫人曰, 吾聞之, 以色事人者, 色衰而愛弛. 今夫人事太子, 甚愛而無子, ……. 色衰愛弛後, 雖欲開一語, 尙可得乎. 〔**戰國策·楚策一**〕江乙曰, 以財交者, 財盡而交絶, 以色交者, 華落而愛渝. 是以嬖女不敝席, 寵臣不避軒. 〔**說苑·權謀**〕江乙曰, 吾聞之, ○○○○○, ○○○○○, ○○○○○, ○○○○○. 〔**漢書·外戚傳**〕以色事人者, 色衰而愛弛, 愛弛而恩絶. 〔**李白·詩**〕以色事他人, 能得幾時好. 〔**王通·文中子**〕以勢交者, 勢傾則絶. 以交利者, 利窮則散. 〔**警世通言**〕古人云, 以利相交者, 利盡而疏.

益者三友, 友直·友諒·友多聞, 益矣.

량

사람들에게 유익하게 하는 벗에 세 가지가 있으니, 정직한 사람을 벗하고, 진실한 사람을 벗하고, 견문이 많은 사람을 벗 하는 것, 이것이 사람을 유익하게 하는 것이다. 한 사람의 장점은 많은 사람을 유익하게 할 수 있으므로 사람을 잘 선택하여 사귈 것을 권고하는 것. (諒 : 진실함.)→**益者三友**.

〔**論語·季氏**〕孔子曰, ○○○○, 損者三友. ○○·○○·○○○, ○○. 友便辟, 友善柔, 友便佞, 損矣. 〔**明 馮夢龍·馬吊牌經**〕一人用智, 庇及全家, 其或寡謀, 累亦非小. 語云, 益者三友, 損者三友, 此之謂也.

人之相知, 貴相知心.

사람이 사귀어 서로 아는 사이가 되면 서로 상대방의 마음을 알아주는 것이 귀하다.

〔**漢 李陵·答蘇武書**〕嗟乎, 子卿, ○○○○, ○○○○. 〔**明 唐順之·與白伯倫儀部書**〕古語云, ○○○○, ○○○○. 豈必以好官相處而後爲厚哉.

一鄕之善士, 斯友一鄕之善士. 一國之善士, 斯友一國之善士.

한 고을의 훌륭한 인물이라야 한 고을의 훌륭한 인물과 벗할 수 있고, 한 나라의 훌륭한 인물이라야 한 나라의 훌륭한 인물과 벗으로 사귈 수 있다. 벗은 같은 유(類)끼리 맺어지게 되는 것으로 그 인품의 고하에 따라 그 사귐의 넓고 좁음이 결정된다는 뜻. (善士 : 善人. 훌륭한 사람. 斯 : 곧. 어조사.)

〔**孟子·萬章下**〕孟子謂萬章曰, ○○○○○, ○○○○○○○○. ○○○○○, ○○○○○○○○. 天下之善士, 斯友天下之善士.

刺我行者, 欲與我交, 訾我貨者, 欲與我市.
자 자

내 행실을 비난하는 것은 나와 사귀기를 바라기 때문이고, 내 물건을 헐뜯어 말하는 것은 나와 거래하기를 바라기 때문이다. (刺 : 비방하다. 비난하다. 풍자하다. 訾 : 헐뜯다. 市는 거래하다.)

〔**淮南子·說林訓**〕○○○○, ○○○○, ○○○○, ○○○○.

正直難親, 諂諛易合, 此固中人之常情.
첨 유 이

정직한 자가 친하기가 어렵고, 아첨하는 자가 어울리기가 쉬운 것은 본디 보통사람의 일상적인 사실이다. (諂諛 : 아첨하다. 合 : 어울리다.)

〔**通鑑·漢紀·世宗孝武皇帝下**〕溫公曰, ……, 夫○○○○, ○○○○, ○○○○○○○, 宜太子之不終也.

鳥隨鸞鳳飛騰遠, 人伴賢良志氣高.
난 등

새가 난새와 봉황새를 따라가면 멀리 날아 오를 수 있고, 사람이 현명한 사람과 선량한 사람을 동반하면 의지와 기개가 높아진다. 재능있는 사람과 가까이 지내면 의지와 기개가 신장하게 됨을 형용. (飛騰 : 높이 날아 오르다.)

〔**明 葉憲祖·金鎖記**〕欲望成章列俊髦, 欣然負笈敢辭勞. ○○○○○○○, ○○○○○○○. 〔**濟公全傳**〕鳥隨鸞鳳飛騰遠, 人伴賢良品自高, 近墨者黑.

主人不飮, 客徬徨.

주인이 술을 마시지 않으면, 손님은 어찌 할 줄 모르고 갈팡질팡한다. (喻) 주인이 청하지 않으면 손님이 오기는 어렵다.

〔**清 葉奕苞·醉鄉約法**〕諺曰, ○○○○, ○○○. 以投轄者爲賢主, 又曰, 可人期不來, 若顧尙書期者, 必非嘉客.

彩鳳必配乎文鸞, 野鵲斯偶乎山雉.
난 작 치

빛깔이 고운 봉황은 반드시 무늬가 아름다운 난새와 잘 어울리고, 들까치는 다 산꿩과 잘 만난다. 어떤 사람과 어떤 사람이 서로 잘 어울려 지냄을 이르는 것. (配 : 어울리다. 잘 어울리다. / 짝짓다. 결합하다. 혼인하다. 鸞 : 난새. 봉황의 일종인 영조. 斯 : 곧 이에. 그래서. 偶 : 만나다. 우연히 만나다. ≒ 遇. / 어울리다.)

〔**明 玩花主人·妝樓記**〕自古道, ○○○○○○○, ○○○○○○○. 物類且然, 况乎人道.

親者割之不斷, 疏者續之不堅.

친근한 사람들은 잘라도 끊어지지 않고, 소원한 사람들은 이어도 튼튼해지지 않는다. 친근한 사람들 간의 관계는 끊을래야 끊을 수 없고, 소원한 사람들간의 관계는 이을래야 이을 수 없다는 뜻.

〔**明史·高巍傳**〕彼其勸陛下削藩國者, 果何心哉. 諺曰, ○○○○○○, ○○○○○○. 殊有理也. 陛下不察, 不待十年, 悔無及矣.

暴虎馮河, 死而無悔者, 吾不與也.

표 빙

맨손으로 범을 잡으려고 하고 맨몸으로 黃河를 걸어서 건너가려다가 죽어도 후회하지 않는 자와 나는 함께 하지 않는다. 용기는 있으나 무모한 행동을 하는 자와는 사귀지 않음을 이르는 것. 혈기에 찬 용기에 흘러 무모한 행동을 하려는 자는 상대하지 않는다는 뜻. (暴虎 : 범을 맨손으로 치거나 때려서 잡다. 馮河 : 黃河를 걸어서 건너다.) → **暴虎馮河.**

〔**詩經·小雅·小旻**〕不敢暴虎, 不敢馮河, 人知其一, 莫知其他. < 毛傳 > 馮, 陵也. 徒涉曰, 馮河, 徒博曰暴虎. 〔**詩經·鄭風·大叔于田**〕襢裼暴虎, 獻于公所. 〔**論語·述而**〕子曰, ○○○○, ○○○○○, ○○○○. 心也臨事而懼, 好謀而成者也. < 孔安國注 > 暴虎, 徒博. 馮河, 徒涉.

合則留, 不合則去.

(뜻이) 맞으면 머무르고, 맞지 않으면 떠나간다. 친우·같은 일·사상·감정 등에 대해 의기투합하면 남고, 투합되지 않으면 떠나간다는 뜻.

〔**蘇軾·東波志林**〕增年已七十, ○○○, ○○○○, 不以此時明去就之分, 而欲依羽以成功, 陋矣.

海內存知己, 天涯若比鄰.

애

사해(四海)의 안에 친구가 있어, 비록 하늘 끝처럼 먼 곳이라 하더라도 이웃집과 마찬가지로 친하다. 온 세상에 감정이 상통하고 마음을 알아주는 벗들이 멀리 떨어져 있어도 이웃에 있는 것과 같이 매우 친근하게 지냄을 표시하는 말. (海內 : 바다 안. 사해의 안으로, 온 세상을 가리킨다. ≒ 四海之內. 知己 : 자기의 진심과 진가를 잘 알아주는 친구, 참다운 친구. 天涯 : 하늘 끝. 比鄰 : 이웃.) = **天涯若比鄰. 天涯比鄰.**

〔**王勃·杜少府之任蜀州詩**〕○○○○○, ○○○○○, 天爲在歧路, 兒女共霑中.

解衣衣我, 推食食我.
추

(자기의) 의복을 벗어서 나에게 입혀주고, (자기의) 음식을 양보하여 나에게 먹여주다. 남이 나를 매우 사랑하고 믿어서 두 사람의 관계가 매우 깊은 것을 형용. (衣 : 옷. / 옷을 입히다. 食 : 음식. / 음식을 먹이다.) → **解衣推食**.

〔 **史記·淮陰侯列傳** 〕 韓信謝曰, ……. 漢王將授我上將軍印, 予我數萬衆,○○○○, ○○○○, 言聽計用, 故吾得以至於此. 〔 **明 周楫·西湖二集·寄梅花鬼病鬧西閣** 〕 承孃子相愛, ○○○○, ○○○○, 此恩沒身難報.

3. 對人和同, 協助, 救恤 및 對立
– 相從相應·協力和同·依存救恤·對立是非·放縱.

起死人而肉白骨.

죽은 자를 일으켜서 뼈에 살을 붙여주다. 남의 도움 때문에 죽었다가 다시 살아나서 백골에 살이 자라기 시작함을 이르는 말. 아주 어려운 처지에 있는 사람을 구해내어 재생의 길을 열어준 깊고 두터운 은혜에 대하여 감사를 표시하는 말. (肉 : 살이 오르다. 살을 붙이다.) = **生死人而肉白骨**. → **生死肉骨**.

〔 **春秋左氏傳·襄公二十二年** 〕 (薳子馮) 自御爲歸, 不能當道, 至, 謂八人者曰, 吾見申叔夫子, 所謂生死而肉骨也, ……. < 杜預注 > 已死腹生, 白骨更肉. 〔 **春秋左氏傳·昭公二十五年** 〕 平子曰, 苟使意如得改事君, 所謂生死而肉骨也. 〔 **國語·吳語** 〕 昔者越國見禍, 得罪於天王. 天王親趨玉趾, 以心狐句踐, 而又宥赦之. 君王之於越也, 繄○○○○○○○也. 〔 **唐 姚思廉·梁書·劉孝綽傳** 〕 遂漏斯密網, 免彼嚴棘, 得使還同士伍, 比屋唐民, 生死肉骨, 豈侔其施.

同病相憐, 同憂相救.
련

같은 병을 앓는 사람은 서로 불쌍히 여기고, 같은 걱정을 가진 사람은 서로 도와준다. (喻) 같은 불행을 만난 사람끼리 서로 동정하고 도와주다. → **同病相憐**.

〔 **吳越春秋·闔閭內傳** 〕 子胥曰, ……. 子不聞河上歌乎? ○○○○, ○○○○. 驚翔之鳥, 相隨而集, 瀨下之水, 因復俱流. 〔 **南史·任昉傳** 〕 魚以泉涸而呴沫, 鳥因將死而鳴哀. 同病相憐, 綴河上之悲曲.

大厦將顚, 非一木所支也.

규모가 큰 집이 넘어지려 하면 나무 하나로 버티게 할 수 없다. (喻) 붕괴되는 추세를 한 개인이 구제하기 어렵다. / 한 개인 또는 고독한 세력이 어렵고도 방대한 일을 감당하기 어렵다. / 나라가 망하려 할 때는 한 사람의 힘으로써는 어찌하지 못한다. (大厦 : 규모가 큰 집. 將 : 막 …하려 하다. 顚 : 넘어지다. 뒤집히다. 支 : 버티다. 지탱하다.) = **大厦將顚, 非一木可支. 大厦將傾, 一木難技. 大厦之傾, 一木何支. 一木不能支大厦之崩. 大木將顚非一繩所維.**

〔 **後漢書·** 〕郭泰曰, 大木將顚, 非一繩所維. 〔 **世說新語·任誕** 〕和(嶠)曰, 元裒如北夏門, 拉攞自欲壞, 非一木所能支. 〔 **宋書·** 〕袁粲曰, 本知一木不能支大厦之崩. 〔 **隋 王通·文中子·事君** 〕子謂董常曰, ○○○○, ○○○○○○. 〔 **白樂天·代書詩一百韻寄微之詩** 〕千鈞勢易壓, 一柱力難支. ※ 〔 **王褒·四子講德論** 〕大厦之材, 非一丘之木, 太平之功, 非一人之力也. 〔 **羅貫中·三國演義** 〕天地反復兮, 火欲殂, 大厦將傾兮, 一木難扶. 〔 **明 朱葵心·回春記** 〕如今亂臣賊子, 布滿天下, 大厦之傾, 一木何支. 〔 **封神演義** 〕臣聞, 大厦將傾, 一木難扶.

同聲相應, 同氣相求.

같은 소리끼리 서로 응하고, 같은 기운끼리 서로 구한다. (喩) 만물은 각기 동류를 따른다. / 의기가 투합한 사람은 자연적인 결합이 매우 용이하다. 군자는 군자의 벗이 되고, 소인은 소인끼리 어울린다. → **同聲相應.**

〔 **周易·乾爲天·文言** 〕九五曰, 飛龍在天, 利見大人, 何謂也. 子曰, ○○○○, ○○○○, ……, 則各從其類也. 〔 **荀子·勸學** 〕施薪若一, 火就燥也. 平地若一, 水就濕也. 草木疇生, 禽獸群, 物各從其類也. 〔 **漢書·公孫弘傳** 〕臣聞之, 氣同則和, 聲比則應. 今人主和德于上, 百姓和合于下, 故心和則氣和, 氣和則形和, 形和則聲和, 聲和則天地之和應矣. 〔 **吳越春秋·句踐入臣外傳** 〕太宰嚭曰, ……. 臣聞同聲相和, 同心相求. 〔 **明 馮夢龍·醒世恒言** 〕常言○○○○, ○○○○.

得鳥者, 羅之一目也. 今爲一目之羅, 則無時得鳥矣.

새를 잡는 것은 그물의 한 눈(구멍·코)에 지나지 않지만 한 눈짜리 그물로써는 새를 잡을 수 없다. (喩) 일부분은 어떤 작용을 하지만 전체와 떨어질 수 없다. 일을 성취함에는 오직 하나로서는 소용이 없고, 여럿의 힘이 필요하다. / 예의를 갖추지 않으면 현인을 초대하지 못한다. → **一目之羅.**

〔 **文子·上德** 〕有鳥將來, 張羅而待之. 得鳥者羅之一目, 今爲一目之羅, 則無時得鳥. 故事或不可前規, 物或不可預慮. 故聖人畜道待時也. 〔 **淮南子·說山訓** 〕有鳥將來, 張羅而待之. ○○○, ○○○○○. ○○○○○○, ○○○○○○. 〔 **摩訶止觀·五之二** 〕一目之羅不能得鳥, 得鳥者羅之一目耳. 〔 **宋書·顔延之傳** 〕古語曰, 得鳥者羅之一目, 而一目之羅, 無時得鳥矣.

拔茅茹, 以其彙, 征吉.
모 여 휘

띠의 이어져 있는 뿌리를 뽑는다. 무리가 이어져 있으면 나아가는 것이 길하다. 띠의 뿌리는 서로 이어져 있어 한 포기만 뽑을 수 없으며, 이와 마찬가지로 동류가 연결되어 있으면 나아가는 것이 유리하다는 말. (喩) 군자가 출사하면 반드시 그 벗들과 함께 하여 서로 끌어주고 도와주어서 좋다. / 현자(賢者)가 그 벗들과 함께 출사하여 도를 실천하는데 뜻을 같이 하므로 좋다. → **拔茅連茹.** (茹 : 띠의 뿌리. 다른 뿌리와 연결되어 있다. 以 : …에 이어지다. 잇닿다. 彙 : 무리. 동류. 征은 가다. 바르게 가다.)

〔**周易·地天泰**〕初九, ○○○, ○○○, ○○, 〔**周易·天地否**〕初六, 拔茅茹, 以其彙, 貞吉亨.

方以類聚, 物以群分.

사람들은 각기 그 도에 의해서 같은 부류끼리 서로 함께 모이고, 만물은 무리(群體)에 따라서 서로 구분된다. 사람이나 사물은 그 성질에 따라서 부문별로 나뉘어 각자 함께 모인다는 뜻. 만물은 성질이 가까운 것끼리 무리를 지어 함께 모인다는 의미. (方 : 도, 도덕의 표준. / 방술, 치도의 방법. 재간. 학예. / 무리, 같은 무리.) = **物以類聚, 人以群分.** → **類聚群分. 物以類聚. 人以群分.**

〔**周易·繫辭上**〕方以類聚, 人以群分. 吉凶生矣. 〔**荀子·勸學**〕草木疇生, 禽獸群焉, 物各從其類也. 〔**唐 楊炯·渾天賦幷序**〕乾坤闔辟, 天地成矣. 動靜有常, 陰陽行矣. ○○○○, ○○○○, 吉凶生矣. 〔**北宋 孔平仲·續世說·輕詆**〕昭略曰, 不知許事, 且食蛤蜊. 融曰, ○○○○, ○○○○. 君生長東隅, 居然應嗜此族.

輔車(거)相依, 脣亡齒寒.

수레 위의 양편에 짐이 떨어지지 않게 세운 덧방나무와 수레의 몸은 서로 의지하고 있으며, 입술이 없어지면 잇빨이 차거워진다. (喩) 이해 · 화복 · 희비가 서로 밀접하게 관계된다./ 썩 친밀하고 서로 의지하는 사이의 한쪽이 망하면 다른 한쪽도 피해를 보게 된다. (由) 주변의 작은 나라들을 병합, 판도를 넓혀가고 있던 晉의 獻公은 이번에는 虞와 虢을 수중에 넣으려고 虞王에게 사자를 보내 "虢을 치러갈 터이니 길을 빌리자"고 하자, 虞의 현신 宮之奇는 왕에게 "虢은 虞의 거죽(表)입니다. 만일 虢이 망하면 虞도 반드시 망하게 됩니다. 속담에 수레 위의 덧방나무와 수레는 서로 의지하고 있으며, 입술이 없어지면 잇빨이 차거워진다. (輔車相依, 脣亡齒寒)는 말이 있는데 이는 虞와 虢과의 관계를 두고 하는 말입니다. 그러므로 길을 빌려주어서는 안됩니다."라고 누차 간하였으나 虞王은 길을 빌려주고 말았다. 과연 晉은 虢을 쳐 멸하고 돌아오는 길에 虞를 쳐 멸하고 虞王을 사로잡았다.

〔**詩經·小雅·正月**〕其車旣載, 乃棄爾輔. 又云, 無棄爾輔, 員于爾輻. 〔**春秋左氏傳·僖公五年**〕晉侯復假道於虞以伐虢. 宮子奇諫曰, 虢, 虞之表也. 虢亡, 虞必從之. ……諺所謂 ○○○○, ○○○○者, 其虞, 虢之謂也. 〔**墨子·非攻中**〕古者有語, 脣亡則齒寒. 趙氏朝亡, 我夕從之. 〔**呂覽**〕車依輔, 輔亦依車, 是虞虢之勢也. 〔**韓非子·十過**〕夫虞之有虢也, 如車之有輔. 輔依車, 車亦依輔, 虞虢之勢正是也. 〔**淮南子·說林訓**〕川竭而谷虛, 丘夷而淵塞, 脣竭而齒寒. 河水之深, 其壤在山. 〔**战國策·趙策**〕脣亡則齒寒. 今日亡趙, 則明日及齊楚. 〔**說苑·談叢**〕脣亡而齒寒. 河水崩, 其壤在山.

不明於化, 而欲變俗易教, 猶朝揉輪而夕欲乘車.

역 유

사물의 변화에 대하여 잘 알지 못하면서도 풍속을 변화시키고 교육을 바꾸고자 하는 것은 아침에 나무를 휘어 수레바퀴를 만들어서 저녁에 수레를 타고자 하는 것과 같다. 사회의 개혁은 일조일석에 이루어지는 것이 아니라는 뜻. (揉輪 : 나무를 휘어서 수레바퀴를 만들다.)

〔**管子·七法**〕不明於法, 欲治民一衆, 猶左書而右息之. ○○○○, ○○○○○○, ○○○○○○○○○. 不明於決塞, 而欲驅衆移民, 猶使水逆流.

冰炭不同器而久, 寒暑不兼時而至, 雜反之學不兩立而治.

얼음과 숯불은 한 그릇에 오래 둘 수 없고, 추위와 더위는 때를 같이하여 오지 아니하며, 서로 뒤섞이고 뒤집힌 학문은 양립을 시켜 배워 익힐 수 없다. (喩)성질이 상반되는 것은 서로 화합하거나 타협하기 어렵다. 서로 대립되는 관계에 있는 사람이나 사물은 같은 자리에 있거나 서로 제휴할 수 없다. (治 : 익히다. 배워 익히다.) → **氷炭不相容. 氷炭不同爐. 氷炭不同器.**

〔**韓非子·顯學**〕夫○○○○○○○, ○○○○○○○, ○○○○○○○○○, 〔**淮南子·說山訓**〕天下莫相憎於膠漆, 而莫相愛於冰炭. 〔**楚辭·七諫**〕冰炭不可以相竝兮, 吾固知乎命之不長. 哀獨苦死之樂兮, 惜餘年之未央. 〔**鹽鐵論**〕文學曰, 冰炭不同器, 日月不竝明. 〔**抱朴子·交際**〕冰炭之同器, 欲其久合, 安可得哉. 〔**後漢書·傅燮傳**〕邪正之人, 不宜共國, 亦猶冰炭之不可同器.

山有猛獸, 林木爲之不斬, 園有螫虫, 藜藿爲之不采.

참 석 여곽

산에 맹수가 있으면 수풀의 나무는 이것 때문에 베어지지 않으며, 뜰에 독충이 있으면 명아주잎·콩잎이 이것 때문에 채취되지 않는다. (喩) 두려운 것을 가지고 있으면 함부로 남의 침해를 받지 않는다. / 큰 사람에 의지하고 있으면 재앙을 당하지 않는다. (螫 : 쏘다. 독으로 쏘다.)

〔**文子·上德**〕○○○○, ○○○○○○, ○○○○, ○○○○○○. 國有賢臣, 折衝千里. 〔**淮南子·說山訓**〕○○○○, ○○○○○○, ○○○○, ○○○○○○. 爲儒而距里閭, 爲墨而朝吹竽, ……. 是非所行而行所非. 〔**晉書·劉琨傳**〕山有猛獸, 藜藿爲之不采.

相識圖相益, 濟人須濟急.

교분을 맺고 있는 친구는 서로 도와주도록 해야 하고, 남을 구제함에는 반드시 절박한 필요가 있을 때에 구제해 주어야 한다. (相識 : 아는 사람. 알고 지내는 사람. 친교를 맺은 사람. / 서로 알다. 圖 : 꾀하다. 바라다. 탐내다. 益 : 이롭게 하다. 돕다. 急 : 사정·형편이 지체할 겨를이 없다. 몹시 딱하거나 군색하다.)

〔**明 鄭瑶·便民圖纂**〕結朋須勝己, 似我不如舞. ○○○○○, ○○○○○.

水流濕, 火就乾.

물은 습한 곳으로 흐르고, 불은 마른 곳을 좇는다. (喩) 같은 종류의 사물 또는 같은 취향을 가진 사람은 서로 접근하기에 쉽다.

〔 **周易·乾爲天·文言** 〕 同聲相應, 同氣相求. ○○○, ○○○. 〔 **五燈會元** 〕 火就燥, 水流濕, 鑿井而飮, 耕田而食.

水火不相逮(체), 雷風不相悖.

물과 불은 서로 만날 수 없고, 우뢰와 바람은 서로 어그러질 수 없다. (喩) 사람·사물의 성질, 이해관계 등에서 양립할 수 없는 양자가 대립하면 서로 용납할 수 없고, 상호 보완적, 파생적인 관계에 있는 양자는 서로 화합, 조화를 이루지 않을 수 없다. (逮 : 따라가다. 좇아가다. 만나다. 悖 : 어그러지다. 어기다.) → **水火不相容. 水火不相爐. 水火不容.**

〔 **漢書·郊祀志下** 〕 易有八卦, 乾坤六子, ○○○○○, ○○○○○. 山澤通氣, 然後能變化, 旣成萬物也. 〔 **三國志·蜀志·龐統傳** 〕 < 注 > 與我水火者, 曹操也.

信松茂而柏悅, 嗟芝焚而蕙(혜)歎.

소나무가 무성한 것을 알고 잣나무가 기뻐하고, 지초가 불타는 것을 탄식하니 혜초가 한 숨 쉰다. (喩) 벗·동료·동류가 당하는 경사와 재앙에 대하여 벗·동료·동류가 기뻐해주고 슬퍼한다. (信 : 알다. 알게 되다. 알리다. 嗟 : 탄식하다. 蕙 : 향초의 일종인 혜초, ※ 지초와 동류이다. 歎 : 탄식하다. 한탄하다. 한 숨 쉬다.) → **松茂柏悅** → **芝焚蕙歎.**

〔 **陸機·悲逝賦** 〕 ○○○○○○, ○○○○○○. 〔 **北周 庾信·庾子山集·思舊銘序** 〕 甁罄罍耻, 芝焚蕙嘆.

吳人與越人相惡(오)也, 當其同舟而濟, 遇風其相救也如左右手.

吳나라 越나라 사람은 서로 미워했는데, 같은 배로 강을 건너가다가 센 바람을 만나니 왼손·오른손과 같이 (힘을 모아) 서로 구조해 준다. (喩) 서로 관계가 안좋은 사이라도 어려움을 당하여서는 서로 돕고 서로 구제해 준다. → **吳越同舟. 同舟共濟.**

〔 **孫子·九地** 〕 夫○○○○○○○○, ○○○○○○, ○○○○○○○○○○. 〔 **西漢 孔鮒·孔叢子·論勢** 〕 吳越之人, 同舟濟江. 中流遇風波, 其相救如左右手者, 所患同也. 〔 **三國志·魏志·毋丘儉傳** 〕 (裵松之注引文欽 與郭淮書) 夫當仁不讓, 況救君之難, 度道遠艱, 故不果期要耳. 然同舟共濟, 安危勢同, 福痛已連, 非言飾所解, 自公侯所明也. 〔 **後漢書·朱穆傳** 〕 夫將相大臣, 均體元首, 共輿而馳, 同舟而濟, 輿傾舟覆, 患實共之.

優孟卽爲孫叔敖衣冠, 抵掌談語, 因歌曰, 方今妻子困窮負薪而食不足爲也, 莊王召子封之寢丘.

즉

楚나라 배우인 孟은 곧 죽은 재상 孫叔敖의 의관을 만들어 입고 쓴 후 흉금을 털어놓고 이야기하면서 莊王에게 노래 불러 이르기를 "지금 (孫叔敖의) 처자들은 가난하여 땔나무를 지고 팔고 있으나 먹기조차 어렵다네."라고 했다. 이에 莊王이 그의 아들을 불러 寢丘 땅(四百戶)을 떼어 주었다. 배우인 孟이 죽은 孫叔敖의 의관을 본떠 만들어 입고 그의 아들의 곤궁을 구해주었다는 말. (爲 : 만들다. 抵掌談語 : 흉금을 털어놓고 이야기하다.) → **抵掌談語. 抵掌而談.**

〔**史記·滑界列傳**〕其(孫叔敖)子窮困, 負薪, 逢優孟, 與言曰, 我孫叔敖子也. 父且死時, 屬我貧困往見優孟. ……(優孟)卽爲孫叔敖衣冠, 抵掌談語. 歲餘, 像孫叔敖, 楚王及左右不能別也. ……. 因歌曰, ……楚相孫叔敖持廉至死, 方今 妻子困窮負薪而食不足爲也, 於是莊王謝優孟, 乃召孫叔敖子. 封之寢丘四百戶,以奉其祀. ※〔**戰國策·秦策一**〕(蘇秦)見說趙王於華屋之下, 抵掌而談. 趙王大悅, 封爲武安君. 〔**柳亞子·然子龕遺 詩序**〕君自南土來書謂, ……想諸公都在劍影光中, 抵掌而談.

黿鳴歧野, 鼈應九泉.

원 기 별

큰 자라가 갈림길 있는 들에서 우니, 자라가 깊은 연못에서 호응하다. (喩) 같은 무리가 서로 교제하고 서로 감응하다. / 임금과 신하가 서로 응하다. (歧 : 갈림길. = 岐. 九泉 : 깊은 땅 속으로, 여기서는 깊은 연못.) → **黿鳴鼈應. 黿鳴而鼈應.**

〔**後漢書·張衡傳**〕樊噲披帷入見, 高祖踞洗以對酈生, 當此之會, 乃黿鳴而鼈應也. 〔**宋史·李全傳**〕楊氏使人行成於夏全曰, 將軍非山東歸附邪. 狐死兎泣, 李氏滅, 夏氏寧得獨存. 〔**焦贛·易林**〕曰, ○○○○, ○○○○也. 〔**田藝蘅·玉笞零音**〕黿鳴而鼈應, 兎死則狐悲. 〔**宋 羅願·爾雅翼**〕今黿亦大腰, 乃腹以鼈爲雄, 故曰, 黿鳴鼈應.

人各有耦, 物從其類.

우

사람에게는 각기 배우자가 있고, 사람이나 동물은 다 그들의 동류를 따르고 서로 모인다. (耦 : 짝. 배우자.)

〔**春秋左氏傳·桓公六年**〕人各有耦, 齊大, 非吾耦也. 〔**明 王廷陳·與殷子書**〕竊聞○○○○, ○○○○. 故婚姻人道之始, 伉儷家政之基, 豈可使窳隆一揆, 涇渭混源哉.

一目之視也, 不若二目之視也, 一耳之聽也, 不若二耳之聽也.

한 눈으로 보는 것은 두 눈으로 보는 것보다 못하고, 한 귀로 듣는 것은 두 귀로 듣는 것만 못하다. (喩) 한 사람은 많은 사람의 지혜나 역량에 미치지 못한다. / 훌륭한 사람의 도움을 받아 일을 하면 남보다 앞서 뜻을 이룬다. / 사람은 혼자 살기보다는 언제나 화동하여 살아야 한다.

〔**墨子·尙同下**〕古者有語焉, 曰, ○○○○○, ○○○○○○○, ○○○○○, ○○○○○○○. 一手之

操也, 不若二手之彊也. 〔**漢 任奕·任子**〕一目之察, 不如衆目之明.

一手獨拍, 雖疾無聲.

한 손으로 홀로 치면 아무리 빨라도 소리가 나지 않는다. (喻) 사람이 혼자서는 큰 일을 해낼 수 없다. / 상대가 없이는 싸움이 일어나지 않는다. → **孤掌難鳴. 獨掌難鳴. 一雙手掌拍不響.**

〔**韓非子·功名**〕人主之患, 在莫之應, 故曰, ○○○○, ○○○○. 〔**東周列國志·第二回**〕孤掌難鳴, 終日怨夫思子, 含淚過日. 〔**水滸傳**〕單絲不成線, 孤掌豈能鳴. 〔**傳燈錄**〕僧請道, 匡示箇入路, 匡側掌示之曰, 獨掌不浪鳴.

鳥同翼者而聚居, 獸同足者而俱行.

새는 같은 날개를 가진 것끼리 모여 살고, 짐승은 같은 발을 가진 것끼리 함께 다닌다. (喻) 사물은 같은 종류의 것끼리 모인다. / 사람은 같은 수준에 있는 사람끼리 교제한다. (聚 : 모이다. 모여들다. 俱 : 함께. 다. 모두.)

〔**戰國策·齊策三**〕淳于髡一日而見七人於宣王. 王曰, ……. 今子一朝而見七士, 則士不亦衆乎. 淳于髡曰, 不然. 夫○○○○○○○○, ○○○○○○○○.

湯沐具而蟣蝨相弔, 大廈成而燕雀相賀.

기 슬

목욕할 곳을 갖추니 서캐와 이가 서로 조상(弔喪)하고, 큰 집이 낙성되니 제비나 새들이 서로 축하한다. (喻) 슬픈 일을 당한 사람이 서로 위로하고, 행운을 맞은 사람이 서로 축하하다. (蟣蝨相弔 : 서캐와 이가 서로 조상하다. 서로 자기의 운명을 슬퍼한다는 비유. 蟣는 이의 알인 서캐. 蝨는 사람의 몸의 해충인 이. 蟣蝨은 이. 厦 : 큰집. 廈의 속자. 燕雀相賀 : 제비와 새들이 서로 축하하다. 집을 완공하여 낙성함을 서로 축하하는 일.) → **蟣蝨相弔. → 燕雀相賀.**

〔**淮南子·說林訓**〕○○○○○○○○, ○○○○○○○○. 憂樂別也. 〔**唐 李百藥·北齊書·盧文偉傳**〕詢祖初襲爵, 封大厦男, 有宿德, 朝士謂之曰, 大厦初成. 應聲答曰, 且得燕雀相賀.

兎死狐悲, 物傷其類.

토끼가 죽으니 여우가 슬퍼하며, 만물은 그 동류의 일을 마음 아파한다. (喻) 만물은 자기와 같은 무리의 죽음이나 볼행을 만난데 대하여 다 마음 괴롭고 언짢아한다. (傷 : 마음 괴롭고 언짢아 하다. 애태우다.) → **兎死狐悲. 狐死兎悲. 狐兎之悲. 狐死兎泣.**

〔**宋史·李全傳**〕楊氏使人行成於夏全曰, 將軍非山東歸附邪. 狐死兎泣, 李氏滅, 夏氏寧得獨存. 願將軍垂盼. 〔**田藝蘅·玉笒零音**〕黿鳴而鼈應, 兎死則狐悲. 〔**元曲選·無名氏·賺蒯通**〕今日油烹蒯徹, 正所謂兎死狐悲, 芝焚蕙嘆. 〔**明 羅貫中·三國演義**〕獲曰, ○○○○, ○○○○. 吾與汝皆是各洞之主, 往日無冤, 何故害我.

土相扶爲墻, 人相扶爲王.

같은 흙이 서로 도우면 담장을 만들 수 있고, 사람이 서로 도우면 왕을 만들 수 있다.

〔**北齊書·尉景傳**〕景有梁下馬, 文襄求之, 景不與, 曰, ○○○○○, ○○○○○, 一馬亦不得畜而索也.

狽(패)前足絶短, 每行常駕於狼腿(퇴)上, 狽失狼則 不能動.

이리와 비슷한 전설상의 동물인 패(狽)는 앞다리가 매우 짧아 다닐 때마다 항상 이리(狼)의 넓적다리 위에 올라타므로 이 패가 이리를 잃으면 움직일 수 없게 된다. (喻) 둘이 서로 어울려서 떨어질 수 없다. / 일이 뜻대로 되지 않아 몹시 딱한 형편이 되다. (絕 : 매우. 더없이. 駕 : 타다. 오르다. 狼狽 ; 두 가지 짐승의 이름. 매우 난처하게 됨을 비유. 狼狽爲奸 ; 사람들이 서로 결탁, 공모하여 나쁜 짓을 한다는 비유.) → **狼狽爲奸.**

〔**唐 段成式·酉陽雜俎·廣動植**〕載. 狼·狽是二種獸名. ○○○○○, ○○○○○○○○, ○○○○○○○. 故世言事乖者稱狼狽. 〔**後漢書·崔寔傳**〕服武辨, 戴鶡尾, 狼狽而走. < 集韻 > 狽, 獸名, 狼屬. 生子或缺一足, 三足者, 相附行, 離則顚. 故猝遽謂之 狼狽.

風從虎, 雲從龍. 同類通氣, 性相感應.

바람은 호랑이를 따라 불고, 구름은 용을 따라 일어나는 것이니, 이와같이 같은 무리는 기가 통하여 성질이 서로 감응한다. (喻) 같은 종류의 사물이 서로 따라다니고 감응하다. / 포부를 가지고 있는 사람이 명망있는 사람을 추종하여 유명해지고 사업을 일으킬 것을 도모하다. / 서로 비슷한 성품을 가진 동지가 서로 찾아 구하다./ 거룩한 임금이 나오면 현명한 신하가 나와 돕는다. → **風從龍, 雲從虎.**

〔**周易·乾爲天·文言**〕子曰, 同聲相應, 同氣相求, 水流濕, 火就燥, 雲從龍, 風從虎, 聖人作而萬物睹. 〔**漢 王充·論衡·偶會**〕月毁於天, 螺消於淵. ○○○, ○○○, ○○○○, ○○○○. 〔**漢 王褒·四子講德論**〕非有聖智之君, 惡有甘棠之臣. 故虎嘯而風寥戾, 龍起而致雲氣. 卽從易脫胎而來. 〔**漢荀悅·申鑑·雜言**〕雲從於龍, 風從於虎, 鳳儀於韶, 麟集於孔. 〔**唐 李觀·項籍碑銘**〕其餘揭竿而呼, 爭先刺秦者如林如藪, 於時亂浩浩, 兵幢幢, 風從虎, 雲從龍, 三靈昏而四海空. 〔**韓愈·雜說**〕易日, 雲從龍旣曰龍, 雲從之矣.

第五編

自然現象과 人間關係

第五編 自然現象과 人間關係

Ⅰ. 事物의 根源·根本과 末端

脛大於股者, 難以步, 指大於臂者, 難以把.
경 고 비

정강이가 넓적다리보다 굵은 사람은 걸을 수가 없고, 손가락이 팔뚝보다 큰 사람은 물건을 잡기가 어렵다. (喩) 근본이 작고 말단이 크면 서로 부릴 수 없다. (脛 : 정강이. 股 : 넓적다리. 다리. 臂 : 팔. 把 : 잡다. 한 손으로 쥐다.)

〔**說苑·君道**〕筦子曰, 權不兩錯, 政不二門. 故曰, ○○○○○, ○○○, ○○○○○, ○○○, 本小末大, 不能相使也.

輕者重之端, 小者大之源.

가벼운 것은 무거운 것의 실마리이고, 작은 것은 큰 것의 근원이다. 곧 미소한 사물은 중대한 사물의 발단이라는 것. 사소한 언행도 삼가야 함을 기리키는 말.

〔**後漢書·陳忠傳**〕臣聞○○○○○, ○○○○○○. 故堤潰蟻孔, 氣泄針芒. 是以明者愼微, 智者識幾.

求木之長者, 必固其根本. 欲流之遠者, 必浚其泉源.

나무가 높이 자랄 것을 바라는 자는 반드시 그 뿌리를 단단하게 해야 하며, 물이 멀리 흐르기를 바라는 자는 반드시 그 샘의 근원을 깊이 파내야 한다. (喩) 통치자가 나라의 안전을 유지하려면 평시에 덕성과 신의를 쌓아야 한다. (浚 : 샘·못·도랑 따위를 쳐내다. 준설하다. 물 밑바닥을 깊이 파다.)

〔**貞觀政要·君道**〕是月(魏)徵又上疏曰, 臣聞, ○○○○○, ○○○○○. ○○○○○, ○○○○○. 思國之安者, 必積其德義.

貴冠履而忘頭足也.

관이나 신발을 귀중하게 여기다가 머리와 발을 잊어버리다. (喩) 지엽말단을 중히 여기다가 근본을 잊어버리다. / 법을 중히 여기다가 그 근본정신인 의(義)를 저버리다.

〔淮南子·泰族訓〕今重法而棄義, 是貴其貴冠履, 而忘其頭足也. 故仁義者, 爲厚基者也.

其本亂而 末治者否矣, 其所厚者薄, 而其所薄者厚, 未之有也.

그 근본이 어지러우면서 그 말단이 다스려지는 것은 없으며, 그 두터이 할 것을 엷게 하고 엷게 할 것을 두터이 하는 것은 아직 있지 않다. 수신을 잘못하고서 평천하하는 일은 없으며, 제가를 소홀히 하고서 평천하를 이룩하는 것은 있을 수 없음을 이르는 말. (本 : 수신. 末 : 평천하.)

〔大學·經一〕自天子以至於於庶人, 壹是皆以修身爲本. ○○○○○○○○○, ○○○○○, ○○○○○○. ○○○○.

落其實者思其樹, 飮其流者懷其源.

열매가 떨어지면 그 나무를 생각하게 되고, 흐르는 물을 마시면 그 근원을 생각하게 된다. (喩) 어떤 사물에 대한 근본 · 근원을 잊지 아니하다. / 은혜를 입고 이를 잊지 아니하다.(流者 : 흐르는 물. 懷 : 마음 속에 품다.)

〔北周 庾信·徵調曲〕○○○○○○○, ○○○○○○○. 〔明 張居正·答上師相徐存齋〕凡正今日之所蒙被, 孰匪師翁教育所及, 飮水知源, 敢忘所自.

木無本必枯, 水無源必竭.

나무에 뿌리가 없으면 반드시 말라죽고, 물에 원천이 없으면 반드시 말라버린다. (喩) 근본과 원천이 없으면 곧 생존할 수가 없다.

〔東周列國志·三八〕衛侯將死矣. 諸侯之有王, 猶木之有本, 水之有源也. ○○○○○, ○○○○○, 不死何爲.

無形者, 物之大祖也, 無聲者, 聲之大宗也.

무형은 형체있는 모든 물건의 근본이고, 무성은 소리의 시초이다. 이 세상에서 형체를 나타내고 있는 것은 원래 무형에서 나온 것이므로 무형이 물건의 근본이라는 것이고, 무음이 소리를 생기게 한 것이므로 그 시초라고 한 것.

〔淮南子·原道訓〕夫○○○, ○○○○○, ○○○, ○○○○○. 其子爲兒, 其孫爲水, 皆生於無形乎.

物有本末, 事有終始, 知所先後, 則近道矣.

물건에는 근본과 말단이 있고, 일에는 끝과 시작이 있으니, 먼저하고 뒤에 할 것을 알면 곧 도에 가까운 것이다. 어떠한 하나의 물건도 모두 근본과 말단이 있으며, 어떠한 한 가지의 일도 모두 종료와 개시가 있는데, 어느 것이 선(先)의 차례인지, 어느 것이 후(後)의 차례인지를 알면 곧 대학(大學)에서 강론한 수기치인(修己治人)의 도리에 접근하는 것이라는 의미.

〔**大學·經一**〕○○○○, ○○○○, ○○○○, ○○○○.

伐木不自其本, 必復生. 塞水不自其源, 必復流, 滅禍不自其基, 必復亂.

부

나무는 그 뿌리로부터 베어내지 않으면 반드시 다시 새싹이 자라나게 되어 있고, 물은 그 근원으로 부터 막지 않으면 반드시 다시 흘러나오게 되어 있으며, 재난은 그 기반으로부터 소멸시키지 않으면 반드시 다시 화란을 일으키게 되어있다. (基 : 터전. 기초. 토대. 기본. 기반. 亂 : 어지럽히다. 현혹시키다. 망치다. 파손하다. 여기서는 화란을 일으키다.)

〔**國語·晉語一**〕○○○○○○, ○○○, ○○○○○○, ○○○, ○○○○○○, ○○○.

本不正者末必倚, 始不盛者終必衰.

의

근본이 바르지 못한 것은 그 끝이 반드시 기울게 되고, 시작이 성하지 않는 것은 그 끝이 반드시 쇠하게 된다. (倚 : 치우치다. 한쪽으로 쏠리다. 기울다.)

〔**說苑·建本**〕孔子曰, 君子務本, 本立而道生, 夫○○○○○○, ○○○○○○○. 詩云, 原濕旣平, 泉流旣淸.

不揣其本, 而齊其末, 方寸之木, 可使高於岑樓.

췌 잠

물건의 근본을 헤아리지 않고 그 말단만을 맞춘다면 사방 한 치 되는 작은 나무를 높은 다락집보다 더 높게 할 수 있다. (喩) 같은 조건하에 있지 않은 두 가지 사물을 서로 비교하면 잘못된 결론을 낼 수 있다. 사물을 비교함에 있어 표준을 잘못 잡으면 아주 낮은 것을 아주 높은 것보다 더 높은 것으로 잘못 판단할 수 있다. (揣 : 재다. 높이를 측량하다. 齊 : 가지런하게 하다. 맞추다. 서로 같게 하다. 方寸之木 ; 사방 한 치의 나무. 작은 나무를 뜻한다. 岑樓 : 높은 다락집. / 높이 솟은 뾰족한 산. / 봉우리와 높은 누각.)

〔**孟子·告子下**〕孟子曰, ……. ○○○○, ○○○○, ○○○○, ○○○○○○. 〔**淸 葉燮·原詩**〕生平未嘗見古人, 而才名早己成矣. 何異方寸之木, 而遽高于岑樓耶.

削足而適屨, 殺頭而便冠.

구 쇄

(발이 크고 신이 작아서) 발을 깎아서 신에 맞추고, (머리가 크고 갓이 작아서) 머리 살을 깎아내어 갓에 알맞게 하다. (喩) 일의 근본과 말단이 뒤바뀌다. / 무리하게 맞추려고 하다가 도리어 일을 해치다. / 관례나 현재의 조건에 지나치게 얽매어 무리하게 맞추려고 하거나 남의 것을 기계적으로 모방 만하다. (屨 : 삼·칡·가죽 등으로 만든 미투리·가죽신 등의 신발. 殺 : 덜다. 줄이다. 저미다. 깎다. 便 : 적합하다. 알맞다. 冠은 : 갓.) → **削足而適屨. 削足適屨. 削趾適屨. 刻足適屨. 刖足適**

履. 截趾適屨. 刖趾適屨. 刖趾適履. → 殺頭而便冠. 殺頭便冠.

〔**淮南子·說林訓**〕骨肉相愛, 讒賊間之, 而父子相危. 夫所以養而害所養, 譬猶 ○○○○○, ○○○○○.

傷其本, 枝從而亡.

그 뿌리를 상해하면 그 가지도 따라서 죽게 된다. 부모를 상해하면 그 자식들이 따라서 망하게 된다는 뜻. / 자기 몸을 조심하지 않는 것은 그의 부모를 상해하는 것이며, 이와 같이 부모를 상해하면 자식인 자신이 망하게 된다는 의미. (亡 : 망하다. 망하여 없어지다. / 죽다.)

〔**小學·敬身**〕身也者, 親之枝也, 敢不敬與. 不能敬其身, 是傷其親. 傷其親, 是傷其本, ○○○, ○○○○.

上無所蒂(체), 下無所根.

위에 열매의 꼭지가 없고, 밑에 뿌리도 없다. (喩) 근거가 없다.의지할 곳이 없다. 관계가 없다.

〔**漢書·敍傳**〕徒樂枕經籍, 紆體衡門, ○○○○, ○○○○, 獨攄意乎宇宙之外, 銳思於毫芒之內.

釋其根, 而灌其枝也.

뿌리는 버려두고 그 가지에 물을 주다. (喩) 근본을 잊고 지엽에 힘쓰다. (釋 : 버리다. 내버리다. ≒ 捨. / 놓다. 두다.)

〔**淮南子·泰族訓**〕不知事修其本, 而務治其末, 是○○○, ○○○○○. 〔**淮南子·兵略訓**〕今夫天下皆知事治其末, 而莫知務脩其本. 釋其根而樹其枝也.

食其口而百節肥, 灌其本而枝葉茂.

그 입으로 음식을 먹어야 온몸이 고루 살찌고, 그 뿌리에 물을 대주어야 가지와 잎이 무성하다. (百節 : 신체의 백 마디 곧 온몸. 本 : 뿌리.)

〔**淮南子·泰族訓**〕食其口而百節肥, 灌其本而枝葉美. 〔**說苑·談叢**〕○○○○○○○. ○○○○○○○. 本傷者枝槁, 根深者末厚.

深根固柢(저), 長生久視之道.

뿌리가 깊고 튼튼하게 박히는 것은 장구하게 살아가는 바탕이 된다. (喩) 기초가 깊고 튼튼한 것은 동요하지 않고 오래 가는 근원이다. 기초가 깊고 두터우면 견고하여 빼기 어렵다. (柢 : 나무의 뿌리. 長生久視 : 長久하게 生活하다. 여기의 視는 活의 뜻. 道 : 근원. 바탕.) → **深根固柢. 根深柢固. 深根固本. 根蒂柢固.**

〔**老子·第五十九章**〕有國之母, 可以長久, 是謂 ○○○○, ○○○○○○. 〔**韓非子·解老**〕柢固則長生, 根深則視久. 〔**三國志·魏志·荀彧傳**〕彧曰, 昔高祖保關中, 光武據河內, 皆深根固本, 以制天下, 進足以勝敵, 退足以堅守. 〔**晉書·劉頌傳**〕建諸侯而樹屏藩, 深根固蒂, 則延祚無窮. 〔**唐 李鼎祚·周易集解四否**〕言五二包繫, 根深蔕固, 若山之堅, 若地之厚者也.

源深而水流, 水流而魚生之情也. 根深而木長, 木長而實生之情也.

근원이 깊으면 물이 잘 흐르고, 물이 흐르면 고기가 생기는 것이 사리이며, 뿌리가 깊으면 나무가 잘 자라고, 나무가 자라면 열매가 열리는 것이 사리이다. 군자가 뜻이 같으면 친하여 만나게 되고, 친하여 만나면 일이 이루어지는 것이 사리라는 것을 비유. (情 : 이치. 도리. 사리. 진리. 生 : 이루다. 이루어지다.)

〔**六韜·文韜**〕文王曰, 願聞其情. 太公曰, ○○○○○, ○○○○○○○○○. ○○○○○, ○○○○○○○○. 君子情同而親合, 親合而事生之情也.

原淸則流淸, 原濁則流濁.

물의 근원이 맑으면 흐르는 물이 맑고, 그 근원이 흐리면 흐르는 물이 흐리다. 윗 물이 맑으면 아랫 물이 맑고, 윗 물이 흐리면 아랫 물이 흐리다. (喩) 웃 사람이 청렴해야 아랫 사람이 청렴하다. / 근본이 깨끗해야 그 결과가 좋다. (原 : 근원. = 源.) → **原淸則流淸. 源淸流淸. 源淸流潔.** → **原濁則流濁. 源濁流濁.**

〔**墨子·修身**〕原濁者, 流不淸. 行不信者, 名必耗. 〔**荀子·君道**〕君子, 民之原也, ○○○○○, ○○○○○. 故有社稷者, 而不能愛民, 不能利民, 而求民之親愛己, 不可得也. 〔**韓詩外傳·卷五**〕君者, 民之源也. 源淸則流淸, 源濁則流濁. 〔**淮南子·泰族訓**〕未有能搖其本而靜其末, 濁其源而淸其流者也. 〔**班固·泗水亭碑銘**〕源淸流潔, 本盛末榮.

天下者國之本也, 國者鄕之本也, 鄕者家之本也, 家者人之本也, 人者身之本也.

천하는 국가가 그 근본이고, 국가는 마을이 근복이며, 마을은 가족이 근본이고, 가족은 그 구성원이 근본이며, 가족 구성원은 각인 자신이 근본이다. 천하의 토대는 국가이고, 국가의 토대는 마을이며, 마을의 토대는 가족이고, 가족의 토대는 그 구성원이며, 가족 구성원의 토대는 각각의 개인이라는 뜻. (者 : …란. …라는 것은. 여기서는 해석 생략. 之 : …이다. ≒ 是. 本 : 근본. 근원. 기초. 근기. 토대.)

〔**管子·權修**〕○○○○○○○, ○○○○○○, ○○○○○○, ○○○○○○, ○○○○○○, 身者治之本也.

Ⅱ. 事物의 本性
–自然의 現象·運行·世態·因果關係

杆不穿, 皮不蠹, 不出於四方.
간 천 두

박달나무는 (단단하여) 구멍이 뚫리지 아니하여 그 껍질이 좀먹히지 아니하고 그 주변에 생겨나지도 않는다. (喩) 한 사람의 본 바탕(本質)을 보고 그의 품행을 판단해내다. (杆 : 박달나무. = 檀木. / 산뽕나무. ≒ 柘. 穿은 구멍을 뚫다. 파다. 꿰뚫다. 出 : 생겨나다. 발생하다. 四方 : 네 방향. 주위. 주변 일대. 여러 곳.)

〔**韓詩外傳·卷六**〕莊王曰, 吾聞古者○○○, ○○○, ○○○○○, 以是君子之重禮而賤財也.

甘瓜抱苦蒂, 天下物無全美也.
체

단 참외에도 쓴 꼭지가 달려있는 것이니, 세상의 물건에 온전하게 좋은 것은 없다. (抱 : 가지다. 美 : 좋은 것.)

〔**通俗編·草木**〕(埤雅引墨子) ○○○○○, ○○○○○○○.

繭之性爲絲, 弗得女工燔以沸湯, 抽其統理, 不成爲絲. 卵之性爲雛, 不得良雞覆伏孚育, 積日累久, 則不成爲雛.
견 번 비 추 추 부 부

누에고치의 본성은 실을 만드는 것이지만, 여공이 불을 지펴 끓여서 실을 뽑아 처리하지 않으면 실을 만들 수 없다. 알의 본성은 병아리가 되는 것이지만 좋은 닭이 알을 감싸 품어서 기르면서 오랜 나날을 지내지 않는다면 병아리가 되지 않는다. 사람의 본성은 선한 것이지만 명철한 임금이나 덕이 높은 임금이 돕고 이끌어서 도로써 받아들이지 않는다면 군자가 될 수 없다는 말을 유인, 비유한 것. (燔 : 불사르다. 抽 : 뽑아내다. 統理 : 처리하다. 不得 : …할 수가 없다. 覆 : 감싸다. 伏 : 알을 품다. 알을 까다. 孚育 : 보호하여 기르다. 積日累久 : 나이 오래되고 기간이 쌓이다. 곧 오랜 나날을 지내다.)

〔**韓詩外傳·卷五**〕○○○○○, ○○○○○○○○○, ○○○○, ○○○○. ○○○○○, ○○○○○○○○, ○○○○, ○○○○○. 夫人性善, 非得明王聖主扶携, 內之以道, 則不成爲君子. 〔**淮南子·泰族訓**〕繭之性爲絲, 然非得工女煮以熱湯, 而抽其統紀, 則不能成絲. 卵之化成雛, 非慈雌嘔煖覆伏, 累日積久, 則不能爲雛. 人之性, 有仁義之資, 非聖王爲之法度, 而敎導之, 則不可使鄕方. 〔**玉燭寶典**〕繭之性爲絶, 弗得工女紼神統理, 不成爲絶. 卵之性雛, 不得倉鷄覆伏孚育積日, 則不成爲雛. 〔**春秋繁露·實性**〕中民之性, 如繭如卵, 卵待覆二十日, 而後能爲雛. 繭待繰以涫湯, 而後能爲絲. 性待漸於敎訓, 而後能爲善.

鵠不日浴而白, 烏不日黔而黑.
곡 오 검

고니는 매일 목욕을 하는 것이 아닌데도 늘 희고, 까마귀는 매일 검은 색에 그을지 않는데도 항상 검다. (喩) 자연의 본질은 바꾸기 어렵다. 천성이 선량한 사람은 배우지 않아도 선량하다. (黔 : 검은 색에 그을다. 검어지다.)

〔**莊子·天運**〕夫○○○○○○, ○○○○○○, 黑白之朴, 不足以爲辯. 名譽之觀, 不足以爲廣.

空中飛鳥不知空, 水裏遊魚忘却水.

하늘을 나는 새는 하늘을 모르고, 물 속에 노는 고기는 물을 잊어버린다. (喩) 그 처지를 몸소 체험하면서도 그 처지를 모른다.

〔**五燈會元**〕背覺合塵, 自生疑惑. 譬如○○○○○○○是家鄉, ○○○○○○○爲性命, 何得自抑, 却問傍人.

菊花之隱逸者也, 牧丹花之富貴者也, 蓮花之君子者也.

목 단

국화의 꽃의 은둔자이고, 모란꽃은 꽃의 부귀자이며, 연꽃은 꽃의 군자된 자이다. 국화는 모든 꽃이 다 진 뒤 홀로 남아 서리를 맞으며 피므로 세속을 떠나 숨어서 사는 은둔자와 같은 꽃이고, 모란은 꽃 중에서도 매우 화려하고 아름다운 것이므로 사치스러운 부귀한 자와 같은 꽃이며, 연꽃은 진흙 속에서 나왔지만 물들여지지 아니하고 요염하지 아니하며 향기가 맑고 깨끗하게 우뚝 서 있으므로 학덕이 높은 군자와 같은 꽃이라는 뜻.

〔**周茂叔·愛蓮說**〕予謂○○○○○○○, ○○○○○○○○, ○○○○○○○.

窺赤肉而烏鵲聚, 貍處堂而衆鼠散.

생고기를 보고 새와 까치가 모여들고, 삵이 마루에 있으면 많은 쥐들이 흩어진다. 먹이를 찾아 모여들고 먹힘을 피하여 흩어지는 것은 다 만물의 본능인 성정 곧 자연의 법칙에 순응하는 현상임을 이르는 것. (窺 : 엿보다. 보다. 赤肉 : 붉은 고기 곧 생고기. 貍 : 삵. 삵괭이. = 野猫. / 고양이. = 貓. 貍貓.)

〔**呂氏春秋·貴當**〕治欲者不於欲, 於性. 性者萬物之本也, 不可長, 不可短, 因其固然而然之, 此天地之數也. ○○○○○○○, ○○○○○○○.

金烏長飛玉兎走.

금까마귀가 멀리 날아가고 옥토끼가 달아나다. (喩) 해와 달이 운행되어 세월이 빨리 흘러가다. (金烏 : 고대 전설상 해 속에 있는 세 발 달린 까마귀로, 해를 뜻한다. 玉兎 : 달 속에 있다는 전설상의 토끼로, 달을 뜻한다.) ≒ **日中有鷄, 月中有兎.**

〔**唐 韓琮·春愁 詩**〕○○○○○○○, 靑鬢長靑古無有. 〔**宋 陸佃·埤雅**〕舊說, 日中有鷄, 月中有兎.

〔**羅願·爾雅翼**〕古者言, 日中有鳥. 堯時十日竝出, 羿射落九鳥, 蓋日以比人主.

大東嶺上梅, 南枝落, 北枝開.

大東嶺 고개 위에 있는 매화나무가 그 남쪽 언덕에 있는 나뭇가지는 이미 꽃이 시들어 떨어지고, 북쪽 언덕에 있는 나뭇가지는 이제 막 꽃이 핀다. 더위와 추위의 차이가 심함을 표현한 말. (喩) 처한 환경이 같지 않고 고락이 각각 다르다. / 한 쪽은 온난한 것을 받고, 다른 한 쪽은 냉담한 것을 만나다. → **南枝北枝.**

〔**唐 白居易·白氏六帖·梅部**〕○○○○○, ○○○, ○○○. 寒暖之候異也. 〔**劉元載 妻·早梅詩**〕南枝向暖北枝寒, 一種春風有兩般. ※〔**全唐詩·李嶠·鷓鴣**〕可憐鷓鴣飛, 飛向樹南枝, 南枝日照暖, 北枝霜露滋. 〔**明 周清源·西湖二集**〕江南見說好溪山, 兄也難時弟也難. 可惜梅花有心事, 南枝向暖北枝寒.

大塊載我以形, 勞我以生, 佚我以老, 息我以死.

괴

대지(大地)는 우리에게 형체를 완성해 주고, 우리에게 삶을 주어 일하게 하며, 우리에게 늙음을 주어 편안하게 해주고, 우리에게 죽음을 주어 쉬게 한다. (大塊 : 대지. 載 : 이루다. 완성하다. 성취하다. 佚 : 편안하게 하다. = 逸.)

〔**莊子·大宗師**〕夫○○○○○○○, ○○○○, ○○○○, ○○○○. 故善吾生者, 乃所以善吾死也. 〔**淮南子·俶眞訓**〕夫大塊載我以形, 勞我以生, 逸我以老, 休我以死. 善我生者, 乃所以善我死也.

大龜生毛, 兎生角.

큰 거북에 털이 나고, 토끼에 뿔이 생기다. (喩) 세상에 있을 수 없는 일이 일어나다. / 해괴한 일이나 난리가 바야흐로 일어나려 하다. / 한갓 허명(虛名)만 있고 실(實)이 없다. = **龜毛兎角. 兎角龜毛.**

〔**搜神記·卷六**〕商紂之時, ○○○○, ○○○, 兵甲將興之象也. 〔**楞嚴經**〕佛告阿難, 世間空虛, 水陸飛行, 諸所物象, 名爲一切, 汝不著者, 爲在爲無, 無則同於龜毛兎角, 云何不著. 〔**金剛經·頌**〕如龜毛不實, 似兎角無形.

到深秋之後, 百花皆謝, 惟有松·竹·梅花, 歲寒三友.

늦가을이 이르고 난 다음에는 온갖 꽃이 다 저버리니, 오직 소나무·대나무·매화꽃이 추운 계절에 있어서의 세 개의 벗이 된다. 소나무·대나무는 추운 겨울에도 시들어 떨어지지 않으며 매화는 눈과 얼음 속에 꽃을 피우므로 이렇게 이른 것. (謝 : 시들다. 지다. 떨어지다. 歲寒三友 : 겨울철 친구로서 기리고 완상할 만한 세 가지의 물건. 곧 소나무·대나무·매화를 이른다. / 퇴폐한 세상에서 벗으로 삼을 만한 세 가지. 곧 산수. 송죽·가야금과 술을 이른다.) → **歲寒三友.**

〔**宋 林景熙·霽山集**〕卽其居累土爲山, 種梅百本, 與喬松·脩篁爲歲寒友. 〔**漁樵閑話**〕那松柏翠竹,皆比歲寒君子, ○○○○○, ○○○○, ○○○·○·○○, ○○○○. 〔**淸 趙翼·陔餘叢書·歲寒三友條**〕 元次山丐論云, 古人鄕無君子則山與水爲友, 里無君子則以松竹爲友, 坐無君子則以琴酒爲友.

牧丹爲花王, 芍藥爲花相.
목 단 작

모란은 꽃의 왕이고, 작약은 꽃의 재상이다. 모란·작약이 다 꽃의 상품임을 형용.

〔**宋 歐陽修·洛陽牧丹記**〕 錢恩公嘗曰, 人謂牧丹花王, 今姚黃眞可爲王, 而魏花乃後也. 〔**淸 李泛·九江府志**〕 芍藥榮于仲春, 華于孟夏, 亦花之富者. 世謂, ○○○○○, ○○○○○.

無可奈何花落去.
내

꽃이 떨어지는 것을 어찌할 수가 없다. (喩) 아름다운 봄경치가 그 모습을 감추어도 이것을 만류할 방법이 조금도 없다. / 사물이 비록 좋아도 이것이 이미 도태되었다면 일을 추진할 힘이 없다. (無可奈何 : 어떻게 할 도리가 없다.)

〔**宋 晏殊·珠玉詞·浣溪沙 詞**〕 ○○○○○○○, 似曾相識燕歸來. 〔**明 許三階·節俠記·虜俠**〕 春寂寞, 影徘徊, 片月寒生玉鏡臺, ○○○○○○○, 似曾相識燕歸來.

物各有性, 而或反其常.

모든 사람이나 물체는 각기 다 그 특성을 가지고 있으나 어떤 것은 불변의 도에 반하는 것도 있다. (物 : 만물. 세상의 온갖 물건.)

〔**漢 牟融·牟子**〕 世人不達其事, 見六禽閉氣不息, 秋冬不息, 欲效而爲之. 不知物類各自有性, 猶磁石取鐵, 不能移毫毛矣. 〔**明 徐應秋·玉芝堂談薈**〕 ○○○○, ○○○○○.

物反常則爲妖.
요

사물이 일정불변의 사리를 어기면 반드시 화를 입히게 된다. (常 : 일정불변의 사리·규율. / 정당한 절차·방법. 妖 : 해를 끼치다. 손해를 입히다. 화를 입히다.)

〔**宋 陳亮·吏部侍郎章公德文行狀**〕 ○○○○○○, 竹非穗實之物, 是反常也. 竹生實則林必枯, 是妖也. 〔**明 唐順之·荊川先生文集**〕 語曰, 物反常爲妖. 腥穢之氣薰積, 世界乃有賊.

物不得其平則鳴, 草木之無聲, 風撓之鳴, 水之無聲, 風蕩之鳴.
뇨

만물은 평온함을 얻지 못하면 우는 것이니, 초목이 소리가 없는데 바람이 이것을 휘저어 뒤섞이면 울며, 물이 소리가 없는데 바람이 이것을 흔들면 운다. (喩) 사람이 불공평한 일을 당하면 곧 불만이나 항의를 표시한다. / 사람이 마음 속에 불평을 가지고 있으면 외부의 작용에 의해 이를 말로써 밖으로 나타내게 된다. (撓 : 어지럽히다. 휘저어 뒤섞다. 蕩 : 움직이다. 흔들다.)

〔韓愈·送孟東野序〕大凡○○○○○○○, ○○○○○, ○○○○, ○○○○, ○○○○, ……, 人之於言也亦然, 有不得已者而後言.

物有必至, 事有固然.

만물은 반드시 다다르는 곳이 있는 것이며, 일은 변하지 않는 필연이 있는 것이다. 자연법칙에 부합하는 사물은 반드시 발생, 소멸하기 마련이며 따라서 누구도 이를 방지하거나 바꿀 방법이 없는 필연의 도리가 있음을 가리키는 말. (固然 : 원래 그러함. 본디 그러함.) → **物有必至, 事有常然. 事有必至, 理有固然.**

〔**晏子春秋·重而異者**〕晏子曰, ……, 夫盛之有衰, 生之有死, 天之分也, 物有必至, 事有常然, 古之道也. 〔**史記·孟嘗君列傳**〕馮驩曰, 非爲客謝也, 爲君之言失. 夫○○○○, ○○○○, 君知之乎. 孟嘗君曰, 愚不知所謂也. 曰, 生者必有死, 物之必至也. 富貴多士, 貧賤寡友, 事之固然也. 〔**戰國策·齊策四**〕譚拾子曰, 事有必至, 理有固然, 君知之乎. 孟嘗君曰, 不如. 譚拾子曰, 事之必至者, 死也. 理之固然者, 富貴則取之, 貧賤則去之. 此事之必至, 理之固然者. 〔**宋 蘇洵·辨奸論**〕事有必至, 理有固然. 惟天下之靜者, 乃能見微而知著.

物聚(취)於所好, 疏於所不好.

사람이나 사물은 좋아하는 곳으로 모이고, 좋아하지 않은 곳에는 멀리한다. (聚 : 모이다. 모여들다. 疏 : 멀리하다. 멀어지다.)

〔**宋 歐陽修·集古錄·自序**〕物常聚于所好, 而常得之于有力之疆. 〔**清 李光庭·鄉言解頤**〕語云, ○○○○○, ○○○○○. 道其常也.

物必自腐而後蟲生, 人必自侮而後人侮之.

물건은 반드시 스스로 썩은 다음에 벌레가 생기고, 사람은 반드시 스스로 업신여긴 다음에야 남들이 그를 업신여긴다. (喩) 내부에 먼저 약점이 있은 다음에 외물의 침해를 받아 파괴된다. / 재앙은 반드시 먼저 내부에 원인이 생긴다. → **物腐蟲生.**

〔**孟子·離婁上**〕夫人必自侮, 然後人侮之. 家必自毁, 而後人毁之. 國必自伐, 而後人伐之. 〔**荀子·勸學**〕物類之起, 必有所始. 榮辱之來, 必象其德. 肉腐出蟲, 魚枯生蠹. 怠慢忘身, 禍災乃作. 〔**宋 蘇軾·論項羽范增**〕物必先腐也, 而後蟲生之, 人必先疑也而後讒入之. 〔**清 王浚卿·冷眼觀**〕語云, ○○○○○○○○, ○○○○○○○○○.

方枘(예)圓鑿(조)不相容.

네모진 장부를 둥근 구멍에 끼워넣을 수 없다. (喩) 본질적으로 서로 다른 사람의 의견은 화합할 수 없다. / 두 개의 일이 서로 맞지 않거나 적합하지 않다. (枘 : 한쪽 끝을 다른 한쪽 구멍에 맞추기 위하여 그 몸피보다 약간 가늘게 만든 장부. 鑿 : 구멍. 容 : 구멍 안에 넣다.) → **枘鑿不相容. 枘鑿不入.**

方枘圓鑿. ≒ **方底圓蓋.**

〔**楚辭九辨**〕圜鑿而方枘兮, 吾固知其鉏鋙而難入. 〔**史記·孟子荀卿列傳**〕持方枘欲内圜鑿, 其能入乎. 〔**顔氏家訓·兄弟**〕今使疏薄之人, 而節量親厚之恩, 猶方底而圓蓋, 必不合矣. 〔**唐 孔穎達·春秋正義序**〕方鑿圓枘, 其可入乎.

百里之海, 不能飮一夫, 三尺之泉, 足止三軍渴.

백리나 되는 바다에 한 사람이 마실 물이 없고, 석 자나 되는 깊은 샘이 있는데도 걸음을 멈춘 삼군(三軍)의 목이 마르다. 세상에 완전한 것이 없음을 뜻한다.

〔**周 尉繚·尉繚子**〕○○○○, ○○○○○, ○○○○, ○○○○○.

百川汎濫, 橫潦橫流, 沈竈生鼃, 中庭運舟.

료 조 와

모든 냇물이 범람해서 멋대로 재난을 일으키고, 멋대로 흘러 넘쳐서 물에 잠긴 부엌에 개구리가 생겨나고, 가운데 뜰에 배를 띄워 오가다. 큰 홍수가 났음을 형용. (橫 : 멋대로. 潦 : 비가 세차다. 오래 비가 내려 농작물이 침수되다. ＝ 澇. 적시다. 沈竈生鼃 : 부엌이 물에 잠기어 개구리가 생기다. 심한 홍수의 비유. 이것은 春秋 때 晉의 智伯이 도망간 趙襄子의 晉陽성에 물을 대어 성안의 인가가 오랫 동안 물에 잠긴 고사에서 온 말.) → **沈竈生鼃. 沈竈産鼃. 臼竈生鼃.**

〔**國語·晉語九**〕襄子曰, ……. 乃走晉陽, 晉師圍而灌之, 沈竈産鼃, 民無叛意. 〔**韓非子·難一**〕今襄子於晉陽也, 知氏灌之, 臼竈生鼃, 而民無反心, 是君臣親也. 〔**十八史略·春秋戰國篇·趙**〕襄子出走晉陽, 三家圍而灌之, 城不浸者三板, 沈竈産鼃, 民無叛意. 〔**成公綏·陰霖賦**〕○○○○, ○○○○, ○○○○, ○○○○.

卜以決疑, 不疑何卜.

점은 의심나는 것을 해결하기 위한 것으로, 의심나는 것이 없는데 무슨 점을 치랴! (卜 : 점복으로 옛 사람들의 길흉을 예측하는 활동이다.)

〔**春秋左氏傳·桓公十一年**〕莫敖曰, 卜之. (鬪廉) 對曰, ○○○○, ○○○○. 遂敗鄖師於蒲騷, 卒盟而還. 〔**舊唐書·張公謹傳**〕太宗將討建成元吉, 遣卜者占之, 公謹曰, 凡卜筮將以決嫌疑, 今旣事在不疑, 何卜之有. 〔**封神演義**〕以太師之才德, 豈有不克西岐之理. 從古云, 不疑何卜.

蜂蠆挾毒以衛身, 智禽銜蘆以扞網, 水牛結陣以却虎豹之暴.

채 함 로 한 포

벌과 전갈은 독을 몸에 지니고 있어 그것으로써 몸을 지키고, 지혜로운 날짐승은 갈대를 물어다가 그것으로 (새 잡는) 그물을 막으며, 물소는 진을 쳐서 그것으로 범·표범의 해침을 물리친다. 사람과 모든 동물은 각기 몸을 보호할 수단을 가지고 있음을 이르는 말. (蠆 : 전갈. 挾 : 몸에 지니다. 숨겨놓다. 蘆 : 갈대. 扞 : 막다. 지키다. 却 : 물리치다. 暴 : 해침.)

〔**抱朴子·結鮑**〕○○○○○○○, ○○○○○○○, 鑵曲其穴以備徑至之鋒, ○○○○○○○○○○○.
〔**晉 崔豹·古今注**〕雁自河北渡江南, 瘠瘦能高飛, 不畏繒繳, 江南沃饒, 每至還河北, 體肥不能高飛, 恐爲虞人所獲, 每銜蘆數寸, 以避繒繳.

鳧脛雖短, 續之則憂, 鶴脛雖長, 斷之則悲.
부 경

들오리의 다리가 짧다 하여 그것을 이어준다면 괴로워할 것이며, 학의 다리가 길다 하여 그것을 짤라준다면 슬퍼할 것이다. 사람이 지니고 태어난 소박함을 온전히 보전하는 것이 올바른 태도이며 자연의 섭리에 반하는 일을 하면 불행이나 비극을 초래한다는 말. 만물은 각기 그에 상응하는 특징을 가지고 있어 거기에 만족할 줄 알아야 하며, 쓸 데 없이 가감해서는 안된다는 말. (鳧 : 오리. 집오리. 들오리. 脛 : 사람의 정강이. 동물의 다리.)

〔**莊子·駢拇**〕是故 ○○○○, ○○○○, ○○○○, ○○○○. 故性長非所斷, 性短非所續, 無所去憂也.
〔**莊子·徐无鬼**〕鴟目有所適, 鶴脛有所節, 解之也悲.

糞虫至穢, 變爲蟬而飮露於秋風, 腐草無光, 化爲螢而耀采於夏月.
분 예 선 형

굼벵이는 몹시 더럽지만 변하여 매미가 되어서 가을바람에 맑은 이슬을 마시고, 썩은 풀은 빛이 없지만 개똥벌레가 되어 여름 달밤에 빛을 낸다. 진실로 깨끗한 것은 더러움에서 나오고 밝은 것은 어두움에서 생겨남을 이르는 말. 수양이 없는 사람은 그 뜻이 천하고 행실이 어두우나 수양을 쌓아 인격이 높아지면 그 뜻이 고결해지고 덕행이 밝게 빛나게 된다는 비유. (糞蟲 : 똥 속의 구더기. / 꽁지벌레. 여기서는 굼벵이. 穢 : 더럽다. 腐草化爲螢 : 썩은 풀이 개똥벌레로 변화한다. 이것은 禮記月令편의 腐草爲螢의 설 등을 인용한 것으로 보이나, 원래 개똥벌레는 물가 풀뿌리가 있는 진흙 속에 많은 알을 낳고 이것이 이듬해에 번데기로 화했다가 성충이 되는 것이므로, 이것은 하나의 오해에 기인한 것으로 본다.)
→ **腐草爲蟲.**

〔**菜根譚·二十四**〕○○○○, ○○○○○○○○○○, ○○○○, ○○○○○○○○○○, 固知潔常自汚出, 明每從晦生也. 〔**禮記·月令**〕季夏之月, ……. 溫風始至, 蟋蟀居壁, 鷹乃學習, 腐草爲螢. 〔**論衡·無形**〕蠐螬化爲復育, 復育轉而爲蟬, 蟬生兩翼, 不類蠐螬.

不識廬山眞面目.
여

지금의 中國江西省九江縣에 있는 廬山은 (곳에 따라 다르게 보이기 때문에) 참모습을 알기 어렵다. (喩) 대자연의 실상, 사물의 진상, 본래의 면목, 실제의 뜻을 명확하게 알기 어렵다. / 너무도 깊고 그윽하여 그 진상을 알 수 없다. (廬山眞面目 : 廬山의 있는 그대로의 참모습. 廬山은 1년 4계절 내내 짙거나 옅은 안개가 끼어있어 산 전체를 뚜렷하게 보기가 매우 어렵고 또한 보는 장소에 따라 모습이 달라서 그 참모습을 알기가 어렵다는 뜻.) → **廬山眞面目.**

〔**蘇軾·題西林壁詩**〕橫看成嶺側成峰, 遠近高低各不同, ○○○○○○○, 只緣身在此山中.

氷厚三尺, 非一日之寒.

얼음이 석 자가 두꺼워지는데는 하루의 추위로 이루어지는 것이 아니다. (喩) 사물이 이루어지는 데는 모두 하나의 과정과 소정의 시간이 필요하다.

〔**論衡·狀留**〕夫河氷結合, 非一日之寒. 積土成山, 非斯須之作.

蛇化爲龍, 不變其文.

뱀이 용이 되어도 그 무늬는 변하지 않는다. (喩) 소인이 어쩌다가 높은 지위에 올라가도 그 본성은 바뀌지 않는다. (文 : 무늬. / 채색. 빛깔. / 나뭇결.)

〔**史記·外戚世家**〕褚先生曰, 丈夫龍變. 傳曰, ○○○○, ○○○○. 家化爲國, 不變其姓. 丈夫當時富貴, 百惡滅除, 光耀榮華, 貧賤之時, 何足累之哉.

死灰獨不復(부)然.

이미 사그러진 재에서 홀로 다시 불이 살아나지 못한다. (喩) 이미 끝난 사물이 원래대로 되살아나지 못한다. (然 : 불타다. ＝ 燃.)

〔**史記·韓長孺列傳**〕其後安國坐法抵罪, 蒙獄吏田甲辱安國. 安國曰, ○○○○○○乎. 甲曰, 然則溺之.
〔**元 兪鎭·學易居筆錄**〕柳子行路難, 以喩炎盛, 至風臺露榭, 則死灰不復燃矣.

山者, 萬民之所瞻(첨)仰也. 草木生焉, 萬物植焉, 飛鳥集焉, 走獸休焉, 四方益取與焉, 出雲道風, 嵷(종)乎天地之間.

산이란 만민이 우러러 보는 것이다. 초목이 자라고, 만물이 뿌리를 내리며, 나는 새가 모여들고, 달리는 짐승들이 쉰다. 사방이 가짐과 줌을 더해가고, 구름을 일으키고 바람을 이끌며, 천지의 사이에 홀로 우뚝 서있다. (瞻仰 : 우러러 보다. 植 : 뿌리를 땅에 내리다. / 자라다. 道 : 이끌다. ≒ 導. 嵷 : 산이 홀로 우뚝 서다.)

〔**韓詩外傳·卷三**〕問者, 夫仁者何以樂於山也. 曰, 夫○○, ○○○○○○○, ○○○○, ○○○○, ○○○○, ○○○○, ○○○○○○, ○○○○, ○○○○○○. 天地以成, 國家以寧. 此仁者所以樂於山也. 〔**說苑·雜言**〕夫仁者何以樂山也. 曰, 夫山龍嵷礧嵬, 萬民之所觀仰. 草木生焉, 衆物立焉, 飛禽萃焉, 走獸休焉, 寶藏殖焉, 奇夫息焉, 育群物而不倦焉, 四方竝取而不限焉. 出雲風, 通氣于天地之間, 國家以成, 是仁者所以樂山也. 〔**藝文類聚**〕韓詩外傳曰, 仁者何以樂山. 山者, 萬物之所瞻仰也. 草木生焉, 萬物殖焉, 飛鳥集焉, 走獸休焉, 吐生萬物而不私焉. 出雲導風, 天地以成, 國家以寧. 此仁者所以樂.

生者必有死, 物之必至也. 富貴多士, 貧賤寡友, 事之固然也.

생명이 있는 것은 최후에는 모두 죽어버리는 것이며, 물건에 있어서는 반드시 그렇게 된다. 사람이 부귀한 때는 (사귀려는) 사람이 많고, 빈천한 때는 사귀는 벗이 적은 것이니, 하는 일은 반드시 그렇게 되어있다. 부귀하면 많은 사람이 찾아와 의지하려하나 빈천하면 사귀려는 사람이 적은 것이 필연적이라는 뜻. (必至 : 반드시 이른다. 반드시 그 일이 일어난다. 반드시 그렇게 된다. 필연적이다. 固然 : 원래 그러하다. 고정불변의 것이다. 필연적인 것이다.)

〔**史記·孟嘗君列傳**〕(馮驩)曰, ○○○○○, ○○○○○. ○○○○, ○○○○, ○○○○○.

逝者如斯夫, 不舍晝夜.

가는 것이 이것(물)과 같은 것이어서 밤낮을 그치지 않는다. 세월, 하늘의 운행, 인생 등 만사만물이 물과 같이 끊임없이 흘러가버림을 이른 말. (逝 : 가다. 舍 : 그치다. 쉬다.)

〔**論語·子罕**〕子在川上曰, ○○○○○, ○○○○.

石上不生五穀, 禿山不遊麋鹿.

독 미

돌밭 위에는 오곡이 자라지 못하고, 민둥산에는 큰 사슴과 사슴이 놀지 못한다. (喩) 만물은 그만한 소인(素仁), 환경이 없으면 생기지도 자라지도 않는다. / 무슨 일이든지 원인이 있어야 결과가 있다. (禿山 : 초목이 없는 붉은 산. 민둥산. 麋鹿 : 큰 사슴과 사슴.)

〔**淮南子·道應訓**〕澧水之深, 千仞不受塵垢, 投金鐵焉, 則形見於外, 非不深且清, 魚鼈龍蛇莫肯之歸也. 是故○○○○○○, ○○○○○○, 無所陰蔽也.

世間好物不堅牢.

뢰

세상의 좋은 물건은 굳고 튼튼하지 못하다. 좋은 사물은 대개 오래 존재·보존할 수 없음을 이르는 말. (堅牢 : 굳고 튼튼하다. 견고하다.)

〔**白居易·簡簡吟**〕○○○○○○○, 彩雲易散琉璃碎.

宋人有閔其苗之不長而揠之者, 謂其人曰, 今日, 予助苗長矣. 其子趨而往視之, 苗則槁矣.

민 묘 알 고

宋나라의 어떤 사람은 그 벼의 싹이 자라지 않는 것을 걱정하여 그 싹을 모두 조금씩 뽑아올리고 나서 그의 가족들에게 말하기를 "오늘 내가 배 싹이 자라도록 도와주었다"라고 하였다. 그리하여 그 아들이 달려 가서 그것을 보니 그 벼의 싹은 이미 다 말라 있었다. (喩) 일이 빨리 이루어지기를 바라서 사물의 이치를 망각하고 일을 진행하면 그 일을 이룰 수 없을 뿐 아니라 오히려 망쳐버린다 성공을 서두르다가 도리어 해를 당한다. (閔 : 번민하다. 마음이 우울해지다. 걱정하다. 揠 : 뽑다. 박힌 것을 뽑아올리다. 槁 : 마르다. 말라죽다.)

〔 **孟子·公孫丑上** 〕 ○○○○○○○○○○○○○○, 芒芒歸然, ○○○○, ○○病矣. ○○○○○. ○○○○○○○, ○○○○. 天下之不助苗長者寡矣.

水到魚行, 水到渠(거)成.

물이 흐르면 고기가 그 속을 지나다니고, 물이 흐르면 도랑이 생긴다. (喩) 일의 조건을 고루 갖추면 자연히 성공하게 된다. 일이 발전의 법칙에 맞고 조건이 성숙되면 순리로 완성된다. / 학문을 깊이 닦으면 도가 저절로 이루어진다. / 실체가 이르면 명성이 돌아온다. (渠 : 도랑.) → **水到渠成.**

〔 **宋 蘇軾·龍川別志** 〕 諺曰, 水到魚行. 既以官之, 不患其不知政也. 〔 **蘇軾·答秦太虛書** 〕 至時別作經畫, 水到渠成, 不須預慮, 以此胸中都無一事. 〔 **朱子·文集** 〕 答路德章曰, 所喻水到渠成之說, 意思畢竟在渠上未放, 水東流時, 已先作屈曲整備了矣. 〔 **范成大·送劉唐卿戶曹擢第西歸詩** 〕 學力根深方蒂固, 功名水到自渠成. 〔 **宋 釋道原·景德傳燈錄** 〕 叉手問, 如何是妙用一句. 師曰, 水到渠成. 〔 **餘冬序錄** 〕 東坡與人書, 間及生事不濟, 輒自解云, 水到渠成, 不須預慮, 愚謂, ○○○○, ○○○○, 其意同也, 皆事任自然, 時至輒濟之意.

水落而石出者, 山間之四時也. 四時之景, 不同而樂亦無窮也.

물이 줄어들어서 돌이 드러나는 것은 산 속의 네 계절에 있는 것이다. 네 계절의 풍경이 같지 아니하니 즐거움이 또한 무궁하다. 산 속의 네 계절의 풍경이 달라 그 즐거움이 무궁함을 형용. (水落而石出 : 물이 줄어드니 돌이 드러난다. 일·사건의 정체·진상이 마침내 철저히 밝혀진다는 비유. 落 : 줄다. 줄어들다.) → **水落石出.** ≒ **水淸石自見. 水淸石見.**

〔 **北宋 歐陽脩·醉翁亭記** 〕 野芳發而幽香, 佳木秀而繁陰, 風霜高潔, ○○○○○○, ○○○○○○, 朝而往, 暮而歸, ○○○○, ○○○○○○○○○. 〔 **宋 蘇軾·後赤壁賦** 〕 江流有聲, 斷岸千尺. 山高月小, 水落石出. 〔 **通俗編·地理·古艶歌行** 〕 兄弟兩三人, 流蕩在他縣. 故衣誰當補. 新衣誰當綻. 賴得賢主人, 攬取爲予組. 夫壻從門來, 斜倚西北盼. 語卿且勿盼, 水淸石自見.

水來河漲(창), 風來樹動.

물이 흘러가면 하천에 물이 불어나고, 바람이 불어오면 나무가 흔들린다. (喩) 앞에 어떤 원인이 있으면 반드시 뒤에 그 결과가 있다.

〔 **五燈會元** 〕 僧問, 如何是佛. 師曰, 水來河漲. 曰, 如何是法. 師曰, 風來樹動.

水者, 君子比德焉. 遍予(여)而無私, 似德. 所及者生, 似仁. 其流皆循(순)其理, 似義. 深者不測, 似智. 其赴(부)百仞(인)之谷不疑, 似勇.

물이라고 하는 것은 군자의 덕에 비유된다. 두루 주되 사사로움이 없으니 덕(德)과 같고, 이것이 미치는 것은 다 살아나니 인(仁)과 같고, 그 흐르는 물이 (낮은 데로, 굽은 데로 가서) 사리를 따르니 의(義)와 같고, (얕은 물은 흘러 다니고) 깊은 물은 그 깊이를 헤아릴 수 없으니 지(智)와 같고, 백 길이나 되는 골짜기도 의심없이 나아가니 용(勇)과 같다.

〔**荀子·宥坐**〕孔子曰, 夫水, 大徧與諸生而無爲也, 似德.. 其流也, 埤下裾拘, 必循其理, 似義. 其洸洸乎不淈盡, 似道. 若有決行之, 其應佚若聲響, 其赴百仞之谷不懼, 似勇. 〔**大戴禮記·勸學**〕(荀子·宥坐 내용과 비슷함.) 〔**韓詩外傳·卷三**〕問者曰, 夫智者何以樂於水也. 曰, 夫水者, 緣理而行, 不遺小間, 似有智者. 動而下之, 似有禮者. 蹈深不疑, 似有勇者. 障防而淸, 似知命者. 歷險致遠, 卒成不毁, 似有德者. 〔**說苑·雜言**〕孔子曰, 夫水者, 君子比德焉. 遍予而無私, 似德. 所及者生, 似仁. 其流卑下句倨, 皆循其理. 似義. 淺者流行, 深者不則, 似智. 其赴百仞之谷不疑, 似勇. 〔**說苑·雜言**〕夫智者何以樂水也. 曰, 泉源潰潰, 不釋晝夜, 其似力者, 循理而行, 不遺小間, 其似持平者, 動而之下, 其似有禮者, 赴千仞之壑而不疑, 其似勇者, 障防而淸, 其似知命者, 不淸以入, 鮮潔以出, 其似善化者, 衆人取平品類以正, 萬物得之則生. 失之則死, 其似有德者, 淑淑淵淵, 深不可測, 其似聖者. 〔**孔子家語·三怒**〕(荀子宥坐 내용과 비슷함.) 〔**藝文類聚**〕韓詩外傳曰, 夫水者, 緣理而行. 不遺小, 似有智者, 重而下, 似有禮者, 蹈深不疑, 似有勇者, 鄣防而淸, 似知命者. 歷險致遠, 似有德者. 天地以成, 群物以生, 國家以寧, 萬事以平, 品物以正. 此智者所以樂於水也.

水者, 地之血氣, 如筋(근)脈之通流者也.

물이란 것은 땅의 혈액과 원기로서 인체의 근육과 같이 (땅 속을) 막힘이 없이 흐르게 하는 것이다. (筋脈 : 근육. 通流 : 통하여 흐르다. 막힘이 없이 흐르다.)

〔**管子·水地**〕○○, ○○○○, ○○○○○○○○. 故曰, 水, 具材也. …….. 故曰, 水者何也. 萬物之本原也, 諸生之宗室也. 美惡·賢不肖·愚俊之所産也.

樹在道邊而多子, 必苦李也.

길 가에 있는 나무에 열매가 많이 달려있는 것은 반드시 쓴 오얏이다. (喩) 다른 사람에게 버림받다. / 좋은 물건에 대해 물어보는 사람이 없는 것은 반드시 원인이 있으므로 함부로 취해서는 안된다. → **道邊苦李. 道傍苦李.**

〔**世說新語·雅量**〕王戎七歲, 嘗與諸小兒遊, 看道邊李樹, 多子折枝, 諸兒競走取之, 不惟戎動, 人問之, 答曰, ○○○○○○○, ○○○○, 取之信然. 〔**晉書·王戎傳**〕戎幼而穎悟, 嘗與群兒戲於道側, 見李樹多實, 等輩競趣之, 戎獨不往. 或問其故, 戎曰, ○○○○○○○, ○○○○. 取之信然.

夜半鶴唳(려), 晨旦鷄鳴.

한밤중에 학이 울고, 이른 아침에는 닭이 운다. (喩) 사물에도 시간의 법칙이 있다. (唳 : 학이 울다. 晨旦 : 아침.)

〔**論衡·變動**〕夜及半而鶴唳, 晨將旦而鷄鳴. 此雖非變, 天氣動物, 物應天氣之驗也.

野火燒不盡, 春風吹又生.

들에 난 불은 들풀을 태워서 없앨 수 없나니, 봄바람이 한번 불면 풀이 또 왕성하게 자라난다. 들풀이 매우 강한 생명력이 있음을 형용. (盡 : 다하다. 다 없어지다. / 베게 하다. 다 없애다.)

〔**白居易·賦得古原草送別詩**〕離離原上草, 一歲一枯榮. ○○○○○, ○○○○○. 遠芳侵古道, 晴翠接荒城. 又送王孫去, 萋萋滿別情.

羊質而虎皮, 見草而說(열), 見豺(시)而戰.

양은 그 몸에 호랑이 가죽을 걸쳤더라도, 풀을 보면 기뻐하고 승냥이를 보면 두려워 한다. (喻) 본성은 변하지 않고 숨기지 못한다. / 겉으로는 강하고 다부져 보이지만 속은 텅 비고 무르다. 겉보기에는 위엄이 있으나 실지로는 연약하다. 외관은 훌륭하나 실속이 없다. (豺 : 승냥이. 늑대. 戰 : 두려워하다. 두려워서 떨다.) → **羊質虎皮.**

〔**揚雄.法言·吾子**〕或曰, 有人焉曰云, 姓孔而字仲尼, 入其門, 升其堂, 伏其几, 襲其裳, 則可謂仲尼乎. 曰, 其文是也, 其質非也, 敢問質, 曰, ○○○○○, ○○○○, ○○○○, 忘其皮之虎矣. 〔**三國志·魏志·陳思王傳**〕臣聞 羊質虎皮, 見草則悅, 見豺則戰, 忘其皮之皮也. 今置將不良, 有似于此. 故語曰, 患爲之者不知, 知之者不得爲. 〔**後漢書·劉焉傳論**〕羊質虎皮, 見豺則恐, 吁哉.

鳶(연)飛戾天, 魚躍于淵.

솔개는 날아서 하늘에 이르고, 물고기는 뛰어서 깊은 못에 간다. 새·물고기 같은 모든 생물이 각기 제 자리를 얻어 스스로 즐겁고 만족하게 여기고 살아감을 형용. 여기에서는 임금의 덕화가 골고루 미친 것으로 여긴다. (시경의 본 뜻.) / 솔개가 나는 것, 물고기가 뛰는 것은 다 도의 작용으로 인해 천지만물은 자연의 성품에 따라 움직여 그 즐거움을 얻음을 형용. 여기에서는 도가 천지간에 미만하고 있기 때문이라고 본다. (중용에 인용된 뜻.) (鳶 : 솔개. 소리개. 戾 : 이르다. 다다르다. 于 : 가다. /돌다.)

〔**詩經·大雅·旱麓**〕○○○○, ○○○○, 豈弟君子, 福祿攸降. 〔**中庸·第十二章**〕詩云, ○○○○, ○○○○, 言其上下察也.

往古之時, 四極廢, 九州裂, 天不兼覆, 地不周載. 火爁(람)焱(염)而不滅, 水浩洋而不息. 於是女媧(와)煉五色石以補蒼天, 斷鼇(오)足以位四極.

옛날에 4방의 극지가 기울어지고, 中國의 전 국토가 갈라지며, 하늘은 다 덮지를 못하고, 땅은 고루 싣지를 못하였다. 불길이 세차게 타올라 꺼지지 아니하였고, 물이 많아 가득차서 넘침이 그치지 아니하였다. 그리하여 伏羲氏의 누이인 女媧가 오색의 돌을 달구어서 푸른 하늘을 기웠고, 큰 바다 거북의 다리를 잘라 4방의 극지를 다시 일으켜 세웠다. 상고시대 여자 황제인 女媧가 혼란해진 천지의 자연운행상황을 연석보천(煉石補天)하고 사극(四極)을 바로 세워 천복지재(天覆地載)의 정상상태로 회복시켰다는 신화이다. (四極 : 사방의 극지. 廢는 기울여지다. 한쪽으로 넘어가다. 九州 : 옛날 禹임금이 中國의 전국을 아홉 개의 주로 나누었다는 행정구획. 中國의 전 국토. 九土. 九域. 九圍. 九有. 兼 : 다하다. 周 : 골고루. 爁炎 : 세찬 불길이 번지는 모양. 불이 세게 타는 모양. 浩洋 : 물이 넓게 흐르는 모양. 물이 가득 차서 넘치는 모양. 鼇 : 자라. 바다의 큰 자라./ 큰 바다 거북.) → **女媧補天. 煉石補天.**

〔 **淮南子·覽冥訓** 〕 ○○○○, ○○○, ○○○, ○○○○, ○○○○. ○○○○○○○, ○○○○○○○. 猛獸食顓民, 鷙鳥攫老弱. ○○○○○○○○○○○○○, ○○○○○○○○. 殺黑龍以濟冀州, 積蘆灰以止淫水. 蒼天補, 四極正, 淫水涸, 冀州平, 狡蟲死, 顓民生. 〔 **列子·湯問** 〕 昔者女媧氏煉五色石, 以補其厥, 斷鼇之足以立四極.

欲知過去因, 當看現在果, 欲知未來果, 但觀現在因.

(佛) 전세의 인연을 알고자 하면 현재 당하고 있는 과보를 보아야 하며, 미래의 과보를 미리 알고자 하면 다만 현재의 인연을 보면 된다. 현재의 살아가는 형편은 조상들의 행적의 업보이며 현재 나의 행실은 미래 후손들이 그 업보를 받게 된다는 뜻.

〔 **諸經要集** 〕 ○○○○○, ○○○○○, ○○○○○, ○○○○○.

雲淨妖星落, 秋高塞馬肥.

정 요 새

구름은 맑고 아름다운 별이 떨어진다. 가을 하늘이 드높으니 변방의 말이 살찐다. 맑고 드높은 하늘 아래 말이 살찌는 가을은 사람이 살기에 매우 좋은 계절임을 형용. / 가을 철은 기온이 좋고 상쾌하여 군마가 살찌고 튼튼해져 싸움하기에 알맞은 때임을 의미. (淨 : 깨끗하다. 맑다. 밝다. 妖 : 아릿답다. 아름답다.) → **秋高馬肥. 天高馬肥.**

〔 **漢書·趙充國傳** 〕 匈奴到秋馬肥, 變必起矣, 宜豫爲備. 〔 **唐 杜審言·贈蘇味道 詩** 〕 ○○○○○, ○○○○○.

月暈而風, 礎潤而雨.

훈

달무리가 끼면 바람이 불고, 주춧돌이 물기에 젖어 축축해지면 비가 온다. (喻) 어떤 일이 일어나기 전에 반드시 조짐이 있다. / 미소한 현상에서 큰 추세를 미루어 알 수 있다. (暈 : 무리. 해나 달의 주위를 두른 둥근 테 모양의 빛.)

〔 **宋 蘇洵·辨奸論** 〕 事由必至, 理有固然. 惟天下知靜者, 乃能見微而知著. ○○○○, ○○○○, 人人知之. 〔 **元 婁元禮·田家五行** 〕 日暈則雨. 諺云, 月暈主風, 日暈主雨. 月暈主風, 何方有厥, 卽北方風來.

油燈臨欲滅時, 光更猛盛便滅.

(佛) 등불은 꺼질려고 할 무렵에는 빛이 더욱 밝아지다가 곧 꺼져버린다. (喩) 사물이 멸망하려고 할 때는 일시적으로 성해진다.

〔**法滅盡經**〕聖王去後吾法滅盡, 譬如○○○○○○○, ○○○○○○○.

流水不腐, 戶樞不蠹, 以其勞動不息也.

추 두

흐르는 물은 썩지 아니하고, 문 지도리는 좀이 쏠지 아니하나니, 그것은 힘들여 움직이는 것을 쉬지 아니하기 때문이다. 흐르는 물은 끊임없이 흐르면서 움직이기 때문에 썩을 수 없고, 문 지도리는 항상 돌면서 움직이기 때문에 좀이 쏠 수가 없다는 말. 물체가 운동을 계속하면 썩거나 망가지지 않아서 오랫동안 유지할 수 있다. / 항상 노동을 그치지 않는 사람은 부단히 정진할 수 있다. 배우고 일하는 사람이 더욱 근면하도록 격려하는데 쓰는 말. / 사람이 늘 운동하면 건강하여 오래 산다. (戶樞 : 창이나 문의 지도리. 돌리는 축. 轉軸. 蠹 : 좀. 좀쏘다.) → **流水不腐**, → **戶樞不蠹**. **戶樞不朽**.

〔**春秋 晉·程本·子華子**〕流水之不腐, 以其逝故也. 戶樞之不蠹, 以其運故也. 〔**呂氏春秋·盡數**〕流水不腐, 戶樞不螻, 動也. 形氣亦然. 〔**三國志·吳普傳**〕動搖則穀氣得消, 血脈流通, 病不得生, 譬猶戶樞不朽是也. 〔**宋 羅大經·鶴林玉露**〕是勤可以遠淫辟也. 戶樞不蠹, 流水不腐. 〔**宋 張君房·雲笈七籤**〕夫○○○○, ○○○○, ○○○○○○○○.

人無害獸之心, 則獸亦不傷人.

사람이 짐승을 해할 마음이 없으면, 그 짐승도 사람을 상해하지 아니한다. 사람과 동물이 서로 감응(感應)하는 이치를 말한 것.

〔**晉書·郭文傳**〕有猛獸張口向文, 文視其口中橫骨, 乃以手探去之, 溫嶠問曰, 猛獸害人, 人之所畏, 而先生獨不畏耶, 文曰, ○○○○○○○, ○○○○○○○.

一畝之地, 三蛇九鼠.

묘/무

일 묘의 조그마한 땅에 세 가지의 뱀과 아홉 가지의 쥐가 있다. 모든 땅에 뱀과 쥐 등 사람을 해치는 많은 짐승이 있다는 말. (畝 : 전답의 면적단위. 600척 사방을 이르며, 현대는 300평의 넓이.)

〔**宋 羅願·爾雅翼**〕蛇 …… 雖復草居, 人家時有之. 故云, ○○○○, ○○○○也.

一日二日萬幾.

하루, 이틀 사이에 만 가지 기미가 생기다. 임금은 조금이라도 정사를 소홀히 해서는 안됨을 이르는 것. (幾 : 일이 싹트는 낌새.)

〔**書經·虞書·皐陶謨**〕無敎逸欲有邦, 兢兢業業. ○○○○○○. 無曠庶官, 天工人其代之.

鵲聲報喜, 鴉聲報凶.
작 아

까치 소리는 기쁨을 알려주는 것이고, 까마귀 소리는 재난을 알려주는 것이다. (報 : 알리다.)

〔**明 鄭之珍·目蓮救母**〕自古道, ○○○○, ○○○○. 今日一時齊鳴, 未知此去事如何, 使我驚怕.

鵲巢居而知風, 蟻穴居而知雨.
작

까치는 나무 위에 깃들이어 살면서 바람이 얼마나 불 것인가를 알고, 개미는 굴 속에 살면서 비가 얼마나 내릴 것인가를 안다. (喩) 어떤 징후를 보고 사태의 진전방향을 미리 안다. / 어떤 환경에서 오래 사는 자는 어떤 일이 있을 것인가를 예감할 수 있다. = **鵲知風, 蟻知雨.** ≒ **烏鵲知風, 蟲蟻知雨.**

〔**淮南子·繆稱訓**〕鵲巢知風之所起, 獺穴知水之高下. 暉目知晏, 陰諧知雨. 〔**三國 魏 王肅·魏台訪議**〕蟻封穴戶, 大雨將至, …… 蟻穴居知雨將至. 〔**唐 無名氏·靈物志**〕鵲知風, 蟻知水, ……其精靈有甚於人者. 〔**宋 陸佃·埤雅**〕○○○○○○, ○○○○○○. 鵲歲多風則去喬木巢旁枝, 故能高而不危也. 〔**明 湯濕祖·邯鄲記**〕烏鴉知風, 蟲蟻知雨. …… 烏鴉者, 晦黑之聲也, …… 眼下莫非有十分警報乎.

牆之壞也於隙, 劍之折必有齧.
장 극 설

담장은 벽의 틈 때문에 무너지고, 칼은 반드시 결함이 있어야 부러진다. (喩) 작은 일이나 조그마한 흠을 방치하다가 큰 일이 벌어져 수습할 수 없게 된다. 호미로 막을 일을 가래로 막는다는 말과 같은 말. (牆 : 담. 담장. 隙 : 틈. 구멍. 齧 : 흠. 결함. 하자.)

〔**淮南子·人間訓**〕○○○○○○, ○○○○○○, 聖人見之密. 故萬物莫能傷也. 〔**劉子·新論**〕牆之崩隤, 必因其隙. 劍之毀折, 皆由於釁. 尺蚓穿隄, 能漂一邑. 寸煙泄突, 致灰千室.

種瓜得瓜, 種豆得豆.

오이를 심으면 오이를 얻고, 콩을 심으면 콩을 얻는다. (喩) 원인이 있으면 반드시 결과가 있다. 어떤 일을 하면 그에 상당한 결과를 얻게 된다. / 행동을 같이하지 않으면 같지 않은 후과가 있다. ≒ **種李得李. 種麥得麥. 種稷得稷.**

〔**涅槃經**〕種瓜得瓜, 種李得李. 〔**呂氏春秋**〕種麥而得麥. 種稷而得稷, 人不恠也. 〔**水滸傳**〕種瓜還得瓜, 種豆還得豆. 〔**明 馮夢龍·情史類略**〕諺云, 種瓜得瓜, 種豆得豆. 此言施報之不爽也. 〔**明 馮夢龍·古今小說**〕假如○○○○, ○○○○, 種是因, 得是果. 〔**清 尹會一·呂語集粹·存養**〕種豆, 其苗必豆, 種瓜, 其苗必瓜.

從山陰道上行, 山川自相映發, 使人應接不暇.

中國 山陰의 작은 길을 따라 걸어가면 산천의 경치가 자연스럽게 서로 비추어 반짝이니 그 아름다움은 사람으로 하여금 응접할 겨를이 없게 한다. 山陰 길가 산천의 경치가 미처 감상할 여지가 없을만큼 많고 훌륭함을 형용. (山陰 : 산의 북쪽. ※ 여기서는 지금의 中國 浙江 紹興縣의 會稽山의 북쪽을 가리킨다. 陰은 산의 북쪽, 개울의 남쪽을 다 이른다. 映發 : 비치어 반짝이다. 應接不暇 : 하나하나 다 응접할 겨를이 없다. 미처 응접할 사이가 없을 정도로 일이 매우 바쁨을 이른다.) → **應接不暇. 應接無暇.**

〔 **世說新語·言語** 〕 王子敬云, ○○○○○○, ○○○○○○, ○○○○○○. 若秋冬之際, 尤難爲懷.
〔 **宋 湯君載·書鑑** 〕 古人山陰道中, 應接不暇, 豈意數尺敗素, 亦能若是耶.

竹有節而嗇華, 梅有花而嗇葉, 松有葉而嗇香, 惟蘭獨幷有之.
색

대는 마디는 있지만 꽃이 없고, 매는 꽃이 있으나 잎이 없고, 솔은 잎은 있으나 향기가 나지 않고, 오직 난초 홀로 이것들을 아울러 가지고 있다. (嗇華 : 꽃 피우는 것을 아끼다. 꽃 피우는 것에 인색하다. 곧 꽃을 피우지 아니한다는 뜻.)

〔 **明 陳繼儒·珍珠船** 〕 世稱三友, ○○○○○○, ○○○○○○, ○○○○○○, ○○○○○○.

地者, 萬物之本原, 諸生之根菀也. 美惡·賢不肖·愚俊之所生也.
완

땅이라는 것은 만물의 본원이고, 모든 생물의 뿌리를 내리는 동산이며, 사람의 아름다움과 추함·현명함과 못남·어리석음과 재지의 걸출함이 발생하는 곳이다. (菀 : 동산. 뿌리를 내리는 곳.)

〔 **管子·水地** 〕 ○○, ○○○○○, ○○○○○○, ○○·○○○·○○○○○○.

千年之松, 下有茯苓, 上有兎絲.
복 령

천년된 소나무는 땅 밑에는 복령이 있고, 나무 위에는 토사가 있다. (喩) 서로 관계있는 사물이 이곳으로부터 저곳에 뻗어있다. (茯苓 : 소나무 뿌리에 기생하는 균류식물로 한약재로 쓰인다. 兎絲 : 1년생의 기생 덩굴풀.)

〔 **淮南子·說山訓** 〕 ○○○○, ○○○○, ○○○○, ……. 聖人從外知內, 以見知隱也.

天無私覆, 地無私載, 日月無私照.
복

하늘은 사사로이 덮어주는 것이 없고, 땅은 사사로이 실어주는 것이 없으며, 해와 달은 사사로이 비추는 것이 없다. 하늘과 땅, 해와 달은 만물을 기르는데 있어 언제나 사사로움이 없이 공평하게 대한다는 뜻. 하늘과 땅·해와 달의 사랑이 매우 크다는 말.

〔 **禮記·孔子閒居** 〕 孔子曰, ○○○○, ○○○○, ○○○○○. 奉斯三者以勞天下, 此之謂三無私.

天無私, 四時行, 地無私, 萬物生, 人無私, 大亨貞.

하늘이 사사로움이 없어 사계절이 운행되고, 땅이 사사로움이 없어 만물이 살아가고 있으며, 사람이 사사로움이 없어 크게 형통하고 바르게 된다. (亨 : 형통하다. 모든 일이 뜻과 같이 잘 되다. 지장없이 이루어지다. 貞 : 곧다. 마음이 곧바르다. 올바르다.)

〔 **忠經·第一章** 〕 ○○○, ○○○, ○○○, ○○○, ○○○, ○○○.

天不蓋, 地不載.

하늘이 위를 덮어주지도 않고, 땅이 만물을 실어주지도 않는다. 하늘과 땅이 용납하지도 않고 물러가서 있을 곳도 없음을 의미. 곧 옛날 하늘은 위를 덮고 땅은 만물을 실은 상태(天蓋地載)로 천지 자연이 질서있게 운행되고 있는 것으로 믿고 있었으나 하늘이 덮지도, 땅이 싣지도 못하는 현상(天不蓋, 地不載)이 생긴다는 것은 그 자연의 운행질서가 붕괴된 것을 의미하므로, 여기에서는 사람들이 처신할 아무런 방도가 없다는 것을 뜻한다.

〔 **五燈會元** 〕 天不能蓋, 地不能載. 一室無私, 何處不在.

天傾西北, 日月星辰(신)就焉. 地不滿東南, 故百川水潦歸焉.

하늘이 서북 쪽으로 기울어져서 해·달·별이 그곳에 걸리게 되었고, 땅은 동남 쪽을 채우지 못해서 (中國의) 모든 강이 그 수류를 그곳에 모여들게 하였다. (喩) 하늘이 기울어지고 땅이 채우지 못한 곳이 있듯이 어떤 사물도 다 부족한 곳이 있다. (由) 상고시대 女媧가 훼손된 하늘을 보수한 후, 共工씨와 顓頊이 제왕자리를 다투다가 共工이 분노하여 不周山 돌진하여 하늘의 기둥을 부러뜨리고 땅의 밧줄을 끊어버려서 하늘이 기울고 땅을 채우지 못하게 되었다는 것. (就 : 머무르다. / 가까이하다. 곁에 다가서다. 水潦 : 물. 물의 흐름. 큰 물의 모양. 歸 : 한 곳으로 모이다. 쏠리다. 모여들다.)

〔 **列子·湯問** 〕 昔者女媧氏連五色石以補其厥, 斷鼇之足以立四極. 其後共工氏與顓頊爭爲帝, 怒而觸不周之山, 折天柱, 絶地維. 故○○○○, ○○○○○○. ○○○○○, ○○○○○○○. 〔 **明 彭汝鷗·木幾冗談** 〕 天不滿西北, 地不滿東南, 天地猶惡盈, 而況于人乎.

天不生無祿之人, 地不長無根之草.

하늘은 녹없는 사람을 내지 않고, 땅은 뿌리없는 풀을 기르지 않는다. 사람은 먹을 것을 타고 태어나기 때문에 살아 있으면서 먹지 못하는 사람이 없다는 뜻. / 사람은 세상에서 거저 먹고 거저 봉록을 탈 수 없다는 뜻.

〔 **元 無名氏·看錢奴** 〕 便好道, ○○○○○○○, ○○○○○○○. 〔 **明 戚繼光·練兵紀實** 〕 勿用心于貨利, 毋百計以求積, 毋爲兒孫作馬牛. 諺云 …… 天不生不祿之人. 悉當推此念頭如意職任.

天不爲一物枉其時, 明君聖人亦不爲一人枉其法.

하늘은 한 가지 물건을 위하여 그 절기를 굽히지 아니하며, 현명한 임금이나 성인도 또한 한 사람만을 위하여 그 법을 굽히지 아니한다. (時 : 절기. 철.)

〔**管子·白心**〕○○○○○○○○, ○○○○○○○○○○○○. 天行其所行, 而萬物被其利, 聖人亦行其所行, 而百姓被其利.

天若有情天亦老.

하늘은 (본래 정이 없는 것이지만) 만일 정이 있다면 하늘도 또한 늙었을 것이다. 정을 가진 것은 늙고, 정이 없는 것은 늙지 않음을 시사. / 강렬한 상처의 정서를 가지고 있음을 형용. / 자연법칙은 정이 없음을 가리킨다.

〔**唐 李賀·金銅仙人辭漢歌·序**〕空將漢月出宮門, 憶君淸淚如鉛水, 衰蘭送客咸陽道, ○○○○○○○, 携般獨出月荒涼, 渭城已遠波聲小.

天衣本無針線爲也.

하늘나라 사람의 옷은 본래 바느질 한 것이 없이 만들어진 것이다. (喩) 사물이 자연스럽고 주도면밀해서 조금도 흔적이 남아있지 않다. / 사물·시문 등이 너무 자연적이어서 조금도 꾸민 자국이 없다. / 사람이 태어난 채로 아름다움을 간직해 비뚤어진 데가 없다. = **天衣無縫.**

〔**牛嶠·靈怪錄·郭翰**〕郭翰暑月臥庭中, 仰視空中, 有人冉冉而下, 曰, 吾織女也. 徐視其衣, 無縫. 翰問之, 謂曰, ○○○○○○○○. 〔**太平廣記**〕(上 內容과 同一) 〔**南宋 周密·浩然齋雅談**〕對聯之佳者……皆天衣無縫, 妙合自然.

天地絪縕, 萬物化醇. 男女構精, 萬物化生.

(絪縕: 인 온, 醇: 순)

천지 음양의 두 기(氣)가 교감, 융합하여 만물이 원만하게 변화, 양육되어 엉기어 뭉쳐지고, 남녀·음양의 두 성(性)이 그 정액을 교합(交合)하여 만물이 변화, 양육되어 (새 생명이) 생성된다. (絪縕 : 천지의 음양의 두 기운이 면밀하게 교감하는 모양. 醇 : 하나로 합쳐지다. 엉기어 뭉쳐지다. 構 : 합하다. 교합하다. 성교하다. ≒ 媾. 精 : 정액. 정자. 生 : 생성하다. 생산하다. 태어나다.)

〔**周易·繫辭下**〕○○○○, ○○○○, ○○○○, ○○○○. 易曰, 三人行, 則損一人, 一人行, 則得其友. 言致一也.

天地人爲三才.

하늘과 땅과 사람은 세 가지의 바탕이다. 하늘·땅과 사람이 다 영묘한 성질(靈性), 슬기의 힘(智力)과 창조하는 힘(創造力)을 구비하고 있어 모든 사물의 바탕이 되는 것을 가리킨다. (才 :

자질. 바탕. 천성. 천품. / 기본. 근본.)

〔**周易·繫辭下**〕易之爲書也, 廣大悉備. 有天道焉, 有人道焉, 有地道焉, 兼三才而兩之, 故六. 六者非他也, 三才之道也. 〔**宋 陸九淵·三五以變錯綜其數**〕○○○○○○, 日月星爲三辰, 卦三畫而成, 鼎三足而立.

天地之大, 眞無所不有.

하늘과 땅은 하도 커서 정말 없는 것이 없다. 세상은 하도 커서 각종의 진기하고 괴상한 사물까지도 다 가지고 있음을 가리킨 말.

〔**聊齋志異·犬奸**〕家畜一白犬, 妻引與交, 犬習爲常. ……嗚呼. ○○○○, ○○○○○矣.

天地之性, 人爲貴.

천지 만물이 다 자연적으로 타고난 성질은 사람을 가장 존귀한 것으로 여기는 것이다. (性 : 만물이 자연적으로 타고난 성질.)

〔**孝經·聖治**〕○○○○, ○○○, 人之行, 莫大於孝, 孝莫大於嚴父. 〔**宋 陳亮·祭鄭景元提幹文**〕死生禍福, 不阿不避. 天地之性, 以人爲貴

天且雨, 螻蟻徙 丘蚓出, 琴弦緩, 固疾發, 此物爲天所動之驗也.

누 의

하늘에서 비가 내리려 할 때는 땅강아지와 말개미가 이사를 하고, 지렁이가 땅 밖으로 나오며, 거문고 줄이 느슨해지고 오래된 병이 다시 아프기 시작하는 것이니, 이러한 일들은 다 하늘에 의하여 감동되는 증거다. 사람이나 모든 사물이 하늘에 의하여 운행되어감을 의미. (螻 : 땅강아지. = 螻蛄. 蟻 : 개미. 여기서는 말개미이다. = 螞蟻. 丘蚓 : 지렁이. = 蚯蚓. 固疾 : 오래된 병. 고치기 어려운 병. = 痼疾. 物 : 일. 驗 : 증거. 증명.)

〔**漢 王充·論衡·變動**〕○○○, ○○○, ○○○, ○○○, ○○○, ○○○○○○○○○. 〔**明 李詡·戒庵老人漫筆**〕蟻謂之馬蟻, 形如馬也, 群聚成陣, 俗謂之, 馬蟻作垻必下雨.

靑山不老, 綠水長存.

청산은 영원히 늙지 아니하고, 녹수는 영원히 보존된다. (喩) 장구한 세월이 경과하여도 영원히 보존된다. / 앞길이 구만리 같다. 장래의 기회가 많다.

〔**明 羅貫中·三國演義**〕○○○○, ○○○○, 他日事成, 必當厚報.

春蘭秋菊, 各一時之秀.

봄철의 난초와 가을의 국화는 각기 한 때의 아름다움을 가지고 있다. (喻) 각기 그 아름다움이 뛰어나다. (秀 : 아름답다.)

〔**唐 石貫·和主司王起**〕 絳帳青衿同日貴, 春蘭秋菊異時榮. 〔**楚辭 九歌·禮魂**〕 春蘭兮秋菊, 長無絶兮終古. 〔**宋 洪興祖·補注**〕 古語云, ○○○○, ○○○○○也.

春水滿四澤, 夏雲多奇峰, 秋月揚明輝, 冬嶺秀孤松.

봄 물은 사방의 연못에 가득 차고, 여름 구름은 기이한 봉우리 모양이 많다. 가을 달은 밝은 빛을 밝히고, 겨울 봉우리에는 외로운 소나무가 빼어나다. 봄 물(春水)·여름 구름(夏雲)·가을 달(秋月)·겨울 소나무(冬松)는 네 계절 풍경의 특별한 현상을 매우 잘 표현한 것. (揚 : 밝히다. / 나타내다. 드러내다. 明輝 : 밝은 빛. 秀 : 빼어나다. 뛰어나다. 높이 솟아나다. / 아름답다.)

〔**陶潛·四時 詩**〕 ○○○○○, ○○○○○, ○○○○○, ○○○○○.

鴟鵂夜撮蚤, 察豪末, 晝出瞋目而不見丘山.

치휴 촬조 진

부엉이는 밤에는 작은 벼룩을 잡을 수 있고 또 극히 미세한 털 끝까지도 자세히 살필 수 있으나 낮에는 눈을 부릅떠도 큰 언덕과 산마저도 보지 못한다. 사물의 본성이 각기 다른 것을 비유하는 말. (鴟鵂 : 부엉이. 수리부엉이. 撮 : 잡다. 붙잡다. 취하다. 蚤 : 벼룩. 豪末 : 털 끝. 극히 미소한 물건을 비유하는 말. ≒ 毫末. 瞋目 : 눈을 부릅뜨다. 눈을 부라리다. 丘 : 언덕.)

〔**莊子·秋水**〕 梁麗可以衝城, 而不可以窒穴, 言殊器也. 騏驥驊騮, 一日而馳千里, 捕鼠不如狸狌, 言殊技也.○○○○○, ○○○, ○○○○○○○○○○, 言殊性也.

蒲柳之姿, 望秋而落. 松柏之質, 經霜彌茂.

포 미

갯버들의 재질은 가을이 되기도 전에 시들어 떨어지는 것이고, 소나무·잣나무의 자질은 겨울의 찬 서리·눈을 거치면 더욱 더 무성해지는 것이다. (蒲柳 : 갯버들. 수양. 水楊. 많은 나무 속에 살면서 가장 먼저 시들어버린다. 체질이 일찍 쇠약해진다. 또는 신체가 허약하다는 비유로 쓰인다. 姿 : 바탕. 재질. 자질. 望秋 : 가을을 바라보다. 곧 가을이 오기 전임을 의미. 彌 : 점점 더. 더욱 더. 한층 더.) → **蒲柳之姿. 蒲柳之質.** → **松柏之質. 松柏之茂.**

〔**世說新語·言語**〕 顧悅與簡文同年 而髮蚤白. 簡文曰, 卿何以先白. 對曰, ○○○○, ○○○○. ○○○○, ○○○○. 〔**清 吳敬梓·儒林外史**〕 山野鄙性, 不習車馬之勞, 兼之蒲柳之姿, 望秋先零, 長途不覺委頓, 所以不曾便來晉謁. 〔**明 湯顯祖.牧丹亭·延師**〕 學生自愧蒲柳之姿, 敢煩桃李之教.

夏至難逢端午節, 百年難遇歲朝春.

음력 하지는 단오절을 만나기 어렵고, 백년이 되어도 설날과 입춘이 겹치는 날을 만나기 어렵다. 날자가 고정되어 있는 일력·절기·명절의 순환 또는 자연의 순환은 절대로 뒤바뀔 수 없음을 이르는 말. (歲朝春 : 歲朝 곧 元旦과 立春의 합성어. 설날과 입춘이라는 뜻.)

〔**明 陸浚原·藜床沉餘**〕崇禎元年元旦立春, 諺云 ○○○○○○○, ○○○○○○○.

懸流轟(굉)轟射水府, 一瀉百里飜雲濤(도).

급히 흐르는 냇물이 콸콸 용궁으로 내뿜고, 물을 단번에 백 리에 쏟아부어 구름과 파도를 뒤집는다. 작문·언담·사업 등의 진행이 거침없이 빠르고 순조로운 것을 비유. (懸流 : 급히 흐르는 물. 급류. 轟轟 : 폭포소리·물 구비치는 소리의 형용. 射 : 내뿜다. 분사하다. 水府 : 수신이 산다는 집. 용궁. 一瀉百里. 물의 흐름이 매우 빠르고 거침이 없고 유창함의 비유. / 말재간이 있어 설득력있는 말을 끊임없이 한다는 비유.) ≒ **一瀉千里**.

〔**韓愈·貞女峽 詩**〕○○○○○○○, ○○○○○○○. 〔**南宋 陳亮·與辛幼安殿撰**〕長江大河, 一瀉千里, 不足多怪也. 〔**沈約·八詠被褐守山東詩**〕兩溪共一瀉, 水潔望如空. 〔**明 王世貞·文評**〕方希直如奔流滔滔, 一瀉千里 而瀠洄滉瀁之狀頗少. 〔**福惠全書**〕星馳華隰, 儼然峽裡輕舟, 片刻一瀉而千里.

虎生而文炳, 鳳生而五色, 豈以五采自飾畫哉.

범은 나면서 아름다운 무늬를 가지며, 봉황은 나면서 다섯 가지 색깔을 띠고 있는데, 이것은 어찌 다섯 가지 무늬를 스스로 꾸며서 그런 것이랴! (喻) 자연적인 현상은 바꾸지 못한다. / 영준한 사람은 이릴 때부터 기량이 비범하다. / 마음 속으로 성실하면 반드시 밖으로 나타난다. (文 : 아름답다. 선미하다. / 무늬. 炳 : 단청색.) → **虎生而文炳** → **鳳生而五色**.

〔**三國志·蜀志·秦宓傳**〕夫 ○○○○○, ○○○○○, ○○○○○○○○, 天性自然也.

胡荾(수)不結瓜, 菽(숙)根不産麻.

고수풀은 오이를 맺지 않으며, 콩뿌리에는 삼이 자라나지 않는다. (喻) 생물에는 각각 다른 씨가 있다. (胡荾 : 비나리 비슷한 재배식물의 하나인 고수풀. 菽 : 콩종류의 총칭.)

〔**明 李夢陽·夫人賈氏墓地銘**〕諺曰, ○○○○○, ○○○○○. 言物必有種也. 今以賈夫人觀之, 信哉.

紅爐上一點雪.

빨갛게 불타고 있는 화로에 한 점의 눈을 올려 놓다. 금방 녹아버린다는 뜻. (喻) 사욕이나 의혹이 아무런 흔적도 남기지 않고 순식간에 사라져 없어지다. / 큰 일을 함에 있어 힘이 너무 적어 아무런 보람도 얻지 못하다. / 도를 깨달아 마음 속이 탁 트여 맑다. (上 : 위로 올리다. 쳐들다.) → **紅爐點雪**.

〔**續近思錄**〕顔子克己如○○○○○○. 〔**宋 圜悟·碧巖錄**〕○○○○○○.

花居盆內, 終乏生機, 鳥入籠中, 便減天趣.

꽃이 화분 속에 있으면 마침내 생기가 없어지고, 새가 새장 안에 갇혀 있으면 곧 자연의 자태가 감소된다. (喩) 세상의 모든 일은 인위를 가하면 자연의 맛을 잃어버린다. (生機 : 生氣. 趣 : 멋. 자태.)

〔**菜根譚·後五十五**〕○○○○, ○○○○, ○○○○, ○○○○. 不若山間花鳥, 錯集成文, 翱翔自若, 自是悠然會心.

黃金有疵, 白玉有瑕.
자 하

황금에도 흠이 있고, 옥에도 티가 있다. (喩) 사물은 완벽하여 흠잡을 데가 없을 수 없다. / 거의 완전한 훌륭한 사람이나 사물에 약간의 흠이 있다. (疵 : 흠. 瑕 : 티.)

〔**史記·龜策列傳**〕日辰不全, 故有孤虛. ○○○○, ○○○○. 事有所疾, 亦有所徐. 物有所拘, 亦有所據. ……. 人有所貴, 亦有所不如. 〔**南朝 梁蕭統·陶淵明集序**〕白璧微瑕, 惟在閑情一賦, 揚雄所謂勸百而諷一者乎. 卒無諷諫, 何足搖其筆端. 惜哉. 無是可也. 〔**貞觀政要·論誠信**〕小人非無小善, 君子非無小過. 君子小過, 蓋白玉之微瑕, 小人小善, 乃鉛刀之一割.

朽木不可雕也, 糞土之牆, 不可杇也.
후 조 오

썩은 나무는 조각을 할 수 없고, 더러운 흙으로 쌓은 담장은 흙손질할 수 없다. (喩) 본 바탕이 나쁜 사람이나 물건은 아무 데도 쓸 데 없다. 나태하고 흐리멍텅하고 정신이 썩어있는 사람은 가르치기가 어렵고, 가르쳐도 아무 소용이 없다. / 거짓과 속임수는 오래갈 수 없다. (朽 : 썩다. 雕 : 조각하다. 糞土 : 더러운 흙. 썩은 흙. 杇 : 흙손질하다.) → **朽木糞土. 朽木糞牆. 木不可雕. 糞土之牆不可杇. 糞土之牆.**

〔**論語·公冶長**〕宰予晝寢. 子曰, ○○○○○○, ○○○○, ○○○○. 於予與何誅. 〔**韓詩外傳·卷四**〕僞詐不可長, 空虛不可守, 朽木不可雕, 情亡不可久. 〔**漢書·董仲舒傳**〕今漢繼秦之後, 如朽木糞牆矣, 雖欲善治之, 亡可奈何.

朽株難免蠹, 空穴易來風.
두 이

썩은 나무는 좀 쏘는 것을 면하기 어렵고, 빈 동굴에는 바람 들어오는 것이 쉽다. (喩) 취약점이 있는 사람은 피해보기가 쉽다. / 어떤 소식이 전파되면 그것에는 반드시 원인이 있다.

〔**戰國 楚 宋玉·風賦**〕臣聞於師, 枳句來巢, 空穴來風, 其所托者然. 〔**唐 白居易·初病風詩**〕○○○○○, ○○○○○.

Ⅲ. 自然의 變化
– 變化·發展·影響·興亡盛衰

江南之名橘, 樹之江北, 則化爲枳.
지

강남의 이름난 귤을 강북에 심으면 곧 탱자로 변한다. (喩) 사람은 환경·풍속 등에 영향을 받아 그 품성이 달라진다. (枳 : 탱자.) = **南橘北枳. 橘化爲枳. 淮南橘淮北枳. 江南橘化爲枳.**

〔**周禮·考工記·總敍**〕橘踰淮而北爲枳, 此地氣然也. 〔**魯 周公·爾雅**〕江南種橘, 江北爲枳. 〔**晏子春秋·雜下**〕晏子曰, 嬰聞之, 橘生淮南, 則爲橘, 生淮北則爲枳. 葉徒相似, 其實味不同. 所以然者何. 水土異也. 〔**韓詩外傳·卷十**〕晏子曰, ……, 王不見河南之樹乎. 名橘, 樹之江北, 則化爲枳. 何則, 地土使然爾. 〔**淮南子·原道訓**〕今夫徙樹者, 失其陰陽之性, 則莫不枯槁, 故橘樹之江北, 則化而爲枳. 〔**列子·湯問**〕吳楚之國有大木焉, 其名爲柚. 碧樹而冬生, 實丹而味酸, 食其皮汁, 已憤厥之疾. 齊州珍之, 渡淮而北而化爲枳焉. 鸜鵒不踰濟, 狢踰汶則死矣, 地氣然也. 雖然, 形氣異也. 性鈞已, 無相易已. 〔**說苑·奉使**〕晏子反顧之曰, 江南有橘, 齊王使人取之, 而樹之於江北, 生不爲橘, 乃爲枳, 所以然者, 何. 其土地使之然也.

居移氣, 養移體.

거처하는 곳은 기를 바꾸고, 봉양하는 것은 몸을 바꾼다. 사람이 살고있는 환경은 그 기개를 바꾸고, 사람을 봉양하는 것은 그 체질을 바꾼다는 뜻. (移 : 옮기다. 바꾸다.)

〔**孟子·盡心上**〕孟子自范之齊, 望見齊王之子, 喟然嘆曰, ○○○, ○○○. 大哉居乎. 夫非盡人之子與.

牽一髮而動全身.

머리털 한 오라기를 당겨 온 몸이 움직인다. (喩) 한 개의 극히 적은 부분에 변화가 생겨 전체에 영향을 주다.

〔**淸 龔自珍·龔定庵全集**〕黔首本骨肉, 天地本比鄰, 一髮不可牽, 牽之動全身.

高岸爲谷, 深谷爲陵.

높은 강 기슭이 골짜기로 변하고, 깊은 골짜기가 구릉으로 변하다. (喩) 자연·사물이나 세상일이 거대한 변화를 하다.

〔**詩經·小雅·十月之交**〕百川沸騰, 山冢崒崩, ○○○○, ○○○○. 〔**晉 張華·博物志**〕○○○○, ○○○○, 小人握命, 君子陵遲, 白黑不分, 大亂之征也. 〔**後漢書·翟酺傳**〕自去年以來, 災譴頻數, 地坼天崩, 高岸爲谷. 〔**晉書·杜預傳**〕預好爲後世名, 常言○○○○, ○○○○. 刻名爲二碑, 紀其勳績, 一沉萬山之下, 一立峴山之上, 曰, 焉知此後不爲陵谷乎. 〔**淸 侯方域·贈江伶序**〕高岸成谷, 深谷成陵, 卽秉燭刻陰, 豈足以老伶之一泣也.

孤陰則不生, 獨陽則不長. 故天地配以陰陽.

음이 외로이 있으면 생기지 않고, 양이 홀로 있으면 자라지 않는다. 그러므로 천지는 음과 양으로써 결합하는 것이다. 단 하나만의 인소(因素)와 조건으로서는 사물이 새로이 생겨나거나 생장하지 않으므로 성질이 다른 두 가지가 결합해야 된다는 것. (孤 : 외롭다. 고독하다. 홀로. 獨 : 혼자. 홀로.)

〔**明 程登吉·幼學故事瓊林·夫婦**〕○○○○○, ○○○○○, ○○○○○○○. 男以女爲室, 女以男爲家, 故人生偶以夫婦.

鵠般白, 鴉般黑.

곡

고니의 무리는 희고, 까마귀의 무리는 검다. (喩) 사람이 환경의 영향을 받아서 변화하다. (般 : 무리. 종류.)

〔**袁宏道集**〕作吳令, 備諸苦趣, 不知遂昌仙令, 趣復云何. 俗語云, ○○○, ○○○, 由此推之, 當不免矣.

鴝鵒不逾濟, 貉逾汶則死.

구 욕 유 학

구관조가 中國 山東省에 있는 濟水를 건너 가지 못하며, 담비가 山東省의 汶水를 건너 가면 죽어버린다. (喩) 어떤 사람과 동물이 그가 생장한 땅을 떠나가지 못하며, 그곳을 떠나면 변을 당한다. (鴝鵒 : 구관조. 逾 : 넘다. 넘어가다. 건너다. 貉 : 담비.)

〔**宋 張世南·遊宦紀聞**〕橘逾淮而北爲枳, ○○○○○, ○○○○○, 地氣使然, 無足多怪.

窮則變, 變則通, 通則久.

周易의 기본적 도리는 사물이 궁극에 이르면 곧 변화가 발생하고, 변화가 발생하면 곧 통달하고, 통달하면 곧 오래 지속된다는 것이다. (喩) 세상 만사는 다 변화하고 늘 유전한다. / 일이 어려움에 부딪치면 결국 해결될 수 있는 길이 생긴다. (通 : 통달하다. 막힘이 없이 환히 트이다.)

〔**周易·繫辭下**〕易○○○, ○○○, ○○○, 是以自天祐之, 吉无不利. 〔**元 李文蔚·蔣神靈應**〕君子安而不忘危, 存而不忘亡, 治而不忘亂. 窮則變, 變則通. 〔**淸 袁枚·答友人論文**〕文章之道, 如夏·殷·周之立法, 窮則變, 變則通.

近朱者赤, 近墨者黑.

붉은 모래를 가까이하면 붉어지고, 먹을 가까이하면 검어진다. (喩) 사람은 늘 사귀는 사람의 영향을 받아서 변한다. 좋은 사람과 가까이 지내면 그 영향을 받아 좋아지고, 나쁜 사람과 가까이 지내면 나쁘게 변한다. = **近朱必赤, 近墨必緇. 近朱近墨.**

〔**荀子·勸學**〕白沙在涅, 與之俱黑. 〔**晉 傅玄·太子少傅箴**〕夫金水無常, 方圓應形, 亦有隱括, 習以性成. …… . 故 ○○○○, ○○○○, 聲和則響淸, 形正則影直. 正人在側, 德義盈堂. 鮑肆先入, 蘭蕙不芳. 〔**王績·負苓者傳**〕麗朱者丹, 附墨者黑. 〔**西遊記**〕常言道, ○○○○, ○○○○. 那怪在此, 斷知水性. 〔**四字小學**〕近墨者黑, 近朱者赤.

蘭槐(괴)之根, 是爲芷(지), 其漸之滫(수), 君子不近, 庶人不服.

향초인 난괴의 뿌리는 백지(白芷)라고 부르는 향초이지만 만일 그것을 냄새나는 쌀뜨물에 담그면 (높은 자리에 있는) 군자도 그것에 다시 접근하려 하지 않으며 일반 서민들도 그것을 다시 몸에 지니려하지 않을 것이다. (喻) 본 바탕이 좋은 착한 사람이 나쁜 일에 물들어버리면 다른 모든 사람들에게 외면, 배척당한다. (蘭槐 : 향초의 이름. 芷 : 향초의 이름. 향초 · 향목의 뿌리. = 白芷. 漸 : 물건을 물 속에 담그다. 적시다. 스며들다. 滫 : 쌀뜨물. / 오줌. 服 : 몸에 지니다. 간직하다. 차다. 달다.)
→ **蘭芷漸滫.**

〔**荀子·勸學**〕○○○○, ○○○, ○○○○, ○○○○, ○○○○. 其質, 非不美也, 所漸者然也.

南人駕(가)船, 北人乘馬.

中國에서 남쪽에 사는 사람은 배를 타고, 북쪽에 사는 사람은 말을 탄다. (喻) 사람이 사는 땅은 각기 장점을 가지고 있다.

〔**三國演義**〕二人共覽之次, 江風浩蕩, 洪波滾雪, 白浪掀天. 忽見波上一葉小舟, 行于江面上, 如行平地. 玄德嘆曰, ○○○○, ○○○○, 信有之也.

丹之所藏者赤, 漆之所藏者黑.

붉은 모래에 넣어 둔 것은 붉고, 검은 옻칠 속에 넣어 둔 것은 검다. (喻) 사람은 주위 환경에 잘 감화되어 사귀는 사람에 따라 착하게도 되고 악하게도 된다. (丹 : 丹砂 또는 硃砂의 약칭으로, 붉은 모래. 漆 : 옻. 검은 옻칠. / 검다.)

〔**說苑·雜言**〕丹之所藏者赤, 烏之所藏者黑. 君子愼所藏. 〔**孔子家語·六本**〕與善人居, 如入芝蘭之室, 久而不聞其香, 卽與之化矣. 與不善人居, 如入鮑魚之肆, 久而不聞其臭, 亦與之化矣. ○○○○○○, ○○○○○○, 是以君子必愼其所與處者焉.

銅山西崩, 洛鍾東應.

蜀의 銅山이 서쪽에서 무너지니, 洛陽宮 안에 있는 종이 동쪽에서 호응한다. 중대한 사건은 피차 간에 서로 영향을 줌을 표시하는 말. (洛鍾 : 洛陽宮 안의 종.)

〔**世說新語·文學**〕殷荊州曾問遠公, 易以何爲體. 答曰, 易以感爲體. 殷曰, 銅山西崩, 靈鍾東應, 便是易耶. 遠公笑而不答. < 劉孝標註 > (引東方朔傳)曰, 孝武皇帝時, 未央宮殿前鍾無故自鳴, 三日三夜不止. 詔問太史待詔王朔, 朔言恐有兵氣. 更問東方朔, 朔曰, 臣聞銅者山之子, 山者銅之母, 以陰陽氣類言之, 子母相感, 山恐有奔馳者, 故鍾先鳴.

萬物必有盛衰, 萬事必有弛張.

만물에는 반드시 융성함과 쇠퇴함이 있고, 만사에는 반드시 (기풍·규율 등이) 풀리어 느슨해짐과 당기어 조임이 있다. 세상의 온갖 일은 무상하여 흥망과 성쇠가 번갈아 일어난다는 것을 의미. (弛 : 활줄을 늦추다. 느슨하게 하다. 풀어 놓다. 이완되다. 해이하다. 張 : 활줄을 힘껏 당기다. 팽팽하게 당기다. 바싹 죄다. 긴장하다.)

〔**韓非子·解老**〕故○○○○○○, ○○○○○○. 國家必有文武, 官治必有賞罰. 〔**漢書**〕夫盛之有衰, 猶朝之必暮也.

木與木相摩則然, 金與火相守則流. 陰陽錯(착)行, 則天地大絯.

나무와 나무가 서로 마찰하면 불이 일어나서 타고, 쇠와 불이 서로 만나면 쇠가 녹아 흐르는 것이니, 이와 같이 음과 양이 서로 어긋나게 운행되면 천지에 큰 변동이 생긴다. 곧 천재와 지변이 일어나 인심이 흉흉해지고 세상이 어지러워진다는 뜻. (然 : 불타다. = 燃. 守 : 접근하다. 가까이하다. 流 : 흐르다. 錯 : 어긋나다. 섞이다. 어지럽히다. 絯 : 변동하다. 바꾸다. ≒ 動.)

〔**莊子·外物**〕○○○○○○○, ○○○○○○○, ○○○○, ○○○○○, 於是乎有雷有霆, 水中有火, 乃焚大槐.

无(무)平不陂(피), 无往不復(복).

평평한 것은 기울어지지 않는 것이 없고, 가는 것은 되돌아오지 않는 것이 없다. (喩) 사물의 발전이 극에 달하면 반드시 반전하고, 성함이 극에 이르면 반드시 쇠한다. / 일의 발전이 순조로와도 조그마한 곡절이나 기복을 겪을 수 있다. (陂 : 기울다.) → **无平不陂**. → **无往不復**.

〔**周易·地天泰**〕九三, ○○○○, ○○○○, 艱貞无咎. 勿恤其孚, 於食有福. 〔**清 黃小配·洪秀全演義**〕弟已爲足下起得一課, 乃泰之三爻, ○○○○, ○○○○, 艱貞无咎, 足下盡可无事.

蓬生麻中, 不扶而直. 白沙在涅(날), 與之俱黑.

쑥대가 삼 속에서 자라면 부축해주지 않아도 곧게 자라고, 흰 모래가 개흙 속에 있으면 이것과 함께 모두 검어져버린다. (喩) 인간과 사물은 환경의 중대한 영향을 받는다. / 좋은 사람을 접근하면 곧 좋은 사람이 될 수 있다. (涅 : 갯 바닥 진펄에 있는 검은 흙, 또는 진흙.) = **蓬生麻中, 不扶自直**. → **蓬生麻中**. **麻中蓬直**. **麻中之蓬**. = **白沙在涅, 不染自黑**. **白沙入緇, 不練自黑**. → **白沙在涅**.

白沙入緇.

〔**荀子·勸學**〕○○○○, ○○○○. ○○○○, ○○○○. 蘭槐之根是爲芷, 其漸之滫, 君子不近, 庶人不服, 其質, 非不美也. 〔**大戴禮記·曾子制言上**〕蓬生麻中, 不扶自直. 白沙在泥, 與之皆黑. 〔**史記·三王世家**〕傳曰, 蓬生麻中, 不扶而直, 白沙在泥中, 與之皆黑者, 土地敎化, 使之然也. 〔**說苑·談叢**〕蓬生枲中, 不扶自直, 白砂入泥, 與之皆黑. 〔**論衡·率性**〕蓬生麻間, 不扶自直, 白紗入緇, 不練自黑. 〔**漢 趙岐·孟子章指上**〕言自非聖人, 在所變化. 故諺曰, 白沙在涅, 不染自黑, 蓬生麻中, 不扶自直. 言輔之者衆也.

否極泰來, 苦盡甘來.
비

막힌 운수가 극에 이르면 좋은 운수가 돌아오며, 고생이 끝나면 즐거움이 찾아온다. 나쁜 상황이 극점에 이르면 곧 좋은 것으로 전환됨을 형용. (否 : 막힌 운수. 불리를 의미. 泰 : 좋은 운수. 순리를 의미.) → **否極泰來. 否極反泰. 否終則泰. 否去泰來. 否極生泰. 否極而泰.** ↔ **泰極否來. 泰極生否. 泰極則否.** → **苦盡甘來.**

〔**周易·天地否**〕上九, 傾否, 先否後喜. < 傳 >上九, 否之終也. 物理, 極而必反. 故泰極則否, 否極則泰. 〔**梁宣帝·愍時賦**〕望否極而反泰, 何杳杳而無津. 〔**吳越春秋·句踐入臣外傳**〕時過於期, 否終則泰. 〔**唐 白居易·白氏長慶集·遣懷詩**〕樂往必悲生, 泰來猶否極. 〔**唐 韋莊·湘中作 詩**〕否去泰來終可待. 〔**明 無名氏·破窯記**〕古云, ○○○○, ○○○○. 此剝復相乘之理也. 〔**明 方汝浩·禪眞逸史**〕自古說, 苦盡甘來, 否極還泰. 泰兄長不須煩惱, 目前有一場大富貴, 若要取時, 反掌之間. 〔**明 蘇復之·金印記**〕貧遭富欺, 不道富有貧日, 貧有富時, 苦盡甜來, 泰生否極, 只道常如是. 〔**警世通言**〕今日苦盡甘來, 博得好日, 共亨榮華.

桑田碧海須臾改.

뽕나무 밭이 푸른 바다로 눈 깜짝할 동안에 바뀌다. (喩) 인간 세상의 일이 너무 크게 변하다. / 시세의 변화가 무상하다. (桑 : 뽕나무. 碧 : 푸른 빛. 푸르다. 須臾 : 잠시. 잠깐. 촌각.) → **桑田碧海. 桑田變成海. 桑田變海. 滄海變桑田.**

〔**葛洪·神仙傳**〕麻姑謂王方平曰, 自接待以來, 見東海三變爲桑田, 向到蓬萊, 水乃淺於往者略半也, 豈復爲陵乎. 方平乃曰, 東海復揚塵耳. 〔**盧照鄰·長安故意**〕節物風光不相待, ○○○○○○○. 〔**劉廷芝·代悲白頭翁詩**〕今年花落顔色改, 明年花開復誰在, 已見松柏摧爲薪, 更聞桑田變成海. 〔**唐 呂岩·七言詩**〕任彼桑田變滄海, 一丸丹藥定千春. 〔**元 楊景賢·西遊記·六本**〕昏澄澄, 白茫茫, 桑田變海海爲桑. 〔**古今小說**〕桑田變滄海, 滄海變桑田. 〔**清 無名氏·飛花咏**〕桑田變海, 海變桑田, 禍福無常, 使人意想不到.

盛之有衰, 生之有死, 天之分也.

성한 것은 쇠함이 있고, 산 것은 죽음이 있으니, 이것은 하늘이 정한 운명이다. 만물은 생사흥망성쇠가 필연적으로 있기 마련이라는 뜻. (分 : 운명.)

〔**晏子春秋·重而異者**〕晏子曰, …… , 夫○○○○, ○○○○, ○○○○, 物有心至, 事有常然, 曷爲可悲.

水廣者魚大, 山高者木修.

물이 넓으면 고기가 크고, 산이 높으면 나무가 길다. (喩) 환경이나 조건이 좋으면 인재가 나온다. / 임금이 명석하면 그 신하가 충성스럽다. / 덕이 있으면 자연히 사람이 따른다. / 사람이 인의(仁義)를 베풀면 스스로 이로움을 얻게 된다. (者 : …하면. 順接의 助辭. 修 : 길다. 높다.) → **水廣者魚大**. **水廣魚大**. **水寬魚大**. ≒ **水廣則魚遊**. → **山高木修**.

〔 **黃石公·素書** 〕 地薄者大木不產, 水淺者大魚不遊. 〔 **文子·上德** 〕 川廣則魚大, 君明則臣忠. 〔 **韓詩外傳·卷五** 〕 語曰, 淵廣者其魚大, 主明者其臣慧. 〔 **淮南子·說山訓** 〕 ○○○○○, ○○○○○. 廣其地而薄其德. 〔 **說苑.尊賢** 〕 弦章對曰, 水廣則魚大, 君明則臣忠. 〔 **塩鐵論·** 〕 水廣者魚大, 父尊者子貴. 〔 **論衡·自紀** 〕 事衆文饒, 水大魚大. 帝都穀多, 王市肩磨. 〔 **貞觀政要·論仁義** 〕 林深則鳥棲, 水廣則魚遊.

隨順善友, 如麻中蓬直. 親近惡友, 如藪(수)中荊(형)曲.

착한 벗을 잘 따르면 삼 속의 쑥과 같이 바르게 되고, 나쁜 벗과 아주 가까이 지내면 덤불 속의 가시나무와 같이 굽어진다. (喩) 좋은 환경에 있는 친구와 사귀면 악인도 선인으로 바뀌어지나, 나쁜 친구와 사귀면 좋지 않은 주위 환경 때문에 더욱 더 나쁘게 된다. (隨順 : 순종하고 거스르지 아니하다. 藪 : 덤불. 초목이 무성한 곳. 荊 : 가시.) → **麻中蓬直**. → **藪中荊曲**.

〔 **童子敎** 〕 ○○○○, ○○○○○, ○○○○, ○○○○○.

水長船高, 泥多佛大.

물이 불어나면 배가 높이 떠오르고, 진흙을 많이 쓰면 불상이 커진다. (喩) 몸을 의탁하고 있는 환경이 좋아지면 자신도 그에 따라 좋아진다. / 사람의 지위나 신문은 세력이 있느냐의 여부에 의해서 좌우된다.

〔 **宋 釋道原·景德傳燈錄** 〕 徹繼云, ○○○○, ○○○○, 莫將來問, 我亦無答.

順天者有其功, 逆天者懷其凶, 不可復(부)振也.

하늘의 도에 순응하는 자는 그의 공업을 유지할 수 있으나, 하늘의 도를 거스르는 자는 반드시 재앙을 간직해두고 있다가 다시 구제받을 수 없게 된다. (振 : 구해내다. 구제하다. ≒ 賑.)

〔 **管子·形勢** 〕 天地所助, 雖小心大, 天之所違, 雖成必敗. ○○○○○○, ○○○○○○, ○○○○○.

順天者存, 逆天者亡.

하늘의 뜻에 따르는 사람은 생존하고, 하늘의 뜻을 거스르는 사람은 멸망한다. ≒ **順之者昌**, **逆**

之者亡.

〔**孟子·離婁上**〕孟子曰, 天下有道, 小德役大德, 小賢役大賢. 天下無道, 小役大, 弱役强. 斯二者天也, ○○○○, ○○○○. 〔**史記·太史公自序**〕夫陰陽四時·八位·十二度·二十四節各有敎令, 順之者昌, 逆之者不死則亡, 未必然也, 故曰, 使人拘而多畏. 〔**晉書·戴洋傳**〕心房, 宋分. 順之者昌, 逆之者亡. 〔**三國演義**〕將軍欲使孔明斡旋天地, 補綴乾坤, 恐不易也, 徒勞心力耳. 豈不聞順天者逸, 逆天者勞……乎. 〔**清 邱心如·筆生花**〕閹官誤國, 貴戚當權, 順之者生, 逆之者死.

蝨(슬)處頭而黑, 麝(사)食柏而香.

본래 흰색의 이가 검은 머리 속에 살면 검어지고, 사향노루가 측백나무를 먹으면 향기가 난다. (喻) 사람은 환경에 따라 변화한다. / 사람은 사귀는 사람을 따라 성질이 달라진다.

〔**晉 嵇康·養生論**〕○○○○○, ○○○○○.

染於蒼則蒼, 染於黃則黃, 所入者變, 其色亦變.

푸른 것으로 물들이면 푸르게 되고, 누른 것으로 물들이면 누르게 되며, 들어가는 것이 바뀌면 그 색도 바뀐다. (喻) 사람은 환경·습속의 영향을 받아 그 성품이 선하게 또는 악하게 변화된다.

〔**墨子·所染**〕子墨子見, 染絲者而歎, 曰, ○○○○○, ○○○○○, ○○○○, ○○○○. 五入而已則爲五色矣. 故染不可不愼也. 非獨染絲然也, 國亦有染. 舜染於許由·伯陽, 禹染於皐陶·伯益, 湯染於伊尹·仲虺, 武王染於太公·周公. 此四王者, 所染當, 故王天下, 立爲天子, 功名蔽天地. 〔**淮南子·說林訓**〕墨子見練絲而泣之, 爲其可以黃, 可以黑. 〔**顔氏家訓·慕賢**〕墨翟悲於染絲, 是之謂矣. 君子必愼交遊焉. 〔**呂氏春秋·當染**〕墨子見染素絲者而歎曰, 染於蒼則蒼, 染於黃則黃, 所以入者變其色亦變. 五入而以爲五色矣. 故染不可不愼也. 國亦有染.

炎炎者滅, 陵陵者絶.

활활 타오르는 것(불꽃)은 결국 꺼져버리고, 세력이 왕성한 것은 없어져버린다. (喻) 지위가 혁혁한 사람은 왕왕 파멸에 이르게 된다. (炎炎 : 뜨거운 기운이 강한 모양. 더위가 심한 모양. / 기세 좋게 나아가는 모양. 陵陵 : 세력이 왕성한 모양. 絶 : 없어지다. 소멸되다. 다 없어지다.)

〔**漢書·楊雄傳**〕吾聞之, ○○○○, ○○○○. …… 攫拏者亡, 默默者存. 〔**清 蕭繼柄·論學俚言**〕百代之下, 帝王代謝, 金石銷沈, 炎炎者滅.

五行, 水·火·木·金·土. 水曰潤下, 火曰炎上, 木曰曲直, 金曰從革, 土爰稼(가)穡(색).

오행은 수·화·목·금·토의 다섯 가지이니, 물(水)은 물건을 적시며 내려가는 것이고, 불(火)은 태우면서 올라가는 것이고, 나무(木)는 굽지만 곧기도 한 것이고, 쇠(金)는 (사람의 다루는 바에) 따르지만 바뀌는 것이고, 흙(土)은 곡식의 씨를 심고 거두는 것이다. 이 다섯 가지 원소가 상호간의 상생(相生)과 상극(相克)의 작용에 의하여 우주 만물이 생성·소멸된다고 보는 이론이 오행(五行)이다. 위의 상생(相生)은 목생화(木生火)·화생토(火生土)·토생금(土生金)·금생수(金生水)·수생목(水生木)의 원리로 서로 순환하는 이치를 이르는 것이며, 상극(相克)은 토극수(土克水)·수극화(水克火)·화극금(火克金)·금극목(金克木)·목극토(木克土)의 원리로 서로 이기는 이치를 이르는 것이다. (爰 : 이에. 曰과 같이 쓴다. 稼 : 씨를 심다. / 농사. 穡 : 곡식을 거두다.)

〔 **書經·周書·洪範** 〕五行, 一曰水, 二曰火, 三曰木, 四曰金, 五曰土. 水曰潤下, 火曰炎上, 木曰曲直, 金曰從革, 土爰稼穡. 潤下作鹹, 炎上作苦, 曲直作酸, 從革作辛, 稼穡作甘.

瓦解而走, 土崩而下.

기와가 깨어져 달아나고, 흙이 무너져 내리다. (喩) 사물이 크게 무너져 흩어지고, 일의 대세가 붕괴하여 수습할 수 없게 되다. 어떤 사물이 근본적으로 무너져 걷잡을 수 없는 상태가 되다. (崩 : 무너지다. 깨어지다. 터지다.) = **瓦解土崩. 土崩瓦解.**

〔 **淮南子·泰族訓** 〕紂之地, 左東海, 右流沙, 前交趾, 後幽都, 師起容關, 至浦水, 土億有餘萬, 然皆倒矢而射, 傍戟而戰. 武王左操黃鉞, 右執白旄以麾之, 則○○○○, 遂○○○○. 〔 **漢書** 〕臣聞天下之患, 在於土崩, 不在瓦解. 〔 **舊唐書·李密傳** 〕於是熊羆角逐, 貔虎爭先, 因其倒戈之心, 乘我破竹之勢, 曾未旋踵, 瓦解氷銷.

雲罷霧霽, 而龍蛇與螾螘同矣.

파 제 인 의

구름이 흩어지고 안개가 개이면 (그 구름을 타고 날던) 용과 (안개를 일으키며 날던) 뱀도 지렁이나 개미와 같이 된다. (喩) 비범한 사람도 그가 의지하고 있는 세력·지위·환경을 잃으면 보잘 것 없는 범인이 된다. (罷 : 흩어지다. 霽 : 비·눈이 그치고 날이 개다. 螾 : 지렁이. 螘 : 개미.)

〔 **韓非子·難勢** 〕愼子曰, 飛龍乘雲, 騰蛇遊霧. ○○○○, ○○○○○○○○○, 則失其所乘也. 故賢人而詘於不肖者, 則權輕位卑也. 不肖而能服賢者, 則權重位尊也.

猨得木而捷, 魚得水而騖.

원 첩 무

원숭이는 나무를 얻으면 행동이 민첩해지고, 물고기는 물을 얻으면 빨리 달린다. (喩) 환경이 맞으면 행동이 자유롭고 능력을 크게 발휘할 수 있게 된다. (騖 : 달리다. 질주하다.)

〔 **淮南子·主術訓** 〕夫騰蛇遊霧而騰, 應龍乘雲而擧, ○○○○○, ○○○○○. 故古之爲爲車也, 漆者不畫, 鑿者不斲.

有生者必有死, 有始者必有終, 自然之道也.

살아있는 것은 반드시 죽고, 처음이 있는 것은 반드시 끝이 있는 것은 자연의 이치이다.

〔**揚子法言·君子**〕○○○○○○, ○○○○○○, ○○○○○. 〔**抱朴子·論仙**〕問者大笑曰, 夫有始者必有卒, 有存者必有亡.

有盛必有衰, 有聚必有散.

번성함이 있으면 반드시 쇠퇴하고, 모임이 있으면 반드시 흩어짐이 있다.

〔**明 羅貫中·殘唐五代史演義**〕自古以來, 有興必有廢, 有盛必有衰, 豈有不亡之國, 安有不敗之家. 〔**隋唐演義**〕人生天地間, ○○○○○, ○○○○○.

有榮華者, 必有憔悴. 有羅紈者, 必有麻蒯.

초 췌 환 괴

영화를 차지하고 있는 자에게는 반드시 걱정하는 것이 있게 마련이고, 비단옷을 가지고 있는 자에게는 반드시 삼과 황모로 만든 거칠은 의복이 있게 마련이다. 번성함이 있으면 반드시 쇠망함이 있음을 비유하는 말. (榮華 : 몸이 귀하게 되고 이름이 남. 憔悴 : 근심하고 걱정함. 紈 : 흰 비단. 蒯 : 황모. 곧 황색의 띠풀.)

〔**淮南子·說林訓**〕不能耕而欲黍粱, 不能織而喜采裳, 無事而求其功, 難矣. ○○○○, ○○○○. ○○○○, ○○○○.

肉腐出蟲, 魚枯生蠹.

두

고기가 썩어야 비로소 벌레가 나오고, 생선이 말라야 비로소 좀이 생긴다. (喩) 근본이 무너지면 화난이 일어난다. 근본이 잘못되면 폐가 백출한다. → **肉腐出蟲, 魚枯生蠹.**

〔**荀子·勸學**〕物類之起, 必有所始. 榮辱之來, 必象其德. ○○○○, ○○○○. 怠慢忘身, 禍災乃作.

陰無陽不生, 陽無陰不長.

부

음은 양이 없으면 태어날 수 없고, 양은 음이 없으면 자라날 수 없다. 음양이 서로 배합하면 생장하는데 하나의 모자람도 없음을 기리킨다.

〔**元 楊景賢·西遊記**〕○○○○○, ○○○○○. 陰陽配合, 不分霄壤.

陰陽和, 而雨後澤降, 如夫婦和, 而後家道成.

강

음양의 두 기운이 서로 조화되고 나서 비가 뒷못에 내리는 것은 부부가 화합한 뒤에 가도(家道)가 이루어지는 것과 같다.

〔**詩經·邶風·谷風**〕習習谷風, 以陰以雨, 黽勉同心, 不宜有怒. <集傳> 言, ○○○, ○○○○○, ○○○○, ○○○○○. 〔**大戴禮·天員**〕陰陽之氣, 和則雨.

衣不經新, 何由以故.

옷이 새것인 때를 거치지 않았다면 어찌 낡아진 것이 될 수 있으랴! 처음부터 낡은 것, 헌 것이 될 수 없다는 말. 늙은 사람도 젊은 때가 있었다는 뜻.

〔**世說新語·賢媛**〕桓車騎(冲)不好著新衣. 浴後, 婦故送新衣與. 車騎大怒, 催使持去. 婦更持還, 傳語云, ○○○○, ○○○○. 桓公大笑著之. 〔**故事成語考**〕不經新, 何由得故, 婦勸桓冲.

一馬之奔, 無一毛而不動. 一舟之覆, 無一物而不沈.

한 필의 말이 달릴 때는 몸의 털 한 개라도 움직이지 아니하는 것이 없고, 한 척의 배가 뒤집어지면 한 개의 물건도 가라앉지 않는 것이 없다. (喩) 부속된 물건은 그 주된 물건에 따른다.

〔**庾信·擬連珠**〕○○○○, ○○○○○○. ○○○○, ○○○○○○. 〔**孔叢子**〕○○○○, ○○○○○○. ○○○○, ○○○○○○.

日中則移, 月滿則攜(휴), 物盛則衰, 天地之常數也.

해가 중천에 오면 옮겨가고, 달이 가득 차면 기울어지며, 만물이 무성하면 쇠약해지는 것은 천지 자연의 정해진 이치이다. (喩) 성함이 극에 이르면 반드시 쇠한다. 사람이 흥함이 극에 이르면 곧 망하게 된다. (攜 : 이지러지다. 망가지다. 常數 : 정해진 운명·이치.)

〔**周易·雷火豊**〕日中則昃, 月盈則食, 天地盈虛, 與時消息, 而況於人乎, 況於鬼神乎. 〔**書經·周書·無逸**〕自朝至于日中昃, 不遑暇食, 用咸和萬民. 〔**管子·白心**〕日極則仄, 月滿則虧. 極之徒仄, 滿之徒虧, 巨之徒滅. 〔**老子·第三十章**〕物壯則老, 是謂非道. 〔**淮南子·應道訓**〕夫物盛而衰, 樂極則悲. 日中則移, 月盈而虧, 〔**史記·范雎蔡澤列傳**〕語曰, ○○○○, ○○○○, ○○○○, ○○○○○○. 〔**戰國策·秦策三**〕語曰, 日中則移, 月滿則虧. 物盛則衰, 天之常數也. 進退. 盈縮變化, 聖人之常道也. 〔**說苑·敬愼**〕日中則昃, 月盈則食, 天地盈虛, 與時消息. 〔**明 李翊·戒庵老人漫筆**〕陰陽之理, 月盈則虧, 日盈則昃. 〔**東周列國志**〕夫月滿則虧, 水滿則溢, 齊之虧且溢, 可立而待.

一薰一蕕(유), 十年尙猶有臭.

하나의 향기나는 풀과 하나의 더러운 풀은 한 곳에 십년을 두어도 더러운 냄새만 난다. (喩) 아름다운 일이나 착한 일은 없어지기 쉽고, 더럽고 고약한 일은 창궐한다. / 착한 사람과 악한 사람이 함께 지낼 수 없다. (薰 : 향기로운 풀. 蕕 : 악취나는 풀.) → **薰蕕不同器.**

〔**春秋左氏傳·僖公四年**〕卜人曰, 筮短龜長, 不如從長, 且其繇曰, 專之渝, 攘公之羭, ○○○○, ○○○○○○, 必不可. 〔**孔子家語·致思**〕顔回曰, 回聞薰蕕不同器而藏, 堯桀不共國而治, 以其類異也. 〔**世說新語**〕王丞相初在江左, 欲結援吳之人, 請婚陸大尉, 對曰, 培塿無松柏, 薰蕕不同器, 玩雖不才, 義不爲亂倫之始. 〔**宋 眞德秀·大學衍義**〕白黑相和, 黑必揜白, 薰蕕共器, 蕕必揜薰. 〔**劉峻·辨命論**〕薰蕕不同器, 梟鸞不接翼.

長江後浪推前浪.

揚子江의 뒷 물결이 앞 물결을 밀어서 서로 이어가다. (喻) 새로 생긴 사물이 오래된 사물과 끊임없이 교체되다. 부단한 혁신의 정신을 표현. 뒤에 있는 자가 앞에 있는 자를 밀며 계속 전진하다. / 한 세대가 한 세대를 교체시키다. / 인사를 경질하여 신진대사하다. (長江 : 긴 강. / 揚子江의 다른 이름.) → **長江後浪催前浪.** → **後浪推前浪. 後浪催前浪.**

〔**宋 文珦·過苕溪 詩**〕只看後浪催前浪, 當悟新人換舊人. 〔**元 王子一·誤入桃源**〕水呵抵多少○○○○○○○, 花呵早則一片西飛一片東, 歲月怱怱. 〔**張協狀元**〕長江後浪催前浪, 一替新人趲舊人. 覆相公, 有何鈞旨. 〔**元 揚景賢·西遊記**〕一坐金山十數春, 眼前景物逐時新. 長江後浪催前浪, 一替新人換舊人. 〔**元 賈仲名·對玉疏**〕常言道後浪催前浪. 〔**明 羅懋登·西洋記**〕長江後浪催前浪, 世上新人趲舊人.

載重而馬羸, 雖造父不能以致遠.

리　보

무거운 짐을 실은 수레를 끄는 말이 피로할 때는 비록 말을 잘 부리는 周나라 穆王의 말 잘 모는 신하인 造父도 먼 곳에 가게할 수는 없다. 누구라도 자연의 성(性), 세(勢), 도(道)를 거슬러서 공업을 이룰 수 없다는 뜻. (羸 : 고달프다. 피로하다./ 여위다.)

〔**淮南子·主術訓**〕○○○○○, ○○○○○○○○○. 車輕良馬, 雖中工可使追速.

前人田土後人收, 後人收得休歡喜, 更有收人在後頭.

앞 사람의 농토를 뒷 사람이 차지했다 하여, 뒷 사람은 그 차지한 것을 기뻐하지 말 것이니, 그것은 다시 차지할 사람이 바로 뒤에 있기 때문이다. (田土 : 농토. 논밭. 收 : 거두어 들이다. 차지하다. 가지다. 收得 : 거두어 들이다. 차지하여 가지다. 休 : …하지 말라. 그만 두어라. 금지나 말리는 뜻을 나타낸다. 歡喜 : 크게 기뻐하다. 즐거워하다. 後頭 : 바로 뒤.)

〔**宋 江萬里·宣政雜錄·記伎者 詩**〕百尺竿頭望九州, ○○○○○○○, ○○○○○○○, ○○○○○○○.

酒極則亂, 樂極則悲, 萬事盡然.

술이 절정에 이르면 어지러워지고, 즐거움이 절정에 이르면 슬퍼지는 것이니, 세상의 모든 일은 다 그러한 것이다. (盡然 : 모두 그러하다.)

〔**莊子·知北遊**〕山林與,皐壤與, 使我欣欣然而樂與, 樂未畢也, 哀又繼之. 哀樂之來吾不能禦. 其去, 弗能止. 〔**漢文帝·秋風辭**〕歡樂極兮哀情多. 〔**淮南子·道應訓**〕夫物盛而衰, 樂極則悲,. 日中則移, 月盈而虧. 〔**史記·滑稽列傳**〕○○○○, ○○○○, ○○○○, 言不可極, 極之而哀. 〔**劉知遠諸宮調**〕常言道, 樂極悲來. 知遠入舍不及百日, 丈人丈母弁亡.

衆生必死, 死必歸上, 此之謂鬼.

생명을 가지고 있는 사람과 모든 동물은 반드시 죽는 것이고, 죽으면 반드시 땅 속으로 돌아가야 하는 것이니 이것을 귀(鬼)라고 말한다. (補) 뼈와 살이 땅 속에서 썩으면 그 기운(氣)은 치솟아 위로 올라가서 빛을 내는 광원(光源)이 되고 향기가 서려 올라 사람의 정신을 감동시키게 하니, 이것이 백물(百物)의 혼(精靈)이며 곧 신(神)으로 감지될 수 있는 것이다. 위의 귀와 신을 귀신(鬼神)이라고 말한다. (衆生 : 생명을 가지고 있는 사람과 모든 동물. / 많은 사람들. / 부처의 구제를 받는 인간 및 감정을 가진 일체의 생물. ※ 불교 용어.)

〔**禮記·祭義**〕○○○○, ○○○○, ○○○○. 骨肉斃于下, 陰爲野土. 其氣發揚于上, 爲昭明, 焄蒿, 悽愴, 此百物之精也, 神之著也. 因物之精, 制爲之極, 明命鬼神, 以爲黔首則, 百衆以畏, 萬民以服.

尺蠖食黃, 則其身黃. 食蒼, 則其身蒼.

확

자벌레는 노란 잎을 먹으면 그 몸도 노란색이 되고, 푸른 잎을 먹으면 그 몸도 푸른색이 된다. (喩) 생물의 형색은 먹이에 따른다. / 생물은 환경의 변화에 적응하여 산다. / 신하들은 임금이 좋아하는 것을 따라서 한다.

〔**晏子春秋·不合經術者**〕臣(弦章)聞之, ……, 夫○○○○, ○○○○, ○○, ○○○○. 君其猶有諂人言乎. 〔**說花·君道**〕臣(弦章)聞之, ……, 夫○○○○, ○○○○, ○○, ○○○○. 君其猶有諂人言乎. 〔**藝文類聚·虫豸部**〕晏子曰, 弦章謂景公曰, 尺蠖食黃卽身黃, 食蒼卽身蒼.

天地之道, 極則反, 滿則損.

천지 자연의 도는 궁극에 달하면 곧 본래대로 되돌아오고, 가득 차면 곧 덜게 되는 것이다. 추운 겨울이 가면 따뜻한 봄이 오고, 둥근 보름달이 초생달이 되듯이 사물이 변천, 순환하는 것이 천지 자연의 도라는 뜻. → **物極則反**.

〔**鶡冠子·環流**〕美惡相飾, 命曰復周, 物極則反, 命曰環流. 今人云, 物極必反是也. 〔**呂氏春秋·博志**〕故天子不處全. 不處極. 不處盈, 全則必缺, 極則必反. 盈則必虧, 先王知物之不可兩大. 〔**韓氏外傳·卷五**〕夫五色雖明, 有時而渝. 豊交之木, 有時而落. 物有盛衰, 不得自若. 故三王之道, 周則復始, 窮則反本, 非務變而已. 〔**淮南子·泰族訓**〕天地之道, 極則反, 盈則損. 五色雖朗, 有時而渝, 茂木豊草, 有時而落, 物有隆殺, 不得自若. 故聖人事窮而更爲, 法弊而改制, 非樂變古易常也. 〔**說苑·談叢**〕○○○○, ○○○, ○○○. 五采曜眼, 有時而渝. 茂木豊草, 有時而落, 物有盛衰, 不得自若. 〔**說苑·談叢**〕極則反, 滿則損. 故君子弗滿弗極也.

草木纔零落, 便露萌穎於根底. 時序雖凝寒, 終回陽氣於飛灰.
재　　　맹 영

초목이 이제 막 시들어 떨어지면 곧 바로 뿌리밑으로부터 새싹과 꽃망울이 드러나고, 계절은 비록 얼어붙는 추위이지만 마침내 날아오르는 재에서 생동하는 봄기운이 돌아온다. 천지 자연은 만물을 죽게하는 가운데서도 언제나 새로이 나서 자라게 하는 뜻을 가지고 있음을 이르는 것. (纔 : 방금. 이제. 막. 零落 : 꽃.잎이 말라 떨어지다. 시들다. 露 : 나타내다. 드러내다. 萌 : 새싹. 穎 : 꽃망울. 時序 : 절기의 돌아가는 차례. 凝寒 : 얼어붙은 듯한 추위. 몹시 춥다. 陽氣 : 만물이 싹트기 시작하는 기운. 생동하는 봄의 기운. 飛灰 : 날아오르는 재. 옛날 中國에서 대나무통에 갈대를 태운 재를 넣어두고, 동지가 되어 양기가 돌아오면 통 속의 재가 날아 밖으로 나왔다는데, 그것으로 절기를 알았다 한다.)

〔**菜根譚·後百十二**〕○○○○○, ○○○○○○○, ○○○○○, ○○○○○○○.

草食之獸, 不疾易藪, 水生之蟲, 不疾易水.
부　역 수

풀을 먹는 짐승은 (풀만 먹을 수 있으면) 늪을 바꾸는 것을 괴로워하지 않고, 물 속에 사는 벌레는 물을 바꾸는 것을 괴로워하지 않는다. (喩) 사람의 생활에 작은 변화가 있더라도 큰 환경이 흔들리지 않으면 불평하지 않고 순응한다. (藪 : 늪. 못. 호수. 疾 : 앓다. 괴로워하다. 근심하다.)

〔**莊子·田子方**〕(老聃)曰, ○○○○, ○○○○, ○○○○, ○○○○. 行小變而不失其大常也.

沉舟側畔千帆過, 病樹前頭萬木春.
침

침몰한 배 옆 부근으로 수많은 배들이 지나가고, 병든 나무 앞에 온갖 나무들이 봄을 맞는다. (喩) 썩은 물건의 주위에 새로 난 물건이 여전히 끊임없이 자라나다. 낡은 것은 사라지고 새롭고 진보적인 것이 뒤이어 왕성하게 나타나다. 성쇠의 두 현상을 비추는 정경을 묘사한 것. (沉 : 가라앉다. 침몰하다. 沈의 속자. 畔 : 논·밭의 경계인 두둑. 강·호수·도로 등의 가. 가장자리. 주위. 부근. 前頭 : 앞. 전면.)

〔**唐 劉禹錫·酬樂天揚州初逢席上見贈 詩**〕○○○○○○○, ○○○○○○○. 今日聽君歌一曲, 暫憑杯酒長精神.

鮑肆不知其臭, 翫其所以先入.
사　　　완

소금에 절인 생선을 파는 상점의 주인은 그 생선의 나쁜 냄새를 알지 못하는데, 그것은 그 자리에 오래 머물러 있어서 습관이 되어버렸기 때문이다. (喩) 어떤 환경에 오래 있으면 이에 감염될 수 있다. (鮑肆 : 소금에 절인 생선을 파는 상점. 翫 : 습관이 되다. 익숙해지다. 先入 : 오래도록 한 곳에 있다. 한 가지 일에 친숙해짐.)

〔**漢 東方朔·七諫**〕聯黃芷以爲佩兮, 過鮑肆而失香. 〔**漢 張衡·東京賦**〕凡人心是所學, 體安所習. ○

○○○○○, ○○○○○○.

黃河如帶, 泰山若厲.
려

黃河가 옷띠처럼 가늘게 변하고, 泰山이 숫돌과 같이 작아지다. 옛날 조정에서 제후에게 봉토를 나누어줄 때 서약하는 말로 쓰였다. 현재는 시간이 매우 오래 지나 산하가 크게 변화한 것을 표시. / 절대로 변할 수 없는 일을 의미. (厲 : 갈다. / 숫돌 ≒ 礪.) → **河山帶厲. 帶礪河山.**

〔**史記·表·高祖功臣侯者年表**〕封爵之誓曰, 使河如帶, 泰山若厲. 國以永寧, 爰及苗裔. 〔**唐 司馬貞·索隱**〕引應劭曰, 封爵之誓, 國家欲使功臣傳祚無窮. 〔**漢 陸賈·楚漢春秋**〕高祖封侯, 賜丹書鐵券曰, 使黃河如帶, 太山如礪, 漢有宗廟, 爾無絶世. 〔**張昱·輦下曲**〕功臣帶礪河山誓, 萬世千秋樂未終. 〔**明 張岱·賀魯國主冊封啓**〕伏願黃河如帶, 泰山如礪 ……臨啓不勝歡舞頌祝之至.

Ⅳ. 自然의 勢와 用途

1. 크기의 大小·量의 多少·勢의 强弱

假令僕伏法受誅, 若九牛亡一毛, 與螻蟻何以異.
주 누의

가령 내가 법에 굴복하여 형벌을 받아 죽임을 당한다면 이것은 아홉 마리의 소에서 털 하나를 잃은 것과 같은 것이니, 이는 땅강아지니 개미의 하잘 것 없는 것들과 무엇이 다르겠는가? 지금 죽는 것은 아무 보람없는 헛된 것이 된다는 뜻. 司馬遷 자신이 아무 보잘 것 없는 미미한 존재에 불과하다고 스스로 비하, 자조한 말. (由) 북쪽 흉노의 침범이 잦아 漢武帝는 장군 李陵을 시켜 치게 했지만 오히려 패하고 항복까지 해버려 그를 역적으로 몰았다. 그러나 친구인 司馬遷은 그를 두둔하고 나섬으로써 하옥당한데다가 무고를 당해 궁형(宮刑)을 받았다. 司馬遷은 극도의 치욕을 느낀 나머지 자살을 생각했으나 아버지 司馬談의 "中國 최초의 통사(通史)를 쓰라"는 유언을 생각하고 위와 같은 그 자신의 심정을 친구 任少卿에게 편지로 알렸던 것. (僕 : 저, 자신의 겸칭, 비칭. 伏法 : 법에 따라 형벌을 받다. 伏은 굴복하다. 복종하다. 잘못을 인정하다. 受誅 : 죽임을 받다. 곧 사형 당하다. 九牛亡一毛 = 九牛一毛 : 아홉 마리의 소에서 털 한 개를 잃다. 극히 많은 수 중에서 가장 적은 수를 비유. 지위가 낮아 문제 삼을 만한 것이 못된다는 비유. 亡은 잃다. 없어지다.) → **九牛亡一毛. 九牛一毛.**

〔 **司馬遷·報任安書(報任少卿書)** 〕 ○○○○○○○, ○○○○○○, ○○○○○○. 〔 **朱熹·繳納南康任滿合奏禀事件狀** 〕 此于大農之經費, 不足以當九牛之一毛.

彊弩之極矢, 不能穿魯縞. 衝風之末力, 不能漂鴻毛.
노 호

강한 쇠뇌로 쏘아 최후에 이른 화살은 가장 얇은 魯나라의 비단도 뚫지 못하며, 세찬 바람이 약해져 최후에 이른 힘은 가장 가벼운 기러기털도 띄우지 못한다. (喩) 강한 힘도 일단 쇠약해지면 아무런 작용도 할 수 없다. / 영웅도 쇠해진 말로에는 아무런 일도 이루지 못한다. (弩 : 고대에 활을 쏘던 기계인 쇠뇌. 彊弩之極矢 : 강한 쇠뇌로 쏘아서 최후에 이른 화살. 縞 : 명주. 비단. 魯縞 : 魯나라에서 만든 비단으로 가장 얇은 물건의 비유. 衝 : 힘차다. 세차다. 세다. 맹렬하다. 末力 : 최후의 힘. 최후로 띄우는 힘을 이른다. 漂 : 뜨다. 떠돌다. 표류하다.) → **彊弩之極矢. 强弩之末.**

〔 **史記·韓長孺列傳** 〕 安國曰, ……. 且○○○○○, ○○○○○. ○○○○○, ○○○○○. 非初不勁, 末力衰也. 〔 **新書·善謀二** 〕 御史大夫曰, ……. 夫衝風之衰也, 不能起毛羽, 强弩之末力, 不能穿入魯縞. 盛之有衰也, 猶朝之必暮也. 〔 **三國志·蜀志·諸葛亮傳** 〕 聞追豫州, 輕騎一日一夜行三百餘里. 此所謂强弩之末 勢, 不能穿魯縞者也. 〔 **清 黃小配·洪秀全演義** 〕 强而用之, 如强弩之末, 難穿魯縞, 宜令暫行修養. 然後見機北進可也.

彊先不己若者. 柔先出於己者.
기

강함은 자기만 못한 자에게 앞서지만, 부드러움은 자기보다 뛰어난 자에게 앞선다. 부드러움이 강함을 이긴다는 도가(道家)의 주장의 일단을 기술한 것. (先 : 앞서다. 뛰어넘다. 이끌다. 不己若者 : 자기와 같지 못한 사람. 자기보다 못한 사람. 出 : 뛰어나다. 우수하다.)

〔**列子·黃帝**〕……, 故上古之言, ○○○○○○, ○○○○○○. 先不己若者, 至於若己, 則殆矣. 先出於己者, 亡所殆矣.

彊者善攻, 弱者不能守.

강대함이란 것은 공격을 잘 하는 것이고, 약소함이란 것은 잘 수비할 수 없는 것이다.

〔**史記·平原君虞卿列傳**〕語曰, ○○○○, ○○○○○. 今坐而聽秦, 秦兵不獘而多得地, 是彊秦而弱趙也.

車載斗量, 不可勝數.

거

수레에 실은 물건을 말로 되는 것은 그 수가 많아서 이루 다 될 수 없다. 물건이 아주 많은 것을 이르는 말. → **車載斗量. 斗量車載. 車量斗數.**

〔**三國志·吳志·吳主權傳**〕權遣趙咨使魏. < 裴松之注 > 吳書, 咨字德度, 博聞多識, 應對辯捷, 魏文帝善之曰, 吳如大夫者幾人. 咨曰, 聰明特達者八. 九十人, 如臣之比, ○○○○, ○○○○. 〔**梁 徐陵·在吏部尙書答諸求官人書**〕四軍五校, 車載斗量. 〔**十八史略·近古·晉·六朝篇**〕(趙) 咨曰, 聰明特達者八九十人, 如臣之比, ○○○○, ○○○○. 〔**故事成語考**〕車載斗量之人, 不可勝數.

具合菽粟之微以滿倉廩, 合疏縷之緯以成幃幕, 太山之高非一石也, 累卑然後高也.

숙 속 름 루 위 위

콩과 조의 그 작은 것이 모두 모여서 창고를 가득 채우게 되고, 성긴 명주의 씨실이 모여서 휘장막이 된다. 太山이 높은 것은 돌 하나로 된 것이 아니며, 낮은 것이 쌓인 연후에야 높아지는 것이다. 작은 것이 모여서 큰 것이 된다는 뜻. (具 : 모두. 낱낱이. 菽粟 : 콩과 조. 微 : 작은 것. 매우 작은 것. 倉廩 : 창고. 縷 : 실. 실 한 가닥. 緯 : 씨실. 幃 : 휘장. 累는 쌓이다.)

〔**晏子春秋·諫下**〕具合升鼓之微以滿倉廩, 合疏縷之緯以成帳幕, 太山之高, 非一石也, 累卑然後高. 〔**說苑·正諫**〕○○○○○○○○○○○, ○○○○○○○○○○, ○○○○○○○○, ○○○○○○. 〔**說苑·政理**〕順針縷者成惟幕, 合升斗者實倉廩, 竝小流而成江海.

狼衆食人, 人衆食狼.

이리의 무리는 사람을 잡아먹고, 사람의 무리는 이리를 잡아먹는다. (喩) 큰 것이 작은 것을 이기고, 많은 것이 적은 것을 이긴다. / 하나의 세력이 커지면 곧 누구에게도 이길 수 있다. → **狼衆食人.**

〔**論衡·調時**〕○○○○, ○○○○. 敵力角氣, 能以小勝大者希, 爭强量功, 能以寡勝衆者鮮.

雷音之下, 有鼓難鳴.
뇌

우뢰소리가 나는 가운데에서는 북을 울리기 어렵다. (喻) 약소한 세력·힘·능력은 강대한 세력·힘·능력 앞에서는 어떤 작용을 발휘하기 어렵다.

〔**敦煌變文集·廬山遠公話**〕○○○○, ○○○○, 碧玉之前, 那有寸鐵. 〔**五燈會元**〕曰, 雷門之下, 布鼓難鳴. 師曰, 八花球子上, 不用繡紅旗.

單絲不成線, 獨樹不成林.

외가닥 실오라기는 실이 되지 못하며, 한 그루의 나무만으로는 숲을 이루지 못한다. (喻) 사람 수가 적고 세력이 외로우면 일을 완수할 수 없다. 혼자의 힘·역량으로는 큰 일을 이룰 수 없다. ＝ **獨木不成林. 獨木不林. 孤樹不成林. 單絲不綫. 柯不成樹.**

〔**漢 崔駰·達旨**〕蓋高樹靡林, 獨木不成林. 〔**宋 郭茂倩·樂府詩集·紫騮馬**〕梁曲曰, 獨柯不成樹, 獨樹不成林. 〔**元 左克明·苦樂府·紫騮馬**〕(위 樂府詩集 내용과 동일.) 〔**明 施耐庵·水滸傳**〕單絲不成線, 孤掌豈能鳴. 〔**清 曹雪芹 等 紅樓夢**〕○○○○○, ○○○○○.

大同而與小同異, 此之謂小同異. 萬物畢同畢異, 此之謂大同異.

거의 같은 것(大同)과 조금같은 것(小同)은 서로 다른 것이니, 이것을 조금 같으면서도 다른 것(小同異)이라고 이르며, 만물이 완전히 같은 것과 완전히 다른 것, 이것을 거의 같으면서도 다른 것(大同異)이라고 이른다. 여기에서 거의 같고 조금만 다르다는 의미의 대동소이(大同小異)라는 말이 나왔다. 사물을 비교할 때 그 차별이 별로 크지 않음을 형용하는 말이다. (大 : 크게. 아주. 매우. 거의. 대체로. 畢 : 모두. 완전히. 전부.) → **大同小異. 大同而小異.**

〔**莊子·天下**〕天與地卑, 山與澤平. 日方中方睨, 物方生方死. ○○○○○○○, ○○○○○○. ○○○○○○, ○○○○○○. 〔**三國志·魏志·東沃沮傳**〕其言語與句麗大同, 時時小異. 〔**唐 盧仝與馬異結交 詩**〕同不同異不異, 是謂大同而小異. 〔**朱熹·中庸章句**〕此與論語文意, 大同小異, 記有詳略耳.

單則易折, 衆則難摧.
즉 이 최

(화살) 한 개를 꺾기는 쉬우나, 여러 개를 한꺼번에 부러뜨리기는 어렵다. (喻) 한 사람의 역량으로는 성공할 수 없는 일도 여러 사람이 합심하면 쉽게 이룰 수 있다. (摧 : 꺾다. 부러지다. 부러뜨리다.)

〔**北史·吐谷渾傳**〕阿豺命母弟慕利延曰, 汝取一隻箭折之, 延卽折之, 汝又取十九隻折之, 延不能折. 阿豺曰, 汝曹知否, ○○○○, ○○○○, 戮力一心, 然後社稷可固也.

獨視不若與衆視之明也, 獨聽不若與衆聽之聰也, 獨慮不若與衆慮之工也.

혼자 보는 것은 여럿이 보는 것보다 밝게 보지 못하고, 혼자 듣는 여럿이 듣는 것보다 분명히 듣지 못하며, 혼자 걱정하는 것은 여럿이 걱정하는 것보다 세밀하게 하지 못한다. 국가나 기타 조직 단체의 의사결정, 운영 등에 많은 사람들이 참여하는 것이 정확하고 공정하고 효률적임을 이르는 말. (明 : 눈이 밝다. 보는 눈이 정확하다. 聽 : 귀가 밝다. 분명하게 듣다. 工 : 정교하다. 세밀하다.)

〔 **韓詩外傳·卷五** 〕 故○○○○○○○○○○○, ○○○○○○○○○○○, ○○○○○○○○○○○. 〔 **新序·雜事五** 〕 君子曰, 天子居闉闕之中, 帷張之內, 廣厦之下, 旃茵之上, 不出襜幄, 而知天下者, 以有賢左右也. 故獨視不如與衆視之明也, 獨聽不如與衆聽之聰也.

斗筲之器盛千鍾.

(筲 소)

한 말, 한 말 두 되들이의 작은 그릇으로 천 종이나 되는 많은 양을 받아들이다. (喩) 적은 사물이 큰 작용(또는 효과, 역할, 영향)을 일으킬 수 있다. (斗 : 한 말들이 목제용기. 筲 : 한 말 두 되들이 죽제용기. 斗筲 : 기량이 좁은 사람의 비유. 녹봉이 적음을 비유. 盛 : 담다. 채우다. / 받다. 받아들이다. 鍾 : 100斗)

〔 **元 戴善夫·風光好** 〕 俗語云, …… ○○○○○○○.

蠹啄剖梁柱, 蟁䖟走牛羊.

(啄剖 탁부, 蟁䖟 문맹)

나무좀이 들보나 기둥을 깨뜨리고, 모기나 등에는 소나 양을 물어서 달아나게 한다. (喩) 작은 걱정꺼리가 큰 해로움을 만든다. / 작은 것이 큰 것을 이기고, 약한 것이 강한 것을 이기다. (蠹 : 좀. 나무좀. 啄 : 쪼다. 剖 : 쪼개다. 가르다. 깨뜨리다. 蟁 : 모기. = 蚊 : 본자. 䖟 : 등에. = 虻.)

〔 **淮南子·人間訓** 〕 禍生而不蚤滅, 若火之得燥, 水之得溼, 浸而益大. 癰疽發於指, 其痛遍於體. 故○○○○○, ○○○○○, 此之謂也. 〔 **說苑·談叢** 〕 蠹蝝仆柱梁, 蚊䖟走牛羊. 〔 **明 王褘·卮辭** 〕 蠹蟻仆柱梁, 蚊䖟走牛羊, 小人雖寡, 爲害蓋甚巨也.

猛獸不如群狐.

한 마리의 맹수는 무리를 지은 여우보다는 못하다. (喩) 훌륭한 재능 있는 사람도 많은 사람과 대적할 수 없다.

〔 **晉書·王鎭惡傳** 〕 語曰, ○○○○○○. 卿等十餘人何懼王鎭惡.

猛獸呑狐, 泰山壓卵.

(呑狐 탄호)

사나운 짐승이 여우를 삼키고, 태산이 계란을 누르다. (喩) 지극히 큰 힘으로 지극히 작은 것을 여지없이 누르다. 일을 하기가 극히 용이하다. / 강한 자가 약한 자를 억압함으로써 요행으로 모면할 것을 바라기 어렵다. → **泰山壓卵. 排山壓卵.**

〔**晉書·孫惠傳**〕況履順討逆, 執正伐邪, 是……, ○○○○, ○○○○, 因風燎原, 未足方也. 〔**晉書·杜有道妻嚴氏傳**〕排山壓卵, 以湯沃雪. 〔**梁武帝·帝討侯景檄**〕捧崑崙而壓卵. 〔**東周列國志**〕兩路大軍, 如太山壓卵一般, 須臾攻破.

蚊虻之力不如牛馬, 牛馬困于蚊虻.

모기와 등에의 힘은 소나 말과 같지 못하나, 소나 말이 모기와 등에에게 시달린다. (喩) 강대한 사물이 많은 약소한 사물에 의하여 제압당하다. (困 : 고생하다. 시달리다. 곤경에 빠지다.)

〔**論衡·物勢**〕○○○○○○○○○, ○○○○○○○, 蚊虻乃有勢也.

麋(미)鹿成群, 虎豹避之. 飛鳥成列, 鷹(응)鷲(취)不擊. 衆人成聚, 聖人不犯.

큰 사슴과 사슴이 무리를 이루면 호랑이와 표범도 이를 피해가고, 나는 새가 대열을 지으면 매나 독수리도 공격하지 못하며, 많은 사람이 무리를 이루면 성인도 그들을 침범하지 못한다. 무리의 힘이 큼을 이르는 것. (聚 : 무리. ≒ 衆.)

〔**說苑·雜言**〕○○○○, ○○○○. ○○○○, ○○○○. ○○○○, ○○○○.

百不爲多, 一不爲少.

백이 많은 것은 아니지만 하나가 적은 것도 아니다. (喩) 착한 사람은 백 사람이 있어도 많은 것이 아니며, 한 사람일지라도 적은 것이 아니다. / 질이 좋은 것이면 수량의 다소를 고려할 필요가 없다.

〔**南史·任昉傳**〕幼而聰敏, 早稱神悟, 四歲誦詩數十篇, 八歲能屬文, 自製月儀, 辭義甚美, 褚彦回嘗遙曰, 聞卿有令子, 相爲喜之, 所謂○○○○, ○○○○, 由是聞聲藉甚.

使羊將狼也, 皆不肯爲盡力, 其無功必矣.

양으로 하여금 이리를 거느리게 하면 (그 부하들은) 모두 있는 힘을 다하려고 하지 아니하여 그 공이 이루어지지 못한다. 약자가 강자를 통솔하도록 하면 필연 성공하기 어렵게 됨을 이르는 것. (不肯 : 응낙하지 아니하다. 즐기어 하고자 아니하다. 必 : 이루어내다.) → **使羊將狼.**

〔**史記·留侯世家**〕太子所與俱諸將, 皆嘗與上定天下梟將也, 今使太子將之, 此無異○○○○○, ○○○○○○, ○○○○○.

小固不可以敵大, 寡固不可以敵衆, 弱固不可以敵彊.

작은 것은 본래 큰 것에 대항할 수 없고, 적은 것은 본래 많은 것에 대항할 수 없고, 약한 것은 본래 강한 것에 대항할 수 없다. 본문에서는 "작은 나라는 본래 큰 나라에 대항할 수 없는 것이고, 적은 수의 병력은 본래 많은 수의 병력에 대항할 수 없는 것이며, 약한 세력은 본래 강한 세력에 대항할 수 없는 것"이라는 의미. (固 : 본래. 본디. 원래. / 진실로. 참으로.) → **衆寡不敵.**

〔**孟子·梁惠王上**〕(孟子)曰, 鄒人與楚人戰, 則王以爲孰勝. (王)曰, 楚人勝. (孟子)曰, 然則○○○○○○○, ○○○○○○○, ○○○○○○○. 〔**韓非子.難三**〕夫物衆而智寡, 寡不勝衆, 故因物以治物. 下衆而上寡, 寡不勝衆, 故因人而知人. 〔**汲塚周書(逸周書)·芮良夫**〕民至億兆, 後一而已, 寡不敵衆, 後其危哉. 〔**宋 歐陽修.新五代史.雜傳.王珂**〕梁兵爲阻, 衆寡不敵. 〔**明 羅貫中·三國演義**〕用江東六郡之卒, 當中國百萬之師. 衆寡不敵, 海內所共見也.

松柏之下, 其草不殖.

소나무와 잣나무 밑에서는 풀이 무성하게 자라나지 못한다. (喩) 약한 것, 작은 것은 강한 것, 큰 것에 눌려 기를 펴지 못한다. (殖 : 번성하다. 자손이 번성하다. 풀이 무성하다.)

〔**春秋左氏傳·襄公二十九年**〕鄭行人子羽曰, 是謂不宜, 必代之昌, ○○○○, ○○○○.

銖銖而稱之, 至石必差. 寸寸而度之, 至丈必過.
수 탁

무게를 한 수(銖) 한 수(銖)씩 달면 한 섬을 다 다는 데에는 반드시 차이가 생기고, 길이를 한 치 한 치씩 재어나가면 한 장(丈)을 다 재는 데에는 반드시 잘못이 있다. 무게·길이를 잴 때 조금씩 나누어 재어 나가면 많은 양·먼 거리에 이르러서는 반드시 큰 차이가 난다는 뜻. (銖 : 무게의 단위로 1량의 21분의 1. 근소한 양의 뜻. 石 : 무게의 단위로 120근. 寸 : 길이의 단위로 한 자의 10분의 1. 度 : 헤아리다. 광협 · 장단을 재다. 丈 : 길이의 단위로 10자.)

〔**枚乘·諫吳王書**〕夫○○○○○, ○○○○. ○○○○○, ○○○○. 石稱丈量, 徑而寡失. 〔**孔叢子**〕寸而度之, 至丈必過. 銖而稱之, 至石必過. 石稱大量, 徑而寡失.

獸深居而簡出, 懼物之爲害己也, 猶且不脫焉. 弱之肉, 彊之食.

짐승이 깊은 곳에 머물면서 때를 가려 나오는 것은 다른 짐승이 자기를 해칠 것을 두려워하고, 또 그 해침을 벗어날 수 없기 때문이다. 약한 짐승의 고기를 강한 짐승이 먹기 때문이다. (居 : 일정한 곳에 머물다. 자리잡다. 일정한 자리를 차지하다. 簡出 : 때를 가려 나오다. 猶 : …에 말미암다. … 때문이다. ≒ 由. 弱肉彊食 : 약한 동물의 고기를 강한 동물이 먹다. 역량이 적은 것이 그 큰 것에게 괴로움을 당하고 먹힌다는 비유. / 약소국이 강대국에 의하여 병탄당한다는 비유.) → **弱肉强食.**

〔**韓愈·昌黎先生集·送浮屠文暢師序**〕夫鳥俛而啄, 仰而四顧, 夫○○○○○○, ○○○○○○○, ○○○○○. ○○○, ○○○. 〔**明 瞿佑·剪燈新語**〕自蓋前朝失政, 列郡受兵, 大傷小亡, 弱肉强食. 〔**劉基·秦女休行**〕有生不幸遭亂也, 弱肉强食官無誅.

豺能殺虎, 鼠可害象.
시　　　서

승냥이가 호랑이를 죽일 수 있고, 쥐가 코끼리를 해칠 수 있다. (喩) 약하고 작은 것도 강하고 큰 것과 싸워서 이길 수도 있다.

〔**宋 羅大經·鶴林玉露**〕○○○○, ○○○○, 一夫足以勝禹, 三戶可以亡秦.

豺狼雖小, 志敵猛虎.
시

승냥이와 이리가 비록 작지만 사나운 호랑이와 겨를 뜻을 가지다. (喩) 비천한 사람 또는 평범한 사람이 재능이 출중한 사람과 맞설 생각을 가지다.

〔**明 蒲俊卿·雲臺記**〕主公, 常言道, ○○○○, ○○○○, 何輕視小人.

豺狼在牢, 其羊不繁.
시　　뢰

승냥이와 이리가 한 우리 안에 있으면, 양들이 번성하지 못한다. (喩) 무자비한 자와 약한 자가 한 곳에 있으면 약한 자들은 억눌림 속에 기를 펴지 못한다. / 잔인 포악한 권신(權臣)들이 발호하는 나라에서는 백성들이 번성할 방법이 없다. (豺狼 : 승냥이와 이리. 무자비한 사람의 비유. 잔인 포악한 권신의 비유. 牢 : 가축을 기르는 우리. 외양간. 나라의 비유. 양은 백성의 비유. 繁 : 무성하다. 번성하다.) → 豺狼在牢.

〔**韓非子·揚推**〕一棲兩雄, 其鬭㘖㘖. ○○○○, ○○○○. 一家二貴, 事乃無功, 夫妻持政, 子無適從.

十人種竹, 一年成林, 一人種竹, 十年成林.

열 사람이 대를 심으면 일년에 숲이 이루어지지만, 한 사람이 대를 심으면 십년이 되어야 숲이 이루어진다. (喩) 많은 사람이 함께 일을 해야 효과를 빨리 볼 수 있다. / 기초가 튼튼하면 바로 성취할 수 있다.

〔**明 徐光啓·農政全書**〕諺云, 一人種竹十年盛, 十人種竹一年盛. 言須大科移植, 方不傷其根也. 〔**淸 李亨特 等·紹興府志**〕竹 ……數幹相連則易生. 諺曰, ○○○○, ○○○○, ○○○○, ○○○○.

兩硬相逢, 必有一個損傷.
경

두 개의 단단한 것이 맞닥뜨리면 반드시 그 어떤 한 개가 떨어지고 상한다. (喩) 두 사람의 강자가 서로 만나 싸우면 반드시 한 사람이 손상을 받는다. (硬 : 단단하다. 강하다. 억세다. 逢 : 만나다. 맞닥뜨리다.)

〔**劉知遠·諸宮調**〕俗言道, ○○○○, ○○○○○○. 村夫用拳戮, ……知遠 …… 使筋力搭定拳頭, 恰渾如繭綫模樣.

良裘非一狐之腋.
구 호 액

좋은 가죽옷은 한 마리의 여우의 겨드랑이 털로 만들어진 것이 아니다. (喩) 큰 일을 성취하는 데는 한 사람의 힘 만으로 되지 않는다. (腋 : 겨드랑이.)

〔**愼子·知忠**〕狐白之裘, 蓋非一腋之皮也. 〔**宋 陸佃·埤雅**〕天下無粹白狐, 而有粹白之裘者, 掇之衆白也. 傳曰, ○○○○○○○.

涓涓不壅, 終爲江河.
연 옹

가는 물줄기가 천천히 흘러도 막힘이 없으면 끝내는 강이나 바다를 이룬다. (喩) 사소한 사물이 쌓이면 거대한 힘·역량·세력이 된다. / 작은 해를 막지 않으면 장차 큰 재앙을 가져올 수 있다. (涓涓 : 작은 물이 졸졸 흐르는 모양. 壅 : 막다. 막아 통하지 못하게 하다. / 막히다.) = **涓涓之流, 積成江河.**

〔**六韜·守土**〕涓涓不塞, 將爲江河. 熒熒不滅, 炎炎奈何. 〔**孔子家語·觀周**〕○○○○, ○○○○, 綿綿不絶, 或成網羅. 〔**宋 陸九淵·陸象山語錄**〕涓涓之流, 積成江河. 泉流方動, 雖只有涓涓之流, 去江河尙遠 却有成江河之理. 〔**明 兪同甫·防海揖要**〕人心愈怠, 城守愈疏. 脫有貢變, 烽火在庭而不悟矣, 詎細故哉. 語云, 涓涓不止, 流爲江河.

梧桐斷角, 馬氂截玉.
리 절

부드러운 오동나무가 단단한 뿔을 자르고, 약한 말꼬리가 강한 옥을 자른다. (喩) 부드럽고 약한 것이 단단하고 강한 것을 이긴다. (氂 : 꼬리. 얼룩소 · 얼룩말의 꼬리.)

〔**淮南子·說山訓**〕兩堅不能相和, 兩强不能相服. 故 ○○○○, ○○○○.

牛雖瘠, 僨於豚上, 其畏不死.
척 분

소가 비록 말랐다고 해도 돼지 위에 쓰러지면 그 돼지는 두려워서 죽지 않겠는가? (喩) 덩어리가 큰 것은 웬만큼 힘이 빠져도 남은 힘이 적지 않다. / 큰 나라는 국력이 쇠약해졌더라도 침범하면 그 작은 나라는 반드시 망해버린다. (瘠 : 여위다. 파리하다. 수척하다. 僨 : 엎어지다. 쓰러지다.) → **瘠牛僨豚.**

〔**春秋左氏傳·昭公十三年**〕叔向曰, 寡君有甲車四千乘在, 雖以無道行之, 必可畏也, 況其率道, 其何敵之有. ○○○, ○○○○, ○○○○.

越雞不能伏鵠卵, 魯雞固能矣.

부 곡

越나라의 닭은 작아서 고니의 큰 알을 품을 수 없고, 魯나라의 닭은 본래 커서 그렇게 할 수 있다. (喻) 소(小)는 대(大)를 제어하지 못한다. / 도량이 작은 사람에게 큰 일을 맡길 수 없고, 도량이 큰 사람이라야 가능하다. (越雞 : 越나라 닭. 닭이 작다. 지금의 荊雞. 伏 : 알을 까다. 알을 품다. 魯雞 : 魯나라 닭. 닭이 크다. 지금의 蜀雞.) → **越雞不能伏鵠卵.**

〔 **莊子·庚桑楚** 〕庚桑子曰, 辭盡矣. 曰奔蜂不能化藿蠋, ○○○○○○○, ○○○○○. 雞之與雞, 其德非不同也, 有能與不能者, 其才固有巨小也. < 釋文 > 越鷄小雞, 或云荊鷄也. 魯鷄大鷄, 今蜀鷄也.

乳犬噬虎, 伏鷄搏狸.

서 박

새끼를 밴 개가 호랑이를 물어뜯고, 알을 품고 있는 닭이 삵괭이와 싸운다. (喻) 핍박을 받고 있는 약자가 감히 강자와 맞서 싸우다. (伏鷄 : 알을 품고 있는 닭. 搏 : 치다. 때리다. 싸우다.)

〔 **文子·上德** 〕乳犬之噬虎, 伏鷄之搏狸, 恩之所加, 不量其力. 〔 **宋 陸佃·埤雅** 〕巽爲鷄, 巽爲鷄, 兑見而巽伏, 故爲鷄, 鷄知時而善伏故也. 故曰, 乳狗噬虎, 伏鷄搏狸. 〔 **明 戚繼光·練兵紀實** 〕所謂乳犬犯虎, 伏鷄搏狸. 雖有鬪心, 隨之死矣.

柔能制剛, 弱能制强.

부드러운 것이 능히 단단한 것을 제압하고, 약한 것이 능히 강한 것을 제압한다. 단단하거나 강한 것이 먼저 망하고, 부드럽거나 약한 것이 오히려 오래도록 보존된다는 의미. 老子는 그 예로 물을 들고 있다. 물은 이 세상에서 가장 부드럽고 약한 것이지만, 높은 산을 무너뜨리고, 깊은 골짜기를 쓸어 덮으며, 큰 바위를 부숴 작은 모래로 만들고, 쇠붙이를 녹슬게 하여 삭게 하는 것 등으로 단단한 것, 강한 것을 이긴다는 것. → **柔能制剛. 柔之勝剛, 弱之勝强. 柔弱勝剛强. 弱能制强.**

〔 **列子·黃帝** 〕粥子曰, 欲剛必以柔守之, 欲彊必以弱保之. 積於柔必剛, 積於弱必彊. 〔 **三略·上略** 〕軍讖曰, ○○○○, ○○○○. 柔者德也, 强者賊也. 弱者人之所助, 强者人之所攻. 〔 **老子·第三十六章** 〕柔弱勝剛强. 〔 **老子·第四十三章** 〕天下之至柔, 馳騁天下之至堅. 〔 **老子·第五十二章** 〕守柔曰强. 〔 **老子·第七十六章** 〕堅强者死之徒也, 柔弱者生之徒也. 〔 **老子·第七十八章** 〕弱之勝强, 柔之勝剛. 〔 **淮南子·原道訓** 〕欲剛者, 必以柔守之, 欲强者, 必以弱保之. 積於柔則剛, 積於弱則强. ……. 柔弱者生之幹也, 而堅强者死之徒也. 〔 **說苑·敬愼** 〕老子曰, 夫舌之存也, 豈非以其柔耶, 齒之亡也, 豈非以其剛耶. 〔 **後漢書·臧宮傳** 〕黃石公記曰, ○○○○, ○○○○. 柔者德也, 剛者賊也, 弱者仁之助也, 强者怨之歸也. 〔 **明 羅懋登·西洋記** 〕自古道, 柔能勝剛, 弱能勝强. 火母因爲火性不除, 故此不能結成正果. 〔 **清 楊潮觀·吟風閣雜劇** 〕柔勝剛, 弱勝强. 柔之時義大矣哉 〔 **孔叢子** 〕老萊子曰, 子不見夫齒乎, 齒堅剛, 卒盡相磨, 舌柔順, 終以不弊.

霤水足以溢壺榼, 而江河不能實漏巵.

유 일 호 합 누 치

졸졸 흐르는 낙숫물로도 병과 통을 가득 채우고 넘치게 할 수 없지만, 장강(長江)이나 황하(黃河)의 물로도 새는 잔을 채울 수 없다. (喩) 작은 것도 쌓이면 큰 것이 되나, 큰 것도 흩어버리면 아무 것도 남지 않고 다 없어진다. / 사람이 만족할 줄 알고 검약하는 마음이 있으면 큰 재물을 모을 수 있으나, 그런 마음이 없으면 매우 많은 재물도 탕진해버린다. (霤水 : 낙숫물. 溢 : 넘치다. 물이 가득 차 넘치다. 壺 : 병. 술병. 음료수병. 단지. 주전자. 榼 : 통. 술통. 물통. 江河 : 강과 바다. / 장강과 황하. 長江. 黃河. 卮 : 잔. 술잔. = 巵.) → **霤水溢壺榼.**

〔 **淮南子·氾論訓** 〕 ○○○○○○○, ○○○○○○○○. 故人心猶是也. 〔 **鹽鐵論·本議** 〕 川源不能實漏卮, 山海不能贍溪壑.

柔則茹之, 剛則吐之.
여

부드러운 것은 먹고, 딱딱한 것은 뱉어버린다. (喩) 약한 자를 업신여기고, 강한 자를 두려워하다. 착한 사람을 업신여기고, 악한 자를 두려워하다. (茹 : 먹다. 마시다.) ↔ **柔亦不茹, 剛亦不吐.**

〔 **詩經·大雅·烝民** 〕 人亦有言, ○○○○, ○○○○. 維仲山甫, 柔亦不茹, 剛亦不吐, 不侮矜寡, 不畏强禦. < 朱熹 · 集傳 > 不茹柔, 故不侮矜寡. 不吐剛, 故不畏强禦.

溜之細穿石, 綆之細斷幹.
천 경

물방울이 가늘어도 돌을 뚫고, 밧줄이 가늘어도 나무 줄기를 끊는다. (喩) 능력이 비록 작더라도 게으르지 않고 꾸준히 나아가면 성과를 거둘 수 있다. (溜 : 물방울.)

〔 **唐 李觀·李文賓文集** 〕 今歡執事臣之心, 心以修學爲害時, 而他害者千之, 養士爲費財, 而他費者萬之, 殊不知此費無費, 而他費爲費也. 此害無害, 而他害爲害也. 諺所謂○○○○○, ○○○○○. 斯言損益有漸, 非聰哲靡察.

以强凌弱, 以衆暴寡.
능 포

강대한 것이 약소한 것을 괴롭히고, 많은 사람들이 적은 사람들을 해친다. 힘이 강하고 센 무리가 약하고 적은 사람들을 괴롭힘을 형용. (凌 : 얕보다. 괴롭히다. 업신여기다. 暴 : 학대하다. 모질게 굴다. 범하다. 해치다.) → **以强凌弱.**

〔 **莊子·盜跖** 〕 自是之後, ○○○○, ○○○○. 湯武以來, 皆亂人之徒也. 〔 **康有爲·大同書** 〕 于是一鄕自爲一國, 一姓自爲一群, 以衆暴寡, 以强凌弱, 牽鄰之牛, 割鄰之禾, 視爲固然.

日計不足, 歲計有餘.

나날이 계산하면 얼마 밖에 안되지만, 한 해를 두고 계산하면 매우 많이 남는다. 당장은 모자람이 있어도 결국은 큰 여유가 있다는 말. 날마다, 달마다 축적하는 것이 중요함을 강조하는 말.

〔 **文子·精誠** 〕是故聖人象之. 其紀福也, 不見其所以而福起. 其除禍也, 不見其所由而禍除. 稽之不得, 察之不虛. ○○○○, ○○○○. 寂然無聲, 一言而大動天下. 是以天心動化者也. 〔 **莊子·庚桑楚** 〕今吾日計之而不足, 歲計之而有餘. 〔 **南宋 陳善·捫虱新語** 〕讀書惟在記牢, 則日見進益. 陳晉之一日只讀一百二十字, 後遂無書不讀, 所謂○○○○, ○○○○者.

積薄而爲厚, 聚少而爲多.

얇은 것을 쌓으면 두텁게 되고, 적은 것을 모으면 많게 된다.

〔 **戰國策·秦策四** 〕於是夫○○○○○, ○○○○○, 以同言郢威王於側紂之間. 〔 **齊公全傳** 〕衆人扶湊, 聚少成多.

積絲成寸, 積寸成尺, 寸尺不已, 遂成丈匹.

이

실을 쌓아가면 치의 길이가 되고, 치를 쌓아가면 자의 길이가 되며, 치와 자를 (쌓는 것을) 그치지 아니하면 드디어 장과 필의 길이가 된다. 한 점 한 점의 가는 실을 쌓아 방직 짜기를 그치지 않으면 비로소 장의 비단, 필의 비단이 되어간다는 말. (喩) 적은 것을 쌓으면 많은 것이 되고, 작은 것을 쌓으면 큰 것이 된다.

〔 **後漢書·樂羊子傳** 〕一絲而累, 以至於寸, 累寸不已, 遂成丈匹. 〔 **宋 王應麟·小學紺珠** 〕里諺曰, ○○○○, ○○○○, ○○○○, ○○○○. 此語雖小, 可以喩大. 後生勉之.

積羽沈舟, 群輕折軸, 群口鑠金, 積毁銷骨.

삭 훼 소

새의 날개깃이 쌓이면 배를 가라앉히고, 가벼운 것이 많으면 수레의 축을 부러뜨리며, 많은 사람의 입은 금을 녹이고, 헐뜯음이 쌓이면 뼈를 삭인다. (喩) 조그마한 나쁜 일이라도 많이 쌓이면 능히 큰 화를 초래한다. / 여론의 작용이 매우 크다. / 가볍고 작은 물건도 많이 쌓이면 그 무게·분량이 대단하게 된다. (鑠 : 녹이다. 銷 : 삭이다.) → **衆口鑠金. 積毁銷骨. 積羽沈舟.**

〔 **淮南子·繆稱訓** 〕小不善積而爲大不善, 是故積羽沈舟, 群輕折軸, 故君子禁於微. 〔 **史記·張儀列傳** 〕臣聞之, ○○○○, ○○○○, ○○○○, ○○○○. 故願大王審定計議, 且賜骸骨辟魏. 〔 **戰國策·魏策一** 〕臣聞積羽沉舟, 群輕折軸, 衆口鑠金. 故願大王之熟計之也. 〔 **漢 趙陽·獄中上書** 〕故偏聽生奸, 獨任成亂. 昔魯聽季孫之說逐孔子, 宋任子冉之計囚墨翟. 夫以孔墨之辯, 不能自免於讒諛, 而二國以危. 何則. 群口鑠金, 積毁銷骨也. 〔 **抱朴子·嘉遯** 〕羽之積則沈舟折軸, 三至之言則市虎以成. 〔 **唐 李白·雪讒詩贈友人** 〕群輕折軸, 下沈黃泉. 〔 **漢書·中山王傳** 〕叢輕折軸, 羽翮飛肉.

積土成山, 風雨興焉. 積水成淵, 蛟龍生焉.

교

흙이 쌓여 산이 이루어지면 자연히 비바람이 일게 되고, 물이 모여 깊은 못을 이루면 자연히 교룡이 생겨날 수 있다. "선행을 쌓아 미덕을 양성하면 예지가 자연히 터득되어 성스러운 마음이 곧 갖추어진다."는 것을 유도하는 내용. (淵 : 못. 물이 움직이지 않는 깊은 못. 蛟龍 : 이무기와 용. / 비늘이 있는 용. 모두 상상 속의 동물.)

〔**荀子·勸學**〕○○○○, ○○○○. ○○○○, ○○○○. 積善成德, 而神明自得, 聖心備焉. 〔**荀子·儒效**〕積土而爲山, 積水而爲海, 旦暮積謂之歲. 至高謂之天, 至下謂之地, 宇中六指謂之極. 涂之人百姓, 積善而全盡謂之聖人.

衆勝寡, 疾勝徐, 勇勝怯, 智勝愚, 善勝惡, 有義勝無義, 有天道勝無天道.

많은 것은 적은 것을 이기고, 빠른 것은 느린 것을 이기고, 용기는 겁을 이기고, 지혜는 어리석음을 이기고, 선은 악을 이기고, 정의는 부정을 이기고, 천도를 따르는 자는 천도를 어기는 자를 이긴다.

〔**管子·樞言**〕○○○, ○○○, ○○○, ○○○, ○○○, ○○○○○, ○○○○○○○. 凡此七勝者, 貴衆, 用之終身者衆矣.

聚少成多, 積小致鉅(거).

적은 것도 쌓이면 많아지고, 작은 것도 쌓이면 크게 된다. 티끌 모아 태산과 같은 뜻. (致 : 이루다. / 이르다. 鉅. 크다. = 巨.) = **積少成多. 衆積少成多. 積微成箸. 聚沙成塔.**

〔**周易·地風升**〕象辭, 地中生木, 升. 君子以順德, 積小以高大. 〔**荀子·大略**〕夫盡小者大, 積微者箸, 德至者色澤洽 行盡而聲問遠. 〔**漢書·董仲舒傳對策**〕臣聞○○○○, ○○○○. 〔**戰國策·西周策東周策**〕故衆庶成彊, 增積成山, 周君遂不免. 〔**法華經·方便品**〕乃至童子戲, 聚沙爲佛塔, 如是諸人等, 皆已成佛道. 〔**唐 李義山·雜纂**〕財物有簿簿, 積少成多.

鴟(치)目大而眡(시)不若鼠, 蚈(견)足衆而走不若蛇.

올빼미의 눈은 크지만 보는 것은 작은 눈의 쥐만 못하고, 노래기는 발이 많지만 달리는 것은 발이 없는 뱀만 못하다. (喻) 큰 것이 작은 것만 못하고, 많은 것이 적은 것만 못하다. (鴟 : 솔개. / 수리부엉이. / 올빼미. 眡 : 보다. 視의 옛 글자. 蚈 : 노래기. / 개똥벌레.)

〔**淮南子·氾論訓**〕○○○○○○○○○, ○○○○○○○○○. 物固有大不若小, 衆不若少者, 及至夫彊. 危之安, 存之亡也.

馳韓盧而逐蹇(건)兎.

발이 빠른 사냥개 韓盧를 달리게 해서 절름발이 토끼를 쫓게 하다. (喻) 강한 것이 지극히 약한 것을 제압하다. (韓盧 : 韓나라 특산인 검은 색의 사냥용 명견. 逐 : 쫓다. 蹇 : 절뚝거리다.) → **韓盧逐兎.**

〔**戰國策·秦策三**〕范睢曰, ……. 以秦卒之勇, 車騎之多, 以當諸侯, 譬若 ○○○○○○○也, 霸王之業可致. ※ 戰國策 齊策三의 齊欲伐魏 참조.

合升鼓之微, 以滿倉廩(름), 合疏縷(루)之緯(위), 以成幃(위)幕. 太山之高, 非一石也, 累(누)卑然後高.

한 되, 열 말의 적은 곡식도 합치면 창고를 가득 채울 수 있고, 성긴 실의 씨실을 합치면 휘장과 천막을 만들 수 있으며, 太山이 높은 것은 돌 하나로 이루어진 것이 아니고, 낮은 곳에서 쌓인 후에 높아진 것이다. (喩) 작은 것을 많이 합치면 큰 것이 된다. / 세상을 다스리는 것은 한 선비의 말을 활용해서 되는 것이 아니고, 많은 선비의 뜻을 모아야 된다. (鼓 : 열 말. 일설에는 12斛. 縷 : 실. 緯 : 씨실. 幃 : 휘장. 累 : 쌓이다.)

〔**晏子春秋·諫下**〕晏子對曰, ……, 且○○○○○, ○○○○, ○○○○○, ○○○○. ○○○○, ○○○○, ○○○○○. 〔**說苑·正諫**〕晏子對曰, ……, 具合菽粟之微, 以滿倉廩, 合疏縷之緯, 以成幃幕, 太山之高, 非一石也, 累卑然後高也. 夫治天下者, 非用一士之言也. 〔**說苑·政理**〕公叔子曰, ……, 順針縷者成帷幕, 合升斗者實倉廩, 幷小流而成江海.

鼷(혜)鼠殺象, 蜈蚣(오공)殺龍.

생쥐가 코끼리를 죽이고, 지네가 용을 죽이다. (喩) 약소한 자가 강대한 자를 싸워서 이기다.

〔**明 呂坤·續小兒語**〕○○○○, ○○○○. 人休忽微.

2. 事物의 用途

金屑(설)雖貴, 落眼成翳(예).

금가루가 비록 귀한 것이지만 눈에 들어가면 눈병의 한 가지인 삼눈이 된다. (喩) 귀한 물건도 손해를 발생시킬 수 있다. (翳 : 삼눈. 눈병의 한가지.)

〔**五燈會元**〕僧禮拜. 師乃曰, ……, ○○○○, ○○○○.

茶瓶用瓦, 如乘折脚駿登高.

차병을 질그릇으로 쓰는 것은 다리 부러진 준마를 타고 높은 데 올라가는 것과 같다. (喩) 물건이 비록 좋아도 다른 용도로 쓰면 쓸모가 없다. (瓦 : 질그릇. 진흙으로 구워서 만든 그릇.)

〔**唐 蘇廙·十六湯品**〕第十一減價湯, 無由之瓦, 滲水而有土氣, 雖御膀宸緘, 且將敗德銷聲. 諺云, ○○○○, ○○○○○○○○.

鉛不可以爲刀, 銅不可以爲弩, 鐵不可以爲舟, 木不可以爲釜.
연　　　　　　　　　　노

납은 칼을 만들 수 없고, 구리는 쇠뇌를 만들 수 없고, 쇠는 배를 만들 수 없고, 나무는 솥을 만들 수 없다. 물건은 각기 쓰임새가 다르다는 뜻.

〔**淮南子·齊俗訓**〕○○○○○○, ○○○○○○, ○○○○○○, ○○○○○○. 各用之於其所適, 施之於其所宜.

柳下惠見飴曰, 可以養老. 盜跖見飴曰, 可以黏牡.
이　　　　　　　　　　점 모

魯나라 大夫인 柳下惠는 엿을 보고 노인을 부양할 수 있겠다고 말하였고, 도둑 9천명을 거느렸던 큰 도둑 盜跖은 엿을 보고 (대문의) 빗장을 풀칠하여 풀 수 있겠다고 말하였다. 본 물건이 같은 데도 사람에 따라 쓰는 곳이 다름을 이르는 것. (黏 : 풀칠하다. 여기서는 풀칠하여 풀다로 해석. 牡 : 대문의 빗장.)

〔**呂氏春秋·異用**〕仁人之得飴, 以養疾侍老也. 跖與企足得飴, 以開閉取楗也. 〔**淮南子·說林訓**〕○○○○○○, ○○○○. ○○○○○, ○○○○. 見物同而用之異.

操釣上山, 揭斧入淵, 欲得所求難也.

낚싯대를 잡고 산에 올라가고, 도끼를 들고 못에 들어가면 얻고자 하는 것을 구하기 어렵다. (喩) 물건을 적당한 곳에 쓰지 않고 엉뚱한 곳에 쓰면 소기의 목적을 이루지 못한다.

〔**淮南子·說山訓**〕○○○○, ○○○○, ○○○○○○. 方車而蹠越, 乘桴而入胡, 欲無窮不可得也.

侏儒飽欲死, 臣朔飢欲死.
주

난장이가 어느 분량의 음식을 먹으면 배가 불러 죽을 것 같고, 나 東方朔이 그것을 먹으면 배가 고파 죽을 것 같다. (喩) 같은 물건이라도 쓰는 사람에 따라 그 효용이 다르다. (侏儒 : 난장이. 欲 : … 할 것 같다. 臣 : 군주시대의 관리인 신하. / 하인. 노예. 포로. / 군주가 통치하는 백성. / 신하의 자칭. / 秦漢 전에는 자기의 겸칭.)

〔**漢書·東方朔傳**〕朔曰, ……, ○○○○○, ○○○○○.

脂粉雖多, 醜面徒加.

연지와 백분이 비록 많아도 추한 얼굴에는 다만 그것을 덧붙여 바를 뿐이다. (喩) 비록 많이 있어도 아무런 이익이 없다. 무엇을 사용해도 아무런 효과가 없다.

〔**通俗編·婦女**〕唐子引諺曰, ○○○○, ○○○○. 膏澤雖光, 不可潤草.

彈鳥則千金不及丸泥之用, 縫緝則長劍不及數分之針.
집

새를 쏘아 잡는 데는 천 금도 한 덩이의 흙의 쓰임새에 미치지 못하고, 바느질하는 데는 장검도 몇 푼의 짧은 바늘에 미치지 못한다. (喩) 사물은 각기 소용이 있다. (縫 : 바느질하다. 꿰매다. 깁다. 붙이다. 緝 : 길쌈하다. 잇다. / 박다. 박음질하다.)

〔 **抱朴子·備闕** 〕 衝風不能揚波於井底, 擿齒則松檟不及一寸之筳, 挑耳則棟梁不如鷦鷯之羽, ○○○○○○○○○○○○, ○○○○○○○○○○○○○. 何必伏巨象而捕鼠制大鵬以司晨乎.

第六編

政治

Ⅰ. 國家統治의 道와 政治 -目標·政事·政策

Ⅱ. 國家와 統治行爲

Ⅲ. 國家統治의 手段

Ⅳ. 統治者와 輔佐人, 百姓과의 關係

Ⅴ. 國家의 安危와 興亡盛衰

第六編　政治

Ⅰ. 國家統治의 道와 政治
－目標·政事·政策

去一利百, 人乃慕澤, 去一利萬, 政乃不亂.

한 사람을 버려서 백 사람을 이롭게 하면 사람들이 곧 그 은혜를 생각하게 되고, 한 사람을 버려서 만 사람을 이롭게 하면 정사가 어지러워지는 일이 없다. 백 사람의 이익을 위해 한 사람을 희생시키면 사람들은 그 은혜에 감격하여 따르게 되고, 만 사람의 이익을 위해 한 사람을 희생시키면 사람들은 나라 일에 적극 협조하여 정사가 밝아지고 나라가 번창하게 된다는 뜻. (澤 : 은혜. 去 : 버리다. 돌보지 않다.)

〔三略·下略〕利一害百. 民去城廓, 利一害萬, 國乃思散. ○○○○, ○○○○, ○○○○, ○○○○.

穀與魚鼈不可勝食, 材木不可勝用, 養生喪死無憾, 王道之始也.

곡식과 물고기·자라를 이루 다 먹을 수 없게 하고, 재목을 다 쓸 수 없게 하는 것은 살아있는 사람을 잘 봉양하고 죽은 사람을 후하게 장사 지내게 하는데 회한이 없게 하는 것이니 이것이 왕도실현의 시작이다. 양식과 재목을 넉넉하게 공급하여 산 사람을 잘 살게 하고 죽은 사람의 장사를 잘 지내게 하는 것이 왕도 정치 실현의 기본이라는 뜻. (勝 : 모두. 죄다. 온통. 이루다. 憾 : 회한. 한. 원한. 불만족한 마음. 始 : 처음. 근본.) → **養生喪死. 養生送死.**

〔**孟子·梁惠王上**〕穀與魚鼈不可勝食, 材木不可勝用, 是使民養生喪死無憾也. 養生喪死無憾, 王道之始也. 〔**鹽鐵論·通有**〕文學曰, 孟子云, 不違農時, 穀不可勝食. 蠶麻以時, 布帛不可勝衣也. 斧斤以時, 材木不可勝用. 田漁以時, 魚肉不可勝食.

孔明泣斬馬謖(속).

蜀나라 현신인 諸葛亮이 눈물을 머금고 아끼던 장수 馬謖의 목을 베다. (喩) 천하 법도의 유지·확립을 위해 사사로운 정을 버리고 부하를 희생시키다. 큰 목적을 위해서는 사랑하는 사람도 사정없이 버리다. 아끼던 사람을 희생하여 일벌백계로 삼다. (由) 蜀의 諸葛亮의 사랑하던 장수 馬謖이 諸葛亮의 지휘를 어기고 街亭싸움에서 司馬仲達에게 대패하자 諸葛亮이 눈물을 뿌리면서 그를 목베어 죄를 다스려 일벌백계의 모범으로 삼았다는 고사. → **泣斬馬謖. 揮淚斬馬謖.**

〔**三國志·蜀志·諸葛亮傳**〕○○○○○○, 〔**三國演義**〕○○○○○○.

公平者, 職之衡也. 中和者, 聽之繩也.

치우침이 없이 공정하다는 것은 직무를 관장하여 다스리는 저울대(기준)이고, 중용을 잃지 아니하고 바르다는 것은 정사를 듣고 처리하는 먹줄(준칙)이다. 군자는 정사를 치우침이 없이 공정하게 처리(公平)하고, 너그러움과 엄격함을 잘 조화시켜 중용의 상태를 잃지 아니하도록 처리(中和)하는 것을 법도로 삼아야 한다는 의미. (職 : 직무를 맡아 다스리다. 관장하다. / 본분으로서 당연히 해야 하는 것. 직무에 상응한 권한. 종교·도덕·법률의 책무. ※ 劉台拱은 聽 곧 聽政으로 해석. 衡 : 저울. 저울대. / 기준. 준칙. 聽 : 聽政으로 정사를 처리하다. 정무를 보다. 繩 : 먹줄. / 법도. 법령. 준칙.)

〔**荀子·王制**〕○○○, ○○○○. ○○○, ○○○○. 其有法者以法行, 無法者以類擧, 聽之盡也.

寬以齊猛, 猛以齊寬, 寬猛相齊, 政是以和.

너그러움으로 엄격함을 조정하고, 엄격함으로 너그러움을 조정하며, 이렇게 너그러움과 엄격함이 서로 조정되면 정치는 조화롭게 된다. 너그러운 정책과 엄격한 정책을 서로 보완시키면 정치는 조화롭게 이루어짐을 이르는 말.

〔**春秋左氏傳·昭公二十年**〕仲尼曰, 善哉. 政寬則民慢, 慢則糾之以猛, 猛則民殘, 殘則施之以寬. 寬以濟猛, 猛以濟寬, 政是以和. 〔**孔子家語·正論解**〕孔子聞之曰, ……. ○○○○, ○○○○, ○○○○, ○○○○. 〔**宋名臣言行錄·呂蒙正·談苑**〕淳化三年, 太宗謂宰相曰, 治國之道, 在乎寬猛得中. 寬則政令不成, 猛則民無措手足. 有天下者可不愼之哉.

小人之使爲國家, 菑(재)害竝至, 雖有善者, 亦無如之何矣.

(나라의 우두머리가 되어 백성들의 재물을 긁어모으는데 힘쓰는 자가 임용한) 소인으로 하여금 나라를 다스리게 한다면 천재(天災)와 인화(人禍)가 함께 닥칠 것이니, 이때는 비록 다른 현능한 자가 나타나 구제하려고 해도 다 어떻게 할 방법이 없다. 백성들의 재물을 거두어 들이는데 몰두하는 지도자는 필연적으로 재물을 탐하는 소인을 요직에 기용하게 되어있고, 이에 따라 이(利)를 이익으로 삼는데 따른 천·인(天·人)의 두 재앙을 미구에 불러들이게 되어있으나 그 때는 이미 수습이 불가능하다는 뜻. (爲 : 다스리다. 菑害竝至 : 천재와 인화가 함께 닥치다. 善者 : 현능한 사람. 無如之何 : 어떻게 할 방도가 없다.)

〔**大學·傳十**〕長國家而務財用者, 必自小人矣, 彼爲善之. ○○○○○○○, ○○○○, ○○○○, ○○○○○○. 此謂國不以利爲利, 以義爲利也.

國正天心順, 官清民自安.

나라가 바르면 하늘의 뜻도 순해지고, 벼슬아치가 깨끗하면 백성들이 저절로 편안해진다.

〔**宋 王洙·神童詩**〕○○○○○, ○○○○○. 妻賢夫禍少, 子孝父心寬. 〔**元 關漢卿·裵度還帶**〕掌條法正天心順, 治國官清民自安.

國清才子貴, 家富小兒嬌.

나라의 정치가 맑고 깨끗하면 재능있는 사람이 귀하게 되고, 집이 부유하면 어린아이가 교만해진다. (嬌 ≒ 驕.)

〔**五燈會元**〕趙州老漢少賣弄, 然則. ○○○○○, ○○○○○.

禽獸食人之食, 土木衣人之帛(백), 穀人不足於晝, 絲人不足於夜, 之謂惡政.

짐승들이 사람이 먹을 식량을 먹고, 흙과 나무가 사람이 입을 비단으로 감싸이나 농사 짓는 사람들은 농사 짓기에 낮이 부족하고, 명주 짜는 여자들은 베 짜기에 밤이 부족한 것, 이것이 나쁜 정치라고 이르는 것이다. 백성들은 굶주리고 헐벗으면서도 밤낮을 가리지 않고 농사 짓고 베 짜기에 전력을 다하나 나쁜 관리들은 사람의 양식을 궁중의 짐승에게 먹이고, 흙이나 나무를 옷감으로 장식하는 등으로 낭비를 일삼는 악정을 함을 지적한 것. (衣 : 싸다. 덮다. 穀人 : 농사 짓는 사람. 농부. 絲人 : 명주 짜는 여자.)

〔**揚子法言·先知**〕○○○○○○, ○○○○○○, ○○○○○○, ○○○○○○, ○○○○.

其政悶悶(민민), 其民淳淳. 其政察察, 其民缺缺.

그 나라의 정치가 어수룩하면 그 백성들은 순박해지고, 그 정치가 빈틈이 없으면 그 백성들은 불안해진다. 나라를 다스리는 자가 인위를 가하지 않고 자연 그대로 두면 어둡고 밝지 못한 것 같이 보이지만 백성은 안정되고 자유스럽기 때문에 그 덕이 오히려 날로 순후함을 좇게 되고, 나라를 다스리는 자가 일일이 간섭하고 인위를 가하면 정치가 사리 분명한 것 같이 보이지만 백성은 속박을 견딜 수 없기 때문에 그 덕이 오히려 날로 야박해진다는 뜻. (悶悶 : 무지로써 나라를 다스리는 모양. 어두운 모양. 어수룩한 모양. 察察 : 썩 밝고 자세한 모양. 사소한 일까지 밝혀 가차없는 모양. 缺缺 : 모자라는 모양. 불안한 모양.)

〔**老子·第五十八章**〕○○○○, ○○○○. ○○○○, ○○○○.

內政之不修, 外擧義不信.

안으로 정사가 훌륭하지 않으면 밖으로 의(義)를 일으켜 세우려해도 신뢰를 얻지 못한다. 내정이 공명하지 못한 국가는 대외에 출병하여 의를 실천하려해도 사람들의 신복을 받지 못한다는

뜻. (修 : 뛰어나다. 훌륭하다. 信 : 믿다. 신뢰하다. / 따르다. 복종하다. 신복하다.)

〔**管子·大匡**〕管仲對曰, 不可. 臣聞○○○○○, ○○○○○. 君將外擧義, 以行先之, 則諸侯可令附.

能柔能剛, 其國彌光, 能弱能強, 其國彌彰.

부드러우면서도 단단할 수 있으면 그 나라는 더욱 빛나고, 약하면서도 강할 수 있으면 그 나라는 더욱 밝아진다. 나라가 빛나고 밝아지기 위하여는 강·유(剛·柔)와 강·약(強·弱)을 고루 갖추어야 된다는 뜻. (剛 : 단단하다. 강하다. / 굳세다. 튼튼하다. 彌 : 더욱. 점점. 彰 : 밝다. 뚜렷하다.)

〔**三略·上略**〕軍讖曰, ○○○○, ○○○○, ○○○○, ○○○○. 純柔純弱, 其國必削, 純剛純強, 其國必亡.

當去奢省費, 輕徭薄賦, 選用廉吏, 使民衣食有餘, 自不爲盜, 安用重法耶.

(정치 지도자가) 반드시 사치를 버려서 비용을 줄이고, 백성의 부역과 세금을 낮추고 줄이며, 청렴한 관리를 가려서 써서 백성들로 하여금 그 의식의 생활이 여유있게 하면 그들은 스스로 도둑질하지 않게 될 것이니, 어찌 무거운 법을 쓸 것인가? (省 : 덜다. 줄이다. 輕 : 가벼이하다. 낮추다. 경감하다. 徭 : 부역. 요역. 역사. 薄 : 얇게하다. 줄이다. 경감하다. 安 : 어찌. 耶 : 의문 조사.)

〔**十八史略·唐宋篇**〕或請重法禁盜, 上曰, ○○○○○, ○○○○, ○○○○, ○○○○○○○, ○○○○, ○○○○○. 自是數年之後, 路不拾遺, 商賈野宿焉.

德惟善政, 政在養民.

(위대한) 덕은 옳은 정치를 베푸는데 있고, 그런 정치는 백성을 잘 보양하는데 있다.

〔**書經·虞書·大禹謨**〕禹曰於, 帝念哉. ○○○○, ○○○○, 水火金木土穀惟脩, 正德利用厚生惟和.

徒善不足以爲政, 徒法不能以自行.

헛되이 선심(善心)만 가지고는 정치를 하기에 부족하고, 헛되이 법도만 가지고는 그것이 저절로 시행될 수 없다. 선심만 있고 선정(善政)이 없으면 국가를 다스리기에 부족하고, 또한 선정만 있고 선심이 없어서는 선정이 자동 시행될 수 없다는 것으로, 백성을 잘 다스리는 데는 먼저 선왕의 도를 따라야 함을 이르는 말. (徒善 : 헛된 선심. 보람없는 선심. 아무 것도 없는 빈 선심. 곧 선심만 있고 선행이 없다는 것. ※ 여기서는 朱注에 따라 선심만 있고 선정이 없는 의미로 본다. 徒法 : 헛된 법도. 아무 것도 없는 빈 법도. 곧 유명무실하다는 것. ※ 여기서는 朱注에 따라 선정만 있고 선심이 없는 것으로 본다.)

〔**孟子·離婁上**〕今有仁心仁聞, 而民不被其澤, 不可法於後世者, 不行先王之道也. 故曰, ○○○○○○○, ○○○○○○○.

慢令致期謂之賊.

임금의 명령의 발포를 늦추면서도 기한에 이르러 바삐 다그치는 것을 해침이라고 이른다. 위정자가 임금의 명령의 하달을 미루다가 급히 기한을 정하고 그 위반자를 적발, 처벌하는 것을 "백성을 해치는 것"이라고 이른다는 말. (慢令 : 명령을 발포하는 것을 늦추다. 명령 하달을 미루다. 致期 : 기한에 이르러 관용하지 않다. 기한을 정하다. 바삐 다그치다. ≒ 刻期. 克期.)

〔**論語·堯曰**〕子張曰, 何謂四惡. 子曰, 不教而殺謂之虐. 不戒視成謂之暴. ○○○○○○○. 猶之與人也, 出納之吝, 謂之有司.

武不可覿, 文不可匿, 覿武無烈, 匿文不昭.
적　　　　익

무력(무기·군대)은 마음대로 사람들에게 보여줘서는 안되고, 문예(문장·예악)는 보지 못하도록 숨겨두어서는 안된다. 사람들에게 보여줘 자랑한 무력은 반드시 위엄이 없고, 숨겨진 문예는 곧 인덕을 밝게 나타낼 수 없다. 무력은 드러내서는 안되고 문예는 드러내야 된다는 말. (覿 : 보다. 烈 : 위엄.)

〔**國語·周語中**〕(襄)王至自鄭, 以陽樊賜晉文晉. 陽人不服, 晉侯圍之, 倉葛呼曰, ……. 臣聞之曰, ○○○○, ○○○○, ○○○○, ○○○○.

民可百年無貨, 不可一朝有飢.

백성은 백년동안 재물이 없어도 되나 하루도 굶주림이 있어서는 안된다. 식량이 국민들의 생활에 지극히 긴밀한 관계가 있음을 지적한 말.

〔**齊民要術·序**〕○○○○○○, ○○○○○○. 故食爲至急.

邦以民爲本, 民以食爲天, 財者食之原也. 故治國之要, 必先養民, 養民之要, 必先薄賦.

나라는 백성을 근본으로 삼고, 백성은 양식을 중요한 것으로 삼으며, 재물은 양식의 근원이다. 그러므로 나라를 다스리는 요체는 반드시 백성을 부양하는 것을 우선하는데 있고, 백성을 부양하는 요체는 반드시 조세를 박하게 매기는 것을 우선하는데 있다. (天 : 중요한 것. 의지할 곳.)

〔**史記·酈生陸賈列傳**〕酈生因曰, ……. 王者以民爲天, 而民人以食爲天. 〔**漢 崔寔·四民月令**〕國以民爲根, 民以穀爲命. 命盡則根拔, 根拔則本顚. 〔**齊民要術**〕食者民之本, 民者國之本, 國者君之本, 是故人君上因天時, 下盡地利, 中盡人力. 〔**隋書·長孫平傳**〕臣聞, 國以民爲本, 民以食爲命. 勸農重穀, 先本令軌. 〔**南史·郭祖深傳**〕臣聞人爲國本, 食爲民命. 故禮(記)曰, 國無六年之儲, 謂非其國也. 〔**貞觀政要·務農**〕太宗謂侍臣曰, ……. 國以人爲本, 人以衣食爲本, 營衣食, 以不失時爲本. 〔**東周列國志**〕國以民爲本, 民以食爲天. 今歲年穀歉收, 粟米將貴, 君可請貸于吳, 以救民飢. 〔**清 呂熊·女仙外史**〕臣竊聞之, ○○○○○, ○○○○○, ○○○○○○. ○○○○○, ○○○○, ○○○○, ○○○○. 〔**司馬貞·索隱**〕管子云, 王者以民爲天, 民以食爲天, 能知天之天者, 斯可矣.

闢四門, 明四目, 達四聽.

사방의 문을 열고, 눈을 사방으로 돌려 밝히고, 사방으로 귀를 돌려 잘 들리도록 하다. 문호를 개방하여 널리 인재를 구하고 사방의 실정을 잘 들으면서 어진 정치를 한다는 뜻. (闢四門 : 사방의 문을 열어 어진 사람이 어느 때든지 들어오게 한다는 뜻.)

〔**書經·虞書·舜典**〕月正元日, 舜格于文祖, 詢于四岳, ○○○, ○○○, ○○○.

不信仁賢, 則國空虛, 無禮義, 則上下亂, 無政事, 則財用不足.

어진 사람(仁人)·슬기로운 사람(賢士)을 믿지 않으면 나라가 텅 비어버리고, 예의가 없으면 상하가 어지러워 질서가 유지되지 않으며, 정치에 관계되는 일을 잘 하지 않으면 재물의 씀씀이가 넉넉하지 못하다. 임금이 인인·현사를 신임하지 않으면 그들이 떠나가버리기 때문에 나라가 텅 비어버리게 되고, 나라에 예의가 없으면 상하를 분별할 수 없어 혼란스럽게 되며, 나라가 좋은 정사를 베풀어 백성들에게 농사를 가르치지 않으면 세금이 들어오지 않아 재정이 곤궁하게 된다는 뜻.

〔**孟子·盡心下**〕孟子曰, ○○○○, ○○○○, ○○○, ○○○○, ○○○, ○○○○○,

四民均, 則王道興, 而百姓寧.

사·농·공·상의 네 부류의 백성이 조화를 이루면 왕도가 흥하고 백성이 평안하여진다. (四民 : 사·농·공·상에 종사하는 이 네 부류의 백성. / 민중. 백성. 均 : 조화를 이루다.)

〔**說苑·政理**〕春秋曰, ○○○, ○○○○, ○○○○. 所謂四民者, 士農工商也.

使之以時而敬順之, 忠而愛之, 布令而不食言.

때에 맞추어 백성을 부리면 공경하여 순종하니 그들을 충심으로 사랑할 것이며, 법령을 널리 포고하되 식언을 하지 말아야 할 것이다.

〔**淮南子·道應訓**〕成王問政於尹佚曰, 吾何德之行, 而民親其上. 對曰, 使之以時而敬順之. 〔**說苑·政理**〕成王問政於尹逸曰, 吾何德之行而民親其上. 對曰, ○○○○○○○○, ○○○○, ○○○○○○.

尙同爲政之本, 而治要也.

화동(和同)을 숭상하는 것은 정치의 근본이고, 나라를 다스림의 요체이다. 위로 성왕의 도에 들어맞고 아래로 나라와 백성들의 이익에 들어맞게 하여 상하간 화동을 하는 것이 정치의 요체라는 뜻. (尙 : 존중하다. 중시하다. 숭상하다. 同 : 화합. 화동. / 통일. 要 : 요점. 관건. 중추. 대강. 요체.)

〔**墨子·尙同下**〕故當尙同之說, 而不可不察. ○○○○○○, ○○○○.

善爲政者, 綱擧而網疏. 綱擧則所羅者廣, 網疏則小必漏.

망

정치를 잘 한다는 것은 (고기를 잡을 때) 마치 그물을 높이 들어올리고, 그물코를 성기게 하는 것과 같이 하는 것이다. 벼리를 높이 들어올리면 곧 그물질하는 것이 넓어지게 되고, 그물코를 성기게 하면 작은 고기가 빠져나가버리게 되는 것이다. 정치를 잘 한다는 것은 넓은 구역에 법망을 펼쳐서 중죄인을 검거 처벌하되 다만 자질구레한 범법자는 묵인, 관용하는 것과 같이 하는 것임을 비유한 것. 좋은 정사를 베푸는 것은 정사의 대강(大綱 또는 근본)을 잡아 시행하는 데에 치중하고, 그 세목(細目 또는 말단)에는 구애되지 아니하는 것을 이른다. (綱 : 벼리. 그물의 위쪽 코를 꿴 굵은 줄. 그물을 버티는 줄. / 근본. 추요. 網 : 그물. 그물의 눈. 羅 : 그물질하다.) → **綱擧網疏.**

〔**晉書·劉頌傳**〕○○○○, ○○○○○. ○○○○○○○○, ○○○○○○○.

聖君任法而不任智, 任數不任說, 任公而不任私, 任大道而不任小物.

비범하고 총명한 군주는 나라를 다스림에 있어 법률에 의지하고 개인의 지모에 의지하지 아니하며, 실제적인 방책에 의지하고 공론의 학설에 의지하지 아니하며, 공적인 기준에 의지하고 사적인 사정에 의지하지 아니하며, 사람이 지켜야 할 큰 도리에 의지하고 자질구레한 일에 의지하지 아니한다. 비범하고 총명한 군주의 나라 다스림은 법률(法)·실제적 방책(數)·공적인 공(公)·사람의 도리(大道)의 중대한 작용을 기반으로 하고 있음을 이른 것. (任 : …에 의지하다. …을 기반으로 하다. 數 : 방술. 방책. 술책. 조치. 시책. 大道 : 사람이 지켜야 할 큰 도리. 올바른 길.)

〔**管子·任法**〕○○○○○○○○○, ○○○○○, ○○○○○○○, ○○○○○○○○○, 然後身佚而天下治.

水濁則魚噞, 政苛則民亂.

엄

물이 흐리면 물고기는 숨을 헐떡거리고, 정사가 가혹하면 백성들이 어지러워진다. (噞 : 입을 벌름거리다.)

〔**文子·精誠**〕夫水濁者魚噞, 政苛者民亂. 上多欲則下多詐, 上煩擾則下不定, 上多求則下交爭. 〔**韓詩外傳·卷一**〕傳曰, 水濁則魚喁, 令苛則民亂, 城峭則崩, 岸峭則陂. 〔**淮南子·主術訓**〕夫○○○○○, ○○○○○. ……是以上多故則下多詐, 上多事則下多態, 上煩擾則下不定, 上多求則下交爭. 〔**淮南子·繆稱訓**〕水濁則魚噞, 令苛則民亂, 城峭者必崩, 岸崝者必陀. 〔**淮南子·說山訓**〕水濁則魚噞, 形勞則神亂. 〔**說苑·政理**〕水濁則魚困, 令苛則民亂, 城峭者必崩, 岸竦則必阤. 〔**鄧析子·無厚**〕夫水濁則無掉尾之魚, 政苛則無逸樂之士. 故令煩則民詐, 政擾則民不定. 不治其本, 而務其末, 譬如拯溺錘之以石, 救火投之以薪.

是日, 雨雪大寒, 再遣中使賜孤老貧窮人千錢·米炭.
견 사

이날 눈과 비가 내리고 심히 춥기도 하였는데 임금이 내밀하게 사신을 다시 보내어 외로운 노인과 빈궁한 사람들에게 돈 천 전과 쌀과 탄을 하사했다. 사람들이 위험하고 곤란한 때에 정신적으로, 물질적으로 큰 도움을 주었다는 뜻. (遣 : 보내다. 파견하다. 中使 : 임금이 내밀히 보내는 사신. 賜 : 주다. 썩 높은 사람이 낮은 사람에게 물건을 주다.) → **雪中送炭**.

〔 **范成大·大雪送炭與芥隱詩** 〕 不是雪中須送炭, 聊裝風景要詩來. 〔 **宋史·太宗紀二·載** 〕 淳化四年二月壬戌, 召賜京城高年帛, 百歲者一人加賜塗金帶. ○○, ○○○○, ○○○○○○○○○○○○○·○○.

安得廣厦千萬間, 大庇天下寒士俱歡顔, 風雨不動安如山, 嗚呼何時眼前突兀見此屋.
하 올

어찌하면 큰 집 천만 칸을 지어서, 천하의 가난뱅이를 모조리 보호하여 기쁜 얼굴표정 함께하며, 폭풍우에도 변함이 없이 태산과 같이 편안하게 할까? 아 ! 어느 때에 눈 앞에서 우뚝 솟은 그런 집을 볼 것인가? 盛唐 때의 시인 杜甫가 가을 바람에 자기 집 띠지붕이 날아가고 장대같이 내리는 비에 지붕이 새어 온통 젖은 몸으로 추위에 시달리며 밤을 지새다가 문득 어려움을 겪는 다른 사람의 생각이 나서 읊은 시. (安 : 어찌하면. / 즐기다. 좋아하다. 廣厦 : 넓고 큰 집. 庇 : 보호하다. 감싸다. 寒士 : 가난한 선비. 천하고 가난한 사람. 俱 : 함께하다. 같이하다. / 갖다. 不動 : 바뀌지 아니하다. 변함이 없다. 安如山 : 태산과 같이 편안하게 하다. = 安如泰山. 突兀 : 우뚝 높이 솟은 모양.)

〔 **杜甫·茅屋爲秋風所破歌** 〕 ○○○○○○○, ○○○○○○○○○, ○○○○○○○, ○○○○○○○○○○○, 吾廬獨破受凍死亦足.

養身者, 以練爲寶. 安國者, 以積賢爲道.

몸을 기르는 것은 몸을 연마하는 것을 보배로 삼는 것이고, 나라를 평안하게 한다는 것은 현인(賢人)을 모으는 것을 도리로 삼는 것이다.

〔 **後漢書·李固傳** 〕 臣聞氣之清者爲神, 人之清者爲賢. ○○○, ○○○○. ○○○, ○○○○○.

養兒防老, 積穀防飢.

아이를 기르는 것은 늙어서 의지할 곳 없는 것을 방비해주는 것이고, 곡식을 쌓아두는 것은 굶주림을 방비해주는 것이다.

〔 **唐 元稹·憶遠曲·詩** 〕 嫁夫恨不早, 養兒將備老. 〔 **宋 陳元靚·事林廣記** 〕 ○○○○, ○○○○. 〔 **元 秦簡夫·裴席還帶** 〕 哀哀父母, 生我劬勞. 養小防老, 積穀防飢. 〔 **元 無名氏·認金梳** 〕 兒也, 可不道養子防老, 積穀防飢. 〔 **明 高明 琵琶記** 〕 旣道是養兒代老, 積穀防飢. 何似當初休教他來應擧.

揚淸激濁, 擧善彈違.

맑은 물을 쳐들어 올리고, 흐린 물을 세차게 흘려보내며, 선을 일으키고, 잘못을 바루다. (喩) 청렴한 사람을 거양하고, 오탁한 사람을 제거하다. / 선을 권장하고, 악을 제거하다. (彈 : 바루다. 힐책하다. 違 : 잘못.) → 揚淸激濁.

〔**晉書·武帝紀**〕○○○○, ○○○○. 〔**舊唐書·王珪傳**〕至激濁揚淸, 嫉惡好善, 臣於數子, 有一日之長, 太宗深然其言. 〔**事類賦**〕揚淸激濁, 蕩去滓穢.

禮節民心, 樂和民聲, 政以行之, 刑以防之.

예의는 백성들의 의식을 절제시키고, 음악은 백성들의 외치는 소리를 조화시키며, 정치는 그것을 시행하고, 형벌은 재난을 미연에 방지한다. 고대의 왕자(王者)는 이와 같은 예·악·형·정의 확립을 통하여 천하를 다스리는 왕도정치의 기반을 구축하였다. (節 : 절제하다. 제한하다. 알맞게 하다. 和 : 조화시키다. 行 : 시행하다. 실시하다.)

〔**禮記·樂記**〕○○○○, ○○○○, ○○○○, ○○○○. 禮·樂·刑·政, 四達而不悖, 則王道備矣.

爲高必因丘陵, 爲下必因川澤. 爲政不因先王之道, 可謂智乎.

높이 쌓으려면 반드시 본래 돌출한 구릉에 기초를 두어야 하고, 깊이 파려면 반드시 본래 지대가 낮고 움푹 패인 천택을 기초로 하여야 한다. 나라를 다스리려고 하면서 고대 성왕의 법도를 기초로 하지 않는다면 지혜롭다고 이를 수 있겠는가? 위정자는 마땅히 선대 성왕들의 법령집을 본뜨고 그것에 따라서 나라를 다스려야 함을 비유적으로 이른 것. (爲高 : 높아지도록 만들다. 높이 쌓는다는 뜻. 因 : 의거하다. 기초를 두다. 근거로 하다. 爲下 : 낮아지도록 만들다. 깊이 판다는 뜻.)

〔**孟子·離婁上**〕故曰, ○○○○○○, ○○○○○○. ○○○○○○○○○, ○○○○.

爲政猶沐也, 雖有棄髮, 必爲之.

나라의 백성들을 다스리는 일을 하는 것은 머리를 감을 때 비록 머리털을 버리더라도 반드시 감아야 하는 것과 같다. 나라를 잘 다스리려고 하면 반드시 손실과 희생을 감당하기 마련임을 지적하는 말. (沐 : 머리를 감다.)

〔**韓非子·六反**〕古者有諺曰, ○○○○○, ○○○○, ○○○. 愛棄髮之費, 而忘長髮之利, 不知權者也.

爲政以德, 譬如北辰, 居其所, 而衆星共之.

임금이 도덕에 의거하여 국가 정사를 다스리는 것은, 비유하면 마치 북극성이 하늘의 중심에 머물러 있는데도 여러 별들이 이를 에워싸고 향하는 것과 같다. 정사를 덕으로써 다스리면 움직이지 않아도, 말하지 않아도 온 백성들이 감화하여 돌아온다는 것을 비유. (北辰 : 북극성. 居其所 : 제자리에 머물러 있다. 움직이지 않다. ※ 북극성이 머무르는 곳은 하늘의 중심이라고 본다. 共 : 에워싸다. 둘러싸다. 기울다. 쏠리다. 향하다. = 拱.)

〔**論語·爲政**〕子曰, ○○○○, ○○○○, ○○○, ○○○○○.

爲政在去三冗(용), 曰, 冗官, 冗兵, 冗費.

정치를 함에 있어서는 세 가지 쓸데 없는 것을 없애버려야 하는 것이니, 그것은 곧 직책이 없는 벼슬아치, 필요하지 않는 군사, 필요하지 않는 비용을 이르는 것이다. (冗 : 쓸데 없다. 남아돌다. 필요하지 않다. = 宂.)

〔**增韻**〕冗, 雜也, 剩也, 忙也. 今無事備員曰冗官. 蘇軾曰, ○○○○○○, ○, ○○, ○○, ○○. ※ 한자(漢字)를 운에 의하여 분류, 배열한 자전이 운서(韻書)이며, 이 운서에 더 보태어 넣은 운자가 증운(增韻)이다.

爲政在人, 取人以身, 修身以道, 修道以仁.

정치를 하는 것은 사람에게 달려 있으므로 사람을 취하는 것은 몸으로써 해야 하고, 몸을 닦는 것은 도(道)로써 해야 하며, 도를 닦는 것은 인(仁)으로써 해야 한다. 군주가 정치를 하는 것은 현신(賢臣)에게 달려 있으므로 그런 현신을 얻는 것은 군주의 몸으로써 해야 하고, 그 몸을 닦는 것은 모든 사람이 지켜야 할 도덕으로써 해야 하며, 그 도덕을 닦는 것은 자애하는 마음으로 해야 하는 것이니, 그렇게 하면 좋은 정사를 베풀지 않을 수 없게 된다는 것.

〔**中庸·第二十章**〕○○○○, ○○○○, ○○○○, ○○○○. 〔**孔子家語·哀公問政**〕爲政在於得人, 取人以身, 修道以仁.

爲政, 必也正名乎.

정치를 하는 데는 반드시 명분을 바로세워야 한다. 정치를 함에 있어 먼저 대의명분(大義名分)이 바르지 아니한 것을 알게 되면 하는 말이 합리적일 수 없고, 이에 따라 하는 일이 성공할 수 없고, 그러면 곧 예악이 추진될 수 없고, 그래서 형벌을 이치에 맞게 할 수가 없고, 따라서 백성들이 어떻게 해야 좋을 지를 알지 못하게 되므로 그 명분이 중요하다는 의미.

〔**論語·子路**〕子路曰, 衛君待子而爲政, 子將奚先. 子曰, 必也正名乎. ……. 名不正, 則言不順. 言不順, 則事不成. 事不成, 則禮樂不興. 禮樂不興, 則刑罰不中. 刑罰不中, 則民無所措手足.

爲天下國家有九經, 所以行之者一也.

천하와 국가를 다스리는 데는 아홉 가지의 지켜야 할 불변의 법칙이 있으니, 이를 행하게 하는 것은 단 하나 (인간의 정성)이다. 위정자가 지켜야 할 이 아홉 가지의 법칙이란 곧 자신을 수양하는 일(修身), 현인을 존경하는 일(尊賢), 친족을 친애하는 일(親親), 대신을 공경하는 일(敬大臣), 여러 신하들을 그의 입장에서 생각해 주는 일(禮群臣), 백성을 자식과 같이 사랑하는 일(子庶民), 모든 장인들을 불러 모으는 일(來百工), 먼 데서 온 손님을 부드럽게 대하는 일(柔遠人), 제후들을 감복시키는 일(懷諸侯) 등을 이르는 것. (爲 : 다스리다. 정치를 하다. 經 : 원칙. 상도. 사람이 지켜야 할 도리. 변하지 않는 법칙. 一 : 하나. ※ 여기서는 朱注대로 정성으로 해석한다. 그것은 정성스럽지 못하면 위의 아홉 가지 도리가 모두 빈 글이 되기 때문이다.)

〔 **中庸·第二十章** 〕 凡爲天下國家有九經, 曰, 修身也, 尊賢也, 親親也, 敬大臣也, 體群臣也, 子庶民也, 來百工也, 柔遠人也, 懷諸侯也. ……. ○○○○○○○○, ○○○○○○○.

爲治之道, 必先除弊(폐), 以悅民心, 然後興利以造民福.

나라를 다스리는 도는 반드시 먼저 여러 가지 폐단을 제거해서 민심을 기쁘게 하고, 그런 다음에 이익이 되는 사업을 일으켜서 백성들의 복을 조성하는데 있다.

〔 **明 談修·阿凍漫筆** 〕 人有恒言, ○○○○, ○○○○, ○○○○, ○○○○○○○○. 蓋除弊以解倒懸, 民心卽喜.

有氣則生, 無氣則死, 生者以其氣. 有名則治, 無名則亂, 治者以其名.

만물은 기(氣)가 있으면 살고, 기가 없으면 죽으니, 사는 것은 기가 있기 때문이다. 명분이 있으면 나라가 잘 다스려지고, 명분이 없으면 어지러워지는 것이니, 나라가 잘 다스려지는 것은 명분이 올바르기 때문이다.

〔 **管子·樞言** 〕 ○○○○, ○○○○, ○○○○○. ○○○○, ○○○○, ○○○○○.

有文無武, 無以威下, 有武無文, 民畏不親, 文武俱行, 威德乃成.

문(文)이 있고 무(武)가 없으면 아랫 사람에게 위엄이 없고, 무만 있고 문이 없으면 백성들이 두려워할 뿐 가까이하지 아니하나니, 따라서 문과 무를 함께 행하여 위엄과 덕이 이루어지도록 해야 한다.

〔 **說苑·君道** 〕 成王封伯禽爲魯公, 召而告之曰, ……. ○○○○, ○○○○, ○○○○, ○○○○, ○○○○, ○○○○. 〔 **孔子家語·相魯** 〕 定公與齊侯會于夾谷, 公子攝相事. 曰, 臣聞有文事者必有武備, 有武事者必有文備. 古者諸侯竝出疆, 必具官以從.

利而勿害, 成而勿敗, 生而勿殺, 與而勿奪, 樂而勿苦, 喜而勿怒.

이롭게 해주고 해되게 하지말며, 일이 이루어지도록 해주고 그르치게 하지말며, 생육되게 해주고 죽이지 말며, 무엇인가를 주되 빼앗지 말며, 즐겁게 해주고 고생스럽게 하지말며, 기쁘게 해주고 노하게 하지 말 것이다. 나라를 다스리는 도로서 백성을 사랑하는 내용을 설명한 것.

〔**六韜·文韜**〕文王曰, 愛民奈何. 太公曰, ○○○○, ○○○○, ○○○○, ○○○○, ○○○○, ○○○○. 〔**說苑·政理**〕(文王)曰, 愛民若何. (太公)曰, 利之而勿害, 成之勿敗, 生之勿殺, 與之勿奪, 樂之勿苦, 喜之勿怒. 此治國之道, 使民之誼也, 愛之而已矣.

佚政多忠臣, 勞政多怨民. 故曰, 務廣地者荒, 務廣德者強.

백성을 편안하게 해주는 정치를 하는 나라에는 충신이 많고, 고달픈 정치를 하는 곳에는 불평과 원망을 하는 백성이 많나니, 그러므로 영토를 무리하게 넓히는 일에 힘쓰면 그 영토가 황폐해지고, 덕정을 넓히는 일에 힘쓰면 나라가 부강해진다. (佚政 : 사람을 편안하게 해주는 정치. 勞政 : 사람을 수고롭게 하는 정치. 者 : …라면. ※ 여기서는 순접의 조사로 해석하였다.)

〔**三略·下略**〕○○○○○, ○○○○○. ○○, ○○○○○, ○○○○○, 能有其有者安, 貪人之有者殘.

專聽·生奸, 獨任成亂.

외곬으로만 듣는 것은 간사함을 생기게 하고, 홀로 마음대로 하는 것은 혼란을 일으킨다. (任 : 마음대로 하게하다. 내맡기다.)

〔**梁書·賀琛傳**〕是故古人云, ○○○○, ○○○○. 猶二世之委趙高, 元後之付王莽. 呼鹿爲馬, 卒有閻樂望夷之禍, 王莽亦終移漢鼎.

政貴有恒, 辭尚體要.

정치는 일정불변함을 귀히 여기고, 말은 사물의 요체를 숭상한다. 정치는 변함이 없어야 하며, 말은 가장 종요한 점을 강조해야 함을 이르는 말. (體要 : 사물의 요체.)

〔**書經·周書·畢命**〕○○○○, ○○○○, 不惟好異, 商俗靡靡.

政, 近者說(열), 遠者來.

정치란 가까이 있는 사람들이 기뻐하게 하고, 먼 데 있는 사람들이 절로 찾아오게 하는 것이다. 정치란 백성들이 나라의 은택을 입어 즐거이 생활하게 하고, 이 소문을 들은 먼 곳의 사람들이 스스로 찾아 모여들게 해야 한다는 뜻. (說 : 기뻐하다. = 悅.)

〔**論語·子路**〕葉公問政. 子曰, 近者說, 遠者來.

正德利用厚生惟和.

덕을 바르게 하고, 재원을 이롭게 쓰며, 백성들의 생활을 넉넉하게 하고 그 조화를 이루어야 하는 것이다. 위대한 덕은 좋은 정치를 베푸는 데 있고, 좋은 정치는 오로지 백성들을 잘 양육하는 데 있으므로 이를 위해서 부자·자효·형우·제공·부의·부청(父玆·子孝·兄友·弟恭·夫義·婦聽)의 도덕을 바르게 하고(正德), 수·화·금·목·토·곡(水·火·金·木·土·穀)의 재원을 이롭게 쓰며(利用), 백성들의 생활을 넉넉하게 하고(厚生), 그 조화를 이루어야 할 것이다. 치국의 근본인 이 정덕이용후생을 삼사(三事)라고 한다.

〔 **書經·虞書·大禹謨** 〕 禹曰於, 帝念哉. 德惟善政, 政在養民, 水火木金土穀惟修, ○○○○○○○○, 九功惟叙, 九叙惟歌, 戒之用休, 董之用威, 勸之以九歌, 俾勿壞.

政如農功·日夜思之, 思其始而成其終.

정사는 농사 일과 같은 것으로, 낮이나 밤이나 그것(나라 일)을 생각하고, 그 처음을 잘 생각하여 그 끝을 잘 완성시켜야 한다. (農功 : 경작하는 일. 농사.)

〔 **春秋左氏傳·襄公二十五年** 〕 子大叔問政於子産, 子産曰, ○○○○. ○○○○, ○○○○○○○, 朝夕而行之, 行無越思, 如農之有畔, 其過鮮矣.

政如冰霜, 奸宄消亡, 威如雷霆, 盜賊不生.

귀 정

정치가 얼음이나 서리와 같이 깨끗하면 악당이 사라져 없어지고, (법의) 권위가 천둥과 같이 격렬하면 도적이 생기지 않는다. 정치가 청렴결백하고 법령이 엄격, 공정하면 법을 위반하는 범죄행위가 생겨나지 않음을 가리키는 말. (奸宄 : 악당. 나쁜 놈. = 姦宄. ※ 奸은 안에 숨어있는 악행. 宄는 밖으로 드러난 악행. 雷霆 : 격렬한 천둥.)

〔 **漢 王逸·正部** 〕 明刑審法, 憐民惠下. 生者不怨, 死者不恨. 諺曰, ○○○○, ○○○○, ○○○○, ○○○○.

政者, 口言之, 身必行之.

정치를 하는 사람은 (일단) 입으로 말하면 반드시 그것을 몸으로 실행해야 한다. 정치인은 언행이 일치되어야 함을 이르는 말.

〔 **墨子·公孟** 〕 子墨子曰, ○○, ○○○, ○○○○. 今子口言之, 而身不行, 是子之身亂也.

政者正也, 子帥以正, 孰敢不正.

솔 숙

정치라는 것은 반드시 정도(正道)를 써야 하는 것이니, 그대 (大夫 季康子 지칭)가 정도를 따라 백성들을 통솔한다면 그 누가 감히 정도를 따라 행하지 아니하겠는가? 魯나라는 중엽부터 정사(政事)가 대부에게서 나오자 맹손(孟孫)·숙손(叔孫)·계손(季孫) 등의 삼가(三家) 가신들이 바르지 못한 행위를 심하게 하므로, 이들의 버릇을 고치고자 이와같이 季康子 자신부터 정도를 따라 정사를 행할 것을 촉구하는 말을 한 것. (正 : 정도. 正道. 帥 : 거느리다. 통솔하다. 앞장서다. 인도하다. ≒ 率. 孰 : 누구.)

〔 **論語·顔淵** 〕季康子問政於孔子. 孔子對曰, ○○○○, ○○○○, ○○○○.

政, 足食足兵, 民信之矣.

정치란 양식을 충분하게 하고, 군비를 충분하게 하며, 그런 뒤에 백성들이 정부를 신임하도록 해야 하는 것이다. 정치는 백성들이 잘 살 수 있게 하고, 국방을 튼튼히 한 후에 국민이 정부를 신임하도록 하는 것이 중요함을 이른 것. ※ 이 세 가지 중에서 국민의 정부 신임이 가장 중요하다고 하였다.

〔 **論語·顔淵** 〕子貢問政. 子曰, 足食足兵, 民信之矣. 子貢曰, 必不得已而去, 於斯三者, 何先, 曰, 去兵. 子貢曰, 必不得已而去, 於斯二者何先. 曰, 去食. 自古皆有死, 民無信不立.

種樹, 年祀(사)綿遠, 則枝葉扶疎(소). 若種之日淺, 根本未固, 雖壅(옹)之以黑墳(분), 暖之以春日, 一人搖之.

심어놓은 나무는 세월이 오래되면 가지와 잎이 무성하게 된다. 만약 이것을 심은 날수가 많지 않아 뿌리가 아직 단단하지 않으면 비록 검은 비옥한 흙으로 북돋우어주고 봄볕으로 따뜻하게 해주어도 한 사람이 이것을 흔들어버릴 수 있다. (喩) 통치자가 항상 백성들을 감싸서 길러주면 가구가 늘 것이나 무거운 세금과 부역을 가하면 생활이 허약하여 그 힘이 쇠약해진다. (年祀 : 세월. 綿遠 : 오랫동안 이어지다. 扶疎 : 나뭇가지가 사방으로 처지는 모양. 壅 : 북돋우다. 墳 : 기름진 흙.)

〔 **貞觀政要·論災異** 〕中書侍郎岑文本上封事曰, 臣聞, ……. 是以古人譬之○○, ○○○○, ○○○○○. ○○○○○, ○○○○, ○○○○○○, ○○○○○, ○○○○.

地之生財有時, 民之用力有倦, 而人君之欲無窮.

토지가 (곡식 · 재목을) 생장시키는 데에는 때가 있어 계절적인 제한을 받고, 백성들은 일하는데 체력을 쓰고 있어 저절로 피로하여 기력이 쇠약해지는 때가 있으나, 임금은 그 욕망이 끝이 없다. 임금이 재물을 취하고 사람을 부리는 데에는 반드시 한도가 있어 그 행사에 자제해야 함을 지적한 말.

〔 **管子·權修** 〕○○○○○○, ○○○○○○, ○○○○○○○.

至治之極, 父無死子, 兄無死弟, 塗無襁褓(강보)之葬, 各以其順終.

(국가의) 최고의 다스림의 극치는 아버지에게 일찍 죽는 아들이 없게하고, 형에게 일찍 죽는

동생이 없게하며, 길 위에서 포대기에 쌓인 아이를 장사지내는 일이 없도록 하고, 그리하여 모든 사람이 각기 그 천수를 누리게 하는 것이다. (至治 : 가장 태평한 사회. 가장 잘 다스려진 사회. 極 : 극치. 襁褓 : 포대기. / 어릴적.)

〔**新書·數寧**〕髪子曰, ○○○○, ○○○○, ○○○○, ○○○○○○, ○○○○○.

天時不如地利, 地理不如人和.

천시(天時)는 지리(地理)만 못하고, 지리는 인화(人和)만 못하다. 하늘이 어떤 일을 완성하도록 운명적으로 정해놓은 시점(時点)은 어떤 형세의 이점을 점하고 있는 지세(地勢)만 못하고, 그 지세는 민심의 화합(和合)만 못하다는 것으로, 곧 민심의 화합을 이룩하는 것이 가장 중요함을 이르는 것. (天時 : 어떤 일을 완성하도록 운명적으로 정해놓은 시각으로, 이 시각을 얻으면 이루고 잃으면 패한다. 地利 : 어떤 형세의 이점을 점하고 있는 지세. 곧 趙注는 이것을 지세의 험준함과 성·못의 견고함이라 이르고 있다. 人和 : 민심의 화목함, 화합함이다.)

〔**孟子·公孫丑下**〕孟子曰, ○○○○○○, ○○○○○○. 〔**淮南子·兵略訓**〕地利勝天時, 巧擧勝地利, 勢勝人. 〔**鹽鐵論·險固**〕大夫曰, ……. 故曰, 天時不如地利羌·胡固, 近於邊, 今不取, 必爲四境長患. ……. 文學曰, 地利不如人和, 武力不如文德. 周之致遠, 不以地利, 以人和也.

天下不患無臣, 患無君以使之. 天下不患無財, 患無人以分之.

천하에 현신이 없다고 걱정하지 말고, 임금이 그를 임용하지 아니하는 가를 걱정하고, 천하에 물자가 없는 것을 걱정하지 말고, 사람들에게 이것을 공평하게 나누지 못하는 것을 걱정하라.

〔**管子·牧民**〕○○○○○○, ○○○○○○. ○○○○○○, ○○○○○○. 〔**論語·季氏**〕丘也聞有國有家者, 不患寡而患不均, 不患貧而患不安, 蓋均無貧, 和無寡, 安無傾.

天下有道, 民不罹辜. 天下無道, 罪及善人.

(리 고)

천하에 도가 있으면 백성들이 죄에 걸리는 일이 없고, 천하에 도가 없으면 죄가 착한 백성들에게 까지 미친다. 천하의 정치가 맑고 바르면 일반민중이 곧 범죄를 저지르지 아니하고, 천하의 정치가 혼란하면 좋은 사람도 형을 받는 것을 면하기 어렵다는 뜻. (罹 : 병·재앙 따위에 걸리다. / 만나다. 당하다. 辜 : 허물. 죄. / 죄과를 우연히 만나다.)

〔**吳越春秋·越王無餘外傳**〕禹曰, ○○○○, ○○○○. ○○○○, ○○○○. 吾聞一男不耕, 有受其饑. 一女不桑, 有受其寒.

天下有道, 則庶人不議.

천하에 도(道)가 있으면 서민들이 나라 일을 논쟁하지 않는다. 나라가 정의로 다스려지고 질서가 확립되어 천하가 태평하면 백성들은 나라 일을 비난하지 않는다는 뜻. (庶人不議 : 서민 곧 백성들이 논쟁하지 않는다. 곧 상부의 지도자가 실정을 하지 않으면 하부의 백성들이 사사로이 논쟁하는 일이 없이 입을 다물고 말하지 않는다는 뜻.)

〔**論語·季氏**〕天下有道, 則政不在大夫. ○○○○, ○○○○○. 〔**明 江進之·雪濤小書**〕語云, 天下有道, 庶人不議.

天下有五墨墨, 群臣行賂(뢰), 以采名譽. 百姓侵寃(원), 無所告訴, 而君不悟. 至道不明, 法令不行, 吏民不正, 百姓不安, 而君不悟.

천하에는 다섯 가지의 어두운 것이 있으니, 많은 신하들이 뇌물을 보내는 것으로써 명예를 취하는 것, 백성들이 무실한 죄로 학대받아도 고소할 곳이 없는 데도 임금이 이런 것들을 깨닫지 못하는 것, 지극한 도가 밝혀지지 않고 법령이 제대로 실행되지 못하며, 관리와 백성들이 부정을 저질러 백성들이 불안해 하는 데도 임금이 깨닫지 못하는 것 등이다.(墨墨 : 어두운 모양. 采 : 취하다. 侵寃 : 무실한 죄로 학대하다.)

〔**新字·雜事一**〕晉平公閒居, 師曠侍坐. 平公曰, 子生無目眹. 甚矣. 子之墨墨也. 師曠對曰, 天下有五墨墨, 而臣不得與一焉. 平公曰, 何謂也. 師曠曰, 群臣行賂, 以采名譽. 百姓侵寃, 無所告訴, 而君不悟, 此一墨墨也. 忠臣不用, 用臣不忠, 下才處高, 不肖臨賢, 而君不悟, 此二墨墨也. 奸臣欺詐, 空虛府庫, 以其少才, 覆塞其惡, 賢人逐, 奸邪貴, 而君不悟, 此三墨墨也. 國貧民罷, 上下不和, 而好財用兵, 嗜欲無厭, 諂諛之人, 容容在旁, 而君不悟, 此四墨墨也. 至道不明, 法令不行, 吏民不正, 百姓不安, 而君不悟, 此五墨墨也. 國有五墨墨而不危者, 未之有也.

治國不以禮, 猶無耜(사)而耕也. 爲禮不本於義, 猶耕而弗種也.

나라를 예로써 다스리지 않는 것은 쟁기의 보습이 없이 밭을 가는 것과 같으며, 예를 의로움을 근본으로 삼아 행하지 않는 것은 밭을 갈고서 씨를 뿌리지 않는 것과 같다. 의로움을 근본으로 한 예를 통해서 나라를 다스리지 않으면 아무런 다스림의 성과를 거둘 수 없음을 지적하는 것.(耜 : 보습. 쟁기날. 本 : 근본으로 삼다. 근거하다.)

〔**禮記·禮運**〕○○○○○, ○○○○○○. ○○○○○○, ○○○○○○. 爲義而不講之以學, 猶種而弗耨也. 講之以學而不合之以仁, 猶耨而弗穫也.

治國者若鎒(호)田, 去害苗(묘)者而已.

나라를 다스리는 것은 농부가 밭의 김을 매는데 있어 곡식의 싹을 해치는 것을 없애는 것과 같을 뿐이다. 곧 나라를 다스리는 것은 백성을 괴롭히고 해치는 것들을 제거하는데 요체가 있다는 말.(鎒 : 풀을 베다. 김을 매다.)

〔**淮南子·說山訓**〕○○○○○○, ○○○○○○. 今沐者墮髮, 而猶爲之不止, 以所去者 少所利者多.

治國之道, 上無苛令, 官無煩治, 士無僞行, 工無淫巧, 其事經而不擾, 其器完而不飾.

번 / 요 / 식

나라를 다스리는 도는 임금이 가혹한 법령을 내리지 아니하고, 관청에서 번잡한 행정을 하지 아니하며, 학덕이 많은 선비가 사람을 속이는 행실을 하지 아니하며, 벼슬아치들이 교활하지 아니하며, 그 다스림이 떳떳하여 어지럽히지 아니하고, 그 기물을 온전히 꾸미지 아니하여야 하는 것이다. (工 : 벼슬아치. ≒ 官. 淫巧 : 교활하다. 事 : 다스림.)

〔 **淮南子·齊俗訓** 〕 ○○○○, ○○○○, ○○○○, ○○○○, ○○○○, ○○○○○○, ○○○○○○. 亂世則不然.

治國之道, 必先富民. 民富則易治也, 民貧則難治也.

이

나라를 잘 다스리는 도는 반드시 먼저 백성들을 부유하게 만드는데 있다. 백성들이 부유해지면 다스리기가 쉬우나 백성이 빈한하면 다스리기가 어렵다.

〔 **管子·治國** 〕 凡○○○○, ○○○○. ○○○○○○, ○○○○○○. 奚以知其然也. 民富則安鄕重家, 安鄕重家, 則敬上畏罪, 敬上畏罪, 則易治也. 民貧則危鄕輕家, 危鄕輕家, 則敢陵上犯禁, 陵上犯禁, 則難治也.

治大國, 若烹小鮮.

팽

큰 나라를 다스리는 것은 작은 생선을 삶는 것과 같이 해야 한다. 작은 생선을 삶을 때 자주 뒤집으면 부셔지는 것과 같이 큰 나라를 다스릴 때 정령(政令)이 지나치게 복잡하고 가혹하면 백성들이 견디지 못해 그 결과로 나라가 혼란해질 우려가 있으므로 나라의 운영에 작위를 가하지 말고 자연에 맡겨 조용히 지낼 것(無爲)을 주장하는 것. (烹 : 삶다. 小鮮 : 작은 고기 = 小魚.)

〔 **老子·第六十章** 〕 ○○○, ○○○○. 〔 **韓非子·解老** 〕 烹小鮮而數撓之, 則賊其澤.

八政曰, 食·貨·祀·司空·司徒·司寇·賓·師.

나라를 다스리는 데 필요한 중요정사인 팔정(八政)이란 첫째 식량, 둘째는 재화, 셋째는 제사, 넷째는 토목, 다섯째는 교육, 여섯째는 치안, 일곱째는 외교, 여덟째는 군사 등을 이르는 것이다. (司空 : 토목, 건축 등 땅을 다스리는 일. 司徒 : 백성을 교육하는 일. 司寇 : 치안 및 형정. 賓 : 손님 접대 및 외교. 師 : 군대의 통솔.)

〔 **書經·周書·洪範** 〕 三, 八政, 一曰食, 二曰貨, 三曰祀, 四曰司空, 五曰司徒, 六曰司寇, 七曰賓, 八曰師.

火烈, 民望而畏之, 故鮮死焉. 水懦弱, 民狎而玩之, 則多死焉.
나 압 완

불은 불길이 세차서 사람들이 그것을 보고 무서워한다. 그래서 불로 죽는 일이 드물다. 물은 부드럽고 약해서 사람들이 그것을 가까이하면서 장난한다. 그래서 물로 죽는 일이 많다. 관대한 정치로 백성들을 다스려 나가기가 어려움을 지적한 것. (懦 : 부드럽다. 柔와 같은 뜻.)

〔**春秋左氏傳·昭公二十年**〕鄭子産有疾, 謂子大叔曰, ……. 夫○○, ○○○○○, ○○○○. ○○○, ○○○○○, ○○○○. 故寬難.

Ⅱ. 國家와 統治行爲

1. 統治者와 統治權
-統治者의 地位·條件과 統治權의 屬性·爭鬪

彊弩之極矢, 不能穿魯縞. 衝風之末力, 不能漂鴻毛.
노 호

강한 쇠뇌로 쏜 화살도 날아서 최후에 이르면 魯나라에서 나는 얇은 비단 마저도 뚫을 수 없고, 세찬 바람의 힘도 불어서 최후에 이르면 아주 가벼운 한 개의 기러기털 마저도 띄울 수 없다. (喩) 영웅도, 권력자도 쇠해진 다음에는 할 수 있는 힘·일이 아무 것도 없다. / 사람이 기력이 쇠진한 다음에는 아무 일도 이룰 수 없다. (彊弩 : 강한 쇠뇌. 極 : 다하다. 절정에 이르다. 끝에 이르다. 魯縞 : 魯나라에서 나는 얇고 고운 비단. 衝 : 힘차다. 세차다. 세다. 맹렬하다. 漂 : 물 · 액체 위에 뜨다. 떠돌아다니다. 표류하다.) → **彊弩之末, 勢不能穿魯縞. 強弩之末.**

〔**史記·韓長孺列傳**〕(韓)安國曰, ……. 漢數千里爭利, 則人馬罷, 虜以全制其敝. 且○○○○○, ○○○○○, ○○○○○, ○○○○○. 〔**漢書·韓安國傳**〕臣且聞之, 衝風之衰, 不能起毛羽. 強弩之末, 力不能入魯縞. 夫盛之有衰, 猶朝之必暮也. 〔**三國志·委鬼志·諸葛亮傳**〕聞追豫州, 輕騎一日一夜行三百餘里. 此所謂強弩之末, 勢不能穿魯縞者也. 〔**清 黄小配·洪秀全演義**〕強而用之, 如強弩之末, 難穿魯縞, 宜令暫行修養. 然後見機北進可也.

公室卑, 則忌直言. 私行勝, 則少公功.

군주의 권세가 쇠약해지면 신하들이 직언을 기피하고, 사인(私人 ; 개인)의 덕행이 우월하면 군주에 대한 업적이 감소된다. (公室 : 군주를 가리킨다. 卑 : 낮다. / 쇠하다. 쇠약하다. 여기서는 권세가 쇠락함을 가리킨다. 私行 : 사인의 덕행. 개인의 덕행. 勝 : 우월하다. 훌륭하다. 公功 : 국가나 공공기관의 업적. 성과.)

〔**韓非子·外儲說左下**〕經六, ○○○, ○○○○. ○○○, ○○○○.

蛟龍得雲雨, 終非池中物也.

교룡이 구름과 비를 얻어 마침내 못속의 것으로 머물러 있지 않게 되다. (喩) 재능있는 사람이 일단 좋은 기회를 얻어 그의 재능을 충분히 펼쳐서 입신출세하게 되다. / 영웅호걸이 세력을 얻어 그 뜻을 펼치기 위하여 초야를 떨쳐나가다. (終非池中物 : 끝내 세상에 묻히고 말 평범한 사람이 아니라는 말. 곧 때만 얻으면 큰 일을 할 사람이라는 뜻. 池中物은 못 안에서 살고 있는 고기. 보통사람. 평범한 사람의 비유.) → **蛟龍得雲雨, 終非池中物.**

〔三國志·吳志·周瑜傳〕(周) 瑜上疏曰, 劉備以梟雄之姿, 而有關羽 張飛熊虎之將, 必非久屈爲人用者. ……今猥割土地以資業之, 聚此三人俱在疆場, 恐○○○○○, ○○○○○○. 〔晉書·劉元海載記〕元海若能平涼州, 斬樹機能, 恐涼州方有難耳. 蛟龍得雲雨, 非復池中物也. 〔十八史略·近古·晉六朝篇〕周瑜上疏於權曰, 劉有梟雄之姿, 而有關羽 張飛熊虎之將, 聚此三人在疆場, 恐○○○○○, ○○○○○○, 宜徙備値吳.

權勢不可以借人. 上失其一, 下以爲百.

권세는 남에게 빌려주어서는 안되는 것이니, 임금이 신하에게 하나의 권력을 잃으면, 신하는 그것으로써 백의 권력을 만들어 사용한다. 임금이 조그마한 권력을 위임하면 그 신하가 권력을 남용하여 임금의 지위가 위태롭게 될 수 있음을 경고하는 말. (權勢 : 남을 눌러 복종시키는 힘. = 權力. 以 : 그것으로써. 爲 : 쓰다. 사용하다. =用.) ≒ **利器入手, 不可假人. 借人國柄, 則失其權.**

〔六韜·文韜〕太公曰, 無疏其親, 無怠其衆, 撫其左右, 御其四旁, 無借人國柄,借人國柄, 則失其權. 〔韓非子·內儲說下〕經一, 權借一○○○○○○○○, ○○○○, ○○○○. 故臣得借則力多, 力多則內外爲用, 內外爲用則人主壅. 〔東周列國志〕臣聞利器入手, 不可假人. 主公已嗣爵爲君, 國人悅服, 千歲而後, 便當傳之子孫. 何得以居攝爲名, 起人非望.

權出一者彊, 權出二者弱, 是彊弱之常也.

권력이 한 사람으로부터 나온 것은 강하고, 그것이 두 사람으로 부터 나온 것은 약한 것이니, 이것이 권력의 강하고 약한 것의 상도이다. 권력계통이 통일되어 있는 나라는 강하고, 그렇지 않는 나라는 약하다는 것이 당연한 이치라는 뜻.

〔荀子·議兵〕重用兵者彊, 輕用兵者弱, ○○○○○, ○○○○○, ○○○○○○.

根深不翦, 尾大難動.
전

나무 뿌리가 깊이 뻗으면 짜르기가 어렵고, 동물의 꼬리가 커지면 흔들기가 어렵다. (喩) 부하의 세력이 강대해지면 제거할 수가 없고, 지휘에 따라 움직이지 않는다. (翦 : 자르다. = 剪.) → **尾大不掉.**

〔明 湯顯祖·南柯記〕吾爲右相, 爲念南柯重地, 駙馬王親, 在郡二十餘年, 威權太甚. 常愁○○○○, ○○○○.

禽獸之性, 大者爲首, 而小者爲尾, 末大於本則折, 尾大於要則不掉矣.
도

금수의 본성은 큰 것이 우두머리가 되고 작은 것이 말단이 되는 것이며, 나무의 끝 부분이 뿌리보다 크면 부러지고 동물의 꼬리가 허리보다 크면 흔들지 못한다. (猶) 신하의 세력이 커지면 임금도 이를 통제하지 못하여 마침내 나라가 망하게 된다. / 조직이 방대하거나 그 하부가 상부보다 강하면 마음대로 지휘할 수 없다. (首 : 머리. / 우두머리. 수령. 지도자. 尾 : 꼬리. 掉 : 흔들다. 꼬리를 치다.) → **尾大不掉.**

〔 **春秋左氏傳·昭公十一年** 〕(申無宇) 對曰, 鄭京櫟實殺曼伯, ……, 若由是觀之, 則害於國, 末大必折, 尾大不掉, 君所知也. 〔 **淮南子·泰族訓** 〕○○○○, ○○○○, ○○○○○, ○○○○○○○, ○○○○○○○○. 〔 **抱朴子·任能** 〕或曰, 尾大於身者, 不可掉. 臣賢於君者, 不可任. 〔 **魏 曹冏·六代論** 〕所謂末大必折, 尾大難掉. 〔 **唐 柳宗元·封建論** 〕餘以爲周之喪久矣, 封建空名於諸侯之上耳. 得非諸侯之強大, 末大不掉之咎歟.

當竝驅於中原, 未知鹿死誰手.

(여러 사람이 사냥하기 위해) 넓은 들판에 어울려 말을 몰고 있으나 사슴이 누구의 손에 죽을지 알지 못하다. (喩) 여러 영웅들이 천하를 쟁탈하려 하고 있으나 천하가 누구에게로 돌아갈 것인가를 아직 모른다. / 형세가 혼돈하여 아직 승부를 결정짓지 못하다. (竝 : 아우르다. 中原 : 넓은 들판 또는 천하. 鹿 : 사슴 또는 帝位의 뜻.) → **中原逐鹿. 中原得鹿. 中原之鹿.**

〔 **史記·淮陰侯列傳** 〕(蒯通) 對曰, 秦之綱絶而維弛, 山東大擾, 異姓竝起, 英雄烏集. 秦失其鹿, 天下共逐之, 於是高材疾足者先得焉. 〔 **漢書·蒯通傳** 〕秦失其鹿, 天下共逐之. 〔 **後漢書·袁紹傳** 〕英雄竝起, 各據州郡, 連徒聚衆, 動有萬計, 所謂秦失其鹿, 先得者王. 〔 **晉書·石勒載記** 〕石勒酒酣笑曰, 人豈不自知, 卿言亦以太過, 朕若逢高皇, 當北面而事之, 與韓. 彭競鞭而爭先耳. 脫遇光武, ○○○○○○, ○○○○○○. 〔 **唐 魏徵·述懷詩** 〕中原還逐鹿, 投筆事戎軒. 〔 **唐 溫庭筠·過五丈原詩** 〕下國臥龍空寤主, 中原得鹿不由人. 〔 **清 朱朝佐·吉慶圖·金赴** 〕天下紛爭, 張士誠·方國珍等竝起刀兵, 各懷窃踞, 所謂秦人失鹿, 捷足先登. 〔 **十八史略·中古·秦漢篇** 〕秦失其鹿, 天下共逐之. 高材疾足者先得焉.

大樹之下, 草不霑(점)露.

큰 나무 밑에서는 풀에 이슬이 맺히지 않는다. (喩) 강대한 세력에 의지하고 있는 사람은 그 세력의 그늘에 가리워져 능력을 펴지 못한다. (霑 : 적시다. 젖다.)

〔 **張協狀元** 〕○○○○, ○○○○. 奴家求庇蔭于李大公大婆, 莊家有甚出豁.

大臣太重者國危, 左右太親者身危.

대신의 권세가 너무 크면 나라가 위험해지고, 측근의 인사와 너무 친근해지면 임금의 신변이 위험해진다. (重 : 무겁다. 두텁다. 크다. 깊다. 많다. 左右 : 곁. 옆. 주변. 측근. 신변. / 근신, 近臣. 시신,侍臣. 身 : 임금. 자신을 이른다.)

〔 **戰國策·秦策一** 〕人說惠王曰, ○○○○○○○, ○○○○○○○. 今秦婦人嬰兒皆言商君之法, 莫言大王之法. 是商君反爲主, 大王更爲臣也. 〔 **東周列國志** 〕臣聞大臣太重者國危, 左右太親者身危. 商鞅……位尊權重, 後必謀叛.

倒持泰阿, 授楚其柄.

泰阿의 명검을 거꾸로 잡고, 가시나무의 그 칼자루를 남에게 넘겨주다. (喻) 대권을 남에게 넘겨주고 도리어 그 피해를 입다. / 유리한 정세를 적에게 넘겨주어 도리어 자기에게 해를 입게 하다. 자기를 망하게 하여 적을 이롭게 하다. (泰阿 : 고대의 구치소에서 주조된 명검 이름. 楚 : 가시나무. 柄 : 자루. 손잡이. / 권세. 권력) = **倒持劍而以把授與人. → 倒持泰阿. 泰阿倒持. 太阿倒持.**

〔 **漢書·梅福傳** 〕孔子曰, 工欲善其事, 必先利其器. 至秦則不然, 張誹謗之罔, 以爲漢歐除, ○○○○, ○○○○. < 顔注 > 泰阿, 劍名, 歐冶所鑄也. 言秦無道, 令陳涉項羽乘閒而發, 譬倒持劍而以把授與人也.

得賢者昌, 失賢者亡.

나라가 현명한 신하의 보좌를 받으면 곧 창성하게 되고, 현명한 신하를 잃으면 곧 멸망하게 된다. = **得士者強, 失士者亡. 得人者昌, 失人者亡. 得人者興, 失人者崩.**

〔 **韓詩外傳·卷五** 〕得賢者昌, 不肖則亡. 自古及今, 未有不然者也. 〔 **史記·商君列傳** 〕詩曰, 得人者興, 失人者崩. 〔 **漢書·梅福傳** 〕得士者強, 失士者亡. 〔 **唐 李觀·項籍碑銘序** 〕故曰, 得人者昌, 失人者亡. 〔 **元 無名氏·七國春秋平話** 〕齊國災難, 非孫子不能成功. 古云, ○○○○, ○○○○.

蔓難圖也. 蔓草猶不可除.

만

덩굴지면 어떤 대책을 세우기도 어렵다. 덩굴 풀은 역시 제거할 수 없는 것이다. (喻) 세력이 커지면 처치하기가 어렵게 된다. / 일은 초기에 처리하지 않으면 일이 커진 다음에는 훗날 어찌할 수 없는 지경에 이른다. (蔓 : 덩굴. 덩굴지다. 퍼지다. 猶 : 지금도. 역시.)

〔 **春秋左氏傳·隱公元年** 〕姜氏何厭之有, 不如早爲之所使滋蔓. ○○○○, ○○○○○○, 況君之寵弟乎. 〔 **晉書·王鑒傳** 〕蔓草猶不可長, 況虎兕之害乎.

木實繁者披其枝, 披其枝者傷其心.

피

나무의 열매가 너무 많이 열리면 그 가지가 찢어지고, 가지가 찢어지면 그 나무의 고갱이를 상하게 한다. (喻) 신하의 세력이 지나치게 강해지면 임금의 자리가 위태로워진다. / 아랫 사람이 너무 똑똑하면 웃 사람을 좌지우지한다. (繁 : 많다. 성하다. / 무성하다. 披 : 부러지다. 찢어지다. 心 : 초목의 고갱이. 즉 초목 줄기 한 가운데의 연한 심.)

〔 **韓非子·揚搉** 〕爲人君者, 數披其木, 毋使木枝扶疏. 木枝扶疏, 將塞公閭, 私門將實, 公庭將虛, 主將壅圍, 數披其木, 無使木枝外拒. 木枝外拒, 將逼主處, 數枝其木, 毋使枝大本小. 枝大本小, 將不勝春風, 不勝春風, 枝將害心. 〔 **史記·范雎蔡澤列傳** 〕詩曰, ○○○○○○○, ○○○○○○○. 大其都者危其國, 尊其臣者卑其主. 〔 **戰國策·秦策三** 〕詩曰, ○○○○○○○, ○○○○○○○. 大其都者危其國, 尊其臣者卑其主 ……. 臣(應侯)聞之也, 木實繁者披其披, 枝之披者傷其心. 都大者危其國, 臣强者危其主. 〔 **漢**

書·蕭望之傳〕附枝大者, 賊本心, 私家盛者, 公室危.

武王伐紂, 過隧斬岸, 過水折舟, 過谷發梁, 過山焚萊, 示民無返志也.

주 수 참

周를 세운 武王이 紂王을 치면서 도로를 지나고 나서는 그 언덕을 끊어버렸고, 물을 건너고 나서는 배를 잘라버렸으며, 골짜기를 지나고 나서는 다리를 부수어버렸고, 산을 지나고 나서는 국거리인 명아주를 불태워버려 살아서 되돌아가지 않을 뜻을 백성들에게 보였다. 배수(背水)의 진을 치면서 불퇴전의 결의를 보였다는 뜻. (隧 : 도로. 斬 : 자르다. 베다. 發梁 : 다리를 부수다. 萊 : 명아주. 풀.)

〔說苑·權謀〕○○○○, ○○○○, ○○○○, ○○○○, ○○○○, ○○○○○○.

無主乃亂, 惟天生聰明, 時乂.

예

주인이 없으면 곧 어지러워지니, 하늘은 총명한 이를 내어서 때를 맞추어 다스리게 한 것이다. 국가나 조직에 통솔자가 없으면 그것이 곧 무너지게 되므로 총명한 사람으로 하여금 통솔하게 된 것이라는 뜻. (時 : 때를 맞추다. 乂 : 다스리다. 다스려지다.)

〔書經·商書·仲虺之誥〕仲虺乃作誥, 曰, 嗚呼, 惟天生民有欲, ○○○○, ○○○○○, ○○.

問鼎之大小輕重.

세발 달린 솥의 대소와 경중을 물어보다. 제위(임금의 자리)를 탈취할 불손한 마음이 있음을 의미. / 상대편의 실력이나 속마음을 살펴 그 약점을 파고드는 것을 이르는 말. (鼎 : 禹王이 九州의 금속을 모아서 주조한 아홉 개의 솥으로, 이를 왕위 전승의 보배로운 기물로 삼은 데서 왕위 · 제업을 의미하게 되었다.) → **問鼎輕重. 問鼎之心. 問鼎中原.**

〔春秋左氏傳·宣公三年〕楚子伐陸渾之戎, 遂至於雒, 觀兵于周疆. 定王使王孫滿勞楚子, 楚子○○○○○○○焉. 對曰, 在德不在鼎. …….今, 周德雖衰, 天命未改. 鼎之輕重, 未可問也. 〔東漢·應劭·風俗通義〕莊王僭號, 自下摩上, 觀兵京師, 問鼎輕重, 恃強肆忿, 幾亡宋國. 〔晉書·王敦傳〕既素有重名, 又立大功於江左, 專任閫外, 手控強兵, 群從貴顯, 威權莫貳, 遂欲專制朝廷, 有問鼎之心. 帝畏而惡之.

拔眼中釘, 豈不樂哉.

정

눈에 박힌 못을 뽑아내니 어찌 기쁘지 아니하랴 ! 몹시 밉고 싫은 사람을 제거하여 기분이 좋다는 뜻. 눈의 가시 같은 간신을 제거하여 마음이 상쾌함을 이르는 말. (釘 : 못.) → **拔眼中釘.**

〔五代史·趙在禮傳〕在禮在宋州, 人尤苦之, 已而罷去, 宋人喜而相謂曰, ○○○○, ○○○○. 〔續資治通鑑·長〕丁謂讚貶寇公, 天下謠曰, 欲得天下寧, 須拔眼中釘, 欲得天下好, 莫如召寇老.

白魚躍入王舟中.

백어가 왕의 배 속으로 뛰어들어오다. (喩) 적이 항복하여 복종하다. 용병에 있어서 반드시 이기는 길조. (由) 周나라 武王이 殷나라 紂王을 치려고 강을 건널 때 백어가 배 안으로 뛰어들었는데 이러한 우연의 사건에 대하여 武王이 천명을 받들어 殷나라를 정벌, 멸망시킬 조짐이라고 보았던 고사. (白 : 殷나라의 정색.) → **白魚入舟.**

〔 **史記·周本記** 〕 武王渡河, 中流, ○○○○○○○, 武王俯取以祭. < 裴駰集解 > 馬融曰, 魚者, 鱗介之物. 兵象也, 白者, 殷家之正色, 言殷之兵衆與周之象也.

伯夷叔齊, 及父卒, 讓位而逃去於周. 武王伐紂, 以臣弑[시]君, 平殷亂, 恥之, 不食周粟, 隱於首陽山, 采薇[미]而食之, 餓且死.

殷代孤竹의 伯夷와 叔齊는 아버지가 죽은 뒤에 각기 임금자리를 사양하고 周나라로 도망가버렸다. 이때 周의 武王이 殷나라 紂임금을 쳐, 신하로서 임금을 죽이고 殷나라 난리를 평정하니 이를 부끄럽게 여겨 周나라 양식을 먹지 아니하고 首陽山에 숨어 고사리를 캐어 먹으며 연명하다가 끝내 굶어서 죽었다. (由) 伯夷·叔齊는 孤竹君의 두 아들. 伯夷는 아버지가 셋째 아들 叔齊에게 선위할 뜻이 있음을 알고, 아버지가 죽은 후 나라를 사양하고 周로 달아나니, 叔齊 또한 伯夷에게 사양하고 달아나 둘째아들이 선위했다. 후에 周 武王이 殷의 紂王을 칠 때 이 형제가 말꼬삐를 잡고 "신하가 임금을 치는 것은 신하의 도가 아님"을 간하였으나 듣지 않았고, 마침내 殷을 평정하니 위와 같이 首陽山에 들어가 굶어서 죽었다.

〔 **史記·伯夷列傳** 〕 伯夷·叔齊, 孤竹君之二子. 父欲立叔齊, 及父卒, 叔齊讓伯夷. 伯夷曰, 父命也. 遂逃去. 叔齊亦不肯立而逃之. 國人立其中子. …….及至西伯卒, 武王載木主, 號爲文王東伐紂. 伯夷·叔齊叩馬而諫曰, 父死不葬, 爰及干戈, 可謂孝乎. 以臣弑君, 可謂仁乎. 左右欲兵之. 太公曰, 此義人也. 扶而去之. 武王已平殷亂, 天下宗周, 而伯夷·叔齊恥之, 義不食周粟, 隱於首陽山, 采薇而食之. 及餓且死. 作歌.

百足之蟲, 死而不僵[강].

다리가 백 개나 달린 노래기는 죽어도 쓰러지지는 않는다. (喩) 세력이 커서 부하가 많은 사람은 죽어도 그 세력 또는 영향력은 변함없이 존속한다. 일가붙이나 도와주는 이가 많은 사람은 쉽게 망하지 않는다. (百足之蟲 : 다리가 백 개가 달린 벌레 곧 노래기로, 이것은 몸이 짤려도 여전히 움직이고 쓰러지지 않는다. 僵 : 쓰러지다.) = **百足之蟲, 至死不僵.**

〔 **孔子家語·六本** 〕 依賢者固不困, 依富者固不窮, 馬蚿斬足而復行, 何也. 以其輔之者衆. 〔 **三國志·魏志·武文世王公傳** 〕 ○○○○, ○○○○. 〔 **南朝·梁肅統·文選·曹冏·六代論** 〕 夫泉竭則流涸, 根朽則葉枯. 枝繁者蔭根, 條落者本孤. 故語曰, 百足之蟲, 至死不僵. 扶之者衆也. < 李善注 > 魯連子曰, 百足之蟲, 至斷不蹶者, 持之者衆也. 〔 **唐 馬總·意林** 〕 (引魯連子) 百足之蟲, 斷而不蹶. 持之者衆也. 〔 **宋 陳亮·祭盧欽叔母夫人文** 〕 百足之虫, 不僵其死. 死而不亡, 亦惟有子, 閫内之懿, 聞于井里.

溥天之下, 莫非王土. 率土之濱, 莫非王臣.
보 솔 빈

온 천하는 임금의 땅이 아닌 것이 없고, 영유하고 있는 땅의 지경 안에는 임금의 백성이 아닌 사람이 없다. 온 천하에 소유하고 있는 토지는 모두 임금이 통치하는 영토안에 있고, 영유하고 있는 사람은 모두 임금의 신하라는 뜻. 곧 천하가 모두 임금 한 사람 소유의 토지와 신하라는 것으로, 이는 봉건왕조체제하에서의 임금의 지위를 표현한 것이다. (溥 : 광대한./ 보편적인. 전체의. 모든. 온. 모두의. = 普. 徧. 率 : 통솔하다. 거느리다. ※ 여기서는 거느리는 대상이 땅이므로 영유하다로 해석. 濱 : 물가. / 끝. 변두리. 가장자리. 한계.) → **溥天之下, 率土之濱. 普天之下, 率土之濱. 溥天率土.**

〔 **詩經·小雅·北山** 〕 ○○○○, ○○○○, ○○○○, ○○○○, 大夫不均, 我從事獨賢. 〔 **春秋左氏傳·昭公七年** 〕 普天之下, 莫非王土, 率土之濱, 莫非王臣. 天有十日, 人有十等, 下所以事上, 上所以共神也. 〔 **漢 賈誼·新書·匈奴** 〕 詩曰, 普天之下, 莫非王土, 率土之濱, 莫非王臣. 〔 **明 青蓮室主人·後水滸傳** 〕 陛下不必驚恐, 率土之下, 莫非王臣. 〔 **明 馬令達·與樣部山** 〕 率土皆王臣, 而臣必欲得美地.

司馬昭之心, 路人所知.

司馬昭의 마음 속이 무엇인지는 길 가는 사람도 다 아는 것이다. 三國시대 魏나라의 대장군 司馬昭가 曹髦의 제위(帝位)를 찬탈하려고 기회를 노리고 있는 그 마음은 이미 탄로되어 길 가는 사람 등 모든 사람이 다 알고 있다는 말. (喩) 나쁜 사람의 음모와 야심이 이미 사람들에게 널리 알려지다. 야심이 빤히 드러나 보인다. 야심이 분명하여 누구나 다 안다. (路人 : 길 가는 사람. 보통 사람.) → **司馬昭之心, 路人皆見. 司馬之心, 路人皆見. 司馬昭之心, 昭然若揭. 司馬昭之心.**

〔 **三國志·魏志·高貴鄕公紀** 〕 < 裴松之注 > (引 漢晋春秋) 帝見威權日去, 不勝其忿. 乃召侍中王沈, 尙書王經, 散騎常侍王業, 謂曰, ○○○○○, ○○○○也. 吾不能坐受廢辱, 今日當與卿自出討之. 〔 **清 呂熊·女仙外史** 〕 乃據自登基, 清宮三日, 血肉蹀躞于殿庭, 而又遣胡濙到處搜求建文, 司馬之心, 行路者皆知之. 〔 **姚雪垠·李自成** 〕 司馬昭之心, 路人皆知, 我身爲大帥軍師, 豈是糊涂之人.

上醫醫國, 中醫醫人, 下醫醫病.

상등의 의사는 나라의 폐해를 치료하고, 중등의 의사는 사람의 폐해를 치료하며, 하등의 의사는 신체의 각종 질병을 치료한다. (醫 : 의사. 치료하다.)

〔 **國語·晉語八** 〕 文子曰, 醫及國家乎. 醫和對曰, 上醫醫國, 其次疾人, 固醫官也. 〔 **清 程杏斬·醫述** 〕 (引千金方) 古之醫者, ○○○○, ○○○○, ○○○○, 上醫聽聲, 中醫察色, 下醫診脈.

世不絶聖, 國不乏賢, 能得其師者王, 能得其友者霸, 今寡人不才, 而群臣莫及者, 楚國其殆矣.
핍

세상에는 성인이 끊어지지 않고 나라에는 현인이 모자라지 않아서, 그런 사람을 스승으로 얻으면 왕이 될 수 있고, 벗으로 얻으면 패자가 될 수 있다. 이제 과인이 재주가 없는 데도 많은 신하들이 (나에게) 미치지 못하니 楚나라가 위태롭다. (由) 魏나라 武侯가 신하들과 국사를 논의할 때 신하들의 의견이 다 자기보다 못하다고 여겨 희색이 만면해지자 이를 吳起가 보고 楚나라 莊王의 말을 예로 들면서 "이처럼 楚나라 莊王이 근심했던 일을 주군께서는 도리어 즐거워하시니 저는 은근히 걱정됩니다."라고 말하자 무안한 기색을 보였다.

〔**吳子兵法·圖國**〕申公問曰, 君有憂色, 何也. (楚莊王)曰, 寡人聞之, ○○○○, ○○○○, ○○○○○○, ○○○○○○, ○○○○○, ○○○○○○, ○○○○○.

小盜者拘, 大盜者爲諸侯, 諸侯之門, 義士存焉.

좀도둑은 잡히어 갇히고, 큰 도둑은 제후가 되니, 그 제후의 문하에는 의사(義士)들이 모여든다. 작은 물건을 훔친 도둑은 구속되나, 나라를 훔친 큰 도둑은 제후가 되어 많은 훌륭한 인물을 거느리고 나라를 다스린다는 뜻. / 시비·상벌이 명위(名位)에 따라 다른 것임을 비유. 옛 사회의 법률이 위선적이거나 법제가 잘못되어 있음을 풍자한 것. → **竊鉤者拘, 竊國者侯. 竊鉤者誅, 竊國者侯.**

〔**莊子·盜跖**〕滿苟得曰, ○○○○, ○○○○○○, ○○○○, ○○○○. 〔**莊子·胠篋**〕彼竊鉤者誅, 竊國者爲諸侯, 諸侯之門而仁義存焉. 〔**史記·游俠列傳**〕鄙人有言曰, 何知仁義, 已饗其利者爲有德. 故伯夷醜周, 餓死首陽山, 而文武不以其故貶王. 跖·蹻暴戾其徒誦義无窮. 由此觀之, 竊鉤者誅, 竊國者侯, 侯之門仁義存, 非虛言也.

誰勸君王回馬首, 眞成一擲賭乾坤.

척 도

누가 군왕에게 권하여 그 말머리를 돌리도록 해서, 진정 단 한판의 노름을 하는 것에 하늘과 땅을 걸게 했더냐 ! (由) 漢나라 劉邦과 楚나라 項羽가 鴻溝를 경계선으로 그 서쪽은 漢, 동쪽은 楚가 차지하여 영토로 삼기로 약속했으나 劉邦의 막하인 張良과 陳平이 楚를 칠 것을 권유, 項羽와의 약속을 어기고 동쪽으로 가 있는 項羽와의 일전에 천지를 걸고 싸워 項羽를 垓下에서 포위, 대패시키고 漢 왕조를 세웠다. 韓愈가 이를 상기하고 過鴻溝라는 시를 지은 것. (眞成 : 진실로. 참으로. = 眞正. 一擲賭乾坤 : 운명과 흥망을 걸고 전력을 다해 마지막 승부나 성패를 겨룬다는 뜻. 擲은 노름을 하다.) → **一擲賭乾坤. 乾坤一擲.**

〔**韓愈·過鴻溝詩**〕龍疲虎困割川原, 億萬蒼生性命存, ○○○○○○○, ○○○○○○○.

雖有絲麻, 無棄菅蒯, 雖有姬姜, 無棄蕉萃.

관 괴 초 췌

(신을 삼음에 있어) 비록 명주실과 삼실이 있더라도 골풀을 버리지 말 것이며, 비록 큰 나라의 미녀가 있더라도 여윈 못난이를 버리지 말 것이다. (喻) 현명한 사람이 있어도 평범한 사람이 있어야 한다. / 좋은 재료, 정밀한 것이 있더라도 좋지 않은 재료, 거친 것도 있어야 한다. (菅蒯 : 새끼를 꼬는 골풀과 띠풀로 평범한 인물의 비유. 姬姜 : 姬는 周나라의 성, 姜은 齊나라의 성으로 곧 큰 나라의 공

주 또는 궁중의 부인을 이르는 말. / 미녀를 이르는 말. 蕉萃 : 마르고 파리한 사람.)

〔**春秋左氏傳·成公九年**〕詩曰, ○○○○, ○○○○, ○○○○, ○○○○. 凡百君子, 莫不代匱. 言備之不可以已也.

雖有挈缾之知, 守不假器.
설 병

비록 두레박을 손에 들고 물을 긷는 정도의 지혜만 있어도 그 물 그릇을 지키고 이를 남에게 빌려주지 않는다. 작은 지혜만 있어도 남에게 자신의 권한을 빌려주지 않는다는 뜻. (挈缾之知 : 두레박을 손에 들고 물을 길을 수 있는 지혜 곧 작은 지혜를 이른다. 挈은 손에 들다. 缾은 두레박.) → **挈缾之知.**

〔**春秋左氏傳·昭公七年**〕人有言曰, ○○○○○○, ○○○○, 禮也. 夫子從君, 而守臣喪邑, 雖吾子亦有猜焉. 〔**戰國策·趙策一**〕靳𪈫曰, 人有言, 挈缾之智, 不失守器. 〔**明 歸有光·乞休申文**〕挈缾之智, 手不假人.

勝者王侯, 敗者寇盜.

(권력이나 천하를 쟁탈하려는 사람은) 이기면 왕자나 제후가 되고, 지면 도둑이 된다.

〔**濟公全傳**〕爾豈不知天下, 乃人人之天下, 非一人之天下. 有德者居之, 無德者失之. ○○○○, ○○○○.

十圍之木, 持千鈞之屋, 五寸之鍵, 制開闔之門.
균 전 합

열 아름 밖에 안되는 나무가 천 균이나 되는 집을 지탱하고, 다섯 치 밖에 안되는 자물쇠가 그 집의 열고 닫는 문을 제어한다. 한 사람이 크고 중요한 조직체의 중요한 부서에서 핵심적인 임무를 수행하고 있음을 비유. (持 : 버티다. 견디다. 闔 : 닫다.)

〔**文子·上義**〕十圍之木, 持千鈞之屋, 得所勢也, 五寸之關, 能制開闔, 所居要也. 〔**淮南子·主術訓**〕○○○○, ○○○○○, ○○○○, ○○○○○. 〔**說苑·談叢**〕一圍之木, 持千鈞之屋, 五寸之鍵, 而制開闔, 豈材足任哉, 蓋所居要也.

兒女情長, 英雄氣短.

남녀간 애정이 깊고 두터워서 헤어지기 아쉬워하게 되면 그 영웅은 의기가 꺾여버린다. 영웅은 항상 애정 혹은 여자를 그리워하는 정 때문에 그의 진취적인 정신을 잃어버림을 뜻한다. (兒女 : 사나이와 계집아이. 아들과 딸. / 남녀. ※ 兒는 청년남자. 情長 : 정이 깊어지다. 감정이 깊고 두터워서 헤어지기 아쉬워함을 이르다. 氣短 : 기력이 약해지다. 기가 죽다. 기가 꺾이다. 의기소침하다.)

〔**南朝 梁 鍾嶸·詩品**〕晉司空張華詩 ……雖名高曩代, 而疏亮之士, 獨恨其兒女情多, 風雲氣少. 〔**明 周鈴·英雄氣短說**〕○○○○, ○○○○, 以言乎情, 不可恃也. 情溺則氣損, 氣損則英雄之分亦虧.

兩高不可重, 兩大不可容, 兩勢不可同, 兩貴不可雙.

두 가지의 높은 것은 다 중시될 수 없고, 두 가지의 큰 것은 다 용납할 수 없으며, 두 가지의 세력은 같이 있을 수 없고, 두 가지의 귀한 것은 같이 짝이 될 수 없다. 두 개의 강자간에는 반드시 다툼이 일어나 그 중 한 개가 약화되거나 몰락하게 된다는 뜻.

〔**說苑·談叢**〕○○○○○, ○○○○○, ○○○○○, ○○○○○. 夫重容同雙, 必爭其功.

兩虎方且食牛, 食甘必爭, 爭則必鬪(투), 鬪則大者傷, 小者死.

두 마리의 호랑이가 바야흐로 소를 잡아먹으려 하는데, 그 먹이가 맛이 있으면 필히 다툴 것이고, 다투면 싸울 것인즉 싸우면 큰 것은 다치고 작은 것은 죽게 될 것이다. (喩) 두 영웅 또는 두 강대국이 서로 싸우면 어느 한쪽이 다치거나 망하게 된다. ＝ **兩虎相鬪. 必有一傷.** → **兩虎相鬪. 兩虎相搏.**

〔**史記·張儀列傳**〕莊子欲刺虎, 館豎子止之, 曰, ○○○○○○, ○○○○, ○○○○, ○○○○○, ○○○. 從傷而刺之, 一擧必有雙虎之名. 〔**史記·春申君列傳**〕(黄)歇乃上書說秦昭王曰, 天下莫強於秦·楚. 今聞大王欲伐楚, 此猶兩虎相與鬪. 兩虎相與鬪而駑犬受其獘, 不如善楚. 〔**史記·廉頗藺相如列傳**〕(藺)相如曰, ……. 今兩虎共鬪, 其勢不俱生. 〔**戰國策·秦策二**〕管與止之曰, 虎者戾蟲, 人者甘餌也. 今兩虎諍人而鬪, 小者必死, 大者必傷. 子待傷虎以刺之, 則是一擧而兼兩虎也. 無刺一虎之勞, 而有刺兩虎之名.

魚鼈厭(염)深淵而就乾淺, 故得於釣網. 禽獸厭深山而下於都澤, 故得於田獵(렵).

물고기와 자라는 깊은 못이 싫증이 나서 물이 적고 얕은 곳으로 나오기 때문에 낚시나 그물에 걸리는 것이고, 날짐승과 길짐승은 깊은 산이 싫증이 나서 웅덩이나 진펄로 내려오기 때문에 사냥으로 잡히는 것이다. (喩) 임금이 장기간 신하들에게 나라의 운명을 위임하고 이를 방임하면 그 나라가 망할 수도 있다. 사람이 그의 임무를 소홀히하면 그의 신분이나 지위를 유지하기 어렵다. (厭 : 싫어하다. 싫증이 나다. 싫어지다. 물리다. 淵 : 못. 웅덩이. 물이 한데 모이는 곳. ≒ 潴. 都 : 못. 웅덩이. 田獵 : 사냥. 수렵. / 사냥을 하다.)

〔**韓詩外傳·卷十**〕晏子對曰, ……, 臣聞之, ○○○○○○○○○, ○○○○○. ○○○○○○○○○○, ○○○○○. 今君出田, 十有七日而不反, 不亦過乎.

魚不可脫於淵, 國之利器不可以示人.

물고기는 연못을 벗어나서는 안되고, 나라를 다스리는 날카로운 무기는 남에게 보여서는 안된다. 연못은 물고기가 생존하는 근본이니, 이 곳을 이탈하면 반드시 말라 죽게 되며, 권력이란 것은 나라를 다스리는 날카로운 무기이므로 이것을 남에게 알려주면 나라가 망하고 몸을 망친다는 의미. (國之利器 : 나라를 다스리는 날카로운 무기. 곧 권력. 河上公曰, 利器者, 權也. 示 : 알리다. 보이다. 나타내다. 드러내다. / 자랑하다. 과시하다. 뽐내다.)

〔**老子·第三十六章**〕柔弱勝剛強. ○○○○○○, ○○○○○○○○○. 〔**韓非子·內儲說下**〕傳一 一 勢重者, 人主之淵也, 君者, 勢重之魚也. 魚失於淵, 而不可復得也, 人主失其勢重於臣, 而不可復收也. 〔**韓詩外傳·卷七**〕老子曰, ○○○○○○, ○○○○○○○○○. 〔**淮南子·道應訓**〕國人皆知殺戮之專, 制在子罕也, 大臣親之, 百姓畏之, 居不至期年, 子罕遂却宋君, 而專其政. 故老子曰, 魚不可脫于淵, 國之利器, 不可以示人. 〔**說苑·君道**〕於是宋君行賞賜而與子罕刑罰, 國人知刑戮之威, 專在子罕也, 大臣親之, 百姓附之, 居期年, 子罕逐其君而專其政. 故曰, 無弱君而彊大夫. 老子曰, 魚不可脫於淵, 國之利器, 不可以借人. 此之謂也.

臥榻之側, 豈容他人鼾睡乎.
탑 의

자기의 침상 곁에서 다른 사람이 코고는 소리를 내면서 큰 잠을 자는 것을 어찌 용납하랴! (喻) 자신이 천하를 통일하여 황제가 되려고 하면 곧 다른 사람이 자기의 영내에서 임금이라고 칭하는 것을 다시 용인하지 못한다. / 자기의 세력 범위 내에 다른 사람이 침범하는 것을 허락하지 않는다. / 자기의 이익을 침범하는 것을 용납하지 않는다. (榻 : 길고 좁고 낮게 만든 침상 또는 평상. 鼾睡 : 코고는 소리를 내면서 큰 잠을 자다.) → **臥榻豈容鼾睡.**

〔**宋 岳珂·桯史·徐鉉入聘**〕江南亦何罪. 但天下一家, 臥榻之側, 豈容他人鼾睡耶. 〔**續資治通鑑·宋太祖紀·開寶八年**〕宋伐江南, 徐鉉入奏, 請求太祖緩兵, 太祖說, 江南亦有何罪. 但天下一家, ○○○○, ○○○○○○○. 〔**十八史略·近古·唐宋篇**〕上(宋太祖)怒按劍曰, 不須多言. 江南亦有何罪. 但天下一家, ○○○○, ○○○○○○○. 鉉惶恐而退. 〔**明 羅懋登·西洋記**〕自古道, 臥榻邊豈容鼾睡.

王言如絲, 其出如綸, 王言如綸, 其出如綍.
륜 발

왕의 말은 실오라기 같이 가늘어도 한번 나오면 굵은 실처럼 크게 되고, 왕의 말은 굵은 실과 같은 크기라도 한번 나오면 밧줄과 같이 굵어진다. 임금의 말은 위엄이 있고 말이 미치는 영향이 매우 커서 이를 취소할 수 없다는 뜻. (綸 : 굵은 실. / 낚시줄. / 옛날 도장끈. 綍 : 밧줄. / 상여끈.)

〔**禮記·緇衣**〕子曰, ○○○○, ○○○○, ○○○○, ○○○○. 故大人不倡游言, 可言也不可行.

王欲辟土地, 朝秦·楚, 莅中國而撫四夷也, 猶緣木而求魚也.
벽 이

왕께서는 토지를 개척하고, 강대국인 秦나라와 楚나라로부터 조회를 받으며, 中國에 군림하여 사방의 야만족을 손아귀에 쥐고자 하나 이것은 나무에 올라가서 물고기를 찾는 것과 같은 것이다. 齊나라 宣王의 하고자 하는 바가 강대국을 평정, 왕으로 군림하고 사방의 야만족까지도 장악하려는 것일 것이나, 이는 전혀 불가능하다는 것을 孟子가 설명한 것. (辟 : 개척하다. 朝 : 제후·속국·다른 나라 왕이나 사신이 천자를 알현하다. 조회하다. 조회를 받다. 莅 : 군림하다. 왕으로서 임하다. = 蒞. 撫 : 누르다. / 잡다. 장악하다. 권리·세력 등을 차지하다. 緣木求魚 : 일을 하는 방법·목적·내용이 잘못되어 반드시 공없이 헛수고를 하고 만다는 뜻. / 되지 못할 일을 무리하게 하려는 것을 이른다.) → **緣木求魚.**

〔**孟子·梁惠王上**〕(孟子)曰, 然則王之所大欲, 可知已, 欲辟土地, 朝秦·楚, 莅中國而撫四夷也. 以若所爲, 求若所欲, 猶緣木而求魚也. 〔**後漢書·劉玄傳**〕譬猶緣木而求魚, 升山採珠. < 李賢注 > 求之非所, 不可得也. 〔**鏡花緣**〕今處士旣未立功, …… 一無根基, 忽要求仙, 豈非緣木求魚, 枉自費力麼.

堯舜至聖, 身如脯腊, 桀紂無道, 肥肤三尺.

포 석 부

堯임금·舜임금은 최상의 성인이지만 몸은 고기포와 같이 매우 야위였고, 桀왕과 紂왕은 무도한 폭군이지만 살찐 피부가 석 자나 되었다. (喩) 재덕있는 사람이나 임금은 애써 일하고 절검함으로 인하여 몸이 수척해지나, 나쁜 사람이나 아둔한 임금은 극도의 사치를 함으로써 매우 살이 찌개 된다. (脯腊 : 고기포. 肤 : 膚로, 피부.)

〔**太平御覽**〕張顯誓曰, 古諺云, ○○○○, ○○○○, ○○○○, ○○○○.

羽翼已成, 難動矣.

날개가 이미 생겨나서 (내 뜻대로) 움직이기가 어려워지다. (喩) 보좌할 사람, 도와줄 사람들의 진용이 짜여져 있어 그 세력이 이미 공고하다. / 소년이 이미 성장, 부모의 돌보아줌을 필요로 하지 않아 부모의 명령에 따르지 않고 스스로 독립할 것을 생각하다.

〔**史記·留侯世家**〕(高祖)召戚夫人, 指示四人者曰, 我欲易之, 彼四人輔之, ○○○○, ○○○. 呂后眞而主矣.

越王爲人, 長頸烏喙, 鷹視狼步, 可與共患難, 而不可共處樂.

경 오 훼

越나라 왕 句踐의 사람의 됨됨이는 긴 목 까마귀 부리와 같은 뾰족한 입에, 매 같은 날카로운 눈매에 이리같은 탐욕스런 걸음걸이를 하고 있어 환난은 같이할 수 있어도 사는 즐거움을 같이할 수는 없다. 越의 공신 范蠡가 왕 句踐을 평한 말로, 환난은 같이할 수 있어도 즐거움을 같이할 수는 없는 인상을 형용. (爲人 : 사람의 됨됨이. 타고난 성질.) → **長頸烏喙. 鷹視狼步.**

〔**史記·越王句踐世家**〕范蠡遂去, 自齊遺大夫種書曰, 蜚鳥盡, 良弓藏, 狡兎死, 走狗烹. 越王爲人, 長頸烏喙, 可與共患難, 不可與共樂. 子何不去. 〔**吳越春秋·句踐伐吳外傳**〕范蠡爲書遺文種曰, ……. ○○○○, ○○○○, ○○○○, ○○○○○, ○○○○○○, 可與履危, 不可與安. 〔**十八史略·上古·春秋戰國篇**〕越旣滅吳, 范蠡去之, 遺大夫種書曰, 越王爲人, 長頸烏喙, 可與共患難, 不可與共安樂, 子何不去.

劉備·關羽·張飛, 雖然異姓, 旣結爲兄弟, 則同心協力, 救困扶危, 上報國家, 下安黎庶.

여

劉備와 關羽와 張飛는 비록 성은 다르더라도 이윽고 형제를 맞으려고 하였으니, 곧 마음을 같이하고 힘을 합쳐 곤란함을 구원하고 위태로움을 도와, 위로는 국가에 보답하고 아래로는 만민을 편안하게 하려 한 것이다. (喩) 성이 다른 남자들이 어떤 신념을 펼치기로 의기투합하여 의형제를 맺고 합심협력하다. (由) 後漢 환관의 횡포로 나라의 정사가 혼란해지고 백성들의 피폐가 극에 달하여 왕조의 타도를 내걸고 봉기하는가 하면 조정은 각지의 장관에게 지시, 의용병을 모집할 때 漢나라 황실의 피가 섞인 幽州 涿縣의 劉備는 분에 넘치는 행동을 한 고향 관리의 목을 베고 떠돌아다니고 있는 關羽와, 이 지방에서 대대로 돼지를 잡아 술집을 운영하던 張飛와 함께 張飛의 집 뒤에 있는 복숭아밭에서 위와 같은 이른바 桃園結義를 한 것이다. (藜庶 : 藜民. 모든 백성.)
→ **桃園結義. 宴桃園豪傑三結義.**

〔**三國志演義**〕念○○·○○·○○, ○○○○, ○○○○○, ○○○○○, ○○○○, ○○○○, ○○○○. 不求同年同月同日生, 但願同年同月同日死. 皇天后土, 實鑑此心, 背義忘恩, 天人共戮.

劉有梟雄之姿, 而有關羽張飛熊虎之將.
효

劉備는 올빼미 같은 사납고 용맹한 자태를 가지고 있는데다가 關羽 張飛의 곰이나 범과 같은 용맹한 장수를 가지고 있다. → **梟雄之姿, 熊虎之將.**

〔**三國志·吳志·周瑜傳**〕(周)瑜上疏曰, 劉備以梟雄之姿, 而有關羽張飛熊虎之將, 必非久屈爲人用者.
〔**十八史略·中古·秦漢篇**〕周瑜上疏於權曰, ○○○○○○, ○○○○○○○○○○○, 聚此三人在彊場, …….

以天下爲己任, 遇事無所回避.
기

온 세상(일)을 자기의 책무로 여기고, 일을 만나서 회피하는 일이 없다. 국가의 흥망과 온 세상의 안위를 자기의 책임으로 여기어 모든 일을 적극적으로 대처해 나간다는 말. 온 세상을 구제할 큰 뜻을 품고 있음을 형용. (天下 : 하늘 아래의 온 세상. 전국. 전세계. 任 : 맡은 일. 책무. 임무.)

〔**北宋 歐陽修·新五代史·唐臣傳**〕(郭)崇韜未嘗居戰陣, 徒以謀議居佐命第一之功, 位兼將相, 遂○○○○○○, ○○○○○○.

人主亦有逆鱗, 說者能無嬰人主之逆鱗, 則幾矣.
세

군주에게는 역시 거꾸로 난 비늘이 있어 유세객이 임금의 이 거꾸로 난 비늘을 건드리지 않을 수 있다면 이것은 곧 성공에 가까워진 것이다. 유세객이 군주의 노여움만 사지 않아도 훌륭한 유세를 한 결과가 된다는 뜻. (逆鱗 : 용의 턱 밑에 거꾸로 난 비늘로, 사람이 이를 건드리면 성내어 사람을 죽인다고 한다. 이것은 임금이 성내는 것을 가리킨다. 嬰 : 범하다. 접촉하다. 부딪치다. 저촉하다. 건드리다. 幾 : 가깝다. 가까워지다. 떨어진 곳이 멀지 않다. ※ 여기서는 성공에 접근한 것을 가리킨다.)

〔**韓非子·說難**〕夫龍之爲蟲也, 可柔狎而騎也. 然其喉下有逆鱗徑尺, 若人有嬰之者, 則必殺人. ○○○○○○, ○○○○○○○○○○○, ○○○.

一家二貴, 事乃無功. 夫妻持政, 子無適從.

한 가족에 두 사람의 가장이 있으면 하는 일이 성과가 없고, 부부가 집안 일을 함께 관장하면 자녀가 누구의 말에 따를 지를 알지 못한다. 한 가정, 한 단체, 한 나라에 두 사람의 주관자·지도자가 있으면 잘 다스려질 수 없음을 이른다. (貴 : 귀인. 지위가 존귀한 사람을 가리킨다. 여기서는 가장을 의미. 功 : 성과. 효과. 업적. 일의 보람. 공적. 공로. 持는 장악하다. 주관하다. 관리하다. 政 : 가정·단체의 사무. / 노동. ※ 家政은 가사로, 여기서는 家자가 생략된 것. 適從 : 따르다. 奚다. 복종하다.)

〔 **韓非子·揚搉** 〕 一棲兩雄, 其鬪㖮㖮. 豺狼在牢, 其羊不繁. ○○○○, ○○○○. ○○○○, ○○○○.

一國而兩君, 一國不可理也. 一家而兩父, 一家不可理也.

한 나라에 두 임금이 있으면 그 한 나라는 다스릴 수 없고, 한 집에 두 아버지가 있으면 그 한 집은 다스릴 수 없다. → **一國不容二主**.

〔 **管子·覇言** 〕 使天下兩天子, 天下不可理也. ○○○○○, ○○○○○○○. ○○○○○, ○○○○○○○.
〔 **後漢書·劉焉傳** 〕 劉備有梟名, 今以部曲遇之, 則不滿其心. 以賓客待之, 則一國不容二主, 此非自安之道.

一蛇九尾, 首動尾隨, 一蛇二首, 不能寸進.

한 뱀은 꼬리가 아홉으로 머리가 움직이면 꼬리가 따라가나, 한 뱀은 머리가 두 개라서 한 치도 나아갈 수 없다. (喩) 한 조정에 두 권신이 다투어서 나라의 발전을 해치다. → **一蛇二首之患**.

〔 **元史·姚天福傳** 〕 侍御史臺置二丈夫, 綱紀無統, 天福言於世祖曰, 古稱 ○○○○, ○○○○, ○○○○, ○○○○. 今臺綱不張, 有一蛇二首之患.

一棲不兩雄, 一泉無二蛟.

서

한 개의 새집에 두 마리의 숫 새가 없고, 한 개의 깊은 못에 두 마리의 교룡이 없다. (喩) 국가·조직체 등에 두 사람의 지도자가 있을 수 없다. (棲 : 새의 서식처. 새집. = 栖. 不 : 없다. 雄 : 새의 숫컷. 泉 : 샘. 수원. / 지하수. 깊은 못. 蛟 : 교룡.)

〔 **韓非子·揚搉** 〕 一棲兩雄, 其鬪㖮㖮. 〔 **唐 趙蕤·長短經·懼誡** 〕 不逮魏武, 然折而不撓, 終不爲下者, 抑揆彼之量, 必不容己, 非唯競利, 且以避害. 語曰, ○○○○○, ○○○○○. 〔 **東周列國志** 〕 一栖不兩雄, 當今之世, 有才者非用即誅, 何必罪乎.

一淵不兩蛟, 一雌不兩雄.

하나의 깊은 연못에 두 마리의 교룡이 살지 아니하고, 한 마리의 암컷에 두 마리의 수컷이 없다. (喻) 한 곳에 두 명의 우두머리가 없다. 세력이 같은 두 사람이 한 곳에서 같이 살 수 없다.

〔**文子·上德**〕○○○○○, ○○○○○. 一卽定, 兩則爭. 〔**淮南子·說山訓**〕下輕上重, 其覆必易. 一淵不兩蛟.

日月不竝出, 狐不二雄, 神龍不匹, 猛獸不群.

해와 달은 함께 뜨지 아니하고, 여우는 두 마리의 숫컷이 한 자리에 있지 아니하며, 신령스런 용은 짝짓지 아니하고, 사나운 짐승도 무리짓지 아니한다. (喻) 두 영웅은 병립할 수 없다. (不 : 아니다. / 아니하다. / 없다. 곧 있지 아니하다. 匹 : 짝하다. 짝을 짓다. 짝을 이루다.)

〔**淮南子·說山訓**〕○○○○, ○○○○, ○○○○, ○○○○, 鷙鳥不雙.

一榻之外, 皆他人家也.

탑

(자기의) 침대 한 개 이외는 모두 남의 것이다. 자기가 가지고 있는 땅은 얼마 안 되고 천하가 대부분 적의 땅이라는 뜻. 宋나라 太祖가 눈이 내리던 날 밤에 재상인 趙普를 불시방문하여 위와 같이 말하고 北漢의 太原을 정복하는 문제에 대한 의견을 타진한 것. (榻 : 좁고 길고 낮은 침대. 평상.)

〔**宋名臣言行錄·趙普·邵氏見聞錄**〕太祖卽位之初, 數出微行, 以偵伺人情. 或過功臣家, 不可測. 普每退潮, 不敢脫衣冠. 一日大雪向夜. 普謂帝不復出矣. 久之聞叩門聲, 竝亟出, 帝立風雪中, 普惶懼迎拜. ……. 普從容問曰, 夜久寒甚, 陛下何以出. 帝曰, 吾睡不能著. ○○○○, ○○○○○, 故來見卿, ……. 帝曰, 吾欲下太原, 普默然久之曰, 非臣所知也. ……. 遂定下江南之議. 〔**十八史略·近古唐宋篇**〕上(太祖)曰, 吾睡不能著. ○○○○, ○○○○○. 故來見卿.

一穴不容二虎.

한 개의 굴 속에는 두 마리의 호랑이를 받아들이지 않는다. (喻) 한 지방에 두 명의 훌륭한 사람·역량있는 사람 또는 패권을 잡은 사람이 동시에 존재하지 못한다.

〔**明 無名氏·英烈傳**〕吾恐○○○○○○, 英雄不容竝立. 昔日友諒勢力十倍于爾主, 友諒旣滅, 天心可知. 爾主今日來順. 方不失爲達變之計.

子治世之能臣, 亂世之奸雄.

자네는 잘 다스려진 세상에서는 재능있는 신하가 되고, 어지러운 세상에서는 간사한 영웅이 될 것이다. 許劭의 曹操에 대한 인물 평가이다.

〔**十八史略·中古·秦漢篇**〕(曹)操問(許)劭曰, 我何人. 劭不答, 刦之, 乃曰, ○○○○○○, ○○○○○. 操喜而去.

雀無翅而不飛, 蛇無頭而不行.
시

참새는 날개가 없으면 날지 못하고, 뱀도 머리가 없으면 나아가지 못한다. (喻) 지도자가 없으면 일을 이루지 못한다. / 무리를 지어 횡행하는 자도 원흉이 없으면 악한 일을 할 수 없다. (翅 : 새나 곤충의 날개.) → **蛇無頭不行. 雀無翅不飛. 鳥無翅不飛.**

〔**金史·斜卯愛實傳**〕好作詩詞, 語鄙俚, 人采其語以爲戲笑. 因自草 < 括粟榜文 >, 有○○○○○○, ○○○○○○等語. 〔**水滸傳**〕自古道, 蛇無頭而不行, 鳥無頭而不飛.

爭天下者, 必先爭人.

천하를 쟁탈하려는 사람은 반드시 먼저 인심을 쟁취하여야 한다. 먼저 세상 민심을 얻어야 천자가 될 수 있다는 말.

〔**管子·覇言**〕故諸侯之得地利者, 權從之. 失地利者, 權去之. 夫○○○○, ○○○○. 明大數者, 得人, 審小計者, 失人.

竊鉤者誅, 竊國者爲諸侯.

혁대의 자물단추인 대구(帶鉤)를 훔친 좀도둑은 죽이고, 나라를 훔친 큰 도둑은 제후가 된다. 좀도둑은 중형을 받고, 큰 도둑은 오히려 존귀한 신분이 되어 영화를 누린다는 뜻. 시비와 상벌이 명위에 따라 다르게 적용됨을 이르는 말. 옛날의 법률적 허위성·불합리성을 풍자하는 말. (鉤 : 대구·혁대의 두 끝을 끼워 맞추는 자물 단추. 誅 : 죄인을 죽이다.) = **竊鉤者誅, 竊國者侯. 盜國者封侯, 盜金者誅. 小盜者拘, 大盜者爲諸侯.** → **竊鉤竊國.**

〔**莊子·胠篋**〕彼○○○○, ○○○○○○, 諸侯之門, 而仁義存焉. 則是非竊仁義 · 聖知邪. 〔**莊子·盜跖**〕滿苟得曰, 小盜者拘, 大盜者爲諸侯, 諸侯之門, 仁義存焉. 昔者, 桓公小白殺兄入嫂而管仲爲臣, 田成子常殺君竊國而孔子受幣. 〔**史記·游俠列傳**〕鄙人有言曰, 何知仁義, 已饗其利者爲有德. 故伯夷醜周, 餓死首陽山, 而文武不以其故貶王. 跖蹻暴戾, 其徒誦義無窮. 由此觀之, 竊鉤者誅, 竊國者侯, 侯之門仁義存, 非虛言也. 〔**吳越春秋·句踐陰謀外傳**〕子胥曰, 盜國者封侯, 盜金者誅. 令使武王失其理, 則周何爲三家之表.

竊人之財, 猶謂之盜, 況貪天之功, 以爲己力乎.
기

남의 재물을 훔치는 것을 역시 도둑놈이라고 하는데, 하물며 하늘의 공을 탐내어 이것을 자기의 공로로 삼음에 있어서야, ……. (다시 말할 것이 있으랴!) 남의 성취·공로 또는 자연이 이루어놓은 것을 탈취하여 자기의 공로로 삼는 것은 매우 큰 도둑임을 이르는 것. (猶 : 역시. 지금도 역시. / 아직도. 여전히. / 또. / 일찍이. 벌써. 力 : 공. 공로. / 능력. 역량. / 사물의 효능. 효력.) → **貪天之功.**

〔**春秋左氏傳·僖公二十四年**〕○○○○, ○○○○, ○○○○○, ○○○○○. 〔**唐 劉知幾·史通·序例**〕

夫事不師古, 匪說攸聞, 苟楷模曩賢, 理非可諱, 而魏収作例, 全取蔚宗, 貪天之功, 以爲己力. 〔**史記·晉世家**〕竊人之財, 猶曰是盜, 况貪天之功, 以爲己力乎.

趙高欲爲亂, 恐群臣不聽, 乃先設驗, 持鹿獻於二世, 曰, 馬也. 二世笑曰, 丞相誤邪. 謂鹿爲馬. 問左右, 右左或默, 或言馬, 或言鹿.

야

(秦始皇이 죽은 뒤 거짓 조서를 꾸며 태자인 扶蘇에게 죽음을 내리고 범용한 어린 胡亥를 二世로 세워 丞相이 된) 趙高는 (왕이 되고자) 난을 일으키려고 하였으나 많은 신하들이 따라주지 않을 것을 두려워하여 곧 먼저 시험을 하였다. 2세 황제에게 바친 사슴을 가리키면서 "말입니다."라고 말하니, 2세는 웃으면서 "승상이 잘못본 것이오. 사슴을 말이라고 하오."라고 말하였고, 좌우의 중신들에게 물으니, 어떤 사람은 입을 다물고, 어떤 사람은 (趙高에게 아첨하여) 말이라고 하였고 어떤 사람은 사슴이라고 하였다. (持鹿爲馬 : 사실이 아닌 것으로 윗 사람을 속여 권세를 함부로 부리는 것. 고의로 사실을 왜곡하여 사람을 함정에 빠뜨리는 것.) → **持鹿爲馬**.

〔**史記·秦始皇本紀**〕八月己亥. ○○○○○, ○○○○○, ○○○○, ○○○○○○, ○, ○○, ○○○○, ○○○○. ○○○○. ○○○, ○○○○, ○○○ 以阿順趙高, ○○○, 高因毋中諸言鹿者以法, 後群臣皆畏高.

重人也者, 無令而擅爲, 虧法而利私,耗國以便家, 力能得其君.

이른바 권신(權臣)이라는 것은 군주의 명령이 없는 데도 제 마음대로 결단하여 행하고, 국가의 법률을 파괴하여 개인의 이익을 꾀하며, 국가의 재부(財富)를 소모하여 자기의 사가(私家; 봉읍이나 채지)를 편안하게 하면서도 그의 능력으로 군주의 신임을 획득할 수 있는 것이다. (重人 : 중신. 권신. 권세가 매우 강한 사람. 也者 : …라고 하는 것은. 擅爲 : 제멋대로 하다. 의논하지 않고 제 마음대로 결단하여 행하다. 虧 : 부수다. 파괴하다. 훼손하다. 망가뜨리다. 利私 : 개인의 이익을 도모하다. 耗國 : 나라의 재부를 소모하다. 得其君 : 임금의 신임을 얻다.)

〔**韓非子·孤憤**〕○○○○, ○○○○○, ○○○○○, ○○○○○, ○○○○○. 此所謂重人也.

戢鱗潛翼, 思屬風雲.

즙 촉

용은 비늘을 거두어 움츠리고, 새는 날개를 숨기고서 바람과 구름이 모여들 것을 생각한다. (喩) 영웅이 큰 뜻을 품고 때가 오기를 기다리다. (戢 : 거두다. 거두어 넣다. 거두어 움츠리다. ※ 어떤 한 사전만은 이 글자의 음을 "집"이라고 기록. 潛 : 숨기다. 屬 : 모이다. 모여들다.) → **戢鱗潛翼**.

〔**晉書·宣帝紀**〕○○○○, ○○○○.

秦王謂軻曰, 起, 取舞陽所持地圖. 軻旣取圖奏之. 秦王發圖, 圖窮而匕首見, 因左手把秦王之袖, 而右手持匕首揕之, 未至身.

秦나라 왕 始皇帝가 (燕나라 昭王의 태자 丹의 자객인) 荊軻에게 "일어나서 秦舞陽이 가지고 있는 지도를 가져오라"고 말했다. 荊軻는 지도를 이윽고 가져가서 바쳤다. 秦왕이 그 지도를 펼치자 지도 끝부분에서 비수가 드러났다. 그래서 荊軻는 왼 손으로 秦왕의 소매를 붙잡고 오른 손으로는 비수를 쥐고서 그를 찔렀으나 왕의 몸에 미치지 못했다. (由) 荊軻는 태자 丹을 위하여 秦왕을 죽이고자 督亢의 지도를 바치는 기회에 그 지도를 비수에 싸서 들어갔으나 탄로가 나 실패로 돌아가고 잡히어 죽음을 당하였다. (圖窮匕首見 : 계획이나 비밀이 탄로됨을 비유. 사람이 불량한 일을 꾸미려고 생각했으나 끝내 탄로가 남을 비유.) → **圖窮匕見. 圖窮匕首見.**

〔 **史記·刺客列傳** 〕 秦王謂軻曰, 取舞陽所持地圖. 軻旣取圖奏之. 秦王發圖, 圖窮而匕首見, 因左手把秦王之袖, 而右手持匕首揕之, 未至身, 秦王驚, 自引而起, 袖絶. 〔 **戰國策·燕策三** 〕 ○○○○○, ○, ○○○○○○. ○○○○○○○. ○○○○, ○○○○○○○, ○○○○○○○○○, ○○○○○○○○○, ○○○. 〔 **十八史略·上古·春秋戰國篇** 〕 秦王政, 大喜見之, 軻奉圖進, 圖窮而匕首見, 把王袖揕之, 未及身.

疾風之掃秋葉.

거센 바람이 낙엽을 쓸어가다. (喩) 썩고 더러운 것을 조금도 남김없이 쉽게 청소하다. / 강대한 세력이 부패하고 쇠미해진 것들을 매우 신속하고 용이하게 제압하다. = **秋風掃落葉. 迅風之振秋葉. 風掃落葉.**

〔 **三國志·魏志·辛毗傳** 〕 以明公之威, 應困窮之敵, 擊疲弊之寇, 無異迅風之振秋葉矣. 〔 **北宋 司馬光·資治通鑑·晉紀** 〕 以吾擊晉, 校其強弱之勢, 猶○○○○○○.

天無二日, 土無二王, 家無二主, 尊無二上.

하늘에는 두 해가 없고, 땅에는 두 왕이 없고, 집에는 두 주인이 없고, 높은 자리에는 두 웃 사람이 없다.

〔 **禮記·坊記** 〕 子云, ○○○○, ○○○○, ○○○○, ○○○○, 示民有君臣之別也. 〔 **禮記·曾子問** 〕 曾子問曰, 喪有二孤, 廟有二主, 禮與. 孔子曰, 天無二日, 土無二王. 嘗·禘·郊·社, 尊無二上. 未知其爲禮也. 〔 **孟子·萬章上** 〕 孔子曰, 天無二日, 民無二王. 舜旣爲天子矣, 又帥天子諸侯, 以爲堯三年喪, 是二天子矣. 〔 **大戴禮** 〕 天無二日, 國無二君, 家無二尊. 〔 **史記·高祖本紀** 〕 太公家令說太公曰, 天無二日, 土無二王. 今高祖雖子, 人主也, 太公雖父, 人臣也. 〔 **東周列國志** 〕 家無二主, 國無二君. 寡君已奉宗廟, 公子糾欲行爭奪, 非不二之誼也. 〔 **宋 羅大經·鶴林玉露** 〕 民無二主, 國無二君.

天不可一日無日, 國不可一日無君.

하늘에는 하루도 해가 없어서는 안되고, 나라에는 하루라도 임금이 없어서는 안된다. (君 : 임금. / 자기가 좋아하는 물건의 미칭.) → **國不可一日無王.**

〔**公羊傳·文公九年**〕緣民臣之心, 不可一日無君, 緣終始之義, 一年不二君. 〔**漢 伏勝·尚書大傳**〕以民臣之義, 則不可一日無君矣. 不可一日無君, 猶不可一日無天也. 〔**宋 徐度·却掃編**〕作文當學司馬遷, 作詩當學杜子美. 二書亦須常讀, 所謂不可一日無此君也. 〔**三國演義**〕國不可一日無君, 請陛下還都. 〔**明 羅懋登·西洋記**〕百官上表, 奏道○○○○○○○, ○○○○○○○. 〔**明 許恒·二奇緣**〕自古道, 國不可一日無王, 軍不可一日無帥. 〔**清 酌元亭主人·照世杯·掘新坑慳鬼成財主**〕國不可一日無王, 家不可一日無主. 〔**清 尹會一·呂語集粹**〕天下不可一日無君. 故夷齊非湯武, 明臣道也. 此天下之大防也. 不然, 則亂臣賊子接踵矣而難爲君.

天子不能以天下與人.

천자는 천하를 남에게 줄 수 없다. 천하는 한 사람의 사유물이 아니기 때문에 천하를 지배하는 천자라도 이를 남에게 줄 수 없으며, 천하에 군림하는 천자의 자리는 하늘이 준다는 의미에서 이 하늘과 천하의 사람들만이 이것을 줄 수 있다는 의미. (與 : 주다.)

〔**孟子·萬章上**〕萬章曰, 堯以天下與舜, 有諸. 孟子曰, 否, ○○○○○○○○○. ……. 曰, 使之主祭而百神享之, 是天受之, 使之主事而事治, 百姓安之, 是民受之. 天與之, 人與之. 故曰, ○○○○○○○○○.

天下非一人之天下, 乃天下之天下也, 同天下之利者, 則得天下, 擅(천)天下之利者, 則失天下.

천하는 (임금) 한 사람의 천하가 아니고 곧 천하 사람들의 천하이니, 천하의 이득을 (천하 사람들과) 함께 하는 자는 천하를 얻고, 천하의 이득을 마음대로 하는 자는 천하를 잃는다. (天下 : 하늘 아래의 온 세상. 또는 세상 사람들. 擅 : 마음대로 하다. 하고 싶은 대로 하다. 차지하다.)

〔**六韜·文韜**〕○○○○○○○○○, ○○○○○○○○, ○○○○○○○, ○○○○, ○○○○○○○, ○○○○. 〔**六韜·武韜**〕天下者非一人之天下, 乃天下之天下. 取天下者, 若逐野獸, 而天下皆有分肉之心. 〔**呂氏春秋·貴公**〕天下非一人之天下也, 天下之天下也. 陰陽之和, 不長一類. 甘露時雨, 不私一物. 萬民之主, 不阿一人. 〔**說唐**〕自古道, 天下者乃天下人之天下, 非一人之天下也.

天下英雄入吾彀(구)中矣.

천하의 영웅들이 다 나의 활 쏘기에 알맞은 거리 안에 있다. (喻) 천하의 영웅을 모두 자기 손아귀에 넣을 수 있게 되다. (彀 : 활 쏘기에 알맞은 거리.) → **英雄入彀中.**

〔**五代 王定保·唐摭言·述進士**〕文皇帝(唐太宗) 修文偃武, 天贊神授. 嘗私幸端門, 見新進士綴行而出, 喜曰, ○○○○○○○○○.

天下至聖, 溥博如天, 淵泉如淵. 見而民莫不敬, 言而民莫不信, 行而民莫不說.
보 현 열

지덕(智德)이 지극히 높은 온 세상 성인은 (그 덕이) 하늘과 같이 광대하고, 깊은 못(深淵)과 같이 조용하고 사려 깊다. (그래서 그가 풍채를) 드러내면 백성들은 공경하지 않는 이가 없고, 말을 하면 백성들은 믿지 않는 이가 없고 행동을 하면 백성들은 기뻐하지 않는 이가 없다. 성인의 덕이 광대(廣大)하고 심후(深厚)해서 백성들의 존경과 신임과 지지를 받음을 표현한 것. (溥博 : 광대하다. 淵泉 : 못과 샘. 또는 깊은 호수. 조용하고 사려 깊다는 비유. 說 : 기쁘다. = 悅.)

〔 **中庸·第三十一章** 〕 唯○○○○, ……. ○○○○, ○○○○. ○○○○○○, ○○○○○○, ○○○○○○.

蟲有螝者, 一身兩口, 爭相齕也, 遂相殺, 因自殺.
훼 흘

동물중에 훼라는 살무사가 있는데, 몸 하나에 두 개의 입이 있어 (먹이를 두고) 다투다가 서로 깨물고 마침내 서로 죽이려다가 이로 인하여 저절로 죽어버린다. (喻) 신하들이 서로 세력을 다투다가 마침내 나라를 멸망으로 이끌다. (蟲 : 동물의 총칭. 螝 : 살무사. ≒ 虺, 蛇. 齕 : 깨물다. 물어뜯다.)

〔 **韓非子·說林下** 〕 ○○○○, ○○○○, ○○○○, ○○○, ○○○. 人臣之爭事而亡其國者, 皆螝類也.

親權者, 不能與人柄. 操之則慄, 舍之則悲.
율

권력을 좋아하는 자는 그 권력을 남에게 줄 이가 없다. 그는 이것을 잡고 있을 때는 (남에게 빼앗길 것을) 두려워하고 이것을 잃게 되면 마음 아파 한다. (親 : 사랑하다. / 좋아하다. 소중히 하다. 귀중하게 여겨 아끼다. 不能 : …할 이가 없다. ※ 가능성이나 개연성을 나타낸다. 柄 : 권력. 권세. 操 : 잡다. 쥐다. / 부리다. 조종하다. 舍는 버리다. / 그만두다. 멈추다. 그치다. 悲 : 슬퍼하다. 마음 아파하다.)

〔 **莊子·天運** 〕 以富爲是者, 不能讓祿. 以顯爲是者, 不能讓名. ○○○, ○○○○. ○○○○, ○○○○, 而一無所鑒, 以闚其所不休者, 是天之戮民也.

飄風不終朝, 驟雨不終日.
표 부 취 부

회오리 바람은 하루 아침을 넘지 못하고, 소낙비는 하루 종일 내리지 못한다. (喻) 강한 권세를 부리는 자는 오래가지 못하고 재빨리 쇠약해진다. 갑작스럽게 세력을 얻은 자는 빨리 몰락한다. / 성대한 상황은 오랫동안 유지할 수 없다. → **飄風不終朝.**

〔 **老子·第二十三章** 〕 希言, 自然. ○○○○○, ○○○○○. 孰爲此者, 天地. 天地尙不能久, 而況於人乎. 〔 **文子·微明** 〕 江河之大溢, 不過三日, 飄風暴雨, 日中不出須臾上. 〔 **淮南子·道應訓** 〕 襄子曰, 江河之大也, 不過三日, 飄風暴雨, 日中不須臾. 〔 **列子·說符** 〕 飄風暴雨不終朝, 日中不須臾. 〔 **說苑·談叢** 〕 江河之溢, 不過三日, 飄風暴雨, 須臾而畢.

挾天子以令天下.
협

제왕을 자기편으로 만들어 천하를 향하여 명령을 내리다. 제왕의 명의를 빌려 제후나 주위의 여러 나라에 명령을 발포함을 이른다. (喩) 주인·상급기관(또는 상급자)·국가의 명의를 빌리거나 이를 초월하여 그 아랫 사람·기관에 대하여 명령을 내리다. (挾 : 자기편으로 만들다.)

〔 **戰國策·秦策一** 〕 據九鼎, 按圖籍, ○○○○○○○, 天下莫敢不聽, 此王業也. 〔 **三國志·魏志·諸葛亮傳** 〕 今操已擁百萬之衆, ○○○○○○○, 此誠不可與爭鋒.

虎嘯而風冽, 龍興而致雲.

호랑이가 울부짖으니 찬 바람이 불고, 용이 일어나니 구름이 일어난다. (喩) 영웅 호걸이 떨쳐 일어날 때를 얻다. 걸출한 인재가 시대조류에 따라서 분기하고 아울러 거대한 영향을 만들어내다. / 성덕있는 임금이 있으면 현명한 신하가 나온다. (嘯 : 울부짖다. 소리를 길게 뽑아 울다. 冽 : 몹시 차겁다.) = **虎嘯風冽. 龍滕雲起. 虎嘯風生. 龍吟雲萃.** → **虎嘯風冽. 虎嘯風生. 虎嘯而谷風至.**

〔 **周易·乾爲天·文言** 〕 九五曰, ……. 雲從龍, 風從虎. 聖人作而萬物覩. 〔 **論衡·龍虛** 〕 易曰, 雲從龍, 風從虎. 又言, 虎嘯谷風至. 龍興景雲起. 龍與雲相招, 虎與風相致. 〔 **王褒·聖主賢得臣頌** 〕 世必有聖知之君而後, 有賢明之臣, 故○○○○○, ○○○○○. 〔 **北史·張定和傳論** 〕 虎嘯風生, 龍滕雲起, 英賢奮發, 亦各因時.

2. 統治者의 資質
– 德性·德行·威嚴과 愚昧·無道

江出汶山, 其源若甕口, 至楚國, 其廣十里, 無他故, 其下流多也.
옹

揚子江이 汶山에서 발원할 때 그 근원은 항아리구멍과 같이 작지만 楚나라에 이르러서는 그 넓이가 십리나 되는데, 그것은 다른 이유가 아니라 그곳으로 흘러드는 물이 많기 때문이다. 지도자가 배움을 좋아하여 지혜로워지고, 남의 충고를 잘 받아들여 어질게 되면 점차 많은 사람들이 추종하게 됨을 시사하는 말. (汶山 : 揚子江의 발원지. 지금의 中國 四川省松潘縣岷山.)

〔 **新序·雜事四** 〕 (樂王鮒) 對曰, 好學, 智也, 受規諫, 仁也. ○○○○, ○○○○○, ○○○, ○○○○, ○○○, ○○○○○, 人而好學受規諫, 宜哉其立也.

江海所以能爲百谷王者, 以其善下之.

강과 바다가 온갖 냇물의 왕이 될 수 있는 까닭은 스스로 몸을 잘 낮춘 데 있다. 강과 바다가 모든 냇물의 왕이 될 수 있는 것은 스스로 낮은 곳에 자리잡아서 천하의 내 · 강의 흐름으로 하여금 한데 모이게 하여 흘러 바다로 돌아가게 하기 때문이라는 뜻. 스스로 몸을 낮추어 겸허하면 천하의 백성들이 저절로 따르는 임금이 됨을 물의 흐름에 비유하여 이른 것. (百谷 : 백 개의 골짜기에 흐르는 물. 온갖 골짜기의 흐름. 谷은 두 산 사이에 흐르는 물줄기. 下 : 낮추다. 자기를 낮추어 상대방을 높이다.)

〔 **老子·第六十六章** 〕 ○○○○○○○○○○○, ○○○○○, 故能爲百谷王. 是以聖人欲上民, 必以言下之, 欲先民, 必以身後之.

居不幽, 志不廣, 形不愁, 思不遠.

거처하는 곳이 심원하지 않으면 지향하는 포부가 광활하지 못하고, 몸에 근심하는 것이 없으면 사려가 심원하지 못하다. 몹시 나쁜 환경 속에 살면서 괴로운 처지를 겪은 사람이라야 큰 지도자가 될 수 있다는 비유. (幽 : 깊숙하고 으슥하다. 어둡다. 밝지 아니하다. / 미묘하다. 심원하다.)

〔 **荀子·宥坐** 〕 孔子曰, ……. 故居不隱者思不遠, 身不佚者志不廣. 〔 **論衡·書解** 〕 或曰, ……. 居不幽, 思不至. 使著作之人, 總衆事之凡, 典國境之職, 汲汲忙忙, 何暇著作. 〔 **吳越春秋·句踐入臣外傳** 〕 於是大夫種, 范蠡曰, 聞古人曰, ○○○, ○○○, ○○○, ○○○. 聖王賢主, 皆遇困厄之難, 蒙不赦之恥, 身拘而名尊, ……. 〔 **東周列國志** 〕 臣聞, 居不幽者志不廣, 形不愁者志不遠. 古之聖賢, 皆遇困厄之難, 蒙不赦之恥, 豈獨君王哉.

居上不寬, 爲禮不敬, 臨喪不哀, 吾何以觀之哉.

윗 자리에 있으면서 도량이 넓지 못하고, 예의를 행할 때 상대를 공경할 줄 모르며, 남의 상사에 임하여 애통해하지 않는다면 나는 이런 사람에게서 무엇을 본받을 것인가 ? 정치 지도자는 도량이 넓고, 예의 상대를 공경하며, 상사시에 애통해하는 것 등을 행위의 근본으로 삼아야 함을 지적한 것. (觀 : 관찰하다. / 거울삼다. 본받다.)

〔 **論語·八佾** 〕 子曰, ○○○○, ○○○○, ○○○○, ○○○○○○○.

高保勗(욱), 從誨(회)第十子. 從誨獨鍾愛, 故或盛怒見之, 必釋然而笑. 荊人目爲萬事休.

(五代十國 때 작은 나라인 荊南의 세계를 이어 갈) 高保勗은 高從誨의 열째 아들이었는데 從晦는 (어릴 때부터) 그를 홀로 총애했다. 그래서 다른 사람이 크게 화를 내면서도 그를 보면 꼭 기뻐하는 표정을 지으면서 웃었다. 荊나라 사람들이 이것을 보고 이제 모든 일이 끝났다고 여겼

다. (鍾愛 : 매우 귀여워하다. 盛 : 많이. 크게. 釋然 : 기뻐하는 모양. 目은 보다. 萬事休 : 모든 일이 끝나다. 온갖 수단방법을 다 써도 돌이킬 길이 없다.) → **萬事休矣.**

〔**宋史·荊南高氏世家**〕保勗字省躬, 從晦第十子, 保融同母弟也. 初保勗在保抱, 從晦獨鍾愛, 故或盛怒見之, 必釋而笑. 荊人目爲萬事休.

觚不觚, 觚哉觚哉.
고

원래 모가 났던 술잔이 지금 (모양이 바뀌어) 모가 나지 않았다면 어찌 그것을 모난 술잔이라고 할 수 있을 것인가? 모난 술잔이 변형이 되어 본래의 모양을 잃으면 모난 술잔이라고 할 수 없다는 뜻으로, 옛날에는 술잔에 모가 있었으나 지금은 모가 없어지고 이름만 그대로 쓰는 데서 이 말이 생긴 것. (喩) 명목만 있고 내용은 없다. 有名無實. / 임금이 임금답지 못하고, 신하가 신하답지 못하며, 아버지가 아버지답지 못하고, 아들이 아들답지 못하다. 君不君, 臣不臣, 父不父, 子不子. (觚不觚 : 모난 술잔이 모나지 않았다. 觚는 술잔. 의식에 쓰는 모난 술잔. / 모서리. 귀퉁이. 모남. 네모꼴.)

〔**論語·雍也**〕子曰, ○○○, ○○○○.

古之聖王, 未有不尊師者也. 尊師則不論其貴賤貧富矣.

옛날의 덕이 높은 훌륭한 임금은 그의 스승을 존경하지 않은 사람이 없었다. 스승을 존경함에 있어서는 곧 그의 귀천이나 빈부를 따지지 않았다. 옛날 덕이 높은 훌륭한 임금은 다 귀천이나 빈부에 관계없이 품성과 덕망있는 훌륭한 사람을 스승으로 모시어 존경했다는 뜻.

〔**呂氏春秋·勸學**〕聖人之所在, 則天下理焉, 在右則右重, 在左則左重. 是故○○○○, ○○○○○○○, ○○○○○○○○○○○○.

古之賢君, 飽而知人之飢, 温而知人之寒, 逸而知人之勞. 今君不知也.

옛날의 어진 임금은 (자신의) 배가 부르면서도 백성들의 배고픔을 알았고, 따뜻이 지내면서도 백성들의 추움을 알았으며, 편안하면서도 백성들의 괴로움을 알았다. 지금의 임금은 그것들을 모른다.

〔**晏子春秋·諫上**〕晏子曰, 嬰聞○○○○, ○○○○○○○, ○○○○○○○, ○○○○○○○. ○○○○○.
〔**藝文類聚·天部下·雪**〕晏子春秋曰, 古之賢君, 飽而知人之饑, 温而知人之寒.

國君好仁, 天下無敵焉.

나라의 군주가 인덕을 좋아하면 천하에 대적할 것이 없다. 임금이 어진 정사를 베풀면, 아무리 많은 무리가 있어도 적수가 되지 않는 강한 나라가 된다는 의미. → **仁者無敵.**

〔 **孟子·離婁上** 〕 孔子曰, 仁不可爲衆也. 夫國君好仁, 天下無敵. 〔 **孟子·盡心下** 〕 ○○○○, ○○○○○. 南面而征, 北狄怨. 東面而征, 西夷怨. 曰, 奚爲後我.

君好聽譽而不惡讒也, 以非賢爲賢, 以非善爲善, 以非忠爲忠, 以非信爲信.

오 참

임금이 세상 사람들의 칭찬의 소리를 듣기를 좋아하고 남 모함하는 말을 싫어하지 않으면, 그는 어질지 않은 이를 어진 이로 여기고, 선하지 않은 자를 선한 자로 여기며, 충성스럽지 못한 자를 충성스러운 자로 여기고, 신실하지 못한 자를 신실한 자로 여기게 된다. 세상 사람들의 칭찬과 모함의 말을 들어 인물을 평가하기를 좋아하는 임금은 실제 인물의 됨됨이와는 반대로 평가하여 훌륭한 인물을 등용하지 못한다는 말.

〔 **六韜·文韜** 〕 太公曰, 君以世俗之所譽者爲賢, 以世俗之所毁者爲不肖, 則多黨者進, 少黨者退, 若是則群邪, 比周而蔽賢, 忠臣死於無罪, 姦臣以虛譽取爵位. 〔 **說苑·君道** 〕 太公曰, ○○○○○○○○○○, ○○○○○, ○○○○○, ○○○○○, ○○○○○. 其君以譽爲功, 以毁爲罪.

克明俊德, 以親九族, 九族旣睦, 平章百姓, 百姓昭明, 協和萬邦.

(中國 고대의 전설상의 성군인 堯임금은) 높고 큰 덕을 속속들이 밝혔고(修身), 고조로부터 현손에 이르는 9대의 집안 사람을 친히 사랑하니 그 구족(九族)이 화목하게 되었으며(齊家), 백성을 밝게 다스렸고(治國), 그리하여 백성들이 사물에 밝아지니 온 세상을 한 마음으로 화합하게 하였다(平天下). 堯임금이 수신·제가를 통해 치국·평천하를 한 그간의 이상적인 덕치과정을 설명한 것으로 해석된다. (克明 : 속속들이 밝히다. 俊德 : 높고 큰 덕. = 峻德. 高德. 親 : 친하다. 사랑하다. 사이좋게 지내다. 화목하다. 九族 : 고조부모·증조부모·조부모·부모·나·자식·손자·증손·현손에 이르는 직계친·방계친을 포함하는 일가 친족. 平章 : 백성들을 다 같이 밝게 다스리다. 공명정대하게 다스리다. 昭明 : 사물에 밝다. 協和 : 마음을 합하여 화합하다. 한 마음으로 화합하다.)

〔 **書經·虞書·堯典** 〕 ○○○○, ○○○○, ○○○○, ○○○○, ○○○○, ○○○○, 黎民於變時雍.

其身正, 不令而行, 其身不正, 雖令不從.

자기 자신이 바르면 명령하지 않아도 행해지고, 자신이 바르지 못하면 비록 명령한다 하더라도 따르지 않는다. 웃 자리에 있는 사람 자신의 행위가 단정하면 명령을 발하지 않아도 일을 실행할 수 있으나, 만일 그 자신의 행위가 단정하지 못하면 비록 명령을 내려도 백성들이 복종하지 않는다는 뜻.

〔 **論語·子路** 〕 子曰, ○○○, ○○○○, ○○○○, ○○○○. 〔 **韓詩外傳·卷六** 〕 孔子曰, ○○○, ○○○○, ○○○○, ○○○○. 先王之所以拱揖指麾, 而四海來賓者, 誠德之至也, 色以形于外也. 〔 **淮南子·主術訓** 〕 孔子曰, ○○○, ○○○○, ○○○○, ○○○○. 故禁勝於身, 則令行於民矣. 〔 **新序·雜事四** 〕 孔子曰, ○○○, ○○○○, ○○○○, ○○○○. 先王之所以拱揖指揮, 而四海來賓者, 誠德之至, 已形於外. 〔**元 張養浩·牧民忠告**〕與之交私故也. 苟絶其私, 不動聲色, 而使其膽落. 語曰, 其身正, 不令而行. 〔**明 玩花主人·妝樓記**〕今天子反以親奸遠賢, 荒于酒色, 怠于政事, 其身不正, 雖令不從矣.

其人存, 則其政擧, 其人亡, 則其政息.

그런 사람이 있으면 그런 정치가 잘 행하여지고, 그런 사람이 죽으면 그런 정치가 없어진다. 정치에 있어 가장 중요한 것은 다스리는 사람의 자질이며 따라서 훌륭한 자질을 가진 자는 훌륭한 정치를 할 수 있지만, 그런 사람이 죽으면 훌륭한 정치가 멸절되고 만다는 뜻. (擧 : 행하다. 시행하다. 잘 행하여지다. 亡 : 죽다. 없어지다. 息 : 그치다. 멈추다. 그만두다. 없어지다. ≒ 熄.)

〔**中庸·第二十章**〕哀公問政. 子曰, 文·武之政, 布在方策. ○○○, ○○○○, ○○○, ○○○○.

明君知臣, 明父知子.

현명한 임금은 신하를 잘 알고, 현명한 아버지는 아들을 잘 안다.

〔**唐 趙蕤·長短經·懼誡**〕吾聞, ○○○○, ○○○○, 父旣捐命, 不封諸子, 何可言也.

彌子瑕有寵於衛君, 食桃而甘, 以其半啗君, 曰, 愛我哉, 忘其口味, 以啗寡人. 彌子色衰愛弛, 得罪於君, 曰, 是嘗啗我以餘桃.

彌子瑕가 衛나라 임금의 총애를 받고 있을 때 (어느 날 과수원에서) 복숭아를 먹다가 하도 달아서 먹던 복숭아의 반을 임금에게 주어 먹게 하니, 임금은 "나를 사랑하여 그 입맛을 잊어버리고 나에게 먹여 주었다"고 (칭찬하여) 말했으나, 彌子瑕의 용모가 쇠하여져 사랑을 잃게 되자, 임금에게 죄를 받게 되면서 임금이 말하기를 "(이 사람은) 일찌기 먹다가 남은 복숭아를 나에게 먹인 적이 있다"고 하였다. (喩) 임금의 총애는 믿을 수 없다. 사랑을 받는 것은 곧 죄를 받는 원인이 된다. (補) 彌子瑕의 어머니가 병이 나서 임금 몰래 임금의 수레를 타고 나간데 대하여도 처음에는 효자라고 칭찬하다가 죄를 줄 때는 거짓말을 하고 수레를 탔다고 말한 사실이 있다. (啗 : 먹이다.) → **餘桃啗君. 餘桃啗君之罪.**

〔**韓非子·說難**〕昔者彌子瑕有寵於衛君, 衛國之法, 竊駕君車者罪刖. 彌子瑕母病, 人間往夜告彌子, 彌子矯駕君車以出. 君聞而賢之, 曰, 孝哉. 爲母之故, 忘其犯刖罪. 異曰, 與君遊於果園, 食桃而甘, 不盡, 以其半啖君, 君曰, 愛我哉, 忘其口味, 以啖寡人. 乃彌子色衰愛弛, 得罪於君, 君曰, 是固嘗矯駕吾車, 又嘗啖我以餘桃. 故彌子之行, 未變於初也, 而以前之所以見賢而後獲罪者, 愛憎之變也. ※ (史記·老子韓非列傳 및 說苑·雜事에 상기와 비슷한 내용 수록.)

不仁而得國者, 有之矣. 不仁而得天下, 未之有也.

인자하지 못하면서 나라를 얻은 자는 있으나, 인자하지 못하면서 천하를 얻은 자는 아직까지는 없다. 인자하지 못한 자가 분봉국(分封國)을 얻어 제후는 될 수 있어도 천자(천자)는 될 수 없으며, 덕으로써 인심을 얻지 않고 천하를 빼앗은 경우에는 민심의 이반으로 곧 망하게 됨을 시사하는 말.

〔**孟子·盡心下**〕孟子曰, ○○○○○○, ○○○. ○○○○○○○, ○○○○.

不聽不明不能王, 不瞽不聾不能公.

귀가 밝지 아니하고 눈이 밝지 아니하면 왕이 될 수 없고, 눈이 멀지 아니하고 귀가 먹지 아니하면 높은 벼슬아치가 될 수 없다. 왕이 되려면 총명해야 하고, 높은 벼슬아치가 되려면 바보로 치장할 줄 알아야 한다는 뜻. (聽 : 귀가 밝다. / 총명하다. 明 : 눈이 밝다. / 사리에 밝다. 瞽 : 소경. / 분별이 없다. 눈치가 없다. 聾 : 귀머거리. / 어리석다. 사리가 어둡다. 公 : 높은 벼슬아치. 곧 공경대부. 공작 등. / 先秦 때의 諸侯. / 옛날의 최고의 관직. 곧 三公.)

〔**愼子·君人**〕諺云, ○○○○, ○○○○, ○○○○, ○○○○. 海與山爭水, 海必得之.

山高而不崩, 則祈羊至矣. 淵深而不涸(학), 則沈玉極矣.

산은 높고 험하되 오랫동안 무너지지 않아야 사람들이 양을 희생하여 복을 기구하려고 찾아가고, 못은 물이 가득 차서 깊되 마르지 않아야 사람들이 옥을 던져서 복을 빌려고 찾아온다. (喻) 아무도 범할 수 없는 위엄과 끝없는 은혜 베푸는 마음을 가져야 사람들이 절로 추종하여 그 군주의 지위가 안전하게 된다. (祈羊 : 양을 희생으로 바치고 제사지내는 것 또는 그 희생양. / 복을 기구함. ≒ 禨祥. 涸 : 물이 마르다. 沈玉 : 수신을 제사지낼 때 구슬을 물에 가라앉히는 일. 또는 그 구슬. 極 : 이르다. ≒ 至. 到.)

〔**管子·形勢**〕○○○○○, ○○○○○. ○○○○○, ○○○○○. 天不變其常, 地不易其則, 春秋冬夏不更其節, 古今一也.

三代之得天下也, 以仁, 其失天下也, 以不仁.

3대가 천하를 얻은 것은 인이 있었기 때문이고, 그것이 천하를 잃은 것은 인이 없었기 때문이다. 夏·殷(商)·周의 3대의 왕조들이 천하를 얻어 나라를 세운 것은 夏의 禹王·殷의 湯王·周의 文王 武王의 인덕이 있었기 때문이고, 천하를 잃어 망해버린 것은 夏의 桀王·殷의 紂王·周의 幽王·厲王의 인덕이 없었기 때문이라는 것. (以 : 이유. 원인. 연고. 까닭. ≒ 由. 所以 / 쓰다. 운용하다. 사용하다.)

〔**孟子·離婁上**〕孟子曰, ○○○○○○○, ○○, ○○○○○, ○○○. 國之所以癈興存亡者亦然.

上多故則民多詐矣, 身曲而景(영)直者, 未之聞也.

임금이 위선적인 것을 많이 행하면 백성들도 곧 간교하게 남을 속이는 것을 많이 행하는 법이니, 몸이 굽었는데도 그 그림자가 곧은 것은 아직 듣지 못했다. 물이 흐리면 아랫 물이 맑지 않다는 말과 같은 뜻. (故 : 위선적인 것. ≒ 巧僞. / 고의로 법에 저촉하여 죄를 범하는 것. 故意觸法犯罪者. / 도리에 어긋나는 일. 身 : 몸. 몸뚱이. 景 : 그림자 = 影.)

〔**淮南子·繆稱訓**〕○○○○○○○○, ○○○○○○, ○○○○. 〔**淮南子·主術訓**〕故夫養虎豺犀象者, 爲之圈檻, 供其嗜, 欲適其饑飽, 違其怒恚, 然而不能終其天年者, 形有所劫也. 是以上多故則下多詐, 上多事則下多態, 上煩擾則下不定, 上多求則下交爭.

先王之所以治天下者五, 貴有德, 貴貴, 貴老, 敬長, 慈幼.

고대의 현명한 왕이 천하를 잘 다스리게 된 원인이 다섯 가지가 있으니, 그것은 곧 덕행이 있는 사람을 존중하고, 존귀한 사람을 존중하며, 노인을 존중하고, 어른을 공경하며, 어린이를 사랑하는 것 등이었다. (所以 : 이유. 원인. 貴 : 중히 여기다. 중시하다. 존중하다. / 지위가 높다. 존귀하다.)

〔**禮記·祭義**〕○○○○○○○○○○○, ○○○, ○○, ○○, ○○, ○○. 此五者, 先王之所以定天下也.

善治病者, 必醫其受病之處, 善救弊者, 必尋其起病之源.

심

병을 잘 다스리는 자는 반드시 그 병을 얻은 곳을 치료하고, 몸이 허약하고 고달픔을 잘 구제하는 자는 반드시 그 병이 일어난 근원을 찾아낸다. (喩) 유능한 지도자는 그 나라의 취약함과 그 원인을 잘 파악하여 대처한다. (受病 : 병을 얻다. 弊 : 몸이 허약하고 쇠하여 고달픔.)

〔**歐陽修·准詔言事上書**〕○○○○, ○○○○○○○○, ○○○○, ○○○○○○○○.

善響者不於響, 於聲. 善影者不於影, 於形.

듣기에 좋은 울림은 울림 그 자체에 의한 것이 아니고 원 소리의 좋음에 의한 것이다. 잘 비추어진 그림자는 그 그림자 자체에 의한 것이 아니고 원 형체의 좋음에 의한 것이다. (喩) 근본이 바르면 지엽도 바르다. (於 : 기대다. 의지하다. 의거하다. 근거로 하다.)

〔**呂氏春秋·先己**〕故○○○○○○○, ○○. ○○○○○○○, ○○. 爲天下者不於天下, 於身.

誠身有道, 不明乎善. 不誠乎身矣.

자신을 성실하게 하는 데는 일정한 방법이 있으니, 그것은 곧 본성적인 선을 잘 알지 못하면 자신을 성실하게 할 수 없는 것이다. 곧 선을 잘 알아야 자신을 성실하게 할 수 있다는 말. 아랫 자리에 있는 사람이 웃 사람의 신임을 받아 백성을 다스리려면 먼저 친구의 신임을 받아야 하고, 그렇게 하려면 어버이에게 순종해야 하고, 그렇게 하려면 자기 몸에 돌이켜보아 성실해야 하며, 그렇게 하려면 종국적으로 선을 잘 알아야 한다는 것을 설명한 것. (明 : 알다. 이해하다.)

〔**中庸·第二十章**〕在下位, 不獲乎上, 民不可得而治矣. 獲乎上有道, 不信乎朋友, 不獲乎上矣. 信乎朋友有道, 不順乎親, 不信乎朋友矣. 順乎親有道, 反諸身不誠, 不順乎親矣. ○○○○, ○○○○, ○○○○○.

聖天子百靈相助.

거룩한 임금은 온갖 신령이 도와준다. 거룩한 임금은 많은 걸출한 사람들이 도와준다는 뜻.

〔元 **秦簡夫·趙禮讓肥**〕一人元有慶, 四海永無虞. 頓首山呼, 顯見的聖天子百靈助. 〔元 **尙仲賢·單鞭奪槊**〕胡敬德顯耀英雄, 單雄信有志無功. ○○○○○○○, 大將軍八面威風.

世有明於事情, 不合於人心, 有合於人心, 不明於事情者.

세상에는 사정에 밝으면서도 인심에 영합하지 못하는 경우가 있고, 민심에 잘 영합하지만 사정에 밝지 못한 경우가 있다.

〔**說苑·雜言**〕子石登吳山而四望, 喟然而歎息曰, 嗚呼悲哉. ○○○○○○, ○○○○○, ○○○○○, ○○○○○○.

雖冕旒蔽目, 而視於無形. 雖黈纊塞耳, 而聽於無聲.

면류 주광

(임금은) 비록 면류관으로 눈을 가리더라도 없는 형체까지도 보아야 하고, 비록 주광으로 귀를 막았다 하더라도 없는 소리까지도 들어야 한다. 임금은 극히 총명해야 함을 형용한 말. (冕旒 : 면류관의 앞뒤에 드리워진 구슬을 꿴 수술로, 이것은 자질구레한 일이 눈에 보이지 않도록 하기 위한 것이라 한다. 黈纊 : 누른 빛의 솜을 둥글게 뭉쳐 만든 솜방울을 면류관 양쪽에 늘어뜨려 귀를 가리게 한 것으로, 이것은 임금이 불요불급한 말, 참소하는 말을 듣지 않기 위한 것이라 한다.)

〔**張蘊古·大寶箴**〕勿渾渾而濁, 勿皎皎而淸, 勿汶汶而闇, 勿察察而明. ○○○○○, ○○○○○. ○○○○○, ○○○○○. 〔**漢書**〕冕而前旒, 所以蔽明, 黈纊塞耳, 所以塞聽.

水泉深, 則魚鼈歸之. 樹木盛, 則飛鳥歸之. 庶草茂, 則禽獸歸之.

물이나 샘이 깊으면 고기나 자라 따위가 그곳으로 몰려오고, 나무가 무성하면 새들이 거기에 깃들이며, 많은 풀이 우거지면 짐승들이 거기로 돌아온다. (喩) 임금이 현명하면 영웅호걸이 돌아온다. / 형정이 공평하면 백성들이 돌아온다. / 군자가 도를 이루면 복록이 돌아온다. (庶 : 여러 가지. 많은) = **川淵深, 而魚鼈歸之. 山林茂, 而禽獸歸之.**

〔**荀子·勸學**〕積土成山, 風雨興焉, 積水成淵, 蛟龍生焉. 積善成德, 而神明自得, 聖心備焉. 〔**荀子·致仕**〕川淵深, 而魚鼈歸之. 山林茂, 而禽獸歸止. 刑政平, 而百姓歸之, 禮義備, 而君子歸之. 〔**呂氏春秋·功名**〕○○○, ○○○○○. ○○○, ○○○○○. ○○○, ○○○○○. 人主賢, 則豪傑歸之. 故聖王不務歸之者, 而務其所以歸. 〔**韓詩外傳·卷五**〕水淵深廣, 則龍魚生之. 山林茂盛, 則禽獸歸之. 禮義修明, 則君子德之. 故禮及身而行修, 禮及國而政明. 〔**淮南子·人間訓**〕山致其高而雲雨起焉, 水致其深而蛟龍生焉, 君子致其道而福祿歸焉. 〔**說苑·談叢**〕萬物得其本者生, 百事得其道者成, 道之所在, 天下歸之,德之所在, 天下歸之, 仁之所在, 天下愛之, 義之所在, 天下畏之. 〔**論衡·龍虛**〕傳曰, 山致其高, 雲雨起焉. 水致其深, 蛟龍生焉. 傳又言, 禹渡於江, 黃龍負船.

量粟而舂, 數米而炊, 可以治家, 而不可以治國.

용 취

좁쌀을 하나하나 세어서 방아를 찧고 쌀을 하나하나 세어서 밥을 짓는 자는 집안을 다스릴 수 있으나 나라를 다스릴 수는 없다. (喩) 성질이 꼼꼼한 사람은 담이 작아서 집안은 다스릴 수 있으나 나라를 다스릴 수는 없다. 하찮은 일에 마음을 쓰는 좀스러운 사람은 아주 작은 일은 할 수 있으나 크고 중요한 일은 해낼 수 없다. / 자질구레한 일을 지나치게 따지는 사람은 노력이 많으나 그 공은 적다. (舂 : 곡식약 등을 절구에 넣어 찧다. 빻다. 절구질하다.) → **量粟而舂. 數米而炊.**

〔**莊子·庚桑楚**〕簡髮而櫛, 數米而炊. < 晉 郭象注 > 理錐刀之末也. < 唐 成玄英疏 > 格量米數, 炊以供餐, 利益蓋微, 爲損更甚. 〔**淮南子·詮言訓**〕○○○○, ○○○○, ○○○○, ○○○○○○. 滌杯而食, 洗爵而飮, 浣而後饋, 可以養家老, 而不可以饗三軍.

王者, 如天地之無私心焉, 行一不義而得天下, 不爲.

왕이란 마치 천지가 사심이 없는 것(만물을 고루 비추고 자라게 하는 것)과 같아서, 한 개의 불의를 향하여 천하를 얻는다해도 이를 하지 않는다.

〔**近思錄·觀聖賢類**〕明道先生曰, 孔明有王佐之心, 道則未盡. ○○, ○○○○○○○○, ○○○○○○○○, ○○.

爲君不君, 爲臣不臣, 亂之本也.

임금된 자가 임금답지 못하고, 신하된 자가 신하답지 못한 것은 (나라의) 혼란의 근원이다. 임금이 임금으로서의 예의를 지키지 아니하고, 신하가 신하로서의 절의를 다하지 아니하는 것은 혼란의 근본이라는 의미.

〔**國語·齊語**〕桓公召管子而謀, 管子對曰, ○○○○, ○○○○, ○○○○.

有德之君, 以樂樂人, 無德之君, 以樂樂身. 樂人者久而長, 樂身者不久而亡.

악 낙

덕이 있는 임금은 음악으로 백성들을 즐겁게 하고, 덕이 없는 임금은 음악으로 제 몸을 즐겁게 한다. 백성들을 즐겁게 하는 자는 오래도록 번성하지만, 제 몸을 즐겁게 하는 자는 오래 가지 않아 망하고 만다. 통치자가 일신의 향락을 추구하기 위해 권한을 이용하면 그 나라는 망하게 됨을 경고한 것.

〔**三略·下略**〕故○○○○, ○○○○, ○○○○, ○○○○. ○○○○○○, ○○○○○○○.

有聞道而好爲家者, 一家之人也. 有聞道而好爲國者, 一國之人也.

어떤 사람이 도(道)를 인식하고 한 가족을 다스리는 데에 잘 활용한다면 그는 그 가족을 다스리는 한 인재이며, 어떤 도를 인식하고 나라를 다스리는 데에 잘 활용한다면 그는 그 나라를 다스리는 한 인재이다. 사람이 이해하고 있는 도의 기본 내용은 일치하지만, 그 운용은 사람에 따라 큰 차이가 남을 이른 것. (有 : 어떤 사람. ※ 명시되지 않은 사람 · 날짜 · 사물 등을 나타낸다. ≒ 某 聞 : 듣다. / 인식하다. 알다. 이해하다. 爲 : 다스리다. 人 : 인재를 가리킨다.)

〔**管子·形勢**〕道之所言者一也, 而用之者異. ○○○○○○○○, ○○○○○. 有聞道而好爲鄕者, 一鄕之人也. ○○○○○○○○, ○○○○○. 有聞道而好爲天下者, 天下之人也.

惟仁者宜在高位. 不仁而在高位, 是播其惡於衆也.

오직 어진 마음을 가지고 있는 사람이 높은 지위에 있는 것이 마땅하다. 가령 어진 마음이 없으면서 높은 지위를 차지한다면 곧 그의 화해(禍害)를 대중의 신상에 널리 퍼뜨려 후환을 남기고야 말 것이다. (仁者 : 어진 마음을 가지고 있는 사람. 마음이 인자하여 남의 칭송을 받으면서 이것을 확충하여 선왕의 도를 행하는 자이다. 播 : 말을 하여 널리 퍼뜨리다. 전파하다.)

〔**孟子·離婁上**〕爲政不因先王之道, 可謂智乎. 是以 ○○○○○○○. ○○○○○○, ○○○○○○○.

以亂和民, 猶治絲而棼之也.

(棼: 분)

소란하게 하여 백성들을 화평하게 하는 것은 엉킨 실을 풀려고 하다가 도리어 이것을 엉키게 하는 것과 같다. 덕으로써 백성들을 화평하게 해야 혼란이 없다는 뜻. (亂 : 혼란하다. 무질서하다. 혼잡하다. 난잡하여 조리가 없다. / 어지럽히다. 현혹시키다. 소란하게 하다. 治絲而棼之 : 명주실을 정리하다가 오히려 더욱 헝클어뜨리다. 급히 일을 하느라고 도리어 엉키게 한다는 비유. 방법을 강구하지 않아 일이 더욱 분란 복잡함을 더한다는 비유. 일을 점점 더 망쳐버린다는 비유. 棼은 나무가 뒤섞여 얽히다. 엉키게 하다.)
→ **治絲而棼之. 治絲棼之. 治絲益棼.**

〔**春秋左氏傳·隱公四年**〕隱公問於衆仲曰, 衛州吁, 其成乎. 對曰, 臣聞以德和民, 不聞以亂. 以亂, 猶治絲而棼之也.

以力假仁者覇, 覇必有大國. 以德行仁者王, 王不待大.

힘으로써 인(仁)을 빌어 권력을 행사하는 것은 제후의 맹주가 되는 것이니, 제후의 맹주가 되려면 반드시 큰 나라가 있어야 한다. 반면 덕으로써 인을 행하는 것은 왕이 되는 것이니, 왕이 되는 데는 큰 나라를 필요로 하지 않는다. 무력을 쓰는 것을 배경으로 하여 인애(仁愛)의 명의를 빌어 침략을 하는 사람은 곧 제후를 제패할 수 있는데, 이와같이 제후를 제패하려면 반드시 강대한 국가가 있어야 한다는 것이며, 반면 천부적 미덕을 써서 인정(仁政)을 추진하는 사람은 곧 왕업을 완성할 수 있는데 이렇게 왕업을 완성하려고 하면 나라가 꼭 강대함을 필요로 하지 않는다는 뜻. (力 : 힘. 토지와 무장한 병사의 힘. 곧 무력을 이른다. 以力假仁 : 무력으로써 인애의 이름을 빌어 행사하다. 곧 병력으로써 나라의 세력을 확장하면서 표면으로는 인애의 덕을 실현하는 양 거짓 꾸미는 것. 패자를 이르는 말. 假仁은 인을 빌다. 인을 빙자하다. 본래 인애의 마음이 없으면서 그 이름을 빌어 행사하는 것. 覇 : 우두머리. 으뜸. / 고대 제후의 맹주로서 패업을 이룩한 사람. 인의를 돌보지 아니하고 무력과 권모에 의하여 천하를 통일하는 것. / 제패하다. 待 : 필요로 하다.) → **以力假仁.**

〔**孟子·公孫丑上**〕孟子曰, ○○○○○○, ○○○○○. ○○○○○○, ○○○○. 湯以七十里, 文王以百里.

以力服人者, 非心服也, 力不贍(섬)也, 以德服人者, 中心悅而誠服也.

힘으로써 남을 복종시킨다면 그것은 진심으로 복종하는 것이 아니고 힘이 부족하기 때문이며, 덕으로써 남을 복종시킨다면 그것은 속마음으로 기뻐하여 진실로 복종하는 것이다. 무력을 가지고 남을 복종시키는 것은 그 남이 기꺼이 원하여 복종하는 것이 아니고 자신의 역량이 부족하여 감히 복종하지 않을 수 없어 응하게 된 것이며, 미덕을 써서 남을 복종시키는 것은 복종자 자신의 역량이 부족해서가 아니라 그것을 마음 속으로 기뻐하여 진심으로 복종한다는 뜻. (服 : 복종하다. 순종하다. 정복시키다. 굴복시키다. 항복하다. 贍 : 넉넉하다. 부족함이 없다. 많다. ≒ 足. 中心 : 속 마음. 마음 속.)

〔**孟子·公孫丑上**〕孟子曰, ……, ○○○○○, ○○○○, ○○○○, ○○○○○, ○○○○○○○, 如七十子之服孔子也.

以天下之目視, 則無不見也. 以天下之耳德, 則無不聞也. 以天下之心慮, 則無不知也.

천하의 눈으로 보면 보이지 않는 것이 없고, 천하의 귀로 들으면 안들리는 것이 없고, 천하의 마음으로 생각하면 알지 못하는 것이 없다. 온 천하를 지도할 정치인은 온 천하를 보는 눈, 온 천하의 소리를 듣는 귀, 온 천하를 생각하는 마음을 가져야 한다는 뜻.

〔**六韜·文韜**〕太公曰, 目貴明, 耳貴聰, 心貴知. ○○○○○○, ○○○○○. ○○○○○○, ○○○○○. ○○○○○○, ○○○○○. 輻輳竝進, 則明不蔽矣. 〔**管子九守**〕○○○○○○, ○○○○○. ○○○○○○, ○○○○○. ○○○○○○, ○○○○○. 〔**淮南子·主術訓**〕人主者, 以天下之目視, 以天下之耳聽, 以天下之慮, 以天下之爭. 是故號令能下究.

人主一念之烈, 足以旋乾轉坤.

임금의 한결같은 마음의 엄한 기상은 족히 하늘을 돌리고 땅을 굴릴 만하다. 임금이 한결같이 엄한 기상을 가지고 있으면 나라의 폐풍·폐습을 크게 고칠 수 있음을 이르는 것. (一念 : 한결같은 마음. 烈 : 엄하고 사나운 기운.) → **旋乾轉坤**.

〔**韓愈·潮州謝上表**〕陛下卽位以來, 躬德聽斷, 旋乾轉坤, 天戈所麾, 莫不寧順. 〔**宋史·游似傳**〕○○○○○○, ○○○○○○.

仁則榮, 不仁則辱. 今惡(오)辱而居不仁, 是猶惡(오)濕而居下也.

(임금이) 인덕을 행하면 곧 영화를 얻을 수 있으나, 인덕을 행하지 아니하면 치욕을 만날 수 있다. 지금의 임금이 치욕을 싫어하면서도 인덕을 행하지 않을 마음을 품는 것은 마치 습한 것을 싫어하면서도 오히려 일부러 움푹 파인 낮은 곳에 사는 것과 같다. (喩) 악평을 싫어하면서도 일부러 못된 짓을 하다. (居不仁 : 불인할 것을 마음에 두다. 곧 인덕을 행하지 아니할 마음을 먹다. 居은 살다. 머무르다. / 마음에 품다. 두다. 먹다. 下 : 움푹 파인 낮은 곳.) → **惡辱而居不仁. 惡濕而居下**.

〔**孟子·公孫丑上**〕孟子曰, ○○○, ○○○○. ○○○○○○○○, ○○○○○○○○○.

一家仁, 一國興仁. 一家讓, 一國興讓. 一人貪戾, 一國作亂.

한 집안(왕실) 사람이 자애롭게 하면 온 나라의 사람들도 곧 뒤따라 행하여 자애로움의 기풍을 일으키고, 한 집안 사람이 겸손하게 하면 온 나라의 사람들도 뒤따라 행하여 겸손함의 기풍을 일으키나, 임금 한 사람이 욕심이 많고 포악하면 온 나라의 사람들이 따라서 난을 일으킨다. (一家 : 한 집안 사람. 一은 하나. / 모두. 온. 온통. 전. 一國 : 온 나라 사람을 이른다. 興 : 일어나다. / 일으키다. 왕성하게 하다. 讓 : 사양하다. 양보하다. / 겸손하다. 겸손해하다. 貪戾 : 욕심이 많고 포악하다. 욕심이 많고 도리에 벗어나다. ≒ **貪婪暴戾**.)

〔**大學·傳九**〕○○○, ○○○○. ○○○, ○○○○. ○○○○, ○○○○. 其機如此, 此謂一言僨事, 一人定國.

日月雖明, 不鑑覆(복)盆(분)之下.

해와 달이 비록 밝아도 뒤집어 엎어놓은 동이의 밑에는 비추지 못한다. (喩) 임금이 비록 비범하고 총명해도 다만 보살피지 못하는 곳이 있다. / 사람에게 누명을 씌우는 행동을 하다. (覆盆 : 뒤집어 엎어놓은 동이. 무근한 죄를 뒤집어 쓴다는 비유.)

〔**五燈會元**〕僧問, 日月重明時如何. 師曰, ○○○○, ○○○○○○.

一仞(인)之牆(장), 民不能踰(유), 百仞之山, 童子登遊焉.

한 길의 담장은 사람이 넘을 수 없으나, 백 길이나 되는 산은 어린아이도 올라 노닐 수 있다. 곧 짧은 거리라도 경사가 급하면 오를 수 없으나 경사가 완만하면 누구나 오를 수 있다. 인의 도덕, 통치권력 등이 권위가 없으면 완만하게 몰락하여 백성들에 의해 유린될 수 있음을 이르는 말.

〔荀子·宥坐〕數仞之牆而民不逾也, 百仞之山而豎子馮而游焉, 陵遲故也. 今夫世之陵遲亦久矣, 而能使民勿逾乎. 〔韓詩外傳·卷三〕孔子曰, ……. 夫○○○○, ○○○○, ○○○○, ○○○○○. 今其仁義之陵遲久矣, 能謂民無踰乎. 〔說苑·政理〕夫一仞之牆, 民不能踰, 百仞之山, 童子升而遊焉, 陵遲故也.今是仁義之陵遲久矣, 能謂民弗踰乎. 〔孔子家語·始誅〕夫三尺之限, 空車不能登者, 何哉. 峻故也. 百仞之山, 重載陟焉, 何哉. 陵遲故也. 今世俗之陵遲久矣. 雖有刑法, 民能勿踰乎. 〔孔子家語·論政〕(韓詩外傳·卷三 내용과 동일.)

自西自東, 自南自北, 無思不服.

서쪽에서 동쪽에서 남쪽에서 북쪽에서 복종치 않는 사람이 없다. 周나라 武王이 왕도를 鎬京으로 천도하니 천지만물이 武王에게 충심으로 기쁘게 심복함을 이르는 말. (思 : 어조사.)

〔詩經·大雅·文王有聲〕鎬京辟廱, ○○○○, ○○○○, ○○○○. 〔唐 張說·大唐祀封禪頌〕昔人云, ○○○○, ○○○○, ○○○○. 今信知聖人作而萬物睹, 其心服之之謂矣.

長木之斃, 無不摽也. 國狗之瘈, 無不噬也.
폐 표 계 서

큰 나무가 쓰러질 때는 후려치지 않는 것이 없고, 나라에서 기르는 개가 미치면 물지 않는 것이 없다. (喩) 임금이나 대국이 무도하면 상대를 가리지 않고 공벌한다. (摽 : 치다. 두드리다. ≒ 擊. 國狗 : 나라에서 기르는 개. 착하고 유능한 이를 해치는 사람. 국정을 맡은 간신. 瘈 : 미치다. 噬 : 물다.)

〔春秋左氏傳·哀公十二年〕○○○○, ○○○○. ○○○○, ○○○○.

電雷之起也, 破竹折木, 震驚天下, 而不能使聾者卒有聞. 日月之明, 徧照天下, 而不能使盲者卒有見.
편

번개와 천둥이 일어나서 대나무를 쪼개고 나무를 부러뜨려 천하를 놀라게 해도 귀머거리로 하여금 끝내 듣게 할 수는 없다. 해와 달이 밝아 천하를 두루 비추어도 장님으로 하여금 끝내 보게 할 수는 없다. 임금이 귀머거리 장님과 같이 세상의 복잡한 일을 듣지도 보지도 못하는 것이 있음을 비유하는 말. (電 : 번개. 雷 : 천둥. 震驚 : 겁내어 놀라게 하다. 徧 : 두루. 골고루.)

〔韓詩外傳·卷六〕孟子曰, 夫○○○○○, ○○○○, ○○○○, ○○○○○○○○○. ○○○○, ○○○○, ○○○○○○○○○. 今公之君若此也.

帝昏愚, 天下大饑, 帝曰, 何不食肉糜. 華林園聞蛙鳴, 帝曰, 彼鳴者爲官乎, 爲私乎.
미 와

임금이 사리에 어둡고 어리석어서 온 세상이 큰 흉년으로 굶주리는 데도 임금은 "왜 고기죽을 먹지 않느냐?"고 말했다. 또 華林園 못에서 개구리 우는 소리를 듣고서는 임금은 "저 울음소리는 관을 위한 것인가? 사를 위한 것인가?"라고 말하였다. (이에 대하여 근신들은 "관의 땅에 있는 것은 관을 위하고, 사의 땅에 있는 것은 사를 위한 것"이라고 희롱하여 말했다.) (糜 : 죽.)

〔**十八史略·近古·晉 六朝篇**〕○○○, ○○○○, ○○, ○○○○○. ○○○○○○, ○○, ○○○○○○, ○○○. 左右戲之曰, 在官地者, 爲官, 在私地者, 爲私.

珠出於江海, 玉出於崑山, 無足而至者, 猶主君之好也. 士有足而不至者, 蓋主君無好士之意耳.

강·바다에서 나는 진주나 崑山에서 나는 옥은 발이 없어도 돌아다니는 것은 역시 임금이 좋아하기 때문이고, 선비가 발이 있어도 (임금에게) 이르지 않는 것은 모두 임금이 선비의 뜻을 좋아하지 않기 때문이다. (江海 : 강과 바다. / 揚子江과 바다. 至 : 이르다. 일정한 곳에 도달하다. / 돌아다니다. 行. 猶 : 역시. 蓋 : 모두. / 아마도. 어쩌면.)

〔**韓詩外傳·卷六**〕船人盍胥跪而對曰, 主君亦不好士耳. 夫○○○○○, ○○○○○, ○○○○○, ○○○○○○. ○○○○○○○, ○○○○○○○○○, 無患乎無事也. 〔**說苑·尊賢**〕舟人古乘跪而對曰, 夫珠玉無足, 去此數千里而所以能來者, 人好之也. 今士有足而不來者, 此是吾君不好之乎. 〔**新序·雜事一**〕船人固桑進對曰, 君言過矣. 夫劍產於越, 珠產於江漢, 玉產於昆山, 此三寶者, 皆無足而至. 今君苟好士, 則賢士至矣. 〔**藝文類聚**〕舡人蓋胥跪而對曰, 夫珠出於江海, 玉出於崑山, 無足而至者, 猶主君之好也. 士有足而不至者, 蓋主君無好士之意耳. 無患乎無士乎.

直而温, 寬而栗, 剛而無虐, 簡而無傲.

바르되 온화하게 하고, 너그럽되 위엄있게 하며, 굳세되 사납지 않게 하며, 대범하되 오만하지 않게 한다. 舜임금은 사람의 기질이 본래 과불급이 있어 편파적임을 면하기 어렵다고 보고, 전악(典樂)인 夔에게 태자와 공경대부의 맏아들을 상대로 위와 같은 교육 덕목을 가르칠 것을 요청한 것. (直 : 곧다. 바르다. 옳다. 栗 : 엄하다. 위엄이 있다. 虐 : 사납다. 잔인하다. 簡 : 대범하다. / 검소하다. 傲 : 오만하다. 거만하다.)

〔**書經·虞書·舜典**〕帝曰, 夔. 命汝典樂, 教冑子, ○○○, ○○○, ○○○○, ○○○○.

策之不以其道, 食之不能盡其材, 鳴之不能通其意, 曰, 天下無良馬.

(사람이) 그것(천리마)을 채찍질하면서 (말 다루는) 방법을 쓰지 아니하고, 말을 먹이면서 그 (먹이)재료를 다 쓰지 아니하며, 말이 그것(채찍질과 먹이) 때문에 울어도 그 뜻을 알지 못한 채 "세상에는 좋은 말이 없다"고 말하다. (喩) 정계의 지도자가 현명하지 못하여 영재 · 현재를 알아보지 못하고 보통사람으로 여겨 함부로 대하다. (其道 : 말을 다루는 방법을 이른다. 盡 : 다 쓰다. 모두 사용하다. 材 : 재료. 원료. 通 : 알다. 널리 알다. 통달하다. / 깨닫다. 납득하다.)

〔**韓愈·雜說**〕馬之千里者, 一食或盡粟一石, 食馬者不知其能千里而食也, 是馬雖有千里之能, 食不飽,力不足, 才美不外見, 且欲與常馬等, 不可得, 安求其能千里也. ○○○○○○, ○○○○○○○, ○○○○○○○, 執策而臨之, ○, ○○○○○. 嗚呼, 其眞無馬耶, 其眞不識馬耶.

天子有道, 守在四夷. 諸侯有道, 守在四隣.

천자가 만일 도덕을 갖추고 있으면 이웃한 사방의 오랑캐 나라들이 모두 천자를 지켜주고, 제후(諸侯)가 만일 도덕을 갖추고 있으면 이웃한 사방의 나라들이 모두 제후를 지켜준다. 임금과 제후가 도덕을 갖추고 있어 정치를 맑고 밝게 시행하면 백성들의 지지와 보호를 받으며 따라서 내우·외환이 생길 우려가 없다는 것. (守在四夷 : 수비가 사방의 오랑캐 나라에 달려 있다. 곧 사방의 오랑캐 나라가 수비해 준다는 뜻. 四夷는 옛날 中國이 사방의 인접국가들을 얕잡아 일컫던 말. 四隣 : 이웃한 사방의 나라.)

〔 **漢 賈誼·新書·春秋** 〕 鄒國之治, 路不拾遺, ……鄒穆公死, ……四境之隣於鄒者, 士民鄉方而道哭, ……故曰, ○○○○, ○○○○. ○○○○, ○○○○. 〔 **淮南子·泰族訓** 〕 天子得道, 守在四夷, 天子失道, 守在諸侯. 諸侯得道, 守在四隣, 諸侯失道, 守在四境. 〔 **唐 李觀·古受降城銘** 〕 嘗聞, 天子有道, 守在四夷.

土之美者善養禾, 君之明者善養士.

땅이 좋으면 곡식을 잘 기르고, 임금이 명석하면 선비들을 잘 양성한다. 고운 흙은 벼를 잘 기르고, 어진 임금은 인재를 잘 길러낸다는 말. (者 : …하면. …이면. ※ 순접의 조사로 쓰였다. 禾 : 벼. / 곡물.)

〔 **漢書·李尋傳** 〕 ○○○○○○○, ○○○○○○○.

賢君之治國, 其政平, 其吏不苛, 其賦斂(렴)節, 其自奉薄(박), 不以私善害公法.

어진 임금이 나라를 다스리는데 있어서는 그 정사를 공평하게 하고, 그 벼슬아치가 가혹하게 하지 않도록 하며, 그 세금은 줄여주고, 자기 몸을 스스로 보양하는 일은 가볍게 하며, 사사로운 선을 써서 공공의 법도를 해치지 아니해야 한다. (賦斂 : 조세 따위를 부과하여 징수하다. 自奉 : 자기 몸을 스스로 보양하다. 의식 등을 충분히 확보하다. 奉은 기르다.)

〔 **說苑·政理** 〕 武王問於太公曰, 賢君治國何如. 對曰, ○○○○○, ○○○, ○○○○, ○○○○, ○○○○, ○○○○○○○, 賞賜不加於無功, 刑罰不施於無罪, 不因喜以賞, 不因怒以誅, 害民者有罪, 進賢擧過者有賞, ……, 此賢君之治國也. 武王曰, 善哉.

賢主勞於求人, 而佚(일)於治事.

현명한 군주는 인재를 구하는데 수고하지만, 그렇게하면 나랏 일을 처리하는 데는 편안하다. 의리에 합당한 일이면 어떤 어려움도 피하지 않고 어떤 환난에도 이로움을 생각함이 없이 오직

도를 따라 의를 위해 목숨을 던지는 것도 가벼이 생각하는 사람만이 천하를 평정하고 나라를 바로잡는 일을 이룰 수 있으므로 이런 인재를 구하려고 애쓴다는 뜻. (佚 : 편안하다. ≒ 逸.)

〔**呂氏春秋·士節**〕士之爲人, 當理不避其難, 臨患忘利, 遺生行義, 視死如歸. ……. 大者定天下, 其次定一國, 必由如此人者也. ……. ○○○○○○, ○○○○○.

后克艱厥后, 臣克艱厥臣, 政乃乂(예), 黎民敏德. 允若玆, 嘉言罔攸伏, 野無遺賢, 萬邦咸寧.

임금이 그 임금 노릇의 어려움을 극복하고, 신하가 그 신하 노릇의 어려움을 극복하면 정치가 곧 잘 다스려지고, 모든 백성들이 덕을 베푸는데 힘쓸 것이니, 진실로 그렇게 한다면 훌륭한 말이 감춰질 것이 없고, 초야에 어진 이가 남아있지 않게 되어 무든 나라가 다 평안하게 될 것이다. 앞 4구(四句)는 禹임금이, 뒤 4구는 舜임금이 말한 것으로, 결국 임금이 임금된 도리를 다하고, 신하가 신하의 직분을 다할 때 온 세상이 잘 다스려져 태평하게 된다는 말. (后 : 임금. 군주. 천자. 제후. 艱 : 어려움. 재난. 곤고. 乂 : 다스리다. 다스려지다. 黎民 : 모든 백성. 서민. 敏 : 힘쓰다. 애써 일하다. 罔 : 없다. / 아니다. 攸 : 바. 所와 거의 같게 쓰이는 어조사. 伏 : 숨다. 감추다. 遺 : 머물다. 남다. 남기다. 뒤에 처져있다. 咸 : 다. 모두. 전부.)

〔**書經·虞書·大禹謨**〕曰若稽古大禹, 曰文命敷于四海, 祗承于帝. 曰, ○○○○○, ○○○○○, ○○○, ○○○○. 帝曰, 兪. ○○○, ○○○○○, ○○○○, ○○○○.

興國之君, 樂(낙)聞其過, 荒亂之主, 樂聞其譽.

나라를 흥성하게 한 임금은 그의 잘못에 대한 말을 듣기 좋아하고, (나라를) 황폐하고 혼란스럽게 만든 임금은 그를 칭찬하는 말을 듣기를 좋아한다.

〔**三國志·吳志·樓玄傳**〕○○○○, ○○○○, ○○○○, ○○○○.

3. 統治者의 統治姿勢와 處地
- 決斷·善惡行과 屈辱·苦行

可怒而不怒, 姦臣乃作. 可殺而不殺, 大賊乃發. 兵勢不行, 敵國乃強.

(임금이) 노해야 할 때 노하지 않으면 간신이 일어나고, 죽여야 할 때 죽이지 않으면 큰 도적이 생기게 되고, 군대를 두려워하여 복종하게 하는 힘을 행사하지 않으면 적국이 강해진다. 임금

이 마땅히 노해야 할 때 노하지 않으면 간사한 신하가 세력을 떨쳐 마침내 반란을 일으키고, 또한 죽여야 할 때 죽이지 않으면 마침내 큰 도적으로 자라나서 반역을 꾀하게 되며, 군대를 두려워하여 복종하게 하는 힘을 행사하지 않으면 적국의 세력이 강해져 적에게 제압을 당할 우려가 있음을 이르는 말. (兵勢 : 군대의 사납고 용감한 기세. 군대를 두려워하여 복종하게 하는 힘. 군대의 강대한 힘.)

〔 **六韜·文韜** 〕 ○○○○○, ○○○○. ○○○○○, ○○○○. ○○○○, ○○○○.

兼聽則明, 偏信則暗.

널리 여러 사람의 말을 들으면 사리에 밝아지지만, 한 쪽에 치우쳐 믿으면 사리에 어두워진다. 다방면의 의견을 들으면 사실의 시비·득실을 종합적으로 판단할 수 있는 안목이 생기지만, 한 쪽의 말만을 믿어버리면 편파적으로 처리할 편견을 갖게 된다는 뜻. (兼聽 : 널리 여러 사람의 말을 듣다. 明 : 사리에 밝다. 偏信 : 한 쪽 만을 편벽되게 믿다. 暗 : 사리에 어둡다.)

〔 **管子·君臣上** 〕 別而聽之則愚, 合而聽之則聖. 〔 **王符 潛夫論·明暗** 〕 君之所以明者, 兼聽也, 其所以暗者, 偏信也. 是故人君通必兼聽, 則聖日廣矣, 庸說偏信, 則愚日甚矣. 〔 **新唐書·魏徵傳** 〕 君所以明兼聽也. 所以暗偏信也. 〔 **資治通鑑·唐太宗貞觀二年** 〕 上問魏徵曰, 人主何爲而明, 何爲而暗. 對曰, ○○○○. ○○○○.

罄(경)南山之竹, 書罪未窮, 決東海之波, 流惡難盡.

南山의 대나무를 다해도 그 죄를 다 쓸 수 없고, 東海의 물결을 다 터놓아도 그 악을 다 흘려보내기가 어렵다. 죄악이 너무 커서 글로 써서 열거하기도, 물로 씻어버릴 수도 없다는 뜻. (由) 李密이 隋나라 煬帝의 10대 죄악을 꾸짖는 글에서 이와 같이 죄악이 크다고 표현한 것. (罄 : 다하다. 竹 : 竹簡으로, 전에는 竹簡에 글을 써서 보관했다. 決 : 막아놓은 것을 제거하여 물을 터놓는 것.)

〔 **舊唐書·李密傳** 〕 記李密起草檄文, 遍傳郡縣, 列數隋煬帝十大罪惡, 說, ○○○○○, ○○○○, ○○○○○, ○○○○.

古之明王, 食足以飽(포), 衣足以煖(난), 宮室足以處, 輿(여)馬足以行.

옛날의 명철한 임금은 음식은 배부른 것을 만족하게 여겼고, 옷은 따뜻한 것만을 만족하게 여겼으며, 궁실은 거처하는 것만을 만족하게 여겼고, 수레와 말은 그저 다니는 것을 만족하게 여겼다. 임금으로서 의식주의 일상생활을 매우 검소하게 하면 백성들의 지지를 받아 오래 그 지위를 유지하게 됨을 시사하는 것.

〔 **說苑·反質** 〕 侯生曰, ……. 聞○○○○, ○○○○, ○○○○, ○○○○○, ○○○○○, 故上不見棄於天, 下不見棄於黔首.

古之王者, 不欺四海, 覇者, 不欺四鄰, 善爲國者, 不欺其民, 善爲家者, 不欺其親.

옛날의 임금은 온 세상을 속이지 않았고, 패자는 사방의 이웃나라를 속이지 않았으며, 나라를 잘 다스린 자는 백성을 속이지 않았고, 집안을 잘 다스린 자는 그 친족을 속이지 않았다. 지도자는 그 조직원을 속이지 않아야 그것이 잘 유지, 운영된다는 뜻.

〔**通鑑·周紀·顯王**〕 不善者○○○○, ○○○○, ○○, ○○○○, ○○○○, ○○○○, ○○○○, ○○○○, 不善者反之.

苟正其身矣, 於從政乎何有. 不能正其身, 如正人何.

(위정자가) 참으로 그 언행을 단정하게 한다면 정치적 업무에 종사하는 데에 무슨 어려움이 있으랴 ! 만일 그 언행을 단정하게 할 수 없다면 어떻게 남을 단정하게 할 수 있겠는가? 위정자 자신이 올바르고 깨끗하게 한다면 백성들은 명령하지 않아도 저절로 다스려지나 스스로 올바르지 못하거나 깨끗하지 못하면 백성들이 호응해주지 않아 바로 잡기 어렵다는 뜻. (何有 : 무슨 어려움이 있겠는가. = 何難之有. 如正人何 : 어떻게 남을 단정하게 하겠는가. 如何正人의 도치.)

〔**論語·子路**〕 子曰, ○○○○○, ○○○○○○. ○○○○○, ○○○○.

君不困, 不成王. 烈士不困, 行不彰.

임금이 괴로움을 겪어보지 않으면 천하를 통일하는 군주의 대업을 이룰 수 없고, 공적을 세우는데 뜻을 둔 사람은 괴로움을 겪어보지 않으면 그의 품격이 세상에 드러날 수 없다. 참다운 지도자가 되려면 시련·고행을 겪어야 한다는 뜻. (困 : 고생하다. 시달하다. 곤경에 빠지다. 괴로움을 겪다. 王 : 왕패의 대업. 곧 천하를 통일하는 군주의 대업을 이른다. 烈士 : 이해나 권력에 굽히지 않고 절의를 굳게 지키는 사람. / 공적을 세우는데 뜻을 둔 사람. 行 : 품격. 彰 : 밝히다. 명성을 세상에 드러내다. 이름을 널리 날리다.)

〔**說苑·雜言**〕 孔子曰, ……. 吾聞人君不困, 不成王. 烈士不困, 不成行. 〔**孔子家語·困誓**〕 孔子曰, ……. 吾聞之, ○○○, ○○○. ○○○○, ○○○.

君王無羞亟問, 不媿不學.

(亟: 기, 媿: 괴)

임금은 자주 묻는 것을 부끄러워하지 않으며, 배우지 않은 것도 부끄러워하지 않는다. (亟 : 자주. 媿 : 부끄러워하다. = 愧.)

〔**戰國策·齊策四**〕 自古及今, 而能虛成名於天下者, 無有. 是以○○○○○○, ○○○○.

老者衣帛食肉, 藜民不飢不寒, 然而不王者未之有也.

백 여

노인들이 비단옷을 입고 고기를 먹으며, 백성들이 주리지 않고 헐벗지 않게 하고서, 그러고도 왕노릇을 하지 못한 사람은 이제까지 없었다. 백성들의 의식주생활의 안정을 실현한 지도자가 왕이 되는 것은 쉽고 당연하다는 뜻. (藜民 : 모든 백성. 서민. 王 : 왕노릇하다.)

〔 **孟子·梁惠王上** 〕 ○○○○○○, ○○○○○○, ○○○○○○○○○○.

堂上遠於百里, 堂下遠於千里, 門庭遠於萬里.

당상(堂上)이 백리보다 멀고, 당하(堂下)가 천리보다 멀고, 문정(門庭)이 만리보다 멀다. 임금이 하루가 지나도록 당상에서 일어난 일을 모르고 있고, 열흘이 지나도록 당하에서 일어난 일을 모르고 있으며, 백일이 지나도록 문정에서 일어난 일을 모르고 있음을 이르는 말. 임금이 궁중에서 일어난 일을 모르고 있다는 말. (門庭 : 문과 정원.)

〔 **管子·法法** 〕 故曰, ○○○○○○, ○○○○○○, ○○○○○○. 今步者一日, 百里之情通矣. 堂上有事, 十日而君不聞, 此所謂遠於百里也. 步者十日, 千里之情通矣, 堂下有事, 一月而君不聞, 此所謂遠於千里也.

大德不至仁, 不可以授國柄. 見賢不能讓, 不可與尊位.

도덕을 중요시하면서도 인덕을 실행하지 않는 사람에게는 나라의 권력을 주어서는 안된다. 현능한 사람을 보고도 겸양하지 못하는 사람에게는 존귀한 작위를 주어서는 안된다. 임금이 신중히 해야 할 중요정책의 네 가지 중 두 가지이다. (大 : 중히 여기다. 중요시하다. 제창하다. 國柄 : 나라의 권력. 나라의 권세.)

〔 **管子·立政** 〕 君之所愼者四. 一曰○○○○○, ○○○○○○, 二曰○○○○○, ○○○○○, 三曰罰避親貴, 不可使主兵. 四曰不好本事, 不務地利, 而輕賦斂, 不可與都邑.

大明無私照, 至公無私親.

해는 일부의 사물만 사사로이 비추는 일이 없고, 지극히 공적인 것은 조금도 사사로이 가까이 하는 일이 없다. 현명한 통치자는 지덕(知德)이 밝고 높고 지극히 공적인 것이어서 사사로운 입장에서 정책을 시행하거나 친한 인사를 반탁하는 일이 없다는 뜻. (大明 : 해. 지덕이 밝고 높은 것. 公 : 공적. 공적인 것. 공공의 일. 사사로움이 없는 것. = 無私. / 국가. 국가적인 것.) → **至公無私.**

〔 **張蘊古·大寶箴** 〕 ○○○○○, ○○○○○, 故以一人治天下, 不以天下奉一人.

冬日之陽, 夏日之陰, 不召而民自來.

겨울 날씨가 따뜻하고 여름 날씨가 그늘지면 부르지 않아도 사람들이 스스로 찾아온다. (喻) 지도자가 선정을 베풀면 백성들이 저절로 호응하고 지지하게 된다. (陽 : 따뜻하다. 陰 : 그늘지다. 그늘로 덮이다. 흐리다.)

〔逸周書·大聚〕○○○○, ○○○○, ○○○○○○○.

萬方有罪, 罪在朕(짐)躬(궁).

모든 백성에게 죄가 있는데 그 죄는 바로 제왕 나 자신에게 있는 것이다. 정사가 잘못 베풀어진 데 대하여 통치자 자신의 책임임을 인정한다는 말. (萬方 : 모든 백성. 만민. / 많은 나라. 사방의 모든 나라. 전국 각지. 세계 각지. 朕 : 나. ※ 천자의 자칭.)

〔宋 陸象山·宜章尉學記〕○○○○, ○○○○. ……此君任其責者也.

明君, 制民之產, 必使仰足以事父母, 俯足以畜(휵)妻子, 樂歲終身飽, 凶年免於死亡.

현명한 군주는 백성의 생업을 만들어 반드시 위로는 그들이 부모를 섬기기에 족하게 하고, 아래로는 처자를 먹여 살리기에 족하도록 하여, 풍년에는 일년 내내 배부르게 먹고 흉년에는 사망을 면하게 해준다. (明君 : 현명한 군주. 制 : 만들다. 產 : 재산. 생업. 使 : …로 하여금. …하게 하다. ※ 사역동사. 仰 : 위를 쳐다보다. / 위를 향하다. / 위로는. 俯 : 아래를 굽어보다. / 아래를 대하다. / 아래로는. 畜 : 가축을 부양하다. 먹여 살리다. / 가축을 기르다. 치다. 樂歲 : 즐거운 해. 풍년.)

〔孟子·梁惠王上〕是故 ○○, ○○○○, ○○○○○○○○○, ○○○○○○○, ○○○○○, ○○○○○○, 然後驅而之善, 故民之從之也輕.

明王, 有過則反之於身, 有善則歸之於民.

현명한 군왕은 잘못이 있으면 자신에게로 돌리고 선정이 있으면 배성에게로 돌린다. (歸 : 돌려보내다. 돌아가게 하다.)

〔管子·小稱〕故○○, ○○○○○○○, ○○○○○○○. 有過而反之於身則身懼, 有善而歸之民則民喜.

明主愼法制. 言不中法者, 不聽也. 行不中法者, 不高也. 事不中法者, 不爲也.

현명한 군주는 법률과 제도를 삼간다. 말이 법에 맞지 않으면 듣지 않고, 행실이 법에 맞지 않으면 공경하지 않으며, 일이 법에 맞지 않으면 행하지 않는다. (明 : 현명하다. 총명하다. 명석하다. 명철하다. 사리에 밝다. 中 : 맞다. 알맞다. 들어맞다. 일치하다. 高 : 공경하다. 높이다.)

〔 **商君書·君臣** 〕 故 ○○○○○, ○○○○○, ○○○. ○○○○○, ○○○. ○○○○○, ○○○. 言中法, 則辯之, 行中法, 則高之. 事中法, 則爲之.

明主愛一嚬一笑.

빈

현명한 군주는 얼굴을 한번 찡그리고 한번 웃는 것도 아낀다. (喩) 총명한 군주는 신하로 부터 직간의 소리를 듣기 위하여 얼굴에 희노애락의 빛을 보이지 않는다. / 현명한 지도자·무리의 우두머리·웃 어른은 걱정과 기쁨을 외면에 나타내지 않고 일거수일투족을 신중히 한다. (嚬 : 찡그리다. 눈살을 찌푸리다.) → **一嚬一笑. 一矉一笑. 一颦一笑.**

〔 **韓非子·內儲說上** 〕 昭侯曰, 非子之所知也. 吾聞之, ○○○○○○○, 嚬有爲嚬, 而笑有爲笑. 〔 **梁簡文帝·龍笛曲** 〕 金門玉堂臨水居, 一嚬一笑千萬餘. 〔 **通鑑·周紀·顯王** 〕 昭侯曰, 吾聞○○○○○○○, 今袴豈特嚬笑哉.

明主者務聞其過, 不欲聞其善.

현명한 임금된 자는 자신의 잘못을 듣는 데에 힘쓰고, 자신의 선행에 대해 듣고자 하지 아니한다.

〔 **戰國策·燕策一** 〕 王曰, 子之所謂天下之明主者, 何如者也. (蘇代)對曰, 臣聞之, ○○○○○○○, ○○○○○.

明主者有三懼, 一曰處尊位, 而恐不聞其過. 二曰得意, 而恐驕. 三曰聞天下之至道, 而恐不能行.

현명한 군주된 자는 세 가지 두려워하는 것이 있으니, 그 첫째는 높은 자리에 있으면서 자기의 과실을 듣지 못할까를 두려워하는 것이고, 둘째는 생각대로 되어 만족하면서 교만해질까를 두려워하는 것이며, 셋째는 천하의 훌륭한 말을 듣고도 이를 실행하지 못할까를 두려워하는 것이다. (處 : 자리를 차지하다. 得意 : 생각대로 되어 만족함.)

〔 **說苑·君道** 〕 ○○○○○○, ○○○○○, ○○○○○○. ○○○○, ○○○. ○○○○○○○○, ○○○○○. 〔 **韓詩外傳·卷七** 〕 孔子曰, 明主有三懼, 一曰, 處尊位而恐不聞其過. 二曰, 得志而恐驕. 三曰, 聞天下之至道而恐不能行.

木從繩則正, 君從諫則聖.

승

굽은 나무라도 먹줄에 따라서 켜면 똑 바르게 되고, 어떤 군주라도 충신의 간하는 말에 잘 따르면 성군이 된다. 학문을 하거나 충고를 따르면 훌륭한 사람이 된다는 말. → **木受繩則直. 金受礪**

則利.

〔 **書經·商書·說命上** 〕 說復于王曰, 惟木從繩則正, 后從諫則聖. 〔 **鬼谷子** 〕 木受繩則事. 金就礪則利. 〔 **荀子·勸學** 〕 木受繩則直. 金受礪則利, 君子博學而日参省乎己, 則知明而行無過矣. 〔 **說苑·** 〕 木受繩則直. 人受練則聖. 〔 **孔子家語·子路初見** 〕 孔子曰, 夫人君而無諫臣則失正, 士而無交友則失聽, 御狂馬不釋策, 操弓不反檠, 木受繩則直, 人受諫則聖, 受學重問, 熟不順哉. 〔 **貞觀政要·求諫** 〕 諫議大夫王珪對曰, 臣聞, ○○○○○, ○○○○○. 故古者聖主, 必有諍臣七日. 〔 **明 羅懋登·西洋記** 〕 木從繩則直, 人從諫則聖.

武王不泄(설)邇(이), 不忘遠.

周나라 武王은 가까이 있는 자를 함부로 대하지 않았고, 먼 데있는 자를 잊지 않았다. 周나라 武王은 좋은 품성과 어진 마음을 가지고 있어 신변의 조정 신하들을 깔보지 않았고, 먼 곳에 있는 제후(諸侯)들을 잊어버리지도 않았음을 이르는 말. 가까이 있거나 멀리 있거나 늘 지극히 사랑하였음을 형용. (泄 : 친압하다. 함부로 대하다.)

〔 **孟子·離婁下** 〕 文王視民如傷, 望道而未之見. ○○○○○, ○○○.

無偏無黨, 王道蕩蕩, 無黨無偏, 王道平平.

어느 편으로 치우치지 않고 편들지 않으면 임금의 길은 넓고 크며, 편들지 않고 치우치지 않으면 임금의 길은 평탄하다. 임금이 어느 편으로 치우치지 않고 편들지 않는 탕평책으로, 공평·중립의 정사를 펼치면 그 임금의 길은 넓고 길고 평탄하다는 것. (偏 : 치우치다. 쏠리다. 편들다. 기울다. 黨 : 편들다. 치우치다. 蕩蕩 : 넓고 큰 모양. 넓고 먼 모양. 지대한 모양. 平平 : 평탄한 모양. 공평한 모양.)
→ **無偏無黨. 不偏不黨.**

〔 **書經·周書·洪範** 〕 ○○○○, ○○○○, ○○○○, ○○○○, 無反無側, 王道正直, 會其有極, 歸其有極.

伯父若裂冠毁冕, 拔本塞(색)原, 專棄謀主, 雖戎(융)狄(적), 其何有餘一人.

왕종친인 백부(諸侯)가 만약 관을 찢고 면을 망가뜨리며, 나무의 뿌리를 뽑고 물의 근원을 막으며, 정사를 논의하는 주도자를 마음대로 버린다면, 서쪽의 오랑캐 戎이나 북쪽의 오랑캐 狄인들 어찌 나 한 사람만을 그냥 두겠는가? 周나라 왕(천자)의 종친인 晉나라 백부(諸侯)가 의복의 관면과 같은 귀한 위상을 훼손시키고, 나무의 뿌리·물의 근원과 같은 중요한 기능을 폐쇄하며, 인민을 이끄는 주도자의 역할을 방기하면 반드시 오랑캐 戎과 狄의 침범을 불러 왕인 나와 종친인 백부가 함께 피해를 입을 것임을 시사하는 말. (伯父 : 임금이 동성의 제후를, 제후가 동성의 대부를 높여 부르던 말. 拔本塞原 : 뿌리를 뽑고 근원을 막다. 근본을 망치는 행위를 철저하게 다스린다는 뜻. / 폐단의 원인을 근본적으로 제거하는 것. = 拔本塞源. 何有 : 어찌하리오. 아무 힘들 것이 없다는 뜻. 쉬운 일임을 강하게 이르는 말.) → **拔本塞源.**

〔**春秋左氏傳·昭公九年**〕周甘人與晉閻嘉爭閻田, …….王使詹桓伯辭於晉曰, …….我在伯父, 猶衣服之有冠冕, 木水之有本原也, 民人之有謀主也. ○○○○○○○, ○○○○, ○○○○, ○○○, ○○○○○○. 〔**明 王陽明·傳習錄·卷中**〕夫拔本塞源之論, 不明於天下, 則天下之學聖人者, 將日繁日難, 斯人淪於禽獸夷狄, 而猶自以爲聖人之學.

服堯之服, 誦堯之言, 行堯之行, 是堯而已矣.

堯임금의 옷을 입고, 堯임금의 말을 하며, 堯임금의 행실을 그대로 행하면, 이것이 바로 堯임금일 따름이다. 堯舜의 정신과 행동을 그대로 본받아 실천한다면 堯舜과 같은 어진 임금이 될 수 있다는 뜻. (誦 : 말하다. 진술하다. 여쭈다.)

〔**孟子·告子下**〕堯舜之道, 孝弟而已矣. 子○○○○, ○○○○, ○○○○, ○○○○○. 子服桀之服, 誦桀之言, 行桀之行, 是桀而已矣.

服人之心, 高上尊賢, 不以驕人, 聰明聖知, 不以幽人, 勇猛強武, 不以侵人, 齊給便捷, 不以欺誣人.

남의 마음을 잡으려면 (자신이) 지위가 높고 존귀·현명하여도 남을 업신여기지 말 것이며, 총명하고 뛰어나게 지혜롭다 하여도 남을 구금하지 말 것이며, 용맹스럽고 굳세어도 남을 침범하지 말 것이며, 구변이 좋고 민첩하여도 남을 속이지 말 것이다. (服 : 잡다. 쥐다. 驕 : 업신여기다. 남을 깔보다. 幽 : 가두다. 붙잡아 가두어두다. 구금하다. 強 : 굳세다. 武는 굳세다. 齊 : 갖추다. 給 : 구변이 좋다. 便捷 : 민첩하다. 欺誣 : 속이다.)

〔**荀子·宥坐**〕孔子曰, 聰明聖知, 守之以愚. 功被天下, 守之以讓. 勇力撫世, 守之以怯. 富有四海, 守之以謙. 此所謂挹而損之之道也. 〔**荀子·非十二子**〕兼服天下之心, 高上尊貴, 不以驕人, 聰明聖知, 不以窮人, 齊給速通, 不爭先人, 剛毅勇敢, 不以傷人, 不知則問, 不能則學, 雖能必讓, 然後爲德. 〔**韓詩外傳·卷六**〕吾語子, 夫○○○○, ○○○○, ○○○○, ○○○○, ○○○○, ○○○○, ○○○○, ○○○○, ○○○○○. 不能則學, 不知則問. 雖知必讓, 然後爲知. 〔**說苑·敬愼**〕高上尊賢, 無以驕人, 聰明聖智. 無以窮人, 資給疾速, 無以先人, 剛毅勇猛, 無以勝人, 不知則問, 不能則學, 雖智必質, 然後辯之. 雖能必讓, 然後爲之. 故士雖聰明聖智, 自守以愚, 功被天下, 自守以讓. 勇力距世, 自守以怯, 富有天下, 自守以廉. 此所謂高而不危, 滿而不溢者也. 〔**孔子家語·三恕**〕子曰, 聰明叡智, 守之以愚. 功被天下, 守之以讓. 勇力振世, 守之以怯. 富有四海, 守之以謙. 此所謂損之又損之之道也.

不嗜殺人者能一之. 如有不嗜殺人者, 則天下之民, 皆引領而望之矣.

사람 죽이는 것을 좋아하지 않는 사람이 능히 천하를 통일한다. 만일 사람 죽이는 것을 좋아하지 않는 사람이 있다면, 곧 온 천하의 백성이 모두 목을 길게 빼어서 그를 바라볼 것이다. 백성들은 사람을 함부로 죽이지 않는 임금을 우러러 추종할 것이므로 그가 곧 천하를 통일하게 된다는 말. (嗜 : 즐기다. 좋아하다. 一 : 같게 하다. 통일 한다는 뜻. 如 : 만약 …이라면. 領 : 목.)

〔 **孟子·梁惠王上** 〕 孟子見梁襄王. ……. (王)卒然問曰, 天下惡乎定. 吾(孟子)對曰, 定于一. (王)孰能一之. (孟子)對曰, 不嗜殺人者能一之. ……. 如有不嗜殺人者, 則天下之民, 皆引領而望之矣.

不以一己之利爲利, 而使天下受其利.

자기 한 몸의 이익을 이익으로 생각하지 않고, 온 세상 사람들로 하여금 그 이익을 누리도록 하다. 지도자로서의 봉공자세를 지적한 것.

〔 **明 黃宗義·原君** 〕 ○○○○○○○○○, ○○○○○○○○.

山藪(수)藏疾, 川澤納汚, 瑾瑜匿瑕(하), 國君含垢(구).

산과 늪은 병을 나게하는 해독(해충)을 감추어 주고, 하천이나 못은 더러운 것(물)을 받아들이며, 아름다운 구슬은 흠(티)을 숨기고, 임금은 치욕을 참고 견딘다. (喩) 큰 사업을 성취하는 자는 작은 굴욕은 용인한다. / 우두머리되는 사람은 대소 선악의 사람을 널리 포용한다. / 현인·군자는 사람의 허물을 덮어둔다. (藪 : 늪. 못. 호수. 瑕 : 옥의 티. 옥의 흠. 含 : 참다. 견디어내다. 垢 : 수치. 치욕.) → **山藪藏疾.** → **川澤納汚.** → **瑾瑜匿瑕.**

〔 **春秋左氏傳·宣公十五年** 〕 伯宗曰, ……. 諺曰, 高下在心. 川澤納汚, 山藪藏疾, 瑾瑜匿瑕, 國君含垢, 天之道也. 〔 **說苑·貴德** 〕 故傳曰, 山藪藏疾, 川澤納汚, 國君含垢, 天之道也. 〔 **漢書·路溫舒傳** 〕 古人有言, ○○○○, ○○○○, ○○○○, ○○○○. 唯陛下除誹謗以招切言, 開天下之口, 廣箴諫之路, …… 天下幸甚.

上淸而無欲, 則下正而民樸(박).

웃 사람이 청렴하고 욕심이 없으면 아랫 사람이 바르게 되고 백성도 순박해진다. (樸 : 순박하다.)

〔 **說苑·談叢** 〕 ○○○○○, ○○○○○○.

商王受無道, 暴(포)殄(진)萬物, 害虐烝民.

商나라 왕인 受(폭군 紂)는 무도하여 천하 만물을 함부로 없애고, 온 백성들을 해치고 학대했다. (暴殄 : 함부로 없애버리다. 烝民 : 온 백성. 만민.)

〔 **書經·周書·武成** 〕 今○○○○○, ○○○○, ○○○○, 爲天下逋逃主, 萃淵藪. < 功安國傳 > 暴絶天物, 言逆天也. 逆天害民, 所以爲無道. < 唐孔穎達疏 > 謂天下百物, 鳥獸草木, 皆暴絶之.

上有積財, 則民必匱(궤)乏(핍)於下, 宮中有怨女, 則有老而無妻子.

임금이 재물을 창고에 쌓아두면 백성은 반드시 아래로부터 이것이 궁핍하게 되고, 궁중에 (나이가 많아도 시집 못가는 것을) 원망하는 여자가 있으면 백성은 늙어도 (장가를 못가) 처자없는 사람이 많다. (匱乏 : 결핍. 가진 것이 없다.)

〔 **韓非子·外儲說右下** 〕 管仲曰, 畜積有腐棄之財, 則人飢餓, 宮中有怨女, 則民無妻, ……. 管仲曰, 臣聞之, ○○○○, ○○○○○○○, ○○○○○, ○○○○○○○.

善治國家者, 不變故, 不易常.
역

나라를 잘 다스리는 자는 예부터 적용해온 법령을 바꾸지 아니하며, 사람이 행해야 할 불변의 도를 바꾸지 아니한다. (故 : 구법령. 관례. 관습. 선례. 常 : 불변의 윤리. 사람으로서 행해야 할 불변의 도덕. / 법규.)

〔 **淮南子·道應訓** 〕 屈子曰, 宜若聞之, 昔治國家者, 不變其故, 不易其常. 〔 **說苑·指武** 〕 屈公曰, 吾聞昔○○○○○, ○○○, ○○○.

小處不滲漏, 暗中不欺隱, 末路不怠荒, 纔是個眞正英雄.
삼 루 재

작은 일에도 물샐 틈이 없고, 어둠 속에서도 속이거나 숨기지 아니하며, 몰락해가는 막바지에서도 나태하거나 방종하지 않는다면 이야말로 진정한 영웅이다. (小處 : 작은 일. 작은 것. 滲漏 : 물이 새다. 스며들다. 침습하다. 末路 : 궁지. 몰락해가는 막바지. 일이 망해가는 길. 怠荒 : 나태하고 방종하다. 게으름 피우며 일하지 않다. 纔 : 겨우. 비로소. / …이야말로.)

〔 **菜根譚·百十四** 〕 ○○○○○, ○○○○○, ○○○○○, ○○○○○○○.

雖磐桓, 志行正也. 以貴下賤, 大得民也.
반

비록 배회하며 계속하여 머무르지만, 그 심지와 품행은 매우 단정하다. 존귀한 신분으로 낮은 자리에서 살아가니 반드시 민심을 크게 얻을 수 있다. 망설이면서도 심지와 품행을 바르게 하고, 존귀한 신분으로 아랫 사람을 잘 대우하니 백성의 신망을 크게 얻게 된다는 것. (磐桓 : 앞으로 나아가지 아니하고 머뭇거려 맴도는 모양. 배회하며 계속하여 머무르다. 以貴下賤 : 존귀한 신분으로 낮은 자리에서 살다.)

〔 **易經·水雷屯** 〕 初九, 磐桓, 利居貞, 利建侯. 象曰, ○○○, ○○○○, ○○○○, ○○○○.

我爲百姓父母, 豈可限一衣帶水不拯之乎.
증

나는 백성들의 부모인데 어찌 한 개의 허리띠와 같은 좁은 강물을 경계로 하여 그들을 구조하지 않을 수 있겠는가? 한 나라의 임금으로서 좁은 강 때문에 백성들을 방치할 수 없다는 뜻. (由) 隋나라 文帝인 楊堅은 後梁의 도읍지인 江陵의 留守 蕭琮의 숙부 蕭巖과 동생인 蕭州刺史 蕭義興이 백성 10만을 거느리고 揚子江을 건너 陳나라 宣帝 陳叔寶에게 항복하자, 後梁을 병탄하는 동시 위와 같은 요지의 말을 한 후 陳나라를 공격, 멸망시켜 中國 전토에 걸친 대제국을 건설했다. (爲 : …이다. 限 : 한정하다. 제한하다. 경계로 하다. 범위를 정하다. 一衣帶水 : 한 개의 허리띠와 같은 좁은 강물이나 냇물. 長江의 수면이 좁아 양안의 거리가 한 개의 허리띠와 같이 매우 가까움을 비유. / 비록 강하호해로 가로 막혀 떨어져 있으나 내왕을 막고 저지하기는 어려운 것을 비유. 拯 : 구조하다. 건지다.) → **一衣帶水.**

〔 **南史·陳後主紀** 〕 隋文帝謂僕射高熲曰, ○○○○○○, ○○○○○○○○○○○. 乃伐陳. 〔 **陳書** 〕 陳後主荒淫, 隋文帝曰, 豈可限一衣帶水不拯之乎. 乃伐陳. 〔 **元 脫脫等·宋史·潘美傳** 〕 期于必勝, 豈限此一衣帶水而不徑度乎.

力足以擧百鈞, 而不足以擧一羽, 明足以察秋毫之末, 而不見輿薪.

여 신

힘은 족히 백균의 무게를 들 수 있으나, 한 개의 깃털도 들 수 없으며, 시력은 아주 가는 가을의 깃털의 끝을 살필 수 있으면서도 한 수레의 땔감은 보지 못한다. 무척 무거운 것을 들 수 있는 사람이 극히 가벼운 것을 들지 못하며, 썩 미세한 것도 볼 수 있는 사람이 전작 큰 것을 보지 못한다는 것으로, 이것은 공히 "있을 수 없는 일", "믿을 수 없는 말"을 표현한 것. / 왕이 왕의 소임을 다하지 못하는 것은 그것을 시행하지 않은 결과일 뿐이고, 그것을 시행할 수 없는 것이 아님을 비유하여 표현한 말. (百鈞 : 3000근의 무게. 무척 무거운 양을 비유. 一羽 : 새의 깃털 하나. 극히 가벼운 것을 비유. 明 : 시력. 시각. 秋毫之末 : 가을철에 털갈이를 하여 새로 돋아난 짐승의 가는 털의 끝. 썩 미세함을 비유. 輿薪 : 한 수레에 가득 실은 땔감. 큰 것의 비유.) ≒ **一羽之不擧, 爲不用力焉.** → **秋毫之末.**

〔 **孟子·梁惠王上** 〕 (孟子)曰, 有復於王者曰, 吾○○○○○○, ○○○○○○○, ○○○○○○○○, ○○○○○, 則王許之乎. ……. 然則一羽之不擧, 爲不用力焉, 輿薪之不見, 爲不用明焉, 百姓之不見保, 爲不用恩焉. 故王之不王, 不爲也, 非不能也.

寧失千金, 毋失一人之心.

무

차라리 천 량의 황금을 잃을지언정 한 사람(현자를 지칭)의 마음을 잃어서는 안된다. 재덕을 겸비한 사람이 국정의 운영에 매우 중요한 역할을 함을 설명한 말. (毋 : …하지 말라. …해서는 안된다. / 없다.)

〔 **越絶書·外傳記范伯** 〕 傳曰, ○○○○, ○○○○○○. 是之謂也.

五事, 貌恭, 言從, 視明, 聽聰, 思睿.

예

처세상의 다섯 가지 중요한 사항은 외모와 동작은 단정·장중하게 하고, 말은 이치를 따라서 하고, 보는 것은 밝게 하고, 듣는 것은 밝게 하고, 생각하는 것은 슬기롭게 하는 것 등이다. 정치의 지도자가 외모와 동작을 단정·장중하게 하면 백성을 정중하고 엄하게 대하게 되고, 말을 이치에 맞게 하면 내리는 명령이 질서 정연하게 되고, 보는 것을 밝게 하면 가리워진 것이 없어 명석해지고, 듣는 것이 밝으면 사물의 이치에 의혹됨이 없어 총명해지고, 생각하는 것이 슬기로와지면 통달하지 않은 것이 없어 성스러워진다는 것으로, 이 다섯 가지를 다 실행하면 천하의 모범이 된다는 것. (五事 : 처세상의 다섯 가지 중요한 사항. 貌 : 외모. 행동거지. 외모와 동작. 恭 : 몸가짐을 단정·장중하게 하다. 예의 바르고 공손히 섬기다. 從 : 남의 뜻을 따라 그대로 하다. 이치를 따라 하다. 聽 : 귀가 밝다. 밝게 듣다. 睿 : 총명하다. 슬기롭다. / 깊고 밝다.)

〔 **書經·周書·洪範** 〕 五事, 一曰貌, 二曰言, 三曰視, 四曰聽, 五曰思. 貌曰恭, 言曰從, 視曰明, 聽曰聰, 思曰睿. 恭作肅, 從作乂, 明作哲, 聰作謀, 睿作聖.

王之不王, 不爲也, 非不能也.

왕이 왕노릇을 하지 못하는 것은 할 수 있는 것을 일부러 하지 않기 때문이고, 할 수 없기 때문이 아니다. 왕이 왕업을 완수하지 못해 백성들에게 공을 베풀지 못하는 것은 베풀 수 있는 은혜를 베풀지 않기 때문이라는 뜻. (王 : 왕. 임금. / 왕이 되다. 왕노릇하다.)

〔 **孟子·梁惠王上** 〕 一羽之不擧, 爲不用力焉. 輿薪之不見, 爲不用明焉. 百姓之不見保, 爲不用恩焉. 故○○○○, ○○○, ○○○○.

堯舜有天下, 子孫無置錐(추)之地. 湯武立爲天子, 而後世絶滅.

堯임금이나 舜임금은 온 천하를 다 차지했으나, 그 자손들은 송곳 하나 꽂을 땅이 없었고, 殷나라 湯王과 周나라 武王은 천자의 자리에 올랐으나, 그 후손이 끊어지고 말았다. 中國 고대의 성왕(聖王)들은 자신과 후손의 영달을 배려하지 않고 오로지 백성들 만을 위한 어진 정사를 베풀었음을 표현. (喩) 부귀나 권세는 결코 후대에 까지 이어지는 것이 아니다. (置錐之地 : 송곳 하나 세울 땅. 극히 적은 땅.) → **置錐之地. 立錐之地.**

〔 **莊子·盜跖** 〕 ○○○○○, ○○○○○○○. ○○○○○○, ○○○○○. 非以其利大故邪. 〔 **漢書·枚乘傳** 〕 舜無立錐之地以有天下. 〔 **漢書·食貨志** 〕 富者田連仟伯, 貧者無立錐之地.

堯舜之爲君也, 唯恐言而人不違. 桀紂之爲君也, 唯恐言而人違之.

堯·舜이 임금이 되었을 때는 그 자신이 단지 말만 해놓고 사람들이 이를 어기지 아니할까를 두려워하였고, 桀·紂가 왕이 되었을 때는 단지 말을 해놓고 사람들이 이를 어길 것을 두려워하였다. 성군인 堯·舜은 자기의 말에 반대하는 자가 있기를 기대하였고, 반대로 폭군인 桀·紂는 자기의 말에 반대하는 자가 없기를 바랐다는 뜻. (唯 : 다만. 단지. 오로지. 오직. / 그러나. 그런데. / 비록 …이지만. 설사 …이더라도. 違 : 어기다. 위반하다.)

〔 **說苑·君道** 〕 師經曰, 昔○○○○○○, ○○○○○○○, ○○○○○○, ○○○○○○○.

堯之王天下也, 茅茨不翦, 采椽不斲, 糲粢之食, 藜藿之羹.

모자 전 연 착 여자 여곽 갱

堯가 온 세상을 다스릴 때는 그의 집 지붕은 띠로 이고나서 그 끝이 가지런하도록 베지 않았고, 베어온 서까래감을 깎아 다듬지 아니하였으며, 현미·기장으로 지은 밥과 명아주잎·콩잎을 끓인 국을 먹었다. 中國 고대 堯임금의 주생활이 매우 소박하고 초라했으며 식생활도 검소하고 거칠었음을 형용. (茅茨 : 띠로 인 지붕. 翦 : 자르다. 椽 : 서까래. 斲 : 깎다. = 斵. 糲粢 : 현미와 기장. 거친 밥. 藜藿 : 명아주잎과 콩잎. 변변치 않은 음식.)

〔**韓非子·五蠹**〕○○○○○○, ○○○○, ○○○○, ○○○○, ○○○○. 冬日麑裘, 夏日葛衣, 雖監門之養, 不虧於此矣. 〔**漢書·司馬遷傳**〕墨子者亦上堯舜, 言其德行, 曰, 堂高三尺, 上階三等, 茅茨不翦, 採椽不斲. < 顔注 > 屋蓋曰茨, 茅茨, 以茅覆屋也. 〔**太平御覽**〕尹文子曰, 堯爲天子, 衣不重帛, 食不兼味, 土階三尺, 茅茨不翦.

欲富國者, 務廣其地, 欲强兵者, 務富其民.

나라를 부유하게 하려고 생각하면 그 영토를 넓히는데 힘써야 하고, 군대를 강대하게 하려고 생각하면 그 백성을 부유하게 하는데 힘써야 한다. 임금이 되려고 하는 자는 덕을 넓히는데 힘을 써야 함을 비유.

〔**戰國策·秦策一**〕司馬錯曰, 不然. 臣聞之, ○○○○, ○○○○, ○○○○, ○○○○, 欲王者, 務博其德. 三資者備, 而王隨之矣.

禹沐浴霪雨, 櫛扶風, 決江疏河.

음 즐

中國 고대의 禹임금이 장마비로 목욕하고 폭풍으로 머리를 빗으면서 長江의 물을 갈라서 黃河를 소통시켰다. 禹임금이 홍수를 막고 하천을 다스리기 위하여 갖은 고생을 다한 것을 이르는 것. (霪雨 : 장마비. 櫛 : 머리를 빗다. 扶風 : 폭풍.) → **櫛風浴雨.**

〔**莊子·天下**〕墨子稱道曰, ……. 禹親自操橐耜而九雜天下之川. 腓無胈, 脛無毛, 沐甚雨, 櫛疾風, 置萬國. < 唐 成玄英疏 >賴驟雨而洒髮, 假疾風而梳頭. 〔**淮南子·修務訓**〕○○○○○, ○○○, ○○○○, 鑿龍門, 闢伊闕, 修彭蠡之防, 乘四載, 隨山栞木, 平治水土, 定千八百國. 〔**謝靈運·山居賦**〕櫛風浴雨, 犯露乘星.

禹八年於外, 三過其門而不入.

夏나라의 시조인 禹임금은 8년 동안 밖에 있으면서 세 번이나 자기 집 문앞을 지나가면서도 들어가지 않았다. (喩) 공직자가 맡은 바 직무에 열중하느라고 사생활을 완전히 희생시키다. → **三過其門而不入.**

〔**孟子·滕文公上**〕當堯之時, 天下猶未平, 洪水橫流, 氾濫於天下, ……. ○○○○○, ○○○○○○○,

雖欲耕, 得乎. 〔 **孟子·離婁下** 〕 禹·稷當平世, 三過其門而不入. 孔子賢之. 〔 **史記·夏本紀** 〕 禹傷先人父鯀功之不成受誅, 乃勞身焦思, 居外十三年, 過家門不敢入. 〔 **韓愈·諍臣論** 〕 三過其門而不入, 孔席不暇暖, 而墨突不得黔. 〔 **十八史略·上古·唐虞夏殷篇** 〕 舜擧禹代鯀, 勞身焦思, 居外十三年, 過家門不入.

爲國家者, 見惡如農夫之務去草焉.

국가를 다스리는 사람은 악한 것을 보면 농부가 잡초를 뽑아 없애는데 힘쓰는 것 같이 해야 한다. 통치자는 악을 제거하는 데 힘써야 함을 표현한 것. (爲 : 다스리다.)

〔 **春秋左氏傳·隱公六年** 〕 曰, ○○○○, ○○○○○○○○○○○, 芟夷蘊崇之, 絶其本根, 勿能使殖, 則善者信矣.

爲君節養其餘以顧民, 則身尊而民安.

임금이 되어 양생(養生)을 절제하면서 나머지는 백성을 돌본다면 자신은 존귀해지고 백성들은 편안해진다. 임금이 검소한 생활을 하면서 국민의 복리증진에만 힘쓰면 지지를 얻게 됨을 시사한 것. (顧 : 돌보다.)

〔 **晏子春秋·問上** 〕 (晏子)對曰, ○○○○○○○○○○, ○○○○○○, 爲臣忠信而無踰職業, 則事治而身榮.

爲君厚藉斂(자렴), 而託之爲民. 進讒諛(참유), 而託之用賢. 遠公正, 而託之不順. 君行此三者則危.

임금이 되어 세금을 거두어들이는 것을 과중히 하면서 백성을 위해서라는 핑계를 대고, 아첨하는 자들을 천거하면서 어진 이를 등용시킨다는 핑계를 대며, 공정한 이를 멀리하면서 순응하지 않는 인물이라는 핑계를 대는 것. 임금이 이 세 가지를 행하면 위험하다. (藉 : 거두어들이다. 징수하다. 징세하다. 斂 : 거두어들이다. 긁어모으다. 託 : 핑계하다. 말 막음으로 내세우다. 進 : 추천하다. 인재를 천거하다. 讒諛 : 아첨하다.)

〔 **晏子春秋·問上** 〕 晏子對曰, ○○○○○, ○○○○○. ○○○, ○○○○○. ○○○, ○○○○○. ○○○○○○○.

爲淵毆(구)魚者獺(달)也, 爲叢(총)毆爵(작)者鸇(전)也, 爲湯武毆民者桀與紂也.

물고기를 깊은 못으로 쫓아주는 것은 물고기를 먹는 수달이고, 참새를 숲 속으로 쫓아주는 것은 참새를 먹는 새매이며, 백성을 湯王과 武王에게 쫓아준 것은 백성을 잔인하게 해치는 桀王과 紂王이다. 殷의 湯王과 周의 武王에게 나라를 빼앗긴 것은 夏의 桀王과 商의 紂王이 포악한 정치를 하여 민심을 잃었기 때문임을 이르는 것. 위정자가 인정(仁政)을 베풀면 민심을 얻어 번영하나, 폭정(暴政)을 하면 결국 망한다는 것을 시사. (爲 : …을 향하여. 毆 : 쫓다. 몰아내다. = 驅. 叢 :

무성한 숲. 爵 : 참새. = 雀. 鸇 : 새매.)

〔**孟子·離婁上**〕 ○○○○○○○, ○○○○○○○, ○○○○○○○○○○○.

爲人上者, 視人如傷, 見其勤勞, 愛之猶子.

주상이 된 자가 백성을 상처입은 사람과 같이 돌보고, 그들이 부지런히 일하는 것을 보고서는 아들과 같이 아끼다. 임금이 백성들을 매우 깊이 사랑하고 아끼는 것을 이르는 말.

〔**孟子·離婁下**〕 文王視民如傷, 望道而未之見. 〔**新書·春秋**〕 王(鄒 穆公)輿不衣皮帛, 御馬不食禾菽. ……, 食不衆味, 衣不雜采, 自刻以廣民, 親賢以定國, 親民如子. 〔**貞觀政要·論愼終**〕 爲人上者, 奈何不敬. 陛下貞觀之始, 視人如傷, 見其勤勞, 愛之猶子.

有國有家者, 不患寡而患不均, 不患貧而患不安. 蓋均無貧, 和無寡, 安無傾.

어떤 한 제후의 나라와 어떤 경·대부의 집안은 백성이 적은 것을 근심하지 않고 재물이 고르지 못한 것을 근심했고, 백성이 가난한 것을 근심하지 않고 상하가 서로 편안하지 못한 것을 근심했다. 즉 재물이 고르게 되면 가난한 사람이 없고, 백성이 서로 화합하면 사람이 적음을 느끼지 못하며, 나라가 안정되면 곧 쓰러지는 법이 없다. 백성들이 재물을 고르게 갖게 되면 가난함을 근심하지 않아 서로 화합하게 되고, 화합하면 백성이 적음을 근심하지 않아 편안하게 되며, 편안하면 서로 의심하거나 시기하지 않아 나라가 쓰러지는 법이 없다는 논리이다. (國 : 제후의 나라. 家 : 경·대부의 가정. 寡 : 백성이 적다는 뜻. ※ 재물이 적은 것으로 해석하는 학자도 있다. 貧 : 가난함. ※백성이 적다는 뜻으로 해석하는 학자도 있다. 蓋 : 대개. 대강. 아마도. ※ 추단하는 것. / 위 문장에 말한 것을 이어받아 원인 또는 이유를 표시. 傾 : 기울어지다. 무너지다. 넘어지다. 전복되다. / 쓰러지다. 멸망하다.)

〔**論語·季氏**〕 孔子曰, 求. 君子疾夫舍曰欲之, 而必爲之辭. 丘也, 聞○○○○○, ○○○○○○○, ○○○○○○○. ○○○○, ○○○, ○○○. 〔**鹽鐵論·本議**〕 文學曰, 孔子曰, 有國有家者, 不患貧而患不均, 不患寡而患不安. 故天子不言多少, 諸侯不言利害, 大夫不言得喪.

有國者不可以不愼, 辟則爲天下僇矣.

벽　륙

나라를 가지고 있는 군왕은 삼가지 않으면 안되며, 만일 그의 마음이 한쪽에 치우쳐 공평하지 못하면 곧 천하사람들의 죽임을 당할 수 있다. 군왕이 "자기의 마음을 미루어 남의 마음을 헤아리는 이른바 혈구의 도(絜矩之道)"를 따르지 못하고 자신의 편파 부정(偏頗 不正)한 마음에 따라 국정을 처결한다면 백성들의 죽임을 당할 수도 있다는 말. (辟 : 편벽되다. 치우치다. 기울다. 마음이 한 쪽에 치우쳐 공정하지 못하다. ≒ 僻. 偏僇 : 죽이다. ≒ 戮.)

〔**大學·傳十**〕 詩云, 節彼南山, 維石巖巖. 赫赫師尹, 民具爾瞻. ○○○○○○○○, ○○○○○○○.

有生者不諱死, 有國者不諱亡, 諱死者不可以得生, 諱亡者不可以得存.
휘

살아있는 자는 죽음을 두려워하지 말아야 하고, 나라를 가진 자는 망할 것을 두려워해서는 안 되는 것이니, 죽음을 두려워하면 삶을 얻을 수 없고, 망할 것을 두려워하면 나라를 보존할 수 없다. (諱 : 두려워하다. 겁내다.)

〔 **說苑·正諫** 〕 茅焦至前, 再拜謁起, 稱曰 臣聞之, 夫○○○○○○○, ○○○○○○○, ○○○○○○○○○, ○○○○○○○○○.

衣冠無不中, 故朝無奇僻之服. 所言無不義, 故下無僞上之報. 身行順, 治事公, 故國無阿黨之義.
벽

(임금은) 그 복장이 법도에 맞아야 조정에 기이하고 천한 복장이 없고, 하는 말이 의로워야 아랫 사람이 웃 사람에게 거짓된 보고를 하지 않으며, 몸가짐과 행실이 순리에 맞고 일의 처리가 공정하여야 나라에 아첨하는 무리의 그릇된 의(義)가 없어진다. (中 : 알맞다. 적합하다. 생활의 법도·행위의 표준·사물의 준칙에 맞다. 僻 : 천하다. 비루하다. 阿 : 아부하다. 아첨하다. 黨 : 개인의 이해관계로 결성된 집단. 파벌. 도당. 무리.)

〔 **晏子春秋·問上** 〕 晏子對曰, ……. ○○○○○, ○○○○○○○○. ○○○○○, ○○○○○○○○. ○○○. ○○○, ○○○○○○○○. 三者, 君子之常行也.

依人者危, 臣人者辱.

남에게 의지하고 있는 자는 위험하고, 남의 나라의 신하가 된 자는 수치를 당한다. 강자에게 의지하고 있는 사람은 처지가 위험하고, 다른 나라의 신하가 되어 복종하는 임금은 치욕을 당한다는 말.

〔 **東周列國志** 〕 臣聞○○○○, ○○○○. 今立國于齊楚之間, 不辱卽危, 非長計也.

離婁之明, 公輸子之巧, 不以規矩, 不能成方員.
구

(백 리 밖의 털 끝을 보았다고 하는 中國 고대 黃帝 때의 전설상의 인물인) 離婁의 밝은 눈과, (손재주가 탁월했던 춘추시대 魯나라 사람인) 公輸子의 교묘한 솜씨로도 걸음쇠(規)나 곱자(矩)를 쓰지 않으면 방형(方形)과 원형(圓形)을 그리지 못한다. (喻) 통치자, 위정자가 상도(常道)에 따라 어진 정사를 베풀지 않으면 결코 천하를 편안하게 다스릴 수 없다. (不以規矩, 不能成方員 : 걸음쇠·곱자로도 방형·원형을 교정할 수 없음을 형용하는 것. 規는 원형을 그리는 기구인 걸음쇠. 콤파스. 矩는 방형을 그리는 기구인 곱자. 員은 동그라미. / 둥글다. = 圓.) → **規矩不能成方圓.**

〔**孟子·離婁上**〕孟子曰, ○○○○, ○○○○○, ○○○○, ○○○○○. 師曠之聰, 不以六律, 不能正五音. 堯舜之道, 不以仁政, 不能平治天下. 〔**淮南子·說林訓**〕非規矩不能定方圓, 非準繩不能正曲直. 用規矩準繩者, 亦有規矩準繩焉.

爾萬方有罪, 在予一人. 予一人有罪, 無以爾萬方.

그대들 온 세상에 죄가 있다면 나 한 사람에게 있고, 나 한사람에게 죄가 있다면 그대 온 세상과는 상관이 없다. 자신은 온 세상의 임금이기 때문에 자신이나 백성들에게 죄가 있다면 그것은 모두 임금 자신의 책임이라는 것으로, 어진 임금의 백성을 다스리는 마음 가짐을 이르는 것. (萬方 : 전국 각지. 세계 각지. 온 세상. / 모든 방면. / 모든 백성. 在 : …에 있다. …의 일을 맡다. ≒ 任. / 견디다. 감내하다. 감당하다. 以 : 미치다. …에 이어지다. / 연루되다. 말려들다. ≒ 及. 連及. / 그치다. ≒ 止. 停止. 已.)

〔**書經·商書·湯誥**〕其○○○○○, ○○○○. ○○○○○, ○○○○○. 嗚呼. 尙克時忱, 乃亦有終.

以善服人者, 未有能服人者也. 以善養人, 然後能服天下.

자기의 선으로써 남을 굴복시키려고 하는 것은 곧 (승리를 다투게 할 뿐이고) 남을 심복시킬 수는 아직까지는 없었다. 자신의 선으로써 남을 교양한 연후에야 비로소 천하의 사람을 낱낱이 심복시킬 수 있는 것이다. 세상 사람들이 마음으로 기꺼이 감복하지 않으면 왕노릇하기 어려운 것을 설명하려는 것. (服 : 복종하다. 굴복시키다. / 심복하다. 진심으로 감복하다. 마음으로 기꺼이 복종하다. 養 : 가르치다. 교육하다. 교양하다.)

〔**孟子·離婁下**〕孟子曰, ○○○○○, ○○○○○○○. ○○○○, ○○○○○○. 天下不心服而王者, 未至有也.

以衆攻寡, 無不尅也. 以貴下賤, 無不得也.

극

많은 사람으로 적은 사람을 공격하면 이기지 못할 수가 없고, 존귀한 지위에 있는 사람이 신분이 낮은 사람에게 몸을 낮추어 처신하면 아무 것도 안될 것이 없다. (尅 : 승부를 겨루어 이기다. 극복하다. =剋. 下 : 자기를 낮추어 상대방을 높이다. 賤 : 신분이 낮은 사람. 천한 사람. 得 : 완성하다. 다 되다.)
→ 以衆攻寡. → 以貴下賤.

〔**說苑·尊貴**〕孔子曰, 由不知也. 吾聞之, 以衆攻寡, 而無不肖也. 以貴下賤, 無不得也. 〔**孔子家語·賢君**〕子曰, 由不知. 吾聞○○○○, ○○○○. ○○○○, ○○○○.

人君者先便請謁而後功力, 則爵行而兵弱矣.

임금이 아첨하는 사사로운 청탁을 중히 여기고 큰 공로를 뒤로 돌리면 백성들에게 작위가 시여(施與)되어도 군대가 약해진다. 임금이 아부를 잘하여 총애받는 신하의 사사로운 청탁을 우선하여 처리해주고, 백성들의 공로를 뒷전으로 하면 벼슬이 사람들에게 시여되어도 사기가 저하되어 군대가 약하게 된다는 것. (人君者 : 임금된 자. 임금. 先 : 높이다. 중히 여기다. 便 : 아첨하다. 請謁 : 권력있는 사람에게 사사로이 청탁하는 것. 後: 뒤로 돌리다. 功力: 큰 공로. 공업. 行 : 베풀다. 시행하다. 실시하다. 시여하다.)

〔**商君書·錯法**〕故○○○○○○○○○○○○, ○○○○○○○. 民不死犯難而利祿可致也, 則祿行而國貧矣.

人君之欲平治天下而垂榮名者, 必尊賢而下士.

임금으로서 천하를 편안히 다스리고 영광스러운 그 이름을 후세에 전하고 싶어하는 자는 반드시 어진 이를 높이고 스스로는 선비보다 낮추어야 한다. (垂 : 명예·공적 등을 후세에 전하다. 下 : 낮다. 자기를 낮추어 상대방을 높이다.)

〔**說苑·尊賢**〕○○○○○○○○○○○○○○, ○○○○○○. 易曰, 自上下下, 其道大光.

人欲自照, 必須明鏡, 主欲知過, 必藉忠臣.

사람이 자신의 모습을 비추어보고자 하면 반드시 거울을 써야하고, 임금이 그의 과실을 알고자 하면 반드시 충신의 간언에 의지하여야 한다. (須 : 쓰다. 藉 : 의존하다. 의지하다. 차용하다. 빌다.)

〔**貞觀政要·求諫**〕(太宗)貞觀初, 嘗謂公卿曰, ○○○○, ○○○○, ○○○○, ○○○○. 若主自恃聖賢, 臣不匡正. 欲不危敗, 豈可得也.

人主能安其民, 則事其主如事其父母. 主視民如土, 則民不爲用.

임금이 그 백성들의 생활을 안정시킬 수 있으면 곧 (백성들은) 그 임금 섬기기를 그 부모 섬기는 것과 같이 한다. 임금이 그 백성을 더러운 흙과 같이 대하면 곧 백성들은 (그를 위하여) 힘쓰지 않는다. 백성을 아끼는 임금을 부모와 같이 아낀다는 것은 임금에게 우환이 있으면 걱정해주고, 어려움이 있으면 사력을 다한다는 것이고, 백성을 무시하는 임금을 외면한다는 것은 그에게 우환이 있어도 걱정해주지 않고, 어려움이 있어도 힘써주지 않는다는 것. (主 : 임금. 視 : 대하다. 대우하다. 用 : 힘쓰다. 진력하다. 받들다.)

〔**管子·形勢解**〕○○○○○○, ○○○○○○○○○○. 故主有憂則憂之, 有難則死之. ○○○○○, ○○○○○. 故主有憂則不憂, 有難則不死.

人主而漏泄其群臣之語, 譬猶玉卮之無當也.

(卮: 치)

임금으로서 여러 신하들의 말을 누설하는 것이, 마치 옥잔이 그 밑바닥이 없는 것과 같다. 아랫사람들의 말을 함부로 누설하는 그러한 지도자 밑에서는 비록 뛰어난 지혜가 있는 선비라도 그 능력을 충분히 발휘할 수 없음을 지적하는 말. (巵 : 잔. 술잔. 當 : 밑. 바닥.)

〔**韓非子·外儲說右上**〕 堂谿公謂昭侯曰, 令有千金之玉巵, 通而無當, 可以盛水乎. ……. 堂谿公曰, 爲○○○○○○○○○○○, ○○○○○○○○○.

人主之患, 欲聞枉而惡直言.

(惡: 오)

임금의 병폐는 도리에 어긋나는 것을 듣고자 하고, 곧은 말을 싫어하는데 있다. (枉 : 마음이 굽다. 비뚤다. 바르지 못하다. 도리에 어긋나다.)

〔**呂氏春秋·貴直**〕 賢主所貴莫如士. 所以貴士, 爲其直言也, 言直則枉者見矣. ○○○○, ○○○○○○○.

人主之患, 在於信人, 信人則制於人.

임금된 사람의 병폐는 사람을 믿는데 있는 것이니, 사람을 믿으면 그 사람에게 제압당하게 된다. 임금이 신하를 지나치게 믿지 말고 사랑하지도 말라는 뜻.

〔**韓非子·備內**〕 ○○○○, ○○○○, ○○○○○○. 人臣之於其君, 非有骨肉之親也, 縛於勢而不得不事也.

一心可以喪邦, 一心可以興邦, 只在公私之閒爾.

하나의 마음이 나라를 망하게도 할 수 있고, 하나의 마음이 나라를 흥하게도 할 수 있으니, 이것은 다만 공과 사의 사이에 달려있을 뿐이다. 통치자의 마음 하나가 나라의 흥망을 좌우하는 것이니, 곧 그가 공을 위하는 통치를 하면 나라가 흥하고 사를 위한 것을 하면 망하게 된다는 뜻. (在 : …에 달려있다. 閒 : 사이. 間.)

〔**近思錄·治體類**〕 ○○○○○○, ○○○○○○, ○○○○○○○.

一人知儉, 則一家富, 王者知儉, 則天下富.

가장 한 사람이 검약함을 알면 그 집안이 부유하게 되고, 왕되는 사람이 검약함을 알면 온 세상이 부유하게 된다.

〔**譚子化書**〕 ○○○○, ○○○○, ○○○○, ○○○○.

子路人告之以有過則喜, 禹聞善言則拜.

孔子의 제자인 子路는 사람들이 그에게 과실이 있는 것을 일러주면 곧 매우 기뻐하였고, 禹임금은 (신하의) 선언(善言)을 들으면 곧 그에게 겸허하게 절을 하였다. 훌륭한 사람은 자신의 과실을 지적해주는 것을 오히려 기뻐하여 이를 실행하는데 반영하였고, 훌륭한 지도자는 자신을 굽혀서까지 선언을 받아들여 어진 정사를 베풀었다는 뜻.

〔**孟子·公孫丑上**〕孟子曰, ○○○○○○○○○○○, ○○○○○○○.

全大體者, 不吹毛而求小疵, 不洗垢而察難知.

자 구

(나라를 다스리는) 큰 요체를 온전히 (파악)하는 사람은 털을 입으로 불어서 작은 흠집을 찾아내려고 하지 않아야 하며, 때를 씻어서 알기 어려운 것을 살피려고 하지 않아야 한다. (喩) 나라를 다스릴 사람은 남의 조그마한 결점·잘못을 억지로 찾아내 생트집을 잡는 일을 해서는 안된다. (大體 : 사물의 전체에서 요령만 딴 줄거리. 疵 : 흠. 흠집. 결점. 垢는 때. 먼지. 難知 : 알기 어려운 것. 곧 숨겨진 질환 또는 알기 어려운 병을 말한다.) → **吹毛求疵. 吹毛求瘢. 吹毛覓疵. 吹毛索疵. 吹毛求瑕. 吹毛取瑕.**

〔**韓非子·大體**〕古之全大體者, ……, 不吹毛而求小疵, 不洗垢而察難知, 不引繩之外, 不推繩之內, 不急法之外, 不緩法之內. 〔**漢書·景十三王傳**〕今或無罪爲臣下所侵辱, 有司吹毛求疵, 笞服其臣, 使證其君. 〔**三國志·吳志·步騭傳**〕伏聞諸典校擿抉細微, 吹毛求瑕, 重案深誣, 輒欲陷人以成威福, 無罪無辜, 橫受大刑, 是以使民跼天蹐地, 誰不戰慄. 〔**後漢書·杜林傳**〕吹毛索疵, 詆欺無限.

帝者與師處, 王者與友處, 覇者與臣處, 亡國者與役處.

패

황제는 훌륭한 스승과 함께 일을 처리하며, 왕도로써 나라를 다스리는 임금은 어진 벗과 함께 일을 처리하며, 무력으로 제후를 통치하는 패자는 충성스런 신하와 함께 일을 처리하며, 나라를 망하게 하는 임금은 하찮은 사람과 함께 일을 처리한다. 위정자 주변에 포진하고 있는 인사들을 살펴보면 국운의 장래를 예측할 수 있다는 말.

〔**戰國策·燕策一**〕郭隗先生對曰, ○○○○○, ○○○○○, ○○○○○, ○○○○○○.

諸侯之寶三, 土地·人民·政事, 寶珠玉者, 殃必及身.

제후(諸侯)가 가지고 있는 세 가지 보배는 토지와 백성과 정사이니, 구슬을 보배로 삼는 자는 재앙이 반드시 그 몸에 미친다. 지도자·공직자가 재물만을 보배로 여기고 이것을 거두기에 급급하면 반드시 재앙을 맞게 됨을 이르는 말. (寶 : 보배롭게 여기다. 소중히 여기다.)

〔**孟子·盡心下**〕孟子曰, ○○○○○, ○○·○○·○○, ○○○○, ○○○○.

朝無賢人, 猶鴻鵠之無羽翼也, 雖有千里之望, 猶不能致其意之所欲至矣.

진 이가 없는 것은 기러기나 고니에게 깃과 날개가 없는 것과 같아서 비록 천리를 날아가려는 소망이 있어도 거기에 가려는 뜻을 이룰 수가 없는 것과 같다. 조정에 탁월한 인물이 없으면 원대한 정책을 성공적으로 펴는 것은 불가능하므로 훌륭한 통치자가 되려면 탁월한 인물을 얻어 의탁하여야 한다는 뜻.

〔**說苑·尊賢**〕夫○○○○, ○○○○○○○○, ○○○○○○, ○○○○○○○○○○○. 是故游江海者, 託於船, 致道遠者, 託於乘, 欲覇王者, 託於賢.

主上聽讒賊, 擅變更律令, 侵奪諸侯之地, 徵求滋多, 誅罰良善, 日以益甚. 里語有之, 舐糠及米.

주상은 간사한 적을 받아들이고, 마음대로 법률과 명령을 변경하며, 제후의 땅을 침탈하여 조세를 더욱 많이 거두어들이고, 어질고 착한 사람을 처벌함이 날로 더욱 심해졌다. 속담에 이런 것을 일러 "겨를 다 핥고 나면 쌀까지 먹어치운다"고 한다. (喩) 해로움이 점차로 크게 미친다. 겉으로부터 점차 속까지 침식해 들어가다. / 국토를 조금씩 떼어먹다가 마침내 나라까지 멸망시켜 병탄하다. (聽 : 받아들이다. 滋 : 더욱. 舐 : 핥다.) → **舐糠及米**.

〔**史記·吳王濞列傳**〕高曰, 今者主上興於姦, 飾於邪臣, 好小善, 聽讒賊, 擅變更律令, 侵奪諸侯之地, 徵求滋多, 誅罰良善, 日以益甚. 里語有之, 舐糠及米. 吳與膠西, 知名諸侯也, 一時見察, 恐不得安肆矣.

紂王好酒淫樂, 大聚樂戲於沙丘, 以酒爲池, 懸肉爲林, 使男女裸相逐其間, 爲長夜之飮.

殷(商)나라의 폭군인 紂王은 술을 좋아하고, 음란한 놀이에 빠지니, 많은 무리가 모래언덕에서 즐기고 희롱하였다. 술로 연못을 만들고 고기를 걸어 숲을 만들며, 남녀들을 옷을 벗겨 그 사이를 서로 뒤쫓도록 하고 밤을 늘여서 마셨다. 紂王의 호사를 극한 방탕한 생활을 형용. (大聚 : 많은 무리. 長 : 늘이다.) → **酒池肉林**.

〔**韓非子·喩老**〕紂爲肉圃, 設炮烙,登糟邱, 臨酒池, 紂逐以亡. 〔**韓詩外傳·卷四**〕桀爲酒池, 可以運舟. 糟丘, 足以望十里. 而牛飮者三千人. 〔**史記·殷本紀**〕紂王好酒淫樂. 嬖於婦人, 愛妲己, 妲己之言是從. ……益廣沙丘苑臺, 多取野獸飛鳥置其中. 慢於鬼神. 大聚樂戲於沙丘, 以酒爲池, 懸肉爲林, 使男女裸相逐其間, 爲長夜之飮. 百姓怨望而諸侯有畔者. 〔**漢書·張騫傳**〕行賞賜, 酒池肉林. 〔**曹植·與吳質書**〕願擧泰山以爲肉, 傾東海以爲酒. 〔**晉 皇甫謐·帝王世紀**〕夏桀爲肉山脯林, 殷紂爲酒池肉林. 〔**晉 潘岳·西征紂王賦**〕酒池鑒於商辛. < 李善注 > 六韜, 太公曰, 桀天下之時, 積糟爲阜, 以酒爲池, 脯肉爲山林.

主將之法, 務攬英雄之心, 賞祿有功, 通志於衆.

주장(主將)의 지켜야 할 도리는 영웅의 마음을 사로잡기에 힘쓰고, 공이 있는 자에게는 상과 녹을 주며, 많은 사람에게 그 뜻을 알려주어야 하는 것이다. (主將 : 군대의 총대장. 法 : 지켜야 할 도리. / 집행해야 할 의무. 攬 : 잡다. 손에 쥐다. 장악하다. 독점하다. / 주관하다. 총괄하다.)

〔三略·上略〕夫○○○○, ○○○○○○, ○○○○, ○○○○. 故與衆同好, 靡不成, 與衆同惡, 靡不傾.

地辟(벽)而國貧者, 舟輿(여)飾(식), 臺榭廣也. 賞罰信而兵弱者, 輕用衆, 使民勞也.

땅이 이미 개간되어 있는데도 나라가 가난한 것은 군주가 그의 배와 수레를 지나치게 사치스럽게 장식하고, 누대와 정각을 지나치게 넓혔기 때문이다. 포상과 형벌이 이미 잘 실현되고 있는데도 국방력이 여전히 약한 것은 군중을 동원하는 것을 함부로 하고, 백성을 너무 사역시켜서 지나치게 피로하게 되었기 때문이다. (辟 : 개간하다. 열다. ≒ 闢. 臺榭 : 일반적으로 누대와 정각을 가리킨다. 榭는 높은 토대 위에 건축된 넓은 집. 信 : 실천하다. 輕 : 깔보다. 얕잡아 보다. 함부로 하다. 用衆 : 군중을 쓰다. 군대를 일으키고 군중을 동원한다는 뜻. 勞 : 고달프다. 피로하다.)

〔**管子·權修**〕○○○○○○, ○○○, ○○○○. ○○○○○○○○, ○○○, ○○○○. 舟輿飾, 臺榭廣, 則賦斂厚矣. 輕用衆, 使民勞, 則民力竭矣.

知者之事, 必計國家百姓所以治者以爲之, 必計國家百姓之所以亂者辟(피)之.

지혜있는 사람이 해야 할 중요한 일은 반드시 국가와 백성들이 잘 다스리려는 연유를 잘 헤아려 일을 행하고, 반드시 국가와 백성들이 혼란해지는 연유를 헤아려 그것을 잘 피해야 하는 것이다. (知 : 지혜. = 智. 計 : 헤아리다. 평가하다. / 생각하다. 고려하다. / 계산하다. 所以 : 원인. 이유. 연유. 治 : 안정되다. 태평하다. / 다스리다. 관리하다. 辟 : 피하다. = 避.)

〔**墨子·尙同下**〕子墨子言曰, ○○○○, ○○○○○○○○○○○○○○○, ○○○○○○○○○○○○○○.

只許州官放火, 不許百姓點燈.

한갖 주(州)의 장관(長官)에게는 방화하는 것도 허락해주지만 백성들에게는 등불 켜는 것도 허락하지 않는다. 통치자는 제멋대로 횡포를 부려 백성들을 억누르고 못된 짓을 하지만, 백성들은 매우 작은 자유·권리도 여러 가지로 제한을 받는다는 말. (只 : 다만. 오직. 한갖. 州官 : 옛날 한 州의 장관.)

〔**宋 陸游·老學庵筆記**〕田登作郡, 自諱其名, 觸者必怒, 吏卒多被榜笞. 於是擧州皆謂燈爲火. 上元放燈, 許人入州治遊觀, 吏人遂書榜揭於市曰, 本州依例放火三日. 〔**明 馮夢龍·古今談槪**〕俗語云, ○○○○○○, ○○○○○○.

執國之柄, 履民之上, 懍(늠)乎如以腐索(삭)御奔馬.

나라의 권력을 잡아 백성들의 위에 오르면 썩은 새끼줄로 날뛰는 말을 부리는 것 같이 두려워해야 한다. 집권자가 권력을 행사함에 있어서는 백성들이 언제 떨어져 나갈지 모른다는 생각을 하고 항상 두렵고 위태로워하는 마음으로 그들을 상대해야 한다는 뜻. (柄 : 권력. 권세. 履 : 지위에 오르다. 자리에 나아가다. 懍乎 : 두려워서 긴장하는 모양. 腐索은 : 썩은 말고삐. 御 : 몰다. 부리다.) → **以腐索御奔馬. 朽索馭馬. 腐索奔馬. 奔駒朽索.**

〔 **書經·夏書·五子之歌** 〕 予臨兆民, 懍乎若朽索之馭六馬. 爲人上者, 奈何不敬. 〔 **新序·雜事四** 〕 夫○○○○, ○○○○, ○○○○○○○○○○. 易曰, 履虎尾, 詩曰, 如履薄氷, 不亦危乎.

斥逐鴻鵠兮, 近習鴟梟. 斬伐橘柚兮, 列樹苦桃.

척축 치효 참 귤유

큰 기러기와 고니를 쫓아버리고 올빼미와 가까이 지내며, 귤나무 유자나무를 베어버리고 쓴 복숭아나무를 줄지어 심다. (喻) 현인(賢人)을 물리치고 소인배와 가까이 지내다. (斥逐 : 쫓아내다. 習 : 가까이 하다. 지나칠 정도로 가깝다. 鴟梟 : 올빼미. 斬伐 : 나무를 베다.)

〔 **漢書·東方朔傳** 〕 ○○○○○, ○○○○. ○○○○○, ○○○○.

天子好利則諸侯貪, 諸侯貪則大夫鄙, 大夫鄙則庶人盜.

비

천자(天子)가 이익을 좋아하면 제후(諸侯)가 탐욕을 갖게되고, 제후가 탐욕을 가지면 대부(大夫)들이 천박해지며, 대부들이 천박해지면 서민들이 도둑질한다. 따라서 나라의 통치자가 사사로운 이익을 탐내지 말아야 모든 공직자들이 청렴해지고 일반백성들도 깨끗한 행동을 한다는 것. (貪 : 탐하다. 과도히 욕심내다. 불법으로 금전·물품 따위를 탐내다. 鄙 : 비루하다. 천박하다. 비천하다. 비열하다. 천하다. 추잡하다.)

〔 **說苑·貴德** 〕 故, ○○○○○○○○○, ○○○○○○○○, ○○○○○○○○. 上之變下, 猶風之靡草也. 故爲人君者, 明貴德而賤利以道下, 下之爲惡, 尙不可止.

天將降大任於是人也, 必先苦其心志, 勞其筋骨, 餓其體膚, 空乏其身, 行拂亂其所爲.

강

하늘이 이 사람에게 나라의 중대한 임무를 내려주려고 할 때에는 반드시 먼저 그 의지를 괴롭히고, 근육과 뼈를 고달프게 하며, 그 육체를 굶주리게 하고, 그의 몸이 궁핍하도록 하며, 행하는 것이 마땅히 해야 할 행위를 어긋나게 하고 어지럽게 한다. 하늘이 대임을 맡을 사람에게 이와 같은 큰 시련을 주는 것은 그의 심지를 분발시키고, 그의 성정을 잘 참고 견디게 하며, 그의 부족한 능력을 더하여 주기 위함임을 본문에서 밝히고 있다. (大任 : 큰 소임. 중대한 임무. 천하를 다스리는 일. 만민을 구제하는 일 등을 이른다. 體膚 : 몸과 살갗. 신체발부. 육체. 空乏 : 궁핍하다. 곤궁하다. 拂亂 : 어긋나게 하고 혼란하게 하다. 所 : 마땅히 해야 할. 마땅한. 당연한.)

〔 **孟子·告子下** 〕 故○○○○○○○○○○, ○○○○○○, ○○○○, ○○○○, ○○○○, ○○○○○○. 所以動心忍性, 曾益其所不能. 〔 **孟子·盡心上** 〕 孟子曰, 人之有德慧術知者, 恒存乎疢疾.

芻蕘之言, 聖王不棄.
추 요

꼴 베는 사람과 나무꾼의 말은 성왕도 버리지 아니한다. 비천한 사람의 고루하고 순진무구한 말은 임금도 버리지 않고 받아들인다는 뜻. (芻蕘 : 꼴베는 사람과 나무꾼. 무식하다는 뜻.)

〔 **晉 王鑑·請徵杜韜疏** 〕 ○○○○, ○○○○. 戌卒之謀, 先後采之. 〔 **詩經·大雅·板** 〕 先民有言, 詢于芻蕘. 〔 **明 鄺露·赤雅** 〕 語曰, 芻蕘之言, 明者擇焉. 〔 **東周列國志** 〕 芻蕘之言, 聖人擇焉.

出門如見大賓, 使民如承大祭.

문을 나서면 귀한 손님을 만나는 것 같이 하고, 백성들에게 일을 시킬 때는 큰 제사를 받들듯이 하라. 지도자가 이와같이 행실하면 백성들의 아무런 원망이 생기지 않는다는 뜻. (大賓 : 귀한 손님. 공작·후작과 같은 귀한 손님을 가리킨다. 承 : 받들다. 섬기다. 공경하여 높이어 모시다. 大祭 : 큰 제사. 천자의 선조를 천신에 배향하여 제사지내는 일을 가리킨다. ≒ 郊禘之祭.)

〔 **論語·顏淵** 〕 仲弓問仁, 子曰, ○○○○○○, ○○○○○○. 己所不欲, 勿施於人. 在邦無怨, 在家無怨. 〔 **春秋左氏傳·僖公三十三年** 〕 初臼季使過冀, ……. 臣聞之, 出門如賓, 承事如祭, 仁之則也.

治國必先齊其家者, 其家不可教, 而能教人者無之.

나라를 다스림에 있어서 반드시 먼저 그 집안을 가지런히 해야 하는 것은 자기 집안도 가르치지 못하면서 남을 가르칠 수 있는 사람이 없기 때문이다. 집안이 가지런히 된 다음에야 남을 가르칠 수 있다는 뜻.

〔 **大學·傳九** 〕 所謂○○○○○○○○, ○○○○○, ○○○○○○○. 故君子不出家而成教於國.

親賢臣遠小人, 此先漢所以興隆也, 親小人遠賢臣, 此後漢所以傾頹也.

현신(賢臣)을 가까이하고 소인을 멀리한 것. 이것이 先漢의 번창한 까닭이고, 소인을 가까이하고 현신을 멀리한 것. 이것이 後漢의 기울어져 무너진 까닭이다. 先漢(前漢, 西漢)의 高祖·文帝·景帝·武帝 등의 치세 때에는 현인을 신하로 등용하여 나라를 번창하게 한 반면, 後漢(東漢)의 孝桓帝와 孝靈帝는 모두 덕이 없어 당시 정치가 환관 등 소인에게 넘어가 漢室이 기울어져 무너졌음을 이르는 말. (興隆 : 번창하다. 흥하다. 융성하다. 傾頹 : 기울어져 무너지다.)

〔 **諸葛亮·出師表** 〕 ○○○○○○, ○○○○○○○○○, ○○○○○○, ○○○○○○○○○. 先帝在時, 每與臣論此事, 未嘗不歎息痛恨於桓靈也.

必貴以賤爲本, 必高以下爲基. 天將與之, 必先苦之, 天將毁之, 必先累之.

귀하게 되려면 반드시 천한 것을 근본으로 삼을 것이고, 높아지려고 하면 반드시 낮은 것을 기본으로 삼아야 한다. 하늘이 무엇을 주려고 하면 반드시 먼저 괴롭히고, 하늘이 망가뜨리려고 하면 반드시 먼저 쌓아준다. (貴 : 귀하게 되다. 高 : 높아지다. 毁 : 깨뜨리다. 망가뜨리다. 累 : 쌓다. 포개다.)

〔**淮南子·原道訓**〕貴者必賤爲號, 而高者必以下爲基. 〔**呂氏春秋·行論**〕詩曰, 將欲毁之, 必重累之. 將欲踣之, 必高擧之. 〔**說苑·談叢**〕○○○○○○, ○○○○○○. ○○○○, ○○○○, ○○○○, ○○○○.

挾知而問, 則不知者至. 深知一物, 則衆隱皆變.

협

이미 잘 알고 있으면서 이를 숨기고 일부러 물으면 본래 알지 못했던 것까지 알게되고, 한 가지 일에 대하여 깊이 알면 여러 가지 감추어진 것들이 다 바뀌어 드러낸다. 지도자가 이미 잘 알고 있으면서도 모르는척하고 이를 부하들에게 물으면, 모르던 사실, 감추어진 사항 등을 구체적으로 알게 된다는 뜻. (挾 : 숨기다. 감추다. 마음속 깊이 남몰래. 간직하다. 至 : 이르다. 여기서는 알게되다로 해석. 變 : 그 상태가 바뀌다. 변화를 발생시키다.) → **挾知而問** ≒ **明知而問**.

〔**韓非子·內儲說上**〕經六. 挾知. ○○○○, ○○○○○. ○○○○, ○○○○○.

Ⅲ. 國家統治의 手段

1. 公組織의 運用

가. 公職者의 地位 및 責任
–資格·地位·名譽·力量·姿勢·役割·任務·責任.

可以取, 可以無取, 取, 傷廉. 可以與, 可以無與, 與, 傷惠.

남으로부터 물건을 받아도 좋고 안받아도 좋을 때 이를 받으면 청렴을 손상시키며, 남에게 물건을 주어도 좋고 안주어도 좋을 때 이를 주면 은혜를 손상시킨다. 군자는 중용을 지켜야 하므로 만약 지나침(過)과 미치지 못함(不及)이 있다면 모두 취하지 않아야 함을 이르는 것.

〔**孟子·離婁下**〕孟子曰, ○○○, ○○○○, ○, ○○. ○○○, ○○○○, ○, ○○. 可以死, 可以無死, 死, 傷勇.

居官, 惟公則生明,惟廉則生威. 居家,惟恕則情平,惟儉則用足.

벼슬을 함에 있어서 오직 공평하게하면 총명함이 생기고, 오직 청렴하게하면 위엄이 생긴다. 가정생활을 함에 있어서 오직 용서하면 불평이 없고, 오직 검약하면 살림이 넉넉해진다. (情平 : 정이 고르다. 곧 불평이 없다. 用足 : 비용이 풍족하다. 살림이 넉넉하다.)

〔**菜根譚·百八十六**〕○○有二語, 曰, ○○○○○, ○○○○○. ○○有二語, 曰, ○○○○○, ○○○○○.

居之無倦, 行之以忠.

(정사에 대하여) 마음 먹은 것을 게을리하지 말 것이며, 그것을 실행하는 데에 성실하게 해야 한다. 벼슬살이를 할 때는 마음 먹은 것을 게을리하지 말고 시종여일하게 해야 하며, 또한 그것을 실행할 때는 표리를 일치시켜 직분을 다하여야 한다는 뜻. (居之無倦 : 어떤 마음 먹은 것을 게을리하지 않고 시종여일하게 하다. 居 : 어떤 마음을 먹다. 생각을 품다. 마음에 보존하다. 이 之는 政 곧 정사 또는 벼슬아치의 직무나 관직을 가리킨다. 行之以忠 : 일을 시작하여 표리가 여일하게 하다. 行은 추진하다. 보급하다. 忠은 성실하다.)

〔**論語· 顔淵**〕子張問政, 子曰, ○○○○, ○○○○.

居寵思危, 罔不惟畏. 弗畏入畏.

영화를 누리고 있을 때 위태로움을 생각하고, 이를 두려워하지 않음이 없도록 해야할 것이니, 두려워하지 않으면 두려워 하는 일을 당하게 된다. 지위, 봉록, 명예를 얻어 영화를 누리고 있는 사람은 항상 욕된 재앙이 닥칠 것을 생각하고 두려워하여 대비해 둘 것이니, 만약 이런 생각을 하지 않으면 그 행위가 사치, 방종해져 결국 그 지위를 보존하지 못함은 물론 신상의 재앙을 당하게 된다는 뜻. (居寵 : 영화를 누리다. 영예를 차지하다. 入畏 : 두려워할 만한 일에 빠져들다.) → **居寵思危.**

〔**書經·周書·周官**〕○○○○, ○○○○. ○○○○.

見人不正, 雖貴不敬也.見人有汚, 雖尊不下也.

사람에게 바르지 못한 것이 있는 것을 보이면 비록 그의 신분이 높아도 그를 존경하지 않으며, 사람에게 오점이 있는 것을 보이면 비록 그의 지위가 높아도 그에게 굴복하지 않는다. 만약 그의 행위가 단정하지 못하면 설사 신분이 고귀하더라도 존경을 받을 수 없으며, 만약 그의 품덕이 아주 나쁘면 설사 관의 지위가 높다하더라도 사람들을 굴복시킬 수 없다는 뜻. (貴 : 신분이 높다. 지위가 높고 이름이 알려지다. 汚 : 오점. 명예롭지 못한 일. / 부정하다. 청렴하지 못하다. 尊 : 지위나 서열이 높다. 下 : 항복하다. 굴복하다. / 자기를 낮추어 상대방을 높이다.)

〔**史記·日者列傳**〕司馬季主曰, ……. ……, ○○○○, ○○○○○. ○○○○, ○○○○○.

堅中則足以爲表, 廉外則可以大任, 少欲則能臨其衆, 多信則能親隣國.

의지가 확고하면 사람들의 귀감이 되고, 행실이 청렴하면 중한 책무를 빛낼 수 있으며, 욕심이 적으면 능히 백성을 다스릴 수 있고, 진실됨이 많으면 이웃 나라와 친하게 지낼 수 있다. 管仲이 임금을 보좌할 수 있는 자의 자격조건 네 가지를 제시한 것. (堅中 : 의지가 확고하다. 마음을 단단히 지키다. 中은 마음. 내심. 의지. 表 : 모범. 귀감. 표준. 廉外 : 행위가 청렴결백하고 탐하지 아니하다. 外는 마음에 대하여 행위. 용모 등을 가리킨다. 大任 : 책무를 빛내다. 大는 드러내어 빛나게 하다. / 중히 여기다. 任 : 직책. 직무. 임무. 책임. 臨 : 다스리다. 衆 : 무리. 많은 사람들. 민중. / 백성. 서민. 多 : 중하게 여기다.)

〔**韓非子·十過**〕管仲曰, ……, 夫 ○○○○○○○, ○○○○○○○, ○○○○○○○, ○○○○○○○, 此覇者之佐也,君其用之.

勁松彰於歲寒,貞臣見於國危.
경 창 현

굳센 소나무는 추운 겨울철에야 드러나고 지조가 바른 신하는 나라가 위태로움에 처할 때 나타난다. 서리나 눈에도 시들지 않은 굳센 소나무는 찬 바람이 불고 흰 눈이 날리는 추운 겨울철에 이르러 비로소 그 굳셈이 드러나고, 지조가 굳은 신하는 나라가 위태로움에 처할 때 비로소 그 굳은 지조를 드러내어 위험을 제거하는 활동을 과감하게 전개한다는 뜻.

〔**晉 潘岳·西征賦**〕○○○○○○, ○○○○○○.

古之君人, 有以千金求千里之馬者, 三年不能得. 涓人言於君曰, 請求之, 君遺之,死馬且買之五百金,千里之馬至者三.

옛날 어느 임금이 천금으로 천리마를 구하려했으나 3년이 걸려도 구할 수 없었다. 그때 환관이 임금에게 그 말을 구해드리겠다고 청하여 임금이 그를 보냈는데, 그가 죽은 말을 500금이나 주고 사들이자, (과연 1년도 안되어) 천리마 세 마리나 찾아왔다. (由) 燕나라 昭王은 패전 후 인재를 초청코자 郭隗선생과 상담하면서 그로부터 위와 같은 이야기를 듣는 한편 "전하께서 진심으로 인재를 초청하고 싶으면 우선 이 隗부터 써주소서. 신과 같은 자를 중히 쓰시면 신보다 훌륭한 인물들이 천리길도 멀다 하지 않고 모여들 것입니다." 라고 청하여 그를 스승으로 받들기로 하자, 과여 魏나라 樂毅, 齊나라 鄒衍, 趙나라 劇辛 등 인재들이 속속 모여들어 齊나라를 쳐들어가 큰 승리를 거두었다. (涓人 : 환관.)

〔**戰國策·燕策一**〕昭王曰, 寡人將誰朝而可. 郭隗先生曰, 臣聞, 古之君人, 有以千金求千里馬者, 三年不能得. 涓人言於君曰,請求之, 君遺之. 三月得千里馬, 馬已死, 買其首五百金, 反以報君. 君大怒曰, 所求者生馬, 安事死馬而捐五百金. 涓人對曰, 死馬且買之五百金, 況生馬乎. 天下必以王爲能市馬, 馬今至矣. 於是不能期年, 千里之馬至者三. 〔**新序·雜事三**〕(상기 내용과 동일.)

功冠天下者不安, 威震人主者不全.

공적이 세상에서 으뜸가는 자는 편안하지 못하고, 위엄이 임금님에게까지 떨치는 자는 온전하지 못하다. 공적과 위엄이 과대하여 임금에게 위엄이 미치는 자는 안전할 수 없다는 뜻. (冠 : 여러 무리에서 뛰어나다. 으뜸가다.)

〔**後漢書·申屠剛傳**〕持滿之戒, 老氏所愼. 蓋 ○○○○○○○, ○○○○○○○.

功崇惟志, 業廣惟勤, 惟克果斷, 乃罔後艱.

공을 높이는 것은 뜻에 달려 있고, 일을 넓히는 것은 부지런함에 달려 있는 것이니, (일에 부딪혔을 때) 과감하게 결단할 수 있어야만 후일의 괴로움이 없게 된다. (克 : 잘 하다. 능하게 하다. / ……. 할 수 있다. 果斷 : 일을 딱 잘라서 결정하다. 과단성 있다. 罔 : 없다. 아니다. 後艱 : 뒷날의 어려움, 후일의 괴로움.)

〔**書經·周書·周官**〕(周나라) 王曰, ……. 戒爾卿士, ○○○○, ○○○○, ○○○○. ○○○○.

公儀休相魯以嗜魚, 一國人獻魚而不受. 曰, 受魚以免於相, 則不能自給魚, 無受而不免於相, 長自給於魚.

公儀休는 魯나라의 재상으로 생선을 좋아했으나 온 나라 사람들이 생선을 바쳐도 받지 아니하고 말하기를 "생선을 받으면 재상의 자리에서 물러나게 되고, 그러면 곧 생선을 스스로 공급할 수 없게 된다. 그러나 이것을 받지 아니하면 재상의 자리에서 물러나지 아니할 것이므로 오래도록 생선을 스스로 공급할 수가 있다"고 하였다. (一國 : 온 나라. 獻 : 바치다. 드리다. 免 : 물러나다. 長 : 오래도록. 늘.)

〔 **韓非子·外儲說右下** 〕公儀休相魯以嗜魚, 一國盡爭買魚而獻之, 公儀子不受. 其弟諫曰, 夫子嗜魚而不受者,何也. 對曰, 夫唯嗜魚, 故不受也. 夫卽受魚, 必有下人之色, 有下人之色, 將枉於法, 枉於法, 則免於相. 免於相, 此不必能致我魚, 我又不能自給魚, 卽無受魚而不免於相, 雖嗜魚, 我能長自給魚. 〔 **韓詩外傳·卷三** 〕公儀休相魯而嗜魚, 一國人獻魚而不受. 其弟諫曰, 嗜魚不受, 何也. 曰, 夫欲嗜魚, 故不受也. 受魚而免於相, 則不能自給魚, 無受而不免於相, 長自給於魚. 此明魚爲己者也. 〔 **淮南子·道應訓** 〕公儀休相魯以嗜魚, 一國獻魚, 公儀子不受. 其弟子諫曰, 夫子嗜魚, 弗受何也. 答曰, 夫唯嗜魚, 故弗受. 夫受魚而免於相, 雖嗜魚, 不能自給魚, 毋受魚, 而不免於相, 則能長自給魚. 此明魚爲人爲己者也. 〔 **史記·循吏列傳** 〕公儀休者, 魯博士也. 以高弟爲魯相. 奉法循理, 無所變更, 百官自正. 使食祿者不得與下民爭利, 受大者不得取小. 客有遺相魚者, 相不受. 客曰, 聞君嗜魚, 遺君魚, 何故不受也. 相曰, 以嗜魚, 故不受也. 今爲相, 能自給魚, 今受魚而免, 誰復給我魚者. 吾故不受也. 〔 **新序·節士** 〕昔者, 有饋魚於鄭相者,鄭相不受. 或謂鄭相曰, 子嗜魚, 何故不受. 對曰, 吾以嗜魚, 故不受魚. 受魚失祿, 無以食魚, 不受得祿, 終身食魚.

官無常貴, 而民無終賤.

벼슬아치라고 하여 항상 귀할 수는 없고, 백성이라고 하여 언제나 천할 수는 없다. 사람은 가문이나 신분에 상관없이 각자의 능력에 따라 귀하게도 천하게도 된다는 뜻.

〔 **墨子·尙賢上** 〕○○○○, ○○○○○, 有能則擧之, 無能則下之, 擧公義, 辟私怨, 此若言之謂也.

冠足以修敬, 不務其飾, 衣足以掩形, 不務其美.

관이란 공경함을 갖추는 것으로 족하며 그 장식에 힘써서는 안되며, 관복(官服)이란 신체를 가리는 것으로 족하며 그 아름다움에 힘써서는 안된다. 벼슬아치가 입고 쓰는 의관을 검소하게 할 것을 강조한 말. (修 : 갖추다.)

〔 **晏子春秋·諫下** 〕晏子對曰, ……. 夫 ○○○○○, ○○○○, ○○○○○, ○○○○, 衣無隅差之削, 冠無觚羸之理.

官尊者憂深, 祿多者責大.

관직이 높은 자는 근심도 깊고, 봉록이 많은 자는 책임도 크다.

〔**說苑·談叢**〕○○○○○, ○○○○○.

括囊, 无咎无譽.
괄 낭 구

주머니의 주둥이를 졸라매듯이 근신하면 (위험한 곳에 있어도) 재앙이 없을 뿐 아니라 칭찬도 없다. 입을 꽉 다물고 말하지 않으면 해로운 것도, 이로운 것도 없다는 뜻. / 군신간, 상하간에 마음이 통하지 않을 때는 언행을 삼가고 물러나 몸을 보전해야 함을 이르는 말. (括囊 : 주머니 주둥이를 졸라매다. 입을 다물고 말하지 않음의 비유. 구는 재앙·화·흉사·근심거리.)

〔**周易·坤爲地**〕六四, ○○, ○○○○.

苟爲後義以光利, 不奪不饜.
염

(공직자가) 만일 의리를 뒤로 미루고 사리를 앞세운다면 다 빼앗지 않고는 만족할 수 없을 것이다. 신하가 만약 의리를 중시하지 않고 오직 사리만을 중히 여긴다면 당연히 임금의 자리를 찬탈하지 않고는 만족할 수 없을 것이라는 뜻. / 공직자가 의를 무시하면 백성들로부터 무한정 재물을 빼앗는다는 의미. (苟 : 가령. 만일. 만약. 饜 : 물리다. 너무 많이 먹어서 싫증을 느끼다. / 마음에 차다. 만족하다.) → **不奪則不饜.**

〔**孟子·梁惠王上**〕孟子對曰, ……. 萬乘之國, 弒其君者, 必千乘之家. 千乘之國, 弒其君者, 必百乘之家. 萬取千焉, 千取百焉, 不爲不多矣. ○○○○○○○, ○○○○.

屈一人之下, 必伸萬人之上.

한 사람의 밑에서 몸을 굽히지만, 모든 사람의 위에서 몸을 편다. 지위가 군주 한 사람의 아래이고, 모든 사람의 위라는 뜻으로 옛날 나라의 제2인자인 영의정, 지금의 국무총리를 이른다. (萬人 : 모든 사람. 썩 많은 사람.) = **一人之下, 萬人之上.**

〔**吳越春秋·王僚使公子光傳**〕專諸曰, ……. 夫 ○○○○○, ○○○○○○. 〔**意林**〕(引 太公六韜) 屈一人之下, 伸萬人上, 惟聖人能之. 〔**任昉·宣德皇后令·李善注**〕六韜, 太公曰, 屈一人之下, 伸萬人之上, 惟聖人能言. 〔**明 葉子奇·草木子**〕元西域僧八思麻 …… 封爲帝師, 詔尊之曰, 一人之下, 萬人之上, 西方佛子, 大元帝師.

今朝廷大臣, 上不能匡主, 下亡以益民, 皆尸位素餐.

지금의 조정 대신들은 위로는 임금을 바로잡지 못하고, 밑으로는 백성들을 도와주지 못하니, 이것은 다 제사때 시동이 자리를 차지하여 부질없이 밥만 먹는 것과 같은 것이다. (喩) 요즈음의 고위관리는 자리만 차지하고 있을 뿐 주어진 임무는 다하지 않고 국록만 받아 낭비한다. (匡 : 바로잡다. 尸位 : 시동이 앉는 자리. 素 : 부질없다. / 다만 헛되이. 素餐 : 아무 하는 일 없이 놀고 먹다.) → **尸位素餐.**

〔**詩經·魏風·伐檀**〕 彼君子兮, 不素餐兮. 〔**漢書·朱雲傳**〕 ○○○○○, ○○○○○, ○○○○○, ○○○○○. < 顏師古注 > 尸, 主也, 素, 空也. 尸位者, 不擧其事, 但主其位而已. 素餐者, 德不稱官, 空嘗食祿. 〔**論衡·量知**〕 文吏空胸, 無仁義之學, 居位食祿, 終無以效, 所謂尸位素餐者也. 素者空也, 空虛無德, 餐人之祿, 故曰素餐. 無道藝之業, 不曉政治, 黙坐朝庭, 不能言事, 與尸無異, 故曰尸位.

器與名, 不可以假人.

벼슬의 등급에 딸려 있는 의복. 수레 등의 기(器)와 벼슬이나 신분에 상당한 칭호인 명(名)은 남에게 빌려주지 않는다. 권위의 상징인 기와 명을 빌려주면 신분을 지키기 어렵기 때문이다.

〔**春秋左氏傳·成公二年**〕 仲尼聞之日, 惜也, 不如多與之邑, 唯○○○, ○○○○○, 君之所司也.

器用利, 則用力少, 而就效衆.

연장이 날카로우면 힘을 들이는 것이 적어도 곧 성과를 거두는 것이 많다. (喩) 나라 일에 등용한 인물이 현명하면 적은 노력으로 큰 공을 세우고 백성들을 잘 거느린다. (器用 : 기구, 연장. / 유용한 인물.)

〔**蜀 王褒·聖主得賢臣頌**〕 夫賢者國家之器用也, 賢則趨舍省而功施普. ○○○, ○○○○, ○○○○.

當官之法, 唯有三事, 曰淸, 曰愼, 曰勤.

관리를 맡아서 지켜야 할 도리에 세가지 일이 있으니, 그것은 청렴과 신중과 근면을 말한다. (當官 : 관리의 임무·책임을 맡다. 관리의 책임을 담당하다. 곧 관리가 된다는 말. 法 : 사람이 지며야 할 도리. 淸 : 청렴하여 더럽지 않은 것. 愼 : 예법을 엄수하는 것. 勤 : 직업에 부지런히 일하는 것.)

〔**小學·嘉言**〕 童蒙訓日, ○○○○, ○○○○, ○○, ○○, ○○. 知此三者, 則知所以持身矣.

當權若不行方便, 如入寶山空手回.

권력을 잡은 사람이 그 임기의 수단을 행사하지 않는다면 그것은 보배가 묻혀있는 산에 들어가서 빈 손으로 돌아오는 것과 같다. (當權 : 권력·실권을 장악하다. 또는 그런 사람. 方便 : 임기의 처치. 수단. 편의의 방법.)

〔**宋 陳元靚·事林廣記·前集**〕 爲史警語, 莫若當權時, 與人行方便. 〔**元 楊顯之·酷寒亭·楔子**〕 他本犯罪該刑一死灰, 重翻招案却因誰. 正是 ○○○○○○○, ○○○○○○○.

德薄而位尊, 知小而謀大, 力小而任重, 鮮不及矣.

덕행이 천박하면서도 차지하고 있는 지위가 존귀하고, 재지가 적으면서도 큰 일을 도모하며, 역량이 적은데도 중대한 임무를 맡으면, 그러고도 화가 미치지 않는 일이 드물다. 덕과 능력에 알맞는 자리에 앉아, 알맞는 임무를 맡아, 알맞는 일을 해야 아무 일이 없다는 뜻. (不及 : 미치지 못하다. 재앙이 미치지 못함을 가리킨다.)

〔**周易·繫辭下**〕子曰, ○○○○○, ○○○○○, ○○○○○, ○○○○.

讀書, 不見成賢, 爲鉛槧庸. 居官, 不愛子民, 爲衣冠盜.

참

글을 읽으면서 성인·현인을 만나지 못하면 글을 베끼는 피고용인이 될 뿐이고, 벼슬살이를 하면서 백성을 사랑하지 않으면 관의 복장을 한 도둑이 될 뿐이다. (見 : 만나다. 대면하다. 접견하다. 鉛槧庸 : 글을 베껴 쓰는 피고용인. 옛날에는 鉛막대기로 槧이라는 큰 나무판에 글을 썼기 때문에 鉛槧은 필기구를 뜻하며, 庸는 고용된 사람이다. 居官 : 벼슬살이를 하다. 子民 : 백성. 衣冠 : 옷과 관. 의관. 복장. 옷차림.)

〔**菜根譚·五十六**〕○○, ○○○○, ○○○○. ○○, ○○○○, ○○○○. 講學, 不尙躬行, 爲口頭禪. 立業, 不思種德, 爲眼前花.

蠹衆而木折, 隙大而墻壞.

두 극 장

좀이 우글거리면 나무가 부러지고, 틈이 커지면 담도 무너진다. (喩) 작은 해독도 쌓여서 커지면 돌이킬 수 없는 큰 재앙을 가져온다. / 많은 고위공직자들이 하급자를 속이고 부정하게 백성들을 착취하는 일이 잦으면 백성들이 일탈하여 결국 나라가 망하게 된다. (衆 : 많다.)

〔**商君書·修權**〕諺曰, ○○○○○, ○○○○○. 故大臣爭於私, 而不顧其民, 則下離上, 下離上者, 國之隙也. 秩官之吏, 隱下以漁百姓, 此民之蠹也. 故有隙. 蠹而不亡者, 天下鮮矣. 〔**淮南子·說林訓**〕蠹衆則木折, 隙大則墻壞. 懸垂之類, 有時而隧, 枝格之屬, 有時而弛.

登車攬轡, 慨然有澄淸天下之志.

거 비 징

수레에 올라 고삐를 잡고 흔쾌히 온 세상을 맑게 할 뜻을 갖다. 처음 관직에 나갈 때 어지러운 정치를 쇄신할 뜻을 품는다는 말. 천하의 정치를 혁신하고 세상의 어지러움을 다스려 맑게할 뜻을 품고 부임하는 것을 의미. (攬轡 : 고삐를 잡다. 慨然 : 시원시원한 모양. 흔쾌한 모양. 澄淸 : 세상의 어지러움을 다스려 맑게하다.) → **攬轡澄淸.**

〔**後漢書·范滂傳**〕時冀州飢荒, 盜賊群起, 乃以滂爲淸詔使, 案察之. 滂○○○○, ○○○○○○○○○. 〔**淸 龔自珍·己亥雜詩**〕少年攬轡澄淸之, 倦矣應憐縮手時.

木心不正, 則脈理皆邪. 弓雖剛勁, 而遺箭不直.

나무의 심이 곧지 않으면 나무줄기의 결이 다 바르지 못하며, 활이 비록 굳세다고 해도 화살이 곧게 날지 못한다. (喻) 외관이 훌륭해도 내심이 바르지 못하면 좋은 공직자가 되지 못한다. (木心 : 나무의 심. 나무줄기 한 가운데에 있는 연한 줄기. 脈 : 나무의 줄기. 理 : 결 무늬. 邪 : 바르지 않다. 剛 : 굳세다. 힘차고 튼튼하다. / 굳다. 단단하다. 勁 : 굳세다, 힘·의지 등이 강하다. 遺 : 보내다.)

〔**貞觀政要·政體**〕貞觀初, 太宗謂蕭瑀曰, 朕少好弓矢. 自謂能盡其妙. 近得良弓十數, 以示弓工. 工曰, 皆非良材也. 朕問其故. 工曰, ○○○○, ○○○○○, ○○○○, ○○○○○. 非良弓也. 〔**唐書·循理傳**〕木心不正, 則脈理皆己也.

無功受祿, 寢食不安.

공로가 없는데도 봉록을 받으면 침식의 일상생활이 불안해 진다. → **無功受祿.**

〔**詩經·魏風·伐檀·序**〕在位貪鄙, 無功而受祿, 君子不得進仕爾. 〔**水滸傳**〕正是 ○○○○, ○○○○.

無功而大利者, 後將爲害. 譬猶緣高木而望四方也, 雖愉樂哉, 然而疾風至, 未嘗不恐也.

공적이 없는데도 큰 이익을 얻는 것은 후에 곧 해를 입게 될 것이니, 이것을 비유하면 높은 나무에 올라 사방을 바라보면 비록 그때는 기뻐하며 즐기지만 강한 바람이 불어오면 무서워하지 않을 수 없는 것과 같다. 공적이 없이 큰 이익을 얻은 후 몸에 생긴 재앙은 아무리 빨리 수습을 하려해도 끝내 수습할 수 없음을 이르는 말. (將 : 막. 곧. 장차. 緣 : 더위잡아 오르다. 愉樂 : 기뻐하며 즐기다. 嘗 : 맛보다./ 겪다. 경험하다. 당하다.)

〔**淮南子·人間訓**〕○○○○○○, ○○○○, ○○○○○○○○○○○, ○○○○, ○○○○○, ○○○○○. 患及身, 然後憂之, 六驥追之, 弗能及也.

無功而食, 雀鼠是已(이), 肆害而食, 虎狼是已.

아무런 공이 없으면서도 먹기만 하는 것은 참새나 쥐일 뿐이고, 해를 거리낌없이 자행하면서 먹어대는 것은 호랑이나 이리일 뿐이다. (肆 : 멋대로 하다. 거리낌없이 하다. 已 : …뿐. …따름. ※ 단정이나 한정의 뜻을 나타내는 어조사.)

〔**呻吟語·第十章**〕○○○○, ○○○○, ○○○○, ○○○○. 士大夫可圖諸座右.

無功之賞, 無力之禮, 不可不察也.

공훈이 없이 상을 받거나 공로가 없이 예물을 받으면 이것은 자세히 살피지 않으면 안된다. 이에는 필연적으로 어떤 계략·함정이 숨어있을 수 있다는 뜻. (力 : 사물의 효능 / 공로. 공적. 노적.)

〔**戰國策·宋衛策**〕衛君曰, 大國大灌, 而子有憂色何. (衛 南)文子曰, ○○○○, ○○○○, ○○○○○. 〔**說苑·權謀**〕南文子曰, 無方之禮, 無功之賞, 禍之先也. 我未有往, 彼有以來, 是以憂也.

無能以事君, 闇行以臨官, 是無功以食祿也.

능력이 없으면서도 임금을 섬기고, 행동을 어리석게 하면서도 공무를 담당하고 있는 것은 공도 없으면서도 녹봉만 축내는 짓이다. (闇 : 어리석다. 臨 : 그 일에 당하다.)

〔**韓詩外傳·卷二**〕李離對曰, 政亂國危, 君之憂也, 軍敗卒亂, 將之憂也. 夫○○○○○, ○○○○○, ○○○○○○○. 臣不能以虛自誣. 遂伏劍而死. 〔**新序·節士**〕李離曰, 臣無管仲之賢, 而有辱麻之名, 無覇王之功, 而有射鉤之累. 夫無能以臨官, 籍麻以治人, 君雖不忍加之於法, 臣亦不敢麻官亂治以生, 臣聞命矣. 遂伏劍而死. 〔**史記·循吏列傳**〕李離曰, 臣居官爲長, 不與吏讓位, 受祿爲多, 不與下分利. 今過聽殺人, 傅其罪下吏, 非所聞也. 辭不受令. 〔**藝文類聚**〕韓詩外傳曰, 晉文候使李離爲大理, 過聽殺人, 自拘廷尉, 請死於君. 君曰, 官有貴賤, 罰有輕重, 下吏有罪, 非子之罪也. 李離曰, 法失則刑, 刑失則死, 遂伏劒死.

文官不愛錢, 武將不惜死, 天下太平矣.

문관이 금전을 좋아하지 아니하고, 무관이 죽음을 아끼지 아니하면 천하가 태평하게 된다. 문관은 청렴 결백하게 봉공하고, 무장은 희생을 두려워하지 아니하면 온 세상이 태평하게 된다는 뜻.

〔**宋史·岳飛傳**〕或問天下何時太平, 飛曰, ○○○○○, ○○○○○, ○○○○○. 〔**明 兪同甫·防海輯要**〕諺曰, 文官宜不愛錢, 武官宜不惜死. 然吾謂武臣愛錢, 正軍政所由敗壞難于收拾. 〔**明 戚繼光·練兵紀實**〕古人所謂武臣不惜死, 文官不愛錢, 天下泰平矣. 是故不惜死, 由不愛錢中生來. 不愛錢, 由無欲而充之.

門前成市, 吾心如水.

문 전에는 출입하는 사람이 시장을 이루는 것 같이 많으나, 내 마음은 물과 같이 맑다. (喩) 집에 출입하는 사람이 많아도 내가 부정행위를 한 사실이 없다. (由) 漢나라 哀帝 때 왕가와 인척관계에 있던 尙書僕射 鄭崇이 외척들의 횡포, 임금의 董賢에 대한 지나친 총애에 따른 폐해 등을 간했으나 힐책만 받게 되자, 평소 그를 미워하던 아첨배인 尙書令 趙昌은 "鄭崇이 종친과 내통, 어떤 간사한 일을 꾸미는 것으로 의심된다"고 하면서 처리할 것을 요청하였다. 이에 哀帝는 즉시 鄭崇에게 "경의 문전은 시장과 같이 사람이 많다고 하는데 어째서 짐에게 (말하기를) 꺼리어 삼가는가?" 하고 꾸짖자, 그는 "신의 문전에는 출입하는 사람이 시장을 이루는 것 같이 많으나, 신의 마음은 물과 같이 맑습니다"라고 말하였다. ≒ **門庭若市. 門前成市**.

〔**戰國策·齊策一**〕令初下, 群臣進諫, 門庭若市. 數月之後, 時時而間進. 期年之後, 雖欲言, 無可進者. 〔**漢書·鄭崇傳**〕尙書令趙昌佞諂, 素害崇, 知其見疏, 因奏崇, 與宗族通, 疑有奸, 請治. 上責崇曰, 君門如市人, 何以欲禁切主上. 崇對曰, 臣門如市, 臣心如水. 願得考復.

邦有道穀, 邦無道穀, 恥也.

나라에 도가 있을 때에 봉록을 받고, 나라에 도가 없을 때에도 봉록을 받는 것은 다 같이 부끄러운 일이다. 나라가 잘 다스려져 태평한 때에도 훌륭한 기여를 하지 못하고 봉록을 받는 것은, 또한 나라에 도리에 벗어난 일이 행해져 혼란한 때에 특수한 선을 행하지 않았으면서도 봉록을 받는 것은 모두 수치스러운 일이라는 뜻. (穀 : 봉록. 봉록을 받다. 곧 벼슬살이를 한다는 뜻.)

〔 **論語·憲問** 〕 憲問恥. 子曰, ○○○○, ○○○○, ○○.

伯夷, 立於惡人之朝, 與惡人言, 如以朝衣朝冠, 坐於塗炭.

伯夷는 악한 사람이 조정에 나아가고 악한 사람과 함께 이야기하는 것을 마치 조복(朝服)을 입고 조관(朝冠)을 쓰고 진흙과 숯검정에 앉는 것처럼 여겼다. 伯夷가 악한 사람 상대하는 것을 훌륭한 복장에 가장 더러운 물건을 묻히는 것 같이 싫어했다는 것으로, 孟子는 伯夷의 이런 점을 지적, 도량이 좁은 사람으로 평하고 있으나, 孔子는 伯夷·叔齊가 과거의 원한(舊惡)을 생각하지 않는 도량있는 사람(論語·公冶長 第二十三章)으로 평하고 있다. (立朝 : 조정에 서다. 벼슬에 나아감을 이르는 말. 塗炭 : 진흙탕과 숯검정. 몹시 더러운 것의 비유.)

〔 **孟子·公孫丑上** 〕 孟子曰, ○○, 非君不事, 非其友不友, 不立於惡人朝, 不與惡人言, ○○○○○○, ○○○○, ○○○○○○○, ○○○○. 〔 **論語·公冶長** 〕 子曰, 伯夷·叔齊, 不念舊惡, 怨是用希.

復有無毁無譽, 旅進旅退, 竊位而苟祿, 備員而全身者, 亦無所取焉.

(뚜렷한 행적이 없어) 다시 헐뜯는 일도 없고 칭찬받을 일도 없으며, 그저 여럿이 함께 나아가고 함께 물러가서 직위를 도둑질하여 구차하게 녹을 먹고, 일정한 인원수에 들어서 몸을 온전히 하는 자, 그런 것은 취할 바가 아니다. 특별한 절조 주견 행적도 없이 남들에게 부화뇌동, 높은 자리를 차지하여 녹봉만 축내는 짓은 해서는 안된다는 뜻. (旅進旅退 : 여럿이 함께 나아가고, 함께 물러나다. 旅는 함께, 여럿이 같이.) → **旅進旅退**.

〔 **國語·越語上** 〕 吾不欲匹夫之勇也, 欲其旅 進旅退. 進則思賞 退則思刑, 如此則有常賞. 〔 **王元之·待漏院記** 〕 ○○○○○○, ○○○○, ○○○○○, ○○○○○○, ○○○○○. 〔 **秦漢史通俗演義** 〕 右丞相陳平, 太尉周勃, 有位無權, 有權無柄,不過旅進旅退, 籍保聲名.

宓子賤治單父, 彈鳴琴, 身不下堂, 而單父治, 巫馬期以星出, 以星入, 日夜不居, 以身親之, 而單父亦治.

춘추말 孔子의 제자인 宓子賤은 魯나라 읍인單父 고을을 다스림에 있어 거문고를 타면서 몸소 집무실에 내려가지 아니하여도 單父는 잘 다스렸다. 巫馬期는 (이 고을을 다스릴 때) 아침 별과 함께 출근하여 저녁 별과 함께 들어오되 거의 밤낮으로 집에 있지 아니하고 몸소 친히 행하여 單父가 또한 잘 다스려졌다. 宓子賤은 법에 따라 남에게 일을 맡겨서 처리하게 하였고, 巫馬期는 자신의 노력으로써 일을 처리한 것으로, 宓子賤의 통치방식이 현명하다고 할 수 있다. (堂 : 옛날 관공서의 사무실.)

〔 **呂氏春秋·察賢** 〕 ○○○○○○, ○○○, ○○○○, ○○○○, ○○○○○○, ○○○, ○○○○, ○○○○, ○○○○○.

服之不衷, 身之災也.

복장이 몸에 맞지 않으면 신상에 재앙이 된다. (喻) 인품 · 덕성 · 분수에 맞지 않은 벼슬을 하면 언제나 화를 당할 수 있다. (衷 : 맞다. 알맞다. = 適. 中.)

〔 **春秋左氏傳·僖公二十四年** 〕 鄭子華之弟子臧出奔宋, 好聚鷸冠. 鄭伯聞而惡之, 使盜誘之, 八月, 盜殺之於陳宋之間. 君子曰, ○○○○, ○○○○. < 杜注 > 衷, 猶適也.

附下而罔上者死, 附上而罔下者刑, 與聞國政, 而無益於民者退, 在上位而不能進賢者逐.

아랫 사람에게 빌붙어 웃 사람을 속이는 자는 사형하고, 웃 사람에게 빌붙어 아랫 사람을 속이는 자는 형벌을 내리며, 국정에 참여하여 들었으면서도 백성에게 유익함을 주지 못하는 자는 퇴임시키고, 높은 자리에 있으면서 어진 이를 천거할 수 없는 자는 축출한다. (罔 : 속이다. 기망하다. 與聞 : 참여하여 듣다. 逐 : 쫓아내다. 축출하다. 추방하다.)

〔 **說苑·臣術** 〕 泰誓曰, ○○○○○○○, ○○○○○○○, ○○○○, ○○○○○○○, ○○○○○○○○○○. 此所以勸善以黙惡也.

不習爲吏, 視已成事.

(已: 이)

잘 배우지 못하고 관리가 되었다면 다른 관리가 이미 행한 일을 보라. 관리가 되었지만 잘 배우지 못했다면 지난 일의 성패를 잘 관찰해 보라는 것.

〔 **韓詩外傳·卷五** 〕 鄙語曰, 不知爲吏, 視已成事. ……故夏之所以亡者而殷爲之, 殷之所以亡者而周爲之. 〔 **漢書·賈誼傳** 〕 鄙諺曰, ○○○, ○○○○○. ……夫三代所以長久者, 其已事可知也. 然而不能從者, 是不法聖智也. 〔 **漢 賈誼·新書·保傅** 〕 鄙諺曰, ○○○○, ○○○○. 又曰, 前車覆而後車戒.

不勝其任而處其位, 非此位之人也. 不勝其爵而處其祿, 非此祿之主也.

그의 직무를 감당할 수 없으면서도 그러한 지위를 차지하고 있는 것은 이 작위를 가질 만한 사람이 될 수 없는 것이며, 그의 작위를 감당할 수 없으면서도 이러한 작위의 봉록을 차지하는 것은 그 봉록을 향유할 사람이 될 수 없는 것이다. (勝 : 맡은 직무·임무 따위를 감당할 수 있다. 處 : 자리 등을 차지하고 있다.)

〔**墨子·親士**〕雖有賢君, 不愛無功之臣. 雖有慈父, 不愛無益之子. 是故○○○○○○○○, ○○○○○○, ○○○○○○○○, ○○○○○○.

不解于位, 民之攸墍.

유 기

(공직자들이) 자기의 자리에서 맡은 일을 게을리하지 아니하여 백성들이 편히 쉴 수 있게 되다. 모든 공직자들이 자기의 소임을 성실히 수행함으로써 백성들이 편안한 생활을 하게 됨을 이르는 말. (解 : 게으름을 피우다. 나태하다. ≒ 懈. 位 : 자리. / 직위·지위·신분·관직의 등급. 攸 : …하는 바. ※ 所와 거의 같은 의미로 쓰이는 어조사. 墍 : 휴식하다. 편히 쉬다.)

〔**詩經·大雅·假樂**〕之綱之紀, 燕及朋友, 百辟卿士, 媚于天子, ○○○○, ○○○○.

不厚其棟, 不能任重.

집의 대들보를 늘리지 아니하면 무게를 견디어낼 수 없다. (喻) 재주와 덕행이 뛰어난 사람이 아니면 국가의 중임을 감당해내지 못한다. (厚 : 두껍다. 무겁다. 많다. 크다. 깊다. / 두터이 하다. 크게 하다. 늘이다. 棟 : 마룻대. 용마루 밑에 서까래가 걸리게 하는 도리. / 대들보. 任 : 감내하다. 견디다. 감당하다. 이겨내다.)

〔**國語·魯語上**〕(聲伯回) 對曰, 吾聞之, ○○○○, ○○○○. 重莫如國, 棟莫如德.

非其位而居之, 曰貪位. 非其名而有之曰貪名.

차지해서는 안될 자리를 차지하는 것은 자리를 탐하는 것이라고 부르고, 누려서는 안될 명예를 누리는 것은 명예를 탐하는 것이라고 부른다. (居 : 차지하다. 자리잡다./ 마음에 품다. 두다. 먹다. 非其位而居之 : 非居其位而 居之로 보아 위와 같이 해석되는 것이다.)

〔**史記·商君列傳**〕僕(趙良) 聞之曰, ○○○○○○○○○, ○○○○○○○○○. 僕聽君之義, 則恐僕貪位. 貪名也. 故不敢聞命.

鄙夫, 事君也, 其未得之也, 患得之. 旣得之, 患失之. 苟患失之, 無所不至矣

비천한 사람이 임금을 섬기면서 그것(이하 부귀를 지칭)을 아직 얻지 못했을 때는 그것을 얻지 못하게 될 것을 걱정하고, 이미 그것을 얻었을 때는 그것을 잃을 것을 걱정하나니, 진실로 그것을 잃을 것을 걱정한다면 (그는 세상에서) 하지 못할 짓이 없게 된다. 저속하고 악질인 사람은 벼슬살이를 통해 자신의 부귀를 쌓는데 전력을 다하고, 그것을 지키기 위해 무슨 짓이라도 할 수 있음을 형용. (鄙 : 비루하다. 비천하다. 비열하다. 용렬하다. 이익을 탐하다. 患得之 : 그것을 얻을 수 있을까하고 걱정하다. 곧 그것을 얻지 못할까를 걱정함을 이른다. 無所不至 : 이르지 않는 곳이 없다. 곧 어떤 나쁜 짓도 못할 것이 없음을 말한다.)

〔**論語·陽貨**〕子曰, ○○, 可與○○○ 與哉. ○○○○○, ○○○, ○○○, ○○○. ○○○○, ○○○○○.

非所困而困焉, 名必辱. 非所據而據焉, 身必危.

본래 괴로움을 받아야 할 것이 아니었는데 괴롭게 되면 반드시 명성이 욕되고, 본래 의지해서는 안 될 곳이었는데 의지하게 되면 반드시 몸이 위태로워진다. 바른 도를 지켜 가만히 있었으면 괴로운 일이 없었을 것인데 자신의 재능을 돌보지 않고 명성을 구하려고 하다가 괴롭게 된 것으로, 그러면 명성을 얻기는 커녕 오히려 욕됨을 초래하게 되고, 자신이 안주할 곳이 아닌데도 가까이하려 했다가 안주할 수 없게 되면 어려움에 봉착하여 몸을 안정시키기는 커녕 도리어 자신의 몸이 위험해진다는 뜻. (非所困 : 괴로움을 받아야 할 것이 아니다. 괴로워해서는 안 되는 것. 據 : 의지하다.)

〔**周易·繫辭下**〕易曰, 困于石, 據于蒺藜, 入于其宮, 不見其妻, 凶. 子曰, ○○○○○○,○○○. ○○○○○○, ○○○. 〔**周易·澤水困**〕六三, 困于石, 據于蒺藜, 入于其宮, 不見其妻, 凶.

事君, 勿欺也, 而犯之.

임금을 섬기는 데 있어서는 속이지 말고, 그의 뜻을 거스려서라도 바른 말로 간해야 한다. (犯 : 犯顔諫爭을 이르는 것으로, 곧 임금이 잘못을 저지르면 싫어하는 안색을 보여도 관계하지 않고 간쟁하는 것을 이른다.)

〔**論語·憲問**〕子路問○○. 子曰, ○○○, ○○○.

事君不得進其言, 則辭其爵, 不得行其義, 則辭其祿.

임금을 섬김에 있어 진언이 이루어지지 않으면 곧 그 작위를 사양하고, 그 의로움을 실천하지 못하면 그 봉록을 사양해야 한다. (得 : 이루어지다.)

〔**說苑·談叢**〕○○○○○○○, ○○○○, ○○○○○, ○○○○.

事君數, 斯辱矣, 朋友數, 斯疏矣.
삭

임금을 섬기는 것을 여러번 되풀이하면 곧 욕을 당하고, 벗과 사귀는 것을 여러번 되풀이하면 곧 소원해진다. 임금을 섬김에 있어 간언을 자주 하면 도리어 미움을 사 욕을 당하게 되고, 벗과의 사귐에 있어서도 충고를 자주 하면 반발심을 일으켜 소원하게 되므로 간언이나 충고도 절제를 해야 함을 이르는 말. (數 : 자주 하다. 여러 번 되풀이 하다. 朋 : 마음을 같이 하다. 곧 사귀다. 무리를 이루다.)

〔**論語·里仁**〕子游曰, ○○○, ○○○, ○○○, ○○○.

事君也, 進思盡忠, 退思補過.

임금을 섬김에 있어서, 조정에 나아가서는 충성을 다할 것만을 생각하고, 물러나서는 임금의 잘못된 점을 바로잡아 고치게 하는 데에만 마음을 써야 한다. 충신의 일상을 이른 것.

〔**春秋左氏傳·宣公十二年**〕士貞子諫曰, ……, 林父之, ○○○, ○○○○, ○○○○, 社稷之衛也, 若之何殺之. 〔**孝經·事君**〕君子之事上也, 進思盡忠, 退思補過, 將順其美, 匡救其惡, 故上下能相親也. 〔**清 無名氏·杜詩言志**〕故必進思盡忠, 退思補過, 庶幾無愧于夙夜在公之義.

事君, 遠而諫, 則諂也. 近而不諫, 則尸利也.
첨

임금을 섬김에 있어 소원한 지위에 있으면서 간하는 것은 아첨하는 것이고, 가까운 자리에 있으면서도 간하지 않는 것은 곧 이익만 꾀하려는 것이다. (諂 : 아첨하다. 尸利 : 일에는 충실하지 않고 이익만 꾀하다.)

〔**禮記·表記**〕子曰, 事君遠而諫, 則諂也. 近而不諫, 則尸利也. 〔**顔氏家訓·省事**〕表記云, ○○, ○○○, ○○○. ○○○○, ○○○○.

商鞅恐民之不信已, 乃立木於南門, 募民有能徙置北門者, 予五十金. 有一人徙之, 輒予五十金, 以明不欺
앙 첩

戰國시대 秦나라 孝公을 도와 商君에 봉해진 公孫鞅은 백성들이 (관을) 불신하는 것을 두려워하여 이에 수도의 저자 남문에 나무를 세우고, 백성들을 모아 이것을 북문에 옮겨놓는 자에게는 50금을 주겠다고 하였다, 이에 어떤 사람이 이것을 옮기자 즉시 50금을 주어서 백성을 속이지 않는다는 것을 밝혔다. (喩) 여러 수단, 방법을 동원하여 국민의 신임을 얻다. (由) 商鞅은 법령을 작성해놓고도 포고하지 않고 있다가 위와 같은 방법으로 신임을 얻은 후 마침내 법령을 공포, 시행하였다. (輒 : 대수롭지 않게. 쉽게. 즉시.) → **徙木之信. 移木之信.**

〔 **史記·商君列傳** 〕 令既具, 未布, ,恐民之不信己, 乃立三丈之木於國都市南門, 募民有能徙置北門者予十金. 民怪之, 莫敢徙. 復曰, 能徙者予五十金. 有一人徙之, 輒予 五十金. 以明不欺. 卒下令.

石碏純臣也, 惡州吁而厚與焉. 大義滅親, 其是之謂乎.

작 오 우

衛나라 대부(大夫)인 石碏은 충순한 신하로 桓公을 죽인 州吁公子를 미워하였고, 州吁를 따르던 자기의 아들 厚를 같이 미워하였다. 군신의 대의를 위하여 육친을 죽인다고 하는 것은 바로 이것을 두고 말하는 것인가? 石碏이 나라를 위해 자기의 아들인 厚까지 죽인 것이 大義滅親이란 것으로, 이것은 큰 의리를 위해서는 사사로운 정을 버린다는 것, 곧 나라의 대사를 위해서는 부자, 형제의 정도 버린다는 뜻. (由) 衛나라의 石厚와 公子인 州吁가 서로 결탁, 공모하여 임금인 桓公을 모살(謀殺)하였다. 이에 厚의 아버지인 大夫 石碏이 계략을 써서 이 두 사람을 죽이도록 한 것이다. → **大義滅親**.

〔 **春秋左氏傳·隱公四年** 〕 君子曰, ○○○○○, ○○○○○○○○, ○○○○, ○○○○○. 〔 **淮南子·泥論訓** 〕 周公誅管蔡之罪. < 高注 > 管叔, 周公兄也. 蔡叔, 周公弟也. 二叔監殷, 而導紂子祿父爲流言, 欲以亂周, 周公誅之, 爲國故也. 傳曰, 大義滅親也. 〔 **姚雪垠·李自成** 〕 治軍如治國, 寧可大義滅親, 不可因私廢法.

先國家之急而後私讎也.

나라의 급한 일을 중히 여기고, 사사로운 원한은 뒤로 돌리다. 어떤 일을 할 때 사적인 욕심을 부리기보다는 공적인 일을 우선적으로 추진한다는 뜻. (由) 趙나라 惠文王 때 비천한 출신 藺相如가 상경(上卿)의 높은 지위에 오른 것에 불만을 품은 廉頗장군이 그를 욕보일 기회를 노리자 그는 廉頗를 피해 다녔다. 이런 사실을 모르는 하인이 그 이유를 묻자 藺相如는 "두 마리 호랑이가 싸우면 두 쪽 다 쓰러지기 마련"이라고 하면서 위와 같이 말한 것. (先 : 중히 여기다. 急 : 급한 일. 큰 일. 後 : 뒤로 돌리다.) → **先公後私**.

〔 **史記·廉頗藺相如列傳** 〕 相如曰, ……. 今兩虎共鬪, 其勢不俱生. 吾所以爲此者, 以○○○○○○○○○○. 〔 **十八史略·上古·春秋戰國篇** 〕 相如曰, ……. 吾所以爲此者, ○○○○○, ○○○○○. 頗聞之, 肉袒負荊, 詣門死罪, 遂爲刎頸之交.

先時合浦宰守多貪穢, 詭人採求, 不知紀極, 珠遂漸徙於交阯郡界. 嘗到官, 革易前弊, 求民病利, 去珠復還.

예 궤 사 지

東漢 때 合浦太守는 많은 독직을 하고 바르지 못한 사람을 끝없이 채용하자 (군내에서 생산되던) 구슬이 드디어 점차 交阯郡의 군계로 옮겨졌다. 孟嘗이 太守가 되어 전폐를 새롭게 뜯어고치고, (곧 해를 넘기지 않고) 백성들에게 이로움을 해치는 것을 구제해 주자 떠나갔던 구슬들이 다시 되돌아왔다. (宰守 : 태수. 太守. 貪穢 : 독직하다. 횡령하다로도 해석. 詭 : 바르지 않다. 비뚤어지다. 정도에 벗어나다. / 속이다. / 교활하다. 紀極 : 끝. 마지막. 合浦珠還 : 진귀한 보물을 잃었다가 다시 찾는다는

비유어.) → **合浦珠還, 珠還合浦.**

〔**後漢書·循吏孟嘗傳**〕孟嘗字伯周, …… . 州郡表其能, 遷合浦太守. 郡不産穀實, 而海出珠寶, 與交阯比境, 商通商販, 貿糴糧食. 先時宰守竝多貪穢, 詭人採求, 不知紀極, 珠遂漸徙於交阯郡界. 於是行旅不至, 人物無資, 貧者餓死於道. 嘗到官, 革易前敝, 求民病利. 曾未踰歲, 去珠復還, 百姓皆反其業, 商貨流通, 稱爲神明.

善御者不忘其馬, 善射者不忘其弓, 善爲上者不忘其下.

말을 잘 모는 자는 그 말을 잊지 않고, 활을 잘 쏘는 자는 그 활을 잊지 않으며, 웃 사람 노릇을 잘 하는 자는 그 아랫 사람을 잊지 않는다.

〔**韓詩外傳·卷四**〕○○○○○○○, ○○○○○○○, ○○○○○○○○. 誠愛而利之, 四海之內, 闔若一家, 不愛而利, 子或殺父, 而況天下乎. 〔**淮南子·繆稱訓**〕善御者不忘其馬, 善射者不忘其弩, 善爲人上者不忘其下. 誠能愛而利之, 天下可從也. 弗愛弗利, 親子叛父.

善爲吏者, 樹德, 不善爲吏者, 樹怨, 公行之也.

벼슬아치 노릇을 잘하는 자는 덕을 세우고, 벼슬아치 노릇을 잘 못하는 자는 원한을 맺으니, 오로지 공정무사함으로 행할 것이다. (樹 : 식물의 씨를 심다. / 이룩하여 세우다. 수립하다. 건립하다. / 맺다. 결성하다.)

〔**韓非子·外儲說左下**〕孔子曰, 善爲吏者, 樹德, 不能爲吏者, 樹怨. 槪者, 平量者也, 吏者, 平法者也, 治國者不可失平也. 〔**說苑·至公**〕孔子聞之, 曰, ○○○○, ○○, ○○○○○, ○○, ○○○○, 其子羔之謂歟. 〔**孔子家語·致思**〕孔子聞之, 曰, 善哉爲吏, 其用法一也. 思仁恕則樹德, 加嚴暴則樹怨, 公以行之, 其子羔乎.

善爲士者不武, 善戰者不怒, 善勝敵者不與, 善用人者爲之下.

장수 노릇을 잘 하는 사람은 용맹과 위세를 뽐내지 않으며, 작전을 잘 하는 사람은 함부로 성내지 않으며, 적을 이기기를 잘 하는 사람은 적과 싸우지 않으며, 사람을 잘 부리는 사람은 몸을 낮추어 행동한다. (士 : 장수. / 전사·부사·군인. 不武 : 용맹. 위세를 뽐내지 아니하다. 무력을 과시하지 아니하다. 남을 업신 여기지 아니하다. 도덕을 좋아하고 무력을 숭상하지 아니함을 가리킨다. 不與 : 不與爭으로, 함께 다투지 아니하다. 王弼曰, 不與爭也. 爲之下 : 제 몸을 낮추어 행동하다.)

〔**老子·第六十八章**〕○○○○○○, ○○○○○, ○○○○○○, ○○○○○○○. 是謂不爭之德, 是謂用人之力, 是謂配天之極.

聖臣能使其君尊, 賢臣能使其君安.

재지가 가장 뛰어난 신하는 그 임금으로 하여금 백성들에게 존경을 받게 하고, 어진 신하는 그 임금으로 하여금 길이 안락을 누리게 한다. 품덕이 고상하고 재지가 뛰어난 신하는 임금을 존경받게 하고 편안하게 한다는 뜻.

〔**東周列國志**〕臣聞, ○○○○○○○, ○○○○○○○, 今臣不肖, 使公子困于五鹿, …… 留臣無益, 去臣無損, 臣是以求去耳.

洗手奉職, 不以一錢假人.

손을 씻고 공직을 담당하고, 일전도 남에게 빌리지 아니하다. 공사에 청렴결백한 자세로 봉사하고 사사로움을 배제한다는 말. (洗手奉職 : 손을 씻고 공직을 담당하다. 공사에 청렴결백함을 이르는 말.) → **洗手奉職.**

〔**唐 韓愈·中散大夫少府監胡良公墓神道碑**〕建中四年, 侍郎趙贊爲度支使, 薦公爲監察御史, 主饋給渭橋以東軍, ○○○○, ○○○○○○. 賊平, 有司考核, 群吏多坐貶, 獨公以淸苦能檢飭無漏失, 遷河南倉曹.

所謂大臣者, 以道事君, 不可則止.

이른 바 대신이라고 하는 것은 정도로써 임금을 섬기되, 그 정도가 받아들여지지 않으면 곧 그만두는 것이다. 한 나라 정치의 중대한 임무를 맡은 가장 높은 지위에 있는 신하는 임금의 욕망에 따른 무도한 국정 운영에는 단호히 반대하고 그 저지가 어려우면 곧 사임해버리는 신분임을 이르는 것.

〔**論語·先進**〕子曰, 吾以子爲異之問, 曾由與求之問. ○○○○○, ○○○○, ○○○○. 今由與求也, 不謂具臣矣.

宋人或得玉, 獻諸子罕, 子罕弗受, 曰, 我以不貪爲寶, 爾以玉爲寶. 若以與我, 皆喪寶也, 不若人有其寶.

(저: 諸, 한: 罕)

宋나라 사람이 어쩌다가 옥을 얻어서 (司城 벼슬을 하던) 子罕에게 바치니, (청렴하기로 유명한) 子罕은 이를 받지 아니하고 말하기를 "나는 재화를 탐하지 않는 것을 보배로 삼고, 당신은 옥을 보배로 삼는 터이니, 만약 그 옥을 나에게 준다면 우리 둘이 다 보배를 잃게 되며, 따라서 이것은 사람이 각각 보배를 갖고있는 것보다 못하다."고 하였다. (或 : 어쩌다가. 어떤 경우. 諸 : …에게.)

〔**春秋左氏傳·襄公十五年**〕宋人或得玉, 獻諸子罕, 子罕弗受. 獻玉者曰, 以示玉人, 玉人以爲寶也, 故敢獻之. 子罕曰, 我以不貪爲寶, 爾以玉爲寶.若以與我, 皆喪寶也, 不若人有其寶. 〔**呂氏春秋·異寶**〕宋之野人耕而得玉, 獻之司城子罕, 子罕不受. 野人請曰, 此野人之寶也. 願相國爲之賜而受之也. 子罕曰, 子以玉爲寶, 我以不受爲寶. 故宋國之長子曰, 子罕非無寶也, 所寶者異也. 〔**韓非子·喩老**〕宋之鄙人, 得璞玉而獻之子罕, 子罕不受. 鄙人曰, 此, 寶也. 宜爲君子器, 不宜爲細人用. 子罕曰, 爾以玉爲寶, 我以不受子玉爲寶. 是鄙人欲玉, 而子罕不欲玉. 故曰, 欲不欲, 而不貴難得之貨. 〔**淮南子·精神訓**〕堯不以有天下爲貴, 故授舜. 子罕不以玉爲富, 故不受寶. 務光不以生害義, 故自投於淵. 由此觀之, 至貴不待爵,至富不待財. 〔**新書·節士**〕宋人有得玉者, 獻諸司城子罕, 子罕不受. 獻玉者曰, 以示玉人, 玉人以爲寶, 故敢獻之. 子罕曰, 我以不貪爲寶, 爾以玉爲寶, 若與我者, 皆喪寶也, 不若人有其寶. 故宋國之長者曰, 子罕非無寶也, 所寶者異也.

樹高而曲, 不如短而直. 水深而濁, 不如淺而淸.

나무가 높고 굽은 것은 짧고 곧은 것보다 못하고, 물이 깊고 흐린 것은 얕고 맑은 것보다 못하다. (喩) 품행이 바르지 못하고 품격이 천하면서도 높은 지위를 차지하고 있는 사람은 정직하고 청렴하면서도 낮은 지위에 있는 사람보다 못하다.

〔**元 關漢卿·陳母教子**〕俗言 …… ○○○○, ○○○○○. ○○○○, ○○○○○. 蜘蛛有絲, 損人利己, 蠶腹有絲, 于民潤國.

受名之始, 乃受責之始也.

명예를 누리기 시작하는 것은 곧 책임을 지기 시작하는 것이다. 명예만 있고 책임이 없을 수 없으며, 명예가 클 수록 그 책임도 큼을 시사하는 말. (受 : 이익을 누리다. 받다.)

〔**宋 呂祖謙·東萊博義**〕○○○○, ○○○○○○.

受堯之誅, 不能稱堯.

堯임금에게 죽임을 당해도 堯임금을 따르지 아니하다. (喩) 신하가 다 죽게 되어도 원래 섬기던 임금에게 충성하다. (稱 : 따르다. / 복종하다. 굴복하다.)

〔**晉書·劉毅傳**〕諺曰, ○○○○, ○○○○. 直臣無黨, 古今所悉.

水火不與百姓交.

백성들과는 물이나 불도 주고 받지 아니하다. 벼슬아치가 물이나 불과 같은 일상생활의 필요한 것 마저도 백성들과는 서로 빌리거나 주고 받지 아니함을 이르는 것. (喩) 관리가 매우 청렴하여 백성으로부터 아무것도 거두어들이지 아니하다. / 피차간에 간섭하지 아니하다. (交 : 주고 받다. 이것을 주고 저것을 받다.) → **水火無交, 水米無交. 水火不通, 不通水火.**

〔**孟子·盡心上**〕民非水火不生活, 昏暮叩人之門戶, 求水火, 無弗與者. 至足矣. 〔**漢書·孫寶傳**〕杜門不通水火. 〔**隋書·趙軌傳**〕趙軌任齊州別駕, 考績連最, 被徵入朝,父老相送者, 各揮涕曰, 別駕在官, ○○○○○○○, 是以不敢以壺酒相送, 請酌一杯水奉餞.

食其食者, 不毁(훼)其器, 食其實者, 不折其枝.

밥을 먹는 사람은 그 밥을 담은 그릇을 깨뜨리지 않으며, 나무열매를 먹는 사람은 그 나뭇가지를 꺾지 않는다. (喻) 임금에게 등용되어 벼슬한 사람은 그 임금이나 나라를 버리거나 욕되게 하지 않는다. / 사람이 쓰고있는 물건이나 사람을 소중히 여기다.

〔**新書·雜事五**〕田饒曰, 臣聞食其食者, 不毁其器, 蔭其樹者, 不折其枝. 有士不用, 何書其言焉. 〔**韓詩外傳·卷二**〕田饒曰, 臣聞, 食其食者, 不毁其器, 蔭其樹者, 不折其枝. 有臣不用, 何書其言. 〔**淮南子·說林訓**〕○○○○, ○○○○, ○○○○, ○○○○. 塞其源者竭, 背其本者枯. 〔**吳越春秋·越王無餘外傳**〕言曰, 吾聞食其實者, 不傷其枝. 飮其水者, 不濁其流.

食人食者, 死其事.

남의 밥을 먹는 자는 그의 일을 하는데 사력을 다해야 한다. (喻) 조정의 봉록을 받는 자는 마땅히 조정을 위하여 죽음을 다하여 근무해야 한다. (死 : 목숨을 내걸다. 목숨을 아까워하지 아니하다. 죽도록 …에 힘쓰다.) → **食人之食, 事人之事.**

〔**漢書·王莽傳**〕莽揚州牧李聖, 司命孔仁兵敗山東, 聖格死, 仁將其衆降, 已而嘆曰, 吾聞 ○○○○, ○○○. 拔劍自刺死. 〔**明 楊柔勝·玉環記**〕食人之食, 當事人之事. 多謝長者留飯. 〔**明 無名氏·金貂記**〕予聞食人之食, 當人之事. 君臣之分, 而不忘于一飯. 〔**明 葉良·表分金記**〕食人所食, 忠人所事. 主命雁丹, 索走一遭.

身已貴而驕人者, 民去之. 位已高而擅(천)權者, 君惡(오)之. 祿已厚而不知足者, 患處之.

신분이 귀해졌다고 하여 사람을 업신여기면 백성들이 그를 떠나고, 지위가 높아졌다고 하여 권력을 제멋대로 부리면, 임금이 그를 미워하며, 봉록이 많은 데도 만족할 줄 모르면 우환이 그를 따르게 된다. 신분이 귀해지거나 지위가 높아지거나 봉록이 많을 수록 뜻과 마음을 낮추고 작게 하며 만족할 줄 알고 삼갈 것을 경계하는 말. (已 : …때문에 …으로 인하여 …한 까닭으로. 말미암아. 驕 : 깔보다. 업신여기다. 교만하다. 擅權 : 권력을 제멋대로 부리다. 處 : 자리잡다.)

〔**列子·說符**〕(狐丘丈人) 對曰, 爵高者, 人妬之. 官大者, 主惡之. 祿厚者, 怨逮之. 〔**荀子·堯問**〕語曰, 繒丘之封人, 見楚相孫叔敖曰, 吾聞之也, 處官久者, 士妒之. 祿厚者, 民怨之. 位尊者, 君恨之. 〔**文子·符言**〕老子曰, 人有三怨, 爵高者, 人妬之. 官大者, 主惡之. 祿厚者, 人怨之. 〔**韓詩外傳·卷七**〕狐丘丈人曰, 夫爵高者, 人妬之. 官大者, 主惡之. 祿厚者, 怨歸之. 〔**淮南子·道應訓**〕(狐丘丈人) 對曰, 爵高者, 人妬之. 官大者, 主惡之. 祿厚者, 怨處之. 〔**說苑·敬愼**〕(有一老) 父曰, 有說, ○○○○○○○, ○○○. ○○○○○○○, ○○○. ○○○○○○○○○, ○○○.

臣下重其爵位而不言, 近臣則暗, 遠臣則唫(음), 怨結於民心. 諂(첨)諛(유)在側, 善議障塞(색), 則國危矣.

신하가 자신의 관작과 직위를 소중하게 여기어 진언하지 않고, 특히 임금 측근의 신하가 참묵하고 임금과 소원한 신하가 함구한다면 원망함이 백성들의 마음속에 깊이 맺힐 것이며, 반면 아첨하는 사람들이 임금의 신변에 있어 좋은 건의가 이들에 의해 차단되어 막혀버린다면 곧 이런 나라는 위험하게 된다. (言 : 고지하다. 알려주다. / 진언하다. 暗 : 입을 다물다. 침묵하다. 감히 진언하지 못함을 가리킨다. 遠臣 : 임금과의 사이가 소원한 신하. 唫 : 입을 다물다. 함구하다. 諂諛 : 아첨함. 아부함. 빌붙음. 障塞 : 가리어 막다. / 차단되어 막히다.)

〔**墨子·親士**〕○○○○○○○○○, ○○○○, ○○○○, ○○○○○. ○○○○, ○○○○, ○○○○.

我貴而人奉之, 奉此峨冠大帶也. 我賤而人侮之, 侮此布衣草履也.

아 리

내가 귀하게 되면 남들이 나를 받들어주는 것은 실은 이 높은 관과 큰 띠를 받드는 것이고, 내가 천하게 되면 남들이 나를 업신여기는 것은 실은 이 베옷과 짚신을 업신여기는 것이다. 남들이 귀하게 여기는 것은 내가 아닌 높은 관과 띠이고, 천하게 여기는 것도 베옷과 짚신일 뿐이므로 나는 남들의 행동에 대해 기뻐할 것도 노여워 할 것도 없다는 뜻. (貴 : 귀하게 되다. 峨冠大帶 : 높은 벼슬아치의 복장인 높은 관과 큰 띠로, 고관대작을 상징. 布衣草履 : 베옷과 짚신 곧 천한 사람의 복장으로, 서민, 평민을 상징) → **峨冠大帶**. → **布衣草履**.

〔**菜根潭·百七十二**〕○○○○○○, ○○○○○○○○, ○○○○○○, ○○○○○○○○. 然則, 原非奉我, 我胡爲喜. 原非侮我, 我胡爲怒. 〔**戰國策·秦策一**〕蘇秦曰, 嗟乎. 貪窮則父母不子, 富貴則親戚畏懼. 人生世上, 勢位富貴, 蓋可忽乎哉.

晏子一狐裘三十年, 遣車一乘, 及墓而反.

구

(춘추시대 齊나라의 靈公·壯公을 섬기고 景公의 재상이 된 명신인) 安嬰은 단 한 개의 갖옷을 30년이나 입었으며, 장례 때에는 (제물용 가축 운반용 견거 5대를 쓸 수 있는 신분임에도 불구하고) 단 한 대의 견거(遣車)를 썼고, 묘를 쓴 다음에는 곧바로 집으로 돌아왔다. 晏子가 고위관직 생활을 하면서 절검 역행하였고, 특히 장례에서는 고의로 비례(非禮)의 일을 저지르면서까지 검소하게 하여 齊나라의 기풍을 바로잡으려 했음을 이른다. (狐裘 : 여우의 갖옷. 여우 겨드랑이 밑의 흰 털가죽으로 만든 옷. 遣車 : 장례 때 제물용 가축인 소·양·돼지 따위의 희생을 싣는 수레. 견거 한 대에 희생 한 마리를 실으며, 임금은 7대, 대부는 5대를 쓰도록 되어있다.) → **狐裘三十年**.

〔**禮記·檀弓下**〕有若曰, ○○○○○○○○○, ○○○○, ○○○○. 國君七个, 遣車七乘, 大夫五个, 遣車五乘, 晏子焉知禮.

魚食其餌, 乃牽於緡. 人食其祿, 乃服於君.

민

고기가 미끼를 먹으면 낚싯줄에 끌려가고, 사람은 녹을 먹으면 그 임금에게 얽매인다. (牽 : 끌다. 끌어당기다. 잡아당기다. / 매이다. 구속 받다. 緡 : 낚싯줄. 服 : 따르다. 복종하다. / 차다. 몸에 달아매다. / 잡다. 쥐다.)

〔**六韜·文韜**〕大公曰, 緡微餌明, 小魚食之. 緡綢餌香, 中魚食之. 緡隆餌豊, 大魚食之. 夫○○○○, ○

○○○. ○○○○, ○○○○.

年過七十而以居位, 壁猶鐘鳴漏盡.

나이 칠십세가 넘어서 직위를 차지하고 있는 것은 비유하면 시간을 알리는 종이 이미 울렸고, 물시계의 물방울이 다 새어버린 것과 같다. (喻) 이미 늙어서 목숨이 얼마 남지 않은 사람이 아직도 관직에 남아있지만 기력이 쇠하여 일을 잘 하기 어렵다. (鐘鳴漏盡은 시각을 알리는 종이 울리고 물시계의 물이 다 새어버리다. 늙어서 목숨이 얼마 남지 아니함을 비유. ※ 漏 : 물시계의 약칭.) → **鐘鳴漏盡.**

〔**三國志·魏志·田豫傳**〕○○○○○○○○, ○○○○○○, 而夜行不休, 是罪人也. 〔**東漢 崔湜·政論**〕鐘鳴漏盡, 洛陽城中, 不得有行者. 〔**唐 蘇安恒·請則天皇后復位于皇太子疏**〕陛下何故日夜積憂, 不知鐘鳴漏盡.

王臣蹇蹇, 匪躬之故.

건

임금의 신하가 괴로움을 무릅쓰고 애쓰는 것은 신하 자신 때문이 아니다. 나라가 험난한 속에 빠져 있을 때 신하가 괴로움을 무릅쓰고 애쓰며 분주히 구제·구조하는 것은 자신을 위한 것이 아니고, 왕실의 근심을 배제하여 바로잡으려는데 그 뜻을 두고 있음을 의미. (蹇蹇 : 괴로움을 무릅쓰고 애쓰는 모양. 어려움속에서 충성을 다하여 부지런히 애쓰는 모양. 蹇 : 다리를 절룩거리다. 다리를 절다. 躬之故 : 자신 때문. 자기를 위하려는 이유.) → **蹇蹇匪躬.**

〔**周易·水山蹇**〕六二, ○○○○, ○○○○. 象曰, 王臣蹇蹇, 終无尤也. < 疏 > 能涉險難而濟蹇, 故曰 王臣蹇蹇也. / 盡忠於君, 匪以私身之故, 而不往濟君, 故曰匪躬之故.

勇略震主者身危, 功蓋天下者不賞.

용기와 지략이 군주를 떨게 하는 자는 신변이 위태롭고, 공훈이 세상을 덮을만한 자는 상을 주지 않는다.

〔**史記·淮陰侯列傳**〕臣聞○○○○○○○, 而○○○○○○○. …….今足下戴震主之威, 挾不賞之功, 歸楚, 楚人不信. 歸漢, 漢人震恐, 足下欲持是安歸乎. 夫勢在人臣之位而有震主之威, 名高天下, 竊爲足下危之.

爲國忘家, 人臣大節.

나라를 위하여 가정을 망각하는 것은 신하의 직분상의 큰 책임이다. (人臣 : 신하. 大節 : 유의하여 지켜야할 중요한 일. 중요한 절의. / 직분상의 큰 책임.)

〔**清 朱朝佐·血影石**〕妾聞○○○○, ○○○○, 潔身去亂, 哲士見機. 目今諸王生亂, 禍作蕭禍, …… 不得不致身朝廷. 〔**明 沈釆·還帶記**〕我家雖有閑事何傷, 豈不聞爲國者不顧家乎.

爲吏太剛則折, 太柔則廢.

벼슬아치가 된 자는 너무 강하면 부러지고, 너무 부드러우면 폐해진다. 관리가 되어 그 성질이 너무 강직하고 고집스러우면 손해를 입을 수 있고, 반면 너무 유연하고 순종하면 억울한 일을 당할 수 있다는 말. → **太剛則折**.

〔**淮南子·氾論訓**〕太剛則折, 太則柔卷. 聖人正在剛柔之間, 乃得到之本. 〔**東周列國志**〕諺云, 太剛則折. 〔**通鑑節要·漢紀·世宗孝武皇帝下**〕(雋)不疑曰, ……, 凡○○○○○○, ○○○○, 威行, 施之以恩, 然後樹功揚名, 永終天祿.

爲臣當忠, 交友當義.

신하된 자는 마땅히 충성을 다해야 하고, 벗을 사귐에 있어서는 마땅히 의리를 다해야 한다.

〔**隋唐演義**〕魏徵一見, 悲慟不安, 垂淚對秦王道, ○○○○, ○○○○. 未有能忠于君而友非以義也.

位已高而意益下, 官益大而心益小, 祿已厚而愼不敢取.

지위가 높을 수록 뜻은 더욱 낮추고, 관직이 클 수록 마음은 더욱 작게 하며, 녹봉이 많을 수록 조심하여 (금품을) 취하지 않아야 한다. 공직에 복무하는 자의 자세에 관하여 설명한 것. (已 : 이미.)

〔**文子·符言**〕老子曰, ……. 夫爵益高者, 意益下, 官益大者, 心益小, 祿益厚者, 施益博, 修此三者, 怨不作. 〔**韓詩外傳·卷七**〕孫叔敖曰, 不然. 吾爵益高, 吾志益下, 吾官益大, 吾心益小, 吾祿益厚, 吾施益博. 可以免於怨乎. 〔**淮南子·道應訓**〕孫叔敖曰, 吾爵益高, 吾志益下, 吾官益大, 吾心益小, 吾祿益厚, 吾施益博. 是以免三怨. 可乎. 〔**列子·說符**〕孫叔敖曰, 吾爵益高, 吾志益下, 吾官益大, 吾心益小, 吾祿益厚, 吾施益博. 以是免於三怨, 可乎. 〔**說苑·敬愼**〕(老)父曰, ○○○○○○○, ○○○○○○○, ○○○○○○○○, 君謹守此三者, 足以治楚矣.

危而不持, 顚(전)而不扶, 則將焉用彼相矣.

(부축받는 장님이) 위태로운 곳에 이르렀는데도 도와주지 못하며, 걸려 넘어졌는데도 그를 부축해 주지 못한다면 장님을 도우는 자는 어디에 쓸 것인가? 사람이 위험에 처했을 때 이를 도와야 될 사람이 도와주지 않는다면 그 사람은 아무 소용이 없다는 뜻. / 나라가 위험에 처했을 때 임금을 보좌하는 신하가 이를 돕지 않고 방관만 하고 있다면 그 신하는 아무런 소용이 없다는 것을 비유. (持 : 도와주다. 부조하다. 顚 : 넘어지다. 扶 : 부축하다. 손으로 떠받치다. 焉 : 어디에. 무엇에. 어떻게. 어찌. 누가. 相 : 도움. 보조자. 인도자. 여기서는 장님보조자.)

〔**論語·季氏**〕孔子曰, 求, 周任有言曰, 陳力就列, 不能者止. ○○○○, ○○○○, ○○○○○○○. 〔**貞觀政要·求諫**〕杜呂晦對曰, ……. 古人云, 危而不持, 顚而不扶, 則將焉用彼相. 故君子臨大節而不可奪也.

爲人上者, 若委曲遷就, 計利慮害, 不如奉身而退.

남의 웃 어른 된 자가 만약 남에게 허리를 굽히고 끌려가면서 이로움을 따지고 해로움을 근심하는 처지에 있다면 그것은 몸을 지키어 물러나는 것보다 못하다. 공직을 맡고 있는 자가 아무런 신념도 없이 되는 대로 지내면서 이해만을 계산할 정도라면 차라리 거기서 몸을 빼고 물러나는 것이 낫다는 뜻. (爲人上者 : 남의 웃 어른 된 자. 여기서는 벼슬살이 하는 자를 뜻한다. 委曲 : 허리를 굽히고 좇다. 遷就 : 이리저리 핑계를 대다. / 옮겨가다. / 얽매이다. / 타협하다. 奉 : 받들다. / 지키다. / 존중하다.)

〔**呻吟語·第九章**〕○○○○, 自有應行道理, 合則行, 不合則去. ○○○○○, ○○○○, ○○○○○○.

爲人臣者, 殺其身有益於君 則爲之.

신하된 자는 자기가 희생이 되어 임금에게 도움이 된다면 이것을 해야 한다. 신하가 군주를 섬기는 도(道)를 이르는 것.

〔**禮記·文王世子**〕仲尼曰, ……. 聞之曰, ○○○○, ○○○○○○○○○○. 況于其身以善其君乎. 周公優爲之.

爲人臣者, 先君後身, 安國而度家, 宗君而處身.

탁

신하된 자는 임금을 먼저 위하고 자신을 뒤로하며, 나라를 안정시킨 후 자기 집안을 생각하며, 임금을 높이고 나서 자신의 자리를 찾아야 한다. (度 : 생각하다. 꾀하다. 宗 : 마루로서 높이다.)

〔**晏子春秋·雜下**〕晏子曰, 嬰聞○○○○, ○○○○, ○○○○○, ○○○○○. 曷爲獨不欲富與貴也.

爲人臣子, 時生則生, 時死則死, 是謂人臣之禮.

신하된 사람은 살아야 할 때라면 살고, 죽어야 할 때라면 죽어야 하는 것이니, 이것을 신하의 예라고 하는 것이다. (子 : 사람.)

〔**新序·義勇**〕(屈) 廬曰, …. 吾聞, 知命之士, 見利不動, 臨危不恐. ○○○○, ○○○○, ○○○○, ○○○○○○.

爲人臣者, 主耳忘身, 國耳忘家, 公耳忘私.

남의 신하된 자는 임금만을 위하여 자기의 몸을 잊고, 나라만을 위해 가정을 잊으며, 공만을 위하여 사를 잊는다. (耳 : 조사로 …뿐. …만.)

〔**漢書·賈誼傳**〕○○○○, ○○○○, ○○○○, ○○○○, 利不苟就, 害不苟去, 唯義所在.

有官守者, 不得其職則去. 有言責者, 不得其言則去.

관리의 직책을 가지고 있는 자가 그 직무를 다하지 못하면 곧 떠나야 하고, 진언을 할 책임을 가지고 있는 자가 그의 말이 받아들여지지 아니하면 곧 떠나야 한다. 어떤 일의 책임을 맡은 자가 그 본분으로서 당연히 해야 할 일을 수행하지 못하면 당연히 그 직을 그만 두어야 한다는 것. (官守 : 관리의 직책. 직무상의 책임. 得 : 이루다. 완성하다. 이루어지다. 去 : 떠나다.)

〔**孟子·公孫丑下**〕公都子以告. (孟子)曰, 吾聞之也, ○○○○, ○○○○○○, ○○○○, ○○○○○○. 我無官守, 我無言責也. 則吾進退, 豈不綽綽然有餘裕哉.

有文事者必有武備, 有武事者必有文備.

학문에 관한 일을 하는 사람은 반드시 군사에 관한 대비가 있어야 하며, 군사에 관한 일을 하는 사람은 반드시 학문에 관한 대비가 있어야 한다. 학문·예술 등 문에 관한 일을 처리하는 데는 무력이 뒷받침되어야 하고, 전쟁이나 무에 관한 일을 처리하는 데는 문의 한가지의 준비가 되어야 한다는 것. (文事 : 학문·예술에 관한 일. 武事 : 전쟁이나 무에 관한 일.) → **文武兼備**, **文武兼全**.

〔**史記·孔子世家**〕孔子攝相事, 曰, 臣聞○○○○○○○○,○○○○○○○○. 古者諸侯出疆, 必具官以從, 請具左右司馬. 定公曰, 諾. 具左右司馬. 〔**孔子家語·相魯**〕定公與齊侯會于夾谷, 孔子攝相事. 曰, 臣聞 ○○○○○○○○, ○○○○○○○○. 〔**清 鏡湖逸叟·雪月梅傳**〕有文字者必有武備, 如吾弟可稱文武全才矣.

有臨事不信於民而任大官者, 則材臣不用.

일을 함에 있어 백성들에게 신임을 받지 못하는 사람이 대신(大臣)으로 임명되면 유능한 신하가 발탁되지 못한다. 만약 정무를 처리하면서 (학식이 적고) 민중에게 신용과 명예를 취득하지 못한 사람이 정부 요직에 임용된다면 재능이 출중한 대신은 곧 마음을 다하여 충실하게 복무하지 못하게 된다는 뜻. (有 : 어조사. 臨事 : 일에 임하다. 어떤 일을 하기에 이르다.)

〔**管子·立政**〕是故國有德義未明於朝而處尊位者, 則良臣不進. 有功力未見於國而有重祿者, 則勞臣不勸. ○○○○○○○○○○○○○, ○○○○○.

肉食者鄙, 未能遠謀.
비

고기를 먹는 사람은 품성이 낮아서 먼 앞날을 두고 꾀할 수가 없다. 좋은 음식을 먹고 사는 지위 높은 사람은 식견이 얕고 좁아서 원대한 계획을 세울 수 없다는 말. (肉食 : 좋은 음식을 먹음. 鄙 : 비열하고 천하다. / 도량이 봅다. / 어리석다. 품성이 낮다. 遠謀 : 먼 장래를 위한 꾀. 원대한 계획.)

〔**春秋左氏傳·莊公十年**〕(曹) 劌曰 , ○○○○, ○○○○. 〔**清 黃小配·洪秀全演義**〕古人有言, ○○

○○, ○○○○. 若輩甘爲奴隸, 非弟同志, 先生此言, 輕弟甚矣.

人臣之公, 治官事, 則不營私家, 在公門, 則不言貨利, 當公法, 則不阿親戚, 奉公擧賢, 則不避仇讎.

신하의 공정무사함은 관청의 일을 처리함에 있어서는 곧 자기 집의 이익(利)을 꾀하지 아니하고, 관청에 있을 때는 곧 재물을 말하지 아니하며, 공공의 법을 주관함에 있어서는 곧 친척에게 치우치게 하지 아니하고, 공적인 일에 봉사하고 어진 이를 천거함에 있어서는 곧 원수까지도 피하지 아니해야 하는 것이다. (營 : 꾀하다. 행하다. 私家 : 자기 집의 이로움을 꾀하다. 公門 : 관청과 그 보조기관의 총칭. 관서. 貨利 : 재물.재리. 阿 : 기울다. 한쪽으로 피우치다.)

〔 **說苑·至公** 〕 彼○○○○, ○○○, ○○○○○, ○○○, ○○○○○, ○○○, ○○○○○, ○○○○, ○○○○○.

人臣之術, 順從而復命, 無所敢專, 義不苟合, 位不苟尊.

신하된 자로서의 기교는 순종하면서 명령의 처리 결과를 보고하고, 함부로 전횡을 하지 않으며, 의를 구차스럽게 합리화시키지 않고, 지위를 구차스럽게 높이지 않는 것 등이다. (術 : 꾀. 계략. 책략. / 술수. 기술. 기교. / 방법. 수단. 敢 : 감히. / 주제넘게. 함부로.)

〔 **說苑·臣術** 〕 ○○○○, ○○○○○, ○○○○, ○○○○, ○○○○. 必有益於國, 必有補於君.

一心可以事百君, 三心不可以事一君.

한결같은 마음을 가진 사람은 백 명의 임금도 섬길 수 있지만, 세 가지 마음을 가진 사람은 단 한 명의 임금도 섬길 수 없다. (喩) 신하가 한결같은 성실한 마음을 가지면 어떤 임금이라도 섬길 수 있다. / 사람의 마음이 진실하면 많은 사람의 신임을 받는다.

〔 **晏子春秋·重而異者** 〕 晏子對曰, 善哉. 問. 事君, 嬰聞○○○○○○○, ○○○○○○○○. 故三君之心非一也. 〔 **晏子春秋·問下** 〕 晏子對曰, ……. ○○○○○○○, ○○○○○○○○. 〔 **孔叢子·詰墨** 〕 晏子曰, 一心可以事百君, 百心不可以事一君. 故三君之心非一也. 〔 **說苑·反質** 〕 一心可以事百君, 百心不可以事一君. 是故誠不遠也. 夫誠者一也, 一者質也. 〔 **說苑·談叢** 〕 一心可以事百君, 百心不可以事一君. 故曰, 正而心又少而言. 〔 **列女傳·魏芒慈母** 〕 尸鳩以一心養七子, 君子以一儀養萬物. 一心可以事百君. 百心不可以事一君, 此之謂也.

一人飛升, 仙及鷄犬.

한 사람이 신선이 되어 하늘로 날아오르면 그 신선의 술(術)이 개와 닭에게까지 미친다. 곧 한 사람이 수련하여 신선이 되면 집에서 기르던 닭과 개도 승천한다는 것. (喩) 한 사람이 관리가 되면 그에 관계되는 다른 사람도 모두 따라서 득세한다. = 一人得道, 鷄犬升天. (仙 : 선인의 술.)

〔**聊齋志異·促織**〕獨是成氏以蠹貧, 以促織富, 裘馬揚揚. …… 遂使撫臣, 令尹, 竝受促織恩蔭. 聞之, ○○○○, ○○○○. 信夫.

一朝不朝, 其間受刀.

하루 아침에 정사를 집행하지 못하게 되면 그 사이에 칼을 받는다. 일단 조정에서 물러나 권세를 잃으면 금방 피살될 위험이 있음을 이르는 말.（朝 : 아침. / 정사를 펴다. 정사를 집행하다.）

〔**宋 王楙·野客叢書**〕古人諺語, 見于書史甚多, 姑著大略于此. …… 曰, ○○○○, ○○○○.

一人在朝, 百人緩帶.
완

한 사람이 조정에서 관리로 일하면 여러 사람이 허리띠를 느슨하게 한다. 한 사람이 관리가 되면 많은 사람이 덕을 보아 마음 편히 지내게 됨을 이르는 말.（緩 : 늦추다. 느슨하게 하다. / 누그러지다.）

〔**隋 侯白·啓顔錄**〕唐路勵行, 初任大理丞, 親識竝相賀. 坐定, 一人云, 兄今旣在要職, 親皆爲樂, 諺云, ○○○○, ○○○○, 豈非好事.

任重者, 責亦重.

중요한 직무를 담당한 사람은 그 책임도 또한 무겁다.

〔**東周列國志**〕釋公子 宋而罪歸生, 以其身爲執政懼譖從逆, 所謂 ○○○, ○○○也.

子不言父過, 臣不彰君惡.
창

아들은 아버지의 잘못을 말하지 아니하며, 신하는 임금의 악행을 밝히지 아니하는 것이다.（彰 : 밝히다. 드러내다.）

〔**封神演義**〕臣聞○○○○○, ○○○○○, 故父有諍子, 君有諍臣. 只聞以德感君, 未聞以下而伐上者.

子之愛親, 命也, 不可解於心. 臣之事君, 義也, 無適而非君也, 無所逃於天地之間, 是之謂大戒.

자식이 어버이를 사랑하는 것은 천명이므로 마음에서 그것을 없앨 수 없다. 신하가 임금을 섬기는 것은 의리이고, 그가 가는 곳은 임금의 것이 아닌 것이 없기 때문에 하늘과 땅 사이에는 도망칠 곳이 없다. 이 천명과 의리가 이른 바 더없이 중요한 계율이라는 것이다. 자식이 부모를 사랑하는 것은 천명이며 이것은 천성이 마음속에 굳게 응결되어서 마음에서 그것을 결코 없앨 수 없다는 것이다. 또 신하가 임금을 섬기는 것은 의리이며, 어느 때 어느 땅을 막론하고 임금의 통치를 받아야 하기 때문에 이 사람은 도피할 방법이 없다는 것이다. 이것이 이른 바 범할 수 없는 커다란 법칙임을 이른 것. (命 : 운. 운명. / 하늘의 뜻. 천명. 解 : 없애다. 제거하다. 해제하다. 適 : 가다. 大戒 : 더 없이 중요한 계율. 범할 수 없는 커다란 법칙.)

〔**莊子·人間世**〕仲尼曰, 天下有大戒二. 其一, 命也. 其二, 義也. ○○○○, ○○, ○○○○○. ○○○○, ○○, ○○○○○○, ○○○○○○○○, ○○○○○. 〔**論語·微子**〕子路曰, 不仕無義. 長幼之節, 不可廢也. 君臣之義, 如之何其廢之. 〔**墨子·天地上**〕處國得罪於國君, 猶有鄰國所避逃之, 然且親戚兄弟…… 皆曰, 不可不愼矣. 誰亦有處國得罪於國君, 而可爲也.

爵高者, 士妬之, 志益下. 官大者, 主惡之, 心益小. 祿厚者, 怨處之, 施益博.

작위가 높아지면 사람들이 질투하므로 그 뜻을 더욱 낮추어야 하고, 관직이 커지면 임금이 미워하므로 마음은 더욱 주의하여야 하고, 녹봉이 많아지면 원망이 머물게 되므로 베푸는 것을 더욱 넓혀야 한다. 작위가 높아지고, 관직이 커지고, 녹봉이 많아지는데 따른 사람들의 원망을 면하게 하는 내용을 이르는 것. (小 : 삼가다. 주의하다. 處 : 멈추다. 머물다. / 생각을 품다. 마음을 두다.)

〔**文字·符言**〕老子曰, 人有三怨. 爵高者, 人女石之 官大者, 主惡之, 祿厚者, 人怨之. 夫爵益高者, 意益下, 官益大者, 心益小, 祿益厚者, 施益博. 修此三者, 怨不作. 故貴以淺爲本, 故以下爲基. 〔**荀子·堯問**〕語曰, 繒丘之封人見楚相孫叔敖曰, 吾聞之也. 處官久者士妒之,祿厚者, 民怨之, 位尊者, 君恨之. 今相國有此三者而不得罪楚之士民, 何也. 孫叔敖曰, 吾三相楚而心瘉卑, 每益祿而施瘉博, 位滋尊而禮瘉恭, 是以不得罪於楚之士民也. 〔**淮南子·道應訓**〕狐丘丈人謂孫叔敖曰, 人有三怨, 子知之乎. 孫淑敖曰, 何謂也. 對曰, 爵高者, 士妬之, 官大者, 主惡之, 祿厚者, 怨處之. 孫淑敖曰, 吾爵益高, 吾志益下, 吾官益大, 吾心益小, 吾祿益厚, 吾施益博. 是以免三怨可乎. 故老子曰, 貴必以賤爲本, 高必以下爲基. 〔**列子·說符**〕狐丘丈人謂孫叔敖曰, 人有三怨, 子之知乎. 孫淑敖曰, 何謂也. 對曰, 爵高者, 士妬之, 官大者, 主惡之, 祿厚者, 怨逮之. 孫淑敖曰, 吾爵益高, 吾志益下, 吾官益大, 吾心益小, 吾祿益厚, 吾施益博, 以是免於三怨, 可乎. 〔**說苑·敬愼**〕父曰, 有說. 身已貴而驕人者, 民去之, 位已高而擅權者, 君惡之, 祿已厚而不知足者, 患處之. 孫叔敖再拜曰, 敬受命, 願聞餘敎. 父曰, 位已高而意益下, 官益大而心益小, 祿已厚而愼不敢取, 君謹守此三者, 足以治楚矣.

作相須讀書人, 由是大重儒者.

재상으로 일함에 있어서는 모름지기 책을 많이 읽는 박식한 사람이라야 하며 이 때문에 유학을 닦은 선비라야 한다. (作 : 일하다. 儒者 : 孔子·孟子의 학문을 닦는 사람. 儒士. 儒生. 儒家.)

〔**宋史·太祖紀**〕乾德改元, 失諭宰相曰, 年號須擇前代所未有者, 三年蜀平, 蜀宮人入內, 鏡背有志乾德四年鑄者, 召竇儀等詰之. 儀對曰, 此必蜀物, 蜀主嘗有此號, 乃大喜曰, ○○○○○○, ○○○○○○

爵位不宜太盛, 太盛則危. 能事不宜盡畢, 盡畢則衰.

벼슬의 지위는 너무 왕성하지 말아야 하나니, 이것이 너무 왕성하면 곧 위태롭게 되며, 능한 일은 힘을 다하여 끝내지 말아야 하나니, 힘을 다하여 끝내면 곧 쇠해버린다. (盡畢 : 다 끝내버리다.

있는 힘을 다하다.)

〔**菜根潭·百三十七**〕○○○○○○, ○○○○. ○○○○○○, ○○○○. 行誼不宜過高, 過高則謗興而毁來.

宰相家人七品官.

재상의 종은 七품의 관리이다. 정부 고위관리의 가정의 노복도 일정한 신분을 갖는다는 말. (家人 : 집안 사람. 처자. 권속. 가족. / 종. 하인. 하복. 七品官 : 一品에서 九品까지의 품계 중 일곱 번째의 품계.)

〔**淸 洪升·長生殿**〕君王舅子三公位, ○○○○○○○.

在上不驕, 高而不危, 制節謹度, 滿而不溢.

신분이 웃 자리에 있으면서 교만하지 않으면 지위가 더 높아져도 위험하지 아니하고, 절도를 제어하고 법도를 지키면 권세가 가득차도 넘치지 않는다. 겸허하고 근신(謹愼)하는 사람은 지위가 더 높아져도 존귀함과 부유함을 오래 지킬 수 있다는 뜻. (謹 : 지키다. 준수하다.)

〔**文子·道德**〕處大, 滿而不溢. 居高, 貴而無驕, 處大不溢, 盈而不虧. 居上不驕, 高而不危, 盈而不虧, 所以長守富也. 〔**孝經·諸侯**〕○○○○, ○○○○, ○○○○, ○○○○. 高而不危, 所以長守貴也. 滿而不溢, 所以長守富也. 〔**元 楊梓·豫讓呑灰**〕讓聞我主索地, 趙君避席, 主人反欲見伐. 且高而不危, 滿而不溢. 〔**小學·明倫**〕○○○○, ○○○○, ○○○○, ○○○○, 然後能保其社稷, 而和其民人. 此諸侯之孝也.

才賢任輕, 則有名. 不肖任大, 身死名廢.

재주가 많으나 임무가 가벼우면 이름이 세상에 널리 알려지지만, 못난 사람이 맡은 임무가 크면 몸도 죽고 이름도 망치게 된다. (賢 : 넉넉하다. 많다. 有名 : 이름이 세상에 널리 알려지다. 廢 : 부서지다. 망가지다.)

〔**說怨·談叢**〕○○○○, ○○○, ○○○○, ○○○○.

鼎折足, 覆公餗.
정 속

솥의 다리가 부러져 임금의 음식을 엎지르다. (喩) 삼공(三公)의 자리에 등용된 소인이 능력의 부족으로 그 임무를 감당하지 못하여 정사를 그르치고 마침내 나라를 파멸로 이끌다. 나라를 떠받치고 있는 삼공이 소임을 다하지 못하여 나라가 전복되다. / 능력이 직무를 감당할 수 없어 일을 망치기에 이르다. (鼎 : 솥. 발이 셋, 귀가 둘 달린 솥. 禹王이 九州의 금속을 모아 주조한 아홉 개의 솥으로, 이를 왕위 전승의 보기로 삼은 데서 왕위 · 제업을 일컫는다. / 경상의 자리. 餗 : 죽. 솥 안에 든 음식물. 公餗 : 천자가 천지의 신을 제사지내고 현인을 대접하기 위한 음식) → **析足覆餗.**

〔**周易·火風鼎**〕九四, ○○○, ○○○, 其形渥, 凶. 〔**周易·繫辭下**〕易曰, ○○○, ○○○, 其形渥, 凶.

言不勝其任也. 〔**漢書·鮑宣傳**〕三公鼎足承君, 一足不任, 則覆亂美實. 〔**後漢書·謝弼傳**〕今之四公, 唯司空劉寵斷斷守善, 餘皆素餐致寇之人, 必有折足覆餗之凶.

志不求易事, 不避難, 臣之職也. 不遇盤根錯節 何以別利器乎.
이

쉬운 일을 구하지 아니하는데 뜻을 두고 어려운 일을 피하지 아니하는 것이 신하의 직분이다. 뒤엉킨 뿌리와 엉크러진 마디를 만나지 않는다면 어찌 날카로운 연장을 구별해낼 수 있으랴! 신하가 쉬운 일만 하려고 하고 어려운 일을 피하려는 자세를 가져서는 안된다는 말. (由) 後漢 安帝때 대신들의 揚州방어포기 주장에 홀로 반대하여 미움을 사게 된 虞詡는 당시 수천명의 폭도가 일어나 질서가 극도로 문란해진 朝歌縣의 長(朝歌長)으로 좌천 발령되었다. 이에 친구들이 사지로 떠나는 그를 위문하자 위와 같이 태연한 자세로 말한 것. (盤根錯節 : 일이 착잡하여 수습. 처치하기 어려움의 비유) → **盤根錯節.**

〔**後漢書·虞詡傳**〕後朝歌賊寧季等數千人攻殺長吏, 屯聚連年, 州郡不能禁, 乃以詡爲朝歌長. 故舊皆弔詡曰, 得朝歌何衰. 詡笑曰, ○○○○○ ○○○, ○○○○, ○○○○○○○, ○○○○○○.

進不求名, 退不避罪, 惟民是保而利於主, 國之寶也.

출사(出仕)하여 명예를 추구하지 아니하고, 조정에서 물러나서 죄를 피하지 아니하며, 오직 백성만을 보살피고 임금을 이롭게 하는 것이 나라의 보배이다. (進 : 벼슬하다. 출사하다. 벼슬길에 나아가다. 退 : 그만두다. 일자리에서 물러나다. 퇴직하다. 조정에서 물러나다. 保 : 지키다. 보살피다. 보호하다.)

〔**孫子兵法·地形**〕○○○○, ○○○○, ○○○○○○○○○, ○○○○.

眞正涓滴歸公, 一絲一毫不敢亂用.
연 적

사람이 참되고 올발라 하나의 물방울도 공으로 돌리고, 한 오리의 실, 한 개의 가는 털도 함부로 쓰지 아니하다. (喩) 청렴하여 매우 사소한 것도 사사로이 취하지 아니하다. (眞正 : 참되고 올바르다. 涓滴 : 물방울. 一絲一毫 : 한 오라기의 실과 한 개의 가는 털. 아주 작고 보잘 것 없고 가치 없는 물건을 지칭. / 조금도. 털끝만큼도. 추호도. 亂 : 함부로. 멋대로.) → **一絲一毫.**

〔**官狀現形記**〕○○○○○○, ○○○○○○○○○.

天下有達尊三, 朝廷莫如爵, 鄕黨莫如齒, 輔世長民莫如德.

온 세상에서 공통으로 존중받는 것 세 가지가 있으니, 조정에서는 작위만한 것이 없고, 향리에서는 연령만한 것이 없고, 세상을 바루고 백성들을 이끌어가는 데에는 덕만한 것이 없다. 조정에서 가장 존중받는 것은 작위이고, 향리에서 가장 존중받는 것은 연령이고, 세상살이를 도와주고 백성들을 이끌어가는데 있어서는 도덕보다 더 존중받는 것이 없다는 말. (達 : 通과 같은 뜻. 達尊 : 세상에서 공통으로 존중받는 것. 爵 : 작위. 관작. 신분의 위계. 輔 : 바루다. 도와서 바로잡다. 長 : 기르치다.

이끌다.)

〔**孟子·公孫丑下**〕○○○○○○, 爵一, 齒一, 德一, ○○○○○, ○○○○○, ○○○○○○○, 惡得有其一, 以慢其二哉. 〔**莊子·天道**〕宗廟尙親, 朝廷尙尊, 鄕黨尙齒, 行事尙賢, 大道之序也.

推賢讓能, 庶官乃和.

어진이를 밀어주고 능력있는 이에게 자리를 양보하면 모든 관리들은 저절로 화합하게 된다. 높은 지위에 있는 사람들이 어질고 능력있는 사람을 추천하고 자리를 양보해주면 낮은 지위의 관리들이 화합하게 된다는 말. (庶 : 많다. / 거의. / 갖가지.)

〔**書經·周書·周官**〕○○○○, ○○○○, 不和政厖, 擧能其官, 惟爾之能, 稱匪其人, 惟爾不任.

取官漫漫, 怨死者半.

관리가 되어 일을 더디게 처리하면 원망하여 죽는 자가 반이나 된다. (漫漫 : 행동이 느린 모양. 일의 처리가 더딘 모양.)

〔**漢 應劭·風俗通**〕古制本舞奴婢, 奴婢皆是犯事者. 奴者頑劣, 婢者卑陋. 里語云, ○○○○, ○○○○. 昔在淸平之世, 使明恕君子哀矜折獄, 尙有怨言, 况在今時耶.

太尉楊震嘗爲郡守. 屬邑令, 有懷金遣之者. 曰, 暮夜無知者. 震曰, 天知地知子知我知, 何謂無知. 令慚而退.

漢나라의 군사(軍事)를 담당하여 太尉 벼슬까지 했던 楊震은 일찌기 郡守가 되었다. 그 속읍의 읍령(邑令)이 돈을 품고 와서 이것을 놓으면서 "깊은 밤이라 아는 자가 없다"고 말하였다. 이에 楊震이 말하기를 "하늘이 알고 땅이 알고 자네가 알고 내가 아는데 어째서 아는 사람이 없다고 이르는가?"라고 하였다. 그 邑令은 부끄러워 하면서 물러갔다. 부정한 거래는 결국 탄로나게 됨을 형용하는 말. (太尉 : 秦·漢 때 군사관계의 최고책임자. 後漢 때는 三公의 제일위 자리. 遣 : 놓다. 두다. 者 : 조사. 暮夜 : 깊은 밤.) → **天知地知子知我知.**

〔**後漢書·楊震傳**〕天知神知我知子知, 何謂無知. 〔**十八史略·近古·後漢篇**〕(太尉楊)震關西人. 時人稱之曰, 關西孔子楊伯起. 教授生徒. 堂下得三鱣, 都講以爲, 有三公之象. 取以進曰, 先生自此升矣. 後爲郡守, 屬邑令, 有懷金遣之者. 曰, 暮夜無知者.震曰, 天知地知子知我知, 何謂無知, 令慚而退. 〔**小學·善行**〕楊震所擧, 荊州茂才王密, 爲昌邑令, 謁見, 至夜懷金十斤, 以遺震, 震曰, 故人知君, 君不知故人何也. 密曰, 暮夜, 無知者. 震曰, 天知神知我知子知, 何謂無知. 密愧而去. 〔**蒙求·震畏四知**〕震曰, 天知神知我知子知, 何謂無知.

擇勢而從, 則惡之大者也, 不容於世矣.

세도있는 자를 가려서 좇는 것은 곧 큰 악이 되는 것이니, 이것은 세상에 용납되지 않는다. (勢

: 세력. 세도. 권세.)

〔 **近思錄·出處類** 〕 伊川先生曰, 寒士之妻, 弱國之臣, 各安其正而已. 苟○○○○, ○○○○○, ○○○○○.

敗軍之將, 不可以言勇. 亡國之大夫, 不可以圖存.

싸움에 진 군대의 장수는 무용(武勇)에 대하여 말할 자격이 없고, 망한 나라의 대부는 살아남기를 꾀해서는 안된다. (喩) 한 번 크게 실수한 사람은 그 일에 대하여 왈가왈부할 수 없다. (由) 漢나라 韓信이 趙나라와의 싸움에서 크게 승리하고 廣武君 李左車를 사로잡아 우대한 후 그에게 북쪽의 燕나라와 동쪽의 齊나라를 정벌할 방책을 물은데 대해 위와 같이 자신은 말할 자격이 없다고 말했다. = **敗軍之將, 不可以言勇. 亡國之臣, 不敢語政.**

〔 **史記·淮陰侯列傳** 〕 廣武君辭謝曰, 臣聞○○○○, ○○○○○. ○○○○○, ○○○○○. 今臣敗亡之虜, 何足以權大事乎. 〔 **說怨·談叢** 〕 敗軍之將, 不可言勇. 亡國之臣, 不可言智. 〔 **吳越春秋·句踐入臣外傳** 〕 范蠡對曰, 臣聞亡國之臣, 不敢語政, 敗軍之將, 不可語勇. 〔 **通鑑·漢紀·太祖高皇帝上** 〕 廣武君曰, 亡國之大夫, 不可以圖存, 敗軍之將, 不可以語勇. 〔 **明 錢琦·錢公良測語** 〕 有人言, 亡國之臣, 不可以言智, 敗軍之將, 不可以言勇, 然百里奚去虞而虞亡, 之秦而秦覇, 韓信去楚而楚敗, 之漢而漢興, 此又不可以概論也, 在用與不用之間.

庖人調和而弗敢食, 故可以爲庖.
포

요리사가 음식의 맛을 고르게 맞추어 만들지만 함부로 먹지 않는다. 그러므로 요리사로 될 수 있는 것이다. (喩)사리사욕이나 집단의 이익만을 추구하는 자는 참된 공직자, 위정자가 될 수 없다. (庖 : 요리. / 요리사. 調和 : 맛을 고르게 맞추는 일. 음식을 요리하는 것. 敢 : 함부로. 마음대로.)

〔 **呂氏春秋·去私** 〕 ○○○○○○○○○, ○○○○○. 若使庖人調和而食之, 則不可以爲庖矣.

闔境民泣撫馬首, 截鐙留鞭, 以表瞻戀.
합 무 절등 편 첨련

온 지경안 백성들이 울고 말머리를 어루만지면서 말 안장의 쇠발걸이를 끊고 말을 모는 채찍을 잡아두고서 우러러 사모함을 표시하다. 백성들이 현관(縣官)의 경질을 애석하게 생각하여 그가 떠나지 못하도록 만류함을 이르는 말. (闔境 : 온 지경안. 영내 전부. 截鐙留鞭 : 두 다리로 밟고 있는 말의 쇠발걸이를 절단하고 말 채찍을 거두어 잡아두다. 백성들이 좋은 관리의 떠남을 만류하면서 그와의 헤어짐을 아쉬어하는 것을 가리킨다. 鐙 : 말 안장의 양쪽에 있는 쇠발걸이. 瞻 : 쳐다보다. 우러러보다. 戀 : 사모하다. 생각하고 그리워하다. 잊지 못하다. 아쉬어하다.) → **截鐙留鞭.**

〔 **五代後周 王仁裕·開元天寶遺事** 〕 姚元崇初牧荊州三年, 受代日, 闔境民吏泣擁馬首, 遮道不使去, 所乘之馬鞭鐙, 民皆截留之, 以表瞻戀. 〔 **蘇軾·罷徐州往南京馬上走筆寄子由** 〕 紛粉等兒戱, 鞭鐙遭割截. 〔 **雲仙雜記** 〕 姚崇牧荊州, 受代日, ○○○○○○○, ○○○○, ○○○○. 〔 **書言故事** 〕 唐姚崇受代日, 民吏泣擁馬首,截鐙留鞭.

行衢(구)道者不至, 事兩君者不容.

동시에 두 길을 가는 사람은 목적지에 이를 수 없고, 두 임금을 섬기려는 자는 어느 임금에게도 받아들여지지 못한다. (喻) 한 가지 일에 전념하지 않는 사람은 성공하지 못한다. (衢 : 갈림길. 여기서는 두 길로 해석.)

〔 **荀子·勸學** 〕 ○○○○○○, ○○○○○○. 目不能兩視而明, 耳不能兩聽而聰.

鴻鵠飛沖(충)天, 豈不高哉, 矰(증)繳(작)尙得而加之. 虎豹爲猛, 人尙食其肉, 席其皮.

큰기러기와 고니가 하늘을 찌를듯이 날아가니 어찌 높은 것(높이 나는 것)이 아니랴만 그러나 화살이 그 몸에 맞아 꽂힐 수 있고, 호랑이와 표범이 용맹스럽지만 사람이 잡아 그 고기를 먹고 그 가죽을 깔고 앉는다. 사람이 지위가 높고, 부유하고 귀해도 어느 때에 위해를 당할 수 있음을 이르는 말. (沖天 : 하늘 높이 솟다. 하늘을 찌를 듯이 높이. 矰繳 : 주살. / 화살. 끈을 맨 화살. 得 : 잡다. 붙잡다. / 만나다. 여기서는 맞다로 해석. 加 : 범하다. 침범하다. 여기서는 꽂히다로 해석. 之 : 큰기러기와 고니를 이른다. 席 : 자리를 깔다. 앉거나 눕다.)

〔 **說苑·敬愼** 〕 杋汜對曰, ……. 今若汜所謂幸者也, 固未能自必, ○○○○○, ○○○○, ○○○○○○○. ○○○○, ○○○○○, ○○○.

懷重寶者, 不以夜行. 任大功者, 不以輕敵.

귀중한 보배를 가지고 있는 자는 밤길을 가지 않으며, 큰 직무에 임하고 있는 자는 적을 가볍게 대하지 않는다. 대임(大任)을 맡은 사람은 매사에 조심하고 경솔한 행동을 하지 않는다는 비유. (功 : 일. 직무.) → **懷寶夜行.**

〔 **戰國策·趙策二** 〕 臣(蘇子)聞, ○○○○, ○○○○, ○○○○, ○○○○. 是以賢者任重而行恭, 知者功大而辭順.

畜(휵)馬乘, 不察於鷄豚. 伐氷之家, 不畜牛羊 百乘之家, 不畜聚(취)斂(렴)之臣.

네 필의 말이 끄는 수레를 가진 관리는 닭과 돼지 기르는 것을 살피지 아니하고, 여름에 얼음을 베어 쓰는 관리는 소와 양을 기르지 아니하며, 네 말이 끄는 수레 일백 개를 가진 집안에서는 재산을 긁어모으는 가신을 기르지 아니한다. 집안에 네 필의 말이 끄는 수레를 스스로 구비하고 있는 대부는 양계, 양돈으로 얻는 적은 이익을 염두에 두지 아니하고, 집안에 있는 빙고를 파서 제 사용으로 쓰는 경대부는 양우, 양양으로 얻는 수입을 염두에 두지 아니하며, 일백 량의 병거를 보유하고 있는 봉읍을 가진 경대부는 백성들의 재부를 강제로 빼앗는 것을 일삼는 가신을 쓰지 아니한다는 것, 곧 고위공직자는 의를 이로움으로 여기기 때문에 자신의 재물을 잃을지언정 백성의 힘을 상하게 하지 아니한다는 뜻. (畜乘馬 : 수레 한 대를 끄는 네 마리의 말을 기르다. / 네 마리의 말이 끄는 수레를 보유하다, 또는 그런 사람. 선비의 초시에 합격하여 대부가 된 자를 가리키며, 그가 수레를 가질 수 있다. 畜 : 짐승을 기르다. / 쌓이다. 모이다. 간직하다. 보유하다. 伐氷之家 : 얼음을 빙고에 저장했다가 파내어서 초상이나 제사용으로 쓰는 집안으로, 경대부 이상이 이를 할 수 있다. 百乘之家 : 일백 량의 병거를 가지고 있는 집안으로, 채지를 가지고 있는 경대부 이상의 고위관리이다. 聚斂之臣 : 지위를 이용하고 웃 사람의 지위를 빌어 백성을 가혹하게 다루고 세금이나 뇌물을 긁어들이는 신하.)

〔 **大學·傳十** 〕 孟獻子曰, ○○○, ○○○○○. ○○○○, ○○○○. ○○○○, ○○○○○○. 與其有聚斂之臣, 寧有盜臣.

나. 人事 管理

– 選拔·養成·活用·昇進·退職·退出.

可人期不來, 俗子推不去.

쓸모있는 사람은 약속을 해도 오지 아니하고, 평범한 사람은 밀어도 가지 아니한다. (可人 : 쓸모있는 사람. 좋은 사람. 期 : 약속하다.)

〔 **晉書·鄧攸傳** 〕 百姓數千人留牽攸船, 不得進, 攸乃小停, 夜中發去. 吳人歌之曰, 紞如打五鼓, 鷄鳴天欲曙. 鄧候拖不留, 謝令推不去. 〔 **明 馮夢龍·雙雄記** 〕 奴家病軀, 不敢久陪, 望二位恕罪. 正是, ○○○○○, ○○○○○. 〔 **清 葉奕苞·醉鄕約法** 〕 以投轄者爲賢主, 又曰, 可人期不來.若顧尙書期者, 必非嘉客.

竭智附賢者, 必建仁策, 索(색)遠求士者, 必樹伯(패)迹(적).

지혜를 다하여 어진 사람을 가까이 하는 자는 반드시 어진 정책을 세우고, 먼 데까지 찾아 인재를 구하는 자는 반드시 패자(覇者)의 공적을 세운다. 온갖 정성을 들여 기용된 유능한 인재들은 반드시 훌륭한 업적을 남긴다는 뜻. (附 : 따르다. 마음을 주다. 친근히 지내다. / 가깝다. 가까이하다. 索 : 찾다. 취하다. 갖다. 士 : 선비. 학덕이 있는 훌륭한 사람. 일정한 학문을 닦은 지식인. 지혜와 능력이 있는 남자. 상류사회. 지식 계층에 속하는 사람. 伯 : 제후의 우두머리. 제후의 맹주. 패자. 迹 : 공적. 업적.)

〔 **王褒·聖主得賢臣頌** 〕 夫○○○○○, ○○○○, ○○○○○, ○○○○. 昔周公躬吐握之勞, 故有圄空之隆. 齊桓設庭燎之禮, 故有匡合之功.

擧爾所知, 爾所不知, 人其舍諸.
저

그대가 아는 사람을 등용한다면 그대가 알지 못하는 사람을 다른 사람들이 내버려 두겠는가? 위에서 덕행과 재능을 갖춘 좋은 인재를 먼저 등용하고 이 사실이 알려지면 아래에서도 이와 같은 좋은 인재를 등용할 것이라는 의미. (擧 : 등용하다. 爾 : 너. 그대. 당신. 舍諸 : 그것을 놓아두다. 그것을 버려두다. 그것을 버리다. = 舍之乎.)

〔**論語·子路**〕(仲弓)曰, 焉知賢才而擧之, (孔子)曰, ○○○○, ○○○○, ○○○○.

擧直錯諸枉, 則民服. 擧枉錯諸直, 則民不服.
조 저

정직한 사람을 등용하고 모든 바르지 못한 사람을 내버려두면 백성들이 복종하고, 바르지 못한 사람을 등용하고 모든 정직한 사람을 버려두면 백성들은 복종하지 않는다. (直 : 바르다. 곧다. / 그런 사람. 錯 : 두다. 내버려 두다. 그대로 두다. 방치하다. 諸 : 之於. 枉 : 굽다. 비뚤다. 바르지 못하다. 도리에 어긋나다./ 그런 사람.)

〔**論語·爲政**〕哀公問曰, 何爲則民服. 公子對曰, ○○○○○, ○○○. ○○○○○, ○○○○.

居者無載, 行者無埋.

자리를 차지하고 있는 자는 놓아두지 말고, 떠나간 자는 묻어두지 말라. 조정에서 벼슬하고 있는 자는 계책을 뱃속에 간직해 두기만 해서는 안되며, 밖에 물러나 있는 신하는 좋은 내용의 말을 마음 속에 묻어두어서는 안된다는 말. 곧 신하는 임금에 대하여 살아서는 계책을 숨겨두지 말 것이며, 죽음에 임해서도 충성심을 숨겨두지 말 것을 가리키는 말. (居 : 일정한 자리를 차지하다. 無 : …하지 말라. 금지하는 말. 載 : 넣다. 놓아두다. 行 : 떠나다.)

〔**呂氏春秋·知接**〕管仲有疾, 桓公往問之曰, 仲父之疾病矣, 將何以教寡人. 管仲曰, 齊鄙人有諺曰, ○○○○, ○○○○. 今臣將有遠行, 胡可以問.

見賢而不能擧, 擧而不能先, 命也. 見不善而不能退, 退而不能遠, 過也.

어진 사람을 발견하고도 등용하지 아니하고, 등용하되 우선시키지 아니하는 것은 태만이고, 나쁜 사람을 발견하고도 물리치지 못하고 물리치되 추방하지 못하는 것은 과실이다. (見 : 발견하다. 새로운 사물·이치를 찾아내다. 先은 우선시키다. 命 : 확실한 근거는 없으나 학계의 공통적인 해석에 따라 "태만"으로 해석했다. ※ 鄭玄은 慢이 되어야 한다고 하고, 程子는 怠가 되어야 한다고 하고, 朱子는 "군자이지만 아직 어질지 못한 자"라고 했다. 退는 관직을 면직하다. 쫓아내다. 물리치다. 遠 : 멀리하다. 내쫓다. 추방하다.)

〔**大學·傳十**〕○○○○○○, ○○○○○, ○○, ○○○○○○○, ○○○○○, ○○.

攻成名遂身退, 天之道也.

공을 이루고, 명예를 이룬 다음에는 자신이 물러나는 것이 천지자연의 도리에 알맞은 행동이다. 욕심을 부려 공과 명예를 오래 누리려고 하면 도리어 허물을 남기게 됨을 경계하는 말. (遂 : 이루다. 성취하다.) → **攻成身退. 攻遂身退.**

〔**老子·第九章**〕金玉滿堂, 莫之能守. 富貴而驕, 自遺其咎. 功遂身退, 天之道. 〔**淮南子·道應訓**〕老子曰, ○○○○○○, ○○○○.

狡兎死, 走狗烹(팽), 高鳥盡, 良弓藏, 敵國破, 謀臣亡.

교활한 토끼가 죽으면 사냥개를 잡아먹고, 높이 나는 새가 없어지면 좋은 활을 깊이 보관하며, 적국이 깨뜨려지면 계략이 많은 신하가 죽게 된다. (喩) 소중하게 쓰던 물건도 용무가 끝나면 내버리고 돌보지 않는다. / 필요할 때 요긴하게 쓰던 사람도 일이 끝난 후 소용이 없게 되면 사정없이 내쫓아버린다. → **兎死狗烹. → 鳥盡弓藏. → 國破臣亡.**

〔**文子·上德**〕狡兎得而獵犬烹, 高鳥盡而良弓藏, 名成功遂身退, 天道然也. 〔**韓非子·內儲說下**〕狡兎盡則良犬烹, 敵國滅則謀臣亡, 大夫何不釋吳而患越乎. 〔**史記·淮陰候列傳**〕果若人言, ○○○, ○○○, ○○○, ○○○, ○○○, ○○○. 天下已定, 我固當烹. 〔**史記·越王句踐世家**〕(句踐滅吳後, 號稱覇王.) 范蠡遂去, 自齊遺大夫種書曰, 蜚鳥盡, 良弓藏. 狡兎死, 走狗烹. 越王爲人長頸烏喙, 可與共患難, 不可與共樂. 子何不去. 〔**論衡·定賢**〕高鳥盡, 良弓藏. 狡兔死, 良犬烹. 權詐之臣, 高鳥之弓, 狡兔之犬也. 安平身無宜, 則弓藏而犬烹. 〔**漢書·蒯通傳**〕大夫種存亡越, 伯句踐, 立功名而身死. 語曰, 野獸殫, 走犬烹, 敵國破, 謀臣亡. 〔**晋書·劉牢之傳**〕鄙語存之, 高鳥盡, 良弓藏. 狡兔憚, 獵犬烹. 故文種誅于句踐, 韓·百戮于秦漢. 〔**吳越春秋·夫差內傳**〕吳亡書其矢射種蠡之軍, 辭曰, 吾聞狡兎以死, 良犬就烹, 敵國如滅, 謀臣必亡. 〔**吳越春秋·句踐伐吳外傳**〕蠡復爲書遺種曰, ……. 高鳥已散, 良弓將藏. 狡兎已盡, 良犬就烹. 〔**唐 趙蕤·長短經**〕大夫種范蠡存亡越, 覇句踐, 立功成名而身死亡. 諺曰, 野獸盡而獵狗烹, 敵國破而謀臣亡. 〔**明 李開先·寶劍記**〕牢頭大哥, 我十載邊関, 建立大功, 不想有今日之苦. 古人云, 高鳥盡, 良弓藏. 敵國破, 謀臣亡. 誠如此言.

詘(굴)指而事之, 北面而受學, 則百己(기)者至. 先趨(추)而後息, 先問而後嘿(묵), 則什(십)己者至. 人趨而趨, 則若己者至.

(제왕이 자신의) 뜻을 굽혀서 그(현자)를 섬기고 제자가 되어 가르침을 받으면 자기보다 나은 사람(현자)이 오고, 먼저 달려간 뒤에 쉬고 먼저 묻고난 뒤에 묵묵히 있으면 자기보다 열 배 나은 사람이 오며, 남이 달려가자 (뒤쫓아) 달려가면 자기와 같은 사람이 온다. 燕나라 昭王이 천하의 현사를 초빙하는 방법을 물은데 대해 郭隗선생이 위와 같이 답변하고 자신을 천거하여 昭王의 스승이 되었다. (詘 : 굽히다. 指 : 뜻. 생각. 北面 : 북쪽을 향하다. / 제자가 되다. 신하가 되다. ※ 이에 대하여 南面은 남쪽으로 향하다. / 임금이 앉던 자리의 방향으로 최고 권력자를 뜻한다. 百己者 : 자기보

다 백 배 나은 사람으로 해석. 嘿. 묵묵히 있다. = 默.)

〔**戰國策·燕策一**〕郭隗先生對曰, ……. ○○○○○, ○○○○○, ○○○○○. ○○○○○, ○○○○○, ○○○○○. ○○○○, ○○○○○. 馮几據杖, 眄視指使, 則厮役之人至. 若恣睢奮擊, 呴籍叱咄, 則徒隸之人至矣. 此古服道致士之法也.

近來世俗多顚倒, 只重衣衫不重人.

(顚: 전, 衫: 삼)

요새 세상에는 거꾸로 되는 것이 많아, 한갓 옷차림을 중하게 여기고 사람을 중하게 여기지 않는다. 요새 세상에서는 옷차림만을 보고 사람을 판단하는 경향이 있음을 가리키는 것. / 요새 사람들은 권세나 재물에 빌붙는 성질이 있다는 뜻. (顚倒 : 거꾸로 되다. / 상하, 전후의 위치, 正邪가 뒤바뀌다. 衣衫 : 의복, 홑옷.)

〔**宋 普濟·五燈會元**〕○○○○○○○, ○○○○○○○.

騏驥騄駬, 足及千里, 置之宮室, 使之捕鼠, 曾不如小狸. 干將爲利, 名聞天下, 匠以治木, 不如斤斧.

(騄駬: 녹이, 斧: 부)

준마인 기기와 녹이는 족히 천리를 달리지만, 궁중에 가두오두고 그것이 그것이 쥐를 잡도록 하면 곧 살쾡이 새끼만도 못하고, 명검인 干將은 날카로와 그 이름이 온 세상에 알려져있지만 목수더러 나무를 다듬게 하면 도끼만도 못하다. (喩) 사람은 각기 특별한 기량, 성질을 가지고 있어 적재를 적소에 일하게 해야 그 능력을 발휘할 수 있다. (曾 : 곧. 聞 : 알려지다. 斤斧 : 도끼.)

〔**莊子·秋水**〕梁麗可以衝城, 而不可以窒穴, 言殊器也. 騏驥驊騮, 一日而馳千里, 捕鼠不如狸狌, 言殊技也. 鴟鵂夜撮蚤, 察豪末, 晝出瞋目而不見丘山, 言殊性也. 〔**說苑·雜言**〕西閭過曰, ……. 騏驥騄駬, 倚衡負軛而趨, 一日千里, 此至疾也, 然使捕鼠, 曾不如百錢之狸. 干將鏌鋣拂鍾不錚, 試物不知揚刃, 離金斬羽契鐵斧, 此至利也, 然以之補履, 曾不如兩錢之錐. 〔**說苑·雜言**〕甘茂曰, ……. ○○○○, ○○○○, ○○○○, ○○○○, ○○○○○. ○○○○, ○○○○, ○○○○, ○○○○.

杞梓連抱, 而有數尺之朽, 良工不棄.

(杞梓: 기재, 朽: 후)

구기자나무와 가래나무가 여러 아람드리가 되는 큰 것이라면 그것이 몇 자가 썩었어도 명공(名工)은 이것을 버리지 않는다. 곧 훌륭한 목수는 크고 좋은 재목에 조그만한 결처가 있다고 해서 이를 버리지 않는다는 것. (喩) 훌륭한 위정자는 큰 인물이 다소의 결점을 가졌다고 해도 버리지 않고 쓴다. (杞梓 : 구기자나무와 가래나무. 두 나무가 다 좋은 재료인 데서 유용한 인재의 비유로 쓰인다. 連抱 : 여러 아름드리.)

〔**孔叢子**〕子思曰, 夫聖人官人, 猶大匠用木, 取其長棄其短, 故○○○○, ○○○○○○, ○○○○.
〔**十八史略·春秋戰國篇·衛**〕聖人用人, 猶匠之用木, 取其所長, 棄其所短. 故○○○○, ○○○○○○, ○○○○.

駑馬戀棧豆, 必不能用也.
노 잔

우둔한 말은 외양간의 사료콩 만을 늘 그리워하고 있으니, 반드시 그것을 부려서는 안된다. (喩) 원대한 뜻이 없이 다만 목전의 작은 이익 만을 탐하는 평범한 사람을 써서는 안된다. 한갓 벼슬자리나 안일·향락을 탐낼 뿐이고 원대한 포부가 없는 그런 무능한 사람을 등용해서는 안된다. (駑馬 : 우둔한 말. 열등한 말. 棧豆 : 외양간의 콩. 외양간의 사료. 不能 : …해서는 안된다.) → **駑馬戀棧豆. 駑馬戀棧. 棧豆之戀.**

〔**晉書·宣帝紀**〕駑馬戀短豆. 〔**西晉 陳壽·三國志·魏志·曹爽傳**〕< 裵松之注 > (引 干寶 晉書) 桓范出赴爽, 宣帝謂蔣濟曰, 知囊往矣. 濟曰, 范則智矣, 駑馬戀棧豆, 爽必不能用也.

大木爲宗, 細木爲桷, 欂櫨侏儒, 椳闑扂楔, 各得其宜, 以成室屋者, 匠氏之功也.
망 각 박로주 외얼점설

큰 나무는 대들보로 하고, 가는 나무는 서까래로 하며, 들보 위의 지붕을 떠받히는 두공·동자기둥과 문지도리·문지방·문빗장·문설주가 각기 마땅한 쓰임을 얻어서 집이 완성되니, 이것은 목공의 공로이다. 나라의 다양한 기능에 알맞은 인재를 발탁하여 적소에 배치, 활용하는 것은 재상의 도리라는 뜻. (宗 : 들보. 桷 : 서까래. 欂櫨 : 들보위에 떠받치는 짧은 기둥. 곧 두공이다. 侏儒 : 대들보 위에 세우는 짧은 기둥, 곧 동자기둥. 椳闑扂楔 : 문지도리·문지방·문빗장·문설주. 各得其宜 : 각각 그 마땅함을 얻는다는 것으로, 이는 각기 마땅한 쓰임을 얻는 것을 이른다.) → **大者爲棟梁, 小者爲榱桷.**

〔**韓愈·進學解**〕夫 ○○○○, ○○○○, ○○○○, ○○○○, ○○○○, ○○○○○,○○○○○. 玉札丹砂, 赤箭青芝, 牛溲馬渤, 敗鼓之皮, 俱收幷蓄,待用無遺者, 醫師之良也. 〔**宋史**〕宋太宗嘗謂樞密史張宏曰, 朕自御極以來, 親擇羣材, 大者爲棟梁, 小者爲榱稱.

同力度德, 同德度義.
탁

힘이 같으면 덕을 헤아리고, 덕이 같으면 의를 헤아린다. 나라나 개인이 힘 또는 병력이 같으면 덕이 더 훌륭한 쪽이 우세하고, 덕이 같으면 의가 타당한 쪽이 우세함을 이르는 말. 곧 덕과 의의 우열을 평가하여 그 승부를 예측할 수 있다는 뜻.

〔**書經·周書·泰誓上**〕○○○○, ○○○○, 受有臣億萬, 惟億萬心, 予有臣三千, 惟一心.

明主之道, 一人不兼官, 一官不兼事.

현명한 임금의 길이란 한 사람에게 여러 가지 관직을 겸임시키지 않고, 하나의 관리에게는 여러 가지 직무를 겸하게 하지 않는 것이다. 한 사람에게 한 가지의 공무만 담당시키는 것이 현명한 처사임을 이르는 말.

〔**韓非子·難一**〕○○○○, ○○○○○, ○○○○○, 卑賤不待尊貴而進, 大臣不因左右而見.

明主之吏, 宰相必起於州部, 猛將必發於卒伍.

현명한 군주가 임용하는 관리는, 재상은 반드시 지방관리로부터 기용하고, 맹장은 반드시 군대의 사병 중에서 발탁한다. 최고위관리는 말단으로부터 경험을 쌓아 승진한 관리 중에서 기용하고, 용맹한 장수는 일선 부대의 병졸에서 진급한 군인을 발탁하라는 것. (州部 : 지방행정기관. 卒伍는 군대의 말단부대. 고대의 군대에서 군인 5명이 伍를 이루고 군인 100명이 卒을 이루었다. = 行伍.)

〔**韓非子·顯學**〕試之官職, 課其攻伐, 則庸人不疑於愚智. 故○○○○, ○○○○○○○○, ○○○○○○○.

無官一身輕, 有子萬事足.

공무를 맡지 않으니 온 몸이 홀가분하고, 아들이 있으니 온갖 일이 만족스럽다. 옛날 관리가 사직한 후 스스로를 위로하던 말. (輕 : 홀가분하다.)

〔**蘇軾·賀子由生第四孫·詩**〕○○○○○, ○○○○○. 〔**明 袁宏道·錦帆集**〕無官一身輕, 斯語誠然.

無歲不轉官, 一年或至三遷.

관직이 바뀌지 아니하는 해가 없고, 일년에 어쩌다가 세 번이나 벼슬 자리를 옮기게 되다. (喩) 임금의 총애를 받아 승진이 매우 빠르다. (或 : 어쩌다가. 遷 : 옮기다. / 승진되어 자리를 옮기다./ 옛날 관직이 바뀌다. 좌천되다. 쫓겨나다.) → **一年三遷.**

〔**北史·蘇亮傳**〕亮自大統以來, ○○○○○, ○○○○○○, 僉曰, 才至, 不怪其速也.

無恥者富, 多信者顯. 夫名利之大者, 幾在無恥而信.

염치없는 자는 부유하고, 큰 소리치는 자는 입신, 출세한다. 대체적으로 큰 명성과 이득을 차지하는 것은 거의 다 염치없고 큰 소리치는 것에 달려있다. (恥 : 부끄러움. 수치. 염치. / 치욕. 信 : 말이 많다. 말을 많이 하다. 수다를 떨다. =多言. / 과장하여 말하다. 허풍치다. 턱없이 허튼 소리를 치다. = 誇言 ※ 李勉은 僞자를 잘못 옮겨 쓴 것이라고 하였고, 또 言자의 誤寫라고 하는 학자도 있는데 여기서는 臺灣의 黃錦鋐의 해석에 따라 위와 같이 多言, 誇言으로 해석했으며 국내외 사전에서는 이런 뜻을 발견하지 못했다. 顯 : 영달하다. 현달하다. 현귀하게 되다. 입신, 출세하다.)

〔**莊子·盜跖**〕滿苟得曰, ○○○○, ○○○○. ○○○○○○, ○○○○○○. 故觀之名, 計之利, 而信眞是也.

百姓攀轅, 臥轍不許去.
반 원 철

백성들이 수레의 바퀴에 매달리고, 수레바퀴에 드러누워서 수레가 가는 것을 막다. (喻) 백성들이 선정을 베푼 원의 유임을 간절히 원하다. (攀 : 매달리다. 달라붙다.)

〔**南朝 宋 沈約·齊故安陸昭王碑**〕攀車臥轍之戀, 爭塗忘遠. 〔**白孔六帖·卷七十七**〕(東漢)侯霸字君房, 臨淮太守, 被徵, ○○○○, ○○○○○. 〔**漢書·侯霸傳**〕漢侯霸爲臨淮太守, 被召, 百姓攀轅臥轍, 願留期年.

傅馬棧, 先傅曲木, 曲木又求曲木. 曲木已傅, 直木毋所施矣.

(傅: 부, 毋: 무)

나뭇가지를 얽어 붙여 마굿간을 만드는데 있어 만일 맨 먼저 굽은 나무를 배열하여 붙였다면 그 굽은 나무는 또 서로 배합되는 다른 굽은 나무를 필요로 하게 되며, 굽은 나무가 이미 배열되어 붙여졌다면 곧은 나무는 곧 쓰일 곳이 없다. (喻) 나라의 정사에 소인배를 쓰면 그 소인배는 또 다른 소인배를 불러 쓰게 되므로 현인은 쓰일 여지가 없다. (傅馬棧 : 마굿간을 붙이다. 곧 나뭇가지를 얽어붙여서 마굿간을 만든다는 뜻으로, 먼저 나뭇가지를 배열하고 그 끝을 끌어당겨 얽어매고 붙여서 만든다. 傅는 붙이다. 덧붙이다. 부착하다. 결합하다. 馬棧은 마굿간. 말의 우리. 求 : 얻기를 바라다. / 불러들이다. 필요로 하다. 施 : 쓰다.)

〔**管者·小問**〕管仲對曰, 夷吾嘗爲圉人矣, ○○○最難. ○○○○, ○○○○○○. ○○○○, ○○○○○○. 先傅直木, 直木又求直木. 直木已傅, 曲木亦無所施矣.

不明主在上, 所擧必不肖, 國無明法, 不肖者敢爲非.

명석하지 못한 임금이 임금 자리에 있으면 그가 그가 기용하는 사람이 틀림없이 못난 사람이고, 그러면 나라가 법을 바로잡아 밝히지 못해 그 못난 사람들이 함부로 잘못을 저지르게 된다. (必 : 틀림없이, 꼭. 明法 : 법을 바로 잡아 밝히다. 敢 : 주제넘게. 함부로.)

〔**商君書·畫策**〕國或重治, 或重亂. 明主在上 所擧必賢, 則法可在賢. 法可在賢, 則法在下, 不肖不敢爲非, 是謂重治. ○○○○○, ○○○○○, ○○○○, ○○○○○○, 是謂重亂.

不北走胡卽南走越耳.

북쪽으로 도망하여 匈奴로 가지 못하면 곧 남쪽으로 도망하여 南越國으로 간다. 내 나라에서 재능있는 자를 등용치 않으면 반드시 적국에라도 가서 이롭게 한다는 비유. (北走胡 : 북쪽으로 도망하여 胡 곧 匈奴로 들어가다. 北은 북쪽으로 향하여. 북쪽으로. 胡 : 호족 또는 匈奴족 ※ 전국시대 이래 북방, 서방에서 흥기한 소수민족으로, 秦 이전은 오로지 匈奴를 일컬었으나 뒤에는 변방민족의 범칭이 되었다. 越 : 南越國으로 지금의 廣州市를 이른다.)

〔**史記·季布欒布列傳**〕季布之賢而漢求之急如此, 此○○○○○○○○○.

非其人而欲有功, 譬之若射魚指天, 而欲發之當也.

그 사람을 그르다고 여기면서도 공로가 있기를 바라는 것은 비유하면 물고기를 잡으려고 하늘을 향하여 화살을 쏘고서 그 쏜 것이 맞기를 바라는 것과 같다. 적합하지 않은 인물을 등용하여 그를 통해 큰 공을 세우려는 것은 결코 이룰 수 없다는 뜻. (非 : 그르다고 여기다. 옳지 않다고 여기다. / …에 맞지 않다. 射魚指天 : 물고기를 잡으려고 하늘을 향하여 화살을 쏘다. 당치 않은 일을 하려고 하여도 결코 이룰 수 없다는 비유. 사물을 구하는 방법이 그릇됨을 비유. 실제에 부합되지 않아 처리할 방법이 없음을 비유. 當 : 맞다.) → **射魚指天. 指天射魚.**

〔**呂氏春秋·知度**〕桀用羊辛, 紂用惡來, 宋用唐鞅, 齊用蘇秦, 而天下知其亡. 非其人而欲有功, 譬之若夏至日而欲夜之長也. 射魚指天而欲發之當也. 〔**說苑·尊顯**〕非其人而欲有功, 譬其若夏至之日, 而欲夜之長也, 射魚指天, 而欲發之當也.

使雞司夜, 令狸執鼠, 皆用其能, 上乃無事.

계

닭으로 하여금 새벽을 알리게 하고 고양이로 하여금 쥐를 잡게 하듯이 그 재능에 응하여 사람을 다 활용하면 임금은 곧 할 일이 없어질 것이다. 임금은 적재를 적소에 배치하여 각기 능력을 발휘하도록 해줘야 되는 것이며, 뛰어난 재능이 있다 하여 독단하면 정사가 방향을 잡지 못하게 됨을 시사하는 말. (司夜 : 새벽을 알리다. 수탉은 동이 틀 때에 꼭 울어서 새벽을 알린다. = 司晨. 狸 : 고양이 = 狸奴.)

〔**韓非子·楊榷**〕夫物者有所宜, 材者有所施, 各處其宜, 故上乃無爲. ○○○○, ○○○○, ○○○○, ○○○○.

使功不如使過.

공이 있는 사람을 쓰는 것은 잘못을 저지른 사람을 쓰는 것보다 못하다. 공이 있는 사람은 교만하기 쉽고 일에 태만하기 쉬운 반면, 잘못을 저지른 사람은 스스로 경계하고 면려해서 속죄하는 공을 세우려 하므로 후자가 낫다는 말.

〔**後漢書·索虜放傳**〕太守受誅, 誠不敢言, 但恐天下惶懼, 各生疑變. 夫○○○○○○, 願以身代太守之命. 〔**新唐書·李靖傳**〕帝謂左右曰, ○○○○○○, 靖果然. 因手敕勞曰, 卽往不咎, 向事吾久已忘之.

事官千日, 失在一朝.

벼슬아치로 일천 날을 일했어도 (조그마한 과실로) 하루 아침에 그 벼슬을 잃어버린다. 공직자의 신분이 보장되지 않아 출직(黜職)이 경각에 달려있음을 이르는 말.

〔**通俗編**〕○○○○, ○○○○.

謝事當謝於正盛之時. 居身宜居於獨後之地.

직무에서 물러남에 있어서는 당연히 바로 절정에 있을 때에 물러나야 하고, 지위를 차지함에 있어서는 마땅히 홀로 뒤떨어진 자리를 차지해야 한다. 사직할 때는 전성기에 물러나고, 보직을 맡을 때는 남보다 못한 자리를 차지해야 한다는 뜻. (謝 : 물러나다. 사퇴하다. 사직하다. 事 : 일. 직무. 업무.직업. 직장. 盛 : 절정. 바로 득세하고 있을 때. / 흥성하다. 번성하다. 왕성하다. 居 : 차지하다. 자리잡다. 처하다. 身 : 신분. 지위. 자격. 後 : 뒤떨어지다. 낙후하다. 뒤에 처지다. 地 : 자리. 지위. 처지. 형편.)

〔**菜根譚·百五十五**〕○○○○○○○○○, ○○○○○○○○○.

四時之序, 成功者去.

춘하추동 사계절은 운행의 차례가 있어 (제 각기) 할 일을 이루고 나면 곧 떠나간다. 사람이 공을 이루고 임무를 일단 끝낸 다음에는 자동적으로 그 지위에서 물러남이 좋은 것을 시사하는 말.

〔**史記·范雎蔡澤列傳**〕蔡澤曰, 吁, 君何見之晩也. 夫○○○○, ○○○○. 〔**十八史略·春秋戰國篇·秦**〕蔡澤曰, ○○○○, ○○○○. 雎稱病, 澤代之.

使十人樹楊, 一人拔之, 則無生楊矣.

열 사람이 버드나무를 심도록 해도 한 사람이 그것을 뽑아버리면 살아남는 버드나무는 없다. 버드나무를 심기는 어려워도 뽑아버리기는 쉽다는 말. (喩) 사람을 요직에 천거하여 앉히기는 어려워도 배척하는 사람이 많아 낙마하기는 쉽다.

〔**戰國策·魏策二**〕田需貴於魏王, 惠子曰, 子必善左右. 今夫楊, 橫樹之則生, 倒樹之則生, 折而樹之又生. 然 ○○○○○, ○○○○, ○○○○○.

仕中無人, 不如歸田.

벼슬살이하면서 친한 사람이 없는 것은 밭갈이하려고 돌아가는 것만 못하다. 공직생활을 해나가는 데는 동료들과의 원만한 관계 유지가 필요함을 이르는 말. (仕 : 벼슬하다. 공직에 복무하다. 田 : 밭. 들. / 밭갈다. 전지를 경작하다.) = **官中無人, 不如歸田.**

〔**晉書·魯褒傳**〕軍無財, 士不來, 軍無賞, 士不往. ○○○○, ○○○○. 褒傳 〔**藝文·類聚**〕(引 晉書 · 魯褒傳 · 錢神論) 夫錢窮者使通達, 富者能使溫暖, 貧者能使勇悍. 故曰, 君無財則士不來, 君無賞則士不往. 諺曰, 官中無人, 不如歸田.

上車(거)不落則著(저)作, 體中何如則祕書.

수레를 타고 떨어지지 않으면 承文院 (또는 弘文館)의 校書官이 되고, 몸 속이 어떠냐고 하면 곧 祕書省의 관리인 祕書가 된다. 좋은 수레를 타고 일하지 않고 유유히 노니는 것을 즐기는 사람은 교서관(著作郎)이 되어 문서를 관장하고, 서신중에 근래 몸이 어떠냐고 겨우 안부만 묻는 사람은 곧 비서(祕書郎)가 된다는 말. 남죽조시대 南齊와 梁나라에서 진정한 재인으로 견실한 학문을 한 사람이 적어 이들을 등용하지 못했음을 풍자한 말. (著作 : 校書館, 承文院, 弘文館의 정팔품벼슬. 祕書 : 祕書省의 관리.)

〔 **諺氏家訓·勉學** 〕 梁朝全盛之時, 貴遊子弟, 多無學術, 至於諺云, ○○○○○○○, ○○○○○○○. 〔 **唐 徐堅·初學記** 〕 祕書郎, 此職與著作郎自置以來, 多起家之選, 在中朝或以才授, 歷江左多仕貴遊, 而梁世尤甚. 當時諺曰, 上車不落爲著作, 體中何如則祕書, 言其不用才也. 〔 **宋 葉廷珪·海錄碎事** 〕 江左多任貴遊, 而梁世尤甚. 時諺曰, 上車不落有著作, 體中何如則祕書, 言其不用才也.

相馬失之瘦(수), 相士失之貧.

말을 고를 때는 때때로 그 말이 여윈 것 때문에 자질이 좋은 말을 놓칠 수 있고, 선비를 선발할 때는 때때로 그 선비가 가난한 것 때문에 재간있는 사람을 놓칠 수 있다. 가난한 탓으로 초라하게 보이는 사람이 실은 현자인 줄을 몰라 탈락될 수 있음을 비유. (相 : 상보다. 관상을 보아 양부를 판별하다. 형색과 행동거지를 주시하여 그 상을 추단하다. / 고르다. 가리다. 瘦 : 여위다. 마르다. / 파리하다. 失 : 놓치다. 빠뜨리다.)

〔 **史記·滑稽列傳** 〕 東郭先生久待詔公車 · 貧困 · 飢寒 · 衣敝 · 履不完. ……. 當其貧困時, 人莫省視, 至其貴也, 乃爭附之. 諺曰, ○○○○○, ○○○○○, 其此之謂邪.

相馬以輿, 相士以居, 弗可廢矣.

수레를 끄는 것을 가지고 말을 감정해내고, 살아가는 것을 가지고 사람을 판별하는 것은 결코 버려서는 안된다. 말의 우열(양부)을 판별하려면 수레를 끄는 솜씨를 보아야 하고, 사람의 현우를 판별하려면 그의 평시의 언행을 보아야 한다는 말은 지극히 타당하다는 뜻. (相 : 상을 보다. 감정하다. 판별하다. 居 : 일정한 곳에 머물러 살거나 지내다. 기거하다.)

〔 **韓非子·顯學** 〕 孔子曰, 以容取人乎, 失之子羽. 以言取人乎. 失之宰予. 〔 **史記·仲尼弟子列傳** 〕 孔子聞之, 曰, 吾以言取人, 失之宰予. 以貌取人, 失之子羽. 〔 **孔子家語·子路初見** 〕 孔子曰, 里語云, ○○○○, ○○○○, ○○○○. 以容取人, 則失之子羽, 以辭取人, 則失之宰予.

上士, 難進而易(이)退也, 其次, 易進而易退也, 其下, 易進而難退也.

상급의 선비는 나아가기는 어렵지만 물러가기는 쉽게 여기고, 그 다음 선비는 나아가는 것도 쉽게 하고 물러서는 것도 쉽게 하며, 낮은 선비는 나아가는 것을 쉽게 하나 물러서는 것은 어렵게 한다.

〔**晏子春秋·問上**〕(晏子) 對曰, ……. 夫○○, ○○○○○○, ○○, ○○○○○○, ○○, ○○○○○○. 以此數物者取人, 其可乎.

選擧莫取有名, 名如畵地作餠, 不可啖也.
선 병 담

사람을 천거하여 뽑는데 있어서는 명성을 취하지 말 것이니, 명성이란 땅바닥에 그려서 만든 떡을 먹을 수 없는 것과 같은 것이다. 명성이 없어도 내면적인 실력이 있는 사람을 뽑는 것이 중요하다는 말. (選擧 : 많은 것 중에서 좋은 것을 골라내다. 啖 : 음식물을 먹다.) → **畵地作餠 ≒ 畵餠充飢. 畵餠充腸.**

〔**三國志·魏志·魯毓傳**〕魯毓爲吏部尙書, 文帝使毓自選代, 曰, ……. 帝疾之, 詔○○○○○○,○○○○○○, ○○○○. 〔**史通**〕鏤氷爲壁, 不可用也. 畵地爲餠, 不可食也.

先有司, 赦小過, 擧賢才.
사

(정사를 함에 있어서는) 모든 일은 자기가 백관(百官 : 모든 관리)에 앞서서 실행하고, 다른 사람에게 작은 과실이 있으면 너그러이 용서하여 주며, 덕성과 능력이 있는 사람을 공직자로 기용하여야 한다. (先有司 : 몸으로써 백관에 앞서서 실천함을 이른다. 有司 : 백관. 나라의 여러 가지 직무를 맡은 사람들.)

〔**論語·子路**〕仲弓爲季氏宰, 問政. 子曰, ○○○, ○○○, ○○○.

先帝, 不以臣卑鄙, 猥自枉屈, 三顧臣於草廬之中, 諮臣以當世之事.
비 외 려

선제(劉備)가 신(諸葛亮)을 비천하다고 여기지 아니하고, 외람하게도 스스로 몸을 굽히어 오두막집에 세번이나 방문하여, 신에게 당세의 일에 대하여 물어보았다. (喩) 인재를 맞아들이기 위해 참을성있게 정성을 들이다. / 아랫 사람이 웃 사람의 우대를 받다. 어진 분을 공경하다. (由) 曹操에게 쫓기어 荊州의 劉表에게 몸을 의지했던 劉備가 군대를 이끌고 新野에 주둔하고 있을 때 어느 날 隆中에서 밭을 갈고 있던 徐庶가 찾아와 諸葛亮이 범상한 인물이 아님을 소개하고 밖으로 불러낼 수 없다고 하자 劉備는 위와 같이 三顧草廬의 정성을 들여 그를 자긴의 군사(軍師)로 삼게 되었다. (卑鄙 : 신분이 비천하다. 猥 : 외람되게. 분수를 넘게. 枉屈 : 존귀한 몸을 굽히다. / 남이 찾아옴의 경칭. = 枉臨. 顧 : 찾다. 방문하다. 草廬 : 오두막집. 자기집의 겸칭. 諮 : 묻다. 자문하다.) → **三顧草廬.**

〔**三國志·蜀志·諸葛亮傳**〕時先主屯新野. 徐庶見先生, 先主器之. 謂先主曰, 諸葛孔明者臥龍也, 將軍豈願見之乎. 先生曰, 君與俱來. 庶曰, 此人可就見, 不可屈致也, 將軍宜枉駕顧之. 由是先主遂詣亮, 凡三往乃見. 〔**諸葛亮·出師表**〕臣本布衣, 躬耕於南陽. 苟全性命於亂世, 不求聞達於諸侯. ○○, ○○○○○, ○○○○, ○○○○○○○○○, ○○○○○○○. 由是感激, 遂許先帝以驅馳. 〔**十八史略·近古·六朝篇·晉**〕○○, ○○○○○, ○○○○, ○○○○○○○○○, ○○○○○○○.

聖賢登崇俊良, 名一藝者無不庸, 爬羅剔抉, 刮垢磨光, 孰云多而不揚.

파 척결 괄구 숙

성인과 현인은 재능의 빼어난 사람을 등용하여 소중하게 여기고 재주가 뛰어나면 채용되지 않은 자는 아무도 없다. (그들은 인재를) 긁어내고 그물질하여 찾아내어서 그 결함을 발라내고 도려낸 다음 때를 깎아서 광채를 내고 있으니, 누가 다능하고도 등용되지 못한다고 말할 수 있는가? 훌륭한 통치자가 재능이 뛰어난 자를 선발, 단련시키는 정책을 철저히 구현하고 있어 누구나 등용되고 학문과 덕행을 닦아 그 광채를 드러낼 기회를 갖고 있다는 의미. (聖賢 : 성인과 현인. 聖天子와 賢宰相을 뜻한다. 登崇 : 등용하여 공경하다. 등용하여 소중하게 여기다. 名 : 훌륭하다. 이름나다. 뛰어나다. 藝 : 기예. 기술. 재능. 재지. 庸 : 사람을 쓰다. 채용하다. 爬羅 : 손톱으로 긁어내고 그물질하여 잡아내다. 숨은 인재를 샅샅이 찾아낸다는 뜻. 剔抉 : 뼈를 바르고 살을 도려내다. 결함을 남김없이 파헤쳐 제거함을 이른다. 刮垢磨光 : 때를 깎아내어 광채를 내다. 사람의 결점을 고치고 장점을 발휘하게 하는 것. 학문과 덕행을 닦아 더 훌륭하게 되려고 애씀을 비유. 揚 : 등용되다. 높은 지위에 오르다. / 들날리다. 명성. 세력들이 빛나다.) → **爬羅剔抉** → **刮垢磨光.**

〔**韓愈·進學解**〕方今聖賢相逢, 治具畢張, 拔去兇邪, 登崇俊良, 占小善者率以錄, 名一藝者無不庸, 爬羅剔抉, 刮垢磨光, 蓋有幸而獲選, 孰云多而不揚.

速登者易顚, 徐進者小患, 天道也.

이 전

빨리 오르는 사람은 넘어지기 쉽고, 천천히 나아가는 사람은 근심함이 적은 것이 자연의 이치이다. (喩) 출세가 빠른 사람은 도리어 재난이 많고 천천히 출세하는 사람이 걱정이 적다.

〔**唐書·高智周傳**〕吾聞, ○○○○○, ○○○○○, ○○○.

損人自益, 身之不祥. 棄老而取幼, 家之不祥. 擇賢而任不肖, 國之不祥, 聖人伏匿, 愚子擅權, 天下不祥.

닉 천

남에게 손해를 보게해서 스스로를 이익이 되게 하는 것은 자신의 상서롭지 못한 일이고, 노인을 버리고 어린애를 취하는 것은 집안의 상서롭지 못한 일이며, 현인을 버리고 못난 사람을 (벼슬아치로) 임용하는 것은 나라의 상서롭지 못한 일이고, 성인이 세상을 피하여 숨어버리고 어리석은 사람이 권력을 제멋대로 부리는 것은 세상의 상서롭지 못한 일이다. (擇 : 버리다. 내버리다. ※ 新序 雜事五에서는 釋자를 쓰고 있는데, 이것도 버리다이다. 伏匿 : 세상을 피하여 숨다. 子는 사람. 擅權은 권력을 제멋대로 부리다.)

〔**新序·雜事五**〕孔子曰, 不祥有五, …….. 夫損人而益己, 身之不祥也. 棄老取幼, 家之不祥也. 釋賢用不肖, 國之不祥也. 老者不教, 幼者不學, 俗之不祥也. 聖人伏匿, 天下之不祥也. 〔**孔子家語·正論解**〕孔子曰, 不祥有五, 而東益 不與焉. 夫○○○○, ○○○○. ○○○○○, ○○○○. ○○○○○○○, ○○○○. 老者不教, 幼者不學, 俗之不祥. ○○○○, ○○○○, ○○○○.

樹之難, 而去之易也.
이

나무를 심기는 어려워도 그것을 없애버리기는 쉽다. (喻) 임금이나 기타 지체높은 사람의 선택을 받아 지위를 얻기는 어려워도 그 자리에서 쫓겨나기는 쉽다. (樹 : 나무. 초목. / 식물을 심다. 去 : 버리다. / 없애다. 제거하다.)

〔**韓非子·說林上**〕夫以十人之衆, 樹易生之物, 而不勝一人者, 何也. ○○○, ○○○○○. 子雖工自樹於王, 而欲去子衆, 子必危矣.

良弓難張, 然可以及高入深, 良馬難乘, 然可以任重致遠.

좋은 활은 잡아당기기는 어렵지만 화살을 높이 미치게 하고 깊이 들어가게 할 수 있으며, 좋은 말은 타기 어려우나 무거운 것을 싣고 멀리 갈 수 있다. (喻) 훌륭한 인재는 부리기는 어렵지만 임금을 이끌어 그 존엄성을 제고해 줄 수 있다.

〔**墨子·親士**〕○○○○, ○○○○○○○○, ○○○○, ○○○○○○○○. 良才難令, 然可以致君見尊.

魚躍龍門, 過而化龍.

고기가 龍門에 뛰어올라 이를 지나가면 곧 용으로 변화한다. (喻) 사람이 입신 출세의 관문인 과거에 급제하면 곧 영달할 기회를 갖게 된다. (龍門 : 山西省河津縣과 陝西省韓城縣 사이를 흐르는 黃河 상류의 급류로, 잉어가 이곳을 오르면 용이 된다는 전설이 있다.) → **登龍門**.

〔**宋 陸佃·碑雅**〕鯉魚赤則五色之魚俱備, 故序以爲萬物盛多也. 俗說, ○○○○, ○○○○. 唯鯉魚或然.

如杞梓 · 皮革自楚往也, 雖楚有材, 晉實用之.

좋은 재목인 구기자나무·가래나무와 피혁이 楚나라에서 (晉나라로) 들어가는 것과 같이 비록 楚나라에 인재가 있어도 晉나라가 그들을 채용하여 쓴다. (喻) 자기 나라의 인재가 다른 나라로 흘러들어가 거기에서 등용되다. / 남의 것을 가져가서 자기 것으로 삼다.

〔**春秋左氏傳·襄公二十六年**〕晉卿不如楚, 其大夫則賢, 皆卿材也. ○○○, ○○○○○○, ○○○○, ○○○○. <晉 杜預注> 言楚亡臣多在晉.

如積薪耳, 後來者居上.

땔나무를 쌓아가는 것과 같이 뒤에 따라온 것이 오히려 웃 자리를 차지하다. 뒤졌던 사람이 앞 사람을 추월하여 그 웃 자리에 앉음을 이르는 것. 일 개인 혹은 단체가 일을 신속히 성취하여 앞선 자를 추월했음을 칭찬하는데 쓰인다. / 정사를 주도하는 자가 사람을 쓸 때에 자격·능력·서열에 의하지 않고 후순위자를 선발함을 풍자, 질책하는 데도 쓰인다. → **後來者居上. 後來者在上. 後者處上. 後來居上.**

〔**文子·上德**〕聖人虛無因循, 常後而不先, 譬若積薪燎, 後者處上. 〔**淮南子·繆稱訓**〕聖人不爲物先, 而常制之其類, 若積薪樵, 後者在上. 〔**史記·汲鄭列傳**〕黯褊心, 不能少望. 見上, 前言曰, 陛下用羣臣○○○○, ○○○○○. 上默然. 有閒黯罷, 上曰, 人果不可以無學, 觀黯之言也日益甚.

迎猫爲其食田鼠也, 迎虎爲其食田豕(시)也.

고양이와 가까와지는 것은 그것이 밭쥐를 잡아먹도록 하기 위해서이고, 호랑이와 가까와지는 것은 그것이 곡식을 해치는 멧돼지를 잡아먹게 하기 위해서이다. (喩) 군자를 등용하는 것은 반드시 나라에 응분의 보답을 하도록 하기 위함이다. (迎 : 마중하다. 가까워지다. 접근하다. 田豕 : 밭돼지나 멧돼지를 뜻한다.)

〔**禮記·郊特牲**〕古之君子, 使之必報之. ○○○○○○○○, ○○○○○○○○, 迎而祭之也.

英雄無用武之地.

영웅이 병법을 쓸 곳이 없다. (喩) 재능있는 사람이 환경·여건의 제약을 받아 그 수완을 발휘할 곳이나 기회가 없다. / 아까운 인재를 등용할 자리가 없다. / 불량한 습관이 있는 사람이 객관적인 조건의 제약을 받다. (武 : 병법. 전술.)

〔**三國志·蜀志·諸葛亮傳**〕今操芟荑大難, 略已平矣. 遂破荊州, 威鎭四海. 英雄無所用武, 故豫州遁逃至此. 〔**晉書**〕洛陽雖小, 山河四塞, 亦是用武之地. 〔**資治通鑑·漢獻帝建安十三年**〕今操芟荑大難, 略已平矣. 遂破荊州, 威震四海. ○○○○○○, 故豫州遁逃至此. 〔**通鑑綱目**〕說權曰, 海內大亂, 將軍起兵, 據有江東, 劉豫州亦收衆漢南, 與曹操竝爭天下, 今操破荊州, ○○○○○○○, 故豫州遁逃之此, 將軍量力而處之.

吾取此人, 如囊(낭)中取物耳.

나는 이 사람을 주머니에 있는 물건을 꺼내는 것과 같이 취했다. 사람을 아주 쉽게 채용했음을 이르는 것. (囊中取物 : 일을 매우 쉽게 처리하다. 또는 아주 쉽게 얻어 가지다의 비유) → **囊中取物. 探囊取物. 囊令取物.**

〔**新五代史·南唐世家**〕熙載謂(李)穀曰, 江左用吾爲相, 當長驅以定中原. 穀曰, 中國用吾爲相, 取江南如探囊中物爾. 〔三國演義·第二十五回〕關公曰, 某何足道哉. 吾弟張翼德於百萬軍中取上將之頭, 如探囊取物耳. 〔三國演義·第二八十八回〕公明大笑曰, 吾擒此人, 如囊中取物耳, 直須降伏其心, 自然平矣.

玉生於山, 制則破焉, 非弗寶貴矣. 然夫璞(박)不完.

산에서 나오는 구슬은 다듬으면 (원형이) 부서져버리는 것이니, 그것이 보배로서 귀하지 않은 것은 아니나 큰 옥돌(순수성)이 온전하지 못하게 된다. (喩) 산간 오지 출신의 현사가 추천되어 선택되면 녹을 타고 존귀한 신분에 오를 수 있으나 심신은 재야 때의 순수성과 완전성을 잃어버린다. (制 : 마르다. 만들다. 짓다. 제조하다. 옥석을 조각하다. 다듬다. 夫 : 이. 그. / 鮑彪 본작에는 大로 되어있고, 大로 본다.)

〔戰國策·齊策四〕諺𩑈辭去曰, 夫○○○○, ○○○○, ○○○○○. ○○○○○. 士生乎鄙野 推選則祿焉, 非不得尊遂也. 然而形神不全.

用不才之臣, 才臣不來, 賞無功之人, 功臣不勤.

재주가 없는 사람을 신하로 등용하면 재주있는 신하가 오지 않고, 공로가 없는 사람에게 상을 주면 공로가 있는 신하가 부지런히 일하지 않는다.

〔唐 王維·責躬薦弟表〕○○○○○, ○○○○, ○○○○○, ○○○○.

用人之道, 尊以爵, 贍(섬)以財, 則士自來, 接以禮, 勵(여)以義 則士死之.

사람을 쓰는 방법은 벼슬을 높여주고 재물을 공급해 주는 것이니, 그러면 선비들이 스스로 찾아오게 되며, 또한 예의로 대접하고 의로서 격려하는 것이니, 그러면 곧 그 선비는 사력을 다할 것이다. (贍 : 부양하다. 공급하다./ 많다. 넉넉하다. 풍부하다. 충분하다. 死 : 목숨을 내걸다. 목숨을 아까워하지 아니하다. 죽음을 두려워하지 아니하다.사력을 다하다. / 필사적이다. 결사적이다.)

〔三略·上略〕夫○○○○, ○○○, ○○○, ○○○○, ○○○, ○○○, ○○○○.

庸人之御駑(노)馬, 亦傷吻(문)敝(폐)策, 而不進於行, 胸喘膚(천)汗, 人極馬倦.

보통 사람이 둔한 말을 몰면 입술에 상처를 내고 채찍을 깨뜨려도 길에서 나아가지 못한채, 가슴만 헐떡거리고 피부에 땀이 흐르니, 사람만 지치고 말도 피로할 뿐이다. 평범한 사람을 관리로 써서 평범한 일을 시키면 수고롭기만 할 뿐 공을 거두지 못한다는 뜻. (傷 : 상처를 내다. 吻 : 입술. 敝 : 깨뜨리다. 부수다. 策 : 채찍. 極 : 지치다. 괴로워 하다. 倦 : 피로하다. 고달프다.)

〔王褒·聖主得賢臣頌〕○○○○○○, ○○○○○, ○○○○○, ○○○○, ○○○○.

龍章鳳姿之士不見用, 麞頭鼠目之子乃求官.
장

용의 형상에 봉황새의 모습을 가진 뛰어난 풍채의 선비는 등용되는 것을 볼 수 없고, 노루머리에 쥐의 눈을 한 빈천한 상을 가진 사람은 곧 벼슬자리를 구한다. (龍章 : 용의 무늬 또는 형상. 뛰어난 풍채. 鳳姿 : 봉의 자태. 품위있는 용자. 麞頭鼠目 : 노루머리와 쥐의 눈. 비천한 용모를 이른다. 相術家는 머리 모양이 뾰죽하고 대머리진 것을 麞頭, 옴팡눈으로 눈동자가 똥그란 것을 鼠目이라 하며, 둘 다 비천한 상.)
→ **龍章鳳姿.** → **麞頭鼠目.**

〔**舊唐書·李揆傳**〕初, 揆秉政, 侍中苗晉卿累薦元載爲重官. 揆自恃門望, 以載地寒, 意甚輕易, 不納, 而謂晉卿曰, ○○○○○○○○○, ○○○○○○○○○邪. 載聞銜之. 〔**世說新語·容止**〕龍章鳳姿, 天質自然.

用之則爲虎, 不用則爲鼠.

(벼슬아치로) 등용되면 호랑이가 되고, 등요되지 않으면 쥐가 된다. 관리가 되면 위엄있는 사람이 되어 당당하게 기염을 토하고, 등용되지 않아 일방 백성으로 남아있으면 의기소침하게 되어 숨어버린다는 뜻.

〔**漢書·東方朔傳·客難**〕尊之則爲將, 卑之則爲虜, 抗之則在靑雲之上, 抑之則在深泉之下, ○○○○○, ○○○○○.

用之則行, 舍之則藏.

(선비는) 등용되면 세상에 나아가 도를 행하고, 버리면 물러나 드러앉는다. 선비의 일종의 처세태도를 가리키는 것으로, 출사·퇴진을 때에 맞추어 적절히 한다는 말. (用 : 등용되다. 舍 : 버리다.) → **用行舍藏. 用舍行藏.**

〔**論語·述而**〕子謂顔淵曰, ○○○○, ○○○○. 惟我與爾有是夫. 〔**蔡邕·陳中丘碑文**〕用舍行藏, 進退可度. 〔**元 無名氏·猿聽經**〕禪師云, 如何在急流中退步也. 正末云, 太師不知, 諺語有之, 用舍之道, 行藏之中, 不可不慮也.

禹稱善人, 不善人遠.

禹임금이 좋은 사람을 등용하니, 좋지 않은 사람이 스스로 멀리 갔다. 선량한 사람을 쓰지 않으면 악한 사람은 자리를 지키게 된다는 뜻. (稱 : 쓰다. 등용하다.)

〔**春秋左氏傳·宣公十六年**〕羊舌職曰, 吾聞之, ○○○○,○○○○. 此之謂也夫.

遠求騏驥, 不知近在東鄰.
린

멀리 천리마를 구하면서도, 그것이 가까운 이웃에 있음을 알지 못한다. (喩) 현인(賢人)이 가까이 있음을 모르다.

〔 **晉書·馮跋載記** 〕 南宮令成藻豪俊, 有高名, 素弗造焉, 藻令門者勿納, 素弗逕入, 與藻對坐, 旁若無人, 談飮連日, 藻始奇之, 曰, 吾○○○○, ○○○○○○, 何識子之晩也. (素弗은 馮跋의 弟)

有粟不食, 無益於飢, 覩賢不用, 無益於削.

도

양식이 있어도 이를 먹지 않으면 굶주림에 도움을 주지 못하며, 현인을 보고도 등용하지 않으면 국토의 침탈당함에 도움을 주지 못한다. 현인을 보고도 등용하지 않으면 국토의 침탈당하지 않음을 보증할 수 없음을 이르는 말. (覩 : 보다. 睹의 古字. 削 : 토지 또는 국토의 침탈 당함. 孟子 告子下의 魯之削也滋甚 참조.)

〔 **鹽鐵論·相刺** 〕 文學曰, ……. 孟子適梁, 惠王問利, 答以仁義, 趣舍不合, 是以不用而去, 懷寶而無語. 故○○○○, ○○○○, ○○○○, ○○○○.

儒有內稱不辟親, 外舉不辟怨.

피

선비 중 어떤 사람이 남을 칭찬할 때는 자기의 친척이라고 해서 피하지 아니하고, 남을 천거할 때는 자기의 원수라고 해서 피하지 아니한다. (喩) 선비는 누구에 대해서도 인물·능력본위로 공정히 추천한다. (儒 : 선비. 孔子·孟子의 사상과 학문을 닦는 사람. 稱 : 칭찬하다. 찬양하다. 辟 : 피하다. = 避) = **內擧不避親, 外擧不避讎.**

〔 **禮記·儒行** 〕 ○○○○○○○, ○○○○○. 程功積事, 推賢而進達之, 不望其報. 〔 **春秋左氏傳·僖公二十一年** 〕 叔向曰, 祁大夫外擧不棄仇, 內擧不失親. 其獨遺我乎. 〔 **尸子·仁意** 〕 內擧不辟親, 外擧不避讎. 仁者之于善也, 無擇也, 無惡也, 唯善之所在. 〔 **呂氏春秋·去私** 〕 孔子聞之曰, 善哉. 祁黃羊之論也, 外擧不避讎, 內擧不避子, 祁黃羊可謂公矣. 〔 **韓非子·外儲說左下** 〕 中牟無令, 魯平公問趙武曰, 中牟, 三國之股肱, 邯鄲之肩髀, 寡人欲得其良令也, 誰使而可. 武曰, 邢伯子可. 公曰, 非子之讎也. 曰, 私讎不入公門. 公又問曰, 中府之令, 誰使而可. 曰, 臣子可. 故曰, 外擧不避讎, 內不避子. 〔 **韓詩外傳·卷九** 〕 解狐曰, 言子者, 公也, 怨子者, 吾私也. 公事已行, 怨子如故. 〔 **史記·晉世家** 〕 三年, 晉會諸侯. 悼公問群臣可用者, 祁傒擧解狐. 傒之仇. 復問, 擧其子祁午. 君子曰, 其傒可謂不黨矣. 外擧不隱仇, 內擧不隱子. 〔 **新書·雜事一** 〕 外擧不避讎, 內擧不回親戚, 可謂至公矣. 〔 **說苑·至公** 〕 咎犯曰, 薦子者公也, 怨子者私也, 吾不以私事害公義, 子其去矣, 顧吾射子也. 〔 **世說新語·言語** 〕 慈明曰, 昔者祁奚內擧不失其子, 外擧不失其讎.

惟治亂在庶官, 官不及私昵, 惟其能.

닐

세상이 잘 다스려지고 어지러워지고 하는 것은 모든 관리들에게 달려 있으므로, 벼슬자리는 개인적인 편애와 연관되어서는 안되며, 오직 그 능력과 연관되어야 한다. 세상을 잘 다스리기 위해 관리를 등용할 때는 개인적으로 친밀한 관계에 있는 자를 중하게 생각하여 써서는 안되며, 오직 유능한 자를 등용해야 됨을 이르는 것. (在 : …에 달려있다. 庶官 : 모든 관리, 백관. 官 : 벼슬. 벼슬자리. / 벼슬아치. 관리. / 벼슬을 주다. 관리로 임용하다. 及 : 미치다. 미치게 하다. / 관련되다. 관계되다. 연루되다. 私昵 : 개인적인 편애. 사사로운 친밀함. / 개인적으로 돌보아 주다. 사이가 가깝다.)

〔**書經·商書·說命中**〕惟說, 命總百官, 乃進于王曰, 嗚呼. ……. ○○○○○○, ○○○○○, ○○○. 爵罔及惡德, 惟其賢.

有兎爰爰, 雉離于羅.

원 치

걸어다니는 토끼는 자유롭게 뛰어다니는데 날아다니는 꿩은 그물에 걸린다. 어지러운 세상에서 일어난 현상을 비유적으로 묘사한 것. (喻) 못나고 간사한 사람은 출세하는데 올바른 사람은 궁지에 몰리고 박해를 받는다. (有 : 명시되지 않은 사람·날짜, 사물 등을 나타내는 어조사로 그 용법은 某자와 비슷하다. 爰爰 : 느릿느릿한 모양. 무엇에 구속, 제약 당하지 않고 자유롭게 서서히 뛰어다니는 모습. 離 : 걸리다. 당하다. 羅 : 새 그물.)

〔**詩經·王風·兎爰**〕○○○○, ○○○○, 我生之初, 尙無爲, 我生之後, 逢此百罹. 尙寐無吪.

疑人莫用, 用人莫疑.

사람을 의심하거든 쓰지 말고, 일단 사람을 쓰면 의심하지 말라. 쓴 사람은 성의로써 대우하고, 십분 서로 믿고, 대담하게 내버려둘 것을 강조하는 말. = **疑人勿使, 使人勿疑. 疑人勿用, 用則勿疑. 疑人莫用, 用人莫疑. 莫則勿用, 用則勿疑. 疑則勿任, 任則勿疑. 疑者不使, 使者不疑. 用人不疑, 疑人不用.**

〔**舊唐書·陸贄傳**〕夫如是, 則疑者不使, 使者不疑. 勞神于選才, 端拱于委任.(端拱 : 端坐拱手, 舊指帝王無爲而治.)〔**資治通鑑**〕古人有言, 疑則勿任, 任則勿疑. 〔**續資治通鑑**〕古人有言曰, 疑則勿用, 用則勿疑. 〔**金史·熙宗本紀**〕上曰, 四海之內, 皆朕臣子, 若分別待之, 豈能致一. 諺不云乎, 疑人勿使, 使人勿疑. 〔**東國列國志**〕疑人勿用用勿疑, 仲父當年獨制齊. 〔**通續編**〕引古人曰, 疑則勿用, 用則勿疑. 〔**女兒英雄傳**〕自古道, ○○○○, ○○○○.

以言擧人, 若以毛相馬.

말에 근거하여 사람을 가려 뽑는 것은 털 색깔에 근거하여 말의 우열을 감별하는 것과 같다. 외모만 보고 실력이나 심성을 알아보지 않은 채 사람을 뽑아쓰는 것은 적절하지 못하다는 뜻. (이 : …으로써. …을 가지고. …을 근거로. 相 : 가리다. 고르다. / 상을 보다. 관상을 보다. 사물의 외관을 평가하다.사람의 형색과 행동거지를 주시하여 그 기상을 추단하다. 감별하다.)

〔**鹽鐵論·利議**〕大夫曰, ……. 故 ○○○○, ○○○○○. 此其所以多不稱擧.

犁牛之子, 騂且角, 雖欲勿用, 山川其舍諸.

이 성 저

얼룩소의 새끼가 그 털색갈이 순적색(純赤色)이고 뿔이 단정하다면 사람들이 비록 제사에 쓰려고 하지 않더라도 산천의 신은 그것을 어째서 버리겠는가? (喩) 아버지가 비천하고 행실이 나쁘더라도 그것 때문에 현명한 아들을 등용에서 제외시킬 수 없다. 아버지가 나빠도 자식이 현명하면 등용된다. (由) 仲弓이 나쁜 아버지를 두었지만 똑똑하였기 때문에 孔子가 소에 비유하여, 잡종인 얼룩소의 새끼일지라도 그 털색이 붉고 뿔이 곧으면 희생으로써 하늘에 바칠 수 있다고 한 말에서 "아버지가 나쁘더라도 자식이 등용됨"을 이르게 되었다. (犁牛 : 얼룩소. 騂且角 : 털 색깔이 순적색이고 뿔 둘레가 모두 단정하다. 이런 소는 제사에 쓰기에 적합하다. 用 : 제사에 쓰는 것을 이른다. 山川 : 산천의 신을 가리킨다. 諸 : 의문조사. 之乎와 같다.) → **犁牛之子**.

〔**論語·雍也**〕子謂仲弓曰, ○○○○, ○○○, ○○○○, ○○○○○.

以天下與人易, 爲天下得人難.

천하를 남에게 주기는 쉬워도, 천하를 위하여 인물을 얻기는 어렵다. 천하를 통치하는 대권을 자기 아들이 아닌 다른 사람에게 물려주는 것은 매우 쉽지만, 천하를 위하여 한 명의 비범하고 총명한 영수(領袖)를 구하여 얻는 것은 어렵다는 말. (以天下與人 : 堯임금이 舜임금에게, 舜임금이 禹임금에게 각각 천자의 위를 선양한 것과 같이 천하를 통치하는 대권을 자기 아들이 아닌 다른 유능한 사람에게 물려줌을 이른다.)

〔 **孟子·滕文公上** 〕分人以財謂之惠, 敎人以善謂之忠, 爲天下得人者謂之仁, 是故○○○○○○, ○○○○○○. 〔 **後漢書·李固傳** 〕傳曰, ○○○○○○, ○○○○○○. 昔昌邑之立, 昏亂日滋, 霍光憂愧發憤, 悔之折骨. 自非博陸忠勇, 延年奮發, 大漢之祀, 幾將傾矣.

人惟求舊, 器非求舊, 惟新.

사람은 옛 사람을 구하나, 그릇은 헌 것을 구하지 않고 오로지 새 것을 구한다. 나라에서 사람을 쓸 때는 고사(古事)에 익숙하고 정사에 통달한 세신구가(世臣舊家)의 사람을 구할 것이고, 그릇을 구할 때는 될 수 있는 한 새 것을 택한다는 것. / 사람이 교제를 함에 있어서는 옛날에 서로 알았거나 서로 친했던 사람이 좋고, 사용할 기물은 새로운 것이 좋다는 말. = **人惟舊, 器惟新**. → **人惟求舊**. ≒ **衣莫若新, 衣莫若故**.

〔**書經·商書·盤庚上**〕遲任有言曰, ○○○○, ○○○○, ○○. 〔**晏子春秋·雜上**〕晏子稱曰, 衣莫若新, 人莫若故. 〔**漢 王符·潛夫論·交際**〕語曰, 人惟舊, 器惟新. 昆弟世疏, 朋友世親. 此交際之理, 人之情也.

一擧首登龍虎榜, 十年身到鳳凰池.

(궁전의 대전 뜰에서 임금이 친히 주재하는) 과거에 합격한 자를 알리는 용호방에 단번에 선두에 오르면 십년 후에는 궁전안에 있는 봉황지에 그 사람이 이르게 된다. 나라가 시행하는 최고의 과거에 장원급제하면 십년 후에는 곧 고위관리로 근무하게 된다는 말. (一擧 : 단번에. 단 한 번에. 龍虎榜 : 문무과에 합격한 사람의 명단을 게시하던 나무판. 金榜이라고도 한다. 鳳凰池 : 궁전속의 연못 이름. 隋·唐·宋 때의 중앙관청인 中書省에 봉황지를 설치하였으므로 재상에 많이 비유된다.)

〔**宋 沈括·夢溪筆談**〕張唐卿進士第一及第, 期集于興國寺題壁云, ○○○○○○○, ○○○○○○○.

一旦位爵祿, 國歌奪之, 却爲一措大, 又將何以自奉養耶.

하루 아침에 지위와 작록을 나라가 빼앗아버리면 도리어 하나의 청빈한 선비가 되어버리니, 또 장차 어떻게 집안 웃어른을 몸소 받들고 섬길 것인가? 고위 공직에 있을 때 사치가 습관화되어 있으면 퇴직후 지탱하기가 어려움을 지적한 말. (一旦 : 하루 아침. 갑자기 어느 날. 措大 : 청빈한 선비. 貧士, 貧儒.)

〔**宋名臣言行錄·杜衍·語錄**〕公(杜衍) 曰, ……. ○○○○○, ○○○○, ○○○○○, ○○○○○○○○.

得鳥者, 羅之一目也. 今爲一目之羅, 則無時得鳥矣.

새를 잡는 것은 새그물의 한 코이지만, 이제 한 코의 새그물을 설치해서는 결코 새를 잡을 기회가 없다. (喩) 재능있는 한 사람에게만 일을 맡겨서는 많은 사람을 다루기 어렵다. / 출중한 인재 한 사람만으로는 중대한 일을 성취시키지 못한다. / 예를 갖추지 않으면 현인을 초치할 수 없다. (羅 : 새그물. 爲 : 만들다. 짓다. 제조하다. / 두다. 설치하다. 時 : 기회.) → **一目之羅, 不可以得鳥.**

〔**文子·上德**〕有鳥將來, 張羅而待之. 得鳥者, 羅之一目, 今爲一目之羅, 則無時得鳥, < 文子注 > 任一人之才, 難以御衆, 一目之羅, 無由獲鳥. 〔**淮南子·說山訓**〕有鳥將來, 張羅而待之. ○○○, ○○○○○, ○○○○○○, ○○○○○○. 〔**淮南子·說林訓**〕一目之羅, 不可以得鳥, 無餌之釣, 不可以得魚. 〔**魏略**〕張一目之羅, 終不得鳥矣.

訾譽之人, 勿與任大. 譕巨者, 可以遠擧.
자 위 무

좋은 사람을 비방하거나 나쁜 사람을 치켜세우는 사람에게는 중임을 주어서는 안된다. 거대한 책략을 하는 사람은 그와 함께 천하대업의 원대한 계획을 할 수 있다. (訾 : 어진 사람을 헐뜯는 것. 譽 : 못난 사람을 치켜세우는 것. 任大 : 맡은 일이 큼. 중요한 직무를 가리킨다. 譕 : 책략이 있다. 지모가 있다. / 한 말을 실행하는 자. 謀의 예 글자. 巨 : 원문에는 臣자로 되어있으나 淸 王引之가 巨로 간주하고 그것은 자형이 비슷하여 잘못된 것이라고 하였다. 遠擧 : 원대한 일을 하다. 원대한 계획을 하다. 천하대업의 원대한 계획을 하는 것을 가리킨다.)

〔**管子·形勢**〕○○○○, ○○○○, ○○○○○○○, 顧憂者, 可與致道. 〔**管子·形勢 解**〕毁訾賢者之謂訾, 推譽不肖之謂譽.

灼灼園中花, 早發還先萎, 遲遲澗畔松, 鬱鬱含晩翠.
작 위 울 취

곱게 빛나는 정원속의 꽃은 일찍 피어서 다시 먼저 시들고, 더디고 더딘 산골물이 흐르는 시냇가의 소나무는 울창하여 늦도록 푸르름을 머금는다. (喩) 일찍 승진하면 일찍 물러나게 되고, 늦게 출세하면 늦게까지 근무하게 된다. (灼灼 : 꽃이 난만한 모양. / 빛나는 모양. 밝은 모양. 還 : 다시. 萎는 시들다. 시들어 마르다. 遲遲 : 느릿느릿한 모양. 꾸물거리는 모양. 澗畔 : 살골물이 흐르는 시냇가. 鬱鬱 : 초목이 무성하다. 울창하다. 晩翠 : 식물이 추위속에서도 변함없이 푸르다.)

〔 **范質·戒從子杲詩** 〕○○○○○, ○○○○○, ○○○○○, ○○○○○. 〔 **小學·嘉言** 〕范魯公質爲宰相. 從子杲嘗求奏遷秩, 質作詩曉之. 其略曰, ……. 物盛則必衰, 有隆還有替. 速成不堅牢, 亟走多顚躓. ○○○○○, ○○○○○. ○○○○○, ○○○○○.

趙王倫, 逼帝禪位, 黨與皆爲卿相, 奴卒亦加爵位. 每朝會, 貂蟬盈座, 時人語曰, 貂不足, 狗尾續.

趙나라 왕 倫은 최후의 惠帝를 위협하여 제위를 물러나게 하니, 그와 한 편이 된 무리는 다 정승·판서가 되었고, 하인도 또한 벼슬과 직위를 더하여, 조회 때마다 담비꼬리와 매미 날개로 장식한 관을 쓴 벼슬아치가 자리를 가득 채웠다. 이 때 사람들이 말하기를 "담비꼬리가 모자라 개꼬리를 이었다"고 하였다. (逼 : 핍박하다. 협박하다. 위협하다. 강제하다. 禪位 : 임금이 그 자리를 물려주다. 양위하다. 선양하다. 黨與 : 한 편이 된 무리. 貂蟬 : 담비의 꼬리와 매미의 날개. 이것이 고위관리가 쓰는 관의 장식품으로 쓰여 고위관리를 상징한다. 貂不足, 狗尾續 : 군자와 소인이 자리를 같이하다. / 조정에 나가는 벼슬아치가 쓸 데 없이 너무 많다. / 나쁜 것을 가지고 훌륭한 것을 채운다는 비유어.) → **貂不足, 狗尾續. 狗尾續貂.**

〔 **晉書·趙王倫傳** 〕倫諸黨皆登卿相, ……… . 至於奴卒廝役, 亦加以爵位, 每朝會, 貂蟬盈座. 時人謂之諺曰, 貂不足, 狗尾續. 〔 **十八史略·近古 六朝篇·晉** 〕○○○, 自加九錫, ○○○○, ○○○○○○, ○○○○○○. ○○○, ○○○○, ○○○○, ○○○, ○○○. 〔 **周必大詩** 〕公詩如貂不煩削, 我續狗尾句空著. 〔 **故事成語考** 〕鳥獸美惡不稱, 謂之狗尾續貂.

左納言右納史, 朝承恩暮賜死.

임금의 명령을 직접 받고 발표하는 좌납언(左納言)이나 임금의 명령 등 정사를 기록하는 우납사(右納史) 같은 고관들도 아침에는 은총을 받다가 저녁에는 사약을 받는다. (喩) 고위공직자의 진퇴가 무상하다. 신하의 도리를 다하기가 매우 어렵다. / 인정이 변하기 쉽다. (左納言 : 임금의 명령을 직접 듣고 발표하고 또한 신하의 말을 임금에게 전하는 일을 맡은 고위관직. 周의 內史, 秦漢의 尙書, 唐의 侍中이 이에 해당. 右納史 : 왕명 등 정사를 기록하는 높은 벼슬. 당의 中書省 장관인 中書令이 이에 해당. 承恩 : 은총을 받다. 賜死 : 죽음을 받다. 임금이 중죄인에게 자결을 명하다.)

〔 **白樂天·太行路 詩** 〕不獨人間夫與妻, 近代君臣亦如此. 君不見, ○○○○○○, ○○○○○○. 行路難, 不在水不在山, 只在人情反覆間.

只看後浪催前浪, 當悟新人換舊人.

다만 파도의 뒷 물결이 앞 물결을 밀어붙이는 것을 보았을 뿐인데, 곧 새 사람이 오래된 사람과 바뀌는 것을 깨닫게 되다. (喻) 낡은 사물이 새로운 사물로써 부단히 대체되다. / 인사를 경질하여 신진대사를 하다. 후자가 전자를 밀고 나아가서 계속 전진하다. (催 : 재촉하다. 다그치다. 촉진하다. 當 : 곧 ※ 連詞로 쓰였다.) → **長江後浪推前浪. 後浪催前浪. 後浪推前浪.**

〔**宋 文珦·潛山集·過苕溪 詩**〕○○○○○○○, ○○○○○○○. 〔**元 賈仲名·對玉梳**〕(荊楚臣云) 常言道後浪催前浪, (正旦唱) 盡叫他後浪催前浪, (帶云) 楚臣放心, (唱) 休想我新人換舊人. 〔**元 王子一·誤入桃園**〕水阿抵多少長江後浪推前浪, 花阿早則一片西飛一片東, 歲月怱怱.

千里迎賢, 其路遠, 致不肖, 其路近. 是以明君, 舍近而取遠.

천리 밖의 현인을 맞이하는 데는 그 길이 멀고, 불초한 자를 이르게하는 데는 그 길이 가깝다. 그래도 현명한 군주는 가까운 데 것을 버리고 먼 데 것을 취한다. 천리나 떨어진 먼 곳에 있는 인재를 맞이하려면 그 길이 멀어 그리 쉬운 일이 아니지만, 현명한 임금이라면 공업을 이룩하기 위하여 가까이 있는 범용한 사람을 버리고 먼 데 있는 인재를 취한다는 뜻. (舍近而取遠 : 가까운 데 것을 버리고 먼 데 것을 취하다. 좋은 인재가 있다면 거리의 원근에 관계없이 선발한다는 의미. ※ 같은 말의 舍近就遠, 舍近求遠, 舍近圖遠 : 주된 것과 부차적인 것 또는 일의 경중이 분명하지 않고 본말이 도치되는 것을 의미.) → **舍近而取遠. 舍近取遠.** ※ **舍近就遠, 舍近求遠, 舍近圖遠.**

〔**三略·下略**〕○○○○, ○○○, ○○○, ○○○. ○○○○, ○○○○○. 故能全功, 尙人而下盡力.

淸白之士, 不可以爵祿得, 節義之士, 不可以刑威脅.

청렴결백한 선비는 작위와 봉록으로써 얻을 수 없고, 절개와 의리가 있는 선비는 형벌과 위세로써 협박할 수 없다.

〔**三略·下略**〕○○○○, ○○○○○○. ○○○○, ○○○○○○. 故明君, 求賢必觀其所以而致焉, 致淸白之士, 修其禮, 致節義之士, 修其道, 然後士可致, 而名可保.

蜀得其龍, 吳得其虎, 魏得其狗.

蜀漢은 용을 얻었고, 吳는 호랑이를 얻었고, 魏는 개를 얻었다. 蜀漢나라는 諸葛亮을 얻었고, 吳나라는 大將軍左都護까지 오른 諸葛亮의 형 諸葛瑾을 얻었고, 魏나라는 征東大將軍을 지낸 그들의 종제 諸葛誕을 얻었다는 말. (狗 : 멸시의 뜻으로 쓰인 것이 아니고, 호걸이 조금 덜 되었다는 의미로 쓰인다.)

〔**世說新語·品藻**〕諸葛瑾弟亮及從弟誕, 竝有盛名, 各在一國. 於時以爲○○○○, ○○○○, ○○○○. 誕在魏, 與夏侯玄齊名. 瑾在吳, 吳朝服其弘量.

取靑紫如拾芥.
습 개

공경(公卿)의 높은 직위를 얻는 것이 쓰레기를 줍는 것과 같다. 관작을 얻기가 매우 쉽다는 말. (青紫 : 공경. 또는 그 지위. 漢代의 公侯는 자색, 九卿은 청색의 인수를 사용한 데서 유래. 拾芥 : 쓰레기를 줍다.)

〔**漢書·夏侯勝傳**〕勝毋講授, 常謂諸生曰, 士病不明經術, 經術苟明, 其取青紫, 如俛拾地芥耳. < 顔注 > 言其易而必得也, 青紫, 卿大夫之服也. 俛卽俯字.

治世用端人正士, 衰世用庸夫俗儒, 亂世用憸夫佞人.
섬 영

태평한 세상에서는 얌전하고 올바른 사람을 등용하고, 쇠퇴하여 가는 세상에서는 평범하고 보통의 사람을 등용하며, 어지러운 세상에서는 간사하고 아첨하는 사람을 들용한다. 태평한 세상에서는 단정(端正)한 사람, 타락해 가는 세상에서는 용속(庸俗)한 사람, 어지러운 세상에서는 섬영(憸佞)한 사람을 각각 쓴다는 말. (端正 : 얌전하고 바르다. 庸俗 : 평범하다. 품격이 낮다. 憸佞 : 간사하고 아첨하다. 여기 붙었다 저기 붙었다 하다.)

〔**呻吟語·第九章**〕○○○○○○○, ○○○○○○○, ○○○○○○○.

治世則用文, 亂世則用武.

천하가 태평하면 문인을 기용하고, 천하가 어지러우면 무인을 기용한다.

〔**漢 黃憲·天祿閣外史**〕寡人聞之, ○○○○○, ○○○○○. 用務之世, 奚事樂樂哉. 〔**淸 王金龍·雙蝶夢**〕常言道, 治世尙文, 亂世用武. 不如棄文取武, 太原府有一張維翰, 見做彼處參軍, 且去投他. 〔**淸 天花才子·快心編**〕古語云, 治則事文, 亂則事武.

致安之本, 惟在得人.

(나라의) 안정을 이루는 근본은 오직 훌륭한 인재를 얻는데 달려있다.

〔**貞觀政要·論擇官**〕貞觀二年, 上(太宗)謂尙書右僕射封德彛曰, ○○○○, ○○○○. 此來令卿擧賢, 未嘗有所推薦. 天下事重, 卿宜分朕憂慮. 卿旣不言, 朕將安寄.

稱善人, 不善人遠.

좋은 사람을 등용하면 좋지 못한 사람은 스스로 멀리 간다. 좋은 사람이 위에 있으면 나라안에는 요행의 기회를 노리는 사람이 없게 됨을 뜻한다. (稱 : 쓰다. 등용하다. 擧의 뜻.)

〔**春秋左氏傳·宣公十六年**〕羊舌職曰, 吾聞之, 禹○○○, ○○○○. 此之謂也夫.

太公八十而遇文王.

姜太公(太公望. 姜呂望. 본명 呂尙.)은 나이 80세가 되어서 周나라 성군인 文王을 만나다.

(喩) 사람이 노년에 이르러서 비로소 위인을 만나 재능을 나타내다.

〔**孔叢子·記問**〕太公勤身苦志, 八十而遇文王.

擇人之法有四, 是身言書判. 身, 言體貌風偉. 言, 言言辭辯正. 書, 言楷法遒美. 判, 言文理優長.

해 주

사람을 선택하는 기준에는 네 가지가 있으니, 그것은 신언서판(身言書判)이다. 그 첫째는 신체(身)로, 이는 용모가 위엄있고 훌륭함을 말하고, 둘째는 말씨(言)로 이는 말씨가 슬기롭고 바름을 말하며, 셋째는 글씨(書)로, 서예법을 본받아 쓰는 것이 힘이 있고 아름다움을 말하고, 넷째는 판단력(判)으로, 사물을 깨닫는 역량이 훌륭하고 빼어남을 말한다. 관리의 등용기준으로 儀容, 言辭, 文筆, 判斷力의 네가지를 이른 것. (風 : 위엄있다. 偉 : 훌륭하다. 뛰어나다. 辯 : 슬기롭다. 민첩하다. 楷 : 본받다. 遒 : 세다. 힘이 있다. 文理 : 사물을 깨달아 아는 힘.) → **身言書判.**

〔**唐書·選擧志**〕凡擇人之法, 有四, 一曰身, 言體貌風偉, 二曰言, 言言辭辯正, 三曰書, 言楷法遒美, 四曰判, 言文理優長, 四事皆可取.

通則視其所擧, 窮則視其所不爲, 富則視其所分, 貧則視其所不取.

영달했으면 그의 행하는 것을 보고, 궁하였을 때는 그의 하지 않는 것을 보며, 부유했을 때에는 남에게 나누어주는 가를 보고, 가난했을 때에는 그의 취하지 않는 것을 살펴본다. 숨겨져있는 어진 인재를 발굴하는 한 방법을 제시한 것. (通 : 영달하다. 출세하다.)

〔**晏子春秋·問上**〕(晏子) 對曰, ……, 故○○○○○○, ○○○○○○○, ○○○○○○, ○○○○○○○. 〔**文子·上義**〕故論人之道, 貴則觀其所擧, 富則觀其所施, 窮則觀其所受, 淺則觀其所爲. 〔**呂氏春秋·論人**〕凡論人, 通則觀其所禮, 貴則觀其所不進, 富則觀其所養, 聽則觀其所行, 止則觀其所好, 習則觀其所言, 窮則觀其所不受, 賤則觀其所不爲. 〔**韓詩外傳·卷三**〕李克曰, 夫觀士也, 居則視其所親, 富則視其所與, 達則視其所擧, 窮則視其所不爲. 貧則視其所不取. 此五者足以觀矣. 〔**淮南子·氾論訓**〕故論人之道, 貴則觀其所擧, 富則觀其所施, 窮則觀其所不受, 賤則觀其所爲, 貧則觀其所不取. 〔**史記·魏世家**〕李克曰, 故不察故也. 居視其所親, 富視其所與, 達視其所擧, 窮視其所不爲. 貧視其所不取. 五者足以定之矣. 〔**說苑·臣術**〕李克曰, 君不察故也, 可知矣. 貴視其所擧, 富視其所與, 貧視其所不取, 窮視其所不爲.

函牛之鼎以烹雞, 多汁則淡而不可食, 少汁則熬而不可熟.

팽 즙 오 숙

소를 통째로 넣을만한 큰 가마솥에 닭을 삶으니, 국물이 많으면 싱거워서 먹을 수 없고, 국물이 적으면 눋고 익지 아니한다. (喩) 큰 재목을 자질구레한 일을 처리하는데 쓰는 것은 알맞지 아니하다. (函 : 넣다. 담다. 품다. 머금다. 淡 : 묽다.음식 맛이 싱겁다. 熬 : 눋다. 타다.) → **函牛之鼎以烹雞.**

〔**後漢書·邊讓傳**〕傳曰, ○○○○○○○, ○○○○○○○○, ○○○○○○○○. 此言大器之於小用, 固有所不宜也.

害覇, 不知賢, 知而不用, 用而不任, 任而不信, 信而復使小人參之.
부

패업을 이루는데 방해가 되는 것은 어진 이를 알지 못하는 것, 알면서도 등용하지 않는 것, 등용시켜 놓고서도 임무를 주지 않는 것, 임무를 주고나서 믿지 못하는 것, 믿기는 하되 다시 소인배로 하여금 이에 간섭하게 하는것 등이다.(參 : 간여하다. 간섭하다.)

〔**晏子春秋·諫下**〕晏子對曰, 國有三不詳, 是不與焉. 夫有賢而不知, 一不祥, 知而不用二不祥, 用而不任, 三不祥也. 所謂不祥, 乃若此者. 〔**說苑·君道**〕晏子曰, 國有三不祥, 是不與焉, 夫有賢而不知, 一不祥, 知而不用二不祥, 用而不任三不祥也. 所謂不祥, 乃若此者. 〔**說苑·尊賢**〕桓公曰, 何如而害覇. 管仲對曰, 不知賢, 害覇, 知而不用, 害覇, 用而不任, 害覇, 任而不信, 害覇, 信而復使小人參之. 害覇. 〔**貞觀政要·論誠信**〕(桓)公曰, 如何而害覇乎. 管仲曰, 不能知人, 害覇也, 知而不能任, 害覇也, 任而不能信, 害覇也, 既信而又使小人參之, 害覇也.

和氏之璧, 價重千金, 然以之間紡, 曾不如瓦塼. 隨侯之珠, 國之寶也, 然用之彈, 曾不如泥丸.
전

楚나라 卞和가 楚山에서 캐낸 옥돌로 만든 뛰어난 구슬이 그 값의 중하기가 천금이나 되지만, 이를 옷감을 짤 때 날줄을 달아매는 간방으로 쓰이면 곧 기와 조각·벽돌 조각만도 못하고, 隋나라의 侯가 목숨을 구해준 보은으로 큰 뱀으로부터 받은 뛰어난 구슬은 나라의 보물이지만 이를 탄환우로 쓰면 곧 진흙으로 만든 탄환만도 못하다. (喻) 능력이 탁월한 자를 적소에 쓰지 못하면 아무 능력을 발휘하지 못하여 범인보다도 못하다. / 사람이 어리석어서 수단으로 쓰는 물건은 가벼이 생각하고, 하찮은 목적만을 중히 여기다. / 아득이 손실을 메우지 못하다. (以 : 쓰다. 사용하다. 紡 : 옷감을 짤 때 날줄을 매달기 위하여 구멍을 뚫어 만든 돌. 塼 : 벽돌.)

〔**莊子·讓王**〕今且有人于此, 以隨侯之珠, 彈千仞之雀, 世必笑之. 是何也. 則其所用者重而所要者輕也. 〔**說苑·雜言**〕西閭過曰, ……, 子獨不聞○○○○乎. ○○○○, ○○○○○, ○○○○○. ○○○○, ○○○○, ○○○○, ○○○○○. 騏驥騄駬, 倚衡負軛而趨, 一日千里, 此至疾也, 然使捕鼠, 曾不如百錢之狸. 干將鏌鋣拂鍾不錚, 試物不知揚刃, 離金斬羽契鐵斧, 此至利也. 然以之補履, 曾不如兩錢之錐.

다. 公職社會의 雰圍氣 및 不正腐敗
– 官街의 雰圍氣. 不正·貪慾·奢侈·阿諂·背信·讒訴.

家無宗老則閨門亂. 鄉無耆舊則風俗薄. 朝無老臣則社稷輕.
규　기

집안에 노인이 없으면 부녀자들의 질서가 문란해지고, 마을에 명성있는 노인이 없으면 풍속이 비루 천박해지며, 나라에 노신하(老臣下)가 없으면 그 나라는 (국력이) 경소해져 위태롭게 된다. (宗老 : 동족 중의 존장자. 閨門 : 여자가 사는 내실. 곧 부녀자를 이른다. 耆舊 : 기로와 고구. 노인과 옛 친구로, 명성있는 노인을 의미. 薄 : 천박하다. 야박하다. 비루 천박함의 의미. 輕 : 적어지다. 경소해지다. 적어져서 위태로워짐을 이른다. / 낮아지다. 뒤떨어지다.)

〔 **元 蘇天爵·滋溪文稿** 〕 昔人有言, ○○○○○○○○, ○○○○○○○○, ○○○○○○○○. 比年諸老先生相繼論沒, 前翠風流日遠.

擧世混濁而我獨清, 衆人皆醉而我獨醒, 是以見放.

온 세상이 다 혼탁해도 나만 홀로 깨끗하고, 세상 사람이 다 술에 취해 있어도 나만 홀로 깨어 있어 그 때문에 추방당했다. 세상 사람이 다 명리욕에 취하여 이성을 잃고 헤매는데도 자신만이 홀로 청렴결백하여 오히려 배척을 당하게 되었음을 이르는 楚나라의 문학가 屈原의 말. (擧世 : 온 세상. 세상 사람 모두. 見放 : 추방당하다. 見 : 당하다.)

〔 **楚辭·漁父** 〕 屈原曰, 擧世皆濁, 我獨清, 衆人皆醉, 我獨醒, 是以見放. 〔 **史記·屈原賈生列傳** 〕 屈原曰, ○○○○○○○○, ○○○○○○○○, ○○○○. 〔 **新序·節士** 〕 屈原曰, 世皆醉, 我獨醒, 世皆濁, 我獨清, 〔 **說苑·談叢** 〕 世之溷濁而我獨清, 衆人皆醉而我獨醒.

車甚澤, 人必瘁, 宜其亡也.
거 췌

(높은 지위에 있는 사람이 타는) 수레가 매우 광택이 나니, (그렇게 하느라고 신분이 낮은) 사람들이 반드시 병들었을 것이며, 그러면 그가 망하는 것은 당연한 것이다. (澤 : 윤. 윤기. 광택. / 윤이 나다. / 윤을 내다. 瘁 : 병들다. / 여위다. 고달프다. 피곤하다.)

〔 **春秋左氏傳·襄公二十八年** 〕 遂來奔, 獻車於季武子, 美澤可以鑑. 展莊叔見之曰, ○○○, ○○○, ○○○○.

官大有險, 樹大有風, 權大生謗.
방

벼슬이 높아지면 위험이 많고, 나무가 커지면 맞는 바람이 많으며, 권세가 커지면 비방이 생긴다. (喩) 목표가 크면 시비를 부르기 쉽다. (有 : 많다. 풍족하다.)

〔 **濟公全傳** 〕 俗語云, ○○○○, ○○○○, ○○○○. 我自居官以來, 兢兢翼翼, 對于王事, 諸凡謹愼.

官本是臭腐, 所以將得而夢棺屍. 財本是糞土, 所以將得而夢穢汙.
취 예 오

관직이란 본래 냄새나고 썩은 것이어서 이것을 얻으려고 할 때에는 관이나 시체의 꿈을 꾸고, 재물은 본래 똥이나 흙과 같은 것이므로, 이것을 얻으려고 할 때는 오물의 꿈을 꾸게 된다. (所以 : 그런 까닭으로. 그러니까. 穢 : 더럽다. 더러운 곳. 汙: 더러운 것. = 汚.)

〔**世說新語·文學**〕殷은(中軍)曰, ○○○○○, ○○○○○○○○○. ○○○○○, ○○○○○○○○○. 時人以爲名通.

官倉老鼠大如斗, 見人開倉亦不走.

관청 창고의 집쥐는 그 크기가 곡식 되는 말(斗)과 같아서, 사람이 창고(문)를 여는 것을 보고도 또한 달아나지를 않는다. 정부의 양곡 창고 또는 재산의 관리인이 양곡·재물을 대담하게 불법 착복하는 것을 빗대어 이르는 말. (官倉老鼠 : 관청의 창고에 살고있는 집쥐로, 관청의 창고를 관리하면서 곡물·재물을 대담하게 훔치는 약삭빠르고 교활한 벼슬아치를 비유하여 이른다. 老鼠는 쥐. 주로 집쥐를 가리킨다.) → **官倉老鼠.**

〔**唐 曹鄴·官倉鼠詩**〕○○○○○○○, ○○○○○○○. 健兒無糧百姓饑, 誰遣朝朝入君口.

苟不難下其臣, 必不難高其君矣.

만약 (지체 높은 벼슬아치가) 그 신하 밑으로 신분이 낮아지는 것을 어려워하지 않는다면 그는 반드시 그 임금 위로 높아지는 것도 어려워하지 않을 것이다. 높은 벼슬아치를 탐하는 자는 못할 일이 없고 심지어 정권 쟁취를 위한 난도 일으킬 수 있음을 이르는 말. (苟 : 가령 …이라면. 만약. 難 : 어려워하다. 꺼리어 피하다. 거절하다. 下 : 높은 곳에서 낮은 곳으로 내려가다. 지체가 낮아지다. / 값·등급 등이 떨어지다. 高 : 높아지다. 뛰어넘다. 넘어서다. 앞지르다.)

〔**說苑·權謀**〕屈建曰, ……, 且○○○○○○○, ○○○○○○○. 建是以知夫子將爲亂也. 處十月, 白公果爲亂.

苟子之不欲, 雖賞之, 不竊.

만일 (魯나라 대부인 季康子) 그대가 탐욕하지 않는다면 비록 (도둑질하는 백성에게) 상을 주어도 그들은 도둑질하지 않는다. 위정자인 그대가 너무 탐욕을 부리기 때문에 백성들도 도둑질을 하는 것은 당연한 것임을 이르는 것. 宋나라 학자 胡寅이 "魯나라 季氏가 정권을 훔치고 康子는 적자(嫡子)의 자리를 빼앗았으니 백성들이 도둑질하는 것은 당연한 일이었다"고 말한 것으로 보아 季康子 자신이 탐욕을 부리지 말 것을 직접 경고한 뜻이 있는 것으로 보인다. (苟 : 만일 …이라면. 가령. 만약. 子 : 너. 자네. 당신. 그대. ※ 제2인칭.)

〔**論語·顔淵**〕季康子患盜, 問於孔子. 孔子對曰, ○○○○○, ○○○, ○○.

群臣和者, 如出一口.

많은 신하달이 화합하여 한 사람의 입에서 나오는 것처럼 똑 같은 말을 하다. 여러 사람의 입에서 같은 소리를 내어 한 가지를 표현함을 형용. / 여러 사람의 의견이 조금의 이의도 없이 완전히 일치함을 형용. (和 : 뜻이 맞아 화평하다. 화합하다. / 뜻을 맞추어 주다. 者 : 결정함을 나타내는 조사. 如出一口 : 많은 사람이 말하는 내용이 서로 같아서 한 사람의 입에서 나온 것과 같다.) → **如出一口. 若出一吻.**

〔**孔叢子·抗志**〕衛君言計是非, 而○○○○, ○○○○. 〔**韓非子·內儲說下**〕州侯相荊, 貴而主斷. 荊王疑之, 因問左右, 左右對曰, 無有. 如出一口也. 〔**戰國策·楚策一**〕江乙曰, 州侯相楚, 貴甚矣而主斷, 左右俱曰, 無有, 如出一口矣. 〔**唐 韓愈·黃家賊事宜狀**〕殺傷疾患, 十室九空, 百姓怨嗟, 如出一口.

近水樓臺先得月, 向陽花木易爲春.
(易: 이)

물 가까이있는 누대가 제일 먼저 달빛을 받고, 해를 향하고있는 꽃과 나무가 봄을 맞이하기가 쉽다. (喩) 높은 지위에 있는 사람에게 위치가 가깝거나 관계가 깊은 사람이 더 많은 덕을 본다. 속관(屬官)이 장관(長官)의 덕을 보기가 쉽다. → **近水樓臺.**

〔**南宋 兪文豹·淸夜錄**〕范文正公鎭錢塘, 兵官皆被薦, 獨巡檢蘇麟不見錄, 乃獻詩曰, ○○○○○○○, ○○○○○○○. 〔**事文類聚·薦擧門**〕范文正, 知杭州, 蘇鱗屬縣巡檢, 城中兵官, 往往獲皆薦書, 獨鱗在外邑, 未不被収錄, 因公事入府. 獻詩曰, ○○○○○○○, ○○○○○○○, 文正薦之.

禽鳥知山林之樂, 而不知人之樂, 人知從太守遊而樂, 而不知太守之樂其樂也.

새들은 산과 숲속에서의 즐거움은 알지만 사람들의 즐거움은 알지 못하고, 사람들은 태수(太守)의 놀이를 따라 즐거워할 줄은 알면서도, 태수가 그 사람들의 즐거움을 즐거움으로 삼는 것을 알지 못한다. 사람들은 태수가 모든 사람들의 즐거움을 자기의 즐거움으로 생각하는 것을 모르고 있다는 말.

〔**歐陽修·醉翁亭記**〕○○○○○○○, ○○○○○○, ○○○○○○○○, ○○○○○○○○○○.

懦弱之人, 懷忠直而不能言, 疎遠之人, 恐不信而不得言, 懷祿之人, 慮不便身而不敢言.
(懦: 나)

겁이 많고 무력한 사람(신하)은 충직한 마음을 품고 있어서 말을 할 수가 없고, 임금으로부터 소외당하고 있는 사람은 신임을 받지 못할 것을 두려워하여 말을 하지 못하며, 벼슬자리에 연연하는 사람은 자신의 지위가 위태로워질 것을 생각하여 말을 하려고 하지 않는다. (懦弱 : 의지가 굳세지 못하다. 패기가 없고 연약하다. 겁이 많고 무기력하다. 疎遠 : 정분이 성기어 사이가 멀어지다. 평소에 친하지 아니하다. 탐탁히 여기지 않아 멀리하다. 懷祿 : 봉록만 생각하다.)

〔**貞觀政要·求諫**〕(魏)徵對曰, ……. 但人之才器, 各有不同. ○○○○, ○○○○○○○, ○○○○, ○○○○○○○, ○○○○, ○○○○○○○○○.

鸞鳳伏竄兮, 鴟鴞翶翔.
(鸞: 난, 竄: 찬, 鴟鴞翶翔: 치효고상)

난새와 봉새는 엎드려 숨어있고, 솔개와 올빼미는 드높이 날개친다. (喻) 현인(賢人)들은 세상을 피하여 숨어버리고 참소와 아첨을 일삼는 간악한 무리들이 발호하여 세상을 어지럽히다. (伏竄 : 엎드려 숨다. 피하여 숨다. 자취를 감추다. 잠복하다. 翺翔 : 새가 훨훨 높이 나는 모양.)

〔 **賈誼·吊屈原賦** 〕 烏虖哀哉兮, 逢時不祥. ○○○○○, ○○○○. 闒茸尊顯兮, 讒諛得志, 聖賢逆曳兮, 方正倒植.

鸞鳥鳳皇, 日以遠兮, 燕雀烏鵲, 巢堂壇兮.

난새와 봉황은 날로 멀어지고, 제비·참새와 까마귀·까치가 고당(高堂)과 제단(祭壇)에 집을 짓다. (喻) 현신은 떠나가고, 아첨하는 신하들이 임금 곁에 모여들어 감싼다. (鸞鳥鳳皇 : 세상에 성군이 있으면 나타나고 덕이 없으면 가버린다는 새들로, 현신의 비유. 燕雀烏鵲 : 모두 함부로 재잘거리는 새로, 讒佞의 신하의 비유.)

〔 **楚辭·九章·涉江** 〕 亂曰, ○○○○, ○○○○, ○○○○, ○○○○. 露申辛夷死林薄兮, 腥臊竝御芳不得薄兮.

內貪外廉, 詐譽取名, 竊公爲恩, 令上下昏, 飾躬正顔, 以獲高官, 是爲盜端.

마음 속으로는 탐욕을 갖고 있으면서도 언행은 청렴을 내세우고, 영예와 명성을 속여서 취하며, 공물(公物)을 훔쳐서 사사로이 은혜를 베풀고, 지위 높은 사람과 낮은 사람 모두를 혼미하게 하며, 몸을 치장하고 얼굴을 엄정하게 하여 고관의 자리를 획득하는 것, 이것들이 다 도둑의 단서라고 이르는 것이다. (內 : 마음 속. 생각. 外는 언행. 詐譽取名 : 영예와 명성을 속여서 취하다. = 詐取名譽. 公 : 공물. 令 : …로 하여금. …하게 하다. ※ 사역동사. 昏 : 어지럽히다. 현혹되다. 흐리멍텅하게 하다. 혼미하다. 혼란하다. 飾 : 치장하다. 모양을 내다. / 덮어 가리다. 躬 : 몸. 자신. 正顔 : 낯을 엄정하게 갖다. 정색하다.)

〔 **三略·上略** 〕 軍讖曰, ○○○○, ○○○○, ○○○○, ○○○○, ○○○○, ○○○○, ○○○○.

獺多則魚擾, 鷹衆則鳥亂.
달 요 응

수달이 많으면 물고기는 어지럽게 되고, 매가 많으면 새들이 어지러워진다. (喻) 관리가 배치되면 백성들이 시달리게 된다.

〔 **抱朴子·詰鮑** 〕 ○○○○○, ○○○○○, 有司設則百姓困, 奉上厚則下民貧.

堂上一呼, 階下百諾.
낙

대청 위에서 한 사람이 호통치니 섬돌 아래에서 백 사람이 예하고 대답하다. 공경(公卿 ; 지금의 장관급)이 호통을 치니, 품계 낮은 벼슬아치들이 일제히 순종하는 자세를 취함을 표현. 공경의 권세와 위엄이 왕성함을 기리킨다. (堂上 : 대청 위. / 임금의 조회를 받는 궁전인 전각. / 공경 등 당상관의 집무처. / (國) 정삼품 이상의 문무고관. 階下 : 섬돌 아래. / 당하관 / (國) 종삼품 이하의 벼슬아치. ≒ 堂下.)

〔 **呂氏春秋·過理** 〕 宋王大說, 飮酒室中. 有呼萬歲者, 堂上盡應, 堂上已應, 堂下盡應. 門外庭中聞之, 莫敢不應, 不適也. 〔 **元 無名氏·誶范叔** 〕 出則高牙大纛, 入則峻宇雕梁, ○○○○, ○○○○, 何等受用.

大名之下, 難以久居.

이름을 크게 떨치고 있는 상황하에서는 그 지위에 오래 머무르기 어렵다. 명성이 너무 크게 드러난 인물 밑에는 시기 · 질투하는 무리가 많아 오래도록 무사 평안하게 지내는 것이 매우 어렵다는 뜻. (大名 : 크게 드러난 이름.)

〔 **史記·越王句踐世家** 〕 句踐以覇, 而范蠡稱上將軍. 還反國, 范蠡以爲○○○○, ○○○○. 且句踐爲人可與同患, 難與處安, 爲書辭句踐曰, …….

馬援在交趾, 常餌薏苡實, 用能輕身省欲, 以勝瘴氣. 欲以爲種, 載之一車. 有上書譖之者, 以爲所載還, 皆明珠文犀.

(薏苡: 의이, 瘴: 장, 譖: 참, 犀: 서)

後漢 光武帝 때의 용장인 馬援이 交趾太守로 있을 때 율무알을 항상 먹으면 몸을 가볍게 하고 욕정을 줄여(풍토병의 일종인) 장기를 이겨낼 수 있어서 그 종자로 하고자 한 수레에 이것을 실었다. 뒤에 (임금에게) 글을 올려 그를 참소한 자는 (馬援이) 수레에 실어 돌아온 것을 모두 아름다운 구슬과 무늬있는 무소뿔로 생각하였다. (율무가 명주와 비슷하여 잘못알고 이와 같이 참소를 하게 된 것이다.) (喩) 터무니없는 억울한 참소를 당하다. 근거없는 비방을 받다. (餌 : 먹다. 薏苡 : 율무. 用 : 以의 의미로 쓰였다. 犀 : 코뿔소.) → **薏苡明珠. 薏苡之謗.**

〔 **後漢書·馬援傳** 〕 初, 援在交趾, 常餌薏苡實, 用能輕身省欲, 以勝瘴氣. 南方薏苡實大, 援欲以爲種, 軍還, 載之一車. 時人以爲南土珍怪, 權貴皆望之, 援時方有寵, 故莫以聞. 及卒後, 有上書譖之者, 以爲前所載還, 皆明珠文犀 〔 **後漢書·吳祐傳** 〕 昔馬援以薏苡興謗, 王陽以衣囊徼名. 〔 **清 朱彝·尊酬洪昇詩** 〕 梧桐夜雨詞悽絶, 薏苡明珠謗偶然.

妄與不如遺棄物於溝壑.

(壑: 학)

(남에게) 함부로 (물건을) 주는 것은 산골짜기에 (그 물건을) 내버리는 것만 못하다. 까닭이 없으면 받기를 거부하는 사람도 있을 수 있어 함부로 주는 것을 경계한 말. (妄 : 함부로. 멋대로. 마구. 溝壑 : 물이 흐르는 산골짜기. 계곡.)

〔 **說苑·立節** 〕 (田)子方曰, 我有子無, 何故不受. 子思曰, 伋聞之, ○○○○○○○○○○. 伋雖貧也, 不忍以身爲溝壑, 是以不敢當也.

謀夫孔多, 是用不集.

모사들이 너무 많아서 이 때문에 일이 성사되지 못하다. 모사나 책사가 너무 많으면 아무 일도 안된다는 말. 사공이 많으면 배가 산으로 올라간다는 말과 같은 뜻. (孔 : 매우. 심히. 是用 : 이로써. 이 때문에. 集 : 이루다. 성취하다.)

〔**詩經·小雅·小旻**〕 我龜既厭, 不我告猶, ○○○○, ○○○○. 〔**春秋左氏傳·襄公八年**〕 子駟曰, 詩云, ○○○○, ○○○○. 發言盈庭, 誰敢執其咎.

犯上者尊, 貪鄙者富, 雖有聖王, 不能致其治.

웃 사람을 업신여기고 대드는 자가 높은 자리에 있고, 탐욕스럽고 비루한 자가 부유하면, 비록 성덕이 높은 왕이 있다해도 나라를 평안하게 다스릴 수 없다. (犯 : 업신여기다. 무시하다. 대들다.)

〔**三略·下略**〕 ○○○○, ○○○○, ○○○○, ○○○○○. 犯上者誅, 貪鄙者拘, 則化行而衆惡消.

變白以爲黑兮, 倒上以爲下. 鳳皇在笯(노)兮, 鷄鶩(목)翔舞.

(당인들은) 흰 것을 바꾸어 검은 것을 만들고, 위를 뒤집어서 아래로 만들며, 봉황은 새장 속에 넣어두고, 닭이나 집오리는 하늘에 날려 춤추게 한다. 당인(黨人)들이 시(是)와 비(非)를 뒤집어 바꾸고, 현인(賢人)을 물리치고 간신(奸臣)을 중용, 판치게 하여 세상을 어지럽힌다는 뜻. (鳳皇 : 鳳凰. 笯 : 새장. 鶩 : 집오리.)

〔**楚辭·九章·懷沙**〕 離婁微睇兮, 瞽以爲無明. ○○○○○○, ○○○○○. ○○○○○, ○○○○.

不事力而衣食, 則謂之能. 不戰攻而尊, 則謂之賢. 賢能之行成, 而兵弱而地荒矣.

(관리가) 힘들이지 않고 일하고서도 생활할 수 있으면 곧 그는 재능이 있다고 칭하고, 전쟁의 공적이 없어도 높은 자리를 차지하고 있으면 곧 그는 현자라고 칭한다. 이런 종류의 현능자의 행위가 형성되면 군대의 역량이 쇠약해지고, 토지도 황폐해진다. (衣食 : 옷을 입고 밥을 먹다. 곧 생활함을 이른다.)

〔**韓非子·五蠹**〕 ○○○○○○, ○○○○. ○○○○○, ○○○○. ○○○○○, ○○○○○○○.

飛鳥以山爲卑, 而層巢其巓(전), 魚鼈以淵爲淺, 而穿穴其中. 然所以得者, 餌也.

나는 새는 산도 낮다고 여겨 그 산꼭대기에 겹겹이 둥지를 틀고, 물고기·자라는 깊은 못도 얕다고 여겨 그 바닥에 굴을 뚫고 산다. 그런데도 잡히는 것은 미끼 때문이다. (喻) 관직·공직에 있는 자가 여러 가지로 몸조심을 하나 결국 뇌물·이권 때문에 몸을 망친다. (以山爲卑 : 산을 낮다고 여기다. 層 : 겹친. 층층이. 겹겹이. 중첩한. 巓 : 산꼭대기. 산정. 中 : 안. 속. ≒ 內.)

〔**荀子·法行**〕曾子曰, ……, 夫魚鼈黿鼉猶以淵爲淺, 而堀其中, 鷹鳶猶以山爲卑, 而增巢其上, 及其得也必以餌. 〔**大戴禮記·曾子疾病**〕曾子曰, ……, 鷹鶽以山爲卑, 而增巢其上, 魚鼈黿鼉猶以淵爲淺, 而蹶穴其中, 卒其所以得之者餌也. 〔**說苑·敬愼**〕曾子曰, ……. 夫○○○○○○, ○○○○○, ○○○○○○, ○○○○○. ○○○○○, ○○.

士修之于家, 而壞之天子之庭.

선비는 집에서 수양해서 임금의 뜰에서 망친다. 선비가 집에서 몸을 닦고 성품을 닦으나, 조정에 들어가서는 심술이 나쁘게 변하게 된다는 말.

〔**明 錢琦·錢公良測語**〕語云, ○○○○○, ○○○○○○○. 亦曾有修處, 今不過算計功名而已, 豈讀書亦壞心術者耶.

邪人, 用于上則虐民, 行于下則逆上, 事君苟進不道忠, 交友苟合不道行, 持諛巧以匃祿.

유 개

사악한 사람이 웃자리에 등용되면 백성을 학대하고, 아랫자리에서 일하면 웃 사람을 거역하며, 임금을 섬김에 있어서도 다만 승진만 하려 할 뿐 충성을 행하지 아니하고, 벗과의 사귐에 있어서도 다만 겨루기만 할 뿐 도리를 행하지 아니하며, 아첨하는 재주를 가지고 벼슬을 구걸한다. (行 : 일하다. / 도. 도리. 苟 : 다만. 道 : 행하다. 合 : 만나다. / 싸우다. 겨루다. 諛巧 : 아첨하는 재주. 알랑거리는 기교. 匃 : 빌다. 구하다. 구걸하다.)

〔**晏子春秋·問下**〕晏子對曰, ……, ○○則不然, ○○○○○○, ○○○○○○, ○○○○○○○, ○○○○○○○, ○○○○○○, 比姦邪以厚養, 矜爵祿以臨人, 夸體貌以華世.

山林之士, 往而不能反. 朝廷之士, 入而不能出.

산림속에 묻혀 사는 군자는 가서 돌아올 줄 모르고, 조정의 선비는 들어가서 나올 줄을 모른다. 재야에서 덕을 쌓은 군자는 명예를 추구하므로 공직참여를 기피하는 반면 현재 공직에 재임하고 있는 자는 녹봉을 추구하므로 사임하기를 꺼려한다는 뜻. (能 : 잘 하다.)

〔**賈誼 新書·容經**〕亢龍往而不能反, 故易曰, 有悔. 潛龍入而不能出, 故易曰, 勿用. 〔**韓詩外傳·卷五**〕朝廷之士爲祿, 故人而不出. 山林之士爲名, 故往而不返. 入而亦能出, 往而亦能返. 〔**漢書·王貢兩龔飽傳·贊**〕故曰, ○○○○, ○○○○○. ○○○○, ○○○○○. 〔**風俗通義·衍禮**〕朝廷之人, 入而不能出. 山林之民, 往而不能反. 〔**後漢書·謝該傳·注**〕韓詩外傳曰, 山林之士爲名, 故往而不能反也, 朝廷之士爲祿, 故入而不能出.

三公後, 出死狗.

삼 정승의 후사(後嗣)에는 개자식이 나온다. 고관 대작의 후대에 왕왕 무능한 자손이 나옴을 가리키는 말. (三公 : 옛날 군주의 군·정대권의 관장을 보좌해 주던 세 명의 최고관원으로, 그 예로서 周代의 太師·太傅·太保, 西漢의 大司馬·大司徒·大司空, 東漢의 太尉·司徒·司空 등을 이른다. 後 : 자식. 자손. 후사. 후계자. 死狗 : 개자식. ※ 쌍스런 말.)

〔 **唐 張鷟·朝野僉載** 〕諺云, ○○○, ○○○. 小兒誠愚, 勞諸君諸字, 損南容之身尚可, 豈可波及侍中也.

上下交征利, 而國危矣.

윗 사람과 아랫 사람이 서로 번갈아 이익만을 취한다면 나라가 위태로워질 것이다. 상하 벼슬아치들이 사리 사욕에 눈이 어두워지면 나라가 망한다는 말. (交征 : 서로 번갈아 취하다. 윗 사람은 아랫 사람에게서 취하고, 아랫 사람은 윗 사람에게서 취함을 이른다. 征은 탈취하다. 쟁탈하다.)

〔 **孟子·梁惠王上** 〕王曰何以利吾國. 大夫曰, 何以利吾家. 士庶人曰, 何以利吾身. ○○○○○, ○○○○. 〔 **史記·魏世家** 〕孟軻曰, 君不可以言利若是. 夫君欲利則大夫欲利, 大夫欲利則庶人欲利, 上下爭利, 國則危矣.

碩鼠碩鼠, 無食我黍(서).

큰 쥐야, 큰 쥐야. 우리가 땀흘려 지은 기장을 먹지마라. 위정자들이 곡식을 지나치게 많이 거둬들이지 말 것을 노래한 것. (碩鼠 : 들에 있는 큰 쥐로, 가렴주구하는 위정자의 비유. 욕심이 많고 잔혹한 사람의 비유. 黍 : 기장.)

〔 **詩經·魏風·碩鼠** 〕○○○○, ○○○○. 三歲貫女, 莫我肯顧.

世溷(혼)濁而不清, 蟬翼爲重, 千鈞爲輕, 黃鍾毁(훼)棄, 瓦釜雷鳴, 讒(참)人高張, 賢士無名.

세상이 흐리고 맑지 않아서 매미의 날개를 무겁다 하고, 천균(千鈞)의 무거운 것을 가볍다 하며, 황종이 깨뜨려버려지고, 질그릇가마가 우뢰와 같은 큰 소리를 내며, 참소하는 사람은 높이 뻗어나가고, 어진 선비는 이름이 나지 못한다. 세상 사람들은 야욕에 어두워 경박한 소인을 중히 여기고, 대덕의 군자를 경솔히 여겨 멀리하며, 현사는 버려지고, 범인은 큰 소리를 치며, 참인은 스스로 높은 체하여 조정에 있고, 현사는 세상에 이름이 없이 몸이 곤궁하다는 말. (溷濁 : 어지럽고 흐리다. 세상이 어지러워지다. 毁棄 : 헐거나 깨뜨려버리다. 瓦釜雷鳴 : 흙으로 만든 솥이 우레와 같은 소리를 내다. 현사가 때를 얻지 못하고, 우매한 자가 높은 지위에 앉아 큰 소리친다는 비유. 張 : 넓히다. 뻗다. 성하게 하다. 名 : 이름나다.) → **瓦釜雷鳴.**

〔**楚辭·卜居**〕○○○○○○, ○○○○, ○○○○, ○○○○. ○○○○, ○○○○, ○○○○, 吁嗟默默兮, 誰知吾之廉貞.

宋人有酤酒者, 爲器甚潔清, 置表甚長, 而酒酸不售. 問之里人其故, 曰, 公之狗猛, 人挈器而入, 狗迎而噬之. 此酒所以酸而不售也.

宋나라 사람으로 술을 파는 자가 술그릇을 매우 깨끗이 하고 간판도 매우 길게 세워 두었는데도 술이 쉬도록 팔리지 않았다. 그래서 마을 사람에게 그 이유를 물으니, 말하기를 "당신의 개가 사나워 사람이 (당신의 술을 사려고) 술그릇을 손에 들고 들어가면 개가 먼저 맞이하여 물어버린다. 이것이 술이 쉬어버리고 팔리지 않는 이유"라고 하였다. (喩) 조예가 깊은 사람들이 최고 통치자에게 국정상의 현안을 알리고 대안을 건의하고 싶어도 그 주변의 권력자들이 강압적으로 제지하여 국정이 어려움에 봉착하다. 나라에 간신이 있으면 현량한 선비가 모이지 않아서 나라가 망하게 된다. (酤 : 팔다. 表 : 표지. 간판. 售 : 팔다. 挈 : 손에 들다.) → **狗猛則 酒酸不售.**

〔**晏子春秋·問上**〕宋人有酤酒者, 爲器甚潔清, 置表甚長, 而酒酸不售. 問之里人其故, 里人曰, 公之狗猛, 人挈器而入, 且酤公酒, 狗迎而噬之. 此酒所以酸而不售也. 夫國亦有猛狗, 用事者是也. 有道術之士, 欲干萬乘之主, 而用事者迎而齕之, 此亦國之猛狗也. 〔**韓非子·外儲說右上**〕宋人有酤酒者, 升概甚平, 遇客甚謹, 爲酒甚美, 縣幟甚高, 然而不售, 酒酸. 怪其故, 問其所知, 閭長者楊倩. 倩曰, 汝狗猛耶. 曰, 狗猛, 則酒何故而不售. 曰, 人畏焉. 或令孺子懷錢挈壺罋而往酤, 而狗迓而齕之. 此酒所以酸而不售也. 夫國亦有狗, 有道之士懷其術而欲以明萬乘之主, 大臣爲猛狗迎而齕之, 此人主之所以蔽脅, 而有道之士所以不用也. 〔**韓非子·外儲說右上**〕一曰, 宋之酤酒者有莊氏者, 其酒常美, 或使僕往酤莊氏之酒. 其狗齕人. 使者不敢往, 乃酤佗家之酒, 問曰, 何爲不酤莊氏之酒. 對曰, 今日莊氏之酒酸. 故曰, 不殺其狗則酒酸. 〔**韓詩外傳·卷七**〕(說苑政理 내용과 동일.) 〔**戰國策·楚策一**〕江乙惡昭奚恤, 謂楚王曰, 人有以其狗爲有執而愛之. 其狗嘗溺井, 其疑人見狗之溺井也, 欲入言之, 狗惡之, 當門而恢之. 疑人憚之, 遂不得入言. 〔**說苑·政理**〕人有酤酒者, 爲器甚潔清, 置表甚長而酒酸不售. 問之里人其故, 里人曰, 公之狗猛, 人挈器而入, 且酤公酒, 狗迎而噬之, 此酒所以酸而不售之故也. 夫國亦有猛狗, 用事者也. 有道術之士, 欲明萬乘之主, 而用事者迎而齕之, 此亦國之猛狗也. 左右爲社鼠, 用事者爲猛狗, 則道術之士不得用矣. 此治國之所患也.

雖有天下易生之物也, 一日暴之, 十日寒之, 未有能生者也.

비록 세상에 잘 자라는 물체(곧 생물)이 있어도 하룻 동안 햇볕을 쬐고 열흘 동안 춥게 하면 능히 자랄 것이 없다. (喩) 훌륭한 신하가 임금을 위해 아무리 충간(忠諫)을 해도 많은 간신들이 둘러싸면 나라는 어지러워진다. / 일이나 학습에 변덕을 심하게 부리거나 항심이 없으면 결국 뜻을 이루지 못한다. (物 : 천지간에 살아있는 모든 물체. 곧 생물을 이른다. 一暴十寒 : 하루 데우고 열흘 식힌다. 노력함이 적고 게으름이 많음을 경계하는 말.) → **一日暴之, 十日寒之, 一暴十寒.**

〔**孟子·告子上**〕孟子曰, 無或乎王之不智也, ○○○○○○○○○○, ○○○○, ○○○○, ○○○○○○. 吾見亦罕矣, 吾退而寒之者至矣. 吾如有萌焉何哉.

豺狼當道, 安問狐狸.
시 랑　　　　　　호 리

승냥이와 이리가 길을 차지하고 있는데, 어찌 여우와 삵괭이를 물으랴! (喩) 중앙의 대관(大官)이 횡포를 부리고 있는데 어찌 지방의 소리(小吏) 따위의 죄를 문제시하랴! / 잔인무도한 자들이 정권을 잡아 세도를 부리니 온 세상이 다 부패하다. (豺狼當道 : 승냥이와 이리가 길을 차지하다. 간악한 자가 요직을 차지하여 마음대로 권세를 부림의 비유. 安 : 어찌.) = **豺狼當道, 不問狐狸.** → **豺狼當道, 豺狼當路. 豺狼橫道.**

〔**漢書·孫寶傳**〕徵爲京兆尹, 故吏侯文, 剛直不苟合. 寶以立秋日, 署文東部督郵, 敕曰, 今日鷹隼始擊, 當順天氣, 取姦惡, 掾部有其人乎. 文曰, 霸陵杜穉季. 寶曰, 其次. 文曰, 豺狼橫道, 不宜復問狐狸. 寶默然. 〔**魏書·高恭之傳**〕豺狼當道, 不問狐狸. 〔**後漢書·張綱傳**〕漢安元年, 選遣八使循行風俗, 皆耆儒知名, 多厲顯位, 唯綱年少, 官次最微. 餘人受命之部, 而綱獨埋其車輪於洛陽都亭, 曰, ○○○○, ○○○○.

十羊九牧, 其令難行.

열 마리의 양에 아홉 사람의 양치는 사람이 있어 그 명령이 시행되기가 어렵다. (喩) 백성은 적고 벼슬아치가 많아 그 많은 명령을 시행하기가 어렵다. 명령이 많아서 어느 것을 따라야 좋을지 모르다. (牧 : 소·말·양을 치는 사람. 관리의 비유.)

〔**隋書·楊尙希傳**〕竊見當今郡縣, 倍多於古. 或地無百里, 數縣竝置, 或戶不滿千, 二郡分領. ……所謂民少官多, 十羊九牧. 〔**唐 劉知幾·史通·忤時**〕楊令公則云必須直詞, 宗尙書則云宜多隱惡, ○○○○, ○○○○.

嚴則下喑, 下喑則上聾, 聾喑不能相通.
음　　　　　　　롱 농

조정이 엄하면 아랫 사람이 입을 다물어버리고, 아랫 사람이 입을 다물면 웃 사람이 귀머거리가 되어버리니, 귀머거리와 벙어리는 서로 의사를 소통시킬 수 없다. (喩) 조직의 상층부가 권위적이면 하층부가 보고를 꺼리어 상하간 의사소통이 안되어 조직을 다스리기가 어렵게 된다. (喑 : 벙어리.)

〔**晏子春秋·諫下**〕晏子對曰, 朝居嚴, 則下無言, 下無言, 則上無聞矣. 下無言, 則吾謂之瘖. 上無聞, 則吾謂之聾. 聾瘖, 非害治國家如何也. 〔**說苑·政理**〕文子曰, 朝廷之嚴也, 寧云妨國家之治哉. 公叔子曰, ○○○○, ○○○○○, ○○○○○○, 何國之治也. 〔**說苑·正諫**〕晏子對曰, 朝居嚴, 則下無言, 下無言, 則上無聞矣. ……, 上無聞則謂之聾.

女無美惡, 入宮見嫉. 士無賢不肖, 入朝見嫉.
　　악

여자는 아름답고 추하고 할 것 없이 궁정에 들어가면 질투를 당하고, 선비는 어질고 못나고 할 것 없이 조정에 들어가면 질투를 당한다. 궁중에는 매우 질투가 많음을 형용. (惡 : 추하다. 見 : 당

하다.)

〔**漢 鄒陽·獄中上梁王書**〕○○○○, ○○○○. ○○○○○, ○○○○. 昔司馬喜臏脚於宋, 卒相中山, 范雎拉肋折齒於魏, 卒爲應侯. 〔**史記·外戚世家**〕傳曰, ○○○○, ○○○○, ○○○○○, ○○○○. 美女者, 惡女之仇, 豈不然哉. 〔**漢 劉向·新序**〕女無美惡, 居宮見妬. 士無賢不肖, 入朝見嫉. 〔**新唐書·李邕傳**〕妾聞正人用則佞人憂, 邕之禍端, 故自此始. 且邕比任外官, 卒無一毁. 天意暫顧, 罪過旋生. 諺曰, 士無賢不肖, 入朝見疾. 惟陛下明察.

易(역)牙爲君主味, 君惟人肉未嘗, 易牙蒸其首子而進之.

易牙는 임금을 위하여 음식의 맛을 전담하였는데 그 임금이 오직 사람고기를 먹어보지 못하여 易牙는 그의 큰 아들을 쪄서 그 임금에게 드렸다. 사람이 출세를 위하여 가장 잔인한 행동을 할 수 있으며, 따라서 아무 못할 일도 없어 가장 존경하는 사람까지도 쉽게 살해할 수 있음을 시사. (由) 中國 춘추시대 齊나라 桓公의 요리담당 신하인 易牙는 어느 날 왕이 "오직 어린 아이 찐 것을 먹어보지 못했다"고 하자, 그의 환심을 사서 출세코자 자기의 큰 아들을 잡아 요리해 바쳤으나 재상(宰相)인 管仲이 자기 자식을 죽이는 자는 임금도 시해할 수 있다는 이유로 易牙의 천거를 반대하여 결국 되지 못하였다. 管仲이 죽은 뒤 易牙는 간신 豎刁와 함께 반란을 일으켜 桓公은 굶어죽게 되었다. (主 : 주재하다. 전문적으로 담당하다. 嘗 : 음식을 맛보다. 먹어보다. 蒸 : 찌다. 김으로 익히다. 進 : 바치다. 드리다. 올리다.) → **易牙蒸子.**

〔**管子·小稱**〕管仲有病, 桓公往問之, ……, (管仲)對曰, 臣願君之遠易牙, ……. 夫易牙以調和事公. 公曰 惟蒸嬰兒之未嘗, 於是蒸其首子而獻之公, 人情非不愛其子也. 於子之不愛, 將何有於公. 〔**孟子·告子上**〕至於味, 天下期於易牙. 〔**韓非子·二柄**〕桓公好味, 易牙蒸其首子而進之. 〔**韓非子·難一**〕管仲曰, ……, ○○○○○○, ○○○○○○, ○○○○○○○○○○. 夫人情莫不愛其子, 今弗愛其子, 安能愛君. 〔**韓非子·十過**〕(위 難一 내용과 대동소이.) 〔**史記·齊太公世家**〕管仲病, 桓公問曰, 群臣誰可相者. 管仲曰, 知臣莫如君. 公曰, 易牙如何. 對曰, 殺子以適君, 非人情, 不可. 〔**說苑·權謀**〕(管仲) 對曰, 易牙解其子以食君, 其子之忍, 將何有於君. ……. 及桓公歿, 豎刁. 易牙乃作難. 〔**蘇轍·乞誅竄呂惠卿狀**〕食子徇君也, 而推其忍, 則可以殺君.

屋漏在上, 知者在下.

지붕이 위 쪽에서 새고, 그것을 아는 사람이 아래 쪽에 있다. (喩) 상급기관·상급자의 잘못을 하급기관·하급자가 모두 다 알고 있다.

〔**論衡·答佞**〕○○○○, ○○○○. 漏大, 下見之著. 漏小, 下見之微. 〔**三國志·魏志·王郎傳**〕(注引魏書)夫○○○○, ○○○○, 然迷而知返, 失道不遠, ,過而能改, 謂之不過.

玉不隱瑕(하), 臣不隱情.

옥의 미질(美質)도 그의 반점을 감추지 못하며, 신하는 그의 진심을 감추지 못한다. 신하가 되는 것은 옥과 같이 참되고 꾸밈이 없어야 하므로 그의 비행을 숨기거나 과실을 감추어서는 아니됨을 이르는 것. (隱 : 숨기다. 감추다. 속이다. 瑕 : 옥의 티. 흠. 반점. 얼룩점. / 결함. 흠집. 情 : 진심. 진정으로 갖고있는 기분. 성심. 참마음.) → **玉不隱瑕. 瑜不揜瑕. ↔ 瑕不揜瑜.**

〔**三國 魏·曹植·獻璧表**〕臣聞 ○○○○, ○○○○. 伏知所進非和氏之璞, 萬國之幣, 璧爲元貢. 〔**五代 王定保·唐摭言**〕觀衆君子之交信美矣, 然古人云, 瑜不掩瑕, 忠也, 其有詞或不典, 將與衆評之. ※〔**禮記·聘義**〕瑕不揜瑜, 瑜不揜瑕, 忠也.

吏士舞文弄法, 刻章僞書, 不避刀鉅(거)之誅者, 沒於賂(뇌)遺也.

소송문서를 작성하는 관리들이 문장을 희롱하고 법령 조문을 농락하며, 도장을 가짜로 새기어 필적을 위조하며, 목이 베이는 죽임까지도 피하지 않는 것은 오직 뇌물을 얻는 데에 탐닉하기 때문이다. 법조 근무 관리가 법 조문의 왜곡·남용, 서류의 위조 등의 부정한 수단을 구사하여 금전을 긁어모으는 데에 죽임까지도 피하지 않는 부정한 자세를 갖고 있음을 이른다. (吏士 : 소송문서를 작성하는 관리. 舞文弄法 : 문장을 희롱하고 법령 조문을 농락하다. 법률 조문을 곡해하고 법률을 남용함을 이른다. 법률 조문을 우롱, 왜곡하여 부정행위를 함을 이른다. 刀鉅 : 칼과 톱. 옛날 사람을 처형하는 데 쓰던 형구로, 칼은 목을 베는 데, 톱은 한 쪽 발을 베는 데 썼다. 沒 : 술·계집·노름 따위에 빠지다. / 탐닉하다. 賂遺 : 뇌물. 사리를 꾀하여 몰래 주는 재물.) → **舞文弄法. 舞文玩法. 舞文弄墨. 舞弄文墨.**

〔**史記·貨殖列傳**〕○○○○○○, ○○○○, ○○○○○○○○, ○○○○○. 〔**北齊書·孝昭帝紀**〕又以廷尉中丞, 執法所在, 繩違按罪, 不得舞文弄法. 〔**隋書·王充傳**〕充捲髮豺聲, 沈猜多詭詐, 頗窺書傳, ……明習法律, 而舞弄文墨, 高下其心.

以肉去蟻, 蟻愈多. 以魚驅蠅, 蠅愈至.

고기로 개미를 제거하려고 하면 개미는 더욱 더 많아지고, 생선으로 파리를 구제하려고 하면 파리는 더욱 많이 모여든다. (喩) 부패한 것으로 모여드는 부정·불의한 사람은 부패한 것을 그대로 두고서는 어떤 방법으로도 이를 쫓아버릴 수 없다. 몰아내고 쫓아내는 방법을 그르쳐 그 결과가 더 나빠지다. (去 : 제거하다. 없애다. 제외하다. / 내쫓다. 驅 : 구제하다. 없애버리다. / 쫓아내다. 축출하다.) → **以肉去蟻. → 以魚驅蠅.**

〔**韓非子·外儲說左下**〕○○○○, ○○○. ○○○○, ○○○. 〔**呂氏春秋·功名**〕以茹魚去蠅, 蠅愈至, 不可禁, 以致之之道去之也.

人臣之所道成姦(간)者, 有八術, 同牀·在旁·父兄·養殃·民萌(맹)·流行·威強·四方.

신하가 (임금에 대하여) 간악한 짓을 저지르는 데에 여덟 가지 책략이 있으니, 그것은 첫째, 임금과 동침하는 사람(同牀), 곧 존귀한 부인·총애받는 후궁과 아첨하는 미녀를 활용하는 것. 둘째, 임금의 측근에서 일하는 사람(在旁), 곧 희극을 연출하는 연기자·웃음과 즐거움을 제공하는 난장이와 신변에서 시중드는 친근한 사람을 활용하는 것. 셋째, 임금의 부형(父兄), 곧 왕실의 서자·얼자와 조정의 대신을 활용하는 것. 넷째. 임금의 재앙을 키우는 것(養殃), 곧 임금이 아름다운 궁실과 누대·연못의 수리 및 미녀와 개·말의 장식에 탐닉하도록 하는 것. 다섯째, 백성(民萌)을 이용하는 것, 곧 신하가 공공의 재물을 쓰고 또 작은 은혜를 베풀어 관리와 백성을 자기편으로 만들어 원하는 것을 이루는 것. 여섯째, 사회에 널리 퍼지는 언론(流行)을 이용하는 것, 곧 신하가 구변 좋은 변사를 양성, 자기를 대변토록 하고, 미려하고 감동적인 언사의 수식에 의한 유리한 형세 조성, 재난을 활용한 위협, 허위 언론의 조작에 의한 임금의 눈과 귀의 엄폐 등을 이루어내는 것. 일곱째, 위력있는 강자(威強)를 이용하는 것, 곧 신하가 보검을 가진 협객을 모아 무사로 길러 그것을 자기의 위력으로 삼아 비협조자에게 위협을 가하여 사리를 취하는 것. 여덟째, 주위의 여러 나라(四方)를 이용하는 것, 곧 주변정세를 빙자 중과세하고, 나라 재물의 탕진, 주변국의 위세를 이용, 임금에 대한 기만 추구, 주변국 군대의 출동에 의한 국내 협박, 사신을 통한 임금 위협 등을 행하는 것 등을 말한다.

〔 **韓非子·八姦** 〕 凡人臣之所道成姦者, 有八術, 一曰同牀. ……. 二曰在旁. ……. 三曰父兄. ……. 四曰養殃. ……. 五曰民萌. ……. 六曰流行. ……. 七曰威強. ……. 八曰四方. ……. (상세한 내용은 본문 전문 참조 要.)

日月欲明, 浮雲蔽之. 河水欲清, 沙土穢之. 叢蘭欲秀, 秋風敗之.
(예 / 총)

해와 달이 밝게 비치고자 하나 뜬 구름이 이를 가리우고, 강물이 맑게 하고자 하나 모래 흙이 이를 더럽히며, 떨기의 난초가 향기로운 꽃을 피우고자 하나 가을 바람이 이를 훼방한다. (喻) 사람의 본성은 원래 착한 것이나 욕정이 이를 해친다. / 간인이 임금의 총명을 가리어 혼군(昏君)이 되게 한다. (叢 : 모이다. 모으다. /풀 · 나무 등의 무더기인 떨기. 秀 : 꽃피다. 벼 종류의 꽃이 피다. 敗 : 해치다. 손상시키다. 훼방하다.)

〔 **文子·上德** 〕 ○○○○, ○○○○. ○○○○, ○○○○. ○○○○, ○○○○. 人性欲平, 嗜欲害之. 〔 **帝範** 〕 叢蘭欲茂, 秋風敗之. 王者欲明, 讒人蔽之, 〔 **淮南子·齊俗訓** 〕 日月欲明, 浮雲蓋之, 河水欲清, 沙石穢之, 人性欲平, 嗜欲害之. 惟聖人能遺物而反己. 〔 **淮南子·說林訓** 〕 日月欲明, 而浮雲蓋之, 蘭芝欲脩, 而秋風敗之. 〔 **貞觀政要·杜讒佞** 〕 故叢蘭欲茂, 秋風敗之. 王者欲明, 讒人敝之.

炙手可熱勢絶倫.
(자)

손을 불에 쬐면 (델만큼) 뜨거워지는 것과 같이 그 권세가 (비할 바 없이) 월등하게 드세다. 권세가 매우 크고 위세가 매우 성해서 사람을 감히 접근하지 못하게 할 만큼 대단하다는 말. (補) 이 싯구는 권세의 대단함을 묘사한 것이다. 唐나라 玄宗 때 楊貴妃가 그의 출중한 미모 때문에 玄宗의 사랑을 독차지하게 되자, 이를 계기로 그의 일가 친척까지 온갖 세도와 사치를 누리게 되었고, 특히 그의 언니는 韓國夫人, 두 동생은 虢國夫人 및 秦國夫人이 되었다. 이 때 우승상(右丞相)에 오른 楊國忠은 그의 이종누이인 虢國夫人과 간통을 하여 만인의 빈축을 샀지만, 그의 권세는 매우 드세어, 시성으로 일컬어지는 杜甫가 그 상황을 위와 같이 묘사하고 그에게 접근하지 말것을 경고하고 있는 것이다. (炙 : 불에 굽다. 불에 볶다. / 불을 쬐다. 가까이하다. 熱 : 뜨겁다. 덥다. /

데다. 데워지다. 타다. 勢 : 권력. 권세. 위세. 세도. 絕倫 : 월등하게 뛰어나다. 매우 뛰어나다. 출중하다. 드세다. 絕은 뛰어나다. 유일무이하다. 더 이상 없다. 倫은 무리. 또래. 동류.) → **炙手可熱.**

〔**杜甫·麗人行**〕○○○○○○○, 愼莫近前丞相瞋. 〔**唐書·崔鉉傳**〕鉉字台碩, 宣宗初, 進尙書左僕射. 鉉所善者, 鄭魯·楊紹復·段瑰·薛蒙, 頗參議論. 時語曰, 鄭·楊·段·薛, 炙手可熱, 欲得命通, 魯·紹·瑰·蒙.

子用私道者, 家必亂, 臣用私義者, 國必危.

자식이 개인의 이익을 꾀하는 방법을 쓰면 그 집안이 반드시 어려워지고, 신하가 옳지 못한 의리를 쓰면 그 나라는 반드시 위태롭게 된다. (私道 : 한 개인의 이익을 꾀하는 방법. 者 : …하면. 順接의 助辭로 쓰이는 경우. 私義 : 사사로운 의리. 편파적인 의리. 옳지 못한 의리.)

〔**戰國策·趙策二**〕趙燕後胡服, 王令讓之曰, ……. 子道順而不拂, 臣行讓而不爭. ○○○○○, ○○○, ○○○○○, ○○○. 反親以爲行, 慈父不子. 逆主以自成, 惠主不臣也.

爵位正而民不怨, 民不怨則不亂, 然後義可理.

관작과 위계의 안배가 정확하면 백성은 곧 원망을 하지 아니하고, 백성이 원망을 하지 아니하면 곧 웃 사람을 업신여겨 어지럽히지 않을 것이니, 이렇게 되어야만 비로소 사람이 지켜야 할 규범이 바로잡힐 수 있다. 위정자가 정하는 관직의 서열이 적정해야 사회규범에 의한 질서가 확립됨을 이르는 말. (爵位 : 관작과 위계. 벼슬과 지위. 亂 : 어지럽히다. 웃 사람을 업신여겨 난을 일으키다. 반항하고 무장반란을 일으키다. 義 : 법칙. 규범. 규칙. 법도. 의식. 理 : 다스리다. / 정리하다. 정돈하다. 바로잡다.)

〔**管子·乘馬**〕朝者義之理也, 是故○○○○○○○, ○○○○○○, ○○○○○, 理不正則不可以治, 而不可不理也.

張公喫酒李公醉.

끽

張公이 술을 마셨는데 李公이 취하다. 본래 唐나라 張易의 형제가 李氏의 궁실에서 권력을 멋대로 휘저어 어지럽힌 것을 가리켰다. (喩) 한쪽은 실익을 취하고, 다른 한쪽은 부질없이 헛된 명성만 갖게 되다. / 억울한 의심을 받다. / 남을 대신하여 과오를 받아들이거나 하례를 받다. (喫 : 음료수를 마시다. / 음식을 먹다.)

〔**唐 張鷟·耳目記**〕武則天寵臣張易之·張昌宗兄弟權盛, 李氏皇室失權, 民間唱有張公喫酒李公顚之語. 〔**宋 程大昌·演繁露續集**〕則天時, 讖謠曰, ○○○○○○○. 張公, 易之兄弟也. 李氏, 言李氏不盛也. 〔**宋 范正敏·遯齊閑覽**〕郭朏有才學而輕脫, 夜出, 爲醉人所誣, 太守詰問, 朏笑曰, ○○○○○○○者, 朏是也. 太守令作○○○○○○○賦, 朏云, 事有不可測, 人當未防然, 何張公之飲也, 乃李老之醉焉.

爭名於朝, 爭利於市.

명위는 조정에서 다투고, 이득은 시장에서 다툰다. (喩) 곳곳에서 명위를 다투고 이득을 빼앗는다. / 쟁취하려는 내용에 따라 그 쟁취활동의 장소·대상이 다르다. = **爭名者於朝, 爭利者於市.**

〔**史記·張儀列傳**〕(張)儀曰, ……. 臣聞, 爭名者於朝, 爭利者於市. 今三川·周室, 天下之市朝也, 而王不爭焉, 顧爭於戎狄, 去王業遠矣. 〔**戰國策·秦策一**〕(張儀)對曰, ……. 臣聞, 爭名者於朝, 爭利者於市. 今三川·周室, 天下之市朝也, 而王不爭焉, 顧爭於戎狄, 去王業遠矣. 〔**新序·善謀一**〕張子曰, ……. 臣聞, 爭名者於朝, 爭利者於市. 今三川·周室, 天下之朝市也, 而王不爭焉, 顧爭於戎狄, 去王業遠矣. 〔**宋 陳亮·劉和卿墓志銘**〕世有常言, 爭名于朝, 爭利于市.

躋攀分寸不可上, 失勢一落千丈強.
제 반

더위 잡아 기어 오르는 것은 조금도 더할 수 없지만, 그 기세를 잃어 단번에 떨어지는 것은 천 길 남짓이나 된다. 오르는 것은 아주 작고, 떨어지는 것은 매우 큰 것을 형용. (躋攀 : 더위 잡아 오르다. 무엇을 붙잡고 오르다. 分寸 : 한 푼과 한 치. 매우 적음을 이른다. 上 : 더하다. / 나아가다. 一落千丈 : 단번에 천 길이나 떨어지다. 형편·상황·주위 사정·상태·경우·환경 등이 급격하게 나빠짐의 비유. / 사람의 위풍·기세·명성·위세·명예·지위·권세·세력 등의 퇴보, 쇠퇴함이 매우 빠름을 비유. / 공직사회의 부침이 심함을 비유. 強 : 남짓. ≒ 有餘.) → **一落千丈.**

〔**韓愈·聽穎師彈琴詩**〕○○○○○○○, ○○○○○○○. 〔**宋 王邁·曜軒集·上何帥啓**〕失勢一落千丈強, 自安蹇步, 冲人決起百餘尺, 坐看群飛.

鳥棲於林, 猶恐其不高, 復巢於木末. 魚藏於泉, 猶恐其不深, 復窟穴於其下. 然而爲人所獲者, 皆由貪餌故也.
부

새는 숲속에서 살고 있지만 그래도 역시 나무가 높지 않은 것을 두려워하여 다시 나무 끝에 둥지를 튼다. 물고기는 땅속에서 솟는 물에 숨어 살지만 그래도 역시 그 물이 깊지 않은 것을 두려워하여 다시 그 바닥에 굴을 파서 산다. 그러나 사람에게 잡히는 것은 다 먹이를 탐내기 때문이다. (喻) 공직자들이 높고 낮은 자리에서 몸조심하면서 근무하나 뇌물에 유혹당하여 패가 망신하게 된다. (猶 : 그래도. 역시. 復 : 다시.)

〔**貞觀政要·論貪鄙**〕太宗謂侍臣曰, 古人云, ○○○○, ○○○○○, ○○○○○. ○○○○, ○○○○○, ○○○○○○. ○○○○○○○, ○○○○○○.

鳥鴟屯飛則鴛鳳幽集, 豺狼當路則麒麟遐遁.
치 둔 하

새와 소리개가 떼지어 날면 원앙새와 봉새가 그윽한 곳으로 모여들며, 승냥이와 이리가 길을 차지하고 있으면 기린이 멀리 달아난다. (喻) 간악한 사람이 요직을 차지하여 마음대로 권세를 부리면 현인이 관직을 떠나가버린다. (屯 : 무리짓다. 모으다. 遐 : 멀리.)

〔**抱朴子·審擧**〕蓋○○○○○○○○○○, ○○○○○○○○○○. 擧善而教, 則不仁者遠矣, 姦僞榮顯, 則英傑潛逝.

州郡記, 如霹靂, 得詔書, 但掛壁.
벽 력 조

주(州)·군(郡) 등 지방관서의 공문서는 벼락이 치는 것과 같지만, 왕의 말을 기록한 조서가 오면 홀로 벽에 걸려 있다. 지방관서의 공문서는 가이 벼락과 같이 맹렬하고 신속하게 집행되지만, 임금의 조서는 한 곳에 놓아두거나 혹은 천천히 집행됨을 가리키는 말.

〔**漢 崔寔·政論**〕今典州郡者, 自違詔書, 縱意出入, 每詔書所欲禁絶, 雖重懇惻, 罵詈極筆, 由復廢舍, 終無悛意. 故俚語曰, ○○○, ○○○, ○○○, ○○○.

廚中有臭肉, 則門下無死士.
주

부엌 안에 썩어서 냄새나는 고기가 있으면 그 문하에는 목숨을 아까워하지 않는 선비가 없다. 지도자가 호화생활을 하면서 휘하의 인물에게 재물 쓰는 것에 인색하면 휘하의 인물은 지도자를 진심으로 위하는 마음을 갖지 않는다는 뜻. (死 : 목숨을 내걸다. 목숨을 아까워하지 아니하다.)

〔**說苑·尊賢**〕田饒對曰, ○○○○○, ○○○○○○.

衆而無義, 彊而無禮, 好勇而惡賢者, 禍必及其身.
오

자기 무리의 수가 많다고 하여 의롭지 않거나, 강하다고 하여 예가 없거나, 용맹을 좋아하면서도 어진이를 미워하는 자는 재앙이 반드시 그 몸에 미치게 된다. 의롭지 않고 무례하고 현인을 싫어하는 정치 지도자를 비판한 말.

〔**晏子春秋·雜上**〕嬰聞之, ○○○○, ○○○○, ○○○○○○, ○○○○○, 若公者之謂矣.

直木無陰, 直士無徒.

곧은 나무에는 그늘이 없고, 절개를 지키는 곧은 선비에게는 따르는 벗이 없다. 곧은 선비는 현인과 더불어 세상에 잘 받아들여지지 않음을 가리킨다.

〔**漢 任弈·任子**〕○○○○, ○○○○. 是以賢人直士常不容于世.

直如絃死道邊, 曲如鉤反封侯.
구

곧기가 활시위와 같으면 길 가에서 죽게 되고, 굽기가 갈고리와 같으면 오히려 제후에 봉해진다. (喩) 정직한 사람이 불우하게 되고, 부정직한 사람이 오히려 출세하다.

〔**後漢書·五行志**〕順帝之時, 童謠曰, ○○○○○○, ○○○○○○.

參政可謂過河拆橋者矣.
탁

정사에 참여하는 것은 가이 강을 건너고 나서 다리를 부수어버리는 것이라고 이를 만하다. (喩) 정치인은 개인적 이익을 고려, 예사로 은혜를 잊어버리고 의를 저버린다. / 정치인은 남에게 부탁하여 일단 이용하여 목적을 달성한 다음에는 도와준 사람을 한발로 차버리거나 약속을 파기해버린다. (拆 : 부수다.) → **過河拆橋. 過橋拆橋.**

〔**元史·徹里帖木兒傳**〕元許有壬是科擧出身. 至元元年, 有人建議廢掉科擧制度, 許有壬竟署名. 御史普化挖苦他, ○○○○○○○○○○.

倉廩實而囹圄空, 賢人進而奸民退.
름 영어

곡물 창고가 가득 차면 죄지은 자를 가두는 감옥이 비게 되고, 어진 사람이 조정에 나아가면 간사한 사람이 물러간다. (實 : 가득차다. 囹圄 : 감옥.)

〔**管子·五輔**〕善爲政者, 田疇墾而國邑實, 朝廷閒而官府治, 公法行而私曲止, ○○○○○○○, ○○○○○○○.

蒼蠅附驥尾而致千里.

쉬파리는 작아서 스스로 먼 곳에 날아갈 수 없으나 준마의 꼬리에 달라붙으면 천리길도 갈 수 있다. (喩) 범인이 훌륭한 다른 사람에게 빌붙어서 공명을 이루다. → **蒼蠅附驥尾. 蒼蠅附驥.**

〔**史記·伯夷列傳**〕伯夷. 叔齊雖賢, 得夫子而名益彰, 顔淵雖篤學, 附驥尾而行益顯. 〔**唐 司馬貞·索隱**〕○○○○○○○○○, 以譬顔回因孔子而名彰也. 〔**後漢書·張敞傳**〕蒼蠅之飛, 不過十步, 自託騏驥之髮, 乃騰千里之路.

天下安, 注意相. 天下危, 注意將.

천하가 태평할 때는 재상에게 마음이 집중되고, 천하가 위태로울 때는 장수에게 마음이 집중된다. 나라가 태평하고 백성이 편안할 때는 재상의 역할이 중요하고, 나라에 위난이 있을 때는 장수의 역할이 중요함을 이르는 말. (注意 : 사람들의 마음이 한 곳에 집중되다. 시선을 집중하다. 注는 정신·힘 따위를 한 곳에 모으다. 집중하다. 意는 생각. 마음. 의사. 의향.)

〔**史記·酈生陸賈列傳**〕陳平曰, 然. 爲之奈何. 陸生曰, ○○○, ○○○. ○○○, ○○○. 將相和調, 則士務附. 士務附, 天下雖有變, 即權不分.

天下有三危, 少德而多寵, 才下而位高, 身無大功而受厚祿.

세상에는 세 가지의 위험한 것이 있으니, 덕이 적으면서도 임금의 많은 총애를 받는 것, 재주가 저급인데도 지위가 높아지는 것, 자신에게 큰 공이 없으면서도 많은 녹봉을 받는 것 등이다.

〔**淮南子·人間訓**〕天下有三危, 少德而多寵, 一危也, 才下而位高, 二危也, 身無大功而受厚祿. 三危也. 故物或損之而益, 或益之而損. 何以知其然也.

秋蓬也, 孤其根而美枝葉, 秋風一至, 僨且揭矣.

봉 분 걸

가을의 쑥은 그 뿌리는 고립되어 있지만 그 가지와 잎은 무성하여, 바람이 한 번 불면 모두 쓰러지고 꺾여진다. 지도자의 주변에는 보좌하는 자가 없고 아첨하는 자가 많이 모여있어 그 지위가 불안함을 비유한 것. (蓬 : 쑥. 孤 : 고립되다. 美 : 살찌고 기름지다. 곧 나무가 무성하다. 僨 : 넘어지다. 쓰러지다. 揭 : 휘다. 젖히다.)

〔**晏子春秋·雜上**〕昭公對曰, ……, 是以內無拂而外無輔, 輔拂無一人, 諂諛者甚衆, 譬之猶○○○, ○○○○○○○, ○○○○, ○○○○. 〔**說苑·敬愼**〕魯哀侯曰, ……, 人多愛臣, 臣愛而不近也, 是則內無聞, 而外無輔也, 是猶秋蓬, 惡於根本, 而美於枝葉, 秋風一起, 根且拔矣. 〔**藝文類聚·草部下·蓬**〕魯哀公失國, 走齊. 公問焉, 曰, ……, 是內無弼, 外無輔, 輔弼無人, 諂諛甚衆, 譬之猶秋蓬也, 孤其根本, 密其枝葉.

治國最患社鼠矣. 社者樹木而塗之, 鼠穿其間, 掘穴託其中, 燻之則恐焚木, 灌之則恐塗阤.

타

나라를 다스리는데 있어 가장 큰 걱정꺼리는 사직단에 깃들여 사는 쥐들이다. 사직단이란 나무를 쌓아서 흙을 발라 만드는데 쥐가 그 사이를 뚫고 들어가 구멍을 파서 그 속에 몸을 붙여 살고 있어서, 연기를 세게 피우면 나무를 태울 것이 두렵고, 거기에 물을 대면 바른 진흙이 허물어질 것을 두려워한다. (喩) 간신배들이 통치권자나 권세를 등에 업고 부정을 자행하고 있으나 이를 제거해버리기 어렵다. 남의 권력·세력에 의지하여 두려움없이 비행을 저지르다. (社 : 토지신을 모시는 사장, 신전. 阤 : 허물어지다.) → **鼠憑社而貴. 社鼷不灌, 屋鼠不熏. 社鼠城狐. 城狐社鼠. 欲投鼠而忌器, 投鼠忌器.**

〔**晏子春秋·問上**〕景公問于晏子曰, 治國何患. 晏子對曰, 患夫社鼠. 公曰, 何謂也. 對曰, 夫社, 束木而塗之. 鼠因往託焉. 熏之則恐燒其木, 灌之則恐敗其塗. 此鼠所以不可得殺者, 以社故也. 〔**韓非子·外儲說右上**〕桓公問管仲曰, 治國何患. 對曰, 最苦社鼠. 夫社木而塗之, 鼠因自托也. 熏之則木焚, 灌之則塗阤, 此所以苦於社鼠也. 〔**新書·階級**〕鄙諺曰, 欲投鼠而忌器, 此善諭也. ……. 夫望夷之事, 二世見當以重法者, 投鼠而不忌器之習也. 〔**韓詩外傳·卷七**〕晏子曰, 社鼠出竊於外, 入託於社, 灌之恐壞牆, 燻之恐燒木, 此鼠之患. 〔**說苑·政理**〕齊桓公問於管仲曰, 國何患. 管仲對曰, 患夫社鼠. 桓公曰, 何謂也. 管仲對曰, 夫社束木而塗之, 鼠因往託焉, 燻之則恐燒其木, 灌之則恐. 則其塗, 此鼠所以不可得殺者, 以社故也. 〔**漢書·賈誼傳**〕里諺曰, 欲投鼠而忌器. 此善喩也, 鼠近於器, 尚憚不投, 恐傷其器, 況於貴臣之近主乎. 〔**漢書·中山王傳**〕臣聞社鼷不灌, 屋鼠不熏, 何則. 所托者然也. 〔**晉書·謝鯤傳**〕(王敦)謂鯤曰, 劉隗奸邪, 將危社稷, 吾欲除君側之惡, 匡主濟時, 何如. 對曰, 隗誠始禍, 然誠狐社鼠也.

治於神者, 衆人不知其功. 爭於明者, 衆人知之.

입신의 경지에서 일을 처리한 사람은 많은 사람들이 그의 공적을 별로 알아주지 않으나, 작은 지혜·작은 덕에 관한 일을 밝히는 것을 가지고 다투는 사람은 많은 사람들이 도리어 그를 알아 준다. 특출한 재능으로 남모르게 큰 공을 세운 사람은 세상 사람들이 몰라주고, 아무런 실적이 없이 작은 문제로 다투기만 하는 사람은 알아준다는 말.

〔**墨子·公輸**〕子墨子歸, 過宋, 天雨, 庇其閭中, 守閭者不內也. 故曰, ○○○○, ○○○○○○, ○○○○, ○○○○.

賢臣內則邪臣外, 邪臣內則賢臣斃, 內外失宜, 禍亂傳世.

폐

어진 신하가 (조정에) 참여하면 사악한 신하는 제거되고, 사악한 신하가 참여하면 어진 신하는 쓰러지게 되는 것이니, (이와 같이 사람을) 참여시키고 제거함이 올바름을 잃어버리면 화란이 후대에 까지 전해진다. 현신이 중시되어 요직에 기용되면 사신은 배척되어 추방되지만 사신이 요직을 차지하면 현신은 쓰러지게 되는 것이니, 이처럼 요직에 기용하고 추방하는 일이 올바른 도리를 벗어나면 화란이 후대에 까지 전해진다는 말. (內 : 들어오다. 참여하다. 가까이하다. / 들이다. 참가시키다. / 중히 여기다. 중시하다. / 대궐. 궁정. 조정. 外 : 벗어나다. 떠나다. 멀리하다. 소원하다. / 제거하다. 제외하다. 내쫓다. 추방하다. / 민간. 조정에 대한 재야. 斃 : 쓰러지다. 넘어지다. 자빠지다. 엎어지다. 망하다. 宜 : 마땅함. 적당함. ≒ 當. / 올바른 도리. 의로움. ≒ 義.)

〔**三略·下略**〕○○○○○○○, ○○○○○○○, ○○○○, ○○○○. 大臣疑主, 衆奸集聚, 臣當君尊, 上下內昏, 君當臣處, 上下失序.

賢者多財, 則損其志, 愚者多財, 則生其過.

어진 사람에게 재물이 많으면 그 마음을 손상하고, 어리석은 사람에게 재물이 많으면 과오를 낳는다.

〔**貞觀政要·論貪鄙**〕太宗謂公卿曰, ……. 古人云, ○○○○, ○○○○, ○○○○, ○○○○.

虎得狐, 狐曰, 今子食我, 是逆天帝命也. 子以我爲不信, 吾爲子先行, 子隨我後觀. 遂與之行, 獸見之皆走.

호랑이가 여우를 잡으니 여우가 말하기를 "지금 자네가 나를 잡아먹는 것은 천제의 명령을 거역하는 것이다. 자네가 나를 믿지 못하면 내가 자네를 앞서갈 터이니 자네는 내 뒤를 따라오라" 고 하였다. 드디어 (호랑이가) 여우와 함께 가니, 짐승들은 여우를 보고 다 도망쳤다. (喻) 신하가 임금의 권위를 활용하여 다른 신하에게 위세를 부리다. / 아랫 사람이 웃 사람의 권위·위세를 빌려서 다른 사람을 위압하다. → **狐假虎位.**

〔**尹文子**〕虎求百獸食之, 得狐. 狐曰, 子無食我也. 天帝令我長百獸. 今子食我, 是逆天帝命也. 子以我言不信, 吾爲子先行, 子隨我後, 觀百獸之見我不走乎. 虎以爲然, 故遂與行. 獸見之皆走. 虎不知獸之畏己而走, 以爲畏狐也. 〔**戰國策·楚策一**〕江一對曰, 虎求百獸而食之, 得狐. 狐曰, 子無敢食我也. 天帝使我長百獸, 今子食我, 是逆天帝命也. 子以我爲不信, 吾爲子先行, 子隨我後, 觀百戰之見我而敢不走乎. 虎以爲然, 故遂與之行. 獸見之皆走. 虎不知獸畏己而走也, 以爲畏狐也. 〔**新序·雜事二**〕江乙答曰, 虎求百獸食之, 得一狐. 狐曰, 子毋敢食我也. 天帝令我長百獸, 今子食我, 是逆帝命也. 以我爲不信, 吾爲子先行, 子隨我後, 觀百獸見我無不走. 虎以爲然後而行, 獸見之皆走. 虎不知獸畏己而走也, 以爲畏狐也.

2. 命令, 教化, 褒賞, 計略.

曲突徙薪亡恩澤, 焦頭爛額爲上客邪.

사신무 초 난 야

불이 나가는 굴뚝을 밖으로 굽히고 땔나무를 딴 곳에 옮겨 불을 예방한 것에는 은택이 없고, 이미 난 불을 끄기 위해 머리를 태우고 이마를 데인 것에는 상좌에 앉힐 손님으로 삼는다. 화재 예방의 방책을 미리 강구한 자에게는 아무런 상도 주지 않고, 이미 난 불을 끄려고 애쓴 자에게는 상을 준다는 말. (喩) 포상의 공평성, 타당성이 결여되다. / 본말이 전도되다. (焦 : 타다. 태우다. 불에 그을리다. 爛 : 불에 데다. 額 : 이마. 邪 : 의문. 부정의 뜻을 나타내는 어조사.) → **曲突徙薪. → 焦頭爛額.**

〔**淮南子·說山訓**〕淳于髡之告失火者, 此其類. < 注 > 淳于髡齊人也, 告其鄰突將失火, 使曲突徙薪, 鄰人不從後竟, 失火言者, 不爲功, 救火者, 焦頭爛額爲上客, 刺不備豫. 〔**說苑·權謀**〕人有爲徐先生上書曰, ……, 惟陛下察客徙薪曲埃之策, 而使居燔髮灼爛之右. 〔**漢書·霍光傳**〕人謂主人曰, 鄉使聽客之言, 不費牛酒, 終亡火患. 今論功而請賓, ○○○○○○○, ○○○○○○○○. 主人乃寤而請之. 〔**梁 蕭繹·金樓子**〕張, 陳特顯于前者, 乃自高帝移多闊疏. 故良, 平得廣于忠信. 彭勃得橫行于外. 語有, 曲突徙薪爲彼人, 焦頭爛額爲上客.

君之賞賜, 不可以功及也. 君之誅罰, 不可以理避也. 猶擧杖而呼狗, 張弓而祝雞矣.

주

임금이 내리는 상은 이룩한 공적을 근거로 좇아서 취할 수 없고, 임금의 형벌은 타당한 이유를 근거로 피할 수 없는 것이니, 이것은 마치 몽둥이를 들고서 개를 부르고, 활을 당기고서 닭에게 복을 비는 것과 같다. 상과 벌은 통치자의 전단적 권한이므로 누구도 관여할 수도 없고, 피할 수도 없는 것임을 이르는 것. (以 : …으로써. …을 …근거로 …을 가지고. 功 : 공로. 공훈. 공적. 及 : 따라 잡다. 뒤따라 붙다. / 이르다. 도착하다. 誅罰 : 죄를 책하여 벌을 주다. 祝 : 신에게 복을 빌다. 기도하다. 기원하다.) → **擧杖而呼狗. → 張弓而祝雞.**

〔**說苑·尊賢**〕田讓對曰, ○○○○, ○○○○○○○, ○○○○, ○○○○○○○. ○○○○○○○, ○○○○○○.

德不稱位, 能不稱官, 賞不當功, 罰不當罪, 不祥莫大焉.

덕행이 작위에 걸맞지 아니하고, 재능이 관직에 걸맞지 아니하며, 포상이 공적에 맞지 아니하고, 형벌이 죄악에 맞지 아니하다면, 그 불상사는 이보다 더 큰 것이 없다. 모든 작위·관직·포상 및 형벌은 선악에 대한 응보의 결과이므로 그 타당성을 잃으면 심히 상서롭지 못하게 된다는 뜻. (稱 : 걸맞다. 알맞다. 적합하다. 어울리다. 當 : 맞다. 상당하다. 어울리다. 균형되다.)

〔**荀子·正論**〕 凡爵列官職 賞慶刑罰皆報也, 以類相從者也. 一物失稱, 亂之端也. 夫○○○○, ○○○○, ○○○○, ○○○○, ○○○○○.

道之以政, 齊之以刑, 民免而無恥. 道之以德, 齊之以禮, 有恥且格.

(통치자가 백성을) 정령(政令)으로써 영도하고, 형벌로써 그들을 다스린다면, 백성들은 형벌을 벗어나고서는 부끄러워하지도 아니한다. 반면 도덕으로써 영도하고 예법으로써 다스린다면 그들은 불선(不善)을 부끄러워하면서 선에 이르도록 한다. 나라를 다스림에 있어 백성들을 강요하여 이끌어가는 법치주의보다는 스스로 감화되어 따르게하는 덕치주의가 나음을 이르는 말. (道 : 이끌다. 인도하다. 영도하다. ≒ 導. 政 : 법규. 정사를 행하는 규범. 정령, 정치상의 모든 법령. 齊 : 정리하다. 정돈하다. 바로잡다. 다스리다. 免 : 면하다. 벗어나다. 빠져나가다. 格 : 사상·행동·방법 따위를 바로잡다. 교정하다. / 이르다. 선에 도달함을 이르는 것.)

〔**論語·爲政**〕 子曰, ○○○○, ○○○○, ○○○○○. ○○○○, ○○○○, ○○○○.

明主之所道制其臣者, 二柄(병)而已矣, 二柄者刑德也.

영명한 군주가 백성의 통제를 위하여 쓰는 것은 단지 두 가지의 권병 뿐이며, 이 두 가지의 권병이란 것은 곧 형벌과 포상이다. 군주가 백성을 통치하는 정치적 수단은 포상하는 것과 형벌을 가하는 것의 두 가지가 있다는 뜻.(道 : 쓰다. 用. / 행하다. 制 : 제압하다. 제어하다. 굴복시키다. 다스리다. 지배하다. 臣 : 신하. / 백성. 柄 : 권병. 남을 강제하여 굴복시키는 정치적인 힘. 곧 권력. 권세. 德 : 은혜. 은덕. 복. / 덕행. 혜택. ※ 여기서는 상. 賞.)

〔**韓非子·二柄**〕 ○○○○○○○○○, ○○○○○, ○○○○○○. 何謂刑德. 曰殺戮之謂刑, 慶賞之謂德.

無功而厚賞, 無勞而高爵, 則守職者懈於官, 而遊居者亟於進矣.

공이 없는 데에도 상을 후하게 주고, 수고함이 없는 데에도 작위를 높여주면, 직분을 지키는 자는 직무를 게을리하고, 놀고있는 자는 출사(벼슬)하는 데에 분주하게 된다. (遊居者 : 아무일도 하지 않고 놀고있는 자. 亟 : 분주하다.)

〔**淮南子·主術訓**〕 爲惠者, 尙布施也, ○○○○○, ○○○○○, ○○○○○○○, ○○○○○○○○.

爲暴者 妄誅也, 無罪者而死亡. 行直而被刑, 則脩身者不勸善, 而爲邪者輕犯上矣.

文武之道, 一張一弛.

이

백성을 잘 다스린 周나라의 文王과 武王의 통치방법은 한번 활시위를 당겨 팽팽하게 켕기고, 한번 켕겼던 그 활시위를 놓아 느슨하게 하여 화살을 바로 쓸 수 있게 하는 것과 같이 하였다. 文王과 武王의 통치방법은 백성을 한번 엄격하게 하여 긴장시키고, 한번 너그럽게 하여 이완시키는 것이었다는 말. 백성을 부리기만 하고 휴식시키지 않으면 마침내 피로함이 극에 달하여 구제할 수 없게 되므로 백성을 부림에 있어서는 때로는 일을 시키고 때로는 휴식을 주어야 하며, 너무 엄격하기만 하여서는 아무 일도 되지 않음을 비유. (一張一弛 : 긴장과 이완의 비유. 성함과 쇠함의 비유./ 생활과 직업의 리듬을 잘 조절하여 구체적이고, 이완과 긴장이 있도록 해야 함을 비유. / 문학작품의 구성에 기복과 변화를 잘 강구해야 함을 비유.) = **一張一弛. 文武之道.** → **一張一弛. 一弛一張.**

〔**禮記·雜記下**〕張而不弛, 文武弗能也, 弛而不張, 文武不爲也. 一張一弛, 文武之道也. < 孔穎達疏 > 言弓一時須張, 一時須弛, 喩民一時須勞, 一時須逸, 勞逸相參. 〔**蘇軾·東破志林**〕葛帶榛杖, 以喪老物, 黃冠草笠, 以尊野服, 皆戲之道也. 子貢觀蜡而不悅, 孔子譬之曰, 一張一弛, 文武之道, 蓋爲是也.

賞勉罰偸, 則民不怠, 兼聽齊明, 則天下歸之.

투

부지런한 사람에게 상을 주고 게으른 사람에게 벌을 주면 백성들이 게으름을 피우지 아니하며, 여러 방면의 의견을 듣고 엄정하고 명확하게 하면 천하가 귀순하여 복종한다. (勉 : 힘쓰다. 노력하다. 부지런히 일하다. 또는 그런 사람. 偸 : 안일을 탐하다. 게으름을 피우다. 목전의 안일을 탐하면서 되는대로 하다. 兼聽 : 여러 방면의 의견을 듣다. 여러 사람의 말을 듣다. 齊明 : 엄정하고 명확하게 하다. 齊 : 질서 정연하다. 엄숙하다. 엄정하다.)

〔**荀子·君道**〕賞克罰偸, 則民不怠, 兼聽齊明, 則天下歸之. 然後明分職, 序事業, 材技官能, 莫不治理, 則公道達而私門塞矣, 公義明而私事息矣. 〔**韓詩外傳·卷六**〕○○○○, ○○○○, ○○○○, ○○○○○.

賞罰不正, 則忠臣死於非罪, 而邪臣起於非功.

부

상과 벌이 올바르게 시행되지 않으면 충성스런 신하가 죄가 아닌 것 때문에 죽임을 당하고, 간사한 신하는 공적이 없는 데도 기용(起用)된다. (於 : …에서 …에게서. ※ 원인·이유·근거를 표시하는 유래격 조사.)

〔**諸葛亮·便宜十六策·賞罰**〕人君先募而後賞, 先令而後誅, 則人親附, 畏而愛之, 不令而行. ○○○○, ○○○○○○○, ○○○○○○○.

賞罰不明, 百事不成. 賞罰若明, 四方可行.

상벌이 공명하지 못하면 온갖 일이 이루어질 수 없고, 상벌이 공명하면 여러 곳이 다 잘 행하여

진다.

〔**春秋左氏傳·襄公二十七年**〕子鮮曰, 逐我者出, 納我者死, 賞罰無章, 何以勸勸. 君失其信, 而國無刑, 不亦難乎. 〔**東周列國志**〕○○○○, ○○○○. ○○○○, ○○○○. 此文公所以能伯諸侯也.

上賞賞德, 其次賞才, 又其次賞功.

가장 높은 상은 덕을 기리는 것이고, 그 다음은 재주를 기리는 것이며, 또 그 다음은 공로를 기리는 것이다. 인품이 훌륭하고 덕망이 높은 사람이 가장 높은 상을 받고 재주가 뛰어난 사람이 그 다음 상을 받으며, 어떤 공로를 세운 사람이 그 다음 상을 받는다는 뜻. (賞 : 상. 상을 주다. / 기리다. 찬양하다.)

〔**明 馮夢龍·東周列國志**〕○○○○, ○○○○, ○○○○○

賞一以勸百, 罰一以懲衆.

징

한 사람의 선행을 상주어 백 사람에게 선행을 권하고, 한 사람의 잘못을 벌하여 많은 사람의 악을 징계하다. 상벌을 엄격히 하여야 사회기강이 바로 서게됨을 뜻하는 말. ≒ **一罰百戒.**

〔**六韜·六韜**〕文王問太公曰, 賞所以存勸, 罰所以示懲, 吾欲○○○○○, ○○○○○, 爲之奈何. 〔**文中子**〕○○○○○, ○○○○○.

先王之世, 以道治天下, 後世只是以法把持天下.

옛 임금들의 세상에서는 정도로써 천하를 다스렸으나, 후세에는 오직 법으로써 천하를 쥐고 마음대로 하려 한다. (把持 : 세력을 한 손에 쥐고 마음대로 하다. 독차지 하다. 틀어쥐다. 좌지우지하다.)

〔**近思錄·治體類**〕明道先生曰, ○○○○, ○○○○○, ○○○○○○○○○○○.

誠有功, 則雖疏賤必賞. 誠有過, 則雖近愛必誅.

주

진실로 공이 있으면 비록 소원하고 천한 자라도 반드시 상을 주어야 하고, 진실로 허물이 있으면 비록 친근하고 사랑하는 자라도 반드시 징벌하여야 한다. 공과에 대한 상벌은 친소와 상관없이 엄격하게 시행해야 함을 강조하는 말. (誅 : 징벌하다. 죄를 다스리다. 죄인을 죽이다.) = **賞不避仇讎, 誅不擇骨肉. 賞不避疏賤, 罰不避親貴.**

〔**韓非子·主道**〕是故○○○, ○○○○○○. ○○○, ○○○○○○. 疏賤必賞, 近愛必誅, 則疏賤者不怠, 而近愛者不驕. 〔**唐 馬聰·意林**〕(引 傅子·佚文) 賞不避疏賤, 罰不避親貴. 貴有常名, 而賤不得昌. 〔**元 羅貫中·風雲會**〕旣然立草爲標, 必須坐朝行道. 賞不間親疏, 罰須分善惡. 〔**元 金仁杰·追韓信**〕有功雖仇必賞, 有過雖親必誅. 〔**元 楊梓·藿光鬼諫**〕陛下開赦書撤放罪囚, 薄稅斂存恤戶口, 隨路州城把廟于修. 誅不擇骨肉, 賞不避仇讎.

王者尙其德而希其刑, 霸者刑德竝湊, 彊國先其刑而後德.

왕도로써 나라를 다스리는 사람은 그 은혜 베푸는 것을 숭상하고 그리고나서 형벌을 주는 것을 추구하고, 무력으로써 제후를 통치하는 사람은 형벌주는 것과 은혜 베푸는 것을 보조를 맞추며, 강압정치를 하는 나라는 형벌 주는 것을 앞세우고 은혜 베푸는 것을 뒤로 미룬다.(王者 : 왕도로써 천하를 다스리는 성군. / 제왕. 왕. 尙 : 높이다. 숭상하다. 존중하다. 중시하다. 소중하다. 여기다. 希 : 바라다. 기대하다. 원하다. 추구하다. 霸者 : 인의를 도외시한 채 무력으로써 제후를 통치하는 사람. 竝湊 : 함께 나아가다. 같이 가다. 보조를 맞추다. 彊國 : 강압정치를 하는 나라. / 강대국. 先 : 앞에 두다. 앞세우다. 선행하다. 後 : 뒤로 미루다. 나중에 하다.)

〔**說苑·政理**〕治國有二機, 刑德是也. ○○○○○○○○○○, ○○○○○○, ○○○○○○○○○. ……. 故德化之崇者至於賞, 刑罰之甚者至於誅.

爲政者, 不賞私勞, 不罰私怨.

위정자는 사리를 꾀하는 노고를 한 자에게 상을 주어서는 안되고, 사사로운 원수에게 벌을 주어서는 안된다. 위정자는 사적인 처지가 아니라 공적인 입장에서 상벌을 시행해야 한다는 말. (不 : …하지 말라. …해서는 안된다. ※ 금지의 뜻. 私 : 사사로이하다. 사리를 꾀하다. 불공평하게 하다. 怨 : 원한. 원수.)

〔**春秋左氏傳·昭公五年**〕仲尼曰, 叔孫昭子之不勞, 不可能也. 周壬有言, 曰, ○○○, ○○○○, ○○○○. 詩云, 有覺德行, 四方順之.

有功而不賞, 則善不勸, 有過而不誅, 則惡不懼.

공이 있는데도 상을 주지 않으면 선행이 권장되지 못하고, 잘못하여 법을 어겼는 데도 징벌하지 않으면 악행이 두렵게 느껴지지 않는다. 세상을 잘 교화시키기 위해서는 선행을 권장하고 악행을 징벌해야 함을 시사하는 말. (勸 : 격려하다. 장려하다. 권면하다. 過 : 잘못하여 법을 어기다. 誅 : 죽이다. / 토벌하다. 죄를 다스리다. 징벌하다. 懼 : 두려워하다. 겁내다. ※ 여기서는 두렵게 여기다로 해석.)

〔**說苑·政理**〕夫 ○○○○○, ○○○○, ○○○○○, ○○○○. 善不勸惡不懼而能以行化乎天下者, 未嘗聞也.

香餌之下, 必有死魚. 重賞之下, 必有勇夫.

맛있는 먹이 밑에는 꼭 죽은 물고기가 있고, 후한 상 밑에는 반드시 용사가 있다. 적은 이득에 유혹되면 몸을 망치게 되고, 상을 후하게 주면 그 지도자 그 기관에는 반드시 용사가 모여드는 것을 비유. (下 : …아래. …밑에. …하에. ※ 일정한 범위·조건·상황·환경 등을 나타낸다.) → **芳餌之下, 必有懸魚.** → **重賞之下, 必有死夫.**

〔**三略·上略**〕軍讖曰, ○○○○, ○○○○. ○○○○, ○○○○. 故禮者, 士之所歸, 賞者, 士之所死. 〔**黃石公記**〕芳餌之下, 必有懸魚. 重賞之下, 必有死夫. 〔**宋 范曄·後漢書·耿純傳**〕重賞甘餌, 可以聚人者也. 〔**元 王實甫·西廂記**〕重賞之下, 必有勇夫. 上罰若明, 其計必成.

號令不足以使下, 斧鉞(부월)不足以威衆, 祿賞不足以勸民, 若此則民毋(무)爲自用.

호령으로 아랫 사람을 부릴 수 없고, 중형으로 민중을 두려워하게 할 수 없으며, 녹봉과 포상으로 백성들을 격려할 수 없고, 이와 같은 상황이 계속된다면 곧 백성들이 (군주를 위하여) 스스로 공헌하는 일이 없다. 통치자가 통치수단의 권위를 상실하게 되면 백성들이 복종, 충성하지 않는다는 의미. (號令 : 지휘하여 명령하다. 또는 그 명령. / 큰 소리로 꾸짖다. 斧鉞 : 작은 도끼와 큰 도끼. / 사형. 중형. 威 : 위협하다. 압력을 가하다. / 두려워하다. 勸 : 권하다. / 격려하다. 장려하다. 권면하다. 用 : 힘쓰다. 진력하다. 충성하다. 다하다. 바치다. 공헌하다.)

〔**管子·重令**〕○○○○○○○, ○○○○○○○, ○○○○○○○, ○○○○○○○○. 民毋爲自用, 則戰不勝, 戰不勝, 而守不固, 守不固, 則敵國制之矣.

好以智矯法, 時以私雜公, 法禁變易, 號令數(삭)下者, 可亡也.

(임금이) 걸핏하면 개인의 지혜로써 국법을 핑계삼고, 때때로 사적인 행위로써 공적인 것을 어지럽히며, 법률·금령을 수시로 변경하고, 지휘하는 명령을 자주 내리는 것은 (나라를) 멸망시킬 만한 것이다. (好 : 곧잘. 자주. 걸핏하면. 矯 : 핑계삼다. 핑계대다. 꾸미다. 속이다. 덮어 숨기다. 時 : 늘. 항상. 때때로. 雜 : 섞이다. 뒤섞이다. 뒤얽히다. 뒤섞여 엇갈리다. / 어지럽히다. 어지러워지다. 數 : 자주.)

〔**韓非子·亡徵**〕○○○○○, ○○○○○, ○○○○, ○○○○○, ○○○.

虎之所以能服狗者, 爪(조)牙也. 使虎釋其爪牙以使狗用之, 則虎反服於狗矣.

범이 개를 굴복시킬 수 있는 원인은 발톱과 어금니에 있는 것으니, 만일 범으로 하여금 그 발톱과 어금니를 버리게하고 그것을 개로 하여금 쓰게 한다면 범은 도리어 개에게 굴복을 당하게 된다. 임금은 상과 벌이라는 두 가지 권한에 의해 신하를 통솔하는 것이니, 만일 이 두 가지 권한을 신하에게 주어 행사하도록 하면 임금이 신하의 통솔을 받게 됨을 이르는 말. (服 : 항복하다. 뜻을 굽히다. 복종하다. / 굴복시키다. 爪 : 사람의 손톱·발톱. 짐승의 발톱. 牙 : 이. 어금니·송곳니 등 이의 총칭. 釋 : 버리다. 내놓다.)

〔**韓非子·二柄**〕夫 ○○○○○○○○, ○○○. ○○○○○○○○○○○○, ○○○○○○○. 人主者, 以刑德制臣者也. 今君人者釋其刑德以使臣用之, 則君反制於臣矣.

化之爲貴矣, 夫化之不變而後威之, 威之不變而後脅之, 脅之不變而後刑之.

(정치에 있어) 교화는 중요한 것으로, 무릇 백성들을 교화시켜도 변하지 않을 때에는 그 다음에 압력을 가해야 하고, 압력을 가해도 변하지 않을 때에는 그 다음에 핍박을 가해야 하며, 핍박해도 변하지 않으면 다음에는 형벌을 주게 되는 것이다. (化 : 교화. 감화. / 교육. 가르침. 선도. 威 : 위엄을 부리다. 압력을 가하다. 두려워 떨게 하다. 脅 : 겁주다. 죄다. 핍박하다. 강박하다.)

〔 **說苑·政理** 〕 政有三品, 王子之政化之, 霸者之政威之, 彊者之政脅之, 夫此三者各有所施, 而○○○○○, ○○○○○○○○○, ○○○○○○○○, ○○○○○○○○.

3. 法律·裁判·刑罰

家有常業, 雖饑不餓. 國有常法, 雖危不亡.

집안에 고정적인 생업이 있으면 비록 흉년을 만나도 굶주리지 아니하고, 나라에 일정한 법률이 있으면 비록 위협이 닥쳐도 멸망하지는 않는다. (常 : 일반적인. 평상의. / 불변의. 영구적인. 고정적인. 일정한. 饑 : 기근. 흉작. 餓 : 굶주리다.)

〔 **韓非子·飾邪** 〕 語曰, ○○○○, ○○○○. ○○○○, ○○○○. 夫舍常法而從私意, 則臣下飾於智能, 臣下飾於智能, 則法禁不立矣.

牽牛以蹊人之田, 而田主奪之牛. 牽牛以蹊者, 信有罪矣, 而奪之牛, 罪已重矣.
(견 혜 달 이)

소를 끌고 남의 밭을 질러가면 그 밭주인은 그 소를 빼앗는다. 소를 끌고(남의 밭을) 질러가는 자는 확실히 죄가 있으나 그렇다고 소를 빼앗는 것은 죄가 너무 무거운 것이다. 지은 죄보다 벌이 지나치게 무거운 것을 형용한 말. (蹊 : 질러가다. 건너다. 蹊田奪牛 : 소를 몰고 남의 전답을 질렀다고 하여 그 벌로 소를 빼앗다. 죄보다 벌이 지나치게 무겁다는 비유. 信 : 확실히. 정말로. 已 : 너무. 극히.) → **蹊田奪牛.**

〔 **春秋左氏傳·宣公十一年** 〕 抑人亦有言, 曰, ○○○○○○○, ○○○○○○. ○○○○○, ○○○○, ○○○○, ○○○○.

古之聽訟者, 惡其意, 不惡其人.
(오)

옛날 재판하는 자는 (죄를 저지른) 그 마음을 미워했을 뿐, 그 사람 자체를 미워하지는 않았다. 죄는 미워하되 죄인은 미워하지 않는다는 말. (聽訟者 : 소송인의 주장을 듣는 사람, 소송을 심의하는 사람. 곧 재판관을 이르는 말.)

〔**孔叢子**〕○○○○○, ○○○, ○○○○.

公私不可不明, 法禁不可不審, 先王知之矣.

공공(公共)의 일과 사사로운 일은 명확하게 분별하지 않으면 안되고, 법으로 못하게 마련해 놓은 금제(禁制)는 확실하게 심사, 처리하지 않으면 안되는 것이니, 그것은 선왕도 그 도리를 잘 알고 있었다. (明 : 분명하게 밝히다. 구별하여 명확하게 밝히다. 증거를 대어 밝히다. 審 : 자세히 관찰하다. / 심사, 처리하다. 구체적으로 살펴 처단을 추구하다. 審察究治.)

〔**韓非子·飾邪**〕明主之道, 必明於公私之分, 明法制, 去私恩. 夫令必行, 禁必止, 人主之公義也. ……. 故曰, ○○○○○○, ○○○○○○, ○○○○○.

懼法朝朝樂, 欺公日日憂.

구

법률을 두려워하면 아침마다 즐겁고, 법정(法廷)을 속이면 나날이 걱정한다. 법률과 기율을 경외(敬畏)하면 매일 마음속이 편안해지고, 법정을 기만하면 나날이 마음이 조마조마해짐을 가리키는 말. (朝朝 : 매일. 公 : 정부. 조정. 관청. 여기서는 법정. 公堂. 公廷. 庭.)

〔**盛明雜劇·義犬**〕○○○○○, ○○○○○. 小官出首袁蕊的.

國無常强, 無常弱. 奉法者强, 則國强. 奉法者弱, 則國弱.

나라는 연원히 강성할 수 없고, 또 영원히 쇠약할 수도 없다. 법을 집행하는 사람이 굳세면 나라도 강성해지고, 법을 집행하는 사람이 연약하면 나라도 곧 쇠약해진다. (奉法 : 법을 받들다. 법을 준수하다. ※ 여기서는 법을 집행한다는 의미.)

〔**韓非子·有度**〕○○○○, ○○○. ○○○○, ○○○. ○○○○, ○○○. 荊莊王幷國二十六, 開地三千里, 莊王之氓社稷也, 而荊以亡.

禁勝於身, 則令行於民矣.

금지령이 임금 자신을 제약할 수 있으면 정령이 백성들에게 잘 시행된다. 금지령이 정치지도자의 행위에 대하여 제약을 가할 수 있으면 정령이 민간에게 곧 잘 추진될 수 있음을 이른다. (禁 : 금지령. 勝 : 제약하다. 억제하다. 자제하다. 억누르다. 身 : 몸. 신체. / 자기. 자신. 여기서는 임금 자신을 의미.)

〔**管子·法法**〕信而不行, 則不以身先之也. 故曰, ○○○○, ○○○○○○.

禁之以制, 而身不行, 民不能止.

금지령으로 (백성들의 행동을) 제약하려고 할 때 임금 자신의 행동으로 먼저 실행하지 아니하면 백성들은 이를 그만 두지 아니한다. 백성들의 자유를 제한하려면 지도층이 그 제한의 수범을 보여야 한다는 뜻.

〔**晏子春秋·雜下**〕故曰, ○○○○, ○○○○○, ○○○○. 故化其心, 莫若敎也. 〔**說苑·政理**〕故曰, 禁之以制, 而身不先行也, 民不肯止, 故化其心, 莫若敎也.

急轡銜者非千里御也.

함

말이 재빨리 달리도록 조종하는 자는 일 천리의 먼 길을 몰고 갈 수가 없다. (喩) 정사나 법령이 가혹하면 민란이 일어난다. / 일을 서두르면 그 하고자 하는 것을 이루지 못하고 실패한다. (急 : 서둘러 일을 하다. 일을 조급하게 하다. 轡銜 : 말고삐와 재갈. 말 모는 것을 제어, 조종하는 것을 이른다. = 轡御. 御 : 말을 몰다.)

〔**韓詩外傳·卷一**〕治國者譬若乎張琴然, 大絃急, 則小絃絶矣. 故急轡御者, 非千里之御也. 〔**淮南子·繆稱訓**〕治國譬若張瑟, 大絃緪則小絃絶矣. 故急轡數策者, 非千里之御也. 〔**說苑·政理**〕治國, 譬若張琴, 大絃急則小絃絶矣. 故曰, ○○○○○○○○○.

南山或可改移, 此判終無搖動.

南山은 혹시 다른 곳으로 옮길 수 있어도 이 판결은 끝내 흔들어 움직이지 못한다. (喩) 재판의 판결은 다시 고칠 수 없다. 이미 결정된 일은 바꿀 수 없다. / 사람의 심지(心志)는 고칠 수 없다. (南山 : 中國의 長安城 남쪽에 있는 큰 산인 終南山. 改 : 따로. 다시.) = **南山可移, 判不可搖.** ≒ **南山可移, 此案不動.** → **南山可移.**

〔**舊唐書·李元紘傳**〕唐代太平公主與僧寺爭碾磑(磨坊), 元紘判還僧寺. 當時太平公主權勢甚盛, 百官無不趨奉. 雍州長史竇懷貞促令元紘改斷. 元紘大署判後曰, ○○○○○○, ○○○○○○. 竟執正不撓, 懷貞不能奪之.

唐武后命來俊臣審理通謀事, 問周興, 答曰, 取大甕, 以炭四周炙之, 令囚入中, 何事不承. 俊臣爲如興法, 曰, 有內狀推兄, 請兄入此甕.

唐나라 (則天武后 때 어떤 사람이 周興이 丘神勣과 통정, 공모한다는 고발을 해옴에 따라) 武后는 來俊臣에게 이 공모한 사건을 심리하도록 명령을 하였다. (그리하여 來俊臣은 장본인인) 周興에게 (범인이 죄를 자백하지 않으면 어찌하리오 하고) 물으니 대답하여 말하기를 “큰 항아리를 가져다가 숯불로 사방을 달구어 범인을 그 안에 집어넣으면 무슨 일로 승복하지 않으리오" 라고 하였다. 이에 來俊臣은 周興이 말한 본보기대로 하여 (그에게) 말하기를 "실상 그대를 심문하고자 하니 그대는 이 항아리 속에 들어가 주시오" 라고 하였다. (결국 周興은 두려워서 머리를 조아려 죄지은 벌을 받았다.) (通謀 : 통정하여 공모하다. 한패가 되다. 甕 : 항아리. 炙 : 불에 굽다. 法 : 본보기. 모범. 표준. 內狀 : 실상. 내면의 상황. 推 : 꾸짖다. 따지다. 심문하다. 請君入甕 : 그대가 말한 항아리 속에 들어가기를 청한다. 그 사람의 방법으로 그 사람 자신을 다스린다는 비유로 쓰인다.) → **請兄入甕.**

〔 **新唐書·周興傳** 〕 唐武后時, 或告周興與丘神勣通謀. 武后命來俊臣審理. 俊臣與興正推事對食, 謂興曰, 囚多不承, 當爲何法. 興曰, 此審易耳. 取大甕, 以炭四周炙之, 令囚入中, 何事不承. 俊臣乃索大甕, 火圍如興法. 因起謂興曰, 有內狀推兄, 請兄入此甕. 興惶恐叩頭伏罪. 〔 **資治通鑑·唐紀·則天皇后** 〕 姓或告文昌右丞周興與丘神勣通謀, 太后命來俊臣鞫之. 俊臣與興方推事對食, 謂興曰, 囚多不承, 當爲何法. 興曰, 此甚易耳. 取大甕, 以炭四周炙之, 令囚入中, 何事不承. 俊臣乃索大甕, 火圍如興法. 因起謂興曰, 有內狀推兄, 請兄入此甕. 興惶恐, 叩頭伏罪. 〔 **清 紀昀·閱微草堂筆記** 〕 彼致人之疾, 吾致其疾. 彼戕人之命, 吾戕其命. 皆所謂請君入甕, 天道宜然.

刀不斬無罪之漢, 虎不食無肉之人.

칼은 죄없는 남자를 베어서 죽이지 아니하고, 호랑이는 살없는 사람을 잡아먹지 아니한다. 죄없는 사람을 죽이지 않음을 가리키는 말. (斬 : 날카로운 연장으로 자르거나 베다. 베어서 죽이다. 漢 : 남자. 보통 남자. 기이한 남자. 용열한 남자.)

〔 **明 湯顯祖·邯鄲記** 〕 古語云, ○○○○○○○, ○○○○○○○. 〔 **明 孟稱舜·二胥記** 〕 古云, 刀不斬無罪之人, 虎不食有意之漢.

同罪異罰, 非刑也.

죄가 같은 데도 처벌이 다른 것은 올바른 형벌이 아니다. 법은 어디까지나 공평하게 시행되어 죄인에 대한 양형(量刑)도 같아야 됨을 지적한 말.

〔 **春秋左氏傳·襄公六年** 〕 司城子罕曰, ○○○○, ○○○. 專戮於朝, 罪孰大焉.

莫打鴨, 打鴨驚鴛鴦.

물오리를 공격하지 마라. 하찮은 물오리를 공격하다가 아름다운 원앙새를 놀라게 하여 달아나게 한다. (喩) 나쁜 놈을 잡으려다가 착한 사람까지 놀라게 하다. 한 사람을 잘못 벌주어 뭇 사람을 경동(驚動)시키다. / 어떤 엄격한 조치를 취함으로써 관계하는 사람(사랑하는 사람 또는 부부)을 놀라게 하다.

〔 **宋 魏泰·臨漢隱居詩話** 〕 呂士隆知宣州, 好以事笞官妓. 會杭州有一妓到宣, 其色藝可取, 士隆喜之, 留之使不去. 一日, 群妓復犯小過, 士隆又欲笞之, 妓泣愬曰, 某不敢辭罪, 但恐杭妓不能安也. 士隆愍而舍之. 梅聖俞因作莫打鴨一篇曰, ○○○, ○○○○○.

明君之制, 賞從重, 罰從輕.

명철한 군주의 재도하에서는 상은 중한 것을 좇고, 벌은 경한 것을 좇는다. 현명한 임금은 상은 후하게 벌은 경하게 준다는 말.

〔**說苑·談叢**〕○○○○, ○○○, ○○○. 食人以壯爲量, 事人以老爲程.

法不阿貴, 繩不撓曲. 法之所加, 智者弗能辭, 勇者弗敢爭.

요

법은 존귀한 사람만을 편들지 아니하고, 먹줄은 굽은 나무를 굴복시키지 못한다. 법을 시행하면 지혜가 많은 사람도 논쟁을 벌일 수 없고, 용감한 사람도 함부로 이와 겨룰 수 없다. (阿 : 역성들다. 한쪽으로 치우치다. 한쪽 편을 들다. 사사로운 정분을 좇다. 貴 : 존귀한 사람. 繩 : 먹줄. / 법도. 撓 : 휘다. 구부러지다. 굽히다. 구부러지게 하다. / 순종하다. 굴복하다. 자기의 뜻을 굽히고 상대방의 의견을 따르다. 힘이 미치지 못하여 복종하다. 加 : 시행하다. 실시하다. 辭 : 책망하고 힐난하다. 책임을 따져 나무라다. ※ 여기서는 쟁론하다. 논쟁하다. 서로 다투다. 논박하다.)

〔**韓非子·有度**〕○○○○, ○○○○. ○○○○, ○○○○○, ○○○○○. 刑過不避大臣, 賞善不遺匹夫.

法正則民慤, 罪當則民從.

각

법령이 공정하면 백성들이 충실해지고, 징벌이 합당하면 백성들이 복종하게 된다. (正 : 공정하다. 慤 : 충실해지다. 성실해지다. 단정해지다. 罪當 : 처벌의 경중과 그 죄과가 합당하다. 양형이 적당하다.)

〔**史記·孝文本紀**〕上曰, 朕聞○○○○○, ○○○○○. 且夫牧民而導之善者, 吏也. 其既不能導, 又以不正之法罪之, 是反害於民爲暴者也, 何以禁之. 朕未見其便, 其孰計之.

法之生也, 以輔仁義, 今重法而棄仁義, 是貴其冠履, 而忘其頭足也.

법이 생기는 것은 인의를 도와주기 위한 것이다. 그런데도 지금 법을 중시하고 인의를 버리는 것은 그 관과 신발을 귀하게 여기고 그 머리와 발을 잊어버리는 것과 같은 것이다. 법을 중시하고 인의를 버리는 것은 지엽말단을 중시하고 근본을 경시하는 것과 같다는 뜻. (貴冠履, 忘頭足 : 관과 신발을 귀하게 여기고 머리와 발을 잊어버리다. 근본을 망각하고 지엽에만 정신을 쓴다는 비유.) → **貴冠履, 忘頭足.**

〔**淮南子·泰族訓**〕今不知事脩其本, 而務治其末, 是釋其根, 而灌其枝也. 且○○○○, ○○○○. ○○○○○○○, ○○○○○, ○○○○○○○.

變古亂常, 不死則亡.

옛날의 도와 법을 바꾸고 사람으로서 행해야 할 도리를 어지럽히면 그는 죽지 않으면 망하게 된다. (古 : 옛날의 도와 법의 총칭. 常 : 불변의 도. 사람으로서 행해야 할 도. / 법령. 규율. 준칙.)

〔**史記·袁盎鼂錯列傳**〕鼂錯爲家令時, 數言事不用. 後擅權, 多所變更. 諸侯發難, 不急匡救, 欲報私讎, 反以亡軀. 語曰, ○○○○, ○○○○. 豈錯等謂邪.

赦者, 犇馬之委轡, 毋赦者, 痤疽之砭石也.

분 무 좌저 폄

(범죄를) 용서하는 것은 달리는 말에서 말고삐를 버리는 것이며, (범죄를) 용서하지 않는 것은 악성종기에 돌침을 놓는 것이다. 범죄를 용서하는 것은 그것을 점점 더 수습할 수 없게 하는 것이며, 범죄를 용서하지 않고 엄벌하는 것은 그 행위의 급소를 찔러 도려내버릴 수 있다는 뜻. (犇 : 달아나다. 달리다. 委 : 버리다. 내버려두다. 轡 : 말고삐. 痤疽 : 뾰루지와 등창. 악성 종기. 砭 : 돌침. 돌침을 놓다. 石 : 돌침.)

〔**管子·法法**〕○○, ○○○○○, ○○○, ○○○○○○.

赦出則民不敬, 惠行則過日甚.

사면령(赦免令)이 언제나 발포되면 백성들이 곧 조심하지 아니하고 은혜가 언제나 베풀어지면 잘못이 날로 증가한다. 죄를 자주 용서해주는 것이 결과적으로는 죄를 범하는 원인이 됨을 지적한 말. (敬 : 조심하다. 삼가다. 마음을 절제하다. 甚 : 심해지다. 증가함을 뜻한다.)

〔**管子·法法**〕上赦小過, 則民多重罪, 積之所生也. 故曰, ○○○○○○, ○○○○○○.

殺人可恕, 情理難容.

사람을 죽인 것은 용서할 수 있으나, 인정과 도리상으로는 용서하기 어렵다. 사람을 죽인 죄과에 대해서는 용서할 수 있을지라도, 그의 인정·도리를 위반한 것에 대해서는 용서할 수 없다는 뜻. (恕 : 용서하다. 容 : 용서하다.)

〔**元 楊梓·豫讓呑炭**〕未出語心先痛, ○○○○, ○○○○.

殺人償命, 欠債還錢, 理也.

사람을 죽이면 목숨으로 갚아야 하고, 갚아야 할 빚에 모자람이 있으면 돈을 되돌려 주는 것이 도리이다. (欠 : 모자라다. 부족하다.)

〔**宋 李之彦·東谷所見**〕諺有之, ○○○○, ○○○○. ○○.

殺人刖足, 亦皆有禮.

사람을 죽인 자에 대한 형벌로서 발뒤꿈치를 자르는 것에도 역시 다 예법이 있다. 참형(斬形) 이나 월형(刖形)을 시행하는 데에도 예의 법도의 행위를 따름으로써 사람이 억울한 누명을 쓰는 일이 없도록 해야 함을 이르는 말. (刖足 : 벌로서 발뒤꿈치를 자르는 것. 또는 그 형벌을 받는 사람.)

〔 **新唐書·崔仁師傳** 〕 大理小卿孫伏伽謂曰, 原雪者衆, 誰肯讓死. 就決而事變, 奈何. 仁師曰, 治獄主仁恕, 故諺稱 ○○○○, ○○○○.

殺人者死, 傷人者刑, 是百王之所同.

사람을 죽인 자는 죽이고, 사람을 상해한 자에게는 형을 가하니, 이것은 백 왕이 다 그렇게 한 것이다.

〔 **荀子·正論** 〕 昔者武王伐有商, 誅紂, 斷其首, 縣之赤旆. 夫征暴誅悍, 治之盛也. ○○○○, ○○○○, ○○○○○○也. 未有知其所由來者也. 〔 **史記·高祖本紀** 〕 召諸縣父老豪桀曰, ………. 吾與諸侯約, 先入關者王之, 吾當王關中. 與父老約, 法三章耳. 殺人者死, 傷人及盜抵罪.

商君亡至關下, 欲舍客舍. 客人不知其是商君也, 曰, 商君之法, 舍人無驗者坐之. 商君歎曰, 爲法之敝, 一至此哉.

(秦나라 孝公을 도와 낡은 법률과 제도를 개혁, 부국강병을 이룩했으나 孝公이 죽고 惠王이 즉위하면서 체포령이 내려진) 商鞅(본명 公孫鞅)은 국경에 있는 관새(關塞)의 근처로 도망가서 어느 여관에 머물려고 하였다. 그 여관에 머무르고 있는 사람은 그가 商鞅인 줄을 모르고 말하기를 "商鞅이 만든 법은 머무르는 사람이 신분의 증거가 없으면 법에 저촉되도록 되어있다."고 하였다. 이에 商鞅은 (한숨을 크게 쉬고) 탄식하여 말하기를 "(아차) 그 법의 폐해 때문에 이에 이르게 되었구나!"라고 하였다. (舍 : 머물다. 客舍 : 여사. 여관. 驗 : 증거. 坐 : 죄명을 쓰다. 법에 저촉되다. 一 : 발어사. 作法自斃 : 자기가 만든 법에 자기가 죽다. 자기가 만든 계획이 도리어 자기로 하여금 해를 입게 한다는 뜻.) → **作法自斃, 爲法自斃**.

〔 **史記·商君列傳** 〕 公子虔之徒告商君欲反, 發吏捕商君. 商君亡至關下, 欲舍客舍. 客人不知其是商君也, 曰, 商君之法, 舍人無驗者坐之. 商君喟然歎曰, 嗟呼爲法之敝, 一至此哉.

鉏一害而衆苗成, 刑一惡而萬民悅.
서 묘

하나의 해로운 것을 제거하면 많은 벼의 모가 무성해지고, 하나의 악행을 벌하면 모든 사람들이 기뻐한다. (鉏 : 없애다. 제거하다. = 鋤. 成 : 우거지다. 무성해지다.) ≒ **鋤一惡, 長一善**.

〔 **桓寬 鹽鐵論·後刑** 〕 大夫曰, ……, 人君不畜惡民, 農夫不畜無用之苗. 無用之苗, 苗之害也, 無用之民, 民之賊也. ○○○○○○○, ○○○○○○○. 〔宋史·畢冲衍傳〕給事中張問居里中, 謂冲衍曰, 諺云鋤一惡, 長一善, 君之謂也.

析言破律, 亂名改作, 執左道以亂政, 殺.
석

능숙한 말솜씨로 법률 조문의 본뜻을 파괴 곡해하고, 서문(書文)을 혼란시키어 행위의 준칙을 독단적으로 바꾸며, 무술(巫術)로써 남을 현혹하는 무고(巫蠱) 등의 사술(邪術)을 행하여 국정을 교란하는 자는 죽인다. (析言破律 : 능숙한 말솜씨로 법률 조문의 본뜻을 파괴 곡해하다. 亂名改作 : 글과 글자를 혼란시키어 행위의 준칙을 독단적으로 바꾸다. 左道 : 무고 등 사술. 바르지 못한 사도. 邪道.)

〔**禮記·王制**〕○○○○, ○○○○, ○○○○○○, ○. 作淫聲·異服·奇技·奇器以疑衆, 殺.

世易時移, 變法宜矣. 譬之良醫, 病萬變, 藥亦萬變, 病變而藥不變, 嚮之壽民, 今爲殤子矣.
역 상

세상이 바뀌고 시대가 변했으니 법을 바꾸는 것이 마땅하다. 이것은 마치 훌륭한 의사는 병이 만 번 바뀌면 약도 만 번 바꾸어야 하는 것이며, 병은 바뀌는데 약이 바뀌지 않는다면 전에 사람을 오래 살게 한 것도 지금은 사람을 일찍 죽게 하는 것과 비유되는 것이다. (嚮 : 접대. 지난 번. 전. 종전. 이전. 壽 : 오래 살다. 殤 : 일찍 죽다. 子 : 사람.)

〔**呂氏春秋·察今**〕○○○○, ○○○○. ○○○○, ○○○, ○○○○. ○○○○○○, ○○○○, ○○○○○.

繩直而枉木斫, 準夷而高科削.
승 작 이 삭

먹줄을 바르게 쳐서 굽은 나무를 잘라내며, 수준기(水準器)를 평평하게 하여 높은 부분을 잘라내다. (喻) 법률을 업격하고 공평하게 적용하여 사악한 사람을 바로잡아 사회를 안정시키다. (繩 : 목공이 쓰는 먹줄. 準 : 수평기로, 수평을 재는 기구. 夷 : 평평하게 하다. 평평하다. 高科 : 높은 곳. 높은 부분.)

〔**韓非子·有度**〕故 ○○○○○○, ○○○○○○. 權衡懸而重益輕, 斗石設而多益少. 故以法治國, 擧措而已矣.

愛多者, 則法不立, 威寡者, 則下侵上.

은애가 너무 많으면 법의 질서가 서지 못하고, 위엄이 부족하면 신하가 군주를 침범하게 된다. 나라의 법은 엄격하고 냉정해야 하며, 지도자는 위엄을 갖추어야 된다는 말. (下 : 지위 낮은 사람. / 신하, 임금의 대칭. 上 : 지위 높은 사람. / 임금, 신하의 대칭.)

〔**韓非子·內儲說上**〕經二, 必罰一 ○○○, ○○○○, ○○○, ○○○○. 是以刑罰不必, 則禁令不行.

令之行也, 必待近者之勝也, 而令乃行.

(정부가) 법령을 시행함에 있어서는 반드시 (임금의) 측근자가 감당할 수 있음을 믿게 해야 하며, 그래야만 그 법령이 잘 시행된다. 법령을 철저히 시행하려면 반드시 임금의 친근한 사람이 먼저 그 볍령을 철저히 따를 수 있음을 행해 보아야 하며, 그런 연후에야 백성들이 비로소 그 시행에 복종할 수 있다는 뜻. (待 : 필요로 하다. / 믿다. 신임하다. / 기대다. 의지하다. 勝 : 감당할 수 있다. 이겨내다. 능히 일을 해내다.)

〔**管子·重令**〕凡民之用也, 必待令之行也, 而民乃用. 凡○○○○, ○○○○○○○, ○○○○.

獄疑則從去, 賞疑則從與.

옥

송사(訟事)에 의심스러운 것이 있으면 푸는 것을 좇고, 포상(褒賞)에 의심스러운 것이 있으면 주는 것을 좇는다. 송사에서 죄가 확실하지 않고 조금이라도 의심이 나는 경우에는 모두 풀어서 돌려보내고, 상을 내릴 때는 반대로 그 공이 의심스럽더라도 모두에게 상을 준다는 뜻. (獄 : 송사. 소송. / 판결.)

〔**賈誼·新書·連語**〕王曰, 善. 故獄疑則從去, 賞疑則從予, 梁國大悅. 〔**新序·雜事四**〕梁王曰, 善. 故○○○○○, ○○○○○, 梁國大悅.

王魯爲當塗宰, 瀆貨爲務, 會部民連狀, 訴主簿貪賄, 魯郎判曰, 汝雖打草, 吾已蛇驚.

독 회

南唐의 王魯는 (지금의 安徽省) 當塗縣의 縣令이 되어 재물을 거두어들이는 것을 직분으로 삼았다. 이에 마을 사람들이 모여 연명장(連命壯)으로 (관서의 문서·장부를 맡고있던) 주부(主簿)를 뇌물을 탐한다는 이유로 고소하였다. (소장에 열거한 죄상이 자신의 저지른 내용과 너무 똑같은 것을 안) 王魯는 이를 판결하여 말하기를 "너는 단지 풀을 쳤을 뿐이지만 나는 그 풀 속에 숨어있던 뱀이 너무 놀란 것과 같다."고 하였다. (瀆 : 불법으로 금전. 물품 따위를 탐하다. 과도히 욕심을 부리다. / 탐하여 취하다. 部民 : 마을 사람. 貪賄 : 뇌물을 탐하다. 郎 : 남자의 미칭. 雖 : 비록… 일지라도./ 오직. 단지. / …과 같다. 如. 如同. 已 : 이미. 벌써. / 나중에 얼마 후에. / 너무. 심히. 매우./ 이와 같다. 이러하다. 如此. 打草驚蛇 : 풀을 쳐서 뱀을 놀라게 하다. 甲을 징계하여 乙을 깨우친다는 비유. 한 사람을 다스려 다른 사람이 경계로 삼도록 함을 비유. / 경솔한 행동을 하여 계획, 책략 따위가 사전에 누설되어 상대방으로 하여금 미리 경계하도록 만드는 것을 비유. / 일이 치밀하지 못하여 상대방에게 방비할 기회를 줌을 비유.) → **打草驚蛇** ≒ **打草蛇驚**.

〔**開天遺事**〕○○○○○○, ○○○○, ○○○○○, ○○○○○, ○○○○, ○○○○, ○○○○. 〔**宋鄭文寶·南唐近事**〕王魯爲當塗宰, 瀆貨爲務, 會部民連狀訴主簿貪, 魯乃判曰, 汝雖打草, 吾已蛇驚. 〔**朱熹·答黃仁卿書**〕但恐見黃商伯狼狽後, 打草蛇驚, 亦不敢放手做事耳. 〔**郎瑛·七修類稿**〕打草驚蛇, 乃南唐王魯爲當塗令, 日營資産, 部人訴主簿貪賄, 魯曰, 汝雖打草, 吾已驚蛇.

尤而效之, 罪又甚焉.

남의 잘못을 책망하면서도 그것을 본받는 것은 그 죄가 더 무겁고 크다. 남이 하는 못된 짓을 본받아 그것을 따라 배우는 것은 그 잘못이 더 크다는 뜻. (尤 : 잘못을 남에게 돌리다. 남의 탓으로 돌리다. / 책망하다. 원망하다. 탓하다. 甚 : 중대하다. 심각하다. 준엄하다. 매섭다.) → **尤而效之**.

〔**春秋左氏傳·僖公二十四年**〕其母曰, 盍亦求之. 以死誰懟. (介之推) 對曰, ○○○○, ○○○○, 且出怨言. 不食其食. 〔**春秋左氏傳·襄公二十一年**〕王曰, 尤而效之, 其又甚焉.

寃死莫告狀, 餓死莫做賊.
원 장 주

억울한 죄로 죽어도 고소하지 말 것이며, 굶어 죽어도 도둑질을 하지 말 것이다. 관청과 더불어 교제·거래하지 말고, 도둑과 더불어 동아리가 되지 말 것을 권하는 말. (寃 : 원통하다. 억울한 죄를 받다. 누명을 쓰다. 告狀 : 고소하다. 做賊 : 도둑질 하다.)

〔**明 李日華·璽召錄**〕汶上有王尙書, 年七十致政歸. 一日置酒遍別親戚, 瞥然而去, 不知何往. 後二十餘年, 有家人朝武當, 遇之石岩中, 泣拜求其復回, 不可. 因求敎育, 公曰, 我言但記取○○○○○, ○○○○○, 二語足矣.

爲國而數更法令者, 不法法, 以其所善爲法者也.
삭 경

나라를 위한다고 하여 자주 법령을 바꾸게 되면 법을 지키지 않게 되는데, 이는 자기가 잘 하는 것을 모범으로 삼기 때문이다. (數 : 자주. 法 : 법률. 법령. / 표준. 모범. / 지키다. 준수하다.)

〔**說苑·政理**〕武王問於太公曰, 爲國而數更法令者何也. 太公曰, ○○○○○○○○, ○○○, ○○○○○○○○.

宥過無大, 刑故無小, 罪疑惟輕, 功疑惟重, 與其殺不辜, 寧失不經.
유 고

과실에 의한 범죄는 비록 크더라도 용서하고, 일부러 저지른 죄는 비록 작더라도 벌하라. 죄는 의심스러운 것이 있으면 가볍게 하고, 공은 의심스러운 것이 있으면 중하게 하라. 죄없는 사람을 죽이기 보다는 차라리 실증되지 않는 사람을 놓치는 것이 낫다. (宥 : 용서하다. 過 : 고의가 없는 범죄. 無 : 비록 …하더라도. = 雖. 故 : 고의로 한 일. 일부러 한 일. 與……. 寧 : 비교를 나타내는 조사로, …하기보다는, 차라리 …하다. 辜 : 허물. 죄. 不經 : 常道를 어긴 사람. / 여기서는 죄가 있는 것이 실증되지 않은 사람.)

〔**書經·虞書·大禹謨**〕皐陶曰, ……, ○○○○, ○○○○, ○○○○, ○○○○, ○○○○○, ○○○○. 好生之德, 洽于民心, 玆用不犯于有司. 〔**宋 陸象山·與辛幼安書**〕近時之言, ……, 與其殺不辜, 寧失不經, 謂罪疑者也. 使其不經甚明而無疑, 則天詩所不容釋, 豈可失也.

有犯禁而可而得免者, 則斧鉞不足以威衆.
월

금지령을 어기는 데도 (징벌을) 면할수 있으면 중형으로도 민중을 두려워하게 하지못한다. 범법행위가 있어도 처벌을 면하는 것이 통례가 된다면 그런 형벌은 곧 백성들을 두려워하게 하지 못한다는 뜻. (斧鉞 : 작은 도끼와 큰 도끼. / 형구. / 형륙. 중형. 사형. 威 : 두려워하다.)

〔 **管子·重令** 〕 凡國有不聽而可以得存者, 則號令不足以使下. ○○○○○○○○○, ○○○○○○○○. 有毋功而可以得富者, 則祿賞不足以勸民.

以鞿而御駻突.
기 한

고삐로 사나운 말을 제어하다. (喩) 가벼운 형벌로써 간흉(奸兇)을 제지하다. (鞿 : 재갈. 고삐. 굴레. 駻突 : 사나운 말. 길들지 않은 말. = 駻馬.)

〔 **漢書·刑法志** 〕 今漢承衰周暴秦極弊之流俗, 已薄於三代, 而行堯舜之刑, 是猶○○○○○○.

利不百, 不變法. 功不十, 不易器.
역

이로움이 백배가 되지 않으면 법을 바꾸지 아니하고, 공로가 열배가 되지 않으면 인재를 바꾸지 아니한다. 이익이 매우 많지 않으면 법령 제도를 변경하지 않으며, 매우 많은 공업을 이룩할 수 없으면 쓰고있는 인재를 바꾸지 않음을 이르는 말.(器 : 기물. 인재를 가리킨다.)

〔 **商君書·更法** 〕 杜摯曰, 臣聞之, ○○○, ○○○. ○○○, ○○○. 臣聞, 法古無過, 循禮無邪. 君其圖之. 〔 **史記·商君列傳** 〕 杜摯曰, ○○○, ○○○. ○○○, ○○○. 〔 **戰國策·趙策二** 〕 故利不百者不變俗, 功不什者不易器. 今王破卒散兵, 以奉騎射, 臣恐其攻獲之利, 不如所失之費也. 〔 **新序·善謀一** 〕 杜摯曰, 利不百, 不變法, 功不什, 不易器. 〔 **漢書·韓安國傳** 〕 臣聞, 利不十, 不變法, 害不十, 不易制. 蓋以政有恒則易守, 法數變則奸生. 〔 **清 汪輝祖·佐治藥言** 〕 古云, 利不百不興, 弊不百不除. 眞閱厲語, 不可不念也.

以往聖人之法治將來, 譬猶膠柱而調瑟.
교

지난 날의 성인의 법으로써 장차 다가올 세상을 다스리고자 하는 것은 비유컨대 거문고줄을 괴는 기러기발을 아교로 붙여놓고 거문고를 조율하는 것과 같다. 옛날 법으로써 장래의 세상을 다스리려는 것은 규칙에 얽매여 조금도 융통성, 변통성이 없는 소행이라는 뜻. (膠 : 아교. / 아교로 붙이다. 柱 : 가야금. 거문고. 아쟁 등의 줄 밑에 괴어 줄 위의 소리를 고르는데 쓰는 기러기발.) → **膠柱鼓瑟. 膠柱調瑟.**

〔 **文子·道德** 〕 老子曰, 執一世之法籍, 以非傳代之俗, 譬喩膠柱鼓瑟. 〔 **淮南子·齊俗訓** 〕 虞·夏·殷·周禮樂相詭, 服制相反, 然而皆不失親疏之恩, 上下之倫, 今握一君之法籍, 以非傳代之俗, 譬由膠柱而調瑟也. 〔 **史記·廉頗藺相如列傳** 〕 趙王因以趙括爲將, 代廉頗. 藺相如曰, 王以名使括, 若膠柱以鼓瑟耳. 括徒能讀其父書傳, 不知合變也. 〔 **揚子法言·先知** 〕 ○○○○○○○○○, ○○○○○○○. 〔 **漢 桓寬·**

監鐵論·相刺〕堅據古文以應當世, 猶辰參之錯, 膠柱而調瑟, 固而難合矣. 〔**南朝齊·沈約·注制旨連珠表**〕守株膠瑟, 難與適變. 〔**十八史略·上古·春秋戰國篇**〕相如曰, 王以名使括, 若膠柱鼓瑟耳. 括徒能讀其父書, 不知合變也.

以一警百, 吏民皆服.

한 사람을 징벌하여 백 사람의 경계가 되게 하니 벼슬아치와 백성들이 다 복종하게 된다. 공직기관의 어떤 한 공직자의 징벌을 이용하여 많은 공직자를 경계시켜서 모든 공직자는 물론 백성들도 다 잘 복종시키게 됨을 이르는 것. → **以一警百. 懲一警百.**

〔**漢書·尹翁歸傳**〕翁歸治東海明察, 郡中吏民賢不肖, 及奸邪罪名盡知之. …… 其有所取也, ○○○○, ○○○○, 恐懼改行自新.

一歲再赦, 善人喑啞.
음 아

일년에 다시 죄인을 사면하면 좋은 사람들이 다 벙어리가 된다. 일년에 여러번 범죄인을 사면하면 백성들이 불법을 자행하는 무리들의 위해를 받을 수 있다는 말. (喑啞 : 벙어리. 소리를 내지 못해 수고롭기만 할 뿐 말하기 어려움을 형용.)

〔**王符·潛夫論·述赦**〕中庸之人, 可引而下. 故其諺曰, 一歲載赦, 奴兒噫嗟. 〔**漢 崔是·政論**〕近前年一期之中, 大小四赦. 諺曰, 一歲再赦, 奴兒喑啞. 况不軌之民, 熟不肆意. 〔**舊唐書·太宗紀**〕凡赦宥之恩, 唯及不軌之輩. …… 古語曰, …… 一赦再赦, 好人喑啞. 〔**元 蘇天爵·滋溪文稿**〕古語有云, …… ○○○○, ○○○○. 夫養稂莠者傷禾稼, 惠奸凶者賊良人.

先臣與韓琦, 富弼同慶曆柄任, 各擧所知. 當時飛語指爲朋黨, 三人相繼補外. 造謗者曰, 一網打盡.

宋나라의 先臣(范仲淹, 范純仁의 부)이 韓琦 富弼同과 함께 宋 仁宗 때에 임용되어 정권을 잡고 각각 지인들을 등용하였다. 그러나 당시에 붕당을 만든다고 지적하는 뜬 소문이 있어 이 세사람이 잇따라 지방 수령으로 좌천 발령되었다. 이에 비방하는 자(公相慶)가 이르기를 "한 그물로 다 잡아버렸다"고 하였다. (慶曆 : 宋 仁宗 때의 연호. 柄任 : 임명되어 정권을 장악하다. 飛語 : 뜬 소문. = 流言. 相繼 : 잇따르다. 補外 : 고관을 지방 수령으로 발령하여 징계하던 일. 一網打盡 : 한 번 그물을 쳐서 못에 있는 고기를 다 잡아버리다. 단 한 번에 전부를 소탕, 섬멸, 숙청한다는 비유.) → **一網打盡.**

〔**宋史·范純仁傳**〕昔○○○○○, ○○○○○○○, ○○○○. ○○○○○○○○○, ○○○○○○, ○○○公相慶 ○, ○○○○. 〔**宋史·姜休復傳**〕坐預進奏阮祠神落職, 同坐者皆有名士, 言者喜曰, 吾一網打盡矣. 〔**宋史·魏泰 東軒筆錄**〕劉待制元瑜旣彈蘇舜欽, 而連坐者甚衆, 同時俊彦爲之一空. 劉見宰相曰, 聊爲相公一網打盡. 〔**齊東野話**〕郭祐癸卯鄭丞相淸之議牒, 杭學遊士, 限日出齋, 諸士爲檄文, 有云, 始陰諷其三緘, 終盡打於一網.

臨財忘貪, 臨生忘死, 可以遠罪矣.

재물을 만나서는 가난함을 잊고, 삶의 문제에 당면해서는 죽음을 잊어야 죄를 멀리할 수 있다. 재물을 보고서 가난함을 걱정, 이를 탐하여 취하거나, 살아감에 있어 죽음을 걱정하여 불충하거나 의롭지 못한 행위를 하면 오히려 죄를 받게 된다는 뜻. (臨 : 어떤 일에 부닥치다. 그 일에 당면하다. 만나다. 직면하다.)

〔**說苑·雜言**〕夫○○○○, ○○○○, ○○○○○.

知法犯法, 罪加一等.

법률을 알면서 그 법률을 어기면 죄가 한 등급 더 무거워진다. 법률의 규정을 잘 알면서도 고의로 그 규정에 저촉되는 행위를 하면 가중 처벌된다는 것. → **知法犯法. 知而犯法. 明知故犯. 明知而明犯之. 知而故犯.**

〔**宋 普濟·五燈會元·保斬禪師**〕師曰, 知而故犯. 〔**姚鎔三說**〕明知之而明犯之, 其愚又益甚矣. 〔**清 無名氏·賽紅絲**〕禁役朱貴, 監守得財謀命, ○○○○, ○○○○, 亦杖一百, 流三千里. 〔**清 李雨堂·萬花樓**〕這胡坤先有治家不嚴之罪, 縱子殃民, 實乃知法犯法, 比庶民罪加一等.

千金不死, 百金不刑.

천금이면 죽지 아니하고, 백금이면 형벌을 받지 아니한다. 돈만 있으면 사형당해야 할 중범도 죽음을 면할 수 있고, 처벌 받아야 할 경한 범죄도 형벌을 받지 않을 수 있다는 말.

〔**尉繚子·將理**〕笞人之背, 灼人之脇, 束人之指, 而訊囚之情, 雖國士有不勝其酷而自 誣矣. 今世諺云, ○○○○, ○○○○.

天網恢恢, 疏而不漏.

소

하늘의 그물은 넓고 커서 성긴 것 가지만 조금도 새지 아니한다. 하늘이 악한 사람들을 붙잡기 위하여 쳐놓은 그물은 천하를 다 덮을 정도로 크고 그물코는 성기지만 악한 사람들을 도망가지 못하게 한다는 말. (喻) 나쁜 사람은 법망을 벗어나기 어렵다. / 선은 반드시 일어나고 악은 반드시 망한다. (恢恢 : 넓고 큰 모양. 疏 : 거칠다. 성기다. 드문드문하다.) = **天網恢恢, 疏而不失.**

〔**老子·第七十三章**〕天之道, 不爭而善勝, 不言而善應, 不召而自來, 繟然而善謀. 天網恢恢, 疏而不失. 〔**抱朴子·勤求**〕天下以規勢利者遲速皆受殃罰. 天網雖疎終不漏也. 〔**魏書·任城王傳**〕老聃云, 其政察察, 其民缺缺. 又曰, ○○○○, ○○○○. 是故欲求治本, 莫若省事清心. 〔**宋 錢易·南部新書**〕天地不長凶惡, 蛇鼠不爲龍虎, 天網恢恢, 去將何適.

天下從事者, 不可以無法儀, 無法儀而其事能成者無有也.

이 세상에서 어떤 한 가지 일에 종사하는 사람에게는 만인의 규범인 법칙이 없을 수 없는 것이니, 법칙이 없는데도 그 일을 이룩할 수 있는 것은 없다. 물건을 만들거나 세상을 다스리는 등 세상의 모든 일에는 법도와 법칙이 있어서, 그것을 따라야 올바로 만들어지고, 올바로 다스려져 실패하지 않는다는 뜻. (從事 : 어떤 한 가지 일을 일삼아서 하다. 마음과 힘을 다하여 일정한 일을 해나가다. 法儀 : 만인의 규범인 법도. 법칙.)

〔 **墨子·法儀** 〕 子墨子曰, ○○○○○, ○○○○○○, ○○○○○○○○○○○○○.

醉人口之詞, 何足爲據.

술에 취한 사람의 입에서 나온 말을 어찌 증거로 삼을 수 있는가? 술에 취한 사람의 말을 증거로 삼을 수 없다는 말. (據 : 증거. 근거.)

〔 **明 無名氏·楊家府演義** 〕 仁美曰, ○○○○○, ○○○○. 寇準曰, 酒後道眞言.

擢髮以贖罪, 尙未足.

탁 속

머리카락을 뽑아서 그 수만큼 속죄하여도 오히려 (그 머리카락이 죄보다) 부족하다. 지은 죄가 헤아릴 수 없이 크다는 뜻. (擢 : 뽑다. 뽑아내다. 贖罪 : 재물을 바치고 죄를 면제 받다.) → **擢髮莫數其罪. 擢髮莫數. 擢髮難數.**

〔 **史記·范雎蔡澤列傳** 〕 范雎曰, 汝罪有幾. 曰, 擢賈之髮以贖賈之罪, 尙未足. 〔 **蘇軾·到惠州謝表** 〕 方尙口乃窮之時, 蓋擢髮莫數其罪.

烹小鮮而數撓之, 則賊其澤. 治大國而數變法, 則民苦之.

팽 삭 요

작은 생선을 구으면서 자주 뒤집으면, 그 윤기를 상하게 되고, 큰 나라를 다스리면서 법을 자주 바꾸면 백성들은 괴로움을 겪는다. 나라를 다스리는 법을 제정, 개정, 폐기함에 있어서는 생선을 굽는 것 같이 천천히, 신중하게, 적절하게 추진해야 함을 이르는 말. (烹 : 삶다. 볶다의 뜻도 있다. 小鮮 : 작은 생선. 撓 : 휘저어 뒤섞다. 賊 : 해치다. 상하게 하다.) → **治大國, 若烹小鮮.**

〔 **老子·第六十章** 〕 治大國, 若烹小鮮. 〔 **韓非子·解老** 〕 ○○○○○○○, ○○○○. ○○○○○○○, ○○○○. 是以有道之君, 貴虛靜而重變法. 故曰, 治大國者, 若烹小鮮.

炮烙, 紂王所作刑也, 膏塗銅柱, 加之(以)火上, 令罪人行其上, 輒墮炭中, 笑而以爲樂.

포 락 첩 타

통째로 굽고 지지는 의미의 포락(炮烙)은 殷나라 紂王이 만든 형벌로, 구리로 만든 기둥에 기름을 발라 잘 미끄러지게 해놓고 그 밑에 불을 피워놓고서 죄인으로 하여금 그 기둥 위를 걸어가게 하여 갑자기 타오르는 숯불 속으로 떨어지면 웃으면서 즐거워하였다. (炮烙 : 炮烙之刑의 준 말로, 죄인을 통째로 지지는 형벌. 炮는 통째로 굽다. 烙은 단쇠로 몸을 지지다. 塗 : 바르다. 칠하다. 輒 : 문득. 갑자기. 墮 : 떨어지다.) → **炮烙之刑. 炮烙之法.**

〔**韓詩外傳·卷四**〕紂作炮烙之刑. …….紂殺比干, 而囚箕子, 爲炮烙之刑, 殺膠無時, 羣下愁怨, 皆莫冀其命. 〔**史記·殷本紀**〕百姓怨望而諸侯有畔者, 於是紂乃重刑辟, 有炮烙之法. 〔**漢書·谷永傳**〕榜棰瘉於炮烙, 絶滅人命. < 唐諺師古注 > 瘉, 痛也. ○○, ○○○○○○, ○○○○, ○○ (○)○○, ○○○○○○, ○○○○, ○○○○○.

匹夫無罪, 懷璧其罪.

천한 사람은 아무 죄가 없더라도 분수에 맞지 않은 보옥을 갖고 있으면 그것이 죄가 된다. 보통의 평범한 사람이 신분에 걸맞지 않은 보물을 가지면 그 미천한 신분 때문에 해를 입게 된다는 뜻.

〔**春秋左氏傳·桓公十年**〕周諺有之, ○○○○, ○○○○, 吾焉用此, 其以賈害也. 〔**漢 王符·潛夫論·遏利**〕象以齒焚身, 蚌以珠剖體. 匹夫無辜, 懷璧其罪.

必以仁義輔政, 寧過於生, 無失於殺.

반드시 인과 의로써 정사를 보필하여, 차라리 (죽일 자를) 살리는 데에 잘못이 있더라도 (살릴 자를) 죽이는 실수를 해서는 안된다.

〔**新序·節士**〕李離曰, 君量能而授官, 臣奉職而任事, 臣受印綬之日, 君命曰, ○○○○○○, ○○○○, ○○○○. 臣受命不稱, 壅惠蔽恩, 如臣之罪乃當死, 君何過之有.

行罰, 先貴近而後卑遠, 則令不犯.

벌을 시행함에 있어서는 고귀하고 가까운 사람을 먼저하고, 신분이 낮고 관계가 먼 사람을 나중에 하면 사람들이 법령을 어기지 아니한다. (先 : 먼저 실행하다. 後 : 나중에 하다. 뒤에 하다.)

〔**資治通鑑·唐紀**〕○○, ○○○○○○○, ○○○○.

行刑, 重其輕者, 輕者不至, 重者不來, 此謂以刑去刑.

형벌을 시행함에 있어 가벼운 죄를 무겁게 처벌한다면 가벼운 죄가 행하여지지 않고 또한 무거운 죄도 이루어지지 않는 것이니, 이것이 형벌을 사용하여 형벌을 제거하는 것이라고 말하는 것이다. (至 : 이르다. 도래하다. / 행하다. 실행하다. ≒ 行. 來 : 오다. / 닥치다. 발생하다. / 이루다. 초래하다.) → **以刑去刑.** ≒ **以殺去殺.**

〔**商君書·劃策**〕以戰去戰, 雖戰可也, 以殺去殺, 雖殺可也, 以刑去刑, 雖重刑可也. 〔**韓非子·內儲說上**〕公孫鞅曰, ○○, ○○○○, ○○○○, ○○○○, ○○○○○○.

刑罰不中, 則民無所措手足.

형벌이 적합하지 않으면 백성들은 손발을 쓸 수가 없다. 형벌이 이치에 맞게 시행되지 아니하면 백성들은 어떤 조치를 취하는 것이 좋은지를 알지 못한다는 뜻. (中 : 이치에 맞다. 알맞다. 마땅하다. 적당하다. 적합하다. 措手足 : 손발을 쓰다. 조치를 취하다. 措 : 시행하다. / 일하다. 처리하다. 조처하다. 대처하다. / 쓰다. 운용하다.)

〔**論語·子路**〕事不成, 則禮樂不興, 禮樂不興, 則刑罰不中, ○○○○, ○○○○○○○. 〔**顏氏家訓·治家**〕笞怒廢於家, 則豎子之過立見. ○○○○, ○○○○○○○. 〔**袁宏道集**〕執法之官遂依違隱嘿(黙), 付之無可奈何. 此豈立法立官之初意哉. ……語曰, ○○○○, ○○○○○○○.

或錫之鞶帶, 終朝三褫之. 以訟受服, 亦不足敬也.

반 치 시

혹시 고관의 예복 위에 두르는 큰 띠를 하사해 주어도 지극히 짧은 시간에 그것을 세 번이나 빼앗긴다. 쟁송으로 얻은 녹위(祿位)는 존경할 만한 가치가 없기 때문이다. 소송에 이겨서 고관대작의 영예를 얻을 수는 있으나 그 영예는 존경받을 가치가 없기 때문에 지극히 짧은 시간에도 여러번 빼앗길 수 있다는 뜻. (錫 : 주다. 하사하다. 내려 주다. 鞶帶 : 옛날 관리의 예복 위에 두르는 큰 가죽띠. 여기서는 고관후록에 비유된다. 終朝 : 새벽부터 조반 때까지의 시간. 극히 짧은 시간을 뜻한다. 褫 : 빼앗다. 빼앗기다. = 奪. 服 : 의복. / 사무. 직무. 직책. 직업. 여기서는 벼슬자리.)

〔**周易·天水訟**〕上九, ○○○○○, ○○○○○. 象曰, ○○○○, ○○○○○.

劃地爲獄, 議不入, 刻木爲吏, 期不對.

획

땅에 금을 그어놓고 감옥이라 해도 들어가지 않기를 꾀하고, 나무인형을 만들어 놓고 옥리(獄吏)라 해도 대면하지 않기를 바란다. 옥리(獄吏)들이 잔인하고 흉폭하고 행패가 심하여 사람들이 감옥과 옥리를 극도로 싫어하고 미워함을 이르는 것. (劃地爲獄 : 땅에 금을 그어놓고 감옥으로 삼는다는 뜻이며, 단지 지정된 범위내에서만 행동함을 허용한다는 비유로, 사람들이 감옥을 매우 싫어함을 함축하고 있다. 議 : 꾀하다. 도모하다. 모색하다. 刻木爲吏 : 나무를 사람의 형상으로 깎아 그것을 관리로 삼는다는 뜻으로, 옥리를 심히 미워하여 이르는 말. 期 : 구하다. 요구하다. 對 : 상대하다. 대면하다.) → **劃地爲獄. 劃地爲牢.** → **刻木爲吏. 削木爲吏.**

〔**說苑·貴德**〕故俗語云, 劃地作獄, 議不可入, 刻木爲吏, 期不可對. 〔**漢書·路溫舒傳**〕獄吏專爲深刻, 殘賊而忘極. 偸爲一切, 不顧國患, 此世之大賊也. 故俗語曰, ○○○○, ○○○, ○○○○, ○○○. 此皆疾吏之風, 悲痛之辭也. 〔**漢 司馬遷·報任安書**〕猛虎在深山, 百獸震恐, 及其在檻穽之中, 搖尾而求食, 積威約之漸也. 故士有劃地爲牢, 勢不可入. 削木爲吏, 議不可對, 定計於鮮也. 〔**通鑑·漢紀·中宗孝宣皇帝上**〕廷尉史路溫舒上書曰, ……. 俗語曰, ○○○○, ○○○, ○○○○, ○○○. 此疾吏之風, 非痛之辭也.

4. 財政·租稅·賦役.

孔子過泰山側, 有婦人哭於墓者, 曰, 昔者吾舅死於虎, 吾夫又死焉, 今吾子又死焉. 然無苛政而不去. 夫子曰, 苛政猛於虎.

孔子가 泰山을 지나는데 어떤 부인이 묘에서 울면서 말하기를 "옛날에 내 시아버지가 호랑이에게 물려 죽었고, 내 남편이 또 죽었으며, 이제는 내 아들이 또 죽었습니다. 그러나 이곳은 가혹한 정치가 없어서 떠나지 않고 있답니다."라고 하였다. (이 말을 들은) 孔子가 말하기를 "가혹한 정치는 호랑이보다 사납다"고 하였다. 번잡하고 가혹한 정령이나 과중한 세금은 백성들을 호랑이보다 더 흉악하고 두렵게 느끼도록 함을 형용한 말. → **苛政猛於虎.**

〔**禮記·檀弓**〕孔子過泰山側, 有婦人哭於墓者而哀, 夫子式而聽之. 使子路問之曰, 子之哭也, 壹似重有憂者. 而曰, 然. 昔者吾舅死於虎, 吾夫又死焉, 今吾子又死焉. 夫子曰, 何爲不去也. 曰, 無苛政, 夫子曰, 小子識之, 苛政猛於虎. 〔**新序·雜事五**〕公子北之山戎氏, 有婦人哭於路者, 其哭甚哀. 孔子立輿而問曰, 曷哭哀至於此也. 婦人對曰, 往年虎食我夫, 今虎食我子, 是以哀也. 孔子曰, 嘻, 若是則曷爲不去也. 曰, 其政平, 其吏不苛, 吾以是不能去也. 孔子顧子貢曰, 弟子記之, 夫政之不平而吏苛, 乃等於虎狼矣. 〔**論衡·遭虎**〕孔子行魯林中, 婦人哭甚哀, 使子貢問之, 何以哭之哀也. 曰, 去年虎食吾夫, 今年食吾子, 是以哭哀也. 子貢曰, 若此, 何不去也. 對曰, 吾善其政之不苛, 吏之不暴也. 子貢還報孔子. 孔子曰, 弟子識諸, 苛政暴吏, 甚於虎也. 〔**孔子家語·正論解**〕孔子適齊, 過泰山之側, 有婦人哭於野者而哀. 夫子式而聽之, 曰, 此哀一似重有憂者. 使子貢往問之, 而曰, 昔舅死於虎, 吾夫又死焉, 今吾子又死焉. 子貢曰, 何不去乎. 婦人曰, 無苛政. 子貢以告孔子. 子曰, 小子識之, 苛政猛於暴虎.

去無用之費, 聖王之道, 天下之大利也.

쓸 데 없는 비용을 없애는 것이 성왕의 도이며, 세상의 가장 큰 이익이 되는 것이다. 물자를 절약하고 줄이는 것이 나라를 부강하게 하고 민생을 안정시키게 되는 것을 지적한 것.

〔**墨子·節用上**〕子墨子曰, ○○○○○, ○○○○, ○○○○○○.

儉宮室臺榭, 則樂之, 吏淸不苛擾, 則喜之.

궁전과 누각·정자를 검소하게 하면 백성들이 좋아하고, 관리가 청렴하여 성가시고 어지럽게 하지 않으면 백성들이 기뻐한다. (臺榭 : 고대와 망루. 고대 위에 지은 누각·정자. 苛는 어지럽히다. / 번거롭다. 성가시다. 까다롭다. 擾 : 어지럽히다. 소란을 피우다. 소동을 일으키다.)

〔**六韜·文韜**〕太公曰, 民不失務, 則利之, 農不失時, 則成之, ……, ○○○○○, ○○○, ○○○○○, ○○○.

國無九年之蓄, 曰不足. 無六年之蓄, 曰急. 無三年之蓄, 曰國非其國也.

나라에 구년(九年)을 지낼 비축이 없으면 부족하다고 이르고, 육년(六年)을 지낼 비축이 없으면 급하다고 하며, 삼년(三年)을 지낼 비축조차 없으면 그 나라는 이미 나라가 아니라고 한다. 나라에 적어도 3년간 쓸 재정이 없으면 경제적인 위기에 봉착하게 되고, 또한 혹 남의 나라의 침략을 받아 와해되기 쉬움을 이르는 말.

〔**禮記·王制**〕○○○○○○, ○○○. ○○○○○, ○○. ○○○○○, ○○○○○○. 〔**淮南子·主術訓**〕國無九年之畜, 謂之不足, 無六年之積, 謂之憫急, 無三年之畜, 謂之窮乏. 故有仁君明王, 其取下有節, 自養有度, 則得承受於天地, 而不離饑寒之患矣. 〔**新書·無蓄**〕王制曰, (이하 禮記·王制 내용과 동일.)

賦斂不時, 朝令而暮改.

렴

수시로 세금 등을 부과하여 징수하고, 아침에 명령을 내렸다가 저녁에 다시 고치다. 나라가 세금을 마음대로 거두어 들이고, 법령을 자주 바꾸어서 믿고 따를 수가 없음을 이르는 말. 주장·방침·방법이 자주 바뀜을 형용. (由) 前漢의 文帝 때에 관직을 시작, (景帝 때에 御史大夫에 까지 승진)한 鼂錯는 임금에게 국사에 대한 방책을 건의하는 다음과 같은 상소문을 올렸다. "농가에서는…… 봄에 경작하고 여름에 풀 뽑고 가을에 수확하여 겨울에 저장하고, 땔나무를 자르고 관청의 일을 하니 부역에 징발되어……, 춘하추동 쉴 날이 없습니다. … 또한 홍수와 한발의 재해를 당하며 갑자기 세금이나 부역을 당하고 있습니다. 곧 수시로 세금 등을 부과하여 징수하고 아침에 명령을 내렸다가 저녁에 다시 고치고 있어, 좋은 집이 있는 사람은 반 값으로 팔고, 없는 사람은 빚을 내어 10할의 이자를 빼앗기고 있습니다." (賦斂 : 조세 따위를 부과하여 징수하다. 時 : 때맞추다.) → **朝令暮改. 朝令夕改. 朝令暮更. 朝令夕更.**

〔**漢書·食貨志上**〕鼂說漢武帝, 急政暴賦, ○○○○, ○○○○○. 〔**鼂錯·論貴粟**〕急政暴虐, ○○○○, ○○○○○. 〔**北宋 范祖禹·唐鑒·穆宗**〕凡用兵擧動, 皆自禁中授以方略, 朝令夕改, 不知所從. 〔**明 歸有光·上高閣老書**〕今日朝廷遵守成憲, 未嘗何一令, 更一事, 而使者所至, 日求變法, 遂至朝令夕改, 國異家殊.

三年耕而餘一年之積, 九年作而有三年之儲.

3년 밭갈아서 1년 저축할 것이 남고, 9년 씨 뿌려서 3년 비축할 것이 있다. 국가는 마땅히 농업생산을 중시하고 해마다 남는 양식을 저축해서 유비무한을 성취할 것을 지적한 말. (積 : 저축. 儲 : 비축.)

〔**禮記·王制**〕三年耕, 必有一年之食. 九年耕, 必有三年之食. 〔**隋書·長孫平傳**〕古者○○○○○○○○○, ○○○○○○○○○, 雖水旱爲災, 而民無菜色, 皆由勸導有方, 蓄積先備也. 〔**明 徐光啓·農政全書**〕(引王禎·農書) 古者 三年耕必有一年之食. 九年耕必有三年之食.

聚斂而招穀, 積財以肥敵, 危身亡國之道也.

세금을 과중하게 거두어들이고, 곡식을 끌어들이며 재물을 쌓아두어서 적을 살찌우는 것은 자신을 위태롭게 하고 나라를 망치는 길이다. (聚斂 : 세금을 과중하게 거두어 들이는 일. 招 : 가져오게 하다. / 끌어들이다.)

〔**韓詩外傳·卷三**〕修禮者王, 爲政者强, 取民者安, 聚斂者亡, ○○○○○, ○○○○○, ○○○○○○○, 明君不蹈也. 〔**荀子·王制**〕我聚之以亡, 敵得之以彊, 聚斂者召寇肥敵亡國危身之道也. 故明君不蹈也.

取於民有度, 用之有止, 國雖小必安, 取於民無度, 用之不止, 國雖大必危.

백성으로부터 징취(徵取)하는 것(세금)에 한도가 있고 군주의 재부(財富, 곧 예산)의 소비가 백성의 재력에 비추어 절제적이면 국가가 비록 작아도 필연 안정이 되고, 반면 백성으로부터 징취(徵取)하는 것에 한도가 없고 군주의 재부의 소비가 백성의 재력에 비추어 절제함이 없으면 국가가 비록 커도 필연 위태롭게 된다. (止 : 정지시키다. 억제하다. 멈추다. 절제하다.)

〔**管子·權修**〕○○○○○, ○○○○, ○○○○○, ○○○○○, ○○○○, ○○○○○.

弊政之大, 莫若賄賂(뢰)行而徵賦亂.

나쁜 정치의 큰 것으로는 뇌물이 쓰여지고 세금의 부과와 징수가 어지러운 것과 같은 것이 없다. 뇌물이 오가고 세금을 제멋대로 마구 거두어 들이는 것보다 더 나쁜 정치는 없다는 뜻. (賄賂 : 뇌물. 行 : 쓰여지다.)

〔**唐 柳宗元·答元饒州論政理書**〕○○○○, ○○○○○○○○○○.

5. 軍隊의 養成, 運用.

가. 戰爭의 理由 · 名分

驕奢(사)生於富貴, 禍亂生於所忽.

교만과 사치는 부유하고 존귀한데서 생겨나고, 병화와 전란은 (방비를) 소홀히 한 것에서 생겨난다. (所忽 : 소홀히 한 바 곧 소홀히 한 것. 禍亂 : 재화와 난리. 병화와 전란.)

〔**十八史略·近古·唐宋篇**〕(唐太宗)曰, ……, 徵與吾共安天下, 常恐○○○○○○, ○○○○○○. 故知守成之難. 然創業之難. 往矣, 守成之難, 方與諸公愼之.

饑·疾·勞·亂召兵.

(백성들의) 굶주림과 질병과 부역(강제노동)과 분쟁은 다 병화(兵禍)를 가져오게 한다. 전쟁을 국내에 불러들이는 네 가지 요인을 지적한 것. (饑 : 굶주림. 기근. / 흉작. / 생활고. 亂 : 動亂으로 난리. 분쟁. 召 : 부르다. 어떤 결과를 가져오게 하다. 兵 : 병사. / 병기. 무기./ 군비. 군대. / 싸움. 전쟁. 전란./ 재앙. 병화.)

〔**韓非子·說林上**〕泰康公築臺三年. 荊人起兵, 將欲以兵攻齊. 任妄曰, 饑召兵, 疾召兵, 勞召兵, 亂召兵.

兵可千日而不用, 不可一日而不備.

군대는 천 날이나 되는 장기간에도 쓸 일이 없지만, 단 하루도 갖추어두지 않으면 안된다. (備 : 갖추다. 준비하다. 마련하다. / 대비하다.)

〔**鶡冠子·近迭**〕兵者百歲不一用, 然不可一日忘也. 〔**南史·陳暄傳**〕酒猶兵也, 兵可千日而不用, 不可一日而不備. 酒可千日而不飮, 不可一飮而不醉. 〔**清 阮葵生·茶餘客話**〕晉人謂酒猶兵也. 兵可千日而不用, 不可一飮而不勇. 酒可千日而不飮, 不可一飮而不醉. 〔**清 鄭觀應·盛世危言**〕內安外攘, 莫先于兵, 整旅行師, 幕中于練. 兵可百年不用, 不可一日不備.

兵猶火也, 弗戢(집), 將自焚也.

무력이란 것은 마치 불과 같은 것이어서, 철저히 막지 아니하면 장차 자신이 그 불에 타게 된다. 나라의 지도자가 덕을 닦는데 힘쓰지 않고 오히려 백성을 가혹하게 부리면서 무력을 그치지 않는다면 그는 반드시 무력에 의한 화를 면치 못한다는 뜻을 함축. (戢 : 무기를 거두어 들여 간수하다. / 그치다. 그만두다. 멈추게 하다. 억제하다. 철저히 막다.)

〔**春秋左氏傳·隱公四年**〕夫○○○○, ○○, ○○○○. 夫州吁弑其君, 而虐用其民. 於是乎, 不務令德, 而欲以亂成, 必不免矣.

兵者國之大事, 死生之地, 存亡之道, 不可不察也.

전쟁이란 것은 나라의 대사(大事)로서, 백성들의 생사의 바탕이고 나라의 존망의 방책이므로 살피지 않을 수 없는 것이다. (地 : 바탕. 기초. 밑. 바닥. / 한 지점.)

〔**孫子兵法·始計**〕孫子曰, ○○○○○○, ○○○○, ○○○○, ○○○○○. 故經之以五事, 校之以七計, 而索其情.

兵在內爲亂, 在外爲寇.

나라의 수도에서 병기로 살상(殺傷)을 하면 난리가 발생할 수 있고, 외지에서 살상을 하면 도적이 생겨날 수 있다. (兵 : 병기로써 살상을 하다. 무기로 치다. 內 : 대궐. 궁정. 궁중. 조정. 곧 수도를 뜻한다. / 국내. 자국. 亂 : 동란. 난리. 분쟁. 外 : 외국. / 타향. 외지. / 민간. 조정에 대한 재야.)

〔 **東周列國志** 〕仲遂見奪其妻, 大怒, 訴于文公, 請以兵攻之. 叔仲彭生諫曰, 不可. 臣聞之, ○○○○○, ○○○○. 幸而無寇, 可啓亂乎.

兵出無名, 事故不成.

군대의 출동에 명분이 없으면 (싸우는) 일이 반드시 이루어질 수 없다. (名 : 명분. 직분. 인륜상의 본분. 故 : 반드시. 必과 같은 뜻.)

〔 **漢書·高帝紀上** 〕○○○○, ○○○○. ……, 項羽爲無道, 放殺其主, 天下之賊也.

養兵千日, 用在一時.

군대를 양성하는 데는 천 날이 걸리지만, 그 군대를 써서 작전을 하는 것은 겨우 한 때 뿐이다. 장기간에 군대를 양성하는 것은 돌발사태가 발생할 때에 대비하기 위한 것임을 기리키는 것. 군인이 평시 국가에 의해 양성되었다가 일단 국가의 필요시에는 곧 분발하여 있는 힘을 다하여 복무해야 함을 가리키는 것. (千日 : 천 날. 장구한 시간을 표시.) = **養兵千日, 用在一朝. 養軍千日, 用在一時. 養軍千日, 用在一朝. 養兵千日, 用軍一時.**

〔 **元 關漢卿·漢宮秋** 〕我養軍千日, 用軍一時. 〔 **明 羅貫中·三國演義** 〕朝廷養兵千日, 用在一時. 汝安敢出怨言, 以慢軍心. 〔 **通俗編** 〕養軍千日, 用軍一時.

一勝一敗, 兵家之常事.

한 번 이기고 한 번 지는 것은 전투에 임하는 자들의 일상적인 일이다. (喻) 일을 함에는 성공도 실패도 흔히 있는 일이므로 낙심할 것이 없다. 실패한 사람을 위로하거나 실패한 사람이 변명하는 말로 쓰인다. (兵家 : 병학의 전문가. 병법가. 전술가. / 무기를 잡고 전투에 임하는 자들. 여기에서 兵은 무기를 잡고 전투에 임하는 자이고, 家 : 명사 뒤에 쓰여 동류의 사람을 이른다.) = **勝敗兵家之常事. 勝負兵家常勢. 勝負兵家之常. → 兵家常事.**

〔 **舊唐書·憲宗紀** 〕勝負兵家常勢, 不可以一將失利, 便沮成計. 〔 **舊唐書·裵度傳** 〕帝曰, 一勝一負, 兵家常勢. 〔 **宋 齊東野語** 〕己遣董御帶牛觀察在前與之交鋒矣. 兵勝敗無常, 君王(正)人, 且近屬, 吾當以自己兵衛送君. 〔 **清 無名氏·說唐** 〕主公不可退兵, 勝敗乃兵家常事. 〔 **三國演義** 〕勝敗兵家之常, 何可自隳其志. 〔 **水滸傳** 〕勝敗乃兵家常事, 何必掛心.

主不可以怒興師, 將不可以慍而致戰.

임금은 자신의 분노 때문에 군사를 일으켜서는 안되고, 장수는 자신의 원한 때문에 전쟁을 끌어들여서는 안된다. 전쟁은 국가의 운명을 좌우하는 것이므로 국가 지도자 개인의 감정이 이에 개입되어서는 안된다는 말. (以 : …때문에. …으로 인하여. 怒 : 성. 화. 분노. 분개. / 성내고 분개하다. 원망하다. 師 : 군사. 군대. 周대의 군제로, 2500명을 이른다. 慍 : 원망하고 노함. 원망과 노여움을 품음. 원한. / 성난 마음 속에 원한을 품다. 致 : 초래하다. 가져오다. / 부르다. 끌어들이다.)

〔**孫子兵法·火攻**〕○○○○○○○, ○○○○○○○○. 合於利而動, 不合於利而止.

나. 軍人의 姿勢 및 軍事力

撼山易, 撼岳家軍難.
이

산을 흔들기는 쉬우나, 南宋의 무장인 岳飛의 군대를 흔들기는 어렵다. 岳飛가 통솔하는 군대는 군기율(軍紀律)이 엄격하여 공격에 능하고 수비도 잘하여 격파하기 어려움을 나타내는 말. (撼 : 흔들다. 움직이다. 흔들리다. 岳 : 南宋의 무장인 岳飛를 이른다. 그는 충성심이 두터웠으며 金人이 침입했을 때 여러 차례 적을 쳐 용맹을 떨쳤다. 家 : 어떤 전문 분야에 종사하는 사람을 뜻한다.)

〔 **宋史·岳飛傳** 〕善以少擊衆, 欲有所擧, 盡召諸統制與謀, 謀定而後戰, 戰有勝無敗, 猝遇敵不動. 故敵爲之語曰, ○○○, ○○○○○.

强將手下無弱兵.

강한 장수 수하에는 약한 병사가 없다. (喻) 재능있는 사람이 거느리는 사람 가운데에는 무능한 사람이 부지할 수 없다. 뛰어난 사람에게는 저절로 인재가 모여든다. = **勇將下無弱卒. 强將下無弱兵.**

〔**蘇軾·題連公壁**〕俗諺云, 强將下無弱兵, 眞可信. 吾觀安國連公之子孫, 無一不好事者, 此寺當日盛矣.

公徒釋甲, 執冰而踞.
빙 거

군주 편의 병사가 갑옷을 벗고 화살통 뚜껑을 손에 든채 편히 앉아있다. (喻) 싸움을 앞두고 이미 전의를 상실하다. (公 : 임금. 곧 천자. 주군. 군주. 제후. 徒 : 보병. 병사. 冰 : 화살통. = 氷. 踞 : 웅크리다. 걸터앉다.)

〔**春秋左氏傳·昭公二十五年**〕師徒以往, 陷西北隅以入, ○○○○, ○○○○, 遂逐之.

軍擾者將不重也, 旌旗動者亂也.

정

군이 소란한 것은 장수가 엄중하지 않기 때문이고, 깃발이 마구 움직이는 것은 혼란하기 때문이다. 적진이 어수선하고 질서를 잃은 상태를 보이는 것은 지휘관의 명령이 미치지 않기 때문이고, 군기·신호기 등이 정연치 않고 움직여 돌아다니는 것은 대오가 통솔을 잃고 있는 증거라는 뜻. (旌旗 : 기의 총칭. 깃발.)

〔**孫子兵法·行軍**〕○○○○○○○, ○○○○○○. 吏怒者倦也. 殺馬肉食者無糧也.

軍中聞將軍令, 不聞天子之詔.

조

군영 속에서는 다만 장군의 명령만을 들을 뿐이고, 황제의 조령(詔令)도 듣지 않는다. 전쟁 중에는 군 지휘자의 지휘명령에만 복종해야 되며, 따라서 임금의 명령이 받아들여지지 않는 경우도 있다는 뜻. (軍 : 군영. 군진. / 진을 치다. 주둔하다. 진주하다. 군영을 베풀다. 군대를 편성하다. 詔 : 천자의 명령. 조서. 조칙. 조령.) = **將在軍君命有所不受. 將在外君命有所不受.**

〔**六韜·龍韜·立將**〕軍中之事, 不聞君命, 皆由將出, 臨敵決戰, 無有二心. 〔**孫子兵法·九變**〕……, 君命有所不受. 〔**史記·絳侯周勃世家**〕先驅曰, 天子且至. 軍門都尉曰, 將軍令曰, ○○○○○○, ○○○○○○. 居無何, 上至, 又不得入. 〔**史記·孫子吳起列傳**〕孫子曰, 臣既已受命爲將, 將在軍, 君命有所不受. 遂斬隊長二人以徇. 〔**史記·司馬穰苴列傳**〕(司馬) 穰苴曰, 將在軍, 君命有所不受.

無欲將而惡廢, 無急勝而忘敗, 無威內而輕外.

오

(장수된 자가) 사람들을 통솔하려고 하면서 (그들에 의해) 버려질 것을 두려워해서는 안되고, 승리를 서두르려고 하면 실패를 잊어버려서는 안되며, 집안 안에서 엄숙하려고 하면 바깥 사람들에게 깔보여서는 안된다. (欲 : 하고자 하다. 바라다. 원하다. / 탐내다. 將 : 통솔하다. 지휘하다. 거느리다. 惡 : 두려워 하다. / 걱정하다. 근심하다. 廢 : 버리다. 내버리다. 포기하다. / 어떤 신분의 사람을 그 자리에서 몰아내다. 急 : 서두르다. 조급하게 굴다. 초조해하다. 威 : 엄하다. 엄숙하다. 위엄있다.)

〔**荀子·議兵**〕○○○○○○, ○○○○○○, ○○○○○○, 無見其利而不顧其害, 凡慮事欲孰, 而用財欲泰, 夫是之謂五權.

無天於上, 無地於下.

위에 하늘이 없고, 아래 땅이 없다. 적과 맞서 결전을 할 때 장수는 위로는 하늘의 제약도 안받고, 아래로는 땅의 제약도 안받는다는 말. 곧 장수가 작전에 있어서 임기 결단을 하는것은 어떤 제약도 받지 않음을 이르는 것.

〔**六韜·龍韜**〕軍中之事, 不聞軍命, 將由將出. 臨龍決戰, 無有二心, 若此則 ○○○○, ○○○○, 無敵於前, 無君於後.

盤石千里, 不可謂富, 象人百萬, 不可謂强.

큰 암석으로 된 땅이 천리나 되어도 부자라고 할 수는 없고, 인형으로 된 병졸이 백만이 있어도 강력하다고 할 수는 없다. 쓸모없는 땅은 아무리 넓어도 곡물을 생산할 수 없고, 훈련되지 않은 병사는 아무리 많아도 적을 막을 수 없어 아무 소용이 없다는 뜻. (盤石 : 큰 암석. 큰 바위돌. 象人 : 인형. 허수아비.)

〔**韓非子·顯學**〕○○○○, ○○○○, ○○○○, ○○○○. 石非不大, 數非不衆也, 而不可謂强者, 磐不生粟, 象人不可使距敵也.

發突騎以轔烏合之衆, 如摧枯折腐耳.

린

돌격기병을 일으켜 까마귀떼와 같은 무리를 짓밟아버리는 것은 고목을 꺾고 썩은 것을 부러뜨리는 것과 같이 쉽다. (喩) 갑자기 여기 저기서 모인 조직, 훈련이 없는 무리를 치는 것은 매우 쉽다. (由) 漢나라 沛公 劉邦이 項羽와 함께 秦나라를 치려고 군대를 이끌고 陳留에 머무을 때 酈食其라는 세객이 "(당신들은) 바로 흩어진 것을 합친 무리를 일으키고 뿔뿔이 흩어진 병사를 거두어들여도 만명이 차지 않을 것입니다. 이것으로 곧바로 강한 秦나라로 들어가는 것은 이른바 호랑이 입을 찾는 격입니다."라고 말하였다. 한편 耿弇이 군대를 이끌고 劉秀(後漢의 光武帝)에게로 항복하러 가는 도중 군대안에 王郎이 한나라 정통파여서 劉秀의 휘하가 되는 것은 잘못이라고 주장하자 耿弇은 위와 같이 烏合之衆을 치는 것은 매우 쉽다고 말했다. (突騎 : 돌격기병. 轔 : 짓밟다. 烏合之衆 : 까마귀떼와 같이 질서가 없이 모여있는 궁중 또는 그러한 군대. = 烏合之卒. 摧枯折腐 : 마른나무를 꺾고 썩은 나무를 부러뜨리다. 일이 매우 쉽다는 비유. = 摧枯拉朽.) → **烏合之衆. 烏合之卒. 烏集之衆.** → **摧枯折腐. 摧枯拉朽.**

〔**漢書·酈食其傳**〕足下起烏合之衆, 收散亂之兵, 不滿萬人. 欲以徑入强秦, 此所謂探虎口者也. 〔**後漢書·耿弇傳**〕○○○○○○○○○○○, ○○○○○○○. 〔**後漢書·邳肜傳**〕卜者王郎, 假名因勢, 驅集烏合之衆. 遂震燕趙之北. 〔**北史·祖珽傳**〕項羽人身, 亦能何及, 羽布衣率烏合之衆, 五年而成霸業.

兵對兵, 將對將.

병졸은 병졸을 상대하고, 장수는 장수를 상대하다. 작전중 쌍방의 역량의 대소, 강약이 서로 대등함을 이르는 말.

〔**封神演義**〕○○○, ○○○, 各分頭目, 使神機.

兵無將而不動, 蛇無頭而不行.

군대에는 장수가 없으면 함께 활동할 수 없고, 뱀은 머리가 없으면 돌아다닐 수 없다.

〔**盛明雜劇·英雄成敗**〕正是○○○○○○, ○○○○○○, 鄭公旣移檄勦賊, 就請做個盟主.

兵不血刃, 遠邇來服.

이

출정한 군대가 칼날에 피를 묻히지 않아도 먼데서, 가까운 데서 찾아와 복종하다. 인의(仁義)의 군대는 전쟁을 하지 않고 싸움을 이김을 이르는 말. (血 : 피칠하다. 피를 적시다. 피를 묻히다. 피를 바르다. 邇 : 가깝다. = 近.)

〔**荀子·議兵**〕此四帝兩王, 皆以仁義之兵, 行於天下也. 故近者親其善, 遠方慕其德. ○○○○, ○○○○. 德盛於此, 施及四極.

兵在精而不在多, 將在謀而不在勇.

강한 군대는 정예화하는 데 달려있는 것이지 그 수가 많은 데 달려있는 것이 아니며, (유능한) 장수는 계략을 쓰는 데 달려 있는 것이지 용감한 데 달려있는 것이 아니다.

〔**新編五代史平話·周史**〕凡在兵乎精, 不在乎多. 〔**明無名氏·英烈傳**〕○○○○○○○, ○○○○○○○. 左有陳亨, 右有張旭, 後有曹良臣, 三千兵拼死攻擊, 殺得元兵四散奔潰. 〔**淸 徐震·樂田演義**〕兵在精不在多, 將在勇不在衆.

兵戰之場, 止屍之地, 必死則生, 幸生則死.

전쟁터는 주검이 머무르는 땅이니, 거기에서는 반드시 사력(死力)을 다하면 살고, 다행히 살아남으려고 하면 죽게 된다. 어려운 지경에 처하여 반드시 죽기를 맹세하고 목숨을 내던지면 도리어 목숨을 부지하게 되지만, 요행히 살아서 돌아갈 생각을 하고 소극적으로 대처하면 도리어 죽게 된다는 뜻. (死 : 필사적이다. 결사적이다. 목숨을 내걸다. 목숨을 아까워하지 아니하다. 죽음을 두려워하지 아니하다. 사력을 다하다. 幸 : 다행히. 운좋게.) → **必死則生, 幸生則死. 必生則死, 必死則生.**

〔**吳子兵法·治兵**〕凡○○○○, ○○○○, ○○○○, ○○○○. 〔**唐 趙蕤·長短經·懼誡**〕遲回猶豫, 至于危亡, 其禍在于矜全. 反貽其敗者也. 語曰, 必死則生, 幸生則死. 數公可謂幸生矣.

師克在和, 不在衆.

군대가 싸움에 이길 수 있는 것은 화합하는데 달려있는 것이지, 병사의 수가 많은 데 달려있는 것이 아니다.

〔**春秋左氏傳·桓公十一年**〕莫敖曰, 盍請濟師於王. (鬪廉) 對曰, ○○○○, ○○○. 商周之不敵, 君之所聞也.

師直爲壯, 曲爲老.

군대가 바르면 기세가 강해지고, 비뚤어지면 약해진다. (喩) 군대는 사리 바르게 운용되면 사기가 떨쳐 강해지고, 바르지 아니하면 사기가 떨어져 약해진다. / 정의로운 군대는 투지가 왕성하여 그에 대항할 적이 없으나, 불의의 군대는 쉽게 무너진다. (師 : 군사. 군대. 直 : 바르다. 옳다. 壯 : 기세가 강하다. 老 : 약해지다. 쇠하다.)

〔**春秋左氏傳·僖公二十八年**〕子玉怒, 從晉師, 晉師退. 軍吏曰, 以君避臣辱也. 且楚師老矣, 何故退. 子犯曰, ○○○○, ○○○. 豈在久乎. 〔**春秋左氏傳·宣公十二年**〕先大夫子犯有言, 曰, ○○○○, ○○○. 我則不德而徼怨于楚, 我曲楚直, 不可謂老.

視卒與嬰兒, 故可與之赴深溪, 視卒如愛子, 故可與之俱死.

(장수는 언제나) 부하 병사들을 어린애와 같이 돌본다. 이 때문에 그 병사들과 깊은 계곡에 들어갈 수 있다. 또한 병사들을 귀여운 아들과 같이 돌본다. 이 때문에 그 병사들과 함께 죽을 수 있다. 장수가 병사들을 어린애나 자식과 같이 깊이 사랑할 때 비로소 장병이 손을 잡고 험지에도 갈 수 있고, 또한 생사를 같이할 생각을 갖게 됨을 이른다. (視 : 돌보다. 기르다. / 대우하다. 대접하다. 與는 …과 …과 함께 / …을 따라. 赴 : 가다. 나아가다. 俱 : 함께. 다. 모두)

〔**孫子·地形**〕○○○○○, ○○○○○○○. ○○○○○, ○○○○○○.

鞍不離馬背, 甲不離將身.

안

안장이 말등에서 떠나지 않고 갑옷이 장수의 몸에서 떠나지 않다. 고도로 경계하는 상태에 있어 언제나 전투에 들어갈 준비를 함을 형용. (鞍 : 안장.)

〔**唐 敦煌變文集·漢將王陵變**〕○○○○○, ○○○○○.

王者之兵, 勝而不驕, 敗而不怨.

왕의 군사는 이겼을 때 교만하지 말고, 패배했을 때 원망하지 말아야 하는 것이다.

〔**商君書·戰法**〕○○○○, ○○○○, ○○○○. 勝而不驕者, 術明也, 敗而不怨者, 知所失也.

用兵之要, 在崇禮而重祿, 禮崇則智士至, 祿重則義士輕死.

용병하는 요체는 예를 숭상하고 녹을 후하게 하는데 있으니, 예를 숭상하면 지혜로운 사람이 모여들고, 녹을 후하게 하면 의리있는 사람이 죽음을 가벼이 한다. (士 : 사람. ※ 사나이의 통칭. 미칭. / 무사. 군인. 전사. 병사.)

〔三略·上略〕夫○○○○, ○○○○○○, ○○○○○○, ○○○○○○○.

勇則不可犯, 智則不可亂, 仁則愛人, 信則不欺, 忠則無二心.

(장수가) 용감하면 (적이 겁을 먹어) 감히 범하지 못하고, 지혜로우면 (계획에 빈틈이 없어) 어지럽히지 못한다. 어질면 (덕을 베풀어) 사람을 아끼고, 신의가 있으면 (약속을 어기는 일이 없어) 결코 사람을 속이지 않으며, 충성스러우면 (마음이 한결같아) 임금을 배반하는 다른 마음을 갖지 않는다 장수가 갖추어야 할 다섯 가지 덕목 곧 용·지·인·신·충(勇·智·仁·信·忠)을 설명한 것. (犯 : 범하다. 건드리다. / 치다. 공격하다. 해치다.)

〔六韜·龍韜〕太公曰, 所謂五材者, 勇智仁信忠也. ○○○○○, ○○○○○, ○○○○, ○○○○, ○○○○○.

二心不可以事君, 疑志不可以應敵.

(장수가) 충성과 또 다른 생각의 두 가지 마음을 가지고 임금을 섬길 수 없고, 믿지 못하는 마음을 가지고 적을 공격할 수 없다. (二心 : 두 가지 마음. 딴 마음. 딴 뜻. 의심하는 마음. 배반하는 마음. 여기서는 충성하는 마음과 이와는 다른 생각. 疑志 : 미심하게 여기는 마음. 믿지 못하는 마음. 應 : 대응하다. 대처하다. 맞서다. / 치다. 공격하다. 저항하다. 대항하다.)

〔六韜·龍韜〕將已受命, 拜而報君曰, 臣聞國不可從外治, 軍不可從中御, ○○○○○○○, ○○○○○○○.

以吾之衆旅, 投鞭於江, 足斷其流.

나의 많은 군대가 강물에 말채찍을 던지면 족히 그 흐름을 끊을 수 있다. (喩) 군사의 수가 매우 많거나 혹은 병력이 막강하다. (旅 : 군대.)

〔晉書·苻堅載記〕石越曰, 晉國有長江之險, 朝無昏貳之險, 未宣動師. 堅曰, ○○○○○, ○○○○, ○○○○.

以一丸泥(니), 封函谷關.

한 덩어리의 진흙으로 函谷關을 막다. (喩) 비교적 적은 병력으로써 요소를 굳게 지키다. 적의 공격로를 봉쇄하는데 그다지 큰 힘을 들이지 않다. (函谷關 : 中國 河南省 북서쪽에 위치하고 있고 동쪽의 중원으로부터 서쪽의 關中으로 통하는 관문. 동서 8km의 깊은 골짜기로 되어있고 양안이 깎아지를 듯 솟아있어 이 관문을 통해 그 통행을 쉽게 차단할 수 있도록 돼있다.) → **丸泥封關谷**.

〔**後漢書·隗囂傳**〕囂將王元說囂曰, 今天水完富, 士馬最强, 北收西河上郡, 東收之輔之地, 按秦舊迹, 表裏河山, 元請以一丸泥, 爲大王東封函谷關, 此萬世一時也. 〔**故事成語考**〕英雄自恃, 曰丸泥亦可封函關. 〔**明 張岱·海志**〕乃自定海至此三百里, 海爲腸繞, 委蛇曲折于層巒疊嶂之中, 呑吐縮納, 至此一丸泥可封函谷矣.

一夫當關萬夫莫開.

한 사람이 관문(關門)을 지키면 일만 사람이라도 열지 못한다. 지세가 아주 험하여 공격하기가 어렵고 지키기는 쉬운 땅을 형용. = **一將守關, 萬夫莫開. 一人守隘, 千人不敢過.**

〔**淮南子·兵略訓**〕硖路津關大山名塞, 龍蛇蟠, 却笠居, 羊腸道, 發笱門, 一人守隘, 而 千人弗敢過也. 此謂地勢. 〔**文選·左思·蜀都賦**〕至于臨谷爲塞, 因山(爲)障, 峻岨塍埒, 長城豁險, 呑若巨防, 一人守隘, 萬夫莫當. 〔**李白·蜀道難 詩**〕劍閣崢嶸而崔嵬. ○○○○○○○○○. 所守或匪親, 化爲狼與豺. 〔**三國演義**〕曹眞兵出陽平關, 趙子龍拒住各處險道. 果然一將守關, 萬夫莫開.

將冬不服裘(구), 夏不操扇, 雨不張蓋, 名曰禮將.

겨울에 갖옷을 입지 않고, 여름에 부채를 잡지 않으며, 비가 와도 우산을 펴지 않는것, 이를 이름하여 예장(禮將)이라고 한다. (蓋 : 우산. 일산.)

〔**六韜·龍韜**〕太公曰, ○○○○○, ○○○○, ○○○○, ○○○○.

將不仁, 則三軍不親. 將不勇, 則三軍不銳. 將不智, 則三軍大疑.

장수가 인자하지 못하면 전군이 군간·장병간에 화목하지 못하고, 장수가 용맹스럽지 못하면 전군이 날쌔고 강하지 못하며, 장수가 지혜롭지 못하면 전군이 그 지휘에 대해 크게 의심한다. (三軍 : 전체의 군대. 제후가 지휘할 수 있는 上軍, 中軍, 下軍. 또는 左軍, 中軍, 右軍의 총칭. 銳 : 날카롭다. 예민하다. 날쌔다. 용감하다. 강하다. 疑 : 의심하다. 믿지 않다. 회의하다.)

〔**六韜·龍韜**〕故曰, ○○○, ○○○○○. ○○○, ○○○○○. ○○○, ○○○○○. 將不明, 則三軍大傾. 將不精微, 則三軍失其機.

將三世必敗者, 必其所殺伐多矣, 其後受其不祥.

장수(將帥) 삼대(三代)를 지낸 집안이 반드시 패망하고 마는 것은 그 (삼대가) 죽인 사람이 많아서 그 후대가 상서롭지 못함을 받게 되기 때문이다.

〔**孟子·離婁上**〕善戰者服上刑, 連諸侯者次之, 辟草萊·任土地者次之. 〔**史記·白起王翦列傳**〕客曰, 不然. 夫爲將三世必敗. 必敗者何也. 必其所殺伐多矣, 其後受其不祥. 今王離已三世將矣. 居無何, 項羽救趙, 擊秦軍, 果虜王離, 王離軍遂降諸侯.

將受命之日則忘其家. 臨軍約束則忘其親. 援枹(부)鼓之急則忘其身.

장수가 (임금의) 명령을 받는 날이 되면 그는 곧 집안의 일체의 일을 모두 잊어버려야 한다.

군대에 대하여 기율을 단속하게 되면 그는 곧 반드시 자기의 양친 마저도 모두 잊어버려야 한다. 북채와 북을 잡아 두드려서 (적군을 향한 진군을) 서두르면 그는 곧 자신의 안위도 온통 잊어버려야 한다. (約束 : 법령에 의하여 단속하다. 검속하다. 제약하다. 援枹鼓 : 북채와 북을 잡아 치다. 북을 쳐서 진군함을 가리킨다. 枹鼓 : 북채와 북으로, 군대의 진영을 이르며, 漢대에 도적이 들면 북을 쳐서 대중에게 경계하도록 한 일이 있다. 急 : 서둘러 일을 하다. 재촉하여 일을 처리하다.)

〔**史記·司馬穰苴列傳**〕(司馬)穰苴曰, ○○○○○○○○○○. ○○○○○○○○○. ○○○○○○○○○○.

將帥者, 必與士卒, 同滋味, 而共安危, 敵乃可加.

장수된 자는 반드시 병사와 더불어 맛있는 음식을 같이하고, 편안함과 위태로움을 함께 하여야만 적을 능멸할 수 있다. 장수가 병사들과 고락을 같이하고 안위를 함께 하여야만 장병이 일사분란하게 단합, 우세하게 되어 적을 제압할 수 있음을 이르는 것. (滋味 : 맛이 좋고 양분이 많은 음식. / 재미. 흥취. 敵乃可加 : 적을 능멸할 수 있다. ※ 乃可加敵이 도치된 것. 加 : 깔보다. 가벼이 보다. 업신여기다. 모욕하다. 침해하여 욕보이다. ≒ 陵.)

〔**三略·上略**〕夫○○○, ○○○○, ○○○, ○○○○, ○○○○. 故兵有全勝, 敵有全因.

將者士之心也, 士者將之肢體也, 心猶與則肢體不用.

지 체

장수는 병사들의 심장이고, 병사들은 장수의 사지와 몸통이어서 심장이 머뭇거리면 사지와 몸통이 작용하지 않는다. (肢體 : 사지와 몸통. 신체. 猶與 : 의심하여 망설이다. 주저주저하여 결정짓지 못하다. 用 : 일하다. 작용하다.)

〔**說苑·指武**〕故 ○○○○○○, ○○○○○○○○, ○○○○○○○○○, 田將軍之謂乎.

將尊則士畏, 士畏則戰力.

장수가 존엄하면 병사가 마음속으로 두려워하고, 병사가 두려워하면 곧 작전하는데 있는 힘을 다한다. (力 : 힘을 다하다. 노력하다. 힘쓰다.)

〔**公羊傳·隱公五年**〕將尊師衆, 稱某率師. 〔**東周列國志**〕○○○○○, ○○○○○. 起擧動如此, 安能用衆.

在軍常輕裘緩帶, 身不被甲.

완

군대에 근무하면서 항상 가벼운 갖옷을 입고, 허리띠를 느슨하게 매며, 몸에 갑옷을 입지 아니하다. 군대에 근무하면서도 긴장함이 없이 간편한 복장으로 조용하고 여유있게 지냄을 형용. → **輕裘緩帶**.

〔**晉書·羊祜傳**〕祜○○○○○○○○, ○○○○. 鈴閣之下, 侍衛者不過十數人.

戰勝而將驕卒惰者敗.

(惰: 타)

전쟁에 이겼다하여 장수가 교만하고, 병졸이 나태하면 반드시 패한다. (者 : …하면.)

〔**史記·項羽本紀**〕項梁起東阿, 西, 比至定陶, 再破秦軍, 項羽等又斬李由, 益輕秦, 有驕色. 宋義乃諫項梁曰, ○○○○○○○○○○. 今卒少惰矣, 秦兵日益, 臣爲君畏之. 項梁弗聽, 乃使宋義使於齊.

只可智取, 不可力敵.

다만 지혜로는 이길 수 있어도, 힘으로는 당해낼 수 없다. 지모(智謀)로써 승리를 취할 수 있으나, 강경하게 맞서는 작전·방침을 써서는 안됨을 가리키는 말. (取 : 이기다. 힘을 들이지 않고 상대방을 이기다. 敵 : 맞서다. / 대항하다. 겨루다.)

〔**明 馮夢龍·喩世明言**〕錢鏐與二鍾商議道, 我兵小, 賊兵多, ○○○○, ○○○○, 宜出奇兵應之.

千軍易得, 一將難求.

많은 군사를 얻기는 쉬우나, 한 좋은 장수를 구하기는 어렵다. 장수가 될 만한 기량을 가진 사람을 얻기가 어렵다는 뜻. / 영도(領導)할 수 있는 인물 또는 뛰어난 재능을 가진 인물은 극히 드문 것을 이르는 말. = **千軍易得, 一將難求**.

〔**元曲·單鞭奪槊**〕可不道千軍容易得, 一將最難求. 〔**通俗編·武功**〕○○○○, ○○○○. 〔**清 蔡元放·東周列國志**〕史臣論秦事, 以爲○○○○, ○○○○. 穆公信孟明之賢, 能始終任用, 所以卒成伯業.

다. 戰法 및 戰爭의 遂行

見可而進, 知難而退也.

적당한 것으로 인식되면 나아가고, 곤란한 것으로 인정되면 물러난다. 적과의 교전에 있어서는 싸움을 해야 할 경우와 싸움을 피해야 할 경우를 잘 따져서 승산이 있을 때는 진격하고 어렵다고 판단되면 후퇴해야 한다는 의미. (見 : 보이다. 인식되다. 마음에 터득하다. 可 : 옳음. 적당함, / 강점. 우수한 점. / 적합하다. 옳다. 맞다. 進 : 나아가다. 전진하다. / 진격하다. 공격하다.) → **知難而退**.

〔**吳子兵法·料敵**〕有不占而避之者六, 一曰 ……. 凡此不如敵人, 避之勿疑. 所謂○○○○, ○○○○○.

堅甲利兵, 不足以爲勝. 高城深池, 不足以爲固. 嚴令繁刑, 不足以爲威.

단단한 갑옷이나 예리한 무기만으로는 싸움에서 이기는데 충분하지 못하고, 높은 성벽이나 깊은 못만으로는 견고한 대비를 하는데 충분하지 못하며, 엄한 명령이나 많은 형벌 만으로는 권위를 유지하기에 충분하지 못하다. 전쟁의 수행, 국토의 방위, 국가 권위의 확립 등 주요 정책은 도(道)에 기초를 두어야 잘 수행될 수 있다는 말. → **堅甲利兵. 堅固不拔. 堅不可摧, 堅甲利刀.** → **高城深池. 金城湯池, 固若金湯. 金湯之固, 金城鐵壁.**

〔**孟子·公孫丑下**〕城非不高也, 池非不深也, 兵革非不堅利也, 米粟非不多也, 委而去之, 是地利不如人和也. 〔**孟子·梁惠王上**〕王如於仁政於民, ……. 可使制梃以撻秦楚之堅甲利兵矣. 〔**說苑·指武**〕堅甲利兵, 威猛之將. 〔**荀子·議兵**〕○○○○, ○○○○○. ○○○○, ○○○○○. ○○○○, ○○○○○. 由其道則行, 不由其道則廢. 〔**淮南子·兵略訓**〕○○○○, ○○○○○. ○○○○, ○○○○○. ○○○○, ○○○○○. 爲存政者, 雖小必存. 爲亡政者, 雖大必亡. 〔**史記·禮書**〕堅革利兵, 不足以爲勝, 高城深池, 不足以爲固, 嚴令繁刑, 不足以爲威. 由其道則行, 不由其道則廢. 〔**三國 魏 曹植·諫伐遼東表**〕彼我之兵連于城下, 進則有高城深池, 無所施其功. 〔**漢書·蒯通傳**〕(范陽令) 先下君, 而君不利之, 則邊池之城, …… . 必將嬰城固守, 皆爲金城湯池, 不可攻也. 〔**唐 沈佺期·初冬從幸漢故青門應制**〕何必金湯固, 無如道德藩. 〔**徐積·和倪復 詩**〕金城不可破, 鐵壁不可奪. 〔**清 葉燮·原詩·內篇上**〕惟力大而才能堅, 故至堅而不可催也.

攻其無備, 出其不意.

적이 대비하지 않는 것을 공격하고, 적이 예측하지 못한 시간·지점에 습격한다. = **出其不意, 攻其無備.**

〔**孫子兵法·始計**〕○○○○, ○○○○. 此兵家之勝, 不可先傳也. 〔**宋 陳亮·酌古論·崔浩**〕古之善料敵者, 必曰, 攻其所不戒, 擊其所不備. 柔然去魏數千里, 恃其絶遠, 守備必懈. 〔**清 邱心如·筆生花**〕全軍鼓奮, 乘夜擊之, 攻其無備, 破城必矣.

軍爭之難者, 以迂爲直, 以患爲利.

전투에 있어서 어려운 것은 멀리 돌아가는 것을 더 빨리 가는 것으로 만들고, 근심꺼리를 도리어 이로운 것으로 만드는 것이다. 전투에 있어서의 어려운 점은 멀리 돌아가되 직행하는 효과를 거두도록 하는 것과, 불리한 것을 유리한 것으로 전환시키는 것에 있다는 뜻. (軍爭 : 군대를 써서 승리를 얻는 것, 곧 전투를 의미.) → **迂直之計.**

〔**孫子兵法·軍爭**〕○○○○○, ○○○○, ○○○○. 故迂其塗而誘之以利, 後人發先人至, 此知迂直之計者也.

歸師勿遏, 圍師必闕, 窮寇勿追, 此用之法也.
알

되돌아가는 군대는 가로막지 말 것이며, 둘러싸인 군대는 반드시 (퇴로를) 비워둘 것이며, 궁지에 몰린 군대는 뒤쫓지 말 것이니, 이것들은 다 병법의 활용책이다. 극단에 이르면 모진 반격에 부닥쳐 도리어 패하는 일이 있음을 경계하는 것. (遏 : 가로막다. 저지하다. 闕 : 비우다. 窮寇 : 궁지에 빠진 적.) → **窮寇勿追. 窮寇勿迫. 窮寇莫追.**

〔 **孫子兵法·軍爭** 〕 ○○○○, ○○○○, ○○○○, ○○○○○. 〔 **後漢書·皇甫嵩傳** 〕 (董)卓曰, 不可. 兵法, 窮寇勿追, 歸衆勿迫. 〔 **明 無名氏·楊家府演義** 〕 歸師莫掩, 窮寇莫追. 倘若趕之太急, 蠻賊拼死殺來, 吾軍可保無虞. 此所以欲擒之, 必姑縱之.

金湯之固, 非粟不守.

금성탕지(金城湯池)의 견고함도 양식이 없으면 지키지 못한다. 아무리 견고한 요새·방성시설도 양식이 없으면 방어하기 어렵다는 말. → **金湯之固, 固若金湯.** ≒ **金城湯池. 湯池金城.**

〔 **魏書·薛虎子傳** 〕 ○○○○, ○○○○. 韓白之勇, 非糧不戰.

多算勝少算, 少算勝無算.

계략이 많은 것은 계략이 적은 것을 이기고, 계략이 적은 것은 계략이 없는 것을 이긴다. 계략이 많은 것은 이로운 점이 있음을 가리키는 것. (算 : 계략. 꾀.)

〔 **孫子兵法·始計** 〕 多算勝, 少算不勝. 〔 **漢書·趙充國傳** 〕 臣聞兵以計爲本, 故多算勝少算. 〔 **元 張養浩·風憲忠告** 〕 將家云, ○○○○○, ○○○○○. 不特用兵爲然, 雖三位官臨政, 亦莫不爾.

木石之性, 安則靜, 危則動, 方則止, 圓則行.

나무와 돌의 자연적인 성질은 (그 놓인 위치가) 안전하면 움직이지 않고, 위태로우면 자리를 옮기며, (그 모양이) 모지면 조용히 멈추어 있고, 둥글면 굴러간다. 둥근 돌을 높은 곳에서 굴릴 때 조성되는 무서운 기세를 군대의 싸움에 인용할 수 있음을 함축.

〔 **孫子·兵勢** 〕 ○○○○, ○○○, ○○○, ○○○, ○○○. 故善戰之勢, 如轉圓石於天仞之山者勢也.

無邀正正之旗, 勿擊堂堂之陣.
요

가지런히 늘어선 군기(軍旗)를 마주치지 말 것이며, 잘 정돈된 사기 드높은 군진(軍陣)을 치지 말 것이다. 질서가 정연하고 사기가 드높은 군대를 공격하는 것은 불리함을 형용. (邀 : 만나다. 마주치다. 正正 : 가지런히 늘어선 잘 정돈된 모양. 堂堂 : 잘 정돈된 튼튼한 모양. 군용이 왕성한 모양.) →

正正堂堂. 堂堂正正.

〔**孫子兵法·軍爭**〕○○○○○○, ○○○○○○, 此治變者也. 〔**淮南子·兵略訓**〕善用兵者不襲堂堂之寇, 不擊塡塡之旗. < 高注 > 塡塡旗立牢端貌.

百戰百勝, 非善之善者也. 不戰而屈人之兵, 善之善者也.

백 번 싸워서 백 번 이기는 것이 최선의 길은 아니다. 싸우지 않고서도 남의 군사를 굴복시키는 것이 최선의 길이다.

〔**孫子兵法·謀攻**〕是故, ○○○○, ○○○○○○○. ○○○○○○○○, ○○○○○. 故上兵伐謀, 其次伐交, 其次伐兵, 其下攻城. 〔**三國志·魏書·陳泰傳**〕兵法貴在不戰而屈人.

兵固有先聲而後實者.

전쟁이란 원래 먼저 소문을 내고, 그 후에 실제로 행하는 것이다. 전쟁은 먼저 성세(聲勢)로써 적의 사기를 좌절시키고, 그 후에 실력으로 공략하는 것을 이르는 것. (實 : 실제로 행하다.)

〔**史記·淮陰侯列傳**〕○○○○○○○○○○, 此之謂也. 〔**三國志·魏志·劉曄傳**〕夫畏死趨賞, 愚智所同, 故廣武君爲韓信畫策, 謂其威名足以先聲後實而服鄰國也.

兵久則變生, 事苦則慮易(역).

전쟁하는 시간이 오래되면 이외의 변화가 발생할 수 있고, 일을 처리하는 것이 어렵게 되면 이는 사람의 주견을 바뀌게 한다.

〔**史記·平津侯主父列傳**〕且夫 ○○○○○, ○○○○○. 乃使邊境之民獘靡愁苦而有離心, 將吏相疑而外市. 〔**後漢書·馮衍傳**〕且衍聞之, 兵久則力屈, 人愁則變生.

兵無常勢, 水無常形.

용병하는 데는 일정 불변의 진세(陣勢)가 없고, 흐르는 물에는 고정불변의 형태가 없다. 전쟁의 정황은 고정적 진세가 없이 천변만화(千變萬化)하여 전략 전술이 반드시 신축성있게 가동하여야 함을 기리키는 말.

〔**孫子兵法·虛實**〕夫兵形避實而擊虛. 水因地而制流, 兵因敵而制勝. 故○○○○, ○○○○.

兵者詭(궤)道也, 故能而示之不能, 用而示之不用.

전쟁이란 것은 상대방을 속이는 방법이므로 능하게 할 수 있어도 능하지 못한 것처럼 보이고, 쓰고 있더라도 쓰지 못하는 것처럼 보여준다. (詭 : 속이다. ≒ 詐.)

〔**孫子兵法·始計**〕○○○○○, ○○○○○○○○, ○○○○○○○.

兵之要, 在附親士民而已. 六馬不和, 造父不能以致遠. 弓矢不調, 羿不能以中微. 士民不親附, 湯武不能以戰勝.

병법의 요체는 군사와 백성이 친근해지게 하는데 있을 따름이다. 여섯필의 말이 화합하지 않으면 마술의 명인인 周 穆王의 어자(御者) 造父도 먼 곳에 갈 수 없고, 활과 화살이 조화를 이루지 못하면 夏의 諸侯로 궁술의 명인인 羿도 작은 것을 맞칠 수 없고, 군사와 백성이 친근해지지 않으면 夏의 桀王을 내친 殷의 湯王이나 紂王을 내친 周의 武王이라도 전쟁에서 이길 수 없다. (附 : 따르다. 마음을 주다. 친근히 지내다. / 가까이하다. 親 : 친하다. 사이좋게 지내다. 가까이하다. / 화목하다. 士 : 무사. 군사. 전사.)

〔**荀子·議兵**〕孫卿子曰, 不然. 信所聞古之道, 凡用兵攻戰之本在乎一民. 弓矢不調, 則羿不能以中微. 六馬不和, 則造父不能以致遠. 士民不親附, 則湯武不能以必勝也. 故善附民者, 是乃善用兵者也. 故兵要在乎善附民而已. 〔**韓詩外傳·卷三**〕孫卿曰. 不然, 夫○○○, ○○○○○○○○. ○○○○, ○○○○○○○. ○○○○, ○○○○○○○. ○○○○○, ○○○○○○○○. 〔**淮南子·兵略訓**〕四馬不調, 造父不能以致遠. 弓矢不調, 羿不能以必中. 君臣乖心, 則孫子不能以應敵. 〔**新序·雜事三**〕孫卿曰, 不然. 臣之所聞. 古之道, 凡戰. 用兵之術, 在於一民, 弓矢不調, 羿不能以中, 六馬不和, 造父不能以御遠, 士民不親附, 湯武不能以勝. 故善用兵, 務在於善附民而已. 〔**說苑·指武**〕春秋記國家存亡, 以察來世, 雖有廣土衆民, 堅甲利兵 盛猛之將, 士卒不親附, 不可以戰勝取功. 晉侯獲於韓, 楚子玉得臣敗於城濮, 蔡不待敵而衆潰, 故語曰, 文王不能使不附之民, 先軫不能戰不敎之卒, 造父王良不能以弊車不作之馬, 趨疾而致遠, 羿逢蒙不能以枉矢弱弓, 射遠中微, 故强弱成敗之要, 在乎附士卒, 敎習之而已. 〔**孔叢子**〕駟馬不調, 造父不能以取道, 君臣不和, 聖人不能以爲治也.

不和於國, 不可以出軍, 不和於軍, 不可以出陣.

나라 안에 불화가 있으면 군대를 출동시켜서는 안되고, 그 군대 안에 불화가 있어도 싸움터에 나아가게 해서는 안된다. 국론이 분열되거나 군 내부에 내분이 있을 때 군대 출동으로 전쟁·전투를 벌여서는 안됨을 이르는 말. (陣 : 군대의 진. / 진지. 진영. / 전장. 싸움터.)

〔**吳子兵法·圖國**〕吳子曰, 昔之圖國家者, 必先敎百姓而親萬民, 有四不和. ○○○○, ○○○○○. ○○○○, ○○○○○. 不和於軍, 不可以進戰. 不和於戰, 不可以決勝.

射人先射馬, 擒賊先擒王.

사람을 쏘으려면 먼저 그 사람이 타고 있는 말을 쏘고, 적을 사로잡으려면 먼저 그 왕을 사로잡으라. (喻) 적에게 타격을 가하려면 반드시 먼저 요충지나 적의 우두머리에게 타격을 가해야 한다. / 상대방을 쓰러뜨리고 굴복시키려면 그 사람이 의지하고 있는 것을 먼저 쓰러뜨리는 것이 상책이다. / 일을 하는 데는 반드시 그 관건을 파악하여 처리해야 한다. (擒 : 사로잡다. 붙잡다. 생포하다.) → **射人先射馬. 擒賊先擒王. 擒賊擒王.**

〔杜甫·前出塞 詩〕挽弓當挽强, 用箭當用長. ○○○○○, ○○○○○. 殺人亦有限, 立國自有疆. 苟能制侵陵, 豈在多殺傷.

上兵伐謀, 其次伐交, 其次伐兵, 其下攻城.

(전쟁에 있어) 상등의 병법은 적의 계략을 쳐부수는 것이고, 그 다음에는 적의 친교국과의 관계를 단절하는 것이며, 그 다음에는 적의 군대를 공략하는 것이고, 그 최하가 적의 성을 공격하는 것이다. (兵 : 병법. 謀는 술책. 계책. 계략.)

〔孫子兵法·謀攻〕百戰百勝非善之善者也, 不戰而屈人之兵, 善之善者也. 故○○○○, ○○○○, ○○○○, ○○○○. 攻城之法, 爲不得已.

先攻者不以兵革, 先守者不以城郭.

공격을 잘하는 자는 병기와 갑주를 쓰지 아니하며, 수비를 잘하는 자는 성곽을 쓰지 아니한다. 적이 어디를 지킬지 모르는 상황에서 적의 허술한 곳을 공격하며, 적이 어디를 공략해야 할지 모르게 하여 그 공세를 약화시켜 방어한다는 뜻. (以 : 쓰다. 사용하다. 革 : 갑주.)

〔諸葛亮集·治軍〕夫善攻者敵不知其所守. 善守者敵不知其所攻. 故○○○○○○○, ○○○○○○○.

善守者, 藏於九地之下. 善攻者, 動於九天之上.

수비를 잘하는 자는 깊은 땅속에 숨어버리고, 공격을 잘하는 자는 높은 하늘 위에서 움직인다. 수비를 잘하는 자는 사람의 흔적도 찾을 수 없이 숨고 공격을 잘하는 자는 사방에서 재빠르게 공격함을 이르는 것. (九地 : 적에게 발견되기 어려운 땅의 가장 낮은 곳. / 아홉 가지의 땅. 곧 散地·輕地·爭地·交地·衢地·重地·圮地·圍地·死地·九天 : 하늘의 가장 높은 곳. 하늘 위. / 九方天. 곧 鈞天·蒼天·變天·玄天·幽天·昊天·朱天·炎天·陽天.)

〔孫子兵法·軍形〕○○○, ○○○○○○. ○○○, ○○○○○○. 故能自保而全勝也.

善用兵者, 屈人之兵而非戰也, 拔人之城而不攻也.

용병을 잘하는 사람은 적의 군사를 굴복시키되 맞싸우지 않고, 적의 성을 점령하되 공격하지 않는다. 용병을 잘하는 사람은 싸우지 않고도 적의 군사를 굴복시키며, 공격하지 않고도 적의 성을 점령하는 것을 이르는 것. (拔 : 탈취하다. 함락시키다. 점령하다. 빼앗다.)

〔孫子兵法·謀攻〕○○○○, ○○○○○○○○, ○○○○○○○○, 毁人之國而非久也, 必以全爲於天下.

善用兵者, 不以短擊長, 而以長擊短.

용병을 잘하는 자는 자신의 단점으로써 남의 장점을 치지 아니하고, 자신의 정점으로써 남의 단점을 친다. → **以長擊短**. ≒ **以長補短**.

〔**史記·淮陰侯列傳**〕燕·齊相持而不下, 則劉·項之權未有所分也. 若此者, 將軍所短也. 臣愚, 竊以爲亦過矣. 故○○○○, ○○○○○, ○○○○○.

善用兵者, 勢如決積水於千仞之隄, 若轉員石於萬丈之谿(계).

용병을 잘하는 자는 그 기세를 천길이나 되는 둑에 가두어둔 물을 한꺼번에 터뜨리는 것과 같이 하고, 만길이나 되는 개울에 둥근 돌을 굴리는 것과 같이 한다. 용병을 잘하는 자는 적을 걷잡을 수 없는 기세로 몰아 큰 타격을 가한다는 뜻. (決 : 가두어둔 물을 터뜨리다. 仞 : 길. 높이·깊이를 재는 단위로, 周代의 7자에 해당. 員 : 둥글다. = 圓. 丈 : 길. 周代의 10자에 해당.)

〔**孫子兵法·兵勢**〕善戰人之勢, 如轉圓石於千仞之山者勢也. 〔**孫子·軍形**〕勝者之戰, 若決積水於千仞之谿形也. 〔**淮南子·兵略訓**〕○○○○, ○○○○○○○○○○○, ○○○○○○○○○○.

善戰者, 不待張軍. 善除患者, 理於未生. 勝敵者, 勝於無形, 上戰無與戰.

싸움을 잘하는 자는 (누구의 명령이나 상황의 전개를) 기다리지 않고 미리 군대를 강화해두며, 걱정꺼리를 잘 제거하는 자는 그것이 생기기 전에 미리 다스리고, 적을 잘 이기는 자는 형세가 이루어지기 전에 이겨버리나니, 이와 같이 가장 훌륭한 싸움은 적과 더불어 싸우지 않는 것이다. (張 : 강화하다. 보강하다. / 차리다. 배치하다. 上戰 : 훌륭한 싸움. 최상의 전쟁.)

〔**六韜·龍韜**〕聞則議, 見則圖, 知則困, 辯則危. 故○○○, ○○○○. ○○○○, ○○○○. ○○○, ○○○○, ○○○○○.

聲言擊東, 其實擊西.

동쪽을 친다는 소문을 내고 실제로는 서쪽을 치다. 이쪽을 치는 척하고 저쪽을 치다. 상대방으로 하여금 착각을 일으키게 하는 기계(奇計)를 써서 허를 찔러 승리를 거두게 한다는 뜻. → **聲東擊西**. **指東打西**. **聲西擊東**.

〔**唐 杜佑·通典·兵典**〕○○○○, ○○○○.

率然者, 常山之蛇也, 擊其首則尾至, 擊其尾則首至, 擊其中則首尾俱至.

솔

率然은 中國 五岳의 하나인 常山에 사는 뱀으로, 머리를 치면 꼬리가 반격해오고, 꼬리를 치면 머리가 반격해오며, 또 중간을 치면 머리와 꼬리가 함께 대항해온다. (喩) 전쟁에서 수미(首尾)가 서로 잘 응하는 전법을 구사하다. / 문장의 전후·좌우가 서로 잘 응하다. (至 : 이르다. 도달하다. / 힘을 다하다. 여기서는 자신의 몸을 공격해 오는데 대한 반발적 행동을 취하는 것이라는 뜻에서 반격하다. 대항하다로 해석.) → **常山之蛇. 首尾俱至. 常山之蛇. 首尾相衛. 常山蛇勢. 常山蛇陣.** → **首尾相衛. 首尾相救. 首尾相應.**

〔 **孫子兵法·九地** 〕 善用兵者, 譬如率然. ○○○, ○○○○○, ○○○○○○, ○○○○○○, ○○○○○○○○. 〔 **晉書·溫恭傳** 〕 嶠重與侃書, 曰, 僕與仁公, 當如常山之蛇, 首尾相衛. 〔 **晉書·桓溫傳** 〕 初, 諸葛亮造八陣圖於魚復平沙之上, 壘石爲八行, 行相去二丈, 溫見之謂, 此常山蛇勢也.

水之形, 避高而趨下. 兵之形, 避實而擊虛.

물의 실체는 높은 곳을 피하고 낮은 곳으로 흘러 내려가는 것이고, 병법의 형태는 실을 피하고 허를 치는 것이다. 병법은 방비가 견고한 적의 주력을 피하고 그것이 허술한 곳을 공격하는 형태로 운용한다는 뜻. (形 : 모양. 형상. 형체. 실체. 본체. 형세.)

〔 **孫子兵法·虛實** 〕 夫兵形象水. ○○○, ○○○○○. ○○○, ○○○○○. 水因地而制流, 兵因敵而制勝.

勝兵先勝而後求戰, 敗兵先戰而後求勝.

승리하는 군대는 먼저 이기도록 해놓은 뒤에 싸우려들지만, 패배하는 군대는 먼저 싸움을 걸어놓고 뒤에 승리를 추구한다.

〔 **孫子兵法·軍形** 〕 善戰者立於不敗之地, 而不失敵之敗也. 是故○○○○○○○○, ○○○○○○○○.

始如處女, 敵人開戶, 後如脫兎, 敵不及拒.

(개전이 되면) 처음에는 (조용히 몸을 지키는) 처녀와 같이 (때를 기다리며 조심스럽고 부드럽게 상대)하고, 적이 안심하여 문을 열면 그 뒤에는 덫에서 빠져나와 달아나는 토끼와 같이 (신속하게 공격)할 것이니, 그렇게하면 적은 미처 항거할 여유가 없게 된다. (脫兎 : 덫에서 빠져나와 달아나는 토끼.) → **始如處女. 後如脫兎.**

〔 **孫子兵法·九地** 〕 踐墨隨敵, 以決戰事. 是故○○○○, ○○○○, ○○○○, ○○○○.

亮笑, 縱孟獲使更戰. 七縱七禽, 而亮猶遣獲, 獲止不去.

蜀漢의 諸葛亮이 웃으면서 사로잡은 오랑캐의 장수 孟獲을 풀어주어 다시 싸울 수 있도록 하였다. 일곱 번 풀어주고 일곱 번 사로잡았는데, 이렇게 諸葛亮이 孟獲을 그냥 보내는 것 같이 하니, 獲은 멈추어 서서 되돌아가지를 않았다. (縱 : 풀다. 七縱七禽 : 일곱 번 풀어주고 일곱 번 사로잡다. 마음대로 사로잡았다 놓아주었다 함을 이르는 말.) → **七縱七禽**.

〔**三國志·蜀志·諸葛亮傳**〕建興三年, 亮率衆南征. <裴松之注> 漢晉春秋曰, 亮在南中, 所在戰捷, 聞孟獲者爲夷竝所服, 募生致之. 旣得, 使觀於陣營之間. 問曰, 此軍如何. 獲對曰, 向者不知虛實, 故敗. 今蒙賜觀看營陣, 若只如此, 卽定易勝耳. 亮笑, 縱使更戰. 七縱七禽, 而亮猶遣獲, 獲止不去, 曰, 公天威也, 南人不復反矣. 〔**十八史略·中古·秦漢篇**〕有孟獲者, 素爲夷漢所服, 亮生致獲, 使觀陣營, 縱使更戰, 七縱七擒, 猶遣獲. 〔**明 羅貫中·三國演義**〕孟獲垂淚言曰, 七擒七縱, 自古未嘗有也. ……. 丞相天威, 南人不復反矣.

量敵而後進, 慮勝而後會, 是畏三軍者也.

적병의 강약을 예측한 다음에야 비로소 전진하고, 전투의 승패를 고려한 다음에야 비로소 교전한다면 이것은 강적의 수가 많음을 두려워하는 것이다. 이기지 못할 상대에게도 이길 것 같이 대결해야 용기있다고 말할 수 있다는 뜻. (會 : 만나다. / 서로 만나서 어우러져 싸우다. 회전하다. 三軍 : 대군을 기리킨다. 이것은 周대의 제도로, 一軍은 1만 2500명으로 편성되며, 천자는 6군을, 제후 대국은 삼군을, 소국은 2군 내지 1군을 거느렸다. 강적의 무리가 많음을 기리킨다.)

〔**孟子·公孫丑上**〕孟施舍之所養勇也, 曰, 視不勝猶勝也. ○○○○○, ○○○○○, ○○○○○○. 舍豈能爲必勝哉. 能無懼而已矣.

慮不先定, 不可以應卒, 兵不先辨, 不可以勝敵.

계책이 사전에 결정되어 있지 아니하면 돌발적인 사건에 대응할 수 없고, 군대가 사전에 훈련을 해두지 아니하면 적과의 싸움을 이길 수 없다. (慮 : 계획. 계략. 계책. 책략. 卒 : 순식간에 일어나는 변란. 돌연히 일어나는 사변. 돌발적인 사건. = 猝. 先辨 : 사전에 좋은 준비를 해두다. = 先辦.)

〔**史記·仲尼弟子列傳**〕子貢引去之晉, 謂晉君曰, 臣聞之, ○○○○, ○○○○○, ○○○○, ○○○○○.

用兵, 其疾如風, 其徐如林, 侵掠如火, 不動如山, 難知如陰, 動如震雷.

용병을 함에 있어서 빠름은 (세찬) 바람과 같이 하여야 하고, 느림은 (조용한) 숲과 같이 하여야 한다. 침략을 할 때는 (맹열한 기세로 타는) 불과 같이 하여야 하고, 움직이지 않을 때는 (흔들리지 않는) 산과 같이 하여야 하며, 상황을 알기 어려울 때는 (식별하기 어려운) 그늘과 같이 하여야 하고, 일단 움직일 때는 (격렬하게) 울려 퍼지는 벼락과 같이 하여야 한다. 風林火山으로 요약되는 병법의 대명사 같은 유명한 문구이다. (侵掠 : 남의 나라를 침범하여 빼앗다. = 侵略. 震雷 : 울려퍼지는 천둥.) → **風林火山.**

〔 **孫子兵法·軍爭** 〕 故兵以詐立, 以利動, 以分合爲變者也. 故其疾如風, 其徐如林, 侵掠如火, 不動如山, 難知如陰, 動如震雷.

用兵之道, 攻心爲上, 攻城爲下.

용병의 방책은 (적병의) 심리를 공격하여 굴복시키는 것이 상책이고, 성을 공격하여 땅을 차지하는 것이 하책이다. 지혜와 계략을 써서 적에 대하여 심리적으로 승리를 취하는 것이 좋음을 가리킨 것.

〔 **三國志·魏志·馬謖傳** 〕 (注引襄陽記)夫○○○○, ○○○○, ○○○○, 心戰爲上, 兵戰爲下, 願公服其心而已. 〔 **十六國春秋·前燕錄** 〕 用兵之道, 敵彊則用智, 敵弱則用勢. 是故以大事小猶狼之食豚也, 以治易亂, 猶日之消雪也.

用兵之法, 全國爲上, 破國次之, 全軍爲上, 破軍次之.

용병하는 법은 나라를 온전히하는 것이 최상책이고, 나라를 파괴하는 것은 그 다음이며, 군사를 온전히하는 것이 상책이고, 군사를 파괴하는 것은 그 다음이다. 상대할 국가나 군대에 손상을 입히지 않고 온전한 채로 굴복시키는 것이 용병법의 상책이고, 불가피한 경우에만 적국이나 적군을 재기할 수 없도록 쳐부수는 것이 그 하책이라는 뜻.

〔 **孫子兵法·謀攻** 〕 孫子曰, 凡○○○○, ○○○○, ○○○○, ○○○○, ○○○○.

用兵之害, 猶豫最大, 三軍之災, 莫過狐疑.
호

용병을 함에 있어서의 폐해는 (결단을 신속히 내리지 못하고) 망설이는 것이 가장 큰 것이고, 삼군의 재앙은 의심이 많아 결단을 내리지 못하는 것보다 더한 것이 없다. (猶豫 : 할까 말까 하고 망설이다. 주저하다. 狐疑 : 의심이 많아 결단을 내리지 못하다.)

〔 **六韜·龍韜** 〕 故曰, 無恐懼, 無猶豫, ○○○○, ○○○○, ○○○○,○○○○.

運籌帷幄之中, 決勝於千里之外.
주 치 악

군의 장막 속에서 작전계획을 짜서, 먼 전장(戰場)에서 이기도록 결행하다. 군의 작전계획을 매우 잘 수립하고 이를 잘 지휘하는 것을 가리키는 것. (運籌 : 계획을 운용하다. 계획을 세우다. 千里之外 : 먼 전쟁터.) → **坐籌帷幄, 決勝千里.**

〔 **史記·高祖本紀** 〕 高祖曰, 公知其一, 未知其二, 夫 ○○○○○○, ○○○○○○○, 吾不如子房. 〔 **史**

記·太史公自序〕運籌帷幄之中, 制勝於無形. 〔**漢 黃憲·天祿閣外史**〕徵君之是擧也, 不傷一民, 不匱一庫而措汝南於枕席之上, 可謂奇矣. 君子曰, 運籌帷幄, 決勝千里, 其叔度之謂乎. 〔**三國志·蜀志·劉巴傳**〕(注引·先賢傳) 運籌策於帷幄之中, 吾不如子初遠矣. 〔**十八史略·近古·晉六朝篇**〕上曰, ……. 夫運籌帷幄之中, 決勝千里之外. 〔**清 淮陰百一居士·壺天錄**〕名將蓋非徒以勇敢著也. 胸羅武庫, 學具韜鈐, 運籌帷幄之中, 決勝千里之外.

魏武行役失道, 三軍皆渴, 乃曰, 前有大梅林, 饒(요)子甘酸, 可以解渴. 士卒聞之, 口皆水出.

魏나라 武帝인 曹操가 행군하다가 길을 잃어 삼군이 다 목이 마르게 되자, 이에 曹操는 "조금만 가면 큰 매화나무 숲이 있어 넉넉하게 열린 열매가 달고 시므로 해갈할 수 있다"고 말했다. 병사들이 마침내 이 말을 듣고나서 모두 입에서 침이 나와 삼켰다. (行役 : 여행하다. 饒 : 많다. 넉넉하다.) → **望梅止渴. 望梅解渴.**

〔**世說新語·假譎**〕○○○○○○, ○○○○, ○○, ○○○○○, ○○○○, ○○○○. ○○○○, ○○○○. 乘此得及前源.

以近待遠, 以佚(일)待勞, 以飽待饑, 此治力者也.

가까이함으로써 멀리 있는 것 (사람의 오기)을 기다리고, 편안하게 함으로써 (적의) 피로해지는 것을 기다리고, 배부르게 먹음으로써 (적의) 배고픈 것을 기다리는 것이 전력을 관리하는 방법이다. (적과의 싸움에서) 가까운 곳에 포진하여 멀리서 오는 적을 기다리고, 편히 쉬게 하여 피로한 적을 기다리고, 배불리 먹이고서 배고픈 적을 기다리는 것, 이것이 전력을 관리하는 방법이라는 뜻. (待 : 대비하다. 갖추어 놓고 기다리다. 以佚待勞 : 작전 전에는 수세를 취하여 정기를 키우고 예기를 모아두며 적이 피로해진 후를 기다렸다가 기민하게 출격하여 적을 깨뜨리는 것을 가리킨다. 佚 : 편안하다. 편히 즐기다. 편안하게 하다. 治 : 다스리다. 관리하다. 처리하다. 정리하다.) → **以佚待勞.**

〔**孫子兵法·軍爭**〕○○○○, ○○○○, ○○○○, ○○○○○. 〔**吳子兵法·治兵**〕以近待遠, 以佚待勞, 以飽待飢. 〔**三國志·魏志**〕走而追之, 以逸待勞, 全勝之道也. 〔**後漢書·馮異傳**〕夫攻者不足, 守者有餘, 今先據城, 以逸待勞, 非所以爭也. 〔**晋書·温嶠傳**〕設伏以逸待勞, 是制賊之一奇也.

溺(익)人者一飮而止, 則無遂者, 以其不休也, 不如乘之以沉之.

사람을 물에 빠져 죽게 하려고 그로 하여금 물 한 모금을 마시게 하고 그쳐버리면 그 목적을 이룰 수가 없으므로 그 물 먹이는 것을 그만두어서는 안되며, 그것은 차라리 기회를 틈타서 그를 바닥에 가라앉히는 것보다 못하다. 전쟁은 적을 몇 번 이긴 것만으로는 부족하고 적을 섬멸해버리거나 적이 완전히 항복할 때까지 철저히 다스리는 것이 낫다는 뜻. (遂 : 완성하다. 이루다. 休 : 그만두다. 끝나다. 그치다. 정지하다. 沉 : 가라앉다. 가라앉히다. = 沈.)

〔**韓非子·說林下**〕闔廬攻郢, 戰三勝, 問子胥曰, 可以退乎. 子胥對曰, ○○○○○○○,○○○○, ○○

○○○, ○○○○○○○○.

一日縱敵, 數世之患.

하루라도 적을 놓아주면 그것은 수대에 걸친 화가 된다. 적은 결코 풀어주어서는 안된다는 뜻. (縱 : 풀어주다.) = **一日縱敵, 萬世之患.**

〔**春秋左氏傳·僖公三十三年**〕先軫曰, ……. 吾聞之, ○○○○, ○○○○也. 謀及子孫, 可謂死君乎. 〔**三國演義**〕丞相縱不殺備, 亦不當使之去. 古人云, 一日縱敵, 萬世之患. 〔**東國列國志**〕諺云, 一日縱敵, 數世之貽殃.

敵必可擊之道, 用兵必須審敵虛實, 而趨其危.

적에게는 반드시 공격할 방책이 있으니 곧 용병을 함에 있어서는 반드시 적진의 약한 것과 강한 것을 잘 살펴서 그 위태로운 것을 뒤쫓아가야 하는 것이다. 적에 대한 공격의 술책은 적의 허와 실을 면밀히 분석하여 그 약점을 노려야 한다는 것. 吳子는 적의 취약점으로서 적이 먼 곳에서 막 도착하여 대오가 정돈되지 않았을 때, 적이 식사를 끝내고 전투준비 태세가 아직 갖추어지지 않았을 때, 적이 무질서하게 달릴 때 등 여러 가지 경우를 들고 있다.

〔**吳子·料敵**〕武侯問敵必可擊之道. 起對曰, 用兵必須審敵虛實, 而趨其危. 敵人遠來新至, 行列未定, 可擊. 既食未設備, 可擊. 奔走, 可擊. 勤勞, 可擊. 未得利地, 可擊. 失時不從, 可擊. …….

戰如風發, 攻如河決.

전쟁은 바람을 일으키는 것 같이 하고, 공격은 강물을 터놓은 것 같이 하다. 전쟁이나 전투는 거세게 휘몰아치고 쓸어버리려는 듯한 맹렬한 기세로 추진함을 형용한 것. (發 : 일으키다. 決 : 막아놓은 물의 둑을 터뜨리다.)

〔**三略·上略**〕軍讖曰, 良將之統軍也, 恕己而治人, 推惠施恩, 士力日新, ○○○○, ○○○○. 故其衆可望而不可當, 可下而不可勝, 以身先人. 故其兵爲天下雄.

諸將問信曰, 兵法右倍山陵, 前左水澤. 今者將軍令臣等反背水陣, 曰破趙, 此何術也. 信曰, 驅(구)市人而戰之, 予之生地, 則皆走.

모든 장수들이 韓信장군에게 묻기를 "병법에는 산이나 언덕을 오른 쪽으로 등지고 강과 소택을 앞과 옆으로 하라고 하였는데 이번에 장군께서는 신등에게 오히려 강을 등지고 진을 치도록 명령하고 趙나라를 격파하도록 이르셨으니 이것이 무슨 전술입니까?"라고 하였다. 韓信이 말하기를 "시정 사람들을 몰아서 싸우게 하였는데, 이들에게 살 수 있는 곳을 주면 다 도망쳐버리고 만다." 라고 하였다. (倍 : 등지다. 反 : 오히려, 반대로. 背水陣 : 결사의 각오로 적군에 대진하는 것. 전력을 다해 성패를 시도해보는 뜻의 비유. 驅 : 좇다. 몰아내다.) → **背水之陣, 背水而陣, 背水一陣.**

〔**尉繚子·天官**〕按天官, 曰, 背水陣爲絶地, 向阪陣爲廢軍, 武王伐紂, 背濟水, 向山阪而陳. 〔**史記·淮陰侯列傳**〕諸將效首虜, 畢賀, 因問信曰, 兵法右倍山陵, 前左水澤, 今者將軍令臣等反背水陳, 曰破趙會食, 臣等不服. 然竟以勝, 此何術也. 信曰 ……. 此所謂 驅市人而戰之, 其勢非置之死地, 使人人自爲戰. 今予之生地, 皆走, 寧尙可得而用之乎. 〔**後漢書·铫期傳**〕時銅馬數千萬衆人, ……, 連戰不利, 乃更背水而戰, 所殺傷甚多.

朝氣銳, 晝氣惰, 暮氣歸. 故善用兵者, 避其銳氣, 擊其惰氣.

아침 기운은 날카롭고, 낮 기운은 게으르며, 저녁 기운은 쉬려고 돌아가고자 하는 것이니, 따라서 군사를 잘 쓰는 사람은 아침의 날카로운 기운을 피하고 낮의 게으른 기운을 이용, 공격한다.

〔**孫子兵法·軍爭**〕○○○, ○○○, ○○○. ○○○○○○, ○○○○, ○○○○. 此治氣者也.

衆樹動者來也, 衆草多障者疑也, 鳥起者伏也, 獸駭(해)者覆也.

많은 나무가 움직이는 것은 (무엇이) 오고 있는 것이고, 많은 풀이 많이 가로막는 것은 (무슨) 의아스러운 것이 있으며, 새가 땅에서 몸을 일으켜 세우는 것은 (무엇이) 숨는 것이고, 짐승이 놀라는 것은 (무엇이) 땅에 엎드려 있는 것이다. 나무의 움직임은 적의 내습의 징후이고, 풀에 의한 가로막힘은 함정의 조성을 의심케 하는 것이며, 조수(鳥獸)의 동요는 복병 매복의 징후임을 나타내는 말. (伏 : 엎드리다. 숨다. 감추다. 駭 : 놀라다. 놀라게 하다. 覆 : 땅바닥에 딱 엎드리다. / 복병.)

〔**孫子兵法·行軍**〕○○○○○○, ○○○○○○, ○○○○○, ○○○○○.

知彼知己, 百戰不殆. 不知彼而知己, 一勝一負. 不知彼不知己, 每戰必敗.

상대방을 알고 나를 알면 백번을 싸워도 위태롭지 않고, 상대방을 모르고 나를 알면 한 번은 이기고 한 번은 지며, 상대방을 모르고 나를 모르면 싸움마다 반드시 패한다. (彼 : 저사람. 그이. / 상대방.) → **知彼知己, 百戰不殆.**

〔**孫子兵法·謀攻**〕…… 故曰, ○○○○, ○○○○. ○○○○○○○, ○○○○. ○○○○○○○, ○○○○. 〔**孫子兵法·地形**〕知兵者, 動而不迷, 擧而不窮. 故曰, 知彼知己, 百戰不殆. 不知彼而知己, 一勝一負. 不知彼不知己, 每戰必敗. 〔**三國演義**〕知彼知己, 百戰百勝. 某非怯戰, 但恐不能必勝耳.

陣而後戰, 兵法之常, 運用之妙, 存乎一心.

진을 치고 난 뒤에 싸우는 것은 병법의 도이지만 그것을 운영하는 묘는 오직 마음 하나에 달려 있다. 전쟁의 승패는 지휘관이 얼마나 실전에 적합하고 기민한 지휘를 할 마음을 가지고 있느냐의 여부에 크게 좌우된다는 뜻. (運用之妙存乎一心 : 법칙·기계·사람을 잘 부려서 미묘한 성과를 거두는 것은 오직 마음 하나에 달려있다.) → **運用之妙存乎一心**.

〔 **宋史·岳飛傳** 〕 飛隸留字宗澤, 澤謂曰, 爾勇智才藝, 古良將不能過. 然好野戰, 非萬全計, 因授以陣圖. 飛曰, ○○○○, ○○○○, ○○○○, ○○○○, 澤是其言.

項羽乃悉引兵渡河, 皆沈船, 破釜甑(증), 燒廬(여)舍, 持三日糧, 以示士卒必死, 無一還心.

項羽는 곧 병력을 모두 이끌고 강을 건너고 나서는 배를 다 물 속에 가라앉히고, 솥과 시루를 부수고 초막을 불태워버리고, 삼일간의 군량만 지니게 함으로써 병사들이 반드시 죽어서 돌아갈 마음이 조금도 없도록하는 의지를 보였다. (喻) 일을 과단성있게 하기로 한번 결단을 내리면 어떤 희생을 무릅쓰고서라도 철저히 해내다. 결사 · 필승의 각오로 싸움이나 일에 임하다. (悉 : 다. 모두. 남김없이.) → **破釜沈船**, **濟河焚舟**.

〔 **春秋左氏傳·文公三年** 〕 泰伯伐晉, 濟河焚舟. 取王官及郊, 晉人不出, 遂自茅津濟, 封殽尸而還. 〔 **史記·項羽本紀** 〕 ○○○○○○○○○, ○○○, ○○○, ○○○, ○○○○, ○○○○○○○, ○○○○. 〔 **梁啓超·新民說·論尚武** 〕 項羽沈舟破釜以擊秦, 韓侯背水結陣以敗楚, 彼其衆寡懸殊, 豈無兵力不敵之危境哉, 然奮起膽力, 卒以成功. 〔 **故事成語考** 〕 志在必勝曰, 破釜沈舟.

虎豹不外其爪(조), 而噬(서)犬不見齒.

호랑이와 표범은 발톱을 밖으로 드러내지 않으며, 사람을 무는 개는 이빨을 드러내지 않는다. (喻) 나쁜 사람은 음험 교활, 간사하여 그 흉악한 모습을 잘 노출시키지 않는다. 남을 해치고자 하는 자는 먼저 부드러운 태도로 상대를 속인다. / 군 (또는 강자)은 그 위력을 함부로 외부에 드러내어서는 안된다. / 용병의 도는 부드러움을 드러내면서 강함을 맞이해야 하는 것이다. (外 : 범위를 벗어나다. 떠나다. 그 밖으로 넘어가다. 爪 : 짐승의 발톱. 噬 : 물다. 깨물다.) = **虎豹不外其牙**, **噬見不露齒**.

〔 **淮南子·兵略訓** 〕 夫飛鳥之勢也, 俛其首. 猛獸之攫也, 匿其爪. ○○○○○○, ○○○○○○. 故用兵之道, 示之以柔, 而迎之以剛. 〔 **淸 翟灝·通俗編** 〕 淮南子 兵略訓, ……, 虎豹不外其牙, 噬犬不露齒.

라. 戰爭의 結果

驕兵必敗, 欺敵必亡.

강함만 믿고 적을 가볍게 보는 교만한 군대는 전쟁에서 반드시 지고, 또 적을 깔보면 반드시 망한다. (欺 : 업신여기다. 깔보다. 괴롭히다. / 속이다. 기만하다.)

〔**漢書·魏相傳**〕恃國家之大, 矜民人之衆, 欲見威於敵者, 謂之驕兵. 兵驕者滅. 〔**明 羅懋登·西洋記**〕○○○○, ○○○○, 焉得不死.

白刃交前, 不顧流矢.

날카로운 칼날이 교차하는 앞에서도 어딘지 모르게 날아오는 화살을 돌보지 아니하다. 혈전을 벌이는 속에서 목전의 적을 막는데 정신을 집중하고 날아오는 화살의 위험을 돌보지 아니한다는 말. (喩) 절박한 것을 돌보고, 느슨한 것을 돌보지 아니하다. (白刃 : 날카로운 칼날.)

〔**莊子·秋水**〕白刃交於前, 視死若生者, 烈士之勇也. 〔**唐 馬總·意林**〕(引 魯連子) ○○○○, ○○○○, 急不暇緩也. 〔**南史·侯景傳**〕城下之盟, 乃是深恥, 白刃交前, 流矢不顧.

伏尸百萬, 流血千里.
시

쓰러져 있는 시체가 백만이 넘고, 흐르는 피가 일천리나 되다. 전쟁에 의한 사상자가 많고 처참함을 형용.

〔**戰國策·魏策四**〕秦王曰, 天子之怒, ○○○○, ○○○○.

數戰則民勞, 久師則兵敝.
삭

전쟁을 너무 자주하면 백성들이 고달퍼지고, 용병의 시간이 너무 길면 병사들이 지쳐 쇠약해진다. 전쟁을 자주하고 오래하면 백성군대가 다 피폐해진다는 말. (師 : 군대. 군사. 여기서는 中國의 학자 韓非琦의 견해에 의거, 용병으로 해석.)

〔**史記·蘇秦列傳**〕此其君欲得, 其民力竭, 惡足取乎. 且臣(蘇代)聞之, ○○○○○, ○○○○○矣.

數戰則士疲, 數勝則君驕, 驕君使疲民, 則國危.

전쟁을 너무 자주하면 병사들이 피로해지고, 승전을 너무 자주 하면 그 임금이 교만해진다. 이런 교만한 임금이 피로한 백성들을 부리면 나라가 위태로워진다.

〔**管子·幼官**〕○○○○○, ○○○○○, ○○○○○, ○○○. 〔**管子·兵法**〕數戰則士罷, 數勝則君驕. 夫以驕君使罷民, 則國安得無危.

殺人一萬, 自損三千.

사람 일만 명을 죽이면 자기 측도 삼천 명이나 손상된다. 전쟁할 때에 상대방의 사람을 매우 많이 죽이면 자기측 손상도 적지 않음을 이르는 것.

〔**元史·洪君祥傳**〕諺云, ○○○○, ○○○○. 願勿費國力, 攻奪邊城. 〔**明 戚繼光·練兵紀實**〕諺有之,殺人三千, 自損八百. 此相敵說也. 〔**明 楊愼·丹鉛總錄**〕或問, 數勝者亡, 何也. 諺云, 殺人一千, 自損八百. 此言雖小, 可以喩大.

若以備進戰退守, 而不求能用者, 譬猶伏鷄之博狸, 乳犬之犯虎, 雖有. 鬪心, 隨之死矣.

부 박리

만약 공격하고 방어할 태세를 갖추었다고 해도 이를 능숙하게 운용할 자를 구하지 못하는 것은 비유하면 알을 품고있는 암탉이 삵괭이를 치고, 새끼 밴 어미개가 호랑이를 공격하는 것과 같아서 비록 이들이 투지가 있더라도 이에 따라 죽게 된다. (進戰退守 : 나아가 싸우고 물러나 지키다. 鷄之博狸 : 알을 품고있는 암탉이 삵괭이를 치다. 사랑하는 것을 보호하기 위하여는 약자도 일체를 볼보지 아니하고 강자에 맞서 싸운다는 비유. 乳犬犯虎 : 전과 같은 비유.) → **伏鷄搏狸. → 乳犬犯虎. 乳狗搏人. 乳狗噬虎.**

〔**吳子兵法·序章**〕○○○○○○○, ○○○○○○, ○○○○○○○, ○○○○○, ○○○○, ○○○○.
〔**淮南子·說林訓**〕乳狗之噬虎也. 伏鷄之博狸也, 恩之所加, 不量其力.

劉·項分爭, 使人肝腦塗地, 流離中野, 不可勝數.

劉邦과 項羽가 갈라져 다툰 것은 결국 사람들로 하여금 간과 뇌가 흙과 뒤범벅이 되도록 하고, 피를 중야에 흘러내리게 하여 그 수가 하도 많아 이루 다 셀 수 없게 하였다. (肝腦塗地 : 간과 뇌가 으깨어져 흙과 뒤범벅이 된다는 것으로, 싸움터에서 매우 비참하게 참살당한 모습을 형용하는 말이며, 희생을 무릅쓰고 충성을 다할 것을 표시하는 데도 쓰인다.) → **肝腦塗地. 肝膽塗地. 一敗塗地.**

〔**史記·淮陰侯列傳**〕今楚漢分爭, 使天下無罪之人肝膽塗地, 父子暴骸骨於中野, 不可勝數. 〔**史記·劉敬叔孫通列傳**〕與項羽戰滎陽,…… 使天下之民肝腦塗地, 父子暴骨於中野, 不可勝數. 〔**史記·高祖本紀**〕劉季(邦)曰, 天下方擾, 諸侯竝起. 今置將不善, 壹敗塗地. 〔**漢書·蒯通傳**〕今○○○○, ○○○○○○, ○○○○, ○○○○. 〔**漢書·蘇武傳**〕武曰, 武父子亡功德, 皆爲陛下所成就, 位列將, 爵通侯, 兄弟親近, 常願肝腦塗地. 〔**吳越春秋·夫差內傳**〕肝腦塗地者, 孤之願也. 〔**漢 劉向 說苑**〕常願肝腦塗地, 用頭血湔敵久矣. 〔**宣和遺事亨集**〕倘有憂危, 臣等誓肝膽塗地, 以報陛下恩德. 〔**唐·司馬貞·索隱**〕言一朝破敗, 便肝腦塗地.

以不敎民戰, 是謂棄之.

가르치지 않은 백성을 싸우게 하는 것은 그 백성을 버려 죽이는 것이라고 이른다. 가르치지 않아 훈련이 되지 않은 백성을 써서 싸우게 하면 반드시 패망의 화를 입게 될 것이므로 이것은 곧 백성을 버리는 것과 같다는 뜻. (以 : 쓰다. 사용하다.)

〔**論語·子路**〕○○○○○, ○○○○. 〔**孟子·告子下**〕魯欲使愼子爲將軍. 孟子曰, 不敎民而用之, 謂之殃民, 殃民者不容於堯舜之世. 〔**穀梁傳·僖公二十三年**〕以不敎民戰, 則是棄其師.

一日動干戈, 十年不太平.
간 과

하루 창과 방패 등 병기를 움직이면 십년동안 태평하지 못하다. 일단 용병을 하고 전쟁을 시작하면 다년간 안정을 얻을 수 없다는 말.

〔**元 高文秀·澠池會**〕 楔子, 將軍, 可不道○○○○○, ○○○○○. …… 我願奉璧而往, 如若秦公無意償城, 則臣請完璧而歸.

前徒倒戈, 攻于後以北, 血流漂杵.
배 지

앞쪽의 무리들은 창을 거꾸로 잡고 뒤쪽을 쳐서 달아나게하니, 피가 흘러 절굿공이가 떠다녔다. 싸움에서 비참하게 패배하여 전사상자가 매우 많았음을 형용. (由) 周나라 武王의 군대와 商나라 紂王의 군대가 牧野에서 회전했을 때 商나라 군대는 투지가 없어 전면의 군대가 창을 거꾸로 잡고 오히려 후면의 부대를 공격, 서로 죽이니, 그 때문에 피가 흘러 절굿공이를 띄우기에 이르렀다. (北 : 도망치다. 달아나다. 漂 : 물에 뜨다.) → **血流漂杆. 血流成河. 血流成渠.**

〔**書經·周書·武成**〕 會于牧野, 罔有敵于我師, ○○○○, ○○○○○, ○○○○. 〔**新書·益攘**〕 炎帝無道, 黃帝伐之涿鹿之野, 血流漂杵, 誅炎帝而兼其地, 天下乃治. 〔**史記·秦始皇本紀**〕 伏尸百萬, 流血漂鹵.

下馬大戰, 至日中, 刀折矢盡.

말에서 내려 크게 싸웠으나 한낮에 이르러 칼이 부러지고 화살이 다 없어지다. 격전으로 무기가 바닥남을 형용. 기진맥진하여 싸울 기력이 없음을 이르는 것. → **刀折矢盡.**

〔**後漢書·段潁傳**〕 ○○○○, ○○○, ○○○○, 虜亦引退.

禍莫大於輕敵, 輕敵幾喪吾寶.

재앙은 적을 가벼이 여기는 것보다 더 큰 것이 없으니, 적을 가벼이 여기다가는 우리 편의 소중한 세 가지 보배를 잃어버리게 된다. 적을 가벼이 여기면 필연 전쟁을 촉발하게 되어 적군을 살육하게 될 것이니 이것보다 더 큰 재앙이 없으며, 이것은 또 老子 자신의 보배인 자애로움(慈)·검약함(儉)·천하에서 함부로 앞서지 아니함(不敢爲天下先)을 잃게 됨을 이르는 것. (幾 : 곧. 예로부터 주석자들은 다「거의」로 풀이했으나「곧」으로 해석했다.)

〔**老子·第六十九章**〕 ○○○○○○, ○○○○○○. 故抗兵相加, 哀者勝矣. 〔**老子·第六十七章**〕 我有三寶, 持而保之. 一曰,慈, 二曰儉, 三曰不敢爲天下先.

橫行千里, 如入無人之境.

천리나 되는 넓은 곳에서 아무 거리낌 없이 난폭한 짓을 하는 것을, 마치 한 사람도 없는 장소에 들어가는 것과 같이 쉽게 하다. 포악한 언행을 어디에서나 아무 거리낌없이 행함을 이른다. (橫行千里 : 먼 거리의 땅 안에서 난폭한 짓을 하다. 無人之境 : 사람이라고는 아무도 없는 외진 곳. 사람이 전혀 없는 장소.) → **無人之境**.

〔**宋 歐陽修·歐陽文忠集·再論置兵御賊札子**〕及一旦王倫·張海等相繼而起, 入州八縣, 如入無人之境. 〔**北宋 薛居正 等·舊五代史·漢·杜重威傳**〕每敵騎數十驅漢人千萬過城下, 如入無人之境. 〔**清 顧炎武·群縣論五**〕○○○○, ○○○○○○.

6. 國家間 紛爭 및 外交

范雎於秦昭王曰, 大王越韓魏而攻强齊, 非計也. 小出師, 則不足以傷齊, 多之則害於秦. 王不如遠交而近攻.

(雎: 저)

(타국과 내통한다는 참언으로 목숨이 위태로워져 秦나라로 피신한) 魏나라 책사인 范雎는 秦나라 昭王에게 말하기를 "대왕께서 韓나라와 魏나라를 거쳐서 강한 齊나라를 치는 것은 계략이 아닙니다. 병력을 적게 출동시키면 齊나라에 상처를 입히기에 부족하고, 많이 출동시키면 秦나라를 해롭게 할 뿐입니다. 왕께서 (그렇게 하는 것은) 먼 나라와 친교를 맺고 가까운 나라를 치는 것만 못합니다."라고 하였다. (이로써 范雎는 재상이 되고 遠交近攻策은 秦의 국시가 되어 천하통일의 지도원리가 되었다.) (越 : 거치다. 傷 : 상처를 입히다. 해치다.) → **遠交近攻**.

〔**戰國策·秦策**三〕(范)雎曰, 大王越韓·魏而攻强齊, 非計也. 少出師, 則不足以傷齊, 多之則害於秦. 臣意王之計 欲少出師, 而悉韓·魏之兵則不義矣. ……. 王不如遠交而近攻. 得寸則王之寸, 得尺亦王之尺也. 今舍此而遠攻, 不亦繆乎.

保國莫如安民, 安民莫如擇交.

나라를 지키는 것은 백성을 편안하게 하는 것만 못하고, 백성을 편안하게 하는 것은 외교를 선택하는 것만 못하다. 국교(國交)를 정확하게 선택하는 것은 나라를 지키고 백성을 편안히 함을 확보할 수 있음을 강조하여 이르는 것.

〔**東周列國志**〕今奉陽君捐館舍, 臣故敢獻其愚忠. 臣聞 ○○○○○○, ○○○○○○.

不出樽俎之間, 而折衝于千里之外.

(樽俎: 준 조)

친목을 위하여 베푸는 외교상의 연회의 자리에 나가지도 않고, 천리 밖에서 국제상의 담판을 해버리다. (喩) 평화스러운 외교교섭을 통하여 상대방의 예봉을 누르고 국위를 빛내다. 국제상의 담판을 하여 상대를 제압, 자기편의 이익을 획득하다. (由) 齊나라 景公 때 상국(相國)이 된 晏嬰(晏子)은 국내적으로는 복잡한 파벌의 싹을 가라앉히고 국제적으로는 齊나라의 지위를 공고히 하였다. 그는 수차 타국에 가서 회담하였고, 사신이 오면 능란한 외교수완으로 응대, 제국의 시의를 주름잡아 명상국이 되었다. 위의 내용도 안상국(晏相國)의 외교수완을 표현한 것이다. (間 : 장소. 자리. 樽俎 : 술단지와 안주상. 친목을 위하여 베푸는 연회. 折衝 : 외국사신과의 국제상의 담판. 적과 흥정하여 체면을 보전하는 일.) → **樽俎折衝.**

〔 **晏子春秋·雜上** 〕 仲尼聞之曰, 善哉. ○○○○○○, ○○○○○○○○, 晏子之謂也. 〔 **韓詩外傳·卷八** 〕 孔子聞之曰, 善乎. 晏子不出俎豆之間 折衝千里. 〔 **新序·雜事一** 〕 仲尼聞之曰, 夫不出於樽俎之間, 而知千里之外. 其晏子之謂也. 可謂折衝矣, 而太師其與焉. 〔 **後漢書·馬融傳·注** 〕 仲尼聞之曰, 起於樽俎之間, 而折衝千里之外. 〔 **文選·張協·雜詩·注** 〕 孔子聞之曰, 善哉. 不出樽俎之間, 而折衝千里之外, 晏子之謂也. 〔 **文選·陸士衡·演連珠·注** 〕 孔子聞曰, 善不出樽俎之閒, 而折衝千里之外, 晏子之謂也.

魯酒薄而邯鄲圍.
한 단

魯나라 술이 묽어서 조나라 도읍인 邯鄲이 포위당하다. (喩) 남 때문에 뜻하지 않은 재난을 당하다. 화는 뜻하지 않은 곳에서 일어날 수 있다. 아무 관계도 없는 사소한 일이 주변의 사람들에게 엉뚱한 피해를 주다. (由) 전국세대 楚나라 宣王이 제후들을 만났을 때 魯나라와 趙나라가 다 같이 楚王에게 술을 바쳤는데, 魯나라 술은 묽고 趙나라 술은 진하였다. 그 때 楚나라의 술을 주관하는 관원이 趙나라에 술을 좀 달라고 했으나 이를 주지 않았다. 이에 그 관원이 화가 나서 곧 趙나라의 진한 술을 魯나라의 묽은 술과 바꾸어 楚王에게 바치니 楚王은 趙나라 술이 묽은 것으로 여기고 趙나라 도읍 邯鄲을 포위해버렸다.

〔 **莊子·胠篋** 〕 故曰, 脣竭則齒寒, ○○○○○○○, 聖人生而大盜起. 〔 **淮南子·繆稱訓** 〕 故傳曰, ○○○○○○○, 羊羹不斟而宋危國. 〔 **陸德明·經典釋文** 〕 (引許愼注) 淮南子說, 楚會諸侯, 魯. 趙俱獻酒於楚王. 魯酒薄而趙酒厚. 楚之主酒吏求酒於趙, 趙不與. 吏怒, 乃以趙厚酒易魯薄酒,奏之, 楚王以趙酒薄, 故圍邯鄲也.

事秦則楚·韓必不敢動. 無楚·韓之患, 則大王高枕而臥, 國必無憂矣.

秦나라를 섬기면 楚나라와 韓나라가 틀림없이 감히 행동하지 못할 것이며, 楚나라와 韓나라에 의한 환란이 없으면 곧 대왕(魏 哀王)은 베개를 높이 베고 잠잘 수 있고, 나라도 걱정할 것이 없을 것이다. 전국시대 변론가로서 연형책(連衡策)을 추진하던 張儀가 魏나라의 哀王을 만나 "魏나라는 땅이 좁고 군대가 적으며 사면이 적과 대치하고 있어 형세가 불리하다"는 요지의 말을 하면서 秦나라를 섬겨야만 楚나라와 韓나라가 망동할 수 없고 따라서 魏王과 나라가 편안할 것이라고 주장한 것. → **高枕而臥. 高枕無憂.**

〔 **戰國策·魏策一** 〕 張儀爲秦連衡, 說魏王曰, ……. 爲大王計, 莫如事秦, ○○○○·○○○○○, ○○·○○○, ○○○○○○○, ○○○○○. 〔 **戰國策·齊策四** 〕 馮諼曰, 狡兎有三窟, 僅得免其死耳. 今君有一窟, 未得高枕而臥也. 請爲君復鑿二窟.

失火而取水於海, 海水雖多, 火必不滅矣, 遠水不救近火也.

불이 나서 바다에서 물을 길어오려고 한다면 바닷물이 비록 많더라도 불을 끌 수는 없을 것이니, 그것은 먼 곳에 있는 물은 가까운 곳의 불을 끌 수 없기 때문이다. (喩) 멀리 있는 것은 눈 앞의 급한 일에는 아무 소용이 없다. 완만한 해결방법으로는 절박한 수요를 충족시킬 수 없다. / 먼 곳에 있는 친척은 가까이 있는 이웃만 못하다. / 국제 간의 외교는 반드시 가까운 이웃나라들과 먼저 우호관계를 긴밀하게 맺어야 한다. → **遠水不救近火.**

〔**韓非子·說林上**〕犂鉏曰, 假人於越而救溺子, 越人雖善游, 子必不生矣, ○○○○○○○, ○○○○, ○○○○○, ○○○○○○○. 〔**周書·赫連達傳**〕諸將或欲南追賀拔勝, 或欲東告朝廷. 達又曰, 此皆遠水不救近火, 何足道哉. 〔**東周列國志**〕今日會議之際, 僖公主意, 欲堅守以待晉救. 公子馬非開言曰, 諺云遠水豈能救近火. 不如從楚.

若使天下兼相愛, 國與國不相攻, 家與家不相亂, 盜賊無有, 君臣父子皆能孝慈, 若此則天下治.

만약 온 세상 사람들로 하여금 아울러 서로 사랑하게 한다면, 나라와 나라는 서로 공격하지 않을 것이며, 집안과 집안은 서로 어지럽히지 않을 것이며, 도둑들은 없어질 것이며, 임금과 신하, 아버지와 아들은 모두 효도를 하고 자애할 것이니, 이와 같이 되면 천하는 곧 잘 다스려진다. (天下 : 하늘 아래의 온 세상. 여기서는 온 세상 사람이라고 하는 것이 타당. 無有 : 없다. 孝慈 : 부모에게 효성을 다하고 백성이나 자식들에게 인자하게 대하다. / 아랫 사람은 웃 사람을 공대하고 웃 사람은 아랫 사람을 사랑하다. 治 : 다스려지다. / 안정되다. 태평하다. / 우주 만물의 질서가 바로잡히다.)

〔**墨子·兼愛上**〕○○○○○○○, ○○○○○○, ○○○○○○, ○○○○, ○○○○○○○○, ○○○○○○.

與大國盟, 口血未乾而背之, 可乎.

큰 나라와 맹서를 하고서, 맹서할 때 입에 바른 피가 아직 마르지도 않았는데 이를 배반해도 좋은가? 다른 나라·단체·개인간의 협약·약속을 금방 파기하는 것이 부당함을 지적하는 말. (口血未乾 : 맹서할 때 입에 바른 피가 아직 마르지 않다. 말을 하고 얼마 되지 않아 곧 마음이 변함을 비유.) → **口血未乾而背之. 口血未乾.**

〔**春秋左氏傳·襄公九年.**〕子孔子蟜曰, ○○○○, ○○○○○○○, ○○.

禹以四海爲壑, 今吾子以鄰國爲壑.
학

夏나라 禹임금은 (치수를 함에 있어) 사방의 큰 호수를 물 가두는 웅덩이로 삼았으나, 지금의 그대(전국시대 白圭를 지칭)는 이웃 나라를 물웅덩이로 삼았다. 禹왕은 물의 성질에 순응하여 치수(治水)를 하였으나, 白圭는 물의 성질을 거슬러서 추진하여 큰 재앙을 조성했음을 대조하여 이른 것. / 일을 함에 있어 자기 나라만 피해를 모면하고 남의 나라에 폐해가 되는 방향으로 추진하여 그 나라를 희생시킴을 비유, 비판하는 말. (四海 : 사방의 바다. 사방의 바다 안. / 큰 호수. / 온 천하 세계. 壑 : 산골짜기. / 산골짜기의 구덩이 땅. 움푹 패어 물이 모이는 곳. 吾子 : 당신. 그대. 귀하. 상대를 친하게 부르는 호칭.) → **白圭壑鄰.**

〔 **孟子·告子下** 〕 白圭曰, 丹之治水也, 愈於禹. 孟子曰, 子過矣. 禹之治水, 水之道也. 是故 ○○○○○○, ○○○○○○○○○. 〔 **柳宗元·興州江運記** 〕 白圭壑鄰, 孟子不與.

魏南與楚, 則齊攻其東, 東與齊, 則趙攻其北, 不合於韓, 則韓攻其西, 不親於楚, 則楚攻其南. 此所謂四分五裂之道也.

魏나라가 남쪽으로 楚나라와 연합하면 齊나라가 그(魏나라)의 동쪽을 공격할 것이고, 동쪽으로 齊나라와 연합하면 趙나라가 그 북쪽을 공격할 것이며, (서쪽의) 韓나라와 어울리지 않으면 韓나라가 서쪽을 공격할 것이고, (남쪽의) 楚나라와 가까이하지 않으면 楚나라가 그 남쪽을 공격할 것이다. 이것이 이른 바 사분오열의 길이라고 하는 것이다. (與 : 한 동아리가 되다. 合 : 어울리다. 짝하다. 四分五裂 : 넷으로 나누어지고 다섯으로 갈라진다. 여러갈래로 분열된다는 뜻. 지리멸렬되어 매우 통일이 안되고 있다는 뜻. / 천하가 몹시 어지러움의 비유.) → **四分五裂.**

〔 **六韜·龍韜·奇兵** 〕 四分五裂者, 所以擊圓破方也. 〔 **戰國策·魏策一** 〕 張儀爲秦連衡, 說魏王曰, ……. 魏南與楚而不與齊, 則齊攻其東. 東與齊而不與趙, 則趙攻其北. 不合於韓, 則韓攻其西. 不親於楚, 則楚攻其南. 此所謂四分五裂之道也.

有國於蝸之左角者, 曰觸氏, 有國於蝸之右角者, 曰蠻氏, 時相與爭地而戰, 伏尸數萬, 逐北旬有五日而後反.
와 촉 만

달팽이 외쪽 뿔에 있는 나라를 觸氏라 하고 달팽이 오른쪽 뿔에 있는 나라를 蠻氏라 하였는데 이들은 어느 때 서로 땅을 두고 다투어 싸워서 죽어넘어진 시체가 수 만이나 되고 패배자를 쫓아 15일이 지난 뒤에 돌아왔다. (喩) 작은 나라끼리 서로 싸우다. / 사소한 일, 쓸 데가 적은 일로 부질없이 다투다. (由) 魏의 惠王과 齊의 威王이 맹약을 체결하였는데 威王이 이를 위반하자 자객을 보내 암살하려 했다. 이에 대해 威王의 신하 公孫衍은 군대로 공격해야 한다고 했고, 신하 季子는 이에 반대했으며, 신하 華子는 齊를 치자고 하는 자, 치지 말자고 하는 자와 이러한 논자들을 평하는 자 모두 나라를 어지럽히는 자라고 하여 왕이 당황하고있을 때 재상 惠子가 현자로 유명한 戴晉人을 惠王에게 알현시키니, 그가 위와 같은 蝸牛角上之爭을 이야기 하고 작은 魏와 齊도 달팽이 뿔 위의 觸氏와 蠻氏와 다름이 없다고 말하였다. → **蝸牛角上之爭. 觸角之爭.**

〔**莊子·則陽**〕○○○○○○○○, ○○○, ○○○○○○○○, ○○○, ○○○○○○○, ○○○○, ○○○○○○○○○. 〔**白樂天·對酒 詩**〕蝸牛角上爭何事, 石火光中寄此身, 隨富隨貧且歡樂, 開口笑是痴人. 〔**書言故事**〕小爭者小曰, 蝸角之爭.

趙惠文王得和氏璧, 秦昭王願以秦十五城換璧. 藺相如自請持璧使秦, 見秦王果無換城意, 乃使其從者懷其璧, 歸璧于趙.

趙나라 惠文王이 和氏璧을 얻게 되자 (이 소문을 들은) 秦나라 昭王은 秦나라 15개 성과 이 구슬을 바꿀 것을 원하였다. 이에 藺相如가 구슬을 가지고 秦나라에 갈 사신으로 자청하여 갔으나, 秦나라 왕이 과연 성과 바꿀 뜻이 없음을 알고, 곧 그 수행원으로 하여금 그 구슬을 옷 속에 품게하여 趙나라로 가져가게 했다. (喩) 빌려온 귀중한 물건을 손상없이 본인에게 돌려주다. (由) 趙나라 환관장(宦者令–宦官長) 繆賢의 사신 추천을 받은 그의 사인(舍人) 藺相如는 구슬을 가지고 가서 秦王에게 주었으나, 성을 갚아 줄 뜻이 없는 것을 확인하고는 그 구슬에 흠이 있어 왕에게 보여드리겠다고 하여 내어주자, 되받아가지고 "대왕께서 신을 강박하신다면 신의 머리는 이 구슬과 함께 기둥에 부딪쳐 깨어지고 말 것입니다." 라고 말하여 왕은 15개 성을 넘겨주도록 했다. 그러나 사실상 성을 얻지 못할 것을 알고, 이번에는 "닷새동안 재계를 한 다음에 옥을 바치겠다"고 하고, 그 동안에 수행원을 통해 趙나라로 가져가게 한 것이다. → **完璧歸趙.**

〔**史記·廉頗藺相如列傳**〕趙惠文王得和氏璧. 秦昭王願以秦十五城換璧. 藺相如自請持璧使秦. 臨行, 謂趙王, 秦果換城, 璧請留秦, 果不換城, 相如請以完璧歸趙. 及至秦, 見秦王果無換城意, 相如不惜欲與璧共毁. 秦王無奈, 璧終歸趙. (이것은 史記 본문의 내용을 요약한 것임.)

持危之功, 不如存亡之德大.

위급한 나라를 도와주는 공로는 이미 멸망한 나라를 다시 일으켜 세우는 공적보다 더 크지 않다. (由) 齊나라 桓公이 晉나라 군사의 침범을 받은 邢나라를 구제하려고 하는데 대해, 齊나라 大父(대보)인 鮑叔이 위와 같이 말하면서 邢나라의 멸망을 기다렸다가 다시 일으켜 세울 것을 건의, 桓公이 구원병을 보내지 않았다. (持危 : 위국을 부지시키어 멸망을 면하게 하다. 存亡 : 이미 망한 나라를 다시 일으켜 세우다. 망하려는 것을 도와 살게 하다.)

〔**韓非子·說林上**〕晉人伐邢, 齊桓公將救之. 鮑叔曰, 太蚤. 邢不亡, 晉不敝. 晉不敝, 齊不重. 且夫○○○○, ○○○○○○○. ……. 桓公乃弗救.

秦之圍邯鄲, 趙求救以合從於楚. 平原君門下有毛遂者自贊, 竟與其人偕(해). 毛遂按劍而談判與楚王, 遂定從於殿上.

秦나라가 趙나라의 수도 邯鄲을 포위하자 趙나라는 楚나라와 합종하여 구원을 청하기로 하였다. 그 교섭을 맡은 공자 平原君은 (그의 식객 중에서 19명을 정하고 1명을 찾지 못하던 중) 그의 문하에 있던 毛遂가 자신을 스스로 천거하므로 마침내 그와 같이 가기로 하였다. (平原君과 楚王은 협상을 했으나 해가 뜰 때 시작하여 한낮이 되도록 결정을 하지 못하자) 毛遂는 칼을 어루만지면서 楚王과 담판하여 드디어 전각위에서 합종을 약정하였다. (合從 : 동맹. 贊 : 추천하다. 偕 : 동반하다. 按 : 어루만지다. 쓰다듬다.) → **毛遂自薦.**

〔 **史記·平原君虞卿列傳** 〕 秦之圍邯鄲, 趙使平原君求救, 合從於楚. 約與食客門下有勇力文武備具者二十人偕. ……. 得十九人, 餘無可取者, 無以滿二十人. 門下有毛遂者前自贊於平原君. ……. 平原君竟與毛遂偕. ……. 平原君與楚合從言其利害, 日出而言之, 日中不決. ……. 毛遂按劍歷階而上, ……, 曰, 今楚地方五千里, 持戟百萬, 此覇王之資也. 以楚之彊, 天下不能當. 合從者爲楚, 非爲趙也. ……. 楚王曰, 唯唯, 誠若先生之言, 謹奉社稷而以從. ……. 遂定從於殿上.

秦之有韓也, 譬如木之有蠹(두)也, 人之有心腹之病也.

秦나라에 있어서 韓나라라는 것은 비유하면 나무에 있는 좀벌레와 같고, 사람의 가슴과 배에 든 병과 같은 것이다. (心腹之病 : 가슴과 배에 있는 고치기 어려운 병. 없애기 어려운 적의 비유. = 心腹之患.) → **心腹之病. 心腹之患. 心腹之疾. 心腹之害.**

〔 **春秋左氏傳·哀公十一年** 〕 (子胥) 諫曰, 越在我, 心腹之疾也. 壤地同而有欲於我. 〔 **史記·范雎蔡澤列傳** 〕 客卿范雎腹說昭王曰, 秦韓之地形, 相錯如繡. ○○○○○, ○○○○○○○○, ○○○○○○○○○. 〔 **後漢書·陳蕃傳** 〕 寇賊在外, 四支之疾, 內政不理, 心腹之患.

楚强則秦弱, 楚弱則秦强. 此其勢不兩立.

楚나라가 강해지면 秦나라가 약해지고, 楚나라가 약해지면 秦나라가 강해지니, 이와 같이 (대립되는) 두 세력은 동시에 존재할 수 없다. (喻) 적대적인 사물의 쌍방은 양립, 공존할 수 없다. / 모순은 조화될 수 없다. → **勢不兩立. 誓不兩立. ≒ 勢不俱棲.**

〔 **韓非子·人主** 〕 有術不必用, 而勢不兩立, 法術之士焉得無危. 〔 **史記·孟嘗君列傳** 〕 天下之遊士馮軾結靷西入秦者, 無不欲彊秦而弱齊. 馮軾結靷東入齊者, 無不欲彊齊而弱秦. 此雄雌之國也, 勢不兩立爲雄, 雄者得天下矣. 〔 **戰國策·楚策一** 〕 秦之所害, 於天下莫如楚, ○○○○○, ○○○○○, ○○○○○○. 故爲王至計, 莫如從親以孤秦. 〔 **三國志·吳志·陸遜傳** 〕 得報懇惻, 知與(文)休久結嫌隙, 勢不兩立. 〔 **三國志·吳志·周瑜傳** 〕 孫權曰, 孤與老賊(曹操), 勢不兩立. 〔 **宋 范曄·後漢書** 〕 比于連鷄 勢不俱棲.

Ⅳ. 統治者와 輔佐人, 百姓과의 關係

1. 統治者와 輔佐人(君臣) 關係

姦臣蕃(번)息, 主道衰亡. 是故諸侯之博大, 天子之害也, 群臣之大富, 君主之敗也.

간신의 세력이 차츰 불어나면 임금의 권도가 차츰 쇠망한다. 그런 까닭으로 제후가 그 가진 물품이 풍부해지고 땅이 커지는 것은 천자의 재해가 되고, 여러 신하의 재물이 너무 많은 것은 임금의 재앙이 된다. (蕃息 : 붇고 늘어서 많이 퍼지다. 번식하다. 主道 : 군주의 도. 임금의 권세의 위상. 博大 : 물품이 풍부하고 땅이 크다. 敗 : 재앙. 재해.)

〔 **韓非子·愛臣** 〕 ○○○○, ○○○○. ○○○○○○○○, ○○○○○, ○○○○○, ○○○○○.

股(고)肱(굉)惟人, 良臣惟聖.

다리와 팔이 있어야 사람이 되듯, 좋은 신하가 있어야 성군이 된다. 수족이 갖추어져야 비로소 완전한 사람이 되듯이, 충신의 보필이 있어야 비로소 지식·덕행이 뛰어나고 사리에 밝은 임금이 된다는 말. (股肱 : 넓적다리와 팔뚝. 다리와 팔. 수족. 股肱之臣 : 수족이 되어 부필하는 가장 신뢰하는 신하.) → **股肱之臣. 股肱耳目. 耳目股肱.**

〔 **春秋左氏傳·昭公九年** 〕 君之卿佐, 是謂股肱. 〔 **書經·虞書·益稷** 〕 帝曰, 臣作朕股肱耳目, ……. 乃歌曰, 股肱喜哉, 元首起哉, 百工熙哉. ……. 乃賡載歌曰, 元首明哉, 股肱良哉, 庶事康哉. < 孔穎達疏 > 君爲元首, 臣爲股肱耳目, 大體如一身也. 〔 **書經 ·商書·說命下** 〕 王曰, 嗚呼. 說四海之內, 咸仰朕德, 時乃風, ○○○○, ○○○○. 〔 **蔡傳** 〕 手足備而成人, 良臣補而君聖.

驕(교)溢(일)之君寡忠, 口惠之人鮮信. 口盈把之木, 無合拱(공)之枝, 滎(형)澤之水, 無吞丹之魚.

교만함이 넘치는 임금에게는 충신이 적고, 말만 하고 실지가 없는 사람은 신의가 적다. 그러므로 손으로 쥐어서 가득찰 정도의 작은 나무에는 두 팔로 껴안을 만한 크기의 큰 가지가 없고, 수량(水量)이 적은 물에는 배를 삼킬만한 큰 물고기가 없다. (忠 : 충신. 口惠之人 : 말로만 은혜를 베푸는 사람. 말만 하고 실지가 없어 남의 미움을 받는 사람. 鮮 : 드물다. 적다. 把 : 한 손으로 쥐다. 拱 : 두 팔로 껴안다. 盈把之木 : 한 주먹으로 쥘 수 있는 나무. 아주 작은 나무. 合拱之枝 : 두 팔로 껴안을 수 있는 나뭇가지. 아주 큰 나무의 나무의 큰 가지. 滎澤之水 : 실개천과 작은 못의 물. 수량이 적은 물.)

〔 **韓詩外傳·卷五** 〕 傳曰, ○○○○○○, ○○○○○○. ○○○○○, ○○○○○, ○○○○, ○○○○○. 根淺則枝葉短, 本絕則枝葉枯. 〔 **淮南子·繆稱訓** 〕 驕溢之君, 無忠臣, 口慧之人, 無必信, 交拱之木,

無把之枝, 尋常之溝, 無呑舟之魚. 根淺則末短, 本傷則枝枯. 福生於無爲, 患生於多慾, 害生於弗備, 穢生於弗耨.

國君蔽士, 無所取忠臣, 大夫蔽遊, 無所取忠友.

임금이 선비들에게 가리어지면 충신을 얻을 수 없고, 대부가 벗에게 가리어지면 충실한 벗을 얻을 수 없다. (蔽 : 가리어 덮다. 遊 : 벗. 붕우.)

〔**說苑·復思**〕(咎犯)對曰, ……, 臣聞○○○○, ○○○○○, ○○○○, ○○○○○. 今至於國, 臣在所蔽之中矣.

君君, 臣臣, 父父, 子子.

임금은 임금으로서의 도리를 다하여야 하고, 신하는 신하로서의 도리를 다하여야 하며, 아버지는 아버지로서의 도리를 다하여야 하고, 아들은 아들로서의 도리를 다하여야 한다. 모든 사람은 각자의 본분을 지키는 것이 중요하다는 말. (君君臣臣, 父父子子 : 임금된 자는 임금으로서의 도리를 다하여야 하고, 신하된 자는 신하로서의 도리를 다하여야 하며, 아비는 아비된 자는 아비의 도리를 다하여야 하고, 자식된 자는 자식의 도리를 다하여야 함을 이른다.)

〔**論語·顔淵**〕齊景公問政於孔子. 孔子對曰, ○○, ○○, ○○, ○○. 公曰, 善哉. 信如君不君, 臣不臣, 父不父, 子不子, 雖有粟, 吾得而食諸. 〔**王陽明·傳習錄·卷上**〕(陽明)先生曰, ……. 輒不得已, 乃如後世上皇故事, 率群臣百姓尊瞶爲太公, 備物致養, 而始退復其位焉. 則○○○○○○○○, 名正言順, 一擧而爲政於天下矣.

君根本也, 臣枝葉也. 根本不美, 枝葉茂者, 未之聞也.

임금은 뿌리와 줄기이고, 신하는 가지와 잎이다. 뿌리와 줄기가 좋지 않고도 가지와 잎이 무성한 것은 아직 듣지 못했다. 나라의 중심인 임금이 건실해야 그 신하들도 따라서 건실해진다는 뜻. (根本 : 나무의 줄기와 뿌리로, 사물의 바탕이나 중심이 되는 부분. 本은 나무의 줄기. 枝葉 : 나무의 가지와 잎으로, 사물의 중요하지 않은 부분.)

〔**淮南子·繆稱訓**〕○○○○, ○○○○, ○○○○, ○○○○, ○○○○.

君不正, 臣投外國, 父不慈, 子必參商.
참

임금이 올바르지 못하면 신하는 외국에 몸을 의지하고, 아버지가 자애롭지 못하면 아들은 반드시 참성(參星), 상성(商星)과 같이 서로 헤어져 화목하지 못하게 된다. (投 : 의지하다. 의탁하다. 必參商 : 반드시 參星과 商星의 관계와 같이 된다는 것. 參商은 參星과 商星을 이르는 것으로, 원래 高辛氏의 두 아들이 불화하여 두 땅으로 옮겨서 서쪽의 參星과 동쪽의 商星으로 나누어져 영원히 만나지 못했다는 전설이 있으며, 이는 형제간에 화못하지 못하다는 비유로 쓰인다.)

〔 **淸平山堂話本·張子房慕道記** 〕 豈不聞古人云, 君不正, 臣投外國, 父不正, 子奔他鄕. 我王失其政事, 不想褒州築壇拜將之時. 〔 **封神演義** 〕 如今朝廷失政, 大變倫常, 各處荒亂, 刀兵四起, …… 語云, ○○○, ○○○○, ○○○, ○○○○.

君不君, 則臣不臣, 父不父, 則子不子.

임금이 임금답지 못하면 신하가 신하답지 못하고, 아비가 아비답지 못하면 아들이 아들답지 못하다. 군주가 군주로서의 도리를 다하지 않으면 신하는 그 직분을 잊으며, 아버지가 아버지로서의 도리를 다하지 않으면 아들은 그 본분을 저버린다는 말. 웃 자리에 있는 사람이 도리·분수에 맞지 않는 행동을 하면 그 아랫 자리에 있는 사람은 웃 사람에게 상하예의로써 대우하지 않는다는 뜻. (不君 : 임금답지 못하다. 임금으로서의 도리를 다하지 못하다. ※ 不臣, 不父, 不子도 같은 요령으로 해석.)

〔 **管子·形勢** 〕 ○○○, ○○○○, ○○○, ○○○○. 上失其位, 則下踰其節. 〔 **管子·形勢解** 〕 爲人君而不明君臣之義以正其臣, 則臣不知於爲臣之理以事其主矣. 故曰, 君不君, 則臣不臣. 爲人父而不明父子之義以敎其子而整齊之, 則子不知爲人子之道以事其父矣. 故曰, 父不父, 則子不子. 〔 **論語·顔淵** 〕 公曰, 善哉. 信如 君不君, 臣不臣, 父不父, 子不子. 雖有粟, 吾得而食諸. 〔 **大宋宣和遺事** 〕 陛下旣不以 萬乘之尊自尊, 則在下小臣得以無忌憚也. 所謂君不君, 則臣不臣, 陛下自悔其過可也.

君不能賞無功之臣, 臣不能死無德之君.

임금은 공이 없는 신하에게 상을 주어서는 안되고, 신하는 덕없는 임금을 위해 죽어서는 안된다. (不能 : 해서는 안된다.)

〔 **淮南子·主術訓** 〕 故君不能賞無功之臣, 臣亦不能死無德之君. 〔 **說苑·談叢** 〕 父不能愛不益之子, 君不能愛不軌之民, ○○○○○○○○○, ○○○○○○○○○.

君不忘有功之臣, 父不沒(몰)有力之子.

임금은 공이 있는 신하를 잊지 않으며, 아버지는 힘이 있는 아들을 묻어두지 않는다. (沒 : 숨기다. 감추다. / 매몰하다. 땅에 묻다.)

〔 **東周列國志** 〕 寡人聞之, ○○○○○○○○, ○○○○○○○○. 今太宰嚭爲寡人治兵有功, 吾將賞爲卿. 越王孝事寡人, 始終不倦, 吾將再增其國, 以酬助伐之功.

君使臣以禮, 臣事君以忠.

임금은 신하를 예의로써 부리고, 신하는 임금을 충성으로써 섬긴다. 군신간은 의로써 맺은 주종(主從)의 관계이므로 각각 이에 따르는 당연한 도리를 다하여야 한다는 것.

〔 **論語·八佾** 〕 定公問, 君使臣, 臣事君如之何. 孔子對曰, ○○○○○, ○○○○○. 〔 **小學·明倫** 〕 ○○

○○○, ○○○○○.

君雖不君, 臣不可以不臣, 父雖不父, 子不可以不子.
부

임금이 비록 임금답지 못하더라도 신하는 신하답지 않아서는 안되고, 아비가 비록 아비답지 못하더라도 자식은 자식답지 않아서는 안된다. 임금이 신하에 대한 책임을 다하지 못해도 신하는 신하된 도리를 다해야 하며, 부모가 그 책임을 다하지 못해도 자식은 자식된 도리를 다해야 한다는 뜻.

〔**孔安國·古文孝經序**〕○○○○, ○○○○○○, ○○○○, ○○○○○○.

君正臣邪, 國患難治.

임금이 올바른데 신하가 올바르지 못하면 나라의 환난이 다스려지기 어렵다.

〔**封神演義**〕心正則手足正, 心不正則手足歪邪. 古語有云, ○○○○, ○○○○.

君正吾藥籠中物, 不可一日無也.

그대는 바로 나의 약상자 속의 약이므로 하루도 없어서는 안된다. 자신의 문하에 대기시켜놓은, 하루도 없어서는 안될, 꼭 필요한 인재라는 뜻. 권세를 두려워하지 않고 인재 수십명을 추천, 명 신하가 된 唐나라의 狄仁傑이 元行沖을 두고 한 말. (君 : 그대. 자네. 동배 상호간, 또는 웃 사람이 아랫 사람을 부르는 칭호. 藥籠中物 : 약 상자 속에 있는 약. 수중에 있는 물건의 비유. 비축해둔 필요한 인재의 비유. 회유하여 제편으로 만든 인물의 비유.) → **藥籠中物.**

〔**新唐書·儒學下·元行沖傳**〕嘗謂人傑曰, 下之事上, 譬富家儲積以自資也, 脯臘膎胰, 以供滋膳. 參朮芝桂, 以防疾疢. 門下充旨味者多矣, 願以小人備一藥石, 可乎. 仁傑笑曰, ○○○○○○○, ○○○○○○.

君之視臣如手足, 則臣視君如腹心, 君之視臣如犬馬, 則臣視君如國人, 君之視臣如土芥, 則臣視君如寇讎.
개 구

임금이 신하를 수족과 같이 대하면, 신하는 임금을 자신의 배·심장과 같이 대하며, 임금이 신하를 개나 말과 같이 대하면 신하는 임금을 보통사람과 같이 대하며, 임금이 신하를 흙·먼지와 같이 대하면, 신하는 임금을 원수와 같이 대한다. 가령 임금이 신하를 자신의 수족과 같이 여기어 마음을 다하여 애호해준다면 그 신하는 곧 임금을 자신의 신체의 중심부분으로 여기어 힘을 다하여 보위해주고, 임금이 신하를 견마로 여기어 조금도 존중하지 않는다면 신하는 곧 임금을 행인으로 여겨 냉담하게도 전혀 관심을 갖지 않으며, 임금이 신하를 흙과 먼지와 같이 여기어 마음대로 짓밟는다면 신하는 곧 임금을 강도·원수로 여기어 이를 갈며 몹시 미워한다는 뜻. (視 : 대하다. 대접하다. 대우하다. / 돌보다. 腹心 : 배와 심장. 신체의 중심부분. / 마음 속 깊은 곳. 성심. 진심. 國

人：행인. 낯선 사람. 관계없는 사람. 원망도, 덕도 없는 사람을 이른다. 寇讎：강도와 원수.）

〔**孟子·離婁下**〕孟子告齊宣王曰, ○○○○○○○, ○○○○○○○, ○○○○○○○,○○○○○○○, ○○○○○○○, ○○○○○○○. 〔**貞觀政要·論禮樂**〕孟子曰, 君視臣如手足, 臣視君如腹心, 君視臣如犬馬, 臣視君如國人, 君視臣如土芥, 臣視君如寇讎. 〔**封神演義**〕臣聞君如腹心, 臣如手足. 〔**明王濟·連環記**〕布聞, 君之視臣如手足, 則臣事君如腹心. 旣蒙大師以子相待, 敢不盡心以父事之.

君擇臣, 臣亦擇君.

임금은 신하를 가려 쓰며, 신하도 임금을 가려서 섬긴다.

〔**後漢書·馬援傳**〕馬援曰, 當今非但 ○○○, ○○○○. ※ 良禽擇木而棲, 賢臣擇主而事 참조.

金剛則折, 革剛則裂. 人君剛則國家滅, 人臣剛則交友絶.

쇠붙이가 강하면 부러지고, 가죽이 강하면 찢어지며, 임금이 강하면 나라가 멸망하고, 신하가 강하면 사귀는 벗이 끊어진다.

〔**說苑·敬愼**〕桓公曰, ○○○○, ○○○○, ○○○○○○○, ○○○○○○○. 夫剛則不和, 不和則不可用.

其君仁者, 其臣直.

그 임금이 어질면 그 신하도 올바르다. 곧 임금이 어질면 포용력이 있고 도량이 넓어 신하의 간언을 받아들이므로 올바른 신하들이 머물게 된다는 뜻.

〔**呂氏春秋·自知**〕翟黃曰, 君, 賢君也. 臣聞其主賢者, 其臣之言直. 今者, 任座之言直, 是以知君賢也. 〔**新序·雜事一**〕(魏)文侯問, 寡人何如君也. 任座對曰, 君仁君也. 曰, 何以言之. 對曰, 臣聞之, ○○○○, ○○○. 向翟黃之直言(君非仁君也). 〔**藝文類聚**〕文侯怒而逐翟黃. 翟黃趍而出, 次任座. 座對曰, 君, 仁君也. 曰, 子何以言之. 對曰, 臣聞之. ○○○○, ○○○. 向翟黃之言直, 臣是以知君仁君也.

亂之所生也, 則言語以爲階. 君不密則失臣, 臣不密則失身, 幾事不密則害成.

화란이 생기는 것은 왕왕 언어가 그 원인이 된다. 임금이 비밀을 지키지 않으면 그 신하를 잃고 신하가 비밀을 지키지 않으면 그 몸을 잃게 되며, 정사에 비밀이 지켜지지 않으면 그 성공을 해치게 된다. 군자가 비밀을 지키기에 주의하고 누설해서는 안됨을 강조한 것. (階：섬돌. 계단. / 이유. 연유. 원인. 密：비밀을 지키다. 숨기다. 幾事：기밀스러운 일, 곧 중요한 일. 여기서는 정무를 처리하는 일.）

〔**周易·繫辭上**〕子曰, ○○○○○, ○○○○○○○. ○○○○○○, ○○○○○○, ○○○○○○○. 是以君子愼密而不出也. 〔**後漢書·鮑永傳**〕永因數爲諫陳興復漢室, 翦滅簒逆之策. 諫每戒永曰, 君長機事不密, 禍倚入門.

東海之魚, 名曰鰈, 比目而行, 不相得, 不能達. 南方有鳥, 名曰鶼(겸), 比翼(익)而飛, 不相得, 不能擧.

동해에 가자미(鰈)라고 이름하는 물고기가 있다. 이 물고기는 눈을(한쪽에) 나란히 하고 다니므로 보조자를 얻지 못하면 다다르지 못한다. 남쪽에 비익조(鶼)라고 이름하는 새가 있다. 이 새는 (자웅이) 날개를 나란히 하여 날아다니므로 그 보조자를 얻지 못하면 움직일 수 없다. 천자가 천하의 영웅이나 준사(俊士)와 짝을 이루어 그들의 힘을 빌리지 않으면 그 나라를 잘 유지해 나갈 수 없음을 비유하는 말. (比 : 나란히 하다. 相 : 도움. 보조자.) → **比翼鳥**.

〔 **呂氏春秋·不廣** 〕 北方有獸. 名曰蹶, 鼠前而兎後, 趨則跲, 走則顚, 常爲蛩蛩距虛取甘草以與之. 蹶有患害也, 蛩蛩距虛必負而走. 此以其所能託其所不能. 〔 **韓詩外傳·卷五** 〕 ○○○○, ○○○, ○○○○, ○○○, ○○○. 北方有獸. 名曰婁, 更食而更視, 不相得, 不能飽. ○○○○, ○○○, ○○○○, ○○○, ○○○. 西方有獸, 名曰蟨, 前足鼠, 後足兎, 得甘草, 必銜以遺蛩蛩距虛, 其性非能蛩蛩距虛, 將爲假之故也. 〔 **淮南子·道應訓** 〕 北方有獸. 其名曰蹶, 鼠前而兎後, 趨則頓, 走則顚. 常爲蛩蛩駏驉, 取甘草以與之, 蹶有患害, 蛩蛩駏驉必負而走, 此以其能, 託其所不能. 故老子曰, 夫代大匠斲者, 希不傷其手. 〔 **說苑·復恩** 〕 孔子曰, 北方有獸, 其名曰蟨, 前足鼠, 後足兎, 是獸也, 甚矣其愛蛩蛩巨虛也, 食得甘草, 必齧以遺蛩蛩巨虛, 蛩蛩巨虛見人將來, 必負蟨以走, 蟨非性之愛蛩蛩巨虛也, 爲其假足之故也. 二獸者亦非性之愛蟨也, 爲其得甘草而遺之故也. 夫禽獸昆蟲猶知比假而相有報也, 況於士君子之欲興名利於天下者乎.

明王之使人, 如巧匠之制木, 直者以爲轅(원), 曲者以爲輪, 長者以爲棟梁, 短者以爲拱(공)桷(각), 無曲直長短, 各有所施.

명철한 임금이 사람을 쓰는 것은 솜씨 뛰어난 목수가 나무를 마르듯이 하였다. 곧은 것은 수레의 끌채로 쓰고, 굽은 것은 수레바퀴로 쓰며, 긴 것은 집의 마룻대와 들보로 쓰고, 짧은 것은 두공과 서까래로 쓰며, 곡직 장단이 없는 것은 각기 그 쓰임새에 따랐다. 사람의 지능·기질·성격 등의 장단점에 알맞은 자리를 골라주어 쓴다는 뜻의 비유. (制 : 마르다. 자료를 필요한 규격대로 베거나 자르다. 爲 : 쓰다. 사용하다. = 用. 轅은 수레의 끌채. 輪 : 수레바퀴. 棟梁 : 마룻대와 들보. 拱桷 : 두공과 서까래.)

〔 **唐太宗·帝範** 〕 ○○○○○, ○○○○○○, ○○○○○, ○○○○○, ○○○○○○, ○○○○○○, ○○○○○, ○○○○. 明王之使人, 亦猶如是, 知者取其謀, 愚者取其力, 勇者取其威, 怯者取其愼, 無愚知勇怯, 兼而用之, 故良匠無棄材. 明君無棄士, 不以一惡忘衆善, 勿以小瑕掩其功.

明主不敢以私愛, 忠臣不敢以誣(무)能.

현명한 군주는 함부로 불공평한 사랑(편애)을 하지 아니하며, 충신은 함부로 능력을 속이지 않는다. 현명한 군주는 개인의 편애 때문에 누구에게 함부로 관직을 주지 않으며, 충신은 무능을 유능으로 가장하여 함부로 직위를 차지하려고 하지 않는다는 뜻. (私愛 : 치우친 사랑. 불공평한 사랑. 편애. 誣能 : 무능을 유능으로 속이다.)

〔管子·法法〕明君公國一民以聽於世, 忠臣直進以論其能. 明君不以祿爵私所愛, 忠臣不誣能以干爵祿.
〔潛夫論·忠貴〕是故 ○○○○○○○, ○○○○○○○. 夫竊人之財, 猶謂之盜, 況偸天官以私己乎.

明主不掩人之義, 忠臣不愛死以成名.

엄

군주는 남의 충의를 덮어서 가리지 아니하고, 충신은 자기 생명의 희생을 아끼지 않음으로써 명성을 이룩한다. (成名 : 이름을 이루다. 유명해지다. 명성을 이룩하다.)

〔戰國策·趙策一〕豫讓曰, 臣聞, ○○○○○○○, ○○○○○○○○. 君前已寬舍臣.

明主使法擇人, 不自擧也, 使法量功, 不自度也.

탁

현명한 임금은 법에 의거하여 사람을 선택하고, 자신의 생각으로써 선발하지 아니하며, 법에 의거하여 공적을 평가하고, 자신의 기분으로써 추측하지 아니한다. 현명한 통치자는 공직자의 임용이나 논공행상에 있어 자의성을 배제하고 법의 규정을 엄격히 적용하여 결정한다는 뜻. (使法 : 법을 쓰다. / 법을 좇다. 법을 따르다. 법에 의거하다. 법을 근거로 하다로 해석. 量 : 재다. 달다. 되다. / 짐작하다. 추측하다. 평가하다. 다소를 헤아리다. 度 : 추측하다. 짐작하다. 헤아리다.)

〔韓非子·有度〕故 ○○○○○○, ○○○○. ○○○○, ○○○○. 能者不可弊, 敗者不可飾, 譽者不能進, 非者不能退.

明主, 有私人以金石珠玉, 無私人以官職事業.

현명한 군주는 (나라를 운용해감에 있어) 사람들에게 사사로이 금석주옥(金石珠玉)의 보물을 쓰는 일은 있어도, 사사로이 관직이나 일거리를 쓰는 일은 없다. (以 : 쓰다. 사용하다.)

〔荀子·君道〕……, 故○○, ○○○○○○○○, ○○○○○○○○. 是何也. 曰, 本不利於所私也.

明主賢臣, 雖樂不忘其憂.

총명한 임금과 어진 신하는 설사 즐거워하는 때에 있어서도 걱정스러운 일을 잊지 않는다.

〔東周列國志〕臣聞 ○○○○, ○○○○○○. 臣願君毋忘出奔, 管仲毋忘檻囚, 寧戚毋忘飯牛車下之日.

無周之親, 不得行周公之事.

周나라의 周公의 그러한 육친으로서의 정분이 없었다면 周公이 실행한 그 일을 할 수 없었다. 周公과 같이 그렇게 친근하고 믿을 수 있는 사람이 없었다면, 곧 周公이 이룩한 것 같은 그렇게 중대한 일을 하지 못했을 것이라는 말. (周 : 周公. 周公 : 周의 성군인 文王의 아들·武王의 아우로 두 왕을 도와 紂를 치고 成王을 도와 왕실의 기초를 닦고 문화발전에 크게 공헌한 사람. 親 : 친속. 친족. 친척. / 육

친. 가장 가까운 혈연. / 친정, 육친의 정분. 不得 : …… 할 수 없다.)

〔**三國 魏 曹植·陳審擧表**〕三監之釁, 臣自當之. 二南之輔, 求不必遠, 華宗貴族, 藩王之中, 必有應斯擧者. 傳曰, ○○○○○, ○○○○○○○. 惟陛下少留意焉.

不行其野, 不違其馬.

설령 들에 나갈 일이 없다고 하여도 그 말 기르는 것을 포기해서는 안된다. (喩) 당장 쓸모가 없는 신하라고 하여도 그대로 버려서는 안된다. (違 : 내버리다. 포기하다. / 헤어지다. 떠나가다. 달아나다.)

〔**管子·形勢**〕○○○○, ○○○○. 能予而無取者, 天地之配也.

邪臣蔽賢, 猶浮雲之蔽日.

사악한 신하가 현명한 군주를 가리는 것은 뜬 구름이 해를 가리는 것과 같다. 간신의 무리가 임금의 총명을 가리어 세상을 어둡게 하려고 하나 결코 그렇게 될 수 없다는 비유. → **浮雲蔽日. 浮雲翳日.**

〔**南朝 梁 蕭統·文選·古詩十九首**〕浮雲蔽白日, 游子不顧反. 〔**唐李白·登金陵鳳凰臺**〕總爲浮雲能蔽日, 長安不見使人愁. 〔**東漢 孔融·臨終 詩**〕讒邪害公正, 浮雲翳白日. 〔**陳毅·贈同志(一九三六年冬)**〕浮雲蔽白日, 游子不顧反. 〔**清 尤侗·續離騷**〕自古道, ○○○○, ○○○○○○. 總爲浮雲將白日壅, 望不到君門九重.

食而弗愛, 豕交之也, 愛而不敬, 獸畜之也.

사 시 휵

다만 사람에게 먹을 것을 주어서 먹이기만 하고 그를 사랑하지 않는 것은 사람을 돼지와 같이 여겨 상대하는 것이고, 사람을 사랑하면서도 공경하지 않는 것은 사람을 짐승과 같이 여겨서 기를 뿐인 것이다. 임금이 현자를 머물러 있게 하려면 위선 그를 사랑해주고 또한 진실한 마음으로 공경해야 됨을 비유적으로 설명한 것. (食 : 밥을 주다. 豕交 : 다만 먹여서 기르기만 하고 돼지와 같이 대하는 것. 畜 : 짐승을 기르다.)

〔**孟子·盡心上**〕孟子曰, ○○○○, ○○○○. ○○○○, ○○○○.

上求材臣殘木, 上求魚臣乾谷.

임금이 재목을 구하면 신하는 (그 뜻을 맞추려고) 나무를 해치고, 임금이 고기를 구하면 신하는 골짜기를 말려버린다. (喩) 임금의 거동이 신하의 거동에 민감하게 반영된다. / 아랫 사람이 웃 사람의 비위를 맞추기 위해 온갖 수단을 다 부리다.

〔**淮南子·說山訓**〕○○○○○○, ○○○○○○. 上求楫而下致船.

上失其位, 則下踰其節, 上下不和, 令乃不行.

군주가 그 품위를 잃으면 신하도 그가 마땅히 지켜야할 규범을 벗어나 행동하며, 군신 상하가 화목하지 않으면 곧 명령이 시행되지 않는다. (踰其節 : 그 절도를 넘다. 그 규칙·법도를 벗어나 마구 행동한다는 뜻.)

〔**管子·形勢**〕君不君, 則臣不臣, 父不父則子不子. ○○○○, ○○○○○, ○○○○, ○○○○. 衣冠不正, 則賓者不肅. 進退參儀, 則政令不行.

上用目, 則下飾觀, 上用耳, 則下飾聲, 上用慮, 則下繁辭.

임금이 눈을 잘 쓰면 신하는 외관을 보기좋게 꾸미고, 임금이 귀를 잘 쓰면 신하는 말소리를 듣기좋게 꾸미며, 임금이 생각을 잘 쓰면 신하는 말을 많이 한다. 군주가 눈을 써서 고찰하면 신하는 곧 그의 용모와 거동을 군주에게 잘 보이도록 표현하고, 군주가 귀를 써서 고찰하면 신하는 곧 그의 말소리가 설득되도록 듣기 좋게 하며, 군주가 사려(思慮)를 써서 고찰하면 신하는 곧 언사의 내용을 풍부하게 한다는 의미. 이와 같은 신하들의 꾸밈·변신으로 인해 임금은 신하의 참모습을 접할 수 없음을 시사하는 것. (觀 : 외관, 외모와 거지, 곧 사람의 용모와 거동을 가리킨다. 慮 : 사고. 생각. / 사상. 繁 : 많이 하다. 풍부하게 하다.)

〔**韓非子·有度**〕夫爲人主而身察百官, 則日不足, 力不給. 且○○○, ○○○○, ○○○, ○○○○, ○○○, ○○○○.

上主以師爲佐, 中主以友爲佐, 下主以吏爲佐, 危亡之主以隷(예)爲佐. 語曰, 淵廣者, 其魚大, 主明者, 其臣慧.

최고의 임금은 스승을 보좌로 삼고, 중간급의 임금은 친구를 보좌로 삼고, 하급의 임금은 관리를 보좌로 삼고, 위태로워져서 망할 임금은 노예를 보좌로 삼는다. 속담에 이르기를 "못이 넓으면 물고기가 크고, 임금이 총명하면 그 신하가 지혜롭다"고 하였다.

〔**賈誼·新書·官人**〕王者官人有六等, 一曰師, 二曰友, 三曰大臣, 四曰左右, 五曰侍御, 六曰厮役. 知足以爲源泉, 行足以爲表儀. 問焉則應, 求焉則得. 入人之家足以重人之家, 入人之國, 足以重人之國者, 謂之師. 知足以爲礱礪, 行足以爲輔助, 仁足以訪議. 明於進賢, 敢於退不肖. 內相匡正, 外相揚美者, 謂之友. 〔**韓詩外傳·卷五**〕故○○○○○○, ○○○○○○, ○○○○○○, ○○○○○○○○. ○○, ○○○, ○○○, ○○○, ○○○.

上下俱欲, 驩(환)然交欣(흔), 翼乎如鴻毛遇順風, 沛(패)乎如巨魚縱大壑(학), 休徵自至, 壽考無疆.

웃 사람(임금)과 아랫 사람(신하)이 다 같이 바라서 기쁜 마음으로 사이 좋게 지내면 서로 도와주는 것이 마치 가벼운 기러기털이 순한 바람을 만나는 것과 같고, 그 왕성함이 큰 고기가 바다에서 뛰어오르는 것과 같아서, 아름다운 징조가 저절로 다가오고 수명이 끝이 없게 된다. (喻) 어진 임금이 어진 신하를 만나 서로 뜻이 맞으면 나라를 태평하게 다스리는 것이 저절로 이루어지고 오래 가게 된다. (俱 : 다 같이. 모두. 함께. 驩然交欣 : 欣然交驩으로 기쁜 마음으로 서로 사귀어 사이 좋게 즐기다. 翼 : 거들어 주다. 도와주다. 보좌하다. 沛 : 왕성하다. 재빠르게 성행하다. 신속하게 유행하다. 縱 : 위로 뛰어오르다. 大壑 : 바다. 대해. 休 : 아름답다. 壽考 : 오래 삶. 疆 : 한계.)

〔 **王褒·聖主得賢臣頌** 〕 聖主必待賢臣而弘功業, 俊士亦俟明主, 以顯其德. 上下俱欲, 歡然交欣, 千載一會, 論說無疑, 翼乎如鴻毛遇順風, 沛乎若巨魚縱大壑. 其得意如此, 則胡禁不止, 曷令不行. 〔 **通鑑·漢紀·中宗孝宣皇帝上** 〕 聖主必大賢臣, 而弘功業, 俊士亦俟明主, 以顯其德. ○○○○, ○○○○, ○○○○ ○○○○, ○○○○○○○○, ○○○○, ○○○○. 何必偃仰屈伸, 若彭祖, 呴噓呼吸, 如喬松哉.

上好禮義, 尙賢使能, 無貪利之心, 則下亦將綦(기)辭讓, 致忠信, 而謹於臣子矣.

웃 사람(임금)이 예의를 좋아하고, 뛰어난 재능있는 사람을 높이고 유능한 자를 부리며, 이익을 탐하는 미음을 안가지면, 아랫 사람(신하)도 역시 끝까지 사양하려고 하고, 충성과 신의를 끝까지 다하며, 신하로서의 본분을 조심하여 지킨다. (綦 : 끝가다. 궁극에 이르다. 끝까지 다하다. = 綨 ≒ 極. 致 : 끝까지 다하다. 지극히 하다. 謹 : 신중하게 하다. 조심하여 지키다.)

〔 **荀子·君道** 〕 原淸則流淸, 原濁則流濁. 故 ○○○○, ○○○○, ○○○○○, ○○○○○○○, ○○○, ○○○○○○.

聖主必待賢臣, 而弘功業, 俊士亦俟明主, 以顯其德.

성주(聖主)는 반드시 현신(賢臣)을 기다려서야 공업을 넓히고, 준사(俊士)는 또한 명주(明主)를 기다려서 그 덕을 드러낸다. 훌륭한 임금은 슬기있는 신하를, 또 슬기있는 신하는 훌륭한 임금을 만나야 큰 업적을 남길 수 있다는 뜻. (俟 : 기다리다.)

〔 **王褒·聖主得賢臣頌** 〕 ○○○○○○, ○○○○. ○○○○○○, ○○○○. 〔 **通鑑·漢紀·中宗孝宣皇帝上** 〕 ○○○○○○, ○○○○. ○○○○○○, ○○○○.

雖有賢君, 不愛無功之臣. 雖有慈父, 不愛無益之子.

비록 어진 임금이라도 공이 없는 신하는 사랑하지 않으며, 비록 자애로운 아버지라도 소용없는 자식을 사랑하지 않는다.

〔**墨子·親士**〕○○○○, ○○○○○○. ○○○○, ○○○○○○. 是故不勝其任而處其位, 非此位之人也.

臣下, 竭力盡能, 而立功於國, 君必報之以爵祿.

신하가 힘을 다하고 능력을 다하여 나라에 공을 세우면, 임금은 반드시 작록으로써 이에 보답해야 한다. 그렇게 하면 결국 나라가 안정되고 임금이 평안하게 됨을 이르려는 것.

〔**禮記·燕義**〕○○, ○○○○, ○○○○○, ○○○○○○○. 故臣下皆務竭力盡能以立功, 是以國安而君寧.

臣閉其主, 則主失明. 臣擅(천)行令, 則主失制. 臣得樹人, 則主失黨.

신하가 임금의 눈과 귀를 막으면 임금은 총명함을 잃고, 신하가 정령(政令)을 내리는 것을 멋대로 하면 임금은 통제력을 잃으며, 신하가 제 사람을 요직에 심어놓으면 임금은 지지하는 세력을 잃어 고립된다. (擅 : 멋대로 하다. 하고싶은대로 하다. 黨 : 의기 상통하며 귀추를 같이하는 사람들. 곧 지지하는 세력.)

〔**韓非子·主道**〕○○○○, ○○○○. 臣制財利, 則主失德. ○○○○, ○○○○. 臣得行義, 則主失名. ○○○○, ○○○○.

愛臣太親, 必危其身. 大臣太貴, 必易主位.

총애하는 신하가 (임금과) 너무 친근해지면 반드시 그 (임금의) 몸이 위태롭게 되고, 대신이 너무 존귀해지면 반드시 임금의 자리를 바꾸려고 한다. (愛臣 : 임금 좌우의 총애하는 신하.)

〔**韓非子·愛臣**〕○○○○, ○○○○, ○○○○, ○○○○. 主妾無等, 必危嫡子. 兄弟不服, 必危社稷.

若作酒醴(례), 爾惟麴(국)糵(얼), 若作和羹(갱), 爾惟鹽梅.

(내가) 술과 단술을 빚으려 할 때는 그대는 그 재료인 누룩이 되어주고, 여러 가지 양념을 넣은 국을 만드려고 할 때는 그대는 짠 맛의 소금과 시고 단 맛의 매실이 되어달라. 殷나라 임금인 高宗이 자신의 왕업의 뜻을 이룩함에 있어 현상(賢相) 傅悅(부열)이 술의 원료나 국의 양념과 같은 필요한 존재가 되어 자신이 선정을 베풀 수 있도록 도와줄 것을 간청하는 내용. (醴 : 단술. 麴糵 : 술 빚을 때 원료로 쓰는 누룩. 和羹鹽梅 : 국의 맛을 조절하는 데는 짠 맛의 소금과 시고 단 맛의 매실을 쓴다. 임금을 보좌하는 재상이 되어 임금이 선정을 베풀도록 도와주는 것을 이르는 것. 和 : 간을 맞추다. 음식의 맛을 알맞게 조절하다. 梅 : 매실로 그 맛이 시고 달아 고대에는 조미품으로 썼다.) → **和羹鹽梅.**

〔**書經·商書·說命下**〕爾惟訓于朕志, ○○○○, ○○○○, ○○○○, ○○○○.

良禽擇木而棲, 賢臣擇主而事.

좋은 새는 나무를 가려서 깃들고, 훌륭한 신하는 임금을 가려서 섬긴다. (喻) 지혜있는 사람은 덕있는 사람을 택하여 사귀고 의지할 친구로 삼는다. = **良禽擇木而棲, 賢臣擇主而佐.** → **良禽擇木.** → **賢臣擇主.**

〔**三國志·蜀志**〕良禽相木而棲, 賢臣擇主而事. 〔**劉勰·新論**〕鳥有擇木之性, 魚有選潭之情. 〔**三國志通俗演義·卷一**〕良禽相木而棲, 賢臣擇主而佐. 青春不在, 悔之逸矣. 〔**明 羅貫中·三國演義**〕豈不聞 ○○○○○○, ○○○○○○. 遇可事之主, 而交臂失之, 非丈夫也. 〔**醒世恒言**〕古語云, 良臣擇主而事, 良禽相木而棲. 〔**清 吳趼人·痛史**〕古人云, 良禽相木而棲, 賢臣擇主而事.

良驥不陷(함)其主.

좋은 말은 그 주인을 궁지에 몰아넣지 않는다. 좋은 말은 사람을 해치지 않는다는 말. (陷 : 궁지에 몰아넣다. 해치다.)

〔**東周列國志**〕臣聞 ○○○○○○. 今此馬不渡赤橋, 必有奸人藏伏, 不可不察.

養壽之士, 先病服藥. 養世之君, 先亂任賢.

장수(長壽)를 위하여 위생에 힘쓰는 사람은 병을 앓기에 앞서서 약을 먹고, 세상을 오래 살려고 꾀하는 임금은 혼란이 일기에 앞서서 현인을 벼슬아치로 임명한다. (喻) 미리 대책을 강구하여 사고를 예방하다. (養壽 : 수명을 기르다. 장수를 위하여 위생에 힘쓰다. 養世 : 세상에 오래 살려고 꾀하다. 오래 안전하게 몸을 보전하려고 꾀하다.)

〔**通俗編**〕○○○○, ○○○○, ○○○○.

獵(엽), 追殺獸兎者狗也, 而發蹤(종)指示獸處者人也.

사냥터에서 친히 들짐승이나 토끼를 뒤쫓아 가서 죽이는 것은 사냥개이고, 들짐승이나 토끼를 발견하고 아울러 사냥개를 풀어서 뒤쫓도록 지휘하는 것은 사람이다. (喻) 일을 직접 행하는 것은 아랫 사람이지만, 그들을 지휘하는 것은 웃 사람이다. / 적을 무찌르는 것은 병사이고, 이들을 지휘하여 승리로 이끄는 것은 장수이다. (發蹤 : 짐승의 종적을 발견하다. 指示獸處 : 독수리나 사냥개에게 짐승이 있는 곳을 아르켜 주다.) → **發蹤指示.** **發縱指示.**

〔**史記·蕭相國世家**〕高帝曰, 夫○, ○○○○○○○, ○○○○○○○○○○. 今諸君徒能得走獸耳, 功狗也. 至如蕭何, 發蹤指示, 功人也. 〔**十八史略·秦漢篇**〕逐殺獸者狗也, 發蹤指示者人也.

緩賢忘士, 而能以其國尊者, 未曾有也.

재지가 있고 덕행이 뛰어난 어진이(의 임용)를 태만히 하고 학덕이 있는 훌륭한 선비(의 임용)를 잊어버리고도 그 나라를 보존한 것은 아직까지는 없었다. 국가지도자의 어진이와 선비에 대한 임용여부는 나라의 존망을 결정하는 관건임을 지적하는 말. (緩 : 늦추다. 미루다. / 태만히 하다. 경시하다.)

〔墨子·親士〕入國而不存其士, 則亡國矣. ……. ○○○○, ○○○○○○○, ○○○○.

王必將待堯舜禹湯之士, 而後好之, 則禹湯之士亦不好王矣.

왕께서는 반드시 성왕(聖王)인 堯임금·舜임금·禹왕과 湯왕을 모시던 신하와 같은 선비를 기다렸다가 그들을 맞이한 후에 좋아한다고 해도, 禹금·湯왕을 모셨던 신하와 같은 선비는 역시 왕을 좋아하지 않았을 것이다. 통치자가 지나치게 고매한 인물을 보좌진으로 임용할 것을 생각하나, 찾기가 어려우며 찾았다고 해도 그들은 그 통치자를 선호하지 않을 수 있다는 뜻. (待 : 기다리다. / 임용하다.)

〔說苑·尊賢〕淳于髡曰, ……. ○○○○○○○○○○○, ○○○○, ○○○○○○○○○○○.

欲爲君盡君道, 欲爲臣盡臣道, 二者皆法堯·舜而已矣.

임금 노릇을 하려고 하면 임금의 도리를 다하여야 하고, 신하 노릇을 하려고 하면 신하의 도리를 다하여야 하는 것이니, 이 두 가지는 堯임금·舜임금을 본받으면 다 되는 것이다. (欲 : 바라다. 원하다. 하고 싶어하다. / …하려고 하다. 位 : 일하다. 활동하다. 종사하다. / …으로 되다. …을 맡다. 담당하다. 노릇을 하다. 法 : 본받다. 모방하다.)

〔孟子·離婁上〕○○○○○○, ○○○○○○, ○○○○○·○○○○.

元首明哉, 股肱良哉, 庶事康哉. 元首叢脞(총좌)哉, 股肱惰哉, 萬事墮(타)哉.

임금이 현명하면 신하도 어질어서 모든 일이 편안하여지고, 임금이 자질구레하고 번잡스러우면 신하도 게을러져서 만사가 무너지게 된다. (元首 : 한 나라를 대표하는 군주나 대통령. 明 : 사리에 밝다. 통찰력이 있다. 현명하다. 영명하다. 股肱 : 다리와 팔, 신하를 말한다. 良 : 어질다. 뛰어나다. 康 : 몸과 마음이 편하고 걱정없어 좋다. 叢脞 : 자질구레하고 번잡하다. 墮 : 무너지다. / 부서지다.)

〔書經·虞書·益稷〕乃賡載歌曰, ○○○○, ○○○○, ○○○○. 又歌曰, ○○○○○, ○○○○, ○○○○.

爲君難, 爲臣不易.

임금 노릇하기가 어렵고, 신하 노릇하기도 쉽지 않다. (喻) 상하간에 그 직분을 다하는 것이

어렵다. / 임금이 임금답고 신하가 신하다우면 나라가 잘 다스려진다. (爲君 : 임금 노릇하다.)

〔 **論語·子路** 〕 孔子對曰, 言不可以若是其幾也. 人之言曰, ○○○, ○○○○. 如知爲君之難也, 不幾乎一言而興邦乎.

爲臣必臣, 爲君必君. 寬肅宣惠, 君也, 敬恪恭儉, 臣也.

신하된 자는 반드시 신하다워야 하고, 임금된 자는 반드시 임금다워야 한다. 너그러움·엄숙함·치밀함과 은혜로움이 임금이 취하여야 할 태도이고, 공경함·근신함·겸손함과 검약함이 신하가 갖추어야 할 예도이다. (宣 : 치밀함·주도함. 惠 : 은혜롭게 사랑함. 恪 : 근신함. 삼감.)

〔 **國語·周語中** 〕 (劉康公)對曰, 臣聞之, ○○○○, ○○○○, ○○○○, ○○, ○○○○, ○○.

爲人君而忍其臣者, 智士不爲謀, 辯士不爲言, 仁士不爲行, 勇士不爲死.

임금이 되어서 그 신하에게 잔인하게 하면 지혜로운 선비는 계책을 세우지 않으며, 변설에 능한 선비는 진언을 하지 않으며, 어진 선비는 그 어진 행실을 하지 않으며, 용맹스런 선비는 목숨을 거는 일을 하지 않는다. (忍 : 잔인하다. 동정심이 없다.)

〔 **新序·雜事一** 〕 虎會對曰, 爲人君而侮其臣者, 智者不爲謀, 辯者不爲使, 勇者不爲鬪. 智者不爲謀, 則社稷危, 辨者不爲使, 則使不通, 勇者不爲鬪, 則邊境侵. 〔 **說苑·尊賢** 〕 隨會對曰, ○○○○○○○○, ○○○○○, ○○○○○, ○○○○○, ○○○○○. 〔 **藝文類聚** 〕 君雖聞爲臣侮主之罪, 君亦聞爲人君而侮其臣者乎. 簡子曰, 何若爲侮其臣者乎. 對曰, 智者不爲謀, 辯者不爲使, 勇者不爲鬪. 夫智者不爲謀, 則社稷危, 辯者不爲使, 則指事不通, 勇者不爲鬪, 則邊境侵. 三者不使, 則君難保. 簡子乃罷推車.

爲人君者中正而無私, 爲人臣者忠信而不黨.

임금된 자는 마땅히 치우침이 없이 바르고 사심없이 공정하게 해야 하고, 신하된 자는 충성스럽고 성실하게 하여 편당하지 아니하여야 한다. (中正 : 치우치지 않고 바르다.)

〔 **管子·五輔** 〕 ○○○○○○○○○, ○○○○○○○○○, 爲人父者慈惠以敎, 爲人子者孝悌以肅, 爲人兄者寬裕以誨, 爲人弟者比順以敬, 爲人夫子敦懞以固, 爲人妻者勸勉以貞.

游江海者, 託於船, 致遠道者, 託於乘.

강·바다에서 노는 자는 배에 의탁해야 하고, 먼 길을 가는 자는 타는 것에 의탁해야 한다. 패왕이 되려는 자는 어진 사람에게 의탁해야 함을 유도하려는 것. 중대한 일을 하려면 의지할 곳이나 도움을 주는 곳이 필요함을 이르는 말.

〔 **呂氏春秋·知度** 〕 絶江者託於船, 致遠者託於驥, 覇王者託於賢. 〔 **說苑·尊賢** 〕 是故 ○○○○, ○○

○, ○○○○, ○○○, 欲霸王者, 託於賢.

有其君者, 必有其臣, 有其臣者, 必有其君.

그런 임금이 있으면 반드시 그런 신하가 있고, 그런 신하가 있으면 반드시 그런 임금이 있다. 비슷한 임금과 신하가 서로 만나게 된다는 말.

〔**東周列國志**〕臣聞, ○○○○, ○○○○, ○○○○, ○○○○. 以從行諸子觀之, 晉公子必能光復晉國.

有不世之君, 必能用不世之臣, 用不世之臣, 必能立不世之功.

세상에서 썩 드물게 보는 훌륭한 임금은 반드시 세상에서 썩 드물게 보는 훌륭한 신하를 쓰고, 그런 훌륭한 신하를 쓰면 그는 반드시 세상에서 썩 드물게 보는 훌륭한 공로를 세운다. (不世 : 세상에 매우 드문. 세상에서 좀처럼 보기 드문. 세상에서 썩 드물게 보는 훌륭한.) → **不世之功.**

〔 **三國志·魏志·陳思王植傳** 〕書曰, ○○○○○, ○○○○○○○○, ○○○○○, ○○○○○○○○. 〔 **後漢書·隗囂傳** 〕足下將建伊, 呂之業, 弘不世之功. < 李賢注 > 不世者, 言非代之所常有也.

劉備與諸葛亮計事善之, 情好日密, 關羽·張飛等不悅, 曰, 孤之有孔明, 猶魚之有水, 願勿腹言.

부

劉備는 (三顧草廬로 얻은) 諸葛亮과 함께 계획하는 일이 잘 되어가고 정의(情誼)가 날로 친밀해졌으나 關羽·張飛 등이 이를 기뻐하지 아니하자, (劉備는) "내가 孔明을 얻은 것은 마치 물고기가 물을 얻은 것과 같으니, 또 다시 말하지 말기를 바란다"고 말하였다. 劉備의 말은 水魚之交를 표현하는 것으로, 이는 물과 고기의 관계처럼 임금과 신하간의 불가분의 관계를 뜻하는 말. (情好 : 서로 정의가 좋은 사이. 孤 : 나로 王侯의 겸칭.) → **水魚之交. 猶魚之有水.**

〔 **三國志·魏志·諸葛亮傳** 〕先生與諸葛亮計事善之, 情好日密, 關羽·張飛等不悅,先生 曰, 孤之有孔明, 猶魚之有水, 願勿復言. 羽飛乃止. 〔 **列女傳·辯通傳·齊管妾婧** 〕甯戚曰, 浩浩乎, 白水. 吾不知其所謂, 是故憂之. 其妾笑曰, 人已語君矣, 君不知識邪. 古有白水之詩, 詩不云乎. 浩浩白水, 儵之魚. 君來召我, 我將安居. 國家未定, 從我焉如. 此甯戚之欲得仕國家也. 〔 **貞觀政要·求諫** 〕惟君臣相遇, 有同魚水, 則海內可安. 〔 **杜甫·詩** 〕稍令社稷安, 自契魚水親. 〔 **十八史略·上古·秦漢篇** 〕(劉)備曰, 善. 與亮情好日密, 曰, 孤之有孔明, 猶魚之有水.

以人之小惡, 以忘人之大美, 此人主所以失天下之士也.

사람의 작은 잘못 때문에 그 사람의 장점을 망각해버린다면 이것은 임금으로서 천하의 큰 선비를 잃는 것이 된다. (惡 : 잘못. 바르지 아니한 일. 大美 : 커다란 장점. 크게 뛰어난 점.)

〔 **呂氏春秋·擧難** 〕桓公曰, 不然. 問之, 患其有小惡. 以人之小惡. 亡人之大美. 此人主之所以失天下之士也已. 〔 **淮南子·道應訓** 〕桓公曰, ……. ○○○○○, ○○○○○○, ○○○○○○○○○○○○. 〔 **新**

序·雜事五〕 桓公曰, ……. 以其小惡, 忘人之大美, 此人主所以失天下之士也.

人主去好去惡(오), 群臣見素.

임금이 (내심으로) 좋아하는 것을 없애버리고 싫어하는 것도 없애버리면 뭇 신하들은 그들의 진정을 드러내 보인다. 임금이 그 좋아하는 것과 싫어하는 것을 드러내지 않아야 신하들이 그들의 진정을 드러내어서 임금의 눈과 귀가 가리어지지 않게 된다는 뜻. (去 : 덜다. 덜어없애다. 제거하다. 포기하다. / 素 : 정성. 진정. / 본바탕. 타고난 바탕.)

〔 **韓非子·二柄** 〕 君見惡, 則群臣匿端. 君見好, 則群臣誣能. 人主欲見, 則群臣之情態得其資矣. ……. 今人主不掩其情, 不匿其端, 而使人臣有緣以侵其主, 則群臣爲子之田常不難矣. 故曰, 去好去惡, 群臣見素, 則人君不蔽矣.

人主無賢, 如瞽(고)無相, 何倀(창)倀.

임금에게 보좌해주는 어진 신하가 없는 것은 소경에게 보조자가 없는 것과 같으니, 얼마나 길을 헤매 다닐 것인가? 임금에게 어진 보좌인이 없으면 어려운 국정상의 문제를 해결할 수 없어 방황하게 된다는 의미. (相 : 도우는 사람. 보조자. 倀倀 : 길을 잃어 헤매는 모양. 갈 곳이 없는 모양. 어찌할 바를 모르는 모양. 어둠속에서 더듬거리는 모양.)

〔 **荀子·成相** 〕 請成相, 世之殃, 愚暗愚暗墮賢良, ○○○○, ○○○○, ○○○.

人主不周密, 則正言直行之士危. 正言直行之士危, 則人主孤而毋內.

임금이 주도면밀하지 못하면 바른 말과 올바른 행실을 하는 신하가 위태롭고, 바른 말과 올바른 행실을 하는 신하가 위태로우면 임금이 의지할 데 없는 외톨이가 되고 심복이 없게 된다. (周密 : 주도면밀하다. 세심하다. 세밀하다. 빈틈이 없고 찬찬하다. 毋內 : 심복이 없다. 측근자가 없다. 부하가 없다. ※ 孔穎達 疏 ; 外, 疏也. 內, 親也.)

〔 **管子·法法** 〕 ○○○○○, ○○○○○○○○○. ○○○○○○○○, ○○○○○○○○. 人主孤而毋內, 則人臣黨而成群者, 此非人臣之罪也, 人主之過也.

人主欲得善射及遠中微, 則懸貴爵重賞以招致之, 內不阿子弟, 外不隱遠人, 能中是者取之, 是豈不謂之大道也哉.

임금이 활을 잘 쏘아서 멀리까지 가서 작은 것을 맞추는 자를 얻고자 하면 높은 벼슬과 후한 상을 걸어놓고 그들을 불러들여야 한다. 안으로는 자제에게 치우치지 아니하고, 밖으로 먼 곳에 있는 사람에게도 감추지 아니하고, 오직 과녁을 잘 맞출 수 있는 자를 뽑으면 이것을 어찌 대도라고 하지 않겠는가? (中 : 쏘거나 던진 것이 어떤 것에 가 닿다. 목표물을 맞추다. 阿 : 한쪽으로 치우치다. 기울다.)

〔**荀子·君道**〕人主欲得善射, 射遠中微者, 縣貴爵重賞以招致之, 內不可以阿子弟, 外不可以隱遠人, 能中是者取之, 是豈不必得之之道也哉. 雖聖人不能易也. 欲得善馭及速致遠者, 一日而千里, 縣貴爵重賞以招致之, 內不可以阿子弟, 外不可以隱遠人, 能致是者取之, 是豈不必得之之道也哉. 雖聖人不能易也. 〔**韓詩外傳·卷四**〕○○○○○○○○○○○, ○○○○○○○○○○○, ○○○○○, ○○○○○, ○○○○○○, ○○○○○○○○○○. 雖聖人弗能易也. 今欲治國馭民, 調一上下, 將內以固城, 外以拒難, 治則制人, 人弗能制, 亂則危削滅亡可立待也. 然而求卿相輔佐, 獨不如是之公惟便辟比己之是用, 豈不謂過乎.

一沐三握髮, 一飯三吐哺, 起以待士, 猶恐失天下賢人.

한 번 머리를 감는 동안 세 번이나 감던 머리를 움켜잡았고, 또한 한 번 밥을 먹는 동안 세 번이나 음식을 토해내면서까지 바로 일어나 찾아온 선비를 접대하면서도, 오히려 천하의 현인들을 놓칠 것을 두려워하다. (喩) 위정자가 현인 인재를 얻기 위해 온갖 정성을 다하다. (哺 : 머금고 있는 음식물. 猶 : 오히려. 여전히. 아직.) → **一沐三握髮. 一沐三握捉髮.** → **一飯三吐哺. 一食三吐哺.**

〔**韓詩外傳·卷三**〕周公誡之曰, ……. 吾於天下亦不輕矣. 然一沐三握髮. 一飯三吐哺, 猶恐失天下之士. 〔**淮南子·氾論訓**〕當此之時, 一饋而十起, 一沐而三握髮, 以勞天下之民. 〔**史記·魯周公世家**〕周公戒伯禽曰, ……. 然我一沐三握髮. 一飯三吐哺, 起以待士, 猶恐失天下之賢人. 〔**說苑·敬愼**〕周公誡之曰, ……. 嘗一沐而三握髮, 一食而三吐哺, 猶恐失天下之士. 〔**韓愈·上宰相第三書**〕周公方一食三吐其哺, 方一沐三握其髮. 〔**李白·與韓荊州書**〕以周公之風躬吐握之事. 〔**十八史略·上古·唐虞夏殷篇**〕伯禽就封, 公戒之曰, ……. 然我 ○○○○○, ○○○○○, ○○○○, ○○○○○○○.

入國而不存其士, 則亡國矣, 見賢而不急, 則緩君矣.

(선비가) 나라에 들어오는 데도 그를 잘 보살피지 않는다면 그런 나라는 곧 멸망할 것이며, 어진이를 보고서도 즉시 임용하는 것을 서두르지 않는다면 그것은 곧 임금의 대사(大事)를 느슨하게 하는 것이다. 나라의 친사(親士) 여부는 나라의 존망을 좌우하는 관건임을 설명하는 것. (存 : 살피다. 보살피다. 그 처지가 되어 돌보아 주다. 急 : 서두르다. 緩君 : 임금의 대사를 늦추다. 緩 : 늦추다. 느슨하게 하다.)

〔**墨子·親士**〕○○○○○○○, ○○○○. ○○○○○, ○○○○. 非賢無急, 非士無與慮國.

慈父不愛無益之子, 明君不畜(휵)無益之臣.

자애로운 아버지도 쓸모없는 아들을 아껴주지 아니하고, 총명한 임금은 쓸모없는 신하를 기르지 아니한다. (畜 : 기르다.)

〔**梁書·架琛傳**〕竊聞 ○○○○○○○○, ○○○○○○○○, 臣所以當食廢飧, 中宵而嘆息也.

絶聖棄知, 大盜乃止, 擿玉毀珠, 小盜不起.

척

총명한 사람을 끊어버리고 지혜로운 사람을 버리면 큰 도둑질이 그치게되고, 옥을 내던지고 구슬을 부수어버리면 작은 도둑질이 일어나지 않는다. 총명하거나 지혜로운 사람을 정·관계(政·官界)에서 축출해버리면 국권·권세·지위·명예가 도둑질당하는 일이 없어지고, 귀중한 보물·이익을 없애버리면 재물을 도둑질당하는 일이 없어진다는 것. (聖 : 총명. 슬기. / 총명한 사람. 슬기로운 사람. 擿 : 던지다. 내던지다. / 버리다. = 擲.)

〔**莊子·胠篋**〕彼聖人者, 天下之利器也, 非所以明天下也. 故○○○○, ○○○○, ○○○○, ○○○○.
〔**老子·第十九章**〕絶聖棄知, 民利百倍.

正主任邪臣, 不能致理, 正臣事邪主, 亦不能致理.

올바른 군주가 사악한 신하를 신임하면 (백성을) 잘 다스릴 수 없고, 또 올바른 신하가 사악한 군주를 섬기게 될 때도 또한 잘 다스릴 수 없다. (致 : 이루다. 理 : 다스리다.)

〔**貞觀政要·求諫**〕貞觀元年, 太宗謂侍臣曰, ○○○○○, ○○○○, ○○○○○, ○○○○○, 惟君臣相遇, 有同魚水, 則海內可安.

諸侯之德, 能自取師者王, 能自取友者覇, 而與居不若其身者亡.

제후(諸侯)의 덕을 갖추고 있는 사람이 스스로 스승을 얻는다면 왕자(王者)가 될 수 있고, 스스로 친구를 얻는다면 패자(覇者)가 될 수 있으나 자신보다 못한 사람과 함께 지낸다면 망한다. 제후(諸侯)의 덕이 있는 사람이 그 자신보다 나은 자를 스승으로 삼는 자는 왕도를 이룰 수 있으나 그 반대인 경우는 멸망하게 된다는 말. (德 : 덕. / 덕을 갖추고 있는 사람. 王 : 왕자. 곧 왕도로써 나라를 다스리는 사람. 覇 : 패자. 무력으로써 제후를 통치하는 사람.)

〔**吳子·圖國**〕武侯嘗謀事, 群臣莫能及, 罷朝而有喜色. 起進曰, 昔楚莊王嘗謀事, 群臣莫能及, 罷朝而有憂色. 申公問曰, 君有憂色, 何也. 曰, 寡人聞之, 世不絶聖, 國不乏賢, 能得其師者王, 能得其友者覇. 今寡人不才, 而郡臣莫及者, 楚國其殆矣. 〔**荀子·堯問**〕(莊王) 曰, ……. 諸侯自爲得師者王, 得友者覇, 得疑者存, 自爲謀而莫己若者亡. 〔**呂氏春秋·驕恣**〕(楚莊王)曰, 諸侯之德, 能自爲取師者王, 能自取友者存, 其所擇而莫如己者亡. 今以不穀之不肖也, 群臣之謀又莫吾及也, 我其亡乎. 〔**賈誼·新書·先醒**〕莊王喟然嘆曰, 非子之罪也. 吾聞之曰, 其君賢君也, 而又有師者王, 其君中君也, 而有師者伯, 其君下君也, 而群臣又莫若者亡. 〔**韓詩外傳·卷六**〕莊王曰, 吾聞 ○○○○, ○○○○○○○, ○○○○○○○, ○○○○○○○○○. 以寡人之不肖也, 諸大夫之論, 莫有及於寡人, 是以憂也. 〔**說苑·君道**〕莊王喟然歎曰, 吾聞之, 其君賢者也, 而又有師者王, 其君中君也, 而又有師者覇, 其君下君也. 而君臣又莫若君者亡.

鳥則擇木, 木豈能擇鳥乎.

새는 나무를 골라 살지만, 나무는 어찌 새를 고를 수 있으랴! (喻) 사람은 거주지를 선택할 수 있어도, 땅은 사람을 골라 거주시킬 수 없다. / 신하는 섬길 군주를 선택할 수 있으나, 임금은 부릴 신하를 마음대로 고르지 못한다.

〔**春秋左氏傳·哀公十一年**〕孔文子之將攻大叔也, 訪於仲尼. 仲尼曰, 胡簋之事, 則嘗學之矣. 甲兵之事, 未之聞也. 退命駕而行曰, 鳥則擇木, 木豈能擇鳥. 〔**孔子家語·正論解**〕孔子曰, 簠簋之事, 則嘗聞學之矣. 兵甲之事, 未之聞也. 退而命駕而行, 曰, ○○○○, ○○○○○○.

主憂則臣辱, 主辱則臣死.

임금이 근심하면 신하는 치욕을 느끼게 되고, 임금이 치욕을 받으면 신하는 기꺼이 그 사력을 다한다. 충성스런 신하의 도리를 이르는 것. (辱 : 모욕하다. 창피를 주다. 욕되게 하다. 수치를 당하게 하다. 여기서는 치욕을 느끼다. 또는 치욕을 받다. 死 : 목숨을 내걸다. 죽음을 두려워하지 아니하다. 사력을 다하다.) → **主辱臣死.**

〔**國語·越語下**〕(范蠡)對曰, 臣聞之, 爲人臣者, 君憂臣勞, 君辱臣死. 〔**史記·越王句踐世家**〕句踐爲人可與同患, 難與處安, 爲書辭句踐曰, 臣聞主憂臣勞, 主辱臣死. 〔**史記·范睢蔡澤列傳**〕昭王臨朝歎息, 應侯進曰, 臣聞主憂臣辱, 主辱臣死. 今大王中朝而憂, 臣敢請其罪. 〔**史記·韓長孺列傳**〕安國入見王而泣曰, 主辱臣死. 大王無良臣, 故事紛紛至此. 〔**韓非子**〕主辱臣苦, 上下相與同憂久矣. 〔**蘇軾·東坡全集**〕○○○○○, ○○○○○. 今朝廷之上, 不能無憂, 而大臣恬然, 未嘗有拒絶之義. 〔**封山演義**〕常言道, 主憂臣辱. 以死報國理之當然. 〔**明 孫高亮·于謙全書**〕君辱臣死, 理所當然, 是臣等萬死之罪.

天子有爭臣七人, 雖亡(무)道, 不失天下. 士有爭友, 則身不離於令名.

천자는 간하는 신하 일곱 사람만 두면 비록 그가 무도하더라도 그 천하를 잃지 않고, 선비가 간하는 벗을 가지고 있으면 그의 몸에서 높은 명성이 떠나지 않는다. (爭臣 : …으로 직언으로 권고하는 신하. 간하는 관리. = 諍臣. 令名 : 높은 명성. 좋은 평판.)

〔**孝經·諫諍**〕昔者 ○○○○○○○, ○○○, ○○○○. 諸侯有爭臣五人, 雖亡道, 不失其國, 大夫有爭臣三人, 雖亡道, 不失其家, ○○○○, ○○○○○○○. 父有爭子, 則身不陷於不誼. 〔**荀子·子道**〕孔子曰, …… 昔萬乘之國有爭臣四人, 則封疆不削. 千乘之國有爭臣三人, 則社稷不危. 百乘之家有爭臣二人, 則宗廟不毁. 父有爭子, 不行無禮. 士有無禮, 不爲不義. 〔**東周列國志**〕妾聞君有諍臣, 不忘(亡)其國, 父有爭子, 不忘(亡)其家. 大王內耽女色, 外荒國政, 忠諫之士, 拒而不納, 妾所以銜齒爲王受諫也. 〔**小學·明倫**〕天子有爭臣七人, 雖無道, 不失其天下, 諸侯有爭五人, 雖無道, 不失其國, 大夫有爭臣三人, 雖無道, 不失其家, 士有爭友, 則身不離於令名…….

治世不得眞賢, 譬猶治疾不得眞藥也.

세상을 다스리면서 진정한 현재(賢才)를 얻지 못하는 것은 비유컨대 병을 치료함에 있어 진짜 약을 얻지 못하는 것과 같다. 진짜 약을 구하지 못해 다른 약재를 쓰면 병은 그 때문에 더욱 심각해질 수 있는 것과 같이, 세상을 다스리면서 재덕을 겸비한 인재를 구하지 못해 식견이 천박한 사람을 쓴다면 그 세상은 점차 난리에 휩쓸릴 수 있음을 시사하는 말.

〔**王符·潛夫論·思賢**〕夫 ○○○○○○, ○○○○○○○○○. 治疾當得眞人參, 反得支羅服. 當得麥門冬, 反得烝穬麥. 己而不識眞, 合而服之, 病以侵劇, 不自知爲人所欺也.

治身者以積精爲寶, 治國者以積賢爲道.

몸을 다스리는 자는 정력을 축적하는 것을 보배로 삼고, 나라를 다스리는 자는 어진 사람을 모으는 것을 도로 삼는다.

〔**漢 董仲舒·春秋繁露·通國身**〕氣之淸者爲精, 人之淸者爲賢. ○○○○○○○○, ○○○○○○○○.

治主無忠臣, 慈父無孝子.

나라를 잘 다스리는 임금에게는 충신이 없고, 자애로운 아버지에게는 효자가 없다. 충신은 나라가 혼란할 때 나타나기 마련이므로 안정된 나라에는 이것이 없고, 효자는 화목하지 못한 가정에 나타나므로 자애로운 아버지의 가정에는 이것이 없다는 뜻.

〔**商君書·劃策**〕所謂 ○○○○○, ○○○○○. 欲無善言, 皆以法相司也, 命相正也. ※〔**老子·第十八章**〕六親不和有孝慈, 國家昏亂有忠臣.

治天下, 以正風俗得賢才, 爲本.

(임금이) 나라를 다스리는데 있어서는 풍속을 바르게 하고, 어진 인재를 얻는 것을 근본으로 삼아야 한다.

〔**小學·善行**〕明道先生言於朝曰, ○○○, ○○○○○○○, ○○. 宣先禮命近侍賢儒及百執事, 悉心推訪, 有德業充備足爲師表者, 其次有篤志好學材良行脩者, 延聘敦遣, 萃於京師, 俾朝夕相與講明正學.

治天下而不用聖人, 則天下乖難而民不親也.

천하를 다스리면서 성인을 신하로 쓰지 않으면 곧 천하가 사리에 어그러져 어지럽고 백성들도 가까이하지 않게 된다. (乖難 : 사리에 어그러져 어지럽다. 親 : 가깝다. 친근하다. 사이좋다. / 사랑하다. 좋아하다.)

〔**管子·形勢解**〕明主之治天下也, 必用聖人, 而後天下治. ……. 故 ○○○○○○○○,○○○○○○○○○○○.

彼不能而主使之, 是闇主也. 臣不能而爲之, 是詐臣也. 主闇於上, 臣詐於下, 滅亡無日矣, 俱害之道也.

그가 능력이 없는데도 임금이 그를 부린다면 이것은 어리석은 임금이고, 신하가 능력이 없으면서도 신하노릇을 하면 이것은 속이는 신하이다. 임금이 위에서 어리석게 하고, 신하가 아래에서 속이면 멸망하는 것이 따로 정해진 날이 없으니 모두 해를 입게 되는 길이다.

〔**荀子·君道**〕故明主有私人以金石珠玉, 無私人以官職事業, 是何也. 曰, 本不利於所私也. 彼不能而主使之. 則是主暗也, 臣不能而誣能, 則是臣詐也, 主暗於上, 臣詐於下, 滅亡無日, 俱害之道也.〔**韓詩外傳·卷四**〕○○○○○○○, ○○○○, ○○○○○○, ○○○○. ○○○○, ○○○○, ○○○○○, ○○○○○. 故惟明主能愛其所愛, 闇主則必危其所愛.

下之事上也, 如響之應聲. 臣之事主也, 如影之從形也.

부하가 상사를 섬기는 것은 메아리가 그 소리에 반응하는 것과 같고, 신하가 임금을 섬기는 것은 그림자가 그 형체를 따르는 것과 같은 것이다. 임금과 신하가 서로 떨어질 수 없는 관계임을 비유적으로 설명한 것.

〔**管子·任法**〕夫君臣者, 天地之位也. 民者, 衆物之象也. ……. 故 ○○○○○, ○○○○○. ○○○○○, ○○○○○○.

賢聖之君, 不以祿私其親, 其功多者授之. 不以官隨其愛, 能當之者處之. 故察能而授官者, 成功之君也.

현명하고 지덕이 뛰어난 군주는 그의 가까운 친척에게 작록을 사사로이 주지 아니하고, 공로가 많은 사람에게 그것을 주며, 그가 좋아하는 사람에게 관직을 마음대로 주지 아니하고, 그 관직을 잘 담당할 수 있는 자에게 그것을 차지하게 한다. 그러므로 신하의 능력을 잘 고찰하고 나서 바로 관직을 주는 것이 곧 성공한 군주이다. (祿 : 녹을 주다. 관리의 봉급을 주다. 작록을 주다. 私 : 사사로이. 제멋대로. 자기의 생각대로. 官 : 벼슬하다. 관직에 임명하다. / 관직을 주다. 隨 : 마음대로. 處 : 자리를 차지하다.)

〔**戰國策·燕策二**〕望諸君乃使人獻書報燕王曰, ……. 臣聞○○○○, ○○○○○○, ○○○○○○. ○○○○○○, ○○○○○○. ○○○○○○○, ○○○○○, 論行而結交者, 立名之士也.

鴻鵠一擧千里, 所恃者六翮(핵)爾. 背上之毛, 腹下之毳(취), 益一把, 飛不爲可高, 損一把, 飛不爲加下.

기러기와 고니가 단번에 천리를 가는데 믿고 의지하는 것은 여섯 개의 깃촉 뿐이다. 등 위에 난 털과 배 밑에 난 솜털은 날아가는 것을 한 뭉 도와주나 높이 올라가는 것을 더해주지는 못하며, 날아가는 것을 한 뭉 줄이기는 해도 내려가는 것을 더해주지는 못한다. (喩) 권력자·지도자가 주변에 많은 사람을 거느리고 있어도 그가 믿고 의지할 수 있는 부하는 실력있고 충성스런 몇 사람에 불과하고 나머지는 있어도 없어도 무방한 사람들이다. (恃 : 믿고 의지하다. 翮 : 깃의 아래쪽에 있는 강경한 축. 깃촉. 毳 : 솜털.)

〔**韓詩外傳·卷六**〕盍胥對曰, 夫○○○○○○, ○○○○○○. ○○○○, ○○○○, ○○○, ○○○○○, ○○○, ○○○○○. 〔**新序·雜事一**〕對曰, 夫○○○○○○, ○○○○○○. ○○○○, ○○○○, ○○○, ○○○○○, ○○○, ○○○○○. 今君之食客, 門左門右各千人. 亦有六翮在其中矣, 將皆背上之毛, 腹下毳耶. 〔**說苑·尊賢**〕固桑對曰, 今夫鴻鵠高飛沖天, 然其所恃者六翮耳. 夫腹下之毳, 背上之毛. 增去一把, 飛不爲高下. 不知君之食客, 六翮耶. 將腹背之毳也. 〔**後漢書·孟嘗傳**〕楊喬薦嘗曰, 嘗單身謝病, 躬耕壟次, 匿景藏彩, 不揚華藻, 實羽翮之美用, 非徒腹背之毛也. 〔**藝文類聚**〕舟人古乘對曰, 鴻鵠高飛遠翔, 其所恃者六翮也. 背上之毛, 腹下之毳. 無尺寸之數, 去之滿把, 飛不能爲之益卑, 益之滿把, 飛不能爲之益高. 不知門下左右客千人者, 有六翮之用乎. 將盡毛毳也.

后德惟臣, 不德惟臣.

임금이 덕이 있는 것이 신하에게 달려있고, 덕이 없는 것도 신하에게 달려있다. 임금이 잘하고 못하고는 신하에게 달려있음을 이르는 말. (后 : 임금.)

〔**書經·周書·冏命**〕僕臣正, 厥后克正, 僕臣諛, 厥后自聖, ○○○○, ○○○○.

2. 補佐人(臣下)의 直言. 諫言. 忠言. 讒言.

鷄豚讙嗷, 卽奪鍾鼓之音. 雲霞充咽, 則奪日月之明.

(讙嗷: 훤오, 霞: 하, 咽: 열)

닭과 돼지가 시끄럽게 떠들어대면 곧 음악의 소리를 빼앗아버리고, 구름과 안개가 가득하여 가려버리면 곧 해와 달의 밝은 빛을 빼앗아버린다. (喩) 참언하는 자들이 권력자 주변에 가득 차있으면 진실한 말·올바른 사실을 들을 수 없다. (讙 : 시끄럽게 말다툼하다. 嗷 : 여럿이 떠들썩하다. 鍾鼓之音 : 종과 북의 소리. 곧 음악의 소리. 充 : 가득하다. 咽 : 막히다. 가리다.)

〔**新序·雜事五**〕(閭丘)邛對曰, 夫○○○○, ○○○○○○. ○○○○, ○○○○○○. 讒人在側, 是以見晩也.

狂馬不釋其策, 操弓不返於檠. 木受繩則直, 人受諫則聖.

(檠: 경)

기세가 드센 말에게는 채찍을 놓을 수 없고, 굳어진 활은 바로잡는 도지개로도 되돌릴 수 없다. 나무는 먹줄을 받아야 곧게 잘리고, 사람은 간하는 말을 받아들여야 슬기로워진다. (狂 : 기세가 드세다. 釋 : 놓다. 그만 두다. 操 : 형태가 굳어지다. 返 : 되돌리다. 檠 : 도지개 활을 바로잡는 틀. 聖 : 슬기롭다. 밝다.)

〔**說苑·建本**〕孔子曰, ……, ○○○○○○, ○○○○○○. ○○○○○, ○○○○○, 受學重問, 孰不順成. 〔**孔子家語·子路初見**〕孔子曰, 夫人君而無諫臣則失正, 士而無教友則失聽, 御狂馬不釋策, 操弓不反檠. 木受繩則直, 人受諫則聖.

君無諤諤之臣, 父無諤諤之子, 兄無諤諤之弟, 夫無諤諤之婦, 士無諤諤之友, 其亡可立而待.

악

임금에게 직언하는 신하가 없고, 아버지에게 직언하는 아들이 없고, 형에게 직언하는 아우가 없고, 남편에게 직언하는 아내가 없고, 선비에게 직언하는 친구가 없으면 그가 망하는 것은 서서 기다리는 것과 같다. (諤諤 : 시비선악을 직언하는 모양.)

〔**韓詩外傳·卷十**〕故曰, 有諤諤爭臣者, 其國昌. 有默默諛臣者, 其國亡. 〔**說苑·正諫**〕武王諤諤而昌, 紂嘿嘿而亡. ○○○○○○, ○○○○○○, ○○○○○○, ○○○○○○, ○○○○○○, ○○○○○○. 〔**孔子家語·六本**〕湯武以諤諤而昌, 桀紂以唯唯而亡. 君無爭臣, 父無爭子, 兄無爭弟, 士無爭友, 無其過者, 未之有也.

君有過失者, 危亡之萌也, 見君之過失而不諫, 是輕君之危亡也.

맹

임금에게 허물이 있는 것은 위험과 멸망의 싹이니, 임금의 허물을 보고도 이를 간언하지 않는 것은 임금의 위험과 멸망을 가벼이 여기는 것이다. 임금의 허물에 간언을 하지 않는 것은 불충이라는 뜻.

〔**說苑·正諫**〕○○○○○, ○○○○○, ○○○○○○○○○, ○○○○○○○. 夫輕君之危亡者, 忠臣不忍爲也.

君人者, 宣則直言至矣, 而讒言反矣. 君子邇, 而小人遠矣.

군왕이 모든 것을 널리 알리면, 바른 말이 이르고 참소하는 말이 물러가며, 군자들은 가까이 따르고, 소인들은 멀리 물러간다. (宣 : 널리 알리다. 널리 공포하다. 임금이 말하다. 임금이 하교를 내리다.)

〔**荀子·解蔽**〕○○○, ○○○○○○, ○○○○○. ○○○, ○○○○○.

盜憎主人, 民惡其上.

오

도둑은 집주인을 미워하고, 백성은 지위 높은 사람을 싫어한다. 사람이란 옳든 그르든 간에 자기를 괴롭히는 존재를 싫어한다는 의미. 사람은 다만 자기 형편에 맞지 않으면 이것을 싫어한다는 뜻. / 간사한 사람이 중책을 맡은 사람 또는 정직한 사람을 원망한다는 비유. (上 : 손위. / 주인. / 지위 높은 사람. / 임금.) → **盜憎主人.**

〔**春秋左氏傳·成公十五年**〕初, 伯宗每朝, 其妻必戒之曰, ○○○○, ○○○○, 子好直言, 必及於難. 〔**後漢書·馬援傳**〕囂自挾奸心, 盜憎主人, 怨毒之情遂歸于臣. 〔**章炳麟·獄中答新聞報**〕逆胡挑衅, 興此大獄, 盜憎主人, 固亦其所.

猛獸處山林, 藜藿爲之不採. 直臣在朝廷, 姦邪爲之寢謀.
여 곽　　　　　　　　　　　사

맹수가 산림 속에 있으면 명아주잎과 콩잎을 그것 때문에 따지 못하며, 직언하는 신하가 조정에 있으면 간사한 무리들이 그들 때문에 술책부리는 것을 그친다. (藜藿 : 명아주잎과 콩잎. 일반 백성들이 먹는 변변치 못한 반찬. 爲 : ……때문에. ……으로 인하여. 姦邪 : 간사한 사람. 寢 : 그치다. 그만 두다. 끝내다. 중지하다.)

〔 **貞觀政要·杜讒佞** 〕 太宗謂侍臣曰, ……. 朕每防微杜漸用絶讒構之端. ……. 前史云, ○○○○○, ○○○○○○, ○○○○○, ○○○○○○. 此實朕所望於群公也.

明珠兼乘, 未若一言.

아름다운 구슬이 수레로 여러 대 있어도 한 마디의 말보다 못하다. 매우 많은 보물도 한 마디의 충간(忠諫)보다 더 귀중하지 못하다는 뜻. (兼 : 포개다. 겹치다. / 두배의. 곱절의. / 두 가지 이상의. 여러 방면의. 乘 : 대. 수레의 수를 세는 단위.)

〔 **唐書·薛收傳** 〕 嘗上書諫王, 止畋獵. 王答曰, 覽所陳, 知成我者卿也. ○○○○, ○○○○, 今賜黃金四十挺.

不諫則危君, 固諫則危身, 與其危君, 寧危身.

(임금에게) 간언하지 아니하면 임금을 위태롭게 하고, 간절히 간언하면 자신을 위태롭게 하는데, 이럴 경우 임금을 위태롭게 하는 것보다 차라리 자신을 위태롭게 하는 것이 낫다. 임금을 위태로움에서 구제하기 위해서는 자신이 희생될 위험이 있더라도 과감하게 간언해야 한다는 말. (固諫 : 간절히 간하다. 굳이 간하다.)

〔 **說苑·正諫** 〕 孔子曰, 吾其從諷諫矣乎. 夫○○○○○, ○○○○○, ○○○○, ○○○. 危身而終不用, 則諫亦無功矣.

十謀九成未必歸功, 一謀不成則訾議叢興.
자

열 가지 계책 가운데서 아홉 가지가 이루어져도 공을 그에게 돌리지 아니하면서, 한 가지 계책만 이루어지지 않는다해도 헐뜯는 말이 한꺼번에 일어난다. (訾議 : 헐뜯어 말하다. 헐뜯는 말.)

〔 **菜根潭·七十一** 〕 十語九中未必稱奇, 一語不中則愆尤駢集, ○○○○○○○○, ○○○○○○○○○. 君子所以寧黙毋躁, 寧拙毋巧.

藥食嘗於卑, 然後至於貴. 藥言獻於貴, 然後聞於卑.
헌

약용으로 쓰는 음식은 신분이 낮은 사람에게 맛보이고, 그 뒤에 귀한 사람에게 올려드린다. 충고하는 말은 귀한 사람에게 알려드리고, 그 뒤에 낮은 사람에게 들려준다. (藥食 : 약용으로 쓰는 음식. 藥言 : 충고하는 말.)

〔**漢 賈誼·新書·脩政語上**〕湯曰, ○○○○○, ○○○○○. ○○○○○, ○○○○○.

良藥苦於口, 而利於病. 忠言逆於耳, 而利於行.

좋은 약은 먹기에는 쓰지만 병에는 이롭고, 충고하는 말은 듣기에는 거슬리지만 행세하기에는 이롭다. = **良藥苦口, 利於病. 忠言逆耳, 利於行. 良藥利病, 忠言利行.**

〔**韓非子·外儲說左上**〕夫良藥苦於口, 而智者勸而飮之, 知其入而已己疾也. 忠言拂於耳, 而明王聽之, 知其可以致功也. 〔**史記·淮南衡山列傳**〕毒藥苦於口利於病, 忠言逆於耳利於行. 〔**說苑·正諫**〕良藥苦於口, 利於病, 忠言逆於耳, 利於行. 〔**孔子家語·六本**〕孔子曰, ○○○○○, ○○○○, ○○○○○, ○○○○. 〔**三國志·吳志·孫奮傳**〕夫良藥苦口, 唯疾者能甘之, 忠言逆言, 唯達者能受之. 〔**後漢書·袁譚傳**〕配獻書于譚曰, 配聞, 良藥苦口而利于病. 忠言逆耳而便于行. 〔**貞觀政要·規諫太子**〕古人云, 苦藥利病, 苦言利行. 〔**通鑑·漢紀·太祖高皇帝上**〕張良曰, ……. 且忠言逆耳利於行, 毒藥苦口利於病. 願沛公, 聽噲言. 〔**明 無名氏·西漢演義·劉沛公還軍埧上**〕忠言逆耳利于行, 良藥苦口利于法. 〔**明 鄭之珍·目蓮救母**〕自古道, 忠言逆耳, 良藥苦口. 逆苦口皆良劑, 逆耳皆公議.

若藥弗瞑眩, 厥疾弗瘳.
명 현 추

약은 현기증이 나지 않으면 그 병이 낫지 않는다. (喩) 충고가 준엄하지 않으면 결함이나 과오를 바로잡기 어렵다. / 신하의 간언이 예리한 것이 아니면 임금의 독선·전횡을 바로잡지 못한다. / 백성들을 행복하게 하려면 나라의 정치를 획기적으로 개선해야 한다. (瞑眩 : 어지럽고 눈이 아찔하다. 현기증이 나다. 독한 약의 비유. 弗 = 不. 瘳 : 병이 낫다.)

〔**書經·商書·說命上**〕啓乃心, 沃朕心. ○○○○○, ○○○○. 若跣弗視地, 厥足用傷. 〔**國語·楚語上**〕○○○○, ○○○○. 若跣弗視地. 厥足用傷.

若人主所行不當, 臣下又無匡諫, 苟在阿順, 事皆稱美, 則君爲暗主, 臣爲諛臣.
광 유

만약 임금으로서의 행위가 정당하지 못하고, 신하 또한 이를 바로잡아 간하지 않은채, 다만 아부하여 따르면서 일마다 치켜세워 칭찬한다면, 곧 그 임금은 어리석은 임금이 되고 그 신하는 아첨하는 신하가 되는 것이다. (匡諫 : 바로잡아 간하다. 稱美 : 칭찬하다.)

〔**貞觀政要·求諫**〕太宗謂侍臣曰, ……, ○○○○○○○, ○○○○○○, ○○○○, ○○○○, ○○○○○, ○○○○, 君暗臣諛, 危亡不遠.

兩喜必多溢美之言, 兩怒必多溢惡之言.

양쪽을 기뻐하도록 하는 데는 과분하게 칭찬하는 말이 많이 들어있고, 양쪽을 다 성나게 하는 데는 지나치게 비난하는 말이 많이 들어있다. 두 나라의 임금이 서로 기뻐하게 하는 말에는 반드시 허다한 좋은 말이 헛되이 부풀려 있고, 두 나라의 임금이 서로 성나게 하는 말에는 반드시 허다한 나쁜 말이 헛되이 부풀려있어, 양쪽을 다 기쁘게 하거나 성나게 하는 것이 매우 어려움을 말한 것. (溢美 : 과분하게 칭찬하다. / 과도한 칭찬. / 溢惡 : 지나치게 비난하다. / 과도한 나무람.)

〔**莊子·人間世**〕夫傳兩喜兩怒之言, 天下之難者也. 夫○○○○○○○○○, ○○○○○○○○○.

言極則怒, 怒則說(세)者危.

말을 거리낌없이 함부로 하게 되면 (임금이) 성내고, (임금이) 성내면 유세한 사람이 위태로워진다. 극언을 받아들이는 아량이 없는 임금은 극언으로 직간하는 말을 들을 수 없음을 시사하는 말. (言極 : 말이 극도에 이르다. 말을 거리낌 없이 함부로 한다는 뜻. 說者 : 유세하는 자. = 說客.)

〔**呂氏春秋·直諫**〕○○○○, ○○○○○. ……, 故不肖主無賢者, 無賢則不聞極言.

與人善言, 煖於布帛. 傷人之言, 深於矛戟.

남에게 좋은 말을 해주는 것은 옷을 입혀주는 것보다 더 따뜻하고, 남을 해치는 말은 창보다 더 깊은 상처를 안겨준다. (布帛 : 베와 비단. 직물의 총칭. 矛戟 : 자루 긴 창과 쌍지창. 창을 이른다.)

〔**荀子·榮辱**〕○○○○, ○○○○, ○○○○, ○○○○. 故薄薄之地, 不得履之, 非地不安也. 危足無所履者, 凡在言也. 〔**說苑·談叢**〕言人之善, 澤於膏林, 言人之惡, 痛於矛戟. 〔**宋 袁采·袁氏世範**〕最不可指其隱諱之事, 而暴其祖, 父之惡. 吾之一時怒氣所激, 必欲指其切實而言之, 不知彼之怨恨深入骨髓. 古人謂傷人之言, 深于矛戟是也.

佞(영)言似忠, 奸言似信.

아첨하는 말은 성실한 것 같이 보이고, 간사한 말은 믿음직스러운 것 같이 보인다. (佞 : 아첨하다. 간사하다.)

〔**清 申涵煜·省心短語**〕事雖至細, 繁體實多. ……, ○○○○, ○○○○. 〔**清 金人端·三國演義續編**〕夫佞言似好, 奸言似信. 中人以上, 乃可謂上, 始皇未及中人, 所以暗于識士也.

畏鞭箠(추)之嚴, 而不敢諫其父, 非孝子也. 懼斧鉞(월)之誅, 而不敢諫其君 非忠臣也.

채찍의 엄함을 두려워하여 그 아버지에게 간하지 못하면 그는 효자가 아니고, 도끼에 의한 죽임을 두려워하여 그 임금에게 감히 간하지 못하면 그는 충신이 아니다. 옳은 일이 아니면 죽음까지도 두려워하지 말고 간해야 진정한 효자나 충신이 된다는 말. (鞭箠 : 채찍. 매. 斧鉞 : 작은 도끼와 큰 도끼. 곧 형구.)

〔 **韓詩外傳·卷十** 〕 孫叔敖曰, 臣聞, ○○○○○, ○○○○○○○, ○○○○, ○○○○○, ○○○○○○○, ○○○○.

龍之爲蟲也, 柔可狎而騎也, 然其喉下有逆鱗徑尺, 若人有嬰之者, 則必殺人.

용은 동물로서 유순하여 길들이면 탈 수도 있으나, 그 턱 밑에 지름 한자나 되는 역린(逆鱗)이 있어, 만약 사람이 그것을 건드리면 곧 반드시 그 사람을 죽인다. (喻) 임금에게 역린이 있어 간언을 잘못하면 죽음을 당한다. (蟲 : 동물의 총칭. 羽蟲·毛蟲·甲蟲·鱗蟲·裸蟲의 총칭. 狎 : 길들이다. 가르치다. 逆鱗 : 용의 턱 밑에 거꾸로 난 비늘. 왕의 분노의 비유. 徑尺 : 지름 한 자. 嬰 : 접촉하다.)

〔 **韓非子·說難** 〕 夫○○○○○, ○○○○○○○, ○○○○○○○○○○. ○○○○○○○, ○○○○. 人主亦有逆鱗, 說者能無嬰人主之逆鱗, 則幾矣. 〔 **貞觀政要·納諫** 〕 太宗以御史大夫韋挺中書侍郎杜正論……… 等, 上封事稱旨, 召而謂曰, ……. 朕又聞, 龍可擾而馴. 然喉下有逆鱗, 觸之則殺人. 人主亦有逆鱗.

流丸止於甌臾, 流言止於知者.

(구 궤)

흐르는 탄환은 물건을 담는 사발과 삼태기에서 그치고, 근거없는 소문은 지혜로운 사람에서 그친다. 유언비어가 지혜로운 사람에게 이르면 곧 제지되어 더 이상 전파되지 않음을 형용. (甌 : 사발. 臾 : 삼태기. = 蕢.)

〔 **荀子·大略** 〕 語曰, ○○○○○○, ○○○○○○. 此家言邪學之所以惡儒者也. 是非疑則度之以遠事, 驗之以近物, 參之以平心. 流言止焉, 惡言死焉.

利刀割肉瘡猶合, 惡語傷人恨不銷.

(창 소)

날카로운 칼이 살을 베면 그 상처 또한 아물지만, 나쁜 말이 사람을 해치면 그 원한이 없어지지 않는다. 나쁜 말이 날카로운 칼로 사람을 해치는 것보다 깊은 상처를 줌을 가리키는 말. (猶 : 아직. 여전히. / 또한 더욱이. 銷 : 녹이다. / 다하여 없어지다. 사라지다.)

〔 **五燈會元** 〕 ○○○○○○○, ○○○○○○○, 上堂春山靑, 靑山綠, 一覺南柯夢初足.

李義府, 貌柔恭, 與人言嬉怡微笑, 而陰賊褊忌著于心, 凡忤意者, 皆中傷之, 時號義府笑中刀.

이 편 오

(唐 高祖 때 宰相 다음가는 參知政事 벼슬에까지 오른) 李義府는 겉모습은 부드럽고 예의바른 것 같고, 남에게도 즐거이 기뻐하고 미소지어 말하면서도, 마음속에는 남을 해칠 뜻을 품으며, 마음이 좁고 시기심이 많아, 대개 자기의 뜻에 거슬리는 자는 다 중상하였다. 그래서 그 때는 李義府의 웃음 속에는 칼이 들어있다고 불렀다. (또 그 부드러움으로써 남을 해쳐서 고양이 같은 사람이라고 불렀다.) (恭 : 예의바르다. 공손하다. 陰賊 : 마음속에 남을 해칠 뜻을 품다. 褊忌 : 마음이 좁고 시기심이 많다. 著 : 조사. 忤 : 거스르다. 거슬리다. 人猫 : 고양이 같은 사람. 표면은 부드러우면서 남을 해치는 사람.) → **笑中有劍, 笑裏藏刀.**

〔**唐書·姦臣傳**〕○○○, ○○○, ○○○○○○○, ○○○○○○○○, ○○○○, ○○○○, ○○○○○○○. 又以柔而害物, 號曰人猫. 〔**十八史略·近古·唐宋篇**〕李義府爲參知政事, 義府貌若溫恭, 與人嬉而怡狡險忌克, 人謂笑中有刀, 柔而害物, 謂之李猫. 〔**白樂天·詩**〕且滅嗔中火, 休磨笑中刀.

刺骨, 故小痛在體, 而長利在身. 拂耳, 故小逆在心, 而久福在國.

자

(칼을 써서) 뼈를 찌르는 것은 반드시 몸에 작은 통증을 가져오나 몸에는 장구한 이로움이 되고, 귀에 거슬리는 것(충언)은 반드시 마음에 조그만한 거슬림이 되나 나라에 장구한 복이 된다. (故 : 반드시. 拂耳 : 귀에 거슬림.)

〔**韓非子·安危**〕聞古扁鵲之治其病也, 以刀刺骨, 聖人之救危國也, 以忠拂耳. ○○, ○○○○○, ○○○○○. ○○, ○○○○○, ○○○○○. 故甚病之人, 利在忍痛. 猛毅之君, 福以拂耳.

將伏斧鑕而正諫, 據鼎鑊而盡言, 忠.

질 확

처형(處刑)에 굴복하려고 하면서도 바른 말로 간하는 것과, 사람을 삶는 큰 솥에 오르려고 하면서도 거리낌없이 충고하는 것이 충성이다. (斧鑕 : 사람을 베는 기구와 벨 때 올려놓는 대. / 형륙·주륙 등 처형을 이르는 말. 據 : 의탁하다. 鼎鑊 : 고기를 삶는 큰 솥. 中國에서는 옛날 사람을 삶아죽이는 형구로 사용. 盡言 : 거리낌없이 십분 충고하는 것.)

〔**抱朴子·臣節**〕○○○○○○○, ○○○○○○, ○, 而見疑諍而不得者, 待放可也.

切直之言, 非人臣之利, 乃國家之福也.

간절하고 곧은 말은 신하에게 이로움이 되는 것이 아니라 곧 나라에 복이 되는 것이다.

〔**通鑑·東漢紀·世祖光武皇帝下**〕溫公曰, ……, 夫○○○○, ○○○○○, ○○○○○○.

齊景公使燭鄒主鳥, 而亡之. 公怒, 召吏欲殺之. 晏子曰, 燭鄒, 汝爲吾君主鳥而亡之, 使吾君以鳥故殺之, 使諸侯聞之, 以吾君重鳥以輕士.

齊나라의 景公은 燭鄒로 하여금 잡은 새를 관리토록 했으나 그것을 잃고 말았다. 이에 景公이 노하여 관리를 불러 그를 죽이고자 하였다. 晏子가 (그를 景公 앞에 불러다 놓고) 말하기를 "燭鄒야, 너는 우리 임금을 위하여 새를 관리하다가 잃었고, 우리 임금으로 하여금 새의 사고 때문에 사람을 죽이도록 만들었으며, 諸侯로 하여금 우리 임금이 새를 중히 여기고 선비를 가볍게 여기는 것으로 알게 하였다." 라고 하였다. (이와 같은 세 가지 죄목을 말하고 사형시킬 것을 건의하자 景公은 사형 중지를 지시하고 자신의 잘못을 토로하였다.) (主 : 지키다. 주관하다. 책임지다. 亡 : 달아나다. 죽다. / 잃다. 聞 : 알다.)

〔 **晏子·重而異者** 〕 景公好弋, 使燭鄒主鳥而亡之. 公怒, 召吏欲殺之. 晏子曰, 燭鄒有罪三, 請數之以其罪而殺之. 公曰, 可. 于是召而數之公前曰, 燭鄒, 汝爲吾君主鳥而亡之, 是罪一也, 使吾君以鳥之故殺人, 是罪二也, 使諸侯聞之, 以吾君重鳥以輕士, 是罪三也. 數燭鄒罪已畢, 請殺之. 公曰, 勿殺. 寡人聞命矣. 〔 **韓詩外傳·卷九** 〕 齊景公出弋昭華之池, 使顔鄧聚主鳥而亡之, 景公怒, 而欲殺之. 晏子曰, 夫鄧聚有死罪四, 請數以誅之. 景公曰, 諾. 晏子曰, 鄧聚爲吾君主鳥亡之, 是罪一也, 使吾君以鳥之故而殺人, 是罪二也. 使四國諸侯聞之, 以吾君重鳥以輕士, 是罪三也. 天子聞之, 必將貶絀吾君, 危其社稷, 絶其宗廟, 是罪四也. ……. 臣請加誅焉. 〔 **說苑·正諫** 〕 景公好弋, 使燭雛主鳥而亡之. 景公怒而欲殺之, 晏子曰, 燭雛有罪, 請數之以其罪, 乃殺之. 景公曰, 可. 於是乃召燭雛數之景公前曰, 汝爲吾君主鳥而亡之, 是一罪也, 使吾君以鳥之故殺人, 是二罪也, 使諸侯聞之以吾君重鳥以輕士, 是三罪也. 數燭雛罪已畢, 請殺之, 景公曰, 止, 勿殺而謝之. ※ 晏子·重而異者에는 燭鄒, 說苑·正諫에는 燭雛로 되어었다.

鳥鷇之卵不毁, 而後鳳凰集. 誹謗之罪不誅, 而後良言進.

구 훼 주

새의 새끼가 되는 알을 깨뜨리지 말아야 뒤에 봉황이 모여들고, 비방의 죄를 사형시키지 아니하여야 뒤에 좋은 간언이 나아간다. (喩) 언론의 자유가 완전히 보장된 다음에야 비판하는 말이 나온다. (鷇 : 새새끼. 毁 : 짓거나 만든 것을 깨뜨리다. 進 : 받치다. 올리다.)

〔 **說苑·貴德** 〕 臣(路溫舒)聞○○○○○○, ○○○○○. ○○○○○○, ○○○○○. 〔 **路溫序·上尙德緩刑書** 〕 烏鳶之卵不毁, 而後鳳凰之集, 誹謗之罪不誅, 而後良言進.

朝廷有直言骨鯁之臣, 天子有不僭賞從諫如流之美.

경 참

조정에는 바른 말을 거리낌없이 간하는 강직한 신하가 있고, 천자(天子)는 상을 함부로 주지 아니하면서, 물이 흐르듯이 순순히 간언을 따르는 훌륭함이 있다. (骨鯁 : 생선의 뼈로, 남에게 쉬이 굽히지 아니하는 강직한 기골, 임금의 허물을 직간하는 강직한 기골의 비유. 僭賞 : 함부로 상을 주다. 從諫如流 : 물이 낮은 곳으로 흐르듯이 순순히 간언을 따르다.) → **骨鯁之臣.** → **從諫如流.**

〔 **韓愈·爭臣論** 〕 主上, 嘉其行誼, 擢在此位, 官以諫爲名, 誠宜有以奉其職, 使四方後代, 知○○○○○

○○○○, ○○○○○○○○○○○○○. 〔 **史記·陳丞相世家** 〕 彼項王骨鯁之臣亞父·鍾離眛·龍且·周殷之屬, 不過數人耳. 〔 **章炳麟·商鞅** 〕 此骨鯁之臣所以不可爲, 而公孫弘·張湯之徒, 寧以佞媚持其祿位者也.

主明臣賢, 左右多忠, 主有失, 皆敢分爭正諫, 如此者國日安, 主日尊, 天下日富.

임금은 총명하고 신하는 어질며 측근의 신하가 충성심이 많아서 임금에게 실수가 있을 때 모두 감히 나누어져 다투어 바르게 간언할 수 있다면 이런 나라는 날로 평안해질 것이며, 임금은 날로 존귀해지고 천하는 날로 부유해질 것이다. (左右 : 측근의 신하. 시신.)

〔 **呂氏春秋·貴當** 〕 (荊有善相人者) 對曰, ……. 觀人主也, 其朝臣多賢, 左右多忠, 主有失皆交爭証諫, 如此者國日安, 主日尊天下日服. 此所謂吉主也. 〔 **韓詩外傳·卷九** 〕 (楚有善相人者) 對曰, ……. 人主朝臣多賢, 左右多忠, 主有失敗, 皆交爭正諫, 如此者, 國日安, 主日尊, 名聲日顯, 此所謂吉主者也. 〔 **新序·雜事五** 〕 (楚人有善相人) 對曰, ……. ○○○○, ○○○○, ○○○, ○○○○○○○, ○○○○○○○, ○○○, ○○○○, 此所謂吉士也.

主暴(포)不諫, 非忠也, 畏死不言, 非勇也. 見過卽諫, 不用卽死, 忠之至也.

임금이 포악한데도 간언을 하지 않는 것은 충성이 아니며, 죽음을 두려워하여 말을 하지 않는 것은 용기가 아니다. 잘못을 보면 곧 간하되 들어주지 않으면 곧 죽는 것이 충성의 지극함이다. (用 : 남의 말을 들어주다.)

〔 **韓詩外傳·卷四** 〕 紂作炮烙之刑. 王子比干曰, ○○○○, ○○○, ○○○○, ○○○, ○○○○, ○○○○, ○○○○. 遂諫, 三日不去朝, 紂囚殺之. 〔 **新序·節士** 〕 (韓詩外傳·卷四 내용과 동일.)

知而不爭, 不可謂忠. 爭而不得, 不可謂强.

알면서도 간하지 않는 것은 충성스럽다고 말할 수 없고, 간하여서 뜻을 이루지 못하면 강하다고 말할 수 없다. (爭 : 爭諫으로 간한다는 말.)

〔 **墨子·公輸** 〕 殺所不足而爭所餘, 不可謂智. 宋無罪而攻之, 不可謂仁. ○○○○, ○○○○, ○○○○, ○○○○.

知足以飾非, 辯足以行說, 內離骨肉之親, 外妬(투)亂朝廷, 如此者讒臣也.

(어떤 사람이) 그 지혜는 족히 비행(非行)을 (선행으로 그럴싸하게) 꾸밀 만하고, 언변은 족히 변명을 행할 만하며, 안으로 골육지친을 이간시키고, 밖으로는 조정안에서 질투하고 혼란하

게 하니, 이와같은 사람이 거짓을 꾸며 참소하는 신하이다.(足 : 족하다. 충분하다. / 족히…… 할 만하다. 飾非 : 비행을 선행으로 그럴싸하게 꾸미다. 說 : 변명. 해명. 妬 : 질투하다. 讒 : 거짓을 꾸며 남을 모함하다.)

〔**說苑·臣術**〕六邪者, 一曰, ……. 四曰, ○○○○○, ○○○○○, 反言易辭而成文章, ○○○○○○, ○○○○○, ○○○○○○.

處君之高爵, 食君之厚祿, 愛其死而不諫其君, 則非忠臣也.

임금의 높은 벼슬을 차지하고, 임금의 많은 복록을 받아먹으면서도 죽는 것을 아깝게 여겨 그 임금에게 간언을 하지 않는 것은 충성스런 신하가 아니다.(爵 : 벼슬. 厚 : 많다.)

〔**說苑·正諫**〕蘇從曰, ○○○○○, ○○○○○, ○○○○○○○○○, ○○○○○.

浸潤之譖(참), 膚受之愬(소), 不行焉, 可謂明也已矣.

은근히 스며드는 헐뜯는 소리와 피부를 자극하는 하소연을 받아들이지 않는다면 총명하다고 할 수는 있다. 듣기 싫지 않게 여러 번에 걸쳐 하는 점차 쌓여가는 참언이나 갑자기 아픈 곳을 찌르듯이 기습적으로 분노를 일으키게 하는 하소연은 받아들이기 쉬운 것이니, 이를 물리칠 수 있다면 현명한 사람이라는 뜻.(浸潤之譖 : 물이 차츰차츰 스며들듯이 깊이 믿도록 은근히 헐뜯는 참소. 膚受之愬 : 살을 저미듯이 아픈 곳을 찌르는 통절한 하소연. 也已矣 : 어조사이다.) → **浸潤之譖**, → **膚受之愬**.

〔**論語·顔淵**〕子張問明, 子曰, ○○○○, ○○○○, ○○○, ○○○○○○.

土負水者平, 木負繩者正, 君受諫者聖.

흙이 물을 받으면 평평해지고, 나무는 먹줄을 받으면 곧게 켜지며, 임금은 간언을 받아들이면 슬기로와진다.(負 : 받다. 당하다. 聖 : 슬기롭다.)

〔**說苑·正諫**〕諸御己曰, ……, 且己聞之, ○○○○○, ○○○○○, ○○○○○.

詖(피)辭知其所蔽, 淫辭知其所陷, 邪辭知其所離, 遁辭知其所窮.

편파적인 말을 들으면 그가 무엇을 감추고 있는가를 알고, 방탕한 말을 들으면 그가 무엇에 빠져있는가를 알고, 도리에 벗어나는 말을 들으면 그가 왜 정도를 배반하려고 하는가를 알고, 얼버무리는 말을 들으면 그가 왜 응대에 궁한가를 안다.(詖 : 치우치다. 편파적이다. / 비뚤어지다. 불공정하다. 蔽 : 가리다. 감추다. 은폐하다. 淫 : 방탕하다. 방종하다. / 진실성이 없다. 陷 : 구멍·함정·곤경에 빠져 벗어나지 못하다. 邪 : 사벽하다. 도리에 벗어나다. 올바르지 않다. 離 : 피하다. 벗어나다. / 배반하다. 遁 : 도망치다. 도피하다. / 얼버무리다. 발뺌하다.)

〔**孟子·公孫丑上**〕何謂知言, 曰, ○○○○○○, ○○○○○○, ○○○○○○, ○○○○○○.

下無直辭, 上有隱惡, 民多諱言, 君有驕行.

아랫 사람이 바른 말을 하지 않고, 웃 사람이 악을 감추는 일이 있으면 백성들이 간하는 말을 하는 것을 꺼려하는 수가 많아 임금은 교만한 행동을 하게 된다. (諱 : 꺼리다. 싫어하다. / 기피하다.)

〔**晏子春秋·雜上**〕晏子對曰, 君勿惡焉. 臣聞 ○○○○, ○○○○, ○○○○, ○○○○. 古者, 明君在上, 下多直辭. 〔**說苑·正諫**〕晏子對曰, 君勿惡焉. 臣聞之, 下無直辭, 上無隱君, 民多諱言, 君有驕行.

讒邪進則衆賢退, 群枉成則正士消.
참

남을 헐뜯는 바르지 못한 자가 출사(出仕)하면 많은 현자들이 물러가고, 한 무리의 비뚤어진 자들이 흥기(興起)하면 올바른 선비가 사라진다. (讒邪 : 사람을 헐뜯고 바르지 못하다. 간사한 마음으로 남을 헐뜯다. 또는 그런 사람. 進 : 벼슬하다. 출사하다. 枉 : 마음이 비뚤어지다. 마음이 굽다. 바르지 못하다. 도리에 어긋나다. 成 : 일어나다. 흥기하다.)

〔**通鑑·漢紀·孝元皇帝**〕劉更生懼其傾危上書曰, ……, ○○○○○○○, ○○○○○○○.

3. 統治者 百姓 關係

桀紂之失天下也, 失其民也, 失其民者, 失其心也. 得天下有道, 得其民, 斯得天下矣.

夏의 桀王과 商의 紂王이 천하를 잃은 것은 그들의 백성을 잃었기 때문이니, 백성을 잃게 된 것은 그 백성들의 마음을 잃었기 때문이다. 천하를 얻는 데에 어떤 방도가 있으니, 그 백성들의 마음을 얻으면 백성을 얻게 된다는 것이다. (道 : 길. 방법. 방도.)

〔**孟子·離婁上**〕孟子曰, ○○○○○○○, ○○○○, ○○○○, ○○○○. ○○○○○, ○○○, ○○○○○.

寬則得衆, 信則民任焉. 敏則有功, 公則說.
열

(지도자가) 아랫 사람을 관대하게 대하면 곧 중인(衆人)의 지지를 얻을 수 있고, 아랫 사람을 성실로 대하면 민중의 신뢰를 얻을 수 있다. 일을 민첩하게 하면 곧 성취함이 있고, 정치와 교화를 공평하게 하면 인민은 곧 마음으로 기뻐하며 정성으로 승복한다. (信 : 진실. 성실. 믿음. 敏 : 신속하다. 민첩하다. 동작이 재고 빠르다. 說 : 기뻐하다. = 悅.)

〔**論語·堯曰**〕○○○○, ○○○○○. ○○○○, ○○○.

蛟龍得水, 而神可立也. 虎豹託幽, 而威可載也.

교룡은 깊고 큰 물에서 살아야 신령스러움(신령스러운 위엄)이 비로소 수립될 수 있고, 범과 표범은 깊은 산과 그윽한 골짜기에 몸을 의탁하고 있어야 비로소 두려움(사나움)이 떠받들어질 수 있다. (喻) 임금은 지지하는 백성을 얻어야 비로소 그 권위가 서게 된다. 영웅은 때를 얻어야 그 뜻을 펼칠 수 있다. / 포부가 큰 사람은 재능을 펼칠 기회를 얻어야 크게 발전할 수 있다. (神 : 신령스러움. 신령스러운 위엄. 託幽 : 외지고 조용한 깊은 산에 몸을 의탁하다. 심산유곡에 몸을 의지하다. 威 : 두려움. 두려워 함. 겁냄. = 畏懼. /용맹스러움. 사나움. 載 : 떠받들다. 높이어 받들다. 추앙하다. = 戴.) → **蛟龍得水.** → **虎豹託幽.**

〔**管子·形勢**〕○○○○, ○○○○○. ○○○○, ○○○○○. 風雨無鄕, 而怨怒不及也. 〔**魏史·楊大眼傳**〕(楊)大眼顧謂同僚曰, 吾之今日, 所謂蛟龍得水之秋, 自此一擧, 終不復與諸君齊列矣.

君能使賢者居上, 不肖者處下, 則陣已定矣. 民安其田宅, 親其有司, 則守已固矣. 百性皆是吾君而非鄰國, 則戰已勝矣.

임금이 능히 어진 사람을 웃 자리에 앉히고, 못난 사람을 아래에 둔다면 진영은 이미 안정된 것이다. 백성들이 전답과 집을 안정시키고, 그 관리들과 친하게 지내면 방어하는 것은 이미 견고하게 된 것이다. 백성들이 다 우리 임금을 옳다고 인정하고, 이웃 나라를 그르다고 하면 싸움은 이미 승리한 것이다. (司 : 관리, 공무원. 是 : 바르다고 인정하다.)

〔**吳子兵法·圖國**〕○○○○○○○, ○○○○○, ○○○○○. ○○○○○, ○○○○, ○○○○○. ○○○○○○○○○○○, ○○○○○.

君不肖則國危而民亂, 君賢聖則國安而民治. 禍福在君, 不在天時.

임금이 재덕(재능과 덕망)이 없으면 나라가 위태롭고 백성이 어지러우며, 임금이 현명하고 슬기로우면 나라가 평안하고 백성이 잘 다스려지는 것이니, 나라와 백성의 화와 복은 임금에게 달려있는 것이며, 하늘이 주는 시운(時運)에 달려 있는 것이 아니다. (不肖 : 못나다. 현명하지 않다. 재능과 덕망이 없다. 賢聖 : 현명하고 슬기롭다. 학문·기술 등이 걸출하다. / 지덕이 뛰어난 사람. 天時 : 하늘이 주는 좋은 기회. 하늘의 시운.)

〔**六韜·文韜**〕太公曰, ○○○○○○○○○○, ○○○○○○○○○○. ○○○○, ○○○○.

君依於國, 國依於民, 刻民以奉君, 猶割肉以充腹, 腹飽而身斃, 君富而國亡矣.

폐

임금은 나라에 의지하고 나라는 백성들에게 의지하는 것인데, 백성을 해쳐서 임금을 받드는 것은 마치 살을 베어서 배를 채우면 배는 불러도 사람 몸이 죽어버리는 것과 같아서, 임금이 부유해져도 나라는 망할 뿐이다. (刻 : 괴롭게 하다. 해치다. 割股充腹 : 살을 베어서 배를 채우다. 한 때만을 면하려고 잔꾀를 부리지만, 결국 자기의 손해가 됨을 비유하는 말.) → **割肉以充腹. 腹飽而身斃. 割肌以啖腹. 腹飽而身死. 割肌充腹. 割脛充腹.**

〔 **貞觀政要·君道** 〕 太宗謂侍臣曰, 爲君之道, 必須先存百姓, 若損百姓以奉其身, 猶割脛以啖腹, 腹飽而身斃. 〔 **十八史略·近古·唐宋篇** 〕 上嘗曰, ○○○○, ○○○○, ○ ○○○○, ○○○○○○○, ○○○○○, ○○○○○○.

君仁莫不仁, 君義莫不義.

임금이 어질면 어질지 않은 것이 없고, 임금이 의로우면 의롭지 않은 것이 없다. 임금이 인도(仁道)에 따라 일을 하면 곧 나라에는 인도에 따라 일을 하지 않는 사람이 없게 되고, 임금이 의리에 따라 일을 하면 곧 나라에는 의리에 따라 일을 하지 않는 사람이 없게 된다는 뜻. 위정자의 인의의 덕이 백성에게 미치어 백성들이 추종하게 됨을 의미.

〔 **孟子·離婁下** 〕 孟子曰, ○○○○○, ○○○○○.

君人者以百姓爲天, 百姓與之則安, 輔之則彊, 非之則危, 背之則亡.

임금된 사람은 백성을 하늘로 여겨야 한다. 백성도 임금과 함께하면 편안하고 임금을 도와주면 강해지나, 임금을 비방하면 위태로워지고 배반하면 망한다. (以甲爲乙 : 甲을 乙로 여기다. 輔 : 돕다. 보좌하다. 非 : 비방하다. ≒ 誹. 背 : 등지다. 배반하다.)

〔 **韓詩外傳·卷四** 〕 王者以百姓爲天, 百姓與之則安, 輔之則强, 非之則危, 倍之則亡. 〔 **說苑·建本** 〕 管仲曰, ……… ○○○○○○○○○, ○○○○○○○, ○○○○, ○○○○, ○○○○.

君者政源, 人庶猶水. 君自爲詐, 欲臣下行直, 是猶源濁而望水淸.

임금은 정치의 원천이며 백성은 물과 같은 것이다. 임금이 거짓을 행하면서 신하가 정직하기를 바라는 것은 역시 물의 원천이 탁한데도 흐르는 물이 깨끗하기를 바라는 것과 같다. 정치의 원천인 통치자가 깨끗한 정치를 해야 그 나라의 정치가 깨끗해진다는 뜻. (人庶 : 백성. 서민.)

〔 **貞觀政要·論誠信** 〕 帝(太宗)謂封德彝曰, 朕聞, 流水淸濁, 在其源也. ○○○○, ○○○○. ○○○○, ○○○○○, ○○○○○○○○○. 理不可得也.

君者舟也, 庶人者水也. 水則載舟, 水則覆(복)舟.

임금이란 것은 배이고, 백성이란 것은 물이니, 물은 배를 띄워주지만 또한 물은 배를 뒤집어 엎어버리기도 한다. (喻) 백성들은 임금을 지지, 옹호하지만 또한 임금을 내쫓기도 한다. 임금이 백성들의 역할을 중시하고 이를 두려워할 줄 알아야 됨을 이르는 말. ≒ **水能載舟, 亦能覆舟.**

〔**荀子·王制**〕選賢良, 擧篤敬, 與孝弟, 收孤寡, 補貧窮, 如是則庶人安政矣. 庶人安政, 然後君子安位. 傳曰, ○○○○, ○○○○○. ○○○○, ○○○○. 此之謂也. 〔**荀子·哀公**〕且丘聞之, ○○○○, ○○○○○. ○○○○, ○○○○. 君以此思危, 則危將焉而不至矣. 〔**孔子家語·五儀解**〕夫君者舟也, 庶人者水也. 水所以載舟, 水所以覆舟. 〔**三國志·魏志·王基傳**〕臣聞古人以水喻民, 曰, 水所以載舟, 亦所以覆舟. 故在民上者, 不可以不戒懼. 〔**三國志·吳志·駱統傳**〕國之有民, 猶水之有舟, 停則以安, 擾則以危. 〔**貞觀政要·政體**〕臣(魏徵)又聞古語云, 君舟也, 人水也, 水能載舟, 水能覆舟. 〔**資治通鑑·唐紀十三**〕水所以載舟, 亦所以覆舟.

君正則百姓治, 父母正則子孫孝慈.

임금이 바르면 백성이 잘 다스려지고, 부모가 바르면 자손이 그의 부모에게 효심을 다하고 자식들에게 자애롭게 대한다. (孝慈 : 부모에 대한 효도와 자식에 대한 자애./ 부모에게 효심을 다하고 자식들에게 자애롭게 대하다. / 아랫 사람이 웃 사람을 공대하고, 웃 사람은 아랫 사람을 사랑한다.)

〔**說苑·雜言**〕故 ○○○○○○, ○○○○○○○○. 是以孔子家兒不知罵, 曾子家兒不知路.

囷(균)倉粟有餘者, 國有餓民. 後宮多幽女者, 下民多曠夫. 餘衍(연)之蓄, 聚於府庫者, 境內多貧困之民, 皆失君人之道.

곡식창고에 곡식이 남아돌면 그 나라에는 굶주리는 백성이 있게 마련이고, 후궁에 궁녀가 많으면 하층의 백성들에게 젊은 홀아비가 많다. 남아 넘쳐나는 것을 모아서 창고에 쌓아두면 국내에는 빈곤한 백성이 많아지니, 이것은 다 임금의 도리를 잃어버리는 것이다. (囷倉 : 곡식창고. 幽女 : 후궁의 궁녀. 曠夫 : 홀아비. 衍 : 넘치다. 府庫 : 문서나 재물을 넣어두는 곳집. 境內 : 구역 안.)

〔**新序·雜言二**〕楚王曰, 子不知, 漁者仁人也. 蓋聞○○○○○○, ○○○○. ○○○○○○, ○○○○○. ○○○○, ○○○○○, ○○○○○○○, ○○○○○○.

罔違道, 以干百姓之譽, 罔咈(불)百姓, 以從己之欲.

(임금은) 도에 어긋나는 일을 하면서도 백성들의 칭찬을 구하려고 해서는 안되고, 백성들의 뜻을 어기면서 자신의 사사로운 욕심을 따르려고 해서는 안된다. (罔 : 해서는 안된다. 하지 않아야 한다. 干 : 구하다. 요구하다. 譽 : 찬양. 칭찬. 咈 : 어기다. / 어그러지다. 사리에 어긋나다.)

〔**書經·虞書·大禹謨**〕益曰, ……. ○○○, ○○○○○○. ○○○○, ○○○○○. 無怠無荒, 四夷來王.

民神之主也, 是以聖王先成民, 而後致力於神.

백성은 신에게 제사지내는 주인공이다. 그러므로 어진 임금은 먼저 백성들이 잘 살도록 한 다음에 신에게 정성을 다하였다. (成 : 살찌다. 비대해지다. 致力 : 힘을 끝까지 다하다. 지극히 애쓰다. 정성스레하다.)

〔**春秋左氏傳·桓公六年**〕 公曰, 吾牲牷肥腯, 粢成豊備, 何則不信, 對曰, 夫○○○○○, ○○○○○○○, ○○○○○○.

民衆則主安, 穀多則兵彊.

백성들이 많으면 그 임금이 편안하고, 곡식이 많으면 군대가 강하다.

〔**越絶書**〕 兵之要在於人, 人之要在於穀, 故 ○○○○○, ○○○○○.

民之所好好之, 民之所惡惡之, 此之謂民之父母.

(惡: 오)

백성들이 좋아하는 것을 함께 좋아하고, 백성들이 싫어하는 것을 함께 싫어하니, 이런 사람을 백성들이 부모라고 이른다.

〔**大學·傳十**〕 詩云, 樂只君子, 民之父母, ○○○○○○, ○○○○○○, ○○○○○○○.

百姓有過, 在予一人.

백성들이 책망하는 것이 있다면 그것은 (임금인) 나 한 사람에게 (그 책임이) 있다. 백성들의 정치에 대한 원망은 임금에게 그 책임이 있다는 말. 여기서는, 殷나라 (전 商나라) 백성들이 周나라 武王 자신을 책망하는 것은 紂王의 폭정으로 신음하고 있는 그 백성들을 지금까지 구출해주지 못한 책임이 그 자신에게 있음을 말한 것으로, 이것은 周나라 武王이 殷나라 紂王을 정벌하기 위한 명분으로 내세운 말로 볼 수 있다. (過 : 과실. 허물. 잘못. / 책하다. 책망하다. 꾸짖다.)

〔**書經·泰誓中**〕 天視自我民視, 天聽自我民聽, ○○○○, ○○○○, 今朕必往.

上苛則下不聽, 下不聽而彊以刑罰, 則爲人上者衆謀矣.

군주가 정치를 가혹하게 하면 백성은 그 명령에 따르지 않으며, 명령에 따르지 않는다고 해서 형벌로 강요하면 곧 군주된 자는 군중의 (그의 축출을 위한) 계책을 만나게 된다. (聽 : 남의 의견·권고·지시 따위를 받아들이다. 따르다. 복종하다. 彊 : 억지로 시키다. = 强. 爲人上者 : 임금된 사람. 謀 : 꾀. 계략. 계책. 술책.)

〔**管子·法法**〕 ○○ ○○○○, ○○○ ○○○○○, ○○○○ ○○○○. 爲人上而衆謀之, 雖欲無危, 不

可得也.

上無固植, 下有疑心. 國無常經, 民力必竭. 數也.

치 수

임금에게 확고한 의지가 없으면 백성들은 믿지 못하는 마음이 생기게 되고, 나라에 사람으로서 지켜야할 떳떳한 도리가 없으면 백성들의 힘이 소진된다. 이것이 자연의 이치이다. (固 : 굳다. 견고하다. 입장·주장·의지 따위가 확고하다. 植 : 뜻. 의지. 疑心 : 믿지 못하는 마음. 미심하게 여기는 생각. 의심. 常經 : 사람이 지켜야할 영구불변의 도리. 數 : 이치. 도리.)

〔**管子·法法**〕○○○○, ○○○○, ○○○○, ○○○○. ○○.

上無道揆也, 下無法守也, 國之所存者幸也.

규

임금이 정도로써 사리를 헤아리지 아니하고, 신하가 법도를 지키는 일이 없으면, 나라가 이런 지경에 이르러서도 보존할 수 있는 것은 완전한 요행이다. (道揆 : 도리로써 일의 당부를 헤아리다. 정도로써 사리를 헤아리다.)

〔**孟子·離婁上**〕上無道揆也, 下無法守也. 朝不信道, 工不信度. 君子犯義, 小人犯刑. 國之所存者, 幸也.

上宣明則下治辨矣, 上端誠則下愿慤矣, 上公正則下易直矣.

원 각 이

임금이 정사를 숨김없이 드러내어 밝히면 백성들은 따라서 밝게 다스려질 것이고, 임금이 품행을 단정히 하고 성실히 하면 백성들도 따라서 솔직하고 성의있게 되며, 임금이 정사를 공정하게 처리하면 백성들도 따라서 평이하고 정직하게 된다. (宣明 : 숨김없이 드러내어 밝히다. 治辨 : 밝게 다스려지다. 端誠 : 품행이 단정하고 성실하다. 愿慤 : 솔직하고 성의있다. 易直 : 평이하고 정직하다.)

〔**荀子·正論**〕上者下之本也, ○○○○○○○○, ○○○○○○○○, ○○○○○○○○. 治辨則易一, 愿慤則易使, 易直則易知.

上之所爲, 民之所歸也.

임금이 행하는 것은 백성들이 따라야 할 바인 것이다. (所歸 : 따라야 할 바. 따라야 하는 것. / 돌아가 의지하는 곳.)

〔**春秋左氏傳·襄公二十一年**〕武仲曰, ……, 夫○○○○, ○○○○○, 上所不爲而民或爲之, 是以加刑罰焉, 而莫敢不懲, 若上之所爲而民亦爲之, 乃其所也, 又可禁乎.

上之爲政, 得下之情則治, 不得下之情則亂.

임금이 정치를 함에 있어서 백성들의 사정을 파악하고 있으면 (나라가) 안정되나, 백성들의 사정을 파악하지 못하면 곧 혼란해진다. 위정자가 민심이나 민정을 파악하고 살피는 것이 중요하다는 뜻. (情 : 사실. 진상. / 상황. 정황. 사정. 형편. 상태.)

〔**墨子·尙同下**〕○○○○, ○○○○○○, ○○○○○○○.

上好禮, 則民易使也.

임금이 예를 좋아하면 백성들을 부리기가 쉽다. 위정자가 예를 좋아하여 통달해지면 상하 신분의 한계가 정해지므로 하층 신분의 백성들을 부리기가 쉬워진다는 말.

〔**論語·憲問**〕子曰, ○○○, ○○○○○. < 朱注 > 謝氏曰, 禮達而分定, 故民易使. 〔**禮記·禮運**〕百姓則君以自治也, 養君以自安也, 事君以自顯也. 故禮達以分定, 故人皆愛其死而患其生.

善爲國者, 順民之意, 而料兵之能, 然後從於天下.

나라를 잘 다스리는 자는 위선 백성의 뜻에 따르고, 군의 능력을 헤아린 다음에 세상 일(제후들의 통치권을 위한 이면활동)을 관리한다. (從 : 좇다. …을 따르다. / 다스리다. 관리하다. 처리하다. / 종사하다. 참여하다. 天下 : 온 세상. / 국가 정권. 통치권. 국가영도권.)

〔**戰國策·齊策五**〕臣(蘇秦) 聞, ○○○○, ○○○○, ○○○○○, ○○○○○○. 故約不爲人主怨, 伐不爲人挫强.

善爲國者遇民, 如父母之愛子, 兄之愛弟, 聞其飢寒爲之哀, 見其勞苦爲之悲.

나라를 잘 다스리는 자는 백성을 대하기를 부모가 자식을 사랑하고 형이 아우를 아끼는 것 같이 하여 굶주림과 추위에 떠는 것을 알게 되면 가엾이 여기고, 힘들여 애쓰는 것을 보면 마음 아파한다. (爲 : 다스리다. 정치를 하다. 遇 : 대하다. 愛 : 사랑하다. 아끼다. 聞 : 알다. 전해듣다. 飢寒 : 굶주림과 추위에 떪. 哀 : 가엾다. 勞苦 : 힘들여 애씀. 悲 : 마음 아파하다.)

〔**六韜·文韜**〕太公曰, ……, 善爲國者, 馭民如父母之愛子, 如兄之愛弟, 見其飢寒, 則爲之憂, 見其勞苦, 則爲之悲. 〔**說苑·政理**〕(武王)曰, 愛民若何. (太公)曰, ……, 故○○○○○○, ○○○○○○, ○○○○, ○○○○○○○, ○○○○○○○.

善人在上, 則國無幸民. 民之多幸, 國之不幸也.

어질고 바른 사람이 (나라의) 웃 자리에 있으면 그 나라에는 요행을 바라는 백성이 없다. 백성들에게 요행의 바람이 많은 것은 나라의 불행인 것이다. (善人 : 언행이 도덕적 기준에 맞는 착하고 바른 사람. 언행이 바르고 어진 사람. 幸 : 뜻밖에 얻은 행운. 요행. ≒ 倖.)

〔**春秋左氏傳·宣公十六年**〕善人在上, 則國無幸民. 諺曰, 民之多幸, 國之不幸也. 是無善人之謂也.

先財而後禮, 則民利, 無辭而行情, 則民爭.

(백성이 관료를 대면함에 있어) 만일 먼저 재화를 바치고 난 뒤에 예를 행하게 한다면 곧 민중을 탐리(貪利)로 이끌게 되고, 만약 주인과 손님이 서로 대면할 고지(告知)도 없이 곧 예물을 가지고 정을 다하도록 한다면 그것은 곧 민중을 재화의 쟁탈로 이끌게 된다. (禮 : 상견의 예의를 가리킨다. 利 : 이를 탐하다. 辭 : 고하다. 고지하다. 行情 : 예물 곧 돈과 비단을 써서 그 정을 다하다.)

〔**禮記·坊記**〕子云, 禮之先幣帛也, 欲民之先事以後祿也. ○○○○○, ○○○, ○○○○○, ○○○. 故君子於有饋者弗能見, 則不視其饋.

善則稱人, 過則稱己, 則民不爭, 怨益, 亡讓善.

잘된 것은 남(남의 덕이라는 것)을 말하고, 잘못된 것은 자신(자신의 탓이라는 것)을 말하면 사람들이 서로 다투지 아니할 것이고, 원망이 차츰 없어질 것이며, 좋은 것을 양보하게 될 것이다. (益 : 차츰. 조금씩. 亡 : 없어지다.)

〔**禮記·坊記**〕子云, 善則稱人, 過則稱己, 則民不爭. 善則稱人, 過則稱己, 則怨益亡. ……. 子云, 善則稱人, 過則稱己, 則民讓善.

城廓溝渠(거), 不足以固守, 兵甲彊力, 不足以應敵, 博地多材, 不足以有衆.

겨우 성곽과 구갱(渠坑)의 방어시설이 있다고 하여 반드시 국토를 고수할 수는 없고, 단지 병기·갑옷과 강대한 무력만에 의지해서는 반드시 강적에 대응할 수는 없으며, 다만 넓은 땅과 충부한 자재에만 의지해서는 반드시 민중을 가질 수 없다. (喩) 통치자는 백성들의 마음으로부터의 지지를 받아야 그 지위를 오래 유지할 수 있다. (溝渠 : 도랑. 구갱. = 渠坑. 兵甲 : 병기와 갑주. 곧 무기와 갑옷. / 무장한 병정.)

〔**管子·牧民**〕○○○○, ○○○○○, ○○○○, ○○○○○, ○○○○, ○○○○○. 惟有道者, 能備患於未形也.

損上益下, 民說(열)无(무)疆(강).

웃 것을 덜어서 아랫 것에 보태니 백성들이 한없이 기뻐하다. 임금이 자신의 것을 줄여 백성들에게 더해주니 백성들이 매우 기뻐한다는 뜻. / 임금이 천하의 현인들을 존중하니 백성들이 좋아한다는 비유. (損 : 덜다. 줄이다. 益 : 더하다. 보태다. 損上益下 : 웃 사람을 해롭게 하고 아랫 사람을 이롭게 한다는 말. ↔ 損下益上. 无疆 : 한이 없다. 다함이 없는 것. 无는 없다. = 無.) → **損上益下**, **損下益上**.

〔**周易·風雷益**〕彖曰, 益, ○○○○, ○○○○. 自上下下, 其道大光.

水能浮草木, 亦能沈之. 地能生萬物, 亦能殺之. 聖人能從衆, 亦能使之.

물은 초목을 띄울 수 있으나 또한 그것을 가라앉힐 수 있고, 땅은 만물을 생장시킬 수 있으나 또한 그것을 죽일 수도 있다. 성인은 백성들에게 순종할 수 있으나 또한 그들을 부릴 수도 있다.

〔**吳越春秋·句踐歸國外傳**〕大夫苦成曰, 夫○○○○○, ○○○○. ○○○○○, ○○○○. 江海能下谿谷, 亦能朝之. ○○○○○, ○○○○.

魚失水則死, 水失魚, 猶爲水也.

고기가 물을 잃으면 죽는다. 그러나 물이 고기를 잃어도 역시 물 그대로 있다. (喻) 임금이 백성을 잃으면 죽거나 사라져버리지만 백성은 임금을 잃어도 그대로 있다. (猶 : 아직. 여전히. 지금도 역시.)

〔**貞觀政要·論禮樂**〕孫卿子曰, 君舟也, 庶人水也. 水所以載舟, 亦所以覆舟也. 孔子曰, ○○○○○, ○○○, ○○○○.

說以先民, 民忘其勞. 說以犯難, 民忘其死.

열

(군자가) 만약 백성보다 앞장서서 (어질고 바른 정치를 베풀어) 그들을 기쁘게 한다면 백성들은 곧 그 노고를 잊게될 것이고, 만약 험난함을 피하지 아니하고 모험을 하여 백성들을 기쁘게 해준다면 백성들은 곧 죽는 위험도 잊어버리고 충성할 것이다. (犯難 : 모험하다. 위험·곤난을 무릅쓰고 모험하다. 험난함을 피하지 아니하다.)

〔**周易·兌爲澤**〕兌亨, 利貞. 彖曰, ……, 是以順以天而應乎人. ○○○○, ○○○○. ○○○○, ○○○○. 說之大, 民勸矣哉.

英雄者國之幹, 庶民者國之本, 得其幹收其本, 則政行而無怨.

영웅이란 것은 나라의 기둥이고, 서민이란 것은 나라의 뿌리이니, 그 기둥을 얻고 그 뿌리를 거두어 잘 보살핀다면 정치가 잘 행하여져 원망이 없을 것이다. (英雄 : 재능과 제혜가 뛰어나 대중을 영도하고 세상을 경륜할 만한 사람. = 英傑. 收 : 떠맡아 돌보다. 몸이나 신변 등에 관한 일을 잘 보살피다. / 거두어 들이다. 건사하다.)

〔**三略·上略**〕夫所謂士者, 英雄也. 故曰, 羅其英雄, 則敵國窮. ○○○○○○, ○○○○○○, ○○○○○○, ○○○○○○.

王者, 不私而天下自公, 賤珍則人去貪.

임금이 (국정을) 사사로이 하지 아니하면 천하가 저절로 공정하게 되고, 진귀한 보물을 천히 여기면 사람들은 탐욕을 버리게 된다. (私 : 사사로이 하다. 사리를 꾀하다. / 불공평하다. 편애하다. 珍 : 보배. 보물.)

〔 **忠經·廣至理** 〕 ○○思於至理, 其遠乎哉. 無爲而天下自淸, 不疑而天下自信, ○○○○○○○, ○○○○○○, 徹侈則人從儉, 用實則人不僞, 崇讓則人不爭.

用國者, 得百姓之力者富, 得百姓之死者彊, 得百姓之譽者榮.

권력을 장악한 자가 백성들의 근력(勤力)을 얻으면 부유해지고, 백성들의 목숨을 얻으면 강해지고, 백성들의 칭찬을 얻으면 영화로워진다. 이 세 가지가 구비되면 천하가 모두 돌아온다는 것. (用國 : 나라를 운용하다. 권력을 장악하다. 力 : 부지런히 힘씀. 근력 = 勤力. 死 : 생명. 목숨. 죽을 운명.)

〔 **荀子·王覇** 〕 ○○○, ○○○○○○○, ○○○○○○○, ○○○○○○○. 三得者具, 而天下歸之, 三得者亡而天下去.

越王好勇, 其民輕死. 楚靈王好細腰, 其朝多餓死人.

越나라 왕이 영맹스러움을 좋아하자, 그 백성들이 죽는 것을 가벼이 여겼고, 楚나라 靈王이 허리가 가는 여자를 좋아하자, 그 조정에 굶어죽은 사람이 많았다. (喩) 최고통치자 또는 웃 사람이 좋아하는 것을 신하 또는 아랫 사람이나 백성들이 다투어 따르다. / 웃 사람이 행하는 것을 아랫 사람이 본받다.

〔 **管子·七臣七主** 〕 夫楚王好小腰, 而美人省食, 吳王好劍而國士輕死. 死與不食者, 天下之所其惡也. 〔 **晏子春秋·重而異者** 〕 ○○○○, ○○○○. ○○○○○○, ○○○○○○. 子胥忠其君, 故天下皆願得以爲臣. 孝己愛其親, 故天下皆願得以爲子. 〔 **墨子·兼愛中** 〕 昔者, 楚靈王好士細腰, 故靈王之臣皆以一飯爲節, 脇息然後帶, 扶牆然後起. 比期年, 朝有黧黑之色. 〔 **荀子·君道** 〕 楚莊王好細腰, 故朝有餓人. 〔 **韓非子·二柄** 〕 越王好勇, 而民多輕死. 楚靈王好細腰, 而國中多餓人. 齊桓公妬而好內, 故豎刁自宮以治內. 桓公好味, 易牙蒸其首子而進之. 〔 **淮南子·主術訓** 〕 靈王好細腰, 而民有殺食自飢也. 越王好勇, 而民皆處危爭死. 由此觀之, 權勢之柄, 其以移風俗易矣. 〔 **戰國策·齊策** 〕 昔者, 先君靈王, 好小腰. 楚士約食, 憑而能立, 式而能起, 食之可欲, 忍而不入. 死之可惡, 然而不避. 〔 **後漢書·馬援傳** 〕 傳曰, 吳王好劍客, 百姓多瘡瘢. 楚王好小腰, 宮中多餓死.

爲人君者猶盂(우)也, 民猶水也, 盂方則水方, 盂圜(원)則水圜.

임금은 사발과 같고 백성은 물과 같은 것이어서, 사발이 네 모난 것이면 그 안에 담긴 물도 네 모나고, 사발이 둥글면 물도 둥글게 된다. (喩) 백성은 임금이 선행을 하면 선행을, 악행을 하면 악행을 따라서 한다. / 웃 사람의 언행의 잘잘못에 따라 아랫 사람의 잘잘못이 생긴다. → **水隨方圓器. 水任方圓器.**

〔 **荀子·君道** 〕 君者儀也, 儀正而景正. 君者槃也, 槃圓而水圓. 君者盂也, 盂方而水方. 〔 **白居易·偶吟詩** 〕

無情水任方圓器, 不繫舟隨去住風. 〔**韓非子·外儲說左上**〕 孔子曰, ○○○○○○○, ○○○○, ○○○○○, ○○○○○.

惟我商王, 布昭聖武, 代虐以寬, 兆民允懷.

우리 商나라 임금이 그의 성스러운 무력을 널리 알려 밝힌 후 포악함을 대신하여 관대함을 쓰니, 만백성이 진심으로 귀순했다. 商나라 임금 成湯이 성스러운 무력을 써서 포악무도한 夏나라 桀王을 멸하였음을 세상에 밝힌 후 포악한 정치에 대신하여 관대한 정치를 펼치니 온 백성이 진실로 귀순해 왔다는 의미. (布昭 : 널리 알려 환히 드러내다. 천하에 명시하다. 聖武 : 지력이 뛰어나고 무용을 갖추다. / 성스러운 무력. 懷 : 마음속에 품다. 그리워하다. / 돌아가다. 귀순하다. 귀복하다. 따르다.)

〔**書經·商書·伊訓**〕 ○○○○, ○○○○, ○○○○, ○○○○.

以公滅私, 民其允懷.

(임금이) 공(公)을 생각하여 사(私)를 버리면 백성들이 진심으로 따르게 된다. 임금이 천하의 이익을 위하여 사리사욕을 버리면 백성은 진심으로 흠모하여 따르게 됨을 이른 것. (以 : 생각하다. 允 : 진실로. 진심으로.)

〔**書經·周書·周官**〕 王曰, 嗚呼. 凡我有官君子. 欽乃攸司, 愼乃出令, 令出惟行, 弗惟反. ○○○○, ○○○○.

以德報德, 則民有所勸, 以怨報怨, 則民有所懲.

(지도자가) 미덕으로써 남의 미덕을 갚으면 백성들은 곧 선한 것을 따르도록 장려하게 되고, 원한으로써 남의 원한을 깊으면 백성들은 곧 두려워 경계심을 갖게 된다. (勸 : 장려하다. 격려하다. 권하여 힘쓰게 하다. 懲 : 경계하다. 경계심을 갖다.)

〔**禮記·表記**〕 子言之, 仁者, 天下之表也, 義者, 天下之制也, 報者, 天下之利也. 子曰, ○○○○, ○○○○○, ○○○○, ○○○○○. 〔**論語·憲問**〕 何以報德. 以直報怨, 以德報德.

以佚道使民, 雖勞不怨. 以生道殺民, 雖死不怨殺者.

(佚: 일)

(백성을) 편안하게 해주는 한가지 방법으로 백성을 부리면 비록 고달프더라도 이를 원망하지 않으며, (백성의) 생존을 보장해주는 한가지 방법으로서 백성을 죽이게 되면 비록 죽더라도 그 죽인 자를 원망하지 않는다. 위정자가 백성들을 안락하게 살도록 정사를 베풀면 백성들은 그 수고로움이나 죽음까지도 달게 받는다는 뜻. (佚道 : 편안하게 하는 방법, 또는 방편. 안락하게 하는 방도. 백성들을 편안하게 하는 방법을 이른다.)

〔**孟子·盡心上**〕 孟子曰, ○○○○○, ○○○○. ○○○○○, ○○○○○○.

人以君爲命, 故可愛. 君失道, 人叛之, 故可畏.

백성들은 임금을 생명으로 여기며 그래서 그들을 아껴야 한다. 임금이 정도(正道)를 잃으면 백성들은 배반해버리므로 그들을 두려워해야 한다.

〔 **貞觀政要·論灾異** 〕 孔安國曰, ○○○○○, ○○○. ○○○, ○○○, ○○○.

人主以二目視一國, 一國以萬目視人主.

임금은 두 눈으로 한 나라 전체를 보지만, 한 나라는 온 백성의 눈으로써 임금을 본다. 임금의 거동은 온 국민들이 주시하고 있어 위정자는 언제나 국민들의 여론이나 동향에 마음을 쓰지 않으면 안된다는 뜻.

〔 **韓非子·外儲說右上** 〕 王曰, 然則爲天下何以異此麋, 今○○○○○○○○, ○○○○○○○○, 將何以自爲麋乎.

狄(적)人攻衛. 於是懿(의)公欲興師迎之, 其民皆曰, 君之所貴而有祿位者, 鶴也, 所愛者, 宮人也. 亦使鶴與宮人戰, 餘安能戰. 遂潰(궤)而皆去.

衛나라 懿公 때 북방의 야만족 적인(狄人)이 衛나라를 공격해왔다. 이에 懿公은 군사를 일으켜 이들과 맞서고자 하였다. 그러나 그 백성들 모두가 말하기를 “임금이 귀하게 여겨서 녹봉과 작위를 준 것은 학이고, 사랑한 것은 궁인들이다. 그러니 역시 학과 궁인들을 시켜 싸우게 할 것이지, 내가 왜 싸울 것인가?”라고 하면서 뿔뿔이 흩어져 다 떠나가버렸다. (喻) 통치자가 평시 백성들의 여망에 반하는 정책을 펴면 나라의 위기를 맞이했을 때 이를 외면, 협조하지 않는다. (師 : 군사. 군대. 迎 : 맞이하다. / 근접하다. 접촉하다. 바로 대하다. / …을 맞아 치다. …을 맞아 싸우다. 餘 : 나. 자신. = 予. 安 : 어찌. 潰 : 달아나다. 뿔뿔이 흩어지다.)

〔 **春秋左氏傳·閔公二年** 〕 冬十二月, 狄人伐衛. 衛懿公好鶴, 鶴有乘軒者, 將戰, 國人受甲者皆曰, 使鶴. 鶴實有祿位, 餘焉能戰. 〔 **呂氏春秋·忠廉** 〕 衛懿公有臣曰弘演, 有所於使. 翟人攻衛, 其民曰, 君之所予位祿者, 鶴也, 所貴富者, 宮人也. 君使宮人與鶴戰, 餘焉能戰, 遂潰而去. 〔 **賈誼·新書·春秋** 〕 衛懿公喜鶴, 鶴有飾以文繡, 賦斂繁多而不顧其民. 貴優而輕大臣, 郡臣或諫則面叱之. 及翟伐衛, 寇挾城堞矣. 衛君垂涙而拜其臣民曰, 寇迫矣. 士民其勉之. 士民曰, 君亦使君之貴優, 將君之愛鶴以爲君戰矣. 我儕棄人也, 安能守戰. 乃潰門而出走, 翟寇遂入, 衛君奔死, 遂喪其國. 〔 **韓詩外傳·卷七** 〕 衛懿公之時, 有臣曰弘演者, 受命而使未反, 而○○○○, ○○○○○○○○○, ○○○○, ○○○○○○○○○, ○○, ○○○, ○○○. ○○○○○○○, ○○○○. ○○○○○. 〔 **史記·衛康叔世家** 〕 懿公卽位, 好鶴淫樂奢侈. 九年, 翟伐衛, 衛懿公欲發兵, 兵或畔. 大臣言曰, 君好鶴, 鶴可令繫翟. 翟於是遂入, 殺懿公. 〔 **新序·義勇** 〕 衛懿公有臣曰弘演, 遠使未還. 狄人攻衛, 基民曰, 君之所與祿位者, 鶴也, 所富者, 宮人也. 君使宮人與鶴戰. 餘焉能戰, 遂潰而去.

阻兵無衆, 安忍無親, 衆叛親離, 難以齊矣.
조

무력만을 믿으면 대중이 없어지게 되고, 예사로 잔인한 짓을 하면 친근한 자들도 없어지게 되니, 대중이 배반하고 친근한 자들이 떨어져나가면 일을 이루기 어렵다.（阻 : 믿다. 기대하다. 安忍 : 예사로 잔인한 짓을 하다. 齊 : 이루다.）

〔**春秋左氏傳·隱公四年**〕臣聞以德和民, 不聞以亂. 以亂, 猶治絲而棼之也. 夫州吁阻兵而安忍, ○○○○, ○○○○, ○○○○, ○○○○.

舟兆水不行, 水入舟則沒. 君非民不治, 民犯上則傾.

배는 물이 없으면 항행할 수 없으나, 물이 배에 들어가면 침몰하고, 임금은 백성이 없으면 다스릴 수 없으나, 백성이 임금을 침범하면 나라가 뒤집히어 망한다.（犯上 : 웃 사람을 업신여기다. 웃 사람에게 반항하다. 임금을 침범하다. 傾 : 무너지다. 쓰러지다. 뒤집히다. 망하다.）

〔**說苑·雜言**〕船非水不可行, 水入船中, 則其沒也. 故曰, 君子不可不嚴也. 〔**孔子家語·六本**〕孔子曰, ○○○○○, ○○○○○, ○○○○○, ○○○○○. 是故君子不得不嚴也.

天視自我民視, 天聽自我民聽.

하늘이 볼 때는 우리 백성들을 통해서 보고, 하늘이 들을 때는 우리 백성들을 통해서 듣는다. 하늘은 눈과 귀가 없으나 백성들의 눈과 귀를 따라서 선악을 보고 듣고서 그에 상응한 화복을 내린다는 의미. / 백성들의 마음이 곧 하늘의 마음이고, 백성들의 소리가 곧 하늘의 소리라는 뜻. 민심이 천심이라는 말과 같은 뜻.（自 : 좇다. 따르다. 경유하다.）

〔**書經·周書·泰誓中**〕○○○○○○, ○○○○○○. 百姓有過, 在予一人, 今朕必往. 〔**孟子·萬章上**〕泰 誓曰, ○○○○○○, ○○○○○○, 此之謂也.

治天下, 必因人情.

천하를 다스리는 데는 반드시 백성들의 심리에 따라야한다. 지도자는 민심을 잘 살펴서 선정을 배풀어야 한다는 뜻.（因 : 의거하다. 근거로 하다. / 전례에 따르다. 옛 것을 그대로 좇다. 情 : 호오의 심리.）

〔**韓非子·八經**〕凡○○○, ○○○○. 人情者有好惡, 故賞罰可用.

湯武革命, 順乎天而應乎人.

中國 고대 殷나라(처음 국호는 商)의 湯王과 周나라 武王의 혁명은 천도에 순응하고 민심에

순응하여 이루어졌다. 殷나라 湯王이 夏나라 桀王을 쳐서 멸망시키고, 周나라 武王이 殷나라 紂王을 멸망시키고 각각 새로운 왕조를 세워 천자가 될 수 있었던 것은 다 천도(天道)에 순응하고 민심에 호응했기 때문임을 이르는 말.

〔**周易·澤火革**〕象曰, ……. 天地革而四時成, ○○○○, ○○○○○○○○. 革之時大矣哉.

布衣之士, 不輕爵祿, 無以易萬乘之主. 萬乘之主, 不好仁義, 亦無以下布衣之士.

베옷 입은 벼슬하지 않는 선비가 작위와 봉록을 경시하지 않는다면 그는 만 대의 병거(兵車)를 가진 대국의 군주를 소홀하게 여기지 않는다. 만 대의 병거를 가진 대국의 군주가 인의를 좋아하지 않는다면 그는 또한 베옷 입은 선비를 존중하지 않는다. 작위와 복록을 좋아하는 베옷 입은 선비는 그것을 줄 수 있는 대국의 군주를 중시하며, 인의를 좋아하지 않은 대국의 군주는 그것을 중시하는 베옷 입은 선비를 좋아하지 않는다는 뜻. (布衣之士 : 베옷 입은 선비. 곧 벼슬을 하지 않는 사람. 易 : 홀하게 여기다. 업신여기다. 깔보다. 얕보다. 萬乘之主 : 일만 대의 병거를 거느리는 대국의 군주. 乘 : 수레·말·갑옷 입은 병사와 보졸을 포함한 한 대의 병거. 春秋시대에는 갑옷 입은 병사 3인·보졸 72인에 네 마리의 말이 끄는 병거를 乘이라고 했다. 下 : 자기를 낮추어 상대방을 높이다. 상대방을 존중함을 말한다.)

〔**呂氏春秋·下賢**〕桓公曰, 不然. 士驁祿爵者, 固輕其主, 其主驁霸王者, 亦輕其士. 縱夫子驁祿爵, 吾庸敢驁霸王乎. 遂見之, 不可止. 〔**韓非子·難一**〕桓公曰, 吾聞○○○○, ○○○○, ○○○○○○○○, ○○○○, ○○○○, ○○○○○○○○. 於是五往, 乃得見之. 〔**韓詩外傳·卷六**〕桓公曰, ……. 吾聞之, 布衣之士, 不欲富貴, 不輕身於萬乘之君. 萬乘之君, 不好仁義, 不輕身於布衣之士. 〔**新序·雜事五**〕桓公曰, 不然, 士之傲爵祿者, 固輕其主, 其主傲霸王者, 亦輕其士. 縱夫子傲爵祿, 吾庸敢傲霸王乎.

Ⅴ. 國家의 安危와 興亡盛衰

- 安定·興盛·昏亂·危險·衰亡·統一

車轂擊, 人肩摩.
거 곡

수레의 바퀴통이 서로 부딪치고, 사람의 어깨가 서로 스치다. 오가는 인마(人馬)가 많아서 도시가 혼잡하고 매우 붐비는 것을 형용. (轂 : 바퀴통.) → **肩摩轂擊. 肩摩踵接. 比肩繼踵. 比肩接踵. 比肩隨踵. 挨肩擦背. 挨肩擦膀. 挨肩疊背. 挨肩疊足.**

〔**晏子春秋·雜下**〕晏子對曰, 齊之臨淄三百閭. 張袂成陰, 揮汗成雨, 比肩繼踵而在, 何爲無人. 〔**說苑·奉使**〕※ 상문과 동일. 〔**戰國策·齊策一**〕臨淄之途, ○○○, ○○○, 連衽成諱, 揮汗成雨. 〔**史記·貨殖列傳**〕肩摩轂擊.

居安思危, 思則有備, 有備無患.

편안하게 살 때에 앞으로 위험이 닥칠 것을 생각해야 하며, 그렇게 생각하면 미리 대비를 해야 하는 것이니, 미리 대비를 해두면 걱정꺼리가 없어진다. → **有備無患.** → **居安思危.**

〔**周易·繫辭下**〕君子, 安而不忘危, 存而不忘亡, 治而不忘亂. 〔**書經·商書·說命中**〕惟事事, 乃其有備, 有備無患. 〔**春秋左氏傳·襄公十一年**〕書曰, ○○○○, ○○○○, ○○○○. 〔**魏徵·諫太宗十四疏**〕不念居安思危, 戒貪以儉, 德不處其厚, 情不勝其欲, 斯亦伐根以求木茂, 塞源而欲流長者也.

車如流水, 馬如龍.

수레의 왕래가 끊이지 않아 그 모양이 흐르는 물과 같고, 말의 머리와 꼬리의 잇닿음이 마치 긴 용과 같다. 거마(車馬)가 큰 무리를 이루고 대(隊)를 지어 지나가는 것이 매우 붐비는 것을 형용.

〔**宋 范曄·後漢書·馬后紀**〕○○○○, ○○○. 〔**南唐 李煜·望江南**〕還是舊時游上苑, ○○○○, ○○○, 花月正春風.

擧如鴻毛, 取如拾遺.

나라를 지극히 가벼운 기러기털과 같이 가볍게 점령하고, 떨어진 물건을 줍는 것과 같이 취하다. 나라를 취하는 것을 매우 쉽게 함을 형용. (擧 : 들어올리다. / 점령하다. 정복하다. 탈취하다. 함락시키다. 拾遺 : 떨어뜨린 물건을 줍다.)

〔**漢書·梅福傳**〕擧秦如鴻毛, 取楚如拾遺.

九河盈溢, 非一凷所能防. 帶甲百萬, 非一勇所能伉.
일 괴 항

구하(九河)에 가득차 넘치는 강물을 한 흙덩이로 막을 수 없고, 갑옷을 입은 백만대군을 한 용사가 겨룰 수 없다. (喻) 대란(大亂)은 작은 힘으로는 막을 수 없다. (九河 : 禹王시대에 黃河가 아홉 갈래의 지류로 흐르고 있음을 이른다. 후세에 하나로 되었다. 凷 : 흙덩이. = 塊. 伉 : 겨루다. 필적하다. 대항하다.)

〔**蔡邕·釋誨**〕○○○○, ○○○○○○, ○○○○, ○○○○○○.

國家將興, 必有禎祥. 國家將亡, 必有妖孽.
정

국가가 흥성하려고 할 때에는 반드시 상서로운 조짐이 있고, 국가가 망하려고 하면 반드시 재앙의 싹이 있다. (禎祥 : 길상의 조짐. 妖孽 : 요괴. 곧 재앙의 싹.)

〔**中庸·第二十四章**〕至誠之道可以前知. ○○○○, ○○○○. ○○○○, ○○○○. 見乎蓍龜, 動乎四體.

國家之危定, 百姓之治亂, 在君行之賞罰也. 賞當則賢人勸, 罰得則姦人止.

국가의 위험과 안정, 백성의 다스려짐과 혼란해짐은 모두 임금이 상벌을 시행하는 것에 달려 있다. 상 주는 것이 타당하면 어진이들이 힘써 일할 것이고, 벌 주는 것이 마땅하면 간사한 자들이 그릇된 행동을 그만둔다. (勸 : 힘써 일하다. 분발 노력하다. 부지런히 힘써 나아가다.)

〔**韓詩外傳·卷七**〕昔者, 司城子罕相宋, 謂宋君曰, 夫國家之安危, 百姓之治亂, 在君之行. 〔**淮南子·道應訓**〕昔者, 司城子罕相宋, 謂宋君曰, 夫國家之安危, 百姓之治亂, 在君行賞罰. 〔**說苑·君道**〕司城子罕相宋, 謂宋君曰, ○○○○○, ○○○○○, ○○○○○○○○, ○○○○○○○, ○○○○○○.

國家之將興也, 君子自以爲不足. 其亡也, 若有餘.

나라가 흥성하려고 하면 군자는 모두 스스로 (역량이) 부족하다고 여긴다. 나라가 빨리 망하려고 하면 겉으로는 매우 여유가 있는 것 같이 한다.

〔**國語·晉語九**〕(壯馳茲)對曰, 臣聞之, ○○○○○○, ○○○○○○○○. ○○○, ○○○.

國雖大, 好戰必亡. 天下雖安, 忘戰必危.

나라가 비록 강하여도 전쟁하기를 좋아하면 반드시 멸망하고, 세상이 비록 평안해도 전쟁을 잊고 있으면 반드시 위태롭게 된다.

〔**司馬法·仁本**〕○○○, ○○○○. ○○○○, ○○○○. 〔**主父偃·諫代匈奴書**〕國雖大, 好戰必亡.

〔**史記·平津侯主父列傳**〕司馬法曰, ○○○, ○○○○. ○○○○, ○○○○. 天下旣平, 天下大凱, 春蒐秋獮, 諸侯春振旅, 秋治兵, 所以不忘戰也. 〔**說苑·指武**〕司馬法曰, ○○○, ○○○○, ○○○○, ○○○○. 〔**古今小說**〕國家雖安, 忘戰必危. 江淮乃東南重地, 散遣忠義軍, 最爲非策.

國將亡, 本先顚, 而後枝葉從之.

나라가 망하려고 하면 그 뿌리가 먼저 넘어지고, 그 다음에 가지와 잎이 이에 따라 넘어진다. 한 나라도 그 근본으로 삼고있는 예의, 도덕이 무너지면 결국 망하게 된다는 뜻. (本 : 뿌리. 밑둥. 줄기. 顚 : 넘어지다. 뒤집히다. / 떨어지다. 추락하다. 將 : 막 … 하려하다.)

〔**春秋佐氏傳·閔公元年**〕(仲孫)對曰, ……, 周禮所以本也, 臣聞之, ○○○, ○○○, ○○○○○○, 魯不棄周禮, 未可動也, …….

國將興, 聽於民. 將亡, 聽於神.

나라가 흥성하려 할 때는 (임금이) 백성들로부터 (의견 · 권고 따위를) 듣고, 나라가 패망하려고 할 때는 신에게 맡겨 둔다. (聽 : 남의 의견 · 권고 따위를 듣다. 받아들이다. 따르다. 살피다. / 자유에 맡기다. 마음대로 하게 하다. 그냥 내버려 두다. ≒ 任.)

〔**春秋左氏傳·莊公三十二年**〕史嚚曰, 虢其亡乎. 吾聞之, ○○○, ○○○. ○○, ○○○. 神聰明正直, 而壹者也. 依人而行, 虢多凉德, 其何土之能得. ※〔**國語·周語上**〕昔夏之興也, 融 降于崇山. 其亡也, 回祿信於聆隧. 商之興也, 檮杌次於丕山. 其亡也, 夷羊在牧. 周之興也, 鸑鷟鳴於岐山. 其衰也, 杜伯射王於鄗.

國之興也, 視民如傷, 是其福也. 其亡也, 以民爲土芥, 是其禍也.

나라가 흥성한 것은 (임금이) 백성을 자신의 상처와 같이 돌보았기 때문이며 이것이 복이 된 것이고, 나라가 패망한 것은 백성을 흙덩이처럼 여기기 때문이며 이것이 화가 된 것이다. (視民如傷 : 백성을 임금 자신의 상처와 같이 돌보다. 임금이 백성을 깊이 사랑하고 가엾게 여김을 형용. 視 : 돌보다. 기르다. / 대우하다. 대접하다. 土芥 : 흙과 먼지. 흙덩이. 가치가 없고 보잘 것 없고 하찮은 물건을 이른다.)
→ **視民如傷**. ≒ **視民如子**.

〔**春秋左氏傳·哀公元年**〕臣聞○○○○, ○○○○, ○○○○. ○○○, ○○○○○, ○○○○. < 杜預注 > 如傷, 恐驚動. 〔**孟子·離婁下**〕文王 視民如傷, 望道而未之見. 〔**章炳麟·滿洲總督呑賑款狀**〕欲使官常整飾, 視民如傷, 必非滿洲政府所能爲也.

國之興也, 天遺之賢人與極言之士. 國之亡也, 天遺之亂人與善諛之士.

유

나라가 흥성하려면 하늘이 현인과 거리낌없이 진언하는 선비를 보내주고, 나라가 망하려면 나라를 어지럽히는 사람과 잘 아첨하는 선비를 보내준다. (遺 : 남기다. 남겨 주다. 물려 주다. 전하다. /

보내다. 보내 주다. 極言 : 갖은 말을 다하여 이르다. / 거리낌없이 함부로 말하다. 막말을 하다. 諛 : 아첨하다.)

〔**呂氏春秋·先識**〕(晉太史屠黍) 曰, 臣聞之 ○○○○, ○○○○○○○○○○○. ○○○○, ○○○○○○○○○○. 〔**說苑·權謀**〕屠餘曰, ……, 臣聞國之興也, 天遺之賢人, 與之極諫之士. 國之亡也, 天與之亂人與善諛者.

群吏朋黨, 各進所親, 招擧奸枉, 抑挫仁賢, 背公立私, 同位相訕(산), 是謂亂源.

많은 관리가 붕당을 이루어 각각 그 친한 자를 벼슬 길에 나아가게 하고, 간사하고 마음이 비뚤어진 자를 불러 천거하며, 어진이를 눌러서 꺾고, 공을 저버리고 사를 내세우며, 같은 지위에 있는 자들이 서로 비방하는 것, 이것을 어지러움의 근원이라고 한다. (枉 : 마음이 굽다. 비뚤다. 도리에 어긋나다. 訕 : 헐뜯다. 비방하다.)

〔**三略·上略**〕軍讖曰, ○○○○, ○○○○, ○○○○, ○○○○, ○○○○, ○○○○,○○○○.

今天下三分, 益州疲弊, 此誠危急存亡之秋也.

이제 천하는 셋으로 나뉘었고, 益州는 피폐해 있으니, 이는 진실로 위급하기가 존속하느냐 멸망하느냐 하는 중요한 시기이다. (誠 : 진실로. 秋 : 농업시대 수확의 계절로, 중요한 시기로 인용된다.)
→ **危急存亡之秋. 存亡之秋.**

〔**諸葛亮·前出師表**〕先帝創業未半而中道崩殂, ○○○○○, ○○○○, ○○○○○○○○○. 〔**十八史略·近古·晉 六朝篇**〕漢丞相 諸葛亮, 率諸軍伐魏, 臨發上疏曰, 今天下三分, 益州疲弊, 此危急存亡之秋也.

亂世之徵, 其服組, 其容婦, 其俗淫, 其志利, 其行雜, 其聲樂險, 其文章匿(익)而采.

난세가 될 징후는 사람들의 복장이 화려해지고, 그 용모가 여자와 같이 우아해지며, 풍속은 음란해지고, 그 마음은 사리를 추구하게 되며, 그 행실은 난잡해지고, 음성으로 하는 노래는 비뚤어지며, 모든 문채가 사특하고 다채롭게 되는 것 등이다. (組 : 오색이 선명하다는 뜻의 䵻자를 빌린 자. 후세에는 깔끔하다. 청결하다. 선명하다. 산뜻하다는 뜻의 楚자를 많이 쓴다. 容 : 얼굴. 용모. 몸가짐. 표정. 婦 : 고상하다. 우아하다. 마음씨가 부드럽다. 정숙하다. 俗 : 풍속. 관습. 險 : 비뚤다. 부정하다. 음험하다. 교활하다. 사악하다. 文章 : 의복에 수놓은 무늬. 문채. 선과 색채가 뒤섞인 도안. 꾸밈. 장식. 匿 : 사악하다. 간사하다. 사특하다. = 慝.)

〔**荀子·樂論**〕○○○○, ○○○, ○○○, ○○○, ○○○, ○○○, ○○○○, ○○○○○○.

亂也者, 必始乎近, 而後及遠, 必始乎本, 而後及末, 治亦然.

(세상이) 어지러워지는 것은 반드시 가까운 데에서 시작한 뒤에 먼 데에 미치고, 반드시 근본에서 시작한 뒤에 그 끝에 미치며, (세상이) 다스려지는 것도 또한 이와 같다. 세상의 어지러워짐과 잘 다스려짐은 다 작은 것에서 시작하여 큰 것에 미치고, 몸에서 시작하여 나라에 미치게 된다는 뜻. (也者 : …라고하는 것은.)

〔**呂氏春秋·處方**〕凡○○○, ○○○○, ○○○○, ○○○○, ○○○○, ○○○.

大道之行也, 謀閉而不興, 盜竊亂賊而不作, 故外戶而不閉.

옛날 대도(大道)가 실현된 시대에는 간사한 계략이 막혀서 소동을 일으킬 수 없었고, 남의 물건을 훔치고 나라를 어지럽게 하는 도둑질이 끊기어 일어나지 않았다. 그래서 집집마다 지게문을 걷어내고 닫지를 않았다. 中國 고대의 전설적인 오제(五帝)시대와 夏·殷·周 삼대(三代)의 영걸의 군신이 통치했을 때는 대도가 실현되어 치안이 잘 되어 세상이 태평하고 사회기풍과 인심이 순후하여 도적이 완전히 사라졌음을 이른 것. (亂賊 : 나라를 어지럽게 하는 도둑. 外戶 : 지게문을 걷어내다. 외짝문을 제거하다. 戶 : 지게문 곧 외짝문을 이른다. ※ 문 한 개는 戶. 문 두 개는 門이다.) → **外戶而不閉**. ≒ **夜不閉戶**. ≒ **道不拾遺**. **路不拾遺**.

〔**禮記·禮運**〕孔子曰, ○○○○○, 與三代之英, 丘未之逮也, ……. 是故 ○○○○○, ○○○○○○○, ○○○○○○. 是謂大同. 〔**三國演義**〕兩川之民, 欣樂太平, 夜不閉戶, 路不拾遺.

大臣重祿而不極諫, 近臣畏罰而不敢言, 下情不上通, 此患之大者也.

대신이 봉록을 중히 여겨 감언을 다하지 아니하는 것, 근신이 벌받을 것을 두려워하여 감히 말하지 아니하는 것, 하부의 정보가 상부에 통달되지 아니하는 것, 이것들이 나라의 재난의 큰 것이다. (極 : 다하다.)

〔**新序·雜事五**〕晉 平公問叔向曰, 國家之患, 孰爲大. 對曰, ○○○○○○○○, ○○○○○○○○, ○○○○○, ○○○○○○. 〔**說苑·善說**〕(叔曰) 對曰, 夫大臣重祿而不極諫, 近臣畏罪而不敢言, 左右顧寵於小官而君不知. 此誠患之大者也.

倒載干戈(과), 包之以虎皮.

가지고 있는 방패와 창을 거두어들여 잘 묶어 호랑이가죽으로 싸서 쌓아두다. (喻) 무기를 거두어 저장해두고 다시 전쟁을 하지 아니하다. / 천하가 태평하다. (倒載干戈 : 방패와 창을 거꾸로 싣다. 무기를 거두어 다시 전쟁을 하지 아니함을 비유. 載 : 짐을 싣다. 수레에 실어 운반하다. 그릇에 담다. 놓다.

두다.) → **倒載干戈, 倒置干戈.**

〔**禮記·樂記**〕○○○○, ○○○○○. 將師之士使爲諸侯, 名之曰健櫜, 然後天下知武王之不復用兵也. 〔**史記·留侯世家**〕殷事已畢, 偃革爲軒, 倒置干戈, 覆以虎皮. 以示天下不復用兵. 〔**新序·善謀二**〕(酈食其)曰, ……. 殷事已畢, 偃革爲軒, 倒載干戈, 以示天下不復用兵. 今陛下能偃革倒載干戈乎.

亡國不可以復存, 死者不可以復生.

망한 나라는 다시 존립시킬 수 없고, 죽은 사람은 다시 살려낼 수 없다.

〔**孫子·火攻**〕○○○○○○○, ○○○○○○○. 故 明主愼之, 良將警之. 此安國全軍之道也.

亡鄧國者, 必此人也. 若不早圖, 後君噬齊.

등 서

鄧나라를 멸망시킬 자는 반드시 이 사람일 것이다. 만약 빨리 대책을 세우지 않는다면 뒤에 임금은 사향노루가 그 배꼽을 물어뜯듯이 잘못했음을 후회하게 될 것이다. (圖 : 대책을 세우다. 噬齊 : 배꼽을 물어 뜯다. 곧 사람에게 붙잡힌 사향노루가 그 배꼽향내 때문에 배꼽을 물어뜯었다는 데서, 일이 미치지 못함을 후회함을 뜻한다. = 噬臍. 噬臍莫及 : 일이 그릇된 뒤에는 후회하여도 어찌할 수 없다는 비유.) → **噬臍莫及.**

〔**春秋左氏傳·莊公六年**〕三甥曰, ○○○○, ○○○○, ○○○○, ○○○○.

滅六國者, 六國也, 非秦也. 族秦者, 秦也, 非天下也.

여섯 나라를 멸망시킨 것은 여섯 나라 자신이었지, 秦나라가 아니었다. 秦나라를 멸한 것은 秦나라 자신이었지 온 세상이 아니었다. 한 나라가 망한 것이 그 나라 자신의 자업자득이며 결코 다른 나라에 의한 것이 아니라는 뜻. (喩) 전국시대에 할거하여 패권을 다투고있던 秦·楚·燕·齊·韓·魏·趙의 일곱 나라 가운데 秦이 여타 여섯 나라를 멸망시켜 천하를 통일했으나 秦도 2대를 넘기지 못하고 망하고 말았다. (族 : 멸하다. / 벌이 일족에게 미치는 극형.)

〔**杜牧·阿房宮賦**〕嗚呼. ○○○○, ○○○, ○○○, ○○○, ○○, ○○○○. 嗟夫. 使六國各愛其人, 則足以拒秦, 秦復愛六國之人, 則遞三世, 可至萬世而爲君, 誰得而族滅也.

無忽一毫, 輿羽折軸者積也.

한 개의 가는 털도 소홀히 해서는 안되는 것이니, 수레에 실은 깃털이 수레의 축을 부러뜨리는 것은 그 무거움이 쌓이기 때문이다. (喩) 나라가 망하는 것은 나라를 해치는 대수롭지 않은 일들이 거듭 쌓이고 점진적으로 진행되기 때문이다.

〔**呻吟語·第十章**〕天下之勢積漸成之也, ○○○○, ○○○○○○○, 無忽寒露, 尋至堅氷者漸也, 自古, 天下國家身之敗亡, 不出積漸二字, 積之微, 漸之始, 可爲寒心哉.

白虹貫日, 太子畏之.
홍

흰 무지개가 태양의 면을 뚫고 지나가니 태자(太子)가 이를 두려워하다. 옛 사람들은 세상에 이상한 거동이 있을 때 白虹貫日의 현상이 있다고 생각하였다. (喻) 나라에 난리가 날 징조가 나타난 것을 태자가 두려워하다. 임금 신상에 어떤 위해가 닥칠 조짐이 나타나 후계자가 두려워하다. (虹 : 무지개.) → **白虹貫日.**

〔 **史記·鄒陽列傳** 〕 昔者荊軻慕燕丹之義, ○○○○, ○○○○. 〔 **戰國策·魏策四** 〕 唐且曰, ……. 夫專諸之刺王僚也, 彗星襲月. 聶政之刺韓傀也, 白虹貫日. 要離之刺慶忌也, 倉鷹擊於殿上. 〔 **後漢書·靈帝紀** 〕 中平六年二月乙未, 白虹貫日.

病之將死也, 不可爲良醫. 國之將亡也, 不可爲計謀.

병이 들어 막 죽으려고 함에는 좋은 의사도 어쩔 수 없고, 나라가 막 망하려고 함에는 어떤 계책도 어쩔 수 없다.

〔 **說苑·權謀** 〕 應之曰, 吾聞○○○○○, ○○○○○. ○○○○○, ○○○○○.

不去慶父, 魯難未已.
보

(야심이 큰) 慶父가 제거되지 않고는 魯나라의 날리는 끊기지 않는다. (喻) 날리를 일으키는 우두머리를 없애지 않으면 나라의 안녕을 확보하기가 어렵다. (慶父 : 춘추시대의 魯나라 莊公의 서형으로, 일찌기 莊公의 후계자인 아들 般과 閔公을 살해했다. 已 : 그치다. 끝나다.) = **慶父不死, 魯難未已.**

〔 **春秋左氏傳·閔公元年** 〕 冬, 齊仲孫湫來, 省難. ……. 仲孫歸曰, ○○○○, ○○○○. 〔 **晉書·李密傳** 〕 出爲溫令, 而憎疾從事, 嘗與人書曰, 慶父不死, 魯難不已. 從事白其書司隸, 司隸以密在縣淸愼, 弗之劾也.

不虧不崩, 不震不騰.
휴 붕 부 등

이지러지지 말고, 무너지지 말고, 놀라지 말고, 움직이지도 말라. 魯나라가 안정되기를 희구하는 글. (虧 : 이지러지다. 망그러지다. 부서지다. 무너지다. 震 : 놀라다. 두려워하다. 떨다. 騰 : 이동하다. 옮기다. 움직이다. ≒ 移.)

〔 **詩經·魯頌·閟宮** 〕 保彼東方, 魯邦是常. ○○○○, ○○○○. 三壽作朋, 如岡如陵.

涉大水, 其無津涯.
애

큰 강물을 건너는데 나루와 물가가 없다. (어떻게 강을 건너가랴 !) (喻) 나라가 망하게 되었으나 구제할 길이 없다. (津 : 나루. 강 안에서 배가 건너다니는 일정한 곳. / 나루터. 도선장. 涯 : 물가. = 厓.)

〔詩經·商書·微子〕今殷其淪喪, 若○○○, ○○○○. 殷遂喪, 越至于今.

聖人以治天下爲事者也, 必知亂之所自起, 焉能治之.

성인은 천하를 다스리는 것을 업무로 삼는 자이니, 그래서 분란이 생기는 근원의 소재를 반드시 알아야 되며, 그러면 잘 다스릴 수 있다. (焉 : 이에. 곧.)

〔墨子·兼愛上〕○○○○○○○○○○, ○○○○○○○, ○○○○. 不知亂之所自起, 則不能治.

世衰道微, 邪說暴行有作. 臣弑其君者有之, 子弑其父者有之.

세상의 운수가 쇠약해지고 정도(正道)가 쇠퇴하여 부정한 학설과 포악한 행동이 또 일어나서, 신하가 임금을 시해하는 일이 있고, 자식이 그 아버지를 살해하는 일이 있다. (微 : 쇠퇴하다. 떨어지다. 邪說 : 정도를 벗어난 그릇된 학설. 여기서는 老·莊·楊·墨 등의 학설을 이른 것. 有作 : 또 일어나다. 有 : 또. 弑 : 죽이다. 신하가 임금을, 자식이 아비를, 아랫 사람이 웃 사람을 죽이는 데 쓴다.)

〔孟子·滕文公下〕○○○○, ○○○○○○, ○○○○○○○, ○○○○○○○.

世有三亡, 以亂攻治者亡, 以邪攻正者亡, 以逆攻順者亡.

세상에는 세 가지의 망하는 인소가 있으니, 난리를 겪고있는 나라가 안정된 나라를 공격하면 망하고, 사악한 나라가 단정한 나라를 공격하면 망하고, 패리(悖理)의 나라가 순리의 나라를 공격하면 망한다는 것이다. (亂 : 분쟁. 난리. 소요. / 난잡하고 무질서하다. 혼란하다. 불안정하다. 治 : 잘 다스려지다. 안정되다. 태평하다. 逆 : 사리에 어긋나다. 도리에 어그러지다. 상리에서 벗어나다. / 패리. ≒ 悖理.)

〔韓非子·初見秦〕○○○○, 而天下得之, 其此之謂乎. 臣聞之曰, ○○○○○○, ○○○○○○, ○○○○○○.

雖無老成人, 尙有典刑. 曾是莫聽, 大命以傾.

비록 인격이 높고 명망이 큰 노신(老臣)은 없지만 의연히 법령제도와 법규가 있는데, 뜻밖에도 누구도 이것(간언)을 받아들이지 않았으니 천명이 기울어져버린 것이다. (老成人 : 노련한 사람. 세련된 사람. 경험을 쌓아 일에 익숙한 사람. / 인격이 높고 명망이 큰 사람. 尙 : 아직도. 여전히. 의연히. 典刑 : 법령제도와 법규. 刑 : 법. 규정. 법도. 曾是莫聽 : 의연히 이것을 받아들이지 아니하다. 曾莫聽是의 뒤바뀐 글로, 뜻밖에도 사람이 이 간언·충고를 받아들이지 않음을 이른다. 曾 : 일찍이. 이전에. 이미. / 뜻밖에도. 의외로. 大命 : 임금이 될 운명. 천명. 傾 : 기울어지다. 무너지다. 넘어지다. 위태롭게 되다.)

〔詩經·大雅·蕩〕○○○○○, ○○○○. ○○○○, ○○○○.

恃險與馬, 之不可以爲固也, 從古以然.

국토의 험악함과 병마의 수에 의지하려고 해도 이것이 나라를 안정시킬 수 없는 것은 옛날부터 그러했던 일이다. 국가 안정의 근본은 도의의 확립에 있다는 것을 강조하려는 것. (恃 : 믿고 의지하다. 險 : 험하다. 지세가 험악함을 가리킨다. 馬 : 말로 병마를 가리키며 이것은 곧 군비, 군대, 또는 전쟁에 관한 모든 일의 비유. 固 : 안정시키다.)

〔**春秋左氏傳·昭公四年**〕○○○○, ○○○○○○○○, ○○○○. 是以先王務脩德音以亨神人, 不聞其務險與馬也.

臣疑其君, 無不危國. 妾疑其夫, 無不危家.

신하의 권세가 그 임금과 서로 비슷하면 위험하지 않는 나라가 없고, 여자의 권세가 그 지아비와 서로 비슷하면 위험하지 않는 집안이 없다. (疑 : 비기다. 견주다. 대등하다. 서로 필적하다. 쌍방이 백중하다. 擬와 상통. 妾 : 본처 외에 데리고 사는 여자. / 여자가 자기를 낮추어 이르는 말.)

〔**史記·李斯列傳**〕李斯不得見, 因上書言趙高之短曰, 臣聞之, ○○○○, ○○○○, ○○○○, ○○○○.

臣正君邪, 國患難治.

신하가 올바르고 임금이 올바르지 못하면 나라의 환난을 다스리기 어렵다. (邪 : 올바르지 않다.)

〔**封神演義**〕古語有言, ○○○○, ○○○○. 杜元銑乃治世之忠良.

室如懸罄, 野無青草.

경

집안은 경쇠를 걸어놓은 것 같고, 들에는 푸른 풀조차 없다. 집안에는 들보와 서까래만 있을 뿐 양식이 없어 텅 비어있고 들에는 먹는 채소조차 없다는 뜻. 집안이 너무 가난하여 양식과 채소가 없이 텅 비어있음을 형용하는 말로 망한 나라의 처량한 풍경을 그린 것. (室如懸罄 : 집안이 텅 비어 있어 매우 가난함을 형용.) → **室如懸罄.**

〔**春秋左氏傳·僖公二十六年**〕齊侯曰, 魯人恐乎. 對曰, 小人恐矣, 君子則否. 齊候曰, ○○○○, ○○○○, 何恃而不恐. < 杜預注 > 時夏四月, 今之二月, 野物未成, 故言居室而資糧懸盡, 在野則無蔬食之物, 所以當恐. 〔**國語·魯語上**〕齊侯見使者曰, 魯國恐乎. 對曰, 小人恐矣, 君子則否, 公曰, ○○○○, ○○○○, 何恃而不恐.

安危在是非, 不在於彊弱, 存亡在虛實, 不在於衆寡.

임금의 안위는 그 행위의 옳고 그름에 의해 결정되는 것이고 국세의 강하고 약함에 있는 것이 아니며, 나라의 존망은 그 국력의 허하고 실함에 의하여 결정되는 것이고 백성의 많고 적음에 있는 것이 아니다.

〔**韓非子·安危**〕○○○○○, ○○○○○, ○○○○○, ○○○○○. 故齊, 萬乘也, 而名實不稱, 上空虛於國, 內不充滿於名實, 故臣得奪主

若顚木之有由蘖.
(顚: 전, 蘖: 얼)

넘어진 나무의 그 그루터기에서 또 새싹이 돋아나는 것과 같다. (喩) 한 번 쇠망한 나라도 백성들이 노력하면 언젠가는 다시 일으켜 세울 수 있다. (由 : 움트다. 蘖 : 그루터기. / 움. 그루터기에서 돋은 움.)

〔**書經·商書·盤庚上**〕盤庚遷于毁, 民不適有居. 率籲衆慼出矢言. 曰, ……. ○○○○○○○, 天其永我命于玆新邑, 紹復先王之大業, 底綏四方.

揚之水, 不流束薪.

세차게 솟구쳐 오른 물은 (무엇 때문에) 한 다발의 땔나무도 흘려보내지 못하는가? (喩) 왕성하게 번창하던 나라가 쇠약해져서 아무 힘이 없고 아무것고 할 수 없다. 周나라 왕실이 무력해져 周나라 제후의 나라에까지 와서 수자리를 살게 된 것을 이르는 것. (揚之水 : 솟구쳐 오른 물결.)

〔**詩經·王風·揚之水**〕○○○, ○○○○, 彼其之子. 不與我戍申. 〔**詩經·鄭風·揚之水**〕○○○, ○○○○. 終鮮兄弟, 維予二人.

魚遊釜中, 喘息須臾間耳.
(喘: 천, 臾: 유)

물고기가 솥 가운데서 놀고 있어 곧 숨이 차서 헐떡거리는 것도 눈 깜짝할 사이일 뿐이다. (喩) 살아있지만 죽을 위험이 목전에 닥쳐있다. / 나라가 곧 멸망할 상황에 처하다. (喘息 : 숨이 차서 헐떡거리다. 須臾 : 눈 깜짝할 사이.) → **魚游釜中. 魚游沸鼎. 釜中魚游.**

〔**後漢書·張綱傳**〕嬰聞, 泣下, 曰, 荒裔愚人, 不能自通朝廷, 不堪侵枉, 遂復相聚偸生, 若 ○○○○, ○○○○○○. 〔**明 凌濛初·二刻拍案驚奇·宋公明鬧元宵**〕聽喧鬧魚游釜中, 急奔脫鳥飛出籠. 〔**文選·丘遲·與陳伯之書**〕將軍魚游沸鼎之中, 燕巢于飛幕之上, 不亦惑乎. 〔**東周列國志**〕句踐爲人機險, 今爲釜中之魚, 命制庖人. 〔**封神演義**〕你欺敵擅入西岐, 眞如魚游釜中, 鳥投網裏, 自取其死.

與死人同病者, 不可生也, 與亡國同行者, 不可存也.

죽은 사람과 같은 병을 앓는 자는 살 수가 없고, 멸망한 나라와 같은 처사를 하는 나라는 보전할 수가 없다. (行 : 행위.)

〔**韓非子·孤憤**〕今大臣執政獨斷, 而上弗知收, 是人主不明也. 與死人同病者, 不可生也. 與亡國同事者, 不可存也. 〔**唐 趙蕤·長短經·是非**〕管子曰, 疑今者察之古, 不知來者視之往. 故語曰, ○○○○, ○○

○○○○○○, ○○○○, ○○○○.

寧爲太平犬, 莫作離亂人.

차라리 태평성세의 개가 될지언정, 전란이 있는 시대의 사람이 되지 말라. 사람들이 난세를 만나서 당하는 고통스러운 심정을 표시하는 말. (離亂人 : 질서가 어지럽고 세상이 소란할 때의 사람.) = **寧爲太平犬, 莫作離難人. 亂離人, 不及太平犬.**

〔 **元 施惠·幽閨記** 〕(生) 亂亂隨遷客, 紛紛避禍民, (合) ○○○○○, ○○○○○.

禹湯罪己, 其興也勃焉. 桀紂罪人, 其亡也忽焉.

기 발 주

성군인 夏나라 禹왕과 殷나라 湯왕은 잘못을 자책하여 자신의 죄로 돌림으로써 갑자기 나라가 흥성하여졌고, 夏나라의 桀왕과 殷나라의 紂왕은 남을 탓하여 죄를 덮어씌움으로써 나라가 갑자기 망해버렸다. (罪己 : 자신을 책망하다. 죄를 자신에게 돌리다. 자기를 벌하다. 勃焉 : 갑자기 일어나는 모양. 갑작스런 모양. = 勃爾. 罪人 : 남을 탓하다. 죄를 남에게 덮어씌우다. 忽焉 : 갑자기. 신속한 모양.)

〔 **春秋左氏傳·莊公十一年** 〕臧文仲曰, 宋其興乎. ○○○○, ○○○○○. ○○○○, ○○○○○.

儒以文亂法, 俠以武犯禁, 而人兼禮之, 此所以亂也.

유가(儒家)는 문학으로써 법률을 어지럽히고, 협사(俠士)는 폭력으로써 금령을 범하나, 임금은 다 같이 그들을 존경하니, 이것이 곧 나라가 혼란해지는 원인이다. 범법행위를 한 유가나 협사를 공직에 임명하는 일이 없어야 나라가 잘 다스려짐을 의미. (儒 : 유가. 孔子의 학설을 숭봉하는 학자. 文 : 문학. 고대의 경전을 연구·학습하는 것을 기리킨다. 俠 : 협사. 墨家의 부류로 후세에서 이른바 협객, 검객의 부류를 이른다. 禮 : 예의로써 접대하다. 사람에 대하여 존경함을 표시한다.)

〔 **韓非子·五蠹** 〕○○○○○, ○○○○○, ○○○○○○, ○○○○○. 夫離法者罪, 而諸先生以文學取. 犯罪者誅, 而郡俠以私劍養. 故法之所非, 君之所取, 吏之所誅, 上之所養也.

以一蕢障江河, 用沒其身.

궤

한 삼태기의 흙으로 揚子江이나 黃河의 물을 막으려고 하면 그 때문에 몸만을 망치게 된다. (喩) 미력으로써 큰 난리를 막으려고 하면 몸만 망친다. (蕢 : 삼태기. 障 : 가로막다. 用 : 말미암아. = 以·由·因. 동작의 원인을 나타내는 介詞로 쓰였다. 沒 : 다하다. 없어지다. 죽다.)

〔 **漢書·何武王嘉傳** 〕武嘉區區, ○○○○○○, ○○○○.

人必自侮, 然後人侮之. 家必自毁, 而後人毁之. 國必自伐, 而後人伐之.

한 개인은 반드시 자기가 먼저 자신을 업신여기고 난 후에야 비로소 남들이 그를 업신여긴다. 일개 경대부의 집안은 반드시 자기가 먼저 그 집안을 훼손하고 난 뒤에야 비로소 다른 집안 사람이 그 집안을 훼손한다. 일개 제후의 나라는 반드시 자신이 남의 공격을 받을 폭정을 조성한 뒤에야 비로소 다른 나라 사람들이 그 나라를 공격한다. 사람은 먼저 자기가 자신을 업신여기는 행실을 했기 때문에 남의 업신여김을 받고, 경대부의 집안은 자기를 훼손하는 도를 스스로 행하였기 때문에 다른 집안의 훼손함을 받게 되며, 제후의 나라는 먼저 자국이 공격을 받을 정치를 했기 때문에 다른 나라의 공격을 받게 된다는 뜻. (侮 : 업신여기다. 낮추어보다. 모욕하다. 伐 : 치다. 공격하다. 정벌하다.)

〔**孟子·離婁上**〕夫 ○○○○, ○○○○○. ○○○○, ○○○○○. ○○○○, ○○○○○.

一法度衡石丈尺, 車同軌, 書同文字.
거 궤

전국의 법률 제도와 도량형의 표준을 통일하고, 수레의 양바퀴의 폭을 서로 같게 하며, 문자의 형체를 서로 같게 하다. 천하가 통일되어 있음을 형용하는 말. (一 : 같게 하다. 합하다. 통일하다. 衡石 : 저울대와 저울추. 저울. 丈尺 : 길이의 단위. 車同軌 : 수레의 두 바퀴의 폭간격을 서로 같게하다. 다 6척으로 했었다. 書同文字 : 문자의 형체를 서로 같게 하다. 전국시대 각국의 문자는 大篆·古文·小篆·隸書 등을 혼용했으나 秦 통일 후 刻石은 일률적으로 小篆을 쓰고, 관청문건은 隸書를 쓰도록 새로이 규정했다.) → **車同軌, 書同文. 同文同軌.**

〔**中庸·第二十八章**〕今天下車同軌, 書同文, 行同倫. 〔**史記·秦始皇本紀**〕○○○○○○○, ○○○, ○○○○. 地東至海曁朝鮮, 西至臨洮. 羌中, 南至北嚮戶, 北據河爲塞, 竝陰山至遼東.

一人之治亂在其心, 一國之存亡在其主.

한 개인의 행위가 합리적이고 정확한가, 아닌가의 여부는 그 사람의 옳고 그름(正邪)에 대한 마음에 의해서 결정되고, 한 나라의 존망은 군주의 지혜에 의하여 결정된다. (治亂 : 행위가 합리적이고 정확한가, 이에 반하는가의 여부를 가리킨다. 합리적인 것은 治라고 이르고, 이에 반하는 비합리적인 것은 亂이라고 이른다. / 세상이 잘 다스려지는 일과 어려워지는 일. 在 : …에 의하여 결정되다. 其心 : 그 마음의 옳고 그름. 在其主 : 그 군주의 지혜에 의하여 결정된다로 해석.)

〔**管子·七臣七主**〕○○○○○○○○, ○○○○○○○○. 天下得失, 道一人出.

一節動而 百枝搖.

나무 줄기의 한 마디가 움직이면 거기에 달린 백개의 가지가 흔들린다. (喩) 한 곳에서 난리가 일어나면 그 소란이 잇달아 전국에 퍼진다. (節 : 나무의 줄기와 가지가 상접하는 곳. 마디. 搖 : 흔들다. 흔들리다.)

〔 **監鐵論·申韓** 〕 文學曰, ……. 一人有罪, 州里驚駭, 十家奔亡. 若癰疽之相濘, 色淫之相連, ○○○○○○○.

日出而作, 日入而息, 鑿井而飮, 耕田而食, 帝力何有於我哉.

착

해가 뜨면 일하고, 해가 지면 쉬며, 샘을 파서 물을 마시고, 밭을 갈아 밥을 먹으니, 임금의 힘이 어찌 나에게 미칠 것인가? 백성들이 각기 힘을 들여 스스로 먹고 세상과 다투지 않으면서 살아가며 정치도 이에 관여하지 않음을 형용. 中國 堯임금의 정치는 원만하여 베풀어주는 堯임금이나 이를 받는 백성들이 다 같이 잊어버릴 정도로 이상적으로 다스려짐을 노래한 擊壤歌의 내용.

→ 日出而作, 日入而息.

〔 **莊子·讓王** 〕 善卷曰, 餘立於宇宙之中, 多日衣皮毛, 夏日衣葛絺, 春耕種, 形足以勞動, 秋收斂, 身足以休食. 日出而作, 日入而息, 逍遙於天地之間, 而心意自得, 吾何以天下爲哉. 〔 **晉 皇甫謐·帝王世紀** 〕 帝堯之世, 天下大和, 百姓無事, 有八十老人擊壤於道, 觀者嘆曰, 大哉, 帝之德也. 老人曰, 吾日出而作, 日入而息, 鑿井而飮, 耕田而食, 帝力於我何有哉. 〔 **晉 皇甫謐·高士傳** 〕 帝堯之世, 天下大和, 百姓無事, 壤父年八十餘而擊壤於道中. 觀者曰, 大哉帝之德也. 壤父曰, 吾日出而作, 日入而息, 鑿井而飮, 耕田而食, 帝何德放我哉. 〔 **抱朴子·詰鮑** 〕 穿井而飮, 耕田而食, 日出而作, 日入而息. 〔 **十八史略·上古·唐虞夏殷篇** 〕 有老人, 含哺鼓腹, 擊壤而歌曰, ○○○○, ○○○○, ○○○○, ○○○○, ○○○○○○○.

入則無法家拂士, 出則無敵國外患者, 國恒亡.

필

국내에는 법을 지키는 세신(世臣)과 보필하는 현능한 선비의 간쟁(諫諍)이 없고, 국외에는 적대적 국가와 외부의 화환(禍患)이 없으면 그런 나라는 항상 멸망하게 되어있다. (喩) 나라에 어질고 유능한 신하가 없고, 평화분위기에 젖어 안락에 도취되어 있으면 나라가 위험하다. (入 : 국내. 法家 : 법도를 지키는 세가. 拂士 : 임금을 보필하는 현능한 선비. = 弼士. 出 : 국외. 外患 : 외부에서 오는 우환.)

〔 **孟子·告子下** 〕 ○○○○○○○, ○○○○○○○○, ○○○.

自古無不敗之家, 無不亡之國.

자고로 망치지 않는 집안이 없으며, 망하지 않는 나라도 없다.

〔 **明 李摯·李氏焚書** 〕 元世祖初平江南, 問劉秉忠曰, ○○○○○○○, ○○○○○. 朕之天下, 後當何人得之. 〔 **清 金人瑞·三國演義續編** 〕 自古無不亡之國, 不掘之墓, 故聖人之儉葬, 乃深遠之慮也.

自非聖人, 外寧, 必有內憂.

진실로 성인이 아니라면 바깥이 편안해도 반드시 안에 근심이 있다. 적국에 의한 외환이 없다고 하여 방심, 정무를 게을리하면 내부문제에 의하여 쇠망함을 자초하게 된다는 뜻. (自 : 진실로.)

〔 **十八史略·近古·晉·六朝篇** 〕 山濤告人曰, ○○○○, ○○, ○○○○, 釋吳爲外懼, 豈非算乎. 〔 **經傳釋義** 〕 左傳曰, ○○○○, ○○, ○○○○, 言苟非聖人也.

子産爲政五年, 國無盜賊, 道不拾遺, 桃棗蔭於街者莫有援也, 錐刀遺道三日可反.

(습 조 음 추)

(鄭나라 簡公 때의 재상인) 子産이 정치를 한지 5년만에 나라에는 도둑이 없어지고 길에 물건이 떨어져도 줍지 아니하며, 복숭아·대추가 거리를 덮어도 따가지 아니하고, 끝이 뾰족한 칼을 길에서 잃어버려도 사흘 뒤에 그곳에서 되찾을 수 있었다. (喩) 나라를 잘 다스려서 태평하고 풍족한 세상이 되다. 백성의 풍속이 돈후하다. (蔭 : 덮다. 援 : 잡다. 취하다. 遺 : 잃다. 잃은 물건.) → **道不拾遺. 路不拾遺.**

〔 **韓非子·外儲說左上** 〕 ○○退而○○○○, ○○○○, ○○○○, ○○○○○○○○○○, ○○○○○○○○. 三年不變, 民無飢也. 〔 **史記·商君列傳** 〕 行之十年 秦民大說, 道不拾遺, 山無盜賊, 家給人足. 〔 **戰國策·秦策** 〕 朞年之後, 道不拾遺, 民不妄取, 兵革大强, 諸侯畏懼. 〔 **漢書·黃覇傳** 〕 田者讓畔, 道不拾遺, 養視鰥寡, 贍助貧農. 〔 **孔子家語·相魯** 〕 三月, 則鬻牛馬者不儲價, 賣羊豚者不加飾, 男女行者別其塗, 道不拾遺. 〔 **十八史略·近古·唐宋篇** 〕 或請重法禁盜, 上曰, 當去侈省費, 輕徭薄賦, 選用廉吏, 使民衣食有餘, 自不爲盜, 安用重法耶. 自是數年之後, 路不拾遺, 商賈野宿焉.

爵俛啄白粒, 仰棲茂樹, 鼓其翼, 奮其身, 自以爲無患. 不知公子王孫, 左把彈, 右攝丸, 審參連.

(부 탁 삼)

참새는 고개를 숙여 흰 곡식을 쪼고, 고개를 들어서는 무성한 숲에 깃들이며, 그 날개를 북돋우고 그 몸을 움직이면서 스스로 아무 근심이 없는 것으로 여기고 있다. 그러나 공자나 왕손이 왼쪽에 탄궁을 잡고 오른 쪽에는 탄환을 끼워서 화살을 세 번 잇달아 쏠 것을 살피고 있는 줄을 알지 못하고 있다. (喩) 국가의 지도자가 음행과 사치를 누리며 쾌락과 오락에 빠져 즐기기만 할 뿐, 적대국이 이런 기회를 틈타 침공하여 멸망시킬 것을 노리고 있어 위험에 처하고 있음을 알지 못한다. (爵 : 참새 = 雀. 俛 : 구푸리다. = 俯. 鼓 : 치다. 두드리다. 奮 : 흔들다. 움직이다. 把 : 잡다. 한 손으로 쥐다. 彈 : 탄환을 쏘는 활. 탄궁. 攝 : 당기다. 끌어당기다. 參連 : 세 번 잇달아. 잡아당기다.)

〔 **新書·雜事二** 〕 夫爵俛啄白粒, 仰棲茂樹, 鼓其翼, 奮其身, 自以爲無患. 與民無爭也. 不知公子王孫, 左把彈, 右攝丸, 定操持 審參連. 故晝遊乎茂樹, 夕和乎酸鹹. 爵, 猶其小者也. 鴻鵠嬉遊乎江漢, 息留乎大沼, 俛啄鰋鯉, 仰奮陵衡, 脩其六翮, 而陵淸風, 飃搖高翔, 一擧千里, 自以爲無患, 與民無爭也. 不知弋者選其弓弩, 脩其防翳, 加繒繳其頸, 投乎百仞之上, 引纖繳, 揚微波, 折淸風而殞, 故朝遊乎江河, 而暮調乎鼎俎. 鴻鵠, 猶其小者也. 〔 **戰國策·楚策四** 〕 蜻蛉, 其小者也. 黃雀因是以, 俯噣白粒, 仰棲茂樹, 鼓翔奮翼, 自以爲無患, 與人無爭也. 不知夫公子王孫, 左挾彈, 右攝丸, 將加己乎十仞之上, 以其類爲招. 晝遊乎茂樹, 夕調乎酸鹹, 倏忽之間, 墜於公子之手.

政事亂, 則冢(총)宰之罪也. 國家失俗, 則辟(벽)公之過也. 天下不一, 諸厚俗反, 則天王非其人也.

정사가 어지러운 것은 (정치·교육·공직자 관리 등을 총괄하는) 총재의 죄이고, 나라가 올바른 풍속을 잃어버리는 것은 (예악·교화·풍속 등을 관장하는) 벽공의 과실이며, 천하를 하나도 다스리지 못하고, 제후가 제각기 야비하게도 반역한다면 그것은 곧 천왕이 (천왕이 될 만한) 그럴만한 사람이 되지 못하는 것이다. (冢宰 : 周나라 때 六卿의 우두머리. 정치·교육·공직자 관리 등을 총괄했다. 辟公 : 제후. / 三公. 三卿一長. 예악·교화·풍속 등을 관장. 俗反 : 야비하게 배반하다. 非其人 : 그럴만한 사람이 아니다. 其 : 사물을 지시하는 말.)

〔 **荀子·王制** 〕 ○○○, ○○○○○○. ○○○○, ○○○○○○. ○○○○, ○○○○, ○○○○○○○.

曹小國也, 而迫於晉楚之間, 其君之危猶累卵也.

曺나라는 작은 나라로 晉나라와 楚나라의 사이에 끼어 핍박받고 있어 그 임금의 위태로움이 마치 알을 쌓아놓은 것과 같았다. (危猶累卵 = 累卵之危는 일·정세가 매우 불안정하고 위급한 상태에 있다는 비유.) → **危如累卵, 危猶累卵. 危于累卵, 累卵之危.**

〔 **韓非子·十過** 〕 故○○○○, ○○○○○○○, ○○○○○○○○, 而以無禮涖之, 此所以絶世也. 〔 **枚乘·諫吳王書** 〕 危於累卵, 難於上天. 〔 **史記·龜策列傳** 〕 國危於累卵, 皆曰無傷. 〔 **史記·范雎蔡澤列傳** 〕 魏有張祿先生, 天下辯士也. 曰, 秦王之國危如累卵, 得臣則安. 然不可以書傳也. 臣故載來. 〔 **越絶書·內傳陳成恒** 〕 危於重卵矣. 〔 **司馬相如·喩巴蜀檄** 〕 去累卵之危, 就永安之計, 豈不美與. 〔 **後漢書·申屠剛傳** 〕 國家微弱, 姦謀不禁, 六極之效, 危如累卵. 〔 **南宋 胡銓·戊午上高宗封事** 〕 向者陛下間關海道, 危如累卵, 當時尙不忍北面臣敵. 〔 **文選·鍾會·檄蜀文** 〕 去累卵之危, 就永安之計, 豈不美與. < 呂向注 > 卵, 鳥卵也, 重累之, 其勢危. 言不降則似累卵之危, 降則長安也. 〔 **東周列國志** 〕 大王四失, 危如累卵, 而偸目前之安, 不顧異日之患.

足以亡者, 妃妾不一, 公族不親, 大臣不任, 國爵不用, 親佞(녕)近讒(참), 擧百事不時, 使民不節, 刑罰不中, 內失衆心, 外嫚(만)大國.

나라를 망하게 하기에 족한 것은 임금의 비첩(妃妾)이 하나가 아닌 것, 왕족간에 화친하지 못하는 것, 대신이 공을 세우지 못하는 것, 나라의 벼슬이 제대로 쓰이지 못하는 것, 아첨하고 모함하는 자들을 가까이 하는 것, 온갖 일을 추진함에 있어 때를 맞추지 못하는 것, 백성을 부리는데 있어 알맞게 하지 못하는 것, 형벌을 공정하게 하지 아니하는 것, 안으로 민심을 잃는 것, 밖으로는 대국을 깔보는 것 등이다. (任 : 공을 세우다. 이에 능하다. 잘하다. 佞 : 아첨하다. 讒 : 거짓을 꾸며 남을 모함하다. 中 : 맞다. 알맞다. 마땅하다. 嫚 : 깔보다. 경시하다.)

〔 **說苑·敬愼** 〕 石讐曰, 春秋有忽然而足以亡者, 國君不可以不愼也. 妃妾不一, 足以亡, 公族不親, 足以亡, 大臣不任, 足以亡, 國爵不用, 足以亡. 親佞近讒, 足以亡. 擧百事不時, 足以亡. 使民不節, 足以亡. 刑罰不中, 足以亡. 內失衆心, 足以亡. 外嫚大國, 足以亡.

罪人往時大理獄, 相傳鳥雀不栖(서), 至是有鵲(작)巢(소)其庭樹.

죄인이 대리석 감옥에 들어갈 때는 새나 참새가 깃들이지 않는 것으로 서로 전해졌으나, (지금은) 까치가 그 (감옥의) 뜰에 있는 나무 위에 깃들여 살기에 이르렀다. 천하가 태평하여 죄짓는 사람이 없음을 이르는 말. (相傳 : 이어 전하다. 서로 전하다. 栖 : 깃들이다. 새가 깃들여 살다. 巢 : 깃들이다.)

〔 **唐書·刑法志** 〕 明皇卽位二十年間, 號稱治平, 是歲(開元二十五年) 刑部斷獄, 天下死罪五十八人, 往時大理獄, 相傳鳥雀不栖, 至是有鵲巢其庭樹. 群臣稱賀, 以爲幾致刑錯.

周武王濟河而西, 馬放華山之陽, 示不復(부)乘. 牛放桃林之野, 示不復服也. 車甲衅(흔)而藏之於府庫, 示不復用也.

(殷을 멸하여) 周 왕조를 창건한 武王은 황하를 건너 서쪽으로 가서 말을 華山의 남쪽에 풀어주어 다시는 말을 타지 아니할 것을 보여주었고, 소를 桃林의 들에 풀어놓아서 다시는 소에 멍에를 메우지 아니할 것을 보였으며, 수레와 갑옷은 피를 칠하여 창고에 갈무리함으로써 다시는 전쟁에 쓰지 아니할 것을 보여주었다. 전쟁에 쓰이는 무기와 수송수단을 폐기하여 앞으로 전쟁을 수행하지 않을 굳은 의지를 보인 것을 형용. (服 : 말이나 소에 멍에를 매우다. 衅 : 피를 칠하다.) → **歸馬于華山之陽. 放牛于桃林之野. 休馬於華山之陽. 休牛於桃林之野. 休馬華山之陽. 放牛桃林之陰. 馬散之華山之陽. 牛散之桃林之野. 馬放華山之陽. 牛放桃林之野. 歸馬放牛. 放牛歸馬.**

〔 **書經·周書·武成** 〕 (武)王來自商, 至於豊, 乃偃武修文, 歸馬于華山之陽. 放牛于桃林之野 示天下弗服. 〔 **禮記·樂記** 〕 濟河而西, 馬散之華山之陽, 而不復乘. 牛散之桃林之野, 而弗復服. 車甲衅而藏之府庫, 而弗復用, 倒載干戈, 包之以虎皮. 將帥之士使爲諸侯. 〔 **韓詩外傳·卷三** 〕 濟河而西, 馬放華山之陽, 示不復乘, 牛放桃林之野, 示不復服也. 車甲衅而藏之於府庫, 示不復用也. 〔 **史記·留侯世家** 〕 休馬華山之陽, 示以無所爲. 今陛下能休馬無所用乎. 曰, 未能也. 其不可, 六矣. 放牛桃林之陰. 以示不復輸積. 〔 **史記·樂書** 〕 濟河而西, 馬散華山之陽而弗復乘. 牛散之桃林之野而弗復服. 車甲弢而藏之府庫而弗復用. 〔 **新序·善謀下** 〕 殷事已畢, 偃革爲軒, 倒載干戈, 以示天下不復用兵, 今陛下能偃革, 倒載干戈乎. 曰, 未能也. 其不可, 五也. 休馬華山之陽, 以示無所用. 今陛下能休馬無所用乎. 曰, 未能也. 其不可, 六也. 休牛於桃林, 以示不復輸糧. 〔 **漢書·黃覇傳** 〕 太尉官罷久矣, 丞相兼之, 所以偃武興文也. 〔 **孔子家語·辯樂解** 〕 旣濟河西, 馬散之華山之陽, 而弗復乘. 牛散之桃林之野, 而弗復服. 車甲則釁之而藏之諸府庫, 而示弗復用.

秦之積衰, 天下土崩瓦解.

秦나라는 그 쇠퇴함이 장기간 누적된 결과로 그 천하가 이미 흙이 무너지고 기와가 깨어져 허물어지는 것과 같은 시점에 이르렀다. 나라가 이미 허물대로 허물어져 건잡을 수 없는 패망의 상태에 있음을 비유. (衰 : 쇠약해지다. 쇠퇴하다. 쇠락하다. 쇠패하다. 土崩瓦解 : 흙이 무너지고 기와가 깨어지다. 산산히 부서진다는 뜻. 사물이 근본적으로 허물어져 건잡을 수 없는 상태임을 비유.) → **土崩瓦解.**

〔**鬼谷子**〕土崩瓦解, 而相伐射. 〔**淮南子·泰族訓**〕武王左操黃鉞, 右執白旄以麾之, 則瓦解而走, 遂土崩而下. 〔**史記·秦始皇本紀**〕○○○○, ○○○○○○, 雖有周旦之才, 無所復陳其巧. 〔**史記·平津侯主父列傳**〕徐樂曰, 臣聞天下之患在於土崩, 不在於瓦解, 古今一也. 何謂土崩. 秦之末世是也. …….何謂瓦解. 吳·楚·齊·趙之兵是也.

震風陵雨, 然後知夏屋之爲帡幪. 虐政虐世, 然後知聖人之爲郛郭也.

병 몽 부

빠르고 센 바람이 불고 억세게 퍼붓는 비가 온 뒤에 큰 집이 장막이 되는 것을 알고, 포악한 정치, 포악한 세상이 있은 연후에 성인이 외부의 침입을 막아주는 성곽이 되는것을 안다. 가혹한 정치가 행하여지는 세상을 겪은 다음에라야 성인의 도가 백성을 편하게 하는 정치가 되는 것을 알게 된다는 뜻. (夏 : 크다. 크게 짓다. 帡幪 : 막. 휘장. 郛郭 : 성곽. 조세를 가볍게 하여 백성을 편하게 하는 정치의 비유.)

〔**揚子法言·吾子**〕○○○○, ○○○○○○○○○. ○○○○, ○○○○○○○○○○.

此漆一屈, 不可復伸. 國勢陵夷, 不可復振.

슬

이 무릎을 꿇으면 다시 펼 수가 없고, 나라의 형편이 점점 쇠퇴해지면 다시 떨치기가 어렵다. (陵夷 : 언덕이 점차 낮아져 평평하게 되다. / 사물이 점점 쇠퇴하다.)

〔**宋 胡銓·上高宗封事**〕○○○○, ○○○○, ○○○○, ○○○○.

千金之裘, 非一狐腋也. 臺榭之榱, 非一木之枝也.

구 액 사 최

천금(千金) 짜리 값비싼 갖옷은 한 마리 여우의 겨드랑이 털로 된 것이 아니며, 고대(高臺) 위의 망루(望樓)의 서까래는 한 나무의 가지로 된 것이 아니다. (喻) 중대한 성과는 한사람의 지혜나 역량으로 완성되는 것이 아니고, 현사(賢士)의 지혜가 합쳐져야 이룩된다. / 나라의 잘 다스려지고 어지러워지는 일, 편안함과 위태로움, 존립과 멸망, 영예와 치욕은 다 한 사람의 힘으로 되는 것이 아니고, 군신과 백성들의 힘을 모아야 이룩할 수 있다. (腋 : 겨드랑이 털. 臺榭 : 고대 위의 망루. / 대사. 누각과 정자. 榱 : 서까래.) → **千金之裘非一狐之腋. 臺榭之榱非一木之枝 ≒ 大廈之材非一丘之木. 廟廊之材非一木之枝.**

〔**史記·劉敬叔孫通列傳**〕太史公曰, 語曰, ○○○○, ○○○○○○. ○○○○, ○○○○○○. 三代之際, 非一士之智也. 〔**王褒·四子講德論**〕大廈之材非一丘之木. 太平之功, 非一人力也. 〔**愼子·內篇**〕廟廊之材非一木之枝. 狐白之裘, 非一狐腋. 〔**說苑·建本**〕千金之裘, 非一狐之皮. 臺廟之榱, 非一木之枝. 先王之法, 非一士之智也. 〔**太平御覽**〕廟廊之材非一木之枝. 狐白之裘, 非一腋之皮也.

天之不迅風疾雨也, 海不波溢也.

하늘에는 세찬 바람과 억세게 쏟아지는 비가 없고, 바다에는 파도와 해일이 없다. 천하가 태평함을 형용.

〔**韓詩外傳·卷五**〕 周公曰, 吾何以見賜也. 譯曰, 吾受命國之黃髮曰, 久矣. ○○○○○○○○○, ○○○○○, 三年於玆矣. 意者, 中國殆有聖人, 盍往朝之. 於是來也. 〔**西周紀**〕 天無烈風淫雨, 海不揚波, 三年矣.

天下大勢, 合久必分, 分久必合.

세상의 추세는 통합한 것이 오래 되면 반드시 분리되고, 분리된 것이 오래되면 반드시 통합되는 것이다. 국가나 지역정권이 오래 지속되면 반드시 통합·분리의 변화가 일어난다는 뜻.

〔**三國演義**〕 自此三國歸于晉帝司馬炎, 爲一統之基矣. 此所謂○○○○, ○○○○, ○○○○. 者也.

天下本無事, 庸人擾之爲繁耳.

세상이 워낙 아무 일이 없어 조용하니, 사리에 밝지 못한 용열한 사람이 일을 어지럽혀서 번거롭게 한다. (本 : 원래. 워낙. 擾 : 어지럽히다. 繁 : 번거롭게 하다.) → **庸人自擾.**

〔**舊唐書·陸象先傳**〕 象先清淨寡欲, 不以細務介意. ……. 嘗謂人曰, ○○○○○, ○○○○○○○. 〔**明 陶宗儀·輟耕錄**〕 天下本無事, 庸人自憂之, 卓哉斯言也. 〔**閱微草堂筆記·如是我聞**〕 天下本無事, 庸人自召之, 其此公之謂乎.

天下稍安, 尤須兢愼. 若便驕逸, 必至喪敗.

(稍: 초, 兢: 긍, 便: 변)

세상이 조금 안정되면 더욱 조심하고 삼가야 한다. 만약 곧바로 교만부리고 태만히한다면 반드시 망하고 패하게 될 것이다. (稍 : 조금. 약간. 須 : 반드시 …하여야 한다. 兢 : 조심하다. 便 : 곧. 곧바로. 喪 : 망하다.)

〔**貞觀政要·政體**〕 太宗謂侍臣曰, 治國與養病無異也. 病人覺癒, 彌須將護. 若有觸犯, 必至殞命. 治國亦然. ○○○○, ○○○○, ○○○○, ○○○○.

天下興亡, 匹夫有責.

나라가 흥하고 망하는 것은 모든 사람 개개인에게도 책임이 있다. (天下 : 국가. 나라. 匹夫 : 한 사람의 남자. / 서민의 남자. 평범한 사람. 모든 사람.)

〔**清 顧炎武·日知錄**〕 是故知保天下, 然後知保其國, 保國者其君其臣, 肉食者謀之. 保天下者, 匹夫之賤, 與有責焉耳矣.

治國安家得人也, 亡國破家失人也.

나라가 잘 다스려지고 집안이 편안한 것은 사람(인재)을 얻었기 때문이고, 나라가 망하고 집안이 몰락하는 것은 사람을 잃었기 때문이다.

〔**三略·上略**〕○○○○○○○, ○○○○○○○. 含氣之類, 咸願得其志.

治强易爲謀, 弱亂難爲計.

나라가 정치적으로 안정되고 강대해지면 계책을 세우기가 쉽고, 나라가 허약하고 혼란해지면 계획을 세우기가 어렵다. (治 : 정치적으로 안정되다. 완전히 평온하다. 태평하다. 謀 : 계획. 계책. 술책. 모략. 책략. 計 : 계획. 계책. 계략. 책략.)

〔**韓非子·五蠹**〕○○○○○, ○○○○○. 故用於秦者, 十變而謀希失. 用於燕者, 一變而計希得.

治生乎君子, 亂生乎小人.

안정된 다스림은 군자로부터 생겨나고, 질서의 문란함은 소인으로부터 온다. 사회를 안정시키는 것은 군자이고, 사회 혼란을 조성하는 것은 소인이라는 뜻.

〔**荀子·王制**〕故有良法而亂者 有之矣, 有君子而亂者, 自古及今, 未嘗聞也. 傳曰, ○○○○○, ○○○○○. 此之謂也.

土敝則草木不長, 水煩則魚鼈不大, 世亂則禮廢而樂淫.

폐 별 악

흙이 척박하면 초목이 생장할 수 없고, 물 흐름의 다소와 완급이 일정하지 않으면 고기와 자라가 크게 자라지 않으며, 세상살이가 쇠란(衰亂)해지면 예의가 곧 폐기되고 음악소리가 방탕 음란해진다. (土敝 : 땅이 메마르다. 흙이 척박하다. 敝 : 피폐하다. 水煩 : 물이 끊임없이 뒤섞이다. 물을 휘젓다. 물의 다소와 완급이 일정하지 않음을 이른다. 世 : 세도. 세상살이. 세상 형편. 淫 : 방탕 음란하다.)

〔**禮記·樂記**〕土敝則草木不長, 水煩則魚鼈不大, 氣衰則生物不遂, 世亂則禮慝而樂淫. 〔**史記·樂書**〕○○○○○○○, ○○○○○○○, ○○○○○○○, 氣衰則生物不育, ○○○○○○○○. 〔**呂氏春秋·音初**〕土弊則草木不長, 水煩則魚鼈不大, 世濁則禮煩而樂淫. 〔**說苑·修文**〕土弊則草木不長, 水煩則魚鼈不大. 氣衰則生物不遂, 世亂則禮慝而樂音.

扁鵲不能肉白骨, 微箕不能存亡國也.

편 작

(춘추전국시대의 명의인) 扁鵲도 백골에 살을 붙여 살아나게 할 수는 없고, (殷나라의 충신인) 微子와 箕子도 이미 망한 나라를 다시 세워 유지시킬 수는 없다. 일이 실패되거나 나라가 망한 뒤

에는 그 누구도 이를 회복시킬 수는 없다는 비유.

〔**鹽鐵論·非鞅**〕狐刺之鑿, 雖公輸子不能善其枘. 畚土之基, 雖良匠不能成其高. 譬若秋蓬被霜, 遭風則零落, 雖有十子產, 如之何. 故○○○○○○○, ○○○○○○○○.

庖有肥肉, 廏有肥馬. 民有飢色, 野有餓莩. 此率獸而食人也.

포 표 솔

(임금의) 주방에는 살찐 고기가 있고, 마굿간에는 살찐 말이 있는데, 백성들에게 굶주린 얼굴색이 있고, 들에는 굶어죽은 시체가 있다면, 이것은 짐승을 몰아다가 사람을 잡아먹게 하는 것과 같다. 봉건사회에서 지배자인 임금은 호화 사치스런 생활을 하는데 반해 백성들은 기한에 떠는 극도로 곤궁한 생활을 함을 형용. (庖 : 주방. 廏 : 마굿간. 色 : 얼굴색. 莩 : 굶어죽다. 굶어죽은 사람.)

〔**孟子·梁惠王上**〕(孟子) 曰, ○○○○, ○○○○. ○○○○, ○○○○. ○○○○○○○. 〔**漢 桓寬 塩鐵論·園地**〕語曰, 厨有腐肉, 國有民飢, 廏有肥馬, 路有餧人. 今狗馬之養, 蟲獸之食, 豈特腐肉秣馬之費哉. 〔**漢 劉向·新序**〕庖有肥魚, 廏有肥馬. 民有餓色, 足以亡國之君, 藏於府庫, 寡人聞之久矣.

狐裘尨茸, 一國三公, 吾誰適從.

호 구 방 용

여우의 가죽으로 만든 갖옷을 입은 고위관리가 난잡하게 흐트러져 한 나라에 뜻밖에도 세사람의 군주가 나오니 나는 그 누구를 좇아 따를 것인가? (喻) 지도자가 많아 일을 잘 처리할 수 없다. / 정령이 통일되지 않아 사람들이 누구를 좇고 의지해야 할지 모른다. (狐裘 : 고위관리가 입은 여우털가죽으로 만든 모피옷. 여기서는 고위관리를 지칭. 尨茸 : 난잡하다. 흐트러지다. 뒤섞이다.)

〔**春秋左氏傳·僖公五年**〕(士蔿)退而賦曰, ○○○○, ○○○○, ○○○○.

虎豹之居也, 厭閑而近人, 故得. 魚鼈之居也, 厭深而之淺, 故得. 諸侯厭衆而亡其國.

염

호랑이나 표범이 살아가다가 한가한 것이 싫증이 나서 사람 가까이옴으로써 잡힌다. 고기와 자라가 살아가다가 깊은 곳이 싫증이 나서 얕은 곳에 감으로써 잡힌다. 제후가 많은 사람들에 대해 싫증이 나면 그 나라는 망한다.

〔**新序·雜事二**〕老古(農夫)振衣而起曰, 一不意人君如此也. ○○○○○, ○○○○○, ○○. ○○○○○, ○○○○○, ○○. ○○○○○○○○○.

火炎崑岡, 玉石俱焚.

中國 崑岡에 불이나면 구슬과 돌이 구별없이 다 타버린다. (喻) 관계가 밀접하거나 이해가 같은 것이 재앙을 만나서 좋은 것과 나쁜 것의 구별없이 다 함께 망해버리다. 일을 잘못 처리하여 좋은 것과 나쁜 것이 함께 망하거나 파괴되어 없어지다. / 정사의 잘못으로 착한 사람 악한 사람

할 것 없이 온 나라 사람 모두에게 큰 화를 미치다. / 관리의 행실이 방자하여 선악의 구분없이 백성을 마구 처단하다. (崑岡 : 구슬이 나온다는 고대 中國 전설상의 산.) = **崑岡失火, 玉石俱焚.→ 玉石俱焚.**

〔**書經·胤征**〕○○○○,○○○○. 天吏逸德, 烈於猛火. 〔**三國志·魏志·鍾會傳**〕若偸安旦夕, 迷而不反, 大兵一發, 玉石俱碎, 雖欲悔之, 亦無及已. 〔**秦漢史通俗演義**〕大王若不用臣言, 城破以後, 玉石俱焚, 臣雖死亦有何益. 〔**袁宏·三國名臣序贊**〕滄海橫流, 玉石同碎, 〔**梁元帝·馳檄告四方**〕宣房河決, 玉石同沈. 〔**元 施惠·幽閨記**〕淸白誰人肯信, 是非誰人與辨. 正所謂崑岡失火, 玉石俱焚.

黑雲壓城城欲摧.

검은 구름이 성 위를 눌러 성이 무너질 것 같다. 전쟁의 위급함이 검은 구름이 한데 뭉쳐서 성벽 위를 눌러 붕괴시켜버릴 것 같음을 이른다. 적군이 성을 포위하여 전세가 매우 위급함을 형용. / 불순세력이 일시에 날뛰고 그 기세가 대단하여 긴박한 국면이 조성되고 있음을 형용. (黑雲 : 검은 구름. 불길한 일이 일어날 조짐을 비유. 欲 : 하고자 하다. 하려고 하다. / 할 것 같다. 摧 : 때려부수다. 쳐부수다. 파괴하다. / 부러뜨리다.)

〔**唐 李賀·雁門太守行 詩**〕○○○○○○○, 甲光向日金鱗開.

中國古典의 精髓

金言寶典

초판인쇄 2013년 11월 01일 **초판발행** 2013년 11월 05일

지은이 **李寅鎬**

펴낸이 **이혜숙** 펴낸곳 **신세림출판사**

등록일 **1991년 12월 24일 제2-1298호**

100-015 서울특별시 중구 충무로5가 19-9 부성B/D 702호

전화 **02-2264-1972** 팩스 **02-2264-1973**

E-mail : **shinselim72@hanmail.net**

정가 **50,000원**

ISBN 978-89-5800-140-9, 03810